本書出版得到國家古籍整理出版專項經費資助

江文通集校注

〔南朝梁〕江淹 著

丁福林 楊勝朋 校注

一

上海古籍出版社

圖書在版編目(CIP)數據

江文通集校注 /［南朝梁］江淹著；丁福林，楊勝朋校注．—上海：上海古籍出版社，2017.12(2023.11重印)
（中國古典文學叢書）
ISBN 978-7-5325-8644-8

Ⅰ.①江… Ⅱ.①江… ②丁… ③楊… Ⅲ.①中國文學—古典文學—作品綜合集—南朝時代 Ⅳ.①I213.912

中國版本圖書館 CIP 數據核字(2017)第 264256 號

中國古典文學叢書
江文通集校注
（全四册）
［南朝梁］江　淹　著
丁福林　楊勝朋　校注
上海古籍出版社出版發行
（上海市閔行區號景路 159 弄 1-5 號 A 座 5F　郵政編碼 201101）
（1）網址：www.guji.com.cn
（2）E-mail：gujil@guji.com.cn
（3）易文網網址：www.ewen.co
常熟人民印刷有限公司印刷
開本 850×1168　1/32　印張 60　插頁 22　字數 1,558,000
2017 年 12 月第 1 版　2023 年 11 月第 3 次印刷
印數：1,351-1,850
ISBN 978-7-5325-8644-8
I·3223　精裝定價：298.00 元

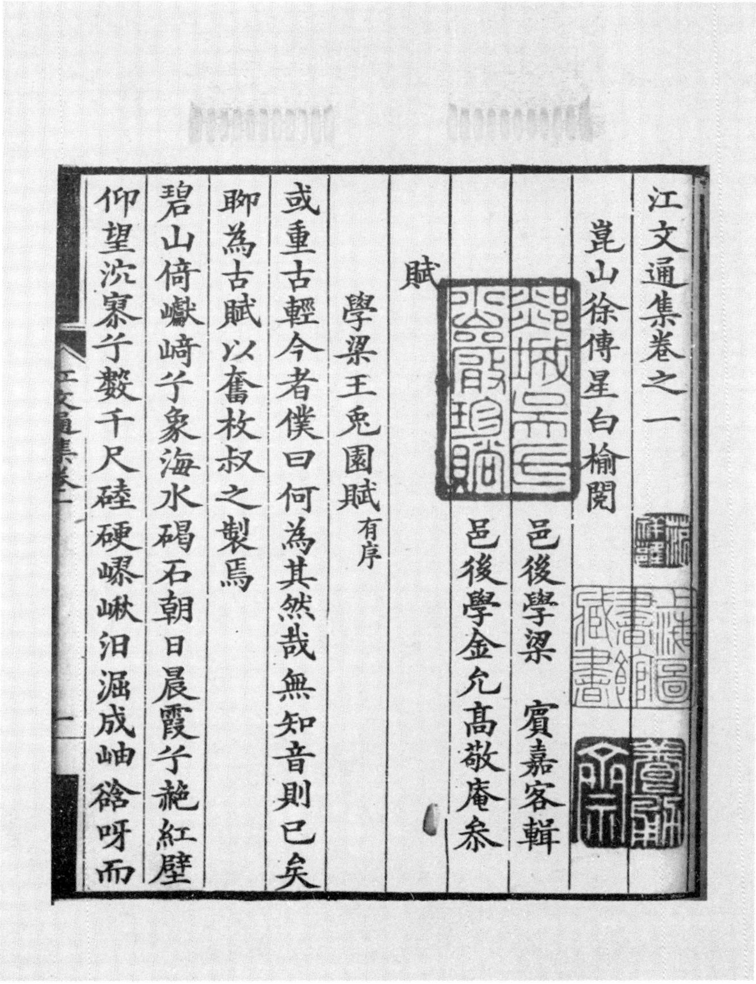
江文通集卷之一
崑山徐傳星白楡閱
邑後學梁　賓嘉客輯
邑後學金允高敬庵叅
賦
學梁王兎園賦 有序
或重古輕今者僕曰何為其然哉無知音則已矣
聊為古賦以奮枚叔之製焉
碧山倚巘崎兮象海水碣石朝日晨霞兮赩紅壁
仰望沆寥兮數千尺磈硬嵺嵷汩漏成岫谽呀而
江文通集卷一　一

清乾隆二十四年梁賓刻本《江文通集》書影

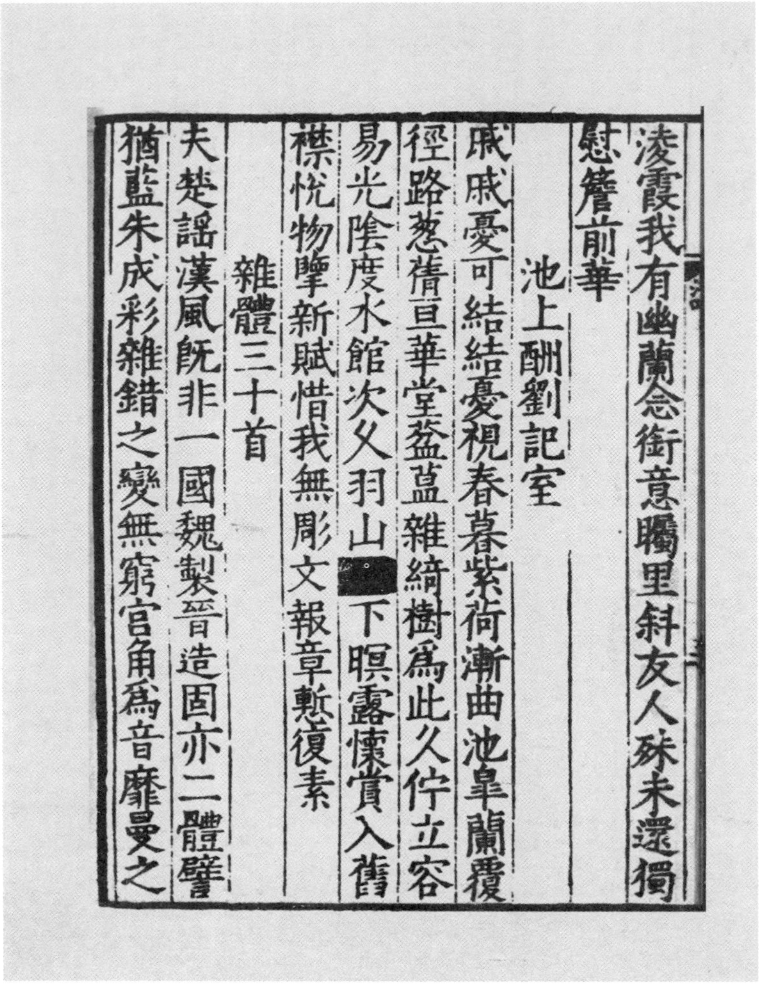
淩霞我有幽蘭念銜意矚里斜友人殊未還獨
慰簷前華

池上酬劉記室

戚戚憂可結結憂視春暮紫荷漸曲池皋蘭覆
徑路葐蒀亘華堂蓋蓋雜綺樹爲此久佇立容
易光陰度水館次乆羽山[redacted]下暝露懷賞入舊
襟怳物擊新賦惜我無彫文報章慙復素

雜體三十首

夫楚謡漢風既非一國魏製晉造固亦二體譬
猶藍朱成彩雜錯之變無窮宮角爲音靡曼之

烏程蔣氏密韻樓藏明翻宋刊本《梁江文通文集》書影

江淹評傳（代前言）

一、貧賤坎坷的青少年時代

江淹字文通，生於宋文帝元嘉二十一年（四四四），卒于梁武帝天監四年（五〇五），歷仕宋、齊、梁三朝，爲南朝最爲著名的文學家之一。《梁書》卷十四《江淹傳》、《南史》卷五十九《江淹傳》以及江淹的《自序》皆説他是濟陽考城（今河南蘭考）人，但是根據《元和姓纂》的記載，濟陽江氏早先族居於陳留圉（今河南杞縣），其後始「因居考城爲著姓」。《晉書》卷五十六《江統傳》及卷八十三《江逌傳》即記江統及其侄江逌爲陳留圉人。濟陽江氏自江統而後始貴顯，自此以後，濟陽考城即成了江氏的郡望。故江統之前史料稱江氏籍貫時云「陳留圉」，而江統之後則多稱「濟陽考城」。據《晉書·江統傳》及《魏書》卷七十一《江悦傳》所載，江統於永嘉四年（三一〇）西晉末的永嘉之亂中因避難而奔于成皋（今河南滎陽），隨後又南徙渡江而居於江南。

又由《宋書·州郡志》所記以及江淹詩文中所透露出來的訊息，濟陽江氏南徙渡江之後乃族居於當時南徐州之京口，即今江蘇鎮江，所以江淹乃是事實上的江蘇鎮江人，現存的宋《嘉定鎮江志》及元《至順鎮江志》在「僑寓」類明確記載江淹爲鎮江人，也很好地説明了這一點。

濟陽江氏雖然是當時著名的大族，但江淹的一支卻并不貴顯，不過江淹的祖父江耽及父親江康之仍然做過縣令這樣的官職。江淹的母親祖籍在平原高唐（今山東高唐），是梁代著名學者劉昭的姑母。平原劉氏也是從北方流亡至江南的士族，南渡後族居之地大約在今江蘇無錫一帶。劉昭的祖父與父親官職也不高，地位與江淹的家庭大致相當。從以上情況來看，江淹的家庭在當時應該是一般的中下層士族。

江淹的《自序》説他六歲即能屬詩，可見他早年曾受過良好的教育，家境應該還是不錯的。但是由於他的父親江康之在他十三歲的時候即去世，從此他的家道逐漸衰落，漸趨貧窮。《梁書》江淹本傳説他「少孤貧」，應該正是從他父親死後開始的。陳何之元所撰《梁典》及《南史》江淹本傳也都説他年十三，孤貧，常采薪以養母。因此早年江淹的生活應該是相當艱苦的，而這一段生活對他的成長以及堅韌性格的形成又起到了相當大的作用。

江淹早年勤奮好學，《文選》卷十六江淹《恨賦》李善注引劉璠《梁典》説他「及長，愛奇尚異，自以孤賤，厲志篤學」，他的《自序》自稱：「長遂博覽羣書，不事章句之學，頗留精于文章。所誦詠者，蓋二十萬言。而愛奇尚異，深沉有遠識。」從他二十歲左右所創作的詩歌來看，這些話應該是可信的。由於他的博學和早年所顯示出來的創作天賦，他很快引起了一些士大夫的注意并得到他們的賞識，其中對他幫助最大的就是當時的著名文士檀超。《南史》江淹本傳説他「旦爲高平檀超所知，常升以上席，甚加禮焉」。檀超字悦祖，高平金鄉人，他的事蹟，見載於《南齊書》卷五十二《文學傳》，説他「好文學，放誕任氣」，又説：「超嗜酒，好言詠，舉止和靡，自比晉郗超，爲『高平二超』。謂人曰：『猶覺我爲優也。』」郗超字景興，一字嘉賓，與檀超同爲高平金鄉人。郗超是東晉時期的著名人物，在當時與東晉名將謝玄并稱。《晉書》卷六十七《郗鑒傳附郗超傳》説他「少卓犖不羈，有曠世之度，交遊士林，每有勝拔，善談論，義理精微」。檀超以郗超自比，并以爲自己更要優於郗超，可見他自視甚高。《南齊書》檀超本傳曾記載了一則佚事，説檀超早年「嘗與別駕蕭惠開共事，不爲之下。謂惠開曰：『我與卿俱起一老姥，何足相誇？』」檀超所説的「老姥」，即宋高祖劉裕之母孝懿蕭皇后，蕭惠開爲其侄孫，乃當時的著名貴戚。檀超與蕭惠開共事而不爲之下，更顯示出他狂傲張揚的個性。檀超在年齡上大於江淹許多，江淹青少年時期，檀超久已成名，爲當世所重。然而就是這樣的一個人物，卻不僅禮待江淹，而且「常升以上席」，這當然會使江淹名聲大振。以他孤苦貧寒的出身，在二十歲左右的青年時期即能出入諸王王府，檀超的獎掖無疑起到了重要的作用。

宋孝武帝大明七年（四六三），年方二十歲的江淹即踏上仕途，由南徐州京口來到京都建康（今江蘇南京），爲當時的始安王劉子真和建平王劉景素等講授「五經」，成了他們的發蒙教師。

當時始安王子真年僅七歲，建平王景素年十二歲。子真爲孝武帝劉駿之子，景素則是孝武帝最爲信任的弟弟建平王劉宏之嫡子，這時劉宏已死，所以景素繼承了王位。同年冬，江淹又被正式任命爲南徐州刺史新安王劉子鸞的從事，不久又轉爲奉朝請之職。新安王子鸞爲孝武帝第八子，且爲孝武帝寵妃殷氏所生，因此愛冠諸子。子鸞是時年僅八歲而被任爲南徐州刺史，只是虚職，并未到京口任所而留在京都建康。所以，江淹在子鸞幕府期間仍然居於京都并周旋于諸王之間。

作爲一個出身并不高貴的中下層士族，在當時頗重門第的時代，江淹能在二十歲就成爲諸王的塾師并得以担任孝武帝寵子的從事，乃是非常幸運并且難得的事情。此時的江淹，可以説是志得意滿。如果照此發展下去，江淹的前途將會是一片光明。然而就在江淹二十一歲的大明八年（四六四），形勢卻發生了急劇的變化。這年的閏五月，宋孝武帝病死，繼任的是他的長子劉子業，因爲子業後來被其叔宋明帝所廢，所以史稱前廢帝。子業是孝武帝王皇后所生，由於孝武帝寵愛殷妃及新安王子鸞，所以子業即帝位之前就心存不滿，對子鸞懷恨在心。加之子業爲人心胸狹窄，剛戾兇狠，在他即位後僅兩個月，就免去了子鸞的司徒之職，讓子鸞前往南徐州就任，次年的九月，子鸞即被子業賜死。在這種情況下，江淹乃進入了始安王子真幕府，成了子真幕府中重要一員。當時子真的職務是征虜將軍、南彭城太守，領石頭戍事。幾個月後，子真又先後改任丹陽尹及南兗州刺史之職，前廢帝景和元年，江淹於是又隨子真到了南兗州的治所廣陵（今江蘇揚州）。在子真幕府期間，子真上給朝廷的章、表等大多出自江淹之手。

前廢帝子業不僅深恨子鸞，而且對他的幾個叔叔和弟弟以及朝中的大臣都非常猜忌，常欲置他們於死地。對政治形勢頗爲敏感的江淹大約已經對此有所預感，加之新安王子鸞無端被殺的陰影猶在，所以他在當時陪侍子真登石頭城時所作的《侍始安王石頭》詩説：「暮情鬱無已，流望在川陽。」「攬鏡照愁色，從坐引憂方。山中如未夕，無使桂葉傷。」在隨同子真前往南兖州廣陵就任途中所作的《從征虜始安王道中》詩説：「結軒首涼野，驅馬傃寒城。容裔還鄉櫂，逶迤去國旌。」「徒慚恩厚概，空抱春施名。仰願光威遠，歲晏返柴荆。」就表現出了與他二十歲左右青年人的心態非常不協調的憂慮傷感之情。

江淹隨始安王子真到達南兖州廣陵僅僅三個月左右，也就是前廢帝景和元年十一月，宋王朝即發生了一次重大的政治事件。由於前廢帝子業的荒淫暴虐，威脅到諸王的生命安全，也引起了在朝諸大臣的不滿。因此，子業的叔父湘東王劉彧乃乘機結連内侍，入宫殺了子業并自立爲帝，這就是歷史上的宋明帝。因爲不滿明帝劉彧的弑君自立，宋孝武帝的幾個兒子與相當一部分大臣紛紛起兵反抗，劉宋王朝終於暴發了一次大規模的内戰，戰争幾乎涉及整個國家，直到泰始二年（四六六）的八月，反對者的大本營江州的尋陽（今江西九江）才被明帝的軍隊所攻破，反抗者所尊奉的孝武帝第三子晉安王子勛被殺，戰事才基本結束。宋明帝爲了鞏固政權，消除隱患，乃盡殺孝武帝諸子，年僅十歲的始安王子真也在這年的十月被明帝賜死。繼任南兖州刺史的是建平王劉景素，江淹在數年前曾是建平王景素的塾師，所以景素對江淹相當瞭解和信任。江淹逃過這一劫難之後，仍留在廣陵，成了建平王劉景素的幕僚。他的《自序》說：「始安之薨也，建平王劉景素聞風而悦，待以布衣之禮。」可見他當時在劉景素的幕府中雖然并無職務，但卻是賓客的身份，劉景素對他還是頗爲禮遇的。

然而命運多舛的江淹在這時又意外地遭遇到一次人生的重大挫折。在泰始三年（四六七）的八月，廣陵令郭彦文犯罪下獄，此事牽連到江淹。有人乘機告發説江淹有接受賄賂之嫌，江淹因此而被捕下獄。至於這次被捕的真正原因，據江淹《自序》説，乃是他「倜儻不俗」，即因年少氣盛，恃才傲物而招致了同僚的忌妒。從江淹的生平行事看，他的這個説法是比較可信的。在獄中，他寫下了《詣建平王上書》一文，向景素陳述冤情。文章發端即援引古人之事，敘述自己的冤屈，説：「昔者，賤臣叩心，飛霜擊於燕地；庶女告天，振風襲於齊臺。下官每讀其書，未嘗不廢卷流涕。何者？士有一定之論，女有不易之行。信而見疑，貞而爲戮。是以壯夫義士，伏死而不顧者，以此也。」此後他敘述獄中苦況與心情説：「不圖小人固陋，坐貽謗缺。迹墜昭憲，身限幽圄。履影弔心，酸鼻痛骨。下官聞虧名爲辱，虧形次之。是以每一念來，忽若有遺。加以涉旬月，迫季秋，天光沉陰，左右無色。身非木石，與獄吏爲伍。此少卿所以仰天搥心，泣盡而繼之以血者也。」文中又説：「夫以魯連之智，辭禄而不反；接輿之賢，行歌而忘歸。子陵閉關於東越，仲蔚杜門于西秦，亦良可知也。若使下官事非其虚，罪得其實，亦當鉗口吞舌，伏匕首以殞身。何以見齊魯奇節之人，燕趙悲歌之士乎？」聲情并茂，慷慨激昂，語氣又不卑不亢，感人至深。文章模擬西漢鄒陽《獄中上粱王書》與司馬遷《報任安書》，采用駢散結合的筆法，淋漓盡致地表達了當時的感受，乃是歷來傳誦的名篇。錢鍾書于《管錐編》「二〇八」論此文說：「按齊梁文士，取青妃白，駢四儷六，淹獨見漢魏人風格而悅之，時時心摹手追。此書出入鄒陽《上梁孝王》、司馬遷《報任少卿》兩篇間……雖于時習刮磨未净，要皆氣骨權奇，絕類離倫。」即給予了很高的評價。無怪乎劉景素在見到這篇文章後深受感動，立即就釋放了他。

不久，劉景素離開南兗州刺史任，回到京都建康擔任丹陽尹之職，江淹也隨之南歸。大約在回京後的第二年即泰始四年的春天，江淹即被南徐州刺史桂陽王劉休範舉爲秀才，隨後又在當時例行的秀才對策中得到上第，從而被任命爲巴陵王劉休若的王國右常侍之職。當時巴陵王休若正在湘州刺史任上，這一年的秋天，江淹乃沿長江西上，前往湘州治所所在地臨湘（今湖南長沙），結束了他艱難坎坷的青少年時代，踏上了他人生的新旅途。

二、忠心耿耿的建平王幕僚

在前往湘州臨湘的途中，江淹經過南朝當時西部的政治經濟中心荆州的江陵（今湖北荆州），遠望江陵近郊的著名山脈荆山的景物，不禁感慨萬千，寫下了他早年的代表作之一《望荆山》詩：

奉謁至江漢，始知楚塞長。南關繞桐柏，西途出魯陽。寒郊無留影，秋日懸清光。悲風撓重林，雲霞肅川漲。歲晏君如何？零淚染衣裳。玉柱空掩露，金樽坐含霜。一聞《苦寒》奏，再使艷歌傷。

除了他的《雜體三十首》以外，詩人被《文選》所收録的詩作并不多，此詩乃是其中之一。詩中描繪所見荆州一帶的秋景，氣勢雄渾壯濶，但已不似元嘉詩人寫景詩的峭刻與崇尚藻飾，而顯示出一種較爲清秀自然的風格，明顯表現出了從元嘉向永明詩風過渡的痕跡，對後來謝朓的詩歌創作有着較大的影響。由於他這時離出南兖州獄不久，在獄中與獄吏爲伍的陰影還未徹底消除，因此在詩中展示出來的是一片蕭瑟的秋景，回蕩着濃厚的悲秋氣氛，含蓄地烘托出了他當時遠適異鄉的傷感之情。歷來的文學評論家對此詩都有頗高的評價，可見并不是偶然的。

這次途經荆州時，詩人還創作了一篇《哀千里賦》，賦中寫道：「既而悄愴成憂，憫默自憐。信規行之未曠，知距步之已難。雖河北之爽塏，猶橘柚之不遷。及年歲之未晏，願匡坐於霸山。」抒發了與《望荆山》詩同樣的哀怨之情。

江淹在巴陵王休若幕下僅有幾個月時間，在泰始五年（四六九）的春夏之間，他即離開了休若幕，從臨湘回到京都建康，重新進入了建平王景素的幕府，當時景素正在丹陽尹任上。不久景素轉任吴興（今浙江吴興）太守，江淹又隨之到了吴興。從這時開始，一直到宋後廢帝元徽二年（四七四），他始終在景素幕中，對景素有着深厚的感情。加上此前在南兖州廣陵的一段時間，詩人在景素幕中先後大約共生活了八年時間。所以他在日後所作的《被黜爲吴興令辭牋詣建平王》一文中有「竊思伏皂九載，齒録八年」的説法。

泰始五年歲末，景素被任命爲湘州刺史，因此在泰始六年（四七〇）的春天，江淹又一次有了湘州之行。在途經著名的廬山時，建平王率隨從登上廬山，不由詩興大發，寫下了一首讚美廬山的詩篇，江淹也因此而寫下了一首和作《從冠軍建平王登廬山香爐峰》。景素原作已佚失，江淹和詩云：

> 廣成愛神鼎，淮南好丹經。此峰具鸞鶴，往來盡仙靈。瑶草正翕艴，玉樹信葱青。絳氣下縈薄，白雲上杳冥。中坐瞰蜿虹，俛伏視流星。不尋遐怪極，則知耳目驚。日落長沙渚，曾陰萬里生。藉蘭素多意，臨風默含情。方學松柏隱，羞逐市井名。幸承光誦末，伏思托後旌。

這是又一首詩人早期的名作，也被蕭統收入了《文選》。由於建平王景素愛才好士，詩人在景素幕中的心情應該十分愜意，加之被繫南兖州獄時殘存的陰影已經逐漸消除，所以詩中的心情顯得頗爲輕鬆，色調也較爲明快，充分表現出了廬山如仙境般的空靈境界。結尾則對建平王予以讚美并表示追隨與盡心輔佐的願望。事實上，江淹此詩詩末所説的并非是一般的應酬，也并非阿諛奉承之辭，在日後追隨景素的過程中，他確實盡到了全力輔佐景素的責任。

泰始七年（四七一）二月，景素由湘州刺史改任爲荆州刺史，江淹代景素寫了《建平王讓右將軍荆州刺史表》和《建平王拜右將軍荆州刺史章》二文。到荆州後，江淹即被任命爲景素的右軍主簿，并作有《到主簿日事詣右軍建平王》一文。在此後很長的一段時間中，景素所上給朝廷的章、表及在荆州所發佈的教文等，大多出自江淹之手。

重新進入景素幕的早期，詩人與景素之間的關係應該是比較融洽的，所以在《自序》中他説曾被景素「賓待累年，雅以文章見遇」，在泰始六年時他也寫出了《從冠軍建平王登廬山香爐峰》這種在他的詩作中少有的没有抒寫憂怨之情的詩篇。在此期間，他還寫下了《秋至懷歸》、《步桐臺》、《渡西塞望江上諸山》、《寄丘三公》、《感春冰遥和謝中書二首》等詩篇，這些詩中，他雖然也寫憂情，自稱「憂人」，表現歸隱的願望，但這應該是詩人對政治的敏感、對宋明帝末年無情殺戮諸王的擔憂所致，并不像後來所作詩篇的消沉與憤激。然而時隔不久，形勢又一次發生了重大的變化。在泰豫元年（四七二）四月，宋明帝劉彧病死，繼任的是他的長子劉昱，也就是歷史上的宋後廢帝。宋明帝臨死前，已經開始猜忌景素，因爲懷疑景素會對他的繼任者造成威脅，他臨死前遺詔改任景素爲太常這一閒職，以防止景素在荆州割據一方，擁兵自重。後廢帝即位以後，任用近臣阮佃夫、王道隆等，無端誅殺大臣，大臣人懷危懼，朝政一片混亂。而建平王景素這時已是二十歲左右的青年，羽翼也逐漸豐滿，加之他因禮待士人，修身潔行，撫接百姓，從而深得朝野之心。朝中一些大臣乃屬意景素，希望他能取後廢帝而代之。《宋書》卷七十二《建平王宏傳附景素傳》記載，當時「朝野翕然，莫不屬意焉。而後廢帝狂凶失道，内外皆謂景素宜當神器」。在這種形勢下，後廢帝劉昱的生母陳氏的親屬，以及其所寵幸的近臣阮佃夫、楊運長等乃深忌景素，派遣耳目，對景素嚴加防範。當時的荆州，乃是南朝西部的政治經濟和軍事中心，荆州刺史實際上管轄當時的荆、湘、雍、益、梁、南北秦數州，可以說是西部之長。景素擔任荆州刺史，無疑掌握了西部地區的政治軍事大權。而回京擔任太常之職，實際上等於交出了一切權力，後果的嚴重程度是不言而喻的。當時在景素的僚屬中，就有許多人爲了追求榮華富貴而力勸景素乘機起事，景素也爲了自身的安全，所以就與其親信密謀自全之計，企圖發兵東下，奪取政權。此時江淹分析形勢，認爲在當時的條件下，景素一旦發兵，則必敗無疑。於是他乃不顧利害，以西周王朝管叔、蔡叔謀反失敗的教訓向景素進諫，告誡景素不要輕舉妄動。這時的景素在左右親信的慫恿蠱惑之下，不免有些喪失理智，飄飄然起來，他不僅没有採納江淹的意見，反而對江淹有所不滿，從此逐漸疏遠了江淹。

泰豫元年七月，景素經過再三權衡，決定先行回京都以待機而動，途中江淹作有《江上之山賦》一篇，其中說：「嗟世道之異兹，牽憂恚而來逼。惟爐炭于片景，抱絲緒於一息。每意遠而生短，恒輪平而路仄。信懸天兮窈昧，豈繫命於才力。既羣龍之咸疑，焉衆狀之所極！俗逐事而變化，心應物而迴旋。既歘翕其未悟，亦緯繣而已遷。伊人壽兮幾何？譬流星之殞天。悵日暮兮吾有念，臨江上之斷山。雖不敏而無操，願從蘭芬與玉堅。」對當時局勢的變幻表示了無限的擔憂。這年的閏七月，景素又被改任爲鎮軍將軍、南徐州刺史，江淹也隨景素來到了南徐州刺史治所所在的京口（今江蘇鎮江），并被任爲景素的鎮軍參軍，領南東海郡丞。來到京口以後，元徽二年（四七四）友人袁炳的英年早逝，又使他在精神上遭受到重大的打擊。袁炳字叔明，陳郡陽夏人，乃是被詩人稱爲與之有「神交」的最爲信賴的摯友，死時年僅二十八歲。在袁炳死後詩人所作的《袁友人傳》中，曾對他作了極高的評價，說：「其人天下之士，幼有異才，學無不覽，文章俶儻清贍出一時。任心觀書，不爲章句之學。其篤行則信義惠和，意罄如也。常念蔭松柏，詠詩書，志氣跌宕，不與俗人交。俛眉暫仕，歷國常侍員外郎，府功曹，臨湘令。粟之入者，悉散以贍親。其爲節也如此，數百年未有此人焉。」詩人在泰始五年所作的《報袁叔明書》，元徽二年所作的《與交友論隱書》，都是與袁炳的書信往來之作。二文受司馬遷《報任安書》、楊惲《報孫會宗書》及嵇康《與山巨源絶交書》的影響，駢散結合，敘事抒情自然流麗，極富感染力，乃六朝書信散文中的名篇。錢鍾書《管錐編》「全梁文卷三十八」以爲《與交友論隱書》乃「嵇康與山巨源之遺」，與《報袁叔明書》同爲「氣骨權奇，絶類離倫」之作，是很有道理的。《報袁叔明書》說：「若十口之隸，去於飢寒。從疾舊里，斥歸故鄉。箕坐高視，舉酒極望。雖五侯交書，羣公走幣，僕亦在南山之南矣。此可爲智者道，難與俗士言也。」《與交友論隱書》說：「今但願拾薇藿，誦詩書，樂天理性，斂骨折步，不踐過失之地耳。猶以妻孥未奪，桃李須陰，望在五畝之宅，半頃之田。鳥赴簷上，水匝階下，則請從此隱，長謝故人。」將自己的内心思想，毫無保留地向老友全盤托出，既不矯揉造作，也没有絲毫的隱藏，足見二人友情之深厚。如今老友英年早逝，怎能不使詩人爲之痛哭流涕。爲此，他一連寫下了《傷友人賦》、《袁友人傳》以寄託其哀思。《傷友人賦》中説：「凋碧玉之神樹，銷紫石之靈根。永遠書于江滋，結深痛於爾魂。魂綫昧其若絶，泣縈盈其若結。吝妙賞之不留，悼知音之已逝。」《袁友人傳》則説：「嗟乎！斯才也，斯命也。天之報施善人，何如哉！何如哉！」寥寥數語，表現了詩人内心極大的悲傷之情。再加上當時局勢的危重，更使詩人在這一時期的詩文創作中充滿了人生無常、世事難料的悲憫之情。

在南徐州，建平王景素陰謀反叛之心愈加顯露，與其左右心腹日夜謀議，以求一逞。江淹此時見自己直言進諫已不可能被景素所接受，於是意欲通過微言托諷的手法，以圖使景素懸崖勒馬。由此，他作了十五首五言詩以爲諷諫，這就是現存的《效阮公詩十五首》。這一組詩模仿阮籍《詠懷詩》，大量運用比興的手法，委婉曲折地表達了自己的見解。雖然較爲含蓄，但規勸之意還是相當明顯的。如其中的第四首：

飄飄恍惚中，是非安所之。大道常不驗，金火每如斯。忼慨少淑貌，便娟多令辭。宿昔秉心誓，靈明將見期。願從丹丘駕，長弄華池滋。

此詩借遊仙的題材，表現世事的難爲，暗示反叛的難以成功；以小人的美言令辭對比自己的逆耳忠言；最後則説明天命無常、禍福難料的道理。又如第十一首：

擾擾當途子，毁譽多埃塵。朝生輿馬間，夕死衢路濱。藜藿應見棄，勢位乃爲親。華屋争結綬，朱門競彈巾。徒羨草木利，不愛金碧身。至德所以貴，河上有丈人。

指斥那些慫恿景素謀反的小人爲了自身的榮華富貴而不惜冒險以求一逞，警告他們最後必然會落得可悲的下場，最後又指出道家全身遠害的可貴。以上數首詩作規勸景素的意思都相當明顯。此外，這一時期他還寫下了《燈賦》、《扇上彩畫賦》、《遂古篇》等作品，或托物言志，或暗喻諷諫。《遂古篇》全文模仿屈原《天問》，對古代的傳説表示疑問，文中有云：「六合之内，心常渾兮。幽明詭性，令智昏兮。」顯然針對景素的異謀，指斥景素等人的利令智昏。結尾説：「茫茫造化，理難遁兮。聖者不測，况庸倫兮。筆墨之暇，爲此文兮。薄暮雷電，聊以忘憂，又示君子。」文中的「君子」，也明顯指景素而言。與屈原的《天問》，同樣寄託了政治上失意的憂憤。但是在當時，景素一方面過高地估計了自己的力量，另一方面也已經騎虎難下，正所謂箭在弦上，不得不發。江淹的苦心，不但起不到應有的效果，反而加深了二人之間的隔閡。在這種形勢之下，爲了排斥異己，也爲了反叛的陰謀不至於泄露，景素將江淹驅逐出自己的幕府，已經是勢所必然了。

這年的秋天，景素通過主管官吏的吏部，將江淹貶爲建安吴興縣令。貶官的理由根據《梁書》與《南史》江淹本傳的記載，是因爲南東海太守陸澄因家中喪事而回家守孝，按照當時的慣例，作爲南東海太守副職的江淹應該代理陸澄的職務，但景素卻任命了他的軍府司馬柳世隆。江淹固求此職，致使景素大怒。其實這只是作爲貶黜江淹的一個冠冕堂皇的理由，個中真正的原因，卻是不言而喻的。江淹抱着一片忠心，從此離別了侍奉多年的建平王景素。但出於與景素相處多年的情誼，也出於對景素的一片赤誠，他在到達建安吴興之後，仍然寫下了《被黜爲吴興令辭牋詣建平王》一文，文中説：「竊思伏皁九載，齒録八年。以春以秋，且思且顧。竟不能抑黑質，揚赤文，抽精膽，報慈光。」又説：「淹乃梁昌，自投東極，晨鳥不飛，遷骨何日？一辭城濠，旦夕就遠。白雲在天，山川間之。眷然西顧，涕下若屑。」向建平王敘述他們相處多年的深厚感情，也表示了重新回到景素身邊的願望。但這時利令智昏的建平王景素對此已經完全無動於衷了。

三、在建安吴興三年創作高峰時期的生活

建安吴興即現在福建的浦城，當時隸屬江州，在六朝時期乃是近海多山的荒僻之地，距離

詩人的家鄉京口又路途遥遠。據《宋書·州郡志》的記載，建安一郡領七縣，凡三千零四十二户，人口一萬七千六百八十六。如果以均數計算，則吴興一縣僅有四百三十餘户，二千五百二十餘人，地位之無足輕重，由此可見一斑。因此這次貶黜，對詩人的打擊無疑是相當大的。元徽二年秋，詩人辭别妻兒，自京口出發，在臨行前他即寫下了《倡婦自悲賦》一篇，以失寵之倡婦自比，表示被貶黜的悲傷之情。然而詩窮而後工，在吴興艱難的貶黜生活，卻促成了江淹文學創作的巨大成功。從元徽二年秋末江淹從京口出發，前往建安吴興開始，到宋順帝昇明元年（四七七）他重新回到京都爲止的三年不到的時間中，詩人創作了大量的優秀作品。其中詩作有《無錫縣歷山集》、《無錫舅相送銜涕别》、《赤亭渚》、《渡泉嶠出諸山之頂》、《遷陽亭》、《應謝主簿騷體》、《雜三言五首》、《草木頌十五首》、《採石上菖蒲》、《山中楚辭五首》、《悼室人十首》、《游黄蘗山》等，賦作則有《倡婦自悲賦》、《去故鄉賦》、《泣賦》、《青苔賦》、《赤虹賦》、《待罪江南思北歸賦》、《傷愛子賦》、《四時賦》、《翡翠賦》、《麗色賦》、《空青賦》、《水上神女賦》等，而其中最爲著名的則是歷來被廣泛傳誦的名篇《恨賦》與《别賦》。這期間他不僅創作的詩賦數量衆多，而且最爲後人所稱道的名篇也基本上創作於這一階段。

在前往建安吴興途中，詩人途經無錫（今江蘇無錫）時與母舅相聚，作有《無錫縣歷山集》、《無錫舅相送銜涕别》二詩；道經錢塘（今浙江杭州），在著名的富春江畔又寫下了他的名作《赤亭渚》詩。此外，在途中他還創作了《渡泉嶠出諸山頂》、《遷陽亭》二詩及《去故鄉賦》一篇。《赤亭渚》詩云：「路長寒光盡，鳥鳴秋草窮。瑶水雖未合，珠霜竊過中。坐識物序晏，卧視歲陰空。一傷千里極，獨望淮海風。遠心何所類，雲邊有征鴻。」《遷陽亭》説：「伊我從霜露，僕御復孤征。楚客心命絶，一願聞越聲。」《渡泉嶠出諸山之頂》詩云：「行行詎半景，余馬以長懷。南方天炎火，魂兮可歸來。」都表現了他這次貶黜時的傷悲，以及對回歸故鄉的希冀之情。而《去故鄉賦》寫道：

> 於是泣故關之已盡，傷故國之無際。出汀州而解冠，入溆浦而捐袂。聽蒹葭之蕭瑟，知霜露之流滯。對江皋而自憂，弔海濱而傷歲。撫尺書而無悦，倚樽酒而不持。去室宇而遠客，遵蘆葦以爲期。情嬋娟而未罷，愁爛漫而方滋。切趙瑟以横涕，吟燕笳而坐悲。

結尾説：

> 横羽觴而淹望，撫玉琴兮何親。瞻層山而蔽日，流餘涕以沾巾。恐高臺之易晏，與螻蟻而爲塵。

將遠離故土的傷感毫無保留地抒發了出來，可謂情真意切，催人淚下。

在建安吴興期間，江淹在他的作品中多次提到過這裏的居住和生活狀況。如《待罪江南思北歸賦》説：「於是臨虹蜺以築室，鑿山楹以爲柱。上𡼏𡼏以臨月，下淫淫而愁雨。奔水潦於遠谷，汩木石於深嶼。」《赤虹賦》序説：「東南嶠外，爰有九石之山。乃紅壁十里，青𡾊百仞。苔滑臨水，石險帶溪。自非巫咸采藥，羣帝上下者，皆斂意焉。」《草木頌十五首》序説：「今所鑿處，前峻山以蔽日，後幽晦以多阻。」其中雖然有着誇張的成分，但這裏的生活環境頗爲艱苦則是肯定的。然而江淹并没有因此而消沉，而是悠遊於山水之間，或潛心思考人生的哲理，或沉浸于文學的創作。他在《自序》中説當時「山中無事，與道書爲偶，乃悠然獨往，或日夕忘歸。放浪之際，頗著文章自娱」，正是他當時思想與生活的真實寫照。在這裏，詩人盡情地遊覽着吴興的奇山異水，《游黄蘗山》詩就是他在這裏留下的名作：

長望竟何極？閩雲連越邊。南州饒奇怪，赤縣多靈仙。金峰各虧日，銅石共臨天。陽岫照鸞采，陰谿噴龍泉。殘屼千代木，廧崒萬古煙。禽鳴丹壁上，猿嘯青崖間。秦皇慕隱淪，漢武願長年。皆負雄豪威，棄劍爲名山。況我葵藿志，松木横眼前。所若同遠好，臨風載悠然。

詩題之黄蘗山，前人多有不同之説法。《古詩箋》聞人倓釋此詩首二句以爲「閩越即西甌，今建安郡是也」，據詩中所述，聞注當爲可信。詩融合元嘉詩人謝靈運「情必極貌以寫物，辭必窮力而追新」以及鮑照「貴尚巧似，不避險仄」的特點於一體，但既不同于謝靈運山水詩的色彩絢麗，生機盎然，也不似鮑照山水詩的充滿肅殺之氣，而表現了詩人自身的創作特色，充分展示出人跡罕至的黄蘗山奇險幽僻之獨特風貌。

在建安吴興，他還見到了此前見所未見的奇異的動植物，使他加深了對異鄉山水的熱愛，他將這些也一一寫入了詩文之中。《空青賦》、《石劫賦》、《翡翠賦》以及《草木頌十五首》、《採石上菖蒲》詩等就是這一類作品。《草木頌十五首》序説這裏「葉饒冬榮，花有夏色，兹赤縣之東南乎？何其奇異也！結莖吐秀，數千餘類，心所憐者，十有五族焉」。在數千餘類奇異的植物之中，他選擇了最爲喜愛的金荆、相思、豫章、木蓮等十五種植物進行了具體的描繪。而《石劫賦》則描述了在福建沿海地區的一種蚌蛤類特産石劫，這種蚌蛤春天大量繁殖，每每潮水發生時，石劫則於殼中伸細脚攫取食物，攢簇如聚蕊，故古人乃以之爲花。有些學者以爲此乃出於傳聞，其實是不準確的。詩人感而賦之，説：「我海若之小臣，具品色於滄溟。既鑪天而銅物，亦噏化而染靈。比文豹而無恤，方珠蛤而自寧。冀湖濤之蔽迹，願洲渚以淪形。」已完全陶醉于對這一天生異物的遐想之中。

就在詩人悠遊于建安吴興的奇山異水之時，在元徽三年（四七五）的秋天，一個不幸的消息從家鄉傳來，他年僅二歲的次子江艽因病夭折。江艽雖年幼，但卻因爲生於寅年的正月，與大詩人屈原相同，故爾被江淹寄予了無限的希望。得此噩耗，詩人寫下了一篇《傷愛子賦》以爲哀悼，其中有云：「嗟奈何兮弱子，我百艱兮是尋。驗纖帶之夜緩，察葆鬢之朝侵。惟人生之在世，恒歡寡而戚饒。雖十紀之空名，豈百齡之能要。迅朱光之映夜，湛白露之凝朝。」鼻酸骨楚，可謂痛徹心脾。然而禍不單行，更大的打擊又接踵而來。在江艽病死的次年即元徽四年（四七六），一個更令詩人難以承受的不幸再次從家鄉傳來，詩人的妻子劉氏因愛子夭逝，憂傷過度而抑鬱成疾，終於不治而亡。

詩人此前在建安吴興所作詩文，如《傷愛子賦》中「奪懷袖之深愛，爾母氏之麗人」，《四時賦》中「眷庭中之梧桐，念機上之羅紈」，《採石上菖蒲》詩中「瓊琴久塵蕪，金鏡廢不看。不見空閨裏，縱横愁思端」，皆爲思念妻子之語。再從他三十多歲始有次子江艽的情況看，他好像也没有妾媵，這些都可見出他們夫妻之間相當恩愛。這種深厚的感情使他在得知妻子去世的消息後隨即寫下了表現中年喪妻之痛的《悼室人》詩十首。其中第二首説：

適見葉蕭條，已復花菴鬱。帳裏春風蕩，簷前還燕拂。垂涕視去景，催心向徂物。今悲輒流涕，昔歡常飄忽。幽情一不弭，守歎誰能慰。

第三首説：

夏雲多雜色，紅光鑠蕤鮮。苒弱屏風草，潭拖曲池蓮。黛葉鑑深水，丹華香碧煙。臨絿方自吊，攬氣以傷然。命知悲不絶，恒如注海泉。

第五首説：

秋至擣羅紈，淚滿未能開。風光肅入户，月華爲誰來？結眉向珠網，瀝思視青苔。鬟局將成葆，帶減不須催。我心若涵煙，葐蒀滿中懷。

第七首説：

顥顥氣薄暮，蔌蔌清衾單。階前水光裂，樹上雪花團。庭鶴哀以立，雲雞肅且寒。方東有苦淚，承夜非膏蘭。從此永黯削，萱葉焉能寬。

詩人無論是在何時何地，都仿佛能聽到妻子砧杵擣衣的響聲，見到妻子親切的面容，然而這所有的一切卻又難以成爲現實。一種莫名的痛苦在抽打着詩人的心靈，摧殘着詩人的形體，我們仿佛看到了詩人憔悴的面容和形銷骨立的身影。組詩雖然在某些手法上受潘岳《悼亡詩》的影響，但又自有其特色。詩采用民歌中四季相思的形式，抒寫詩人一年四季對亡妻的無限哀思；又運用景物的變化推移，以及幻想與現實的結合，將他剪不斷理還亂的思緒、纏綿悱惻的傷感與痛苦推向了極致，可以説是悼亡詩中别具特色之作。

如果説詩人在妻亡之前的作品某種程度上還帶有一些平靜曠達成分的話，那麽在接連遭受到喪子與喪妻的雙重打擊之後，卻是無論如何也曠達不起來了。所以，對他在建安吴興時寫出《泣賦》、《恨賦》與《别賦》那樣寄託莫名哀怨，集傷感與悲憤於一體的作品，應該就可以理解了。

《恨賦》與《别賦》是詩人最爲後人所傳誦的作品，也是歷代賦作中的傑構。《恨賦》選擇典型的歷史人物作爲某一種類型人物的代表，以抒寫他們的死生之感。通過秦始皇、趙王遷、李陵、王昭君、馮衍（敬通）以及嵇康之死，分别抒寫帝王之恨、諸侯之恨、名將之恨、美人之恨、名士之恨、高士之恨，然後進而推廣至孤臣、孽子、遷客及富貴者之恨。雖然這些恨人的生活時代不同，每人的具體情況不同，個性不同，死生的情緒也各不相同，但詩人都能將他們各自不同的恨寫得别具特色。如寫李陵：

> 至如李君降北，名辱身冤。拔劍擊柱，弔影慙魂。情往上郡，心存鴈門。裂帛繫書，誓還漢恩。朝露溘至，握手何言？

重在寫李陵投降匈奴後名辱身冤的傷感無奈，抒寫其有志難伸、有才難展的痛苦。賦的結尾説：

> 已矣哉！春草暮兮秋風驚，秋風罷兮春草生。綺羅畢兮池館盡，琴瑟滅兮丘壟平。自古皆有死，莫不飲恨而吞聲。

將世事循環無端、榮枯同歸於盡之理，説得淋漓盡致，令人蕩氣回腸。

《別賦》可以説是《恨賦》的姐妹篇，内容表現人們離別的痛苦，手法與《恨賦》略同而又有變化。此賦以「黯然銷魂者，唯別而已矣」總領全篇，然後分述人間的種種離別。然而與《恨賦》不同的是，此賦卻并不具體寫某一人物，而是按各種人物的類型予以描述，因而更具概括性，也更便於作者感情的抒發。如寫情人離別的一段：

> 下有芍藥之詩，佳人之歌。桑中衛女，上宫陳娥。春草碧色，春水渌波。送君南浦，傷如之何！至乃秋露如珠，秋月如珪。明月白露，光陰往來。與子之別，思心徘徊。

幾乎完全采用民歌抒情獨白的形式，纏綿悱惻的憂傷之中充滿了詩意的美感。

以上二賦采用四六的句式，屬對工整，但卻寫得參差錯落，自然流暢，豐富多彩；筆法時而簡勁，時而悲惋。熔鑄《詩經》、《楚辭》、樂府、古詩的句法詞語，卻渾然無跡；音韻暢朗優美，流麗自然，極具感人之魅力。許槤《六朝文絜》説「《恨》《别》二賦，文通創格」，即説明他除了善於吸收前人的創作特色以外，還是一個極富創造力的詩人。其中融合傷感、哀怨及悲憤於一體的感情的抒發，可以説正是作者在充分經歷了身遭貶斥、流離他鄉而歷經艱難的别離之苦，以及中年喪子喪妻的切膚之痛的具體況味後的人生體驗與感悟。所以他在《恨賦》中乃自稱「僕本恨人，心驚不已」，應該并不是無病呻吟之語。

元徽四年七月，與景素同謀發動兵變并在京都建康擔任羽林監的垣祇祖率數百騎兵逃奔京口，稱京都已經潰亂，勸景素速入。景素相信了這一錯誤情報，於是倉促起兵。由於實力懸殊以及準備并不充分，結果不到十日，景素即兵敗被殺。自此朝廷大權逐漸爲鎮壓景素叛亂而立下大功的鎮軍將軍、南兖州刺史蕭道成所掌握。蕭道成在當政前早就非常賞識江淹的文才，《南史》江淹本傳曾記載説：「桂陽之役，朝廷周章，詔檄久之未就。齊高帝引淹入中書省，先賜酒食，淹素能飲啖，食鵝炙垂盡，進酒數升訖，文誥亦辦。」「桂陽之役」，指元徽二年（四七四）江州刺史桂陽王劉休範起兵攻打京都建康的戰役，此役也以劉休範的失敗而告終。因此，蕭道成在執掌朝政後爲奪取帝位的需要，下令將江淹從建安吴興召回。元徽五年春天，三十四歲的江淹終於離開與他相伴數年的異鄉山水，踏上了回鄉的路途，并寫下了《還故國》詩一首：

漢臣泣長沙，楚客悲辰陽。古今雖不舉，兹理亦宜傷。山中信寂寥，孤景吟空堂。北地三變露，南簷再逢霜。竊值寰海闢，仄見圭緯昌。浮雲抱山川，遊子御故鄉。遽發桃花渚，適宿春風埸。紅草涵電色，緑樹鑠煙光。高歌傃關國，微歎依笙篁。請學碧靈草，終歲自芬芳。

一路上桃花盛開，春風拂面，紅草耀眼如電，緑樹閃爍似煙，一種久客異鄉終得回歸的喜悦溢於言表。而令人遺憾的是，此詩也成了江淹創作高峰期結束的標誌，是他最後具有自己創作個性的極少數佳作之一。此後，他即將主要精力投入於政治活動而較少文學創作。後世所謂的「江郎才盡」，從這以後當已經開始顯露出來。作爲一個文學家，江淹的前半生取得了令人矚目的成就，而作爲一個政治家，江淹的後半生也同樣取得了相當的成功。

四、卓具遠見的傑出政治家

回到家鄉京口以後，江淹曾在家中有過短暫的閒居，并作有《無爲論》一篇，表示從此要絶意仕宦，隱居避世。但實際上這不過是他借此而顯示清高，并非其真實思想。昇明元年（四七七）七月，蕭道成結連内侍發動政變，殺死後廢帝劉昱，擁立劉昱之弟安成王劉準爲帝，從此完全操縱了劉宋王朝的軍政大權。隨即蕭道成將江淹召入幕府，任命他爲自己的驃騎大將軍府的功曹參軍。從此，江淹即成了蕭道成幕府中掌筆翰的最爲主要的人物，蕭道成上於順帝劉準之章、表及所發之教、令等應用文字，基本上出自江淹之手。

昇明元年季冬，當時擔任荆州刺史的沈攸之因爲不滿蕭道成的專權，乃從江陵發兵東下。沈攸之握有重兵，實力强大，《宋書》卷七十四《沈攸之傳》記載説當時「攸之素畜士馬，資用豐積。至是戰士十萬，鐵馬二千」，對蕭道成形成了巨大的政治軍事壓力。再加上當時朝中忠於王室的大臣袁粲、劉秉等人因感到蕭道成對劉宋王朝的威脅，也欲響應沈攸之，以乘機除掉蕭道成。在這嚴峻的形勢之下，蕭道成曾向江淹徵求看法。江淹以歷史上以弱勝强的具體事例進言，以堅定蕭道成必勝的信心，同時他還進一步分析了蕭道成的五大有利條件及沈攸之五大不利的因素，得出蕭必勝而沈必敗的結論，力勸蕭道成以武力平定叛亂。後來事態的發展果真如江淹所料，沈攸之於昇明二年（四七八）的正月即兵敗被殺。叛亂的迅速平定，也更加深了蕭道成對他的信任。從此，江淹的政治前途已經是一片光明。

昇明三年（即齊高帝建元元年，四七九）蕭道成廢宋順帝自立，國號齊，是爲齊高帝。江淹自此又進入了蕭道成的次子豫章王蕭嶷的幕府，爲蕭嶷相府的記室參軍，同時參掌詔册，國家當時的詔書等重要文件，仍然基本由他起草。建元二年（四八〇）他又領東武令，同時還兼管國史的編撰，與他素所尊敬的檀超一同纂修《齊史》。不久，江淹又先後升任正員散騎侍郎，中書郎，成了掌管國家機密的核心人員。建元四年（四八二）三月，蕭道成病卒，江淹作《齊太祖高皇帝誄》以讚美蕭道成的功績，并將蕭道成的遺文編次成集。而他最爲後世所稱道的《雜體三十首》在這年之前也已經全部完成。此三十首詩模擬漢無名氏古詩至南朝湯惠休爲止的古今凡三十位名家的五言詩，每人擬作一首，乃其竭盡心力之作。組詩的序言説：

夫楚謡漢風，既非一骨；魏製晉造，固亦二體。譬猶藍朱成彩，雜錯之變無窮；宫角爲音，靡曼之態不極。故娥眉詎同貌，而俱動於魄；芳草寧共氣，而皆悦於魂。不其然歟？至於世之諸賢，各滯所迷，莫不論甘而忌辛，好丹而非素。豈所謂通方廣恕，好遠兼愛者哉？乃致公幹仲宣之論，家有曲直；安仁士衡之評，人立矯抗。況復殊於此者乎！又貴遠賤近，人之常情；重耳輕目，俗之恒蔽。是以邯鄲託曲於李奇，士季假論於嗣宗，此其效也。然五言之興，諒非夐古。但關西鄴下，既以罕同；河外江南，頗爲異法。故玄黄經緯之辨，金碧浮沉之殊，僕以爲亦各具美兼善而已。今作三十首詩，斆其文體，雖不足品藻淵流，庶亦無乖商攉云爾。

可見此三十首并非單純的模擬之作，其真正的目的乃是要力圖通過這些形象的擬作以表達自己的創作觀點，批評當時各迷所滯、貴遠賤近、重耳輕目等不良傾向，表現了他對創作風格多樣化的文學主張的提倡，以及對不同時代、不同創作風格作家的尊重。從時間上看，這三十首應該并非創作于一時一地，而恐怕是一個較長時期創作的匯總。這是因爲這一組詩所模擬的三十家時代各不相同，時間跨度既大，創作的主要内容與風格又各迥異。況且組詩的創作目的乃是意欲通過這些擬作來顯示三十家詩人各自的創作特色，并進而表現自己的文學批評觀點。要做到這一點，就需要作者沉浸于各家的創作之中，去悉心體會各家的風格以及遣詞造句、狀景體物、抒情言志等各方面的特點，掌握各家創作的主要成就，甚至於要充分瞭解各家的生平經歷和思想狀況。只有做到以上這些，才能使其所擬之作不僅達到形似而且是神似的高度。這一點，江淹不僅做到了，而且做得相當成功。鍾嶸《詩品》謂「文通詩體總雜，善於模擬」，嚴羽《滄浪詩話》謂「擬古惟文通最長，擬淵明似淵明，擬康樂似康樂，擬左思似左思，擬郭璞似郭璞」，陳繹曾《詩譜》謂「江淹善觀古作，曲盡心手之妙」，皆主要指此組詩而言，評價遠遠要超過江淹其他的詩作。因此，這一組詩決不可能在短時期内完成。而一些學者將江淹的這三十首雜體詩定在建元末年或永明初年的説法，至少應該是不準確的。

三十首擬作在詩題中皆一一標明所擬對象的詩作中最富特色的内容，并在詩中充分展示了各家創作的總體風格特點。其中擬陶淵明、鮑照、湯惠休等人的數首，甚至被後人誤以爲乃是被擬者的原作。如擬陶淵明的《陶徵君田居》：

種苗在東皋，苗生滿阡陌。雖有倚鋤倦，濁酒聊自適。日暮巾柴車，路闇光已夕。歸人望煙火，稚子候簷隙。問君亦何爲，百年會有役。但願桑麻成，蠶月得紡績。素心正如此，開徑望三益。

將陶淵明的形神乃至思想皆揣摩得維妙維肖，可謂貌合神似。以致此詩長期羼入陶集中，被當作《歸園田居》的第六首。蘇東坡亦直以此詩爲淵明原作從而和之，則尤益見其功力之深。而更值得我們注意的是，陶淵明直爲田家語的詩作在劉宋孝武帝大明時期，雖有王僧達與鮑照的擬作①，但由於多方面的原因，陶詩在當時仍未引起應有的重視。江淹在模擬五言詩發展過程中的重要諸家時，不僅列陶淵明於其中，而且模擬得如此逼真，不僅表現了他對陶詩之推崇，更表現了他超凡脱俗的敏鋭目光以及過人的膽識。在這一組詩完成之後，再也不見他有佳作問世，詩人蒙受「才盡」之譏的時間，大約就在建元四年（四八二）前後。雖然在齊武帝永明三年（四八三）他還作有《銅劍讚》，永明六年（四八八）也有《靈丘竹賦》之作，但都顯得較爲板滯，藝術上已經没有多少可稱道之處了。

關於江淹才盡的原因，鍾嶸《詩品》論「齊光禄江淹詩」有以下的一段記載説：「初，淹罷宣城郡，遂宿冶亭，夢一美丈夫，自稱郭璞，謂淹曰：『吾有筆在卿處多年矣，可以見還。』淹探懷

① 王僧達擬陶詩已佚，但鮑照《學陶彭澤體》注曰「奉和王義興」，知王僧達亦有擬陶之作。

中，得五色筆以授之，爾後爲詩，不復成語，故世傳江淹才盡。」《南史》江淹本傳除以上這一軼事以外，還記載了張協索錦事，説：「淹少以文章顯，晚節才思微退，云爲宣城太守時罷歸，始泊禪靈寺渚，夜夢一人自稱張景陽，謂曰：『前以一匹錦相寄，今可見還。』淹探懷中得數尺與之，此人大恚曰：『那得割截都盡。』顧見丘遲謂曰：『餘此數尺既無所用，以遺君。』自爾淹文章躓矣。又嘗宿於冶亭，夢一丈夫自稱郭璞，謂淹曰：『吾有筆在卿處多年，可以見還。』淹乃探懷中得五色筆一以授之，爾後爲詩，絶無美句，時人謂之才盡。」這一説法，應該是好事者所杜撰的回護之辭，不爾則爲江淹自己所杜撰，以爲自我解嘲耳。這是因爲江淹自宣城太守任還京都時，乃在齊東昏侯永元元年（四九九），是時江淹才盡已久；又且江淹夢中之事，又何人能知耶？推究江淹才盡之原因，筆者以爲大致應該有以下數點：一爲王世貞《藝苑卮言》所説：「文通裂錦還筆入夢以來，便無佳句，人謂才盡，鮑照亦謂才盡，殆非也。昔人夜聞歌《渭城》甚佳，質明跡之，乃一小民傭酒館者。捐百緡予使酇酒，久之不復能歌《渭城》矣。近一江右貴人，强仕之始，詩頗清淡，既涉貴顯，雖篇什日繁，而惡道坌出。人怪其故，予曰：『此不能歌《渭城》也。』」以爲乃富貴而後所致。這一點應當正是江淹才盡最爲直接和主要的原因。其二，江淹的詩歌風格，以抒寫悲苦之情緒最爲擅長，現存的佳作，除《雜體三十首》而外，絶大多數皆屬於這一類作品。劉熙載《藝概》卷二《詩概》説：「江文通詩，有淒涼日暮，不可如何之意，此詩之多情而人之不濟也。」除了指出江淹詩的善於抒發悲苦之情而外，還指出造成他善於抒發悲苦情緒這一特點的原因乃是江淹的「人之不濟」，即他處境的不順。因此當後期一旦官運亨通以後，他就再也無法去歎窮嗟悲，感慨時不我與了。再加上他在宋末齊初年事漸高，文思減退，在這種情況下，他的才盡也就不足爲怪了。當然，當時文風的變化也多少影響了他的文學創作。但筆者認爲這恐怕并不是主要原因，因爲在與自己創作風格不同的時代中，同樣能創作出優秀作品的詩人其實是大有人在的，如較江淹生活時期稍早的晉末宋初，這樣的詩人就不在少數。

齊武帝蕭賾永明元年（四八三），江淹遷職驍騎將軍，掌國史，主持《齊史》的修撰。在這之前建元二年（四八〇）江淹的「典國史」，檀超乃是主纂。永明元年因爲檀超的離任，江淹於是成爲國史纂修的主持者。檀超在齊建元時期，深得高帝蕭道成信任，但他個性剛强高傲，狂放不羈，又嗜酒放誕，同時與齊武帝最爲寵信的權臣王儉關係也頗爲緊張。因此在齊武帝即位後不久，檀超即被流放交州（治所在今越南河内附近），并在前往交州的途中被齊武帝派人所殺。當得知檀超被殺的消息後，江淹不禁爲之扼腕歎息，當即寫下了《齊故司徒右長史檀超墓誌文》，說：「惟金有誂，惟玉有瑶。君實淵哉，行爲世摽。高志灑落，逸氣寂寥。奥學内溢，深文外昭。嘉采籍譽，登國振朝。亦既有美，鋦傷蕙凋。人邇運曠，世促道遼。永矣仁矣，流芳無澆。」對檀超的文才人品均作出了高度的評價。其中的「君實淵哉」的「淵」，筆者頗懷疑乃「冤」的諧音借字，對檀超的屈死表示無限的痛心與憤慨，而這卻不免會觸犯齊武帝的忌諱。齊武帝生性嚴刻好殺，他即位之後，先後被他以種種藉口殺害的大臣有五兵尚書垣崇祖、散騎常侍荀伯玉、車騎將軍張敬兒及其四子、征北諮議參軍謝超宗等。江淹這篇墓誌的寫作，在當時無疑有相當的危險，但爲了對自己有過獎掖與提攜之恩的知音和前輩，一向明哲保身的江淹乃一反常態，寫下了這一篇可能會對自己産生嚴重後果的文字。

就在這一年，江淹被外任爲建武將軍、廬陵（治所在今江西南昌）内史。從品第上看，建武將軍與江淹此前所擔任的驍騎將軍皆爲四品武職，但驍騎將軍則是守衛宫廷之内軍，何況其任驍騎將軍時又掌國史，地位更自不同。原任的中書郎官第五品，亦與廬陵内史官階相當，然而中書郎乃掌管機密之職，《南齊書》卷三十五《劉瓛傳》載：「除車騎行參軍，南彭城郡丞，尚書祠部郎，并不拜。……上欲用瓛爲中書郎，使吏部尚書何戢喻旨。戢謂瓛曰：『上意欲以鳳池相處，恨君資輕，可且就前除，少日當除國子博士，便即後授。』」何戢所説的「鳳池」，即鳳凰池，指中書郎一職。鳳凰池本爲帝王宫中的池沼，中書省地在禁近，掌政府機要，故以鳳凰池代稱。由此可見中書郎爲當世之所重。從這一點看，江淹永明元年的外任，自是貶黜無疑，而這很可能正是受爲檀超作墓誌事件的影響。

永明三年（四八五），江淹從廬陵被召回京都重新擔任驍騎將軍一職，同時還代理尚書左丞。不久，他又兼領國子博士。永明十一年（四九三）七月，齊武帝蕭賾死後，江淹又以驍騎將軍代理御史中丞，主管對官員的糾察彈劾。他到任以後，先後彈劾了中書監謝朏、司徒左長史王績、護軍長史庾弘遠、益州刺史劉悛、梁州刺史陰智伯、臨海太守沈昭略、永嘉太守庾曇隆等衆多大臣。這些人中，謝朏、王繢等都是著名的世家大族子弟，地位也較江淹爲高，所以朝中一時爲之肅然，以致當時執政的宰相西昌侯蕭鸞稱讚説：「宋世以來，不復有嚴明中丞，君今日可謂近世獨步。」他這種不懼權貴，也不依附於任何政治集團的行爲，正是他在當時極其混亂、充滿了殺戮的險惡時代中，一直未受到重大打擊的根本原因。

建武元年（四九四），西昌侯蕭鸞先後廢殺了鬱林王蕭昭業與海陵王蕭昭文兩個小皇帝而自立爲帝，江淹升任廷尉卿，加給事中。但這年又發生了一件對江淹頗爲不利的事情，在明帝蕭鸞篡位的過程中起到關鍵作用的領軍將軍、南徐州刺史蕭諶及其弟司州刺史蕭誕因爲功高震主，受到猜忌而先後被殺。而江淹之女才君則是蕭誕的兒媳，并在蕭諶家族遭受横禍後爲蕭氏盡節，慟哭而死。這自然就引起了明帝蕭鸞對江淹的不滿，於是江淹被貶出京都，任輔國將軍、宣城太守。直到明帝死後，才被繼位的東昏侯蕭寶卷召回，任黄門侍郎，領步兵校尉。不久又升任爲秘書監、侍中，成了齊王朝的高級官員之一。永元二年（五〇〇）春，在平西將軍崔慧景的叛亂事件中，五十七歲的江淹再次表現出過人的見識。崔慧景當時已經攻破京都建康城，東昏侯只能僅僅憑藉宫城據守。在這一形勢之下，朝中絶大多數官員皆以爲東昏侯必敗的大局已定，爲求自保而紛紛向崔慧景示好。但江淹卻料定慧景必敗，因而稱病不往，隨後慧景兵敗被殺，江淹又一次保全了自己。而在此後蕭衍起兵進攻建康時，兼任衛尉而負責保衛京都的江淹卻採取了與此前截然相反的態度和舉動，微服逃離京都投奔了蕭衍，從而深得蕭衍的信任和器重，當即被任爲冠軍將軍、秘書監，不久又轉爲蕭衍的相國右常侍。對兩次近似的事變所採取的完全不同的態度，正是他作爲一個傑出的政治家的極好體現。天監元年（五〇二）四月，蕭衍廢齊和帝蕭寶融自立，國號梁，江淹被任爲散騎常侍、左衛將軍，封臨沮縣伯。隨後又因病被任爲金紫光禄大夫這一相當榮耀的閒職，并改封醴陵伯。此後安享尊榮，直至天監四年（五〇五）他六十二歲時因病去世。江淹死後，梁武帝蕭衍深爲痛惜，親自爲他服喪舉哀。在同時代取得成功的政治家與文學家中，能得到這種榮耀的，僅江淹一人而已。

綜觀江淹一生，早年仕途不順，歷經坎坷，但在文學創作上卻取得了巨大的成功，成爲我國六朝時期傑出作家之一。後期致力於官場，其間雖小有波折，但基本上是一帆風順，可以説是一個成功的政治家。這種既在文學創作上取得傑出成就，又在仕途上取得重大成功，同時又能善終的人物，在篡奪相繼、誅殺無度的混亂黑暗的南朝，乃是非常罕見的。

凡例

一、江淹的文集爲其生前親自編定，《梁書》卷十四《江淹傳》云：「凡所著述，自撰爲前後集，并《齊史》十志，并行於世。」《隋書》卷三十五《經籍志四》著録有「梁金紫光禄大夫江淹集九卷」，注云「梁二十卷」；又著録有「江淹後集十卷」。江淹《自序》云：「淹嘗云：人生當適性爲樂，安能精意苦力，求身後之名哉！故自少及長，未嘗著書，惟集十卷，謂如此足矣。」按江淹《自序》作于齊武帝永明元年（四八三），時江淹年四十歲，即其四十歲時撰成前集，而其後所作之詩文大體編入後集。《舊唐書・經籍志》與《新唐書・經籍志》皆云其前集十卷，後集十卷，可見江淹手編前後兩集一直流傳到唐代。宋代的公私書目皆僅著録《江淹集》十卷，是其後集於唐以後當已亡佚。宋本《江淹集》已佚失，今所見最早版本爲明翻宋十卷本，《四部叢刊》影印，爲本書所採用的底本。

二、此次校勘，以元鈔本（《四部叢刊》影印明翻宋十卷本附録之馮己蒼校過録之異文）、明萬曆二十六年刊刻胡之驥《江文通集彙注》本（簡作《彙注》本）、明末張溥《漢魏六朝百三家集》本（簡作張本）、清乾隆二十四年梁賓刻本爲校本（簡作梁本），并參校明汪士賢校勘《江文通集》本（簡作汪本）、《四庫全書》本（簡作庫本）及《古詩紀》、《古文苑》、《古樂苑》、《玉臺新詠》、《文選》李善注本、《文選》六臣注本、《藝文類聚》、《太平御覽》、《册府元龜》、《文苑英華》、《宋書》、《南齊書》等總集、類書、史書。《文選》之李善本與六臣本相同者，校勘時乃直云《文選》。

三、本書底本共十卷，前有總目。第一、二兩卷爲賦，三、四兩卷爲詩，其餘六卷爲文。文的部分，先列《袁友人傳》等作，後列代人所作之應用文。《草木頌》、《雲山讚》、《雜三言》及騷體皆作爲文一類而收入卷十，篇末則爲作者之《自序》。其後附「補遺」，爲整理者廣爲搜集後所加，包括馮己蒼手校葉石君過録的元鈔本異文、元鈔本有而翻宋本缺的辭三首及有關序跋。除詩賦而外，其他各類大體按時間順序編排。

四、底本目録部分漏載卷一的《靈丘竹賦》和卷五的《詣建平王上書》，今予以補入。

五、本書校勘，凡底本可改可不改者，一律不改；底本文字存在明顯訛誤者，則審慎加以改正，并在校勘記中予以説明；底本義可兩通者，則列入校勘記。

六、江淹集注本以明胡之驥《江文通集彙注》爲最早，是本乃胡之驥以梅鼎祚刊本爲基礎，校以汪士賢刻本而加注釋。同時還參考了《文選》、《初學記》等類書及有關史書。附録有《南史》江淹本傳。此書自《玉台新詠》録詩三首，即《征怨》、《詠美人春遊》、《西洲曲》，自《齊書·樂志》録古樂府《鳳皇銜書伎歌辭》等三首，作爲「拾遺」收入卷四；自梅刻「拾補」部分收《遂古篇》入卷五。宋本目録所遺《靈丘竹賦》、《詣建平王上書》亦皆補之。此本前有胡之驥自序和《凡例》，介紹了成書緣由和經過。胡注收集《文選》諸家對江淹作品所作之注；前人未曾有注者，亦一一予以注釋。其注往往能追溯本源，并引史書等以爲旁證，對一些作品的寫作背景亦能加以介紹。爲江淹集作注有開創之功，實不可没。然此本注釋稍涉疏略，某些注釋不符合正文原意，間或有穿鑿附會之處；引書或有誤引，或不完整，或有錯訛。中華書局一九八四年出版有李長路、趙威二先生精心點校之《江文通集彙注》，改正了胡注本所存在的一些錯訛之處，於胡注本功莫大焉。本書注釋則力求體例細密，所引書籍，一律注明篇目卷數，并於書末附録之「主要參考書目」中標明版本出處。

七、《西洲曲》一篇，《玉臺新詠》收入卷五，題爲江淹作，爲《彙注》本收入。然此篇今人已認定非江淹所作，故不予録入。

八、本書於各篇詩文，前有題解，重在説明主旨大意、題目淵源，解釋題目中之人名、地名、語詞。其創作年代大略可考者，亦一一加以辯明。

九、本書箋注大凡人物、地名、史實、名物等，均加以箋釋，而偏重以本事之考辨與典故之徵引。

十、本書考辨，兼采各家異説，詳加辯析，力求公允客觀，不敢有所譏誚。

十一、本書於各篇詩文後有集説，并標明所録出處及卷數，以備讀者查核。

十二、爲不掠人之美，本書凡引用各家之説，均一一注明出處。

十三、本書正文前録張溥《漢魏六朝百三家集題辭·江醴陵集題辭》、《四庫全書總目·江文通集提要》，正文後除附録有「主要參考書目」外，另附《梁書·江淹傳》、《南史·江淹傳》及「歷代諸家評論」三種，以備讀者作知人論世之參考。

漢魏六朝百三家集題辭・江醴陵集題辭

張溥

《南史》江文通、任彦升、王僧孺同傳，三人俱有長者行，詩文新麗頓挫，并一時之傑也。文通《雜體三十首》，體貌前哲，欲兼關西、鄴下、河外、江南，總製衆善，興會高遠，而深厚不如，非其才絀，世限之也。謝客兒《擬魏太子鄴中集詩八首》，評者謂其氣象不類，下遜文通，亦意爲輕重，非謝所服。江詩擬臨川遊山，又似深知謝者。盖文通之學，華少於宋，壯盛於齊，及梁，則爲老成人矣。身歷三朝，辭該衆體，《恨》、《別》二賦，音制一變。長短篇章，能寫胸臆，即爲文字，亦《詩》、《騷》之意居多。余每私論江、任二子，縱衡駢偶，不受羈靮。若使生逢漢代，奮其才果，上可爲枚叔、谷雲，次亦不失馮敬通、孔北海。而晚際江左，馳逐華采，卓爾不羣，誠有未盡。世猶傳文通暮年才退，張載問錦，郭璞索筆，則幾妒口矣。

四庫全書總目・江文通集提要

《江文通集》四卷，梁江淹撰。淹有《銅劍讚》，已著録。淹《自序傳》稱「自少及長，未嘗著書，惟集十卷」。考傳中所敘官階，止於中書侍郎。校以史傳，正當建元之初，則永明以後所作，尚不在其内。今舊本散佚，行於世者惟歙縣汪士賢、太倉張溥二本。此本乃乾隆戊寅淹鄉人梁賓以汪本、張本參核異同，又益以睢州湯斌家抄本，參互成編。汪本闕《知己賦》一篇，《井賦》四語，《銅劍讚》一篇，《詠美人春遊》一篇，《征怨》一篇；張本闕《爲蕭讓太傅揚州牧表》一篇，此皆補完。他如《待罪江南思北歸賦》，張本無題首四字，《尚書符》張本題下闕夾註「起都宮車軍局蘭臺」八字，《爲蕭重讓揚州表》中「任鈞符負圖之重」句，張本誤脱「符」字，《爲蕭讓太傅相國十郡九錫表》首，張本無「備九錫之禮」五字，《上建平王書》末，汪本脱「此心既照死且不朽」八字，亦均校正。其餘字句，皆備録異同，若《雜擬詩序》中「芳草寧共氣」句，此本訛「氣」爲「棄」之類。小小疏舛，間或不免，然終較他本爲善也。

目録

江淹評傳（代前言） …… 一
凡例 …… 一
漢魏六朝百三家集題辭・江醴陵集題辭 …… 一
四庫全書總目・江文通集提要 …… 二
卷一 …… 一
恨賦 …… 一
附：李白《擬恨賦》 …… 二二
去故鄉賦 …… 二三
倡婦自悲賦 并序 …… 三六
哀千里賦 …… 四七
青苔賦 并序 …… 五七
石刧賦 并序 …… 六九
水上神女賦 …… 七五
泣賦 …… 九四
待罪江南思北歸賦 …… 一〇一
別賦 …… 一二〇
蓮華賦 并序 …… 一四八
丹沙可學賦 并序 …… 一六一
靈丘竹賦 …… 一八〇
卷二 …… 一八九

赤虹賦 并序……一八九
四時賦……二〇三
金燈草賦……二一〇
橫吹賦 并序……二一六
扇上綵畫賦……二三〇
傷友人賦 并序……二三七
麗色賦……二五四
翡翠賦……二七九
江上之山賦……二八八
燈賦……二九七
知己賦 并序……三〇七
空青賦……三二六
學梁王兔園賦 并序……三三七

卷三……三五五

侍始安王石頭……三五五
從征虜始安王道中……三五九
貽袁常侍……三六四
就謝主簿宿……三七〇
銅爵妓……三七三
學魏文帝……三七六
從冠軍建平王登廬山香爐峰……三七九
望荊山……三九一
步桐臺……四〇〇
從建平王遊紀南城……四〇五
秋至懷歸……四一二
古意報袁功曹……四一六
渡西塞望江上諸山……四二一
劉僕射東山集……四二六
寄丘三公……四三〇
陸東海譙山集……四三四
燈夜和殷長史……四四〇
贈煉丹法和殷長史……四四四
感春冰遥和謝中書二首……四四八
無錫縣歷山集……四五四

無錫舅相送銜啼別……四六二
吴中禮石佛……四六五
赤亭渚……四七一
渡泉嶠出諸山之頂……四七五
還陽亭……四八〇
採石上菖蒲……四八五
遊黄蘗山……四九一
還故國……四九八
傷内弟劉常侍……五〇七
從蕭驃騎新亭壘……五一二
效阮公詩十五首……五一八
清思詩五首……五六六
卷四……五八五
惜晚春應劉秘書……五八五
卧疾怨別劉長史……五九一
應劉豫章別……五九八
秋夕納涼奉和刑獄舅……六〇三
採菱……六〇八
郊外望秋答殷博士……六一三
冬盡難離和壬長史……六一九
外兵舅夜集……六二五
當春四韻同□左丞……六二八
池上酬劉記室……六三一
雜體三十首 并序……六三六
古離別……六四九
李都尉從軍 陵少卿……六五六
班婕妤詠扇……六六一
魏文帝遊宴 丕子桓……六六六
陳思王贈友 植子建……六七三
劉文學感遇 楨公幹……六八二
王侍中懷德 粲仲宣……六八八
嵇中散言志 康叔夜……六九八
阮步兵詠懷 籍嗣宗……七〇九
張司空離情 華茂先……七一五

潘黄門述哀　岳安仁……七二二
陸平原羈宦　機士衡……七三三
左記室詠史　思太沖……七四四
張黄門苦雨　協景陽……七五五
劉太尉傷亂　琨越石……七六二
盧侍郎感交　諶子諒……七七二
郭弘農遊仙　璞景純……七八二
孫廷尉雜述　楚子荆……七九二
許徵君自敘　詢玄度……八〇二
殷東陽興矚　仲文……八〇九
謝僕射遊覽　混叔原……八一六
附：謝混《游西池》……八二四
陶徵君田居　潛淵明……八二四
謝臨川遊山　靈運……八三三
顔特進侍宴　延年延之……八四五
謝法曹贈别　惠連……八五六
王徵君養疾　微……八六八
袁太尉從駕　淑陽源……八七四
謝光禄郊遊　莊希逸……八八二
鮑參軍戎行　昭明遠……八八九
附：鮑照《代出自薊北門行》……八九八
休上人怨别　惠休湯氏……八九九
悼室人十首……九〇七

卷五……九三五

袁友人傳……九三五
報袁叔明書……九四〇
與交友論隱書……九五五
奏記詣南徐州新安王……九六七
到主簿日事詣右軍建平王……九七三
被黜爲吴興令辭牋詣建平王……九八〇
詣建平王上書……九九二
到功曹參軍牋詣驃騎竟陵公……一〇一三
拜正員外郎表……一〇二四
拜中書郎表……一〇三一

卷六

始安王拜征虜將軍丹陽尹章……一〇四三
始安王拜征虜將軍南兖州刺史章……一〇四七
建平王讓右將軍荆州刺史表……一〇五一
建平王拜右將軍荆州刺史章……一〇六三
建平王散五刑教……一〇六八
建平王謝賜石硯等啓……一〇七三
建平王謝玉環刀等啓……一〇七六
建平王慶明帝疾和禮上表……一〇七九
建平王慶安城王拜封表……一〇八五
建平王聘隱逸教……一〇八八
建平王慶改號啓……一〇九五
建平王慶少帝登祚章……一〇九九
建平王慶王太后正位章……一一〇六
建平王慶江皇后正位章……一一一二
建平王太妃周氏行狀……一一一八
建平王讓鎮南徐州刺史啓……一一三三
建平王之南徐州刺史辭闕表……一一四一

卷七

……一一四五
勑爲朝賢答劉休範書……一一四五
尚書符 起都官軍局符蘭臺……一一六七
慰勞雍州文……一一八四
蕭驃騎讓封第二表……一一九二
第三表……一二〇六
蕭領軍讓司空并敦勸啓……一二一七
蕭領軍拜侍中刺史章……一二二八
蕭驃騎録尚書事到省表……一二三五
蕭驃騎謝甲仗入殿表……一二四二
蕭驃騎讓豫司二州表……一二四九
蕭驃騎發徐州三五教……一二五六
蕭驃騎上頓表……一二六二
蕭驃騎築新亭壘埋枯骸教……一二六九
蕭驃騎謝被侍中慰勞表……一二七二

蕭驃騎慶平賊表……………………一二七八
蕭驃騎解嚴輸黄鉞表………………一二八一
蕭驃騎讓太尉增封第二表…………一二八五
蕭驃騎讓太尉增封第三表…………一二九六
蕭驃騎讓油幢表……………………一三〇三
卷八……………………………………一三〇九
蕭太尉上便宜表……………………一三〇九
讓太傅揚州牧表……………………一三二七
蕭重讓揚州表………………………一三三八
後讓太傅揚州牧表…………………一三五二
蕭被侍中敦勸表……………………一三六三
蕭被尚書敦勸重讓表………………一三七四
蕭讓劍履殊禮表……………………一三八二
蕭拜太尉揚州牧表…………………一三八九
蕭太尉子姪爲領軍江州兗州
豫州淮南黄門謝啓…………………一三九八
蕭太傅謝追贈父祖表………………一四〇五
蕭太傅東耕教………………………一四一〇
蕭太傅辭輿駕親幸表………………一四一三
蕭讓前部羽葆鼓吹表………………一四一七
謝開府辟召表………………………一四二三
蕭上銅鐘芝草衆瑞表………………一四二八
卷九……………………………………一四三七
蕭讓太傅相國齊公十郡
九錫表………………………………一四三七
第二表………………………………一四四五
被百僚敦勸受表……………………一四五五
蕭拜相國齊公十郡九錫章…………一四六三
蕭相國讓進爵爲王第二表…………一四六九
蕭相國拜齊王表……………………一四七九
齊王謝冕旒諸法物表………………一四八五
齊王讓禪表…………………………一四九〇
遣大使巡詔…………………………一四九九
賜赦交州詔…………………………一五〇四

斷募士詔……一五〇八
封江冠軍等詔……一五一一
大赦詔……一五一四
北伐詔……一五一六
王僕射爲左僕射詔……一五二五
王撫軍爲安東吴興詔……一五二七
曲赦丹陽等四郡詔……一五二九
王僕射領太子詹事詔……一五三三
何詹事爲吏部尚書詔……一五三六
王侍中爲南蠻校尉詔……一五三八
王光禄爲征南湘州詔……一五四〇
柳僕射爲南兖州詔……一五四三
王僕射加兵詔……一五四六
立學詔……一五四八
王鎮南爲中書令右光禄詔……一五五二
張令爲太常領國子祭酒詔……一五五四
蕭冠軍進號征虜詔……一五五七
褚侍中爲征北長史詔……一五六〇

卷十

卷十……一五六三
齊太祖高皇帝誄……一五六三
宋故尚書左丞孫緬墓誌文……一六一三
宋故安成王右常侍劉喬墓誌文……一六一七
宋故銀青光禄大夫孫敻墓誌文……一六二一
齊故御史中丞孫詵墓誌文……一六二四
齊故司徒右長史檀超墓誌文……一六二七
蕭驃騎祭石頭戰亡文……一六三〇
蕭太傅東耕呪文……一六三三
草木頌十五首 并序……一六三八
金荆……一六四二
相思……一六四四
豫章……一六四五
栟櫚……一六四七

杉……一六四八
樫……一六五〇
楊梅……一六五一
山桃……一六五三
山中石榴……一六五四
木蓮……一六五六
石上菖蒲……一六五八
黄連……一六五九
署預……一六六〇
杜若……一六六二
藿香……一六六四
雲山讚四首 并序……一六六六
王太子……一六六六
陰長生……一六六八
白雲……一六七〇
秦女……一六七二
雜三言五首 并序……一六七四
搆象臺……一六七六
訪道經……一六八〇
鏡論語……一六八四
悦曲池……一六九一
愛遠山……一六九四
應謝主簿騷體……一六九八
劉僕射東山集學騷……一七〇二
山中楚辭五首……一七〇五
自序……一七一七
補遺……一七三五
傷愛子賦 有序……一七三五
井賦……一七四七
征怨……一七四九
詠美人春遊……一七五〇
佚詩……一七五二
鳳皇銜書伎歌辭……一七五三
藉田歌辭二章……一七五六
祀先農迎送神升歌……一七五七

饗神歌辭……一七五八
牲出入歌……一七五九
薦豆呈毛血歌辭……一七六一
奏宣列之樂歌舞……一七六三
遂古篇 并序……一七六五
銅劍讚 有序……一七八五
無爲論……一八〇〇

附録一　梁書·江淹傳……一八一五
附録二　南史·江淹傳……一八一九
附録三　主要參考書目……一八二三
附録四　歷代諸家評論……一八三五
後記……一八五七

江文通集校注卷一

恨賦

【題解】

曹道衡《江淹作品寫作年代考》(以下簡作《年代考》)論此篇云:「從賦的内容看,作於建安吴興時期似無疑問。因爲此賦共寫古人六人,其中帝王、諸侯各一人(秦始皇與趙王遷);有才不遇者三人(李陵、馮衍和嵇康);美女一人(昭君)。其中秦始皇是勝利者,但功成之後,也不免『一旦魂斷,宫車晚出』,仍不能長保富貴;趙王遷是失敗者,落得個當俘虜的下場,『千秋萬歲,爲怨難勝』。這兩個例子,當是引古事以爲景素的鑒誡,表示對景素仍抱有忠心。李陵、馮衍和嵇康三人,在我們今天看來,可以有很不同的評價;但在江淹心目中,却都是有才能、有抱負而不被理解,『名辱身冤』、『賫志没地』的,所以引以自比。至於『明妃』(昭君)之『望君王兮何期,終蕪絶兮異域』,也是以男女比君臣的常例,仍屬自況之辭。特别是賦的後面講到:『或有孤臣危涕,孽子墜心。遷客海上,流戍隴陰。此人但聞悲風汩起,泣下霑襟。亦復含酸茹歎,銷落湮沉。』更是他貶官吴興時心情的寫照。」俞紹初、張亞新《江淹集校注》（以下簡作《校注》）亦云：「本篇和《别賦》或抒生死之恨，或敘離别之哀，都是江淹抒情小賦中膾炙人口的作品。二賦流露的情調和所用詞語典實，與《倡婦自悲賦》、《泣賦》、《青苔賦》、《去故鄉賦》、《待罪江南思北歸賦》等多有相同或相通之處，當是江淹被黜吴興之時所作。」所説是也，然其具體之寫作年代，則未能確知。

試望平原，蔓草縈骨〔一〕，拱木斂魂〔二〕。人生到此，天道寧論〔三〕！於是僕本恨人〔四〕，心驚不已〔五〕。直念古者，伏恨而死〔六〕。

假如秦帝按劍①〔七〕，諸侯西馳〔八〕。削平天下，同文共規〔九〕。華山爲城，紫淵爲池〔一〇〕。雄圖既溢，武力未畢。方架黿鼉以爲梁〔一一〕，巡海右以送日〔一二〕。一旦魂斷，宫車晚出〔一三〕。

若乃趙王既虜，遷於房陵〔一四〕。薄暮心動〔一五〕，昧旦神興②〔一六〕。别豔姬與美女，喪金輿及玉乘〔一七〕。置酒欲飲，悲來填膺〔一八〕。千秋萬歲〔一九〕，爲恨難勝③。

至如李君降北〔二〇〕，名辱身冤〔二一〕。拔劍擊柱〔二二〕，弔影慙魂〔二三〕。情往上郡，心存鴈門④〔二四〕。裂帛繫書〔二五〕，誓還漢恩〔二六〕。朝露溘至〔二七〕，握手何言〔二八〕？

若夫明妃去時〔二九〕，仰天太息〔三〇〕。紫臺稍遠〔三一〕，關山無極〔三二〕。摇風忽起〔三三〕，白日西匿〔三四〕。隴鴈少飛〔三五〕，岱雲寡色⑤〔三六〕。望君王兮何期，終蕪絶兮異域〔三七〕。

至乃敬通見抵〔三八〕，罷歸田里〔三九〕。閉關却掃〔四〇〕，塞門不仕〔四一〕。左對孺人〔四二〕，顧弄稚子⑥〔四三〕。脱略公卿〔四四〕，跌宕文史〔四五〕。齎志没地〔四六〕，長懷無已〔四七〕。

及夫中散下獄⑦〔四八〕，神氣激揚〔四九〕。濁醪夕引，素琴晨張〔五〇〕。秋日蕭索，浮雲無光〔五一〕。鬱青霞之奇意⑧〔五二〕，入脩夜之不暘⑨〔五三〕。

或有孤臣危涕，孽子墜心〔五四〕。遷客海上，流戍隴陰〔五五〕。此人但聞悲風颸起⑩〔五六〕，泣下霑襟⑪〔五七〕。亦復含酸茹歎〔五八〕，銷落湮沉〔五九〕。

若乃騎疊迹，車屯軌〔六〇〕；黄塵匝地〔六一〕，歌吹四起〔六二〕。無不煙斷火絶，閉骨泉裏〔六三〕。

已矣哉！春草暮兮秋風驚，秋風罷兮春草生。綺羅畢兮池館盡，琴瑟滅兮丘壟平〔六四〕。自古皆有死〔六五〕，莫不飲恨而吞聲〔六六〕。

【校記】

①「假」《文選》卷十六作「至」。

②「薄暮心動，昧旦神興」《藝文類聚》卷三十作「薄心動念，昧旦晨興」。
③「恨」《文選》、《藝文類聚》作「怨」。
④「存」張本、梁本、《文選》作「留」。
⑤「岱」《文選》李善本作「代」。
⑥「顧弄」張本、梁本、《文選》六臣本、《藝文類聚》作「右顧」。
⑦「及」《藝文類聚》作「若」。
⑧「意」張本作「念」，《藝文類聚》作「志」。
⑨「暘」原作「陽」，今據張本、梁本、《文選》改。
⑩「颸」張本作「泊」，庫本、梁本、《文選》、《藝文類聚》作「汩」。按颸，大風，引申爲大風急起。泊有紛泊，飛揚之意，《張衡・西京賦》云「霍繹紛泊」是也。汩，亂也。《書・洪範》：「汩陳其五行。」孔穎達疏：「陳其五行，言五行陳列皆亂也。」三字皆通。江淹好用奇字，本當作颸，後人或以他字改之。
⑪「泣」《文選》作「血」。「襟」《文選》作「衿」。

【箋注】

〔一〕蔓草縈骨：《詩・鄭風・野有蔓草》：「野有蔓草，零露漙兮。」毛傳：「蔓，延也。」縈，迴旋纏繞。《詩・周南・樛木》：「南有樛木，葛藟縈之。」毛傳：「縈，旋也。」《校注》：「縈：

纏繞。」

〔二〕拱木斂魂：《左傳》僖公三十二年，秦伯謂蹇叔曰：「中壽，爾墓之木拱矣。」杜預注：「合手曰拱。」《説文解字》卷十二段玉裁注：「趙岐云：『合兩手。』徐鍇云：『兩三大指頭相拄。』」斂魂，聚集死者魂魄。《樂府詩集》卷二十七《相和歌辭·蒿里行》：「蒿里誰家地，聚斂魂魄無賢愚。」按此二句《文選》吕向注：「淹望見平原陵墓，蔓延之草，合拱之木，縈遶人骸骨，有如聚斂魂魄於是中也。」

〔三〕「人生」二句：《文選》李周翰注：「人生至於此，誰復論其天道。」天道，天理、天意。《易·謙卦》：「天道虧盈而益謙，地道變盈而流謙，鬼神害盈而福謙，人道惡盈而好謙。」陶淵明《怨詩楚調示龐主簿鄧治中》：「天道幽且遠，鬼神茫昧然。」

〔四〕僕本恨人：《文選》吕延濟注：「僕者，淹自稱也。恨人，恨志不就也。」《校注》：「恨人：失意抱恨之人。」

〔五〕心驚不已：劉向《列女傳》卷六《趙津女娟傳》：「誅將加兮妾心驚，罰既釋兮瀆乃清。」

〔六〕「直念」二句：《文選》吕延濟注：「復念古人有如我恨而至死者，將述之。」《校注》：「直：徑直。伏恨：飲恨。」

〔七〕秦帝按劍：按劍，以手撫劍，預示擊劍之勢。《史記》卷八十三《鄒陽列傳》：「臣聞明月之珠，夜光之璧，以闇投人於道路，人無不按劍相眄者，何則？無因而至前也。」鮑照《代出自薊北門行》：「天子按劍怒，使者遥相望。」《校注》：「秦帝：指秦始皇嬴政。」

〔八〕諸侯西馳：《文選》李善注：「《戰國策》蘇代曰：伏軾而西馳。」《文選》卷八揚雄《羽獵賦》：「東延昆鄰，西馳閶闔。」《校注》：「謂關東六國諸侯屈服於秦始皇的武力而西馳朝秦。」

〔九〕同文共規：《禮記·中庸》：「今天下車同軌，書同文，行同倫。」朱熹注：「軌，轍迹之度；倫，次序之體。三者皆同，言天下一統也。」《史記》卷六《秦始皇本紀》：「秦初并天下……一法度衡石丈尺。車同軌。書同文字。」按此句《文選》張銑注：「規，法也。既平六國，天下同文共法也。」《校注》：「同文：統一文字。共規：劃一法度。」

〔一〇〕「華山」二句：《漢書》卷三十一《陳勝項籍列傳》：「踐華爲城，因河爲池，據億丈之城，臨不測之淵以爲固。」顏師古注：「服虔曰：『斷華山爲城。』晉灼曰：『踐，登也。』師古曰：晉説是也。」紫淵，《史記》卷一百十七《司馬相如列傳》：「丹水更其南，紫淵徑其北。」張守節正義：「《山海經》云：『紫淵水出根耆之山，西流注河。』文穎云：『西河穀羅縣有紫澤，其水紫色。』」按：以上二句《文選》吕向注：「紫淵，水名，在西河。遠取山水以爲城池，明壯大也。」《校注》：「華山：五嶽之一，在今陝西華陰縣南。紫淵：水名，爲黄河支流。在今山西離石縣西北。」

〔一一〕方架黿鼉以爲梁：《竹書紀年》下：「周穆王三十七年，伐越，大起九師，東至於九江，叱黿鼉以爲梁。」　鼉，《説文解字》卷十三：「水蟲。似蜥易，長大。」《校注》：「方：且。架：通『駕』。梁：橋梁。」

〔一二〕巡海右以送日：《列子·周穆王》曰：「穆王駕八駿之乘，乃西觀日所入。」《校注》：「海右：即西海，西方。古稱西方爲右。以上二句謂秦始皇出駕巡行各地。」

〔一三〕宫車晚出：《史記》卷七十九《范雎傳》，王稽謂范雎曰：「宫車一日晏駕，是事之不可知者一也。……宫車一日晏駕，君雖恨於臣，無可奈何。」按此句《文選》吕延濟注：「天子崩謂宫車晏駕。晚出，晏駕也。志未蒲，而身遽終，不其恨邪？」《校注》：「宫車晚出：即宫車晏駕。指帝王死亡。」

〔一四〕「若乃趙王」二句：《淮南子·泰族訓》：「趙王遷流於房陵，思故鄉，作爲《山木》之謳，聞者莫不殞涕。」《史記》卷六《秦始皇本紀》：「及奪爵遷蜀四千餘家，家房陵。」張守節正義：「《括地志》云：『房陵，即今房州房陵縣，古楚漢中郡地也，是巴蜀之境。』」《校注》：「趙王：指趙王遷，戰國趙末代國君。房陵：古郡縣名，在今湖北鄖陽縣境内。秦滅趙，虜王遷，徙於房陵。」按：房陵在今湖北房縣境内。

〔一五〕薄暮心動：《楚辭·天問》曰：「薄暮雷電，歸何憂？」洪興祖補注：「薄暮，日欲晚。喻年將老也。」《文選》卷二十八陸機《豫章行》：「促促薄暮景，亹亹鮮克禁。」李善注：「景之薄暮，喻人之將老也。」《文選》卷二十八《塘上行》：「願君廣末光，照妾薄暮年。」《文選》卷十九宋玉《高唐賦》：「使人心動，無故自恐。」李善注：「動，驚也。言無有故對此而驚恐。」

〔一六〕昧旦神興：《詩·鄭風·女曰雞鳴》：「女曰雞鳴，士曰昧旦。」朱熹集傳：「昧，晦；旦，明也。昧旦，天欲旦昧晦未辨之際也。」《左傳》昭公三年載讒鼎之銘：「昧旦丕顯，後世猶怠。」《校注》：「昧旦：天將明未明時。」按以上二句《文選》張銑注：「憂恚相積，故心動神興。」

〔一七〕「別艷姬」二句：《文選》張銑注：「艷姬美女、金輿玉乘，皆王者翫服，於此喪別矣。」《校注》：「金輿、玉乘：帝王所乘的豪華的車駕。」

〔一八〕「置酒」二句：《史記》卷八《高祖本紀》：「高祖還歸，過沛，留。置酒沛宮，悉召故人父老子弟縱酒……高祖乃起舞，慷慨傷懷，泣數行下，謂沛父兄曰：『遊子悲故鄉，吾雖都關中，萬歲後，吾魂魄猶樂思沛。』」《漢書》卷五十《鄭當時傳》「賓客亦填門」顏師古注：「填，滿也，音田。」《校注》：「膺：胸。」

〔一九〕千秋萬歲：婉言人之死亡。《戰國策·楚策一》楚王謂安陵君云：「寡人萬歲千秋之後，誰與樂此矣？」《文選》卷二十三阮籍《詠懷·昔年十四五》：「丘墓蔽山岡，萬世同一時。千秋萬歲後，榮名安所之。」

〔二〇〕李君降北：《校注》：「李君：指李陵。李陵，漢隴西成紀人，名將李廣之孫，武帝時爲騎都尉，率步兵五千出居延擊匈奴，戰敗投降，武帝族陵家，母弟妻子皆伏誅。見《漢書·李廣附陵傳》。」

〔二一〕名辱身寃：《荀子·王霸篇》：「功廢而名辱，社稷必危。」按《文選》李周翰注：「李陵與匈奴戰，力窮不勝，降匈奴，是名之辱，身之寃也。」《校注》：「《文選》李陵《答蘇武書》云：『上念老母，臨年被戮，妻子無辜，并爲鯨鯢，身負國恩，爲世所悲。子歸受榮，我留受辱，命也如何！』又云：『何圖志未立而怨已成，計未從而骨肉受刑，此陵所以仰天椎心而泣血也。』此即所謂『名辱身寃』。」

〔二二〕拔劍擊柱：《史記》卷九十九《叔孫通傳》：「羣臣飲酒争功，醉或妄呼，拔劍擊柱，高帝患之。」鮑照《擬行路難·對案不能食》：「對案不能食，拔劍擊柱長歎息。丈夫生世會幾時，安能蹀躞垂羽翼？」按此句《文選》吕延濟注：「其心不平，故拔劍擊柱。」

〔二三〕弔影慙魂：《晏子春秋·外篇下》：「君子獨立不慙於影，獨寢不慙於魂。」《三國志》卷十九《魏志·陳思王植傳》載曹植黄初四年疏：「竊感《相鼠》之篇無禮遄死之義，形影相弔，五情愧赧。」按《文選》吕延濟注：「朝行弔其影，夜寐慙其魂，以思己敗。」《校注》：「弔影：形影相弔。形容孤獨。慙魂：有愧於心。」

〔二四〕「情往」二句：《漢書》卷二十八下《地理志下》有上郡、鴈門，皆爲秦時置，爲漢邊塞要郡。云上郡爲「故匈歸都尉治」，顔師古注：「匈歸者，言匈奴歸附。」《文選旁證》卷十七云：「顧氏炎武曰：按《史記》言匈奴左方王將值上谷郡以東，右方王將值上郡以西，而單于之庭值代、雲中。《漢書》言天子遣使送單于出朔方雞鹿塞。乃知漢與匈奴往來之道大抵從雲中、五原、朔方，故江淹賦李陵『情往上郡，心留鴈門』也。」《校注》：「李陵常思歸漢，故有此云。」

〔二五〕裂帛繫書：《漢書》卷五十四《蘇建傳附蘇武傳》：「後漢使復至匈奴，常惠請其守者與俱，得夜見漢使，具自陳道。教使者謂單于，言天子射上林中，得鴈，足有繫帛書，言武等在某澤中。」《校注》：「裂帛繫書：裁帛作書，繫於鴻雁以傳遞音訊。」

〔二六〕誓還漢恩：《西漢文紀》卷十一李陵《重報蘇武書》：「然陵不死有爲也，故欲如前書之言，報恩於國主耳。」《校注》：「還：報。」

〔二七〕朝露溘至：《史記》卷六十八《商君列傳》：「君之危若朝露，尚將欲延年益壽乎？」《漢書》卷五十四《蘇建傳附蘇武傳》載李陵謂蘇武云：「人生如朝露，何久自苦如此。」顏師古注：「朝露見日則晞，人命短促亦如之。」溘，忽然。《楚辭·離騷》：「寧溘死而流亡兮，余不忍爲此態也。」王逸章句：「溘，奄也。」按《文選》吕向注：「溘，奄也。人如朝露，豈可久也，奄然而至。」

〔二八〕握手：執手，拉手。《文選》李善注引潘岳《邢夫人詩》：「臨命相決，交腕握手。」《史記》卷八十一《廉頗藺相如列傳》：「臣嘗從大王與燕王會境上，燕王私握臣手曰：『願結友。』」《三國志》卷九《魏志·曹爽傳》：「爽以支屬，世蒙殊寵，親受先帝握手遺詔，託以天下。」

《文選》卷二十九李陵《與蘇武詩》其三：「攜手上河梁，遊子暮何之。徘徊蹊路側，悢悢不得辭。」

〔二九〕明妃：《漢書》卷九《元帝紀》：「竟寧元年，春正月，匈奴虖韓邪單于來朝。詔曰：『……賜單于待詔掖庭王嬙爲閼氏。』」應劭注曰：「郡國獻女未御見，須命於掖庭，故曰待詔。王嬙，王氏女，名嬙，字昭君。」文穎曰：「本南郡秭歸人也。」蘇林曰：「閼氏音焉支，如漢皇后也。」按《文選》李善注：「《琴操》曰：『王昭君者，齊國王襄女也。年十七，獻元帝。』會單于遣使請一女子，帝謂後宮，欲至單于者起，昭君喟然而歎，越席而起，乃賜單于。』石崇曰：『王明君本爲王昭君，以觸文帝諱改之。』」

〔三〇〕仰天太息：《戰國策·燕策三》：「樊將軍仰天太息流涕曰：『吾每念，常痛於骨髓，顧計不知所出耳。』」

〔三一〕紫臺稍遠：《南齊書》卷二十六《陳顯達傳》：「遂使紫臺之路，絶縉紳之儔；纓組之閣，罷金、張之胤。悲哉！」按《文選》李善注：「紫臺，猶紫宮也。」吕延濟曰：「紫臺，宮也，天子所居處，明妃適單于，故云稍遠極窮也。」《校注》：「紫臺：紫宮，帝王所居宮禁。」

〔三二〕關山無極：《文選》李善注：「《古樂府·相和歌》有《度關山曲》。」

〔三三〕摇風：《爾雅·釋天》：「扶摇謂之猋。」邢昺疏：「李巡曰：『扶摇，暴風從下升上，故曰猋。猋，上也。』」《莊子·逍遥遊》：「鵬之徙於南冥也，水擊三千里，摶扶摇而上者九萬里。」

〔三四〕白日西匿：《文選》卷十一王粲《登樓賦》：「步棲遲以徙倚兮，白日忽其西匿。」李善注：「杜預《左傳》注曰：『匿，藏也。』」同上書卷十六潘岳《寡婦賦》：「時曖曖而向昏兮，日杳杳而西匿。」《文選》呂延濟注：「杳杳，遠貌。匿，藏也。」

〔三五〕隴鴈少飛：《漢書》卷二十八下《地理志下》天水郡所屬有隴縣。校注：「鴈少飛：用石崇《王明君詞》『願假飛鴻翼，乘之以遐征。飛鴻不我顧，佇立以屏營』之意。」

〔三六〕岱雲寡色：《漢書》卷二十六《天文志》：「自華以南，氣下黑上赤。嵩高、三河之郊，氣正赤。常山以北，氣下黑上青。勃、碣、海、岱之間，氣皆黑。江、淮之間，氣皆白。」按以上二句《文選》張銑注：「曰鴈南飛將盡，明妃見而懷鄉，仰視雲氣，皆無色。隴、岱并山名。」

〔三七〕「望君王」二句：《文選》李善注：「《鶡子》曰：『君子欲緣五常之道而不失，則可以長矣。』李陵書曰：『生爲異域之人。』」呂向注：「域，國也。蕪，猶廢也。明妃適異域，望漢無期，有以斯恨也。」《校注》：「蕪絶：荒蕪絶滅。謂死亡。」

〔三八〕敬通見抵：《後漢書》卷二十八上《馮衍傳》：「馮衍，字敬通，京兆杜陵人也。……衍幼有奇才，年九歲，能誦《詩》。至二十而博通羣書。……後衞尉陰興、新陽侯陰就以外戚貴顯，深敬重衍，衍遂與之交結，由是爲諸王所聘請，尋爲司隸從事。帝懲西京外戚賓客，故皆以法繩之。大者抵死徙，其餘至貶黜。衍由此得罪，嘗自詣獄，有詔赦不問。西歸故郡，閉門自保，不敢復與親故通。」按《文選》李周翰注：「馮衍，字敬通。漢明帝以敬通才過其實，抑而不用，故歸田里。」《校注》：「抵：抵罪，罰以應負的罪責。」

〔三九〕罷歸田里：田里，指故鄉。《史記》卷一百二十《汲黯列傳》：「黯恥爲令，病歸田里。」《漢書》卷七十八《蕭望之傳》：「滿歲以狀聞，下者駁聞，或罷歸田里，所白處奏皆可。」

〔四〇〕閉關却掃：《初學記》卷十二引司馬彪《續漢書》：「趙典，字仲經，爲大司農，閉門却掃，非德不交。」《文選》卷十六潘岳《寡婦賦》：「静闔門以窮居兮，塊煢獨而靡依。」李善注引丁儀妻《寡婦賦》曰：「静閉門以却掃，塊孤惸以窮居。」《校注》：「閉關却掃：關閉門户，不再掃路迎客。即閉門謝客之意。」

〔四一〕塞門不仕：《三國志》卷五十二《吴志·張昭傳》：「昭忿言之不用，稱疾不朝。權恨之，土塞其門，昭又於内以土封之。」《天中記》卷四十引《三輔决録》：「杜陵蔣詡字元卿，爲兖州刺史，以廉直爲名。王莽居攝，以病免官。歸鄉里，荆棘塞門，舍中有三徑，不出，惟求仲、羊仲從之遊。」

〔四二〕孺人：《禮記·曲禮下》：「天子之妃曰后，諸侯曰夫人，大夫曰孺人，士曰婦人，庶人曰妻。」

〔四三〕顧弄稚子：《文選》卷十六潘岳《寡婦賦》：「省微身兮孤弱，顧稚子兮未識。」按《文選旁證》：「林先生曰：『馮衍子名姜豹，衍《與妻弟書》曰：姜豹常爲奴婢。此顧弄稚子所爲可恨也。』」按以上二句《校注》云：「鮑照《擬行路難十八首》其六：『棄置罷官去，還家自休息。朝出與親辭，暮還在親側。弄兒牀前戲，看婦機中織。』此用其意。」

〔四四〕脱略：《文選》張銑注：「脱略，輕易。」

〔四五〕跌宕：《後漢書》卷七十《孔融傳》：「又前與白衣禰衡跌蕩放言。」李賢注：「跌蕩，無義檢也，放縱也。」《後漢書》卷二十八《馮衍傳》：「常務道德之實，而不求當世之名，濶略杪小之禮，蕩佚人間之事。」李賢注：「放蕩縱逸，不拘恒俗也。」按跌宕，同跌蕩、蕩佚。《文選》李善注：「《揚雄自敘》曰：『雄爲人跌宕。』」《選學膠言》：「《漢書·揚雄傳》作『爲人簡易佚蕩』。張晏曰：『佚音鐵，蕩音讜。』……晉灼注《漢書》亦曰『佚蕩，緩也』，正用此。又蕭該云『蕩亦作傷』。韋昭音佚爲替，傷爲黨。《廣韻》又作勑婸，婬也。婬或緩之訛。然則跌宕、佚傷、勑婸、佚傷，一也。」

〔四六〕齎志没地：《後漢書》卷二十八上《馮衍傳》載馮衍《説陰就書》：「懷抱不報，齎恨入冥。」《校注》：「齎志：懷抱志向。」没地，人死葬於地下，指死亡。《左傳》隱公十一年：「若寡人得没於地，天其以禮悔禍於許，無寧兹許公復奉其社稷。」

〔四七〕長懷：《楚辭·九歎·遠逝》：「情慨慨而長懷兮，信上皇而質正。」《文選》卷十三禰衡《鸚鵡賦》：「眷西路而長懷，望故鄉而延佇。」按此句《文選》李善注：「毛萇《詩傳》曰：『懷，思也。』」《校注》：「長懷：猶長恨。謂抱志而死，死有餘恨。」

〔四八〕中散下獄：《晉書》卷四十九《嵇康傳》：「嵇康，字叔夜。……與魏宗室婚，拜中散大夫。……東平吕安服康高致，每一相思，輒千里命駕，康友而善之。後安爲兄所枉訴，以事繫獄，辭相證引，遂復收康。」

〔四九〕神氣激揚：《淮南子·俶真訓》：「古之人有處混冥之中，神氣不蕩於外。」《漢書》卷五十八《儒林·張山拊傳》：「贊命之臣，靡不激揚。」

〔五〇〕「濁醪」二句：《晉書》卷四十九《嵇康傳》載嵇康與山巨源書：「濁酒一杯，彈琴一曲，志意畢矣，豈可見黄門而稱貞哉！」素琴，不加裝飾的琴。《禮記·喪服》：「祥之日，鼓素琴，告民有終也，以節制者也。」《文選》卷二十四嵇康《贈秀才入軍》：「習習谷風，吹我素琴。」《晉書·嵇康傳》：「康將刑東市，太學生三千人請以爲師，弗許。康顧視日影，索琴彈之，曰：『昔袁孝尼嘗從吾學《廣陵散》，吾每靳固之，《廣陵散》於今絶矣！』」引，持，拿。陶潛《歸去來辭》：「引壺觴以自酌，眄庭柯以怡顔。」張，《説文解字》卷十二：「施弓弦也。」引申爲彈奏。《校注》：「濁醪，濁酒。」

〔五一〕「秋日」二句：蕭索，蕭條冷落。陶淵明《自祭文》：「天寒夜長，風氣蕭索，鴻雁于征，草木黄落。」按此二句《文選》吕延濟注：「言嵇康臨刑，雲日爲之蕭索無晶光。」

〔五二〕鬱青霞之奇意：《文選》李善注：「青霞奇意，志言高也。曹毗《臨園賦》曰：『青霞曳於前阿，素籟流於森管。』」

〔五三〕入脩夜之不暘：張衡《司徒吕公誄》：「玄室冥冥，脩夜彌長。」曹丕《愁霖賦》：「仰皇天而太息，悲白日之不暘。」本集《丹砂可學賦》：「故從師而問道，冀幽路之或暘。」按《校注》云：「倐夜：長夜。暘：明，同『陽』。《漢書·外戚傳》載武帝《悼李夫人賦》：『慘鬱鬱其蕪穢兮，隱處幽而懷傷。釋輿馬於山椒兮，奄倐夜之不暘。』師古注：『言李夫人身處墳墓而隱翳也。』此用其意。」

〔五四〕「或有」二句：《孟子·盡心上》：「獨孤臣孽子，其操心也危，其慮患也深，故達。」《文選》卷十一王粲《登樓賦》：「悲舊鄉之壅隔兮，涕横墜而弗禁。」按此二句《文選》李善注：「《字林》曰：『孽子，庶子也。』然心當云危，涕當云墜。江氏愛奇，故互文以見義。」《校注》：「孤臣：孤立失勢之臣。孽子：古代盛行一夫多妻制，非嫡妻之子爲庶子，也叫孽子，地位卑賤。危涕，當作『危心』，墜心，當作『墜涕』，此互文見義。」

〔五五〕「遷客」二句：《漢書》卷五十四《蘇建傳附蘇武傳》：「徙武北海上無人處，使牧羝，羝乳乃得歸。」《史記》卷九十九《劉敬傳》：「劉敬，齊人也，漢五年，戍隴西。」隴陰即隴西。《漢書·地理志下》：「隴西郡。秦置。」顏師古注：「此郡在隴之西，故曰隴西。」按此二句《文選》劉良注：「海上、隴陰，皆邊鄙也。」

〔五六〕悲風颸起：《古詩十九首·去者日以疏》：「白楊多悲風，蕭蕭愁殺人。」《文選》卷二十八陸機《苦寒行》：「陰雲興巖側，悲風鳴樹端。」悲風，淒厲的寒風。颸，大風。颸起，謂大風急起。按此句《文選》李善注引《琴道》云：「雍門周説孟嘗君曰：『幼無父母，壯無妻子，若此人者，但聞秋風鳴條，則傷心矣。』」

〔五七〕泣下霑襟：《太平御覽》卷四百八十八引《尸子》：「曾子每讀《喪禮》，泣沾衿。」《文中子·王道》：「子援琴鼓《蕩之什》，門人皆霑襟焉。」《漢書》卷五十四《蘇建傳附蘇武傳》：「陵見其至誠，喟然歎曰：『嗟乎！義士。陵與衛律之罪，上通於天。』因泣下霑衿，與武決去。」

〔五八〕含酸茹歎：酸，《文選》張銑注：「酸，鼻酸也。」茹，《漢書》卷五十六《董仲舒傳》：「食於舍而茹葵。」顔師古注：「食菜曰茹。」

〔五九〕銷落湮沉：銷落，凋謝。曹植《贈丁儀》詩：「初秋涼氣發，庭樹微銷落。」湮沉，埋没、沉淪。潘岳《楊仲武誄》：「如何短折，背世湮沈。」按此句《文選》李善注引《廣雅》云：「湮，没也。銷，猶散也。」張銑注：「銷落湮沈，滅亡也。言抱此酸歎至滅亡而不已，故有餘恨。」

〔六〇〕「若乃」二句：《文選》卷五左思《吴都賦》：「朱輪累轍，躍馬疊迹。」李周翰注：「疊迹、累轍，言其衆多也。」《楚辭·離騷》：「屯余車其千乘兮，齊玉軑而并馳。」王逸曰：「屯，陳也。」按此二句《文選》李善注：「此言榮貴之子車騎之多也。」

〔六一〕黄塵匝地：《後漢書》卷六十上《馬融傳上》：「風行雲轉，匈礚隱訇，黄塵勃滃，闇若霧昏。」曹植《感節賦》：「大風隱其四起，揚黄塵之冥冥。」《藝文類聚》卷二十九引宋南平王劉鑠《代收淚就長路》：「聳轡高陵曲，揮袂廣川濆。黄塵昏白日，悲風起浮雲。」匝，周也。

〔六二〕歌吹四起：鮑照《蕪城賦》：「廛閈撲地，歌吹沸天。」《文選》卷四十一李陵《報蘇武書》：

「胡笳互動，牧馬悲鳴，吟嘯成羣，邊聲四起。」按以上四句《文選》吕向注：「屯，聚。軌，迹也。四起，四面起也。」

〔六三〕「無不」二句：煙斷火絶，王充《論衡・論死篇》：「人之死，猶火之滅也。火滅而耀不照，人死而知不慧。」傅玄《雜詩》：「忽然長逝，火滅煙消。」泉裏，謂黄泉。按以上二句《文選》李善注：「煙斷火絶，喻人之死也。」吕延濟注：「去車騎歌吹之歡，如煙火斷絶，而葬骨於泉裏，由是恨也。」

〔六四〕「綺羅」二句：《文選》李善注引桓譚《新論・琴道》：「高堂既已傾，曲池又已平，墳墓生荆棘，狐兔穴其中。」張銑注：「綺羅、琴瑟既已歇絶，而池館、丘隴亦復何有？」《校注》：「綺羅、琴瑟：指歌舞。綺羅爲歌女舞女所服。」

〔六五〕自古皆有死：《論語・顔淵篇》：「自古皆有死，民無信不立。」

〔六六〕飲恨而吞聲：吞聲，無聲悲泣。《藝文類聚》卷四十四引馬融《長笛賦》：「於時也，緜駒吞聲，伯牙毁絃，瓠巴聑柱，磬襄弛懸。」《後漢書》卷七十八《宦者・曹節傳》：「羣公卿士，杜口吞聲，莫敢有言。」

【集説】

唐李善《文選》注：意謂古人不稱其情，皆飲恨而死也。

宋曾季貍《艇齋詩話》：東坡「歸還晚歲同元亮，却掃何人伴敬通。」敬通，馮衍字也。「却掃」

字不見本傳。江文通《恨賦》云：「敬通見抵，罷歸田里。閉門却掃，塞門不仕。」東坡蓋取諸此。

宋喻良能《香山集》卷一《喜賦》序：昔江文通爲《恨賦》，備盡古今之情致。予謂恨既有之，喜亦宜然。因擬之而作《喜賦》焉。

元陶宗儀《説郛》卷十七上：儲光羲云：「孺人善逢迎，稚子解趨走。」又出於江淹《恨賦》：「左對孺人，右對稚子。」

明李東陽《懷麓堂集》卷二十一《擬恨賦》序：予少讀江淹、李白所作《恨賦》，愛其爲辭，而怪所爲恨多閨情閣怨，其大者不過興亡之恒運、成敗之常事而已。是何感於情？亦奚以恨爲哉？中歲以來更涉世故，記憶舊聞，忠臣孝子，奇勳盛事，或方值幾會，遽成摧毁，失之毫釐而終身曠世不可復得，至令人吞聲搤腕而不能已。聖賢不言恨，然情在天下而不爲私，亦天理人事之相感激。雖以爲「恨」，可也。乃效江、李體，反其爲情以寫抑鬱，而卒歸於正。知我罪我，皆有所不避云。

明皇甫汸《皇甫司勳集》卷二十九：江淹作《恨賦》，李白擬之。余因作《恨詩》：「世事年來與願違，春深無語對花飛。曹王座上空陳伎，襄子橋邊但請衣。鏡裏顔銷恩寵薄，牀頭金盡結交稀。出師未報陰山捷，身没沙場竟不歸。」

明葉良佩《吊古賦》序（明黄宗羲編《明文海》卷二十）：嘗讀江文通《恨賦》，而莫喻其意。夫文通之恨尠矣，奚以賦爲？乃予讀之則戚戚然，若有創於其心者。於是遂祖襲其制，作《吊古賦》云。

明孫鑛(清于光華《文選集評》卷四引)：古意全失，然探奇搜細，曲有狀物之妙，固是一時絶技。

又云：借古事喻情，固自痛快。此亦是文通創作。

明張溥《漢魏六朝百三家集·江淹集題詞》：《恨》、《别》二賦，音制一變，長短篇章，能寫胸臆，即爲文字，亦《詩》、《騷》之意居多。

清王士禛《漁洋山人精華録》卷六：錦瑟年華西逝波，尋思往事奈君何。若爲乞得江郎筆，應較文通《恨賦》多。

清沈德潛《古詩源》卷十一：家庭之樂，豈宦遊可比。明遠乃亦不免俗見耶！江淹《恨賦》亦以「左對孺人，顧弄稚子」爲恨，功名中人，懷抱爾爾。

清魏裔介《兼濟堂文集》卷十六《廣恨賦》：昔江文通作《恨賦》，凄惻動人。但如秦帝窮奢極欲，沙丘告終，無所恨；李陵降北，生墮家聲，亦無足恨也。惟是古今治少亂多，覆轍相迹，余推其恨而廣之，非獨吊古生愴，亦以志鑒誡之意爾。

清何焯《義門讀書記》卷四十五《文選》一：「或有孤臣危涕，孽子墜心」注：「心當云危，涕當云墜，江氏愛奇，故互文以見義。」按此可標舉以爲對法。

清陶元藻《泊鷗山房集·書江淹〈恨賦〉後》：不如《别賦》遠甚。其賦别也，分别門類，摹其情與事，而不實指其人，故言簡而該，味深而永。《恨賦》何不自循其例也？古來恨事如勾踐忘文種之功，夫差拒伍胥之諫，荆軻不逞志於秦王，范增竟見疑於項羽，此皆恨之大者，概置勿論，掛漏之譏，固難免矣。且所謂恨者，此人宜獲吉而反受其殃，事應有成而竟遭其敗，銜冤抱恨，爲天下古今所共惜。非揣摩一己之私，遂其欲則忻忻，不遂其欲則怏怏也。秦王無道，固宜早亡，何恨之有？若趙王受虜、敬通見黜、中散被誅，自周秦兩漢以迄於齊，類此者不勝枚舉焉。李陵之恨，不能寫得淋漓剴切。明妃以毛延壽顛倒真容，遂致絶寵君王、失身塞外，痛心疾首，其恨全屬於斯，今只言「隴雁」云云，凡出塞者人人如此，即烏孫公主、蔡文姬，何嘗不領兹悽楚？

清許槤《六朝文絜箋注》卷一：通篇奇峭有韻，語法俱自千錘百煉中來，然却無痕迹。至分段敘事，慷慨激昂，讀之英雄雪涕。

又云：世事循環無端，枯榮同歸一盡，亟讀數過，不異冷水澆背，熱心頓解。

又云：愈説得威赫，愈覺得冷落。筆法簡勁，悲思淋漓。

清浦起龍《古文眉詮》：江郎《恨》、《别》兩賦并稱。寫恨如蠶死蠟灰，無還境矣，故不録。録《别賦》。行者居者，别時别後，八面淒其。

劉師培《劉申叔遺書》第十五册《論美術與徵實之學不同》：又或好奇之士，顛倒其詞，以誇巧慧。如江淹賦云「孤臣危涕，孽子墜心」，易墜涕爲危涕，即易危心爲墜心；杜甫詩云「香稻啄餘鸚鵡粟，碧梧棲老鳳凰枝」，又名詞互易，以逞句法之奇。

李詳《媿生叢録》卷三：江文通《恨賦》：「孤臣危涕，孽子墜心。」本當云「墜涕」、「危心」，江氏愛奇，故互文以見義（本李善説）。杜少陵《秋興》詩：「香稻啄餘鸚鵡粒，碧梧棲老鳳凰枝。」杜乃顛倒其語，便自不平。

錢鍾書《管錐編·全梁文》卷八：簡文帝《悔賦》，按謀篇與江淹《恨賦》同，惟增「前言往行」爲鑑戒一層命意，文筆則遠不逮也。悔之與恨，詞每合舉，情可通連，而各有所主；故兩賦觸類比事，無重複者。

前人《管錐編·全梁文》卷三十三：按此篇自《文選》與《別賦》并采，遂爾膾炙衆口。《賦》中自稱「僕本恨人」，淹他作亦多恨人之怨嗟。

又云：李白號「仙才」、「天才絶」，而所作《擬〈恨賦〉》，了無出語；未見飛仙絶跡，祇似壽陵學步；唐臨晉帖，尚不足言擬議以成變化也。

附：李白《擬恨賦》

晨登太山，一望蒿里。松楸骨寒，草宿墳毁。浮生可嗟，大運同此。於是僕本壯夫，慷慨不歇。仰思前賢，飲恨而没。昔如漢祖龍躍，羣雄競奔。提劍叱咤，指揮中原。東馳渤澥，西漂崑崙。斷蛇奮旅，掃清國步。握瑶圖而倏昇，登紫壇而雄顧。一朝長辭，天下縞素。若乃項王虎鬥，白日争輝。

拔山力盡，蓋世心違。聞楚歌之四合，知漢卒之重圍。帳中劍舞，泣挫雄威。騅兮不逝，喑噁何歸？至如荆卿入秦，直度易水。長虹貫日，寒風颯起。遠讐始皇，擬報太子。奇謀不成，憤惋而死。若夫陳后失寵，長門掩扉。日冷金殿，霜凄錦衣。春草罷緑，秋螢亂飛。恨桃李之委絶，思君王之有違。昔者屈原既放，遷於湘流。心死舊楚，魂飛長楸。聽江楓之嫋嫋，聞嶺狖之啾啾。永埋骨於渌水，怨懷王之不收。及夫李斯受戮，神氣黯然。左右垂泣，精魂動天。執愛子以長别，歎黄犬之無緣。或有從軍永决，去國長違。天涯遷客，海外思歸。此人忽見愁雲蔽日，目斷心飛。莫不攢眉痛骨，抆血霑衣。若乃錯繡轂，填金門。烟塵曉沓，歌鐘晝諠。亦復星沉電滅，閉影潛魂。已矣哉！桂華滿兮明月輝，扶桑曉兮白日飛。玉顔滅兮螻蟻聚，碧臺空兮歌舞稀。與天道兮共盡，莫不委骨而同歸。

（《李太白文集》卷二十四）

去故鄉賦

【題解】

曹道衡《年代考》云：「這篇賦和《無錫舅相送銜涕别》、《赤亭渚》二詩，當是同一時期所作。賦中説：『日色暮兮，隱吴山之丘墟。北風枎兮絳花落，流水散兮翠茿疎。』『吴山之丘墟』與《赤亭渚》『吴江泛丘墟』意近；『北風』與《無錫舅相送銜涕别》中『曾風漂别蓋，北雲竦征人』和《赤亭渚》中『路長寒光盡，鳥鳴秋草窮；瑶水雖未合，珠霜竊過中』等句寫的都是秋冬景色，而江淹被貶當在元徽二年的下半年。因爲江淹有《勑爲朝賢答劉休範書》，而桂陽王劉休範舉兵反叛朝廷，據《宋書・後廢帝紀》，是元徽二年五月的事。江淹起草的書信，則是朝廷已知劉休範反叛後所作，證明五六月間，江淹尚未被貶。《待罪江南思北歸賦》更明確地説『方仲冬而遂徂』。所以這篇賦和那兩首詩，均與江淹被貶時間相符合。賦中還有『願使黄鵠兮報佳人』和『恐高臺之易晏，與螻蟻而爲塵』等語，顯然是寫他對景素還有依戀，而且爲之擔憂。所以這篇賦也是元徽二年下半年所作。」今考此賦云：「芳洲之草行欲暮，桂水之波不可渡。」又云：「乃淩大壑，越滄淵。浤浤積崚，水横斷山。窮陰匝海，平蕪帶天。於是泣故關之已盡，傷故國之無際。」可見賦乃詩人去故鄉、涉桂水而之江南途中所作。江淹又有《待罪江南思北歸賦》一篇，乃其在建安吴興令任上作，賦題作「待罪江南」，賦又有「惟江南之丘墟，遥萬里之長蕪」、「跨金峰與翠巒，涉桂水於碧湍」等語，與此賦所寫實相一致，可爲賦乃元徽二年秋之建安吴興途中所作之證。又江淹先世南渡後家於南徐州之京口，故賦有「日色暮兮隱吴山之丘墟」及「泣故關」、「傷故國」之語，題亦作「去故鄉」也。江淹以己是時之被黜，情同屈原之諫楚王而放逐，故此賦乃有「出汀州而解冠，入溆浦而捐袂」之句。賦又云：「對江皋而自憂，弔海濱而傷歲。撫尺書而無悦，倚樽酒而不持。去室宇而遠客，遵蘆葦以爲期。情嬋娟而未罷，愁爛漫而方滋。切趙瑟以横涕，吟燕笳而坐悲」，「横羽觴而淹望，撫玉琴兮何親。瞻層山而蔽日，流餘涕以沾巾。恐高臺之易晏，與螻蟻而爲塵」，表現其傷悲之情，與《被黜爲吴興令辭牋詣建平王》所云之「淹乃梁昌，自投東極，晨鳥不飛，遷骨何日？一辭城濠，旦夕就遠。白雲在天，山川間之。眷然西顧，涕下若屑」頗相一致。且此賦所述節令，亦與是時江淹之建安吴興途中所作諸詩文所述節令正相合，皆可證《年代考》所説是也。

日色暮兮隱吴山之丘墟①〔一〕。北風枓兮絳花落〔二〕，流水散兮翠莖疎②〔三〕。愛桂枝而不見③〔四〕，悵浮雲而離居④〔五〕。乃湊大壑〔六〕，越滄淵⑤〔七〕。沄沄積嶐〔八〕，水横斷山⑥〔九〕。窮陰匝海〔一〇〕，平蕪帶天〔一一〕。

於是泣故關之已盡⑦，傷故國之無際〔一二〕。出汀州而解冠〔一三〕，入溆浦而捐袂⑧〔一四〕。聽蒹葭之蕭瑟〔一五〕，知霜露之流滯〔一六〕。對江臯而自憂〔一七〕，弔海濱而傷歲〔一八〕。撫尺書而無悦〔一九〕，倚樽酒而不持〔二〇〕。去室宇而遠客〔二一〕，遵蘆葦以爲期〔二二〕。情嬋娟而未罷〔二三〕，愁爛漫而方滋〔二四〕。切趙瑟以横涕〔二五〕，吟燕笳而坐悲〔二六〕。

少歌曰〔二七〕：芳洲之草行欲暮〔二八〕，桂水之波不可渡〔二九〕。絶世獨立兮，報君子之一顧〔三〇〕。是時霜翦蕙兮風摧芷，平原晚兮黄雲起⑨〔三一〕。寧歸骨於松柏〔三二〕，不買名於城市〔三三〕。若濟河無梁兮〔三四〕，沉此心於千里。

重曰〔三五〕：江南之杜蘅兮色以陳〔三六〕，願使黄鵠兮報佳人〔三七〕。横羽觴而淹望⑩〔三八〕，撫玉琴兮何親。瞻層山而蔽日〔三九〕，流餘涕以沾巾〔四〇〕。恐高臺之易晏，與螻蟻而爲塵〔四一〕。

【校記】

①「色」《藝文類聚》卷三十作「已」。

②「流水散兮翠薑疎」《藝文類聚》作「流水嚴兮翠莖流」。「薑」《彙注》本作「茿」，張本、梁本作「莖」。

③「愛」《藝文類聚》作「發」。「見」《藝文類聚》作「是」。

④「而」《藝文類聚》作「之」。

⑤「滄淵」《藝文類聚》作「蒼川」。

⑥「沄沄積崚，水横斷山」《藝文類聚》、張本、梁本、庫本作「茫茫積水，崚崚斷山」。

⑦「盡」《藝文類聚》作「虚」。

⑧「袂」原作「視」，今據《藝文類聚》、張本、梁本改。

⑨「雲」《藝文類聚》作「霧」。

⑩「淹」《藝文類聚》、庫本作「掩」。

【箋注】

〔一〕「日色」句：吴山，指吴地之山。《文選》卷三十謝脁《和伏武昌登孫權故城》：「鵲起登吴山，鳳翔陵楚甸。」李善注：「孫氏初基武昌，後都建鄴，故云吴山、楚甸也。」丘墟，丘陵。《文選》卷十七王褒《洞簫賦》：「原夫簫榦之所生兮，於江南之丘墟。」

〔二〕北風枬兮絳花落：枬：同「析」，《説文解字》卷六：「析，破木也。一曰折也。」《論衡・量知篇》：「斵木爲槧，枬木爲板。」絳花：紅花。

〔三〕翠蓂：蓂，同茪。清吴景旭《歷代詩話》卷十八「翠茪」條：「翠茪，江淹《去故鄉賦》云：『北風枬兮絳花落，流水散兮翠茪疏。』吴旦生曰：翠茪一作苐，草名，蓂莢實也。田俅子云：『堯爲天子，蓂莢生於庭，爲帝成曆，故曰蓂曆，亦謂之曆草。』《帝王世紀》云：『堯有草夾階而生，每月朔生一莢，月半則生十五莢，自十六日一莢落，至月晦而盡，月小則餘一莢厭而不落，以爲瑞。草名爲蓂莢。』」《説文解字》卷一：「茪，萹茪也。」《齊民要術》卷十三「茪」條：「《爾雅》曰：『茪，萹蓄。』郭璞注云：『似小藜，赤莖節，好生道旁，可食。又殺蟲。』」

〔四〕愛桂枝而不見：《楚辭・離騷》：「結桂枝兮延竚。」《續漢書・輿服志下》：「步摇以黄金爲山題，貫白珠爲桂枝相繆。」《詩・鄭風・山有扶蘇》：「不見子都，乃見狂且。」按此句《校注》云：「桂枝芳香，喻宗室子孫建平王。」

〔五〕悵浮雲而離居：《楚辭・九辯》：「何氾濫之浮雲兮，猋壅蔽此明月。」王逸章句：「浮雲晻翳，興讒佞也。」《校注》：「浮雲，喻小人。」離居，離開居處，指流離失所。《尚書·盤庚下》：「今我民用蕩析離居，罔有定極。」孔穎達疏：「播蕩分析，離其居宅，無安定之極。」《楚辭·九歌·大司命》：「折疏麻兮瑶華，將以遺兮離居。」

〔六〕大壑：《文選》卷四十七王褒《聖主得賢臣頌》：「翼乎如鴻毛遇順風，沛乎若巨魚縱大壑。」張銑注：「言君臣道合，如鴻鵠遇風，一舉千里，如大魚遊縱於大川，得其性也。」

〔七〕滄淵：猶滄海。酈道元《水經注》卷一《河水》：「九流分逝，北朝滄淵。」

〔八〕沄沄積崚：沄沄，水流浩蕩貌。董仲舒《春秋繁露·山川頌》：「水則源泉混混沄沄，晝夜不竭。」崚，山高峻貌。

〔九〕斷山：陡峭壁立的高山。劉義慶《世説新語·賞譽》：「世目周侯，嶷如斷山。」《水經》卷七《濟水》：「濟水又東，逕東廣武城北。」酈道元注：「夾城之間有絶澗斷山，謂之廣武澗。」

〔一〇〕窮陰亘海：鮑照《石帆銘》：「淪天測際，亘海窮陰。」亘，滿。

〔一一〕平蕪：本集《四時賦》：「至於冬陰北邊，永夜不曉；平蕪際海，千里飛鳥。」《校注》：「平蕪：雜草叢生的曠野。」帶天，被天環繞。《晉書》卷九十二《文苑·成公綏傳》：「河漢委蛇而帶天，虹蜺偃蹇於昊蒼，望舒彌節於九道，羲和正轡於中黄。」

〔一二〕「於是」二句：《文選》卷十潘岳《西征賦》：「丘去魯而顧歎，季過沛而涕零。伊故鄉之可懷，疚聖達之幽情。」此處或化用其意。《校注》：「故關，故國，皆指故鄉。」

〔一三〕汀州：水中小洲。州，多寫作「洲」。《楚辭·九歌·湘夫人》：「搴汀洲兮杜若，將以遺兮遠者。」王逸章句：「汀，平也。」洪興祖補注：「汀，它丁切，水際平地。」　解冠：解除冠帶，謂辭去官職。《後漢書》卷八十三《逸民·逢萌傳》：「時王莽殺其子宇，萌謂友人曰：『三綱絶矣！不去，禍將及人。』即解冠掛東都城門，歸，將家屬浮海，客於遼東。」

〔一四〕入漵浦而捐袂：《楚辭·九章·涉江》：「入漵浦余儃佪兮，迷不知吾之所如。」王逸章句：「漵浦，水名。」源出湖南省漵浦縣東南，流入沅江。捐袂，捐棄衣袖。《楚辭·九歌·湘夫人》：「捐余袂兮江中，遺余褋兮醴浦。」朱熹集注：「袂，衣袖。」

〔一五〕聽蒹葭之蕭瑟：《詩·秦風·蒹葭》：「蒹葭蒼蒼，白露爲霜。」鄭玄箋：「蒹葭在衆草之中蒼蒼然彊盛，至白露凝戾爲霜，則成而黄。」鮑照《遊思賦》：「對蒹葭之遂黄，視零露之方白。」《楚辭·九辯》：「悲哉！秋之爲氣也，蕭瑟兮，草木摇落而變衰。」《文選》卷十三禰衡《鸚鵡賦》：「嚴霜初降，涼風蕭瑟，長吟遠慕，哀鳴感類。音聲悽以激揚，容貌慘以顦顇。」

〔一六〕流滯：停留。《韓詩外傳》卷三：「萬物羣來，無有流滯，以相通移。」許維遹《韓詩外傳集釋》：「『流』與『留』古通。」

〔一七〕江皋：江岸，江邊地。《楚辭·九歌·湘夫人》：「朝馳余馬兮江皋，夕濟兮西澨。」《漢書》卷五十一《賈山傳》：「地之磽者，雖有善種，不能生焉；江皋河瀕，雖有惡種，無不猥大。」顔師古注：「李奇曰：『皋，水邊淤地也。』」

〔一八〕弔：至。《書·盤庚下》：「肆予沖人，非廢厥謀，弔由靈。」孔傳：「弔，至。靈，善也。」孔穎達疏：「衆謀必有異見，故至極用其善者。」陸德明《釋文》：「弔，音的。」《詩·小雅·天保》：「神之弔矣，詒爾多福。」毛傳：「弔，至。」孔穎達疏：「言王已致神之來至矣。」海濱：近海之處，海邊。《尚書·禹貢》：「厥土白墳，海濱廣斥。」孔穎達疏：「海畔迥潤，地皆斥鹵，故云廣斥。」《文選》卷七司馬相如《子虛賦》：「選徒萬騎，畋於海濱。」李善注：「郭璞曰：『濱，涯也。』」同上書卷二十曹植《責躬詩》：「奄有海濱，方周於魯。」

〔一九〕尺書：書信。《漢書》卷二十四《韓信傳》：「然後發一乘之使，奉咫尺之書，以使燕，燕必不敢不聽。」顔師古曰注：「八寸曰咫。咫尺者，言其簡牘或長咫，或長尺，喻輕率也。今俗言尺書，或言尺牘，蓋其遺語耳。」漢趙曄《吴越春秋》卷五十二：「越王悦兮忘罪除，吴王歡兮飛尺書。」《文選》卷二十七《樂府古辭·飲馬長城窟行》：「客從遠方來，遺我雙鯉魚，呼兒烹鯉魚，中有尺素書。」

〔二〇〕樽酒：杯酒。《易·坎》：「樽酒簋貳，用缶。」《文選》卷二十九蘇武《古詩四首》之一：「我有一樽酒，欲以贈遠人。」

〔二一〕去室宇而遠客：《三國志》卷六十一《吴志·陸凱傳》：「西宫室宇摧朽，須謀移都，何以不可徙乎？」《晉書》卷三十三《石崇傳》：「財産豐積，室宇宏麗，後房百數，皆曳紈繡，珥金翠。」《説文解字》卷七下：「宇，屋邊也。」遠客，遠離親朋。指棄絶人事。孫綽《秋日》：「蕭瑟仲秋日，飇唳風雲高。山居感時變，遠客興長謡。」

〔二二〕遵蘆葦以爲期：《詩·豳風·九罭》：「鴻飛遵渚，公歸無所，于女信處。」朱熹集傳：「遵，循也。渚，小洲也。」以爲期，《詩·衛風·氓》：「將子無怒，秋以爲期。」屈原《離騷》：「路不周以左轉兮，指西海以爲期。」王逸章句：「期，會也。」

〔二三〕嬋娟：猶「嬋媛」，情思牽縈貌。《楚辭·離騷》：「女嬃之嬋媛兮，申申其詈予。」王逸章句：「嬋媛，猶牽引也。」《楚辭·九歎·思古》：「心嬋媛而無告兮，口噤閉而不言。」王逸章句：「言己愁思，心中牽引而痛，無所告語也。」

〔二四〕爛漫：雜亂繁多貌。《文選》卷十八馬融《長笛賦》：「詳觀夫曲胤之繁會叢雜，何其富也；紛葩爛漫，誠可喜也。」吕向注：「紛葩爛漫，聲亂而多也。」《校注》：「爛漫：散漫而無邊際。」　滋：生。《書·泰誓下》：「樹德務滋，除惡務本。」孔傳：「立德務滋長，去惡務除本。」

〔二五〕切：彈，引申爲彈奏。　趙瑟：指瑟。戰國時流行於趙國，《史記》卷八十一《廉頗藺相如列傳》：「王許之，遂與秦王會澠池。秦王飲酒酣，曰：『寡人竊聞趙王好音，請奏瑟。』趙王鼓瑟。」《漢書》卷六十六《楊敞傳附楊惲傳》載楊惲《報孫會宗書》：「婦，趙女也，雅善鼓瑟。」《文選》卷十一王仲宣《登樓賦》：「悲舊鄉之壅隔兮，涕橫墜而弗禁。」李善注：「漢中山王勝曰：『不知涕泣之橫集。』」

〔二六〕吟：鳴，引申爲吹奏。　燕笳：即胡笳。《文選》卷四十一李陵《答蘇武書》：「側耳遠聽，胡笳互動，牧馬悲鳴。」李周翰注：「笳，笛之類，胡人吹之爲曲。」

〔二七〕少歌：短歌。古代辭賦篇末總括全篇要旨的部分。《楚辭·九章·抽思》：「少歌曰：『與美人之抽思兮，并日夜而無正。』」洪興祖補注：「此章有少歌，有倡，有亂。少歌之不足，則又發其意而爲倡；獨倡而無與和也，則總理一賦之終，以爲亂辭云爾。」蔣驥注：「少歌，樂章音節之名。荀子《佹詩》亦有小歌，蓋總前意而申明之也。」馬茂元注：「『少歌』在『楚辭』中僅見於本篇。它的性質和用途，從内容來看，當是一篇當中某一個部分的小結。」

〔二八〕芳洲之草行欲暮：《楚辭·九歌·湘君》：「采芳洲兮杜若，將以遺兮下女。」王逸章句：「芳洲，香草叢生水中之處。」《校注》：「芳洲之草：指杜若。行欲暮：謂將荒蕪凋零。屈原《離騷》：『惟草木之零落兮，恐美人之遲暮。』」

〔二九〕桂水之波不可渡：《水經注》卷三十九《鍾水》：「桂水出桂陽縣北界山，山壁高聳，三面特峻，石泉懸注，瀑布而下，北逕南平縣，而東北流届鍾亭，右會鍾水，通爲桂水也。故應劭曰：『桂水出桂陽。』」《楚辭·九懷》：「桂水兮潺湲，揚流兮洋洋。」陸雲《喜霽賦》曰：「戢流波於桂水兮，起芳塵於沈泥。」《校注》：「桂水：南方多桂，故以稱南方之水。」

〔三〇〕「絶世」二句：《漢書》卷九十七上《外戚上·孝武李夫人傳》載李延年歌：「北方有佳人，絶世而獨立。一顧傾人城，再顧傾人國。」《校注》：「絶世獨立：謂美人姿色出衆，舉世無匹。

此以佳人自喻，表示願報建平王一顧之恩。」

〔三一〕「是時」二句：黄雲，黄塵、沙塵。《文選》卷三十謝靈運《擬魏太子鄴中集・阮瑀》：「河洲多沙塵，風悲黄雲起。」李善注：「《淮南子》曰：『黄泉之埃上爲黄雲。』」李周翰注曰：「黄雲，謂兼埃塵之色；黄比喻亂也。」《校注》：「蕙、芷：皆香草名。本集《應謝主簿騷體》云：『使杜蘅可翦而棄，夫何貴於芬芳。』此句與之相參看。黄雲：塵埃與雲相接而黄，故稱。」

〔三二〕寧歸骨於松柏：《漢書》卷九十七下《外戚下・孝成班倢伃傳》載班倢伃《自傷賦》：「願歸骨於山足兮，依松柏之餘休。」顏師古注：「山足，謂陵下也。休，蔭也。」《左傳》成公三年：「以君之靈，纍臣得歸骨於晉。」《校注》：「歸骨，安葬屍骨。」

〔三三〕不買名於城市：《校注》：「買名：釣取名譽。本集《詣建平王上書》：『下官本蓬户桑樞之人，布衣韋帶之士，退不飾《詩》、《書》以驚愚，進不買名聲於天下。』可互看。」

〔三四〕若濟河無梁：《文選》卷二十九曹丕《雜詩二首》之一：「願飛安得翼，欲濟河無梁。」李周翰注：「欲濟無梁，謂志欲濟時而無人共也。」《藝文類聚》卷三十引魏文帝《永思賦》：「仰北辰而永思，泝悲風以增傷。哀遐路之漫漫，痛長河之無梁。願託乘於浮雲，嗟逝速之難當。」

〔三五〕重曰：《楚辭・遠遊》「重曰」王逸章句：「憤懣未盡，復陳辭也。」《漢書》卷九十七下《外戚下・孝成班倢伃傳》載班倢伃《自傷賦》「重曰」顏師古注：「重者，情志未申，更作賦也。」

《校注》：「重：纍章章節的名稱。情志未申，又復陳辭，故曰『重』。」

〔三六〕杜蘅：即杜若，喻君子、賢人。《楚辭·離騷》：「畦留夷與揭車兮，雜杜衡與芳芷。」陳：陳舊、枯黄。《尚書·盤庚中》：「失於政，陳於兹。」孔穎達疏：「《釋詁》云：塵，久也。孫炎曰：『陳居之久，久則生塵矣。古者「塵」、「陳」同也，故陳爲久之義。』」

〔三七〕願使黄鵠兮報佳人：《藝文類聚》卷二十九引蘇武《送李陵詩》：「願爲雙黄鵠，送子俱遠飛。」《玉臺新詠》卷二魏文帝《於清河見輓船士新婚與妻别》：「願爲雙黄鵠，比翼戲清池。」《校注》：「黄鵠：黄鵠善飛，一舉千里，故願使之。佳人，當指建平王。與前『愛桂枝而不見』相呼應。」

〔三八〕横羽觴而淹望：《楚辭·招魂》：「瑶漿蜜勺，實羽觴些。」王逸章句：「羽，翠羽也。觴，觚也。」洪興祖補注：「杯上綴羽，以速飲也。一云作生爵形，實曰觴，虚曰觶。」《漢書》卷九十七下《外戚下·孝成班倢伃傳》載班倢伃《自傷賦》：「顧左右兮和顔，酌羽觴兮銷憂。」顔師古注引孟康曰：「羽觴，爵也，作生爵形，有頭尾羽翼。」《校注》：「横：放置。羽觴：酒杯。掩望：久望。」

〔三九〕層山：重疊的山。酈道元《水經注》卷十一《滱水》：「下望層山，盛若蟻蛭。」

〔四〇〕流餘涕以沾巾：《文選》卷十六潘岳《懷舊賦》：「步庭廡以徘徊，涕泫流而霑巾。」李善注：「《禮記》曰：『孔子泫然流涕。』張衡《四愁詩》曰：『側身北望涕霑巾。』」按餘涕，謂涕淚之多。《文選》卷九班彪《北征賦》：「攬余涕以於邑兮，哀生民之多故。」「余涕」、「餘涕」雖有別，然則江淹好出新奇，乃變而用之也。

〔四一〕「恐高臺」二句：晏，平静、安逸。《禮記・月令》：「百官静事毋刑，以定晏陰之所成。」鄭玄注云：「晏，安也。」《校注》：「本集《自序》載江淹諫建平王曰：『殿下不求宗廟之安，而信左右之計，則復見麋鹿霜棲露宿於姑蘇之臺矣。』又《銅爵妓》詩：『瑶色行應罷，紅芳幾爲樂。徒登歌舞臺，終成螻蟻郭。』以上二句與之意同。」

【集説】

清李調元《賦話・舊話二》：文通集中有《去故鄉賦》、《待罪江南思北歸賦》，纏綿悱惻，風致與《恨》、《别》二賦略同。豈五色花管，獨工於言情之作耶？

姜亮夫《楚辭書目五種・紹騷隅録》：文通諸賦，諧有惻隱悲憫之心，而其文所得於《騷》者，亦至深切。其《山中楚辭》，王夫之《通釋》已采其二。今集中諸擬《騷》之作，并撰要著之於篇。其所爲諸賦之可指數者，如《麗色》、《水上神女》諸賦，實《高唐》、《神女》之遺義；《倡婦自悲》、《知己》、《傷友人》，諧有感於不遇；而體物諸賦，皆近《橘頌》；《去故鄉》尤爲寄情深切之作。故録之以爲一家之言云。

錢鍾書《管錐編・全梁文》卷三十三：《去故鄉賦》乃《别賦》之子枝也。

倡婦自悲賦 并序

【題解】

此篇張本、梁本題作「娼婦自悲賦」。「并序」張本、梁本作「有序」。

曹道衡《年代考》以爲此賦作於宋後廢帝元徽二年（四七四）至宋順帝昇明元年（四七七）之間，云：「此賦純屬以『倡婦』自比，賦中『去柏梁以掩袂，出桂苑而斂眉。視朱殿以再暮，撫嬪華而一疑。於是怨帝關之遂岨，悵平原之何極』，都是借喻自己被景素放逐的怨恨，當是被貶後所作。」《校注》則云：「本篇借倡婦失寵自悲，托喻作者忠而見疏之情。序中『泣蕙草之飄落，憐佳人之埋暮』，與《去故鄉賦》『芳洲之草行欲暮，桂水之波不可渡。絶世獨立兮，報君子之一顧』文意相近，當是初到吴興時所作。」今據《校注》説，此賦之作當在前廢帝元徽二年（四七四）或三年（四七五）之間。

漢有其録〔一〕，而亡其文〔二〕。泣蕙草之飄落，憐佳人之埋暮〔三〕，乃爲辭焉。

粤自趙東①〔四〕，來舞漢宮。瑶序金陳②，桂枝嬌風〔五〕。素壁翠樓，明月徒秋③〔六〕。歌聲忽散，傷人復愁④。君王更衣〔七〕，露色未晞⑤〔八〕。侍青鑾以雲聳⑥，夾丹輦以霞飛〔九〕。願南山之無隙〔一〇〕，指壽陵以同歸〔一一〕。俄而緑衣坐奪，白華卧進〔一二〕。屑骨不憐〔一三〕，抵金誰吝⑦〔一四〕。九重已闢⑧〔一五〕，高門自蕪〔一六〕。青苔積兮銀閣澁〔一七〕，網羅生兮玉梯虚〔一八〕。度九冬而廓處，遥十秋以分居⑨〔一九〕。傷營魂之已盡⑩〔二〇〕，畏松柏之無餘〔二一〕。歸故鄉之末光〔二二〕，實夫君之晚滋〔二三〕。去柏梁以掩袂⑪〔二四〕，出桂苑而斂眉〔二五〕。視朱殿以再暮，撫嬪華而一疑⑫〔二六〕。

於是怨帝關之遂岨〔二七〕，悵平原之何極〔二八〕。霜繞衣而葭冷〔二九〕，風飄輪而景昃〔三〇〕。御思趙而不顧，馬懷燕而未息〔三一〕。泣遠山之異峰，望浮雲之雜色。若使明鏡前兮，碎孤鴈之錦翼⑬〔三二〕。迺爲詩曰：

曲臺歌未徙⑭，黄壤哭已親〔三三〕。玉玦歸無色〔三四〕，羅衣會成塵⑮〔三五〕。驕才雄力君何怨？徒念薄命之苦辛〔三六〕。

【校記】

①「粵」《藝文類聚》卷三十二作「曰」。

②「序」《藝文類聚》作「席」。

③「徒」《藝文類聚》作「使」。

④「傷」《藝文類聚》作「倡」。

⑤「晞」原作「稀」，今據《彙注》本、張本、梁本、《藝文類聚》改。
⑥「聳」《藝文類聚》作「徙」。
⑦「抵」原作「玹」，《彙注》本作「擅」，今據《藝文類聚》改。
⑧「闕」張本、梁本、《藝文類聚》作「閉」。
⑨「遥」《藝文類聚》作「經」。「以」《藝文類聚》作「而」。
⑩「魂」張本、梁本、《藝文類聚》作「魄」。
⑪「掩」原作「淹」，今據《藝文類聚》改。
⑫「嬪」張本、梁本作「巔」。
⑬「碎」張本作「辟」。
⑭「徙」原作「徒」，今據張本、梁本改。
⑮「成」《藝文類聚》作「生」。

【箋注】

〔一〕漢有其録：《校注》：「謂有『倡婦自悲賦』之目録。」
〔二〕而亡其文：指《倡婦自悲賦》文辭已亡佚。亡，失去。
〔三〕「泣蕙草」二句：《楚辭·離騷》：「惟草木之零落兮，恐美人之遲暮。」埋暮，猶遲暮，喻年歲大。

〔四〕粤自趙東：《校注》：「粤：通『曰』，句首語助詞。趙：古國名，以出歌姬舞女見稱。」

〔五〕「瑶序」二句：序，《説文解字》卷九：「東西墻也。」陳，《爾雅·釋宫》：「堂途謂之陳。」郭璞註：「堂下至門徑也。」桂枝嬌風，形容倡婦舞姿之美，如同桂枝在風中嫋嫋飄動。按此二句《校注》云：「序：堂室東西兩廂的夾墻。陳：堂下通門的過道。……『瑶序金陳』與下『素壁翠樓』皆言宫室之富麗。」

〔六〕「素壁」二句：酈道元《水經注·澧水》：「嵩梁山高峰孤竦，素壁千尋，望之苕亭，有似香爐。」翠樓，塗飾緑漆的高樓。《藝文類聚》卷六十三引漢李尤《平樂觀賦》：「大厦累而鱗次，承岧嶢之翠樓。」按以上二句《校注》云：「『明月徒秋』與上『桂枝嬌風』，言倡婦姿容之美有如桂枝舞風，使秋月失色。」

〔七〕君王更衣：《校注》：「更衣：更换衣服。用漢武帝幸衛子夫事。《史記·外戚孝武衛皇后傳》：衛子夫原爲平陽公主歌女，武帝至平陽公主家，『既飲，謳者進，上望見，獨説子夫。帝起更衣，子夫侍尚衣軒中，得幸。』」

〔八〕露色未晞：《詩·小雅·湛露》：「湛湛露斯，匪陽不晞。」毛傳：「晞，乾也。露雖湛湛，然見陽則乾。」黄焯《毛詩鄭箋平説》卷五：「此詩特以草木興諸侯，以露之在草木興天子燕諸侯。首章言匪陽不晞，意當謂露必待陽而晞，飲必至醉而歸耳。」此處以喻君王寵幸。按《校注》云：「張衡《南都賦》：『客賦醉言歸，主稱露未晞。接歡宴於日夜，終愷樂之令儀。』下句本此。」（按《校注》引《南都賦》有數處排印錯誤，今改正。以下類此逕改而不一一注明。）

〔九〕「侍青鑾」二句：鑾，《説文解字》卷十四：「人君乘車，四馬鑣，八鑾鈴，象鸞鳥聲，和則敬也。」段玉裁注：「鸞者，赤神之精。赤色五采，雞形，鳴中五音，頌聲作則至。爲鈴繫於馬銜之兩邊，聲中五音似鸞鳥，故曰鑾。」輦，《説文解字》卷十四：「挽車也。」段玉裁注：「謂人輓以行之車也。」夾，從左右相持或相對。《儀禮・既夕禮》：「北面，交轡，圉人夾牽之。」《校注》：「青鑾、丹輦：謂天子車駕。」

〔一〇〕願南山之無隙：《校注》：「《詩・小雅・天保》：『如南山之壽，不騫不崩。』本喻長壽，此指代君王一生。隙，嫌隙。」

〔一一〕指壽陵以同歸：《詩・王風・大車》：「穀則異室，死則同穴，謂予不信，有如皦日。」壽陵，君王陵寢。《後漢書》卷二《明帝紀》：「帝初作壽陵，制令流水而已，石槨廣一丈二尺，長二丈五尺，無得起墳。」《校注》：「壽陵：稱墓穴。此句猶言死則同穴，表示恩愛不離。」

〔一二〕「俄而」二句：《詩・邶風・緑衣》：「緑兮衣兮，緑衣黄裏。」毛傳：「興也。緑，間色。黄，正色。」鄭玄箋：「『緑兮衣兮』者，言褖衣自有禮制也。諸侯夫人祭服之下，鞠衣爲上，展衣次之，褖衣次之，次之者衆妾亦以貴賤之等服之。鞠衣黄，展衣白，褖衣黑，皆以素紗爲裏。今褖衣反以黄爲，非其禮制也。故以喻妾上僭。」《詩・小雅・白華》：「白華菅兮，白茅束兮。」鄭玄箋：「白華於野，已漚名之爲菅。菅柔忍中用矣，更取白茅收束之，茅比於白華爲脆。興者，喻王取於申，申后禮儀備，任妃后之事，而更納褒姒。」《漢書》卷九十七下《外戚·孝成班倢伃傳》載班倢伃《自傷賦》：「《緑衣》兮《白華》，自古兮有之。」顏師古注：「《緑衣》，《詩·邶風》，刺妾上僭，夫人失位。《白華》，《小雅篇》，周人刺幽王黜申后也。」

〔一三〕屑骨：《校注》：「屑骨：猶言賤軀。」按屑骨，或謂粉身碎骨。

〔一四〕抵金：《後漢書》卷六十一《黄瓊傳》：「所謂抵金玉於沙礫，碎珪璧於泥塗，四方聞之，莫不憤歎。」李賢注：「抵，投也。音紙。」

〔一五〕九重：《楚辭·九辯》：「豈不鬱陶而思君兮，君之門以九重。」洪興祖補注：「天子有九門，謂關門、遠郊門、近郊門、城門、皐門、庫門、雉門、應門、路門也。」《後漢書》卷七十下《文苑·趙壹傳》載趙壹《刺世疾邪賦》：「雖欲竭誠而盡忠，路絶險而靡緣。九重既不可啓，又羣吠之狺狺。」

〔一六〕高門：漢宫殿名。《史記》卷一百二十《汲黯列傳》：「黯請間，見高門。」裴駰集解引如淳曰：「《三輔黄圖》：『未央宫中有高門殿。』」此借指倡婦住所。按以上二句《校注》云：「九重、高門：指君門。」

〔一七〕青苔積兮銀閣澁：《文選》卷十三謝莊《月賦》：「緑苔生閣，芳塵凝榭。」澁，《説文解字》卷二：「不滑也。」引申爲阻塞不通暢。本集《青苔賦》：「迺蕪階翠地，繞壁點墻。春禽悲兮蘭莖紫，秋蟲吟兮蕙實黄。晝遥遥而不暮，夜永永以空長。零露下兮在梧楸，有美一人兮欷以傷。」可以參看。

〔一八〕網羅生兮玉梯虚：網羅，蛛網。《淮南子・兵略訓》：「飛鳥不動，不絓網羅。」鮑照《擬古・河畔草未黄》：「明鏡塵匣中，寶琴生網羅。」玉梯，猶玉樓。

〔一九〕「度九冬」二句：彭大翼《山堂肆考》卷二百三十二《廓處》：「廓處，静居也。古詩：『廓處謝歡愉。』」按《梁書》卷五十《文學下・伏挺傳》：「東山之歎，豈云旋復；西風可懷，孰能無思。加以静居廓處，顧影莫酬。」雖爲後出，然則當時已有此用法。以上二句《校注》云：「九冬、十秋：極言時間漫長。廓處：謂獨居。遥：長久。」

〔二〇〕傷營魂之已盡：營魂，魂魄。《楚辭・遠遊》：「山蕭條而無獸兮，野寂漠其無人。載營魂而登霞兮，掩浮雲而上征。」洪興祖補注：「陽氣充，魄則爲魂。魂能運動，則生金矣。」《後漢書》卷十六《寇恂傳附寇榮傳》：「不勝狐死首丘之情，營魂識路之懷。」《文選》卷三十謝靈運《石門新營所住四面高山迴溪石瀨茂林脩竹》：「庶持乘日車，得以慰營魂。匪爲衆人説，冀與智者論。」

〔二一〕畏松柏之無餘：《漢書》卷九十七下《外戚下・孝成班倢伃傳》載班倢伃《自傷賦》：「願歸骨於山足兮，依松柏之餘休。」顔師古注：「休：蔭也。」《文選》卷二十九《古詩十九首》：

「去者日以疎，生者日以親。出郭門直視，但見丘與墳。古墓犁爲田。松柏摧爲薪，白楊多悲風，蕭蕭愁殺人。思還故里閭，欲歸道無因。」《校注》：「松柏無餘：古代墓地多種松柏。餘：餘薈。」

〔二二〕歸故鄉之末光：《藝文類聚》卷二十九引漢蘇武《别李陵詩》：「雙凫俱北飛，一凫獨南翔。子當留斯館，我當歸故鄉。」《彙注》：「《古樂府·烏孫公主歌》曰：『願爲黄鵠兮還故鄉。』」末光，餘輝。《史記》卷五十三《蕭相國世家論》：「及漢興，依日月之末光，何謹守管籥，因民之疾，奉法順流，與之更始。」《後漢書》卷十六《鄧禹傳附鄧騭傳》：「臣兄弟汙穢，無分可採，過以外戚，遭值明時，託日月之末光，被雲雨之渥澤，并統列位，光昭當世。」《文選》卷二十八陸機《樂府詩·塘上行》：「願君廣末光，照妾薄暮年。」

〔二三〕實夫君之晚滋：《楚辭·九歌·湘君》：「望夫君兮未來，吹參差兮誰思？」《校注》：「夫君：指君王。晚滋：猶言餘恩。謂蒙賜恩澤而得歸故鄉。」

〔二四〕柏梁：柏梁臺。《史記》卷十二《孝武本紀》：「其後則又作柏梁、銅柱、承露僊人掌之屬矣。」《索隱》：「服虔云：『用梁百頭。』」按：今字皆作「柏」。《三輔故事》云：『臺高二十丈，用香柏爲殿，香聞十里。』」《資治通鑑》卷二十漢武帝元鼎二年：「春，起柏梁臺，作承露盤，高二十丈，大七圍，以銅爲之，上有仙人掌以承露，和玉屑飲之，云可以長生。」掩袂：掩袖哭泣。袂，《説文解字》卷八：「袖也。」

〔二五〕桂苑：《文選》卷十三謝莊《月賦》：「乃清蘭路，肅桂苑。」李善注：「桂苑，有桂之苑。」此指代宮廷苑囿。　斂眉：皺眉，謂愁眉不展。

〔二六〕嬪華：《校注》：「嬪華：指宮女。」按：嬪華，嬪，《禮・曲禮下》：「生曰妻，死曰嬪。」此疑指凋謝之花朵。　一疑：一驚，突然心驚。疑，驚恐、畏懼。《管子・小問》：「駮食虎豹，故虎疑焉。」《禮記・雜記下》：「故有疾飲酒食肉，五十不致毀，六十不毀，七十飲酒食肉，皆爲疑死。」鄭玄注：「疑，猶恐也。」

〔二七〕帝闕：天帝、天子的宫門。　岨：《説文解字》卷九：「石戴土也。」《爾雅・釋山》：「石戴土曰崔嵬。」《校注》：「帝闕：京城。岨：同『阻』，阻隔。」

〔二八〕悵平原之何極：《彙註》：「曹植詩：『遠望周萬里，朝夕見平原。』」

〔二九〕葭：同「笳」，笛也。《文選》卷二十謝靈運《九日從宋公戲馬臺集送孔令詩》：「鳴葭戾朱宫，蘭巵獻時哲。」李周翰注：「葭，笛也。天子行，鳴笛引路也。」《校注》：「葭：蘆葦。」録以備考。

〔三〇〕風飄輪而景昃：飄輪，傳説中御風而行的神車。《藝文類聚》卷七十九引《搜神記》：「飄輪送我來，豈復耻塵穢。」《校注》：「飄輪：吹轉日輪。指時間推移。景昃，日光西斜。」按昃，《説文解字》卷七：「日在西方時。」

〔三一〕「御思趙」二句：《校注》：「御：僕御、僕夫。屈原《離騷》：『僕夫悲余馬懷兮，蜷局顧而不行。』思趙、懷燕，謂懷念故國。倡婦爲趙女，此偏指趙。」

〔三一〕「若使」二句：《校注》：「《藝文類聚》卷七〇引《異苑》：『山雞愛其毛羽，映水則舞。魏武時，南方獻之，公子蒼舒令置大鏡其前，雞鑑形而舞，不知止，遂乏死。』以上二句疑化月其事，意謂若此心得君王明察，則將歡欣而絶。」

〔三二〕「曲臺」二句：《文選》卷十六司馬相如《長門賦》：「撫柱楣以從容兮，覽曲臺之央央。」李善注引《三輔黄圖》曰：「未央東有曲臺殿。」《漢書》卷五十一《枚乘傳》：「遊曲臺，臨上路，不如朝夕之池。」黄壤，《後漢書》卷三十九《趙咨傳》：「將終，告其故吏朱祗、蕭建等，使薄斂素棺，藉以黄壤，欲令速朽，早歸后土。」親，《説文解字》卷八：「至也。」《校注》：「曲臺：指遊樂之所。黄壤：黄泉。親：接近。言歡娱未畢而末日已近。」

〔三四〕玉玦歸無色：《左傳·閔公二年》：「公與石祁子玦，與甯莊子矢，使守。曰：『以此贊國擇利而爲之。』」杜預注：「玦，玉玦。贊，助也。玦示以當決斷，矢示以禦難。」按玉玦，佩玉的一種，形如環而有缺口。

〔三五〕羅衣會成塵：《文選》卷十七傅武仲《舞賦》：「羅衣從風，長袖交横。」《文選》卷二十七曹植《美女篇》：「羅衣何飄飄，輕裾隨風還。」羅衣，輕軟絲綢製成之衣。按以上二句《校注》云：「歸、會：皆終歸之意。」

〔三六〕「驕才」二句：薄命，命運多舛，命短。《漢書》卷九十七下《外戚下·孝成許皇后傳》：「其餘誠太迫急，奈何?」妾薄命，端遇竟寧前。」《校注》：「驕才雄力：本集《青苔賦》：『當其志力雄俊，才圖驕堅；錦衣被地，鞍馬耀天。』即其意。薄命：倡婦自稱。以上二句意謂，如今君王仗持勢位得意於一時，自然不會重視我的苦心勸告；但當災難臨頭時，再懊悔也無濟於事了。」

【集說】

錢鍾書《管錐編·全梁文》卷三十三：《倡婦自悲賦》又《恨賦》之傍出也。

又云：《泣賦》：「魂十逝而九傷。」按《倡婦自悲賦》：「度九冬而廓處，經十秋以分居。」卷三四（按指嚴可均輯《全梁文》卷三十四）《雜三言·構象臺》：「山十影兮九形。」自語相違，皆虛數也，正如「四角六張，八凹九凸」（《五燈會元》卷一二大愚守芝章次）之類。

哀千里賦

【題解】

關於此賦之寫作時間，曹道衡《年代考》云：「此賦寫秋景，與《望荆山》相似。賦中有『自出國而辭友，永懷慕而抱哀』之句。古人往往以『國』代指京城，『出國辭友』當指初離京城而遠行時作。賦中又云『及年歲之未晏』，雖襲用《離騷》之句，亦説明是作者早年所作。當亦係泰始三年去襄陽時寫的作品。」今考江淹泰始元年隨始安王子真由京都建康至南兗州之廣陵，若據曹説，則此賦豈非作於江淹隨子真至南兗州時？然泰始三年八月下旬，江淹尚在南兗州獄中，此後又被舉爲「南徐州桂陽王秀才」，則泰始三年時何能之襄陽且作此賦及《望荆山》等詩邪？即《年代考》繫年乃非是。俞紹初《江淹年譜》（以下簡作「俞譜」）以爲此賦乃泰始六年（四七〇）前往荆州江陵就任荆州刺史巴陵王休若右常侍時作。且以爲是時建平王景素赴湘州刺史任，江淹與之同行，道中有《從冠軍建平王登廬山香爐峰》詩，秋，至荆州後有《望荆山》詩及《哀千里賦》等作。其云：「《哀千里賦》云『蕭蕭江陰兮荆山之岑』，又云『於時鴻雁既鳴，秋光亦窮』，亦知作於同時。」考江淹就任巴陵王休若右常侍并非在泰始六年於荆州，而是泰始四年（四六八）於湘州，可見俞譜以此賦爲泰始六年江淹初至荆州所作之説亦不能成立。然而《年代考》及俞譜以爲此賦與《望荆山》詩爲一時之作則頗爲可信。考江淹此賦云：「蕭蕭江陰兮荆山之岑，北繞瑯琊碣石，南馳九疑桂林。」寫望荊山之景；賦又云：「自出國而辭友，永懷慕而抱哀。魂終朝以三奪，心一夜而九摧。徒望悲其何及，銘此恨於黄埃。」寫其憂傷之情，皆可證曹、俞二先生所説。荊州地距京都千里，遠不能到，故題以「哀千里」也。此賦又云：「於時鴻雁既鳴，秋光亦窮。水黯黯兮蓮葉動，山蒼蒼兮樹色紅。」乃作於秋末冬初，與《望荊山》之寫作時間亦正相合。江淹《望荊山》詩乃其泰始四年被任爲湘州刺史巴陵王休若右常侍，由南徐州前往湘州途中經由荊州江陵時作，即此賦亦泰始四年秋末所作。

蕭蕭江陰兮荊山之岑①〔一〕，北繞瑯琊碣石〔二〕，南馳九疑桂林〔三〕。山則異嶺奇峰〔四〕，橫嶼帶江〔五〕，雜樹億尺〔六〕，紅霞萬重②〔七〕。水則遠天相逼，浮雲共色，沄沄無底③〔八〕，溶溶不測〔九〕。其中險如孟門，豁若長河〔一〇〕。參差巨石，縱橫黿鼉〔一一〕。若乃夏后未鑿，秦皇未闢〔一二〕。嶄岩生岸〔一三〕，迤邐成迹〔一四〕。馳湍走浪，漂沙擊石。

伊孟冬之初立〔一五〕，出首夏以歸來〔一六〕。自出國而辭友〔一七〕，永懷慕而抱哀〔一八〕。魂終朝以三奪〔一九〕，心一夜而九摧〔二〇〕。徒望悲其何及〔二一〕，銘此恨於黄埃〔二二〕。於時鴻雁既鳴④，秋光亦窮〔二三〕。水黯黯兮蓮葉動〔二四〕，山蒼蒼兮樹色紅〔二五〕。思雲車兮沅北〔二六〕，望蜺裳兮澧東〔二七〕。惜重華之已没〔二八〕，念芳草之坐空〔二九〕。

既而悄愴成憂〔三〇〕，憫默自憐〔三一〕。信規行之未曠，知矩步之已難〔三二〕。雖河北之爽塏〔三三〕，猶橘柚之不遷〔三四〕。及年歲之未晏〔三五〕，願匡坐於霸山〔三六〕。

【校記】

①「蕭蕭江陰兮荆山之岑」《彙注》本作「蕭蕭江兮陰荆山之岑」。

②「萬重」張本、梁本作「萬里」。

③「沄沄」張本、梁本作「茫茫」。

④「時」張本作「是」。

【箋注】

〔一〕蕭蕭：清冷、寒冷。陶淵明《祭程氏妹文》：「黯黯高雲，蕭蕭冬月。」又前人《自祭文》：「窅窅我行，蕭蕭墓門。」　荆山之岑：《文選》卷十一王粲《登樓賦》：「平原遠而極目兮，蔽荆山之高岑。」李善注：「《漢書》：『臨沮縣，荆山在東北也。』《爾雅》曰：『山小而高曰岑。』」

〔二〕北繞瑯琊碣石：瑯琊，亦作「琅琊」。古邑名。在今山東省諸城縣東南海濱。《孟子·梁惠王下》：「吾欲觀於轉附朝儛，遵海而南，放於琅邪。」孫奭疏：「《正義》：『琅邪爲齊東境上邑者。』案《地理志》云：『齊地東有琅邪。』《南越志》云：『琅邪，邑名。』是也。」碣石，《尚書・禹貢》：「夾右碣石入於河。」《傳》：「碣石，海畔山。」《漢書》卷六《武帝紀》：「行自泰山，復東巡海上，至碣石。」顔師古注：「文穎曰：『在遼西累縣。累縣今罷，屬臨榆。此石著海旁。』師古曰：碣，碣然特立之貌也。」約在今河北省秦皇島北戴河附近。

〔三〕南馳九疑桂林：九疑，亦作「九嶷」。山名。在湖南寧遠縣南。《山海經・海内經》：「南方蒼梧之丘，蒼梧之淵，其中有九嶷山，舜之所葬，在長沙零陵界中。」郭璞注：「山今在零陵營道縣南，其山九谿皆相似，故云『九疑』。」桂林，郡名。其地相當於今廣西柳州及桂林兩市。按以上二句《校注》云：「以上二句仿鮑照《蕪城賦》『瀰迆平原，南馳蒼梧漲海，北走紫塞鴈門』句法。」

〔四〕山則異嶺奇峰：《藝文類聚》卷三引晉顧愷之《神情詩》：「春水滿四澤，夏雲多奇峰。秋月揚明輝，冬嶺秀寒松。」

〔五〕横嶼帶江：《史記》卷十七《漢興以來諸侯王年表》：「自陳以西，南至九疑，東帶江、淮、穀、泗，薄會稽，爲梁、楚、吴、淮南、長沙國。」《三國志》卷五十四《吴志・魯肅傳》：「夫荆楚與國鄰接，水流順北，外帶江漢，内阻山陵，有金城之固，沃野萬里，士民殷富，若據而有之，此帝王之資也。」

〔六〕雜樹億尺：《楚辭》淮南小山《招隱士》：「青莎雜樹兮，薠草靃靡。」陶淵明《桃花源記》：「忽逢桃花林，夾岸數百步，中無雜樹，芳草鮮美，落英繽紛。」億尺，極言其高。《史記》卷六

《秦始皇本紀》賈誼《過秦論》：「據億丈之城，臨不測之谿以爲固。」

〔七〕紅霞：丹霞，本集《從征虜始安王道中》：「喬松日夜竦，紅霞旦夕生。」

〔八〕沄沄無底：董仲舒《春秋繁露》卷十六：「水則源泉，混混沄沄。」鮑照《遊思賦》：「波沄沄兮無底，山森森兮萬重。」沄沄，水流浩蕩貌。

〔九〕溶溶不測：《楚辭》劉向《九歎·逢紛》：「揚流波之潢潢兮，體溶溶而東回。」王逸章句：「溶溶，波貌。言己隨流而行，水盛廣大，波高溶溶，將東入於海也。」《莊子·秋水》：「無南無北，奭然四解，淪於不測。」《藝文類聚》卷九十五引後漢王延壽《王孫賦》：「背牢落之峻壑，臨不測之幽谿。尋柯條以宛轉，或捉腐而登危，或羣跳而電透，或爪懸而瓠垂。」

〔一〇〕「其中」二句：《校注》：「孟門：山名，在今山西吉縣南，綿亘於黄河兩岸，即龍門之上口。谿：開濶。長河：指黄河。《水經注·河水》：『《淮南子》曰：龍門未闢，吕梁未鑿，河出孟門之上，大溢逆流，無有丘陵，高阜滅之，名曰洪水。大禹疏通，謂之孟門。……孟門，即龍門之上口也，實爲河之巨阸，兼孟門津之名矣。此石經始禹鑿，河中漱廣，夾岸崇深，傾崖返捍，巨石臨危，若墜復倚。』可與此文參讀。」

〔一一〕「參差」二句：《文選》卷十九宋玉《高唐賦》：「磐石險峻，傾崎崖隤。巖嶇參差，從横相追。」張衡《西京賦》：「華嶽峩峩，岡巒參差。」《校注》：「黿鼉：謂巨石之狀如黿如鼉。鼉，爬行動物名，俗稱豬婆龍。」

〔一二〕「若乃」二句：《校注》：「夏后：夏禹。秦皇：指秦惠王。相傳戰國時有秦惠王派五力士開闢蜀道故事。詳見《藝文類聚》卷九四引《蜀王本紀》、《華陽國志·蜀志》。以上二句形容當地形勢處於一種未經開闢的原始狀態。」

〔一三〕嶄岩生岸：《史記》卷一百十七《司馬相如列傳》：「深林鉅木，嶄巖參差。」張守節正義：「嶄巖，尖鋭貌。」《文選》卷三十三劉安《招隱士》：「山氣巃嵸兮石嵯峨，谿谷嶄巖兮水曾波。」張銑注：「嶄巖，險峻貌。」

〔一四〕迤逦：《校注》：「迤逦：山勢曲折綿延貌。亦作『迤邐』。」

〔一五〕伊孟冬之初立：《禮記·月令·孟冬之月》：「天氣上騰，地氣下降，天地不通，閉塞而成冬。」《文選》卷二十九《古詩十九首》：「孟冬寒氣至，北風何慘慄。愁多知夜長，仰觀衆星列。」鮑照《從拜陵登京峴》：「孟冬十月交，殺盛陰欲終。」《校注》：「初立：謂始立功名。當指泰始五年（四六九）江淹舉秀才，對策上第事。」按初立，即釋褐，事當指宋孝武帝大明七年（四六三）江淹爲南徐州刺史新安王子鸞從事之事。《校注》或非是。蓋是時之秀才非官，不得謂始立功名也。

〔一六〕出首夏以歸來：《藝文類聚》卷八十八引魏文帝《槐賦》：「伊暮春之既替，即首夏之初期。」《文選》卷二十二謝靈運《遊赤石進帆海》：「首夏猶清和，芳草亦未歇。」李善注：「《爾雅》曰：『首，始也。』」《校注》：「首夏：指農曆四月。歸來：謂歸故鄉。」

〔一七〕自出國而辭友：《楚辭·九章·哀郢》：「去故鄉而就遠兮，遵江夏以流亡。出國門而軫懷兮，甲之鼂吾以行。」《校注》：「出國：離開故鄉。國，故國。」

〔一八〕永懷慕而抱哀：蔡邕《劉鎮南碑》：「百工集趣，機巧萬端，器械變通，利民無窮。隣邦懷慕，交揚益州，盡遣驛使，冠蓋相望。」《文選》卷二十三王粲《贈蔡子篤詩》：「慨我懷慕，君子所同。」嵇康《思親詩》：「中夜悲兮當誰告？獨抆淚兮抱哀戚。」

〔一九〕魂終朝以三奪：《詩·鄘風·蝃蝀》：「朝隮於西，崇朝其雨。女子有行，遠兄弟父母。」毛傳：「崇，終也。從旦至食時爲終朝。」《藝文類聚》卷八引曹植《芙蓉賦》：「芙蓉蹇産，菡萏星屬，絲條垂珠，丹榮如緑，焜焜韡韡，爛若龍燭，觀者終朝，情猶未足。」

〔二〇〕九摧：猶九傷，言哀傷之極。以上二句《校注》云：「三、九：皆爲虚數，言其多次。奪：失。摧：折。皆表示傷心。三奪、九摧：謂爲自己的處境而日夜傷心不絶。」按《藝文類聚》卷四十八引宋謝莊《黄門侍郎劉琨之誄》：「秋風散兮涼葉稀，出吴洲兮謝江畿。瞻國門兮聳雲路，睇舊里兮驚客衣。魂終朝而三奪，心一夜而九飛。」乃爲以上二句之所出。

〔二一〕徒望悲其何及：漢崔瑗《司隸校尉箴》：「必正必式，國之司直。乃回乃邪，寔爲讒慝。毁於貞賢，悔其何及。」《校注》：「望：謂望路程。何及：何時到達。言其漫長。」

〔二二〕銘此恨於黄埃：《樂府詩集》卷七十五晉謝尚《大道曲》：「青陽二三月，柳青桃復紅，車馬不相識，音落黄埃中。」《魏書》卷一百五之一《天象志一之一》載神龜三年「十月己巳，太史奏：『自八月已來，黄埃掩日，日出三丈，色赤如赭，無光曜。』」《校注》：「黄埃：路上的塵埃。指路程之中的困境。」

〔二三〕「於時」二句：本集《卧疾怨别劉長史》：「承君客江潭，先愁鴻鴈鳴。」按此二句《校注》云：「鴻雁鳴：表示已到深秋。《禮記·月令》季秋之月『鴻鴈來賓』。窮：盡。」

〔二四〕黯黯：《藝文類聚》卷二十八引漢陳琳《詩》：「蕭蕭山谷風，黯黯天路陰。」陶淵明《祭程氏妹文》：「黯黯高雲，蕭蕭冬月。」

〔二五〕蒼蒼：深青色。《莊子·逍遥遊》：「天之蒼蒼，其正色邪。」《史記》卷二十七《天官書》：「正月，與斗、牽牛晨出東方，名曰監德。色蒼蒼有光。」《文選》卷二十四曹植《贈白馬王彪》：「太谷何寥廓，山樹鬱蒼蒼。」

〔二六〕思雲車兮沅北：《淮南子·原道訓》：「昔者馮夷、大丙之御也，乘雲車入雲蜺，遊微霧。」「馮夷、大丙，二人名，古之得道能御陰陽者。以雲蜺爲馬，遊行也。」《文選》卷十九曹植《洛神賦》：「六龍儼其齊首，載雲車之容裔。」劉良注：「神以雲爲車而馭龍也。」

〔二七〕望蜺裳兮澧東：蜺裳，即「霓裳」，神仙之衣。《楚辭·九歌·東君》：「青雲衣兮白霓裳，舉長矢兮射天狼。」王逸章句：「言日神來下，青雲爲上衣，白霓爲下裳。日出東方，入西方，故用其方色以爲飾也。」《藝文類聚》卷七十八引曹植《五遊詠》：「九州不足步，願得淩雲翔，逍遥八紘外，遊目歷遐荒。披我丹霞衣，襲我素霓裳，華蓋紛晻靄，六龍仰天驤。」按以上二句《校注》云：「雲車、霓裳：傳説中神仙以雲爲車，以霓爲裳。沅、澧：二水名。皆在今湖南省境内。即下句所説的重華所在之地。」

〔二八〕惜重華之已没：《校注》：「重華：舜名。屈原《離騷》：『濟沅湘以南征兮，就重華而陳詞。』重華已没，則表示無處陳詞。」

〔二九〕念芳草之坐空：《校注》：「芳草：語本淮南小山《招隱士》：『王孫遊兮不歸，芳草生兮萋萋。』坐：頓。謂芳草枯萎而欲歸不得。」

〔三〇〕悄愴：憂傷，淒涼。《藝文類聚》卷三十四引宋顔延之《行殣賦》：「撫躬中塗，太息蘭渚。行徘徊於永路，時悄愴於川侶。」

〔三一〕憫默自憐：憫默，因憂傷而沉默。《藝文類聚》卷三引梁王僧孺《寄鄉友詩》：「旅心已多恨，春至尚離羣。翠枝結斜影，緑水散圓文。戲魚兩相顧，遊鳥半藏雲。何時不憫默，是日最思君。」同上書卷九十引梁江洪《和新浦侯詠鶴詩》：「曉鳴動遥怨，夕唳感孀眠。哀咽芳林右，憫默華池邊。猶冀淩雲志，萬里共翩翩。」自憐，《文選》卷三十三宋玉《九辯》：「廓落兮羇旅而無友生，惆悵兮而私自憐。」《古詩紀》卷二十蘇武《答李陵詩》：「低頭還自憐，盛年行已衰。」

〔三二〕「信規行」二句：《後漢書》卷四十六《郭躬傳》：「汝南有陳伯敬者，行必矩步，坐必端膝。」《文選》卷十四鮑照《舞鶴賦》：「指會規翔，臨歧矩步」劉良注：「指會，臨歧，皆舞之節。臨指其節，翔步皆中規矩。」《抱朴子·博喻》：「垂紳振珮，不可以揮刃争兵；規行矩步，不可以救火拯溺。」《校注》：「規行、矩步：行步合乎規矩。語本陸機《長安有狹邪行》：『規行無曠迹，矩步豈逮人？』曠，遠。以上二句意謂自己行爲誠然没有越出規矩，但即使如此，還是陷入了困難的處境。」

〔三三〕爽塏：高敞乾燥。《左傳·昭公三年》：「初，景公欲更晏子之宅，曰：『子之宅近市，湫隘囂塵，不可以居，請更諸爽塏者。』」杜預注：「爽，明。塏，燥。」孔穎達疏：「塏，高地，故爲燥也。」《文選》卷四張衡《南都賦》：「體爽塏以閒敞，紛鬱鬱其難詳。」張銑注：「爽，明也。塏，高也。」

〔三四〕猶橘柚之不遷：《楚辭》屈原《九章·橘頌》：「后皇嘉樹，橘徠服兮。受命不遷，生南國兮。」王逸章句：「南國，謂江南也。遷，徙也。言橘受命於江南，不可移徙，種於别地，則化而爲枳也。屈原自比志節如橘，亦不可移徙也。」《周禮·考工記》：「橘踰淮而北爲枳，鸜鵒不踰濟，貉踰汶則死，此地氣然也。」《校注》：「此以橘柚不能移植北方爲枳，自喻不適應遠方生活。」

〔三五〕及年歲之未晏：《楚辭·離騷》：「及年歲之未晏兮，時亦猶其未央。」王逸章句：「言己所以汲汲欲輔佐君者，冀及年未晏晚以成德化也。」

〔三六〕願匡坐於霸山：《莊子·讓王》：「原憲居魯，環堵之室，茨以生草；蓬户不完，桑以爲樞；

而甕牖二室，褐以爲塞；上漏下濕，匡坐而弦。」林希逸口義：「匡坐，王坐也。」《校注》：「霸山：即霸陵山。東漢梁鴻與妻孟光隱居霸陵山中，以耕織爲業，詠詩彈琴以自娱。謂願學梁鴻而隱居。」

【集説】

錢鍾書《管錐編·全梁文》卷三十三：《哀千里賦》「徒望悲其何及，銘此恨於黄埃」，亦《恨賦》「自古皆有死，莫不飲恨而吞聲」之情事。

青苔賦 并序

【題解】

「并序」張本、梁本作「有序」。

此賦吴丕績《江淹年譜》（以下簡作「吴譜」）以爲作於建安吴興。今考此賦序云：「余鑿山楹爲室，有苔焉，意之所之，故爲是作云。」與其元徽二年（四七四）秋至建安吴興後所作之《待罪江南思北歸賦》「於是臨虹霓以築室，鑿山楹以爲柱」相合。吴興地在東南嶠外，閩越荒僻之地，人煙稀少，多雨而青苔叢生，故江淹於建安吴興所作之諸詩文多有言及此者，如《渡泉嶠出諸山之頂》詩云：「百年積流水，千里生青苔。」《赤虹賦》云：「紅壁十里，青噻百仞。苔滑臨水，石險帶溪。」《待罪江南思北歸賦》云：「秋露下兮點劍舄，青苔生兮綴衣巾。」《雜三言五首》之《構象臺》

云：「苔蘚生兮繞石户，蓮花舒兮繡池梁。」可證吴譜之説。又此賦末云：「故其所詣必感，所感必哀。哀以情起，感以怨來。魂慮斷絶，精念徘徊者也。彼木蘭與豫章，既中繩而獲夭；及薜荔與蘪蕪，又懷芬而見表。至哉青苔之無用，吾孰知其多少！」抒發哀怨感傷之情以及才大不用且遭夭折之感慨，與其被黜遭貶及於吴興時之心情亦頗爲一致，是必作於在吴興令任時。又江淹此前長期生活於江蘇及湖北等地，於閩越之異景，頗有新異之感，則此賦應是其至吴興之初所作，時在宋後廢帝元徽二年冬。俞譜以爲作於之吴興之當年冬，所説是也。

余鑿山楹爲室〔一〕，有苔焉，意之所之〔二〕，故爲是作云。

嗟青苔之依依兮〔三〕，無色類而可方〔四〕。必居閑而就寂〔五〕，以幽意之深傷①〔六〕。故其處石，則松栝交陰〔七〕，泉雨長注〔八〕。絶磵俯視②，崩壁仰顧〔九〕，悲凹嶮兮，唯流水而馳鶩〔一〇〕。遂能崎屈上生〔一一〕，班駮下布〔一二〕。異人貴其貞精〔一三〕，道士悦其迴趣③〔一四〕，咀松屑以高想〔一五〕，捧丹經而永慕④〔一六〕。

若其在水，則鏡帶湖沼，錦匝池林⑤〔一七〕。春塘秀色，陽鳥好陰⑥〔一八〕。青郊未謝兮白日照〔一九〕，路貫千里兮緑草深〔二〇〕。迺生水而摇蕩，遂出波而沉淫〔二一〕。假青條兮總翠，借黄花兮舒金〔二二〕。遊梁之客，徒馬疲而不能去〔二三〕；兔園之女，雖蠶飢而不自禁〔二四〕。

至於脩臺廣廡，幽閣閑楹〔二五〕。流黄以織⑦〔二六〕，琴瑟且鳴。户牖秘兮不可晃〔二七〕，履袂動兮覺人聲。迺蕪階翠地，繞壁點墻〔二八〕。春禽悲兮蘭莖紫⑧〔二九〕，秋蟲吟兮蕙實黄〔三〇〕。晝遥遥而不暮〔三一〕，夜永永以空長〔三二〕。零露下兮在梧楸，有美一人兮欷以傷〔三三〕。

若迺崩隍十仞⑨〔三四〕，毁塚萬年〔三五〕。當其志力雄俊，才圖驕堅〔三六〕，錦衣被地，鞍馬耀天〔三七〕。淇上相送〔三八〕，江南採蓮〔三九〕。妖童出鄭〔四〇〕，美女生燕〔四一〕。而頓死艷氣於一旦〔四二〕，埋玉玦於窮泉〔四三〕。寂兮如何？苔積網羅〔四四〕。視青蘼之杳杳〔四五〕，痛百代兮恨多。故其所詣必感，所感必哀。哀以情起，感以怨來〔四六〕。魂慮斷絶，精念徘徊者也⑩〔四七〕。彼木蘭與豫章〔四八〕，既中繩而獲夭〔四九〕；及薜荔與蘼蕪，又懷芬而見表〔五〇〕。至哉青苔之無用，吾孰知其多少〔五一〕！

【校記】

①「以幽意之深傷」《藝文類聚》卷八十二作「似幽意而深傷」。

②「絶」《藝文類聚》卷八十二、《初學記》卷二十七作「横」。

③「迴」《彙注》本、張本、梁本作「迴」。
④「捧」《彙注》本作「奉」。
⑤「錦」《藝文類聚》作「綿」。
⑥「陰」《彙注》本、張本、梁本、《藝文類聚》作「音」。
⑦「以」《彙注》本作「之」。
⑧「悲」原作「忠」，今據《彙注》本、張本、梁本改。
⑨「十」張本、梁本作「千」。
⑩「精」《彙注》本作「情」。「者也」《初學記》卷二十七作「睹」，屬下句。

【箋注】

〔一〕余鑿山楹爲室：《楚辭·哀時命》：「鑿山楹而爲室兮，下被衣於水渚。」王逸章句：「言己雖窮，猶鑿山石以爲室柱。」鮑照《登廬山二首》之一：「懸裝亂水區，薄旅次山楹。千巖盛阻積，萬壑勢迴縈。」《鮑參軍集注》錢振倫注引《卓氏藻林》：「山楹，山房也。」

〔二〕意之所之：《列子·周穆王》：「意之所之，天地四方，水火寒暑，無不倒錯者焉。」

〔三〕依依：《校注》：「依依：色澤柔潤貌。」

〔四〕色類：種類、類别。　方：比擬。

〔五〕居閑而就寂：《校注》：「處於僻遠寂寞之地。」

〔六〕幽意之深傷：本集《燈夜和殷長史》：「冬盡彩葉暮，金石亦懷傷。冰鱗不能起，水鳥望川梁。客子依永夜，寂寞幽意長。」《漢書》卷七十七《劉輔傳》：「臣等竊深傷之，唯陛下留神省察。」《後漢書》卷二十六《侯霸傳》：「十三年，霸薨，帝深傷惜之，親自臨弔。」

〔七〕「故其」二句：交陰：樹木互相交叉遮掩形成的樹蔭。酈道元《水經注·晉水》：「水側有涼堂，結飛梁於水上，左右雜樹交陰，希見曦景。」《重修玉篇》卷十二：「楚謂兩樹交陰之下曰樾。」《校注》：「處石：謂青苔所處之巖石。栝：木名，即檜樹。」

〔八〕泉雨：謂噴灑如雨的泉水。《管子·輕重乙》：「泉雨五尺，其君必辱。」

〔九〕「絶磵」二句：絶磵，亦作「絶澗」，高山陡壁之下的溪澗。《文選》卷三十六王融《永明九年策秀才文》：「訪游禽於絶澗，作霸秦基。」磵，山間的水溝。《校注》：「絶磵俯視，崩壁仰顧：即『俯視絶磵，仰顧崩壁』。崩壁，斷崖。」

〔一〇〕「悲凹嶮」二句：《漢書》卷四十五《蒯通傳》：「爲君計者，莫若以黄屋朱輪迎范陽令，使馳騖於燕趙之郊。」《楚辭》東方朔《七諫·自悲》：「駕青龍以馳騖兮，班衍衍之冥冥。」王逸章句：「言極疾也。」本集《渡泉嶠出諸山之頂》：「岑崟蔽日月，左右信艱哉。萬壑共馳騖，百谷争往來。」《校注》：「凹：低凹，指絶磵。嶮：高險，指崩壁。」

〔一一〕崎屈：意同崎曲。陶淵明《庚子歲五月中從都還阻風於規林》二首之一：「鼓棹路崎曲，指景限西隅。」《校注》：「崎屈：崎嶇曲折。謂青苔攀緣峭壁而生。」

〔一二〕班駁：色彩斑斕。一本作斑駁。《楚辭》劉向《九歎·憂苦》：「同駑鸁與乘駔兮，雜班駁與闒茸。」王逸章句：「班駁，雜色也。」《西京雜記》卷一：「上結蘽條如車蓋，葉一青一赤，望之斑駁如錦繡。」《校注》：「斑駁：苔色或青或紫，雜亂錯落，故云。」

〔一三〕異人：神人、方士。《文選》卷十二郭璞《江賦》：「納隱淪之列真，挺異人乎精魄。」貞精：《校注》：「貞精：堅貞專一。」

〔一四〕道士悦其迴趣：曹植《釋愁文》：「於是精駭魂散，改心迴趣，願納至言，仰崇玄旨，衆愁忽然不辭而去。」按以上二句《校注》云：「異人、道士：指服食求仙的術士。」

〔一五〕咀松屑以高想：晉孫盛《老聃非大聖論》：「然希古存勝，高想頓足；仰慕淳風，專詠至虚。故有棲峙林壑，若巢、許之倫者。」按此句《彙注》云：「劉向《神仙傳》曰：『偓佺好食松實，能飛行，速如走馬。以松子遺堯，堯不能服。時受服者，皆至三百歲。』」《校注》云：「松屑：即松脂。道家認爲久服可以輕身延年。」

〔一六〕丹經：葛洪《抱朴子·金丹》：「凡受太清丹經三卷，及九鼎丹經一卷，金液丹經一卷。」《文選》卷二十八鮑照《代昇天行》：「五圖發金記，九籥隱丹經。」李善注：「《抱朴子》曰：『鄭君唯見授金丹之經。』」

〔一七〕「則鏡帶」二句：池林，《藝文類聚》卷三十九引梁劉孝綽《侍宴集賢堂應令詩》：「壺人告漏晚，煙霞起將夕。反景入池林，餘光映泉石。」按此二句《校注》云：「鏡帶：映帶。錦匝：

如錦緞環繞。」

〔一八〕「春塘」二句：秀色，美色。王僧達《答顔延年》：「麥壟多秀色，楊園流好音。」王融《遊仙詩五首》之五：「五芝多秀色，八桂常冬榮。弭節且夷與，參差聞鳳笙。」陽烏，神話傳説中的三足烏。《文選》卷四左思《蜀都賦》：「羲和假道於峻歧，陽烏迴翼乎高標。」李善注：「《春秋元命苞》曰：『陽成於三，故日中有三足烏，烏者，陽精。』」《校注》：「以上二句即謝靈運《登池上樓》『池塘生春草，園柳變鳴禽』之意。」

〔一九〕青郊：春天的郊野。《文選》卷三十謝朓《和徐都曹》：「宛洛佳遨遊，春色滿皇州。結軫青郊路，迴瞰蒼江流。」

〔二〇〕路貫千里：《楚辭》宋玉《招魂》：「獻歲發春兮汨吾南征，菉蘋齊葉兮白芷生。路貫廬江兮左長薄，倚沼畦瀛兮遥望博。」王逸章句：「貫，出也。」

〔二一〕「洒生水」二句：《校注》：「生水、出波：謂青苔冒出於水面。《説文》：『苔：水衣也。』沉淫：浸漬。」

〔二二〕「假青條」二句：青條，青色枝條。《文選》卷十七陸機《文賦》：「播芳蕤之馥馥，發青條之森森。」按《文選》卷二十九張翰《雜詩》：「暮春和氣應，白日照園林。青條若總翠，黄花如散金。」劉良注：「總，集也。言木之青條蒙密若集翡翠之鳥也。華，花也。」乃此二句之所出。《校注》：「以上二句謂假借青條、黄花而引人注目。」

〔二三〕「遊梁」二句：《校注》：「遊梁之客：指遊於梁孝王門下的文人。《漢書·司馬相如傳》：『是時梁孝王來朝，從遊説之士，齊人鄒陽、淮陰枚乘、吴嚴忌夫子之徒，相如見而悦之。因病免，客遊梁，得與諸侯遊士居。』」

〔二四〕「兔園」二句：兔園，園囿名，亦稱梁園，漢梁孝王劉武所築，地在今河南商丘東。爲遊賞與延賓之所。《西京雜記》卷二：「梁孝王好營宫室苑囿之樂，作曜華之宫，築兔園。」《文選》卷十三謝惠連《雪賦》：「梁王不悦，遊於兔園。」此二句《校注》云：「兔園之女：即兔園采桑之女。蠶饑而不自禁：謂流連不止，竟忘了採桑喂蠶。」按枚乘《梁王兔園賦》：「逮及春郊，採桑之婦，袿裼錯紆，連袖方路，芳温往來，便娟盼顧。已而歌曰：『春陽生兮萋萋，不才子兮心哀，見佳容兮不能歸。桑萎蠶飢，悵望奈何！』」乃此二句之所出。

〔二五〕「至於脩臺廣廡」二句：《西京雜記》卷三：「文帝爲太子，立思賢苑以招賓客。中有堂隍六所，客館皆廣廡高軒，屏風幃褥甚麗。」《文選》卷二張衡《西京賦》：「長廊廣廡，途閣雲蔓。」李善注：「《説文》曰：『廡，堂下周屋也。』」《校注》：「脩臺廣廡：高臺長廊。楹：堂柱。指堂室。」

〔二六〕流黄以織：《樂府詩集》卷三十四古詞《相逢行》：「大婦織綺羅，中婦織流黄，小婦無所爲，挾瑟上高堂。」本集《悼室人十首》之六：「窗塵歲時阻，閨燕日夜深。流黄夕不織，寧聞梭杼音。」按流黄，褐黄色絲織品，指絹。

〔二七〕户牖：門窗。《老子》：「鑿户牖以爲室，當其無，有室之用。」《淮南子·氾論訓》：「夫户牖者，風氣之所從往來。」鮑照《觀漏户》：「墐户牖而知天，掩雲霧而測暉。」

〔二八〕「迺蕪階」二句：《校注》：「蕪階翠地：謂青苔掩没臺階，遍地叢生。以上八句可與本集《别賦》『暫幽閨之琴瑟，晦高臺之流黄。春閨閟此青苔色，秋帳含兹明月光』互相參看。」

〔二九〕春禽悲兮蘭莖紫：鮑照《擬行路難十八首·春禽喈喈旦暮鳴》：「春禽喈喈旦暮鳴，最傷君子憂思情。」按春禽，春鳥。《宋書》卷十四《禮志一》：「春禽懷孕，蒐而不射。」蘭莖紫，《楚辭·九歌·少司命》：「秋蘭兮青青，緑葉兮紫莖。滿堂兮美人，忽獨與余兮目成。」

〔三〇〕秋蟲吟兮蕙實黄：秋蟲，《宋書》卷三十《五行志一》：「按《月令》，夏蟲羽，秋蟲毛。」《文選》卷十三潘岳《秋興賦》：「月朣朧以含光兮，露淒清以凝冷。熠燿粲於階闥兮，蟋蟀鳴乎軒屏。」劉良注：「蟋蟀，秋蟲，至秋寒故就軒屏。言鳴軒階壁也。」蕙實，蕙蘭之果實。《本草綱目》卷十四：「蘭蕙之蕙也，五月采之。辛香。」

〔三一〕遥遥：謂時間長。陶淵明《庚戌歲九月中於西田獲早稻》：「遥遥沮溺心，千載乃相關。」

〔三二〕永永：亦指時間長。《大戴禮記·公符》：「陛下永永，與天無極。」王褒《聖主得賢臣頌》：「休徵自至，壽考無疆，雍容垂拱，永永萬年。」張衡《請專事東觀收檢遺文表》：「比久長於天地，並光明於日月，昭示萬嗣，永永不朽也。」

〔三三〕「零露」二句：《詩·鄭風·野有蔓草》：「野有蔓草，零露漙兮。有美一人，清揚婉兮。邂逅相遇，適我願兮。」《詩·陳風·澤陂》：「彼澤之陂，有蒲與荷。有美一人，傷如之何。寤寐無爲，涕泗滂沱。」梧楸，梧桐與楸樹。二木皆逢秋而早凋。《楚辭·九辯》：「白露既下百草兮，奄離披此梧楸。」朱熹集注：「梧桐、楸梓，皆早凋。」鮑泉《秋日》詩：「露色已成霜，梧楸欲半黄。」

〔三四〕崩隍十仞：《校注》：「崩隍：謂城崩於隍。隍，護城河。《易·泰》：『城復於隍。』《正義》引子夏傳云：『上下不交，臣不扶君，君道傾危，故云「城復於隍」。』十仞：指十仞之城。一仞爲七尺，或八尺。」

〔三五〕毁塚萬年：《校注》：「毁塚：謂山崩。《詩·小雅·十月之交》：『山塚崒崩。』傳：『山頂曰塚。』箋：『崒者，崔嵬。山頂崔嵬者崩，君道壞也。』」

〔三六〕志力雄俊：謂才智傑出。《史記》卷七十九《范雎蔡澤列傳》：「燕客蔡澤，天下雄俊弘辯智士也。」　驕堅：猶言高深厚實。

〔三七〕錦衣：《詩·秦風·終南》：「君子至止，錦衣狐裘。」毛傳：「錦衣，采色也。」孔穎達疏：「錦者，雜采爲文，故云采衣也。」　鞍馬：《後漢書》卷二十六《趙憙傳》：「徵憙引見，賜鞍馬，待詔公車。」《文選》卷四十二吴季重《答東阿王書》：「耳嘈嘈於無聞，情踴躍於鞍馬。」

〔三八〕淇上相送：《校注》：「淇：水名，在今河南省北部。《詩·鄘風·桑中》：『期我乎桑中，要我乎上宫，送我乎淇之上矣。』此句指男子。」

〔三九〕江南採蓮：《校注》：「古樂府有《江南曲》，其辭云：『江南可採蓮，蓮葉何田田。』此句指女子。」

〔四〇〕妖童出鄭：《校注》：「妖童：猶『狡童』。《詩·鄭風》有《狡童》篇。」

〔四一〕美女生燕：《校注》：「古燕趙地區多出美女。《古詩十九首》其十二：『燕趙多佳人，美者顏如玉。』」

〔四二〕頓死：《搜神記》卷十七：「去一月許日，家大失火，奴婢頓死。一年中，便大貧。」

〔四三〕埋玉玦於窮泉：《左傳·閔公二年》：「公與石祁子玦，與甯莊子矢，使守。曰：『以此贊國擇利而爲之。』」杜預注：「玦，玉玦。贊，助也。玦示以當決斷，矢示以禦難。」玉玦，佩玉的一種，形如環而有缺口。《文選》卷二十三潘岳《悼亡詩三首》之一：「荏苒冬春謝，寒暑忽流易。之子歸窮泉，重壤永幽隔。」吕向注：「人死曰歸。窮，深也。壤，土也。永，長也。幽隔，謂幽冥之道，長爲阻隔。」同書卷五十七潘岳《哀永逝文》：「委蘭房兮繁華，襲窮泉兮朽壤。」吕延濟注：「窮泉，墓中也。壤，土也。」

〔四四〕苔積網羅：《淮南子·兵略訓》：「飛鳥不動，不絓網羅。」鮑照《擬古·河畔草未黄》：「明鏡塵匣中，寶琴生網羅。」網羅，蛛網。

〔四五〕視青藶之杳杳：《楚辭·九章·懷沙》：「眴兮杳杳，孔静幽默。」王逸章句：「杳杳，深冥貌也。」《校注》：「虈：虈蕪，香草名。杳杳：幽遠貌。」

〔四六〕「哀以情起」二句：《文選》卷二十五盧諶《贈劉琨》：「昔在暇日，妙尋通理。尤彼意氣，使是節士。情以體生，感以情起。趣舍罔要，窮達斯已。」

〔四七〕精念徘徊：《論衡·訂鬼》：「夫精念存想或泄於目，或泄於口，或泄於耳。」精念，精神意念。

〔四八〕木蘭與豫章：《楚辭·離騷》：「朝搴阰之木蘭兮，夕攬洲之宿莽。」朱熹集注：「木蘭，木名。《本草》云：『皮似桂而香，狀如楠樹，高數仞，去皮不死。』」豫章，枕木與樟木的并稱。《史記》卷一百十七《司馬相如列傳》：「其北則有陰林巨樹，楩枏豫章。」張守節正義：「《活人》云：『豫，今之枕木也。章，今之樟木也。二木生至七年，枕樟乃可分別。』」

〔四九〕既中繩而獲夭：《莊子·逍遥遊》：「惠子謂莊子曰：『吾有大樹，人謂之樗，其大本擁腫而不中繩墨，其小枝捲曲而不中規矩，立之塗，匠者不顧。』」

〔五〇〕「及薜荔」二句：《文選》卷四張衡《南都賦》：「其香草則有薜荔蕙若，薇蕪蓀萇。晻曖蓊蔚，含芬吐芳。」李善注：「王逸《楚辭》注曰：『薜荔，香草也。』郭璞《山海經》注曰：『蕙，香草也。若，杜若也。』《本草經》曰：『靡蕪，一名薇蕪。』」

〔五一〕多少：《校注》：「多少：優劣。」

【集説】

錢鍾書《管錐編·全梁文》卷三十三：《青苔賦》：「頓死艷氣於一旦，埋玉玦於窮泉；寂兮如何，苔積網羅，視青蘼之杳杳，痛百代兮恨多！」則兼《別賦》之「春宮閟此青苔色」與《恨賦》「閉骨泉裏，已矣哉。」

曹道衡《年代考》：這篇賦所以值得注意，還在於手法上直接受鮑照《蕪城賦》的影響，而在有些地方，又表現類似《恨賦》與《別賦》的意境。如「若乃崩隍十仞」以下幾句，很明顯地模仿《蕪城賦》，而内容又類似《恨賦》：「至於修臺廣廡」至「有美一人兮歔以傷」一段，從意境到手法都和《別賦》相似；「故其所詣必感，所感必哀」等句，連句法也接近於《別賦》。所以疑作於《恨賦》、《別賦》以前。

俞紹初、張亞新《江淹集校注》：本篇作於吴興。作者通過對青苔的吟詠，委婉含蓄地表達了遭黜後的情思，既悦情於山水之幽僻，又傷情於離居而獨處，更爲建平王的一意孤行而痛心疾首，哀怨之情籠罩全篇。

石劫賦 并序

【題解】

「并序」張本、梁本作「有序」。

《校注》：「石劫：蚌蛤類軟體動物名。亦作石蜐、石蚨。《本草綱目》卷四六：『石蜐生東南海中石上，蚌蛤之屬，形如龜脚，亦有瓜狀，殼如蟹螯，色紫可食。』」

此賦云：「我海若之小臣，具品色於滄溟。既鑪天而銅物，亦嗡化而染靈。比文豹而無恤，方珠蛤而自寧。冀湖濤之蔽迹，願洲渚以淪形。故其所巡，左委羽，右窮髮。日照水而東昇，山出波而隱没，光避伏而不耀，智埋冥而難發。」乃以石劫自比，表其消極避世之心情，與其謫爲吴興令時心情相一致。考石劫，又作石蜐、石蚨，産於浙江以南沿海。賦云「海若之小臣」，賦末又云：「請去海人之仄陋，充公子之嘉客。」皆指閩越沿海而言，可見賦乃在吴興令任時作。曹道衡《年代考》云：「此賦言海人食石劫，『一名紫藟，蚌蛤類也。春而發華，有足異者』。考南朝人食蚌蛤，本不足異。《南齊書·周顒傳》載，何胤信佛，曾議論佛徒能否吃蟹和蚶蠣。鍾岏認爲蚶蠣不會動，與瓦礫無異，可以『長充庖厨』。但江淹這裏説什麽『春而發華』，有點像植物，這當是出於傳聞。他對江蘇一帶的蚌蛤，未必能有此種議論。恐是在福建時所見品種，根據傳聞而來。這裏所謂『海人』，即指福建沿海的人。」今按：曹先生既以爲石劫爲江淹於吴興時所見，則「春而發華」云云，又何能謂之「出於傳聞」？考石劫之爲物，春日盛生，每潮來，殼中伸細脚攫取食物，攢簇如聚蕊，故古人誤以之爲花耳。王維《送元中丞轉運江淮》詩有云：「去問珠官俗，來經石劫春。」即謂此也。曹説以爲賦序之「春而發華」，乃「當是出於傳聞」者，非是。今由「春而發華」云云，當是春日石劫盛産之時，時人食之，江淹乃有感而作此賦也。石劫生浙東以南沿海，江淹生長於京口一帶，未能見此，元徽二年秋謫居吴興，次年春見之，奇而有感，并作爲此賦也。是賦必元徽三年（四七五）春所作也。

海人有食石劫〔一〕，一名紫虇①，蚌蛤類也。春而發華，有足異者②〔二〕。戲書爲短賦。

我海若之小臣③〔三〕，具品色於滄溟〔四〕。既鑪天而銅物④〔五〕，亦嗡化而染靈⑤〔六〕。比文豹而無恤〔七〕，方珠蛤而自寧〔八〕。冀湖濤之蔽迹，願洲渚以淪形〔九〕。故其所巡〔一〇〕，左委羽，右窮髮〔一一〕。日照水而東昇，山出波而隱没〔一二〕，光避伏而不耀⑥〔一三〕，智埋冥而難發⑦〔一四〕。何弱命之不禁〔一五〕，遂永至於夭閼⑧〔一六〕。已矣哉〔一七〕！請去海人之仄陋〔一八〕，充公子之嘉客〔一九〕，儻委身於玉盤⑨，從風雨而可惜⑩〔二〇〕。

【校記】

①「虇」《藝文類聚》卷九十七作「虈」。
②「異」《藝文類聚》作「翼」。
③「我海若」《藝文類聚》作「夫海君」。
④「銅物」張本、梁本作「鑄物」，《藝文類聚》作「論形」。
⑤「嗡」《彙注》本作「翕」。
⑥「光」《藝文類聚》作「先」。

⑦「智埋」《藝文類聚》作「知理」。
⑧「闕」張本、梁本作「闕」。
⑨「玉」《藝文類聚》作「土」。
⑩「而可惜」《藝文類聚》作「其何惜」。

【箋注】

〔一〕海人：指海上漁民。嵇康《答釋難宅無吉凶攝生論》：「若守藥則棄宅，見交則非賒，是海人所以終身無山，山客曰無大魚也。」謝惠連《連珠》之二：「是以高羅舉而雲鳥降，海人萃而水禽翔。」

〔二〕「春而發華」二句：《文選》卷十二郭璞《江賦》：「瓊蚌晞曜以瑩珠，石蛙應節而揚葩。」李善注：「《南越志》曰：『石蛙形如龜脚，得春雨則生花，花似草華。』《廣雅》曰：『葩，花也。』」《校注》：「按石劫盛生春時，每潮來，常殼中伸細脚攫取食物，攢簇如聚蕊，古有誤以爲花。異：謂有異於蚌蛤。」

〔三〕我海若之小臣：《楚辭·遠遊》：「使湘靈鼓瑟兮，令海若舞馮夷。」王逸章句：「海若，海神名也。」洪興祖補注：「海若，莊子所稱北海若也。」鮑照《望水》詩：「河伯自矜大，海若沉渺莽。」

〔四〕具品色於滄溟：指石劫有多樣品種。品色，品種色樣。按《校注》：「品色：品級，等級地位。」亦録之以備考。滄溟，大海。《漢武帝内傳》：「諸仙玉女，聚居滄溟。」《文選》卷四十謝朓《拜中軍記室辭隋王牋》：「不㾡滄溟未運，波臣自蕩。」吕向注：「滄溟，海也。」

〔五〕既鑪天而銅物：《史記》卷八十四《屈原賈生列傳》載賈誼《鵩鳥賦》：「天地爲爐兮，造化爲工；陰陽爲炭兮，萬物爲銅。合散消息兮，安有常則？千變萬化兮，未始有極。」此句化而用之。

〔六〕亦噏化而染靈：噏化，謂汲取自然界化育之力。噏，吸。《漢書》卷八十七上《揚雄傳上》：「噏青雲之流瑕兮，飲若木之露英。」《校注》：「噏化：聚合變化。以上二句謂經天地陶冶而變化成具有生命之物。」

〔七〕比文豹而無恤：《莊子·山木》：「夫豐狐文豹，棲於山林，伏於巖穴，静也；夜行晝居，戒也；雖飢渴隱約，猶且胥疏於江湖之上而求食焉，定也。然且不免於罔羅機辟之患，是何罪之有哉？其皮爲之災也。」《列女傳》卷二：「妾聞南山有玄豹，霧雨七日而不下食，何也？欲以澤其毛而成文章也，故藏而遠害。」《校注》：「恤：憂慮。」

〔八〕方珠蛤而自寧：《校注》：「蛛蛤：孕珠的蚌蛤。左思《吴都賦》：『窮性極形，盈虚自然，蚌蛤珠胎，與月虧全。』蚌蛤孕珠，月盈則實，月虧則虚，言其適應自然而生息。」

〔九〕顥洲渚以淪形：《文選》卷五左思《吴都賦》：「島嶼綿邈，洲渚馮隆。」劉淵林注：「水中可居曰洲，小洲曰渚。」鮑照《吴興黄浦亭庾中郎别》：「風起洲渚寒，雲上日無輝。」淪形：隱形。《廣韻》卷一：「淪，力迍切，没也。」

〔一〇〕故其所巡：《校注》：「所巡：巡行之地。」

〔一一〕「左委羽」二句：《校注》：「委羽、窮髮：指極荒遠之地。《淮南子·墬形訓》：『北方曰積冰，曰委羽。』高誘注：『委羽，山名也。在北極之陰，不見日。』《莊子·逍遥遊》：『窮髮之北，有冥海者，天池也。』成玄英疏：『北方寒沍之地，草木不生，故名窮髮，所謂不毛之地。』」

〔一二〕「日照水」二句：《校注》：「此二句即『日東昇而照水，山隱没而出波』。照水，指石劫見於水中。隱没：指日落後山形隱没在黑暗之中。出波：指石劫浮出水面。」

〔一三〕光避伏而不耀：《校注》：「謂避開日光，伏於陰暗之處而不顯現。此承上『日照』句。」

〔一四〕智埋冥而難發：《校注》：「埋冥：埋没於夜色。此承上『山出』句。」

〔一五〕弱命之不禁：《校注》：「弱命：薄命。不禁：不保。」

〔一六〕永至於夭閼：《莊子·逍遥遊》：「而後乃今培風，背負青天而莫之夭閼者，而後乃今將圖南。」郭象注：「風不積，則夭閼不通。」又云：「夭，折也。閼，止也，塞也。」《校注》：「此謂遭受打擊而命運不通。」

〔一七〕已矣哉：屈原《離騷》：「已矣哉！國無人莫我知兮，又何懷乎故都。」《楚辭·惜誓》：「已矣哉！獨不見夫鸞鳳之高翔兮，乃集太皇之壄。」

〔一八〕仄陋：《晏子春秋》卷八：「如嬰者，仄陋之人也。」《校注》：「仄陋：淺陋無知。」

〔一九〕嘉客：佳客，貴賓。《詩·商頌·那》：「我有嘉客，亦不夷懌。」焦贛《易林·屯之遯》：「江河海澤，衆利室宅。可以富有，飲御嘉客。」

〔二〇〕「儻委身」二句：委身，托身，以身事人。《古詩》：「橘柚垂華實，乃在深山側。聞君好我甘，竊獨自彫飾。委身玉盤中，歷年冀見食。芳菲不相投，青黄忽改色。人儻欲我知，因君爲羽翼。」《文選》卷二十五盧諶《贈劉琨一首并書》：「故委身之日，夷險已之。」張銑注：「委身之日，謂事琨時也。」《校注》：「以上二句意謂，倘得知遇，甘冒艱辛，雖損身而不惜。」

【集説】

俞紹初、張亞新《江淹集校注》：本篇以石劫自喻，説明雖然韜光匿迹，謹慎自守，但仍不免遭致打擊迫害。

水上神女賦

【題解】

此賦云：「江上丈人，遊宦荆吴。」又云：「乃造南中，渡炎洲，逕玉礀，越金流。路逶迤而無軌，野忽漭而嶔巇。」乃其以江上丈人自況，述其生平經歷者，而賦之内容又在述其「造南中」之所見。此「南中」、「炎洲」，應即指建安吴興。考詩人《待罪江南思北歸賦》之「況北州之賤士，爲炎土之流人」，《渡泉嶠出諸山之頂》詩之「南方天炎火，魂兮可歸來」，皆可爲證。由此，賦乃述其遊宦荆吴而後的閩越建安之行，即當爲其於建安吴興時所作。賦又云：「石五采而横峰，雲千色而承蕚。」「石瓊文而翕艴，山龍鱗而炤爛。苔緑根而攢集，草紅葩而舒散。」與其在建安吴興所作諸作如《遷陽亭》、《青苔賦》等所述景物相合，亦可爲賦作於吴興令任數年間之旁證。

江上丈人〔一〕，遊宦荆吴〔二〕。首衛國，望燕途，歷秦關，出宋都〔三〕。遍覽下蔡之女〔四〕，具悦淇上之姝①〔五〕。未有粉白黛黑，鬼神之所無也〔六〕。

迺造南中，渡炎洲〔七〕，逕玉碉②，越金流〔八〕。路逶迤而無軌〔九〕，野忽漭而尠儔〔一〇〕。山反覆而參錯〔一一〕，水澆灌而縈薄〔一二〕③。石五采而横峰〔一三〕，雲千色而承蕚〔一四〕。日炯炯而舒光〔一五〕④，雨屑屑而稍落⑤〔一六〕。紫莖繞逕始參差〔一七〕，紅荷緣水纔灼爍〔一八〕。忽而精飛視亂⑥〔一九〕，意徙心移⑦〔二〇〕。綺靡菱蓋〔二一〕，悵望蕙枝⑧〔二二〕。一麗女兮，碧渚之崖〔二三〕。曖曖也，非雲非霧〔二四〕，如煙如霞，諸光諸色，雜卉雜華。的的也〔二五〕，象珪象璧〔二六〕，若虚若實，綾錦共文〔二七〕，瑶貝合質〔二八〕。

遂乃紅脣寫朱〔二九〕，真眉學月〔三〇〕。美目艷起，秀色爛發〔三一〕。窈窕暫見，偃蹇還没〔三二〕。治異絶俗，奇麗不常〔三三〕。青娥羞艷⑨，素女慙光〔三四〕。笑李后於漢主〔三五〕，耻西施於越王〔三六〕。神黿覆而愉悦，志離合而感傷〔三七〕。女遂俯整玉軑，仰肅金鑣〔三八〕。或採丹葉，或拾翠條〔三九〕。守明璣而爲誓〔四〇〕，解琅玕而相要〔四一〕。情乍合而還散，色半親而復嬌。聳輧車於水際〔四二〕，亭雲霓於山椒〔四三〕。奄人祇之仿像，共光氣而寂寥〔四四〕。

於時也，綵霞繞繞，卿雲縵縵〔四五〕。石瓊文而翕艴〔四六〕，山龍鱗而炤爛〔四七〕。苔緑根而攢集〔四八〕，草紅葩而舒散〔四九〕。日炫晃以朧光〔五〇〕，樹葳蕤而蔥粲〔五一〕。無西海之浩蕩，見若木之千尋〔五二〕。非丹山之赫曦〔五三〕，聞琴瑟之空音〔五四〕。理洞徹於俗聽，物驚怪於世心⑩〔五五〕。恨精影之不滯，悼光晷之難惜⑪〔五六〕。閱有無於俄頃⑫〔五七〕，驗變化於咫尺〔五八〕。視空同而失貌〔五九〕，察倏忽而亡迹〔六〇〕。野田田而虚翠〔六一〕，水湛湛而空碧〔六二〕。迺唱桂櫂〔六三〕，淩衝波〔六四〕，背橘浦，向椒阿〔六五〕。硉矹木石〔六六〕，洪漭蛟鼉〔六七〕。顧御僕而情饒，巡左右而怨多。弔石渚而一欷〔六八〕，悵沙洲而少歌〔六九〕。苟懸天兮有命，永離決兮若何〔七〇〕？退以爲妙聲無形⑬，奇色非質〔七一〕。麗於嬪嬙〔七二〕，精於琴瑟。尋漢女而空佩〔七三〕，觀清角而無疋〔七四〕。嬪楊不足聞知〔七五〕，夔牙焉能委悉〔七六〕！何如明月之忌玄雲〔七七〕，秋露之慙白日；愁知形有之留滯〔七八〕，非英靈之所要術也〔九九〕。

【校記】

①「姝」原作「妹」，今據張本、梁本改。

②「磵」《彙注》本作「澗」。

③「水」原作「冰」，今據《彙注》本、張本、梁本改。

④「舒光」元鈔本作「光舒」。

⑤「稍」張本作「梢」。

⑥「忽」《藝文類聚》作「既」。

⑦「徙」原作「走」，《藝文類聚》作「去」，今據《彙注》本、張本、梁本改。

⑧「蕙」原作「黄」，今據《彙注》本、張本、梁本改。

⑨「青娥」《彙注》本、張本作「青琴」。

⑩「怪」張本作「惟」。

⑪「惜」《藝文類聚》作「借」。

⑫「閲」《彙注》本作「悦」。

⑬「退以爲」張本無此三字。

【箋注】

〔一〕江上丈人：《校注》：「江上丈人：爲作者虛擬之名，用以自稱。」

〔二〕遊宦荆吴：《文選》卷二十四陸機《爲顧彦先贈婦二首》之二：「遊宦久不歸，山川脩且闊。」鮑照《行藥至城東橋》：「擾擾遊宦子，營營市井人，懷金近從利，撫劍遠辭親。」《漢書》卷十四《諸侯王表》：「東帶江湖，薄會稽，爲荆吴。」顔師古注：「文穎曰：『即今吴也。高帝六年爲荆國，十年更名吴。』師古曰：荆吴，同是一國也。」《校注》：「荆吴：即吴地。」

〔三〕「首衛國」四句：《校注》：「衛、燕、秦、宋：泛指諸侯國。」

〔四〕下蔡之女：《文選》卷十九宋玉《登徒子好色賦》：「天下之佳人，莫若楚國；楚國之麗者，莫若臣里；臣里之美者，莫若臣東家之子。東家之子增之一分則太長，減之一分則太短，著粉則太白，施朱則太赤，眉如翠羽，肌如白雪，腰如束素，齒如含貝。嫣然一笑，惑陽城，迷下蔡。」李善注：「陽城、下蔡，二縣名，蓋楚之貴介公子所封，故取以喻焉。」

〔五〕淇上之姝：《詩·鄘風·桑中》：「云誰之思，美孟姜矣。期我乎桑中，要我乎上宫，送我乎淇之上矣。」毛傳：「淇，水名。」以上二句《校注》云：「下蔡之女、淇上之姝：皆指美女。下蔡：地名，在今安徽壽縣北。淇：水名，在今河南省北部。」

〔六〕「未有」二句：《楚辭·大招》：「粉白黛黑，施芳澤只。」王逸章句：「言美女又工粧飾，傅著脂粉，面白如玉；黛畫眉，鬒黑而光浄。」《藝文類聚》卷十八引《戰國策》：「張儀曰：『鄭周之女，粉白黛黑，非知而見之者，以爲神。』」《校注》：「粉白黛黑：形容善修飾之美女。敷施脂粉，面容白浄，黛畫眉鬢，黑而光潔。黛，青黑色的顔料，用以畫眉。」

〔七〕「迺造南中」二句：《校注》：「南中：南方。炎洲：東方朔《十洲記》：『炎洲，在南海中，地方二千里，去崖九萬里。』此指南方炎熱之地。」

〔八〕「逕玉碉」二句：玉碉、金流，澗水和河水的美稱。碉，山間的水溝。《文選》卷二十九《古詩十九首・青青陵上柏》：「青青陵上柏，磊磊碉中石。人生天地間，忽如遠行客。」《五音集韻》卷十一：「澗，溝澗。《爾雅》：『山夾水。』澗，亦作碉。」《校注》：「玉澗、金流：即本集《自序》所稱『碧水丹山』的吴興。」

〔九〕路逶迤而無軌：《文選》卷十一王粲《登樓賦》：「平原遠而極目兮，蔽荆山之高岑。路逶迤而修迥兮，川既漾而濟深。」李善注：「逶迤，長貌也。」《藝文類聚》卷七引晉潘岳《登虎牢山賦》：「路逶迤以迫隘，林廓落以蕭條。」《文選》卷二十四曹植《贈白馬王彪》：「中逵絶無軌，改轍登高崗。」李善注：「《廣雅》曰：『軌，迹也。』」蔡邕《述行賦》：「路阻敗而無軌兮，塗濘溺而難遵。」

〔一〇〕野忽漭而尠儔：《校注》：「忽漭：迷茫無邊貌。尠儔：少有其匹。尠，少。儔，同類。」

〔一一〕山反覆而參錯：參錯，即參差。《文選》卷十九宋玉《高唐賦》：「磐石險峻，傾崎崕隤。巖嶇參差，從横相追。」張衡《西京賦》：「華嶽峩峩，岡巒參差。」《校注》：「反覆：謂山勢來回盤旋。」

〔一二〕縈薄：《文選》卷二十二江淹《登廬山香爐峰》：「絳氣下縈薄，白雲上杳冥。」李周翰注：「縈，繞也。草木叢生曰薄。」《校注》：「縈薄：草木叢生的曲折地帶。」

〔一三〕石五采而横峰：《藝文類聚》卷六引《列子》：「天亦物也。物有不足，故昔者女媧氏鍊五色之石以補其闕。」《淮南子·覽冥訓》：「往古之時，四極廢，九州裂，天不兼覆，地不周載，火爁炎而不滅，水浩洋而不息，猛獸食顓民，鷙鳥攫老弱。於是女媧鍊五色石以補蒼天，斷鼇足以立四極，殺黑龍以濟冀州，積蘆灰以止淫水。」《藝文類聚》卷二十七引梁簡文帝《經琵琶峽詩》：「百嶺相迂蔽，千崖共隱天。横峰時礙水，斜岸或通川。」

〔一四〕雲千色而承萼：《校注》：「萼：花萼。謂岩峰呈五采之狀如同花萼。」

〔一五〕日炯炯而舒光：炯炯，明亮貌。潘岳《秋興賦》：「登春臺之熙熙兮，珥金貂之炯炯。」《文選》卷十一孫綽《遊天台山賦》：「彤雲斐亹以翼櫺，皦日炯晃於綺疏。」吕向注：「彩雲若扶於鉤欄，皦日光明於綺窗。」《文選》卷十四曹植《七啓》：「故甘露紛而晨降，景星宵而舒光。」張銑注：「舒，發也。」《藝文類聚》卷三十四引魏陳王曹植《思子賦》：「觀日晼晚而既没，月代照而舒光。仰列星以至晨，衣霑露而含霜。」

〔一六〕雨屑屑而稍落：本集《悼室人十首》之九：「感此增嬋娟，屑屑涕自滋。」《校注》：「屑屑：細貌。稍落：漸落。」

〔一七〕紫莖繞逕始參差：《楚辭·九歌·少司命》：「秋蘭兮青青，緑葉兮紫莖。滿堂兮美人，忽獨與余兮目成。」《校注》：「參差：秋蘭初生時高低不齊之貌。」

〔一八〕灼爍：《文選》卷四左思《蜀都賦》：「符采彪炳，暉麗灼爍。」劉良注：「灼爍，光彩貌。」《藝文類聚》卷四十四引嵇康《琴賦》：「華容灼爍，發采揚明。伶倫比律，田連操張。進御君子，新聲嘹亮。」《校注》：「灼爍：光彩閃耀貌。」

〔一九〕精飛：猶魂飛。精，精靈、靈魂。《荀子·賦》：「血，氣之精也；志，意之榮也。」楊倞注：「精，靈。」鮑照《夢歸鄉》：「寐中長路近，覺後大江違。驚起空歎息，恍惚神魂飛。」

〔二〇〕意徙心移：《藝文類聚》卷十八引後漢蔡邕《檢逸賦》：「余心悦於淑麗，愛獨結而未并。情罔象而無主，意徙倚而左傾。晝騁情以舒愛，夜託夢以交靈。」

〔二一〕綺靡菱蓋：《藝文類聚》卷八十五引漢班婕妤《擣素賦》：「曳羅裙之綺靡，振珠珮之精明。」同上書卷三十三引晉張翰《周小史詩》：「爾形既淑，爾服亦鮮，輕車隨風，飛霧流煙。轉側綺靡，顧眄便妍，和顔善笑，美口善言。」菱蓋，猶荷蓋。《楚辭·九歌·河伯》：「乘水車兮荷蓋，駕兩龍兮驂螭。」《校注》：「綺靡：華麗。菱蓋：荷葉如車蓋。」

〔二二〕悵望蕙枝：曹植《九愁賦》：「傷時俗之趨險，獨悵望而長愁。」《古詩紀》卷二十《古詩三首》之三：「馨香易銷歇，繁華會枯槁。悵望何所言，臨風送懷抱。」本集《四時賦》：「憶上國之綺樹，想金陵之蕙枝。」《校注》：「蕙：即蕙蘭。」

〔二三〕碧渚之崖：《校注》：「渚：水邊。曹植《洛神賦》：『睹一麗人，於巖之畔。』」

〔二四〕「曖曖」二句：《楚辭·離騷》：「時曖曖其將罷兮，結幽蘭而延佇。世溷濁而不分兮，好蔽美而嫉妒。」王逸章句：「曖曖，闇昧貌。」洪興祖補注：「曖，日不明也。」晉丘道護《道士支曇諦誄》：「綿綿終古，曖曖玄路。妙緣莫叩，長寐靡寤。」《拾遺記》卷七：「昔者言：『朝爲行雲，暮爲行雨。』今非雲非雨，非朝非暮。」

〔二五〕的的：《藝文類聚》卷三十二引晉陸機《擬蘭若生春陽》：「嘉樹生朝陽，凝想封其條。執心守時信，歲寒終不凋。美人何其曠，的的在雲霄。」按《文選》卷三十録陸機此詩題作《擬蘭若生朝陽》，「的的」作「灼灼」。《校注》：「的的：鮮明貌。」

〔二六〕象珪象璧：《詩·衛風·淇奥》：「有匪君子，如金如錫，如圭如璧。」朱熹集傳：「金錫言其鍛煉之精純，圭璧言其生質之温潤。」

〔二七〕綾錦共文：《校注》：「綾、錦：有花紋的絲織品。」

〔二八〕瑶貝：美玉和貝殼。

〔二九〕紅唇寫朱：紅唇，猶朱唇、丹唇、絳唇。《楚辭》宋玉《神女賦》：「眸子炯其精朗兮，瞭多美而可觀；眉聯娟以蛾揚兮，朱脣的其若丹。」左思《嬌女詩》：「濃朱衍丹唇，黄吻瀾漫赤。」鮑照《蕪城賦》：「東都妙姬，南國麗人，蕙心紈質，玉貌絳唇，莫不埋魂幽石，委骨窮塵。」《校注》：「寫：描。朱：朱砂。」

〔三〇〕真眉學月：《校注》：「學月：言眉如彎月。學，仿效。」

〔三一〕「美目」二句：《詩·衛風·碩人》：「螓首蛾眉，巧笑倩兮，美目盼兮。」秀色，美色。《藝文類聚》卷五十七引張衡《七辯》：「淑性窈窕，秀色美艷。」王僧達《答顔延年》：「麥壟多秀色，楊園流好音。」《校注》：「艷起、爛發：光艷煥發。」

〔三二〕「窈窕」二句：《詩·周南·關雎》：「關關雎鳩，在河之洲。窈窕淑女，君子好逑。」毛傳：「窈窕，幽閒也。」《楚辭》屈原《九歌·東皇太一》：「靈偃蹇兮姣服，芳菲菲兮滿堂。」王逸章句：「偃蹇，舞貌。」洪興祖補注：「偃蹇，委曲貌，一曰衆盛貌。」《楚辭》淮南小山《招隱士》：「桂樹叢生兮山之幽，偃蹇連卷兮枝相繚。」王逸章句：「容貌美好，德茂盛也。」《校注》：「窈窕、偃蹇：皆形容容貌體態美好。見同『現』。還：立即。」

〔三三〕「冶異」二句：絶俗，超出世俗。《莊子·盜蹠》：「今夫此人以爲與己同時而生，同鄉而處者，以爲夫絶俗過世之士焉。」成玄英疏：「猶將己爲超絶流俗，過越世人。」《後漢書》卷五十七《劉陶傳》：「竊見故冀州刺史南陽朱穆、前烏桓校尉臣同郡李膺，皆履正清平，貞高絶俗。」《校注》：「冶異：猶奇麗。冶，艷麗。」

〔三四〕「青娥」二句：青娥，即青女，傳説中掌管霜雪之女神。《淮南子·天文訓》：「至秋三月，地氣不藏，乃收其殺，百蟲蟄伏，静居閉户，青女乃出，以降霜雪。」高誘注：「青女，天神，青霄玉女，主霜雪也。」素女，傳説中古代神女。《史記》卷十二《孝武本紀》：「或曰泰帝使素女鼓五十弦瑟，悲，帝禁不止，故破其瑟爲二十五弦。」《楚辭》王逸《九懷・昭世》：「聞素女兮微歌，聽王后兮吹竽。」

〔三五〕李后：漢武帝李夫人。《漢書》卷九十七上《外戚・孝武李夫人傳》：「孝武李夫人，本以倡進。……上乃召見之，實妙麗善舞，由是得幸。……及夫人卒，上以后禮葬焉。」

〔三六〕恥西施於越王：《校注》：「西施：越國美女。越王勾踐進之於吴王夫差。」

〔三七〕志離合而感傷：《校注》：「離合：謂神女乍離乍合，時隱時現，變幻無常。曹植《洛神賦》：『神光離合，乍陰乍陽。』」

〔三八〕「女遂俯整」二句：《校注》：「軑：通『轄』，車轄。此指車。肅：整肅。鑣：馬嚼子。整軑、肅鑣：謂整備車駕上路。」

〔三九〕「或採」二句：鮑照《喜雨》：「驚雷鳴桂渚，迴涓流玉堂。珍木抽翠條，炎卉濯朱芳。」《校注》：「條：枝條。曹植《六神賦》：『或采明珠，或拾翠羽。』」

〔四〇〕守明璣而爲誓：《後漢書》卷三十一《賈琮傳》：「舊交阯土多珍産，明璣、翠羽、犀、象、瑇瑁、異香、美木之屬，莫不自出。」李賢注：「《説文》曰：『璣，珠之不圓者。』」《藝文類聚》卷三十四引陸機《大暮賦》：「指夕景而爲誓，忽呼吸而不振。」

〔四一〕解琅玕而相要：琅玕，似珠玉的美石。《書・禹貢》：「厥貢惟球、琳、琅玕。」孔傳：「琅玕，石而似玉。」孔穎達疏：「琅玕，石而似珠者。」《文選》卷十八嵇康《琴賦》：「珍怪琅玕，瑶瑾翕艴。」　相要，相邀請。要，通「邀」。劉義慶《世説新語·文學》：「即遣委曲訊問，乃是袁自詠其所作《詠史》詩，因此相要，大相賞得。」

〔四二〕聳軿車於水際：水際，水邊。《釋名·釋車》：「軿車：軿，屏也。四面遮罩，婦人所乘牛車也。」《校注》：「軿車：古代婦女所乘的一種四周有帷幕的車。」

〔四三〕亭雲霓於山椒：亭雲霓，猶停雲霓，即停雲，停止不動的雲。陶淵明《停雲》：「靄靄停雲，濛濛時雨。」《漢書》卷九十七上《外戚列傳上》：「慘鬱鬱其蕪穢兮，隱處幽而懷傷。釋輿馬於山椒兮，奄脩夜之不陽。」顔師古注：「孟康曰：『山椒，山陵也。置輿馬於山陵也。』」《文選》卷十三謝莊《月賦》：「洞庭始波，木葉微脱；菊散芳於山椒，雁流哀於江瀨。」李善注：「山椒，山頂也。」

〔四四〕「奄人」二句：寂寥，空無人物。《老子》：「有物混成，先天地生，寂兮寥兮，獨立而不改。」王弼注：「寂寥，無形體也。」《楚辭》劉向《九歎·惜賢》：「聲嗷嗷以寂寥兮，顧僕夫之憔悴。」王逸章句：「寂寥，空無人民之貌也。」《校注》：「奄：忽然。祇：地神。泛指神。仿像：仿佛相似。以上二句意謂，忽然間分辨不清是人還是神，但見與光氣一起而消逝。」

〔四五〕卿雲縵縵：《尚書大傳》卷一下：「卿雲爛兮，糺縵縵兮。」鄭玄注：「教化廣遠，或以爲雲出岫回薄而難名狀也。」卿雲，即慶雲。《文選》卷三十一江淹《雜體詩三十首·顔特進侍宴》：「山雲備卿藹，池卉具靈變。」李善注：「《尚書大傳》曰：『百工相和而歌卿雲』。鄭玄曰：

『卿當爲慶。』」《列子·湯問》：「慶雲浮，甘露降，醴泉湧。」《漢書》卷二十六《天文志》：「若煙非煙，若雲非雲，鬱鬱紛紛，蕭索輪囷，是謂慶雲。慶雲見，喜氣也。」縵縵，紆緩迴旋貌。

〔四六〕石瓊文而翕赩：瓊文，美玉的文采。《校注》：「瓊文：謂山岩美如赤玉。」《文選》卷十八嵇康《琴賦》：「珍怪琅玕，瑶瑾翕赩。」李善注：「翕赩，盛貌。」吕向注：「翕赩，光色也。」

〔四七〕山龍鱗而炤爛：炤爛，猶照爛。《史記》卷一百十七《司馬相如列傳》：「衆色炫燿，照爛龍鱗。」裴駰集解：「郭璞曰：『如龍之鱗采。』」《漢書》卷五十七上《司馬相如傳上》顔師古注：「言采色相耀，若龍鱗之間雜也。」《校注》：「炤爛：明亮燦爛貌。」

〔四八〕攢集：簇集、聚集。《文選》卷十一何晏《景福殿賦》：「既櫛比而攢集，又宏璉以豐敞。」

〔四九〕草紅葩而舒散：紅葩，紅花。《文選》卷二張衡《西京賦》：「蔕倒茄於藻井，披紅葩之狎獵。」李善注引《説文》：「葩，華也。」《藝文類聚》卷八引曹植《芙蓉賦》：「於是狡童媛女，相與同遊，擢素手於羅袖，接紅葩於中流。」《藝文類聚》卷九十七引晉支曇諦《赴火蛾賦》：「因温風以舒散，乘遊氣以徘徊。」《校注》：「舒散：分佈。」

〔五〇〕日炫晃以朧光：炫晃，亦作「炫煌」、「炫熿」、「炫熀」，閃耀。《戰國策·秦策一》：「當秦之隆，黄金萬鎰爲用，轉轂連騎，炫熿於道。」《淮南子·俶真訓》：「有有者，言萬物摻落，根莖枝葉，青葱苓蘢，萑蔰炫煌。」高誘注：「萑蔰炫煌，采色貌也。」張華《情詩》之二：「明月曜清景，朧光照玄墀。」《校注》：「朧光：柔和如月光。」

〔五一〕樹葳蕤而葱粲：《楚辭》東方朔《七諫・初放》：「便娟之修竹兮，寄生乎江潭。上葳蕤而防露兮，下泠泠而來風。」王逸章句：「葳蕤，盛貌。」《藝文類聚》卷八引曹丕《滄海賦》：「振緑葉以葳蕤，吐芬葩而揚榮。」《樂府詩集》卷三十一梁簡文帝《當置酒》：「三益既葳蕤，四始方葱粲。」《校注》：「葳蕤：茂盛貌。葱粲：青翠明麗。」

〔五二〕若木：古代神話中之樹名。《山海經・大荒北經》：「大荒之中，有衡石山、九陰山、灰野之山，上有赤樹，青葉，赤華，名曰若木。」《楚辭》屈原《離騷》：「飲余馬於咸池兮，總余轡乎扶桑。折若木以拂日兮，聊逍遥以相羊。」《校注》：「若木：神話中長在西方日入處的大樹。」

〔五三〕丹山：《山海經・南山經》：「丹穴之山，其上多金玉，丹水出焉，而南流注於渤海。有鳥焉，其狀如雞，五采而文，名曰鳳凰。」《吕氏春秋・本味》：「流沙之西，丹山之南，有鳳之丸，沃民所食。」《藝文類聚》卷二十七引阮籍《詠懷詩》：「鴻鵠相隨飛，隨飛適荒裔，雙翮臨長風，須臾萬里逝。朝飡琅玕實，夕宿丹山際，託身青雲中，網羅不能制。」

〔五四〕聞琴瑟之空音：《詩・周南・關雎》：「參差荇菜，左右采之。窈窕淑女，琴瑟友之。」陸機《擬西北有高樓》：「佳人撫琴瑟，纖手清且閑。」《校注》：「空音：謂聲音從虚空中傳來，不知來自何處。以上四句寫人間出現了仙境，仿佛見到了崑崙山上的若木，聽到了丹穴山鳳凰和鳴之聲。」

〔五五〕「理洞徹」二句：洞徹，清澈。沈約《新安江至清淺深見底貽京邑遊好》：「洞徹隨清淺，皎鏡無冬春。」《校注》：「理、物：指人間出現仙境的事理。洞徹：透徹瞭解。」

〔五六〕「恨精影」二句：光晷，《文選》卷十一王延壽《魯靈光殿賦》：「葱翠紫蔚，礧碨瓌瑋，含光晷兮。」《校注》：「精影、光晷：指光景、時間。」

〔五七〕俄頃：《文選》卷十二郭璞《江賦》：「倏忽數百，千里俄頃，飛廉無以睎其蹤，渠黃不能企其景。」李善注：「何休《公羊傳》注曰：『俄者，須臾之間。』司馬彪《莊子》注曰：『頃，久也。』王肅《家語》注曰：『俄，有頃也。』」

〔五八〕咫尺：《左傳》僖公九年：「天威不違顏咫尺。」杜預注：「顏面之前八寸曰咫。」《樂律全書》卷二十三：「周制，寸尺咫尋常仞諸度量皆以人之體爲法。又曰中婦人手長八寸謂之咫，周尺也。」

〔五九〕視空同而失貌：失貌，猶失態。劉向《列女傳·齊宿瘤女》：「諸夫人皆掩口而笑，左右失貌，不能自止。」《校注》：「空同：即『空洞』，空無所有。」

〔六〇〕察倏忽而亡迹：《戰國策·楚策四》：「晝遊乎茂樹，夕調乎酸鹹，倏忽之間，墜於公子之手。」《文選》卷二十七鮑照《還都道中作》：「倏忽坐還合，俄思甚兼秋。」李周翰注：「倏忽，俄頃之際。」《校注》：「亡迹：猶亡形。」

〔六一〕野田田而虚翠：《樂府詩集》卷二十六《相和歌辭》古辭《江南》：「江南可採蓮，蓮葉何田田。」《文選》卷二十六陸厥《奉答内兄希叔》：「雖無田田葉，及爾泛漣漪。」《校注》：「田田：草木茂盛貌。」虚翠，猶空翠。謝靈運《過白岸亭》：「近澗涓密石，遠山映疏木。空翠難强名，漁釣易爲曲。」

〔六二〕湛湛：《楚辭·招魂》：「湛湛江水兮上有楓，目極千里兮傷春心。」《藝文類聚》卷八引晉庾肅之《水贊》：「湛湛涵渌，清瀾澄濬。妙質柔明，雲深夜潤。」《校注》：「湛湛：水清貌。」

〔六三〕桂櫂：桂木製的划船工具。《楚辭·九歌·湘君》：「桂櫂兮蘭枻，斲冰兮積雪。采薜荔兮水中，搴芙蓉兮木末。心不同兮媒勞，恩不甚兮輕絶。」王逸章句：「櫂，楫也。枻，船旁板也。」《校注》：「唱桂棹：猶言命開船。桂棹，用桂木製作的船槳。」

〔六四〕淩衝波：衝波，大波、激浪。《文選》卷五十五陸機《演連珠》之三十九：「臣聞衝波安流，則龍舟不能以漂；震風洞發，則夏屋有時而傾。」李善注：「《楚詞》曰：『衝風起兮横波。』王逸曰：『衝，隧也。言及遇隧風，大波湧起。』」《校注》：「淩衝波：駕越於猛浪之上。」

〔六五〕「背橘浦」二句：橘浦，種有橘樹的水邊。《詩經·大雅·常武》：「率彼淮浦，省此徐土。」孔穎達疏：「浦音普，涯也。」椒阿：種有花椒的水邊。《穆天子傳》卷一：「丙午，天子飲於河水之阿。」郭璞注：「阿，水崖也。」

〔六六〕硉矹木石：《文選》卷十二郭璞《江賦》：「碧沙瀢㴾而往來，巨石硉矹以前却。」吕向注：「硉矹，石轉動貌。潮水急，雖大石而得前却。」

〔六七〕洪澇蛟鼉：《史記》卷一百十七《司馬相如列傳》載司馬相如《子虛賦》：「其中則有神龜蛟鼉，瑇瑁鼈黿。」張守節正義：「郭注《山海經》云：『蛟，似蛇而四脚，小頭細頸，有白嬰。大者數十圍，卵生，子如一二斛甕，吞人。鼉，似蜥蜴而大，身有甲，皮可以冒鼓。』」《校注》：「洪澇：水廣潤貌。」

〔六八〕弔石渚而一欷：石渚，水中石質小洲。梁元帝《玄覽賦》：「臨石渚其如鏡，玩弱柳其猶絲。」《楚辭》宋玉《九辯》：「憯淒增欷兮，薄寒之中人。」朱熹集注：「欷，泣歎貌。」《楚辭》劉向《九歎·愍命》：「行唫累欷，聲喟喟兮。」王逸章句：「欷，歎貌。喟，歎聲也。」

〔六九〕悵沙洲而少歌：沙洲，江河湖海由泥沙淤積而成的大片陸地。沈約《八詠·登臺望秋月》：「寒階悲寡鶴，沙洲怨别鴻。」少歌，短歌。古代辭賦篇末總括全篇要旨的部分。《楚辭·九章·抽思》：「《少歌》曰：與美人之抽思兮，并日夜而無正。」洪興祖補注：「此章有少歌，有倡，有亂。少歌之不足，則又發其意而爲倡；獨倡而無與和也，則總理一賦之終，以爲亂辭云爾。」

〔七〇〕「苟懸天」二句：懸天，繫於天，由天決定。《文選》卷五十七潘岳《馬汧督誄》：「昔命懸天，今也惟馬。」李善注：「《論衡》曰：『夫命懸於天，吉凶存於時。』」吕延濟注：「昔時之命由於天，今日之命，惟馬敦計策而存也。」《晉書》卷五十一《皇甫謐傳》：「謐曰：『朝聞道，夕死可矣，況命之脩短分定懸天乎！』」離決，分離。《校注》：「懸天有命：謂命懸於天，非人力所能定。若何：奈何。」

〔七一〕「退以爲」二句：《校注》：「妙聲無形、奇色非質：即阮籍《清思賦》『形之可見，非色之美；音之可聞，非聲之善』之意。」

〔七二〕麗於嬪嬙：《左傳·昭公三年》：「君若不棄敝邑，而辱使董振擇之，以備嬪嬙，寡人之望也。」杜預注：「嬪、嬙，婦官。」楊伯峻注：「嬪、嬙皆天子諸侯姬妾。」

〔七三〕漢女而空佩：《列仙傳》卷下：「江妃二女者，不知何所人也，出遊於江漢之湄，逢鄭交甫，見而悦之，不知其神人也，謂其僕曰：『我欲下請其佩。』僕曰：『此間之人皆習於辭，不得恐罹悔焉。』交甫不聽，遂下與之言曰：『二女勞矣。』二女曰：『客子有勞，妾何勞之有。』交甫曰：『橘是柚也，我盛之以笥，令附漢水，將流而下。我遵其旁，採其芝而茹之。以知吾爲不遜也，願請子之佩。』二女曰：『橘是柚也，我盛之以莒，令附漢水，將流而下。我遵其旁，採其芝而茹之。』遂手解佩與交甫。交甫悦受而懷之中當心，趨去數十步，視佩，空懷無佩，顧二女，忽然不見。」

〔七四〕清角：《韓非子·十過》：「平公提觴而起，爲師曠壽，反而問曰：『音莫悲於清徵乎？』師曠曰：『不如清角。』」角爲古代五音之一，古人以角音清，故曰清角。《文選》卷四張衡《南都賦》：「清角發徵，聽者增哀。」李善注：「許慎《淮南子注》曰：『清角，弦急，其聲清也。』」《校注》：「清角：指音樂。」

〔七五〕嬪揚：《校注》：「嬪揚：疑指古代美女毛嬙和陽文。揚，或即『陽』之訛。《莊子·齊物論》：『毛嬙、麗姬，人之所美也。』嬙、嬪皆宮中女官名，互通。《淮南子·修務訓》：『曼頰皓齒，形誇骨佳，不待脂粉芳澤而性可悦者，西施、陽文也。』注：『陽文，古之好女也。』」

〔七六〕夔牙：《校注》：「夔牙：夔，傳説舜時樂官。牙，伯牙，春秋時善鼓琴者。悉委：確知。」

〔七七〕玄雲：《楚辭·九歌·大司命》：「廣開兮天門，紛吾乘兮玄雲。」朱熹集注：「乘玄雲者，知神將降而往迎之也。」阮籍《東平賦》：「玄雲興而四周兮，寒雨淪而下降。」

〔七八〕形有之留滯：留滯，停留、羈留。《史記》卷一百三十《太史公自序》：「是歲天子始建漢家之封，而太史公留滯周南，不得與從事，故發憤且卒。」《楚辭》東方朔《七諫·怨世》：「年既已過太半兮，然輡軻而留滯。」王逸章句：「言己年已過五十，而輡軻沈滯，卒無所逢遇也。」《校注》：「形有：有形之體。」

〔七九〕英靈之所要術：《校注》：「英靈：神靈。術：方法。」

【集説】

俞紹初、張亞新《江淹集校注》：本篇受曹植《洛神賦》影響，寫與神女相遇而復失的經過。寄寓作者始被建平王信用，而終遭遺棄的身世不平之感。

泣賦

【題解】

曹道衡《年代考》論此賦曰：「此賦云：『詠河兖之故俗，眷徐楊之遺風。眷徐楊兮阻關梁，詠河兖兮路未央。』『河兖』，指他的原籍濟陽考城，『徐楊』，指他出生和長大的京口和建康一帶。江淹雖曾到湘州、荆州等地，但只是一般遊宦，而像這賦中説的『道尺折而寸斷，魂十逝而九傷』的傷心話，只有被貶時才有，所以此賦當亦作於建安吴興時期。」今考江淹之客遊，前有南兖州、湘州、荆州之行，後有元徽二年秋建安吴興之黜。而在南兖、湘、荆等地，皆未有大挫折，與此賦「心蒙蒙兮恍惚，魄漫漫兮西東」，「道尺折而寸斷，魂十逝而九傷。欷潺湲兮沫袖，泣嗚咽兮染裳」等抒寫極度哀傷之心情者不合，惟有被貶至建安吴興荒僻之地才可能有此種情緒。故賦末又云：「若夫景公齊山，荆卿燕市，孟嘗聞琴，馬遷廢史，少卿悼躬，夷甫傷子。皆泣緒如絲，詎能仰視？」連用古人傷心而泣之典故以自比，足證曹説是也。至賦云：「視左右而不臑，具衣冠而自涼。」《彙注》：「臑，熟也。」乃述其初至而人不熟也，是賦乃其初至建安吴興時所作。賦又云：「秋日之光，流兮以傷。霧離披而殺草，風清泠而繞堂。」「直視百里，處處秋煙。閴寂以思，情緒留連。江之永矣蓮欲紅，南有喬木葉以窮。」乃閩南秋末冬初節候，與其元徽二年謫出之時間亦正相合。

秋日之光，流兮以傷。霧離披而殺草〔一〕，風清泠而繞堂〔二〕。視左右而不臑〔三〕，具衣冠而自涼〔四〕。默而登高谷，坐景山〔五〕，倚桐柏，對石泉〔六〕。直視百里①〔七〕，處處秋煙。閴寂以思〔八〕，情緒留連〔九〕。江之永矣蓮欲紅，南有喬木葉以窮〔一〇〕。心蒙蒙兮恍惚〔一一〕，魄漫漫兮西東。詠河兗之故俗〔一二〕，眷徐楊之遺風〔一三〕。眷徐楊兮阻關梁〔一四〕，詠河兗兮路未央〔一五〕。道尺折而寸斷②〔一六〕，魂十逝而九傷③〔一七〕。欷潺湲兮沫袖〔一八〕，泣嗚唈兮染裳④〔一九〕。

若夫景公齊山〔二〇〕，荊卿燕市〔二一〕，孟嘗聞琴〔二二〕，馬遷廢史〔二三〕，少卿悼躬〔二四〕，夷甫傷子〔二五〕。皆泣緒如絲〔二六〕，詎能仰視⑤？鏡終古而若斯⑥〔二七〕，況余輩情之所使哉〔二八〕！

【校記】

①「視」張本作「眎」。按眎，視之古字。

②「道」《太平御覽》卷四百八十八作「慮」。

③「十」《太平御覽》作「一」。

④「唈」《太平御覽》作「咽」。

⑤「視」張本、梁本作「眎」。

⑥「若」梁本注：「一作『如』。」

【箋注】

〔一〕霧離披而殺草：披離，分散貌。《文選》卷十三宋玉《風賦》：「至其將衰也，被麗披離，衝孔動楗。」李善注：「被麗披離，四散之貌也。」殺草，謂草木凋零。《文選》卷三十三宋玉《九辯》：「白露既下降百草兮，奄離披此梧楸。」劉良注：「既凋百草，而梧楸同罹此患。」

〔二〕風清泠而繞堂：《文選》卷十三宋玉《風賦》：「清清泠泠，愈病析酲。」李善注：「清清泠泠，清涼之貌也。」

〔三〕臑：《彙注》：「臑，熟也。」按《楚辭・大招》：「鼎臑盈望，和致芳只。」王逸章句：「臑，熟也。」臑，原爲生熟之熟，此借用爲熟悉之熟。

〔四〕具衣冠：《校注》：「具衣冠：謂左右皆是官婢。」

〔五〕景山：《彙注》：「景，大也。」《校注》：「景山：大山。」

〔六〕「倚桐柏」二句：《楚辭・九歌・山鬼》：「山中人兮芳杜若，飲石泉兮蔭松柏。」王逸章句：「山中人，屈原自謂也。言己雖居在山中無人之處，猶取杜若以爲芬芳，飲石泉之水，蔭松柏之木。飲食居處，動以香潔，自修飾。」石泉，山石中的泉流。

〔七〕直視百里：直視，謂目不旁視。《文選》卷二十九《古詩十九首》：「去者日以疎，生者日以親，出郭門直視，但見丘與墳。」鮑照《蕪城賦》：「直視千里外，唯見起黃埃。凝思寂聽，心傷已摧。」

〔八〕閴寂以思：《文選》卷十一王粲《登樓賦》：「原野閴其無人兮，征夫行而未息。」李善注：「《埤蒼》曰：『閴，静也。』」《校注》：「閴寂：寂静。」

〔九〕情緒留連：《後漢書》卷五十七《劉陶傳》：「事付主者，留連至今，莫肯求問。」《玉臺新詠》卷九魏文帝《燕歌行二首》之二：「飛鳥晨鳴聲可憐，留連顧懷不自存。」《校注》：「情緒：連續不斷的情思。」

〔一〇〕「江之永矣」二句：《詩·周南·漢廣》：「南有喬木，不可休息。漢有遊女，不可求思。漢之廣矣，不可泳思。江之永矣，不可方思。」毛傳：「永，長。」朱熹集注：「上竦無枝曰喬。」

〔一一〕蒙蒙：蒙昧貌。劉向《説苑·雜言》：「居艘楫之間，則吾不如子；至於安國家，全社稷，子之比我，蒙蒙如未視之狗耳。」葛洪《抱朴子·明本》：「吾非生而知之，又非少而信之，始者蒙蒙，亦如子耳。」　恍惚：迷茫，心神不寧。《後漢書》卷八十四《列女·董祀妻傳》：「見此崩五内，恍惚生狂癡，號泣手撫摩，當發復回疑。」鮑照《夢歸鄉》：「寐中長路近，覺後大江違，驚起空歎息，恍惚神魂飛。」

〔一二〕詠河兖之故俗：故俗，古俗、舊俗。《韓非子·奸劫弑臣》：「當此之時，秦民習故俗之有罪可以得免，無功可以得尊顯也，故輕犯新法。」《史記》卷一百十一《衛將軍驃騎列傳》：「乃分徙降者邊五郡故塞外，而皆在河南，因其故俗，爲屬國。」《校注》：「河兖：指兖州。《尚書·禹貢》：『濟河惟兖州。』此指南兖州。本集《柳僕射爲南兖州詔》：『河兖衝要，維扞中畿，司牧之任，宜詳其授。』亦以『河兖』稱南兖州。」

〔一三〕眷徐楊之遺風：遺風，前代或前人遺留下來的風教。《楚辭》屈原《九章·哀郢》：「哀州土之平樂兮，悲江介之遺風。」《史記》卷一百二十九《貨殖列傳》：「而鄒、魯濱洙、泗，猶有周公遺風，俗好儒，備於禮。」《校注》：「徐揚：指南徐州和揚州。楊、揚古混用。以上各州皆江淹早年隨建平王任職之地。」

〔一四〕關梁：《墨子·貴義》：「商人之四方，市賈信徙，雖有關梁之難，盜賊之危，必爲之。」鮑照《建除詩》：「危亂悉平蕩，萬里置關梁。成軍入玉門，士女獻壺漿。」

〔一五〕路未央：《楚辭·離騷》：「及年歲之未晏兮，時亦猶其未央。」王逸章句：「央，盡也。」《校注》：「路未央：道路遥遠無盡。」

〔一六〕道尺折而寸斷：《校注》：「尺折寸斷：謂道路阻絶不通。」

〔一七〕魂十逝而九傷：《校注》：「十逝九傷：極言傷心。」

〔一八〕欷潺湲兮沫袖：《楚辭》宋玉《九辯》：「憯淒增欷兮，薄寒之中人。」朱熹集注：「欷，泣歎貌。」《文選》卷十九宋玉《高唐賦》：「於是調謳，令人惏悷憯悽，脅息增欷。」《楚辭·九歌·湘夫人》：「慌惚兮遠望，觀流水兮潺湲。」朱熹集注：「至於荒忽而起望，則又但見流水之潺湲而已。」《文選》卷二十六謝靈運《七里瀨》：「孤客傷逝湍，徒旅苦奔峭。石淺水潺湲，日落山照曜。」李善注：「潺湲，水流貌也。」《校注》：「欷：抽泣聲。潺湲：淚流不止貌。沬：浸濕。」

〔一九〕泣嗚唈：嗚唈，因悲哀、憤懣而抑鬱氣塞。《東觀漢記・梁竦傳》：「彼仲尼之佐魯兮，先嚴斷而後弘衍。雖離讒以嗚唈兮，卒暴誅於兩觀。」《南史》卷十九《謝朓傳》：「皐壤搖落，對之惆悵，歧路東西，或以嗚唈。」

〔二〇〕景公齊山：《校注》：「景公：即戰國齊景公。齊山：指牛山，在今山東淄博市東。《晏子春秋・內篇諫上》：『景公遊於牛山，北臨其國城而流涕曰：若何滂滂去此而死乎！』」

〔二一〕荆卿燕市：《史記》卷八十六《刺客・荆軻列傳》：「荆軻既至燕，愛燕之狗屠及善擊筑者高漸離。荆軻嗜酒，日與狗屠及高漸離飲於燕市，酒酣以往，高漸離擊筑，荆軻和而歌於市中，相樂也，已而相泣，旁若無人者。」

〔二二〕孟嘗聞琴：《藝文類聚》卷三十五引《説苑》：「雍門周以琴見孟嘗君，君曰：『先生鼓琴，亦能令人悲乎？』周曰：『夫千秋萬歲之後，高臺既已壞，曲池既已塹，墳墓既已下，嬰兒豎子樵採者，躑躅其足而歌其上曰：夫以孟嘗君貴尊，乃若是乎？』於是孟嘗君泫然涕泣曰：『令文立若破國亡邑之人。』」《校注》：「孟嘗：即戰國孟嘗君，姓田名文。」

〔二三〕馬遷廢史：《校注》：「馬遷：即漢司馬遷，承其父司馬談之志，作《史記》。《史記・太史公自序》：司馬談臨終，執遷手而泣曰：『今漢興，海內一統。明主賢君忠臣死義之士，余爲太史而弗論載，廢天下之史文，余甚懼焉。汝其念哉！』遷俯首流涕曰：『小子不敏，請悉論先人所次舊聞，弗敢闕。』」

〔二四〕少卿悼躬：《校注》：「少卿：即漢人李陵，字少卿。武帝時李陵率步兵五千人入匈奴，戰敗投降。司馬遷《報任少卿書》：『（陵）轉鬥千里，矢盡道窮，救兵不至，士卒死傷如積。然李陵一呼勞軍，士無不起躬流涕，沫血飲泣，張空弮，冒白刃，北首争死敵。』」

〔二五〕夷甫傷子：《晉書》卷四十三《王戎傳附王衍傳》：「衍嘗喪幼子，山簡弔之，衍悲不自勝。」《校注》：「夷甫：即晉王衍，字夷甫。」

〔二六〕泣緒如絲：謂淚水如絲般連綿不斷。

〔二七〕鏡終古而若斯：《楚辭》屈原《九章·哀郢》：「去終古之所居兮，今逍遥而來東。」《藝文類聚》卷四十引陸機《感丘賦》：「於是徘徊洛涯，弭節河干。佇眄留心，慨爾遺歎。仰終古以遠念，窮萬緒乎其端。」《校注》：「鏡：鑒。終古：自古以來。」

〔二八〕況余輩情之所使：《晉書》卷四十三《王戎傳附王衍傳》：「衍曰：『聖人忘情，最下不及於情。然則情之所鍾，正在我輩。』」《校注》：「情之所使：猶言感情用事，即重於情。」

【集説】

錢鍾書《管錐編·全梁文》卷三十三：《泣賦》：「魂十逝而九傷。」按《倡婦自悲賦》：「度九冬而廓處，經十秋以分居。」卷三四《雜三言·構象臺》：「山十影兮九形。」自語相違，皆虚數也，正如「四角六張，八凹九凸」（《五燈會元》卷一二大愚守芝章次）之類。

待罪江南思北歸賦

【題解】

此篇張本題作《思北歸賦》。

曹道衡《年代考》論此賦云：「此賦多用《楚辭》中詞彙，其中『帶封狐兮上景，連雄虺兮蒼梧』兩句，明明出自《招魂》中的『蝮蛇蓁蓁，封狐千里兮；雄虺九首，往還倏忽，吞人以益其心兮』，結論是南方不可以久居。這裏所説的『南方』，當然不是指長江流域，而是借指福建一帶。『況北州之賤士，爲炎土之流人，共魍魎而相偶，與蟏蛸而爲鄰』，更説明是被貶後所作。這篇賦作於建安吴興時，是可以肯定的，至於具體哪一年寫的，則不好斷定。」福林按：此賦題作「待罪江南思北歸」，賦又有「誤銜造於遠國，出顛沛之願始。去三輔之臺殿，辭五都之城市。惟江南兮丘墟，遥萬里兮長蕪。帶封狐兮比景，連雄虺兮蒼梧。當青春而離散，方仲冬而遂徂」，以及「於是臨虹蜺以築室，鑿山楹以爲柱。上晷晷以臨月，下淫淫而愁雨」等語，述其離别京畿而之江南情景。賦云：「潘去洛而掩涕，陸出吴而增傷。況北州之賤士，爲炎土之流人。」以潘岳、陸機離别家鄉之悲傷，反襯己身被流徙之痛苦。又云：「步庭廡兮多蒿棘，顧左右兮絶親賓。憂而填骨，思兮亂神。願歸靈於上國，雖坎軻而不惜身。」述其在異鄉寂寞孤獨之憂思，以及回歸故土之願望，又爲賦乃在吴興令任時思鄉而作之明證。《年代考》所説是也。

今據賦云:「若季冬之嚴月,風摇木而騷屑。玄雲合而爲凍,黄煙起而成雪。虎踡跼而斂步,蛟夔尼而失穴。」「至江蘺兮始秀,或杜衡兮初滋。桂含香兮作葉,藕生蓮兮吐絲。俯金波兮百丈,見碧沙兮來往。霧荅菡兮半出,雲雜錯兮飛上。石炤爛兮各色,峰近遠兮異象。及迴風之摇蕙,天潭潭而下露。木蕭梢而可哀,草林離而欲暮。」分别寫所見冬春夏秋之景,是江淹至吴興已經冬歷夏涉秋之證。又據賦末云:「秋露下兮點劍舄,青苔生兮綴衣巾。」則又作於秋日。江淹元徽二年秋末冬初至吴興,昇明元年(四七七)春北歸還都,則此賦之作乃在元徽三年(四七五)或四年(四七六)秋。

伊小人之薄伎①〔一〕,奉君子而輸力〔二〕。接河漢之雄才,擥日月之英色〔三〕。絶雲氣而厲響,負青天而撫翼〔四〕。德被命而不渝〔五〕,恩潤身而無極〔六〕。何規矩之守任〔七〕,信愚陋而不肖〔八〕。愧金碧之琳瑯〔九〕,慙丹雘之照曜〔一〇〕。樊天網而自離②〔一一〕,徒夜分而誰弔〔一二〕!遭大道之隆盛〔一三〕,雖草木而勿履〔一四〕。誤銜造於遠國〔一五〕,出顛沛之顧始〔一六〕。去三輔之臺殿③,辭五都之城市〔一七〕。

惟江南兮丘墟〔一八〕,遥萬里兮長蕪④〔一九〕。帶封狐兮比景⑤〔二〇〕,連雄虺兮蒼梧〔二一〕。當青春而離散〔二二〕，方仲冬而遂徂⑥〔二三〕。寒蒹葭於余馬〔二四〕，傷霧露於農夫〔二五〕。跨金峰與翠巒⑦〔二六〕，涉桂水與碧湍〔二七〕。雲清泠而多緒〔二八〕，風蕭條而無端〔二九〕。猨之吟兮日光迥〔三〇〕，狖之啼兮月色寒〔三一〕。究煙霞之繚繞〔三二〕，具林石之巑岏〔三三〕。

於是臨虹蜺以築室〔三四〕，鑿山楹以爲柱〔三五〕。上暠暠以臨月〔三六〕，下淫淫而愁雨〔三七〕。奔水潦於遠谷〔三八〕，汩木石於深嶼〔三九〕。鷹隼戰而櫓巢〔四〇〕，黿鼉怖而穴處〔四一〕。若季冬之嚴月〔四二〕，風摇木而騷屑〔四三〕。玄雲合而爲凍〔四四〕，黄煙起而成雪。虎踡跼而斂步〔四五〕，蛟夔尼而失穴⑧〔四六〕。至江蘺兮始秀⑨〔四七〕，或杜衡兮初滋〔四八〕。桂含香兮作葉，藕生蓮兮吐絲。俯金波兮百丈〔四九〕，見碧沙兮來往〔五〇〕。霧葢葢兮半出〔五一〕，雲雜錯兮飛上〔五二〕。石炤爛兮各色〔五三〕，峰近遠兮異象。及迴風之摇蕙〔五四〕，天潭潭而下露〔五五〕。木蕭梢而可哀⑩〔五六〕，草林離而欲暮〔五七〕。夜燈光之寥迴〔五八〕，歷隱憂而不去〔五九〕。心湯湯而誰告〔六〇〕，魄寂寂而何語。情枯槁而不反，神飄覆而亡據〔六一〕。

夫以雄才不世之主〔六二〕，猶儲精於沛鄉〔六三〕；奇略獨出之君〔六四〕，尚婉戀於南陽〔六五〕⑪。潘去洛而掩涕〔六六〕，陸出吴而增傷〔六七〕。況北州之賤士〔六八〕，爲炎土之流人〔六九〕。共魍魎而相偶〔七〇〕，與蠨蛸而爲鄰〔七一〕。秋露下兮點劍舄〔七二〕，青苔生兮綴衣巾⑫。步庭廡兮多蒿棘⑬〔七三〕，顧左右兮絶親賓〔七四〕。憂而填骨⑭〔七五〕，思兮亂神。願歸靈於上國〔七六〕，雖坎軻而不惜身〔七七〕。

【校記】

① 「薄」原作「簿」，今據《彙注》本、張本、梁本改。
② 「網」原作「綱」，今據《彙注》本、張本、梁本改。「離」《彙注》本作「罹」。
③ 「臺殿」《彙注》本作「台殿」。
④ 「遥」《藝文類聚》卷二十七作「經」。
⑤ 「比景」原作「上景」，今據張本、梁本改。
⑥ 「冬」《藝文類聚》作「秋」。
⑦ 「巒」原作「鑾」，今據《彙注》本、張本、梁本改。
⑧ 「夔尼」《彙注》本作「躨跜」，張本、梁本作「夔蚭」。
⑨ 「江蘺」原作「江離」，今據《彙注》本、梁本改。
⑩ 「梢」《彙注》本作「稍」。

⑪「南陽」原作「樊陽」，今據《彙注》本改。

⑫「青」《藝文類聚》作「春」。

⑬「廡」《彙注》本作「蕪」。

⑭「骨」元鈔本作「谷」。

【箋注】

〔一〕伊小人之薄伎：薄伎，即薄技。《文選》卷四十一司馬遷《報任少卿書》：「僕少負不羈之才，長無鄉曲之譽，主上幸以先人之故，使得奏薄伎，出入周衛之中。」李善注：「服虔曰：『薄伎，薄才也。』」顔之推《顔氏家訓·勉學》：「諺曰：『積財千萬，不如薄伎在身。』」《校注》：「小人：江淹自稱。」

〔二〕奉君子而輸力：輸力，效力，貢獻力量。《左傳·襄公二十一年》：「昔陪臣書能輸力於王室，王施惠焉。」杜預注：「輸力，謂輔相晉國以翼戴天子。」《三國志》卷四十二《蜀志·郤正傳》：「譬遒人之有采於市閭，遊童之吟詠乎疆畔，庶以增廣福祥，輸力規諫。」《校注》：「君子：當指建平王。」

〔三〕「接河漢」二句：河漢，銀河。《文選》卷二十九《古詩十九首·迢迢牽牛星》：「迢迢牽牛星，皎皎河漢女。纖纖擢素手，札札弄機杼。終日不成章，泣涕零如雨。」李善注：「毛萇曰：『河漢，天河也。』」《後漢書》卷七十《鄭太孔融等傳論》：「方時運之屯邅，非雄才無以濟其溺，功高勢彊，則皇器自移矣。」《三國志》卷二十三《魏志·常林傳》：「今主上幼沖，賊臣虎據，華夏震慄，雄才奮用之秋也。」按此二句《校注》云：「雄才、英色：謂才華出衆。喻建平王。」

〔四〕「絶雲氣」二句：《文選》卷三十四曹植《七啓》：「飛聲激塵，依威厲響。」劉良注：「厲，盛也。」同上書卷九潘岳《射雉賦》：「伊義鳥之應敵，啾擭地以厲響。」《校注》：「絶：超越。厲響：高猛的聲響。撫翼：猶鼓翼。絶雲氣、負青天：《莊子·逍遥遊》：『有鳥焉，其名爲鵬。背若泰山，翼若垂天之雲，摶扶摇羊角而上者九萬里。絶雲氣，負青天，然後圖南，且適南冥也。』謂其志氣不凡，超邁不羣。」

〔五〕被命而不渝：不渝，不改變。《詩·鄭風·羔裘》：「彼其之子，捨命不渝。」毛傳：「渝，變也。」《藝文類聚》卷五十引晉潘尼《益州刺史楊恭侯碑》：「君乾靈之醇德，挺高世之殊量，稟天然不渝之操，體蘭石芳堅之質。」《校注》：「被命：加之於命。」

〔六〕潤身而無極：《大戴禮記·公符》：「陛下永永，與天無極。」《文選》卷二十四曹植《又贈丁儀王粲》：「山岑高無極，涇渭揚濁清。」《校注》：「潤身：謂恩德滋潤於自身。極：止，終。」

〔七〕規矩之守任：《禮記·經解》：「禮之於正國也，猶衡之於輕重也，繩墨之於曲直也，規矩之於方圜也。故衡誠縣，不可欺以輕重；繩墨誠陳，不可欺以曲直；規矩誠設，不可欺以方圜；君子審禮，不可誣以姦詐。」孔穎達疏：「規所以正圜，矩所以正方。」《管子·法法》：「故雖有明智高行，倍法而治，是廢規矩而正方圜也。」《校注》：「守任：守職。此句謂不懂得安分守職的規矩。」

〔八〕信愚陋而不肖：愚陋，愚鈍淺陋。《楚辭·九辯》：「性愚陋以褊淺兮，信未達乎從容。」王逸章句：「姿質鄙鈍，寡所知也。」《漢書》卷四十九《鼂錯傳》：「臣錯愚陋，昧死上狂言，唯陛下財擇。」不肖：不成材，不正派。《禮記·射義》：「發而不失正鵠者，其唯賢者乎？若夫不肖之人，則彼將安能以中。」孔穎達疏：「不肖，謂小人也。」

〔九〕愧金碧之琳瑯：金碧，即金玉。《後漢書》卷八十一《獨行·譙玄傳》：「願陛下念天下之至重，愛金玉之身，均九女之施，存無窮之福，天下幸甚。」琳瑯：亦作「琳琅」，精美的玉石。《文選》卷四張衡《南都賦》：「琢琱狎獵，金銀琳琅。」呂向注：「琳琅，亦玉名。言彫琢金銀琳琅以爲器。」

〔一〇〕丹艧之照曜：丹艧，亦作「丹雘」，艧，同雘。可供塗飾的紅色顏料。《書·梓材》：「若作梓材，既勤樸斲，惟其塗丹雘。」孔穎達疏：「雘是彩色之名，有青色者，有朱色者。」按以上二句《校注》云：「碧：玉石。丹：丹砂。艧：礦石名，古人以爲上等顏料。琳瑯：玉石名。形容美好。金碧琳瑯、丹艧照曜：喻君子恩德之盛美。」

〔一一〕天網而自離：《文選》卷四十二曹植《與楊德祖書》：「吾王於是設天網以該之，頓八紘以掩之，今悉集茲國矣。」李善注：「崔寔《本論》曰：『舉彌天之網，以羅海内之雄。』」《藝文類聚》卷五十九引晉張載《平吴頌》：「申號令之舊章，布亘地之長羅。振天網之脩綱，制征期於一朝。」自離，謂自遭其罪。離，通「罹」，遭受，遭遇。《易·小過》：「弗遇過之，飛鳥離之。」孔穎達疏：「以小人之身，過而弗遇，必遭羅網，其猶飛鳥，飛而無託，必離矰繳。」《校注》：「樊天網：謂觸犯法網。樊：縲。」

〔二〕夜分而誰弔：《後漢書》卷一下《光武帝紀下》：「每旦視朝，日側乃罷。數引公、卿、郎、將，講論經理，夜分乃寐。」李賢注：「分，猶半也。」鮑照《還都道中三首》之二：「夜分霜下淒，悲端出遥陸。愁來攢人懷，羇心苦獨宿。」《校注》：「夜分：夜半。弔：憐憫。曹植《上責躬應詔詩》：『追思罪戾，晝分而食，夜分而寢，誠以天網不可重罹，聖恩難可再恃。』」

〔三〕大道之隆盛：《禮記·禮運》：「大道之行也，與三代之英，丘未之逮也，而有志焉。」鄭玄注：「大道，謂五帝時也。」《晉書》卷四十九《嵇康傳》：「矜尚不存乎心，故能越名教而任自然；情不繫於所欲，故能審貴賤而通物情。物情順通，故大道無違；越名任心，故是非無措也。」隆盛，興隆昌盛。《史記》卷五十八《梁孝王世家論》：「梁孝王雖以親愛之故，王膏腴之地，然會漢家隆盛，百姓殷富，故能植其財貨，廣宫室，車服擬於天子，然亦僭矣。」《後漢書》卷三十四《梁統傳》：「武帝值中國隆盛，財力有餘，征伐遠方，軍役數興。」

〔四〕雖草木而勿履：《校注》：「履：踐踏。謂朝廷寬宏，雖草木微物也不加欺壓。」

〔一五〕銜造於遠國：《校注》：「銜造：奉命而至。遠國：指建安吴興。」

〔一六〕顛沛：《詩·大雅·蕩》：「人亦有言，顛沛之揭，枝葉未有害，本實先撥。」毛傳：「顛，僕；沛，拔也。」朱熹集傳：「顛沛，僕拔也。」鮑照《松柏篇》：「傾家行藥事，顛沛去迎醫，徒備火石苦，奄至不得辭。」

〔一七〕「去三輔」二句：《宋書》卷三《武帝紀下》：「後世若有幼主，朝事一委宰相，母后不煩臨朝。仗既不許入臺殿門，要重人可詳給班劍。」《校注》：「三輔：西漢武帝時設京兆尹、左馮翊、右扶風三個職位共治京畿地區，稱三輔。五都，《文選》宋玉《登徒子好色賦》：『臣歷五都。』李善注：『五都，五方之都。』三輔、五都，在此分别指京城建康和諸侯國都邑。」

〔一八〕江南兮丘墟：《漢書》卷五十八《公孫弘傳》：「自蔡至慶，丞相府客館丘虚而已。」《文選》卷十七王褒《洞簫賦》：「原夫簫幹之所生兮，於江南之丘墟。」《校注》：「丘墟：荒野。」

〔一九〕長蕪：《藝文類聚》卷十六引宋謝莊《豫章長公主墓誌銘》：「蘅蕙有實，金碧不居。泉庭一夜，里館長蕪。」《校注》：「蕪：荒蕪之地。」

〔二〇〕帶封狐兮比景：封狐，大狐。《楚辭》屈原《離騷》：「羿淫遊以佚畋兮，又好射夫封狐。」王逸章句：「封狐，大狐也。」《校注》：「比景：地名，在今廣西壯族自治區南部。」

〔二一〕連雄虺兮蒼梧：《楚辭·招魂》：「雄虺九首，往來倏忽，吞人以益其心些。」王逸章句：「言復有雄虺，一身九頭，往來奄忽，常喜吞人魂魄，以益其賊害之心也。」虺，古稱蝮蛇一類的毒蛇。《詩經・小雅・斯干》：「維虺維蛇。」孔穎達疏：「《釋魚》云：『蝮虺，博三寸，首大如擘。』舍人曰：『蝮一名虺，江淮以南曰蝮，江淮以北曰虺。』孫炎曰：『江淮以南謂虺爲蝮，廣三寸，頭如拇指，有牙，最毒。』郭璞曰：『此自一種蛇，人自名爲蝮虺。今蛇細頸大頭，色如艾，綬文，文間有毛，似豬鬣，鼻上有針，大者長七八尺，一名反鼻，如虺類，足以明此自一種蛇。』如郭意，此蛇人自名蝮虺，非南北之異。蛇實是蟲，以有鱗，故在《釋魚》，且魚亦蟲之屬也。」《校注》：「蒼梧：縣名，在今廣西東南。比景、蒼梧，指南方遥遠之地。」

〔二二〕青春而離散：青春，指春天。《楚辭・大招》：「青春受謝，白日昭只。」王逸章句：「青，東方春位，其色青也。」《文選》卷十一何晏《景福殿賦》：「結實商秋，敷華青春。」同書卷二十二謝靈運《遊南亭》：「澤蘭漸被徑，芙蓉始發池。未厭青春好，已睹朱明移。」《校注》：「離散：指與家庭分離。」

〔二三〕仲冬而遂徂：《書・堯典》：「日短星昴，以正仲冬。」《文選》卷三張衡《東京賦》：「歲惟仲冬，大閱西園。」徂：往。按《校注》云：「仲冬：《藝文類聚》作『仲秋』，疑是。江淹於上年秋赴吴興。」今録以備考。

〔二四〕蒹葭於余馬：《詩・秦風・蒹葭》：「蒹葭蒼蒼，白露爲霜。」鄭玄箋：「蒹葭在衆草之中蒼蒼然彊盛，至白露凝戾爲霜，則成而黄。」《楚辭》屈原《離騷》：「陟陞皇之赫戲兮，忽臨睨夫舊鄉。僕夫悲余馬懷兮，蜷局顧而不行。」

〔二五〕傷霧露於農夫：《楚辭》嚴忌《哀時命》：「霧露濛濛其晨降兮，雲依斐而承宇。」王逸章句：「言幽居山谷，霧露濛濛而晨來下。」《詩·豳風·七月》：「嗟我農夫，我稼既同，上入執宮功。」

〔二六〕金峰：本集《遊黃蘗山》：「金峰各虧日，銅石共臨天。」

〔二七〕桂水：《校注》：「桂水：兩岸植有桂樹的江流。南方多桂樹。」

〔二八〕清泠：《文選》卷十三宋玉《風賦》：「清清泠泠，愈病析酲。」李善注：「清清泠泠，清涼之貌也。」同上書卷十一王延壽《魯靈光殿賦》：「鴻爌炾以爣閬，飋蕭條而清泠。」呂向注：「蕭條而清泠，秋氣貌。」

〔二九〕風蕭條：《文選》卷四十一李陵《答蘇武書》：「邊土慘裂，但聞悲風蕭條之聲。涼秋九月，塞外草衰，夜不能寐，側耳遠聽，胡笳互動，牧馬悲鳴。」鮑照《擬行路難·君不見少壯從軍去》：「朔風蕭條白雲飛，胡笳哀急邊氣寒。」

〔三〇〕日光迥：《校注》：「迥：高遠。」

〔三一〕狖：長尾猿。《楚辭》屈原《九歌·山鬼》：「雷填填兮雨冥冥，猨啾啾兮狖夜鳴。」《文選》卷五左思《吳都賦》「狖鼯猓然」劉逵注引《異物志》：「狖，猿類，露鼻，尾長四五尺。居樹上，雨則以尾塞鼻。」

〔三二〕究煙霞之繚繞：煙霞，煙霧、雲霞。鮑照《遊思賦》：「指煙霞而問鄉，窺林嶼而訪泊。撫身世而識苦，念親愛而知樂。」《藝文類聚》卷三十九引梁劉孝綽《侍宴集賢堂應令詩》：「壺人告漏晚，煙霞起將夕。反景入池林，餘光映泉石。」夏侯湛《獵兔賦》：「翕習於迴阻之間，繚繞於山澤之際。」《校注》：「究：探究。」

〔三三〕巑岏：鮑照《登廬山二首》之二：「嶄絶類虎牙，巑岏象熊耳。埋冰或百年，韜樹必千祀。」《集韻》卷二：「巑岏，山鋭貌。」《校注》：「巑岏：山峰峻峭筆立貌。」

〔三四〕臨虹蜺以築室：《文選》卷十九宋玉《高唐賦》：「仰視山顛，肅何千千，炫燿虹蜺。」《抱朴子・嘉遯》：「思眇眇焉若居乎虹霓之端，意飄飄焉若在乎倒景之鄰。」《校注》：「臨虹蜺以築室：謂臨山築室。極言其高。」

〔三五〕鑿山楹以爲柱：《楚辭・哀時命》：「鑿山楹而爲室兮，下被衣於水渚。」王逸章句：「言己雖窮，猶鑿山石以爲室柱。」

〔三六〕暠暠：《校注》：「明亮貌。」

〔三七〕淫淫而愁雨：《楚辭》屈原《九章・哀郢》：「望長楸而太息兮，涕淫淫其若霰。」王逸章句：「淫淫，流貌也。」陸雲《愁霖賦》：「雲曇曇而疊結兮，雨淫淫而未散。」《校注》：「淫淫：雨連綿不止貌。」

〔三八〕奔水潦於遠谷：潦同「澇」，積水。《禮記・月令・季春之月》：「行冬令，則水潦爲敗，雪霜大摯，首種不入。」

〔三九〕汩木石：《校注》：「汩：沉没。」

〔四〇〕橧巢：《校注》：「橧巢：謂構木爲巢。《孔子家語·問禮》：『昔之王者未有宫室，冬則居營窟，夏則居橧巢。』注：『有柴謂橧，在樹曰巢。』」

〔四一〕黿鼉怖而穴處：《竹書紀年》卷下：「周穆王三十七年，伐越，大起九師，東至於九江，叱黿鼉以爲梁。」黿，《説文解字》卷十三：「大鼈也。」鼉，同上書同卷：「水蟲。似蜥易，長大。」穴處，謂居於山洞。《楚辭·天問》：「厥嚴不奉，帝何求？伏匿穴處，爰何云？」《後漢書》卷十三《隗囂傳》：「而王之將吏，羣居穴處之徒，人人抵掌。」按《校注》云：「以上二句謂所住之處既簡陋，又險峻。」

〔四二〕嚴月：《校注》：「嚴月：嚴寒之月。」

〔四三〕風摇木而騷屑：《楚辭》劉向《九歎·思古》：「風騷屑以摇木兮，雲吸吸以湫戾。」王逸章句：「騷屑，風聲也。」同上書屈原《九歌·湘夫人》：「嫋嫋兮秋風，洞庭波兮木葉下。」王逸章句：「嫋嫋，秋風摇木貌也。」

〔四四〕玄雲：《楚辭·九歌·大司命》：「廣開兮天門，紛吾乘兮玄雲。」《文選》卷二十四陸機《贈尚書郎顧彦先二首》之二：「玄雲拖朱閣，振風薄綺疏。」

〔四五〕踡跼而斂步：踡跼，同「踡局」，亦作「蜷局」、「蜷跼」，屈曲貌。《楚辭》屈原《離騷》：「陟陞皇之赫戲兮，忽臨睨夫舊鄉。僕夫悲余馬懷兮，蜷局顧而不行。」王逸章句：「蜷局，詰屈不行貌。」《淮南子・精神訓》：「病疵瘕者，捧心抑腹，膝上叩頭，踡跼而諦，通夕不寐。」斂步，停步不前。

〔四六〕蛟夔尼而失穴：夔尼，一作「蹮跜」。《文選》卷十一王延壽《魯靈光殿賦》：「虯龍騰驤以蜿蟺，頷若動而蹮跜。」吕延濟注：「蹮跜，動貌。言虯龍飛舉盤屈，頷然若動也。」《校注》：「此言蛟因失穴而走動。」

〔四七〕江蘺兮始秀：《楚辭》屈原《離騷》：「扈江蘺與辟芷兮，紉秋蘭以爲佩。」王逸章句：「江蘺、芷，皆香草也。」同上書劉向《九歎・惜賢》：「懷芬香而挾蕙兮，佩江蘺之菲菲。握申椒與杜若兮，冠浮雲之峨峨。」王逸章句：「言己獨懷持香草，執忠貞之行，志意高厲。」《校注》：「秀：開花。」

〔四八〕杜衡兮初滋：《楚辭・離騷》：「余既滋蘭之九畹兮，又樹蕙之百畝，畦留夷與揭車兮，雜杜衡與芳芷。」王逸章句：「杜蘅、芳芷，皆香草名也。」《校注》：「滋：生長。」

〔四九〕金波：反射着耀眼光芒的水波。梁武帝蕭衍《十喻・如炎》：「金波揚素沫，銀浪翻緑萍。」

〔五〇〕碧沙：《文選》卷十二郭璞《江賦》：「碧沙瀢瀩而往來，巨石硉矹以前却。」謝靈運《行田登海口盤嶼山》：「遨遊碧沙渚，遊衍丹山峰。」

〔五一〕葐蒀：煙靄氤氲。《文選》卷四左思《蜀都賦》：「鬱葐蒀以翠微，崛巍巍以峩峩。」張銑注：「葐蒀，氣貌。」《藝文類聚》卷二引宋謝莊《雜言詠雪》：「始葐蒀以蕤轉，終徘徊而煙曳。狀素鏡之晨光，寫金波之夜晰。」

〔五二〕雜錯：《文選》卷十五張衡《思玄賦》：「咸姣麗以蠱媚兮，增嫮眼而蛾眉。舒訬婧之纖腰兮，揚雜錯之袿徽。」《藝文類聚》卷十八引梁沈約《麗人賦》：「陵離羽佩，雜錯花鈿。」

〔五三〕炤爛：《文選》卷一班固《西都賦》：「增盤崔嵬，登降炤爛。」李善注：「《廣雅》曰：『炤，明也，音照。爛，亦明也。』」《校注》：「炤爛：鮮明燦爛。」

〔五四〕迴風之摇蕙：《楚辭》屈原《九章・悲回風》：「悲回風之摇蕙兮，心寃結而内傷。」王逸章句：「回風，謂之飄風。」朱熹集注：「回風，旋轉之風也。亦上篇悲秋風動容之意。」謝朓《同詠樂器・琴》：「春風摇蕙草，秋月滿華池。是時操別鶴，淫淫客淚垂。」

〔五五〕潭潭：《韓詩外傳》卷一：「吾北鄙之人也，將南之楚。逢天之暑，思心潭潭。」《校注》：「潭潭：深廣貌。」

〔五六〕蕭梢：疑同「蕭瑟」，風吹樹木之聲。有蕭條、淒涼之意。《校注》從《彙注》本作「蕭稍」，云：「稍：摇動貌。」録以備考。

〔五七〕林離：不絶貌，衆盛貌。《史記》卷一百十七《司馬相如列傳》載司馬相如《大人賦》：「滂濞泱軋，灑以林離。」按以上二句《校注》云：「『蕭梢』承『回風』，『林離』承『下露』。」

〔五八〕寥迥：猶「寥遠」，遥遠。按《校注》云：「寥迥：寂寞，冷落。」亦録以備考。

〔五九〕隱憂：《詩・邶風・柏舟》：「汎彼柏舟，亦汎其流。耿耿不寐，如有隱憂。」毛傳：「隱，痛也。」孔穎達疏：「如人有痛疾之憂，言憂之甚也。」《楚辭》嚴忌《哀時命》：「夜炯炯不寐兮，懷隱憂而歷兹。」王逸章句：「如遭大憂，常懷戚戚，經歷年歲，以至於此也。」

〔六〇〕湯湯：《尚書·堯典》：「湯湯洪水方割。」孔傳：「湯湯，流貌。」《詩·衛風·氓》：「淇水湯湯，漸車帷裳。」朱熹集傳：「湯湯，水盛貌。」《校注》：「湯湯：心事浩茫貌。」

〔六一〕「神黐覆」句：神黐覆，謂心神不定。亡據，同「無據」，無所依憑。阮籍《通易論》：「欲大而不顧其小，甘侈而不思其匱，居正上位而無卑，有貴勞而無據，喪志危身，是以悔也。」《校注》：「亡。通『無』。」

〔六二〕不世：非一世所能有，罕有。《後漢書》卷十三《隗囂傳》：「足下將建伊、吕之業，弘不世之功。」李賢注：「不世者，言非代之所常有也。」《校注》：「雄才不世之主：指漢高祖劉邦。不世：世所罕見。」

〔六三〕儲精於沛鄉：《後漢書》卷六十上《馬融傳》：「乃儲精山藪，歷思河澤，目矖鼎俎，耳聽康衢。」《校注》：「精：精魂，魂魄。沛鄉：今江蘇沛縣，爲劉邦故鄉。《漢書·高帝紀》：劉邦東征英布過沛，邀集故人父老子弟宴飲，酒酣乃慷慨傷懷，泣下數行，謂沛父兄曰：『遊子悲故鄉，吾雖都關中，萬歲之後吾魂魄猶樂沛。』」

〔六四〕奇略獨出之君：奇略，奇謀、奇策。《三國志》卷五十八《吴志·陸遜傳》：「昔漢高舍陳平之愆，用其奇略，終建勳祚，功垂千載。」《晉書》卷四十二《王濬傳》：「車騎將軍羊祜雅知濬有奇略，乃密表留濬，於是重拜益州刺史。」《校注》：「奇略獨出之君：指東漢光武帝劉秀。」

〔六五〕婉戀於南陽：蔡邕《太傅安樂侯胡公夫人靈表》：「契濶中饋，婉戀供養。」《校注》：「婉戀：柔順。南陽：指南陽郡春陵（今湖北棗陽縣東），爲劉秀故鄉。劉秀即位後改春陵鄉爲章陵縣。《後漢書》卷一下《光武帝紀下》：建武十七年『幸章陵，修園廟，祀舊宅，觀田廬，置酒作樂，賞賜。時宗室諸母因酣悦，相與語曰：「文叔（劉秀字）少時謹信，與人不款曲，唯直柔耳。今乃能如此。」帝聞之，大笑曰：「吾理天下，亦欲以柔道行之。」乃悉爲春陵宗室起祠堂』。」

〔六六〕潘去洛而掩涕：掩涕，掩面流淚。《楚辭》屈原《離騷》：「長太息以掩涕兮，哀民生之多艱。」《遠遊》：「思舊故以想像兮，長太息而掩涕。」《校注》：「潘：潘岳。潘岳家鄉在洛陽附近，後爲長安令，離洛赴任而作《西征賦》，中有『眷鞏洛而掩涕，思纏綿於墳塋』之句。」

〔六七〕陸出吴而增傷：《校注》：「陸：陸機。陸機爲吴郡華亭（今上海市松江縣）人，吴亡入洛，有《赴洛》詩二首，以傷離别。」

〔六八〕北州：《校注》：「北州：指江淹家鄉南徐州。南徐州爲北方幽、冀、徐、兗等州流民所僑立，南朝時多稱北州或北府。」

〔六九〕炎土之流人：桓寬《鹽鐵論·執務》：「天下安樂，盜賊不起；流人還歸，各反其田里。」《校注》：「炎土：南方。《淮南子·墬形訓》：『八殥之外而有八紘……西南方曰焦僥，曰炎土。』此指吴興。流人：流亡在外的人。」

〔七〇〕共魍魎而相偶：《三國志》卷二十九《魏志·管輅傳》：「輅曰：『直官舍久遠，魑魅魍魎爲怪耳。』」按《史記》卷四十七《孔子世家》：「季桓子穿井得土缶，中若羊，問仲尼云『得狗』。仲尼曰：『以丘所聞，羊也。丘聞之，木石之怪夔、罔閬，水之怪龍、罔象，土之怪墳羊。』」裴駰集解：「韋昭曰：『木石謂山也。或云夔，一足，越人謂之山繅也。或言獨足魍魎，山精，好學人聲而迷惑人也。』」司馬貞索隱：「夔音逵，閬音兩。《家語》作『魍魎』。」又《文選》卷二張衡《西京賦》：「螭魅魍魎，莫能逢旃。」李善注引《説文》：「魍魎，水神。」《重修玉篇》卷二十：「魍魎，水神。如三歲小兒，赤黑色。」是魍魎之爲怪，或曰山精，或曰水怪，所説又各有不同。《校注》：「相偶：相對。」

〔七一〕蠨蛸：亦作「蠨蛸」，蜘蛛之一種，脚長，通稱蟢子。《詩·豳風·東山》：「伊威在室，蠨蛸在户。」孔穎達疏：「蠨蛸，長踦，一名長脚。荆州河内人謂之喜母，此蟲來著人衣，當有親客至，有喜也；幽州人謂之親客。亦如蜘蛛爲羅網居之是也。」

〔七二〕劍舄：《晉書》卷二十五《輿服志》：「皇太子……預上宫正會則於殿下脱劍舄。」《藝文類聚》卷十四引北齊邢子才《文宣帝哀策文》：「萬事同盡，百慮俱收，劍舄永去，衣冠自遊。」《校注》：「舄：鞋。」

〔七三〕步庭廡兮多蒿棘：《文選》卷十六潘岳《懷舊賦》：「步庭廡以徘徊，涕泫流而霑巾。」李善注：「《説文》曰：『廡，堂下周屋。』」蒿棘，蒿草與荆棘，泛指野草。《校注》：「蕪：堂下的圍廊、廂房。」

〔七四〕親賓：《晉書》卷七十一《高崧傳》：「是時謝萬爲豫州都督，疲於親賓相送，方卧在室。崧徑造之。」本集《别賦》：「左右兮魂動，親賓兮淚滋。」

〔七五〕憂而填骨：《校注》：「填骨：入骨。」

〔七六〕歸靈於上國：《南齊書》卷四十三《何昌㝢傳》：「瀝腸紓憤，仰希神照，辯明枉直，亮王素行，使還名帝籍，歸靈舊塋，死而不泯，豈忘德於黄壚。」《校注》：「上國：京師。」

〔七七〕坎軻：坎坷。《古詩紀》卷二十七杜摯《贈毌丘儉》：「騏驥馬不試，婆娑槽櫪間。壯士志未伸，坎軻多辛酸。」《玉臺新詠》卷十宋孝武帝《丁督護歌二首》之二：「黄河流無極，洛陽數千里。坎軻戎途間，何由見歡子。」

【集説】

錢鍾書《管錐編·全梁文》卷三十三：《待罪江南思江北賦》「願歸靈於上國」，即《恨賦》「遷客海上，流戍隴陰」之心願。

又云：《麗色賦》：「若夫紅華舒春，黄鳥飛時……故氣炎日永，離明火中……至乃西陸始秋，白道月弦……及沍陰凋時，冰泉凝節……」按《四時賦》明賦四季，本篇賦麗人而以四季分襯；《待罪江南思北歸賦》：「若季冬之嚴月，風摇木而騷屑……至江蘺兮始秀，或杜蘅兮初滋……及迴風之摇蕙，天潭潭而下露。」亦隱列冬春夏秋。此構前人未有。

俞紹初、張亞新《江淹集校注》：本篇作於吴興，比較詳盡地敘述了被貶謫的經過，描寫了居住環境的荒涼寂寞，抒發了眷念故鄉、嚮往北歸的悲切之情。

别賦

【題解】

曹道衡《年代考》論此賦云：「這篇賦寫的是離情别緒，從内容看，似乎不易斷定爲什麽時間的作品。但賦中意境却常有與《青苔賦》相同之處，如『見紅蘭之受露，望青楸之離露（福林按：「露」，乃「霜」之訛）』兩句，即《青苔賦》中『春禽悲兮蘭茎紫，秋蟲吟兮蕙實黄』的意思，而前者較有獨創，後者則顯然化用前人詞藻（如「蘭茎紫」出自屈原《九歌・少司命》中的「秋蘭兮青青，緑葉兮紫茎」）。《别賦》中『慚幽閨之琴瑟，晦高臺之流黄』與《青苔賦》『流黄乏織，琴瑟且鳴』意思相近；『夏簟清兮晝不暮，冬釭凝兮夜何長』，與《青苔賦》『晝遥遥而不暮，夜永永以空長』意同。這些意境相近的句子相比之下，總是《别賦》寫得更生動，更富於形象性。我們可以設想，像江淹這樣一位作家，對藝術創作的成功或失敗，不可能没有鑒别能力。如果説他寫作《别賦》以後，再來寫《青苔賦》，似乎不太必要，因爲《青苔賦》的藝術價值比《别賦》真是大有遜色。如果説《青苔賦》在前，《别賦》在後，那就很好理解。因爲江淹可以把《青苔賦》中已經創造的意境更深化一步，把那些警句寫得更完美，更感人。再説《青苔賦》中摹仿前人的成分畢竟較多，除了前面提到的鮑照的《蕪城賦》外，還有些句子直接化用《楚辭·大招》等篇。相比之下，《别賦》就成熟得多，完全是自出機杼。因此我認爲《别賦》當作於《青苔賦》之後，其寫作時間，大約也不會在離開建安吴興以後，因爲賦的内容以愁苦爲主，而他從建安吴興回鄉後一個時期，雖未做官，畢竟是剛從遠地回鄉，後來蕭道成賞識他以後，官運亨通，就更不可能這樣工於寫愁苦之情了。」説頗有據，是此賦亦江淹謫居建安吴興時所作。

又此賦意境又與《去故鄉賦》、《恨賦》有一致之處。今據錢鍾書《管錐編》二〇七《全梁文》卷三十三云：「然則《别賦》乃《恨賦》之附庸而蔚爲大國者。」則此賦之作，又在《恨賦》之後矣。

黯然銷魂者，唯别而已矣〔一〕。况秦吴兮絶國〔二〕，復燕宋兮千里〔三〕。或春苔兮始生，乍秋風兮暫起〔四〕。是以行子腸斷〔五〕，百感悽惻〔六〕。風蕭蕭而異響〔七〕，雲漫漫而奇色〔八〕。舟凝滯於水濱，車逶迤於山側①〔九〕，棹容與而詎前〔一〇〕，馬寒鳴而不息〔一一〕。掩金觴而誰御〔一二〕，横玉柱而沾軾②〔一三〕。居人愁卧〔一四〕，怳若有亡③〔一五〕。日下壁而沉彩④〔一六〕，月上軒而飛光〔一七〕。見紅蘭之受露〔一八〕，望青楸之罹霜⑤〔一九〕。

巡層楹而空掩⑥〔二〇〕，撫錦幕以虛涼〔二一〕。知離夢之躑躅〔二二〕，意別魂之飛揚〔二三〕。故別雖一緒⑦，事乃萬族〔二四〕。至若龍馬銀鞍〔二五〕，朱軒繡軸〔二六〕。帳飲東都⑧〔二七〕，送客金谷〔二八〕。琴羽張兮簫鼓陳〔二九〕，燕趙歌兮傷美人〔三〇〕。珠與玉兮艷暮秋，羅與綺兮嬌上春〔三一〕。驚駟馬之素沫⑨〔三二〕，聳淵魚之赤鱗〔三三〕。造攜手而銜涕⑩，各寂寞而傷神⑪〔三四〕。

乃有劍客慚恩〔三五〕，少年報士〔三六〕。韓國趙厠〔三七〕，吴宮燕市〔三八〕。割慈忍愛，離邦去里〔三九〕。瀝泣共訣，刎血相視⑫〔四〇〕，驅征馬而不觀⑬，見行塵之時起〔四一〕。方銜感於一劍〔四二〕，非買價於泉裏〔四三〕。金石震而色變〔四四〕，骨肉悲而心死〔四五〕。

或乃邊郡未和〔四六〕，負羽從軍〔四七〕。遼水無極〔四八〕，鴈山慘雲⑭〔四九〕。閨中風暖〔五〇〕，陌上草薰〔五一〕。日出天而耀景，露下地而騰文〔五二〕。鏡朱塵之炤爛〔五三〕，襲青氣之煙熅〔五四〕。攀桃李兮不忍別，送愛子兮沾羅裙〔五五〕。

至如一赴絶國⑮，詎相見期〔五六〕。視喬木兮故里，決北梁兮永辭〔五七〕。顧左右兮魄動⑯〔五八〕，視親賓兮淚滋⑰〔五九〕。可班荆兮增恨〔六〇〕，唯樽酒兮敘悲〔六一〕。值秋鴈兮飛日，當白露兮下時〔六二〕。怨復怨兮遠山曲，去復去兮長河湄〔六三〕。

又若君居淄右，妾家河陽〔六四〕，同瓊珮之晨照〔六五〕，共金鑪之夕香〔六六〕。君結綬兮千里〔六七〕，惜瑶草之徒芳〔六八〕。慙幽宫之琴瑟⑱〔六九〕，晦高臺之流黄⑲〔七〇〕。春閨閟此青苔色⑳〔七一〕，秋帳含兹明月光㉑〔七二〕。夏簟青兮晝不暮，冬釭凝兮夜何長㉒〔七三〕。織錦曲兮泣已盡，迴文詩兮影獨傷〔七四〕。

儻有華陰上士，服食還仙㉓〔七五〕，術將妙而猶學㉔，道已寂而未傳〔七六〕。守丹竈而不顧〔七七〕，鍊金鼎而方堅〔七八〕。駕鶴上漢，驂鸞騰天〔七九〕。暫遊萬里，少别千年〔八〇〕。惟世間兮重别，謝主人兮依然〔八一〕。

下有芍藥之詩，佳人之歌〔八二〕，桑中衛女，上宫陳娥〔八三〕。春草碧色，春水渌波㉕。送君南浦，傷如之何〔八四〕！乃至秋露如珠〔八五〕，秋月如珪〔八六〕。明月白露，光陰往來㉖〔八七〕。與子之别，思心徘徊〔八八〕。

是以别方不定，别理千名〔八九〕。有别必怨，有怨必盈。使人意奪神駭，心折骨驚㉗〔九〇〕。雖淵雲之墨妙〔九一〕，嚴樂之筆精〔九二〕；金閨之諸彦〔九三〕，蘭臺之羣英〔九四〕；賦有淩雲之稱〔九五〕，辨有雕龍之聲㉘〔九六〕，詎能摹暫離之狀，寫永訣之情者乎〔九七〕？

【校記】

①「逶迤」張本、梁本、《文選》卷十六、《藝文類聚》卷十六作「逶遲」。

②「玉柱」原作「玉筯」，今據《彙注》本、張本、梁本、《文選》、《藝文類聚》改。

③「脱」《彙注》本、張本、梁本、《文選》、《藝文類聚》作「悦」。

④「彩」梁本作「影」。

⑤「罹」《文選》作「離」。

⑥「層」《文選》李善本作「曾」。

⑦「故」《藝文類聚》作「爾乃」。

⑧「悵」《彙注》本、張本、《文選》、《藝文類聚》作「帳」。

⑨「素」《彙注》本、《文選》作「仰」。

⑩「攜手」《彙注》本、張本、梁本、《文選》、《藝文類聚》作「分手」。

⑪「各寂寞」《彙注》本、張本、梁本、《文選》六臣本作「咸寂寞」，《文選》李善本作「感寂漠」，《藝文類聚》作「感寂寞」。

⑫「例」《彙注》本、《文選》作「拉」。

⑬「觀」《彙注》本、張本、梁本、《文選》、《藝文類聚》作「顧」。

⑭「慘」《彙注》本、張本、梁本、《文選》作「參」。

⑮「赴」《彙注》本作「去」。

⑯「顧左右兮魄動」《彙注》本、《文選》作「左右兮魂動」，梁本無「顧」字。

⑰「視親賓」《彙注》本、梁本、《文選》無「視」字。

⑱「蹔幽宫」《彙注》本作「暫幽閨」，梁本作「慚幽閨」。

⑲「晦高臺之流黄」《藝文類聚》作「悔臺上之流黄」。

⑳「春閨」《彙注》本、梁本、《文選》作「春宫」。

㉑「含」《藝文類聚》作「涵」。

㉒「缸」《彙注》本、梁本、《文選》、《藝文類聚》作「釭」。

㉓「仙」《文選》李善本作「山」。

㉔「將」《彙注》本、梁本、《文選》作「既」。

㉕「渌波」張本、梁本作「緑波」。

㉖「明月白露光陰往來」原作「明月白露兮陰景往來」，今據《彙注》本、張本、梁本、《文選》改。

㉗「折」《藝文類聚》作「摧」。

㉘「辨」《彙注》本、《文選》作「辯」。

【箋注】

〔一〕「黯然」二句：《文選》李善注：「言黯然魂將離散者，唯别而然也。夫人魂以守形，魂散則形斃，今别而散，明恨深也。」吕向注：「黯然，失色貌。」《校注》：「黯然：心情沮喪慘淡貌。」

〔二〕秦吴兮絶國：　絶國，極其遼遠之邦國。《史記》卷一百十一《衛將軍驃騎列傳》：「因前使絶國功，封騫博望侯。」《校注》：「秦、吴：　皆古國名。　秦在今陜西一帶，吴在今江、浙一帶。」

〔三〕燕宋兮千里：　《校注》：「燕、宋：　亦古國名。　燕在今河北一帶，宋在今河南東部。」按以上二句《文選》李善注：「言秦、吴、燕、宋四國，川塗既遠，别恨必深，故舉以爲況也。」

〔四〕「或春苔」二句：　《校注》：「乍：　忽然。　暫：　與『始』互文同義。」按此二句《文選》李善注：「言此二時，别恨逾切。」

〔五〕行子腸斷：　《文選》卷二十七魏文帝《燕歌行》：「羣燕辭歸雁南翔，念君客遊思斷腸。　慊慊思歸戀故鄉，何爲淹留寄他方。」鮑照《代東門行》：「居人掩閨卧，行子夜中飯。　野風吹秋木，行子心腸斷。」

〔六〕百感悽惻：　《吴越春秋·勾踐伐吴外傳》：「軍士各與父兄昆弟取訣，國人悲哀，皆作離别相去之詞。　……於是觀者莫不悽惻。」《文選》卷二十六陸機《赴洛詩二首》之二：「歲月一何易，寒暑忽已革，載離多悲心，感物情悽惻。」《校注》：「悽惻：　悲傷，痛心。」按以上四句《文選》吕延濟注：「行者多以此時感物悽傷矣。　稱百，言多也。」

〔七〕風蕭蕭而異響：　《史記》卷八十六《刺客·荆軻傳》：「高漸離擊筑，荆軻和而歌，爲變徵之聲，士皆垂淚涕泣。　又前而歌曰：『風蕭蕭兮易水寒，壯士一去兮不復還！』」《文選》卷十七王褒《洞簫賦》：「翔風蕭蕭而逕其末兮，迴江流川而溉其山。」謝靈運《夜宿石門》：「鳥鳴識夜悽，木落知風發，異音同至聽，殊響俱清越。」

〔八〕雲漫漫而奇色：《管子·四時》：「五漫漫，六惛惛，孰知之哉！」房玄齡注：「漫漫，曠遠貌。」《文選》卷七揚雄《甘泉賦》：「正瀏濫以弘惝兮，指東西之漫漫。」李善注：「漫漫，無涯際之貌也。」按以上二句《文選》張銑注：「恨爲離别，覺風雲改於常。」《校注》：「異響、奇色：指風聲和雲色不同於尋常。爲移情於物所致。」

〔九〕「舟凝滯」二句：《楚辭》屈原《九章·涉江》：「船容與而不進兮，淹回水而凝滯。」《文選》卷五十三李康《運命論》：「俛仰尊貴之顔，逶迆勢利之間。」張銑注：「逶迆，行皃。」《校注》：「凝滯：停止不前。逶迤：徘徊不進貌。」按以上二句《文選》吕向注：「將爲水陸之别。」

〔一〇〕棹容與而詎前：容與，徘徊猶豫、躊躇不前貌。《楚辭·離騷》：「忽吾行此流沙兮，遵赤水而容與。」蔣驥注：「容與，回翔貌。」游國恩纂義：「容與即猶豫，亦即夷猶，躊躇不前之意。」《校注》：「棹：船槳，指代船。容與：徐動貌。詎前：猶言不前。詎，豈。」

〔一一〕寒鳴：《校注》：「寒鳴：悲鳴。」按以上二句《文選》李周翰注：「棹，檝也。容與，不進貌。皆惜别之意。」

〔一二〕掩金觴而誰御：《藝文類聚》卷三十九引魏曹植《侍太子坐詩》：「白日曜青春，時雨静飛塵。寒冰辟炎景，涼風飄我身。清醴盈金觴，肴饌縱横陳。」謝朓《三日侍宴曲水代人應詔》：「金觴摇蕩，玉俎推移。筵浮水豹，席擾雲螭。」曹融南注：「金觴：金質酒杯。」

《校注》：「掩：覆蓋。觴：酒杯。御：進。指喝酒。」

〔一三〕横玉柱而沾軾：玉柱，玉製的弦柱，亦指代琴、瑟、箏等弦樂器。柱，樂器上的繫弦木。《文選》李善注：「鼓瑟者於弦設柱，然琴有柱，以玉爲之。袁淑《止情賦》曰：『解蘊麝之芳衾，陳玉柱之鳴箏。』」按以上二句《文選》吕延濟注：「掩，覆也。觴，酒杯也，以金爲之。瑟有柱，以玉爲之。言行子覆杯，捨瑟登車而去，涕淚霑軾也。」《校注》：「沾軾：淚濕車軾。宋玉《九辯》：『涕潺湲兮下霑軾。』軾，車前横木，可供乘車人憑靠。以上兩句寫行者覆酒罷彈，登車而去。」

〔一四〕居人愁卧：居人，家居之人。《詩·鄭風·叔于田》：「叔于田，巷無居人。」鮑照《代東門行》：「居人掩閨卧，行子夜中飯。野風吹草木，行子心腸斷。」《校注》：「居人：家人，與上『行子』相對。」

〔一五〕怳若有亡：《文選》卷二十九曹植《朔風詩》：「别如俯仰，怳若三秋。」吕向注：「俯仰之間，忽如三秋也。怳，猶忽也。」《校注》：「亡：失。」

〔一六〕日下壁而沉彩：《校注》：「沉彩：謂落日下沉，光彩被墻壁隱没。」

〔一七〕月上軒而飛光：《藝文類聚》卷四引宋南平王劉鑠《七夕詠牛女詩》：「沉情未申寫，飛光已飄忽。來對眇難期，今歡自茲没。」《校注》：「軒：窗欄。」按以上二句《文選》吕向注：「落日下隱於壁，升月上照於軒。」

〔一八〕紅蘭：《文選》李周翰注：「蘭至秋，色紅也。」

〔一九〕望青楸之罹霜：楸，木名。《楚辭》屈原《九章・哀郢》：「望長楸而太息兮，涕淫淫其若霰。」《校注》：「罹：遭受。通『離』。」

〔二〇〕巡層楹而空掩：鮑照《詠雙燕》：「雙燕戲雲崖，羽翰始差池。出入南闈裏，經過北堂垂。意欲巢君幙，層楹不可窺。」《文選》李善注：「掩，掩涕也。」《校注》：「層楹：高大的屋宇。楹，屋柱，代指房屋。」

〔二一〕撫錦幕以虛涼：《校注》：「幕：帷幕。以上二句寫居人寂寞清涼。」按以上二句《文選》吕延濟注：「巡，歷。層，高。楹，柱也。歷高柱掩泣也。錦幕，錦帳也。虛涼，悲涼也。」

〔二二〕知離夢之躑躅：《文選》卷二十九《古詩十九首・東城高且長》：「馳情整中帶，沈吟聊躑躅。」李周翰注：「躑躅，行不進貌。」同上書卷二十二陸機《招隱詩》：「明發心不夷，振衣聊躑躅。」

〔二三〕意别魂之飛揚：《文選》李善注：「曹植《悲命賦》曰：『哀魂靈之飛揚。』」《校注》：「意：料想。飛揚：謂魂夢無着落。表示心神不安。以上二句爲居人設想遊子之辭。」按以上二句《文選》劉良注：「居人既涕泣相思，則意知行子離夢躑躅不進，别魂飛揚不安。」

〔二四〕「故别雖一緒」二句：《校注》：「一緒：同一件事。族：類。」

〔二五〕至若龍馬銀鞍：龍馬，指駿馬。《周禮・夏官・廋人》：「馬八尺以上爲龍。」謝朓《送遠曲》：「方衢控龍馬，平路騁朱輪。」《樂府詩集》卷六十三辛延年《羽林郎》：「不意金吾子，娉婷過我廬。銀鞍何煜爚，翠蓋空踟躕。」

〔二六〕朱軒繡軸：《文選》李善注：「《尚書大傳》曰：『未命爲士不得朱軒。』鄭玄曰：『軒，輿也。士以朱飾之軒車通稱也。』」《校注》：「軒：車的通稱。軸：車軸。代指車。」

〔二七〕悵飲東都：《文選》卷二十一張協《詠史》：「昔在西京時，朝野多歡娱。藹藹東都門，羣公祖二疏。朱軒曜金城，供帳臨長衢。達人知止足，遺榮忽如無。抽簪解朝衣，散髮歸海隅。行人爲隕涕，賢哉此丈夫。揮金樂當年，歲暮不留儲。顧謂四座賓，多財爲累愚。」李善注引《漢書》曰：「疏廣字仲翁，東海人也。明《春秋》，爲太子太傅。兄子受，字公子，亦以賢良爲太子家令。廣謂受曰：『吾聞知足不辱，知止不殆。今仕至二千石，功成名立，如此不去，懼有後悔。豈如父子相隨出關，歸老故鄉，以壽命終，不亦善乎？』遂上疏乞骸骨。上以其年篤老，皆許之，加賜黄金二十斤，皇太子賜五十斤。公卿大夫，故人邑子，爲設祖道供帳東都門外，送車數百兩。辭訣而去。道路觀者曰：『賢哉二大夫！』或歎息爲之下泣。廣既歸鄉里，日令家共具設酒食，請族人故舊賓客，與相娱樂。居歲餘，廣子孫竊謂其昆弟老人廣所愛信者曰：『子孫幾及君時頗立産業基址，今日飲食費且盡，宜從丈人所勸説君買田宅。』老人即以閒暇時爲廣言此計，廣曰：『吾豈老誖，不念子孫哉？賢而多財，則損其志；愚而多財，則益其過。金者，聖主所以惠養老臣也。故樂與鄉黨宗族共饗其賜，以盡吾餘日，不亦可乎？』於是族人悦服。皆以壽終。」吕延濟注：「東都門，長安東門也。」按李善注所引，見《漢書》卷七十一《疏廣傳》而略有删減。

〔二八〕送客金谷：《文選》卷二十潘岳《金谷集作詩》：「朝發晉京陽，夕次金谷湄。」《校注》：「金谷：地名，在洛陽西北，西晉豪富石崇在此造有別墅，世稱金谷園。《文選》李善注引石崇《金谷詩序》：『余元康六年，從太僕卿出爲使持節青徐諸軍事、征虜將軍，有別廬在河内縣金谷澗中，時征西將軍祭酒王詡當還長安，余與衆賢共送澗中。』送客金谷指此。」

〔二九〕琴羽張：《校注》：「琴羽張：言琴奏羽聲。羽，五音之一，其聲慷慨，見《史記·刺客列傳》。」

〔三〇〕燕趙歌：《校注》：「燕、趙：皆古國名。趙在今山西一帶。古詩：『燕趙多佳人，美者顔如玉。』二地古代以出歌女著名。」按以上二句《文選》李周翰注：「琴而奏羽聲，與簫鼓雜陳，燕趙美人清歌以和之。睹别離之事，亦爲悲傷也。」

〔三一〕「珠與玉」二句：上春，孟春，指農曆正月。《周禮·春官·天府》：「上春，釁寶鎮及寶器。」鄭玄注：「上春，孟春也。」張衡《西京賦》：「上春候來，季秋就温，南翔衡陽，北棲雁門。」李善注：「《禮記》曰：『孟春鴻來。』」《文選》吕延濟注：「盛飾伎樂，暮秋之月，珠玉照之生光，色也；上春之時，綺羅對之增容，姿也。」《校注》：「珠、玉、羅、綺：指美女的服飾。艷暮秋、嬌上春：謂美女的嬌艷富麗勝過春秋二季的自然景色。」

〔三二〕驚駟馬之素沫：《太平御覽》卷四十引《慎子》：「河之下龍門，其流駛如竹箭，駟馬追走弗能及。」《史記》卷六十二《管晏列傳》：「其夫爲相御，擁大蓋，策駟馬，意氣揚揚，甚自得也。」《校注》：「駟馬：古代一乘車駕四匹馬，稱駟馬。」素沫：白沫。《藝文類聚》卷七十六引梁武帝《如炎詩》：「金波揚素沫，银浪翻緑萍。」此指馬嘴中所吐之唾沫。

〔三三〕聳淵魚之赤鱗：《文選》劉良注：「伯牙彈琴，潭魚出聽；瓠巴鼓瑟，駟馬仰秣，皆聽樂之所致也。鱗，亦魚也。」《校注》：「聳：驚動。鱗：指魚。」按《韓詩外傳》卷六：「昔者瓠巴鼓瑟，而潛魚出聽；伯牙鼓琴，而六馬仰秣。」當爲以上二句之所出。然江淹别出奇意，故不曰「仰秣」而云「素沫」耳。

〔三四〕「造攜手」二句：《文選》卷二十九李陵《與蘇武三首》之三：「攜手上河梁，遊子暮何之？徘徊蹊路側，悢悢不能辭。」《校注》：「造：至。」按此二句《文選》張銑注：「造，至也。雖樂聲之妙，宴緒之樂，至於分手爲别，皆銜涕傷神。」

〔三五〕劍客慙恩：劍客，精於劍術之人。《漢書》卷五十四《李廣傳附李陵傳》：「臣所將屯邊者，皆荆楚勇士，奇材劍客也。」《後漢書》卷二十四《馬援傳附馬廖傳》：「吴王好劍客，百姓多創瘢；楚王好細腰，宫中多餓死。」《校注》：「慙恩：猶言感恩。慙，感激。」

〔三六〕報士：《校注》：「報士：指報答待以國士的知遇之恩。《史記·刺客列傳》載豫讓語：『至於智伯，國士遇我，我故國士報之。』」

〔三七〕韓國趙厠：《校注》：「韓國：指戰國時聶政刺殺俠累事。韓國嚴仲子與韓相俠累有讎，逃亡至齊，以百金交聶政。聶政感其意而辭其金，爲之至韓刺死俠累。趙厠：指戰國初豫讓欲刺趙襄子事。豫讓事晉國智伯，極受尊寵，後智伯爲趙襄子所滅，豫讓便改名化裝充作賤役，入趙襄子宮中粉刷厠壁，欲伺機行刺趙襄子。故此云『趙厠』。」

〔三八〕吴宫燕市：《校注》：「吴宫：指春秋時專諸刺殺吴王僚事。吴公子光欲殺王僚自立，假意宴請僚，使專諸置匕首於魚腹中，乘獻食之機刺殺僚。燕市：指荆軻刺秦王事。荆軻與高漸離飲於燕市，後受燕太子丹恩遇，爲丹赴秦刺秦王，事未成而被殺。以上數事皆見《史記·刺客列傳》。」

〔三九〕「割慈忍愛」二句：《校注》：「慈：謂父母。愛：謂妻子。邦：國。里：鄉里。」《文選》吕延濟注：「謂别父母，去鄉里也。」

〔四〇〕「瀝泣共訣」二句：刎血：謂割頸灑血。《漢書》卷五十四《蘇建傳附蘇武傳》：「伏劍自刎。」顔師古注：「刎，斷也，斷其頭也。」《校注》：「瀝泣：灑淚。」

〔四一〕「驅征馬」二句：《文選》張銑注：「志士專一，去不反顧，但見馬行塵起。」

〔四二〕銜感於一劍：《校注》：「銜感：銜感恩德。一劍：謂以一劍相報，即通過行刺來報答恩德。」

〔四三〕買價於泉裏：買價，求價，求取金錢。《校注》：「買價：謂沽名釣譽。泉裏：黄泉之中。」

按以上二句《文選》李善注：「言銜感恩遇，故效命於一劍，非買價於泉壤之中也。」吕向注：「以劍刺人而自死者，此感國士之義，豈求價於黄泉哉？」

〔四四〕金石震而色變：《校注》：「金石：指鐘磬一類樂器。《文選》李善注引《燕丹子》：『荆軻與武陽入秦，秦王陛戟而見燕使，鼓鐘并發，羣臣皆呼萬歲，武陽大恐，面如死灰色。』」

〔四五〕骨肉悲而心死：《校注》：「骨肉：骨肉之親。此指聶政之姊聶嫈。聶政刺殺俠累後，即自破面決眼剖腹而死。韓取政屍暴於市，命能識其人者與千金。久之，莫能識。其姊嫈至韓市伏屍而哭，當場宣佈聶政姓名，曰：『妾其奈何畏歿身之誅，終滅賢弟之名！』乃哀哭而死。見《史記·刺客列傳》。心死：《莊子·田子方》：仲尼曰：『哀莫大於心死。』」

〔四六〕邊郡：《漢書》卷九十九《王莽傳》：「粟米之内曰内郡，其外曰近郡，有鄣徼者曰邊郡。合百二十有五郡。」

〔四七〕負羽從軍：負羽，背負羽箭。謂從軍出征。《漢書》卷八十七上《揚雄傳上》載揚雄《羽獵賦》：「賁育之倫，蒙盾負羽，杖鏌邪而羅者以萬計。」《校注》：「羽：指箭。」《文選》吕延濟注：「箭有羽，從軍負之於背而行。」

〔四八〕遼水無極：《文選》卷二十四曹植《又贈丁儀王粲》：「山岑高無極，涇渭揚濁清。」《玉臺新詠》卷十宋孝武帝《丁督護歌二首》之二：「黄河流無極，洛陽數千里。坎軻戎途間，何由見歡子。」《校注》：「遼水：即今遼寧境内的遼河。」

〔四九〕鴈山：《校注》：「雁山：即雁門山。在今山西境内。遼水、雁山泛指邊塞。」

〔五〇〕閨中風暖：孫綽《蘭亭詩》：「姑洗斡運，首陽穆闈。嘉卉萋萋，温風煖煖，言滌長瀨，聊以遊眼。」鮑照《園葵賦》：「風暖淩開，土冒烝動。遊塵曝日，鳴雉依隴。」

〔五一〕陌上草薰：《文選》李善注：「薰，香氣也。」按以上二句《文選》張銑注：「謂春時也。閨，房。陌，路。薰，香也。」

〔五二〕「日出天」二句：《晉書》卷九十二《庾闡傳》：「焕乎若望舒燿景而焯羣星，矯乎若翔鸞拊翼而逸宇宙也。」《文選》吕向注：「曜景，曜光景也。騰文，依於草樹騰其文章。」《校注》：「耀景：照耀着光輝。騰文：閃耀着光彩。」

〔五三〕鏡朱塵之炤爛：《文選》卷一班固《西都賦》：「增盤崔嵬，登降炤爛。」李善注：「《廣雅》曰：『炤，明也，音照。爛，亦明也。』」炤爛，猶照爛，明亮燦爛。《史記》卷一百十七《司馬相如列傳》：「衆色炫燿，照爛龍鱗。」裴駰集解：「郭璞曰：『如龍之鱗采。』」《漢書》卷五十七上《司馬相如傳上》顏師古注：「言采色相耀，若龍鱗之間雜也。」《校注》：「鏡：映照。」

〔五四〕襲青氣之煙熅：《文選》李周翰注：「青氣，薰爐中香青煙也。」《校注》：「襲：侵襲。青氣：春天之氣。煙熅：同『氤氲』，氣濃郁貌。」以上釋青氣各異，今并録之以備考。

〔五五〕「攀桃李」二句：《文選》李善注：「言當盛春之時而分別，不忍也。」吕延濟注：「桃李，喻夫妻也。霑裙，涕淚霑於裙也。」按《校注》云：「桃李：曹植《雜詩》：『南國有佳人，容華若桃李。』此指妻妾。本集《與交友論隱書》：『猶以妻孥未奪，桃李須陰。』亦以桃李喻妾。此二句與上文『割慈忍愛』一句相照應。」釋桃李異，今録以備考。

〔五六〕「至如」二句：《文選》李善注引《琴道》：「雍門周以琴見孟嘗君，孟嘗君曰：『先生鼓琴，亦能令悲乎？』周曰：『臣之所能令悲者，無故生離，遠赴絶國，無相見期。臣爲一揮琴而太息，未有不悽愴而流涕者。』」《校注》：「詎相見期：豈有相見之期。劉向《説苑·善説》：『交歡相愛，無怨而生離，遠赴絶國，無復相見之時。』」

〔五七〕「視喬木」二句：故里，猶舊里、故鄉。《文選》卷二十九《古詩十九首·去者日以疎》：「白楊多悲風，蕭蕭愁殺人。思還故里閭，欲歸道無因。」按此二句《文選》張銑注：「故里有喬木，故視而識之。北梁，分别之地。訣，别。永，長也。」《校注》：「北梁：北面的橋梁。永辭：永别。王充《論衡·佚文》：『睹喬木，知舊都。』王褒《九懷·陶壅》：『濟江海兮蟬蜕，絶北梁兮永辭。』以上二句本此。」

〔五八〕魄動：《校注》：「魄動：謂左右僕從因别離而心魂震驚。」

〔五九〕親賓兮淚滋：《晉書》卷七十一《高崧傳》：「是時謝萬爲豫州都督，疲於親賓相送，方卧在室。崧徑造之。」《文選》卷二十九蘇武《詩四首》之三：「握手一長歎，淚爲生别滋。」李周翰注：「言以淚爲生别之後益相思也。滋，益也。」《校注》：「淚滋：流下很多眼淚。滋，增多。」

〔六〇〕班荆：《左傳・襄公二十六年》：「伍舉奔鄭，將遂奔晉。聲子將如晉，遇之於鄭郊，班荆相與食，而言復故。」杜預注：「班，布也。布荆坐地，共議歸楚事。」陶淵明《飲酒》詩之十五：「班荆坐松下，數斟已復醉。」《校注》：「班荆：鋪荆草於地而坐。」

〔六一〕樽酒：杯酒。《易・坎》：「樽酒簋貳，用缶。」《文選》卷二十九蘇武《古詩四首》之一：「我有一樽酒，欲以贈遠人。」按以上二句《文選》李周翰注：「於路側折荆布地，坐而置酒，以展敘別離之恨。」

〔六二〕白露兮下時：《管子・五行》：「然則涼風至，白露下。」

〔六三〕河湄：《文選》李善注：「《毛詩》曰：『居河之湄。』《爾雅》曰：『水草交曰湄。』」《校注》：「湄：水邊。」

〔六四〕「又若」二句：《校注》：「淄右：淄水之西。淄水在今山東境内。河陽：黄河北岸。」

〔六五〕瓊珮：玉佩。《楚辭》屈原《離騷》：「何瓊佩之偃蹇兮，衆薆然而蔽之。」王逸章句：「偃蹇，衆盛貌。言我佩瓊玉，懷美德，偃蹇而盛。衆人薆然而蔽之，傷不得施用也。」《藝文類聚》卷四引晉蘇彦《七月七日詠織女詩》：「時來嘉慶集，整駕巾玉箱。瓊珮垂藻蕤，霧裾結雲裳。」

〔六六〕金鑪：桓寬《鹽鐵論・貧富》：「歐冶能因國君之銅鐵以爲金鑪大鍾，而不能自爲壺鼎盤杅，無其用也。」馬非百注：「金爐，疑即金香爐。《西京雜記》：『趙飛燕爲皇后，其女弟遺以五層金博香爐。』」按以上二句《文選》張銑注：「言新婚也。晨照，謂晨興佩光照曜。」《校注》：「以上二句追敘離别前的新婚生活。」

〔六七〕結綬兮千里：結綬，佩繫印綬，謂出仕爲官。《漢書》卷七十八《蕭育傳》：「少與陳咸、朱博爲友，著聞當世。往者有王陽、貢公。故長安語曰：『蕭朱結綬，王貢彈冠。』言其相薦達也。」按《文選》卷二十一顔延之《秋胡行》：「脱巾千里外，結綬登王畿。」李善注：「巾，處士所服。綬，仕者所佩。今欲宦於陳，故脱巾而結綬也。」張銑注：「巾，布衣之服。綬，職事所服。千里，謂陳國，王者所起，故曰王畿。」此句由此變化而出。

〔六八〕瑶草之徒芳：《文選》吕向注：「瑶草，香草，以自喻也。言君去千里，徒爲芬芳。」《校注》：「瑶草：一名荒夫草，神話中草名。見《山海經·中山經》及郭璞注。此女子用以自喻。」

〔六九〕幽宫：深宫。《玉臺新詠》卷九蕭子顯《春别四首》之二「幽宫積草自芳菲，黄鳥芳樹情相依。」

〔七〇〕晦高臺之流黄：流黄，褐黄色織物，指絹。《樂府詩集》卷三十四《相逢行》：「大婦織綺羅，中婦織流黄，小婦無所爲，挾瑟上高堂。」《校注》：「晦：昏暗不明。此言女子爲離别所苦，無心織績，致使織機上的流黄積滿灰塵，失去了光澤。」按以上二句《文選》李善注：「張載《擬四愁詩》曰：『佳人贈我筒竹布，何以報之流黄素。』《環濟要略》曰：『間色有五，紺、紅、縹、紫、流黄也。』」李周翰注：「琴瑟不張，故暫焉。流黄，素名。言愁多，視之不識。」

〔七一〕春閨閟此青苔色：春閨，女子的閨房。《玉臺新詠》卷八南朝宋吴孜《春閨怨》：「玉關信使斷，借問不相諳。春光太無意，窺窗來見參。」《漢書》卷九十七下《外戚下・孝成班倢伃傳》：「潛玄宮兮幽以清，應門閉兮禁闥扃。華殿塵兮玉階苔，中庭萋兮綠草生。」《校注》：「閟：深閉。此句言室中佈滿青苔。即本集《青苔賦》『蕪階翠地，繞壁點墻』之意。」

〔七二〕秋帳含茲明月光：《文選》卷二十九魏文帝《雜詩二首》之一：「俯視清水波，仰看明月光。天漢迴西流，三五正從横。」

〔七三〕「夏簟」二句：《校注》：「簟：竹席。釭：燈。凝：謂膏燭凝凍。本集《青苔賦》有『冬膏既凝』之句。」按以上四句《文選》吕延濟注：「言四時相思也。閟，閉也。不暮，言其日長也。釭凝，謂燈明也。」

〔七四〕織錦曲：《文選》李善注引《迴文詩序》：「竇韜秦州被徙沙漠，其妻蘇氏，秦州臨去别蘇，誓不更娶。至沙漠，便娶婦。蘇氏織錦，端中作此迴文詩以贈之。苻國時人也。」《晉書》卷九十六《列女・竇滔妻蘇氏傳》：「竇滔妻蘇氏，始平人也。名蕙，字若蘭。善屬文。滔，苻堅時爲秦州刺史，被徙流沙，蘇氏思之，織錦爲迴文旋圖詩以贈滔。宛轉循環以讀之，詞甚悽惋，凡八百四十字。」《校注》：「回文詩：是古代一種從正反、横直、旁斜均可讀出文意的詩。」按此二句《文選》劉良注：「織錦爲迴文詩，使成章句，以寄於夫。思念别離，故泣盡影傷也。」

〔七五〕「儻有」二句：《文選》卷五十三嵇康《養生論》：「又呼吸吐納，服食養身，使形神相親，表裏俱濟也。」鮑照《代淮南王》：「淮南王，好長生，服食練氣讀仙經。」《太平御覽》卷六百六十一引《蘇林傳》：「林字子玄，濮陽曲水人也。父秀，含德隱曜，居於恒山林。少稟異操，至趙，師琴高先生授鍊氣益命之道，又師華山仇先生授還神之術。」按此二句《文選》李善注引《列仙傳》：「修芊者，魏人也。華陰山下石室中有龍石，叚其上，取黄精食之。後去，不知所之。」《校注》：「儻：或。華陰：華陰山，即華山，在今陝西華陰縣境内。上士：指修仙得道之人。服食：道家服用丹藥以求長生爲服食。還仙：謂成仙。」

〔七六〕道已寂而未傳：《校注》：「寂：静。道已寂，謂道術已達到物我兩忘的境界，即本集《丹砂可學賦》所説的『乃凝虚斂一，守仙閉方。智寂術盡，魄兀心亡』之意。未傳，謂未得真傳。」

〔七七〕守丹竈而不顧：《文選》李善注：「《南越志》曰：『長沙郡瀏陽縣東有王喬山，山有合丹竈。』不顧，不顧於世也。」

〔七八〕鍊金鼎而方堅：鮑照《代淮南王》：「琉璃藥椀牙作盤，金鼎玉匕合神丹。」《文選》李善注：「練金鼎，練金爲丹之鼎也。」按以上二句《校注》云：「丹竈：道家煉丹的竈。金鼎：煉丹鼎。不顧：不旁顧，謂專心一致。方堅：謂意志正堅。」

〔七九〕「駕鶴」二句：《文選》李善注引《列仙傳》：「王子晉吹笙作鳳鳴，遊伊洛之間，道士浮丘公接上嵩高。三十餘年後，上見桓良曰：『告我家，七月七曰，待我緱氏山頭。』果乘白鶴住山。下望之不能得到。舉手謝世人，數日去。祠於緱山下。」引雷次宗《豫章記》：「洪井西鸞岡、鶴嶺，舊説洪崖先生與子晉乘鸞鶴所憩於此。」又引張僧鑒《豫章記》：「洪井有鸞岡，舊説云洪崖先生乘鸞所憩處也。鸞岡西有鶴嶺，王子喬控鶴所經過處。」《校注》：「驂：亦駕之意。」

〔八〇〕「暫遊」二句：鮑照《代昇天行》：「暫遊越萬里，少别數千齡。」此襲用之。

〔八一〕謝主人兮依然：《校注》：「謝：辭别。依然：依戀不舍。」

〔八二〕「下有」二句：芍藥之詩，《詩·鄭風·溱洧》：「維士與女，伊其相謔，贈之以勺藥。」毛傳：「勺藥，香草。」鄭玄箋：「伊，因也。士與女往觀，因相與戲謔，行夫婦之事。其别則送女以勺藥，結恩情也。」芍藥，即「勺藥」。佳人之歌，《漢書》卷九十七上《外戚·孝武李夫人傳》：「延年侍上起舞，歌曰：『北方有佳人，絶世而獨立。一顧傾人城，再顧傾人國。寧不知傾城與傾國，佳人難再得。』」按清吴景旭《歷代詩話》卷二：「《埤雅》：『牛亨問曰：「將離相贈以勺藥，何也？」董子答曰：「勺藥一名可離，將别故贈之，亦猶相招贈之以文無，故文無一名當歸。」』江淹《别賦》下有『勺藥之詩』，正用此義。」

〔八三〕「桑中」二句：《詩·鄘風·桑中》：「期我乎桑中，要我乎上宫，送我乎淇之上矣。」毛傳：「桑中、上宫，所期之地。」朱熹集傳：「衛俗淫亂，世族在位，相竊妻妾。故此人自言將采唐於沬，而與其所思之人相期會迎送如此也。」《校注》：「衛、陳：皆古國名。衛在今河南北部、河北南部一帶。陳在今河南東南一帶。二地民歌多男女相悦相思之辭。」

〔八四〕「送君」二句：《楚辭》屈原《九歌·河伯》：「子交手兮東行，送美人兮南浦。」蔣驥注：「南浦，以在大河之南，故名。」按《文選》張銑注：「送君，送夫也。南浦，送別之處。」《校注》：「浦：水邊。此泛稱送別之地。」

〔八五〕秋露如珠：《文選》李善注引陸雲《芙蓉詩》：「盈盈荷上露，灼灼如明珠。」

〔八六〕秋月如珪：《文選》李善注引《遁甲開山圖》：「禹遊於東海，得玉珪，碧色，圓如日月。以自照，目達幽冥。」《校注》：「珪：瑞玉。」按以上二句《文選》吕向注：「露垂於草，其狀如珠。夏禹得玉珪，碧色，圓如日月。言秋月類之。」

〔八七〕光陰往來：《校注》：「光陰往來：光，亮。陰，暗。此寫月光和露珠交相輝映，乍明乍暗的情景，以襯托出離別時的徘徊不舍之情。」

〔八八〕思心徘徊：《文選》卷二十九蘇武《古詩四首》之二：「黄鵠一遠別，千里顧徘徊。胡馬失其羣，思心常依依。」李善注：「依依，思戀之貌也。」《藝文類聚》卷三十四引西晉向秀《思舊賦》：「惟古昔以懷念，心徘徊以躊躇。」

〔八九〕「是以」二句：《文選》李善注：「千名，言多也。」《校注》：「別方：離別所表現的方式。別理：離別所包涵的内容。此二句與上文『別雖一緒，事乃萬族』相照應。」

〔九〇〕心折骨驚：《校注》：「心折骨驚：當作『骨折心驚』，作者爲示新奇，有意交互其文。」

〔九一〕淵雲之墨妙：《文選》卷一班固《西都賦》：「乃有靈宫起乎其中，秦漢之所極觀，淵雲之所頌歎，於是乎存焉。」李善注：「《漢書》曰：王子淵爲《甘泉頌》。又曰：楊子雲奏《甘泉賦》。」同上書卷十潘岳《西征賦》：「長卿淵雲之文，子長政駿之史。」李善注：「司馬長卿、王子淵、揚子雲也。《史記》曰：司馬遷字子長，爲太史令，修《史記》，歷黄帝以來至太初，凡百三十篇。《漢書》曰：劉向字子政，元帝擢爲宗正，著《疾讒》、《擿要》、《救危》及《世頌》凡八篇，又著《五行傳》、《列女傳》、《新序》、《説苑》。又曰：劉歆字子駿，爲中壘校尉，爲《七略》。」

〔九二〕嚴樂之筆精：《文選》李善注：「《漢書》曰：嚴安，臨淄人也。徐樂，燕無終人也。上疏言時務，上召見，乃拜樂、安皆爲郎中。」按以上二句《文選》劉良注：「王褒字子淵，揚雄字子雲，嚴安、徐樂皆文章之士。故云墨妙筆精也。」

〔九三〕金閨之諸彦：《文選》李善注：「金閨，金馬門也。《史記》曰：金門，宦者署。承明、金馬，著作之庭。東方朔曰：公孫弘等待詔金馬門。」《校注》：「金閨：指漢長安金馬門。漢朝廷徵召天下才學之士，在此門待詔任官。」《文選》卷三十謝靈運《擬魏太子鄴中集詩八首》序：「天下良辰、美景、賞心、樂事，四者難并。今昆弟友朋，二三諸彦，共盡之矣。」按彦，賢士、俊才。《詩・鄭風・羔裘》：「彼其之子，邦之彦兮。」毛傳：「彦，士之美稱。」

〔九四〕蘭臺之羣英：《文選》李善注：「蘭臺，臺名也。傅毅、班固等爲蘭臺令史是也。《論衡》曰：孝明好文人，并徵蘭臺之官，文雄會聚。」《校注》：「蘭臺：東漢宫中藏書、著書、論學的地方。英：才華出衆的人。」

〔九五〕賦有淩雲之稱：《史記》卷一百十七《司馬相如列傳》：「相如既奏《大人》之頌，天子大説，飄飄有淩雲之氣，似遊天地之間意。」

〔九六〕辨有雕龍之聲：《史記》卷七十四《孟子荀卿列傳》：「騶奭者，齊諸騶子，亦頗采騶衍之術以紀文。……騶衍之術迂大而閎辯，奭也文具難施，淳于髡久與處，時有得善言。故齊人頌曰：『談天衍，雕龍奭，炙轂過髡。』」裴駰集解引劉向《别録》：「騶衍之所言五德終始，天地廣大，盡言天事，故曰『談天』。騶奭脩衍之文，飾若雕鏤龍文，故曰『雕龍』。」

〔九七〕「詎能」二句：永訣，永别，指死别。《文選》卷五十六潘岳《楊仲武誄》：「臨穴永訣，撫櫬盡哀。」鮑照《請假啓二首》之二：「天倫同氣，實惟一妹，存没永訣。不獲計見，封瘞泉壤臨送。」按以上二句《文選》李周翰注：「雖此數賢之才，不能摹寫别離情狀者。言苦危之志，不可述也。」

【集説】

元劉壎《隱居通議》卷五：江文通作《别賦》，首句云：「黯然而銷魂者，别而已矣。」詞高潔而意悠遠，卓冠篇首，屹然如山，後有作者，不能及也。惜其通篇止是齊、梁光景，殊欠古氣。此習流傳至唐，李太白諸賦不能變其體。

明楊慎《升菴詩話》卷三《四言詩自然句》：江淹《别賦》：「春草碧色，春水緑波。送君南浦，傷如之何！」取諸目前，不雕琢而自工，可謂天然之句。他如梁元帝「秋水文波，秋雲似羅。」唐羅昭《諫蟋蟀賦》「美人在何？夜影流波。與子佇立，徘徊思多」，抑其次也。近世知學六朝、初唐，而以飽飣生澀爲工，漸流于不通，有改「鶯啼」曰「鶯呼」，「猿嘯」曰「猿唳」，爲士林傳笑，安知此趣耶？

又前人《升菴集》卷五十二：佛經云：「奇草芳花，能逆風聞薰。」江淹《別賦》「閨中風暖，陌上草薰」，正用佛經語。《六一詞》云「草薰風暖搖征轡」，又用江淹語。今《草堂詞》改「薰」作「芳」，蓋未見《文選》者也。

明徐𤊹《徐氏筆精》卷三：鮑照《升天行》云「暫遊越萬里，近別數千齡」，江淹《別賦》「暫遊萬里，少別千年」，襲其語也。

明張溥《漢魏六朝百三家集題辭・江醴陵集題辭》：《恨》、《別》二賦，音制一變，長短篇章，能寫胸臆，即爲文字，亦《詩》、《騷》之意居多。

清何焯《義門讀書記》卷四十五《文選》一：「可班荆兮增恨，唯樽酒兮敘悲」，「增恨」、「敘悲」亦互文。

清孫月峰（于光華《文選集評》卷四引）：風度似前篇（按指《恨賦》），更覺飄逸，語亦更加婉至。

清許槤《六朝文絜箋注》卷一：立格與《恨賦》同，前以激昂勝，此以柔婉勝。

又云：起四字無限淒涼，一篇之骨。

又云：以下七段（指「乃有劍客慚恩」以下）極摹「黯然銷魂」四字，狀景寫物，縷縷入情。醴陵於六朝，的是鑿山通道巨手。

又云：（「春草碧色」數句）極自然，極幽秀，有淵涵不盡之致，想是筆花入夢時也。

又云：（「使人意奪神駭，心折骨驚」數句）一氣呵成，有天驥下峻阪之勢。

又云：（結尾二句）言盡意不盡。

清浦起龍《古文眉詮》：江郎《恨》、《別》兩賦并稱。寫恨如蠶死蠟灰，無還境矣，故不録。録《別賦》。行者居者，别時别後，八面淒其。

錢鍾書《管錐編·全梁文》卷三十三：《别賦》曰蓋「有别必怨，有怨必盈」，實即恨之一端，其所謂「一赴絶國，詎相見期」，詎非《恨賦》之「遷客海上，流戍隴陰」耶？然則《别賦》乃《恨賦》之附庸而蔚爲大國者，而他賦之於《恨賦》，不啻衆星之拱北辰也。

又云：《别賦》：「倘有華陰上士，服食還仙……駕鶴上漢，驂鸞騰天，暫遊萬里，少别千年，惟世間兮重别，謝主人兮依然。」按全賦惟此節偏枯不稱，殊爲布局之疵。别離一緒，情事兩端：居人傷行子，行子戀居人；二情當寫其一，庶符「黯然銷魂」之主旨。通篇或兼顧，或側重，未乖體要。李白《古風》之二十寫遇「古仙人」而「欣然願相從」，仍云：「泣與親友别，欲語再三咽。」此真《别賦》題中應有之義。江氏竟隻字不及，一若棄世學仙之士，忘情割愛，不復怨别傷離，猶可説也。然棄如脱屣之家人，必且瞻望勿及，泣涕如雨，痛生離之即死別，有如韓愈《誰氏子》：「非癡非狂誰氏子，去入王屋稱道士；白頭老母遮門啼，挽斷衫袖留不止；翠眉新婦年二十，載送還家哭穿市。」或《紅樓夢》第一回甄士隱隨瘋道士「飄飄而去」，其妻封氏「哭個死去活來」。乃衹以「重別」二字了之，絶未鋪陳「別必怨」而「怨必盈」之致，遂成缺負。「暫遊」兩句，李善僅註典故，未明其襲鮑照。照《代升天行》云：「從師入遠岳，結友事仙靈。風餐委松宿，雲卧恣天行。暫遊越萬里，少別數千齡。鳳臺無還駕，簫管有遺聲。何時與汝曹，啄腐共吞腥！」詞氣豪逸。淹貪摭好語，情逐之移，似亦賦游仙而非賦別矣。

曹道衡《江淹評傳》(《中國著名文學家評傳》)：《恨賦》和《別賦》也受鮑照的影響，然而總的來説，已更多江淹自己的特色。首先從文體上説，鮑照《蕪城賦》雖然也有較濃厚的駢儷化傾向，但仍有漢賦那種古奥的句法，散句也較多；而《恨賦》和《別賦》則對仗和聲律都比《蕪城賦》更講究一些。其次，《蕪城賦》的風格較爲雄渾，賦中出現的形象往往多用粗線條的勾畫；而《恨賦》和《別賦》則更偏於細膩的描寫和刻畫。這種差別，正是從晉宋文學向齊梁文學轉化的一種趨勢。

曹道衡《中國文學史論文集·江淹及其作品》：《別賦》在藝術上比《恨賦》更爲成熟，它的思想内容也更爲複雜。從江淹這樣一位具體的作家來説，選擇離情別緒作主題來竭力加以描寫，這和他的鄉土之思有密切關係。

蓮華賦 并序

【題解】

「并序」張本、梁本作「有序」。

此賦俞譜以爲江淹在建安吴興令任時作，其於元徽四年云：「《蓮華賦》云：『乃爲謡曰：秋雁度兮芳草殘，琴柱急兮江上寒，願一見兮道我意，千里遠兮長路難。』繹其意，爲吴興時作。」《校注》亦云：「江淹在吴興時作有《雜三言》五首，其中《構象臺》篇有句云：『苔蘚生兮繞石户，蓮花舒兮繡池梁。』本篇與《雜三言》及《青苔賦》等皆托眼前之物以言情，當爲一時之作。」今録以備考。

余有蓮華一池，愛之如金。宇宙之麗〔一〕，難息絶氣〔二〕。聊書竹素，儻不滅焉〔三〕。

撿水陸之具品①，閲山海之異名〔四〕。珍爾秀之不定〔五〕，乃天地之精英〔六〕。殖東國之流詠〔七〕，出西極而擅名〔八〕。方翠羽而結葉〔九〕，比碧石而爲莖〔一〇〕。蘂金光而絶色②〔一一〕，藕冰拆而玉清③〔一二〕。載紅蓮以吐秀，披絳華以舒英〔一三〕。故香氛感俗，淑氣參靈〔一四〕。躑躅人世，茵蒀祇冥〔一五〕。青桂羞烈〔一六〕，沉水慙馨〔一七〕。

於是生乎澤陂〔一八〕，出乎江陰〔一九〕，見綵霞之夕照〔二〇〕，覿雕雲之晝臨〔二一〕。既翕赩於洲漲〔二二〕，亦映曖於川潯〔二三〕。奪夜月及熒光，掩朝日與赩火〔二四〕。出金沙而延曜〔二五〕，被淥波而覃拖〔二六〕。冠百草而絶羣〔二七〕，出異類之衆夥〔二八〕。故仙聖傳圖〔二九〕，英隱流記〔三〇〕。一爲道珍④〔三一〕，二爲世瑞〔三二〕。發青蓮於王宮〔三三〕，驗奇花於陸地〔三四〕。

若其江淡澤芬〔三五〕，則照電爍日〔三六〕。池光沼緑〔三七〕，則明璧洞室⑤〔三八〕。曜長洲而瓊文，映青崖而火質⑥〔三九〕。或憑天淵之清峭⑦〔四〇〕，或殖疏圃之蒙密⑧〔四一〕。故河北櫂歌之姝〔四二〕，江南採菱之女〔四三〕，春水厲兮楫潺湲⑨，秋風駛兮舟容與⑩〔四四〕。著縹芰兮出波⑪〔四五〕，擘緗蓮兮映渚〔四六〕。迎佳人兮北燕〔四七〕，送上客兮南楚〔四八〕。知荷華之將晏，惜玉手之空佇。迺爲謡曰：

秋鴈度兮芳草殘〔四九〕，琴柱急兮江上寒〔五〇〕。願一見兮道我意〔五一〕，千里遠兮長路難〔五二〕。

若其華實各名，根葉異辭，既號芙渠，亦曰澤芝〔五三〕。麗詠楚賦〔五四〕，艷歌陳詩〔五五〕。非獨瑞草，爰兼上藥〔五六〕。味靈丹沙⑫，氣驗青臒〔五七〕。乃可棄劍海岫〔五八〕，龍舉雲䕬⑬〔五九〕。畫臺殿兮霞蔚〔六〇〕，圖縑縞兮炳爍〔六一〕。永含靈於洲渚〔六二〕，長不絶兮川壑〔六三〕。

【校記】

①「撿」《彙注》本、梁本作「檢」。

②「絶」《藝文類聚》卷八十二作「池」。

③「拆」《彙注》本、梁本、《藝文類聚》作「折」。

④「珍」原作「沴」，今據《彙注》本、張本、梁本改。

⑤「璧」《彙注》本作「壁」。

⑥「映」梁本作「暎」。

⑦「淵」元鈔本作「海」。

⑧「殖」《彙注》本作「植」。

⑨「厲」《藝文類聚》作「廣」。

⑩「駃」《彙注》本、張本、張本作「駛」。

⑪「著」《藝文類聚》作「看」。「芰」張本作「菱」。

⑫「丹沙」《彙注》本作「丹砂」。

⑬「蕚」《彙注》本、張本、梁本作「咢」。

【箋注】

〔一〕宇宙：指天地。《莊子·讓王》：「余立於宇宙之中，冬日衣皮毛，夏日衣葛絺；春耕種，形足以勞動；秋收斂，身足以休食；日出而作，日入而息，逍遥於天地之間。」《淮南子·原道訓》：「横四維而含陰陽，紘宇宙而章三光。」高誘注：「四方上下曰宇，古往今來曰宙。」

〔二〕難息絶氣：《校注》：「難息絶氣：即氣息難絶。」

〔三〕「聊書」二句：竹素，《三國志》卷六十一《吴志·陸凱傳》：「明王聖主取士以賢，不拘卑賤，故其功德洋溢，名流竹素。」張協《雜詩十首》之九：「養真尚無爲，道勝貴陸沈。遊思竹素園，寄辭翰墨林。」李善注：「《風俗通》曰：『劉向爲孝成皇帝典校書籍，皆先書竹，爲易刊定。可繕寫者以上素也。』」張銑注：「竹素皆乃古人所用書之者。言遊思古人典籍也。」《校注》：「竹素：竹簡和素絹，用以書寫之物。儻：或許。」

〔四〕「撿水陸」二句：撿，察看。《水經注·夏水》：「撿其碑題，云故西戎令范君之墓。」《校注》：「具品、異名：指山海水陸所産各類物品的不同名目。」

〔五〕爾秀之不定：《校注》：「爾秀：指蓮花。秀，草本植物開花叫秀。不定：謂無一定之名。蓮花又稱芙渠、芙蓉、菡萏、荷花、澤芝、水芝、水花等，名目繁多。」

〔六〕精英：　精華，指事物最精粹、最美好者。葛洪《抱朴子·嘉遁》：「漱流霞之澄液，茹八石之精英。」

〔七〕東國之流詠：　東國，東方之國，上古指齊、魯、吴、越等國。《國語·吴語》：「不脩方城之内，踰諸夏而圖東國。」韋昭注：「東國，徐夷、吴、越也。」《史記》卷七十五《孟嘗君列傳》：「其攻秦也，欲王之令楚王割東國以與齊，而秦出楚懷王以爲和。」張守節正義：「東國，齊、徐夷。」《文選》卷五十五陸機《演連珠》：「是以三卿世及，東國多衰弊之政；五侯并軌，西京有陵夷之運。」李善注：「東國，謂魯也。」《校注》：「之：猶『而』。流詠：傳唱。樂府《江南弄》有《采蓮曲》。」

〔八〕西極而擅名：　西極，謂西方極遠之處。《楚辭·離騷》：「朝發軔於天津兮，夕余至乎西極。」《山海經·海外東經》：「帝命豎亥步，自東極至於西極，五億十選九千八百八步。」《漢書》卷二十二《禮樂志》：「天馬徠，從西極，涉流沙，九夷服。」《校注》：「擅名：享名。相傳蓮花原産印度，梵語爲優鉢羅。」

〔九〕翠羽：　翠鳥的羽毛。《文選》卷三十四曹植《七啓》：「戴金摇之熠燿，揚翠羽之雙翹。」劉良注：「金摇，釵也；熠爍，光色也；又飾以翡翠之羽於上也。」

〔一〇〕碧石：　即碧玉。《太平御覽》卷八百七十三引《瑞應圖》：「碧石玉者，玩弄之物，不用則出。」《宋書》卷二十九《符瑞志下》：「碧石者，玩好之物棄則至。」

〔一一〕絶色：極美的顔色。

〔一二〕玉清：《校注》：「白浄如玉。」

〔一三〕「載紅蓮」二句：絳華，紅花。《校注》：「吐秀、舒英：謂開花。」

〔一四〕淑氣參靈：《文選》卷二十八陸機《悲哉行》：「蕙草饒淑氣，時鳥多好音。」張銑注：「蕙草，香草也。淑，美也。」《校注》：「參靈：謂上通神靈。」

〔一五〕茵藟祇冥：《校注》：「茵藟：香氣彌漫貌。祇冥：天地。祇爲地，冥爲天。」

〔一六〕青桂羞烈：青桂，即桂樹。桂樹常緑，故稱。漢郭憲《洞冥記》卷一：「四面列種軟棗，條如青桂，風至自拂堦上遊塵。」《校注》：「烈：香氣濃烈。」

〔一七〕沉水甦馨：沉水，即沉水香，又名沉香。《太平御覽》卷七百六引《拾遺記》：「石季倫屑沈水香如塵末而置象牀上，使所愛者踐之無迹，則賜真珠百琲。」《樂府詩集》卷四十六《讀曲歌八十九首》之七十六：「暫出白門前，楊柳可藏烏。歡作沈水香，儂作博山鑪。」按嵇含《南方草木狀》卷中：「蜜香，沉香，鷄骨香，黄熟香，棧香，青桂香，馬蹄香，鷄舌香。案此八物同出於一樹也。……木心與節堅黑，沉水者爲沉香。」

〔一八〕生乎澤陂：《詩·陳風·澤陂》：「彼澤之陂，有蒲與荷。有美一人，傷如之何。寤寐無爲，涕泗滂沱。」毛傳：「陂，澤障也。」孔穎達疏：「彼澤之陂障之中，有蒲與荷之二草。」朱熹集傳：「荷，芙渠也。」《校注》：「澤陂：水邊。」

〔一九〕出乎江陰：《校注》：「江陰：江南。古樂府：『江南可采蓮，蓮葉何田田。』」

〔二〇〕夕照：《宋書》卷二十謝莊《登歌》：「雍臺辨朔，澤宮練辰。潔火夕照，明水朝陳。」《藝文類聚》卷九十一引宋謝莊《赤鸚鵡賦》：「徒觀其柔儀所踐，頳藻所挺，華景夕映，容光晦鮮。」按夕照，猶夕映。

〔二一〕覿雕雲之晝臨：《廣韻》卷五：「覿，見也。」雕雲，彩雲。王嘉《拾遺記》卷八：「雕雲覆於溪谷，美女遊於塚上。」《藝文類聚》卷四引宋顏延之《車駕幸京口三月三日侍遊曲阿後湖作》：「萬軸胤行衛，千翼泛飛浮。彫雲麗璿蓋，祥飇被綵斿。」按以上二句《校注》云：「彩霞、雕云：謂蓮花整天怒放，有如天上雲霞，秀色動人。」

〔二二〕翕艴於洲漲：《文選》卷十八嵇康《琴賦》：「珍怪琅玕，瑶瑾翕艴。」李善注：「翕艴，盛貌。」吕向注：「翕艴，光色也。」《校注》：「翕艴：花色鮮艷貌。洲漲：水中的沙洲。」

〔二三〕映曖於川潯：《藝文類聚》卷九引宋謝靈運《石壁還湖中作詩》：「芰荷迭映曖，蒲稗相因依。」《校注》：「映曖：掩映。川潯：水邊陸地。」

〔二四〕「奪夜月」二句：熒光，螢火之光。《後漢書》卷八《靈帝紀》：「帝與陳留王協夜步逐熒光行數里，得民家露車，共乘之。」《校注》：「螢光：微弱的光。艴火：紅光。」

〔二五〕延曜：《校注》：「延曜：謂光芒四射。」

〔二六〕被渌波而覃拖：《校注》：「渌波：清澈的水波。覃拖：隨波動蕩貌。亦作『潭沲』。《文選》郭璞《江賦》：『鱗被菱荷……與波潭瀹。』李善注：『潭瀹，隨波之貌。』

〔二七〕絶羣：超出同輩。《後漢書》卷十三《隗囂傳》：「但駑馬鉛刀，不可强扶。數蒙伯樂一顧之價，而蒼蠅之飛，不過數步，即托驥尾，得以絶羣。」

〔二八〕出異類之衆夥：《論語・子張》：「譬諸草木，區以别矣。」何晏集解：「言大道與小道殊異，譬如草木異類區别，言學當以次。」陶淵明《飲酒・青松在東園》：「青松在東園，衆草没奇姿。凝霜殄異類，卓然見高枝。」袁行霈注：「異類：此指衆草。」衆夥，衆多。《漢書》卷五十七上《司馬相如傳上》：「魚鼈讙聲，萬物衆夥。」顏師古注：「夥，多也。」《文選》卷四左思《蜀都賦》：「異類衆夥，於何不育。」張銑注：「夥，多也。」

〔二九〕傳圖：《後漢書》卷五十八《臧洪傳》：「昔晏嬰不降志於白刃，南史不曲筆以求存。故身傳圖象，名垂後世。」

〔三〇〕英隱流記：《校注》：「英隱：出色的隱逸之士。流：流傳。記：謂圖籍。」

〔三一〕道珍：《校注》：「道珍：道家的珍品。道家認爲服蓮花可以成仙。《初學記》卷二七引《華山記》：『華山頂上有池，生千葉蓮華，服之者羽化。』」

〔三二〕世瑞：世間的祥瑞。王充《論衡・講瑞》：「《講瑞》謂鳳凰、騏驎難知，世瑞不能别。」《校注》：「謂蓮花爲世間祥瑞之物。《宋書・符瑞志》多有此種記載。」

〔三三〕發青蓮於王宫：《文選》卷十一王延壽《魯靈光殿賦》：「圜淵方井，反植荷蕖。發秀吐榮，菡萏披敷。」此句當由之變化而出。

〔三四〕驗奇花於陸地：《校注》：「《藝文類聚》卷八十二：『晉范寧爲豫章郡守，新淦縣聽事前陸地生一蓮花，入冬花。十六年更生四枚。今年復生二十六枚，鮮明可愛。』似指此。」

〔三五〕江淡澤芬：《校注》：「淡：水平滿貌。《文選》宋玉《高唐賦》：『濆淡淡而并入。』李善注：『淡，安流平滿貌。』芬：隆起貌。《管子·地員》：『五壤之狀，芬然若澤若屯土。』注：『言其土得澤則墳起爲堆。』江淡、澤芬，指江湖澤畔。」

〔三六〕照電爍日：《校注》：「照電爍日：言光彩閃爍照耀如同電光和太陽。」

〔三七〕沼緑：沼，指池水。酈道元《水經注·穀水》：「御坐前建蓬萊山，曲池接筵，飛沼拂席。」

〔三八〕明璧洞室：謂如夜光之玉璧照徹池塘深處。《校注》：「洞：照徹。」

〔三九〕「曜長洲」二句：《校注》：「瓊文、火質：謂花色火紅，如同赤玉。」

〔四〇〕天淵之清峭：《校注》：「天淵：池名。魏晉時洛陽、南朝建康皆有華林園天淵池。《宋書·符瑞志》：『華林天淵池芙蓉異花同蒂。』清峭：謂花枝清麗峭拔。」

〔四一〕疏圃之蒙密：《三輔黄圖·漢宫·建章宫》：「宫又有玉堂、神明堂、疏圃、鳴鑾、奇華、銅柱、函德二十六殿。」曹植《謝周觀表》：「詔使周觀，初玩雲盤，北觀疏圃，遂步九華。神明特處，譎詭天然。誠可謂帝室皇居者矣！」趙幼文注：「《淮南子·覽冥訓》高注：『疏圃在昆侖之上。』曹叡藉以作殿名。《初學記》卷二十四引《洛陽宫殿簿》：『疏圃殿在華林園中。』」蒙密，茂密。《文選》卷二十范曄《樂遊應詔詩》：「蘭池清夏氣，脩帳含秋陰。遵渚攀蒙密，隨山上嶇嶔。」《校注》：「疏圃：宮苑中園圃名。《初學記》卷四引潘岳《巳日詩》：『藹藹疏圃，載繁載榮。淡淡天泉（淵），載渌載清。』」

〔四二〕河北櫂歌之姝：《拾遺記》卷六：「（漢昭帝）使宮人爲歌，歌曰：『秋素景兮泛洪波，揮纖手兮折芰荷。涼風凄凄揚櫂歌，雲光開曙月低河。萬歲爲樂豈云多。』帝乃大悦。」《樂府詩集》卷四十魏明帝《櫂歌行》題解云：「《古今樂録》曰：『王僧虔《技録》云：「《櫂歌行》歌明帝『王者布大化』一篇，或云左延年作，今不歌。梁簡文帝在東宮更製，歌少異此也。」』《樂府解題》曰：『晉樂奏魏明帝辭云「王者布大化」，備言平吴之勳。若晉陸機「遲遲春欲暮」，梁簡文帝「妾住在湘川」，但言乘舟鼓櫂而已。』」

〔四三〕江南採菱之女：《文選》卷三十三宋玉《招魂》：「《涉江》、《采菱》，發《揚荷》些。美人既醉，朱顔酡些。」張銑注：「《涉江》、《採菱》、《陽阿》，皆楚歌曲名。」《樂府詩集》卷二十六《相和歌辭·江南》題解云：「《樂府解題》曰：『《江南》，古辭，蓋美芳晨麗景，嬉遊得時。若梁簡文「桂楫晚應旋」，唯歌遊戲也。』按梁武帝作《江南弄》以代西曲，有《採蓮》、《採菱》，蓋出於此。」《爾雅翼·釋草》：「吴楚之風俗，當菱熟時，士女相與采之，故有采菱之歌以相和，爲繁華流蕩之極。《招魂》云：『涉江采菱發陽阿。』『陽阿』者，采菱之曲也。」《樂府詩集》卷五十梁武帝蕭衍《採蓮曲》：「江南稚女珠腕繩，金翠摇首紅顔興，桂棹容與歌採菱。歌採菱，心未怡，翳羅袖，望所思。」

〔四四〕秋風駃兮舟容與：風駃，謂風急速，風猛。《集韻》卷七：「駃，馬疾行。」《楚辭·九歌·湘夫人》：「時不可兮驟得，聊逍遥兮容與。」《後漢書》卷二十八下《馮衍傳下》：「意斟愖而不澹兮，俟回風而容與。」李賢注：「容與，猶從容也。」

〔四五〕縹芰：《校注》：「縹：淡青色。芰：菱角。」

〔四六〕緗蓮：《校注》：「緗：淡黄色。蓮：蓮實。」

〔四七〕迎佳人兮北燕：《文選》卷二十九《古詩十九首·東城高且長》：「燕趙多佳人，美者顔如玉。被服羅裳衣，當户理清曲。音響一何悲，弦急知柱促。願爲雙飛燕，銜泥巢君屋。」

〔四八〕送上客兮南楚：上客，貴客。《禮記·曲禮上》：「食至起，上客起。」《戰國策·秦策五》：「平原津令郭遺勞而問：『秦兵下趙，上客從趙來，趙事何如？』」姚宏注：「上客，尊客。」謝朓《江上曲》：「易陽春草出，踟躕日已暮。蓮葉尚田田，淇水不可渡。願子淹桂舟，時同千里路。千里既相許，桂舟復容與。江上可採菱，清歌共南楚。」

〔四九〕芳草：《文選》卷一班固《西都賦》：「竹林果園，芳草甘木。郊野之富，號爲近蜀。」《文選》卷二十九《古詩十九首》之六：「涉江采芙蓉，蘭澤多芳草。采之欲遺誰，所思在遠道。」李周翰注：「芙蓉、芳草以爲香美，比德君子也。故將爲辭贈遠之美意也。」

〔五〇〕江上寒：鮑照《登黄鶴磯》：「木落江渡寒，鴈還風送秋。臨流斷商絃，瞰川悲棹謳。」

〔五一〕願一見兮道我意：《楚辭》宋玉《九辯》：「心煩憺兮忘食事，願一見兮道余意。」《楚辭》王逸《七諫・哀命》：「獨便悁而懷毒兮，愁鬱鬱之焉極。念三年之積思兮，願一見而陳詞。」自注：「思一見君而陳忠言也。」

〔五二〕長路難：鮑照《擬行路難・寫水置平地》：「寫水置平地，各自東西南北流。人生亦有命，安能行歎復坐愁！酌酒以自寬，舉杯斷絕歌路難。心非木石豈無感？吞聲躑躅不敢言。」

〔五三〕「既號」二句：《校注》：「《爾雅・釋草》：『荷，芙蕖。其莖茄，其葉蕸，其本蔤，其華菡萏，其實蓮，其根藕。』崔豹《古今注》：『芙蓉，一名荷花，生池澤中。一名澤芝。』」

〔五四〕麗詠楚賦：《校注》：「楚賦：指屈原《離騷》『製芰荷以爲衣兮，集芙蓉以爲裳』之句。」按《楚辭》屈原《九章・思美人》：「令薜荔以爲理兮，憚舉趾而緣木。因芙蓉以爲媒兮，憚褰裳而濡足。」王逸章句：「意欲下求，從風俗也。」或爲麗詠之指。

〔五五〕艷歌陳詩：艷歌，指艷情的詩歌。劉勰《文心雕龍・樂府》：「若夫艷歌婉孌，怨志詄絕，淫辭在曲，正響焉生。」《校注》：「陳詩：《詩・陳風・澤陂》有『彼澤之陂，有蒲與荷』、『彼澤之陂，有蒲菡萏』之句。」

〔五六〕爰兼上藥：《文選》卷五十三嵇康《養生論》：「故神農曰『上藥養命，中藥養性』者，誠知性命之理，因輔養以通也。」陶淵明《祭從弟敬遠文》：「淙淙懸溜，曖曖荒林。晨採上藥，夕閑素琴。」《校注》：「上藥：上等藥材。《初學記》卷二七引《太清諸草木方》：『七月七日採蓮花七分，八月八日採蓮根八分，九月九日採蓮實九分，陰乾下篩，服方寸匕，令人不老。』」延年。」

〔五七〕「味靈」二句：丹沙，即丹砂。《校注》：「丹砂、青雘：皆礦石名。道家以爲久服可輕身

〔五八〕棄劍海岫：棄劍，王嘉《拾遺記》卷一：「軒轅出自有熊之國……厭世於昆臺之上，留其冠、劍、佩舄焉。昆臺者，鼎湖之極峻處也。立舘於其下，帝乘雲龍而遊殊鄉絶域，至今望而祭焉。」王融《爲竟陵王與隱士劉虯書》：「葛洪考槃於海岫，釋遠肥遁於鍾幽。」

〔五九〕龍舉雲蕚：龍舉，龍翔。《楚辭》東方朔《七諫・謬諫》：「虎嘯而谷風至兮，龍舉而景雲往。」王逸章句：「龍，介蟲，陰物也。景雲，大雲而有光者。雲亦陰也。言神龍將舉陞天，則景雲覆而扶之，輔其類也。言君好賢士則英俊往而并集也。」《淮南子・天文訓》：「虎嘯而谷風至，龍舉而景雲屬。」鮑照《採菱歌七首》之二：「弭榜搴蕙荑，停唱紉薰若。含傷拾泉花，縈念採雲蕚。」《廣韻》卷五：「蕚，花蕚。」

〔六〇〕霞蔚：雲霞盛起貌。《藝文類聚》卷三十六引晉庾闡《孫登贊》：「靈巖霞蔚，石室鱗搆。青松標空，蘭泉吐漏。」《晉書》卷九十二《顧愷之傳》：「至荆州，人問以會稽山川之狀，愷之云：『千巖競秀，萬壑争流，草木蒙籠，若雲興霞蔚。』」《校注》：「霞蔚：形容絢麗燦爛。」

〔六一〕圖縑縞兮炳爍：《校注》：「縑縞：細白絹，用來畫圖。炳爍：光彩顯耀。」

〔六二〕洲渚：《文選》卷五左思《吴都賦》：「島嶼綿邈，洲渚馮隆。」劉淵林注：「水中可居曰洲，小

洲曰渚。」鮑照《吴興黄浦亭庾中郎别》：「風起洲渚寒，雲上日無輝。」

〔六三〕長不絶兮川壑：《楚辭·九歌·禮魂》：「成禮兮會鼓，傳芭兮代舞。姱女倡兮容與。春蘭兮秋菊，長無絶兮終古。」鮑照《觀漏賦》：「從江河之紆亘，委天地之圓方。漏盈兮漏虚，長無絶兮芬芳。」川壑，河谷。謝靈運《慧遠法師碑》：「川壑如泣，山林改容。」

丹沙可學賦 并序

【題解】

「丹沙」《彙注》本、張本、梁本作「丹砂」。「并序」張本、梁本作「有序」。

丹沙，即丹砂，古代道教徒用以化汞煉丹。《管子·地數》：「上有丹沙者，下有黄金。」《史記》卷十二《孝武本紀》：「丹砂可化爲黄金，黄金成以爲飲食器則益壽，益壽而海中蓬萊僊者可見。」葛洪《抱朴子·金丹》：「凡草木燒之即燼，而丹砂燒之成水銀，積變又還成丹砂。」《校注》：「丹砂：爲礦物名，即朱砂。古代方士認爲『丹砂可成黄金，金成服之升仙』（葛洪《神仙傳》引李少君語）。」

按《校注》云：「此賦思想情緒與本集《與交友論隱書》有相合之處，大約是同一時期的作品，即作於宋後廢帝元徽元年（四七三）前後。」今録以備考。

咸曰金不可鑄①〔一〕，僕不信也，試爲此辭，精思云爾〔二〕。

惟雲塲之少折〔三〕，乃人逕之多憂〔四〕。雖瑶笙及金瑟〔五〕，雜翠帳與丹幬〔六〕。吞悲欣於得失〔七〕，銜哀樂於春秋〔八〕。焕如星絶，黯如火滅〔九〕。星絶難光，火滅可傷。故從師而問道，冀幽路之或暘〔一〇〕。測神宗之無緩，踐雲根之不賒②〔一一〕。信名山及石室〔一二〕，驗青湏與丹沙③〔一三〕。搗五難之重滯〔一四〕，擘九仙之輕華〔一五〕。故抱魄寂處〔一六〕，凝神空居〔一七〕。泯邈深晝，窈鬱重虚〔一八〕。睍炫燿而可見〔一九〕，聽泬寥而有餘④〔二〇〕。

於是乘河漢之光氣〔二一〕，騎列星之綵色⑤〔二二〕。輟陰陽於形有〔二三〕，傳變化於心識⑥〔二四〕。浮恍惚而無涯〔二五〕，泛靈怪而未極〔二六〕。架日月之精照〔二七〕，騫蛟龍之毛翼〔二八〕。

遂乃氣穆肅而神奔〔二九〕，骨窈窈而鬼怪⑦〔三〇〕。綴葳蕤而成冠〔三一〕，點雜錯而爲珮〔三二〕。出湎泣而遐騖〔三三〕，貫濛鴻而上厲⑧〔三四〕。鳳之來兮蔽日〔三五〕，鸞之集兮爲羣。左昆吾之炎景〔三六〕，右崦嵫之卿雲〔三七〕。爛七采之炤燿〔三八〕，漫五色之煴煙⑨〔三九〕。非世俗之質見⑩〔四〇〕，焉鬼神之嘗聞。

既而曖碧臺之錯落〔四一〕，燿金宮之玲瓏〔四二〕。幻蓮華於繡闥⑪〔四三〕，化蒲桃於錦屏〔四四〕。艴丹光而電烻〔四五〕，颯翠氛而杳冥〔四六〕。軒儆惘於宛虹⑫〔四七〕，階侘際於奔鯨⑬〔四八〕。惑龍宮之殿稱，迷切利之宮名〔四九〕。故靈偃蹇兮姣服〔五〇〕，女嬋娟兮可觀〔五一〕。秀青色之泯靡〔五二〕，熳美目之波瀾〔五三〕。襞日月之纂組〔五四〕，襲星宿之羅紈〔五五〕。百味酒兮靈之集，河供鯉兮靈之安〔五六〕。却交甫之玉質⑭〔五七〕，笑陳王之妙顔〔五八〕。所以樂精玄於太一〔五九〕，妙宮徵於清都〔六〇〕。簫含聲而遠近〔六一〕，琴吐音而有無〔六二〕。奏神鼓於玉袂〔六三〕，舞靈衣於金裾〔六四〕。韻躑躅而易變，律參差而難圖。非《南風》之能擬⑮〔六五〕，詎濮水之可摹⑯〔六六〕。

於是流瀁不一，遨曹無邊〔六七〕。娥眉既散，鍾鼓都捐〔六八〕。乘綵霞於西海〔六九〕，駟行雨於丹淵〔七〇〕。山差池而鏡壑，水清明而抱天〔七一〕。山含玉以永歲，水藏珪以窮年〔七二〕。擬若木以寫意〔七三〕，拾瑶草而悠然〔七四〕。

遂乃凝虚飲一⑰〔七五〕，守仙閉方；智寂術盡，魄兀心亡〔七六〕。白生不能關其説，惠子無以挫其芒〔七七〕。源其耻市朝之失道⑱〔七八〕，疾讒嬖之不祥〔七九〕。却文綵之婬冶〔八〇〕，去利劍之鏗鎗⑲〔八一〕。愫生死於半氣⑳，惜百年於一光〔八二〕。故以鑄金爲器〔八三〕，丹沙爲漿〔八四〕。慚吝既盡〔八五〕，妖怨當忘〔八六〕。吾師以爲可學，而公子謂之不良歟！

【校記】

①「咸」梁本、《藝文類聚》卷七十八作「或」。「金不可鑄」《藝文類聚》作「黃金可鑄」。

②「根」《彙注》本、張本作「極」。

③「湏」原作「傾」，今據《彙注》本、張本、梁本改。

④「沆」原作「沉」，今據《彙注》本、張本、梁本改。

⑤「列」原作「烈」，今據《彙注》本、張本、梁本改。「綵色」《藝文類聚》作「采色」。

⑥「傳」原作「傅」，今據《彙注》本、張本、梁本、《藝文類聚》改。

⑦「窈窈」元鈔本作「窈窕」。

⑧「濛鴻」《彙注》本作「蒙鴻」。

⑨「煴煙」《彙注》本作「絪緼」，張本作「氳氤」，梁本作「氤氳」。

⑩「質見」張本、梁本作「習見」。

⑪「幻蓮華於繡闥」《藝文類聚》作「沼蓮華於繡閣」。

⑫「軒儆惘於冤虹」張本、梁本作「軒惝惘於長虹」。

⑬「侘際」《彙注》本、張本、梁本作「侘傺」。

⑭「交甫」原作「文甫」，今據《彙注》本、張本、梁本改。

⑮「南風」張本、梁本作「南方」。

⑯「可摹」《藝文類聚》作「敢摸」。

⑰「飲」《彙注》本、張本、梁本作「斂」。

⑱「源」《彙注》本作「原」。

⑲「鏗鎗」《彙注》本作「鏗鏘」。

⑳「懅」《彙注》本作「據」。

【箋注】

〔一〕金不可鑄：《校注》：「金不可鑄：謂煉不成金丹。」

〔二〕精思：精心思考。王充《論衡・超奇》：「能精思著文，連結篇章者爲鴻儒。」《後漢書》卷五十九《張衡傳》：「衡乃擬班固《兩都》作《二京賦》，因以諷諫。精思傅會，十年乃成。」

〔三〕雲埸之少折：《校注》：「雲埸：天界。折：折磨，痛苦。」

〔四〕人逕：《文選》卷二十二沈約《遊沈道士館》：「朋來握石髓，賓至駕輕鴻。都令人徑絶，惟使雲路通。」《校注》：「人逕：人道，人世。」

〔五〕瑶笙及金瑟：瑶笙，用美玉裝飾的笙。《宋書》卷十九《樂志一》：「漢章帝時零陵文學奚景風蕩玉琴。」

於舜祠得笙，白玉管，後世易之以竹乎。」金瑟，本集《清思詩五首》之四：「白露滋金瑟，清

〔六〕翠帳與丹幬：　翠帳，飾以翠羽的帷帳。《楚辭》宋玉《招魂》：「翡帷翠帳，飾高堂些。」王逸章句：「言復以翡翠之羽雕飾幬帳，張之高堂，以樂君也。」謝朓《擬宋玉風賦》：「起日域而摇落，集桂宫而送清。開翠帳之影藹，響行珮之輕鳴。」按以上二句《校注》云：「瑶笙、金瑟、翠帳、丹幬：　用以表示優裕的物質生活。幬，牀帳。」

〔七〕呑悲欣：　《宋書》卷四十一《后妃·孝武文穆王皇后傳》：「彼數人者，非無才意，而勢屈於崇貴，事隔於聞覽，呑悲茹氣，無所逃訴。」

〔八〕銜哀樂：　猶含哀樂。嵇康《聲無哀樂論》：「猶簁酒之囊漉，雖笮具不同，而酒味不變也；聲俱一體之所出，何獨當含哀樂之理也。」

〔九〕「焕如」二句：　《校注》：「焕：　光亮。絶：　滅絶。以上二句謂生命短暫，稍縱即逝。與《與交友論隱書》『以溘至之命，如星殞天，促光半路，不攀長意』之意同。」

〔一〇〕幽路之或暘：　《楚辭》王褒《九懷·陶壅》：「吾乃逝兮南娭，道幽路兮九疑。」王逸章句：「涉歷深山，過舜墓也。」《校注》：「暘：　日出爲暘，此謂照亮、暢通。」

〔一一〕「測神宗」二句：　雲根，《校注》從《彙注》本作「雲極」。意同。《校注》：「神宗、雲極：　指天神所在處。賖：　亦緩、遲之意。」

〔一二〕信名山及石室：石室，岩洞，爲隱士所居。《藝文類聚》卷三十六引晉庾闡《孫登贊》：「靈巖霞蔚，石室鱗搆。青松標空，蘭泉吐漏。」《文選》卷三十五張協《七命》：「臨重岫而攬轡，顧石室而迴輪。」李善注引仲長統《昌言》：「聞上古之隱士，或伏重岫之内，窟窮皐之底。」《校注》：「信：《四庫全書考證》校作『訊』，疑是。」今録以備考。

〔一三〕青湏：丹砂所化的水銀，呈青色，故稱。《淮南子·墬形訓》：「青曾八百歲生青湏，青湏八百歲生青金。」《廣韻》卷三：「汞，水銀滓。」《重修玉篇》卷十九：「水銀謂之湏。」《校注》：「湏：即汞，水銀。水銀可用丹砂煉成，爲道家丹藥之一。」

〔一四〕撝五難之重滯：撝，揮斥。《淮南子·覽冥訓》：「武王左操黄鉞，右秉白旄，瞋目而撝之曰：『余任天下，誰敢害吾意者！』」五難，謂有礙養生之道的五種情欲。嵇康《答難養生論》：「養生有五難：名利不滅，此一難也。喜怒不除，此二難也。聲色不去，此三難也。滋味不絶，此四難也。神慮轉發，此五難也。」《宋書》卷四十三《傅亮傳》：「五難之根既拔，立生之道無累，人患殆乎盡矣。」《校注》：「重滯：謂牽累。」

〔一五〕擥九仙之輕華：九仙，天界的九類仙人。《雲笈七籤》卷三：「九仙者，第一上仙，二高仙，三火仙，四玄仙，五天仙，六真仙，七神仙，八靈仙，九至仙。」顔延之《寒蟬賦》：「餐霞之氣，神馭乎九仙。稟露之清，氣精於八蟬。」《校注》：「輕華：謂輕身不老之術。華，指紅潤的容顏。」

〔一六〕抱魄：謂安心定志。陸雲《逸民賦》：「杖短策而遂往兮，乃枕石而漱流。載營抱魄，懷元服一。傲物思寧，妙世自逸。」

〔一七〕凝神：聚精會神。《莊子·逍遥遊》：「藐姑射之山，有神人居焉，肌膚若冰雪，綽約若處子，不食五穀，吸風飲露，乘雲氣，御飛龍，而遊乎四海之外。其神凝，使物不疵癘而年穀熟。」同上書《達生》：「孔子顧謂弟子曰：『用志不分，乃凝於神，其痀僂丈人之謂乎。』」顏延之《五君詠·嵇中散》：「形解驗默仙，吐論知凝神。」

〔一八〕「泯邈」二句：《校注》：「泯邈、窈鬱：皆形容窈冥寂寞。深：長。重虚：指高空。」

〔一九〕覡炫燿：《楚辭·遠遊》：「建雄虹之采旄兮，五色雜而炫燿。」《文選》卷十九宋玉《高唐賦》：「仰視山巔，肅何千千，炫燿虹蜺。」李善注：「言山高，如虹蜺炫燿其上。」《校注》：「覡：視之。炫燿：光輝照耀貌。」

〔二〇〕泬寥：《楚辭》宋玉《九辯》：「泬寥兮天高而氣清，寂寥兮收潦而水清。」王逸章句：「泬寥，曠蕩而虚静也。或曰：泬寥，猶蕭條。蕭條者，無雲貌。」按以上二句《校注》云：「炫燿、泬寥皆指上天而言。」

〔二一〕乘河漢之光氣：《初學記》卷一《天部》：「天河謂之天漢。亦曰雲漢，星漢，河漢，清漢，銀漢，天津漢，津淺河，銀河，絳河。」《文選》卷二十九《古詩十九首·迢迢牽牛星》：「迢迢牽牛星，皎皎河漢女。纖纖擢素手，札札弄機杼。終日不成章，泣涕零如雨。」李善注：「毛萇曰：『河漢，天河也。』」光氣，光輝、光彩。陶淵明《讀山海經》之三：「迢遞槐江嶺，是謂玄圃丘。西南望崑墟，光氣難與儔。」

〔二二〕騎列星：《公羊傳·莊公七年》：「恒星者何？列星也。」何休注：「恒，常也，常以時列見。」《藝文類聚》卷三十四引曹植《慰子賦》：「仰列星以至晨，衣霑露而含霜。惟逝者之日遠，愴傷心而絶腸。」《校注》：「騎列星：謂仙飛於天。」

〔二三〕輟陰陽於形有：《校注》：「輟：停。陰陽、變化：指陰陽變化之道。《易·繫辭上》：『一陰一陽之謂道。』又：『知變化之道者，其知神之所爲乎？』形有：有形之物。指身體。」

〔二四〕傳變化於心識：《校注》：「傳：移置。心識：意識。指内心世界。以上二句意謂，身心存道，并與之相契合，處於一種入神的狀態。」

〔二五〕恍惚而無涯：《老子》第二十一章：「道之爲物，惟恍惟惚。惚兮恍兮，其中有象。恍兮惚兮，其中有物。窈兮冥兮，其中有精。」《韓非子·忠孝》：「爲恬淡之學，而理恍惚之言。臣以爲恬淡，無用之教也；恍惚，無法之言也。」《校注》：「恍惚：模糊不清，難以辨認。此指太空神境。」

〔二六〕泛靈怪而未極：郭璞《山海經序》：「精氣渾淆，自相濆薄；遊魂靈怪，觸象而構。」鮑照《河清頌》序：「無辱鳳舉之使，靈怪不召而自彰。」《校注》：「靈怪：即鬼神。以上二句意謂：泛遊於無邊無際的虚空之中，探尋着鬼神。」

〔二七〕架日月之精照：《亢倉子・全道》：「神全之人，不慮而通，不謀而當，精照無外，志凝宇宙。」《校注》：「架：通『駕』，超越。精照：精光照耀。」

〔二八〕騫蛟龍之毛翼：木華《海賦》：「若乃巖坻之隈，沙石之嶔，毛翼産鷇，剖卵成禽。」李善注：「《爾雅》曰：『生哺鷇。』郭璞曰：『鳥子須母食也。』剖，猶破也。」《校注》：「騫：飛越。」

〔二九〕氣穆肅而神奔：《爾雅・釋訓》：「穆穆肅肅，敬也。」郭璞注：「皆容儀謹敬。」《楚辭》屈原《遠遊》：「因氣變而遂曾舉兮，忽神奔而鬼怪。」王逸章句：「往來奄忽，出杳冥也。」《校注》：「氣：精神。穆肅：莊重静穆。神奔：謂其奔馳迅速。」

〔三〇〕骨窈窈而鬼怪：《文選》卷十六司馬相如《長門賦》：「浮雲鬱而四塞兮，天窈窈而晝陰。」劉良注：「窈窈，暗也。」《校注》：「窈窈：幽暗不明。鬼怪：鬼怪無形，隱秘莫測。謂形體消失。」

〔三一〕葳蕤：《校注》：「葳蕤：草名。《政和證類本草》卷六謂此草『久服去面黑䵟，好顔色潤澤，輕身不老』。」按葳蕤，即萎蕤，又稱玉竹。《本草綱目・草一・萎蕤》：「其根横生似黄精，差小，黄白色，性柔多鬚，最難燥。其葉如竹，兩兩相值。亦可採根種之，極易繁也。嫩葉及根，并可煮淘食茹。」

〔三二〕雜錯：《校注》：「雜錯：指各種飾玉。」

〔三三〕涵泣：《校注》：「涵泣：沉浸於淚水之中。指痛苦的人世。」

〔三四〕濛鴻而上厲：濛鴻，《淮南子·精神訓》：「古未有天地之時，惟像無形，窈窈冥冥，芒芠漠閔，澒濛鴻洞，莫知其門。」高誘注：「皆未成形之氣也。」《校注》：「濛鴻：元氣未分之貌。比指廣濶無邊的天。」按以上二句《校注》云：「遐騖、上厲：謂高飛遠翔。」

〔三五〕鳳之來兮蔽日：《楚辭》屈原《九歌·湘夫人》：「九嶷繽兮并迎，靈之來兮如雲。」又《九歌·東君》：「展詩兮會舞，應律兮合節，靈之來兮蔽日。」

〔三六〕昆吾之炎景：《淮南子·天文訓》：「日出於暘谷，浴於咸池。……至於昆吾，是謂正中。」高誘注：「昆吾丘，在南方。」《文選》卷十五張衡《思玄賦》：「躋日中於昆吾兮，憩炎火之所陶。」炎景，炎熱的日光。曹植《槐賦》：「覆陽精之炎景，散流耀以增鮮。」趙幼文注：「炎景，《文選·東都賦》李注引《字林》：『炎，火光。』」《校注》：「昆吾：傳説中日正午所經之處。」

〔三七〕崦嵫之卿云：《楚辭·離騷》：「吾令羲和弭節兮，望崦嵫而未迫。」王逸章句：「崦嵫，日所入山也。」《藝文類聚》卷三十六引晉張華《招隱詩》：「羲和策六龍，弭節越崦嵫。盛年俛仰過，忽若振輕絲。」卿雲，即慶雲。《尚書大傳》卷一下：「卿雲爛兮，糺縵縵兮。」鄭玄注：「教化廣遠，或以爲雲出岫回薄而難名狀也。」《漢書》卷二十六《天文志》：「若煙非煙，若雲非雲，鬱鬱紛紛，蕭索輪囷，是謂慶雲。慶雲見，喜氣也。」

〔三八〕爛七采之炤燿：《校注》：「爛：爛漫，光彩煥發。七采：謂七星。指日、月和金、木、水、火、土五星。」福林按：七采指七星，不知所出。疑此七采者，七色也。指天界之七色光彩。《西京雜記》卷一：「高祖斬白蛇劍，劍上有七采珠、九華玉以爲飾。」是其例。

〔三九〕五色之熅煙：《易・繫辭上》：「精氣爲物，遊魂爲變。」韓康伯注：「精氣煙熅，聚而成物。」《羣經音辨》卷四：「煙熅，氣也。」《校注》：「五色：指赤黄青白黑五色之雲。」

〔四〇〕質見：《校注》：「質見：猶實見。」

〔四一〕曖碧臺之錯落：《文選》卷一班固《西都賦》：「屋不呈材，墻不露形，裛以藻繡，絡以綸連。隨侯明月，錯落其間。」

〔四二〕燿金宫之玲瓏：《文選》卷十一孫興公《遊天台山賦》：「朱闕玲瓏於林間，玉堂陰映於高隅。」李善注：「晉灼《漢書》注曰：『玲瓏，明見貌。』」《玉臺新詠》卷四謝脁《鏡臺詩》：「玲瓏類丹檻，苕亭似玄闕。」按以上二句《校注》云：「曖：暗。燿：明。謂碧臺、金宫時隱時現。」

〔四三〕繡闥：《詩・齊風・東方之日》：「彼姝者子，在我闥兮。」毛傳：「闥，門内也。」馬瑞辰通釋：「『門内』當爲『内門』之訛。《文選》古詞《傷歌行》李善注引毛《傳》曰：『闥，内門也。』是其證矣。」

〔四四〕蒲桃於錦屏：錦屏，錦繡的屏風。《校注》：「蒲桃：同葡萄。」

〔四五〕艴丹光而電烻：《文選》卷十八嵇康《琴賦》：「珍怪琅玕，瑶瑾翕艴。」李善注：「翕艴，盛貌。」吕向注：「翕赩，光色也。」《文選》卷十一王延壽《魯靈光殿賦》：「皓壁皜曜以月照，丹柱歙赩而電熌。」吕延濟注：「電熌，赤光也。」

〔四六〕颯翠氛而杳冥：《文選》卷十一王延壽《魯靈光殿賦》：「歇欻幽藹，雲覆霮䨴，洞杳冥兮。」吕延濟注：「洞，深也。歇欻，高敞也。餘皆幽邃深遠如雲覆也。」《校注》：「颯：即颯戾。清涼貌。氛：霧氣。《楚辭》劉向《九歎·遠逝》：『遊清靈之颯戾兮。』注：『颯戾，清涼貌。』杳冥：幽深。」

〔四七〕軒儆惘於宛虹：《史記》卷一百十七《司馬相如列傳》：「奔星更於閨闥，宛虹拖於楯軒。」裴駰集解：「宛虹，屈曲之虹。」宛虹，意同宛虹。

〔四八〕侘傺於奔鯨：侘傺，猶「侘傺」。《楚辭·離騷》：「忳鬱邑余侘傺兮，吾獨窮困乎此時也。」王逸章句：「侘傺，失志貌。」曹丕《弟蒼舒誄》：「侘傺失氣，永思長懷。」奔鯨，迅遊的鯨魚。陶淵明《命子》：「鳳隱於林，幽人在丘。逸虬遶雲，奔鯨駭流。」以上二句《校注》云：「儆惘、侘傺：皆失意貌。此形容迷惘不解的樣子。以上二句言室宇之高而深。」

〔四九〕「惑龍宫」二句：《校注》：「忉利：即佛教所稱忉利天，意譯爲三十三天。《慧苑音義》：『須彌山頂，四方各有八天城，當中有一天城，帝釋所居，總數有三十三處，故從處立名也。』龍宫、忉利：皆指神所居的宫殿。」

〔五〇〕靈偃蹇兮姣服：《楚辭》屈原《九歌·東皇太一》：「靈偃蹇兮姣服，芳菲菲兮滿堂。」王逸章句：「偃蹇，舞貌。」洪興祖補注：「偃蹇，委曲貌，一曰衆盛貌。」《校注》：「靈：神女。偃蹇：舞姿翩躚貌。姣服：華美的服飾。」

〔五一〕嬋娟：姿態美好貌。《文選》卷二張衡《西京賦》：「嚼清商而却轉，增嬋娟以此豸。」薛綜注：「嬋娟此豸，姿態妖蠱也。」

〔五二〕青色之泯靡：《校注》：「青色：指婦女用青黛畫的眉。泯靡：猶靡曼，秀麗。」

〔五三〕熳美目之波瀾：《校注》：「熳：明燦。傅毅《舞賦》：『眉連娟以增繞兮，目流睇而横波。』」按《文選》卷十七傅毅《舞賦》李善注：「横波，言目邪視如水之横流也。《神女賦》曰：『望余帱而延視兮，若流波之將瀾。』」

〔五四〕襞日月之纂組：《楚辭·招魂》：「纂組綺縞，結琦璜些。」朱熹集注：「纂組，綬類也。纂似組而赤。」《漢書》卷五《景帝紀》：「雕文刻鏤，傷農事者也；錦繡纂組，害女紅者也。」顔師古注：「應劭曰：『纂，今五采屬綷是也；組者，今綬紛絛是也。』臣瓚曰：『許慎云：纂，赤組也。』師古曰：瓚説是也。」

〔五五〕襲星宿之羅紈：《戰國策·齊策四》：「下宫糅羅紈，曳綺縠。」鮑彪注：「紈，素也。」《淮南子·齊俗訓》：「有詭文繁繡，弱緆羅紈。」高誘注：「羅，縠；紈，素也。」按以上二句《校注》云：「襞：指打褶的裙。襲：指罩衣。日月、星宿：衣服上繡成日月星辰的圖案。纂組、羅紈：指絲織品。」

〔五六〕「百味酒」二句：《樂府詩集》卷二十謝朓《齊隋王鼓吹曲·郊祀曲》：「福響靈之集，南岳固斯年。」《校注》：「百味酒：謂美酒。河：即河伯，河神。漢《艶歌》：『今日樂上樂，相從步雲衢。天公出美酒，河伯出鯉魚。』」

〔五七〕却交甫之玉質：《校注》：「却：退，排除，不值得稱道之意。交甫：即鄭交甫。玉質：指漢水女神。鄭交甫遇漢水女神事見《文選》郭璞《江賦》李善注引《韓詩外傳》及劉向《列仙傳》。」

〔五八〕陳王之妙顔：《校注》：「陳王：指曹植。曹植曾封爲陳王。妙顔，指曹植《洛神賦》所寫的洛神。」

〔五九〕精玄於太一：《晉書》卷三十《刑法志》：「夫理者，精玄之妙，不可以一方行也。」《莊子·天下》：「建之以常無有，主之以太一。」成玄英疏：「太者廣大之名，一以不二爲稱。言大道曠蕩，無不制圍，括囊萬有，通而爲一，故謂之太一也。」《吕氏春秋·大樂》：「音樂之所由來者遠矣，生於度量，本於太一。」「道也者，至精也，不可爲形，不可爲名，彊爲之，謂之太一。」《校注》：「精玄：精微。太一：生成天地萬物的元氣爲太一，亦即道。」

〔六〇〕妙宫徵於清都：《列子·周穆王》：「清都、紫微、鈞天、廣樂，帝之所居。」張湛注：「清都、紫微，天帝之所居也。」《楚辭·遠遊》：「集重陽入帝宫兮，造旬始而觀清都。」朱熹集注：「清都，《列子》以爲帝之所居也。」《校注》：「宫徵：泛指宫商角徵羽五音。」

〔六一〕含聲：揚雄《答劉歆書》：「今舉者懷絓而低眉，任者含聲而寃舌。」《宋書》卷六十二《王微傳》：「諸舍闔門皆蒙時私，此既未易陳道，故常因含聲不言。」鮑照《代夜坐吟》：「冬夜沉沉夜坐吟，含聲未發已知心。霜入幕，風度林。朱燈滅，朱顔尋。體君歌，逐君音，不貴聲，貴意深。」

〔六二〕吐音：發音。《藝文類聚》卷五十五引晉袁宏《詩》：「趙瑟奏哀音，秦聲歌新詩。吐音非凡唱，負此欲何之。」按《文選》卷五十五陸機《演連珠》：「賁鼓密而含響，朗笛疎而吐音。」以上二句乃由此變化而出。

〔六三〕玉袂：衣袖的美稱，此指手。

〔六四〕靈衣：神靈所服之衣。《楚辭》屈原《九歌·大司命》：「靈衣兮披披，玉佩兮陸離。」王逸章句：「言己得依隨司命，被服神衣。」

〔六五〕南風：古代樂曲名，相傳爲虞舜所作。《禮記·樂記》：「昔者舜作五弦之琴，以歌《南風》。」孔穎達疏：「南風，詩名。是孝子之詩。南風長養萬物，而孝子歌之，言己得父母生長，如萬物得南風生也。」《孔子家語·辨樂解》：「昔者舜彈五弦之琴，造《南風》之詩。其詩曰：『南風之薰兮，可以解吾民之愠兮；南風之時兮，可以阜吾民之財兮。』」

〔六六〕濮水：《校注》：「濮水：指桑間濮上之音。《禮記·樂記》：『桑間濮上之音，亡國之音也。』注：『濮水之上，地有桑間者，亡國之音，於此水出也。』濮水，在今河南北部地區。」

〔六七〕「於是」二句：《校注》：「流瀁：流浪。遨曹：遨遊四周。曺，通『遭』，周遭。」

〔六八〕「娥眉」二句：《楚辭·大招》：「嫮目宜笑，娥眉曼只。」潘岳《金鹿哀辭》：「嗟我金鹿，天姿特挺，鬒髮凝膚，蛾眉螓領，柔情和泰，朗心聰警。」《文選》卷三十鮑照《翫月城西門廨中》：「末映東北墀，娟娟似娥眉。」吕向注：「蛾眉，婦人之眉也。」此指美女。《校注》：「鍾鼓：泛指音樂。捐：去，撤除。」

〔六九〕西海：傳説中西方之神海。《楚辭·離騷》：「路不周以左轉兮，指西海以爲期。」《山海經·南山經》：「招摇之山，臨於西海之上。」

〔七〇〕駟行雨於丹淵：阮籍《詠懷詩八十二首》之二十三：「東南有射山，汾水出其陽。六龍服氣輿，雲蓋切天綱。仙者四五人，逍遥晏蘭芳。寢息一純和，呼噏成露霜。沐浴丹淵中，炤燿日月光。豈安通靈臺，遊瀁去高翔。」《校注》：「駟：本指四馬之車，此用作動詞，駕、乘之意。丹淵：即丹水，神話中水名，出昆侖山。」

〔七一〕「山差池」二句：《詩·邶風·燕燕》：「燕燕于飛，差池其羽。」朱熹集傳：「差池，不齊之貌。」鮑照《代白紵舞歌詞四首》之三：「三星差池露霑濕，絃悲管清月將入。」《校注》：「鏡：映照。『鏡壑』、『抱天』，當作『鏡天』、『抱壑』。此有意交互其文。」

〔七二〕「山含玉」二句：《校注》：「珪：玉器。亦指玉。《荀子·勸學》：『玉在山而草木潤，淵生珠而崖不枯。』永歲、窮年：長壽，盡其天年。」

〔七三〕若木以寫意：若木，古代神話中之樹名。《山海經·大荒北經》：「大荒之中，有衡石山、九陰山、灰野之山，上有赤樹，青葉，赤華，名曰若木。」《楚辭》屈原《離騷》：「飲余馬於咸池兮，總余轡乎扶桑。折若木以拂日兮，聊逍遥以相羊。」《校注》：「寫意：表意。」

〔七四〕拾瑶草而悠然：瑶草，傳説中之仙草。東方朔《與友人書》：「相期拾瑶草，吞日月之光華，共輕舉耳。」《文選》卷二十二江淹《從冠軍建平王登廬山香爐峰》「瑶草正翕艷」李善注：「瑶草，玉芝也。《本草經》曰：白芝，一名玉芝。」按《校注》云：「以上二句表示希望長生不老之意。」

〔七五〕凝虚歆一：凝虚，道家謂清虚無慮的得道境界。《魏書》卷五十《尉元傳》：「夫大道凝虚，至德冲挹，故尹王法玄猷以御世，聖人崇謙光而降美。」《莊子·在宥》：「我守其一以處其和，故我修身千二百歲矣，吾形未常衰。」葛洪《抱朴子·地真》：「守一存真，乃能通神。」

〔七六〕魄兀心亡：《校注》：「兀：静止。」

〔七七〕「白生」二句：《校注》：「白生：指白圭，戰國時人，曾相魏。惠子：指惠施，戰國時宋人。二人皆善辯。見《吕氏春秋·不屈》。關：閉，阻止。芒：鋒芒。」

〔七八〕「源其」句：源，追原，探察本源。市朝，指争名逐利之所。《戰國策·秦策一》：「臣聞争名者於朝，争利者於市。今三川、周室，天下之市朝也。」鮑照《代結客少年塲行》：「扶宫羅將相，夾道列王侯。日中市朝滿，車馬若川流。」

〔七九〕讒孽：《史記》卷二《夏本紀》：「諸衆讒孽臣，君德誠施皆清矣。」《校注》：「讒孽：阿諛逢迎之人。」

〔八〇〕文綵之婟冶：婟冶，即遥冶、姚冶。《荀子·非相》：「今世俗之亂君，鄉曲之儇子，莫不美麗姚冶，奇衣婦飾，血氣態度，擬於女子。」楊倞注：「《説文》曰：『姚，美好貌；冶，妖。』」鮑照《中興歌十首》之九：「襄陽是小地，壽陽非帝城，今日中興樂，遥冶在上京。」《校注》：「文綵：有文彩的衣服。婟冶：極度艷麗。《老子》第五十三章：『服文彩，帶利劍，厭飲食，財貨有餘，是謂盗竽，非道哉！』」

〔八一〕鏗鎗：《禮記·樂記》：「君子之聽音，非聽其鏗鎗而已也，彼亦有所合之也。」《文選》卷八司馬相如《上林賦》：「鏗鎗闛鞈，洞心駭耳。」李善注：「鏗鎗，鍾聲也。」《漢書》卷二十二《禮樂志》：「但能記其鏗鎗鼓舞，而不能言其義。」顔師古注：「鏗鎗，金石之聲也。」此指利劍撞擊之聲。

〔八二〕「懅生死」二句：《古今韻會舉要》卷十八：「懅，懼也。」半氣，半口氣息。《校注》：「半氣、一光：皆謂時間短暫。」

〔八三〕鑄金爲器：《校注》：「《史記·孝武本紀》載方士李少君謂帝曰：『祠竈則致物，致物而丹砂可化爲黄金，黄金成以爲飲食器則益壽，益壽而海中蓬萊僊者可見。』」

〔八四〕丹沙爲漿：《校注》：「漿：指丹液。」

〔八五〕慚吝：羞耻。王符《潛夫論·斷訟》：「初雖慚吝於一人，然其終也，長利於萬世。」按《後漢書》卷五十四《楊震傳》：「三后成功，惟殷於民，臯陶不與焉，蓋吝之也。」李賢注：「吝，耻也。」慚吝，猶慚耻。《戰國策·齊策六》：「使管仲終窮抑，幽囚而不出，慚耻而不見，窮年没壽，不免爲辱人賤行矣。」

〔八六〕妖怨：《校注》：「妖怨：邪惡怨毒。」

【集説】

俞紹初、張亞新《江淹集校注》：本篇通過幻想形式，寫服藥遊仙的經歷，説明神仙之道可學而成，同時也流露出作者「耻市朝」、「疾讒嬖」，對現實處境的極度不滿。

靈丘竹賦

【題解】

此賦俞譜繫於齊永明六年，其云：「《南齊書》卷四十四《徐孝嗣傳》：『靈丘山湖，新林苑也。』新林苑始建於永明五年（四八七）十月，見《南齊書》卷三《武帝紀》。《南史》卷五《齊和帝本紀》云：『永明中，望氣者云新林苑、婁湖、青溪并有天子氣，於其處大起樓苑宫觀，武帝屢遊幸以應之。』又王儉亦作有《靈丘竹賦應詔》，見《藝文類聚》卷八十九。蓋江淹此賦與王儉陪侍齊武帝遊新林苑應詔而作。王儉卒於永明七年五月，故暫繫此賦於是年。」《校注》亦云：「王儉卒於永明七年（四八九）五月，則賦作於永明五年十月至七年五月間。」所説是也。

登崎嶇之碧巘〔一〕，入朱宫之玲瓏〔二〕。臨曲江之迴盪〔三〕，望南山之葱青〔四〕。鬱春華之石岸①，艴夏彩於沙汀〔五〕。遠亘紫林祕野，近匝玉苑禁垌②〔六〕。於是緑筠繞岫，翠篁緜嶺〔七〕。參差黛色〔八〕，陸離紺影〔九〕。上謡謡而留間，下微微而停靖〔一〇〕。蒙朱霞之丹氣〔一一〕，曖白日之素景〔一二〕。故非英非蘂③，非香非馥。而珍跨仙草，寶踰靈木〔一三〕。夾池水而檀欒〔一四〕，繞園塘而橚矗④〔一五〕。既間霜而無凋〔一六〕，亦中暑而增肅〔一七〕。每冠名於華戎〔一八〕，將擅奇於水陸〔一九〕。

況有朝雲之舘，行雨之宫〔二〇〕。窗峥嶸而緑色〔二一〕，户踟躕而臨空〔二二〕。綺疏蔽而停日⑤〔二三〕，朱簾開而留風。被箘簬之窈蔚⑥〔二四〕，結篠蕩之溟濛〔二五〕。或産鳷鵲之右⑦，或居露寒之東⑧〔二六〕。此皆金輿之所出入，瑶輦之所周通〔二七〕。

【校記】

① 「春」原作「舂」，今據《彙注》本、張本、梁本改。「之」《彙注》本、張本、梁本作「於」。

② 「垌」原作「埛」，今據《彙注》本、張本、梁本改。

③ 「蘂」《初學記》卷二十八作「藥」。

④「橚矗」原作「橚植」，今據《彙注》本、張本、梁本改。

⑤「蔽」《初學記》作「敞」。

⑥「箘」原作「菌」，張本、梁本作「菌」，今據《彙注》本改。

⑦「右」《初學記》作「左」。

⑧「居」《初學記》作「植」。「露寒」原作「寒露」，今據《彙注》本、張本、梁本改。

【箋注】

〔一〕崎嶇之碧巘：《文選》卷四張衡《南都賦》：「上平衍而曠蕩，下蒙籠而崎嶇。」李善注：「《廣雅》曰：『崎嶇，傾側也。』」《詩・大雅・公劉》：「陟則在巘，復降在原。」毛傳：「巘，小山，別於大山也。」

〔二〕朱宮之玲瓏：《楚辭・九歌・河伯》：「魚鱗屋兮龍堂，紫貝闕兮朱宮。」王逸章句：「朱丹其宮。」鮑照《河清頌》：「俛瞰夷都，降眡驪淵，朱宮潛耀，紫閣陰鮮。」《文選》卷十一孫興公《遊天台山賦》：「朱闕玲瓏於林間，玉堂陰映於高隅。」李善注：「晉灼《漢書》注曰：『玲瓏，明見貌。』」《玉臺新詠》卷四謝朓《鏡臺詩》：「玲瓏類丹檻，苕亭似玄闕。」

〔三〕曲江：指江蘇省揚州市南長江的一段。《文選》卷三十四枚乘《七發》：「將以八月之望，與諸侯遠方交遊兄弟，并往觀濤乎廣陵之曲江。」

〔四〕望南山之葱青：阮籍《東平賦》：「瞻荒榛之荒穢兮，顧東山之葱青。」葱青，草木青翠茂盛貌。

〔五〕艴夏彩：《楚辭·大招》：「北有寒山，逴龍艴只。」王逸章句：「逴龍，山名也。艴，赤色無草木貌也。」

〔六〕「遠亘」二句：坰，野外。《詩經·魯頌·駉》：「駉駉牡馬，在坰之野。」毛傳：「坰，遠野也。邑外曰郊，郊外曰野，野外曰林，林外曰坰。」《校注》：「亘：横貫。匝：環繞。紫林、秘野，玉苑、禁坰：皆指郊野禁苑。」

〔七〕「於是」二句：《校注》：「筠：竹。篁：竹林。」

〔八〕參差黛色：《詩·周南·關雎》：「參差荇菜，左右流之。」朱熹集注：「參差，長短不齊之貌。」《校注》：「黛：青黑色。」

〔九〕陸離紺影：陸離，光彩絢麗貌。《楚辭·招魂》：「長髮曼鬋，艷陸離些。」《水經注·穀水》：「及其晨光初起，夕景斜輝，霜文翠照，陸離眩目。」《校注》：「紺：天青色。」

〔一〇〕「上謐謐」二句：《校注》：「謐謐、微微：皆幽静之狀。間：通『閑』。靖：閑静。」福林按：留間，疑指留有空隙。間，空隙、縫隙。《墨子·經上》：「有閒，中也。」畢沅校注：「閒隙，是二者之中。」一本作「間」。《莊子·養生主》：「彼節者有閒，而刀刃者無厚；以無厚入有閒，恢恢乎其於遊刃必有餘地矣。」是其例。上謐謐而有隙，故下乃微微而停靖也。

〔一一〕朱霞：《文選》卷十一何晏《景福殿賦》：「遠而望之，若摛朱霞而耀天文；迫而察之，若仰崇山而戴垂雲。」郭璞《遊仙詩·暘谷吐靈曜》：「暘谷吐靈曜，扶桑森千丈。朱霞升東山，朝日何晃朗。」

〔一二〕素景：指日光。《拾遺記》卷六：「(漢昭帝)使宫人爲歌，歌曰：『秋素景兮泛洪波，揮纖手兮折芰荷。涼風淒淒揚櫂歌，雲光開曙月低河。萬歲爲樂豈云多。』帝乃大悦。」陸雲《喜霽賦》：「朱光播於甕牖兮，素景衍乎中闈。」

〔一三〕靈木：張衡《塚賦》：「曲折相連，迤靡相屬，乃樹靈木，靈木戎戎，繁霜峩峩。」《藝文類聚》卷六十九引王粲《靈壽杖頌》曰：「兹杖靈木，以介眉壽，奇幹貞正，不待矯鞣。據斯直杖，杖之爰茂。」按《彙注》云：「張平子《西京賦》曰：『神木靈草，朱實離離。』薛綜注曰：『神木，松柏之屬。靈草，草之英也。』」

〔一四〕檀欒：《藝文類聚》卷六十五引漢枚乘《梁王菟園賦》：「脩竹檀欒，夾池水，旋菟園，并馳道。」《文選》卷三十謝朓《和王著作八公山詩》：「阡眠起雜樹，檀欒蔭修竹。」吕延濟注：「檀欒，竹美貌。」

〔一五〕櫹䕚：竹木長直貌。《文選》卷五左思《吴都賦》：「櫹䕚森萃，蓊茸蕭瑟。」李善注：「櫹䕚，長直貌。」《藝文類聚》卷八十六引晉潘岳《橘賦》：「嗟嘉卉之芬華，信氛氲而芬馥。既蓊茸而萎蕤，且參差而櫹䕚。」

〔一六〕間霜：《校注》：「間霜：隔霜，經霜。」

〔一七〕中暑：《校注》：「中暑：暑熱之中。」

〔一八〕冠名於華戎：冠名，猶名冠。《後漢書》卷四十一《第五倫傳附第五種傳》：「種字興先，少厲志義，爲吏，冠名州郡。」《金石録》卷十六載《漢郎中馬君碑》：「以和平元年舉孝廉，除郎中。謙虚接下，冠名三署。」《校注》：「華戎：猶言中外。」

〔一九〕擅奇於水陸：《藝文類聚》卷八十二引顔延之《碧芙蓉頌》：「澤芝芳艷，擅奇水屬，練氣紅荷，比符縹玉。」鮑照《芙蓉賦》：「恨狎世而貽賤，徒愛存而賞没。雖淩羣以擅奇，終從歲而零歇。」

〔二〇〕「況有朝雲」二句：《文選》卷十九宋玉《高唐賦》：「昔者楚襄王與宋玉遊於雲夢之臺，望高唐之觀。其上獨有雲氣，崪兮直上，忽兮改容。須臾之間，變化無窮。王問玉曰：『此何氣也？』玉對曰：『所謂朝雲者也。』王曰：『何謂朝雲？』玉曰：『昔者先王嘗遊高唐，怠而晝寢，夢見一婦人，曰：「妾巫山之女也，爲高唐之客。聞君遊高唐，願薦枕席。」王因幸之。去而辭曰：「妾在巫山之陽，高丘之阻，旦爲朝雲，暮爲行雨，朝朝暮暮，陽臺之下。」旦朝視之，如言。故爲立廟，號曰朝雲。』」《校注》：「朝雲、行雨：此謂宫館縹緲高聳。」

〔二一〕峥嶸：《楚辭・遠遊》：「下峥嶸而無地兮，上寥廓而無天。」朱熹集注：「峥嶸，深遠貌。」《漢書》卷九十六《西域傳上・罽賓國》：「又有三池、盤石阪，道陿者尺六七寸，長者徑三十里。臨峥嶸不測之深，行者騎步相持，繩索相引。」顔師古注：「峥嶸，深險之貌也。」

〔二二〕踟躕：《文選》卷十一王延壽《魯靈光殿賦》：「西廂踟躕以閑宴，東序重深而奧秘。」李善注：「踟躕，相連貌。」

〔二三〕綺疏：《文選》卷二十九《古詩十九首》：「交疏結綺窗，阿閣三重階。」《後漢書》卷三十四《梁統傳附梁冀傳》：「窻牖皆有綺疎青瑣，圖以雲氣仙靈。」李賢注：「綺疎，謂鏤爲綺文。」《文選》卷二十四陸機《贈尚書郎顧彦先二首》之二：「玄雲拖朱閣，振風薄綺疏。」按「綺疏蔽」與下句「朱簾開」相對成文。

〔二四〕箘簵之窈蔚：《書·禹貢》：「惟箘簵、楛，三邦厎貢厥名。」孔傳：「箘簵，美竹。」蔡沈集傳：「箘簵，竹名。……蓋竹之堅者，其材中矢之笴。」《校注》：「窈蔚：幽深茂密貌。」

〔二五〕篠蕩之溟濛：《書·禹貢》：「篠簜既敷，厥草惟夭，厥木惟喬。」孔傳：「篠，竹箭。簜，大竹。」按蕩，同「簜」。《玉臺新詠》卷九沈約《被褐守山東》：「上瞻既隱軫，下睇亦溟濛。」《校注》：「溟濛：模糊不清貌。竹子茂密使視線不清。」

〔二六〕「或産」二句：《文選》卷八司馬相如《上林賦》：「蹷石闕，歷封巒，過鳷鵲，望露寒。」李善注：「張揖曰：『此四觀武帝建元中作，在雲陽甘泉宫外。』」同上書卷二十六謝朓《暫使下都夜發新林至京邑贈西府同僚》：「金波麗鳷鵲，玉繩低建章。」李善注：「張揖《漢書》注曰：『鳷鵲觀在雲陽甘泉宫外。』」

〔二七〕周通：《校注》：「周通：謂周遊時通過這些宫觀。」

【集説】

明謝榛《四溟詩話》卷四：江文通《靈丘竹賦》「艶夏彩於沙汀」，柳子厚《賀王參元失火書》「黔其廬，赭其垣」。此法用者多矣，非文之宗匠弗知也。

曹道衡《江淹評傳》(《中國著名文學家評傳》)：江淹的《靈丘竹賦》可能也是永明初所作，藝術上雖無太高成就，也還算可讀之作。

江文通集校注卷二

赤虹賦 并序

【題解】

「并序」張本、梁本作「有序」。

此賦曹道衡《年代考》論之曰：「此賦有序稱『東南嶠外，爰有九石之山』，他所描寫的『雄虹赫然』，就是在那裏出現的，他自稱『僕追而察之』，還説：『又憶昔登鑪峰上，手接白雲；今行九石下，親弄絳蜺。（「親弄」《年代考》誤作「親尋」）二奇難并，感而作賦。』這就很清楚地説明此賦作於任建安吴興令時期。」今考此賦序中所説，與其《自序》所云「爲建安吴興令。地在東南嶠外，閩越之舊境也。爰有碧水丹山，珍木靈草」等語相合。賦序撫今追昔，必在建安吴興時所作，曹説是也。又賦序云：「於時夏蓮始舒，春蓀未歇。」賦文亦云：「孟夏茵蒀兮，荷葉承蓮。」則必作於孟夏四月。江淹自元徽二年秋末被謫出，則此賦或元徽三年（四七五）孟夏作。

東南嶠外〔一〕，爰有九石之山〔二〕。乃紅壁十里①〔三〕，青嶂百仞。苔滑臨水，石險帶溪。自非巫咸采藥〔四〕，羣帝上下者〔五〕，皆斂意焉〔六〕。於時夏蓮始舒〔七〕，春蓀未歇〔八〕。肅舲波渚〔九〕，緩拽汀潭〔一〇〕。正逢巖崖相炤〔一一〕，雨雲爛色。俄而雄虹赫然〔一二〕，暈光耀水〔一三〕；偃蹇山頂〔一四〕，舄弈江湄〔一五〕。僕追而察之②〔一六〕，實雨日陰陽之氣〔一七〕，信可觀也。又憶昔登鑪峰上③〔一八〕，手接白雲；今行九石下，親弄絳蜺〔一九〕。二奇難并，感而作賦曰④：

迤邐碕礒兮〔二〇〕，太極之連山〔二一〕。鰅鱅虎豹兮〔二二〕，玉虺騰軒〔二三〕。孟夏茵葍兮〔二四〕，荷葉承蓮。悵何意之容與兮〔二五〕，冀暫緩此憂年。失代上之異人⑤〔二六〕，遲山中之虛迹〔二七〕。掇仙草於危峰，鐫神丹於崩石〔二八〕。視鱣岫之吐翕〔二九〕，看鼉梁之交積〔三〇〕。

於是紫油上河⑥，絳氣下漢⑦〔三一〕；白日無餘⑧〔三二〕，碧雲卷半〔三三〕。殘雨蕭索⑨〔三四〕，光煙艷爛。水學金波〔三五〕，石似瓊岸〔三六〕。錯龜鱗之崚崚〔三七〕，繞蛟色之漫漫。

俄而赤蜺電出〔三八〕，蚴虯神驤〔三九〕。曖昧以變〔四〇〕，依俙不常⑩〔四一〕。非虛非實，乍陰乍光⑪〔四二〕。赩赫山頂，炤燎水陽〔四三〕。雖圖緯之有載〔四四〕，曠代識而未逢〔四五〕⑫。既咨嗟而躑躅〔四六〕，聊周流而從容〔四七〕。想番禺之廣野〔四八〕，意丹山之喬峰⑬〔四九〕。稟傅說之一星⑭〔五〇〕，乘夏后之兩龍〔五一〕。彼靈物之詎幾〔五二〕，象火滅而山紅⑮〔五三〕。餘形可覽，殘色未去。耀萎蕤而在草〔五四〕，映青葱而結樹〔五五〕。昬青苔於丹渚，曖朱草於石路。霞晃朗而下飛〔五六〕，日通籠而上度〔五七〕。俯形命之窘局〔五八〕，哀時俗之不固〔五九〕。定赤舄之易遺〔六〇〕，乃鼎湖之可慕〔六一〕。既以爲朱鬐白毳之駕⑯〔六二〕，方瞳一角之人〔六三〕。帝臺北荒之際〔六四〕，弇山西海之濱〔六五〕。流沙之野〔六六〕，析木之津⑰〔六七〕。雲或怪綵，煙或異鱗。必雜蜺之氣⑱，陰陽之神焉〔六八〕。

【校記】

①「壁」原作「塵」，今據張本、梁本、《初學記》卷二改。

②「僕追而察之」張本、梁本、《初學記》作「迫而察之」。

③「鑪峰」張本作「香鑪峰」。

④「二奇難并感而作賦曰」張本作「二難再感而作賦曰」。

⑤「代」《初學記》作「世」。

⑥「油」張本、梁本、《初學記》作「霧」。

⑦「氣」張本、梁本、《初學記》作「氛」。
⑧「無餘」張本、梁本作「照餘」，《初學記》作「無際」。
⑨「殘」《初學記》作「行」。
⑩「俙」《藝文類聚》卷二作「稀」。
⑪「陰」《藝文類聚》作「滅」。
⑫「代」《初學記》作「世」。
⑬「意」張本作「憶」。
⑭「稟」元鈔本、《初學記》作「騎」，疑是。
⑮「山」《彙注》本作「出」。
⑯「朱鬐白毳」張本、梁本、《初學記》作「騂鬐四毳」。
⑰「析木」原作「折木」，今據《彙注》本、張本、梁本改。
⑱「蜺」張本、梁本、《初學記》作「虹蜺」。

【箋注】

〔一〕東南嶠外：《校注》：「東南嶠外：指建安吴興。本集《自序》：『爲建安吴興令，地在東南嶠外，閩越之舊境也。』嶠，嶺。」

〔二〕九石之山：《校注》：「九石：山名。」按《太平寰宇記》卷一百一《建州建安郡·浦城縣》：

「九石潭，在浦城縣西南四十里。以潭峰有九石相連，因名之。」疑九石之山指此。

〔三〕紅壁：《校注》：「壁：山崖。」

〔四〕巫咸采藥：《太平御覽》卷七百二十一引《世本》：「巫咸，堯臣也。以鴻術爲帝堯之醫。」《藝文類聚》卷七引郭璞《巫咸山賦》：「蓋巫咸者，實以鴻術爲帝堯醫。生爲上公，死爲貴神。」

〔五〕羣帝上下：《校注》：「羣帝：衆神。上下：上天和下地。」

〔六〕斂意：《校注》：「斂意：謂收起登山的念頭。」

〔七〕夏蓮始舒：《校注》：「舒：展。指開花。」

〔八〕春蓀未歇：《楚辭·九章·抽思》：「數惟蓀之多怒兮，傷余心之慢慢。」王逸章句：「蓀，香草也。」《爾雅翼》卷三：「荃，昌蒲也。或讀若孫音。又一名蓀。《春秋運斗樞》曰：『玉衡星散爲昌蒲。遠雅頌，著倡優，則玉衡不明，昌蒲冠環。』《孝經援神契》曰：『昌蒲益聰，生水中，葉長數尺，而上鋭，中有脊如劍。其根九節者食之仙。』」

〔九〕肅舲波渚：舲，有窗户的小船，亦泛指船。《楚辭》屈原《九章·涉江》：「乘舲船余上沅兮，齊吴榜以擊汰。」王逸章句：「舲船，船有牕牖。」朱熹集注：「舲船，船有窗牖者。或曰小船也。」《淮南子·俶真訓》：「越舲蜀艇，不能無水而浮。」高誘注：「舲，小船也。」《南齊書》卷四十一《張融傳》：「陰鳥陽禽，春毛秋羽。遠翅風遊，高翮雲舉。翔歸棲去，連陰日路。瀾漲波渚，陶玄浴素。」《校注》：「肅：疾，速。」

〔一〇〕緩拽汀潭：拽，牽引。《重修廣韻》卷四：「曳，牽也，引也。」汀潭，猶汀洲，水中小洲。《楚辭》屈原《九歌・湘夫人》：「搴汀洲兮杜若，將以遺兮遠者。」王逸章句：「汀，平也。」洪興祖補注：「汀，它丁切，水際平地。」按以上二句《校注》云：「波渚、汀潭：即波潭、汀渚。潭，水深之處。汀、渚，皆小洲。」今録以備考。

〔一一〕巖崖相炤：巖崖，山崖。《玉臺新詠》卷九沈約《八詠・登臺望秋月》：「隱巖崖而半出，隔帷幌而纔通。」炤，同「昭」，明。《詩經・小雅・正月》：「魚在於沼，亦匪克樂，潛雖伏矣，亦孔之炤。」朱熹集傳：「炤，明易見也。」

〔一二〕雄虹赫然：雄虹，色彩鮮明的虹，亦稱正虹，與副虹霓相對。《楚辭・遠遊》：「建雄虹之采旄兮，五色雜而炫燿。」《後漢書》卷六十上《馬融傳》：「建雄虹之旄夏。」李賢注：「郭璞注《爾雅》云：『虹雙出，色鮮盛者爲雄。』」鮑照《登大雷岸與妹書》：「若華夕曜，巖澤氣通，傳明散綵，赫似絳天。」

〔一三〕暈光：《校注》：「暈光：環繞於虹周圍的光氣。」

〔一四〕偃蹇山頂：《漢書》卷五十七下《司馬相如傳下》：「掉指橋以偃蹇兮，又猗抳以招摇。」顔師古注：「張揖曰：『偃蹇，委曲貌。』」《晉書》卷九十二《文苑・成公綏傳》：「河漢委蛇而帶天，虹蜺偃蹇於昊蒼，望舒彌節於九道，羲和正轡於中黄。」

〔一五〕舄弈江湄：《文選》卷二十五謝惠連《西陵遇風獻康樂》：「昨發浦陽汭，今宿浙江湄。」劉良注：「湄，水岸也。」按以上二句《校注》云：「偃蹇：彎曲貌。舄弈：連綿不絶貌。江湄：江邊。以上二句謂虹橫跨於山頂和江湄之間。」

〔一六〕僕：《校注》：「作者自稱。」

〔一七〕雨日陰陽之氣：《校注》：「雨爲陰氣，日爲陽氣。《釋名·釋天》：『虹，陽氣之動也。虹，攻也，純陽攻陰氣也。』」

〔一八〕憶昔登鑪峰：鑪峰，指廬山香爐峰。作者泰始六年春隨建平王景素赴湘州刺史任，道中曾有登廬山事，并作《從冠軍建平王登廬山香爐峰詩》一首。

〔一九〕親弄絳蜺：《校注》：「絳蜺：即赤虹。」

〔二〇〕迤邐碕礒：《藝文類聚》卷二十六引魏吴質《答陳思王曹植書》：「夫登東岳者，然後知衆山之迤邐也。」謝朓《治宅》：「迢遰南川陽，迤邐西山足。」曹融南注：「《集韻》：『迤邐，旁行連延也。』」《楚辭》淮南小山《招隱士》：「嶔岑碕礒兮，碅磳磈硊。」洪興祖補注：「碕礒，石貌。」謝朓《往敬亭路中》：「槃楯每嶙峋，林堂多碕礒。」《校注》：「迤邐：曲折綿延貌。碕礒：山石錯落貌。」

〔二一〕太極之連山：《校注》：「太極：宇宙形成前的原始混沌之氣。此指未開化的自然狀態。」

〔二二〕鰅鱅虎豹：《校注》：「鰅、鱅：皆魚名。」

〔二三〕玉虺騰軒：虺，古稱蝮蛇一類的毒蛇。《詩·小雅·斯干》：「維虺維蛇。」《校注》：「騰軒：飛躍。」

〔二四〕孟夏茵蒀：《校注》：「茵蒀：霧氣彌漫貌。」

〔二五〕意之容與：《楚辭·九歌·湘夫人》：「時不可兮驟得，聊逍遥兮容與。」王逸章句：「聊自逍遥而遊，容與而戲，以待天命之至也。」朱熹集注：「逍遥、容與，皆遊戲閒暇之意也。」《後漢書》卷二十八下《馮衍傳下》：「意斟愖而不澹兮，俟回風而容與。」李賢注：「容與，猶從容也。」意容與，指隨心所欲，放縱遊樂。

〔二六〕異人：神人，方士。《文選》卷十二郭璞《江賦》：「納隱淪之列真，挺異人乎精魄。」《校注》：「異人：指修仙得道之人。」

〔二七〕遲山中之虚迹：《校注》：「遲：希望。《後漢書·章帝紀》：『朕思遲直士，側席異聞。』注：『遲，猶希望也。』以上二句意謂：在世上找不到異人，希望在山中發現仙人的蹤迹。」

〔二八〕「掇仙草」二句：《抱朴子·内篇·金丹》：「若取九轉之丹内神鼎中，夏至之後，爆之鼎熱……候日精照之。須臾翕然俱起，煌煌輝輝，神光五色，即化爲還丹。」「余問諸道士以神丹金液之事，及《三皇内文》召天神地祇之法，了無一人知之者。」「第二之丹名曰神丹，亦曰神符。服之百日仙也。」鮑照《代淮南王》：「琉璃藥椀牙作盤，金鼎玉匕合神丹。」《校注》：

「掇：拾。鐫：鑿。」

〔二九〕鱣岫之吐翕：《校注》：「鱣岫：鱣魚所居的洞穴。指山洞。崔豹《古今注》：『鯉之大者曰鱣，鱣之大者曰鮪。』《太平御覽》卷九三六引張華《博物志》：『河陰岫穴出鮪魚焉。』吐翕：吐納。謂吞雲吐霧。」

〔三〇〕黿梁之交積：《太平御覽》卷六百六十一引《尚書帝驗期》：「洎周穆王駕黿鼉魚鱉爲梁，以濟弱水。」《校注》：「黿梁：《竹書紀年》卷下：周穆王伐越，『東至於九江，叱黿鼉以爲梁。』此指山梁。交積：謂山石交加疊積。宋玉《高唐賦》：『黿鼉鱣鮪，交積縱横。』」

〔三一〕「於是」二句：《校注》：「油：油雲，濃雲。《孟子·梁惠王上》：『天油然作雲，沛然下雨。』河、漢：銀河。指天空。」

〔三二〕白日無餘：《校注》：「無餘：謂日光消失。」

〔三三〕碧雲：《宋書》卷六十七《謝靈運傳》載謝靈運《山居賦》：「因丹霞以赬楣，附碧雲以翠椽。」

〔三四〕蕭索：稀少。《漢書》卷二十六《天文志》：「若煙非煙，若雲非雲，鬱鬱紛紛，蕭索輪囷，是謂慶雲。」《校注》：「蕭索：稀疏。」

〔三五〕金波：反射着耀眼光芒的水波。《藝文類聚》卷七十六引梁武帝《如炎詩》：「金波揚素沫，銀浪翻緑萍。」

〔三六〕石似瓊岸：《藝文類聚》卷六十一引魏劉楨《魯都賦》：「淥池分浪，以帶石垠，文隅瓊岸，華玉依津。」

〔三七〕錯鼂鱗之崚崚：《校注》：「崚崚：高峻重疊貌。以上二句分別形容山和水。」

〔三八〕赤蜺電出：《校注》：「電出：似電光般迅速出現。」

〔三九〕蚴虯神驤：《校注》：「蚴虯：蜿蜒。同『蚴蟉』。《漢書·司馬相如傳》載《上林賦》：『青龍蚴蟉於東廂。』神驤：如神龍騰空。」

〔四〇〕曖昧以變：曖昧，模糊。蔡邕《釋誨》：「若公子，所謂睹曖昧之利，而忘昭晢之害，專必成之功，而忽蹉跌之敗者已。」《文選》卷十一何晏《景福殿賦》：「其奥祕則翳蔽曖昧，髣髴退概，若幽星之纚連也。」李善注：「翳蔽、曖昧、髣髴、退概，皆謂幽深不明也。」

〔四一〕依俙不常：《校注》：「依俙：同『依稀』。」

〔四二〕乍陰乍光：《文選》卷十九曹植《洛神賦》：「於是洛靈感焉，徙倚彷徨，神光離合，乍陰乍陽，竦輕軀以鶴立，若將飛而未翔。」李善注：「陰去陽來也。」吕延濟注：「言神之光彩或明或闇，如鶴之立，似將飛矣，而未翔舉。」

〔四三〕「艴赫」二句：《校注》：「艴赫、炤爒：皆形容色鮮艷之貌。」

〔四四〕圖緯：圖讖和緯書。《後漢書》卷五十九《張衡傳》：「自中興之後，儒者争學圖緯，兼復附以訞言。」《文選》卷五十八蔡邕《郭有道碑文》：「遂考覽六經，探綜圖緯。」李善注：「圖，河圖也；緯，六經及《孝經》皆有緯也。」《校注》：「圖緯：圖讖緯書。如《河圖稽耀鉤》：『鎮星散爲虹霓。』《春秋潛潭巴》：『虹出，后妃陰襲主。』皆記虹霓事。」

〔四五〕曠代：久歷年代。曹植《驅車篇》：「發舉蹈虛廊，徑庭升窈冥。同壽東父年，曠代永長生。」趙幼文注：「曠，《廣雅·釋詁一》：『遠也。』」葛洪《抱朴子·時難》：「高勳之臣，曠代而一。」

〔四六〕咨嗟而躑躅：嵇康《答二郭》之二：「坎懔趣世教，常恐嬰網羅。羲皇邈已遠，拊膺獨咨嗟。」阮籍《詠懷詩八十二首》之十三：「李公悲東門，蘇子狹三河。求仁自得仁，豈復歎咨嗟。」《文選》卷二十九《古詩十九首·東城高且長》：「馳情整中帶，沈吟聊躑躅。」李周翰注：「躑躅，行不進貌。」同上書卷二十二陸機《招隱詩》：「明發心不夷，振衣聊躑躅。」李善注：「《説文》曰：『躑躅，住足也。』」

〔四七〕周流而從容：《文選》卷四十七王褒《聖主得賢臣頌》：「追奔電，逐遺風，周流八極，萬里一息。何其遼哉，人馬相得也。」《荀子·賦》：「周流四海，曾不崇日。」從容，悠閒舒緩，不慌不忙。《莊子·秋水》：「鯈魚出遊從容，是魚樂也。」《文選》卷十一孫綽《遊天台山賦》：「下蘭臺而周覽兮，步從容於深宮。」吕延濟注：「從容，寬曠閒樂貌。」

〔四八〕番禺之廣野：《校注》：「番禺：古地名，屬南海郡，即今廣州市，亦作『番隅』。《山海經·海内南經》：『桂林八樹，在番隅東。』郭璞注：『八樹而成林，言其大也。』」

〔四九〕丹山之喬峰：《校注》：「丹山：山名。《山海經·大荒北經》：『有始周之國，有丹山。』郭璞注：『此山純出丹朱也。』」

〔五〇〕禀傅説之一星：《莊子·大宗師》：「夫道，有情有信，無爲無形，可傳而不可受，可得而不可見。……傅説得之，以相武丁，奄有天下，乘東維，騎箕尾，而比於列星。」《校注》：「《心經·尾宿》：『傅説一星，在尾第二星東。』」按禀，疑元鈔本、《初學記》作「騎」是。

〔五一〕乘夏后之兩龍：《山海經·海外西經》：「大樂之野，夏后啓於此舞九代，乘兩龍。」《文選》卷四十六王融《三月三日曲水詩序》：「至如夏后兩龍，載驅璿臺之上；穆滿八駿，如舞瑶水之陰。」劉良注：「夏后，帝啓也，有馬號爲『兩龍』，乘遊於璿臺之上，以饗諸侯百官也。璿臺，臺名。」

〔五二〕靈物之詎幾：靈物，祥瑞之物。《後漢書》卷一下《光武帝紀下》：「今天下清寧，靈物仍降。」《藝文類聚》卷八十八引齊謝朓《高松賦》：「青春爰謝，靈物含明。江皋緑草，暧然已平。」《校注》：「靈物：指赤虹。詎幾：幾何。謂不多時。」

〔五三〕象火滅而山紅：《校注》：「象火滅而山紅：謂山上映照的紅光一忽兒寂滅消失。」

〔五四〕萎蕤而在草：萎蕤，草木鮮麗貌。《漢武帝内傳》：「紫芝萎蕤，紛若填樏。」《藝文類聚》卷八十六引晉潘岳《橘賦》：「嗟嘉卉之芬華，信氛氳而芬馥。既蓊茸而萎蕤，且參差而橚矗。」

〔五五〕青葱而結樹：青葱，翠緑色。《文選》卷七揚雄《甘泉賦》「翠玉樹之青葱兮」吕向注：「翠，碧。青葱，玉樹色也。」同上書卷四張衡《南都賦》：「章陵鬱以青葱，清廟肅以微微。」李善

注：「《爾雅》曰：『青謂之葱。』林木茂盛之貌。」

〔五六〕晃朗：明亮貌。《文選》卷十三潘岳《秋興賦》：「天晃朗以彌高兮，日悠陽而浸微。」李善注：「言秋日天氣高朗。晃朗，明貌。」郭璞《遊仙詩·暘谷吐靈曜》：「暘谷吐靈曜，扶桑森千丈。朱霞升東山，朝日何晃朗。」

〔五七〕通籠：亦作「通曨」、「通朧」，猶曈曨，光線微弱貌。王嘉《拾遺記·唐堯》：「山下有巨穴，穴中有水，其色若火，晝則通曨不明，夜則照耀穴外，雖波濤灌蕩，其光不滅，是謂『陰火』。」

〔五八〕俯形命之窘局：《校注》：「俯：俯察。形命：形體、性命。謂人生。窘局：困迫局促。」

〔五九〕哀時俗之不固：《校注》：「不固：謂變化無常。宋玉《九辯》：『何時俗之工巧兮，背繩墨而改錯。』此用其意。」

〔六〇〕赤舄之易遺：《校注》：「赤舄：赤玉鞋。劉向《列仙傳》：『安期生，琅耶阜鄉人。賣藥海邊，時人皆言千歲公。秦始皇請見，與語三日三夜，賜金璧數萬，出於阜鄉亭皆置去，留書，以赤玉舄一量（雙）爲報，曰：「後數年，來求我於蓬萊山下。」』遺：贈送。」

〔六一〕鼎湖：《校注》：「鼎湖：相傳爲黄帝升天之處。見《史記·封禪書》。」

〔六二〕朱鬐白毳：《校注》：「朱鬐：紅色馬鬣，指神馬。《山海經·海内北經》：『有文馬，縞身朱鬣，目若黄金，名曰吉量，乘之壽千歲。』白毳：鳥獸的白色細毛，指神仙所乘的白鶴、白鹿之類。」

〔六三〕方瞳一角之人：《校注》：「方瞳、一角：皆指仙人。王嘉《拾遺記》卷三：『有黄髮老叟五人，或乘鴻鶴，或衣羽毛，耳出於頂，瞳子皆方，面色玉潔。……五老即五方之精也。』又《蜀中廣記》：『獨角者，巴郡人也。年可數百歲，俗失其名，頂上生一角，故謂之獨角。』」

〔六四〕帝臺北荒之際：北荒，指北方極荒遠之地區。《山海經》有《大荒北經》篇，載記北方荒遠之地。《校注》：「帝臺：神話中衆帝之臺。《山海經·海内北經》：『帝堯臺，帝嚳臺，帝丹朱臺，帝舜臺……在崑崙東北。』」

〔六五〕弇山：《校注》：「弇山：神話中山名，即弇州山。《山海經·大荒西經》：『西海之外，大荒之中……有弇州之山。』」

〔六六〕流沙之野：《尚書·夏書·禹貢》：「東漸於海，西被於流沙，朔南暨聲教，訖於四海。」《吕氏春秋·本味》：「流沙之西，丹山之南，有鳳之丸，沃民所食。」《史記》卷一百十七《司馬相如列傳》載司馬相如《大人賦》：「杭絶浮渚，而涉流沙，奄息總極，泛濫水嬉兮。」《校注》：「流沙：西方地區的沙漠。」

〔六七〕析木之津：《左傳·昭公八年》：「今在析木之津，猶將復由。」杜預注：「箕、斗之間有天漢，故謂之析木之津。由，用。」《校注》：「析木之津：即天津、天河。析木，星次名。《爾雅·釋天》：析木謂之津，箕斗之間漢津也。」

〔六八〕陰陽之神：《校注》：「謂盡變化之道。《易·繫辭上》：『一陰一陽謂之道。』『陰陽不測謂之神。』」

【集説】

俞紹初、張亞新《江淹集校注》：本篇爲在吴興時所作，寫彩虹映照之下閩中山水的瑰奇景色，同時也流露出對神仙世界的嚮往之情。

四時賦

【題解】

曹道衡《年代考》云：「這篇賦中屢次提到『憶上國之綺樹，想金陵之蕙枝』；『何嘗不夢帝城之阡陌，憶故都之臺沼』，都是被貶而思念都城的話。尤其是『北客長欷，深壁寂思，空牀連流，圭箭掩滯』諸語，都是貶謫生活的寫照，當爲建安吴興時作。」吴譜亦繫於作者在吴興令任時。《校注》云：「本篇抒寫在寂寞悽楚中對故國鄉關的四季思念之情，亦當作於建安吴興。」所説是也。今考此賦云：「綢絲蔽户，青苔繞梁。」與在建安吴興時所作之《青苔賦》、《赤虹賦》、《待罪江南思北歸賦》之敍南國青苔等事相合，可爲賦作於建安吴興之證。此賦又云：「春華虚艷，秋月徒光。臨飛鳥而魂絶，視浮雲而意長。測代序而饒感，知四時之足傷。」而後又分别敍述「旭日始暖，蕙草可織」，「至若炎雲峰起，芳樹未移，澤蘭生坂，朱荷出池」，「秋風一至，白露團團」，「至於冬陰北邊，永夜不曉；平蕪際海，千里飛鳥」之四季景象，乃江淹至吴興已經冬歷春涉夏之證，故又當作於元徽三年（四七五）秋。

北客長欷〔一〕，深壁寂思〔二〕。空牀連流〔三〕，圭窬淹滯〔四〕。網絲蔽户，青苔繞梁〔五〕。春華虛艷，秋月徒光。臨飛鳥而魂絶，視浮雲而意長〔六〕。測代序而饒感〔七〕，知四時之足傷。

若乃旭日始暖①，蕙草可織，園桃紅點〔八〕，流水碧色。思應都兮心斷②〔九〕，憐故人兮無極〔一〇〕。

至若炎雲峰起③〔一一〕，芳樹未移〔一二〕，澤蘭生坂④〔一三〕，朱荷出池。憶上國之綺樹〔一四〕，想金陵之蕙枝〔一五〕。

若夫秋風一至⑤〔一六〕，白露團團〔一七〕，明月生波，螢火迎寒⑥。眷庭中之梧桐⑦〔一八〕，念機上之羅紈〔一九〕。

至於冬陰北邊，永夜不曉〔二〇〕；平蕪際海〔二一〕，千里飛鳥〔二二〕。何嘗不夢帝城之阡陌⑧〔二三〕，憶故都之臺沼〔二四〕。

是以軫琴情動〔二五〕，戛瑟涕落〔二六〕。逐長夜而心殞〔二七〕，隨白日而形削〔二八〕。故秦人秦聲〔二九〕，楚音楚奏〔三〇〕。聞歌更泣，見悲已疢〔三一〕。實由魂氣愴斷〔三二〕，外物非救。

參四時而皆難〔三三〕，況僕人之末陋也〔三四〕。

【校記】

①「暖」梁本作「曖」。

②「應都」張本、梁本作「舊都」，疑是。

③「至若」《藝文類聚》卷三作「至如」。

④「澤蘭」《藝文類聚》作「皋蘭」。

⑤「若夫」《藝文類聚》作「及夫」。

⑥「螢火」《藝文類聚》作「營光」。

⑦「梧桐」《藝文類聚》作「梧楸」。

⑧「何嘗不」梁本作「何不」。

【箋注】

〔一〕北客長歎：《校注》：「北客：作者自稱。與《待罪江南思北歸賦》自稱『北州之賤士』同。」《楚辭》劉向《九歎·愍命》：「行唫累欷，聲喟喟兮。」王逸章句：「欷，歎貌。喟，歎聲也。」

〔二〕寂思：猶靜思。寂，靜。《詩·邶風·柏舟》：「靜言思之，不能奮飛。」《荀子·解蔽》：「闢耳目之欲，而遠蚊蝱之聲，閑居靜思則通。」

〔三〕連流：即流連，徘徊不進貌。《三國志》卷十五《魏志·劉馥傳附劉靖傳》：「封符指期，無流連之吏。」鮑照《還都至三山望石頭城》：「征夫喜觀國，遊子遲見家，流連入京引，躑躅望鄉歌。」

〔四〕圭窬淹滯：《禮記·儒行》：「儒有一畝之宫，環堵之室，篳門圭窬，蓬户甕牖。」鄭玄注：「圭窬，門旁窬也，穿墻爲之，如圭矣。」淹滯，久留。《文選》卷三十四枚乘《七發》：「所從來者至深遠，淹滯永久而不廢，雖令扁鵲治内，巫咸治外，尚何及哉！」《校注》：「圭窬：墻上鑿門，上尖下方，形狀如圭，故稱。比喻簡陋的門户。淹滯：留滯。」

〔五〕「網絲」二句：《校注》：「網絲：蜘蛛網。張協《雜詩》：『青苔依空墻，蜘蛛網四屋。』」

〔六〕「臨飛鳥」二句：《校注》：「臨：面對。屈原《九章·思美人》：『申旦以舒中情兮，志沈菀而莫達。願寄言於浮雲兮，遇豐隆而不將。因歸鳥而致辭兮，羌宿高而難當。』以上三句化用其意。」

〔七〕代序：屈原《離騷》：「日月忽其不淹兮，春與秋其代序。惟草木之零落兮，恐美人之遲暮。」陸機《淩霄賦》：「昊蒼焕而運流，日月翻其代序。」《校注》：「代序：四時交替。」

〔八〕園桃紅點：《校注》：「紅點：點染紅色，指桃樹開花。」

〔九〕心斷：心碎。

〔一〇〕無極：《文選》卷二十四曹植《又贈丁儀王粲》：「山岑高無極，涇渭揚濁清。」鮑照《採菱歌七首》之七：「思今懷近憶，望古懷遠識。懷古復懷今，長懷終無極。」

〔一一〕炎雲峰起：鮑照《登廬山二首》之二：「雞鳴清澗中，猨嘯白雲裏。瑶波逐穴開，霞石觸峰起。」

〔一二〕芳樹：《文選》卷二十三阮籍《詠懷詩·炎暑惟兹夏》：「芳樹垂緑葉，清雲自逶迤。」《藝文類聚》卷十八引梁徐悱妻劉氏《詩》：「花庭麗景斜，蘭牖輕風度。落日更新粧，開簾對芳樹。」

〔一三〕澤蘭生坂：《文選》卷二十曹植《公讌詩》：「秋蘭被長坂，朱華冒緑池。」同上書卷二十二謝靈運《遊南亭》：「澤蘭漸被徑，芙蓉始發池。未厭青春好，已觀朱明移。」坂，同「阪」。《説文》卷十四下：「坡者曰阪。一曰澤障，一曰山脅也。」《校注》：「澤蘭：草名，屬多年生菊科植物。」

〔一四〕上國之綺樹：《藝文類聚》卷三十九引魏陳琳《宴會詩》：「良友招我遊，高會宴中闈。玄鶴浮清泉，綺樹焕青蕤。」王融《遊仙詩五首》之五：「湘沅有蘭芷，曰吾欲南征。遺珮出長浦，舉袂望增城。朱霞拂綺樹，白雲照金楹。」《校注》：「上國：京都。」

〔一五〕金陵之蕙枝：《校注》：「金陵：即建康別名。」

〔一六〕秋風一至：《太平御覽》卷八百二十四引虞喜《志林》：「晏子歌曰：『禾有穗兮不得穫，秋風至兮盡零落。』歌終而流涕。」

〔一七〕白露團團：《文選》卷二十七班婕妤《怨歌行》：「新裂齊紈素，皎潔如霜雪。裁爲合歡扇，團團似明月。」同書卷三十謝惠連《七月七日夜詠牛女》：「團團滿葉露，析析振條風。」劉良注：「團團，露貌。」按《藝文類聚》卷三引宋湯惠休《歌思引》：「秋寒依依風過河，白露蕭蕭洞庭波。思君末光光已滅，眇眇悲望如思何。」或爲以上二句之所出。

〔一八〕眷庭中之梧桐：《校注》：「梧桐：雙關語，諧『吾童』。指兒子。揚雄《法言·學行》：『師哉！師哉！桐子之命也。』注：『桐子，洞然未有所知之時，制命於師也。』」

〔一九〕念機上之羅紈：本集《悼室人十首》之五：「秋至擣羅紈，淚滿未能開。風光肅入户，月華爲誰來？結眉向珠網，瀝思視青苔。」《校注》：「機上羅紈：暗喻妻室。」

〔二〇〕永夜不曉：永夜，長夜。《列子·楊朱》：「肆情於傾宫，縱欲於永夜。」《藝文類聚》卷七引謝靈運《羅浮山賦》：「諒沉念之羅浮，發潛夢於永夜。」

〔二一〕平蕪際海：《校注》：「平蕪：平曠的草野。」

〔二二〕千里飛鳥：《文選》卷二十九蘇武《古詩四首》之二：「黄鵠一遠别，千里顧徘徊。胡馬失其羣，思心常依依。」鮑照《代陳思王京洛篇》：「古來共歇薄，君意豈獨濃。唯見雙黄鵠，千里一相從。」又前人《日落望江贈荀丞》：「惟見獨飛鳥，千里一揚音。推其感物情，則知遊子心。」

〔二三〕阡陌：《史記》卷五《秦本紀》：「爲田開阡陌，東地渡洛。」司馬貞索隱：「《風俗通》曰：『南北曰阡，東西曰陌。河東以東西爲阡，南北爲陌。』」《文選》卷七潘岳《藉田賦》：「遐阡繩直，邇陌如矢。」張銑注：「阡陌，田畔道也。」

〔二四〕故都之臺沼：《太平御覽》卷五百五十六引《述征記》：「魚山臨清河，舊屬東阿。東阿王曹植每升此山，有終焉之志。植之所遊也，臺沼溝渠悉存。」《校注》：「沼：池。」

〔二五〕軫琴：《校注》：「軫琴：即琴。軫，絃樂器上轉動的軸。」按戴侗《六書故》卷二十七：「琴下轉絃者因謂之軫。」

〔二六〕戞瑟：《校注》：「戞瑟：即瑟。戞，象聲詞。」

〔二七〕心殞：《校注》：「心殞：情緒消沉。」

〔二八〕形削：《校注》：「形削：形容消瘦。」

〔二九〕秦人秦聲：《史記》卷七十《張儀列傳》：「韓魏相攻，期年不解。秦惠王欲救之，問於左右。左右或曰救之便，或曰勿救便，惠王未能爲之決。陳軫適至秦，惠王曰：『子去寡人之楚，亦思寡人不？』陳軫對曰：『王聞夫越人莊舄乎？』王曰：『不聞。』曰：『越人莊舄仕楚執珪，有頃而病。楚王曰：「舄故越之鄙細人也，今仕楚執珪，貴富矣，亦思越不？」中謝對曰：「凡人之思故，在其病也。彼思越則越聲，不思越則楚聲。」使人往聽之，猶尚越聲也。今臣雖棄逐之楚，豈能無秦聲哉！』」同上書卷八十一《廉頗藺相如列傳》：「藺相如前曰：『趙王竊聞秦王善爲秦聲，請奉盆缻秦王，以相娱樂。』」《校注》：「秦聲：謂唱秦地的曲調。」

〔三〇〕楚音楚奏：《文選》卷十一王粲《登樓賦》：「鍾儀幽而楚奏兮，莊舄顯而越吟。人情同於懷土兮，豈窮達而異心。」李善注引《左傳》：「晉侯觀於軍府，見鍾儀，問曰：『南冠而縶者，誰也？』有司對曰：『鄭人所獻楚囚也。』使稅之，問其族，對曰：『伶人也。』使與之琴，操南音。公曰：『樂操土風，不忘舊也。』」《校注》：「楚奏：奏楚國的樂曲。」

〔三一〕見悲已疚：《校注》：「疚：内心痛苦。」

〔三二〕魂氣：魂靈。《禮記·郊特牲》：「魂氣歸於天，形魄歸於地。」阮籍《詠懷·一日復一夕》：「萬事無窮極，知謀苦不饒。但恐須臾間，魂氣隨風飄。終身履薄冰，誰知我心焦。」

〔三三〕參四時而皆難：《校注》：「參：驗。難：難堪。」

〔三四〕僕人之末陋：僕人，作者自稱。《校注》：「末陋：卑賤。」

【集説】

俞紹初、張亞新《江淹集校注》：本篇抒寫在寂寞悽楚中對故國鄉關的四季思念之情。

金燈草賦

【題解】

本篇曹道衡《年代考》云：「此賦幾乎全用『比興』手法，賦的結尾説：『故植君玉臺，生君椒室，炎萼耀天，朱英亂日。永緒恨於君前，不遺風霜之蕭瑟。藉綺帳於羅袿，信草木之願畢。』這些話都是比喻自己和景素的關係。據《自序傳》載，他在荆州時就對景素的密謀提出規勸，景素不納，反而猜疑他。上面引文一方面表示對景素感恩；另一方面也流露出疑懼的心情。所以像是這個時期所作。」以爲作於宋明帝泰豫元年（四七二）景素自荆州回建康前。《校注》則云：「金燈草：即山慈姑。多年生草本植物，其花紫色，狀如燈籠。《雜三言》五首中《構象臺》篇有句云：『金燈兮江蘺，環軒兮匝池。』本篇當與之同作於吴興時期。」又以爲作於詩人謫居建安吴興時。按以上二説當以《校注》爲近，今并録之，以備考焉。

金燈草：草名。山慈姑的别稱。唐段成式《酉陽雜俎・草篇》：「金燈，一曰九形，花葉不相見，俗惡人家種之，一名無義草。」

山華綺錯，陸葉錦名〔一〕。金燈麗草，鑄氣含英〔二〕。若其碧莖淩露，玉根升霜〔三〕。翠葉暮媚〔四〕，紫榮晨光〔五〕。非錦罽之可學〔六〕，詎瓊瑾之能方〔七〕？迺御秋風之獨秀〔八〕，值秋露之餘芬〔九〕。出萬枝而更明，冠衆藹而不羣①〔一〇〕。既艷溢於時暮〔一一〕，方炤麗於霜分〔一二〕。是以移馥蘭畹〔一三〕，徙色曲池〔一四〕。軼長洲兮杜若〔一五〕，跨幽渚兮芳蘺②〔一六〕。映霞光而爍爚〔一七〕，懷風氣而參差〔一八〕。故植君玉臺，生君椒室〔一九〕。炎萼耀天，朱英亂日〔二〇〕。永緒恨於君前〔二一〕，不遺風霜之蕭瑟〔二二〕。藉綺帳與羅袿〔三〕，信草木之願畢〔四〕。

【校記】

①「藹」《彙注》本作「葩」。

②「蘺」原作「籬」，今據《彙注》本改。

【箋注】

〔一〕「山華」二句：綺錯，謂如綺紋之交錯。《後漢書》卷四十上《班彪傳附班固傳上》：「周廬千列，徼道綺錯。」李賢注：「綺錯，交錯也。」陳琳《柳賦》：「偉姿逸態，英艷妙奇。緑條縹葉，雜遝纖麗。龍鱗鳳翼，綺錯交施。蔚曇曇其杳藹，象翠蓋之葳蕤。」此二句《校注》云：「山華、陸葉：指山間、陸地生長的花草。綺錯：謂其交錯縱橫，花色繁多。錦名，因美麗如錦而得名。」

〔二〕鑄氣含英：《校注》：「鑄氣含英：包含有英秀之氣。」

〔三〕「若其」二句：《校注》：「淩露、升霜：謂冒霜露而生長。」

〔四〕翠葉暮媚：《校注》：「媚：美好。」

〔五〕紫榮晨光：《藝文類聚》卷八十一引晉傅玄《紫華賦》：「於是散緑葉，秀紫榮，蘊若芝草之始敷，灼若百枝之在庭。獨參差以照燿，何光麗之雜形。」《玉臺新詠》卷三晉楊方《合歡詩五首》之四：「爰有承露枝，紫榮合素芬，扶疏垂清藻，布翹芳且鮮。」《校注》：「光：光艷可愛。」

〔六〕錦罽：《後漢書》卷八十五《東夷傳·馬韓》：「不貴金寶錦罽，不知騎乘牛馬。」《通鑒》卷一百六十一梁武帝太清二年：「於山上起芙蓉層樓，高四丈，飾以錦罽。」胡三省注：「罽，毳布也。織毛爲之。」按罽，毛織物。《後漢書》卷五十一《李恂傳》：「諸國侍子，及督使賈胡數遺恂奴婢、宛馬、金銀、香罽之屬，一無所受。」李賢注：「罽，織毛爲布者。」

〔七〕詎瓊瑾之能方：《校注》：「瓊、瑾：皆美玉。方：比擬。」

〔八〕御秋風之獨秀：御秋風，駕馭秋風。《莊子·逍遥遊》：「夫列子御風而行，泠然善也。」陶淵明《遊斜川》詩序：「若夫曾城，傍無依接，獨秀中皋，遥想靈山，有愛嘉名。」

〔九〕值秋露之餘芬：餘芬，餘留的香氣。《文選》卷二十八陸機《塘上行》：「四節逝不處，繁華難久鮮。淑氣與時殞，餘芳隨風捐。」陶淵明《閑情賦》：「願在衣而爲領，承華首之餘芳。」《校注》：「值：面對。」

〔一〇〕冠衆藹而不羣：《廣韻》卷三：「藹，花也，榮也。」《洪武正韻》卷八：「藹，草榮。」《楚辭·九章·惜誦》：「行不羣以顛越兮，又衆兆之所咍也。」《晉書》卷四十九《嵇康傳》：「康早孤，有奇才，遠邁不羣。」

〔一一〕艷溢：阮籍《鳩賦》：「潔文襟以交頸，坑華麗之艷溢。端妍姿以鑒飾，好威儀之如一。」前人《大人先生傳》：「體雲氣之逌暢兮，服太清之淑真。合歡情而微授兮，先艷溢其若神。」

〔一二〕炤麗於霜分：炤麗，即明麗。鮑照《飛白書勢銘》：「珪角星芒，明麗爛逸。」炤，同「昭」，明。《詩・小雅・正月》：「魚在於沼，亦匪克樂，潛雖伏矣，亦孔之炤。」朱熹集傳：「炤，明易見也。」按以上二句《校注》云：「艷溢、炤麗：謂花異常鮮艷、明麗。時暮、霜分：指暮秋時分。」

〔一三〕移馥蘭畹：《楚辭・離騷》：「余既滋蘭之九畹兮，又樹蕙之百畝。」洪興祖補注：「《説文》：田三十畝曰畹。」沈約《梁武帝集序》：「興絶節於高唱，振清辭於蘭畹。」按蘭畹，同「蘭苑」。《藝文類聚》卷八十八引劉楨《詩》：「昔君錯畦時，東土有素木。條柯不盈尋，一尺再三曲。隱生寘翳林，倥偬自迫速。得託芳蘭苑，列植高山足。」《校注》：「馥：氣香。代指金燈草。畹：同『苑』。」

〔一四〕徙色曲池：曲池，曲折回繞的水池。《楚辭・招魂》：「坐堂伏檻，臨曲池些。芙蓉始發，雜芰荷些。」王逸章句：「言坐於堂上，前伏檻楯，下臨曲水清池，可漁釣也。」《文選》卷二十九王粲《雜詩》：「日暮遊西園，冀寫憂思情。曲池揚素波，列樹敷丹榮。」

〔一五〕軼長洲兮杜若：長洲，水中長形陸地。《楚辭・九章・思美人》：「擥大薄之芳茝兮，搴長洲之宿莽。」《文選》卷十一王粲《登樓賦》：「挾清漳之通浦兮，倚曲沮之長洲。」《文選》卷三十二屈原《九歌・湘君》：「采芳洲兮杜若，將以遺兮下女。」王逸章句：「杜若，芳洲香草，叢生水中之處。」劉良注：「芳洲多生香草也，故於比采杜若焉。」《校注》：「軼：超越。」

〔一六〕幽渚兮芳蘺：《文選》卷十二郭璞《江賦》：「繁蔚芳蘺，隱藹水松。」李善注：「江蘺，香草也，似水薺。」按蘺，即江蘺。《楚辭・離騷》：「扈江離與辟芷兮，紉秋蘭以爲佩。」洪興祖補注：「江蘺，説者不同，《説文》曰：『江蘺，蘼蕪。』然司馬相如賦云：『被以江離，糅以蘼蕪。』乃二物也。《本草》：『蘼蕪一名江蘺。』江蘺非蘼蕪也。」劉向《九歎・惜賢》：「懷芬香而挾蕙兮，佩江蘺之斐斐。」《藝文類聚》卷四十一引陸機《塘上行》：「江蘺生幽渚，微芳不足宣。被蒙風雲會。移居華池邊。」

〔一七〕映霞光而爍爚：霞光，指太陽從雲罅或雲層中透射出來的日光。《太平御覽》卷八百十五引《洞冥記》：「甘泉有霞光繡，藻龍繡，連煙綉。」《校注》：「爍爚：光彩閃耀貌。」

〔一八〕懷風氣而參差：風氣，空氣及由空氣流動而生的風。《文選》卷十三宋玉《風賦》：「其所託者然，則風氣殊焉。」吕向注：「雖同託户穴，其於清濁亦殊矣。」《詩・周南・關雎》：「參差荇菜，左右流之。」朱熹集注：「參差，長短不齊之貌。」鮑照《園葵賦》：「下葳蕤而被逕，上參差而覆疇，承朝陽之麗景，得傾柯之所投。」《校注》：「參差：謂隨風擺動，起伏不齊。」

〔一九〕「故植」二句：《校注》：「玉臺、椒室：對殿臺宮室的美稱。」

〔二〇〕「炎萼」二句：《校注》：「炎萼、朱英：指金燈草所開的朱紅色花。」

〔二一〕緒恨：《校注》：「緒恨：連綿不絶之恨。」

〔二二〕不遺風霜之蕭瑟：《文選》卷十三禰衡《鸚鵡賦》：「嚴霜初降，涼風蕭瑟，長吟遠慕，哀鳴感類。」《文選》卷二十七魏文帝曹丕《燕歌行》：「秋風蕭瑟天氣涼，草木摇落露爲霜。羣燕辭歸鴈南翔，念君客遊思斷腸。」《校注》：「遺：付予。」

〔二三〕綺帳與羅袿：《樂府詩集》卷四十四《子夜四時歌·秋歌》：「蘭房競妝飾，綺帳待雙情。」《藝文類聚》卷一引晉陸機《浮雲賦》：「朱絲亂紀，羅袿失領。飛仙淩虚，隨風遊騁。」《樂府詩集》卷十九何承天《宋鼓吹鐃歌·芳樹篇》：「梁塵集丹帷，微飈揚羅袿。豈怨嘉時暮。徒惜良願乖。」《校注》：「袿：衣袖。泛指衣。」

〔二四〕願畢：《文選》卷四十三嵇康《與山巨源絶交書》：「今但願守陋巷，教養子孫，時與親舊敘濶，陳説平生。濁酒一杯，彈琴一曲，志願畢矣。」

横吹賦　并序

【題解】

「并序」張本、梁本作「有序」。

曹道衡《年代考》云：「此賦稱『驃騎公以劍卒十萬，禦荆人於外郊』。『驃騎公』即蕭道成，『荆人』指沈攸之。考《南齊書·高帝紀》，昇明元年閏（十二）月，蕭道成『率大衆出屯中興堂，治嚴築壘』，此賦當作於這個時期。」《校注》云：「本篇據其序當作於宋順帝昇明元年（四七七）閏十二月沈攸之反，蕭道成出屯新亭平叛之時。」按賦序之「外郊」，指京都之郊，即新亭壘，即《校注》所説是也。由此，此賦應作於詩人隨蕭道成出頓新亭後，沈攸之叛亂未平定之前。考沈攸之昇明二年春正月兵敗被殺，而蕭道成以昇明元年閏十二月乙巳（二十三日）出頓新亭，則賦當作於昇明元年末或二年初。

横吹：《樂府詩集》卷二十八蕭子顯《日出東南隅行》：「鞶囊虎頭綬，左珥鳧盧貂。横吹龍鍾管，奏鼓象牙簫。」《樂府詩集》卷二十一《横吹曲辭·横吹曲》題解：「横吹曲，其始亦謂之鼓吹，馬上奏之，蓋軍中之樂也。北狄諸國，皆馬上作樂，故自漢已來，北狄樂總歸鼓吹署。其後分爲二部：有簫笳者爲鼓吹，用之朝會、道路，亦以給賜。漢武帝時，南越七郡，皆給鼓吹是也。有鼓角者爲横吹，用之軍中，馬上所奏者是也。《晉書·樂志》曰：『横吹有鼓角，又有胡角，按周禮云「以鼖鼓鼓軍事」。舊説云，蚩尤氏帥魑魅，與黄帝戰於涿鹿，帝乃始命吹角爲龍鳴以禦之。其後魏武北征烏丸，越沙漠而軍士思歸，於是減爲中鳴，尤更悲矣。横吹有雙角，即胡樂也。漢博望侯張騫入西域，傳其法於西京，唯得《摩訶兜勒》一曲。李延年因胡曲更造新聲二十八解，乘輿以爲武樂，後漢以給邊將，和帝時萬人將軍得用之。魏、晉以來，二十八解不復具存，而世所用者有《黄鵠》等十曲。』其辭後亡。又有《關山月》等八曲，後世之所加也。」《校注》：「横吹：即横笛，又名短簫，爲軍中樂横吹曲的主要樂器。」

驃騎公以劍卒十萬〔一〕，禦荆人於外郊〔二〕。鐵馬頰而人聳色，綵旄耀而士銜威〔三〕。軍容有横吹〔四〕，僕感而爲之賦云：

北陰之竹兮〔五〕，百尺而不見日。石硿礲而成象〔六〕，山沓合而爲一〔七〕。雲逕逕而孤去〔八〕，風時時而寒出。木斂柯而攢抏〔九〕，草騫葉而蕭瑟〔一〇〕。故左崎嶬〔一一〕，右硱磳〔一二〕。樹岩崿〔一三〕，水泓澄〔一四〕。鎮雄蛟及雌虺〔一五〕，風獨鵾與單鷹①〔一六〕。白山顥，赤山赩〔一七〕。匝流沙〔一八〕，經西極〔一九〕。原陸窈〔二〇〕，灌莽深〔二一〕。人聲絶，馬迹沉。寂然四顧，增欷累吟〔二二〕，雖欲止而不能禁。此竹方可爲器，迺出天下之英音〔二三〕。

於是帶以珉色②，扣以瓊文〔二四〕。潤如沉水〔二五〕，華若浮雲〔二六〕。赤紱紫駮〔二七〕，星含露分〔二八〕。其聲也，則鞅鬱有意③，摧萃不羣〔二九〕。超遥衡山④，崎曲抱津〔三〇〕。緜冪順序〔三一〕，周流銜呂〔三二〕。故西骨秦氣，悲憾如懟；北質燕聲，酸極無已〔三三〕。斷絶百意，繚繞萬情〔三四〕。吟黄煙及白草〔三五〕，泣虜軍與漢兵。

於是海外之雲，處處而秋色；河中之鴈，一一而學飛。素野黯以風暮，金天艶以霜威〔三六〕。衣袂動兮霧入冠，弓刀勁兮馬毛寒〔三七〕。五方軍兮出不及，雜色騎兮往來還〔三八〕。旃如雲兮幟如星⑤，山可動兮石可銘〔三九〕。功一竪兮迹不奪⑥，魂既英兮鬼亦靈〔四〇〕。奏此吹兮有曲，和歌盡而淚續⑦〔四一〕。重一命而若煙，知半氣之如燭〔四二〕。美人戀而嬋媛〔四三〕，壯夫去而躑躅〔四四〕。故感魂傷情，獲賞彌倍。妙器奇製，見貴歷代。所以韻起西國〔四五〕，響流東都〔四六〕。浮江繞泗〔四七〕，歷楚傳吴。故函夏以爲寶飾〔四八〕，京關以爲戎儲〔四九〕。

至於貝冑象弭之威⑧，織文魚服之容〔五〇〕。鄞山錫刃⑨，耶溪銅鋒〔五一〕，皆陸斷犀象，水斬蛟龍〔五二〕。載雲旗之逶迤〔五三〕，扈屯騎之溶溶〔五四〕。啾寥亮於前衡〔五五〕，嘒陸離於後陣〔五六〕。視眄眩而或近，聽嘹嘈而遠震〔五七〕。奏《白登》之二曲，起《關山》之一引〔五八〕。吐哀也，則瓊瑕失綵；銜樂也，則鉛堊生潤〔五九〕。《採菱》謝而自罷〔六〇〕，《緑水》慙而不進〔六一〕，代能識此聲者〔六二〕，長滅淫而何吝〔六三〕！

【校記】

①「𩙪」《彙注》本作「颶」。

②「珉」原作「泯」，據《彙注》本、張本、梁本改。

③「鞅」《彙注》本作「鞅」。

④「超遥」張本、梁本作「迢遥」。

⑤「旓如雲兮幟如星」原作「瞻如雲兮志如星」，今據《彙注》本、張本、梁本改。

⑥「堅」張本、梁本作「豎」。
⑦「和」原作「可」，今據《彙注》本、張本、梁本改。
⑧「貝冑」原作「具曹」，今據張本、梁本改。
⑨「鄞山」《彙注》本作「堇山」。

【箋注】

〔一〕驃騎公：《校注》：「驃騎公：指蕭道成。其時蕭道成爲竟陵公、驃騎大將軍，江淹爲尚書駕部郎、驃騎參軍事。」

〔二〕禦荆人於外郊：《校注》：「荆人：指荆州刺史沈攸之。外郊：京都郊外。指新亭壘。」

〔三〕「鐵馬」二句：《文選》卷五十六陸倕《石闕銘》：「弘舸連軸，巨艦接艫，鐵馬千羣，朱旗萬里。」李善注：「鐵馬，鐵甲之馬。」《校注》：「鐵馬：裹鐵甲的戰馬。綵旄：彩旗。旄，裝飾旗竿頂端的旄牛尾。聳色、銜威：形容表情嚴厲威猛。」

〔四〕軍容：軍隊中的中下級軍官。《南齊書》卷二十六《王敬則傳》：「敬則軍大敗。敬則索馬，再上不得上，興盛軍容袁文曠斬之，傳首。」同上書卷三十《桓康傳》：「宋大明中，隨太祖爲軍容。」

〔五〕北陰之竹：《校注》：「北陰之竹：生長於山北之竹，古代用以作笛。《周禮・春官・大司樂》：『陰竹之管。』注：『陰竹生北山者。』」

〔六〕硿礲：《校注》：「硿礲：高大，隆起貌。硿礲，即『硿硿』。《史記・司馬相如傳》載司馬相如《哀二世賦》：『巖巖深山之硿硿兮。』索隱：『蕭該云：硿，或作礲，長大貌。』」

〔七〕沓合：《校注》：「沓合：重疊。」

〔八〕逕逕：《樂府詩集》卷三十五梁簡文帝《長安有狹邪行》：「長安有徑塗，徑徑不通輿。」《集韻》卷八：「徑逕，古定切。《説文》：『步道。』一曰：直也。」《校注》：「徑徑：直貌。」按逕逕，同「徑逕」。

〔九〕木斂柯而攢抏：《校注》：「柯：樹枝。攢抏：萎縮貌。」

〔一〇〕草騫葉：《校注》：「騫：通『鶱』，飛動。指草因風而動。」

〔一一〕崎巇：險峻貌。《文選》卷十一王延壽《魯靈光殿賦》：「下岪蔚以璀錯，上崎巇而重注。」李善注：「崎巇，危嶮貌。崎音綺，巇音羲。」《校注》：「崎巇：山勢高險貌。」

〔一二〕硱磳：《文選》卷三十三劉安《招隱士》：「嶔崟碕礒兮，硱磈磳硊。」李周翰注：「山嶮峻貌。」何遜《七召・宮室》：「煒煌熻艴，硱磳博敞。」《重修玉篇》卷二十二：「硱磳，石皃。」《校注》：「硱磳：山石高危貌。」

〔一三〕嵓㟼：《文選》卷二十二謝靈運《晚出西射堂》：「步出西掖門，遥望城西岑。連障疊巘崿，青翠杳深沉。」李善注：「巘崿，崖之別名。」「《文字集略》曰：『崿，崖也。』」《校注》：「嵓㟼：岩崖。」

〔一四〕泓澄：水深而清。《文選》卷五左思《吴都賦》：「泓澄奫潫，澒溶沆瀁。」李善注：「《説文》曰：『泓，下深大也。』『澄，湛也。』」《宋書》卷六十七《謝靈運傳》載謝靈運《山居賦》：「瀰瀰平湖，泓泓澄淵。」《校注》：「泓澄：水深而清澈。」

〔一五〕鎮雄蛟及雌虺：虺：古稱蝮蛇一類的毒蛇。《詩·小雅·斯干》：「維虺維蛇。」《校注》：「鎮：壓。」

〔一六〕颵：《校注》從《彙注》本作「颶」，云：「颶：大風吹，掃蕩之意。」

〔一七〕「白山」二句：《彙注》：「赩，許力切，大赤色也。潘岳《射雉賦》曰：『摛朱冠之赩赫。』」《校注》：「顥，白色。赩：赤色。」

〔一八〕匝流沙：《書·禹貢》：「東漸於海西，被於流沙，朔南暨聲教，訖於四海。」孔穎達疏：「流沙，當是西境最遠者也。」

〔一九〕經西極：西極，謂西方極遠之處。《楚辭·離騷》：「朝發軔於天津兮，夕余至乎西極。」《山海經·海外東經》：「帝命豎亥步，自東極至於西極，五億十選九千八百八步。」按《漢書》卷二十二《禮樂志》：「天馬徠，從西極，涉流沙，九夷服。」以上二句當由此變化而出。

〔二〇〕原陸窈：《文選》卷三張衡《東京賦》：「乘輿巡乎岱嶽，勸稼穡於原陸。」陶淵明《勸農》詩：「熙熙令德，猗猗原陸。卉木繁榮，和風清穆。紛紛士女，趨時競逐。桑婦宵興，農夫野宿。」袁行霈注：「原陸：高而平之土地。」《校注》：「窈：幽遠。」

〔二一〕灌莽深：灌莽：叢生的草木。鮑照《蕪城賦》：「灌莽杳而無際，叢薄紛其相依。」灌，叢生之樹。《詩·大雅·皇矣》：「脩之平之，其灌其栵。」毛傳：「灌，叢生也。」莽，叢生之草。《左傳》哀公元年：「楚雖無德，亦不艾殺其民。吴日敝於兵，暴骨如莽，而未見德焉。」杜預注：「草之生於廣野，莽莽然，故曰草莽。」

〔二二〕增欷累吟：《楚辭·九辯》：「中憯惻之悽愴兮，長太息而增欷。」王逸章句：「志願不得，心肝沸也。」洪興祖補注：「一注云：『心傷慘也。』」《楚辭》劉向《九歎·愍命》：「行唫累欷，聲喟喟兮。」王逸章句：「欷，歎貌。」按唫，吟字通。

〔二三〕英音：動聽的音調。

〔二四〕「於是」二句：瓊文，美玉的文采。《校注》：「珉：似玉的美石。瓊：美玉名。此謂笛身似美玉鑲嵌裝飾。」

〔二五〕潤如沉水：沉水，即沉水香，又名沉香。《太平御覽》卷七百六引《拾遺記》：「石季倫屑沈水香如塵末而置象牀上，使所愛者踐之無迹，則賜真珠百琲。」《樂府詩集》卷四十六《讀曲歌八十九首》之七十六：「暫出白門前，楊柳可藏烏。歡作沈水香，儂作博山鑪。」按嵇含《南方草木狀》卷中：「蜜香，沉香，鷄骨香，黄熟香，棧香，青桂香，馬蹄香，鷄舌香。案此八物同出於一樹也。……木心與節堅黑，沉水者爲沉香。」後因以「沉水」指沉香。

〔二六〕華若浮雲：《校注》：「浮雲：即彩霞。《御覽》引《釋名》：『雲，霞。』」

〔二七〕赤綬紫駮：紫駮，謂笛身雜以紫色花紋。

〔二八〕星含露分：《校注》：「星、露：指綬帶上裝飾的花點。」

〔二九〕「其聲」三句：鞅鬱，《校注》從《彙注》本作「鞅鬱」，云：「鞅鬱、摧萃：皆形容聲調抑揚頓挫，淒婉動人。」

〔三〇〕「超遥」二句：《太平御覽》卷八百七十七引崔鴻《十六國春秋》：「石勒元年，大霖雨滂溢，衡山陷谷，巨松摧拔。」《校注》：「超遥：高遠飄忽貌。崎曲：曲折起伏貌。皆形容笛聲。」

〔三一〕緜羃順序：順序，順理而有序，和諧而不紊亂。《後漢書》卷四十八《爰延傳》：「動静以禮，則星辰順序；意有邪僻，則晷度錯違。」《校注》：「緜羃：同『綿密』，柔和婉轉貌。順序：和順有序。指音律和諧，節奏分明。」

〔三二〕周流銜吕：《校注》：「周流：迴旋。吕：古代音樂十二律中的陰律。有大吕、夾鐘、仲吕、林鐘、南吕、應鐘六種。《白虎通》：『簫者，仲吕之氣。』」

〔三三〕「故西骨秦氣」四句：《校注》：「西骨秦氣、北質燕聲：指秦、燕西北地區的音樂格調。古秦、燕二地多慷慨悲涼之聲。懟：怨。酸：悲酸。」

〔三四〕繚繞萬情：《藝文類聚》卷六十六引晉夏侯湛《獵兔賦》：「翕習於迴阻之間，繚繞於山澤之際。」《校注》：「繚繞：纏繞。」

〔三五〕黄煙及白草：王嘉《拾遺記·岱輿山》：「孟冬水涸，中有黄煙從地出起數丈。」《漢書》卷九十六上《西域傳上·鄯善國》：「地沙鹵，少田，寄田仰穀旁國。國出玉，多葭葦、檉柳、胡桐、白草。」顔師古注：「白草似莠而細，無芒，其乾熟時正白色，牛馬所嗜也。」《校注》：「黄煙：黄色煙塵。白草：我國西北地區所産之草，乾枯時成白色，故名。黄煙、白草皆爲邊塞景色。」

〔三六〕「素野」二句：霜威，寒霜肅殺的威力。謝朓《高松賦》：「豈彫貞於歲暮，不受令於霜威。」《校注》：「素野：秋野。金天：秋天。秋五行屬金。」

〔三七〕「衣袂動」二句：《校注》：「動：謂風吹動。勁：堅硬。鮑照《代出自薊北門行》：『馬毛縮如蝟，角弓不可張。』」

〔三八〕「五方軍」二句：《校注》：「五方軍：指東、南、西、北、中各路軍隊。出不及、往來還：用屈原《九歌·國觴》『出不入兮往不反』詞語，而含義不同。」

〔三九〕「旃如雲」二句：《校注》：「旃：旗幟。石可銘：言其功勳卓著，可以刻銘於山。《後漢書·竇憲傳》：『憲降單于兵二十萬，銘燕然之石，以紀漢功。』」

〔四〇〕魂既英兮鬼亦靈：《校注》：「靈：神靈。屈原《九歌·國殤》：『身既死兮神以靈，子魂魄兮爲鬼雄！』」

〔四一〕和歌：《校注》：「和歌：應和之歌。」

〔四二〕「重一命」二句：《校注》：「一命、半氣：指人短暫的一生。」

〔四三〕嬋媛：《楚辭·九章·哀郢》：「心嬋媛而傷懷兮，眇不知其所蹠。」王逸章句：「嬋媛，猶牽引也。」《楚辭》劉向《九歎·思古》：「心嬋媛而無告兮，口噤閉而不言。」王逸章句：「言己愁思，心中牽引而痛，無所告語，閉我之口，不知所言。」《校注》：「嬋媛：牽引悲傷貌。」

〔四四〕躑躅：徘徊不進貌。《文選》卷二十九《古詩十九首·東城高且長》：「馳情整中帶，沈吟聊躑躅。」李周翰注：「躑躅，行不進貌。」同上書卷二十二陸機《招隱詩》：「明發心不夷，振衣聊躑躅。」李善注：「《説文》曰：『躑躅，住足也。』」

〔四五〕韻起西國：《校注》：「西國：指西域。橫吹曲來源於西域。漢張騫使西域得《摩柯兜勒》一曲，李延年因更造新聲二十八解，用於軍中。」

〔四六〕響流東都：《校注》：「東都：指洛陽。」

〔四七〕浮江繞泗：《校注》：「泗：泗水。源於今山東泗水縣陪尾山，流入淮。」

〔四八〕函夏：《漢書》卷八十七上《揚雄傳上》：「以函夏之大漢兮，彼曾何足與比功？」顔師古注：「服虔曰：『函夏，函諸夏也。』師古曰：函，包容也。」此指全國。《校注》：「函夏：猶諸夏，全中國。」

〔四九〕京闕以爲戎儲：《校注》：「京闕：京都。戎儲：軍用器物的儲藏庫。」

〔五〇〕「至於」二句：貝胄，以貝殼裝飾的頭盔。《詩·魯頌·閟宮》：「公徒三萬，貝胄朱綅。」毛傳：「貝胄，貝飾也。」《文選》卷五張衡《吴都賦》：「貝胄象弭，織文鳥章。」李善注：「兜鍪以貝飾之。」象弭，以象牙裝飾末稍的弓。魚服，以魚皮製作的箭袋。《詩·小雅·采薇》：「四牡翼翼，象弭魚服。」毛傳：「魚服，魚皮也。」鄭玄箋：「弭，弓之末彆者，以象骨爲之。……服，矢服也。」孔穎達疏：「以魚皮爲矢服，故云魚服。」朱熹集傳：「象弭，以象骨飾弓弰也。」《校注》：「織文：旗幟上畫有鳥形的圖案。織，通『幟』。《詩·小雅·六月》：『織文鳥章，白旆中央。』」。

〔五一〕「鄞山」二句：《藝文類聚》卷八十四引《越絶書》：「鄞山破而出錫，若耶涸而出銅，歐冶因爲純鈞之劍。」按鄞山即堇山，又名赤堇山。《大清一統志》卷二百二十六《紹興府》：「赤堇山，在會稽縣東南三十里，歐冶子爲越王鑄劍處，一名鑄浦山。《越絶書》『赤堇之山，破而出錫』是也。旁有井，亦以歐冶名。」《校注》：「堇山：即赤堇山，在今浙江奉化縣東。耶溪：即若耶溪，在今浙江紹興縣東南。兩地各産錫和銅，相傳歐冶子用以鑄劍。」

〔五二〕「皆陸斷」二句：犀象，犀牛和象。《左傳·宣公二年》：「牛則有皮，犀兕尚多，棄甲則那？」孔穎達疏：「《釋獸》云：『犀似豕。』郭璞曰：『形似水牛，豬頭，大腹，痺脚。脚有三蹄，黑色。三角，一在頂上，一在額上，一在鼻上，鼻上者，食角也，小而不橢。好食棘。亦有一角者。』劉欣期《交州記》曰：『犀出九德，毛如豕，蹄有甲，頭似馬。』」《文選》卷四左思《蜀都賦》：「孔翠羣翔，犀象競馳。」《校注》：「『陸斷』二句：喻劍之鋒利。《漢書·王褒傳》載王褒《聖主得賢臣頌》：『及至巧冶鑄干將之璞，清水焠其鋒，越砥斂其鍔，水斷蛟龍，陸剸犀革。』」

〔五三〕雲旗之逶迤：《楚辭·離騷》：「駕八龍之婉婉兮，載雲旗之逶蛇。」王夫之通釋：「逶蛇，音威夷，曲折自如貌。」《漢書》卷二十二《禮樂志》：「票然逝，旗逶蛇。」顔師古注：「逶蛇，旗貌也。」按逶迤，同逶蛇。《校注》：「雲旗：高達雲端之旗。」

〔五四〕扈屯騎之溶溶：《楚辭·九辯》：「載雲旗之委蛇兮，扈屯騎之容容。」《後漢書》卷五十九《張衡傳》：「百神森其備從兮，屯騎羅而星布。」《校注》：「扈：隨從。屯騎：結集的騎乘。溶溶：盛貌。」

〔五五〕啾寥亮於前衡：《廣韻》卷二：「啾，啾唧，小聲。」《晉書》卷四十九《向秀傳》載向秀《思舊賦》：「鄰人有吹笛者，發聲寥亮。」陶淵明《閑情賦》：「雞斂翅而未鳴，笛流遠以清哀。始妙密以閑和，終寥亮而藏摧。」

〔五六〕嘒陸離於後陣：《説文解字》卷二上：「嘒，小聲也。從口，彗聲。」《漢書》卷五十七上《司馬相如傳上》：「牢落陸離，爛漫遠遷。」顔師古注：「言其聚散不恒，雜亂移徙也。」按以上二句《校注》云：「啾、嘒：皆形容笛聲。寥亮：猶嘹亮。前衡：猶前陣。衡：車轅頭上的横木。陸離：笛聲流布貌。」

〔五七〕「視眄眩」二句：《校注》：「眄眩：即眩眄。同『眩眠』，目不安貌。《史記·司馬相如傳》

載《大人賦》：『覛眩眠而無見兮，聽惝怳而無聞。』《漢書》作『眩泯』。嘹嘈：形容笛聲。」

〔五八〕「奏白登」二句：《校注》：「白登：《樂府詩集》卷二十五『解題』引此賦作『白臺』，疑是。『白臺』、『關山』皆爲横吹曲曲名。引：樂曲體裁之一，義同『曲』。」

〔五九〕「吐哀」數句：《校注》：「瓊瑕：赤玉。堊：白土。此句式本左思《吴都賦》：『其樂也，則木石潤色；其吐哀也，則淒風暴興。』」

〔六〇〕《採菱》：《文選》卷三十三《招魂》：「《涉江》、《采菱》，發《揚荷》些。美人既醉，朱顔酡些。」張銑注：「《涉江》、《採菱》、《陽阿》，皆楚歌曲名。」《文選》卷五左思《吴都賦》：「或超延露而駕辯，或踰渌水而採菱。」《樂府詩集》卷二十六《相和歌辭・江南》題解：「《樂府解題》曰：『《江南》，古辭，蓋美芳晨麗景，嬉遊得時。若梁簡文「桂檝晚應旋」，唯歌遊戲也。』按梁武帝作《江南弄》以代西曲，有《採蓮》、《採菱》，蓋出於此。唐陸龜蒙又廣古辭爲五解云。」卷五十《清商曲辭・採菱曲》題解：「《古今樂録》曰：『《採菱曲》，和云：「菱歌女，解佩戲江陽。」』」《爾雅翼・釋草》：「吴楚之風俗，當菱熟時，士女相與采之，故有采菱之歌以相和，爲繁華流蕩之極。《招魂》云：『涉江采菱發陽阿。』『陽阿』者，采菱之曲也。」

〔六一〕緑水：《淮南子・俶真訓》：「足蹀陽阿之舞，而手會緑水之趨。」高誘注：「陽阿，古名倡也。緑水，舞曲。」按緑水，一作「渌水」。《文選》卷十八馬融《長笛賦》：「中取度於《白雪》、《渌水》。」李周翰注：「《白雪》、《渌水》，雅曲名。」

〔六二〕代能識此聲者：《校注》：「代：當作『世』，唐人避諱而改。」福林按：江淹好用奇字，此未必即爲唐人所改者。

〔六三〕滅淫而何吝：《校注》：「淫：指淫邪之心。吝：顧惜。」

扇上綵畫賦

【題解】

曹道衡《年代考》論此賦於宋後廢帝泰豫元年（四七二）至元徽二年（四七四）間，云：「此賦全用比興，寫的又多秋景，如：『促織兮始鳴，秋蛾兮載飛。識桂莖之就罷，知蘭葉之行衰。願佩而捐玦，指黄墟而先歸。』扇在秋天就棄置不用，這是古人常用的比喻。江淹自從諫勸景素的密謀以後，頗遭猜忌，與當初『待以布衣之禮』時大不一樣，發出這種感歎，似較合情理。所以此賦大約作於這一時期。」俞譜亦以爲詩人之《燈賦》與《扇賦》（福林按：當即指《扇上彩畫賦》）「或托物言志，或隱喻諷諫，亦爲有感於建平王行事而發，蓋皆作於被黜爲吴興令之前」，即以爲賦作於在南徐州時，皆爲中的之語。今考之賦中「促織兮始鳴，秋蛾兮載飛」諸語，乃夏末秋初節候，當是由此而引起之扇將見捐的自身感慨之作，時間乃在宋後廢帝元徽元年（四七三）或二年初秋。

臨淄之雅女①〔一〕，宋鄭之妙工〔二〕，織素麗於日月②〔三〕，傳畫明之綵虹③〔四〕。洛陽之伎極〔五〕，江南之巧窮。故飾以赤野之玉，文以紫山之金〔六〕。空青出峨嵋之陽④〔七〕，雌黃出嶓塚之陰〔八〕。丹石發王屋之岫〔九〕，碧髓挺青蛉之岑⑤〔一〇〕。粉則南陽鉛澤⑥〔一一〕，墨則上黨松心⑦〔一二〕。山乃嶄巖鬱嵂〔一三〕，路必巑岏崎嶔〔一四〕。馭龍所不遠至，駕鳳未之前尋〔一五〕。乃雜族以爲此扇〔一六〕，爲君翳素女與玉琴〔一七〕。玉琴兮散聲，素女兮弄情〔一八〕。旻天兮舒縹⑧〔一九〕，暮雲兮含頩〔二〇〕。窗中暖兮露始滴，池上凝兮月又明。玉琴兮珠徽〔二一〕，素女兮錦衣〔二二〕。促織兮始鳴〔二三〕，秋蛾兮載飛⑨〔二四〕。識桂莖之就罷，知蘭葉之行衰。願解珮而捐玦〔二五〕，指黃墟而先歸〔二六〕。

重曰〔二七〕：碧臺寂兮無人，蔓丹草與朱塵〔二八〕。度俄然如一代⑩〔二九〕，經半景若九春〔三〇〕。命幸得爲綵扇兮，出入玉帶與綺紳〔三一〕。

【校記】

①「雅女」《彙注》本、《藝文類聚》卷六十九作「稚女」。

②「日月」《初學記》卷二十五作「白日」。

③「明」《彙注》本、《初學記》作「則」。「之」張本、梁本、《藝文類聚》、《初學記》作「於」。

④「陽」原作「阻」，今據張本、梁本、《初學記》改。按山南爲陽，句與下句「雌黃出嶓塚之陰」對應

成文。

⑤「蛉」《初學記》作「峻」。

⑥「南陽」下《藝文類聚》有「之」字。

⑦「上黨」下《藝文類聚》有「之」字。

⑧「旻天」《彙注》本作「昊天」。

⑨「載」《藝文類聚》、《初學記》作「初」。

⑩「如」張本作「而」。

【箋注】

〔一〕臨淄之雅女：《淮南子·説林訓》：「臨淄之女，織紈而思。」雅女，高雅不俗之女。《楚辭·大招》：「容則秀雅，穉朱顔只。」王逸章句：「言美女儀容閒雅，動有法則，秀異於人。」《校注》：「臨淄：今山東淄博市。」

〔二〕宋鄭之妙工：妙工，技藝精良之工匠。《藝文類聚》卷八十引晉夏侯湛《釭燈賦》：「乃珠珍寶器，奇像妙工，取光藏煙，致巧金銅。」《校注》：「宋、鄭：皆古國名。」

〔三〕織素：指已織成之生絹。《藝文類聚》卷八十六引梁簡文帝《梅花賦》：「争樓上之落粉，奪機中之織素。」

〔四〕傳畫：《校注》：「傳畫：描摹的畫像。傳，傳寫。」

〔五〕伎極：《校注》：「伎：同『技』。」

〔六〕「故飾以」二句：《管子・國蓄》：「玉起於禺氏，金起於汝漢，珠起於赤野。」尹知章注：「赤野，蓋在崑崙虛之西。」《校注》：「飾、文：文飾、修飾。赤野、紫山：地望未詳。本集《奏記詣南徐州新安王》：『削赤野之玉，翦燕山之金。』」

〔七〕空青出峨嵋之陽：李時珍《本草綱目・石四・空青》集解引劉向《別録》：「空青生益州山谷及越巂山有銅處，銅精熏則生空青，其腹中空。」明曹學佺《蜀中廣記》卷六十四：「空青出於巴郡。《本草》：空青生益州山谷，久服輕身，能化銅鉛作金。」《校注》：「空青：礦石名，青色，可作顔料。」

〔八〕雌黄出嶓塜之陰：雌黄，礦物名，即三硫化二砷，半透明，檸檬黄色，可作顔料。《史記》卷一百十七《司馬相如列傳》：「其土則丹青赭堊，雌黄白坿，錫碧金銀，衆色炫燿，照爛龍鱗。」張守節正義：「雌黄出武都山谷，與雄黄同山。」《漢書・西域傳下・姑墨國》：「出銅、鐵、雌黄。」《校注》：「嶓塜：山名，在今甘肅天水縣西南。」

〔九〕丹石發王屋之岫：《藝文類聚》卷六十一引魏徐幹《齊都賦》：「靈芝生乎丹石，發翠華之煌煌。」王嘉《拾遺記・高辛》：「丹丘之野多鬼，血化爲丹石，則碼碯也。」《校注》：「丹石：即朱砂，可作顔料。王屋：山名，在今山西陽城、垣曲兩縣間。」

〔一〇〕碧髓挺青蛉之岑：《校注》：「碧髓：礦石名，青白色，可作顔料。青蛉：漢縣名，屬越巂郡，治所在今雲南大姚縣。」按青蛉縣南齊時屬益州興寧郡，見《南齊書》卷十五《州郡志下》。

〔一一〕粉則南陽鉛澤：《校注》：「南陽：地名，在今河南省。鉛澤：光滑的鉛塊。古代以鉛製粉。」

〔一二〕墨則上黨松心：《校注》：「上黨：地名，今山西長治市。古代以松木燒出的煙灰和膠製墨。」

〔一三〕嶄巖䳾崪：《漢書》卷五十七上《司馬相如傳上》：「深林巨木，嶄巖參差。」顔師古注：「嶄巖，尖鋭貌。」《文選》卷三十三劉安《招隱士》：「山氣巃嵸兮石嵯峨，谿谷嶄巖兮水曾波。」《校注》：「嶄巖：險峻貌。䳾崪：深峻貌。崪，音義同『嵂』，或作『律』。《漢書·司馬相如傳》：『徑入雷室之砰磷鬱律兮。』注：『鬱律，深峻貌。』」

〔一四〕路必巑岏崎嶔：《校注》：「巑岏：即『嵯峨』，山石廣大貌。《文選》張衡《南都賦》：『嵯峨嶵剌。』李善注：『嵯峨，山石廣大之貌。』崎嶔：崎嶇不平貌。」

〔一五〕「馭龍」二句：《校注》：「馭龍、駕鳳：指騎龍乘鳳的仙人。」

〔一六〕「乃雜族」句：《校注》：「族：聚。謂將上述各種物産合用以作扇。」

〔一七〕翳素女：素女，傳説中古代神女。《史記》卷十二《孝武本紀》：「或曰泰帝使素女鼓五十弦瑟，悲，帝禁不止，故破其瑟爲二十五弦。」按泰帝，即伏羲。《楚辭》王逸《九懷·昭世》：「聞素女兮微歌，聽王后兮吹竽。」《校注》：「翳：障蔽。」

〔一八〕「玉琴」二句：《校注》：「散聲、弄情：即弄聲、散情。謂素女玩弄琴聲以排遣鬱悶。散，消散。」

〔一九〕旻天兮舒縹：旻天，指秋天。《爾雅·釋天》：「秋爲旻天。」郭璞注：「旻，猶愍也，愍萬物彫落。」王逸《九思·哀歲》：「旻天兮清涼，玄氣兮高朗。」自注：「秋天爲旻天。秋節至，故清且涼也。」《校注》：「縹：天青色。」

〔二〇〕含赬：赬，同「赬」。《廣韻》卷二：「赬，赤色。」

〔二一〕珠徽：《校注》：「徽：繫琴弦之繩曰『徽』。珠徽，飾珠的琴徽。」

〔二二〕錦衣：《詩·秦風·終南》：「君子至止，錦衣狐裘。」毛傳：「錦衣，采色也。」孔穎達疏：「錦者，雜采爲文，故云采衣也。」

〔二三〕促織兮始鳴：促織，一作「趣織」。《文選》卷二十九《古詩十九首·明月皎夜光》：「明月皎夜光，促織鳴東壁。」李善注：「《春秋考異郵》曰：『立秋趣織鳴。』宋均曰：『趣織，蟋蟀也。』」同上書卷三十謝惠連《擣衣詩》：「白露滋園菊，秋風落庭槐，肅肅莎雞羽，烈烈寒螿啼。」李善注：「《毛詩》曰：『六月莎雞振羽。』一名促織，一名絡緯，一名蟋蟀。」晉崔豹《古今注·魚蟲》：「促織，一名投機，謂其聲如急織也。」

〔二四〕載飛：《詩·小雅·沔水》：「鴥彼飛隼，載飛載止。」鄭玄箋：「載之言則也。言隼欲飛則飛，欲止則止。」《文選》卷二十三王粲《贈蔡子篤詩》：「翼翼飛鸞，載飛載東。」劉良注：

「載，則也。」按《校注》云：「載，始。」兩通。

〔二五〕解珮而捐玦：《楚辭・九歌・湘君》：「捐余玦兮江中，遺余佩兮澧浦。」王逸章句：「玦，玉佩也，先王所以命臣之瑞也。故與環即還，與玦即去也。遺，離也。佩，瓊琚之屬也。言己雖見放逐，常思念君，設欲遠去，猶捐玦佩，置於水涯，冀君求己，示有還意。」朱熹集注：「玦，如環而有缺。」

〔二六〕黄墟：同黄壚。《晉書》卷六十二《劉琨傳》：「苟存偏師之職，赦其三敗之愆，收其一功之用，得騁志虜場，快意大逆，雖身膏野草，無恨黄墟。」「黄墟」，《册府元龜》卷三百七十引作「黄壚」。《藝文類聚》卷十三曹植《文帝誄》：「悼晏駕之既俟，感容車之速征。浮飛魂於輕霄，就黄墟以滅形。」《校注》：「黄墟：猶黄泉。亦作『黄壚』。《淮南子・覽冥》：『上際九天，下契黄壚。』高誘注：『黄壚，黄泉下壚土。』」

〔二七〕重曰：《楚辭・遠遊》「重曰」王逸章句：「憤懣未盡，復陳辭也。」《漢書》卷九十七上《外戚・孝成班倢伃傳》載班倢伃《自傷賦》「重曰」顔師古注：「重者，情志未申，更作賦也。」《校注》：「重：音樂節奏的名稱，在賦的結構上有另起一層的意思。」

〔二八〕「碧臺」二句：《文選》卷一班固《西都賦》：「人不得顧，車不得旋，闐城溢郭，旁流百廛，紅塵四合，煙雲相連。」《校注》：「碧臺：玉臺。朱塵：紅塵。」

〔二九〕俄然如一代：《莊子・齊物論》：「昔者莊周夢爲蝴蝶，栩栩然蝴蝶也；自喻適志與！不知周也。俄然覺，則蘧蘧然周也。不知周之夢爲蝴蝶與，蝴蝶之夢爲周與？周與蝴蝶，則必有分矣。此之謂物化。」成玄英疏：「俄頃之間，夢罷而覺，驚怪思省，方是莊周。」一代，猶一世。指時間很長。

〔三〇〕經半景若九春：《文選》卷二十九曹植《雜詩六首》之二：「自期三年歸，今已歷九春。」李善注：「一歲三春，故以三年爲九春。」此言時間很長。本集《採石上菖蒲》：「憑酒意未悅，半景方自歎。」按以上二句《校注》云：「俄然、半景：形容時間短暫。」

〔三一〕玉帶與綺紳：《校注》：「紳：束在腰間的大帶。《文選》班婕妤《怨歌行》詠扇：『出入君懷袖，動摇微風發。常恐秋節至，涼風奪炎熱。棄捐篋笥中，恩情中道絶。』此用其意。」

【集説】

俞紹初、張亞新《江淹集校注》：本篇借詠彩扇，含蓄地表露了作者雖暫時爲君所用，但終將被棄的預感，似作於被黜爲吴興令前不久。

傷友人賦 并序

【題解】

「并序」張本、梁本作「有序」。

此賦曹道衡《年代考》以爲作於宋明帝泰豫元年（四七二）至後廢帝元徽二年之間，當時江淹

「在南徐州景素幕下」。《校注》亦云：「此賦當炳卒後未久作於京口。」今考賦序云：「僕之神交者，嘗有陳郡之袁炳焉。有逸才，有妙賞，博學多聞，明敏而識奇異，僕以爲天下絶倫。黯與秋草同折，今不復見才矣。」賦文又有「泫然沾衣兮，悲袁友之英秀」，「吝妙賞之不留，悼知音之已逝」諸語，是賦乃傷袁炳之卒而作。賦又云：「余結誼兮梁門，復從官兮朱藩。何人遥而困阻，而天道之匪存！」《彙注》云：「朱藩，朱方之藩國也。時淹從建平王移鎮朱方。」又江淹《袁友人傳》云：「俯眉暫仕，歷國常侍員外郎，府功曹，臨湘令。……不幸卒官，春秋二十有八。」是袁炳二十八歲時卒於臨湘令任。據《宋書·州郡志三》，臨湘時屬長沙郡，爲湘州治所。故賦又有「爾湘水之深沉，我前山之眇默。惟音華與書酒，伊楚越兮南北」等句。而江淹時在南徐州之京口，地近長江，故賦又有「永遠書於江澨，結深痛於爾魂」之語。則賦必爲江淹在南徐州時作，《年代考》及《校注》所説是也。考元徽元年江淹尚有《與交友論隱書》寄與袁炳，故袁炳之卒及江淹作賦以悼約在元徽二年秋。

僕之神交者〔一〕，嘗有陳郡之袁炳焉〔二〕。有逸才〔三〕，有妙賞〔四〕，博學多聞〔五〕，明敏而識奇異①〔六〕，僕以爲天下絶倫〔七〕。黯與秋草同折，今不復見才矣②。既而陳書有念〔八〕，横瑟無從，雖乏張、范通靈之感〔九〕，庶同嵇、向篤徒之哀③〔一〇〕。乃爲辭曰：

泫然沾衣兮④〔一一〕，悲袁友之英秀〔一二〕。系神緒而作民⑤，胤靈枝而啓胄〔一三〕。轢四代而式昌，洎十葉而克茂〔一四〕。友人之生，川岫降明〔一五〕。峻調迥韻〔一六〕，惠志聰情⑥。倜儻遠度〔一七〕，寂寥靈素〔一八〕。文攀淵、卿〔一九〕，史類遷、固〔二〇〕。譬如冬雪既潔⑦，將以秋月至徹⑧〔二一〕。乃上代而少雙〔二二〕，故叔世而曠絶〔二三〕。弔蕙若之暫芳〔二四〕，慟琬琰之永闕⑨〔二五〕。

余既好於斯友，乃神交於一顧〔二六〕。邈疇年之繾綣，窈生平之遊遇〔二七〕。既遊遇兮可尋，乃協好兮契心〔二八〕。懷愛重於素璧⑩〔二九〕，結分珍於黄金〔三〇〕。拾一代而笑淺⑪〔三一〕，訪古人而求深。故高術而共逕⑫，豈異袖而同襟〔三二〕！爾掛情於霜柏〔三三〕，我發意於冬桂⑬〔三四〕。擥千品之消散〔三五〕，鏡百侯之衰替〔三六〕。帶瑶玉而争光⑭，握隨珠而比麗〔三七〕。十圖兮炤籍⑮，抽經兮閲史〔三八〕。共檢兮雒書〔三九〕，同拱兮河紀〔四〇〕。既思遊兮百説〔四一〕，亦窮精兮萬里〔四二〕。愛詩文之綺發〔四三〕，賞賦艷兮錦起。罄古今之寶賷〔四四〕，殫竹素之琛奇〔四五〕。信朝日之徒昃⑯，屬夜星之空移〔四六〕。覽秋實於西苑⑰，摘春華於東池〔四七〕。蚤同歲於上京〔四八〕，未滿年於下國〔四九〕。爾湘水兮深沉〔五〇〕，我前山兮眇默〔五一〕。惟音華與書酒〔五二〕，伊楚越兮南北〔五三〕。

余結誼兮梁門〔五四〕，復從官兮朱藩〔五五〕。何人遥而困阻⑱〔五六〕，而天道之匪存〔五七〕！凋碧玉之神樹〔五八〕，銷紫石之靈根⑲〔五九〕。永遠書於江滋⑳〔六〇〕，結深痛於爾魂。魂綫昧其若絶㉑〔六一〕，泣縈盈其若結〔六二〕。吝妙賞之不留，悼知音之已逝〔六三〕。金雖重而見鑄，桂徒芳而被折〔六四〕。百年一盡兮，貴楊蕤於後烈〔六五〕。

【校記】

①「明敏」張本、梁本作「才明敏」。

②「見才」張本、梁本作「見」。

③「向」原作「尚」，今據《彙注》本、張本、梁本改。「篤徒」元鈔本作「篤從」。

④「泫」《藝文類聚》卷三十四作「静」。

⑤「民」《彙注》本、張本、梁本、《藝文類聚》作「氏」。

⑥「惠」張本作「慧」。

⑦「既潔」《藝文類聚》作「既華既潔」。

⑧「將以秋月至徹」《藝文類聚》作「將似秋月至麗至徹」。「以」《彙注》本作「似」。

⑨「闕」《彙注》本作「閼」，《藝文類聚》作「缺」。

⑩「壁」原作「璧」，今據《彙注》本、張本、梁本、《藝文類聚》改。

⑪「拾」《彙注》本作「識」，《藝文類聚》作「捨」。

⑫「故高」《藝文類聚》作「固齊」。

⑬「冬」原作「叀」，今據《彙注》本、張本、梁本、《藝文類聚》改。

⑭「瑶」《彙注》本作「荆」。

⑮「十」《彙注》本作「拾」，張本、梁本作「披」。

⑯「昃」原作「昊」，今據張本、梁本改。

⑰「覽」元鈔本作「攬」。

⑱「何人遥而困阻」《藝文類聚》作「何人徑之亟阻」。

⑲「石」《藝文類聚》作「芝」。

⑳「永」《藝文類聚》作「承」。

㉑「綫」張本、梁本作「綿」。

【箋注】

〔一〕神交：謂心意投合、深相結托的推心置腹之交。《三國志》卷五十二《吴志·諸葛瑾傳》：「孤與子瑜，可謂神交，非外言所間也。」「子瑜之不負孤，猶孤之不負子瑜也。」裴松之注引《江表傳》：

〔二〕陳郡：《校注》：「陳郡：郡名。其地相當於今河南周口地區。」

〔三〕逸才：指出衆的才能。荀悦《漢紀·宣帝紀四》：「益州刺史因奏王褒有逸才，能爲文。」《晉書》卷九十二《文苑·袁宏傳》：「宏有逸才，文章絶美，曾爲《詠史》詩，是其風情所寄。」

〔四〕妙賞：卓越的賞鑒能力。《藝文類聚》卷九十引宋范泰《鸞鳥詩》序：「昔鍾子破琴於伯牙，匠石韜斤於郢人，蓋悲妙賞之不存，慨神質於當年耳。」《世説新語·術解》：「荀勖善解音聲，時論謂之『闇解』，遂調律吕，正雅樂。每至正會，殿庭作樂，自調宫商，無不諧韻。阮咸妙賞，時謂『神解』。」

〔五〕博學多聞：《三國志》卷四十二《蜀志·李譔傳》：「時又有漢中陳術，字申伯，亦博學多聞，著《釋問》七篇，《益部耆舊傳》及《志》，位歷三郡太守。」《晉書》卷五十一《束晳傳》：「晳博學多聞，與兄璆俱知名。」

〔六〕明敏而識奇異：明敏，聰明機敏。《晉書》卷九十五《藝術·鳩摩羅什傳》：「王有妹，年二十，才悟明敏。諸國交娉，并不許。」《宋書》卷五十一《宗室·臨川烈武王道規傳》：「處士南郡師覺，才學明敏，操介清修，業均井渫，志固冰霜。」識奇異，謂見識獨特。

〔七〕絶倫：無與倫比。《史記》卷一百二十八《龜策列傳》：「通一伎之士咸得自效，絶倫超奇者爲右，無所阿私。」《後漢書》卷四十上《班彪傳上》：「弘農功曹史殷肅，達學洽聞，才能絶倫，誦《詩》三百，奉使專對。」

〔八〕陳書有念：《宋書》卷七十五《王僧達傳》：「義慶聞如此，令周旋沙門慧觀造而觀之，僧達陳書滿席，與論文義，慧觀酬答不暇，深相稱美。」《文選》卷二十顔延之《皇太子釋奠會作詩》：「踵門陳書，躡屩獻器。」李善注：「陳書，謂陳列其書而進之也。」

〔九〕「雖乏」句：通靈，通於神靈。《文選》卷十四班固《幽通賦》：「精通靈而感物兮，神動氣而入微。」劉良注：「言人能致精誠，則通於神靈。而感於物神之運，動氣志入於幽微也。」《校注》：「張：張劭，字元伯。范：范式，字巨卿。《後漢書·范式傳》：式少遊太學，與張劭爲友。後劭卒，式忽夢劭呼曰：『巨卿，吾以某日死，當以爾時葬，永歸黄泉。子未我忘，豈能相及？』式怳然覺寤，悲歎泣下。遂投其葬日，馳往赴之。式未及到，而喪已發引，既至墓穴，將下棺，而柩不肯進。劭母撫之曰：『元伯，豈有望耶？』遂停柩。移時，乃見有素車白馬，號哭而來。劭母望之曰：『是必范巨卿也。』式既至，叩喪言曰：『行矣元伯，死生路異，永從此辭。』柩於是乃前。」

〔一〇〕「庶同」句：《校注》：「嵇：嵇康。向：向秀。向秀與嵇康相友善。康以事被誅，後秀經其舊廬，聞鄰人吹笛，追想昔日與康遊宴之好，乃作《思舊賦》。事見《晉書·向秀傳》。篤徒：猶言摯友。《文選》向秀《思舊賦》李善注引臧榮緒《晉書》：『嵇康爲竹林之遊，預其流者，向秀、劉靈（伶）之徒。』」

〔一一〕泫然：《吕氏春秋·知士》：「静郭君泫而曰：『不可，吾弗忍爲也。』」《廣韻》卷三：「泫然，流涕皃。」

〔一二〕英秀：葛洪《抱朴子·博喻》：「舍英秀而杖常民者，吾知其不能敘彝倫而臻升平矣。」《校注》：「英秀：指才華出衆之人。」

〔一三〕「系神緒」二句：《校注》：「系、胤：繼承之意。緒：猶統，宗統。枝：通『支』，指同宗旁枝。胄：後代。《通志·氏族略》：『袁氏，嬀姓，舜後。』」

〔一四〕「轢四代」二句：《校注》：「轢：車輪碾過爲轢，引申爲經歷。式：用，以。昌：盛。洎：至。十葉：十世。克：能。」按《元和姓纂》卷四：「袁，嬀姓，舜胡公滿之後。字或作爰、轅，其實一也。轅頗十一代孫袁生。」「陳郡夏陽縣。袁生元孫幹，封貴鄉侯，居陳郡爲著姓。八代孫良，生昌，昌生安，安生京、敞，京生陽，陽生逢、隗。四代五公，盛於東漢。」

〔一五〕「友人之生」二句：《校注》：「川岫：山川。岫，山峰。明：神明。《詩·大雅·崧高》：『維嶽降神，生甫及申。』以上二句用此意。謂山川神靈降和氣而生袁炳。」按《藝文類聚》卷七十六引梁簡文帝《大法頌》：「藏金玉於川岫，棄琴瑟乎大壑。」

〔一六〕峻調迥韻：《校注》：「峻調迥韻：格調風韻高邁不羣。」

〔一七〕倜儻遠度：《漢書》卷六十二《司馬遷傳》：「古者富貴而名摩滅，不可勝記，唯倜儻非常之人稱焉。」《文選》卷四十七夏侯湛《東方朔畫贊》：「若乃遠心曠度，贍智宏材，倜儻博物，觸類多能。」李周翰注：「倜儻，謂奇才也。」遠度，高遠的器度。《文選》卷二十六謝靈運《永初三年七月十六日之郡初發都》：「如何懷土心，持此謝遠度。」《校注》：「倜儻：灑脫不俗。遠度：氣度超遠。」

〔一八〕寂寥靈素：寂寥，謂恬静、淡泊。王充《論衡・自紀》：「恭願仁順，禮敬具備，矜莊寂寥，有巨人之志。」嵇康《卜疑》：「有宏達先生者，恢廓其度，寂寥疏濶；方而不制，廉而不割；超世獨步，懷玉被褐。」靈素，謂聰慧而質樸。靈，聰明且通曉事理。《莊子・天地》：「大惑者終身不解，大愚者終身不靈。」成玄英疏：「靈，知也。」王先謙集解引司馬彪曰：「靈，曉也。」素，質樸。《老子》：「見素抱樸，少私寡欲。」《淮南子・本經訓》：「其心愉而不僞，其事素而不飾。」高誘注：「素，樸也。」

〔一九〕文攀淵卿：《校注》：「淵：即王褒，字子淵。卿：即司馬相如，字長卿。二人皆以能文著稱。」

〔二〇〕史類遷固：《校注》：「遷：即司馬遷，著《史記》。固：即班固，著《漢書》。」

〔二一〕至徹：《校注》：「徹：通『澈』，清澄。」

〔二二〕上代：陸雲《答兄平原》：「伊我世族，太極降精，昔在上代，軒虞篤生。」干寶《晉紀總論》：「爰及上代，雖文質異時，功業不同，及其安民立政者，其揆一也。」《校注》：「上代：古代。」

〔二三〕叔世而曠絶：《三國志》卷二《魏志・武帝紀》：「叔世衰亂，崇信巫史，至乃宫殿之内，户牖之間，無不沃酹，甚矣其惑也。」《藝文類聚》卷十一引晉潘尼《乘輿箴》：「叔世道衰，末俗化淺，躭樂逸遊，荒淫沈湎。不式古訓，而好是佞辯；不遵正路，而覆車是踐。滅敗之效，載在前典。」　曠絶，空缺、斷絶。《吕氏春秋·開春》：「周厲之難，天子曠絶，而天下皆來謂矣。」高誘注：「難，厲王流於彘也。周無天子十一年，故曰曠絶也。」《史記》卷十二《孝武本紀》：「封禪用希曠絶，莫知其儀禮。」《校注》：「叔世：近世。本集《袁友人傳》：『其爲節也如此，數百年未有此人焉。』」

〔二四〕蕙若之暫芳：蕙若，蕙草與杜若，皆香草。《楚辭·九章·惜往日》：「自前世之嫉賢兮，謂蕙若其不可佩。」《文選》卷四張衡《南都賦》：「其香草則有薜荔蕙若，薇蕪蓀萇。晻曖蓊蔚，含芬吐芳。」李善注：「王逸《楚辭》注曰：『薜荔，香草也。』郭璞《山海經》注曰：『蕙，香草也。若，杜若也。』《本草經》曰：『靡蕪，一名薇蕪。』陶隱居注曰：『蕙葉似蛇牀而香。』」

〔二五〕琬琰之永闕：《楚辭·遠遊》：「吸飛泉之微液兮，懷琬琰之華英。」洪興祖補注：「琬音宛，琰音剡，皆玉名。」《淮南子·説山訓》：「琬琰之玉，在洿泥之中，雖廉者弗釋。」《校注》：「琬琰：皆美玉名。此以香草美玉喻袁炳。」

〔二六〕神交於一顧：《楚辭》東方朔《七諫·怨思》：「過故鄉而一顧兮，泣歔欷而霑衿。」《初學記》卷二十七引魏鍾會《菊花賦》：「乃有毛嬙、西施，荆姬、秦嬴，妍姿妖艷，一顧傾城。」《校注》：「乃：及。一顧：一次相見。《初學記》卷一八引袁宏《山濤别傳》：『山濤初不識嵇康、阮籍，一與相遇，便爲神交。』」

〔二七〕「邈疇年」二句：《詩·大雅·民勞》：「無縱詭隨，以謹繾綣。」馬瑞辰通釋：「繾綣即緊纂之别體。」高亨注：「繾綣，固結不解之意。」《文選》卷二十四潘岳《爲賈謐作贈陸機》：「昔余與子，繾綣東朝。」吕延濟注：「繾綣，不離散貌。」《校注》：「邈、窈：皆久遠之意。疇年：昔年，早年。繾綣：情意纏綿。遊遌：交遊相得。」

〔二八〕協好兮契心：《後漢書》卷八十一《獨行傳》序：「亦有結朋協好，幽明共心；蹈義陵險，死生等節。」《弘明集》卷十三郗超《奉法要》：「然則契心神道，固宜期之。」《校注》：「協好：融洽友好。契心：謂情投意合。」

〔二九〕重於素璧：《藝文類聚》卷九引束晳《集》：「必將採素璧於層山，探圓珠於重泉也。」《廣弘明集》卷二十四劉孝標《東陽金華山棲志》：「金鹽重於素璧，玉豉貴於明珠。」《校注》：「素璧：白璧。」

〔三〇〕結分：《校注》：「分：情分，情愛。」

〔三一〕拾一代而笑淺：《校注》：「一世即當世，當世之人。笑淺：笑其淺薄無知。」按「拾一代」，《彙注》本作「識一代」，疑是。

〔三二〕「故高術」二句：《校注》：「高術：大道。遻：路遻。以上二句意謂：二人治學之道相同，愛好也一樣，就不會有分歧不合的情況。」

〔三三〕掛情於霜柏：霜柏，經霜之柏。柏經霜猶茂，故稱。陶淵明《乙巳歲三月爲建威參軍使都經錢溪》：「終懷在歸舟，諒哉宜霜柏。」古直箋：「《莊子·讓王》：『霜雪已降，吾是以知松柏之茂也。』」

〔三四〕發意於冬桂：《楚辭·遠遊》：「嘉南州之炎德兮，麗桂樹之冬榮。」洪興祖補注：「桂淩冬不凋。」《楚辭》東方朔《七諫·自悲》：「登巒山而遠望兮，好桂樹之冬榮。」按以上二句《校注》云：「霜柏、冬桂：皆喻堅貞不屈的情操。」

〔三五〕千品之消散：千品，猶言百官。《國語·鄭語》：「出千品，具萬方。」韋昭注：「百官，官有徹品，十於王位，謂之千品。」消散，消失、消除。《韓非子·解老》：「唯夫與天地之剖判也具生，至天地之消散也不死不衰者謂『常』。」阮籍《詠懷詩八十二首》之四十八：「鳴鳩嬉庭樹，焦明遊浮雲。焉見孤翔鳥，翩翩無匹羣。死生自然理，消散何繽紛。」

〔三六〕鏡百侯之衰替：《校注》：「鏡：鑒。千品、百侯：指諸侯百官。衰替：衰落。《大戴禮·保傅》：『明鏡者，所以察形也；往古者，所以知今也。』」

〔三七〕「帶瑤玉」二句：瑤玉，美玉。隨珠，亦作隋珠，即隨侯之珠。《淮南子·説林訓》：「兕虎在於後，隨侯之珠在於前，弗及掇者，先避患而後就利。」高誘注：「隨國，在漢東，姬姓之後。出遊於野，見大蛇斷在地，隨侯令醫以續，傅斷蛇。蛇得愈去，後銜大珠報。蓋明月之珠，因號隨侯之珠，世以爲寶也。」《文選》卷二張衡《西京賦》：「流懸黎之夜光，綴隨珠以爲燭。」《校注》：「以上二句本曹植《與楊德祖書》：『人人自謂握靈蛇之珠，家家自謂抱荆山之玉。』以荆玉、隨珠喻文才卓異，詞采焕發。」

〔三八〕「十圖」二句：宋熊朋來《經説》卷一《易・河圖洛書》：「上官乇嘗以『河圖』衍爲十圖，其第五圖即『洛書』。」《校注》：「炤：通『昭』，明，閲讀而理解之意。抽：引。」

〔三九〕雒書：即「洛書」，儒家關於《尚書・洪範》「九疇」創作過程的傳説。《書・洪範》：「天乃錫禹洪範九疇，彝倫攸敘。」孔傳：「天與禹，洛出書。神龜負文而出，列於背，有數至於九。禹遂因而第之，以成九類常道。」

〔四〇〕抴：析、分。《玉篇》卷六：「抴，俗『析』字。」　河紀：即「河圖」，儒家關於《周易》卦形來源的傳説。《書・顧命》：「大玉、夷玉、天球、河圖，在東序。」孔傳：「伏犧王天下，龍馬出河，遂則其文以畫八卦，謂之『河圖』。」

〔四一〕百説：多方勸告、遊説。《戰國策・楚策三》：「儀善於魏王，甚信之，公雖百説之，猶不聽也。」

〔四二〕窮精兮萬里：王嘉《拾遺記》卷八：「向夢見伏羲、文王、周公，與我論世祚興亡之事，日月貞明之道，莫不窮精極妙。未該玄旨，故空誦其文耳。」《校注》：「萬里：指四方山川地理物産方面的知識。」

〔四三〕詩文之綺發：《廣弘明集》卷二十梁簡文帝《上皇太子玄圃講頌啓》：「文慚綺發，思闕彫英，徒懷舞蹈之心，終愧清風之藻。」

〔四四〕罄：《廣韻》卷四：「罄，苦定切，盡也。」　賷：同「賫」。《廣韻》卷四：「賫，琛。又財貨也。」

〔四五〕殫竹素之琛奇：竹素，猶竹帛。《三國志》卷六十一《吴志·陸凱傳》：「明王聖主取士以賢，不拘卑賤，故其功德洋溢，名流竹素。」《文選》卷二十九張協《雜詩十首》之九：「遊思竹素園，寄辭翰墨林。」張銑注：「竹、素，皆乃古人所用書之者。言遊思古人典籍也。」《詩·魯頌·泮水》：「憬彼淮夷，來獻其琛。」毛傳：「琛，寶也。」按以上二句《校注》云：「寶賫：寶物。琛：珍寶。『寶賫』、『琛奇』猶言精華。」

〔四六〕「信朝日」二句：《校注》：「信：任憑。昃：日西斜。屬：連接。謂日夜相繼研讀不倦。」

〔四七〕「覽秋實」二句：秋實，秋季成熟的穀物及果實。《管子·國蓄》：「春賦以斂繒帛，夏貸以收秋實。」王充《論衡·異虚》：「見春之微葉，知夏有莖葉；睹秋之零實，知冬之枯萃。桑穀之生，其猶春葉秋實也。」《校注》：「秋實、春華：《三國志》卷十二《魏志·邢顒傳》：邢顒爲平原侯曹植家臣，與植不合，庶子劉楨諫植曰：『私懼觀者將謂君侯習近不肖，禮賢不足，採庶子之春華，忘家丞之秋實。』此以秋實喻文章義理，春華喻文章詞采，謂做到二者兼收并蓄。」

〔四八〕蚤同歲於上京：應劭《風俗通·過譽·南陽五世公》：「南陽五世公爲廣漢太守，與司徒長史段遼叔同歲。」吴樹平校釋：「同歲，同年被辟舉。」曹操《讓縣自明本志令》：「顧視同歲中，年有五十，未名爲老。」按江淹於宋明帝泰始四年（四六八）被舉爲南徐州秀才，此年袁炳當同時被舉。上京，京都。《文選》卷十四班固《幽通賦》：「皇十紀而鴻漸兮，有羽儀於上京。」李善注：「有羽翼於京師也。」《文選》卷四十二曹植《與楊德祖書》：「德璉發迹於此魏，足下高視於上京。」吕延濟注：「高視上京，謂帝都也。」《校注》：「蚤：通『早』，早年。同歲：同年。漢制每歲舉孝廉若干人，同時被推薦的人互稱同歲。」

〔四九〕未滿年於下國：《詩・魯頌・閟宫》：「是生后稷，降之百福。黍稷重穋，稙稺菽麥。奄有下國，俾民稼穡。」《文選》卷十一王文考《魯靈光殿賦》：「初恭王始都下國，好治宫室。」張載注：「然以天子爲上國，故諸侯爲下國。」《校注》：「下國，諸侯國。此當指巴陵王國。據《自序》，江淹舉秀才後即任巴陵王右常侍，其時袁炳似亦在巴陵王府任職，共處時間不長而分離，故云『未滿年』。」

〔五〇〕湘水兮深沉：深沉，指水極深。《藝文類聚》卷八引晉夏侯湛《江上泛歌》：「淩波兮願濟，舟檝不具兮江水深沈。」《校注》：「據《袁友人傳》，袁炳曾任臨湘令，臨湘爲湘州治所，即今湖南長沙市，在湘水邊。」

〔五一〕前山兮眇默：眇默，悠遠。《文選》卷二十七顔延之《還至梁城作》：「眇默軌路長，憔悴征戍勤。」張銑注：「眇默，遠皃。」《校注》：「前山：當指荆州。深沉、眇默：謂山高水長，路途遥遠。屈原《九章・悲回風》：『登山巒以遠望兮，路眇眇之默默。』」

〔五二〕音華與書酒：《校注》：「音華：音容笑貌。書酒：謂音問。《古詩十九首》其十七：『客從遠方來，遺我一書札。上言長相思，下言久離别。』《文選》蘇武詩其一：『我有一樽酒，欲以贈遠人。願子留斟酌，敘此平生親。』」

〔五三〕楚越兮南北：《莊子·德充符》：「仲尼曰：『自其異者視之，肝膽楚越也；自其同者視之，萬物皆一也。』」成玄英疏：「楚越迢遞，相去數千。」鮑照《陽岐守風》：「飛雲日東西，别鶴方楚越。」《校注》：「楚越南北：謂各處異方，如楚越之相隔。」

〔五四〕結誼兮梁門：《校注》：「結誼：誼同『義』，結君臣之義。梁門，稱梁孝王府邸，借指建平王劉景素府。」

〔五五〕從官兮朱藩：《彙注》：「朱藩，朱方之藩國也。時淹從建平王移鎮朱方。」《校注》：「朱藩：朱方藩國。《自序》：『及（建平）王移鎮朱方也，又爲鎮軍參事，領東海郡丞。』即指此。朱方，春秋時地名，在今江蘇丹徒縣境。即京口，爲南徐州州治所在。」

〔五六〕何人遥而困阻：《校注》：「人遥而困阻：《藝文類聚》作『人徑之亟阻』，疑是。人徑，即人道，與下『天道』對舉成文。」今録以備考。

〔五七〕天道之匪存：《校注》：「天道匪存：《史記·伯夷列傳》：『或曰：天道無親，常與善人。若伯夷、叔齊，可謂善人者非耶？積仁絜行如此而餓死！且七十子之徒，仲尼獨薦顔淵爲好學。然回也屢空，糟糠不厭，而卒蚤夭。天之報施善人，其何如哉！』此用其意，謂天不報施，使好人袁沵早死。」

〔五八〕碧玉之神樹：《晉書》卷七十九《謝安傳》：「嘗戒約子侄，因曰：『子弟亦何豫人事，而正欲使其佳。』諸人莫有言者。玄答曰：『譬如芝蘭玉樹，欲使其生於庭階耳。』安悦。」

〔五九〕紫石之靈根：紫石，紫色石。傳説古代曾用爲貨幣。桓寬《鹽鐵論·錯幣》：「夏后以玄貝，周人以紫石，後世或金錢、刀布。」靈根，神樹之根。亦用以借指人之身體。《文選》卷二十八陸機《君子有所思行》：「宴安消靈根，酖毒不可恪。」吕延濟注：「《黄庭經》云：『玉池清水灌靈根，靈根堅固老不衰。』然靈根喻身也。」《藝文類聚》卷三十七引晉陸機《吴貞獻處士陸君誄》：「行焉比迹，誦必共響，庶君偕老，靈根克固，拊翼雲霄，雙飛天路。」

〔六〇〕永遠書於江澨：江澨，江邊。《楚辭》屈原《九歌·湘夫人》：「朝馳余馬兮江皋，夕濟兮西澨。」王逸注：「澨，水涯也。」《校注》：「永：《藝文類聚》作『承』，疑是。遠書：遠方來信，指袁炳凶問。澨：水濱。」

〔六一〕「結深痛」二句：《校注》：「魂：江淹自言己魂。綫昧：脆弱如綫。」

〔六二〕泣縈盈：《文選》卷十三謝惠連《雪賦》：「初便娟於墀廡，末縈盈於帷席。」李善注：「便娟、縈盈，雪迴委之貌。」此指淚水雜錯而下。《校注》：「縈盈：形容淚水縱横交錯。」

〔六三〕悼知音之已逝：《文選》卷四十二魏文帝《與吴質書》：「昔伯牙絶絃於鍾期，仲尼覆醢於子路，痛知音之難遇，傷門人之莫逮。」

〔六四〕桂徒芳：徒芳，徒爲芬芳。陶淵明《感士不遇賦》：「握蘭徒芳潔，而誰亮哀哉。」

〔六五〕楊蕤於後烈：《文選》卷十八嵇康《琴賦》：「鬱紛紜以獨茂兮，飛英蕤於昊蒼。」吕延濟注：「英蕤，花也。」同上書卷十七陸機《文賦》：「播芳蕤之馥馥，發青條之森森。」李善注：「《説文》曰：『蕤，草木華垂貌。』《纂要》曰：『草木華曰蕤。』」《校注》：「楊：即『揚』。古楊、揚相混。蕤：草木開花曰蕤。此指美名。後烈：後輩。烈，『列』之借字。」

麗色賦

【題解】

麗色：美麗的容貌。借指美人。《藝文類聚》卷四十四引《説苑》：「今若足下千乘之君，廣厦邃房，下羅帷，來清風，鬥象旗，舞鄭妾。麗色淫目，流聲娛耳。」同上書卷二十三引魏程曉《女典篇》：「若夫麗色妖容，高才美辭，貌足傾城，言以亂國。此乃蘭形棘心，玉曜凡質。在邦必危，在家必亡。」同上書卷四十三引梁沈約《冬白紵歌》：「寒閨晝寢羅幌垂，婉容麗色心相知。雙去雙還誓不移，長袖拂面爲君施。」

《校注》論此賦云：「《楚辭》有《招魂》，王逸《章句》云：『《招魂》者，宋玉之所作也。（按司馬遷《史記·屈原賈生列傳》則認爲是屈原所作，今多從之，認爲是招楚懷王之魂。）宋玉憐哀屈原，忠而斥棄，愁懣山澤，魂魄放佚，厥命將落。故作《招魂》，欲以復其精神，延其年壽。……以諷諫懷王，冀其覺悟而還之也。』本篇即據此而立意，并借巫史之口誇説麗色之美，用以自況。可與《倡婦自悲賦》參讀，亦當爲初黜吴興時所作。」考江淹《麗色賦》序云：「楚臣既放，魂往江南。」以屈子之放逐而比己之忠而被黜，與《渡泉嶠出諸山之頂》詩「南方天炎火，魂兮可歸來」，《山中楚辭》「魂兮歸來，異方不可以親」等有相一致之處，當是被黜爲建安吴興令後所作。而賦之「嗟靈王之心悦，怨漢女之情空」，「耻新臺之青樓，想上宫之邃閣」，「蓋天下之至麗，孰能預於此哉」諸語，乃有天生麗質，然却所從非人之歎，蓋喻己與景素之關係。《校注》所説是也。

楚臣既放，魂往江南〔一〕。弟子曰玉〔二〕，釋珮解驂①〔三〕。濛濛渌水〔四〕，裛裛青衫〔五〕。乃召巫史〔六〕：兹憂何止〔七〕？

史曰：臣野膠學蔽理②〔八〕，臣之所知，獨有麗色之説耳。夫絶代獨立者③〔九〕，信東方之佳人④〔一〇〕，既翠眉而瑶質〔一一〕，亦盧瞳而赬脣〔一二〕。鍱金花於珠履⑤〔一三〕，颯綺袂與錦紳〔一四〕。色練練而含奪⑥〔一五〕，光炎炎其若神〔一六〕。非氣象之可譬〔一七〕，奚影響而能親⑦〔一八〕？故仙藻靈艷⑧，金華玉儀⑨〔一九〕。其始見也，若紅蓮映池⑩；其少進也，如綵雲出衣⑪〔二〇〕。五光徘徊〔二一〕，十色陸離〔二二〕。實過珊瑚同樹⑫，價直瓊草共枝〔二三〕。雖玉堂春姬〔二四〕，石室素女〔二五〕，張煙霧於海際〔二六〕，耀光景於河渚〔二七〕，乘天梁而皓蕩，叫帝閽而延佇〔二八〕。猶比之無色〔二九〕，方之非侶〔三〇〕。

於是彫臺繡户⑬〔三一〕，當衢横術〔三二〕。椒庭承月〔三三〕，碧幌延日⑭〔三四〕。架蚪柱之嚴麗⑮〔三五〕，亘虹梁之峻密〔三六〕。錦幔垂而杳寂⑯〔三七〕，桂煙起而清溢⑰〔三八〕。女乃耀邯鄲之躧步⑱，媚趙北之鳴瑟⑲〔三九〕。

若夫紅華舒春〔四〇〕，黄鳥飛時〔四一〕。紺蕙初嫩⑳，頳蘭始滋〔四二〕。不擘蘅帶〔四三〕，無倚桂旗〔四四〕。摘芳拾蘂，含詠吐辭㉑。笑月出於陳歌〔四五〕，感蔓草於衛詩〔四六〕。

故氣炎日永㉒〔四七〕，離明火中〔四八〕。槿榮任露〔四九〕，蓮花勝風〔五〇〕。後簷丹葵㉓〔五一〕，前軒碧桐。笙歌畹右〔五二〕，琴儛池東。嗟靈王之心悦㉔〔五三〕，怨漢女之情空〔五四〕。

至乃西陸始秋〔五五〕，白道月弦〔五六〕。金波炤户㉕〔五七〕，玉露曖天〔五八〕。網絲掛墻〔五九〕，綵螢繞梁。氣已温兮曉未半㉖，星雖流兮夜何央〔六〇〕？憶雜珮兮且一欷㉗〔六一〕，念錦衾兮以九傷㉘〔六二〕。

及沍陰凋時㉙，冰泉凝節〔六三〕。軒疊厚霜，庭澄積雪。鳥封魚斂〔六四〕，河凝海結〔六五〕。紫帷鈐匝㉚，翠屏環合〔六六〕。麝密周彰，燈爐重沓〔六七〕。恥新臺之青樓〔六八〕，想上宮之邃閣〔六九〕。

若乃水炤景而見底，煙尋風而無極〔七〇〕。霧出吴而綺章㉛，雲堆趙而碧色。霧辭楚而容裔㉜〔七一〕，風去燕而悽惻〔七二〕。莫不輟鏡徙倚〔七三〕，擥琴心息㉝〔七四〕。

於是帳必藍田之寶〔七五〕，席必蒲陶之菅㉞〔七六〕。館圖明月㉟，室畫浮雲㊱。春蠶度網㊲，綺地應紡〔七七〕；秋梭鳴機〔七八〕，織爲褧衣〔七九〕。象奩瓊盤〔八〇〕，神瀝仙丹〔八一〕。雕柱綵瑟，九華六出〔八二〕。翠蕤羽釵〔八三〕，緑秀金枝。故言必入媚㊳〔八四〕，動必應規〔八五〕。有光有艷，如合如離〔八六〕。氣柔色靡〔八七〕，神凝骨奇〔八八〕。經秦歷趙㊴，既無其雙；尋楚訪蔡，不覿其容㊵。亦可駐髮還質〔八九〕，驂星馭龍〔九〇〕。蠲憂忘死〔九一〕，保其家邦〔九二〕。蓋天下之至麗㊶〔九三〕，孰能預於此哉㊷〔九四〕！

宋大夫耀影汰迹，縈魂灑魄〔九五〕。賞以雙珠，賜以合璧〔九六〕。拂巫盪祝〔九七〕，永爲上客〔九八〕。

【校記】

①「釋珮解驂」原作「釋珮馬解驂」，今據張本、梁本删正。按《彙注》本注：「當作『釋珮解驂』。『馬』字當省。且結文曰『宋大夫耀影汰形』，其義明矣。」

②「臣野膠學」元鈔本作「巨野駿學」。按梁本注：「《賦楷》無『野』字。」
③「代」張本、梁本、《藝文類聚》卷十八作「世」。
④「東方」《彙注》本、《藝文類聚》作「東鄰」。
⑤「鍱」《彙注》本、張本、梁本、《藝文類聚》作「灑」。「於」《藝文類聚》作「及」。
⑥「含」《彙注》本、張本、梁本、《藝文類聚》作「欲」。
⑦「奚影響而能親」《彙注》本作「奚影響而能陳」，《藝文類聚》作「焉影響而能陳」。
⑧「艷」《彙注》本、《藝文類聚》作「葩」。
⑨「金」《彙注》本、《藝文類聚》作「冰」。
⑩「映」《彙注》本、張本、《藝文類聚》作「鏡」。
⑪「衣」《彙注》本、張本、梁本、《藝文類聚》作「崖」。
⑫「實」《彙注》本、梁本、《藝文類聚》作「寶」。
⑬「户」《藝文類聚》作「戺」。
⑭「幌」原作「愰」，《藝文類聚》作「户」，今據《彙注》本、張本改。
⑮「麗」原作「躧」，今據《彙注》本、張本、梁本、《藝文類聚》改。
⑯「杳」《藝文類聚》作「香」。
⑰「溢」《藝文類聚》作「謚」。

⑱「讙」原作「鼉」，今據《彙注》本、張本、《藝文類聚》改。
⑲「趙北」《彙注》本作「趙比」，張本、《藝文類聚》作「北里」。
⑳「蕙」張本作「穗」。「嫩」《藝文類聚》作「軟」。
㉑「含」《藝文類聚》作「涵」。
㉒「故」梁本注：「一作『迨夫』。」《藝文類聚》無此字。
㉓「後簷丹葵」《彙注》本作「後簷丹柰」，《藝文類聚》作「後欄丹柰」。
㉔「靈王」《彙注》本作「楚王」。
㉕「炤」《藝文類聚》作「照」。
㉖「温」《彙注》本、張本、梁本、《藝文類聚》作「濕」。
㉗「欷」《彙注》本、《藝文類聚》作「念」。
㉘「念」《彙注》本、《藝文類聚》作「憐」。
㉙「沍」原作「冴」，《彙注》本作「固」，今據張本改。按冴，沍之訛字。
㉚「鈐」張本、梁本作「鈴」。
㉛「霧」《彙注》本作「霞」。
㉜「霧」元鈔本、張本、梁本作「露」。
㉝「琴」《彙注》本作「瑟」。

㉞「菅」《彙注》本、張本、梁本、《藝文類聚》作「文」。
㉟「館圖明月」原作「圖明室」，今據張本、梁本、《藝文類聚》補正。
㊱「室畫浮雲」原作「畫浮雲」，今據張本、梁本、《藝文類聚》補。
㊲「網」元鈔本作「繭」。
㊳「故」《彙注》本、《藝文類聚》無此字。
㊴「秦」梁本作「周」。
㊵「觀」《彙注》本、張本、梁本、《藝文類聚》作「覿」。
㊶「蓋」張本、梁本、《藝文類聚》作「非」。
㊷「預」《彙注》本、《藝文類聚》作「與」。

【箋注】

〔一〕「楚臣」二句：《校注》：「楚臣：指屈原。《楚辭・漁夫》：『屈原既放，遊於江潭。』又《招魂》：『魂兮歸來，哀江南。』」

〔二〕弟子曰玉：《校注》：「玉：即宋玉。屈原弟子。」

〔三〕釋珮解驂：解驂，《後漢書》卷十上《和熹鄧皇后紀》載劉毅上書：「躬率羣下，損膳解驂，以贍黎苗。」《校注》：「釋珮：解下佩玉。屈原《離騷》：『解佩纕以結言兮，吾令蹇修以爲理。』曹植《洛神賦》：『願誠素之先達兮，解玉佩以要之。』此用其意。解驂：《史記・晏嬰傳》：『越石父賢，在縲紲中，晏子出，遭之途，解左驂贖之。』駕車時位於兩旁的馬謂驂。」

〔四〕濛濛：迷茫貌。《詩·豳風·東山》：「我來自東，零雨其濛。」鄭玄箋：「歸又道遇雨，濛濛然。」《楚辭》東方朔《七諫·自悲》：「何青雲之流瀾兮，微霜降之濛濛。」陶淵明《停雲》：「靄靄停雲，濛濛時雨。」

〔五〕裛裛：亦作「裊裊」，摇曳不定貌。《文選》卷三十謝靈運《擬魏太子鄴中集詩·平原侯植》：「平衢修且直，白楊信裊裊。」李善注：「裊裊，風摇木貌。」《玉臺新詠》卷四鮑令暉《擬青青河畔草》：「裊裊臨窗竹，藹藹垂門桐。灼灼青軒女，泠泠高臺中。明志逸秋霜，玉顔艷春紅。」

〔六〕巫史：《禮記·禮運》：「祝嘏辭説，藏於宗祝、巫史，非禮也，是謂幽國。」《國語·楚語下》：「夫人作享，家爲巫史。」韋昭注：「巫主接神，史次位序。」《後漢書》卷五十八《臧洪傳》：「和不理戎警，但坐列巫史，禜禱羣神。」李賢注：「巫，女巫也。史，祝史也。」《校注》：「巫史：古代稱能通鬼神的人。」

〔七〕兹憂何止：《校注》：「兹憂：此憂。指宋玉爲屈原忠而遭棄之憂。」

〔八〕臣野膠學蔽理：《校注》：「野：鄙野。膠學蔽理：學識卑陋，不通事理。膠，膠固，閉塞。」

〔九〕絶代獨立：謂舉世無雙。《漢書》卷九十七上《外戚·孝武李夫人傳》載李延年歌：「北方有佳人，絶世而獨立。一顧傾人城，再顧傾人國。」

〔一〇〕東方之佳人：《藝文類聚》卷十八引漢司馬相如《美人賦》：「臣之東隣，有一女子。玄髮豐艷，蛾眉皓齒，登垣而望臣三年於兹矣。」按「東方」，《彙注》本、《藝文類聚》作「東鄰」者，雖接近此句之出典，然江淹好用新詞，故「東方」未必非此賦之原文。

〔一一〕翠眉：古代女子用青黛畫眉，故稱。晉崔豹《古今注·雜注》：「魏宫人好畫長眉，今多作翠眉警鶴髻。」《藝文類聚》卷四十一引梁簡文帝《妾薄命》：「名都多雅質，本自恃容姿。蕩子行不至，秋胡無定期。玉貌歇紅縷，長嚬串翠眉。」《校注》云：「翠眉：眉如翠鳥之羽。宋玉《登徒子好色賦》：『東家之子……眉如翠羽，肌如白雪。』」按《文選》卷十九宋玉《登徒子好色賦》「眉如翠羽」吕向注：「眉色如翡翠之羽。」乃謂眉之色如翠鳥之羽，而非謂眉之形也。　瑶質：本集《知己賦》：「聞瑶質兮可變，知余采兮一奪。」《樂府詩集》卷二十九梁簡文帝《明君詞》：「玉艷光瑶質，金鈿婉黛紅。一去蒲萄觀，長別披香宫。」《校注》：「瑶質：謂肌膚光潔如玉。」

〔一二〕盧瞳而頳脣：《校注》：「盧瞳：烏黑的眼珠。頳脣：鮮紅的嘴唇。」

〔一三〕鍱金花：指以黄金所錘成的薄片所製作之花。鍱，錘成的金屬薄片。　珠履：珠飾之履。《史記》卷七十八《春申君列傳》：「春申君客三千餘人，其上客皆躡珠履。」鮑照《代白紵舞歌詞四首》之一：「吴刀楚製爲佩褘，纖羅霧縠垂羽衣。含商咀徵歌露晞，珠履颯沓紈袖飛。淒風夏起素雲回，車怠馬煩客忘歸，蘭膏明燭承夜暉。」

〔一四〕颯綺袂與錦紳：《校注》：「颯：舞動貌。袂：衣袖。紳：大帶。」

〔一五〕色練練而含奪：《校注》：「練練：潔白貌。奪：奪目，耀眼。」

〔一六〕光炎炎：炎炎，色彩光艷貌。《文選》卷一班固《東都賦》：「焱焱炎炎，揚光飛文。」吕延濟注：「焱焱炎炎，旌旗貌。飛揚光彩，成其文章。」《校注》：「炎炎：容光煥發貌。」

〔一七〕氣象：謝道韞《登山》：「峩峩東嶽高，秀極沖青天。巖中間虚宇，寂寞幽以玄。非工復非匠，雲構發自然。氣象爾何物，遂令我屢遷。」《藝文類聚》卷四十三引梁沈約《梁明堂登歌·歌黄帝》：「鬱彼中壇，含靈闡化，迴環氣象，輪無輟駕。」此句或指麗人的姿態優美。

〔一八〕影響：影子和回聲。《書·大禹謨》：「惠迪吉，從逆凶，惟影響。」孔傳：「吉凶之報，若影之隨形，響之應聲，言不虚。」《文選》卷二十四曹植《贈白馬王彪》：「人生處一世，去若朝露晞。年在桑榆間，影響不能追。自顧非金石，咄唶令心悲。」張銑注：「言人年衰老，若日在桑榆將没，如影響不可追也。」此句或指麗人之行步迅捷，飄忽不定。按以上二句《校注》云：「氣象：指客觀存在的事物。影響：指空虚不實的言詞。」今録以備考。

〔一九〕金華：金質的花飾。《後漢書》卷六十下《蔡邕傳》：「公奉引車駕，乘金華青蓋，瓜畫兩轓，遠近以爲非宜。」《文選》卷三十四曹植《七啓》：「金華之舄，動趾遺光。」張銑注：「舄，履也，以金爲華而飾之趾足。」玉儀：美好的容儀。

〔二〇〕「其始見也」四句：《校注》：「以上四句句式仿宋玉《神女賦》：『其始來也，曜乎若白日初出照屋梁；其少進也，皎若明月舒其光。』」

〔二一〕五光徘徊：五光，五色光彩。劉向《説苑·辨物》：「延頸奮翼，五光備舉，光興八風，氣降時雨，此謂鳳像。」《文選》卷二十三曹植《雜詩》：「明月照高樓，流光正徘徊。」鮑照《翫月城西門廨中》：「始見西南樓，纖纖如玉鉤。末映東北墀，娟娟似娥眉。娥眉蔽珠櫳，玉鉤隔瑣窗。三五二八時，千里與君同。夜移衡漢落，徘徊入户中。」

〔二二〕十色：謂色彩繁多。陸離：光彩絢麗貌。《楚辭·招魂》：「長髮曼鬋，艷陸離些。」《水經注·穀水》：「及其晨光初起，夕景斜輝，霜文翠照，陸離眩目。」

〔二三〕「實過」二句：《校注》：「直：通『值』。瓊草枝：即瓊樹枝，爲避上句『樹』字而改。左思《吴都賦》：『瓊枝抗莖而敷蘂，珊瑚幽茂而玲瓏。』以上二句謂其美麗可與珊瑚樹、瓊樹枝等同，而又超過之。」

〔二四〕玉堂：玉飾的殿堂。《文選》卷十三宋玉《風賦》：「然後倘佯中庭，北上玉堂，躋於羅帷，經於洞房，迺得爲大王之風也。」同上書卷十一孫興公《遊天台山賦》：「朱闕玲瓏於林間，玉堂陰映於高隅。」

〔二五〕石室：岩洞。《藝文類聚》卷三十六引晉庾闡《孫登贊》：「靈巖霞蔚，石室鱗搆。青松標空，蘭泉吐漏。」《文選》卷三十五張協《七命》：「臨重岫而攬轡，顧石室而迴輪。」李善注引仲長統《昌言》：「閨上古之隱士，或伏重岫之内，窟窮臯之底。」　素女：傳説中古代神女。《史記》卷十二《孝武本紀》：「或曰泰帝使素女鼓五十弦瑟，悲，帝禁不止，故破其瑟爲二十五弦。」《楚辭》王逸《九懷·昭世》：「聞素女兮微歌，聽王后兮吹竽。」按以上二句《校注》云：「玉堂、石室：皆仙人住處。春姬、素女：皆神女名。左思《吴都賦》：『玉堂對霤，石室相距。藹藹翠幄，嫋嫋素女。江婓（一作妃）於是往來，海童於是宴語。』」釋春姬爲神女名，不知所出。今録以備考。

〔二六〕張煙霧於海際：鮑照《登廬山二首》之一：「方躋羽人途，永與煙霧并。」　海際，海邊。《拾遺記》卷十：「有大螺名躶步，負其殼露行，冷則復入其殼，生卵着石則軟，取之則堅，明王出世，則浮於海際焉。」《太平御覽》卷三百六十一引《玄中記》：「朱梧縣，其民服役，依海際居，産子以沙石自擁，不食米，止資魚以爲生氣。」

〔二七〕河渚：河邊。《楚辭·九歌·湘君》：「朝騁騖兮江臯，夕弭節兮北渚。」王逸章句：「渚，水涯也。」

〔二八〕「乘天梁」二句：《校注》：「天梁：即天津、銀河。皓蕩：水面遼濶貌。皓，通『浩』。帝閽：天帝的守門人。延佇：久立等待。屈原《離騷》：『朝發軔於天津兮，夕余至乎西極。』又：『吾令帝閽開關兮，倚閶闔而望予。時曖曖其將罷兮，結幽蘭而延佇。』以上二句用《離騷》文意，指追求美女。」

〔二九〕比之無色：《文選》卷十九宋玉《神女賦》：「其象無雙，其美無極。毛嬙鄣袂，不足程式。西施掩面，比之無色。」

〔三〇〕方之非侣：《校注》：「方：比。非侣：不相配。」

〔三一〕彫臺繡户：繡户，雕繪華美的門户。《廣博物志》卷三十八引《新論》：「裘蓑雖異，被服實同；美惡雖殊，適用則均。今處繡户洞房，則蓑不如裘；被雪沐雨，則裘不及蓑。」鮑照《擬行路難十八首》之三：「璿閨玉墀上椒閣，文窗繡户垂羅幕。」

〔三二〕當衢横術：《文選》卷四左思《蜀都賦》：「亦有甲第，當衢向術，壇宇顯敞，高門納駟。」劉淵林注：「術，道也。」吕延濟注：「當，向也；衢，道也。」横術，大道，大路。《漢書》卷六十三《武五子·燕刺王劉旦傳》：「歸空城兮，狗不吠，雞不鳴，横術何廣廣兮，固知國中之無人！」顔師古注：「臣瓚曰：『術，道路也。』」

〔三三〕椒庭承月：《文選》卷二十八鮑照《代昇天行》：「冠霞登綵閣，解玉飲椒庭。」李善注：「椒庭，取其芬香也。《洛神賦》曰：『踐椒塗之鬱烈。』」《宋書》卷四十一《后妃傳論》：「自元嘉以降，内職稍繁，椒庭綺觀，千門萬户，而淫粧怪飾，變炫無窮。」《校注》：「椒庭：指宫室。漢代皇后所居宫室以椒和泥以取香。」

〔三四〕碧幌延日：碧幌，緑色的幃幔。《文選》卷三十五張協《七命》：「重殿疊起，交綺對幌。」李善注：「《文字集略》曰：『幌，以帛明牕也。』」《廣韻》卷三：「幌，帷幔也。」《校注》：

「延：接。」

〔三五〕架虬柱之嚴麗：虬柱，雕刻有龍形的屋柱。虬，傳説中的一種無角龍。《楚辭·離騷》：「駟玉虬以乘鷖兮，溘埃風余上征。」王逸章句：「有角曰龍，無角曰虬。」洪興祖補注：「虬，龍類也。」嚴麗，莊嚴華麗。《後漢書》卷八十二下《方術下·費長房傳》：「長房旦日復詣翁，翁乃與俱入壺中。唯見玉堂嚴麗，旨酒甘肴，盈衍其中，共飲畢而出。」《宋書》卷九十九《二凶·元凶劭傳》：「年六歲，拜爲皇太子，中庶子二率入直永福省。更築宫，制度嚴麗。」

〔三六〕亘虹梁之峻密：《文選》卷一班固《西都賦》：「因瓌材而究奇，抗應龍之虹梁。」李善注：「應龍虹梁，梁形似龍，而曲如虹也。」峻密，嚴厲周密。《三國志》卷二十五《魏志·楊阜傳》：「時雍丘王植怨於不齒，藩國至親，法禁峻密，故阜又陳九族之義焉。」《晉書》卷三十一《后妃上·惠羊皇后傳》：「羊庶人門户殘破，廢放空宫，門禁峻密，若絶天地，無緣得與姦人搆亂。」此乃指虹梁構造嚴密。《校注》：「亘：横貫。」

〔三七〕錦幔垂而杳寂：錦幔，錦製的帳幕。《拾遺記》卷九：「四廂置錦幔，屋柱皆隱起爲龍鳳百獸之形，雕斲衆寶，以飾楹柱。」傳漢伶玄《趙飛燕外傳》：「爲婕妤作七成錦帳，以沉水香飾。」《校注》：「杳寂：幽深寂静。」

〔三八〕桂煙：以桂木製成的熏煙。清溢：《校注》：「清溢：清香四溢。」

〔三九〕「女乃」二句：《文選》卷六左思《魏都賦》：『邯鄲躧步，趙之鳴瑟。』」張銑注：「邯鄲，趙地，亦多美女，善行步，皆妙鼓瑟。」躧步，輕盈的步伐。《文選》卷二十六謝靈運《永初三年七月十六日之郡初發都》：「李牧愧長袖，郤克慚躧步。」同上書卷三十前人《擬魏太子鄴中集·阮瑀》：「躧步陵丹梯，并坐侍君子。」皆爲此意。

〔四〇〕紅華舒春：《校注》：「舒：開放。」

〔四一〕黄鳥飛時：《爾雅·釋鳥》：「皇，黄鳥。」郭璞注：「俗呼黄離留，亦名搏黍。」黄離留，即黄鶯。《詩·周南·葛覃》：「黄鳥於飛，集於灌木，其鳴喈喈。」毛傳：「黄鳥，搏黍也。」《校注》：「時：指春時，春季。」

〔四二〕「紺蕙」二句：紺蕙，青紅色的蕙草。《廣韻》卷四：「紺，古暗切，青赤色也。」頳蘭，猶紅蘭。頳，赤色。《校注》：「滋：生長。」

〔四三〕蘅帶：《校注》：「蘅帶：用杜蘅編織的佩帶。」

〔四四〕桂旗：《楚辭·九歌·山鬼》：「乘赤豹兮從文狸，辛夷車兮結桂旗。」王逸章句：「結桂與辛夷以爲車旗，言其香潔也。」洪興祖補注：「以辛夷香木爲車，結桂枝以爲旌旗也。」《文選》卷十九曹植《洛神賦》：「左倚采旄，右蔭桂旗。」吕延濟注：「桂旗，謂以桂爲旗竿也。」

〔四五〕笑月出於陳歌：《詩·陳風·月出》：「月出皎兮，佼人僚兮，舒窈糾兮，勞心悄兮。」序：「《月出》，刺好色也。在位不好德而説美色焉。」

〔四六〕感蔓草於衞詩：《詩·鄭風·野有蔓草》：「野有蔓草，零露漙兮。有美一人，清揚婉兮。

邂逅相遇，適我願兮。」序：「《野有蔓草》，思遇時也。君之澤不下流，民窮於兵車，男女失時，思不期而會焉。」《校注》：「衛詩：當作『鄭詩』。」

〔四七〕故氣炎日永：氣炎，《漢書》卷三十《藝文志》：「人之所忌，其氣炎以取之，訞由人興也。」顔師古注：「炎謂火之光始惔惔也，言人之所忌，其氣惔引致於災也。」《校注》：「氣炎：氣候炎熱。指夏天。」日永，《書·堯典》：「日永，星火，以正仲夏。」孔傳：「永，長也，謂夏至之日。」此指夏天白晝長。《藝文類聚》卷三引晉郭璞《詩》：「融風拂晨霄，陽精一何冏。閑宇静無娱，端坐愁日永。」

〔四八〕離明火中：離明，日光。《易·離》：「離爲火，爲日。」孔穎達疏：「離爲火，取南方之行也；爲日，取其日是火精也。」《校注》：「火中：指心宿運行到星空之中區。夏末黄昏時大火處於天空正中。《左傳·昭公三年》：『譬如火焉，火中，寒暑乃退。』注：『火，心星。心以季夏昏中而暑退。』」

〔四九〕槿榮任露：阮籍《詠懷詩八十二首》之七十一：「木槿榮丘墓，煌煌有光色。白日頹林中，翩翩零路側。」槿榮，木槿花。槿即木槿，夏秋開花，朝開暮落。《淮南子·時則訓》「木堇榮」高誘注：「木堇，朝榮暮落，樹高五六尺，其葉與安石榴相似。」

〔五〇〕蓮花勝風：勝風，勝任風力。鮑照《代陳思王京洛篇》：「珠簾無隔露，羅幌不勝風。」謝朓《奉和隨王殿下》之十五：「年華豫已滌，夜艾賞方融。新萍時合水，弱草未勝風。」按以上二句《校注》云：「任露、勝風：謂經受風露而開花。」

〔五一〕丹葵：指向日的葵花。

〔五二〕笙歌畹右：笙歌，合笙之歌。《禮記・檀弓上》：「孔子既祥，五日彈琴而不成聲，十日而成笙歌。」鄭玄注：「琴以手，笙歌以氣。」鮑照《代陸平原君子有所思行》：「陳鐘陪夕讌，笙歌待明發。」《校注》：「畹：通『苑』，園圃。」

〔五三〕靈王之心悦：靈王，或指楚靈王。《晏子春秋》卷七《外篇上》：「臣聞之越王好勇，其民輕死；楚靈王好細腰，其朝多餓死。」《淮南子・主術訓》：「故靈王好細腰，而民有殺食自饑也；越王好勇，而民皆處危争死。」高誘注：「靈王，楚靈王。殺食，省食也。」

〔五四〕漢女之情空：漢女，漢水神女。《列仙傳》卷下：「江妃二女者，不知何所人也，出遊於江漢之湄，逢鄭交甫，見而悦之，不知其神人也，謂其僕曰：『我欲下請其佩。』僕曰：『此間之人皆習於辭，不得恐罹悔焉。』交甫不聽，遂下與之言曰：『二女勞矣。』二女曰：『客子有勞，妾何勞之有。』交甫曰：『橘是柚也，我盛之以笥，令附漢水，將流而下。我遵其旁，採其芝而茹之。以知吾爲不遜也，願請子之佩。』二女曰：『橘是柚也，我盛之以筥，令附漢水，將流而下。我遵其旁，採其芝而茹之。』遂手解佩與交甫，交甫悦受而懷之中當心，趨去數十步，視佩，空懷無佩，顧二女，忽然不見。」

〔五五〕西陸始秋：西陸，指秋天。《文選》卷二十一郭璞《遊仙詩七首》之七：「蓐收清西陸，朱羲將由白。」李善注：「司馬彪《續漢書》曰：『日行北陸謂之冬，西陸謂之秋。』」

〔五六〕白道：月亮運行的軌道。《禮記·月令·孟秋之月》「其日庚辛」鄭玄注：「日之行，秋西從白道，成熟萬物，月爲之佐。」《漢書》卷二十六《天文志六》：「日有中道，月有九行。中道者，黄道，一曰光道。……月有九行者：黑道二，出黄道北；赤道二，出黄道南；白道二，出黄道西；青道二，出黄道東。立春、春分，月東從青道；立秋、秋分，西從白道。」月弦：指弦月，半邊月。《釋名·釋天》：「弦，月半之名也。其形一旁曲，一旁直，若張弓施弦也。」謝靈運《七夕詠牛女》：「月弦光照户，秋首風入隙。」

〔五七〕金波炤户：金波，謂月光。《漢書》卷二十二《禮樂志》：「月穆穆以金波，日華燿以宣明。」顔師古注：「言月光穆穆，若金之波流也。」《藝文類聚》卷二引宋謝莊《雜言詠雪》：「始蓋以蕤轉，終徘徊而煙曳。狀素鏡之晨光，寫金波之夜晰。」《校注》：「炤：通『照』。」

〔五八〕玉露曖天：《校注》：「曖天：蔽天。」

〔五九〕網絲掛墻：網絲，蜘蛛網。宋陸佃《埤雅》卷十一：「《論衡》曰：『蜘蛛結絲以網飛蟲，人之用計，安能過之。』」張協《雜詩》：「青苔依空墻，蜘蛛網四屋。」

〔六〇〕星雖流兮夜何央：《文選》卷二十九魏文帝《雜詩二首》之一：「俯視清水波，仰看明月光。天漢迴西流，三五正從横。」同上書卷二十七前人《燕歌行》：「明月皎皎照我牀，星漢西流夜未央。牽牛織女遥相望，爾獨何辜限河梁。」《詩經·小雅·庭燎》：「夜如何其？夜未央。」

朱熹集傳：「央，中也。」

〔六一〕憶雜珮兮且一欷：《詩·鄭風·女曰雞鳴》：「知子之來之，雜佩以贈之。」序：「《雞鳴》，刺不説德也。陳古義以刺今不説德而好色也。」毛傳：「雜佩者，珩、璜、琚、瑀、衝牙之類。」《校注》：「雜珮：用各種玉組成的佩飾。」

〔六二〕念錦衾兮以九傷：《詩·唐風·葛生》：「角枕粲兮，錦衾爛兮。予美亡此，誰與獨旦。」九傷，言傷悲之多，無限哀傷。

〔六三〕「及沍陰」二句：沍陰，凝聚不散的陰冷之氣。《子華子·執中》：「元武沍陰，不能盡其所以爲寒也，必隨之以敷榮之氣而爲春。」《左傳·昭公四年》：「其藏冰也，深山窮谷，固陰沍寒，於是乎取之。」《校注》：「凋時、凝節：指草木凋落、水始冰凍的季節。《禮記·月令》：孟冬之月『水始冰，地始凍』。」

〔六四〕鳥封魚斂：《校注》：「封、斂：謂隱藏不出。」

〔六五〕河凝海結：河凝，河水凝結成冰。本集《就謝主簿宿》：「季月寒氣重，滋蘭錯無芳。北風漂夜色，河凝暠如霜。」

〔六六〕「紫帷」二句：《校注》：「鈴匝、環合：猶言密閉。」

〔六七〕「麝密」二句：《校注》：「麝：麝香。密：疑當作『蜜』。蜜，蠟。周彰：謂照亮四周。爐：熏爐。『燈爐』與『麝密』互文，即『密燈』、『麝爐』。重沓：一個接一個，衆多之意。」

〔六八〕恥新臺之青樓：《詩·邶風·新臺》：「新臺有泚，河水瀰瀰。燕婉之求，籧篨不鮮。」序：「《新臺》，刺衛宣公也。納伋之妻，作新臺於河上而要之。國人惡之，而作是詩也。」鄭玄箋：「伋，宣公之世子。」後用以喻不正當的翁媳關係。按新臺故址在今河南濮陽。青樓：青漆塗飾的豪華精緻樓房。《文選》卷二十七曹植《美女篇》：「借問女安居？乃在城南端。青樓臨大路，高門結重關。」《樂府詩集》卷二十八傅玄《艷歌行》：「問女居安在？堂在城南居。青樓臨大巷，幽門結重樞。」

〔六九〕想上宫之邃閣：《詩·鄘風·桑中》：「期我乎桑中，要我乎上宫，送我乎淇之上矣。」毛傳：「桑中、上宫，所期之地。」朱熹集傳：「衛俗淫亂，世族在位，相竊妻妾。故此人自言將采唐於沬，而與其所思之人相期會迎送如此也。」《校注》：「上宫：爲男女幽會之處。邃閣：幽室。」

〔七〇〕「若乃」二句：無極，無邊無際。《大戴禮記·公符》：「陛下永永，與天無極。」《文選》卷二十四曹植《又贈丁儀王粲》：「山岑高無極，涇渭揚濁清。」《校注》：「炤景：猶明亮。尋風：隨風。」

〔七一〕容裔：《文選》卷三張衡《東京賦》：「建辰旒之太常，紛焱悠以容裔。」薛綜注：「容裔，高低之貌。」吕向注：「容裔，從風轉薄貌。」《藝文類聚》卷八引魏文帝《濟川賦》：「臨濟川之魯淮，覽洪波之容裔。濞騰揚以相薄，激長風而亟逝。漫浩汗而難測，眇不睹其垠際。」

〔七二〕風去燕而悽惻：《吴越春秋·勾踐伐吴外傳》：「軍士各與父兄昆弟取訣，國人悲哀，皆作離别相去之詞。……於是觀者莫不悽惻。」《文選》卷二十六陸機《赴洛詩二首》之二：「歲月一何易，寒暑忽已革，載離多悲心，感物情悽惻。」按以上二句《校注》云：「『楚』、『燕』，與上『吴』、『趙』皆泛指南北各地。」

〔七三〕輟鏡徙倚：《楚辭·哀時命》：「然隱憫而不達兮，獨徙倚而彷徉。」王逸章句：「徙倚，猶低佪也。言己隱身山澤，内自憫傷，志不得達，猶徘徊彷徉而遊戲也。」《文選》卷二十九《古詩十九首·凛凛歲云暮》：「眄睞以適意，引領遥相稀。徙倚懷感傷，垂涕霑雙扉。」

〔七四〕擎琴心息：《校注》：「心息：心意沮喪。」

〔七五〕藍田之寶：藍田，古縣名，在陜西省渭河平原南緣、秦嶺北麓、渭河支流灞河上游。以産美玉聞名。《文選》卷一班固《西都賦》：「陸海珍藏，藍田美玉。」吕延濟注：「謂美玉出藍田。」《三國志》卷六十四《吴志·諸葛恪傳》：「諸葛恪字元遜，瑾長子也。少知名。」裴松之注引晉虞溥《江表傳》：「恪少有才名，發藻岐嶷，辯論應機，莫與爲對。權見而奇之，謂瑾曰：『藍田生玉，真不虚也。』」

〔七六〕席必蒲陶之菅：菅，多年生草本植物，葉細長而尖，花緑色，莖可編織草席及草履。《詩·小雅·白華》：「英英白雲，露彼菅茅。」《爾雅·釋草》「白華野菅」邢昺疏：「陸璣云：『菅似茅而滑澤無毛，根下五寸中有白粉者柔韌，宜爲索。漚乃尤善矣。』」《校注》：「蒲陶：即葡萄。古有葡萄錦，以上織有葡萄形花紋而得名。」

〔七七〕綺地：《校注》：「綺地：素地織紋起花的絲織物。」

〔七八〕鳴機：鮑照《夢歸鄉》：「孀婦當户歎，搔絲復鳴機，慊款論久别，相將還綺闈。」《玉臺新詠》卷十謝朓《同王主簿有所思》：「佳期期未歸，望望下鳴機，徘徊東陌上，月出行人稀。」

〔七九〕織爲褧衣：《詩·衛風·碩人》：「碩人其頎，衣錦褧衣。」毛傳：「夫人德盛而尊，嫁則錦衣加褧襜。」鄭玄箋：「國君夫人翟衣而嫁。今衣錦者，在塗之所服也。」褧，麻布單罩衣。《校注》：「褧衣：古代女子穿在錦衣外面的罩衫。」

〔八〇〕象奩瓊盤：《校注》：「象奩：以象牙爲飾的梳妝鏡匣。瓊盤：赤玉盤。」

〔八一〕神瀝仙丹：《校注》：「瀝：漿。即丹漿。」

〔八二〕九華六出：陶淵明《九日閒居》詩序：「余閒居，愛重九之名。秋菊盈園，而持醪靡由。空服九華，寄懷於言。」《藝文類聚》卷二引《韓詩外傳》：「凡草木花多五出，雪花獨六出。雪花曰霙。」《校注》：「九花：指菊花。菊花開在重九前後，故稱。六出：指雪花。雪花爲六角形。二者皆爲琴瑟柱上刻畫的圖案。」

〔八三〕翠蕤羽釵：翠蕤，綴有翠羽的飾物。《史記》卷一百十七《司馬相如列傳》「錯翡翠之威蕤」裴駰集解引徐廣曰：「或作『錯紛翠蕤』。」《藝文類聚》卷四十五引齊謝朓《鬱林王墓誌銘》：「緑車旖旎，翠蕤奄映，癸貳戲良，臨祧弛盛。」蕤，花。《文選》卷十七陸機《文賦》：

「播芳蕤之馥馥，發青條之森森。」李善注：「《説文》曰：『蕤，草木華垂貌。』」　羽釵，裝飾翠羽的釵。

〔八四〕言必入媚：《校注》：「入媚：　謂動聽迷人。」

〔八五〕動必應規：《禮記·深衣》：「古者深衣，蓋有制度，以應規矩，繩權衡。」鄭玄注：「言聖人制事，必有法度。」《藝文類聚》卷七十三引魏徐幹《車渠椀賦》：「圜德應規，巽從易安，大小得宜，容如可觀。」《宋書》卷七十二《文九王·建平宣簡王宏傳》：「使動止應規，進退中律，然後蓄鋭觀釁，因時而動。」《校注》：「應規：　符合規矩，有分寸。」

〔八六〕如合如離：《校注》：「如合如離：　形容若即若離，似迎似拒之狀。　曹植《洛神賦》：『神光離合，乍陰乍陽。』」

〔八七〕氣柔色靡：《莊子·天下》：「道術將爲天下裂，不侈於後世，不靡於萬物。」成玄英疏：「靡，麗也。」《校注》：「柔：　柔美。」

〔八八〕神凝骨奇：　神凝，謂精神專注。《莊子·逍遥遊》：「藐姑射之山，有神人居焉，肌膚若冰雪，綽約若處子，不食五穀，吸風飲露，乘雲氣，御飛龍，而遊乎四海之外。　其神凝，使物不疵癘而年穀熟。」同上書《達生》：「孔子顧謂弟子曰：『用志不分，乃凝於神，其痀僂丈人之謂乎。』」顔延之《五君詠·嵇中散》：「形解驗默仙，吐論知凝神。」骨奇，骨格奇特。

〔八九〕駐髮還質：《彙注》：「駐髮，髮不白也。　還質，反顔如童質。」《校注》：「駐髮還質：　猶言返老還童。」

〔九〇〕驂星馭龍：《校注》：「驂星馭龍：謂成仙升天。猶本集《别賦》所云：『駕鶴上漢，驂鸞騰天。』」

〔九一〕蠲憂：《宋書》卷七十三《顔延之傳》載顔延之《庭誥》：「故欲蠲憂患，莫若懷古。懷古之志，當自同古人，見通則憂淺，意遠則怨浮。昔有琴歌於編蓬之中者，用此道也。」《校注》：「蠲：除。」

〔九二〕保其家邦：家邦，家與國，泛指國家。《詩·大雅·思齊》：「刑於寡妻，至於兄弟，以御於家邦。」《晉書》卷三十二《后妃傳下》：「贊曰：二妃光舜，三母翼周。末升夷癸，襃進亡幽。家邦興滅，職此之由。」

〔九三〕至麗：《晉書》卷九十二《文苑·成公綏傳》：「歷觀古人未之有賦，豈獨以至麗無文，難以辭贊；不然，何其闕哉？」本集《清思詩五首》之一：「趙后未至麗，陰妃非美極。情理儻可論，形有焉足識？」

〔九四〕預於此：《校注》：「預：參與。」

〔九五〕「宋大夫」二句：《校注》：「宋大夫：即宋玉。宋玉曾爲楚頃襄王大夫。影：猶形。汏：『汰』之俗字，洗。以上二句謂宋玉聽了巫史之言，豁然開朗，恢復了神態。」

〔九六〕合璧：兩個半璧合成一圓形，稱合璧。《漢書》卷二十一上《律曆志上》：「太初曆晦朔弦望皆最密，日月如合璧，五星如連珠。」顔師古注引孟康曰：「謂太初上元甲子夜半朔旦冬至時，七曜皆會聚斗、牽牛分度，夜盡如合璧連珠也。」謝朓《三日侍華光殿曲水宴代人應詔》：「文教已肅，武節既馳。榮光可照，合璧如規。」

〔九七〕拂巫盪祝，《校注》：「拂、盪：爲人拂塵滌垢之意。巫祝：即巫史。」

〔九八〕上客：《禮記·曲禮上》：「食至起，上客起。」鄭玄注：「敬尊者。」《戰國策·秦策五》：「秦兵下趙，上客從趙來，趙事何如？」姚宏注：「上客，尊客。」

【集説】

清吴景旭《歷代詩話》卷十九：自宋玉有《好色賦》，而司馬相如之《美人》，張衡之《定情》，蔡邕之《協初》，曹植之《静思》，陳琳、阮瑀之《止欲》，王粲之《閑邪》，應瑒之《正情》，張華之《永懷》，江淹之《麗色》，沈約之《麗人》諸賦出矣。

錢鍾書《管錐編·全梁文》卷三十三：《麗色賦》：「若夫紅華舒春，黄鳥飛時……故氣炎日永，離明火中……至乃西陸始秋，白道月弦……及沍陰凋時，冰泉凝節……」按《四時賦》明賦四季，本篇賦麗人而以四季分襯；《待罪江南思北歸賦》：「若季冬之嚴月，風摇木而騷屑……至江蘺兮始秀，或杜蘅兮初滋……及迴風之摇蕙，天潭潭而下露。」亦隱列冬春夏秋。此構前人未有。

翡翠賦

【題解】

曹道衡《年代考》云：「此賦所寫翡翠鳥的産地『峰炎峊而蔽日，樹静螟而臨泉，霞輕重而成彩，煙尺寸而作緒。熱風翕而起濤，丹氣赫而爲暑』，寫的顯然是華南氣候。但江淹生平未去廣東，當然還是描繪福建的景色。賦中有『嗟乎！雞鶩以稻粱致憂，燕雀以堂構貽愁，既銜利之情近，又遁害之無由』，顯然以鳥自比，故當爲建安吴興時期借鳥以自喻身世之作。」《校注》亦云：「本篇以翡翠自喻，説明雖有才美，但不能擺脱名韁利鎖，終於遭致禍患的命運。亦當是在吴興時所作。」今考賦又有「今乃依椴火之絶垠，出赤縣之紘州」等語，與《草木頌》所云守職閩中時「而葉饒冬榮，花有夏色，兹赤縣之東南乎」正相一致，則《年代考》及《校注》所説是也。據文意，恐是與《草木頌》時間相近之作。

翡翠，指翡翠鳥。一種水鳥，嘴長而直，羽毛有藍、緑、赤、棕等色，可做裝飾品。《逸周書・王會》：「倉吾翡翠，翡翠者所以取羽。」《楚辭・招魂》：「翡翠珠被，爛齊光些。」王逸章句：「雄曰翡，雌曰翠。」洪興祖補注：「翡，赤羽雀；翠，青羽雀。《異物志》云：『翠鳥形如燕，赤而雄曰翡，青而雌曰翠。』顔師古曰：『鳥各别類，非雄雌異名也。』」《漢書》卷五十一《賈山傳》：「被以珠玉，飾以翡翠。」顔師古注：「應劭曰：『雄曰翡，雌曰翠。』臣瓚曰：『《異物志》云：「翡色赤而大於翠。」』師古曰：「鳥各別類，非雄雌異名也。」左思《吳都賦》：「山雞歸飛而來棲，翡翠列巢以重行。」

彼二鳥之奇麗①〔一〕，生金洲與炎山〔二〕。映銅陵之素氣〔三〕，濯碧磴之紅泉②〔四〕。石錦質而入海〔五〕，雲綺色而出天〔六〕，峰炎嵒而蔽日③〔七〕，樹靜瞑而臨泉〔八〕。霞輕重而成彩〔九〕，煙尺寸而作緒〔一〇〕。熱風翕而起濤，丹氣赫而爲暑〔一一〕。對滫流之蛟龍〔一二〕，衝汶漻之霧雨〔一三〕。耀緑葉於冬岫，鏡朱華於寒渚〔一四〕。斂惠性及馴心④〔一五〕，騫赬翼與青羽〔一六〕。終絶命於虞人〔一七〕，充南琛於祕府⑤〔一八〕。備寶帳之光儀〔一九〕，登美女之麗飾〔二〇〕。雜白玉以成文⑥，糅紫金而爲色⑦〔二一〕。專妙綵於五都〔二二〕，擅精華於八極〔二三〕。傳貴質於竹素⑧〔二四〕，晦深聲於百億〔二五〕。嗟乎！雞鶩以稻粱致憂〔二六〕，燕雀以堂搆貽愁⑨〔二七〕。既銜利之利近⑩〔二八〕，又遁害之無由〔二九〕。今乃依椵火之絶垠〔三〇〕，出赤縣之紘州〔三一〕。逭人迹而獨立⑪〔三二〕，擥天倪而爲儔〔三三〕。竟同獲於河鴈〔三四〕，不俱恕於海鷗〔三五〕。必性命兮有當〔三六〕，孰能合兮可求〔三七〕？

【校記】

①「二」《藝文類聚》卷九十二作「一」。

②「濯」原作「灌」，今據《彙注》本、張本、梁本改。
③「炎」張本、梁本作「岑」。
④「惠」梁本、《藝文類聚》作「慧」。
⑤「琛」《藝文類聚》作「賝」，意同。
⑥「白」原作「曰」，「成」原作「戒」，并據《彙注》本、張本、梁本、《藝文類聚》改。
⑦「糅」張本、梁本作「揉」。
⑧「傅」《彙注》本、張本、梁本作「傳」。
⑨「搆」《彙注》本、張本、梁本作「構」。
⑩「利近」《彙注》本、張本、梁本作「情近」。
⑪「逭」張本、梁本作「遠」。

【箋注】

〔一〕二鳥之奇麗：時以翡翠雌雄各别，故云二鳥。

〔二〕金洲與炎山：《校注》：「金洲、炎山：即金山、炎洲。金山，即下文所說的『銅陵』。本集《還陽亭》詩：『銅山鬱縱横。』又《遊黄蘗山》詩：『金峰各虧日，銅石共臨天。』又《雜三言·鏡論語》：『月出兮銅峰。』皆以銅金形容吴興一帶山岩之色。」福林按：金山，謂産金之山。《南史》卷七十八《夷貊上·海南諸國·林邑國》：「其國有金山，石皆赤色，其中生金。」炎洲，神話中的南海炎熱島嶼。《海内十洲記·炎洲》：「炎洲在南海中，地方二千里，去北岸九萬里。」句謂翡翠鳥生於南方炎熱之地。

〔三〕映銅陵之素氣：銅陵，産銅的山陵。《古文苑》卷四揚雄《蜀都賦》：「西有鹽泉鐵冶，橘林銅陵。」章樵注：「鐵冶、銅陵，産銅鐵處。」素氣，白色霧氣。酈道元《水經注·河水四》：「其中水流交衝，素氣雲浮，往來遥觀者，常若霧露沾人，窺深悸魄。」

〔四〕濯碧磴之紅泉：《文選》卷二十六謝靈運《入華子岡是麻源第三谷》：「南州實炎德，桂樹陵寒山。銅陵映碧澗，石磴瀉紅泉。」張銑注：「銅陵、碧澗，山、澗名。石磴，阪也。紅泉，謂水自沙中流出，故其色紅也。」《校注》：「碧磴：指山澗中的石級。」

〔五〕石錦質而入海：《文選》卷四左思《蜀都賦》：「差鱗次色，錦質報章，躍濤戲戲，中流相忘。」劉良注：「魚鱗參差，其色相次，若錦之容質，重報其文章濤波也。」

〔六〕雲綺色而出天：梁武帝《遊鍾山大愛敬寺》：「香山飛鳥發，差池出雲去。連綿落英分，綺色墜露散。」

〔七〕峰炎崿而蔽日：炎崿，按《文選》卷七司馬相如《子虚賦》：「其山則盤紆岪鬱，隆崇嵂崒，岑崟參差，日月蔽虧。」李善注：「張揖曰：『高山擁蔽，日月虧缺半見也。』」吕向注：「言山之詰屈高峻，擁蔽日月也。」此句用其意。然此寫南方炎熱處之山，故乃變其辭云炎崿。張本、梁本作「岑崿」者，疑拘泥於出典而改，當非此賦之原貌。蔽日，遮蔽日光。《楚辭·九章·

涉江》：「山峻高以蔽日，下幽晦以多雨。」

〔八〕静暝：《校注》：「静暝：幽暗寂静貌。」

〔九〕霞輕重：《校注》：「輕重：謂霞色或濃或淡。」

〔一〇〕煙尺寸而作緒：《校注》：「尺寸：言其短小。緒：殘餘。指殘煙斷霧。」

〔一一〕「熱風」二句：《校注》：「熱風、丹氣：指炎熱之風。翕：與下句『赫』字互文。即『赫翕』。」按赫翕，一作「赫熾」，熾熱炎熱貌。《太平御覽》卷三十四引魏王粲《大暑賦》：「或赫熾以瘴炎，或鬱術而燠蒸。」《初學記》卷七引《異説》：「臨邛縣有火井，漢室之盛則赫熾。桓靈之際，火勢漸微，孔明一窺而更盛。」

〔一二〕滃流之蛟龍：《校注》：「滃流：流動貌。蛟龍：喻泉流。」

〔一三〕汶漻：《校注》：「汶漻：迷蒙貌。」

〔一四〕鏡朱華於寒渚：《藝文類聚》卷四引宋傅亮《九月九日登陵囂館賦》：「何物慘而節哀，又雲悠而風厲。悴緑虆於寒渚，隕豐灌於荒澨。」《文選》卷二十六謝朓《暫使下都夜發新林至京邑贈西府同僚》：「秋河曙耿耿，寒渚夜蒼蒼。」《校注》：「鏡：映照。」

〔一五〕斂惠性及馴心：馴心，馴順之性情。《南齊書》卷四十七《王融傳》：「慙犬馬之馴心，同鷹虎之反目。」《校注》：「斂：收，保持。惠性、馴心：指聰慧温順的品質。惠，通『慧』。」

〔一六〕騫頩翼與青羽：《宋書》卷十六《禮志三》：「至夫霜毫玄文，素翮頩羽，泉河山嶽之瑞，草木金石之祥，方畿慓塗之謁，抗驛絶祖之奏，虨炳雜沓，粤不可勝言。」《校注》：「騫：高舉。頳：赤色。」

〔一七〕虞人：《周禮·夏官·大司馬》：「虞人萊所田之野爲表。」賈公彦疏：「虞人者，若田在澤，澤虞；若田在山，山虞。」《左傳·昭公二十年》：「十二月，齊侯田於沛，招虞人以弓，不進。」杜預注：「虞人，掌山澤之官。」《校注》：「虞人：古代掌管山澤禽獸的官。」

〔一八〕充南琛於祕府：祕府，古代稱禁中藏圖書祕記之所。《漢書》卷三十《藝文志》：「於是建藏書之策，置寫書之官，下及諸子傳説，皆充祕府。」顔師古注引如淳曰：「外則有太常太史博士之藏，内則有延閣廣内祕室之府。」此指秘藏珍寶之府。《校注》：「南琛：南方的珍寶。祕府：指宫内藏珍物之所。《宋書·夷蠻傳論》：『太祖以南琛不至，遠命師旅，泉浦之捷，威震滄溟，未名之寶，入充府實。』」

〔一九〕備寶帳之光儀：《太平御覽》卷七百六引《西京雜記》：「武帝爲七寶牀、雜寶屏風、八寶帳，設於宫中，時人謂爲寶宫。」鮑照《代陳思王京洛篇》：「珠簾無隔露，羅幌不勝風。寶帳三千所，爲爾一朝容。」《文選》卷十三禰衡《鸚鵡賦》：「背蠻夷之下國，侍君子之光儀。」謝朓《同詠坐上玩器得烏皮隱几》：「蟠木生附枝，刻削豈無施。取則龍文鼎，三趾獻光儀。」福林按：《校注》云：「儀：羽儀。即羽飾。」亦録以備考。

〔二〇〕登美女之麗飾：麗飾，《後漢書》卷四十下《班固傳》載班固《西都賦》：「去后宫之麗飾，損乘輿之服御。」《玉臺新詠》卷五柳惲《詠席》：「羅袖少輕塵，象牀多麗飾。願君蘭夜飲，佳人時宴息。」此指翠羽做成的華麗的裝飾品。

〔二一〕糅紫金而爲色：《廣韻》卷四：「糅，女救切，雜也。」《藝文類聚》卷六十一引魏劉楨《魯都賦》：「紫金揚暉於鴻崖，水精潛光乎雲穴。」曹操《内誡令》：「吏民多製文繡之服，履絲不得過隆，綽紫金黄絲織履。」

〔二二〕專妙綵於五都：《文選》卷十九宋玉《登徒子好色賦》：「臣少曾遠遊，周覽九土，足歷五都。」李善注：「五都，五方之都。」《漢書》卷二十四下《食貨志下》：「遂於長安及五都立五均官，更名長安東西市令及洛陽、邯鄲、臨淄、宛、成都市長皆爲五均司市師。」《三國志》卷二《魏志·文帝紀》「改許縣爲許昌縣」裴松之注：「《魏略》曰：『改長安、譙、許昌、鄴、洛陽爲五都。』」

〔二三〕擅精華於八極：八極，八方極遠之地。《莊子·田子方》：「夫至人者，上闚青天，下潛黄泉，揮斥八極，神氣不變。」《淮南子·原道訓》：「夫道者，覆天載地，廓四方，柝八極，高不可際，深不可測。」高誘注：「八極，八方之極。」《文選》卷四十七王褒《聖主得賢臣頌》：「追奔電，逐遺風，周流八極，萬里一息。何其遼哉，人馬相得也。」以上二句《校注》云：「專、擅：高出於衆，獨享美名之意。」

〔二四〕傳貴質於竹素：《三國志》卷六十一《吴志·陸凱傳》：「明王聖主取士以賢，不拘卑賤，故其功德洋溢，名流竹素。」張協《雜詩十首》之九：「養真尚無爲，道勝貴陸沈。遊思竹素園，寄辭翰墨林。」李善注：「《風俗通》曰：『劉向爲孝成皇帝典校書籍，皆先書竹，爲易刊定。可繕寫者以上素也。』」張銑注：「竹素皆乃古人所用書之者。言遊思古人典籍也。」《校注》：「貴質：貴體。指翡翠。竹素：竹簡與素絹，古代用以書寫文字。代指圖書典籍。」

〔二五〕晦深聲於百億：百億，極言數目之多。《詩·魏風·伐檀》：「坎坎伐輻兮，寘之河之側兮，河水清且直猗。不稼不穡，胡取禾三百億兮。」鄭玄箋：「十萬曰億。」諸葛亮《答李嚴書》：「吾本東方下士，誤用於先帝，位極人臣，禄賜百億。」《校注》：「晦：暗。謂隱藏而不爲人所知。深聲：猶高名。百億：指衆人。按以上二句當作『傳深聲於竹素，晦貴質於百億』。作者有意交互其文，以示新奇。意謂翡翠被捕殺，人們只知其名，而不見其形。」

〔二六〕雞鶩以稻粱致憂：《藝文類聚》卷九十引《韓詩外傳》：「田饒事魯哀公而不見察，謂哀公曰：『夫雞有五德，猶日瀹而食之者，以其所從來近也。夫黄鵠一舉千里，止君園池，啄君稻粱，君猶貴之，以其所從來遠也。故臣將去君，黄鵠舉矣。』」此句用其意。雞鶩，《楚辭·九章·懷沙》：「鳳皇在笯兮，雞鶩翔舞。」按鶩，鴨。此因雞連類而及。《後漢書》卷二十四《馬援傳》：「效伯高不得，猶爲謹敕之士，所謂刻鵠不成尚類鶩者也。」李賢注：「鶩，鴨也。」

〔二七〕燕雀以堂構貽愁：《吕氏春秋·諭大》：「燕雀争善處於一屋之下，子母相哺也，姁姁焉相樂也，自以爲安矣。竈突決，則火上焚棟。燕雀顔色不變。是何也？乃不知禍之將及己也。爲人臣免於燕雀之智者，寡矣。」堂構：堂屋上築巢。

〔二八〕既銜利之利近：《校注》：「銜利：貪利。」

〔二九〕遁害之無由：《校注》：「遁害：遠害。無由：謂無從避害。」

〔三〇〕赮火之絶垠：《彙注》：「赮，古霞字。」《文選》卷十二郭璞《江賦》：「流光潛映，景炎霞火。」李善注：「景色外發，炎於赮火。赮，與霞同。」張銑注：「炎盛於霞火之色。」絶垠，極遠之處。《楚辭·遠遊》：「舒并節以馳騖兮，逴絶垠乎寒門。」洪興祖補注：「李善曰：『絶垠，天邊之際也。』」《文選》卷十三張華《鷦鷯賦》序：「或淩赤霄之際，或託絶垠之外。」李周翰注：「赤霄，至高也。絶垠，至遠也。」

〔三一〕出赤縣之紘州：《史記》卷七十四《孟子荀卿列傳》：「中國名曰赤縣神州。赤縣神州内自有九州，禹之序九州是也，不得爲州數。中國外如赤縣神州者九，乃所謂九州也。」《淮南子·墬形訓》：「九州之外，乃有八殥……九州八殥之外，而有八紘，亦方千里。」高誘注：「紘，維也。維落天地而爲之表，故曰紘也。」《文選》卷二十三劉楨《贈徐幹》：「兼燭八紘内，物類無偏頗。」《校注》：「紘州：謂極遠之地。」

〔三二〕逭人迹：《書·太甲中》：「天作孽，猶可違；自作孽，不可逭。」孔傳：「孽，災。逭，逃也。言天災可避，自作災不可逃。」《史記》卷六《秦始皇本紀》：「人迹所至，無不臣者。」《文選》卷二十九張協《雜詩十首》之九：「溪壑無人迹，荒楚鬱蕭森。」《藝文類聚》卷七十八引晉湛方生《廬山神仙詩》序：「潯陽有廬山者，盤基彭蠡之西，其崇標峻極，辰光隔輝，幽澗澄深，積清百仞。若乃絶阻重險，非人跡之所遊。」

〔三三〕擘天倪而爲儔：天倪，自然的分際。《莊子·齊物論》：「何謂和之以天倪？」郭象注：「天倪者，自然之分也。」又：「和之以天倪，因之以曼衍，所以窮年也。」郭象注：「和之以自然之分，任其無極之化，尋斯以往，則是非之境自泯而性命之致自窮也，曼衍無極也。」《校注》：「儔：伴侣。」

〔三四〕竟同獲於河鴈：《校注》：「句謂與河雁相同，終不免於弓繳網羅之患。」

〔三五〕不俱怨於海鷗：《列子·黄帝》：「海上之人有好漚鳥者，每旦之海上，從漚鳥遊。漚鳥之至者百住而不止。其父曰：『吾聞漚鳥皆從汝遊，汝取來吾玩之。』明日之海上，漚鳥舞而不下也。」按漚鳥，即鷗鳥，海鷗。《校注》：「俱：同。此句謂自己不像海鷗那樣善識機心，故獲罪而得不到寬恕。」

〔三六〕性命兮有當：《校注》：「當：宜。謂命該如此。」

〔三七〕能合：《校注》：「合：指利害二者相統一。」

江上之山賦

【題解】

曹道衡《年代考》云：「此賦稱『潺潺湲湲兮，楚水而吴江』，當是從景素自荆州順流赴南徐州時作。賦中又云：『俗逐事而變化，心應物而迴旋。既欻翕其未悟，亦緝纏而已還。伊人壽兮幾何，譬流星之殞天。悵日暮兮吾有念，臨江上之斷山。雖不敏而無操，願從蘭芳與玉堅。』這些話感慨頗深，似非一般的身世之感，而是耽心景素的密謀。因爲《自序傳》説，景素在荆州時，已有『欲羽檄天下兵，以求一旦之幸』的想法。」今按：《年代考》論賦之内涵及創作時間頗爲可從。然而曹先生以爲賦「當是從景素自荆州順流赴南徐州時作」，則失之。蓋景素是時乃被征爲太常，而非改任南徐州刺史也。據《宋書·明帝紀》及景素本傳，景素之爲南徐州刺史乃由太常而轉，故此行乃由荆州而赴京都建康也，江淹泰豫元年秋於建康所作之《劉僕射東山集》、赴南徐州就任時所作之《建平王之南徐州刺史辭闕表》諸詩文皆可爲證。考此賦有「見紅草之交生，眺碧樹之四合」等語，與其隨景素回京都之時間亦正相合。是賦當爲泰豫元年（四七二）初秋自荆州赴京都建康時所作。

又《校注》云：「本篇當與《渡西塞望江上諸山》同作於荆州。賦末二句則與《貽袁常侍》『珠貝性明潤，蘭玉好芳堅』詩意相合。又據賦中所敘景物，此賦的寫作時間應在泰豫元年春夏之間。」亦録以備考。

潺湲澒溶兮①〔一〕，楚水而吴江〔二〕。刻劃嶄崪兮②〔三〕，雲山而碧峰〔四〕。掛青蘿兮萬仞〔五〕，竪丹石兮百重〔六〕。嵯峨兮嵒崿③〔七〕，如鏨兮如削〔八〕。嶤嶷兮尖出，巖岍兮空鑿④〔九〕。波潮兮吐納〔一〇〕，嵜峰兮積沓⑤〔一一〕。鰅鱅兮赤尾〔一二〕，黿鼉兮匼匝⑥〔一三〕。見紅草之交生〔一四〕，眺碧樹之四合〔一五〕。草自然而千花，樹無情而百色〔一六〕。

嗟世道之異茲⑦〔一七〕，牽憂恚而來逼〔一八〕。惟爐炭於片景⑧〔一九〕，抱絲緒於一息〔二〇〕。每意遠而生短，恒輪平而路仄〔二一〕。信懸天兮窈昧〔二二〕，豈繫命於才力⑨〔二三〕。既羣龍之咸疑〔二四〕，焉衆狀之所極〔二五〕！俗逐事而變化，心應物而迴旋〔二六〕。既欻翕其未悟⑩〔二七〕，亦緯繣而已遷⑪〔二八〕。伊人壽兮幾何？譬流星之殞天〔二九〕。悵日暮兮吾有念，臨江上之斷山⑫〔三〇〕。雖不敏而無操〔三一〕，願從蘭芬與玉堅〔三二〕。

亂曰〔三三〕：折芙蓉兮蔽日〔三四〕，冀以盪夫憂心〔三五〕。不共愛此氣質〔三六〕，何獨嗟乎景沉〔三七〕！

【校記】

①「潺湲」《初學記》卷五作「箾潾」。

②「嶃」《初學記》作「崷」。

③「嵯峨」《藝文類聚》卷七、《初學記》作「百重」。

④「岍」《初學記》作「嶢」。「空」《初學記》、元鈔本作「穴」。

⑤「嵜峰」《藝文類聚》作「嵜岸」，《初學記》作「嵁崖」。

⑥「匼匝」梁本作「匝匼」。

⑦「世」原作「代」，《初學記》作「人」，今據《彙注》本、張本、梁本、《藝文類聚》改。

⑧「惟」《初學記》作「懷」，張本、梁本作「推」。

⑨「繫」原作「繁」，今據《彙注》本、張本、梁本改。

⑩「欻翕」《初學記》作「歔歙」。

⑪「緯」原作「繶」，今據元鈔本、梁本、《初學記》改。

⑫「上」張本作「土」。

【箋注】

〔一〕潺湲澒溶：《楚辭·九歌·湘夫人》：「慌惚兮遠望，觀流水兮潺湲。」朱熹集注：「至於荒忽而起望，則又但見流水之潺湲而已。」《楚辭·九懷》：「桂水兮潺湲，揚流兮洋洋。」《文選》卷二十六謝靈運《七里瀨》：「孤客傷逝湍，徒旅苦奔峭。石淺水潺湲，日落山照曜。」李善注：「潺湲，水流貌也。」澒溶，水深廣貌。《楚辭》劉向《九歎·遠遊》：「譬彼蛟龍，乘雲浮兮；汎淫澒溶，紛若霧兮。」《文選》卷五左思《吴都賦》：「泓澄奫潫，澒溶沆瀁。莫測其深，莫究其廣。」李周翰注：「此上皆水深廣貌。」

〔二〕楚水而吴江：《校注》：「吴江：指荆州地區的長江。『吴』、『楚』互文。」

〔三〕刻劃嶄崪：本集《遷陽亭》：「瑶磵敻嶄崪，銅山鬱縱横。」《彙注》：「刻劃嶄崪：峻削危險貌。」

〔四〕雲山：高聳入雲之山。

〔五〕青蘿：即松蘿，附生石上之女蘿。《詩·小雅·頍弁》：「蔦與女蘿，施於松柏。」毛傳：「女蘿，菟絲，松蘿也。」

〔六〕丹石兮百重：《藝文類聚》卷六十一引魏徐幹《齊都賦》：「靈芝生乎丹石，發翠華之煌煌。」王嘉《拾遺記·高辛》：「丹丘之野多鬼，血化爲丹石，則碼碯也。」《三國志》卷六十五《吴志·賀邵傳》：「陛下處九天之上，隱百重之室。」

〔七〕嵯峨兮嵒嶀：《文選》卷二十三劉安《招隱士》：「山氣巃嵸兮石嵯峨，谿谷嶃巖兮水曾波。」王逸章句：「嵯峨巀嶭，峻蔽日也。」劉良注：「嵯峨，高貌。」曹植《銅爵臺賦》：「建高門之嵯峨兮，浮雙闕乎太清。」《校注》：「嵯峨：險峻突兀貌。嵒嶀：山崖。」

〔八〕如斵：《校注》：「斵：砍削。」

〔九〕「嶤嶷」二句：《梁書》卷十三《沈約傳》載沈約《郊居賦》：「其爲狀也，則巍峩崇崒，喬枝拂日；嶤嶷岧嶢，墜石堆星。岑崟崥屼，或坳或平。」《校注》：「嶤嶷、巖岍：皆狀山高峻之貌。」

〔一〇〕波潮兮吐納：波潮，即潮波，潮水的波濤。《列子·湯問》：「而五山之根無所連著，常隨潮波上下往還。」《文選》卷五左思《吴都賦》：「潮波汩起，迴復萬里。」《文選》卷五十三嵇康

《養生論》：「又呼吸吐納，服食養身，使形神相親，表裏俱濟也。」同上書卷十二郭璞《江賦》：「呼吸萬里，吐納靈潮。自然往復，或夕或朝。」李善注引《抱朴子》云：「麋氏云：『朝者，據朝來也；言夕者，據夕至也。』」《水經注·江水》：「江陵城地東南傾，故緣以金堤，自靈溪始。桓温令陳遵造，遵善于方功，使人打鼓，遠聽之，知地勢高下，依傍創築，略無差矣。城西有栖霞樓，俯臨通隍，吐納江流。」

〔一一〕崱峰兮積沓：《彙注》：「崱峰積沓，言山之峰巒稠疊也。」

〔一二〕鰅鱅兮赤尾：赤尾：《詩·周南·汝墳》：「魴魚赬尾。」毛傳：「赬，赤也。魚勞則尾赤。」《校注》：「鰅鱅：皆魚名。」

〔一三〕黿鼉兮匼匝：《莊子·達生》：「孔子觀於呂梁，縣水三十仞，流沫四十里，黿鼉魚鼈之所不能遊也。」按黿，《說文解字》卷十三：「大鼈也。」　鼉，《說文解字》卷十三：「水蟲。似蜥易，長大。」　鮑照《代白紵舞歌詞四首》之二：「桂宮柏寢擬天居，朱爵文牎韜碧疏，象牀瑶席鎮犀渠，雕屏合匝組帷舒。」「合」，張溥本、《藝文類聚》卷四十三引作「匼」，《樂府詩集》卷五十五作「鉿」，注云：「一作『匼』。」《通雅·釋詁》：「匼匝，周繞貌。」《校注》：「匼匝：環繞四周。」

〔一四〕紅草：《詩·鄭風·山有扶蘇》：「山有橋松，隰有遊龍。」毛傳：「龍，紅草也。」朱熹集傳：「龍，紅草也，一名馬蓼。葉大而色白，生水澤中，高丈餘。」本集《還故國》：「遽發桃花渚，適宿春風場。紅草涵電色，緑樹鑠煙光。」

〔一五〕碧樹之四合：碧樹，猶緑樹。四合，四面合攏。《文選》卷一班固《西都賦》：「人不得顧，車不得旋，闐城溢郭，旁流百廛，紅塵四合，煙雲相連。」

〔一六〕「草自然」二句：《校注》：「千花、百色：分別形容紅花、碧樹之多。」

〔一七〕異兹：《校注》：「兹：指江上之景。」

〔一八〕憂恚：憂愁憤恨。《左傳・襄公三年》：「楚人以是咎子重，子重病之，遂遇心疾而卒。」杜預注：「憂恚故成心疾。」《後漢書》卷十下《皇后・桓帝懿獻梁皇后紀》：「延熹二年，后以憂恚崩。」

〔一九〕惟爐炭於片景：《史記》卷八十四《屈原賈生列傳》載賈誼《鵩鳥賦》：「天地爲爐兮，造化爲工；陰陽爲炭兮，萬物爲銅。合散消息兮，安有常則？千變萬化兮，未始有極。」《校注》：「惟：思。」

〔二〇〕抱絲緒於一息：《淮南子・説林訓》：「楊子見逵路而哭之，爲其可以南，可以北；墨子見練絲而泣之，爲其可以黄，可以黑。」《太平御覽》卷九百二十五引《異物志》：「鸕鷀不生卵而孕雛於池澤間，又吐生，多者八九，少者五六，相連而出，若絲緒。」按以上二句《校注》云：「片景、一息：片刻之間。以上二句言世事變幻莫測，頃刻之間境遇就絶然不同。」

〔二一〕「每意遠」二句：《校注》：「輪：車輪。仄：傾側，不平。以上二句承『牽憂恚而來逼』句，意謂雖抱有高遠的志向，希望前程平坦暢達，然而在短促的人生道路上却遭遇坎坷，因而帶來憂恨。」

〔二二〕懸天兮窈昧：《校注》：「懸天：謂命懸於天。曹丕《上留田行》：『禄命懸在蒼天。』窈昧：謂天幽深莫測。」

〔二三〕繫命於才力：繫命，寄託性命。《三國志》卷五十三《吴志·張紘傳》：「紘諫曰：『夫主將乃籌謨之所自出，三軍之所繫命也，不宜輕脱，自敵小寇。』」《晉書》卷十一《天文志上》：「庶物蠢蠢，咸得繫命。不然，何得總而理諸？」《校注》：「以上二句意謂：人窮達之命取決於天，而不取決於自身的能力。」

〔二四〕羣龍之咸疑：《校注》：「羣龍：喻天德、天道。《易·乾》：『用九，見羣龍無首，吉。』又《文言》：『用九，天德不可爲首也。』天德剛健，以羣龍象之。」

〔二五〕衆狀之所極：《校注》：「衆狀：指事物的千變萬化。極：盡。」

〔二六〕「俗逐事」二句：《校注》：「俗：指世俗之心。迴旋：曲折盤旋。含有曲意迎合之意。」

〔二七〕欻翕：即欻翕。《彙注》：「欻翕，倏忽也。」

〔二八〕亦緯繣而已遷：《楚辭》屈原《離騷》：「紛紛總總其離合兮，忽緯繣其難遷。」王逸章句：「緯繣，乖戾也。」朱熹集注：「緯繣，乖戾也，遷移也。言蹇脩既持其佩帶以通言，而讒人復毁敗之，令其意一合一離，遂以乖戾而見拒絶，其意難移也。」《校注》：「遷：遷徙，疏遠。

按以上六句疑與建平王在荆州時聽信左右之計欲舉兵起事，江淹勸諫而反遭疑忌之事有關。」今録以備考。

〔二九〕流星之殞天：《左傳》莊公元年：「夜中星隕如雨。」《易・姤卦》：「有殞自天。」鮑照《傷逝賦》：「盡若窮煙，離若剪絃。如影滅地，猶星殞天。」

〔三〇〕斷山：陡峭壁立的高山。劉義慶《世説新語・賞譽》：「世目周侯，嶷如斷山。」《水經》卷七《濟水》：「濟水又東，逕東廣武城北。」酈道元注：「夾城之間有絶澗斷山，謂之廣武澗。」

〔三一〕不敏而無操：《論語・顔淵》：「回雖不敏，請事斯語矣。」《史記》卷一百三十《太史公自序》：「小子不敏，請悉論先人所次舊聞，不敢闕。」《文選》卷三十五張協《七命》：「余雖不敏，請尋後塵。」《校注》：「不敏：不才。無操：無操守，猶言無德。皆自謙之詞。」

〔三二〕蘭芬與玉堅：《淮南子・説林》：「石生而堅，蘭生而芳，少自其質，長而愈明。」《藝文類聚》卷五十引晉潘尼《益州刺史楊恭侯碑》：「君乾靈之醇德，挺高世之殊量，禀天然不渝之操，體蘭石芳堅之質。」鮑照《詠白雪》：「蘭焚石既斷，何用恃芳堅。」《校注》：「蘭芳、玉堅：喻氣質美好堅貞。」

〔三三〕亂曰：《楚辭・離騷》：「亂曰：已矣哉，國無人，莫我知兮，又何懷乎故都！」王逸章句：「亂，理也，所以發理辭指，總撮其行要也。」《漢書》卷九十七上《外戚上・孝武李夫人傳》：「亂曰：佳俠函光，隕朱榮兮，嫉妒闒茸，將安程兮！」顔師古注：「亂，理也，總理賦中之意。」《校注》：「亂：終篇的結語，樂歌卒章。」

〔三四〕折芙蓉兮蔽日：《校注》：「折：折取。《楚辭》屈原《離騷》：『折若木以拂日兮，聊逍遥以相羊。』注：『拂，一作蔽。』」

〔三五〕盪夫憂心：《後漢書》卷二十八下《馮衍傳下》載馮衍《顯志賦》：「聊發憤而揚情兮，將以蕩夫憂心。」憂心，憂愁之心。《詩·邶風·柏舟》：「憂心悄悄，愠於羣小。」《詩·邶風·北門》：「出自北門，憂心殷殷。」《校注》：「蕩：消除。」

〔三六〕愛此氣質：《校注》：「此：指江上之山。」

〔三七〕景沉：鮑照《日落望江贈荀丞》：「豈念慕羣客，咨嗟戀景沉。」《校注》：「景沉：日没。」

【集説】

錢鍾書《管錐編·全梁文》卷三十三：《江上之山賦》：「見紅草之交生，眺碧樹之四合；草自然而千華，樹無情而百色。」按「碧樹」而曰「百色」，若自語相違，實謂樹皆有色，其色則碧。

燈賦

【題解】

曹道衡《年代考》云：「此賦假託漢淮南王劉安和淮南小山的話，描繪『大王之燈』和『庶人之燈』的不同，寫法全擬宋玉《風賦》。我們知道：淮南王劉安是密謀反對朝廷而死的。賦中又提到『屈原才華，宋玉英人』；屈原是諫楚王而被放逐，宋玉是有所諷喻而不敢直諫。這些話都有自比的用意。賦的最後歸結爲『以愛國之有臣焉』，更是畫龍點睛地道出本意，所以當是泰豫至元徽初諷諫景素之作。」《校注》亦云：「本篇仿宋玉《風賦》筆法，借淮南小山鋪陳『大王之燈』、『庶人之燈』，隱寓諷諫，并自明心迹。當有感於建平王行事而發，似與《效阮公》十五首及『清思詩』五首作於同一時期。」説頗可從。今考《南史》卷十四《宋宗室及諸王下·建平宣簡王宏傳附景素傳》云景素：「又甚儉素，爲荆州時，州有高齋刻楹柏構，景素竟不處。朝廷欲賜以甲第，辭而不當。兩宫所遺珍玩，塵於笥篋。食常不過一肉，器用瓦素。時有獻鏤玉器，景素顧主簿何昌寓曰：『我持此安所用哉。』乃謝而反之。」與此賦所云「淮南王信自華淫，命綵女兮，餌丹砂而學鳳音」者不相合。究其因蓋此賦乃隱以諷諫景素，爲免猜忌耳。恐爲江淹在南徐州之後期所作，時間或在後廢帝元徽二年（四七四）。

淮南王信自華淫①〔一〕，命綵女兮②〔二〕，餌丹砂而學鳳音③〔三〕。紫霞没〔四〕，白日沉。掛明燈，散玄陰〔五〕。顧謂小山儒士〔六〕，斯可賦乎〔七〕？於是泛瑟而言曰〔八〕：

若大王之燈者，銅華金檠④〔九〕，錯質鏤形〔一〇〕，碧爲雲氣〔一一〕，玉爲仙靈〔一二〕。雙椀百枝⑤〔一三〕，艷帳充庭〔一四〕。熠錦地之文席⑥〔一五〕，映繡柱之鴻箏⑦〔一六〕。悉靈脩之浩盪〔一七〕，釋心疑而未平⑧〔一八〕。兹侯服之誇詡⑨〔一九〕，而處士所莫營也〔二〇〕。

若庶人之燈者〔二一〕，非珠非銀⑩，無藻無縟〔二二〕。心不貴美⑪，器窮於樸〔二三〕。是以露冷帷幔，風結羅紈〔二四〕。螢光別桂⑫，蛾命辭蘭⑬〔二五〕。秋夜如歲，秋情如絲〔二六〕。怨此愁抱⑭，傷此秋期〔二七〕。必丹燈坐歎⑮〔二八〕，停説忘辭⑯。

至夫霜封園橘，冰裂池蓀〔二九〕。雲雪無際，河海方昏。冬膏既凝〔三〇〕，冬箭未度〔三一〕。涓連冬心，寂歷冬暮〔三二〕。亦復朱燈空明，但爲傷故〔三三〕⑰。乃知燈之爲寶，信可賦也。

王遂讚善，澄意歛神〔三四〕。屈原才華，宋玉英人〔三五〕，恨不得與之同時〔三六〕，結佩共紳〔三七〕。今子凝章挺秀〔三八〕，近出嘉賓〔三九〕。吐蘅吐蕙，含瓊含珉〔四〇〕。璀驂雕輦⑱〔四一〕，以愛國之有臣焉。

【校記】

①「華淫」《藝文類聚》卷八十作「葬」，《初學記》卷二十五無「淫」字。

②「命綵女兮」《藝文類聚》作「命綵女餌丹砂」。

③「而」《藝文類聚》無此字。

④「檠」《藝文類聚》作「擎」。

⑤「椀」《藝文類聚》作「盌」，張本作「婉」，《初學記》作「流」。

⑥「炤」《藝文類聚》作「照」。

⑦「鴻」《藝文類聚》、梁本作「鳴」。

⑧「釋心疑而未平」《初學記》作「心何疑而永平」，張本、梁本作「釋心疑而永平」。

⑨「詡」《初學記》作「誕」。

⑩「非珠非銀」《藝文類聚》作「非銀非珠」。

⑪「美」《藝文類聚》、《初學記》作「麗」。

⑫「螢光別桂」《初學記》作「螢巳引桂」。

⑬「命」《初學記》作「欲」。

⑭「愁」《初學記》作「懷」。

⑮「丹」《初學記》作「燃」。

⑯「停」《初學記》作「欲」。

⑰「傷」《初學記》作「君」。

⑱「璀」原作「摧」，今據《彙注》本改。

【箋注】

〔一〕淮南王信自華淫：《漢書》卷四十四《淮南厲王長傳附劉安傳》：「淮南王安爲人好書，鼓琴，不喜弋獵狗馬馳騁，亦欲以行陰德拊循百姓，流名譽。招致賓客方術之士數千人，作爲《内書》二十一篇，《外書》甚衆，又有《中篇》八卷，言神仙黄白之術，亦二十餘萬言。時武帝方好藝文，以安屬爲諸父，辯博善爲文辭，甚尊重之，每爲報書及賜，常召司馬相如等視草乃遣。初，安入朝，獻所作。《内篇》新出，上愛秘之，使爲《離騷傳》，旦受詔，日食時上。又獻《頌德》及《長安都國頌》。每宴見，談説得失及方技賦頌，昏暮然後罷。」《文選》卷三十四曹植《七啓》：「近者吾子所述華淫，欲以厲我，祇攪予心。」《校注》：「淮南王：即劉安。西漢文帝之弟，淮南厲王之子，襲父封爲淮南王，好神仙方術。華淫：奢華。」

〔二〕綵女：宫女。《後漢書》卷七十八《宦者・吕强傳》：「臣又聞後宫綵女數千餘人，衣食之費，日數百金。」鮑照《代淮南王》：「淮南王，好長生，服食練氣讀仙經。琉璃藥椀牙作盤，金鼎玉匕合神丹。合神丹，戲紫房，紫房綵女弄明璫，鸞歌鳳舞斷君腸。」《藝文類聚》卷七十八引《神仙傳》：「采女乘輜輧，往問道於彭祖。采女具受諸要，以教王。王試爲之，有驗，欲秘之。彭祖知之，乃去，不知所如。」采女，同綵女。

〔三〕餌丹砂而學鳳音：丹砂，見本集《丹砂可學賦》題解。鳳音，《藝文類聚》卷七引《列仙傳》：「王子喬，周靈王太子晉也。好吹笙，作鳳鳴。遊伊、洛間，浮丘公接以上嵩高山。」

〔四〕紫霞：紫色雲霞。道家謂神仙乘紫霞而行。《文選》卷二十八陸機《前緩聲歌》：「獻酬既已周，輕舉乘紫霞。」劉良注：「衆仙會畢，乘霞而去。」又《藝文類聚》卷四十二引前人《櫂歌行》：「名謳激清唱，榜人縱櫂歌。投綸沈洪川，飛繳入紫霞。」

〔五〕玄陰：陰暗，幽暗。司馬相如《美人賦》：「時日西夕，玄陰晦冥，流風慘冽，素雪飄零。」葛洪《抱朴子·微旨》：「夫明之所及，雖玄陰幽夜之地，毫釐芒髮之物，不以爲難見。」

〔六〕顧謂小山儒士：儒士，尊崇儒家學説的人。《墨子·非儒下》：「今孔丘之行如此，儒士則可以疑矣。」葛洪《抱朴子·審舉》：「兵興之世，武貴文寢，俗人視儒士如僕虜，見經誥如芥壤者，何哉？」《校注》：「小山：即淮南小山，淮南王劉安門客，作有《招隱士》。」

〔七〕斯可賦乎：《校注》：「斯：此。指燈。」

〔八〕泛瑟：《文選》卷三十一江淹《雜體詩三十首·王徵君養疾》：「煉藥矚虚幌，泛瑟卧遥帷。」張銑注：「泛瑟，謂撫瑟也。」《校注》：「泛瑟：鼓瑟。」

〔九〕銅華金檠：《彙注》：「夏侯湛《釭燈賦》曰：取光藏煙，致巧金銅。」《校注》：「銅華：指有光澤的銅燈。檠：燈架。」

〔一〇〕錯質鏤形：《彙注》：「《西京雜記》曰：『長安巧工丁緩，作恒滿燈，九龍五鳳，雜以芙蕖蓮藕之奇。』」《校注》：「錯質鏤形：謂燈身雕刻有花紋。」

〔一一〕碧爲雲氣：《彙注》：「王子年《拾遺記》曰：『海人以雕囊盛龍膏數升，獻燕昭王，王坐通霞之臺，然龍膏爲燈，火色耀百里，煙氣如丹。』」

〔一二〕玉爲仙靈：《彙注》：「《西京雜記》曰：『高祖入咸陽，周行府庫，有青玉五枝燈，高七尺五寸，作蟠螭以口銜燈；燈燃，鱗甲皆動。復鑄銅人十二枚，皆高三尺，列在一筵上，琴、筑、笙、竽，各有所執，皆綴花采，儼若生人。』」按以上二句《校注》云：「以上二句謂燈上裝飾着用碧玉鑲嵌的雲氣、神仙等圖案。」

〔一三〕雙椀百枝：椀，碗之古字，盛食物或飲料的器皿，此指燈盤。《藝文類聚》卷四引晉傅玄《朝會賦》：「華燈若乎火樹，熾百枝之煌煌。」《校注》：「百枝：言燭之多。枝，量詞。」

〔一四〕艷帳：《校注》：「艷：動詞。謂燈光使帷帳艷麗。」

〔一五〕炤錦地之文席：錦地，鋪設華美的地面。文席，織有花紋之席。《校注》：「炤：照耀。通『照』。」

〔一六〕繡柱之鴻箏：《南齊書》卷二十《皇后傳論》：「世祖嗣位，運藉休平，壽昌前興，鳳華晚構，香柏文檉，花梁繡柱，雕金鏤寶，頗用房帷，趙瑟吴趨，承閑奏曲。」《藝文類聚》卷二引梁裴子野《上朝值雪詩》：「沐雪欵千門，櫛風朝萬户。集霰渝丹皺，流雲飄繡柱。滴瀝垂土膏，闌干懸石乳。」《校注》：「柱：箏柱。鴻箏：大箏。」

〔一七〕恣靈脩之浩盪：《楚辭·離騷》：「指九天以爲正兮，夫唯靈脩之故也。」王逸章句：「靈，神也；脩，遠也。能神明遠見者，君德也。」又：「怨靈修之浩蕩兮，終不察夫民心。」王逸章句：「浩猶浩浩，蕩猶蕩蕩，無思慮貌也。」《校注》：「古代以爲君王具有神明遠見的品德，故以靈修喻君王。浩蕩：放縱恣肆，無所用心貌。」

〔一八〕心疑：《荀子·解蔽》：「故曰心枝則無知，傾則不精，貳則疑惑，以贊稽之，萬物可兼知也。」

〔一九〕侯服之誇詡：侯服，諸侯之服飾。《漢書》卷一百下《敘傳下》：「偪上并下，荒殖其貨。侯服玉食，敗俗傷化。」《晉書》卷五十五《夏侯湛傳》：「湛族爲盛門，性頗豪侈，侯服玉食，窮滋極珍。」誇詡，誇耀。《文選》卷八揚雄《羽獵賦》：「然至羽獵，甲車戎馬，器械儲偫，禁禦所營，尚泰奢麗誇詡，非堯、舜、成湯、文王三驅之意也。」劉良注：「謂苑囿宮觀尚奢麗誇大也。」《校注》：「古代分天子、侯、卿、大夫、士五等服色，侯服即諸侯之服，借指諸侯。」

〔二〇〕處士：《孟子·滕文公下》：「聖王不作，諸侯放恣，處士横議，楊朱、墨翟之言盈天下。」《後漢書》卷八十二下《方術傳論》：「李固、朱穆等以爲處士純盜虚名，無益於用，故其所以然也。」《校注》：「處士：不任官職而居家之士。」

〔二一〕庶人：即庶民，平民。《書·洪範》：「汝則有大疑，謀及乃心，謀及卿士，謀及庶人，謀及卜筮。」孔傳：「將舉事而汝則有大疑，先盡汝心以謀慮之，次及卿士、衆民，然後卜筮以決之。」《漢書》卷二十四上《食貨志上》：「庶人之富者累鉅萬，而貧者食糟糠。」

〔二二〕無藻無縟：《校注》：「藻：文彩。縟：繁縟。謂燈上無繁縟的花紋。」

〔二三〕「心不貴美」二句：《校注》：「心、器：謂燈身的内外。」

〔二四〕風結羅紈：《戰國策·齊策四》：「下宫糅羅紈，曳綺縠。」鮑彪注：「紈，素也。」《淮南子·齊俗訓》：「有詭文繁繡，弱緆羅紈。」高誘注：「羅，縠。紈，素也。」

〔二五〕「螢光」二句：《校注》：「桂、蘭：代指含有香料的膏燭。以上二句謂螢見明燈而失光，蛾投燭火而斃命。」

〔二六〕「秋夜」二句：《校注》：「如歲、如絲：皆喻漫長。」

〔二七〕傷此秋期：《彙注》：「晉夏侯湛《秋夕哀》曰：『秋夕兮遥長，哀心兮永傷。』」

〔二八〕丹燈坐歎：《校注》：「丹燈：即朱燈、紅燈。」

〔二九〕冰裂池蓀：《宋書》卷六十七《謝靈運傳》載靈運《山居賦》：「摭曾嶺之細辛，拔幽澗之溪蓀。訪鍾乳於洞穴，訊丹陽於紅泉。」徐光啓《農政全書》卷五十一：「菖蒲，一名堯韭，一名昌陽，生上洛池澤及蜀郡嚴道、戎衛、衡州并嵩岳石磧上，今池澤處處有之。葉似蒲而匾，有脊，一如劍刃。其根盤屈有節，狀如馬鞭，幹大，根傍引三四小根。一寸九節者良，節尤密者佳，亦有十二節者。露根者，不可用。又一種名蘭蓀，又謂溪蓀，根形氣色極似石上菖蒲，葉正如蒲，無脊，俗謂菖蒲。」《校注》：「池蓀：香草名，即溪蓀，俗名石菖蒲。」

〔三〇〕冬膏：《校注》：「膏：燭油。」

〔三一〕冬箭未度：《彙注》：「晉陸機《漏刻賦》曰：『籠八極於千分，度晝夜乎一箭。』」《校注》：

「箭：漏箭。古代計時器漏壺樹有箭杆，上刻符號表時間，晝夜百刻，隨水浮沉以度時。」

〔三二〕「涓連」二句：《校注》：「涓連：涕流貌。寂歷：寂寞。涓連、寂歷，互文見義，謂在冬夜裏因寂寞而傷心流淚。」

〔三三〕但爲傷故：傷，傷感。按《校注》據《初學記》改「傷」爲「君」，云：「『君』與文末『以愛國之有臣』相應。」今録之以備一説。

〔三四〕澄意斂神：王充《論衡·薄葬》：「夫論不留精澄意，苟以外效立事是非，信聞見於外，不詮訂於内，是用耳目論，不以心意議也。」斂神，凝神，使心神安定。

〔三五〕「屈原」二句：英人，智慧和才能超羣的人。《後漢書》卷五十二《崔駰傳》載崔駰《達旨》：「故英人乘斯時也，猶逸禽之赴深林，蝱蚋之趣大沛。」李賢注：「文子曰：『智過萬人謂之英，千人謂之俊。』」《三國志》卷四十七《吴志·吴主傳》論：「孫權屈身忍辱，任才尚計，有句踐之奇，英人之傑矣。」《校注》：「才華、英人：謂文才出衆之人。」

〔三六〕恨不得與之同時：《校注》：「此句本《漢書·司馬相如傳》：『上（武帝）讀《子虛賦》而善之，曰：朕獨不得與此人同時哉！』」

〔三七〕結佩共紳：《禮記·玉藻》：「君在不佩玉。左結佩，右設佩。居則設佩，朝則結佩。」鮑照《幽蘭五首》之三：「結佩徒分明，抱梁輒乖忤。華落知不終，空愁坐相誤。」《校注》：「結佩共紳：合用佩紳，以示友好。紳，束腰大帶。」

〔三八〕凝章挺秀：凝章，凝聚文采。挺秀，秀異出衆。《晉書》卷五十五《潘岳傳附潘尼傳》：「篤生上嗣，繼期挺秀。」陸雲《贈顧彥先》：「玄黄挺秀，誕受至真。行該其高，德備其新。光瑩之偉，隋卞同珍。騰都之駿，龍鳳合塵。」按《校注》云：「凝章挺秀：謂美含於内而才露於外。」今録以備考。

〔三九〕近出嘉賓：《校注》：「近：幸，爲君王所親幸。出：超過。」

〔四〇〕「吐蘅吐蕙」二句：《校注》：「蘅、蕙：皆香草名。瓊、珉：皆美玉名。含芳吐美，言其身份高貴。」

〔四一〕璀驂雕輦：雕輦，飾有浮雕、彩繪的華美之車。《文選》卷三張衡《東京賦》：「是時稱警蹕已，下雕輦於東廂。」李善注：「雕，謂有雕飾也。」《晉書》卷九十五《藝術・佛圖澄傳》：「及季龍僭位，遷都于鄴，傾心事澄，有重於勒。下書衣澄以綾錦，乘以雕輦。」《校注》：「璀驂雕輦：指供其使用的華麗的車乘。」

知己賦 并序

【題解】

「并序」梁本作「有序」，《彙注》本、張本無此二字。

曹道衡《年代考》云：「此賦爲傷悼殷孚所作。……賦中有『僕乃得罪嶠外，遐路窈然，始還舊都，會君尋卒，故爲茲賦』諸語，説明是昇明初江淹從建安吴興回來後所作。」《校注》亦云：「此賦作於江淹自吴興還京口未久，當宋順帝昇明元年(四七七)，其時作者閒居在家。」所説是也。考江淹自建安吴興北返在昇明元年春，其始還舊都而殷孚卒，時當在是年夏秋之間。此賦傷殷孚，亦在是年夏秋。

《宋書》卷五十九《殷淳傳》：「子孚，有父風，世祖大明末，爲始興相。官至尚書吏部郎，順帝撫軍長史。」

陳國之華者〔一〕，故吏部郎殷孚其人也〔二〕。博而能通，學無不覽；雅賞文章〔三〕，尤愛奇逸〔四〕。雖志隱巖石，而名動京師矣〔五〕。才多深見〔六〕，氣有遠度〔七〕。雖安期、千里〔八〕，不能尚焉〔九〕。始於北府相值〔一〇〕，傾蓋無已〔一一〕。僕乃得罪嶠外〔一二〕，遐路窈然〔一三〕。始還舊都，會君尋卒〔一四〕。故爲茲賦，以寄深哀。

順祇效寶〔一五〕，瀆靈會昌〔一六〕；時雨種祉①〔一七〕，山雲降祥〔一八〕。承瑶葉之餘暖，系金枝之末光〔一九〕。聳孤韻以風邁〔二〇〕，騫逸氣以煙翔〔二一〕。故學不常師〔二二〕，而心鏡羣籍〔二三〕。理不啓問〔二四〕，而情炤諸密〔二五〕。採圖辨緯〔二六〕，遊機訪曆②〔二七〕。潛志百氏〔二八〕，沈神六經〔二九〕。冥析義象〔三〇〕，該洽性靈〔三一〕。儒不隱迹〔三二〕，墨無遁形〔三三〕。

既含道潤，亦發才華〔三四〕。采耀秋月，文麗冬霞〔三五〕。有體有艷，光國光家。識包上仁〔三六〕，義兼高行〔三七〕。如彼清波〔三八〕，可挹可鏡〔三九〕。又象沖室〔四〇〕，惟清惟浄〔四一〕。氣擬北海，情方中散〔四二〕。風流未輟〔四三〕，盛名猶纂〔四四〕。英馳芬激，譽流聲滿〔四五〕。

我筠心而松性〔四六〕，君金采而玉相〔四七〕。伊邂逅之未遇〔四八〕，爰契潤於朱方〔四九〕。丹瓊譬而非寶〔五〇〕，緑蘭比而無芳。每賞矜其如契〔五一〕，貴懷允而不忘〔五二〕。亟閒席兮惆悵③〔五三〕，屢綏帶而從容〔五四〕。論十代兮興毁〔五五〕，訪五都兮異同〔五六〕。談天理之開基〔五七〕，辯人道之始終〔五八〕。罄龍圖及鳳書〔五九〕，傾蒼册與篆字〔六〇〕。儲西國之闕文，採東京之逸記〔六一〕。閲歆向之舊旨〔六二〕，闡鍾王之新意④〔六三〕。對楚漢之澹墨⑤〔六四〕，覽魏晉之鴻策〔六五〕。授遠近之真假，削古今之名實〔六六〕。每齊韻而等逕，輒同懷而共術〔六七〕。吐情志而深賞〔六八〕，忘年齒而隆眷〔六九〕。擬余才兮前華，比余文兮後彦〔七〇〕。余結袂於山石，君憑神於寒霰〔七一〕。何遠期之未從〔七二〕，痛哉景其如電〔七三〕。堂酒兮一塵，暮燈兮萬春〔七四〕。黛草兮永祕〔七五〕，朱丹兮何晨〔七六〕！聞瑶質兮可變〔七七〕，知余采兮一奪〔七八〕。唯華名與芳暉兮〔七九〕，争日月而無沫〔八〇〕。

【校記】

①「種」《彙注》本作「鍾」。

②「機」張本、梁本作「璣」。
③「閒」《彙注》本、梁本作「間」。
④「鍾」原作「鐘」，今據《彙注》本、張本、梁本改。
⑤「澹」原作「瞻」，張本、梁本作「贍」，今據《彙注》本改。

【箋注】

〔一〕陳國之華：《校注》：「陳國：指陳郡。據《宋書·地理志》，陳郡屬豫州，晉室南渡後僑立於淮東，爲南豫州，治歷陽（今安徽和縣）。華：精華。指傑出人物。」

〔二〕吏部郎：《宋書》卷三十九《百官志上》：「尚書令，任總機衡，僕射、尚書，分領諸曹。左僕射領殿中、主客二曹，吏部尚書領吏部、删定、三公、比部四曹，祠部尚書領祠部、儀曹二曹，度支尚書領度支、金部、倉部、起部四曹，左民尚書領左民、駕部二曹，都官尚書領都官、水部、庫部、功部四曹，五兵尚書領中兵、外兵二曹。」《宋書》卷四十《百官志下》：「尚書丞、郎，官第六品。」

〔三〕雅賞：《校注》：「雅：甚。」

〔四〕奇逸：《後漢書》卷七十《孔融傳》：「鴻豫亦稱文舉奇逸博聞，誠怪今者與始相違。」《校注》：「奇逸：謂奇異而特出的文章。」

〔五〕名動京師：《後漢書》卷八十《文苑·趙壹傳》：「陟乃與袁逢共稱薦之，名動京師，士大夫想望其風采。」《宋書》卷六十七《謝靈運傳》：「每有一詩至都邑，貴賤莫不競寫，宿昔之間，士庶皆徧。遠近欽慕，名動京師。」

〔六〕才多深見：深見，深遠的見識。《後漢書》卷二十《祭遵傳》：「昔高祖大聖，深見遠慮，班爵割地，與下分功，著録勳臣，頌其德美。」顔延之《釋何衡陽達性論書》：「前得所論，深見弘慮。」

〔七〕遠度：高遠的器度。《文選》卷二十六謝靈運《永初三年七月十六日之郡初發都》：「如何懷土心，持此謝遠度。」

〔八〕安期千里：《列仙傳》卷上：「安期先生者，瑯琊阜鄉人也。賣藥於東海邊，時人皆言千歲翁。秦始皇東遊，請見，與語三日三夜，賜金璧，度數千萬。出於阜鄉亭，皆置去，留書，以赤玉舄一雙爲報，曰：『後數年，求我於蓬萊山。』始皇即遣使者徐市、盧生等數百人入海，未至蓬萊山，輒逢風波而還。立祠阜鄉亭海邊十數處云。」《晉書》卷九十二《文苑·曹毗傳》：「安期解褐於秀林，漁父罷鉤於長川。」《校注》：「千里：即『千里駒』魯仲連。《史記·魯仲連傳》：『魯仲連者，齊人也。好奇偉俶儻之畫策。』正義引《魯連子》云：『有徐劫者，其弟子曰魯仲連，年十二，號千里駒。』」

〔九〕尚：《校注》：「尚：高於，超過。」

〔一〇〕北府相值：《世説新語·排調篇》「郗司空拜北府」劉孝標注引《南徐州記》：「舊徐州都督

以東爲稱。晉氏南遷，徐州刺史王舒加北中郎將。北府之號，自此起也。」《校注》：「北府：指京口（今江蘇鎮江市）。晉懷帝永嘉五年徐、兖二州僑置京口，謂之北府。相值：相遇。」

〔一一〕傾蓋：車上的傘蓋靠在一起。《史記》卷八十三《魯仲連鄒陽列傳》：「諺曰：『有白頭如新，傾蓋如故。』何則？知與不知也。」司馬貞索隱引《志林》曰：「傾蓋者，道行相遇，軿車對語，兩蓋相切，小欹之，故曰傾也。」《孔子家語・致思》：「孔子之郯，遭程子於塗，傾蓋而語終日，甚相親。」《水經注・廬江水》引晉吴猛詩：「仰矚列仙館，俯察王神宅。曠載暢幽懷，傾蓋付三益。」《校注》：「此指初交相得。」

〔一二〕嶠外：嶺外。《爾雅・釋山》：「鋭而高，嶠。」邢昺疏：「言山形纖峻而高者名嶠。」本集《自序》：「爲建安吴興令，地在東南嶠外，閩越之舊境也。」

〔一三〕遐路：遠路。《藝文類聚》卷三十引魏文帝《永思賦》：「仰北辰而永思，泝悲風以增傷。哀遐路之漫漫，痛長河之無梁。願託乘於浮雲，嗟逝速之難當。」《藝文類聚》卷三十五引曹植《釋愁文》：「趣遐路以棲跡，乘輕雲以高翔。」　窈然：深遠貌。《列子・力命》：「窈然無際，天道自會；漠然無分，天道自運。」《宋書》卷二《宋武帝紀中》：「顯晦之間，窈然難究；源流淵浩，莫測其端矣。」

〔一四〕「始還」二句：《校注》：「舊都：故國都城。指南徐州州治京口。尋：不久。」

〔一五〕順祇效寶：《校注》：「順祇：地神、山岳之神。《易・大有》：『自天佑之。』虞注：『坤爲順。』效實：獻實。」

〔一六〕瀆靈會昌：會昌，謂會當興盛隆昌。《文選》卷四左思《蜀都賦》：「天帝運期而會昌，景福肹饗而興作。」劉淵林注：「昌，慶也。言天帝於此會慶建福也。」《校注》：「瀆靈：山岳之神。」

〔一七〕時雨：及時的雨水。《書·洪範》：「曰肅，時雨若。」孔傳：「君行敬，則時雨順之。」劉向《説苑·辨物》：「延頸奮翼，五光備舉，光興八風，氣降時雨，此謂鳳像。」陶淵明《停雲》：「靄靄停雲，濛濛時雨。」　祉：《詩·小雅·巧言》：「君子如祉，亂庶遄已。」毛傳：「祉，福也。」

〔一八〕山雲降祥：《藝文類聚》卷一引《吕氏春秋》：「山雲草莽，水雲魚鱗，旱雲煙火，雨雲水氣，無不比類其所生以示人。」《校注》：「《禮記·孔子閒居》：『天降時雨，山川出雲，其在《詩》曰：嵩高惟嶽，峻極於天，惟嶽降神，生甫及申。』以上四句化用其意，謂殷孚應順天意，由山川神靈降福賜慶而生。」

〔一九〕「承瑶葉」二句：末光，《史記》卷五十三《蕭相國世家論》：「及漢興，依日月之末光，何謹守管籥，因民之疾，奉法順流，與之更始。」《文選》卷二十八陸機《塘上行》：「願君廣末光，照妾薄暮年。」《校注》：「瑶葉、金枝：即『金枝玉葉』，謂其出身高貴。殷孚高祖融、曾祖允，均爲晉太常；祖穆，宋文帝元嘉年間官右光禄大夫；父淳，宋少帝景平時爲中書、黄門侍郎。系：繼承。餘曖、末光：指前人遺留的恩澤。」

〔二〇〕聳孤韻以風邁：《藝文類聚》卷十八引晉張林《陳夫人碑》：「靡靡其操，翼翼其仁。明景内暎，朗節外新。芳徽風邁，淑涉慎慎其身。」《晉書》卷九十六《列女·王凝之妻謝氏傳》：「道韞風韻高邁，敘致清雅，先及家事，慷慨流漣，徐酬問旨，詞理無滯。」

〔二一〕騫逸氣以煙翔：逸氣，超脱世俗的氣概。《晉書》卷七十六《王廙傳》：「廙性儁率，嘗從南下，旦自尋陽，迅風飛帆，暮至都，倚舫樓長嘯，神氣甚逸。王導謂庾亮曰：『世將爲傷時識事。』亮曰：『正足舒其逸氣耳。』」同上書卷九十八《王敦沈充等傳論》：「桓温挺雄豪之逸氣，韞文武之奇才。」以上二句《校注》云：「聳、騫：高舉貌。騫，通『鶱』。風邁、煙翔：形容氣韻飄逸高遠，不同凡俗。」

〔二二〕學不常師：《後漢書》卷四十上《班彪傳附班固傳上》：「固字孟堅。年九歲，能屬文誦詩賦。及長，遂博貫載籍，九流百家之言，無不窮究。所學無常師，不爲章句，舉大義而已。」按《論語·子張》：「夫子焉不學，而亦何常師之有？」即學無常師之所出。常師，固定的老師。

〔二三〕心鏡：心中洞察。曹植《文帝誄》：「心鏡萬機，攬照下情。」趙幼文注：「鏡，《廣雅·釋詁三》：『照也。』」

〔二四〕理不啓問：《論語·述而》：「不憤不啓，不悱不發，舉一隅不以三隅反，則不復也。」何晏集解：「孔子與人言，必待其人心憤憤，口悱悱，乃後啓發爲説之，如此則識思之深也。」當爲此句之所出。《校注》：「不啓悱：謂不需要老師啓發詢問，善於獨立思考。」

〔二五〕情炤諸密：炤，同「昭」，明。《詩經·小雅·正月》：「魚在於沼，亦匪克樂，潛雖伏矣，亦孔之炤。」朱熹集傳：「炤，明易見也。」《校注》：「諸密：指羣籍的精義。密，秘。」

〔二六〕採圖辨緯：《校注》：「採：採集。辨：辨别。圖、緯：圖讖緯書。《文選》蔡邕《郭有道碑》：『遂考覽六經，探綜圖緯。』李善注：『圖，河圖。緯，六經及《孝經》皆有緯也。』指宣揚符命占驗的書。」

〔二七〕遊機訪曆：《校注》：「遊、訪：走訪，遍訪。機曆：指天文星象。機，亦作『璣』。即璿機玉衡，古代用來觀察天象的渾天儀。曆，曆書，古代統治者據天象運行變化來處理政事，并預測王朝的興衰命運。」

〔二八〕潛志：專心致志。《後漢書》卷七十三《陶謙傳附趙昱傳》：「清己疾惡，潛志好學，雖親友希得見之。」　百氏：猶言諸子百家。《漢書》卷一百下《敘傳下》：「緯六經，綴道綱，總百氏，贊篇章。」

〔二九〕沈神六經：沈神，猶静心。《莊子·天運》：「孔子謂老聃曰：『丘治《詩》、《書》、《禮》、《樂》、《易》、《春秋》六經，自以爲久矣，孰知其故矣。』」《漢書》卷六《武帝紀贊》：「孝武初立，卓然罷黜百家，表章六經。」顔師古注：「六經，謂《易》、《詩》、《書》、《春秋》、《禮》、《樂》也。」

〔三〇〕冥析義象：《校注》：「冥析：精心分析。義象：指圖讖、天象所顯示的意義。」

〔三一〕該洽性靈：該洽，博通。《晉書》卷九十五《藝術傳》論：「陳戴等諸子，并該洽墳典，研精數術。」《校注》：「該洽：博覽貫通。性靈：猶靈性。指百家、六經所蘊含的義理。」

〔三二〕儒不隱迹：隱迹，隱藏蹤跡，指隱居。《後漢書》卷八十二下《方術下·郭玉傳》：「弟子程高尋求積年，翁乃授之。高亦隱跡不仕。」《晉書》卷四十六《李重傳》：「然古之厲行高尚之士，或棲身巖穴，或隱迹丘園，或克己復禮，或耄期稱道，出處默語，唯義所在。」按儒家學者以天下爲己任，故曰不隱跡。

〔三三〕墨無遁形：遁形，亦作「遯形」，猶言隱藏形體。《文選》卷四十五陸機《漢高祖功臣頌》：「窮神觀化，望影揣情，鬼無隱謨，物無遁形。」同上書卷十二郭璞《江賦》：「岷精垂曜於東井，陽侯遯形乎大波。」按墨家學者身體力行地推行自己的政治主張，故曰無遁形。

〔三四〕「既含道潤」二句：道潤，《藝文類聚》卷十九引晉孫楚《反金人銘》：「堯懸諫鼓，舜立謗木，聽采風謡，惟日不足，道潤羣生，化隆比屋。」《文選》卷四十六王融《三月三日曲水詩序》：「儲后睿哲在躬，妙善居質，内積和順，外發英華，斧藻至德，琢磨令範，言炳丹青，道潤金璧。」《校注》：「道潤：謂道德美好，潤澤如玉。『含道潤』、『發才華』，即《禮記·樂記》所説『和順積中，而英華外發』之意。」

〔三五〕「采耀秋月」二句：《校注》：「采：通『彩』。耀秋月、麗冬霞，謂道德文章比秋月还皎潔，比冬霞還美麗。」

〔三六〕識包上仁：上仁，至仁。《老子》第三十八章：「上仁爲之，而無以爲。」河上公章句：「上仁，謂行仁之君，其仁爲上，故言上仁也。」《漢書》卷八十七下《揚雄傳下》載揚雄《長楊賦》：「是以遐方疏俗、殊鄰絶黨之域，自上仁所不化，茂德所不綏，莫不蹻足抗首，請獻厥珍。」

〔三七〕義兼高行：高行，高尚的品行。《管子·法法》：「故雖有明智高行，倍法而治，是廢規矩而正方圜也。」《藝文類聚》卷二十二引晉嵇康《釋私論》：「寄胸懷於八荒，垂坦蕩以永日，斯非賢人君子高行之美異者乎？」

〔三八〕清波：清澈的水流。《楚辭》嚴忌《哀時命》：「知貪餌而近死兮，不如下游乎清波。」《文選》卷二十曹植《公讌詩》：「秋蘭被長阪，朱華冒緑池。潛魚躍清波，好鳥鳴高枝。」

〔三九〕可挹可鏡：《校注》：「挹：舀取。」

〔四〇〕沖室：《校注》：「沖室：空虚寂静之室。」

〔四一〕惟清惟浄：《彙注》：「《廣成子》曰：『心静神清，無勞汝形，無摇汝精，乃可以長生。』」

〔四二〕「氣擬北海」二句：《校注》：「北海：指孔融。孔融字文舉，幼有異才，性好學，博涉該覽。舉高第，後爲北海相。《後漢書·孔融傳論》稱其『嚴氣正性』，『與琨玉秋霜比質可也』。中散：指嵇康。嵇康字叔夜，有奇才，遠邁不羣，學不師受，博覽無不該通，拜中散大夫。康善談理，又善屬文，『其高情遠趣，率然玄遠』。見《晉書・嵇康傳》。」

〔四三〕風流未輟：《後漢書》卷八十二上《方術傳上》論：「漢世之所謂名士者，其風流可知矣。」《晉書》卷七十九《謝安傳附謝混傳》：「以黨劉毅誅，國除。及宋受禪，謝晦謂劉裕曰：『陛下應天受命，登壇日恨不得謝益壽奉璽紱。』裕亦歎曰：『吾甚恨之，使後生不得見其風流。』益壽，混小字也。」《校注》：「風流：指灑脱的舉止和清高的品格。輟：中止。」

〔四四〕盛名猶纂：《校注》：「纂：繼。猶言流傳。」

〔四五〕「英馳芬激」二句：《校注》：「英、芬：即英聲、芬譽。指美好的聲譽。」

〔四六〕筠心而松性：筠心，像竹那樣正直的心。《晉書》卷七十六《王舒等傳贊》：「顧實南金，虞惟東箭。銑質無改，筠心不變。」《禮記・禮器》：「其在人也，如竹箭之有筠也，如松柏之有心也。」孔穎達疏：「松柏陵寒而鬱茂，由其内心貞和故也。」《晉書》卷八十九《忠義傳序》：「若得其所，烈士不愛其存，故能守鐵石之深衷，厲松筠之雅操，見貞心於歲暮，標勁節於嚴風。赴鼎鑊其如歸，履危亡而不顧。」《校注》：「筠心、松性：喻堅貞不屈的品格。」

〔四七〕金采而玉相：《詩・大雅・棫樸》：「追琢其章，金玉其相。」毛傳：「相，質也。」《藝文類聚》卷二十九引晉張華《祖道趙王應詔詩》：「於顯穆親，時惟我王。稟姿自然，金質玉相。」《校注》：「金采、玉相：喻美好的品質。」

〔四八〕邂逅之未遇：《詩・鄭風・野有蔓草》：「野有蔓草，零露漙兮。有美一人，清揚婉兮。邂逅相遇，適我願兮。」毛傳：「邂逅，不期而會。」《宋書》卷六十七《謝靈運傳》：「臨死作詩曰：『龔勝無餘生，李業有終盡。嵇公理既迫，霍生命亦殞。悽悽淩霜葉，網網衝風菌。邂逅竟幾何，修短非所愍。』」《校注》：「之：於。未遇：謂仕途未遇，未入仕之前。」

〔四九〕契濶於朱方：《詩・邶風・擊鼓》：「死生契濶，與子成説。」毛傳：「契濶，勤苦也。」按契，合；濶，離；聚散之意。後多以契濶稱久別。此謂別後重逢。《後漢書》卷八十一《獨行・范冉傳》：「奂曰：『行路倉卒，非陳契濶之所，可共到前亭宿息，以敘分隔。』」《文選》卷二十七曹操《短歌行》：「越陌度阡，枉用相存。契濶談讌，心念舊恩。」《校注》：「朱方：春秋時地名，即丹徒。此指京口。」

〔五〇〕丹瓊譬而非寶：《太平御覽》六百七十八引《茅君傳》：「西王母乃敕侍女季方明出丹瓊之函，披雲珠之笈。」本集《還陽亭》：「瑶磵夐嶄崒，銅山鬱縱横。方水埋金雘，圓岸伏丹瓊。」

〔五一〕每賞矜其如契：《校注》：「賞矜：猶賞愛。矜，古『憐』字。《論語・子張》：『則哀矜而勿喜。』《論衡》引作『憐』(見《十駕齋養新録》卷一)。契，契約。《禮記・曲禮》：『獻粟者執右契。』疏：『契爲兩書一札，同而別之。』此謂二人趣味相同，契合如一。」

〔五二〕懷允：《詩・小雅・鼓鍾》：「鼓鍾將將，淮水湯湯，憂心且傷。淑人君子，懷允不忘。」鄭玄箋：「古者善人君子，其用禮樂，各得其宜，至信不可忘。」《校注》：「允：誠信。」

〔五三〕閒席兮惆悵：《楚辭・九辯》：「廓落兮羇旅而無友生，惆悵兮而私自憐。」朱熹集注：「惆悵，悲哀也。」《文選》卷二十八陸機《挽歌詩三首》之二：「流離親友思，惆悵神不泰。素驂佇轜軒，玄駟鶩飛蓋。」《校注》：「友人不至，坐席閑置，故云『閒席』。」

〔五四〕緩帶而從容：《宋書》卷七十二《文九王·建平宣簡王宏傳附景素傳》：「且臺以六月晦夜，無何呼北兵已至，皆登陴抽刃，而朱方七月朔猶緩帶從容。」按緩帶，寬緩衣帶。形容悠閒自在，從容不迫。《穀梁傳·文公十八年》：「姪娣者，不孤子之意也。一人有子，三人緩帶。」楊士勛疏：「緩帶者，優游之稱也。」《晉書》卷三十四《羊祜傳》：「在軍常輕裘緩帶，身不被甲。」《校注》：「緩帶：古人有事則束帶，無事則緩帶。無事時自可與友人從容談笑。謝莊《與袁顗書》：『緩帶談笑。』即是。」

〔五五〕十代：《校注》：「十代：指唐、虞、夏、商、周、秦、西漢、東漢、魏、晉十朝。」

〔五六〕五都：《漢書》卷二十四下《食貨志下》：「遂於長安及五都立五均官，更名長安東西市令及洛陽、邯鄲、臨淄、宛、成都市長皆爲五均司市師。」《三國志》卷二《魏志·文帝紀》「改許縣爲許昌縣」裴松之注：「《魏略》曰：『改長安、譙、許昌、鄴、洛陽爲五都。』」《校注》：「此泛指各地。」

〔五七〕天理之開基：《莊子·天運》：「夫至樂者，先應之以人事，順之以天理，行之以五德，應之以自然。」天理，即天道，自然法則。《易·謙卦》：「天道虧盈而益謙，地道變盈而流謙，鬼神害盈而福謙，人道惡盈而好謙。」陶淵明《怨詩楚調示龐主簿鄧治中》：「天道幽且遠，鬼神茫昧然。」開基，開創、開始。《文選》卷十一何晏《景福殿賦》：「辟天地以開基，并列宿而作制。」《校注》：「開基：開端。基，始。」

〔五八〕人道之始終：人道，爲人之道。《易·繫辭下》：「有天道焉，有人道焉。」《後漢書》卷三十七《丁鴻傳》：「人道悖於下，效驗見於天，雖有隱謀，神照其情，垂象見戒，以告人君。」《校注》：「始終：謂發展演變。」

〔五九〕「罄龍圖」句：罄，窮盡。龍圖，指河圖。傳説由龍馬從黄河中負出，被認爲是帝王受命之符。《文選》卷三張衡《東京賦》：「龍圖授羲，龜書畀姒。」薛綜注：「《尚書》傳曰：『伏羲氏王天下，龍馬出河，遂則其文以畫八卦，謂之河圖。』又曰：『天與禹，洛出書，謂神龜負文而出，列於背。』」鳳書：鳳凰所銜之書。《南齊書》卷十一《樂志》：「《鳳皇銜書伎歌辭》，蓋魚龍之流也。元會日，侍中於殿前跪取其書。宋世辭云：『大宋興隆膺靈符，鳳鳥感和銜素書。嘉樂之美通玄虚，惟新濟濟邁唐虞，巍巍蕩蕩道有餘。』齊初詔中書郎江淹改。」《校注》：「鳳書：帝王受命的瑞物。」

〔六〇〕蒼册與篆字：《校注》：「蒼册、篆字：指用古字和篆字書寫的典籍。蒼，即蒼頡，相傳爲黄帝的史官，因他而創造古文字。篆，指大篆，書體的一種。周宣王時太史籀著《大篆》十五篇，與蒼頡的古文字有所不同。詳許慎《説文序》。」

〔六一〕「儲西國」二句：闕文，猶佚文。《文選》卷十七陸機《文賦》：「收百世之闕文，採千載之遺韻。」《校注》：「西國：指西漢京都長安。東京：指東漢及魏都洛陽。闕文、逸記：謂散失亡佚之書。」

〔六二〕歆向之舊旨：《校注》：「歆向：即西漢劉歆和劉向。據《史記·楚元王傳》，向、歆父子皆好古，受詔同領校秘書，講六藝傳記。舊旨：指儒家經典的古義。」

〔六三〕鍾王之新意：《彙注》：「魏鍾繇，字元常。晉王羲之，字逸少。皆善書。」《校注》：「鍾王：指三國魏鍾會和王弼。據《三國志·魏志·鍾會傳》，鍾會精煉名理，與王弼并知名。王好老莊，注《易》及《老子》，以爲萬物以無爲本，專言義理。鍾、王二家實開魏晉玄學的先河，故稱其有『新意』。」今并録之以備考。

〔六四〕楚漢之澹墨：《校注》：「澹墨：指情志淡雅的文章。《文選》任昉《王文憲集序》：『沈鬱澹雅之思。』李善注：『揚雄爲《方言》，劉歆與雄書曰：非子雲澹雅之才，沈鬱之志，不能成此書。』」按「澹墨」，張本、梁本作「贍墨」，指文章内容富麗。《後漢書》卷四十下《班固傳論》：「遷文直而事覈，固文贍而事詳。」是其例。

〔六五〕鴻策：《校注》：「鴻策：猶言鴻文。策，簡册。」

〔六六〕「授遠近」二句：《孟子·告子下》：「先名實者，爲人也；後名實者，自爲也。」朱熹集注：「名，聲譽也；實，事功也。」《校注》：「削：筆削。指修正文字。『授』當屬下句，『削』當屬上句。此作者有意交互其文。」

〔六七〕「每齊韻」二句：同懷，同心。指情投意合，或志趣相合者。《文選》卷二十四陸機《爲顧彦先贈婦二首》之一：「修身悼憂苦，感念同懷子。」吕向注：「同懷，謂同懷抱之子，即其婦也。」同上書卷二十二謝靈運《登石門最高頂》：「居常以待終，處順故安排。惜無同懷客，共登青雲梯。」劉良注：「同懷，謂友人也。」《校注》：「韻：氣韻，格調。逕、術：道路。指意趣。」

〔六八〕吐情志而深賞：《文選》卷二十九《古詩十九首·東城高且長》：「蕩滌放情志，何爲自結束？」同上書卷十七陸機《文賦》：「佇中區以玄覽，頤情志於典墳。」《南史》卷十九《謝晦傳》：「璞字景山，幼孝友，祖安深賞愛之。位光禄勳。」《梁書》卷二十三《長沙嗣王業傳附蕭孝儼傳》：「從幸華林園，於座獻《相風烏》、《華光殿》、《景陽山》等頌，其文甚美，高祖深賞異之。」《校注》：「吐情志：謂寫詩作文。」

〔六九〕忘年齒而隆眷：年齒，年齡。《莊子·徐無鬼》：「舜舉乎童土之地，年齒長矣，聰明衰矣，而不得休歸。」《文選》卷五十二韋弘嗣《博弈論》：「是以古之志士，悼年齒之流邁，而懼名稱之不建也。」陸雲《與張光禄書》：「顧令文彦先每宣隆眷彌泰之惠，懷德惟慚，守以反側。」《校注》：「忘年齒：不拘年齒輩分而相交。《太平御覽》卷四〇九引張隱《文士傳》：『時（禰）衡未滿二十，而（孔）融已五十（按，當作四十），敬衡才秀，忘年殷勤。』隆眷：猶言厚愛。」

〔七〇〕「擬余才」二句：後彥，後來之俊士。《魏書》卷八十二《常景傳》：「其讚揚子雲曰：『蜀江導清流，揚子挹餘休。含光絕後彥，覃思邈前脩。』」《校注》：「華、彥：皆指文才出衆之士。」

〔七一〕「余結袂」二句：《校注》：「結袂：裹紮衣袖。表示勞作。憑神：猶言傾心。山石、寒霞：指五石散，或稱寒石霞。由五種礦物配製而成的藥物。道家以爲服五石散可以輕身延年。霞，當作『散』，爲與上句『石』構成對偶而改。」按《校注》釋「山石」或未的，蓋江淹本集與他書所載皆未見有其服食五石散之事。此「山石」者，或指山間石室而言。宋順帝昇明元年（四七七），作者自建安吴興還，爲作此文。此前江淹謫處之吴興，乃荒僻多山之地。本集《被黜爲吴興令辭牋詣建平王》：「方蒙被霜露，裹糧洲島。鑿山楹爲室，永與黿鼉爲羣。」《待罪江南思北歸賦》：「於是臨虹蜺以築室，鑿山楹以爲柱。上暠暠以臨月，下淫淫而愁雨。」《青苔賦》序：「余鑿山楹爲室，有苔焉。」皆記其事。此二句意或回憶往事，謂己處於吴興之山間石室，而殷孚則傾心於服食五石散耳。頗疑殷孚之早卒，或與服食五石散有關。

〔七二〕遠期：《後漢書》卷一下《光武帝紀下》：「天下重器，常恐不任，日復一日，安敢遠期十歲乎？」《文選》卷二十八陸機《長歌行》：「遠期鮮克及，盈數固希全。」李善注引《管子》：「任之重者莫如身，期之遠者莫如年。」李周翰注：「遠期，謂上壽百二十歲。及此期者，少能有之。」

〔七三〕戢景：傅咸《螢火賦》：「當朝陽而戢景兮，必宵昧而是征。」虞炎《奉和竟陵王經劉瓛墓下》：「下帷聞昔儒，窺園信且逸。聚學叢煙郊，棲道事環蓽。戢景謝歸年，税駕空悠日。」《校注》：「戢景：猶匿跡。指殷孚去世。景，通『影』。」

〔七四〕「堂酒」二句：《校注》：「一塵：道家稱一世爲『一塵』。萬春：萬年。」

〔七五〕黛草：《校注》：「黛草：指長青草的墓地。」

〔七六〕朱丹：《校注》：「朱丹：即朱火、丹陵。班固《漢武帝内傳》：『造朱火、丹陵，食靈瓜，味甚好。憶此未久，而已七千歲矣。』原爲仙人所居之處，此指墓穴。」

〔七七〕瑶質：謂肌膚光潔如玉。《樂府詩集》卷二十九梁簡文帝《明君詞》：「玉艷光瑶質，金鈿婉黛紅。一去蒲萄觀，長別披香宫。」《校注》：「瑶質：美質。喻殷孚。」

〔七八〕余采兮一奪：《爾雅·釋天》：「四月爲余。」郝懿行義疏：「四月萬物皆生枝葉，故曰余。余，舒也。」《校注》：「此既實言時令，亦暗喻殷孚盛年而亡。」

〔七九〕華名：美名。《後漢書》卷八十三《逸民·周黨傳》：「黨等文不能演義，武不能死君，釣采華名，庶幾三公之位。」《晉書》卷五十五《張載傳附張協傳》：「盖聞聖人不卷道而背時，智士不遺身而匿跡，生必耀華名於玉牒，没則勒鴻伐於金册。」

〔八〇〕争日月而無沫：無沫，即未沫，不能終止。《楚辭》屈原《離騷》：「芳菲菲而難虧兮，芬至今猶未沬。」王逸章句：「沬，已也。言己所行純美，芬芳勃勃，誠難虧歇，久而彌盛，至今尚未已也。」鍾嶸《詩品序》：「太康中，三張、二陸、兩潘、一左，勃爾復興，踵武前王，風流未沫，亦文章之中興也。」《校注》：「争日月：謂可與日月争輝。《史記·屈原賈生列傳》稱屈原『志潔行廉……雖與日月争光可也。』沫：已，止。」

空青賦

【題解】

《校注》：「空青：礦石名，即青雘。可用作顔料。本篇寫空青地處僻遠，但才美超羣，寓自況之意，大約亦作於吴興時期。」俞讜亦云：「《空青賦》云：『其所處則峻巘層石，龜穴龍壁，素岸成雲，楨砂如積。』所寫之地貌景物，當在『碧山丹水』之吴興。」所説是也。

《證類本草》卷三：「空青……久服輕身，延年不老，令人不忘，志高神仙。」《本草綱目》卷十「空青」集解引漢劉向《别録》：「空青生益州山谷及越巂山有銅處，銅精熏則生空青，其腹中空。」「諸石藥中惟此最貴，醫方乃希用之，而多充畫色，殊爲可惜。」

夫赤瓊以炤焴爲光①〔一〕，碧石以萎蕤爲色〔二〕。咸見珍於東國〔三〕，并被貴於西極②〔四〕。况空青之麗寶〔五〕，亦挺山海之不測③〔六〕。其所處則峻巘層石〔七〕，龜穴龍壁〔八〕，素岸成雲〔九〕，頳砂如積④〔一〇〕。外隱青苔丹草，內伏玉枝瑪瑙〔一一〕。銅鉛合生，礬確堅英〔一二〕。自非索嶮覓危⑤〔一三〕，乘鸞履螭〔一四〕，倦春厭秋〔一五〕，斲異鐫奇〔一六〕，能得厠於軒宇〔一七〕，接君子之光儀〔一八〕。

於是寫雲圖氣，學靈狀仙〔一九〕。寶波麗水，華峰艷山。陽谷之樹⑥〔二〇〕，崦嵫之泉〔二一〕；西海之草〔二二〕，炎州之煙〔二三〕；銀臺之鳥〔二四〕，穆王之馬〔二五〕；都廣之國〔二六〕，番禺之野〔二七〕。皆咫尺八極⑦〔二八〕，鏡見四荒〔二九〕。雲煙始出〔三〇〕，日月既張〔三一〕。

若夫邃古之世〔三二〕，汗漫窈微〔三三〕。惟此青墨，所以造之〔三四〕。至乃翠燦軒室，蔥鬱臺殿。雜蛟龍之文章〔三五〕，發麟鹿之炳絢〔三六〕。騁神形於鐘簴〔三七〕，舒怪物與雷電〔三八〕。亦有曲帳畫屏〔三九〕，素女綵扇〔四〇〕。錦色窈鬱⑧〔四一〕，綺質蔓衍⑨〔四二〕。點拂濃薄，如隱如見〔四三〕。山水萬象〔四四〕，丹青曲變⑩〔四五〕。成百鎰之可珍⑪〔四六〕，亦千金而不賤。雖楚之夏姬，越之西施〔四七〕，趙妃燕后⑫〔四八〕，秦娥吳娃〔四九〕，溺愛靡意〔五〇〕，魂飛心離〔五一〕。候青翳爲藻飾〔五二〕，方艷紅華與素儀〔五三〕。冠衆寶而獨立，信求之而無虧。

【校記】

①「炤俺」張本、梁本作「炤燎」，《藝文類聚》卷八十一作「照燎」。

②「西極」原作「四極」，今據張本、梁本、《藝文類聚》改。
③「亦挺」張本、梁本、《藝文類聚》作「挺」。
④「積」張本、梁本作「磧」。
⑤「索嶮覓危」元鈔本作「索劍覓魚」。
⑥「陽谷」《藝文類聚》作「湯谷」。
⑦「八」張本作「之」。
⑧「窈」《藝文類聚》作「雰」。
⑨「蔓衍」《藝文類聚》作「蔓延」。
⑩「曲變」《藝文類聚》作「四變」。
⑪「成百鎰之」張本作「咸百溢之」，梁本作「咸百鎰之」，《藝文類聚》作「咸百溢而」。
⑫「燕」原作「節」，今據張本、梁本改。

【箋注】

〔一〕赤瓊以炤焴爲光：《校注》：「赤瓊：紅色美玉。炤焴：明燦貌。」

〔二〕碧石以萎蕤爲色：《太平御覽》卷八百七十三引《瑞應圖》：「碧石玉者，玩弄之物，不用則出。」《宋書》卷二十九《符瑞志下》：「碧石者，玩好之物棄則至。」萎蕤：草木鮮麗貌。《漢武帝内傳》：「紫芝萎蕤，紛若填標。」《藝文類聚》卷八十六引晉潘岳《橘賦》：「嗟嘉卉之芬華，信氛氳而芬馥。既蓊茸而萎蕤，且參差而櫹槮。」《校注》：「碧石：碧玉。」

〔三〕見珍於東國：東國，東方之國，上古指齊、魯、吴、越等國。《國語·吴語》：「不脩方城之内，踰諸夏而圖東國。」韋昭注：「東國，徐夷、吴、越也。」《史記》卷七十五《孟嘗君列傳》：「其攻秦也，欲王之令楚王割東國以與齊，而秦出楚懷王以爲和。」張守節正義：「東國，齊、徐夷。」《文選》卷五十五陸機《演連珠》：「是以三卿世及，東國多衰弊之政；五侯并軌，西京有陵夷之運。」李善注：「東國，謂魯也。」按空青生益州山谷及越嶲（地在今四川西昌東南）山有銅處，故曰「見珍於東國」。

〔四〕西極：謂西方極遠之處。《楚辭·離騷》：「朝發軔於天津兮，夕余至乎西極。」《山海經·海外東經》：「帝命竪亥步，自東極至於西極，五億十選九千八百八步。」《漢書》卷二十二《禮樂志》：「天馬徠，從西極，涉流沙，九夷服。」

〔五〕麗寶：奇麗之寶物。

〔六〕挺山海之不測：《校注》：「挺：生。不測：指遥遠不測之地。《山海經·南山經》：『青丘之山，其陽多玉，其陰多青雘。』郭璞注：『亦有青丘國在海外。』」按《漢書》卷五十七上《司馬相如傳上》：「其土則丹青、赭堊、雌黄、白坿、錫碧、金銀。」顔師古注：「張揖曰：『丹，丹沙也。青，青雘也。』……師古曰：丹沙，今之朱沙也。青雘，今之空青也。」

〔七〕峻巘層石：《校注》：「峻巘層石：高峻重疊的山巒岩石。」

〔八〕龜穴龍壁：《校注》：「龜穴龍壁：指山崖洞穴。張華《博物志》卷一：『名山大川，孔穴相內。……神龍靈龜，行於穴中。』」

〔九〕素岸成雲：《校注》：「素岸：指沙岸。」

〔一〇〕赬砂如積：《校注》：「赬砂：即朱砂。」

〔一一〕玉枝瑪瑙：《藝文類聚》卷八十四引魏文帝《瑪瑙勒賦》：「瑪瑙，玉屬也。出自西域，文理交錯，有似馬腦，故其方人因以名之。」

〔一二〕「銅鉛」二句：《校注》：「礐確：硬貌。堅英：堅硬而有光澤，指金。《藝文類聚》卷八十一引《本草經》：『空青生山谷，能化銅鉛作金。』」

〔一三〕自非索嶮覓危：《校注》：「自非：除非。索：探尋。嶮、危：指高險之山。」

〔一四〕乘鱟履螭：《文選》卷五左思《吴都賦》：「乘鱟黿鼉，同眾共羅。」劉淵林注：「鱟形如惠文冠，青黑色，十二足，似蟹，足悉在腹下，長五六寸，雌常負雄行。漁者取之，必得其雙，故曰乘鱟。」《校注》：「鱟：介類，如龜。履：踏、乘。螭：傳説中一種無角的龍。以上二句含不畏艱險跋山涉水之意。」

〔一五〕倦春厭秋：《校注》：「猶言不惜時間，經歷漫長歲月。」

〔一六〕斲異鐫奇：《校注》：「斲異鐫奇：謂開鑿怪異的山岩。」

〔一七〕厠於軒宇：釋慧遠《萬佛影銘》：「清氣迴於軒宇，昏明交而未曙。髣髴境神儀，依稀若真遇。」《校注》：「厠：厠身於。軒宇：高大的屋宇。」

〔一八〕光儀：《文選》卷十三禰衡《鸚鵡賦》：「背蠻夷之下國，侍君子之光儀。」謝朓《同詠坐上玩器得烏皮隱几》：「蟠木生附枝，刻削豈無施。取則龍文鼎，三趾獻光儀。」《校注》：「光儀：光彩和儀容。」

〔一九〕「於是」二句：《校注》：「寫、圖、學、狀：皆繪畫，描摹之意。左思《吴都賦》：『圖以雲氣，畫以仙靈。』」

〔二〇〕暘谷之樹：《淮南子·天文訓》：「日出於暘谷，浴於咸池。」郭璞《遊仙詩·暘谷吐靈曜》：「暘谷吐靈曜，扶桑森千丈。朱霞升東山，朝日何晃朗。迴風流曲櫺，幽室發逸響。」《校注》：「暘谷：即『暘谷』，與下文『崦嵫』皆神話傳説中的山名。暘谷爲日出處，崦嵫爲日入處。」

〔二一〕崦嵫之泉：《楚辭·離騷》：「吾令羲和弭節兮，望崦嵫而勿迫。」王逸章句：「崦嵫，日所入山也。」《藝文類聚》卷三十六引晉張華《招隱詩》：「羲和策六龍，弭節越崦嵫。盛年俛仰過，忽若振輕絲。」

〔二二〕西海之草：《山海經·南山經》：「南山經之首曰鵲山，其首曰招摇之山。臨於西海之上，多桂，多金玉。有草焉，其狀如韭而青花，其名曰祝餘，食之不飢。」

〔二三〕炎州之煙：《藝文類聚》卷一引《十洲記》：「炎州在南海中，上有風，生獸似豹。」同上書卷八十引《十州記》：「炎洲在南海中，地方二千里，去崖九萬里。」按《校注》云：「炎州之煙：炎州即南海之火洲。《藝文類聚》卷八〇引《廣記》：『火洲在南海中，火燃洲，其木不死更鮮。』」今録之以備考。

〔二四〕銀臺之鳥：《文選》卷十五張衡《思玄賦》：「聘王母於銀臺兮，羞玉芝以療饑。」李善注：「王母，西王母也。銀臺，王母所居。」《校注》：「銀臺之鳥：指西王母所使之青鳥。」青鳥，信使。

〔二五〕穆王之馬：《校注》：「穆王之馬：指周穆王所乘之八駿。王嘉《拾遺記》卷三：『穆王巡行天下，馭八龍之駿。』」

〔二六〕都廣之國：《山海經·海内經》：「西南黑水之間，有都廣之野，后稷葬焉。爰有膏菽、膏稻、膏黍、膏稷，百穀自生，冬夏播琴。鸞鳥自歌，鳳鳥自儛，靈壽實華，草木所聚。爰有百獸，相羣爰處。此草也，冬夏不死。」《淮南子·墬形訓》：「東南方曰大窮，曰衆女。南方曰都廣，曰反户。」高誘注：「都廣，國名也。山在此國，因復曰都廣山。」

〔二七〕番禺之野：《校注》：「番禺：地名。傳説有桂林八樹。《山海經·海内南經》：『桂林八樹，在番隅東。』隅，同『禺』。」

〔二八〕咫尺八極：《左傳》僖公九年：「天威不違顔咫尺。」杜預注：「顔面之前八寸曰咫。」按《樂律全書》卷二十三：「周制，寸尺咫尋常仞諸度量皆以人之體爲法。又曰中婦人手長八寸謂之咫，周尺也。」八極，八方極遠之地。《莊子·田子方》：「夫至人者，上闚青天，下潛黄泉，揮斥八極，神氣不變。」《淮南子·原道訓》：「夫道者，覆天載地，廓四方，柝八極，高不可際，深不可測。」高誘注：「八極，八方之極。」《文選》卷四十七王褒《聖主得賢臣頌》：「追奔電，逐遺風，周流八極，萬里一息。何其遼哉，人馬相得也。」

〔二九〕鏡見四荒：四荒，四方荒遠之地。《楚辭·離騷》：「忽反顧以游目兮，將往觀乎四荒。」朱熹集注：「言雖已回車反服，而猶未能頓忘此世。故復反顧而將往觀乎四方絶遠之國。」《爾雅·釋地》：「觚竹、北户、西王母、日下，謂之四荒。」郭璞注：「觚竹在北，北户在南，西王母在西，日下在東，皆四方昏荒之國，次四極者。」《校注》：「以上二句即『尺幅千里』之意。鏡：照。」

〔三〇〕雲煙始出：雲煙，雲霧、煙霧。《文選》卷二十六謝靈運《入華子崗是麻源第三谷》：「遂登羣峰首，邈若升雲煙。」同上書卷二十七顔延之《北使洛》：「宫陛多巢穴，城闕生雲煙。」

〔三一〕日月既張：《校注》：「張：開。謂日月照耀。」

〔三二〕邃古之世：邃古，遠古。《後漢書》卷四十下《班固傳下》：「伊考自邃古，乃降戾爰兹，作者七十有四人。」陳琳《止欲賦》：「媛哉逸女，在余東濱，色曜春華，艷過碩人。乃邃古其寡儔，固當世之無鄰。」

〔三三〕汗漫窈微：汗漫，渺茫不可知。《淮南子·道應訓》：「吾與汗漫期於九垓之外。」高誘注：

「汗漫，不可知之也。」窈微，深微渺茫貌。《淮南子・覽冥訓》：「得失之度，深微窈冥，難以知論，不可以辯説也。」

〔三四〕「惟此」二句：《校注》：「青墨：謂以空青爲墨。造之：猶畫之。」

〔三五〕蛟龍之文章：《列女傳》卷二：「妾聞南山有玄豹，霧雨七日而不下食，何也？欲以澤其毛而成文章也。故藏而遠害。」《晉書》卷三十六《張華傳》：「華誅，失劍所在。焕卒，子華爲州從事，持劍行經延平津，劍忽於腰間躍出墮水。使人没水取之，不見劍，但見兩龍各長數丈，蟠縈有文章，没者懼而反。須臾光彩照水，波浪驚沸，於是失劍。」《校注》：「文章：指色彩花紋。」

〔三六〕麟鹿之炳絢：麟鹿，大鹿。王符《潛夫論・賢難》：「必更待羣司之所舉，則亦懼失麟鹿而獲艾猳。」《文選》卷三張衡《東京賦》：「解罘放麟。」薛綜注：「大鹿曰麟。」《校注》：「炳絢：謂色彩鮮美。」

〔三七〕騁神形於鐘簴：鐘簴，懸掛鐘磬的立柱。《楚辭・九歌・東君》：「緪瑟兮交鼓，簫鍾兮瑶簴。」朱熹集注：「簴，懸鍾磬之木也。」《文選》卷三十八傅亮《爲宋公至洛陽謁五陵表》：「城闕爲墟，宫廟隳頓，鍾簴空列。」李周翰注：「言都邑荒蕪，唯有鍾格虚設，宫觀之餘，盡爲田疇，而生禾黎也。」神形，精神與形體。《列子・楊朱》：「矜一時之毁譽，以焦苦其神形，要死後數百年中餘名，豈足潤枯骨，何生之樂哉？」《史記》卷一百三十《太史公自序》：

「夫神大用則竭，形大勞則敝；神形騷動，欲與天地長久，非所聞也。」

〔三八〕舒怪物：《校注》：「舒：展現。」

〔三九〕畫屏：有畫飾的屏風。《藝文類聚》卷三十二引梁簡文帝《秋閨夜思詩》：「夕門掩魚鑰，宵牀悲畫屏。迴月臨階度，吟蟲繞砌鳴。」

〔四〇〕素女：傳説中古代神女。《史記》卷十二《孝武本紀》：「或曰泰帝使素女鼓五十弦瑟，悲，帝禁不止，故破其瑟爲二十五弦。」《楚辭》王逸《九懷・昭世》：「聞素女兮微歌，聽王后兮吹竽。」　綵扇：本集《扇上綵畫賦》：「命幸得爲綵扇兮，出入玉帶與綺紳。」

〔四一〕錦色窈鬱：窈鬱，幽深濃郁，指錦色。按《校注》：「窈：《藝文類聚》作『雰』，疑是。雰鬱：猶紛紜，言綺綿之多。」今録以備考。

〔四二〕綺質蔓衍：《楚辭》王逸《九思・怨上》：「菽藟兮蔓衍。」自注：「蔓衍，廣延也。」《藝文類聚》卷三十一引魏繁欽《贈梅公明詩》：「瞻我北園，有條者桑。遘此春景，既茂且長。氤氳吐葉，柔潤有光。黄條蔓衍，青鳥來翔。」

〔四三〕「點拂」二句：濃薄，猶濃淡。如隱如見，猶若隱若現。《校注》：「點拂：謂提筆作畫。見：同『現』。」

〔四四〕山水萬象：釋慧遠《萬佛影銘》：「旋踵忘敬，罔慮罔識。三光掩暉，萬象一色。」《文選》卷二十二謝靈運《從遊京口北固應詔》：「皇心美陽澤，萬象咸光昭。」

〔四五〕丹青曲變：《文選》卷十一王文考《魯靈光殿賦》：「圖畫天地，品類羣生，雜物奇怪，山神海靈，寫載其狀，託之丹青，千變萬化。」《校注》：「丹青：指繪畫。」嵇康《聲無哀樂論》：「五味萬殊，而大同於美；曲變雖衆，亦大同於和。」

〔四六〕百鎰之可珍：《戰國策・趙策一》：「李兌送蘇秦明月之珠，和氏之璧，黑貂之裘，黄金百鎰。蘇秦得以爲用，西入於秦。」《史記》卷七十六《虞卿列傳》：「虞卿者，遊説之士也。躡蹻擔簦，説趙孝成王。一見賜黄金百鎰，白璧一雙。再見爲趙上卿，故號爲虞卿。」按《國語・晉語二》：「黄金四十鎰，白玉之珩六雙。」韋昭注：「二十兩爲鎰。」

〔四七〕「雖楚」二句：《校注》：「夏姬：與西施皆爲春秋時美女。《列女傳》：夏姬三爲王后，七爲夫人，公侯争之，莫不迷惑。失意後，歸於楚申公巫臣。」

〔四八〕趙妃燕后：《校注》：「趙妃燕后：亦指美女。《古詩十九首》其十二：『燕趙多佳人，美者顔如玉。』」

〔四九〕秦娥吴娃：《文選》卷三十陸機《擬今日良宴會》：「齊僮《梁甫吟》，秦娥《張女彈》。」李周翰注：「齊僮、秦娥，皆古善歌者。」吴娃，吴地美女。《文選》卷三十四枚乘《七發》：「使先施、徵舒、陽文、段干、吴娃、閭娵、傅予之徒，雜裾垂髾，目窕心與。」李善注：「皆美女也。」按揚雄《方言》卷一：「秦晉之間，凡好而輕者謂之娥。」同上書卷二：「娃、嫷、窕、艷，美也。吴楚衡淮之間曰娃，南楚之外曰嫷，宋衛晉鄭之間曰艷，陳楚周南之間曰窕。自關而西，秦晉之間，凡美色或謂之好，或謂之窕。故吴有館娃之宫，秦有榛娥之臺。」

〔五〇〕溺愛靡意：《文選》卷三十謝惠連《七月七日夜詠牛女》：「遐川阻昵愛，修渚曠清容。」李善注：「《爾雅》曰：『昵，近也。』孫炎曰：『親之，近也。』」按「昵」五臣本作「暱」。《校注》：「靡意：猶失神。」

〔五一〕魂飛心離：鮑照《夢歸鄉》：「寐中長路近，覺後大江違，驚起空歎息，恍惚神魂飛。」

〔五二〕青翳爲藻飾：藻飾，修飾。《晉書》卷四十九《嵇康傳》：「康早孤，有奇才，遠邁不羣。身長七尺八寸，美詞氣，有風儀，而土木形骸，不自藻飾，人以爲龍章鳳姿，天質自然。」《校注》：「青翳：用空青染成的舞具。《山海經・海外西經》：『夏后啓於此舞九代……左手操翳，右手操環，佩玉璜。』郭璞注：『玉葆幢也。』」按《説文解字》卷四上：『翳，所以舞也。』」

〔五三〕方艴紅華與素儀：《校注》：「艴：赤色。使之益發鮮艷之意。紅華、素儀：指美女紅白分明的儀容。」

學梁王兔園賦 并序

【題解】

此篇《藝文類聚》卷六十五、《初學記》卷二十四題作《梁王兔園賦》。「并序」張本、梁本作「有序」。

曹道衡《年代考》云：「此賦蓋以枚乘自比，以景素比梁王。賦中有『水鳥駕鵝，鷫䴈鴻雁，上飛衡陽，下宿沅漢』諸句，似是泰始五至七年初在湘州時作。」所説是也。然泰始五年時，景素尚未之湘，是曹説亦有欠妥處。考泰始六年二三月間，建平王景素始自揚州之吴興郡經由建康之湘州刺史任。江淹隨行，道經廬山，登香爐峰，景素作詩而江淹和之，有《從冠軍建平王登廬山香爐峰》詩一首。泰始七年二月，景素又受命改刺荆州。故此賦之作乃在泰始六年（四七〇）。

又《校注》云：「本篇擬枚乘《梁王兔園賦》，先敘山水之美，繼寫遊覽之樂，末抒遇美人不能相接之恨。而所寫的『梁王兔園』，實乃吴興一帶的自然景觀。賦序所説『無知音，則已矣』爲全篇主旨所在，當與《倡婦自悲賦》等同作於初黜吴興時期。」亦録以備考。

詩題之「梁王」，即西漢梁孝王劉武，文帝竇皇后之子，景帝胞弟。孝文帝二年立爲代王，四年徙爲淮陽王，十二年徙爲梁王。事見《漢書》卷四十七《文三王傳》。

《校注》：「兔園：或稱梁園、梁苑，梁孝王所築，爲遊賞及延賓之所，故址在今河南開封市東南。」

或重古輕今者〔一〕。僕曰：何爲其然哉？無知音〔二〕，則已矣。聊爲古賦①，以奮枚叔之製焉〔三〕。

碧山倚巘崎兮〔四〕，象海水碣石〔五〕。朝日晨霞兮艶紅壁〔六〕，仰望沉寥兮數千尺〔七〕。碌硬嵺嶖〔八〕，汩㴔成岫〔九〕，谽呀而窟竇〔一〇〕。哮碻礐確〔一一〕，紫蕪丹駮〔一二〕，苔點綺縟〔一三〕，若斷若續。如此者百有十處。奔水激集，瀴溟絜渠②〔一四〕，潏湟吐吸〔一五〕。跳波走浪，濺沫而相及。湢漾長驚③，澆灌遠注〔一六〕，無時息焉。青樹玉葉，彌望成林〔一七〕。亦有輪囷磥硊④〔一八〕，一枝百頃，萬葉共陰。縹草丹蘅〔一九〕，江離蔓荊〔二〇〕，酷鬱交布〔二一〕，原滿隰平〔二二〕。

於是金塘湎演⑤〔二三〕，綠竹被坂⑥〔二四〕。繚繞青翠〔二五〕，近而復遠⑦。白砂如積雪者焉，碧石如圓玦者焉〔二六〕。水鳥駕鵝〔二七〕，鷿鳿鶵鴈⑧〔二八〕。上飛衡陽，下宿沅漢⑨〔二九〕。十十五五，忽合而復散〔三〇〕。乃有綺雲之館〔三一〕，赬霞之臺〔三二〕，其樂足以棄國釋位〔三三〕，遺死忘歸也〔三四〕。

若夫墨翟、商瞿之倫〔三五〕，學兼師術〔三六〕，才參道真〔三七〕。方駕連軫⑩〔三八〕，於沼之濱〔三九〕。乃射宿餌魴〔四〇〕，前繳鶬鴺〔四一〕。青黏黃粱〔四二〕，臛鼈胾羹⑪〔四三〕，臑豘柘漿〔四四〕。窮嬉極娛〔四五〕，雲翱兮煙翔。超然左覽蒼梧〔四六〕，右睨鄧林〔四七〕。崩石梧岸〔四八〕，崱屴藏陰〔四九〕。逮至山頂，丹壁四平〔五〇〕。靈木夾道〔五一〕，神草列生〔五二〕。俯瞰太一〔五三〕，下視流星〔五四〕。既投冠而棄劍〔五五〕，亦扤魄而盪靈⑫〔五六〕。

於是大夫之徒，稱詩而歸⑬〔五七〕。春陽始映⑭〔五八〕，朱華未希⑮〔五九〕。卒逢邯鄲之女〔六〇〕，蕙色玉質〔六一〕。命知其麗，攢連映日〔六二〕。綺裳下見〔六三〕，錦衣上出〔六四〕。雖復守禮〔六五〕，令人意失〔六六〕。遂謡曰：

碧玉作椀銀爲盤〔六七〕，一刻一鏤化雙鸞〔六八〕。

乃報歌曰：

美人不見紫錦衾〔六九〕，黄泉應至何所禁〔七〇〕！

妃因別曰：

見上客兮心歷亂〔七一〕，送短詩兮懷長歎。中人望兮蠶既飢〔七二〕，躞蹀暮兮思夜半⑯〔七三〕。

【校記】

①「賦」《藝文類聚》卷六十五、《初學記》卷二十四作「賦體」。
②「絜」《彙注》本作「潔」。
③「湢」《彙注》本作「滿」。
④「硊」《彙注》本作「碗」。
⑤「湎」《藝文類聚》、《初學記》作「緬」。

⑥「坂」《藝文類聚》、《初學記》作「陂」。
⑦「近而復遠」《藝文類聚》、《初學記》作「若近復遠」。
⑧「鸝瑪鶬鴈」《藝文類聚》作「鶬鶡鴟鴈」，張本、梁本、《初學記》作「鸝瑪鴻鴈」。
⑨「沅」《藝文類聚》、《初學記》作「沔」。
⑩「連」原作「蓮」，據張本、梁本改。按《彙注》本「蓮」傍小字注「連」。
⑪「臛」原作「曜」，今據《彙注》本改。
⑫「扤」《彙注》本、張本、梁本作「抗」。
⑬「詩」《初學記》作「時」。
⑭「映」《藝文類聚》作「晚」，《初學記》、張本、梁本作「曉」。
⑮「希」《藝文類聚》作「稀」，《初學記》作「晞」。
⑯「躞蹀」原作「燮蹀」，今據《彙注》本、梁本改。

【箋注】

〔一〕或重古輕今者：《宋書》卷六十九《范曄傳》載范曄《獄中與諸甥書》：「自古體大而思精，未有此也。恐世人不能盡之，多貴古賤今，所以稱情狂言耳。」

〔二〕無知音：《淮南子·修務訓》：「師曠曰：『使後世無知音者則已，若有知音者，必知鍾之不調。』」《文選》卷四十二魏文帝《與吴質書》：「昔伯牙絶絃於鍾期，仲尼覆醢於子路；痛知音之難遇，傷門人之莫逮。」

〔三〕枚叔之製：《校注》：「枚叔：即枚乘，字叔，善辭賦，爲吳王濞郎中，後事梁孝王，所作《梁王兔園賦》載《古文苑》卷四。製：體式。」

〔四〕碧山倚巇崎：《文選》卷八司馬相如《上林賦》：『巖陁巇錡，摧崣崛崎。』呂向注：『巇錡，傾欹貌。摧崣崛崎，險貌。』」《校注》：「倚：倚傾，不齊貌。巇崎：山勢傾斜險峻貌。」

〔五〕象海水碣石：《彙注》：「喻園中之水如海，山如碣石。」《校注》：「碣石：山名，河北樂亭縣欒河口有巨石聳立海邊，爲碣石（見《水經注·濡水》），今已没入海中。一説在今河北昌黎縣西北）。」

〔六〕朝日晨霞兮艴紅壁：晨霞，猶朝霞。《宋書》卷八十五《謝莊傳》：「聳朝蓋兮泛晨霞，靈之來兮雲漢華。山有壽兮松有茂，祚神極兮貺皇家。」《文選》卷十二郭璞《江賦》：「淩波縱柂，電往杳溟。霿如晨霞孤征，眇若雲翼絶嶺。」李周翰注：「言船行如朝霞急度而連行，若大鵬垂雲之翼，掩然絶嶺也。」《校注》：「艴：赤色。此爲光照之意。」

〔七〕泬寥兮數千尺：《楚辭》宋玉《九辯》：「泬寥兮天高而氣清，寂寥兮收潦而水清。」王逸章句：「泬寥，曠蕩而虛静也。或曰：泬寥，猶蕭條。蕭條者，無雲貌。」《校注》：「數千尺：指『紅壁』，即山。」

〔八〕碒硬嵺湫：《校注》：「硉硬嵺湫：水激石聲。」

〔九〕汩淈成岫：《彙注》：「沼中疊石成山，而巖窟空嵌也。」《校注》：「汩淈：水涌出貌。」

〔一〇〕谽呀而窟竇：《文選》卷八司馬相如《上林賦》：「谽呀豁閜，阜陵別隝。」李善注：『谽呀：大貌。豁閜，空虛也。』」《彙注》：「谽呀，大貌。窟竇，嵒窟空洞也。」

〔一一〕哮碻磟碓：《校注》：「哮碻磟碓：水激石險峻不平貌。」

〔一二〕紫蕪丹駮：駮，同「駁」。《校注》：「駮：木名。《爾雅·釋木》：『駮，赤李。』」

〔一三〕苔點綺縟：《校注》：「綺縟：指綺麗繁縟的花紋。」

〔一四〕瀴溟絜渠：瀴溟，《文選》卷十二木華《海賦》：「經途瀴溟，萬萬有餘。」李善注：「瀴溟，猶絶遠杳冥也。」劉良注：「瀴溟，亦濶貌。」絜渠，清澈的渠水。絜，通「潔」，清潔。《詩·小雅·楚茨》：「濟濟蹌蹌，絜爾牛羊，以往烝嘗。」《文選》卷十九束晳《補亡詩六首》之一：「馨爾夕膳，絜爾晨飡。」李善注：「絜，鮮静也。」《校注》：「瀴溟：寬濶貌。」

〔一五〕潏湟吐吸：《文選》卷十二郭璞《江賦》：「潏湟㴔泱。」李善注：「皆水流漂疾之貌。」《校注》：「潏湟：水流急貌。」

〔一六〕澆灌遠注：鮑照《苦雨》：「連陰積澆灌，滂沱下霖亂。沉雲日夕昏，驟雨望朝旦。」

〔一七〕彌望：《文選》卷二張衡《西京賦》：「前開唐中，彌望廣潒。」劉良注：「彌望，極望也。」同上書卷十七王褒《洞簫賦》：「彌望儻莽，聯延曠盪，又足樂乎。」《校注》：「彌望：遍望。」

〔一八〕輪囷磥硊：《文選》卷三十九鄒陽《獄中上書自明》：「蟠木根柢，輪囷離奇。」李善注：「輪囷離奇，委曲盤戾也。」張銑注：「輪囷離奇，屈盤高下也。」《文選》卷十一王延壽《魯靈光殿賦》：「層櫨磥佹以岌峩，曲枅要紹而環句。」李周翰注：「磥佹、岌峩，重危貌。」《校注》：「輪囷：樹根委曲盤旋貌。磥硊：高聳貌。」

〔一九〕縹草丹蘅：《校注》：「縹草：青草。蘅：與下『江離』皆香草名。」

〔二〇〕江離蔓荆：江離，即江蘺。《楚辭》屈原《離騷》：「扈江蘺與辟芷兮，紉秋蘭以爲佩。」王逸章句：「江蘺、芷，皆香草也。」同上書劉向《九歎・惜賢》：「懷芬香而挾蕙兮，佩江蘺之菲菲。握申椒與杜若兮，冠浮雲之峨峨。」王逸章句：「言己獨懷持香草，執忠貞之行，志意高厲。」《證類本草》卷十二：「蔓荆苗蔓生，故名。蔓荆生水濱，葉似杏葉而細，莖長丈餘，花紅白色。」《校注》：「蔓荆：草本植物，生於水濱，莖生小枝蔓延地上。」

〔二一〕酷鬱交布：《彙注》：「酷鬱，茂盛也。」

〔二二〕隰平：《晉書》卷九十二《文苑・趙至傳》：「肆目平隰，則寥廓而無睹。」鮑照《遊思賦》：「平隰兮亘岸，通川兮瀉壑。」按《詩・小雅・皇皇者華》：「皇皇者華，於彼原隰。」朱熹集注：「高平曰原，下濕曰隰。」《校注》：「隰：低濕之地。」

〔二三〕金塘涵演：《文選》卷二十劉楨《公讌詩》：「芙蓉散其华，菡萏溢金塘。靈鳥宿水裔，仁獸游飛梁。」李善注：「金塘，猶金堤也。」涵演，廣遠貌。涵，同「緬」，遠。謝靈運《種桑》：「曠流始毖泉，湎塗猶跬跡。」《漢書》卷九十七下《外戚下・孝成趙皇后傳》：「愚臣既不能深援安危，定金匱之計，又不知推演聖德，述先帝之志。」顔師古注：「演，廣也。」

〔二四〕緑竹被坂：坂，山坡，斜坡。《詩・秦風・車鄰》：「坂有漆，隰有栗。」毛傳：「阪者曰坂。」《文選》卷二十曹植《公讌詩》：「秋蘭被長坂，朱華冒緑池。」

〔二五〕繚繞青翠：夏侯湛《獵兔賦》：「翕習於迴阻之間，繚繞於山澤之際。」

〔二六〕碧石如圓玦：碧石，即碧玉。《太平御覽》卷八百七十三引《瑞應圖》：「碧石玉者，玩弄之物，不用則出。」《宋書》卷二十九《符瑞志下》：「碧石者，玩好之物棄則至。」《楚辭・九歌・湘君》：「捐余玦兮江中，遺余佩兮澧浦。」王逸章句：「玦，玉佩也，先王所以命臣之瑞也。故與環即還，與玦即去也。遺，離也。佩，瓊琚之屬也。言己雖見放逐，常思念君，設欲遠去，猶捐玦佩，置於水涯，冀君求己，示有還意。」朱熹集注：「玦，如環而有缺。」

〔二七〕駕鵝：野鵝。《楚辭》東方朔《七諫・亂辭》：「鸞皇孔鳳日以遠兮，畜鳧駕鵝。」洪興祖補注引郭璞曰：「駕鵝，野鵝也。」《史記》卷一百十七《司馬相如列傳》載司馬相如《子虚賦》：「弋白鵠，連駕鵝。」裴駰集解：「郭璞曰：『野鵝也。』」

〔二八〕鸀鳿：《彙注》：「鸀鳿，似鴨而大，長頸赤目，紫紺色者。」《校注》：「鸀鳿：亦作『屬玉』。司馬相如《上林賦》：『鴻鷫鵠鴇，駕鵝屬玉。』」

〔二九〕「上飛」二句：《校注》：「衡陽：地名，在今湖南省。沅漢：沅水和漢水。」

〔三〇〕「十十」二句：《樂府詩集》卷二十九《艷歌何嘗行》古詞：「飛來雙白鵠，乃從西北來。十十五五，羅列成行。妻卒被病，行不能相隨，五里一反顧，六里一徘徊。」

〔三一〕綺雲之館：《藝文類聚》卷三十七引陶弘景《答虞仲書》：「栖六翮於荆枝，望綺雲於青漢者，有日于兹矣。」

〔三二〕赬霞之臺：鮑照《藥奩銘》：「毛姬餌葉，鳳子藏花。景絶翠虬，氣隱赬霞。」《廣韻》卷二：「赬，赤色。」赬，同「赬」。

〔三三〕棄國釋位：《史記》卷九《吕太后本紀》：「我無忠臣兮何故棄國？自決中野兮蒼天舉直。」《漢書》卷一下《高帝紀下》：「是月，匈奴攻代，代王喜棄國，自歸雒陽，赦爲合陽侯。」釋位，《左傳·昭公二十六年》：「諸侯釋位，以間王政。」杜預注：「間，猶與也。去其位，與治王之政事。」《文選》卷二十四陸機《答賈長淵》：「釋位揮戈，言謀王室。」

〔三四〕遺死忘歸：遺死，忘死，置死不顧。《莊子·庚桑楚》：「胥靡登高而不懼，遺死生也。」《文選》卷三十三《九歌·河伯》：「日將暮兮悵忘歸。」同上書卷二十二謝靈運《石壁精舍還湖中作》：「昏旦變氣候，山水含清暉。清暉能娱人，遊子憺忘歸。」鮑照《代白紵舞歌詞四首》之一：「吴刀楚製爲佩褘，纖羅霧縠垂羽衣。含商咀徵歌露晞，珠履颯沓紈袖飛。淒風夏起素雲回，車怠馬煩客忘歸，蘭膏明燭承夜暉。」

〔三五〕墨翟商瞿之倫：《校注》：「墨翟：墨子名翟，墨家學派的創始人。商瞿：春秋時人，字子木，受《易》於孔子。倫：輩。」

〔三六〕師術：爲師之道。《荀子·致仕》：「師術有四，而博習不與焉。尊嚴而憚，可以爲師；耆艾而信，可以爲師；誦説而不陵不犯，可以爲師；知微而論，可以爲師。」《鶡冠子·天則》：「田不因地形，不能成穀；爲化不因民，不能成俗；嚴疾過也，喜怒適也。四者已仞，非師術也。」

〔三七〕道真：《漢書》卷三十六《楚元王傳附劉歆傳》：「黨同門，妬道真。」顔師古注：「黨同師之學，妬道藝之真也。」《後漢書》卷三《章帝紀》：「恐先師微言將遂廢絶，非所以重稽古，求道真也。」

〔三八〕方駕連軫：方駕，并駕。《後漢書》卷二十四《馬援傳附馬防傳》：「防欲救之，臨洮道險，車騎不得方駕。防乃别使兩司馬將數百騎，分爲前後軍，去臨洮十餘里爲大營，多樹幡幟，揚言大兵旦當進。」《文選》卷二十八鮑照《代結客少年場行》：「擊鐘陳鼎食，方駕自相求。」李周翰注：「并車而相尋求也。」《校注》：「軫：車。」

〔三九〕於沼之濱：《校注》：「沼：池。」

〔四〇〕射宿餌魴：射宿，夜射棲鳥。《論語·述而》：「子釣而不綱，弋不射宿。」何晏集解引孔安國注：「弋，繳射也；宿，宿鳥。」魴，鯿魚之古稱。《詩·小雅·采緑》：「其釣維何，維魴及鱮。」《文選》卷十九束晳《補亡詩·南陔》：「淩波赴汨，噬魴捕鯉。」李善注：「《爾雅》曰：『魴，魾也。』郭璞曰：『今呼魴魚爲鯉。』」

〔四一〕前繳鷫鷞：《淮南子・原道訓》：「所謂樂者，豈必處京臺、章華，遊雲夢、沙邱，耳聽《九韶》、《六瑩》，口味煎熬芬芳，馳騁夷道，釣射鷫鷞之謂樂乎？」高誘注：「鷫鷞，鳥名。長脛，緑身，其形似鴈。」《文選》卷二張衡《西京賦》：「鳥則鷫鷞鴰鴇，駕鵝鴻鶤。」

〔四二〕青黏黄粱：《三國志》卷二十九《魏志・華佗傳》：「廣陵吴普、彭城樊阿皆從佗學。……阿從佗求可服食益於人者，佗授以漆葉青黏散。漆葉屑一升，青黏屑十四兩，以是爲率，言久服去三蟲，利五藏，輕體，使人頭不白。阿從其言，壽百餘歲。漆葉處所而有，青黏生於豐、沛、彭城及朝歌云。」黄粱，即黄小米。《楚辭》宋玉《招魂》：「稻粢穱麥，挐黄粱些。」洪興祖補注引《本草》：「黄粱出蜀、漢，商、浙間亦種之，香美逾於諸粱，號爲竹根黄。」

〔四三〕臛鼈胾羹：《彙注》：「臛，肉羹也。曹植《七啓》曰：『臛江東之潛鼉。』」《校注》：「臛：肉羹。胾：大塊的肉。」

〔四四〕臑狏柘漿：柘漿，甘蔗汁。《楚辭》宋玉《招魂》：「臑鼈炮羔，有柘漿些。」王逸章句：「柘，諸蔗也。」《漢書》卷二十二《禮樂志》：「泰尊柘漿析朝酲。」顔師古注：「應劭曰：『柘漿，取甘柘汁以爲飲也。酲，病酒也。析，解也。言柘漿可以解朝酲也。』」《校注》：「臑狏：蒸猪肉。肉爛爲臑。」

〔四五〕窮嬉極娱：《文選》卷二張衡《西京賦》：「爾乃逞志，究欲窮身極娱。」《晉書》卷四十三《王衍傳》：「時王敦、謝鯤、庾敳、阮脩皆爲衍所親善，號爲『四友』，而亦與澄狎。又有光逸、胡毋輔之等亦豫焉。酣讌縱誕，窮懽極娱。」

〔四六〕超然左覽蒼梧：超然，高遠貌。《漢書》卷一百上《敘傳上》載班彪《王命論》：「超然遠覽，淵然深識。」《山海經・海内經》：「南方蒼梧之丘，蒼梧之淵，其中有九嶷山，舜之所葬。在長沙零陵界中。」郭璞注：「山今在零陵營道縣南，其山九谿皆相似，故云九疑。古者總名其地爲蒼梧也。」

〔四七〕右睨鄧林：《山海經・海外北經》：「夸父與日逐走，入日，渴，欲得飲，飲於河渭。河渭不足，北飲大澤，未至，道渴而死。棄其杖，化爲鄧林。」阮籍《詠懷・夸談快憤懣》：「夸談快憤懣，情慵發煩心。西北登不周，東南望鄧林。」《校注》：「清人畢沅以爲鄧林即桃林，在楚之北。」

〔四八〕崩石梧岸：《校注》：「梧：支撑。」

〔四九〕崱屴藏陰：《文選》卷十一王文考《魯靈光殿賦》「崱屴嵫釐」李善注：「皆峻嶮之貌。」李周翰注：「高大參差不齊貌。」《校注》：「崱屴：高聳貌。」

〔五〇〕丹壁四平：本集《遊黄蘗山》：「禽鳴丹壁上，猨嘯青崖間。」

〔五一〕靈木夾道：張衡《冢賦》：「曲折相連，迤靡相屬，乃樹靈木，靈木戎戎，繁霜峩峩。」《藝文類聚》卷六十九引王粲《靈壽杖頌》曰：「兹杖靈木，以介眉壽，奇幹貞正，不待矯糅。據斯直杖，杖之爰茂。」《玉臺新詠》卷一《古樂府詩・隴西行》：「天上何所有，歷歷種白榆。桂樹夾道生，青龍對道隅。鳳凰鳴啾啾，一母將九雛。顧視世間人，爲樂甚獨殊。」《文選》卷二十三劉楨《贈徐幹》：「步出北寺門，遥望西苑園。細柳夾道生，方塘含清源。」

〔五二〕神草列生：神草，仙草。《海内十洲記·聚窟洲》：「其北海外又有鍾山，在北海之子地，隔弱水之北一萬九千里，高一萬三千里，上方七千里，周旋三萬里，自生玉芝及神草四十餘種。」《文選》卷二張衡《西京賦》：「浸石菌於重涯，濯靈芝以朱柯。」薛綜注：「石菌、靈芝，皆海中神山所有神草名，仙之所食者。」蔡邕《胡栗賦》：「樹遐方之嘉木兮，於靈宇之前庭。通二門以征行兮，夾堦除而列生。」

〔五三〕俯瞰太一：《文選》卷十八嵇康《琴賦》：「邪睨崑崙，俯瞰海湄。」吕向注：「瞰，下見也。」《校注》：「太一：星名，亦作『太乙』。在紫微宫閶門中。」

〔五四〕下視流星：《文選》卷十一王延壽《魯靈光殿賦》：「中坐垂景，俯視流星。」同上書卷三十四曹植《七啓》：「華閣緣雲，飛陛陵虚。俯視流星，仰觀八隅。」以上二句《校注》云：「此二句與《從冠軍建平王登廬山香爐峰》『中坐瞰蜿虹，俯伏視流星』意同。」

〔五五〕既投冠而棄劍：王嘉《拾遺記》卷一：「軒轅出自有熊之國……厭世於昆臺之上，留其冠、劍，佩舄焉。昆臺者，鼎湖之極峻處也。立舘於其下，帝乘雲龍而遊殊鄉絶域，至今望而祭焉。」《文選》卷二十六陶淵明《辛丑歲七月赴假還江陵夜行塗口》：「商歌非吾事，依依在耦耕。投冠旋舊墟，不爲好爵縈。養真衡茅下，庶以善自名。」《校注》：「投冠、棄劍：謂棄世不仕。」

〔五六〕抏魄而盪靈：《校注》：「抏魄盪靈：靈魂振盪。謂心情因嚮往而激動。」

〔五七〕稱詩而歸：《文選》卷十九宋玉《登徒子好色賦》：「此郊之姝，華色含光，體美容冶，不待飾裝。臣觀其麗者，因稱詩曰：『遵大路兮攬子袪。』」同上書卷五十八顔延之《宋文皇帝元皇后哀策文》：「率禮蹈和，稱詩納順。」《校注》：「稱詩：誦詩。」

〔五八〕春陽始映：枚乘《梁王兔園賦》：「逮及春郊，採桑之婦，袿裼錯紆，連袖方路，芳温往來，便娟盼顧。已而歌曰：『春陽生兮萋萋，不才子兮心哀，見佳容兮不能歸。桑萎蠶飢，悵望奈何！』」《藝文類聚》卷三十二引《古詩》：「蘭若生春陽，涉冬猶盛滋。願言追昔愛，情款感四時。美人在雲端，天路隔無期。」同上書卷九十引魏王粲《詩》：「我尚假羽翼，飛睹爾形身。願及春陽會，交頸遘殷勤。」

〔五九〕朱華未希：《校注》：「希：同『稀』。」

〔六〇〕邯鄲之女：《文選》卷六左思《魏都賦》：『邯鄲躧步，趙之鳴瑟。』」張銑注：「邯鄲，趙地，亦多美女，善行步，皆妙鼓瑟。」鮑照《代白紵曲二首》之一：「朱唇動，素袖舉，洛陽少童邯鄲女。古稱緑水今白紵，催絃急管爲君舞。」《校注》：「邯鄲之女：指美女。」

〔六一〕蕙色玉質：《太平御覽》卷五百七十四引王嘉《拾遺記》：「燕昭王即位二年，廣延國來獻善舞者二人，一名旋娟，一名提嫫，并玉質凝膚，體輕氣馥，綽婉妙絶，曠古無倫。」

〔六二〕攢連映日：《校注》：「攢連：簇擁連接。」

〔六三〕綺裳下見：《詩·邶風·緑衣》：「緑兮衣兮，緑衣黄裳。」毛傳：「上曰衣，下曰裳。」《文選》卷二十八陸機《門有車馬客行》：「投袂赴門塗，攬衣不及裳。」

〔六四〕錦衣上出：《詩·秦風·終南》：「君子至止，錦衣狐裘。」毛傳：「錦衣，采色也。」孔穎達疏：「錦者，雜采爲文，故云采衣也。」

〔六五〕雖復守禮：《文選》卷十九《登徒子好色賦》：「目欲其顔，心顧其義，揚詩守禮，終不過差，故足稱也。」李周翰注：「雖以微詞精神相感而已，執義守禮，終不差失。」《校注》：「守禮：遵守禮儀，没有過分的舉動。」

〔六六〕令人意失：《抱朴子》外篇卷三：「志得則顔怡，意失則容戚，本朽則末枯，源淺則流竭。」

〔六七〕碧玉作椀：《晉書》卷五十八《周訪傳》：「敦手書譬釋，并遺玉環、玉椀，以申厚意。」鮑照《答休上人》：「酒出野田稻，菊生高岡草，味貌復何奇，能令君傾倒。玉椀徒自羞，爲君愧此秋，金蓋覆牙柈，何爲心獨愁？」《校注》：「椀，同『碗』。」

〔六八〕雙鸞：嵇康《贈秀才入軍十九首》之十九：『雙鸞匿景曜，戢翼太山崖。抗首漱朝露，晞陽振羽儀。』」《文選》卷二十五傅咸《贈何劭王濟》：「吾兄既鳳翔，王子亦龍飛。雙鸞游蘭渚，二離揚清暉。」

〔六九〕錦衾：《校注》：「《詩·唐風·葛生》：『角枕粲兮，錦衾爛兮。予美亡此，誰與獨旦。』詩序云:『《葛生》,刺晉獻公也,好攻戰,則國人多喪矣。』此句含詩序之意。當以諷建平王『欲羽檄徵天下兵』(《自序》)。」

〔七〇〕黃泉應至:《管子·小匡》:「應公之賜,殺之黃泉,死且不朽。」《漢書》卷六十三《武五王·廣陵厲王胥傳》:「黃泉下兮幽深,人生要死,何爲苦心。」《後漢書》卷六十七《黨錮·范滂傳》:「滂從龍舒君歸黃泉,存亡各得其所。惟大人割不可忍之恩,勿增感戚。」《校注》:「此句謂其貪欲難禁,死不省悟。」

〔七一〕見上客兮心歷亂:上客,貴客。《禮記·曲禮上》:「食至起,上客起。」《戰國策·秦策五》:「平原津令郭遺勞而問:『秦兵下趙,上客從趙來,趙事何如?』」姚宏注:「上客,尊客。」歷亂,淩亂。鮑照《擬行路難十八首》之九:「剉蘗染黄絲,黄絲歷亂不可治。」《樂府詩集》卷四十六《清商曲辭·讀曲歌》:「紅藍與芙蓉,我色與歡敵。莫案石榴花,歷亂聽儂摘。」

〔七二〕中人:《史記》卷一百二十五《佞倖·李延年列傳》:「久之,寖與中人亂,出入驕恣。」《校注》:「中人:宫女。」

〔七三〕躞蹀:《玉臺新詠》卷一《古樂府·皚如山上雪》:「皚如山上雪,皎若雲間月,聞君有兩意,故來相決絶。今日斗酒會,明旦溝水頭,躞蹀御溝上,溝水東西流。淒淒復淒淒,嫁娶不須啼,願得一心人,白頭不相離。」鮑照《擬行路難十八首》之六:「對案不能食,拔劍擊柱長歎息。丈夫生世會幾時，安能蹀躞垂羽翼？」《古今韻會舉要[illegible]貌。」《校注》：「躞蹀：小步行走貌。枚乘《梁王免園賦》：『於是婦[illegible]陽生兮萋萋，不才子兮心哀。見佳容兮不能歸，桑萎蠶饑，悵望奈何！』以上四句本此，謂因悲傷而無心采桑養蠶。」

江文通集校注

〔南朝梁〕江淹 著
丁福林 楊勝朋 校注

二

上海古籍出版社

江文通集校注卷三

侍始安王石頭

【題解】

詩題之「始安王」，聞人倓《古詩箋》以爲指宋文帝子休仁，吴譜及曹道衡《年代考》皆以爲指孝武帝之子劉子真。今考《宋書》卷七十二《文九王·始安王休仁傳》，休仁爲文帝第十二子，年十歲被立爲建安王，其爲始安縣王乃泰始六年（四七〇）爲明帝賜死後所降封，且其一生亦未嘗有戍石頭事，而江淹又無爲其僚屬之事可考，聞人倓説非是。據《宋書》卷八十《孝武十四王·始安王子真傳》，子真爲孝武帝第十一子，大明五年，年五歲，封始安王。七年，爲輔國將軍、平越中郎將、廣州刺史，未之鎮。又遷征虜將軍、南彭城太守，領石頭戍事。加之江淹又曾侍子真讀書，關係頗近，則此始安王乃指子真無疑。俞譜云：「案《宋書》卷八十《始安王子真傳》云：『（子真）遷征虜將軍、南彭城太守，領石頭戍事。』事在大明七年至景和元年間。又同書《始平王子鸞傳》：『前廢帝即位，解中書令、領司徒，加持節之鎮。』時在大明八年七月乙丑（二十八日），見《宋書》卷七《前廢帝紀》。故可據以推知，新安王出鎮南徐州，江淹旋即入始安王府。」所説是也。

據《宋書》卷七《前廢帝紀》及卷八十《孝武十四王傳》，始安王子真大明七年爲南彭城太守，領石頭戍事；景和元年，爲丹陽尹；其年九月庚子（初十日）由丹陽尹改任南兖州刺史。是子真離石頭戍事在大明八年八月癸酉（月之十三日）改元景和之日起至九月庚子之間。即江淹此詩當作於大明七年七月之後，八年九月之前。吴譜及曹道衡《年代考》以爲乃大明七年作。今考之此詩有「暮情鬱無已，流望在川陽」等語，皆憂鬱傷感之辭，而大明七年乃詩人弱冠始仕之時，出入諸王幕府，或不至有此，是詩作於大明七年之説頗爲可疑。今考之此詩云：「何如塞北陰，雲鴻盡來翔。」證之以陶淵明《九日閒居》：「往燕無遺影，來雁有餘聲。」是此詩又必大明八年（四六四）季秋作。

緒官承盛世〔一〕，逢恩侍英王〔二〕。結劍從深景〔三〕，撫袖逐曾光〔四〕。暮情鬱無已，流望在川陽〔五〕。平原忽超遠〔六〕，參差見南湘〔七〕。何如塞北陰〔八〕，雲鴻盡來翔〔九〕。擘鏡照愁色〔一〇〕，從坐引憂方①〔一一〕。山中如未夕，無使桂葉傷〔一二〕。

【校記】

①「從坐引憂方」張本作「徙坐隱憂方」。

【箋注】

〔一〕「緒官」句：緒官，猶末官。《廣雅》卷一《釋詁》：「緒，末也。」盛世，《後漢書》卷五十二《崔駰傳》：「何天衢於盛世兮，超千載而垂績。」

〔二〕「逢恩」句：英王，對藩王的美稱，南朝梁吴均《八公山賦》：「維英王兮好僊，會八公兮小山。」

〔三〕「結劍」句：結劍，猶佩劍。《楚辭·九歌·山鬼》：「乘赤豹兮從文貍，辛夷車兮結桂旗。」洪興祖補注：「以辛夷香木爲車，結桂枝以爲旌旗也。」《集韻》卷九：「結，繫也。」深景，與下句之曾光，皆喻始安王子真。《文選》卷一班固《東都賦》：「嶽脩貢兮川效珍，吐金景兮歊浮雲。」吕延濟注：「景，光也。」

〔四〕「撫袖」句：《彙注》：「曾光，曾泉之光也。《淮南子》曰：『臨於曾泉，是謂早食。』喻始安王之年少也。」《校注》：「撫袖：整理衣袖。見尊長時表示禮敬的動作。深景、曾光：喻始安王，形容其地位顯赫榮耀。景，光。曾，通『層』。」按以上以《校注》爲是。曾光，猶重光，《文選》卷四十八班固《典引》：「然後宣二祖之重光，襲四宗之緝熙。」《楚辭·九章·橘頌》：「曾枝剡棘，圓果摶兮。」洪興祖補注：「曾，重也。」

〔五〕「暮情」二句：暮情，晚年的情懷。《南齊書》卷五十四《高逸·劉虯傳》：「虯四節卧病，三時營灌，暢餘陰於山澤，託暮情於魚鳥。」流望，猶遊目，縱目遠望。《楚辭·離騷》：「忽反顧以遊目兮，將往觀乎四方。」川陽，水北爲陽，石頭城在秦淮河之北，故云。陸雲《爲顧彦先贈婦四首》之一：「我在三川陽，子居五湖陰。」

〔六〕「平原」句：超遠，遥遠。《楚辭·九歌·國殤》：「出不入兮往不反，平原忽兮路超遠。」王逸章句：「言身棄平原山野之中，去家道甚遠也。」

〔七〕「參差」句：《校注》：「參差：仿佛。南湘：今湖南南部地區，相傳舜葬於蒼梧之野，即在此。按宋孝武帝在這一年五月死去，七月葬丹陽秣陵縣，以上二句似隱寓此事。」《文選》卷十九曹植《洛神賦》：「從南湘之二妃，攜漢濱之遊女。」

〔八〕「何如」句：何如，何以。晉葛洪《抱朴子·逸民》：「子謂吕尚何如周公乎？」塞北，指長城以北，亦泛指我國北邊地區。《後漢書》卷四十五《袁安傳》：「北單于爲耿夔所破，遁走烏孫，塞北地空，餘部不知所屬。」《校注》：「陰：陰氣。」

〔九〕「雲鴻」句：《校注》：「雲鴻：高飛入雲的鴻雁。《吕氏春秋·仲秋》：『仲秋之月，候雁來。』注：『是月候時之雁從北漠中來。』盡來翔：謂陰冷之氣盡隨南飛的鴻雁而來。此隱指出現可怖的政治氣候。」

〔一〇〕「擥鏡」句：擥鏡，即攬鏡。《晉書》卷四十三《王戎傳附王衍傳》：「在車中攬鏡自照，謂導曰：『爾看吾目光，乃在牛背上矣。』」愁色，《三國志》卷二十《魏志·武文世王公·鄧哀王沖傳》：「沖於是以刀穿單衣，如鼠齧者，謬爲失意，貌有愁色。」《校注》：「本集《傷友人賦》：『攬千品之消散，鏡百侯之衰替。』含有引形勢而鑒之意。」

〔二〕「從坐」句：憂方，《文選》卷二十七魏文帝《善哉行》：「憂來無方，人莫之知。」李善注：「言高山之有崖，林木之有枝，愚智同知之。今憂來乃無定方，而人皆莫能知之。」

〔三〕「山中」二句：《校注》：「淮南小山《招隱士》：『攀援桂枝兮聊淹留，虎豹鬥兮熊羆咆，禽獸駭兮亡其曹。王孫兮歸來，山中兮不可以久留。』以上二句化用其意，希望始安王及早擺脱險惡的處境，避免遭受傷害。」

【集説】

清陳祚明《采菽堂古詩選》卷二十四：淡逸有情。

從征虜始安王道中

【題解】

考詩題之「始安王」，亦指始安王子真。據《宋書》卷八十《孝武十四王傳》，子真大明五年爲輔國將軍、始興太守，時江淹尚未入其幕，且與詩題之「征虜」亦不合；大明七年爲征虜將軍、南彭城太守，景和元年八九月間爲征虜將軍、丹陽尹，與此詩之「去國」及北向寒涼之義亦不合，是此詩必前廢帝景和元年（四六五）隨子真離京赴南兖州之廣陵途中作。此詩之「結軒首涼野，驅馬傃寒城」二句，《廣韻》卷四：「傃，向也。」今考，「傃」、「首」一義，《漢書》卷六十二《司馬遷傳》之

《報任安書》：「張空弮，冒白刃，北首争死敵。」顔師古注：「首，向也。」是二句乃謂結軒驅馬而赴寒涼之地。詩又云：「容裔還鄉櫂，逶迤去國旌。」乃述眼前景，謂彼有容裔還鄉者，而我則逶迤而去國矣。子真遷征虜將軍、南兖州刺史在景和元年九月，時值深秋，故詩有「首涼野」、「傃寒城」之説，又有「喬松日夜竦，紅霞旦夕生」之語也。南兖州治廣陵（今江蘇揚州），由建康之廣陵沿途多山，故詩又有「山氣直百里，山色與雲平」之句。時前廢帝誅殺無度，諸王及羣臣多有性命之憂，故詩末又云：「仰願光威遠，歲晏返柴荆。」冀其值此暴虐之世而得以生返家園。是詩乃景和元年隨子真之南兖州途中所作必矣。又考子真受命刺南兖州在是年九月庚子，爲初十日，受命後略作交割，當有數日之間隔。而新安王子鸞被前廢帝賜死乃在是月辛丑，爲月之十一日，故江淹隨子真赴南兖州之廣陵又於子鸞被賜死之後。而吴譜繫詩於大明七年，誤。

秉笏從帷幕〔一〕，仄身豫休明〔二〕。君子未獲晏①，小人亦自營〔三〕。結軒首涼野〔四〕，驅馬傃寒城〔五〕。容裔還鄉櫂，逶迤去國旌〔六〕。山氣直百里②〔七〕，山色與雲平〔八〕。喬松日夜竦，紅霞旦夕生〔九〕。徒慚恩厚概③〔一〇〕，空抱春施名〔一一〕。仰願光威遠〔一二〕，歲晏返柴荆〔一三〕。

【校記】

①「晏」張本作「宴」。

②「直」張本作「亘」。

③「厚」張本作「原」。

【箋注】

〔一〕「秉笏」句：秉笏，猶持笏。笏，古代臣子朝見君主時所執狹長之板，以玉、象牙、竹木等製成，亦稱手板。《禮記·玉藻》：「凡有指畫於君前，用笏；造受命於君前，則書於笏。」《通典》卷二十一《職官典》：「侍中……獻帝即位，初置六人，贊法駕則正直一人，負璽陪乘，殿内門下衆事皆掌之。後選侍中，皆舊儒高德，學識淵懿，仰瞻俯視，切問近對，喻旨公卿，上殿稱制，秉笏陪見。」帷幕，帳幕、帷幔。《管子·問》：「甲兵、兵車、旌旗、鼓鐃、帷幕、帥車之載幾何乘？」

〔二〕「仄身」句：仄身，即側身，表示恭敬。仄，傾斜，偏斜。《説文解字》卷八上：「傾，仄也。」豫，參與。《晉書》卷六十八《賀循傳》：「是時州内豪傑皆見維縶，或有老疾，就加秩命，惟循與吴郡朱誕不豫其事。」休明，《左傳·宣公三年》：「商紂暴虐，鼎遷於周，德之休明，雖小，重也。」《校注》：「休明：美好而清明，謂始安王。」

〔三〕「君子」二句：君子，泛指才德出衆之人。班固《白虎通義·號》：「或稱君子何？道德之稱也。君之爲言羣也；子者，丈夫之通稱也。」晏，通「宴」。《廣韻》卷三：「宴，安也。」小人，平民百姓。《漢書》卷五十六《董仲舒傳》：「《易》曰：『負且乘，致寇至。』乘車者君子之位也，負擔者小人之事也。此言居君子之位而爲庶人之行者，其禍患必至也。」《説文解字》卷九上：「自營爲厶（私）。」按《文選》卷二十四曹植《贈徐幹》：「志士營世業，小人亦不閑。」李周翰注：「志士，君子也。言小人各有所爲。」此二句化用其意。

〔四〕「結軒」句：《校注》：「結軒，猶駕車。」《史記》卷九十二《淮陰侯列傳》：「北首燕路，而後遣辯士奉咫尺之書，暴其所長於燕，燕必不敢不聽從。」張守節正義：「首，音狩，向也。」《文選》卷二十八陸機《苦寒行》：「北遊幽朔城，涼野多險難。」

〔五〕「驅馬」句：《廣韻》卷四：「傃，向也。」《文選》卷三十謝朓《郡内登望》：「寒城一以眺，平楚正蒼然。」吕延濟注：「秋氣寒而登城上，故云寒城也。」

〔六〕「容裔」二句：容裔，隨風飄動貌。《文選》卷三張衡《東京賦》：「建辰旒之太常，紛焱悠以容裔。」薛綜注：「容裔，高低之貌。」吕向注：「容裔，從風轉薄貌。」櫂，船槳，代指船。逶迤，舒展自如貌。《楚辭・遠遊》：「駕八龍之婉婉兮，載雲旗之逶蛇。」王夫之通釋：「逶蛇，音威夷，曲折自如貌。」《漢書》卷二十二《禮樂志》：「票然逝，旗逶蛇。」顔師古注：「逶蛇，旗貌也。」按此二句《校注》云：「鄉國，指江淹故鄉都邑京口（今江蘇鎮江市）。此次始安王赴廣陵，由建康沿長江水路而經京口，再渡江北上，故云『還鄉櫂』、『去國旍』。」

〔七〕「山氣」句：《文選》卷三十三劉安《招隱士》：「山氣巃嵸兮石嵯峨，谿谷嶄巖兮水曾波。」卷三十陶淵明《雜詩二首》之一：「采菊東籬下，悠然望南山。山氣日夕佳，飛鳥相與還。」《校注》：「直，徑直，一直。」

〔八〕與雲平：鮑照《擬古八首》之八：「蜀漢多奇山，仰望與雲平。」《藝文類聚》卷五十九引齊虞羲《霍將軍北伐詩》：「擁旄爲漢將，汗馬出長城，長城地勢險，萬里與雲平。」

〔九〕「喬松」二句：喬松，高大的松樹。《詩·鄭風·山有扶蘇》：「山有喬松，隰有遊龍。」鄭箋：「松木雖生高山，而柯條枯槁；龍草雖生於下隰，而枝葉放縱。喻忽之養臣，君子在於上位，則不加恩澤；小人在於下位，則禄賜豐厚。言忽養臣，顛倒失其所也。」《後漢書》卷六十上《馬融傳上》載馬融《廣成頌》：「陵喬松，履脩樠；踔攳枝，杪標端；尾蒼蜼，掎玄猨；木産盡，寓屬單。」竦，高聳。謝靈運《發歸瀨三瀑布望兩溪》：「積石竦兩溪，飛泉倒三山。」紅霞，丹霞。本集《哀千里賦》：「山則異嶺奇峰，横嶼帶江；雜樹億尺，紅霞萬重。」旦夕，日夜。劉向《列女傳·鄒孟軻母》：「孟子懼，旦夕勤學不息。」按此二句《校注》云：「曹丕有《丹霞蔽日行》，朱嘉征曰：『丹霞蔽日，刺主鑒失也。』以上二句寫景兼含朝廷失明，使始安王外任之意。」

〔一〇〕恩厚概：概，謂量穀物時刮平斗斛之器具。《禮記·月令》：「仲春之月……角斗甬，正權概。」鄭箋：「概，平斗斛者。」《校注》：「謂恩情深厚，超過限量。」

〔一一〕春施名：《校注》：「指朝廷所賞賜的榮譽。據《禮記·月令》，古代帝王常在立春之日『行慶施惠』以表彰有功的臣民。」按《禮記·月令》：「孟春之月……命相布德和令，行慶施惠，下及兆民。」《後漢書》卷八十下《文苑下·邊讓傳》：「惠風春施，神武電斷，華夏肅清，五服攸亂。」李賢注：「謂靈王承先世仁惠之風，如春普施；神武威稜，如電雷之斷決也。」

〔一二〕「仰願」句：《魏書》卷十九中《景穆十二王·任城王雲傳》：「李沖曰：『任城王可謂忠於社稷，願陛下深察其言。臣等在外，皆憚征行，唯貴與賤，不謀同辭，仰願聖心裁其可否。』」《校注》：「光威：榮耀威嚴，指始安王。遠：久遠。」

〔一三〕「歲晏」句：《楚辭·九歌·山鬼》：「歲既晏兮孰華予。」王逸章句：「晏，晚也。」《文選》卷二十六謝靈運《初去郡》：「恭承古人意，促裝反柴荆。」劉良注：「柴荆，謂柴門，荆扉也。」《校注》：「返柴荆，謂辭官回家。」

貽袁常侍

【題解】

詩題之「袁常侍」，指詩人之友袁炳。詩云：「昔我别楚水，秋月麗秋天。今君客吴坂，春色縹春泉。」云「别楚水」者，蓋指泰始四年（四六八）秋與袁炳於湘州作别也。詩人於泰始五年秋曾作《報袁叔明書》一篇，其云「僕知之矣，高皋爲别，執手未期」可以爲證。詩又云：「憂怨生碧草，沅湘含翠煙。」則必作於湘州者，當在泰始六年隨景素之湘州後。而泰始七年春末，江淹已隨景素之荆州，是此詩必泰始六年（四七〇）春所作。是歲春，江淹復至湘，而袁炳已之吴，故詩乃有

「今君客吴坂」之語耳。俞譜以爲詩作於荆州，乃與詩之「沅湘含翠煙」者不合，恐非是。

昔我别楚水〔一〕，秋月麗秋天。今君客吴坂〔二〕，春色縹春泉①〔三〕。憂怨生碧草②〔四〕，沅湘含翠煙〔五〕。鑠鑠霧上景③〔六〕，懵懵雲外山〔七〕。涉江竟何望？留滯空採蓮〔八〕。駐情光氣下〔九〕，凝怨琴瑟前〔一〇〕。珠貝性明潤〔一一〕，蘭玉好芳堅〔一二〕。不以宿昔岨，懷愧期暮年〔一三〕。

【校記】

①「色縹」《藝文類聚》卷二十九、《文苑英華》卷二百四十七作「日媚」，張本、《古詩紀》卷八十五注：「一作『日媚』。」

②「憂怨」張本、《藝文類聚》、《文苑英華》、《古詩紀》作「幽冀」。

③「霧」張本、《藝文類聚》、《文苑英華》、《古詩紀》作「霞」。

【箋注】

〔一〕「昔我」句：楚水，泛指古楚地的江河湖澤。别楚水，指泰始四年（四六八）秋與袁炳於湘州之别。

〔二〕「今君」句：君，指袁炳。吴坂，《校注》云：「吴坂，此指吴郡。」所説是也。然《校注》以《文選》卷二十五劉琨《答盧諶詩序》：「昔騄驥倚輈於吴坂，長鳴於良、樂，知與不知也。」李善注引《古今地名》：「寘零坂在吴城之北，今謂之吴坂。」釋此詩之吴坂，則恐有誤解。蓋劉琨詩之吴坂，乃指《續漢書・郡國志一》河東郡大陽縣之吴坂，地在今山西平陸境内也。此詩之吴坂，乃指吴地之坂。坂，斜坡，山坡。漢王褒《九懷・株昭》：「驥垂兩耳兮，中阪蹉跎；蹇驢服駕兮，無用日多。」《集韻》卷五：「《説文》：『坡者曰坂。』『一曰澤障，一曰山脅也。』」

〔三〕「春色」句：《文選》卷三十謝朓《和徐都曹》：「宛洛佳遨遊，春色滿皇州。」《藝文類聚》卷八引梁沈約《泛永康江詩》：「長枝萌紫葉，清源泛緑苔。山光浮水至，春色犯寒來。」縹，淡青色，青白色。《急就篇》卷二：「縹綟緑紈皁紫硟。」顔師古注：「縹，青白色也。」春泉，《藝文類聚》卷八引晉庾闡《觀石鼓詩》：「手澡春泉潔，目翫陽葩鮮。」《校注》：「縹春泉，把泉水染成淡青色。」

〔四〕「憂怨」句：《後漢書》卷七十八《宦者・吕强傳》：「昔楚女悲愁，則西宫致災，況終年積聚，豈無憂怨乎？」鮑令暉《代葛沙門妻郭小玉詩二首》之一：「明月何皎皎，垂幌照羅茵。若共相思夜，知同憂怨晨。」本集《外兵舅夜集》：「丹林一葉舊，碧草從此空。」《太平御覽》卷一百八十九引《洞冥記》：「去玉門九萬里，有碧草如麥，剉之以釀，則味如酒，面臉著之，則顔如醉。」

〔五〕「沅湘」句：沅湘，沅水與湘水之合稱。詩人屈原遭放逐後，曾長期流浪沅湘之間。《楚辭・離騷》：「濟沅湘以南征兮，就重華而陳詞。」漢劉向《九歎・遠遊》：「見南郢之流風兮，殞余躬於沅湘。」本集《齊太祖高皇帝誄》：「素月夜横，翠煙曉結。」按翠煙即青煙，《玉臺新詠》卷一《古詩八首》之六：「朱火然其中，青煙颺其間。從風入君懷，四坐莫不歎。」

〔六〕「鑠鑠」句：鑠鑠，光芒閃耀貌。《三國志》卷四十二《蜀志・郤正傳》：「赫赫龍章，鑠鑠車服。」《文選》卷十一何晏《景福殿賦》：「故其華表，則鎬鎬鑠鑠，赫奕章灼，若日月之麗天也。」李善注：「鎬鎬鑠鑠，赫奕章灼，皆謂光顯昭明也。」景，日光。《後漢書》卷四十下《班固傳》：「嶽修貢兮川效珍，吐金景兮歊浮雲。」顔師古注：「景，光也。」

〔七〕「懵懵」句：懵懵，模糊不清貌。《周禮・眡祲》：「六曰懵。」賈公彦疏：「瞢，日月瞢瞢無光也。」雲外，《文選》卷二十二王康琚《反招隱詩》：「放神青雲外，絶迹窮山裏。」

〔八〕「涉江」二句：留滯，停留、羈留。《史記》卷一百三十《太史公自序》：「是歲天子始建漢家之封，而太史公留滯周南，不得與從事，故發憤且卒。」《楚辭》東方朔《七諫・怨世》：「年既已過太半兮，然輡軻而留滯。」王逸章句：「言己年已過五十，而輡軻沈滯，卒無所逢遇也。」《文選》卷三十三宋玉《招魂》：「涉江采菱，發揚荷些。美人既醉，朱顔酡些。」《校注》：「《古詩十九首》其六：『涉江采芙蓉，蘭澤多芳草。采之欲遺誰，所思在遠道。』以上二句隱含其意。」

〔九〕「駐情」句：　駐情，即留情。《廣韻》卷四：「駐，止馬。」《晉書》卷五十一《皇甫謐傳論》：「皇甫謐素履幽貞，閑居養疾，留情筆削，敦悦丘墳。」《藝文類聚》卷四引宋謝惠連《七夕詠牛女詩》：「留情顧華寢，遥心逐奔龍。」光氣，光輝、光彩。陶淵明《讀山海經》之三：「迢遞槐江嶺，是謂玄圃丘。西南望崑墟，光氣難與儔。」

〔一〇〕「凝怨」句：　凝怨，猶積怨，積聚愁怨。《史記》卷一百二十一《儒林列傳序》：「陳涉起匹夫，驅瓦合適戍，旬月以王楚，不滿半歲竟滅亡，其事至微淺，然而縉紳先生之徒負孔子禮器往委質爲臣者，何也？以秦焚其業，積怨而發憤於陳王也。」凝，積聚。顏延之《還至梁城作》：「故國多喬木，空城凝寒雲。」《校注》：「曹植《王仲宣誄》：『吾與夫子，義貫丹青，好和琴瑟，分過友生。』此既實寫，又喻情意相合的袁炳。」

〔一一〕「珠貝」句：　珠貝，産珠之貝，泛指珍珠寶貝。《管子・侈靡》：「若江湖之大也，求珠貝者不舍也。」明潤，明亮潤澤。劉勰《文心雕龍・雜文》：「揚雄覃思文閣，業深綜述，碎文璅語，肇爲《連珠》，其辭雖小而明潤矣。」《淮南子・説山》：「故玉在山而草木潤，淵生珠而岸不枯。」高誘注：「玉，陽中之陰也，故能潤澤草木。珠，陰中之陽也，有光明，故岸不枯。」

〔一二〕「蘭玉」句：　蘭玉，蘭草和美玉。《淮南子・説林》：「石生而堅，蘭生而芳，少自其質，長而愈明。」芳堅，《藝文類聚》卷五十引晉潘尼《益州刺史楊恭侯碑》：「君乾靈之醇德，挺高世之殊量，稟天然不渝之操，體蘭石芳堅之質。」《校注》：「芳堅：　美好而堅强，皆喻品性、操守。」

〔一三〕「不以」二句：宿昔，猶旦夕、早晚，喻時間短。曹丕《於清河見挽船士新婚與妻別》詩：「與君結新婚，宿昔當別離。」鮑照《擬古八首》之七：「聞君上隴時，東望久歎息。宿昔改衣帶，朝旦異容色。」岨，同「阻」，《集韻》：「險也」。陶淵明《勸農》：「顧爾儔列，能不懷愧。」曹操《步出夏門行·龜雖壽》：「老驥伏櫪，志在千里。烈士暮年，壯心不已。」鮑照《代白紵舞歌詞四首》之四：「恩厚德深委如山，潔誠洗志期暮年。」《校注》：「以上二句意謂：不因一時受阻而改變自己美好的本性，致使抱恨終身。」

【集説】

明謝榛《四溟詩話》卷四：江淹《貽袁常侍》詩曰：「昔我別楚水，秋月麗秋天。今君客吴阪，春日媚春泉。」子美《哭蘇少監》詩曰：「得罪台州去，時違棄碩儒。移官蓬萊後，穀貴殁潛夫。」此皆隔句對，亦謂之「扇對格」。然祖於《采薇》詩：「昔我往矣，楊柳依依。今我來思，雨雪霏霏。」予《贈紀丞》詩曰：「謝莊曾投簡，月白見秋毫。崔立能吟句，松寒起夜濤。」僭附於名篇之末，亦見余一體耳。

明許學夷《詩源辨體》卷八：「玉柱空掩露，金樽坐含霜」，「昔我别楚水，秋月麗秋天，今君客吴阪，春色縹春泉」，「愁生白露日，怨起秋風年」，「松氣鑑青藹，霞光鑠丹英」，「絳氣下縈薄，白雲上窈冥」，「電至煙流綺，水緑桂含丹」，「涼靄飄虛坐，清香蕩空琴」等句，似皆仲偉成就於謝朓者也。

就謝主簿宿

【題解】

詩題之「謝主簿」，曹道衡《年代考》以爲與詩人《應謝主簿騷體》之「謝主簿」爲同一人，且以爲二詩乃泰始三四年間一時之作。其論此詩云：「『謝主簿』當爲謝超宗。《南齊書・謝超宗傳》載，超宗於泰始三年『遷司徒主簿，丹陽丞』。又云：『建安王休仁引爲司徒記室，正員郎，兼御史左丞中郎。』（福林按：「御史」，《南齊書》原文作「尚書」，《年代考》引文有筆誤）我懷疑謝超宗任主簿的時間不會太久。因爲『司徒』指建安王休仁，他卒於泰始六年。而謝超宗任司徒主簿以後，又得到休仁提拔，升了一次官。這肯定在泰始六年以前。同時，江淹到建康的時間，只能是泰始三年回到景素幕下以後至泰始五年隨景素去湘州前這一期間。此時景素歷任南兖州刺史、丹陽尹、吴興太守諸職。其中以景素任丹陽尹，謝超宗任丹陽丞時可能性最大。（當然，廣陵、吴興去建康不遠，江淹有時到建康，寓謝超宗家，亦屬可能。）所以本詩當作於泰始三至四年。江淹和謝超宗曾在新安王子鸞幕下共過事，所以『謝主簿』爲謝超宗似無疑問。」福林按：是時陳郡謝氏與會稽謝氏曾任主簿者甚衆，《就謝主簿宿》詩中之「謝主簿」未必即謝超宗。退一步而言，即使《應謝主簿騷體》之「謝主簿」爲超宗，而此詩題之「謝主簿」亦未必爲謝超宗。又且《年代考》以爲此詩之作以「謝超宗任丹陽丞時可能性最大」，即《年代考》以爲江淹作此詩時，謝超宗已由司徒主簿而遷爲丹陽丞矣。然而，若此詩爲謝超宗任丹陽丞時所作，則詩又不得題爲「謝主簿」，而應題作「謝丞」矣，此又足見《年代考》之誤。此謝主簿者，應爲另一謝姓主簿，此詩之作年似亦未能考知。又，《校注》以爲此詩與《應謝主簿騷體》爲元徽二年（四七四）詩人任建安吴興令時一時之作，亦恐未確。

季月寒氣重〔一〕，滋蘭錯無芳〔二〕。北風漂夜色①〔三〕，河凝噐如霜〔四〕。悵哉心神晚〔五〕，燭滅此深堂〔六〕。菱衣如可贈②〔七〕，寧濕岨雲梁③〔八〕。

【校記】

①「北風」張本作「北方」。「漂」元鈔本作「縹」。

②「菱衣」張本作「芰衣」。

③「岨」元鈔本作「阻」。

【箋注】

〔一〕「季月」句：季月，每季的最後一月，即農曆的三、六、九、十二月。《漢書》卷八十七上《揚雄傳上》載揚雄《羽獵賦》：「於是玄冬季月，天地隆烈。」《北史》卷三《魏高祖孝文帝紀》：「自今選舉，每以季月，本曹與吏部銓簡。」《禮記·月令》：「季春行冬令，則寒氣時發，草木皆肅，國有大恐。」按《樂府詩集》卷二十四梁元帝《驄馬驅》：「朔方寒氣重，胡關饒苦霧。」當從此出。

〔二〕「滋蘭」句：《楚辭·離騷》：「余既滋蘭之九畹兮，又樹蕙之百畝。」朱熹集注：「滋，與栽同。」《詩·周南·漢廣》：「翹翹錯薪，言刈其楚。」毛傳：「錯，雜也。」

〔三〕「北風」句：漂，《校注》：「漂，猶吹。通『飄』。」夜色，本集《外兵舅夜集》：「煙光拂夜色，華舟蕩秋風。」

〔四〕「河凝」句：《校注》：「河凝：河水凝結成冰。」暠：潔白。《文選》卷十六潘岳《懷舊賦》：「晨風淒以激冷，夕雪暠以掩路。」李善注：「《埤蒼》曰：『暠，白也。』」

〔五〕「悵哉」句：本集《感春冰遥和謝中書二首》之二：「暮意歌上春，悵哉望佳人。」悵，惆悵。《文選》卷三十三《九歌·河伯》：「日將暮兮悵忘歸。」洪興祖補注：「此言登崑崙以望四方，無所適從，惆悵歎息而忘歸也。」心神晚，謂心神俱疲。按心神，心思精力。《莊子·在宥》：「解心釋神，莫然無魂。」

〔六〕「燭滅」句：《史記》卷一百二十六《滑稽·淳于髡列傳》：「日暮酒闌，合尊促坐，男女同席，履舄交錯，杯盤狼籍，堂上燭滅，主人留髡而送客。」深堂，内堂，屋宇深處的廳堂。《後漢書》卷四十九《仲長統傳》：「妖童美妾，填乎綺室；倡謳伎樂，列乎深堂。」

〔七〕菱衣：《文選》卷三十二屈原《離騷》：「製芰荷以爲衣兮，集芙蓉以爲裳。」李善注：「製，裁也。芰，菱也。」《校注》：「菱衣：用菱荷所做的隱士所穿的衣服。」

〔八〕「寧濕」句：岨，同「阻」。《校注》：「雲梁，山梁的高處。」

銅爵妓

【題解】

《銅爵妓》，樂府曲名，一作《銅雀臺》，《樂府詩集》卷三十一《相和歌辭·平調曲》：「《鄴都故事》曰：『魏武帝遺命諸子曰：「吾死之後，葬於鄴之西崗上，與西門豹祠相近，無藏金玉珠寶。餘香可分諸夫人，不命祭吾。妾與伎人，皆著銅雀臺，臺上施六尺牀，下繐帳，朝晡上酒脯粻糒之屬。每月朝十五，輒向帳前作伎。汝等時登臺，望吾西陵墓田。」』故陸機《弔魏武帝文》曰：『揮清絃而獨奏，薦脯糒而誰嘗？悼繐帳之冥漠，怨西陵之茫茫。登雀臺而羣悲，佇美目其何望。』按銅雀臺在鄴城，建安十五年築，其臺最高，上有屋一百二十間，連接榱棟，侵徹雲漢，鑄大銅雀置於樓顛，舒翼奮尾，勢若飛動，因名爲銅雀臺。《樂府解題》曰：『後人悲其意，而爲之詠也。』」《校注》：「本篇詠銅爵妓的寂寞痛苦，詩末數句與《去故鄉賦》『恐高臺之易晏，與螻蟻而爲塵』意趣相同，既含自歎，又婉而有諷，大約也是作者遭建平王黜逐後的作品。」今録以備考。

武王去金閣①〔一〕，英威長寂寞〔二〕。雄劍頓無光〔三〕，雜佩亦銷爍〔四〕。秋至明月圓，風傷白露落〔五〕。清夜何湛湛〔六〕，孤燭映蘭幕〔七〕。撫影愴無從〔八〕，惟懷憂不薄〔九〕。瑶色行應罷，紅芳幾爲樂〔一〇〕。徒登歌舞臺，終成螻蟻郭〔一一〕。

【校記】

①「武王」張本、梁本作「武皇」。

【箋注】

〔一〕「武王」句：武王，指曹操。據《三國志》卷一《魏志·武帝紀》，曹操建安二十五年卒，謚武王。金閣，《文選》卷十四鮑照《舞鶴賦》：「唳清響於丹墀，舞飛容於金閣。」吕向注：「金閣，以金飾閣也。」此指銅雀臺。按此句寫曹操之死。

〔二〕「英威」句：《文選》卷五十范曄《後漢書光武紀贊》：「英威既振，新都自焚。」吕延濟注：「英威，謂漢之兵威也。」《楚辭·九歎·憂苦》：「巡陸夷之曲衍兮，幽空虚以寂寞。」王逸章句：「寂寞，無人聲也。」

〔三〕雄劍：指春秋吴國干將所鑄二劍之一。《太平御覽》卷三百四十三引《列士傳》：「干將、莫耶爲晉君作劍，三年而成。劍有雌雄，天下名器也。乃以雌劍獻君，留其雄者。」注：「《列異傳》曰莫耶爲楚王作劍，藏其雄者。《搜神記》亦曰爲楚王作劍。餘悉同也。」

〔四〕「雜佩」句：《詩・鄭風・女曰雞鳴》：「知子之來之，雜佩以贈之。」毛傳：「雜佩者，珩、璜、琚、瑀、衝牙之類。」《校注》：「雜佩：各式玉佩，指妾妓。」枚乘《七發》：「雖有金石之堅，猶將銷鑠而挺解也。」

〔五〕「秋至」二句：秋至，秋分。《管子・輕重己》：「以夏日至始，數九十二日，謂之秋至。」白露，秋天的露水。《詩・秦風・蒹葭》：「蒹葭蒼蒼，白露爲霜。」鮑照《秋夜二首》之二：「江介早寒來，白露先秋落。」

〔六〕「清夜」句：《文選》卷十六司馬相如《長門賦》：「懸明月以自照兮，徂清夜於洞房。」陶淵明《擬古》：「日暮天無雲，春風扇微和。佳人美清夜，達曙酣且歌。」湛湛，清明澄澈貌。《藝文類聚》卷八引晉庾肅之《水贊》：「湛湛涵淥，清瀾澄濬，妙質柔明，雲深夜潤。」

〔七〕蘭幕：指散發幽蘭香味的帳幕。《周禮・天官・幕人》：「掌帷、幕、幄、帟、綬之事。」鄭玄注：「在旁曰帷，在上曰幕。」《文選》卷二十八陸機《君子有所思行》：「邃宇列綺窻，蘭室接羅幕。」

〔八〕「撫影」句：《宋書》卷四十八《毛修之傳》：「撫影窮號，泣望西路。」王褒《九懷・思忠》：「感余志兮慘慄，心愴愴兮自憐。」《文選》卷三十謝靈運《擬魏太子鄴中集詩》序：「撰文懷人，感往增愴。」呂延濟注：「言不撰定其文，思其人而悽感。」《詩・唐風・采苓》：「人之爲言，苟亦無從。」

〔九〕「惟懷憂」句：劉向《九歎·憫命》：「懷憂含戚，何侘傺兮。」《文選》卷二十九張衡《四愁詩》：「路遠莫致倚逍遥，何爲懷憂心煩勞。」曹植《贈丁儀》：「子其寧爾心，親交義不薄。」

〔一〇〕「瑶色」二句：瑶色，如玉的美色。紅芳，紅花。《校注》：「瑶色、紅芳：喻歌舞妓人。」《文選》卷二十九《古詩十九首·生年不滿百》：「晝短苦夜長，何不秉燭遊。爲樂當及時，何能待來茲。」

〔一一〕「徒登」二句：歌舞臺，指銅雀臺。螻蟻，螻蛄和螞蟻。《莊子·列御寇》：「在上爲烏鳶食，在下爲螻蟻食。」郭，外城，古代在城的周邊加築的一道城墻。《禮記·禮運》：「城郭溝池以爲固。」《校注》：「以上二句謂：銅雀臺隨着歲月流逝終將毁圮而化爲螻蟻之窟。」

【集説】

清陳祚明《采菽堂古詩選》補遺卷三：古健。

學魏文帝

【題解】

詩題之「魏文帝」，即曹丕。《三國志》卷二《魏志·文帝紀》：「文皇帝諱丕，字子桓，武帝太子也。中平四年冬，生於譙。建安十六年，爲五官中郎將，副丞相。二十二年，立爲魏太子。太祖崩，嗣位爲丞相、魏王。尊王后曰王太后，改建安二十五年爲延康元年。……（冬十月）乃爲壇於繁陽。庚午，王升壇即阼，百官陪位，事訖降壇，視燎成禮而反。改延康爲黄初。……（黄初七年）夏五月丙辰，帝疾篤，召中軍大將軍曹真、鎮軍大將軍陳羣、征東大將軍曹休、撫軍大將軍司馬宣王，并受遺詔輔嗣主。遣後宫淑媛、昭儀已下歸其家。丁巳，帝崩於嘉福殿，時年四十。六月戊寅，葬首陽陵。……初，帝好文學，以著述爲務，自所勒成垂百篇。又使諸儒撰集經傳，隨類相從，凡千餘篇，號曰《皇覽》。」其詩鍾嶸《詩品》置於中品，云：「其源出於李陵，頗有仲宣之體則。所計百許篇，率皆鄙直如偶語。惟《西北有浮雲》十餘首，殊美贍可翫，始見其工矣。不然，何以銓衡羣彦，對揚厥弟者耶？」按曹丕《雜詩二首》之二：「西北有浮雲，亭亭如車蓋。惜哉時不遇，適與飄風會。吹我東南行，行行至吴會。吴會非我鄉，安得久留滯？棄置勿復陳，客子常畏人。」即爲此詩所擬。

西北有浮雲〔一〕，繚繞華陰山〔二〕。惜哉時不遇，入夜值霜寒〔三〕。秋風聒地起〔四〕，吹我至幽燕〔五〕。幽燕非我國〔六〕，窈窕爲誰賢〔七〕。少年歌且止，歌聲斷客子〔八〕。

【箋注】

〔一〕「西北」句：《文選》卷二十九《古詩十九首·西北有高樓》：「西北有高樓，上與浮雲齊。交疏結綺窗，阿閣三重階。」《藝文類聚》卷三十引魏文帝《永思賦》：「仰北辰而永思，泝悲風以增傷。哀遐路之漫漫，痛長河之無梁。願託乘於浮雲，嗟逝速之難當。」

〔二〕「繚繞」句：夏侯湛《獮兔賦》：「翕習於迴阻之間，繚繞於山澤之際。」曹操《氣出唱》：「華陰山，自以爲大，高百丈，浮雲爲之蓋。仙人欲來，出隨風，列之雨。吹我洞簫，鼓瑟琴。」按華陰山，即華山。《太平寰宇記》卷六《陝州・閿鄉縣》：「秦山，一名秦嶺山，在縣南五十里。《山海經》云：『華山之首，有錢來之山，又西四十五里有松果山，又西六十里有太華山。』郭氏注云：『即西岳華陰山也。』」

〔三〕「惜哉」二句：《文選》卷四十一李陵《答蘇武書》：「且足下昔以單車之使，適萬乘之虜，遭時不遇，至於伏劒不顧，流離辛苦，幾死塞北之野。」值，遇、逢。鮑照《擬行路難・剉蘗染黄絲》：「我昔與君始相值，爾時自謂可君意。」

〔四〕聒地：聲音動地。聒，聲音高響嘈雜。王逸《九思・疾世》：「鴳雀列兮譁讙，鴝鵒鳴兮聒余。」王逸章句：「多聲亂耳爲聒。」

〔五〕幽燕：幽爲古十二州之一，戰國時屬燕國，故稱。《爾雅・釋地》：「燕曰幽州。」《校注》：「此指靠近北魏的邊境地區。」

〔六〕非我國：不是我的家鄉。

〔七〕「窈窕」句：《詩・周南・關雎》：「關關雎鳩，在河之洲。窈窕淑女，君子好逑。」毛傳：「窈窕，幽閒也。」阮籍《詠懷・二妃遊江濱》：「感激生憂思，萱草樹蘭房。膏沐爲誰施，其雨怨朝陽。」

〔八〕「歌聲」句：《文選》卷二十九《古詩十九首·西北有高樓》：「上有弦歌聲，音響一何悲。誰能爲此曲，無乃杞梁妻。」《文選》卷二十九曹丕《雜詩二首》之一：「向風長歎息，斷絶我中腸。」《文選》卷二十七王粲《從軍詩五首》之五：「客子多悲傷，淚下不可收。朝入譙郡界，曠然消人憂。」《校注》：「斷客子：謂使客子傷心斷腸。」

【集説】

王夫之《古詩評選》卷五：通首全用子桓，改構者無幾。而子桓自子桓，文通自文通，各有其事，各有其情。筆墨之妙，唯人所用，亦至是哉！然非絶代才人，亦烏知其有如是之妙而恣用之。

又云：末二語不盡悲詞，其悲徹骨。

從冠軍建平王登廬山香爐峰

【題解】

此詩原題作《從冠軍行建平王登廬山香爐峰》，考之題義，「行」字殊不可解，當是衍文也。今據張溥本、《文選》卷二十二删「行」字。

《續漢書·郡國志四·廬江郡》：「尋陽南有九江，東合爲大江。」劉昭注：「釋慧遠《廬山記略》曰：『山在尋陽南，南濱宫亭湖，北對小江，山去小江三十餘里。有匡俗先生者，出殷周之際，隱遯潛居其下，受道於仙人而共嶺，時謂所止爲仙人之廬而命焉。其山大嶺凡七重，圓基，周迴垂五百里。其南嶺臨宮亭湖，下有神廟。七嶺會同，莫升之者。東南有香爐山，其上氛氳若香煙。西南中石門前有雙闕，壁立千餘仞，而瀑布流焉。其中鳥獸草木之美，靈藥方林之奇，所稱名代。』」《太平寰宇記》卷一百十一《江南西道九・江州・廬山》：「香爐峰在山西北，其峰尖圓，雲煙聚散，如博山香爐之狀。孟浩然詩曰：『掛席數千里，名山都未逢。泊舟潯陽郡，始見香爐峰。』」《方輿勝覽》卷十七《南康軍》：「香爐峰在城北，山南山北皆見。其形圓聳，常出雲氣，故名。白居易詩：『倚石攀蘿歇病身，青筇竹杖白紗巾。他時畫出廬山障，便是香爐峰上人。』」《讀史方輿紀要》卷八十三《江西》：「其名山則有廬山……香爐峰，府西南五十里，峰形圓聳，南有巨石卓立，一名石人峰。」

由詩題，詩當是江淹在建平王幕隨景素登廬山作，時景素應爲冠軍將軍。考《宋書》卷八《明帝紀》、卷七十二《文九王傳》，景素泰始二年（四六六）九月爲冠軍將軍、南兗州刺史，此後先後爲丹陽尹、吴興太守，泰始五年（四六九）十二月己未（二十四日）被任爲湘州刺史，以上期間軍號冠軍將軍不變。泰始六年（四七〇）至湘州後進號右將軍，七年二月轉任右將軍、荆州刺史（《宋書》景素本傳作「左將軍」，誤），其後亦無再爲冠軍將軍之事。由此，詩必作於泰始二年至泰始六年之間。然景素之刺南兗州及任丹陽尹與吴興太守時皆無由至廬山，是上述時間不可能有此詩之作。而湘州治長沙臨湘（今湖南臨湘），據《宋書》卷三十七《州郡志三》，臨湘去「京都水三千三百」，又無陸道。故赴湘州江行途中必道經廬山，因有此詩之作也。又考之詩云：「瑶草正翕艴，玉樹信葱青。」乃春末節候，則景素赴湘而道經廬山時已在暮春，是當爲泰始六年暮春所作。又且景素泰始五年十二月二十四日受命刺湘，六年春正月乃由吴興還京都，故由京都之湘州任當已在二三月間，道經廬山時乃有此暮春之景，時間亦正相合。《文選》此詩題下李善注云：「沈約《宋書》云：『建平王景素爲冠軍、湘州刺史。』」亦以詩乃隨景素赴湘州途中作，可爲詩乃泰始六年作之旁證。

又按：吴譜繫此詩於泰始五年，誤。蓋泰始五年十二月己未（二十四日）朝廷始命景素刺湘，當年赴任并道中游山已無可能也。

又按：曹道衡《年代考》以爲江淹泰始六年初隨建平王景素遊山并作詩，其云：「《宋書·明帝紀》，泰始五年十二月，『吴興太守建平王景素爲湘州刺史』，不論自吴興赴湘州或還都後再去，都可溯長江而上，經過廬山。這首詩稱景素官號爲『冠軍（將軍）』，也與《宋書·文九王·建平王景素傳》所載符合。景素是先任湘州刺史，後進號左將軍的（福林按：「左將軍」應爲「右將軍」之誤，説詳拙著《宋書校議》之《卷七十二校議》）。故此詩作於去湘州途中。景素調任湘州在五年十二月，從吴興去湘州要一段時間，可能到六年初才到廬山。從詩中『藉蘭素多意，臨風默含情』等句來看，似寫春景，江南春天來得早，正月裏也可以有這種情景。」《年代考》定詩爲泰始六年作，是也。然以爲詩作於正月時，則恐有未妥。蓋正月時，草始萌生，且「瑶草正翕艴，玉樹信葱青」之景，更非正月時所能有也。《年代考》之所以有此誤解，當是以爲景素受命刺湘後旋即西上之故。其實，是時諸王爲外州刺史受命後未必即行，如《宋書》卷六《孝武帝紀》載大明六年（四六二）秋七月庚辰，以臨海王子頊爲荆州刺史，時子頊在揚州之義興（今江蘇宜興）。考是時詩人鮑照乃在子頊幕，爲其軍府參軍，隨其上荆，而其於上荆途中所作諸詩如《登黄鶴磯》、《陽岐守風》等皆深秋節候，可爲子頊受命後并未立即就任之明證。此例甚夥，要不列舉。即景素於泰始五年末受命刺湘後，至六年二三月間始赴任耳。

又按：《彙注》以爲詩乃隨景素赴荆州時作，亦非是。蓋景素刺荆州時，軍號乃右將軍，與詩題之「冠軍建平王」者不合。

又按：俞譜以爲泰始六年江淹「轉巴陵王右常侍，赴荆州，與建平王同行，道中作《從冠軍建平王登廬山香爐峰詩》。……秋，到荆州，作《望荆山詩》。」又於泰始七年云：「案《南齊書·江謐傳》載謐『出爲建平王景素冠軍長史、長沙内史，行湘州事』，以『政治苛刻』，『征還，明帝崩，遇赦得免』。由此可知，建平王任湘州刺史期間，實由江謐代行州事，并未之鎮。」所説恐難以成立。其可疑之處有三：首先，俞譜既以爲建平王景素於是年赴湘州，而江淹則自建康赴荆州，二人同行，道中經廬山，作《從冠軍建平王登廬山香爐峰》詩，即俞譜乃以爲景素任湘州刺史時已之鎮也；而又以爲建平王任湘州刺史期間，實由江謐代行州事而并未之鎮，前後所論乃有不一致之處。其次，若江淹是年隨建平王景素至廬山而作此詩，時在暮春，而廬山至荆州之江陵不過十日左右之行程，故其自廬山出發赴荆州并作《望荆山》詩，必不可能遷延至是年深秋；况且，江淹赴荆州而與建平王景素同行之本身，又頗爲令人懷疑。由此，俞譜以爲此詩乃是年江淹赴荆州就任巴陵王休若右常侍而與建平王景素同行至廬山所作，恐欠妥。再次，是時爲外州刺史而未之任者，多爲帝之戚屬，蓋因其年幼故仍留京都而由上佐（長史或司馬或諮議參軍）代行州事耳。在一般情况下，諸王之任外州刺史者并不得仍留京都，至於之鎮而仍以長史或司馬行州事者，乃因種種原因而未親政之故也。如《宋書》卷六十九《劉湛傳》：「撫軍將軍江夏王義恭鎮江陵，以湛爲使持節、南蠻校尉，領撫軍長史，行府州事。」據《宋書》卷六十一《武三王傳》，江夏王義恭於元嘉六年爲撫軍將軍、荆州刺史，「既出鎮，太祖與書誡之曰……九年，徵爲都督南兖徐兖青冀幽六州豫州之梁郡諸軍事、征北將軍、開府儀同三司、南兖州刺史，鎮廣陵。」是劉湛以撫軍長史行荆州事而江夏王義恭仍在荆州之江陵也。又如《宋書》卷八十四《鄧琬傳》：「明年（福林按：指大明八年），出爲晉安王子勛鎮軍長史、尋陽内史，行江州事。前廢帝……乃遣使齎藥賜子勛死，使至……子勛戎服出聽事，集僚佐。」是鄧琬以鎮軍長史行江州事而晉安王子勛仍在江州之尋陽也。此例甚衆，要不列舉。由上可知，似乎并不能因爲江謐爲湘州行事而認爲建平王景素未之任所也。

又按：詩末云：「幸承光誦末，伏恩託後旌。」《文選》吕延濟注：「光誦，謂建平王首篇也。」是乃應和之作，蓋建平王遊山作詩而江淹和之耳。

廣成愛神鼎〔一〕，淮南好丹經〔二〕。此峰具鸞鶴①，往來盡仙靈〔三〕。瑶草正翕絶②，玉樹信葱青〔四〕。絳氣下縈薄，白雲上杳冥③〔五〕。中坐瞰蜿虹，俛伏視流星④〔六〕。不尋遐怪極，則知耳目驚〔七〕。日落長沙渚，曾陰萬里生〔八〕。藉蘭素多意，臨風默含情〔九〕。方學柏松隱⑤，羞逐市井名⑥〔一〇〕。幸承光誦末，伏恩託後旌⑦〔一一〕。

【校記】

①「此峰」張本、《文選》卷二十二作「此山」。

②「翕絶」原作「拿絶」，今據《彙注》本、張本、《文選》改。

③「杳冥」原作「遝冥」，今據《彙注》本、張本、《文選》改。

④「俛伏」張本作「俛仕」。

⑤「柏松」《彙注》本、張本、《文選》作「松柏」。

⑥「羞」張本作「差」。

⑦「伏恩」張本、《文選》作「伏思」。「旌」《文選》作「旍」。

【箋注】

〔一〕「廣成」句：《太平御覽》卷六百六十三引劉向《列仙傳》：「廣成子，古仙也，居崆峒山石室中。黄帝聞而造焉，問其道要。廣成子曰：『帝治天下，雲不待族而飛，草木不待黄而落，何足語至道。』黄帝退居三日，順風再拜。廣成子曰：『至道之精，杳杳冥冥，無視無聽，抱神以静，形將自正，必靖必清，吾將去無窮之門，遊無極之野。』」《史記》卷十二《孝武本紀》：「聞昔太帝興神鼎一，一者一統，天地萬物所繫終也。黄帝作寶鼎三，象天地人也。禹收九牧之金，鑄九鼎，皆嘗鬺烹上帝鬼神。遭聖則興，遷於夏商。周德衰，宋之社亡，鼎乃淪伏而不見。」按此指煉丹之鼎。

〔二〕「淮南」句：《漢書》卷四十四《淮南厲王長傳附劉安傳》：「淮南王安爲人好書，鼓琴，不喜弋獵狗馬馳騁，亦欲以行陰德拊循百姓，流名譽。招致賓客方術之士數千人，作爲《内書》二十一篇，《外書》甚衆，又有《中篇》八卷，言神仙黄白之術，亦二十餘萬言。時武帝方好藝文，以安屬爲諸父，辯博善爲文辭，甚尊重之，每爲報書及賜，常召司馬相如等視草乃遣。初，安入朝，獻所作。《内篇》新出，上愛秘之，使爲《離騷傳》，旦受詔，日食時上。又獻《頌德》及《長安都國頌》。每宴見，談説得失及方技賦頌，昏暮然後罷。」葛洪《抱朴子·金丹》：「凡受太清丹經三卷，及九鼎丹經一卷，金液丹經一卷。」《文選》卷二十八鮑照《代昇天行》：「五圖發金記，九籥隱丹經。」李善注：「《抱朴子》曰：『鄭君唯見授金丹之經。』」

按此句《文選》李善注：「《神仙傳》曰：『淮南王劉安者，漢高皇之孫也，好道術之士，於是八公乃往，遂授以丹經。』」《校注》：「據《宋書·劉勔傳》載，泰始五年宋明帝謂勔曰：

『巴陵、建平二王并有獨往之志，若世道寧晏，皆當申其所請。』則此時建平王亦有求仙歸隱之想。」

〔三〕「此峰」二句：鸞，傳説中鳳凰一類的鳥，與鶴相傳皆爲仙人所乘騎。鮑照《昇天行》：「從師入遠岳，結友事仙靈。」此二句《文選》李善注：「張僧鑒《豫州記》曰：『洪井西有鸞岡，舊説云洪崖先生乘鸞所憩處也。鸞岡西有鶴嶺，云王子喬控鶴所經處也。』東方朔《十洲記》曰：『崑崙山正東曰天墉城，其北户出城淵山，西王母之所治，真官仙靈之所宗也。』」《校注》：「具鸞鶴、盡仙靈：謂山中到處都有仙人遺留的足跡。」福林按：湯惠休《楚明妃曲》云：「驂駕鸞鶴，往來仙靈。」此二句襲用之。

〔四〕「瑶草」二句：瑶草，傳説中之仙草。東方朔《與友人書》：「相期拾瑶草，吞日月之光華，共輕舉耳。」《文選》卷十八嵇康《琴賦》：「珍怪琅玕，瑶瑾翕赩。」李善注：「翕赩，盛貌。」吕向注：「翕赩，光色也。」《藝文類聚》卷七引《羅浮山記》：「羅浮者，蓋總稱焉。羅，羅山也；浮，浮山也。二山合體，謂之羅浮。在增城、博羅二縣之境。舊説，羅浮高三千丈，有七十石室，七十二長溪，神明神禽，玉樹朱草。」同上書卷四十一引魏曹植《苦思行》：「緑蘿緣玉樹，光曜燦相暉。下有兩真人，舉翅翻高飛。」葱青，草木青翠茂盛貌。阮籍《東平賦》：「瞻荒榛之荒穢兮，顧東山之葱青。」按此二句《文選》李善注：「瑶草，玉芝也。《本草經》曰：『白芝，一名玉芝。』《琴賦》曰：『瑶瑾翕赩。』《甘泉賦》曰：『翠玉樹之青葱。』」吕向注：「瑶草，玉樹，皆美言之。翕艴，葱青，茂鬱貌。」清徐文靖《管城碩記》卷二十六：「按《三輔黃圖》曰：『甘泉宫北有槐樹，今謂玉樹。』楊震《關輔古語》云：『耆老相傳，咸謂此樹即揚雄《甘泉賦》所稱「玉樹青葱也」。』」《西京雜記》卷一云：「初修上林苑，羣臣遠方各獻名果異樹，亦有製爲美名以標奇異。白銀樹十株，黄銀樹十株，琉璃樹七株。則槐樹之名玉樹從可知矣。曹植詩『緑蘿緣玉樹』，江淹詩『玉樹信青葱』，魏元忠詩『寒風生玉樹』，當即謂槐樹也。」今并録以備考。

〔五〕「絳氣」二句：《文選》李周翰注云：「絳氣，赤霞氣也。」又云：「縈，繞也。」《楚辭》劉向《九歎·逢紛》：「揄揚滌盪漂流隕往，觸崟石兮；龍邛脟圈繚戾宛轉，阻相薄兮。」王逸注：「言水得風則龍邛繚戾，與險阻相薄，不得順其流性也。」鮑照《歲暮悲》：「晝色苦沉陰，白雪夜迴薄。」《文選》卷四十五宋玉《對楚王問》：「鳳凰上擊九千里，絶雲霓，負蒼天，足亂浮雲，翱翔乎杳冥之上。」

〔六〕「中坐」二句：《文選》吕延濟注：「中坐，半山坐也。」《後漢書》卷一上《光武帝紀上》：「遂圍之數十重，列營百數。雲車十餘丈，瞰臨城中。」李賢注：「俯視曰瞰。」《藝文類聚》卷六十二引魏何晏《景福殿賦》：「桁梧複疊，勢合形離，艴如螭虹，赫如奔螭。皎皎白間，離離列錢，晨光内照，流景外烻。」《文選》卷三十四曹植《七啓》：「華閣緣雲，飛陛陵虚。俯視流星，仰觀八隅。」福林按：《文選》卷十一《魯靈光殿賦》：「中坐垂景，俯視流星。」此二句襲用之。

者，則知驚其耳目。」

〔七〕「不尋」二句：　遐怪，遠方怪異之事物。《藝文類聚》卷三十五引曹植《釋愁文》：「趣遐路以棲跡，乘輕雲以高翔。」《文選》李善注：「極，盡也。」劉良注：「言人不遠尋怪異而至此山者，則知驚其耳目。」

〔八〕「日落」二句：　《文選》卷三十謝靈運《擬魏太子鄴中集詩·應瑒》：「嗷嗷雲中鴈，舉翮自委羽。求涼弱水湄，違寒長沙渚。」《元和郡縣志》卷三十《江南道·漂州》：「按東方朔《記》：『南郡有萬里沙祠，自湘川至東萊，地可萬里，故曰長沙。』」《詩經·召南·江有汜》「江有渚」毛傳：「渚，小洲也。」《文選》李善注：「曾，重也。蔡邕《月令章句》曰：『陰者，密雲也。』」《校注》：「曾陰，即層陰，濃雲。」福林按：　謝朓《臨楚江賦》：「於是霧隱行鴈，霜眇虛林；迢迢落景，萬里生陰。」當從此出。

〔九〕「藉蘭」二句：　《楚辭·九歌·少司命》：「望美人兮未來，臨風怳兮浩歌。」《文選》卷十三謝莊《月賦》：「臨風歎兮將焉歇，川路長兮不可越。」王粲《公宴詩》：「今日不極歡，含情欲待誰？」《校注》：「藉蘭：　謂依蘭草地而坐。　多意：　多佳意。」

〔一〇〕「方學」二句：　《禮記·禮器》：「其在人也，如竹箭之有筠也，如松柏之有心也。」孔穎達疏：「松柏陵寒而鬱茂，由其内心貞和故也。」《文選》卷二十三劉公幹《贈從弟三首》之二：「亭亭山上松，瑟瑟谷中風。風聲一何盛，松枝一何勁。冰霜正慘悽，終歲常端正。豈不罹凝寒，松柏有本性。」《漢書》卷九十一《貨殖傳序》：「工相與議技巧於官府，商相與語財利於市井。」顔師古注：「凡言市井者，市，交易之處；井，共汲之所，故總而言之也。」按此二句《文選》李善注：「方，猶將也。言將隱而棄榮利也。」《校注》：「以上二句言將效法隱士而抛棄榮名。」

〔二〕「幸承」二句：伏恩，猶受恩、懷恩。本集《恨賦》：「直念古者，伏恨而死。」後車，副車，侍從所乘之車。曹丕《與朝歌令吴質書》：「從者鳴笳以啓路，文學託乘於後車。」按以上二句《文選》李善注：「光誦，猶華篇也。後旌，猶後乘也。」吕延濟注：「後旌，後車也。光誦，謂建平王首篇也。」

【集説】

明胡應麟《詩藪》外編卷二：宋、齊間，明遠「胡風吹朔雪，千里度龍山」，文通「日落長沙渚，曾陰萬里生」，皆盛唐起語也。

清吴淇《六朝選詩定論》卷十七：首句述此山之靈異，爲登者占地步。淮南比王，廣成自比。以下述廬山香爐峰，當做二次寫者。以廬山之美，正在「瑶草」六句，寫廬山已盡，又着「不尋」二句，以振起香爐峰。「落日」二句，正香爐峰上所得者，而寫之必取材于落日重陰者。山川道里，非天星莫紀，則山川遐怪非天日莫顯。渚莫多於楚，楚之渚莫大于長沙，而長沙距廬山又最遠，故非此大渚不能容此落日，非此高峰亦不能望見此渚上之落日也。日漸落，則陰漸生。凡東近海多風，西近山多陰。山映日而成陰，重陰萬里匪一山矣，則此山皆高出其上可知。此遐怪之極，真堪驚人耳目者。然不尋則不知，可見山水之勝，領略在人。「藉蘭」句，見尋遐怪乃其素願也。「臨風」句，當面不輕過也。「方學」二句，尋遐怪之本領，應前「廣成」句。末一句繳完奉教意，應「淮南」句。

清王士禎《漁洋詩話》卷上：香鑪峰在東林寺東南，下即白樂天草堂故址。峰不甚高，而江文通《從冠軍建平王登香鑪峰》詩云：「日落長沙渚，層陰萬里生。」長沙去廬山二千餘里，香鑪何緣見之？孟浩然《下贛石詩》：「暝帆何處泊，遥指落星灣。」落星在南康府，去贛亦千餘里，順流乘風，即非一日可達。古人詩祇取興會超妙，不似後人章句，但作記里鼓也。

清何焯《義門讀書記》卷四十六《文選》二：江文通《從冠軍建平王登廬山香鑪峰》，首聯從鑪峰雙關起。「絳氣」一聯，極體物之奇。

又云：「日落長沙渚」六句，宋史《江淹傳》：「景素爲荆州，淹從之鎮。少帝即位，多失德，景素專據上游，咸勸因此舉事，淹每從容進諫，景素不納。」末章托意賈生，蓋示不欲如市賈相求爲同惡也。

清陳祚明《采菽堂古詩選》卷二十四：略能狀高迥，意不期深。「不尋」二句，却不成語。

清孫月峰（于光華《文選集評》卷七引）：高暢有遠概，然却以直寫，佳。此亦是唐風所始。

望荆山

【題解】

《續漢書·郡國志四》「臨沮侯國有荆山」注：「《山海經》曰：『其陽多鐵，其陰多赤金，其中多牛。』《荆州記》曰：『西北三十里有清谿，谿北即荆山，首曰景山，即卞和抱璞之處。』《南都賦》注曰：『漢水至荆山，東別流，爲滄浪之水。』」《方輿勝覽》卷三十二《襄陽府》：「荆山，在南漳縣西北八十里。《禹貢》云『荆及衡陽惟荆州』即此是也。有抱璞巖，云是卞和宅。」

吴譜據《梁書》卷十四《江淹傳》「景素爲荆州，淹隨之鎮」之記載以及此詩《文選》李善注：「沈約《宋書》曰：『建平王景素爲右將軍、荆州刺史。江淹授景素五經。』『奉義』，猶『慕義』也。『江漢』，荆楚之境也。盛弘之《荆州記》曰：『魯陽縣，其要重險，楚之北塞也。』」乃繫此詩於泰始七年(四七一)，謂爲江淹隨建平王劉景素「初至荆州途中所作」。今考之《宋書·明帝紀》，泰始七年二月，「湘州刺史建平王景素爲荆州刺史」。而《望荆山》詩所表現的乃深秋節候，這就與景素刺荆州之時間産生了明顯矛盾。因爲湘州治臨湘(今湖南長沙)，景素自湘州臨湘前往荆州之江陵，必不可能遷延至深秋九月。再者，江淹有《建平王慶安成王拜封表》一篇，乃其代景素而作，表云：「臣涵悦楚邊，魂馳闕闕，不任下情。」則表乃作於抵荆之後。據《宋書·明帝紀》，明帝第三子劉凖封安成王在泰始七年八月，則景素抵荆之時間又在此前。由是，吴譜以爲此詩爲隨景素於湘州之荆州途中所作者，其誤已不待辨。

曹道衡《年代考》繫此詩於江淹赴雍州襄陽就任雍州刺史巴陵王休若右常侍途中，行經荆州江陵時所作。其云：「此詩首二句爲『奉義至江漢，始知楚塞長』（《文選》作「奉義」，李善注：「奉義猶慕義也。」本集作「奉謁」，意近。《藝文類聚》作「奉詔」，疑誤。）《文選》李善注認爲此詩是景素爲荆州刺史時事，他又説『江淹授景素五經』，顯係謬誤。江淹曾教始平王子真讀書，却没有教過景素。再説江淹雖曾隨從景素去荆州，那是以幕僚身分隨行。當時他久已在景素手下，有《建平王讓右將軍荆州刺史表》、《建平王拜右將軍荆州刺史章》等文爲證，不得稱『奉義』或『奉謁』。他隨從景素去荆州，係從湘州出發，不會經過遠在長江以北的『桐柏』、『魯陽』等地。所以此詩疑是他爲巴陵王休若左常侍去襄陽時作。考江淹《自序傳》，江淹上書建平王獲釋後，『尋舉南徐州桂陽王秀才，對策上第，轉巴陵王左常侍』。而《宋書·明帝紀》載，泰始二年九月，『衛將軍巴陵王休若即本號爲雍州刺史』。當時雍州治襄陽，江淹由建康或京口去襄陽很可能道經鄂北，提到『桐柏』、『魯陽』就不難理解，至於稱『奉義』、『奉謁』似更像初去休若幕下時口吻。故此詩當爲去襄陽途中作，時間是泰始三年下半年。」筆者以爲《年代考》所説有數未愜人意之處。首先曹先生認爲「江淹曾教始平王子真讀書，却没有教過景素」，此説之非，俞紹初《江淹年譜》及筆者《江淹年譜》皆已有辯，故不贅言。其次，他以爲此詩乃泰始三年下半年赴襄陽途中作，然而，江淹泰始三年八月尚在南兖州獄中，并作《詣建平王上書》以自明，出獄後又被舉爲南徐州秀才，尋因對策上第而任巴陵王右常侍，則此年秋其赴襄陽并作此詩亦決無可能，俞紹初《江淹年譜》及筆者《江淹年譜》亦有辯。且《年代考》亦云江淹《詣建平王上書》作於泰始二三年間，而上書有「涉旬月，迫季秋」之語，作書時已在仲秋。若此，又與其所論《望荆山》詩乃泰始三年下半年所作自相矛盾。又且江淹隨景素在湘州及由湘州之荆州時，僅爲景素幕僚，乃所謂「待以布衣之禮」者，并未有正式職務，之荆州後始有主簿之任。故詩之「奉謁至江漢」句并無難解之處。由上可見，《年代考》拘於「奉謁」二字以及詩中「桐柏」、「魯陽」之地理位置，而以爲詩乃泰始三年下半年赴襄陽途中作，當非是。然而，曹先生《評傳》論此詩之内涵及創作意圖却頗值得重視。其云：

這首詩展示的是一片蕭瑟的秋景，和作者在旅途中的感傷之情。這是江淹剛從獄中出來，在遠適異鄉的情況下所産生的哀怨。但他在詩中很少直接抒發自己的心情，而只是通過寫景，將這種情緒烘托出來。

曹先生以爲此詩表現出作者在旅途中的感傷之情，并認爲這是作者始出南兖州獄而致，見解可謂相當精闢。因此，此詩雖然不可能是泰始三年秋所作，但却極有可能作於泰始四年深秋。《宋書·明帝紀》載是年五月，「癸亥，以行雍州刺史巴陵王休若爲行湘州刺史」，見巴陵王休若泰始四年秋在湘州之臨湘（今湖南長沙），江淹由建康前往湘州赴休若王府右常侍任，江陵乃其必經之地，是時距出南兖州獄亦未久，故詩中流露出遠適異鄉之哀怨以及旅途中之傷感情緒也就相當正常。

又此詩有「南關繞桐柏，西途出魯陽」二句，《文選》李善注及胡注以南陽（今湖北南陽）之桐柏、魯陽二山以當之，曹先生《年代考》亦同此説，以爲乃今鄂北之桐柏、魯陽。然而，從詩意看，此二句其實乃指楚地之廣而并非實寫。《水經・溱水注》：「武溪水出臨武縣西北桐柏山。」詩之「桐柏」，更可能即指此山，在今湖南省南界，晉初原屬荆州。而「南關」者，南方之關隘也。「南關」，「西途」二句相對以成文，蓋承首二句「奉謁至江漢，始知楚塞長」而言，乃盛稱楚地之廣也。此種理解，與俞譜所論此詩「『南關』二句寫望中之荆山，謂繞桐柏之南關，出魯陽之西岳，極言楚塞之長」，也正相一致。若據李善等注，以「桐柏」、「魯陽」皆爲河南南陽之地，則詩義殊不可解矣。由此，此詩當是江淹於泰始四年深秋前往湘州臨湘途經荆州江陵所作無疑。

又江淹於荆州所作詩文多有言及楚地之廣者，如《建平王散五刑教》云：「舊楚地曠，前郢氓殷；水帶枉渚，山匝魯陽。」《彙注》：「《楚志》曰：『枉渚，在武陵郡城南，源出枉山。《楚辭》曰「朝發枉渚兮」即此。』」據《宋書・州郡志》，枉渚所在之武陵舊亦屬荆州，而當時則屬郢州，治所在今湖南漵浦縣南；魯陽縣所在之南陽郡，其時雖屬雍州而原亦屬荆州。值得注意的是，教文之「魯陽」，亦并非如李善等人所注，指河南南陽之地而言。由是，教文之「水帶枉渚，山匝魯陽」二句乃承上文「舊楚地曠」，盛稱楚地之廣也。又如《建平王讓右將軍荆州刺史表》亦云：「荆門務要，方城任積。水交沅、澧，山通岷、峨。襟帶百縣，縈抱七州。」亦以楚之舊地盛稱荆州之廣。由此，此詩由望荆山而引起「南關繞桐柏，西途出魯陽」之贊荆州遼濶之語，又頗爲自然也。

奉謁至江漢①〔一〕，始知楚塞長〔二〕。南關繞桐柏②，西途出魯陽③〔三〕。寒郊無留影，秋日懸清光〔四〕。悲風撓重林④〔五〕，雲霞肅川漲〔六〕。歲晏君如何？零淚染衣裳⑤〔七〕。玉柱空掩露，金樽坐含霜⑥〔八〕。一聞《苦寒》奏〔九〕，再使《艷歌》傷⑦〔一〇〕。

【校記】

①「奉謁」《彙注》本、張本、《文選》卷二十七作「奉義」，《藝文類聚》卷七作「奉詔」。

②「南關」原作「南闓」，今據《彙注》本、張本、《文選》改。

③「西途」張本、《文選》、《藝文類聚》作「西岳」。

④「撓」《文選》作「橈」，《藝文類聚》作「繞」，《文選》六臣本注：「五臣作『繞』。」

⑤「染」張本、《文選》作「沾」。

⑥「樽」張本作「尊」。

⑦「再」《文選》李善本作「更」，《文選》六臣本注：「五臣作『載』。」

【箋注】

〔一〕「奉謁」句：奉謁，《後漢書》卷八十下《文苑下·趙壹傳》：「陟明旦大從車騎奉謁造壹。」《文選》卷五十八傅亮《爲宋公至洛陽謁五陵表》：「以其月十五日奉謁五陵。」吕向注：「謁，拜也。」江漢，指長江與漢水之間及其附近地區，古荆楚之地。《文選》卷五十五陸機

《演連珠》之四十：「是以江漢之君，悲其墜屨；少原之婦，哭其亡簪。」《後漢書》卷七十《荀彧傳》：「紹既新敗，衆懼人擾，今不因而定之，而欲遠兵江漢，若紹收離糾散，乘虛以出，則公之事去矣。」按此詩《文選》李善注：「江漢，荆楚之境也。」

〔二〕「始知」句：楚塞，《文選》李善注：「盛弘之《荆州記》曰：『魯陽縣，其地重險，楚之北塞也。』」《校注》：「楚塞：即荆山。荆山三面絶險，只有東南一角可以通人，是古代著名要塞。《左傳·昭公四年》：『荆山，九州之險也。』」按以上注楚塞，《校注》是也。

〔三〕「南關」二句：南關，南方之關塞。《史記》卷六《秦始皇本紀》：「上自南郡由武關歸。」裴駰集解：「劭曰：『武關，秦南關，通南陽。』」桐柏，《史記》卷二《夏本紀》：「道淮自桐柏，東會於泗、沂，東入於海。」張守節正義：「《地理志》云：『桐柏山在南陽平氏縣東南，淮水所出。』按：在唐州東五十餘里。」《校注》：「桐柏：山名，在今湖北棗陽縣、隨縣與河南桐柏縣之間。」按《水經·溱水注》：「武溪水出臨武縣西北桐柏山。」詩之「桐柏」，更可能即指此山，在今湖南省南界，晉初原屬荆州。本集《建平王散五刑教》：「舊楚地曠，前郢岷殷；水帶枉渚，山匝魯陽。」《校注》：「此二句爲倒裝句式，實即爲『繞桐柏之南關，出魯陽之西岳』，具體描寫楚塞之長。」

〔四〕「寒郊」二句：《藝文類聚》卷八十八謝朓《高松賦》：「懷風音而送聲，當月露而留影。」《校注》：「無留影：謂郊野空曠，寂寞無人。」清光，清亮的光輝。《藝文類聚》卷四引謝朓《侍宴華光殿曲水》詩：「歡飫終日，清光欲暮。」

〔五〕「悲風」句：悲風，淒厲的寒風。《文選》卷二十九《古詩十九首·去者日以疎》：「白楊多悲風，蕭蕭愁殺人。思還故里閭，欲歸道無因。」同卷曹植《雜詩》：「江介多悲風，淮泗馳急流。」《文選》卷二十六潘尼《迎大駕》：「歸雲乘幰浮，淒風尋帷入。」劉良注：「淒風，悲風也。」撓，屈。《史記》卷一百三十《太史公自序》：「守節切直，義足以言廉，行足以厲賢。任重權，不可以非理撓。」重林，猶層林。《藝文類聚》卷六十六引晉夏侯湛《獵兔賦》：「留罾掛於重林，疎罝結於通藪。」

〔六〕「雲霞」句：劉向《新序·雜事五》：「雲霞充咽，則奪日月之明。」謝靈運《石壁精舍還湖中作》：「林壑斂暝色，雲霞收夕霏。芰荷迭映蔚，蒲稗相因依。」川漲，河水漲溢。此詩《文選》李善注：「肅，寒也。」李周翰注：「肅，清明貌。」

〔七〕「歲晏」二句：《楚辭·九歌·山鬼》：「留靈修兮憺忘歸，歲既晏兮孰華予？」王逸章句：「晏，晚也。」《文選》卷六十陸機《吊魏武帝文》：「矯感容以赴節，掩零淚而薦觴。」卷二十一郭璞《遊仙詩·逸翮思拂霄》：「悲來惻丹心，零淚緣纓流。」《文選》卷二十九《古詩十九首·明月何皎皎》：「引領還入房，淚下沾衣裳。」《文選》卷二十七魏文帝《燕歌行》：「賤妾煢煢守空房，憂來思君不敢忘，不覺淚下霑衣裳。」按此二句《文選》吕延濟注：「歲晏，喻年老。君者，淹自謂也。淹懼年老，故落淚也。」

〔八〕「玉柱」二句：　玉柱，玉製的弦柱，亦指代琴、瑟、箏等絃樂器。《文選》李善注：「袁淑《止情賦》曰：『解藴麝之芳衾，陳玉柱之鳴箏。』」《文選》卷十六江淹《别賦》：「掩金觴而誰御，横玉柱而霑軾。」李善注：「琴有柱，以玉爲之。」柱，樂器上的繫弦木，此指代琴瑟。《史記》卷八十一《廉頗藺相如列傳》：「王以名使括，若膠柱而鼓瑟耳。」《文選》卷三十謝靈運《石門新營所住四面高山迴溪石瀨茂林脩竹》：「芳塵凝瑶席，清醑滿金樽。」坐，徒然。《玉臺新詠》王融《雜詩五首》之一：「坐銷芳草氣，空度明月輝。」《藝文類聚》卷三十四引曹植《慰子賦》：「仰列星以至晨，衣霑露而含霜。惟逝者之日遠，愴傷心而絶腸。」卷二十八引宋江夏王義恭《登景陽樓詩》曰：「丹墀設金屏，瑶樹陳玉牀。温宫冬開燠，清殿夏含霜。」按此二句《校注》云：「掩露、含霜：　言秋夜已深，霜露正濃，宴飲作樂之際仍充滿淒涼之感。」

〔九〕苦寒：　指樂府《苦寒行》曲，《樂府詩集》卷三十三《相和歌辭·平調曲》：「《樂府解題》曰：『晉樂奏魏武帝《北上篇》，備言冰雪溪谷之苦。其後或謂之《北上行》，蓋因武帝辭而擬之也。』」

〔一〇〕「再使」句：　艷歌，指樂府《艷歌行》曲，《樂府詩集》卷三十九《相和歌辭·瑟調曲》：「《古今樂録》曰：『《艷歌行》非一，有直云《艷歌》，即《艷歌行》是也。若《羅敷》、《何嘗》、《雙鴻》、《福鍾》等行，亦皆艷歌。王僧虔《技録》云：「《艷歌雙鴻行》，荀録所載《雙鴻》一篇，《艷歌福鍾行》，荀録所載《福鍾》一篇，今皆不傳。《艷歌羅敷行》日出東南隅篇，荀録所載《羅敷》

一篇，相和口歌之，今不歌。』」《樂府解題》曰：『《古辭》云「翩翩堂前燕，冬藏夏來見」，言燕尚冬藏夏來，兄弟反流宕他縣。主婦爲綻衣服，其夫見而疑之也。』」《校注》：「《艷歌行》，據《樂府詩集》卷三十九所載，多寫夫婦傷别之情。」

【集説】

明許學夷《詩源辨體》卷八：「玉柱空掩露，金樽坐含霜」，「昔我别楚水，秋月麗秋天，今君客吴阪，春色縹春泉」，「愁生白露日，怨起秋風年」，「松氣鑑青藹，霞光鑠丹英」，「絳氣下縈薄，白雲上窈冥」，「雹至煙流綺，水緑桂含丹」，「涼靄飄虚坐，清香蕩空琴」等句，似皆仲偉「成就於謝朓」者也。

明陸時雍《古詩鏡》卷二十：「寒郊無留影，秋日懸清光」，氣韻高迥，秋色照目。

清吴淇《六朝選詩定論》卷十七：題曰《望荆山》，其望之也，急急乎欲至之耶？抑不欲其至而遲遲吾行耶？然詩中并未點明荆山字面，意不在於荆山又何有於望也？然則以荆山命題何居？蓋江出自建業，繞桐柏，出魯陽，行許多路，至此望見荆山，以爲荆州近矣，去建業益遠。時值深秋，去建業時又久，不覺零淚霑衣而作此詩也。其曰「望荆山」者，蓋以作詩之地標題也。其地云何？昔陸平原赴洛，自述其作詩之地曰「倚嵩巖」；顔特進使洛，自述其作詩之地曰「登梁城」；今余作詩之地，其距荆也，與二公之距洛不甚大遠近，故曰「望荆山」。此鑄題之又一法也。又云：此詩雖未點出「望荆山」字面，而文則處處照得明白。然其意却不在望荆山上，只借望荆山顯出路之長，路之長顯其行之久，行之久顯出歲之晏，以寫其不樂出外之意。

又云：世稱「秋日懸清光」一句之妙，在康樂、玄暉二謝之間，不知所以然者，全在「寒郊無留影」一句逼出來。「光」不與「影」相對，却與「闇」相對且相悖，故有闇無光，有光無闇。原夫太空之中原是全闇，大光一懸，太空之中盡是大光佈滿，不知將闇趕到何處。只緣太空之中不能無物，有物則有形，大光爲物形所礙，不能透過，方顯有闇。

清陳祚明《采菽堂古詩選》卷二十四：末六句詞氣蕭瑟。

清沈德潛《古詩源》卷十三：蕭瑟。

余冠英《漢魏六朝詩選》：本篇前半寫山川形勢和風景，後半寫因歲晏引起的悲思。

錢鍾書《管錐編·全梁文》卷二十：《文選》卷二七江淹《望荆山》「金樽坐含霜」，卷三〇謝靈運《石門新營所住四面高山迴溪石瀨修竹茂林詩》「清醑滿金樽」，李善註皆引曹植《樂府詩》「金樽玉杯，不能使薄酒更厚」，則謂美器無補於惡食。

步桐臺

【題解】

此詩云：「思君出漢北，鞍馬登楚臺。」與詩人在荆州所作之《秋至懷歸》詩「悵然集漢北，還望岨山田」，《望荆山》詩「奉謁至江漢，始知楚塞長」等措辭頗相近，亦應作於隨景素在荆州時。

此詩又有「客子長霜雪，憂至竟悠哉。綺帷生網羅，寶刀積塵埃」數句，乃思鄉懷人之作，與《哀千里賦》、《秋至懷歸》詩等意亦相近。考詩又云：「歲綵合雲光，平原秋色來。」乃秋末冬初景色，則當作於泰始七年（四七一），蓋泰豫元年七月，江淹已隨景素還京都矣。

此詩《古詩箋》聞人倓注：「梁蕭嶷宅舊有園田之美，上幸之，後堂設金石樂，宮人畢至，登桐臺極目盡歡。」曹道衡《年代考》因據之而以爲此詩乃齊高帝建元二年（四八〇）所作，其云：「『桐臺』，在齊高帝子豫章王嶷宅内。《南史·齊高帝諸子傳上》：『（永明末）嶷妃庾氏嘗有疾，瘳，上（武帝）幸嶷宅，後堂設金石樂，宮人畢至，登桐臺……』……可見蕭嶷久居東府。『桐臺』疑即在東府中。江淹在建元時，爲驃騎豫章王記室參軍，見《自序傳》及《南史》本傳。豫章王蕭嶷在昇明末本爲荆州刺史，建元初，北魏與齊交戰，復以嶷爲『都督荆湘雍益梁寧南北秦八州諸軍事、南蠻校尉、荆湘二州刺史』。江淹并未隨行，因登桐臺而想念蕭嶷。所以詩中説：『綺帷生網羅，寶刀積塵埃。』指蕭嶷外出不在家；『思君出漢北，鞍馬登楚臺』二句，上句講蕭嶷兼督雍州諸軍，下句則指他撫治荆州。故知此詩作於建元二年秋。」福林按：東府爲東晉南朝揚州刺史治所，與豫章王嶷之宅非一事，《年代考》既云「『桐臺』在齊高帝子豫章王嶷宅内」，又云「『桐臺』疑即在東府中」，頗有自相矛盾之嫌。且蕭嶷既出刺荆州，東府自當易主，詩又何得以「綺帷生網羅」二句「指蕭嶷外出不在家」？若桐臺在「豫章王嶷宅内」，嶷既外出，江淹又何以得隨意出入王府并登臺而作此詩？若此桐臺在東府，然東府時已易主，江淹既非新任揚州刺史僚屬，又何能之東府登臺而憶蕭嶷？又蕭嶷刺荊州時，都督八州，又何以能單以「出漢北」泛指之？嶷撫治荊州，又何得以「登楚臺」言之邪？由此見《年代考》所説疑點甚多，非是。考此詩既云「登楚臺」，意必爲楚地之臺。《校注》云：「楚臺：即桐臺。因在楚地，故稱。」所説是也。是詩當作於詩人在荊州時。

又俞譜據此詩「思君出漢北，鞍馬登楚臺。歲綵合雲光，平原秋色來」數句，而繫此詩於宋明帝泰始六年（四七〇）秋，以爲是時江淹在荊州刺史巴陵王劉休若幕，爲劉休若右常侍，因事而至雍州襄陽并作此詩。此説蓋以「漢北」爲實指而致也。今考於泰始六年春，詩人乃隨建平王景素之湘州，至次年春，又隨景素自湘赴荊。是俞譜所論亦有疏忽之處。

客子畏霜雪〔一〕，憂至竟悠哉〔二〕。綺帷生網羅〔三〕，寶刀積塵埃〔四〕。思君出漢北〔五〕，鞍馬登楚臺〔六〕。歲綵合雲光〔七〕，平原秋色來〔八〕。寂聽積空意〔九〕，凝望信長懷〔一〇〕。蕙芬自有美〔一一〕，光景詎徘徊〔一二〕。山中忽緩駕〔一三〕，暮雪將盈階〔一四〕。

【箋注】

〔一〕「客子」句：《文選》卷二十九魏文帝《雜詩二首》之二：「棄置勿復陳，客子常畏人。」同卷曹植《雜詩·轉蓬離本根》：「類此遊客子，捐軀遠從戎。」《文選》卷二十應德璉《侍五官中郎將建章臺集詩》：「遠行蒙霜雪，毛羽日摧頽。」

〔二〕悠哉：《詩·周南·關雎》：「悠哉悠哉，輾轉反側。」毛傳：「悠，思也。」

〔三〕「綺帷」句：《藝文類聚》卷六十九引《三輔舊事》：「秦時奢泰，渭水貫都，以象天河；橫橋南度，以象牽牛。後宮列女，萬有餘人，婦人之氣，上衝於天。綈帳綺帷，木衣綈繡，土被朱紫。」《淮南子·兵略訓》：「飛鳥不動，不絓網羅。」《藝文類聚》卷二十七引阮籍《詠懷詩》：「鴻鵠相隨飛，隨飛適荒裔，雙翮臨長風，須臾萬里逝。朝飡琅玕實，夕宿丹山際，託身青雲中，網羅不能制。」曹植《野田黄雀行》：「拔劍捎羅網，黄雀得飛飛。」

〔四〕「寶刀」句：《太平御覽》卷三百四十六引曹植《寶刀賦》：「建安中，家父魏王乃命有司造寶刀五枚，三年乃就，以龍、虎、熊、馬、雀爲識。」《南齊書》卷五十三《虞愿傳》：「褚淵常詣愿，不在，見其眠牀上積塵埃，有書數袠。」

〔五〕「思君」句：《藝文類聚》卷三十二引魏徐幹《室思》：「自君之出矣，明鏡暗不治。思君如流水，何有窮已時。」《文選》卷二十七魏文帝《燕歌行》：「賤妾煢煢守空房，憂來思君不敢忘，不覺淚下霑衣裳。」《文選》卷五十六曹植《王仲宣誄》：「投戈編鄀，稽顙漢北。」《左傳·桓公八年》：「楚子伐隨，軍於漢、淮之間。」孔穎達疏：「正義曰：『漢、淮，二水名。』」《書·禹貢》：「嶓冢導漾，東流爲漢。」孔傳：「泉始出山爲漾水，東南流爲沔水，至漢中東流爲漢水。」

〔六〕「鞍馬」句：鞍馬，指騎馬。阮籍《詠懷·塞門不可出》：「假乘汧渭間，鞍馬去行遊。」《校注》：「楚臺：即桐臺。因在楚地，故稱。」

〔七〕「歲綵」句：雲光，《拾遺記》卷六：「（漢昭帝）使宫人爲歌，歌曰：『秋素景兮泛洪波，揮纖手兮折芰荷。涼風凄凄揚櫂歌，雲光開曙月低河。萬歲爲樂豈云多。』帝乃大悦。」《藝文類聚》卷四十二引南朝宋吴邁遠《陽春曲》：「緑樹摇雲光，春城起風色。佳人愛華景，流靡園塘側。」按此句聞人倓《古詩箋》卷十一注：「歲綵，歲功之成有絢彩者，以在地者言；雲光，天象所著有光華者，以在天者言。故曰合也。」《校注》：「合：混合。謂地上歲彩與天上雲光交相輝映。」

〔八〕秋色：秋天的景色。謝朓《望三湖》：「葳蕤向春秀，芸黄共秋色。薄暮傷哉人，嬋媛復何極。」

〔九〕「寂聽」句：寂聽，謂聽覺凝止。鮑照《蕪城賦》：「直視千里外，唯見起黄埃。凝思寂聽，心傷已摧。」空意，清虚之心境。鮑照《觀漏賦》：「恒證古而秉心，抱空意其如玉。」

〔一〇〕「凝望」句：凝望，注目遠望。《楚辭》劉向《九歎・遠逝》：「情慨慨而長懷兮，信上皇而質正。」《文選》卷十三禰衡《鸚鵡賦》：「眷西路而長懷，望故鄉而延佇。」鮑照《採菱歌七首》之七：「思今懷近憶，望古懷遠識，懷古復懷今，長懷終無極。」

〔一一〕「蕙芬」句：《校注》：「蕙芬：蘭蕙芬芳，比喻對方的情意。」

〔一二〕「光景」句：《文選》卷二十七曹植《箜篌引》：「驚風飄白日，光景馳西流，盛時不可再，百年忽我遒。」鮑照《送從弟道秀别》：「疑思戀光景，密念盈歲時。歲時多阻折，光景乏安怡。」

《文選》卷五十七潘安仁《哀永逝文》：「停駕兮淹留，徘徊兮故處。周求兮何獲，引身兮當去。」《校注》：「詎徘徊：謂不流連光景而及時趕來。詎，豈。」

〔一三〕緩駕：《校注》：「緩駕：猶言停車不前。」

〔一四〕「暮雪」句：《藝文類聚》卷三十五引蔡邕《青衣賦》：「寒雪翩翩，充庭盈階。」《玉臺新詠》卷九陸機《燕歌行》：「四時代序逝不追，寒風習習落葉飛，蟋蟀在堂露盈階，念君遠遊常苦悲。」

從建平王遊紀南城

【題解】

《史記》卷四十《楚世家》：「武王卒師中而兵罷，子文王熊貲立，始都郢。」張守節正義：「《括地志》云：『紀南故城在荆州江陵縣北五十里。杜預云國都於郢，今南郡江陵縣北紀南城是。』《括地志》云：『又至平王，更城郢。在江陵縣東北六里，故郢城是也。』」《讀史方輿紀要》卷七十八《湖廣・荆州府・江陵縣》：「紀南城，府北十里，即故郢城，楚文王自丹陽遷都此，後平王更城郢，以此爲紀城。《傳》：『楚子革曰：「我先王辟處荆山，以共王事，遂遷紀、郢。」』蓋郢與紀爲二城也。陳光大元年吴明徹攻江陵，引水灌城，後梁主巋出頓紀南以避之，明徹退，乃還，即此。……《括地志》：『楚始都之郢，今紀南城也，在江陵縣北十五里。平王所城之郢，則在江陵東北六里。』是矣。」

詩爲詩人隨建平王景素在荆州時遊紀南故城而作。詩云：「恭承此嘉德，末官至南荆。」又云：「江甸知禮富，漢渚聞教清。君王澹以思，樹羽望楚城。」可以爲證。又考之詩云：「斂衽依光采，端笏奉仁明。再逢緑草合，重見翠雲生。」則作於暮春。江淹泰始七年（四七一）隨景素自湘赴荆，時在春夏之交，正爲緑草合時，此云「再逢」、「重見」，乃泰豫元年（四七二）暮春所作。

吴譜繫此詩於元徽元年（四七三）春，云：「廢帝元徽元年癸丑。春，從建平王遊紀南城，有《遊紀南城》詩。……考先生於泰始七年秋至荆，兩見春雲，當在第三年，由是知此詩約作於今歲。」按泰豫元年夏初，建平王景素已被征還都，次年春乃在南徐州之京口，必不得有之荆遊紀南城事，是吴譜必誤。吴説致誤之由，乃在於對江淹《望荆山》詩之誤解，以爲江淹隨景素至荆州時在泰始七年深秋，故乃由「重見」、「再逢」而誤以爲元徽元年作也。曹道衡《年代考》繫此詩於泰始七年，亦誤。蓋泰始七年春末，江淹始隨建平王至荆，與此詩之「再逢緑草合」等語不相合也。俞譜亦繫詩於泰始七年作，以爲乃是年春「與建平王再度相逢」時作。今考泰始七年二月，建平王景素在湘州刺史任時江淹已在景素幕中，其於景素被任爲荆州刺史時，在湘州代景素所作之《建平王讓右將軍荆州刺史表》、《建平王拜右將軍荆州刺史章》二文乃是明證，則其從景素遊紀南城之日，并非與景素再度相逢之時也。

恭承此嘉德①〔一〕，天官至南荆〔二〕。斂衽依光采②，端笏奉仁明〔三〕。再逢緑草合，重見翠雲生〔四〕。江甸知禮富，漢渚聞教清〔五〕。君王澹以思〔六〕，樹羽望楚城〔七〕。年積衣劍滅〔八〕，地遠宫館平〔九〕。錦帳終寂寞，綵瑟秘音英③〔一〇〕。丹沙信難學，黄金不可成〔一一〕。遷化每如兹，安用貴空名〔一二〕。流宕慘中懷④〔一三〕，凝意方自驚〔一四〕。願借若木景〔一五〕，長照憂人情〔一六〕。

【校記】

①「此」《藝文類聚》卷六十三作「前」。「嘉德」《彙注》本、張本、《藝文類聚》作「嘉惠」。

②「依」《藝文類聚》作「承」。

③「綵瑟」梁本作「綵色」。

④「流宕」張本作「流岩」。

【箋注】

〔一〕「恭承」句：《漢書》卷四十八《賈誼傳》載賈誼《吊屈原賦》：「恭承嘉惠兮，俟罪長沙。」顏師古注：「恭，敬也。」《文選》卷二十六謝靈運《初去郡》：「恭承古人意，促裝反柴荆。」《左傳·桓公六年》：「奉酒醴以告曰：『嘉栗旨酒。』謂其上下皆有嘉德而無違心也。」《太平御覽》卷八百三十引漢崔駰《縫銘》：「惟歲之始，承天嘉德。」

〔二〕「末官」句：末官，卑小的官，自謙之辭。《漢書》卷七十三《韋賢傳附韋玄成傳》：「又曰：『嘽嘽推推，如霆如雷，顯允方叔，征伐獫狁，荆蠻來威。』」顔師古注：「言出師衆盛，有如雷霆。方叔又能信明其德，既伐獫狁，懲其侵暴，則南荆之蠻，亦畏威而來服也。」《後漢書》卷七十五《袁術傳》：「曹操毒被於東徐，劉表僭亂於南荆。」《校注》：「南荆：猶南楚。」

〔三〕「斂衽」二句：斂衽，整理衣襟，表示恭敬。《戰國策·楚策一》：「一國之衆，見君莫不斂衽而拜，撫委而服。」陶淵明《勸農》詩：「敢不斂衽，敬讚德美。」《樂府詩集·雜曲歌辭》曹植《磐石篇》：「蚌蛤被濱涯，光彩如錦虹。」《樂府詩集》卷三《郊廟歌辭·北齊南郊樂歌·肆夏樂》：「禮崇聲協，贊列珪陳。翼差鱗次，端笏垂紳。來趨動色，式贊天人。」《校注》：「端笏：捧笏。」仁明，仁愛明察。劉向《列女傳·周室三母》：「君子謂太姒仁明而有德。」《晉書》卷九《簡文帝紀》：「子昱，仁明有智度，可以虔奉宗廟。」按此二句《校注》云：「光采、仁明：皆稱頌建平王之詞。」

〔四〕「再逢」二句：緑草合，謂緑草茂密。《國語·楚語下》：「於是乎合其州鄉朋友婚姻，比爾兄弟親戚。」韋昭注：「合，會也。」翠雲，碧雲。漢馮衍《顯志賦》：「駟素虬而馳騁兮，乘翠雲而相佯。」

〔五〕「江甸」二句：《宋書》卷七十八《蕭思話傳》：「仗順沿流，席捲江甸。」甸，郊外。《周禮·天官·大宰》：「三曰邦甸之賦。」賈公彦疏：「郊外曰甸，百里之外，二百里之内。」《左傳·襄公二十一年》：「罪重於郊甸，無所伏竄，敢布其死。」杜預注：「郭外曰郊，郊外曰甸。」禮富，《校注》：「禮儀齊備。」漢渚，漢水之濱。《楚辭·九思·疾世》：「周徘徊兮漢渚，求水神兮靈女。」王逸章句：「言居山中，愁憤復之漢水之涯，庶欲以釋思念也。冀得水中神女，以慰思念。」《詩經·召南·江有汜》：「江有渚。」毛傳：「渚，小洲也。」《漢書》卷二十二《禮樂志》：「即位三十年，四夷賓服，百姓家給，政教清明。」《後漢書》卷八十《獨行·趙苑傳》：「再遷廣陵令，視事三年，政教清明。」《校注》：「江甸、漢渚：指荆州境内。」

〔六〕「君王」句：澹，淡泊。「《莊子·知北遊》：嘗相與無爲乎！澹而静乎！漠而清乎！」澹以思，《校注》：「淡雅而又富有情思。」按此句指建平王性情恬淡而富於感情。

〔七〕「樹羽」句：樹羽，出行時旗上插置五彩羽毛作爲裝飾。《詩·周頌·有瞽》：「有瞽有瞽，在周之庭。設業設虡，崇牙樹羽。」孔穎達疏：「又設其植者之虡，其上刻爲崇牙，因樹置五采之羽以爲之飾。」楚城，《校注》：「指紀南城。」

〔八〕衣劍：《校注》：「古時士大夫戴冠佩劍，此泛指歷史人物。」

〔九〕宫館平：《漢書》卷八《宣帝紀》：「郡國宫館，勿復修治。」《文選》卷一班固《西都賦》：「東薄河華，西涉岐雍，宫館所歷，百有餘區。」《校注》：「宫館平：謂時過境遷，紀南城的宫館毁廢不存。」

〔一〇〕「錦帳」二句：傳漢伶玄《趙飛燕外傳》：「爲婕好作七成錦帳。」《藝文類聚》卷三十二引南朝梁王僧孺《寵姬詩》：「錦帳迴廊步珠屣，玉釵時可掛羅襦。」本集《爲蕭太尉上便宜表》：「即收鏤琴綵瑟，再撫而已。」《吕氏春秋・古樂》：「鱓乃偃浸，以其尾，鼓其腹，其音英。」高誘注：「英，和盛貌。」《校注》：「音英：和諧而豐富的音調。」按以上二句《校注》云：「此二句意謂，楚宮宴饗行樂之事也隨着時間的過去而終歸消失。」

〔一一〕「丹沙」二句：丹沙，即丹砂，古代道教徒用以化汞煉丹。《管子・地數》：「上有丹沙者，下有黄金。」《史記》卷十二《孝武本紀》：「丹砂可化爲黄金，黄金成以爲飲食器則益壽，益壽而海中蓬萊僊者可見。」葛洪《抱朴子・金丹》：「凡草木燒之即燼，而丹砂燒之成水銀，積變又還成丹砂。」荀悦《災異論》：「夫事物之性，有自然而成者，有待人事而成者，有失人事不成者，有雖加人事終身不可成者。」按以上二句謂長生求仙之術不可得而成也。

〔一二〕「遷化」二句：遷化，指人由生到死的變化。《文選》卷十七傅毅《舞賦》：「在山峨峨，在水湯湯，與志遷化，容不虚生。」陶淵明《歸園田居・久去山澤遊》：「人生似幻化，終當歸空無。」《文選》卷二十三謝靈運《經廬陵王墓下作》：「一隨往化滅，安用空名揚。」

〔一三〕「流宕」句：流宕，《文選》卷三十五張協《七命》：「羈旅懷土之徒，流宕百罹之疇。」吕向注：「流宕，謂遠遊。」《樂府詩集》卷三十九《艷歌行》古辭：「翩翩堂前燕，冬藏夏來見。兄弟兩三人，流宕在他縣。」中懷，内心。《文選》卷二十九蘇武《雜詩・黄鵠一遠别》：「幸有弦歌曲，可以喻中懷。請爲遊子吟，泠泠一何悲。」

〔一四〕「凝意」句：凝意，意念專注。《文選》卷二十一《答何邵二首》之二：「負乘爲我戒，夕惕坐自驚。」

〔一五〕若木景：若木之光。《楚辭·天問》：「日安不到，燭龍何照？羲和之未揚，若華何光？」王逸章句：「言日未揚出之時，若木何能有明赤之光華乎？」若木，古代神話中之樹名。《山海經·大荒北經》：「大荒之中，有衡石山、九陰山、灰野之山，上有赤樹，青葉，赤華，名曰若木。」郭璞注：「生昆侖西附西極，其華光赤下照地。」《淮南子·墬形訓》：「若木在建木西，末有十日，其華照下地。」高誘注：「若木端有十日，狀如蓮華。華，猶光也。光照其下也。」《文選》卷七揚雄《甘泉賦》：「吸清雲之流瑕兮，飲若木之露英。」

〔一六〕憂人情：《文選》卷二十七樂府古辭《傷歌行》：「昭昭素月明，暉光燭我牀。憂人不能寐，耿耿夜何長。」鮑照《代東門行》：「絲竹徒滿座，憂人不解顏。」

【集說】

清王士禎《池北偶談》卷十二：唐詩佳句多本六朝，昔人拈出甚多，略摘一二，爲昔人所未及者。如王右丞……「白髮終難變，黃金不可成」，本江淹「丹砂信難學，黃金不可成」。

清陳祚明《采菽堂古詩選》卷二十四：頗饒古意。

秋至懷歸

【題解】

此詩云：「悵然集漢北，還望岨山田。泫泫百里壑，參差萬里山。楚關帶秦隴，荆雲冠吴煙。」應是在荆州思鄉之作，「漢北」，用屈子《九章·抽思》「有鳥自南兮，來集漢北」之典。詩又云：「草色斂窮水，木葉變吴川。秋至帝子降，客人傷嬋娟。」乃秋末所作。考景素泰始七年（四七一）春夏之交始赴荆州刺史任，於泰豫元年七月（四七二）已離荆州還京都，江淹亦隨之，則此詩又作於泰始七年秋末。

曹道衡《年代考》以爲此詩乃泰始三年（四六七）江淹在巴陵王幕下思歸之作，非是。蓋此説與其所論江淹《詣建平王上書》作於泰始二三年間自相矛盾。泰始三年秋，江淹在南兖州獄，自不能有在襄陽思歸之事也。

悵然集漢北〔一〕，還望岨山田〔二〕。泫泫百里壑①〔三〕，參差萬里山〔四〕。楚關帶秦隴，荆雲冠吴煙〔五〕。草色斂窮水〔六〕，木葉變吴川〔七〕。秋至帝子降〔八〕，客人傷嬋娟〔九〕。試訪淮海使〔一〇〕，歸路成數千〔一一〕。蓬驅未止極〔一二〕，旌心徒自懸〔一三〕。若華想無慰〔一四〕，憂至定傷年〔一五〕。

【校記】

①「百里」張本、《古詩紀》卷八十五作「百重」。

【箋注】

〔一〕「悵然」句：《文選》卷十九宋玉《神女賦序》：「罔兮不樂，悵然失志。」《史記》卷一百二十七《日者列傳》：「宋忠、賈誼忽而自失，芒乎無色，悵然噤口不能言。」《文選》卷五十六曹植《王仲宣誄》：「投戈編鄀，稽顙漢北。」《左傳·桓公八年》：「楚子伐隨，軍於漢、淮之間。」孔穎達疏：「漢、淮，二水名。」《書·禹貢》：「嶓塚導漾，東流爲漢。」孔傳：「泉始出山爲漾水，東南流爲沔水，至漢中東流爲漢水。」

〔二〕「還望」句：還望，即回望，《文選》卷二十七魏文帝《善哉行》：「還望故鄉，鬱何壘壘。」岨山田，《校注》：「瘠薄的山田。」《詩·周南·卷耳》：「陟彼砠矣，我馬瘏矣。」孔穎達疏：「石山戴土曰砠。」《管子·山國軌》：「山田以君寄幣，振其不贍，未淫失也。」岨，砠字通。福林按：《後漢書》卷一百十七：《南蠻西南夷傳序》：「道路悠遠，山川岨深，音使不通，故重譯而朝。」是岨、阻同。疑「岨山田」者，乃謂回望故鄉而爲山田所阻也。與以下「若華想無慰，憂至定傷年」云云正相合，又切下之望中景色，與曹丕《善哉行》詩意亦一致。

〔三〕「沄沄」句：　沄沄，水流浩蕩貌。董仲舒《春秋繁露》卷十六：「水則源泉，混混沄沄。」《文選》卷十二郭璞《江賦》：「淙大壑與沃焦。」李善注：「《説文》曰：『淙，水聲也。』《列子》曰：『渤海之東，不知幾萬億里，有大壑，無底之谷。其下無底，名歸墟。』」《文選》卷二十二謝靈運《於南山往北山經湖中瞻眺》：「俛視喬木杪，仰聆大壑灇。」

〔四〕「參差」句：《文選》卷十九宋玉《高唐賦》：「磐石險峻，傾崎崖隤。巖嶇參差，從横相追。」

〔五〕「楚關」二句：　楚關，楚地之關塞。鮑照《淩煙樓銘》：「東臨吴甸，西眺楚關，奔江永寫，鱗嶺相葺。」秦隴，秦嶺和隴山的合稱。《藝文類聚》卷九十五引《方言》：「蝙蝠自關而東謂之服翼，或謂之飛鼠，或謂老鼠，或謂之仙鼠；自關而西，秦隴之間謂蝙蝠，北燕謂之蟙䘃。」《晉書》卷八十六《張軌傳》：「又值中州兵亂，秦隴倒懸，加以寢患委篤，寔思斂跡避賢。」按此二句《校注》云：「古楚地西與秦地接壤，東與吴地爲鄰，故關隴相連，雲煙共覆。二句爲望中景色。」

〔六〕「草色」句：《藝文類聚》卷二十六引王僧孺《與何遜書》：「況復露鋪草色，風摇樹影，寒蟲夕叫，含輕重而同悲。」　斂窮水，《校注》：「謂水爲草色所斂而消失不見。」

〔七〕「木葉」句：《楚辭·九歌·湘夫人》：「嫋嫋兮秋風，洞庭波兮木葉下。」《校注》：「變：謂秋天樹葉變黄。」

〔八〕「秋至」句：《楚辭·九歌·湘夫人》：「帝子降兮北渚，目眇眇兮愁予。」王逸章句：「帝子，謂堯女也。降，下也。言堯二女娥皇、女英隨舜不反，墮於湘水之渚，因爲湘夫人。」

〔九〕「客人」句：客人，《校注》：「客人：江淹自稱。」嬋娟，姿態美好貌。《文選》卷二張衡《西京賦》：「嚼清商而卻轉，增嬋娟以此豸。」薛綜注：「嬋娟此豸，姿態妖蠱也。」

〔一〇〕「試訪」句：《尚書·夏書·禹貢》：「淮海惟揚州。」孔傳：「北據淮，南距海。」《校注》：「淮海使：謂京城來的使者。淮海，指淮水以南、東海以北地區，即揚州。」

〔一一〕「歸路」句：《文選》卷二十六謝靈運《永初三年七月十六日之郡初發都》：「從來漸二紀，始得傍歸路。將窮山海迹，永絶賞心悟。」李善注：「言欲之郡，必塗經始寧，故曰歸路。」按此句《校注》云：「意謂這次派去的地方離家鄉越發遥遠了。」

〔一二〕「蓬驅」句：《文選》卷二十九曹植《雜詩》：「轉蓬離本根，飄颻隨長風。」《文選》卷十一鮑照《蕪城賦》：「孤蓬自振，驚沙坐飛。」吕向注：「孤蓬，草也，無根而隨風飄轉者。」《樂府詩集》卷六十九虞羲《自君之出矣》：「自君之出矣，楊柳正依依。君去無消息，惟見黄鶴飛。關山多險阻，士馬少光輝。流年無止極，君去何時歸。」

〔一三〕「旌心」句：《戰國策·楚策一》：「寡人卧不安席，食不甘味，心摇摇如懸旌，而無所終薄。」《校注》：「旌心懸：謂心神不定，有如懸掛的旌旗。」

〔一四〕「若華」句：若華，古代神話中若木的花。《楚辭·天問》：「日安不到，燭龍何照？羲和之未揚，若華何光？」王逸章句：「言日未揚出之時，若木何能有明赤之光華乎？」若木，古代神話中之樹名。《山海經·大荒北經》:「大荒之中,有衡石山、九陰山、灰野之山,上有赤樹,青葉,赤華,名曰若木。」郭璞注:「生昆侖西附西極,其華光赤下照地。」《藝文類聚》卷二十八引謝靈運《東山望海詩》:「非徒不弭忘,覽物情彌遒。萱蘇始無慰,寂寞終可求。」

〔一五〕「憂至」句:《漢書》卷八十六《王嘉傳》:「孝成皇帝時,諫臣多言燕出之害,及女寵專愛,耽於酒色,損德傷年,其言甚切,然終不怨怒也。」鮑照《贈故人馬子喬六首》之二:「佳人捨我去,賞愛長絶絃。歡至不留日,感物輒傷年。」《文選》卷四十一孔融《論盛孝章書》:「若使憂能傷人,此子不得永年矣。」

【集説】

清陳祚明《采菽堂古詩選》卷二十四:起句清思,直序超超有情。結四句亦頗作致。反以琢句爲累,不臻高響。

古意報袁功曹

【題解】

詩題之「袁功曹」,即袁炳,詩人之摯友。詩人之《報袁叔明書》、《貽袁常侍》、《袁友人傳》、《傷友人賦》皆爲袁炳而作。曹道衡《年代考》論此詩云:「《南齊書·文學·王智深傳》云:『先是陳郡袁炳,字叔明,有文學,亦爲袁粲所知,著《晉書》未成,卒。』所説姓名、表字及作《晉書》均與《袁友人傳》相符。袁炳卒年最遲不得超過元徽二年，有《傷友人賦》可證，所以《南齊書》有『先是』二字，表示袁炳早已死去。考《宋書·袁粲傳》，袁粲於泰始五年至明帝末爲丹陽尹。『丹陽尹』的官屬可以有功曹之職。《宋書·百官志下》：『郡官屬如公府，無東西曹，有功曹史，主選舉。』袁炳既然『爲袁粲所知』，他任功曹史可能即在袁粲幕下。所以此詩寫作時間，大約在泰始五年至七年江淹在湘州或荆州時。」按《年代考》據袁炳「亦爲袁粲所知」之記載，推斷袁炳任功曹即在袁粲幕下，并無充分之依據。如《南史》卷五十九《江淹傳》所載，江淹就「早爲高平檀超所知，常升以上席，甚加禮焉」，但他却并没有進入檀超幕。然而，曹先生以爲詩題之「袁功曹」乃指袁炳，却又頗爲可信。今考江淹《袁友人傳》敘袁炳歷官順序爲「國常侍員外郎，府功曹，臨湘令」，則此詩應作於《貽袁常侍》詩之後，時間大約在泰始七年（四七一）。

從軍出隴北〔一〕，長望陰山雲〔二〕。涇渭各流異①〔三〕，恩情於此分〔四〕。故人贈寶劍〔五〕，鏤以瑶華文〔六〕。一言鳳獨立，再説鸞無羣〔七〕。何得晨風起，悠哉淩翠氛〔八〕。黄鵠去千里〔九〕，垂涕爲報君②〔一〇〕。

【校記】

①「流異」張本、《樂府詩集》卷三十二、《古詩紀》卷八十五作「異流」。

②「涕」《樂府詩集》注：「一作『淚』」。

【箋注】

〔一〕「從軍」句：《文選》卷二十七王粲《從軍詩五首》之一：「從軍有苦樂，但問所從誰。」隴北，隴山之北。《水經注·斤江水》：「隴山、終南山、惇物山，在扶風武功縣西南也。」《元和郡縣志》卷三《涇州·平高縣》：「瓦亭故關在縣南七十里，即隴山北垂，隗囂使牛邯軍瓦亭，即此是也。」《續漢書·郡國志五》：「漢陽郡……有大阪名隴坻。」劉昭注：「《三秦記》：『其阪九迴，不知高幾許，欲上者七日乃越。高處可容百餘家，清水四注下。』郭仲產《秦州記》曰：『隴山東西百八十里，登山嶺，東望秦川四五百里，極目泯然。山東人行役升此而顧瞻者，莫不悲思。故歌曰：「隴頭流水，分離四下。念我行役，飄然曠野。登高遠望，涕零雙墮。」度汧、隴，無蠶桑，八月乃麥，五月乃凍解。』」

〔二〕「長望」句：《楚辭》劉向《九歎·憂苦》：「登山長望中心悲兮，菀彼青青泣如頹兮。」阮籍《清思賦》：「遊平圃以長望兮，乘脩水之華旂。長思肅以永至兮，滌平衢之大夷。」陰山：即今橫亘於内蒙古自治區南境、東北接連内興安嶺的陰山山脈。山間缺口自古爲南北交通孔道。《管子·揆度》：「陰山之馬，具駕者千乘。」《文選》卷二十七陸機《飲馬長城窟行》：「驅馬陟陰山，山高馬不前。」

〔三〕「涇渭」句：涇渭，指涇水和渭水。《詩·邶風·谷風》：「涇以渭濁，湜湜其沚。」毛傳：「涇渭相入而清濁異。」《史記》卷七十九《范睢蔡澤列傳》：「大王之國，四塞以爲固，北有甘泉、谷口，南帶涇渭。」《文選》卷二十四曹植《又贈丁儀王粲》：「山岑高無極，涇渭揚濁清。」吕向注：「涇水濁，渭水清。」

〔四〕「恩情」句：恩情，恩愛之情。《文選》卷二十七班婕妤《怨歌行》：「棄捐篋笥中，恩情中道絶。」

〔五〕「故人」句：故人，舊交、老友。《莊子·山木》：「夫子出於山，舍於故人之家。」《史記·范睢蔡澤列傳》：「公之所以得無死者，以綈袍戀戀，有故人之意，故釋公。」《文選》卷二十四曹植《贈丁儀》：「思慕延陵子，寶劍非所惜。」李善注：「言延陵不欺於死，而況其生者乎？故己思慕之，冀異於俗也。《新序》曰：『延陵季子將西聘晉，帶寶劍以過徐君，徐君不言而色欲之。季爲有上國之事，未獻也，然心許之矣。致使於晉，顧反，則徐君死。於是以劍帶徐君墓樹而去。』」

〔六〕「鏤以」句：鏤，雕刻。鮑照《擬行路難十九首》之二：「洛陽名工鑄爲金博山，千斲復萬鏤，上刻秦女攜手仙。」瑶華，指美玉。葛洪《抱朴子·勖學》：「故瑶華不琢，則耀夜之景不發；丹鍔不淬，則純鉤之勁不就。」按此指文字之珍美。

〔七〕「一言」二句：《楚辭·九章·涉江》：「鸞鳥鳳皇，日以遠兮；燕雀烏鵲，巢堂壇兮。」王逸章句：「鸞、鳳，俊鳥也。有聖君則來，無德則去，以興賢臣難進易退也。」按此二句以鸞鳳之獨立不羣，以誇讚對方所贈寶劍鏤刻文字之珍貴。

〔八〕「何得」二句：《文選》卷十六潘岳《懷舊賦》：「晨風淒以激冷，夕雪暠以掩路。」《文選》卷二十九李陵《與蘇武詩三首》之一：「欲因晨風發，送子以賤軀。」李善注：「晨風，早風。言欲因風發，而已乘之以送子也。」翠氛，《校注》：「謂高天。」

〔九〕「黄鵠」句：《文選》卷二十九蘇武《古詩四首》之二：「黄鵠一遠别，千里顧徘徊。胡馬失其羣，思心常依依。」李善注：「《韓詩外傳》曰：『田饒謂魯哀公曰：「夫黄鵠一舉千里。」』」《樂府詩集》卷四十吴邁遠《櫂歌行》：「岷山高以峻，燕水清且寒。一去千里孤，邊馬何時還。」

〔一〇〕「垂涕」句：《文選》卷十九宋玉《神女賦》：「情獨私懷，誰者可語，惆悵垂涕，求之至曙。」卷二十九《古詩十九首·凜凜歲云暮》：「眄睞以適意，引領遥相睎。徙倚懷感傷，垂涕霑雙扉。」

【集説】

余冠英《漢魏六朝詩選》：本篇托爲仿古，借歌頌從軍寫傷亂之感、求去之心和離羣獨立的抱負。

渡西塞望江上諸山

【題解】

曹道衡《年代考》論此詩云：「此詩疑爲泰始七年在荆州作。『西塞』可以有二解，一指今湖北黄石市的西塞山，即唐劉禹錫作『王濬樓船下益州』這首名詩之處；一在湖北江陵附近。但江淹從景素自湘州出發去江陵，似不必渡過長江，從陸路走，而最大可能却是泝江而上，所以作後者解釋爲好。《文選》郭景純《江賦》李善注：『盛弘之《荆州記》曰：郡西泝江六十里，南岸有山名曰荆門，北岸有山名曰虎牙，二山相對，楚之西塞也。』《水經注·江水》亦有類似記載。我認爲此詩是江淹抵達江陵後的作品，因爲詩的内容純係遊覽，并無關於旅途的話。」所説頗有據。又觀此詩首云：「南國多異山，雜樹共冬榮。」詩末又云：「海外果可學，歲暮誦仙經。」則又作於冬日。考江淹泰豫元年（四七二）七月前已隨建平王景素回建康，則詩作於泰始七年（四七一）冬似無疑問。

南國多異山〔一〕，雜樹共冬榮〔二〕。潺湲夕澗急〔三〕，嘈囋晨鵾鳴①〔四〕。石林上參錯〔五〕，流沫下縱横〔六〕。松氣鑑青藹〔七〕，霞光鑠丹英〔八〕。望古一凝思〔九〕，留滯桂枝情〔一〇〕。結友愛遠岳，採藥好長生〔一一〕。常畏佳人晚②〔一二〕，秋蘭傷紫莖〔一三〕。海外果可學〔一四〕，歲暮誦仙經〔一五〕。

【校記】

①「嘈囋」原作「嘈嗜」，今據元鈔本、《彙注》本改，《古詩紀》卷八十五作「嘈嘈」。

②「畏」《彙注》本作「思」。

【箋注】

〔一〕南國：指江南。《楚辭·九章·橘頌》：「后皇嘉樹，橘徠服兮。受命不遷，生南國兮。」

〔二〕「雜樹」句：陶淵明《桃花源記》：「忽逢桃花林，夾岸數百步，中無雜樹，芳草鮮美，落英繽紛。」鮑照《望孤石》：「江南多暖谷，雜樹茂寒峰。」《楚辭·七諫·自悲》：「登巒山而遠望兮，好桂樹之冬榮。」《楚辭·遠遊》：「嘉南州之炎德兮，麗桂樹之冬榮。」《文選》卷一班固《西京賦》：「於是靈草冬榮，神木叢生，巖峻崷崪，金石崢嶸。」

〔三〕潺湲：《楚辭·九歌·湘夫人》：「慌惚兮遠望，觀流水兮潺湲。」朱熹集注：「至於荒忽而起望，則又但見流水之潺湲而已。」《文選》卷二十六謝靈運《七里瀨》：「孤客傷逝湍，徒旅苦奔峭。石淺水潺湲，日落山照曜。」李善注：「潺湲，水流貌也。」

〔四〕「嘈囋」句：《文選》卷十七陸機《文賦》：「或奔放以諧合，務嘈囋而妖冶。」李善注：「《埤蒼》曰：『嘈哰，聲貌。哰與囋及囐同。』」吕延濟注：「嘈囋，浮艷聲。」《楚辭・九辯》：「鴈雍雍而南遊兮，鵾鷄啁哳而悲鳴。」洪興祖補注：「鵾鷄似鶴，黄白色。」按鮑照《登廬山二首》之一：「嘈囋晨鵾思，叫嘯夜猨清。」此句襲用之。

〔五〕「石林」句：《文選》卷五左思《吴都賦》：「雖有石林之岝崿，請攘臂而靡之。」李善注：「《楚辭・天問篇》曰：『烏有石林。』此本南方楚圖畫，而屈原難問之。於義則石林當在南也。」《文選》卷二十五謝靈運《還舊園作見顔范二中書》：「流沫不足險，石林豈爲艱。」張銑注：「石林之險，山名也。以此比所經涉之處，此未足爲艱難也。」參錯，即參差。《文選》卷十九宋玉《高唐賦》：「磐石險峻，傾崎崕隤。巖嶇參差，從横相追。」張衡《西京賦》：「華嶽峩峩，岡巒參差。」

〔六〕「流沫」句：流沫，謂水勢激湍騰沫。《莊子・達生》：「孔子觀於吕梁，縣水三十仞，流沫四十里，黿鼉魚鼈之所不能遊也。」《文選》卷五十五劉孝標《廣絶交論》：「駱驛縱横，煙霏雨散。巧歷所不知，心計莫能測。」李善注：「駱驛，縱横不絶也。」

〔七〕「松氣」句：《藝文類聚》卷四十一謝靈運《日出東南隅行》：「皎潔秋松氣，淑德春景暄。」《文選》卷二十八陸機《吴趨行》：「藹藹慶雲，被泠泠祥。」李周翰注：「藹藹，雲貌也。」鮑照《登大雷岸與妹書》：「若華夕曜，巖澤氣通，傳明散綵，赫似絳天。左右青靄，表裏紫霄。」《校注》：「青藹：淡青色的霧氣。藹通『靄』。」

〔八〕「霞光」句：霞光，指太陽從雲罅或雲層中透射出來的日光。《太平御覽》卷八百十五引《洞冥記》：「甘泉有霞光繡，藻龍繡，連煙繡。」鑠，同「爍」，照射，閃耀。鮑照《侍宴覆舟山》詩之一：「明暉爍神都，麗氣冠華甸。」丹英，紅色的花朵。潘岳《螢火賦》：「熠熠熒熒，若丹英之照葩。」

〔九〕「望古」句：鮑照《采菱歌七首》之七：「思今懷近憶，望古懷遠識，懷古復懷今，長懷終無極。」《文選》卷十七陸機《文賦》：「罄澄心以凝思，眇衆慮而爲言。」

〔一〇〕「留滯」句：留滯，停留、羈留。《史記》卷一百三十《太史公自序》：「是歲天子始建漢家之封，而太史公留滯周南，不得與從事，故發憤且卒。」《楚辭・七諫・怨世》：「年既已過太半兮，然轗軻而留滯。」王逸章句：「言己年已過五十，而轗軻沈滯，卒無所逢遇也。」《楚辭・大司命》：「結桂枝兮延竚，羌愈思兮愁人。愁人兮奈何，願若今兮無虧。」洪興祖補注：「此言司命既去，猶結桂枝以延望。喻君捨己不顧，益憂思也。」

〔一一〕「結友」二句：《楚辭・哀時命》：「與赤松而結友兮，比王僑而爲耦。」《藝文類聚》卷七引庾闡《採藥詩》：「採藥靈山嶓，結駕登九疑。」鮑照《和王丞》：「遯跡俱浮海，採藥共還山。」《老子・韜光》：「天地所以能長且久者，以其不自生，故能長生。」鮑照《代淮南王》：「淮南王，好長生，服食練氣讀仙經。琉璃藥椀牙作盤，金鼎玉匕合神丹。」按《校注》云：「以上二句本鮑照《代昇升天行》：『窮途悔短計，晚志重長生。從師入遠岳，結友事仙靈』。」

〔一二〕佳人：《文選》卷十九宋玉《登徒子好色賦》：「天下之佳人，莫若楚國；楚國之麗者，莫若臣里；臣里之美者，莫若臣東家之子。東家之子增之一分則太長，減之一分則太短，著粉則太白，施朱則太赤，眉如翠羽，肌如白雪，腰如束素，齒如含貝。嫣然一笑，惑陽城，迷下蔡。」《古詩十九首・東城高且長》：「燕趙多佳人，美者顏如玉。」

〔一三〕「秋蘭」句：《楚辭・離騷》：「扈江離與辟芷兮，紉秋蘭以爲佩。」洪興祖補注：「蘭，香草也，秋而芳。」《楚辭・九歌・少司命》：「秋蘭兮青青，緑葉兮紫莖。滿堂兮美人，忽獨與余兮目成。」

〔一四〕「海外」句：《詩・商頌・長發》：「相土烈烈，海外有截。」鄭玄箋：「四海之外率服。」《史記》卷七十四《孟子荀卿列傳》：「先列中國名山大川，通谷禽獸，水土所殖，物類所珍，因而推之，及海外之所不能睹。」《藝文類聚》卷七十二引《神異經》：「西北海外有人，長二千里，兩脚中間相去千里，腹圍一千六百里，但日飲天酒五斗，不食五穀魚肉，唯飲天酒。忽有飢時，向天乃飽。」曹操《氣出唱三首》之一：「駕六龍，乘風而行，行四海外，路下之八邦，歷登高山臨谿谷；乘雲而行，行四海外，東到泰山，仙人玉女，下來遨遊。驂駕六龍飲玉漿，河水盡，不東流。解愁腹，飲玉漿。」按《校注》云：「海外：指世外求仙之事。」

〔一五〕「歲暮」句：孔融《雜詩二首》之二：「遠送新行客，歲暮乃來歸。入門望愛子，妻妾向人悲。」晉葛洪《抱朴子・辨問》：「仙經以爲，諸得仙者，皆其受命偶值神仙之氣，自然所稟。」

【集説】

明許學夷《詩源辨體》卷八：「玉柱空掩露，金樽坐含霜」，「昔我别楚水，秋月麗秋天，今君客吴阪，春色縹春泉」，「愁生白露日，怨起秋風年」，「松氣鑑青藹，霞光鑠丹英」，「絳氣下縈薄，白雲上遼冥」，「電至煙流綺，水緑桂含丹」，「涼靄飄虚坐，清香蕩空琴」等句，似皆仲偉「成就於謝朓」者也。

清陳祚明《采菽堂古詩選》卷二十四：氣清調高，「鑑」字、「鑠」字新，細味之頗有理。「結友」四句，高亮有古風。以之形上章（按指江淹《秋至懷歸》詩）「驅蓬」等語，工拙可見。

劉僕射東山集

【題解】

詩題之「劉僕射」，指劉勔。《南齊書》卷一《高帝紀上》：「初，勔高尚其意，托園造宅，名爲『東山』，頗忽世務。」《宋書》卷八十六《劉勔傳》：「（泰始五年）勔經始鍾嶺之南，以爲棲息，聚石蓄水，仿佛丘中，朝士愛素者，多往遊之。」見東山爲劉勔在鍾山之私人莊園，則詩應是江淹在京都建康與劉勔遊處時所作，時乃在泰始五年（四六九）之後。據《宋書》卷八《明帝紀》、卷九《後廢帝紀》，泰豫元年（四七二）四月己亥，劉勔加尚書右僕射，元徽二年（四七四）五月戰死於建康朱雀航。則江淹與劉勔集於東山并作詩乃在泰豫元年七月隨建平王景素還京都之後，至元徽二年五月，劉勔戰死之前。考景素回京都後，於閏七月即改任爲南徐州刺史，江淹隨之至南徐州之京口，行前作《建平王之南徐州刺史辭闕表》一篇。是江淹隨景素之南徐州前在京都建康有一短暫之逗留，其間當有慕劉勔之高趣及其東山園宅之雅好而有與劉勔交好唱和之事，且有東山之遊并作詩也。據此詩云：「蕭蕭雲色滋，惟愛起長思。喬木嘯山曲，征鳥怨水湄。」與秋七月及閏七月間之節候正相合，亦爲詩作於泰豫元年之證。

蕭蕭雲色滋〔一〕，惟愛起長思〔二〕。喬木嘯山曲〔三〕，征鳥怨水湄〔四〕。共惜玉樽暮〔五〕，願使光陰遲①〔六〕。紳裳視絶雲〔七〕，銜意方此時〔八〕。誦飾江皋駕，終從海濱詩〔九〕。

【校記】

①「使」張本作「是」，注：「舊集作『使』。」

【箋注】

〔一〕「蕭蕭」句：《史記》卷八十六《刺客列傳·荆軻列傳》：「高漸離擊筑，荆軻和而歌，爲變徵之聲，士皆垂淚涕泣。又前而歌曰：『風蕭蕭兮易水寒，壯士一去兮不復還！』」《文選》卷二十九《古詩十九首·去者日已疎》：「去者日以疎，生者日以親，出郭門直視，但見丘與墳。

古墓犁爲田，松柏摧爲薪，白楊多悲風，蕭蕭愁殺人。思還故里閭，欲歸道無因。」鮑照《行京口至竹里》：「高柯危且竦，鋒石横復仄。複澗隱松聲，重崖伏雲色。」

〔二〕長思：《文選》卷三張衡《東京賦》：「望先帝之舊墟，慨長思而懷古。」《文選》卷十八嵇康《琴賦》：「理重華之遺操，慨遠慕而長思。」

〔三〕「喬木」句：《詩·周南·漢廣》：「南有喬木，不可休思。」《藝文類聚》卷六十九引傅咸《扇賦》：「怨微飄之不興，恨喬木之無陰。」山曲，山勢彎曲隱蔽處。酈道元《水經注·沽水》：「又東南逕温泉東，泉在山曲之中。」《文選》卷二十六謝朓《在郡卧病呈沈尚書》：「況復南山曲，何異幽棲時。」

〔四〕「征鳥」句：征鳥，大雁一類的候鳥。《吕氏春秋·季冬》：「征鳥厲疾。」陳奇猷校釋：「征當讀『出征』之征。征鳥即指鴈言。」水湄，水邊。《詩·秦風·蒹葭》：「蒹葭淒淒，白露未晞。所謂伊人，在水之湄。」孔穎達疏：「水草交爲湄，謂水草交際之處，水之岸也。」王粲《雜詩》：「列車息衆駕，相伴緑水湄。」《文選》卷三十陸機《擬東城一何高》：「思爲河曲鳥，雙遊豐水湄。」劉良注：「湄，水次也。」

〔五〕玉樽：曹植《仙人篇》：「玉樽盈桂酒，河伯獻神魚。」《藝文類聚》卷三引晉郭璞《詩》：「高臺臨迅流，四坐列王孫。羽蓋停雲陰，翠鬱映玉樽。」

〔六〕光陰：顔之推《顔氏家訓·勉學》：「光陰可惜，譬諸流水。」王融《求自試啓》：「蒲柳先秋，光陰不待。」

〔七〕「紳裳」句：紳，古代士大夫束於腰間、一頭下垂之帶。《論語・衛靈公》：「子張書諸紳。」邢昺疏：「此帶束腰，垂其餘以爲飾，謂之紳。」《禮記・玉藻》：「紳長，制：士三尺，有司二尺有五寸。」鄭玄注：「紳，帶之垂者也。」絶雲，《文選》卷四十五宋玉《對楚王問》：「鳳凰上擊九千里，絶雲霓，負蒼天，足亂浮雲，翱翔乎杳冥之上。夫蕃籬之鷃，豈能與之料天地之高哉？」《校注》：「視絶雲：表示高邁的意氣。」

〔八〕銜意：《藝文類聚》卷七十九引梁王僧孺《湘夫人詩》：「桂棟承薜帷，眇眇川之湄。白蘋徒可望，緑芷竟空滋。日暮思公子，銜意嘿無辭。」按銜意，猶含意。《文選》卷二十九《古詩十九首・今日良宴會》：「齊心同所願，含意俱未申。」

〔九〕「誦飾」二句：江臯，江岸。《楚辭・九歌・湘夫人》：「朝馳余馬兮江臯，夕濟兮西澨。」《文選》卷二十二謝靈運《從遊京口北固應詔》：「遠巖映蘭薄，白日麗江臯。」李善注：「王逸曰：『澤曲曰臯。』」劉良注：「江臯，江曲也。」海濱，近海之處，海邊。《書・禹貢》：「厥土白墳，海濱廣斥。」孔傳：「濱，涯也。」孔穎達疏：「海畔迥濶，地皆斥鹵，故云廣斥。」《文選》卷七司馬相如《子虛賦》：「選徒萬騎，畋於海濱。」郭璞注：「濱，涯也。」《文選》卷二十曹植《責躬詩》：「奄有海濱，方周於魯。」按此二句《校注》云：「飾駕：整治車駕。飾，通『飭』。以上二句意謂，讀了劉僕射的詩，知有歸隱江海之意，自己願意追隨之。」

寄丘三公

【題解】

詩題之「丘三公」，《年代考》及《校注》皆以爲指丘靈鞠，是也。丘靈鞠嘗任尚書三公郎，故有此稱。《南齊書》卷五十二《文學·丘靈鞠傳》云：「靈鞠，吴興烏程人也。祖系，秘書監。少好學，善屬文。與上計，仕郡爲吏。州辟從事，詣領軍沈演之。演之曰：『身昔爲州職，詣領軍謝晦，賓主坐處，政如今日。卿將來或復如此也。』舉秀才，爲州主簿。累遷員外郎。宋孝武殷貴妃亡，靈鞠獻挽歌詩三首，云：『雲横廣階暗，霜深高殿寒。』帝摘句嗟賞，除新安王北中郎參軍。」丘靈鞠所從之新安王，即孝武帝寵子新安王子鸞。據《宋書》卷八十《孝武十四王傳》，新安王子鸞爲孝武寵妃殷氏所生，大明五年，遷北中郎將、南徐州刺史；六年，丁母憂，葬畢，以本官兼司徒。靈鞠因獻挽歌詩而除新安王北中郎參軍，必大明六年（四六二）事。而江淹則於大明七年爲子鸞南徐州從事，二人有同僚之誼，且皆好學有才名，故應以文義相交而有詩相贈答也，江淹《冬盡難離和丘長史》詩，即二人唱和之作。丘靈鞠詩，《詩品》以之與謝超宗、劉祥、檀超、鍾憲、顔則、顧則心同列，置之下品，云：「檀謝七君，并祖襲顔延，欣欣不倦，得士大夫之雅致乎！余從祖正員常云：『大明泰始中，鮑休美文，殊已動俗，惟此諸人，傳顔陸體，用固執不移，顔諸暨最荷家聲。』」其詩今存僅《南齊書》本傳所載《挽歌詩》之「雲横廣階暗，霜深高殿寒」二句，與江淹唱和之作，已佚矣〔六〕可見矣。

此詩既題作「寄丘三公」，則當於靈鞠任尚書三公郎時所作。考《南齊書》靈鞠本傳又云：「泰始初，坐東賊黨錮數年。褚淵爲吴興，乃啓申之，明帝使著《大駕南討紀論》。久之，除太尉參軍，轉安北記室，帶扶風太守，不就。爲尚書三公郎，建康令，轉通直郎，兼中書郎。昇明中，遷正員郎。」則靈鞠之爲尚書三公郎約在泰始末。又考之此詩云：「何意風雨激，一訣異東西。菊秀空應奪，蘭芳幾時堅。」又云：「安得明月珠，攬涕寄吴山。」當是二人地隔西東而江淹寄之者，時當在泰始七年（四七一）或泰豫元年（四七二）江淹隨景素還建康前。《校注》云：「本篇意在向丘三公説明分手以後，由於懷才不遇，心情痛苦，大約是在荆州遭建平王冷遇時的作品。」所説是也。

昔我學冠劍〔一〕，逢君在三川〔二〕。何意風雨激，一訣異東西〔三〕。菊秀空應奪，蘭芳幾時堅〔四〕。常恐握手畢〔五〕，黯如光絶天〔六〕。安得明月珠〔七〕，攬涕寄吴山〔八〕。

【箋注】

〔一〕冠劍：古代官員戴冠佩劍，因以「冠劍」指官職或官吏。《史記》卷一百二十九《貨殖列傳》：「公子飾冠劍，連車騎，亦爲富貴容也。」本集《到主簿日事詣右軍建平王》：「常欲永辭冠劍，弋釣畎壑。」

〔二〕三川：《國語·周語上》：「幽王二年，西周三川皆震。」韋昭注：「三川，涇、渭、洛，出於岐山。」《文選》卷四左思《蜀都賦》：「斯蓋宅土之所安樂，觀聽之所踴躍也，焉獨三川爲世朝市。」李善注：「韋昭曰：『有河、洛、伊，故曰三川。』」《通鑒》卷一百五十七梁紀十三：「天下河、洛、伊爲三川，涇、渭、洛亦爲三川。」胡三省注：「涇、渭、洛之洛，指關中之洛水，今逕鄜、坊，同三州而入於渭。」按《校注》云：「此借指京都建康。」

〔三〕「何意」二句：《尚書·周書·洪範》：「庶民惟星，星有好風，星有好雨。」孔傳：「箕星好風，畢星好雨。」《墨子·節用中》：「古者堯治天下，南撫交阯，北降幽都，東西至日所出入，莫不賓服。」劉向《九歎·遠逝》：「水波遠以冥冥兮，眇不睹其東西。」按鮑照《贈傅都曹別》：「風雨好東西，一隔頓萬里。」此二句化而用之。

〔四〕「菊秀」二句：《藝文類聚》卷十六引謝莊《皇太子妃哀策文》：「菊有秀兮蘅有芬，德方遠兮聲彌樹。」《楚辭·招魂》：「結撰至思，蘭芳假些。」王逸章句：「假，至也。《書》曰：『假於上下。』蘭芳，以喻賢人也。」《藝文類聚》卷八十一引潘岳《秋菊賦》：「垂采煒於芙蓉，流芳越乎蘭林。」按《校注》云：「屈原《九歌·禮魂》：『春蘭兮秋菊，長無絶兮終古。』以上二句反用其意。」

〔五〕握手：《後漢書》卷二十四《馬援傳》：「援素與述同里閈，相善，以爲既至當握手歡如平亡。」《三國志》卷九《魏志・曹爽傳》：「爽以支屬，世蒙殊寵，親受先帝握手遺詔，託以天下。」

〔六〕「黯如」句：《文選》卷五十七謝莊《宋孝武宣貴妃誄》：「重扃閟兮燈已黯，中泉寂兮此夜深。」張銑注：「黯，不明貌。」　《藝文類聚》卷三十四引潘岳《哀詩》：「漼如葉落樹，邈若雨絶天。雨絶有歸雲，葉落何連山。」郭璞《別詩》：「君如秋日雲，妾似突中煙，高下理自殊，一乖雨絶天。」

〔七〕明月珠：即夜光珠，因珠光晶瑩似月光，故名。《史記》卷八十三《鄒陽列傳》：「臣聞明月之珠，夜光之璧，以闇投人於道路，人無不按劒相眄者，何則？無因而至前也。」《史記》卷八十七《李斯列傳》：「垂明月之珠，服太阿之劍。」《文選》卷二十九張衡《四愁詩》：「美人贈我貂襜褕，何以報之明月珠。」李善注：「《淮南子》曰：『隋侯之珠。』高誘曰：『明月珠也。』」

〔八〕「攬涕」句：《楚辭・九章・思美人》：「思美人兮，擥涕而竚眙。」蔣驥注：「擥，猶收也。」《後漢書》卷三十三《虞延傳》：「居有頃，宗果以侈縱被誅。臨當伏刑，攬涕而歎曰：『恨不用功曹虞延之諫。』」《文選》卷三十謝朓《和伏武昌登孫權故城》：「鵲起登吳山，鳳翔陵楚甸。」李善注：「孫氏初基武昌，後都建鄴，故云吳山、楚甸也。」《校注》：「吳山：指丘三公所在的吳地，當是建康。以上四句意謂，自分別以來，如同明珠暗投，常恐永無出頭之日，爲難以擺脱此種處境而悲傷。」

【集説】

王夫之《古詩評選》卷五：叙事言情，起止不溢，正使心懸天上，憂滿人間，故知惟雅人能至所至。

陸東海譙山集

【題解】

詩題之「譙山」，即京口（今江蘇鎮江）焦山。《方輿勝覽》卷三《鎮江府》：「焦山在江中，金、焦二山相去十五里。唐《圖經》云：『後漢焦先隱於此山，因名。』」《讀史方輿紀要》卷二十五《江南·鎮江府·丹徒縣》：「焦山，府東北九里江中，與金山并峙，相去十五里，以後漢處士焦光隱此而名。或曰譙山，亦曰浮玉山。劉宋元嘉中，以魏人臨江，嘗分兵戍此。唐時有譙山戍，蓋焦與譙通稱也。……今山巔盤礴處曰焦僊嶺，其旁岩洞參差，奇勝不一。山之餘峰東出，有二島對峙江流中，曰海門山，亦名海門關，又謂之雙峰山也。《里道記》『焦山南岸曰東馬頭，以山爲扞蔽。金、焦、北固，世稱爲京口三山』云。」《山堂肆考》卷十六《地理·焦先隱》：「焦山在鎮江江中，漢處士焦先隱此，故名。旁有海門二山。上有焦山寺、羅漢巖。」

詩題之「陸東海」，指南東海太守陸澄。《南齊書》卷三十九《陸澄傳》：「陸澄字彦淵，吴郡吴人也。祖邵，臨海太守。父瑗，州從事。澄少好學，博覽無所不知，行坐眠食，手不釋卷。起家太學博士，中軍、衛軍府行佐，太宰參軍，補太常丞，郡主簿，北中郎行參軍。……轉通直郎，兼中書郎，尋轉兼左丞。泰始六年……尋轉著作正員郎，兼官如故。除安成太守，轉劉韞撫軍長史，加綏遠將軍、襄陽太守，并不拜。仍轉劉秉後軍長史、東海太守，遷御史中丞。」江淹《自序》云：「會東海太守陸澄丁艱，淹自謂郡丞應行郡事，景素用司馬柳世隆。」《宋書》卷五十一《長沙景王道憐傳附劉秉傳》：「遷使持節、都督南徐徐兗豫青冀六州諸軍事、後將軍、南徐州刺史，加散騎常侍。後廢帝即位，改都督郢州豫州之西陽司州之義陽二郡諸軍事、郢州刺史，持節、常侍如故。」即劉秉離南徐州刺史任後陸澄仍在南東海太守任，江淹爲陸澄佐，故又與其有遊焦山并以詩相唱和之事也。

此詩云：「杳杳長役思，思來使情濃。恒忌光氛度，籍蕙望春紅。」又云：「青莎被海月，朱華冒水松。輕氣暖長岳，雄虹赫遠峰。」乃春夏之交節候。考江淹泰始七年（四七一）秋始至南徐州，泰豫二年（四七三）陸澄有丁憂去職之事，其年秋江淹即被黜爲建安吴興令，是詩當爲泰豫元年（四七二）夏所作。澄是歲年已四十九，而江淹年方三十，爲東海郡丞，乃澄之屬吏，年歲、資歷皆不及澄，故詩乃有「永願白沙渚，遊衍遂相從」之語。又是時景素謀議起兵，江淹諫之不從，故詩又有「丹山有琴瑟，不爲憂傷容」之語，表憂心之甚也。皆可爲「陸東海」乃陸澄之旁證。

杳杳長役思〔一〕，思來使情濃①。恒忌光氛度〔二〕，籍蕙望春紅〔三〕。青莎被海月〔四〕，朱華冒水松〔五〕。輕氣曖長岳②〔六〕，雄虹赫遠峰〔七〕。日暮崦嵫谷〔八〕，參差綵雲重〔九〕。永願白沙渚，遊衍遂相從〔一〇〕。丹山有琴瑟〔一一〕，不爲憂傷容。

【校記】

①「情」張本、梁本作「懷」。

②「氣」張本作「風」，梁本注：「一作『風』。」

【箋注】

〔一〕「杳杳」句：《楚辭·九章·懷沙》：「眴兮杳杳，孔静幽默。」王逸章句：「杳杳，深冥貌也。」《文選》卷二十八鮑照《代東門行》：「遥遥征駕遠，杳杳白日晚。」李周翰注：「遥遥，行貌。杳杳，暮也。」屈原《離騷》：「惟天地之無窮兮，哀人生之長勤。」鮑照《遊思賦》：「苦與樂其何言，悼人生之長役。捨堂宇之密親，坐江潭而爲客。」

〔二〕「恒忌」句：《法苑珠林》卷八十七《住處部》：「晉大司馬桓温功業殊盛，負其才力，久懷簒逆，廢晉帝爲海西公而立會稽王，是爲簡文帝。太宰武陵王晞性尚武事，好犬馬遊獵，温常忌之，故加罪狀，奏免晞及子綜官。」《校注》：「光氛：指春日祥和的光景。度：過。」

〔三〕「籍蕙」句：籍蕙，宋傅亮《故安成太守傅府君銘》：「君承世德之芳流，蕩二象之淑靈，含章蘊粹，佩蘭藉蕙，韋帶飯蔬，朝不及夕。」《校注》：「籍蕙：依蕙草而坐。籍，通藉。」《玉臺新詠》卷四鮑令暉《擬青青河畔草》：「裊裊臨窗竹，藹藹垂門桐。灼灼青軒女，泠泠高臺中。明志逸秋霜，玉顔艷春紅。」《校注》：「春紅：春花。」

〔四〕「青莎」句：《楚辭》淮南小山《招隱士》：「青莎雜樹兮，薠草靃靡。」王逸章句：「草木雜居，隨風披敷也。」洪興祖補注：「《本草》云：『莎，古人爲詩多用之，此草根名香附子，荆、襄人謂之莎草。』」海月，海生動物名，貝類，肉可食。《文選》卷十二郭璞《江賦》：「王珧海月，土肉石華。」李善注：「《臨海水土物志》曰：『海月，大如鏡，白色，正圓，常死海邊，其柱如搔頭大，中食。』又曰：『土肉正黑，如小兒臂大，長五寸，中有腹，無口目，有三十足，炙食。』」

〔五〕「朱華」句：《文選》卷二十曹植《公讌詩》：「秋蘭被長坂，朱華冒緑池。」李善注：「朱華，芙蓉也。」《文選》卷三十陸機《擬古詩·擬青青陵上柏》：「飛閣纓虹帶，曾臺冒雲冠。」吕延濟注：「言虹雲之依臺閣如冠帶焉。」《文選》卷二十二謝靈運《從斤竹澗越嶺溪行》：「蘋萍泛沈深，菰蒲冒清淺。」

〔六〕「輕氣」句：輕氣，《校注》：「輕氣：遊氣。」《藝文類聚》卷七引遠法師《廬山記》：「東南有香鑪山，孤峰秀起，遊氣籠其上，則氛氳若煙。」卷九十七引晉支曇諦《赴火蛾賦》：「因温風以舒散，乘遊氣以徘徊。」《楚辭·離騷》：「時曖曖其將罷兮，結幽蘭而延佇。世溷濁而不分兮，好蔽美而嫉妒。」晉丘道護《道士支曇諦誄》：「綿綿終古，曖曖玄路。妙緣莫叩，長寐靡瘖。」

〔七〕「雄虹」句：雄虹，色彩鮮明的虹，亦稱正虹，與副虹霓相對。《楚辭·遠遊》：「建雄虹之采旄兮，五色雜而炫燿。」《後漢書》卷六十上《馬融傳》：「建雄虹之旌夏。」李賢注：「郭璞注《爾雅》云：『虹雙出，色鮮盛者爲雄。』」鮑照《登大雷岸與妹書》：「若華夕曜，巖澤氣通，傳明散綵，赫似絳天。」

〔八〕「日暮」句：《文選》卷二十三王粲《七哀詩》：「荆蠻非我鄉，何爲久滯淫。方舟溯大江，日暮愁我心。」卷二十一顏延之《秋胡行》：「日暮行采歸，物色桑榆時。」《楚辭·離騷》：「吾令羲和弭節兮，望崦嵫而未迫。」王逸章句：「崦嵫，日所入山也。」《藝文類聚》卷三十六引晉張華《招隱詩》：「羲和策六龍，弭節越崦嵫。盛年俛仰過，忽若振輕絲。」

〔九〕「參差」句：《詩經·周南·關雎》：「參差荇菜，左右流之。」朱熹集注：「參差，長短不齊之貌。」《文選》卷十九宋玉《高唐賦》：「磐石險峻，傾崎崕隤。巖嶇參差，從横相追。」張衡《西京賦》：「華嶽峩峩，岡巒參差。」李善注：「參差，低仰貌。」《玉臺新詠》卷四王元長《雜詩五首》之一：「巫山彩雲没，淇上緑楊稀。待君竟不至，秋鴈雙雙飛。」《藝文類聚》卷十六引後魏温子昇《魏莊帝生皇太子赦詔》：「皇子誕育，彩雲映日，神光照殿。」

〔一〇〕「遊衍」句：《詩·大雅·板》：「昊天曰旦，及爾遊衍。」毛傳：「遊，行；衍，溢也。」孔穎達疏：「遊行衍溢，亦自恣之意也。」謝靈運《行田登海口盤嶼山》：「遨遊碧沙渚，遊衍丹山峰。」陶淵明《詠貧士》七首之六：「介焉安其業，所樂非窮通。人事固以拙，聊得長相從。」《文選》卷三十謝惠連《七月七日夜詠牛女一首》：「雲漢有靈匹，彌年闕相從。遐川阻昵愛，修渚曠清容。」鮑照《代陳思王京洛篇》：「古來共歇薄，君意豈獨濃。唯見雙黄鵠，千里一相從。」

〔一一〕「丹山」句：《山海經・南山經》：「丹穴之山，其上多金玉，丹水出焉，而南流注於渤海。有鳥焉，其狀如雞，五采而文，名曰鳳凰。」《吕氏春秋・本味》：「流沙之西，丹山之南，有鳳之丸，沃民所食。」《藝文類聚》卷二十七引阮籍《詠懷詩》：「鴻鵠相隨飛，隨飛適荒裔，雙翮臨長風，須臾萬里逝。朝飡琅玕實，夕宿丹山際，託身青雲中，網羅不能制。」《詩・周南・關雎》：「參差荇菜，左右采之。窈窕淑女，琴瑟友之。」陸機《擬西北有高樓》：「佳人撫琴瑟，纖手清且閑。」《校注》：「『琴瑟』又含有與陸澄情投意合之意。」

【集説】

王夫之《古詩評選》卷五：文通當齊梁之際，良不爲時俗所移，心理之寄，且從齊、晉、宋而上之，古今迢迢，俱不欲涉其藩圃，文質之間，別有玄托。裁成首尾，一以漢制爲則；著景命詞，則出入屈、宋。時復取資謝客，其或巧心已靈，微傷雕刻。要以斧鑿之痕，不施於神理，通章諷詠，雅音静好，居然不雜。千古以下遂無和者，唯許我似古人，不許後人似我。嗚呼，嚴矣！常建、王昌齡欲以累俗之心求之形跡，不亦難乎？

燈夜和殷長史

【題解】

詩題之「殷長史」，吴譜以爲指殷孚。考江淹有《知己賦》一篇，乃傷殷孚之亡而作，賦有云：「始於北府相值，傾蓋無已。」則江淹與殷孚相交之始乃在北府。北府，即南徐州之州治京口，見吴譜所説是也。江淹《知己賦》序云：「陳國之華者，故吏部郎殷孚其人也。博而能通，學無不覽；雅賞文章，尤愛奇逸。雖志隱巖石，而名動京師矣。才多深見，氣有遠度。雖安期、千里，不能尚焉。」賦又云：「潛志百氏，沈神六經。冥析義象，該洽性靈。儒不隱迹，墨無遁形。既含道潤，亦發才華。采耀秋月，文麗冬霞。有體有艷，光國光家。」「談天理之開基，辯人道之始終。罄龍圖及鳳書，傾蒼册與篆字。儲西國之闕文，采東京之逸記。閲歆、向之舊旨，闡鍾、王之新意。對楚、漢之澮墨，覽魏、晉之鴻策。授遠近之真假，削古今之名實。」是殷孚博學多才，能詩善文，且又與江淹志趣相近。一時名士，相與交厚并以詩文相往還，宜哉。

按江淹與殷孚相交頗深，屢有詩相唱和，殷孚卒，江淹乃有爲賦悼亡之事。《宋書》卷五十九《殷淳傳附殷孚傳》云：「有父風，世祖大明末，爲始興相。官至尚書吏部郎，順帝撫軍長史。」則詩應作於殷孚爲順帝撫軍長史時。據《宋書》各帝紀，順帝即帝位前於泰始七年七月拜撫軍將軍，八月，封安成王；泰豫元年四月爲揚州刺史，將軍如故；元徽二年九月，進號車騎將軍。是殷孚爲撫軍長史在泰始七年（四七一）七月至元徽二年（四七四）九月之間，江淹與其相唱和并作此詩亦在其間。據江淹行蹤，其泰始七年春至泰豫元年（四七二）夏隨建平王景素在荆州，元徽二年秋被黜爲建安吴興令，皆無由與殷孚相唱和。由此，此詩又作於泰豫元年秋至元徽二年秋江淹在南徐州時。考之此詩云：「冬盡綵葉暮，金石亦懷傷。冰鱗不能起，水鳥望川梁。客子依永夜，寂寞幽意長。」則又作於冬日，是必泰豫元年或元徽元年（四七三）所作。是時適值景素密謀構亂日急之時，江淹不同景素之密謀，爲景素所不喜，故頗有憂懼之感。此詩有云：「結眉慘成慮，銷憂非羽觴。此心冀可緩，清芷在沅湘。」乃其證也。

聞人倓《古詩箋》以爲詩題之「殷長史」指殷芸。今考《梁書》卷四十一《殷芸傳》，殷芸齊永明中，爲宜都王行參軍；梁天監初，爲西中郎主簿，後軍臨川王記室；天監十年（五一一）後，爲司徒左長史。是殷芸爲長史時，江淹已卒數年。則聞説之非也甚明。

冬盡綵葉暮〔一〕，金石亦懷傷〔二〕。冰鱗不能起〔三〕，水鳥望川梁〔四〕。客子依永夜①〔五〕，寂寞幽意長〔六〕。卧歎丹丘采②〔七〕，坐失曾泉光〔八〕。結眉慘成慮〔八〕，銷憂非羽觴〔九〕。此心冀可緩，清芷在沅湘〔一〇〕。

【校記】

①「依」元鈔本、汪本、張本作「仿」。

②「歇」《彙注》本作「歌」。

【箋注】

〔一〕「冬盡」句：《藝文類聚》卷八十一引魏應瑒《迷迭賦》：「振纖枝之翠粲，動綵葉之莓莓。舒芳香之酷烈，乘清風以徘徊。」《校注》：「綵葉暮：謂花草樹木枯萎。」

〔二〕「金石」句：《荀子·勸學》：「鍥而舍之，朽木不折；鍥而不舍，金石可鏤。」《文選》卷二十九《古詩十九首·驅車上東門》：「人生忽如寄，壽無金石固。」《文選》卷三十四枚乘《七發》：「雖有金石之堅，猶將銷鑠而挺解也。」《藝文類聚》卷二十六引後漢馮衍《顯志賦》：「發軫新豐兮，徘徊鎬京。淩飛廉而太息，登平陽而懷傷。悲世俗之險阨，哀好惡之無常。」同上書卷二十九引魏應瑒《别詩》：「浩浩長河水，九折東北流。晨夜赴滄海，海流亦何抽。遠適萬里道，歸來未有由。臨河累太息，五内懷傷憂。」

〔三〕冰鱗：《校注》：「冰下之魚。」

〔四〕「水鳥」句：《藝文類聚》卷五十九引宋孝武帝《北伐詩》：「表裏跨原隰，左右御川梁，月羽皎素魄，星旗艴赤光。」鮑照《苦雨》：「野雀無所依，羣雞聚空館。川梁日已廣，懷人邈渺漫。徒酌相思酒，空急促明彈。」按《藝文類聚》卷二十八引梁蕭子雲《落日郡西齋望海山詩》：「漁舟暮出浦，漢女採蓮歸。夕雲向山合，水鳥望田飛。」當從此出。

〔五〕「客子」句：客子，《校注》：「江淹自稱。」《文選》卷二十七王粲《從軍詩五首》之五：「客子多悲傷，淚下不可收。朝入譙郡界，曠然消人憂。」永夜，長夜。《列子·楊朱》：「肆情於傾宮，縱欲於長夜。」《藝文類聚》卷七引謝靈運《羅浮山賦》：「諒沉念之羅浮，發潛夢於永夜。」

〔六〕「寂寞」句：《藝文類聚》卷十八引司馬相如《美人賦》：「上宫閒館，寂寞雲虚，門閣晝掩，曖若神居。芳香芬烈，黼帳高張。」《後漢書》卷二十八下《馮衍傳下》：「陂山谷而閒處兮，守寂寞而存神。」幽意，《校注》：「鬱結難言的情意。」本集《青苔賦》：「必居閒而就寂，以幽意之深傷。」

〔七〕「卧歇」二句：《楚辭·遠遊》：「仍羽人於丹丘兮，留不死之舊鄉。」王逸章句：「丹丘，晝夜常明也。」《北堂書鈔》卷一百五十八引《拾遺記》：「丹丘千年一燒，黄河千年一清，皆至聖之君，以爲大瑞。」《藝文類聚》卷七十八引曹植《遊仙詩》：「東觀扶桑曜，西臨弱水流，北極登玄渚，南翔陟丹丘。」《淮南子·天文訓》：「日出於暘谷，浴於咸池。……至於曾泉，是謂蚤食；至於桑野，是謂宴食。」《初學記》卷一引《淮南子》注：「曾，重也。早食時在東方多水之地，故曰曾泉。」晉陸雲《移書太常府薦張贍》：「曾泉改路，懸車將邁。」按此二句《校注》云：「『曾泉光』、『丹丘采』似皆喻建平王。」

〔八〕「結眉」句：結眉，緊皺雙眉。本集《悼室人十首》之五：「秋至擣羅紈，淚滿未能開。風光肅入户，月華爲誰來？結眉向珠網，瀝思視青苔。」

〔九〕「銷憂」句：《漢書》卷九十七下《外戚下·孝成班婕妤傳》：「顧左右兮和顏，酌羽觴兮銷憂。」顏師古注：「孟康曰：『羽觴，爵也，作生爵形，有頭尾羽翼。』」按此句反其意而用之。

〔一〇〕「清芷」句：清芷，清美之香草。《楚辭·離騷》：「余既滋蘭之九畹兮，又樹蕙之百畝，畦留夷與揭車兮，雜杜衡與芳芷。」王逸章句：「杜蘅、芳芷，皆香草名也。」《文選》卷三十二屈原《九歌·湘夫人》：「芷葺兮荷屋，繚之兮杜衡。」張銑注：「芷、杜蘅，皆香草也。以芷草及荷葉葺以蓋屋，又束縛杜蘅置於水中。」「《楚辭·離騷》：「濟沅湘以南征兮，就重華而陳詞。」王逸章句：「沅、湘，水名也。」洪興祖補注：「零陵郡陽朔山，湘水出。《水經》云：『沅水下注洞庭，方會於江。』《湘中記》云：『湘水之出於陽朔，則觴爲之舟。至洞庭，則日月若出入於其中。』」《楚辭·九歌·湘君》：「令沅湘兮無波，使江水兮安流。」

贈煉丹法和殷長史

【題解】

詩題之「殷長史」，亦指殷孚。詩云：「譬如明月色，流采映歲寒。」爲冬日景物，與前詩乃時間相近之作，時亦當在泰豫元年（四七二）或元徽元年（四七三）冬。

俞譜繫以上二詩於元徽二年，恐誤會《通鑒》文意，以爲江淹諫景素謀反事在元徽三年所致耳。

琴高遊會稽〔一〕，靈變竟不還〔二〕。不還有長意，長意希童顏〔三〕。身識本爛熳〔四〕，光曜不可攀〔五〕。方驗《參同契》〔六〕，金竈煉神丹〔七〕。頓捨心知愛，永卻平生歡〔八〕。玉牒裁可卷，珠蘂不盈簞〔九〕。譬如明月色，流采映歲寒〔一〇〕。一待黄冶就〔一一〕，青芬遲孤鸞〔一二〕。

【箋注】

〔一〕「琴高」句：《列仙傳·琴高》：「琴高者，趙人也，以鼓琴爲宋康王舍人。行涓彭之術，浮遊冀州涿郡之間二百餘年。後辭入涿水中取龍子，與諸弟子期曰：『皆潔齋待於水傍，設祠。』果乘赤鯉來，出坐祠中。旦有萬人觀之，留一月餘，復入水去。」《太平御覽》卷六百六十一引《蘇林傳》：「林字子玄，濮陽曲水人也。父秀，含德隱曜，居於恒山林。少禀異操，至趙，師琴高先生授鍊氣益命之道，又師華山仇先生授還神之術。」會稽，郡名。秦置，今江蘇省東部及浙江省西部地，治山陰（今浙江紹興）。

〔二〕「靈變」句：靈變，神奇莫測之變化。阮籍《答伏義書》：「靈變神化者，非局器所能察矣！」《文選》卷十二木華《海賦》：「廓如靈變，惚怳幽暮。」李善注：「廓，猶開也。言廓然暫開，如神之變，惚怳之頃，而又幽暮也。」《樂府詩集》卷三十七魏文帝《折楊柳行》：「老聃適西戎，於今竟不還。王喬假虚辭，赤松垂空言。」

〔三〕「不還」二句：《白虎通義·蓍龜》：「龜之爲言久也，蓍之爲言耆也，久長意也。」鮑照《和王丞》：「限生歸有窮，長意無已年。秋心日迥絶，春思坐連綿。」《樂府詩集》卷六十四曹植《飛龍篇》：「晨遊泰山，雲霧窈窕。忽逢二童，顏色鮮好。乘彼白鹿，手翳芝草。我知真人，長跪問道。」鮑照《蕭史曲》：「蕭史愛長年，嬴女吝童顏。」

〔四〕「身識」句：身識，佛教六識之一，身體接觸外界事物所獲得的認識。佛教以身爲觸根，故稱。六識乃佛教所稱之眼識、耳識、鼻識、舌識、身識、意識。謂眼、耳、鼻、舌、身、意六根。爛熳，謂任意，隨意，不受拘束。《藝文類聚》卷八十一引梁劉緩《看美人摘薔薇詩》：「釵邊爛熳插，無處不相宜。」

〔五〕「光曜」句：《文選》卷七揚雄《甘泉賦》：「揚光曜之燎爥兮，垂景炎之炘炘。」吕延濟注：「言宫觀華飾，揚其光曜。」卷八揚雄《羽獵賦》：「涣若天星之羅，浩如濤水之波。」張銑注：「言儀飾光曜如天星之羅列。」《楚辭·哀時命》：「往者不可扳援兮，俫者不可與期。」洪興祖補注：「扳，與攀同，引也。」曹植《名都篇》：「白日西南馳，光景不可攀。雲散還城邑，清晨復來還。」謝靈運《命學士講書》：「古人不可攀，何以報恩榮？」

〔六〕參同契：《山堂肆考》卷一百五十《仙人·納丹皆起》：「東漢魏伯陽者，吴人也。與弟子三人入山，作神丹，丹成，乃曰：『先宜與犬試之，若犬飛，然後人可服。』乃與白犬食，犬即死。伯陽服丹，入口即死。一弟子服之，亦死。餘二弟子遂不服，乃共出山。去後，伯陽即起，將所服丹納已死弟子及白犬口中，皆起，遂皆仙去。乃作手書寄謝二弟子，二弟子乃始懊恨。

伯陽嘗得古《龍虎上經》，約其象，作《參同契》三卷。其説似解《周易》，而其實論作丹之意。」

〔七〕「金竈」句：《抱朴子·内篇·金丹》：「若取九轉之丹内神鼎中，夏至之後，爆之鼎熱，内朱兒一斤於蓋下。伏伺之，候日精照之。須臾翕然俱起，煌煌輝輝，神光五色，即化爲還丹。」「余問諸道士以神丹金液之事，及《三皇内文》召天神地祇之法，了無一人知之者。」「第二之丹名曰神丹，亦曰神符。服之百日仙也。」鮑照《代淮南王》：「淮南王，好長生，服食練氣讀仙經。琉璃藥椀牙作盤，金鼎玉匕合神丹。」

〔八〕「頓捨」二句：《論語·憲問》：「見利思義，見危授命，久要不忘平生之言，亦可以爲成人矣。」何晏集解：「平生，猶少時。」按此二句《校注》云：「心知愛：謂至親。平生歡：謂好友。」

〔九〕「玉牒」二句：葛洪《抱朴子·黄白》：「《玉牒記》云：『天下悠悠，皆可長生也；患於猶豫，故不成耳。』」《雲笈七籤》卷七：「三元布經皆刻金丹之書，盛以自然雲錦之囊，封以三寶神之章，藏於九天之上大有之宫，謂之玉牒金書。」《雲笈七籤》卷十一：「蘂珠，上清境宫闕名也。述作此經，皆以七言爲句也。」簞，古代用來盛飯食之器，以竹或葦編成，圓形，有蓋。《公羊傳·昭公二十五年》：「高子執簞食與四脡脯。」何休注：「簞，葦器也。圓曰簞，方曰笥。」按上二句《校注》：「玉牒、蕊珠：皆道家所謂的仙經。參見《雲笈七籤》卷七。指贈給殷長史的記載煉丹術的書。裁可卷、不盈簞：言其少。『裁』通『才』。」

〔一〇〕「流采」句：《宋書》卷八十六《劉勔傳》：「夫義實天經，忠惟人則，篆素流采，金石宣煇，自非識洞情靈，理感生極，豈有捐軀衛主，捨命匡朝者哉。」《論語·子罕》：「子曰：『歲寒然後知松柏之後彫也。』」

〔一一〕「一待」句：《漢書》卷二十五下《郊祀志下》：「漢興，新垣平、齊人少翁、公孫卿、欒大等，皆以僊人黄冶祭祠事鬼使物入海求神采藥貴幸，賞賜累千金。」又「黄冶變化」晉灼注：「黄者，鑄黄金也。道家言冶丹沙令變化，可鑄作黄金也。」黄冶就，即黄冶成就，謂金丹煉成。

〔一二〕「青芬」句：《藝文類聚》卷四十一引梁沈約曰《豫章行》：「燕陸平而遠，易河清且駃。一見塵波阻，臨塗引征思。雙劒愛匣同，孤鸞悲影異。」按《校注》云：「青芬：喻德行高潔，此指仙人。遲：等待。鸞：神鳥，傳爲仙人所乘。」

【集説】

清陳祚明《采菽堂古詩選》卷二十四：朗節自遒。

感春冰遥和謝中書二首

【題解】

詩題之「謝中書」，曹道衡《年代考》以爲指謝瀹，并據謝瀹擔任中書郎之時間，以爲此詩作於齊建元四年(四八二)至永明中。其云:「『謝中書』即謝瀹。《南齊書·謝瀹傳》:『建元初,轉桂陽王友,以母老須養,出爲安成内史,還爲中書郎,衛將軍王儉引爲長史,雅相禮遇。』考《王儉傳》,王儉爲衛將軍在永明元年。江淹於永明初,曾出爲建武將軍廬陵内史(見《梁書》本傳),時謝瀹在建康,故稱『遥寄』。」福林按:建元四年至永明中,江淹已至才盡之時,江淹所傳世之詩文,亦極少有這一時期所作,即《年代考》所説或非是。詩題之「謝中書」,當指謝朏。《梁書》卷十五《謝朏傳》:「謝朏字敬沖,陳郡陽夏人也。祖弘微,宋太常卿,父莊,右光禄大夫,并有名前代。朏幼聰慧,莊器之,常置左右。年十歲,能屬文。莊遊土山賦詩,使朏命篇,朏攬筆便就。琅邪王景文謂莊曰:『賢子足稱神童,復爲後來特達。』莊笑,因撫朏背曰:『真吾家千金。』孝武帝遊姑孰,敕莊攜朏從駕。詔使爲《洞井贊》,於坐奏之。帝曰:『雖小,奇童也。』起家撫軍法曹行參軍,遷太子舍人,以父憂去職。服闋,復爲舍人,歷中書郎,衛將軍袁粲長史。粲性簡峻,罕通賓客,時人方之李膺。朏謁既退,粲曰:『謝令不死。』尋遷給事黄門侍郎。出爲臨川内史,以賄見劾,案經袁粲,粲寢之。齊高帝爲驃騎將軍輔政,選朏爲長史,敕與河南褚炫、濟陽江斆、彭城劉俣俱入侍宋帝,時號爲天子四友。」傳載謝朏所起家之撫軍法曹行參軍,乃指撫軍將軍新安王子鸞之軍府參軍。考子鸞於大明八年正月爲撫軍將軍,謝朏初仕爲子鸞撫軍法曹行參軍,應即在大明八年,謝朏元嘉十八年(四四一)生,大明八年時年二十四。大明七、八年時,江淹適爲南徐州刺史新安王子鸞從事,奉朝請。二人同僚,年齡亦相仿。朏頗有文才,時已以土山賦詩及《洞井贊》而知名於世，故當與江淹同氣相交而有唱和之作。

由詩題，詩當作於謝朓爲中書郎時。謝莊泰始二年卒，謝朓在太子舍人任因父喪去職，服闋約在泰始四年（四六八），服闋後復任太子舍人，又轉任中書郎。復考之《宋書》卷九《後廢帝紀》、卷八十九《袁粲傳》，袁粲於元徽元年（四七三）十二月被任爲衛將軍而固辭，正式受命爲衛將軍則約在元徽二年（四七四）五月桂陽王劉休範反，其府置佐史之時，即謝朓由中書郎轉任袁粲衛將軍長史應在元徽二年五月時。由以上可見，謝朓任中書郎約在泰始七年（四七一）至元徽元年之間，詩亦其間所作。詩發端有云：「江皋桐始華，斂衣望邊亭。」故俞譜據之以爲詩作於荆州，其云：「南朝人常稱荆州爲邊，如蕭嶷曾出鎮荆州，自稱『臣昔在邊鎮』（見《南齊書》卷二十二《豫章文獻王嶷傳》），即是一例。又詩云：『觀書術不變，學古道恒真。若作商山客，寄謝丹水濱。』與同期所作《貽袁常侍詩》『珠貝性明潤，蘭玉好芳堅』、《哀千里賦》『及年歲之未晏，願匡坐於霸山』意趣相近，或爲是年春所作。」由此，俞譜乃繫詩於泰豫元年（四七二），是也。

江皋桐始華〔一〕，斂衣望邊亭〔二〕。平原何寂寂〔三〕，島暮蘭紫莖〔四〕。芬披好草合〔五〕，流爛新光生①〔六〕。冰雪徒皦潔〔七〕，此焉空守貞〔八〕。

【校記】

①「爛」元鈔本作「瀾」。

【箋注】

〔一〕「江皋」句：《楚辭·九歌·湘夫人》：「朝馳余馬兮江皋，夕濟兮西澨。」《文選》卷二十二謝靈運《從遊京口北固應詔》：「遠巖映蘭薄，白日麗江皋。」李善注：「王逸曰：『澤曲曰皋。』」劉良注：「江皋，江曲也。」《禮記·月令·季春之月》：「桐始華，田鼠化爲鴽，虹始見，蓱始生。」

〔二〕「斂衣」句：漢賈誼《新書·退讓》：「梁之邊亭與楚之邊亭皆種瓜，各有數。梁之邊亭劬力而數灌，其瓜美。」《後漢書》卷二十《祭遵傳論》：「至乃卧鼓邊亭，滅烽幽障者將三十年。」《文選》卷二十九張載《雜詩》之七：「長鋏鳴鞘中，烽火列邊亭。」

〔三〕「平原」句：《文選》卷二十三王粲《七哀詩》：「出門無所見，白骨蔽平原。」《楚辭·九歌·國殤》：「出不入兮往不反，平原忽兮路超遠。」陸機《晉平西將軍孝侯周處碑》：「玄堂寂寂，黄泉悠悠，書方易折，家揭難留，鐫兹幽石，萬代千秋。」《文選》卷二十一左思《詠史·濟京城内》：「朝集金張館，暮宿許史廬。南鄰擊鐘磬，北里吹笙竽。寂寂揚子宅，門無卿相輿。」李善注：「《説文》曰：『寂寂，無人聲也。』」

〔四〕蘭紫莖：《楚辭·九歌·少司命》：「秋蘭兮青青，緑葉兮紫莖。滿堂兮美人，忽獨與余兮目成。」

〔五〕芬披：《草木頌十五首·石榴》：「美木艷樹，誰望誰待。縹華翠蕚，紅華絳采。炤列泉石，芬撓山海。奇麗不移，霜雪不改。」《校注》：「芬披：香氣散佈。」

〔六〕「流爛」句：流爛，《楚辭》東方朔《七諫·自悲》：「何青雲之流瀾兮，微霜降之濛濛。」《校注》：「流爛：指蘭草上蕩漾着的光彩。」《藝文類聚》卷二引梁劉孝威《望雨》詩：「交枝含晚潤，雜葉帶新光。」同上書卷三引梁鮑泉《奉和湘東王春日詩》：「新燕始新歸，新蝶復新飛，新花滿新樹，新月麗新輝，新光新氣早，新望新盈抱。」

〔七〕皦潔：《文選》卷二十七班婕妤《怨歌行》：「新裂齊紈素，皎潔如霜雪。裁爲合歡扇，團團似明月。」鮑照《歲暮悲》：「皦潔冒霜鴈，飄揚出風鶴。」

〔八〕空守貞：《文選》卷十三謝惠連《雪賦》：「亂曰：白羽雖白，質以輕兮；白玉雖白，空守貞兮。未若茲雪，因時興滅。」吕向注：「羽、玉雖白，或輕或貞，不如此雪能與時盛衰。」

暮意歌上春①，悵哉望佳人〔一〕。攬洲之宿莽〔二〕，命爲瑶桂因〔三〕。觀書術不變〔四〕，學古道恒真。若作商山客〔五〕，寄謝丹水濱〔六〕。

【校記】

①「春」原作「眷」，今據元鈔本、《彙注》本改。

【箋注】

〔一〕「暮意」二句：上春，孟春，指農曆正月。《周禮·春官·天府》：「上春，釁寶鎮及寶器。」鄭玄注：「上春，孟春也。」張衡《西京賦》：「上春候來，季秋就溫，南翔衡陽，北棲雁門。」李善注：「《禮記》曰：『孟春鴻來。』」悵，惆悵。《文選》卷三十三《九歌·河伯》：「日將暮兮悵忘歸。」洪興祖補注：「此言登崑崙以望四方，無所適從，惆悵歎息而忘歸也。」《古詩十九首·東城高且長》：「燕趙多佳人，美者顏如玉。」《文選》卷二十九曹植《雜詩》：「南國有佳人，容華若桃李。」阮籍《詠懷詩八十二首》之八十一：「出門望佳人，佳人豈在兹。三山招松喬，萬世誰與期。」按此二句《校注》云：「以上二句含有希望建平王乘時立功，却使人失望之意。」

〔二〕「攬洲」句：《楚辭·離騷》：「朝搴阰之木蘭兮，夕攬洲之宿莽。」王逸章句：「攬，采也。水中可居者曰洲，草冬生不死者，楚人名之曰宿莽。……木蘭去皮不死，宿莽遇冬不枯，以喻讒人雖欲困己，已受天性，終不可變易也。」

〔三〕「命爲」句：《校注》：「爲：與。《管子·戒》：『自妾之身之不爲人持接也。』嚴知章注：『爲，猶與也。』瑶桂：玉桂。亦似指宗室建平王。因：相依因。」

〔四〕觀書：《文選》卷二十一顏延之《五君詠·向常侍》：「向秀甘淡薄，深心託豪素。探道好淵玄，觀書鄙章句。」

〔五〕商山客：即商山四皓。《漢書》卷四十《張良傳》：「良曰：『此難以口舌争也。顧上有所不能致者四人，四人年老矣，皆以上嫚侮士，故逃匿山中，義不爲漢臣。』」顏師古注：「四人謂園公、綺里季、夏黄公、甪里先生，所謂商山四皓也。」陶淵明《桃花源詩》：「黄綺之商山，伊人亦云逝。」

〔六〕「寄謝」句：《戰國策・齊策六》：「秦始皇嘗使使者遺君王后玉連環……君王后引椎椎破之，謝秦使曰：『謹以解矣！』」《漢書》卷四十《周勃傳》：「使人稱謝：『皇帝敬勞將軍。』成禮而去。」顔師古注：「謝，告也。」《山海經・南山經》：「丹穴之山，其上多金玉，丹水出焉，而南流注於渤海。有鳥焉，其狀如雞，五采而文，名曰鳳凰。」《山海經・西山經》：「又西北四百二十里曰峚山，其上多丹木，員葉而赤莖，黄華而赤實，其味如飴，食之不飢。丹水出焉，西流注於稷澤，其中多白玉，是有玉膏，其源沸沸湯湯，黄帝是食是饗。是生元玉，玉膏所出，以灌丹木。」

無錫縣歷山集

【題解】

此詩《藝文類聚》卷七題作《歷山詩》。

《續漢書・郡國志四・吴郡》：「無錫侯國。」注：「《史記》曰：『春申君城故吴墟，以自爲都邑。』城在無錫。《皇覽》曰：『吴王太伯冢在吴縣北梅里聚，去城十里。太伯始所居地名句吴。』臣昭案：無錫縣東皇山有太伯冢，民世修敬焉。去墓十里有舊宅，井猶存。臣昭以爲即宅爲置廟，不如《皇覽》所説也。《越絶》曰：『縣西龍尾陵道，春申君初封吴所造。』臣昭案：今見在，自是山名，非築陵道。」《讀史方輿紀要》卷二十五《南直七·常州府·無錫縣》：「府東九十里，東南至蘇州府九十里，北至江陰縣九十里，西南至宜興縣百四十里，東北至蘇州府常熟縣百十里。漢置無錫縣，屬會稽郡，武帝封東粤降將多軍爲侯邑。後漢屬吴郡。三國吴分無錫爲典農校尉，省縣屬焉。晉復置縣，屬毗陵郡。東晉以後俱屬晉陵郡。隋屬常州，唐宋因之。元升爲無錫州，明復爲縣。城周十四里。」《漢書》卷二十八上《地理志上·會稽郡》：「無錫。有歷山，春申君歲祠以牛，莽曰有錫。」《太平寰宇記》卷九十二《江南東道四·常州·無錫縣》：「古歷山上有春申君祠。」《大清一統志》卷六十《常州府》：「慧山，在無錫縣西。《縣志》：『西域僧慧照居之，故名慧山。』《隋志》：『無錫縣有九龍山。』《太平寰宇記》：『九龍山一名冠龍山，又曰惠山，在縣西北七里。一名九隴山。』《通志》：『古名華山，又曰歷山，又名西神山。山有九峰，下有九澗，有慧山寺，第二泉在焉。泉之上有方圓二池，其中相通。』」

曹道衡《年代考》於文首云：「他在詩中涉及了他的舅父和『内弟（表弟）』，而根據《梁書·文學·劉昭傳》，我們知道他是劉昭的表兄；劉昭的父親劉彪、伯父劉彤（福林按：「劉彤」當是「劉肜」之誤，下同）都是他的舅父。關於劉彤，我們只知道他爲干寶《晉紀》作過注，但其他事蹟一無可考。關於劉彪，根據《南齊書·沈文季傳》，可知他在齊武帝永明四年（四八六）唐寓之起義時，任錢唐令，戰敗後棄縣逃避，但因徐孝嗣認爲他『相戰不敵』，未受處罰。又《梁書·劉昭傳》説他曾任『齊征虜晉安王記室』。考《南齊書·武十七王·晉安王子懋傳》，蕭子懋任征虜將軍是永明四至五年的事。此外關於劉彪的事蹟，也無從考知。因此江淹在集子中提到的『外兵舅』、『刑獄舅』、『無錫舅』等，究竟指誰，無法知道。以情理推測，『無錫舅』大約不是劉彪，因爲南北朝人的習慣是父親做過的官，兒子一般不做，以示孝敬；而《梁書·劉昭傳》説到劉昭曾任無錫令，所以我懷疑這個『無錫舅』當係劉彤或另一個人。」福林按：《年代考》對江淹舅父的推測，有一定之道理，但以爲南朝人之習慣爲父親所任過之職，兒子一般不做，從而否定「無錫舅」爲劉彪，則恐有誤會。今考《南史》卷二十《謝弘微傳》，謝弘微子謝莊於宋孝武帝時數爲吏部尚書，莊子謝瀹於齊亦歷吏部尚書，瀹子謝覽於梁天監時又拜吏部尚書。又據《宋書》卷五十三《庾登之傳》，庾登之於宋元嘉年間曾「除豫章太守」，而登之子沖遠又「卒於豫章太守」任。又據《宋書》之《何尚之傳》及《何偃傳》，何尚之於宋孝武帝孝建初以尚書令領吏部尚書，此後，其子何偃又任吏部尚書，《何偃傳》云：「轉吏部尚書。尚之去選未五載，偃復襲其迹，世以爲榮。」何偃在其父何尚之離吏部尚書任後尚不及五年即又擔任了吏部尚書之職，不僅未遭時人之非議，反而在當世被以爲榮耀之事，史書亦特以揭出，以見何偃之爲宋孝武帝所寵倖。況且，陳郡謝氏、潁川庾氏、東海何氏皆時之高門世族，世代禮儀之家，其家族中代表人物的任職不可能不遵循最起碼的有關孝道的準則。由以上例子可知，是時并無曹先生所認爲的任職習慣。曹先生以爲南朝時子一般不復任父所任過之官，不知何出？又考《南史·謝弘微傳附謝舉傳》云：「（舉）入爲侍中、太子詹事、翊左將軍。舉父齋時終此官，累表乞改，敕不許。」謝舉之上表乞求改職乃因其父卒於此官，不吉利，而并非因其父曾任過此職。可見曹説之無據。即詩題之「無錫舅」并不能將劉彪排除於外。

《年代考》論此詩時云：「江淹生長蘇南，其父爲南沙令，南沙在今江蘇常熟西北，去無錫甚近。但他出仕後去無錫的機會不多，只有從景素在南徐州時，無錫正在南徐州轄區以内。從詩的内容看，比較傷感，不像蕭道成賞識他以後之作；而詩中又有遲暮之感及自稱『客子』，亦非出仕前口吻。當是本時期（福林按：指泰豫元年至元徽二年）之作。」以爲此詩作於江淹隨景素在南徐州時。而俞譜則以爲乃詩人被黜爲建安吴興令時赴吴興途中行經無錫時作。今考《無錫縣歷山集》詩云：「愁生白露日，恐起秋風年。竊悲杜蘅暮，攬涕弔空山。」與其被黜爲吴興令途中所作諸詩文所表現之節令與情感亦皆相合，即俞譜所説是也。然俞譜以爲此詩與《無錫舅相送銜啼别》乃元徽三年秋所作，則非是。考江淹被黜爲建安吴興令在元徽二年（四七四）秋，詩乃是時所作。

又，無錫時屬南徐州晉陵郡，爲京口至建安吴興必經之地，故江淹之吴興時乃有無錫之行。歷山即今之惠山，在今江蘇無錫近郊，爲無錫之勝景，故江淹之無錫時乃與其舅家有歷山之集并作詩以志之，至相别之時又有《無錫舅相送銜啼别》之作也。

愁生白露日①〔一〕，恐起秋風年②〔二〕。竊悲杜蘅暮〔三〕，攬涕弔空山③〔四〕。落葉下楚水，别鶴噪吴田〔五〕。瘴氣陰不極④，日色半虧天〔六〕。酒至情蕭瑟〔七〕，憑樽還惘然〔八〕。一聞清琴奏〔九〕，歔泣方留連〔一〇〕。況乃客子念〔一一〕，直視絲竹間⑤〔一二〕。

【校記】

①「愁」張本作「秋」。

②「恐」《彙注》本作「怨」，張本、《藝文類聚》卷七作「思」。

③「弔」《藝文類聚》作「即」。

④「瘴氣」張本作「嵐氣」，《藝文類聚》作「嶂氣」。

⑤「直視」張本作「直置」。

【箋注】

〔一〕「愁生」句：《詩經·秦風·蒹葭》：「蒹葭蒼蒼，白露爲霜。」鄭玄箋：「蒹葭在衆草之中蒼蒼然彊盛，至白露凝戾爲霜，則成而黄。」《楚辭·九辯》：「秋既先戒以白露兮，冬又申之以嚴霜。」《文選》卷二十三張載《七哀詩二首》之二：「白露中夜結，木落柯條森。」李善注：「《吕氏春秋》曰：『秋氣至則草木落。』」張銑注：「露結爲霜也。」

〔二〕「恐起」句：《楚辭·九歌·湘夫人》：「嫋嫋兮秋風，洞庭波兮木葉下。」王逸章句：「嫋嫋，秋風搖木貌也。」《文選》卷四十五漢武帝《秋風辭》：「秋風起兮白雲飛，草木黄落兮雁南歸。」李善注：「《禮記》曰：『季秋之月，草木黄落，鴻鴈來賓。』」

〔三〕「竊悲」句：《史記》卷一百一十八《淮南厲王長傳附劉安傳》：「今臣亦竊悲大王棄千乘之君，必且賜絶命之書，爲羣臣先，死於東宫也。」《楚辭·離騷》：「余既滋蘭之九畹兮，又樹蕙之百畝，畦留夷與揭車兮，雜杜衡與芳芷。」王逸章句：「杜衡、芳芷，皆香草名也。」按此句《校注》云：「杜蘅暮：謂杜蘅枯萎凋殘。」

〔四〕「攬涕」句：《楚辭·九章·思美人》：「思美人兮，擥涕而竚眙。」蔣驥注：「擥，猶收也。」《後漢書》卷三十三《虞延傳》：「居有頃，宗果以侈縱被誅。臨當伏刑，攬涕而歎曰：『恨不用功曹虞延之諫。』」《藝文類聚》卷八十三引《琴操》：「紫之亂朱粉墨同，空山歔欷涕龍鍾。天鑒孔明竟以彰，沂水滂沛流於汶。進寶得刑足離分，斷者不續豈不怨。」謝靈運《廬山慧遠法師誄》：「晨掃虚房，夕泣空山，嗚呼法師，何時復還。」

〔五〕「落葉」二句：《楚辭·九歌·湘夫人》：「嫋嫋兮秋風，洞庭波兮木葉下。」《玉臺新詠》卷九引陸機《燕歌行》：「四時代序逝不追，寒風習習落葉飛，蟋蟀在堂露盈階，念君遠遊常苦悲。」楚水，泛指古楚地的江河湖澤。別鶴，《樂府詩集》卷五十八《琴曲歌辭》商陵牧子《別鶴操》題解：「崔豹《古今注》曰：『《別鶴操》，商陵牧子所作也。娶妻五年而無子，父兄將爲之改娶。妻聞之，中夜起，倚户而悲嘯。牧子聞之，愴然而悲，乃援琴而歌。後人因爲樂章焉。』《琴譜》曰：『琴曲有四大曲，《别鶴操》其一也。』」《古樂苑》卷三十云：「按《太平御覽》載《琴操》曰：『牧子援琴鼓之，云痛恩愛之永離，歎别鶴以舒情，故曰《别鶴操》。』與此辭異。嵇康《琴賦》曰『千里别鶴』。」鮑照《陽岐守風》：「洲迴風正悲，江寒霧未歇。飛雲日東西，别鶴方楚越。」按此二句《校注》云：「楚水、吴田：指吴地。江蘇南部一帶地區，春秋時屬於吴國範圍，戰國時併入楚國。『楚』、『吴』互文，以上二句既寫眼前景，又寓有與妻室别離奔赴吴興之意。」

〔六〕「瘴氣」二句：《三國志》卷六十一《陸凱傳》：「蒼梧南海，歲有暴風障氣之害，風則折木，飛砂轉石，氣則霧鬱，飛鳥不經。」《後漢書》卷八十六《南蠻傳》：「南州水土温暑，加有瘴氣，致死者十必四五。」鮑照《代苦熱行》：「瘴氣晝熏體，草露夜霑衣。」《校注》：「極：盡。虧：蔽。」

〔七〕「酒至」句：《文選》卷二十七魏武帝《短歌行》：「對酒當歌，人生幾何，譬如朝露，去日苦多。慨當以慷，憂思難忘，何以解憂，唯有杜康。」鮑照《月下登樓連句》：「髴髣拂月光，繽紛篁霧陰，樂來亂憂念，酒至歇憂心。」前人《代朗月行》：「酒至顔自解，聲和心亦宣。」《楚辭·九辯》：「悲哉！秋之爲氣也，蕭瑟兮，草木摇落而變衰。」《文選》卷十三禰衡《鸚鵡賦》：「嚴霜初降，涼風蕭瑟，長吟遠慕，哀鳴感類。音聲悽以激揚，容貌慘以顦顇。」

〔八〕「憑樽」句：《校注》：「憑樽：持杯飲酒。」惘然，阮籍《大人先生傳》：「流盼乎唐虞之都，惘然而思，悵爾若忘。」陸雲《楊彦明書》：「階塗尚否，通路今塞，令人惘然。」

〔九〕「一聞」句：《宋書》卷六十八《武二王・彭城王義康傳》：「又聰識過人，一聞必記。」鮑照《擬阮公夜中不能寐》：「鳴鶴時一聞，千里絶無儔。佇立爲誰久？寂寞空自愁。」《樂府詩集》卷三十六魏文帝《善哉行》：「齊倡發東舞，秦箏奏西音。有客從南來，爲我彈清琴。」《文選》卷三十陸機《擬行行重行行》：「攬衣有餘帶，循形不盈衿。去去遺情累，安處撫清琴。」陶淵明《時運》：「清琴横牀，濁酒半壺。」

〔一〇〕「歔泣」句：歔泣，歎息哭泣。《後漢書》卷五十七《劉陶傳》：「事付主者，留連至今，莫肯求問。」《玉臺新詠》卷九魏文帝《燕歌行二首》之二：「飛鳥晨鳴聲可憐，留連顧懷不自存。」

〔一一〕客子：《文選》卷二十九魏文帝《雜詩二首》之二：「棄置勿復陳，客子常畏人。」同卷曹植《雜詩・轉蓬離本根》：「類此遊客子，捐軀遠從戎。」

〔一二〕「直視」句：《藝文類聚》卷四十引《古墟墓詩》：「去者日已疏，生者日已親。出郭門直視，但見丘與墳。」《三國志》卷十二《魏志・崔琰傳》：「太祖令曰：『琰雖見刑，而通賓客，門若市人，對賓客虯鬚直視，若有所瞋。』遂賜琰死。」鮑照《蕪城賦》：「直視千里外，唯見起黄埃。」《禮記・樂記》：「德者，性之端也；樂者，德之華也；金石絲竹，樂之器也。」《晉書》卷八十《王羲之傳》：「謝安嘗謂羲之曰：『中年以來，傷於哀樂，與親友别，輒作數日惡。』羲之曰：『年在桑榆，自然至此，頃正賴絲竹陶寫。』」鮑照《代東門行》：「絲竹徒滿座，憂人不解顔。」

【集説】

明許學夷《詩源辨體》卷八：「玉柱空掩露，金樽坐含霜」，「昔我别楚水，秋月麗秋天，今君客吴阪，春色縹春泉」，「愁生白露日，怨起秋風年」，「松氣鑑青藹，霞光鑠丹英」，「絳氣下縈薄，白雲上窈冥」，「電至煙流綺，水緑桂含丹」，「涼靄飄虚坐，清香蕩空琴」等句，似皆仲偉成就於謝朓者也。

王夫之《古詩評選》卷五：陶、謝以下，不聞寄託之音久矣，微文通則詩且爲里巷之用。深思遠情，正在素心者。王融、謝朓、沈約、任昉雖華陋異資，要爲富貴中人，何足與語此哉！

又云：「落葉下楚水」四句，以爲比則又失之，心理所詣，景自與逢，即目成吟，無非然者。正此以見深人之致。

無錫舅相送銜啼别

【題解】

此詩原題作《無錫舅相送御帝别》，汪本作《無錫舅相送御亭别》，今據張本、《彙注》本改。《年代考》云：「此詩起句説『心路遠已迴』，似爲遠别。『杯酒憐歲暮，志氣非上春』，也是經歷了坎坷以後的口氣。所以此詩疑是被貶爲吴興令時與『無錫舅』道别之作。」俞譜以爲此詩與

《無錫縣歷山集》皆詩人被黜爲建安吴興令時赴吴興途中行經無錫時作。考詩云：「心遠路已迴，意滿辭未陳。曾風漂别蓋，北雲竦征人。杯酒憐歲暮，志氣非上春。」與其被黜爲吴興令途中所作諸詩文所表現之節令與情感亦皆相合，俞譜所説是也。此詩之作，亦在元徽二年（四七四）秋。

心遠路已迴，意滿辭未陳〔一〕。曾風漂别蓋〔二〕，北雲竦征人〔三〕。杯酒憐歲暮〔四〕，志氣非上春〔五〕。若無孤鳥還，瀝泣何所因〔六〕。

【箋注】

〔一〕「心遠」二句：《文選》卷十八嵇康《琴賦》：「體清心遠，邈難極兮。良質美手，遇今世兮。」《文選》卷三十陶淵明《雜詩二首》之一：「結廬在人境，而無車馬喧。問君何能爾，心遠地自偏。」張銑注：「問君何能如此者，自以發問，將明下文也。遠，謂心自幽遠，雖處喧境，如偏僻也。」按此二句《校注》云：「心遠、意滿：謂遠别時充滿情意。路已迴、辭未陳：相送了很長的路程，却難以説出生離死别之痛。」

〔二〕「曾風」句：曾風，即高風，强勁之風。《楚辭·九歎·遠遊》：「遡高風以低佪兮，覽周流於朔方。」曹植《仙人篇》：「萬里不足步，輕舉淩大虚。飛騰踰景雲，高風吹我軀。」《校注》：「蓋：車蓋。」

〔三〕「北雲」句：　竦，同「悚」，恐懼，驚懼。《詩・商頌・長發》：「不震不動，不戁不竦。」毛傳：「竦，懼也。」《漢書》卷五十四《李廣傳》：「率三軍之心，同戰士之力，故怒形則千里竦，威振則萬物伏。」顔師古注：「竦，驚也。」陶淵明《答龐參軍》：「勗哉征人，在始思終。」《藝文類聚》卷四十一引魏文帝《飲馬長城窟行》：「浮舟横大江，討彼犯荆虜。武將齊貫錍，征人伐金鼓。長戟十萬隊，幽冀百石弩。發機若雷電，一發連四五。」

〔四〕「杯酒」句：《文選》卷四十一司馬遷《報任少卿書》：「僕與李陵，俱居門下，素非能相善也。趨舍異路，未嘗銜盃酒，接慇懃之餘懽。」鮑照《代結客少年場行》：「驄馬金絡頭，錦帶佩吴鉤。失意杯酒間，白刃起相讎。」孔融《雜詩二首》之二：「遠送新行客，歲暮乃來歸。入門望愛子，妻妾向人悲。」

〔五〕「志氣」句：　志氣，意志和精神。《莊子・盜跖》：「目欲視色，耳欲聽聲，口欲察味，志氣欲盈。」《文選》卷四十三嵇康《與山巨源絶交書》：「且延陵高子臧之風，長卿慕相如之節，志氣所託，亦不可奪也。」《周禮・春官・天府》：「上春，釁寶鎮及寶器。」鄭玄注：「上春，孟春也。」張衡《西京賦》：「上春候來，季秋就温，南翔衡陽，北棲雁門。」李善注：「《禮記》曰：『孟春鴻來。』」

〔六〕「若無」二句：　《藝文類聚》卷三十二引曹植《雜詩》：「孤鳥繞樹翔，噭噭鳴索羣。願爲南流景，馳光見我君。」《文選》卷二十三阮籍《詠懷・獨坐空堂上》：「孤鳥西北飛，離獸東南下。

日暮思親友，晤言用自寫。」本集《别賦》：「瀝泣共訣，抆血相視。」按此二句《校注》云：「據以上二句，知當時江淹對能否生還，頗表憂慮。」

【集説】

王夫之《古詩評選》卷五：一時一事一情，僅構此四十字，廣可萬里，長可千年矣。癡人此外更欲何道？

吴中禮石佛

【題解】

詩題之「吴中」，《彙注》以爲乃揚州之吴興，并云「是時淹謫於吴興而作此詩也」。按江淹所謫之吴興，乃江州建安郡之吴興縣，二吴興非一地，《彙注》非是。《史記》卷七《項羽本紀》云：「項梁殺人，與籍避仇於吴中。」蓋指今江蘇吴縣。《校注》：「吴：吴縣，屬吴郡，在今江蘇蘇州市附近。」所説是也。

梁簡文帝蕭綱《吴郡石像碑》：「晉建興元年，癸酉之歲，吴郡婁縣界淞江之下，號曰滬瀆。此處有居人，以漁者爲業，掛此簷綸，無甄小魪，布斯九罭，常待六鼇。遥望海中，若二人像，朝視浮沈，疑諸蜃氣，夕復顯晦，乍若潛火。於是謂爲海神，即與巫祝同往祈候，七盤圓鼓，先奏盛唐之歌；百味椒漿，屢上東皇之曲。遂乃風波駭吐，光景晦明，咸起渡河之悲，竊有覆舟之懼，相顧失色，於斯而返。……吴縣華里朱膺，清信士也，獨謂大覺大慈，將宏化跡，乃沐浴清齋，要請同志，與東靈寺帛尼及胡伎數十人，乘船至滬瀆口，頂禮歸依，歌唄贊德。於時微風送棹，淑景浮波；雲舒蓋而未移，浪開花而不噴。雖舟子招招，弗能遠騖，而靈相峩峩，漸來就浦。仰睹神像，嶷然雙泛，非因鷁首，詎假龍橋，豈藉銀連，寧須玉軸。背各有題，一名維衛，一名迦葉。於是時衆踴躍，得未曾有。復懼金僊之姿，非凡所徙，試就提捧，豁爾勝舟。指燕宫而西歸，望葑門而一息。道俗側塞，人祇協慶。膺家住近通玄寺，迺孫權爲乳母陳氏之所立也，亦一邦之勝地，胥山之神塔，乃遷像於此寺。」俞譜以爲此詩乃江淹之吴興令途中作，云：「吴中石佛，爲吴縣通玄寺二石佛，梁簡文帝《吴中石像碑》記其始末，通玄寺又稱石佛寺，後改名開元寺，詳《蘇州府志》。」考江淹由京口南下之建安吴興，雖可經由吴郡而禮石佛，然觀此詩「軒騎久已訣，親愛不留遲」之句，云軒騎久訣，似非始被黜出時事，即俞説實爲可疑。曹道衡《年代考》以爲作於詩人自吴興還京都後，其云：「『石佛』在吴縣（今蘇州）的通玄寺，據梁簡文帝蕭綱《吴郡石像碑》及慧皎《高僧傳》卷十三《竺慧達傳》，説是西晉愍帝建興元年（三一三）在吴淞江口發現，被迎至寺中的。此詩言『金光爍海湄』，正和蕭綱及慧皎所述相同。江淹生長在蘇南一帶，除在荆州、湘州和建安吴興時較少機會外，其他時間均有可能去吴中拜佛。但此詩又説『禪心暮不雜，寂行好無私。軒騎久已訣，親愛不留遲』，説明此詩不是少壯時所寫，而且當時已不再做官。考江淹生平除了從福建回家到蕭道成召他去做官這一階段外，都不是『軒騎久已訣』的情況。所以此詩當作於昇明元年。」所說是也，即此詩乃江淹自吳興北返之後所作。考宋順帝昇明元年七月初蕭道成執政後，江淹即入道成幕，則此詩之作又在昇明元年（四七七）春夏之間。

幻生太浮詭①〔一〕，長思多沉疑〔二〕。疑思不慚炤〔三〕，詭生寧盡時。敬承積劫下〔四〕，金光鑠海湄〔五〕。火宅斂焚炭〔六〕，藥草匝惠滋②〔七〕。常願樂此道〔八〕，誦經空山坻〔九〕。禪心暮不雜，寂行好無私〔一〇〕。軒騎久已訣〔一一〕，親愛不留遲〔一二〕。憂傷漫漫情〔一三〕，靈意終不淄③〔一四〕。誓尋青蓮果〔一五〕，永入梵庭期〔一六〕。

【校記】

①「幻生」原作「幼生」，今據《彙注》本、張本改。

②「惠」張本、《古詩紀》卷八十五作「卉」。

③「淄」《彙注》本作「緇」。按淄，緇通。

【箋注】

〔一〕「幻生」句：《校注》：「幻生：虛幻的人生。《智度論》：『衆生如幻。』」浮詭，浮華怪異。《宋書》卷十三《律曆志下》：「曲辯碎說，類多浮詭。」《宋書》卷五十五《臧燾徐廣傅隆傳論》：「崇本務學，不尚浮詭，然後可以俯拾青組，顧蔑籯金。」

〔二〕「長思」句：《文選》卷十八嵇康《琴賦》：「理重華之遺操，慨遠慕而長思。」《宋書》卷五十一《宗室・臨川烈武王道規傳》：「苟林愚豎，無他奇計，以吾去未遠，必不敢向城。吾今取謙，往至便克，沈疑之間，已自還反。」《宋書》卷五十七《蔡廓傳附蔡興宗傳》：「又朝廷諸所行造，民間皆云公悉豫之。今若沈疑不決，當有先公起事者，公亦不免附從之禍。」

〔三〕「疑思」句：疑思，猶凝思。《文選》卷十七陸機《文賦》：「罄澄心以凝思，眇衆慮而爲言。」鮑照《蕪城賦》：「直視千里外，唯見起黄埃。凝思寂聽，心傷已摧。」《校注》：「炤：明。通『昭』。『不慚炤』，猶言不怕暴露。」

〔四〕積劫：積久的劫難。《壇經・懺悔品》：「吾有一《無相頌》，若能誦持，言下令汝積劫迷罪一時銷滅。」《校注》：「劫，佛教認爲世界從形成到毀滅爲一劫，人要經歷數劫修行才能成佛。」

〔五〕「金光」句：《樂府詩集》卷一《郊廟歌辭一・漢郊祀歌》：「沛施祐，汾之阿，揚金光，横泰河。」《後漢書》卷八十八《西域・天竺傳》：「世傳明帝夢見金人，長大，頂有光明，以問羣臣。或曰：『西方有神名曰佛，其形長丈六尺，而黄金色。』帝於是遣使天竺，問佛道法，遂於中國圖畫形像焉。」《文選》卷十八嵇康《琴賦》：「邪睨崑崙，俯瞰海湄。」吕向注：「海湄，海畔也。」《藝文類聚》卷八十八引晉庾闡《浮查賦》：「曳洪波於海湄，鼓長風而飄蕩。」《校注》：「海湄：海濱，指吴中。」

〔六〕「火宅」句：《校注》：「火宅：佛教比喻人生的苦難。《法華經·譬喻品》：『三界無安，猶如火宅。……衆苦所燒，我皆拔濟。』歛焚炭：收起炭火。謂解除苦難。」

〔七〕「藥草」句：《校注》：「佛教認爲藥草能治衆生之惑。見《法華經·藥草喻品》。匝：環繞，周遍。」《藝文類聚》卷十五引左九嬪《元皇后楊氏誄》：「撫育羣生，恩惠滋焉。懸名日月，垂萬春焉。」

〔八〕此道：《校注》：「此道：指佛教。」

〔九〕「誦經」句：《藝文類聚》卷八十三引《琴操》：「紫之亂朱粉墨同，空山歔欷涕龍鍾。天鑒孔明竟以彰，沂水滂沛流於汶。進寶得刑足離分，斷者不續豈不怨。」謝靈運《廬山慧遠法師誄》：「晨掃虚房，夕泣空山，嗚呼法師，何時復還。」《文選》卷十二木華《海賦》：「若乃巖坻之隈，沙石之嶔。」李善注：「郭璞《上林賦》注曰：『坻，岸也。』」

〔一〇〕「禪心」二句：《校注》：「禪心、寂行：佛教經修行而達到的一種寧静專一的境界。禪，梵文音譯『禪那』的省略，意譯爲『静慮』。不雜：無私，謂無私心雜念。」

〔一一〕「軒騎」句：《韓非子·外儲説左下》：「田子方從齊之魏，望翟黄乘軒騎駕出。」何犿註：「既乘軒車，又有輕騎。」《説文》卷三：「訣，别也。」

〔一二〕「親愛」句：《韓非子·難三》：「凡人於其親愛也，始病而憂，臨死而懼，已死而哀。」《文選》

卷二十四曹植《贈白馬王彪》：「玄黄猶能進，我思鬱以紆。鬱紆將難進，親愛在離居。」《史記》卷一百九《李將軍列傳》：「是時廣軍幾没，罷歸。漢法，博望侯留遲後期，當死，贖爲庶人。」《後漢書》卷八十二上《方術上·李郃傳》：「太守固遣之，郃不能止，請求自行，許之。郃遂所在留遲，以觀其變。」

〔一三〕「憂傷」句：《管子·四時》：「五漫漫，六惛惛，孰知之哉！」房玄齡注：「漫漫，曠遠貌。」《文選》卷七揚雄《甘泉賦》：「正瀏濫以弘惝兮，指東西之漫漫。」李善注：「漫漫，無涯際之貌也。」《文選》卷二十九魏文帝《雜詩·漫漫秋夜長》：「漫漫秋夜長，烈烈北風涼。展轉不能寐，披衣起彷徨。」

〔一四〕不淄：揚雄《太玄·更》：「化白於泥淄。」漢崔瑗《座右銘》：「在涅貴不淄，曖曖内含光。」《晉書》卷一百三《劉曜傳》：「曜於是顧謂羣下曰：『義孫可謂歲寒而不凋，涅而不淄者矣。』」《校注》：「不緇：不讓歸佛門之意。緇，黑色，僧人穿緇衣。」

〔一五〕「誓尋」句：青蓮，青色蓮花。本集《蓮花賦》：「發青蓮於王宫，驗奇花於陸地。」《彙注》：「觀音大士生於王宫，坐青蓮花上。」按此句《彙注》云：「《法華經》曰：『有人聞是品，能隨喜讚善者，是人口中常出青蓮香。』」《校注》云：「青蓮果：指佛法，佛家教義。青蓮，梵語優鉢羅的譯名。在佛經中常用來比喻佛的眼目，亦指佛。果，因果。佛家倡因果報應之説。」

〔一六〕梵庭：《校注》：「佛寺。」

【集説】

王夫之《古詩評選》卷五：謀篇整度已得康樂之髓，而純好騣欲度其前。

赤亭渚

【題解】

《太平寰宇記》卷九十三《江南東道·杭州·富陽縣》：「赤亭里，即嚴子陵釣於此，有臺基存。謝靈運詩曰：『定山緬雲霧，赤亭無淹泊。』」

曹道衡《年代考》云：「赤亭渚在浙江富春江邊，富陽附近。《文選》謝靈運《富春渚》詩李善注：『《吴郡緣海四縣記》曰：錢唐西南五十里有定山，去富春又七十里，横出江中，濤迅邁以避山難，辰發錢塘，巳達富春。赤亭，定山東十餘里。』這一帶是由江蘇和浙西去到浙江南部各地的要道，當時許多文人都曾路過這裏，寫了詩篇。《文選》沈休文《早發定山》詩李善注：『《梁書》曰約爲東陽太守，然東陽道之所經也。』丘遲亦有《旦發漁浦潭》詩，提到『赤亭』，而據《梁書·文學·丘遲傳》説，他於『天監三年出爲永嘉太守』。江淹謫居之建安吴興，在今福建浦城，距浙江南部很近，江淹在去吴興時，途經赤亭渚是很可能的。他的《遊黄蘗山》詩：『長望竟何極，閩雲連越邊。』這裏的『越邊』即指浙南。所以我認爲江淹去建安吴興時，走的就是由赤亭南下的那條路。如果從《赤亭渚》原文看，也可以找到内證，説明此首乃被貶途中作。這首詩的末四句是：「一傷千里極，獨望淮海風；遠心何所類，雲邊有征鴻。」「一傷千里極」是化用《楚辭·招魂》「目極千里傷春心」句意，和起首「吴江泛丘墟，饒桂復多楓」相呼應，暗用《招魂》「湛湛江水兮上有楓」的意境。「獨望淮海風」句的「淮海」，顯然指代京都建康而言。因爲南朝的京畿在揚州，而《尚書·禹貢》中有「淮海惟揚州」語，後人習慣以「淮海」代指揚州，尤其南朝人往往具體指建康一帶。如庾信《哀江南賦》：「淮海維揚，三千餘里。」南朝的「揚州」，統轄範圍在今江蘇南部的南京一帶，聯繫末二句思歸的情緒，正是《招魂》「魂兮歸來哀江南」的意思，和《渡泉嶠出諸山之頂》的結句相同。他所以用《招魂》中這些名句，是否還聯想到阮籍《詠懷詩》中「湛湛長江水，上有楓樹林」那首，暗示景素的密謀一旦敗露，就會「一爲黄鵠哀，涕下誰能禁」，雖難斷言，但寫的是被放逐思歸之情，却比較明顯。所以此詩應繫於元徽二年去建安吴興途中。」説頗有據。今又考此詩云：「路長寒光盡，鳥鳴秋草窮。瑶水雖未合，珠霜竊過中。」聞人倓《古詩箋》：「『路長』句言日將暮，『鳥鳴』句言秋將盡也」，「謂堅冰雖未至，而履霜正此時也」，所述乃秋末節候，與元徽二年被黜之時間正相合，可證曹先生所説之正確性。是詩乃詩人元徽二年（四七四）赴吴興途中道經錢塘（今浙江杭州）赤亭渚時作也。據《宋書·州郡志》，錢塘縣時屬揚州吴郡。俞譜亦以爲之吴興途中作，然繫之元徽三年，則未安。

吴江泛丘墟〔一〕，饒桂復多楓。水夕潮波黑〔二〕，日暮精氣紅〔三〕。路長寒光盡①〔四〕，鳥鳴秋草窮②〔五〕。瑶水雖未合〔六〕，珠霜竊過中〔七〕。坐識物序晏〔八〕，卧視歲陰空〔九〕。一傷千里極〔一〇〕，獨望淮海風〔一一〕。遠心何所類〔一二〕，雲邊有征鴻〔一三〕。

【校記】

①「寒光」原作「光寒」，今據《彙注》本、張本改。

②「秋草」張本作「草木」。

【箋注】

〔一〕「吴江」句：《國語·越語上》「三江環之」韋昭注：「三江，吴江、錢唐江、浦陽江。」《漢書》卷五十八《公孫弘傳》：「自蔡至慶，丞相府客館丘虚而已。」《文選》卷十七王褒《洞簫賦》：「原夫簫幹之所生兮，於江南之丘墟。」按《校注》云：「吴江：此指錢塘江。錢塘江在餘杭縣境，屬吴郡。泛：漂流。丘墟：山野。」

〔二〕潮波：《列子·湯問》：「而五山之根無所連著，常隨潮波上下往還。」左思《吴都賦》：「潮波汩起，迴復萬里。」李善注：「潮波汩起，言水瀰廣汩急疾，無所不至。」

〔三〕精氣：《校注》：「精氣：謂日光。《淮南子·天文》：『火氣之精者爲日。』」

〔四〕「路長」句：《楚辭·九歎·怨思》：「日杳杳以西頹兮，路長遠而窘迫。」孔融《離合作郡姓名字詩》：「無名無譽，放言深藏。按轡安行，誰謂路長。」《文選》卷十三謝莊《月賦》：「臨風歎兮將焉歇，川路長兮不可越。」鮑照《擬行路難·奉君金巵之美酒》：「紅顔零落歲將暮，寒光宛轉時欲沉。」

〔五〕「鳥鳴」句：《文選》卷二十九《古詩十九首·東城高且長》：「迴風動地起，秋草萋已緑。」按《校注》云：「秋草窮：謂秋亦將盡。」按以上四句聞人倓《古詩箋》云：「『路長』句言日將暮，『鳥鳴』句言秋將盡也。」

〔六〕瑶水：《文選》卷四十六王融《三月三日曲水詩序》：「至如夏后兩龍，載驅璿臺之上；穆滿八駿，如舞瑶水之陰。」劉良注：「瑶水，瑶池也。」《校注》：「瑶：美玉。謂清澈如玉的水。未合：謂尚未結冰。」

〔七〕「珠霜」句：《校注》：「珠霜：霜露。過中：超過適中之度，言霜轉濃。」按以上二句聞人倓《古詩箋》云：「謂堅冰雖未至，而履霜正此時也。」

〔八〕物序：《藝文類聚》卷九十八引《白虎通》：「天下太平，符瑞所以來至者，以爲王者承天順理，調和陰陽。陰陽和，萬物序，休氣充塞，故符瑞竝臻。」《藝文類聚》卷八十六引梁何遜《早梅詩》：「免園標物序，驚時最是梅。銜霜當路發，映雪擬寒開。」《校注》：「物序：四季物候的依次變化，即歲時。」

〔九〕歲陰：歲末，歲暮。宋孝武帝劉駿《幸中興堂餞江夏王詩》：「送行悵川逝，離酌偶歲陰。

陰雲掩歡緒，江山起别心。」

〔一〇〕千里極：《藝文類聚》卷三十七引梁裴子野《劉虯碑》：「樹蕙滋蘭，蕪没庭户，平疇翠瀲，千里極目，信物外之神區，幽居之勝境。」

〔一一〕「獨望」句：《三國志》卷十九《魏志·陳思王植傳》載曹植《陳審舉表》：「然天高聽遠，情不上通，徒獨望青雲而拊心，仰高天而歎息耳。」《尚書·夏書·禹貢》：「淮海惟揚州。」孔傳：「北據淮，南距海。」《校注》：「淮海：即揚州所屬地區。」

〔一二〕遠心：《文選》卷四十七夏侯湛《東方朔畫贊》：「若乃遠心曠度，贍智宏材，倜儻博物，觸類多能。」《三國志》卷二十一《魏志·傅嘏傳》：「傅嘏字蘭石。」裴松之注：「嘏友人荀粲，有清識遠心，然猶怪之。」

〔一三〕「雲邊」句：《藝文類聚》卷三十五引曹植《敘愁賦》：「亮無遠君之心，刈桂蘭而秣馬。舍予車於西林，願接翼於歸鴻。」《文選》卷二十三阮籍《詠懷》詩：「鳴雁飛南征，鶗鴂發哀音。」

渡泉嶠出諸山之頂

【題解】

《太平寰宇記》卷九十七《江南東道九·衢州·信安縣》：「泉嶺山在縣南二百里，漢朱買臣云：『東越王居保泉山，一人守險，千人不得上。』即今信安縣之北界也。」《浙江通志》卷三十七

《衢州府·江山縣》：「仙霞嶺即古泉山也。杜佑云：『泉嶺山在衢州信安縣西南二百里，漢朱買臣云：「東越王居泉山，一人守險，千人不能上。」』今其山周圍百里皆高道，凡三百六十級，歷二十四曲，長二十里。……及廣信之玉山，皆江浙往來之間道，與仙霞共爲六關。故土人有仙霞六關之稱。」《讀史方輿紀要》卷九十七《福建·建寧府·浦城縣》：「漁梁山。……又泉山，在縣東北六十里，一名泉嶠。頂有泉二派，一入建州，一入處州。或曰《漢書》朱買臣言『東越王居保泉山』，蓋謂此山也。」

此詩《年代考》及俞譜皆繫於之吴興途中，俞譜云：「泉嶠，當即泉嶺，見《通典》卷一百八十《州郡十二》『衢州信安縣』條，地在今浙江衢州縣境，爲由浙入閩所必經。」《年代考》云：「此詩作於貶官途中比較清楚，可斷定爲元徽二年下半年作。」所説是也。今考之此詩云：「行行詎半景，余馬以長懷。南方天炎火，魂兮可歸來。」用《楚辭·招魂》句及其意，乃詩作於元徽二年（四七四）詩人之建安吴興途中之證。

岑崟蔽日月〔一〕，左右信艱哉。萬壑共馳騖〔二〕，百谷争往來〔三〕。鷹隼既厲翼〔四〕，蛟魚亦曝鰓〔五〕。崩壁迭枕卧〔六〕，嶄石屢盤迴〔七〕。伏波未能鑿，樓船不敢開〔八〕。百年積流水，千歲生青苔①〔九〕。行行詎半景〔一〇〕，余馬以長懷〔一一〕。南方天炎火，魂兮可歸來〔一二〕。

【校記】

①「千歲」《彙注》本作「千里」。

【箋注】

〔一〕「岑崟」句：《文選》卷七司馬相如《子虚賦》：「其山則盤紆岪鬱，隆崇律崒，岑崟參差，日月蔽虧。」李善注：「張揖曰：『高山擁蔽，日月虧缺半見也。』」吕向注：「言山之詰屈高峻，擁蔽日月也。」《文選》卷二十六潘尼《迎大駕》：「南山鬱岑崟，洛川迅且急。青松蔭修嶺，緑蘩被廣隰。」吕延濟注：「岑崟，峻貌。」

〔二〕「萬壑」句：《晉書》卷七十二《文苑・顧愷之傳》：「千巖競秀，萬壑爭流，草木蒙籠，若雲興霞蔚。」鮑照《登廬山二首》之一：「懸裝亂水區，薄旅次山楹。千巖盛阻積，萬壑勢迴縈。」《漢書》卷四十五《蒯通傳》：「爲君計者，莫若以黄屋朱輪迎范陽令，使馳騖於燕趙之郊，則邊城皆將相告曰『范陽令先下而身富貴』，必相率而降，猶如阪上走丸也。」《楚辭》東方朔《七諫・自悲》：「駕青龍以馳騖兮，班衍衍之冥冥。」王逸章句：「言極疾也。」

〔三〕「百谷」句：百谷，指衆谷之水。《文選》卷十九宋玉《高唐賦》：「遇天雨之新霽兮，觀百谷之俱集。」李善注：「百谷者，衆谷雜水至山之下。」謝靈運《撰征賦》：「夐千里而無山，緬百谷而有居。被宿莽以迷徑，睹生煙而知墟。」

〔四〕「鷹隼」句：鷹隼，泛指猛禽。《禮記・月令》：「季夏之月……行冬令，則風寒不時，鷹隼蚤鶩，四鄙入保。」郭遐周《贈嵇康三首》之二：「俯察淵魚遊，仰觀雙鳥飛。厲翼太清中，徘徊於丹池。欽哉得其所，令我心獨違。」《文選》卷五十七潘岳《夏侯常侍誄》：「弱冠厲翼，羽儀初昇。」

〔五〕「蛟魚」句：《藝文類聚》卷九十六引《辛氏三秦記》：「河津一名龍門，大魚集龍門下數千，不得上。上者爲龍，不上者魚，故云曝顋龍門。」《南史》卷三十《何敬容傳》：「且暴鰓之魚，不念杯酌之水；雲霄之翼，豈顧籠樊之糧。」謝朓《觀朝雨》：「戢翼希驤首，乘流畏暴鰓。動息無兼遂，歧路多徘徊。」按此句《校注》云：「此言水流湍急，不易渡越。」

〔六〕崩壁：謝朓《遊山》：「崩壁帶苔蘚，嶇狖叫層嵁。」本集《青苔賦》：「横磵俯視，崩壁仰顧。」

〔七〕嶄石：《校注》：「嶄石：巉巖。」

〔八〕「伏波」二句：《後漢書》卷一下《光武帝紀下》，建武十八年夏四月：「遣伏波將軍馬援率樓船將軍段志等擊交阯賊徵側等。」《後漢書》卷二十四《馬援傳》：「馬援字文淵，扶風茂陵人也。……於是璽書拜援伏波將軍，以扶樂侯劉隆爲副，督樓船將軍段志等南擊交阯。軍至合浦，而志病卒。詔援并將其兵。遂緣海而進，隨山刊道千餘里。……十八年春，軍至浪泊上，與賊戰，破之。斬首數千級，降者萬餘人。援追徵側等至禁谿，數敗之，賊遂散走。明年正月，斬徵側、徵貳，傳首洛陽。」

〔九〕「千歲」句：《淮南子·泰族訓》：「窮谷之汙，生以青苔。」高誘注：「青苔，水垢也。」

〔一〇〕「行行」句：《文選》卷二十九《古詩十九首·行行重行行》：「行行重行行，與君生別離。相去萬餘里，各在天一涯。道路阻且長，會面安可知。胡馬依北風，越鳥巢南枝。相去日已遠，衣帶日已緩。」《校注》：一詎半景：謂路程已超過一半。景，光景。」

〔一一〕「余馬」句：《楚辭》屈原《離騷》：「陟陞皇之赫戲兮，忽臨睨夫舊鄉。僕夫悲余馬懷兮，蜷局顧而不行。」王逸章句：「僕，御也。懷，思也。」《藝文類聚》卷四十四引晉夏侯湛《夜聽笳賦》：「越鳥戀乎南枝，胡馬懷夫朔風。惟人情之有思，乃否滯而發中。」《楚辭》劉向《九歎·遠逝》：「情慨慨而長懷兮，信上皇而質正。」鮑照《采菱歌七首》之七：「思今懷近憶，望古懷遠識，懷古復懷今，長懷終無極。」

〔一二〕「南方」二句：《吕氏春秋·有始》：「南方曰炎天。」《史記》卷二十七《天官書》：「察剛氣以處熒惑，曰南方火，主夏，日丙、丁。」《校注》：「此二句本屈原《招魂》：『魂兮歸來，南方不可以止些！』」

【集説】

清陳祚明《采菽堂古詩選》卷二十四：寫荒嶮亦略肖。猶嫌其率。

曹道衡《江淹評傳》（《中國著名文學家評傳》）：在這首詩中出現的畫面是人跡罕至的深山窮谷，路途十分險峻，作者的心情也是抑鬱的被放逐者那種憂讒畏譏之情。它既不同于謝靈運那些山水詩之色調明朗而富於生機；也不同于鮑照某些寫景詩之刻劃山路險仄，旅途辛苦，往往以寫實的筆法出之；江淹這詩則在寫實時往往雜有誇張和想像，呈現出光怪離奇的景色，藉以襯托自己身陷絶境的無可奈何心情。這些詩還喜歡用一些古奥的辭彙和接近古詩的句法，顯出一種高古之氣，這與劉宋末年詩風日漸趨向柔靡和綺麗很不一樣。

遷陽亭

【題解】

此詩張本題作《仙陽亭》。

《讀史方輿紀要》卷九十七《建寧府・浦城縣》：「梨關，在縣北梨嶺上，舊嘗置關以控險阻。《志》云：『縣北三十里至仙陽街，宋初置遷陽鎮，并設監官於此，紹興初廢。俗曰仙陽，北至梨關三十六里，又北至仙霞關七十里。』」

曹道衡《年代考》云：「此詩一開頭説：『攬淚訪亭候，兹地乃閩城。』屬於被貶途中所作也很明顯。」《校注》云：「本篇是江淹初入吴興縣境時寫的詩。遷陽亭，屬吴興縣，即今福建浦城縣西北三十里的仙陽鎮。」俞譜云：「遷陽亭，即宋之遷陽鎮，俗稱仙陽鎮，在吴興縣北三十里，參《元豐九域志》卷九、《讀史方輿紀要》卷九十七。據此，江淹自京口入吴興，此行路線歷歷分明。」所説是也。今又考之詩云：「伊我從霜露，僕御復孤征。楚客心命絶，一願聞越聲。」亦爲秋末節候，且是時詩人已將及抵達目的地吴興，故乃有「心命絶」、「聞越聲」之句，可爲曹、俞二説之旁證。

攬淚訪亭候①〔一〕，兹地乃閩城〔二〕。萬古通漢使〔三〕，千載連吴兵〔四〕。瑶碉敻嶄崒〔五〕，銅山鬱縱横〔六〕。方水埋金艧②，圓岸伏丹瓊〔七〕。下視雄虹照〔八〕，俯看綵霞明。桂枝空命折，煙氣坐自驚〔九〕。劍逕羞前檢〔一〇〕，岷山慚舊名〔一一〕。伊我從霜露③〔一二〕，僕御復孤征〔一三〕。楚客心命絶，一願聞越聲〔一四〕。

【校記】

①「候」汪本作「侯」，形近而誤。

②「埋」《彙注》本作「堆」。

③「伊」《彙注》本作「依」。

【箋注】

〔一〕「攬淚」句：攬淚，猶攬涕。《楚辭·九章·思美人》：「思美人兮，擥涕而竚眙。」蔣驥注：「擥，猶收也。」《後漢書》卷三十三《虞延傳》：「居有頃，宗果以侈縱被誅。臨當伏刑，攬涕而歎曰：『恨不用功曹虞延之諫。』」亭候，古代邊境上用以瞭望和監視敵情的崗亭，此指邏陽亭。《後漢書》卷八十九《南匈奴傳》：「朝廷患之，增緣邊兵，郡數千人，大築亭候，脩烽火。」《晉書》卷六十八《賀循傳》：「分界之内，官長所任，自可度土分力，多置亭候。」

〔二〕閩城：《校注》：「建安郡吴興縣一帶古屬閩地。故稱遷陽亭爲閩城。」按《宋書》卷三十六《州郡志二》：「江州刺史……建安太守，本閩越，秦立爲閩中郡。漢武帝世，閩越反，滅之，徙其民於江、淮間，虚其地。後有遁逃山谷者頗出，立爲冶縣，屬會稽。」

〔三〕萬古：猶遠古。葛洪《抱朴子》外篇卷一《勖學》：「故能究覽道奥，窮測微言，觀萬古如同日，知八荒若户庭。」《宋書》卷八十一《顧覬之傳》：「皆理定於萬古之前，事徵於千代之外。」

〔四〕千載：千年，形容歲月長久。《漢書》卷六十四下《王褒傳》載王褒《聖主得賢臣頌》：「故聖主必待賢臣而弘功業，俊士亦俟明主以顯其德，上下俱欲，驩然交欣，千載一會，論説無疑。」《漢書》卷九十九上《王莽傳上》：「於是羣臣乃盛陳『莽功德致周成白雉之瑞，千載同符』。」

〔五〕「瑶磵」句：瑶磵，謂水清澈如玉的山澗。磵，山間的水溝。《古詩十九首·青青陵上柏》：「青青陵上柏，磊磊磵中石。人生天地間，忽如遠行客。」《春秋穀梁傳·文公十四年》：「長轂五百乘，緜地千里，過宋、鄭、滕、薛，夐入千乘之國。」范甯注：「夐，猶遠也。」嶄岸，陡峭高峻。本集《江上之山賦》：「潺湲澒溶兮，楚水而吴江。刻劃嶃崪兮，雲山而碧峰。」

〔六〕「銅山」句：《宋書》卷六十七《謝靈運傳》載謝靈運《山居賦》：「遠北則長江永歸，巨海延納，崐漲緬曠，島嶼綢遝，山縱横以布護，水迴沈而縈浥。」按此句《校注》云：「吴興諸山屬武夷山系，武夷山由紅紫色砂岩構成，故江淹在詩文中多稱之爲銅山、丹山、金峰等。」

〔七〕「方水」二句：方水，方折的水流。《淮南子·墬形訓》：「水圓折者有珠，方折者有玉。清水有黄金，龍淵有玉英。」高誘注：「圓折者陽也，珠陰中之陽。方折者陰也，玉陽中之陰。皆以其類也。」《樂府詩集》卷八《宋章廟樂舞歌·昭夏樂》：「圓火夕耀，方水朝清。金枝委樹，翠鐙竚縣。」《玉臺新詠》卷五范靖婦《詠步摇花》：「珠華縈翡翠，寶葉間金瓊。剪荷不似製，爲花如自生。」金雘，即丹雘。《書·梓材》：「若作梓材，既勤樸斲，惟其塗丹雘。」孔穎達疏：「雘是彩色之名，有青色者，有朱色者。」按《校注》云：「金雘、丹瓊：即金瓊、丹雘。此互文。」

〔八〕雄虹：色彩鮮明的虹，亦稱正虹，與副虹霓相對。《楚辭·遠遊》：「建雄虹之采旄兮，五色雜而炫耀。」《後漢書》卷六十上《馬融傳》：「建雄虹之旌夏。」李賢注：「郭璞注《爾雅》云：『虹雙出，色鮮盛者爲雄。』」

〔九〕「桂枝」二句：鮑照《代春日行》：「泛舟艫，齊櫂驚。奏《採菱》，歌《鹿鳴》。風微起，波微生。絃亦發，酒亦傾。入蓮池，折桂枝。」《宋書》卷八十《孝武十四王·始平孝敬王子鸞傳》：「念桂枝之秋實，惜瑤華之春翦。桂枝折兮沿歲傾，瑤華碎兮思聯情。」煙氣，雲煙霧氣。《宋書》卷二十七《符瑞志上》：「魯哀公十四年，孔子夜夢三槐之間，豐沛之邦，有赤煙氣起。」《文選》卷二十四張華《答何劭二首》之二：「周任有遺規，其言明且清。負乘爲我戒，夕惕坐自驚。」鮑照《從庾中郎遊園山石室》：「洞庭安可窮，漏井終不溢。沉空絶景聲，崩危坐驚慄。」按《校注》云：「以上二句可與本集《去故鄉賦》『愛桂枝而不見，悵浮雲而離居』參讀。」

〔一〇〕「劍逕」句：《彙注》：「劍逕，劍閣之逕也。」《校注》：「劍逕：劍閣棧道。在今四川劍閣縣東北。檢：本指封書題簽，此亦『名』之義。」

〔一一〕「岷山」句：岷山，山名，在今四川省北部，綿延四川、甘肅兩省邊境。《尚書・禹貢》：「岷山之陽，至於衡山。」《彙注》：「亦蜀中之岷山也。言昔稱二山之險，不及此地也。」《校注》：「『劍逕』、『岷山』，實指以險峻著稱的蜀道，謂蜀道比不上此地險峻。」

〔一二〕從霜露：《左傳》襄公二十八年：「跋涉山川，蒙犯霜露，以逞君心。」鮑照《秋日示休上人》：「物色延暮思，霜露逼朝榮。」前人《代陽春登荆山行》：「旦登荆山頭，崎嶇道難遊，早行犯霜露，苔滑不可留。」

〔一三〕「僕御」句：《列子・湯問》：「來丹遂適衛，見孔周，執僕御之禮，請先納妻子，後言所欲。」《史記》卷六十二《管晏列傳》：「今子長八尺，乃爲人僕御。」《文選》卷二十一石崇《王明君詞》：「僕御涕流離，轅馬悲且鳴。」陶淵明《辛丑歲七月赴假還江陵夜行塗口》詩：「懷役不遑寐，中宵尚孤征。」謝靈運《山居賦》：「爰初經略，杖策孤征，入澗水涉，登嶺山行。」

〔一四〕「楚客」二句：《史記》卷七十《張儀列傳》：「陳軫對曰：『王聞夫越人莊舄乎？』王曰：『不

聞。』曰：『越人莊舄仕楚執珪，有頃而病。楚王曰：「舄故越之鄙細人也，今仕楚執珪，貴富矣，亦思越不？」中謝對曰：「凡人之思故，在其病也。彼思越則越聲，不思越則楚聲。」使人往聽之，猶尚越聲也。今臣雖棄逐之楚，豈能無秦聲哉！』」

【集説】

清陳祚明《采菽堂古詩選》卷二十四：「瑤碉」數句，頗肖閩中景物，讀之如見水中琥珀與山色掩映，爲光明也。

又云：結句佳，不但自爲越聲，而一願聞越聲，取材於莊舄，用意於空谷足音。如此用古，乃妙。

採石上菖蒲

【題解】

《水經·伊水》：「又東北過新城縣南。」注：「石上菖蒲，一寸九節，爲藥最妙，服久化僊。」徐光啓《農政全書》卷五十一：「菖蒲，一名堯韭，一名昌陽，生上洛池澤及蜀郡嚴道、戎衛、衡州并嵩岳石磧上，今池澤處處有之。葉似蒲而匾，有脊，一如劒刃。其根盤屈有節，狀如馬鞭，幹大，根傍引三四小根。一寸九節者良，節尤密者佳，亦有十二節者。露根者，不可用。又一種名蘭蓀，又謂溪蓀，根形氣色極似石上菖蒲，葉正如蒲，無脊，俗謂菖蒲。生於水次，失水則枯。其菖蒲味辛，性温無毒。」

按江淹《草木頌十五首》之十一所詠即爲「石上菖蒲」，云：「藥實靈品，爰乃輔性。却痾衛福，蠲邪養正。縹色外妍，金光内映。草經所珍，仙圖是詠。」蓋頌菖蒲之藥用功效者。見此草要當是吴興「珍木靈草」之一。考此詩云：「冀採石上草，得以駐餘顏。赤鯉儻可乘，雲霧不復還。」與《草木頌》所詠實爲一致。詩又云：「竇至煙水流，緑綏桂涵丹。憑酒意未悦，半景方自歎。每爲憂見及，杜若詎能寬。」述奇異景色及己之憂鬱之情，亦與在吴興時所作諸詩文相合。見詩應是與《草木頌》時間相近之作。俞譜以爲時間在元徽四年（四七六）初夏，其云：「《赤虹賦序》云：『東南嶠外，爰有九石之山。……於時夏蓮始舒，春蓀未歇。』案九石，山名，在吴興縣東南四十二里，見《清一統志》。下年春，淹已離吴興返鄉，則此賦當作於是年。又《草木頌十五首》爲在吴興時作，其中有頌石上菖蒲者，是《石上菖蒲詩》作於本年初夏。」所説是也。

瓊琴久塵蕪①〔一〕，金鏡廢不看〔二〕。不見空閨裏〔三〕，縱横愁思端〔四〕。緩步遵汀渚②〔五〕，揚枻泛波瀾③〔六〕。竇至煙水流④〔七〕，緑綏桂涵丹⑤〔八〕。憑酒意未悦⑥〔九〕，半景方自歎〔一〇〕。每爲憂見及〔一一〕⑦，杜若詎能寬⑧〔一二〕。冀採石上草〔一三〕，得以駐餘顏⑨〔一四〕。赤鯉儻可乘，雲霧不復還〔一五〕。

【校記】

①「瓊琴」張本、梁本作「瑶琴」。「塵蕪」張本、梁本、《藝文類聚》卷八十一、《初學紀》卷二十二、《文苑英華》卷三百二十七作「蕪没」。

②「汀渚」《初學紀》、《文苑英華》作「行波」，《文苑英華》注：「一作『汙渚』。」

③「波瀾」張本、梁本、《初學紀》、《文苑英華》作「春瀾」。

④「寶至煙水流」張本、梁本、《藝文類聚》作「雹至煙流綺」，《初學紀》、《文苑英華》作「寶赤煙流綺」。

⑤「緑緩桂涵丹」張本、《藝文類聚》、《初學紀》作「水緑桂涵丹」，《文苑英華》作「水緑滔輕丹」。

⑥「意」張本作「竟」，注：「一作『意』。」

⑦「及」《文苑英華》作「集」。

⑧「詎」張本作「豈」。

⑨「餘」《初學紀》、《文苑英華》作「哀」。

【箋注】

〔一〕「瓊琴」句：瓊琴，猶瑶琴。鮑照《擬古詩八首》之七：「明鏡塵匣中，寶琴生網羅。」「寶琴」，張溥本作「瑶琴」。《文選》卷三十一江淹《雜體詩·休上人》：「寶書爲君掩，瑶琴詎能開。」李周翰注：「瑶琴，玉琴也。」久塵蕪，《校注》：「謂琴因經久不彈而積滿灰塵。」

〔二〕金鏡：銅鏡。《晉書》卷一百三十《赫連勃勃載記》：「絡以隋珠，綷以金鏡。」《藝文類聚》卷六十引《東觀漢記》：「賜鄧遵金對鮮卑緄帶一具，金錯五十，辟把刀墨再屈環横刀、金鏡屈尺八佩刀各一。」

〔三〕空閨：《文選》卷二十九曹植《雜詩·西北有織婦》：「妾身守空閨，良人行從軍，自期三年歸，今已歷九春。飛鳥繞樹翔，噭噭鳴索羣，願爲南流景，馳光見我君。」鮑照《秋夜二首》之一：「夜久膏既竭，啓明旦未央，環情倦始復，空閨起晨裝。」

〔四〕「縱横」句：《文選》卷五十五劉孝標《廣絶交論》：「駱驛縱横，煙霏雨散。巧歷所不知，心計莫能測。」李善注：「絡繹，縱横不絶也。」鮑照《擬行路難·愁思忽而至》：「愁思忽而至，跨馬出北門。舉頭四顧望，但見松柏園。」

〔五〕「緩步」句：孫綽《遊天台山賦》：「恣心目之寥朗，任緩步之從容。」《文選》卷二十四陸機《於承明作與士龍》：「感别慘舒翮，思歸樂遵渚。」謝靈運《過白岸亭詩》：「拂衣遵沙垣，緩步入蓬屋。近澗涓密石，遠山映疎木。」鮑照《紹古辭·孤鴻散江嶼》：「孤鴻散江嶼，連翩遵渚飛，含嘶衡桂浦，馳顧河朔畿。」《校注》：「汀渚：水邊地。」

〔六〕「揚枻」句：揚枻，舉楫，謂行船。枻，一作「栧」，船槳。《史記》卷一百一十七《司馬相如列傳》：「浮文鷁，揚桂枻，張翠帷，建羽蓋。」裴駰集解：「韋昭曰：『枻，檝也。』」《文選》卷二十五謝惠連《西陵遇風獻康樂》：「迴塘隱艫栧，遠望絶形音。」吕延濟注：「栧，楫也。」《文選》卷三十謝靈運《石門新營所住四面高山迴溪石瀨修竹茂林》：「洞庭空波瀾，桂枝徒攀翻。」鮑照《夢歸鄉》：「波瀾異往復，風雲改榮衰。此土非吾土，慷慨當告誰。」

〔七〕「竇至」句：竇，洞穴。《禮記·禮運》：「〔禮義〕所以達天道，順人情之大竇也。」鄭玄注：「竇，孔穴也。」《五音集韻》卷十二：「竇，空也，穴也，水竇也。」

〔八〕緑綬：《校注》：「緩行於緑波之上。」

〔九〕憑酒：猶憑樽，謂飲酒。本集《無錫縣歷山集》：「酒至情蕭瑟，憑樽還惘然。」

〔一〇〕「半景」句：半景。《校注》：「猶言片刻。」《藝文類聚》卷二十六引魏丁儀《厲志賦》：「援大雅以爲戒，眺龔勝而自歎，嗟世俗之參差，將未審乎好惡。」嵇康《聲無哀樂論》：「慕古人而自歎，斯所以大罔後生也。」

〔一一〕「每爲」句：《三國志》卷十二《魏志·何夔傳》：「太祖性嚴，掾屬公事往往加杖，夔常畜毒藥，誓死無辱，是以終不見及。」

〔一二〕「杜若」句：《楚辭·九歌·湘君》：「采芳洲兮杜若，將以遺兮下女。」王逸章句：「杜若，芳洲香草，叢生水中之處。」《文選》卷三十二劉良注：「芳洲多生香草也，故於此采杜若焉。」按此句《校注》云：「杜若：《草木頌·杜若》説杜若『夷險無二，沉冥如一』，此似用其意，謂每當憂愁時想學杜若的品質來寬慰自己，但却做不到。」

〔一三〕石上草：指石上菖蒲。

〔一四〕「得以」句：《藝文類聚》卷三十四引晉潘岳《悼亡賦》：「襲時服於遺質，表鉛華於餘顔，問筮嬪之何期，胥過分而參闌。」同卷引潘岳《爲任子咸妻作孤女澤蘭哀辭》：「耳存遺響，目想餘顔，寢席伏枕，摧心剖肝。」按《校注》云：「駐餘顔：謂防止容顔衰老，永葆青春。」

〔一五〕「赤鯉」二句：《列仙傳·琴高》：「琴高者，趙人也，以鼓琴爲宋康王舍人。行涓彭之術，浮遊冀州涿郡之間二百餘年。後辭入涿水中取龍子，與諸弟子期曰：『皆潔齋待於水傍，設祠。』果乘赤鯉來，出坐祠中。旦有萬人觀之，留一月餘，復入水去。」《韓非子·難勢》：「飛龍乘雲，騰蛇遊霧，吾不以龍蛇爲不託於雲霧之勢也。」《列子·黄帝》：「乘空如履實，寢虚若處牀。雲霧不硋其視，雷霆不亂其聽，美惡不滑其心，山谷不躓其步，神行而已。」按《校注》云：「以上二句意謂，倘能學得神仙之術，乘雲霧而去，將再不回來受此煎熬。」

【集説】

清王夫之《古詩評選》卷五：發端一若岧嶤，一若鄭重，乃不知其爲和緩。緩不廢，和不流，于妙畢矣。入題但得四句，戛然遽止，情事已盡，無勞折合。此等的從《三百篇》來，人不知爾。

清陳祚明《采菽堂古詩選》卷二十四：差有秀致。「縱横愁思端」，都不成語，擬作「憂來方無端」。「電至」二字，亦少情，何如只作「林青」？

遊黄蘗山

【題解】

《讀史方輿紀要》卷九十六《福建・福州府・福清縣》：「石竹山。……又黄蘗山，在縣西南三十里，上有蘗木。有十二峰，層巖飛瀑，周圍數十里，其勝者爲龍潭、乳香巖。」同卷《福建・福州府・古田縣》云：「北臺山，在縣西一里，高聳如臺。又西爲黄蘗山，上有寶峰，峰下有小湖，湖東爲桃溪，以其地多桃也。旁有桃塢，又有桃洲。」

《彙注》云：「《一統志》：『黄蘗山，在吴興府城西南三十五里。』爲江淹賦詩之所。」以爲江淹所遊之山在揚州吴興府（今浙江吴興）。今考之詩云：「長望竟何極，閩雲連越邊。南州饒奇怪，赤縣多靈仙。」乃必作於吴興令任時，《彙注》之誤，已不待辯。聞人倓《古詩箋》則云：「周亮工《書影》：『此福清之黄蘗山也。江曾爲浦城令，故遊之。顔魯公作《湖州妙喜寺碑銘》，以爲江淹賦詩之所，非也。』」吴譜云：「先生集中又有《遊黄蘗山》詩一首，徵之《方輿勝略》載黄蘗山凡三：一在江西瑞州府新昌縣，一在湖廣衡州府蘭山縣，一在福建古田縣。今先生《遊黄蘗山》詩云：『長望竟何極，閩雲連越邊。』則爲遊福建者無疑。」又以爲詩乃江淹在吴興令期間遊古田縣之黄蘗山而作。據《讀史方輿紀要》卷九十六《福建・福州府》所載，福清縣之黄蘗山距建安吴興五百餘里，詩人當不至遠遊至此，而古田之山則距吴興較近，即此山應即爲江淹所遊并賦詩之所，聞人倓及吴譜所説是也。考江淹元徽二年（四七四）深秋由南徐州之京口貶爲建安吴興令，歲末始至吴興，昇明元年春（後廢帝元徽五年，四七七）即北返京都建康，則此詩之作要當在元徽三年（四七五）至四年（四七六）之間。

曹道衡《中古文學史論文集》於附録《魏晉南北朝文學史劄記》一文之《江淹〈遊黄蘗山〉詩》云：「江淹《遊黄蘗山詩》首二句稱：『長望竟何極，閩雲連越邊。』『閩』當指今福建一帶，而『越』則指今浙江。如果照這樣解釋，那麽『黄蘗山』當在今閩浙二省交界的地方。江淹寫這首詩的時間也可能是元徽二年被貶爲建安吴興令，取道浙江赴任時作。從他的《赤亭渚》等詩看來，他被貶建安吴興令，似是取道浙江的。因爲赤亭渚在富春江上，此詩有『路長寒光盡，鳥鳴秋草窮』之句，説明時當秋天。詩中又説『一傷千里極，獨望淮海風』，亦似被貶者口吻。我們知道，江淹被貶，是元徽二年下半年的事，因爲這一年五月，桂陽王休範叛亂時，江淹還給朝廷寫了《敕爲朝賢答劉休範書》。若江淹由浙入閩的假設可以成立的話，那麽黄蘗山疑即『黄蘗嶠』。《宋書·謝方明傳》：『頃之，孫恩重没會稽，謝琰見害，恩購求方明甚急。方明於上虞載母妹奔東陽，由黄蘗嶠出鄱陽附載還都。』從謝方明逃難的路綫看，他是由浙江經黄蘗嶠向北入江西；而江淹則由浙江經黄蘗嶠南向福建浦城。黄蘗嶠的地點當在閩浙贛三省交界處。這裏多屬山區。這一帶的山，常稱爲『嶠』，江淹有《渡泉嶠出諸山之頂》詩。因此我推測此詩當爲赴建安吴興時作，時間爲元徽二年秋冬或三年春。」今考曹先生以爲黄蘗嶠即黄蘗山之本身即頗可疑，若江淹所遊爲黄蘗嶠，則詩自當題作「遊黄蘗嶠」，其《渡泉嶠出諸山之頂》詩即可爲證。其次，《宋書》卷五十三《謝方明傳》既云方明載母妹由上虞奔東陽後，又由黄蘗嶠出鄱陽還京都建康。則由謝方明逃難之路線觀之，應是由上虞（今浙江上虞）向西南至東陽（今浙江金華），而後又西行至黄蘗嶠，復經由鄱陽（今江西鄱陽）還都。則黄蘗嶠乃在今江西鄱陽與浙江金華之間，而不應在相隔較遠之閩浙贛三省交界處。以上乃見《年代考》所説本身之可疑。再次，江淹所任職之建安吴興一帶，先秦爲東越之地，後稱曰閩越，其《自序》云：「爲建安吴興令，地在東南嶠外，閩越之舊境也。」可以爲證。故聞人倓《古詩箋》注此詩之「閩雲連越邊」句乃云：「閩越即西甌，今建安郡是也。」見江淹若遊福建之黄蘗山自可云「閩雲連越邊」也。即詩之「長望竟何極，閩雲連越邊」不應以今地域而解作江淹所遊在閩浙贛三省交界之處。曹先生誤釋「閩雲」、「越邊」之地理位置，而疑黄蘗山即黄蘗嶠，并以爲此詩作於之建安吴興途中，非是。

長望竟何極〔一〕？閩雲連越邊。南州饒奇怪〔二〕，赤縣多靈仙〔三〕。金峰各虧日，銅石共臨天〔四〕。陽岫照鸞采①〔五〕，陰谿噴龍泉〔六〕。殘屼十代木②〔七〕，廧崒萬古煙〔八〕。禽鳴丹壁上③，猨嘯青崖間〔九〕。秦皇慕隱淪〔一〇〕，漢武願長年〔一一〕。皆負雄豪威〔一二〕，棄劍爲名山〔一三〕。況我葵藿志〔一四〕，松木横眼前〔一五〕。所若同遠好〔一六〕，臨風載悠然〔一七〕。

【校記】

①「照」《藝文類聚》卷七作「沼」。

②「屼」張本作「杌」。「十代」《彙注》本、張本作「千代」。

③「禽」《藝文類聚》作「雞」。

【箋注】

〔一〕「長望」句：長望，遠望。《楚辭》劉向《九歎·憂苦》：「登山長望中心悲兮，菀彼青青泣如頹兮。」阮籍《清思賦》：「遊平圃以長望兮，乘脩水之華旂。長思肅以永至兮，滌平衢之大夷。」《文選》卷三十三宋玉《九辯》：「中瞀亂兮迷惑，私自憐兮何極？」李周翰注：「極，窮也。」

〔二〕「南州」句：南州，泛指南方地區。《楚辭·遠遊》：「嘉南州之炎德兮，麗桂樹之冬榮。」姜亮夫校注：「南州猶南土也，此當指楚以南之地言。」《後漢書》卷八十六《南蠻傳》：「南州水土温暑，加有瘴氣，致死者十必四五。」《文選》卷二十六謝靈運《入華子崗是麻源第三谷》：「南州實炎德，桂樹陵寒山。」劉良注：「謂南中炎暖，冬月樹木榮。」《史記》卷四《周本紀》：「閎夭之徒患之，乃求有莘氏美女，驪戎之文馬，有熊九駟，他奇怪物，因殷嬖臣費仲而獻之紂。」《文選》卷十一王文考《魯靈光殿賦》：「圖畫天地，品類羣生，雜物奇怪，山神海靈，寫載其狀，託之丹青，千變萬化。」

〔三〕「赤縣」句：《史記》卷七十四《孟子荀卿列傳》：「以爲儒者所謂中國者，於天下乃八十一分居其一分耳，中國名曰赤縣神州。」《文選》卷十一孫興公《遊天台山賦》：「天台山者，蓋山嶽之神秀者也。涉海則有方丈、蓬萊，登陸則有四明、天台，皆玄聖之所遊化，靈仙之所窟宅。」

〔四〕「金峰」二句：《校注》：「虧日：蔽日。」按本集《遷陽亭》「銅山鬱縱横」句，《校注》：「吴興諸山屬武夷山系，武夷山由紅紫色砂巖構成，故江淹在詩文中多稱之爲銅山、丹山、金峰等。」

〔五〕鸞采：《校注》：「謂山在陽光照射下景色艷麗，如同鸞章鳳采。」

〔六〕龍泉：《校注》：「泉水蜿蜒似龍。」福林按：此云谿噴龍泉，則龍泉似當以噴泉釋之。蓋泉水之出如龍之噴水耳。

〔七〕「殘屼」句：殘屼，指斷山，即斷崖。屼，山高聳貌。福林按：《重修玉篇》卷二十二：「屼，秃山也。」《廣韻》卷五：「屼，秃山皃。」然此既云「殘屼十代木」，則山又不當秃也。

〔八〕「廧崒」句：《校注》：「廧：疑作『嶍』。嶍崒，高峻貌。班固《西都賦》：『巖峻嶍崒，金石峥嶸。』殘屼、嶍崒，猶言斷崖峭壁。」福林按：俞説是也。《文選》卷一班固《西都賦》吕延濟注：「嶍崒，峥嶸高峻貌。」萬古，猶遠古。《宋書》卷八十一《顧愷之傳》：「皆理定於萬古之前，事徵於千代之外。」葛洪《抱朴子》外篇卷一《勖學》：「故能究覽道奥，窮測微言，觀萬古如同日，知八荒若户庭。」

〔九〕「禽鳴」二句：本集《學梁王兔園賦》：「逮至山頂，丹壁四平。靈木夾道，神草列生。」《藝文類聚》卷三十六引晉戴逵《尚長贊》：「超超增翥，眇眇偕逝，跡絶青崖，影滅雲際。」同書卷九十一引宋臨川康王《山雞賦》：「形鳳婉而鵠跱，羽衰蔚而緗暉，臨淥湍而映藻，傍青崖而妍飛。」按《校注》云：「此二句襲用鮑照《登廬山望石門詩》：『雞鳴清澗中，猿嘯白雲裏。』」

〔一〇〕「秦皇」句：《史記》卷六《秦始皇本紀》：「三十二年……因使韓終、侯公、石生求僊人不死之藥。始皇巡北邊，從上郡入。燕人盧生使入海還，以鬼神事，因奏録圖書，曰『亡秦者胡也』。始皇乃使將軍蒙恬發兵三十萬人北擊胡，略取河南地。」秦皇，秦始王嬴政。隱淪，《校注》：「謂神仙。桓潭《新論》：『天下神人五：一曰神仙，二曰隱淪……』」

〔一一〕「漢武」句：《史記》卷十二《孝武本紀》：「於是天子曰：『嗟乎！吾誠得如黄帝，吾視去妻子如脱躧耳。』乃拜卿爲郎，東使候神於太室。」漢武，漢武帝劉徹。長年，長生。

〔一二〕雄豪：《後漢書》卷二十五《卓茂傳論》：「建武之初，雄豪方擾，虓呼者連響，嬰城者相望。」《文選》卷六左思《魏都賦》：「英喆雄豪，佐命帝室。」

〔一三〕「棄劍」句：王嘉《拾遺記》卷一：「軒轅出自有熊之國……厭世於昆臺之上，留其冠、劒、佩舄焉。昆臺者，鼎湖之極峻處也。立館於其下，帝乘雲龍而遊殊鄉絶域，至今望而祭焉。」

按此句《校注》：「謂厭世而去名山求仙。」

〔一四〕葵藿志：《文選》卷三十七曹植《求通親親表》：「若葵藿之傾葉，太陽雖不爲之迴光，然終向之者，誠也，臣竊自比葵藿。若降天地之施，垂三光之明者，實在陛下。」李周翰注：「三光：日、月、星。葵藿但向日，此言三光，文家連言，以屬於君也。」

〔一五〕「松木」句：《校注》：「松樹産松脂，道家認爲服食松脂可以長生不老。」按《神農本草經》卷十二：「松脂，味苦，甘温，無毒。主疽惡瘡，頭瘍白禿，疥瘙風氣。安五藏，除熱，胃中伏熱，咽乾消渴，及風痺死肌。煉之令白，其赤者主惡痺。久服，輕身不老延年。」

〔一六〕「所若」句：《校注》：「所若：所與。指秦皇、漢武。遠好：指求仙長生之好。」

〔一七〕「臨風」句：《楚辭·九歌·少司命》：「望美人兮未來，臨風怳兮浩歌。」《文選》卷十三謝莊《月賦》：「臨風歎兮將焉歇，川路長兮不可越。」《文選》卷三十陶淵明《雜詩二首》之一：「采菊東籬下，悠然望南山。山氣日夕佳，飛鳥相與還。」

【集説】

清陳祚明《采菽堂古詩選》卷二十四：此等詩其源皆出於康樂，能選言寫景，大有深淺之分。末段更率。「松木横眼前」，都不成語。

余冠英《漢魏六朝詩選》：本篇描寫自然景物極爲瑰麗，見出作者詩才的一個方面。

曹道衡《江淹評傳》（《中國著名文學家評傳》）：這首詩看起來有點像遊仙詩，但所寫的景色基本上是寫實的。詩中出現的景色，仍是閩浙一帶的偏僻山區，山勢高峻，古木蘢蓯。在這荒無人煙之地，聯想到塵囂之外的仙境，因此幻想出世和遊仙，也較自然。這是作者另一種心境的反映。他在遭到挫受之後，對釋老和神仙的嚮往進一步發展起來，所以心境顯得比較平静，但從本質上説，他并不是真正的想出世。

還故國

【題解】

此詩張溥本題作《還故園》。

詩云：「漢臣泣長沙，楚客悲辰陽。古今雖不舉，兹理亦宜傷。山中信寂寥，孤景吟空堂。」以屈子及賈生忠而見疑，信而被黜自比，與其在建安吴興所作之《應謝主簿騷體》、《山中楚辭》等頗相一致。詩題作「還故國」，與元徽二年秋被黜爲建安吴興令途中所作《去故鄉賦》之「泣故關之已盡，傷故國之無際」，稱京口爲「故國」、「故關」，又甚爲相合。見詩應爲江淹自建安吴興還都時作。

此詩又云：「遽發桃花渚，適宿春風埸。紅草涵電色，緑樹鑠煙光。」則江淹自吴興還京師時乃在春日。考詩人《自序》云：「爲建安吴興令。地在東南嶠外，閩越之舊境也。爰有碧水丹山，珍木靈草，皆淹平生所至愛，不覺行路之遠矣。山中無事，與道書爲偶，乃悠然獨往，或日夕忘歸。放浪之際，頗著文章自娱。在邑三載，朱方竟敗矣。復還京師。」而此詩云：「竊值寰海闢，仄見圭緯昌。浮雲抱山川，遊子銜故鄉。」「寰海闢」，「圭緯昌」，謂景素謀反事已平定，天下太平。可見此詩之作乃在景素起兵失敗後，與《自序》所云相合。按景素之敗在元徽四年（四七六）七月，則江淹之還京師并作此詩乃在昇明元年（四七七）春。《南史》卷五十九《江淹傳》云：「黜爲建安吴興令，及齊高帝輔政，聞其才，召爲尚書駕部郎、驃騎參軍事。」考齊高帝蕭道成輔政自昇明元年七月弑後廢帝并擁立順帝始，亦可爲江淹之還京師在昇明元年春之旁證。

吴譜以爲江淹還京師并作此詩在元徽四年，其云：「《還故國》詩云：『漢臣泣長沙，楚客悲辰陽。古今雖不舉，兹理亦宜傷。山中信寂寥，孤景吟空堂。北地三變露，南簷再逢霜。』又云：『遽發桃花渚，適宿春風埸。』知爲南閩歸途中作也。」又云其年「秋七月戊子，建平王景素據京城反，乙未被殺，先生還京師。有《還故國》詩」。今考景素兵敗在元徽四年七月，而《還故國》詩所述爲春日節候，故同年還都必無可能。又且江淹自元徽二年秋被黜始出，若還都在元徽四年春，則又不得有此詩所謂之「北地三變露，南簷再逢霜」之説，以上皆足證吴譜之誤。又江淹《自序》云：「在邑三載，朱方竟敗焉。復還京師。」乃記江淹在吴興令任上三載而景素敗，而并非言其在吴興三載而復還京師也，即朱方之敗與江淹之復還京都非同年事，不能混爲一談。吴譜錯會《自序》文意，又拘於「在邑三載」之説，故有此誤。《梁書·江淹傳》云：「淹在縣三年。昇明初，齊帝輔政，聞其才，召爲尚書駕部郎、驃騎參軍事。」記其在縣三年，與江淹元徽二年被黜顯然乖訛，誤亦甚明。此亦由姚思廉錯會《自序》文意而致也。

又按：曹道衡《年代考》以爲江淹還京都并作此詩在昇明元年後廢帝被蕭道成所殺後，其云：「江淹從建安吴興回到家鄉的時間，肯定爲昇明元年。因爲《自序傳》稱：『在邑（指建安吴興）三載，朱方竟敗焉，復還京師。值世道已昏，守志閒居，不交當軸之士，俄皇帝始有大功於四海，聞而召之。』《梁書·江淹傳》也説：『淹在縣三年，昇明初，齊帝輔政，聞其才，召爲尚書駕部郎，驃騎參軍事。』從元徽二年至昇明元年正好三年。……此詩題爲《還故園》，顯然是到家後作。詩中説『漢臣泣長沙，楚客悲辰陽』，就是以賈誼、屈原自比，指被黜爲建安吴興令之事。『北地三變露，南簷再逢霜』，説明他在福建三年，與《自序傳》及《梁書》符合。詩中還説：『竊值寰海闢，仄見圭緯昌』，似指後廢帝已死，朝政清明，有歌頌蕭道成之意。『請學碧靈草，終歲自芬芳』，則似是尚未再度出仕，有歸隱之意。所以此詩當作於到蕭道成幕下之前。」曹道衡《江淹評傳》亦云：「蕭道成又發動政變，殺死後廢帝劉昱，奪取朝廷大權……蕭道成對江淹的才能本來有所瞭解，所以在當政以後，就把他從建安吴興召回。」今考曹先生所云有數未愜人意之處。首先，曹先生既以爲江淹還京都在昇明元年，又以爲蕭道成當政後才將江淹從吴興召回。而《還故國》詩則明言其還都時在春日，這一事實，就與曹先生所説産生了明顯之矛盾。這是因爲，如果江淹於昇明元年七月蕭道成當政後始被召回，則其回京都之時間又應在昇明二年春。如謂此詩爲江淹回京都後所追憶，則與詩所表現之喜悦之情又不相合。其次，古人計算年代，皆首尾并算，今略舉數例以證之。諸葛亮《後出師表》：「後值傾覆，受任於敗軍之際，奉命於危難之間，爾來二十有一年矣。」考之史傳，劉備屯新野時與諸葛亮相遇，時在建安十二年（二〇七），距作此表之蜀漢建興五年（二二七，即曹魏太和七年）首尾凡二十一年。又如《三國志·魏武帝紀》載建安八年（二〇三）七月令：「喪亂以來，十五有年，後生者不見仁義禮讓之風，吾甚傷之。」其中「喪亂」，指中平六年（一八九）董卓引兵入洛陽事。至建安八年，首尾凡十五年。此例甚衆，要不一一列舉。江淹有《雜三言五首》之作，其一《構象臺》云：「苔蘚生兮繞石户，蓮花舒兮繡池梁。」其二《訪道經》云：「池中蓮兮十色紅，窗前樹兮萬葉落。」其四《悦曲池》云：「盟清泠兮適潺湲，白雲起兮吊石蓮。」其五《愛遠山》云：「紫蒲兮光水，紅荷兮艷泉。香枝兮嫩葉，翠累兮翠疊。」所述皆夏秋景物。而江淹於昇明元年春即返京師，此點已無疑問，是此五首之作要當在昇明元年之前。而五首之序云：「予上國不才，黜爲中山長史，待罪三載。」詩人自元徽二年（四七四）至元徽四年首尾凡三載，與序所言正相合。若據曹先生所説，至元徽四年時僅二載，則又與序所言相互乖訛。此外，江淹有《詣建平王上書》一篇，《年代考》論此文時云：「考《宋書·明帝紀》，始安王子真賜死在泰始二年十月，江淹到建平王幕下，當在該年冬天。因爲他後來在元徽二年冬天所作的《被黜爲吴興令辭牋詣建平王》一文中有『竊思伏皂九載』一語，上推到泰始二年，正好是九個年頭。」據曹先生上文所言，自泰始二年（四六六）至元徽二年正好九個年頭，又實爲首尾并計者。又江淹嘗有宣城太守之任，曹先生《評傳》云：「建武元年（四九四）蕭鸞即位後，他出任宣城太守，在郡共四個年頭。建武四年（四九七），他被召回建康，任黄門侍郎兼步兵校尉。」以上亦明顯爲首尾并計之例。然而曹先生論《還故國》詩云「從元徽二年至昇明元年正好三年」，則又取實際年代而計之。是曹先生計算年代并無統一之標準，隨意性頗大，其不可取也甚明。由此可見，江淹自元徽二年之建安吴興，至昇明元年凡四載而非三載，即《年代考》以爲「從元徽二年至昇明元年正好三年」非是。再次，昇明元年七月，蕭道成弑後廢帝劉昱之後旋引江淹入己府，《年代考》據《還故國》詩之「竊值寰海闢，仄見圭緯昌」二句，以爲是時後廢帝已死，且詩有歌頌蕭道成之意。若據此説，則此詩又必作於昇明元年七月戊子後廢帝劉昱被殺後，然而此結論又與曹先生所言之此詩「有歸隱之意」互相矛盾，因爲是年七月，江淹已入蕭道成府，爲尚書駕部郎、驃騎參軍事，此年七月甲午代蕭道成所作之《蕭驃騎謝甲仗入殿表》、七月丙申代蕭道成所作《蕭驃騎讓油幢表》以及此後所作之《蕭驃騎録尚書事到省表》等可爲明證。考是年七月壬午朔，戊子爲月之初七日，甲午爲月之十三日，丙申爲月之十五日。如詩作於是年七月戊子後廢帝劉昱被殺之後，則又必不可能有歸隱之意矣，可見詩之「竊值寰海闢，仄見圭緯昌」二句，并非指後廢帝已死，而是指景素之敗也。若據曹先生所説，則江淹於昇明元年七月後始被蕭道成自吴興召回，至京都之時間至少在是年八月之後，召回後又有一「守志閒居」之階段。則昇明元年七月時又何以能有《蕭驃騎謝甲仗入殿表》、《蕭驃騎讓油幢表》諸作耶？

漢臣泣長沙〔一〕，楚客悲辰陽〔二〕。古今雖不舉〔三〕，兹理亦宜傷〔四〕。山中信寂寥〔五〕，孤景吟空堂〔六〕。北地三變露，南簷再逢霜〔七〕。竊值寰海闢，仄見圭緯昌〔八〕。浮雲抱山川〔九〕，遊子衒故鄉①〔一〇〕。遽發桃花渚〔一一〕，適宿春風場〔一二〕。紅草涵電色〔一三〕，緑樹鑠煙光〔一四〕。高歌傃闢國②〔一五〕，微歎依笙簧〔一六〕。請學碧靈草③〔一七〕，終歲自芬芳④〔一八〕。

【校記】

①「衒」原作「御」，今據《彙注》本改。

②「闢國」《彙注》本作「闢國」。

③「碧靈草」元鈔本作「碧山草」。

④「芬芳」汪本作「芬芸」。

【箋注】

〔一〕「漢臣」句：漢臣，指賈誼。《史記》卷八十四《屈原賈生列傳》：「賈生名誼，雒陽人也。……於是天子議以爲賈生任公卿之位。絳、灌、東陽侯、馮敬之屬盡害之，乃短賈生曰：『雒陽之人，年少初學，專欲擅權，紛亂諸事。』於是天子後亦疏之，不用其議，乃以賈生爲長沙王太傅。賈生既辭往行，聞長沙卑溼，自以壽不得長，又以適去，意不自得。及度湘水，爲賦以弔屈原。……賈生爲長沙王太傅三年，有鴞飛入賈生舍，止於坐隅。楚人命鴞曰

『服』。賈生既以適居長沙，長沙卑溼，自以爲壽不得長，傷悼之，乃爲賦以自廣。」

〔二〕「楚客」句：楚客，指屈原。《史記》卷八十四《屈原賈生列傳》：「屈原者名平，楚之同姓也。爲楚懷王左徒。……屈平疾王聽之不聰也，讒諂之蔽明也，邪曲之害公也，方正之不容也，故憂愁幽思而作《離騷》。……屈平既嫉之，雖放流，睠顧楚國，繫心懷王，不忘欲反，冀幸君之一悟，俗之一改也。其存君興國而欲反覆之，一篇之中，三致意焉。然終無可奈何，故不可以反，卒以此見懷王之終不悟也。」《校注》：「辰陽：地名，故地在今湖南辰溪縣西北，沅水北岸。《楚辭》屈原《九歌・涉江》：『朝發枉渚兮，夕宿辰陽。』注：『言己乃從枉渚，宿辰陽，自傷去國日已遠也。』此以賈誼、屈原自喻。」

〔三〕不舉：《校注》：「言自己不能與古人相提并論。」

〔四〕兹理：《校注》：「指受讒遭貶之情理。」

〔五〕寂寥：《文選》卷五十一王褒《四子講德論》：「罔不覆載，紛紜天地，寂寥宇宙。」李善注：「寂寥，曠遠之貌也。」漢劉歆《西京雜記》卷四：「梁孝王遊於忘憂之館，集諸遊士，各使爲賦，枚乘爲《柳賦》。其辭曰：『……鎗鍠啾唧，蕭條寂寥。』」

〔六〕「孤景」句：《後漢書》卷八十四《列女・蔡琰傳》載蔡琰《悲憤詩》：「煢煢對孤景，怛吒糜肺肝。」《文選》卷十六司馬相如《長門賦》：「日黄昏而望絶兮，悵獨託於空堂。」

〔七〕「北地」二句：《校注》：「北地：指江淹故鄉南徐州。南簷：指吴興貶所。」按江淹自後廢帝元徽二年秋被黜離家，是年冬始至吴興貶所，昇明元年春還京都并作此詩，故此乃云「三變露」、「再逢霜」。

〔八〕「竊值」二句：寰海，海内、全國。本集《建平王慶明帝疾和禮上表》：「仁鑄蒼岳，道括寰海。」按此二句《校注》云：「寰海闢、圭緯昌：指蕭道成平定了劉景素叛亂，國家得到了拯救，呈現出新的氣象。圭緯，猶言國運。圭，古代帝王、諸侯舉行隆重儀式時所用的玉製禮器；緯，經緯，喻治理。竊、仄：皆自謙之詞。仄，同側。」

〔九〕「浮雲」句：《文選》卷二十九《古詩十九首·西北有高樓》：「西北有高樓，上與浮雲齊。交疏結綺窗，阿閣三重階。」《藝文類聚》卷三十引魏文帝《永思賦》：「仰北辰而永思，泝悲風以增傷。哀遐路之漫漫，痛長河之無梁。願託乘於浮雲，嗟逝速之難當。」《文選》卷二十六謝靈運《過始寧墅》：「白雲抱幽石，緑篠媚清漣。」山川，山河。《周易·坎卦》：「天險，不可升也；地險，山川丘陵也。」《藝文類聚》卷三十七引陶弘景《答謝中書書》：「山川之美，古來共談。高峰入雲，清流見底。兩岸石壁，五色交暉。青林翠竹，四時俱備。」

〔一〇〕「遊子」句：《文選》卷二十九蘇武《古詩四首》之二：「黄鵠一遠别，千里顧徘徊。胡馬失其羣，思心常依依。何況雙飛龍，羽翼臨當乖。幸有弦歌曲，可以喻中懷。請爲遊子吟，泠泠一何悲。絲竹厲清聲，慷慨有餘哀。」之四：「征夫懷遠路，遊子戀故鄉。寒冬十二月，晨起踐嚴霜。俯觀江漢流，仰視浮雲翔。良友遠離别，各在天一方。」

〔一一〕遽發：《莊子·天地》：「厲之人夜半生其子，遽取火而視之，汲汲然唯恐其似己也。」成玄英疏：「遽，速也。」《史記》卷四十四《魏世家》：「於是秦昭王遽爲發兵救魏，魏氏復定。」

〔一二〕適宿：《楚辭·離騷》：「心猶豫而狐疑兮，欲自適而不可。」王逸章句：「適，往也。」

〔一三〕「紅草」句：《詩·鄭風·山有扶蘇》：「山有橋松，隰有遊龍。」毛傳：「龍，紅草也。」朱熹集傳：「龍，紅草也，一名馬蓼。葉大而色白，生水澤中，高丈餘。」電色，《校注》：「電色：謂光彩。」

〔一四〕煙光：《藝文類聚》卷八十引《玄女戰經》：「諸見舉烽火煙光。傳言虜且欲起，欲知審來不？以言者時所加之，得陽者不來，得陰者爲來法。」按此指雲靄霧氣。

〔一五〕「高歌」句：《文選》卷三十四枚乘《七發》：「高歌陳唱，萬歲無斁。」同書卷十七傅玄《舞賦》：「動朱脣，紆清陽，亢音高歌爲樂方。」《文選》卷五十七顔延之《陶徵士誄》：「視死如歸，臨凶若吉。藥劑弗嘗，禱祀非恤。傃幽告終，懷和長畢。」李善注：「傃，向也。」

〔一六〕笙篁：同笙簧，即笙。簧爲笙中之簧片。《禮記·明堂位》：「垂之和鍾，叔之離磬，女媧之笙簧。」鄭玄注：「笙簧，笙中之簧也……女媧作笙簧。」按此泛指音樂。

〔一七〕碧靈草：《校注》：「即玉芝。古人以爲食之可以長生。」按碧靈草即靈草，靈芝草。《文選》卷一班固《西都賦》：「於是靈草冬榮，神木叢生。」李善注：「神木、靈草，謂不死藥也。」《文選》卷三十一江淹《雜體詩·郭弘農遊仙》：「崦山多靈草，海濱饒奇石。」劉良注：「靈草，芝草也。」芝草即靈芝。《文選》卷二張衡《西京賦》：「浸石菌於重涯，濯靈芝以朱柯。」薛綜注：「石菌、靈芝，皆海中神山所有神草名，仙之所食者。」

〔一八〕「終歲」句：《管子・治國》：「農夫終歲之作，不足以自食也。」《漢書》卷五十七上《司馬相如傳上》：「橘柚芬芳。」張揖注：「芬芳，言橘柚之氣也。」《文選》卷二十三阮籍《詠懷・湛湛長江水》：「朱華振芬芳，高蔡相追尋。」《太平御覽》卷三百七十六引《抱朴子》：「昔西施心痛，卧於道側，蘭麝芬芳，見者咸美其容。」

傷内弟劉常侍

【題解】

内弟，即妻弟。《宋書》卷四十《百官志下》：「武騎常侍，無員。漢西京官。車駕遊獵，常從射猛獸。後漢、魏、晉不置，宋世祖大明中復置。比奉朝請。」「王國……有郎中令、中尉、大農爲三卿。大國置左右常侍各三人，省郎中，置侍郎二人。……晉制，典書令在常侍下，侍郎上；江左則侍郎次常侍，而典書令居三軍下矣。江左以來，公國則無中尉、常侍、三軍，侯國又無大農、侍郎，伯子男唯典書以下，又無學官令矣。」按時又有散騎常侍，《宋書・百官志下》：「散騎常侍，四人。掌侍左右。秦置散騎，又置中常侍。散騎并乘輿車後，中常侍得入禁中。皆無員，并爲加官。漢東京初省散騎，而中常侍因用宦者。魏文帝黄初初，置散騎，合於中常侍，謂之散騎常侍，常侍，魏末置，無員。」然時之散騎常侍例簡稱爲散騎，詩題之「常侍」，當是王國之常侍。有在員外者，晉武帝使二人與散騎常侍通直，故謂之通直散騎常侍。晉江左置五人。員外散騎始以孟達補之。久次者爲祭酒散騎常侍，秩比二千石。通直散騎常侍，四人。魏末散騎常侍又

江淹之内弟，有記載者僅劉昭一人。然據《梁書》卷四十九《文學傳上》，劉昭自梁天監年間始出仕，出仕後亦一直未曾有常侍之任，故詩題之「内弟」，當非劉昭可知。曹道衡《年代考》云：「『劉常侍』，即劉喬，江淹有《宋故安成王右常侍劉喬墓銘》。安成王就是後來的順帝。順帝封安成王是泰始七年的事，前面已以講過。所以劉喬任『安成王右常侍』最早當在泰始七年。當時江淹尚在荆州，有《建平王慶安成王拜封表》爲證。江淹是泰豫元年閏七月以後隨景素到南徐州的。元徽二年下半年他又被貶建安吴興令。詩中有『長悲離短意，惻切吟空庭。注欷東郊外，流涕北山垌』等句，説明江淹曾爲劉喬送葬，并到他家中弔唁。這種情況只有江淹在南徐州時才有可能。因爲從丹徒到建康很近，而荆州或建安吴興却離建康甚遠。所以這詩當是這一時期（按指泰豫元年至後廢帝元徽二年，四七二—四七四）作。」福林按：劉喬事蹟不見載於史傳，而是時劉姓顯者有彭城劉、南陽劉、東莞劉，此外又有歷陽劉、沛國劉、南郡劉、平原劉。江淹乃平原劉昭之外兄，然據現有之材料，劉喬籍貫何地并不能確知。且江淹集中，尚有數篇墓誌，江淹與他們似乎也并没有什麽親戚之誼。據《宋故安成王右常侍劉喬墓誌文》云：「丹陽韫聖，豐鄉降賢。」則劉喬籍貫乃似在「豐鄉」者，與平原劉氏無涉。即《年代考》所言，原不足信。則詩題之「劉

常侍」，難以確知爲何人。

金璧自蕙質①，蘭杜信嘉名②〔一〕。丹綵既騰跡，華萼故揚聲〔二〕。伊余方罷秀，難息向君榮③〔三〕。誰疑春光昃，何遽秋露輕〔四〕。遠心惜近路，促景怨長情〔五〕。風至衣袖冷，況復蟪蛄鳴〔六〕。白露沿漢沼④〔七〕，明月空漢生。長悲離短意〔八〕，惻切吟空庭〔九〕。注欷東郊外，流涕北山坰〔一〇〕。

【校記】

①「蕙」《彙注》本作「慧」。

②「蘭杜」原作「蘭社」，今據元鈔本、《彙注》本、張本改，汪本作「蘭桂」。

③「難息」張本作「歎息」。

④「沼」《彙注》本作「炤」。

【箋注】

〔一〕「金璧」二句：蕙質，《文選》卷十一鮑照《蕪城賦》：「蕙心紈質，玉貌絳脣。」李善注：「左九嬪《武帝納皇后頌》曰『如蘭之茂』，《好色賦》曰『腰如束素』，蘭蕙同類，紈素兼名，文士愛奇，故變文耳。」按此二句《校注》云：「金璧、蘭杜：皆喻劉常侍。」

〔二〕「丹綵」二句：《文選》卷十一何晏《景福殿賦》：「參旗九旒，從風飄揚，皓皓旰旰，丹彩煌煌。」李周翰注：「皓皓旰旰，丹彩煌煌，皆旌旗之光明。」鮑照《擬行路難十八首》之二：「外發龍鱗之丹綵，内含麝芬之紫煙。」《文選》卷二十五謝惠連《於安城答靈運》：「華萼相光飾，嚶嚶悦同響。」吕延濟注：「華萼，喻兄弟也。」按此二句《校注》云：「丹綵、華萼：言美好的本質，與上『金璧』、『蘭杜』相照應。騰跡、揚聲：猶言顯身揚名。」

〔三〕「伊余」二句：《校注》：「罷秀：謂辭官歸隱。方：猶正。『方』、『向』互文。榮：喻仕途得意。」

〔四〕「誰疑」二句：鮑照《春詠》：「節運同可悲，莫若春光甚。和風未及燠，遺涼清且凛。」《玉臺新詠》卷八南朝宋吴孜《春閨怨》：「玉關信使斷，借問不相諳。春光太無意，窺窗來見參。」《文選》卷六十顏延之《祭屈原文》：「秋露未凝，歸神太素。」吕向注：「言春與遊談賦詠，至秋乃死。太素，無形也。言人死後歸於無形也。」按此二句《校注》云：「春光昃、秋露輕：謂盛年而亡。『春』、『秋』互文見義，指年歲，年命。昃，日西斜。」

〔五〕「遠心」二句：《文選》卷四十七夏侯湛《東方朔畫贊》：「若乃遠心曠度，贍智宏材，倜儻博物，觸類多能。」《三國志》卷二十一《魏志・傅嘏傳》：「傅嘏字蘭石。」裴松之注：「嘏友人荀粲，有清識遠心，然猶怪之。」《藝文類聚》卷二十七引陸機《思歸賦》：「俟涼風而警策，指孟冬而爲期。願靈暉之促景，恒立表以望之。」《校注》：「以上二句意謂：在奔喪赴吊的不遠的路程中，因送别死者而産生的悲痛惋惜之情久久不能平静。」

〔六〕蟪蛄鳴：蟪蛄，蟬的一種。《莊子·逍遥遊》：「朝菌不知晦朔，蟪蛄不知春秋，此小年也。」《釋文》：「司馬云：『惠蛄，寒蟬也。一名蝭蟧。春生夏死，夏生秋死。』」《文選》卷三十三劉安《招隱士》：「蟪蛄鳴兮啾啾。」劉良注：「蟪姑，夏蟬也。啾啾，聲也。」

〔七〕「白露」句：《詩·秦風·蒹葭》：「蒹葭蒼蒼，白露爲霜。」《文選》卷二十九《古詩十九首·明月皎夜光》：「白露霑野草，時節忽復易。秋蟬鳴樹間，玄鳥逝安適。」漢沼，疑指漢之池沼。《史記》卷一百十七《司馬相如列傳》載司馬相如《上林賦》：「日出東沼，入乎西陂。」司馬貞索隱：「張揖曰：『日朝出苑之東池，暮入於苑西陂中也。』」沼，池。《詩·小雅·正月》：「魚在于沼，亦匪克樂。」

〔八〕「長悲」句：陸雲《九愍·征》：「痛世路之隘狹，詠遂古而長悲。鏡端形於三接，照直影於太微。」鮑照《舞鶴賦》：「守馴養於千齡，結長悲於萬里。」陶淵明《九日閒居》：「世短意常多，斯人樂久生。日月依辰至，舉俗愛其名。」按《校注》云：「長、短：猶言生死。《尚書·盤庚》：『矧予制乃短長之命。』傳：『况我制汝死生之命。』此句言心中充滿生死離别的悲哀。」

〔九〕「惻切」句：《藝文類聚》卷二十六引劉楨《遂志賦》：「牧馬於路，役車低昂，愴恨惻切，我獨西行。」同書卷八十八引晉傅咸《桑樹賦》：「心惻切以興思，思有感於聖明。步徬徨以周覽，庶髣髴於儀形。」《文選》卷三十謝靈運《齋中讀書》：「虚館絶諍訟，空庭來鳥雀。」鮑照《秋夜二首》之二：「遁跡避紛喧，貨農棲寂寞。荒徑馳野鼠，空庭聚山雀。」

〔一〇〕「注欷」二句：注欷，《校注》：「注欷：猶言流涕。」《詩經・魯頌・駉》：「駉駉牡馬，在坰之野。」毛傳：「坰，遠野也。邑外曰郊，郊外曰野，野外曰林，林外曰坰。」《校注》：「郊、坰：指劉常侍墓地所在」。

【集説】

王夫之《古詩評選》卷五：古質自存，不以哀音而成亂節。

從蕭驃騎新亭壘

【題解】

本詩原題作《從蕭驃騎新帝壘》，今據《彙注》本改。《宋書》卷三十九《百官志上》：「驃騎將軍，一人。漢武帝元狩二年，始用霍去病爲驃騎將軍。漢西京制，大將軍、驃騎將軍位次丞相。」卷四十《百官志下》：驃騎將軍，第二品。《太平寰宇記》卷九十《江南東道・昇州・上元縣》：「臨滄觀在勞山，山上有亭七間，名曰新亭。吴所築，宋改爲新亭。中間名臨滄觀，晉周顗、王導等常春日登之會宴，顗曰『風景不殊，舉目有江山之異』即此。謂之勞勞亭，古送別所。」《讀史方輿紀要》卷二十《南直二・應天府・江寧縣》：「臨滄觀，在府南十五里勞山上。吴置，爲送别之所。《輿地志》：『新亭壟上有望遠樓，宋元嘉中改名臨滄觀。桂陽王休範攻蕭道成於新亭，白服乘肩輿，自登城南臨滄觀，道成將王回（福林按：當是黄回之誤）、張敬兒詐降於休範，遂襲殺之。後謂之勞勞亭。』今勞山在新亭南，亦謂之南岡。」又云：「新亭，在江寧縣南十五里，近江渚。東晉初，爲諸名士遊宴之所，即周顗等相對流涕處。……吕氏祉曰：『自吴以來，石頭南上至查浦，查浦南上至新亭，新亭南上至新林，新林南上至板橋，板橋南上至洌洲。陸有城堡，水有舟楫，建康西南面之險也。』」

按《宋書》卷十《順帝紀》：「（昇明元年七月）征西大將軍、荆州刺史沈攸之進號車騎大將軍、開府儀同三司，尚書左僕射、中領軍、鎮軍將軍、南兗州刺史齊王爲司空、録尚書事、驃騎大將軍，刺史如故。……（十二月丁巳）車騎大將軍、荆州刺史沈攸之舉兵反。丁卯，録公齊王入守朝堂。……（閏月）乙巳，録公齊王出頓新亭。」此詩當是蕭道成討沈攸之時所作，詩云：「鯢妖毁王度，虹氣衄王猷。上宰軫靈略，宏威肅廣謀。綿嶮冒戈堞，乘嶠架烽樓。燕兵歌越水，代馬思吴州。」描繪軍中備戰及士氣之高昂，乃至新亭之初。時江淹爲蕭道成軍佐，掌書記翰墨，因此乃有隨至新亭而作此詩之事。昇明元年（四七七）閏十二月庚辰朔，乙巳爲月之二十六日，此詩之作當在此月内。

鯢妖毁王度〔一〕，虹氣衄王猷〔二〕。上宰軫靈略〔三〕，宏威肅廣謀〔四〕。綿嶮冒戈堞①〔五〕，乘嶠架烽樓〔六〕。燕兵歌越水，代馬思吳州〔七〕。金笳夜一遠〔八〕，明月信悠悠〔九〕。雲色被江出〔一〇〕，煙光帶海浮〔一一〕。開襟夾蒼宇〔一二〕，拓遠局溟洲〔一三〕。折日承丹谷，總駕臨青丘〔一四〕。仄待飈霧晏②〔一五〕，方從畎壑遊〔一六〕。

【校記】

①「綿」《彙注》本作「據」。「冒」原作「胄」，今據《彙注》本、張本改。

②「仄待」《彙注》本作「反待」。

【箋注】

〔一〕「鯢妖」句：鯢，即娃娃魚。《爾雅·釋魚》：「鯢大者謂之鰕。」郭璞注：「今鯢魚似鮎，四脚，前似獮猴，後似狗，聲如小兒啼。」酈道元《水經注·伊水》：「伊水又東北流，注於洛水。《廣志》曰：『鯢魚聲如小兒嗁，有四足，形如鱧，可以治牛，出伊水也。』司馬遷謂之人魚。故其著《史記》曰：『始皇帝之葬也，以人魚膏爲燭。』徐廣曰：『人魚似鮎而四足。』即鯢魚也。」王度，王者的德行器度。《左傳》昭公十二年：「思我王度，式如玉，式如金。」孔穎達疏：「思使我王之德度，用如玉然，用如金然，使之堅而且重，可寶愛也。」鮑照《爲柳令讓驃騎表》：「方之微臣，彼安足齒。齊此而歸，懼塵王度。」

〔二〕「虹氣」句：《詩·鄘風·蝃蝀》：「蝃蝀在東。」毛傳：「蝃蝀，虹也。夫婦過禮，則虹氣盛。」

《漢書》卷二十五下《郊禮志下》：「或如虹氣，蒼黄若飛。」王猷，亦作王猶，猶王道。《詩·大雅·常武》：「王猶允塞，徐方既來。」朱熹集傳：「猶，道。言王道甚大，而遠方懷之，非獨兵威也。」《文選》卷十九束晳《補亡詩六首》之五：「周風既洽，王猷允泰。」吕延濟注：「言周室風化既洽，王道信通上下。」按《校注》云：「鯢妖、虹氣：喻妖邪之氣，指沈攸之叛亂。」

〔三〕「上宰」句：上宰，即宰輔。《校注》：「其時蕭道成以司空録尚書事，總攝朝政，故稱上宰。軫：運轉，運用。靈略：神謀。」

〔四〕「宏威」句：《後漢書》卷三十六《鄭興傳》：「博採廣謀，納羣下之策書，奏多有所納。」同書卷七十五《袁術傳論》：「夫事不以順，雖彊力廣謀不能得也。」按此句《校注》：「肅通『速』，與上『軫』對舉成文。此謂迅速運用謀略以顯示其『宏威』。」

〔五〕「綿嶮」句：綿嶮，疑爲江淹新造詞，意謂險峻之地連綿不斷。按《校注》云：「冒：蓋。謂築起。戈堞：指軍壘。堞，築於城上有射孔的磚墻。」

〔六〕「乘嶠」句：《爾雅·釋山》：「鋭而高，嶠。」邢昺疏：「言山形纖峻而高者名嶠。」《校注》：「烽樓：古時報警用的烽火樓。」

〔七〕「燕兵」二句：《校注》：「燕、代：古代北方的州郡名。越水、吴州：指京都建康所在的揚州。此二句意謂：遠方州郡的兵馬向京畿地區集結。」

〔八〕「金笳」句：《南齊書》卷二十八《蘇侃傳》：「清輝映幕，素液凝庭。金笳夜厲，羽轄晨征。」金笳，笳之美稱。笳，即胡笳，軍樂器。《宋書》卷十九《樂志一》：「杜摯《笳賦》云：『李伯陽入西戎所造。』」《藝文類聚》卷四十四引魏杜摯《笳賦》：「羈旅之士，感時用情，乃命狄人，操笳揚清。」

〔九〕「明月」句：《詩·王風·黍離》：「知我者，謂我心憂。不知我者，謂我何求。悠悠蒼天，此何人哉？」毛傳：「悠悠，遠意。」陶淵明《飲酒·疇昔苦長飢》：「世路廓悠悠，楊朱所以止。」《文選》卷十三謝莊《月賦》：「升清質之悠悠，降澄輝之藹藹。」

〔一〇〕「雲色」句：鮑照《行京口至竹里》：「高柯危且竦，鋒石横復仄。複澗隱松聲，重崖伏雲色。」《書·禹貢》：「導菏澤，被孟豬。」孔傳：「孟豬，澤名，在菏東北，水流溢，覆被之。」《文選》卷三張衡《東京賦》：「芙蓉覆水，秋蘭被涯。」薛綜注：「被，亦覆也。」

〔一一〕「煙光」句：《藝文類聚》卷八十引《玄女戰經》：「諸見舉烽火煙光。傳言虜且欲起，欲知審來不？以言者時所加之，得陽者不來，得陰者爲來法。」按此指雲靄霧氣，本集《外兵舅夜集》：「煙光拂夜色，華舟瀁秋風。」帶，環繞。《戰國策·楚策一》：「秦地半天下，兵敵四國，被山帶河，四塞以爲固。」嵇康《贈秀才入軍詩十九首》之十三：「浩浩洪流，帶我邦畿。萋萋綠林，奮榮揚暉。」

〔一二〕「開襟」句：《校注》：「夾：窄。蒼字：蒼天。」按夾，通「狹」。《後漢書》卷八十五《東夷·

東沃沮傳》：「其地東西夾，南北長。」李賢注：「夾音狹。」

〔一三〕「拓遠」句：《後漢書》卷二十三《竇融傳》：「當今西州，地勢局迫，人兵離散，易以輔人，難以自建。」阮籍《元父賦》：「元父者，九州之窮地，先代之幽墟者也，故其城郭卑小局促。」《文選》卷二十二顏延之《車駕幸京口三月三日侍遊曲阿後湖作》：「金練照海浦，笳鼓震溟洲。」李善注：「《列子》曰：『北極之北有溟海。』」《校注》：「溟洲：猶言四海九洲。」

〔一四〕「折日」二句：《校注》：「折日：謂阻止太陽運行，使其回轉。含有儘量利用時間之意。」按《楚辭》屈原《離騷》：「飲余馬於咸池兮，總余轡乎扶桑。折若木以拂日兮，聊逍遥以相羊。」王逸章句：「年時卒過，故復轉之西極，折取若木以拂擊日，使之還去，且相羊而遊，以待君命也。或謂拂，蔽也。以若木鄣蔽日，使不得過也。」朱熹集注：「咸池，日浴處也。總，結也。扶桑，木名，日出其下也。若木，亦木名，在崑崙西極，其華光照下地。拂，擊也。聊，且也。逍遥、相羊，皆遊也。」「折日」句當用其意。丹谷，絢麗的岩谷。《文選》卷三十五張協《七命》之三：「登翠阜，臨丹谷。」總駕，《楚辭》王褒《九懷・危俊》：「林不容兮鳴蜩，余何留兮中州。陶嘉月兮總駕，搴玉英兮自修。」王逸章句：「嘉及吉時驅乘駟也。」《樂府詩集》卷六十一謝靈運《君子有所思行》：「總駕越鍾陵，還顧望京畿。躑躅周名都，遊目倦忘歸。」青丘，《山海經・大荒東經》：「有青丘之國，有狐九尾。」按以上二句《校注》云：「丹谷、青丘：泛指巡行時所經過的山丘。」按此二句倒裝，謂行臨『青丘』，再繼以『丹谷』，故言

『承』。」

〔一五〕飈霧晏：《藝文類聚》卷五十七引後漢桓驎《七説》：「輪不暇轉，足不及驟，騰虛踰浮，瞥若飈霧。」《校注》：「飈霧晏：謂平定叛亂。」

〔一六〕「方從」句：甽壑，本集《到主簿日事詣右軍建平王》：「常欲永辭冠劍，弋釣甽壑。」按甽壑，猶甽畝。《國語·周語下》：「天所崇之子孫，或在甽畝，由欲亂民也。」韋昭注：「下曰甽，高曰畝。畝，壟也。」甽，田間水溝。《書·益稷》：「濬甽澮距川。」孔傳：「一畎之間，廣尺深尺曰甽。」

【集説】

清陳祚明《采菽堂古詩選》卷二十四：寫軍容景色，喜能雋越。「金笳」二句更曠。

效阮公詩十五首

【題解】

詩題之「阮公」，指阮籍。《晉書》卷四十九《阮籍傳》：「阮籍字嗣宗，陳留尉氏人也。父瑀，魏丞相掾，知名於世。籍容貌瓌傑，志氣宏放，傲然獨得，任性不羈，而喜怒不形於色。或閉户視書，累月不出；或登臨山水，經日忘歸。博覽羣籍，尤好《莊》《老》。嗜酒，能嘯，善彈琴，當其得意，忽忘形骸，時人多謂之癡。惟族兄文業每歎服之，以爲勝己，由是咸共稱異。……宣帝爲太傳，命籍爲從事中郎。及帝崩，復爲景帝大司馬從事中郎。高貴鄉公即位，封關内侯，徙散騎常侍。籍本有濟世志，屬魏晉之際，天下多故，名士少有全者，籍由是不與世事，遂酣飲爲常。文帝初欲爲武帝求婚於籍，籍醉六十日，不得言而止。鍾會數以時事問之，欲因其可否而致之罪，皆以酣醉獲免。及文帝輔政，籍嘗從容言於帝曰：『籍平生曾遊東平，樂其風土。』帝大悦，即拜東平相。籍乘驢到郡，壞府舍屏障，使内外相望。法令清簡，旬日而還。……時率意獨駕，不由徑路，車迹所窮，輒慟哭而反。嘗登廣武，觀楚漢戰處，歎曰：『時無英雄，使豎子成名。』登武牢山，望京邑而歎，於是賦《豪傑詩》。景元四年冬卒，時年五十四。籍能屬文，初不留思，作《詠懷詩》八十餘篇，爲世所重。」鍾嶸《詩品》置其詩於上品，云：「晉步兵阮籍詩，其源出於《小雅》，無雕蟲之功，而《詠懷》之作，可以陶性靈，發幽思，言在耳目之内，情寄八荒之表，洋洋乎會於風雅，使人忘其鄙近。自致遠大，頗多感慨之詞，厥旨淵放，歸趣難求。」

江淹《自序》：「及王移鎮朱方也，又爲鎮軍參軍事，領東海郡丞。於是王與不逞之徒，日夜構議。淹知禍機之將發，又賦詩十五首，略明性命之理，因以爲諷。王遂不悟，乃憑怒而黜之，爲建安吴興令。」考江淹於元徽二年秋即被黜之建安吴興，則「十五首」似是年被黜前不久所作。江淹集中以十五首爲一組詩者，又有《草木頌十五首》，今考《草木頌》序云：「僕一命之微，遭萬代之幸。不能鐫心礪骨，以報所事。擢翼驤首，自至丹梯。爰乃恭承嘉惠，守職閩中。」乃作於建安吴興令任時。而《效阮公詩十五首》之二云：「富貴如浮雲，金玉不爲寶。」之三云：「天命誰能見，人蹤信可疑。」之四云：「大道常不驗，金火每如斯。」之五云：「陰陽不可知，鬼神惟杳冥。」之六云：「千齡猶旦夕，萬世更浮沉。」之十三云：「性命有定理，禍福不可禁。」之十五云：「天道好盈缺，春華故秋凋。」與其《自序》所謂之「略明性命之理，因以爲諷」者相合。可見，此十五首即是時江淹所作以諷景素者也。《宋書》卷七十二《文九王傳》云：「桂陽王休範爲逆，景素雖纂集兵衆，以赴朝廷爲名，而陰懷兩端。」是桂陽王休範反時景素已欲乘機舉兵，情勢急迫，一觸即發。則江淹之作組詩以諷，應在此前後。《校注》云：「詩作於京口，時間約在元徽元年至元徽二年春夏之間。」是也。

又《宋書・文九王傳》：「時太祖諸子盡殂，衆孫唯景素爲長，建安王休祐諸子并廢徙，無在朝者。景素好文章書籍，招集才義之士，傾身禮接，以收名譽，由是朝野翕然，莫不屬意焉。而後廢帝狂凶失道，内外皆謂景素宜當神器，唯廢帝所生陳氏親戚疾忌之。……自是廢帝狂悖日甚，朝野并屬心景素，陳氏及運長等彌相猜疑。景素因此稍爲自防之計，與司馬廬江何季穆、録事參軍陳郡殷瀰、記室參軍濟陽蔡履、中兵參軍略陽垣慶延、左右賀文超等謀之。以參軍沈顒、毌丘文子、左暄、州西曹王潭等爲爪牙。季穆薦從弟豫之爲參軍。景素遣豫之、潭、文超等去來京邑，多與金帛，要結才力之士。由是冠軍將軍黄回、遊擊將軍高道慶、輔國將軍曹欣之、前軍韓道清、長水校尉郭蘭之、羽林監垣祗祖，并皆響附，其餘武人失職不得志者，莫不歸之。」記當時景素謀議及暗中交結謀反事甚詳。故江淹乃作此組詩以諷耳。

歲暮懷感傷①〔一〕，中夕弄清琴〔二〕。戾戾曙風急〔三〕，團團明月陰〔四〕。孤雲出北山，宿鳥驚東林〔五〕。誰謂人道廣〔六〕，憂慨自相尋〔七〕。寧知霜雪後，獨見松竹心②〔八〕。

【校記】

①「懷感傷」《藝文類聚》卷二十六作「多懷傷」。

②「松竹」《藝文類聚》作「竹柏」。

【箋注】

〔一〕「歲暮」句：《文選》卷二十一顔延之《秋胡詩》：「歲暮臨空房，涼風起坐隅。」孔融《雜詩二首》之二：「遠送新行客，歲暮乃來歸。入門望愛子，妻妾向人悲。」《文選》卷二十九《古詩十九首·凜凜歲雲暮》：「眄睞以適意，引領遥相稀。徙倚懷感傷，垂涕霑雙扉。」

〔二〕「中夕」句：中夕，中夜、半夜。《藝文類聚》卷七引劉伶《北芒客舍》詩：「長笛響中夕，聞此消胸襟。」《文選》卷二十三阮籍《詠懷·夜中不能寐》：「夜中不能寐，起坐彈鳴琴。」

〔三〕「戾戾」句：鮑照《從臨海上荆初發新渚》：「戾戾旦風遒，嘈嘈晨鼓鳴，收纜辭帝郊，揚棹發皇京。」《文選》卷十三潘岳《秋興賦》：「庭樹槭以灑落兮，勁風戾而吹帷。」李善注：「戾，勁疾之貌。」曙風，猶曉風、晨風。《文選》卷二十九李陵《與蘇武詩三首》之一：「欲因晨風發，送子以賤軀。」李善注：「晨風，早風。言欲因風發而已乘之以送子也。」

〔四〕「團團」句：《文選》卷二十七班婕妤《怨歌行》：「新裂齊紈素，皎潔如霜雪。裁爲合歡扇，團團似明月。」《校注》：「陰：陰暗。天曙則月暗。」

〔五〕「孤雲」二句：陶淵明《詠貧士》：「萬族各有託，孤雲獨無依。」鮑照《登大雷岸與妹書》：「東顧五洲之隔，西眺九派之分，窺地門之絶景，望天際之孤雲。」宿鳥，歸巢棲宿之鳥。東林，陶淵明《丙辰歲八月中於下潠田舍穫》：「貧居依稼穡，戮力東林隈。」按《文選》卷二十三阮籍《詠懷詩》之一：「孤鴻號外野，朔鳥鳴北林。」乃此二句之所出。

〔六〕人道：《易·謙卦》：「天道虧盈而益謙，地道變盈而流謙，鬼神害盈而福謙，人道惡盈而好謙。」《後漢書》卷三十七《丁鴻傳》：「人道悖於下，效驗見於天，雖有隱謀，神照其情。」陸雲《贈鄱陽府君張仲膺》：「人道伊何，難合易離，會如升峻，别如順淇。嗟我懷人，曷云其來，貢言執手，涕既隕之。」

〔七〕「憂慨」句：《晉書》卷七十三《庾亮傳》：「亮自邾城陷没，憂慨發疾。」《文選》卷二十四陸機《贈尚書郎顧彦先二首》之一：「感物百憂生，纏綿自相尋。」《校注》：「相尋：連綿不斷而來。」

〔八〕「寧知」二句：《藝文類聚》卷八十二引晉夏侯湛《薺賦》：「含盛陽而弗萌，在太陰而斯育。永安性於猛寒，羌無寧乎煖燠。齊精氣於欵凍，均貞固乎松竹。」同書卷三十六引晉孫綽《聘士徐君墓頌》：「豈若先生，保兹玉潤。超世作範，流光遐振。墳塋壘落，松竹蕭森。」

【集説】

清陳祚明《采菽堂古詩選》卷二十四：阮公詩氣蒼質厚，以高涼之調，抒其沉曲，所以高於射洪。十五首都不類，取其略有氣者。

余冠英《漢魏六朝詩選》：《效古詩十五首》，詩體仿效阮籍，筆墨可以亂真，但目的是假效古以諷諫，不是爲模擬而模擬。這是第一首，寫作者自己終夜不寐，猶慨時事，并以不畏霜雪的松竹自勉。

十年學讀書①〔一〕，顔華尚美好②〔二〕。不逐世間人〔三〕，鬭雞東郊道〔四〕。富貴如浮雲〔五〕，金玉不爲寶〔六〕。一旦鶗鴂鳴〔七〕，嚴霜被勁草〔八〕。志氣多感失〔九〕，泣下沾懷抱③〔一〇〕。

【校記】

①「十年」《藝文類聚》卷二十六作「十五」。

②「尚」《藝文類聚》作「常」。

③「泣下」張本作「淚下」。

【箋注】

〔一〕「十年」句：《漢書》卷六十五《東方朔傳》：「朔初來，上書曰：『臣朔少失父母，長養兄嫂。年十二學書，三冬文史足用。十五學擊劍。十六學詩書，誦二十二萬言。』」《文選》卷二十三阮籍《詠懷·昔年十四五》：「昔年十四五，志尚好詩書。被褐懷珠玉，顔閔相與期。」

〔二〕「顔華」句：顔華，猶容華。《文選》卷二十七曹植《美女篇》：「容華耀朝日，誰不希令顔。」《文選》卷二十九曹植《雜詩六首》之三：「南國有佳人，容華若桃李。朝遊江北岸，日夕宿湘沚。時俗薄朱顔，誰爲發皓齒。俛仰歲將暮，榮耀難久恃。」《校注》：「尚：崇尚，心之所向。」

〔三〕世間人：《玉臺新詠》卷一《古樂府詩·隴西行》：「天上何所有，歷歷種白榆。桂樹夾道生，青龍對道隅。鳳凰鳴啾啾，一母將九雛。顧視世間人，爲樂甚獨殊。」《樂府詩集》卷五十五《晉白紵舞歌詩》：「人生世間如電過，樂時每少苦日多。」《校注》：「世間人：指鬭雞走馬之輩。」

〔四〕「鬭雞」句：《文選》卷二十七曹植《名都篇》：「名都多妖女，京洛出少年。寶劍直千金，被服光且鮮。鬭雞東郊道，走馬長楸間。」《樂府詩集》卷六十四曹植《鬥雞篇》：「長筵坐戲客，鬭雞觀閒房。羣雄正翕赫，雙翹自飛揚。揮羽邀清風，悍目發朱光。嘴落輕毛散，嚴距往往傷。長鳴入青雲，扇翼獨翺翔。願蒙狸膏助，常得擅此場。」

〔五〕「富貴」句：《論語·述而》：「子曰：『飯疏食，飲水，曲肱而枕之，樂亦在其中矣。不義而富且貴，於我如浮雲。』」《楚辭·九懷》：「登羊角兮扶輿，浮雲漠兮自娛。」

〔六〕「金玉」句：《楚辭·招魂》：「室中之觀，多珍怪些。」王逸章句：「金玉爲珍，詭異爲怪，然縱觀房室之中，四方珍奇玩好怪物，無不畢具也。」《後漢書》卷八十下《文苑下·趙壹傳》：「被褐懷金玉，蘭蕙化爲芻。」阮籍《詠懷詩八十二首》之四十一：「榮名非己寶，聲色焉足娱。」

〔七〕「一旦」句：《楚辭》屈原《離騷》：「恐鵜鴂之先鳴兮，使夫百草爲之不芳。」王逸章句：「言我恐鵜鴂以先春分鳴，使百草華英摧落，芬芳不得成也。以諭讒言先至，使忠直之士蒙罪過也。」朱熹集注：「鵜鴂，鳥名，即詩所謂『七月鳴鵙』者。蓋鴂、鵙聲相近。又其聲惡，陰氣至則先鳴而草死也。」《文選》卷三十二此句吕向注：「鶗鴂，鳥名。秋分前鳴，則草木彫落。言我常恐此鳥之鳴，使草木不芳香也。喻讒臣爲言，以害忠良矣。」

〔八〕「嚴霜」句：《後漢書》卷二十《王霸傳》：「光武謂霸曰：『潁川從我者皆逝，而子獨留努力，疾風知勁草。』」《文選》卷二十三阮籍《詠懷·嘉樹下成蹊》：「凝霜被野草，歲暮亦云已。」按《文選》卷二十九張協《雜詩十首》之四：「輕風摧勁草，凝霜竦高木。密葉日夜疎，叢林森如束。」此二句當從此出。

〔九〕「志氣」句：《文選》卷四十三嵇康《與山巨源絶交書》：「且延陵高子臧之風，長卿慕相如之節，志氣所託，亦不可奪也。」《校注》：「感失：感慨失意。」

〔一〇〕「泣下」句：《藝文類聚》卷二十引《尸子》：「曾子每讀喪禮，泣下霑襟。常以一夕五起，視衣之厚薄，枕之高卑。」《漢書》卷五十四《蘇武傳》：「陵見其至誠，喟然歎曰：『嗟乎！義士。陵與衛律之罪，上通於天。』因泣下霑衿，與武決去。」曹丕《見挽船士兄弟辭別詩》：「舍我故鄉客，將適萬里道。妻子牽衣袂，落淚霑懷抱。」

白露淹庭樹〔一〕，秋風吹羅衣〔二〕。忠信主不合〔三〕，辭意將訴誰〔四〕？獨坐東軒下①〔五〕，雞鳴夜已晞〔六〕。總駕命賓僕〔七〕，遵路起旋歸〔八〕。天命誰能見〔九〕？人蹤信可疑〔一〇〕！

【校記】

①「東軒」汪本作「高軒」。

【箋注】

〔一〕「白露」句：《詩·秦風·蒹葭》：「蒹葭蒼蒼，白露爲霜。」《文選》卷三十謝惠連《擣衣詩》：「白露滋園菊，秋風落庭槐，肅肅莎雞羽，烈烈寒螿啼。」吕延濟注：「滋，潤也。」《藝文類聚》卷二十九引曹植《離友詩》：「涼風肅兮白露滋，木感氣兮條葉辭。臨淥水兮登重基，折秋華兮采靈芝。」《文選》卷二十四曹植《贈丁儀》：「初秋涼氣發，庭樹微銷落。凝霜依玉除，清風飄飛閣。」阮籍《詠懷詩八十二首》之四十八：「鳴鳩嬉庭樹，焦明遊浮雲。焉見孤翔鳥，翩翩無匹羣。」《文選》卷十三潘岳《秋興賦》：「庭樹槭以灑落兮，勁風戾而吹帷。」

〔二〕「秋風」句：《楚辭·九歌·湘夫人》：「嫋嫋兮秋風，洞庭波兮木葉下。」《文選》卷二十三阮籍《詠懷詩十七首》之三：「嘉樹下成蹊，東園桃與李。秋風吹飛藿，零落從此始。」《後漢書》卷八十下《文苑·邊讓傳》載邊讓《章華賦》：「羅衣飄颻，組綺繽紛。縱輕軀以迅赴，若孤鵠之失羣。」《文選》卷十七傅毅《舞賦》：「羅衣從風，長袖交横。」

〔三〕「忠信」句：《易·乾卦》：「君子進德脩業，忠信所以進德也。」《史記》卷六《秦始皇本紀》：「此四君者，皆明知而忠信，寬厚而愛人，尊賢重士，約從離衡。」《文選》卷二十八劉琨《扶風歌》：「惟昔李騫期，寄在匈奴庭。忠信反獲罪，漢武不見明。」

〔四〕「辭意」句：陳琳《爲袁紹與公孫瓚書》：「比得足下書，辭意婉約。」傅咸《理李咸表》：「辭意懇切，形於文墨。」《校注》：「本集《自序》：『（建平）王初欲羽檄征天下兵，以求一旦之幸。淹嘗從容曉諫，言人事之成敗。……終不以納，而更疑焉。』當是此二句之所指。」按《文選》卷二十三阮籍《詠懷·開秋兆涼氣》：「多言焉所告，繁辭將訴誰。」劉良注：「言此心無所告訴。」此句乃由此出。

〔五〕「獨坐」句：《文選》卷二十三阮籍《詠懷詩·獨坐空堂上》：「獨坐空堂上，誰可與歡者。出門臨永路，不見行車馬。」《文選》卷三十陶淵明《雜詩二首》之二：「嘯慠東軒下，聊復得此生。」吕向注：「軒，簷也。」

〔六〕「雞鳴」句：《文選》卷十六司馬相如《長門賦》：「衆雞鳴而愁予兮，起視月之精光。」《文選》卷二十六陸機《赴洛道中作》：「虎嘯深谷底，鷄鳴高樹巔。」陶淵明《歸園田居》：「狗吠深巷中，鷄鳴桑樹顛。户庭無塵雜，虚室有餘閒。」《詩·齊風·東方未明》：「東方未晞，顛倒裳衣。」毛傳：「晞，明之始升。」

〔七〕總駕：《楚辭》王褒《九懷·危俊》：「林不容兮鳴蜩，余何留兮中州。陶嘉月兮總駕，搴玉英兮自修。」王逸章句：「嘉及吉時驅乘駟也。」《樂府詩集》卷六十一謝靈運《君子有所思行》：「總駕越鍾陵，還顧望京畿。躑躅周名都，遊目倦忘歸。」《校注》：「總駕：繫轡繩於車，謂駕車。」

〔八〕「遵路」句：《文選》卷二十三顏延之《拜陵廟作》：「松風遵路急，山煙冒壠生。」《文選》卷二十九《古詩十九首·明月何皎皎》：「明月何皎皎，照我羅牀幃，憂愁不能寐，攬衣起徘徊。客行雖云樂，不如早旋歸。」《藝文類聚》卷八引宋謝靈運《嶺表賦》：「若乃長山款跨，外内乖隔，下無伏流，上無夷跡，麕兔望岡而旋歸，鴻雁睹峰而反翮。」

〔九〕「天命」句：《尚書·盤庚上》：「先王有服，恪謹天命。」《楚辭·天問》：「天命反側，何罰何佑？齊桓九會，卒然身殺。」王逸章句：「天命無常，罰佑之不恒也。」《文選》卷二十三阮籍

《詠懷詩・夜中不能寐》：「徘徊將何見？憂思獨傷心。」

〔一〇〕「人蹤」句：《校注》：「人蹤：即人道。指人貴賤窮達的命運。阮籍《詠懷詩八十二首》其五十六：『貴賤在天命，窮達自有時。』」《文選》卷二十四曹植《贈白馬王彪》：「苦辛何慮思，天命信可疑。虛無求列仙，松子久吾欺。」

【集説】

王夫之《古詩評選》卷五：已迫之，又緩之；或曲之，復直之。意致若蕭散，而言情益切。文通效阮本自詠所感，徘徊俯仰無非阮者，然則情之不遠，則風度自齊。陸平原擬古正無古人之情，雖復追影躡光，亦何從相肖者。

又云：「人蹤信可疑」，竟不直説，翻似別有旨者，此虞詡添灶之術也。步兵心髓，至此爲文通掐盡，其尤深妙處，在即此句便止。

飄飄恍惚中〔一〕，是非安所之〔二〕。大道常不驗〔三〕，金火每如斯〔四〕。忼慨少淑貌〔五〕，便娟多令辭〔六〕。宿昔秉心誓〔七〕，靈明將見期〔八〕。願從丹丘駕〔九〕，長弄華池滋〔一〇〕。

【箋注】

〔一〕「飄飄」句：《文選》卷二張衡《西京賦》：「度曲未終，雲起雪飛。初若飄飄，後遂霏霏。」《樂府詩集》卷三十三曹植《籲嗟篇》：「飄飄周八澤，連翩歷五山。流轉無恒處，誰知吾苦艱。」《後漢書》卷八十四《列女・董祀妻傳》：「見此崩五内，恍惚生狂癡，號泣手撫摩，當發復回疑。」鮑照《夢歸鄉》：「寐中長路近，覺後大江違，驚起空歎息，恍惚神魂飛。」

〔二〕「是非」句：《文選》卷二十三阮籍《詠懷詩・昔年十四五》：「丘墓蔽山岡，萬世同一時。千秋萬歲後，榮名安所之。」陶淵明《擬挽歌辭三首》之一：「得失不復知，是非安能覺？」

〔三〕「大道」句：大道，《禮記・禮運》：「孔子曰：『大道之行也，與三代之英，丘未之逮也，而有志焉。』」鄭玄注：「大道，謂五帝時也。」不驗，不能應驗。桓寬《鹽鐵論・相刺》：「今儒者釋耒耜而學不驗之語，曠日彌久而無益於理。」

〔四〕「金火」句：《校注》：「金火：指煉丹術。道家以爲丹藥是以火煉金所得。《雲笈七籤》：『丹砂者，太陽之至精，金火之正體也。』」

〔五〕「忼慨」句：《楚辭・九章・哀郢》：「憎愠惀之脩美兮，好夫人之忼慨。」洪興祖補注：「忼慨，憤意。」《戰國策・燕策三》：「復爲忼慨羽聲，士皆瞋目，髮盡上指冠。」《史記》卷一百一《袁盎傳》：「太史公曰：袁盎雖不好學，亦善傅會，仁心爲質，引義忼慨。遭孝文初立，資適逢世，時以變易。」《文選》卷二十八陸機《君子有所思行》：「淑貌色斯升，哀音承顔作。」劉良注：「淑，美也。言以此美色之女升進於君。」陸雲《張二侯頌》：「奕奕瓊範，玉潤淑貌。」

〔六〕「便娟」句：《楚辭·大招》：「豐肉微骨，體便娟只。」王逸章句：「便娟，好貌也。」《後漢書》卷八十《文苑·邊讓傳》邊讓《章華賦》：「形便娟以嬋媛兮，若流風之靡草。」按《校注》云：「便娟：輕盈姣美之貌。指阿諛逢迎之人。令辭：花言巧語。」

〔七〕「宿昔」句：宿昔，往日。《史記》卷一百一十二《平津侯主父列傳》：「朕宿昔庶幾獲承尊位，懼不能寧，惟所與共爲治者，君宜知之。」鮑照《代陸平原君子有所思行》：「直如朱絲繩，清如玉壺冰。何慙宿昔意？猜恨坐相仍。」《校注》：「秉心誓：撫心發誓，表示誠懇。」

〔八〕靈明：《校注》：「靈明：神靈。」

〔九〕丹丘：《楚辭·遠遊》：「仍羽人於丹丘兮，留不死之舊鄉。」王逸章句：「丹丘，晝夜常明也。」《北堂書鈔》卷一百五十八引《拾遺記》：「丹丘千年一燒，黄河千年一清，皆至聖之君，以爲大瑞。」《藝文類聚》卷七十八引曹植《遊仙詩》：「東觀扶桑曜，西臨弱水流。北極登玄渚，南翔陟丹丘。」

〔一〇〕「長弄」句：《文選》卷十一孫綽《遊天台山賦》：「挹以玄玉之膏，漱以華池之泉。」吕向注：「玄玉、華池，皆神仙之所食也。」《校注》：「滋：水盛貌。」

【集説】

王夫之《古詩評選》卷五：空中樓閣如虚有者，而礎皆貼地，户盡通天。

清陳沆《詩比興箋》卷二：興而賦也。是非之惑聽，猶術士之多欺。大道金丹，幾人有驗？

「願從丹邱」、「長弄華池」，蓋欲告以靈修之真訣也。慷慨難親，便娟易入，縱夙秉旦旦之誓，何由風諒乎？

陰陽不可知〔一〕，鬼神惟杳冥〔二〕。暫試武帝貌，一見李后靈〔三〕。同情淪異物〔四〕，有體入無形〔五〕。賢聖共草昧〔六〕，仁智焉足明〔七〕。變化未有極〔八〕，恍惚誰能精〔九〕。

【箋注】

〔一〕陰陽：指天地。《禮記·郊特牲》：「樂由陽來者也，禮由陰作者也，陰陽和而萬物得。」孔穎達疏：「和猶合也，得謂各得其所也，若禮樂由於天地，天地與之和合則萬物得其所也。」

〔二〕杳冥：猶渺茫。酈道元《水經注·膠水》：「北眺巨海，杳冥無極，天際兩分，白黑方別，所謂溟海者也。」

〔三〕「暫試」二句：武帝，漢武帝劉徹。李后，漢武帝李夫人。《漢書》卷九十七上《外戚·孝武李夫人傳》：「及夫人卒，上以后禮葬焉。……上思念李夫人不已，方士齊人少翁言能致其神。迺夜張燈燭，設帳帷，陳酒肉，而令上居他帳，遥望見好女如李夫人之貌，還幄坐而步。又不得就視，上愈益相思悲感。」《文選》卷二十三潘岳《悼亡詩三首》之二：「獨無李氏靈，鬖鬖睹爾容。撫衿長歎息，不覺涕霑胸。」《校注》：「以上二句似寫江淹思念新亡妻。」亦録以備考。

〔四〕「同情」句：同情，猶同心。《後漢書》卷七十三《劉虞公孫瓚等傳論》：「若虞瓚無閒，同情共力，糾人完聚，稸保燕、薊之饒。」同上書卷二十四《馬援傳》：「四海已定，兆民同情。」《史記》卷八十四《屈原賈生列傳》載賈誼《鵩鳥賦》：「化爲異物兮，又何足患！」司馬貞索隱：「謂死而形化爲鬼，是爲異物也。」

〔五〕無形：無形體，指人死後化爲鬼。《校注》：「入無形：人死後形體消失，故云。」

〔六〕「賢聖」句：賢聖，即聖賢。《史記》卷一百三十《太史公自序》：「《詩》三百篇，大抵聖賢發憤之所爲作也。」《易·屯》：「天造草昧。」王弼注：「造物之始，始於冥昧，故曰草昧也。」

〔七〕仁智：《易·繫辭上》：「一陰一陽之謂道，繼之者善也，成之者性也。仁者見之謂之仁，知者見之謂之知。百姓日用而不知，故君子之道鮮矣。」《孟子·公孫丑下》：「周公使管叔監殷，管叔以殷畔。知而使之，是不仁也；不知而使之，是不智也。仁智，周公未之盡也，而況於王乎？」按《校注》云：「仁智：指仁者智者。」

〔八〕未有極：《詩·唐風·鴇羽》：「悠悠蒼天，曷其有極？」鄭玄箋：「極，已也。」《吕氏春秋·制樂》：「故禍兮福之所倚，福兮禍之所伏，聖人所獨見，衆人焉知其極。」高誘注：「極，猶終。」

〔九〕恍惚：《老子》第二十一章：「道之爲物，惟恍惟惚。惚兮恍兮，其中有象。恍兮惚兮，其中有物。窈兮冥兮，其中有精。」按此爲難以捉摸之意。《韓非子·忠孝》：「爲恬淡之學，而理恍惚之言。臣以爲恬淡，無用之教也；恍惚，無法之言也。」《文選》卷八司馬相如《上林賦》：「於是乎周覽泛觀，瞋盼軋沕，芒芒恍忽，視之無端，察之無崖。」李善注：「郭璞曰：『言眼亂也。』」吕向注：「恍忽，目亂貌。」

【集説】

王夫之《古詩評選》卷五：摘一段説，便從此引申，情事盡見。聞之者足悟，言之者無罪，此真詩教也。唐以後詩亡，亡此而已。

若木出海外〔一〕，本自丹水陰〔二〕。羣帝共上下〔三〕，鸞鳥相追尋〔四〕。千齡猶旦夕，萬世更浮沉〔五〕。豈與異鄉士，瑜瑕論淺深〔六〕。

【箋注】

〔一〕「若木」句：若木，古代神話中之神樹名。《山海經·大荒北經》：「西北海外，黑水之北。……大荒之中，有衡石山、九陰山、灰野之山，上有赤樹，青葉，赤華，名曰若木。」郭璞注：「生昆侖西附西極，其華光赤下照地。」《淮南子·墬形訓》：「若木在建木西，末有十日，其華照下地。」高誘注：「若木端有十日，狀如蓮華。華，猶光也。光照其下也。」

〔二〕「本自」句：《山海經・南山經》：「丹穴之山，其上多金玉，丹水出焉，而南流注於渤海。有鳥焉，其狀如雞，五采而文，名曰鳳凰。」《山海經・西山經》：「又西北四百二十里曰峚山，其上多丹木，員葉而赤莖，黄華而赤實，其味如飴，食之不飢。丹水出焉，西流注於稷澤，其中多白玉，是有玉膏，其源沸沸湯湯，黄帝是食是饗。是生元玉，玉膏所出，以灌丹木。」

〔三〕「羣帝」句：《淮南子・墬形訓》：「建木在都廣，衆帝所自上下，日中無景，呼而無響，蓋天地之中也。若木在建木西，末有十日，其華照下地。」《校注》：「羣帝：衆帝神。上下：上下往來。」

〔四〕「鸞鳥」句：《山海經・西山經》：「西南三百里曰女牀之山。……有鳥焉，其狀如翟而五彩文，名曰鸞鳥，見則天下安寧。」《楚辭・九章・涉江》：「鸞鳥鳳皇，日以遠兮；燕雀烏鵲，巢堂壇兮。」王逸章句：「鸞、鳳，俊鳥也。有聖君則來，無德則去，以興賢臣難進易退也。」《楚辭・惜誓》：「已矣哉！獨不見夫鸞鳳之高翔兮，乃集太皇之壄。循四極而回周兮，見盛德而後下。」《文選》卷二十三阮籍《詠懷詩・湛湛長江水》：「三楚多秀士，朝雲進荒淫。朱華振芬芳，高蔡相追尋。」鮑照《擬古八首》之六：「束薪幽篁裏，刈黍寒澗陰。朔風傷我肌，號鳥驚思心。歲暮井賦訖，程課相追尋。」

〔五〕「千齡」二句：鮑照《蕪城賦》：「邊風急兮城上寒，井徑滅兮丘隴殘。千齡兮萬代，共盡兮何言！」《墨子・號令》：「諸門下朝夕立若坐，各令以年少長相次，旦夕就位，先佑有功有能，其餘皆以次立。」《玉臺新詠》卷一《無名人古詩爲焦仲卿妻作》：「盤石方且厚，可以卒千年。蒲葦一時紉，便作旦夕間。」《古文苑》卷三班婕妤《擣素賦》：「佇風軒而結睇，對愁雲之浮沉。」《文選》卷二十三曹植《七哀詩》：「君若清路塵，妾若濁水泥。浮沉各異勢，會合何時諧？」阮籍《詠懷八十二首》之五十四：「一餐度萬世，千歲再浮沈。」此二句《校注》云：「千齡、萬世：謂時間漫長久遠，指人世而言。旦夕：一天，指仙界而言。更浮沉：謂人世間或升或沉，變化無窮。」按旦夕，猶早晚，乃謂時間甚短。

〔六〕「豈與」二句：《文選》卷十九曹植《洛神賦》：「悼良會之永絶兮，哀一逝而異鄉。」鮑照《代東門行》：「一息不相知，何況異鄉別。」《禮記・聘義》：「瑕不揜瑜，瑜不揜瑕。」鮑照《見賣玉器者》：「寧能與爾曹，瑜瑕稍辨論？」按《校注》云：「以上二句襲用阮籍《詠懷詩》其四十三『豈與鄉曲士，攜手共言誓』詩句，意謂異鄉士愚昧無知，不值得與他們談論變化之道。此『異鄉士』，大概是指建平王的親信。」

【集説】

王夫之《古詩評選》卷五：命意博，立言約，約固不可及也。比喻語若有謂若無謂，惟以意仿佛，故結語直而不絞。阮之所爲阮者，亦惟是爾。

清陳祚明《采菽堂古詩選》卷二十四：《詠懷》中之粗者，間或有之。

清陳沆《詩比興箋》卷二：右二章（按指此篇與「飄飄恍惚中」一篇）皆規建平誤聽小人之言

也。「若木」、「海外」，喻金枝玉葉之尊；「羣帝」、「鸞鳥」，明親賢取友之術；「千齡」、「萬世」，示訏謨遠猷之要；「異鄉士」，斥左右羣小之人。此章比。

余冠英《漢魏六朝詩選》：以若木的超凡絶俗比喻志氣高尚、眼光遠大的人不輕聽世俗小人的言語。

夏后乘兩龍，高會在帝臺〔一〕。榮光河雒出，白雲蒼梧來〔二〕。侍御多賢聖，升降有羣才〔三〕。四時有變化〔四〕，盛明不徘徊〔五〕。高陽邈已遠〔六〕，竚立誰語哉〔七〕！

【箋注】

〔一〕「夏后」二句：夏后，指夏啓。《史記》卷二《夏本紀》：「十年，帝禹東巡狩，至於會稽而崩。以天下授益。三年之喪畢，益讓帝禹之子啓，而辟居箕山之陽。禹子啓賢，天下屬意焉。及禹崩，雖授益，益之佐禹日淺，天下未洽。故諸侯皆去益而朝啓，曰『吾君帝禹之子也』。於是啓遂即天子之位，是爲夏后帝啓。夏后帝啓，禹之子，其母塗山氏之女也。有扈氏不服，啓伐之，大戰於甘。將戰，作《甘誓》，乃召六卿申之。……遂滅有扈氏。天下咸朝。」《山海經・海外西經》：「大樂之野，夏后啓於此舞九代，乘兩龍。」《文選》卷四十六王融《三月三日曲水詩序》：「至如夏后兩龍，載驅璿臺之上。」李善注：「《歸藏》曰：『昔者夏后啓筮享神於晉之虛，作爲璿臺於水之陽。』」劉良注：「夏后，帝啓也，有馬號爲『兩龍』，乘遊於璿臺之上，以饗諸侯百官也。瑢臺，臺名。」《文選》卷五左思《吴都賦》：「昔者夏后氏朝羣臣於玆土，而執玉帛者以萬國，蓋亦先王之所高會，而四方之所軌則。」吕向注：「高，大。軌，法也。」帝臺，指瑢臺。

〔二〕「榮光」二句：《校注》：「榮光：彩色的雲氣，古以爲祥瑞。河雒：黄河、雒水。《尚書·中候》：『帝堯又修壇河洛，昧爽禮備，榮光出河，休氣四塞。』白雲：亦爲祥瑞。《太平御覽》卷八百七十二引《歸藏》：『太昊之盛，有白雲出自蒼梧，入於大梁。』蒼梧，山名，在今湖南寧遠縣南。」按雒，洛字通。

〔三〕「侍御」二句：賢聖，指道德才智極高之人。《戰國策·趙策二》：「故去就之變，知者不能一；遠近之服，賢聖不能同。」《文選》卷四十四陳琳《爲袁紹檄豫州》：「是以有非常之人，然後有非常之事；有非常之事，然後立非常之功。」吕向注：「非常之人，謂賢聖也。」《文選》卷五十一王褒《四子講德論》：「夫青蠅不能穢垂棘，邪論不能惑孔墨。」張銑注：「孔，孔丘；墨，墨翟。皆賢聖也。」《校注》：「侍御之臣有事則上堂，無事則屏退，謂之升降。」

〔四〕「四時」句：《易·恒》：「四時變化而能久成，聖人久於其道而天下化成。」王弼注：「言各得其所恒，故皆能長久。」《史記》卷八十四《屈原賈生列傳》：「萬物變化兮，固無休息。斡流而遷兮，或推而還。」

〔五〕「盛明」句：《藝文類聚》卷三十引班婕妤《自悼賦》：「蒙聖皇之渥惠兮，當日月之盛明。」

《後漢書》卷六《順帝紀》：「天命有常，北鄉不永。漢德盛明，福祚孔章。」《楚辭·九思·疾世》：「周徘徊兮漢渚，求水神兮靈女。」《文選》卷五十七潘岳《哀永逝文》：「停駕兮淹留，徘徊兮故處。周求兮何獲，引身兮當去。」

〔六〕「高陽」句：《史記》卷一《五帝本紀》：「帝顓頊高陽者，黄帝之孫而昌意之子也。靜淵以有謀，疏通而知事；養材以任地，載時以象天，依鬼神以制義，治氣以教化，絜誠以祭祀。北至於幽陵，南至於交阯，西至於流沙，東至於蟠木。動靜之物，小大之神，日月所照，莫不砥屬。」嵇康《答二郭》之二：「坎壈趣世教，常恐嬰網羅。羲皇邈已遠，拊膺獨咨嗟。」《宋書》卷六十七《謝靈運傳》：「才乏昔人，心放俗外，詠於文則可勉而就之，求麗，邈以遠矣。」《楚辭·九章·悲回風》：「邈蔓蔓之不可量兮，縹緜緜之不可紆。」朱熹集注：「邈，遠也。」

〔七〕「竚立」句：《詩經·邶風·燕燕》：「瞻望弗及，佇立以泣。」毛傳：「佇立，久立也。」《文選》卷二十七《樂府古辭·傷歌行》：「感物懷所思，泣涕忽霑裳。佇立吐高吟，舒憤訴穹蒼。」《楚辭·遠遊》：「遭沉濁而汙穢兮，獨鬱結其誰語。」《文選》卷六十賈誼《吊屈原文》：「國其莫我知兮，獨壹鬱其誰語。」

【集説】

王夫之《古詩評選》卷五：一氣不待回换，自不迫促。神韻則阮，風局則《十九首》矣。

昔余登大梁，西南望洪河〔一〕。時寒原野曠，風急霜露多〔二〕。仲冬正慘切〔三〕，日月少精華〔四〕。落葉縱横起〔五〕，飛鳥時相過〔六〕。搔首廣川陰〔七〕，懷歸思如何〔八〕？常願反初服〔九〕，閑步潁水阿〔一〇〕。

【箋注】

〔一〕「昔余」二句：《文選》卷一班固《西都賦》：「右界褒、斜、隴首之險，帶以洪河、涇、渭之川，衆流之隈，汧湧其西。」劉良注：「洪河，大河也。」《文選》卷二十六潘岳《河陽縣作二首》之二：「日夕陰雲起，登城望洪河。」李周翰注：「洪河，黄河也。」鮑照《河清頌》：「泰階既平，洪河既清。」按此二句《校注》云：「大梁：戰國魏都，今河南開封縣。此似借指建平王府，與本集《傷友人賦》『余結誼兮梁門』中『梁門』一詞的用法相同。洪河：黄河。代指長江。此似追敘初入南兖州刺史建平王府事。」

〔二〕「時寒」二句：《楚辭》劉向《九歎·離世》：「經營原野，杳冥冥兮。」《文選》卷二十四曹植《贈白馬王彪》：「秋風發微涼，寒蟬鳴我側。原野何蕭條，白日忽西匿。」鮑照《蕪城賦》：「邊風急兮城上寒，井徑滅兮丘隴殘。」

〔三〕「仲冬」句：《書·堯典》：「日短星昴，以正仲冬。」《文選》卷三張衡《東京賦》：「歲惟仲冬，大閱西園。」《後漢書》卷三《章帝紀》：「又久旱傷麥，憂心慘切。」《藝文類聚》卷七引魏劉楨《黎陽山賦》：「延首南望，顧瞻舊鄉，桑梓增敬，慘切懷傷。」

〔四〕「日月」句：《楚辭》劉向《惜賢》：「揚精華以眩燿兮，芳鬱渥而純美。」王逸章句：「眩燿，光貌。」《校注》：「少精華： 謂日月暗淡，缺少光彩。」

〔五〕「落葉」句：《文選》卷二十七曹植《美女篇》：「柔條紛冉冉，落葉何翩翩。」《文選》卷五十五劉孝標《廣絶交論》：「駱驛縱横，煙霏雨散。巧歷所不知，心計莫能測。」李善注：「駱驛，縱横不絶也。」鮑照《代陳思王京洛篇》：「琴瑟縱横散，舞衣不復縫。」

〔六〕「飛鳥」句：《文選》卷二張衡《西京賦》：「若夫翁伯、濁、質、張里之家，擊鍾鼎食，連騎相過，東京公侯，壯何能加！」過，過往。《詩・召南・江有汜》：「子之歸，不我過。」《史記》卷七十七《魏公子列傳》：「臣有客在市屠中，願枉車騎過之。」

〔七〕「搔首」句：《詩經・邶風・静女》：「愛而不見，搔首踟躕。」鮑照《還都道中三首》之三：「惻焉增愁起，搔首東南顧。茫然荒野中，舉目皆凜素。」《文選》卷二十六陸機《赴洛二首》之一：「親友贈予邁，揮淚廣川陰。撫膺解攜手，永歎結遺音。」陸雲《盛德頌》：「是以四海之内，莫不企景嶽以接翚，望廣川而鱗集，乘山涉水，視險若夷，奔波闕廷，思效死節。」

〔八〕思如何：《校注》：「思如何： 言思歸情切，不知如何表達。」

〔九〕「常願」句：《楚辭・離騷》：「步余馬於蘭皋兮，馳椒丘且焉止息。進不入以離尤兮，退將復脩吾初服。」蔣驥注：「初服，未仕時之服也。」《文選》卷十五張衡《思玄賦》：「修初服之娑娑兮，長余佩之參參。」

〔一〇〕「閑步」句：《文選》卷三十四曹植《七啓》：「雍容閑步，周旋馳燿。」李周翰注：「閒，緩也。」《藝文類聚》卷四引晉孫綽《三日蘭亭詩序》：「故振轡於朝市，則充屈之心生；閒步於林野，則遼落之志興。」《文選》卷三十謝靈運《擬魏太子鄴中集·徐幹》：「少無宦情，有箕潁之心事，故仕世多素辭。」呂向注：「箕，山名；潁，水名。許由、巢父隱處。」

【集説】

王夫之《古詩評選》卷五：寄意在有無之間，慷慨之中自多蘊藉。

又云：文通不屑構景語，張景陽、謝康樂且出其下矣。顧有時從廣大深至作句，于景倍得，直奪《三百篇》之胎骨，如「日月少精華」是也。古今作《苦寒行》者充棟，何曾得此一語。

清陳沆《詩比興箋》卷二：右三章（按指此篇與「白露淹庭樹」、「至人貴無爲」二篇）策建平之必敗，而思以去就争之也。「日月少精華」，喻朝廷之失德；「落葉」與「飛鳥」，喻宗室之危懼；「天命」難識，人蹤可疑，料舉事之無成；下士「馳騖」，「風塵一朝」，疾邇言之僨事。是以見幾思作，命駕旋歸，反初服于潁水，訪場苗於空谷也。厥後卒借領郡之事，黜令吴興，不與其難，庶幾克踐斯言。視沈休文輩，過涉滅頂，何啻鴟鼠之與鸞皇。固知陳祚明之軒沈輊江，所謂好惡拂人之性乎！

宵月輝西極①〔一〕，女圭映東海②〔二〕。佳麗多異色〔三〕，芬葩有奇采〔四〕。綺縞非無情〔五〕，光陰命誰待〔六〕。不與風雨變，長共山川在〔七〕。人道則不然〔八〕，消散隨風改〔九〕。

【校記】

①「宵月」《彙注》本作「宵明」，兩通。

②「女圭」《彙注》本作「女娃」。

【箋注】

〔一〕「宵月」句：《藝文類聚》卷三十四引晉潘岳《京陵女公子王氏哀辭》：「皎皎宵月，載盈載微。冥冥公子，一往不追。」鮑照《和王義興七夕》：「宵月向掩扉，夜霧方當白。寒機思孀婦，秋堂泣征客。」按「宵月」《彙注》本作「宵明」，爲舜帝女名。《山海經·海内北經》：「舜妻登比氏生宵明、燭光，處河大澤，二女之靈能照此所方百里。」郭璞注：「即二女字也，以能光照，因名云。」與下句「女圭」相對，似佳。西極，謂西方極遠之處。《楚辭·離騷》：「朝發軔於天津兮，夕余至乎西極。」《山海經·海外東經》：「帝命竪亥步，自東極至於西極，五億十選九千八百八步。」《漢書》卷二十二《禮樂志》：「天馬徠，從西極，涉流沙，九夷服。」

〔二〕「女圭」句：女圭，即女娃。《説文解字》卷十二下：「或曰吴楚之間謂好曰娃，從女，圭聲。」因借「娃」爲「圭」。《山海經·北山經》：「炎帝之少女名曰女娃，女娃遊於東海，溺而不返，故爲精衛。常銜西山之木石，以堙於東海。」《藝文類聚》卷九十二引晉郭璞《精衛贊》：「炎帝之女，化爲精衛，沉形東海，靈爽西邁。乃銜木石，以填攸害。」《校注》：「映：輝映。」

〔三〕「佳麗」句：《楚辭・九章・抽思》：「好姱佳麗兮，胖獨處此異域。」王逸章句：「容貌説美，有俊德也。」《文選》卷二十五陸雲《爲顧彦先贈婦二首》之一：「佳麗良可美，衰賤焉足紀。」李善注：「佳，大也。麗，美也。」《藝文類聚》卷八十八引晉劉柔妻王氏《春花賦》：「或異色同形，或齊芳殊制，自然神香，不可勝計。」

〔四〕「芬葩」句：《藝文類聚》卷八引曹丕《滄海賦》：「振緑葉以葳蕤，吐芬葩而揚榮。」阮籍《詠懷詩八十二首》之二十七：「周鄭天下交，街術當三河。妖冶閒都子，焕燿何芬葩。」

〔五〕「綺縞」句：《楚辭・招魂》：「纂組綺縞。」朱熹集注：「綺，文繒也。縞，細繒也。」《後漢書》卷八十三《逸民・梁鴻傳》：「吾欲裘褐之人可與俱隱深山者，爾今乃衣綺縞，傅粉墨，豈鴻所願哉。」《文選》卷二十九曹植《雜詩六首》之三：「西北有織婦，綺縞何繽紛。明晨秉機杼，日昃不成文。」張銑注：「綺縞，素帛之類。」

〔六〕「光陰」句：顔之推《顔氏家訓・勉學》：「光陰可惜，譬諸流水。」王融《求自試啓》：「蒲柳先秋，光陰不待。」《校注》：「光陰：謂女神或顯或隱，出没無常。曹植《洛神賦》：『神光離合，乍陰乍陽。』」按以上釋光陰有别，而皆可通，今并録之以備考。陶淵明《擬古九首》之九：「柯葉自摧折，根株浮滄海。春蠶既無食，寒衣欲誰待。本不植高原，今日復何悔。」

〔七〕山川：《周易·坎卦》：「天險，不可升也；地險，山川丘陵也。」《藝文類聚》卷三十七引陶弘景《答謝中書書》：「山川之美，古來共談。高峰入雲，清流見底。兩岸石壁，五色交暉。青林翠竹，四時俱備。」

〔八〕「人道」句：《周易·謙卦》：「天道虧盈而益謙，地道變盈而流謙，鬼神害盈而福謙，人道惡盈而好謙。」《後漢書》卷三十七《丁鴻傳》：「人道悖於下，效驗見於天，雖有隱謀，神照其情。」陸雲《贈鄱陽府君張仲膺》：「人道伊何，難合易離，會如升峻，別如順淇。嗟我懷人，曷云其來，貢言執手，涕既隕之。」

〔九〕「消散」句：《文選》卷二十九劉公幹《雜詩》：「職事相填委，文墨紛消散。」阮籍《詠懷詩八十二首》之四十八：「鳴鳩嬉庭樹，焦明遊浮雲。焉見孤翔鳥，翩翩無匹羣。死生自然理，消散何繽紛。」《藝文類聚》卷四十一引曹丕《秋胡行》：「泛泛緑池，中有浮萍。寄身流波，隨風靡傾。」《玉臺新詠》卷二曹植《浮萍篇》：「浮萍寄清水，隨風東西流。結髮辭嚴親，來爲君子仇。」

【集説】

王夫之《古詩評選》卷五：說到感處，便以廣大終之。《韶》、《濩》之音，元無淫怨。

清沈德潛《古詩源》卷十三：能脱當時排偶之習，然較之阮公，相去不可數計。

少年學擊劍〔一〕，從師至幽州〔二〕。燕趙兵馬地〔三〕，唯見古時丘〔四〕。登城望山水〔五〕，平原獨悠悠〔六〕。寒暑有往來〔七〕，功名安可留〔八〕！

【箋注】

〔一〕「少年」句：《史記》卷一百十七：「司馬相如者，蜀郡成都人也，字長卿。少時好讀書，學擊劍。」《漢書》卷六十五《東方朔傳》：「朔初來，上書曰：『臣朔少失父母，長養兄嫂。年十二學書，三冬文史足用。十五學擊劍。十六學詩書，誦二十二萬言。』」阮籍《詠懷詩八十二首》之六十一：「少年學擊刺，妙伎過曲城。英風截雲霓，超世發奇聲。」

〔二〕「從師」句：《校注》：「幽州：漢州名，在今河北北部及遼寧一帶，大體相當於戰國時燕國和趙國部分地區。漢代善擊劍者曲成侯居於此。《史記・日者列傳》：『褚先生曰……齊張仲、曲成侯以善擊刺學用劍，立名天下。』阮籍《詠懷詩》其六十一：『少年學擊劍，妙伎過曲城。』曲城，即『曲成』。」

〔三〕兵馬地：《三國志》卷四十八《吴志・孫休傳》：「權薨，休弟亮承統，諸葛恪秉政，不欲諸王在濱江兵馬之地，徙休於丹陽郡。」

〔四〕古時丘：陶淵明《擬古九首》之八：「少時壯且厲，撫劍獨行遊。誰言行遊近，張掖至幽州。飢食首陽薇，渴飲易水流。不見相知人，惟見古時丘。路邊兩高墳，伯牙與莊周。」

〔五〕「登城」句：王粲《七哀詩》之三：「登城望亭隧，翩翩飛戍旗。行者不顧返，出門與家辭。」

《藝文類聚》卷三十二引晉潘岳《内顧詩》：「静居懷所歡，登城望四澤。春草鬱青青，桑柘何奕奕。」《文選》卷二十六潘岳《河陽縣作二首》之二：「日夕陰雲起，登城望洪河。川氣冒山嶺，驚湍激巖阿。歸雁映蘭時，遊魚動圓波。」

〔六〕「平原」句：陶淵明《擬古九首》之四：「迢迢百尺樓，分明望四荒。暮作歸雲宅，朝爲飛鳥堂。山河滿目中，平原獨茫茫。古時功名士，慷慨争此場。一旦百歲後，相與還北邙。」《詩·王風·黍離》：「知我者，謂我心憂。不知我者，謂我何求。悠悠蒼天，此何人哉？」毛傳：「悠悠，遠意。」陶淵明《飲酒·疇昔苦長飢》：「世路廓悠悠，楊朱所以止。」《文選》卷十三謝莊《月賦》：「升清質之悠悠，降澄輝之藹藹。」

〔七〕「寒暑」句：《易·繫辭下》：「寒往則暑來，暑往則寒來，寒暑相推而歲成焉。」《詩·小雅·小明》：「二月初吉，載離寒暑。」高亨注：「已經過一個寒暑，即一年。」《文選》卷二十六陸機《赴洛詩二首》之二：「歲月一何易，寒暑忽已革。」蔡邕《釋誨》：「寒暑相推，陰陽代興，運極則化。理亂相承。」

〔八〕「功名」句：《文選》卷二十一曹植《三良詩》：「功名不可爲，忠義我所安。秦穆先下世，三臣皆自殘。生時等榮樂，既没同憂患。」鮑照《代陽春登荆山行》：「旦登荆山頭，崎嶇道難遊，早行犯霜露，苔滑不可留。」前人《潯陽還都道中》：「客行惜日月，崩波不可留。」

【集説】

清陳祚明《采菽堂古詩選》卷二十四：亦單薄，近射洪。

清陳沆《詩比興箋》卷二：右六章（按指此篇與「若木出海外」、「飄飄恍惚中」、「假乘試行遊」、「夕雲映西山」、「宵月輝西極」六篇）陳禍福之無常，成敗之不測，富貴之難保，以諷建平也。貪天之人，行險徼幸，見利則捕螳螂，臨難方思黄犬。

清張玉穀《古詩賞析》卷十九：意在結二語。前四，是引入也。得「登城」二句，中腰展拓，便覺氣足。效阮詩多平直少味，獨取此章，庶得步兵仿佛。

擾擾當途子〔一〕，毁譽多埃塵①〔二〕。朝生輿馬間〔三〕，夕死衢路濱〔四〕。藜藿應見棄〔五〕，勢位乃爲親〔六〕。華屋争結綬〔七〕，朱門競彈巾〔八〕。徒羡草木利，不愛金碧身〔九〕。至德所以貴〔一〇〕，河上有丈人〔一一〕。

【校記】

①「埃塵」汪本作「塵埃」。

【箋注】

〔一〕「擾擾」句：《國語·晉語六》：「唯有諸侯，故擾擾焉。凡諸侯，難之本也。」《文選》卷十九宋玉《神女賦》：「晡夕之後，精神怳忽，若有所喜，紛紛擾擾，未知何意？」李善注：「紛擾，亂也。」鮑照《行藥至城東橋》：「迅風首旦發，平路塞飛塵，擾擾遊宦子，營營市井人，懷金近從利，撫劍遠辭親。」《韓非子・孤憤》：「當塗之人擅事要，則外内爲之用矣。」《文選》卷二十一郭璞《遊仙詩七首》之七：「長揖當塗人，去來山林客。」李善注：「當塗，即當仕路也。」同上書卷二十三阮籍《詠懷・灼灼西隤日》：「如何當路子，磬折忘所歸。豈爲誇譽名，憔悴使心悲。」李周翰注：「當路子，喻大臣也。皆磬折曲從以媚晉主，而忘致君之道。」

〔二〕「毀譽」句：《文選》卷四十一楊惲《報孫會宗書》：「然竊恨足下不深惟其終始，而猥隨俗之毀譽也。」同上書卷五十七引魏王粲《儆連珠》：「臣聞明主舉士，不待近習。聖君用人，不拘毀譽。故吕尚一見而爲師，陳平烏集而爲輔。」《莊子・逍遥遊》：「野馬也，塵埃也，生物之以息相吹也。」《後漢書・光武帝紀上》：「瞰臨城中，旗幟蔽野，埃塵連天，鉦鼓之聲聞數百里。」按《校注》云：「多埃塵：謂經常奔走於塵埃之中。」

〔三〕輿馬：《漢書》卷九十七上《外戚列傳上》：「慘鬱鬱其蕪穢兮，隱處幽而懷傷。釋輿馬於山椒兮，奄脩夜之不陽。」鮑照《擬古八首》之一：「魯客事楚王，懷金襲丹素。既荷主人恩，又蒙令尹顧。日宴罷朝歸，輿馬塞衢路。」

〔四〕衢路濱：即衢路邊。衢路，歧路、岔道。賈誼《新書・審微》：「故墨子見衢路而哭之，悲一跬而繆千里也。」《後漢書》卷二十八下《馮衍傳》：「楊朱號乎衢路兮，墨子泣乎白絲。」晉崔豹《古今注・問答釋義》：「或謂之表木，以表王者納諫也，亦以表識衢路也。」

〔五〕藜藿：藜與藿。此泛指粗劣之飯菜。《韓非子・五蠹》：「糲粢之食，藜藿之羹。」《文選》卷三十四曹植《七啓》："「微子曰：『予甘藜藿，未暇此食也。』」劉良注："「藜藿，賤菜，布衣之所食。」《校注》："「藜藿：貧者之所食，借指貧賤者。」

〔六〕「勢位」句：勢位，權勢地位。《荀子·正論》："「天子者，勢位至尊，無敵於天下，夫有誰與讓矣！」蕭子良《浄住子浄行法門·出家順善門》："「夫父母是孝戀難遣，而能辭親；妻子恩染難奪，而能割愛；勢位物情所競，而能棄榮。」

〔七〕「華屋」句：《史記》卷七十六《平原君列傳》："「曰：『使文能取勝，則善矣。文不能取勝，則歃血於華屋之下，必得定從而還。』」《文選》卷三十謝靈運《擬魏太子鄴中集八首·徐幹》："「華屋非蓬居，時髦豈余匹。」吕向注："「華屋，謂飾畫也。」結綬，佩繫印綬，謂出仕爲官。《漢書》卷七十八《蕭育傳》："「少與陳咸、朱博爲友，著聞當世。往者有王陽、貢公。故長安語曰：『蕭朱結綬，王貢彈冠。』言其相薦達也。」《文選》卷二十一顔延之《秋胡行》："「脱巾千里外，結綬登王畿。」李善注："「巾，處士所服。綬，仕者所佩。今欲宦於陳，故脱巾而結綬也。」張銑注："「巾，布衣之服。綬，職事所服。千里，謂陳國，王者所起，故曰王畿。」

〔八〕「朱門」句：朱門，紅漆大門。指貴族豪富之家。葛洪《抱朴子·嘉遯》："「背朝華於朱門，保恬寂乎蓬户。」《文選》卷二十一郭璞《遊仙七首》之一："「京華遊俠窟，山林隱遯棲。朱門何足榮，未若託蓬萊。」吕延濟注："「朱門，貴門。」彈巾，疑爲江淹新造詞，猶彈冠。《楚辭·漁父》："「吾聞之，新沐者必彈冠，新浴者必振衣。」王逸注："「拂土芥也。」《文選》卷二十四曹植《贈徐幹》：「彈冠俟知己，知己誰不然。」張銑注：「志所望彈冠者，待知己入仕也。而今知己皆見棄，致則與幹同，故云誰不然。」同上書卷二十二左思《招隱詩二首》之二：「結綬生纏牽，彈冠去埃塵。」張銑注：「彈冠所以去塵。冠既有塵，固亦多累。」按以上二句《校注》云：「兩句謂互相結納薦引以求官位。」

〔九〕「徒羨」二句：草木利，指微不足道之利益。金碧身，謂尊貴之身。金碧，即金玉。《後漢書》卷八十一《獨行·譙玄傳》：「願陛下念天下之至重，愛金玉之身，均九女之施，存無窮之福，天下幸甚。」

〔一〇〕「至德」句：至德，盛德。《論語·泰伯》：「泰伯，其可謂至德也已矣。」《莊子·胠篋》：「子獨不知至德之世乎？昔者容成氏，大庭氏，伯皇氏，中央氏，栗陸氏，驪畜氏，軒轅氏，赫胥氏，尊盧氏，祝融氏，伏羲氏，神農氏。」《莊子·天地》：「至德之世，不尚賢，不使能，上如標枝，民如野鹿。」《後漢書》卷六十二《鍾皓傳》：「李膺常歎曰：『荀君清識難尚，鍾君至德可師。』」

〔一一〕「河上」句：《史記》卷八十《樂毅列傳論》：「樂臣公學黄帝、老子，其本師號曰『河上丈人』，不知其所出。河上丈人教安期生，安期生教毛翕公，毛翕公教樂瑕公，樂瑕公教樂臣公，樂臣公教蓋公。蓋公教於齊高密、膠西，爲曹相國師。」葛洪《神仙傳》中之河上公或即由此附會而來。《藝文類聚》卷七十八引《神仙傳》曰：「河上公，莫知姓名也，漢孝景帝時，結草爲菴於河湄。嘗讀《老子經》，景帝好老子之言，有所不知數事莫能通者，聞人説河上公讀《老子》，乃遣人諮所不解事以問之，河上公曰：『道尊德貴，非可遥問也。』帝即駕而從之，公以素書二卷與帝，曰：『熟省此，則皆疑了，不事多言言也，勿以示非人。』言畢失其所在，須臾雲霧晦冥，天地斗合。論者爲景帝好老子之言，一世不能盡通之，故神人將下教之便去也。」按《校注》云：「阮籍《詠懷》其五十九：『河上有丈人，緯蕭棄明珠。甘彼藜藿食，樂是蓬蒿廬。豈效繽紛子，良馬騁輕輿。朝生衢路旁，夕瘞横術隅。』本篇所擬即此，但從當途子落筆，角度相反。」

華樹曜北林〔一〕，芬芳空自宣〔二〕。秋至白雲起〔三〕，蟪蛄號庭前〔四〕。中心有所思〔五〕，虚堂獨浩然〔六〕。安坐詠琴瑟〔七〕，逍遥可永年〔八〕。

【箋注】

〔一〕「華樹」句：《初學記》卷三引梁元帝《纂要》：「木曰華木、華樹、芳樹。」阮籍《詠懷詩八十二首》之三十六：「誰言萬事艱，逍遥可終生。臨堂翳華樹，悠悠念無形。彷徨思親友，倏忽復至冥。寄言東飛鳥，可用慰我情。」應瑒《報趙淑麗》：「朝雲不歸，夕結成陰。離羣猶宿，永思長吟。有鳥孤棲，哀鳴北林。嗟我懷矣，感物傷心。」《文選》卷二十三阮籍《詠懷詩十七首》之一：「夜中不能寐，起坐彈鳴琴。薄帷鑑明月，清風吹我衿。孤鴻號外野，朔鳥鳴北林。」

〔二〕「芬芳」句：《漢書》卷五十七上《司馬相如傳上》：「橘柚芬芳。」張揖注：「芬芳，言橘柚之氣也。」《文選》卷二十三阮籍《詠懷詩·湛湛長江水》：「朱華振芬芳，高蔡相追尋。」《文選》卷四十繁欽《與魏文帝牋》：「近屢奉牋，不足自宣。」鮑照《通世子自解啓》：「自奉清塵，於兹六祀，墜辰永往，遺恩在心。執紙哽咽，言不自宣。」

〔三〕「秋至」句：秋至，即秋分。《管子·輕重己》：「以夏日至始，數九十二日，謂之秋至。」《文選》卷四十五漢武帝《秋風辭》：「秋風起兮白雲飛，草木黄落兮雁南歸。蘭有秀兮菊有芳，懷佳人兮不能忘。」鮑照《擬行路難·君不見少壯從軍去》：「朔風蕭條白雲飛，胡笳哀急邊氣寒。」

〔四〕「蟪蛄」句：《莊子·逍遥遊》：「朝菌不知晦朔，蟪蛄不知春秋，此小年也。」《文選》卷三十三劉安《招隱士》：「歲暮兮不自聊，蟪蛄鳴兮啾啾。」王逸注：「中心煩亂，常含憂也。」劉良注：「蟪姑，夏蟬也。」阮籍《詠懷詩八十二首》之二十四：「殷憂令志結，怵惕常若驚。逍遥未終晏，朱華忽西傾。蟋蟀在户牖，蟪蛄號中庭。心腸未相好，誰云亮我情。願爲雲間鳥，千里一哀鳴。三芝延瀛洲，遠遊可長生。」之七十一：「木槿榮丘墓，煌煌有光色。白日頹林中，翩翩零路側。蟋蟀吟户牖，蟪蛄鳴荆棘。蜉蝣玩三朝，采采修羽翼。衣裳爲誰施，俛仰自收拭。生命幾何時，慷慨各努力。」

我何求。」

〔五〕「中心」句：《詩·王風·黍離》：「行邁靡靡，中心摇摇。知我者，謂我心憂。不知我者，謂

〔六〕「虚堂」句：《樂府詩集》卷十九何承天《宋鼓吹鐃歌·芳樹篇》：「皓月盈素景，涼風拂中闈。哀弦理虚堂，要妙清且淒。」陶淵明《歸園田居五首》之一：「户庭無塵雜，虚室有餘閒。久在樊籠裏，復得返自然。」之二：「野外罕人事，窮巷寡輪鞅。白日掩荆扉，虚室絶塵想。」按虚堂，猶虚室。《孟子·公孫丑上》：「曰：『我知言，我善養吾浩然之氣。』『敢問何謂浩然之氣？』曰：『難言也。其爲氣也，至大至剛，以直養而無害，則塞於天地之間。』」《管子·内業》：「精存自生，其外安榮，内藏以爲泉原。浩然和平，以爲氣淵。」陶淵明《扇上畫贊》：「至於於陵，養氣浩然。」

〔七〕「安坐」句：安坐，謂坐姿舒適。《莊子·説劍》：「莊子曰：『大王安坐定氣，劍事已畢奏矣。』」《史記》卷一百五《扁鵲倉公列傳》：「年四十當安坐，年五十當安卧。」《史記》卷一百二十七《日者·司馬季主列傳》：「司馬季主曰：『公且安坐。公見夫被髪童子乎？日月照之則行，不照則止；問之日月疵瑕吉凶，則不能理。』」本集《陸東海譙山集》：「丹山有琴瑟，不爲憂傷容。」

〔八〕「逍遥」句：《莊子·逍遥遊》：「彷徨乎無爲其側，逍遥乎寢卧其下。」成玄英疏：「逍遥，自得之稱。」《藝文類聚》卷六十二引魏文帝《登臺賦》：「登高臺以騁望，好靈雀之麗嫻。飛閣

崛其特起，層樓儼以承天。步逍遥以容與，聊遊目於西山。」《玉臺新詠》卷二曹植《雜詩》：「攬衣出中閨，逍遥步兩楹，閑房何寂寞，緑草被階庭。空室自生風，百鳥翔南征，春思安可忘，憂戚與我并。」《書・畢命》：「資富能訓，惟以永年。」孔傳：「以富資而能順義，則惟可以長年命矣。」《文選》卷十七傅毅《舞賦》：「娱神遺老，永年之術。」吕向注：「永，長。術，道也。謂天王宴樂而不溢，娱其神性不知老之將至，此長年之道，優遊柔和且以爲長久之日。」《樂府詩集》卷三十七曹操《龜雖壽》：「盈縮之期，不但在天；養怡之福，可得永年。」

假乘試行遊〔一〕，北望高山岑〔二〕。翩翩征鳥翼〔三〕，蕭蕭松柏陰〔四〕。感時多辛酸〔五〕，覽物更傷心〔六〕。性命有定理〔七〕，禍福不可禁〔八〕。唯見雲際鵠，江海自追尋〔九〕。

【箋注】

〔一〕「假乘」句：阮籍《詠懷詩八十二首》之六十六：「塞門不可出，海水焉可浮。朱明不可見，奄昧獨無侯。持瓜思東陵，黄雀誠獨羞。失勢在須臾，帶劍上吾丘。悼彼桑林子，涕下自交流。假乘汧渭間，鞍馬去行遊。」《校注》：「假乘，借車。」《藝文類聚》卷九引魏文帝《於玄武陂作詩》：「兄弟共行遊，驅車出西城。野田廣開闢，川渠互相經。」陶淵明《擬古九首》之八：「少時壯且厲，撫劍獨行遊。誰言行遊近，張掖至幽州。飢食首陽薇，渴飲易水流。不見相知人，惟見古時丘。路邊兩高墳，伯牙與莊周。」

〔二〕「北望」句：《文選》卷二十三阮籍《詠懷·步出上東門》：「步出上東門，北望首陽岑。下有采薇士，上有嘉樹林。」同書卷二十八陸機《猛虎行》：「静言幽谷底，長嘯高山岑。急弦無懦響，亮節難爲音。」李善注：「《爾雅》曰：『山小而高曰岑。』」

〔三〕「翩翩」句：《樂府詩集》卷三十九《艷歌行》古辭：「翩翩堂前燕，冬藏夏來見。兄弟兩三人，流宕在他縣。」阮籍《詠懷詩八十二首》之四十八：「鳴鳩嬉庭樹，焦明遊浮雲。焉見孤翔鳥，翩翩無匹羣。」《文選》卷二十八陸機《悲哉行》：「翩翩鳴鳩羽，喈喈倉庚音。」吕向注：「翩翩，飛貌。」征鳥，大雁一類的候鳥。《吕氏春秋·季冬》：「征鳥厲疾。」陳奇猷校釋：「征當讀『出征』之征。征鳥即指鴈言。」

〔四〕「蕭蕭」句：《史記》卷八十六《刺客·荆軻傳》：「高漸離擊筑，荆軻和而歌，爲變徵之聲，士皆垂淚涕泣。又前而歌曰：『風蕭蕭兮易水寒，壯士一去兮不復還！』」《文選》卷二十九《古詩十九首》：「去者日以疎，生者日以親。出郭門直視，但見丘與墳。古墓犁爲田，松柏摧爲薪，白楊多悲風，蕭蕭愁殺人。思還故里閭，欲歸道無因。」《文選》卷二十三張載《七哀詩》：「顧望無所見，唯睹松柏陰。肅肅高桐枝，翩翩孤棲禽。」吕向注：「松柏，墓丘所生。」

〔五〕「感時」句：阮籍《詠懷詩三首》之一：「草蟲哀鳴，鶬鶊振羽。感時興思，企首延佇。」阮籍《詠懷詩八十二首》之十三：「登高臨四野，北望青山阿。松柏翳岡岑，飛鳥鳴相過。感慨懷辛酸，怨毒常苦多。李公悲東門，蘇子狹三河。求仁自得仁，豈復歎咨嗟。」之三十七：「嘉時在今辰，零雨灑塵埃。臨路望所思，日夕復不來。人情有感慨，蕩漾焉能排。揮涕懷哀傷，辛酸誰語哉！」

〔六〕「覽物」句：《藝文類聚》卷二十八引謝靈運《東山望海詩》：「非徒不弭忘，覽物情彌遒。萱蘇始無慰，寂寞終可求。」同書卷三十四引張載《七哀詩》：「顧望無所見，唯睹松柏陰。肅肅高桐枝，翩翩孤棲禽。仰聽離鴻鳴，俯聞蜻蛚吟。哀人易感傷，覽物增悲心。」阮籍《詠懷詩八十二首》之一：「徘徊將何見，憂思獨傷心。」

〔七〕「性命」句：《易・乾》：「乾道變化，各正性命。」孔穎達疏：「性者，天生之質，若剛柔遲速之別；命者，人所禀受，若貴賤夭壽之屬也。」朱熹本義：「物所受爲性，天所賦爲命。」按《校注》云：「性命：天性，命運。」定理，確定的法則或道理。《韓非子・解老》：「凡理者，方圓、短長、麤靡、堅脆之分也。故理定而後可得道也。故定理有存亡，有死生，有盛衰。夫物之一存一亡，乍死乍生，初盛而後衰者，不可謂常。」

〔八〕「禍福」句：《左傳・襄公二十三年》：「禍福無門，唯人所召。」葛洪《抱朴子・任命》：「禍福交錯乎倚伏之間，興亡纏綿乎盈虚之會。」阮籍《采薪者歌》：「禍福無常主，何憂身無歸。推兹繇斯理，負薪又何哀。」

〔九〕「唯見」二句：鮑照《代陳思王京洛篇》：「古來共歇薄，君意豈獨濃。唯見雙黄鵠，千里一相從。」本集《赤亭渚》：「一傷千里極，獨望淮海風。遠心何所類，雲邊有征鴻。」《校注》：「以上二句本《戰國策・楚四》：『黄鵠因是以遊於江海，淹乎大沼，俯噣鱔鯉，仰嚙陵衡，奮其六翮而淩清風，飄搖乎高翔，自以爲無患，與人無争也。不知夫射者方將脩其碆盧，治其繒繳，將加己乎百仞之上……故晝遊乎江河，夕調乎鼎鼐。』以黄鵠爲喻，説明在人生途中隨時可能遇到危險，與阮籍《詠懷》其八『黄鵠遊四海，中路將安歸』含意相同。」

【集説】

清陳祚明《采菽堂古詩選》卷二十四：此首稍近，乃亦未得其蒼涼。

夕雲映西山〔一〕，蟋蟀吟桑梓①〔二〕。零露被百草②〔三〕，秋風吹桃李〔四〕。君子懷苦心〔五〕，感慨不能止〔六〕。駕言遠行遊〔七〕，驅馬清河涘〔八〕。寒暑更進退〔九〕，金石有終始〔一〇〕。光色俯仰間〔一一〕，英艷難久恃〔一二〕。

【校記】

①「桑梓」原作「桑子」，今據張本、《彙注》本、《藝文類聚》卷二十六改。

②「零露」《藝文類聚》作「零落」。

【箋注】

〔一〕「夕雲」句：鮑照《潯陽還都道中》：「鱗鱗夕雲起，獵獵晚風遒。」《文選》卷二十七王粲《從軍詩五首》之三：「白日丷西山，桑梓有餘暉。」李善注：「古《步出夏門行》曰：『行行復行行，白日薄西山。』」《文選》卷三十七李密《陳情表》：「但以劉日薄西山，氣息奄奄。」李善注：「揚雄《反騷》曰：『臨汨羅而自隕兮，恐日薄於西山。』」

〔二〕「蟋蟀」句：《詩·豳風·七月》：「七月在野，八月在宇，九月在户，十月蟋蟀入我牀下。」鄭玄箋：「自『七月在野』，至『十月入我牀下』，皆謂蟋蟀也。」《藝文類聚》卷三引晉江逌《詩》：「鳴雁薄雲嶺，蟋蟀吟深樹。寒蟬向夕號，驚飈激中夜。」阮籍《詠懷詩八十二首》之七十一：「木槿榮丘墓，煌煌有光色。白日頽林中，翩翩零路側。蟋蟀吟户牖，蟪蛄鳴荆棘。蜉蝣玩三朝，采采修羽翼。衣裳爲誰施，俛仰自收拭。生命幾何時，慷慨各努力。」《詩·小雅·小弁》：「維桑與梓，必恭敬止。」朱熹集傳：「桑、梓二木。古者五畝之宅，樹之墻下，以遺子孫，給蠶食、具器用者也。」

〔三〕「零露」句：《詩·鄭風·野有蔓草》：「野有蔓草，零露漙兮。」鄭玄箋：「零，落也。」鮑照《代蒿里行》：「馳波催永夜，零露逼短晨。結我幽山駕，去此滿堂親。」《文選》卷二十九《古詩十九首》：「迴車駕言邁，悠悠涉長道。四顧何茫茫，東風摇百草。所遇無故物，焉得不速老。」

〔四〕「秋風」句：《文選》卷二十三阮籍《詠懷詩十七首》之三：「嘉樹下成蹊，東園桃與李。秋風吹飛藿，零落從此始。」沈約注：「風吹飛藿之時，蓋桃李零落之日，華實既盡，柯葉又彫，無復一毫可悦。」

〔五〕「君子」句：《文選》卷二十八陸機《豫章行》：「曷爲復以兹，曾是懷苦心。遠節嬰物淺，近情能不深。」李善注：「言何爲復以此暮景不留之志，而曾是重懷悲苦之心乎！」《文選》卷二十九《古詩十九首·東城高且長》：「四時更變化，歲暮一何速。晨風懷苦心，蟋蟀傷局促。」

〔六〕「感慨」句：阮籍《詠懷詩八十二首》之十三：「登高臨四野，北望青山阿。松柏翳岡岑，飛鳥鳴相過。感慨懷辛酸，怨毒常苦多。李公悲東門，蘇子狹三河。求仁自得仁，豈復歎咨嗟。」《文選》卷二十九張華《情詩二首》之一：「居歡惜夜促，在戚怨宵長。拊枕獨嘯歎，感慨心内傷。」曹植《怨詩行》：「念君過於渴，思君劇於飢。君作高山柏，妾爲濁水泥。北風行蕭蕭，烈烈入吾耳。心中念故人，淚墮不能止。」

〔七〕「駕言」句：阮籍《詠懷詩八十二首》之三十一：「駕言發魏都，南向望吹臺。簫管有遺音，梁王安在哉！」嵇康《贈秀才入軍十九首》之十三：「駕言出遊，日夕忘歸。思我良朋，如渴如飢。」《藝文類聚》卷九引魏文帝《於玄武陂作詩》：「兄弟共行遊，驅車出西城，野田廣開闢，川渠互相經。」阮籍《詠懷詩八十二首》之六十六：「塞門不可出，海水焉可浮。朱明不可見，奄昧獨無侯。持瓜思東陵，黄雀誠獨羞。失勢在須臾，帶劍上吾丘。悼彼桑林子，涕下自交流。假乘汧渭間，鞍馬去行遊。」鮑照《代結客少年場行》：「失意杯酒間，白刃起相讎。追兵一旦至，負劍遠行遊。」

〔八〕「驅馬」句：《文選》卷二十三阮籍《詠懷詩十七首》之三：「繁華有憔悴，堂上生荆棘。驅馬奄之去，去上西山趾。一身不自保，何況戀妻子。凝霜被野草，歲暮亦云已。」之五：「平生少年時，輕薄好弦歌。西遊咸陽中，趙李相經過。娛樂未終極，白日忽蹉跎。驅馬復來歸，反顧望三河。」《廣韻》卷三：「涘，水岸，涯也。」

〔九〕「寒暑」句：《易·繫辭下》：「寒往則暑來，暑往則寒來，寒暑相推而歲成焉。」《文選》卷二十六陸機《赴洛道中作二首》之二：「歲月一何易，寒暑忽已革。」蔡邕《釋誨》：「寒暑相推，陰陽代興，運極則化，理亂相承。」《文選》卷二十三阮籍《詠懷詩十七首·炎暑惟兹夏》：「四時更代謝，日月遞差馳。徘徊空堂上，忉怛莫我知。願睹卒歡好，不見悲別離。」《文選》卷二十四何劭《贈張華》：「四時更代謝，萬物迭卷舒。」

〔一〇〕「金石」句：《荀子·勸學》：「鍥而舍之，朽木不折；鍥而不舍，金石可鏤。」《文選》卷二十九《古詩十九首·驅車上東門》：「人生忽如寄，壽無金石固。」《文選》卷三十四枚乘《七發》：「雖有金石之堅，猶將銷鑠而挺解也。」終始，指物體周而復始之變化過程。《文選》卷十三賈誼《鵩鳥賦》：「萬物變化兮，固無休息。斡流而遷兮，或推而還。形氣轉續兮，變化而嬗。」是其義。

〔一一〕「光色」句：光色，光彩色澤。王充《論衡·說日》：「星有五，五行之精，金、木、水、火、土各異光色。」阮籍《詠懷詩八十二首》之七十一：「木槿榮丘墓，煌煌有光色。白日頹林中，翩翩零路側。」潘岳《螢火賦》：「載飛載止，光色孔嘉。」阮籍《詠懷詩》之三十二：「朝陽不再盛，白日忽西幽。去此若俯仰，如何似九秋。人生若塵露，天道邈悠悠。齊景升丘山，涕泗紛交流。孔聖臨長川，惜逝忽若浮。去者余不及，來者吾不留。願登太華山，上與松子遊。漁父知世患，乘流泛輕舟。」王羲之《蘭亭集序》：「夫人之相與，俯仰一世，或取諸懷抱，悟言一室之内；或因寄所託，放浪形骸之外。」

〔三〕「英艷」句：陳琳《柳賦》：「偉姿逸態，英艷妙奇。緑條縹葉，雜遝纖麗。龍鱗鳳翼，綺錯交施。蔚曇曇其杳藹，象翠蓋之葳蕤。」《文選》卷二十九曹植《雜詩六首》之三：「南國有佳人，容華若桃李。朝遊江北岸，日夕宿湘沚。時俗薄朱顔，誰爲發皓齒。俛仰歲將暮，榮耀難久恃。」鮑照《紹古辭七首》之一：「三川窮名利，京洛富妖妍，恩榮難久恃，隆寵易衰偏。」按以上二句《校注》云：「光色、英艷：指人榮光焕發。」

【集説】

王夫之《古詩評選》卷五：結語有英氣，故猶似阮。不爾，直與《十九首》同坫，不知牛耳誰執。六代之有文通，得此一人，鼎足周、漢有餘矣。醉生夢死者乃謂唐人能起齊、梁之衰，尊商君之法以詆周公，罪不容於死。

至人貴無爲〔一〕，裁魂守寂寥〔二〕。唯有馳騖士〔三〕，風塵在一朝〔四〕。輿馬相跨躍〔五〕，賓從共矜驕〔六〕。天道好盈缺〔七〕，春華故秋凋〔八〕。不知北山民〔九〕，商歌弄場苗〔一〇〕。

【箋注】

〔一〕「至人」句：至人，道家學説中指道德修養達到最高境界的人。《莊子·逍遥遊》：「故曰：至人無己，神人無功，聖人無名。」郭象注：「無己故順物，順物而王矣。」同書《齊物論》：「至人神矣！大澤焚而不能熱，河漢沍而不能寒，疾雷破山、風振海而不能驚。」同書《外物》：「唯至人乃能遊於世而不僻，順人而不失己。」無爲，《老子》：「道常無爲而無不爲，侯王若能守之，萬物將自化。」《後漢書》卷八十二上《方術上·李郃傳附李固傳》：「清白有節，博學善交，與鄭玄、陳紀等相結，爲新城長，政貴無爲。」《莊子·知北遊》：「故曰爲道者日損，損之又損之，以至於無爲。無爲而無不爲也。」

〔二〕「裁魂」句：裁魂，《校注》：「裁魂：疑當作『載魂』。《老子》第十章：『載營魄抱一。』河上公注：『營魄，魂魄也。』載，猶抱。《楚辭》屈原《遠遊》：『載營魂而登霞兮。』注：『抱我靈魂而上升也。』」《文選》卷五十一王褒《四子講德論》：「罔不覆載，紛紜天地，寂寥宇宙。」李善注：「寂寥，曠遠之貌也。」漢劉歆《西京雜記》卷四：「梁孝王遊於忘憂之館，集諸遊士，各使爲賦，枚乘爲《柳賦》。其辭曰：『……鎗鍠啾唧，蕭條寂寥。』」

〔三〕「唯有」句：《漢書》卷四十五《蒯通傳》：「爲君計者，莫若以黄屋朱輪迎范陽令，使馳騖於燕趙之郊。」《楚辭》東方朔《七諫·自悲》：「駕青龍以馳騖兮，班衍衍之冥冥。」王逸章句：

「言極疾也。」阮籍《詠懷詩八十二首》之七十四：「猗歟上世士，恬淡志安貧。季葉道陵遲，馳騖紛垢塵。甯子豈不類，揚歌誰肯殉。棲棲非我偶，徨徨非己倫。」《校注》：「馳騖士：指奔波於仕途的人。猶第十一首所説的『當途子』。」

〔四〕「風塵」句：焦贛《易林·坎之咸》：「風塵坎坷，不見南北，行迷失利，復反其室。」阮籍《詠懷詩八十二首》之四十：「混元生兩儀，四象運衡璣。曒日布炎精，素月垂景暉。晷度有昭回，哀哉人命微。飄若風塵逝，忽若慶雲晞。」《文選》卷二十四陸機《爲顧彦先贈婦二首》之一：「京洛多風塵，素衣化爲緇。」呂延濟注：「言塵染衣黑也。」《詩·小雅·彤弓》：「鐘鼓既設，一朝饗之。」鄭玄箋：「一朝，猶早朝。」按《校注》云：「一朝：謂整天風塵僕僕。」

〔五〕「輿馬」句：《漢書》卷九十七上《外戚列傳上》：「慘鬱鬱其蕪穢兮，隱處幽而懷傷。釋輿馬於山椒兮，奄脩夜之不陽。」鮑照《擬古八首》之一：「魯客事楚王，懷金襲丹素。既荷主人恩，又蒙令尹顧。日宴罷朝歸，輿馬塞衢路。」

〔六〕「賓從」句：《文選》卷四十二曹丕《與吴質書》：「白日既匿，繼以朗月，同乘并載，以遊後園。輿輪徐動，參從無聲，清風夜起，悲笳微吟。」按「參從」，五臣本作「賓從」。《文選》卷二十六潘岳《河陽縣作二首》之一：「齊都無遺聲，桐鄉有餘謡。福謙在純約，害盈由矜驕。」按矜驕，即驕矜。《韓非子·難一》：「使小臣有智能而遁桓公，是隱也，宜刑；若無智能而虚驕矜桓公，是誣也，宜戮。」

〔七〕「天道」句：天道，天理、天意。《周易·謙卦》：「天道虧盈而益謙，地道變盈而流謙，鬼神害盈而福謙，人道惡盈而好謙。」陶淵明《怨詩楚調示龐主簿鄧治中》：「天道幽且遠，鬼神茫昧然。」盈缺，盈虧變化。《禮記·禮運》：「故天秉陽，垂日星。地秉陰，竅於山川。播五行於四時，和而後月生也，是以三五而盈，三五而闕。」晉王嘉《拾遺記》卷三：「韓房身長一丈，垂髮至膝，以丹砂畫左右手如日月盈缺之勢，可照百餘步，周人見之如神明矣。靈王末年，亦不知所在。」《玉臺新詠》卷九沈約《解珮去朝市》：「天道有盈缺，寒暑遞炎涼。」

〔八〕「春華」句：《文選》卷二十四曹植《贈王粲》：「端坐苦愁思，攬衣起西遊。樹木發春華，清池激長流。」阮籍《詠懷詩三首》之二：「灼灼春華，緑葉含丹。日月逝矣，惜爾華繁。」《詠懷詩八十二首》之六十五：「王子十五年，遊衍伊洛濱。朱顔茂春華，辯慧懷清真。」《文選》卷二十四潘尼《贈河陽》：「流聲馥秋蘭，摛藻艷春華。」吕向注：「馥，香；摛，發也。流其芳聲，香逾秋蘭；發其文藻，美於春華也。」《藝文類聚》卷三十六引晉孫承《嘉遯賦》：「曜應春圃，凋葉秋林。振藻陽波，清景玄陰。」

〔九〕北山民：《詩·小雅·北山》：「陟彼北山，言采其杞。王事靡盬，憂我父母。」鄭玄箋：「言我也登山而采杞，非可食之物。喻已行役不得其事。」《詩序》：「《北山》，大夫刺幽王也。役使不均，已勞於從事，而不得養其父母焉。」按《校注》云：「北山民：指行役在外的人。當江淹自指。」

〔一〇〕「商歌」句：《列女傳》卷六：「妾婧者，齊相管仲之妾也。甯戚欲見桓公，道無從，乃爲人僕，將車宿齊東門之外。桓公因出，甯戚擊牛角而商歌，甚悲。桓公異之，使管仲迎之。」《文選》卷二十六陶淵明《辛丑歲七月赴假還江陵夜行塗口》：「商歌非吾事，依依在耦耕。投冠旋舊墟，不爲好爵縈。養真衡茅下，庶以善自名。」《詩・小雅・白駒》：「皎皎白駒，食我場苗。縶之維之，以永今朝。」《文選》卷二十二謝靈運《從遊京口北固應詔》：「顧已枉維縶，撫志慙場苗。」按以上二句《校注》云：「此二句意謂：自己與馳騖之士不同，雖出仕在外，仍希望辭官歸隱。」

清思詩五首

【題解】

此詩張本題作《清思詩》。

清思，清雅美好之情思。《漢書》卷二十二《禮樂志》：「勿乘青玄，熙事備成。清思眑眑，經緯冥冥。」按《校注》云：「《清思詩》五首當是依阮籍《清思賦》而作。所謂『清思』，即滅想去意，不爲外物所累，使情思保持清虛淡泊之意。阮籍在《清思賦》中指出了『清思』的四種境界：『夫清虛寥廓，則神物來集；飄颻恍忽，則洞幽貫冥；冰心玉質，則激（激，通「徼」，要、求之意）潔思存；恬澹無欲，則泰志適情。』認爲達到上述境界便可無往而不適。江淹此五首，前四首分別對四種境界作形象的説明，後一首則表明爲實現此四種境界所須選擇的途徑，互相連貫，構成了一個整體。此五首或爲思念亡妻所引發，又與《效阮公詩》十五首關係密切，十五首『獻以諷諫』，此五首則『聊以攄懣』（見陳沆《詩比興箋》卷二），是同一時期的作品。」今録以備考。

趙后未至麗〔一〕，陰妃非美極〔二〕。情理儻可論，形有焉足識〔三〕？帝女在河洲〔四〕，晦映西海側〔五〕。陰陽無定光〔六〕，雜錯千萬色〔七〕。終歲如瓊草〔八〕，紅華長翕艴〔九〕。

【箋注】

〔一〕「趙后」句：趙后，指趙飛燕，漢成帝皇后。《漢書》卷九十七下《外戚·孝成趙皇后傳》：「本長安宮人，初生時，父母不舉，三日不死，迺收養之。及壯，屬陽阿主家，學歌舞，號曰飛燕。成帝嘗微行出，過陽阿主，作樂。上見飛燕而説之，召入宮，大幸。有女弟，復召入，俱爲倢伃，貴傾後宮。許后之廢也，上欲立趙倢伃，皇太后嫌其所出微甚，難之。太后姊子淳于長爲侍中，數往來傳語，得太后指，上立封趙倢伃父臨爲成陽侯。後月餘，乃立倢伃爲皇后。」顔師古注：「以其體輕也。」《西京雜記》卷一：「趙后體輕腰弱，善行步進退，女弟昭儀不能及也。但昭儀弱骨豐肌，尤工笑語，二人并色如紅玉，爲當時第一，皆擅寵後宮。」

〔二〕「陰妃」句：陰妃，指陰麗華，後漢光武帝皇后。《後漢書》卷十上《皇后上·光烈陰皇后紀》：「光烈陰皇后諱麗華，南陽新野人。初，光武適新野，聞后美，心悅之。後至長安，見執金吾車騎甚盛，因歎曰：『仕宦當作執金吾，娶妻當得陰麗華。』更始元年六月，遂納后於宛當成里，時年十九。及光武爲司隸校尉，方西之洛陽，令后歸新野。……光武即位，令侍中傅俊迎后，與胡陽、寧平主諸宮人俱到洛陽，以后爲貴人。帝以后雅性寬仁，欲崇以尊位，后固辭，以郭氏有子，終不肯當，故遂立郭皇后。……十七年，廢皇后郭氏而立貴人。」按以上二句《校注》云：「二人皆以美貌稱。阮籍《清思賦》：『余以爲形之可見，非色之美。』即此二句之所本。」

〔三〕「情理」二句：儻，倘若、假如。《文選》卷四十五石崇《思歸引序》：「儻古人之情，有同於今，故制此曲。」吕向注：「儻，疑辭也。」形有，《校注》：「有形之物。」阮籍《詠懷詩八十二首》之四十一：「榮名非己寶，聲色焉足娛。」

〔四〕「帝女」句：帝女。酈道元《水經注・江水二》：「丹山西即巫山者也，有帝女居焉。宋玉所謂天帝之季女，名曰瑶姬，未行而亡，封於巫山之陽，精魂爲草，寔爲靈芝。所謂巫山之女，高唐之姬，旦爲行雲，暮爲行雨，朝朝暮暮，陽臺之下。」《校注》則云：「帝女：指舜女宵明、燭光。」福林按：《淮南子・墬形訓》：「三危在樂民西。宵明、燭光在河洲，所照方千里。」則《校注》是也。河洲，《文選》卷三十謝靈運《擬魏太子鄴中集・阮瑀》：「河洲多沙塵，風悲黄雲起。」李周翰注：「洲，水灘也。」

〔五〕「晦映」句：《校注》：「晦映：猶顯隱、出没。西海側：指神話中西海之南的昆侖山。」按《山海經·西山經》：「又西二百二十里，曰三危之山，三青鳥居之。」郭璞注：「三青鳥主爲西王母取食者。」《淮南子·墬形訓》：「三危在樂民西。」高誘注：「三危，西極之山。」則神話中之神山，未必能以昆侖山當之。陶淵明《讀山海經》詩之五：「朝爲王母使，暮歸三危山。」袁行霈《陶淵明集箋注》未注三危究竟爲何山，是也。

〔六〕「陰陽」句：《文選》卷十九曹植《洛神賦》：「於是洛靈感焉，徙倚徬徨，神光離合，乍陰乍陽，竦輕軀以鶴立，若將飛而未翔。」李善注：「陰去陽來也。」吕延濟注：「言神之光彩或明或闇，如鶴之立，似將飛矣，而未翔舉。」按《校注》云：「陰陽：謂時隱時顯。」

〔七〕「雜錯」句：《藝文類聚》卷七十三引魏應瑒《車渠椀賦》：「若其衆色鱗聚，卓度詭常，絪緼雜錯，乍圓乍方。」《文選》卷十五張衡《思玄賦》：「咸姣麗以蠱媚兮，增嫮眼而蛾眉。舒訬婧之纖腰兮，揚雜錯之袿徽。」

〔八〕「終歲」句：《管子·治國》：「農夫終歲之作，不足以自食也。」《藝文類聚》卷七十八引晉庾闡《遊仙詩》：「輕舉觀滄海，眇邈去瀛洲。玉泉出靈鳧，瓊草被神邱。」瓊草，又名瓊田草、靈芝等。《文選》卷十五張衡《思玄賦》：「聘王母於銀臺兮，羞玉芝以療饑。」李善注：「《本草經》曰：『白芝，一名玉芝。』」按宋姚寬《西溪叢語》卷下：「瓊田草生於分寧山谷間。有《瓊田草經》一卷。八月十五日採之。草有十名：曰不死草、長生草，又云苦天之類。」

〔九〕「紅華」句：《文選》卷十八嵇康《琴賦》：「珍怪琅玕，瑶瑾翕艴。」李善注：「翕艴，盛貌。」吕向注：「翕艴，光色也。」按《校注》云：「此首旨在説明『飄颻恍惚，則洞幽貫冥』之境。」

【集説】

王夫之《古詩評選》卷五：亦一反一順，而了無畔岸。郭景純而後，絶響久矣。「夢筆」之説，豈以其彩哉？

又云：止有結構可想，結構既佳，不憂其不璀璨，如問道帝里，自見九衢風物。

清陳祚明《采菽堂古詩選》卷二十四：結想甚異，造語亦奇，射洪加以精思，恐不能到。

陳沆《詩比興箋》卷二：夫情之所極，媸孅可移；興之所從，憎好無定；女寵者妍，士暱者賢。然誠賢必有難暱之節，誠妍必有可望不可即之容。彼神光離合，乍陰乍陽，夫非河洲之帝女乎？然「終歲如瓊草，紅華長翕艴」，惟其難親也，而可長親者在是矣。豈愛憎所能移其妍媸，亦豈妍媸所能定其愛憎？亡國之主，莫不各忠其所忠而賢其所賢。以情景物，古今類然。獨一建平云爾乎？

師曠操雅操〔一〕，延子聆奇音〔二〕。玄鶴徒翔舞〔三〕，清角自浮沉〔四〕。明璫東南逝〔五〕，精絲西北臨①〔六〕。白雲瑶池曲〔七〕，上使淚淫淫②〔八〕。

【校記】

①「絲」梁本注云：「一作『思』。」

②「上」張本作「止」，注云：「一作『上』。」

【箋注】

〔一〕「師曠」句：《左傳·襄公十四年》：「師曠侍於晉侯。」杜預注：「師曠，晉樂大師子野。」《孟子·離婁上》：「師曠之聰，不以六律，不能正五音。」《吕氏春秋·長見》：「晉平公鑄爲大鐘，使工聽之，皆以爲調矣。師曠曰：『不調，請更鑄之。』平公曰：『工皆爲調矣。』師曠曰：『後世有知音者，將知鐘之不調也，臣竊爲君耻之。』至於師涓，而果知鐘之不調也。是師曠欲善調鐘，以爲後世之知音者也。」

〔二〕「延子」句：延子，延陵季子之省，即吴公子季札，亦以知音著稱。《史記》卷三十一《吴太伯世家》：「二十五年，王壽夢卒。壽夢有子四人，長曰諸樊，次曰餘祭，次曰餘昧，次曰季札。季札賢，而壽夢欲立之，季札讓不可，於是乃立長子諸樊。……四年，吴使季札聘於魯，請觀周樂。爲歌《周南》、《召南》，曰：『美哉，始基之矣，猶未也。然勤而不怨。』歌《邶》、《鄘》、《衛》，曰：『美哉，淵乎，憂而不困者也。吾聞衛康叔、武公之德如是，是其《衛風》乎？』歌《王》，曰：『美哉，思而不懼，其周之東乎？』歌《鄭》，曰：『其細已甚，民不堪也，是其先亡乎？』……見舞《招箾》，曰：『德至矣哉，大矣，如天之無不燾也，如地之無不載也，雖甚盛德，無以加矣。觀止矣，若有他樂，吾不敢觀。』」阮籍《清思賦》：「鐘鼓闔鞳，則延子不揚其聲。」

〔三〕「玄鶴」句：《韓非子·十過》：「師曠不得已，援琴而鼓。一奏之，有玄鶴二八，道南方來，集於郎門之垝。再奏之而列，三奏之延頸而鳴，舒翼而舞，音中宮商之聲，聲聞於天。平公大説，坐者皆喜。」

〔四〕「清角」句：《韓非子·十過》：「平公提觴而起，爲師曠壽，反而問曰：『音莫悲於清徵乎？』師曠曰：『不如清角。』平公曰：『清角可得而聞乎？』師曠曰：『不可。昔者黄帝合鬼神於泰山之上，駕象車而六蛟龍，畢方竝鎋，蚩尤居前，風伯進掃，雨師灑道，虎狼在前，鬼神在後，騰蛇伏地，鳳皇覆上，大合鬼神，作爲清角。今主君德薄不足聽之，聽之將恐有敗。』平公曰：『寡人老矣，所好者音也，願遂聽之。』師曠不得已而鼓之，一奏而有玄雲從西北方起；再奏之，大風至，大雨隨之，裂帷幕，破俎豆，隳廊瓦。坐者散走，平公恐懼，伏於廊室之間。晉國大旱，赤地三年。」角爲古代五音之一，古人以角音清，故曰清角。《文選》卷四張衡《南都賦》：「清角發徵，聽者增哀。」李善注：「許慎《淮南子注》曰：『清角，弦急，其聲清也。』」按以上二句《校注》云：「浮沉：指音調的高低抑揚。阮籍《清思賦》云：『音之可聞，非聲之善。』即此二句之所本。故有『徒』、『自』之説。」

〔五〕「明琯」句：明琯，即玉琯，亦作玉管，玉製之古樂器，用以定律。《漢書》卷二十一上《律曆志上》「竹曰管」顔師古注：「孟康曰：『《禮樂器記》：「管，漆竹，長一尺，六孔。」《尚書大傳》：「西王母來獻白玉琯。」漢章帝時零陵文學奚景於泠道舜祠下得白玉琯。古以玉作，不但竹也。』」

〔六〕「精絲」句：《文選》卷十八嵇康《琴賦》：「弦以園客之絲，徽以鍾山之玉。」李善注：「《列仙傳》曰：『園客者，濟陰人也。常種五色香草，積數十年，食其實。一旦有五色神蛾止香樹末，客收而薦之以布，生桑蠶焉。時有好女夜至，自稱我與君作妻，道蠶狀。客與俱蠶，得百頭繭，皆如甕。繅蠶六十日乃盡，訖則俱去。莫知所如。』」《校注》：「精絲：精良的蠶絲，用作琴弦。」

〔七〕「白雲」句：《穆天子傳》卷三：「天子觴西王母於瑶池之上，西王母爲天子謡曰：『白雲在天，山陵自出。道里悠遠，山川間之。將子無死，尚能復來。』」王融《詠梧桐》：「鶱鳳影層枝，輕虹鏡展緑。豈斁龍門幽，直慕瑶池曲。」

〔八〕淚淫淫：《楚辭》屈原《九章·哀郢》：「望長楸而太息兮，涕淫淫其若霰。」王逸章句：「淫淫，流貌也。言己顧望楚都，見其大道長樹，悲而太息，涕下淫淫如雨霰也。」按《校注》云：「以上四句意謂，白雲之曲配上玉琯精絲，聽着使人感動不已。按，此首旨在説明『清虚寥廓，則神物來集』之境。上面兩首，一首言形，一首言聲，是對阮籍《清思賦》『余以爲形之可見，非色之美；聲之可聞，非聲之善。……是以微妙無形，寂寞無聽，然後乃可以睹窈窕而淑清』一段文字的具體説明。」

【集説】

清陳祚明《采菽堂古詩選》卷二十四：自寫深造之能，應有和希之感。

陳沆《詩比興箋》卷二：《楚辭》：「願承間而自察兮，心震悼而不敢。悲夷猶而冀進兮，心怛傷之憯憯。兹歷情以陳詞兮，蓀詳聾而不聞。」「憍吾以其美好兮，敖朕辭而不聽。」

秋夜紫蘭生〔一〕，湛湛明月光〔二〕。偃蹇靈之來①〔三〕，容裔紫華堂②〔四〕。林木不拂蓋〔五〕，淇水寧漸裳〔六〕。倏忽南江陰〔七〕，照曜北海陽〔八〕。從此長往來，萬世無感傷〔九〕。

【校記】

①「蹇靈之來」原作「蹇靈芝來」，今據《彙注》本改，張本作「蹇靈芝采」。

②「紫」《彙注》本作「此」。

【箋注】

〔一〕「秋夜」句：《楚辭·九歌·少司命》：「秋蘭兮青青，緑葉兮紫莖。」《文選》卷三十四曹植《七啓》：「紫蘭丹椒，施和必節。」鮑照《秋夕》：「幽閨溢凉吹，閑庭滿清暉。紫蘭花已歇，青梧葉方稀。」

〔二〕「湛湛」句：湛湛，清明澄澈貌。《楚辭·招魂》：「湛湛江水兮上有楓，目極千里兮傷春心。」王逸章句：「湛湛，水貌。」阮籍《詠懷詩八十二首》之十一：「湛湛長江水，上有楓樹林。」《藝文類聚》卷八引晉庾肅之《水贊》：「湛湛涵淥，清瀾澄濬，妙質柔明，雲深夜潤。」

〔三〕「偃蹇」句：《楚辭》屈原《九歌·東皇太一》：「靈偃蹇兮姣服，芳菲菲兮滿堂。」王逸章句：「偃蹇，舞貌。」洪興祖補注：「偃蹇，委曲貌，一曰衆盛貌。」《漢書》卷五十七下《司馬相如傳下》：「掉指橋以偃寋兮，又猗抳以招摇。」顏師古注：「張揖曰：『偃寋，委曲貌。』」《文選》卷三十三劉安《招隱士》：「桂樹叢生兮山之幽，偃蹇連卷兮枝相繚。」王逸章句：「容貌美好，德茂盛也。」《楚辭·九歌·湘夫人》：「九疑繽兮并迎，靈之來兮如雲。」王逸章句：「言舜使九疑之山神繽然來迎二女，則百神侍送衆多如雲也。」《宋書》卷二十《樂志二》顏延之《天地饗神歌》：「望帝閽，聳神蹕。靈之來，辰光溢。」

〔四〕「容裔」句：《文選》卷十九曹植《洛神賦》：「六龍儼其齊首，載雲車之容裔。」劉良注：「容裔，行貌。」《文選》卷五左思《吴都賦》：「荆艷楚舞，吴愉越吟，翕習容裔，靡靡愔愔。」劉良注：「容裔、靡靡、愔愔，閑麗也。」《文選》卷十八嵇康《琴賦》：「若乃華堂曲宴，密友近賓，蘭肴兼御，旨酒清醇。」《文選》卷二十陸雲《大將軍讌會被命作詩》：「芒芒宇宙，天地交泰。王在華堂，式宴嘉會。」按《校注》云：「以上二句寫神女降臨。」

斤入。』」

〔五〕拂蓋：《校注》：「拂蓋：謂枝葉茂盛，遮蔽如蓋。拂，蔽。《淮南子·説林》：『林木茂而斧

〔六〕「淇水」句：淇水，水名，在今河南省北部，古爲黄河支流，南流至今汲縣東北淇門鎮南入河。酈道元《水經注·淇水》：「淇水出河内隆慮縣西大號山……東流逕黎陽縣界南入河。」《詩·衛風·氓》：「淇水湯湯，漸車帷裳。」孔穎達疏：「悔己本爲所見誘，涉湯湯之淇水，而漸車之帷裳而往，今乃見棄，所以自悔也。」朱熹集傳：「湯湯，水盛貌。漸，漬也。帷裳，車飾，亦名童容，婦人之車則有之。」按《校注》云：「以上二句言神女恬淡自得，既無傷身之痛，又無被棄之怨。」

〔七〕「倏忽」句：《戰國策·楚策四》：「晝遊乎茂樹，夕調乎酸鹹，倏忽之間，墜於公子之手。」阮籍《詠懷詩八十二首》之三十六：「誰言萬事艱，逍遥可終生。臨堂翳華樹，悠悠念無形。彷徨思親友，倏忽復至冥。」《文選》卷二十七鮑照《還都道中作》：「倏忽坐還合，俄思甚兼秋。」李周翰注：「倏忽，俄頃之際。」《書·禹貢》：「東爲中江，入於海。」孔傳：「有北有中，南可知。」孔穎達疏引《地理志》：「南江從會稽吴縣南，東入海。」謝靈運《田南樹園激流植援》：「卜室倚北阜，啓扉面南江。」

〔八〕「照曜」句：《淮南子·本經訓》：「焜昱錯眩，照燿煇煌。」高誘注：「錯雜眩惑也。照燿、煇煌、焜，光澤色貌。」《文選》卷二十六謝靈運《七里瀨》：「孤客傷逝湍，徒旅苦奔峭。石淺水

潺湲，日落山照曜。」《左傳·僖公四年》：「君處北海，寡人處南海，唯是風馬牛不相及也。」《荀子·王制》：「北海則有走馬吠犬焉，然而中國得而畜使之。」楊倞注：「海謂荒晦絶遠之地，不必至海水也。」《藝文類聚》卷三十二引晉張華《情詩》：「君居北海陽，妾在江南陰。懸貌極修途，山川阻且深。」按北海陽，指北海之北。以上二句或從此出。

〔九〕「萬世」句：阮籍《詠懷詩八十二首》之八十一：「出門望佳人，佳人豈在兹。三山招松喬，萬世誰與期。」《文選》卷二十九《古詩十九首·凜凜歲雲暮》：「眄睞以適意，引領遥相稀。徙倚懷感傷，垂涕霑雙扉。」《藝文類聚》卷三十四引張載《七哀詩》：「哀人易感傷，覽物增悲心。」《校注》：「以上四句寫神女忽南忽北，來去自由，永遠逍遥快活。按，此首旨在説明『恬淡無欲，則泰志適情』之境。」

【集説】

王夫之《古詩評選》卷五：幾令人莫名其指要，亦適爲遊仙詩耳。又令不然，亦寓仙以卜居耳。詩固不以奇理爲高，唐宋人於理求奇，有議論而無歌詠，則胡不廢詩而著論辨也？雅士感人，初不恃此，猶禪家之賤評唱。

清陳祚明《采菽堂古詩選》卷二十四：思心繁會，意取眇六合，羅八方，恢恢其旨。

陳沆《詩比興箋》卷二：紫蘭静夜，靈芝紫華，非不芳且馨也。「淇水湯湯，漸車帷裳，女也不爽，士貳其行」，如之何哉！倏忽之間，陽開陰闔，雲散月明，則始暌終合，來往如常矣。敦樂如之！《楚辭》：「命靈氛爲予占之，曰兩美其必合兮，孰信修而慕之。」此之謂也。

白露滋金瑟〔一〕，清風蕩玉琴〔二〕。空閨饒遠念〔三〕，虚堂生夜陰〔四〕。兹夕一何哀①〔五〕，明月没西林〔六〕。世人重時暮〔七〕，道士情亦深〔八〕。願乘青鳥翼②〔九〕，徑出玉山岑〔一〇〕。

【校記】

①「哀」張本作「衰」。

②「願」原作「賴」，今據《彙注》本、張本改。

【箋注】

〔一〕「白露」句：白露，秋天的露水。《詩・秦風・蒹葭》：「蒹葭蒼蒼，白露爲霜。」《藝文類聚》卷二十九引曹植《離友詩》：「涼風肅兮白露滋，木感氣兮條葉辭。臨渌水兮登重基，折秋華兮采靈芝，尋永歸兮贈所思。感離隔兮會無期，伊鬱悒兮情不怡。」《文選》卷三十謝惠連《擣衣詩》：「白露滋園菊，秋風落庭槐，肅肅莎雞羽，烈烈寒螿啼。」吕延濟注：「滋，潤也。」

〔二〕「清風」句：《詩・大雅・烝民》：「吉甫作誦，穆如清風。」《文選》卷二十四曹植《贈丁儀》：「初秋涼氣發，庭樹微銷落。凝霜依玉除，清風飄飛閣。」《藝文類聚》卷六十七引魏曹毗《夜聽擣衣詩》：「寒興御紈素，佳人治衣襟。冬夜清且永，皓月照堂陰。纖手疊輕素，朗杵叩鳴碪。清風流繁節，迴飇灑微吟。」《文選》卷三十一江淹《雜體詩·休上人》：「寶書爲君掩，瑶琴詎能開。」李周翰注：「瑶琴，玉琴也。」

〔三〕「空閨」句：《文選》卷二十九曹植《雜詩·西北有織婦》：「妾身守空閨，良人行從軍，自期三年歸，今已歷九春。飛鳥繞樹翔，噭噭鳴索羣，願爲南流景，馳光見我君。」鮑照《秋夜二首》之一：「夜久膏既竭，啓明旦未央，環情倦始復，空閨起晨裝。」《藝文類聚》卷四十引陸機《感丘賦》：「於是徘徊洛涯，弭節河干。佇眄留心，慨爾遺歎。仰終古以遠念，窮萬緒乎其端。」《文選》卷二十八陸機《悲哉行》：「寤寐多遠念，緬然若飛沉。」

〔四〕「虚堂」句：《樂府詩集》卷十九何承天《宋鼓吹鐃歌·芳樹篇》：「皓月盈素景，涼風拂中閨。哀弦理虚堂，要妙清且淒。」按虚堂，猶虚室。陶淵明《歸園田居五首》之一：「户庭無塵雜，虚室有餘閒。久在樊籠裏，復得返自然。」之二：「野外罕人事，窮巷寡輪鞅。白日掩荆扉，虚室絶塵想。」《藝文類聚》卷七引劉伶《北芒客舍詩》：「泱漭望舒隱，黮黤玄夜陰。寒雞思天曙，擁翅吹長音。蚊蚋歸豐草，枯葉散蕭林。陳醴發悴顔，色覩暢真心。緼被終不曉，斯歎信難任。何以除斯歎，付之與瑟琴。長笛響中夕，聞此消胸衿。」《藝文類聚》卷四引宋南平王劉鑠《七夕詠牛女詩》：「秋動清風扇，火移炎氣歇。廣簷含夜陰，高軒通夕月。」

〔五〕「兹夕」句：《文選》卷二十應瑒《侍五官中郎將建章臺集詩》：「朝雁鳴雲中，音響一何哀。

問子遊何鄉，戢翼正徘徊。」

〔六〕「明月」句：《藝文類聚》卷三十五引曹植《九愁賦》：「刈桂蘭而秣馬，舍予車於西林。」《藝文類聚》卷四十二引曹植《仙人篇》：「日出登東幹，既夕没西枝。願得紆陽轡，迴日使東馳。」阮籍《首陽山賦》：「蟋蟀鳴乎東房兮，鶗鴂號乎西林。」

〔七〕「世人」句：《楚辭・漁父》：「世人皆濁，何不淈其泥而揚其波？衆人皆醉，何不餔其糟而歠其釃？」《樂府詩集》卷四十一陸機《梁甫吟》：「四運循環轉，寒暑自相承。冉冉年時暮，迢迢天路徵。」同書卷十九何承天《芳樹篇》：「豈怨嘉時暮，徒惜良願乖。」按《校注》云：「時暮：暮年。猶遲暮。屈原《離騷》：『日月忽其不淹兮，春與秋其代序。惟草木之零落兮，恐美人之遲暮。』」

〔八〕「道士」句：道士，有道之士。董仲舒《春秋繁露・循天之道》：「古之道士有言曰：『將欲無陵，固守一德。』」《校注》：「道士：得道之士。指西王母。情亦深：也深爲遲暮之感而動情。」

〔九〕「願乘」句：《山海經・西山經》：「又西二百二十里曰三危之山，三青鳥居之。」郭璞注：「三青鳥主爲西王母取食者，别自棲息於此山也。」《藝文類聚》卷九十一引《漢武故事》：「七月七日，上於承華殿齋，正中，忽有一青鳥從西方來，集殿前。上問東方朔，朔曰：『此西王母欲來也。』有頃，王母至，有兩青鳥如烏，俠侍王母旁。」

〔一〇〕「徑出」句：《山海經·西山經》：「又西三百五十里曰玉山，是西王母所居也。」郭璞注：「此山多玉石，因以名云。《穆天子傳》謂之羣玉之山。」按《校注》云：「此首所表現的是『冰心玉質，則激潔思存』之境。」

【集説】

清陳祚明《采菽堂古詩選》卷二十四：亦是莫知之歎。

陳沆《詩比興箋》卷二：二章（按指此篇及「至德不可傳」篇）托達觀以自遣，即屈子《遠遊》之旨也。「世人重時暮，道士情亦深」，不以世外而自解也。「願待九轉成，終會長沙市」，不以長往而絶望也。建平始于文通爲布衣交，賓待甚至，故拳拳若斯。特前十五章獻以諷諫，故旨直而顯；兹五章聊以攄懣，故趣幽而曲。總之，托遊仙以感遇耳。

至德不可傳〔一〕，靈龜不可侶〔二〕。草木還根蒂〔三〕，精靈歸妙理〔四〕。我學杳冥道〔五〕，誰能測窮已〔六〕。須待九轉成〔七〕，終會長沙市〔八〕。

【箋注】

〔一〕「至德」句：《易·繫辭上》：「陰陽之義配日月，易簡之善配至德。」《論語·泰伯》：「泰伯其可謂至德也已矣。」《莊子·天道》：「夫虚静恬淡，寂漠無爲者，天地之平而道德之至。」《莊子·天地》：「至德之世，不尚賢，不使能，上如標枝，民如野鹿。」《後漢書》卷六十一《鍾皓傳》：「李膺常歎曰：『荀君清識難尚，鍾君至德可師。』」

〔二〕「靈龜」句：《爾雅·釋魚》：「二曰靈龜。」郭璞注：「涪陵郡出大龜，甲可以卜，緣中文似瑇瑁，俗呼爲靈龜。即今觜蠵龜，一名靈蠵，能鳴。」《文選》卷三十四曹植《七啓》：「假靈龜以託喻，寧掉尾於塗中。」李善注：「《莊子》曰：『楚王使大夫往聘莊子。莊子曰：「吾聞楚有神龜，死已三千歲矣！」』」靈龜，或作靈鼇。《楚辭·天問》：「鼇戴山抃，何以安之？」王逸注引《列仙傳》：「有巨靈之鼇，背負蓬萊之山而抃舞。」《藝文類聚》卷七十八引曹植《遠遊詩》：「靈鼇戴方丈，神岳儼嵯峩！」

〔三〕「草木」句：《三國志》卷四十四《蜀志·蔣琬傳》：「今魏跨帶九州，根蒂滋蔓，平除未易。」陶淵明《雜詩十二首》之一：「人生無根蒂，飄如陌上塵。分散逐風轉，此已非常身。落地爲兄弟，何必骨肉親。」

〔四〕「精靈」句：《易·繫辭上》：「精氣爲物，遊魂爲變。」孔穎達疏：「陰陽精靈之氣，氤氲積聚而爲萬物也。」《文選》卷十七傅毅《舞賦》：「攄予意以宏觀兮，繹精靈之所束。」李善注：「攄，散也。弘，大也。言靈精有所窘束，今將舒繹之也。」《藝文類聚》卷十二引曹植《漢二祖優劣論》：「世祖體乾靈之休德，稟貞和之純精，通黄中之妙理，韜亞聖之懿才。」《藝文類聚》卷七十六引謝靈運《石壁立招提精舍》：「禪室棲空觀，講宇折妙理。」注：「折，本集作析。」

〔五〕杳冥道：《文選》卷二張衡《西京賦》：「奇幻儵忽，易貌分形，吞刀吐火，雲霧杳冥。」《藝文類聚》卷三十四引魏文帝《感物賦》：「仰沉陰之杳冥，降甘雨之豐霈。」酈道元《水經注·膠水》：「北眺巨海，杳冥無極，天際兩分，白黑方别，所謂溟海者也。」《太平御覽》卷六百六十三引劉向《列仙傳》：「廣成子，古仙也，居崆峒山石室中。黄帝聞而造焉，問其道要。廣成子曰：『帝治天下，雲不待族而飛，草木不待黄而落，何足語至道。』黄帝退居三日，順風再拜。廣成子曰：『至道之精，杳杳冥冥，無視無聽，抱神以静，形將自正，必靖必清，吾將去無窮之門，遊無極之野。』」《校注》：「杳冥道：即道家的虚無之道。」

〔六〕「誰能」句：嵇康《酒會詩七首》之七：「樂哉苑中遊，周覽無窮已。百卉吐芳華，崇基邈高跱。」陶淵明《讀山海經十三首》之二：「玉臺淩霞秀，王母怡妙顔。天地共俱生，不知幾何年？靈化無窮已，館宇非一山。高酣發新謡，寧效俗中言。」《校注》：「窮已：窮盡，邊際。」

〔七〕「須待」句：《抱朴子·内篇·金丹》云：「九轉之丹，服之三日得僊。若取九轉之丹，内神鼎中，夏至之後，爆之鼎熱，内朱兒一斤於蓋下。伏伺之，候日精照之。須臾翕然俱起，煌煌煇煇，神光五色，即化爲還丹。」又云：「余問諸道士以神丹金液之事，及《三皇内文》召天神地祇之法，了無一人知之者。」又云：「第二之丹名曰神丹，亦曰神符。服之百日仙也。」鮑照《代淮南王》：「淮南王，好長生，服食練氣讀仙經。琉璃藥椀牙作盤，金鼎玉匕合神丹。」《校注》：「九轉：指九轉金丹。由丹砂煉成水銀，又由水銀煉成丹砂，循環一次謂一轉。」

〔八〕「終會」句：《太平御覽》卷六百六十四引《陰君自序》：「成仙公名武丁，桂陽人也。後漢時爲縣小吏，少言，大度，兼通經學，不從師授，有自然之性。時先被使京，還過長沙郡，投郵舍不及，遂宿於野。忽聞樹上人語云：『向長沙市藥。』平旦視之，乃二白鶴。仙公異之，遂往市。見二人張白蓋相從而行，與仙公曰：『君當得地仙耳。』令還。仙公病卒，尸解。」按《校注》云：「以上二句意謂，煉成仙丹，終當像成仙公一樣仙去。按阮籍《清思賦》云：『不以萬物累心，豈一女子之足思。』這一首似隱含此意。」

【集説】

清陳祚明《采菽堂古詩選》卷二十四：此五首翻類阮公，但阮公亮，此則故晦其旨。

又云：案五章之辭，旨閟趣幽。昭明不收，牙涓難索。尋其眇致，亦黜吴興之後，懷建平之時也。夫情遂則響宣，意沈則思曲。《騷》、《問》多不經之緒，阮、陶有難釋之章。泉咽則徑幽，呻促知情苦。寧有鍾期之音，故爲太玄之奧乎？觀其結想眇恢，譔情洞異，上薄屈、賈，下掩齊、梁，正始未衰，谷音僅在。但阮公出之無意，江令既竭吾才，斯則顔淵鑽仰於尼山，魯男善學夫柳下耳。鍾嶸謂休文「意淺于江」，吾耻其擬人不類。乃陳氏祚明謂江才有限，「方沈直是小巫」，此則痂癖各殊，難使異床同夢。固知大音不入里耳，爰居難饗鼓鐘也。

江文通集校注卷四

惜晚春應劉秘書

【題解】

應，應和。《史記》卷五十四《曹相國世家》：「相舍後園近吏舍，吏舍日飲歌呼，從吏惡之，無如之何。乃請參遊園中，聞吏醉歌呼，從吏幸相國召按之。乃反取酒張坐飲，亦歌呼與相應和。」《宋書》卷四十《百官志下》：「秘書監，一人。秘書丞，一人。秘書郎，四人。漢桓帝延熹二年，置秘書監。皇甫規與張奂書云『從兄秘書它何動静』是也。應劭《漢官》曰：『秘書監一人，六百石。』後省。魏武帝爲魏王，置秘書令、秘書丞。秘書典尚書奏事。文帝黄初初，置中書令，典尚書奏事，而秘書改令爲監。後欲以何禎爲秘書丞，而秘書先自有丞，乃以禎爲秘書右丞。後省。掌藝文圖籍。《周官》外史掌四方之志、三皇五帝之書，即其任也。」《年代考》論此詩云：「『劉秘書』當是劉繪。《南齊書·劉繪傳》：『解褐著作郎，太祖（蕭道成）太尉行參軍』。蕭道成任太尉在昇明年間。『著作郎』，當即秘書著作郎，故稱『秘書』。《宋書・百官志》：『漢東京圖籍在東觀，故使名儒碩學著作東觀，撰述國史。著作之名，自此始也。魏世隸中書，晉武世，繆徵爲中書著作郎。元康中，改隸秘書，後別自爲省，而猶隸秘書。』所以稱『著作郎』爲『秘書』。考劉姓而任職秘書省的，在宋末還有劉秉。《宋書・宗室傳》劉秉於泰始五年『復爲侍中，守秘書監』。但秘書監一般稱『監』，不稱『秘書』。如謝靈運曾任秘書監，而顔延之和他唱和的詩作『和謝監靈運』。所以秘書當是秘書著作郎的簡稱。據此，此詩應作於昇明間。」《校注》則云：「劉秘書，當是秘書監劉秉。劉秉系宋宗室，於泰始五年出爲淮南、宣城二郡太守，不拜，復爲侍中，守秘書監，七年爲南徐州刺史。見《宋書・劉秉傳》及《明帝紀》。此詩可能作於泰始六年（四七〇）江淹出仕巴陵王右常侍之前。」俞譜即繫此詩於泰始六年春。福林按：《校注》及俞譜之誤，《年代考》辯之是也，蓋時之秘書監例省稱爲「監」，而不稱作「秘書」之故耳。然《年代考》所説亦未審。據《宋書・百官志下》，時有秘書郎四人，著作郎一人，著作佐郎八人，著作郎又稱大著作。秘書郎典文籍而著作郎掌史任。著作郎時稱秘書著作郎，蓋因其屬秘書省之故，然而却并不能單稱之爲「秘書」，否則即與秘書郎相混淆。如謝朓有《和王著作融八公山》詩（福林按：據陳慶元《謝朓詩歌繫年》，見其《中古文學論稿》，「融」字爲衍文），即不題作「王秘書」。《顔氏家訓・勉學》載當時諺云：「上車不落則著作，體中何如則秘書。」又明見著作郎與秘書郎之别。由是見《年代考》以爲詩題之「劉秘書」乃指著作郎劉繪者，亦非是，即此詩亦未必爲昇明年間所作。然亦志之於此，以備後考焉。

煙景抱空意〔一〕，蘅杜綴幽心〔二〕。心憂望碧葉〔三〕，涵影顧青林〔四〕。風光多樹色〔五〕，露華翻蕙陰〔六〕。水苔方下蔓〔七〕，石蘿日上尋〔八〕。霞衣已具帶，仙冠不持簪①〔九〕。徒爲多委鬱〔一〇〕，精魄還自臨〔一一〕。始獲瓊歌贈〔一二〕，一點重如金〔一三〕。山中有雜桂〔一四〕，玉瀝乃共斟②〔一五〕。

【校記】

①「持」張本作「待」。

②「玉瀝」原作「玉歷」，今據元鈔本、汪本、《彙注》本、張本改。

【箋注】

〔一〕「煙景」句：《校注》：「煙景：暮春的美景。」本集《雜體三十首・謝法曹贈別》：「解纜候前侶，還望方鬱陶。煙景若離遠，末響寄瓊瑤。」空意，清虚之心境。鮑照《觀漏賦》：「恒證古而秉心，抱空意其如玉。」

〔二〕「蘅杜」句：蘅即杜蘅。《楚辭》王逸《九思・傷時》：「蘅芷彫兮瑩嫇。」王逸章句：「蘅，杜蘅；芷，若芷。皆香草。」《文選》卷十九曹植《洛神賦》：「踐椒塗之鬱烈，步蘅薄而流芳。」呂向注：「椒塗，以椒泥飾道也。薄，叢生也。言神步踐以流芳。」杜，即杜梨，亦稱棠梨。《詩・唐風・杕杜》：「有杕之杜，其葉湑湑。」毛傳：「杜，赤棠也。」《校注》：「蘅：香草名。

杜：木名，即棠梨。」蕭子良《淨住子淨行法門·奉養僧田門》：「僧稱福田，羣道宗尚，斯何故耶？良由發蒙俗之幽心，啓正道之遐趣。」按以上二句《校注》云：「空意、幽心：謂虛而不實，隱秘難抒的心情。」

〔三〕「心憂」句：本集《貽袁常侍》詩：「憂怨生碧草，沅湘含翠煙。」《藝文類聚》卷八十引晉張華《荷詩》：「荷生綠泉中，碧葉齊如規。迴蕩流霧珠，映水逐條垂。」同書卷七十八引晉庾闡《遊仙詩》：「雲翠蔚靈崖，獨拔奇卉芳。津蘭瑩珠隧，碧葉灌清鱗。」卷一引齊王融《擬風賦》：「奄兮日采之既移，忽兮羣景之將馳。靡輕筠之碧葉，泛曾松之翠枝。」

〔四〕「涵影」句：《校注》：「涵影：謂身心沉浸於陰影之中。」《文選》卷十五張衡《思玄賦》：「建罔車之幕幕兮，獵青林之芒芒。」《文選》卷九潘岳《射雉賦》：「涉青林以遊覽兮，樂羽族之羣飛。」李善注：「薛君《韓詩章句》曰：『青，静也。』」《藝文類聚》卷三十七引陶弘景《答謝中書書》：「山川之美，古來共談。高峰入雲，清流見底。兩岸石壁，五色交暉。青林翠竹，四時俱備。曉霧將歇，猿鳥亂鳴。夕日欲頹，沈鱗競躍。」

〔五〕「風光」句：王儉《春詩二首》之一：「風光承露照，霧色點蘭暉。青荑結翠藻，黃鳥弄春飛。」《文選》卷三十謝朓《和徐都曹》：「日華川上動，風光草際浮。」李周翰注：「風本無光，草上有光色，風吹動之，如風之有光也。」樹色，樹木的景色。何遜《日夕出富陽浦口和朗公》：「客心愁日暮，徙倚空望歸。山煙涵樹色，江水映霞輝。」按何詩後出，然當時或已有此用法。

〔六〕「露華」句：露華，意當指露水，《趙飛燕外傳》：「婕好浴豆蔻湯，傅露華百英粉。」《校注》：一華：光。陰：暗。謂在陽光下，蕙草隨風翻動，上面的露水時明時暗，閃爍不定。」

〔七〕「水苔」句：《爾雅》：「薄，石衣。」郭璞注：「水苔也，一名石髮，江東食之。」《初學記》卷二十七引周處《風土記》：「石髮，水苔也，青綠色，皆生於石也。」《文選》卷二十九張協《雜詩・黑蜧躍重淵》：「階下伏泉湧，堂上水衣生。尺爐重尋桂，紅粒貴瑶瓊。」李善注：「高誘《淮南子》注曰：『蒼苔，水衣也。』」

〔八〕「石蘿」句：石蘿，附生石上之女蘿。《詩・小雅・頍弁》：「蔦與女蘿，施於松柏。」毛傳：「女蘿，菟絲，松蘿也。」郭璞《遊仙詩・晦朔如循環》：「寒露拂陵苕，女蘿辭松柏，蕣榮不終朝，蜉蝣豈見夕。」上尋，《校注》：「向上延伸。」

〔九〕「霞衣」二句：《藝文類聚》卷七十八引曹植《五遊詠》：「九州不足步，願得淩雲翔，逍遥八紘外，遊目歷遐荒。披我丹霞衣，襲我素霓裳，華蓋紛奄藹，六龍仰天驤。」《校注》：「霞衣：仙人以霞爲衣。與下『仙冠』皆喻隱士之所服。帶：衣帶。」

〔一〇〕「徒爲」句：《文選》卷五十七謝莊《宋孝武宣貴妃誄》：「旌委鬱於飛飛，龍逶遲於步步。」按旌委鬱者，謂旌之委曲卷舒，此則引申爲心情鬱結愁苦。《校注》：「徒：但。委鬱：鬱結深沉。」

〔一一〕「精魄」句：《三國志》卷十一《魏志·管寧傳》：「受詔之日，精魄飛散，靡所投死。」《文選》卷十二郭璞《江賦》：「納隱淪之列真，挺異人乎精魄。」鮑照《從登香爐峰》：「高世伏音華，綿古遁精魄。」《鮑參軍集注》錢振倫注：「言仙者之音徽，雖已潛隱而不見，而其魂魄，則得長遁而不死也。」自臨，自往。《史記》卷五十三《蕭相國世家》：「孝惠自臨視相國病。」《漢書》卷九《元帝紀》：「方田作時，朕憂蒸庶之失業，臨遣光禄大夫褒等十二人，循行天下。」顔師古注：「應劭曰：『自臨面約敕乃遣之。』」按以上二句《校注》云：「以上二句意謂，企求隱逸，只爲消除鬱結，恢復生氣。」

〔一二〕「始獲」句：《校注》：「瓊歌：美好的詩篇。對劉秘書贈詩的美稱。瓊，美玉。」

〔一三〕「一點」句：《太平御覽》卷八百四十引《述異記》：「漢末大飢，江淮童謡云：『大兵如市，人死如林，持金易粟，粟貴如金。』」《校注》：「一點：一點一劃。猶言一字。《史記·吕不韋列傳》：『吕不韋乃使其客人人著所聞……號曰《吕氏春秋》。布咸陽市門，懸千金其上，延諸侯遊士賓客有能增損一字者予千金。』稱文字貴重。」

〔一四〕「山中」句：《校注》：「雜桂：生長在桂樹間的雜木。此爲作者自喻，而以桂樹喻劉秘書及隨同遊宴的貴人。」福林按：雜桂當分别指雜樹與桂樹，雜樹自喻，桂樹喻劉秘書及其同遊之人。《楚辭·招隱士》：「青莎雜樹兮，薠草靃靡。」鮑照《望孤石》：「江南多暖谷，雜樹茂寒峰。朱華抱白雪，陽條熙朔風。」《楚辭·七諫·自悲》：「登巒山而遠望兮，好桂樹之冬榮。」《文選》卷二十六謝靈運《入華子崗是麻源第三谷》：「南州實炎德，桂樹陵寒山。」則山中自是雜樹與桂樹共生，亦猶人世之賢愚并存也。

〔一五〕「玉瀝」句：玉瀝，即玉液、玉膏，喻美酒。梁劉潛《謝晉安王賜宜城酒啓》：「忽值瓶瀉椒芳，壺開玉液。漢樽莫遇，殷杯未逢。」庾信《蒙賜酒》：「金膏下帝臺，玉瀝在蓬萊。」吴兆宜注：「《十洲記》：『瀛洲有玉膏如酒味，名曰玉酒，令人長生。』」《校注》：「玉瀝：美酒。」

【集説】

王夫之《古詩評選》卷五：深人所淺，簡人所煩，均此一心，何能爲爾？當知偶俗無雅音，志古無下調也。

清陳祚明《采菽堂古詩選》卷二十四：稍有秀句。

卧疾怨别劉長史

【題解】

此詩《藝文類聚》卷二十九題作《臨秋怨别詩》。

《宋書》卷三十九《百官志上》云：「江左以來，諸公置長史、倉曹掾、户曹屬、東西閤祭酒各一人，主簿、舍人二人，御屬二人，令史無定員。領兵者置司馬一人，從事中郎二人，參軍無定員；加崇者置左右長史、司馬、從事中郎四人，掾、屬四人，則倉曹增置屬，户曹置掾，江左加崇，極於百石。」

此也。」又云：「公府長史、司馬秩千石，從事中郎六百石，東西曹掾四百石，他掾三百石，屬二百石。」

此詩《年代考》云：「『劉長史』即劉休。《南齊書·劉休傳》載，劉休曾爲『邵陵王南中郎録事』。考《宋書·後廢帝紀》，元徽二年七月，『立第七皇弟友爲邵陵王』。《明四王傳》載，元徽二年，『友年五歲，出爲使持節、都督江州豫州之西陽新蔡晉熙三郡諸軍事、南中郎將、江州刺史，封邵陵王』。當時江淹在南徐州，但劉休尚未任『長史』。《南齊書·劉休傳》又稱他『隨轉左軍府長史』更在其後。但《南齊書·劉休傳》載，劉休任尋陽太守和任長史在沈攸之反以前，當時江淹是否已再度出仕，尚難確考；即使已出仕，劉休也不在建康。《劉休傳》又説到劉休任『前軍長史』，『前軍』指前軍將軍隨陽王翽，而《明四王傳》，隨陽王翽未離開建康，而且劉休在昇明時已任『齊臺散騎常侍』，説明昇明後期，劉休和江淹同在建康做官，也未必有『怨别』之詩。此詩當作於昇明元年底以後，三年邵陵王死以前（邵陵王死於昇明三年，見《明四王傳》）。這個時期劉休任邵陵王安南長史，不在建康，可能是有事回都時與江淹分别，江淹作詩以贈。此詩《藝文類聚》作《臨秋愁别》，詩中寫的是秋景，應是昇明二年秋作。」以爲詩題之「劉長史」即劉休，不知何據。考劉休與江淹未曾有同僚事，不知何以款洽而以「怨别」爲題作詩。且江淹昇明元年正爲蕭道成親任之際，可謂志滿意得，而此詩則云：「憑景魂且謐，卧堂怨已深。」又云：「但見一葉落，衰恨方始平。」表現出之哀怨之情與之殊不相合。又考詩云：「承君客江潭，先愁鴻雁鳴。」應是劉長史始赴任之際，而《年代考》則以爲劉休「可能是有事回都時與江淹分别」而作，二者亦相矛盾。要之，《年代考》既假設劉長史即劉休，又假設劉休因事自任所回京，皆屬臆斷，難以徵信。

《校注》云：「劉長史，疑即劉悛。劉悛字士操，父勔，昇明元年爲晉熙王劉燮撫軍長史。《南齊書》有傳。本篇大約是昇明元年（四七七）初在家閒居時所作。詩中對劉長史有所請托，希望他把自己的願望向朝廷反映。江淹《自序》記載，淹自吴興還後，便『守志閒居』，不久，蕭道成『聞而訪召之』，所托之事或許與此有關。」今考《宋書》卷十《順帝紀》載昇明元年七月「甲午，鎮軍將軍齊王出鎮東城，輔政作相。」《南齊書》卷一《高帝紀上》亦載是年七月「甲午，太祖移鎮東府，與袁粲、褚淵、劉秉各甲仗五十人入殿」，江淹代蕭道成作有《蕭驃騎謝甲仗入殿表》。又《南齊書·高帝紀上》載是月「丙申，進位侍中、司空、録尚書事、驃騎大將軍，持節、都督、刺史如故。封竟陵郡公，邑五千户。給油幢絡車，班劍三十人」，江淹又代蕭道成作有《蕭驃騎讓油幢表》。即江淹於是年七月甲午前已入蕭道成幕，而并非在家「守志閒居」。而據《宋書·順帝紀》，是年七月丙申「安西將軍郢州刺史晉熙王燮爲撫軍將軍、揚州刺史」，即《南齊書》卷三十七《劉悛傳》載劉悛「尋轉晉熙王撫軍、中軍二府長史」之時間又在是年七月丙申之後。《校注》所説亦未的。此「劉長史」未能確知爲何人，此詩之作年亦當存疑待考焉。

四時煎日夜〔一〕，玉露摧紫榮①〔二〕。始懷未迴歎②，春意秋方驚〔三〕。涼草散螢色〔四〕，夏樹歛蟬聲③〔五〕。憑景魂且謐④，卧堂怨已生〔六〕。承君客江潭〔七〕，先愁鴻鴈鳴〔八〕。吴山饒離袂〔九〕，楚水多别情〔一〇〕。金堅碧不滅⑤〔一一〕，桂華蘭有英〔一二〕。無輟代上朝，豈惜鏡中明〔一三〕。但見一葉落〔一四〕，衰恨方始平⑥〔一五〕。

【校記】

①「摧紫榮」原作「催紫芬」，張本、《藝文類聚》作「催紫榮」，今據元鈔本、梁本改。

②「未迴」張本、《藝文類聚》作「未及」。

③「夏樹」張本、《藝文類聚》作「衰樹」。

④「憑」張本作「凴」。

⑤「金堅碧不滅」張本、《藝文類聚》作「金碧堅不滅」。

⑥「始平」張本、《藝文類聚》作「未平」。

【箋注】

〔一〕「四時」句：《易·恒》：「四時變化而能久成，聖人久於其道而天下化成。」王弼注：「言各得其所恒，故皆能長久。」《文選》卷二十九《古詩十九首·東城高且長》：「四時更變化，歲暮一何速。晨風懷苦心，蟋蟀傷局促。」按《校注》云：「四時：四季。煎日夜：日夜受煎熬。形容焦灼不安。」

〔二〕「玉露」句：玉露，指秋露。謝朓《泛水曲》：「玉露沾翠葉，金風鳴素枝。」《藝文類聚》卷八十一引傅玄《紫華賦》：「於是散緑葉，秀紫榮，藴若芝草之始敷，灼若百枝之在庭。獨參差以照燿，何光麗之雜形。」《玉臺新詠》卷三晉楊方《合歡詩五首》之四：「爰有承露枝，紫榮合素芬，扶疎垂清藻，布翹芳且鮮。」按《校注》云：「摧：摧折。紫榮：紅花。」

〔三〕「始懷」二句：《校注》：「迴：謂回家閒居。以上二句錯互成文，意即懷回家閒居之志始於春天，如今秋天已至，却仍有此志難守的危險，因而驚歎不已。」

〔四〕「涼草」句：《詩・曹風・下泉》：「洌彼下泉，浸彼苞稂。」鄭玄箋：「稂當作涼。涼草，蕭蓍之屬。」《後漢書》卷八《靈帝紀》：「帝與陳留王協夜步，逐螢光行數里，得民家露車，共乘之。」按螢色，猶螢光。

〔五〕「夏樹」句：《太平御覽》卷二十二引陸機《纂要》：「夏樹名連陰。夏雨名綿雨。」

〔六〕「憑景」二句：《校注》：「憑景：面對景物。憑：臨，謐：寧静。卧堂：卧病於堂。」

〔七〕客江潭：鮑照《遊思賦》：「苦與樂其何言，悼人生之長役。捨堂宇之密親，坐江潭而爲客。」按江潭，江邊。《楚辭・漁父》：「屈原既放，遊於江潭，行吟澤畔。」

〔八〕「先愁」句：鴻雁，《詩・小雅・鴻雁》：「鴻鴈於飛，肅肅其羽。」毛傳：「大曰鴻，小曰鴈。」《文選》卷二十七曹丕《燕歌行》：「秋風蕭瑟天氣涼，草木摇落露爲霜。羣燕辭歸鴈南翔，念君客遊思斷腸。」曹植《愁思賦》：「原野蕭條兮煙無依，雲高氣静兮露凝璣，野草變色兮莖葉稀，鳴蜩抱木兮鴈南飛。」按鴻雁候鳥，未聞鴻雁之鳴而先愁者，思歸也。《校注》云：「鴻雁鳴：古代有鴻雁傳書之説，此似指劉長史帶來的朝廷徵召之書。」今亦録之以備考。

〔九〕「吴山」句：《文選》卷三十謝朓《和伏武昌登孫權故城》：「鵲起登吴山，鳳翔陵楚甸。」李善注：「孫氏初基武昌，後都建鄴，故云吴山、楚甸也。」

〔一〇〕「楚水」句：本集《貽袁常侍》：「昔我别楚水，秋月麗秋天。今君客吴阪，春色縹春泉。」按以上二句《校注》云：「吴山、楚水：均指江淹家鄉京口一帶。『吴』、『楚』互文。離袂：分手，亦指離别之情。」

〔一一〕「金堅」句：《漢書》卷四十八《賈誼傳》：「先王執此之政，堅如金石；行此之令，信如四時。」《藝文類聚》卷二十一引晉夏侯湛《鮑叔像贊》：「鮑子愔愔，式昭德音。綢繆敬仲，二人同心。厥芳猶蘭，其堅如金。遥遥景跡，君子攸欽。」《莊子·外物》：「萇弘死於蜀，藏其血，三年而化爲碧。」成玄英疏：「碧，玉也。」《山海經·西山經》：「又西百五十里曰高山，其上多銀，其下多青碧。」郭璞注：「碧亦玉類也。」《漢書》卷五十七上《司馬相如傳上》：「雌黄白坿，錫碧金銀。」顔師古注：「碧，謂玉之青白色者也。」

〔一二〕「桂華」句：《楚辭·遠遊》：「嘉南州之炎德兮，麗桂樹之冬榮。」王逸章句：「元氣温煖，不隕零也。」《楚辭·七諫·自悲》：「登巒山而遠望兮，好桂樹之冬榮。」《文選》卷二十六謝靈運《入華子崗是麻源第三谷》：「南州實炎德，桂樹陵寒山。」《楚辭·離騷》：「扈江離與辟芷兮，紉秋蘭以爲佩。」洪興祖補注：「蘭，香草也，秋而芳。」《文選》卷二十四潘尼《贈河陽》：「流聲馥秋蘭，摛藻艷春華。」吕向注：「馥，香；摛，發也。流其芳聲，香逾秋蘭；發其文藻，美於春華也。」按以上二句《校注》云：「金、碧：即金玉。華、英：皆花。《拾遺記》卷六：『夫丹石可磨而不可奪其堅色，蘭桂可折而不可掩其貞芳。』以上二句表明自己守志不移。」

〔一三〕「無輟」二句：《校注》：「輟：停止。鏡中明：喻劉長史明察如鏡，非常瞭解自己的意願。」

〔一四〕「但見」句：《淮南子·説山訓》：「以小明大，見一葉落而知歲之將暮，睹瓶中之冰而知天下之寒。」

〔一五〕「衰恨」句：鮑照《贈故人馬子喬六首》之四：「種橘南池上，種杏北池中，池北既少露，池南又多風，早寒逼晚歲，衰恨滿秋容。湘濱有靈鳥，其字曰鳴鴻，一挹繒繳痛，長别遠無雙。」

【集説】

王夫之《古詩評選》卷五：文通于時乃至不欲取好景，亦不欲得好句，脈脈自持，一如處女，唯循意以爲尺幅耳。此其以作者自命何如也？前有「任筆沈詩」之俗譽，後有宫體之陋習，故或謂之「才盡」，彼自不屑盡其才，才豈盡哉！

曹道衡《中古文學史論文集·論江淹詩歌的幾個問題》：這一首詩在江淹的詩歌中也許算不上名作，但其中除了惜别之情外，還夾雜着身世坎坷的感歎，正如杜甫説的「方知貧賤别更苦」，所以倍覺悲淒。詩中所用的許多寫景的對句，無非是爲表現這個主題服務的。從藝術上説，此詩和沈約的《别范安成》也許有不同的評價，而從思想的深度來説，它確實更勝一籌。

應劉豫章别

【題解】

此篇張本無。

《宋書》卷三十六《州郡志二·江州》：「豫章太守，漢高帝立，本屬揚州。《永初郡國》有海昏，何志無。今領縣十二，户一萬六千一百三十九，口一十二萬二千五百七十三。去州水六百，陸三百五十。去京都水一千九百，陸二千一百。」

此詩《年代考》繫之於齊高帝建元年間，其云：「『劉豫章』即劉休，《南齊書·劉休傳》載，劉休於建元四年出爲豫章内史（《南史·劉休傳》同）。唐許嵩《建康實録》卷十六：『休卒豫章太守。』此詩當是劉休赴任時江淹作詩贈别。」《校注》亦云：「劉豫章，疑即豫章内史劉休，據《南齊書·劉休傳》，休字弘明，沛郡相人。齊臺散騎常侍。建元初爲御史中丞，四年出爲豫章内史。按建元初江淹亦爲散騎侍郎，有可能曾與劉休共事。然則，本篇當爲建元四年（四八二）所作。」

今考宋齊二代劉姓爲豫章太守并見載史册者，并非僅劉休一人。由詩之内容觀之，似并不能確定爲齊初之作品。

清塵播嶠岫〔一〕，遠□被修□。□□□□代，高行乃厲天〔二〕。俗態攬明懋〔三〕，散□□才賢〔四〕。裂□□□□，分□□堯甸①〔五〕。於時秋永永〔六〕，江漢起殘煙〔七〕。獵獵風剪樹〔八〕，颯颯露傷蓮〔九〕。霞出海中雲，水發江上泉〔一〇〕。浸淫泉懷浦〔一一〕，泛濫雲辭山〔一二〕。洲渚一揚袂〔一三〕，殞意元氣前〔一四〕。願效卷施草〔一五〕，春華冬復堅〔一六〕。

【校記】

①「分□□堯甸」元鈔本作「□□分堯甸」。

【箋注】

〔一〕「清塵」句：《漢書》卷五十七下《司馬相如傳下》：「今陛下好陵阻險，射猛獸，卒然遇軼才之獸，駭不存之地，犯屬車之清塵。」顔師古注：「塵，謂行而起塵也。言清者，尊貴之意也。」應劭曰：『古者諸侯貳車九乘，秦滅九國，兼其車服，漢依秦制，故大駕車八十一乘。』師古曰：屬者，言相連續不絶也。」《文選》卷二十五盧諶《贈劉琨》：「自奉清塵，於今五稔。」六臣呂向注：「奉清塵者，言得從後塵也。」鮑照《通世子自解啓》：「自奉清塵，於兹六祀，墜辰永往，遺恩在心。執紙哽咽，言不自宣。」《爾雅·釋山》：「鋭而高，嶠。」邢昺疏：「言山形鐵峻而高者名嶠。」《文選》卷二十六顏延之《和謝監靈運》：「跂予間衡嶠，曷月瞻秦稽。」《爾雅·釋山》：「山有穴爲岫。」郭璞注：「謂巖穴。」《文選》卷三十五張協《七命》：「臨重岫而攬轡，顧石室而迴輪。」李善注引仲長統《昌言》：「聞上古之隱士，或伏重岫之内，窟窮皋之底。」

〔二〕「高行」句：《管子·法法》：「故雖有明智高行，倍法而治，是廢規矩而正方圜也。」嵇康《釋私論》：「寄胸懷於八荒，垂坦蕩以永日，斯非賢人君子高行之美異者乎？」《文選》卷一班固《西都賦》：「櫂女謳，鼓吹震。聲激越，謍厲天。」李善注：「《韓詩》曰：『翰飛厲天。』薛君曰：『厲附也。』」《樂府詩集》卷三十傅玄《長歌行》：「鷹隼厲天翼，耻與燕雀遊。成敗在縱者，無令鷙鳥憂。」

〔三〕明懋：《文選》卷二十二顏延之《應詔觀北湖田收》：「周御窮轍跡，夏載歷山川。蓄軫豈明懋，善遊皆聖仙。」李善注：「蓄軫不行，豈是欽明懋德之後；善遊天下，皆是睿聖神仙之君。」《校注》：「明懋：精明勤勉。」

〔四〕「才賢」：《史記》卷一百二十七《日者列傳》：「才賢不爲，是不忠也；才不賢而託官位，利上奉，妨賢者處，是竊位也。」《文選》卷三十一袁淑《效曹子建樂府白馬篇》：「劒騎何翩翩，長安五陵間。秦地天下樞，八方湊才賢。」

〔五〕「裂□」二句：《校注》：「堯甸：帝堯所居之郊野，指京郊。此二句似謂劉裂土分符出守豫章。」

〔六〕「於時」句：《大戴禮記·公符》：「陛下永永，與天無極。」王褒《聖主得賢臣頌》：「休徵自至，壽考無疆，雍容垂拱，永永萬年。」張衡《請專事東觀收檢遺文表》：「比久長於天地，竝光明於日月，昭示萬嗣，永永不朽也。」

〔七〕江漢：指長江與漢水之間及其附近地區，古荆楚之地。《文選》卷五十五陸機《演連珠五十首》之四十：「是以江漢之君，悲其墜屨；少原之婦，哭其亡簪。」《後漢書》卷七十《荀彧傳》：「紹既新敗，衆懼人擾，今不因而定之，而欲遠兵江漢，若紹收離糺散，乘虛以出，則公之事去矣。」本集《望荆山》：「奉謁至江漢，始知楚塞長。」《文選》卷二十七李善注：「江漢，荆楚之境也。」

〔八〕獵獵：《文選》卷二十七鮑照《還都道中作》：「鱗鱗夕雲起，獵獵晚風遒。」《文選》吕延濟注：「獵獵，風聲。」

〔九〕颯颯：《楚辭·九歌·山鬼》：「風颯颯兮木蕭蕭，思公子兮徒離憂。」《樂府詩集》卷七十四王融《思公子》：「春盡風颯颯，蘭凋木脩脩。王孫久爲客，思君徒自憂。」《集韻》卷九：「颯颯，風聲。」按此颯颯，乃指露滴之聲。

〔一〇〕水發：謂水之發源。《宋書》卷二十三《天文志一》：「是故百川發源，皆自山出，由高趣下，歸注於海。」

〔一一〕「浸淫」句：《漢書》卷五十七下《司馬相如傳下》：「是以六合之内，八方之外，浸淫衍溢。」顔師古注：「浸淫，猶漸漬也。」董仲舒《雨雹對》：「霧不塞望，浸淫被泊而已；雪不封條，淩殄毒害而已。」鮑照《送從弟道秀别》：「浸淫旦潮廣，瀾漫宿雲滋。」《校注》：「懷浦：抱浦。浦，水濱。」

〔一二〕泛濫：《孟子·滕文公上》：「洪水横流，氾濫於天下。」《史記》卷一百十七《司馬相如列傳》載司馬相如《大人賦》：「杭絶浮渚，而涉流沙，奄息總極，泛濫水嬉兮。」《藝文類聚》卷八引魏文帝《滄海賦》：「於是黿鼉漸離，泛濫淫遊；鴻鸞孔鵠，哀鳴相求；揚鱗濯翼，載沉載浮。」

〔一三〕「洲渚」句：《文選》卷五左思《吴都賦》：「島嶼綿邈，洲渚馮隆。」劉淵林注：「水中可居曰洲，小洲曰渚。」鮑照《吴興黄浦亭庾中郎别》：「風起洲渚寒，雲上日無輝。」《文選》卷十九宋玉《高唐賦》：「其少進也，晰兮若姣姬揚袂，障日而望所思。」李善注：「揚袂，舉袖也，如美人之舉袖望所思也。」《藝文類聚》卷七十二引曹植《酒賦》：「或揚袂屢舞，或扣劍清歌。」

〔一四〕「殞意」句：《漢書》卷二十一上《律曆志上》：「太極元氣，函三爲一。極，中也。元，始也。行於十二辰，始動於子。」顔師古注：「孟康曰：『元氣始起於子，未分之時，天地人混合爲一。』」按《校注》云：「殞意：失意。元氣前：元氣出動之前。指夜間餞别時。古人認爲半夜子時元氣出動。」

〔一五〕卷施草：《爾雅·釋草》：「卷施草，拔心不死。」郭璞注：「宿莽也。」邢昺疏：「卷施草，一名宿莽，拔其心亦不死也。案《離騷經》云：『朝搴阰之木蘭兮，夕擥洲之宿莽。』王逸云：『草冬生不死者，楚人名之曰宿莽。』」《校注》：「言願劉豫章保持晚節之意。」

〔一六〕「春華」句：《文選》卷二十四曹植《贈王粲》：「端坐苦愁思，攬衣起西遊。樹木發春華，清池激長流。」阮籍《詠懷詩三首》之二：「灼灼春華，緑葉含丹。日月逝矣，惜爾華繁。」《文選》卷二十四潘尼《贈河陽》：「流聲馥秋蘭，摛藻艷春華。」吕向注：「馥，香；摛，發也。流其芳聲，香逾秋蘭；發其文藻，美於春華也。」

秋夕納涼奉和刑獄舅

【題解】

「刑獄」，即刑獄參軍。《宋書》卷三十九《百官志上》：「參軍、掾、屬、令史主諸曹事。……今諸曹則有録事、記室、户曹、倉曹、中直兵、外兵、騎兵、長流賊曹、刑獄賊曹、城局賊曹、法曹、田曹、水曹、鎧曹、車曹、士曹、集、右户、墨曹，凡十八曹參軍。參軍不置曹者，無定員。」《校注》：「『刑獄舅』當姓劉，名未詳。」

蕭條晚秋景〔一〕，旻雲承景斜〔二〕。虚堂起青藹〔三〕，崦嵫生暮霞〔四〕。空居寂以欷〔五〕，左右自幽歌〔六〕。騎星謝箕尾①〔七〕，濯髮慚陽阿〔八〕。年歇玄圃壁〔九〕，歲減天津波〔一〇〕。金簫哀夜長〔一一〕，瑶琴怨暮多②〔一二〕。四時通信黯，春風日夜過〔一三〕。楚水徒有蘭〔一四〕，憂至竟如何〔一五〕？

【校記】

①「箕」原作「扆」，今據汪本、《彙注》本、張本改。

②「瑶琴」梁本作「瑞琴」。

【箋注】

〔一〕「蕭條」句：《楚辭·遠遊》：「山蕭條而無獸兮，野寂寞兮無人。」王逸章句：「溪谷寂寥而少禽也。」《文選》卷二十四曹植《贈白馬王彪》：「秋風發微涼，寒蟬鳴我側。原野何蕭條，白日忽西匿。」劉良注：「蕭條，草木衰落也。」《藝文類聚》卷九十一馬融《與謝伯世書》：「憒憒愁思，猶不解懷。思在竹間，放狗逐麋。晚秋涉冬，大蒼出籠。黄棘下兔，芼以乾葵。以送餘日，兹樂而已。」

〔二〕「旻雲」句：旻，謂秋天。《爾雅·釋天》：「秋爲旻天。」郭璞注：「旻，猶愍也，愍萬物彫落。」《楚辭》王逸《九思·哀歲》：「旻天兮清涼，玄氣兮高朗。」王逸章句：「秋天爲旻天，秋節至，故清且涼也。」鮑照《三日遊南苑》：「清潭圓翠會，花薄緣綺紋。合樽遽景斜，折榮忝組芬。」《藝文類聚》卷十八引梁徐悱妻劉氏詩：「花庭麗景斜，蘭牖輕風度。落日更新粧，開簾對芳樹。」《校注》：「旻云：秋雲。景斜：日光斜照。景，日光。」

〔三〕「虚堂」句：《樂府詩集》卷十九何承天《宋鼓吹鐃歌·芳樹篇》：「皓月盈素景，涼風拂中閨。哀弦理虚堂，要妙清且淒。」按虚堂，猶虚室。陶淵明《歸園田居五首》之一：「户庭無塵雜，虚室有餘閒。久在樊籠裏，復得返自然。」之二：「野外罕人事，窮巷寡輪鞅。白日掩荆扉，虚室絶塵想。」《文選》卷二十八陸機《吴趨行》：「藹藹慶雲，被泠泠祥。」李周翰注：「藹藹，雲貌也。」鮑照《登大雷岸與妹書》：「若華夕曜，巖澤氣通，傳明散綵，赫似絳天。左右青靄，表裏紫霄。」

〔四〕崦嵫：《楚辭·離騷》：「吾令羲和弭節兮，望崦嵫而未迫。」王逸章句：「崦嵫，日所入山也。」《藝文類聚》卷三十六引晉張華《招隱詩》：「羲和策六龍，弭節越崦嵫。盛年俛仰過，忽若振輕絲。」

〔五〕「空居」句：《漢書》卷二十九《溝洫志》：「空居與行役，同當衣食；衣食縣官，而爲之作，乃兩便。」顔師古注：「言無産業之人，端居無爲，及發行力役，俱須衣食耳。今縣官給其衣食，而使修治河水，是爲公私兩便也。」王充《論衡·命義》：「顔淵困於學，以才自殺；伯牛空居，而遭惡疾。」《校注》：「欷：歎息。」

〔六〕「左右」句：《校注》：「左右：指近身侍從和家屬。幽歌：哀歌。亦指歎息。」

〔七〕「騎星」句：騎星，謂騎在箕、尾二星之上。《莊子·大宗師》：「夫道，有情有信，無爲無形，可傳而不可受，可得而不可見。……傅説得之，以相武丁，奄有天下，乘東維，騎箕尾，而比於列星。」《校注》：「箕、尾：二星宿名。舊傳殷王武丁賢相傅説死後升天化星於箕、尾之間，是爲傅説星。謝：慚愧。」

〔八〕「濯髮」句：屈原《離騷》：「夕歸次於窮石兮，朝濯髮乎洧盤。」《楚辭·遠遊》：「朝濯髮於湯谷兮，夕晞余身兮九陽。」王逸章句：「朝沐浴於温泉。湯谷在東方，少陽之位，《淮南》言：『日出湯谷，入虞淵也。』」《楚辭·九歌·少司命》：「與女沐兮咸池，晞女髮兮陽之阿。」王逸章句：「言己願託司命，俱沐咸池，乾髮陽阿。齋戒潔己，冀蒙天祐也。」《校注》：「以上二句自謂缺乏才美，不敢企望得到信用和寵愛。」

〔九〕「年歇」句：玄圃，傳説中昆侖山頂的神仙居處。《文選》卷三張衡《東京賦》：「左瞰暘谷，右睨玄圃。」薛綜注：「暘谷，日出之處。玄圃在崑崙山上。」李善注：「《淮南子》曰：『日出於暘谷，浴於咸池也。』又曰：『懸圃在崙崑閶闔之中。』玄與古懸字通。」酈道元《水經注·河水一》：「崑崙之山三級：下曰樊桐，一名板松；二曰玄圃，一名閬風；三曰層城，一名天庭。是爲太帝之居。」

〔一〇〕「歲減」句：天津，即漢津、銀河。《楚辭·離騷》：「朝發軔於天津兮，夕余至乎西極。」王逸

注：「天津，東極箕斗之間，漢津也。」《爾雅·釋天》：「析木謂之津，箕斗之間，漢津也。」按以上二句《校注》云：「『玄輔壁』、『天津波』指宗室，此謂建平王府。年歇、歲減：猶言蹉跎歲月，無所作爲地打發日子。」

〔一一〕「金簫」句：《爾雅·釋草》「簜竹」郭璞注：「竹別名。《儀禮》曰：『簜在建鼓之間謂簫，管之屬。』」

〔一二〕「瑶琴」句：鮑照《擬古詩八首》之七：「明鏡塵匣中，寶琴生網羅。」「寶琴」，張溥本作「瑶琴」。本集《雜體詩·休上人》：「寶書爲君掩，瑶琴詎能開。」《文選》卷三十一李周翰注：「瑶琴，玉琴也。」

〔一三〕「四時」二句：《易·恒》：「四時變化而能久成，聖人久於其道而天下化成。」《禮記·禮運》：「故天秉陽，垂日星。地秉陰，竅於山川。播五行於四時，和而後月生也。」《校注》：「通信黯：謂誠意不明，難以溝通。信，誠信。《吕氏春秋·貴信》：『春之德，風。風不信，其華不盛，則果實不生。天地之大，四時之化，而猶不能以信成物，又況乎人事？』此用其意。」按以上《校注》引《吕氏春秋》有删減。

〔一四〕「楚水」句：楚水，泛指古楚地的江河湖澤。本集《貽袁常侍》：「昔我别楚水，秋月麗秋天。今君客吴阪，春色縹春泉。」按此句《校注》云：「蘭：蘭草芬芳，象徵美好的願望。屈原《九歌·湘夫人》：『沅有芷兮醴有蘭，思公子兮未敢言。』本句化用其意。醴，通『澧』，澧水。

沅、澧二水在楚地，故此云『楚水』。」

〔一五〕「憂至」句：《文選》卷二十七古辭《飲馬長城窟行》：「長跪讀素書，書上竟何如？」

【集説】

清陳祚明《采菽堂古詩選》卷二十四：蒼越。「四時」二句，「通信黯」字生，「春風」亦與章旨不合，不若去之。

採菱

【題解】

此詩張本編入騷體，題作《採菱曲》，《樂府詩集》卷五十一題作《採菱歌》。《樂府詩集》此篇屬《清商曲辭》。《文選》卷三十三《招魂》：「《涉江》、《采菱》，發《揚荷》些。美人既醉，朱顔酡些。」張銑注：「《涉江》、《採菱》、《陽阿》，皆楚歌曲名。」《文選》卷五左思《吴都賦》：「或超延露而駕辯，或踰渌水而採菱。」《樂府詩集》卷二十六《相和歌辭·江南》題解云：「《樂府解題》曰：『《江南》，古辭，蓋美芳晨麗景，嬉遊得時。若梁簡文「桂楫晚應旋」，唯歌遊戲也。』按梁武帝作《江南弄》以代西曲，有《採蓮》、《採菱》，蓋出於此。唐陸龜蒙又廣古辭爲五解云。」同上書卷五十《清商曲辭·採菱曲》題解：「《古今樂録》曰：『《採菱曲》和云：「菱歌女，解佩戲江陽。」』」《爾雅翼·釋草》：「吴楚之風俗，當菱熟時，士女相與采之，故有采菱之歌以相和，爲蘩華流蕩之極。《招魂》云：『涉江采菱發陽阿。』『陽阿』者，采菱之由也。」

秋日心容與〔一〕，涉水望碧蓮〔二〕。紫菱亦可採〔三〕，試以緩愁年。參差萬葉下〔四〕，泛漾百流前〔五〕。高彩隘通壑①〔六〕，香氣麗廣川②〔七〕。歌出櫂女曲③〔八〕，儛入江南弦〔九〕。乘黿非逐俗④〔一〇〕，駕鯉乃懷仙〔一一〕。衆美信如此〔一二〕，無恨出清泉⑤〔一三〕。

【校記】

①「彩」《藝文類聚》卷八十二作「采」。

②「氣」《藝文類聚》作「氛」。

③「櫂」張本注：「一作『趙』。」

④「乘」原作「梁」，今據《彙注》本、張本、《樂府詩集》改。

⑤「無恨」《彙注》本作「無限」。「出」張本、《樂府詩集》作「在」，張本注云：「一作『出』。」

【箋注】

〔一〕心容與：謂心情安閒平静。《楚辭·九歌·湘夫人》：「時不可兮驟得，聊逍遥兮容與。」《後漢書》卷二十八下《馮衍傳下》：「意斟愖而不澹兮，俟回風而容與。」李賢注：「容與，猶從容也。」

〔二〕「涉水」句：陸雲《盛德頌》：「乘山涉水，視險若夷，奔波闕廷，思效死節。」《文選》卷二十九《古詩十九首》之六：「涉江采芙蓉，蘭澤多芳草。采之欲遺誰，所思在遠道。」

〔三〕「紫菱」句：《樂府詩集》卷二十六《江南》古辭：「江南可採蓮，蓮葉何田田。」《樂府詩集》卷四十七《青溪小姑曲·採蓮童曲》：「泛舟採菱葉，過摘芙蓉花。扣檝命童侶，齊聲採蓮歌。東湖扶菰童，西湖採菱芰。不持歌作樂，爲持解愁思。」

〔四〕「參差」句：《詩經·周南·關雎》：「參差荇菜，左右流之。」朱熹集注：「參差，長短不齊之貌。」《文選》卷十九宋玉《高唐賦》：「磐石險峻，傾崎崕隤。巖嶇參差，從横相追。」張衡《西京賦》：「華嶽峩峩，岡巒參差。」李善注：「參差，低仰貌。」《楚辭·九歌·湘夫人》：「嫋嫋兮秋風，洞庭波兮木葉下。」

〔五〕「泛漾」句：泛漾，猶蕩漾。阮籍《詠懷詩八十二首》之三十七：「嘉時在今辰，零雨灑塵埃。臨路望所思，日夕復不來。人情有感慨，蕩漾焉能排。揮涕懷哀傷，辛酸誰語哉。」《世説新語·文學》：「桓玄下都，羊孚時爲兖州别駕，從京來詣門，牋云：『自頃世故睽離，心事淪蘊。明公啓晨光於積晦，澄百流以一源。』桓見牋，馳唤前，云：『子道，子道，來何遲！』即用爲記室參軍。」

〔六〕「高彩」句：高彩，濃彩重色。桓寬《鹽鐵論·散不足》：「堯秀眉高彩，享國百載。」馬非百

注:「《淮南子·脩務篇》:『堯眉八彩,九竅通洞,而公正無私。』高誘注:『堯母慶都,蓋天帝之女,寄伊長孺家,年二十無夫。出觀於河,有赤龍負圖而至,與慶都合而生堯,視如圖,故眉有八彩之色。』」《文選》卷五十九王簡栖《頭陀寺碑文》:「惟此名區,禪慧攸託。倚據崇巖,臨睨通壑。」《校注》:「高彩:指采菱女美妙的姿色。隘通壑:謂人數衆多,堵塞了水道。」

〔七〕「香氣」句:《易·離》:「彖曰:離,麗也。日月麗乎天,百穀草木麗乎土,重明以麗乎正,乃化成天下,柔麗乎中正,故亨。」王弼注:「麗,猶著也,各得所著之宜。」孔穎達疏:「麗,謂附著也。以陰柔之質附著中正之位,得所著之宜,故云麗也。」《後漢書》卷八十九《張衡傳》:「夫戰國交争,戎車競馳,君若綴旒,人無所麗。」李賢注:「麗,附也。」《文選》卷二十六陸機《赴洛二首》之一:「親友贈予邁,揮淚廣川陰。撫膺解攜手,永歎結遺音。」陸雲《盛德頌》:「是以四海之内,莫不企景嶽以接羣,望廣川而鱗集,乘山涉水,視險若夷,奔波闕廷,思效死節。」

〔八〕櫂女曲:《文選》卷一班固《西都賦》:「櫂女謳,鼓吹震。聲激越,謍厲天。」劉良注:「櫂女謳,舟人歌也。言舟女歌與鼓吹齊動,其聲大,若附於天也,鳥聞驚起而飛,魚聞窺淵而沈。」鮑照《擬青青陵上柏》:「輿童唱秉椒,櫂女歌采蓮,孚愉鸞閣上,窈窕鳳楹前。」

〔九〕「儛入」句:《校注》:「謂舞步與《江南弄》的音節相合。」按《樂府詩集》卷二十六古辭《江南》題解：「《樂府解題》曰：『《江南》，古辭，蓋美芳晨麗景，嬉遊得時。若梁簡文「桂楫晚應旋」，唯歌遊戲也。』按梁武帝作《江南弄》以代西曲，有《採蓮》、《採菱》，蓋出於此。」《樂府詩集》卷五十《清商曲辭》梁武帝《江南弄七首》題解：「《古今樂録》曰：『梁天監十一年冬，武帝改西曲，製《江南上云樂》十四曲，《江南弄》七曲：一曰《江南弄》，二曰《龍笛曲》，三曰《採蓮曲》，四曰《鳳笛曲》，五曰《採菱曲》，六曰《遊女曲》，七曰《朝雲曲》。』」

〔一〇〕乘黿：《竹書紀年》卷下：「（周穆王）三十七年，大起九師，東至於九江，架黿鼉以爲梁，遂伐越至於紆。荆人來貢。」《太平御覽》卷六百六十一引《尚書帝驗期》：「王母之國在西荒。凡得道授書者，皆朝王母於昆侖之闕。王褒字子登，齋戒三月，王母授以瓊花寶曜七晨素經。茅盈從西城王君詣白玉龜臺，朝謁王母，求長生之道，王母授以玄真之經，又授寶書童散四方。洎周穆王駕黿鼉魚鱉爲梁，以濟弱水，而升昆侖玄圃閬苑之野，而會於西王母，歌《白雲》之謡，刻石紀迹於弇山之上而還。」

〔一一〕「駕鯉」句：《列仙傳·琴高》：「琴高者，趙人也，以鼓琴爲宋康王舍人。行涓彭之術，浮遊冀州涿郡之間二百餘年。後辭入涿水中取龍子，與諸弟子期曰：『皆潔齋待於水傍，設祠。』果乘赤鯉來，出坐祠中。旦有萬人觀之，留一月餘，復入水去。」按《校注》云：「黿、鯉：這裏皆指采菱女所駕的船。」

〔一二〕衆美：《校注》：「衆美：指采菱女。」

〔一三〕清泉：《文選》卷十五張衡《思玄賦》：「行積冰之磑磑兮，清泉沍而不流。」《文選》卷四十二曹丕《與朝歌令吴質書》：「浮甘瓜於清泉，沉朱李於寒水。」

郊外望秋答殷博士

【題解】

《宋書》卷三十九《百官志上》：「博士，班固云，秦官。史臣案，六國時往往有博士，掌通古今。漢武建元五年，初置五經博士。宣、成之世，五經家法稍增，經置博士一人。至東京凡十四人。《易》，施、孟、梁丘、京氏；《尚書》，歐陽、大小夏侯；《詩》，齊、魯、韓；《禮》，大小戴；《春秋》，嚴、顔：各一博士。而聰明有威重者一人爲祭酒。魏及晉西朝置十九人，江左初減爲九人，皆不知掌何經。元帝末，增《儀禮》、《春秋公羊》博士各一人，合爲十一人。後又增爲十六人，不復分掌五經，而謂之太學博士也。秩六百石。」卷四十《百官志下》：博士，第六品。

此詩曹道衡《年代考》云：「『殷博士』是誰，史傳無考。但據《梁書·江淹傳》，江淹於永明時曾爲國子博士。考《南齊書·王儉傳》，當時國子祭酒是王儉。又，《南史·殷景仁傳附殷孚傳》載，殷孚子臻，在王儉爲丹陽尹時，『引爲郡丞』。王儉爲丹陽尹和國子祭酒是同一時期的事。王儉有可能引殷臻爲博士，與江淹同列。江淹與殷孚是朋友，所以用父執的口吻説：『屬我兹景半，賞爾若光初。』據此，本詩當爲永明三四年間作。」今考之史傳，殷孚子臻未有任國子博士之記載，《年代考》以「王儉有可能引殷臻爲博士」，從而以爲詩題之「殷博士」爲殷臻，又據此進而推斷此詩爲永明年間所作，自是臆斷之詞，自不足信。《校注》云：「殷博士，名字未詳。據詩中『屬我嵫景半』推知，作者寫此詩時已接近晚年，大約四五十歲光景。詩可能作於永明年間江淹任國子博士時，因與殷是同僚，故得以屢相唱和。」福林按：詩之「屬我嵫景半」句乃自謂其人生過半，以此言之，其三十歲後自可言之耳也。昇明元年（四七七）春，江淹即自建安吴興還京都，是年七月前即進入蕭道成幕，當有與殷博士相聚并以詩相唱和之機會。昇明元年江淹年三十四，意此詩乃昇明元年以後至齊初所作。而殷博士者，則不知爲何人矣。

白露掩江皋〔一〕，青滿平地蕪①〔二〕。長夜亦何際〔三〕，銜思久踟躕〔四〕。企余重蘭貝〔五〕，清才富金瑜〔六〕。獨艷始東山〔七〕，擅麗終西都〔八〕。雲精無永滯②〔九〕，水碧豈慚濡③〔一〇〕。屬我嵫景半〔一一〕，賞爾若光初〔一二〕。折麻巽離羣〔一三〕，紉蕙非索居〔一四〕。頻贈既雅歌〔一五〕，還懷諒短書④〔一六〕。

【校記】

①「滿」張本作「蒲」。

②「精」元鈔本作「稍」。

③「斬」張本、梁本作「暫」。

④「短書」張本作「知書」。

【箋注】

〔一〕「白露」句：《詩・秦風・蒹葭》：「蒹葭蒼蒼，白露爲霜。」《文選》卷三十謝惠連《擣衣詩》：「白露滋園菊，秋風落庭槐，肅肅莎雞羽，烈烈寒螿啼。」《楚辭・九歌・湘夫人》：「朝馳余馬兮江皋，夕濟兮西澨。」《文選》卷二十二謝靈運《從遊京口北固應詔》：「遠巖映蘭薄，白日麗江皋。」李善注：「王逸曰：『澤曲曰皋。』」劉良注：「江皋，江曲也。」

〔二〕「青滿」句：鮑照《擬行路難十八首》之四：「瀉水置平地，各自東西南北流。人生亦有命，安能行歎復坐愁。」

〔三〕「長夜」句：《文選》卷二十九《古詩十九首・凜凜歲云暮》：「獨宿累長夜，夢想見容輝。」謝靈運《君子有所思行》：「長夜恣酣飲，窮年弄音徽。」《莊子・知北遊》：「物物者與物無際。」成玄英疏：「際，崖畔也。夫能物於物者，聖人也。聖人冥同萬境，故與物無彼我之際畔。」

〔四〕「銜思」句：《文選》卷二十六陸機《赴洛道中作二首》之二：「夕息抱景寐，朝徂銜思往。」鮑照《夢歸鄉》：「銜淚出郭門，撫劍無人逵，沙風暗空起，離心眷鄉畿。」《文選》卷二十五陸雲《答兄機》：「銜恩戀行邁，興言在臨觴。」「銜恩」，六臣本作「銜思」，李周翰注：「思戀之言在臨觴也。」《詩經·邶風·静女》：「愛而不見，搔首踟躕。」《文選》卷十八成公綏《嘯賦》：「逍遥攜手，踟跦步趾。」「踟跦」，六臣本作「踟躕」，李周翰注：「踟躕，緩行貌。」

〔五〕「企余」句：《校注》：「企余：即『跂予』。《詩·衛風·河廣》：『跂予望之。』此用企望之義。曹丕《秋胡行》：『企予望之，步立躊躇。』」《淮南子·説林》：「石生而堅，蘭生而芳，少自其質，長而愈明。」《藝文類聚》卷五十引晉潘尼《益州刺史楊恭侯碑》：「君乾靈之醇德，挺高世之殊量，禀天然不渝之操，體蘭石芳堅之質。」《書·顧命》：「文貝仍几。」孔傳：「有文之貝飾几。」左思《蜀都賦》：「騰波沸湧，珠貝氾浮，若雲漢含星而光耀洪流。」劉淵林注：「言魚駭波動，珠貝浮見也。」

〔六〕「清才」句：《文選》卷五十六潘岳《楊仲武誄》：「若乃清才雋茂，盛德日新。」陸雲《與楊彦明書》：「戴會稽如是便發，分别悵然。一時名士，惟當有此君耳。失分重勞，令人歎息。善得日夕，真家人若思望之。清才俊類，一時之彦，善竝得接。」金瑜，即金玉。《楚辭·招魂》：「室中之觀，多珍怪些。」王逸章句：「金玉爲珍，詭異爲怪，然縱觀房室之中，四方珍奇玩好怪物，無不畢具也。」《後漢書》卷八十下《文苑下·趙壹傳》：「被褐懷金玉，蘭蕙化爲芻。」按《校注》云：「清才：優秀人才。謂殷博士。蘭貝、金瑜：皆喻美好堅貞的品質。」

〔七〕東山：不詳所指。《校注》云：「東山：疑即劉勔所營造的鍾山園宅。」亦猜測之辭，或未得其實。

〔八〕西都：《校注》：「當指荆州治所江陵。」

〔九〕「雲精」句：雲精，或指雲霧之氣，《太平御覽》卷十二引張載《羽扇賦》：「濯以雲精，拂以芝露。」或指雲母，《文選》卷十二郭璞《江賦》：「其下則金礦丹礫，雲精爥銀。」李善注引《異物志》云：「雲母，一曰雲精，入地萬歲不朽。」《校注》：「雲精：即雲母，礦石名。」福林按：此謂「雲精無永滯」，則二解皆可通。

〔一〇〕「水碧」句：《山海經·東山經》：「又南三百里曰耿山，無草木，多水碧。」郭璞注：「亦水玉類。」《文選》卷二十六謝靈運《入彭蠡湖口》：「金膏滅明光，水碧綴流温。」吕向注：「金膏，仙藥也。水碧，水玉也。」按《校注》云：「水碧：水晶。豈慚濡：謂不怕浸泡，總有出頭之日。」

〔一一〕崦景半：《彙注》：「崦景，喻己之景將暮。」《校注》：「崦景半：謂年入老暮。崦景，即崦嵫之景。」福林按：崦，崦嵫。《楚辭·離騷》：「吾令羲和弭節兮，望崦嵫而未迫。」王逸章句：「崦嵫，日所入山也。」《藝文類聚》卷三十六引晋張華《招隱詩》：「羲和策六龍，弭節越崦嵫。盛年俛仰過，忽若振輕絲。」崦景半，乃自謂其已人生過半。

〔一二〕若光初：《楚辭·天問》：「日安不到，燭龍何照？羲和之未揚，若華何光？」王逸章句：「言日未揚出之時，若木何能有明赤之光華乎？」若木，古代神話中之樹名。《山海經·大荒北經》：「大荒之中，有衡石山、九陰山、灰野之山，上有赤樹，青葉，赤華，名曰若木。」郭璞注：「生昆侖西附西極，其華光赤下照地。」《淮南子·墬形訓》：「若木在建木西，末有十日，其華照下地。」高誘注：「若木端有十日，狀如蓮華。華，猶光也。光照其下也。」《梟注》：「若光，喻彼之光如若木初出也。」《校注》：「若光初：謂有如若木之光，風華正茂。」

〔一三〕「折麻」句：《楚辭》屈原《九歌·大司命》：「折疏麻兮瑤華，將以遺兮離居。」王逸章句：「疏麻，神麻也。瑤華，玉華也。離居，謂隱者也。言己雖出陰入陽，涉歷殊方，猶思離居隱士，將折神麻采玉華以遺與之。明己行度如玉，不以苦樂易其志也。」《文選》卷二十二謝靈運《從斤竹澗越嶺溪行》：「握蘭勤徒結，折麻心莫展。」吕延濟注：「蘭、麻，皆芳草，可以投贈者。言事君勤苦，空結於懷，相知之心，無由申展。」《禮記·檀弓上》：「子夏投其杖而拜曰：『吾過矣！吾過矣！吾離羣而索居，亦已久矣。』」《文選》卷四十二應璩《與侍郎曹長思書》：「塊然獨處，有離羣之志。」

〔一四〕「糿蕙」句：《文選》卷三十二屈原《離騷》：「矯菌桂以糿蕙兮，索胡繩之纚纚。」吕延濟注：「矯，舉也。纚纚，索好貌。言舉此香木，以自比結索其香草，以約束於己。」《楚辭》王褒《九懷·通路》：「糿蕙兮永辭，將離兮所思。」王逸章句：「結草爲誓，長訣行也。」《文選》卷二十二謝靈運《登池上樓》：「索居易永久，離羣難處心。」按此句《校注》云：「糿：聯綴。蕙：香草名。此以『折麻』『糿蕙』表示互相存問。」

〔一五〕雅歌：《藝文類聚》卷四十三引劉向《别録》：「有麗人歌賦，漢興以來，善雅歌者，魯人虞公，發聲清哀，蓋動梁塵。」《三國志》卷十七《魏志・張郃傳》：「詔曰：『昔祭遵爲將，奏置五經大夫，居軍中，與諸生雅歌投壺。』」嵇康《遊仙詩》：「臨觴奏《九韶》，雅歌何邕邕。」

〔一六〕諒短書：《校注》：「希望不以短書作答爲意。」

【集説】

明楊慎《升菴詩話》卷七《若光巖景》：巖景，崦巖之景；若光，若木之光。一喻老，一喻少也。

王夫之《古詩評選》卷五：以此情事入俗筆中，不知塞温葛藤厭人何已。而文通乃爾者，非但送句幽光，良亦檃括得制也。「長夜亦何際」五字，夫豈可以「彩筆」目之？足見文通當時了無知己。

曹道衡《江淹評傳》（《中國著名文學家評傳》）：這首詩雖不及《赤亭渚》、《游黄蘗山》諸首那樣廣爲傳誦，但還是較可取的。詩中像「白露掩江皋，青滿平地蕪，長夜亦何際，銜思久踟躇」等句，有情有景，不失爲佳句。

冬盡難離和丘長史

【題解】

曹道衡《年代考》論此詩云：「《南齊書・文學・丘靈鞠傳》載，丘靈鞠於建元元年轉中書郎。……明年出爲鎮南長史，尋陽相。遷尚書左丞。可見此詩作於建元二年以後，但他什麽時候『遷尚書左丞』」，史無明文。估計亦在建元時代。因不可確考，暫繫之建元之末。」《校注》云：「本篇寫與丘長史别離後的懷念之情，大約是建元二年（四八〇）時所作。丘長史，疑即丘靈鞠。」二説皆以爲詩題之「丘長史」指丘靈鞠，是也。丘靈鞠與江淹於宋孝武帝時同在新安王子鸞幕，泰始年間又有詩相唱和，宋順帝昇明年間蕭道成擅權之時，二人又同在蕭道成幕，共掌詔策，交誼甚厚。《南齊書》卷五十二《文學·丘靈鞠傳》云：「時方禪讓，太祖使靈鞠參掌詔策。建元元年，轉中書郎，中正如故，敕知東宫手筆。尋又掌知國史。明年，出爲鎮南長史、尋陽相，還尚書左丞。世祖即位，轉通直常侍。」則丘靈鞠之任鎮南長史在建元二年至建元四年三月齊武帝即位之前。鎮南長史，乃指江州刺史王延之鎮南將軍府長史，《南齊書》卷三十二《王延之傳》：「（昇明）三年，出爲使持節、都督江州豫州之新蔡晉熙二郡諸軍事、安南將軍、江州刺史。建元二年，進號鎮南將軍。」靈鞠爲延之鎮南軍府長史，乃軍府上佐，故乃帶尋陽相耳。考江淹此詩云：「寶禮自千里，縑書果君題。山川吐幽氣，雲景抱長懷。兹别亦爲遠，潮瀾鬱東西。」是詩乃與丘靈鞠遥相唱和者，應作於建元二年至四年三月間。又考之詩題云「冬盡」，詩又有「冀惣歲暮駕，遊衍蒼山蹊」之語，則詩又作於齊建元二年或建元三年冬末。

閑居深悵悵〔一〕，颸寒拂中閨〔二〕。寶禮自千里，縑書果君題〔三〕。山川吐幽氣①〔四〕，雲景抱長懷〔五〕。兹别亦爲遠，潮瀾鬱東西〔六〕。汀皋日慘色〔七〕，桂闇猿方啼。攬意誰姹傺②〔八〕，屑涕在心乖〔九〕。杜蘅念無沫，石蘭終不睽〔一〇〕。冀惣歲暮駕③〔一一〕，遊衍蒼山蹊〔一二〕。

【校記】

①「氣」原作一字空格，今據元鈔本、《彙注》本、張本補。

②「姹傺」《彙注》本、張本作「侘際」。

③「冀惣歲暮駕」《彙注》本作「冀揔歲暮駕」。按惣，即揔，同「總」。

【箋注】

〔一〕「閑居」句：《史記》卷一百十七《司馬相如列傳》：「與卓氏婚，饒於財。其進仕宦，未嘗肯與公卿國家之事。稱病閒居，不慕官爵。」陶淵明《辛丑歲七月赴假還江陵夜行塗口》詩：「閑居三十載，遂與塵事冥。」《文選》卷五十七潘岳《哀永逝文》：「悵悵兮遲遲，遵吉路兮凶歸。」吕延濟注：「悵悵，恨貌；遲遲，行貌也。言平常吉路，今以凶歸。」《藝文類聚》卷四引晉蘇彦《七月七日詠織女詩》：「歡宴未及究，晨暉照扶桑。悵悵一宵促，遲遲别日長。」

〔二〕「颸寒」句：颸，涼風。陶淵明《和胡西曹示顧賊曹》：「蕤賓五月中，清朝起南颸。」宋戴侗《六書故》卷二十：「颸，息兹切。風之輕涼者也。」中閨，内室。《玉臺新詠》卷二曹植《雜詩》：「攬衣出中閨，逍遥步兩楹，閒房何寂寞，緑草被階庭。空室自生風，百鳥翔南征，春思安可忘，憂戚與我并。」《樂府詩集》卷十九何承天《宋鼓吹鐃歌·芳樹篇》：「皓月盈素景，涼風拂中闈。哀弦理虚堂，要妙清且淒。」

〔三〕縑書：即素書。《文選》卷二十七樂府古辭《飲馬長城窟行》：「客從遠方來，遺我雙鯉魚。呼兒烹鯉魚，中有尺素書。長跪讀素書，書中竟何如？上有加餐食，下有長相憶。」吕向注：「尺素，絹也。古人爲書，多書於絹。」《校注》：「縑書：縑，白絹。古代書信寫在白絹上，因稱縑書或素書。」

〔四〕山川：山河。《周易·坎卦》：「天險，不可升也；地險，山川丘陵也。」《左傳》襄公二十八年：「跋涉山川，蒙犯霜露，以逞君心。」《藝文類聚》卷三十七引陶弘景《答謝中書書》：「山川之美，古來共談。高峰入雲，清流見底。兩岸石壁，五色交暉。青林翠竹，四時俱備。」

〔五〕「雲景」句：雲景，謝朓《奉和隨王殿下十六首》之六：「神心遺魏闕，沖想顧汾陽。肅景懷辰豫，捐玦翦山楊。時惟清夏始，雲景曖含芳。」長懷，《楚辭》劉向《九歎·遠逝》：「情慨慨而長懷兮，信上皇而質正。」《文選》卷十三禰衡《鸚鵡賦》：「眷西路而長懷，望故鄉而延佇。」鮑照《採菱歌七首》之七：「思今懷近憶，望古懷遠識。懷古復懷今，長懷終無極。」

〔六〕「潮瀾」句：潮瀾，猶濤瀾，即洪濤瀾汗。《文選》卷十二木華《海賦》：「昔在帝嬀，臣唐之代。天綱浡潏，爲凋爲瘵。洪濤瀾汗，萬里無際。」李善注：「瀾汗，長貌。」瀾，大波浪。《孟子·盡心上》：「觀水有術，必觀其瀾。」趙岐注：「瀾，水中大波也。」《六書故》卷六：「洪波春撞者爲濤。」「波旁薄者爲瀧。」《校注》：「鬱：阻隔。」

〔七〕「汀皋」句：汀皋，水邊平地。《文選》卷三十二屈原《九歌・湘夫人》：「搴汀洲兮杜若，將以遺兮遠者。」李善注：「汀，平也。」《文選》卷二十五謝靈運《登臨海嶠初發彊中作與從弟惠連見羊何共和之》：「顧望脰未悁，汀曲舟已隱。」李善注：「汀，水際平也。」《説文・水部》：「汀，平也。從水，丁聲。」段玉裁注：「謂水之平也。水準謂之汀，因之洲渚之平謂之汀。李善引《文字集略》云：『水際平沙也。』乃引伸之義耳。」《楚辭》屈原《離騷》：「步余馬於蘭皋兮，馳椒丘且焉止息。」王逸章句：「澤曲曰皋。」日慘色，《文選》卷五十一王粲《登樓賦》：「步棲遲以徙倚兮，白日忽其將匿。風蕭瑟而并興兮，天慘慘而無色。」李善注：「《通俗文》曰：『暗色曰黲。』慘與黲古字通。」

〔八〕姹際：即侘傺，失意而神情恍惚貌。《楚辭》屈原《離騷》：「忳鬱邑余侘傺兮，吾獨窮困乎此時也。」王逸章句：「侘傺，失志貌。」曹丕《弟蒼舒誄》：「侘傺失氣，永思長懷。」

〔九〕「屑涕」句：《楚辭》劉向《九歎・遠逝》：「腸紛紜以繚轉兮，涕漸漸其若屑。」王逸章句：「涕泣交流，若磨屑之下，無絶時也。」《文選》卷六十王僧達《祭顔光禄文》：「舉悲蘭宇，屑涕松嶠。」《玉臺新詠》卷二傅玄《苦相篇》：「心乖甚水火，百惡集其身。玉顔隨年變，丈夫多好新。」《晉書》卷六十一《温嶠傳》：「今之進討，若以石投卵耳！今出軍既緩，復召兵還，人心乖離，是爲敗於幾成也。」

〔一〇〕「杜蘅」二句：《楚辭》屈原《九歌·山鬼》：「被石蘭兮帶杜蘅，折芳馨兮遺所思。」王逸章句：「石蘭、杜蘅，皆香草也。」《校注》：「杜蘅、石蘭：此象徵對友人的思念。」無沬，不能終止。鍾嶸《詩品序》：「太康中，三張、二陸、兩潘、一左，勃爾復興，踵武前王，風流未沬，亦文章之中興也。」《楚辭》屈原《離騷》：「芳菲菲而難虧兮，芬至今猶未沬。」王逸章句：「沬，已也。言己所行純美，芬芳勃勃，誠難虧歇，久而彌盛，至今尚未已也。」《莊子·天運》：「三皇之知，上悖日月之明，下睽山川之精，中墮四時之施。」成玄英疏：「睽，乖離也。」鮑照《採菱歌七首》之三：「睽潤逢暄新，悽怨值妍華。愁心不可盪，春思亂如麻。」睽潤，張溥本作「暌潤」，按暌，同睽。《校注》：「不暌：不相隔離，謂心連在一起。」

〔一一〕「冀惣」句：《楚辭》王褒《九懷·危俊》：「林不容兮鳴蜩，余何留兮中州。陶嘉月兮總駕，搴玉英兮自修。」王逸章句：「嘉及吉時驅乘駟也。」《樂府詩集》卷六十一謝靈運《君子有所思行》：「總駕越鍾陵，還顧望京畿。躑躅周名都，遊目倦忘歸。」惣駕，即總駕。《文選》卷二十一顏延之《秋胡詩》：「歲暮臨空房，涼風起坐隅。」孔融《雜詩二首》之二：「遠送新行客，歲暮乃來歸。入門望愛子，妻妾向人悲。」

〔一二〕「遊衍」句：《詩·大雅·板》：「昊天曰旦，及爾遊衍。」毛傳：「遊，行；衍，溢也。」孔穎達疏：「遊行衍溢，亦自恣之意也。」謝靈運《行田登海口盤嶼山》：「遨遊碧沙渚，遊衍丹山峰。」蹊，小路，此泛指道路。《孟子·盡心下》：「山徑之蹊間，介然用之而成路。」《漢書》卷五十四《李廣蘇建傳論》：「諺曰：『桃李不言，下自成蹊。』」顔師古注：「蹊，謂徑道也。言桃李以其華實之故，非有所召呼，而人争歸趣，來往不絶，其下自然成徑。以喻人懷誠信之心，故能潛有所感也。」

外兵舅夜集

【題解】

詩題之「外兵」，指軍府外兵參軍或尚書臺之尚書外兵郎。《宋書》卷三十九《百官志上》：「參軍、掾、屬、令史主諸曹事。……今諸曹則有録事、記室、户曹、倉曹、中直兵、外兵、騎兵、長流賊曹、刑獄賊曹、城局賊曹、法曹、田曹、水曹、鎧曹、車曹、士曹、集、右户、墨曹，凡十八曹參軍。參軍不署曹者，無定員。」「尚書令，任總機衡；僕射、尚書，分領諸曹。……五兵尚書領中兵、外兵二曹。昔有騎兵、别兵、都兵，故謂之五兵也。」《校注》：「外兵舅，當姓劉，其名未詳。此詩未詳何年所作。」

曹道衡《年代考》以爲詩作于昇明元年（四七七），云：「『外兵舅』是誰，無法考知。但此詩寫的是初秋，而末兩句歸結爲『暮心亦誰寄，江皋桂有叢』。『江皋』語出屈原《九歌》的《湘君》和《湘夫人》，借寫江邊；而『桂有叢』則出淮南小山《招隱士》的『桂樹叢生兮山之幽』，借指歸隱。這種思想和《自序傳》所謂『守志閒居，不交當軸之士』相符，當是從福建回鄉到出仕前所作。」考昇明元年七月上旬，後廢帝被蕭道成所殺，江淹已入蕭道成幕，七月中旬即爲道成作《謝甲仗入殿》、《拜侍中刺史》諸表章。而此詩云：「丹林一葉舊，碧草從此空。煙光拂夜色，華舟盪秋風。」并非七月中旬前之節令，而爲深秋之景象，即此詩之作乃在中秋之後也。《年代考》拘於「江皋桂有叢」句而以爲此詩乃昇明元年回鄉後出仕前所作，恐非是。筆者以爲此詩「江皋桂有叢」句其實乃可理解爲對隱逸生活之企慕。又味之詩末所云之「暮心亦誰寄」句，似又非年青時口吻，故此詩之作又在昇明元年之後，其《自序》云：「重以學不爲人，交不苟合，又深信天竺緣果之文，偏好老氏清静之術，仕，所望不過諸卿二千石，有耕織伏臘之資，則隱矣。」可以爲證。然則此詩之作，或在宋末齊初。

丹林一葉舊〔一〕，碧草從此空〔二〕。煙光拂夜色〔三〕，華舟盪秋風〔四〕。歛意悵何已①〔五〕，極望情思中〔六〕。瑶瀾寂以晏〔七〕，若采能幾終〔八〕。暮心亦誰寄〔九〕？江皋桂有叢〔一〇〕。

【校記】

①「已」原作一字空格，今據《彙注》本、張本補。

【箋注】

〔一〕「丹林」句：《山海經·北山經》：「其東有林焉，名曰丹林。丹林之水出焉，南流注於河。」

《校注》：「一葉舊：猶言一葉將落。《淮南子·説山》：『見一葉落，而知歲之將暮。』舊，久，老。」

〔二〕碧草：《太平御覽》卷一百八十九引《洞冥記》：「去玉門九萬里，有碧草如麥，剉之以釀，則味如酒，面臉著之，則顔如醉。」本集《貽袁常侍》：「憂怨生碧草，沅湘含翠煙。」

〔三〕「煙光」句：本集《就謝主簿宿》：「季月寒氣重，滋蘭錯無芳。北風漂夜色，河凝晨如霜。」

〔四〕盪秋風：盪，摇動。《易·繫辭下》：「剛柔相摩，八卦相盪。」韓康伯注：「相推盪也，言運之推移。」本集《悼室人十首》之二：「帳裏春風盪，簷前還燕拂。」《集韻》卷八：「盪，動也。」

〔五〕「斂意」句：《校注》：「斂意：猶言凝神。」

〔六〕「極望」句：極望，極目遠望。《文選》卷三十四枚乘《七發》：「梧桐并閭，極望成林。」吕向注：「極，窮也。」《藝文類聚》卷三十引蘇武《報李陵書》：「窮目極望，不見所識；側耳遠聽，不聞人聲。」情思，情意。《三國志》卷四十四《蜀志·蔣琬傳》：「視予猶父，顔子之仁也，聞命感愴，以增情思。」《樂府詩集》卷四十一《相和歌辭》僧孝休《怨詩行》：「明月照高樓，含君千里光。巷中情思滿，斷絶孤妾腸。悲風盪帷帳，瑶翠坐自傷。妾心依天末，思與浮雲長。嘯歌視秋草，幽葉豈再揚。暮蘭不待歲，離華能幾芳。願作張女引，流悲繞君堂。君堂嚴且祕，絶調徒飛揚。」

〔七〕「瑶瀾」句：《校注》：「瑶瀾：玉白色的波浪。寂以晏：寂而静。」

〔八〕若采：猶若光，若木之光。《楚辭·天問》：「日安不到，燭龍何照？羲和之未揚，若華何光？」王逸章句：「言日未揚出之時，若木何能有明赤之光華乎？」若木，古代神話中之樹名。《山海經·大荒北經》：「大荒之中，有衡石山、九陰山、灰野之山，上有赤樹，青葉，赤華，名曰若木。」郭璞注：「生昆侖西附西極，其華光赤下照地。」

〔九〕「暮心」句：《宋書》卷五十五《徐廣傳》：「廣上表曰：『臣年時衰耄，朝敬永闕，端居都邑，徒增替怠。臣墳墓在晉陵，臣又生長京口，戀舊懷遠，每感暮心。』」《校注》：「誰寄：寄託於何處。」

〔一〇〕「江皋」句：《楚辭·九歌·湘夫人》：「朝馳余馬兮江皋，夕濟兮西澨。」《文選》卷二十二謝靈運《從遊京口北固應詔》：「遠巖映蘭薄，白日麗江皋。」李善注：「王逸曰：『澤曲曰皋。』」劉良注：「江皋，江曲也。」《楚辭》淮南小山《招隱士》：「桂樹叢生兮山之幽，偃蹇連蜷兮枝相繚。」王逸章句：「桂樹芬香，以興屈原之忠貞也。遠去朝廷而隱藏也。」《校注》：「江皋、桂叢：謂隱居之地。」

當春四韻同□左丞

【題解】

此詩四庫本題作《當春四韻同王左丞》。

《校注》：「同：謂和詩時同用其韻。」

詩題之「左丞」，指尚書左丞。《宋書》卷三十九《百官志上》：「秦時有尚書令、尚書僕射、尚書丞。至漢初并隸少府，漢東京猶文屬焉。……應劭《漢官》云：『尚書令、左丞，總領綱紀，無所不統。僕射、右丞，掌廪假錢穀。三公尚書二人，掌天下歲盡集課；吏曹掌選舉、齋祠；二千石曹掌水、火、盜賊、詞訟、罪法；客曹掌羌、胡朝會，法駕出，護駕。』」同上書卷四十《百官志下》：「尚書丞，官第六品。」

《校注》云：「『左』上疑脱一『丘』字。據《南齊書·丘靈鞠傳》，建元二年靈鞠出爲鎮南長史、尋陽相，遷尚書左丞。建元四年三月齊武帝即位後，轉通直常侍。則本詩當作於建元三年（四八一）春。」按《校注》疑詩題所脱一字乃「丘」字，當爲臆斷之辭，疑似之言，或未足信。然四庫本作「王左丞」，亦不知何據？

雷萌山中草〔一〕，雲煦江上花①〔二〕。流煙漾璿景②〔三〕，輕風泛淩霞〔四〕。我有幽蘭念〔五〕，銜意矚里斜〔六〕。友人殊未還〔七〕，獨慰簷前華。

【校記】

①「煦」《彙注》本作「照」。

②「流」原作一字空格，元鈔本作「淡」。今據《彙注》本、張本補。

【箋注】

〔一〕「雷萌」句：《爾雅·釋草》：「筍竹萌。」郭璞注：「初生者。」邢昺疏：「孫炎曰：『竹初萌生謂之筍，凡草木初生謂之萌。』」《楚辭》王逸《九思·傷時》：「風習習兮龢煖，百草萌兮華榮。」

〔二〕「雲煦」句：煦，温暖。《禮記·樂記》：「天地訢合，陰陽相得，煦嫗覆育萬物。」鄭玄注：「氣曰煦，體曰嫗。」孔穎達疏：「天以氣煦之，地以形嫗之，是天煦覆而地嫗育，故言煦嫗覆育萬物也。」《集韻》卷五：「昫、眗、煦，日出温也。」

〔三〕「流煙」句：流煙，飄動之霧氣。《藝文類聚》卷三十三引晉張翰《周小史詩》：「爾形既淑，爾服亦鮮，輕車隨風，飛霧流煙。轉側綺靡，顧眄便妍，和顔善笑，美口善言。」《水經注·洛水》：「東北流逕雲中塢，左上迢遰層峻，流煙半垂，纓帶山阜。」《校注》：「璿景：謂皎潔之光。璿，美玉。」

〔四〕「輕風」句：輕風，微風。《文選》卷二十九張協《雜詩十首》之四：「輕風摧勁草，凝霜竦高木。密葉日夜疎，叢林森如束。」《藝文類聚》卷十八引梁徐悱妻劉氏詩：「花庭麗景斜，蘭牖輕風度。落日更新粧，開簾對芳樹。」《文選》卷一班固《西都賦》：「於是後宮乘輚輅，登龍舟，張鳳蓋，建華旗，袪黼帷，鏡清流，靡微風，澹淡浮。」呂向注：「微風，輕風也。」《校注》：

「凌霞：空中的彩霞。」

〔五〕「我有」句：《楚辭·離騷》：「户服艾以盈要兮，謂幽蘭其不可佩。」「時曖曖其將罷兮，結幽蘭而延佇。」王逸章句：「言時世闇昧，無有明君，周行罷極，不遇賢士。故結芳草長立，有還意也。」洪興祖補注：「蘭喻君子，言其處於深林幽澗之中，而芬芳鬱烈之不可掩。」《校注》：「幽蘭念：指歸隱之念。」

〔六〕「銜意」句：《藝文類聚》卷七十九引梁王僧孺《湘夫人詩》：「桂棟承薜帷，眇眇川之湄。白蘋徒可望，緑芷竟空滋。日暮思公子，銜意嘿無辭。」按銜意，猶含意。《文選》卷二十九《古詩十九首·今日良宴會》：「齊心同所願，含意俱未申。」《校注》：「里斜：里巷，指家。斜，狹斜，曲巷。」

〔七〕殊未還：《藝文類聚》卷四十一引魏文帝《秋胡行》：「朝與佳人期，日夕殊不來。」謝靈運《南樓中望所遲客》：「園景早已滿，佳人殊未適。」殊，猶、尚。

池上酬劉記室

【題解】

詩題之「記室」，指軍府記室參軍。《宋書》卷三十九《百官志上》：「參軍、掾、屬、令史主諸曹事。……今諸曹則有録事、記室、户曹、倉曹、中直兵、外兵、騎兵、長流賊曹、刑獄賊曹、城局賊曹、法曹、田曹、水曹、鎧曹、車曹、士曹、集、右户、墨曹，凡十八曹參軍。參軍不署曹者，無定員。」《年代考》論此詩云：「『劉記室』即劉悛。《南齊書·劉悛傳》載，蕭道成篡宋後，劉悛『進號冠軍將軍，平西記室參軍』。後『遷太子中庶子，領越騎校尉』，時間在建元時，但不能確指爲何年，故暫繫於元年。」今考曹先生所引《南齊書》卷三十七《劉悛傳》的一段有關文字，中華書局一九七二年校點本的標點却是：「太祖受禪，國除。進號冠軍將軍。平西記室參軍夏侯恭叔上書，以柳元景中興功臣，劉勔殞身王事，宜存封爵。」顯然，中華書局校點本的標點是正確的。由此，則傳文所云之「平西記室參軍」者，乃夏侯恭叔所任也。即蕭道成禪宋之後劉悛并未有任記室參軍之事，《年代考》錯會《南齊書》文意，以「平西記室參軍」歸之於劉悛，并以爲此詩乃齊建元時作，大誤。由此，詩題之「劉記室」當指别一人。《校注》云：「劉記室，名字未詳。此詩之作年亦未詳。」所説是也。

戚戚憂可結〔一〕，結憂視春暮〔二〕。紫荷漸曲池〔三〕，皐蘭覆徑路〔四〕。葱蒨亘華堂〔五〕，菭菭雜綺樹〔六〕。爲此久佇立〔七〕，容易光陰度〔八〕。水館次久羽①〔九〕，山葉下暝露②〔一〇〕。懷賞入舊襟〔一一〕，悦物攬新賦③〔一二〕。惜我無彫文〔一三〕④，報章慚復素〔一四〕。

【校記】

①「久羽」汪本作「久雨」，《彙注》本作「夕羽」，張本、梁本、庫本作「文羽」，庫本注：「一作『久雨』。」

②「葉」原作一字空格，今據《彙注》本、張本、梁本補。

③「攬」張本作「覽」。

④「彫文」《彙注》本、張本、庫本作「雕文」。

【箋注】

〔一〕「戚戚」句：《論語·述而》：「君子坦蕩蕩，小人長戚戚。」何晏集解引鄭玄曰：「長戚戚，多憂懼。」《文選》卷二十七《古詩十九首·青青陵上柏》：「青青陵上柏，磊磊澗中石。人生天地間，忽如遠行客。斗酒相娱樂，聊厚不爲薄。驅車策駑馬，遊戲宛與洛。洛中何鬱鬱，冠帶自相索。長衢羅夾巷，王侯多第宅。兩宫遥相望，雙闕百餘尺。極宴娱心意，戚戚何所迫。」李周翰注：「戚戚，憂思也。」《文選》卷三十陸機《擬行行重行行》：「悠悠行邁遠，戚戚憂思深。此思亦何思，思君徽與音。音徽日夜離，緬邈若飛沈。」吕向注：「戚戚，憂也。言懷其行人憂思之深也。」《校注》：「結：纏結。形容憂之多而難解。」

〔二〕結憂：陸雲《感逝》：「哀時命之險薄，懷斯類以結憂。手拊膺而永歎，形顧景而長愁。」

〔三〕「紫荷」句：《校注》：「漸：掩没。」曲池，曲折回繞的池塘。《楚辭·招魂》：「坐堂伏檻，臨曲池些。芙蓉始發，雜芰荷些。」王逸章句：「言坐於堂上，前伏檻楯，下臨曲水清池，可漁釣也。」《文選》卷二十九王粲《雜詩》：「日暮遊西園，冀寫憂思情。曲池揚素波，列樹敷丹榮。」

〔四〕「皋蘭」句：《楚辭》宋玉《招魂》：「皋蘭被徑兮斯路漸。」王逸章句：「皋，澤也。被，覆也。徑，路也。漸，没也。言澤中香草茂盛，覆被徑路，人無採取者，水卒增溢，漸没其道，將棄捐也。」阮籍《詠懷詩八十二首》之四：「清露被皋蘭，凝霜霑野草。」

〔五〕「葱蒨」句：《藝文類聚》卷八十一引晉傅咸《芸香賦》：「葉芰蓯以纖折兮，枝婀娜以迴縈，象春松之含曜兮，鬱蓊蔚以葱青。」《宋書》卷六十七《謝靈運傳》：「華映水而增光，氣結風而回敷。當嚴勁而葱蒨，承和煦而芬腴。」《文選》卷四十八班固《典引》：「扇遺風，播芳烈，久而愈新，用而不竭，汪汪乎丕天之大律，其疇能亘之哉？」李善注：「言誰能竟此道。」《文選》卷四張衡《南都賦》：「貯水渟洿，亘望無涯。」李善注：「《方言》曰：『亘，竟也。』」《文選》卷十八嵇康《琴賦》：「若乃華堂曲宴，密友近賓，蘭肴兼御，旨酒清醇。」《文選》卷二十陸雲《大將軍讌會被命作詩》：「芒芒宇宙，天地交泰，王在華堂，式宴嘉會。」

〔六〕「蓊薆」句：蓊薆，煙靄氤氳或香氣鬱盛。《文選》卷四左思《蜀都賦》：「鬱蓊薆以翠微，崛巍巍以峩峩。」張銑注：「蓊薆，氣貌。」《藝文類聚》卷二引宋謝莊《雜言詠雪》：「火洲滅，日鑿清。龍關沙蒸，河徼雲驚。晷未沈而井閟，寓方霾而海溟。始蓊薆以蕤轉，終徘徊而煙曳。狀素鏡之晨光，寫金波之夜晰。」《南齊書》卷四十一《張融傳》：「爾乎夜滿深霧，晝密長雲，高河滅景，萬里無文。山門幽暖，岫户葐蒀，九天相掩，王地交氛。」《藝文類聚》卷三十九引魏陳琳《宴會詩》：「凱風飄陰雲，白日揚素暉。良友招我遊，高會宴中闈。玄鶴浮清泉，綺樹焕青蕤。」王融《遊仙詩五首》之五：「湘沅有蘭芷，曰吾欲南征。遺珮出長浦，舉袂望增城。朱霞拂綺樹，白雲照金楹。五芝多秀色，八桂常冬榮。弭節且夷與，參差聞鳳笙。」按以上二句《校注》云：「葱蒨、葐蒀：形容荷、蘭茂盛之狀。」

〔七〕久佇立：《詩經·邶風·燕燕》：「瞻望弗及，佇立以泣。」毛傳：「佇立，久立也。」《文選》卷二十七《樂府古辭·傷歌行》：「感物懷所思，泣涕忽霑裳。佇立吐高吟，舒憤訴穹蒼。」

〔八〕光陰度：顏之推《顏氏家訓·勉學》：「光陰可惜，譬諸流水。」王融《求自試啓》：「蒲柳先秋，光陰不待。」

〔九〕「水館」句：水館，臨水的館舍或驛站。久羽，謂水館長久棲宿各種鳥類。按《校注》從《彙注》本作「夕羽」，云：「夕羽：指歸鳥。」亦通。

〔一〇〕暝露：《校注》：「暝露：夜露。」

〔一一〕「懷賞」句：《太平御覽》卷六百六十六引《道學傳》：「齊明帝有疾，每引法衆於内殿行道。聞智明詠經，甚懷賞悦。」《校注》：「舊襟：往昔的情懷。」

〔一二〕新賦：《校注》：「新賦：指劉記室所贈之詩。」

〔一三〕彫文：猶美文。《校注》：「雕文：即雕鏤龍文，即擅長於寫作。《文選》任昉《齊宣德皇后令》『文擅雕龍』李善注引《七略》云：『翳赫子，齊人。齊人爲之語曰：雕龍赫。赫言修翳衍之術，文飾之若雕鏤龍文。』」按「赫言修翳衍之術」，《文選》李善注作「赫言翳衍之術」，無「修」字，《校注》引文有誤。

〔一四〕「報章」句：報章，復書，此指酬答的詩。《文選》卷二十六顏延之《和謝監靈運》：「盡言非報章，聊用布所懷。」劉良注：「盡我之言，非所能報其文章，聊且布懷抱之所有也。」謝朓《酬德賦序》：「沈侯之麗藻天逸，固難以報章。」《校注》：「報章：指酬答的詩。素：即縑素，用來書寫的白色生絹。」

【集説】

王夫之《古詩評選》卷五：入情事簡甚，且寧樸不浮。其自愛以成風局，乃至是邪？真從漢人得來！何物沈、任，乃敢與之并馳。

清陳祚明《采菽堂古詩選》卷二十四：聊能及格。

雜體三十首 并序

【題解】

此組詩《文選》卷三十一題作《雜體詩三十首》。

江淹《雜體三十首》，模擬漢無名氏古詩至南朝湯惠休爲止凡古今三十名家詩，乃其傾心力之作，於後世影響甚大。《年代考》云：「江淹所擬三十家中，二十九家均卒於宋以前，惠休在江淹擬作時當亦已去世。因此《雜體詩》似當作於建元末，最遲恐亦在永明初年。」《校注》云：「《雜體詩》三十首大約作於齊建元末年至永明初年間。」福林按：此組詩三十首中，擬南朝詩人者凡九，其中謝瞻卒於宋武帝永初二年；謝靈運、謝惠連、王微、袁淑卒於宋文帝元嘉時，顔延之卒於宋孝武帝孝建二年，鮑照、謝莊卒於宋明帝泰始二年。而所擬之湯惠休卒於何時，史則未有明載。鍾嶸《詩品》云「齊惠休上人」，然《詩品》記人時代多有誤「宋」爲「齊」者。如張永卒於宋後廢帝元徽三年，故《隋書·經籍志》乃云：「梁又有宋右光禄大夫《張永集》十卷。」而《詩品》則云「齊征北將軍張永」；鮑令暉卒於宋，《詩品》則云「齊鮑令暉」。又如江淹卒於梁，《隋志》乃：「梁金紫光禄大夫江淹集九卷。」而《詩品》則云「齊光禄江淹」。今考《隋書·經籍志》載云：「宋宛朐令湯惠休集三卷。」可見湯惠休卒於宋末，當是十分可能之事，最遲在齊初。江淹作《雜體三十首》之《休上人怨别》時，惠休當已去世。又《詩品》論沈約詩時云：「於時謝朓未遒，江淹才盡，范雲名級故微，故約稱獨步。」謝朓未遒、沈約獨步之時在齊初，時江淹已蒙才盡之譏，故其《雜體三十首》雖非一時一地之作，然其最終之完成則應在宋末齊初，要當在建元四年（四八二）之前。

夫楚謡漢風，既非一骨①〔一〕；魏製晉造，固亦二體〔二〕。譬猶藍朱成彩〔三〕，雜錯之變無窮②〔四〕；宮角爲音③〔五〕，靡曼之態不極④〔六〕。故娥眉詎同貌〔七〕，而俱動於魄⑤〔八〕；芳草寧共氣〔九〕，而皆悦於魂⑥。不其然歟〔一〇〕？至於世之諸賢⑦，各滯所迷〔一一〕，莫不論甘而忌辛⑧，好丹而非素⑨〔一二〕。豈所謂通方廣恕⑩〔一三〕，好遠兼愛者哉⑪〔一四〕？乃致公幹仲宣之論⑫〔一五〕，家有曲直〔一六〕；安仁士衡之評〔一七〕，人立矯抗〔一八〕。況復殊於此者乎〔一九〕！又貴遠賤近⑬〔二〇〕，人之常情；重耳輕目〔二一〕，俗之恒蔽〔二二〕。是以邯鄲託曲於李奇〔二三〕，士季假論於嗣宗〔二四〕，此其效也〔二五〕。然五言之興，諒非夐古⑭〔二六〕。但關西鄴下〔二七〕，既以罕同；河外江南〔二八〕，頗爲異法。故玄黃經緯之辨〔二九〕，金碧浮沉之殊⑮〔三〇〕，僕以爲亦各具美兼善而已⑯〔三一〕。今作三十首詩，斆其文體〔三二〕，雖不足品藻淵流〔三三〕，庶亦無乖商搉云尔⑰〔三四〕。

【校記】

①「骨」原作「國」，今據《彙注》本、張本、《文選》六臣本改。

②「無窮」《初學記》卷二十一作「無端」。

③「宮角」《彙注》本、張本、《文選》六臣本作「宮商」。

④「不極」《初學記》作「匪極」。

⑤「魄」《初學記》作「魂」。

⑥「魂」《初學記》作「魄」。
⑦「世」原作「代」，今據《彙注》本、張本、《文選》六臣本、《初學記》改。
⑧「而」原作「則」，今據《彙注》本、張本、《文選》六臣本改。
⑨「而」原作「則」，今據《彙注》本、張本、《文選》六臣本改。
⑩「廣昭」《初學記》作「廣照」。
⑪「好遠」《初學記》作「昭遠」。
⑫「乃致」張本作「乃及」，《彙注》本、《文選》六臣本作「及」。
⑬「又」原作「文」，今據《彙注》本、張本、《文選》六臣本改。
⑭「敻古」《初學記》作「變古」。
⑮「浮沉」《彙注》本、《文選》六臣本作「沉浮」。
⑯「各具美兼善」《彙注》本、《文選》六臣本作「合其美并善」。
⑰「擢」張本、《彙注》本、《文選》六臣本作「榷」。按「榷」、「擢」字通。

【箋注】

〔一〕「夫楚謡漢風」二句：楚謡，楚地歌謡。《文選》卷十三謝惠連《雪賦》：「岐昌發詠於來思，姬滿申歌於黄竹，曹風以麻衣比色，楚謡以幽蘭儷曲，盈尺則呈瑞於豐年，袤丈則表沴於陰德。」漢風，漢代民歌。骨，指文章之氣勢。劉勰《文心雕龍·風骨》：「故練於骨者，析辭必精；深乎風者，述情必顯。」《校注》：「楚謡漢風：指戰國秦漢的民間歌謡。」

〔二〕魏製晉造：《校注》：「指魏晉時期所創作的詩歌。」

〔三〕「譬猶」句：《論衡·本性篇》：「然而丹朱慠而商均虐者，至惡之質，不受藍朱變也。」《校注》：「藍朱：泛指五色。」《藝文類聚》卷三十九引晉王纘《侍皇太子宴始平王詩》：「湛湛朝雲，德靡不覆，玄黄所綴，文成綵繡。」《玉臺新詠》卷三謝惠連《七月七日詠牛女》：「遐川阻暱愛，脩渚曠清容。弄杼不成彩，聳轡鶩前蹤。」

〔四〕「雜錯」句：《藝文類聚》卷七十三引魏應瑒《車渠椀賦》：「若其衆色鱗聚，卓度詭常，絪緼雜錯，乍圓乍方。」《文選》卷十五張衡《思玄賦》：「咸姣麗以蠱媚兮，增嫮眼而蛾眉。舒訬婧之纖腰兮，揚雜錯之袿徽。」《文選》卷十九宋玉《高唐賦》：「昔者，楚襄王與宋玉遊於雲夢之臺，望高唐之觀，其上獨有雲氣，崪兮直上，忽兮改容，須臾之間，變化無窮。」《史記》卷一百二十八《田單列傳論》：「兵以正合，以奇勝。善之者，出奇無窮。」司馬貞索隱：「謂權變多也。」《後漢書》卷八十一《獨行·譙玄傳》：「願陛下念天下之至重，愛金玉之身，均九女之施，存無窮之福，天下幸甚。」

〔五〕宫角：《校注》：「泛指宫、商、角、徵、羽五音。」

〔六〕「靡曼」句：《吕氏春秋·順民》：「目不視靡曼，耳不聽鐘鼓。」高誘注：「靡曼，好色。」《金樓子·立言》：「至如文者，維須綺縠紛披，宫徵靡曼，脣吻遒會，情靈摇蕩。」《校注》：「靡曼：柔婉摇曳。不極：無盡。」

〔七〕娥眉：《楚辭·大招》：「嫮目宜笑，娥眉曼只。」潘岳《金鹿哀辭》：「嗟我金鹿，天姿特挺，鬒髮凝膚，蛾眉蠐領，柔情和泰，朗心聰警。」《文選》卷三十鮑照《翫月城西門廨中》：「末映東北墀，娟娟似娥眉。」吕向注：「蛾眉，婦人之眉也。」

〔八〕動於魄：《校注》：「動魄、悦魂：謂感動人心。」

〔九〕芳草：香草。《楚辭》屈原《離騷》：「何昔日之芳草兮，今直爲此蕭艾也。」王逸章句：「言往昔芬芳之草，今皆直爲蕭艾而已。」《文選》卷一班固《西都賦》：「竹林果園，芳草甘木。郊野之富，號爲近蜀。」

〔一〇〕不其然歟：《文選》卷四十五杜預《春秋左氏傳序》：「先儒所傳，皆不其然。」李周翰注：「然猶如此也。」《文選》卷五十三陸機《辯亡論》：「嗚呼！人之云亡，邦國殄瘁，不其然與？」張銑注：「不其然與，謂豈不如此也。」

〔一一〕各滯所迷：滯，局限，拘泥。《楚辭·漁父》：「聖人不凝滯於物，而能與世推移。」王逸章句：「不困辱其身也。」《文選》卷四十四陳琳《檄吴將校部曲文》：「若夫説誘甘言，懷寶小惠，泥滯苟且，没而不覺。」劉良注：「泥，溺也。言溺滯於苟且之間，至没身而不覺悟。」

〔一二〕「莫不」二句：《校注》：「論甘而忌辛，好丹而非素：謂欣賞作品有偏愛現象，只喜歡柔美艷麗的一類，而不喜歡剛健質樸的一類。」

〔一三〕通方廣恕：《校注》：「通方廣恕：通曉爲文之道，用寬厚的態度去看待所有作品。」

〔一四〕好遠兼愛：《校注》：「好遠兼愛：無論合不合自己口味，都要加以愛護。《詩·鄭風·女曰雞鳴》箋：『好，謂與己同好。』遠，疏遠。」

〔一五〕「乃致」句：公幹，即劉楨，楨字公幹。仲宣，即王粲，粲字仲宣。

〔一六〕曲直：《荀子·王霸》：「不卹是非，不治曲直。」《文選》卷三十九李斯《上秦始皇書》：「今取人則不然，不問可否，不論曲直。」

〔一七〕「安仁」句：安仁，即潘岳，岳字安仁。士衡，指陸機，機字士衡。

〔一八〕人立矯抗：《校注》：「人人標新立異，以顯示高明。」

〔一九〕殊於此者：《校注》：「指對除上述四家的其他詩人評論。」

〔二〇〕貴遠賤近：《漢書》卷八十七下《揚雄傳下》：「凡人賤近而貴遠，親見揚子雲禄位容貌不能動人，故輕其書。昔老聃著虚無之言兩篇，薄仁義，非禮學，然後世好之者尚以爲過於五經。」《文選》卷五十二曹丕《典論·論文》：「常人貴遠賤近，向聲背實。又患闇於自見，謂己爲賢。」李周翰注：「貴遠者，謂其不分別文章，傳聞遠者爲善，乃則貴之也。」《晉書》卷九十二《左思傳》：「世咸貴遠而賤近，莫肯用心於明物。」《校注》：「貴遠賤近：猶言厚古薄今。」

〔二一〕重耳輕目：王充《論衡·齊世篇》：「述事者好高古而下今，貴所聞而賤所見；辨士則談其久者，文人則著其遠考。」《校注》：「亶耳輕目：謂重虛名而輕實際。」

〔二二〕恒蔽：常有之弊病。蔽，指弊端、病患。《論語·陽貨》：「好仁不好學，其蔽也愚；好知不好學，其蔽也蕩。」

〔二三〕「是以」句：《淮南子·修務訓》：「邯鄲師有出新曲者，託之李奇，諸人皆爭學之。後知其非也，而皆棄其曲。」高誘注：「師，樂師。出，猶作也。李奇，古之名倡也。」按邯鄲，指邯鄲樂師。

〔二四〕「士季」句：《天中記》卷三十七「假論嗣宗」條引《語林》云：「鍾士季嘗向人道：『吾少年時一紙書，與人云是阮步兵書，皆字字生義。既知是吾，不足道也。』」士季，即鍾會，會字士季，潁川長社人，魏太傅鍾繇少子，其事見《三國志》卷二十八《魏志·鍾會傳》。嗣宗，即阮籍，籍字嗣宗，其事見下《阮步兵詠懷》詩題注。

〔二五〕此其效也：《淮南子·修務訓》：「夫歌者，樂之徵也；哭者，悲之效也。」《淮南子·本經訓》：「驗在近而求之遠，故弗得也。」高誘注：「驗，效也。」《校注》：「效：徵驗，證明。」

〔二六〕敻古：遠古。《晉書》卷三十一《后妃傳序》：「爰自敻古，是謂元妃；降及中年，乃稱王后。」

〔二七〕關西鄴下：《校注》：「關西：指西漢。西漢建都長安，在函谷關西。鄴下：指建安時曹魏，曹魏建都於鄴。」

〔二八〕河外江南：《校注》：「河外：指西晉。西晉建都洛陽，在黄河南。江南：指東晉和劉宋。皆建都於長江南岸建康。」

〔二九〕「故玄黄」句：《古文苑》卷三班婕妤《擣素賦》：「閲紋練之初成，擇玄黄之妙匹。」章樵注：「素練之質，擇顔色所宜而染之。」《校注》：「玄黄經緯：指組織詞藻。玄黄，指黑色和黄色的絲線。經緯，織物的縱線和横線。辨：區别。」

〔三〇〕「金碧」句：金碧，即金玉。《後漢書》卷八十一《獨行·譙玄傳》：「願陛下念天下之至重，愛金玉之身，均九女之施，存無窮之福，天下幸甚。」沉浮，升降起伏。《古文苑》卷三班婕妤《擣素賦》：「佇風軒而結睇，對愁雲之浮沉。」《文選》卷二十三曹植《七哀詩》：「君若清路塵，妾若濁水泥。浮沉各異勢，會合何時諧？」阮籍《詠懷八十二首》之五十四：「一餐度萬世，千歲再浮沈。」此借指音調。《校注》：「金碧浮沉：指運用聲律。金碧，即金玉。揚雄《解嘲》：『昔人之辭，乃金乃玉。』亦指辭藻。沉浮：指下抑與上揚的聲調。猶後世之所謂平仄。沈約《宋書·謝靈運傳論》：『若前有浮聲，則後須切響。一簡之内，音韻盡殊；兩句之中，輕重悉異。』即此之謂。殊：不同。與上『辨』互文。謂聲律與辭藻的運用會出現千殊萬别的情況。」

〔三一〕「僕以爲」句：《後漢書》卷五十四《楊震傳》：「宜速出阿母，出居外舍，斷絶伯榮，莫使往來，令恩德兩隆，上下俱美。」《搜神記》卷十六：「吴王夫差女小名曰紫玉，年十八，才貌俱美。」《文選》卷五十六潘岳《楊荆州誄》：「草隸兼善，尺牘必珍。」劉勰《文心雕龍·明詩》：「兼善則子建、仲宣，偏美則太沖、公幹。」《校注》：「美：指外在的物而言。善：指内在的情而言。《論語·八佾》：『子謂《韶》，盡美矣，又盡善也。謂《武》，盡美矣，未盡善也。』美、善分别與上文『娥眉詎同貌而俱動於魄，芳草寧共氣而皆悦於魂』相照應。」

〔三二〕敩：效法，模仿。《史記》卷一百二《張釋之列傳》：「釋之曰：『夫絳侯、東陽侯稱爲長者，此兩人言事曾不能出口，豈敩此嗇夫諜諜利口捷給哉！』」顔之推《顔氏家訓·序致》：「魏晉以來所著諸子，理重事複，遞相模敩，猶屋下架屋，牀上施牀耳。」

〔三三〕「雖不足」句：品藻，品評、鑒定。《漢書》卷八十七下《揚雄傳下》：「德行顔、閔，股肱蕭、曹，爰及名將尊卑之條，稱述品藻。」顔師古注：「品藻者，定其差品及文質。」晉荀勖《讓豫州大中正表》：「臣與州閭鄉黨初不相接，臣本州十郡，方與他州，人數倍多，品藻人物，以正一州。」淵流，猶源流。葛洪《抱朴子·廣譬》：「問者莫或測其淵流，求者未有覺其短乏，是則深矣，何必洞河而淪海乎？」《宋書》卷二《宋武帝紀中》：「顯晦之間，窈然難究；源流淵浩，莫測其端矣。」

〔三四〕「庶亦」句：乖，背離，違背。郭璞《皇孫生請布澤疏》：「故水至清則無魚，政至察則衆乖，此自然之勢也。」商攉，即商榷，亦作商搉。按攉，榷字通。《樂府詩集》卷六十四陸機《吴趨行》：「淑美難窮紀，商榷爲此歌。」《文選》卷五左思《吴都賦》：「剖判庶士，商搉萬俗。」劉逵注：「《廣雅》曰：『商，度也；搉，粗略也。』言商度其粗略。」《校注》：「淵流：源流。謂演變的軌跡。庶：庶幾，差不多。」

【集説】

宋張表臣《珊瑚鉤詩話》卷一：陸士衡作《擬古》，而江文通述《雜體》，雖華藻隨時，而體律相倣。

明謝榛《四溟詩話》卷三：昔江文通擬古諸作，豈在一朝一夕而振藻思哉？

明胡應麟《詩藪》外編卷二：詩材稟賦，各有所近，靈運《鄴中》，不惟不類，并其故武失之。文通諸擬乃遠出齊梁上，尺短寸長，信不虚也。

明薛蕙《雜體詩二十首序》（《考功集》卷二）：詩自曹、劉，下逮顔、謝，體裁各異，均一時之雋也。及江文通擬諸家三十首，雖間有未盡，然可謂妙解羣藻矣。余慕其殊麗，依之爲二十首。略者十人，慚鳬企鶴，罔量非倫云爾。

清吴淇《六朝選詩定論》卷十七：文通胸中初無所感，只序中品藻淵流，便是作詩主意。蓋取自漢至梁作者三十餘家，于三十餘家中取其平生最有名詩，各效其體作一首，以概其餘。品是修飾，藻是潤色，商榷是討論，是以從來作者之源流爲草創而自居於討論耳。

清馮班《鈍吟雜録》：陸士衡《擬古詩》、江淹《擬古三十首》，如捕猛虎，捉生龍，急與之較，力不暇，氣格悉敵。今人擬詩，如牀上安牀，但覺怯處種種不逮耳。然前人擬詩，往往只取其大意，亦不盡如江、陸也。

清喬億《圍爐詩話》卷二： 凡擬詩之作，其人本無詩，詩人知其人與事與意而擬爲之詩，如《擬蘇李送别》詩及魏文帝之《劉勳妻》者最善； 其人固有詩，詩人知其人與事與意而擬其詩，如文通之於阮公，子瞻之於淵明者亦可。《十九首》之人與事與意皆不傳，擬之則惟字句而已； 皮毛之學，兒輩之爲也，阮籍、郭璞時有憂時慮患之意，文通所擬皆失之。

清何焯《義門讀書記》卷四十七《文選》卷三： 所擬既衆，才力高下，時有不齊。意製體源，罔軼尺寸。爰自椎輪漢京，訖乎大明、泰始，五言之變，旁備無遺矣。雖孫、許似道德論，淵明爲隱逸宗，亦并别搆，成是總雜。唯永明聲病，不在舊列也。

清方伯海（于光華《文選集評》卷七引）： 所擬三十篇，皆由各人舊有是篇而擬之，其所采用之句，不必皆出本篇，多割他篇以爲點睛。刻骨鏤心，可爲摹古者法。

清汪師韓《詩學纂聞·雜擬雜詩之别》：《選》詩以雜詩、雜擬分爲二類。雜詩者，《十九首》、蘇、李詩及諸家雜詩是也。雜擬者，凡擬古、傚古諸詩是也。擬古類取往古名篇，規摹其意調，其止一二首者，既直題曰擬某篇，而其擬作多者則雖概題曰擬古，仍於每篇之前，一一標題所擬者爲何篇，此所以别於《詠懷》、《詠史》、《七哀》、《百一》、《感遇》、《遊仙》、《招隱》雜詩也。《文選》所載陸士衡《擬古詩》十二首，謝康樂《擬魏太子鄴中集詩》八首，劉休元《擬古詩》二首，江文通《雜體詩》三十首，無不顯然示人，是以謂之擬。此意後人不識也。

前人《詩學纂聞·江文通雜體詩拙句》：江文通《雜擬》三十首，自謂無乖商榷，後人每效爲之。觀其詞句多有可議，如《魏文帝遊宴》云：「淵魚猶伏蒲。」《陳思王贈友》云：「日夕望青閣。」又云：「辭義麗金雘。」《劉文學感遇》云：「橘柚在南園，因君爲羽翼。」《王侍中懷德》云：「嚴風吹若莖。」《嵇中散言志》云：「曠哉宇宙惠，雲羅更四陳。」《潘黄門述哀》云：「徘徊泣松銘。」《張黄門苦雨》云：「水鸛巢層甍。」《郭宏農遊仙》云：「隱淪駐精魄。」又云：「矯掌望煙客。」《孫廷尉雜述》云：「憑軒詠堯老。」又云：「南山有綺皓。」又云：「傳火乃薪草。」《陶徵君田居》云：「稚子候簷隙。」《謝臨川遊山》云：「石壁映初晰。」《顔特進侍宴》云：「瑶光正神縣。」又云：「山雲備卿靄，池卉具靈變。」又云：「巡華過盈瑱。」《謝法曹贈别》云：「覿子遥未僝，款睇在何辰？」《王徵君養疾》云：「水碧驗未覿，金膏靈詎緇。」《袁太尉從駕》云：「雲旆象漢徙。」《謝光禄郊遊》云：「徙樂逗江陰。」又云：「煙駕可辭金。」三十首中，蕪詞累句居其半。史稱淹在禪靈寺夢張景陽索去疋錦，宿冶亭又夢郭璞索去五色筆，自爾才盡。後人震於其名，莫之敢指耳。他若《謝惠連秋懷》之「頗悦鄭生偃」，范彦龍《贈張徐州》之「何獨顧衡闈」，劉休元《擬行行重行行》之「遥遥行遠之」，歐陽堅石《臨終》之「子欲居九蠻」，《文選》所録，類此甚多，要皆不足爲法也。

施補華《峴傭説詩》：江文通一代清才，神腴骨秀，其《雜擬》三十首，尤可爲後人擬古之法。

俞紹初、張亞新《江淹集校注》（《雜體三十首》題注）：作者分擬漢魏以來三十家有代表性的古詩，表明這些優秀作品雖在詞藻和聲律用作上具有各不相同的特色，但都達到了「動魄」、「驚魂」的藝術境界，符合「美」而且「善」的要求，意在糾正當時「各滯所迷，莫不論甘而忌辛，好丹而非素」的偏頗。江淹所説的「美」是指「貌」，即就詩歌所描寫的客觀事物而言；所説的「善」是指「氣」，即就詩歌所流露的主觀情志而言。這種强調詩歌應當以表現「情志」爲主的主張，直接影響着後來的陸厥和鍾嶸等人的觀點（詳見陸厥《答沈約書》、鍾嶸《詩品序》），在永明中展開的有關詩歌創作問題的論辯中起了不可忽視的作用。

古離别

【題解】

此詩《玉臺新詠》卷五題作《古體》，《樂府詩集》卷七十一題作《古别離》。《文選》六臣注：「『離别』，五臣作『别離』。」

《樂府詩集》此篇屬《雜曲歌辭》，題解云：「《楚辭》曰：『悲莫悲兮生别離。』《古詩》曰：『行行重行行，與君生别離，相去萬餘里，各在天一涯。』後蘇武使匈奴，李陵與之詩曰：『良時不可再，離别在須臾。』故後人擬之爲《古别離》。梁簡文帝又爲《生别離》，宋吴邁遠有《長别離》，唐李白有《遠别離》，亦皆類此。」

遠與君别者〔一〕，乃至鴈門關〔二〕。黄雲蔽千里，遊子何時還〔三〕。送君如昨日〔四〕，簷前露已團〔五〕。不惜蕙草晚，所悲道里寒〔六〕。君行在天涯①，妾身長別離②〔七〕。願一見顏色〔八〕，不異瓊樹枝〔九〕。兔絲及水萍，所寄終不移〔一〇〕。

【校記】

①「君行在天涯」《彙注》本、張本、《文選》作「君在天一涯」，《玉臺新詠》作「君子在天涯」。

②「妾身長別離」《玉臺新詠》作「妾心久別離」。

【箋注】

〔一〕「遠與」句：《楚辭》屈原《九歌・少司命》：「悲莫悲兮生別離，樂莫樂兮新相知。」《文選》卷二十九《古詩十九首》之一：「行行重行行，與君生別離。」

〔二〕鴈門關：《校注》：「雁門關：古代北方邊塞，在今山西代縣西北。」

〔三〕「黄雲」二句：《淮南子・墬形訓》：「黄泉之埃，上爲黄雲。」《文選》卷三十謝靈運《擬魏太子鄴中集詩八首・阮瑀》：「河洲多沙塵，風悲黄雲起。金覊相馳逐，聯翩何窮已。」李周翰注：「黄雲，謂兼埃塵之色黄。」《藝文類聚》卷三十四引潘岳《思子詩》：「追想存髣髴，感道傷中情。一往何時還，千載不復生。」按此二句《校注》云：「《古詩十九首》其一：『浮雲蔽白日，遊子不顧反。』即此二句之所自出。」

〔四〕如昨日：《藝文類聚》卷二十七引晉張協詩：「下車如昨日，望舒三五圓。流波戀舊浦，行雲思故山。」《文選》卷二十三潘岳《悼亡詩三首》之三：「奈何悼淑儷，儀容永潛翳。念此如昨日，誰知已卒歲。」李善注：「《蒼頡篇》曰：『昨，隔日也。』」吕延濟注：「念其妻存，如昨日之事，誰知忽已終歲。」

〔五〕露已團：《校注》：「團：同『漙』，露多貌。《詩·鄭風·野有蔓草》：『野有蔓草，零露漙兮。』箋：『漙，漙然盛多貌。』李善注引《毛詩》『漙』作『團』。」

〔六〕「不惜」二句：蕙草，香草。《楚辭》屈原《離騷》：「雜申椒與菌桂兮，豈維紉夫蕙茝。」王逸章句：「蕙、茝，皆香草也。」《藝文類聚》卷七十引《古詩》：「香風難久居，空令蕙草殘。」道里，道路、路途。《管子·七法》：「故有風雨之行，故能不遠道里矣；有飛鳥之舉，故能不險山河矣。」陶淵明《擬古》詩九首之六：「不怨道里長，但畏人我欺。」按此二句《文選》張銑注：「蕙，香草。晚，謂衰落也。言不惜此草衰落，悲歲暮行人道路寒也。」《校注》云：「蕙草晚：謂歲暮蕙草凋殘。」

〔七〕「君行」二句：《文選》卷二十九《古詩十九首》之一：「相去萬餘里，各在天一涯。道路阻且長，會面安可知。」《太平御覽》卷四百八十九引《古詩》：「仰視浮雲馳，奄忽互相踰。風波一失路，各在天一涯。」《玉臺新詠》卷九傅玄《擬四愁詩四首》之二：「我所思兮在珠崖，願爲比翼浮清池。剛柔合德配二儀，形影一絶長别離。」按此二句李周翰注：「天涯，言遠也。」《校注》：「以上二句本《古詩十九首》其一：『行行重行行，與君生别離。相去萬餘里，各在天一涯。』」

〔八〕「願一見」句：《楚辭》宋玉《九辯》：「心煩憺兮忘食事，願一見兮道余意。」《楚辭》王逸《七諫·哀命》：「獨便悁而懷毒兮，愁鬱鬱之焉極。念三年之積思兮，願一見而陳詞。」自注：「思一見君而陳忠言也。」《禮記·玉藻》：「凡祭，容貌顏色，如見所祭者。」《藝文類聚》卷二十九引《東觀漢記》：「手詔賜蒼曰：『骨肉與天性，誠不以遠近親疏。然數見顏色，情重昔時，中心戀戀，惻然不能言。』」《校注》：「見顏色：謂見面。」

〔九〕瓊樹枝：《藝文類聚》卷二十九引漢李陵《贈蘇武别詩》：「浮雲日千里，安知我心悲。思得瓊樹枝，以解長渴饑。」瓊樹，玉樹。《漢書》卷五十七下《司馬相如傳下》「咀噍芝英兮嘰瓊華」顔師古注引三國魏張揖曰：「瓊樹生崑崙西流沙濱，大三百圍，高萬仞。」按此句《文選》李周翰注：「瓊樹，玉樹也。在崑崙山，故難見。言君行之遠，思見之難，不異瓊樹枝也。」

〔一〇〕「兔絲」二句：《淮南子·說山訓》：「千年之松，下有茯苓，上有兔絲。」高誘注：「一名女蘿也。」《文選》卷二十九《古詩十九首·冉冉孤生竹》：「冉冉孤生竹，結根泰山阿。與君爲新婚，兔絲附女蘿。兔絲生有時，夫婦會有宜。」李善注：「毛萇《詩》傳曰：『女蘿，松蘿也。』《毛詩草木疏》曰：『今松蘿蔓松而生，而枝正青。兔絲草蔓聯草上，黄赤如金，與松蘿殊異。此古今方俗名草不同，然是異草，故曰附也。』」吕延濟注：「菟絲、女蘿，并草有蔓而密，言結婚，情如此。」水萍，即浮萍。《藝文類聚》卷八十二引《本草經》：「水萍，一名水華。味辛寒，治暴熱，身癢。下水，烏鬚髮，久服輕身。一名水簾。」《玉臺新詠》卷二曹植《雜詩五首》之四：「寄松爲女蘿，依水如浮萍。」《文選》卷二十六潘岳《河陽縣作二首》之二：「依水類浮萍，寄松似懸蘿。」李善注：「《淮南子》曰：『夫萍樹根於水，木樹根於土，天地性也。』《毛詩》曰：『蔦與女蘿，施於松柏。』」李周翰注：「萍之依水，隨水去留。蘿之寄松，隨松高下。人俗與政化遷變，亦猶是也。」按以上二句《文選》李周翰注云：「兔絲，草名，感茯苓而生，萍草依水而長，亦猶婦人之附於夫，言此心終不移易。」《校注》云：「此思婦以兔絲、水萍自喻，表示與『君』相依爲命，忠貞不移。」

【集説】

李善《文選》注：《古詩》曰：「浮雲蔽白日，遊子不顧反。」江之此製，非直學其體，而亦兼用其文。

宋范晞文《對牀夜語》卷一：《楚詞》「沅有芷兮澧有蘭，思公子兮未敢言」，又「望美人兮未來，臨風怳兮浩歌」，又「王孫遊兮不歸，春草生兮萋萋」，又「惟草木之零落兮，恐美人之遲暮」，皆愛君惜時之詞，後世擬之者，不過徒法其句耳，非其意也。江文通云：「日暮碧雲合，佳人殊未來。」又：「黄雲蔽千里，遊子何時還。」謝靈運云：「圓景早已滿，佳人猶未適。」惠連云：「紈素既已成，君子行未歸。」玄暉云：「春草秋更緑，公子未西歸。」劉休玄云：「芳年有華月，佳人無還期。」陸士衡云：「芳草久已茂，佳人竟不歸。」古詩亦有：「浮雲蔽白日，遊子不顧返。」

明王世貞《藝苑巵言》卷三：「蜂腰」謂第二字與第四字同上去入韻，如老杜「望盡似猶見」，江淹「遠與君别者」之類，近體宜少避之，亦無妨。

清吴淇《六朝選詩定論》卷十七：文通以《古詩十九首》原無作者姓氏，不便立題，故借此題代仿「行行重行行」一首。然古詩以「别」起，中有「代馬」云云，以緩調承之。此亦以「别」起，中却「不惜」云云，以急調承之，初不似士衡輩句步字趨者。蓋此詩止取備體，古詩十有九首作者不必一人一時，而其體大約如此，故用此一首以該之，非專擬其首篇也。

又云：首四句是别之遠，「送君」二句是别之久，「不惜」二句及「願一」二句俱情之切，結言所守之貞。其調響，其味深，遣詞處濃淡得衷。較之陸、劉二作差勝，較之原作未免有蹊徑可尋。

又云：此詩不止抉「别離」之骨，直剔「古」字之髓。「不惜」云云，古人之心；「願一」云云，古人之情；「兔絲」云云，古人之節。若今時作題，只寫得「離」、「别」二字耳。即太白託詞於皇、英，亦只是「古」字皮相。

又云：此詩幾於化工之筆矣，中所未超者，「黄雲蔽千里」一句。蓋雲本無光，而能透光如琉璃然，借外光映之而成色。塞外沙漠之地，故其雲常黄。在腹裏之地，則爲偶然。征夫既至雁門，黄雲正在其見界内，假以不得相見之故，歸咎于「黄雲」所蔽，自征夫口中寫出則可。「黄雲」本不在思婦見界内，如何自思婦口中寫出？若原詩「浮雲蔽白日，遊子不顧返」，則無瑕可擊矣。

清顧嗣立《寒廳詩話》：己蒼先生嘗謂：「世人詩集中如有《擬鐃歌》、《和江淹雜擬》及《東坡尖叉韻》，此人必不知詩。悠悠此世，解我語者畢竟無幾人！」又曰：「詩有擬不得者，江文通《雜體》是也；有和不得者，『尖叉』是也。知此者可與言詩。」

清何焯《義門讀書記》卷四十七《文選》卷三：擬古詩，殆欲遠跨士衡，不在多少也。

清陳祚明《采菽堂古詩選》卷二十四：末四句居然古調。

清孫月峰（于光華《文選集評》卷七引）：調最古，語最淡，而色最濃，味最厚。諷誦數十過，乃更覺意趣長。

清沈德潛《古詩源》卷十三：《淮南子》曰：「夫萍樹根於水，木樹根於土，天地性也。」此借以表己志之貞。

清張玉穀《古詩賞析》卷十九：此閨怨詩也。前四，點明別地之遠。拓一筆，遞入望歸。「送君」四句，接寫別時之久。曲一筆，乃兜念遠。「君在」四句，頂上兩層，申言相思之苦。後二，托喻於物，以自明貞志作收。通首古意盎然，上追漢魏，不特爾時所罕覯也。

清王堯衢《古唐詩合解》卷四：邊方寒冷，千里黄雲，何堪遊子去而不返。憶送別之後，露已成團，蕙草哀晚，不怕妾之芳春遲暮，而悲君之道里苦寒。念遠人在天一涯，常與妾離別，願見不得，如瓊枝之鳥，有菟絲水萍所寄託者，不能改移，妾身如是而已。

余冠英《漢魏六朝詩選》：擬古詩，寫思婦懷征夫。

李都尉從軍 陵少卿

【題解】

此詩張本題作《李都尉陵從軍》，《文選》卷三十一題作《李都尉陵》，《樂府詩集》卷三十二題作《從軍行》。題下注「陵少卿」三字，《彙注》本作「陵」一字，《文選》作「從軍」二字。

詩題之「李都尉」，指李陵，漢名將李廣之孫，父名當户。漢書卷五十四《李廣傳附李陵傳》云：「陵字少卿，少爲侍中，建章監。善騎射，愛人，謙讓下士，甚得名譽。武帝以爲有廣之風。使將八百騎，深入匈奴二千餘里，過居延視地形，不見虜，還。拜爲騎都尉。」後隸貳師將軍李廣利出擊匈奴，兵敗降，封右校王，病死於匈奴。司馬遷嘗盛贊其爲人，并爲之辯誣，云：「陵事親孝，與士信，常奮不顧身以殉國家之急。其素所畜積也，有國士之風。今舉事一不幸，全軀保妻子之臣隨而媒蘖其短，誠可痛也。且陵提步卒不滿五千，深輮戎馬之地，抑數萬之師，虜救死扶傷不暇，悉舉引弓之民共攻圍之，轉鬬千里，矢盡道窮，士張空拳，冒白刃，北首争死敵，得人之死力，雖古名將不過也。身雖陷敗，然其所摧敗，亦足暴於天下。彼之不死，宜欲得當以報漢也。」《文選》卷二十九載李陵《與蘇武詩三首》，《古文苑》卷八載李陵《録别詩》八首。其詩鍾嶸《詩品》置之上品，云：「其源出於《楚辭》，文多悽愴，怨者之流。陵名家子，有殊才，生命不諧，聲頹身喪。使陵不遭辛苦，其文亦何能至此！」然據後人考證，以爲今所傳李陵詩皆東漢末文人僞作。

《樂府詩集》此篇屬《相和歌辭·平調曲》，云：「《古今樂録》曰：『《從軍行》，王僧虔云：「荀録所載左延年《苦哉》一篇，今不傳。」』《樂府解題》曰：『《從軍行》皆軍旅辛苦之辭。』《廣題》曰：『左延年辭云：「苦哉邊地人，一歲三從軍。三子到燉煌，二子詣隴西。五子遠鬥去，五婦皆懷身。」』陳伏知道又有《從軍五更轉》。」

樽酒送征人〔一〕，踟躕在親宴〔二〕。日暮浮雲滋〔三〕，握手淚如霰〔四〕。悠悠清水天①〔五〕，嘉魴得所薦〔六〕。而我在萬里〔七〕，結友不相見②〔八〕。袖中有短書〔九〕，願寄雙飛燕〔一〇〕。

【校記】

①「清水天」《彙注》本、張本、《文選》作「清川水」。

②「友」《彙注》本、《文選》、梁本作「髮」。

【箋注】

〔一〕「樽酒」句：樽酒，杯酒。《易·坎》：「樽酒簋貳，用缶。」《文選》卷二十九蘇武《古詩四首》之一：「我有一罇酒，欲以贈遠人。」《玉臺新詠》卷一《古樂府詩六首·相逢狹路間》：「黄金爲君門，白玉爲君堂，堂上置樽酒，使作邯鄲倡。」征人，陶淵明《答龐參軍》：「勗哉征人，在始思終。」指遠行之人。《藝文類聚》卷四十一引魏文帝《飲馬長城窟行》：「浮舟横大江，討彼犯荆虜。武將齊貫鉀，征人伐金鼓。長戟十萬隊，幽冀百石弩。發機若雷電，一發連四五。」指出征或戍邊的軍人。此詩所指，當是後者。

〔二〕「踟躕」句：《詩經・邶風・静女》：「愛而不見，搔首踟躕。」《文選》卷十八成公綏《嘯賦》：「逍遥携手，踟跦步趾。」「踟跦步趾」，六臣本作「踟躕步趾」，李周翰注：「踟躕，緩行貌。」按此句《文選》劉良注：「踟躕，徘徊貌。」親宴，指親人所設的送别宴席。

〔三〕「日暮」句：《文選》卷二十三王粲《七哀詩》：「荆蠻非我鄉，何爲久滯淫。方舟溯大江，日暮愁我心。」卷二十一顔延之《秋胡行》：「日暮行采歸，物色桑榆時。」《文選》卷二十九《古詩十九首・西北有高樓》：「西北有高樓，上與浮雲齊，交疏結綺窗，阿閣三重階。」《藝文類聚》卷三十引魏文帝《永思賦》：「仰北辰而永思，泝悲風以增傷。哀遐路之漫漫，痛長河之無梁。願託乘於浮雲，嗟逝速之難當。」滋，《文選》劉良注：「滋，多也。」

〔四〕「握手」句：《文選》卷二十九蘇武《古詩四首》之三：「握手一長歎，淚爲生别滋。」《三國志》卷九《魏志・曹真傳附曹爽傳》：「爽以支屬，世蒙殊寵，親受先帝握手遺詔，託以天下。」《後漢書》卷十五《李通傳》：「光武初以通士君子相慕也，故往答之。及相見，共語移日，握手極歡。」《文選》卷二十八劉琨《扶風歌》：「據鞍長歎息，淚下如流泉。」《文選》卷二十七謝朓《晚登三山還望京邑》：「去矣方滯淫，懷哉罷歡宴。佳期悵何許，淚下如流霰。」吕延濟

注：「霰，雨雪相雜也。」按霰，雪珠，白色不透明的球形或圓錐形小冰粒，多在下雪前或下雪時降落。《詩經·小雅·頍弁》：「如彼雨雪，先集維霰。」鄭玄箋：「將大雨雪，始必微温，雪自上下，遇温氣而摶，謂之霰，久而寒勝則大雪矣。」吕延濟注非是。

〔五〕悠悠：遼濶無際，遥遠。《詩·王風·黍離》：「知我者，謂我心憂。不知我者，謂我何求。悠悠蒼天，此何人哉！」毛傳：「悠悠，遠意。」陶淵明《飲酒·疇昔苦長飢》：「世路廓悠悠，楊朱所以止。」

〔六〕「嘉魴」句：《文選》卷二十六謝脁《在郡卧病呈沈尚書》：「珍簟清夏室，輕扇動凉颸。嘉魴聊可薦，渌蟻方獨持。」按魴，鯿魚之古稱，味美。《詩·小雅·采緑》：「其釣維何，維魴及鱮。」《文選》卷十九束晳《補亡詩·南陔》：「淩波赴汨，噬魴捕鯉。」李善注：「《爾雅》曰：『魴，魾也。』郭璞曰：『今呼魴魚爲鯿。』」得所薦，此詩《文選》李善注：「《釋名》曰：『薦，藉也。』」吕向注：「得所薦，謂得其所處。」《校注》：「得所薦：謂得其處所。薦，憑藉。」

〔七〕「而我」句：《文選》卷二十九曹植《雜詩六首》之一：「高臺多悲風，朝日照北林。之子在萬里，江湖迥且深。」

〔八〕結友：《楚辭·哀時命》：「與赤松而結友兮，比王僑而爲耦。」《史記》卷八十一《廉頗藺相如列傳》：「臣嘗從大王與燕王會境上，燕王私握臣手，曰：『願結友。』」

〔九〕短書：王充《論衡·骨相》：「在經傳者較著可信，若夫短書俗記，竹帛胤文，非儒者所見，衆多非一。」按《文選》李周翰注：「短書，謂小書也。」《校注》：「短書：短信。」

〔一〇〕「願寄」句：《文選》卷二十九《古詩十九首·東城高且長》：「燕趙多佳人，美者顔如玉。被服羅裳衣，當户理清曲。音響一何悲，弦急知柱促。願爲雙飛燕，銜泥巢君屋。」按此句《文選》李善注：「虞義《送别詩》曰：『唯有一字書，寄之南飛燕。』文與此同。」

【集説】

宋嚴羽《滄浪詩話·詩評》：擬古惟江文通最長，擬淵明似淵明，擬康樂似康樂，擬左思似左思，擬郭璞似郭璞，獨擬李都尉一首，不似西漢耳。

清吴淇《六朝選詩定論》卷十七：淹于漢以來諸家皆有所擬，至蘇、李爲五言之祖，止有李都尉一首，却無蘇屬國者，何也？淹詩主備體，非以備人，蘇、李雖出兩手，祇是一體。雖後世學者或各領一派，必渾而稱之曰「蘇李體」，亦曰「河梁體」，未嘗分目之爲蘇體、李體也。然不用蘇爲題而用李者何？一人一體，取其佳者；兩人同體，取其先者。李詩題曰「與蘇武」，《選序》亦曰「降將著河梁之篇」，是五言創于李而蘇和之也。詩中固是極力摹擬李，亦往往常帶出蘇意，以明蘇、李之爲一體，非有擇於蘇也。

又云：清徹無塵，雖不似李詩，却自佳。其不似李者有二，一帶自運，一兼摹蘇。

又云：他詩俱擬原人所有，此詩獨補原人之缺。按《選》中載蘇、李共七，蘇詩四首，李詩三首，其「良時」與「骨肉」等，俱以三首相對，而李獨缺「結髮爲夫婦」一首，此詩補作一首。本無原詞可以拾摭，俱皆自運，但取李都尉他詩之清徹氣味。本是用李摹蘇，先有李詩而後有此詩，而其主意却是代李倡蘇，讀者反覺先有此詩而後有原詩也。

清馮班《鈍吟雜録》卷三：《古詩十九首》機杼甚密，文外取旨，隱躍不可把捉。李都尉詩皆直敘無作用，尤爲古樸。江淹所擬，《從軍》一篇最合。嚴滄浪於此處不解也。

清陳祚明《采菽堂古詩選》卷二十四：稍淡，未見作意。

清孫月峰（于光華《文選集評》卷七引）：清徹無塵，雖不甚似李，然詩却佳。

班婕妤詠扇

【題解】

此詩《玉臺新詠》卷五、《文選》卷三十一題作《班婕妤》，《樂府詩集》卷四十二題作《怨歌行》。《文選》題下小字注「詠扇」。

詩題之「班婕妤」，西漢成帝妃。《漢書》卷九十七下《外戚傳下》：「孝成班倢伃，帝初即位選入後宫。始爲少使，蛾而大幸。爲倢伃，居增成舍。再就館，有男，數月失之。成帝遊於後庭，嘗欲與倢伃同輦載，倢伃辭曰：『觀古圖畫，聖賢之君皆有名臣在側，三代末主乃有嬖女。今欲同輦，得無近似之乎？』上善其言而止。太后聞之，喜曰：『古有樊姬，今有班倢伃。』倢伃誦《詩》及《窈窕》、《德象》、《女師》之篇。每進見上疏，依則古禮。自鴻嘉後，上稍隆於内寵。倢伃進侍者李平，平得幸，立爲倢伃。上曰：『始衛皇后亦從微起。』乃賜平姓曰衛，所謂衛倢伃也。其後趙飛燕姊弟亦從自微賤興，踰越禮制，寖盛於前。班倢伃及許皇后皆失寵，稀復進見。鴻嘉三年，趙飛燕譖告許皇后、班倢伃挾媚道，祝詛後宫，詈及主上。許皇后坐廢。考問班倢伃，倢伃對曰：『妾聞死生有命，富貴在天。脩正尚未蒙福，爲邪欲以何望？使鬼神有知，不受不臣之愬；如其無知，愬之何益，故不爲也。』上善其對，憐憫之，賜黄金百斤。趙氏姊弟驕妬，倢伃恐久見危，求共養太后長信宫，上許焉。倢伃退處東宫，作賦自傷悼。……至成帝崩，倢伃充奉園陵，薨，因葬園中。」《玉臺新詠》卷一載班婕妤《怨詩》一首，《文選》卷二十七題作《怨歌行》。其詩《詩品》置之上品，云：「其源出於李陵，《團扇》短章，辭旨清捷，怨深文綺，得匹婦之致。侏儒一節，可以知其工矣。」然後世多以爲班婕妤《怨詩》乃後人所僞作。

《樂府詩集》此篇屬《相和歌辭·楚調曲》，云：「《古今樂録》曰：『《怨詩行》歌東阿王「明月照高樓」一篇。』王僧虔《技録》曰：『荀録所載《古爲君》一篇，今不傳。』《琴操》曰：『卞和得玉璞以獻楚懷王，王使樂正子治之，曰：「非玉。」刖其右足。平王立，復獻之，又以爲欺，刖其左足。平王死，子立，復獻之，乃抱玉而哭，繼之以血，荆山爲之崩。王使剖之，果有寶。乃封和爲陵陽侯，辭不受而作怨歌焉。』班婕妤《怨詩行》序曰：『漢成帝班婕妤失寵，求供養太后於長信宫，乃作怨詩以自傷，託辭於紈扇云。』《樂府解題》曰：『古詞云：「爲君既不易，爲臣良獨難。」言周公推心輔政，二叔流言，致有雷雨拔木之變。梁簡文「十五頗有餘」，自言姝艷，以讒見毁。又曰「持此傾城貌，翻爲不肖軀」，與古文意同而體異。若傅休奕《怨歌行》云：「昭昭朝時日，皎皎最明月。」蓋傷十五入君門，一別終華髮，不及偕老，猶望死而同穴也。』」

紈扇如圓月①，出自機中素〔一〕。畫作秦王女，乘鸞向煙霧〔二〕。彩色世所重〔三〕，雖新不似故②。竊愁涼風至③，吹我玉階樹〔四〕。君子恩未畢，零落在中路④〔五〕。

【校記】

①「紈扇」《玉臺新詠》作「綾扇」。「圓月」張本、梁本、《玉臺新詠》、《藝文類聚》卷四十一、《樂府詩集》作「團月」。

②「不似故」《彙注》本、張本、《文選》、《玉臺新詠》、《樂府詩集》作「不代故」。

③「涼風」《藝文類聚》作「秋涼」。

④「在」《玉臺新詠》、《樂府詩集》作「委」。

【箋注】

〔一〕「紈扇」二句：《文選》卷二十七班婕妤《怨歌行》：「新裂齊紈素，皎潔如霜雪。裁爲合歡扇，團團似明月。」按紈扇，細絹製成的團扇。《太平御覽》卷二百五十九引《西京雜記》：

「朱買臣爲會稽太守，懷章綬還至舍亭，而國人未知也。所知錢勃見其暴露，乃勞之曰：『得無罷乎？』遺與紈扇。」機，織機。《史記》卷一百十九《循吏·公儀休列傳》：「〔公儀休〕見其家織布好，而疾出其家婦，燔其機。」《校注》：「紈、素：潔白的細絹。」

〔二〕「畫作」二句：秦王女，指戰國時秦穆公之女弄玉。劉向《列仙傳·蕭史》：「蕭史者，秦穆公時人也。善吹簫，能致孔雀、白鶴於庭。穆公有女，字弄玉，好之。公遂以女妻焉，日教弄玉作鳳鳴，居數年，吹似鳳聲，鳳凰來止其屋。公爲作鳳臺，夫婦止其上，不下數年，一旦皆隨鳳凰飛去。故秦人爲作鳳女祠於雍宮中，時有簫聲而已。」鸞，傳説中鳳凰一類的鳥。煙霧，鮑照《登廬山二首》之一：「方躋羽人途，永與煙霧并。」按此二句《文選》劉良注：「言畫此於扇上以慕之。鸞亦鳳。」

〔三〕「彩色」句：《文子·道原》：「聽失於非譽，目淫於彩色。」《晉書》卷五十六《江統傳》：「及太子薨，改葬。統作誄敘哀，爲世所重。」

〔四〕「竊愁」二句：玉階，玉石砌成或裝飾的臺階，亦爲臺階之美稱。《藝文類聚》卷三十引班婕好《自悼賦》：「華殿塵兮玉階苔，中庭萋兮緑草生。」《文選》卷一班固《西都賦》：「於是玄墀釦砌，玉階彤庭。」張銑注：「玄墀，以漆飾墀；墀，階也。」按以上四句《文選》吕向注：「言彩色雖可重，不可以新而代故。涼風至，謂秋也，言恐秋而輕棄不用也。」

〔五〕「君子」二句：《楚辭》屈原《離騷》：「惟草木之零落兮，恐美人之遲暮。」王逸章句：「零、落，皆墮也。草曰零，木曰落。」《文選》卷二十三阮籍《詠懷詩十七首》之三：「嘉樹下成蹊，東園桃與李。秋風吹飛藿，零落從此始。」中路，半路。《楚辭·九辯》：「然中路而迷惑兮，自壓按而學誦。」阮籍《詠懷·灼灼西隤日》：「黄鵠遊四海，中路將安歸。」此二句《文選》張銑注：「言君子所愛未畢而時已涼，故零落於中路。」福林按：《文選》卷二十七班婕妤《怨歌行》：「常恐秋節至，涼風奪炎熱。棄捐篋笥中，恩情中道絶。」乃詩末四句所本。

【集説】

宋吴開《優古堂詩話》：荆公詩：「玉斧修成寶月團，月邊仍有女乘鸞。青冥風露非人世，鬢亂釵横特地寒。」江淹《詠扇》詩：「畫作秦王女，乘鸞向煙霧。」非止用蕭史事也。玉斧事見《酉陽雜俎》。

唐皎然《詩式》：江則假象見意，班則貌題直書。至如「出入君懷袖，動摇微風發。常恐秋節至，涼飈奪炎熱」，旨婉詞正，有潔婦之節。但此兩對，亦可以掩映。江生詩曰：「畫作秦王女，乘鸞向煙霧。」興生於中，無有古事。假使佳人翫之在手，乘鸞之意，飄然莫偕。雖蕩如夏姬，自忘情改節。吾許江生情遠詞麗，方之班女，亦未可減價。

清吴淇《六朝選詩定論》卷十七：女子所重，第一是潔，尤重在本色，却是原詩摹得極至。原詩「裁爲合歡扇」，女子之本事已盡於此。此詩「畫作」云云，又多一番粧飾，便減了一分本色。誠以《碩人》詩證之，原詩只做到「巧笑倩兮，美目盼兮」便住，此直説到「素以爲絢」上去了。原詩

「出入」云云，謂一女子位不過婕妤，亮無大功，却有微效，如辭輦之類，以見不當棄捐。此詩「彩色」云云，怨而怒矣。原詩「棄捐」尚不離「篋笥」之中，此直云「零落中路」，詞亦甚矣。

清陳祚明《采菽堂古詩選》卷二十四：殊得自然之致。所謂尤愛嗣宗者，於此等見之。

清孫月峰（于光華《文選集評》卷七引）：比班稍着色相，然襯貼得好，亦不失古意。調和而語浄，正是合作。

翁方綱《石洲詩話》卷二：班婕妤《怨歌行》云：「出入君懷袖，動摇微風發。」已自恰好。至江文通擬作，則有「畫作秦王女，乘鸞向煙霧」之句，斯爲刻意標新矣。迨劉夢得又演之曰：「上有乘鸞女，蒼蒼網蟲遍。」即此可悟詞場祖述之秘妙也。

魏文帝遊宴　丕子桓

【題解】

此詩張本題作《魏文帝曹丕遊宴》，《文選》題作《魏文帝曹丕》，《藝文類聚》卷三十九題作《擬魏帝遊宴詩》，《樂府詩集》卷三十六題作《善哉行》。題下注「丕子桓」三字，《彙注》本作「曹丕」二字，《文選》作「遊宴」二字。

詩題之「魏文帝」，即曹丕。見前《學魏文帝》詩題解。

此詩《樂府詩集》屬《相和歌辭·瑟調曲》，云：「《樂府解題》曰：『古辭云：「來日大難，口燥脣乾。」言人命不可保，當見親友，且永長年術，與王喬八公遊焉。」又魏文帝辭云：「有美一人，婉如清揚。」言其妍麗，知音識曲，善爲樂方，令人忘憂。此篇諸集所出，不入樂志。』按魏明帝《步出夏門行》曰：『善哉殊復善，弦歌樂我情。』然則『善哉』者，蓋歎美之辭也。」

置酒坐飛閣〔一〕，逍遥臨華池〔二〕。神飈自遠至①，左右芙蓉披〔三〕。緑竹夾清水②，秋蘭被幽崖③〔四〕。月出照園中〔五〕，冠珮相追隨〔六〕。客從南楚來〔七〕，爲我吹參差〔八〕。淵魚猶伏浦④，聽者未云罷⑤〔九〕。高文一何綺〔一〇〕，小儒安足爲〔一一〕。肅肅廣殿陰〔一二〕，雀聲愁北林〔一三〕。衆賓還城邑〔一四〕，何用慰我心⑥〔一五〕。

【校記】

①「飈」《藝文類聚》作「飄」。

②「夾」《太平御覽》卷五百九十二作「映」。

③「崖」《文選》李善本作「涯」。

④「淵魚」《太平御覽》作「潛魚」。「伏浦」《樂府詩集》作「伏湧」。

⑤「罷」《彙注》本、張本、梁本、《文選》、《太平御覽》作「疲」。

⑥「何用慰我心」《彙注》本、《文選》、《太平御覽》作「何以慰吾心」。

【箋注】

〔一〕「置酒」句：《文選》卷二十七曹植《箜篌引》：「置酒高殿上，親交從我遊。中厨辦豐膳，烹羊宰肥牛。」《文選》卷二十八陸機《短歌行》：「置酒高堂，悲歌臨觴，人壽幾何，逝如朝霜。」飛閣，架空建築的閣道。《三輔黄圖・漢宫》：「帝於未央宫營造日廣，以城中爲小，乃於宫西跨城池作飛閣，通建章宫，構輦道以上下。」《文選》卷二十四曹植《贈丁儀》：「初秋涼氣發，庭樹微銷落。凝霜依玉除，清風飄飛閣。」按此句《文選》張銑注：「飛閣，高閣。」

〔二〕「逍遥」句：《莊子・逍遥遊》：「彷徨乎無爲其側，逍遥乎寢卧其下。」成玄英疏：「逍遥，自得之稱。」《藝文類聚》卷六十二引魏文帝《登臺賦》：「登高臺以騁望，好靈雀之麗嫺。飛閣崛其特起，層樓儼以承天。步逍遥以容與，聊遊目於西山。」《宋書》卷二十一《樂志三》載魏文帝《善哉行》：「朝遊高臺觀，夕宴華池陰。」《文選》卷十一孫綽《遊天台山賦》：「挹以玄玉之膏，漱以華池之泉。」吕向注：「玄玉、華池，皆神仙之所食也。」

〔三〕「神飈」二句：《文選》卷二十曹植《公讌詩》：「神飈接丹轂，輕輦隨風移。」李善注：「魏文帝詩曰：『蘭芷生兮芙蓉披。』」李周翰注：「飈，疾風也。言其疾如神，以接丹轂。謂朱飾也。」《樂府詩集》卷四十九《西曲歌・青陽度》：「青荷蓋緑水，芙蓉披紅鮮。下有并根藕，上生并目蓮。」芙蓉，荷花的别稱。《楚辭・離騷》：「製芰荷以爲衣兮，集芙蓉以爲裳。」洪興祖補注：「《本草》云：『其葉名荷，其華未發爲菡萏，已發爲芙蓉。』」《校注》：「披：開。

《文選》嵇康《琴賦》：『披重壤以誕載兮。』李善注：『披，開也。』」

〔四〕「緑竹」二句：班固《遊居賦》：「瞻淇澳之園林，善緑竹之猗猗。」謝莊《竹贊》：「瞻彼中唐，緑竹猗猗。貞而不介，弱而不虧。杳裊夕圃，蕭瑟雲崖。推名楚潭，美質梁池。」《離騷》：「扈江離與辟芷兮，紉秋蘭以爲佩。」王逸章句：「蘭，香草也，秋而芳。」《楚辭・九歌・少司命》：「秋蘭兮青青，緑葉兮紫莖。」《藝文類聚》卷八十一引晉袁山松《菊詩》：「靈菊植幽崖，擢穎淩寒飆。春露下染色，秋霜不改條。」按此二句《文選》李善注：「枚乘《菟園賦》曰：『修竹檀欒夾，池水旋菟園。』曹植《公讌詩》曰：『秋蘭被長阪，朱華冒緑池。』」李周翰注：「幽崖，深岸也。」

〔五〕「月出」句：《文選》卷二十劉楨《公讌詩》：「月出照園中，珍木鬱蒼蒼。」

〔六〕「冠珮」句：冠珮，指古代官吏的冠和佩飾。《文選》卷二十曹植《公讌詩》：「公子敬愛客，終宴不知疲，清夜遊西園，飛蓋相追隨。明月澄清景，列宿正參差。」按此句《文選》李周翰注：「冠珮，謂近臣服飾。」《校注》：「冠佩：指參加遊宴的貴客。」

〔七〕「客從」句：《文選》卷二十七樂府古辭《飲馬長城窟行》：「客從遠方來，遺我雙鯉魚。呼兒烹鯉魚，中有尺素書。」《玉臺新詠》卷一《古詩八首・客從遠方來》：「客從遠方來，遺我一端綺。」《藝文類聚》卷九十引晉王叔之《擬古詩》：「客從北方來，言欲到交趾。遠行無他資，唯有鳳皇子。百金我不欲，千金難爲市。」

〔八〕「爲我」句：《楚辭·九歌·湘君》：「望夫君兮未來，吹參差兮誰思？」朱熹集注：「參差，洞簫也。《風俗通》云：『舜作簫，其形參差不齊，象鳳翼也。望湘君而未來，故吹簫以思之也。』」鮑照《蒜山被始興王命作》：「參差出寒吹，飀戾江上謳。王德愛文雅，飛瀚灑鳴球。」

〔九〕「淵魚」二句：《漢書》卷六十四下《終軍傳》：「夫明闇之徵，上亂飛鳥，下動淵魚，各以類推。」《文選》卷二十四嵇康《贈秀才入軍五首》之一：「仰落驚鴻，俯引淵魚。」《詩·大雅·常武》：「率彼淮浦，省此徐土。」毛傳：「浦，涯也。」孔穎達疏：「浦音普，涯也。」《漢書》卷五十七上《司馬相如傳上》：「出乎椒丘之闕，行乎州淤之浦。」顔師古注：「浦，水涯也。」按此句《文選》李善注：「淵魚，鱏魚也。《韓詩外傳》曰：『昔伯牙鼓琴，而淵魚出聽。』」以上四句吕延濟注云：「客，席之所尊也。南楚者，託遠言也。參差，簫也。言深淵之魚，聞吹簫之聲亦湧而出，況聽者能疲殆乎？」《校注》：「曹丕《善哉行》：『有客從南來，爲我彈清琴。五音紛繁會，拊者激微吟。淫魚乘波聽，踴躍自浮沉。』以上四句即擬其意。」

〔一〇〕「高文」句：高文，優秀詩文。晉葛洪《抱朴子·喻蔽》：「格言高文，豈患莫賞而減之哉？」《文選》卷三十陸機《擬古詩十二首·擬今日良宴會》：「四坐咸同志，羽觴不可算。高談一何綺，蔚若朝霞爛。」

〔一一〕「小儒」句：小儒，淺陋的儒者。《漢書》卷七十五《夏侯勝傳》：「建所謂章句小儒，破碎大道。」嵇康《述志詩》：「多念世間人，夙駕咸驅馳。沖静得自然，榮華安足爲。」按此句《文選》劉良注：「通達之才，非一經小儒之所爲。」

〔一二〕「肅肅」句：肅肅，蕭瑟、清泠。《莊子·田子方》：「至陰肅肅，至陽赫赫。肅肅出乎天，赫赫發乎地。」《文選》卷十六潘岳《寡婦賦》：「墓門兮肅肅，脩隴兮峩峩。」張銑注：「肅肅，静貌。」《文選》卷六左思《魏都賦》：「造文昌之廣殿，極棟宇之弘規。」《樂府詩集》卷七十四王融《王孫遊》：「置酒登廣殿，開襟望所思。春草行已歇，何事久佳期。」《校注》：「陰，謂夜色降臨。」

〔一三〕「雀聲」句：《詩經·秦風·晨風》：「鴥彼晨風，鬱彼北林。」毛傳：「北林，林名也。」《文選》卷二十九曹植《雜詩六首》之一：「高臺多悲風，朝日照北林。之子在萬里，江湖迴且深。」《文選》卷十七阮籍《詠懷詩·夜中不能寐》：「孤鴻號外野，朔鳥鳴北林。」按以上二句《文選》吕向注：「廣殿陰，謂日暮也。雀，鳥之總名。愁北林，將棲之時。」

〔一四〕「衆賓」句：《文選》卷二十七曹植《名都篇》：「白日西南馳，光景不可攀。雲散還城邑，清晨復來還。」

〔一五〕「何用」句：《文選》卷二十九李陵《與蘇武詩三首》之二：「遠望悲風至，對酒不能酬。行人懷往路，何以慰我愁。」《文選》卷二十四陸機《贈尚書郎顧彦先二首》之一：「形影曠不接，所託聲與音。音聲日夜濶，何用慰吾心。」李善注：「《毛詩》曰：『仲山甫永懷，以慰其心。』」《文選》卷二十六王僧達《答顔延年》：「幽衷何用慰，翰墨久謡吟。」按以上二句《文選》張銑注：「言歡宴之賓既散，將何以安慰我心。」

【集説】

明胡應麟《詩藪》外編卷二：文通擬漢三詩俱遠，獨《魏文》、《陳思》、《劉楨》、《王粲》四作，置之魏風莫辨，直傑思也。

清吴淇《六朝選詩定論》卷十七：謝靈運《鄴中集詩八首》，不過擬其一時遊讌之作，故于文帝書太子而不名，所以祧之七子之外。江淹《雜體詩三十首》，他人書官書名，于文帝書謚書名，彝文帝於詩中之人，將以一詩概其生平，用備一體云。

又云：「月出照園中」，乃用公幹《公讌詩》語，與子建「月明澄清景」同意。彼原是夜宴，故借月明照出園中景物。此詩從晝起，凡園中景物如上文云云，白日已看得分明，不須照，此全用以照下「冠珮相追隨」來。此追隨之人，晝宴俱在，何須照出？照出者，爲下文張本耳。

又云：「何以慰我心」，以留有餘不盡之意。然宴客已至夜闌，乃不寫夜闌，而乃曰「肅肅」云云者，若其景在晝宴之罷、夜宴未繼之間者，即古人匿燭跋以留客之意也。

清何焯《義門讀書記》卷四十七《文選》卷三：「小儒安足爲」，點出文帝。

清陳祚明《采菽堂古詩選》卷二十四：是倣魏文，非獨倣公讌。

清孫月峰（于光華《文選集評》卷七引）：比《芙蓉池作》稍較濃，是以顧盼有姿態。然其淡處正不易及。

陳思王贈友　植子建

【題解】

此詩張本題作《陳思王曹植贈友》，《文選》題作《陳思王曹植》。小字注「植子建」三字，《彙注》本作「曹植」二字，《文選》作「贈友」二字。

詩題之「陳思王」，指曹植。《三國志》卷十九《魏志·陳思王植傳》：「陳思王植字子建，年十歲餘，誦讀詩論及辭賦數十萬言，善屬文。……（黄初六年）其二月，以陳四縣封植爲陳王，邑三千五百户。植每欲求别見獨談，論及時政，幸冀試用，終不能得。既還，悵然絶望。時法制，待藩國既自峻迫，寮屬皆賈豎下才，兵人給其殘老，大數不過二百人。又植以前過，事事復減半，十一年中而三徙都，常汲汲無歡，遂發疾薨，時年四十一。……景初中，詔曰：『陳思王昔雖有過失，既克己慎行，以補前闕，且自少至終，篇籍不離於手，誠難能也。其收黄初中諸奏植罪狀，公卿已下議尚書、祕書、中書三府、大鴻臚者皆削除之。撰録植前後所著賦頌詩銘雜論凡百餘篇，副藏内外。』」其詩鍾嶸《詩品》置之上品，云：「其源出於《國風》，骨氣奇高，詞彩華茂，情兼雅怨，體被文質，粲溢今古，卓爾不羣。嗟乎！陳思之於文章也，譬人倫之有周孔，鱗羽之有龍鳳，音樂之有琴笙，女工之有黼黻。俾爾懷鉛吮墨者，抱篇章而景慕，暎餘暉以自燭。故孔氏之門如用詩，則公幹升堂，思王入室，景陽、潘、陸，自可坐於廊廡之間矣。」

君王禮英賢〔一〕，不吝千金璧〔二〕。雙闕指馳道〔三〕，朱宮羅弟宅①〔四〕。從容冰井臺〔五〕，清池映華薄〔六〕。涼風盪芳氣〔七〕，碧樹先秋落〔八〕。朝與佳人期〔九〕，日夕望青閣〔一〇〕。褰裳摘明珠〔一一〕，徙倚拾蕙若〔一二〕。眷我二三子〔一三〕，辭義麗金雘②〔一四〕。延陵輕寶劍〔一五〕，季布重然諾〔一六〕。處富不忘貧〔一七〕，有道在葵藿〔一八〕。

【校記】

①「弟」，《彙注》本、張本、梁本、《文選》作「第」。按第、弟字通。

②「義」原作「我」，今據《彙注》本、張本、梁本、《文選》改。

【箋注】

〔一〕「君王」句：英賢，德才傑出之人。《後漢書》卷二十四《馬援傳附馬嚴傳》：「能通《左氏春秋》，因覽百家羣言，遂交結英賢，京師大人咸器異之。」《文選》卷二十九嵇康《雜詩》：「流詠太素，俯讃玄虛。孰克英賢，與爾剖符。」按此句《文選》劉良注：「君王，謂曹公也。英賢，謂丁儀、王粲等。」吴淇《六朝選詩定論》卷十七云：「『君王』二字，舊注爲武帝，非也。細玩語氣，仍是文帝，即擬子建《公宴詩》『公子敬愛客，終宴不知疲』也。只因下文是待客未至之詞，故改『不疲』爲『不吝』耳。」《校注》：「君王，謂魏王曹操。」今并録之以備考。

〔二〕「不吝」句：《文選》李善注：「孔安國《尚書》傳曰：『吝，惜也。』」《莊子·山木》：「林回棄千金之璧，負赤子而趨。」《史記》卷七十六《虞卿列傳》：「虞卿者，遊説之士也。躡蹻擔簦，説趙孝成王。一見賜黄金百鎰，白璧一雙。再見爲趙上卿，故號爲虞卿。」按以上二句《文選》劉良注：「吝，惜也。」《校注》：「不吝：不惜。」

〔三〕「雙闕」句：《文選》卷二十九《古詩十九首·青青陵上柏》：「兩宫遥相望，雙闕百餘尺。」曹植《銅爵臺賦》：「建高門之嵯峨兮，浮雙闕乎太清。」《禮記·曲禮下》：「歲凶，年穀不登，君膳不祭肺，馬不食穀，馳道不除，祭事不縣。」孔穎達疏：「馳道，正道。如今之御路也。是君馳走車馬之處，故曰馳道也。」《漢書》卷十《成帝紀》：「上嘗急召太子出龍樓門，不敢絶馳道。」顔師古注：「應劭曰：『馳道，天子所行道也，若今之中道。』師古曰：絶，横度也。」

〔四〕「朱宫」句：《楚辭·九歌·河伯》：「魚鱗屋兮龍堂，紫貝闕兮朱宫。」王逸章句：「朱丹其宫。」鮑照《河清頌》：「俛瞰夷都，降眡驪淵，朱宫潛耀，紫閣陰鮮。」《史記》卷五十一《荆燕世家·燕王劉澤傳》：「臣觀諸侯王邸第百餘，皆高祖一切功臣。」《通鑑》卷三十《漢成帝陽朔二年》：「黜遠外戚，毋授以政，皆罷令就弟。」胡注：「弟與第同。」按以上二句《文選》吕向注云：「闕，門也。馳道，大道也。朱宫，謂朱樓也。羅，列也。第宅，王侯之宅。」《校注》云：「雙闕：王宫正門兩旁的望樓。指：向。馳道：帝王專用的大道。羅：羅列。第宅：指貴族、王侯的住宅。」

〔五〕「從容」句：從容，悠閒舒緩，不慌不忙。《書·君陳》：「寬而有制，從容以和。」《莊子·秋水》："鯈魚出遊從容，是魚樂也。"《文選》卷十一孫綽《遊天台山賦》："下蘭臺而周覽兮，步從容於深宮。"吕延濟注："從容，寬曠閒樂貌。"冰井臺，古臺名，漢建安十八年曹操建於鄴城西北。晉陸翽《鄴中記》："銅爵、金鳳、冰井三臺，皆在鄴都北城西北隅，因城爲基址。建安十五年，銅爵臺成，曹操將諸子登樓使各爲賦，陳思王植援筆立就。金鳳臺初名金虎，至石氏改今名。冰井臺則淩室也。金虎、冰井皆建安十八年建也。……冰井臺有冰室三，與涼殿皆以閣道相通。三臺崇舉，其高若山云。至後趙石虎，三臺更加崇飾，甚於魏初。……北則冰井臺，有屋一百四十間，上有冰室，室有數井，井深十五丈，藏冰及石墨。石墨可書，又爇之難盡，又謂之石炭。又有窖粟及鹽，以備不虞。今窖上石銘尚存焉。……石季龍於冰井臺藏冰，三伏之月，以冰賜大臣。"

〔六〕"清池"句：《楚辭·招魂》："坐堂伏檻，臨曲池些。芙蓉始發，雜芰荷些。"王逸章句："言坐於堂上，前伏檻楯，下臨曲水清池，可魚釣也。"《文選》卷七司馬相如《子虛賦》："其西則有湧泉清池，激水推移。"《文選》卷二十四曹植《贈王粲》："端坐苦愁思，攬衣起西遊。樹木發春華，清池激長流。"華薄，花草叢生之處。《文選》卷二十八陸機《君子有所思行》："曲池何湛湛，清川帶華薄。"謝惠連《三月三日曲水集》："斐雲興翠嶺，芳飆起華薄。解轡偃崇丘，藉草繞迴壑。"按以上二句《文選》張銑注："魏有冰井臺，下有清池。言從容於上，見華薄於池中。華，花也。草木叢生曰薄。"

〔七〕「涼風」句：《文選》卷三十陸機《擬西北有高樓》：「佳人撫琴瑟，纖手清且閑。芳氣隨風結，哀響馥若蘭。」《晉書》卷二十三《樂志下》：「蘭風發芳氣，蓋世同其芬。」

〔八〕「碧樹」句：《列子·湯問》：「碧樹而冬生，實丹而味酸。」碧樹，猶緑樹。《藝文類聚》卷八十一成公綏《菊頌》：「先民有作，詠茲秋菊。緑樹黄花，菲菲彧彧。芳踰蘭蕙，茂過松柏。」按以上二句《文選》李周翰注：「盪，摇也。碧樹，謂芳樹也。先秋，初秋也。」

〔九〕「朝與」句：《楚辭·九歌·湘夫人》：「登白薠兮騁望，與佳期兮夕張。鳥何萃兮蘋中，罾何爲兮木上。」

〔一〇〕「日夕」句：日夕，朝夕、日夜。《文選》卷四十六王融《三月三日曲水詩序》：「署行議年，日夕於中甸。」李周翰注：「考吏行之殿最，議年穀之豐儉，而奏於天子，使朝夕盈於畿甸之中也。」青閣，猶青樓，青漆塗飾的豪華精緻樓房。《文選》卷二十七曹植《美女篇》：「借問女安居？乃在城南端。青樓臨大路，高門結重關。」《樂府詩集》卷二十八傅玄《艷歌行》：「問女居安在？堂在城南居。青樓臨大巷，幽門結重樞。」同書卷七十二《西洲曲》：「鴻飛滿西洲，望郎上青樓。樓高望不見，盡日欄干頭。」此句《文選》吕延濟注：「朝夕望於青閣之上，思其來也。」福林按：《藝文類聚》卷四十一引曹丕《秋胡行》：「朝與佳人期，日夕殊不來。」爲以上二句之所出。

〔一一〕褰裳：《詩·鄭風·涉洧》：「子惠思我，褰裳涉溱。」鄭玄注：「揭衣度溱水。」謝安《蘭亭集詩二首》之二：「相與欣佳節，率爾同褰裳。薄雲羅景物，微風翼輕航。醇醪陶丹府，兀若遊羲唐。萬殊混一理，安復覺彭殤。」《文選》卷二十二謝混《遊西池》：「褰裳順蘭沚，徙倚引芳柯。」

〔一二〕「徙倚」句：《楚辭·哀時命》：「然隱憫而不達兮，獨徙倚而彷徉。」王逸章句：「徙倚，猶低佪也。言己隱身山澤，内自憫傷，志不得達，猶徘徊彷徉而遊戲也。」《文選》卷二十九《古詩十九首·凜凜歲云暮》：「眄睞以適意，引領遥相稀。徙倚懷感傷，垂涕霑雙扉。」蕙若，蕙草與杜若，皆香草。《楚辭·九章·惜往日》：「自前世之嫉賢兮，謂蕙若其不可佩。」《文選》卷四張衡《南都賦》：「其香草則有薜荔蕙若，薇蕪蓀萇，晻曖蓊蔚，含芬吐芳。」李善注：「王逸《楚辭》注曰：『薜荔，香草也。』郭璞《山海經》注曰：『蕙，香草也。若，杜若也。』《本草經》曰：『靡蕪，一名薇蕪。』陶隱居注曰：『蕙葉似蛇牀而香。』王逸《楚辭》注曰：『蓀，香草也。萇，萇楚也。』《爾雅》曰：『萇楚，銚戈也。』」按此句《文選》劉良注：「徙倚，移行貌。蕙若，香草也。」

〔一三〕「眷我」句：眷，顧念。《文選》卷二十八陸機《猛虎行》：「人生誠未易，曷云開此衿。眷我耿介懷，俯仰愧古今。」潘岳《哀永逝文》：「想孤魂兮眷舊宇，視倏忽兮若髣髴。」《文選》卷五十七吕延濟注：「眷，顧。」《論語·陽貨》：「子曰：『二三子，偃之言是也，前言戲之耳。』」《藝文類聚》卷三十九引曹植《與丁廙詩》：「嘉賓填城闕，豐膳出中厨，吾與二三子，曲宴比𡑞隅。秦筝發西氣，趙瑟揚東謳，肴來不虛滿，觴至反無餘。」

〔一四〕「辭義」句：《三國志》卷二十一《魏志·王粲傳》：「而偉長獨懷文抱質，恬淡寡欲，有箕山之志，可謂彬彬君子矣。著《中論》二十餘篇，辭義典雅，足傳於後。」《文選》卷四十五皇甫謐《三都賦序》：「是以孫卿、屈原之屬，遺文炳然，辭義可觀。」《玉臺新詠》卷五梁范靖婦《詠步摇花》：「珠華縈翡翠，寶葉間金瓊。剪荷不似製，爲花如自生。」本集《還陽亭》：「瑶碉夐嶄崒，銅山鬱縱横。方水埋金雘，圓岸伏丹瓊。」金雘，即丹雘。《書·梓材》：「若作梓材，既勤樸斲，惟其塗丹雘。」孔穎達疏：「雘是彩色之名，有青色者，有朱色者。」雘，同雘。按以上二句《文選》吕向注：「二三子，謂丁儀、王粲等。金雘，彫飾也。言此子皆以辭義自相彫飾而爲美麗。」《校注》：「金雘：指華美的文辭。」

〔一五〕「延陵」句：《史記》卷三十一《吴太伯世家》：「二十五年，王壽夢卒。壽夢有子四人，長曰諸樊，次曰餘祭，次曰餘昧，次曰季札。季札賢，而壽夢欲立之，季札讓不可，於是乃立長子諸樊。……季札封於延陵，故號曰延陵季子。……季札之初使，北過徐君。徐君好季札劍，口弗敢言。季札心知之，爲使上國，未獻。還至徐，徐君已死，於是乃解其寶劍，繫之徐君冢樹而去。從者曰：『徐君已死，尚誰予乎？』季子曰：『不然。始吾心已許之，豈以死倍吾心哉！』」張守節正義：「《括地志》云：『徐君廟在泗州徐城縣西南一里，即延陵季子掛劍之徐君也。』」《文選》卷二十四曹植《贈丁儀》：「思慕延陵子，寶劍非所惜。」

〔一六〕「季布」句：《史記》卷一百《季布列傳》：「季布者，楚人也。爲氣任俠，有名於楚。項籍使將兵，數窘漢王。及項羽滅，高祖購求布千金，敢有舍匿，罪及三族。……上迺赦季布。當是時，諸公皆多季布能摧剛爲柔，朱家亦以此名聞當世。季布召見，謝，上拜爲郎中。……曹丘至，即揖季布曰：『楚人諺曰得黄金百斤，不如得季布一諾。足下何以得此聲於梁楚間哉？且僕楚人，足下亦楚人也。僕遊揚足下之名於天下，顧不重邪？何足下距僕之深也！』季布迺大悦，引入，留數月，爲上客，厚送之。季布名所以益聞者，曹丘揚之也。」《校注》：「重言諾：謂許諾他人的事，重其信用而決不食言。」

〔一七〕「處富」句：《文選》卷二十四何劭《贈張華》：「既貴不忘儉，處有能存無。鎮俗在簡約，樹塞焉足摹。」劉良注：「華好儉，雖有貴位，不傲於人，是存無也。」

〔一八〕「有道」句：曹植《求通親親表》：「若葵藿之傾葉，太陽雖不爲之迴光，然終向之者，誠也，臣竊自比葵藿。若降天地之施，垂三光之明者，實在陛下。」《文選》卷二十八陸機《君子有所思行》：「無以肉食資，取笑葵與藿。」鮑照《代東武吟》：「腰鎌刈葵藿，倚杖牧雞豚。」按以上二句《文選》李周翰注：「言處富貴不可忘於貧者，有道之士，非不在葵藿，言以此爲戒。」《校注》：「葵藿：葵，野菜；藿，豆葉，爲貧賤者所食，喻貧賤之士。曹植《贈徐幹》：『顧念蓬室士，貧賤誠足憐。薇藿弗充虚，皮褐猶不全。……亮懷璵璠美，積久德逾宣。』即『有道在葵藿』之意。」

【集説】

清吴淇《六朝選詩定論》卷十七：謝《鄴中集詩》，追書子建生爵。此題舉國舉謚，一以擬其一時，一以擬其生平也。謝詩敘子建於六子之末，主道也。此題敘子建于王、劉之前，備體也。此詩擬鄴下諸子詩凡四，雖概其生平，而亦祖述謝詩之意，故俱用「公宴」爲題，故于王、謝二詩，直在宴中寫，而子建則於未宴之前寫一段眷眷望客之意，以主道論之，想當然耳。至文帝詩末，亦綴留客數語，蓋太子雖尊，至於禮士下賢，亦有主道焉。此古今詩家一脈相承，原有針芥相對處，非細認不能察也。

又云：「雙闕」二句爲欲寫冰臺清池，故先寬寫二句宫殿之美，暗伏下文「處富」字，反映「葵藿」。「從容」二句，宴客之地之景；「涼風」二句，宴客之時之景；「朝與」二句，正望而未至之時；「褰裳」二句，孰與共酌共拾？乃己與文帝兄弟二人。「褰裳」、「徙倚」即上文之「從容」、「眷我」，自表己之思客。「辭義」句，表客之辭義。延陵自比，專表己之義。「處富」二句，總承君王與己傾心禮賢也。文帝爲太子，云「處富」是矣，而己亦與焉。當是仁人愛弟，莫不欲其富。文帝之富，己之富也，故無嫌辭爾。此即暗本謝《鄴中集詩敘》内「昆弟朋友，二三諸彦，共盡之」意，而却于昆弟、朋友内先拈出兄弟來，然後及於朋友、二三諸彦，古人之踵事增華，有愈出愈奇之妙。

清何焯《義門讀書記》卷四十七《文選》卷三：擬陳王亦自遒秀。

清陳祚明《采菽堂古詩選》卷二十四：較之陳思雄麗，尚未全合。

清孫月峰（于光華《文選集評》卷七引）：較陳思不甚似，彼氣雄，此骨秀；彼質素，此鉛華。

清王壽昌《小清華園詩談》卷下：擬古貴得其神，而後求之氣韻，而後求之趣味，而後求之格調，而後乃求諸語意之間。太白擬古而不似古，蘇州效陶而不似陶。謝康樂《鄴中八首》，如「排霧矚聖明，披雲對清朗」等辭，終不改生平本色。江文通《雜擬三十》，如「涼風盪芳氣，碧樹先秋落」諸句，究不似漢、魏古音。其《田居》一篇，可謂得其神似，然雜諸陶集中，後人猶辨其爲江詩者，神韻不同也。

劉文學感遇　楨公幹

【題解】

此詩原題作《劉文學感懷》，小字注「禎公幹」。按《彙注》本、張本、梁本題作《劉文學楨感遇》，《文選》題作《劉文學楨》。題下注三字《彙注》本作「楨」一字，張本、梁本作「楨公幹」三字，《文選》作「感遇」二字。今據《彙注》本、張本、梁本、《文選》改「感懷」爲「感遇」，改「禎」爲「楨」。

詩題之「劉文學」，指劉楨。《三國志》卷二十一《魏志·王粲傳》：「始文帝爲五官將，及平原侯植皆好文學。粲與北海徐幹字偉長、廣陵陳琳字孔璋、陳留阮瑀字元瑜、汝南應瑒字德璉、東平劉楨字公幹，并見友善。幹爲司空軍謀祭酒掾屬，五官將文學。……楨以不敬被刑，刑竟署吏。咸著文賦數十篇。瑀以十七年卒，幹、琳、瑒、楨二十二年卒。」裴松之注：「《文士傳》曰：

『楨父名梁，字曼山，一名恭。少有清才，以文學見貴，終於野王令。』《典略》曰：『文帝常賜楨廓落帶，其後師死，欲借取以爲像，因書嘲楨云：「夫物因人爲貴，故在賤者之手，不御至尊之側。今雖取之，勿嫌其不反也。」楨答曰：「楨聞荆山之璞，曜元后之寶；隨侯之珠，燭衆士之好；南垠之金，登窈窕之首；鼲貂之尾，綴侍臣之幘。此四寶者，伏朽石之下，潛汙泥之中，而揚光千載之上，發彩疇昔之外，亦皆未能初自接於至尊也。夫尊者所服，卑者所修也；貴者所御，賤者所先也。故夏屋初成，而大匠先立其下；嘉禾始熟，而農夫先嘗其粒。恨楨所帶，無他妙飾，若實殊異，尚可納也。」楨辭旨巧妙皆如是，由是特爲諸公子所親愛。其後，太子嘗請諸文學，酒酣坐歡，命夫人甄氏出拜。坐中衆人咸伏，而楨獨平視。太祖聞之，乃收楨，減死輸作。』」其詩《詩品》置之上品，云：「其源出於古詩。仗氣愛奇，動多振絶，真骨淩霜，高風跨俗。但氣過其文，雕潤恨少，然自陳思已下，楨稱獨步。」

蒼蒼山中桂〔一〕，團團霜露色①〔二〕。霜露一何緊〔三〕，桂枝生自直〔四〕。橘柚在南國〔五〕，因君爲羽翼〔六〕。謬蒙聖主私〔七〕，託身文墨職〔八〕。丹綵既已過〔九〕，敢不自雕飾〔一〇〕②。華月照芳池③〔一一〕，列坐金殿側〔一二〕。微臣固受賜〔一三〕，鴻恩良未測〔一四〕。

【校記】

①「團團」《文選》李善本作「團圓」。

②「雕飾」《彙注》本、《文選》作「彫飾」。

③「芳池」《文選》作「方池」。

【箋注】

〔一〕蒼蒼：深青色。《莊子·逍遥遊》：「天之蒼蒼，其正色邪。」《史記》卷二十七《天官書》：「正月，與斗、牽牛晨出東方，名曰監德。色蒼蒼有光。」《文選》卷二十六謝朓《暫使下都夜發新林至京邑贈西府同僚》：「秋河曙耿耿，寒渚夜蒼蒼。」吕延濟注：「蒼蒼，秋色也。」

〔二〕「團團」句：《文選》卷二十七班婕妤《怨歌行》：「新裂齊紈素，皎潔如霜雪。裁爲合歡扇，團團似明月。」同書卷三十謝惠連《七月七日夜詠牛女》詩：「團團滿葉露，析析振條風。」劉良注：「團團，露貌。析析，風聲。」鮑照《秋日示休上人》：「物色延暮思，霜露逼朝榮。」按以上二句《文選》李善注：「言桂雖霜露而色不渝，身經夷險而操不易也。」劉良注：「蒼蒼，桂色。團團，霜凝貌。」

〔三〕「霜露」句：《文選》卷二十二曹丕《芙蓉池作》：「上天垂光采，五色一何鮮。」卷二十應瑒《侍五官中郎將建章臺集》：「朝雁鳴雲中，音響一何哀。」

〔四〕「桂枝」句：《楚辭·大司命》：「結桂枝兮延竚，羌愈思兮愁人。愁人兮奈何，願若今兮無蔚。」《校注》：「以上四句擬劉楨《贈從弟三首》其二：『亭亭山上松，瑟瑟谷中風。風聲一何盛，松枝一何勁。冰霜正慘悽，終歲常端正。』」

〔五〕「橘柚」句：《楚辭》屈原《九章·橘頌》：「后皇嘉樹，橘徠服兮。受命不遷，生南國兮。」王逸章句：「南國，謂江南也。遷，徙也。言橘受命於江南，不可移徙，種於別地，則化而爲枳也。屈原自比志節如橘，亦不可移徙也。」《古詩·橘柚垂華實》：「橘柚垂華實，乃在深山側。聞君好我甘，竊獨自雕飾。」

〔六〕「因君」句：《古詩·橘柚垂華實》：「芳菲不相投，青黄忽改色。人儻欲我知，因君爲羽翼。」《文選》卷三十四枚乘《七發》：「獨宜世之君子，博見强識，承間語事，變度易意，常無離側，以爲羽翼。」《三國志》卷十九《魏志·陳思王植傳》：「植既以才見異，而丁儀、丁廙、楊修等爲之羽翼。」以上二句《文選》李善注：「橘柚在南雖珍，須君翼乃爲貴也。」張銑注：「大曰橘，小曰柚，皆果名，生於南國。此自喻，君謂曹植也。」按《校注》云：「《古詩·橘柚垂華實》：『橘柚垂華實，乃在深山側。……人儻欲我知，因君爲羽翼。』爲以上二句之所本。」

〔七〕「謬蒙」句：《晉書》卷七十一《王鑒傳》：「鑒以凡瑣，謬蒙獎育。思竭愚忠，以補萬一。」《藝文類聚》卷十三引謝靈運《宋武帝誄》：「天光下濟，謬蒙眷齒，愧微刀筆，頗預遊止。」《韓詩外傳》卷九：「顏淵曰：『願得明王聖主爲之相，使城郭不治，溝池不鑿，陰陽和調，家給人足，鑄庫兵以爲農器。』」《漢書》卷六十四下《王褒傳》：「上乃徵褒。既至，詔褒爲聖主得賢臣頌其意。」

〔八〕「託身」句：《漢書》卷九十二《遊俠・樓護傳》：「吕公以故舊窮老，託身於我，義所當奉。」《藝文類聚》卷二十六引阮籍《詠懷詩》：「鴻鵠相隨飛，隨飛適荒裔。雙翮臨長風，須臾萬里逝。朝飡琅玕實，夕宿丹山際。託身青雲中，網羅不能制。」《文選》卷二十九劉楨《雜詩》：「職事相填委，文墨紛消散。馳翰未暇食，日昃不知晏。」傅咸《理李咸表》：「辭意懇切，形於文墨。」謝朓《和宋記室省中》：「清揚婉禁居，秘此文墨職。無歎阻琴樽，相從伊水側。」按以上二句《文選》李周翰注：「謬，誤也。聖主，謂文帝也。言誤蒙聖恩私及於己，得爲文墨之職。」

〔九〕「丹綵」句：《文選》卷十一何晏《景福殿賦》：「參旗九旒，從風飄揚，皓皓旰旰，丹彩煌煌。」李周翰注：「皓皓旰旰，丹彩煌煌，皆旌旗之光明。」鮑照《擬行路難十八首》之二：「外發龍鱗之丹綵，内含麝芬之紫煙。」

〔一〇〕「敢不」句：《後漢書》卷二十六《伏湛傳》：「臣詩愚戇，不足以知宰相之才，竊懷區區，敢不自竭。」《逸周書・大匡》：「車不雕飾，人不食肉，畜不食穀。」《後漢書》卷八十六《南蠻西南夷・莋都夷傳》：「是時郡尉府舍皆有雕飾，畫山神海靈奇禽異獸，以炫燿之，夷人益畏憚焉。」《古詩・橘柚垂華實》：「聞君好我甘，竊獨自雕飾。」按以上二句《文選》吕延濟注云：

「丹彩猶恩遇，既過，敢不勉勵，自雕飾也。」《校注》云：「丹彩：指君主的恩遇。過：超越，非同一般。雕飾：猶言砥礪，努力。」

〔二〕「華月」句：華月，皎潔之月。鮑照《三日遊南園》：「採蘋及華月，追節逐芳雲。」陸雲《逸民賦》：「悲滄浪之濁波兮，詠芳池之清瀾。」前人《鳴鶴》：「鳴鶴在陰，其鳴喈喈。垂翼蘭沼，濯清芳池。假樂君子，其茂猗猗。」

〔三〕「列坐」句：列坐，以次相坐。《文選》卷二十七曹植《名都篇》：「我歸宴平樂，美酒斗十千。膾鯉臇胎鰕，寒鼈炙熊蹯。鳴儔嘯匹侶，列坐竟長筵。」張華《太康六年三月三日後園會詩》之三：「朱幕雲覆，列坐文茵。羽觴波騰，品物備珍。」謝朓《奉和隨王殿下》之十三：「端儀穆金殿，敷教藻瓊筵。」按以上二句《文選》劉良注：「言良辰月夜，蒙提攜坐於金殿之側。」

〔四〕「微臣」句：《文選》卷二十三劉楨《贈五官中郎將四首》之四：「小臣信頑魯，僶俛安能追。」微臣，猶小臣。

〔五〕「鴻恩」句：《漢書》卷九十四下《匈奴傳下》：「逮至元康、神爵之間，大化神明，鴻恩溥洽。」謝朓《爲王敬則謝會稽太守啓》：「而鴻恩妄假，覆授龜符。玉節邁於雙璜，表東侔於四履。」《校注》：「未測：深不可測。」按以上二句《文選》劉良注：「微，小也。言我小臣，受君大恩，不可測度。」

【集説】

清吴淇《六朝選詩定論》卷十七：鄴下諸子詩，總名「建安體」，然公幹質勁實，另自爲一體，清孫月峰（于光華《文選集評》卷七引）：劉以質率勝，此稍作意。

清陳祚明《采菽堂古詩選》卷二十四：起四句頗似公幹。

又云：此亦擬公幹《公宴詩》，但原詩無冒頭。此又將其《贈從弟詩》隱括作冒者，蓋取其詩「最有氣」，以形容謝擬劉詩小序中「卓犖偏人」四字。

所以鮑照有《學劉公幹體》詩。

王侍中懷德　粲仲宣

【題解】

此詩張本題作《王侍中粲懷德》，《文選》題作《王侍中粲》。小字注「粲仲宣」三字，《彙注》本作「粲」一字，《文選》作「懷德」二字。

詩題之「王侍中」，指王粲。《三國志》卷二十一《魏志·王粲傳》：「王粲字仲宣，山陽高平人也。曾祖父龔，祖父暢，皆爲漢三公。……獻帝西遷，粲徙長安，左中郎將蔡邕見而奇之。時邕才學顯著，貴重朝廷，常車騎填巷，賓客盈坐。聞粲在門，倒屣迎之。粲至，年既幼弱，容狀短小，一坐盡驚。邕曰：『此王公孫也，有異才，吾不如也。吾家書籍文章，盡當與之。』年十七，司徒辟，詔除黄門侍郎，以西京擾亂，皆不就。乃之荆州依劉表。表以粲貌寢而體弱通侻，不甚重也。表卒。粲勸表子琮，令歸太祖。太祖辟爲丞相掾，賜爵關内侯。……後遷軍謀祭酒。魏國既建，拜侍中。博物多識，問無不對。時舊儀廢弛，興造制度，粲恒典之。……性善算，作算術，略盡其理。善屬文，舉筆便成，無所改定，時人常以爲宿構，然正復精意覃思，亦不能加也。著詩、賦、論、議垂六十篇。建安二十一年，從征吴。二十二年春，道病卒，時年四十一。」其詩《詩品》置之上品，云：「其源出於李陵，發愀愴之詞，文秀而質羸，在曹、劉間别構一體。方陳思不足，比魏文有餘。」

《宋書·百官志上》：「侍中，四人。掌奏事，直侍左右，應對獻替。法駕出，則正直一人負璽陪乘。殿内門下衆事皆掌之。周公戒成王《立政》之篇所云『常伯』，即其任也。侍中本秦丞相史也，使五人往來殿内東廂奏事，故謂之侍中。漢西京無員，多至數十人，入侍禁中，分掌乘輿服物，下至褻器虎子之屬。武帝世，孔安國爲侍中，以其儒者，特聽掌御唾壺，朝廷榮之。……魏、晉以來，置四人，别加官不主數。秩比二千石。」《宋書·百官志下》：侍中，官第三品。

伊昔值世亂，秣馬辭帝京〔一〕。既傷蔓草别〔二〕，方知杕杜情〔三〕。崤函蕩丘墟①〔四〕，冀闕緬縱横〔五〕。倚棹泛涇渭〔六〕，日暮山河清〔七〕。蟋蟀依素野②〔八〕，嚴風吹枯莖③〔九〕。鷤鴂在幽草〔一〇〕，客子淚已零〔一一〕。去鄉三十載〔一二〕，幸遭天下平〔一三〕。賢主降嘉賞〔一四〕，金貂服玄纓〔一五〕。侍宴出河曲〔一六〕，飛蓋遊鄴城〔一七〕。朝露竟幾何〔一八〕，忽如水上萍〔一九〕。君子篤恩義④〔二〇〕，柯葉終不傾〔二一〕。福履既所綏〔二二〕，千載垂令名〔二三〕。

【校記】

①「蕩」《彙注》本、《文選作》「復」。

②「素野」《文選》作「桑野」。

③「枯莖」《文選》作「若莖」。

④「恩義」《彙注》本、《文選》作「惠義」。

【箋注】

〔一〕「伊昔」二句：《文選》卷二十三王粲《七哀詩二首》之一：「西京亂無象，豺虎方遘患。復棄中國去，遠身適荆蠻。」《文選》卷二十四陸機《答賈長淵》：「伊昔有皇，肇濟黎蒸。」李善注：「《爾雅》曰：『伊，惟也。』郭璞曰：『發語辭也。』」同書卷二十六顏延之《和謝監靈運》：「伊昔遘多幸，秉筆侍兩闈。」吕向注：「伊，惟。」《漢書》卷八十七下《揚雄傳下》：「故世亂則聖哲馳騖而不足，世治則庸夫高枕而有餘。」同書卷二十八鮑照《代出自薊北門行》：「時危見臣節，世亂識忠良。」《左傳・襄公二十六年》：「簡兵蒐乘，秣馬蓐食。」《藝文類聚》卷三十五引曹植《敘愁賦》：「亮無遠君之心，刈桂蘭而秣馬。舍予車於西林，願接翼於歸鴻。」《文選》卷四十五漢武帝《秋風辭》序：「上行幸河東，祠后土，顧視帝京，欣然中流，與羣臣飲燕。上歡甚，乃自作《秋風辭》。」《樂府詩集》卷二十七曹植《惟漢行》：「在昔懷帝京，日昃不敢寧。」按以上二句《文選》李周翰注：「值亂，謂董卓作亂。辭帝京，謂避亂荆州。」《校注》：「伊：發語詞。世亂：指董卓及其餘黨李傕、郭汜之亂。秣馬：喂馬。秣，喂馬的草料。」

〔二〕「既傷」句：《詩・鄭風・野有蔓草》篇孔穎達疏：「《野有蔓草詩》者，言思得逢遇男女合會之時。由君之恩德潤澤，不流及於下，又征伐不休，國内之民皆窮困於兵革之事，男女失其時節，不得早相配耦，思得不與期約而相會遇焉。是下民窮困之至，故述其事以刺時也。」《文選》卷二十二鮑照《行藥至城東橋》：「蔓草緣高隅，脩楊夾廣津。迅風首旦發，平路塞飛塵。」

〔三〕「方知」句：《詩・唐風・杕杜》篇，詩序：「《杕杜》，刺時也。君不能親其宗族，骨肉離散，獨居而無兄弟，將爲沃所并爾。」又《詩・小雅・杕杜》：「有杕之杜，其葉萋萋。王事靡盬，我心傷悲。」鄭玄箋：「傷悲者，念其君子，於今勞苦。」杕杜，孤生的杜梨。杜，杜梨，即棠梨。按以上二句《校注》云：「此二句寫悼時傷悲，悼離傷别之情。」

〔四〕「崤函」句：崤函，崤山和函谷關，爲古代險要之關隘。函谷東起崤山，故以連稱。賈誼《過秦論》：「秦孝公據崤函之固，擁雍州之地，君臣固守以窺周室。」張衡《西京賦》：「左有崤函重險，桃林之塞。」《校注》：「崤函：崤山和函谷關。泛指關中地區。」《吕氏春秋·知化》：「子胥非不先知化也，諫而不聽，故吴爲丘墟。」《史記》卷八十七《李斯列傳》：「紂殺親戚，不聽諫者，國爲丘墟，遂危社稷。」《漢書》卷五十八《公孫弘傳》：「自蔡至慶，丞相府客館丘虚而已。」

〔五〕「冀闕」句：冀闕，古代宫廷外的門闕。《史記》卷六十八《商君列傳》：「於是以鞅爲大良造，將兵圍魏安邑，降之。居三年，作爲築冀闕宫廷於咸陽，秦自雍徙都之。」司馬貞索隱：「冀闕，即魏闕也。冀，記也。出列教令，當記於此門闕。」《文選》卷十潘岳《西征賦》：「窺秦墟於渭城，冀闕緬其堙盡，覓陛殿之餘基，裁岥岮以隱嶙。」李善注：「緬，盡貌也。」《文選》卷五十五劉孝標《廣絶交論》：「駱驛縱横，煙霏雨散。巧歷所不知，心計莫能測。」李善注：「絡繹，縱横不絶也。煙霏雨散，衆多也。」鮑照《代陳思王京洛篇》：「琴瑟縱横散，舞衣不復縫。」《校注》：「縱横：謂毁圮散亂，不可收拾。」按以上二句《文選》劉良注：「崤山、函谷關及秦所造冀闕，皆化爲丘墟。緬，微也。縱横謂亂。」

〔六〕「倚棹」句：《文選》李善注：「《方言》曰：『楫謂之櫂。』棹與櫂同。」《詩·邶風·谷風》：「涇以渭濁，湜湜其沚。」毛傳：「涇渭相入而清濁異。」《史記》卷七十九《范雎蔡澤列傳》：「大王之國，四塞以爲固，北有甘泉、谷口，南帶涇渭。」《文選》卷二十四曹植《又贈丁儀王粲》：「山岑高無極，涇渭揚濁清。」

〔七〕日莫：傍晚。《文選》卷二十七王粲《從軍詩五首》之一：「盡日處大朝，日暮薄言歸。」同上書卷二十九前人《雜詩》：「日暮遊西園，冀寫憂思情。曲池揚素波，列樹敷丹榮。」

〔八〕「蟋蟀」句：《詩·豳風·七月》：「五月斯螽動股，六月莎雞振羽，七月在野，八月在宇，九月在户，十月蟋蟀入我牀下。」孔穎達疏：「言五月之時，斯螽之蟲摇動其股，六月之中，莎雞之蟲振訊其羽，蟋蟀之蟲六月居壁中，至七月則在野田之中，八月在堂宇之下，九月則在室户之内，至於十月，則蟋蟀之蟲入於我之牀下。此皆將寒之漸，故三蟲應節而變。」《文選》卷四十七王褒《聖主得賢臣頌》：「蟋蟀俟秋吟，蜉蝣出以陰。」吕向注：「蟋蟀、蜉蝣，皆蟲也，候時而鳴，知陰以出。言如賢人待明君而仕，知明時而見也。」按《校注》云：「素野：深秋時空曠的郊野。」

〔九〕「嚴風」句：《晉書》卷八十九《忠義傳序》：「若得其所，烈士不愛其存，故能守鐵石之深衷，厲松筠之雅操，見貞心於歲暮，標勁節於嚴風。赴鼎鑊其如歸，履危亡而不顧。」《文選》卷三十一袁淑《傚古》：「結車高闕下，極望見雲中。四面各千里，縱横起嚴風。寒燠豈如節，霜雨多異同。」張銑注：「嚴風，寒風也。燠，煖也。言地偏，節氣與中夏不同。」按以上二句《文選》吕向注：「蟋蟀，悲秋之蟲也。嚴風，急風。枯莖，枯木之莖，喻危脆也。」

〔一〇〕「鸛鵠」句：《詩·豳風·東山》：「鸛鳴於垤，婦歎於室。」毛傳：「鸛好水，長鳴而喜也。」鄭玄箋：「鸛，小鳥也。將陰雨則鳴。」《文選》卷二十七王粲《從軍詩五首》之二：「哀彼東山人，喟然感鸛鳴。」《左傳·僖公十六年》：「六鷁退飛，過宋都，風也。」杜預注：「鷁，水鳥，高飛遇風而退。」《詩經·小雅·何草不黄》：「有芃者狐，率彼幽草，有棧之車，行彼周道。」鮑照《飛蛾賦》：「淩燋煙之浮景，赴熙焰之明光。拔身幽草下，畢命在此堂。」 按此句《文選》李善注：「鸛鷁在幽草，謂鸛鳴於垤。鷁亦水鳥，故連言之。」

〔一一〕「客子」句：《文選》卷二十九曹植《雜詩·轉蓬離本根》：「類此遊客子，捐軀遠從戎。」《文選》王粲《從軍詩五首》之五：「客子多悲傷，淚下不可收。」《文選》卷二十九《古詩十九首·迢迢牽牛星》：「迢迢牽牛星，皎皎河漢女。纖纖擢素手，札札弄機杼，終日不成章，泣涕零如雨。」按以上二句《文選》張銑注：「鸛、鷁，水鳥名。幽草，深草也。客子，謂粲也。淚已零，悲亂也。」《校注》：「《詩·豳風·東山》：『鸛鳴於垤，婦歎於室。』言粲思念家室之意。淚零，落下眼淚。」

〔一二〕「去鄉」句：「楚辭·九辯」：「去鄉離家兮徠遠客，超逍遥兮今焉薄。」《文選》卷二十七曹植《白馬篇》：「少小去鄉邑，揚聲沙漠垂。」同書卷二十八鮑照《代結客少年場行》：「去鄉三十載，復得還舊丘。」

〔一三〕天下平：阮籍《樂論》：「禮治其外，樂化其内，禮樂正而天下平。」

〔一四〕「賢主」句：《文選》卷二十王粲《公讌詩》：「願我賢主人，與天享巍巍。」李善注：「主人，謂太祖也。」阮瑀《公讌詩》：「陽春和氣動，賢主以崇仁。布惠綏人物，降愛常所親。」《南齊書》卷四十七《謝朓傳》：「啓王敬則反謀，上甚嘉賞之，遷尚書吏部郎。」

〔一五〕「金貂」句：《漢書》卷八十五《谷永傳》：「戴金貂之飾，執常伯之職者，皆使學先王之道，知君臣之義。」顏師古注：「常伯，侍中也。伯，長也，常使長事者也。一曰常任使之人，此爲長也。」《文選》卷十三潘岳《秋興賦》：「登春臺之熙熙兮，珥金貂之炯炯。」李善注：「董巴《輿服志》曰：『侍中冠金璫，附蟬爲文，貂尾爲飾。』」按以上二句《文選》李善注：「賢主，魏太祖也。時粲爲侍中，故云。」呂延濟注：「賢主，謂魏武也。嘉賞與之遊宴。金貂、玄纓，侍中之服飾也。」《校注》：「賢主：指曹操。金貂：漢代侍中冠上有金璫，貂尾爲飾。指任侍中。玄纓：結冠的黑色帶子。漢代祭祀時天子、百官皆玄冠、玄纓。」

〔一六〕「侍宴」句：《文選》卷四十吴質《在元城與魏太子牋》：「臣質言：前蒙延納，侍宴終日，曜靈匿景，繼以華燈。」《文選》卷二張衡《西京賦》：「綴以二華，巨靈贔屓，高掌遠蹠，以流河曲。」同書卷四十二魏文帝《與朝歌令吴質書》：「天氣和暖，衆果具繁，時駕而遊，北遵河曲。從者鳴笳以啓路，文學託乘於後車。」同書卷三十陸機《擬東城一何高》：「思爲河曲鳥，雙遊豐水湄。」《校注》：「河曲：此指黄河北岸孟津。」

〔一七〕「飛蓋」句：《文選》卷二十曹植《公讌詩》：「公子敬愛客，終宴不知疲，清夜遊西園，飛蓋相追隨。」同書卷二十八陸機《挽歌詩三首》之二：「流離親友思，惆悵神不泰。素驂佇轜軒，玄駟騖飛蓋。」按此句《文選》劉良注：「飛蓋，車蓋也。」《校注》：「飛蓋：指奔馳的車子。鄴城：魏曾建都於此，地在今河北臨漳縣西南。」

〔一八〕「朝露」句：《漢書》卷五十四《蘇建傳附蘇武傳》：「人生如朝露，何久自苦如此。」顔師古注：「朝露見日則晞，人命短促亦如之。」《文選》卷二十七魏武帝《短歌行》：「對酒當歌，人生幾何，譬如朝露，去日苦多。慨當以慷，憂思難忘，何以解憂，唯有杜康。」《樂府詩集》卷六十一陸機《駕言出北闕行》：「安寢重冥廬，天壤莫能興。人生何期促，忽如朝露凝。」《宋書》卷六十七《謝靈運傳》：「臨死作詩曰：『龔勝無餘生，李業有終盡。嵇公理既迫，霍生命亦殞。悽悽淩霜葉，網網衝風菌。邂逅竟幾何，修短非所愍。』」

〔一九〕「忽如」句：《楚辭》王褒《九懷·尊嘉》：「竊哀兮浮萍，泛淫兮無根。」王逸章句：「自比如萍生水瀕也。隨水浮游，乍東西也。」《校注》：「水上萍：萍在水上飄浮，乍東乍西，喻人生漂泊不定。」按此句《文選》吕向注：「忽，疾貌。水萍喻無依託。」

〔二〇〕「君子」句：《論語·泰伯》：「君子篤於親，則民興於仁。故舊不遺，則民不偷。」陸賈《新語·本行》：「君子篤於義而薄於利，敏於事而慎於言。」

〔二一〕「柯葉」句：《禮記·禮器》：「其在人也，如竹箭之有筠也，如松柏之有心也。二者居天下之大端矣，故貫四時而不改柯易葉。」孔穎達疏：「松柏陵寒而鬱茂，由其内心貞和故也。」《論語·子罕》：「子曰：『歲寒然後知松柏之後彫也。』」何晏注：「大寒之歲，衆木皆死，然後知松柏不彫傷。平歲則衆木亦有不死者，故須歲寒而後别之。」按以上二句《文選》張銑

注：「篤，厚。惠，恩也。言君子厚其恩義，履其禮度，則如松柏之有心，不改柯葉傾落。」《校注》云：「篤：厚，重。惠義：恩義。柯葉：枝葉。傾：落。」又云：「此二句意謂，君子重恩，如同松柏四季常青，永不變心。」

〔二二〕「福履」句：福履，猶福禄。《詩·周南·樛木》：「樂只君子，福履綏之。」毛傳：「履，禄；綏，安也。」陳奂傳疏：「福履綏之，猶《鴛鴦》云『福禄綏之』耳。」《宋書》卷二十《樂志二》荀勖《晉四廂樂歌·三后》：「陟禹之跡，莫不來威。天被顯禄，福履是綏。」《文選》卷二十王粲《公讌詩》：「古人有遺言，君子福所綏。」吕向注：「言君子履福以安人。」

〔二三〕「千載」句：垂名，留傳聲名。《史記》卷九十五《樊酈滕灌列傳論》：「方其鼓刀屠狗賣繒之時，豈自知附驥之尾，垂名漢廷，德流子孫哉？」令名，美名。《左傳》襄公二十四年：「令名，德之輿也。德，國家之基也。」《左傳》襄公二十四年：「僑聞君子長國家者，非無賄之患，而無令名之難。」鮑照《行京口至竹里》：「君子樹令名，細人效命力。」按以上二句《校注》云：「此二句擬王粲《公宴詩》：『古人有遺言，君子福所綏。願我賢主人，與天享巍巍。』」

【集説】

清吴淇《六朝選詩定論》卷十七：此云擬仲宣《公宴詩》。原詩「昊天隆豐澤」云云，乃紀時以興起，此詩採《七哀詩》語，用自述爲起，即用謝擬王詩小序「家本秦川貴公子，遭亂流寓，自傷情多」爲柄。詩中摹仿仲宣格調，十得七八，其最警策者，在「日暮山河清」一語。然却是齊梁妙境，魏人所無。

又云：康樂備人，故全擬八首；文通備體，故只效前四首。此四首皆用《公宴》爲題，而舊注妄分四題，可噱也。

清陳祚明《采菽堂古詩選》卷二十四：亦肖。

清孫月峰（于光華《文選集評》卷七引）：有建安風骨，所少遜者，畦徑太分耳。

嵇中散言志　康叔夜

【題解】

此詩張本題作《嵇中散康言志》，《文選》題作《嵇中散康》。小字注「康叔夜」三字，《彙注》本作「康」一字，《文選》作「言志」二字。

詩題之「嵇中散」，指嵇康。《晉書》卷四十九《嵇康傳》：「嵇康字叔夜，譙國銍人也。其先姓奚，會稽上虞人，以避怨，徙焉。銍有嵇山，家於其側，因而命氏。……康早孤，有奇才，遠邁不羣。身長七尺八寸，美詞氣，有風儀，而土木形骸，不自藻飾，人以爲龍章鳳姿，天質自然。恬静寡欲，含垢匿瑕，寬簡有大量。學不師受，博覽無不該通。長好老莊。與魏宗室婚，拜中散大夫。常修養性服食之事，彈琴詠詩，自足於懷。……所與神交者，惟陳留阮籍、河内山濤，豫其流者，河内向秀、沛國劉伶、籍兄子咸、琅邪王戎。遂爲竹林之遊，世所謂『竹林七賢』也。戎自言與康居山陽二十年，未嘗見其喜愠之色。……性絶巧而好鍛，宅中有一柳樹甚茂，乃激水圜之，每夏月，居其下以鍛。東平吕安服康高致，每一相思，輒千里命駕，康友而善之。後安爲兄所枉訴，以事繫獄，辭相證引，遂復收康。……康將刑東市，太學生三千人請以爲師，弗許。康顧視日影，索琴彈之，曰：『昔袁孝尼嘗從吾學《廣陵散》，吾每靳固之，《廣陵散》於今絶矣。』時年四十。海内之士，莫不痛之。」其詩《詩品》置於中品，云：「頗似魏文，過爲峻切，訐直露才，傷淵雅之致。然託喻清遠，良有鑒裁，亦未失其高流矣。」

曰余不師訓〔一〕，潛志去俗塵①〔二〕。遠想出宏域〔三〕，高步超常倫〔四〕。靈鳳振羽儀〔五〕，戢景西海濱〔六〕。朝食琅玕實〔七〕，夕飲玉池津〔八〕。處順故無累〔九〕，養德乃入神〔一〇〕。曠哉宇宙惠〔一一〕，雲羅更四陳〔一二〕。哲人貴識義〔一三〕，大雅明庇身②〔一四〕。莊生悟無爲〔一五〕，老氏守其真③〔一六〕。天下皆得一〔一七〕，名實久相賓〔一八〕。咸池饗爰居④〔一九〕，鐘鼓或愁辛〔二〇〕。柳惠善直道〔二一〕，孫登庶知人〔二二〕。寫懷良未遠〔二三〕，感贈還書紳⑤〔二四〕。

【校記】

①「俗塵」《彙注》本、張本、梁本、《文選》作「世塵」。

②「庇」原作「疪」，今據汪本、《彙注》本、張本、梁本、《文選》改。

③「老氏」原作「左氏」，今據《彙注》本、張本、梁本、《文選》改。

④「饗」原作「響」，今據元鈔本、《彙注》本、張本、梁本、《文選》改。

⑤「感贈還書紳」元鈔本作「感志以書請」。「還」《彙注》本、張本、梁本、《文選》作「以」。

【箋注】

〔一〕「曰余」句：《文選》卷二十三嵇康《幽憤詩》：「恃愛肆姐，不訓不師。」李周翰注：「肆，縱。姐，嬌也。恃母兄之慈縱而成嬌，不垂訓教，不立師傅。」郭璞《山海經序》：「其山川名號，所在多有舛謬，與今不同，師訓莫傳，遂將湮泯。」《校注》：「曰：發語詞。不師訓：謂没有受過嚴格的師教。」

〔二〕「潛志」句：潛志，專心致志。《後漢書》卷七十三《陶謙傳附趙昱傳》：「清己疾惡，潛志好學，雖親友希得見之。」《藝文類聚》卷三十六引曹植《潛志賦》：「潛大道以遊志，希往昔之遐烈。」俗塵，猶塵俗，即塵世、人間。《晉書》卷九十四《隱逸・索襲傳》：「宅不彌畝而志忽九州，形居塵俗而棲心天外。」《校注》：「潛志：專心一致。去世塵：避開世俗之事。」按以上二句劉良注：「言不受師教訓而深遠於俗事。」

〔三〕遠想：《藝文類聚》卷六十二陸雲《登臺賦》：「憑虚檻而遠想，審歷命於斯堂。」《世説新語・言語》：「王右軍與謝太傅共登冶城，謝悠然遠想，有高世之志。」《樂府詩集》卷十九何承天《宋鼓吹鐃歌・臨高臺》：「隨所遭何爲，遠想令心勞。」

〔四〕「高步」句：高步，大步、濶步。《文選》卷二十一左思《詠史八首》之五：「被褐出閶闔，高步追許由。振衣千仞岡，濯足萬里流。」同書卷二十四陸機《答賈長淵》：「魯公戾止，衮服委蛇。思媚皇儲，高步承華。」《文選》卷六左思《魏都賦》：「繆默語之常倫，牽膠言而踰侈。」《校注》：「常倫：常輩，普通人。」按以上二句《文選》吕向注：「宏，大。倫，輩。」

〔五〕「靈鳳」句：靈鳳，鳳凰之美稱。《太平御覽》卷九百五十六引《古詩》：「井梧棲靈鳳。」陸雲《寒蟬賦》：「飄如飛焱之遺驚風，眇如輕雲之麗太陽。華靈鳳之羽儀，睹皇都乎上京。」《樂府詩集》卷十四王韶之《宋四廂樂歌》：「體至和，感陰陽。德無不柔，繁休祥。瑞徽璧，應嘉鐘。舞靈鳳，躍潛龍。」羽儀，猶羽翼。《管子・霸形》：「寡人之有仲父也，猶飛鴻之有羽翼也。」《楚辭・哀時命》：「勢不能淩波以徑度兮，又無羽翼而高翔。」鮑照《代雉朝飛》：「雉朝飛，振羽翼，專場挾兩恃彊力。」

〔六〕「戢景」句：戢景，匿跡。景，通「影」。傅咸《螢火賦》：「當朝陽而戢景兮，必宵昧而是征。」虞炎《奉和竟陵王經劉瓛墓下》：「下帷閒昔儒，窺園信且逸。聚學叢煙郊，棲道事環蓽。戢景謝歸年，税駕空悠日。」《藝文類聚》卷七十八引晉郭璞《遊仙詩》：「璿臺冠崑嶺，西海濱招摇。瓊林籠藻映，碧樹疏英翹。」按《文選》吕向注：「戢，匿也。」以上二句《校注》云：「羽儀：羽翼。戢景：猶匿跡。西海濱：西方極遠之地。嵇康《五言贈秀才詩》：『雙鸞匿景曜，戢翼太山崖。抗首漱朝露，晞陽振羽儀。』」

〔七〕「朝食」句：阮籍《詠懷詩八十二首》之四十三：「朝飡琅玕實，夕宿丹山際。託身青雲中，網羅不能制。」《藝文類聚》卷九十引《莊子》：「老子歎曰：『吾聞南方有鳥，其名爲鳳，所居積石千里。天爲生食，其樹名瓊枝，高百仞，以璆琳琅玕爲實。天又爲生離珠，一人三頭，遞卧遞起，以伺琅玕。鳳鳥之文，戴聖嬰仁，右智左賢。』」琅玕，似珠玉的美石。《書·禹貢》：「厥貢惟球、琳、琅玕。」孔傳：「琅玕，石而似玉。」孔穎達疏：「琅玕，石而似珠者。」

〔八〕「夕飲」句：《文選》李善注：「傅玄《擬楚篇》曰：『登崑崙，漱玉池。』」鮑照《代空城雀》：「雀乳四鷇，空城之阿。朝食野粟，夕飲冰河。」前人《舞鶴賦》：「疊霜毛而弄影，振玉羽而臨霞。朝戲於芝田，夕飲乎瑶池。」

〔九〕「處順」句：《莊子·大宗師》：「且夫得者時也，失者順也，安時而處順，哀樂不能入也，此古之所謂懸解也。」《校注》：「處順：謂順應自然，置生死得失於度外。」《莊子·達生》：「夫欲免爲形者，莫如棄世，棄世則無累。」《淮南子·精神訓》：「輕天下則神無累矣，細萬物則心不惑矣，齊死生則志不懾矣，同變化則明不眩矣。」

〔一〇〕「養德」句：《莊子·天地》：「堯觀乎華，華封人曰：『嘻！聖人，請祝聖人，使聖人壽。』堯曰：『辭。』『使聖人富。』堯曰：『辭。』『使聖人多男子。』堯曰：『辭。』封人曰：『壽，富，多男子，人之所欲也。女獨不欲，何邪？』堯曰：『多男子則多懼，富則多事，壽則多辱。是三者，非所以養德也，故辭。』」《校注》：「養德：涵養天德。天德，即去欲無爲，任自然而運動之意。」《易·繫辭下》：「精義入神，以致用也。」孔穎達疏：「言聖人用精粹微妙之義，入於神化，寂然不動，乃能致其所用。」《校注》：「入神：謂進入神明的境界。」按以上二句《文選》張銑注：「有形，時也。無形，順也。安時處順，憂樂不及，故曰無累。養德謂以道德自養，道德至妙，乃通神明。」

〔一一〕「曠哉」句：《文子·自然》：「往古來今謂之宙，四方上下謂之宇，道在其中，而莫知其所。」《莊子·讓王》：「余立於宇宙之中，冬日衣皮毛，夏日衣葛絺；春耕種，形足以勞動；秋收斂，身足以休食；日出而作，日入而息，逍遥於天地之間，而心意自得。」《淮南子·原道訓》：「横四維而含陰陽，紘宇宙而章三光。」高誘注：「四方上下曰宇，古往今來曰宙。」

〔一二〕「雲羅」句：《文選》卷四左思《蜀都賦》：「金罍中坐，肴槅四陳。」《宋書》卷二十《樂志二》顔延之《宋郊祀歌》：「金枝中樹，廣樂四陳。」按以上二句《文選》李周翰注：「言天地之惠如雲之羅列，陳布於四方。」《校注》：「宇宙惠：謂天地之恩惠。雲羅：如雲之羅列。四陳：分佈於四方。言恩惠多而且廣。」

〔一三〕「哲人」句：《禮記·檀弓上》：「孔子蚤作，負手曳杖，消摇於門，歌曰：『泰山其頽乎！梁木其壞乎！哲人其萎乎！』」《文選》卷五十曹植《王仲宣誄》：「嗚呼哀哉！皇穹神察，哲人是恃，如何靈祇，殲我吉士。」劉良注：「皇天之神不察視我明哲之人乎？神祇何殲滅之！」識義，識知義理。《左傳》僖公二十八年：「禮以行義，信以守禮，刑以正邪。舍此三者，君將若之何？」

〔一四〕「大雅」句：《大雅·烝民》：「邦國若否，仲山甫明之。既明且哲，以保其身。夙夜匪解，以事一人。」《左傳》襄公三十一年：「吾聞君子務知大者遠者，小人務知小者近者。我小人也，衣服附在吾身，我知而慎之。大官大邑，所以庇身也，我遠而慢之。」《校注》：「庇身：保身。」按以上二句《文選》呂延濟注：「哲，智也。言智者貴識義理。大雅，《詩》篇名，言明知可庇蔭其身。」

〔一五〕「莊生」句：《莊子·逍遥遊》：「何不樹之於無何有之鄉，廣莫之野，彷徨乎無爲其側，逍遥乎寢卧其下，不夭斤斧，物無害者。無所可用，安所困苦哉！」《莊子·天道》：「夫虚静恬淡，寂漠無爲者，天地之平，而道德之至。」《老子》：「道常無爲而無不爲，侯王若能守之，萬物將自化。」

〔一六〕「老氏」句：《老子》第六十五章：「古之善爲道者，非以明民，將以愚之。」王弼注：「明謂多見巧詐，蔽其樸也。愚謂無知守真，順自然也。民之難治，以其智多。」《莊子·漁父》：「謹修而身，慎守其真，還以物與人，則無所累矣。」《後漢書》卷五十三《申屠蟠傳》：「安貧樂潛，味道守真，不爲燥濕輕重，不爲窮達易節。」按以上二句《文選》劉良注：「悟，明也。莊周、老聃皆道者之流，無爲任物，自爲守真，不汚本性。」《校注》：「莊生：即莊子。老氏：即老子。守真：謂保持自然本性，不加文飾。」

〔一七〕「天下」句：《老子》第三十九章：「昔之得一者，天得一以清，地得一以寧，神得一以靈，谷得一以盈，萬物得一以生，侯王得一以爲天下貞。」王弼注：「一，數之始而物之極也，各是一物之生，所以爲主也。物皆各得此一以成。」

〔一八〕「名賓」句：《莊子・逍遥遊》：「子治天下，天下既已治也，而我猶代子，吾將爲名乎？名者，實之賓也，吾將爲賓乎？」按此句《文選》吕向注：「名者實之賓，言名實久相爲賓主。」《校注》：「相賓：謂名與實處於賓與主的關係。意即名實相副，不能實外求名。」

〔一九〕「咸池」句：《禮記・樂記》：「《咸池》，備矣。」鄭玄注：「黄帝所作樂名也，堯增脩而用之。」《莊子・至樂》：「昔者海鳥止於魯郊，魯侯御而觴之於廟，奏《九韶》以爲樂，具太牢以爲膳，鳥乃眩視憂悲，不敢食一臠，不敢飲一杯，三日而死。」司馬彪注：「海鳥，即爰居也。」《左傳・文公二年》：「作虚器，縱逆祀，祀爰居。」杜預注：「海鳥曰爰居。」《爾雅・釋鳥》：「爰居，雜縣。」邢昺疏：「爰居，海鳥也，大如馬駒，一名雜縣。漢元帝時，琅邪有之。」《校注》：「咸池：古樂名，相傳爲黄帝之樂。饗：宴饗，款待。爰居：海鳥名。」

〔二〇〕「鐘鼓」句：《詩・小雅・彤弓》：「鐘鼓既設，一朝饗之。」《吕氏春秋・順民》：「身不安枕席，口不甘厚味，目不視靡曼，耳不聽鐘鼓。」高誘注：「不欲聞音樂。」按以上二句《文選》張銑注云：「爰居，海鳥也。昔臧文仲奏《咸池》，擊鐘鼓，具太牢，以饗海鳥，禮樂雖美，鳥聞之悲愁辛酸。此言榮禄信美，而康視之亦猶鳥聞鐘鼓之音。」《校注》云：「此二句意謂，自己不好榮禄，有如海鳥不善聽音樂，是本性所然，不能强求。」

〔二一〕「柳惠」句：《論語・微子》：「柳下惠爲士師，三黜。人曰：『子未可以去乎？』曰：『直道而事人，焉往而不三黜？枉道而事人，何必去父母之邦。』」邢昺疏：「柳下惠爲士師者，士師，典獄之官也。三黜者，時柳下惠爲魯典獄之官，任其直道，羣邪醜直，故三被黜退。人曰『子未可以去乎』者，或人謂柳下惠曰：吾子數被黜辱，未可以去離魯乎？曰『直道而事人，焉往而不三黜，枉道而事人，何必去父母之邦』者，答或人不去之意也。」《文選》卷十潘岳《西征賦》：「無柳季之直道，佐士師而一黜。」

〔二二〕「孫登」句：《晉書》卷九十四《隱逸・孫登傳》：「孫登字公和，汲郡共人也。無家屬，於郡北山爲土窟居之，夏則編草爲裳，冬則被髮自覆。好讀《易》，撫一弦琴，見者皆親樂之。性無恚怒，人或投諸水中，欲觀其怒，登既出，便大笑。時時遊人間，所經家或設衣食者，一無所辭，去皆捨棄。……文帝聞之，使阮籍往觀，既見，與語，亦不應。嵇康又從之遊三年，問其所圖，終不答，康每歎息。將别，謂曰：『先生竟無言乎？』登乃曰：『子識火乎？火生而有光，而不用其光，果在於用光。人生而有才，而不用其才，而果在於用才。故用光在乎得薪，所以保其耀；用才在乎識真，所以全其年。今子才多識寡，難乎免於今之世矣！子無求乎？』康不能用，果遭非命，仍作《幽憤詩》曰：『昔慚柳下，今愧孫登。』」按此句《文選》李周翰注：「言康以直道而被幽縶，故以登爲知人也。」

〔三〕「寫懷」句：蔡邕《司徒袁公夫人馬氏靈表》：「銜恤哀痛，靡所寫懷。」《樂府詩集》卷三十三魏明帝《苦寒行》：「徒悲我皇祖，不永享百齡。賦詩以寫懷，伏軾淚霑纓。」《文選》卷三十謝靈運《擬魏太子鄴中集・平原侯植》：「副君命飲宴，歡娛寫懷抱。良遊非晝夜，豈云晚與早。」《校注》：「未遠：夠不上遠大。」

〔四〕「感贈」句：《論語・衛靈公》：「子張問行，子曰：『言忠信，行篤敬，雖蠻貊之邦，行矣。言不忠信，行不篤敬，雖州里，行乎哉？立則見其參於前也，在輿則見其倚於衡也，夫然後行。』子張書諸紳。」何晏注：「紳，大帶。」按此句《文選》吕延濟注：「謂康寫幽憤之懷，未能遠及真理，故感此以贈當代，書紳以爲戒也。紳，大帶也。」《校注》：「感贈：謂有感於所贈之詩。按《嵇康集》中有郭遐周《贈嵇康詩》三首，其三云：『勖哉乎嵇生，敬德在慎軀。』疑指此。書之於紳用以自警。紳，大帶。」

【集説】

宋范晞文《對牀夜語》卷一：子建云：「朝遊江北岸，日夕宿湘沚。」潘安仁云：「朝發晉京陽，夕次金谷湄。」劉越石云：「朝發廣莫門，暮宿丹水山。」謝靈運云：「旦發清溪陰，暝投剡中宿。」鮑明遠云：「朝遊雁門山，暮還樓煩宿。」皆本《楚詞》：「朝發軔於蒼梧兮，夕予至乎縣圃。」若陸士衡「朝采南澗藻，夕息西山足。」又江文通「朝食琅玕實，夕飲玉池津。」則亦本《楚詞》：「朝食木蘭之墜露兮，夕餐秋菊之落英。」

清吴淇《六朝選詩定論》卷十七：文通所擬雜體詩，俱以五言漢道爲主，而中散入《選》者止四言，文通强以相就，未免有刓珪爲璧之譏。

又云：通篇俱摭拾《老》、《莊》語意，概括中散《幽憤詩》。「潛志去世塵」五字爲一篇之骨。「違想」句跟「潛志」，「高步」句跟「世塵」，總冒以「不師訓」三字，見志大才疏，由於不學也。「靈鳳」四句，用以自比其「潛志」出「世塵」之意。「處順」句，能養其外也；「養德」句，能養其内也。「曠哉」二句，天地無私，各正性命，無一物不得其所也。世之跼蹐於天高地厚之中者，皆由不能處順養德之故，苟能處順養德，固無人而不自得也。所以哲人知事理之宜，故能以大雅之道自庇其身，如莊生之無爲，老氏之守真，其選也。下文所謂「一」，即老所守之真，莊生所悟之無爲，其實總一實也。有實斯有名，實與名從來互相爲賓，吾則爲實不爲名，是治其内不治其外。能治其内，即足於性而萬物不能易。故鐘鼓雖榮，不能易野馬之性，即顔延年所云「龍性誰能馴」也。「柳惠」二句，本原詩「昔慚柳下，今愧孫登」，「寫懷」、「書紳」，不及原詩之痛悔，然而原詩之痛悔，乃其高占地步處，并未嘗深自痛悔也，此其所以爲嵇中散歟！

清陳祚明《采菽堂古詩選》卷二十四：頗得曠旨。

清張伯起（于光華《文選集評》卷七引）： 無一字一句不肖嵇叔夜，性情、面目、聲口、胸次，直忘其爲優孟衣冠，當爲三十首之冠。

阮步兵詠懷 籍嗣宗

【題解】

此詩張本題作《阮步兵籍詠懷》，《文選》題作《阮步兵籍》。小字注「籍嗣宗」三字，《彙注》本作「籍」一字，《文選》作「詠懷」二字。

詩題之「阮步兵」，指阮籍。《晉書》卷四十九《阮籍傳》：「阮籍字嗣宗，陳留尉氏人也。父瑀，魏丞相掾，知名於世。籍容貌瓌傑，志氣宏放，傲然獨得，任性不羈，而喜怒不形於色。或閉户視書，累月不出；或登臨山水，經日忘歸。博覽羣籍，尤好《莊》《老》。嗜酒，能嘯，善彈琴，當其得意，忽忘形骸，時人多謂之癡。惟族兄文業每歎服之，以爲勝己，由是咸共稱異。……宣帝爲太傅，命籍爲從事中郎。及帝崩，復爲景帝大司馬從事中郎。高貴鄉公即位，封關内侯，徙散騎常侍。籍本有濟世志，屬魏晉之際，天下多故，名士少有全者，籍由是不與世事，遂酣飲爲常。文帝初欲爲武帝求婚於籍，籍醉六十日，不得言而止。鍾會數以時事問之，欲因其可否而致之罪，皆以酣醉獲免。及文帝輔政，籍嘗從容言於帝曰：『籍平生曾遊東平，樂其風土。』帝大悦，即拜東平相。籍乘驢到郡，壞府舍屏障，使内外相望。法令清簡，旬日而還。……時率意獨駕，不由徑路，車迹所窮，輒慟哭而反。嘗登廣武，觀楚漢戰處，歎曰：『時無英雄，使豎子成名。』登武牢山，望京邑而歎，於是賦《豪傑詩》。景元四年冬卒，時年五十四。籍能屬文，初不留思，作《詠懷詩》八十餘篇，爲世所重。」其詩鍾嶸《詩品》置之上品，云：「其源出於《小雅》，無雕蟲之功，而《詠懷》之作，可以陶性靈，發幽思，言在耳目之内，情寄八荒之表，洋洋乎會於風雅，使人忘其鄙近。自致遠大，頗多感慨之詞，厥旨淵放，歸趣難求。」

青鳥海上遊〔一〕，鷽斯蒿下飛〔二〕。浮沉不相宜①〔三〕，羽翼各有歸〔四〕。飄飄可終極②〔五〕，滉瀁安是非③〔六〕。朝雲乘變化〔七〕，光耀世所希④〔八〕。精衛銜木石〔九〕，誰能測幽微〔一〇〕。

【校記】

①「浮沉」《彙注》本、《文選》作「沉浮」。

②「飄飄可終極」元鈔本、《彙注》本、《文選》作「飄颻可終年」。

③「滉瀁」《彙注》本、張本、梁本、《文選》作「沆瀁」。

④「世」原作「代」，今據《彙注》本、張本、梁本、《文選》改。

【箋注】

〔一〕「青鳥」句：阮籍《詠懷·夏后乘靈輿》：「鳳凰鳴參差，伶倫發其音。王子好簫管，世世相追尋。誰言不可見，青鳥明我心。」按《校注》云：「青鳥：海鳥。《文選》李善注引《吕氏春秋》曰：『海上有人好青者，朝至海上而從青遊，青至者前後數百。其父曰：聞汝從青遊，盍取來，吾欲觀之。其子明旦至海上，羣青翔而不下。』青，今本《吕氏春秋》作『蜻』，《列子·黄帝》載此事作『漚鳥』。漚，同『鷗』。按《三國志·魏志·高柔傳》注引孫盛曰：『機心内萌，則鷗不下。』又阮籍《詠懷》其二十二云：『誰言不可見，青鳥明我心。』皆本鷗鳥機心故事，則青鳥即鷗鳥。」

〔二〕「鷽斯」句：《文選》李善注引《莊子》曰：「北溟有魚，化爲鳥，其名曰鵬。《齊諧》曰：『鵬之徙南溟，摶扶摇而上者九萬里。』蜩與鷽鳩笑之：『我決起而飛，搶榆枋而止，不至，控地而已，奚以之九萬里而圖南爲？』北溟有鳥焉，其名爲鵬，摶扶摇羊角而上者行九萬里。尺鷃笑之曰：『彼且奚適？我騰躍而上，不過數仞而下，翱翔蓬蒿之間，此亦飛之至也，而彼且奚適也？』此小大之辨也。」鷽鳩，今本《莊子·逍遥遊》作「學鳩」。唐劉知幾《史通·雜説下》：「莊周著書，以寓言爲主……至如鼃鼈競長，蚿蛇相憐，鷽鳩笑而後言，鮒魚忿以作色。」《詩·小雅·小弁》：「弁彼鷽斯，歸飛提提。」毛傳：「鷽，卑居。卑居，雅烏也。」孔穎達疏：「此鳥名鷽，而云斯者，語辭。」《校注》：「鷽斯：鳥名，較鴉小而腹下白。」按以上二句《文選》劉良注：「青鳥，海鳥也。海上蒿下，寬隘不同，適性逍遥，其致一也。」福林按：李白《以詩代書答元丹丘》：「青鳥海上來，今朝發何處。」當從此出。

〔三〕「浮沉」句：《古文苑》卷三班婕妤《擣素賦》：「佇風軒而結睇，對愁雲之浮沉。」《文選》卷二十三曹植《七哀詩》：「君若清路塵，妾若濁水泥。浮沉各異勢，會合何時諧？」阮籍《詠懷・夸談快憤懣》：「一餐度萬世，千歲再浮沈。誰云玉石同，淚下不可禁。」

〔四〕「羽翼」句：阮籍《詠懷・鸞鳩飛桑榆》：「鸞鳩飛桑榆，海鳥運天池。豈不識宏大，羽翼不相宜。招摇安可翔，不若棲樹枝。下集蓬艾間，上遊園圃籬。但爾亦自足，用子爲追隨。」按以上二句《文選》吕向注：「沈謂蒿下，浮謂海上，各是所遊，故云不相宜。然同得其所，故云各有歸。」

〔五〕「飄飄」句：《文選》卷二張衡《西京賦》：「度曲未終，雲起雪飛。初若飄飄，後遂霏霏。」薛綜注：「飄飄、霏霏，雪下貌。」《藝文類聚》卷六十二引魏文帝《登臺賦》：「步逍遥以容與，聊遊目於西山。溪谷紆以交錯，草木鬱其相連。風飄飄而吹衣，鳥飛鳴而過前。」《國語・越語下》：「范蠡對曰：『臣聞命矣。君行制，臣行意。』遂乘輕舟以浮於五湖，莫知其所終極。」《文選》卷二十三阮籍《詠懷詩・誰言萬事艱》：「誰言萬事艱，逍遥可終生。臨堂翳華樹，悠悠念無形。彷徨思親友，倏忽復至冥。寄言東飛鳥，可用慰我情。」

〔六〕「滉瀁」句：滉瀁，深廣貌。《三國志》卷五十三《吴志・薛綜傳》：「加又洪流滉瀁，有成山之難，海行無常，風波難免。」《列子・列命》：「夫信命者亡壽夭，信理者亡是非。」《莊子・齊物論》：「是亦彼也，彼亦是也，彼亦一是非，此亦一是非，果且有彼是乎哉？果且無彼是乎哉？彼是莫得其偶，謂之道樞。」郭象《莊子·逍遥遊》題注：「夫小大雖殊，而放於自得之場，則物任其性，事稱其能，各當其分，逍遥一也，豈容勝負於其間哉？」按以上二句《文選》張銑注：「飄飖，輕飛貌。可終年，謂鷽斯也。沆瀁，廣大貌。青鳥遊於廣大之處，亦安知其是非。」《校注》：「飄飖，輕飛貌。指鷽斯飛於蒿下。沆瀁，廣大貌。指青鳥遊於海上。安是非，不知其是非。謂青鳥遊於海上，鷽斯飛於蓬下，凡一生都逍遥自在，無是非好壞可言。」

〔七〕「朝雲」句：《文選》卷十九宋玉《高唐賦》：「妾在巫山之陽，高丘之阻，旦爲朝雲，暮爲行雨，朝朝暮暮，陽臺之下。」同書卷二十三阮籍《詠懷·湛湛長江水》：「三楚多秀士，朝雲進荒淫。朱華振芬芳，高蔡相追尋。」《廣弘明集》卷十五釋慧遠《晉襄陽丈六金像頌序》：「於是乘變化以動物，而衆邪革心；跬神步以感時，而羣疑同釋。」《校注》：「乘變化：謂乘雲氣而變化無窮。」

〔八〕「光耀」句：《樂府詩集》卷十九傅玄《晉鼓吹曲·玄雲》：「元功配二王，芬馨世所稀。我皇敘羣才，洪烈何巍巍。」《文選》卷二十五陸雲《爲顧彦先贈婦二首》之二：「華容溢藻幄，哀響入雲漢。知音世所希，非君誰能讚。棄置北辰星，問此玄龍焕。時暮復何言，華落理必賤。」《校注》：「光耀：謂容光艷麗。希：同『稀』。」按以上二句《文選》李周翰注：「朝雲，高唐神也。言高唐神乘雲變化，爲其光色，當代所稀有。」

〔九〕「精衛」句：《山海經·北山經》：「又北二百里曰發鳩之山，其上多柘木，有鳥焉，其狀如鳥，文首白喙赤足，名曰精衛，其鳴自詨，是炎帝之少女，名曰女娃。女娃遊於東海，溺而不返，故爲精衛，常銜西山之木石，以堙於東海。」《藝文類聚》卷九十二引晉郭璞《精衛贊》：「炎帝之女，化爲精衛，沉形東海，靈爽西邁。乃銜木石，以填攸害。」陶淵明《讀山海經·精衛銜微木》：「精衛銜微木，將以填滄海。刑天舞干戚，猛志故常在。同物既無慮，化去不復悔。徒設在昔心，良晨詎可待。」

〔一〇〕「誰能」句：《漢書》卷八十七下《揚雄傳下》：「若夫閎言崇議，幽微之塗，蓋難與覽者同也。」陸雲《失題二首》之一：「美哉良友，稟德坤靈。明照遠鑒，幽微研精。」按此句《文選》呂延濟注：「言此幽微之事難知。」

【集說】

清吴淇《六朝選詩定論》卷十七：此詩五十字，欲隱括嗣宗《詠懷》諸詩，却隱括得一部《莊子》。「青鳥」四句，《逍遥遊》也；「飄飄終天年」，《養生主》也；「涀瀁安是非」，《齊物論》也；「朝雲乘變化」，《應帝王》也；「光耀世所希」，《德充符》也；「精衛銜木石」，《人世間》也；「誰能測幽憤」，《大宗師》也。而於嗣宗之原旨，則有未合者。蓋嗣宗詩從《騷》來，不從《莊》來，純是一片憂憫之意。特出以至慎，故人多不覺，顔光禄《五君詠》云「物固不可論，塗窮得毋痛」，最爲識微。

又云：《莊子》以鵬對斥鷃，蓋引《齊諧》及湯問棘之語，言物各適其性。嗣宗以黄鵠對燕雀，蓋引陳勝之語，言物各有其志也。此詩易以青鳥，出《西王母傳》，與「鸒斯」原不相涉，只是硬捉來作對。「羽翼各有歸」，言青鳥歸海上，鸒斯歸高下，即阮詩「中路安歸」意。「精衛銜木石」，即「磬折忘歸」者。「誰能測幽微」，是該原詩「忉惻莫我知」等意。「幽微」二字，正對上文「光耀」二字。光耀在外，幽微在内。光耀亦幽微所發見者，但其中有至慎者爲之扃鐍。故世人止希其光耀，而不能測其幽微。即殘刻如晉文帝，亦不能忌也。

清何焯《義門讀書記》卷四十七《文選》卷三：阮公知己。

清陳祚明《采菽堂古詩選》卷二十四：亦稍近射洪矣。

清方伯海（于光華《文選集評》卷七引）：阮步兵與嵇中散不肯附司馬氏一也，但步兵能晦於酒以免禍。篇中重在鸒斯、精衛，自示其意。予讀《别》、《恨》二賦，未免疑其才盡，讀此篇及前篇，不覺失矣。

張司空離情　華茂先

【題解】

此詩張本題作《張司空華離情》，《文選》題作《張司空華》。小字注「華茂先」三字，《彙注》作「華」一字，《文選》作「離情」二字。

詩題之「張司空」，指張華。《晉書》卷三十六《張華傳》：「張華字茂先，范陽方城人也。父平，魏漁陽郡守。華少孤貧，自牧羊，同郡盧欽見而器之。鄉人劉放亦奇其才，以女妻焉。華學業優博，辭藻温麗，朗贍多通，圖緯方伎之書莫不詳覽。少自脩謹，造次必以禮度，勇於赴義，篤於周急。器識弘曠，時人罕能測之。……賈謐與后共謀，以華庶族，儒雅有籌略，進無逼上之嫌，退爲衆望所依，欲倚以朝綱，訪以政事。疑而未決，以問裴頠，頠素重華，深贊其事。華遂盡忠匡輔，彌縫補闕，雖當闇主虐后之朝，而海内晏然，華之功也。華懼后族之盛，作《女史箴》以爲諷。賈后雖凶妬，而知敬重華。久之，論前後忠勳，進封壯武郡公。華十餘讓，中詔敦譬乃受。數年，代下邳王晃爲司空，領著作。……及倫、秀將廢賈后……遂害之於前殿馬道南，夷三族，朝野莫不悲痛之。時年六十九。華性好人物，誘進不倦，至於窮賤候門之士有一介之善者，便咨嗟稱詠，爲之延譽。雅愛書籍，身死之日，家無餘財，惟有文史溢於機篋。」其詩《詩品》置之中品，云：「其源出於王粲。其體華艷，興託不奇，巧用文字，務爲妍治。雖名高曩代，而疏亮之士猶恨其兒女情多，風雲氣少。謝康樂云：『張公雖復千篇，猶一體耳。』今置之中品疑弱，處之下科恨少，在季孟之間矣。」

秋月映簾櫳①〔一〕，懸光入丹墀〔二〕。佳人撫鳴琴〔三〕，清夜守空帷〔四〕。蘭徑少行迹〔五〕，玉臺生網絲〔六〕。庭樹發紅彩②，閨草含碧滋〔七〕。延佇整綾綺〔八〕③，萬里贈所思〔九〕。願垂湛露惠〔一〇〕，信我皎日期〔一一〕。

【校記】

①「映」《文選》李善本作「照」。

②「庭樹」《玉臺新詠》卷五作「夜樹」。

③「延佇整綾綺」《玉臺新詠》作「羅綺爲君整」。

【箋注】

〔一〕「秋月」句：陶淵明《辛丑歲七月赴假還江陵夜行塗口》：「叩枻新秋月，臨流別友生。」《文選》卷二十謝靈運《初去郡》：「野曠沙岸淨，天高秋月明。」《文選》卷二十九張華《情詩二首》之一：「清風動帷簾，晨月照幽房。佳人處遐遠，蘭室無容光。」同書卷三十謝惠連《七月七日夜詠牛女》：「落日隱櫩楹，升月照簾櫳。」李善注：「《說文》曰：『櫳，房室之疏也。』」

〔二〕「懸光」句：《晉書》卷五十四《陸機傳附陸喜傳》：「高詞迴映，如朗月之懸光；疊意迴舒，若重巖之積秀。」《樂府詩集》卷五十五張率《白紵歌九首》之六：「夜寒湛湛夜未央，華燈空爛月懸光。從風衣起發芬香，爲君起舞幸不忘。」《藝文類聚》卷三十引班婕妤《自悼賦》：「俯視兮丹墀，思君兮履綦。仰視兮雲屋，雙涕兮橫流。」《文選》卷二張衡《西京賦》：「右平左城，青瑣丹墀。」李善注：「《漢官典職》曰：『丹漆地，故稱丹墀。』」《文選》卷十四鮑照《舞鶴賦》：「唳清響於丹墀，舞飛容於金閣。」呂向注：「丹墀，天子階庭也。」按以上二句《文選》劉良注云：「櫳，楹。墀，階也。言月映簾檻，垂光入於丹階。」《校注》云：「簾櫳：掛簾的窗户。懸光：月光下照。丹墀：涂成紅色的臺階。」

〔三〕「佳人」句：《文選》卷十九宋玉《登徒子好色賦》：「天下之佳人，莫若楚國；楚國之麗者，莫若臣里；臣里之美者，莫若臣東家之子。東家之子增之一分則太長，減之一分則太短，著粉則太白，施朱則太赤，眉如翠羽，肌如白雪，腰如束素，齒如含貝。嫣然一笑，惑陽城，迷下蔡。」同書卷二十九《古詩十九首·東城高且長》：「燕趙多佳人，美者顔如玉。」李善注：「燕趙，二國名也。」《文選》卷二十三阮籍《詠懷詩》之一：「夜中不能寐，起坐彈鳴琴。薄帷鑑明月，清風吹我衿。」同書卷三十陸機《擬東城一何高》：「京洛多妖麗，玉顔侔瓊蕤。閑夜撫鳴琴，惠音清且悲。長歌赴促節，哀響逐高徽。一唱萬夫歎，再唱梁塵飛。」

〔四〕「清夜」句：《文選》卷十六司馬相如《長門賦》：「懸明月以自照兮，徂清夜於洞房。」同書卷二十曹植《公讌詩》：「公子敬愛客，終宴不知疲。清夜遊西園，飛蓋相追隨。明月澄清景，列宿正參差。」《玉臺新詠》卷二張華《情詩五首》之二：「幽人守静夜，迴身入空帷。」鮑照《擬行路難·今年陽初花滿林》：「執袂分别已三載，邇來寂淹無分音。朝悲慘慘遂成滴，暮思遶遶最傷心。膏沐芳餘久不御，蓬首亂鬢不設簪。徒飛輕埃舞空帷，粉筐黛器靡復遺。自生留世苦不幸，心中惕惕恒懷悲。」

〔五〕「蘭徑」句：《楚辭》宋玉《招魂》：「朱明承夜兮時不可淹，皋蘭被徑兮斯路漸。」王逸章句：「皋，澤也。被，覆也。徑，路也。漸，没也。言澤中香草茂盛，覆被徑路，人無採取者，水卒增溢，漸没其道，將奠捐也。」《文選》卷二十曹植《公讌詩》：「秋蘭被長阪，朱華冒緑池。」

《文選》卷二十九張協《雜詩十首》之一：「房櫳無行跡，庭草萋以緑。」

〔六〕「玉臺」句：《文選》卷二張衡《西京賦》：「朝堂承東，温調延北，西有玉臺，聯以昆德。」薛綜注：「皆殿與臺名也。」曹植《冬至獻履襪頌表》：「茅茨之陋，不足以入金門，登玉臺也。」宋陸佃《埤雅》卷十一：「《論衡》曰：『蜘蛛結絲以網飛蟲，人之用計，安能過之。』」《文選》卷二十九張協《雜詩十首》之一：「青苔依空墻，蜘蛛網四屋。」鮑照《擬古八首》之七：「去歲征人還，流傳舊相識，聞君上隴時，東望久歎息，宿昔改衣帶，朝旦異容色。念此憂如何，夜長愁更多，明鏡塵匣中，寶琴生網羅。」按以上二句《文選》吕向注云：「蘭逕，謂夾逕蒔蘭也。網絲，謂蜘蛛網也。言無人行而致此。」

〔七〕「庭樹」二句：《文選》卷十三潘岳《秋興賦》：「庭樹槭以灑落兮，勁風戾而吹帷。」同書卷二十四曹植《贈丁儀》：「初秋涼氣發，庭樹微銷落。凝霜依玉除，清風飄飛閣。」阮籍《詠懷八十二首》之四十八：「鳴鳩嬉庭樹，焦明遊浮雲。焉見孤翔鳥，翩翩無匹羣。」《藝文類聚》卷二十八引魏楊修《節遊賦》：「行中林以彷徨，玩奇樹之抽英。或素華而雪朗，或紅彩而發頳。」《文選》卷二十九張協《雜詩十首》之三：「金風扇素節，丹霞啓陰期。騰雲似湧煙，密雨如散絲。寒花發黄采，秋草含緑滋。」《藝文類聚》卷二引梁王筠《夕霽詩》：「連山卷族雲，長林息衆籟。密樹含緑滋，遥峰凝翠靄。」緑滋，猶碧滋。按以上二句《文選》張銑注：

「紅彩，紅花。碧滋，謂草色翠而滋繁。」

〔八〕「延佇」句：《楚辭》屈原《離騷》：「時曖曖其將罷兮，結幽蘭而延佇。世溷濁而不分兮，好蔽美而嫉妒。」又：「悔相道之不察兮，延佇乎吾將反。」王逸章句：「延，長也；佇，立貌。」《藝文類聚》卷三十四引漢武帝《李夫人賦》：「飾新宮以延佇，泯不歸乎故鄉，慘鬱鬱其蕪穢，處隱隱而懷傷。」《三國志》卷六十五《吴志·華覈傳》：「兵民之家，猶復逐俗，内無擔石之儲，而出有綾綺之服。至於富賈商販之家，重以金銀，奢恣尤甚。」《説文解字》卷十三上：「東齊謂布帛之細曰綾。」《校注》：「延佇：延頸佇立。表示有所期待。綾綺：絲織物。此指代衣被之類。」

〔九〕「萬里」句：《玉臺新詠》卷一《古詩八首·客從遠方來》：「客從遠方來，遺我一端綺。相去萬餘里，故人心尚爾。文彩雙鴛鴦，裁爲合歡被。著以長相思，緣以結不解。以膠投漆中，誰能別離此。」《文選》卷二十九《古詩十九首·庭中有奇樹》：「庭中有奇樹，緑葉發華滋。攀條折其榮，將以遺所思。」按以上二句《文選》李周翰注：「延頸佇立，整理綾綺，遠寄於夫，所思則夫也。」

〔一〇〕「顧垂」句：《詩·小雅·湛露》序：「《湛露》，天子燕諸侯也。」鄭玄箋：「燕謂與之燕飲酒也。諸侯朝覲會同，天子與之燕，所以示慈惠。」詩云：「湛湛露斯，匪陽不晞。厭厭夜飲，不醉無歸。」毛傳：「湛湛，露茂盛貌。」《楚辭·九章·悲回風》：「吸湛露之浮涼兮，漱凝霜之雱雱。」朱熹集注：「湑，厚也。」《玉臺新詠》卷三陸機《爲周夫人贈車騎》：「日月一何速，素秋墜湛露。」

〔一一〕「信我」句：《三國志》卷三十八《蜀志·秦宓傳》：「甫欲鑿石索玉，剖蚌求珠，今乃隨和炳然，有如皎日，復何疑哉？」《詩·王風·大車》：「穀則異室，死則同穴，謂予不信，有如皦日。」陸德明音義：「皦，本又作皎。」孔穎達疏：「謂我之言爲不信乎，我言之信有如皦然之白日。」《後漢書》卷三十下《郎顗傳》：「絜白之節，情同皦日。」按以上二句《文選》呂延濟注：「湛露能潤澤於物，喻夫之恩惠。皎日，謂言誓也。願垂恩惠，信我此心。」《校注》：「期：許。謂發誓以心相許。」

【集説】

清吴淇《六朝選詩定論》卷十七：茂先詩不逮文，惟《情詩》二首最細秀。原詩欲寫室内蕭索，故借風開帷簾，放月光入室。此詩全在室外寫，故以簾櫳隔斷，置月光在丹墀。惟景俱在室外，益顯室内之空。室内既空，又是夜間，何由知有獨守之佳人？故添借鳴琴，以醒出徑臺庭闈。從「丹墀」字生「少行迹」云云，借月光醒出從映簾櫳望見也。臺即階闥，内寢之門，非生草之地。曰「闥草」，以少行迹之久，草且侵闥矣。此詩「整綾綺」是生出來的，原詩取此，即承上「蘭蕙緑清渠」來。此詩「萬里贈所思」，實有所指，原詩「欲與誰」更無所著。「願垂」二句，「湛露」應秋，「皎日」反夜，借劉鑠語，隨勢煞得甚健。但不是茂先，畢竟是劉鑠。若「蘭徑」四語，原借景陽《雜詩》，排爲四語，不惟不似茂先，且并不是景陽，蓋景陽原詩本有無限曲折也。

清陳祚明《采菽堂古詩選》卷二十四：故是晉調。

潘黄門述哀　岳安仁

【題解】

此詩張本題作《潘黄門岳述哀》，《文選》題作《潘黄門岳》。小字注「岳安仁」三字，《彙注》本作「岳」一字，《文選》作「述哀」二字。

詩題之「潘黄門」，即潘岳。《晉書》卷五十五《潘岳傳》云：「潘岳字安仁，滎陽中牟人也。祖瑾，安平太守。父芘，琅邪内史。岳少以才穎見稱，鄉邑號爲奇童，謂終、賈之儔也。早辟司空太尉府，舉秀才。……岳才名冠世，爲衆所疾，遂棲遲十年。出爲河陽令，負其才而鬱鬱不得志。……選爲長安令，作《西征賦》，述所經人物山水，文清旨詣，辭多不録。徵補博士，未召，以母疾輒去官，免。尋爲著作郎，轉散騎侍郎，遷給事黄門侍郎。……初，芘爲琅邪内史，孫秀爲小史給岳，而狡黠自喜。岳惡其爲人，數撻辱之，秀常銜忿。及趙王倫輔政，秀爲中書令。岳於省内謂秀曰：『孫令猶憶疇昔周旋不？』答曰：『中心藏之，何日忘之。』岳於是自知不免，俄而秀遂誣岳及石崇、歐陽建謀奉淮南王允、齊王冏爲亂，誅之，夷三族。」其詩《詩品》置之上品，云：「其源出於仲宣。翰林歎其翩翩然如翔禽之有羽毛，衣服之有綃縠，猶淺於陸機。謝混云：『潘詩爛若舒錦，無處不佳；陸文如披沙簡金，往往見寶。』嶸謂益壽輕華，故以潘爲勝。翰林篤論，故歎陸爲深。余嘗言陸才如海，潘才如江。」

青春速天機〔一〕，素秋馳白日〔二〕。美人歸重泉〔三〕，悽愴無終畢〔四〕。殯宮已肅清〔五〕，松柏轉蕭瑟〔六〕。俯仰不能弭①〔七〕，尋念非但一〔八〕。撫襟悼寂寞②〔九〕，恍然若有失〔一〇〕。明月入綺牕〔一一〕，髣髴想蕙質〔一二〕。銷憂非萱草③〔一三〕，永懷寄夢寐④〔一四〕。夢寐復冥冥〔一五〕，何由覯爾形〔一六〕。我慚北海術〔一七〕，爾無帝女靈〔一八〕。駕言出遠山〔一九〕，徘徊泣松銘〔二〇〕。雨絶無還雲〔二一〕，華落豈留英⑤〔二二〕。日月方代序〔二三〕，寢興何時平〔二四〕。

【校記】

①「不能」《彙注》本、張本、梁本、《文選》作「未能」。
②「襟」《彙注》本、張本、梁本作「衿」。「悼」元鈔本作「憚」。
③「銷憂」《文選》李善本作「消憂」。
④「寄」《文選》李善本作「寧」。
⑤「華」《彙注》本、梁本、《文選》六臣本作「花」。

【箋注】

〔一〕「青春」句：青春，指春天。《楚辭・大招》：「青春受謝，白日昭只。」王逸章句：「青，東方春位，其色青也。」《文選》卷十一何晏《景福殿賦》：「結實商秋，敷華青春。」同書卷二十二謝靈運《遊南亭》：「澤蘭漸被徑，芙蓉始發池。未厭青春好，已覩朱明移。」天機，《文選》卷二十三潘岳《悼亡詩三首》之三：「曜靈運天機，四節代遷逝。淒淒朝露凝，烈烈夕風厲。」張銑注：「天機者，言天運動有機關也。四節，春夏秋冬也。逝，猶往也。」郭璞《北山經圖讚・天馬》：「龍馮雲遊，騰蛇假霧。未若天馬，自然玄翥。有理懸運，天機潛御。」

〔二〕「素秋」句：《藝文類聚》卷六十一引魏劉楨《魯都賦》：「及其素秋二七，天漢指隅，民胥祓禊，國於水遊。」《文選》卷二十四潘尼《贈陸機出爲吴王郎中令》：「予涉素秋，子登青春。」李善注：「素秋，喻老。青春，喻少也。劉禎《與臨淄侯書》曰：『肅以素秋則落。』」《抱朴子・用刑》：「蓋天地之道，不能純和，故青陽闡陶育之和，素秋厲肅殺之威。」《文選》卷二十四曹植《贈徐幹》：「驚風飄白日，忽然歸西山。圓景光未滿，衆星粲以繁。」張銑注：「白日，喻君也。驚風飄之，忽歸西山，喻時去不可逐也。」同書卷二十七曹植《箜篌引》：「驚風飄白日，光景馳西流。盛時不可再，百年忽我遒。」劉良注：「言白日之奔流，如驚風之飄疾也。光景，日色也。」按以上二句《文選》劉良注云：「天機，琁璣。運時之急速，忽及素秋。」《校注》云：「謂春去秋來，時節易過。」

〔三〕「美人」句：《後漢書》卷六十七《黨錮·范滂傳》：「滂從龍舒君歸黃泉，存亡各得其所。惟大人割不可忍之恩，勿增感戚。」《文選》卷二十三潘岳《悼亡詩三首》之一：「荏苒冬春謝，寒暑忽流易。之子歸窮泉，重壤永幽隔。」吕向注：「之子，謂亡者也。人死曰歸。窮，深也。壤，土也。永，長也。幽隔，謂幽冥之道，長爲阻隔。」同書卷五十七潘岳《哀永逝文》：「委蘭房兮繁華，襲窮泉兮朽壤。」吕延濟注：「委，棄也。蘭房，妻嘗所居室也。繁華，盛貌。襲，入也。窮泉，墓中也。壤，土也。」按重泉，猶窮泉、九泉。

〔四〕「悽愴」句：悽愴，悲傷、悲涼。《楚辭·九辯》：「中憯惻之悽愴兮，長太息而增欷。」王逸章句：「志願不得，心肝沸也。」洪興祖補注：「一注云：『心傷慘也。』」《文選》卷十一王粲《登樓賦》：「心悽愴以感發兮，意忉怛而憯惻。」同書卷二十三阮籍《詠懷·步出上東門》：「素質遊商聲，悽愴傷我心。」《國語·越語下》：「范蠡對曰：『臣聞命矣。君行制，臣行意。』遂乘輕舟以浮於五湖，莫知其所終極。」《文選》卷二十四曹植《贈白馬王彪》：「踟躕亦何留，相思無終極。」《樂府詩集》卷二十六鮑照《采菱歌七首》之七：「思今懷近憶，望古懷遠識。懷古復懷今，長懷無終極。」無終極，意同無終畢。按此句《文選》張銑注：「悽愴，悲傷也。無終畢，言不極也。」

〔五〕「殯宫」句：殯宫，停放靈柩之房舍。《儀禮·既夕禮》：「遂適殯宫，皆如啓位。」《文選》卷二十八陸機《挽歌詩》：「殯宫何嘈嘈，哀響沸中闈。」劉良注：「闈，殯宫之門。」《文選》卷十八嵇康《琴賦》：「冬夜肅清，朗月垂光。」同書卷二十四嵇康《贈秀才入軍五首》之五：「閒夜肅清，朗月照軒。」同書卷十六潘岳《寡婦賦》：「奉靈坐兮肅清，愬空宇兮曠朗。」按此句《文選》劉良注：「肅清，猶寂寞也。」《校注》：「殯宫：停柩之所，指墓穴。肅清：猶寂寞。」

〔六〕「松柏」句：《文選》卷二十九《古詩十九首·驅車上東門》：「驅車上東門，遥望郭北墓。白楊何蕭蕭，松柏夾廣路。」李善注云：「應劭《風俗通》曰：『葬於郭北北首，求諸幽之道也。』又云：『仲長子《昌言》曰：『古之葬者，松柏、梧桐，以識其墳也。』」《校注》：「松柏：古人墓地多種松柏，以作標記。」《楚辭·九辯》：「悲哉秋之爲氣也，蕭瑟兮草木摇落而變衰。」王逸章句：「陰冷促急，風疾暴也。」朱熹集注：「蕭瑟，寒涼之意。」按此句《文選》劉良注：「蕭瑟，風吹松柏聲。」

〔七〕「俯仰」句：《文選》卷二十三阮籍《詠懷詩十七首·徘徊蓬池上》：「朔風厲嚴寒，陰氣下微霜。羈旅無疇匹，俛仰懷哀傷。」李周翰注：「代多邪佞，故我無疇匹，而俯仰悲傷。」同書卷二十八陸機《樂府詩十七首·門有車馬客行》：「天道信崇替，人生安得長。慷慨惟平生，俛仰獨悲傷。」《左傳》襄公二十五年：「自今以往，兵其少弭矣。」杜預注：「弭，止也。」《楚辭·離騷》：「吾令羲和弭節兮，望崦嵫而未迫。」洪興祖補注：「弭，止也。」

〔八〕「尋念」句：陶淵明《祭程氏妹文》：「尋念平昔，觸事未遠，書疏猶存，遺孤滿眼。如何一往，終天不返。」《宋書》卷六十二《王微傳》：「何圖一旦冥然長往，酷痛煩冤，心如焚裂。尋念平生，裁十年中耳。」非但一，《文選》李善注：「魏文帝詩曰『所憂非但一。』」按以上二句《文選》吕延濟濟注：「弭，止也。言尋思哀念，非但一途。」《校注》：「非但一：非但一端。言尋思之多。」

〔九〕「撫襟」句：《漢書》卷五十一《鄒陽傳》：「功義如此，尚見疑於上，脅肩低首，累足撫衿，使有自悔不前之心。」《文選》卷二十三潘岳《悼亡詩三首》之二：「撫衿長歎息，不覺涕霑胸。霑胸安能已，悲懷從中起。」同書卷二十八鮑照《從臨海王上荆初發新渚》：「收纜辭帝郊，揚棹發皇京。狐兔懷窟志，犬馬戀主情。撫襟同太息，相顧俱涕零。」《玉臺新詠》卷二曹植《雜詩》：「攬衣出中閨，逍遥步兩楹。閒房何寂寞，緑草被階庭。空室自生風，百鳥翔南征。春思安可忘，憂戚與我并。」《藝文類聚》卷十八引司馬相如《美人賦》：「上宫閒館，寂寞重虚，門閤晝掩，曖若神居。芳香芬烈，黼帳高張。」

〔一〇〕「恍然」句：恍然，茫然。《後漢書》卷五十三《黄憲傳》：「是時同郡戴良才高倨慠，而見憲，未嘗不正容。及歸，罔然若有失也。」南朝齊王琰《冥祥記》：「達既昇之，意識恍然，不復見家人屋及所乘轝。」

〔一一〕「明月」句：《文選》卷三十陸機《擬古詩十二首·擬明月何皎皎》：「安寢北堂上，明月入我牖。照之有餘暉，攬之不盈手。」鮑照《代淮南王》：「朱城九門門九閨，願逐明月入君懷。」

《文選》卷四左思《蜀都賦》：「結陽城之延閣，飛觀榭乎雲中。開高軒以臨山，列綺牕而瞰江。」吕向注：「綺窗，彫畫若綺也。」同書卷二十九《古詩十九首·西北有高樓》：「西北有高樓，上與浮雲齊。交疏結綺窗，阿閣三重階。」李善注：「《説文》曰：『綺，文繒也。』」劉良注：「交通而結鏤文綺，以爲窗也。」

〔一二〕「髣髴」句：《楚辭·遠遊》：「時髣髴以遥見兮，精皎皎以往來。」朱熹集注：「髣髴，見不定也。」《文選》卷十四班固《幽通賦》：「夢登山而迥眺兮，覿幽人之髣髴。」李善注：「曹大家曰：『登山遠望，見深谷之中有人髣髴欲來也。』」《玉臺新詠》卷一秦嘉《贈婦詩》：「顧看空室中，髣髴想姿形，一别懷萬恨，起坐爲不寧。」《文選》卷二十三潘岳《悼亡詩三首》之二：「牀空委清塵，室虚來悲風。獨無李氏靈，髣髴睹爾容。」蕙質，《文選》李善注：「左九嬪《武帝納皇后頌》曰：『如蘭之茂。』蕙，蘭類，故變之耳。」吕向注：「蕙質，言體質芬芳如蘭蕙。」

〔一三〕「銷憂」句：《漢書》卷九十七下《外戚下·孝成班婕妤傳》：「顧左右兮和顔，酌羽觴兮銷憂。」本集《燈夜和殷長史》：「結眉慘成慮，銷憂非羽觴。此心冀可緩，清芷在沅湘。」《詩經·衛風·伯兮》：「焉得諼草，言樹之背。」毛傳：「諼草，令人忘憂。」陸德明釋文：「諼，本又作萱。」

〔一四〕「永懷」句：《詩·周南·卷耳》：「我姑酌彼金罍，維以不永懷。」鄭玄箋：「我，我君也。臣出使功成而反，君且當設饗燕之禮，與之飲酒以勞之，我則以是不復長憂思也。」《詩·小雅·正月》：「終其永懷，又窘陰雨。其亘既載，乃棄爾輔。」《後漢書》卷三十下《郎顗傳》：「此誠臣顗區區之願，夙夜夢寤，盡心所計。」《文選》卷二十五謝靈運《酬從弟惠連》：「夢寐佇歸舟，釋我吝與勞。」同書卷十六潘岳《寡婦賦》：「願假夢以通靈兮，目炯炯而不寢。」李周翰注：「假，借也。通靈，通夫之神靈也。炯炯，目不閉而光也。寢，寐也。憂思多，故無寐也。」按以上二句《文選》張銑注：「萱草，草名，可忘憂也。言岳之此憂，非萱草所能消，但懷夢寐而已。」

〔一五〕「夢寐」句：《文子·微明》：「聖人見福於重關之内，慮患於冥冥之外。」《藝文類聚》卷三十四引阮瑀《七哀詩》：「冥冥九泉室，漫漫長夜臺。」同卷又引晉潘岳《京陵女公子王氏哀辭》：「皎皎宵月，載盈載微。冥冥公子，一往不追。」按此句《文選》李善注：「冥冥，幽昧也。」

〔一六〕「何由」句：《玉臺新詠》卷十宋孝武帝《丁督護歌二首》之二：「黄河流無極，洛陽數千里。坎軻戎途間，何由見歡子。」《藝文類聚》卷二十九引謝朓《懷故人》：「芳洲有杜若，可以贈佳期。望望忽超遠，何由見所思。」《廣韻》卷五：「覿，見也。」《藝文類聚》卷九十引魏王粲詩：「我尚假羽翼，飛睹爾形身。願及春陽會，交頸遘殷勤。」按以上二句《文選》李周翰注：「冥冥，昏闇也。言夢寐之中又昏闇，何從得見爾之形容。」

〔一七〕「我慚」句：《搜神記》卷二：「漢北海營陵有道人，能令人與已死人相見。其同郡人婦死已數年，聞而往見之，曰：『願令我一見亡婦，死不恨矣。』道人曰：『卿可往見之，若聞鼓聲，即出勿留。』乃語其相見之術。俄而得見之，於是與婦言語，悲喜恩情如生。良久，聞鼓聲，恨恨，不能得住。當出户時，忽掩其衣裾户間，掣絶而去。至後歲餘，此人身亡。家葬之，開冢，見婦棺蓋下有衣裾。」北海術，謂能使人與死者相見的法術。

〔一八〕「爾無」句：《文選》卷十九宋玉《高唐賦》：「昔者楚襄王與宋玉遊於雲夢之臺，望高唐之觀。其上獨有雲氣，崪兮直上，忽兮改容。須臾之間，變化無窮。王問玉曰：『此何氣也？』玉對曰：『所謂朝雲者也。』王曰：『何謂朝雲？』玉曰：『昔者先王嘗遊高唐，怠而晝寢，夢見一婦人，曰：「妾巫山之女也，爲高唐之客。聞君遊高唐，願薦枕席。」王因幸之。去而辭曰：「妾在巫山之陽，高丘之阻，旦爲朝雲，暮爲行雨，朝朝暮暮，陽臺之下。」旦朝視之，如言。故爲立廟，號曰朝雲。』」《太平御覽》卷三百九十九引《襄陽耆舊記》：「楚王與宋玉遊於雲夢之野，將使宋玉賦高唐之事。望朝雲之館，上有雲氣，崪乎直上，忽而改容。須臾之間，變化無窮。王問宋玉曰：『此何氣也？』對曰：『昔者先王遊於高唐，怠而晝寐，夢一婦人，曖乎若雲，焕乎若星，將行未至，如浮如停。詳而視之，西施之形。王悦而問焉。曰：「我帝之季女也，名曰瑶姬。未行而亡，封巫山之臺，精魄依草，實爲茎芝，媚而服焉，則與夢期。所爲巫山之女，高唐之姬。聞君遊於高唐，願薦枕席。」上因而幸之。』」

〔一九〕「駕言」句：《詩·邶風·泉水》：「駕言出遊，以寫我憂。」阮籍《詠懷八十二首》之三十一：

「駕言發魏都，南向望吹臺。簫管有遺音，梁王安在哉。」《樂府詩集》卷六十一陸機《駕言出北闕行》：「駕言出北闕，躑躅遵山陵。長松何鬱鬱，丘墓互相承。念昔殂没子，悠悠不可勝。安寢重冥廬，天壤莫能興。人生何期促，忽如朝露凝。」

〔二〇〕「徘徊」句：《漢書》卷三《高后紀》：「産不知禄已去北軍，入未央宫欲爲亂。殿門弗内，徘徊往來。」顔師古注：「徘徊猶彷徨，不進之意也。」《樂府詩集》卷二十九《艷歌何嘗行》古詞：「飛來雙白鵠，乃從西北來，十十五五，羅列成行。妻卒被病，行不能相隨，五里一反顧，六里一徘徊。」松銘，《文選》劉良注：「山墳銘碑也。」

〔二一〕「雨絶」句：《文選》卷四十四陳琳《檄吴將校部曲文》：「又諸將校，孫權婚親，皆我國家良寶利器，而并見驅迮，雨絶於天。有斧無柯，何以自濟。」吕延濟注：「迮，迫也。雨絶，謂雨下於地，無還雲之期也。」曹植《文帝誄》：「悲夫大行，忽焉光滅。永棄萬民，雲往雨絶。」《藝文類聚》卷四十四引潘岳《哀詩》：「漼如葉落樹，邈若雨絶天。雨絶有歸雲，葉落何連山。時氣冒崗嶺，長風鼓松柏。堂虚聞鳥聲，室暗如日夕。晝愁奄逮昏，夜思忽終昔。展轉獨悲窮，泣下沾枕席。人居天地間，飄若遠行客。先後詎能幾，誰能弊金石。」按雨絶，謂雨水落地，不可能再回到雲層，以比喻事情之不可挽回。

〔二二〕「華落」句：《藝文類聚》卷三十四引蕭綱《傷美人》：「昔聞倡女别，蕩子無歸期。今似陳王歎，流風難重思。翠帶留餘結，苔階没故綦。圖形更非是，夢見反成疑。熏鑪含好氣，庭樹吐花滋。香燒日有歇，花落無還時。」按以上二句《文選》劉良注：「雨絶、花落，喻死而不還。」《校注》：「英：亦即花。此以雨絶、花落喻人死不能復生。」

〔二三〕「日月」句：屈原《離騷》：「日月忽其不淹兮，春與秋其代序。惟草木之零落兮，恐美人之遲暮。」《文選》卷十三潘岳《秋興賦》：「四時忽其代序兮，萬物紛以迴薄。覽華蒔之時育兮，察盛衰之所託。感冬索以春敷，嗟夏茂而秋落。」《玉臺新詠》卷九引陸機《燕歌行》：「四時代序逝不追，寒風習習落葉飛。蟋蟀在堂露盈階，念君遠遊常苦悲。」

〔二四〕「寢興」句：《晉書》卷七《康帝紀》：「禮之降殺，因時而寢興，誠無常矣。」《文選》卷二十三潘岳《悼亡詩三首》之二：「寢興目存形，遺音猶在耳。」劉良注：「寢，卧；興，起也。言卧起之間，自想亡者。」明梅鼎祚《古樂苑》卷二十鮑照《客從遠方來》：「客從遠方來，贈我鵠文綾。貯以相思篋，緘以同心繩。裁爲親身服，著以俱寢興。別來經年歲，歡心不可凌。」按以上二句《文選》吕向注：「言日月雖遠，起卧思憶，情猶未平。」

【集説】

宋范晞文《對牀夜語》卷五：潘安仁《悼亡》云：「望廬思其人，入室想所歷。」悲有餘而意無盡。江文通擬之云：「明月入綺窗，髣髴想蕙質。」工於述者也。白樂天用之云：「手携稚子夜歸院，月冷房空不見人。」

明鎦績《霏雪録》卷上：魏文帝詩「所憂非但一」，江淹《雜體詩》「尋念非但一」，又「契濶豈但二，言非一端也。

清吳淇《六朝選詩定論》卷十七：潘之詩文生於情，此詩擬潘，情生於文，因寫情處不及原詩，然而風調風格居然黄門矣。鍾氏謂「文通善於擬摹」，良然。

又云：悼亡詩，潘郎已闢至極，後人無處下手。但原詩從恭朝命而來，塗中聞訃起，直寫到遵朝命而去，蓋甫及周期也。此詩「殯宫」云云，是從周期接着説起。原詩「荏苒冬春謝，寒暑忽流易」，是説生前之日月易邁，以傷其人之亡。此詩首「青春」二句，是周期後之日月，以寫其悽愴無終畢之意。「美人」句，文法須倒轉在前，觀末日月代序爲結，可知。

又云：世稱王夫人神情散朗，有林下風。此語甚妙。尚不若此詩「明月」二句傳美人生前之神情，尤屬妙思。

清陳祚明《采菽堂古詩選》卷二十四：安仁更饒秀致，此未符會。

清吳景旭《歷代詩話》卷一：束晳《發蒙記》云：「甘棗令人不惑，萱草可以忘憂。」王融詩：「思君如萱草，一見乃忘憂。」江淹《雜體詩》：「銷憂非萱草，永懷寄夢寐。」皆得其本義，琅琅可誦者也。

陸平原羈宦 機士衡

【題解】

此詩原題作《陸平原羈官》，張本題作《陸平原機羈宦》，《文選》題作《陸平原機》，今據《彙注》

本、梁本改。按小字注「機士衡」三字，《彙注》本作「機」一字，《文選》作「羇宦」二字。

詩題之「陸平原」，指陸機。《晉書》卷五十四《陸機傳》：「陸機字士衡，吴郡人也。祖遜，吴丞相。父抗，吴大司馬。機身長七尺，其聲如鐘，少有異才，文章冠世，伏膺儒術，非禮不動。抗卒，領父兵爲牙門將。年二十而吴滅，退居舊里，閉門勤學，積有十年。……至太康末，與弟雲俱入洛，造太常張華。華素重其名，如舊相識，曰：『伐吴之役，利獲二俊。』又嘗詣侍中王濟，濟指羊酪謂機曰：『卿吴中何以敵此？』答云：『千里蓴羹，未下鹽豉。』時人稱爲名對。張華薦之諸公。後太傅楊駿辟爲祭酒。會駿誅，累遷太子洗馬、著作郎。……時成都王穎推功不居，勞謙下士，機既感全濟之恩，又見朝廷屢有變難，謂穎必能康隆晉室，遂委身焉。穎以機參大將軍軍事，表爲平原内史。太安初，穎與河間王顒起兵討長沙王乂，假機後將軍、河北大都督，督北中郎將王粹、冠軍牽秀等諸軍二十餘萬人。機以三世爲將，道家所忌，又羇旅入宦，頓居羣士之右，而王粹、牽秀等皆有怨心，固辭都督，穎不許。……機始臨戎，而牙旗折，意甚惡之。列軍自朝歌至於河橋，鼓聲聞數百里，漢魏以來，出師之盛，未嘗有也。長沙王乂奉天子與機戰於鹿苑，機軍大敗，赴七里澗而死者如積焉，水爲之不流。……穎大怒，使秀密收機。其夕，機夢黑幰繞車，手決不開，天明而秀兵至。機釋戎服，著白帢與秀相見，神色自若，謂秀曰：『自吴朝傾覆，吾兄弟宗族，蒙國重恩，入侍帷幄，出剖符竹，成都命吾以重任，辭不獲已。今日受誅，豈非命也！』因與穎牋，詞甚悽惻，既而歎曰：『華亭鶴唳，豈可復聞乎？』遂遇害於軍中，時年四十三。……所著文章凡二百餘篇，并行於世。」其詩《詩品》置之上品，云：「其源出於陳思，才高辭贍，舉體華美，氣少於公幹，文劣於仲宣。尚規矩，不貴綺錯，有傷直致之奇。然其咀嚼英華，厭飫膏澤，文章之淵泉也。張公歎其大才，信矣！」

儲后降嘉命①〔一〕，恩紀被微身〔二〕。明發眷桑梓〔三〕，永歎懷密親〔四〕。流念辭南澨〔五〕，銜怨別西津〔六〕。驅馬遵淮泗②〔七〕，旦夕見梁陳〔八〕。服義追上列〔九〕，矯迹厠宮臣③〔一〇〕。朱黻咸髦士〔一一〕，長纓皆俊民④〔一二〕。契濶承華内〔一三〕，綢繆踰歲年〔一四〕。日暮聊揔駕〔一五〕，逍遥觀洛川〔一六〕。殂殁多拱木⑤〔一七〕，宿草淩寒煙⑥〔一八〕。遊子易感慨⑦〔一九〕，躑躅還自憐〔二〇〕。願言寄三鳥〔二一〕，離思非徒然〔二二〕。

【校記】

①「儲」原作「諸」，今據《彙注》本、梁本、《文選》改。

②「驅馬」《彙注》本、《文選》作「馳馬」。

③「宮臣」原作「官臣」，今據《彙注》本、張本、梁本、《文選》改。

④「民」《彙注》本、《文選》作「人」。

⑤「殂殁」《彙注》本作「殂没」，《文選》作「徂没」。

⑥「淩」《彙注》本、《文選》六臣本作「陵」。

⑦「感慨」《彙注》本、《文選》作「感愾」。

【箋注】

〔一〕「儲后」句：《漢書》卷七十一《疏廣傳》：「太子國儲副君，師友必於天下英俊，不宜獨親外家許氏。」《晉書》卷五十五《潘岳傳附潘尼傳》：「恂恂孔聖，百王攸希。亹亹顔生，好學無違。曰皇儲后，體神合幾。」《宋書》卷五十五《臧燾徐廣傅隆傳論》：「天子鑾旗警蹕，清道而臨學館，儲后冕旒黼黻，北面而禮先師，後生所不嘗聞，黄髮未之前睹，亦一代之盛也。」《儀禮·士昏禮》：「吾子有嘉命，貺室某也。」《左傳·哀公十六年》：「肸以嘉命來告余一人。」傅咸《答欒弘詩》：「鉅平作宰，是貴是欽。弓旌仍招，嘉命胥尋。」

〔二〕「恩紀」句：恩紀，猶恩情。《文選》卷三十七曹植《求通親親表》：「近且婚媾不通，兄弟永絶，吉凶之問塞，慶弔之禮廢。恩紀之違，甚於路人。」《後漢書》卷七十《孔融傳》：「孤與文舉，既非舊好，又於鴻豫，亦無恩紀，然願人之相美，不樂人之相傷，是以區區思協歡好。」《南史》卷十七《蒯恩傳》：「恩益自謙損，與人語常呼官位，自稱鄙人，撫士卒甚有恩紀。」《文選》卷十六潘岳《寡婦賦》：「省微身兮孤弱，顧稚子兮未識。」晉支遁《詠懷詩五首》之四：「余將遊其嵎，解駕輟飛輪。芳泉代甘醴，山果兼時珍。脩林暢輕跡，石宇庇微身。」《文選》卷二十六潘岳《河陽縣作二首》之一：「微身輕蟬翼，弱冠忝嘉招。在疚妨賢路，再升上宰朝。」按以上二句《文選》張銑注：「儲后，太子也。機爲太子洗馬，言太子之恩被於己。」

〔三〕「明發」句：《詩・小雅・小宛》：「明發不寐，有懷二人。」朱熹集傳：「明發，謂將旦而光明開發也。」《文選》卷二十二陸機《招隱詩》：「明發心不夷，振衣聊躑躅。」同書卷二十六謝靈運《初發石首城》：「皎皎明發心，不爲歲寒欺。」《詩・小雅・小弁》：「維桑與梓，必恭敬止。」朱熹集傳：「桑、梓，二木。古者五畝之宅，樹之墻下，以遺子孫，給蠶食、具器用者也。」後借指故鄉或鄉親父老。《文選》卷四張衡《南都賦》：「永世克孝，懷桑梓焉；真人南巡，睹舊里焉。」鮑照《從過舊宮》：「嚴恭履桑梓，加敬覽枌榆。」

〔四〕密親：《文選》卷二十六陸機《赴洛道中作》：「總轡登長路，嗚咽辭密親。」鮑照《遊思賦》：「捨堂宇之密親，坐江潭而爲客。對蒹葭之遂黄，視零露之方白。」按以上二句《文選》李周翰注：「明發，言發夕至曙，歎息懷密友近親。」

〔五〕南澨：《宋書》卷九十五《索虜傳》：「往歲入河，且欲綏理舊城，是以頓兵南澨，秋毫無犯。」《水經注》卷三十一《淯水》：「淯水左右舊有二澨，所謂南澨、北澨者。」《楚辭》屈原《九歌・湘夫人》：「朝馳余馬兮江皋，夕濟兮西澨。」王逸注：「澨，水涯也。」

〔六〕「銜怨」句：《藝文類聚》卷四十五引宋謝靈運《廬陵王誄》：「託體皇極，銜怨至盡，豈惟有識傷慨，故亦率土悽心，蓋出罔己之悲，以陳酸切之事云爾。」《文選》卷二十六陸機《赴洛道中作》：「永歎遵北渚，遺思結南津。行行遂已遠，野途曠無人。」《文選》呂延濟注：「津，渡口。」

〔七〕「驅馬」句：《詩·鄘風·載馳》：「載馳載驅，歸唁衛侯。驅馬悠悠，言至於漕。」《文選》卷二十四曹植《又贈丁儀王粲》：「從軍度函谷，驅馬過西京。」《文選》卷二十九曹植《雜詩六首·僕夫早嚴駕》：「江介多悲風，淮泗馳急流。」

〔八〕「旦夕」句：《玉臺新詠》卷一《古詩無名人爲焦仲卿妻作》：「盤石方且厚，可以卒千年。蒲葦一時紉，便作旦夕間。」《文選》卷二十六陸機《吴王郎中時從梁陳作》：「夙駕尋清軌，遠遊越梁陳。感物多遠念，慷慨懷古人。」以上二句《文選》劉良注：「遵，依也。淮、泗，二水名。梁，漢景帝弟所封國。陳，曹植所封國。」《校注》：「淮泗：淮水和泗水。指江蘇北部和安徽東北部一帶地區。梁陳：漢代二郡國名。大致相當於今河南商丘和周口地區。」

〔九〕「服義」句：《楚辭·招魂》：「朕幼清以廉潔兮，身服義而未沬。」劉向《説苑·權謀》：「服義之君不足於信，服戰之君不足於詐。」《後漢書》卷二十七《趙典傳》：「身從衣褐之中，致位上列。」《文選》卷三十七曹植《求自試表》：「位竊東藩，爵在上列。身被輕煖，口厭百味。」按上列，高官之行列。

〔一〇〕「矯迹」句：《文選》卷二十六陸機《吴王郎中時從梁陳作》：「在昔蒙嘉運，矯跡入崇賢。」張銑注：「矯，舉也。崇賢，太子門名。言己昔蒙嘉善之運，得舉跡入此門爲太子洗馬。」鮑照《謝永安令解禁止啓》：「矯迹升等，改觀非服。振纓珥筆，聯承貴寵。」《晉書》卷四十四《鄭默傳》：「皇太子體皇極之尊，無私於天下。宮臣皆受命天朝，不得同之藩國。」宮臣，太子的屬官。《晉書·陸機傳》云陸機入洛後累遷太子洗馬，故稱宮臣。按以上二句《文選》劉良注：「服義，服古人道義。」《校注》：「服義：謂奉行君臣之義。迫：近。矯迹：猶舉足。厠：置身於。」

〔一二〕「朱黻」句：《詩·小雅·斯干》：「朱芾斯皇，室家君王。」鄭玄箋：「皇，猶煌煌也。芾者，天子純朱，諸侯黄朱。室家，一家之内。宣王所生之子，或且爲諸侯，或且爲天子，皆將佩朱芾煌煌然。」按黻，芾字通。《文選》卷十九韋孟《諷諫詩》：「黼衣朱黻，四牡龍旂。」李善注：「應劭曰：『黼衣，衣上畫爲斧形，而白與黑爲采。龍旂，旗上畫龍爲之。朱黻，上廣一尺，下廣二尺，長三尺，以皮爲之。古者，上公服之。』」《詩·小雅·甫田》：「攸介攸介，烝我髦士。」毛傳：「烝，進。髦，俊也。」《詩·大雅·棫樸》：「濟濟辟王，左右奉璋。奉璋峩峩，髦士攸宜。」朱熹集傳：「髦，俊也。」《文選》卷十六潘岳《閒居賦》：「故髦士投紱，名王懷璽。」張銑注：「髦，俊卿士。」

〔一三〕「長纓」句：《西京雜記》卷四引鄒陽《酒賦》：「坐列雕屏，綃綺爲席，犀璩爲鎮，曳長裾，飛廣袖，奮長纓。」《韓非子·外儲説左上》：「鄒君好服長纓，左右皆服長纓。」《文選》卷二十九李陵《與蘇武詩三首》之二：「嘉會難再遇，三載爲千秋。臨河濯長纓，念子悵悠悠。」李善注：「大冠纓，仕子之所服，濯之以遠遊，今因遠遊而感逝川，故增別念也。」長纓爲古時繫帽之長絲帶，爲達官貴人所服，此借指達官貴人。《文選》卷二十六陸機《吴王郎中時從梁陳作》：「玄冕無醜士，冶服使我妍。輕劍拂鞶厲，長纓麗且鮮。」按以上二句《文選》張銑注：「朱黻、長纓，皆侍臣之服。」《校注》：「朱黻：繫印的紅色絲帶。黻，通『紱』。長纓：繫冠的長帶。髦士、俊人：英俊之士。」

〔一三〕「契濶」句：《詩・邶風・擊鼓》：「死生契濶，與子成説。」毛傳：「契濶，勤苦也。」《晉書》卷三十一《后妃上・左貴嬪傳》：「惟帝與后，契濶在昔。比翼白屋，雙飛紫閣。」《文選》卷二十六陸機《吴王郎中時從梁陳作》：「誰謂伏事淺，契濶踰三年。」劉良注：「契濶，勤苦也。踰，越也。」《文選》卷二十四陸機《贈馮文羆遷斥丘令》：「閶闔既闢，承華再建。」李善注：「陸機《洛陽記》曰：『太子宫在太宫東薄室門外，中有承華門。』」同書卷二十六陸機《赴洛詩二首》之二：「羈旅遠遊宦，託身承華側。」李善注：「謂爲太子洗馬也。……陸機《洛陽記》曰：『太子宫有承華門。』」

〔一四〕「綢繆」句：《詩・唐風・綢繆》：「綢繆束薪，三星在天。今夕何夕，見此良人。」毛傳：「綢繆，猶纏綿也。」《文選》卷二十九李陵《與蘇武詩三首》之二：「獨有盈觴酒，與子結綢繆。」李周翰注：「言行人志急於往路，何以相慰，乃樽酒相與結綢繆之密情也。」《校注》：「綢繆：纏綿。謂情義殷勤。」

〔一五〕「日暮」句：《文選》卷三十謝靈運《擬魏太子鄴中集・平原侯植》：「朝遊登鳳閣，日暮集華沼。」《古詩紀》卷二十七應瑒《別詩》：「朝雲浮四海，日暮歸故山。行役懷舊土，悲思不能言。悠悠涉千里，未知何時旋。」《楚辭》王褒《九懷・危俊》：「林不容兮鳴蜩，余何留兮中州。陶嘉月兮總駕，搴玉英兮自修。」王逸章句：「嘉及吉時驅乘駟也。」《樂府詩集》卷六十一謝靈運《君子有所思行》：「總駕越鍾陵，還顧望京畿。躑躅周名都，遊目倦忘歸。」《文選》卷二十四陸機《答張士然》：「余固水鄉士，總轡臨清淵。戚戚多遠念，行行遂成篇。」惣駕，即總駕。《校注》：「總駕：總轡，駕車輛。」

〔一六〕「逍遥」句：《莊子・逍遥遊》：「今子有大樹，患其無用，何不樹之於無何有之鄉，廣莫之野，彷徨乎無爲其側，逍遥乎寢卧其下，不夭斤斧，物無害者，無所可用，安所困苦哉？」成玄英疏：「逍遥，自得之稱。」《楚辭・九歌・湘夫人》：「時不可兮驟得，聊逍遥兮容與。」朱熹集注：「逍遥、容與，皆遊戲閒暇之意也。」《玉臺新詠》卷二曹植《雜詩》：「攬衣出中閨，逍遥步兩楹。閒房何寂寞，緑草被階庭。」《文選》卷十九曹植《洛神賦》：「容與乎陽林，流沔乎洛川。」《後漢書》卷八十七《西羌傳》：「洛川有大荔之戎。」李賢注：「洛川，即洛水。」

〔一七〕「殂歿」句：殂歿，即殂没，謂死亡。《三國志》卷三十五《蜀志・諸葛亮傳》：「及備殂没，嗣子幼弱，事無巨細，亮皆專之。」葛洪《抱朴子・釋滯》：「或復齊死生，謂無異以存活爲徭役，以殂殁爲休息，其去神仙，已千億里矣，豈足耽玩哉？」《國語・晉語八》：「拱木不生危，松柏不生埤。」韋昭注：「拱木，大木也。」《左傳・僖公三十二年》：「爾何知？中壽，爾墓之木拱矣。」杜預注：「合手曰拱。」後因稱墓旁之木爲拱木。

〔一八〕「宿草」句：《禮記・檀弓上》：「朋友之墓，有宿草而不哭焉。」孔穎達疏：「宿草，陳根也，草經一年則根陳也。朋友相爲哭一期，草根陳乃不哭也。」陶淵明《悲從弟仲德》：「流塵集虚坐，宿草旅前庭。」《文選》卷二十二顔延之《應詔觀北湖田收》：「陽陸團精氣，陰谷曳寒煙。」劉良注：「陰谷之氣如寒煙也。」鮑照《扶風歌》：「忍悲别親知，行泣隨征傳。寒煙空徘徊，朝日乍舒卷。」《文選》卷三張衡《東京賦》：「然後淩天池，絶飛梁。」薛綜注：「淩，升也。」淩寒煙，謂升起寒煙。按以上二句《文選》劉良注：「行役在路，但見墳墓拱木，宿草犯寒煙而已。」

〔一九〕「遊子」句：《文選》卷二十二劉楨《贈徐幹》：「乖人易感動，涕下與衿連。仰視白日光，皦皦高且懸。」同書卷二十三張載《七哀詩二首》之二：「哀人易感傷，觸物增悲心。丘隴日已遠，纏綿彌思深。」

〔二〇〕「躑躅」句：《玉臺新詠》卷一《古詩無名人爲焦仲卿妻作》：「躑躅青驄馬，流蘇金鏤鞍。」《文選》卷二十二陸機《招隱詩》：「明發心不夷，振衣聊躑躅。」李善注：「《説文》曰：『躑躅，住足也。』」按躑躅，徘徊不進貌。《文選》卷三十三宋玉《九辯》：「廓落兮，羇旅而無友生；惆悵兮，而私自憐。」《古詩紀》卷二十蘇武《答李陵詩》：「低頭還自憐，盛年行已衰。依依戀明世，愴愴難久懷。」《文選》卷二十六陸機《赴洛道中作二首》之一：「佇立望故鄉，顧影悽自憐。」

〔二〕「願言」句：《楚辭》劉向《九歎・憂苦》：「三鳥飛以自南兮，覽其志而欲北。願寄言於三鳥兮，去飄疾而不可得。」洪興祖補注：「三鳥，王母使者。」

〔三〕「離思」句：《藝文類聚》卷三十五引曹植《九愁賦》：「嗟離思之難忘，心慘毒而含哀。」《文選》卷二十潘岳《金谷集作詩》：「何以敘離思，攜手遊郊畿，朝發晉京陽，夕次金谷湄。」同書卷二十六陸機《赴洛詩二首》之一：「感物戀堂室，離思一何深。佇立慨我歎，寤寐涕盈衿。」按以上二句《文選》張銑注：「三鳥者，《楚辭》本屬當時所見，無定名也。言我寄言此鳥，申其離思，豈空然哉。」

【集説】

明顧炎武《日知録》卷三十二：江淹擬陸平原詩：「明發眷桑梓，永歎懷密親。」則又從《南都賦》之文而承用之矣。

清吴淇《六朝選詩定論》卷十七：二陸之齊名久矣，獨取平原機，不及浚儀雲者，二陸之詩本一體，故不更擬。若陳思之於魏文，法曹之於臨川，體迥別矣。

又云：此取士衡《吴王郎中時作》爲題，而兼取赴洛諸詩之意。人知前「儲后」八句爲別鄉之苦，而不知中間「服義」六句之爲極苦難堪者也。「朱黻」二句正應前「微身」二字，以眇眇之身去家萬里，而側身於朱黻云云，那一段光景如何耐得一刻，況經歲經年乎？讀潘岳《代賈謐贈詩》，亦見此擬之善。

清陳祚明《采菽堂古詩選》卷二十四：平原以秀潔爲高，此亦未合。

左記室詠史 思太沖

【題解】

此詩張本題作《左記室思詠史》，《文選》題作《左記室思》。小字注「思太沖」三字，《彙注》本作「思」一字，《文選》作「詠史」二字。

詩題之「左記室」，指左思。《晉書》卷九十二《文苑·左思傳》云：「左思字太沖，齊國臨淄人也。其先齊之公族有左右公子，因爲氏焉。家世儒學。父雍起小吏，以能擢授殿中侍御史。……（思）造《齊都賦》，一年乃成。復欲賦三都，會妹芬入宮，移家京師，乃詣著作郎張載訪岷卭之事。遂構思十年，門庭藩溷皆著筆紙，遇得一句，即便疏之。自以所見不博，求爲秘書郎，及賦成，時人未之重。思自以其作不謝班、張，恐以人廢言，安定皇甫謐有高譽，思造而示之，謐稱善，爲其賦序。張載爲注《魏都》，劉逵注《吴》、《蜀》而序之……司空張華見而歎曰：『班張之流也。使讀之者盡而有餘，久而更新。』於是豪貴之家，競相傳寫，洛陽爲之紙貴。初陸機入洛，欲爲此賦，聞思作之，撫掌而笑，與弟雲書曰：『此間有傖父欲作《三都賦》，須其成，當以覆酒甕耳。』及思賦出，機絶歎伏，以爲不能加也，遂輟筆焉。……齊王冏命爲記室督，辭疾不就。及張方縱暴都邑，舉家適冀州，數歲，以疾終。」其詩《詩品》置之上品，云：「其源出於公幹，文典以怨，頗爲精切，得諷諭之致。雖野於陸機，而深於潘岳。謝康樂常言：『左太沖詩，潘安仁詩，古今難比。』」

韓公淪賣藥〔一〕，梅生隱市門〔二〕。百年信荏苒〔三〕，何爲苦心魂①〔四〕。當學衛霍將〔五〕，建功在河源〔六〕。珪組賢君眄〔七〕，青紫明主恩〔八〕。終軍才始達〔九〕，賈誼位方尊〔一〇〕。金張服貂冕〔一一〕，許史乘華軒〔一二〕。王侯貴片議②，公卿重一言〔一三〕。太平多懽娛〔一四〕，飛蓋東都門〔一五〕。顧念張仲蔚〔一六〕，蓬蒿滿中園〔一七〕。

【校記】

①「何爲」《彙注》本、張本、梁本、《文選》作「何用」。

②「議」原作「義」，今據《彙注》本、張本、梁本、《文選》改。

【箋注】

〔一〕「韓公」句：《後漢書》卷八十三《逸民·韓康傳》：「韓康字伯休，一名恬休，京兆霸陵人。家世著姓。常采藥名山，賣於長安市。口不二價，三十餘年。時有女子從康買藥，康守價不移。女子怒曰：『公是韓伯休那？乃不二價乎？』康歎曰：『我本欲避名，今小女子皆知有我，何用藥爲？』乃遁入霸陵山中。博士公車連徵不至。桓帝乃備玄纁之禮，以安車聘之。使者奉詔造康，康不得已，乃許諾。辭安車，自乘柴車，冒晨先使者發，至亭，亭長以韓徵君當過，方發人牛脩道橋。及見康柴車幅巾，以爲田叟也，使奪其牛。康即釋駕與之。有頃，使者至，奪牛翁乃徵君也。使者欲奏殺亭長。康曰：『此自老子與之，亭長何罪？』乃止。康因中道逃遁，以壽終。」《校注》：「淪：隱淪，隱居。」

〔二〕「梅生」句：《漢書》卷六十七《逸民・梅福傳》：「福字子真，九江壽春人也。少學長安，明《尚書》、《穀梁春秋》，爲郡文學，補南昌尉。後去官歸壽春。……是時，福居家，常以讀書養性爲事。至元始中，王莽顓政，福一朝棄妻子，去九江，至今傳以爲仙。其後，人有見福於會稽者，變名姓，爲吴市門卒云。」

〔三〕「百年」句：《文選》卷二十七曹植《箜篌引》：「驚風飄白日，光景馳西流，盛時不可再，百年忽我遒。」嵇康《贈兄秀才入軍十九首》之七：「人生壽促，天地長久。百年之期，孰云其壽？」陶淵明《擬古九首》之二：「生有高世名，既没傳無窮。不學狂馳子，直在百年中。」《藝文類聚》卷三十四引丁廙妻《寡婦賦》：「時荏苒而不留，將遷靈以大行。」陶淵明《雜詩・憶我少壯時》：「荏苒歲月頹，此心稍已去。值歡無復娛，每每多憂慮。」《文選》卷十九張華《勵志詩》：「日與月與，荏苒代謝。逝者如斯，曾無日夜。」吕延濟注「荏苒，猶漸進也。」

〔四〕「何爲」句：《漢書》卷六十三《武五王・廣陵厲王胥傳》：「黄泉下兮幽深，人生要死，何爲苦心。」顔師古注：「言人生必當有死，無假勞心懷悲慼。」《南齊書》卷五十五《文學傳論》：「次則發唱驚挺，持調險急，雕藻淫艷，傾炫心魂。」按以上二句《文選》吕延濟注：「荏苒，少時也。言人百年如少時之間，何苦心魂，自爲淪隱。」

〔五〕「當學」句：衛霍，漢武帝時名將衛青與霍去病之合稱。《史記》卷一百十一《衛將軍驃騎列傳》：「大將軍衛青者，平陽人也。其父鄭季，爲吏，給事平陽侯家，與侯妾衛媪通，生青。青同母兄衛長子，而姊衛子夫自平陽公主家得幸天子，故冒姓爲衛氏。字仲卿。……最大將軍青，凡七出擊匈奴，斬捕首虜五萬餘級。一與單于戰，收河南地，遂置朔方郡，再益封，凡萬一千八百户。封三子爲侯，侯千三百户。并之，萬五千七百户。其校尉裨將以從大將軍侯者九人。其裨將及校尉已爲將者十四人。」「大將軍姊子霍去病年十八，幸，爲天子侍中。善騎射，再從大將軍，受詔與壯士，爲剽姚校尉。……元狩二年春，以冠軍侯去病爲驃騎將軍。……軍既還，天子曰：『驃騎將軍去病率師，躬將所獲葷粥之士，約輕齎，絶大幕，涉獲章渠，以誅比車耆，轉擊左大將，斬獲旗鼓，歷涉離侯，濟弓閭，獲屯頭王、韓王等三人，將軍、相國、當户、都尉八十三人，封狼居胥山，禪於姑衍，登臨翰海。執鹵獲醜七萬有四百四十三級，師率減什三，取食於敵，逴行殊遠而糧不絶，以五千八百户益封驃騎將軍。』……驃騎將軍爲人少言不泄，有氣敢任。天子嘗欲教之孫吴兵法，對曰：『顧方略何如耳，不至學古兵法。』天子爲治第，令驃騎視之，對曰：『匈奴未滅，無以家爲也。』由此上益重愛之。然少而侍中，貴，不省士。其從軍，天子爲遣太官齎數十乘，既還，重車餘棄粱肉，而士有饑者。其在塞外，卒乏糧，或不能自振，而驃騎尚穿域蹋鞠，事多此類。」

〔六〕河源：黄河的源頭。《山海經·北山經》：「敦薨之山，其上多椶柟，其下多茈草，敦薨之水出焉，而西流注於泑澤。出於昆侖之東北隅，實惟河原。」《史記》卷一百二十三《大宛列傳》：「於寘之西，則水皆西流，注西海。其東，水東流，注鹽澤，鹽澤潛行地下，其南則河源出焉。」按此指西域地區。

〔七〕「珪組」句：珪組，玉圭與印綬，引申指爵位、官職。《晉書》卷八十六《張軌傳論》：「綰累葉之珪組，賦絶域之琛賨。」《文選》卷四十六任昉《王文憲集序》：「既襲珪組，對揚王命。」劉良注：「珪，諸侯所執也；組，綬，所以繫印者也。」

〔八〕「青紫」句：《漢書》卷七十五《夏侯勝傳》：「勝每講授，常謂諸生曰：『士病不明經術；經術苟明，其取青紫如俛拾地芥耳。』」顔師古注：「青紫，卿大夫之服也。」王先謙補注引葉夢得曰：「漢丞相、太尉，皆金印紫綬，御史大夫，銀印青綬。此三府，官之極崇者，勝云青紫謂此。」按以上二句《文選》吕向注：「珪，玉；組，綬也。青紫，綬色。賢君、明主，皆天子也。」《校注》：「以上二句意謂，衛、霍建立戰功，受到天子的器重和恩寵，賜予高官厚禄。」

〔九〕「終軍」句：《漢書》卷六十四下《終軍傳》：「終軍字子雲，濟南人也。少好學，以辯博能屬文聞於郡中。年十八，選爲博士弟子。至府受遣，太守聞其有異材，召見軍，甚奇之，與交結。軍揖太守而去，至長安上書言事。武帝異其文，拜軍爲謁者給事中。……軍死時年二十餘，故世謂之『終童』。」

〔一〇〕「賈誼」句：《史記》卷八十四《賈生列傳》：「賈生名誼，雒陽人也。年十八，以能誦詩屬書聞於郡中。吴廷尉爲河南守，聞其秀才，召置門下，甚幸愛。孝文皇帝初立，聞河南守吴公治平爲天下第一，故與李斯同邑而常學事焉，乃徵爲廷尉。廷尉乃言賈生年少，頗通諸子百家之書。文帝召以爲博士。是時賈生年二十餘，最爲少。每詔令議下，諸老先生不能言，賈生盡爲之對，人人各如其意所欲出。諸生於是乃以爲能，不及也。孝文帝説之，超遷，一歲中至大中大夫。」按以上二句《文選》張銑注：「尊、達，謂見任用。」《校注》：「達、尊：謂此二人年輕時就進入仕途，被授於重任。」

〔一一〕「金張」句：金張，西漢中期名臣金日磾與張湯的合稱。《漢書》卷六十八《金日磾傳》：「日磾字翁叔，本匈奴休屠王太子也。武帝元狩中，票騎將軍霍去病將兵擊匈奴右地，多斬首，虜獲休屠王祭天金人。其夏，票騎復西過居延，攻祁連山，大克獲。於是單于怨昆邪、休屠居西方多爲漢所破，召其王欲誅之。昆邪、休屠恐，謀降漢。休屠王後悔，昆邪王殺之，并將其衆降漢。封昆邪王爲列侯。日磾以父不降見殺，與母閼氏、弟倫俱没入官，輸黄門養馬，時年十四矣。……拜爲馬監，遷侍中駙馬都尉光禄大夫。日磾既親近，未嘗有過失，上甚信愛之，賞賜累千金，出則驂乘，入侍左右。貴戚多竊怨，曰：『陛下妄得一胡兒，反貴重之！』上聞愈厚焉。……金日磾夷狄亡國，羈虜漢庭，而以篤敬寤主，忠信自著，勒功上將，傳國後嗣，世名忠孝，七世内侍，何其盛也！」《漢書》卷五十九《張湯傳》：「張湯，杜陵人也。父爲長安丞，出，湯爲兒守舍。還，鼠盜肉，父怒，笞湯。湯掘熏得鼠及餘肉，劾鼠掠治，傳爰書，訊鞫論報，并取鼠與肉，具獄磔堂下。父見之，視文辭如老獄吏，大驚，遂使書獄。……湯爲御史大夫七歲，敗。……上惜湯，稍復進其子安世。……而安世子孫相繼，自宣、元以來，爲侍中、中常侍、諸曹散騎、列校尉者凡十餘人。功臣之世，唯有金氏、張氏，親近寵貴，比於外戚。」《文選》卷二十一左思《詠史・鬱鬱澗底松》：「金張藉舊業，七葉珥漢貂。馮公豈不偉，白首不見招。」李善注：「董巴《輿服志》曰：『侍中、中常侍，冠武弁，貂尾爲飾。』」貂冕，飾有貂尾的冠冕，爲帝王貴近之臣所戴。梁元帝蕭繹《和劉尚書兼明堂齋宫詩》：「貂冕交輝映，珩珮自相喧。」

〔一二〕「許史」句：《文選》卷二十一左思《詠史・濟濟京城内》：「濟濟京城内，赫赫王侯居。冠蓋蔭四術，朱輪竟長衢。朝集金張館，暮宿許史廬。」《史記》卷八十九《陳餘列傳》：「令范陽令乘朱輪華轂，使驅馳燕、趙郊。」《文選》卷二十四潘岳《爲賈謐作贈陸機》：「優遊省闥，珥筆華軒。」呂向注：「華軒，殿上曲欄也。」同書卷三十王微《雜詩》：「思婦臨高臺，長想憑華軒。弄弦不成曲，哀歌送苦言。」呂延濟注：「軒，樓上鉤欄也；華者，有華飾文彩也。」按以上二句《文選》李周翰曰：「金日磾、張安世，并累代仕漢，故云貂冕。許皇后、史良娣之家，并盛爲奢侈，故云乘華軒。」《校注》：「許史：漢宣帝時兩家外戚。許，宣帝許皇后家，有三人被封侯。史，宣帝母家，有四人被封侯。事均見《漢書·外戚列傳》。華軒：貴族所乘的華美的車子。」

〔一三〕「王侯」二句：《史記》卷三十六《陳杞世家》：「孔子讀史記至楚復陳，曰：『賢哉楚莊王！輕千乘之國而重一言。』」《書·立政》：「時則勿有間之，自一話一言。我則末惟成德之彦，以乂我受民。」《左傳·僖公二十八年》：「楚一言而定三國，我一言而亡之。」按以上二句《校注》云：「片議、一言：謂一言半語。西漢有婁敬，曾勸説漢高祖劉邦建都長安而拜郎中，號奉春君。又有車千秋上書爲戾太子辯冤，『特以一言寤意，旬月取宰相封侯』。見《漢書·婁敬傳》及《車千秋傳》。此二句係『片議貴王侯，一言重公卿』的倒裝。」

〔一四〕「太平」句：《文選》卷二十二王康琚《反招隱詩》：「昔在太平時，亦有巢居子。今雖盛名世，能無中林士。」《文選》卷一班固《東都賦》：「於是聖上睹萬方之歡娱，又沐浴於膏澤。」

〔一五〕「飛蓋」句：《文選》卷二十曹植《公讌詩》：「公子敬愛客，終宴不知疲。清夜遊西園，飛蓋相追隨。明月澄清景，列宿正參差。」按《文選》卷二十一張協《詠史》云：「昔在西京時，朝野多歡娱。藹藹東都門，羣公祖二疏。」李善注引《漢書》曰：「疏廣字仲翁，東海人也。明《春秋》，爲太子太傅。兄子受，字公子，亦以賢良爲太子家令。廣謂受曰：『吾聞知足不辱，知止不殆。今仕至二千石，功成名立，如此不去，懼有後悔。豈如父子相隨出關，歸老故鄉，以壽命終，不亦善乎？』遂上疏乞骸骨。上以其年篤老，皆許之，加賜黄金二十斤，皇太子賜五十斤。公卿大夫，故人邑子，爲設祖道供帳東都門外，送車數百兩。辭訣而去。道路觀者曰：『賢哉二大夫！』或歎息爲之下泣。廣既歸鄉里，日令家共具設酒食，請族人故舊賓客，與相娯樂。居歲餘，廣子孫竊謂其昆弟老人廣所愛信者曰：『子孫幾及君時頗立産業基址，今日飲食費且盡，宜從丈人所勸説君買田宅。』老人即以閒暇時爲廣言此計，廣曰：『吾豈老誖，不念子孫哉？賢而多財，則損其志；愚而多財，則益其過。金者，聖主所以惠養老臣也。故樂與鄉黨宗族共饗其賜，以盡吾餘日，不亦可乎？』於是族人悦服。皆以壽終。」吕延濟注：「藹藹，盛貌。東都門，長安東門也。」以上二句即用張協《詠史》意。李善注所引，見《漢書》卷七十一《疏廣傳》而略有删減。

〔一六〕「顧念」句：《漢書》卷九十七上《外戚上・孝武李夫人傳》：「上所以攣攣顧念我者，乃以平生容貌也。」《楚辭》王褒《九懷・尊嘉》：「顧念兮舊都，懷恨兮艱難。竊哀兮浮萍，泛淫兮無根。」王逸章句：「還視楚國，思郢城也。」《文選》卷二十四曹植《贈徐幹》：「顧念蓬室士，貧賤誠足憐。」晉皇甫謐《高士傳》卷中：「張仲蔚者，平陵人也。與同郡魏景卿俱修道德，隱身不仕。明天官博物，善屬文，好詩賦，常居窮素，所處蓬蒿没人。閉門養性，不治榮名。時人莫識，唯劉龔知之。」《藝文類聚》卷八十二引《三輔決録》：「張仲蔚，平陵人也。與同郡魏景卿俱隱身不仕，所居蓬蒿没人。」

〔一七〕「蓬蒿」句：《莊子・逍遥遊》：「我騰躍而上，不過數仞而下，翱翔蓬蒿之間，此亦飛之至也。」《藝文類聚》卷二十六引阮籍《詠懷詩》：「河上有丈人，緯蕭棄明珠。甘彼藜藿食，樂是蓬蒿廬。」《藝文類聚》卷四引晉張華《三月三日後園會》詩：「順時省物，言觀中園。」《文選》卷三十謝朓《直中書省》：「信美非吾室，中園思偃仰。」中園，即園中。按以上二句用張仲蔚事。

【集説】

宋范晞文《對牀夜語》卷一：左太沖《詠史》詩云：「濟濟京城内，赫赫王侯居。冠蓋蔭四術，朱輪競長衢。朝集金張館，暮宿許史廬。南鄰擊鐘磬，北里吹笙竽。寂寂揚子宅，門無卿相輿。」鮑明遠《詠史》云：「京城十二衢，飛甍各鱗次。仕子彯華纓，遊客竦輕轡。明星晨未稀，軒蓋已雲至。賓御紛颯沓，鞍馬光照地。寒暑在一時，繁華及春媚。君平獨寂寞，身世兩相棄。」江文通《詠史》亦云：「金張服貂冕，許史乘華軒。王侯貴片議，公卿重一言。太平多歡娱，飛蓋東都門。顧念張仲蔚，蓬蒿滿中園。」三詩一軌也。

清吴淇《六朝選詩定論》卷十七：原詩七首，雖雜引古人之事，却如善理絲者，千頭萬緒，一忽不亂。此一首之中，引稱太繁。唐人譏駱丞詩爲「點鬼簿」，此已昉之矣。夫論詩要貴有識，原詩人物雖多，只折衷一孔子爲主，已得史家要領。其諸人盡客，中間揚子雲雖所推服，然衹是取他屏迹草玄，不過以他宅之寂寂，形出王侯居之赫赫耳。擬詩却局外另提捉一個張仲蔚作揚子雲替身，爲一篇之主，劈首又請一個韓康，一個梅福，作張仲蔚影子，曰「淪」，曰「隱」，謂其脱然名利之外也。其脱然名利之外者，以名利乃苦人心魂之物。人生幾何？當令心魂泰然，何爲苦之使不安也？此四句是一篇冒子。「願學」擬原詩首章，謂人生在世，名利可以不貪，而功名不可不立。學彼衛、霍建功異域，乃是挺然自拔。意欲憑自己才力，平地掙起不世之勳，以爲寶貴地耳。豈知富貴在天，或近邀朝廷之寵，或邀承祖、父之餘，如終軍之見遇，金、張、許、史之世蔭，皆由天幸，非「苦心魂」所能得者。「王侯」二句極張諸人氣炎之大，「飛蓋」二句又得諸人齊集一處，形出張仲蔚之又藐又孤也。「顧念」者，誰肯念也。謂此諸公眼中那有張仲蔚，豈知張仲蔚眼中亦無此諸公乎？彼以其富，我以吾仁；彼以其勢，我以吾義。自有浩然之氣，足以當之。其於領全在不「苦心魂」，即結所云蓬蒿中園也。曰「中園」，連市門亦不至，何有於東門？曰「蓬蒿滿」，連藥也不賣，何有於「飛蓋」？雖一時不能取重於王侯公卿，千載而下，自有是其言者，比而形之，斯得矣。按此詩所列諸人，與原詩重者五，曰賈誼、金、張、許、史，其不同者六，曰衛、霍、終軍、韓康、梅福、張仲蔚。原詩雖以孔子爲師，其於賈誼曰「作論准過秦」，借他做個璞子，以其一代大儒也，此與終軍并列，已非其倫，而況兼金、張、許、史同稱乎？且賈屢謫爲王傅，而反謂之「位方尊」，并失故實矣。又抑韓、梅爲尊張，尤爲顛倒。夫仲蔚之賢，豈能駕乎二公之上哉？蓋太沖詩才而兼史才，故所位置諸人，一一皆當，而文通史才非其所長耳。按此詩全篇，俱是反説，只末二句倒歸正意，却是鮑照詠史之格。用以擬太沖，未免英雄欺人。

清何焯《義門讀書記》卷四十七《文選》卷三：左之詠史，大抵賓主相形，此作既以衛、霍諸公形容仲蔚，乃復以韓、梅發端，不已贅乎？太沖本詩雖用事錯雜，而指趣瞭然，此則徒仿其體，不復能文從字順矣。

清陳祚明《采菽堂古詩選》卷二十四：太沖尚宜高簡。

清陳僅《竹林答問》：夫古詩之不能不爲唐律，此聲音之自然，即作者亦不知其然而然。故魏、晉之音調異于兩漢，宋、齊之音調異于魏、晉。自梁以降至陳、隋，則名雖古詩，已全律體，非一朝一夕之故也。姑就《文選》中求之，其兩句十字，聯仗精工，平仄諧暢，全是律偶者：魏曹植「始出嚴霜結，今來白露晞」，劉楨「清談同日夕，情眄敘憂勤」……江淹「終軍才始達，賈誼位方尊」，「翠山方藹藹，青浦正沈沈」。

張黄門苦雨 協景陽

【題解】

此詩張本題作《張黄門協苦雨》，《文選》題作《張黄門協》。小字注「協景陽」三字，《彙注》本作「協」一字，《文選》作「苦雨」二字。

詩題之「張黄門」，指張協。《晉書》卷五十五《張載傳附張協傳》云：「協字景陽，少有儁才，與載齊名。辟公府掾，轉秘書郎，補華陰令、征北大將軍從事中郎，遷中書侍郎。轉河間内史，在郡清簡寡欲。於時天下已亂，所在寇盜，協遂棄絶人事，屏居草澤，守道不競，以屬詠自娱。擬諸文士作《七命》……世以爲工。永嘉初，復徵爲黄門侍郎，託疾不就，終於家。」其詩《詩品》置之上品，云：「其源出於王粲，文體華浄，少病累，又巧構形似之言。雄於潘岳，靡於太沖。風流調達，實曠代之高手。詞彩葱蒨，音韻鏗鏘，使人味之亹亹不倦。」

丹霞蔽陽景〔一〕，緑泉湧陰渚〔二〕。水鸛巢層甍〔三〕，山雲潤柱礎〔四〕。有渰興春節①〔五〕，愁霖貫秋序〔六〕。爕爕涼葉奪〔七〕，戾戾颸風舉〔八〕。高談翫四時〔九〕，索居慕儔侶〔一〇〕。青苔日夜黄②〔一一〕，芳蕤成宿楚〔一二〕。歲暮百慮交〔一三〕，無以慰延佇〔一四〕。

【校記】

①「渰」汪本、《彙注》本、張本、梁本、《文選》作「弇」。

②「苔」《文選》作「荅」，張本、梁本注：「一作『荅』。」

【箋注】

〔一〕「丹霞」句：《文選》卷二十二魏文帝《芙蓉池作》：「丹霞夾明月，華星出雲間。」《藝文類聚》卷六十三引晉張協《玄武館賦》：「爛若丹霞，皎如素雪。」《文選》卷二十九張協《雜詩十首》

之三：「金風扇素節，丹霞啓陰期。」《文選》卷二十九曹植《情詩》：「微陰翳陽景，清風飄我衣。」李周翰注：「陽景，日也。」同書卷十三潘岳《秋興賦》：「高閣連雲，陽景罕曜。」

〔二〕「緑泉」句：《藝文類聚》卷三引晉傅玄《陽春賦》：「習習谷風，洋洋緑泉，丹霞横嶺，文虹竟天。」同書卷八十一引晉夏侯湛《宜男花賦》：「遠而望之，若丹霞照青天；近而觀之，若芙蓉鑒緑泉。」《太平御覽》卷一百九十七引《水經注》：「睢水東南流，入於竹圃。水次緑竹陰渚，青青實望。世人言梁王竹園也。」《藝文類聚》卷二引張協《苦雨詩》：「階下伏泉涌，堂上水苔生。尺燼重尋桂，紅粒貴瑶瓊。」按以上二句《文選》劉良注：「陽景，日也。丹霞，赤雲也。蔽，障也。緑，水色也。陰氣盛，故泉湧。」

〔三〕「水鸛」句：《詩·豳風·東山》：「鸛鳴於垤，婦歎於室。」毛傳：「鸛好水，長鳴而喜也。」鄭玄箋：「鸛，水鳥也。將陰雨則鳴。」三國吴陸璣疏：「鸛，鸛雀也。似鴻而大，長頸赤喙，白身黑尾翅。樹上作巢，大如車輪，卵如三升桮。望見人，按其子令伏，徑舍去。一名負釜，一名黑尻，一名背竈，一名皁裙。又泥其巢一傍爲池，含水滿之，取魚置池中，稍稍以食其雛。」《水經注·濁漳水》：「凡諸宫殿門臺隅雉，皆加觀榭層甍反宇，飛簷拂雲，圖以丹青，色以輕素。」

〔四〕「山雲」句：《藝文類聚》卷一引《吕氏春秋》：「山雲草莽，水雲魚鱗，旱雲煙火，雨雲水氣，無不比類其所生以示人。」《太平御覽》卷八引《淮南子》：「山雲蒸，柱礎潤。」按以上二句

《文選》張銑注：「礎，礩石。雲起則石潤，亦陰氣相感也。」《校注》：「層甍：高聳的屋脊。礎：柱下石墩。」

〔五〕「有渰」句：《詩·小雅·大田》：「有渰萋萋，興雨祁祁。」毛傳：「渰，雲興貌。萋萋，雲行貌。」《文選》卷二十九張協《雜詩十首》之九：「凄風起東谷，有渰興南岑。」渰，濃雲密佈貌。春節，猶春季。《後漢書》卷五十四《楊震傳》：「又冬無宿雪，春節未雨，百僚燋心，而繕修不止，誠致旱之徵也。」

〔六〕「愁霖」句：《藝文類聚》卷二引陸雲《愁霖賦》：「天泱漭以懷慘，民嚬蹙而愁霖。」按霖，久雨。《左傳·隱公九年》：「凡雨，自三日以往爲霖。」《文選》卷二十四陸機《贈尚書郎顧彦先二首》之一：「凄風迕時序，苦雨遂成霖。」同書卷二十九張協《雜詩十首》之九：「雖無箕畢期，膚寸自成霖。」秋序，秋季。按以上二句《文選》劉良注：「貫，達也。言雨起春節，而達秋不歇。」《校注》：「霖：久下不停的雨。貫秋序：謂雨從春節一直下到秋季。」

〔七〕「燮燮」句：陶淵明《閑情賦》：「葉燮燮以去條，氣凄凄而就寒。」逯欽立注：「燮燮，葉落聲。」《藝文類聚》卷四十八引宋謝莊《黄門侍郎劉琨之誄》：「秋風散兮涼葉稀，出吴洲兮謝江畿。」

〔八〕「戾戾」句：《文選》卷十三潘岳《秋興賦》：「庭樹槭以灑落兮，勁風戾而吹帷。」李善注：「戾，勁疾之貌。」鮑照《從臨海王上荆初發新渚》詩：「戾戾旦風遒，嘈嘈晨鼓鳴。」颸風，疾風。《後漢書》卷六十上《馬融傳》：「靡颸風，陵迅流，發櫂歌，縱水謳。」李賢注：「颸，疾風也。」曹植《磐石篇》：「一舉必千里，乘颸舉帆幢。」趙幼文注：「颸，疾風。」《校注》：「舉：起。」

〔九〕「高談」句：《文選》卷三十陸機《擬古詩十二首·擬今日良宴會》：「四坐咸同志，羽觴不可算。高談一何綺，蔚若朝霞爛。」劉劭《人物志·接識》：「是故多陳處直，則以爲見美；靜聽不言，則以爲虛空；抗爲高談，則爲不遜。」《易·恒》：「四時變化而能久成。」《禮記·孔子閒居》：「天有四時，春秋冬夏。」《藝文類聚》卷三引晉張華《雜詩》：「晷度隨天運，四時互相承，東壁正昏中，固陰寒節升，繁霜降當夕，悲風中夜興。」

〔一〇〕「索居」句：《禮記·檀弓上》：「子夏投其杖而拜曰：『吾過矣！吾過矣！吾離羣而索居，亦已久矣。』」《文選》卷二十二謝靈運《登池上樓》：「索居易永久，離羣難處心。」嵇康《贈秀才入軍·雙鸞匿景曜》：「徘徊戀儔侶，慷慨高山陂。」《文選》卷二十九張華《情詩二首》之一：「巢居知風寒，穴處識陰雨。不曾遠別離，安知慕儔侶。」按以上四句《文選》呂延濟注：「言秋葉漸落，急風斯起，譚玩四時之事，思散居之儔侶。」

〔一一〕「青苕」句：《爾雅·釋草》：「苕，陵苕。黄華蔈，白華茇。」《詩·小雅·苕之華》：「苕之華，芸其黄矣。」毛傳：「苕，陵苕也，將落則黄。」鄭玄箋：「陵苕之華，紫赤而繁。」孔穎達疏：「如《釋草》之文，則苕華本自有黄有白。將落則黄，是初不黄矣。箋云『陵苕之華，紫赤而繁』，陸璣疏亦言其華紫色，蓋就紫色之中有黄紫白紫耳，及其將落，則全變爲黄。」朱熹集傳：「苕，陵苕也。《本草》云：『即今之紫葳，蔓生，附於喬木之上，其華黄赤色，亦名淩霄。』」上詩同章又云：「苕之華，其葉青青。知我如此，不如無生。」朱熹集傳：「青青，盛貌。然亦何能久哉。」《文選》卷二十九左思《雜詩》：「秋風何冽冽，白露爲朝霜。柔條旦夕勁，緑葉日夜黄。」

〔二二〕「芳蕤」句：《文選》卷十七陸機《文賦》：「播芳蕤之馥馥，發青條之森森。」李善注：「《説文》曰：『蕤，草木華垂貌。』《纂要》曰：『草木華曰蕤。』」張協《雜詩》之二：「弱條不重結，芳蕤豈再馥。」《文選》卷二十九張協《雜詩・結宇窮岡曲》：「溪壑無人跡，荒楚鬱蕭森。」按以上二句《文選》劉良注：「宿楚，叢木也。言青苕漸黄，蘖成叢木，歎歲月將盡。」《校注》：「芳蕤：指茂盛的草木。宿楚：枯萎的叢莽。」按以上《校注》釋「宿楚」，是也。沈約《郊居賦》：「織宿楚以成門。」亦用此意。

〔二三〕「歲暮」句：《文選》卷三十三劉安《招隱士》：「歲暮兮不自聊，蟪蛄鳴兮啾啾。」陸雲《歲暮賦》：「普區宇之瘁景兮，頻萬物之衰顔。」《周易・繫辭下》：「子曰：『天下何思何慮，天下同歸而殊塗，一致而百慮，天下何思何慮。』」《後漢書》卷四十九《仲長統傳》：「百慮何爲，至要在我。寄愁天上，埋憂地下。」《藝文類聚》卷二十六引晉潘尼《懷退賦》：「理殊塗而同歸，雖百慮其何思。」

〔一四〕「無以」句：陸雲《失題》：「身滯情往，神遊影處。發夢宵寐，以慰延佇。」按延佇，久立。《楚辭·離騷》：「悔相道之不察兮，延佇乎吾將反。」王逸章句：「延，長也；佇，立貌。」以上二句《文選》吕向注：「延，久；佇，待也。言交人不來，無以慰我久待之情。」

【集説】

清吴淇《六朝選詩定論》卷十七：此隱括黄門《雜詩》十首，全從「春秋三不雨」翻來。三時不雨是謂陽驕，三時連雨是謂陰沴，皆屬可閔，故借之以寓意也。却於未雨之前，先寫四句雨兆，見天下之亂非一朝一夕之故，其所由來者漸矣。吃緊在首句「丹霞蔽陽景」，以陰乘陽比人君爲小人所蔽也。「緑泉湧陰渚」，陰氣熾盛皆小人用事也。「水鸛」二句，羣陰皆以類應，比羣小勢成徒繁，不可摧折，雖欲不雨，不可得矣。然《春秋》於不雨，歷時而一書者閔雨也，歷時而總書者不閔雨也。「有弇」二句，用一「貫」字，是三時皆雨矣。言春秋而不言夏者，仿歷時總書之文，以見當時無復有閔雨也者。然三時連雨，雨尚未止，而言秋者，指作詩之時言也。夫春雨未苦，夏雨苦猶未甚，至秋則一歲之計無復望，苦之極矣。「爕爕」二句係承「秋」來，有驚之意。蓋一夏俱在雨中過，若不覺其炎蒸者，至此涼葉之奪爕爕，然夏令其退乎？颸風之舉戾戾，然秋氣其近乎？成功者退，乘權者進，此四時不易之理，即君子出處語默之道也。雨中無事，正可細玩此理。此句本擬原詩「閒居玩萬物」，所謂萬物，指寒花秋卉而言。此暗承上春秋之序也，時行物生，總一機也。「索居慕儔侶」，擬原詩「離羣戀所思」，以伏下文「延佇」之案。「青苔」二句，極寫陰沴之害。

天下最耐雨者莫草木之屬，今草之青者、木之芳者，皆爲秋雨所糜爛，則不待太史歲抄之書，而已知其無麥無禾矣。且草木黄落自有其時，今爲雨之所摧，即廣成子所謂「未黄而落」云云，天地閉塞之象已成於此矣。所以君子悲天憫人之慮，交集於歲暮之一傾，又以阻雨之故，朋友絶迹，將無以慰我延佇之心耳。末句緊應「索居」句，暗照首句，以發明信友獲上之理也。

清何焯《義門讀書記》卷四十七《文選》卷三：《苦雨》本趣在乎固窮，擬者殊不及此。「索居慕儔侣」，風雨思朋友。

清陳祚明《采菽堂古詩選》卷二十四：尚未得其淒緊。

清孫月峰（于光華《文選集評》卷七引）：辭意太襲，然彼濃此寡，猶未足媲美。

劉太尉傷亂　琨越石

【題解】

張本題作《劉太尉琨傷亂》，《文選》題作《劉太尉琨》。小字注「琨越石」三字，《彙注》本作「琨」一字，《文選》作「傷亂」二字。

詩題之「劉太尉」，指劉琨。《晉書》卷六十二《劉琨傳》云：「劉琨字越石，中山魏昌人，漢中山靖王勝之後也。祖邁，有經國之才，爲相國參軍，散騎常侍。父蕃，清高沖儉，位至光禄大夫。琨少得儁朗之目，與范陽祖納俱以雄豪著名。年二十六，爲司隸從事。時征虜將軍石崇河南金谷澗中有别廬，冠絶時輩，引致賓客，日以賦詩。琨預其間，文詠頗爲當時所許。秘書監賈謐參管朝政，京師人士無不傾心。石崇、歐陽建、陸機、陸雲之徒，并以文才降節事謐，琨兄弟亦在其間，號曰『二十四友』。……永嘉元年，爲并州刺史，加振威將軍，領匈奴中郎將。……建武元年，琨與匹磾期討石勒，匹磾推琨爲大都督，喢血載書，檄諸方守，俱集襄國。琨、匹磾進屯固安，以俟衆軍。匹磾從弟末波納勒厚賂，獨不進，乃沮其計。琨、匹磾以勢弱而退。是歲，元帝轉琨爲侍中、太尉，其餘如故，并贈名刀。……爲匹磾所拘……然琨既忠於晉室，素有重望，被拘經月，遠近憤歎。匹磾所署代郡太守辟閭嵩，與琨所署雁門太守王據、後將軍韓據連謀，密作攻具，欲以襲匹磾。而韓據女爲匹磾兒妾，聞其謀而告之匹磾，於是執王據、辟閭嵩及其徒黨悉誅之。會王敦密使匹磾殺琨，匹磾又懼衆反己，遂稱有詔收琨。初，琨聞敦使至，謂其子曰：『處仲使來而不我告，是殺我也。死生有命，但恨讎耻不雪，無以下見二親耳。』因歔欷不能自勝。匹磾遂縊之，時年四十八。」其詩《詩品》置之中品，與盧諶同列，云：「其源出於王粲，善爲悽戾之辭，自有清拔之氣。琨既體良才，又罹厄運，故善敍喪亂，多感恨之詞。中郎仰之，微不逮者矣。」

皇晉遘陽九〔一〕，天下横氛霧〔二〕。秦趙值薄蝕〔三〕，幽并逢虎據〔四〕。伊余荷寵靈〔五〕，感激徇馳騖〔六〕。雖無六奇術，冀與張韓遇〔七〕。甯戚扣角歌，桓公遭乃舉〔八〕。荀息冒嶮難，實以忠貞故〔九〕。空令日月逝①〔一〇〕，愧無古人度〔一一〕。飲馬出城濠〔一二〕，北望沙漠路〔一三〕。千里何蕭條〔一四〕，白日隱寒樹〔一五〕。投袂既憤懣〔一六〕，撫枕懷百慮〔一七〕。功名惜未立〔一八〕，玄鬢已改素〔一九〕。時哉苟有會〔二〇〕，治亂惟冥數②〔二一〕。

【校記】

①「令」原作「今」，今據《彙注》本、張本、梁本、《文選》改。

②「惟」梁本作「就」。

【箋注】

〔一〕「皇晉」句：《文選》卷二十五劉琨《答盧諶》：「厄運初遘，陽爻在六。乾象棟傾，坤儀舟覆。」又云：「彼黍離離，彼稷育育。哀我皇晉，痛在其目。」劉良注：「皇，大也。哀我大晉，宗廟皆生黍稷，故痛心在於目前。」《文選》卷五十六曹植《王仲宣誄》：「厥姓斯氏，條分葉散。世滋芳烈，揚聲秦漢。會遭陽九，炎光中矇。」李善注：「《漢書》曰：『陽九厄日。』」呂延濟注：「百六之會，陽九之厄也。」《校注》：「遘：遭。陽九：《靈寶天地運度》：『三千三百年爲小陽九，小百六也。九千九百年爲大陽九，大百六也。天虧謂之陽九，地虧謂之百六。』指厄運。」

〔二〕「天下」句：《楚辭》劉向《九歎・惜賢》：「竢時風之清激兮，愈氛霧其如塺。」王逸章句：「塺，塵也。言己欲待明君之政，清潔之化，以感激風俗，而君愈貪濁，如氛霧之氣來塵塺人也。」《校注》：「横：充塞。氛霧：霜露霧氣。喻亂賊。」按以上二句《文選》張銑注：「皇，大也。九，陽數之極，有災。横氛霧，喻亂賊也。言大晉遇此陽九之災，而亂賊横叛。」

〔三〕「秦趙」句：《吕氏春秋·明理》：「其日有薄蝕。」高誘注：「薄，迫也。日月激會相掩，名爲薄蝕。」《史記》卷二十七《天官書論》：「逆行所守，及他星逆行，日月薄蝕，皆以爲占。」《文選》卷二十一謝瞻《張子房詩》：「鴻門消薄蝕，垓下殞欃搶。」按薄蝕，即薄食，指日月相掩食。《漢書》卷二十六《天文志》：「彗孛飛流，日月薄食。」顔師古注：「孟康曰：『日月無光曰薄。』京房《易》傳曰：『日月赤黄爲薄。』或曰：『不交而食曰薄。』韋昭曰：『氣往迫之爲薄，虧毁曰食也。』」《校注》：「秦趙：西晉時姚萇建立後秦，石勒建立後趙。薄蝕：日月相掩食。喻晉國土被異族所侵佔。」按清何焯《義門讀書記》卷四十七《文選》卷三云：「成都王頴據鄴，河間王顒據關中，皆王室懿親，故謂之『薄蝕』。」亦録之以爲一説。

〔四〕「幽并」句：幽并，幽州和并州的合稱，約當今河北、山西北部和内蒙古、遼寧一部分地區。《文選》卷二十七曹植《白馬篇》：「白馬飾金羈，連翩西北馳。借問誰家子，幽并遊俠兒。」《三國志》卷二十三《魏志·常林傳》：「今主上幼沖，賊臣虎據，華夏震慄，雄才奮用之秋也。」陸雲《盛德頌》：「良平鳳棲，信布虎據。豪雄淩暴於外，奇謨補闕乎内。」按以上二句《文選》李周翰注：「秦，姚泓所據；趙，石勒所據；幽州，段匹磾所據；并州，劉琨所領。值亦逢也。薄蝕喻亂賊侵晉，虎據喻威武之盛。」

〔五〕「伊余」句：《三國志》卷二十三《魏志·和洽傳》：「以玠出羣吏之中，特見拔擢，顯在首職，歷年荷寵，剛直忠公，爲衆所憚。」《晉書》卷六《元帝紀》：「況臣等荷寵三世，位厠鼎司，聞問震惶，精爽飛越，且驚且惋，五情無主，舉哀朔垂，上下泣血。」《左傳·昭公七年》：「今君若步玉趾，辱見寡君，寵靈楚國，以信蜀之役，致君之嘉惠，是寡君既受貺矣，何蜀之敢望？」孔穎達疏：「言開其恩寵，賜以威靈，以及楚國。」《校注》：「荷寵靈：謂蒙天子恩寵。」

〔六〕「感激」句：《後漢書》卷四十五《袁安傳》：「聞之者皆感激自勵。在職十年，京師肅然，名重朝廷。」《文選》卷二十五劉琨《重贈盧諶》：「鄧生何感激，千里來相求。」張銑注：「激，亦感也。」《史記》卷六十一《伯夷列傳》：「賈子曰『貪夫徇財』。」張守節正義：「徇，求也。瓚云『以身從物曰徇』。」《文選》卷二十二謝靈運《登池上樓》：「徇禄反窮海，卧痾對空林。」張銑注：「徇，求也。」《漢書》卷四十五《蒯通傳》：「爲君計者，莫若以黄屋朱輪迎范陽令，使馳騖於燕趙之郊，則邊城皆將相告曰『范陽令先下而身富貴』，必相率而降，猶如阪上走丸也。」同書卷八十下《揚雄傳下》：「故世亂則聖哲馳騖而不足，世治則庸夫高枕而有餘也。」按以上二句《文選》吕延濟注：「言我蒙天子神靈寵愛，故感動激發，循此馳駈於軍戎。」

〔七〕「雖無」二句：六奇，指漢陳平爲高祖劉邦所謀畫的六奇計。《史記》卷五十六《陳丞相世家》：「其後常以護軍中尉從攻陳豨及黥布。凡六出奇計，輒益邑，凡六益封。奇計或頗祕，世莫得聞也。」《史記》卷一百三十《太史公自序》：「六奇既用，諸侯賓從於漢；吕氏之事，平爲本謀，終安宗廟，定社稷。作《陳丞相世家》第二十六。」後因指出奇制勝的謀略。嵇康《贈秀才入軍·雙鸞匿景曜》：「安得反初服，抱玉寶六奇。逍遥遊太清，攜手長相隨。」按此二句《文選》劉良注：「張，張良。韓，韓信。言我雖無此六奇之術，冀同三賢遇漢高。」《校注》：「張韓：張良、韓信。二人皆遇劉邦而得以發揮才能。」

〔八〕「甯戚」二句：《史記》卷八十三《鄒陽傳》：「故百里奚乞食於路，繆公委之以政；甯戚飯牛車下，而桓公任之以國。」裴駰集解引應劭曰：「齊桓公夜出迎客，而甯戚疾擊其牛角商歌曰：『南山矸，白石爛，生不遭堯與舜禪。短布單衣適至骭，從昏飯牛薄夜半，長夜曼曼何時旦？』公召與語，説之。以爲大夫。」其事詳見《吕氏春秋·舉難》及《淮南子·道應訓》。

〔九〕「荀息」二句：《左傳·僖公九年》：「初，獻公使荀息傅奚齊。公疾召之，曰：『以是藐諸孤，辱在大夫，其若之何？』稽首而對曰：『臣竭其股肱之力，加之以忠貞，其濟，君之靈也；不濟，則以死繼之。』公曰：『何謂忠貞？』對曰：『公家之利，知無不爲，忠也；送往事居，耦俱無猜，貞也。』及里克將殺奚齊，先告荀息曰：『三怨將作，秦、晉輔之，子將何如？』荀息曰：『將死之。』里克曰：『無益也。』荀叔曰：『吾與先君言矣，不可以貳。能欲復言而愛身乎？雖無益也，將焉辟之。』」

〔一〇〕日月逝：《論語·陽貨》：「日月逝矣，歲不我與。」阮籍《詠懷詩三首》之二：「灼灼春華，緑葉含丹。日月逝矣，惜爾華繁。」陸雲《牛責季友文》：「何子崇道與德，而遺貴與富之甚哉！日月逝矣，歲聿其暮。嗟乎季友，盛時可惜。」

〔一一〕「愧無」句：《文選》李周翰注：「言我愧無荀、甯之度量。」《校注》：「古人度：指甯戚、荀息的氣度。」

〔一二〕「飲馬」句：古樂府有《飲馬長城窟行》，《玉臺新詠》卷一陳琳《飲馬長城窟行》：「飲馬長城窟，水寒傷馬骨。往謂長城吏，慎莫稽留太原卒。」謝朓《答張齊興》：「誰知京洛念，彷佛昆山側。向夕登城濠，潛池隱復直。」按城濠，護城河。《集韻》卷三：「壕，城下池。通作濠。」

〔一三〕「北望」句：《文選》卷二十五盧諶《贈崔温》：「逍遥步城隅，暇日聊遊豫。北眺沙漠垂，南望舊京路。」同書卷二十七曹植《白馬篇》：「少小去鄉邑，揚聲沙漠垂。」李善注：「《説文》曰：『漠，北方流沙也。』」按此句《文選》吕延濟注：「沙漠，北方也。言傷晉亂，意欲平定天下。」

〔一四〕「千里」句：《楚辭·遠遊》：「山蕭條而無獸兮，野寂寞兮無人。」王逸章句：「溪谷寂寥而少禽也。」《文選》卷二十四曹植《贈白馬王彪》：「秋風發微涼，寒蟬鳴我側。原野何蕭條，白日忽西匿。」劉良注：「蕭條，草木衰落也。」

〔一五〕寒樹：《玉臺新詠》卷六王僧孺《何生姬人有怨》：「寒樹栖羈雌，月映風復吹。逐臣與棄妾，零落心可知。」

〔一六〕「投袂」句：《左傳·宣公十四年》：「楚子聞之，投袂而起。」《後漢書》卷七十一《皇甫嵩朱儁傳論》：「值弱主蒙塵，獷賊放命，斯誠葉公投袂之幾，翟義鞠旅之日。」李賢注：「投袂，奮袂也，言其怒也。」《宋書》卷九十五《索虜傳》載宋文帝詩：「忠臣表年暮，貞柯見嚴秋。楚莊投袂起，終然報强讎。去病辭高館，卒獲舒國憂。」阮籍《詠懷·夸談快憤懣》：「夸談快憤懣，情慵發煩心。西北登不周，東南望鄧林。」司馬遷《報任少卿書》：「僕又薄從上雍，恐卒然不可爲諱，是僕終已不得舒憤懣以曉左右，則長逝者魂魄私恨無窮。」《後漢書》卷九十下《蔡邕傳》：「臣不勝憤懣，謹條宜所施行七事表左。」《文選》卷二十三謝靈運《廬陵王墓下作》：「道消結憤懣，運開申悲涼。」

〔一七〕「撫枕」句：《玉臺新詠》卷二張華《情詩五首》之三：「居歡惜夜促，在蹙怨宵長。撫枕獨吟歎，綿綿心内傷。」《文選》卷二十五劉琨《重贈盧諶》：「中夜撫枕歎，想與數子遊。吾衰久矣夫，何其不夢周。」同書卷二十六陸機《赴洛道中作二首》之二：「清露墜素輝，明月一何朗。撫枕不能寐，振衣獨長想。」《周易·繫辭下》：「子曰：『天下何思何慮，天下同歸而殊塗，一致而百慮，天下何思何慮。』」《藝文類聚》卷二十六引晉潘尼《懷退賦》：「理殊塗而同歸，雖百慮其何思。」

〔一八〕「功名」句：《文選》卷二十五劉琨《重贈盧諶》：「功業未及建，夕陽忽西流。」《南史》卷十九《謝裕傳附謝朓傳》：「朓好奬人才，會稽孔覬粗有才筆，未爲時知，孔珪嘗令草讓表以示朓，脁嗟吟良久，手自折簡寫之，謂珪曰：『士子聲名未立，應共獎成，無惜齒牙餘論。』其好善如此。」

〔一九〕「玄髮」句：《藝文類聚》卷十八引司馬相如《美人賦》：「臣之東隣，有一女子，玄髮豐艷，蛾眉皓齒，登垣而望臣，三年於兹矣。」同書卷三十五引晉陸機詩：「軟顔收紅蘂，玄鬢吐素華。冉冉逝將老，咄咄奈老何。」按《文選》吕向注：「謂未能匡復晉室，而髮已白。」

〔二〇〕「時哉」句：《文選》卷二十五劉琨《重贈盧諶》：「時哉不我與，去乎若雲浮。」

〔二一〕「治亂」句：治亂，指安定與動亂。《書·君牙》：「民之治亂在兹。」孔傳：「民之治亂在此而已，用之則民治，廢之則民亂。」《孫子·兵勢》：「亂生於治，怯生於勇，弱生於强。治亂，數也；勇怯，形也。」《文選》卷五十三李康《運命論》：「夫治亂，運也；窮達，命也；貴賤，時也。」冥數，指上天所定的氣數或命運。《後漢書》卷九十《烏桓鮮卑傳論》：「將天之冥數，以至於是乎？」《宋書》卷八十一《顧愷之傳》：「天生蒸民，樹之物則，教義所稟，豈非冥數？」按《文選》張銑注：「言太平之世，且當有運會，治亂之道，冥昧亦有定數，然非我所知。」

【集説】

元劉履《選詩補注》卷八：　其真得越石之心者矣。

明謝榛《四溟詩話》卷一：　江淹擬劉琨，用韻整齊，造語沉着，不如越石吐出心肺。

清吴淇《六朝選詩定論》卷十七：　太尉原詩以「握中有懸璧」比興起，忽然述昔，忽然言懷，原無蹊徑可尋。此詩先以晉亂引起，次用自序，是兼太尉先贈之詩也。次述古，次自言懷，蹊徑太爾分明。至於原詩述古處取法最上，曰「夢周」，曰「泣孔」，至太公以下諸人猶云貶就，是何等胸襟！此詩若陳，若張、韓，猶是原詩中人物，至於甯戚、荀息，斯又下矣。猶云愧其無度，豈作者之意哉？至言懷一段，不似原作，分明是一篇《飲馬長城窟行》。雖有悲涼之致，然終無激烈意。蓋書生踐戎馬之場，雖云多致，終非本色，然而不可不謂之一篇好詩也。

又云：　魏武所作，在《選》詩中，如《史記》有《項羽本紀》，最是一出色文字，而劉太尉諸作，亦其亞也。然魏武是樂府妙境，詩却不逮。今以《扶風歌》較《短歌行》諸作，自是鴻門宴上太尉未免低頭，若以「握中」諸詩較魏武之詩，恐劃鴻溝以爲界，猶非太尉意也。文通以書生之筆擬之，何異樓煩之射項羽。

清沈德潛《古詩源》卷十三：　末段悲壯，去太尉不遠。

清何焯《義門讀書記》卷四十七《文選》卷三：　氣味逼真。

又云：「千里何蕭條」二句，所謂日暮途窮也。「功名惜未立」二句，覆裝以起下文。

清陳祚明《采菽堂古詩選》卷二十四：　壯矣而未悲。「飲馬」數句，亦悲矣，而所嫌者，太尉失路之嗟一種情境，不能低徊寫出也。

清張玉穀《古詩賞析》卷十九：　前四，就晉室國難直起，秦、趙、幽、并撮舉，羣雄角立，及己所領之處。「伊余」十句，述己之受恩奮勉，冀一挽回。三層歷證古人，勒到有愧，實處皆空。「飲馬」四句，再補亂後衰颯之景，爲後引端。後六，方實吐出日夜皇皇，功名未立，年齒已衰之感。仍以時苟有會，冥數難知，策勵作收。激昂悲壯，真得太尉之神。

余冠英《漢魏六朝詩選》：擬劉琨，首言國難，次言受恩奮勉，再次言才能有愧于古人，末言功未就，年已衰，但是如逢時會，治亂之數還不可知。本篇激昂悲壯，能得劉詩的聲與情。

盧侍郎感交　諶子諒

【題解】

此詩張本題作《盧郎中諶感交》，《文選》李善本題作《盧中郎諶》，六臣本題作《盧郎中諶》。小字注「諶子諒」三字，《彙注》本作「諶」一字，《文選》作「感交」二字。

詩題之「盧侍郎」，指盧諶。《晉書》卷四十四《盧欽傳附盧諶傳》云：「諶字子諒，清敏有理思，好《老》《莊》，善屬文。選尚武帝女滎陽公主，拜駙馬都尉，未成禮而公主卒。後州舉秀才，辟太尉掾。……建興末，隨琨投段匹磾。匹磾自領幽州，取諶爲别駕。匹磾既害琨，尋亦敗喪。時南路阻絶，段末波在遼西，諶往投之。元帝之初，末波通使於江左，諶因其使抗表理琨，文旨甚切。於是即加弔祭。累徵諶爲散騎中書侍郎，而爲末波所留，遂不得南渡。末波死，弟遼代立，諶流離世故且二十載。石季龍破遼西，復爲季龍所得，以爲中書侍郎，國子祭酒，侍中，中書監。

屬冉閔誅石氏，諶隨閔軍，於襄國遇害，時年六十七，是歲，永和六年也。」其詩《詩品》置之中品，與劉琨同列。

大厦須異材〔一〕，廊廟非庸器〔二〕。英俊著世功〔三〕，多士濟斯位〔四〕。眷顧成綢繆〔五〕，乃與時髦疋〔六〕。姻媾久不虧①〔七〕，契濶豈但一〔八〕。逢厄既已同，處危非所恤〔九〕。常慕先達概〔一〇〕，觀古論得失〔一一〕。馬服爲趙將〔一二〕，壃埸得淸謐②〔一三〕。信陵佩魏印，秦兵不敢出〔一四〕。慨無握中策③〔一五〕，徒慚素絲質〔一六〕。羇旅去舊鄉④〔一七〕，感遇踰琴瑟⑤〔一八〕。自顧非杞梓，〔一九〕勉力在無逸⑥〔二〇〕。更以畏友朋〔二一〕，濫吹乖名實〔二二〕。

【校記】

①「虧」《彙注》本、《文選》作「虛」。

②「壃埸」，原作「壃場」，今據梁本、《文選》改。

③「握」《彙注》本、梁本、《文選》作「幄」。

④「舊鄉」原作「舊京」，今據《彙注》本、《文選》改。

⑤「踰」《彙注》本、《文選》作「喻」。

⑥「勉力」原作「免力」，今據元鈔本、《彙注》本、張本、梁本、《文選》改。

【箋注】

〔一〕「大厦」句：王褒《四子講德論》：「大厦之材，非一丘之木；太平之功，非一人之略也。」《文選》卷九揚雄《長楊賦》：「大厦不居，木器無文。」吕向注：「大厦，大屋。」《莊子·人間世》：「子綦曰：『此何木也哉？此必有異材夫！』仰而視其細枝，則拳曲而不可以爲棟梁；俯而視其大根，則軸解而不可以爲棺槨。」異材，原指有特殊用途的木料或材料，引申爲有突出才能的人。《漢書》卷九十八《元后傳》：「左右常薦光禄大夫劉向少子歆，通達有異材。」

〔二〕「廊廟」句：《國語·越語下》：「謀之廊廟，失之中原，其可乎？王姑勿許也。」《後漢書》卷二十九《申屠剛傳》：「廊廟之計，既不豫定，動軍發衆，又不深料。」李賢注：「廊，殿下屋也。廟，太廟也。國事必先謀於廊廟之所也。」廊廟，殿下屋和太廟，此指朝廷。《史記》卷一百二十一《佞幸·鄧通列傳》：「景帝時，中無寵臣，然獨郎中令周文仁，仁寵最過庸，乃不甚篤。」索隱：「庸，常也。言仁最被恩寵，過於常人，乃不甚篤，如韓嫣也。」以上二句《文選》李周翰注：「厦，大屋也。構此大屋，必須瑰異之材。廊廟，喻宰臣也。言宰臣不可以任庸常之器。」《校注》：「以上二句稱頌劉琨爲廊廟之器，非同常人。」

〔三〕「英俊」句：賈誼《新書·道術》：「英俊在位則主尊，羽翼勝任則民顯。」《漢書》卷七十一《疏廣傳》：「太子國儲副君，師友必於天下英俊，不宜獨親外家許氏。」《左傳·隱公八年》：「官有世功，則有官族。」楊伯峻注：「謂以先世有功之官名爲族姓。」

〔四〕「多士」句：《詩·大雅·文王》：「濟濟多士，文王以寧。」《文選》卷二十五盧諶《答魏子悌》：「崇臺非一幹，珍裘非一腋。多士成大業，羣賢濟弘績。」《樂府詩集》卷十三成公綏《正旦大會行禮歌》：「穆穆天子，光臨萬國。多士盈朝，莫非俊德。」按以上二句《文選》呂延濟注：「英俊之人著立濟世之功，衆多之士共佐天子之位。」

〔五〕「眷顧」句：《史記》卷八十四《屈原列傳》：「屈平既嫉之，雖放流，睠顧楚國，繫心懷王，不忘欲反。」《文選》卷一班固《西都賦序》：「西土耆老，咸懷怨思，冀上之睠顧，而盛稱長安舊制，有陋雒邑之議。」按睠顧，即眷顧，垂愛。睠，同眷。《詩經·唐風·綢繆》：「綢繆束芻，三星在隅。」毛傳：「綢繆，猶纏綿也。」孔穎達疏：「毛以爲綢繆猶纏綿束薪之貌，言薪在田野之中，必纏綿束之，乃得成爲家用。」《詩·豳風·鴟鴞》：「迨天之未陰雨，徹彼桑土，綢繆牖户。」鄭玄箋：「綢繆，猶纏綿也。」孔穎達疏：「鄭以爲鴟鴞及天之未陰雨之時，剥彼桑根以纏綿其牖户，乃得成此室巢。」《文選》卷二十五盧諶《贈劉琨》：「綢繆之旨，有同骨肉。」

〔六〕「乃與」句：《後漢書》卷六《順帝紀贊》：「孝順初立，時髦允集。」李賢注：「《爾雅》曰：『髦，俊也。』郭璞注曰：『士中之俊，猶毛中之髦。』」《文選》卷三十謝靈運《擬魏太子鄴中集八首·徐幹》：「華屋非蓬居，時髦豈余匹。」呂向注：「髦，俊也。」《文選》卷二十五盧諶《答魏子悌》：「遇蒙時來會，聊齊朝彦跡。」《校注》：「時髦匹：謂與當時的俊才爲伍。」按以上二句《文選》劉良注：「諶言蒙琨眷以成親密，得與當時髦俊爲匹偶。」

〔七〕「姻媾」句：《吕氏春秋·必己》：「輿隸姻媾小童無不敬，以定其身。」姻，同姻。《文選》卷四十二阮瑀《爲曹公作書與孫權》：「亦猶姻媾之義，恩情已深。」同書卷二十五盧諶《贈劉琨》：「伊諶陋宗，昔遘嘉惠。申以婚姻，著以累世。」吕向注：「姻媾，謂諶妹嫁琨弟。」

〔八〕「契濶」句：《經·邶風·擊鼓》：「死生契濶，與子成説。」毛傳：「契濶，勤苦也。」《晉書》卷三十一《后妃上·左貴嬪傳》：「惟帝與后，契濶在昔。比翼白屋，雙飛紫閣。」《文選》卷二十五盧諶《答魏子悌》：「恩由契濶生，義隨周旋積。」豈但一，《文選》李善注：「魏文帝詩曰『所憂非但一。』」按以上二句《文選》吕向注：「契濶，謂同遭亂，殺其父母。豈但一，言非一事也。」

〔九〕「逢厄」二句：《文選》卷二十五盧諶《答魏子悌》：「在危每同險，處安不異易。俱涉晉昌艱，若更飛狐厄。」《重修玉篇》卷十一：「戹，倚革切，困也，災也。亦作厄。」《晉書》卷六十《張方傳論》：「解系等以干時之用，處危亂之辰，并託迹府朝，參謀王室。」《重修廣韻》卷五：「恤，憂也。」按此二句《文選》張銑注：「言險厄情同，是以不憂。」

〔一〇〕「常慕」句：《文選》卷三十八庾亮《讓中書令表》：「十餘年間位超先達。」李周翰注：「言爵禄越先進之人。」按此句《文選》李善注：「概，志節也。」李周翰注：「概，節概也。」《校注》：

「先達：先賢。概：志向、氣節。」

〔一一〕「觀古」句：《漢書》卷五十八《公孫弘傳》：「擅殺生之柄，通壅塞之塗，權輕重之數，論得失之道，使遠近情僞必見於上，謂之術。」《三國志》卷二十四《高柔傳》：「三公朝朔望之日，又可特延入，講論得失，博盡事情，庶有裨起天聽，弘益大化。」《晉書》卷五十一《摯虞傳》：「元康中，遷吴王友。時荀顗撰《新禮》，使虞討論得失而後施行。」按以上二句《文選》李周翰注：「言我慕先達節概之人，以觀得失則馬服、信陵。」《校注》：「古：謂古人。先達、古人，指下文馬服、信陵君。」

〔一二〕「馬服」句：《史記》卷八十一《廉頗藺相如列傳》：「趙奢者，趙之田部吏也。收租税而平原君家不肯出租，奢以法治之，殺平原君用事者九人。……秦伐韓，軍於閼與。王召廉頗而問曰：『可救不？』對曰：『道遠險狹，難救。』又召樂乘而問焉，樂乘對如廉頗言。又召問趙奢，奢對曰：『其道遠險狹，譬之猶兩鼠鬭於穴中，將勇者勝。』王乃令趙奢將，救之。……趙奢許諾，即發萬人趨之。秦兵後至，争山不得上，趙奢縱兵擊之，大破秦軍。秦軍解而走，遂解閼與之圍而歸。趙惠文王賜奢號爲馬服君，以許歷爲國尉。趙奢於是與廉頗、藺相如同位。」

〔一三〕「壃場」句：《文選》卷二十五盧諶《贈崔温》：「李牧鎮邊城，荒夷懷南懼。趙奢正疆場，秦人折北慮。」吕延濟注：「疆場，趙之邊界。奢守趙界，秦軍自摧，無侵北之慮也。」按疆場，邊界，邊境。《左傳·桓公十七年》：「疆埸之事，慎守其一，而備其不虞。」孔穎達疏：「疆埸，謂界畔也。」楊伯峻注：「埸音易，邊境也。疆埸爲同義連綿詞。」《荀子·富國》：「觀國之治亂臧否，至於疆易而端已見矣。」楊倞注：「易，與『埸』同。」清謐，清静，安寧。曹植《母儀頌》：「清謐後宫，九嬪有序。」《宋書》卷五十七《蔡興宗傳附蔡廓傳》：「先帝雖無功於天下，要能定平凶逆，在位十一年，以道晏駕。主上紹臨，四海清謐，即位正是舉止違衷，小小得失耳。」按以上二句《文選》吕延濟注：「趙奢號曰馬服君，爲趙守邊，疆界清静，秦兵不敢東闚。」

〔一四〕「信陵」二句：《史記》卷七十七《信陵君列傳》：「魏公子無忌者，魏昭王少子而魏安釐王異母弟也。昭王薨，安釐王即位，封公子爲信陵君。是時范睢亡魏相秦，以怨魏齊故，秦兵圍大梁，破魏華陽下軍，走芒卯。魏王及公子患之。公子爲人仁而下士，士無賢不肖皆謙而禮交之，不敢以其富貴驕士。士以此方數千里争往歸之，致食客三千人。當是時諸侯以公子賢，多客，不敢加兵謀魏十餘年。……秦聞公子在趙，日夜出兵東伐魏。魏王患之，使使往請公子。……公子立變色，告車趣駕歸救魏。魏王見公子，相與泣，而以上將軍印授公子，公子遂將。魏安釐王三十年，公子使使遍告諸侯，諸侯聞公子將，各遣將將兵救魏。公子率五國之兵，破秦軍於河外，走蒙驁。遂乘勝逐秦軍至函谷關，抑秦兵，秦兵不敢出。當是時，公子威振天下，諸侯之客進兵法，公子皆名之，故世俗稱《魏公子兵法》。」

〔一五〕「慨無」句：《後漢書》卷一十六《鄧禹傳》：「制詔前將軍鄧禹，深執忠孝，與朕謀謨帷幄，決勝千里。」《三國志》卷十《魏志·荀攸傳》：「自從太祖征伐，常謀謨帷幄，時人及子弟莫知其所言。」按握通「幄」，即帷幄。《周禮·春官·巾車》：「翟車，貝面組總，有握。」鄭玄注：「有握，則此無蓋矣，如今駢車是也。」賈公彦疏：「蓋所以禦雨，無幄乃施之。今既有幄，故知無蓋矣。」陸德明釋文：「握，劉音屋。下馬皆作幄。」《史記》卷一百三十《太史公自序》：「運籌帷幄之中，制勝於無形。」《漢書》卷九十七下《外戚傳下》載班婕妤《自悼賦》：「廣室陰兮帷幄暗，房櫳虚兮風泠泠。」

〔一六〕「徒慚」句：《淮南子·説林訓》：「楊子見逵路而哭之，爲其可以南，可以北；墨子見練絲而泣之，爲其可以黄，可以黑。」《文選》卷二十九曹攄《感舊詩》：「臨樂何所歎，素絲與路歧。」《文選》卷三十謝朓《始出尚書省》：「既秉丹石心，寧流素絲涕。」劉良注：「丹，赤，石，堅也。既執忠赤堅貞之心，安能爲素絲之變而流涕淚也。」按以上二句《文選》吕向注：「慨，歎也。幄中，謂帷中陳謀策。素絲隨染而變，人隨善惡而遷，言歎無惟幄之謀，而能從善遷變，故云慙也。」

〔一七〕「羈旅」句：《左傳·莊公二年》：「羈旅之臣，幸若獲宥，及於寬政，赦其不閑於教訓，而免於罪戾，弛於負擔，君之惠也。」杜預注：「羈，寄也。旅，客也。」《楚辭》宋玉《九辯》：「廓落兮，羈旅而無友生；惆悵兮，而私自憐。」王逸章句：「遠客寄居，孤單特也。」洪興祖補注：

「羇旅，寓也。」《文選》卷二十三阮籍《詠懷詩·徘徊蓬池上》：「羇旅無疇匹，俛仰懷哀傷。」《楚辭》屈原《離騷》：「陟陞皇之赫戲兮，忽臨睨夫舊鄉。僕夫悲余馬懷兮，蜷局顧而不行。」《藝文類聚》卷七引魏劉楨《黎陽山賦》：「延首南望，顧瞻舊鄉，桑梓增敬，慘切懷傷。」

〔一八〕「感遇」句：《晉書》卷七十三《庾亮傳》：「且先帝謬顧，情同布衣，既今恩重命輕，遂感遇忘身。」按感遇，謂感激知遇。《詩·小雅·常棣》，毛傳：「妻子好合，如鼓瑟琴。」鄭玄箋：「好合，志意合也。合者，如鼓瑟琴之聲相應和也。」曹植《王仲宣誄》：「吾與夫子，義貫丹青，好和琴瑟。」按以上二句《文選》張銑注：「言諶羇旅并州，感琨恩遇，過於琴瑟之和。」《校注》：「去舊鄉：指離開故鄉到并州依附劉琨。踰琴瑟：謂二人關係融洽，有如琴瑟之相和。」

〔一九〕「自顧」句：《文選》卷二十四曹植《贈白馬王彪》：「人生處一世，去若朝露晞，年在桑榆間，影響不能追。自顧非金石，咄唶令心悲。」《左傳》襄公二十六年：「晉卿不如楚，其大夫則賢，皆卿材也。如杞梓、皮革，自楚往也。雖楚有材，晉實用之。」杜預注：「杞、梓皆木名。」鮑照《從登香爐峰》：「徒收杞梓饒，曾非羽人宅。」

〔二〇〕「勉力」句：《管子·形勢》：「故朝不勉力務進，夕無見功。」《漢書》卷七十六《王尊傳》：「太守以今日至府，願諸君卿勉力正身以率下。」《書·無逸》：「嗚呼，君子所其無逸。」孔傳：「歎美君子之道，所在念德，其無逸豫。君子且猶然，況王者乎！」按無逸，謂不貪圖安逸。《文選》卷十一何晏《景福殿賦》：「惟饗年之豐寡，思無逸之所歎。」以上二句《文選》李周翰注：「杞、梓，美材也。自顧非美材，勉力之戒，在無逸豫而已。」

〔二〕「更以」句：《左傳》莊公二十二年：「《詩》曰：『翹翹車乘，招我以弓。豈不欲往，畏我友朋。』」《宋書》卷四十二《王弘傳》：「非唯仰塵國紀，實亦俯畏友朋。憂心彌疹，胡顔靡託。」《文選》卷二十五謝瞻《於安成答靈運》：「量己畏友朋，勇退不敢進。」

〔三〕「濫吹」句：《韓非子・内儲説上》：「齊宣王使人吹竽，必三百人。南郭處士請爲王吹竽，宣王説之，廩食以數百人。宣王死，湣王立，好一一聽之，處士逃。」王融《出家懷道篇頌》詩：「竊服皐門上，濫吹溜軒下。」《管子・九守》：「修名而督實，按實而定名。名實相生，反相爲情。」《莊子・逍遥遊》：「子治天下，天下既已治也，而我猶代子，吾將爲名乎？名者，實之賓也，吾將爲賓乎？」《文選》江淹同題《嵇中散言志》：「天下皆得一，名實久相賓。」吕向注：「名者實之賓，言名實久相爲賓主。」《後漢書》卷四十九《王充王符仲長統傳論》：「貴清静者，以席上爲腐議；束名實者，以柱下爲誕辭。」《校注》：「乖名實：謂虚在其位，名不副實。」按以上二句《文選》吕延濟注：「此言無能，濫在琨下，名過其實也。」

【集説】

清吴淇《六朝選詩定論》卷十七：只是貪用贈劉題目大耳，然其贈劉乃四言詩，與此不合，故又雜采《贈崔温》及《答魏子悌》詩，以箋成此篇。然郎中《時興詩》最佳，何不擬之？

又云：凡擬詩者，在得古人之意。此詩雖不合郎中之體，而頗會其意。首六句言己以庸材，賴太尉提攜而成時名。「姻媾」四句，既關親戚，又共患難，非不願終於事劉也，但人各有志，無論才器大小，皆思展布於時。盧之與劉，雖緣恩舊之故，實亦依劉建功立業耳。劉之一敗，不復再振，其病在輕敵，又在不能統御其衆。故盧一取馬服持重之度，一取信陵統御之嚴，可謂切中。策非不善，心非不盡，而無如劉之不能用，所以去而歸段也。感遇，感段之遇，謂任以幽州，故思勉力以終其事，而劉未嘗任之，又何事之可終乎？況其在段，不止段信之專，而段之左右大家相爲延譽。至於名乖其實，不似劉許萋菲之多也。

俞紹初、張亞新《江淹集校注》：此詩抒發盧諶對劉琨的知遇之恩，故云「感交」。

郭弘農遊仙　璞景純

【題解】

此詩張本題作《郭弘農璞遊仙》，《文選》題作《郭弘農璞》。小字注「璞景純」三字，《彙注》作「璞」一字，《文選》作「遊仙」二字。

詩題之「郭弘農」，指郭璞。《晉書》卷七十二《郭璞傳》云：「郭璞字景純，河東聞喜人也。……璞好經術，博學有高才，而訥於言論，詞賦爲中興之冠。好古文奇字，妙於陰陽算曆。有郭公者，客居河東，精於卜筮，璞從之受業。公以《青囊中書》九卷與之，由是遂洞五行、天文、卜筮之術，攘災轉禍，通致無方，雖京房、管輅不能過也。……王敦之謀逆也，温嶠、庾亮使璞筮之，璞對不決。嶠、亮復令占己之吉凶，璞曰：『大吉。』嶠等退，相謂曰：『璞對不了，是不敢有言，或天奪敦魄。今吾等與國家共舉大事，而璞云大吉，是爲舉事必有成也。』於是勸帝討敦。初，璞每言『殺我者山宗』，至是果有姓崇者構璞於敦。敦將舉兵，又使璞筮。璞曰：『無成。』敦固疑璞之勸嶠、亮，又聞卦凶，乃問璞曰：『卿更筮吾壽幾何？』答曰：『思向卦，明公起事，必禍不久。若往武昌，壽不可測。』敦大怒曰：『卿壽幾何？』曰：『命盡今日日中。』敦怒，收璞，詣南崗斬之。璞臨出，謂行刑者欲何之，曰：『南崗頭。』璞曰：『必在雙柏樹下。』既至果然。復云：『此樹應有大鵲巢。』衆索之不得。璞更令尋覓，果於枝間得一大鵲巢，密葉蔽之。初，璞中興初行經越城，間遇一人，呼其姓名，因以袴褶遺之。其人辭不受，璞曰：『但取，後自當知。』其人遂受而去。至是，果此人行刑。時年四十九。及王敦平，追贈弘農太守。……璞撰前後筮驗六十餘事，名爲《洞林》。又抄京、費諸家要最，更撰《新林》十篇、《卜韻》一篇。注釋《爾雅》，别爲《音義》、《圖譜》。又注《三倉》、《方言》、《穆天子傳》、《山海經》及《楚辭》、《子虚》、《上林賦》數十萬言，皆傳於世。所作詩賦誄頌亦數萬言。」其詩《詩品》置之中品，云：「憲章潘岳，文體相輝，彪炳可翫。始變永嘉平淡之體，故稱中興第一。翰林以爲詩首。但《遊仙》之作，辭多慷慨，乖遠玄宗。而云『奈何虎豹姿』，又云『戢翼棲榛梗』，乃是坎壈詠懷，非列仙之趣也。」

崦山多靈草〔一〕，海濱饒奇石〔二〕。偃蹇尋青雲〔三〕，隱淪駐精魄〔四〕。道人讀丹經〔五〕，方士煉玉液〔六〕。朱霞入牕牖〔七〕，曜靈照空隙〔八〕。傲倪摘木芝①〔九〕，淩波採水碧②〔一〇〕。眇然萬里遊〔一一〕，矯掌望煙客〔一二〕。永得安期術〔一三〕，豈愁濛汜迫〔一四〕。

【校記】

①「傲倪」《彙注》本、張本、梁本、《文選》作「傲睨」。按傲倪，同傲睨。

②「淩波」《彙注》本、張本、梁本、《文選》六臣本作「陵波」。

【箋注】

〔一〕「崦山」句：《楚辭》屈原《離騷》：「吾令羲和弭節兮，望崦嵫而未迫。」王逸章句：「崦嵫，日所入山也。」《藝文類聚》卷三十六引晉張華《招隱詩》：「羲和策六龍，弭節越崦嵫。盛年俛仰過，忽若振輕絲。」按崦山，即崦嵫山。《文選》卷一班固《西京賦》：「於是靈草冬榮，神木叢生，巖峻崷崒，金石崢嶸。」李善注：「神木、靈草，謂不死藥也。」《藝文類聚》卷八十二引後漢閔鴻《芙蓉賦》：「乃有芙蓉靈草，載育中川，竦脩幹以淩波，建緑葉之規圓。灼若夜光之在玄岫，赤若太陽之映朝雲。」

〔二〕「海濱」句：海濱，近海之處，海邊。《書·禹貢》：「厥土白墳，海濱廣斥。」孔傳：「濱，涯也。」孔穎達疏：「海畔迥濶，地皆斥鹵，故云廣斥。」《文選》卷七司馬相如《子虛賦》：「選徒萬騎，畋於海濱。」郭璞注：「濱，涯也。」《文選》卷二十曹植《責躬詩》：「奄有海濱，方周於魯。」《漢書》卷二十八下《地理志下》：「與應募者俱入海市明珠、璧流離、奇石異物，齎黄金雜繒而往。」《文選》卷二十一郭璞《遊仙詩·晦朔如循環》：「圓丘有奇草，鍾山出靈液。王孫列八珍，安期鍊五石。」李善注：「王孫列八珍以傷生，安期鍊五石以延壽。言優劣殊也。」《校注》：「奇石：指《列仙傳》載安期生所煉的五色石之類。道家以爲食靈芝、五色石可以成仙。」按以上二句《文選》劉良注：「靈草，芝草也。濱，涯也。奇石可食而仙，謂安期鍊五色石是也。」

〔三〕「偃蹇」句：《楚辭》屈原《九歌·東皇太一》：「靈偃蹇兮姣服，芳菲菲兮滿堂。」王逸章句：「偃蹇，舞貌。」洪興祖補注：「偃蹇，委曲貌，一曰衆盛貌。」《漢書》卷五十七下《司馬相如傳下》：「掉指橋以偃蹇兮，又猗抳以招摇。」顔師古注：「張揖曰：『偃蹇，委曲貌。』」《楚辭·遠遊》：「涉青雲以泛濫遊兮，忽臨睨夫舊鄉。」《楚辭》東方朔《七諫·自悲》：「何青雲之流瀾兮，微霜降之濛濛。」《藝文類聚》卷二十七引阮籍《詠懷詩》：「鴻鵠相隨飛，隨飛適荒裔，雙翮臨長風，須臾萬里逝。朝飡琅玕實，夕宿丹山際，託身青雲中，網羅不能制。」

〔四〕「隱淪」句：《晉書》卷七十二《郭璞傳》：「嚴平澄漠於塵肆，梅真隱淪乎市卒。」鮑照《行藥至城東橋》：「尊賢永照灼，孤賤長隱淪，容華坐銷歇，端爲誰苦辛。」精魄，精神魂魄。徐幹《中論·夭壽》：「夫形體者人之精魄也，德義令聞者精魄之榮華也。」《三國志》卷十一《魏志·管寧傳》：「受詔之日，精魄飛散，靡所投死。」《抱朴子·内篇》卷一《論仙》：「人無賢愚皆知己身之有魂魄，魂魄分去則人病，盡去則人死。」鮑照《從登香爐峰》：「殊物藏珍怪，奇心隱仙籍。高世伏音華，綿古遁精魄。」《鮑參軍集注》錢振倫注：「言仙者之音徽，雖已潛隱而不見，而其魂魄，則得長遁而不死也。」按此句《文選》吕向注：「駐，留也。精魄，魂魄也，不去，其身則不死。」《校注》：「駐精魄：謂人長生不死，魂靈永存。」

〔五〕「道人」句：《漢書》卷七十五《京房傳》：「法曰：『道人始去，寒，湧水爲災。』」顔師古注：「道人，有道術之人也。」葛洪《抱朴子·金丹》：「凡受太清丹經三卷，及九鼎丹經一卷，金液丹經一卷。」《文選》卷二十八鮑照《代昇天行》：「五圖發金記，九籥隱丹經。」李善注：「《抱朴子》曰：『鄭君唯見授金丹之經。』」按此句《文選》李善注：「道人，方術之士。」

〔六〕「方士」句：方士，方術之士，古代自稱能訪仙煉丹以求長生不老的人。《史記》卷二十八《封禪書》：「騶衍以陰陽主運顯於諸侯，而燕、齊海上之方士傳其術不能通。」《史記》卷十二《孝武本紀》：「復遣方士求神怪，采芝藥以千數。」《漢書》卷九十七上《外戚傳上》：「上思念李夫人不已，方士齊人少翁言能致其神，迺夜張燈燭，設帳帷，陳酒肉，而令上居他帳，遥望見好女如李夫人之貌，還幄坐而步，又不得就視。」《楚辭》王逸《九思·疾世》：「從卭遨兮棲遲，吮玉液兮止渴。」自注：「玉液，瓊蘂之精氣。」《校注》：「玉液：玉漿，道家以爲飲之可得長生。」

〔七〕「朱霞」句：《太平御覽》卷八引《十洲記》：「崑崙山之上有瓊華之室，紫翠丹房，景雲燭日，朱霞九光。」《文選》卷十一何晏《景福殿賦》：「遠而望之，若摛朱霞而耀天文；迫而察之，若仰崇山而戴垂雲。」郭璞《遊仙詩・暘谷吐靈曜》：「暘谷吐靈曜，扶桑森千丈。朱霞升東山，朝日何晃朗。」《文選》卷二十九《古詩十九首》之二：「青青河畔草，鬱鬱園中柳。盈盈樓上女，皎皎當窗牖。」《後漢書》卷三十四《梁統傳附梁冀傳》：「堂寢皆有陰陽奥室，連房洞户，柱壁雕鏤，加以銅漆；窻牖皆有綺疏青瑣。」李賢注：「牖，小窻也。」

〔八〕「曜靈」句：《楚辭》屈原《天問》：「角宿未旦，曜靈安藏？」王逸章句：「曜靈，日也。言東方未明旦之時，日安所藏其精光乎？」《文選》卷四十吴質《在元城與魏太子牋》：「臣質言：前蒙延納，侍宴終日，曜靈匿景，繼以華燈。」李善注：「《廣雅》曰：『耀靈，日也。』」同書卷二十三潘岳《悼亡詩三首》之三：「曜靈運天機，四節代遷逝。淒淒朝露凝，烈烈夕風厲。」空隙，縫隙。《太平御覽》卷一百七十四引李尤《室銘》：「室以安寧，寢息幽閒。室塞空隟，遮遏風寒。無曰寂寞，屋漏昭然。」按以上二句《文選》李周翰注：「曜靈，日也。隙，穴也。言所居之處高。」

〔九〕「傲倪」句：嵇康《卜疑》：「寧斥逐凶佞，守正不傾，明否臧乎？將傲倪滑稽，挾智任術，爲智囊乎？」《文選》卷十二郭璞《江賦》：「冰夷倚浪以傲睨，江妃含嚬而矊眇。」李善注：「《莊子》曰：『獨與天地精神往來，而不傲睨於萬物。』傲睨，自寬縱不正之貌。」《校注》：

「傲睨：倨傲斜睨，形容放肆無忌之狀。」葛洪《抱朴子·仙藥》：「五芝者，有石芝，有木芝，有草芝，有肉芝，有菌芝，各有百許種也。」《通志》卷七十五《昆蟲草木略·草類》：「芝曰菌，其類有五色，加以紫，是爲六芝。青曰龍芝，赤曰丹芝，黄曰金芝，白曰玉芝，黑曰元芝，紫曰木芝。瑞草也，生則有雲氣及禽獸之異。」按此句《文選》李善注：「《本草經》曰：『紫芝，一名木芝。』」吕延濟注：「傲睨，縱誕貌。木芝，紫芝，别名冰玉，仙藥。」

〔一〇〕「淩波」句：《楚辭》嚴忌《哀時命》：「勢不能淩波以徑度兮，又無羽翼而高翔。」王逸章句：「言己勢不能爲船乘波渡水，又無羽翼可以飛翔，當亦窮困也。」《文選》卷十九曹植《洛神賦》：「淩波微步，羅襪生塵。」吕向注：「步於水波之上，如塵生也。」《校注》：「陵波：謂行走於水波上。」《山海經·東山經》：「又南三百里曰耿山，無草木，多水碧。」郭璞注：「亦水玉類。」《文選》卷二十六謝靈運《入彭蠡湖口》：「金膏滅明光，水碧綴流温。」吕向注：「金膏，仙藥也。水碧，水玉也。」《校注》：「水碧：水玉，與木芝皆爲仙藥。」

〔一一〕「眇然」句：《漢書》卷六十四下《王褒傳》：「何必偃卬詘信若彭祖，呴嘘呼吸如僑松，眇然絶俗離世哉！」顔師古注：「眇然，高遠之意也。」《後漢書》卷二十八下《馮衍傳下》：「疆理九野，經營五山，眇然有思陵雲之意。」《漢書》卷二十四上《食貨志上》：「因其富厚，交通王侯，力過吏勢，以利相傾；千里遊敖，冠蓋相望，乘堅策肥，履絲曳縞。」鮑照《潯陽還都道中》：「未嘗違户庭，安能千里遊。誰令乏古節？貽此越鄉憂。」

〔一二〕「矯掌」句：晉支遁《四月八日讚佛詩》：「菩薩彩靈和，眇然因化生。四王應期來，矯掌承玉形。」郭璞《遊仙詩·暘谷吐靈曜》：「悠然心永懷，眇爾自遐想。仰思舉雲翼，延首矯玉掌。」又郭璞《遊仙詩·翡翠戲蘭苕》：「放情淩霄外，嚼蕊挹飛泉。赤松臨上游，駕鴻乘紫煙。」按此句《文選》吕延濟注：「矯掌，舉手也。煙客，仙人也。」

〔一三〕安期術：《文選》卷二十六謝靈運《登江中孤嶼》：「想像崐山姿，緬邈區中緣。始信安期術，得盡養生年。」安期，即安期生。《列仙傳》卷上：「安期先生者，瑯琊阜鄉人也。賣藥於東海邊，時人皆言千歲翁。秦始皇東遊，請見，與語三日三夜，賜金璧，度數千萬。出於阜鄉亭，皆置去，留書，以赤玉舃一雙爲報，曰：『後數年，求我於蓬萊山。』始皇即遣使者徐市、盧生等數百人入海，未至蓬萊山，輒逢風波而還。立祠阜鄉亭海邊十數處云。」《史記》卷十二《孝武本紀》：「少君言於上曰：『……臣嘗遊海上，見安期生，食巨棗，大如瓜。安期生僊者，通蓬萊中，合則見人，不合則隱。』於是天子始親祠竈，而遣方士入海求蓬萊安期生之屬，而事化丹砂諸藥齊爲黃金矣。」晉皇甫謐《高士傳》卷中「安期生」條所載與《列仙傳》同，而末則增秦亡後之事云：「及秦敗，安期生與其友蒯通交往，項羽欲封之，卒不肯受。」

〔一四〕濛汜：《文選》卷二張衡《西京賦》：「日月於是乎出入，象扶桑與濛汜。」李善注：「《楚辭》曰：『出自暘谷，入於濛汜。』」吕向注：「扶桑日出處，濛汜日入處。」郭璞《遊仙詩》：「縱酒濛汜濱，結駕尋木末。翹手攀金梯，飛步登玉闕。左顧擁方目，右眷極朱髮。」按以上二句

《文選》吕延濟注：「安期，古仙人。術，仙方也。濛汜，日入之處。言得此仙方，不愁歲月迫於濛汜。」

【集説】

明周嬰《巵林》卷六：揚雄《甘泉賦》：「吸青雲之流霞。」《楚辭》曰：「載青雲兮上升。」郭璞《遊仙詩》：「尋我青雲友，永與時人絶。」江淹擬之曰：「偃蹇尋青雲，隱淪駐精魄。」

清吴淇《六朝選詩定論》卷十七：景純《遊仙詩》，原本《參同契》。蓋伯陽以《周易》字面代丹家字面，使人人易省。景純又以詩家字面易之，使人人樂讀也。此又約景純諸詩之旨，而爲一首，更爲簡盡。「崦山」四句，言丹藥之理；「朱霞」四句，言下手之功。中用「道人」二句爲關鎖。上句是知，承上。下句是行，起下。「眇然」四句，效也。仙家之道，莫重于龍虎。虎踞於山，「崦山多靈草」，謂虎之弦氣也；龍騰于海，「海濱饒奇石」，龍之弦氣也。青，東方色，即龍。「雲從龍」，亦龍之弦氣也。「魄」，即月之魄也，精所受日之光，亦虎之弦氣也。「青雲」曰「尋」，「精魄」曰「駐」，何也？龍藏於性，不尋則雲不生；虎顯於情，不駐則魄不銷。然尋青雲曰「偃蹇」，駐精魄曰「隱淪」，何也？降龍最難，故曰「偃蹇」；擒虎須密，故曰「隱淪」。故能擒其虎，則龍自來尋虎，所謂震來受符是也。能降其龍，則虎自來制龍，所謂磁石引鐵也。此理皆丹經所載者，既讀之而得其理，然後可以下手，修此玉液還丹之功矣。以下正下手處：「朱霞」二句火候，「傲睨」二句工夫。「朱霞」比日，喻人身之神。「窗牖」比月魄，喻人身之精靈。比日月之匡廓，喻人身之氣。空隙即孔竅，喻人身之有無二竅。「朱霞入窗牖」，即飛精以滋濡；「曜靈照空隙」，即戊己吐真符。「木芝」者，砂中之汞，亦龍之弦氣也。「水碧」者，鉛中之銀，亦虎之弦氣也。曰「傲睨」，曰「陵波」，正是口訣，即原詩之「傲吏」、「逸妻」，吏不傲則不堪野戰，妻不逸則不能防危。「眇然」句，是守城也。遊神萬里之外，則不能攖其心而後可守矣。「矯掌」句，待時也。如是將與安期同升，豈憂濛汜之迫哉！

清何焯《義門讀書記》卷四十七《文選》卷三：亦失本趣。

清陳祚明《采菽堂古詩選》卷二十四：可稱。具體。

清孫月峰（于光華《文選集評》卷七引）：太濃太實，却不似景純。

清潘德輿《養一齋詩話》卷八：郭景純《遊仙詩》，與顏延年《五君詠》同一命意，皆憤激之詞耳。延年云「途窮能無慟」，「龍性誰能馴」，「一麾乃出守」，非詠五君，沈約已言之。景純《遊仙詩》七首，首四句云：「京華遊俠窟，山林隱遯棲。朱門何足榮，未若託蓬萊。」末章收四句云：「王孫列八珍，安期煉五石。長揖當途人，去來山林客。」起結處命意分明，又豈真欲遊仙哉？譏彼時朝貴擾擾膠膠，身握權要，皆蜉蝣耳。故一則曰：「借問蜉蝣輩，寧知龜鶴年？」再則曰：「蕣榮不終朝，蜉蝣豈見夕？」揮斥不容餘力，而以遊仙爲託詞，所以妙也。江文通擬景純詩，專以遊仙爲題，昭明又厠景純詩於何敬宗《遊仙詩》後，標爲遊仙一門，均非懸解。至曹唐鋪陳詭誕，《大小遊仙》等作，累幅不休，癡人前政不得説夢。偶一覽之，輒笑不能仰也。

孫廷尉雜述　楚子荆

【題解】

此詩原題作《孫廷評雜述》，《彙注》本題作《張廷尉雜述》，張本題作《孫廷尉綽雜述》，《文選》題作《張廷尉綽》，《文選》六臣本於「張」下注：「五臣作『孫』。」今據梁本改。按小字注「楚子荆」三字，《彙注》本作「綽」一字，《文選》作「雜述」二字。

詩題之「孫廷尉」，即孫楚。《晉書》卷五十六《孫楚傳》云：「孫楚字子荆，太原中都人也。祖資，魏驃騎將軍。父宏，南陽太守。楚才藻卓絶，爽邁不羣，多所陵傲，缺鄉曲之譽。年四十餘，始參鎮東軍事。惠帝初，爲馮翊太守。元康三年卒。初，楚與同郡王濟友善，濟爲本州大中正，訪問銓邑人品狀，至楚，濟曰：『此人非卿所能目，吾自爲之。』乃狀楚曰：『天才英博，亮拔不羣。』楚少時欲隱居，謂濟曰：『當欲枕石漱流。』誤云『漱石枕流』。濟曰：『流非可枕，石非可漱。』楚曰：『所以枕流，欲洗其耳；所以漱石，欲厲其齒。』楚少所推服，惟雅敬濟。」其詩《詩品》置之中品，與何晏、王贊、張翰、潘尼同列，云：「平叔『鴻雁』之篇，風規見矣。子荆『零雨』之外，正長『朔風』之後，雖有累札，良亦無聞。季鷹『黄華』之唱，正叔『緑蘩』之良，雖不具美，而文彩高麗。并得虬龍片甲，鳳凰一毛。事同駁聖，宜居中品。」

太素既已分〔一〕，吹萬著形兆〔二〕。寂動苟有源〔三〕，因謂殤子夭〔四〕。道喪涉千載①〔五〕，津梁誰能了〔六〕。思乘扶摇翰〔七〕，卓然淩風矯②〔八〕。静觀尺棰義③，理足未常少④〔九〕。冏冏秋月明〔一〇〕，憑軒詠堯老〔一一〕。浪迹無蚩妍〔一二〕，然後君子道〔一三〕。領略歸一致〔一四〕，南山有綺皓〔一五〕。交臂久變化〔一六〕，傳火乃薪草⑤〔一七〕。亹亹玄思清〔一八〕，胸中去機巧〔一九〕。物我俱忘情⑥〔二〇〕，可以狎鷗鳥〔二一〕。

【校記】

①「涉」元鈔本作「失」。

②「淩」《彙注》本、《文選》六臣本作「陵」。

③「棰」原作「捶」，今據《彙注》本、張本、梁本、《文選》改。

④「未常」《彙注》本、張本、梁本、《文選》六臣本作「未嘗」。

⑤「傳火」原作「傅火」，今據《彙注》本、張本、梁本、《文選》改。

⑥「忘情」《彙注》本、張本、《文選》作「忘懷」。

【箋注】

〔一〕「太素」句：《太平御覽》卷一引《列子》：「夫有形者生於無形，則天地安從生，故有太易、太初、太始、太素。太易者，未見氣也；太初者，氣之始也；太始者，形之始也；太素者，質之始也。」班固《白虎通義》卷下《天地》：「始起先有太初，後有太始，形兆既成，名曰太素。混沌相連，視之不見，聽之不聞。」《文選》卷六十顏延之《祭屈原文》：「秋露未凝，歸神太素。」吕向注：「言春與遊談賦詠，至秋乃死。太素，無形也。言人死後歸於無形也。」《校注》：「太素：天地未分時呈現混沌狀態，曰太素。」

〔二〕「吹萬」句：《莊子·齊物論》：「子遊曰：『地籟則衆竅是已，人籟則比竹是已，敢問天籟。』子綦曰：『夫吹萬不同，而使其自己也。咸其自取，怒者其誰也。』」司馬彪注：「言天氣吹煦，生養萬物，形氣不同。已，止也。使各得其性而止。」林希逸口義：「吹萬，萬物之有聲者也。言萬物之有聲者，皆造物吹之。」《文選》卷二十《九日從宋公戲馬臺集送孔令詩》：「在宥天下理，吹萬羣方悦。」形兆，形迹。王充《論衡·明雩》：「況雨無形兆，深藏高山，人君雩祭，安得耐之？」王符《潛夫論·本訓》：「上古之世，太素之時，元氣窈冥，未有形兆，萬精合併，混而爲一。」按以上二句《文選》劉良注：「天地未分曰太素。吹萬，謂元氣吹煦萬物，著形不同，便各得其性而止。」

〔三〕「寂動」句：《太平御覽》卷六百五十九引《太真科》：「道有寂動，氣化之有形，智化之有聲。」《吕氏春秋·下賢》：「以天爲法，以德爲行，以道爲宗，與物變化而無所終窮。精充天地而不竭，神覆宇宙而無望，莫知其始，莫知其終，莫知其門，莫知其端，莫知其源。」高誘注：「道不可得知也。」

〔四〕殤子：未成年而死者，短命之人。《莊子·齊物論》：「莫壽乎殤子，而彭祖爲夭。」成玄英疏：「人生在於繈褓而亡，謂之殤子。」陸德明釋文：「殤子，短命者也。」《吕氏春秋·察今》：「病變而藥不變，嚮之壽民，今爲殤子矣。」按以上二句《文選》李善注：「言大道之要，動寂無源，今誠以有源即壽夭異轍，故以殤子爲夭也。」吕向注：「寂，静也。二十以下死者曰殤。言物之動静，各稟一源，其於壽夭，亦有定分，人達其分，因謂彭祖爲壽，殤子爲夭。」《校注》：「謂天地萬物等一齊同，動寂無源，若以爲有源，則等於説彭祖爲壽，殤子爲夭。而這不符合大道之言。」

〔五〕「道喪」句：道喪，即喪道，謂喪失禮義。《禮記·檀弓下》：「孔子謂爲明器者，知喪道矣。備物而不可用也。」《莊子·繕性》：「由是觀之，世喪道矣，道喪世矣，世與道交相喪也。」郭象注：「夫道以不貴，故能存世。然世存則貴之，貴之道斯喪矣。道不能使世不貴，而世亦不能不貴於道，故交相喪也。」《校注》：「道喪：大道喪亡。」

〔六〕「津梁」句：《宋書》卷十四《禮志一》載國子祭酒殷茂上言云：「臣聞弘化正俗，存乎禮教，輔性成德，必資於學。先王所以陶鑄天下，津梁萬物，閑邪納善，潛被於日用者也。故能疏通玄理，窮綜幽微，一貫古今，彌綸治化。」劉義慶《世説新語·言語》：「庾公嘗入佛圖，見卧佛，曰：『此子疲於津梁。』」《校注》：「津梁：橋梁。指救世之道。了：明瞭。」按以上二句《文選》張銑注：「涉，歷也。津梁，喻道也。了，明也。言淳化之喪已歷千載，其於至道，誰明達也。」

〔七〕「思乘」句：《莊子・逍遥遊》：「《齊諧》者，志怪者也。《諧》之言曰：『鵬之徙於南冥也，水擊三千里，摶扶摇而上者九萬里，去以六月息者也。』」郭象注：「扶摇，風名也。」成玄英疏：「扶摇，旋風也。」葛洪《抱朴子・交際》：「靈烏萃於玄霄者，扶摇之力也。」《文選》卷五左思《吴都賦》：「理翮整翰，容與自翫。」按翰，鳥羽，羽翼。

〔八〕「卓然」句：劉向《説苑・建本》：「塵埃之外，卓然獨立，超然絶世，此上聖之所遊神也。」陶淵明《飲酒・青松在東園》：「凝霜殄異類，卓然見高枝。」袁行霈注：「卓然：特立貌。」《藝文類聚》卷八十八引莊子：「鵠上高城之垝，而巢於高榆之顛，城壞巢折，淩風而起。故君子之居世也，得時則蟻行，失時則鵠起。」《文選》卷二十四陸機《贈馮文羆》：「拊翼同枝條，翻飛各異尋。苟無淩風翮，徘徊守故林。」按以上二句《文選》李周翰注：「卓，高。矯，舉也。思乘此風而高舉也。」

〔九〕「静觀」二句：《莊子・天下》：「一尺之棰，日取其半，萬世不竭。」郭象注：「棰，杖也。若其可折，其一嘗存，故曰萬世不竭。」按以上二句《文選》吕延濟注：「棰，杖也。言一尺之杖，分五寸爲夜，五寸爲晝。晝，陽也，主生；夜，陰也，主死。晝復夜，死復生，雖一尺之杖，無有窮時，故理足不少。」

〔一〇〕「冏冏」句：冏，光明貌。《藝文類聚》卷三引晉郭璞詩：「融風拂晨霄，陽精一何冏。閒宇静無娛，端坐愁日永。」同書卷九引晉郭璞《井賦》：「乃回澄以静映，狀冏然而鏡灼。」《廣韻》卷三：「冏，光也。」《藝文類聚》卷三引晉顧愷之《神情詩》：「春水滿四澤，夏雲多奇峰，秋月揚明輝，冬嶺秀寒松。」《文選》卷二十謝靈運《鄰里相送方山詩》：「析析就衰林，皎皎明秋月。含情易爲盈，遇物難可歇。」同書卷二十六謝靈運《初去郡》：「野曠沙岸淨，天高秋月明。」

〔二〕「憑軒」句：《文選》卷十一王粲《登樓賦》：「憑軒檻以遥望兮，向北風而開襟。」李善注：「《漢書》曰：『天子自軒檻上隤銅丸。』韋昭曰：『軒檻，殿上欄軒上板也。』」吕延濟注：「軒檻，樓之欄也。」《校注》：「堯老：唐堯和老子，皆爲道家所尊。」按以上二句《文選》劉良注：「冏冏，明也。憑，依軒檻也。詠，歌也。歌唐堯、老子之道德。」

〔三〕「浪迹」句：《文選》李善注：「戴逵《栖林賦》曰：『浪跡潁湄，棲景箕岑。』」《校注》：「浪跡：放浪形跡。」《後漢書》卷八十下《文苑傳下·趙壹傳》：「榮納由於閃揄，孰知辨其蚩妍。」《文選》卷十七陸機《文賦》：「余每觀才士之所作，竊有以得其用心。夫放言遣辭，良多變矣。妍蚩好惡，可得而言。」李善注：「《廣雅》曰：『妍，好也。』《説文》曰：『妍，慧也。』《釋名》曰：『蚩，癡也。』《聲類》曰：『蚩，騃也。』然妍蚩亦好惡也。」劉良注：「妍，美。蚩，惡也。」按《校注》云：「蚩妍：猶言美惡。『無蚩妍』，《莊子·天地》『居無思，行無慮，不藏是非美惡』之意，表現的是一種順應自然，無是無非，無可無不可的處世哲學。」

〔一三〕君子道：《漢書》卷三十六《楚元王傳》：「小人道長，君子道消，君子道消，則政日亂，故爲否。否者，閉而亂也。君子道長，小人道消，小人道消，則政日治，故爲泰。泰者，通而治也。」按以上二句《文選》吕向注：「浪，放。蚩，醜。妍，好也。言放迹混然無醜好，乃得爲君子之道。」

〔一四〕「領略」句：《校注》：「領略：謂領會大道。」支遁《詠懷詩五首》之二：「端坐隣孤影，眇罔玄思劬。偃蹇收神轡，領略綜名書。」《易·繫辭下》：「天下同歸而殊塗，一致而百慮，天下何思何慮。」《樂府詩集》卷三十六陸機《秋胡行》：「道雖一致，塗有萬端。」一致，謂趨向相同，没有分歧。

〔一五〕「南山」句：南山綺皓，即商山四皓。《漢書》卷七十二《王貢兩龔鮑傳序》：「漢興有園公、綺里季、夏黄公、角里先生，此四人者，當秦之世，避而入商雒深山，以待天下之定也。自高祖聞而召之，不至。其後吕后用留侯計，使皇太子卑辭束帛致禮，安車迎而致之。四人既至，從太子見，高祖客而敬焉，太子得以爲重，遂用自安。」顔師古注：「四皓稱號，本起於此，更無姓名可稱知。此蓋隱居之人，匿迹遠害，不自標顯，祕其氏族，故史傳無得而詳。至於後代皇甫謐、圈稱之徒，及諸地理書説，競爲四人施安姓字，自相錯互，語又不經，班氏不載於書。諸家皆臆説，今并棄略，一無取焉。」《後漢書》卷三十五《鄭玄傳》：「又南山四皓有園公、夏黄公，潛光隱耀，世嘉其高，皆悉稱公。」李賢注：「四皓，高帝時也，有園公、夏黄公、甪里先生、綺里季也。鬚眉皓白，故言皓。秦時隱於商雒南山，以待天下之定，漢興，迎而致之也。」

〔一六〕「交臂」句：《莊子·田子方》：「吾終身與汝交一臂而失之，可不哀與。」郭象注：「夫變化不可執而留也，故雖執臂相守，而不能令停。若哀死者，則此亦可哀也。今人未嘗以此爲哀，奚獨哀死耶？」王先謙集解：「雖吾汝終身相與，不啻把一臂而失之，言其暫也。」《藝文類聚》卷三十四引謝靈運《感時賦》：「相物類以迨已，閔交臂之匪賒。」按此句《校注》云：「謂事物都處於變化之中，不可固守，人的生死亦然。」

〔一七〕「傳火」句：《莊子·養生主》：「指窮於爲薪，火傳也，不知其盡也。」郭象注：「窮，盡也。爲薪，猶前薪也。前薪之指，指盡前薪之理，故火傳而不滅。心得納養之中，故命續而不絕。明夫養生乃生之所以生也。」《校注》：「薪草：柴草。《莊子·養生主》：『指窮於爲薪，火傳也，不知其盡也。』謂一塊薪柴容易燃盡，但它可將火種傳給别的薪柴而使之燃燒不絕。喻形體有盡而精神不滅。以上二句闡揚道家重精神而輕死生的養生之道。」按以上二句《文選》李周翰注：「言變化之理，執持不停，薪草相繼，火傳不滅。如人彊求不死，則不可得。納養之中，則命續而不絕。」

〔一八〕「亹亹」句：亹亹，勤勉不倦貌。《文選》李善注引許詢《農理詩》：「亹亹玄思得，濯濯情累除。」《詩·大雅·崧高》：「亹亹申伯，王纘之事。」鄭玄箋：「亹亹，勉也。」孔穎達疏：「言亹亹然勉力於德行之不倦者，申伯也。」《漢書》卷七十六《張敞傳》：「今陛下遊意於太平，勞精於政事，亹亹不舍晝夜。」顏師古注：「亹亹，言勉强也。舍，息也。亹，音尾。」玄思，遠思。《文選》吕延濟注：「玄，遠也。」

〔一九〕「胸中」句：《莊子·天地》：「子貢南遊於楚，反於晉，過漢陰，見一丈人方將爲圃畦，鑿隧而入井，抱甕而出灌，搰搰然用力甚多而見功寡。子貢曰：『有械於此，一日浸百畦，用力甚寡而見功多，夫子不欲乎？』爲圃者仰而視之曰：『奈何？』曰：『鑿木爲機，後重前輕，挈水若抽，數如泆湯，其名爲槔。』爲圃者忿然作色而笑曰：『吾聞之吾師，有機械者必有機事，有機事者必有機心。機心存於胸中，則純白不備；純白不備，則神生不定；神生不定者，道之所不載也。吾非不知，羞而不爲也。』子貢瞞然慚，俯而不對。」同篇又云：「執道者德全，德全者形全，形全者神全，神全者，聖人之道也。託生與民，并行而不知其所之，茫乎淳備哉！功利機巧，必忘夫人之心。」按以上二句《文選》吕延濟注：「言勉力遠思，清静之道，去機巧於情府之中，則與道相合。」《校注》：「機巧：心計智巧。」

〔二〇〕「物我」句：《莊子·齊物論》：「南郭子綦隱机而坐，仰天而噓，嗒焉似喪其耦。顏成子遊立侍乎前，曰：『何居乎？形固可使如槁木，而心固可使如死灰乎？今之隱机者，非昔之隱机者也。』子綦曰：『偃，不亦善乎，而問之也。今者吾喪我，汝知之乎？汝聞人籟而未聞地籟，汝聞地籟而未聞天籟夫。』」郭象注：「吾喪我，我自忘矣。我自忘矣，天下有何物足識哉？故都忘外内，然後超然俱得。」

〔二二〕可以狎鷗鳥：《列子》卷二《黄帝》：「海上之人有好漚鳥者，每旦之海上，從漚鳥遊，漚鳥之至者，百住而不止。其父曰：『吾聞漚鳥皆從汝遊，汝取來吾玩之。』明日之海上，漚鳥舞而不下也。」張湛注：「心動於内，形變於外，禽鳥猶覺人理，豈可詐哉？」按漚鳥，即鷗鳥。以上二句《文選》劉良注：「言彼我忘懷，則禽獸不懼於己。」《校注》：「狎鷗鳥：與鷗鳥相戲。此二句意謂，物我俱忘，則心地純潔而無機巧，人到此境界，禽鳥也願意與之相親。」

【集説】

清吴淇《六朝選詩定論》卷十七：議論非詩之所貴。古未有以議論入詩者，間有之，亦不過數語，而此則全篇純用議論矣。在《選》詩中固是創體，然興公之作未見。細玩此詩，却取孫子荊留别之作截去首尾，節取「三命」以下十句意，敷衍成篇，其大指不離《齊物論》意。首段齊夭壽，次段齊妍媸，末段齊物我。總是摭拾《南華》之糟粕，只是中間如「冏冏秋月明」數語，稍稍點得警醒耳。

清毛先舒《詩辯坻》卷二：然《選》詩拙句，殆有甚者，陸士衡「此思亦何思，思君徽與音」，又「曷爲復以兹，曾是懷苦心」，又「親戚弟與兄」，又「偏棲獨隻翼」；潘安仁「周遑忡驚惕」，鮑明遠「身熱頭且痛」，張茂先「吏道何其迫，窘然坐自拘」，江文通「浪跡無蚩妍，然後君子道」。散在篇帙，不覺鎚拙，一經拈出，涉筆可憎。

清陳祚明《采菽堂古詩選》卷二十四：「尺棰」句佳。

清孫月峰（于光華《文選集評》卷七引）：全是論宗語，而腴勁渾妙，打成一片，風致更有餘。

清方伯海（于光華《文選集評》卷七引）：全一部《莊子》以立言大意，總於清虚無爲，順其自然而已。其曰去機巧，俱忘懷，乃作詩旨。

許徵君自敘　詢玄度

【題解】

此詩張本題作《許徵君詢自敘》，《文選》題作《許徵君詢》。小字注「詢玄度」三字，《彙注》本作「詢」一字，梁本作「詢元度」三字，《文選》作「自序」二字。

詩題之「許徵君」，指許詢。詢字玄度，東晉高陽人。有才藻，善屬文，與孫綽俱有高尚之志，并稱爲一時文宗。好遊山水，寓居會稽。常與謝安、王羲之、孫綽、支遁等人吟詠遊宴。司徒蔡謨辟，不起。其事蹟散見於《晉書》卷五十六《孫楚傳附孫綽傳》、卷六十七《郗鑒傳附郗愔傳》、卷七十九《謝安傳》、卷八十《王羲之傳》。其詩《詩品》置之下品，與王濟、杜預、孫綽同品，云：「永嘉以來，清虚在俗，王武子輩詩，貴道家之言。爰洎江表，玄風尚備，真長、仲祖、桓、庾諸公猶相襲。世稱孫、許，彌善恬淡之詞。」

張子闇内機，單生蔽外像①〔一〕。一時排冥筌，泠然空中賞〔二〕。遣此弱喪情②〔三〕，資神任獨往〔四〕。採藥白雲隈，聊以肆所養〔五〕。丹葩曜芳蕤〔六〕，緑竹陰閒敞③〔七〕。苕苕寄勝景④〔八〕，不覺淩虚上⑤〔九〕。曲櫺激鮮飇〔一〇〕，石室有幽響〔一一〕。去矣從所欲〔一二〕，得失非外獎〔一三〕。至哉操斤客，重明固已朗〔一四〕。五難既灑落〔一五〕，超迹絶塵網〔一六〕。

【校記】

①「像」原作「象」，今據《彙注》本、張本、梁本、《文選》改。按《文選》六臣本注：「五臣作『象』。」

②「弱」原作「若」，今據《彙注》本、張本、梁本、《文選》改。

③「緑竹」，原作「緑草」，今據《彙注》本、張本、梁本、《文選》改。

④「勝景」元鈔本、《彙注》本、張本、梁本、《文選》作「意勝」。

⑤「淩」《彙注》本、《文選》作「陵」。

【箋注】

〔一〕「張子」二句：《莊子·達生》：「開之曰：『聞之夫子曰：「善養生者若牧羊然，視其後者而鞭之。」』威公曰：『何謂也？』田開之曰：『魯有單豹者，巖居而水飲，不與民共利，行年七十而猶有嬰兒之色，不幸遇餓虎，餓虎殺而食之。有張毅者，高門縣薄，無不走也，行年四十而有内熱之病以死。豹養其内而虎食其外，毅養其外而病攻其内。此二子者，皆不鞭其後者也。』」郭象注：「《吕氏春秋》曰『張毅好恭』是也。」内機，指養身的奥秘。外像，謂外治之法。按以上二句《文選》吕向注：「象，法也。張毅是闇内治之幾微，單豹是不明外治之法。此皆偏而不廣。」《校注》：「内機：體内的變化。外像：外界的法則。以上二句謂張、單二人各有所偏，皆未得養生之道。」

〔二〕「一時」二句：筌，捕魚器，竹制，有逆向鉤刺。《廣雅·釋器》：「籊、筌謂之笓。」王念孫疏證：「《玉篇》：『筌，捕魚笱也。』字亦作荃。」《莊子·外物篇》：「荃者所以在魚，得魚而忘荃。」郭象注：「荃，七全反，香草也，可以餌魚。或云積柴水中，使魚依而食焉。一云魚笱也。」《校注》：「冥筌：暗中所設的捕魚器。喻塵世。」《莊子·逍遥遊》：「夫列子御風而行，泠然善也。」郭象注：「泠然，輕妙之貌。」《莊子·齊物論》：「是亦一無窮，非亦一無窮也。」郭象注：「天下莫不自是，而莫不相非，故一是一非，兩行無窮，唯涉空得中者，曠然無懷，乘之以遊也。」按以上二句《文選》李善注：「筌，捕魚之器。言魚之在筌，猶人之處塵俗，今既排而去之，超在埃塵之外，故泠然涉空，得中而留也。」李周翰注：「循於環之四邊，則終始無極；若處其環空中，則寂然不移。言理迹一時排去，而輕舉遊於環中以爲樂。」《校注》：「謂人之處世，猶魚之處筌，脱離了塵世即可遨遊於天地之間而自得其樂。」

〔三〕弱喪情：《莊子·齊物論》：「予惡乎知説生之非惑邪？予惡乎知惡死之非弱喪而不知歸

者邪？」郭象注：「死生一也，而獨説生，欲與變化相背，故未知其非惑也。少而失其故居，名爲弱喪。夭弱喪者，遂安於所在，而不知歸於故鄉也。焉知生之非夫弱喪，焉知死之非夫還歸而惡之哉？」《校注》：「弱喪情：指樂生惡死之情。弱喪，少年遭亂，失其故居之謂。」

〔四〕「資神」句：《文選》李善注：「淮南王《莊子略要》曰：『江海之士，山谷之人，輕天下細萬物而獨往者也。』司馬彪曰：『獨往任自然，不復顧世。』」按以上二句《文選》吕延濟注：「人之好生惡死，亦同弱喪矣。資，操也。言遺此弱喪之情，無所不安，故操持其神，任之獨往。」《校注》：「資：操持。獨往：謂投身自然，歸隱避世。」

〔五〕「採藥」二句：隈，山水彎曲隱蔽處。《左傳·僖公二十五年》：「秦人過析，隈入而係輿人，以圍商密，昏而傅焉。」杜預注：「隈，隱蔽之處。」肆，縱恣，不受拘束。《左傳·昭公十二年》：「昔穆王欲肆其心，周行天下。」杜預注：「肆，極也。」《論語·陽貨》：「古之狂也肆，今之狂也蕩。」何晏集解：「肆，極意敢言。」按此二句《文選》劉良注：「藥，仙藥，芝草屬也。」《校注》：「白雲隈：白雲繚繞的山間。隈，山曲深處。肆：盡。」

〔六〕「丹葩」句：劉向《列仙傳·赤斧》：「髮雖朱蕤，顔曄丹葩。」《文選》卷二十二左思《招隱詩》之一：「白雲停陰岡，丹葩曜陽林。」《文選》卷十七陸機《文賦》：「播芳蕤之馥馥，發青條之森森。」同書卷二十九張協《雜詩十首》之二：「弱條不重結，芳蕤豈再馥。」李周翰注：「木之弱條未堅者，已爲霜殺，不復重結其勁。芳草之華，豈能再香也。蕤，草木華也。馥，香也。」《校注》：「葩、蕤：皆草木之花。」

〔七〕「緑竹」句：班固《遊居賦》：「瞻淇澳之園林，善緑竹之猗猗。」謝莊《竹贊》：「瞻彼中唐，緑竹猗猗。貞而不介，弱而不虧。杳裊夕圃，蕭瑟雲崖。推名楚潭，美質梁池。」《文選》卷四張衡《南都賦》：「體爽塏以閒敞，紛鬱鬱其難詳。」張銑注：「閒敞，清虚貌。」同書卷十潘岳《西征賦》：「厭紫極之閒敞，甘微行以遊盤。」按《文選》劉良注：「閒敞，静廣貌。」《校注》：「閒敞：幽静寬敞之地。」今并録之以備考。

〔八〕「苕苕」句：《玉臺新詠》卷二張華《雜詩二首》之二：「荏苒日月運，寒暑忽流易。同好遊不存，苕苕遠離析。」《文選》卷十九謝靈運《述祖德詩二首》之一：「苕苕歷千載，遥遥播清塵。」劉良注：「苕苕、遥遥，皆遠也。」按此句《校注》從《彙注》本作「苕苕寄意勝」，云：「寄意：謂寄至道之意。勝：謂勝於俗情。」

〔九〕凌虚：曹植《七啓》：「華閣緣雲，飛陛凌虚，俯眺流星，仰觀八隅。」阮籍《詠懷·西方有佳人》：「寄顔雲霄間，揮袖淩虚翔。」《文選》卷十六潘岳《寡婦賦》：「省微身兮孤弱，顧稚子兮未識。如涉川兮無梁，若淩虚兮失翼。」

〔一〇〕「曲櫺」句：郭璞《遊仙詩·暘谷吐靈曜》：「暘谷吐靈曜，扶桑森千丈。朱霞升東山，朝日何晃朗。迴風流曲櫺，幽室發逸響。」櫺，窗户或欄杆上雕有花紋的空格。謝朓《夏始和劉孱陵》：「對窗斜日過，洞幌鮮飈入。浮雲去欲窮，暮鳥飛相及。」《樂府詩集》卷六十四陸機

《吴趨行》：「藹藹慶雲被，泠泠鮮風過。」

〔一一〕「石室」句：曹植《苦思行》：「鬱鬱西嶽巔，石室青青與天連。」《太平御覽》卷三十八引《列仙傳》：「赤松子者，神農時雨師也。服水石以教神農，能入火不燒。至崑崙山上，常止西王母石室中，隨風雨上下。」按以上二句《文選》吕向注：「激，射也。鮮飈，鮮潔之風。石室，石穴也。幽響，山響也。」

〔一二〕「去矣」句：《文選》卷二十二陸機《招隱詩》：「富貴苟難圖，稅駕從所欲。」

〔一三〕「得失」句：《文選》卷三十謝靈運《擬魏太子鄴中集·王粲》：「沮漳自可美，客心非外獎。常歎詩人言，式微何由往。」李善注：「《小雅》曰：『獎，勸也。』」李周翰注：「言粲中心懷歸，非外物所能留勸。」按以上二句《文選》張銑注：「言去從所欲之至道，得失由心，非外物所能獎勸。」

〔一四〕「至哉」二句：《莊子·徐無鬼》：「莊子送葬，過惠子之墓，顧謂從者曰：『郢人堊慢其鼻端若蠅翼，使匠石斲之。匠石運斤成風，聽而斲之，盡堊而鼻不傷。郢人立不失容。宋元君聞之，召匠石曰：「嘗試爲寡人爲之。」匠石曰：「臣則嘗能斲之，雖然，臣之質死久矣。」自夫子之死也，吾無以爲質矣，吾無與言之矣。』」以上二句《文選》李周翰注：「至，極也。極哉，歎之也。有堊人污漫其鼻，匠石操斤斲之，污盡而不傷鼻，是二人相明，故曰重明。固，謂固如是。朗：明也。」《校注》：「重明：謂匠石運斤成風而不傷郢人之鼻是由於二人彼此相明，故云『重明』。朗，高明。」

〔一五〕「五難」句：嵇康《答難養生論》：「養生有五難：名利不滅，此一難也。喜怒不除，此二難也。聲色不去，此三難也。滋味不絶，此四難也。神慮消散，此五難也。」《文選》卷十三潘岳《秋興賦》：「庭樹槭以灑落兮，勁風戾而吹帷。」鮑照《蜀四賢詠》：「陵令無人事，毫墨時灑落。」

〔一六〕「超迹」句：《藝文類聚》卷三十七引晉辛曠《與皇甫謐書》：「且箕山之叟，超迹於堯帝之世；首陽之老，抗操於有周之隆。」《抱朴子·釋滯》：「豎亥超迹於累千，郢人奮斧於鼻堊。」塵網，謂人在世間如魚在網，受到種種束縛。東方朔《與友人書》：「不可使塵網名韁拘鎖，怡然長笑，脱去十洲三島。相期拾瑶草，吞日月之光華，共輕舉耳。」陶淵明《歸園田居五首》之一：「少無適俗韻，性本愛丘山。誤落塵網中，一去三十年。」《校注》：「超迹：超然物外。絶塵網：棄絶世俗。」按以上二句《文選》李周翰注：「塵網，喻世事。言脱落五難，超絶去世事。」

【集説】

清吴淇《六朝選詩定論》卷十七：《世説》甚重玄度，而不謂能詩。然興公云：「一吟一詠，許當北面。」然玄度詩，有「青松凝素髓，秋菊茂芳英」，有似唐律，故唐人稱其五言妙絶。則許亦詩人，非止清談差勝者。故文通亦擬其體，但不知何所據也。

又云：比亦本《莊子》，張與單或養内，或養外，皆蔽於一偏也。「一時」以下，内外交養，文字者冥理之筌，排去冥筌，泠然空中，是善養内也；喪弱者紛華之媒，資神獨往，遣去紛華，善養其外也。「採藥」云云，善養其内而病不能攻也。「至哉」以下，善養其外而害不加也。採藥養内，其理易明。以操斤爲養外者何也？任質而不驚，固涉世之善術也。

又云：道家以《老子》爲集大成，而《莊子》演其宗，猶孔子之後有孟子也。至燕昭王時，羨門子高之徒，始演爲仙家之術，其意雖本于《道德》，而實去之彌遠。文通擬古人三十首，其中用道家之言者凡五：嵇康專引《老子》而兼及《莊子》；阮籍不用《老子》，專取《莊子》，然其意止於《内篇》之七；而孫綽則兼及《外篇》、《雜篇》；許詢略舉《莊》而又兼及仙家養生之術；郭璞則純用仙家之言。合讀諸詩，則仙道之源流與諸人所得深淺皆見矣。

清何焯《義門讀書記》卷四十七《文選》卷三：「采藥白雲隈」八句，有此即虚實相間，不復苦其入平典，此擬議之變化也。

清陳祚明《采菽堂古詩選》卷二十四：此首饒有雋致。

殷東陽興矚 仲文

【題解】

此詩原題作《殷東陽興矚》，張本題作《殷東陽仲文興矚》，《文選》題作《殷東陽仲文》，今據

《彙注》本、張本、梁本、《文選》改。按小字注「仲文」，《文選》作「興矚」。

詩題之「殷東陽」，指殷仲文。《晉書》卷九十九《殷仲文傳》云：「殷仲文，南蠻校尉覬之弟也。少有才藻，美容貌。從兄仲堪薦之於會稽王道子，即引爲驃騎參軍，甚相賞待。俄轉諮議參軍，後爲元顯征虜長史。會桓玄與朝廷有隙，玄之姊，仲文之妻，疑而間之，左遷新安太守。仲文於玄雖爲姻親，而素不交密，及聞玄平京師，便棄郡投焉。玄甚悦之，以爲諮議參軍。……性貪吝，多納貨賄，家累千金，常若不足。玄爲劉裕所敗，隨玄西走，其珍寶玩好悉藏地中，皆變爲土。至巴陵，因奉二后投義軍而爲鎮軍長史，轉尚書。……仲文素有名望，自謂必當朝政，又謝混之徒疇昔所輕者，并皆比肩，常怏怏不得志。忽遷爲東陽太守，意彌不平。……無忌疑其薄己，大怒，思中傷之。時屬慕容超南侵，無忌言於劉裕曰：『桓胤、殷仲文乃腹心之疾，北虜不足爲憂。』義熙三年，又以仲文與駱球等謀反，及其弟南蠻校尉叔文并伏誅。仲文時照鏡不見其面，數日而遇禍。仲文善屬文，爲世所重，謝靈運嘗云：『若殷仲文讀書半袁豹，則文才不減班固。』言其文多而見書少也。」其詩《詩品》置之下品，云：「晉宋之際，殆無詩乎！義熙中，以謝益壽、殷仲文爲華綺之冠，殷不競矣。」

《校注》：「興矚：乘興遠眺。」

晨遊任所萃〔一〕，悠悠蘊真趣〔二〕。雲天亦遼亮〔三〕，時與賞心遇〔四〕。青松挺秀薵〔五〕，惠色出芳樹①〔六〕。極眺清波深〔七〕，緬映石壁素②〔八〕。瑩情無餘滓③〔九〕，拂衣釋塵務〔一〇〕。求仁既自我〔一一〕，玄風豈外慕〔一二〕。直置忘所宰〔一三〕，蕭散得遺慮〔一四〕。

【校記】

①「芳樹」《彙注》本、張本、梁本、《文選》作「喬樹」。

②「緬」汪本作「湎」。

③「瑩情」原作「營情」，今據《彙注》本、張本、梁本、《文選》改。

【箋注】

〔一〕「晨遊」句：《楚辭》屈原《九歌·湘夫人》：「鳥何萃兮蘋中，罾何爲兮木上。」王逸章句：「萃，集。」阮籍《通易論》：「方圓有正體，四時有常位，事業有所麗，鳥獸有所萃，故萬物莫不一也。」《廣韻》卷四：「萃，秦醉切，集也，聚也。」

〔二〕「悠悠」句：《文選》卷三十三宋玉《九辯》：「去白日之昭昭兮，襲長夜之悠悠。」張銑注：「悠悠，無窮也。」《文選》卷二十六謝靈運《登江中孤嶼》：「雲日相輝映，空水共澄鮮。表靈物莫賞，藴真誰爲傳。」李善注：「馬融《論語》注曰：『藴，藏也。』」《晉書》卷九十四《隱逸·楊軻傳》：「季龍欲觀其真趣，乃密令美女，夜以動之，軻蕭然不顧。」《文選》卷三十陶淵明

《雜詩·結廬在人境》：「採菊東籬下，悠然見南山。山氣日夕佳，飛鳥相與還。此中有真意，欲辯已忘言。」李善注：「《楚辭》曰：『狐死必首丘，夫人孰能反其真情。』王逸注曰：『真，本心也。』」《校注》：「真趣：自然之趣。」

〔三〕「雲天」句：《莊子·大宗師》：「黄帝得之，以登雲天。」《文選》卷五十沈約《宋書·謝靈運傳論》：「英辭潤金石，高義薄雲天。」六臣注：「薄，迫也。迫雲天，言高也。」《南史》卷五十《庾易傳》：「白日清明，青雲遼亮。昔聞巢許，今睹臺尚。」

〔四〕「時與」句：《文選》卷二十二謝靈運《遊南亭》：「我志誰與亮，賞心惟良知。」同書卷三十前人《田南樹園激流植援》：「賞心不可忘，妙善冀能同。」按以上二句《文選》吕向注：「遼，高。亮，明也。言雲天既高，復與適我心者相遇。」《校注》：「遼亮：遼濶明亮。賞心遇：謂與自己喜愛的事物相遇。」

〔五〕「青松」句：陶淵明《飲酒·青松在東園》：「青松在東園，衆草没奇姿。凝霜殄異類，卓然見高枝。」《晉書》卷五十一《皇甫謐傳》：「是以春華發蕚，夏繁其實。」《藝文類聚》卷八十六張協《安石榴賦》：「爾乃頳蕚挺蔕，金牙承蕤，蔭佳人之玄髻，發窈窕之素姿。」按《文選》李善注：「鄭玄《詩》箋曰：『承花者曰鄂。』鄂，與蕚同。」

〔六〕「惠色」句：《文選》卷二十三阮籍《詠懷詩·炎暑惟兹夏》：「芳樹垂緑葉，清雲自逶迤。」《藝文類聚》卷十八引梁徐悱妻劉氏《詩》：「花庭麗景斜，蘭牖輕風度。落日更新粧，開簾對芳樹。」按《文選》張銑注：「惠，媚。」

〔七〕「極眺」句：鮑照《代陽春登荊山行》：「早行犯霜露，苔滑不可留。極眺入雲表，窮目盡帝州。」《校注》：「極眺：遠眺。」《楚辭》嚴忌《哀時命》：「知貪餌而近死兮，不如下游乎清波。」《文選》卷二十曹植《公讌詩》：「秋蘭被長阪，朱華冒緑池。潛魚躍清波，好鳥鳴高枝。」同書卷二十九曹丕《雜詩二首》之一：「俯視清水波，仰看明月光。天漢迴西流，三五正從横。」

〔八〕「緬映」句：《廣韻》卷三：「緬，彌兖切，遠也。」謝靈運《富春渚》：「定山緬雲霧，赤亭無淹薄。」劉良注：「緬，藐遠也。」《藝文類聚》卷三十七引陶弘景《答謝中書書》：「高峰入雲，清流見底。兩岸石壁，五色交暉。青林翠竹，四時俱備。」《校注》：「緬映：遥映。素：白色。」

〔九〕「瑩情」句：《廣弘明集》卷十六簡文帝《與廣信侯書》：「聞慧雨滂流，喜躍充遍。徒仰懸河，無由承稟。空無所有，不瑩情靈。緣癡有愛，自嗟難拔。」陶淵明《己酉歲九月九日》：「靡靡秋已夕，淒淒風露交。蔓草不復榮，園木空自凋。清氣澄餘滓，杳然天界高。」袁行霈注：「餘滓：指暑夏各種濁氣、濕氣，清氣來則蕩盡矣。」此句《文選》李善注：「《廣雅》曰：『瑩，磨也。』《説文》曰：『滓，澱也。』謂鄙穢。」《校注》：「瑩情：感情明浄如同光潔的玉色。無餘滓：謂無卑俗之念。」

〔一〇〕「拂衣」句：《藝文類聚》卷五十四引晉殷仲文《罪釁解尚書表》：「進不能見危授命，忘身殉國；退不能辭粟首陽，拂衣高謝。」《文選》卷十九謝靈運《述祖德二首》之二：「高揖七州外，拂衣五湖裏。」《藝文類聚》卷四十六引晉孫綽《太傅褚褒碑》：「穆然忘容，塵務不幹其度；默爾獨得，膚受莫測其奧。」《世説新語·賢媛》：「王江州夫人語謝遏曰：『汝何以都不復進，爲是塵務經心，天分有限？』」按以上四句《文選》張銑注：「言遠視山水，瑩磨滓穢，而解塵俗之事。」校注：「拂衣：振衣。表示決意。釋塵務：解除塵俗之事。謂隱居。」

〔一二〕「求仁」句：《論語·述而》：「冉有曰：『夫子爲衛君乎？』子貢曰：『諾，吾將問之。』入曰：『伯夷、叔齊何人也？』曰：『古之賢人也。』曰：『怨乎？』曰：『求仁而得仁，又何怨。』出曰：『夫子不爲也。』」《晉書》卷七十四《徐寧傳》：「首陽高節，求仁而得仁；泗上微言，朝聞而夕死。」《史記》卷一百七《魏其武安侯列傳》：「魏其侯曰：『侯自我得之，自我捐之，無所恨。且終不令灌仲孺獨死，嬰獨生。』」《文選》卷四十六陸機《豪士賦序》：「夫我之自我，智士猶嬰其累；物之相物，昆蟲皆有此情。」吕延濟注：「自我謂自説己是，相物謂物皆相輕。此雖智士猶嬰繞以爲敗累，昆蟲之徒亦有此情也。」

〔一三〕「玄風」句：《晉書》卷四十二《王濬傳》：「今皇澤被於九州，玄風洽於區外。」《文選》卷七十沈約《宋書·謝靈運傳論》：「在晉中興，玄風獨扇。爲學窮於柱下，博物止乎七篇。」張銑注：「玄，道。」《宋書》卷九十三《隱逸·雷次宗傳》：「於時師友淵源，務訓弘道，外慕等夷，内懷悱發，於是洗氣神明，玩心墳典，勉志勤躬，夜以繼日。」《文選》卷二十六謝靈運《道路憶山中》：「追尋棲息時，偃卧任縱誕。得性非外求，自已爲詿纂。」張銑注：「言本性好静，非外求學此，乃從此而出，不知纂繼誰人也。」按以上二句《文選》李周翰注：「求爲仁道，則從我身。玄遠之風，豈在外慕而得。」《校注》：「玄風：謂道，道家的義理、德性。外慕：外求而得。此與謝靈運《道路憶山中詩》『得性非外求』句意同。」

〔一三〕「直置」句：《宋書》卷五十三《謝方明傳》：「謝方明可謂名家駒。直置便自是台鼎人，無論復有才用。」同書卷七十四《沈攸之傳》：「攸之以谿壑之性，含梟鴆之腸，直置天壤，已稱醜穢，況乃舉兵内侮，逞肆姦回。」宰，主宰，治理。《莊子·齊物論》：「若有真宰，而特不得其眹。」《吕氏春秋·精通》：「德也者，萬民之宰也。」高誘注：「宰，主也。」《校注》：「忘所宰：謂不受拘束，一任自然的境界。宰，主宰。」

〔一四〕「蕭散」句：《西京雜記》卷二：「司馬相如爲《上林》、《子虚》賦，意思蕭散，不復與外事相關。」《文選》卷三十謝朓：「乘此終蕭散，垂竿深澗底。」李周翰注：「蕭散，逸志也。」《文選》卷三十謝靈運《擬魏太子鄴中集·應瑒》：「傾軀無遺慮，在心良已敘。」張銑注：「言我委公無遺，思慮在心之事，皆已申敘。」同書卷二十二前人《越嶺溪行》詩：「觀此遺物慮，一悟得所遺。」吕向注：「觀此山水，使人遺忘物慮，一悟乎道，由此而遺。」按以上二句《文選》吕延濟注：「言直置專一，忘其所主者，道之本也。能縱心空遠，遺其思慮者，則近之。」《校注》：「蕭散：逍遥自得。遺慮：謂遺物慮，指拋棄俗念。」

【集説】

清吴淇《六朝選詩定論》卷十七：此擬仲文《南州桓公九井作》也，却削去南州桓公，止寫九井作者。仲文原作將以寫其進退危懼之情，不書桓公，不書南州，無以顯其情也。故不得不見之題中，而却力推之詩外。故文通擬之，并不肯收之題中。惟不收之題中，故得寫其所得耳。故文通擬他人詩俱正用，此通篇皆反其意。「任所萃」，非從桓公也。「藴真趣」，非「高興盡」也。「雲天亦遼亮」，非「風物」云云也。「青松」云云，非歲寒云云也。「極眺」云云，非「爽籟」云云也。「瑩情」云云，非「何以」云云也。惟「仁」字與原詩同，然却又意見不同。蓋原詩以「好仁」形出「泛愛」，指人言。此「仁」乃心之德，即下文「德」字，乃真趣之藴也。

清何焯《義門讀書記》卷四十七《文選》卷三：稍革孫、許之風餘，有虚無之趣，推移方始，實之惟肖。「直置忘所宰」二句，清曠如接仙真。

清陳祚明《采菽堂古詩選》卷二十四：代愈近，則風愈似。此殊蕭瑟。

清孫月峰（于光華《文選集評》卷七引）：語淺而寄興深，琢句入細，玩久趣愈出。

謝僕射遊覽　混叔原

【題解】

此詩張本題作《謝僕射混遊覽》，《文選》題作《謝僕射混》。小字注「混叔原」，原作「焜叔原」，

《彙注》作「混」，《文選》作「遊覽」，今據梁本改。

詩題之「謝僕射」，指謝混，謝安孫。《晉書》卷七十九《謝安傳附謝混傳》云：「混字叔源，少有美譽，善屬文。初，孝武帝爲晉陵公主求婿，謂王珣曰：『主婿但如劉真長、王子敬便足。如王處仲、桓元子誠可，才小富貴，便豫人家事。』珣對曰：『謝混雖不及真長，不減子敬。』帝曰：『如此便足。』未幾，帝崩。袁山松欲以女妻之，珣曰：『卿莫近禁臠。』初，元帝始鎮建業，公私窘罄，每得一㹠，以爲珍膳，項上一臠尤美，輒以薦帝，羣下未嘗敢食，於時呼爲『禁臠』，故珣因以爲戲。混竟尚主，襲父爵。……歷中書令，中領軍，尚書左僕射，領選。以黨劉毅誅，國除。及宋受禪，謝晦謂劉裕曰：『陛下應天受命，登壇日恨不得謝益壽奉璽紱。』裕亦歎曰：『吾甚恨之，使後生不得見其風流。』益壽，混小字也。」其詩《詩品》置之中品，與謝瞻、袁淑、王微、王僧達同列，云：「其源出於張華，才力苦弱，故務其清淺，殊得風流媚趣。課其實録，則豫章、僕射，宜分庭抗禮；徵君、太尉，可託乘後車；征虜卓卓，殆欲度驊騮前矣。」

信矣勞物化，憂襟未能整①〔一〕。薄言遵交衢②〔二〕，惣轡出臺省〔三〕。凄凄節序高〔四〕，寥寥心悟永〔五〕。時菊耀巖阿〔六〕，雲霞冠秋嶺〔七〕。眷然惜良辰〔八〕，徘徊踐落景〔九〕。卷舒雖萬緒〔一〇〕，動復歸有静〔一一〕。曾是迫桑榆〔一二〕，歲暮從所秉〔一三〕。舟壑不可攀③〔一四〕，忘情寄匠郢④〔一五〕。

【校記】

①「襟」《彙注》本、《文選》六臣本作「衿」。

②「交衢」《彙注》本、張本、梁本、《文選》作「郊衢」。

③「舟」汪本作「丹」。

④「忘情」《彙注》本、張本、梁本、《文選》作「忘懷」。

【箋注】

〔一〕「信矣」二句：《左傳·隱公六年》：「周任有言：『爲國家者，見惡如農夫之務去草焉，芟夷蘊崇之，絶其本根，勿使能殖，則善者信矣。』」《漢書》卷二十三《刑法志》：「由是言之，風俗移易，人性相近而習相遠，信矣！」《莊子·齊物論》：「昔者莊周夢爲蝴蝶，栩栩然蝴蝶也；自喻適志與！不知周也。俄然覺，則蘧蘧然周也。不知周之夢爲蝴蝶與，蝴蝶之夢爲周與？周與蝴蝶，則必有分矣。此之謂物化。」成玄英疏：「夫新新變化，物物遷流，譬彼窮指，方兹交臂。」《文選》卷七揚雄《甘泉賦》：「於是事變物化，目駭耳回。」按以上二句《文選》劉良注：「衿，心。整，齊也。言信勞天地化生，而憂心未能與物齊也。」《校注》云：「勞：病。《淮南子·精神》：『好憎者使人之心勞。』憂衿：憂心。衿，同『襟』。整：理，治。」

〔二〕「薄言」句：《詩·周南·芣苢》：「采采芣苢，薄言采之。」孔穎達疏：「言我薄者，我薄欲如此，於義無取，故爲語辭。」交衢，指道路交錯要衝之處。《孔子家語·入官》：「六馬之乖離，必於四達之交衢。」嵇康《答二郭三首》之三：「所好亮若兹，楊氏歎交衢。去去從所志，敢謝道不俱。」

〔三〕「惣轡」句：《文選》卷三十二屈原《離騷》：「飲余馬於咸池兮，總余轡乎扶桑。折若木以拂日兮，聊逍遥以相羊。」劉良注：「飲馬咸池，結轡扶桑，言遠遊冀得延年也。」《漢書》卷八十七上《揚雄傳上》：「解扶桑之總轡兮，縱令之遂奔馳。」《文選》卷二十六陸機《赴洛道中作》：「總轡登長路，嗚咽辭密親。」按惣，即摠，同總。《三國志》卷九《魏志·夏侯玄傳》：「大將軍微聞其謀，請豐相見，豐不知而往，即殺之。」裴松之注引三國魏魚豢《魏略》：「豐在臺省，常多託疾。」漢尚書臺，三國魏中書省，皆爲代表皇帝發佈政令的中樞機關，後因以臺省指政府之中央機構。按以上二句《文選》吕向注：「衢，道也。以心不能齊物，將遵郊外之道而散情慮，故持轡出省而往之。」《校注》：「薄、言：皆語助詞。遵：沿著。總轡：駕車。」

〔四〕「淒淒」句：《詩·小雅·四月》：「秋日淒淒，百卉具腓。」毛傳：「淒淒，涼風。」陶淵明《己酉歲九月九日》：「靡靡秋已夕，淒淒風露交。蔓草不復榮，園木空自凋。」節序，節令，節氣。節序高，《文選》李善注：「《楚詞》曰：『天高而氣清。』」按此句《校注》云：「淒淒：寒涼貌。節序高：謂秋季天高氣清。」

〔五〕「寥寥」句：寥寥，空虚貌。《吕氏春秋·情欲》：「俗主虧情，故每動爲亡敗，耳不可贍，目不可厭，口不可滿，身盡府種，筋骨沈滯，血脈壅塞，九竅寥寥，曲失其宜。」高誘注：「極三關之欲，以病其身，故九竅皆寥寥然虚。」《文選》李善注：「《莊子》曰：『寥已吾志。』郭象曰：『寥然空虚也。』」《校注》云：「寥寥：空寂貌。永：深遠。」按以上二句《文選》張銑注：「淒淒，寒風也。寥寥，高浄貌。言時既清明，中心覺悟，亦長遠也。」

〔六〕「時菊」句：《文選》卷二十六潘岳《河陽縣作二首》之二：「鳴蟬厲寒音，時菊耀秋華。」張銑注：「菊，草名，至秋始花，故云秋華。」同書同卷謝朓《暫使下都夜發新林至京邑贈西府同僚》：「常恐鷹隼擊，時菊委嚴霜。」《文選》卷二十三王粲《七哀詩二首》之二：「方舟溯大江，日暮愁我心。山岡有餘暎，巖阿增重陰。」張銑注：「謂日將歿，山脊之上猶映餘光。而巖曲本陰，今復曰暮，是增爲重陰。」同書卷二十六潘岳《河陽縣作二首》之二：「日夕陰雲起，登城望洪河。川氣冒山嶺，驚湍激巖阿。歸雁映蘭畤，遊魚動圓波。」劉良注：「巖阿，山曲也。」

〔七〕「雲霞」句：鮑照《登大雷岸與妹書》：「西南望廬山，又特驚異。基壓江潮，峰與辰漢連接。上常積雲霞，雕錦褥。」《校注》：「冠：覆蓋。」按以上二句《文選》張銑注：「言雲霞如冠，戴於山。」

〔八〕「眷然」句：《孔叢子・記問》：「眷然顧之，慘然心悲。」《漢書》卷九十九中《王莽傳中》：「皇天眷然，去漢與新。」《藝文類聚》卷二十一引曹植《離友詩》：「王歸振旅，送余於魏邦，心有眷然，爲之隕涕。」按眷然，顧念貌，依戀貌。《文選》卷九曹大家《東征賦》：「時孟春之吉日兮，撰良辰而將行。」李周翰注：「既以吉日，又擇良時而行也。」同書卷二十三阮籍《詠懷・步出上東門》：「良辰在何許，凝霜霑衣襟。」《太平御覽》卷十九引梁元帝《纂要》：「風曰陽風、暄風、柔風、惠風，景曰媚景、和景、韶景，時曰良時、嘉時，辰曰良辰、嘉辰。」

〔九〕「徘徊」句：《文選》卷二十曹植《上責躬應詔詩表》：「是以愚臣徘徊於恩澤，而不敢自棄者也。」同上卷五十七潘岳《哀永逝文》：「停駕兮淹留，徘徊兮故處。周求兮何獲，引身兮當去。」《藝文類聚》卷八引晉庾闡《海賦》：「映曉雲而色暗，照落景而俱紅。」《宋書》卷四十三《傅亮傳》：「憐鳴蜩之應節，惜落景之懷東。」《校注》：「落景：落日的餘輝。」

〔一〇〕「卷舒」句：《淮南子・俶真訓》：「是故至道無爲，一龍一蛇，盈縮卷舒，與時變化，外從其風，内守其性。」同上《原道訓》：「幽兮冥兮，應無形兮；遂兮洞兮，不虛動兮。與剛柔卷舒兮，與陰陽俛仰兮。」高誘注：「卷舒，屈伸也。」《藝文類聚》卷四十引陸機《感丘賦》：「於是徘徊洛涯，弭節河干。佇眄留心，慨爾遺歎。仰終古以遠念，窮萬緒乎其端。」《宋書》卷八十三《吳喜傳》：「屬託郡縣，侵官害民，興生求利，千端萬緒。」《校注》：「卷舒：謂或舒或卷與時變化。萬緒：萬端。言其變化之多。」

〔一一〕「動復」句：《莊子・天道》：「虛則靜，靜則動，動則得矣。靜則無爲，無爲也，則任事者責矣。」《老子・歸根》：「夫物芸芸，各復歸其根。歸根曰靜，是謂復命，復命曰常。」河上公章句：「言萬物無不枯落，各復反其根而更生也。靜謂根也，根安靜柔弱，謙卑處下，故不復死也。」王弼注：「各返其所始也。歸根則靜，故曰靜。靜則復命，故曰復命也。復命則得性命之常，故曰常也。」按以上二句《文選》李周翰注：「言息散動復，其理雖多，然皆同歸於靜。」

〔二〕「曾是」句：《太平御覽》卷三引《淮南子》：「日西垂，景在樹端，謂之桑榆。」《文選》卷二十四曹植《贈白馬王彪》：「人生處一世，去若朝露晞，年在桑榆間，影響不能追。自顧非金石，咄唶令心悲。」張銑注：「言人年衰老，若日在桑榆將没，如影響不可追也。」《校注》：「曾是：乃此。迫桑榆：迫近晚年。桑榆，二星名，在西方。古人以日在桑榆喻人之將老。」

〔三〕「歲暮」句：《詩·唐風·蟋蟀》：「蟋蟀在堂，歲聿其莫。今我不樂，日月其除。」《文選》卷三十三劉安《招隱士》：「歲暮兮不自聊，蟪蛄鳴兮啾啾。」劉良注：「歲暮，喻老也。」從所秉，《文選》李善注：「所秉，謂心所執也。《毛詩》曰：『君子秉心。』鄭玄曰：『秉，執也。』」《校注》：「所秉：謂心所操持。指由動歸靜之理。」按以上二句《文選》李善注：「《韓詩》曰：『歲聿其暮。』薛君曰：『言年歲已晚也。』所秉，謂心所執也。」吕延濟注：「曾，則。迫，近也。桑榆，日將落，喻年老。言我雖老，明歸靜之理，故任時運所執。」

〔四〕「舟壑」句：謝靈運《撰征賦》：「怨物華之推驛，慨舟壑之遞遷。謂徂歲之悠濶，結幽思之方根。」《文選》李善注：「《莊子》曰：『夫藏舟於壑，藏山於澤，謂之固矣。然而夜半有力者負之而走，昧者不知。』司馬彪曰：『舟，水物。山，陸居者也。藏之壑澤，非人意所求，謂之囯，有力者或能取之。』」曹植《名都篇》：「白日西南馳，光景不可攀。雲散還城邑，清晨復來還。」謝靈運《命學士講書》：「古人不可攀，何以報恩榮？」《校注》：「此以藏舟於壑，終被有力者負走爲喻，説明人生在世亦隨時變遷，是不能强留的。」

〔一五〕「忘情」句：《晉書》卷三十二《后妃傳下》：「贊曰：二妃光舜，三母翼周。末升夷癸，褒進亡幽。家邦興滅，職此之由。穆后沈斷，忘情執鑋。」《世説新語·傷逝》：「王曰：『聖人忘情，最下不及情，情之所鍾，正在我輩。』」《莊子·徐無鬼》：「莊子送葬，過惠子之墓，顧謂從者曰：『郢人堊慢其鼻端若蠅翼，使匠石斲之。匠石運斤成風，聽而斲之，盡堊而鼻不傷。郢人立不失容。宋元君聞之，召匠石曰：「嘗試爲寡人爲之。」匠石曰：「臣則嘗能斲之，雖然，臣之質死久矣。」自夫子之死也，吾無以爲質矣，吾無與言之矣。』」《文選》劉良注：「此言忘懷於相知。」

【集説】

清吴淇《六朝選詩定論》卷十七：《選》止載謝僕射《游西池》一首，故擬之者不必分心他顧。但原作首起四句極其高華悲慘，此起首二句相去最遠。寫景，將「迴阡」四句縮作「時菊」二句，亦簡浄。「良辰」四句，原詩固佳，此亦縮作「眷然」二句，寓時景于情中，較之原作各臻其妙。但「卷舒」二句係添出，稍失作者之意。然只爲上面縮得太偪側，接不下來，故添出此二句，帶拈出個「静」字來。下「忘懷寄匠郢」，得力全在一「静」。

清何焯《義門讀書記》卷四十七《文選》卷三：極似叔源。

清孫月峰（于光華《文選集評》卷七引）：調頗俊俏，意趣亦仿佛僕射。

附：謝混《游西池》

悟彼蟋蟀唱，信此勞者歌。有來豈不疾，良遊常蹉跎。逍遥越城肆，願言屢經過。回阡被陵闕，高臺眺飛霞。惠風蕩繁囿，白雲屯曾阿。景昃鳴禽集，水木湛清華。褰裳順蘭沚，徙倚引芳柯。美人愆歲月，遲暮獨如何。無爲牽所思，南榮誡其多。（《文選》卷二十二）

陶徵君田居　潛淵明

【題解】

此詩張本題作《陶征君潛田居》，《文選》題作《陶征君潛》。小字注「潛淵明」三字，《彙注》本作「潛」一字，《文選》作「田居」二字。

詩題之「陶徵君」，指陶淵明。《宋書》卷九十三《隱逸·陶潛傳》：「陶潛字淵明，或云淵明字元亮，尋陽柴桑人也。曾祖侃，晉大司馬。潛少有高趣，嘗著《五柳先生傳》以自況，曰：『先生不知何許人，不詳姓字，宅邊有五柳樹，因以爲號焉。閑静少言，不慕榮利。好讀書，不求甚解，每有會意，欣然忘食。性嗜酒，而家貧不能恒得。親舊知其如此，或置酒招之，造飲輒盡，期在必醉，既醉而退，曾不吝情去留。環堵蕭然，不蔽風日，裋褐穿結，簞瓢屢空，晏如也。嘗著文章自娱，頗示己志，忘懷得失，以此自終。』其自序如此，時人謂之實録。親老家貧，起爲州祭酒，不堪吏職，少日，自解歸。州召主簿，不就。躬耕自資，遂抱羸疾。復爲鎮軍、建威參軍，謂親朋曰：『聊欲弦歌，以爲三逕之資，可乎？』執事者聞之，以爲彭澤令。公田悉令吏種秫稻，妻子固請種秔，乃使二頃五十畝種秫，五十畝種秔。郡遣督郵至，縣吏白應束帶見之，潛歎曰：『我不能爲五斗米折腰向鄉里小人。』即日解印綬去職。賦《歸去來》。……義熙末，徵著作佐郎，不就。江州刺史王弘欲識之，不能致也。潛嘗往廬山，弘令潛故人龐通之齎酒具於半道栗里要之，潛有脚疾，使一門生二兒轝籃輿，既至，欣然便共飲酌。俄頃弘至，亦無忤也。先是，顔延之爲劉柳後軍功曹，在尋陽，與潛情欵。後爲始安郡，經過，日日造潛，每往必酣飲致醉。臨去，留二萬錢與潛，潛悉送酒家，稍就取酒。嘗九月九日無酒，出宅邊菊叢中坐久，值弘送酒至，即便就酌，醉而後歸。潛不解音聲，而畜素琴一張，無絃，每有酒適，輒撫弄以寄其意。貴賤造之者，有酒輒設，潛若先醉，便語客：『我醉欲眠，卿可去。』其真率如此。郡將候潛，值其酒熟，取頭上葛巾漉酒，畢，還復著之。潛弱年薄宦，不潔去就之迹，自以曾祖晉世宰輔，耻復屈身後代，自高祖王業漸隆，不復肯仕。所著文章，皆題其年月。義熙以前，則書晉氏年號，自永初以來，唯云甲子而已。……

潛元嘉四年卒，時年六十三。」其詩鍾嶸《詩品》置之中品，云：「宋徵士陶潛詩：其源出於應璩，又協左思風力。文體省浄，殆無長語，篤意真古，辭興婉愜。每觀其文，想其人德，世歎其質直。至如『歡言酌春酒，日暮天無雲』，風華清靡，豈直爲田家語耶？古今隱逸詩人之宗也。」

種苗在東皐〔一〕，苗生滿阡陌〔二〕。雖有倚鋤倦①〔三〕，濁酒聊自適〔四〕。日暮巾柴車〔五〕，路闇光已夕〔六〕。歸人望煙火〔七〕，稚子候簷隙〔八〕。問君亦何爲〔九〕，百年會有役〔一〇〕。但願桑麻成〔一一〕，蠶月得紡績〔一二〕。素心正如此〔一三〕，開逕望三益〔一四〕。

【校記】

①「倚」汪本、《彙注》本、梁本、《文選》作「荷」。

【箋注】

〔一〕「種苗」句：《文選》卷四十阮籍《奏記詣蔣公》：「方將耕於東皋之陽，輸黍稷之税，以避當塗者之路。」張銑注：「東皐，籍之所居之東也。澤畔曰皐。」同書卷四十五陶淵明《歸去來》：「登東皋以舒嘯，臨清流而賦詩。」吕向注：「東皋，營田之所也，春事起東，故云東也。皋，田也。」《校注》：「水邊高地曰皋。」

〔二〕「苗生」句：《史記》卷五《秦本紀》：「爲田開阡陌，東地渡洛。」司馬貞索隱：「《風俗通》

曰：『南北曰阡，東西曰陌。河東以東西爲阡，南北爲陌。』」《文選》卷七潘岳《藉田賦》：「遐阡繩直，邇陌如矢。」張銑注：「阡陌，田畔道也。」按以上二句《文選》吕向注：「苗，五穀之苗。臯，澤也。阡陌，田之封疆。」《校注》：「阡陌：田間小路。南北方向叫『阡』，東西方向叫『陌』，此指田野。」福林按：陶淵明《歸園田居·種豆南山下》：「種豆南山下，草盛豆苗稀。」此二句擬之。

〔三〕「雖有」句：陶淵明《歸園田居·種豆南山下》：「晨興理荒穢，帶月荷鋤歸。」

〔四〕「濁酒」句：《文選》卷四十三嵇康《與山巨源絶交書》：「今但願守陋巷，教養子孫，時時與親舊敘濶，陳説平生，濁酒一盃，彈琴一曲，志意畢矣。」陶淵明《己酉歲九月九日》：「從古皆有没，念之中心焦。何以稱我情，濁酒且自陶。」前人《飲酒·疇昔苦長飢》：「雖無揮金事，濁酒聊可恃。」前人《時運》：「斯晨斯夕，言息其廬。花藥分列，林竹翳如。清琴横牀，濁酒半壺。黄唐莫逮，慨獨在余。」《莊子·駢拇》：「夫適人之適，而不自適其適，雖盜蹠與伯夷，是同爲淫僻也。」同書《秋水》：「且夫知不知論極妙之言，而自適一時之利者，是非埳井之鼃與？」按自適，悠然閒適而自得其樂。按以上二句《文選》張銑注：「言雖有荷鉏之勞，以酒自樂，亦足適散。」

〔五〕巾柴車：《文選》卷四十五陶淵明《歸去來兮辭》：「或命巾車，或棹孤舟，既窈窕以尋壑，亦崎嶇而經丘。」李善注：「《孔叢子》：『孔子歌曰：「巾車命駕，將適唐都。」』」鄭玄《周禮》注曰：『巾，猶衣也。』」吕延濟注：「巾，飾也。言裝飾其車，或舉棹於孤舟，將遊行也。」按「或命巾車」，《文選》李善注引陶淵明《歸去來》作「或巾柴車」。柴車，簡陋之車。《韓詩外傳》卷十：「然臣賴君之賜，疏食惡肉，可得而食也；駑馬柴車，可得而乘也。」《後漢書》卷八十下《文苑下·趙壹傳》：「時諸計吏多盛飾車馬帷幕，而壹獨柴車草屏，露宿其傍。」李賢注：「柴車，弊惡之車也。」

〔六〕「路闇」句：《文選》李周翰注：「闇、夕，皆夜也。」

〔七〕「歸人」句：陶淵明《和劉柴桑》：「良辰入奇懷，挈杖還西廬。荒塗無歸人，時時見廢墟。」煙火，指炊煙。《史記》卷二十五《律書》：「天下殷富，粟至十餘錢，鳴鷄吠狗，煙火萬里，可謂和樂者乎！」

〔八〕「稚子」句：稚子，幼子，小孩。《史記》卷八十四《屈原賈生列傳》：「懷王稚子子蘭勸王行：『奈何絶秦歡！』懷王卒行。」《文選》卷四十五陶淵明《歸去來》：「乃瞻衡宇，載欣載奔，僮僕歡迎，稚子候門。」吕延濟注：「稚，小也。候門，謂於門首伺候潛到也。」簷隙，簷下。謝朓《冬日晚郡事隙》：「案牘時閒暇，偶坐觀卉木。颯颯滿池荷，翛翛蔭窗竹。簷隙自周流，房櫳閒且肅。」按此句《文選》吕延濟注：「稚子，小子也。言還晚，望火而歸，小子候望簷隙之間。」

〔九〕「問君」句：陶淵明《飲酒·結廬在人境》：「結廬在人境，而無車馬喧。問君何能爾？心遠池自偏。」《文選》卷二十九《古詩十九首·冉冉孤生竹》：「傷彼蕙蘭花，含英揚光輝。過時而不采，將隨秋草萎。君亮執高節，賤妾亦何爲？」

〔一〇〕「百年」句：嵇康《贈秀才入軍十九首》之七：「人生壽促，天地長久。百年之期，孰云其壽？」陶淵明《擬古九首》之二：「生有高世名，既没傳無窮。不學狂馳子，直在百年中。」陶淵明《辛丑歲七月赴假還江陵夜行塗中》：「懷役不遑寐，中宵尚孤征。商歌非吾事，依依在耦耕。」按以上二句《校注》云：「何爲：何以這樣做。會有役：應當從事勞役。陶淵明《庚戌歲九月中於西田獲早稻》：『人生歸有道，衣食固其端。孰是都不營，而以求自安！……田家豈不苦？弗獲辭此難。』此用其意。」

〔一一〕「但願」句：《管子·牧民》：「藏於不竭之府者，養桑麻、育六畜也。」陶淵明《歸園田居六首》之二：「相見無雜言，但道桑麻長。桑麻日已長，我土日已廣。常恐霜霰至，零落同草莽。」

〔一二〕「蠶月」句：《詩·豳風·七月》：「蠶月條桑，取彼斧斨，以伐遠揚，猗彼女桑。」朱熹集傳：「蠶月，治蠶之月。」高亨注：「蠶月，即夏曆三月，養蠶的月份，所以叫蠶月。」《文選》卷二十一顔延之《秋胡詩》：「蠶月觀時暇，桑野多經過。佳人從所務，窈窕援高柯。」紡績，把絲麻等紡成紗或綫。古代紡指紡絲，績指緝麻。《詩·豳風·七月》：「八月載績，載玄載黄，我朱孔陽，爲公子裳。」朱熹集傳：「蠶事既備，又於鳴鵙之後麻熟而可績之。時則績其麻以爲布。」《管子·輕重乙》：「大冬營室中，女事紡績，緝縷之所作也，此之謂冬之秋。」《史記》卷一百十八《淮南衡山列傳》：「當是之時，男子疾耕不足於糟糠，女子紡績不足於蓋形。」

〔一三〕「素心」句：《晉書》卷五十六《孫綽傳》：「播流江表，已經數世，存者長子老孫，亡者丘隴成行，雖《北風》之思，感其素心，目前之哀，實爲交切。」《文選》卷五十七顔延之《陶徵士誄》：「有晉徵士尋陽陶淵明，南岳之幽居者也。弱不好弄，長實素心，學非稱師，文取指達。在衆不失其寡，處言愈見其默。」李善注：「《禮記》曰：『有哀素之心。』鄭玄曰：『萬物無飾曰素。』」吕延濟注：「素，無飾也。」陶淵明《移居二首》之一：「昔欲居南村，非爲卜其宅。聞多素心人，樂與數晨夕。」

〔一四〕「開逕」句：《文選》謝靈運《田南樹園激流植援》：「唯開蔣生逕，永懷求羊蹤。」李善注引《三輔決録》：「蔣詡字元卿，隱於杜陵。舍中三逕，惟羊仲、求仲從之遊。二仲皆挫廉逃名。」《論語·季氏》：「孔子曰：『益者三友，損者三友。友直，友諒，友多聞，益矣。』」邢昺疏：「益者三友，損者三友者，以人爲友，損益於己，其類各三也。」《後漢書》卷二十八下《馮衍傳下》：「臣自惟無三益之才，不敢處三損之地。」按以上二句《文選》吕向注：「言我宿素之心但願幽静，同蔣詡開三逕，望三益之友而已。」

【集説】

宋洪邁《容齋三筆》卷三：《陶淵明集·歸田園居》六詩，其末「種苗在東皋」一篇乃江文通

《雜體》三十篇之一，明言「學陶徵君田居」。蓋陶之三章云：「種豆南山下，草盛豆苗稀。晨興理荒穢，帶月荷鋤歸。」故文通云：「雖有荷鋤倦，濁酒聊自適。」正擬其意也。今陶集誤編入，東坡據而和之。

元刘履《選詩補注》卷八：此篇詞稍平淡，近似淵明，故人多稱誦之，或乃竄入陶集而不疑。然論者謂「開徑望三益」一語不類，又似牽綴，且「種苗」與「桑麻」前後意雜，終非自然，讀者不可不察。

明陸時雍《古詩鏡》卷二十：「歸人望烟火，稚子候簷隙」，淡語欲肖，第神韻未深。

清吴淇《六朝選詩定論》卷十七：昔人以武侯舍耒而仕，爲得出之正；吾亦以元亮操耒而隱，爲得處之正。《文選》不識此意，故於陶取舍未盡合。文通却深識此意，故於擬詩獨得其神。其詩曰「種苗」云云，言一歲之計在東作西成，而鋤尤苦。曰「苗生滿」，曰「荷鋤倦」，見鋤必竟日也。「日暮」云云，言一日之計，有米鹽等事，而柴尤急。曰「日暮」，見白日荷鋤不得閒。曰「路闇」，曰「望煙火」，晚猶未及休息，其勞苦可謂至矣。何爲此勞苦哉？以「百年會有役」耳。役，事也，勞也。事孰受之，勞孰逼之？則天也，即前論云云也。曰「百年」，又不止一日一歲，且將終身焉，可爲極盡吾男子之事。而桑之蠶，麻之紡績，又婦人之事也。「但願」云云，婦人紡績之事已盡矣。豈惟紡績之事，并前濁酒之適，亦由婦人能盡酒食是議之事也。豈徒婦人之事盡，并前「歸人」云云，僕牛之事亦盡矣。稚子之候生於性，成於教，不爲嬉戲而出，則稚子之事亦盡矣。

寫得一家之内嗃嗃然，融融然，真三代之盛也。如此始愜不願外之素心，那得不樂！又得素心之人，相與晨夕，那得不樂！要知此樂，皆從苦中來。當其荷鋤苦矣，濁酒一樂。運柴苦矣，稚子候一樂。桑麻苦矣，紡績成一樂。一事計之，有一事樂也。耕織苦矣，耕織既成而朋來，總一大樂也。此樂即孔、顔之樂也。使元亮得志，吾知其必能以自養者養人，即以養人者教人，其事業必有可觀者焉。此文通擬陶之妙，不下於陶之自製耳。

清沈德潛《古詩源》卷十三：得彭澤之清逸矣。

明陸時雍《詩鏡總論》：擬陶彭澤詩，祇是田家景色，無此老隱淪風趣，其似近而實遠。

清賀貽孫《詩筏》：江文通《擬陶徵君》一首，非不酷似，然皆有意爲之。如富貴人家園林，時效竹籬茅舍，聞雞鳴犬吠聲，以爲勝絶，而繁華之意不除。若陶詩則如桃源異境，雞犬桑麻，非復人間，究竟不異人間；又如西湖風月，雖日在歌舞濃艷中，而天然澹雅，非妝點可到也。

清何焯《義門讀書記》卷四十七《文選》卷三：擬陶能得其自然。「歸人望煙火」二句，詩中畫。「素心正如此」二句，陶詩：「聞多素心人，樂與數晨夕。」結句欲起古人而從之，托意於「三益」耳。

清陳祚明《采菽堂古詩選》卷二十四：語語閑雋，彭澤詩之秀琢者。

清孫月峰（于光華《文選集評》卷七引）：句法盡相似，但總看覺色過濃妍耳。

清李安溪（于光華《文選集評》卷七引）：淹擬古人作甚多，此首可謂逼肖。

清王壽昌《小清華園詩談》卷下：江文通《雜擬三十》，如「涼風盪芳氣，碧樹先秋落」諸句，究不似漢、魏古音。其《田居》一篇，可謂得其神似，然雜諸陶集中，後人猶辨其爲江詩者，神韻不同也。

清喬億《劍溪説詩》卷上：江、鮑各有擬陶詩，皆不及韋（福林按：韋指韋應物），韋氣骨近道。

清張玉穀《古詩賞析》卷十九：前八敘種苗、苗生、鋤倦、晚歸之事，得「雖有」二句心中豫作寬慰之辭介在中間，作一曲勢，便不平直。後六寫達生安分之情，又妙在借稚子口中説出，爲後以「素心如此」一句拍轉，忽又换意，以「開徑」望友作收。此詩誤入陶集，作《歸田園居》之第六章，東坡亦并和之。雒吟尋味，亦幾可亂真矣！

謝臨川遊山　靈運

【題解】

此詩張本題作《謝臨川靈運遊山》，《文選》題作《謝臨川靈運》，小字注「遊山」。

詩題之「謝臨川」，指謝靈運。《宋書》卷六十七《謝靈運傳》云：「謝靈運，陳郡陽夏人也。祖玄，晉車騎將軍。父瑍，生而不慧，爲秘書郎，蚤亡。靈運幼便穎悟，玄甚異之，謂親知曰：『我乃生瑍，瑍那得生靈運！』靈運少好學，博覽羣書，文章之美，江左莫逮。從叔混特知愛之。襲封康樂公，食邑二千户。以國公例，除員外散騎侍郎，不就。爲琅邪王大司馬行參軍。性奢豪，車服鮮麗，衣裳器物，多改舊制，世共宗之，咸稱謝康樂也。……以爲臨川内史，加秩中二千石，在郡遊放，不異永嘉，爲有司所糾。司徒遣使隨州從事鄭望生收靈運，靈運執録望生，興兵叛逸，遂有逆志，爲詩曰：『韓亡子房奮，秦帝魯連耻。本自江海人，忠義感君子。』追討擒之，送廷尉治罪。廷尉奏靈運率部衆反叛，論正斬刑。上愛其才，欲免官而已。彭城王義康堅執謂不宜恕，乃詔曰：『靈運罪釁累仍，誠合盡法。但謝玄勳參微管，宜宥及後嗣，可降死一等，徙付廣州。』……有司又奏依法收治，太祖詔於廣州行棄市刑。……時元嘉十年，年四十九。所著文章傳於世。」其詩《詩品》置之上品，云：「其源出於陳思，雜有景陽之體。故尚巧似，而逸蕩過之，頗以繁蕪爲累。嶸謂若人興多才博，寓目輒書，内無乏思，外無遺物，其繁富，宜哉！然名章迥句，處處間起；麗典新聲，絡繹奔會。譬猶青松之拔灌木，白玉之映塵沙，未足貶其高潔也。初，錢塘杜明師夜夢東南有人來入其館，是夕，即靈運生於會稽。旬日而謝玄亡，其家以子孫難得，送靈運於杜治養之。十五方還都，故名客兒。」

江海經邅迴〔一〕，山嶠備盈缺①〔二〕。靈境信淹留〔三〕，賞心非徒設〔四〕。平明登雲峰〔五〕，杳與廬霍絶〔六〕。碧障長周流〔七〕，金潭恒澄徹②〔八〕。洞林帶晨霞③〔九〕，石壁映初晰〔一〇〕。乳竇既滴瀝〔一一〕，丹井復寥泬〔一二〕。嵒崿轉奇秀④〔一三〕，崟岑還相蔽⑤〔一四〕。赤玉隱瑶溪〔一五〕，雲錦被沙汭〔一六〕。夜聞猩猩啼〔一七〕，朝見鼯鼠逝〔一八〕。南中氣候暖〔一九〕，朱華凌白雪〔二〇〕。幸遊建德鄉⑥〔二一〕，觀奇探禹穴⑦〔二二〕。身名竟誰辨〔二三〕，圖史終摩滅⑧〔二四〕。且泛桂水潮〔二五〕，映月遊海澨〔二六〕。攝生貴處順〔二七〕，將爲智者説〔二八〕。

【校記】

①「嶠」原作「矯」，今據元鈔本、《彙注》本、張本、梁本、《文選》改。

②「澄徹」《彙注》本、梁本、《文選》作「澄澈」。

③「洞」《彙注》本、梁本、庫本、《文選》作「桐」，梁本、庫本注：「一作『洞』。」

④「嵒崿」原作「嵒蕚」，今據元鈔本、《彙注》本、張本、梁本、《文選》改。

⑤「崟岑」《彙注》本、張本、梁本、《文選》作「岑崟」。

⑥「建德鄉」元鈔本作「見德鄉」。

⑦「探」《彙注》本、張本、梁本、庫本、《文選》作「經」，梁本、庫本注：「一作『探』。」

⑧「摩滅」《彙注》本、張本、梁本、《文選》作「磨滅」。

【箋注】

〔一〕邅迴：《文選》卷三十三屈原《九章·涉江》：「入溆浦余儃佪兮，迷不知吾之所如。」吕延濟

注：「邅轉迴旋也。」《楚辭》洪興祖補注：「儃佪，一作邅迴。」《淮南子·原道訓》：「邅回川谷之間，而滔騰大荒之野。」高誘注：「邅回，猶委曲也。」

〔二〕「山嶠」句：《爾雅·釋山》：「山小而高，岑；銳而高，嶠。」邢昺疏：「銳則鐵也，言山形鐵峻而高者名嶠。」盈缺，盈虧變化。《禮記·禮運》：「故天秉陽，垂日星。地秉陰，竅於山川。播五行於四時，和而後月生也，是以三五而盈，三五而闕。」本集《效阮公詩·至人貴無爲》：「天道好盈缺，春華故秋凋。不知北山民，商歌弄場苗。」《校注》：「山嶠：山嶺峰巒。盈缺：月圓爲盈，月虧爲缺。《文選》李善注引謝靈運《登廬山詩》：『山行非前期，彌遠不能輟。但欲淹昏旦，遂復經盈缺。』以上二句意謂，輾轉於山水之間，已非只一天了。」

〔三〕「靈境」句：靈境，指風景優美之處。淹留，羈留，久留。《楚辭》屈原《離騷》：「時繽紛其變易兮，又何可以淹留？蘭芷變而不芳兮，荃蕙化而爲茅。何昔日之芳草兮，今直爲此蕭艾也。」《文選》卷二十七魏文帝《燕歌行》：「羣燕辭歸雁南翔，念君客遊思斷腸。慊慊思歸戀故鄉，何爲淹留寄他方。」《校注》：「信淹留：確實值得留住。」

〔四〕「賞心」句：《文選》卷三十謝靈運《擬魏太子鄴中集詩八首》序：「建安末，余時在鄴宫，朝遊夕讌，究歡愉之極。天下良辰、美景、賞心、樂事，四者難并。今昆弟、友朋，二三諸彦，共盡之矣。」同上書卷二十二前人《晚出西射堂》：「羈雌戀舊侶，迷鳥懷故林。含情尚勞愛，如何離賞心。撫鏡華緇鬢，攬帶緩促衿。安排徒空言，幽獨賴鳴琴。」同上書卷二十六謝靈運

《永初三年七月十六日之郡初發都》：「從來漸二紀，始得傍歸路。將窮山海跡，永絶賞心悟。」同上書同卷前人《遊南亭》：「我志誰與亮，賞心惟良知。」同上書卷三十前人《田南樹園激流植援》：「賞心不可忘，妙善冀能同。」徒設，虚設，空設。《藝文類聚》卷三十四引魏丁廙妻《寡婦賦》：「瞻靈宇之空虚，悲屏幌之徒設。仰皇天而歎息，腸一日而九結。」陶淵明《讀山海經·精衛銜微木》：「精衛銜微木，將以填滄海。刑天舞干戚，猛志故常在。同物既無慮，化去不復悔。徒設在昔心，良晨詎可待。」按以上二句《文選》李周翰注：「靈境即會稽也。言我賞心此山，謂懷仁者之意，非空設而已。」

〔五〕「平明」句：平明，猶黎明，天剛亮。《荀子·哀公》：「君昧爽而櫛冠，平明而聽朝。」《楚辭》劉向《九歎·逢紛》：「平明發兮蒼梧，夕投宿兮石城。」《文選》卷二十五謝靈運《登臨海嶠初發彊中作與從弟惠連見羊何共和之》：「攢念攻別心，旦發清溪陰。暝投剡中宿，明登天姥岑。」《藝文類聚》卷二十七引謝靈運《初發入南城》：「弄波不輟手，玩景豈停目。雖未登雲峰，且以歡水宿。」《文選》卷二十五前人《酬從弟惠連》：「寢瘵謝人徒，滅迹入雲峰。」

〔六〕「杳與」句：《文選》卷二十六謝靈運《初發石首城》：「遊當羅浮行，息必廬霍期。越海陵三山，遊湘歷九嶷。」吕延濟注：「羅浮、廬、霍，皆山名。言遊息期於此也。」按以上二句《文選》李周翰注：「廬、霍，二山名。言所登之山，杳然高絶於此二山。」《校注》：「杳：高遠貌。廬霍：廬山、霍山。一在今江西九江市南，一在今安徽岳西縣西北。」

〔七〕「碧障」句：《文選》李善注：「碧鄣，出碧之鄣，即玉山也。《山海經》曰：『耿山多水碧。』」《荀子·賦》：「周流四海，曾不崇日。」唐楊倞注：「崇，充也。言智周流四海，曾不充滿一日而遍也。」《文選》卷八司馬相如《上林賦》：「於是乎離宮別館，彌山跨谷，高廊四注，重坐曲閣。華榱璧璫，輦道纚屬。步櫚周流，長途中宿。」李善注：「周，徧。流，行也。」《藝文類聚》卷四引謝靈運《三月三日侍宴西池詩》：「矧乃暮春，時物芳衍。濫觴逶迤，周流蘭殿。禮備朝容，樂闋夕宴。」按此句《校注》云：「障：小山。周流：周轉流行。謂山勢蜿蜒曲折。」

〔八〕「金潭」句：金潭，《文選》李善注：「《臨海記》曰：『白石山下有金潭，金光焕然。』」《文選》卷三十謝靈運《石門新營所住四面高山迴溪石瀨茂林脩竹》：「俯濯石下潭，仰看條上猿。早聞夕飈急，晚見朝日暾。」清澈，水清見底。晉王獻之《雜帖》：「鏡湖澄澈，清流瀉注。」

〔九〕晨霞：猶朝霞。《宋書》卷八十五《謝莊傳》：「聳朝蓋兮泛晨霞，靈之來兮雲漢華。山有壽兮松有茂，祚神極兮貺皇家。」《文選》卷十二郭璞《江賦》：「淩波縱柂，電往杳溟。霩如晨霞孤征，眇若雲翼絶嶺。」李周翰注：「言船行如朝霞急度而連行，若大鵬垂雲之翼，掩然絶嶺也。」

〔一〇〕「石壁」句：謝靈運《遊名山志》：「石門澗六，處石門，遡水上，入兩山口，兩邊石壁，右邊石巖，下臨澗水。」前人《廬山慧遠法師誄》：「日月沈暉，三光寢晰。」《集韻》卷十：「晰，明也。」《校注》：「初晰：太陽初出時之光。」按以上二句《文選》劉良注：「言霞與桐林相映也。初晰謂日出之光，石壁照之而明。」

〔一一〕「乳竇」句：乳竇，石鐘乳洞。謝靈運《山居賦》：「訪鍾乳於洞穴，訊丹陽於紅泉。」鮑照《過銅山掘黄精》：「銅溪晝沉森，乳竇夜涓滴，既類風門磴，復像天井壁。」《洪武正韻》卷十六：「涓滴，水點，又瀝下也。」滴瀝，流滴。《藝文類聚》卷七引漢杜篤《首陽山賦》：「青羅落漠而上覆，穴溜滴瀝而下通。」酈道元《水經注·湞水》：「穴中多鍾乳，凝膏下垂，望齊冰雪，微津細液，滴瀝不斷。」

〔一二〕「丹井」句：王嘉《拾遺記》卷九：「傍有丹石井，非人所鑿，下及漏泉，水常沸湧。……續人髮以爲繩，汲丹井之水，久久方得升之水。」宋施宿等撰《會稽志》卷十一：「葛仙丹井在雲門淳化寺佛殿西廡之外僧房中，泉味甘寒冠一山。」《楚辭》宋玉《九辯》：「泬寥兮天高而氣清，寂寥兮收潦而水清。」王逸章句：「泬寥，曠蕩而虚静也。」

〔一三〕岊嶨：山勢不齊貌。《文選》卷十二郭璞《江賦》：「厓隒爲之泐嶙，碕嶺爲之岊嶨。」吕延濟注：「泐嶙、岊嶨皆坎穴，言水急激之所爲也。」《説文解字》卷九下：「岊，山巖也。」徐鉉注：「象巖厓連屬之形。」謝靈運《登石門最高頂》：「連巖覺路塞，密竹使徑迷。」

〔一四〕「崟岑」句：崟岑，山勢高峻不齊貌。《藝文類聚》卷七十四引晉蔡洪《圍棊賦》：「崔嵬雲起，巃嵸浪傳，崟岑山結，杳如霧分。」《爾雅·釋山》：「山小而高，岑。」郭璞注：「言岑崟。」

邢昺疏：「言山形雖小而高，嶔崟者，名岑也。」《文選》卷二十二謝靈運《晚出西射堂》：「步出西掖門，遥望城西岑。連障疊巘崿，青翠杳深沉。」

〔一五〕「赤玉」句：《文選》卷七司馬相如《子虛賦》：「其石則赤玉玫瑰，琳瑉昆吾。瑊玏玄厲，碝石碔砆。」阮籍《清思賦》：「振瑶谿而鳴玉兮，播陵陽之斐斐。」《後漢書》卷五十九《張衡傳》：「瞰瑶谿之赤岸兮，弔祖江之見劉。」李賢注：「瑶谿，瑶岸也。《山海經》曰：『鍾山之東曰瑶岸。』」

〔一六〕「雲錦」句：雲錦，織有雲紋圖案的絲織品，後借指雲霞。沙汭，水灣邊的沙灘。《漢武帝内傳》：「張雲錦之幃，然九光之燈。」《文選》卷十二木華《海賦》：「若乃雲錦散文於沙汭之際，綾羅被光於螺蚌之節。」李善注：「言沙汭之際，文若雲錦；螺蚌之節，光若綾羅也。」毛萇《詩》傳曰：『芮，崖也。』芮，與汭通。」張銑注：「雲錦，朝霞也。沙汭之際散其文章如此色也。」按以上二句《文選》張銑注：「赤玉，寶也。瑶溪，玉溪也。汭，岸也。言沙石之文五色，如雲錦被於岸。」《校注》：「雲錦：形容沙石的顔色如同五色雲錦。被：覆蓋。沙汭：沙岸。」

〔一七〕「夜聞」句：《爾雅·釋獸》：「猩猩小而好啼。」郭璞注：「《山海經》曰：『人面豕身，能言語。』今交趾封谿縣出猩猩，狀如貛狏，聲似小兒啼。」《文選》卷四左思《蜀都賦》：「孔翠羣翔，犀象競馳。白雉朝雊，猩猩夜啼。」同上卷二十二謝靈運《登石門最高頂》：「活活夕流駛，噭噭夜猨啼。」《藝文類聚》卷六十二引宋何尚之《華林清暑殿賦》：「哀鵠哭暮，悲猿啼曉。靈芝被崖，仙華覆沼。」

〔一八〕鼯鼠：別名夷由，俗稱大飛鼠。外形像松鼠，能在樹間滑翔，古人誤以爲鳥類。《爾雅·釋鳥》：「鼯鼠，夷由。」郭璞注：「狀如小狐，似蝙蝠，肉翅。翅尾項脅，毛紫赤色，背上蒼艾色，腹下黄，喙頷雜白。脚短爪長，尾三尺許。飛且乳，亦謂之飛生。聲如人呼，食火煙，能從高赴下，不能從下上高。」

〔一九〕「南中」句：《楚辭·遠遊》：「嘉南州之炎德兮，麗桂樹之冬榮。」姜亮夫校注：「南州猶南土也，此當指楚以南之地言。」《後漢書》卷八十六《南蠻傳》：「南州水土温暑，加有瘴氣，致死者十必四五。」《文選》卷二十六謝靈運《入華子崗是麻源第三谷》：「南州實炎德，桂樹陵寒山。」劉良注：「謂南中炎暖，冬月樹木榮。」《藝文類聚》卷八十一引《南越志》：「廣州有樹，可以禦火山。北謂之慎火，或謂之戒火，多種屋上，以防火也。但南中無霜雪，故成樹。」同上書卷九十引晉棗據《詩》：「有鳳適南中，終日無歡娱。自怨梧桐遠，行飛棲桑榆。」

〔二〇〕「朱華」句：《文選》卷二十曹植《公讌詩》：「秋蘭被長坂，朱華冒緑池。」李善注：「朱華，芙蓉也。」同上卷二十三阮籍《詠懷·湛湛長江水》：「朱華振芬芳，高蔡相追尋。」鮑照《望孤石》：「江南多暖谷，雜樹茂寒峰。朱華抱白雪，陽條熙朔風。」此或泛指紅花。謝朓《秋竹曲》：「欲求棗下吹，別有江南枝。但能凌白雪，貞心蔭曲池。」按以上二句《文選》吕延濟

注：「朱華，花也。陵，犯也。言花犯白雪而開。」《校注》：「南中：南方。古代指閩越之地。淩白雪：謂冒雪而開。此謂南方氣候温暖，即使是冬季也鮮花盛開。白雪，言其寒，非實指。」

〔二一〕「幸遊」句：建德，《莊子》中虚構的無爲而治的理想國。《莊子・山木》：「南越有邑焉，名爲建德之國，其民愚而樸，少私而寡欲，知作而不知藏，與而不求其報，不知義之所適，不知禮之所將，倡狂妄行，乃蹈乎大方，其生可樂，其死可葬。吾願君去國捐俗，與道相輔而行。」謝靈運《遊嶺門山》：「西京誰脩政，龔汲稱良吏。君子豈定所，清塵慮不嗣。早蒞建德鄉，民懷虞芮意。海岸常寥寥，空館盈清思。」按今浙江省有建德縣，爲三國時吴分富春所立，見《宋書》卷三十五《州郡志一》。

〔二二〕禹穴：相傳爲夏禹的葬地，在今浙江省紹興之會稽山。《史記》卷一百三十《太史公自序》：「二十而南遊江、淮，上會稽，探禹穴。」裴駰集解引張晏曰：「禹巡狩至會稽而崩，因葬焉。上有孔穴，民間云禹入此穴。」

〔二三〕「身名」句：《列子・説符》：「仁義使我身名并全。」《文選》卷三十七曹植《求自試表》：「墳土未乾，而身名并滅。」陶淵明《和劉柴桑》：「棲棲世中事，歲月共相疏。耕織稱其用，過此奚所須。去去百年外，身名同翳如。」按身名，身與名。《史記》卷七十九《蔡澤傳》：「夫人之立功，豈不期於成全邪？身與名俱全者，上也。名可法而身死者，其次也。名在僇辱而身全者，下也。」《文選》卷二十六謝靈運《入華子崗是麻源第三谷》：「莫辯百世後，安知千載前。且申獨往意，乘月弄潺湲。」

〔二四〕「圖史」句：謝靈運《遊山》：「身名竟誰辯，圖史終磨滅。」《文選》卷五十八顏延之《宋文皇帝元皇后哀策文》：「進思才淑，傍綜圖史。」呂向注：「圖，圖書。史，史籍也。」《漢書》卷六十二《司馬遷傳》：「古者富貴而名摩滅，不可勝記，唯倜儻非常之人稱焉。」《文選》卷二十六謝靈運《入華子崗是麻源第三谷》：「圖牒復磨滅，碑版誰聞傳。」按以上二句《文選》張銑注：「辨，識也。言身名誰人能識，遊山所記之圖史，終見磨滅。」

〔二五〕「且泛」句：《楚辭》王褒《匡機》：「桂水兮潺湲，揚流兮洋洋。」王逸章句：「芳流衍溢，週四境也。潔白之化，動百姓也。」謝朓《將遊湘水尋句溪》：「既從陵陽釣，掛鱗驂赤螭。方尋桂水源，謁帝蒼山垂。」

〔二六〕「映月」句：《文選》卷二十六謝靈運《入彭蠡湖口》：「客遊倦水宿，風潮難具論。洲島驟迴合，圻岸屢崩奔。乘月聽哀狖，浥露馥芳蓀。」李善注：「乘月，猶乘日也。《廣雅》曰：『言乘月而遊，以聽哀狖之響。濕露而行，爲翫芳叢之馥。』」同上書同卷前人《入華子岡是麻源第三谷》：「莫辨百代後，安知千載前。且申獨往意，乘月弄潺湲。恒充俄頃用，豈爲古今然。」海澨，海濱。《南史》卷七十三《孝義·孫法宗傳》：「孫法宗一名宗之，吳興人也。父隨孫恩入海澨被害，屍骸不收，母兄并餓死。」

〔二七〕「攝生」句：《老子·貴生》：「蓋聞善攝生者，陸行不遇兕虎，入軍不被兵甲。」河上公章句：「攝，養也。」《文選》卷二十二謝靈運《石壁精舍還湖中作》：「寄言攝生客，試用此道推。」李周翰注：「言養生不出此道也。攝，養也。」《莊子·大宗師》：「且夫得者時也，失者順也，安時而處順，哀樂不能入也，此古之所謂懸解也。」《文選》卷二十二謝靈運《登石門最高頂》：「居常以待終，處順故安排。惜無同懷客，共登青雲梯。」呂向注：「居常道以待終天年，處順理而安排代事，將使憂樂不能入於我也。」

〔二八〕「將爲」句：《漢書》卷六十二《司馬遷傳》：「然此可爲智者道，難爲俗人言也。」《文選》卷三十謝靈運《石門新營所住四面高山迴溪石瀨茂林脩竹》：「庶持乘日車，得以慰營魂。匪爲衆人説，冀與智者論。」以上二句《文選》李周翰注：「安時處順，憂樂不入，是攝生之理。言我將爲智者陳説此道。」

【集説】

清吴淇《六朝選詩定論》卷十七：康樂一生精力，盡于遊覽諸詩。此獵其美稗，故詞甚藻葩。但前幅「碧鄣」十餘句，寫景太排。後得「南中」一段，稍稍振起，遂與光禄分路。陶曰「苗生滿阡陌」，謝曰「山嶠備盈缺」，善寫兩人之遭際；陶曰「濁酒聊自適」，謝曰「且泛桂水潮」，善寫兩人之行藏；陶曰「百年會有役」，謝曰「身名竟誰辨」，善寫兩人之識解；陶曰「素心正如此」，謝曰「賞心非徒設」，善寫兩人之性情；陶曰「開徑望三益」，謝曰「將爲智者説」，善寫兩人之學問度量。

擬者費盡苦心，字字妙有分寸，讀者何得草草過。

清何焯《義門讀書記》卷四十七《文選》卷三：模範之巧，工細無敵，兼以一幽一顯，更互成奇妙。是謝公屐齒淹留，非復尋常登眺。

又云：「夜聞猩猩啼」四句，分寫鳥獸草木，寒暄朝暮，亦盡淹留之趣。

清陳祚明《采菽堂古詩選》卷二十四：於康樂生動警拔處都未邃詣。

清孫月峰（于光華《文選集評》卷七引）：語不甚襲，然却乃絶似，以時代相邇，有暗入處耳。

顔特進侍宴 延年延之

【題解】

此詩張本題作《顔特進延之侍宴》，《文選》題作《顔特進延之》。小字注「延年延之」四字，《彙注》本、梁本作「延之」二字，《文選》作「侍宴」二字。

詩題之「顔特進」，指顔延之。《宋書》卷七十三《顔延之傳》云：「顔延之字延年，琅邪臨沂人也。曾祖含，右光禄大夫。祖約，零陵太守。父顯，護軍司馬。延之少孤貧，居負郭，室巷甚陋。好讀書，無所不覽，文章之美，冠絶當時。飲酒不護細行，年三十，猶未婚。……世祖登阼，以爲金紫光禄大夫，領湘東王師。子竣既貴重，權傾一朝，凡所資供，延之一無所受，器服不改，宅宇如舊。常乘羸牛笨車，逢竣鹵簿，即屏往道側。又好騎馬，遨遊里巷，遇知舊輒據鞍索酒，得酒必頽然自得。……孝建三年，卒，時年七十三。追贈散騎常侍、特進、金紫光禄大夫如故。謚曰憲子。延之與陳郡謝靈運俱以詞彩齊名，自潘岳、陸機之後，文士莫及也，江左稱『顏謝』焉。所著并傳於世。」其詩《詩品》置之中品，云：「其源出於陸機。尚巧似，體裁綺密，情喻淵深，動無虛散，一句一字，皆致意焉。又喜用古事，彌見拘束，雖乖秀逸，是經綸文雅才。雅才減若人，則蹈於困躓矣。湯惠休曰：『謝詩如芙蓉出水，顏如錯彩鏤金。』顏終身病之。」

太微凝帝宇①〔一〕，瑶光正神縣〔二〕。揆日粲書史〔三〕，相都麗聞見〔四〕。列漢搆仙宫②，開天製寶殿〔五〕。桂棟留夏飈，蘭橑停冬霰〔六〕。青林結冥濛〔七〕，丹巘被葱蒨③〔八〕。山雲備卿藹〔九〕，池卉具靈變〔一〇〕。重陽集清氛④〔一一〕，下輦降玄宴〔一二〕。鶩望分寰隧⑤〔一三〕，矖目盡都甸⑥〔一四〕。氣生川岳陰〔一五〕，煙滅淮海見〔一六〕。中坐溢朱組〔一七〕，步櫩簉瓊弁〔一八〕。禮登佇睿情〔一九〕，樂闋延皇眄〔二〇〕。測恩躋愉逸⑦〔二一〕，沿牒懵浮賤〔二二〕。承榮重兼金⑧〔二三〕，巡華過盈瑱〔二四〕。敢飾輿人詠⑨〔二五〕，方慚淥水薦⑩〔二六〕。

【校記】

①「太微」原作「大微」，今據《彙注》本、張本、梁本、《文選》改。

②「搆」張本、梁本、《文選》作「構」。
③「披」《彙注》本、張本、梁本、《文選》作「被」。
④「清氛」《文選》李善本作「清氣」。
⑤「鶩望」《彙注》本、張本、梁本、《文選》作「鶩望」。
⑥「矖目」原作「矖目」，《彙注》本、梁本作「矖矌」，張本、《文選》六臣本作「矖矌」，今據《文選》李善本改。
⑦「愉」《彙注》本、《文選》作「踰」。
⑧「承榮重兼金」《彙注》本、《文選》作「榮重餽兼金」。
⑨「輿」元鈔本作「詩」。
⑩「淥水」《彙注》本、《文選》六臣作「綠水」。

【箋注】

〔一〕「太微」句：《楚辭·遠遊》：「召豐隆使先導兮，問太微之所居。」王逸章句：「博訪天庭在何處也。」《史記》卷二十七《天官書》：「南宮朱鳥，權、衡。衡，太微，三光之廷。匡衛十二星，藩臣：西，將；東，相；南四星，執法；中，端門；門左右，掖門。」司馬貞索隱：「宋均曰：『太微，天帝南宮也。三光，日、月、五星也。』」《淮南子·天文訓》：「太微者，太乙之庭也。」高誘注：「太微，星名。太乙，天神。」《校注》：「太微，星區名，三垣之一。古星象家認爲是天帝宫殿所在。」《書·皋陶謨》：「撫於五辰，庶績其凝。」孔傳：「凝，成也。」帝宇，帝王的殿宇。《文選》卷六左思《魏都賦》：「翼翼京室，耽耽帝宇。」李善注引謝承《後漢書》：「陽球爲司隸校尉，虎視帝宇。」

〔二〕「瑶光」句：《淮南子·本經訓》：「瑶光者，資糧萬物者也。」高誘注：「瑶光，謂北斗杓第七星也。居中而運歷，指十二辰，擿起陰陽以殺生萬物也。一説，瑶光，和氣之見者也。」《文選》卷六張衡《西京賦》：「上飛闥而遠眺，正睹瑶光與玉繩。」李善注：「《春秋運斗樞》曰：『北斗七星，第七曰瑶光。』」神縣，《文選》李善注：「《地理書》曰：『崑崙東南地方五千里，名神州。』《史記》，鄒衍曰：『中國名赤縣神州。赤縣神州内自有九州，禹之所敘九州是也，不得爲州數。中國外若赤縣神州者九，所謂九州也。』」按以上二句《文選》吕延濟注：「太微，星宫名。瑶光，北斗柄端星也。言匠人上法大微宫以成帝宇，觀斗柄以定神州赤縣南北之正。」《校注》：「以上二句謂取法天庭來營建帝王的宫室，根據北斗柄所指來校正九州的方向。」

〔三〕「揆日」句：《詩·鄘風·定之方中》：「揆之以日，作於楚室。」朱熹集傳：「樹八尺之臬，而度其出入之景，以定東西。又參日中之景，以定南北也。」《文選》卷五十五陸機《演連珠五十首》之二十八：「是以望景揆日，盈數可期；撫臆論心，有時而謬。」吕延濟注：「揆，度也。」《漢書》卷八《宣帝紀》：「骨肉之親，粲而不殊。」顔師古注：「粲，明也。」書史，指典籍。

〔四〕「相都」句：《書・召誥》序：「成王在豐，欲宅洛邑，使召公先相宅。」孔傳：「武王克商，遷九鼎於洛邑，欲以爲都，故成王居焉。」《戰國策・秦策二》：「羣臣聞見者畢賀，陳軫後見，獨不賀。」《文選》卷七司馬相如《子虛賦》：「雖然，略以子之所聞見而言之。」同上書卷二十一顔延之《五君詠・劉參軍》：「劉伶善閉關，懷情滅聞見，鼓鐘不足歡，榮色豈能眩。」按以上二句《文選》劉良注：「揆，度。粲，明也。度日所損，明書於史。相，視也。都謂丹陽也。言此都華於所聞所見者。」《校注》：「粲：粲爛。麗：美。謂此都之華美，勝過史書上所記載的以及所見所聞的任何都城。」

〔五〕「列漢」二句：《詩・小雅・大東》：「維天有漢，監亦有光。跂彼織女，終日七襄。」朱熹集傳：「漢，天河也。」按此二句《文選》吕向注：「言宮殿高大，上至天漢。」

〔六〕「桂棟」二句：《楚辭》屈原《九歌・湘夫人》：「桂棟兮蘭橑，辛夷楣兮藥房。罔薜荔兮爲帷，擗蕙櫋兮既張。」王逸章句：「以桂木爲屋棟，以木蘭爲榱也。」洪興祖補注：「《爾雅》：『棟謂之桴。』注：『屋檼也。』」《漢書》卷八十七上《揚雄傳上》：「風發飆拂，神騰鬼趡。」顔師古注：「飆，回風也。」《文選》卷二十九曹植《雜詩六首》之一：「何意迴飈舉，吹我入雲中。」李善注：「《爾雅》曰：『扶摇謂之猋。』飈，與猋同。」《詩・小雅・頍弁》：「如彼雨雪，先集維霰。」鄭玄箋：「將大雨雪，始必微温，雪自上下，遇温氣而摶，謂之霰，久而寒勝則大雪矣。」

〔七〕「青林」句：《文選》卷九潘岳《射雉賦》：「涉青林以遊覽兮，樂羽族之羣飛。」謝靈運《山居賦》：「拂青林而激波，揮白沙而生漣。」《文選》卷五左思《吴都賦》：「島嶼緜邈，洲渚馮隆，曠瞻迢遞，迥眺冥蒙。」李善注：「冥蒙，謂洲渚深奥之貌。」張銑注：「冥蒙，不明貌。」按冥蒙，同冥濛。《校注》：「冥濛：幽暗貌。指雲氣。」

〔八〕「丹巘」句：《詩·大雅·公劉》：「陟則在巘，復降在原。」毛傳：「巘，小山，别於大山也。」朱熹集傳：「巘，山頂也。」《文選》卷五十七顔延之《陽給事誄》：「憑巘結關，負河縈城。」李周翰注：「巘，山也。言憑山爲關，負河縈繞爲衛也。」《藝文類聚》卷三引晉王廙《春可樂》曰：「春可樂兮，樂孟月之初陽，冰泮涣以微流，土冒橛而解剛，野喧卉以揮緑，山蒽蒨以發蒼。」謝靈運《山居賦》：「華映水而增光，氣結風而回敷。當嚴勁而蔥倩，承和煦而芬腴。」按以上二句《文選》張銑注：「青林、丹巘，謂繞宫殿山、樹也。」

〔九〕卿藹：即卿雲。《文選》李善注：「《尚書大傳》曰：『百工相和而歌卿雲』。鄭玄曰：『卿當爲慶。』」《列子·湯問》：「慶雲浮，甘露降。醴泉湧。」《漢書》卷二十六《天文志》：「若煙非煙，若雲非雲，鬱鬱紛紛，蕭索輪囷，是謂慶雲。慶雲見，喜氣也。」

〔一〇〕「池卉」句：靈變，神奇莫測之變化。阮籍《答伏義書》：「靈變神化者，非局器所能察矣！」《文選》卷十二木華《海賦》：「廓如靈變，惚怳幽暮。」李善注：「廓，猶開也。言廓然暫開，如神之變，惚怳之頃，而又幽暮也。」本集《贈煉丹法和殷長史》：「琴高遊會稽，靈變竟不還。」按此句《文選》李善注：「陳思王《靈芝篇》曰：『靈芝生玉池。』」《校注》云：「靈變：神靈所變之物。指服之使長生的靈芝一類的瑞草。」亦通。

〔一一〕「重陽」句：《楚辭·遠遊》：「集重陽入帝宫兮，造旬始而觀清都。」洪興祖補注：「積陽爲天，天有九重，故曰重陽。」《後漢書》卷六十上《馬融傳》：「超荒忽，出重陽。厲雲漢，横天潢。」李賢注：「重陽，天也。」《校注》：「重陽：謂天。此指宫殿。」清氛，猶清氣。《文選》卷二十七顔延之《始安郡還都與張湘州登巴陵城樓作》：「清氛霽岳陽，曾暉薄瀾澳。」李善注：「杜預《左氏傳》注曰：『氛，氣也。』」曹丕《善哉行》：「朝日樂相樂，酣飲不知醉。悲弦激新聲，長笛吐清氣。」

〔一二〕「下輦」句：《文選》卷二張衡《西京賦》：「恣意所幸，下輦成燕，窮年忘歸，猶弗能徧。」同上書卷四左思《蜀都賦》：「公孫躍馬而稱帝，劉宗下輦而自王。」張銑注：「公孫述躍馬肉食於此也，先主劉備下車而自王之。輦，天子車也。」玄宴，聖宴，御宴。《文選》李善注：「玄，猶聖也。」按《文選》李周翰注：「玄，幽也。言上至天邊，就幽處而宴。」亦録以備考。

〔一三〕「鶩望」句：鶩望，即騖望，騖通鶩。《文選》吕延濟注：「鶩望，謂馳目遠望。寰，域。遂，鄉遂也。」《校注》：「鶩望：縱目遠望。寰，猶畿，王畿，即京都周圍的地方。隧：郊外之地。」

〔一四〕「矖目」句：《後漢書》卷六十上《馬融傳》：「乃儲精山藪，歷思河澤，目矖鼎俎，耳聽康衢。」

李賢注：「矖，視也。」謝惠連《七月七日夜詠牛女詩》：「蹀足循廣除，瞬目矖曾穹。」《文選》李善注：「《蒼頡篇》曰：『矖，索視之貌也。』」《校注》：「矖，亦遠望之意。」都甸，都甸，都邑郊外之地。《宋書》卷六十七《謝靈運傳》：「陣未列於都甸，威已振於秦薊，灑嚴霜於渭城，被和風於洛汭。」

〔一五〕「氣生」句：川岳，山河。《詩·周頌·時邁》：「懷柔百神，及河喬嶽。」朱熹集傳：「又能懷柔百神，以至於河之深廣，嶽之崇高，而莫不感格，則是信乎周王之爲天下君矣。」《文選》卷二十二顔延之《車駕幸京口三月三日侍遊曲阿後湖作》：「德禮既普洽，川嶽徧懷柔。」吕延濟注：「道德禮儀普徧周洽，於川嶽之神亦歡欣來居此地矣。」同上書卷三十六王儉《永明十一年策秀才文》：「上葉星象，下符川嶽。」吕延濟注：「上合星象者三台星，主三公位也。下同川嶽，九卿法河海，三公又象五嶽也。」《校注》：「陰：隱。」

〔一六〕「煙滅」句：《晉書》卷一百二十七《慕容德載記》：「至於今日，荒草頹墳，氣消煙滅，永言千載，能不依然！」《宋書》卷七十三《顔延之傳》：「猶火含煙而煙妨火，桂懷蠹而蠹殘桂，然則火勝則煙滅，蠹壯則桂折。」《尚書·夏書·禹貢》：「淮海惟揚州。」孔傳：「北據淮，南距海。」

〔一七〕「中坐」句：《韓非子·外儲説右上》：「中坐，酒酣將出，又復問政於師曠。」《文選》吕延濟注：「中坐，謂坐中也。朱組，瓊弁衣冠之飾也。溢，滿。」

〔一八〕「步櫩」句：步櫩，簷下走廊。《漢書》卷五十七上《司馬相如傳上》：「步櫩周流，長途中宿。」顔師古注：「步櫩，言其下可行步，即今之步廊也。」《文選》卷六左思《魏都賦》：「比滄浪而可濯，方步櫩而有踰。」李善注：「步櫩，長廊也。《楚辭》曰：『曲屋步櫩，宜擾畜。』」《集韻》卷八：「簉，倅也，齊也。」《左傳·僖公二十八年》：「楚子玉自爲瓊弁玉纓，未之服也。」杜預注：「弁以鹿子皮爲之。瓊，玉之别名。次之以飾弁及纓。」《晉書》卷五十六《江統傳》：「大夫有瓊弁玉纓，庶人有擊鍾鼎食。」按此句《文選》吕延濟注：「瓊弁，衣冠之飾也。」《校注》：「步櫩：走廊。簉：聚集。朱組：即朱紱，繫印的紅色絲帶。瓊弁：玉飾之冠。皆代指朝官。」

〔一九〕「禮登」句：《爾雅·釋詁》：「佇，淹留，久也。」按此句《文選》李善注：「《爾雅》曰：『登，成也。』」《校注》：「禮登：禮成。睿情：天子的情意。睿，明智，古代常用作稱頌皇帝的套語。」

〔二〇〕「樂闋」句：樂闋，樂終。《禮記·文王世子》：「有司告以樂闋。」鄭玄注：「闋，終也。告君以歌舞之樂終。」《文選》卷十八潘岳《笙賦》：「酒酣徒擾，樂闋日移，疏客始闌，主人微疲。」吕延濟注：「闋，終也。日移謂將夕。」延皇眄，《校注》：「眄：顧視。延：延佇，停留，引起注意之意。」按以上二句《文選》劉良注：「禮成樂闋，賓客將散，故延佇天子之情而顧盼。」

〔二一〕「測恩」句：《文選》李善注：「測，深也。愉逸，耽樂，縱逸也。」《校注》：「測恩：謂天子所賜的深恩。《爾雅・釋言》：『測，深也。』躋：升，登。愉逸：歡樂。指參與宴集。」

〔二二〕「沿牒」句：《前漢記》卷二十一：「匡衡才智有餘，經學絶倫，但以無階，朝廷故隨牒在遠方。將軍誠召在幕府，即學士翕然歸心，薦之朝廷，必爲國器。」此句《文選》李善注：「《説文》曰：『懵，不明也。』浮賤，浮名微賤也。」《校注》：「沿牒：即隨牒。牒，指記載朝廷有關官員職守、待遇等規定的文籍。此顏延之自謂隨朝廷的制度參與侍宴。懵：不自知。浮賤：謂地位輕微低賤。」按以上二句《文選》呂向注：「言天子賜深恩，得登樂逸，自顧爲隨牒之任，慙其浮賤。」

〔二三〕「承榮」句：《宋書》卷七十九《文五王・竟陵王誕傳》：「遂至拜受僞爵，欣承榮寵，沈淪姦逆，肆於昏放。」兼金，價值倍於常金的上等金。《孟子・公孫丑下》：「前日於齊，王餽兼金一百而不受。」趙岐注：「兼金，好金也，其價兼倍於常者。」《文選》卷二十四陸機《贈馮文羆》：「愧無雜佩贈，良訊代兼金。」張銑注：「兼金，好金也。」

〔二四〕「巡華」句：《文選》卷六左思《魏都賦》：「雖明珠兼寸，尺璧有盈。」李善注：「《尹文子》曰：『田父得寶玉徑寸，置於廡上，其夜照一室。』」按以上二句《文選》張銑注：「瑱，璧也。言蒙天子賜侍宴，其於榮華，重兼百金，過於盈尺之璧。」《校注》：「巡華：陪侍天子巡幸的榮華。盈瑱：盈尺之瑱。瑱，玉名。」

〔二五〕輿人詠：《左傳・僖公二十八年》：「楚師背酅而舍，晉侯患之，聽輿人之誦曰：『原田每每，舍其舊而新是謀。』公疑焉。」輿人，造車之工匠。《周禮·考工記·輿人》：「輿人爲車。」《校注》：「輿人詠：輿人之誦，即衆人的歌頌。」

〔二六〕「方慚」句：渌水，《文選》卷十八馬融《長笛賦》：「中取度於《白雪》、《渌水》。」李周翰注：「《白雪》、《渌水》，雅曲名。」渌水，一作緑水。《淮南子·俶真訓》：「足蹀《陽阿》之舞，而手會《緑水》之趨。」高誘注：「陽阿，古名倡也。緑水，舞曲。趨，投節也。」按以上二句《文選》李周翰注：「晉侯聽輿人之誦，言我敢飾舊事而獻此詠，然後終慙古人《緑水》之詩。《緑水》，古詩也。」《校注》：「以上二句意謂，大膽仿效輿人歌頌除舊佈新，因而獻上此詩，但與古詩《緑水》相比，又自感不如。」

【集説】

明謝榛《四溟詩話》卷一：江淹擬顔延年，辭致典縟，得應制之體，但不變句法。大家或不拘此。

清吴淇《六朝選詩定論》卷十七：此應宫殿落成侍宴而作。紫微天帝常居，太微聽政之所。瑶光斗柄，所以定方向，此天之顯象，示人君建立宫殿之則也。「揆日」，仰法於天；「相都」，俯察於地；曰「粲書史」、「麗聞見」，中稽於人，稗在今者，皆古之制也，與妄興土木者異矣。「列漢」二句，殿之高；「桂棟」二句，殿之大；「青林」四句，左右前後環拱之美，以爲侍宴張本。「重陽」二句，寫宴。「鶩望」四句，寫殿上遠望所見之景。蓋寫殿之初成，故未宴而先望也。「中坐」四句，正寫侍宴。「禮登」云云，言此宴不徒虚文，乃上下交孚，主臣同心也。「測恩」以下，自述恩遇，以見作詩之意。特進《應詔》諸作，章法無不如此，且詞語典重，極爲似之。

清何焯《義門讀書記》卷四十七《文選》卷三：擬顔遂蹈困躓，然顔之詩體本爾。

清陳祚明《采菽堂古詩選》卷二十四：華縟之中，亦有深細處，頗似光禄。「氣生」二句佳。「山雲」二句，摘用「卿」字、「靈」字，古典。

清孫月峰（于光華《文選集評》卷七引）：光禄詩原有畦徑，故自易似。

謝法曹贈别　惠連

【題解】

此詩張本題作《謝法曹惠連贈别》，《文選》題作《謝法曹惠連》，小字注：「贈别。」詩題之「謝法曹」，指謝惠連，謝方明之子。《宋書》卷五十三《謝方明傳》云：「惠連幼而聰敏，年十歲，能屬文。族兄靈運深相知賞，事在《靈運傳》。本州辟主簿，不就。惠連先愛會稽郡吏杜德靈，及居父憂，贈以五言詩十餘首，文行於世，坐被徙廢塞，不豫榮伍。尚書僕射殷景仁愛其才，因言次白太祖：『臣小兒時便見世中有此文，而論者云是謝惠連，其實非也。』太祖曰：『若如此，便應通之。』元嘉七年，方爲司徒彭城王義康法曹參軍。是時義康治東府城，城壍中得古冢，爲之改葬，使惠連爲祭文，留信待成，其文甚美。又爲《雪賦》，亦以高麗見奇。文章并傳於世。十年，卒，時年三十七。既早亡，且輕薄多尤累，故官位不顯，無子。」其詩《詩品》置之中品，云：「小謝才思富捷，恨其蘭玉夙凋，故長轡未騁。《秋懷》、《擣衣》之作，雖復靈運鋭思，亦何以加焉！又工爲綺麗歌謡，風人第一。《謝氏家録》云：『康樂每對惠連，輒得佳語。後在永嘉西堂，思詩竟日不就，寤寐間忽見惠連，即成「池塘生春草」，故常云：「此語有神助，非吾語也。」』」

昨發赤亭渚〔一〕，今宿浦陽汭〔二〕。方作雲峰異〔三〕，豈伊千里別〔四〕？芳塵未歇席〔五〕，零淚猶在袂①〔六〕。停艫望極浦〔七〕，弭棹阻風雪②〔八〕。風雪既經時〔九〕，夜永起懷思③〔一〇〕。泛濫北湖遊〔一一〕，苕亭南樓期④〔一二〕。點翰詠新賞〔一三〕，開袟瑩所疑〔一四〕。摘芳愛氣馥〔一五〕，拾蘂憐色滋〔一六〕。色滋畏沃若〔一七〕，人事亦消鑠⑤〔一八〕。《子衿》怨勿往⑥〔一九〕，《谷風》誚輕薄〔二〇〕。共秉延州信〔二一〕，無慚仲由諾〔二二〕⑦。靈芝望三秀〔二三〕，孤雲情所託⑧〔二四〕。所託已殷勤〔二五〕，祗足攪懷人〔二六〕。今行嶀嵊外〔二七〕，銜思至海濱⑨〔二八〕。覯子未僝聚⑩〔二九〕，凝睇在何辰⑪〔三〇〕？雜珮雖可贈〔三一〕，疏華竟無陳〔三二〕。無陳心悁勞〔三三〕，旅人豈遊遨〔三四〕。幸及風雪霽〔三五〕，青春滿江皐〔三六〕。解纜候前侶〔三七〕，還望方鬱陶〔三八〕。煙景若離遠〔三九〕，末響寄瓊瑶〔四〇〕。

【校記】

①「零淚」《彙注》本、梁本、《文選》作「涔淚」。

②「岨」，《彙注》本、張本、梁本、《文選》作「阻」，岨、阻字通。

③「起」梁本注：「一作『豈』。」《文選》六臣本注：「五臣作『豈』。」

④「苕」《文選》李善本作「岧」，梁本注：「一作『岧』。」

⑤「消鑠」，《彙注》本、張本、梁本、《文選》作「銷鑠」，按消、銷字通。

⑥「子衿」原作「子矜」，今據張本、梁本、庫本、《文選》六臣本改，元鈔本、《文選》李善本作「子襟」。

⑦「仲由」《彙注》本、張本、梁本、《文選》作「仲路」。

⑧「孤雲」《彙注》本、張本、梁本、《文選》作「孤筠」。

⑨「銜思」原作「銜恩」，今據《彙注》本、張本、梁本、《文選》改。

⑩「未孱聚」《彙注》本、張本、梁本、《文選》作「杳未孱」。

⑪「凝睇」原作「凝涕」，今據元鈔本改，《彙注》本、張本、梁本、《文選》作「款睇」。

【箋注】

〔一〕「昨發」句：《文選》卷二十六謝靈運《富春渚》：「定山緬雲霧，赤亭無淹薄。」李善注引《吳郡緣海四縣記》：「錢塘西南五十里有定山，去富春又七十里。橫出江中，濤迅邁以避山難，辰發錢塘，已達富春。赤亭，定山東十餘里。」《太平寰宇記》卷九十三《江南東道·杭州·富陽縣》：「赤亭里，即嚴子陵釣於此，有臺基存。謝靈運詩曰：『定山緬雲霧，赤亭無淹泊。』」地在今浙江杭州。

〔二〕浦陽汭：《文選》卷二十五謝惠連《西陵遇風獻康樂》：「昨發浦陽汭，今宿浙江湄。」李善注：「酈善長《水經注》曰：『浦陽江水導源烏傷縣，而經上虞縣。』孔安國《尚書》傳曰：『水北曰汭。』」劉良注：「浦陽、浙江，皆江名也。汭，外之交入也。湄，水岸也。」按此句《校注》云：「浦陽：江名。錢塘江支流，源出浙江浦陽縣西。汭：水岸。」

〔三〕「方作」句：雲峰，謝靈運《初發入南城》：「弄波不輟手，玩景豈停目。雖未登雲峰，且以歡水宿。」《文選》卷二十五前人《酬從弟惠連》：「寢瘵謝人徒，滅迹入雲峰。」吕向注「言我卧病謝時人之衆，滅迹入於雲峰也。峰，山也。」鮑照《從拜陵登京峴》：「息鞍循隴上，支劍望雲峰。」《校注》：「雲峰異：二人所處雲山不同，表示别後天各一方，故云。」

〔四〕「豈伊」句：《文選》劉良注：「千里别，古曲名。言與爾雲山異隔，豈惟古人有千里之曲。」

〔五〕「芳塵」句：《文選》卷三十謝靈運《石門新營所住四面高山迴溪石瀨茂林脩竹》：「芳塵凝瑶席，清醑滿金樽。」吕向注：「芳塵，輕塵。」按此借指謝靈運所行路途之美。此句《文選》吕向注：「芳塵，謂靈運所行處。」《校注》：「歇席：猶言停宿。」

〔六〕「零淚」句：《文選》卷二十九《古詩十九首·明月何皎皎》：「引領還入房，淚下沾衣裳。」同上書卷二十一郭璞《遊仙詩·逸翮思拂霄》：「悲來惻丹心，零淚緣纓流。」鮑照《擬行路難·中庭五株桃》：「西家思婦見悲惋，零淚霑衣撫心歎：初送我君出户時，何言淹留節迴換。」《校注》：「袂：衣袖。」

〔七〕「停艫」句：《校注》：「艫：船頭。代指船。」《楚辭·九歌·湘君》：「望涔陽兮極浦，横大江兮揚靈。」王逸章句：「極，遠也；浦，水涯也。」《宋書》卷六十七《謝靈運傳》：「入極浦而邅回，迷不知其所適。」

〔八〕「弭棹」句：《文選》卷二十五謝惠連《西陵遇風獻康樂》：「臨津不得濟，佇楫阻風波。」《藝文類聚》卷八引《列女傳》：「廣漢姜詩妻事姑至孝。姑好飲江水，水去家七里。妻常雞鳴泝流而汲，而阻風雪不時得水，詩責遣之。」《校注》：「弭棹：停槳。」

〔九〕經時：歷久。《藝文類聚》卷二十七引後漢蔡邕《述行賦》：「余有行於京洛，遘淫雨之經時。」《文選》卷二十九《古詩十九首·庭中有奇樹》：「此物何足貢，但感别經時。」

〔一〇〕「夜永」句：夜永，夜深。《左傳·昭公七年》：「孤與其二三臣，悼心失圖，社稷之不皇，況能懷思君德！」《藝文類聚》卷四十一引晉傅玄《飲馬長城窟行》：「感物懷思心，夢想發中情。夢君如鴛鴦，比翼雲間翔。」

〔一一〕「泛濫」句：《史記》卷一百十七《司馬相如列傳》載司馬相如《大人賦》：「杭絶浮渚，而涉流沙，奄息總極，泛濫水嬉兮。」《藝文類聚》卷八引魏文帝《滄海賦》：「於是黿鼉漸離，泛濫淫遊。」

〔一二〕「茗亭」句：茗亭，高峻貌。酈道元《水經注·澧水》：「嵩梁山高峰孤竦，素壁千尋，望之茗亭，有似香爐。」《玉臺新詠》卷四謝朓《鏡臺》詩：「玲瓏類丹檻，茗亭似玄闕。」按以上二句《校注》云：「謝靈運有《於南山往北山經湖中瞻眺詩》，又有《南樓中望所遲客詩》，以上二句指此。」

〔一三〕「點翰」句：《文選》卷二十一左思《詠史詩八首》之一：「弱冠弄柔翰，卓犖觀羣書。」劉良注：「柔翰，筆也。」《校注》：「點翰：猶染翰，以筆蘸墨。新賞：謂新作。」

〔一四〕「開袟」句：鮑照《松柏篇》序：「知舊先借《傅玄集》，以余病劇，遂見還。開袠，適見樂府詩《龜鶴篇》。」《文選》卷二十五謝靈運《酬從弟惠連》：「淩澗尋我室，散帙問所知。」李善注：「《説文》曰：『帙，書衣也。』」劉良注：「散帙，謂開書帙也。」按以上二句《校注》云：「開袟：猶開卷。袟，書套。瑩所疑：謂研讀有得，疑難之處涣然冰釋。瑩，磨琢玉石而使之明净。」

〔一五〕「摘芳」句：謝靈運《登上戍石鼓山》：「白芷競新苔，緑蘋齊初葉。摘芳芳靡諼，愉樂樂不變。」前人《石室山》：「靈域久韜隱，如與心賞交。合歡不容言，摘芳弄寒條。」《太平御覽》卷五百七十四引王嘉《拾遺記》：「燕昭王即位二年，廣延國來獻善舞者二人，一名旋娟，一名提嫫。并玉質凝膚，體輕氣馥，綽婉妙絶，曠古無倫。」

〔一六〕蘂：花蕊。蘂，同「蕊」。

〔一七〕沃若：《詩・衛風・氓》：「桑之未落，其葉沃若。」毛傳：「沃若，猶沃沃然。」朱熹集傳：「沃若，潤澤貌。」《文選》卷二十六謝靈運《七里瀨》：「荒林紛沃若，哀禽相叫嘯。」

〔一八〕消鑠：同「銷鑠」。《楚辭・遠遊》：「質銷鑠以汋約兮，神要眇以淫放。」朱熹集注：「質銷鑠，所謂形解銷化也。」《文選》卷三十四枚乘《七發》：「雖有金石之堅，猶將銷鑠而挺解也。」李善注：「賈逵《國語》注曰：『鑠，銷也。』」按以上二句《文選》吕延濟注：「言草木滋繁，則反枯槁。人事至盛，亦畏銷鑠。」《校注》：「因擔心盛極而哀，故云『畏沃若』。」

〔一九〕「子衿」句：《詩・鄭風・子衿》：「青青子衿，悠悠我心。縱我不往，子寧不嗣音。」毛傳：「青衿，青領也，學子之所服。」《詩序》：「《子衿》，刺學校廢也。亂世則學校不修焉。」

〔二〇〕「谷風」句：《詩・小雅・谷風》：「習習谷風，維風及雨。」毛傳：「風雨相感，朋友相須。」《詩序》：「《谷風》，刺幽王也。天下俗薄，朋友道絶焉。」輕薄：輕佻浮薄。《漢書》卷二十八下《地理志下》：「其俗愚悍少慮，輕薄無威。」《後漢書》卷二十四《馬援傳》：「效伯高不得，猶爲謹勅之士，所謂刻鵠不成，尚類鶩者也。效季良不得，陷爲天下輕薄子，所謂畫虎不成，反類狗者也。」按以上二句《文選》劉良注：「《子衿》、《谷風》，皆《詩》篇名，刺風俗輕薄，而朋友道絶不相往來。」

〔二一〕延州信：《史記》卷三十一《吴太伯世家》：「二十五年，王壽夢卒。壽夢有子四人，長曰諸樊，次曰餘祭，次曰餘眛，次曰季札。季札賢，而壽夢欲立之，季札讓不可，於是乃立長子諸樊。……季札封於延陵，故號曰延陵季子。……季札之初使，北過徐君。徐君好季札劍，口弗敢言。季札心知之，爲使上國，未獻。還至徐，徐君已死，於是乃解其寶劍，繫之徐君冢樹而去。從者曰：『徐君已死，尚誰予乎？』季子曰：『不然。始吾心已許之，豈以死倍吾心哉！』」《校注》：「季札本封延陵，後復封州來（今安徽壽縣北），故稱『延州』。」

〔二二〕仲由諾：《論語·顏淵》：「子曰：『片言可以折獄者，其由也與。子路無宿諾。』」何晏集解：「宿，猶豫也。子路篤信，恐臨時多故，故不豫諾。」按以上二句《文選》吕向注：「秉，執也。延州，謂吴季札也，心許徐君劍，迴掛於壟上。子路無宿諾。言執信不慙此二人。」

〔二三〕「靈芝」句：《文選》卷二張衡《西京賦》：「浸石菌於重涯，濯靈芝以朱柯。」薛綜注：「石菌、靈芝，皆海中神山所有神草名，仙之所食者。」《楚辭·九歌·山鬼》：「采三秀兮於山間，石磊磊兮葛蔓蔓。」王逸章句：「三秀，謂芝草也。」《爾雅翼·釋草三》：「芝，瑞草，一歲三華，故《楚辭》謂之三秀。」

〔二四〕「孤雲」句：《文選》卷三十陶淵明《詠貧士》：「萬族各有託，孤雲獨無依。曖曖虚中滅，何時見餘輝。」李周翰注：「萬類各有所託附，而孤雲迴出，獨無所依，蓋以喻貧士也。」

〔二五〕殷勤：情意深厚。《孝經援神契》：「母之於子也，鞠養殷勤，推燥居濕，絶少分甘。」《禮記·曲禮下》：「國君去其國，止之曰：『奈何去社稷也？』大夫曰：『奈何去宗廟也？』士曰：『奈何去墳墓也？』」漢鄭玄注：「皆臣民殷勤之言。」

〔二六〕「祇足」句：《文選》卷二十五謝靈運《酬從弟惠連》：「猶復惠來章，祇足攪余思。」呂延濟注：「惠我之詩，祇足亂我之志。」《詩・周南・卷耳》：「采采卷耳，不盈頃筐。嗟我懷人，寘彼周行。」《校注》：「懷人：所懷念之人。」按以上二句《文選》呂延濟注：「攪，亂也。言託殷勤之心，只亂所思之志。」

〔二七〕嶀嵊：《校注》：「嶀嵊：二山名。嶀山在今浙江嵊縣北，嵊山在嵊縣東。兩山相連，故并稱。此指謝靈運所居之始寧（今浙江上虞縣和嵊縣交界處）。」

〔二八〕「銜思」句：《文選》卷二十六陸機《赴洛道中作二首》之二：「夕息抱景寐，朝徂銜思往。」同上書卷二十五陸雲《答兄機》：「銜思戀行邁，興言在臨觴。」前人《與陸典書》：「大人沉愛，在我尤弘。每銜思戀，何時去心。」海濱，近海之處，海邊。《書・禹貢》：「厥土白墳，海濱廣斥。」孔傳：「濱，涯也。」孔穎達疏：「海畔迥潤，地皆斥鹵，故云廣斥。」《文選》卷七司馬相如《子虛賦》：「選徒萬騎，畋於海濱。」郭璞注：「濱，涯也。」《文選》卷二十曹植《責躬詩》：「奄有海濱，方周於魯。」

〔二九〕「覿子」句：《集韻》卷九：「覿，見也。」《廣韻》卷四：「儥，見也，具也。」

〔三〇〕「凝睇」句，凝睇：注目而視。何辰，何時。以上二句《校注》云：「以上二句意謂：見你遠行而未能會面，不知相會究在何時。」

〔三一〕「雜珮」句：《詩·鄭風·女曰雞鳴》：「知子之來之，雜佩以贈之。」毛傳：「雜佩者，珩、璜、琚、瑀、衝牙之類。」鄭玄箋：「贈，送也。我若知子之必來，我則豫儲雜佩，去則以送子也。」《校注》：「雜佩：用各種飾玉構成的玉佩。」

〔三二〕「疏華」句：《楚辭》屈原《九歌·大司命》：「折疏麻兮瑶華，將以遺兮離居。」王逸章句：「疏麻，神麻也。瑶華，玉華也。」《文選》卷二十二謝靈運《從斤竹澗越嶺溪行》：「握蘭勤徒結，折麻心莫展。」吕延濟注：「蘭、麻，皆芳草，可以投贈者。言事君勤苦，空結於懷，相知之心，無由申展。」同上書卷三十謝靈運《南樓中望所遲客》：「瑶華未堪折，蘭苕已屢擿。路阻莫贈問，云何慰離析。」李周翰注：「瑶華，麻花也。其色白，故比於瑶。此花香，服食可致長壽，故以爲美，將以贈遠。未堪折，謂孟夏時未花也。蘭苕亦香草，比君子，故屢擿以相思，欲贈遠。」《文選》吕向注：「竟無陳，謂無所寄。」《校注》：「竟無陳：陳，陳述。謂美好的情意因分離而無法訴説。」今并録之以備考。

〔三三〕悁勞：《廣韻》卷二：「悁，憂悒也。」《校注》：「悁勞：抑鬱憂愁。」

〔三四〕「旅人」句：謝靈運《登上戍石鼓山》：「旅人心長久，憂憂自相接。故鄉路遥遠，川陸不可涉。」《三國志》卷二十一《魏志·王粲傳附吴質傳》「封列侯」，裴松之注：「始質爲單家，少遊遨貴戚間。」《後漢書》卷二十四《馬援傳論》：「馬援騰聲三輔，遨遊二帝，及定節立謀，以干時主，將懷負鼎之願，蓋爲千載之遇焉。」

〔三五〕風雪霽：風雪停止。《書·洪範》：「乃命卜筮，曰雨，曰霽。」孔傳：「龜兆形有似雨者，有似雨止者。」《爾雅·釋天》：「濟，謂之霽。」郭璞注：「今南陽人呼雨止爲霽。」

〔三六〕「青春」句：《楚辭·大招》：「青春受謝，白日昭只。」王逸章句：「青，東方春位，其色青也。」《校注》：「青春：謂春色。」江皐，江岸。《楚辭·九歌·湘夫人》：「朝馳余馬兮江皐，夕濟兮西澨。」《文選》卷二十二謝靈運《從遊京口北固應詔》：「遠巖映蘭薄，白日麗江皐。」李善注：「王逸曰：『澤曲曰皐。』」劉良注：「江皐，江曲也。」

〔三七〕「解纜」句：《文選》卷二十謝靈運《鄰里相送方山詩》：「祗役出皇邑，相期憩甌越。解纜及流潮，懷舊不能發。」張銑注：「纜，繫船索也。」同書卷二十五謝靈運《登臨海嶠初發彊中作與從弟惠連見羊何共和之》：「日落當棲薄，繫纜臨江樓。」李善注：「纜，維舟索也。」鮑照《從臨海王上荆初發新渚》：「收纜辭帝郊，揚棹發皇京。」《玉臺新詠》卷四吴邁遠《飛來雙白鵠》：「哀聲流海曲，孤叫出江濆。豈不慕前侶，爲爾不及羣。」《校注》：「前侶：前行的伴侶。」

〔三八〕「還望」句：還望，即回望。《文選》卷二十七魏文帝《善哉行》：「還望故鄉，鬱何壘壘。」《文選》卷二十二謝朓《遊東田》：「魚戲新荷動，鳥散餘花落。不對芳春酒，還望青山郭。」《尚書·五子之歌》：「鬱陶乎予心，顔厚有忸怩。」孔傳：「鬱陶，言哀思也。」陸德明釋文：「鬱陶，憂思也。」《楚辭·九辯》：「豈不鬱陶而思君兮，君之門以九重。」王逸章句：「憤念蓄積，盈掬臆也。」《文選》卷二十五謝靈運《酬從弟惠連》：「嚶嚶已悦豫，幽居猶鬱陶。」劉良注：「此時山鳥鳴悦，我幽居懷汝之情，猶哀思也。」以上二句《文選》李周翰注：「言解纜望前行之徒，迴顧憶所懷而哀思。」

〔三九〕煙景：本集《惜晚春和劉秘書》：「煙景抱空意，蘅杜綴幽心。」《校注》云：「煙景：暮春的美景。」

〔四〇〕「末響」句：《校注》：「末響：謂遠方的音信。《楚辭·九歎》注：『末，遠也。』瓊瑶，美玉。《詩·衛風·木瓜》：「投我以木桃，報之以瓊瑶。」毛傳：「瓊瑶，美石。」朱熹集傳：「瑶，美玉也。」《文選》卷二十九張衡《四愁詩》：「美人贈我金錯刀，何以報之英瓊瑶。」吕向注：「英瓊瑶，美玉也。」《校注》：「此美稱對方的書信。」按以上二句《文選》吕延濟注：「言煙景離隔，相去既遠，後可附音信也。投我木桃，報之瓊瑶，謂書也。」

【集説】

清吴淇《六朝選詩定論》卷十七：擬《西陵遇風獻康樂》之作也，但原詩可分五章，此詩不可分。蓋文通于三十家詩人各一首也。

又云：解此詩須分五段。首段自赤亭别康樂，次日至西陵，即阻風也。二段阻風西陵，儘有可消遣處，只是不得康樂同伴，其消遣處益增愁悶耳。三段似臨别與康樂有約，然甫出門便遇風，必至爽約。四段又預算所行之程之遠，乃正寫思康樂之情。五段謂風止當行，愈去愈遠，其思不知更當如何耳。凡連章之詩，以前章之結語爲後章之起句，此法始于曹子建《贈白馬王》詩，而康樂用以答法曹原詩。此詩本擬法曹，而却用康樂之體。然仔細玩味，却是法曹，終不是康樂。但法曹只是清挺，此詩加以苕秀。然「青春滿江皋」，何減「池塘生春草」之句耶！

清何焯《義門讀書記》卷四十七《文選》卷三：「子衿怨勿往」四句，激昂處去法曹微遠。

清陳祚明《采菽堂古詩選》卷二十四：惠連尚有獨造之語，初不能作。

清孫月峰（于光華《文選集評》卷七引）：法曹詩衹是親切，此更益以康樂法，覺濃色滿眼。

清方伯海（于光華《文選集評》卷七引）：篇中摹擬太過，不無損才，然其一片纏綿往復，亦可謂善於言情。

俞紹初、張亞新《江淹集校注》：本篇擬贈别謝靈運。

王徵君養疾 微

【題解】

此詩張本題作《王徵君微養疾》，《文選》題作《王徵君微》。小字注「微」字原闕，《文選》小字注「養疾」，今據元鈔本、《彙注》本、梁本補。

詩題之「王徵君」，指王微。《宋書》卷六十二《王微傳》云：「王微字景玄，琅邪臨沂人，太保弘弟子也。父孺，光禄大夫。微少好學，無不通覽，善屬文，能書畫，兼解音律、醫方、陰陽術數。年十六，州舉秀才，衡陽王義季右軍參軍，并不就。起家司徒祭酒，轉主簿，始興王濬後軍功曹記室參軍，太子中舍人，始興王友。父憂去官。服闋，除南平王鑠右軍諮議參軍。微素無宦情，稱疾不就。仍除中書侍郎，又擬南琅邪、義興太守，并固辭。……微常住門屋一間，尋書玩古，如此者十餘年。太祖以其善筮，賜以名蓍。弟僧謙，亦有才譽，爲太子舍人，遇疾，微躬自處治，而僧謙服藥失度，遂卒。微深自咎恨，發病不復自治，哀痛僧謙不能已。……元嘉三十年，卒，時年三十九。」其詩《詩品》置之中品，與謝混、謝瞻、袁淑、王僧達同列。

窈藹瀟湘空〔一〕，翠澗澹無滋①〔二〕。寂歷百草晦〔三〕，欻吸鵾雞悲〔四〕。清陰往來遠〔五〕，月華散前墀〔六〕。煉藥矚虚幌②〔七〕，泛瑟卧遥帷〔八〕。水碧驗未黷〔九〕，金膏詎能緇③〔一〇〕。北渚有帝子〔一一〕，蕩瀁不可期〔一二〕。悵然山中暮〔一三〕，懷痾屬此詩④〔一四〕。

【校記】

①「澗」《彙注》本、張本、《文選》作「磵」。

②「矚」原作「囑」，今據《彙注》本、張本、梁本、《文選》改。

③「金膏詎能緇」《彙注》本、張本、梁本、《文選》作「金膏靈詎緇」。

④「痾」元鈔本作「病」。

【箋注】

〔一〕「窈藹」句：《藝文類聚》卷九引晉胡濟《瀍谷賦》：「爾乃陟重險，涉榛薄，倚春木，臨幽壑，深谷豁以窈藹，高峰鬱而岧嶤。」陸雲《吴故丞相陸公誄》：「永惟我公，克明德心。窈藹芳和，被之惠林。」按《文選》李善注：「窈藹，深遠之貌。」劉良注：「窈藹，幽静貌。」《校注》：「窈藹：深遠貌。」瀟湘，《校注》：「瀟湘：二水名，在今湖南省境。」

〔二〕「翠潤」句：翠潤，猶碧潤。《文選》卷二十六謝靈運《入華子岡是麻源第三谷》：「銅陵映碧潤，石磴瀉紅泉。」澹無滋，《文選》劉良注：「言此潤水澹然無滋味。」《校注》：「翠潤：碧綠的潤水。澹無滋：謂翠潤雖美，看上去却淡而無味。」按滋，滋味。《文選》卷四張衡《南都賦》：「酸甜滋味，百種千名。」

〔三〕「寂歷」句：《文選》李善注：「寂歷，彫疏貌。《説文》曰：『晦，盡也。』謂彫盡也。一曰毛萇《詩》傳曰：『晦，昧也。』凡草木華實榮茂謂之明，枝葉彫傷謂之晦。」《校注》：「寂歷：凋殘貌。晦：盡。謂枯萎已盡。」

〔四〕「歘吸」句：《文選》李善注：「欻吸，疾貌。」吕向注：「欻吸，猶俄頃。」謝朓《高松賦》：「卷風飈之歘吸，積霰雪之嚴霏。」按欻，同歘。《楚辭·九辯》：「鴈雍雍而南遊兮，鵾鷄啁哳而悲鳴。」洪興祖補注：「鵾鷄似鶴，黄白色。」鮑照《登廬山二首》之一：「嘈囋晨鵾思，叫嘯夜猨清。」

〔五〕清陰：陶淵明《和郭主薄二首》之一：「靄靄堂前林，中夏貯清陰。凱風因時來，回飇開我襟。」謝靈運《傷己賦》：「眺幽閨之清陰，想輕綦之往跡。」校注：「清陰：指日影。」

〔六〕「月華」句：月華，月光，月色。《文選》卷一班固《西都賦》：「於是玄墀釦砌，玉階彤庭。」張銑注：「玄墀，以漆飾墀；墀，階也。」

〔七〕「煉藥」句：煉藥，即煉丹。《校注》：「煉藥：煉丹藥。」《晉書》卷七十二《葛洪傳》：「從祖玄，吴時學道得仙，號曰葛仙公。以其煉丹秘術授弟子鄭隱。」《太平御覽》卷九百八十八引《列仙傳》：「赤斧者，巴戎人。爲碧雞祠主簿，能煉丹，與硝石服之三十年，身反童子，髮毛皆赤。」矚，《文選》張銑注：「矚，對。」《文選》卷三十五張協《七命》：「重殿疊起，交綺對幌。」李善注引《文字集略》曰：「幌，以帛明牕也。」

〔八〕「泛瑟」句：《文選》張銑注：「泛瑟，謂撫瑟也。」《校注》：「泛瑟：鼓瑟。」本集《燈賦》：「於是泛瑟而言。」陸機《文賦》：「闕太羹之遺味，同朱絃之清汜。」以上二句《校注》云：「幌：窗簾，指窗。帷：帷帳，指牀。因其處在山中，遠離塵俗，故云『虚』、『遥』。」

〔九〕水碧：《山海經·東山經》：「又南三百里曰耿山，無草木，多水碧。」郭璞注：「亦水玉類。」《文選》卷二十六謝靈運《入彭蠡湖口》：「金膏滅明光，水碧綴流温。」吕向注：「金膏，仙藥也。水碧，水玉也。」

〔一〇〕金膏：《穆天子傳》卷一「黄金之膏」郭璞注：「金膏，亦猶玉膏，皆其精汋也。」《藝文類聚》卷七引宋謝莊《山夜憂》：「沉痾白髮共急日，朝露過隙詎賒年。年去兮髮不還，金膏玉液豈留顔。」黷，《文選》李善注：「《蒼頡篇》曰：『黷，垢黷也。』」按以上二句《校注》云：「水玉和金膏皆道家所謂之仙藥。黷、緇：皆黑色。以上二句謂煉成的丹藥有無靈驗，尚未顯示出來。」

〔一一〕「北渚」句：《楚辭·九歌·湘君》：「朝騁騖兮江皋，夕弭節兮北渚。」王逸章句：「渚，水涯也。」《楚辭·九歌·湘夫人》：「帝子降兮北渚，目眇眇兮愁予。」王逸章句：「帝子，謂堯女也。降，下也。言堯二女娥皇、女英隨舜不反，墮於湘水之渚，因爲湘夫人。」《校注》：「北渚帝子：此泛指神人。」

〔一二〕「蕩瀁」句：蕩瀁，同蕩漾。阮籍《詠懷詩八十二首》之三十七：「人情有感慨，蕩漾焉能排。揮涕懷哀傷，辛酸誰語哉。」《文選》張銑注：「蕩瀁，言隨波上下。」《文選》卷四十五陶淵明《歸去來》：「富貴非吾願，帝鄉不可期。」

〔一三〕「悵然」句：《文選》卷十九宋玉《神女賦序》：「罔兮不樂，悵然失志。」《史記》卷一百二十七《日者列傳》：「宋忠、賈誼忽而自失，芒乎無色，悵然噤口不能言。」《楚辭》屈原《九章·涉江》：「哀吾生之無樂兮，幽獨處乎山中。」

〔一四〕「懷痾」句：《校注》：「懷屙：抱病。屬：寫作。」按以上二句《文選》劉良注：「悵然，失志貌。言失志山中，抱其痾疾而屬綴此詩。」

【集説】

清吴淇《六朝選詩定論》卷十七：擬古詩中徵君凡三，却是三樣身份。獨善、兼善，陶俱做得，許和光同塵，王只是一味清。

又云：首六句只是「瀟湘秋夜」四字，却儼然有箇病徵君在中間。「窈藹」二句，寫得空淡，惟病中人覺其空淡。「寂歷」二句，寫得悲慘，惟病甚人厭其悲慘。「清陰」二句，寫得曠爽，惟病稍愈，人愛其曠爽。「煉藥」以下，正寫徵君之病。藥固是病中物，然曰「煉藥」，則不專爲病也。又下加以「矚虚幌」三字，虚幌謂虚室，矚者視其生白之候，明指丹藥之事也。「瑟」不止病中事，然瑟聲清越，足散人病，故撫之。病中不宜當風，故卧帷中。帷窄狹，恐瑟聲不暢，故取於「遥帷」也。「水碧」云云，當日徵君被徵，定有不許其辭者，故承上「煉藥」句，未籟未備，大藥未成，更決要辭也。若當事者不容我之辭，北渚帝子恐不克從之遊耳。故悵然山中，抱病屬詩，以訴本懷耳。

清陳祚明《采菽堂古詩選》卷二十四：頗饒空濛之象。

清孫月峰（於光華《文選集評》卷七引）：起二語，古峭甚。

袁太尉從駕　淑陽源

【題解】

此詩張本題作《袁太尉淑從駕》，《文選》題作《袁太尉淑》。小字注「淑陽源」三字，《彙注》本、梁本作「淑」一字，《文選》作「從駕」二字。

詩題之「袁太尉」，指袁淑。《宋書》卷七十《袁淑傳》云：「袁淑字陽源，陳郡陽夏人，丹陽尹豹少子也。少有風氣，年數歲，伯父湛謂家人曰：『此非凡兒。』至十餘歲，爲姑夫王弘所賞。不爲章句之學，而博涉多通，好屬文，辭采遒艷，縱横有才辯。本州命主簿，著作佐郎，太子舍人，并不就。彭城王義康命爲司徒祭酒。……遷太子左衛率。元凶將爲弒逆，其夜淑在直，二更許，呼淑及蕭斌等流涕謂曰：『主上信讒，將見罪廢。内省無過，不能受枉。明旦便當行大事，望相與戮力。』淑及斌并曰：『自古無此，願加善思。』劭怒變色，左右皆動。斌懼，乃曰：『臣昔忝伏事，常思效節，況憂迫如此，輒當竭身奉令。』淑叱之曰：『卿便謂殿下真有是邪？殿下幼時嘗患風，或是疾動耳。』劭愈怒，因問曰：『事當克不？』淑曰：『居不疑之地，何患不克。但既克之後，爲天地之所不容，大禍亦旋至耳。願急息之。』劭左右引淑衣曰：『此是何事，而可言罷。』因賜淑等袴褶，又就主衣取錦，截三尺爲一段，又中破，分斌、淑及左右，使以縛袴。淑出環省，繞牀行，至四更乃寢。劭將出，已與蕭斌同載，呼淑甚急，淑眠終不起。劭停車奉化門，催之相續。徐起至亘後，劭使登車，又辭不上。劭因命左右：『與手刃。』見殺於奉化門外，時年四十六。……世祖即位，使顏延之爲詔曰：『……故太子左衛率淑……可贈侍中、太尉，謚曰忠憲公。』」其詩《詩品》置之中品，與謝混、謝瞻、王微、王僧達同列。

宮廟禮哀敬〔一〕，枌邑道嚴玄〔二〕。恭潔由明祀〔三〕，肅駕在祈年〔四〕。詔徒登季月，戒鳳藻行川〔五〕。雲旆象漢徙①〔六〕，宸網擬星懸〔七〕。朱櫂麗寒渚〔八〕，金鍐映秋山〔九〕。羽衞藹流景〔一〇〕，綵吹震沉淵〔一一〕。辨詩測京國〔一二〕，履籍鑒都壥〔一三〕。岷謡響玉律②〔一四〕，邑頌被丹弦〔一五〕。文軫薄桂海〔一六〕，聲教燭冰天〔一七〕。和惠頒上笏〔一八〕，恩渥浹下筵〔一九〕。幸侍觀洛後〔二〇〕，豈慕巡河前〔二一〕。服義方無沬③〔二二〕，展歌殊未宣〔二三〕。

【校記】

①「徙」原作「徒」，今據《彙注》本、張本、梁本、《文選》改。

②「岷」《彙注》本、張本、梁本、《文選》李善本作「甿」，《文選》六臣本作「萌」。

③「沬」庫本、梁本、《文選》六臣本作「沫」。

【箋注】

〔一〕「宫廟」句：宫廟，《文選》李善注：「宫廟，祖廟。」《詩・王風・黍離序》：「《黍離》，閔宗周也。周大夫行役至於宗周，過故宗廟宫室，盡爲禾黍。」《史記》卷二十七《天官書》：「宫廟邸第，人民所次。」《續漢書・禮儀志下》贊：「大禮雖簡，鴻儀則容。天尊地卑，君莊臣恭。質文通變，哀敬交從。元序斯立，家邦迺隆。」《文選》卷二十三顔延之《拜陵廟作》：「周德恭明祀，漢道尊光靈。哀敬隆祖廟，崇樹加園塋。」

〔二〕「枌邑」句：《文選》李善注：「枌，枌榆社也。《漢書》曰：『高祖禱豐枌榆社。』《説文》曰：『玄，幽遠也。』謂神道幽遠也。」《校注》：「枌邑：漢高祖劉邦爲沛縣豐邑枌榆鄉人，初起兵，曾禱於枌榆社（土地神廟），見《史記・封禪書》。宋帝自認爲劉邦之後，故亦祭枌社。此指祖廟。道：神道。嚴玄：肅穆幽深。」

〔三〕「恭潔」句：恭潔，《文選》李周翰注：「恭潔，謂敬而祭。潔，清也。」明祀，對重大祭祀的美稱。《左傳・僖公二十一年》：「崇明祀，保小寡，周禮也。」杜預注：「明祀，大皞有濟之祀。」《文選》卷二十四陸機《答張士然》：「駕言巡明祀，致敬在祈年。」同上書卷二十三顔延之《拜陵廟作》：「周德恭明祀，漢道尊光靈。」《校注》：「恭潔：祭祀前清潔其身以示恭敬。明祀：神明之祀。」

〔四〕「肅駕」句：《樂府詩集》卷十九何承天《宋鼓吹鐃歌・遠期篇》：「遠期千里客，肅駕候良辰。近命塬郭友，具爾惟懿親。」祈年，祈禱豐年。《詩·大雅·雲漢》：「祈年孔夙，方社不莫。」鄭玄箋：「我祈豐年甚早。」按此句《文選》李周翰注：「祀，祭。祈，求也。言郊天求明年之穀。」《校注》：「肅駕：整駕。駕，指帝王車乘。祈年：祈禱豐年。」

〔五〕「詔徒」二句：季月，每季的最後一月，即農曆三、六、九、十二月。《文選》卷八揚雄《羽獵賦》：「於是玄冬季月，天地隆烈。」鳳，鳳凰車。《漢書》卷八十七上《揚雄傳上》：「於是乘輿迺登夫鳳凰兮翳華芝。」顔師古注：「鳳凰者，車以鳳凰爲飾也。」行川，《文選》李善注：「行川，所行之川也。行，猶道也。」按以上二句《校注》云：「詔徒、戒鳳：謂告示徒衆，準備鳳車。戒：令。鳳：鳳凰車。帝王所乘之車，頂蓋和兩壁飾有鳳凰圖形，故稱。登：登程，出行。季月：四季末月爲季月，此指農曆十二月。藻行川：將所行經的道途加以修整和裝飾。」

〔六〕「雲旆」句：《文選》卷十九宋玉《高唐賦》：「簡輿玄服，建雲旆，蜺爲旌，翠爲蓋。」吕延濟注：「簡擇輿車，脩法服，以雲蜺爲旌旆，翠羽爲蓋。」謝靈運《撰征賦》：「拔淵謨於潛機，騁神鋒於雲旆。」按此句《文選》劉良注：「旆，雲旗也。言侍從部伍象天漢迴移也。」《校注》：「雲旆：旌旗高入雲空。象漢徙：像銀河在空中流動。漢，河漢。」

〔七〕「宸綱」句：星懸，《文選》卷十一王文考《魯靈光殿賦》：「浮柱岹嵽以星懸。」李周翰注：「星懸，言多也。」《藝文類聚》卷八引晉曹毗《涉江賦》：「紫蓮被翠波而抗英，碧椹乘天岸而星懸。」同書卷八十六引晉應貞《安石榴賦》：「丹葩結秀，朱實星懸。」按此句《文選》劉良注：「宸綱，謂天子車上珠網如天星之懸。」《校注》：「宸綱：宸，北極星所在之地，此形容其高，宸綱即天畢。張衡《西京賦》寫天子出獵云：『華蓋承宸，天畢前驅。』畢，古代捕獸用的長柄網。擬星懸：如星懸天空，言其多。」

〔八〕「朱櫂」句：朱櫂，《樂府詩集》卷五十六《齊明王歌辭・採菱曲》：「炎光銷玉殿，涼風吹鳳樓。雕輜傃平隰，朱櫂泊安流。」按《文選》李善注：「朱櫂，以朱漆飾櫂也。」《校注》：「朱櫂：朱紅色的船槳。」《藝文類聚》卷四引宋傅亮《九月九日登陵囂館賦》：「何物慘而節哀，又雲悠而風厲。悴緑蘩於寒渚，隕豐灌於荒澨。」《文選》卷二十六謝朓《暫使下都夜發新林至京邑贈西府同僚》：「秋河曙耿耿，寒渚夜蒼蒼。」

〔九〕金鎪：《太平御覽》卷六百八十一引蔡邕《獨斷》：「左騑馬頭上金鎪者，馬冠也，高廣各五寸，上如玉華形，在馬髦前方。」按《校注》云：「金鎪：金色的馬飾。」

〔一〇〕「羽衛」句：羽衛，帝王的衛隊和儀仗。《南齊書》卷二十二《豫章文獻王嶷傳》：「臣昔在邊鎮，不無羽衛，自歸朝以來，便相分遣。」《文選》卷二張衡《西京賦》：「流景曜之韡曄。」李善注：「景，光景也。」《文選》卷十一何晏《景福殿賦》：「晨光内照，流景外�。」李善注：「晨光，日景也。日光照於室中而流景外發。」按此句《文選》李善注：「藹，映也。流景，日也。」《校注》：「藹：掩映。流景：太陽隨時運行，故稱陽光爲流景。」

〔一一〕「綵吹」句：《太平御覽》卷一百四十五引《淮南子》：「孟春之月，東宮御女青色，衣青綵，鼓琴。孟夏之月，南宮御女赤色，衣赤彩，吹笙竽。孟秋之月，西宮御女白色，衣白彩，撞白鐘。孟冬之月，北宮御女黑色，衣黑彩，擊磬石。」《文選》李善注：「吹，發吹也。」《校注》：「綵吹：謂著彩衣的吹鼓手吹奏樂曲。」沉淵，深淵。曹植《吁嗟篇》：「卒遇回風起，吹我入雲間。自謂終天路，忽然下沈淵。」按此句張銑注：「綵吹，綵衣人吹簫管，震動深淵也。」

〔一二〕「辨詩」句：辨詩，《校注》：「辨詩：猶言觀詩。古代有通過采詩來察辨民風的制度。《禮記・王制》：『天子五年一巡守(狩)……命太師陳詩以觀民風。』」京國，京都與郡國。《文選》卷五十六曹植《王仲宣誄》：「我公寔嘉，表揚京國，金龜紫綬，以彰勳則。」鮑照《還都口號》：「君王遲京國，遊子思鄉邦。」

〔一三〕「履籍」句：《荀子・儒效》：「武王崩，成王幼，周公屏成王而及武王，以屬天下，惡天下之倍周也，履天下之籍，聽天下之斷。」唐楊倞註：「籍，謂天下之圖籍也。」《校注》：「履籍：謂天子踐位以行使權力。籍，通『阼』。」都壥，《校注》：「都壥：都邑市壥。」按以上二句張銑注：「辨，陳也，謂太師陳詩以觀京國之風。籍，謂聽斷之書。鑑，視也，視都壥之寃屈。」

〔一四〕「氓謠」句：氓謠，猶民謠。《詩・衛風・氓》：「氓之蚩蚩，抱布貿絲。」毛傳：「氓，民也。」玉律，《文選》李善注：「《宋書》曰：『調樂金石，有一定之聲，故造鐘磬者，先律調之，然後施之於箱懸。』司馬彪《續漢書》曰：『候氣之法，殿中候，用玉律十二。惟二至乃候靈臺，用竹律六十。』」《校注》：「玉律：玉制的管笛。」

〔一五〕「邑頌」句：丹弦，猶朱弦。《禮記·樂記》：「《清廟》之瑟，朱弦而疏越。」鄭玄注：「朱弦，練朱絃。練則聲濁。」孔穎達疏：「案《虞書》傳云：『古者帝王升歌《清廟》之樂，大瑟練弦。此云朱弦者，明練之可知也。云練則聲濁者，不練則體勁而聲清，練則絲熟而弦濁。』」按此句《校注》云：「邑頌：邑里之頌歌。亦指民間歌謡。丹弦：樂器上的朱色絲弦。」

〔一六〕「文軫」句：《校注》：「文軫：文字和車子。《禮記·中庸》：『今天下車同軌，書同文。』指政治。」「薄桂海，《書·益稷》：「外薄四海，咸建五長。」孔傳：「薄，迫也。言至海諸侯，五國立賢者一人爲方伯，謂之五長，以相統治，以奬帝室。」按《文選》李善注：「南海有桂，故云桂海。」

〔一七〕「聲教」句：聲教，聲威教化。《書·禹貢》：「東漸於海西，被於流沙，朔南暨聲教，訖於四海。」《文選》卷一班固《東都賦》：「窮覽萬國之有無，考聲教之所被，散皇明以燭幽。」李周翰注：「燭，照也。考聲教所及幽遠之處，則以皇明照之。」冰天，《文選》李善注：「《淮南子》曰：『八紘，北方曰積冰。』高誘曰：『北方寒冰所積，因以爲名積冰也。』」《校注》：「冰天：指北方。」按以上二句《文選》吕延濟注：「言文軌聲教之盛，迫照遠方。」

〔一八〕和惠：温和仁惠。《漢書》卷八十一《匡衡傳》：「寬柔和惠，則衆相愛。」《後漢書》卷四十八《應奉傳附應劭傳》：「温慈和惠，以放天之生殖長育也。」

〔一九〕「恩渥」句：恩渥，指帝王給予的恩澤。《後漢書》卷六十下《蔡邕傳》：「臣被蒙恩渥，數見訪逮。」《藝文類聚》卷三十四引晉潘岳《寡婦賦》：「承慶雲之光覆，荷君子之恩渥。」下筵，猶後筵，筵席的下位，指職位低的人。《文選》卷二十二顔延之《應詔觀北湖田收》：「温渥浹輿隸，和惠屬後筵。」李周翰注：「言天子温厚之德，布於至賤。」按以上二句《文選》劉良注：「言天子和澤布及大臣，而恩渥遍浹於下席。」《校注》：「和惠、恩渥：指天子的恩惠德澤。上笏：指大臣。浹：沾潤。下筵：下位。」

〔二〇〕觀洛：《太平御覽》卷八十三引《尚書中候》：「天乙在亳，諸隣國繦負歸德，東觀乎洛，降三分沉璧，退立榮光不起。黄魚雙躍，出濟於壇。黑烏以雄隨魚亦止，化爲黑赤玉，勒曰玄精。天乙受神福，伐桀克。三年，天下悉合。」

〔二一〕巡河：《文選》李善注：「《孝經鉤命決》曰：『舜即位，巡省中河，録圖授文。』」按以上二句《文選》吕向注：「湯觀洛，得黄魚之瑞；堯居河濱，神龜負圖而至。言我有幸得侍從觀洛，豈慕前君巡河之美。」《校注》：「以上二句意謂，我有幸陪侍天子巡行，見此盛況後就不再羡慕前代帝王觀洛、巡河之舉了。」以上二説有異，今并録之以備考。

〔二二〕「服義」句：《楚辭·招魂》：「朕幼清以廉潔兮，身服義而未沫。」劉向《説苑·權謀》：「服義之君不足於信，服戰之君不足於詐。」按此句《文選》李善注：「《廣雅》曰：『沫，已也。』」

〔二三〕「展歌」句：《文選》李善注：「言舒展詩曲作爲雅樂者也。」以上二句張銑注：「言我服天子道義無已，雖舒展歌詩，未能宣其美化。」《校注》：「服義：仰慕天子的道義。展歌：猶放歌。未宣：謂未能充分顯示天子的美德。」

【集説】

清吴淇《六朝選詩定論》卷十七：袁太尉原詩雖不存，然觀其《白馬》等篇，甚跌盪有氣。文通乃取顏光禄之詩字摹句擬，硬作太尉，是何異用玉環之貌爲飛燕寫真，其肥瘦長短之形尚相徑庭，又安能傳其神乎？

又云：此詩無深意，只是一味典雅。首四句祀典之重。「詔徒」四句，車駕初出。「朱櫂」四句，已到祀所。「辨詩」四句，正寫行禮。「文軫」四句，禮成而宴享。末四句自敘作詩之意。

清孫月峰（于光華《文選集評》卷七引）：太尉原詩不傳，此作點景嚴密，似顏光禄。若袁《白馬》等，固猶有跌宕氣。

清陳祚明《采菽堂古詩選》卷二十四：藻思雲屬。

清方伯海（于光華《文選集評》卷七引）：題目只是從駕，與顏光禄拜廟題目不同。但從駕之由，是因拜祖廟祭郊。入手提出緣起，下俱就從駕一路細敘。典則凝重處，極似顏光禄。

謝光禄郊遊　莊希逸

【題解】

此詩張本題作《謝光禄莊郊遊》，《文選》題作《謝光禄莊》。小字注「莊希逸」三字，《彙注》本作「莊」一字，《文選》作「郊遊」二字。

詩題之「謝光禄」，指謝莊。《宋書》卷八十五《謝莊傳》云：「謝莊字希逸，陳郡陽夏人，太常宏微子也。年七歲，能屬文，通《論語》。及長，韶令美容儀，太祖見而異之，謂尚書僕射殷景仁、領軍將軍劉湛曰：『藍田出玉，豈虚也哉！』初爲始興王濬後軍法曹行參軍，轉太子舍人，廬陵王文學，太子洗馬，中舍人，廬陵王紹南中郎諮議參軍。又轉隨王誕後軍諮議，并領記室。……前廢帝即位，以爲金紫光禄大夫。初，世祖寵姬殷貴妃薨，莊爲誄云：『贊軌堯門。』引漢昭帝母趙婕妤堯母門事，廢帝在東宫，銜之。至是遣人詰責莊曰：『卿昔作殷貴妃誄，頗知有東宫不？』將誅之。或説帝曰：『死是人之所同，政復一往之苦，不足爲深困。莊少長富貴，今且繫之尚方，使知天下苦劇，然後殺之未晚也。』帝然其言，繫於左尚方。太宗定亂，得出。及即位，以莊爲散騎常侍、光禄大夫，加金章紫綬，領尋陽王師，頃之，轉中書令，常侍、王師如故。尋加金紫光禄大夫，給親信二十人，本官并如故。泰始二年卒，時年四十六，追贈右光禄大夫，常侍如故，謚曰憲子。所著文章四百餘首，行於世。」其詩《詩品》置之下品，云：「希逸詩氣候清雅。不逮於王、袁，然興屬閒長，良無鄙促也。」

肅舲出郊際〔一〕，徙樂逗江陰①〔二〕。翠山方藹藹〔三〕，青浦正沈沈〔四〕。涼葉照沙嶼〔五〕，秋榮冒水潯〔六〕。風散松架險〔七〕，雲鬱石道深〔八〕。静然鏡緜野②〔九〕，四睇亂曾岑〔一〇〕。氣清知鴈引〔一一〕，露華識猨音〔一二〕。雲裝信解黻〔一三〕，煙駕可辭金〔一四〕。始整丹泉術〔一五〕，終覿紫芳心〔一六〕。行光自容裔〔一七〕，無使弱思侵〔一八〕。

【校記】

①「樂」原作「藥」，今據《彙注》本、張本、梁本、《文選》改，《文選》六臣本注：「五臣作『藥』。」

②「静然」《彙注》本、張本、梁本、《文選》作「静默」。

【箋注】

〔一〕「肅舲」句：舲，有窗户的小船，亦泛指船。《楚辭》屈原《九章·涉江》：「乘舲船余上沅兮，齊吴榜以擊汰。」王逸章句：「舲船，船有牕牖。」朱熹集注：「舲船，船有窗牖者。或曰小船也。」《淮南子·俶真訓》：「越舲蜀艇，不能無水而浮。」高誘注：「舲，小船也。」《校注》：「肅舲：備船。肅，整，準備。」郊際，郊外。《太平御覽》卷二十三引梁徐勉《與大息山松書》：「又以郊際閑曠，終可爲宅。」

〔二〕「徙樂」句：《文選》李善注：「徙樂，行樂也。逗，止也。」李周翰注：「江陰，北江岸。」

〔三〕「翠山」句：《藝文類聚》卷八十八引齊謝朓《高松賦》：「青春爰謝，靈物含明。江皋緑草，曖然已平。淩翠山而如剪，施懸蘿而共輕。」《詩經·大雅·卷阿》：「藹藹王多吉士，維君子使，媚於天子。」毛傳：「藹藹，猶濟濟也。」陶淵明《和郭主簿》之一：「藹藹堂前林，中夏貯清陰。」按《文選》吕延濟注：「藹藹，盛貌。」此指草木繁盛。

〔四〕「青浦」句：青浦，草木葱蘢之水濱。《詩·大雅·常武》：「率彼淮浦，省此徐土。」毛傳：「浦，涯也。」《文選》吕延濟注：「沈沈，深静貌。」

〔五〕「涼葉」句：《南齊書》卷四十一《張融傳》載張融《海賦》：「沙嶼相接，洲島相連。」《廣韻》卷三：「嶼，海中洲也。」《校注》：「涼葉：秋葉。沙嶼：泥沙沖積而成的島嶼。」

〔六〕「秋榮」句：秋榮，秋花。《藝文類聚》卷八十一引晉王淑之《蘭菊銘》：「蘭既春敷，菊又秋榮。芳薰百草，色艷羣英。孰是芳質，在幽愈馨。」鮑照《擬古·蜀漢多奇山》：「陰崖積夏雪，陽谷散秋榮，朝朝見雲歸，夜夜聞猿鳴。」《文選》卷二十曹植《公讌詩》：「秋蘭被長坂，朱華冒緑池。」《文選》卷二十二謝靈運《從斤竹澗越嶺溪行》：「蘋萍泛沈深，菰蒲冒清淺。」水潯，水邊。《文選》卷三十四枚乘《七發》：「遊涉乎雲林，周馳乎蘭澤，弭節乎江潯。」李善注：「《字林》曰：『潯，水涯也。』」劉良注：「江潯，江畔者也。」按以上二句《文選》吕延濟注：「秋木葉黄，故云照。冒，覆也。潯，水畔也。」

〔七〕「風散」句：《後漢書》卷五十七《劉陶傳》：「冰駭風散，唯恐在後。」鮑照《擬行路難·璿閨玉墀上椒閣》：「春燕差池風散梅，開幃對景弄春爵。」松架，《文選》李善注：「松枝可以爲架，故因謂之架焉。」《校注》：「松架：指交錯的松枝。」

〔八〕「雲巒」句：《藝文類聚》卷四十一引晉陸機《太山吟》：「太山一何高，迢迢造天庭。峻極周已遠，曾雲鬱冥冥。」又引陸機《前緩聲歌行》：「遊仙聚靈族，高宴層城阿，長風萬里急，慶雲鬱嵯峩。」謝靈運《入華子岡是麻源第三谷》：「銅陵映碧澗，石磴瀉紅泉。」以上二句呂延濟注：「松横生曰架，風散則松架益危，雲繁則山路增幽也。」按諸家釋松架，呂延濟及《校注》説是也。

〔九〕「静然」句：《莊子·外物》：「静然可以補病。」宋林希逸口義：「静然者，安然也。補病者，去故即新，捨末而歸本也。此心能安然，則向之失者，可以補而全之矣。」緜野，遥遠的郊野。陸雲《逸民賦》：「逌綿野以宅心，望空巖而凱入。」《校注》：「鏡：觀照。」

〔一〇〕「四睇」句：曾岑，猶高岑。《文選》卷十一王粲《登樓賦》：「平原遠而極目兮，蔽荆山之高岑。」李善注：「《爾雅》曰：『山小而高曰岑。』」《校注》：「四睇：四顧。曾岑：高峰。亂：亂目。」按以上二句《文選》吕延濟注：「言四面視高岑、遠野而亂於目。」

〔一一〕「氣清」句：《楚辭》宋玉《九辯》：「泬寥兮天高而氣清，寂寥兮收潦而水清。」王逸章句：「秋天高朗，體清明也。」鴈引，《校注》：「引：進。謂雁飛入清空。」

〔一二〕露華：露水。《趙飛燕外傳》：「婕妤浴豆蔻湯，傅露華百英粉。」

〔一三〕「雲裝」句：《文選》李善注：「雲裝，雲衣也。《蒼頡篇》曰：『紱，綬也。』黻，與紱通。」

〔一四〕「煙駕」句：《文選》李善注：「煙駕，煙車也。金，金印也。」以上二句《校注》云：「煙駕：煙車。道家以爲仙人以雲霓爲衣，以煙霧當車。雲裝、煙駕：表示成仙得道。解黻、辭佥：謂抛棄功名利禄。黻：繫官印的絲帶。金：金印。」以上四句《文選》劉良注：「氣清、露華，謂秋時，則鴈度、猨音，稍哀也。雲裝，仙人以雲霓爲裳也。黻，冕也。言見此仙道，可解黻辭榮以從之。」

〔一五〕丹泉術：《雲笈七籤》卷一百：「其國有不死樹，食其子與葉，人皆不死。有丹巒之泉，飲之而壽。」《太平御覽》卷五十三：「《外國圖》曰：『員丘之上有不死樹，食之乃壽。有赤泉，飲之不老。』《太平御覽》卷五百七十四引王嘉《拾遺記》：「昭王處以單綃華幄，飲以瑞瑨之膏，飼以丹泉之粟。」郭璞《遊仙詩》：「丹泉漂朱沫，黑水鼓玄濤。」《文選》吕向注：「丹泉，丹巒之泉，飲之不死。」《校注》：「丹泉術：指長生之術。」

〔一六〕紫芳：王充《論衡·驗符》：「建初三年，零陵泉陵女子傅寧宅，土中忽生芝草五本，長者尺四五寸，短者七八寸，莖葉紫色，蓋紫芝也。」陶淵明《贈羊長史》：「紫芝誰復採，深谷久應蕪。」《校注》：「紫芳：即紫芝。道家以爲食之可延年壽，通神明。」

〔一七〕「行光」句：《藝文類聚》卷十六引宋謝莊《皇太子妃哀策文》：「楹凝桂酒，庭肅龍輴。風吹國路，雲起郊門。皇帝傷總繸之掩綵，悼副褘之滅華。行光既晏，長河又斜。」《文選》卷三張衡《東京賦》：「建辰旒之太常，紛焱悠以容裔。」薛綜注：「容裔，高低之貌。」吕向注：「容裔，從風轉薄貌。」《藝文類聚》卷八引魏曹丕《濟川賦》：「臨濟川之魯淮，覽洪波之容裔。濞騰揚以相薄，激長風而亟逝。漫浩汗而難測，眇不睹其垠際。」按此句《文選》張銑注：「神不滅曰行光。容裔，自在貌。」《校注》：「行光：猶度日。容裔：悠閒自得貌。」按以上釋行光有異，今并録之以備考。

〔一八〕無使弱思侵：不使俗念侵害。《校注》：「弱思：劣弱之思，指俗念。」

【集説】

清吴淇《六朝選詩定論》卷十七：此詩舊以「郊遊」爲題，似指其爲光禄時也。首句曰「肅舲出郊際」，便伏下「解黻」、「辭金」之案，謂其未出之先在郊内有許多鞅掌也，非其本心故出耳。「徙藥」，即行藥。曰「逗」，遲遲細行也。「江陰」者，江之南岸，舟介乎山水之間也。「翠山」句寫山，「青浦」句寫水。「涼月」二句就浦中景物寫水。「風散」二句就山中景物寫山。總以「秋」、「月」二字點醒，耳目遂爲一清。耳目既清，則心自静，故能默静遠野，四睇亂岑，不止能領略近處之山水，而凡目力所能望者，無不收羅吾胸中矣。吾心既静既默，自然能召能應。「氣清知雁引」，則眼慧如佛；「露華識猿音」，耳順若聖，此真無上妙諦，要得力于「静默」。彼郊國之内，終日昏昏，那得有此。故信可「解黻」、「辭金」，于此修道，以復見吾本來之心耳。……「行光」難再，思約易侵，乃用以自警也。按此詩意頗佳，但病在地太複，曰「郊際」，曰「江陰」，曰「翠山」，曰「青浦」，曰「沙嶼」，曰「水潯」，曰「松架」，曰「綿野」，曰「曾岑」，一連凡八。又病在物太繁，曰風、露，曰雲、煙、山、水、沙、石、草木、鳥獸，無所不備，只得每句中煉一警字，却又多類唐人律中字面。

清何焯《義門讀書記》卷四十七《文選》卷三：「雲鬱石道深」，名句。

清孫月峰（于光華《文選集評》卷七引）：儷對精工，全似唐，此正希逸體。與《集道里名詩》絶相類。

清陳僅《竹林答問》：夫古詩之不能不爲唐律，此聲音之自然，即作者亦不知其然而然。故魏、晉之音調異于兩漢，宋、齊之音調異于魏、晉。自梁以降至陳、隋，則名雖古詩，已全律體，非一朝一夕之故也。姑就《文選》中求之，其兩句十字，聯仗精工，平仄諧暢，全是律偶者：魏曹植「始出嚴霜結，今來白露晞」，劉楨「清談同日夕，情眄敘憂勤」……江淹「終軍才始達，賈誼位方尊」，「翠山方藹藹，青浦正沈沈」。

鮑參軍戎行　昭明遠

【題解】

此詩張本題作《鮑參軍昭戎行》，《文選》題作《鮑參軍昭》。小字注「昭明遠」三字，《彙注》本作「昭」一字，《文選》作「戎行」二字。

《宋書》卷五十一《宗室·臨川烈武王道規傳》：「鮑照字明遠，文辭贍逸，嘗爲古樂府，文甚遒麗。元嘉中，河濟俱清，當時以爲美瑞。照爲《河清頌》，其序甚工。……世祖以照爲中書舍人。上好爲文章，自謂物莫能及，照悟其旨，爲文多鄙言累句，當時咸謂照才盡，實不然也。臨海王子頊爲荆州，照爲前軍參軍，掌書記之任。子頊敗，爲亂兵所殺。」其詩《詩品》置之中品，云：

「其源出於二張，善製形狀寫物之詞，得景陽之諔詭，含茂先之靡嫚，骨節强於謝混，驅邁疾於顏延。總四家而擅美，跨兩代而孤出。嗟其才秀人微，故取湮當代。然貴尚巧似，不避危仄，頗傷清雅之調。故言險俗者，多以附照。」

豪士枉尺璧〔一〕，宵人重恩光〔二〕。徇義非爲利〔三〕，執羈輕去鄉〔四〕。孟冬郊祀月〔五〕，殺氣起嚴霜〔六〕。戎馬粟不煖〔七〕，軍士冰爲漿①〔八〕。晨上城皋坂〔九〕，磧礫皆羊腸〔一〇〕。雲陰籠白日②〔一一〕，太谷晦蒼蒼③〔一二〕。息徒稅征駕〔一三〕，倚劍臨八荒〔一四〕。鷦鵬不能飛〔一五〕，玄武伏川梁〔一六〕。鎩翮由時至〔一七〕，感物聊自傷〔一八〕。豎儒守一經〔一九〕，未足識行藏〔二〇〕。

【校記】

①「冰」張本作「水」。

②「雲」《彙注》本、張本、梁本、《文選》作「寒」。

③「太谷」原作「大谷」，今據《彙注》本、梁本、《文選》李善本改。按大，太之古字。

【箋注】

〔一〕「豪士」句：《管子·問》：「問兵官之吏，國之豪士，其急難足以先後者幾何人？」《呂氏春秋·季夏紀·制樂》：「飭其辭令幣帛，以禮豪士。」高誘注：「材倍百人曰豪也。」《淮南子·原道訓》：「聖人不貴尺之璧而重寸之陰，時難得而易失也。」《文選》卷六左思《魏都賦》：「雖明珠兼寸，尺璧有盈。」李善注：「《史記》曰：『趙惠文王得楚和璧，秦昭王聞之，願以十五城請易璧。』」《校注》：「枉尺璧：謂豪士貴義輕利，即使面對盈尺之璧也不爲所動。」

〔二〕「宵人」句：《莊子·列御寇》：「宵人之離外刑者，金木訊之；離内刑者，陰陽食之。」郭象注：「不由明坦之塗者，謂之宵人。」《史記》卷六十《三王世家》：「於戲！悉爾心，戰戰兢兢，乃惠乃順，毋侗好軼，毋邇宵人，維法維則。」司馬貞索隱引褚先生云：「宵人，小人也，或作�人。」恩光，《校注》：「恩光：恩寵。」本集《詣建平王上書》：「大王惠以恩光，顧以顔色。」

〔三〕「徇義」句：《晉書》卷三十七《安平獻王孚傳論》：「新蔡遇禍，忠全元喪。譙閔徇義，力屈志揚。」同上書卷一百十八《姚興載記下》：「正是孤徇義忘身之日，諸君皆忠烈之士，亦當同孤徇斯舉也。」按《史記》卷八十四《屈原賈生列傳》：「貪夫徇財，烈士徇名。」裴駰集解：「應劭曰：『殉，營也。』瓚曰：『以身從物曰殉。』」

〔四〕「執羈」句：《禮記·檀弓下》：「如皆守社稷，則孰執羈靮而從？」陳澔集解：「羈，所以絡馬；靮，所以鞚馬。」鮑照《謝秣陵令表》：「臣負插下農，執羈末皂，情有局塗，志無遠立。」

《楚辭》宋玉《九辯》：「去鄉離家兮徠遠客，超逍遥兮今焉薄。」王逸章句：「背違邑里，之他邦也。」按以上二句《校注》云：「徇義：舍生爲義。執羈：謂騎馬從軍。羈，馬絡頭。」

〔五〕「孟冬」句：《禮記・月令・孟冬之月》云：「是月也，天子始裘。命有司曰：『天氣上騰，地氣下降，天地不通，閉塞而成冬。』」又云：「立冬之日，天子親帥三公、九卿、大夫，以迎冬於北郊。」《文選》卷二十九《古詩十九首・孟冬寒氣至》：「孟冬寒氣至，北風何慘慄。」《漢書》卷二十五下《郊祀志下》：「帝王之事莫大乎承天之序，承天之序莫重於郊祀。故聖王盡心極慮，以建其制。祭天於南郊，就陽之義也；瘞地於北郊，即陰之象也。」《校注》：「郊祀：古代帝王於郊外祭祀天地的禮儀。」

〔六〕「殺氣」句：《禮記・月令・仲秋之月》：「是月也，日夜分，雷始收聲，蟄蟲壞户，殺氣浸盛，陽氣日衰，水始涸。」《史記》卷一百十《匈奴列傳》：「匈奴處北地，寒，殺氣早降。」《楚辭・九辯》：「秋既先戒以白露兮，冬又申之以嚴霜。」《文選》卷十三禰衡《鸚鵡賦》：「嚴霜初降，涼風蕭瑟，長吟遠慕，哀鳴感類。」《校注》：「殺氣：肅殺之氣，寒氣。」

〔七〕「戎馬」句：《左傳・成公十六年》：「晉入楚軍，三日穀。范文子立於戎馬之前，曰：『君幼，諸臣不佞，何以及此？』」楊伯峻注：「戎馬，晉厲公車馬。」《宋書》卷二《武帝紀中》：「承親率戎馬，遠履西畿，闔境士庶，莫不恇駭。」

〔八〕冰爲漿：《文選》卷二十八陸機《苦寒行》：「夕宿喬木下，慘愴恒鮮歡。渴飲堅冰漿，饑待零露餐。」李周翰注：「言饑渴而飲冰食露也。」　以上二句《校注》云：「粟不煖：謂無火煮粟。冰爲漿：謂以冰爲漿解渴。」

〔九〕「晨上」句：《樂府詩集》卷三十六曹操《秋胡行》：「晨上散關山，此道當何難。」《文選》卷九曹大家《東征賦》：「望河洛之交流兮，看成皋之旋門。」李周翰注：「成皋有旋門坂，故看之。」《説文》卷十四下：「坂者曰坂。一曰澤障，一曰山脅也。」《校注》：「城皋：即成皋，地名，在今河南滎陽縣氾水鎮西。劉邦、項羽兩軍曾相峙於此。」

〔一〇〕「磧礫」句：《文選》卷二張衡《西京賦》：「僵禽斃獸，爛若磧礫。」李善注：「石細者曰礫。」吕向注：「磧，砂石也。」同書卷五左思《吴都賦》：「翫其磧礫，而不窺玉淵者，未知驪龍之所蟠也。」劉淵林注：「磧礫，淺水見沙石之貌。」《史記》卷四十四《魏世家》：「昔者魏伐趙，斷羊腸，拔閼與，約斬趙，趙分而爲二。」張守節正義：「羊腸坂道在太行山上，南口懷州，北口潞州。」鮑照《登翻車峴》：「淖阪既馬領，磧路又羊腸。」《校注》：「羊腸：阪名，在太行山上。句謂山路多碎石，其險峻如同羊腸阪。」

〔一一〕籠白日：遮蔽白日。葛洪《抱朴子・暢玄》：「其高則冠蓋乎九霄，其曠則籠罩乎八隅。」

〔一二〕「太谷」句：《水經注・洛水》：「靈帝中平元年，以河南尹何進爲大將軍，率五營士屯都亭。置函谷、廣城、伊闕、太谷、轘轅、旋門、小平津、孟津等八關，都尉官治此，函谷爲之首。」《文選》卷三張衡《東京賦》：「盟津達其後，太谷通其前。」薛綜注：「太谷在輔氏北、洛陽西也。」

《洛陽記》曰：『太谷，洛城南五十里，舊名通谷。』」同上書卷二十四曹植《贈白馬王彪》：「大谷何寥廓，山樹鬱蒼蒼。」同上書卷二十劉楨《公讌詩》：「月出照園中，珍木鬱蒼蒼。」《校注》：「蒼蒼：昏暗貌。」

〔一三〕「息徒」句：《文選》卷二十四嵇康《贈秀才入軍》：「息徒蘭圃，秣馬華山。」張銑注：「息師徒於蘭圃。」《藝文類聚》卷七引宋孝武帝《登魯山詩》：「解帆憩通渚，息徒憑椒丘。」鮑照《代東門行》：「遥遥征駕遠，杳杳白日晚。居人掩閨卧，行子夜中飯。」《史記》卷八十七《李斯列傳》：「物極則衰，吾未知所税駕也。」司馬貞索隱：「税駕，猶解駕，言休息也。」《文選》卷十九曹植《洛神賦》：「爾迺税駕乎蘅臯，秣駟乎芝田。」劉良注：「税，舍也。」《校注》：「息徒：讓隨行徒衆歇息。税駕：謂停車不前。」

〔一四〕「倚劍」句：《吕氏春秋·壹行》：「今行者見大樹，必解衣懸冠，倚劍而寢其下。」《晉書》卷一百二十二《吕光傳附吕纂傳》：「至琨華堂東閣，車不得過，纂親將竇川、駱騰倚劍於壁，推車過閣。」《校注》：「臨：俯視。」《漢書》卷三十一《項籍傳贊》：「有席捲天下，包舉宇内，囊括四海，併吞八荒之心。」顔師古注：「八荒，八方荒忽極遠之地也。」嵇康《釋私論》：「寄胸懷於八荒，垂坦蕩以永日，斯非賢人君子高行之美異者乎？」

〔一五〕鶬鵬：《文選》李善注：「鶬鵬，狀似鳳凰，身禮，戴信，嬰仁，膺智，負義。宋均曰：『身禮，質赤色。』」《文選》卷四十四司馬相如《難蜀父老》：「觀者未睹旨，聽者未聞音，猶鶬鵬已翔乎寥廓之宇，而羅者猶視乎藪澤。」李善注：「《樂緯》曰：『鷫鷞，狀如鳳皇。』」吕向注：「鷫鷞，大鳥也。」《藝文類聚》卷六十二引魏繁欽《建章鳳闕賦》：「鷫鷞振而不及，豈歸鴈之能翔。」

〔一六〕「玄武」句：《楚辭》屈原《遠遊》：「召玄武而奔屬。」洪興祖補注：「説者曰：『玄武，謂龜蛇。位在北方，故曰玄；身有鱗甲，故曰武。』蔡邕曰：『北方玄武，介蟲之長。』」《文選》卷十五張衡《思玄賦》：「玄武縮於殼中兮，騰蛇蜿而自糾。」李善注：「龜與蛇交曰玄武。」《後漢書》卷二十八下《馮衍傳下》：「神雀翔於鴻崖兮，玄武潛於嬰冥。」李賢注：「玄武，謂龜蛇。」《藝文類聚》卷五十九引宋孝武帝《北伐詩》：「表裏跨原隰，左右御川梁，月羽皎素魄，星旗艷赤光。」鮑照《苦雨》：「川梁日已廣，懷人邈渺漫。」按以上二句《文選》吕延濟注：「言寒不能飛，伏於川梁之下。」《校注》：「川梁：河堤。」

〔一七〕鎩翮：《文選》卷二十五謝瞻《於安城答靈運》：「跬行安步武，鎩翮周數仞。」李善注：「《淮南子》曰：『飛鳥鎩羽。』許慎曰：『鎩，殘羽也。』」鮑照《拜侍郎上疏》：「鎩羽暴鱗，復見翻躍，枯楊寒炭，遂起煙華。」《校注》：「鎩翮：亦稱鎩羽，羽毛摧落。」

〔一八〕自傷：《後漢書》卷四十八《應奉傳》：「及黨事起，奉乃慨然以疾自退。追愍屈原，因以自傷，著《感騷》三十篇，數萬言。」鮑照《野鵝賦》：「望征雲而延悼，顧委翼而自傷。」前人《古辭》：「歎息空房婦，幽思坐自傷。」

〔一九〕「竪儒」句：《史記》卷五十五《留侯世家》：「漢王輟食吐哺，罵曰：『竪儒！幾敗而公事。』」司馬貞索隱：「高祖罵酈生爲竪儒，謂此儒生竪子耳。」《漢書》卷一上《高帝紀上》顔師古注：「言其賤劣無智，若童竪也。」《史記》卷二十四《樂書》：「通一經之士不能獨知其辭，皆集會五經家，相與共講習讀之，乃能通知其意。」杜預《春秋左傳集解序》：「仲尼從而修之，以成一經之統體。」《論衡・超奇》：「故夫能説一經者爲儒生，博覽古今者爲通人。」

〔二〇〕行藏：《論語・述而》：「子謂顔淵曰：『用之則行，舍之則藏，唯我與爾有是夫。』」何晏集解：「孔子言可行則行，可止則止，唯我與顔淵同。」《文選》卷十潘岳《西征賦》：「孔隨時以行藏，蘧與國而舒卷。」按以上二句《文選》劉良注：「言儒者獨守一經，所識與小人同，安足以達行藏之理。」《校注》：「竪儒：小儒。古代能講説儒家五經中的一經的可稱儒生。行藏：謂進退出處之道。」福林按：此篇所擬，乃鮑照《代出自薊北門行》。

【集説】

清吴淇《六朝選詩定論》卷十七：此擬鮑參軍《擬古》三首之意。舊注云：「險側自快，婉然明遠風調，但未極俶詭靡曼之致。」不知未極俶詭靡曼，正所以善擬明遠。蓋明遠長於樂府，故古詩中皆帶有樂府意，乃明遠之體也。此詩險側自快，正是詩中稍帶樂府意，若更極俶詭靡曼，則是擬明遠之樂府，而非擬明遠之詩矣。誠觀此通篇無一處不是險側自快，儼然一樂府體，但中間于序行處用「徇義非爲利」，于序中藏處用「鎩翮由時至」，全無一些俶詭意，洵爲古詩非樂府也。

又云：　此詩以「行藏」二字作綱，「義利」二字作目。義利是豪士與宵人分途處，行藏是豪士與豎儒分途處，能明於利義之分，得乎行藏之合，方爲豪士。故此詩通篇專寫一個「豪士」。「豪士」之名，出陸機賦，原非宵人對手，只用他作楔子，楔出下文「豎儒」來。此處只渾渾説個「豪士」喻義，故「枉尺璧」；「宵人」喻利，故「重恩光」。但其在于平居義利之辨，尚未可遽白。至執羈去鄉，正爲利爲義分轍之時。徇義不爲利，義利之辨已明，故下文緊接「去鄉」，以自述其行藏。孟冬謂農事畢，講武之時，郊祀告廟而後行師，以寫天之殺氣，言所行之正一出於義，非窮兵黷武之舉。「戎馬」六句言行。「不煖」云云，天時之難；「城皋」云云，地勢之險。「白日」屬天，「太谷」屬地。地之陰氣上蔽乎天，天之晦氣下蔽乎地，天地蔽塞，全是一片殺氣。豪士犯難而行，本以徇義也。「息徒」六句是言藏。既犯難而行，忽又息徒税駕，豈怯於義哉？蓋緣時有不利，鳥藏龜伏，且尊養晦以俟時耳。曰「感物聊自傷」，有臨事而懼之意。曰「倚劍臨八荒」，有好謀而成之意。蓋豪士之行以徇義，而豪士之藏正所以善其行，行藏一致。彼「守一經」之「豎儒」猶不能識，況彼「重恩光」之「宵人」乎？大抵此詩，是從孔子謂顔子「用之則行」脱化而來，非以行藏喻行軍，乃以行軍喻行藏也。然夫子行軍所不與者，暴虎馮河死而無悔之徒。此却只斥豎儒株守一經，其執謬不通更甚于暴虎馮河之人，其敗乃公事，一也。

又云：　全篇處處皆與明遠相合，至「寒陰」二語，與明遠「疾風」二語，全無瑜亮之分。

清何焯《義門讀書記》卷四十七《文選》卷三：　明遠之奇麗，是其天才絶倫，固非文通所能到也。「鷦鵬不能飛」四句，亦自淒壯。

清陳祚明《采菽堂古詩選》卷二十四：鮑照詩以大氣舉之，固不易似。

孫月峰（于光華《文選集評》卷七引）：險仄自快，宛然明遠風調，然尚未極俶詭靡嫚之致耳。

曹道衡《中古文學史論文集·魏晉南北朝文學史札記·江淹的雜體詩》：《南史·吉士瞻傳》：「時徵士吳苞見其姿容，勸以經學，因誦鮑照詩云：『豎儒守一經，未足識行藏。』拂衣不顧。」衡按：「豎儒」二句，係江淹《雜體詩》中擬鮑之作，非鮑詩。李延壽作《南史》，大抵取材於六朝人的記載，這説明六朝和唐初，已經有人把江淹的擬作誤爲原作的。現代人講文學批評，往往注意那些評騭古人優劣的文字，這當然是一個方面，但像江淹那樣通過擬作來説明前人的創作特點，其實也不失爲批評的一法，值得予以重視。

附：鮑照《代出自薊北門行》

羽檄起邊亭，烽火入咸陽。徵師屯廣武，分兵救朔方。嚴秋筋竿勁，虜陣精且强。天子按劍怒，使者遥相望。鴈行緣石徑，魚貫渡飛梁。簫鼓流漢思，旌甲被胡霜。疾風衝塞起，沙礫自飄揚。馬毛縮如蝟，角弓不可張。時危見臣節，世亂識忠良。投軀報明主，身死爲國殤。（《鮑照集校注》卷三）

休上人怨别　惠休湯氏

【題解】

此詩《文選》題作《休上人》。小字注「惠休湯氏」，《彙注》本作「湯惠休」，《文選》李善本作「别怨」，六臣本作「怨别」。

詩題之「休上人」，指湯惠休。《宋書》卷七十一《徐湛之傳》：「時有沙門釋惠休，善屬文，辭采綺艷。湛之與之甚厚，世祖命使還俗。本姓湯，位至揚州從事史。」《南史》卷三十四《顔延之傳》：「延之與陳郡謝靈運俱以辭采齊名，而遲速縣絶。文帝嘗各敕擬樂府《北上篇》，延之受詔便成，靈運久之乃就。延之嘗問鮑照，己與靈運優劣。照曰：『謝五言如初發芙蓉，自然可愛；君詩若鋪錦列繡，亦雕繢滿眼。』延之每薄湯惠休詩，謂人曰：『惠休製作，委巷中歌謡耳，方當誤後生。』是時，議者以延之、靈運，自潘岳、陸機之後，文士莫及。江右稱『潘陸』，江左稱『顔謝』焉。」其詩《詩品》置於下品，與齊道猷上人、齊釋寶月同列，云：「惠休淫靡，情過其才。世遂匹之鮑昭，恐商、周矣。羊曜璠云：『是顔公忌照之文，故立「休鮑」之論。』」《隋書》卷三十五《經籍志四》：「宋宛朐令湯惠休集三卷。」注：「梁四卷。」

西北秋風至〔一〕，楚客心悠哉〔二〕。日暮碧雲合〔三〕，佳人殊未來〔四〕。露彩方泛艷〔五〕，月華始徘徊〔六〕。寶書爲君掩〔七〕，瑶瑟詎能開①〔八〕。相思巫山渚，悵望陽雲臺②〔九〕。膏爐絶沈燎③〔一〇〕，綺席生浮埃〔一一〕④。桂水日千里，因之平生懷〔一二〕。

【校記】

①「瑶瑟」《彙注》本、梁本、《文選》作「瑶琴」。

②「陽雲」《彙注》本作「陽靈」，《玉臺新詠》作「雲陽」。

③「膏」《玉臺新詠》卷五作「金」。

④「生」《玉臺新詠》作「偏」。

【箋注】

〔一〕「西北」句：《文選》卷四十五漢武帝《秋風辭》：「秋風起兮白雲飛，草木黄落兮鴈南歸。蘭有秀兮菊有芳，懷佳人兮不能忘。」《藝文類聚》卷三引宋湯惠休《歌詩》：「秋風嫋嫋入曲房，羅帳含月思心傷。蟋蟀夜鳴斷人腸，長夜思君心飛揚。」又引惠休《歌思引》：「秋寒依依風過河，白露蕭蕭洞庭波。思君末光光已滅，眇眇悲望如思何。」

〔二〕「悠哉」句：《詩·周南·關雎》：「窈窕淑女，寤寐求之。求之不得，寤寐思服。悠哉悠哉，輾轉反側。」毛傳：「悠，思也。」按此句《文選》張銑注：「悠哉，失志貌。」《校注》：「悠哉：謂憂思之深。」

〔三〕碧云：《楚辭·遠遊》：「涉青雲以泛濫遊兮，忽臨睨夫舊鄉。」《宋書》卷六十七《謝靈運傳》載謝靈運《山居賦》：「因丹霞以赬楣，附碧雲以翠椽。」按此句《文選》張銑注：「碧雲，青雲也。」

〔四〕「佳人」句：《藝文類聚》卷四十一引魏文帝《秋胡行》：「朝與佳人期，日夕殊不來。」福林按：《樂府詩集》卷二十三沈約《洛陽道》：「洛陽大道中，佳麗實無比。燕裙傍日開，趙帶隨風靡。領上蒲桃繡，腰中合歡綺。佳人殊未來，薄暮空徙倚。」同上書卷二十五梁武帝蕭衍《梁鼓角横吹曲·雍臺》：「日落登雍臺，佳人殊未來。綺窻蓮花掩，網户琉璃開。芊茸臨紫桂，蔓延交青苔。月没光陰盡，望子獨悠哉。」三人同一時代，又相交頗近，三詩所作之時間或大體相當，應互有影響。《校注》：「佳人：指所思之人。」

〔五〕「露彩」句：《文選》李周翰注：「泛艷，浮光貌。」《校注》：「露彩：露珠。泛艷：謂浮光閃爍。」按露彩，猶露華，露珠。《趙飛燕外傳》：「婕好浴豆蔻湯，傅露華百英粉。」

〔六〕「月華」句：月華，月光，月色。《文選》卷二十三曹植《雜詩》：「明月照高樓，流光正徘徊。」鮑照《翫月城西門廨中》：「始見西南樓，纖纖如玉鉤。末映東北墀，娟娟似娥眉。娥眉蔽珠櫳，玉鉤隔瑣窗。三五二八時，千里與君同。夜移衡漢落，徘徊入户中。」

〔七〕寶書：《後漢書》卷八十二下《方術傳下·王和平傳》：「北海王和平，性好道術，自以當仙。濟南孫邕少事之，從至京師。會和平病殁，邕因葬之東陶。有書百餘卷，藥數囊，悉以送之。

後弟子夏榮言其戶解，邕乃恨不取其寶書仙藥焉。」按此句《文選》李善注：「《道學傳》曰：『夏禹撰真靈之玄要，集天官之寶書，書以南和丹繒，封以金英之函，檢以玄都之印。』」呂延濟注：「寶書，真經也。爲君掩，言朋友不至，無與披翫也。」《校注》：「寶書：指佛經。」按惠休沙門，則詩之寶書，自當以指佛經爲近，《校注》是也。

〔八〕「瑶瑟」句：《藝文類聚》卷六十二引晉陸機《擬古詩》：「佳人撫瑶瑟，纖手清且閑。芳氣隨風結，哀響馥若蘭。玉容誰能顧，傾城在一彈。」《校注》：「以上二句謂，因友人不來，無心讀經彈琴。」

〔九〕「相思」二句：《文選》卷十九宋玉《高唐賦》：「昔者楚襄王與宋玉遊於雲夢之臺，望高唐之觀。其上獨有雲氣，崪兮直上，忽兮改容。須臾之間，變化無窮。王問玉曰：『此何氣也？』玉對曰：『所謂朝雲者也。』王曰：『何謂朝雲？』玉曰：『昔者先王嘗遊高唐，怠而晝寢，夢見一婦人，曰：「妾巫山之女也，爲高唐之客。聞君遊高唐，願薦枕席。」王因幸之。去而辭曰：「妾在巫山之陽，高丘之阻，旦爲朝雲，暮爲行雨，朝朝暮暮，陽臺之下。」旦朝視之，如言。故爲立廟，號曰朝雲。』」曹植《九愁賦》：「傷時俗之趨險，獨悵望而長愁。」《古詩紀》卷二十《古詩三首》之三：「馨香易銷歇，繁華會枯槁。悵望何所言，臨風送懷抱。」按以上二句《文選》呂延濟注：「以神女喻朋友也。相思、悵望，皆憂煩貌。」

〔一〇〕「膏爐」句：《文選》李善注：「鑪，熏鑪也。取其芬香，故加之膏。煙而無焰，故謂之沈。」劉良注：「言皆沈滅而不薰燎。」《校注》：「膏爐：熏爐爲增芬芳而置膏其中，故名。絶沈燎：謂熏爐已滅，不再熏燎。」按以上釋沈燎有異，意以爲當以劉良及《校注》説爲優，然亦并録之以備考。

〔一二〕「綺席」句：《藝文類聚》卷三十八引《漢舊儀》：「祭天用六綵綺席，六重，上一丈，中一幅，四周緣之。」謝朓《鈞天曲》：「瑶堂琴瑟驚，綺席舞衣散。」《晉書》卷二十六《食貨志》：「辛紂……宫中以錦綺爲席，綾紈爲薦。」《西京雜記》卷四載鄒陽《酒賦》：「安廣坐，列雕屏，綃綺爲席，犀璩爲鎮。」《校注》：「綺席：織有花紋的席子。」按此句《文選》劉良注：「宴樂之席皆生塵埃。」

〔一三〕「桂水」二句：《大清一統志》卷二百九十《桂陽州》：「桂水，源出藍山縣南，東北流逕嘉禾縣，又東北入州界，合舂水入湘。」按見之地理書者，桂水凡數見，據《文選》卷二十九張衡《四愁詩》云：「我所思兮在桂林，欲往從之湘水深，側身南望涕沾襟。美人贈我金琅玕，何以報之雙玉盤。路遠莫致倚惆悵，何爲懷憂心煩傷。」是以桂陽州之桂水當之。《史記》卷五《秦本紀》：「造父爲繆王御，長驅歸周，一日千里以救亂。」《藝文類聚》卷二十九引漢李陵《贈蘇武别詩》：「浮雲日千里，安知我心悲。思得瓊樹枝，以解長渴饑。」按此二句《文選》吕向注：「桂水，水名。日千里，謂流急。言因此急流，寄平生懷抱。」《校注》：「因之：藉此。平生：平時。謂依靠日行千里的桂水以傳達情懷。」

【集説】

宋葉夢得《石林詩話》卷下：江淹《擬湯惠休詩》曰：「日暮碧雲合，佳人殊未來。」古今以爲佳句。然謝靈運「圓景早已滿，佳人猶未還」，謝玄暉「春草秋更緑，公子未西歸」，即是此意。嘗怪兩漢間所作騷文，未嘗有新語，直是句句規模屈宋，但换字不同耳。至晉宋以後，詩人之辭，其敝亦然。若是雖工，亦何足道！蓋當時祖習共以爲然，故未有譏之者耳。

宋吴聿《觀林詩話》：江文通斆李陵等《雜體》三十首，内斆《休上人怨别》一首，有「日暮碧雲合，佳人殊未來」之句，後人便以爲休上人語。其末又有「桂水日千里，因之平生懷」之句，唐《東觀記》又以爲太子家令沈約詩。所謂文通錦，割截殆盡矣。

宋吴幵《優古堂詩話》：江文通有《擬湯惠休》詩云「日暮碧雲合，佳人殊未來」，蓋用魏文帝《秋胡行》云「朝與佳人期，日夕殊不來」。梁武帝《鼓角横吹曲》云「日落登雍臺，佳人殊未來」，梁沈約《洛陽道》云「佳人殊未來，薄暮空徙倚」，二人所用，又襲江也。江，齊人。

宋張戒《歲寒堂詩話》卷上：建安、陶、阮以前詩，專以言志；潘、陸以後詩，專以詠物。兼而有之者，李、杜也。言志乃詩人之本意，詠物特詩人之餘事。古詩蘇、李、曹、劉、陶、阮本不期於詠物，而詠物之工，卓然天成，不可復及。其情真，其味長，其氣勝，視《三百篇》幾於無愧，凡以得詩人之本意也。潘、陸以後，專意詠物，雕鐫刻鏤之工日以增，而詩人之本旨掃地盡矣。謝康樂「池塘生春草」，顔延之「明月照積雪」（案「明月照積雪」乃謝靈運詩，此誤），謝玄暉「澄江静如練」，江文通「日暮碧雲合」，王籍「鳥鳴山更幽」，謝貞「風定花猶落」，柳惲「亭皋木葉下」，何遜「夜雨滴空階」，就其一篇之中，稍免雕鐫，麤足意味，便稱佳句，然比之陶、阮以前蘇、李古詩曹、劉之作，九牛一毛也。大抵句中若無意味，譬之山無烟雲，春無草樹，豈復可觀！

元劉履《選詩補注》卷八：此述惠休怨朋友久别，睹景物而興遠念之詞也。曾原曰：「詩自靈運已後，氣日益漓下，至玄暉漸致巧麗，以肧晚唐之風；休文輩又多靡淺，而文通獨欲追魏、晉諸公，逸駕其志，似亦可尚。然古作體製，至此極已，寄之卷終，識者必有感焉。」噫！斯亦可謂知言也矣。

明胡應麟《詩藪》内編卷二：魏文「朝與佳人期，日久殊未來」，康樂「圓景早已滿，佳人猶未適」，文通「日暮碧雲合，佳人殊未來」，愈衍愈工，然魏、宋、梁體多自别。

清毛先舒《詩辯坻》卷二：「池塘生春草」，景近標勝；「清暉能娱人」，韻遠嗟絶；若宣遠「開軒滅華燭，白露皓已盈」，即景之秀句；玄暉「春草秋更緑，公子未西歸」，撫時之雋思；文通「日暮碧雲合，佳人殊未來」，托怨之微詞，并足流亞矣。

清宋徵璧《抱真堂詩話》：謝靈運云：「三五圓景滿，佳期殊未適。」江文通云：「日暮碧雲合，佳人殊未來。」俱原本《楚騷》。

清吴淇《六朝選詩定論》卷十七：《選》無僧人之詩，亦無以佛語入詩者，獨此爲擬僧人詩。擬僧人之詩，不惟不以佛語入詩，且用極艷者以反其意，示後世或僧、或贈僧人一切之法。唐宋之問《浣沙篇》贈陸上人，頗得此意。惜其末後猶用佛語解釋，較此少趣耳。

又云：「西北」句紀時之秋，以興起楚客之「心悠」也。蓋「悠」者有始無終之謂，言心之且遠且久而不見其無窮也。「日暮」句紀日之暮，佳人不來，正楚客之所以心悠也。「露彩」四句，景生情也。「相思」四句，情生景也。不然，「膏爐」二句與「寶書」二句複矣。「巫山渚」、「陽雲臺」，從上「楚客」字生來。「桂水」，楚之盡頭處。桂水之流一日千里，佳人不來爲日久矣。桂水之流，不知更到何處？以之寄懷，正妙于形容。「悠哉」二句，此一篇開闔之大章法也。

又云：江淹《別賦》，爲古今絶唱。觀此詩以《古別離》起，以《怨別》終，兩詩俱極，一稱前矛，一稱後勁。今千載而下，讀此三十首，篇篇「黯然銷魂」之意。工於賦別，斯工於《別賦》耳。

又云：齊梁以來，一派浮氣滯氣，被此一首掃除將盡，已與唐人風氣有暗入處。故文通《雜體三十首》以蘇、李爲首，以《古別離》作弁，所以繼古詩蘇、李之後，以此詩居後，所以開唐人之先，蓋詩家之會也。昭明《選》詩，以韋孟《諷諫詩》爲首，以《補亡詩》作弁，所以繼《三百》之後，亦用此詩開唐之先，蓋詩之元也。詩人之會，消長於其間焉。故《三百》至《選》詩，中間相隔數百年，《選》詩至唐，止數十餘年，風氣所使，不可强也。即推之一代之運，一人之世，莫不皆然。

清沈德潛《古詩源》卷十三：有佳句。

清何焯《義門讀書記》卷四十七《文選》卷三：看其層次，勝本詩。

清陳祚明《采菽堂古詩選》卷二十四：超超殊協。

清潘德輿《養一齋詩話》卷四：魏、晉、六朝人詩，率多前後因襲，雖爲唐人所祖，然風氣至唐而又一轉，視前此之陳陳相因者有别矣。如蘇子瞻詩「俯觀江漢流，仰視浮雲翔」，魏文帝則云「俯視清水波，仰看明月光」。《古詩》「浮雲蔽白日，遊子不顧返」，謝康樂則云「圓景早已滿，佳人猶未還」，謝玄暉則云「春草秋更緑，公子未西歸」，江文通則云「日暮碧雲合，佳人殊未來」。……一唱百和，甫見於此，旋見於彼，望之無色，咀之寡味。

孫月峰（于光華《文選集評》卷五引）：上人存詩甚多，七言皆過於綺靡。惟《怨詩行》五言稍清俊有骨力，此與相似，然腴浄過之。

悼室人十首

【題解】

「室人」，古時對妻妾之稱呼。《列子·周穆王》：「既歸，告其室人曰：『向薪者夢得鹿而不知其處，吾今得之。』」《孔叢子·記義》：「公父文伯死，室人有從死者。其母怒而不哭。相室諫之，其母曰：『孔子天下之賢人也，不用於魯，退而去。是子素宗之，而不能隨。今死，而内人從死者二人焉。若此，於長者薄，於婦人厚也。』」詩題之「室人」，指江淹妻劉氏。江淹有《傷内弟劉常侍》詩一首，是其證。

此詩之作年，曹道衡《年代考》云：「這十首詩當作於《報袁叔明書》和《傷愛子賦》以後，而寫作年代又不會太晚。理由是《報袁叔明書》中有『命保琴書而守妻子，其可得哉』語，《傷愛子賦》又有『爾母氏之麗人，屑丹泣於下壤，傃殷憂於上旻。視往端而擗栗，踐遺緒而苦辛』等語，説明江妻尚在。但這十首詩也不會和《傷愛子賦》寫作時間相去太遠。因爲詩人屢稱『佳人』，與《傷愛子賦》中所稱『麗人』意近。詩中也没有提到江淹被貶的苦辛，似作於貶官之前。考江淹在元徽二年，年三十一，江妻年齡不會相去太多，稱之爲『佳人』、『麗人』似較近理。如果貶官以後作，詩中當有相思之苦或隨同貶黜所受的苦楚等内容，所以這十首詩，亦應是這一時期的作品（福林按：指隨建平王景素在南徐州時期）。」今考《悼室人》詩十首應在《傷愛子賦》之後作，自無疑問，《年代考》所言是也。然而，我們同樣不能因爲詩中未述其相思之苦及被貶黜所受苦楚等内容，從而否定此詩在建安吴興時作，因爲江淹子江艽元徽二年（四七四）生，「涉歲而卒」，時當在元徽三年。江艽卒時其妻尚未卒，是江淹妻之卒又在元徽三年或其後。然而元徽二年秋江淹即已被黜爲建安吴興令，并不在南徐州之京口，這一認識，與曹先生《評傳》及《年代考》同。由此可見曹先生此説顯然不能成立，然而這却從另一方面説明《年代考》以爲江艽卒於江淹在南徐州之京口時之誤也。俞譜則繫於江淹至吴興令任後之第二年，其云：「《悼室人》十首……其四云：『還結生一念，楚客獨無容。』楚客，逐客之謂也，與《遷陽亭》詩『楚客心命絶』自稱『楚客』同，故此詩當作於吴興，時其妻似尚亡殁未久。」所説是也。考江淹次子江艽元徽三年秋卒時江淹妻尚未卒，則其妻之卒及江淹作此詩以悼亡當以元徽四年（四七六）爲近是，所卒或又因愛子之亡傷感過度而致也。

又，江淹於建安吴興所作之《採石上菖蒲》詩云：「瓊琴久塵蕪，金鏡廢不看。不見空閨裏，縱横愁思端。」乃思念妻子之語，可見作此詩時其妻尚未卒，且江淹被黜爲建安吴興令時其妻未嘗隨往，又可證江淹在南徐州爲景素軍府參軍時因其妻卒而作《悼室人》詩之説非是。

佳人永暮矣〔一〕，隱憂遂歷兹〔二〕。寳燭夜無華〔三〕，金鏡晝恒微〔四〕。桐葉生緑水〔五〕，霧天流碧滋〔六〕。蕙弱芳未空〔七〕，蘭深鳥思時〔八〕。湘醽徒有酌①〔九〕，意塞不能持〔一〇〕。

【校記】

①「酌」元鈔本作「約」。

【箋注】

〔一〕「佳人」句：《校注》：「佳人：指亡妻。永暮：猶言永逝。」按晉潘岳悼其亡妻有《哀永逝文》。

〔二〕「隱憂」句：《詩·邶風·柏舟》：「汎彼柏舟，亦汎其流。耿耿不寐，如有隱憂。」毛傳：「隱，痛也。」孔穎達疏：「如人有痛疾之憂，言憂之甚也。」《楚辭》嚴忌《哀時命》：「夜炯炯不寐兮，懷隱憂而歷兹。」王逸章句：「如遭大憂，常懷戚戚，經歷年歲，以至於此也。」《校注》：「歷兹：一直至今。」

〔三〕無華：無光。《淮南子·墬形訓》：「若木在建木西，末有十日，其華照下地。」高誘注：「華，猶光也，光照其下也。」

〔四〕「金鏡」句：金鏡，銅鏡。《藝文類聚》卷六十引《東觀漢記》：「賜鄧遵金對鮮卑緄帶一具，金錯五十，辟把刀墨再屈環横刀、金鏡屈尺八佩刀各一。」《晉書》卷一百三十《赫連勃勃載記》：「絡以隋珠，綷以金鏡。」《校注》：「微：謂暗淡無光。」

〔五〕緑水：《校注》：「緑水：指桐葉上的露水。」

〔六〕碧滋：《校注》：「碧滋：碧緑的光澤。」按碧滋，猶緑滋。《文選》卷二十九張協《雜詩十首》之三：「金風扇素節，丹霞啓陰期。騰雲似湧煙，密雨如散絲。寒花發黄采，秋草含緑滋。」

〔七〕「蕙弱」句：《校注》：「蕙弱：謂蕙草初生。未空：未歇。」按下句「蘭深」，《校注》釋爲「蘭草茂密」，則「蕙弱」當指蕙草花已凋謝將盡，然則尚有餘花，故曰「未空」。如釋爲「蕙草初生」，則「芳未空」便無着落。

〔八〕「蘭深」句：《藝文類聚》卷十三引宋謝莊《孝武帝哀策文》：「上德無稱，至功不器。怊悵四始，優遊六位。綴響蘭深，緝言瓊秘。」《校注》：「蘭深：蘭草茂密。」《文選》卷二十九晉王讚《辪詩》：「人情懷舊鄉，客鳥思故林。師涓久不奏，誰能宣我心。」同上書卷二十四陸機《贈從兄車騎》：「斯言豈虛作，思鳥有悲音。」李周翰注：「謂此言不虛也，思侶之鳥且有悲聲，況人豈無之也。」

〔九〕湘醽：《校注》：「湘醽：産於湘東的一種美酒。《初學記》卷二十六引《吴録》：『湘東有醽水酒，有名。』」按醽，美酒。《廣韻》卷二：「醽，渌酒。」《通雅》卷三十九：「《廣韻》訓醽爲渌酒，則以渌爲清酒矣。按衡陽縣有酃湖，今之酃縣也，土人取以釀。晉武平吴，薦醽酒於太廟。」《文選》卷十八潘岳《笙賦》：「披黄苞以授甘，傾縹瓷以酌醽。」

〔一〇〕「意塞」句：王獻之《鐵石帖》：「不知那得一散懷，何其相思之深。臨書意塞。」《宋書》卷六十一《武三王·江夏文獻王義恭傳》：「陛下大明紹祚，垂法萬葉。臣年衰意塞，無所知解，忝皇族耆長，慚慨内深。」《校注》：「持：持杯飲酒。」

【集説】

清陳祚明《采菽堂古詩選》卷二十四：銜哀殊深，似若中懷惝怳，魂魄不屬。故其言兀兀另異。

適見葉蕭條〔一〕，已復花菴鬱①〔二〕。帳裏春風盪〔三〕，簷前還燕拂〔四〕。垂涕視去景〔五〕，催心向徂物〔六〕。今悲輒流涕〔七〕，昔歡常飄忽〔八〕。幽情一不弭〔九〕，守歎誰能慰〔一〇〕。

【校記】

①「菴」《彙注》本作「掩」。

【箋注】

〔一〕蕭條：《楚辭·遠遊》：「山蕭條而無獸兮，野寂寞兮無人。」王逸章句：「溪谷寂寥而少禽也。」《文選》卷二十四曹植《贈白馬王彪》：「秋風發微涼，寒蟬鳴我側。原野何蕭條，白日忽西匿。」劉良注：「蕭條，草木衰落也。」

〔二〕菴鬱：猶菴藹。《文選》卷四左思《蜀都賦》：「豐蔚所盛，茂八區而菴藹焉。」劉良注：「菴藹，茂盛貌。」按菴，覆蓋。王充《論衡·超奇》：「桃李梅杏，菴丘蔽野。」

〔三〕「帳裏」句：鮑照《夢歸鄉》：「歷歷簷下涼，朧朧帳裏輝。」前人《紹古辭·孤鴻散江嶼》：「牕前滌歡爵，帳裏縫舞衣。」《藝文類聚》卷三十二引梁蕭子雲《春思詩》：「春風蕩羅帳，餘花落鏡奩。」《集韻》卷八：「盪，動也。」

〔四〕還燕拂：《校注》：「還：歸。拂：掠過。」按還燕，猶歸燕。《藝文類聚》卷三十四引魏文帝《寡婦詩》：「候鴈叫兮雲中，歸燕翩兮徘徊。」《文選》卷十三潘岳《秋興賦》：「野有歸燕，隰有翔隼。」

〔五〕「垂涕」句：《文選》卷十九宋玉《神女賦》：「情獨私懷，誰者可語，惆悵垂涕，求之至曙。」同上書卷二十九《古詩十九首·凜凜歲云暮》：「眄睞以適意，引領遥相稀。徙倚懷感傷，垂涕霑雙扉。」

〔六〕「催心」句：催心，猶摧心。《文選》卷十六潘岳《寡婦賦》：「少伶俜而偏孤兮，痛怮怛而摧心。」《藝文類聚》卷三十四引晉潘岳爲任子咸妻作《孤女澤蘭哀辭》：「耳存遺響，目想餘顔，寢蓆伏枕，摧心剖肝。」謝靈運《彭城宮中直感歲暮》：「草草眷徂物，契契矜歲殫。」《文選》卷二十二顔延之《應詔觀北湖田收》：「開冬眷徂物，殘悴盈化先。」吕延濟注：「開冬，十月也。此時徂落之物雖復殘悴，而盈於始春初化之先，言其足觀也。」《爾雅·釋詁》：「如、適、之、嫁、徂、逝，往也。」《廣韻》卷一：「徂，往也。」《校注》：「催心：同『摧心』，極度傷心。向：臨。徂物：指妻子的遺物。」

〔七〕今悲：鮑照《歲暮悲》：「日夜改運周，今悲復如昨。」

〔八〕飄忽：《文選》卷十三陸機《歎逝賦》：「時飄忽其不再，老晼晚其將及。」李善注：「《思玄賦》曰：『辰倏忽其不再。』」劉良注：「飄忽，疾貌。」陸雲《四言失題》後六章之三：「亹亹嘉時，飄忽棄予。有瞻逝深，永歎潛滸。」

〔九〕「幽情」句：《文選》卷一班固《西都賦》：「攄懷舊之蓄念，發思古之幽情。」李周翰注：「幽情，深情也。」《晉書》卷八十《王羲之傳》：「一觴一詠，亦足以暢敘幽情。」《校注》：「一不弭：一刻不停。」

〔一〇〕守歎：《校注》：「守：抱。」按守歎，猶抱歎。《藝文類聚》卷三十二引秦嘉妻徐淑《答書》：「自初承問，心願東還，迫疾惟宜抱歎而已。」

【集説】

王夫之《古詩評選》卷五：風操固然居勝。

清陳祚明《采菽堂古詩選》卷二十四：不及安仁之秀警，而情亦至。

夏雲多雜色〔一〕，紅光鑠蕤鮮〔二〕。苒弱屏風草〔三〕，潭拖曲池蓮①〔四〕。黛葉鑑深水〔五〕，丹華香碧煙〔六〕。臨綵方自吊，攬氣以傷然〔七〕。命知悲不絶，恒如注海泉〔八〕。

【校記】

①「潭」《彙注》本作「撢」。

【箋注】

〔一〕「夏雲」句：《藝文類聚》卷三引晉顧愷之《神情詩》：「春水滿四澤，夏雲多奇峰，秋月揚明輝，冬嶺秀寒松。」《後漢書》卷八十八《西域傳·大秦國》：「刺金縷繡，織成金縷罽、雜色綬。」

〔二〕「紅光」句：《校注》：「紅光：日光。鑠：輝耀。蕤鮮：鮮艷貌。」

〔三〕「苒弱」句：《藝文類聚》卷六十九引晉殷允《杖銘》：「荃蕙雖秀，才非貞質。異端雖美，道無玄術。杖必不撓，無取苒弱。人貴一德，勿惑穿鑿。」同上書卷八十二引晉潘岳《蓮花賦》：「仰含清液，俯濯素波。脩柯婀娜，柔莖苒弱。流風徐轉，迴波微激。」《校注》：「苒弱：嬌柔貌。」《楚辭·招魂》：「紫莖屏風，文緣波些。」王逸章句：「屏風，水葵也。」洪興祖補注：「《本草》曰：『鳧葵，即莕菜，生水中，俗名水葵。』」朱熹集注：「屏風，水葵也，又名鳧葵，又名防風，即荇菜也。生水中，莖紫色。」

〔四〕「潭拖」句：《校注》：「潭拖：隨波起伏貌。亦作『潭淹』。《文選》卷十二郭璞《江賦》：『隨風猗萎，與波潭淹。』李善注：『潭淹，隨波之貌。』」《藝文類聚》卷七十引齊劉繪《詠博山香鑪詩》：「風生玉階樹，露湛曲池蓮。寒蟲飛夜室，秋雲没曉天。」按曲池，曲折回繞的池塘。《楚辭·招魂》：「坐堂伏檻，臨曲池些。芙蓉始發，雜芰荷些。」王逸章句：「言坐於堂上，前伏檻楯，下臨曲水清池，可漁釣也。」《文選》卷二十九王粲《雜詩》：「日暮遊西園，冀寫憂思情。曲池揚素波，列樹敷丹榮。」

〔五〕「黛葉」句：黛葉，猶緑葉。《藝文類聚》卷八十二引晉傅玄《歌詩》：「緑葉映長波，迴風容與動纖柯。」

〔六〕「丹華」句：《藝文類聚》卷八引魏文帝《臨渦賦》：「荓藻生兮散莖柯，春水繁兮發丹華。」同上書卷三十五引魏繁欽《弭愁賦》：「結翠葉於珠簪，擢丹華於緑房。」碧煙，猶翠煙，青煙。本集《貽袁常侍》詩：「憂怨生碧草，沅湘含翠煙。」《玉臺新詠》卷一《古詩八首》之六：「朱火然其中，青煙颺其間。從風入君懷，四坐莫不歎。」以上二句《校注》云：「黛葉、丹華：指荷葉、荷花。鑒：映照。」

〔七〕「臨綵」二句：《校注》：「彩：花色。自吊：自傷。氣：花香。」

〔八〕注海泉：《校注》：「注海泉：謂淚水常如泉流之入於海。《晉書・顧愷之傳》：『淚如傾河注海。』」

【集説】

清陳祚明《采菽堂古詩選》卷二十四：「鑑」字、「香」字生動。末四句用拙用生，翻不近。

駕言出遊衍①〔一〕，冀以滌心胸〔二〕。復值煙雨散〔三〕，清陰帶山濃〔四〕。素沙匝廣岸〔五〕，雄虹冠尖峰〔六〕。出風舞森桂，落日曖圓松〔七〕。還結生不念②，楚客獨無容〔八〕。

【校記】

①「遊衍」原作「逕衍」，今據《彙注》本、張本、梁本改。

②「不念」《彙注》本作「一念」。

【箋注】

〔一〕「駕言」句：《詩・邶風・泉水》：「駕言出遊，以寫我憂。」鄭玄箋：「既不得歸寧，且欲乘車出遊，以除我憂。」阮籍《詠懷八十二首》之三十一：「駕言發魏都，南向望吹臺。簫管有遺音，梁王安在哉！」《詩・大雅・板》：「昊天曰旦，及爾遊衍。」毛傳：「遊，行；衍，溢也。」孔穎達疏：「遊行衍溢，亦自恣之意也。」謝靈運《行田登海口盤嶼山》：「遨遊碧沙渚，遊衍丹山峰。」《校注》：「駕：駕車。言：語詞。遊衍：遊樂。」

〔二〕滌心胸：《文選》卷十一孫綽《遊天台山賦》：「過靈溪而一濯，疏煩想於心胸。蕩遺塵於旋流，發五蓋之遊蒙。」李善注：「《廣雅》曰：『濯，洗也。』賈逵《國語》注曰：『疏，除也。』」

〔三〕煙雨：濛濛細雨。鮑照《觀漏賦》：「聊弭志以高歌，順煙雨而沉逸。」

〔四〕「清陰」句：陶淵明《和郭主薄二首》之一：「靄靄堂前林，中夏貯清陰。凱風因時來，回飆開我襟。」謝靈運《傷己賦》：「眺幽閨之清陰，想輕綦之往跡。」校注：「帶：環繞如帶。」

〔五〕「素沙」句：鮑照《陽岐守風》：「差池玉繩高，掩映瑶井没。廣岸屯宿陰，懸崖棲歸月。」《校注》：「素沙：白沙。匝：亦環繞。」

〔六〕雄虹：色彩鮮明的虹，亦稱正虹，與副虹霓相對。《楚辭・遠遊》：「建雄虹之采旄兮，五色雜而炫燿。」《後漢書》卷六十上《馬融傳》：「建雄虹之旌夏。」李賢注：「郭璞注《爾雅》云：

『虹雙出，色鮮盛者爲雄。』」

〔七〕「出風」二句：《晉書》卷五十五《夏侯湛傳》：「咳唾成珠玉，揮袂出風雲。」鮑照《歲暮悲》：「晝色苦沉陰，白雪夜迴薄，皦潔冒霜鴈，飄揚出風鶴。」按出風，猶生風。《文選》卷三十四曹植《七啓》：「揮袂則九野生風，慷慨則氣成虹蜺。」又《玉臺新詠》卷二曹植《雜詩》：「攬衣出中閨，逍遥步兩楹，閒房何寂寞，緑草被階庭。空室自生風，百鳥翔南征，春思安可忘，憂戚與我并。」《校注》：「森桂：叢生的桂樹。曖：昏暗。」

〔八〕「還結」二句：本集《還故國》：「漢臣泣長沙，楚客悲辰陽。古今雖不舉，兹理亦自傷。山中信寂寥，孤景吟空堂。」《校注》：「楚客：其時江淹被黜爲吴興令，與屈原遭楚襄王放逐情況相似，故以『楚客』自稱。無容：因悲傷而失容。」福林按：詩人時被黜在建安吴興，荒僻之地也，詩末云「生不念」者，蓋謂已無生還之念也，與自稱楚客者亦正相合。

秋至擣羅紈，淚滿未能開〔一〕。風光肅入户〔二〕，月華爲誰來？結眉向珠綱①〔三〕，瀝思視青苔〔四〕。鬟局將成葆〔五〕，帶減不須摧〔六〕。我心若涵煙〔七〕，葐蒀滿中懷〔八〕。

【校記】

①「結眉」，《彙注》本作「結念」。

【箋注】

〔一〕「秋至」二句：秋至，秋分。《管子·輕重己》：「以夏日至始，數九十二日，謂之秋至。」《文選》卷二十一顏延之《秋胡詩》：「春來無時豫，秋至恒早寒。明發動愁心，閨中起長歎。」謝朓《秋夜》：「秋夜促織鳴，南鄰擣衣急。思君隔九重，夜夜空佇立。」《校注》：「擣羅紈：古代裁製冬衣前，需將羅紈放在砧上用杵捶平，羅紈是質地輕軟的絲織品。」楊慎《升庵詩話》：「《字林》云：『直舂曰擣。古人擣衣，兩女子對立執一杵，如舂米然，今易作卧杵，對坐擣之。取其便也。』」

〔二〕「風光」句：《文選》卷三十謝朓《和徐都曹》：「日華川上動，風光草際浮。」李善注：「《楚辭》曰：『光風動蕙泛崇蘭。』王逸注曰：『光風，謂日出而風，草木有光色也。』」李周翰注：「風本無光，草上有光色，風吹動之，如風之有光也。」《校注》：「肅入：進入。《禮·曲禮》：『主人肅客而入。』注：『肅：進也。』」

〔三〕「結眉」句：結眉，緊皺雙眉。本集《燈夜和殷長史》：「結眉慘成慮，銷憂非羽觴。」珠網，綴珠之網狀帳幃。《文選》卷五十九王簡栖《頭陀寺碑文》：「夕露爲珠網，朝霞爲丹雘。」呂延濟注：「珠網，以珠爲網，施於殿屋者。」王融《奉和月下》：「雕雲度綺錢，香風入珠網。獨知此夜月，依遲慕神賞。」按《校注》云：「珠網：即蛛網。張協《雜詩》其一：『青苔依空墻，蜘蛛網四屋。』」兩通。

〔四〕「瀝思」句：《抱朴子・省煩》：「煎神瀝思，考校叛例，嘗有窮年竟不豁了，治之勤苦，決嫌無地。」《校注》：「瀝思：積思。與『結念』義同。」

〔五〕「鬢局」句：《校注》：「鬢局：鬢髮捲曲蓬亂。《詩・小雅・采緑》：『予髪曲局，薄言歸沐。』葆：《漢書・武五子傳》：『頭如蓬葆。』注：『草叢生曰葆。』」

〔六〕「帶減」句：《校注》：「帶減：謂身體消瘦，衣帶爲之減縮。不須摧：謂自然減縮，不須摧折。」按帶減，猶帶緩。《文選》卷二十二謝靈運《晚出西射堂》：「含情尚勞愛，如何離賞心。撫鏡華緇鬢，攬帶緩促衿。」張銑注：「言老瘦帶緩，故促其衣衿也。」王秀之《卧疾敘意》：「景仄念徂齡，帶緩每危曙。」

〔七〕涵煙：猶含煙。《藝文類聚》卷九十七引陸雲《寒蟬賦》：「挹朝華之墜露，含煙煴以夕飧。」王融《詠女蘿》：「含煙黄且緑，因風卷復垂。」

〔八〕「葐蒀」句：葐蒀，煙靄氤氲。《文選》卷四左思《蜀都賦》：「鬱葐蒀以翠微，崛巍巍以峩峩。」張銑注：「葐蒀，氣貌。」《藝文類聚》卷二引宋謝莊《雜言詠雪》：「始葐蒀以蘙轉，終徘徊而煙曳。狀素鏡之晨光，寫金波之夜晰。」《校注》：「葐蒀：煙氣彌漫貌。比喻心緒紛繁。」中懷，内心。《文選》卷二十九蘇武《古詩四首》之二：「幸有弦歌曲，可以喻中懷。請爲遊子吟，泠泠一何悲。」

窗壓歲時阻〔一〕，閨蕪日夜深〔二〕。流黄夕不織〔三〕，寧聞梭杼音〔四〕？涼藹漂虚座〔五〕，清香盪空琴。蜻引知寂寥①〔六〕，蛾飛測幽陰〔七〕。乃抱生死悼，豈伊離别心〔八〕！

【校記】

①「引」《彙注》本作「蚓」。

【箋注】

〔一〕歲時阻：《周禮·春官·占夢》：「掌其歲時，觀天地之會，辨陰陽之氣。」鄭玄注：「其歲時，今歲四時也。」《校注》云：「歲時阻：謂灰塵不掃，整年堆積。」

〔二〕閨蕪：《校注》：「閨蕪：指庭院的雜草。」按閨蕪，猶庭蕪。《文選》卷二十一顏延之《秋胡詩》：「歲暮臨空房，涼風起座隅。寢興日已寒，白露生庭蕪。」李善注：「《爾雅》曰：『蕪，草也。』」

〔三〕流黄：褐黄色物品，指絹。《樂府詩集》卷三十四古詞《相逢行》：「大婦織綺羅，中婦織流黄，小婦無所爲，挾瑟上高堂。」《文選》卷十六江淹《别賦》：「慚幽閨之琴瑟，晦高臺之流黄。」李善注：「張載《擬四愁詩》曰：『佳人贈我筒竹布，何以報之流黄素。』環濟《要略》曰：『間色有五，紺、紅、縹、紫、流黄也。』」李周翰注：「流黄，素名。言愁多視之不識。」

〔四〕梭杼：猶機杼，指織布機。《文選》卷二十九《古詩十九首·迢迢牽牛星》：「迢迢牽牛星，皎皎河漢女。纖纖擢素手，札札弄機杼，終日不成章，泣涕零如雨。」杼，《洪武正韻》卷七：「機杼之持緯者。」

〔五〕「涼藹」句：虛座，猶虛坐。陶淵明《悲從弟仲德》：「雙位委空館，朝夕無哭聲。流塵集虛座，宿草旅前庭。」袁行霈注：「虛坐：此指爲死者所設之座位。《文選》潘岳《寡婦賦》：『上瞻兮遺像，下臨兮泉壤。窈冥兮潛翳，心存兮目想。奉虛坐兮肅清，愬空宇兮曠朗。』呂延濟注：『靈座，虛座也。』」按虛座，《文選》卷十六潘岳《寡婦賦》作「靈坐」。《校注》：「涼藹：涼氣。藹，通『靄』。」

〔六〕「蜻引」句：《校注》：「蜻：即蟋蟀，亦稱『蜻蛚』。引：引吭，引頸發聲。『蜻引』與下『蛾飛』對偶成文。張協《雜詩》：『蜻蛚吟階下，飛蛾指明燭。』」按《文選》卷二十九張協《雜詩》：「蜻蛚吟階下，飛蛾拂明燭。」張銑注：「蜻蛚，秋蟲也。」《爾雅翼·釋蟲》：「蟋蟀似蝗而小，正黑，有光澤。一名蛬，一名蜻蛚，一名促織，以夏生，秋始鳴。」《藝文類聚》卷二引傅玄《怨歌行朝時篇》：「情思如循環，憂來不可遏。塗山有餘恨，詩人詠采葛。蜻蛚吟牀下，回風起幽闥。」《校注》以爲亦稱蜻蛚者，或非。《文選》卷五十一王褒《四子講德論》：「罔不覆載，紛紜天地，寂寥宇宙。」李善注：「寂寥，曠遠之貌也。」漢劉歆《西京雜記》卷四：「梁孝王遊於忘憂之館，集諸遊士，各使爲賦，枚乘爲《柳賦》。其辭曰：『……鎗鍠啾唧，蕭條寂寥。』」

〔七〕蛾飛：《文選》卷十七傅毅《舞賦》：「纖穀蛾飛，紛猋若絶。」李善注：「蛾飛，如蛾之飛也。」張銑注：「如蛾蟲之輕飛也。」

〔八〕「乃抱」二句：生死悼，生死之痛。《廣韻》卷四：「悼，傷悼。」《校注》：「豈伊：豈是。謂生死之痛，悲傷遠遠超過離别之情。」

【集説】

清陳祚明《采菽堂古詩選》卷二十四：頑兀情深，故語作沉拙。「乃抱生死悼」，始知之耶？

顥顥氣薄暮①〔一〕，蔌蔌清衾單②〔二〕。階前水光裂〔三〕，樹上雪花團〔四〕。庭鶴哀以立，雲雞肅且寒〔五〕。方東有苦淚③〔六〕，承夜非膏蘭〔七〕。從此永黯削〔八〕，萱葉焉能寬〔九〕。

【校記】

①「薄」《彙注》本作「轉」。

②「蔌蔌」元鈔本作「漱漱」。

③「東」《彙注》本作「冬」。

【箋注】

〔一〕「顥顥」句：《楚辭·大招》：「天白顥顥，寒凝凝只。」王逸章句：「言北方冬夏積雪，其光顥顥天地皆白。」朱熹集注：「顥顥，光貌。」《楚辭·天問》：「薄暮雷電，歸何憂？厥嚴不奉，帝何求？」洪興祖補注：「薄暮，日欲晚，喻年老也。」《文選》卷二十七魏文帝《善哉行》：「上山采薇，薄暮苦饑。」

〔二〕「蔌蔌」句：《文選》卷十一鮑照《蕪城賦》：「稜稜霜氣，蔌蔌風威。」李善注：「蔌蔌，風聲勁疾之貌。」清衾，冷被。《古今通韻》卷十：「清，寒也，冷也。」《詩·召南·小星》：「肅肅宵征，抱衾與裯，寔命不猶。」毛傳：「衾，被也。」

〔三〕水光裂：《校注》：「水光裂：水有結冰的，有不結冰的，故云。」

〔四〕雪花團：雪花結聚。《校注》：「團：聚，堆積。」按《古今通韻》卷四：「團，度丸切，圜也，又聚也。」

〔五〕「雲雞」句：《彙注》：「《論衡》曰：『淮南王得道，犬吠天上，鷄鳴雲中。』」《詩·豳風·七月》：「九月肅霜，十月滌場。」毛傳：「肅，縮也，霜降而收縮萬物。」《校注》：「雲雞：指高棲於樹上之雞。肅：收縮。」按雲雞，當以《校注》所釋爲是。

〔六〕苦淚：《玉臺新詠》卷十虞炎《有所思》：「紫藤拂花樹，黄鳥間青枝。思君一歎息，苦淚應言垂。」

〔七〕「承夜」句：《楚辭·招魂》：「失明承夜兮，時不可以淹。」王逸章句：「朱明，日也。承，續也。」朱熹集注：「日夜相承，四時不得淹止。」《藝文類聚》卷二引宋謝莊《喜雨詩》：「鵾起知風舞，礎潤識雲流。洌泉承夜湛，零雨望晨浮。」《文選》卷二十四潘尼《贈陸機出爲吴王郎中令》：「膏蘭孰爲銷，濟治由賢能。」按膏蘭，猶蘭膏。《楚辭·招魂》：「蘭膏明燭，華容備些。」王逸章句：「蘭膏，以蘭香煉膏也。」鮑照《代白紵舞歌詞四首》之一：「吴刀楚製爲佩褘，纖羅霧縠垂羽衣。含商咀徵歌露晞，珠履颯遝紈袖飛。淒風夏起素雲回，車怠馬煩客忘歸，蘭膏明燭承夜暉。」

〔八〕黯削：《校注》：「黯削：言神情沉鬱，形容憔悴。」

〔九〕萱葉：《校注》：「萱葉：指萱草，又名忘憂草。」按《詩經·衛風·伯兮》：「焉得諼草，言樹之背。」毛傳：「諼草，令人忘憂。」陸德明釋文：「諼，本又作萱。」《文選》卷五十三嵇康《養生論》：「合歡蠲忿，萱草忘憂，愚智所共知也。」李善注：「神農《本草》曰：『合歡蠲忿，萱草忘憂。』崔豹《古今注》曰：『合歡樹似梧桐，枝葉繁互相交結，每一風來輒自離，了不相牽綴。樹之堦庭，使人不忿也。』」《述異記》卷下：「萱草，一名紫萱，又呼爲忘憂草，吴中書生呼爲療愁花。」

杍悲情雖滯①〔一〕，送往意所知〔二〕。空座幾時設，虚帷無久垂〔三〕。暮氣亦何勁〔四〕，嚴風照天涯〔五〕。夢寐無端際〔六〕，惝怳有分離〔七〕。意念每失乖〔八〕，徒見四時虧〔九〕。

【校記】

①「杼」《彙注》本、張本、梁本、庫本作「抒」。

【箋注】

〔一〕「杼悲」句：杼悲，疑即弄杼而悲，謂睹亡妻之織機而悲。詩人此題之六：「流黄久不織，寧聞梭杼音？」故此首有「杼悲」之語也。杜甫《雨四首》之四：「神女花鈿落，蛟人織杼悲。」錢惟演《七夕》：「初宵已有穿針樂，欲曙還成弄杼悲。若比人間更腸斷，萬重雲浪寄微辭。」或皆本此。杼，《洪武正韻》卷七：「機杼之持緯者。」按《彙注》本、張本、梁本、庫本作「抒悲」，謂發抒其悲情，亦通，然終不如作「杼悲」之形象也。後人改杼為抒，失其本貌。《校注》：「滯：不暢，鬱結。」

〔二〕送往：《莊子·山木》：「萃乎芒乎，其送往而迎來。」《文選》卷五十八王儉《褚淵碑文》：「送往事居，忠貞允亮。秉國之均，四方是維。」李周翰注：「往，謂明帝也。居，謂少主也。」《校注》：「送往：送别死者。」

〔三〕「空座」二句：《世説新語·排調》：「二郗奉道，二何奉佛，皆以財賄。謝中郎云：『二郗諂於道，二何侫於佛。』」佘嘉錫箋疏：「《法苑珠林》五十五（支那撰述百二十卷本）引《冥祥記》曰：『晉司空廬江何充，字次道，弱而信法，心業甚精。常於齋堂，置於空座，筵帳精華，絡以珠寶，設之積年，庶降神異。』」句謂設空座以冀其亡妻之魂靈出現。按《校注》云：「空座、虚帷：指亡妻的靈堂。」亦録之以備考。

〔四〕暮氣：鮑照《遊思賦》：「暮氣起兮遠岸黑，陽精滅兮天際紅。」《校注》：「暮氣：日暮時的光氣。」

〔五〕「嚴風」句：《文選》卷三十一袁淑《效古》：「四面各千里，從横起嚴風。」張銑注：「嚴風，寒風也。」《文選》卷二十九《古詩十九首》之一：「相去萬餘里，各在天一涯。道路阻且長，會面安可知。」《太平御覽》卷四百八十九引《古詩》：「仰視浮雲馳，奄忽互相踰。風波一失路，各在天一涯。」鮑照《觀漏賦》：「望天涯而佇念，擢雄劍而長歎。」按以上二句《校注》云：「此二句本當作『嚴風亦何勁，暮氣照天涯』，此有意交互其文。」

〔六〕「夢寐」句：《後漢書》卷三十下《郎顗傳》：「此誠臣顗區區之願，夙夜夢寤，盡心所計。」《文選》卷二十五謝靈運《酬從弟惠連》：「夢寐佇歸舟，釋我吝與勞。」《晉書》卷三十六《衛瓘傳》：「遠而望之，象鴻鵠羣遊，駱驛遷延；迫而視之，端際不可得見，指撝不可勝原。」《校注》：「無端際：無邊際。」

〔七〕惝怳：《文選》卷三十謝朓《郡内登望》：「切切陰風暮，桑柘起寒煙。悵望心已極，惝怳魂屢遷。」張銑注：「惝怳，魂神不安貌。」按惝怳，《校注》作「惝恍」，云：「惝恍：恍惚。此句謂在恍惚之中相見而又分離。」

〔八〕「意念」句：意念，思慮。《吕氏春秋·孟秋紀·禁塞》：「世有興主仁士，深意念此，亦可以痛心矣，亦可以悲哀矣。」《文選》卷三十九枚乘《上書諫吴王》：「臣乘願披腹心而效愚忠，惟大王少加意念惻怛之心於臣乘言。」《校注》：「失乖：違失。」

〔九〕四時虧：《文選》卷二十九《古詩十九首·東城高且長》：「四時更變化，歲暮一何速。晨風懷苦心，蟋蟀傷局促。」同上書卷二十三阮籍《詠懷詩十七首·炎暑惟兹夏》：「四時更代謝，日月遞差馳。徘徊空堂上，忉怛莫我知。願睹卒歡好，不見悲别離。」《校注》：「四時虧：謂時光流逝，一年漸盡。」

【集説】

清陳祚明《采菽堂古詩選》卷二十四：雖空座虚帷，亦不久長，哀如之何！

神女色姱麗，乃出巫山湄〔一〕。逶迤羅袂下〔二〕，鄣日望所思〔三〕。佳人獨不然，户牖絶錦綦〔四〕。感此增嬋娟〔五〕，屑屑涕自滋〔六〕。清光澹且減〔七〕，低意守空帷〔八〕。

【箋注】

〔一〕「神女」二句：《太平御覽》卷三百九十九引《襄陽耆舊記》：「楚王與宋玉遊於雲夢之野，將使宋玉賦高唐之事。望朝雲之館，上有雲氣，崪乎直上，忽而改容。須臾之間，變化無窮。王問宋玉曰：『此何氣也？』對曰：『昔者先王遊於高唐，怠而晝寐，夢一婦人，曖乎若雲，焕乎若星，將行未至，如浮如停。詳而視之，西施之形。王悦而問焉。曰：「我帝之季女也，名曰瑶姬。未行而亡，封巫山之臺，精魄依草，實爲茎芝，媚而服焉，則與夢期。所爲巫山之女，高唐之姬。聞君遊於高唐，願薦枕席。」上因而幸之。』」姱麗，美麗。《後漢書》卷五十九張衡《思玄賦》：「既姱麗而鮮雙兮，非是時之攸珍。」李賢注：「王逸注《楚辭》曰：『姱，好也。攸，所也。』言德雖美好，而時人不珍也。」湄，岸邊，水草相接之處。《詩·秦風·蒹葭》：「所謂伊人，在水之湄。」孔穎達疏：「謂水草交際之處，水之岸也。」

〔二〕「逶迤」句：逶迤，舒展自如貌。《楚辭·遠遊》：「駕八龍之婉婉兮，載雲旗之逶蛇。」王夫之通釋：「逶蛇，音威夷，曲折自如貌。」《漢書》卷二十二《禮樂志》：「票然逝，旗逶蛇。」顔師古注：「逶蛇，旗貌也。」羅袂，絲羅的衣袖，指華麗之衣著。漢武帝《落葉哀蟬曲》：「羅袂兮無聲，玉墀兮塵生。」《文選》卷三十四曹植《七啓》：「動朱脣，發清商，揚羅袂，振華裳。」

〔三〕「郭日」句：《文選》卷十九宋玉《高唐賦》：「其少進也，晰兮若姣姬揚袂鄣日而望所思。」李善注：「揚袂，舉袖也，如美人之舉袖望所思也。」阮籍《詠懷詩八十二首》之三十七：「嘉時在今辰，零雨灑塵埃。臨路望所思，日夕復不來。人情有感慨，蕩漾焉能排。」

〔四〕「户牖」句：户牖，門窗。《老子》：「鑿户牖以爲室，當其無，有室之用。」《淮南子·氾論訓》：「夫户牖者，風氣之所從往來。」阮籍《詠懷詩八十二首》之七十一：「白日頹林中，翩翩零路側。蟋蟀吟户牖，蟪蛄鳴荆棘。」《校注》：「絶錦綦：足跡斷絶，不相往來。綦，脚印。《漢書·揚雄傳》注：『晉灼曰：綦，履跡也。』」

〔五〕嬋娟：猶嬋媛，情思牽縈貌。《楚辭》劉向《九歎·思古》：「心嬋媛而無告兮，口噤閉而不言。」王逸章句：「言己愁思，心中牽引而痛，無所告語，閉我之口，不知所言。」

〔六〕「屑屑」句：《校注》：「屑屑：淚紛然下落貌。」《文選》卷十六江淹《别賦》：「左右兮魂動，親賓兮淚滋。」吕向注：「滋，多也。」

〔七〕清光：《藝文類聚》卷四引謝朓《侍宴華光殿曲水詩》：「歡飫終日，清光欲暮。」《校注》：「清光：月光。」

〔八〕「低意」句：申屠蟠《奏記外黄令》：「今聞玉幽執牢檻，罪名已定，皆心低意阻，惆悵悲歎。」《校注》：「低意：心意低沉。」《玉臺新詠》卷二張華《情詩五首》之二：「幽人守静夜，迴身入空帷。」鮑照《擬行路難·今年陽初花滿林》：「徒飛輕埃舞空帷，粉筐黛器靡復遺。自生留世苦不幸，心中惕惕恒懷悲。」

【集説】

清陳祚明《采菽堂古詩選》卷二十四：忽借神女，興感無端，故佳。「鄣日」句有趣。「屑屑涕自滋」及末句「低意」字，皆故作生異。

二妃麗瀟湘，一有乍一無〔一〕。佳人承雲氣①〔二〕，無下此幽都〔三〕。當追帝女迹〔四〕，出入泛靈輿〔五〕。奄映金淵側②〔六〕，遊豫碧山隅〔七〕。曖然時將罷〔八〕，臨風返故居③〔九〕。

【校記】

①「承」《彙注》本作「乘」。

②「奄」《彙注》本、張本、梁本作「掩」。按奄，掩字通。

③「返」張本作「還」，梁本作「吹」。

【箋注】

〔一〕「二妃」二句：《文選》卷十五張衡《思玄賦》：「哀二妃之未從兮，翩繽處彼湘濱。」舊注：「二妃，堯之二女娥皇、女英，舜妻也。曰舜葬蒼梧之野，蓋二妃未之從。」李善注：「《禮記》曰：『舜葬蒼梧之野，蓋二妃未之從也。』鄭玄曰：『《離騷》所謂湘妃夫人也。舜南巡狩，死於蒼梧，二妃留江湘之間。』」吕延濟注：「二妃奔之，死於江湘之間，其神處於此，故哀之。翩繽，美貌。」同上書卷十九曹植《洛神賦》：「從南湘之二妃，攜漢濱之遊女。」《水經注・湘水注》：「大舜之陟方也，二妃從征，溺於湘江，神遊洞庭之淵，出入瀟湘之浦。」《校注》：「麗：偶，成雙作對。乍：忽然。」

〔二〕雲氣：雲霧。《文選》卷十九宋玉《高唐賦》：「昔者，楚襄王與宋玉遊於雲夢之臺，望高唐之觀。其上獨有雲氣，崪兮直上，忽兮改容。須臾之間，變化無窮。」《文選》卷四十七王褒《聖主得賢臣頌》：「虎嘯而谷風冽，龍興而致雲氣。」

〔三〕幽都：謂陰間都府。《楚辭・招魂》：「魂兮歸來，君無下此幽都些。」王逸章句：「幽都，地下后土所治也。地下幽冥，故稱幽都。」

〔四〕帝女：即上文所云之二妃。《校注》：「帝女：指娥皇、女英。二妃皆帝堯之女。」

〔五〕泛靈輿：阮籍《詠懷・夏后乘靈輿》：「夏后乘靈輿，夸父爲鄧林。存亡從變化，日月有浮沈。」《校注》：「泛靈輿：謂乘神車。」

〔六〕奄映：《宋書》卷八十《孝武十四王・始平孝敬王子鸞傳》：「巡靈周之殘册，略鴻漢之遺篆。弔新宫之奄映，喭璧臺之蕪踐。」《藝文類聚》卷四十五引齊謝朓《鬱林王墓誌銘》：「緑車旖旎，翠蕤奄映。癸貳戲良，臨祧弛盛。毁德歸桐，棄尊君鄭。」按奄映，同掩映。《藝文類聚》卷三十四引宋孝武帝《擬漢武帝李夫人賦》：「觀周氏之逸篇，覽漢室之遺篆。弔新宫之掩映，嗟璧臺之蕪踐。雖媛德之有載，竟滯悲其何遣。」鮑照《陽岐守風》：「差池玉繩高，掩映瑶井没。廣岸屯宿陰，懸崖棲歸月。」《校注》：「掩映：謂與帝女互相輝映。」

〔七〕「遊豫」句：曹植《蟬賦》：「唯夫蟬之清素兮，潛厥類乎太陰。在盛陽之仲夏兮，始遊豫乎芳林。」《文選》卷二十五盧諶《贈崔温》：「逍遥步城隅，暇日聊遊豫。北眺沙漠垂，南望舊京路。」《藝文類聚》卷六十三引潘尼《東武館賦》：「於是逍遥靈沼，遊豫華林。彎弓撫彈，娱志蕩心。」碧山，青山。《藝文類聚》卷十八引後漢蔡邕《協初賦》：「其在近也，若神龍采鱗翼將舉；其既遠也，若披雲緣漢見織女。立若碧山亭亭竪，動若翡翠奮其羽。」《校注》：「遊豫：遊樂。隅：山邊。」

〔八〕曖然：昏暗不明貌。謝靈運《過瞿溪山飯僧》：「同遊息心客，曖然若可睹。」《藝文類聚》卷八十八引齊謝朓《高松賦》：「青春爰謝，靈物含明。江皋緑草，曖然已平。」

〔九〕臨風：《楚辭·九歌·少司命》：「望美人兮未來，臨風怳兮浩歌。」《文選》卷十三謝莊《月賦》：「臨風歎兮將焉歇，川路長兮不可越。」

【集説】

清陳祚明《采菽堂古詩選》卷二十四：總取荒異。

〔南朝梁〕江　淹　著
丁福林　楊勝朋　校注

江文通集校注

三

上海古籍出版社

江文通集校注卷五

袁友人傳

【題解】

《校注》：「袁友人，即袁炳。本篇當作於袁炳死後未久，約在宋後廢帝泰豫元年（四七二）。」按江淹有《與交友論隱書》一篇，所謂「交友」者，即指袁炳而言，其中有云：「況今年已三十，白髮雜生，長夜輾轉，亂憂非一。」當作於宋後廢帝元徽元年（四七三）江淹三十歲時，則袁炳之卒又當在此後，時間約在元徽二年（四七四）秋之前，是時江淹在南徐州之京口。據《袁友人傳》云：「嗟乎！斯才也，斯命也，天之報施善人，何如哉！何如哉！」當作於袁炳卒後不久，時亦應在元徽二年。江淹又有《傷友人賦》一篇，亦爲傷袁炳之卒而作，賦有云：「余結誼兮梁門，復從官兮朱藩。何人遥而困阻，而天道之匪存。」《彙注》云：「朱藩，朱方之藩國也。時淹從建平王移鎮朱方。」所説是也。是文亦作於南徐州，二者正相合。

友人袁炳，字叔明，陳郡陽夏人〔一〕。其人天下之士〔二〕，幼有異才〔三〕，學無不覽，文章俶儻清贍出一時①〔四〕。任心觀書，不爲章句之學〔五〕。其篤行則信義惠和，意罄如也〔六〕。常念蔭松柏〔七〕，詠詩書，志氣跌宕〔八〕，不與俗人交。俛眉暫仕〔九〕，歷國常侍員外郎②，府功曹，臨湘令〔一〇〕。粟之入者，悉散以贍親。其爲節也如此，數百年來有此人焉③。至迺好妙賞文，獨絶於世也。又撰《晉史》，奇功未遂，不幸卒官，春秋二十有八〔一一〕。與余有青雲之交〔一二〕，非直銜盃酒而已〔一三〕。嗟乎！斯才也，斯命也。天之報施善人，何如哉！何如哉〔一四〕！

【校記】

①「清贍」《彙注》本作「清澹」。

②「歷」原作「曆」，今據《彙注》本、張本、梁本改。

③「來」《彙注》本、張本、梁本作「未」。

【箋注】

〔一〕「友人袁炳」三句：《元和姓纂》卷四：「袁，嬀姓，舜胡公滿之後。字或作爰、轅，其實一也。轅頗十一代孫袁生，袁生元孫幹，封貴鄉侯，居陳郡爲著姓。」《通志》卷二十七《氏族略》：「袁氏，亦作轅，亦作爰，嬀姓。舜後陳胡公之裔。胡公生申公，申公生靖伯，十八世孫莊伯乍諸，字伯爰。孫濤塗以王父字爲氏，世爲陳上卿。」《續漢書・郡國志二》：「陳國，九城，户十一萬二千六百五十三，口百五十四萬七千五百七十二。」注：「高帝置爲淮陽，章和二年改。雒陽東南七百里。」按陽夏爲陳郡之屬縣。

〔二〕天下之士：《史記》卷八十三《魯仲連列傳》：「平原君乃置酒，酒酣起前，以千金爲魯連壽。魯連笑曰：『所貴於天下之士者，爲人排患釋難解紛亂而無所取也。即有取者，是商賈之事也，而連不忍爲也。』遂辭平原君而去。」《校注》：「天下之士：天下之傑出人物。」

〔三〕異才：特出的才能。《後漢書》卷七十《孔融傳》：「融幼有異才。」《晉書》卷五十四《陸機傳》：「機身長七尺，其聲如鐘。少有異才，文章冠世，伏膺儒術，非禮不動。」

〔四〕「文章俶儻」句：俶儻，卓異不凡。《史記》卷八十三《魯仲連列傳》：「魯仲連者，齊人也。好奇偉俶儻之畫策，而不肯仕宦任職，好持高節。」司馬貞索隱：「《廣雅》云：『俶儻，卓異也。』」《晉書》卷五十五《張載傳》：「若夫魁梧儁傑，卓躒俶儻之徒，直將伏死嶔岑之下，安能與步驟共争道里乎！」清贍，清新豐富。《晉書》卷一百十四《苻堅載記下附苻融傳》：「嘗著《浮圖賦》，壯麗清贍，世咸珍之。」《宋書》卷五十九《江智淵傳》：「智淵愛好文雅，詞采清贍，世祖深相知待，恩禮冠朝。」《重修玉篇》卷二十五：「贍，市艷切，周也。」《校注》：「俶儻：卓異豪邁。同『倜儻』。出一時：超出當世。」

〔五〕「任心」二句：《三國志》卷三《魏志・明帝紀》：「明帝沈毅斷識，任心而行，蓋有君人之至概焉。」《晉書》卷一百二《劉聰載記》：「孝成任心縱欲，以婢爲后，使皇統亡絶，社稷淪傾。」《校注》：「任心：隨心所欲。」《宋書》卷七十《袁淑傳》：「至十餘歲，爲姑夫王弘所賞。不爲章句之學，而博涉多通。」《南史》卷五十九《江淹傳》：「淹少孤貧，常慕司馬長卿、梁伯鸞之爲人，不事章句之學。」按章句之學，指漢儒所創的一種研究儒家經典的學問，重在解釋篇章字句，而不重闡發大義。

〔六〕「其篤行」二句：《史記》卷七十一《樗里子甘茂列傳論》：「甘羅年少，然出一奇計，聲稱後世。雖非篤行之君子，然亦戰國之策士也。」《漢書》卷五十八《公孫弘卜式兒寬傳論》：「儒雅則公孫弘、董仲舒、兒寬，篤行則石建、石慶，質直則汲黯、卜式。」惠和，仁愛和順。《左傳·昭公四年》：「紂作淫虐，文王惠和，殷是以隕，周是以興，夫豈爭諸侯？」《後漢書》卷十上《皇后上·和熹鄧皇后紀》：「政非惠和，不圖於心；制非舊典，不訪於朝。」《校注》：「篤行：忠厚的品行。罄如：謙虚貌。罄，空，盡。《説文》：『罄，器中空也。』」

〔七〕蔭松柏：《楚辭·九歌·山鬼》：「山中人兮芳杜若，飲石泉兮蔭松柏。」王逸章句：「山中人，屈原自謂也。言己雖居在山中無人之處，猶取杜若以爲芬芳，飲石泉之水，蔭松柏之木。飲食居處，動以香潔，自修飾。」《樂府詩集》卷二十八曹丕《陌上桑》：「寢蒿草，蔭松柏，涕泣雨面霑枕席。」《校注》：「蔭松柏：謂隱居不仕。」

〔八〕跌宕：《後漢書》卷七十《孔融傳》：「又前與白衣禰衡跌蕩放言。」李賢注：「跌蕩，無義檢也，放縱也。」《三國志》卷三十八《蜀志・簡雍傳》：「優遊風議，性簡傲跌宕，在先主坐席，猶箕踞傾倚，威儀不肅，自縱適。」《校注》：「跌宕：放縱不羈。」按跌宕，同跌蕩。

〔九〕俛眉：低眉，表謙卑，恭順。《文選》卷四十五揚雄《解嘲》：「當今縣令不請士，郡守不迎師，羣卿不揖客，將相不俛眉。」劉良注：「不低眉下色以求賢人也。」《南史》卷一《宋武帝紀》：「公侯諸君，或世樹忠貞，或身荷爵寵，而并俛眉猾豎，無由自效，顧瞻周道，寧不弔乎！」

〔一〇〕「歷國常侍員外郎」三句：國常侍員外郎，指藩國常侍之在員外者。《宋書》卷四十《百官志下》：「大國置左右常侍各三人，省郎中。置侍郎二人。」府公曹，按時軍府有功曹參軍，州有功曹書佐，郡有功曹史，皆簡稱功曹，職掌選舉。袁炳所任之府功曹，當是郡府之功曹史，《宋書・百官志下》：「郡守……郡官屬略如公府，無東西曹，有功曹史，主選舉。」臨湘令，臨湘縣令。《宋書》卷三十七《州郡志三》，臨湘屬湘州長沙郡，爲州治之所在。據《宋書・百官志下》，諸縣署令千石者官第六品。袁炳所任他職之品秩，時皆在七品以下。此三職乃袁炳先後所任，故曰「歷」。

〔一一〕春秋：指年齡。《戰國策・楚策四》：「今楚王春秋高矣，而君之封地，不可不早定也。」《後漢書》卷五十六《張晧傳》：「今皇太子春秋方始十歲，未見保傅九德之義，宜簡賢輔，就成聖質。」

〔一二〕青雲之交：《校注》：「青雲之交：指以高尚的道義相交，即《傷友人賦》所説的『神交』。」

〔一三〕「非直」句：《校注》：「非直：不只是。銜盃酒：指酒食往還的形跡之交。」

〔一四〕「天之」三句：《史記》卷六十一《伯夷列傳》：「或曰：『天道無親，常與善人。』若伯夷、叔齊，可謂善人者非耶？積仁絜行如此而餓死！且七十子之徒，仲尼獨薦顔淵爲好學。然回也屢空，糟糠不厭，而卒蚤夭。天之報施善人，其何如哉？」

報袁叔明書

【題解】

袁叔明，即袁炳。此篇爲詩人對友人袁炳來信的復信。報書，即復書。陳琳《飲馬長城窟行》：「報書往邊地，君今出言一何鄙。」

此書有云：「去歲迫名茂才，冬盡不獲有報，引領於邑，情詎可及！」則書作於江淹爲南徐州秀才之次年。考《梁書》、《南史》之《江淹傳》皆載其出南兖州獄後，「尋舉南徐州秀才」。江淹《自序》亦云：「尋舉南徐州桂陽王秀才。」此桂陽王，指文帝第十八子劉休範，是江淹出獄後嘗被南徐州刺史桂陽王舉爲秀才也。據《宋書》卷八《明帝紀》、卷七十九《文五王傳》，休範孝建三年正月封順陽王，大明元年十二月改封桂陽王，泰始元年十二月爲使持節、鎮北將軍、南徐州刺史，泰始五年，征爲中書監、中軍將軍、揚州刺史。江淹既被桂陽王休範舉爲南徐州秀才，則必在休範任南徐州刺史時，即應在泰始五年十二月前。據其《自序》及《梁書》、《南史》本傳所云其出南兗州獄後，「尋舉」爲南徐州桂陽王秀才之語，則江淹之被舉爲南徐州秀才應以泰始四年（四六八）春爲近是。則此書乃泰始五年所作。考之此書又云：「方今仲秋風飛，平原彯色，水鳥立於孤洲，蒼葭變於河曲。」乃作於泰始五年八月。

吴譜繫此書於泰始七年，云：「集中《報袁叔明書》云：『拂衣於梁齊之館，抗手於燕趙之門，且十年矣。』所謂『且十年』者，將十年也。則先生此書當作於出仕後八九年間。先生自弱冠宦遊，至今歲已九載，故此書當編於此處。」然此説實誤，蓋吴譜乃囿於「且十年」而繫此書於泰始七年（四七一）耳。如據吴譜所説，則江淹之被舉爲南徐州桂陽王秀才又應在泰始六年時矣。然據《宋書·明帝紀》，桂陽王休範泰始五年十二月已改任中書監、揚州刺史，見吴譜之説非是。考江淹弱冠委身王侯，至泰始四年已八載，亦與「且十年」者相合也。曹道衡《年代考》繫此書於泰始三年至四年，當亦未愜人意，蓋因與此書中「去歲迫名茂才」者不合耳。

僕知之矣，高臯爲別，執手未期〔一〕。浮雲色曉，悵然魂飛〔二〕。前辱贈書，知命僕息心越地，採藥稽山，友人幸甚〔三〕。去歲迫名茂才，冬盡不獲有報〔四〕，引領於邑，情詎可及〔五〕！足下推僕者，不一二談也〔六〕。

僕聞狂士之行有三，竊嘗志之〔七〕。其奇者，則以紫天爲宇，環海爲池〔八〕，倮身大笑，被髮行歌〔九〕。其次則堅坐崩岸，偃卧深窟〔一〇〕，朝飡松屑，夜誦仙經〔一一〕。其下則辭榮城市，退耕巖谷〔一二〕，塞逕絶賓，杜墻不出〔一三〕。然者，皆羞爲西山之餓夫，東國之黜臣〔一四〕，而况其鄉黨乎〔一五〕！或有社稷之士〔一六〕，入而忘歸，則争論南宫之前〔一七〕，衛主於邪；伏身北闕之下〔一八〕，納君於治。至乃一説之奇，驚畏左右〔一九〕；一劍之功，震慄鄰國〔二〇〕。夫能者，唯横議漢庭〔二一〕，怒髮燕路〔二二〕，且猶不數，而况於鄰里乎〔二三〕！

若僕之行止①，已無可言矣〔二四〕。材不肖，文質無所直〔二五〕，徒以結髮遊學〔二六〕，備聞士大夫言曰：「在國忠，處家孝，取與廉，交友義〔二七〕。」故拂衣於梁齊之館，抗手於楚趙之門〔二八〕，且十年矣。容貌不能動人〔二九〕，智謀不足自遠。竟慚君子之恩，卒離飢寒之禍〔三〇〕。近親不言〔三一〕，左右莫教，涼秋陰陰，獨立閑館〔三二〕，輕塵入户〔三三〕，飛鳥無迹。命保琴書而守妻子〔三四〕，其可得哉？故國史，小官也，而子長爲之②〔三五〕；執戟，下位也，而子雲居之〔三六〕。僕非有輕車驃騎之略〔三七〕，交河雲險之功〔三八〕，幸以盜竊文史之末，因循卜祝之間〔三九〕。故俛首求衣，斂眉寄食耳〔四〇〕。若十口之隸〔四一〕，去於飢寒③。從疾舊里〔四二〕，斥歸故鄉。箕坐高視，舉酒極望〔四三〕。雖五侯交書，羣公走幣〔四四〕，僕亦在南山之南矣〔四五〕。此可爲智者道，難與俗士言也〔四六〕。

方今仲秋風飛，平原彯色④〔四七〕，水鳥立於孤洲〔四八〕，蒼葭變於河曲〔四九〕，寂然淵視，憂心辭矣〔五〇〕。獨念賢明蚤世，英華殂落〔五一〕。僕亦何人，以堪久長？一旦松柏被地，墳壟刺天〔五二〕，何時復能銜杯酒者乎〔五三〕？忽忽若狂〔五四〕，願足下自愛也。

【校記】

①「若」《彙注》本作「於」。

②「子長」原作「子良」，今據《彙注》本、張本、梁本改。

③「於」張本、梁本作「爲」，梁本注：「一作『於』。」

④「色」元鈔本作「影」。

【箋注】

〔一〕「高皐」二句：《詩·鄭風·遵大路》：「遵大路兮，摻執子之手兮。」鄭玄箋：「言執手者，思望之甚也。」《文選》卷二十四曹植《贈白馬王彪》：「離別永無會，執手將何時。」《文選》卷十五張衡《歸田賦》：「徒臨川以羨魚，俟河清乎未期。」《世說新語·規箴》：「王公攝其次曰：『後面未期，亦欲盡所懷？願公勿復談！』」《校注》：「皐：岸。未期：謂相見無期。」《文選》蘇武《詩四首》其三：『行役在戰場，相見未有期。握手一長歎，淚爲生別滋。』」

〔二〕「浮雲」二句：《藝文類聚》卷五十一引魏陳思王曹植《謝初封安鄉侯表》：「臣自知罪深責重，受恩無量，精魂飛散，忘軀殞命。」鮑照《夢歸鄉》：「寐中長路近，覺後大江違，驚起空歎息，恍惚神魂飛。」《校注》：「浮雲色曉：《文選》蘇武《詩四首》其四：『寒冬十二月，晨起踐嚴霜。俯觀江漢流，仰視浮雲翔。良友遠離別，各在天一方。』語本此。魂飛：魂不守舍，形容離別時極度悲傷。」

〔三〕「前辱贈書」數句：息心，梵語「沙門」的意譯，謂勤修善法，息滅惡行。晉袁宏《後漢紀·明帝紀上》：「沙門者，漢言息心，蓋息意去欲，而歸於無爲也。」《文選》卷二十二沈約《鍾山詩應西陽王教》：「多值息心侶，結架山之足。」李善注：「《大灌頂經》曰『息心達本源』，故號爲沙門。」《校注》：「辱：謙詞，猶承蒙之意。息心：去除欲念，謂辭官隱居。稽山：會稽山。會稽，今浙江紹興市，古屬越國。幸甚：謂友人勸自己歸隱之意極好。」

〔四〕「去歲」二句：茂才，即秀才。因避漢光武帝名諱，改爲茂才。《後漢書》卷六十一《黄瓊傳附黄琬傳》：「舊制，光禄舉三署郎，以高功久次才德尤異者爲茂才四行。」同上書卷三十一《陸康傳》：「康少仕郡，以義烈稱。刺史臧旻舉爲茂才，除高城令。」《校注》：「不獲有報：謂未獲朝廷任用通知。」

〔五〕「引領」二句：《史記》卷六《秦始皇本紀》：「今秦二世立，天下莫不引領而觀其政。」《文選》卷二十九《古詩十九首·明月何皎皎》：「引領還入房，淚下沾衣裳。」《校注》：「詎可及：

謂急不可待。詎，同『豈』。」

〔六〕「足下」二句：足下，古代下稱上或同輩相稱的敬詞。《韓非子·難三》：「今足下雖强，未若知氏；韓魏雖弱，未至如其在晉陽之下也。」《漢書》卷三十四《韓信傳》：「今足下雖自以爲與漢王爲金石交，然終爲漢王所禽矣。」《墨子·尚同上》：「遠國異土之民，是非利害之辯，不可一二而明知，故畫分萬國，立諸侯國君。」《漢書》卷六十二《司馬遷傳》：「悲夫！悲夫！事未易一二爲俗人言也。」《校注》：「推：推許，讚美。一二：逐一，詳細。」

〔七〕「僕聞」二句：《孟子·盡心下》：「孔子在陳，何思魯之狂士？」漢趙氏注：「狂者，進取大道而不得其正者也。」《校注》：「狂士：狂放之士。志：同『誌』，記。」

〔八〕「則以」二句：《太平御覽》卷五百七十三引《五寶經》：「神州七轉舞天經，秘於紫天元臺。」《史記》卷一百二十七《日者列傳》：「天不足西北，星辰西北移；地不足東南，以海爲池。」

〔九〕「倮身」二句：《後漢書》卷五十三《申屠蟠傳》：「昔人之隱，遭時則放聲滅迹，巢棲茹薇。其不遇也，則裸身大笑，被髮狂歌。」《晉書》卷七十五《王湛傳附王忱傳》：「婦父常有慘，忱乘醉吊之，婦父慟哭，忱與賓客十許人，連臂被髮裸身而入，繞之三匝而出。」《史記》卷八十四《屈原列傳》：「屈原至於江濱，被髮行吟澤畔，顔色憔悴，形容枯槁。」《漢書》卷六十五《東方朔傳》：「接輿避世，箕子被髮陽狂，此二人者，皆避濁世以全其身者也。」

〔一〇〕「其次」二句：鮑照《山行見孤桐》：「上倚崩峰勢，下帶洞阿深。」「崩峰」，張溥本、《古詩紀》

卷六十二作「崩岸」。僵卧，躺卧不起。賈誼《新書·淮難》：「天子使者奉詔而弗得見，僵卧以發詔書。」《後漢書》卷四十五《袁安傳》：「後舉孝廉。」李賢注：「《汝南先賢傳》曰：『時大雪積地丈餘，洛陽令自出案行，見人家皆除雪出，有乞食者。至袁安門，無有行路。謂安已死，令人除雪入户，見安僵卧。』」

〔一一〕「朝湌」二句：《藝文類聚》卷二十七引阮籍《詠懷詩》：「鴻鵠相隨飛，隨飛適荒裔，雙翮臨長風，須臾萬里逝。朝湌琅玕實，夕宿丹山際，託身青雲中，網羅不能制。」鮑照《代淮南王》：「淮南王，好長生，服食練氣讀仙經。琉璃藥椀牙作盤，金鼎玉匕合神丹。」《校注》：「松屑：松脂。據《本草經》云，久服松脂可『輕身不老延年』。仙經：道家記載服食仙化的書。」

〔一二〕「其下」二句：《晉書》卷六十七《郗鑒傳附郗超傳》：「性好聞人棲遁，有能辭榮拂衣者，超爲之起屋宇，作器服，畜僕豎，費百金而不吝。」《宋書》卷七十七《沈慶之傳》：「上即令顔師伯執筆，慶之口授之曰：『微命值多幸，得逢時運昌。朽老筋力盡，徒步還南崗。辭榮此聖世，何媿張子房。』」劉向《上晏子》：「不用則退耕於野，用則必不詘義。」《藝文類聚》卷二十六引陸機《遂志賦》：「亦進仕而退耕，庶斯言之不渝。」

〔一三〕杜：《校注》：「杜：堵塞。」

〔一四〕「皆羞爲」二句：《後漢記》卷二十一：「太尉袁湯……嘗曰：『不值仲尼，夷、齊，西山餓夫，柳下，東國黜臣，致聲名不泯者，篇籍使然也。』」《校注》：「西山餓夫：指伯夷、叔齊。據《史記・伯夷列傳》載，伯夷、叔齊爲孤竹君二子，周武王滅商後逃至首陽山，采薇而食，餓死山中。東國黜臣：指柳下惠。黜，罷免。柳下惠春秋時魯國人，任魯國典獄之官，因直道事人，曾被多次免職。見《論語・微子》。」

〔一五〕鄉黨：《論語・雍也》：「子曰：『毋！以與爾鄰里鄉黨乎！』」何晏注：「五家爲鄰，五鄰爲里，萬二千五百家爲鄉，五百家爲黨。」《後漢書》卷六十八《許劭傳》：「劭與靖俱有高名，好共覈論鄉黨人物。」《校注》：「鄉黨：猶鄰里。《論語・公冶長》：『吾黨之小子狂簡，斐然成章，不知所以裁之。』此當爲作者對袁叔明自稱。」

〔一六〕社稷之士：《校注》：「指朝廷官員。」按社稷，古代帝王、諸侯所祭的土神與穀神。社，土神；稷，穀神。後用以指代國家。此社稷之士，當指能爲國作出貢獻之人士。

〔一七〕南宮：秦漢時宮殿名。《史記》卷八《高祖本紀》：「高祖置酒雒陽南宮。」張守節正義：「《括地志》云：『南宮在雒州雒陽縣東北二十六里洛陽故城中。』《輿地志》云：『秦時已有南北宮。』」《後漢書》卷三十三《馮魴傳》：「明年，東巡郡國，留魴宿衛南宮。」

〔一八〕北闕：古代宮殿北面的門樓，爲臣子等候朝見或上書奏事之處。《漢書》卷一下《高帝紀下》：「蕭何治未央宮，立東闕、北闕、前殿、武庫、太倉。」顏師古注：「未央殿雖南嚮，而上書奏事謁見之徒皆詣北闕，公車司馬亦在北焉。是則以北闕爲正門，而又有東門、東闕。至於西南兩面，無門闕矣。蓋蕭何初立未央宮，以厭勝之術，理宜然乎？」後借指宮禁或朝廷。

〔一九〕「至乃」二句：《校注》：「戰國時蘇秦遊説六國，各國諸侯聽後爲之震動，於是合縱抗秦。見《史記・蘇秦列傳》。」

〔二〇〕「一劍」二句：《戰國策・齊策六》：「曹子以一劍之任，劫桓公於壇位之上，顏色不變，而辭氣不悖，三戰之所喪，一朝而反之，天下震動驚駭，威信吴、楚，傳名後世。」按曹沫劫齊桓公事，見《史記》卷三十三《魯周公世家》、卷八十六《刺客列傳》。

〔二一〕横議漢庭：《孟子・滕文公下》：「聖王不作，諸侯放恣，處士横議。」《漢書》卷十三《異姓諸侯王表》：「秦既稱帝，患周之敗，以爲起於處士横議，諸侯力争，四夷交侵，以弱見奪。」《校注》：「横議漢庭：指漢武帝時東方朔與諸博士在漢宫中議論辯難之事。詳見《史記・滑稽列傳》。横議，放縱談論。」

〔二二〕怒髮燕路：《史記》卷八十六《刺客・荆軻列傳》：「於是太子豫求天下之利匕首，得趙人徐夫人匕首，取之百金，使工以藥焠之，以試人，血濡縷，人無不立死者。乃裝爲遣荆卿。……遂發。太子及賓客知其事者，皆白衣冠以送之。至易水之上，既祖，取道，高漸離擊筑，荆軻和而歌，爲變徵之聲，士皆垂淚涕泣。又前而爲歌曰：『風蕭蕭兮易水寒，壯士一去兮不復還！』復爲羽聲忼慨，士皆瞋目，髮盡上指冠。於是荆軻就車而去，終已不顧。」

〔二三〕「且猶」二句：《校注》：「不數：不在此數。意謂如滑稽、刺客一類小能之人還算不上是社稷之士。」鄉里，猶鄉黨，鄉里。

〔二四〕「若僕」二句：行止，行步止息，猶言動與定。《孟子·梁惠王下》：「行，或使之；止，或尼之。行止，非人所能也。」《樂府詩集》卷三十七魏武帝《却東西門行》：「鴻雁出塞北，乃在無人鄉，舉翅萬餘里，行止自成行。」《校注》：「行止：謂出處進退。」

〔二五〕文質無所直：《校注》：「直：當。謂文質相配。《論語·雍也》：『質勝文則野，文勝質則史，文質彬彬，然後君子。』此謂自己的氣質、風度都與做官不配。」

〔二六〕徒以結髮遊學：《彙注》：「《李廣傳》曰：『臣結髮與匈奴戰。』《注》：『結髮，弱冠也。』」《校注》：「結髮：指弱冠之年。」福林按：《校注》所説，當本自《彙注》。然今考《史記》、《漢書》之《李廣傳》各家注，皆無以結髮注爲弱冠者。《彙注》此説不知何出？愚謂詩人「結發遊學」者，或又未必自二十歲始也。《詩經·衛風·氓》：「總角之宴，言笑晏晏。」朱熹《集傳》：「總角，女子未許嫁則未笄，但結髮爲飾也。」《史記》卷一百九《李廣列傳》：「且臣結髮而與匈奴戰，今乃一得當單于。」司馬貞索隱：「廣言自少時結髮而與匈奴戰，唯今者得與單于相當遇也。」一曰「少時結髮」，一曰未許嫁而「但結髮爲飾」，則結髮不應釋爲弱冠亦甚明。按結髮即束髮，古代男孩成童時束髮爲髻，因以代指成童之年。賈誼《新書·容經》：「古者年九歲入就小學，蹍小節焉，業小道焉；束髮就大學，蹍大節焉，業大道焉。」《初學記》卷二十七：「束髮……《禮記》曰：『童子之飾也。』」《文選》卷二十六謝靈運《過始寧墅》：「束髮懷耿介，逐物遂推遷。」李善注：「《韓詩外傳》曰：『夫人爲父者，必全其身體，及其束髮，屬授明師以成其材。』」朱熹《大學章句序》：「及其十有五年，則自天子之元子、衆子，以至公、卿、大夫、元士之適子，與凡民之俊秀，皆入大學。」則束髮之年在十五歲左右。

〔二七〕交友義：鮑照《擬古八首》之五：「君來誠既晚，不睹崇明初，玉琬徒見傳，交友義漸疏。」

〔二八〕「故拂衣」二句：拂衣，提起或撩起衣襟。《左傳·襄公二十六年》：「(叔向)曰：『姦以事君者，吾所能御也。』拂衣從之。」杜預注：「拂衣，褰裳也。」《藝文類聚》卷五十四引晉殷仲文《辠釁解尚書表》：「進不能見危授命，忘身殉國；退不能辭粟首陽，拂衣高謝。」《漢書》卷八十七上《揚雄傳上》：「是以旃裘之王，胡貉之長，移珍來享，抗手稱臣。」顏師古注：「抗手，舉手也。」《晉書》卷五十四《陸機傳附陸雲傳》：「華曰：『今日相遇，可勿爲常談。』雲因抗手曰：『雲間陸士龍。』」《校注》：「拂衣：提衣跟隨。抗手：舉手。梁齊、楚趙：泛指諸侯。」

〔二九〕容貌不能動人：《漢書》卷八十七下《揚雄傳下》：「凡人賤近而貴遠，親見揚子雲禄位容貌不能動人，故輕其書。昔老聃著虛無之言兩篇，薄仁義，非禮學，然後世好之者尚以爲過於五經。」

〔三〇〕「卒離」句：《校注》：「離：遭遇。此似指在南兖州受譖入獄之事。」

〔三一〕近親：血統關係較近的親戚。《管子·形勢》：「天道之極，遠者自親；人事之起，近親造怨。」《後漢書》卷八十二下《方術下·劉根傳》：「根於是左顧而嘯，有頃，祈之亡父祖近親數十人，皆反縛在前，向根叩頭。」

〔三二〕閑館：《史記》卷一百十七《司馬相如列傳》載司馬相如《封禪文》：「鬼神接靈圉，賓於閑館。」《文選》卷一班固《西都賦》：「徇以離宫别寢，承以崇臺閑館。」按閑館，閑敞之館，寬廣的館舍。《文選》卷四張衡《南都賦》：「體爽塏以閑敞，紛鬱鬱其難詳。」張銑注：「閑敞，清虚貌。」

〔三三〕輕塵：《藝文類聚》卷六引李康《遊山序》：「蓋人生天地之間也，若流電之過户牖，輕塵之棲弱草。」《文選》卷十二木華《海賦》：「輕塵不飛，纖蘿不動。」

〔三四〕守妻子：《後漢書》卷一上《光武帝紀上》：「今不同心膽，共舉功名，反欲守妻子財物邪？」

〔三五〕「故國史」三句：《詩大序》：「國史明乎得失之迹，傷人倫之廢，哀刑政之苛，吟詠情性，以風其上，達於事變而懷其舊俗者也。」三國魏劉劭《人物志·流業》：「文章之材，國史之任也。」《校注》：「國史：國家的史官。子長：司馬遷字子長，漢武帝時爲中書令，掌國史。」

〔三六〕「執戟」三句：《易·乾》：「是故居上位而不驕，在下位而不憂。」《文選》卷二十一盧諶《覽古》詩：「藺生在下位，繆子稱其賢。」《校注》：「執戟：秦漢時宫廷侍衛官，由郎充任，因值勤時執戟，故稱侍郎爲執戟之臣。子雲：揚雄字子雲，曾爲漢侍郎。曹植《與楊德祖書》：『昔揚子雲，先朝執戟之臣耳。』」

〔三七〕「僕非有」句：《校注》：「輕車：漢武帝時李蔡爲輕車將軍，從大將軍衛青擊匈奴右賢王，有功，封爲樂安侯。驃騎：漢武帝元狩二年，霍去病爲驃騎將軍，多次出征匈奴，戰功顯赫，寵冠羣臣。皆見《史記·衛青霍去病傳》。」

〔三八〕「交河」句：《校注》：「交河：古西域城名，西漢時爲車師前國首都，宣帝時鄭吉、司馬熹攻破交河城，迫使車師王投降。見《漢書·西域傳》。雲險：指雲中郡。險，險要之地，要塞。《漢書·馮唐傳》：『今臣竊聞魏尚爲雲中守……匈奴遠辟，不近雲中之塞。』」

〔三九〕「幸以」二句：《校注》：「盜竊：猶言佔據，自貶之辭。文史、卜祝：據《周禮·春官》，宗伯下有五類屬官，其中第三類是掌『卜祝』之官，第四類是掌『文史星曆』之官。因循：沿襲，緊靠著。司馬遷《報任安書》：『文史星曆，近乎卜祝之間，固主上所戲弄，倡優所畜，流俗之所輕也。』」

〔四〇〕「故俛首」二句：《史記》卷一百十《匈奴列傳》：「夫力耕桑以求衣食，築城郭以自備。」寄食，依附別人生活。《戰國策·齊策四》：「齊人有馮諼者，貧乏不能自存，使人屬孟嘗君，願寄食門下。」《史記》卷九十二《淮陰侯列傳》：「始爲布衣時，貧無行，不得推擇爲吏，又不能治生商賈，常從人寄食飲，人多厭之者。常數從其下鄉南昌亭長寄食，數月，亭長妻患之，乃晨炊蓐食。」《校注》：「俛首：低頭。斂眉：猶低眉，低三下四。」

〔四一〕隸：《校注》：「隸：隸屬之人，指家屬。」

〔四二〕舊里：即故里，故鄉。《後漢書》卷六十二《荀淑傳》：「初荀氏舊里名西豪。」李賢注：「今許州城内西南有荀淑故宅，相傳云即舊西豪里也。」

〔四三〕「箕坐」二句：王充《論衡·率性》：「南越王趙佗本漢賢人也，化南夷之俗，背畔王制，椎髻箕坐，好之若性。」《太平御覽》卷四百九十八引應璩《與崔元書》：「昔戴叔鸞箕坐見邊文禮，此皆衰世之慢行也。」《文選》卷七揚雄《甘泉賦》：「仰撟首以高視兮，目冥眴而亡見。」劉良注：「言舉首高望，令目昏亂。」《晉書》卷八十《王徽之傳》：「徽之初不酬答，直高視，以手版柱頰云：『西山朝來致有爽氣耳。』」極望，極目遠望。《文選》卷三十四枚乘《七發》：「梧桐并閭，極望成林。」吕向注：「極，窮也。」《藝文類聚》卷三十引蘇武《報李陵書》：「窮目極望，不見所識；側耳遠聽，不聞人聲。」《校注》：「箕坐：古人席地而坐，坐時兩腿伸直張開，形似畚箕，謂箕坐，是一種傲慢不敬的姿態。」

〔四四〕「雖五侯」二句：《漢書》卷九十八《元后傳》：「上悉封舅譚爲平阿侯，商成都侯，立紅陽侯，根曲陽侯，逢時高平侯。五人同日封，故世謂之五侯。」鮑照《數詩》：「五侯相餞送，高會集新豐。」按此五侯指權貴。《校注》：「交書：争相下聘書。羣公：指三公。走幣：謂送聘禮。」

〔四五〕南山之南：《後漢書》卷八十三《逸民·法真傳》：「真曰：『以明府見待有禮，故敢自同賓末。若欲吏之，真將在北山之北，南山之南矣。』」《校注》：「此謂將遠離人世，不再出仕。」

〔四六〕「此可」二句：《文選》卷四十一司馬遷《報任少卿書》：「然此可爲智者道，難爲俗人言也。」張銑注：「俗人不知，難爲言之。」《校注》：「爲：與。」

〔四七〕彯色：《校注》：「彯色：失色。彯，同『摽』，棄。」

〔四八〕孤洲：《太平御覽》卷九百三十五引《西京雜記》：「昔人有遊東海者，隨風浪莫知所之，一日一夜，得一孤洲。」

〔四九〕「蒼葭」句：《詩・秦風・蒹葭》：「蒹葭蒼蒼，白露爲霜。」鄭玄箋：「蒹葭在衆草之中蒼蒼然彊盛，至白露凝戾爲霜，則成而黄。」《校注》：「此句謂蒹葭由盛變衰。」

〔五〇〕「寂然」二句：《易・繫辭上》：「易，無思也，無爲也，寂然不動，感而遂通天下之故。非天下之至神，其孰能與於此？」《校注》：「淵視：凝視。辭：離去，謂憂心消逝。」

〔五一〕「獨念」二句：《校注》：「賢明、英華：指優秀人物。蚤世：早死。蚤，通『早』。殂落：殞落，死去。」

〔五二〕「一旦」二句：刺天，直入雲天，謂極高。《文選》卷四張衡《南都賦》：「杳藹蓊鬱於谷底，森蕁蕁而刺天。」張銑注：「皆茂盛上指於天。」同上書卷十二木華《海賦》：「巨鱗插雲，鬐鬣刺天。」《校注》：「松柏：古代墓地多種松柏。」

〔五三〕銜杯酒：《文選》卷四十一司馬遷《報任少卿書》：「僕與李陵，俱居門下，素非能相善也，趨舍異路，未嘗銜盃酒接殷勤之餘歡。」《校注》：「銜杯酒：謂飲酒歡會。」

〔五四〕忽忽若狂：《文選》卷十九宋玉《高唐賦》：「悠悠忽忽，怊悵自失。」李善注：「悠悠，遠貌。忽忽，迷貌。言人神悠悠然遠，迷惑不分所斷。」同上書司馬遷《報任少卿書》：「是以腸一日而九迴，居則忽忽若有所亡，出則不知其所往。」張銑注：「忽忽，愁亂貌。」《漢書》卷五十四《蘇建傳附蘇武傳》：「陵始降時，忽忽如狂，自痛負漢，加以老母繫保宫。子卿不欲降，何以過陵？」《校注》：「忽忽：神志恍惚貌。」

【集説】

錢鍾書《管錐編·全梁文》卷三十八：江淹《詣建平王上書》。按齊梁文士，取青妃白，駢四儷六，淹獨見漢魏人風格而悦之，時時心摹手追。此書出入鄒陽《上梁孝王》、馬遷《報任少卿》兩篇間，《與交友論隱書》則嵇康《與山巨源》之遺，《報袁叔明書》又楊惲《與孫會宗》之亞；雖於時習刮磨未浄，要皆氣骨權奇，絶類離倫。卷五一（按指嚴可均輯《全梁文》卷五十一）王僧孺《與何炯書》一篇差堪把臂共語，而頗傷冗縟也。梁作手如簡文帝、任昉輩一篇中著單散語時，每失故步，舉止生澀，右梲左杌，躓後跋前；淹未嘗有是，觀其《銅劍讚·序》、《自序傳》亦可知焉。

與交友論隱書

【題解】

交友，即朋友。《商君書·禁使》：「故至治，夫妻、交友不能相爲棄惡蓋非，而不害於親，民人不能相爲隱。」《後漢書》卷三十四《梁統傳論》：「況乃傾側孽臣，傳寵凶嗣，以至破家傷國，而豈徒然哉！」李賢注：「商遣冀，不疑與曹節等爲交友也。」

書題之「交友」，亦指袁炳。江淹於泰始五年所作之《報袁叔明書》有云：「前辱贈書，知命僕息心越地，采藥稽山，友人幸甚。」乃袁炳寄書勸其隱也，故報書又云：「幸以盜竊文史之末，因循卜祝之間。故俛首求衣，斂眉寄食耳。若十口之隸，去於饑寒。從疾舊里，斥歸故鄉。箕坐高視，舉酒極望。雖五侯交書，羣公走幣，僕亦在南山之南矣。」考此書云：「今但願拾薇藿，誦詩書，樂天理性，斂骨折步，不踐過失之地耳。猶以妻孥未奪，桃李須陰，望在五畝之宅，半頃之田。鳥赴簷上，水匝階下，則請從此隱，長謝故人。」所論頗相近。或前此袁叔明又復有書至，勸其隱退以避禍，故江淹乃作此以答之耳。

《校注》云：「文中云『況今年已三十』，可知此書當作於宋後廢帝元徽元年（四七三）。其時，江淹隨建平王景素在京口，爲鎮軍參軍，領南東海郡丞，因屢進諫而招致建平王不滿。所謂『彯然十載，竟不免衣食之敗』云云，似對被黜之事已有預感。」所説是也。曹道衡《年代考》云：「此文言：『而彯然十載，竟不免衣食之敗。』從大明七年江淹仕算起，至元徽元年共十年，當時江淹正好三十歲。」福林按：古人計算年代，乃首尾并計耳。自大明七年至今歲，凡十一年，非十年，曹説非是。書云「今年已三十」者，乃舉成數而言耳。

淹者，海濱窟穴，弋釣爲伍〔一〕。自度非奇力異才〔二〕，不足聞見於諸侯。每承梁伯鸞卧於會稽之墅，高伯達坐於華陰之山，心常慕之，而未能及也①〔三〕。嘗感子路之言，不拜官而仕〔四〕，無青組、紫紱、龜紐、虎符之志〔五〕。但欲史曆巫卜〔六〕，爲世俗賤事耳。而彯然十載②，竟不免衣食之敗〔七〕。何則？性有所短〔八〕，不可韋弦者有五③〔九〕：一則體本疲緩，卧不肯起〔一〇〕。二則人間應脩，酷懶作書〔一一〕。三則賓客相對，口不能言〔一二〕。四則性甚畏動，事絶不行〔一三〕。五則愚婞妄發，輒被口語〔一四〕。有五短而無一長④，豈可處人間耶〔一五〕？知短而不可易者，所謂輪椎分定也⑤〔一六〕。猶如雞鶩之有毛〔一七〕，不能得鸞鳳之光采矣。況今年已三十，白髮雜生。長夜輾轉〔一八〕，亂憂非一。以溘至之命〔一九〕，如星殞天，促光半路〔二〇〕，不攀長意，徒自欺取〔二一〕。筋駑髓冷，殊多災恙〔二二〕。心頑質堅，偏好冥默〔二三〕。既信神農服食之言〔二四〕，久固天竺道士之説〔二五〕。守清淨，煉神丹〔二六〕，心甚愛之；行善業，度一世〔二七〕，意甚美之。今但願拾薇藿〔二八〕，誦詩書，樂天理性，斂骨折步⑥〔二九〕，不踐過失之地耳〔三〇〕。猶以妻孥未奪，桃李須陰〔三一〕，望在五畝之宅，半頃之田〔三二〕。鳥赴簷上，水匝階下，則請從此隱，長謝故人〔三三〕。若乃登峨嵋，度流沙〔三四〕，殆金石，讀仙經〔三五〕，嘗聞其驗，非今日之所言也〔三六〕。誰謂難知⑦，青鳥明之〔三七〕。貴布筆墨，然亦焉足道哉〔三八〕。

【校記】

①「未能及」《彙注》本作「未及」。

②「影」元鈔本作「飄」。

③「韋弦者有五」《彙注》本作「韋弦者五」。

④「有五短」原作三字空格，元鈔本作四字空格，今據《彙注》本、張本、梁本補。

⑤「分」原作一字空格，今據張本、梁本補。「輪椎分」《彙注》本作「輪推各」。

⑥「骨」元鈔本作「眉」。

⑦「難知」元鈔本作「南之」。

【箋注】

〔一〕「海濱」二句：　海濱，近海之處，海邊。《書·禹貢》：「厥土白墳，海濱廣斥。」孔傳：「濱，涯也。」孔穎達疏：「海畔迥濶，地皆斥鹵，故云廣斥。」《文選》卷七司馬相如《子虛賦》：「選徒萬騎，畋於海濱。」郭璞注：「濱，涯也。」《文選》卷四十三嵇康《與山巨源絕交書》：「抱琴行吟，弋釣草野，而吏卒守之，不得妄動。二不堪也。」

〔二〕「自度」句：《史記》卷七《項羽本紀》：「漢騎追者數千人，項王自度不得脱。」異才，特出的才能。《後漢書》卷七十《孔融傳》：「融幼有異才。」《晉書》卷五十四《陸機傳》：「機身長七尺，其聲如鐘。少有異才，文章冠世，伏膺儒術。非禮不動。」

〔三〕「每承」數句：《校注》：「梁伯鸞：梁鴻字伯鸞，扶風平陵人。高伯達：高恢字伯達，京兆人。二人皆東漢時隱士。《後漢書・逸民列傳》載，梁鴻娶同郡孟光爲妻，乃同入霸陵山中，以耕織爲業，詠《詩》、《書》，彈琴以自娱。後適吴，爲人舂米，每歸，妻爲具食，舉案齊眉。又，鴻友人高恢，少好《老子》，隱於華陰山中，終身不仕。會稽：郡名。秦漢時吴（今江蘇蘇州市）屬會稽郡。華陰：縣名，在今陝西省。墅：田廬，即田野的草房。及：做到。」

〔四〕「嘗感」二句：《校注》：「子路：字仲由，孔子門生。《説苑・建本》：『子路曰：負重道遠者，不擇地而休；家貧親老者，不擇禄而仕。』子路之言，即指此。不拜官而仕：不爲做官而做官，意即做官爲了養家。」

〔五〕「無青組」句：《校注》：「組、紱：皆繫印帶。龜紐：印紐刻作龜形的官印。衛宏《漢官儀上》：『丞相、列侯、將軍，金印紫綬；中二千石、二千石，銀印青綬，皆龜紐。』虎符：古代帝王授予將帥或地方長官兵權的信物，用銅鑄成虎形。」

〔六〕史曆巫卜：《校注》：「史曆巫卜：即文史、卜祝。」

〔七〕「而彯然」二句：《校注》：「彯然：形容輕快迅疾。彯，通『飄』。衣食之敗：《報袁叔明書》：『幸以盜竊文史之末，因循卜祝之間。故俛首求衣，歛眉寄食耳。』此謂免去官職。」

〔八〕性有所短：《晉書》卷九十四《郭翻傳》：「安西將軍庾翼以帝舅之重，躬往造翻，欲强起之。翻曰：『人性各有所短，焉可彊逼。』」《淮南子・氾論訓》：「夫人之情，莫不有所短，誠其大略是也。雖有小過，不足以爲累。」

〔九〕韋弦：《韓非子・觀行》：「西門豹之性急，故佩韋以自緩；董安于之性緩，故佩弦以自急。故以有餘補不足，以長續短之謂明主。」後因以「韋弦」比喻外界的啓迪和教益。《文選》卷四十六任昉《王文憲集序》：「夷雅之體，無待韋弦。」李善注：「韋，皮繩，喻緩也；弦，弓弦，喻急也。……言王公平雅之性，無待此韋弦以成也。」《校注》：「韋是加工過的皮子，柔而韌；弦，緊而直。佩帶韋弦，以警惕自己之不足。此爲勸誡、改變之意。」

〔一〇〕「一則」二句：《文選》卷四十三嵇康《與山巨源絶交書》：「自惟至熟，有必不堪者七，甚不可者二。卧喜晚起，而當關呼之不置，一不堪也。」張銑注：「不堪、不可，皆不中任用也。」《校注》：「疲緩：疲遝懶散。」

〔一一〕「二則」二句：《文選》嵇康《與山巨源絶交書》：「又不喜作書，而人間多事，堆案盈几，不相酬答，則犯教傷義，欲自勉强，則不能久，四不堪也。」《校注》：「應脩：應酬修書。」

〔一二〕口不能言：《莊子・天道》：「以臣之事觀之，斵輪徐則甘而不固，疾則苦而不入，不徐不疾，得之於手而應於心，口不能言，有數存焉。」《漢書》卷四十二《周昌傳》：「昌爲人吃，又二：「赬，赤色。」倉煙，即蒼煙。倉，通「蒼」。《校注》：「懵：昏暗不明。」

〔一〇二〕「韻屬」二句：《藝文類聚》卷八十一引《漢武内傳》：「其次藥有丸丹金液，紫華紅芝，五雲之漿，玄霜絳雪。」《校注》：「韻：聲韻。誦讀之意。玄經：道經。恩：愛。金液：金丹玉液，道家所謂長生之藥。」

〔一〇三〕「靈厭」二句：霸德，猶霸道，與「王道」相對而言。《後漢書》卷二十二《朱祐景丹等傳論》：「若乃王道既衰，降及霸德，猶能授受惟庸，勳賢皆序，如管、隰之迭升桓世，先、趙之同列文朝，可謂兼通矣。」李賢注：「王謂周也。霸謂齊桓、晉文公。」同上書卷六十七《黨錮傳序》：「霸德既衰，狙詐萌起。彊者以決勝爲雄，弱者以詐劣受屈。」《校注》：「靈：指國君，即少帝。霸德：諸侯之長曰霸。霸者所行之政謂霸德，此指蕭道成。少帝：即後廢帝劉昱，死後封蒼梧王。告釁：挑起争端。《南齊書・高帝紀》：『太祖威名既重，蒼梧王深相猜忌，幾加大禍。』以上二句當指此。」

〔一〇四〕抵仁抵信：《文選》卷十六江淹《恨賦》：「至乃敬通見抵，罷歸田里。」李周翰注：「抵，拒也。」《校注》：「抵：違。」

〔一〇五〕「枉獄」二句：《文選》卷五左思《吴都賦》：「剛鏃潤，霜刃染。」劉良注：「霜刃，言其殺利也。」吕向注：「霜刃，兵器之刃，白如霜也。」《校注》：「炎鑪：一種用爐火將犯人活活燒死的酷刑，如殷之炮烙。淫刑：濫用刑罰。霜刃：鋒利的刀刃。」

〔一〇六〕「封忠」二句：斲櫬，猶掘墓剖棺。《通鑑》卷一百二十八晉安帝隆安元年：「牢之……乃率部曲北走，至新洲，縊而死。敬宣至，不暇哭，即渡江奔廣陵。將吏共殯殮牢之，以其喪歸丹徒。玄令斲棺斬首，暴屍於市。」《校注》：「封：割除。翦：消滅。樊稚：關禁幼兒。樊，關鳥的籠子，此作動詞用。」

〔一〇七〕惵惵萬氓：惵惵，恐懼貌。《後漢書》卷四十一《第五倫等傳贊》：「惵惵楚黎，寒君爲命。」李賢注：「惵惵，懼也。黎，衆也。」

〔一〇八〕「妖蜺」二句：妖蜺，即蜺妖，霓妖。東漢楊賜《蜺妖對奏》：「今殿前之氣，應爲虹蜺，皆妖邪所生，不正之象，詩人所謂蝃蝀者也。」《校注》：「妖蜺：妖邪不詳之氣，指凶災，禍亂。昊蒼：天。指朝廷。兩句謂災禍不斷，朝廷行將崩潰。」

〔一〇九〕「况乃」二句：《校注》：「鼎國：一國之鼎，即國家的重臣。指蕭道成。資：依靠。滌：滌蕩污濁。匡：匡正朝綱。」

〔一一〇〕遏昏立綱：《校注》：「遏：阻止。綱：紀綱，國統。據《南齊書·高帝紀》，蕭道成殺劉昱後，乃下議迎立順帝。」

〔一一一〕「事緜」二句：《校注》：「緜、締：連接之意。毗：輔佐。毗漢、翼商：用霍光佐漢，伊尹輔商故事。」

〔一一二〕「既綏」二句：《校注》：「綏：安。《詩·大雅·民勞》：『惠此中國，以綏四方。』懋：盛大。地職、天工：天地所授的職責。《尚書·皋陶謨》：『無曠庶官，天工，人其代之。』即天職。此二句謂，蕭道成爲安撫國家恪盡己職，作出了巨大的貢獻。」

〔一二三〕「權輿」二句：《詩·秦風·權輿》：「今也每食無餘，於嗟乎！不承權輿。」朱熹集傳：「權輿，始也。」曹丕《登城賦》：「孟春之月，惟歲權輿，和風初暢。」《校注》：「權輿：開始。典：掌管。緯：經緯，指政務。俾：使。」

〔一二四〕黼黻琱戈：《尚書·益稷》：「藻火粉米，黼黻絺繡，以五采彰施于五色作服，汝明。」孔傳：「黼若斧形，黻爲兩己相背。」《禮記·月令·季夏之月》：「是月也，命婦官染采，黼黻文章必以法，故無或差貸。黑黄蒼赤，莫不質良，毋敢詐僞，以給郊廟祭祀之服，以爲旗章，以别貴賤等給之度。」《漢書》卷二十五下《郊祀志下》：「賜爾旂鸞，黼黻琱戈。」顔師古注：「黼黻，冕服也。琱戈，刻鏤之戈也。琱與凋同。」《校注》：「皆指皇帝賜與的輿服儀仗。」

〔一二五〕祐宇升庸：《校注》：「祐宇：猶護國。升庸：舉用。謂使其護國而舉用之。」

〔一二六〕「徒賜」二句：《校注》：「徒：徒卒。先衮：優先於衮。衮，三公的禮服，因稱三公爲衮。《南齊書·高帝紀》：元徽五年七月『丙申，進位侍中、司空、録尚書事、驃騎大將軍，持節都督、刺史如故。封竟陵郡公，邑五千户，給油幢絡車，班劍三十人』。班劍，持劍侍衛之徒卒。永渥沖：謂使豐厚的恩澤保持永遠。渥，厚。沖，深。皆指恩澤。」

〔一一七〕卷迹辭功：卷迹，斂迹。《太平御覽》卷二百九十三引《衛公兵法》：「若此則當卷迹藏聲，蓄盈待竭，避其鋒勢，與其持久，安可犯之哉？」本集《建平王之南徐州刺史辭闕表》：「今便奉官外甸，卷迹徐山。」《校注》：「卷迹：斂迹。表示謙退。《南齊書·高帝紀》：『太祖固辭上台，即驃騎大將軍、開府儀同三司。』上台，指司空。」

〔一一八〕「寰寓」二句：寰寓，即寰宇，猶天下。焦贛《易林·升之臨》：「權既在手，寰宇可驅。」《校注》：「畿甸：京畿和郊外。綸：通『倫』，有秩序。風：教化。此二句謂，全國各地政教敦睦有序。」

〔一一九〕「沈氏」二句：滔天，彌漫天際。形容水勢極大。《書·堯典》：「湯湯洪水方割，蕩蕩懷山襄陵，浩浩滔天。」用以比喻罪惡、災禍等極大。《書·堯典》：「静言庸違，象恭滔天。」孔傳：「言共工自爲謀言，起用行事而違背之。貌像恭敬而心傲很若漫天。」《宋書》卷七十五《王僧達傳》：「方今釁逆滔天，古今未有，爲君計，莫若承義師之檄，移告傍郡，使工言之士，明示禍福，苟在有心，誰不回應，此策上也。」《校注》：「沈氏：指沈攸之。舊楚：謂荆州。昇明元年十二月，荆州刺史沈攸之舉兵反，故云『勃逆舊楚』。」

〔一二〇〕「氣蹂」二句：《校注》：「蹂、轢：踐踏。黄池：古地名，在今河南封丘縣西南，春秋時吴王夫差與晉定公、魯哀公等會盟於此。見《左傳·哀公十三年》。柏舉：楚地名，在今湖北麻城縣境。吴王夫差與楚戰於柏舉，楚師敗績。見《左傳·定公四年》。沈攸之起事初，曾遣使邀雍州、梁州，司州、湘州、巴州等州刺史同時舉兵。此言其野心超過夫差黄池、柏舉之盛。」

〔二二〕「裂禮」二句：《校注》：「禮度：禮法。經、序：猶綱紀。」

〔二三〕「黑騎」二句：黑騎，裹鐵甲的戰馬。《文選》卷五十六陸倕《石闕銘》：「弘舸連軸，巨艦接艫，鐵馬千羣，朱旗萬里。」李善注：「鐵馬，鐵甲之馬。」《説文解字》卷十上：「黟，黑木也。」《廣韻》卷二：「赬，赤色。」此二句意謂，叛軍勢力强大，戰馬、軍旗漫山遍野，將山水映照成了黑色和紅色。

〔二三〕「短兵」二句：短兵相接，謂敵我逼近，用短兵器交戰。《宋書》卷七十二《文九王・南平穆王鑠傳》：「憲督厲將士，固女墻而戰，賊之死者，屍與城等，遂登屍以陵城，短兵相接，憲鋭氣愈奮，戰士無不一當百，殺傷萬計。」《校注》：「鎩：長矛。」

〔二四〕「顥如」二句：鮑照《蕪城賦》：「格高五嶽，袤廣三墳，崪若斷岸，矗似長雲。」矗：齊平。《校注》：「顥：廣濶貌。」

〔二五〕「荆國」二句：《校注》：「荆國：荆州。軼：謂追兵越過荆州。郢縣：郢州，治夏口。據《宋書・沈攸之傳》，沈攸之自江陵出兵，旋至夏口。」

〔二六〕「袁劉」二句：《校注》：「袁：袁粲。劉：劉秉。戾：罪人。焱翕煒發：謂如迅風電光迅速發生。」

〔一二七〕「聯謀」二句：《校注》：「外：指京郊石頭城。内：指宫省。據《南齊書·高帝紀》，司徒袁粲、尚書令劉秉見蕭道成權勢日盛，憂慮不安，與王藴及黄回等相結舉事，沈攸之反問初至，粲起兵據石頭城，秉從弟領軍韞等嚴兵爲内應。」

〔一二八〕「釁激」二句：瓊殿，玉殿。與金闕皆指天子所居的宫闕。《北齊書》卷四十五《顔之推傳》：「指金闕以長鎩，向王路而蹶張。」

〔一二九〕「志乘」二句：《校注》：「乘：利用。矯：假託。玄璽、祕鉞：即秘璽、玄鉞，皆象徵皇帝的權力。玄鉞，鐵斧。崔豹《古今注上》：『金斧，黄鉞也；鐵斧，玄鉞也。三代通用之以斷斬。』」

〔一三〇〕「鴻妖」二句：《校注》：「祲：妖異不詳之氣。逝星、棄月：謂星月爲之而消失。」

〔一三一〕上脱下競：《校注》：「上脱下競：謂諸侯爲免除禍患而争相逃離。」

〔一三二〕「圖服」二句：《校注》：「圖服：圖籍輿服。指典章制度。淆：混亂。蕩：毁廢。綴：縫補彌合。仁聖：指蕭道成。此謂被破壞的典章制度，因蕭道成而得以恢復。」

〔一三三〕「煇燿」二句：煇燿：光耀。煇，光，光輝。《詩·小雅·庭燎》：「夜如何其？夜鄉晨，庭燎有煇。」毛傳：「煇，光也。」《校注》：「導揚：發揚。國靈、主命：謂帝王的威勢和政令。」

〔一三四〕「曾規」二句：《校注》：「曾：通『層』，高。規、謨：謀畫。晰：明。」

〔一三五〕「左輪」二句：《校注》：「《左傳・成公二年》：『晉解張御郤克，鄭丘緩爲右。……郤克傷於矢，流血及屨，未絶鼓音，曰：余病矣。張侯曰：自始合，而矢貫余手及肘，余折以御，左輪朱殷，豈敢言病？』注：『朱，血色。血色久則殷。言血多污車輪，御猶不敢息。』表裏：内外。此謂經艱苦奮鬥，平定了内外之亂。」

〔一三六〕「七德」二句：綷詠，猶合唱。按綷，五彩雜合。《史記》卷一百一十七《司馬相如列傳》：「屯余車其萬乘兮，綷雲蓋而樹華旗。」司馬貞索隱引如淳曰：「綷，合也。合五綵雲爲蓋也。」《文選》卷十一何晏《景福殿賦》：「綴以萬年，綷以紫榛。」李善注：「綷，猶雜也。」吕延濟注：「綴、綷，皆錯雜也。」二句謂蕭道成的文治武功受到人民的共同歌頌。《校注》：「七德：《左傳・宣公十二年》：『夫武，禁暴、戢兵、保大、定功、安民、和衆、豐財者也。』注：『此武七德。』九功：即『九德』。《逸周書・文政》：『九德：一忠、二慈、三禄、四賞、五民之利、六商工受資、七祗民之死、八無奪農、九足民之財。』此以『七德』、『九功』泛指文治武功。」

〔一三七〕「乃陟」二句：鉉，即鼎鉉，指三公。蔡邕《司空臨晉侯楊公碑》：「頻歷鄉校，五登鼎鉉，建名著忠，確越前賢。」《校注》：「陟：升進。上鉉：指三公之職。寵文：猶寵禮。據《南齊書・高帝紀》，蕭道成因平沈攸之、袁粲等有功，進太尉，增班劍爲四十人，甲仗百人入殿，加羽葆鼓吹。」

〔一三八〕「誕錫」二句：《校注》：「誕：大。錫：通『賜』。秩：爵秩。綵吹：指羽葆鼓吹。」

〔一三九〕「贊政」二句：《淮南子·本經訓》：「瑶光者，資糧萬物者也。」高誘注：「瑶光，謂北斗杓第七星也。居中而運歷，指十二辰，擿起陰陽以殺生萬物也。一説，瑶光，和氣之見者也。」《文選》卷六張衡《西京賦》：「上飛闥而遠眺，正睹瑶光與玉繩。」李善注：「《春秋運斗樞》曰：『北斗七星，第七曰瑶光。』」太微，星區名，三垣之一。古星象家認爲是天帝宫殿所在。《楚辭·遠遊》：「召豐隆使先導兮，問太微之所居。」王逸章句：「博訪天庭在何處也。」《史記》卷二十七《天官書》：「南宫朱鳥，權、衡。衡，太微，三光之廷。匡衛十二星，藩臣：西，將；東，相；南四星，執法；中，端門；門左右，掖門。」司馬貞索隱：「宋均曰：『太微，天帝南宫也。』」

〔一四〇〕「寔曰」二句：《校注》：「據《南齊書·高帝紀》，蕭道成於元徽二年九月以太尉進位太傅，三年三月進位相國，統百官。」

〔一四一〕「緝泯」二句：《校注》：「緝、綜：即綜緝，總理。泯：民。祇：神祇。」

〔一四二〕「景福」二句：《校注》：「景福：大福。芳猷：美好之道。指禮法。《詩·小雅·巧言》：『秩秩大猷。』箋：『猷，道也。大道，治國之禮法。』湊：會集。塞：充滿。」

〔一四三〕「羽泳」二句：《校注》：「羽泳：指魚鳥。泛指萬物。紘縣：謂舉國。造：作。則：法則，榜樣。」

〔一四四〕「金湯」二句：《校注》：「金湯：即『金城湯池』的省文。喻牢不可破。《漢書・蒯通傳》：『皆爲金城湯池，不可攻也。』注：『金以喻堅，湯喻沸熱不可近。』軌書攸同：攸，所。《禮記・中庸》：『今天下車同軌，書同文。』謂全國政令統一。此二句本《後漢書・光武紀贊》：『金湯失險，車書共道。』」

〔一四五〕「迥迥」二句：《校注》：「迥迥：遠貌。窈窈：深貌。寵跡、睿功：稱頌蕭道成榮耀的功業。」

〔一四六〕「寶珪」二句：《彙注》：「黛壤，黑壤膏腴之土也。」《校注》：「寶珪：皇帝賜予諸侯的玉珪。黛壤：即玄土。黑色的封土。王於東：稱王於東方。東指齊國。此謂封蕭道成爲齊王。《南齊書・高帝紀》：元徽三年，『四月癸酉，詔進齊公爵爲王。……錫茲玄土，苴白茅，改立王社。』」

〔一四七〕「絢册」二句：《校注》：「絢、懋：皆美好之意。册：詔册。敷：謂頒佈。物：指賞賜之物。」

〔一四八〕「設業」二句：《校注》：「業：鐘磬架上的大板，刻利成鋸齒狀，用以懸掛五采羽飾。《詩・周頌・有瞽》：『設業設虡，崇牙樹羽。』虡：支撐鐘磬架的兩根柱。懸：鐘磬架稱懸。鏞：大鐘。」

〔一四九〕「於穆」二句：於穆，歎美之詞。《詩・周頌・維天之命》：「維天之命，於穆不已。」《漢書》

卷六十二《司馬遷傳》：「漢興已來，至明天子，獲符瑞，封禪，改正朔，易服色，受命於穆清，澤流罔極，海外殊俗重譯款塞，請來獻見者，不可勝道。」顔師古注：「於，歎辭也；穆，美也。言天子有美德而政化清也。」《校注》：「黎元：百姓。邕：和睦。通『雍』。《尚書・堯典》：『黎民於變時雍。』」

〔一五〇〕「冰州」二句：賝，珍寶。《重修玉篇》卷二十五：賝，「亦作琛。」《詩・魯頌・泮水》：「憬彼淮夷，來獻其琛。」《宋書》卷九十七《夷蠻・百濟國傳》：「浮桴驪水，獻賝執贄。」《校注》：「冰州：指北方邊境地區。炎徼：指南方邊境地區。徼，邊界。」

〔一五一〕「雁海」二句：《校注》：「雁海：即雁塞。《初學記》卷三〇引劉澄之《梁州記》：『梁州縣界有鴈塞山，傳云此山有大池水，鴈棲集之，故因名曰鴈塞。』龍關：即龍城，漢時匈奴祭天之地，在今内蒙古境内，衛青征匈奴曾至此。雁海、龍關，泛指邊塞。柔好音：謂聲音柔和動聽，表示和睦相處。」

〔一五二〕「梁黿」二句：《校注》：「梁黿棧鼉：以黿爲梁，以鼉爲棧。梁，橋梁。棧，棧道。越險浮深：謂翻山渡水而來。」

〔一五三〕「遠戎」二句：《校注》：「遠戎：指遠方少數民族。覲：古稱朝見天子爲覲。上靈：指皇帝。臨：謂皇帝出殿接見。」

〔一五四〕「山吐」二句：《校注》：「石青：疑即青石芝。《抱朴子・仙藥》：『石芝者，石象芝生於海隅名山……青者如翠羽，黄者如紫金，而皆光明洞徹如堅冰也。』蜜露：即甘露。」

〔一五五〕「瑞芝」二句：《校注》：「芝：芝草，菌類植物。《説文》：『芝，神草也。』珍柯爛樹：指木連理。以上各物古以爲祥瑞。」按以上四句《彙注》云：「石青、蜜露、瑞芝、麗草、珍柯、爛樹，皆言祥瑞所鍾而産也。」

〔一五六〕「人崩」二句：《校注》：「人崩俗締：人即『民』。當唐人避諱改。此謂敗壞了的民間風俗又重新被建立起來。玄緯幽數：謂此中體現了精深微妙的治理之道。」

〔一五七〕「睠此」二句：王度，王者的德行器度。《左傳》昭公十二年：「思我王度，式如玉，式如金。」孔穎達疏：「思使我王之德度，用如玉然，用如金然，使之堅而且重，可寶愛也。」鮑照《爲柳令讓驃騎表》：「方之微臣，彼安足齒。齊此而歸，懼塵王度。」《校注》：「睠：回顧，懷念。同『眷』。跂：同『企』，企望，舉足仰望。《詩·衛風·河廣》：『誰謂宋遠，企予望之。』」

〔一五八〕「箟滯」二句：《校注》：「滯：停滯。炎旻：指唐堯。旻，天。古代稱帝爲天。堯屬炎德，故曰『炎旻』。此句謂堯帝將結束其統治。變：權變。與子繼父位的常道相對而言。《史記·五帝本紀》：『堯知子丹朱之不肖，不足授天下，於是乃權授舜。』至公：指禪帝位於賢人的大公無私的行爲。《吕氏春秋·去私》：『堯有子十人，不與其子而授舜……至公也。』」

〔一五九〕「萎蕤」二句：《漢武帝内傳》：「紫芝萎蕤，紛若填樏。」《藝文類聚》卷八十六引晉潘岳《橘賦》：「嗟嘉卉之芬華，信氛氳而芬馥。既蓊茸而萎蕤，且參差而橚矗。」《校注》：「萎蕤：茂盛貌。形容德行盛美。嬀華：即虞舜。舜姓嬀，名重華。文祖：《史記・五帝本紀》：『舜受終於文祖。文祖者，堯大祖也。』終，謂堯終帝位之事。大祖，祖廟。」

〔一六〇〕「大宋」二句：訓，通「順」，順從，遵循。《書・洪範》：「是訓是行，以近天子之光。」孔傳：「凡順是行之，則可以近益天子之光明。」楊雄《法言・問神》：「或問文，曰『訓』；問武，曰『克』。」李軌注：「訓，順。」句謂劉宋遵循堯舜禪讓之傳統。《校注》：「撝：謙讓。萬邦：萬國，即全國。」

〔一六一〕容豫慶雲：容豫，即容與。《楚辭・九歌・湘夫人》：「時不可兮驟得，聊逍遥兮容與。」王逸章句：「聊自逍遥而遊，容與而戲，以待天命之至也。」朱熹集注：「逍遥、容與，皆遊戲閒暇之意也。」《後漢書》卷二十八下《馮衍傳下》：「意斟愖而不澹兮，俟回風而容與。」李賢注：「容與，猶從容也。」慶雲，亦作卿雲。《尚書大傳》卷一下：「卿雲爛兮，糺縵縵兮。」鄭玄注：「教化廣遠，或以爲雲出岫回薄而難名狀也。」《列子・湯問》：「慶雲浮，甘露降，醴泉湧。」《漢書》卷二十六《天文志》：「若煙非煙，若雲非雲，鬱鬱紛紛，蕭索輪囷，是謂慶雲。慶雲見，喜氣也。」

〔一六二〕游衍南風：《詩・大雅・板》：「昊天曰旦，及爾遊衍。」孔穎達疏：「遊行衍溢，亦自恣之意也。」謝靈運《行田登海口盤嶼山》：「遠遊碧沙渚，遊衍丹山峰。」《校注》：「遊衍：行樂之意。」南風：古代樂曲名，相傳爲虞舜所作。《禮記·樂記》：「昔者舜作五弦之琴，以歌《南風》。」孔穎達疏：「南風，詩名。是孝子之詩。南風長養萬物，而孝子歌之，言己得父母生長，如萬物得南風生也。」《孔子家語·辨樂解》：「昔者舜彈五弦之琴，造《南風》之詩。其詩曰：『南風之薰兮，可以解吾民之愠兮；南風之時兮，可以阜吾民之財兮。』」

〔一六三〕「正服」二句：正服，古代禮儀所規定的正式服裝，包括朝服、祭服、喪服。《論語·鄉黨》：「君子不以紺緅飾，紅紫不以爲褻服。」何晏集解引三國魏王肅曰：「褻服，私居服，非公會之服，皆不正。褻尚不衣，正服無所施。」《校注》：「寶位：帝位。指皇帝。圓光：指日月。玉繩：星名。泛指星辰。古代帝王禮服上繡有日月星辰等圖案，相傳創始於虞舜，夏商周三代相承不廢。」

〔一六四〕「御黼」二句：《彙注》：「黼，黼扆也。以絳爲質，高八尺，黼爲斧文。懷古，懷古之爲政也。」黼，古代禮服上白黑相間的花紋，取斧形，象臨事決斷。《書·益稷》：「藻火粉米，黼黻絺繡。」孔傳：「黼若斧形。」此指黼扆，古代帝王座後的屏風，上畫斧形花紋。帝王聽政時背黼南面而坐，故稱負黼。《書·顧命》：「狄設黼扆綴衣。」孔傳：「扆，屏風，畫爲斧文，置户牖間。」夙興，即夙興夜寐，言其勤於政事。

〔一六五〕「丘礙」二句：《校注》：「丘礙：山障。淵漪：水波。此合謂江山。」

〔一六六〕「勛宸」二句：《校注》：「宸：指帝位。蕭道成以勳業而即帝位，故稱。黔：黔首，百姓。牖：引導。通『誘』。《詩·大雅·板》：『天之牖民。』傳：『牖，道（導）也。』此謂百姓受其引導而達於義。」

〔一六七〕「矜卑」二句：兼愛，同時愛不同的人或事物。《荀子·成相》：「堯讓賢，以爲民，氾利兼愛德施均。」《孟子·盡心上》：「墨子兼愛，摩頂放踵利天下，爲之。」《校注》：「矜：憐惜。合：和合。」

〔一六八〕「綴機」二句：《校注》：「綴、剟：猶言懲處。綴，拘捕。剟，刺。一種審訊時用的刑法。《史記·陳餘傳》：『吏治榜笞數千，刺剟，身無可擊者，終不復言。』機：指巧詐之人。輕章：謂刑罰不苛。《南齊書·高帝紀》：建元元年詔曰：『有犯鄉論清議，贓汙淫盜，一皆蕩滌，洗除先注，與之更始。長徒敕繫之囚，特皆原遣。』當此二句之所指。」

〔一六九〕「跡去」二句：《校注》：「繁奓：繁縟奢侈。素一：純樸。」

〔一七〇〕「軒靡」二句：《校注》：「靡：無。龍刻：刻成龍形的圖案。丹：紅漆。密：指細密名貴的木料。」

〔一七一〕「越賤」二句：《楚辭·離騷》：「雜申椒與菌桂兮，豈維紉夫蕙茝！」王逸章句：「申，重也。椒，香木也。」朱熹集注：「椒，木實之香者，申或地名，或其美名耳。」《楚辭·九章·橘頌》：「后皇嘉樹，橘徠服兮。受命不遷，生南國兮。」《校注》：「申椒：香木名，産於越地。靈橘：嘉橘，産於楚地。」

〔一七二〕「陵寢」二句：陵寢起邑，於陵寢處建造屋邑。《校注》：「池：屋簷下的承漏。藻：繪采的天花板。縣：通『懸』。此謂陵寢建築不加修飾，質樸無華。」

〔一七三〕離房空薦：《校注》：「離房：離宫别館。薦：牀席。」

〔一七四〕「惇教」二句：《校注》：「惇教：殷勤於政教。路宫：即正殿。淹神：全神貫注。指處理政務。」

〔一七五〕「斟酌」二句：《宋書》卷五十一《宗室·長沙景王道憐傳附義慶傳》：「招聚文學之士，近遠必至。太尉袁淑，文冠當時，義慶在江州，請爲衛軍諮議參軍，其餘吴郡陸展，東海何長瑜，鮑照等，并爲辭章之美，引爲佐史國臣。太祖與義慶書，常加意斟酌。」《校注》：「左右：左斟右酌，反復考慮。」

〔一七六〕「瑩彼」二句：皇維，陸雲《晉故散騎常侍陸府君誄》：「仰耀皇維，俯映明堂。」《樂府詩集》卷九謝超宗《齊太廟樂歌·凱容樂》：「假我帝緒，懿我皇維。」國體，《漢書》卷十《成帝紀》：「儒林之官，四海淵原，宜皆明於古今，温故知新，通達國體，故謂之博士。」《校注》：「瑩：皎潔。煒：光明。皇維、國體：國家的制度綱紀。」

〔一七七〕「胄業」二句：胄業，指國子學。胄，胄子，國子學生員。胄子受業之所稱國子學。璧流，璧池，即泮水，古代學宫前的水池，形如半月。因稱學宫爲璧池或泮水。《詩·魯頌·泮水》：「思樂泮水，薄采其芹。」毛傳：「泮水，泮宮之水也。」鄭玄箋：「泮之言半也。半水者，蓋東西門以南通水，北無也。」後以之代指學宮。

〔一七八〕「漢求」二句：《校注》：「金岫：即銅山。《漢書・鄧通傳》：鄧通，蜀郡南安人，文帝愛幸之，官至上大夫。文帝命善相人者相通，曰：『當貧餓死。』文帝曰：『能富通者在我，何説貧？』於是賜通蜀嚴道銅山，得自鑄錢布天下。及景帝立，人有告通盜出徼外（境外）鑄錢，盡没入之。竟不得名一錢，寄死人家。吴竇銅塹：《史記・吴王濞傳》：吴王濞者，高帝兄劉仲之子，立於沛爲吴王。吴有豫章郡銅山，濞則招致天下亡命者盜鑄錢，國因富饒，後聯絡七國諸侯謀反，兵敗被殺。」

〔一七九〕「寧若」二句：睿德，皇帝的恩德。《樂府詩集》卷十八韋昭《吴鼓吹曲・關背德》：「巍巍夫聖主，睿德與玄通。與玄通，親任吕蒙。」《晉書》卷一百二《劉聰載記》：「陛下睿德自天，龍飛紹統，東平洛邑，南定長安，真可謂功高周成，德超夏啓。」《校注》：「睿德：稱頌蕭道成所推行的德政。駟：四匹馬駕的車子。駟、劍：指皇帝賞賜重臣的輿服。讓駟却劍，謂臣僚具有謙讓的美德，不像劉濞、鄧通之輩貪財貨，終於敗亡。」

〔一八〇〕「火職」二句：《校注》：「火職、雲官：謂百官。《左傳・昭公十七年》：『昔者黄帝氏以雲紀，故爲雲師而雲名。炎帝氏以火紀，故爲火師而火名。』注：『黄帝受命有雲瑞，故以雲紀事，百官師長皆以雲爲名號。……炎帝神農氏……亦有火瑞，以火紀事，名百官。』

允：公平，得當。熙：興盛。《尚書·堯典》：『允釐百工，庶績咸熙。』此用其意，謂百官得到合理的任用，各種事情便興旺發達起來。」

〔一八一〕「既皋」二句：《校注》：「皋、益、稷、夔：皆舜之重臣。」

〔一八二〕「無觖」二句：《重修廣韻》卷四：「觖，望也。」《校注》：「觖：企望。巡風：巡視各地風俗。竢：等待。通『俟』。辨詩：謂采詩以察民風。《禮記·王制》：『天子五年一巡守……命大師陳詩，以觀民風。』注：『陳詩，謂采其詩而觀之。』此謂有賢臣輔政，就無須皇帝巡行各地，瞭解民情了。」

〔一八三〕「玉燭」二句：玉燭，謂四時之氣和暢，形容太平盛世。《尸子》卷上：「四氣和，正光照，此之謂玉燭。」《爾雅·釋天》：「春爲青陽，夏爲朱明，秋爲白藏，冬爲玄英，四氣和謂之玉燭。」郭璞注：「道光照。」邢昺疏：「道光照者，道，言也；言四時和氣，温潤明照，故曰玉燭。」《校注》：「四季與青紅白黑相配，氣候調和，故謂之『玉燭調文』。最節：謂成其四時節候。玄英爲冬季，在一年最後，故云。」

〔一八四〕「乘山」二句：《校注》：「此二句謂，四方諸侯翻山渡海來朝廷獻瑞進貢。」

〔一八五〕「不曠」二句：《校注》：「景：大。册：指史書。《左傳·襄公二十九年》：『職貢不乏，玩好時至，公卿大夫相繼於朝，史不絶書，府無虚月。』即此意。」

〔一八六〕「受緯」二句：《校注》：「緯：圖緯。圖箓瑞應之書。機衡：又作『璣衡』，即『璿璣玉衡』，古渾天儀，以觀天象而察人事。甄書史：謂從史書中瞭解成敗得失的經驗教訓。甄，明。」

〔一八七〕「孫韓」二句：《校注》：「孫：即荀況。漢人因避宣帝諱，改荀爲孫。韓：韓非。莊：莊周。墨：墨翟。此謂廣泛吸取不同的學説。」

〔一八八〕「昭政」二句：《校注》：「昭：明。洗鑠：洗滌而使其輝煌。皆爲發揚光大之意。往藹、前軌：指歷史上美好的政治措施。」

〔一八九〕「逍遥」二句：《莊子·逍遥遊》：「今子有大樹，患其無用，何不樹之於無何有之鄉，廣莫之野，彷徨乎無爲其側，逍遥乎寢卧其下，不夭斤斧，物無害者，無所可用，安所困苦哉？」《玉臺新詠》卷二曹植《雜詩》：「攬衣出中閨，逍遥步兩楹。閒房何寂寞，緑草被階庭。空室自生風，百鳥翔南征。春思安可忘，憂戚與我并。」《楚辭·哀時命》：「然隱憫而不達兮，獨徙倚而彷徉。」王逸章句：「徙倚，猶低佪也。言己隱身山澤，内自憫傷，志不得達，猶徘佪彷徉而遊戲也。」《文選》卷十九曹植《洛神賦》：「於是洛靈感焉，徙倚徬徨，神光離合，乍陰乍陽，竦輕軀以鶴立，若將飛而未翔。」《校注》：「逍遥：安閒自得貌。徙倚：徘佪。星斗：謂夜間。涼雲：謂白天。」

〔一九〇〕「春飈」二句：《校注》：「飈：風；分：離開。以上四句謂春去秋來，安閒度日。」

〔一九一〕「式謡」二句：《校注》：「績：功績。文：指政教。」

〔一九二〕「邈哉」二句：《校注》：「邈：悠遠。我后：指蕭道成。古代帝王稱后。淪泳：猶沉浮。謂蕭道成升沉於古代賢聖之間，與他們不相上下。」

〔一九三〕「罄品」二句：盡物，窮盡其物。《禮記·祭統》：「凡天之所生，地之所長，苟可薦者，莫不咸在，示盡物也。」《文選》卷一班固《東都賦》：「樂不極盤，殺不盡物。」歸政，交還政權。《漢書》卷八《宣帝紀》：「大將軍光稽首歸政，上謙讓委任焉。」《宋書》卷四十三《徐羨之傳》：「元嘉二年，羨之與左光禄大夫傅亮上表歸政。」《校注》：「罄：盡。號：號令，政令。」

〔一九四〕「蒼黎」二句：《校注》：「蒼黎：蒼生，百姓。玄靈：神靈。」

〔一九五〕「永戩」二句：嘉祉，猶福祉。《國語·周語下》：「皇天嘉之，祚以天下，賜姓曰姒，氏曰有夏，謂其能以嘉祉殷富生物也。」韋昭注：「祉，福也。殷，盛也。賜姓曰姒，氏曰有夏者，以其能以善福殷富天下，生育萬物。」《文選》卷四十四司馬相如《難蜀父老》：「今封疆之內，冠帶之倫，咸獲嘉祉，靡有闕遺矣。」張銑注：「嘉，善。祉，福。」按此二句《校注》云：「戩：滅除，禁斷。嘉祉：嘉禮慶賀。指慶禮。寅：敬，敬受。景命：大命。指皇帝之命。《南齊書·高帝紀》：建元元年四月，『斷四方上慶禮』，六月又『斷諸州郡禮慶』。似指此。」

〔一九六〕「締詳」二句：颸沛，大風。颸，《說文解字》卷十三下：「大風也，從風日聲，於筆切。」沛，盛大貌。《莊子·天地》：「君子明於此十者，則韜乎其事心之大也，沛乎其爲萬物逝也。」郭象注：「德澤滂沛，任萬物之自往也。」《校注》：「締詳有文：締，結。謂撰有詳細文告，指禁斷慶禮之詔書。」

〔一九七〕「理昧」二句：《校注》：「昧：暗。詖：頗，不正。此二句言宋末齊初，人心不正，世道險阻。」

〔一九八〕「敻略」二句：《校注》：「敻：深遠貌。圖：圖謀，方略。徇：從。」

〔一九九〕「文闈」二句：《校注》：「文：指遺囑之文。几：几案。翌明：次日天明。告漸：宣告病危。《尚書·顧命》：『王曰：嗚呼，疾大漸，惟幾。』此指皇帝死亡。《南齊書·高帝紀》：建元四年『三月庚申，召司徒褚淵、左僕射王儉詔曰：吾……遘疾彌留，至於大漸。……當令太子敦穆親戚，委任賢才，崇尚節儉，弘宣簡惠，則天下之理盡矣。……壬戌，上崩於臨光殿，年五十六』。」

〔二〇〇〕「蜺鷸」二句：《校注》：「蜺鷸鬭食：蜺，蛤，蚌類。鷸蚌相鬭事出《戰國策·燕二》，此喻天下混亂，互相征伐。朏：日月初出，光明未盛貌。言蕭道成得天下未久。」

〔二〇一〕「矧在」二句：《校注》：「矧：況且。乘輿：皇帝的坐車。指皇帝。宇折宙傾：喻駕崩。」

〔二〇二〕「祲纏」二句：《校注》：「祲：象徵喪亡的不祥之氣。《左傳·昭公十五年》：『吾見赤黑之祲，非祭祥也，喪氛也。』鸞掖、紫扃：指禁宫門户。」

〔二〇三〕「去旋臺」二句：旋臺，即璇臺，亦作瑢臺，飾以美玉的高臺。本爲夏啓臺名。《竹書紀年》卷上：「帝啓，元年癸亥，帝即位于夏邑，大饗諸侯于鈞臺。諸侯從帝歸于冀都，大饗諸侯于璇臺。」《文選》卷四十六王融《三月三日曲水詩序》：「至如夏后兩龍，載驅瑢臺之上；穆滿八駿，如舞瑶水之陰。」《校注》：「璇臺：美玉裝飾之臺。指宫殿。珠殯：帝王的殮服。帝王殯殮時穿珠襦玉柙。」

〔二〇四〕「帷宫」二句：帷宫，古代帝王出行時以帷幕佈置成的行宫。《周禮·天官·掌舍》：「爲帷宫，設旌門。」鄭玄箋：「謂王行，晝止有所展肆。若食息，張帷爲宫，則樹旌以表門。」輦路，天子車駕所經的道路。《文選》卷一班固《西都賦》：「輦路經營，修除飛閣。」李善注：「輦路，輦道也。」《校注》：「帷宫：指用帷幕覆蓋的靈室。戲：通『熹』，微明貌。『戲光』與上句『低景』對舉成文。」

〔二〇五〕「惻柏門」二句：《校注》：「柏門、松帳：指墓地。古墓地多種松柏。」

〔二〇六〕「上宫」二句：《校注》：「上宫：指皇太子、皇子、公主、宫妃等。擗：捶胸。《孝經·喪親》：『擗踊哭泣，哀以送之。』詔御：受詔的近臣，即顧命大臣。羣后：諸侯王。」

〔二〇七〕「攢靈」二句：《校注》：「攢：聚集。靈：神靈。此指出殯時祭祀神靈的儀式。儼：莊重恭敬。遠日：謂與皇帝大別，即將出殯的日期。以：通『已』。筮：占卜。出殯前以蓍草占吉凶以定日期。」

〔二〇八〕「鬱鬯」二句：鬱鬯，《書·文侯之命》：「平王錫晉文侯秬鬯、圭瓚。」孔穎達疏：「正義曰：『祭之初，酌鬱鬯之酒以灌尸。』」《校注》：「鬱鬯：祭祀用的酒名。龍酹：爲皇帝以酒洒地而祭，故稱。」

〔二〇九〕「素月」二句：素月，皓月，明月。阮籍《詠懷詩八十二首》之四十：「混元生兩儀，四象運衡璣。曒日布炎精，素月垂景暉。」陶淵明《雜詩十二首》之二：「白日淪西阿，素月出東嶺。遥遥萬里輝，蕩蕩空中景。」翠煙，即青煙，《玉臺新詠》卷一《古詩八首》之六：「朱火然其中，青煙颺其間。從風入君懷，四坐莫不歎。」

〔二一〇〕「摐虚金」二句：《校注》：「摐：擊。虚金：指鐘磬等樂器，因其中間虚空，故稱。絶：謂悲痛欲絶。」

〔二一一〕「於是」二句：《校注》：「颯、澨：即『颯灑』，雙聲連綿詞，飄動貌。《後漢書·班彪傳》附班固《東都賦》：『鳳蓋颯灑，和鸞玲瓏。』天駕、神行：謂天子靈車出行。綺輿、文輦：指送葬隨從車輿。」

〔二一二〕「傍建春」二句：《周禮·天官·閽人》：「大祭祀、喪紀之事，設門燎，蹕宫門廟門。」鄭玄注：「蹕，止行者。」《史記》卷九十九《劉敬叔孫通列傳》：「孝惠帝爲東朝長樂宫，及間往，數蹕煩人，迺作複道，方築武庫南。」司馬貞索隱：「韋昭曰：『蹕，止人行也。』」《校注》：

「建春、宣陽：皆建康城門名。建春門爲正東門，宣陽門爲正南門。蹕：帝王出行時禁止行人通行爲蹕。蹕、践：皆言靈車運行。」

〔二三〕「尚䔿菡」二句：䔿菡，煙靄氤氳或香氣鬱盛。《文選》卷四左思《蜀都賦》：「鬱䔿菡以翠微，崛巍巍以峩峩。」張銑注：「䔿菡，氣貌。」《藝文類聚》卷二引宋謝莊《雜言詠雪》：「火洲滅，日壑清。龍關沙蒸，河徼雲鶩。晷未沈而井閎，寓方霾而海溟。始䔿菡以蕤轉，終徘徊而煙曳。」《文選》卷二十七顔延之《還至梁城作》：「眇默軌路長，憔悴征戍勤。」張銑注：「眇默，遠皃。」《校注》：「䔿菡：雲煙彌漫貌。乍：忽然。眇默：遠貌。形容道路漫長。不轉：謂停車不前，表示已到達陵寢。」

〔二四〕「睇千乘」二句：《校注》：「啜：哭泣。泫：流淚。」

〔二五〕「嗟魏后」二句：《校注》：「魏后：指魏武帝曹操。曹操，譙郡人。漢主：指漢高祖劉邦。劉邦，沛郡人。此謂蕭道成的靈柩運到故鄉，他也像漢高祖、魏武帝一樣，故鄉是他生前經常懷念的地方。」

〔二六〕「辭金陵」二句：杳靄，茂盛貌。《文選》卷四張衡《南都賦》：「杳藹蓊鬱於谷底，森蓴蓴而刺天。」張銑注：「皆茂盛上指於天。」陳琳《柳賦》：「緑條縹葉，雜遝纖麗。龍鱗鳳翼，綺錯交施。蔚曇曇其杳藹，象翠蓋之葳蕤。」《校注》：「金陵：建康古稱金陵。萑義：疑當作『匪莪』。古『我』『義』同音。匪莪，憂思極深，精神恍惚之貌。《詩·小雅·蓼莪》：『蓼蓼者莪，匪莪伊蒿。』《正義》：『作者憂思之深，每事皆不精識，故舉視莪爲蒿，以喻衆事皆然，故喻憂思。』莪，草名，又名蘿蒿。　雲陽：　曲阿戰國時稱雲陽，即今江蘇丹陽，六朝皇陵多在此。」

〔二七〕「風奇響」二句：《校注》：「駐軒：　停車。低旆：　旌旗低垂，表示止歇。」

〔二八〕「挽夫」二句：　縈盈，迴旋貌。《文選》卷十三謝惠連《雪賦》：「初便娟於墀廡，末縈盈於帷席。」李善注：「便娟、縈盈，雪迴委之貌。」此言痛苦如帶之縈繞。《校注》：「凝：　停止不前。縈：　盤旋。」

〔二九〕「復林」二句：　油雲，語出《孟子・梁惠王上》：「天油然作雲，沛然下雨。」趙岐注：「油然，興雲之貌。」因以「油雲」指濃雲。《文選》卷二十六陸機《赴洛詩二首》之一：「谷風拂脩薄，油雲翳高岑。」《校注》：「復林：　重林。油雲：　濃雲。減日：　謂太陽少光失色。」

〔三〇〕「御房」二句：　清淒，即淒清，淒涼寂寞。《文選》卷十三潘岳《秋興賦》：「月朣朧以含光兮，露淒清以凝冷。熠燿粲於階闥兮，蟋蟀鳴乎軒屏。」《校注》：「御房、神路：　即『神御路房』。指供奉皇帝遺像的寢廟。路房，正寢。」

〔三一〕「昭徒」二句：《校注》：「昭徒、幽祇：　指日夜守護祭壇的僕役。祇，即徒。肅：　恭敬貌。竦，高舉。纛：　用牦牛尾或雉尾製成的儀仗隊大旗。畢：　古代喪祭時用來通貫牲體的木叉。《禮記・雜記》：『畢用桑。』疏：『主人舉肉之時，則以畢助主人。』」

〔三二〕「攀光」二句：《校注》：「光：指皇帝遺容。動：當作『慟』。泉：泉下，指墓穴。澍泗：猶流涕。」

〔三三〕「璪座」二句：《校注》：「璪座、雕宫：指地宫御座。閟：關閉。」按璪，古代王冠前下垂的裝飾，用彩色絲線串玉而成，狀如水藻。《禮記・郊特牲》：「祭之日，王被衮以象天，戴冠，璪十有二旒，則天數也。」孫希旦集解：「璪者，用五采絲爲繩，垂之以爲冕之旒也。」

宋故尚書左丞孫緬墓誌文

【題解】

此文《彙注》本題作《宋故尚書左丞孫緬墓文》，張本、梁本題作《宋尚書左丞孫緬墓銘》。「墓誌文」即「墓誌銘」，置於墓中刻有死者事蹟之石刻。一般包括志和銘兩部分。志多用散文，敘述死者姓氏、生平等。銘爲韻文，用於對死者之讚揚、悼念。《宋書》卷七十二《文九王・建平宣簡王宏傳》：「上痛悼甚至，每朔望輒出臨靈，自爲墓誌銘并序。」

按孫緬事蹟附載於《南史》卷七十五《隱逸上・漁父傳》，云孫緬字伯緒，太康人，有學義，爲宋明帝所知。曾任尋陽太守，仕至尚書左丞，東中郎司馬。又《宋書》卷十七《禮志四》載有孫緬於宋孝武帝大明二年議殷祭事，知其是時爲太常丞；又載宋後廢帝元徽二年孫緬議祠太廟事，知其是時爲尚書左丞。《南齊書》卷四十一《張融傳》又載有孫緬元徽初奏免張融事，知其元徽初尚在尚書左丞任。孫緬卒年不詳，其事蹟雖附載於《南史·隱逸傳》，然則其并非隱士，此墓文既題作「宋故尚書左丞」，則其卒必在宋齊禪代之前。又據《宋書·禮志四》，孫緬元徽二年十月時尚有《祠孝武及昭后親執爵議》，則孫緬之卒乃在元徽二年（四七四）十月至齊高帝建元元年己未（宋順帝昇明三年，四七九）四月之間，此墓文當爲此數年間所作。

光靈維周〔一〕，肇祀伊衛〔二〕。炤分上代，鏡華中世〔三〕。睿誕降明〔四〕，秀芳嗣烈〔五〕。學惟物範，行實士節〔六〕。容與書林〔七〕，優游史藝〔八〕。素巾俄冠①〔九〕，朱紱累轍〔一〇〕。來訪詩逸②，入詢禮缺③。麗名文質〔一一〕，齊影儒喆〔一二〕。慶履匪舒〔一三〕，沴氣遽結〔一四〕。殯帷兮既晦〔一五〕，泉火兮已閉〔一六〕。曖遺波於遥緒，颯流馨於遠歲④〔一七〕。

【校記】

①「俄」《彙注》本作「峨」。「冠」原作一字空格，今據《彙注》本、張本、梁本補。

②「來」《彙注》本作「采」。

③「入」《彙注》本作「人」。

④「馨」《彙注》本作「聲」。

【箋注】

〔一〕光靈維周：光靈，恩澤。《後漢書》卷四十二《東平憲王蒼傳》：「今魯國孔氏，尚有仲尼車輿冠履，明德盛者，光靈遠也。」《文選》卷五十七顔延之《陶徵士誄》：「而緜世浸遠，光靈不屬，至使菁華隱没，芳流歇絶。」《校注》：「光：謂榮寵。靈：謂福澤。周：周代。」

〔二〕肇祀伊衛：《校注》：「肇：始。衛：衛國。據《史記・衛康叔世家》及《新唐書・宰相世系表》，孫氏係周文王子康叔之後，康叔封於衛，至頃公始立爲侯，至武公生公子惠孫，惠孫生耳，爲衛上卿，因以孫爲姓。」

〔三〕「炤分」二句：《校注》：「炤：明。鏡：照。皆榮耀之意。華：剖，分。《禮記・曲禮》：『爲國君者華之。』注：『華，中裂之，不四析也。』此謂其祖宗上代得與周室分享榮華。」

〔四〕睿誕降明：《校注》：「睿誕：謂天帝。誕：大。明：神明。」

〔五〕秀芳嗣烈：《校注》：「秀芳：秀美芬芳。謂孫緬。嗣：繼承。烈：事業。指祖先的事業。」

〔六〕「學惟」二句：《校注》：「謂其學識、行爲堪作士人的榜樣。節，法則。」

〔七〕容與書林：《楚辭・九歌・湘夫人》：「時不可兮驟得，聊逍遥兮容與。」王逸章句：「聊自逍遥而遊，容與而戲，以待天命之至也。」朱熹集注：「逍遥、容與，皆遊戲閒暇之意也。」《漢書》卷四《和帝紀》：「親幸東觀，覽書林，閱篇籍。」

〔八〕優游史藝：《詩・小雅・采菽》：「優哉游哉，亦是戾矣。」鄭玄箋：「諸侯有盛德者，亦優游自安，止於是。」嵇喜《答嵇康四首》之四：「達人與物化，世俗安可論。都邑可優游，何必棲山原。」按以上二句《校注》云：「容與、優游：皆悠閑自得貌，含有沉浸、陶醉之意。書林、史藝：書史、衆藝。」

〔九〕素巾俄冠：俄冠，即峨冠。《藝文類聚》卷二十九引晉張華《祖道征西應詔詩》：「發軔上京，出自天邑。百寮餞行，縉紳具集。軒冕峨峨，冠蓋習習。戀德惟懷，永歎弗及。」按俄，通峨。《文選》卷八揚雄《羽獵賦》：「於兹乎鴻生鉅儒，俄軒冕，雜衣裳，脩唐典，匡《雅》《頌》，揖讓於前。」李善注引韋昭曰：「俄，卬也。」《校注》：「素巾峨冠：爲儒生的裝束，指儒者。」

〔一〇〕朱紱累轍：《易・困》：「九二，困于酒食，朱紱方來，利用享祀，征凶，无咎。」唐李鼎祚集解：「朱紱，宗廟之服。乾爲大赤，朱紱之象也。」《文選》卷五左思《吴都賦》：「躍馬疊跡，朱輪累轍。」李周翰注：「疊跡、累轍，言其衆多也。」《校注》：「朱紱：指顯貴。累轍：車轍重疊，謂來訪者絡繹不絶。」

〔一一〕麗名文質：《校注》：「麗：附著。文質：《論語・雍也》：『質勝文則野，文勝質則史，文質彬彬，然後君子。』此謂其以文質彬彬的君子風度而得名。」

〔一二〕齊影儒喆：儒喆，同「儒哲」，指學問才智超羣的人。《晉書》卷一百十七《姚興載記上》：「碩德軍令齊整，秋毫無犯，祭先賢，禮儒哲，西土悦之。」《校注》：「齊影：猶等身，并列。」

〔一三〕慶履匪舒：《校注》：「慶：福。履：禄。《詩·周南·樛木》：『福履綏之。』傳：『履，禄；綏，安也。』舒：安。」

〔一四〕沴氣遽結：《校注》：「沴氣：不詳之氣，指疾病死亡。」

〔一五〕殯帷兮既晦：《校注》：「晦：暗。指殯祭結束，撤去燈火。」

〔一六〕泉火兮已閉：《校注》：「泉：墓穴。閉：謂下葬後封閉墓穴。」

〔一七〕「曖遺波」二句：《校注》：「曖：昏暗，不明。颯：衰落。遺波、流聲：謂留下的德澤聲名。遥緒、遠歲：謂今後漫長的歲月。」

宋故安成王右常侍劉喬墓誌文

【題解】

此文張本、梁本題作《宋安成王右常侍劉喬墓銘》。曹道衡《年代考》以爲劉喬乃江淹内弟。今考劉喬事迹不見於史傳，而是時劉姓顯者有彭城劉、南陽劉、東莞劉，此外又有歷陽劉、沛國劉、南郡劉、平原劉。江淹乃平原劉昭之外兄，根據現有材料，并不能證實劉喬籍貫何地。且江淹集中，尚有數篇墓誌，其中與其似乎也并没有什麼親戚之誼。由此，曹説頗爲可疑。據此文云：「丹陽韞聖，豐鄉降賢。玉葉既積，金徽方傳。」則劉喬籍貫似在「豐鄉」，時屬沛郡，與平原劉氏無涉，曹説或誤。

文題之「安成王」，即此後之宋順帝劉準。據《宋書》卷八《明帝紀》、卷十《順帝紀》，劉準於泰始七年（四七一）八月封安成王，昇明元年（四七七）七月即帝位。文應爲其間所作。又考江淹自宋後廢帝元徽二年秋（四七四）被黜爲建安吴興令，地處閩越荒辟之境，至昇明元年春始返京師，則其於吴興時不可能作此文。由是知文當爲泰始七年秋至元徽二年秋之間所作。而劉喬爲安成王右常侍即便在泰始七年劉準始封王時，然却未必即卒，故此文之作或當在江淹在南徐州爲建平王景素僚屬之時。

丹陽韞聖〔一〕，豐鄉降賢〔二〕。玉葉既積，金徽方傳〔三〕。乃毓伊人〔四〕，剋廣克宣。騰芬中屬，飛藻上年〔五〕。杳杳虚素〔六〕，永永冲闗〔七〕。雲意霜柏①，瓊立冰堅〔八〕。家寶以瑩，國才未甄〔九〕。參錯報善〔一〇〕，茫昧雲玄〔一一〕。歛魂幽石，委氣空山〔一二〕。膚若流波，身如絶煙。芳菲一逝〔一三〕，美懋徒鐫〔一四〕。

【校記】

①「柏」原作「拍」，今據《彙注》本改。

【箋注】

〔一〕丹陽韞聖：《校注》：「丹陽：郡名。治建康，京畿所在。韞：藏。據《宋書·武帝紀》，劉裕葬丹陽建康蔣山(即紫金山)。」

〔二〕豐鄉降賢:《校注》:「豐鄉:《漢書·高祖紀》:『高祖(劉邦)沛豐邑中陽里人也。』注:『應劭曰:沛,縣也。豐,其鄉也。』」

〔三〕「玉葉」二句:《校注》:「玉葉:玉牒,玉策。金徽:金繩。玉牒是帝王封禪用的文書,編以金繩。《後漢書·方術傳序》:『玉策金繩,關扃於明靈之府,封縢於瑶壇之上者。』此以『玉葉』、『金徽』指皇族宗譜一類秘笈。二句謂劉喬係帝王後裔。」

〔四〕乃毓伊人:《校注》:「毓:生育。伊人:此人。指劉喬。」

〔五〕「騰芬」二句:《校注》:「芬、藻:喻才美。屬:輩,年輩。」

〔六〕杳杳虚素:杳杳,幽深貌。《楚辭·九章·懷沙》:「眴兮杳杳,孔静幽默。」王逸注:「杳杳,深冥貌也。」虚素,虚静淡泊。《管子·心術上》:「君子恬愉無爲,去智與故,言虚素也。」《藝文類聚》卷三十七謝惠連《爲學生祭周居士文》:「體無事於高尚,蹈虚素乎中庸,不臣天子,不事諸侯,公辟弗昤,王命匪酬。」

〔七〕永永冲闕:《大戴禮記·公符》:「陛下永永,與天無極。」張衡《請專事東觀收檢遺文表》:「比久長於天地,竝光明於日月,昭示萬嗣,永永不朽也。」按以上二句《校注》云:「虚素、冲闕:謂平和淡泊,謙虚自守。」

〔八〕「雲意」二句:《校注》:「雲意、瓊立:言其立有高尚美好的志向。瓊,美玉。霜柏、冰堅:

柏樹堅挺，不畏冰霜，經冬不凋。《論語·子罕》：『歲寒，然後知松柏之後凋也。』」

〔九〕「家寶」二句：《校注》：「以，通『已』。未甄：謂未被朝廷任用。甄，明。」

〔一〇〕參錯報善：參錯，猶錯亂。《宋書》卷十四《禮志一》：「諸議所據各參錯，若陽祀用騂，陰祀用黝，復云祭天用玄，祭地用黄，如此，用牲之義，未爲通也。」報善，《史記》卷六十一《伯夷列傳》：「或曰：『天道無親，常與善人。』若伯夷、叔齊，可謂善人者非耶？積仁絜行如此而餓死！且七十子之徒，仲尼獨薦顔淵爲好學。然回也屢空，糟糠不厭，而卒蚤夭。天之報施善人，其何如哉？」

〔一一〕茫昧雲玄：陶淵明《怨詩楚調示龐主簿鄧治中》：「天道幽且遠，鬼神茫昧然。」《文選》卷五十七謝莊《宋孝武宣貴妃誄》：「茫昧與善，寂寥餘慶。」吕向注：「茫昧，幽暗寂寥虚無也。」雲玄，幽遠。

〔一二〕「斂魂」二句：鮑照《蕪城賦》：「東都妙姬，南國麗人，蕙心紈質，玉貌絳唇，莫不埋魂幽石，委骨窮塵。」斂魂，聚集死者魂魄。《樂府詩集》卷二十七《相和歌辭·蒿里行》：「蒿里誰家地，聚斂魂魄無賢愚。」幽石，猶墓石。陸機《晉平西將軍孝侯周處碑》：「玄堂寂寂，黄泉悠悠，書方易折，家揭難留，鐫兹幽石，萬代千秋。」《校注》：「斂魂、委氣：謂死後埋葬。」

〔一三〕芳菲一逝：芳菲，芳香。《楚辭》屈原《離騷》：「佩繽紛其繁飾兮，芳菲菲其彌章。」王逸章句：「菲菲，猶勃勃芳香貌也。」

〔一四〕美懋徒鐫：《校注》：「鐫：刊刻。謂刻石記其德行事迹。」

宋故銀青光禄大夫孫夐墓誌文

【題解】

此文張本、梁本題作《宋光禄大夫孫夐墓銘》。據《南齊書》卷三十一《江謐傳》、《南史》卷三十六《江秉之傳附江謐傳》，宋明帝泰始四年時孫夐曾任尚書左丞，有議江夏王義恭女喪服事；又據《南齊書》卷三十三《王僧虔傳》、《南史》卷二十二《王曇首傳附王僧虔傳》，孫夐泰始末曾任御史中丞，有奏劾王僧虔事。孫夐他事則皆已亡佚。《隋書》卷三十五《經籍志四》「宋豫章太守劉愔集八卷」下注：「光禄大夫孫夐集十一卷。」是孫夐又能文。

《宋書》卷三十九《百官志上》「光禄大夫銀章青綬」，故稱銀青光禄大夫，官第三品，位高於官第四品之御史中丞及官第六品之尚書左丞，見孫夐於泰始末爲御史中丞後又嘗遷職光禄大夫。此文題有「宋故」二字，則孫夐之卒似在宋末，此文當爲宋末齊初所作。

川祇效鏡，岳祥獻明〔一〕。碧葉獨秀，瑶源自清〔二〕。幼炳器譽，夙燿才名〔三〕。

體兼遷、雲，學備儒史〔四〕。紫閣咸趨〔五〕，朱軒既履〔六〕。貴交慕塵，素游企軌〔七〕。騰藻上京，振彩下國〔八〕。如彼緑蘭，秉芬四塞。歙人逕之不平〔九〕，歎天路之冥默〔一〇〕。貴夫君之爲美〔一一〕，播靈均與正則〔一二〕。

【箋注】

〔一〕「川衹」二句：《校注》：「川衹、岳祥：謂山川之神降賜祥瑞。鏡：明，光明。」

〔二〕瑶源自清：瑶源，指帝王族系，泛指家世不凡之人。《樂府詩集》卷九《北齊享廟樂辭·始基樂恢祚舞》：「瑶源彌濬，瓊根愈秀。」《校注》：「源：源頭。指出身。」

〔三〕「幼炳」二句：炳，明。燿，照耀，炫耀。《校注》：「炳、耀：言其光彩焕發。器譽、才名：才幹與聲譽。」

〔四〕「體兼」二句：《校注》：「遷：司馬遷。雲：揚雄字子雲。儒史：猶言經史，儒家經典和史傳之作。」

〔五〕紫閣咸趨：《晉書》卷三十一《后妃上·左貴嬪傳》：「惟帝與后，契濶在昔。比翼白屋，雙飛紫閣。」陸雲《喜霽賦》：「改望舒之離畢兮，曜六龍於紫閣。」鮑照《河清頌》：「俛瞰夷都，降眂驪淵，朱宫潛耀，紫閣陰鮮。」

〔六〕朱軒既履：朱軒，顯官所乘之車。《後漢書》卷四十六《陳寵傳附陳忠傳》：「陛下以不得親奉孝德皇園廟，比遣中使致敬甘陵，朱軒軿馬，相望道路，可謂孝至矣。」《文選》卷二十一張協《詠史》：「昔在西京時，朝野多歡娱。藹藹東都門，羣公祖二疏。朱軒曜金城，供帳臨長衢。」

〔七〕「貴交」二句：慕塵，陸雲《晉故散騎常侍陸府君誄》：「蓋以崇嚴，函以裕淵。西徂華源，負澤慕塵。幽萌潛暢，滯思賴振。」《校注》：「貴交：即貴游。王公貴族的子弟。素游：即素交，指出身貧寒以誠相交的朋友。慕塵、企軌：皆仰慕追隨之意。」

〔八〕「騰藻」二句：《校注》：「上京：京都。下國：諸侯國。指地方上。」

〔九〕人逕之不平：人逕，人道，人世。《文選》卷二十二沈約《遊沈道士館》：「朋來握石髓，賓至駕輕鴻。都令人逕絶，惟使雲路通。」

〔一〇〕天路之冥默：《文選》卷五十六曹植《王仲宣誄》：「我將假翼，飄飄高舉，超登景雲，要子天路。」吕延濟注：「言子之魂，神遊於天，我將假借羽翼，超於景雲之上，要子於天路也。」《藝文類聚》卷三十七引晉陸機《吴貞獻處士陸君誄》：「行焉比迹，誦必共響，庶君偕老，靈根克固，拊翼雲霄，雙飛天路。」《文選》卷十四班固《幽通賦》：「道修長而世短兮，夐冥默而不周。」李善注：「劉德曰：『冥默，玄深，不可通至。』」

〔一一〕夫君之爲美：夫君，指友人，此指孫夐。謝朓《酬德賦》：「聞夫君之東守，地隱蓄而懷仙。」曹融南注：「夫君，猶言『之子』。《楚辭·九歌·雲中君》：『思夫君兮太息。』此以指沈。」又謝朓《和江丞北戍琅邪城》：「夫君良自勉，歲暮忽淹留。」

〔二〕播靈均與正則：《楚辭》屈原《離騷》：「皇覽揆余初度兮，肇錫余以嘉名。名余曰正則兮，字余曰靈均。」王逸章句：「正，平也。則，法也。靈，神也。均，調也。言正平可法則者，莫過於天；養物均調者，莫神於地。高平曰原，故父伯庸名我爲平以法天，字我爲原以法地。」《校注》：「此指美名。」

齊故御史中丞孫詵墓誌文

【題解】

此文張本、梁本題作《齊御史中丞孫詵墓銘》。孫詵事迹，附見於《南史》卷七十二《文學·丘巨源傳》，云：「又時有虞通之、虞龢、司馬憲、袁仲明、孫詵等，皆有學行，與（孔）廣埒名。」「詵字休羣，太原中都人，愛文，尤賞泉石。卒於御史中丞。」孫詵他事乃散見於《宋書》卷十四《禮志一》、卷八十四《鄧琬傳》、卷九十二《良吏·王歆之傳》。知其宋孝武帝時爲劉秀之安北諮議參軍，明帝泰始初爲後軍記室參軍；泰始五年爲兼太常丞，有議太子婚納徵用禮事。此文題作「齊故御史中丞」，則其當於齊初卒於御史中丞任。文亦齊初所作。

筠以霜藹①〔一〕，蘭以風薰。深哉若人，寔好斯文〔二〕。系緒承胄〔三〕，激礴驚芬〔四〕。才基魏粲〔五〕，學參漢雲〔六〕。覽志上載，洽鏡前聞〔七〕。騰名冠俗〔八〕，揚采絶羣〔九〕。方觚明世，式贊睿君〔一〇〕。如何不淑〔一一〕，天道離分②〔一二〕。敢雕窆石，永晰幽墳〔一三〕。

【校記】

①「藹」張本作「靄」，梁本注：「一作『靄』。」

②「離」原作「雖」，張本、梁本作「難」，今據《彙注》本改。

【箋注】

〔一〕筠以霜藹：《禮記·禮器》：「其在人也，如竹箭之有筠也，如松柏之有心也。」鄭玄注：「筠，竹之青皮也。」孔穎達疏：「筠是竹外青皮。」此指竹。《文選》卷四左思《蜀都賦》：「豐蔚所盛，茂八區而菴藹焉。」劉良注：「菴藹，茂盛貌。」

〔二〕「深哉」二句：《校注》：「深：猶高。若人：此人。斯文：指禮樂制度。《論語·子罕》：『天之將喪斯文也，後死者不得與於斯文也。』此指文章學問。」

〔三〕系緒承胄：胄，猶世胄，後代。《元和姓纂》卷四：「孫：周文王第八子衛康叔之後，至武公生惠孫，惠孫生耳，耳生武仲，以王父字爲氏。」《校注》：「系：繼承。緒：指世業。」

〔四〕激藹驚芬：《校注》：「激藹驚芬：謂其美好的資質使人激賞、驚異。藹，花。」

〔五〕才基魏粲：《校注》：「魏粲：即王粲。建安七子之一，才思敏捷，尤擅詩賦，爲魏國侍中。」

〔六〕學參漢雲：《校注》：「漢雲：即揚雄，字子雲，西漢著名學者。」

〔七〕「覽志」二句：《校注》：「志：記。洽鏡：謂廣泛地涉獵、借鑒。上載、前聞：皆指古代典籍。」

〔八〕騰名冠俗：騰名，謂聲名騰達。梁元帝蕭繹《與劉智藏書》：「昔韓梅兩福、求羊二仲；鄭林騰名於馮翊，周黨傳芳於太原。」

〔九〕揚采絶羣：《楚辭》劉向《九歎·逢紛》：「垂文揚采，遺將來兮。」王逸章句：「言己雖不得施行道德，將垂典雅之文，揚美藻之采，以遺將來賢君，使知己志也。」

〔一〇〕「方緦」二句：《校注》：「緦：思想上協調。《説文》：『緦，同思之和也。』贊：輔助。睿君：聖君。指皇帝。」

〔一一〕如何不淑：《禮記·雜記上》：「寡君使某，如何不淑？」鄭玄注：「淑，善也。如何不善？言君痛之甚，使某弔。」陳澔集説：「如何不淑，慰問之辭，言何爲而罹此凶禍也。」《校注》：「不淑：指人死。」

〔一二〕天道離分：天道，天理，天意。《易·謙卦》：「天道虧盈而益謙，地道變盈而流謙，鬼神害盈而福謙，人道惡盈而好謙。」陶淵明《怨詩楚調示龐主簿鄧治中》：「天道幽且遠，鬼神茫昧然。」

〔一三〕「敢雕」二句：《校注》：「窆石：墓碑。晰：明。」

齊故司徒右長史檀超墓誌文

【題解】

此文張本、梁本題作《齊司徒右常侍檀超墓銘》。《南齊書》卷五十二《文學・檀超傳》：「檀超字悦祖，高平金鄉人也。祖弘宗，宋南琅邪太守。超少好文學，放誕任氣，解褐州西曹。……超累佐蕃職，不得志。轉尚書度支郎，車騎功曹，桂陽内史。入爲殿中郎，兼中書郎，零陵内史，征北驃騎記室，國子博士，兼左丞。超嗜酒，好言詠，舉止和靡，自比晉郗超，爲『高平二超』。謂人曰：『猶覺我爲優也。』太祖賞愛之，遷驍騎將軍，常侍，司徒右長史。建元二年，初置史官，以超與驃騎記室江淹掌史職。……超史功未就，卒官。」《南史》卷七十二《文學・檀超傳》：「既與物多忤，史功未就，徙交州，於路見殺。」江淹與檀超於建元二年（四八〇）共掌史職，超乃爲主纂。江淹旋於同年遷正員散騎侍郎，又遷中書郎，乃離史任而檀超獨掌之。至齊武帝永明元年（四八三）江淹又以驍騎將軍而掌國史，是必在檀超去職之後，故其後又有江淹續撰齊史之事。且檀超爲齊太祖蕭道成所賞愛，其於建元之世，必不致被殺。見檀超之徒交州并見殺乃在齊武帝永明元年，此文亦是年所作。

檀超時之著名詩人，其詩《詩品》置之下品，以之與謝超宗、丘靈鞠、劉祥、鍾憲、顔則、顧則心同列，云：「檀、謝七君，并祖襲顔延，欣欣不倦，得士大夫之雅致乎！余從祖正員常云：『大明、泰始中，鮑、休美文，殊已動俗，惟此諸人，傅顔、陸體，用固執不如顔。』」然其詩今已佚失不存。

齊武帝蕭賾生性嚴刻，建元四年（四八二）即帝位後，即殺吏部尚書江謐，永明元年又先後殺五兵尚書垣崇祖、散騎常侍荀伯玉、車騎將軍張敬兒及其四子、征北諮議參軍謝超宗，又免兼御史中丞袁彖官并禁錮十年。檀超生性嗜酒放誕，又與權臣王儉不協，犯蕭賾之大忌，故永明元年乃有「史功未就」而徙交州并於途中被殺之事。

《年代考》云：「《梁書·江淹傳》，江淹於永明初『出爲建武將軍、廬陵内史』，當時江淹已初步完成史書的編寫，可知檀超卒年大約是永明元年或二年左右。」所説差爲近之。

江淹與檀超相交甚厚，江淹未出仕前，檀超文名已盛，然優遇江淹，《南史·江淹傳》云：「早爲高平檀超所知，常升以上席，甚加禮焉。」建元之世二人又同掌史職。故檀超被殺，淹乃不顧自身之安危，作此文盛讚之。文云：「君實淵哉，行爲世標！」淵，或「冤」之借字，意其乃爲檀超之見殺而鳴不平耳。是江淹之處世，又多有不避忌諱處也。

惟金有銑，惟玉有瑶〔一〕。君實淵哉，行爲世標①〔二〕！高志灑落〔三〕，逸氣寂寥〔四〕。奥學内溢，深文外昭〔五〕。嘉采籍譽，登國振朝。亦既有美，銙傷蕙凋。人邇運曠〔六〕，世促道遼。永矣仁矣〔七〕，流芳無澆〔八〕。

【校記】

①「摽」《彙注》本、張本、梁本作「標」。按摽、標字通。

【箋注】

〔一〕「惟金」二句：《校注》：「銑：最有光澤的金屬。《爾雅·釋器》：『絶澤謂之銑。』瑶：美玉。」

〔二〕「君實」二句：《彙注》：「標：準的也。」《校注》：「淵：深。世摽：世人的楷模。」

〔三〕高志灑落：《校注》：「灑落：灑脱自然。」

〔四〕逸氣寂寥：逸氣，超脱世俗的氣概。《晉書》卷七十六《王廙傳》：「廙性儁率，嘗從南下，旦自尋陽，迅風飛帆，暮至都，倚舫樓長嘯，神氣甚逸。王導謂庾亮曰：『世將爲傷時識事。』亮曰：『正足舒其逸氣耳。』」同上書卷九十八《王敦沈充等傳論》：「桓温挺雄豪之逸氣，韞文武之奇才。」寂寥，恬静，淡泊。王充《論衡·自紀》：「恭願仁順，禮敬具備，矜莊寂寥，有巨人之志。」嵇康《卜疑》：「有宏達先生者，恢廓其度，寂寥疏濶；方而不制，廉而不割；超世獨步，懷玉被褐。」

〔五〕深文外昭：《校注》：「外昭：外現。」

〔六〕人邇運曠：運曠，謂命運窮困。曠，遠。《文選》卷三十八任昉《爲蕭揚州作薦士表》：「室邇人曠，物疏道親。」《校注》：「邇：近。謂人世短促。」

〔七〕永矣仁矣：《校注》：「仁：猶存。《禮記·仲尼燕居》：『所以仁鬼神也。』注：『仁，猶存也。』」

〔八〕流芳無澆：流芳，流傳美好名譽。《三國志》卷五《魏志·文德郭皇后傳》：「并以賢明，流芳上世。」《校注》：「無澆：不薄，深厚。澆，浮薄。」

蕭驃騎祭石頭戰亡文

【題解】

昇明元年（四七七）十二月，荆州刺史沈攸之反，發兵東下。壬申，袁粲、劉秉等文武大臣據石頭城應沈攸之，是日夜，蕭道成遣軍攻破石頭，袁粲、劉秉等被殺。據此文所云，乃悼是時石頭城之役破袁粲、劉秉時戰亡將士者，應爲是年十二月壬申（二十三日）後數日之内所作。

吴譜繫此文於昇明二年正月，云：「《宋書·順帝本紀》：二年春正月，沈攸之遣將公孫方平據西陽。辛酉，建寧太守張謨擊破之。丁卯，沈攸之自郢城奔散。己巳，華容縣民斬送之。辛未，鎮軍將軍、雍州刺史張敬兒克江陵，斬攸之子光琰，荆州平。同逆皆伏誅。先生之作《平賊表》、《祭石頭戰亡文》，當在是年正月也。」今考沈攸之敗於郢城，與石頭城之戰非同時事。此文爲祭石頭之役戰亡將士而作，用以激勵將士赴沈攸之之難者，故不得遷延至昇明二年，吴譜殆失考。曹道衡《年代考》繫此文於昇明元年閏十二月，云：「此文是閏十二月蕭道成祭戰死士卒的文章，由江淹代筆。」今考是年十二月壬申袁粲等起兵據石頭，爲月之二十三日。蕭道成遣諸將攻之，是夜即破石頭，斬粲。此文借祭石頭戰亡將士激勵士卒，以平沈攸之之亂，必在此月内。《年代考》亦未的。

咸告忠貞之魂曰：義惟行首①〔一〕，雄實士節〔二〕。嗟爾驍鷙，稟才蹈烈②〔三〕。守玉不渝，懷冰可折③〔四〕。氣彰靡旗，情皦亂轍④〔五〕。高墉摧堅〔六〕，巨醜挫鋭〔七〕。深痛克矜〔八〕，冤靈及雪〔九〕。隆恩殊悼〔一〇〕，臨爾以歆〔一一〕。千秋同盡，百齡一世〔一二〕。魂而有知〔一三〕，咸無遠邇。嗚呼哀哉！

【校記】

①「惟」張本、梁本作「爲」。

②「蹈」元鈔本作「踴」。

③「折」《彙注》本作「拆」。

④「皦」《彙注》本作「激」。

【箋注】

〔一〕義惟行首：《南齊書》卷五十五《孝義傳》：「贊曰：孝爲行首，義實因心。白華秉節，寒木齊心。」

〔二〕雄實士節：士節，士大夫應有的節操。《文選》卷四十一司馬遷《報任少卿書》：「傳曰：『刑不上大夫。』此言士節不可不勉勵也。」

〔三〕「嗟爾」二句：《校注》：「驍騖：驍勇騖人。蹈烈：謂壯烈赴死。烈，火猛爲烈。」

〔四〕「守玉」二句：《文選》卷四十七陸機《漢高祖功臣頌》：「周苛慷慨，心若懷冰。形可以暴，志不可淩。」《校注》：「守玉、懷冰：喻有品德，明節義。」

〔五〕「氣彰」二句：《校注》：「靡旗、亂轍：指追殺敵人。《左傳・莊公十年》：『吾視其轍亂，望其旗靡，故逐之。』靡，伏，倒。轍，車轍。」

〔六〕高墉摧堅：《校注》：「高墉：高墻。指軍壘。」

〔七〕巨醜挫鋭：《校注》：「巨醜：猶禍首。指袁粲、劉秉。」

〔八〕深痛克矜：《校注》：「克：可。矜：憐惜。」

〔九〕冤靈及雪：《校注》：「雪：昭雪。」

〔一〇〕隆恩殊悼：隆恩，厚恩，大恩。《文選》卷十三禰衡《鸚鵡賦》：「恃隆恩於既往，庶彌久而不渝。」

〔一一〕臨爾以欷：《儀禮・士虞禮》：「宗人告有司具，遂請拜賓，如臨，入門，哭，婦人哭。」鄭玄注：「臨，朝夕哭。」《左傳・宣公十二年》：「卜臨於大宮，且巷出車，吉。」杜預注：「臨，哭也。」《文選》卷二十三潘岳《悼亡詩三首》之三：「改服從朝政，哀心寄私制。茵幬張故房，朔望臨爾祭。」李周翰注：「朔，月初。望，十五日。皆哭臨而祭也。」《校注》：「臨：哭吊。」

〔二〕「千秋」二句：鮑照《蕪城賦》：「千齡兮萬代，共盡兮何言。」

〔三〕魂而有知：《三國志》卷二十五《高堂隆傳》：「魂而有知，結草以報。」

蕭太傅東耕呪文

【題解】

此文元鈔本、梁本題作《蕭太傅東耕祝文》。

此文云：「敬呪先穡曰：攝提方春，黍稷未華。灼爍發雲，昭燿開霞。」《彙注》：「攝提，建寅之月也。孟春之月，天子乃以元日祈穀於上帝。」是與《蕭太傅東耕教》一時所作。亦在昇明三年（四七九）正月。

呪文，祝告之文。呪，亦作「咒」，禱告，祝告。《後漢書》卷八十一《獨行・諒輔傳》：「時夏大旱，太守自出祈禱山川，連日而無所降。輔乃自暴庭中，慷慨呪曰……」《校注》：「呪：禱告。」

敬呪先穡曰〔一〕：　攝提方春〔二〕，黍稷未華〔三〕。　灼爍發雲〔四〕，昭燿開霞〔五〕。

地煦景曖〔六〕，山艷水波。側聞晨政①〔七〕，實惟民天〔八〕。競秬獻歲〔九〕，務畎上年〔一〇〕。有滰疎潤，興雨導泉〔一一〕。崇耕巡索〔一二〕，均逸共勞。命彼倌人，税于青臯〔一三〕。羽旗銜蕤〔一四〕，雄戟燿毫〔一五〕。呈典緇耦〔一六〕，獻禮翠壇〔一七〕。宜民宜稼，克降祈年〔一八〕。願靈之降，解珮停鑾。神之行兮氣爲軷〔一九〕，神之坐兮煙爲蓋。使嘉穀與玄鬯〔二〇〕，永争光而無沬哉〔二一〕。

【校記】

①「晨」張本、梁本作「農」。

【箋注】

〔一〕敬呪先穡曰：《彙注》：「先穡，穀神也。《儀注》曰：『天子耒耜一具，三公耒耜三具，九卿耒耜九具，立方壇以祀先農。』」《校注》：「先穡：即神農。神農教民始爲稼穡，故稱先穡。」

〔二〕攝提方春：《楚辭》屈原《離騷》：「攝提貞于孟陬兮，惟庚寅吾以降。」王逸注：「太歲在寅曰攝提格。孟，始也。貞，正也。于，於也。正月爲陬。」《彙注》：「攝提，建寅之月也。孟春之月，天子乃以元日祈穀於上帝。」《校注》：「攝提：建寅之月，即夏曆正月。」

〔三〕黍稷耒華：黍稷，黍和稷。爲古代主要農作物，亦泛指五穀。《書・君陳》：「黍稷非馨，明德惟馨。」《詩・豳風・十月》：「九月築場圃，十月納禾稼，黍稷重穋，禾麻菽麥。嗟我農夫，我稼既同，上入執宮功。」

〔四〕灼爍發雲：《文選》卷四左思《蜀都賦》：「符采彪炳，暉麗灼爍。」劉良注：「灼爍，光彩貌。」《藝文類聚》卷四十四引嵇康《琴賦》：「華容灼爍，發采揚明。伶倫比律，田連操張。進御君子，新聲嘹亮。」《校注》：「灼爍：形容陽光燦爛貌。」

〔五〕昭耀開霞：《漢書》卷九十九中《王莽傳中》：「或光自上復于下，流爲烏，或黄氣熏烝，昭耀章明，以著黄虞之烈焉。」《校注》：「昭耀：照耀。」

〔六〕地煦景曖：《校注》：「煦：温暖。曖：幽暗不明貌。」

〔七〕側聞晨政：《校注》：「晨政：指立春日行籍田之禮。《國語·周語上》：『農祥晨正。』注：『農祥，房星也。晨正，謂立春之日，晨中於午也。農事之候，故曰農祥。』張衡《東京賦》：『及至農祥晨正，土膏脈起。……躬三推於天田，修帝籍之千畝。』」

〔八〕實惟民天：《史記》卷九十七《酈生陸賈列傳》：「王者以民人爲天，而民人以食爲天。」《校注》：「民天：《漢書·酈食其傳》：『民以食爲天。』此指農業。」

〔九〕競秬獻歲：《楚辭·招魂》：「獻歲發春兮，汨吾南征。」王逸注：「獻，進；征，行也。言歲始來進，春氣奮揚，萬物皆感氣而生。」按獻歲，謂歲首正月。《校注》：「秬：黑黍。」

〔一〇〕務畎上年：畎，畎畝。《國語·周語下》：「天所崇之子孫，或在畎畝，由欲亂民也。」韋昭注：「下曰畎，高曰畝。畝，壟也。」《校注》：「畎：田間水溝，指田畝。獻歲、上年：謂一年之始。」

〔一一〕「有渰」二句：有渰，濃雲密佈貌。興雨，降雨。《詩・小雅・大田》：「有渰萋萋，興雨祁祁。」毛傳：「渰，雲興貌。萋萋，雲行貌。」鄭玄箋：「古者陰陽和，風雨時，其來祈祈然而不暴疾。」《文選》卷二十九張協《雜詩十首》之九：「凄風起東谷，有渰興南岑。」同上書卷四左思《蜀都賦》：「潛龍蟠於沮澤，應鳴鼓而興雨。」

〔一二〕崇耕巡索：《校注》：「索：繩。」

〔一三〕「命彼」二句：《詩・鄘風・定之方中》：「靈雨既零，命彼倌人，星言夙駕，説于桑田。」鄭玄箋：「倌人，主駕者。」《文選》卷四十五陶淵明《歸去來》：「登東皋以舒嘯，臨清流而賦詩。」呂向注：「東皋，營田之所也，春事起東，故云東也。皋，田也。」《校注》：「税：停車。青皋：東皋，田畝。」

〔一四〕羽旗銜蕤：羽旗，翠羽裝飾的旌旗。《墨子・旗幟》：「劍盾爲羽旗，車爲龍旗。」《文選》卷十九宋玉《高唐賦》：「若駕駟馬，建羽旗。」李善注：「《周禮》曰：『析羽爲旌。』謂破五色鳥羽爲之也。」《校注》：「蕤：旗幟連緣的垂飾。」

〔一五〕雄戟燿毫：《史記》卷一百十七《司馬相如列傳》：「曳明月之珠旗，建干將之雄戟。」司馬貞索隱：「《方言》云：『戟中小孑刺者，所謂雄戟也。』周處《風土記》云：『戟爲五兵雄也。』」《校注》：「毫：毫毛。燿毫：謂能照見細微之物。」

〔一六〕呈典緇耦：《校注》：「典：典禮。緇：黑色。」

〔一七〕獻禮翠壇：《校注》：「翠壇：行籍田禮時張設有青色帷幕的祭壇。」

〔一八〕克降祈年：祈年，祈禱豐年。《詩・大雅・雲漢》：「祈年孔夙，方社不莫。」鄭玄箋：「我祈豐年甚早。」《文選》卷二十四陸機《答張士然》：「駕言巡明祀，致敬在祈年。」李周翰注：「此機從駕出巡，祭祀致敬鬼神，祈豐年也。」

〔一九〕「神之行」句：《校注》：「軷：即軷祭。將行時祭神於道。《詩・大雅・生民》傳：『軷，道祭也。』」

〔二〇〕使嘉穀與玄鬯：嘉穀，即嘉禾。《書・微子之命》：「唐叔得禾，異畝同穎，獻諸天子。王命唐叔，歸周公於東，作《歸禾》。周公既得命禾，旅天子之命，作《嘉禾》。」孔傳：「禾各生一壟而合爲一穗，異畝同穎，天下和同之象，周公之德所致。」孔穎達疏：「此以嘉爲書之篇名，後世同穎之禾遂名爲『嘉禾』，由此也。」陳大章《詩傳名物集覽》卷八：「《孝經・援神契》：『德之下地，則嘉禾生。』《瑞應圖》曰：『嘉禾，五穀之長，盛德之精也。文者異本而同秀，質者同本而異秀，仁卉也。王者德盛則生，其大盈箱，一稃二米。』」玄鬯，《書・洛誥》：「伻來毖殷，乃命寧予以秬鬯二卣。」《史記》卷三十九《晉世家》：「天子使王子虎命晉侯爲伯，賜大輅，彤弓矢百，玈弓矢千，秬鬯一卣，珪瓚，虎賁三百人。」裴駰集解：「賈逵曰：『秬，黑黍；鬯，香酒也。所以降神。卣，器名。諸侯賜珪瓚，然後爲鬯。』」《校注》：「嘉穀、玄鬯：

皆祭品。古代以鬱金香合黍釀造的薄酒稱玄鬯。」

〔二〕無沫：無已，不盡。《文選》卷三十一江淹《雜體三十首·袁太尉從駕》：「服義方無沫，展歌殊未宣。」李善注：「《廣雅》曰：『沫，已也。』」張銑注：「言我服天子道義無已，雖舒展歌詩，未能宣其美化。」《校注》：「沫：終止。」

草木頌十五首 并序

【題解】

此篇張本、梁本題作《閩中草木頌十五首》。「并序」張本、梁本作「有序」。

此文序云：「爰乃恭承嘉惠，守職閩中。」明言守官於閩，應作於在吴興令時。序又云：「今所鑿處，前峻山以蔽日，後幽晦以多阻。飢猨搜索，石瀨戔戔。庭中有故池，水常決，雖無魚梁釣臺，處處可坐，而葉饒冬榮，花有夏色，兹赤縣之東南乎？」十五首之一《金荆》篇云：「江南之山，連障連天。既抱紫霞，亦漱絳煙。」之二《相思》云：「竦枝碧澗，卧根石林。日月斷色，霧雨恒陰。」與其在吴興時所作諸作描繪之景物，以及其《自序》所謂之「碧水丹山，珍木靈草」皆相一致，是必作於在吴興令任時，然究屬何年所作，則未可確知。

僕一命之微〔一〕，遭萬代之幸。不能鐫心礪骨〔二〕，以報所事①〔三〕；擢翼驤首〔四〕，自致丹梯②〔五〕。爰乃恭承嘉惠〔六〕，守職閩中③〔七〕。且僕生人之樂〔八〕，久已盡矣。所愛，兩株樹、十莖草之間耳。今所鑿處〔九〕，前峻山以蔽日，後幽晦以多阻〔一〇〕。饑猨搜索，石瀨戔戔〔一一〕。庭中有故池，水常決〔一二〕，雖無魚梁釣臺〔一三〕，處處可坐，而葉饒冬榮，花有夏色，兹赤縣之東南乎〔一四〕？何其奇異也？結莖吐秀〔一五〕，數千餘類，心所憐者，十有五族焉〔一六〕。各爲一頌，以寫勞魂〔一七〕。

【校記】

①「事」原作「象」，今據張本、梁本改。

②「致」《彙注》本作「至」。

③「職」原作「販」，今據張本、梁本改。

【箋注】

〔一〕一命之微：指地位低下。按一命，周時官階從一命到九命，一命爲最低的官階。《左傳·昭公七年》：「三命兹益共。故其鼎銘云：一命而僂，再命而傴，三命而俯。」杜預注：「三命，上卿也。」《北史》卷九《周紀上》：「始作九命之典，以敘内外官爵。以第一品爲九命，第九品爲一命。」後亦用以泛指低微的官職。

〔二〕鐫心礪骨：《校注》：「鐫心礪骨：謂修養身性，砥礪德行。礪，磨。」

〔三〕以報所事：《校注》：「所事：所服侍之人。指建平王。」

〔四〕擢翼驤首：《校注》：「擢翼：奮翼。驤首：昂首。鄒陽《上吴王書》：『臣聞蛟龍驤首奮翼，則浮雲出流，霧雨咸集。聖王砥節脩德，則游談之士歸義思名。』」

〔五〕自致丹梯：《文選》卷三十謝靈運《擬魏太子鄴中集·阮瑀》：「躧步陵丹梯，并坐侍君子。」黄節注：「丹梯，丹墀也。」《校注》：「丹梯：丹階，漆成紅色的宫殿臺階。此代指王宫。」

〔六〕恭承嘉惠：《漢書》卷四十八《賈誼傳》載賈誼《弔屈原賦》：「恭承嘉惠兮，俟罪長沙。」顔師古注：「恭，敬也。嘉惠，謂詔命也。」

〔七〕守職閩中：閩中，《文選》卷二十五謝靈運《還舊園作見顔范二中書》：「閩中安可處，日夜念歸旋。」李善注：「《漢書》曰：『故越王無諸，世奉越祀，身帥閩中兵以佐滅秦。』韋昭曰：『東越之别名也。』」原指今福建一帶地區，此指建安吴興。《校注》：「閩中：指建安郡吴興縣。建安郡秦時屬閩。」

〔八〕生人之樂：《莊子·至樂》：「諸子所言，皆生人之累也，死則無此矣。」《校注》：「生人：活人。」

〔九〕今所鑿處：《校注》：「所鑿處：指就山崖鑿成的居室。」

〔一〇〕「前峻山」二句：《楚辭·九章·涉江》：「山峻高以蔽日，下幽晦以多雨。」

〔一一〕石瀨淺淺：石瀨，水爲石激而形成的急流。《楚辭·九歌·湘君》：「石瀨兮淺淺，飛龍兮翩翩。」王逸章句：「瀨，湍也。淺淺，流疾貌。」《史記》卷一百十七《司馬相如列傳》：「東馳土山兮，北揭石瀨。」《校注》：「淺淺：水流疾速貌。亦作『淺淺』。」

〔一二〕水常決：《校注》：「決：衝破池岸涌出。」

〔一三〕魚梁釣臺：《詩·邶風·谷風》：「毋逝我梁，毋發我笱。」毛傳：「梁，魚梁。笱，所以捕魚也。」朱熹集注：「梁，堰石障水而空其中，以通魚之往來者也。笱以竹爲器而承梁之空，以取魚者也。」《校注》：「魚梁：以土石築壩，中有孔道的捕魚設置。」

〔一四〕赤縣之東南：《史記》卷七十四《孟子荀卿列傳》：「中國名曰赤縣神州。赤縣神州內自有九州，禹之序九州是也，不得爲州數。中國外如赤縣神州者九，乃所謂九州也。」《校注》：「赤縣：即赤縣神州，指中國。」

〔一五〕結莖吐秀：吐秀，開花。《藝文類聚》卷八十一引晉傅統妻《芍藥花頌》：「曾不踰時，荏苒繁茂。綠葉青葱，應期吐秀。緗蘤攢挺，素華菲敷。光譬朝日，色艷芙蕖。」《校注》：「秀：草木之花。」

〔一六〕「心所」二句：《校注》：「憐：愛。族：種類。」

〔一七〕以寫勞魂：勞魂，猶勞心，憂心。《詩·陳風·月出》：「月出皎兮，佼人僚兮，舒窈糾兮，勞心悄兮。」毛傳：「悄，憂也。」鄭玄箋：「思而不見則憂。」《詩·齊風·甫田》：「無思遠人，勞心忉忉。」《校注》：「寫：抒發。勞魂：猶言愁思。」

金荆

【題解】

金荆：荆樹的一種。《藝文類聚》卷八十九引晉顧微《廣州記》：「撫納縣出金荆。」《太平御覽》卷九百五十九引唐杜寶《大業拾遺録》：「北景在林邑南大海中，與海陰接境，其地東西一千餘里，南北三百餘里，海水四絶。……多大林木，高者數百尋。有金荆生於高山峻阜，大者十圍，盤屈瘤蹙，文如美錦，色艷於真金。」

江南之山，連障連天〔一〕。既抱紫霞〔二〕，亦漱絳煙〔三〕。金荆嘉樹①〔四〕，涵露宅仙②〔五〕。姱節詎及〔六〕，幽意誰傳〔七〕。

【校記】

①「嘉」《藝文類聚》卷八十九作「佳」。

②「露」張本、梁本、《藝文類聚》作「雲」。

【箋注】

〔一〕連障連天：《文選》卷二十二謝靈運《晚出西射堂》：「步出西掖門，遥望城西岑。連障疊巘崿，青翠杳深沉。曉霜楓葉丹，夕曛嵐氣陰。」吕向注：「山横曰障。」

〔二〕既抱紫霞：《文選》卷二十八陸機《前緩聲歌》：「獻酬既已周，輕舉乘紫霞。」《藝文類聚》卷四十二引前人《櫂歌行》：「名謳激清唱，榜人縱櫂歌。投綸沈洪川，飛繳入紫霞。」

〔三〕亦漱絳煙：《校注》：「漱：含。絳煙：紫煙。」

〔四〕金荆嘉樹：《楚辭・九章・橘頌》：「后皇嘉樹，橘徠服兮。受命不遷，生南國兮。」《文選》卷二十三阮籍《詠懷・步出上東門》：「步出上東門，北望首陽岑。下有采薇士，上有嘉樹林。」李善注：「嘉樹，謂嘉美之樹。」

〔五〕涵露宅仙：《校注》：「露：《藝文類聚》卷八九作『雲』，疑是。涵雲宅仙，言金荆高接雲天，可作仙人之宅。」

〔六〕姱節詎及：姱節，美好的節操。《楚辭・離騷》：「汝何博謇而好修兮，紛獨有此姱節。」洪興祖補注：「姱，苦瓜切，好也。」朱熹集注：「姱節，姱美之節也。」《校注》：「姱節：美好的品質。詎：豈。」

〔七〕幽意誰傳：幽意，幽深難言之情意。本集《青苔賦》：「必居閒而就寂，以幽意之深傷。」

相思

【題解】

《校注》：「相思：喬木名。其實如豆，晶瑩如瑪瑙，又稱紅豆樹。」

竦枝碧澗〔一〕，臥根石林〔二〕。日月斷色，霧雨恒陰〔三〕。緑秀八炤〔四〕，丹實四臨。公子不至，山客徒尋〔五〕。

【箋注】

〔一〕竦枝碧澗：《文選》卷二十六謝靈運《入華子岡是麻源第三谷》：「南州實炎德，桂樹陵寒山。銅陵映碧澗，石磴瀉紅泉。」

〔二〕臥根石林：《楚辭》屈原《天問》：「焉有石林？何獸能言？」王逸章句：「言天下何所，有石木之林，林中有獸能言語者乎？」

〔三〕霧雨恒陰：《文選》卷三十九鄒陽《上書吴王》：「臣聞蛟龍驤首奮翼，則浮雲出流，霧雨咸集。聖王底節修德，則游談之士歸義思名。」鮑照《登翻車峴》：「高山絶雲霓，深谷斷無光。晝夜淪霧雨，冬夏結寒霜。」

〔四〕綠秀八炤：《校注》：「八炤：照耀八方。炤，同『照』。」

〔五〕「公子」二句：《楚辭》屈原《九歌·山鬼》：「風颯颯兮木蕭蕭，思公子兮徒離憂。」山客，隱士。葛洪《抱朴子·正郭》：「若不能結蹤山客，離羣獨往，則當掩景淵洿，韜鱗括囊。」《校注》：「山客：江淹自稱。此二句謂所思之公子不至，探訪此樹只是徒然增添相思而已。」

豫章

【題解】

豫章：《左傳·哀公十六年》：「子期曰：『昔者吾以力事君，不可以弗終。』抉豫章以殺人而後死。」杜預注：「豫章，大木。」《戰國策·宋衛策》：「荆有長松、文梓、楩、柟、豫樟，宋無長木，此猶錦繡之與短褐也。」《文選》卷二十劉楨《公讌詩》：「月出照園中，珍木鬱蒼蒼。」李善注：「《新語》曰：『楩梓豫章，立則爲衆木之珍。』」《校注》：「豫章：喬木名。樟類，有香氣。」

伊南有材，匪桂匪椒〔一〕。下貫金壤，上籠赤霄〔二〕。盤薄廣結〔三〕，捎瑟曾喬〔四〕。七年乃識〔五〕，非曰終朝〔六〕。

【箋注】

〔一〕匪桂匪椒：《文選》卷五十七顔延之《陶徵士誄》：「桂椒信芳，而非園林之實。」《校注》：「桂、椒：皆芳香木名。」

〔二〕上籠赤霄：《淮南子·人間訓》：「背負青天，膺摩赤霄。」《文選》卷十三張華《鷦鷯賦》序：「或淩赤霄之際，或託絶垠之外。」李周翰注：「赤霄，至高也。絶垠，至遠也。」

〔三〕盤薄廣結：《校注》：「盤薄：謂牢固的樹根。」

〔四〕捎瑟曾喬：《校注》：「捎瑟：高竦貌。曾喬：高揚的枝條。《爾雅·釋木》：『小枝上繚爲喬。』」

〔五〕七年乃識：《史記》卷一百十七《司馬相如列傳》：「其北則有陰林巨樹，楩柟豫章，桂椒木蘭，蘗離朱楊，樝梸梬栗，橘柚芬芳。」張守節正義：「案《活人》云：『豫，今之枕木也。章，今之樟木也。二木生至七年，枕樟乃可分别。』」《淮南子·修務訓》：「楩柟豫章之生也，七年而後知，故可以爲棺舟。」《校注》：「識：識别。謂識别其材。」

〔六〕非曰終朝：《詩·鄘風·蝃蝀》：「朝隮於西，崇朝其雨。女子有行，遠兄弟父母。」毛傳：「崇，終也。從旦至食時爲終朝。」《藝文類聚》卷八引曹植《芙蓉賦》：「芙蓉蹇産，菡萏星屬。絲條垂珠，丹榮如緑。焜焜韡韡，爛若龍燭。觀者終朝，情猶未足。」

栟櫚

【題解】

此篇《藝文類聚》卷八十九題作《并櫚》。

栟櫚：《文選》卷四張衡《南都賦》：「楈枒栟櫚，柍柘檍檀。」《山堂肆考》卷二百十：「椶櫚：《格物論》：『椶櫚，一名栟櫚，高一二丈，無枝幹，葉長而大，岐生，葉狀如車輪。皮相重裹，一行一皮，冬月取皮，可爲索也。』」《校注》：「栟櫚：即棕櫚，常緑喬木。」

異木之生，疑竹疑草。攢叢石逕，森薙山道〔一〕。煙岫相珍〔二〕，雲壑共寶〔三〕。不華不縟①，可避工巧②〔四〕。

【校記】

①「華」《藝文類聚》作「錦」。

②「可」張本、梁本、《藝文類聚》作「何」。

【箋注】

〔一〕「攢叢」二句：《校注》：「攢叢：聚集。森薙：繁密貌。」

〔二〕煙岫相珍：煙岫，雲霧繚繞的山巒。沈約《循役朱方道路》：「日映青丘島，塵起邯鄲陸。江移林岸微，巖深烟岫複。」

〔三〕雲壑共寶：雲壑，雲氣遮覆的山谷。《文選》卷四十三孔稚珪《北山移文》：「誘我松桂，欺我雲壑。」

〔四〕可避工巧：工巧，泛指工匠。《宋書》卷四十七《劉敬宣傳》：「前人多發調工巧，造作器物。」

杉

【題解】

杉：常緑喬木，高可達三十米以上。樹冠的形狀像塔，葉線狀披針形。果子球形。木材白色或淡黄，質輕，耐朽，供建築和製器具用。《全芳備祖後集》卷十五：「杉，粘也。杉木類松而勁直，葉附枝生若刺針，可以爲船及棺木。作柱，埋土不朽。」

桐梓舊麗〔一〕，松栝稱奇〔二〕。焉如兹品，獨秀青崖〔三〕。羣木歛望，雜草不窺①〔四〕。長入煙氣②，永參鸞螭〔五〕。

【校記】

①「草」《藝文類聚》卷八十九作「卉」。

②「氣」《彙注》本、《藝文類聚》作「氛」。

【箋注】

〔一〕桐梓舊麗：桐梓，桐木與梓木，皆良材。《詩・鄘風・定之方中》：「樹之榛栗，椅桐梓漆，爰伐琴瑟。」朱熹集傳：「椅、桐、梓、漆，四木皆琴瑟之材也。」《孟子・告子上》：「拱把之桐梓，人苟欲生之，皆知所以養之者。」趙岐注：「桐、梓，皆木名也。」《校注》：「舊麗：言桐梓是向被稱道的好木。」

〔二〕松栝稱奇：《尚書・禹貢》：「杶幹栝柏。」孔傳：「柏葉松身曰栝。」《爾雅翼・釋木》：「栝，檜也。」本集《青苔賦》：「故其處石，則松栝交陰。」《校注》：「栝：木名。即檜樹。」

〔三〕「焉如」二句：青崖，《藝文類聚》卷三十六引晉戴逵《尚長贊曰》：「超超增翥，眇眇偕逝，跡絶青崖，影滅雲際。」同上書卷九十一引宋臨川康王《山雞賦》：「形鳳婉而鵠跱，羽袞蔚而緗暉，臨淥湍而映藻，傍青崖而妍飛。」《校注》：「兹品：指杉。」

〔四〕「羣木」二句：《校注》：「歛望、不窺：謂自慚形穢，不敢窺視，仰望。歛，收。」

〔五〕「長入」二句：煙氣，雲煙霧氣。《宋書》卷二十七《符瑞志上》：「魯哀公十四年，孔子夜夢三槐之間，豐沛之邦，有赤煙氣起。」《校注》：「參：參與。謂與鸞螭相處。鸞和螭都是傳説中仙人的坐騎。」

檉

【題解】

《詩・大雅・皇矣》：「啓之辟之，其檉其椐。」朱熹集傳：「檉，河柳也，似楊，赤色，生河邊。」《校注》：「檉：木名，又名河柳。老枝紅色，葉似鱗片，夏秋開花。」

木貴冬榮〔一〕，檉實寒色。停黛峰頂，插翠石側〔二〕。碧葉菴藹〔三〕，頳柯翕艴〔四〕。方陋筠櫝〔五〕，遠笑荆棘。

【箋注】

〔一〕木貴冬榮：《楚辭・遠遊》：「嘉南州之炎德兮，麗桂樹之冬榮。」洪興祖補注：「桂淩冬不凋。」《楚辭》東方朔《七諫・自悲》：「登巒山而遠望兮，好桂樹之冬榮。」《文選》卷一班固《西都賦》：「於是靈草冬榮，神木叢生。」

〔二〕「停黛」二句：《校注》：「黛、翠：指青翠碧緑的檉樹。」

〔三〕碧葉菴藹：《文選》卷四左思《蜀都賦》：「豐蔚所盛，茂八區而菴藹焉。」劉良注：「菴藹，茂盛貌。」按菴，覆蓋。王充《論衡·超奇》：「桃李梅杏，菴丘蔽野。」

〔四〕頩柯翕艴：《文選》卷十八嵇康《琴賦》：「珍怪琅玕，瑤瑾翕艴。」李善注：「翕艴，盛貌。」呂向注：「翕艴，光色也。」《校注》：「頩柯：紅色枝莖。翕艴：光色鮮艷貌。」

〔五〕方陋筠櫝：《校注》：「陋：鄙薄。筠：竹。櫝：茶樹。」

楊梅

【題解】

《漢書》卷五十七上《司馬相如傳上》載司馬相如《上林賦》：「楟棗楊梅，櫻桃蒲陶，隱夫薁棣，荅遝離支，羅乎後宮，列乎北園。」顏師古注：「張揖曰：『楊梅，其實似穀子而有核，其味酢，出江南也。』」李時珍《本草綱目·果二·楊梅》：「楊梅，樹葉如龍眼及紫瑞香，冬月不凋，二月開花結實，形如楮實子，五月熟。」《校注》：「果木名。其果實熟時呈紫紅色。」

寶跨荔枝〔一〕，芳軼木蘭〔二〕。懷蕊挺實，涵英糅丹①〔三〕。鏡日繡壑，炤霞綺巒〔四〕。爲我羽翼，委君玉盤〔五〕。

【校記】

①「英」張本、梁本、《藝文類聚》卷八十七作「黄」。

【箋注】

〔一〕寶跨荔枝：《東觀漢記·匈奴南單于》：「南單于來朝，賜御食及橙橘、龍眼、荔枝。」嵇含《南方草木狀》卷下：「荔枝樹，高五六丈餘，如桂樹，緑葉蓬蓬，冬夏榮茂，青華朱實，實大如雞子，核黄黑似熟蓮，實白如肪，甘而多汁，似安石榴。」

〔二〕芳軑木蘭：《楚辭·離騷》：「朝搴阰之木蘭兮，夕攬洲之宿莽。」朱熹集注：「木蘭，木名。《本草》云：『皮似桂而香，狀如楠樹，高數仞，去皮不死。』」又：「朝食木蘭之墜露兮，夕餐秋菊之落英。」《校注》：「軑：超越。木蘭：木名。狀如楠樹，皮辛香似桂。」

〔三〕涵英糅丹：《校注》：「英：花。糅：混雜。丹：指紫紅色果實。」

〔四〕「鏡日」二句：《校注》：「鏡日、炤霞：謂與日光霞色交相輝映。炤，同『照』。」

〔五〕「爲我」二句：《古詩》：「橘柚垂華實，乃在深山側。聞君好我甘，竊獨自彫飾。委身玉盤中，歷年冀見食。芳菲不相投，青黄忽改色。人儻欲我知，因君爲羽翼。」乃此二句之所出。按羽翼，輔佐。《文選》卷三十四枚乘《七發》：「獨宜世之君子，博見强識，承間語事，變度易意，常無離側，以爲羽翼。」委身，託身。《文選》卷二十五盧諶《贈劉琨一首并書》：「故委身之日，夷險已之。」張銑注：「委身之日，謂事琨時也。」《校注》：「羽翼：謂相助以力。委：託付。」

山桃

【題解】

山桃：野生桃樹，亦用以稱其果實。《大戴禮記・夏小正・正月》：「柳稊，稊也者，發孚也。梅杏杝桃則華。杝桃，山桃也。」《爾雅・釋木》：「褫桃，山桃。」郭璞注：「實如桃而小，不解核。」《文選》卷二十五謝靈運《酬從弟惠連》：「山桃發紅萼，野蕨漸紫苞。」《校注》：「山桃：木名。葉狹長，花粉紅色或白色，果實圓形。」

惟園有實①，惟山有叢〔一〕。丹藹擎露，紫榮繞風②〔二〕。引霧如雹③，映煙成虹。

伊春之秀〔三〕，乃華之宗。

【校記】

①「實」《藝文類聚》卷八十六作「肴」。

②「繞」《初學記》卷二十八作「競」。

③「霧」元鈔本作「露」。

【箋注】

〔一〕「惟園」二句：《校注》：「實：果實。《詩·魏風·園有桃》：『園有桃，其實之殽。』殽同肴，果品。此二句意謂，山中園中結滿了山桃。」

〔二〕「丹藹」二句：《校注》：「丹藹：紅花。藹，古『花』字。橤：亦花。」

〔三〕伊春之秀：《文選》卷三十謝朓《和王著作八公山》：「風煙四時犯，霜露朝夜沐。春秀良已彫，秋場庶能築。」

山中石榴

【題解】

此篇《藝文類聚》卷八十六題作《山石榴》。

石榴：樹木名。亦指所開的花和所結的實。《爾雅翼》卷十二：「若榴：按石榴或云本生西域，張騫使外國得之。一名丹若。《廣雅》謂之若榴，木不甚高大，枝柯附幹，自地便生作叢。種極易息，折其條，盤土中便生。花有黃赤二色，實亦有甘酸二種。甘者可飡，酢者入藥。」

美木艷樹〔一〕，誰望誰待。縹華翠萼①，紅華絳采〔二〕。炤列泉石②〔三〕，芬撓山海③〔四〕。奇麗不移④，霜雪不改⑤〔五〕。

【校記】

①「華」《彙注》本、張本、梁本、《藝文類聚》作「葉」。

②「列」《彙注》本、《藝文類聚》作「烈」。

③「撓」《彙注》本、張本、梁本、《藝文類聚》作「披」。

④「移」原作「徙」，今據《彙注》本、張本、梁本、《藝文類聚》改。按梁本注：「一作『徙』。」

⑤「不」張本、梁本、《藝文類聚》作「空」。

【箋注】

〔一〕美木艷樹：《後漢書》卷三十一《賈琮傳》：「舊交阯土多珍産，明璣、翠羽、犀、象、瑇瑁、異香、美木之屬，莫不自出。」

〔二〕「縹華」二句：《校注》：「縹：淡青色。絳：深紅色。」

〔三〕炤列泉石：炤列，同照烈。《文選》卷四十八顔延之《宋文皇帝元皇后哀策文》：「皇塗照烈，神路幽嚴。」「照烈」，六臣本作「昭列」。吕向注：「昭烈，光明也。」《校注》：「炤烈：光彩照耀。」

〔四〕芬撓山海：謂芳香驚動天下。按撓，攪動。《文子·道德》：「以智生患，又以智備之，譬猶撓水而欲求其清也。」《淮南子·説林訓》：「使水濁者，魚撓之。」

〔五〕霜雪不改：《校注》：「霜雪：亦指嚴肅高潔的品質。孔融《薦禰衡表》：『忠果正直，志懷霜雪。』」

木蓮

【題解】

《本草綱目》卷三十六《木芙蓉》：「釋名：地芙蓉、木蓮華、華木、桃木、拒霜。」注：「時珍曰：此花艷如荷花，故有芙蓉、木蓮之名，八九月始開，故名拒霜，俗呼爲桃皮樹。相如賦謂之華木，注云：『皮可爲索也。』」集解：「時珍曰：木芙蓉處處有之，插條即生，小木也。其幹叢生如荆，高者丈許，其葉大如桐。有五尖及七尖者。冬凋夏茂，秋半始着花。花類牡丹、芍藥，有紅者，白者，黄者，千葉者，最耐寒而不落，不結實。山人取其皮爲索。」《校注》：「木蓮：即木芙蓉。落葉灌木，秋冬間開花，呈黄色或淡紅色。」

迸采泉壑，騰光淵丘〔一〕。緗麗碧巘〔二〕，紅艷桂洲〔三〕。山人結侣〔四〕，靈俗共遊〔五〕。時至不採，爲子淹留〔六〕。

【箋注】

〔一〕「迸采」二句：騰光，《楚辭·招魂》：「姱容脩態絙洞房些，蛾眉曼睩目騰光些。」王逸注：「騰，馳也。」《藝文類聚》卷八十引潘尼《火賦》：「及至焚野燎原，一火赫羲，林木摧拉，沙粒并麋，騰光絶覽，雲散電披。」《校注》：「迸采、騰光：謂光彩焕發。」

〔二〕緗麗碧巘：《詩·大雅·公劉》：「陟則在巘，復降在原。」毛傳：「巘，小山，别於大山也。」《校注》：「緗：淺黄色。碧巘：碧緑的山峰。」

〔三〕紅艷桂洲：《晉書》卷一百二十三《慕容垂載記》：「方將飲馬桂洲，懸旌閩會，不圖天助亂德，大駕班師。」《校注》：「桂洲：植有桂樹的河洲。」

〔四〕山人結侣：山人，住在山區的人。《管子·輕重己》：「趣山人斷伐，具械器。」《荀子·王制》：「故澤人足乎木，山人足乎魚。」

〔五〕靈俗共遊：《校注》：「靈俗：神仙和凡人。」

〔六〕爲子淹留：淹留，羈留，久留。《楚辭》屈原《離騷》：「時繽紛其變易兮，又何可以淹留？」王逸章句：「言時世溷濁，善惡變易，不可以久留，宜速去也。」《文選》卷二十七魏文帝《燕歌行》：「羣燕辭歸雁南翔，念君客遊思斷腸。慊慊思歸戀故鄉，何爲淹留寄佗方。」《校注》：「淹留：徘徊，等待。」

石上菖蒲

【題解】

此篇張本、梁本題作《石菖蒲》，《藝文類聚》卷八十一題作《菖蒲》。

石上菖蒲：見本集《採石上菖蒲》題解。

藥實靈品①，爰乃輔性〔一〕。却痾衛福②，蠲邪養正〔二〕。縹色外妍，金光内映。草經所珍〔三〕，仙圖是詠③〔四〕。

【校記】

①「靈」原作「虚」，今據《彙注》本、張本、梁本、《藝文類聚》改。

②「却」《藝文類聚》作「除」。

③「仙」《藝文類聚》作「山」。

【箋注】

〔一〕爰乃輔性：輔性，謂幫助調養心性。《宋書》卷九十三《隱逸・郭希林傳》：「爰有山水之好，晤言之歡，實足以通理輔性，成夫亹亹之業。」蕭統《七契》：「君子曰：輔性和神，實惟至味，非直方今見重，乃亦自古攸貴。」

〔二〕「却痾」二句：養正，涵養正氣。《易・蒙》：「蒙以養正，聖功也。」《校注》：「却痾：除病。蠲：除。」

〔三〕草經所珍：《校注》：「草經：指《本草經》。如《吕氏本草》云：『菖蒲，一名堯韭，一名昌陽，久服身輕不老。』」

〔四〕仙圖是詠：《校注》：「仙圖：道家的圖籍。如《抱朴子・内篇・仙藥》：『韓終服菖蒲十三年，身生毛，日視書萬言，皆誦之，冬袒不寒。又菖蒲須得生石上，一寸九節已上，紫花者尤善也。』」

黄連

【題解】

黄連：《太平御覽》卷九百九十一引《本草經》：「黄連，一名王連，味苦寒，生川谷，治熱氣、目痛、眥傷、泣出，明目。」《校注》：「黄連：草名。根可入藥，味苦。」

黄連上草，丹沙之次。禦孽辟妖，長靈久視〔一〕。驂龍行天，馴鳳匝地①〔二〕。鴻飛以儀〔三〕，順道則利〔四〕。

【校記】

①「鳳」《彙注》本作「風」，《藝文類聚》卷八十九作「馬」。

【箋注】

〔一〕長靈久視：《校注》：「長靈久視：性命長存，永不衰老。視，活。」

〔二〕「驂龍」二句：《校注》：「驂龍：駕龍。匝地：周行大地。」按匝，《説文解字》卷六：「周也。」

〔三〕鴻飛以儀：《校注》：「鴻飛：揚雄《法言・問明》：『治則見，亂則隱，鴻飛冥冥，弋人何篡焉？』言鴻鵠遠飛，獵人不能使其技，以喻全身遠禍。儀：法則。」

〔四〕順道則利：順道，順從道義，遵循規律。《韓詩外傳》卷七：「正直者順道而行，順理而言，公平無私，不爲安肆志，不爲危激行。」《淮南子・兵略訓》：「順道而動，天下爲嚮。因民而慮，天下爲鬥。」

署預

【題解】

此篇《彙注》本、張本、梁本題作《薯蕷》。

署預，猶薯蕷，又稱薯藥，即山藥。李時珍《本草綱目》卷二十七《薯蕷》：「宗奭曰：『薯蕷因唐代宗名預，避諱改爲薯藥；又因宋英宗諱署，改爲山藥。盡失當日本名。』恐歲久以山藥爲別物，故詳著之。」《校注》：「薯蕷：俗稱山藥，家種者可食，野生者可入藥。」

華不可炫〔一〕，葉非足憐。微根儻餌〔二〕，棄劍爲仙〔三〕。黄金共鑄①〔四〕，青雘争妍②〔五〕。君謂無妄，我驗衡山〔六〕。

【校記】

①「鑄」張本、梁本、《藝文類聚》卷八十一作「壽」，疑是。

②「妍」張本、梁本、《藝文類聚》作「年」。

【箋注】

〔一〕華不可炫：《校注》：「不可炫：謂其花卉不動人，不值得炫耀。」

〔二〕微根儻餌：《校注》：「儻：同『倘』，倘若。《本草》載，薯蕷『久服耳目聰明，輕身不饑延年』。」

〔三〕棄劍爲仙：王嘉《拾遺記》卷一：「軒轅出自有熊之國……厭世於昆臺之上，留其冠、劍、佩舄焉。昆臺者，鼎湖之極峻處也。立館於其下，帝乘雲龍而遊殊鄉絶域，至今望而祭焉。」

〔四〕黄金共鑄：《校注》：「黄金：即道家所説的金丹。鑄：《藝文類聚》卷八一作『壽』，疑是。謂服薯蕷與服金丹作用相同，都可得長壽。」

〔五〕青雘争妍：《校注》：「青雘：即空青，道家認爲久服也可以輕身延年。」

〔六〕「君謂」二句：《校注》：「無妄：無根據之言。衡山：五嶽之南嶽。羅含《湘中記》：有採藥衡山者，道迷糧盡，一老公與其食物如薯蕷，六日至家，而不復饑。『驗衡山』，謂薯蕷藥性的靈效已由衡山采藥者得到驗證。」

杜若

【題解】

杜若：香草名。多年生草本，高一二尺。葉廣披針形，味辛香。夏日開白花。果實藍黑色。《文選》卷三十二屈原《九歌·湘君》：「采芳洲兮杜若，將以遺兮下女。」王逸章句：「杜若，芳洲香草，叢生水中之處。」《校注》：「杜若：香草名。一名杜蘅，葉廣披作針形，味辛而香。」

山中杜若〔一〕，嘉爾翠質。不奇不俗，載華載實。同銜夕露〔二〕，共炯朝日①〔三〕。夷險無二②〔四〕，沈冥如一〔五〕。

【校記】

①「炯」原作「烘」，今據《彙注》本、張本、梁本、《藝文類聚》卷八十一改。

②「險」張本、梁本作「陂」。

【箋注】

〔一〕山中杜若：《楚辭・九歌・山鬼》：「山中人兮芳杜若，飲石泉兮蔭松柏。」

〔二〕同銜夕露：《文選》卷五十九王簡栖《頭陀寺碑文》：「夕露爲珠網，朝霞爲丹雘。」吕延濟注：「夕露、朝霞，不假於物，任自然也。」陶淵明《歸園田居五首》之三：「種豆南山下，草盛豆苗稀。晨興理荒穢，帶月荷鋤歸。道狹草木長，夕露沾我衣。衣沾不足惜，但使願無違。」

〔三〕共炯朝日：《校注》：「炯朝日：被朝日所照。炯，明。」

〔四〕夷險無二：《文選》卷二十五盧諶《贈劉琨一首并書》：「故委身之日，夷險已之。」張銑注：「夷，平。已，與也。言平險與之同也。」《晉書》卷一百三《劉曜載記》：「(陳)安善於撫接，吉凶夷險與衆同之。」《校注》：「夷險：指平坦或險峻的環境。」

〔五〕沈冥如一：沈冥，謂幽居匿迹。揚雄《法言・問明》：「蜀莊沈冥，蜀莊之才之珍也，不作苟見，不治苟得，久幽而不改其操。」李軌注：「沈冥，猶玄寂，泯然無迹之貌。」《世説新語・棲逸》：「阮光禄在山東，蕭然無事，常内足於懷。有人以問王右軍，右軍曰：『此君近不驚寵辱，雖古之沈冥，何以過此！』」

藿香

【題解】

《文選》卷五左思《吴都賦》：「草則藿蒳豆蔻。」劉逵注：「《異物志》曰：『藿香，交趾有之。』」《本草綱目》卷十四《藿香》：「兜婁婆香。」注：「時珍曰：豆葉曰藿，其葉似之，故名。《楞嚴經》云：『壇前以兜婁婆香煎水洗浴。』即此。《法華經》謂之多摩羅跋香，《金光明經》謂之鉢怛羅香，皆兜婁二字梵言也。《涅槃》又謂之迦算香。」《校注》：「藿香：香草名。多年生草本植物，莖與葉均有香味，可入藥。」

桂以過烈①〔一〕，麝以太芬〔二〕。摧阻天壽②〔三〕，夭折人文③〔四〕。詎及藿香④，微馥微薰。攝靈百仞〔五〕，養氣青雰⑤〔六〕。

【校記】

①「烈」原作「洌」，張本作「列」，今據《彙注》本、《藝文類聚》卷八十一改。

②「阻」《藝文類聚》作「沮」。「天壽」原作「天鑄」，今據《彙注》本、張本、梁本、《藝文類聚》改。

③「夭折」元鈔本、《藝文類聚》作「夭仰」。

子喬好輕舉〔一〕，不待煉銀丹〔二〕。控鶴去窈窕①〔三〕，學鳳對巑岏〔四〕。山無一春草，谷有千年蘭。雲衣不躑躅〔五〕，龍駕何時還〔六〕。

【校記】

①「去」《藝文類聚》作「上」。

【箋注】

〔一〕子喬好輕舉：東方朔《與友人書》：「不可使塵網名韁拘鎖，怡然長笑，脱去十洲三島。相期拾瑶草，吞日月之光華，共輕舉耳。」曹植《仙人篇》：「萬里不足步，輕舉凌大虚。飛騰踰景雲，高風吹我軀。」《校注》：「輕舉：指神仙羽化之術。」

〔二〕不待煉銀丹：《校注》：「銀丹：金丹和銀丹都是道家所謂的長生升仙之藥。」

〔三〕控鶴去窈窕：《藝文類聚》卷一引晉湛方生《風賦》：「亦有飄泠之氣，不疾不徐，颾颾微扇，亹亹清舒，王喬以之控鵠，列子以之乘虚。」《樂府詩集》卷六十四曹植《飛龍篇》：「晨遊泰山，雲霧窈窕。忽逢二童，顔色鮮好。乘彼白鹿，手翳芝草。我知真人，長跪問道。」《藝文類聚》卷七十八引晉湛方生《廬山神仙詩》序：「若乃絶阻重險，非人跡之所遊；窈窕沖深，常含霞而貯氣。真可謂神明之區域，列真之苑囿矣。」《校注》：「控鶴：乘鶴。窈窕：高深幽遠，謂天。」

〔四〕學鳳對巑岏：鮑照《登廬山二首》之二：「高岑隔半天，長崖斷千里。氣霧承星辰，潭壑洞江汜。嶄絶類虎牙，巑岏象熊耳。」《集韻》卷二：「巑岏，山鋭皃。」《校注》：「巑岏：陡峭的山峰。」

〔五〕雲衣不躑躅：《楚辭・九歌・東君》：「青雲衣兮白霓裳，舉長矢兮射天狼。」王逸章句：「言日神來下，青雲爲上衣，白霓爲下裳。」《文選》卷二十九《古詩十九首・東城高且長》：「馳情整中帶，沈吟聊躑躅。」李周翰注：「躑躅，行不進貌。」同上書卷二十二陸機《招隱詩》：「明發心不夷，振衣聊躑躅。」《校注》：「雲衣：仙人以雲爲衣。」

〔六〕龍駕何時還：《楚辭・九歌・雲中君》：「龍駕兮帝服，聊翱遊兮周章。」王逸章句：「龍駕，言雲神駕龍也。」《藝文類聚》卷七引郭璞《華山贊》：「華嶽靈峻，削成四方。爰有神女，是挹玉漿。其誰遊之，龍駕雲裳。」

【集説】

清陳祚明《采菽堂古詩選》卷二十四：調高語卓，軒然遐舉。

陰長生

【題解】

《校注》：「陰長生：傳説中仙人。《列仙傳》載，陰長生從馬明生受金液神丹，乃入華陰山合金液，不樂升天，但服半劑爲地仙。」

陰君惜靈骨〔一〕，珪璧詎爲寶①〔二〕。日夜名山側②，果得金丹道〔三〕。憂傷永不至，光顔如碧草〔四〕。若度西海時〔五〕，致意三青鳥〔六〕。

【校記】

①「璧」張本、梁本作「碧」。

②「名」《彙注》本作「明」。

【箋注】

〔一〕陰君惜靈骨：靈骨，《魏書》卷一百十四《釋老志》：「佛既謝世，香木焚屍，靈骨分碎，大小如粒，擊之不壞，焚亦不燋。」此指陰長生的軀體。

〔二〕珪璧詎爲寶：《後漢書》卷六十一《黄瓊傳》：「所謂抵金玉於沙礫，碎珪璧於泥塗，四方聞之，莫不憤歎。」《文選》卷十九謝靈運《述祖德》：「弦高犒晉師，仲連卻秦軍。臨組乍不緤，對珪寧肯分。」李善注：「古者封爵，皆隨其爵之輕重，而賜之珪璧，執以爲瑞信。今仲連不受齊趙之封爵，明其不肯分珪也。」《校注》：「珪璧：古代諸侯朝會時所執玉器。指官位。」

〔三〕「日夜」二句：《校注》：「名山：指華陰山。金丹道：煉丹術。」

〔四〕光顔如碧草：《太平御覽》卷一百八十九引《洞冥記》：「去玉門九萬里，有碧草如麥，割之以釀，則味如酒，面臉著之，則顔如醉。」

〔五〕若度西海時：西海，傳説中西方之神海。《楚辭·離騷》：「路不周以左轉兮，指西海以爲期。」《山海經·南山經》：「招摇之山，臨於西海之上。」此指西王母所居之處。《校注》：「西海：傳説西方昆侖山附近的玉山爲西王母所居。」

〔六〕致意三青鳥：《山海經·西山經》：「又西二百二十里，曰三危之山，三青鳥居之。」郭璞注：「三青鳥主爲西王母取食者，别自棲息於此山也。」

白雲

紫煙世不覿〔一〕，赤鱗庖所捐〔二〕。白雲亦海外，蓋藟起三山〔三〕。蕭瑟玉池上〔四〕，容裔帝臺前〔五〕。欲知青都裏①，乘此乃登天〔六〕。

【校記】

①「青」《彙注》本作「清」。

【箋注】

〔一〕紫煙世不覿：郭璞《遊仙詩》之三：「赤松臨上遊，駕鴻乘紫煙。」《校注》：「紫煙：道家傳説神仙下凡或上天時常有紫色煙氣相隨。覿：見。」

〔二〕赤鱗庖所捐：鮑照《代白紵舞歌詞四首》之四：「池中赤鯉庖所捐，琴高乘去飛上天。」按《列仙傳·琴高》：「琴高者，趙人也，以鼓琴爲宋康王舍人。行涓彭之術，浮遊冀州涿郡之間二百餘年。後辭入涿水中取龍子，與諸弟子期曰：『皆潔齋待於水傍，設祠。』果乘赤鯉來，出坐祠中。旦有萬人觀之，留一月餘，復入水去。」《校注》：「赤鱗：即赤鯉。」

〔三〕葐蒀起三山：葐蒀，煙靄氤氲或香氣鬱盛。《文選》卷四左思《蜀都賦》：「鬱葐蒀以翠微，崛巍巍以峩峩。」張銑注：「葐蒀，氣貌。」《藝文類聚》卷二引宋謝莊《雜言詠雪》：「晷未沈而井閟，寓方霾而海溟。始葐蒀以蕤轉，終徘徊而煙曳。狀素鏡之晨光，寫金波之夜晰。」三山，《史記》卷二十八《封禪書》：「自威、宣、燕昭使人入海求蓬萊、方丈、瀛洲。此三神山者，其在渤海中，去人不遠。」阮籍《詠懷詩八十二首》之八十一：「出門望佳人，佳人豈在兹。三山招松喬，萬世誰與期。」

〔四〕蕭瑟玉池上：《楚辭·九辯》：「悲哉秋之爲氣也，蕭瑟兮草木摇落而變衰。」王逸章句：「陰冷促急，風疾暴也。」朱熹集注：「蕭瑟，寒涼之意。」傅玄《拟楚篇》：「登崑崙，漱玉池。」《校注》：「玉池：即瑶池。《穆天子傳》卷三：『天子觴西王母於瑶池之上。』」

〔五〕容裔帝臺前：《文選》卷三張衡《東京賦》：「建辰旒之太常，紛焱悠以容裔。」薛綜注：「容裔，高低之貌。」吕向注：「容裔，從風轉薄貌。」《藝文類聚》卷八引魏曹丕《濟川賦》：「臨濟川之魯淮，覽洪波之容裔。濞騰揚以相薄，激長風而亟逝。」《校注》：「帝臺：傳説中天帝宴飲衆之臺。《山海經・中山經》：『鼓鍾之山，帝臺之所以觴百神也。』」

〔六〕「欲知」二句：《校注》：「青都：傳説中天帝所居的宫闕。《列子・周穆王》：『王實以爲清都、紫微、鈞天、廣樂，帝之所居。』此：指白雲。」

秦女

【題解】

秦女：指戰國時秦穆公之女弄玉。劉向《列仙傳・蕭史》：「蕭史者，秦穆公時人也。善吹簫，能致孔雀、白鶴於庭。穆公有女，字弄玉，好之。公遂以女妻焉，日教弄玉作鳳鳴，居數年，吹似鳳聲，鳳凰來止其屋。公爲作鳳臺，夫婦止其上，不下數年，一旦皆隨鳳凰飛去。故秦人爲作鳳女祠於雍宫中，時有簫聲而已。」

青琴既曠世〔一〕，緑珠亦絶羣〔二〕。猶不及秦女，十五乘綵雲。璧質人不見，瓊光俗詎聞〔三〕。願使洛靈往〔四〕，爲我道音芬①〔五〕。

【校記】

①「音」《彙注》本、張本、梁本作「奇」。

【箋注】

〔一〕青琴既曠世：《史記》卷一百十七《司馬相如列傳》載《上林賦》：「若夫青琴、宓妃之徒，絶殊離俗，姣冶嫺都。」裴駰集解：「《漢書音義》曰：『皆古神女名。』」司馬貞索隱：「伏儼曰：『青琴，古神女也。』」《文選》卷三張衡《東京賦》：「萁莢爲難蒔也，故曠世而不覿。」鮑照《河清頌》：「歲宫乾維，月躔蒼陸，長河巨濟，異源同清，澄波萬壑，潔瀾千里。斯誠曠世偉觀，昭啓皇明者也。」

〔二〕緑珠亦絶羣：《太平御覽》卷三百八十九引干寶《晉記》：「石崇有妓曰緑珠，美如玉，善舞，孫秀使人求焉。」《後漢書》卷十三《隗囂傳》：「但駑馬鉛刀，不可强扶。數蒙伯樂一顧之價，而蒼蠅之飛，不過數步，即托驥尾，得以絶羣。」《校注》：「緑珠：晉石崇歌妓，美而工舞，善吹笛。」

〔三〕「璧質」二句：《校注》：「璧質、瓊光：形容美好如玉的容貌。指弄玉。」

〔四〕願使洛靈往：《文選》卷十九曹植《洛神賦》：「於是洛靈感焉，徙倚徬徨，神光離合，乍陰乍陽，竦輕軀以鶴立，若將飛而未翔。」劉良注：「洛靈，洛神也。」《校注》：「洛靈：洛水神女宓妃。」

〔五〕爲我道音芬：音芬，謂音問美意。

【集説】

清陳祚明《采菽堂古詩選》卷二十四：讚凡四首，亦倣嗣宗，語頗能蒼。末《秦女》一篇稍近。

雜三言五首 并序

【題解】

此篇張本、梁本題作《雜詞》。「并序」張本、梁本作「有序」。

此篇吴譜以爲作於宋後廢帝元徽四年（四七六），其云：「先生《雜詩》序云：『余上國不才，黜爲中山長史，待罪三載，究識煙霞之狀。』則此詩爲在閩第三年作，應屬今歲。」今考之此詩序又云：「既對道書，官又無職。」五首之一《搆象臺》篇云：「余汩阻兮至南國，迹已徂兮心未扃。」又云：「苔癖生兮繞石户，蓮花舒兮繡池梁。伊日月之寂寂，無人音與馬跡。」之二《訪道經》篇云：「兹道兮可傳，可傳兮皓然。挾兹心兮赴絶國，懷此書兮坐空山。」「寂寞兮山室，德經兮道衺。」與《自序》之「山中無事，與道書爲偶，乃悠然獨往，或日夕忘歸」等語相一致。之三《鏡論語》云：「惟山中兮寂寞，沉憂思兮無從。石紅青兮百疊，山濃淡兮萬重。」之四《悦曲池》云：「客子思兮心斷絶，心斷絶兮愁無閑。步東池兮夜未艾，卧西牕兮月向山。」之五《愛遠山》云：「非郢路之遼遠，寔寸憂之相接。欷美人於心底，願山與川之可涉。」所描繪山高水險，青苔遍地，紅蓮滿池之景象，客子思歸之傷感，以及以屈子放逐自比以表明心迹等語，均與其在建安吴興時相一致。吴

④「尤劇」原作「左劇」，今據《彙注》本、張本、梁本改。

⑤「賞」《彙注》本、張本、梁本作「償」。

⑥「際」《彙注》本、張本、梁本作「除」。

【箋注】

〔一〕興言民瘼：民瘼，民衆的疾苦。語本《詩・大雅・皇矣》：「監觀四方，求民之莫。」馬瑞辰通釋：「《漢書》、《潛夫論》及《文選》注，并引作『求民之瘼』。」《後漢書》卷八十六《循吏傳序》：「廣求民瘼，觀納風謡。」按《詩・小雅・四月》：「亂離瘼矣，爰其適歸。」毛傳：「離，憂。瘼，病。」《校注》：「興：起。」

〔二〕昧旦求政：《詩・鄭風・女曰雞鳴》：「女曰雞鳴，士曰昧旦。」朱熹集傳：「昧，晦；旦，明也。昧旦，天欲旦，昧晦未辨之際也。」《左傳》昭公三年載饞鼎之銘：「昧旦丕顯，後世猶怠。」《校注》：「昧旦：天將明時。昧旦而興，言其求政之急切。」

〔三〕庶存簡惠：簡惠，謂施政寬大仁惠。《宋書》卷二《武帝紀中》：「每永懷民瘼，宵分忘寢，誠宜蠲除苛政，弘茲簡惠。」同上書卷六十二《羊欣傳》：「在郡四年，簡惠著稱。」

〔四〕緝茲治道：《禮記・樂記》：「是故審聲以知音，審音以知樂，審樂以知政，而治道備矣。」《尹文子・大道下》：「過此而往，雖彌綸天地，籠絡萬品，治道之外，非羣生所餐挹，聖人錯而不言也。」《校注》：「緝：協和。治道：治國之道。」

〔五〕玉燭未調：玉燭，謂四時之氣和暢，形容太平盛世。《尸子》卷上：「四氣和，正光照，此之謂玉燭。」《爾雅·釋天》：「四氣和謂之玉燭。」郭璞注：「道光照。」邢昺疏：「道光照者，道，言也；言四時和氣，温潤明照，故曰玉燭。」《校注》：「玉燭未調：謂四季氣候不調和。」

〔六〕祥風尚鬱：《文選》卷一班固《東都賦》：「習習祥風，祁祁甘雨。」李善注引宋均曰：「即景風也。其來長養萬物。」劉良注：「習習、祁祁，風雨和貌。」《廣弘明集》卷十五釋慧遠《萬佛影銘》：「迹以像真，理深其趣。奇興開襟，祥風引路。」《校注》：「祥風：和風。鬱：滯，不暢。」

〔七〕京輔及二吴：二吴，吴郡及吴興郡。《南齊書·高帝紀下》：「二吴、義興三郡遭水，減今年田租。」《校注》：「京輔：京都建康附近地區。」

〔八〕秋登既罕：《校注》：「秋登：秋收。莊稼成熟謂登。」

〔九〕「今兹」二句：《校注》：「厲疾：疾病。罹：遭。」

〔一〇〕「納隍」二句：《校注》：「納隍：納己身於隍。言對於人民的苦難有感同身受之情。張衡《東京賦》：『勤恤民隱，而除其蓋，人或不得其所，若己納之於隍。』隍，城濠。矜：哀矜。」

〔一一〕三調未充：《南齊書》卷三《武帝紀》：「曲赦南兖、兖、豫、司、徐五州，南豫州之歷陽、譙、臨江、廬江四郡，三調衆逋宿債，并同原除。」《通鑒》卷一百三十八齊武帝永明十一年載此事，胡三省注：「三調，謂調粟、調帛及雜調也。」《校注》：「三調：朝廷向人民徵收的糧食（調粟)、絹帛(調帛)以及攤派的勞役(雜調)等,稱三調。充:謂按實納賦。」

〔一二〕虚例已畢:《校注》:「虚例:虚報應徵之物,照例應付。」

〔一三〕「官長」二句:《校注》:「局吏:當局的辦事官員。備:具,一一。」

〔一四〕「雖即事」二句:《校注》:「愆:過失。亮:通『諒』。」

〔一五〕以弘優澤:《宋書》卷七十二《文九王·建平王宏傳附景素傳》:「宋建平王劉景素,名父之子,少敦清尚。雖末路失圖,而原心有本。年流運改,宜弘優澤,可聽以王禮還葬舊墓。」《校注》:「優澤:優惠。」

王僕射領太子詹事詔

【題解】

此文張本、梁本題作《王儉領太子詹事詔》。《宋書》卷四十《百官志下》:「太子詹事,一人。丞一人。職比臺尚書令、領軍將軍。詹,省也。漢西京則太子門大夫、庶子、洗馬、舍人屬二傅,率更令、家令、僕、衛率屬詹事。皆秦官也。後漢省詹事,太子官屬悉屬少傅,而太傅不復領官屬。晉初太子官屬通屬二傅。咸寧元年,復置詹事,二傅不復領官屬。詹事二千石。」

據詔文,詔題之「王僕射」乃指王儉。考《南齊書》卷二十三《王儉傳》:「建元元年,改封南昌縣公，食邑二千户。明年，轉左僕射，領選如故。……其年，儉固請解選……見許。加侍中，固讓，復散騎常侍。……尋以本官領太子詹事，加兵二百人。」《南史》卷二十二《王曇首傳附王儉傳》云：「儉尋以本官領太子詹事，加兵二百人。時皇太子妃薨，左衛將軍沈文季經爲宫臣，未詳服不？」見王儉以左僕射領太子詹事時乃在皇太子妃薨後不久。今考《南齊書》卷二十一《文惠太子傳》、卷四十《武十七王·竟陵王子良傳》、《南史》卷十一《后妃·齊武穆裴皇后傳》、卷四十四《齊武帝諸子傳》，皆記蕭道成太子賾穆妃之薨在齐高帝建元二年，《南齊書·高帝紀》則詳記在是年七月，是王儉領太子詹事乃建元二年七月後之事。又考《宋書》、《南齊書》之《百官志》，時吏部尚書及太子詹事皆僅置一人。見今歲王儉所解之吏部尚書乃由何戢所繼任，而何戢原任之太子詹事則由王儉所領。何戢爲吏部尚書乃建元二年十月事。由此，王儉領太子詹事亦十月時事。《通鑒》卷一百三十五載建元二年，「冬十月，王儉固請解選職，許之，加儉侍中，以太子詹事何戢領選」，可以爲證。俞譜及《校注》以詔爲是年十月所作，是也。

門下：管司東朝〔一〕，歷代所重。自非國華，莫允斯任〔二〕。侍中、尚書左僕射、南昌縣開國公儉，鑒識清瞻〔三〕，理懷秀澈〔四〕。績亮朝端〔五〕，譽敷僉議〔六〕。贊業攸光，物聽斯緝〔七〕。宜總二官，以穆彝序〔八〕。

【箋注】

〔一〕管司東朝：《文選》卷二十四潘岳《爲賈謐作贈陸機》：「昔余與子，繾綣東朝。」吕延濟注：「謐昔爲散騎常侍，侍東宫，機亦爲太子洗馬。」同上書卷二十四陸機《答賈長淵》：「東朝既建，淑問峩峩。」李善注：「謂愍懷太子也。」同上書卷二十顔延之《應詔宴曲水作詩》：「帝體麗明，儀辰作貳；君彼東朝，金昭玉粹。」李善注：「東朝，東宫也。」《校注》：「東朝：即東宫，太子所居之宫。」

〔二〕「自非」二句：《後漢書》卷八十二《方術傳論》：「至乃誚譟遠術，賤斥國華。」《文選》卷五十八王儉《褚淵碑文》：「於時新安王寵冠列蕃，越敷邦教，毗佐之選，妙盡國華。」吕向注：「國華，謂英賢也。」《校注》：「國華：國之美華。允：當，適合。斯任：指太子詹事之職。」

〔三〕鑒識清贍：《三國志》卷十二《崔琰傳》：「及琰友人公孫方、宋階早卒，琰撫其遺孤，恩若己子。其鑒識篤義，類皆如此。」《晉書》卷三十三《石苞傳》：「浚字景倫，清儉有鑒識。敬愛人物，位至黄門侍郎。」清贍，清新豐富。《晉書》卷一百十四《苻堅載記下附苻融傳》：「嘗著《浮圖賦》，壯麗清贍，世咸珍之。」《宋書》卷五十九《江智淵傳》：「智淵愛好文雅，詞采清贍，世祖深相知待，恩禮冠朝。」《重修玉篇》卷二十五：「贍，市艷切，周也。」

〔四〕理懷秀澈：秀澈，同「秀徹」，清秀明達。《晉書》卷六十九《周顗傳》：「周顗字伯仁，安東將軍浚之子也。少有重名，神彩秀徹。」同上書卷七十九《謝安傳》：「安年四歲時，譙郡桓彝見而歎曰：『此兒風神秀徹，後當不減王東海。』」《校注》：「理懷：思致情懷。」

〔五〕績亮朝端：朝端，位居首席的朝臣。《宋書》卷四十二《王弘傳》：「正位槐鼎，統理神州，珥貂衣衮，總録朝端，内外要重，頓萃微躬，窮極寵貴，人臣莫比。」《文選》卷五十八王儉《褚淵碑文》：「蹔遂沖旨，改授朝端。」李周翰注：「言受尚書令，蹔遂天子深意，旋改授司徒，以爲朝臣之首也。端，首也。」《校注》：「亮：明於。」

〔六〕譽敷僉議：《校注》：「敷：布。僉議：衆議。」

〔七〕「贊業」二句：《校注》：「贊業：輔佐王業。光：廣大。物聽：猶言衆望。緝：集。」

〔八〕「宜總」二句：《校注》：「二官：周一良《晉書劄記》云：『官字當作宫，謂總理東宫事也。』『二』，通『貳』，副貳。二宫即東宫的别稱。穆：和，合。彝序：常序，次序。」

何僧事爲吏部尚書詔

【題解】

此文張本題作《爲何僧事拜吏部尚書詔》。據詔文，詔乃爲何戢遷職而發。考《南齊書》卷三十二《何戢傳》云：「建元元年，遷散騎常侍、太子僧事，尋改侍中，僧事如故。上欲轉戢領選，問尚書令褚淵，以戢資重，欲加常侍。淵曰：『宋世王球以侍中、中書令單作吏部尚書，資與戢相似。頃選職方昔小輕，不容頓加常侍。

聖旨每以蟬冕不宜過多，臣與王儉既已左珥，若復加戢，則八座便有三貂。若帖以驍、游，亦爲不少。』乃以戢爲吏部尚書，加驍騎將軍。」詔即爲此而作。上事《通鑒》卷一百三十五記在建元二年十月，則詔亦十月所作。俞譜繫年是也。

門下：官人之職，實難其選〔一〕。所以弼諧彝品，謨明庶績〔二〕。今思治惟急，彌不可曠〔三〕。侍中、太子詹事戢，業履修平〔四〕，體識詳隱①〔五〕。自升官闥，美譽咸聞。必能無懈于位，燮茲流序〔六〕。

【校記】

①「隱」張本、梁本作「穩」。

【箋注】

〔一〕「官人」二句：《晉書》卷四十三《山濤傳》：「吾所共致化者，官人之職是也。方今風俗陵遲，人心進動，宜崇明好惡，鎮以退讓。山太常雖尚居諒闇，情在難奪，方今務殷，何得遂其志邪！其以濤爲吏部尚書。」同上書卷四十五《任愷傳》：「充因稱愷才能，宜在官人之職。帝不之疑，謂充舉得其才。即日以愷爲吏部尚書，加奉車都尉。」《校注》：「官人之職：指吏部尚書。吏部尚書掌選百官。難其選：難以選擇合適的人才。」

〔二〕「所以」二句：《書・皋陶謨》：「允迪厥德，謨明弼諧。」孔傳：「言人君當信蹈行古人之德，謀廣聰明，以輔諧其政。」孔穎達疏：「聰明者自是己性，又當受納人言，使多所聞見，以博大此聰明，以輔弼和諧其政。」《文選》卷二十五盧諶《贈劉琨》：「弼諧靡成，良謀莫陳。」張銑注：「弼，輔；諧，和也。輔和之道不成，良謀妙策，無可陳述。」《校注》：「弼：輔正。諧：協調。彝品：常品，指百官之位。謨：謀議。明：明察。庶績：百官的政績。」

〔三〕彌不可曠：《校注》：「曠：空缺。指吏部尚書之職。」

〔四〕業履修平：《校注》：「業履：德行操業。修平：純潔公正。」

〔五〕體識詳隱：《校注》：「體識：行爲見識。詳隱：審慎細緻。」

〔六〕爕兹流序：《校注》：「爕：和。流序：流品，指各級官職。」

王侍中爲南蠻校尉詔

【題解】

《宋書》卷四十《百官志下》：「南蠻校尉，晉武帝置，治襄陽。江左初省。尋又置，治江陵。宋世祖孝建中省。」南蠻校尉，官第四品。

據詔文，詔乃爲侍中、領秘書監、驍騎將軍王奂出爲南蠻校尉而作。王奂字彦孫，琅邪臨沂人，《南齊書》卷四十九《王奂傳》云：「明年（福林按：指建元二年），遷太常，領鄱陽王師，仍轉侍中、秘書監，領驍騎將軍。又遷征虜將軍、臨川王鎮西長史，領南蠻校尉、南郡内史。奂一歲三遷，上表固讓南蠻。」見王奂被任爲南蠻校尉乃建元二年事，詔亦是年所作。

門下：荆楚殷曠〔一〕，任重寄深。毗佐之選①〔二〕，非良勿授。侍中、領祕書監、驍騎將軍奂，秉心貞元〔三〕，志局開亮〔四〕。績譽之美，在公屢彰〔五〕。必能贊政南紀，播惠西夏〔六〕。

【校記】

①「佐」原作「左」，今據《彙注》本、張本、梁本改。

【箋注】

〔一〕荆楚殷曠：《校注》：「荆楚：指荆州。南蠻校尉隸荆州，治江陵。殷曠：謂其地殷實廣濶。」

〔二〕毗佐之選：毗佐，輔助。《後漢書》卷五十一《龐參傳》：「宜遠覽二君，使參、慬得在寬宥之科，誠有益於折衝，毗佐於聖化。」《三國志》卷三十五《蜀志・諸葛亮傳》：「亮毗佐危國，負阻不賓。」《校注》：「毗左：南蠻校尉爲荆州刺史屬官，故云『毗佐之選。』」

〔三〕秉心貞元：貞元，純正。語本《易・乾》：「元亨利貞。」高亨注：「乾，卦名，天也。元，善也。亨，美也。利，利物也。貞，正也。天有善、美、利物、貞正之德。」

〔四〕志局開亮：《三國志》卷十《魏志・荀彧傳》：「詵弟顗，咸熙中爲司空。」裴松之注引晉孫盛《晉陽秋》：「功名者，志局之所奬也。」沈約《王茂加侍中詔》：「茂器度淹弘，志局詳穩。」《宋書》卷七十八《劉延孫傳》：「左衛將軍竣立志開亮，理思清要，茂策忠謨，經綸惟始，俾積基更造，咸有勤焉。」《校注》：「志局：志向和度量。開亮：開明。」

〔五〕在公屢彰：《校注》：「公：指朝廷。」

〔六〕「必能」二句：南紀，《詩・小雅・四月》：「滔滔江漢，南國之紀。」鄭玄箋：「江也，漢也，南國之大水，紀理衆川，使不壅滯；喻吴楚之君能長理旁側小國，使得其所。」後因以南紀指南方地區。《校注》：「西夏：指國家的西部。」

王光禄爲征南湘州詔

【題解】

詔題之「王光禄」，指王僧虔。僧虔原爲侍中、左光禄大夫、丹陽尹。詔題之「征南湘州」，則指王僧虔所遷任之征南將軍、湘州刺史。考《南齊書》卷三十三《王僧虔傳》云：「建元元年，轉侍中、撫軍將軍、丹陽尹。二年，進號左衛將軍，固讓不拜。改授左光禄大夫，侍中、尹如故。……其年冬，遷持節、都督湘州諸軍事、征南將軍、湘州刺史，侍中如故。」王僧虔由左光禄大夫而遷爲征南將軍、湘州刺史的具體時間，諸史皆未記載，然《通鑒》卷一百三十五有建元二年「十一月戊寅，丹楊尹王僧虔上言事」，則其爲湘州又在建元二年十一月至十二月之間，與《南齊書》本傳所云「其年冬」者適相合。又考之《南齊書·高帝紀下》載建元二年十二月，「壬子，以驃騎大將軍豫章王嶷爲司空」，由此可見，僧虔之出刺湘州在原荆湘二州刺史豫章王嶷改任之時，亦在是年十二月，清萬斯同《齊方鎮年表》即記僧虔爲湘州刺史乃「十二月命」，是也。由此，詔文亦當爲建元二年十二月作。

門下：衡岳名區〔一〕，荆湘奥壤〔二〕。自頃凋弊〔三〕，綏撫須賢。侍中、光禄大夫、丹陽尹僧虔①，德履淹邃，識局詳正〔四〕。沖素之行②〔五〕，朝望攸歸〔六〕；歷職之庸，載懷僉聽〔七〕。往任沅湘，餘惠在民〔八〕。今宜重敷善政，申此懿績〔九〕。

【校記】

①「僧虔」原作「僧文」，今據《彙注》本、張本、梁本改正。

②「行」字原闕，張本、梁本作「品」，今據《彙注》本補。

【箋注】

〔一〕衡岳名區：衡岳，南岳衡山。《文選》卷五左思《吴都賦》：「指衡岳以鎮野，目龍川而帶峒。」吕延濟注：「衡山南岳，本不在吴分，故指之以爲吴野之鎮。」《梁書》卷五十一《隱逸下·庾承先傳》：「辟功曹不就，乃與道士王僧鎮同遊衡岳。」按衡山在湘州，此因以指湘州。

〔二〕荆湘奥壤：《晉書》卷九《孝武帝紀》：「三吴奥壤，股肱望郡，而水旱併臻，百姓失業。」《文選》卷五十九沈約《齊故安陸昭王碑文》：「姑蘇奥壤，任切關河。」李善注：「奥壤，猶奥區也。」《校注》：「奥壤：猶言腹地。」

〔三〕自頃凋弊：凋弊，同「凋敝」，衰敗。《史記》卷一百二十二《酷吏·尹齊列傳》：「遷爲關内都尉，聲甚於寧成。上以爲能，遷爲中尉，吏民益凋敝。」《三國志》卷二十一《魏志·衛覬傳》：「當今千里無煙，遺民困苦，陛下不善留意，將遂凋弊，難可復振。」

〔四〕「德履」二句：沈約《崔慧景加侍中詔》：「護軍將軍、樂安縣開國子慧景志氣淹通，識履詳正。」《校注》：「德履：德業。識局：見識和度量。詳正：審慎，正派。」

〔五〕沖素之行：沖素，沖淡純樸。《藝文類聚》卷五十七引晉陸機《七徵》：「玄虚子耽性沖素，雍容玄泊。」《魏書》卷五十二《張湛傳》：「湛弱冠知名涼土，好學能屬文，沖素有大志。」

〔六〕朝望攸歸：攸歸，所歸。《文選》卷四十六王融《三月三日曲水詩序》：「昭華之珍既徙，延喜之玉攸歸。」張銑注：「攸，所也。」

〔七〕「歷職」二句：《校注》：「庸：功勞。僉聽：猶衆望。」

〔八〕「往任」二句：《校注》：「餘惠：遺愛。」按《南齊書》卷三十三《王僧虔傳》，王僧虔於宋孝武帝時曾任輔國將軍、湘州刺史,「所在以寬惠著稱」。

〔九〕「今宜」二句:《校注》:「敷:布。懿績:美績。」

柳僕射爲南兖州詔

【題解】

詔題之「柳僕射」,乃指柳世隆。《南齊書》卷二十四《柳世隆傳》,世隆字彦緒,河東解人,「建元二年,進號安南將軍。……尋授後將軍、尚書右僕射,不拜。……三年,出爲使持節、督南兖兖徐青冀五州軍事、安北將軍、南兖州刺史」。考《南齊書·高帝紀下》,柳世隆爲南兖州刺史在建元三年正月丙子,爲月之十五日,詔亦建元三年(四八一)正月作。

門下:河兖衝要〔一〕,維扞中畿〔二〕。司牧之任,宜詳其授〔三〕。後將軍、領軍,新除尚書右僕射、貞陽縣國公世隆①,業體淹濟〔四〕,思情通敏〔五〕。功書王府,積彰累任。必能宣弘恩政,威懷萬里〔六〕。雖哀疾毁頓〔七〕,而禮有權奪〔八〕。

【校記】

①「右僕射」原作「左僕射」,今據《南齊書》卷二十四《柳世隆傳》、《南史》卷三十八《柳元景傳附柳

世隆傳》改。「貞陽縣公」原作「涓陽郡公」，今據《南齊書》及《南史》柳世隆本傳改。「國公」疑爲「開國公」之訛，「國」前佚「開」字。按據《南齊書》及《南史》之《柳世隆傳》，柳世隆建元二年所授乃尚書右僕射，非左僕射。又考《南齊書》之《高帝紀下》、《武帝紀》、《王儉傳》，《南史》之《齊本紀》、《王儉傳》，《通鑑》卷一百三十五，建元二年正月至四年三月，尚書左僕射迄爲王儉所任。見建元三年時必不得有柳世隆爲左僕射之事。又據《南齊書》及《南史》之《柳世隆傳》，世隆於宋昇明二年以平沈攸之功，封貞陽縣侯，蕭道成代宋後進爵爲公，故《南齊書·高帝紀下》載建元三年正月丙子事，有「貞陽公柳世隆爲南兗州刺史」之語，是柳世隆時之所封乃縣公而非郡公。又且《宋書》及《南齊書》之《州郡志》皆無涓陽郡建置，而湘州之始興郡有貞陽縣。由此，柳世隆是時之封爵必「貞陽縣公」而非「涓陽郡公」。又按柳世隆於齊立國時爲功臣之一，故蕭道成代宋後乃有公爵之封，故詔當曰「開國」。本集載江淹《王僕射加兵詔》之「散騎常侍、尚書左僕射、太子詹事、南昌縣開國公儉」、《王撫軍爲安東吴興詔》之「都官尚書、撫軍、尋陽郡開國公敬則」，是此例。

【箋注】

〔一〕河兗衝要：河兗，濟河與兗州的并稱。《文選》卷三十謝靈運《擬魏太子鄴中集·劉楨》：「河兗當衝要，淪飄薄許京。」劉良注：「河，濟河也。」《文選》卷四十任昉《奏彈曹景宗》：「是以淮徐獻捷，河兗凱歸。」李善注引《尚書》：「濟河惟兗州。」此指南兗州。衝要，軍事或交通等方面的要地。袁宏《後漢紀·靈帝紀下》：「今涼州，天下之衝要，國家之蕃衞也。」

《校注》：「衝要：軍事要地。」

〔二〕維扞中畿：《晉書》卷九十八《桓温傳》：「廓清中畿，光復舊業。」《通鑒》卷一百一晉哀帝隆和元年：「蕩滌氛穢，廓清中畿。」胡三省注：「中畿，王畿也。《周禮》九畿，王畿方千里，其外侯、甸、男、采、衛、蠻、夷、鎮、蕃，皆以五百里言之。王畿在九畿之中，故此曰中畿。」《校注》：「扞：護衛。中畿：京都。」

〔三〕「司牧」二句：司牧，管理，治理。《左傳·襄公十四年》：「天生民而立之君，使司牧之，勿使失性。」《校注》：「詳：審慎。」

〔四〕業體淹濟：《校注》：「業體：學業和體行。淹濟：淵博而有成就。」

〔五〕思情通敏：《漢書》卷七十六《趙廣漢傳》：「少爲郡吏，州從事，以廉絜通敏下士爲名。」《南史》卷五十九《劉孝孫傳》：「博學通敏，而仕多不遂。」《校注》：「通敏：通達機敏。」

〔六〕威懷萬里：《後漢書》卷八十六《西南夷傳》：「永平中，益州刺史梁國朱輔好立功名，慷慨有大略。在州數歲，宣示漢德，威懷遠夷。」《文選》卷二十潘岳《關中詩》：「岳牧慮殊，威懷理二。」吕向注：「謂梁王欲戰以威服，解系欲守以懷撫，故云理二。」《校注》：「威懷：謂威德并用。《管子·君臣》：『故德之以懷也，威之以畏也，則天下歸之矣。』」

〔七〕哀疾毁頓：《晉書》卷四十三《王戎傳》：「帝謂劉毅曰：『和嶠毁頓過禮，使人憂之。』」《校注》：「哀疾毁頓：指守父母之喪哀傷而銷毁身體。按建元元年柳世隆丁母憂，此時仍在守喪期間。」

〔八〕禮有權奪：古代官員居父母喪，喪服未滿，朝廷强令出仕，稱爲「權奪」。《晉書》卷二十《禮志中》：「太康七年，大鴻臚鄭默母喪，既葬，當依舊攝職，因陳不起，於是始制大臣得終喪三年。然元康中，陳準、傅玄之徒，猶以權奪，不得終禮，自兹已往，以爲成比也。」《校注》：「權奪：謂破例而剥奪其守喪之禮。」

王僕射加兵詔

【題解】

《校注》：「加兵：增加衛兵。」

據詔文，詔乃爲王儉於散騎常侍、尚書左僕射、太子詹事任時加兵而作。建元二年十月，江淹曾代作《王僕射領太子詹事詔》，是此詔之作又在王儉領太子詹事之後。考《南齊書·王儉傳》於王儉「尋以本官領太子詹事」後即云「加兵二百人」，則王儉加兵事亦應在建元二年十月或稍後。

門下：散騎常侍、尚書左僕射、太子詹事、南昌縣開國公儉，忠款昭著〔一〕，任寄隆深〔二〕。既光朝猷〔三〕，允屬民聽〔四〕。宜增威飾〔五〕，以崇望實〔六〕，可加兵二百。

【箋注】

〔一〕忠款昭著：劉歆《西京雜記》卷三：「魏郡杜鄴，立志忠款，犬馬未陳，奄先草露。」《南齊書》卷五十九《氐傳》：「君奕世忠款，深識理順，想即起義，應接大軍，共爲掎角，討滅烏奴。」《校注》：「忠款：忠誠。」

〔二〕任寄隆深：《宋書》卷五十二《王誕傳》：「素爲劉鎮軍所識，情味不淺，若得北歸，必蒙任寄，公私際會，思報厚恩，愈於停此，空移歲月。」同上書卷五十六《謝瞻傳》：「晦遂建佐命之功，任寄隆重，瞻愈憂懼。」《校注》：「任寄：所托之任。」

〔三〕既光朝猷：《梁書》卷十三《沈約傳》：「誠不能弘宣風政，光闡朝猷，尚欲討尋文簿，時議同異。」《校注》：「朝猷：猶朝政。猷，道，法。」

〔四〕允屬民聽：民聽，民間聽聞，猶民望。袁宏《後漢紀·桓帝紀下》：「處士豫章徐穉、彭城姜肱、汝南袁閎、京兆韋著、潁川李曇，德行純備，著於民聽。」《宋書》卷三《武帝紀下》：「其有獄訟虧濫，政刑乖愆，傷化擾治，未允民聽者，皆當具以事聞。」《校注》：「屬：連接，合於。」

〔五〕宜增威飾：《宋書》卷十五《禮志二》：「夫金石賓饗之禮，簫管警塗之衛，實人君之盛典，當陽之威飾，固亦不可久廢於朝。」《校注》：「威飾：威儀。」

〔六〕以崇望實：陶淵明《晉故征西大將軍長史孟府君傳》：「時亮崇修學校，高選儒官，以君望實，故應尚德之舉。」《文選》卷四十六任昉《王文憲集序》：「國學初興，華夷慕義，經師人表，允兹望實。」劉良注：「允兹其才望美實也。」《校注》：「望實：名實。聲名與實際。」

立學詔

【題解】

《南齊書·高帝紀下》載建元四年正月壬戌，「詔曰：『夫膠庠之典，彝倫攸先，所以招振才端，啓發性緒，弘字黎氓，納之軌義，是故五禮之迹可傳，六樂之容不泯。朕自膺曆受圖，志闡經訓，且有司羣僚，奏議咸集，蓋以戎車時警，文教未宣，思樂泮宫，永言多慨。今關燧無虞，時和歲稔，遠邇同風，華夷慕義。便可式遵前准，修建斅學，精選儒官，廣延國胄。』」與江淹所作此詔同，當即爲淹之所作。是此詔之作乃在建元四年（四八二）正月。是月丙辰朔，壬戌月之初七日。

門下：夫膠庠之典〔一〕，彝倫攸先〔二〕。所以昭振才端①，啓發性緒，弘世字氓，納之軌儀〔三〕。是故五禮之迹可傳〔四〕，六樂之容不泯〔五〕。朕自膺曆受圖〔六〕，志闡經訓〔七〕。且有司羣寮②，奏議横集。以戎車屢警〔八〕，文教未敷〔九〕。思樂辟雍〔一〇〕，永言多慨〔一一〕。今關燧無虞，時和歲稔〔一二〕，遠邇同風，華夷慕義〔一三〕。便可式遵前準，修建教學③〔一四〕；精選儒官，廣延國胄〔一五〕。

【校記】

①「昭」《南齊書·高帝紀下》、《彙注》本作「招」。

②「司」字原闕，今據《南齊書·高帝紀下》、《彙注》本、張本、梁本補。

③「教學」原作「教學」，今據《南齊書·高帝紀下》、《彙注》本、張本、梁本改。

【箋注】

〔一〕膠庠之典：《禮記·王制》：「周人養國老於東膠，養庶老於虞庠。虞庠在國之西郊。」鄭玄注：「東膠亦大學，在國中王宮之東。西序、虞庠亦小學也。西序在西郊，周立小學於西郊。」《校注》：「膠爲周代大學，庠爲小學。泛指學校。」

〔二〕彝倫攸先：《書·洪範》：「天乃錫禹洪範九疇，彝倫攸敘。」孔傳：「天與禹，洛出書。神龜負文而出，列於背，有數至於九。禹遂因而第之，以成九類常道。」葛洪《抱朴子·博喻》：「舍英秀而杖常民者，吾知其不能敘彝倫而臻升平矣。」《校注》：「彝伦：常道。」

〔三〕「弘世」二句：《校注》：「弘世：謂廣濟世間。《尚書·顧命》：『弘濟於艱難。』字氓：撫養百姓。軌儀：法制。」

〔四〕五禮之迹：五禮，古代的五種禮節。《周禮·春官·小宗伯》：「掌五禮之禁令，與其用等。」鄭玄注引鄭司農云：「五禮，吉、凶、軍、賓、嘉。」

〔五〕六樂之容不泯：《周禮·地官·大司徒》：「以六樂防萬民之情，而教之和。」鄭玄注：「鄭司農云：『六樂謂《雲門》、《咸池》、《大招》、《大夏》、《大濩》、《大武》。』」《周禮·大司樂》：「凡六樂者，文之以五聲，播之以八音。」《校注》：「六樂：相傳分别爲黄帝、堯、舜、禹、湯、武王之樂。泯：滅。」

〔六〕膺曆受圖：《校注》：「膺曆受圖：謂承天受圖，應運而興。曆，曆數，天道。圖，河圖。」

〔七〕志闡經訓：經訓，經籍義理的解説。《後漢書》卷六十下《蔡邕傳下》：「諸生競利，作者鼎沸，其高者頗引經訓風喻之言，下則連偶俗語，有類俳優。」同上書卷三十五《鄭玄傳論》：「王父豫章君每考先儒經訓，而長於玄，常以爲仲尼之門不能過也。」《校注》：「闡：闡明。」

〔八〕戎車屢警：《書·牧誓》：「武王戎車三百兩，虎賁三百人。」孔傳：「兵車。百夫長所載。車稱兩。一車步卒七十二人，凡二萬一千人。舉全數。」《詩·小雅·采薇》：「戎車既駕，四牡業業。豈敢定居，一月三捷。」《校注》：「戎車：兵車。借指戰事。」

〔九〕文教未敷：文教，《尚書·禹貢》：「三百里揆文教。」孔穎達疏：「此服諸侯，揆度王者政教而行之。」鮑照《河清頌》：「夫四皇六帝，樹聲長世，大寶也；澤浸羣生，國富刑清，鴻德也；制禮裁樂，惇風遷俗，文教也。」《校注》：「敷：布，施行。」

〔一〇〕思樂辟雍：辟雍，本爲西周天子所設學校，東漢以後，歷代皆有辟雍，爲行鄉飲、大射或祭祀之禮之處。《禮記・王制》：「學在郊，天子曰辟雍，諸侯曰頖宫。」班固《白虎通・辟雍》：「天子立辟雍何？所以行禮樂，宣德化也。辟者，璧也，象璧圓，又以法天，於雍水側，象教化流行也。」《藝文類聚》卷三十八引後漢李尤《辟雍賦》：「王公羣后，卿士具集，攢羅鱗次，差池雜遝。」

〔一一〕永言多慨：《校注》：「永言多慨：常多感慨。言，語詞。」

〔一二〕「今關燧」二句：《校注》：「關燧：邊防。燧，告警的烽火。歲稔：猶言年豐。稔，莊稼成熟。」

〔一三〕「遠邇」二句：遠邇，遠近。《書・盤庚上》：「汝有積德之臣，乃不畏戎毒於遠邇。」孔傳：「不畏大毒於遠近。」《荀子・議兵》：「兵不血刃，遠邇來服。」《文選》卷四十六任昉《王文憲集序》：「國學初興，華夷慕義。」劉良注：「華夷，謂華夏四夷。」

〔一四〕「便可」二句：《校注》：「式：語首助詞，無義。前準：前代建學的規格。教學：即教學。」

〔一五〕廣延國胄：《晉書》卷五十五《潘岳傳》載潘岳《閒居賦》：「右延國胄，左納良逸。」同上書卷一百八《慕容廆載記》：「平原劉讚，儒學該通，引爲東庠祭酒，其世子皝率國胄束脩受業焉。」《校注》：「國胄：指王侯公卿等貴族子弟。」

王鎮南爲中書令右光禄詔

【題解】

詔題之「鎮南」原作「鎮軍」。按《南齊書》卷三十二《王延之傳》、《南史》卷二十四《王裕之傳附王延之傳》皆云王延之是時進號「鎮南將軍」，此詔文亦云「鎮南將軍、江州刺史延之」，而「鎮軍」則指「鎮軍將軍」。可見原題之「鎮軍」者，乃「鎮南」之誤也。今據以改正。

據此詔題及詔文所載，詔乃爲王延之由鎮南將軍、江州刺史轉爲中書令、右光禄大夫而作。《南齊書》卷三十二《王延之傳》：「（昇明）三年，出爲使持節、都督江州豫州之新蔡晉熙二郡諸軍事、安南將軍、江州刺史。建元二年，進號鎮南將軍。」「四年，遷中書令，右光禄大夫，本州大中正。」據《南齊書·高帝紀》，王延之遷右光禄大夫在建元四年正月壬戌，與頒《立學詔》同日，詔亦是時所作。

門下：綸言要密〔一〕，歷選爲難〔二〕。優秩崇顯，允在舊德〔三〕。使持節、都督江州豫州之新蔡晉熙二郡諸軍事、鎮南將軍、江州刺史延之，業履沖約〔四〕，秉情閑素〔五〕。譽彰頻試，績著累朝〔六〕。自居南服〔七〕，徽庸剋舉〔八〕。宜升寵章，管兼樞祕〔九〕。

【箋注】

〔一〕綸言要密：《禮記·緇衣》：「王言如絲，其出如綸；王言如綸，其出如綍。」鄭玄注：「言言出彌大也。」《校注》：「皇帝之言爲綸言。此指詔書。要密：機要，秘密。中書令掌詔令機密。」

〔二〕歷選爲難：《校注》：「歷選：選擇。歷，亦選之義。」

〔三〕「優秩」二句：《校注》：「優秩：指中書令之位。允：當。舊德：指從前建有善政的人。」

〔四〕業履沖約：沖約，淡泊儉約。《晉書》卷四十三《樂廣傳》：「性沖約，有遠識，寡嗜慾，與物無競。」《宋書》卷五十五《臧燾傳》：「高祖受命，徵拜太常，雖外戚貴顯，而彌自沖約。茅屋蔬飡，不改其舊。」

〔五〕秉情閑素：《三國志》卷十一《魏志·袁渙傳》：「渙子侃，亦精粹閑素，有父風。歷位郡守，尚書。」《宋書》卷七十二《文五王·建平宣簡王宏傳》：「少而閑素，篤好文籍。」《校注》：「閑素：恬淡純樸。」

〔六〕績著累朝：累朝，歷朝，歷代。《宋書》卷五十七《蔡廓傳附蔡興宗傳》：「況公威風先著，統戎累朝。」按據《南齊書·王延之傳》王延之始仕宋文帝，故此云「績著累朝」。

〔七〕自居南服：《文選》卷二十謝瞻《王撫軍庾西陽集别時爲豫章太守庾被徵還東》：「祇召旋北京，守官反南服。」李善注：「南服，南方五服也。」李周翰注：「服，諸侯之國也。」《校注》：「南服：南方，指江州。」

〔八〕徽庸剋舉：《校注》：「徽庸：美好的功績。剋：能。舉：舉其功績。」

〔九〕「宜升」二句：《校注》：「寵章：謂寵顯之職。樞祕：指中書省。」

張令爲太常領國子祭酒詔

【題解】

據詔文，詔乃爲散騎常侍、中書令張緒遷職而作。《南齊書》卷三十三《張緒傳》：「齊臺建，轉散騎常侍，世子詹事。建元元年，轉中書令，常侍如故。……尋加驍騎將軍。……四年，初立國學，以緒爲太常卿，領國子祭酒，常侍、中正如故。緒既遷官，上以王延之代緒爲中書令，時人以此選爲得人。」則張緒之任太常卿，領國子祭酒，與立國學及王延之爲中書令、右光禄大夫皆爲一時之事，亦在建元四年正月，詔亦是時所作。

又據《宋書・百官志》，國子祭酒爲國子學之最高官吏，官第四品。張緒清簡寡欲，長於《周易》，言理精奥，爲時之著名儒家學者，故蕭齊初立國學時乃以其主之也。

門下：庠議既敷〔一〕，縉紳攸屬〔二〕。師氏之任〔三〕，宜歸儒素〔四〕。散騎常侍、中書令、驍騎將軍、揚州大中正緒，器識清簡〔五〕，理懷恬約；譽洽朝聞，聲緝民聽〔六〕。必能闡揚玄宗〔七〕，式範胄子〔八〕。兼掌宗伯〔九〕，望實惟宜。

【箋注】

〔一〕庠議既敷：庠議，立庠之議，謂立國學之議。

〔二〕縉紳攸屬：縉紳，插笏於紳帶間，爲舊時官員的裝束。借指士大夫。《史記》卷一百二十一《儒林列傳序》：「陳涉起匹夫，驅瓦合適戍，旬月以王楚，不滿半歲竟滅亡，其事至微淺，然而縉紳先生之徒負孔子禮器往委質爲臣者，何也？」《漢書》卷二十五上《郊祀志上》：「其語不經見，縉紳者弗道。」顏師古注：「李奇曰：『縉，插也，插笏於紳。紳，大帶也。』臣瓚曰：『縉，赤白色也。紳，大帶也。《左氏傳》有縉雲氏。』師古曰：李云縉，插，是也。字本作搢，插笏於大帶與革帶之間耳，非插於大帶也。」

〔三〕師氏之任：《校注》：「師氏：官名。據《周禮・地官》，職掌教育貴族子弟。借指國子祭酒。」

〔四〕宜歸儒素：儒素，宿儒，名儒。《晉書》卷九十一《儒林傳・徐邈傳》：「及孝武帝始覽典籍，招延儒學之士，邈既東州儒素，太傅謝安舉以應選。」《校注》：「儒素：指品德操行卓異的儒者。」

〔五〕器識清簡：　器識，器局與見識。《晉書》卷三十六《張華傳》：「少自脩謹，造次必以禮度，勇於赴義，篤於周急。器識弘曠，時人罕能測之。」陶淵明《晉故征西大將軍長史孟府君傳》：「太傅河南褚裒，簡穆有器識。」清簡，清廉儉約。《後漢書》卷三十九《趙咨傳》：「咨在官清簡，計日受奉，豪黨畏其儉節。」《晉書》卷五十五《張載傳附張協傳》：「轉河間内史，在郡清簡寡欲。於時天下已亂，所在寇盜，協遂棄絶人事，屏居草澤，守道不競，以屬詠自娱。」

〔六〕聲緝民聽：　民聽，民間听聞，猶民望。袁宏《後漢紀·桓帝紀下》：「處士豫章徐穉、彭城姜肱、汝南袁閎、京兆韋著、潁川李曇，德行純備，著于民聽。」《宋書》卷三《武帝紀下》：「其有獄訟虧濫，政刑乖愆，傷化擾治，未允民聽者，皆當具以事聞。」

〔七〕闡揚玄宗：　《文選》卷五十八王儉《褚淵碑文》：「眇眇玄宗，萋萋辭翰。」李周翰注：「玄宗，道也。」《校注》：「闡揚：　顯揚。　玄宗：　指高深的學理。」

〔八〕式範胄子：　胄子，國子學生員。《晉書》卷五十五《潘岳傳附潘尼傳》載潘尼《釋奠頌》：「莘莘胄子，祁祁學生。」《宋書》卷十四《禮志一》：「請興復國學，以訓胄子。班下州郡，普修鄉校，雕琢琳琅，和寶必至。」《校注》：「式範：　楷模。」

〔九〕兼掌宗伯：　《宋書》卷三十九《百官志上》：「太常，一人。舜攝帝位，命伯夷作秩宗，掌三禮，即其任也。周時曰宗伯，是爲春官，掌邦禮。秦改曰奉常，漢因之。景帝中六年，更名曰太常。應劭曰：『欲令國家盛大常存，故稱太常。』」《校注》：「宗伯：指太常。」

蕭冠軍進號征虜詔

【題解】

詔題之「蕭冠軍」，指冠軍將軍、郢州刺史、西昌縣侯蕭鸞。蕭鸞即日後之齊明帝，蕭道成兄道生之子。《南齊書》卷六《明帝紀》：「太祖踐阼，遷侍中，封西昌侯，邑千户。建元二年，爲使持節、督郢州司州之義陽諸軍事、冠軍將軍、郢州刺史。進號征虜將軍。世祖即位，轉度支尚書，領右軍將軍。」據《南齊書·高帝紀下》，蕭鸞於建元二年三月丁酉被任爲郢州刺史，其刺郢州後又由冠軍將軍而進號征虜將軍，則此詔當作於建元二年三月之後。又考之《南齊書》卷三《武帝紀》、卷四十《武十七王·廬陵王子卿傳》，廬陵王子卿於建元四年六月乙酉任郢州刺史，以代其前任蕭鸞。是蕭鸞轉度支尚書亦在建元四年六月。由此，蕭鸞之由冠軍進號征虜乃在建元二年三月之後，建元四年六月之前，詔文於此期間所作。

吴譜繫此詔於建元二年三月，今考此詔文稱蕭鸞「體局弘濟，器操端敏。自莅任夏首，美政殷流」，見此次進號在蕭鸞就任郢州刺史且有美政之後。《明帝紀》所載之蕭鸞刺郢州與「進號征虜將軍」，非一時之事。吴譜誤會文意而致誤。

門下：維翰之重，實資名品〔一〕。使持節、都督郢州司州之義陽諸軍事、冠軍將軍、郢州刺史、西昌縣開國侯鸞①，體局弘濟〔二〕，器操端敏〔三〕。自莅任夏首〔四〕，美政殷流〔五〕。必能聿宣國化〔六〕，以庇人瘼〔七〕。宜崇顯秩，允兹聲望〔八〕。

【校記】

①「西昌」原作「南昌」，按《南齊書》之《高帝紀》、《明帝紀》、《海陵王紀》，《南史》之《齊本紀》，蕭鸞時所封爲西昌縣侯。據《宋書·州郡志二》，江州廬陵郡有西昌縣。是「南昌」，乃「西昌」之誤，今改正。

【箋注】

〔一〕「維翰」二句：《詩·大雅·文王有聲》：「四方攸同，王后維翰。」毛傳：「翰，幹也。」鄭玄箋：「王后爲之幹者，正其政教，定其法度。」後因以「維翰」喻捍衛。《晉書》卷五十九《汝南王亮等傳序》：「始則韓彭葅醢，次乃吴楚稱亂。然雖克滅權偪，猶足維翰王畿。」《校注》：「名品：有名望的品級，指高官之家。」

〔二〕體局弘濟：體局，性格器量。《宋書》卷七十七《柳元景傳》：「故侍中、尚書令、驃騎大將軍、巴東郡開國公新除開府儀同三司、南豫州刺史元景，風度弘簡，體局深沈，正義亮時，恭素範物。」弘濟，寬宏，大度。《樂府詩集》卷十九《鼓吹曲辭·平玉衡》解題：「《古今樂録》

曰：『《天序》，言聖皇應曆受禪，弘濟大化，用人各盡其才也。』」《世説新語・言語》「裴僕射善談明理，混混有雅致」劉孝標注引《冀州記》：「頠弘濟有清識。」

〔三〕器操端敏：《校注》：「器操：才能操守。端敏：端正聰敏。」

〔四〕涖任夏首：《楚辭・九章・哀郢》：「過夏首而西浮兮，顧龍門而不見。」王逸注：「夏首，夏水口也。」《校注》：「涖任：到任。夏首：即夏口（今湖北漢口），爲郢州治所。」

〔五〕美政殷流：美政，猶德政，美好的政治措施。《楚辭・離騷》：「國無人莫我知兮，又何懷乎故都？既莫足與爲美政兮，吾將從彭咸之所居。」《文選》卷五十五陸機《演連珠》：「淫風大行，貞女蒙冶容之悔；淳化殷流，盗跖挾曾史之情。」吕向注：「殷，盛也。」《校注》：「殷流：廣泛流傳。」

〔六〕聿宣國化：國化，謂一國的風尚教化。《漢書》卷九十九上《王莽傳上》：「黄郵、召陵、新野之田爲入尤多，皆止於公，公欲自損以成國化，宜可聽許。」《校注》：「聿：語詞。」

〔七〕以庇人瘼：人瘼，即民瘼，民衆的疾苦。語本《詩・大雅・皇矣》：「監觀四方，求民之莫。」馬瑞辰通釋：「《漢書》、《潛夫論》及《文選》注，并引作『求民之瘼』。」《後漢書》卷七十六《循吏傳序》：「廣求民瘼，觀納風謡。」

〔八〕「宜崇」二句：《校注》：「顯秩：顯位。允：當，符合。」

褚侍中爲征北長史詔

【題解】

據詔文，此詔乃爲侍中、領步兵校尉褚炫遷職而作。《南齊書》卷三十二《褚炫傳》云：「齊臺建，復爲侍中，領步兵校尉。以家貧，建元初，出補東陽太守，加秩中二千石。還，復爲侍中，領步兵。凡三爲侍中。出爲竟陵王征北長史，加輔國將軍。尋徙爲冠軍長史、江夏内史，將軍如故。永明元年，爲吏部尚書。」見此詔作於褚炫凡三爲侍中而出爲竟陵王征北長史時，且在褚炫「爲吏部尚書」之前。褚炫所任之「竟陵王征北長史」，即齊武帝蕭賾次子竟陵王子良征北將軍府長史，考《南齊書》卷四十《武十七王·竟陵王子良傳》云：「世祖即位，封竟陵王，邑二千户，爲使持節、都督南徐兗二州諸軍事、鎮北將軍、南徐州刺史。永明元年，徙爲侍中、都督南兗兗徐青冀五州、征北將軍、南兗州刺史，持節如故。」《南齊書·武帝紀》載永明元年（四八三）正月壬子，「鎮北將軍竟陵王子良爲南兗州刺史」，則竟陵王子良爲征北將軍、南兗州刺史在永明元年正月，褚炫出爲竟陵王子良征北長史，亦是年正月事，詔即是時所作。《南齊書·褚炫傳》載褚炫爲征北長史在永明元年之前，非是（説詳拙著《南齊書校議》）。俞譜繫此文於永明元年正月，是也。

又褚炫爲征北長史後又徙爲「冠軍長史、江夏内史」，「冠軍」，指冠軍將軍蕭緬。《南齊書》卷四十五《宗室·安陸昭王緬傳》：「世祖嘉其能，轉持節、都督郢州司州之義陽軍事、冠軍將軍、郢州刺史。」《南齊書・武帝紀》載永明元年九月乙卯，「吴郡太守安陸侯緬爲郢州刺史」，時郢州治江夏，褚炫爲緬之上佐，故爲其長史時又帶江夏太守。亦可爲褚炫永明元年初即隨竟陵王子良之南兖州，爲子良征北軍府長史之佐證。

又吴譜據《南齊書・褚炫傳》，以爲褚炫「出爲竟陵王征北長史，加輔國將軍，尋徙爲冠軍長史、江夏内史，將軍如故」，在「永明元年，爲吏部尚書」前，乃繫此詔於建元元年作，并云此詔「亦作於建元之世」。考竟陵王子良永明元年正月始由鎮北將軍進號征北將軍，蕭緬亦於是年九月始被任爲冠軍將軍、郢州刺史。褚炫先後爲子良征北軍府及蕭緬冠軍府佐，必不得在建元之世。吴譜之誤，蓋未察《南齊書》褚炫本傳之誤，而拘於傳文所載之褚炫爲征北長史在永明元年之前而致也。

門下：蕃佐須才，非良莫寄〔一〕。侍中、領步兵校尉炫，識業清悟〔二〕，思懷掩暢①。出内之譽〔三〕，日聞其美。宜弼諧親屏〔四〕，以申茂績〔五〕。

【校記】

①「掩」《彙注》本、張本、梁本作「淹」。

【箋注】

〔一〕「蕃佐」二句：蕃佐，蕃府之佐吏。《宋書》卷一百《自序傳》：「後太祖出鎮荆州，議以林子及謝晦爲蕃佐。」《校注》：「蕃佐：諸侯輔佐之官，指長史。寄：託。」

〔二〕識業清悟：清悟，明慧。《晉書》卷四十九《向秀傳》：「清悟有遠識，少爲山濤所知。」《南史》卷二十一《王弘傳》：「弘少好學，以清悟知名。」

〔三〕出内之譽：《書·舜典》：「命汝作納言，夙夜出納朕命，惟允。」孔傳：「納言，喉舌之官。聽下言納於上，受上言宣於下。」《後漢書》卷六十六《陳蕃傳》：「太傅陳蕃，輔弼先帝，出内累年。」李賢注：「内，音納。《尚書》曰『出納朕命也』。」《校注》：「出内：即出納，古納言之官。出，代皇帝向下宣示詔命；納，向皇帝稟報下面的意見。南齊時侍中掌此職。」

〔四〕弼諧親屏：《書·皋陶謨》：「允迪厥德，謨明弼諧。」孔傳：「言人君當信蹈行古人之德，謀廣聰明，以輔諧其政。」孔穎達疏：「聰明者自是己性，又當受納人言，使多所聞見，以博大此聰明，以輔弼和諧其政。」《文選》卷二十五盧諶《贈劉琨》：「弼諧靡成，良謀莫陳。」張銑注：「弼，輔；諧，和也。輔和之道不成，良謀妙策，無可陳述。」《校注》：「弼諧：輔佐協調。親屏：謂諸侯親王，指蕭子良。」

〔五〕以申茂績：茂績，豐功偉績。《後漢書》卷二十二《朱祐景丹等傳論》：「議者多非光武不以功臣任職，至使英姿茂績，委而無用。」《文選》卷五十六潘岳《楊荊州誄》：「忠節克明，茂績惟嘉。」劉良注：「績，功。」

江文通集校注卷十

齊太祖高皇帝誄

【題解】

誄：古代列述死者德行，表示哀悼的文章。《周禮·春官·大祝》：「作六辭以通上下親疏遠近，一曰祠，二曰命，三曰誥，四曰會，五曰禱，六曰誄。」《文心雕龍·誄碑》：「周世盛德，有銘誄之文。大夫之材，臨喪能誄。誄者，累也。累其德行，旌之不朽也。」

謚曰太祖高皇帝。《南齊書》卷二《高帝紀下》：建元四年三月「壬戌，上崩于臨光殿，年五十六。四月庚寅，上謚曰太祖高皇帝。奉梓宫於東府前渚升龍舟。丙午，窆武進泰安陵」。按是年三月乙卯朔，壬戌爲月之初八日。四月乙酉朔，庚寅月之初六日，辛卯月之初七日，丙午月之二十二日。此誄文云：「粤夏四月辛卯，將還座于泰安陵。龍轜既整，羽衛以陳。深酸舊物，掩咽故臣。嗣皇帝永訣丹掖，叫然青墀。」是誄爲其年四月丙午蕭道成葬前所作。《校注》以爲此誄之作在建元四年(四八二)四月，是也。

日月鬱華，風雲黯色〔一〕。傷動紫微〔二〕，悲匝璇極〔三〕。嗚呼哀哉〔四〕！粤夏四月辛卯，將遷座于泰安陵〔五〕。龍鑾既整，羽衛以陳〔六〕。深酸舊物，掩咽故臣〔七〕。嗣皇帝永訣丹掖，叫然青墀①〔八〕。攀神光之一絶，動遠邇之何期〔九〕？弓劍有慕，纂德寫辭〔一〇〕。

僉曰〔一一〕：若稽古聖，璿圖靈鏡〔一二〕。星樞發祥②，電光啓命〔一三〕。誕惟弱齡，惠志聰情〔一四〕。如金如璧，爰秀爰英〔一五〕。於鑠冠歲〔一六〕，騰華流藝〔一七〕。允文允武〔一八〕，克明克睿〔一九〕。聿尚登學〔二〇〕，嚴道遵師。宣散五禮③〔二一〕，優游六詩〔二二〕。上炫舊滯，旁鏡前疑〔二三〕。才罄艷采，筆盡麗辭〔二四〕。在友斯悌，于親伊孝〔二五〕。險泰共色④，夷阻一貌〔二六〕。游情嚮矩，縱心蹈教〔二七〕。鄉術式慕，州閭是效〔二八〕。業優登仕，先哲攸懋〔二九〕。矧乃寥廓〔三〇〕，淵規邃構〔三一〕。官府天地，舟輿宇宙〔三二〕。龍静鳳戢，歛奇揜秀〔三三〕。

昔在帝劉，王室放命〔三四〕。校焉僞誕⑤，晦朔陵正〔三五〕。鋒車北軼，爟火南盛〔三六〕。太祖時乘，爰茲發迹〔三七〕。塞井滅動，夷竈龕敵〔三八〕。賞鏤王圖，功蘶帝册〔三九〕。乃厲中葉〔四〇〕，天未歛難。兵百袁曹，禍十楚漢〔四一〕。吴地前崩，越壤首亂〔四二〕。街號燿盛，火列金斷〔四三〕。聚甲如陵，獻俘爲觀〔四四〕。北楚倔强，曾未屈膝〔四五〕。雲屯被野，魚麗亘日〔四六〕。廟勇既消，國圖方匱⑥〔四七〕。神册天開，雄略世出〔四八〕。凶劍鱗沈，醜戈羽逸〔四九〕。隻騎不返⑦，踦輪無匹〔五〇〕。厥庸戾止〔五一〕，雜珮委他〔五二〕。榮鬱閶闔，寵重山河〔五三〕。皇彝有文〔五四〕，朝采方藹〔五五〕。頻煩金紐，左右緹蓋〔五六〕。毗戎肅禁，參輦侍旆〔五七〕。譽馥區中，道變氓外〔五八〕。河濟國險，淮泗邦塵〔五九〕。要藩重設，匪賢則親〔六〇〕。亦既推轂，擁土庇民〔六一〕。聲稜絶俗，威贍殊隣〔六二〕。

宋主陵遐，紫殿遏密〔六三〕。話言之詔，貽在英粹〔六四〕。寅亮大寶，敷綸妙祕〔六五〕。世識機鑒，物宗淵懿〔六六〕。無夐匪練，靡奧不洎〔六七〕。三階既馴〔六八〕，五精惟至〔六九〕。彭蠡九江，地盡襟製〔七〇〕。亦有劉範，衣纓是絶〔七一〕。躍馬山岫，泛舟河澨〔七二〕。縞鏑星流，紅旗電結〔七三〕。鴆翼競扇，豺牙争礪〔七四〕。禍纏紫禁，兵交丹衛〔七五〕。瑶祀若旍，金扆如綴〔七六〕。朝野傾儀，咸歸上德〔七七〕。實賴至公，瀉家提國〔七八〕。懷險寔泰，襄危必克⑧〔七九〕。機箎朝旦，功定曛黑〔八〇〕。妙物更配，具章重則〔八一〕。深居撝外，遥棲緜默〔八二〕。

高秩方臻，元禮有序〔八三〕。王曰念哉！煇寵是與〔八四〕。職褒宫閣，任卷文武〔八五〕。

飾華麗貂，縈金疊組⑨〔八六〕。宏猷溢俗，曾芬冠古〔八七〕。憬彼朱方，亦惟宗秩〔八八〕。陰圖食昴，潛謀貫日〔八九〕。征輪未誓，偏旗銜律〔九〇〕。原燎既寂〔九一〕，世嚚伊謐。爰崇爰貴，以望以實〔九二〕。雁縣告静，象郡無虞〔九三〕。杳鬱遠域，清麗瓊都〔九四〕。國填氓負，朝委事虚〔九五〕。寔翳哲相，嶽曜神居〔九六〕。功美既損，道富去益⑩〔九七〕。再紐契訓，重匡禹迹〔九八〕。方同范張，濯纓汾射⑪〔九九〕。散簪山郊，解珮松石〔一〇〇〕。頳霞拂朝，蒼煙懵夕〔一〇一〕。韻屬玄經，恩流金液〔一〇二〕。

靈厭霸德，少帝告釁〔一〇三〕。滅慈滅養，抵仁抵信〔一〇四〕。枉獄炎鑪，淫刑霜刃〔一〇五〕。封忠翦義，樊稚剄櫬〔一〇六〕。惵惵萬氓⑫〔一〇七〕，曰怨曰震。妖蜺將崩，災裂昊蒼〔一〇八〕。况乃鼎國，資滌資匡〔一〇九〕。臨朝闡命，遏昏立綱〔一一〇〕。事緜毗漢，義締翼商〔一一一〕。既綏地職，亦懋天工〔一一二〕。權輿典緯，俾作司空〔一一三〕。黼黻璃戈〔一一四〕，祐宇升庸〔一一五〕。徒賜先衮，爰永渥沖〔一一六〕。實曰驃騎，卷迹辭功〔一一七〕。寰寓睦政，畿甸綸風〔一一八〕。

沈氏滔天，勃逆舊楚〔一一九〕。氣蹂黄池，志轢柏舉〔一二〇〕。裂禮紊度，毁經棄序〔一二一〕。黑騎黟山，朱旗頳渚⑬〔一二二〕。短兵相接⑭，長鎩爲羣〔一二三〕。顥如海岸，轟似蒸雲⑮〔一二四〕。合乃霧激⑯，離則霰分。荆國既軼，郢縣方焚〔一二五〕。袁劉二戾，猋翕煒發⑰〔一二六〕。聯謀制外，儲兵襲内〔一二七〕。釁激瓊殿，勢崩金闕〔一二八〕。志乘玄璽，圖矯祕鉞〔一二九〕。鴻妖逝星，高祲棄月〔一三〇〕。惟時諸侯，上脱下競〔一三一〕。圖服淆蕩，實綴仁聖〔一三二〕。煇燿國靈，導揚主命〔一三三〕。曾規近晰，深謨遠鏡〔一三四〕。左輪朱赭，表裏斯定〔一三五〕。七德飾歌，九功綷詠⑱〔一三六〕。

乃陟上鉉，寵文方輝〔一三七〕。誕錫有秩，綵吹旌旗〔一三八〕。贊政瑶光，翊教太微〔一三九〕。寔曰太傅，爰登相國〔一四〇〕。緝氓以禮，綜祇以德〔一四一〕。景福咸湊，芳猷允塞〔一四二〕。羽泳式造，紘縣是則〔一四三〕。金湯無險，軌書攸同〔一四四〕。迴迴寵跡，窈窈睿功〔一四五〕。寶珪黛壤，俾王于東〔一四六〕。絢册是敷，懋物既崇〔一四七〕。設業設虡，丹懸碧鏞〔一四八〕。於穆顯相，黎元時邕〔一四九〕。冰州炎徼，來獻其賝〔一五〇〕。雁海龍關，亦柔好音〔一五一〕。梁黿棧鼉，越險浮深〔一五二〕。遠戎皆覿，上靈必臨〔一五三〕。山吐石青，野降蜜露⑲〔一五四〕。瑞芝麗草，珍柯爛樹〔一五五〕。人崩俗綈，玄緯幽數〔一五六〕。睠此妙德，跂我王度〔一五七〕。

簉滯炎旻，既變至公〔一五八〕。萎蕤嫣華，文祖受終⑳〔一五九〕。大宋有訓㉑，高撝萬邦〔一六〇〕。容豫慶雲〔一六一〕，游衍南風〔一六二〕。正服寶位，圓光玉繩〔一六三〕。御繡懷古，負黼扆〔一六四〕。丘礙必静，淵漪咸澄〔一六五〕。勛宸有作，黔牖其義〔一六六〕。矜卑廣慈，合賤兼愛〔一六七〕。綴機𠜱賊，輕章削罰〔一六八〕。跡去繁参，情歸素一〔一六九〕。軒靡龍刻，楹無丹密〔一七〇〕。越賤申椒，楚輟靈橘〔一七一〕。陵寢起邑，池藻誰縣〔一七二〕？遥館罕御，離房空蔗〔一七三〕。惇教路宫，淹神正殿〔一七四〕。斟酌信義，左右律禮〔一七五〕。瑩彼皇維，煒兹國體〔一七六〕。胄業既樹，璧流方啓〔一七七〕，漢求金岫，吴寶銅塹〔一七八〕。寧若睿德，讓駟却劍〔一七九〕。寔才爲貴，唯功是念。火職咸允，雲官亦熙〔一八〇〕。既臯乃益，匪稷伊夔〔一八一〕。無觖巡風，寧竢辨詩〔一八二〕。玉燭調文，玄英最節〔一八三〕。乘山呈瑞，航海歸闕〔一八四〕。不曠景册，靡空歲月〔一八五〕。受緯機衡，兼甄書史㉒〔一八六〕。孫韓各辨㉓，莊墨異理〔一八七〕。昭政往藹，洗鑠前軌〔一八八〕。逍遥星斗，徙倚涼雲〔一八九〕。春飈方舞，秋鴻初分〔一九〇〕。式謡式詠，載績載文〔一九一〕。

邈哉我后，淪泳賢聖〔一九二〕！罄品作號，盡物歸政〔一九三〕。蒼黎汰驩，玄靈刷慶〔一九四〕。永戩嘉祉，方寅景命〔一九五〕。締詳有文，颶沛將掩㉔〔一九六〕。理昧人詖，道懸世險〔一九七〕。复略遺圖，忌華徇儉〔一九八〕。文闈陳几，翌明告漸〔一九九〕。蜆鷸鬬食㉕，日月朏精〔二〇〇〕。殞在乘輿，宇折宙傾㉖〔二〇一〕。祲纏鸞掖，悲赴紫扃〔二〇二〕。去旋臺㉗之照，襲珠殯之冥〔二〇三〕。嗚呼哀哉！

帷宮低景，輦路戲光㉘〔二〇四〕。惻柏門之黯黯，泣松帳之茫茫〔二〇五〕。上宮擗而詔御咽，羣后慕而侍衛傷〔二〇六〕。攢靈既儼，遠日以筮〔二〇七〕。鬱邑既奠，龍罇已撤㉙〔二〇八〕。素月夜橫，翠煙曉結〔二〇九〕。摐虛金而下欷，吟空簫而增絶〔二一〇〕。嗚呼哀哉！

於是颯天駕而從綺輿，澁神行而撫文輦〔二一一〕。傍建春而南蹕，徑宣陽而東踐〔二一二〕。尚葢蒀而未散，乍眇默而不轉〔二一三〕。睇千乘之共啜，盼萬騎之相泫〔二一四〕。嗟魏后之戀譙㉚，惻漢主之懷沛〔二一五〕。辭金陵之葦義，降雲陽之杳藹〔二一六〕。風奇響而駐軒，煙異色而低旆〔二一七〕。怨街邑之綵駿，弔原野之縞蓋。挽夫愴而征馬凝，痛縈盈其如帶〔二一八〕。嗚呼哀哉！

復林油雲，重山減日〔二一九〕。御房清凄，神路冥謐〔二二〇〕。昭徒肅蘘，幽祇竦畢㉛〔二二一〕。攀光灑動㉜，臨泉澍泗〔二二二〕。瑑座長嚴，雕宮永閟〔二二三〕。寂帳寂兮寂已遠，夜釭夜兮夜何邃？嗚呼哀哉！

【校記】

①「然」元鈔本作「怨」，張本、梁本作「號」。

②「星樞」《彙注》本作「樞星」。

③「散」張本、梁本作「敷」。

④「險泰」原作「儉恭」，張本、梁本作「儉泰」，今據《彙注》本改。

⑤「校」張本、梁本作「狡」。

⑥「匱」元鈔本作「匿」。

⑦「返」張本、梁本作「還」。

⑧「襄危」原作「襄危亡」，張本、梁本作「危亡」，今據《彙注》本删正。

⑨「縈」《彙注》本作「榮」。

⑩「去」元鈔本作「云」。

⑪「纓」原作「情」，今據《彙注》本改。

⑫「萬氓」原作「方氓」，梁本作「萬民」，今據《彙注》本、張本改。

⑬「頳」《彙注》本作「赭」。

⑭「相接」原作二字空格，今據《彙注》本、張本、梁本補。

⑮「蒸雲」原作二字空格，今據《彙注》本、張本、梁本補。

⑯「合」原作一字空格，今據《彙注》本、張本、梁本補。

⑰「翕」原作一字空格，張本、梁本作「馳」，今據《彙注》本補。

⑱「詠」《彙注》本作「誠」。

⑲「蜜」張本、梁本作「寶」。

⑳「文祖」《彙注》本作「太祖」。

㉑「訓」《彙注》本作「順」。

㉒「書」張本、梁本作「詩」。

㉓「辨」《彙注》本作「辯」。

㉔「颸」《彙注》本、張本、梁本作「飀」。

㉕「蜺鷸」原作「蜺僪」，張本、梁本作「蜺僪」，今據《彙注》本改。

㉖「折」《彙注》本作「拆」。

㉗「旋臺」，《彙注》本、張本、梁本作「璇臺」，旋、璇字通。

㉘「戲」張本、梁本作「巇」。

㉙「龍酹已撤」原闕「已」字，張本、梁本作「龍酹方撤」，今據《彙注》本補。

㉚「嗟」字原闕，張本、梁本作「悲」，今據《彙注》本補。

㉛「畢」梁本作「蹕」。

㉜「動」張本、梁本作「慟」，疑是。

【箋注】

〔一〕「日月」二句：《校注》：「鬱：停滯。黯：昏黑貌。兩句謂日月風雲因悲傷而黯然失色。」

〔二〕傷動紫微：《列子·周穆王》：「清都、紫微、鈞天、廣樂，帝之所居。」張湛注：「清都、紫微，天帝之所居也。」陸機《列仙賦》：「觀百化於神區，覲天皇於紫微。」《文選》卷十一王延壽《魯靈光殿賦》：「乃立靈光之秘殿，配紫微而爲輔。」張載注：「紫微，至尊宫，斥京師。」吕延濟注：「紫微，帝宫也。」

〔三〕悲匝璇極：璇極，亦作「璿極」。《宋書》卷八十《孝武十四王·東平王子嗣傳》：「故東平沖王休倩託荄璿極，岐嶷夙表，降年弗永，遺胤莫傳。」按以上二句《校注》云：「紫微、璿極：皆稱帝王宫殿。」

〔四〕嗚呼哀哉：亦作「嗚嘑哀哉」，表示悲痛之辭，常用以表示對死者的哀悼。《左傳·哀公十六年》：「嗚呼哀哉！尼父，無自律。」《後漢書》卷二十六《侯霸傳》：「未及爵命，奄然而終。嗚呼哀哉！」

〔五〕「粤夏」二句：《校注》：「粤：發語詞。座：靈位。」

〔六〕「龍鑾」二句：羽衛，帝王的衛隊和儀仗。《南齊書》卷二十二《豫章文獻王嶷傳》：「臣昔在邊鎮，不無羽衛，自歸朝以來，便相分遣。」《校注》：「龍鑾：皇帝的車駕。整：備辦停當。羽：指以羽毛裝飾的旗幟。以：同『已』。」

〔七〕「深酸」二句：《校注》：「舊物：指齊高帝的遺物。故臣：指齊高帝生前的臣僚。此二句意謂，舊臣見高帝遺物而深自悲傷，掩面而泣。」

〔八〕「嗣皇帝」二句：《文選》卷五十八顏延之《宋文皇帝元皇后哀策文》：「灑零玉墀，雨泗丹掖。」吕向注：「玉墀、丹掖，皆宫殿之間也，而以玉、丹飾也。」《校注》：「嗣皇帝：指繼位之君齊武帝蕭賾。丹掖：宫中旁門謂掖，門上塗有紅漆，故稱丹掖。叫然：嚎哭貌。青墀：皇宫中用青石砌成的臺階。」

〔九〕「攀神光」二句：《校注》：「神光：指齊高帝遺容。一絶：謂永别。遠邇：遠近。《論語・陽貨》：『邇之事父，遠之事君。』此指事君事父。」

〔一〇〕「弓劍」二句：《校注》：「弓劍：《史記・封禪書》：『黄帝采首山銅，鑄鼎於荆山下。鼎既成，有龍垂胡髯，下迎黄帝。黄帝上騎，羣臣後宫從上者七十餘人，龍乃上去。餘不得上，乃悉持龍髯，龍髯拔，墮，墮黄帝之弓。百姓仰望黄帝既上天，乃抱其弓與龍胡髯號。』又《五帝本紀》：『黄帝崩。』《正義》引《列仙傳》：『軒轅自擇亡日與羣臣辭，還葬橋山，山崩，棺空，唯有劍舄在棺焉。』後因以弓劍表示對皇帝的哀思追慕。纂德：編集其德行事蹟。」

〔一一〕僉曰：《校注》：「僉：都。」

〔一二〕「若稽」二句：《校注》：「若：助詞，無義。稽：考察。璿圖：指玉牒圖讖，古以爲是王者受命之徵。靈鏡：神鑒。」

〔一三〕「星樞」二句：《宋書》卷四十一《后妃・明帝陳貴妃傳》：「伏惟貴妃，含和日晷，表淑星樞，徽音峻古，柔光照世，聲華帝掖，軌秀天嬪，景發皇明，祚昌睿命。」按星樞，即樞星。此二句

《校注》云：「樞星：即天樞星，爲北斗七星第一星。《初學記》卷九引《尚書帝命驗》注曰：『舜母感樞星之精，而生舜重華。』又引《詩含神霧》曰：『大電光繞北斗樞星照郊野，感附寶而生黄帝。』附寶，一作『符寶』，黄帝母。」

〔一四〕「誕惟」二句：弱齡，泛指幼年，青少年。《文選》卷二十六陶淵明《始作鎮軍參軍經曲阿作》：「弱齡寄事外，委懷在琴書。」李周翰注：「齡，年也。言我少年之時，寄心於事物之外。」逯欽立注：「弱齡，弱年，少年。」《廣弘明集》卷二十三沈約《齊禪林寺尼浄秀行狀》：「弱齡便神情峻徹，非常童稚之伍，行仁尚道，洗志法門，至年十歲，慈念彌篤。」《校注》：「誕：發語詞。弱齡：幼年。惠：通『慧』。」

〔一五〕爰秀爰英：《校注》：「爰：乃。」

〔一六〕於鑠冠歲：《詩・周頌・酌》：「於鑠王師，遵養時晦。」毛傳：「鑠，美。」朱熹集注：「於，歎辭。鑠，盛。」陶淵明《祭從弟敬遠文》：「於鑠吾弟，有操有概。」《校注》：「於鑠：贊美詞。冠歲：二十歲，古代男子二十而冠，因稱。」

〔一七〕騰華流藝：《校注》：「騰華流藝：謂才華四溢。」

〔一八〕允文允武：《詩・魯頌・泮水》：「穆穆魯侯，敬明其德。敬慎威儀，維民之則。允文允武，昭假烈祖。」《文選》卷四十七史岑《出師頌》：「桓桓上將，寔天所啓。允文允武，明詩悦禮。」劉良注：「允，信也。」《校注》：「允文允武：文武兼備。允，以。」

〔一九〕克明克睿：《校注》：「克明克睿：謂處事明智而通達。克，能。睿，通。」

〔二〇〕聿尚登學：《校注》：「聿：語詞，無義。尚：且。登學：上學。」等。」鄭玄注引鄭司農云：「五禮，吉、凶、軍、賓、嘉。」《校注》：「宣散：宣揚發揮。」

〔二一〕宣散五禮：五禮，古代的五種禮節。《周禮·春官·小宗伯》：「掌五禮之禁令，與其用

〔二二〕優游六詩：六詩，猶六義。《周禮·春官·大師》：「教六詩：曰風，曰賦，曰比，曰興，曰雅，曰頌。」鄭玄注：「風言賢聖治道之遺化也。賦之言鋪，直鋪陳今之政教善惡。比，見今之失，不敢斥言，取比類以言之。興，見今之美，嫌於媚諛，取善事以喻勸之。雅，正也，言今之正者，以爲後世法。頌之言誦也，容也，誦今之德，廣以美之。」

〔二三〕「上炫」二句：《校注》：「炫：明。鏡：照，明。此二句謂，遇有疑難不解的舊説，必經多方研討，務求其明了。」

〔二四〕「才罄」二句：《校注》：「罄：盡。此二句言其所寫文章才華横溢，辭采艷麗。」

〔二五〕「在友」二句：《文選》卷五十七潘岳《夏侯常侍誄》：「子之友悌，和如瑟琴。」《校注》：「友悌：兄弟間互相親愛。親：雙親。《墨子·兼愛下》：『爲人子必孝，爲人兄必友，爲人弟必悌。』」

〔二六〕「險泰」二句：《校注》：「險：艱險。泰：安泰。夷：平坦。阻：阻絶。共色、一貌：謂在任何環境中做到處變不驚，神色如常。」

〔二七〕「游情」二句：《校注》：「遊：放。矩：規矩，指禮教規範。蹈：踐，遵守。此二句意謂，常以禮法約束自己，不使感情放縱不羈。」

〔二八〕「鄉術」二句：《校注》：「鄉術：猶鄉里。術，即『遂』。古代萬二千五百家爲遂。州閭：古代二十五家爲閭，兩千五百家爲州。亦指鄉里。式：以。」

〔二九〕「業優」二句：《論語·子張》：「子夏曰：『仕而優則學，學而優則仕。』」孔穎達疏：「若學而德業優長者，則當仕進，以行君臣之義也。」《校注》：「業：學業。攸：所。懋：褒美。《尚書·大禹謨》：『予懋乃德，嘉乃丕績。』」

〔三〇〕矧乃寥廓：寥廓，空曠深遠。《楚辭·遠遊》：「下峥嶸而無地兮，上寥廓而無天。」洪興祖補注引顔師古曰：「寥廓，廣遠也。」引申爲人的氣度寬宏豁達。《漢書》卷五十一《鄒陽傳》：「今欲使天下寥廓之士，籠於威重之權，脅於位勢之貴。」顔師古注：「寥廓，遠大之度也。」袁宏《後漢紀·光武帝紀四》：「今見陛下寥廓大度，同符高祖，乃知帝王自有真也。」《校注》：「矧：又。寥廓：指氣度寬宏。」

〔三一〕淵規邃構：《校注》：「淵規邃構：謂計謀深遠細密。」

〔三二〕「官府」二句：《校注》：「此二句謂以天地爲官府，以宇宙爲舟輿。言其抱負宏大。」

〔三三〕「龍静」二句：《校注》：「戢：收斂，謂收起羽翼不飛。奇、秀：皆指出衆的才能。此二句含有韜光匿采，静觀時變之意。」

〔三四〕「昔在」二句：放命，逆命，違命。《漢書》卷八十二《傅喜傳》：「高武侯喜無功而封，内懷不忠，附下罔上，與故大司空丹同心背畔，放命圮族，虧損德化。」顔師古注：「應劭曰：『放棄教令，毁其族類。』」《後漢書》卷七十一《皇甫嵩朱儁傳論》：「值弱主蒙塵，獷賊放命，斯誠葉公投袂之幾，翟義鞠旅之日。」《校注》：「帝劉：南朝宋皇帝姓劉，故稱。放命：謂不守天命，放縱無道。」

〔三五〕「校焉」二句：《校注》：「校：考校，檢驗。僞誕：放誕不經。晦朔：農曆每月最後一天爲晦，開頭一天爲朔。此指曆法研定之時日。陵：侵犯。古代統治者根據日月晦明圓缺來制定曆法，認爲曆法不正將導致陰陽失調，陰陽失調則是亂世的徵象。」

〔三六〕「鋒車」二句：《校注》：「鋒車：兵車。軼：侵襲。爟火：報警的烽火。」

〔三七〕「太祖」二句：發迹，猶興起。謂立功揚名。《史記》卷一百三十《太史公自序》：「秦失其政，而陳涉發迹。」《文選》卷四十二曹植《與楊德祖書》：「德璉發迹於北魏，足下高視於上京。」《校注》：「時乘：謂乘時而起。」

〔三八〕「塞井」二句：《校注》：「塞井、夷竈：《左傳·襄公二十六年》：『苗賁皇曰：楚師之良，在其中軍王族而已。若塞井夷竈，成陳以當之。……必大敗之。』謂堵其井，平其竈，布開陳勢而戰。勳：敵勳，敵軍首領。龕：通『戡』，平定。」

〔三九〕「賞鏤」二句：《校注》：「鏤：鐫刻。蕤：草木花下垂貌。引申爲裝飾。王圖、帝册：指帝王記載功臣事蹟的圖册。」

〔四〇〕乃厲中葉：中葉，中世。《詩·商頌·長發》：「昔在中葉，有震且業。」毛傳：「葉，世也。」《文選》卷四左思《蜀都賦》：「考四海而爲儁，當中葉而擅名。」吕向注：「漢之中代，此得擅名。」《校注》：「厲：牽衣涉水爲厲。經歷之意。」

〔四一〕「兵百」二句：《校注》：「兵：兵禍，戰禍。百：百倍於。袁曹：指漢末建安中袁紹和曹操互相攻伐。漢楚：指楚霸王項羽和漢高祖劉邦争雄，戰禍不絶。」

〔四二〕「吴地」二句：《校注》：「吴：指吴郡。越：指會稽郡。宋明帝泰始元年，吴、吴興、會稽諸郡太守曾起兵謀反。事見《宋書·明帝紀》。」

〔四三〕「街號」二句：燿，照耀，炫耀。《楚辭·遠遊》：「建雄虹之采旄兮，五色雜而炫燿。」《校注》：「列：通『烈』。二句形容戰争酷烈。」

〔四四〕「聚甲」二句：《校注》：「甲：盔甲。陵：山陵。觀：京觀。《左傳·宣公十二年》：『君盍築武軍，而收晉屍以爲京觀。』注：『積屍封土其上，謂之京觀。』京，高。觀，形似闕的建築。」

〔四五〕「北楚」二句：《校注》：「北楚倔强：謂徐州刺史薛安都。泰始二年薛安都於彭城反，彭城爲戰國楚之北境。屈膝：指投降。」

〔四六〕「雲屯」二句：《校注》：「雲屯：如雲屯集，形容士卒多而盛。被野：猶遍野。魚麗：如魚之相次并行。《後漢書·袁紹劉表傳贊》：『魚儷漢舳，雲屯冀馬。』儷、麗通。亘日：終日，謂整天陳兵曠野。」

〔四七〕「廟勇」二句：《校注》：「廟勇、國圖：指朝廷討伐叛逆的勇氣和謀略。」

〔四八〕「神册」二句：世出，應時出現。《文選》卷四十七袁宏《三國名臣序贊》：「才爲世出，世亦須才。」李周翰注：「賢才爲亂世而生，亂世亦須賢才而静。」同上書卷四十三丘遲《與陳伯之書》：「將軍勇冠三軍，才爲世出。」呂延濟注：「世出，謂應時而出也。」《校注》：「神册：即神策，神妙的計策。世出：應時而出。」

〔四九〕「凶劍」二句：《校注》：「凶劍、醜戈：喻叛軍。鱗沈、羽逸：即魚沈鳥飛，言其潰散逃逸。」

〔五〇〕踦輪無匹：《校注》：「踦輪：獨輪。踦，通『奇』。」

〔五一〕厥庸戾止：《校注》：「厥：其。庸：功績。戾止：來到。《詩·魯頌·泮水》：『魯侯戾止，言觀其旂。』箋：『戾，來；止，至也。』」

〔五二〕雜珮委他：《詩·鄭風·女曰雞鳴》：「知子之來之，雜佩以贈之。」毛傳：「雜佩者，珩、璜、琚、瑀、衝牙之類。」《校注》：「雜珮：指賞賜有功之臣的各種佩飾。委他：他，通『佗』。《詩·鄘風·君子偕老》：『委委佗佗，如山如河。』《爾雅·釋訓》：『委委佗佗，美也。』注：『皆佳麗美艷之貌。』」

〔五三〕「榮鬱」二句：閶闔，傳説中的天門。《楚辭·離騷》：「吾令帝閽開關兮，倚閶闔而望予。」王逸注：「閶闔，天門也。」後用作宫門名，借指京城和朝廷。《文選》卷二十一左思《詠史八首》之五：「被褐出閶闔，高步追許由。振衣千仞岡，濯足萬里流。」張銑注：「閶闔，國門也。」《校注》：「鬱：盛貌。閶闔：宫門名，代指朝廷。山河：指國土。二句謂榮寵盛大隆重，國内、朝中無人可及。」

〔五四〕皇彝有文：《校注》：「皇彝：謂朝廷的典章制度。」

〔五五〕朝采方藹：采，采物。《左傳·文公六年》：「分之采物。」杜預注：「旌旗衣服，各有分制。」孔穎達疏：「采物，謂采章物色，旌旗衣服，尊卑不同，名位高下，各有品制。」藹，《重修玉篇》卷十三：「藹，於蓋切。掩藹，樹繁茂。」按以上二句《校注》云：「此二句謂朝廷根據制度，賞賜豐厚的采物。」

〔五六〕「頻煩」二句：《校注》：「頻煩：屢次。言其多。金紐：金印。緹蓋：朱蓋。指顯貴所乘的車。《集韻》：『緹，赤縑。』」

〔五七〕「毗戎」二句：《校注》：「毗：輔佐，助理。戎：軍隊。肅禁：謂嚴守宫禁，以保安全。輦：皇帝的車輿。旆：指皇帝出行時的儀仗羽旗。」

〔五八〕「譽馥」二句：《校注》：「馥、薆：皆香氣濃烈之意。此含有籠罩之義。區中：中國。」按氓外，猶化外。指邊遠地區。

〔五九〕「河濟」二句：《校注》：「河濟：黄河和濟水之間地區，即古兖州。實指南兖州。淮泗：淮河和泗水之間地區，即徐州。塵：戰塵。按此二州與北魏緊鄰，地勢險要，戰事不絶，故曰『國險』、『邦塵』。」

〔六〇〕「要藩」二句：《校注》：「要藩：指南兖、徐二州。藩，藩國。重設：設置重鎮。據《南齊書・高帝紀》，泰始二年蕭道成爲南兖州刺史，督南兖、徐二州諸軍事。親：指宗室諸侯王。」

〔六一〕「亦既」二句：《校注》：「軷：即軷祭。古人出行前祭道神之禮。《周禮・夏官・大馭》：『大馭掌馭玉路以祀，及犯軷。』注：『行山曰軷，犯之者封土爲山象，以菩芻棘柏爲神主，既祭之，以車轢之而去，喻無險難也。』推軷，猶犯軷，謂上道赴任。庇：保護。」

〔六二〕「聲稜」二句：《校注》：「聲稜、威贍：聲勢、威嚴令人懼怕。稜，威勢。贍，通『憺』，畏懼。絶俗：絶遠之民。殊隣：指近鄰異國。《漢書・李廣傳》：『是以名聲暴於夷貉，威稜憺乎鄰國。』」

〔六三〕「宋主」二句：《校注》：「宋主：指宋明帝劉彧。陵遐：即登遐。皇帝死去稱『登遐』。遐，或作『假』。《禮記・曲禮》：天子崩，『告喪曰：天王登假。』遏密：在皇帝喪期停止奏樂，以示哀悼，稱『遏密』。《尚書・舜典》：『帝乃殂落，百姓如喪考妣；三載，四海遏密八音。』傳：『遏，絶；密，静也。』」

〔六四〕「話言」二句：《校注》：「話言之詔：指皇帝臨死時顧命之言。英粹：指優秀人物。《南齊書·高帝紀》：『明帝崩，遺詔（蕭道成）爲右衛將軍，領衛尉，加兵五百人，與尚書令袁粲、護軍褚淵、領軍劉勔共掌機事。』」

〔六五〕「寅亮」二句：《校注》：「寅亮：恭敬信奉。《尚書·周官》：『寅亮天地，弼予一人。』傳：『敬信天地之教，以輔我一人之治。』大寶：帝位。《易·繫辭下》：『聖人之大寶曰位。』敷：述。綸：經綸，治理。妙祕：指精深和機密的政事。」

〔六六〕「世識」二句：《校注》：「機鑒：機警而善於審察，指深刻的洞察力。宗：宗仰。淵懿：指深沉而美好的品質。」

〔六七〕「無敻」二句：《校注》：「敻：遠。練：詳熟。奥：深。洎：及。此二句言其知識淵博精深。」

〔六八〕三階既馴：三階，星名。即三台星。《漢書》卷六十五《東方朔傳》：「願陳《泰階六符》，以觀天變。」顏師古注：「孟康曰：『泰階，三台也。每台二星，凡六星。符，六星之符驗也。』應劭曰：『《黄帝泰階六符經》曰：泰階者，天之三階也。上階爲天子，中階爲諸侯公卿大夫，下階爲士庶人。上階上星爲男主，下星爲女主。中階上星爲諸侯三公，下星爲卿大夫。下階上星爲元士，下星爲庶人。三階平則陰陽和，風雨時，社稷神祇咸獲其宜，天下大安，是爲太平。』」《校注》：「馴：和順。」

〔六九〕五精惟至：五精，五方之星。《文選》卷三張衡《東京賦》：「辨方位而正則，五精帥而來摧。」薛綜注：「五精，五方星也。」

〔七〇〕「彭蠡」二句：《校注》：「彭蠡九江：指潯陽。彭蠡，湖名，在潯陽附近。九江，漢郡名，晉改爲潯陽郡。襟製：謂其地勢險要，如同襟帶之制其要。」

〔七一〕「亦有」二句：《校注》：「劉範：即江州刺史桂陽王劉休範。衣纓：衣帶簪纓，指出身於貴族。劉休範於後廢帝元徽二年在潯陽舉兵反，故云『衣纓是絶』。」

〔七二〕「躍馬」二句：山岫，山巒。《藝文類聚》卷三十一引晉傅玄《又答程曉詩》：「洪崖歌山岫，許由嗟水濱。」同上書卷二十九引齊謝朓《將發石頭上烽火樓詩》：「荆吴阻山岫，江海合瀾波。」按《文選》卷四左思《蜀都賦》：「公孫躍馬而稱帝，劉宗下輦而自王。」張銑注：「公孫述躍馬肉食於此也。」此二句謂劉休範憑藉險要的地理環境以反叛。《校注》：「澨：水邊。」

〔七三〕「縞鏑」二句：《校注》：「縞鏑：指白羽箭。電結：如閃電般迅速集結。」

〔七四〕「鴆翼」二句：《晉書》卷三十二《后妃傳論》：「南風肆狡，扇禍稽天。初踐椒宫，遑梟心于長樂；方觀梓樹，頒鴆羽於離明。」《校注》：「鴆：鳥名，其羽有毒。鴆、豺，皆喻劉休範叛軍。扇：通『搧』。礪：磨。」

〔七五〕「禍纏」二句：《校注》：「紫禁、丹衛：指皇宫禁衛所在。據《宋書·劉休範傳》：休範率梟發自潯陽，晝夜取道，至於建康城南臨滄觀，被殺。其同黨杜耳等直入朱雀門，徑至杜姥宅，『中書舍人孫千齡開承明門出降，宮省恇擾，無復固志』。」

〔七六〕「瑶祀」二句：《校注》：「祀：指宗廟社稷。旍：同『旌』，旗。《戰國策・楚一》：『心摇摇如懸旌。』扆：皇帝座位後的屏風，指聽政之處。綴：即綴旒。又作『贅旒』。《公羊傳・襄公十六年》：『君若贅旒然。』注：『旒，旗旒；贅，繫屬之辭。……以旗旒喻者，爲下所執持西東也。』此謂帝室處於危殆之中，險遭篡奪。」

〔七七〕「朝野」二句：《晉書》卷六十五《王導傳》：「導爲政務在清静，每勸帝剋己勵節。匡主寧邦，於是尤見委杖，情好日隆，朝野傾心，號爲仲父。」《校注》：「傾儀：猶仰慕。歸：歸功於。上德：謂蕭道成。」

〔七八〕「實賴」二句：《校注》：「至公：大公無私，謂蕭道成。瀉家提國：謂棄家救國。《南齊書・高帝紀》：『太祖振旅凱入，百姓緣道聚觀，曰：全國家者此公也。』」

〔七九〕「懷險」二句：《校注》：「懷險、襄危：謂極大的危險。用《尚書・堯典》『湯湯洪水方割，蕩蕩懷山襄陵』之義。」

〔八〇〕「機篭」二句：《校注》：「機：機謀。篭：《正字通》：『篭，齊飛順疾也。』此迅疾之義。曛黑：黄昏。謂旦夕之間迅速平定。」

〔八一〕「妙物」二句：《校注》：「更配：重新得到配備。具章：各種典章制度。則：謂得到遵循。」

〔八二〕「深居」二句：《校注》：「撝外：指放棄了軍隊的指揮權。撝，同『麾』。緜默：沉默。據《南齊書·高帝紀》，劉休範亂平，蕭道成與袁粲、褚淵、劉秉曾引咎解職。以上二句謂此。」

〔八三〕「高秩」二句：《校注》：「臻：至。元禮：大禮。有序：謂依次而至。」

〔八四〕「王曰」二句：煇寵，榮寵。按煇，光，光輝。《詩·小雅·庭燎》：「夜如何其？夜鄉晨，庭燎有煇。」毛傳：「煇，光也。」《校注》：「念哉：《尚書·大禹謨》：『帝念哉！』謂思念其功。」

〔八五〕「職褒」二句：宫閤，同「宫閣」，猶宫殿。《南齊書》卷二十五《張敬兒傳》：「佈置私黨，被甲入殿，内外宫閤管籥，悉關家人。」《校注》：「卷：同『婘』，美。謂其所任之職美於文武百官。」

〔八六〕「飾華」二句：《校注》：「飾貂：蕭道成因平亂有功，被封爲散騎常侍。散騎常侍冠上以貂尾爲飾，故云。金：金印。組：印帶。」

〔八七〕「宏猷」二句：冠古，蓋過前人或前代。《宋書》卷二《武帝紀中》：「公有康宇内之勳，重之以明德。爰初發跡，則奇謨冠古。」《校注》：「宏猷：宏謀。宏，大。《尚書·周官》：『若昔大猷，制治於未亂，保邦於未危。』曾：高尚。芬：香氣。喻美德。」

〔八八〕「憬彼」二句：《校注》：「憬：遼濶。《詩·魯頌·泮水》：『憬彼淮夷。』《釋文》：『憬，《説文》作麃，潤也，廣大也。』今作『㦝』。或出自三家詩。朱方：謂南徐州。宗秩：謂由宗室任職。按其時建平王劉景素爲南徐州刺史，欲謀反，故此云。」

〔八九〕「陰圖」二句：《文選》卷三十九鄒陽《獄中上書自明》：「昔者荆軻慕燕丹之義，白虹貫日，太子畏之。衛先生爲秦畫長平之事，太白蝕昴，昭王疑之。」李善注：「蘇林曰：『白起爲秦伐趙，破長平軍，欲遂滅趙，遣衛先生説昭王益兵糧，爲應侯所害，事用不成。其精誠上達於天，故太白爲之食昴。昴，趙分也。將有兵，故太白食昴。食者，干歷也。』如淳曰：『太白，天之將軍也。』」《校注》：「食：同『蝕』。昴：星名。又稱旄頭。貫日：蔽日。」「此指兵戎之象，謂劉景素陰謀起兵攻打朝廷。」

〔九〇〕「征輪」二句：《校注》：「征輪：指討伐劉景素的大軍。偏旗：謂偏師。銜律：謂奉命出發。律，法令。《易·師》：『師出以律。』」

〔九一〕原燎既寂：《尚書·盤庚》：「若火之燎於原，不可嚮邇，其猶可撲滅？」《文選》卷四十四陳琳《檄吳將校部曲》：「雲散原燎，罔有孑遺。」張銑注：「言亂賊之徒，皆從椹斧之誅。如火燒燎原，草無有餘遺也。」同上書卷六左思《魏都賦》：「巢焚原燎，變爲煨燼。」《校注》：「原燎：燎原之火。指戰火。」

〔九二〕「爰崇爰貴」二句：《校注》：「望：聲望。實：實際，地位。謂有賴於蕭道成高貴的名望和地位，得以平息叛亂。」

〔九三〕「雁縣」二句：《校注》：「雁縣：即秦雁門郡，其地在今山西北部。象郡：亦秦郡名，在今廣西境内。皆泛指偏遠地區。」

〔九四〕「杳鬱」二句：《魏書》卷七十二《陽尼傳附陽固傳》：「出琨岫之峥嶸兮，入汜林之杳鬱。」《藝文類聚》卷四十一引梁沈約《齊謳行》：「東秦稱右地，川隰固夷袒。層峰駕蒼雲，濁河流素壤。青丘良杳鬱，雪宫信疏敞。」《校注》：「杳鬱：深遠貌。瓊都：京都的美稱。」

〔九五〕「國填」二句：填，通「鎮」，安定。《史記》卷一百六《吴王濞列傳》：「上患吴、會稽輕悍，無壯王以填之。」司馬貞索隱：「填，音鎮。」《漢書》卷二《高帝紀下》：「填國家，撫百姓，給餉餽，不絶糧道，吾不如蕭何。」顏師古注：「填與鎮同。鎮，安也。」《校注》：「氓負：謂百姓得到安撫。事虚：謂天下升平，朝廷無事。」

〔九六〕「寔翳」二句：神居，《藝文類聚》卷十八引司馬相如《美人賦》：「上宫閒館，寂寞雲虚，門閤晝掩，曖若神居。芳香芬烈，黼帳高張。」《校注》：「哲相：賢明之相。指蕭道成。嶽神。《詩・大雅・崧高》：『維嶽降神，生甫及申。』箋：『嶽降神靈和氣，以生申、甫之大功。』申，申伯；甫，甫侯。皆四嶽後裔，是周宣王時重臣。曜：照耀。神居：謂天子所居之處。」

〔九七〕「功美」二句：去益，棄去驕溢。益，「溢」之古字，謂驕溢。《荀子・不苟》：「小人能則倨傲僻違以驕溢人，不能則妬嫉怨誹以傾覆人。」楊倞註：「溢，滿。」《後漢書》卷四十三《朱穆傳》：「子弟親戚，并荷榮任，故放濫驕溢，莫能禁禦。」《彙注》：「言太祖功高，屢讓損其美績也。損，猶遜也。言太祖道富，去其驕益也。」

〔九八〕「再紐」二句：《校注》：「紐契訓：以契訓爲本。契，舜之臣。《尚書·舜典》：『帝曰：「契，百姓不親，五品不遜，汝作司徒，敬敷五教，在寬。」』五品，指君臣、父子、兄弟、夫婦、朋友之間的五種關係。五教，即父義、母慈、兄友、弟恭、子孝五種封建倫理道德。匡：匡扶。禹跡：指九州，全國。《左傳·襄公四年》：『芒芒禹跡，畫爲九州。』」

〔九九〕「方同」二句：本集《後讓太傅揚州牧表》：「然後追迹范、張，濯纓汾射。」《校注》：「范：范蠡，春秋時越國大夫，佐越王勾踐滅吴，後泛舟五湖，以經商致富。張：張良，漢高祖劉邦的功臣，封留侯，終不慕富貴，欲從赤松子學仙。濯纓：洗滌冠纓。喻離塵出世，操守高潔。《孟子·離婁上》：『滄浪之水清兮，可以濯我纓。』汾射：汾水和藐姑射山的省稱。莊子《逍遥遊》：『堯治天下之民，平海内之政，往見四子藐姑射之山，汾水之陽，窅然喪其天下焉。』四子，被衣、王倪、齧缺、許由四位隱士。」

〔一〇〇〕「散簪」二句：解珮，同「解佩」，解去佩帶的飾物。佩爲古代文官朝服上的飾物，因謂脱去朝服辭官爲解佩。鍾嶸《詩品》卷上：「或士有解佩出朝，一去忘返；女有揚娥入寵，再盼傾國。」《校注》：「散簪：解簪散髮。謂去官不仕。」

〔一〇一〕「頳霞」二句：鮑照《藥奩銘》：「毛姬餌葉，鳳子藏花。景絶翠虬，氣隱頳霞。」《廣韻》卷上皇，其道質素，故稱素王。九主者，三皇、五帝及夏禹也。』稷：后稷。《史記·周本紀》：『周后稷，名棄。……好耕農，相地之宜，宜穀者稼穡焉，民皆法則之。帝堯聞之，舉棄爲農師，天下得其利，有功。』」

〔一〇〕以濫周邵之秩：《校注》：「以：同『已』。濫：超過。周：即周公旦。邵：通『召』，即召公奭。《史記·周本紀》：武王滅殷，『封弟周公旦於曲阜，曰魯。封召公奭於燕。』又《燕召公世家》：『其在成王時，召公爲三公。自陝以西，召公主之，自陝以東，周公主之。』」

〔一一〕瀝意歸聞：《校注》：「瀝意：傾心盡意。歸聞：謂回稟辭讓之情，使朝廷聞知其意。」

〔一二〕「理竭」二句：《校注》：「理、事：指説明辭讓理由之事理。素牒、丹史：指史書。牒，簡牒。」

〔一三〕具徽太微：太微，星區名，三垣之一。古星象家認爲是天帝宫殿所在。《楚辭·遠遊》：「召豐隆使先導兮，問太微之所居。」王逸章句：「博訪天庭在何處也。」《史記》卷二十七《天官書》：「南宫朱鳥，權、衡。衡，太微，三光之廷。匡衛十二星，藩臣：西，將；東，相；南四星，執法；中，端門；門左右，掖門。」司馬貞索隱：「宋均曰：『太微，天帝南宫也。三光，日、月、五星也。』」《淮南子·天文訓》：「太微者，太乙之庭也。」高誘注：「太微，星名。太乙，天神。」《校注》：「徽：美。」

〔一四〕備簡玉繩：《文選》卷六張衡《西京賦》：「上飛闥而遠眺，正睹瑶光與玉繩。」司上書卷三十五張協《七命》：「望玉繩而結極，承倒景而開軒。」李善注：「《春秋元命苞》曰：『玉衡北兩星爲玉繩。』」《校注》：「簡：誠。《禮記・王制》：『有旨無簡。』注：『簡，誠也。』太微：星座名。玉繩：星名。皆借喻朝廷。此謂在讓表中向皇帝表明了美好而誠懇的情意。」

〔一五〕「而才輶」二句：《校注》：「才輶：謂缺乏才能。輶，輕。景、炤：美言朝廷。景，光。炤，通『昭』，明。」

〔一六〕朱輪之使：謂使者的地位等級很高。朱輪，古代王侯顯貴所乘之車，因用朱紅漆輪，故稱。《文選》卷四十一楊惲《報孫會宗書》：「惲家方隆盛時，乘朱輪者十人。位在列卿，爵爲通侯。」李善注：「二千石皆得乘朱輪。」張銑注：「朱輪，以丹漆塗車轂。」《史記》卷八十九《陳餘列傳》：「令范陽令乘朱輪華轂，使驅馳燕、趙郊。」

〔一七〕日月亟紆：《校注》：「紆：紆車，謂枉駕。」

〔一八〕「金鑾」二句：金鑾，帝王車馬的裝飾物。金屬鑄成鸞鳥形，口中含鈴。因指代帝王車駕。《校注》：「金鑾之尊：謂皇帝的大駕。拂：過。《淮南子・天文》：『日出於暘谷，浴於咸池，拂於扶桑，是謂晨明。』注：『拂，猶過，一日至。』」

〔一九〕豈伊寧處：曹植《陳審舉表》：「臣誠竦息，不遑寧處。願得策馬執鞭，首當塵露。」趙幼文注：「寧處，安居也。」

〔二〇〕肅典内軒：《校注》：「肅：恭敬。典：謂行典禮。内軒：指王府内廷。」

〔二一〕恭服外屏：《校注》：「服：通『匐』，伏地。外屏：皇宮門外。古代王侯受封後須到宮外伏闕謝恩。」

〔二二〕大夫有命：《校注》：「命：使命。」

〔二三〕「王假」二句：《校注》：「假：給予。有廟：謂立宗廟社稷。叨：謙詞，表示承受之意。」

〔二四〕三省空懦：三省，省察三事。《論語·學而》：「曾子曰：『吾日三省吾身：爲人謀而不忠乎？與朋友交而不信乎？傳不習乎？』」後泛指認真反省自己的過失。《後漢書》卷三十下《郎顗傳》：「伏惟陛下躬日昃之聽，温三省之勤，思過念咎，務消祇悔。」《校注》：「空懦：空虚庸弱。」

〔二五〕震據于心：震據，疑當作「震懅」，震驚。《古今韻會舉要》卷十八：「懅，懼也。」

齊王謝冕旒諸法物表

【題解】

此文張本、梁本、《藝文類聚》卷六十七題作《爲齊王謝冕旒諸法物表》。冕旒，古代大夫以上的禮冠。冠頂有蓋板，稱延，亦作綖，延前懸垂玉串，稱旒，故曰「冕旒」。天子之冕十二旒，諸侯九，上大夫七，下大夫五。見《周禮·夏官·弁師》。晉崔豹《古今注·問答釋義》：「牛亨問曰：『冕旒以繁露，何也？』答曰：『綴珠垂下，重如繁露也。』」法物，古代帝王用於儀仗、祭祀的器物。《後漢書·光武帝紀下》：「益州傳送公孫述瞽師、郊廟樂器、葆車、輿輦，於是法物始備。」李賢注：「法物謂大駕鹵簿儀式也。」《校注》：「法物：指樂器、葆車、輿輦等儀仗器物。」

《南齊書·高帝紀上》載昇明三年四月：「丙戌，命齊王冕十有二旒，建天子旌旗，出警入蹕，乘金根車，駕六馬，備五時副車，置旄頭雲罕，樂舞八佾，設鐘虡宫縣。」此表云：「以軒冕雲蹕，既非常之飾；宫懸玉戚，乃配天之禮。」二者相合，見表爲是時作。是月壬申朔，丙戌乃月之十五日。

臣王言：以軒冕雲蹕〔一〕，既非常之飾；宫懸玉戚〔二〕，乃配天之禮〔三〕。故呈襟效慮，必期蠲亮〔四〕。重被還旨，芳訊愈越〔五〕；鏡伏殊私，情影遠震〔六〕。中謝①。昔大啓營丘〔七〕，未備樹羽之賞②〔八〕；光宅曲阜③〔九〕，始兼龍旂之貴〔一〇〕。況道狹慶隆④〔一一〕，身薄器尊；粉繡争輝⑤，藻、火競耀⑥〔一二〕。夫太常圖列星之采〔一三〕，華蓋觀古人之情〔一四〕。所以聳絶百縣，崇隔萬寓〔一五〕。鳳閣因此而神〔一六〕，瓊都由兹而麗〔一七〕。故愧功慚德⑦，違儀避榮⑧。誠不遥乎，理無夐達〔一八〕。遂貽嚴誥⑨，爰斷辭表〔一九〕。驚慄遲迴〔二〇〕，祈鑒何地？便當肅對王休〔二一〕，敬昭異寵。佩服盛文〔二二〕，以慨以懼。

【校記】

①「中謝」張本無此二字。

②「備」張本、梁本、《藝文類聚》作「脩」。

③「光」原作「先」，今據《彙注》本、張本、梁本、《藝文類聚》改。

④「況」《藝文類聚》作「況臣」。

⑤「粉繡」原作「粉璽」，《彙注》本作「玢璽」，今據張本、梁本、《藝文類聚》改。

⑥「藻」原作「璪」，今據張本、梁本、《藝文類聚》改。「競」原作「鏡」，今據張本、梁本、《藝文類聚》改。

⑦「愧功慚德」張本、梁本作「醜功慚德」，梁本注：「一作『慚德愧功』。」

⑧「儀」張本、梁本作「議」。「榮」字原闕，今據張本、梁本補。

⑨「嚴」梁本注：「一作『器』。」

【箋注】

〔一〕軒冕雲蹕：軒冕，古代大夫以上官員的車乘和冕服。《管子・立政》：「生則有軒冕、服位、穀禄、田宅之分，死則有棺槨、絞衾、壙壟之度。」《漢書》卷二十一下《律曆志下》：「黄帝……與炎帝之後戰於阪泉，遂王天下。始垂衣裳，有軒冕之服。」顔師古注：「鄧展曰：『凡冠，前卑後高，故曰軒冕也。』師古曰：此説非也。軒，軒車也。冕，冕服也。《春秋左氏傳》曰『服冕乘軒』。」《校注》：「雲蹕：指天子的車駕。雲，美言其崇高。蹕，天子出入宫廷時，禁止行人以清道謂蹕，因以蹕指車駕。」

〔二〕宫懸玉戚：《校注》：「宫懸：古制，天子四面懸掛鐘磬等樂器，象徵宫室四面的墻壁，故謂之宫懸。玉戚：玉斧，古代舞具。《禮記・祭統》：『朱干玉戚以舞《大武》，八佾以舞《大夏》，此天子之樂也。』」

〔三〕配天之禮：《校注》：「謂所受之禮相當於天子。」

〔四〕「故呈襟」二句：《校注》：「效：呈獻。钃亮：明察諒解。」

〔五〕「重被」二句：《校注》：「被：受。還旨：謂答詔。訊：勸告之言。愈越：謂愈加强烈。」

〔六〕「鏡伏」二句：《校注》：「鏡伏、情影：即鏡情、伏影。鏡情，猶鑒情，謂自觀其情。伏影，猶伏身，指行拜禮。私：謂私受恩寵。」

〔七〕大啓營丘：《校注》：「大啓：大開。謂大開其封國。《詩・魯頌・閟宫》：『大啓爾宇，爲周室輔。』營丘：古地名，在今山東淄博市，周武王平定天下，封太公望於此。」

〔八〕樹羽之賞：《詩・周頌・有瞽》：「有瞽有瞽，在周之庭。設業設虡，崇牙樹羽。」毛傳：「樹羽，置羽也。」孔穎達疏：「又設其植者之虡，其上刻爲崇牙，因樹置五采之羽以爲之飾。」

《校注》：「古代在鐘磬架上角設置五彩羽毛作爲裝飾，此以樹羽代稱鐘虡。」

〔九〕光宅曲阜：《校注》：「曲阜：地名，在今山東，周武王封周公於此。」

〔一〇〕龍旂之貴：《詩·周頌·載見》：「龍旂陽陽，和鈴央央。」毛傳：「龍旂陽陽，言有文章也。」《周禮·春官·司常》：「交龍爲旂。」《太平御覽》卷三百四十引《釋名》：「交龍爲旂。旂，倚也，畫作兩龍相依倚也。」《文選》卷十九韋孟《諷諫詩》：「黼衣朱紱，四牡龍旂。」李善注引應劭曰：「龍旂，旗上畫龍爲之。」《校注》：「龍旂：儀仗中畫有交龍圖形的旗。」

〔一一〕道狹慶隆：《校注》：「道：道德。慶：賞。」

〔一二〕「粉黼」二句：粉，即粉米，與藻、火皆爲古代王公袞服上所繡的花紋。《尚書·益稷》：「予欲觀古人之象，日、月、星辰、山、龍、華蟲作會，宗彝、藻、火、粉米、黼、黻絺繡，以五采彰施於五色。」孔穎達疏：「所云凡十二章：日也，月也，星也，山也，龍也，華蟲也，六者畫以作繪，施於衣也。宗彝也，藻也，火也，粉米也，黼也，黻也，此六者，紩以爲繡，施之於裳也。」

〔一三〕「夫太常」句：《書·君牙》：「厥有成績，紀於太常。」孔傳：「王之旌旗，畫日月曰太常。」《文選》卷三張衡《東京賦》：「建辰旒之太常，紛焱悠以容裔。」薛綜注：「辰謂日月星也，畫之於旌旗，垂十二旒，名曰太常。」《校注》：「太常：旗名。天子九旗之一，上畫日月星辰。」

〔一四〕「華蓋」句：《校注》：「華蓋：帝王所用的傘蓋。《古今注》卷上：『華蓋，黄帝所作也。與蚩尤戰於涿鹿之野，常有五色雲氣、金枝玉葉止於帝上，有花蘤之象，故因而作華蓋。』」

〔一五〕「所以」二句：《校注》：「百縣、萬寓：謂天下。」

〔一六〕鳳閣：《文選》卷三十謝靈運《擬魏太子鄴中集·平原侯植》：「朝遊登鳳閣，日暮集華沼。」吕向注「鳳閣，内省也。」

〔一七〕瓊都：對京都的美稱。

〔一八〕「誠不」二句：《校注》：「孚：信。《尚書·湯誥》：『上天孚佑下民。』傳：『孚，信也。』敻：遠。」

〔一九〕「遂貽」二句：《校注》：「嚴誥：嚴命。斷：斷絶。謂拒受。」

〔二〇〕驚慄遲迴：鮑照《從庾中郎遊園山石室》：「洞庭安可窮，漏井終不溢。沉空絶景聲，崩危坐驚慄。」《文選》卷二十八鮑照《代放歌行》：「今君有何疾，臨路獨遲迴。」張銑注：「遲迴，不行貌。」

〔二一〕肅對王休：《校注》：「王休：謂皇帝的美意。」

〔二二〕佩服盛文：《校注》：「文：指禮儀。」

齊王讓禪表

【題解】

此文張本、梁本題作《爲齊王讓禪表》，《藝文類聚》卷十四題作《齊高帝讓禪表》。

禪，指禪讓。中國古代歷史上統治權轉移的一種方式，皇帝把帝位讓給他人。《後漢書》卷八十《逸民傳論》：「潁陽洗耳，耻聞禪讓。」李賢注：「許由隱於潁陽，聞堯欲禪，乃臨潁而洗耳。」按以帝位讓人曰禪。《孟子·萬章上》：「孔子曰：『唐虞禪，夏后殷周繼，其義一也。』」

《宋書》卷十《順帝紀》載昇明三年四月事云：「辛卯，天禄永終，禪位於齊。壬辰，帝遜位於東邸。既而遷居丹陽宫。」是年四月壬申朔，辛卯月之二十日，壬辰月之二十一日。順帝遜位之時間，《南齊書·高帝紀》及《南史·齊本紀》所載與《宋書》略有小異，《南齊書》載是年四月，「辛卯，宋帝禪位，下詔曰……是日宋帝遜於東邸。」乃記順帝下詔禪齊及出宫遜位爲同日。考《南齊書》卷二十六《王敬則傳》云：「太祖將受禪，材官薦易太極殿柱，順帝欲避土，不肯出宫遜位。明日，當臨軒，帝又逃宫内。敬則將轝入迎帝，啓譬令出。」據此，似下詔禪位雖在辛卯日，而順帝遜位出宫則在次日。《南齊書》載於同日者，蓋諱蕭道成之逼宫耳。《通鑒》卷一百三十五從《宋書·順帝紀》，是也。《南史》卷四《齊高帝紀》載壬辰日策命齊王時，「高帝固讓，宋朝王公以下陳留王粲等，詣門陳請，帝猶未許」。據《南齊書》卷二《高帝紀下》，是月甲午（二十三日）蕭道成乃即帝位於南郊。則此讓表亦壬辰（二十一日）所作。若蕭道成使江淹預爲之，則表之作又在此前數日。

遠規唐虞永揖之典①〔一〕，近暮漢魏高樹之禮②〔二〕；既覽金水昏明之數③〔三〕，又協雲電隆替之徵④〔四〕；激風太上〔五〕，扇采至公〔六〕，聞命驚爽，心靈殞越〔七〕。中謝⑤。

臣聞天地草昧而樹之君〔八〕，所以平對二儀〔九〕，顯臨萬國〔一〇〕；膺符受曆〔一一〕，總明司幽〔一二〕。軒轅陟祚〔一三〕，首出庶物〔一四〕；顓頊登庸〔一五〕，作爲民紀〔一六〕。雖五德迭興〔一七〕，十代繼運〔一八〕，非賢非睿，莫預斯位〔一九〕。若乃與能之交，禪錫之會〔二〇〕，豈伊虛薄，所可尊擬⑥〔二一〕？昔傅巖佐商，秩終上公〔二二〕；磻溪翼周，名極列伯〔二三〕。臣才非若人⑦，功愧遠聖⑧〔二四〕；獄訟不往〔二五〕，謳歌寧歸〔二六〕？河乏馬圖之寶〔二七〕，天無乘龍之錫〔二八〕。元首股肱，誓不可異〔二九〕。而曠乘之軌⑨，忽臻於茲〔三〇〕。慚慨憂灼〔三一〕，罔識其際⑩。伏願陛下貴舜禹之心⑪〔三二〕，臣守巢由之節⑫〔三三〕，則道燿日月，澤浸飛泳〔三四〕，聲振開闢〔三五〕，仁動今古，四三王而六五帝，不亦休哉〔三六〕！

【校記】

①「遠規」《彙注》本、《藝文類聚》作「遠視」，「遠」上張本、梁本、《藝文類聚》有「陛下」二字。

②「暮」《彙注》本、《藝文類聚》作「摹」。

③「覽」《藝文類聚》作「鑒」。

④「雲電隆替」張本、梁本作「雲雷隆替」，《藝文類聚》作「雲雷興替」。

⑤「中謝」張本無此二字。

⑥「尊」張本、梁本、《藝文類聚》作「遵」。

⑦「若人」張本、《藝文類聚》作「半古」。

⑧「遠」張本、《藝文類聚》作「逮」。

⑨「乘」原作「棄」，今據《彙注》本、張本、梁本改。

⑩「際」《彙注》本作「庇」。

⑪「貴」《彙注》本、張本、梁本、《藝文類聚》作「遺」。

⑫「臣」上《藝文類聚》有「俾」字。

【箋注】

〔一〕唐虞永揖：揖，揖讓，禪讓。《韓非子·八説》：「古者人寡而相親，物多而輕利易讓，故有揖讓而傳天下者。」《南齊書》卷三十六《劉祥傳》：「故揖讓之禮，行乎堯舜之朝；干戈之功，盛於殷周之世。」

〔二〕「近謩」句：謩，同「謨」，謀劃，謀慮。《莊子·庚桑楚》：「知者，接也；知者，謨也。」《後漢書》卷六十一《左雄傳》：「伏見議郎左雄，數上封事，至引陛下身遭難戹以爲警戒，實有王臣蹇蹇之節，周公謨成王之風。」按以上二句《校注》云：「永揖之典、高椬之禮：謂唐虞和漢魏之際所樹立的遠大而又崇高的揖讓之禮。按：古代唐堯禪讓於虞舜，漢末獻帝禪讓於曹魏，故云。」

〔三〕金水昏明之數：《校注》：「金水：金和水皆五行之一，此泛指五行生克。古代五行生克爲帝王嬗代之應，如晉以金德王，宋以水德王，水克金。昏明：謂陰陽交替變化。數：曆數，氣數。」

〔四〕「又協」句：《文選》卷十潘岳《西征賦》：「人之升降，與政隆替，杖信則莫不用情，無欲則賞之不竊。」《宋書》卷二《武帝紀中》：「故大道之行，選賢與能。隆替無常期，禪代非一族。」《校注》：「協：和。雲電：雲氣和雷電。古人以爲雲雷是象徵社會人事變化的一種徵兆。如《太平御覽》引《春秋孔演圖》：『黄帝將興，黄雲升於堂。』又引《古今五行記》：『夏桀末年，雷震殺人，其年湯放之。』隆替：興廢，指朝廷的興衰更替。」

〔五〕激風太上：《楚辭》劉向《九歎·惜賢》：「竢時風之清激兮，愈氛霧其如壓。」王逸章句：「壓，塵也。言己欲待明君之政，清潔之化，以感激風俗，而君愈貪濁，如氛霧之氣來塵壓人也。」《校注》：「太上：上古時代。《禮記·曲禮》：『太上貴德。』疏：『太上，謂三皇五帝之世。』」

〔六〕扇采至公：《校注》：「至公：極公正。指禪讓事。《吕氏春秋·去私》：『舜有子九人，不與其子而授禹，至公也。』」

〔七〕「聞命」二句：殞越，墜落。《國語·周語中》：「昔先王之教，懋帥其德也，猶恐殞越。」韋昭

注：「言勉帥其德，猶恐落墜。」《藝文類聚》卷二十六引晉傳咸《申懷賦》：「豈伊不媿，顧影慙形，雖自百於殞越，懼恩隆而命輕。」《校注》：「爽：失。」

〔八〕天地草昧：草昧，指天地初開時的混沌狀態。《易·屯》：「天造草昧，宜建侯而不寧。」王弼注：「造物之始，始於冥昧，故曰草昧也。」《校注》：「天地草昧：天地初創之時。」

〔九〕平對二儀：二儀，指天地。《後漢書》卷六十一《周舉傳》：「二儀交構，乃生萬物。萬物之中，以人爲貴。故聖人養之以君，成之以化。」《文選》卷三十五張協《七命》：「功與造化爭流，德與二儀比大。」吕良注：「二儀，天地。」《校注》：「平對二儀：謂君王與二儀處於同一地位，平等相待。」

〔一〇〕顯臨萬國：《校注》：「顯臨萬國：高居於萬國之上。」

〔一一〕膺符受曆：《晉書》卷一百十四《苻堅載記下》：「萇求傳國璽於堅曰：『萇次膺符曆，可以爲惠。』」《宋書》卷八十四《鄧琬傳》：「聖上明睿在躬，膺符握曜，眷懷家國，夙夜劬勞，懼社稷湮蕪，彝倫左衽。」《校注》：「符：符命。曆：曆數。」

〔一二〕總明司幽：《校注》：「總明司幽：即『總司幽明』，謂掌管百官。《尚書·舜典》：『三載考績，三考黜陟幽明。』幽明：謂善惡、賢愚。」

〔一三〕軒轅陟祚：《史記》卷一《五帝本紀》：「黄帝者，少典之子，姓公孫，名曰軒轅。」《校注》：「陟祚：登上帝位。」

〔一四〕首出庶物：《校注》：「首出庶物：謂君臨於萬物之上。《易·乾》：『首出庶物，萬國咸寧。』庶物，衆物。」

〔一五〕顓頊登庸：《史記》卷一《五帝本紀》：「帝顓頊高陽者，黄帝之孫而昌意之子也。」揚雄《劇秦美新》：「伏惟陛下以至聖之德，龍興登庸，欽明尚古，作民父母，爲天下主。」《宋書》卷四十三《傅亮傳》：「高祖登庸之始，文筆皆是記室參軍滕演。」

〔一六〕作爲民紀：民紀，人民行爲的準則。《禮記·祭義》：「致物用，以立民紀也。」《藝文類聚》卷二十九顔延之《爲皇太子侍宴餞衡陽南平二王應詔詩》：「大儀在御，皇聖居貞。旁緝民紀，仰緯天經。」《校注》：「紀：法度準則。」

〔一七〕五德迭興：《後漢書》卷四十下《班彪傳附班固傳下》載班固《典引》：「肇命人主，五德初始。」李賢注：「五德，五行也。初始，謂伏羲始以木德王也。木生火，故神農以火德。五行相生，周而復始。」《校注》：「五德：金、木、水、火、土五行之德。指王朝興衰相繼的命運。」

〔一八〕十代繼運：《校注》：「十代：言自唐堯至劉宋共歷十代。」

〔一九〕「非賢非睿」二句：《校注》：「睿：聖。斯位：指帝位。」

〔二〇〕「若乃」二句：《校注》：「與能：謂把帝位授予有才能的人。禪錫：猶禪讓。」

〔二一〕「豈伊虛薄」二句：虛薄，空虛淺薄，浮淺。《後漢紀·光武帝紀五》：「叔對曰：『始得明公辟，且喜且懼。何者？喜於爲明公所知，懼於虛薄不能宣益拾遺。』」《校注》：「伊：此。蕭道成自指。虚薄：空虚淺薄。尊擬：與尊相擬。尊，指帝位。此謂淺薄之人不可仿效帝王禪讓之事。」

〔二二〕「昔傅巖」二句：《校注》：「傅巖：指傅説。相傳傅説版築於傅巖，後武丁舉以爲殷相。秩：禄位。上公：即三公。」

〔二三〕「磻溪」二句：《校注》：「磻溪：指太公望吕尚。吕尚垂釣於磻溪（渭水支流），遇周文王，後輔武王滅殷。翼：輔佐。列伯：即諸侯。」

〔二四〕「臣才」二句：《校注》：「若人：此人，指傅説和吕尚。遠聖：遠古的聖賢。」

〔二五〕獄訟不往：《周禮·地官·大司徒》：「凡萬民之不服教而有獄訟者，與有地治者聽而斷之，其附於刑者歸於士。」鄭玄注：「争罪曰獄，争財曰訟。」賈公彦疏：「獄訟相對，故獄爲争罪，訟爲争財。若獄訟不相對，則争財亦爲獄。」《宋書》卷三《武帝紀下》：「其有獄訟虧濫，政刑乖愆，傷化擾治，未允民聽者，皆當具以事聞。」《校注》：「獄訟：訴訟。」

〔二六〕謳歌寧歸：《孟子·萬章上》：「堯崩，三年之喪畢，舜避堯之子於南河之南，天下諸侯朝覲者，不之堯之子而之舜；訟獄者，不之堯之子而之舜；謳歌者，不謳歌堯之子而謳歌舜。」趙岐注：「謳歌舜德也。」《宋書》卷八十四《袁顗傳》：「既天道輔順，謳歌有奉，高祖之孫，文皇之子，德洞九幽，功貫二曜，匡拯家國，提毓黔首。」《校注》：「謳歌：唱頌歌。」

〔二七〕河乏馬圖之賫：《校注》：「馬圖：即河圖，傳説由龍馬背負而出。古人認爲是帝王受命的祥瑞。《禮記·禮運》：『故天降膏露，地出醴泉，山出器車，河出馬圖。』疏：『伏羲氏有天下，龍馬負圖出於河。』」

〔二八〕天無乘龍之錫：《校注》：「乘龍：乘飛龍於天，喻帝王應時而出，得有天下。《太平御覽》卷九二九引《歸藏》：『明夷曰：昔夏后啓土，乘龍飛以登於天睪。』」

〔二九〕「元首」二句：《藝文類聚》卷十引魏陳王曹植《魏德論》：「皇化四達，帝猷成矣。明哉元首，股肱貞矣。禮樂既作，興頌聲矣。」《魏書》卷八十八《竇瑗傳》：「臣聞法象巍巍，乃大舜之事；政道郁郁，亦隆周之軌。故元首股肱，可否相濟。聲教之聞，於此爲證。」《校注》：「元首：謂君。股肱：謂近身之臣。《尚書·益稷》載舜歌：『股肱喜哉，元首起哉，百工熙哉！』不可異：謂君臣之間的固有關係不可以改變。」

〔三〇〕「而曠」二句：《校注》：「曠乘之軌：喻盛大的禪讓之禮。臻：至。兹：此時。」

〔三一〕慚慨憂灼：慚慨，羞慚感歎。《宋書》卷六十一《武三王·江夏文獻王義恭傳》：「陛下大明紹祚，垂法萬葉。臣年衰意塞，無所知解，忝皇族耆長，慚慨内深。」憂灼，憂慮焦急。《三國志》卷六十五《吴志·華覈傳》：「屢遷不可，留則有嫌，此乃愚臣夙夜爲憂灼也。」陸雲《答車茂安書》：「尊堂憂灼，賢姊涕泣，上下愁苦，舉家慘慼。」

〔三二〕貴舜禹之心：謂要竇貴舜禹的傳位之心。按舜禪位於禹，而禹則傳位於其子，雖傳位方式不同，而皆爲國家社稷着想。

〔三三〕巢由之節：《校注》：「巢由：巢父和許由。相傳爲堯時隱士，堯欲以天下讓二人，皆不受。」

〔三四〕澤浸飛泳：《宋書》卷六十七《謝靈運傳》載謝靈運《山居賦》：「植物既載，動類亦繁，飛泳騁透，胡可根源。」謝朓《侍宴華光殿曲水奉勑爲皇太子作》：「禮行郊社，人神受職。寶效山川，鱗羽變色。玄塞北靡，丹徼南極。浮毳駕風，飛泳登陟。」《校注》：「飛泳：謂鳥類和魚類，泛指有生之物。」

〔三五〕聲振開闢：《太平御覽》卷一引《尚書中候》：「天地開闢，甲子冬至。日月若懸璧，五星若編珠。」《後漢書》卷四十八《應奉傳附應劭傳》：「逆臣董卓，蕩覆王室，典憲焚燎，靡有孑遺，開辟以來，莫或茲酷。」《校注》：「開闢：開天闢地。指天地。」

〔三六〕「四三王」二句：《校注》：「四三王、六五帝：與三王并列而爲四，與五帝并列而爲六，讚美其德業與三王五帝相侔。休：美。」

遣大使巡詔

【題解】

此文張本、梁本題作《遣使巡行詔》。

《南齊書・高帝紀下》載齊高帝建元元年（四七九）五月「丙辰，詔遣大使分行四方，遣兼散騎常侍十二人巡行。以交寧道遠，不遣使」。江淹此文云：「朕以輶薄，昧于大道。因璿璣之曆，遵三德之運。緬鑒前哲，寤寐永歎。思所以闢訪治蠹，詢求民瘼。才寡務殷，若無津滻。故以情深危薄，心疚夙夜矣。」乃始即位時口氣。又考之《高帝紀下》，蕭道成在位期間遣大使巡行者，除建元元年五月外，又有建元二年二月「癸巳，遣大使巡慰淮、淝、徐、豫邊民尤貧遘難者，刺史二千石量加賑恤」之事，然建元二年二月之遣使巡行，與此詔之「可普遣大使，分行四方，推賢薦能，問疾舉滯。若其采野不闢，犴訟有虧，妨氓利害，擾黷政經者，具以奏聞」等語不相合，可見此詔乃爲建元元年遣使巡行而作。考是年五月壬寅朔，丙辰爲月之十五日，詔文或先此數日所作。

門下〔一〕：昔明王馭世〔二〕，巡嶽采政〔三〕；睿后司朝〔四〕，觀俗調化〔五〕。故生無鬱滯，物獲修通〔六〕。鳌風拯患，於兹爲急〔七〕。朕以輶薄，昧于大道〔八〕。因璿璣之曆〔九〕，遵三德之運〔一〇〕。緬鑒前哲，寤寐永歎〔一一〕。思所以闢訪治蠹①，詢求民瘼〔一二〕。才寡務殷，若無津滻②〔一三〕。故以情深危薄，心疚夙夜矣〔一四〕。可普遣大使，分行四方，推賢薦能，問疾舉滯。若其采野不闢③〔一五〕，犴訟有虧，妨氓利害〔一六〕，擾黷政經者〔一七〕，具以奏聞。如其讜言嘉話〔一八〕，真士智才〔一九〕，亦依名騰上④〔二〇〕，隨事均量，務取厥中〔二一〕。朕將親覽，以弘遠化。

【校記】

①「闢」《彙注》本作「關」。

②「潹」《彙注》本、張本、梁本作「際」。

③「闢」《彙注》本作「關」。

④「騰」《彙注》本作「謄」。

【箋注】

〔一〕門下：指門下省，侍中爲長官。晉時因其掌管門下衆事，故稱。南北朝因之。《宋書》卷七十五《王僧達傳》：「僧達文旨仰揚，詔付門下。侍中何偃以其詞不遜，啓付南臺，又坐免官。」《通鑒》卷一百一十晉安帝隆安二年：「魏王珪自中山南巡至高邑，得王永之子憲，喜曰：『王景略之孫也。』以爲本州中正，領選曹事，兼掌門下。」胡三省注：「門下，侍中、常侍、給事黄門之職。」

〔二〕明王馭世：《晉書》卷三十八《宣五王·齊獻王攸傳》：「夫先王馭世，明罰敕法，鞭朴作教，以正逋慢。」《校注》：「馭世：治世。」

〔三〕巡嶽采政：《校注》：「巡嶽：巡視四嶽，古帝王有巡守之禮。按春夏秋冬四季，分别視察於四嶽（泰山、衡山、華山、恒山）之下，召見當地諸侯，以考察其政令之善惡。見《尚書·周官》。采政：謂採集詩歌以觀察政教得失。《禮記·王制》：『命太師陳詩以觀民風。』又

《漢書・藝文志》：『故古有采詩之官，王者所以觀風俗，知得失，自考正也。』」

〔四〕睿后司朝：《校注》：「明王、睿后：謂聖明之君。睿，聖。」

〔五〕觀俗調化：《校注》：「調化：協調教化。」

〔六〕「故生無」二句：鬱滯，鬱積阻滯。《漢書》卷十《成帝紀》：「朕既無以率道，帝王之道日以陵夷，意迺招賢選士之路鬱滯而不通與，將舉者未得其人也？」《校注》：「生：謂有生之物。修通：猶暢通。」

〔七〕「釐風」二句：《校注》：「釐風：整頓風俗。拯患：拯救禍患。急：最緊要之事。」

〔八〕「朕以」二句：《校注》：「輶薄：淺薄。謂才德淺薄。昧：暗，不明。大道：指治理之道。」

〔九〕璿璣之曆：《書・舜典》：「在璿璣玉衡，以齊七政。」孔傳：「璿，美玉。璣衡，王者正天文之器，可運轉者。」孔穎達疏：「璣衡者，璣爲轉運，衡爲横簫，運璣使動於下，以衡望之。是王者正天文之器。漢世以來謂之渾天儀者是也。」《史記》卷二十七《天官書》：「北斗七星，所謂璿璣玉衡，以齊七政。」《校注》：「璿璣：古測天象之器。」

〔一〇〕三德之運：三德，三種品德，隨文而異。《書・洪範》：「三德，一曰正直，二曰剛克，三曰柔克。」孔穎達疏：「此三德者，人君之德，張弛有三也。一曰正直，言能正人之曲使直；二曰剛克，言剛强而能立事；三曰柔克，言和柔而能治。」《周禮・地官・師氏》：「以三德教國子，一曰至德，以爲道本；二曰敏德，以爲行本；三曰孝德，以知逆惡。」此指《書·洪範》所言人君之德。

〔一一〕「緬鑒」二句：《詩·周南·關雎》：「窈窕淑女，寤寐求之。求之不得，寤寐思服。」毛傳：「寤，覺；寐，寢也。」《文選》卷二十八陸機《悲哉行》：「寤寐多遠念，緬然若飛沉。」《校注》：「緬：遠。前哲：指前代帝王。永歎：長歎。」

〔一二〕「思所以」二句：闢訪，遍訪。《校注》：「治蠹：謂政治上的弊病。蠹，蛀蟲，引申爲病害。民瘼：民間疾苦。」

〔一三〕津漈：猶津涯。《廣韻》卷七：「漈，水涯。」《書·微子》：「今殷其淪喪，若涉大水，其無津涯。」孔傳：「言殷將没亡，如涉大水無涯際，無所依就。」

〔一四〕「故以」二句：夙夜，日夜。《書·旅獒》：「嗚呼！夙夜罔或不勤，不矜細行，終累大德。」孔傳：「言當早起夜寐。」《詩·魏風·陟岵》：「嗟！予子行役，夙夜無已。」鄭玄箋：「夙，早。夜，莫也。」《校注》：「危薄：謂治道危險不固。」

〔一五〕采野不闢：謂所管理的土地未被開墾。闢，開墾。《商君書·壹言》：「則上令行而荒草闢，淫民止而姦無萌。」《漢書》卷五十七上《司馬相如傳上》載司馬相如《上林賦》：「地可墾辟，悉爲農郊，以贍萌隸。」顔師古注：「辟，讀曰闢。闢，開也。」《校注》：「采野：采地。古卿大夫的封地。此指官員所管理的地區。」

〔一六〕「犴訟」二句：《校注》：「犴訟：獄訟。氓：百姓。」

〔一七〕擾黷政經：政經，政治的常法。《左傳·宣公十二年》：「今兹入鄭，民不罷勞，君無怨讟，政有經矣。」杜預注：「經，常也。」《校注》：「擾：擾亂。黷：傲慢不敬。」

〔一八〕讜言嘉話：《漢書》卷一百上《敘傳上》：「吾久不見班生，今日復聞讜言！」顏師古注：「讜言，善言也。」《文選》卷四十七袁宏《三國名臣贊》：「嘉謀肆庭，讜言盈耳。玉生雖麗，光不踰把。德積雖微，道映天下。」嘉話，善言，有教益的話。《文選》卷三十五張協《七命》：「雖在不敏，敬聽嘉話。」

〔一九〕真士智才：《校注》：「真士智才：確有才智之士。」

〔二〇〕騰上：猶飛速奏上。《梁書》卷三《武帝紀下》：「詔孝悌力田及州閭鄉黨稱爲善人者，各賜爵一級，并勒所屬以時騰上。」按騰，馬馳。《楚辭》屈原《大招》：「騰駕步遊，獵春囿只。」王逸注：「騰，馳。」

〔二一〕「隨事」二句：《校注》：「均量：猶衡量。取厥中：謂求取其適宜者。厥，其。」

賜赦交州詔

【題解】

交州：古地名。漢武帝元封五年設置十三州部，交州是其一。《宋書》卷三十八《州郡志四》：「交州刺史，漢武帝元鼎六年開百越，交趾刺史治龍編。漢獻帝建安八年，改曰交州，治蒼梧廣信縣，十六年，徙治南海番禺縣。及分爲廣州，治番禺，交州還治龍編。領郡八，縣五十三。户一萬四百五十三。去京都水一萬。」

《南齊書·高帝紀下》載建元元年：「秋七月丁未，詔曰：『交址比景，獨隔書朔，斯乃前運方季，負海不朝，因迷遂往，歸款莫由。曲赦交州部内。李叔獻一人，即撫南土，文武詳才選用。并遣大使宣揚朝恩。』」（福林按：中華書局校點本《南齊書》以「曲赦交州部内李叔獻一人即撫南土」連續作一句，非是，故改標如上。）與江淹此詔略同而稍簡，當即江淹所作之省文。是年七月辛丑朔，初七日丁未，此詔約先此數日所作。

門下：交部昔值時詖〔一〕，負海不朝。因迷遂往，歸款莫由〔二〕。今創制萬寓〔三〕，烟熅造物〔四〕。原形四裔①〔五〕，澤浹中畿②〔六〕。愍彼邊氓③〔七〕，未均王化〔八〕。宣弘遠仁，蕩以更始〔九〕。可曲赦彼州統内〔一〇〕，咸同曠泰〔一一〕。李叔獻一人，即撫南土〔一二〕。其股肱文武〔一三〕，詳材選推〔一四〕；并遣大使，宣揚朝旨。

【校記】

①「形」《彙注》本、張本、梁本作「刑」。按《荀子·成相》：「衆人貳之，讒夫棄之，形是詰。」楊倞

注：「或曰：形當爲『刑』。」王先謙集解引郝懿行曰：「形與刑古字通。」江淹喜用古字，此又一例。《彙注》本等改作刑，失其本貌。

②「浹」《彙注》本作「洽」。

③「憖」張本、梁本作「慭」。憖、慭字通。

【箋注】

〔一〕昔值時詖：《漢書》卷二十二《禮樂志》：「貪饕險詖，不閑義理。」顏師古注：「言行險曰詖。」《校注》：「時詖：謂形勢險惡。」

〔二〕「因迷」二句：《校注》：「因迷遂往：謂因迷失方向而走入歧途。歸款：歸順。」

〔三〕創制萬寓：萬寓，同萬宇。《樂府詩集》卷二《郊廟歌辭·宋明堂歌》謝莊《歌太祖文皇帝》：「維天爲大，維聖祖是則，辰居萬宇，綴旒下國。」謝朓《隋王鼓吹曲十首·元會曲》：「天儀穆藻殿，萬宇壽皇基。」《校注》：「萬寓：謂天下。」

〔四〕烟熅造物：《校注》：「烟熅：天地二氣相和合之謂，亦作『絪緼』。《易·繫辭下》：『天地絪緼，萬物化醇。』」

〔五〕原形四裔：原形，恕罪。《後漢書》四十七《梁慬傳》：「明年，校書郎馬融上書訟慬與護羌校尉龐參，有詔原刑。」同上書卷五十一《龐參傳》：「良能得百姓心，洛陽吏人守闕請代其罪者，日有數千萬人，詔乃原刑。」《校注》：「原刑：謂執法寬容。四裔：四方邊境。」

〔六〕澤浹中畿：中畿，泛指中原地區。常璩《華陽國志·後賢志·文立》：「諸葛亮、蔣琬、費禕等子孫流徙中畿，宜見敘用，一則以慰巴、蜀民之心，其次傾東吴士人之望。」《樂府詩集》卷十九何承天《宋鼓吹鐃歌·君馬篇》：「願爲范氏驅，雍容步中畿。」《校注》：「中畿：王畿之中，即中國。」

〔七〕慜彼邊氓：《離騷·九章·懷沙》：「離慜而不遷兮，願志之有像。」《宋書》卷九十一《孝義·郭世道傳附郭原平傳》：「人或問曰：『府君嘉君淳行，慜君貧老，故加此贍，豈宜必辭。』」慜，同「愍」。《校注》：「邊氓：邊民。」

〔八〕未均王化：王化，天子的教化。《詩大序》：「《周南》、《召南》，正始之道，王化之基。」《後漢書》卷四十五《張酺傳》：「吾爲三公，既不能宣揚王化，令吏人從制，豈可不務節約乎？」《校注》：「未均：謂未經王化的陶冶。均，陶具的轉輪。」

〔九〕蕩以更始：《校注》：「蕩：滌蕩。謂一筆勾銷過去所犯的罪惡。更始：重新開始。」

〔一〇〕曲赦彼州統内：曲赦，猶特赦。《通鑒》卷八十三晉惠帝永康元年：「曲赦洛陽。」胡三省注：「不普赦天下，而獨赦洛陽，故曰曲赦。」《校注》：「曲赦：因特殊情況不依常法而赦免稱曲赦。」

〔一一〕咸同曠泰：《校注》：「曠泰：謂亨通安泰。曠，廣大。」

〔一二〕即撫南土。《校注》：「南土：指交州。」

〔一三〕股肱文武：《藝文類聚》卷十引魏陳王曹植《魏德論》：「皇化四達，帝猷成矣。明哉元首，股肱貞矣。禮樂既作，興頌聲矣。」《魏書》卷八十八《竇瑗傳》：「臣聞法象巍巍，乃大舜之事；政道郁郁，亦隆周之軌。故元首股肱，可否相濟。聲教之聞，於此爲證。」《校注》：「股肱文武：指交州刺史的文武僚屬。」

〔一四〕詳材選推：《校注》：「詳材：審察其材。詳，審。」

斷募士詔

【題解】

斷募士：《漢書》卷五十四《蘇建傳附蘇武傳》：「武與副中郎將張勝及假吏常惠等，募士斥候百餘人俱。」顏師古注：「募人以充士卒及在道爲斥候者。」《後漢書》卷二《明帝紀》：「捕虜將軍馬武等與燒當羌戰，大破之，募士卒戍隴右，賜錢人三萬。」《校注》：「斷：禁止。募士：招募兵士。」

《南齊書・高帝紀下》載建元元年五月丁未詔：「設募取將，懸賞購士，蓋出權宜，非曰恒制。」與江淹所作此詔相合而稍簡，當即江淹所作之省耳。是月壬寅朔，丁未爲月之初六日，此文或先此數日作。

門下：設募取將①，懸賞購士，蓋出權宜，非曰經制②〔一〕。頃者，民罹氛藹〔二〕，世襲艱阻〔三〕，因時流故，浸以成俗〔四〕。斯風蕩而未返③，且滋長逋逸，開罪山湖〔五〕。遂乃黥刑不辱④〔六〕，草竊無咎〔七〕；平政察治⑤〔八〕，萌合甄革〔九〕。自今已後⑥，可悉斷衆募。

【校記】

①「設」張本作「詔」。

②「經」《彙注》本作「恒」。

③「返」張本作「還」。《校注》：「孫隘堪校云：『斯風下當脱二字。』」

④「黥」原作「鯨」，今據《彙注》本、張本改。

⑤「治」原作「洽」，今據《彙注》本、張本、梁本改。

⑥「已」梁本注：「一作『以』。」

【箋注】

〔一〕「蓋出」二句：權宜，謂暫時適宜的措施。《後漢書》卷六十六《王允傳》：「杖正持重，不循權宜之計。」同上書卷八十七《西羌傳論》：「計日用之權宜，忘經世之遠略。」

〔二〕「頃者」二句：《校注》：「頃：近來。罹：遭受。氛藹：凶氣，災禍。藹，通『靄』。」

〔三〕世襲艱阻：艱阻，艱難險阻。《文選》卷三十謝靈運《擬魏太子鄴中集・應瑒》：「官度厠一卒，烏林預艱阻。」《校注》：「襲：遭遇。」

〔四〕「因時」二句：《校注》：「流：流傳。故：成例。浸：漸。」

〔五〕「且滋」二句：《文選》卷四十四陳琳《檄吴將校部曲文》：「是後大軍所以臨江而不濟者，以韓遂、馬超，逋逸迸脱，走還凉州。」李周翰注：「逋，竄逸。」《校注》：「逋逸：逃亡。開罪：得罪。謂逃亡者流竄於山野湖澤淪爲盗賊。」

〔六〕黥刑不辱：黥刑，墨刑。《書・吕刑》：「爰始淫爲劓、刵、椓、黥。」《漢書》卷二十三《刑法志》：「漢興之初，雖有約法三章，網漏吞舟之魚。然其大辟，尚有夷三族之令。令曰：『當三族者，皆先黥，劓，斬左右趾，笞殺之，梟其首，菹其骨肉於市。其誹謗詈詛者，又先斷舌。』故謂之具五刑。」《校注》：「黥刑不辱：謂使刑罰失去作用。黥，五刑之一，用刀刺刻犯人面額，再塗上墨。」

〔七〕草竊無咎：《校注》：「草竊：《尚書・微子》：『殷罔不小大，好草竊姦宄。』『草』爲『抄』的假借字，『草竊』即抄掠之意。」

〔八〕平政察治：平政，《荀子・王制》：「故君人者欲安，則莫若平政愛民矣。」《後漢書》卷三十四《梁統傳》：「大獄一起，無辜者衆，死囚久繫，纖微成大，非所以順迎和氣，平政成化也。」察治，《韓非子・難二》：「或曰：晏子之貴踴，非其誠也，欲便辭以止多刑也。此不察治之患也。」《校注》：「平：治。」

〔九〕萌合甄革：《校注》：「萌：始，首先。合：應該。甄革：加以辨别而革除之。」

封江冠軍等詔

【題解】

詔題之「江冠軍」，指江謐。《南齊書》卷三十一《江謐傳》云：「建元元年，遷侍中，出爲臨川王平西長史、冠軍將軍、長沙内史、行湘州留事，先遣之鎮。既而驃騎豫章王嶷領州，以謐爲長史，將軍、内史、知州留事如故。」據《南齊書》卷二《高帝紀下》、卷二十二《豫章文獻王嶷傳》，建元元年九月，豫章王嶷爲都督荆湘雍益梁寧南北秦八州諸軍事、南蠻校尉、荆湘二州刺史。江謐是時當已由臨川王平西長史轉爲豫章王驃騎長史，而冠軍將軍、長沙内史等職如故。蕭嶷時鎮荆州之江陵，故江謐乃以蕭嶷之驃騎長史而行湘州事，主持湘州政務。此詔文云：「締基緯業，序功攸急；開厝闡祚，酬庸爲先。」又云：「宜各分珪社，以酬厥勞謐。」乃齊肇始時而分封功臣者也。今考《南齊書・高帝紀下》載建元元年十一月，「甲申，封功臣驃騎長史江謐等十人爵户各有差。」與詔文相合，詔亦是年十一月所作。

門下：締基緯業〔一〕，序功攸急〔二〕；開厝闡祚，酬庸爲先〔三〕。故以式藹囊書，載炳前軌〔四〕。文仲假等①〔五〕，或成亮艱危②〔六〕，效彰屯詖〔七〕。皆績幹兩宣〔八〕，勤圖兼立③〔九〕。宜各分珪社〔一〇〕，以酬厥勞謚④〔一一〕。

【校記】

①「假」張本、梁本無此字。

②「成」張本、梁本作「誠」。

③「勤」原作「勒」，今據《彙注》本、張本、梁本改。「圖」原作「國」，今據張本、梁本改。

④「謚」元鈔本無此字。

【箋注】

〔一〕締基緯業：《校注》：「締基緯業：締造基業。緯，經緯，經營。」

〔二〕序功攸急：《三國志》卷三十五《蜀志·諸葛亮傳》：「夫崇德序功，紀行命謚，所以光昭將來，刊載不朽。」《晉書》卷七十一《王鑒傳》：「既掃清湘野，滌蕩楚郢，然後班爵序功，酬將士之勞。」《校注》：「序功：按等級次第以獎其功。攸：所。」

〔三〕「開曆」二句：《校注》：「開曆闡祚：謂開創國運。曆，曆法。古代新王朝代替舊王朝時，要先改正朔，定曆法。祚，皇位。庸：功績。」

〔四〕「故以」二句：《校注》：「式、載：語助詞。藹：繁盛貌。曩：從前。炳：明。書、軌：

指典章制度。此二句意謂，這樣做因而使典章制度比前代更豐富，更光輝。」

〔五〕文仲假等：文仲，疑指崔文仲。《南齊書》卷二十八《崔祖思傳附崔文仲傳》：「祖思宗人文仲，初辟州從事。泰始初，爲薛安都平北主簿，拔難歸國。元徽初，從太祖於新亭拒桂陽賊，著誠效，除游擊將軍。沈攸之事起，助豫章王鎮東府，歷驃騎諮議，出爲徐州刺史。建元初，封建陽縣子，三百户。二年，虜攻鍾離，文仲擊破之。……永明元年，爲太子左率，累至征虜將軍、冠軍司馬、汝陰太守。四年，卒。贈後將軍、徐州刺史。謚襄子。」此詔爲建元元年十一月封功臣而作，疑崔文仲「建元初，封建陽縣子」乃在此時。

〔六〕成亮艱危：《校注》：「成：成就。亮：显露。」

〔七〕效彰屯詖：《宋書》卷八十四《鄧琬等傳論》：「泰始交争，逆順未辨，太宗身剿悖亂，事惟拯溺，國道屯詖，宜立長君，太祖之昭，義無不可。」《校注》：「效：功勞。彰：明。屯詖：艱險。」

〔八〕皆績幹兩宣：《校注》：「績：勤績，指勤勞的功績。幹：幹圖，幹略，指辦事的才幹和謀略。」

〔九〕勤圖兼立：勤圖，謂勤勞與謀略。

〔一〇〕各分珪社：《校注》：「分珪社：指分封諸侯。珪，古分授諸侯功臣的符信。《左傳·哀公十四年》：『司馬牛致其邑與珪焉。』注：『珪，守邑符信。』社，社土。《尚書·禹貢》：『厥貢惟土五色。』傳：『王者封五色土爲社，建諸侯，則各割其方色土與之，使立社。』祭神之所謂社。」

〔一二〕酬厥勞謐：《校注》：「厥：其。勞謐：爲使政局寧靜而所建的勞績。謐，靜。」

大赦詔

【題解】

大赦，對全國已判罪犯普遍赦免或減刑。《史記》卷六《秦始皇本紀》：「二世乃大赦天下，使章邯將，擊破周章軍而走。」《南齊書·高帝紀下》載建元二年：「春正月戊戌朔，大赦天下。」考此詔云：「今履端告始，羣后執贄。」又云：「然景業初基，義深恒典；慶動玄靈，歡溢都縣。」乃齊初立國時之大赦也，與建元二年正月元旦之大赦適相合。則此詔文乃即建元元年（四七九）歲末或建元二年（四八〇）年初所作。

門下：朕思弘風教〔一〕，而刑圄猶積〔二〕。永言前烈，兢歎載懷〔三〕。今履端告始〔四〕，羣后執贄①〔五〕。治洽樂交②，華夷同泰。雖和慚擊石③〔六〕，采愧卿雲〔七〕。然景業初基，義深恒典〔八〕；慶動玄靈，歡溢都縣〔九〕。憫彼幽黔〔一〇〕，猶隔茲澤；思我兆民，共熙至化〔二〕。

【校記】

①「羣」原作「郡」，今據《彙注》本、張本、梁本改。

②「交」張本、梁本作「郊」。

③「和」《彙注》本作「歌」。

【箋注】

〔一〕思弘風教：《詩大序》：「風，風也，教也。風以動之，教以化之。」後以風教指風俗教化。《史記》卷一《五帝本紀》：「余嘗西至空峒，北過涿鹿，東漸於海，南浮江淮矣，至長老皆各往往稱黄帝、堯、舜之處，風教固殊焉。」

〔二〕刑圄猶積：《校注》：「刑圄：監獄。積：謂犯人積聚很多。」

〔三〕「永言」二句：前烈，前人的功業。《書·武成》：「公劉克篤前烈。」孔傳：「后稷曾孫。公，爵；劉，名。能厚先人之業。」《校注》：「競：敬，敬佩。載懷：滿懷。此謂對先人的功業常懷敬佩感歎之情。」

〔四〕履端告始：沈約《南郊恩詔》：「星琯驟迴，履端告始，禋饗雲備，誠敬兼申，宣和布澤，情深待旦。」《校注》：「履端告始：進入一年之始。指正月初一元正日。」

〔五〕羣后執贄：《校注》：「羣后：后，君。此指諸侯。執：持。贄：所贈禮品。古禮制，元正日羣臣執贄以朝天子。」

〔六〕和噺擊石：《校注》：「擊石：《吕氏春秋·古樂》：『帝堯立，乃命質爲樂。質乃效山林谿谷之音以歌，乃以麋鞈置缶而鼓之，乃拊石擊石，以象上帝玉磬之音。』」

〔七〕采愧卿雲：卿雲，即慶雲。《尚書大傳》卷一下：「卿雲爛兮，糺縵縵兮。」鄭玄注：「教化廣遠，或以爲雲出岫回薄而難名狀也。」《漢書》卷二十六《天文志》：「若煙非煙，若雲非雲，鬱鬱紛紛，蕭索輪囷，是謂慶雲。慶雲見，喜氣也。」按以上二句《校注》云：「『擊石』、『卿雲』皆指盛世之象。」

〔八〕「然景業」二句：《校注》：「景業：大業。恒典：常法。」

〔九〕「慶動」二句：《校注》：「慶：福。玄靈：神靈。都縣：京都和郡縣。」

〔一〇〕憫彼幽黔：《校注》：「幽黔：指囚徒。黔，黔首，平民。」

〔一一〕「思我兆民」二句：《校注》：「兆民：指萬民。熙：樂。」

北伐詔

【題解】

《魏書》卷七上《高祖紀上》載北魏孝文帝太和三年（即齊建元元年）十一月：「癸丑，進假梁郡公元嘉爵爲假王，督二將出淮陰；隴西公元琛三將出廣陵；河東公薛虎子三將出壽春。」《南齊書》卷五十七《魏虜傳》云：「建元元年，僞太和三年也，宏聞太祖受禪，其冬，發衆。遣丹陽王劉昶爲太師，寇司、豫二州。明年，詔遣衆軍北討。」《南齊書·高帝紀下》載建元二年正月：「癸卯，詔索虜寇淮、泗，遣衆軍北伐，内外纂嚴。」此詔文云：「及宋末不庭，授策乖律。北州外淪，威風内毁。」「猶以經綸惟始，恩化甫洽，勞民擾衆，爲政所重。」乃齊初立國時語；詔文又云：「故方輟六師，按經九伐。今淮泗告驚，羽書馳聞。醜羯妖燼，送死北垂。」乃爲北魏侵寇而發，即此詔乃是時所作。建元二年正月戊戌朔，癸卯爲月之初六日。《通鑒》卷一百三十五則載齊高帝詔衆軍北伐事在是年正月乙卯，爲月之十八日。二者未知孰是。

門下：朕統曆馭政，志包函夏〔一〕。庶總文軌〔二〕，無思不服〔三〕。而逖焉狡虜〔四〕，久爲邊虞〔五〕。及宋末不庭〔六〕，授策乖律〔七〕。北州外淪〔八〕，威風内毁。鑒彼隆替〔九〕，慨歎盈懷。冕旒濟河〔一〇〕，翦彼凶狄〔一一〕。咸秩中岳，望祀汾陰①〔一二〕，則聲教罔矣〔一三〕。猶以經綸惟始〔一四〕，恩化甫洽〔一五〕，勞民擾衆，爲政所重〔一六〕。故方輟六師〔一七〕，按經九伐〔一八〕。今淮泗告驚，羽書馳聞〔一九〕。醜羯妖燼，送死北垂②〔二〇〕。徵天人之數，撫自來之會〔二一〕。無勞遠兵，剿撲爲易③〔二二〕。蓋因茲大號，蕩其巢藪〔二三〕。

可遣使某官組甲十萬④〔二四〕，鐵騎千馬，斜趣潁洛，衝其要津〔二五〕；某官某虎旅八萬，舳艫數千〔二六〕，沿淮長驅，稜威青汴⑤〔二七〕；某官某舟師五萬，直出淮泗〔二八〕；某官控江右之鋭〔二九〕，駱驛既進⑥〔三〇〕；某官某率羽林勁男⑦〔三一〕，爲水陸形援〔三二〕；某官某甲等⑧，并率義勇之衆，互盡椅角之機⑨〔三三〕。戎車戒路〔三四〕，事宜總一〔三五〕。使持節、都督南徐兖二州諸軍事、後軍將軍、南徐州刺史長沙王晃〔三六〕，出次江都，爲衆軍節度〔三七〕。驍雄竟奮⑩，火烈風掃〔三八〕，剋定中原，肅清河洛。便可内外纂嚴，以時備辦〔三九〕。

【校記】

①「祀」《彙注》本作「祝」。

②「垂」梁本作「陲」。

③「撲」《彙注》本作「樸」。

④「使」張本、梁本無此字。

⑤「青」《彙注》本作「清」。

⑥「既」元鈔本、張本、梁本作「繼」。

⑦「男」張本、梁本作「勇」。

⑧「某官某甲等」《彙注》本作「其官甲等」。

⑨「互盡椅角」《彙注》本作「牙制掎角」，張本作「牙制椅角」，梁本作「牙制犄觕」。

⑩「竟」張本、梁本作「競」。

【箋注】

〔一〕「朕統」二句：函夏，指全國。《漢書》卷八十七上《揚雄傳上》：「以函夏之大漢兮，彼曾何足與比功？」顏師古注：「服虔曰：『函夏，函諸夏也。』師古曰：函，包容也。」《校注》：「統曆馭政：猶掌政。包函夏：佔有全國。賈誼《過秦論》：『秦孝公……有席卷天下，包舉宇内，囊括四海之意，并吞八荒之心。』」

〔二〕庶總文軌：文軌，文字和車軌。《晉書》卷七十九《謝安傳》：「安方欲混一文軌，上疏求自北征。」《校注》：「庶：希望。總文軌：指國家統一。《禮記・中庸》：『今天下車同軌，書同文。』」

〔三〕無思不服：《詩・大雅・文王有聲》：「鎬京辟雍，自西自東，自南自北，無思不服。」鄭玄箋：「武王於鎬京行辟雍之禮，自四方來觀者，皆感化其德心，無不歸服者。」朱熹集傳：「無思不服，心服也。」《校注》：「無思不服：即無不思服。思服，思念歸服。」

〔四〕逖焉狡虜：狡虜，狡黠之虜。《晉書》卷一百二十九《沮渠蒙遜載記》：「孤雖智非靖難，職在濟時，而狡虜僭檀，鴟峙舊京，毒加夷夏。」按虜，古時對北方外族或南方人對北方人的蔑稱。荀悅《漢書》卷五十四《李廣傳附李陵傳》：「虜還走上山，漢軍追擊，殺數千人。」《後漢書》卷三十六《鄭興傳附鄭衆傳》：「衆至北庭，虜欲令拜，衆不爲屈。」《校注》：「逖：遠，遠方。」

〔五〕久爲邊虞：邊虞，邊患。《宋書》卷七十五《顏竣傳》：「雖云互市，實覘國情。多贍其求，則桀慠罔已；通而爲節，則必生邊虞。」

〔六〕宋末不庭：《詩·大雅·韓奕》：「幹不庭方，以佐戎辟。」毛傳：「庭，直也。」《國語·周語中》：「以待不庭不虞之患。」韋昭注：「庭，直也。虞，度也。不直，猶不道也。」《校注》：「不庭：猶無道。」

〔七〕授策乖律：《校注》：「授策：指所施行之方略。乖律：失去分寸，不得法。」

〔八〕北州外淪：《校注》：「北州外淪：據《南史·宋明帝紀》：泰始二年，徐州刺史薛安都舉兵反，引北魏軍，宋軍大敗，遂失淮北兗、徐、青、冀四州及豫州淮西地。南朝稱建康以北諸州爲北州。」

〔九〕鑒彼隆替：《文選》卷十潘岳《西征賦》：「人之升降，與政隆替，杖信則莫不用情，無欲則賞之不竊。」《宋書》卷二《武帝紀中》：「故大道之行，選賢與能。隆替無常期，禪代非一族。」《校注》：「隆替：興衰。此偏用『替』義。」

〔一〇〕冕旒濟河：崔豹《古今注·問答釋義》：「牛亨問曰：『冕旒以繁露，何也？』答曰：『綴珠垂下，重如繁露也。』」《南齊書》卷四《鬱林王紀》：「且風土異宜，百民殊務，刑章治緒，未必同源，妨本害政，事非一揆，冕旒屬念，無忘夙興。」《校注》：「冕旒：天子之冠，代指帝王。濟河：濟，渡。《左傳・文公三年》：『秦伯伐晉，濟河焚舟。』此借用其語。表示必勝的信念。」

〔一一〕翦彼凶狄：《校注》：「翦：除滅。狄：指北魏。狄是古時對北方民族的蔑稱。」

〔一二〕「咸秩」二句：《校注》：「秩：與下句『祀』對舉成文。『秩祀』謂依次祭祀。中岳：嵩山。汾陰：戰國魏邑，在今山西萬榮縣境内。此代指北魏京都。」

〔一三〕聲教啓矣：《校注》：「啓：通『暢』，暢通。」

〔一四〕經綸惟始：經綸，整理絲縷、理出絲緒和編絲成繩，統稱經綸。引申爲籌畫治理國家大事。《易・屯》：「雲雷屯，君子以經綸。」孔穎達疏：「經謂經緯，綸謂綱綸，言君子法此屯象有爲之時，以經綸天下，約束於物。故云君子以經綸也。」《禮記・中庸》：「唯天下至誠，爲能經綸天下之大經，立天下之大本，知天地之化育。」

〔一五〕恩化甫洽：恩化，恩惠教化。《三國志》卷二十八《魏志・鍾會傳》：「臣輒奉宣詔命，導揚恩化，復其社稷。」《校注》：「甫：始。洽：融洽。」

〔一六〕爲政所重：《校注》：「意謂勞民擾衆之事是治政所宜重視的問題。」

〔一七〕方輟六師：六師，周天子所統六軍之師。《書・康王之誥》：「張皇六師，無壞我高祖寡命。」孔傳：「言當張大六師之衆，無壞我高德之祖。」曾運乾正讀：「六師，天子六軍。周制，一萬二千五百人爲師。」後以之爲天子軍隊之稱。《三國志》卷三十二《蜀志·先主傳》：「盡力輸誠，奬厲六師。」

〔一八〕按經九伐：《周禮·夏官·大司馬》：「以九伐之法正邦國：馮弱犯寡則眚之，賊賢害民則伐之，暴内陵外則壇之，野荒民散則削之，負固不服則侵之，賊殺其親則正之，放弑其君則殘之，犯令陵政則杜之，外内亂、鳥獸行則滅之。」《大戴禮記·朝事》：「明九伐之法，以震威之。」《校注》：「按：制止。經：治，經營。九伐：古代制裁違命諸侯的九種辦法。」

〔一九〕「今淮泗」二句：《校注》：「淮泗：淮河和泗水地區。羽書：緊急軍用文書，插羽以示急。按其時北魏分兵入侵淮陰、廣陵、壽陽等地。」

〔二〇〕「醜羯」二句：《校注》：「羯：古代北方少數民族名。指北魏。燼：餘火。謂殘餘。垂：通『陲』，邊境。」

〔二一〕「徵天人」二句：《校注》：「徵：求。天人：天意和人事。數：運數。撫：持，依靠。會：機會。」

〔二二〕剿撲爲易：《南齊書》卷二十四《柳世隆傳》：「昨夜得北使啓，鍾離間賊已渡淮，既審送死，便當制加剿撲。」《校注》：「剿撲：謂打擊消滅。」

〔二三〕「蓋因茲」二句：《校注》：「號：號令。巢藪：謂敵人巢穴。」

〔二四〕組甲十萬：《校注》：「組甲：以絲帶連結皮革或鐵片而成的鎧甲。代指兵士。」

〔二五〕「斜趣」二句：《校注》：「斜趣潁洛：謂從側面插入潁洛。趣，亦作『趨』，急走。潁洛，潁水和洛水，指今河南中部地區。衝要津：向要道挺進。」

〔二六〕「某官」二句：《漢書》卷六《武帝紀》：「自尋陽浮江，親射蛟江中，獲之。舳艫千里，薄樅陽而出。」顔師古注：「李斐曰：『舳，船後持柂處也。艫，船前頭刺櫂處也。』」《文選》卷二十二郭璞《江賦》：「舳艫相屬，萬里連檣。」李善注：「《説文》曰：『舳，舟尾也。艫，船頭也。』」《校注》：「虎旅：形容軍隊威猛。舳，船後持舵處；艫，船頭。泛指船隻。」

〔二七〕稜威青汴：《校注》：「稜威：謂威勢直指。青汴：清水和汴水，指今河南東部地區。」

〔二八〕「某官」二句：《左傳・襄公二十四年》：「楚子爲舟師以伐吴。」《晉書》卷二十七《五行志上》：「魏文帝黄初六年……八月，天子自將，以舟師征吴，戍卒十餘萬，連旍數百里。」《校注》：「舟師：水軍。淮淝：淮水和淝水。指今安徽西北部地區。」

〔二九〕江右之鋭：江右，江西，指長江下游以西的地區。《晉書》卷九十二《文苑傳序》：「至於吉甫、太沖，江右之才傑；曹毗、庾闡，中興之時秀。」《校注》：「江右：指長江下游的北岸。鋭：指精鋭的士卒。」

〔三〇〕駱驛既進：既進，即進，便進。《逸周書・克殷》：「武王使尚父與伯夫致師。王既以虎賁戎車馳商師，商師大敗。」元鈔本、張本、梁本改「既」爲「繼」，失其本貌。

〔三一〕羽林勁男：羽林，禁衛軍名。《漢書》卷十九上《百官公卿表上》：「羽林掌送從，次期門，武帝太初元年初置，名曰建章營騎，後更名羽林騎。又取從軍死事之子孫養羽林，官教以五兵，號曰羽林孤兒。」同上書卷七十《甘延壽傳》：「甘延壽字君況，北地鬱郅人也。少以良家子善騎射爲羽林，投石拔距，絶於等倫，嘗超踰羽林亭樓，由是遷爲郎。」《校注》：「勁男：猶勁勇。」

〔三二〕水陸形援：形援，指軍事佈局上的聲援、呼應。《晉書》卷七十九《謝安傳附謝玄傳》：「時苻堅遣軍圍襄陽，車騎將軍桓沖禦之。詔玄發三州人丁，遣彭城内史何謙游軍淮泗，以爲形援。」《校注》：「水陸形援：謂水陸諸軍形成互相聲援之勢。」

〔三三〕犄角之機：犄角，義同犄角、掎角。謂分佈兵力於不同處所，以便牽制或夾擊敵人或互相支援。《通志》卷一百九十《姚泓載記》：「（姚）紹分道置諸軍爲犄角之勢，遣輔國胡翼度據東原，武衛姚鸞營於大路，與晉軍相接。」

〔三四〕戎車戒路：戎車，兵車。《書・牧誓》：「武王戎車三百兩，虎賁三百人。」孔傳：「兵車。百夫長所載。車稱兩。一車步卒七十二人，凡二萬一千人。舉全數。」《詩・小雅・采薇》：「戎車既駕，四牡業業。豈敢定居，一月三捷。」戒路，登程，出發上路。《藝文類聚》卷十六引晉潘岳《南陽長公主誄》：「容車戒路，祖奠在庭，騑驂躊躇，服馬悲鳴。」《南齊書・高帝紀上》：「執金板而先馳，登寅車而戒路。」

〔三五〕事宜總一：《校注》：「總一：受統於一人。」

〔三六〕長沙王晃：《校注》：「晃：即蕭晃，蕭道成第四子。」

〔三七〕「出次」二句：《校注》：「次：駐兵。江都：今江蘇揚州市。節度：節制調度。」

〔三八〕火烈風掃：火烈，比喻威勢猛烈。《文選》卷四十七陸機《漢高祖功臣頌》：「威亮火烈，勢踰風掃。」張銑注：「言其威武，信爲猛烈。」

〔三九〕「便可」二句：纂嚴，謂軍隊嚴裝戒備。《宋書》卷七十九《文五王・竟陵王誕傳》：「車駕出頓宣武堂，内外纂嚴。」《校注》：「以時：按時。」

王僕射爲左僕射詔

【題解】

此文張本、梁本題作《王儉爲左僕射詔》。據詔文所載，此詔乃爲王儉遷職而作。考王儉由尚書右僕射進位左僕射事，《南史》卷四《齊本紀上》記在建元二年正月戊戌朔。則此詔乃與其《大赦詔》爲一時之作。

門下：端貳樞祕〔一〕，寔惟國禎〔二〕。緝典宣機〔三〕，所寄時彦〔四〕。尚書右僕射、領吏部尚書、南昌縣開國公儉，器懷明亮〔五〕，風情峻遠〔六〕，業積珪璋，才兼經緯〔七〕。況乃節亮帷幄〔八〕，譽敷端揆〔九〕；升授之宜，蓋允具瞻〔一〇〕。可左僕射。

【箋注】

〔一〕端貳樞祕：《校注》：「端貳：尚書令爲百官之長，稱端揆；尚書僕射次於令，爲副貳之職，故稱端貳。樞祕：朝廷的機要部門。」

〔二〕寔惟國禎：《校注》：「禎：當作『楨』，幹。國楨：國家的支柱。」按《文選》卷二十三任昉《出郡傳舍哭范僕射》：「平生禮數絶，式瞻在國楨。」李善注：「國楨，謂范雲也。」李周翰注：「范雲之德，天下以爲法則而瞻仰之，實爲國家楨幹。」《校注》所言是也。

〔三〕緝典宣機：《校注》：「緝典：緝理典章制度。宣機：謂發佈朝廷政令。機，機務，指國家大事。」

〔四〕所寄時彦：時彦，當代的賢俊。陶淵明《晉故征西大將軍長史孟府君傳》：「太傅河南褚裦，簡穆有器識，時爲豫章太守，出朝宗亮，正旦大會州府人士，率多時彦，君坐次甚遠。」

〔五〕器懷明亮：謂胸懷磊落。

〔六〕風情峻遠：風情，丰采，神情。《晉書》卷七十三《庾亮傳》：「元帝爲鎮東時，聞其名，辟西曹掾。及引見，風情都雅，過於所望，甚器重之。」

〔七〕「業積」二句：《校注》：「珪璋：珍貴的玉器，此喻才能特出。經緯：指治國安邦之才。」

〔八〕節亮帷幄：《後漢書》卷十六《鄧禹傳》：「制詔前將軍鄧禹，深執忠孝，與朕謀謨帷幄，決勝千里。」《三國志》卷十《魏志·荀攸傳》：「自從太祖征伐，常謀謨帷幄，時人及子弟莫知其所言。」

〔九〕彎敷端揆：端揆，指相位。宰相居百官之首，總攬國政，故稱。《梁書》卷十三《沈約傳》：「及居端揆，稍弘止足，每進一官，輒殷勤請退。」錢大昕《廿二史考異·梁書·沈約傳》：「六朝人以僕射爲端揆。」《南史》卷二十《謝舉傳》：「雖屢居端揆，未嘗肯預時政，保身固寵，不能有所發明。」

〔一〇〕蓋允具瞻：《校注》：「具瞻：謂衆望所歸。」

王撫軍爲安東吴興詔

【題解】

據詔文，此詔乃爲都官尚書、撫軍將軍、尋陽郡公王敬則出爲安東將軍、吴興太守而作。《南齊書》卷二十六《王敬則傳》：「建元元年，出爲使持節、散騎常侍、都督南兖兖徐青冀五州軍事、平北將軍、南兖州刺史，封尋陽郡公。……二年，進號安北將軍。虜寇淮、泗，敬則恐，委鎮還都，百姓皆驚散奔走。上以其功臣，不問，以爲都官尚書、撫軍。尋遷使持節、散騎常侍、安東將軍、吴興太守。……三年，以改葬去職。」是王敬則出爲吴興太守在建元二年，此詔亦是年作。

門下：震澤殷奥〔一〕，撫馭須才〔二〕。都官尚書、撫軍、潯陽郡開國公敬則，志幹貞烈〔三〕，秉情開敏〔四〕，忠勤之至①，形乎出内〔五〕。必能綏懷大邦〔六〕，尅隆美政〔七〕。可安東將軍、吴興太守②。

【校記】

①「至」梁本作「志」。

②「可安東將軍吴興太守」九字原闕，今據張本、梁本補。

【箋注】

〔一〕震澤殷奥：震澤，太湖。《書·禹貢》：「三江既入，震澤厎定。」孔傳：「震澤，吴南大湖名。」《藝文類聚》卷九引晉李顒《涉湖詩》：「震澤爲何在，今唯太湖浦。」《校注》：「震澤：太湖古稱震澤，此指吴興郡。吴興（今浙江湖州市）在太湖畔。殷奥：殷實富裕。」

〔二〕撫馭須才：《校注》：「撫馭：安撫治理。」

〔三〕志幹貞烈：《宋書》卷六十三《殷景仁傳》：「臣志幹短弱，歷著出處。值皇塗隆泰，身荷恩榮。」《晉書》卷九十一《儒林·范弘之傳》：「既當時貞烈之徒所究見，亦後生所備聞。」《校注》：「志幹：志氣和才幹。貞烈：堅貞剛强。」

〔四〕秉情開敏：《漢書》卷八十九《循吏·文翁傳》：「乃選郡縣小吏開敏有材者張叔等十餘人

親自飭厲，遣詣京師，受業博士，或學律令。」《校注》：「開敏：明智通達。」

〔五〕形乎出内：《校注》：「形乎出内：即『形出乎内』。内，内心。言其表裏一致，忠實可信。」

〔六〕綏懷大邦：《三國志》卷二十三《魏志·杜襲傳》：「太祖還，拜襲駙馬都尉，留督漢中軍事。綏懷開導，百姓自樂出徙洛、鄴者，八萬餘口。」《晉書》卷六十三《邵續傳》：「王浚假續綏集將軍、樂陵太守，屯厭次；以續子乂爲督護。續綏懷流散，多歸附之。」《校注》：「綏懷：安撫關懷。大邦：指吴興郡。」

〔七〕尅隆美政：尅隆，同「克隆」，興隆，昌盛。《三國志》卷五《魏志·后妃傳》：「故二妃嬪嬀，虞道克隆；任、姒配姬，周室用熙。」《南齊書》卷二十三《褚淵王儉傳贊》：「民譽不爽，家稱克隆。」

曲赦丹陽等四郡詔

【題解】

曲赦，猶特赦。《通鑒》卷八十三晉惠帝永康元年：「曲赦洛陽。」胡三省注：「不普赦天下，而獨赦洛陽，故曰曲赦。」

此詔云：「京輔及二吴，昔歲水災，秋登既罕；今兹厲疾，罹患者多。納隍之歎，爲矜良深！可曲赦楊州所統丹陽、吴興，南徐州所統義興等四郡，其遭水尤劇之縣……」今考《南齊書·高帝紀下》載建元二年事云：「六月癸未，詔：『昔歲水旱，曲赦丹陽、二吴、義興四郡遭水尤劇之縣，元年以前，三調未充，虚例已畢，官長局吏應共償備外，詳所除宥。』」二者相合，所載當即江淹此詔之省文。考建元二年六月丙寅朔，癸未月之十八日，詔是時或先此數日所作。

門下：朕興言民瘼〔一〕，昧旦求政〔二〕，所以庶存簡惠〔三〕，緝兹治道〔四〕。而玉燭未調〔五〕，祥風尚鬱〔六〕。京輔及二吴①〔七〕，昔歲水災，秋登既罕〔八〕；今兹厲疾，罹患者多〔九〕。納隍之歎，爲矜良深〔一〇〕！可曲赦楊州所統丹陽、吴興②，南徐州所統義興等四郡③，其遭水尤劇之縣④，自今年以前，三調未充〔一一〕，而虚例已畢〔一二〕，官長局吏，應共備賞者⑤〔一三〕，雖即事爲愆，情在可亮〔一四〕。外詳所際⑥，以弘優澤〔一五〕。

【校記】

①「二吴」《彙注》本、張本、梁本作「三吴」。按今據詔文，所赦四郡中去丹陽、義興二郡，所餘尚有二郡。故詔文乃云「二吴」，《彙注》本等作「三吴」者非是。

②「吴興」按詔文云四郡而僅列丹陽、吴興、義興三郡之名，蓋缺一郡，《南齊書·高帝紀》載「丹陽、二吴、義興」四郡，二吴者，乃指吴、吴興二郡也，頗疑「吴興」前佚一「吴」字。

③「義興等」之「等」字，疑後人因郡數不合所加。

⑩「右」《彙注》本、張本、梁本作「古」。

⑪「宏」《彙注》本作「寵」。

⑫「去其庇」《彙注》本作「去其疵」，張本、梁本作「蒙其庇」。

【箋注】

〔一〕重讓靡飾：《藝文類聚》卷六十九引晉傅咸《羽扇賦》：「於規矩雖靡飾，於容好亦差池。」

〔二〕爵高中世：《校注》：「中世：當世。」

〔三〕寵冠上台：宋、齊以太尉、司徒、司空爲三公，稱上台。

〔四〕繇代：猶言歷代，世世代代。《晉書》卷十一《天文志上》：「繇代相傳，史官禁密。」

〔五〕詳圖辨箴：《漢書》卷八十七下《揚雄傳下》贊：「箴莫善於《虞箴》，作《州箴》。」劉勰《文心雕龍・銘箴》：「箴者，所以攻疾防患，喻鍼石也。斯文之興，盛於三代。夏商二箴，餘句頗存。」《校注》：「圖、箴：指勸人修身立德的圖籍。箴，文體名。」

〔六〕檢崖覽志：《校注》：「崖、志：指有限的志向、要求。崖，邊際，限度。」

〔七〕匪彫匪文：《校注》：「謂真實而非造作。」

〔八〕駐心：即留心。《廣韻》卷四：「駐，止馬。」

〔九〕一慮九逝：一慮，《宋書》卷六十四《何承天傳》：「何承天曰：『不憂西不時判，別有一慮耳。』」《校注》：「一慮九逝：猶言魂不守舍，表示不安之狀。九，言其多。屈原《九章・抽思》：『魂一夕而九逝。』」

〔一〇〕繇乎平分：《漢書》卷九《元帝紀》：「間者地數動而未静，懼於天地之戒，不知所繇。」顔師古注：「繇與由同。」《校注》：「繇：通『由』。」

〔一一〕晦明驗乎天道：晦明，黑夜和白晝。《後漢書》卷三十九《趙咨傳》：「是以通人達士，鑒茲性命，以存亡爲晦明，死生爲朝夕。」天道，猶天理，天意。《易·謙》：「謙亨，天道下濟而光明。」陶淵明《怨詩楚調示龐主簿鄧治中》：「天道幽且遠，鬼神茫昧然。」

〔一二〕咎譽起於微薄：咎譽，過失，過錯。《後漢書》卷六十五《皇甫規傳》：「自臣受任，志竭愚鈍，實賴兖州刺史牽顥之清猛，中郎將宗資之信義，得承節度，幸無咎譽。」微薄，微小。《詩·小雅·瓠葉》序：「故思古之人，不以微薄廢禮焉。」《漢書》卷三十六《楚元王傳附劉向傳》：「其葬君親骨肉，皆微薄矣。」

〔一三〕得吝生於小疵：《校注》：「得吝：得意與耻辱。此偏指吝。疵：過失。」

〔一四〕金衡既陳：《管子·山至數》：「人君操穀、幣、金衡，而天下可定也。此守天下之數也。」衡，稱重量的器具。此指執掌選任授官的中央機構。

〔一五〕錯髮之異必縣：《校注》：「錯髮：喻微小之物。錯，即絣，絲繩。縣：秤錘。《禮記·經解》：『衡誠縣，不可欺以輕重。』疏：『縣謂稱錘。』此爲稱量之意。」

〔一六〕銅墨咸設：《校注》：「銅墨：即銅印黑綬。指州郡地方長官。據《漢書·百官公卿表》，漢吏秩比二千石以下，六百石以上，皆銅印黑綬。」

〔一七〕分撮之殊已傾：《校注》：「分撮：亦喻微小。分，重量單位，一錢的十分之一。撮，容量單位，六粟爲一圭，十圭爲一撮。傾：盡。與『縣』互文，謂盡受衡量而加以區別。」

〔一八〕聖哲不能爽：《左傳·文公六年》：「古之王者，知命之不長，是以并建聖哲。」孔穎達疏：「聖哲，是人之儁者。」《楚辭·離騷》：「夫維聖哲以茂行兮，苟得用此下土。」《史記》卷一百十七《司馬相如列傳》：「進讓之道，其何爽與？」裴駰集解：「徐廣曰：『爽，差異也。』」

〔一九〕鄙概：謙詞。謂鄙淺的度量和氣概。

〔二〇〕陋才：才能淺陋。曹植《敘愁賦》：「荷印紱之令服，非陋才之所望。」

〔二一〕「第超」二句：《校注》：「第：等級。庶后：指諸王。絶：超絶。羣班：指百官。」

〔二二〕仰贊東序之賓：《校注》：「贊：謂行贊拜之禮。臣下朝見天子，司儀唱行禮之節稱贊。東序：堂之東廂。《尚書·顧命》：『東序西向。』傳：『此養國老饗羣臣之坐。』」按《禮記·王制》：「夏后氏養國老於東序。」鄭玄注：「東序、東膠亦大學，在國中王宫之東。」孔穎達疏：「《文王世子》云：學干戈羽籥於東序。以此約之，故知皆學名也。養老必在學者，以學教孝悌之處，故於中養老。」東序爲國老養老之所，故云「仰贊東序之賓」，謂榮耀也。

〔二三〕北宫：漢宫名。《漢書》卷六十五《東方朔傳》：「常從遊戲北宫，馳逐平樂，觀雞鞠之會，角狗馬之足，上大歡樂。」《三輔黄圖・漢宫》：「北宫在長安城中，近桂宫，俱在未央宫北，周回十里。高帝時制度草創，孝武增修之。」《後漢書》卷二《明帝紀》：永平三年「起北宫及諸官府」。

〔二四〕降替：指職位的貶降。《晉書》卷七十《應詹傳》：「涖官雖美，當以素論降替；在職實劣，直以舊望登敘。」張本、梁本改爲「隆替」，失其本貌。

〔二五〕淵水非譬：《校注》：「淵水：謂如進入深水區。喻危險。《尚書・大誥》：『予惟小子，若涉淵水。』」

〔二六〕洞房：幽深的内室，多指卧房。《楚辭・招魂》：「姱容修態，絙洞房些。」朱熹集注：「洞，閑也。」

〔二七〕量能而受賞：《晉書》卷三十九《荀勖傳》：「設官分職，委事責成，君子心競而不力争，量能受任，思不出位，則官無異業，政典不奸矣。」同上書卷五十《庾峻傳》：「人主進人以禮，退人以禮，人臣亦量能受爵矣。」

〔二八〕撰智而錫位：《校注》：「撰：選擇。通『選』。錫：賜給。」

〔二九〕「深乃裂組」二句：分珪：帝王以圭分授於受封者。後泛指帝王封賜官爵。鮑照《代放歌行》：「明慮自天斷，不受外嫌猜。一言分珪爵，片善辭草萊。」《南齊書》卷三十五《高帝十二王傳論》：「分珪命社，實寄宗城，就國之典，既隨世革，卿士入朝，作貴蕃輔。」《校注》：「裂組、分珪：指授予官職。組，繫印絲帶。珪，帝王、諸侯朝會、祭祀時所執的玉器。」

〔三〇〕稱首：《史記》卷一百十七《司馬相如列傳》：「前聖之所以永保鴻名而常爲稱首者用此，宜命掌故悉奏其義而覽焉。」《藝文類聚》卷二十引後漢孔融《聖人優劣論》：「是以聲德發聞，遂爲稱首。」《校注》：「稱首：數第一，傑出之意。」

〔三一〕美詠：讚美詠歎。《晉書》卷一百十三《苻堅載記上》：「堅曰：『吾思漢文之返千里馬，咨嗟美詠。今所獻馬，其悉返之。』」《校注》：「美詠：猶言美談。」

〔三二〕上德横乎天地：《後漢書》卷一下《光武帝紀下》：「陛下德横天地，興復宗統，褒德賞勳，親睦九族。」按上德，至德，盛德。《老子》：「上德不德，是以有德；下德不失德，是以無德。」河上公章句：「上德，謂太古無名號之君，德大無上，故言上德也。」《韓非子·解老》：「德盛之謂上德，故曰上德無爲而無不爲也。」

〔三三〕格于區宇：蔡邕《司空文烈侯楊公碑》：「公克光前矩，悉心畢力，胤其祖武，化洽羣生，澤霑區宇。」《文選》卷五左思《吴都賦》：「競其區宇，則并疆兼巷；矜其宴居，則珠服玉饌。」《校注》：「格：至。」

〔三四〕「烈譽」二句：《校注》：「烈譽、茂名：美好的聲名。烈，顯赫。」

〔三五〕六稔遂交：《宋書》卷六十九《范曄傳》：「彭城王體自高祖，聖明在躬，德格天地，勳溢區宇，世路威夷，勿用南服，龍潛鳳棲，於兹六稔。蒼生饑德，億兆渴化。」《彙注》：「六稔，言六見豐稔也。」

〔三六〕二燿忽周：《彙注》：「言日月周天也。」按二燿，亦作「二曜」，指日月。《南齊書》卷十三《天文志下》：「天文設象，宜備内外兩宫，但災之所躔，不必遍行景緯，五星精晷與二曜而爲七，妖祥是主，歷數攸司，蓋有殊於列宿也。」同上書卷四十七《王融傳》：「伏惟陛下窮神盡聖，總極居中，偶化兩儀，均明二耀。」

〔三七〕生民：人民。《書·畢命》：「道洽政治，澤潤生民。」曹操《蒿里行》：「生民百遺一，念之斷人腸。」

〔三八〕獲免僮訟：《校注》：「僮訟：指譏諷政治的童謡民諺。」按訟，責備。《論語·公冶長》：「子曰：『已矣乎，吾未見能見其過而内自訟者也。』」何晏集解引包咸曰：「訟，猶責也。言人有過，莫能自責。」

〔三九〕盛勳：《文選》卷四十阮籍《爲鄭沖勸晉王牋》：「元功盛勳，光光如彼；國土嘉祚，巍巍如此。」《晉書》卷九十八《桓温傳》：「伏願陛下決玄照之明，斷常均之外，責臣以興復之效，委臣以終濟之功。此事既就，此功既成，則陛下盛勳比隆前代，周宣之詠復興當年。」

〔四〇〕詎深烈之可銘：《校注》：「詎：何。深烈：大功。烈，功業。」

〔四一〕忝濫：《校注》：「忝濫：謂濫充其職。自謙之詞。」

〔四二〕踰溢倫等：《管子·君臣下》：「貴賤有義，倫等不踰，則有功者勸。」《校注》：「倫等：次序等級。」

〔四三〕朱軒躍馬：《後漢書》卷四十六《陳寵傳附陳忠傳》：「陛下以不得親奉孝德皇園廟，比遣中使致敬甘陵，朱軒軿馬，相望道路，可謂孝至矣。」《文選》卷二十一張協《詠史》：「昔在西京時，朝野多歡娛。藹藹東都門，羣公祖二疏。朱軒曜金城，供帳臨長衢。」《校注》：「朱軒：即朱兩幡，爲顯官所乘之車。」《文選》卷五左思《吴都賦》：「躍馬疊跡，朱輪累轍。」李善注：「躍馬，騰躍之謂也。」李周翰注：「躍馬，良馬疾行也。」

〔四四〕光出電入：《藝文類聚》卷六十六引晉潘尼《釣賦》：「金鈎厲鉅，甘餌垂芬，衆鯤奔涌，游鱗横集，觸餌見擒，值鈎被執，長繳繽紛，輕竿翕熠，雲往飈馳，光飛電入。」

〔四五〕貂冠紫綬：《校注》：「貂冠：以貂尾爲飾的帽子，爲侍中所服。紫綬：紫色絲帶所作的印組。《漢書・百官公卿表》：『相國、丞相，皆金印紫綬。』」

〔四六〕寵藹霞炤：《校注》：「藹：油亮滋潤貌。炤：通『昭』。」

〔四七〕闔宗奉國：闔宗，全族，整個家族。《晉書》卷八十六《張軌傳附張寔傳》：「門户受重恩，自當闔宗效死，忠衛社稷，以申先公之志。」《宋書》卷七十四《沈攸之傳》：「一人逃亡，闔宗捕代。」

〔四八〕猶非報殉：《校注》：「報殉：報效獻身。」

〔四九〕身侍鑾華：鑾華，謂鑾蓋，鑾駕，帝王的車駕。華，稱美之辭。

〔五〇〕「手執」二句：《太平御覽》卷三百五十八引三隱《晉書》：「愍懷太子好卑車，小馬、小牛，令左右騎，斷羈勒使墮地。」《文選》卷四十七袁宏《三國名臣序贊》：「公琰殖根不忘中正，豈曰模擬，實在雅性。亦既羈勒，負荷時命，推賢恭己，久而可敬。」張銑注：「羈，馬絡頭也。勒，控也。」按以上四句《校注》云：「鑾蓋：帝王車蓋。羈勒：馬籠頭。齊魯、燕趙：指北魏佔領地區。騖：奔馳。」

〔五一〕追迹范張：《校注》：「范、張：即范蠡和張良。范蠡爲春秋楚人，事越王勾踐，滅吴後，泛扁舟去五湖，隱於齊，改名陶朱公。見《史記·越王勾踐世家》。張良事漢高祖劉邦，封留侯，曾言：『今以三寸舌爲帝者師，封萬户，位列侯，此布衣之極，於良足矣。願棄人間事，欲從赤松子遊耳。』見《史記·留侯世家》。」

〔五二〕濯纓汾射：《校注》：「濯纓：洗滌冠纓，謂歸隱。《孟子·離婁上》引孺子歌：『滄浪之水清兮，可以濯我纓。』汾射：汾水和藐姑射山傳爲許由等隱士所居之處。」

〔五三〕「華爵」二句：盛典，隆重的恩典。《宋書》卷二《武帝紀中》：「遂公高挹，大愆國章，三靈眷屬，朕實祗懼。便宜顯答羣望，允崇盛典。」《校注》：「寧：安。」

〔五四〕將流聖察：《宋書》卷四十二《王弘傳》：「伏願聖察，特垂許順，不令誠訴，見其抑奪。」同上書卷七十四《沈攸之傳》：「若使匡朝之誠，終蔽於聖察，襲遠之舉，近擁於郢都，則無以謝烈士之心，何用塞義夫之志。」

〔五五〕匹概血誠：血誠，赤誠。謂極其真誠的心意。《三國志》卷十六《倉慈傳》：「及西域諸胡聞慈死，悉共會聚於戊己校尉及長吏治下發哀，或有以刀畫面，以明血誠，又爲立祠，遥共祠之。」《宋書》卷四十四《謝晦傳》：「去年送女遣兒，闔家俱下，血誠如此，未知所愧。」《校注》：「匹概：匹夫小節，指功成身退之志。」

〔五六〕璿扆：《校注》：「璿扆：美稱帝王。扆，畫有斧形的屏風。」

〔五七〕宏芬英猷：《晉書》卷一《宣帝紀》：「觀其雄略内斷，英猷外決，殄公孫於百日，擒孟達於盈旬。自以兵動若神，謀無再計。」《校注》：「英猷：猶言良法。」

〔五八〕蕪於里聽：《校注》：「蕪：淹没，消失。里聽：民間的聽聞。里，里巷。」

〔五九〕庸臣：平庸之臣。《國語·齊語》：「桓公自莒反於齊，使鮑叔爲宰。辭曰：『臣，君之庸臣也。』」韋昭注：「庸，凡庸也。」《校注》：「庸臣：蕭道成自稱。」

〔六〇〕海隅：《書·君奭》：「我咸成文王功於不怠，丕冒海隅出日，罔不率俾。」孔傳：「今我周家皆成文王功於不懈怠，則德教大覆冒海隅日所出之地，無不循化而使之。」《文選》卷二十謝靈運《九日從宋公戲馬臺集送孔令詩》：「歸客遂海嵎，脱冠謝朝列。」《校注》：「海隅：海角。泛指邊遠地區。」

蕭被侍中敦勸表

【題解】

此文張本、梁本題作「爲蕭太傅謝侍中敦勸表」。

《年代考》論此文云：「此文稱蕭道成『今位冠朝端』，當是已受『太傅』之號而辭『殊禮』。」按此説恐未的。蓋蕭道成受太傅前以太尉、録尚書事而鎮東府執政，當是已位冠朝端也。故其被侍中敦勸時是否已受太傅，尚須作進一步之考實。

據《南齊書》卷一《高帝紀上》載宋順帝昇明二年九月丙午，蕭道成「進位假黄鉞、都督中外諸軍事、太傅、領揚州牧，劍履上殿，入朝不趨，贊拜不名。置左右長史、司馬、從事中郎、掾、屬各四人，使持節、太尉、驃騎大將軍、録尚書、南徐州刺史如故。固辭。詔遣敦勸。乃受黄鉞，辭殊禮」。此表云：「今位冠朝端，通侯萬户。結象弭於前衡，奏金管於後陣。都野宗其榮盛，視聽敬其炎貴。臣一旦居之，誰以爲不忝者乎？而陛下猶崇以異禮者，是增臣之戾也。」見表乃讓殊禮之作，當爲《蕭讓劍履殊禮表》之後被侍中敦勸之再讓表。《年代考》以爲此文爲昇明二年九月後作，考是月丙午爲月之初二日，蕭道成讓殊禮後之再讓，不應遷延至九月之後，即此表當作於昇明二年九月。

敦勸：敦促勸勉。《後漢書》卷二十六《韋義傳》：「復詔京兆尹重以禮敦勸，著遂不就徵。」《晉書》卷五十九《趙王倫傳》：「倫僞爲飾讓，詔遣百官詣府敦勸，侍中宣詔然後受之。」

臣公言：即日侍中臣惠基、給事黄門侍郎臣王僧珍至〔一〕，朱蓋乘雲〔二〕，玄軒肅霧〔三〕。墜高天之旨〔四〕，集微臣之軀。神爽懼然①〔五〕，斂影無地。中謝②。

臣初長血心〔六〕，未啓素概〔七〕。辭從意空，言隨事盡。不能降陛下一時之恩〔八〕，借俄頃之炤〔九〕，遂枉近侍〔一〇〕，貂簪軾庭〔一一〕。臣自亮無庸〔一二〕，何以集此！退咎慊誠〔一三〕，悲枉垂光〔一四〕；進戒朝訓，虧茲盛序〔一五〕。感慮躑躅〔一六〕，榮結夢寐〔一七〕。臣檢古少例，巡今逾疑③。豈有妄叨天功〔一八〕，虚竊上賞，近謬國華〔一九〕，坐取隆貴〔二〇〕。人見其過，外惜皇猷〔二一〕，内畏私眚〔二二〕。昔西京鼎秩〔二三〕，漢世權家，丹墀綢户〔二四〕，擊鍾連騎〔二五〕。何常不以驕滿貽戾，謙沖要福者哉〔二六〕？

臣不能遵煙洲而謝支伯④，迎雲山而揖許由〔二七〕。激昂榮華之間，沈潛印組之内⑤〔二八〕。光飾既超〔二九〕，寵靈亦遠〔三〇〕。江左已來，罕見其倫〔三一〕。今位冠朝端〔三二〕，通侯萬户〔三三〕。結象弭於前衡⑥〔三四〕，奏金管於後陣〔三五〕。都野宗其榮盛〔三六〕，視聽敬其炎貴⑦。臣一旦居之，誰以爲不忝者乎〔三七〕？而陛下猶崇以異禮者〔三八〕，是增臣之戾也。況復肅延華勸〔三九〕，實深窘迫〔四〇〕。伏願俯矜單志〔四一〕，賜遂前請〔四二〕。則世寢横議〔四三〕，臣蒙緩責。

【校記】

①「懼」張本、梁本作「矍」。

②「中謝」張本無此二字。

③「今」原作「令」，今據元鈔本改。

④「支伯」原作「岐伯」，今據《彙注》本、張本、梁本改。

⑤「印」張本、梁本作「珪」。

⑥「衡」《彙注》本、張本作「衝」，梁本注：「一作『衝』。」

⑦「敬」張本作「驚」。

【箋注】

〔一〕「即日」二句：《宋書》卷四十《百官志下》：「給事黄門侍郎，四人。與侍中俱掌衆事。郊廟臨軒，則一人執麾。……史臣按劉向《與子歆書》曰：『黄門郎，顯處也。』然則前漢世已爲黄門侍郎矣。董巴《漢書》曰：『禁門曰黄闥，中人主之，故號曰黄門令。』然則黄門郎給事黄闥之内，故曰黄門郎也。魏、晉以來員四人，秩六百石。」《校注》：「惠基：即蕭惠基，《南齊書》有傳。王僧珍：其人未詳。」

〔二〕朱蓋：紅色車蓋。《玉臺新詠》卷三王鑒《七夕觀織女》：「絳旗若吐電，朱蓋如振霞。」乘雲：駕雲，馭雲。《楚辭・離騷》：「吾令豐隆乘雲兮，求宓妃之所在。」《文選》卷二十三阮籍《詠懷・北里多奇舞》：「焉見王子喬，乘雲翔鄧林。獨有延年術，可以慰我心。」

〔三〕玄軒肅霧：玄軒，黑漆的檻板。《文選》卷十一何晏《景福殿賦》：「玄軒交登，光藻昭明。

騶虞承獻，素質仁形。」李善注：「司馬彪《上林賦》注：『軒，楯下板也。』上加漆，故曰玄軒。楯，階除之欄，故曰交登。」以上二句《校注》云：「乘雲、肅霧：謂冒着雲霧迅速馳驅而來。肅，迅速。《爾雅・釋詁》：『肅，疾也，速也。』《詩・召南・小星》：『肅肅宵征。』」

〔四〕高天之旨：謂敦勸的聖旨。

〔五〕神爽懼然：《晉書》卷十八《姚興載記》：「嵩曰：『陛下若任臣以此役者，當從肥口濟淮，直趣壽春，舉大衆以屯城，縱輕騎以掠野，使淮南蕭條，兵粟俱了。足令吴兒俯仰回惶，神爽飛越。』」顔之推《顔氏家訓・歸心》：「夫有子孫，自是天地間一蒼生耳，何預身事，而乃愛護，遺其基址，況於己之神爽，頓欲棄之哉！」盧文弨補注：「昭七年《左氏傳》子産曰：『用物精多，則魂魄强，是以有精爽至於神明。』此神爽即精爽也。」《校注》：「神爽：靈魂，精神。」

〔六〕血心：《宋書》卷四十四《謝晦傳》：「而泝流三千，虚館三月，奉迎鑾駕，以遵下武，血心若斯，易爲可鑒。」《校注》：「血心：赤誠之心。」

〔七〕未啓素概：素概，清白的節操。《梁書》卷十五《謝朏傳》：「宜加優禮，用旌素概，可賜牀帳褥席，俸以卿禄，常出在所。」

〔八〕一時之恩：《通鑒》卷一百三十四宋元徽四年：「皇家故事，蓋一時之恩，豈可爲長世之法乎？」

〔九〕俄頃之炤：《文選》卷十二郭璞《江賦》：「倏忽數百，千里俄頃，飛廉無以睎其蹤，渠黄不能企其景。」李善注：「何休《公羊傳》注曰：『頃，久也。』王肅《家語》注曰：『俄，有頃也。』」司馬彪《莊子》注曰：『俄者，須臾之間。』

〔一〇〕遂枉近侍：《漢書》卷八十六《王嘉傳》：「賊亂之臣，近侍帷幄。」《後漢書》卷三十四《梁統傳附梁冀傳》：「冀猶以所奏禮薄，意不悦，專擅威柄，凶恣日積，機事大小，莫不諮決之，宫衛近侍，并所親樹。」《校注》：「侍中、黄門侍郎皆皇帝近侍之臣，故云。」

〔一一〕貂鐺軾庭：《校注》：「貂鐺：侍中帽子鐺貂尾爲飾。軾庭：謂驅車至庭。軾，車前横木。車至庭前，人立車中，俯身撫軾以示敬意。」

〔一二〕自亮無庸：《魏書》卷七十七《高崇傳》：「臣以無庸，謬宰神邑。」《校注》：「亮：明白。無庸：無功。」

〔一三〕退咎慊誠：慊誠，忠誠。慊，誠。任昉《爲齊明帝讓宣城郡公第一表》：「鉅平之懇誠必固，永昌之丹慊獲申。」《校注》：「咎：責備。」

〔一四〕垂光：謂光芒俯射。《文選》卷十八嵇康《琴賦》：「冬夜肅清，朗月垂光。」此比喻施恩澤。《尉繚子・治本》：「所謂天子者四焉：一曰神明，二曰垂光，三曰洪敘，四曰無敵。此天子之事也。」《校注》：「垂光：猶垂恩。」

〔一五〕盛序：《校注》：「序：等級次序。指官位。」

〔一六〕感慮躑躅：《文選》卷二十九《古詩十九首·東城高且長》：「馳情整中帶，沈吟聊躑躅。」李周翰注：「躑躅，行不進貌。」同上書卷二十二陸機《招隱詩》：「明發心不夷，振衣聊躑躅。」

〔一七〕榮結夢寐：《後漢書》卷三十下《郎顗傳》：「此誠臣顗區區之願，夙夜夢寤，盡心所計。」《文選》卷二十五謝靈運《酬從弟惠連》：「夢寐佇歸舟，釋我吝與勞。」

〔一八〕妄叨天功：《後漢書》卷六十四《盧植傳》：「今同宗相後，披圖案牒，以次建之，何勳之有？豈横叨天功以爲己力乎！」李賢注：「叨，貪也。」按天功，天的功績。《左傳·僖公二十四年》：「竊人之財，猶謂之盜，况貪天之功以爲己力乎？」

〔一九〕近謬國華：《後漢書》卷八十二《方術傳論》：「至乃誚譟遠術，賤斥國華。」《文選》卷五十八王儉《褚淵碑文》：「於時新安王寵冠列蕃，越敷邦教，毗佐之選，妙盡國華。」吕向注：「國華，謂英賢也。」《校注》：「國華：國家的精華，指傑出人物。」

〔二〇〕坐取隆貴：隆貴，尊貴。《史記》卷一百二十二《酷吏·張湯列傳》：「湯嘗病，天子至自視病，其隆貴如此。」《漢書》卷二十四上《食貨志上》：「時田宅奴婢賈爲減賤，丁、傅用事，董賢隆貴，皆不便也。」《校注》：「坐：徒，空。」

〔二一〕「人見」二句：皇猷，《宋書》卷十二《律曆志中》：「方今皇猷載暉，舊域光被，誠應綜覈晷度，以播維新。」沈約《齊太尉文憲王公墓銘》：「帝圖必舉，皇猷諧焕。」

〔二二〕私眚：眚，過失。《書·康誥》：「人有小罪非眚，乃惟終自作，不典式爾，有厥罪小，乃不可不殺。」《左傳·僖公三十三年》：「且吾不以一眚掩大德。」杜預注：「眚，過也。」按以上三句《校注》云：「皇猷：帝王所立之法規。眚：災。孫隘堪校云：『人見句上下當脱四字一句，與此爲對。』」

〔二三〕西京鼎秩：《校注》：「西京：指西漢。鼎秩：謂顯官權臣。」

〔二四〕丹墀網户：《藝文類聚》卷三十引班婕妤《自悼賦》：「俯視兮丹墀，思君兮履綦。仰視兮雲屋，雙涕兮横流。」《文選》卷二張衡《西京賦》：「右平左城，青瑣丹墀。」李善注：「《漢官典職》曰：『丹漆地，故稱丹墀。』」《文選》卷十四鮑照《舞鶴賦》：「唳清響於丹墀，舞飛容於金閣。」吕向注：「丹墀，天子階庭也。」《藝文類聚》卷六十二引宋何尚之《華林清暑殿賦》：「及世祖承統，制度奢廣，犬馬餘菽粟，土木衣綈繡，追陋前規，更造正光、玉燭、紫極諸殿，雕欒綺節，珠窗網户，嬖女幸臣，賜傾府藏。」《宋書》卷九十二《良吏傳》：「逞繇亘之虹梁，列雕刻之華榱，網户翠錢，青軒丹墀。」《校注》：「丹墀：漆成紅色的臺階。網户：帶有鏤空花格的窗户。空格猶如網眼，故稱。」

〔二五〕擊鍾連騎：《左傳》襄公三十年：「鄭伯有嗜酒，爲窟室，而夜飲酒，擊鍾焉。」《文選》卷二十一左思《詠史·濟濟京城内》：「朝集金張館，暮宿許史廬。南鄰擊鍾磬，北里吹笙竽。寂寂揚子宅，門無卿相輿。」《文選》卷二十八鮑照《代結客少年場行》：「擊鍾陳鼎食，方駕自相求。」《戰國策·秦策一》：「當秦之隆，黄金萬鎰爲用，轉轂連騎，炫熿於道。」《史記》卷一百二十九《貨殖列傳》：「子貢結駟連騎，束帛之幣，以聘享諸侯。所至，國君無不分庭與之抗禮。」

〔二六〕謙沖要福：謙沖，猶謙虚。曹操《報荀彧書》：「君之策謀，非但所表二事而已，前後謙沖，欲慕魯連先生乎？」《晉書》卷二《景帝紀》：「豈可以公謙沖而久淹弘典哉！」《校注》：「要：通『邀』，求。」

〔二七〕「臣不能」二句：《校注》：「語出阮籍《爲鄭沖勸鄭王箋》：『然後臨滄海而謝支伯，登箕山而揖許由，豈不盛乎？』煙洲，即滄州，謂隱者所居之地。支伯、許由，皆堯舜時賢人。相傳堯讓天下於許由，許由逃隱箕山；舜讓位支伯，支伯託病不受。」

〔二八〕印組：印綬。顔之推《顔氏家訓·省事》：「拜守宰者，印組光華，車騎輝赫，榮兼九族，取貴一時。」王利器集解引盧文弨曰：「組，即綬也，所以繫佩者。」

〔二九〕光飾：《三國志》卷十一《魏志·張範傳》：「張先生所謂上不事天子，下不友諸侯者也。此豈版謁所可光飾哉！」《文選》卷二十五謝惠連《於安城答靈運》：「華萼相光飾，嚶嚶悦同響。」

〔三〇〕寵靈：《左傳·昭公七年》：「今君若步玉趾，辱見寡君，寵靈楚國，以信蜀之役，致君之嘉惠，是寡君既受貺矣，何蜀之敢望！」孔穎達疏：「言開其恩寵，賜以威靈，以及楚國。」

〔三一〕「江左」二句：《校注》：「江左以來：謂東晉以來。江左，指長江下游以東地區。倫：同『類』。」

〔三二〕朝端：位居首席的朝臣。《宋書》卷四十二《王弘傳》：「正位槐鼎，統理神州，珥貂衣衮，總録朝端，内外要重，頓萃微躬，窮極寵貴，人臣莫比。」《文選》卷五十八王儉《褚淵碑文》：「朞遂沖旨，改授朝端。」李周翰注：「言受尚書令，朞遂天子深意，旋改授司徒，以爲朝臣之首也。端，首也。」

〔三三〕通侯萬户：《戰國策·楚策一》：「楚嘗與秦構難，戰於漢中。楚人不勝，通侯、執珪死者七十餘人，遂亡漢中。」鮑彪注：「徹侯，漢諱武帝作『通』，此亦劉向所易也。」《文選》卷四十一楊惲《報孫會宗書》：「惲家方隆盛時，乘朱輪者十人。位在列卿，爵爲通侯。」李善注：「應邵曰：『舊曰徹侯，避武帝諱，故爲通。言其功德通於王室也。』」《史記》卷七《項羽本紀》：「項王乃曰：『吾聞漢購我頭千金，邑萬户。吾爲若德。』乃自刎而死。」同上書卷八《高祖本紀》：「諸將以萬人若一郡降者，封萬户。」

〔三四〕結象弭於前衡：象弭，以象牙裝飾末稍的弓。《詩·小雅·采薇》：「四牡翼翼，象弭魚服。」鄭玄箋：「弭，弓之末彆者，以象骨爲之。」朱熹集傳：「象弭，以象骨飾弓弰也。」《文選》卷五左思《吴都賦》：「貝胄象弭，織文鳥章。」《校注》：「前衡：車隊前列。」

〔三五〕奏金管於後陣：後陣，軍隊之後列。《六韜·動静》：「後陣欲走，前陣數顧。」《文選》卷三張衡《東京賦》：「總輕武於後陳，奏嚴鼓之嘈囐。」薛綜注：「後陳者，謂北軍五營兵在後陳列。」《校注》：「金管：指笛。」

〔三六〕都野：《文選》卷二十二顏延之《車駕幸京口三月三日侍遊曲阿後湖作》：「民靈翬都野，鱗翰聳淵丘。」

〔三七〕不忝：不辱，不愧。《史記》卷四《周本紀》：「奕世載德，不忝前人。」《後漢書》卷五十二《崔駰傳》：「貴啓體之歸全兮，庶不忝乎先子。」李賢注：「忝，辱也。」

〔三八〕異禮：《校注》：「異禮：特殊的禮遇。」

〔三九〕華勸：《校注》：「華勸：敦勸的美稱。」

〔四〇〕窘迫：謂處境困急。《楚辭》劉向《九歎・怨思》：「日杳杳以西頹兮，路長遠而窘迫。」《晉書》卷六十二《劉琨傳》：「在晉陽，嘗爲胡騎所圍數重，城中窘迫無計。」

〔四一〕俯矜單志：《校注》：「矜：體恤。單：薄。」

〔四二〕前請：指此前讓表中所提出的辭讓請求。」

〔四三〕横議：《孟子・滕文公下》：「聖王不作，諸侯放恣，處士横議。」《漢書》卷十三《異姓諸侯王表》：「秦既稱帝，患周之敗，以爲起於處士横議，諸侯力爭，四夷交侵，以弱見奪。」《校注》：「横議：肆意議論。」

蕭被尚書敦勸重讓表

【題解】

此表梁本題作《爲蕭重讓尚書敦勸表》。

此表云：「臣自初被詔，迄于今時；載慚載疑，以悚以厲。」又云：「況傅保之崇，殷周特貴；牧司之寄，魏晉稱重。上昭妙德，次擬英勳。有踰兹序，尠不紊裂。」是作此讓表時蕭道成已受太傅、揚州牧，且前已有數次讓表也。此表又云：「今陛下方闢金門之聽，調繡扆之政。何得去禮廢雅，近於臣始？」是此表亦讓殊禮之作，即表乃《蕭被侍中敦勸表》之後之三讓表。又據此表所載，此次敦勸之使臣爲「尚書臣岱、兼侍中臣奂」，較之前表所云之敦勸使臣「侍中臣惠基、給事黄門侍郎臣王僧珍」位次爲高，故表乃題作「被尚書敦勸重讓」，與被侍中敦勸後之再次敦勸亦正相合。蕭道成昇明二年九月丙午被授太傅，領揚州牧，并加殊禮，爲月之初二日。以此推之，表亦是年九月所作。

又《彙注》以爲此表乃蕭道成「進位驃騎大將軍，録尚書、南徐州刺史如故」時被詔遣敦勸時之讓表，非是。

臣公言：臣五寫丹翹〔一〕，宜蒙凝炤〔二〕；一降王人〔三〕，遂無鐲察〔四〕。復遣尚書臣岱、兼侍中臣奂等〔五〕，奉宣慈靈，重賜勉誨。鏡伏迴環〔六〕，惘默失圖①〔七〕；心魄交慺〔八〕，淵谷匪譬〔九〕。中謝②。

臣自初被詔，迄于今時；載慚載疑，以悚以厲〔一〇〕。豈非深懼鴻典〔一一〕，永憂末躬〔一二〕？故琴瑟徒鳴〔一三〕，不傳廣樂之響〔一四〕；燈爐空舉③〔一五〕，焉續經星之耀④〔一六〕！何則？卓乎小者〔一七〕，不足以任大⑤；守于蔽者，不可以語通。臣器乏淵源〔一八〕，識暗機務〔一九〕。倫濟夷險⑥〔二〇〕，每憑璿曆之遠〔二一〕；龕折氛蜺⑦〔二二〕，輒資羣才之效。臣寧有採奇鑒隱之能〔二三〕，網國提民之功乎〔二四〕？不謂過延渥洽〔二五〕，謬攀河漢〔二六〕；榮宗蒀蓋〔二七〕，寵華暐映〔二八〕。藉聲探議，共知其幸。況傅保之崇〔二九〕，殷周特貴；牧司之寄〔三〇〕，魏晉稱重。上昭妙德〔三一〕，次擬英勳〔三二〕。有踰茲序，尠不紊裂〔三三〕。

今陛下方闢金門之聽〔三四〕，調繡扆之政〔三五〕。何得去禮廢雅〔三六〕，近於臣始？既無前章，孰表後世？臣才孤位峻，待罪無日矣。情哀理感，事盡於斯。伏願一運天景〔三七〕，微見藿心〔三八〕，則物不逃形，臣何恨焉！不勝燋憂狼狽之至〔三九〕。

【校記】

①「惘默」《彙注》本作「惘然」。

②「中謝」張本無此二字。
③「空」元鈔本作「罕」。
④「經」《彙注》本、張本、梁本作「景」。
⑤「大」原作「太」，今據《彙注》本、張本、梁本改。
⑥「倫」《彙注》本作「論」。
⑦「龕」《彙注》本作「戡」。「氛」《彙注》本作「氣」。

【箋注】

〔一〕五寫丹翹：《校注》：「寫：傾吐。丹翹：謂赤誠而又急切翹盼之心。」
〔二〕宜蒙凝炤：凝炤，即凝照。謝朓《高松賦》：「爾乃青春受謝，雲物含明；江皐緑草，曖然已平。紛弱葉而凝照，競新藻而抽英。」
〔三〕王人：周王室之小官。《左傳·莊公六年》：「春正月，王人子突救衛。」杜預注：「王人，王之微官也。雖官卑，而見授以大事，故稱人而又稱字。」王人銜王命，後因以指天子使臣。《後漢書》卷七十五《袁術傳》：「元惡既斃，幼主東顧，乃使王人奉命，宣明朝恩。」
〔四〕斸察：《校注》：「斸察：猶明察。」
〔五〕「復遺」二句：《校注》：「岱：即張岱。奂：即王奂。《南齊書》、《南史》皆有傳。」
〔六〕鏡伏迴環：迴環，循環往復。《關尹子·四符》：「五行之運，因精有魂，因魂有神，因神有意，因意有魄，因魄有精，五者回環不已。」《文選》卷二十二顔延之《應詔觀北湖田收》：「飛奔互流綴，緹轂代迴環。」吕延濟注：「迴環，周行也。」《校注》：「鏡：照。謂以所賜之恩自我對照。迴環：言憂思迴環纏繞。」

〔七〕憫默：因憂傷而沉默。《藝文類聚》卷三引梁王僧孺《寄鄉友詩》：「旅心已多恨，春至尚離羣。翠枝結斜影，緑水散圓文。戲魚兩相顧，遊鳥半藏雲。何時不憫默，是日最思君。」同上書卷九十引梁江洪《和新浦侯詠鶴詩》：「曉鳴動遥怨，夕唳感孀眠。哀咽芳林右，憫默華池邊。猶冀淩雲志，萬里共翩翩。」　失圖：失去主意。《左傳·昭公七年》：「孤與其二三臣悼心失圖，社稷之不皇，況能懷思君德！」《世説新語·言語》「嵇中散既被誅」劉孝標注引《向秀别傳》：「後康被誅，秀遂失圖，乃應歲舉到京師。」

〔八〕心魄交懅：《校注》：「懅：惶恐。」《古今韻會舉要》卷十八：「懅，懼也。」

〔九〕淵谷匪譬：《校注》：「淵谷：深淵和深谷。裴松之《上三國志注表》：『愧懼之深，若墜淵谷。』」

〔一〇〕以悚以厲：《校注》：「厲：危懼。《易·乾》：『夕惕若厲。』」

〔一一〕鴻典：盛大的典禮。《宋書》卷四十一《后妃·明帝陳貴妃傳》：「伏惟貴妃，含和日晷，表淑星樞，徽音峻古，柔光照世，聲華帝掖，軌秀天嬪，景發皇明，祚昌睿命。而備物之章，禾煥彝策。遠酌前王，允陟鴻典。」

〔一二〕末躬：《校注》：「末躬：謙詞，自身。」

〔一三〕琴瑟徒鳴：謝朓《秋夜講解》：「四緣去誰肇，七識習未央。沈沈倒營魄，苦蔭蹙愁腸。琴瑟徒爛漫，姱容空滿堂。」曹融南注：「爛漫：音聲放佚貌。」

〔一四〕廣樂：盛大之樂，多指仙樂。《穆天子傳》卷一：「天子乃奏廣樂。」《史記》卷四十三《趙世家》：「我之帝所甚樂，與百神遊於鈞天，廣樂九奏萬舞，不類三代之樂，其聲動人心。」《文選》卷三十七孔融《薦禰衡表》：「鈞天廣樂，必有奇麗之觀；帝室皇居，必畜非常之寶。」張銑注：「鈞天廣樂，天帝樂也。」

〔一五〕燈爐空舉：《校注》：「燈爐：燈火餘光。」

〔一六〕經星：舊稱二十八宿等恒星，與行星稱緯星相對。因恒星相對位置不變，故稱。《穀梁傳・莊公七年》：「夏四月辛卯，昔，恒星不見。恒星者，經星也。」范甯注：「經，常也，謂常列宿。」《漢書》卷二十六《天文志》：「凡天文在圖籍昭昭可知者，經星常宿中外官凡百一十八名，積數七百八十三星，皆有州國官宮物類之象。」按經星，《彙注》本等作「景星」，《史記》卷二十七《天官書》：「天精而見景星。景星者，德星也，其狀無常，常出於有道之國。」於文意似佳。

〔一七〕卓乎小者：《校注》：「卓：明。小：指才小之人。」

〔一八〕器乏淵源：淵源，深邃，深廣。《後漢書》卷四十下《班彪傳附班固傳下》：「屢訪羣儒，諭咨故老，與之乎斟酌道德之淵源，肴覈仁義之林藪，以望元符之臻焉。」李賢注：「淵源、林藪，喻深邃也。」

〔一九〕機務：機要事務。多指機密的軍國大事。《文選》卷四十三嵇康《與山巨源絶交書》：「心不耐煩，而官事鞅掌，機務纏其心，世故繁其慮，七不堪也。」《南齊書》卷五十六《倖臣傳序》：「中書之職，舊掌機務。漢元以令僕用事，魏明以監令專權，及在中朝，猶爲重寄。」

〔二〇〕倫濟夷險：夷險：謂艱險。葛洪《抱朴子・交際》：「又欲使悉得可與，經夷險而不易情，歷危苦而相負荷者，吾未見其可多得也。」《晉書》卷一百三《劉曜載記》：「（陳）安善於撫接，吉凶夷險與衆同之。」

〔二一〕璿曆：即玉曆，亦作玉歷。《搜神記》卷八：「虞舜耕於歷山，得玉歷於河際之巖，舜知天命在己，體道不倦。」《校注》：「璿曆：即玉曆。帝王受命的符讖。此指帝王。」

〔二二〕龕折氛蜺：龕折，即戡折，平定。龕通「戡」。揚雄《法言・重黎》：「義帝初矯，劉龕南陽，項救河北。」李軌注：「龕，取也。」《文選》卷三十謝朓《和伏武昌登孫權故城》：「北拒溺驂鑣，西龕收組練。」李善注：「龕與戡音義同。」《後漢書》卷五十二《崔駰傳》：「氛霓鬱以橫厲兮，羲和忽以潛暉。」李賢注：「氛，祲也。霓，日傍之氣。橫厲，謂氣盛而陵於天也。」《校注》：「氛蜺：禍亂不祥之氣。」

〔二三〕採奇鑒隱：《校注》：「奇：指奇才、國士。隱：指隱逸之民。」

〔二四〕網國提民：《校注》：「網國提民：在全國人民中網羅、提拔之。」

〔二五〕過延渥洽：渥洽，深厚的恩澤。《文選》卷三十三宋玉《九辯》：「願銜枚而無言兮，常被君之渥洽。」張銑注：「我亦欲不言而自棄，爲昔者嘗受君之厚澤，故復不能已。銜枚，所以止言者也。渥，厚也。洽，澤也。」

〔二六〕謬攀河漢：《初學記》卷一《天部》：「天河謂之天漢。」注：「亦曰雲漢，星漢，河漢，清漢，銀漢，天津漢，津淺河，銀河，絳河。」《文選》卷二十九《古詩十九首・迢迢牽牛星》：「迢迢牽牛星，皎皎河漢女。纖纖擢素手，札札弄機杼，終日不成章，泣涕零如雨。」李善注：「毛萇曰：『河漢，天河也。』」《校注》：「河漢：天河。比喻帝室。」

〔二七〕縈宗氳氤：《校注》：「氳氤：同『氤氲』，煙氣上升貌。宗：崇。」

〔二八〕暐映：光彩照耀。《文選》卷五左思《吴都賦》：「崇臨海之崔嵬，飾赤烏之暐曄。」吕向注：「暐曄，光盛貌。」

〔二九〕傅保之崇：傅、保，太傅、太保。《尚書・周官》：「立太師、太傅、太保，兹惟三公，論道經邦，燮理陰陽。」孔傳：「師，天子所師法。傅，傅相天子。保，保安天子於德義者。此惟三公之任。」

〔三〇〕牧司之寄：《晉書》卷四十六《李重傳》：「漢革其弊，斟酌周秦，并建侯守，亦使分土有定，而牧司必各舉賢，貢士任之鄉議，事合聖典，比蹤三代。」《宋書》卷三十五《州郡志一》：「自夷狄亂華，司、冀、雍、涼、青、并、兗、豫、幽、平諸州一時淪没，遺民南渡，并僑置牧司，非舊土也。」《校注》：「牧司：州牧刺史，管民政的地方長官。」

〔三一〕上昭妙德：《校注》：「上：首先。昭：明，表彰。妙德：有美德之人。」

〔三二〕次擬英勳：《校注》：「擬：類似於。英勳：建有傑出功勳者。」

〔三三〕「有踰」二句：《校注》：「兹序：指太傅、牧司之位。尠：少。紊裂：謂招致禍亂，身敗名裂。」

〔三四〕闢金門之聽：《史記》卷一百二十六《滑稽列傳》：「金馬門者，宦者署門也。門傍有銅馬，故謂之曰『金馬門』。」《漢書》卷五十八《公孫弘傳》：「策奏，天子擢弘對爲第一。召入見，容貌甚麗，拜爲博士，待詔金馬門。」顔師古注：「如淳曰：『武帝時，相馬者東門京作銅馬法獻之，立馬於魯班門外，更名魯班門爲金馬門。』」《校注》：「金門：金馬門，漢長安宫署之門。凡被徵召之人皆待詔於此。」

〔三五〕繡扆：《校注》：「扆：户牖間繡有斧形的屏風，象徵帝位。《逸周書・明堂解》：『天子之位，負斧扆南面立。』」

〔三六〕廢雅：《詩序》：「言天下之事，形四方之風，謂之雅。雅者，正也，言王政之所由廢興也。」《荀子・儒效》：「道過三代謂之蕩，法二後王謂之不雅。」楊倞注：「雅，正也。其治法不論當時之事，而廣説遠古，則爲不正也。」

〔三七〕天景：《校注》：「天景：日光。喻帝王明察萬物的光輝。」

〔三八〕微見藿心：《校注》：「藿心：葵藿之心。葵藿向陽，故以藿心喻誠心。」

〔三九〕燋憂：《金樓子·興王》：「自在途便不盥櫛，寢食俱廢，憔憂易形，視人不識。」按燋憂，猶燋慮，憂慮。燋，通「焦」。

蕭讓劍履殊禮表

【題解】

此文張本、梁本題作《爲蕭讓劍履殊禮表》。

表題之「劍履殊禮」，指昇明二年九月丙午蕭道成被命爲太傅、揚州牧時所加「劍履上殿，入朝不趨，贊拜不名」之特殊禮遇，此表文云：「方加以履殿，優以勿趨。」又云：「況劍舄升陛，贊唱異儀，殆爲對越神體，抗禮天極。」與是時蕭道成所加殊禮正相合，是此表即昇明二年九月江淹代蕭道成所作之讓表。

《校注》：「劍履：謂佩劍著履上殿，是封建帝王賜給親信大臣的一種特殊禮遇。」

臣公言：近仰蹋威靈〔一〕，辭移理奪。故欲冒忝傳識①〔二〕，必避殊禮。不悟復凝令詔，雕飾非常〔三〕。鏡睇未周〔四〕，金火交慮〔五〕。中謝②。

臣聞寵以昭賢〔六〕，不濫才外之華；榮以麗身③，豈謀分表之渥〔七〕？哲后所以僉授〔八〕，貞臣所以慎荷〔九〕。故行珪行玉〔一〇〕，尚無輕頒；一爵一號，猶宜詳品〔一一〕。況劍舄升陛〔一二〕，贊唱異儀〔一三〕，殆爲對越神體〔一四〕，抗禮天極〔一五〕。漢魏舊載，唯斯稱重。雖英衮簉朝〔一六〕，賢武滿世，蒙此典者，乃曠古時降耳〔一七〕。諒由功饒賞結，名高器深〔一八〕。金蟬緑綬〔一九〕，未能藹其采④〔二〇〕；瓊珮朱紱〔二一〕，不足宣其榮。方加以履殿，優以勿趨〔二二〕。遂至弟爲上公⑤〔二三〕，貴爲皇王〔二四〕，佇望慈禮⑥〔二五〕，猶邈如也〔二六〕。臣何燀業，得兼昔人⑦〔二七〕？且令所慮⑧，受以懼覆〔二八〕，悔豈有及⑨？復聞殊旨，增其憂迮⑩〔二九〕。抱此愚欵⑪〔三〇〕，以殯爲請⑫〔三一〕。伏願天鑒，順臣所守⑬，則雖歿九幽〔三二〕，傳榮萬葉矣〔三三〕。

【校記】

①「識」元鈔本作「職」。

②「中謝」張本無此二字。

③「榮」原作「熒」，今據《彙注》本、張本、梁本改。

④「能」原作 一字空格，張本、梁本作「足」，梁本注：「一作『可』。」今據《彙注》本補。

⑤「遂」原作一字空格，張本、梁本作「雖」，今據《彙注》本補。「弟」，《彙注》本、張本、梁本作「第」，弟、第字通。

⑥「慈」張本、梁本作「玆」。

⑦「得」原作一字空格，張本、梁本作「寵」，今據《彙注》本補。

⑧「且今所慮」《彙注》本作「且今所慮」，張本、梁本缺此四字。

⑨「有及」二字原闕，今據張本、梁本補。

⑩「迮」元鈔本作「怍」。

⑪「欵」《彙注》本作「疑」。

⑫「殯」張本、梁本作「賓」。

⑬「守」梁本注：「一作『受』。」

【箋注】

〔一〕仰跼威靈：威靈，神靈，此指皇帝。《楚辭·九歌·國殤》：「天時墜兮威靈怒，嚴殺盡兮棄原野。」朱熹集傳：「言己適值天之怨怒，故衆皆見殺，不得葬也。」《校注》：「跼：亦作『局』，局蹐，畏懼貌。《詩·小雅·正月》：『謂天蓋高，不敢不局。謂地蓋厚，不敢不蹐。』」

〔二〕冒忝傳識：《史記》卷四《周本紀》：「奕世載德，不忝前人。」《後漢書》卷五十二《崔駰傳》：「貴啓體之歸全兮，庶不忝乎先子。」李賢注：「忝，辱也。」《校注》：「傳識：疑當作『傳職』，太傅之職。」

〔三〕雕飾非常：雕飾，雕琢文飾，使器物華美。《逸周書·大匡》：「車不雕飾，人不食肉，畜不食穀。」《古詩·橘柚垂華實》：「聞君好我甘，竊獨自雕飾。」此喻美化文辭。劉勰《文心雕龍·檄移》：「文不雕飾，而辭切事明。」

〔四〕鏡睇未周：《校注》：「鏡睇：猶言審視。」

〔五〕金火交慮：《校注》：「金火：金與火相爍，以喻心情受煎熬。」

〔六〕昭賢：《校注》：「昭：表彰。」

〔七〕分表之渥：《校注》：「分表：分外。」

〔八〕哲后所以僉授：哲后，賢明的君主。《文選》卷四十七袁宏《三國名臣序贊》：「綢繆哲后，無妄惟時。」劉良注：「哲后，謂先主也。」《宋書》卷二十九《符瑞志下》：「臣聞貞裕之美，介於盛王；休瑞之臻，罔違哲后。」僉授，《書·大禹謨》：「朕志先定，詢謀僉同。」孔穎達疏：「我授汝之志，先以定矣，又詢於衆人，其謀又皆同美矣。」此句用其意。《校注》：「哲后：猶聖王。僉授：意謂選擇孚衆望者授予官職。僉，衆。」

〔九〕貞臣：忠貞不貳之臣。馬王堆漢墓帛書甲本《老子·道經》：「邦家悶亂，焉有貞臣。」按通行本作「忠臣」。《漢書》卷一百下《敘傳下》：「哀平之䘏，丁、傅、莽、賢。武、嘉戚之，乃喪厥身。高樂廢黜，咸列貞臣。」

〔一〇〕行珪行玉：《校注》：「行珪行玉：猶言『一珪一玉』。行，行列，指諸侯之位，此作量詞用。」按本集《建平王拜右將軍荆州刺史章》：「珪册停徽，車旗寫曜。」《彙注》：「珪，信珪也。上圓下方，以玉爲之，諸侯所執册符命也。」

〔一一〕詳品：《校注》：「品：評定。」

〔一二〕劍舄升陛：《晉書》卷二十五《輿服志》：「皇太子……預上宫正會則於殿下脱劍舄。」《藝文類聚》卷十四引北齊邢子才《文宣帝哀策文》：「萬事同盡，百慮俱收，劍舄永去，衣冠自遊。」《校注》：「劍舄：即劍履。升陛：上殿。陛，宫殿的臺階。」

〔一三〕贊唱異儀：《校注》：「贊唱：贊拜唱名，爲上朝禮儀之一。異儀：謂受優待，不同於常規禮儀。」

〔一四〕對越神體：對越，猶對揚，答謝頌揚。《詩·周頌·清廟》：「濟濟多士，秉文之德；對越在天，駿奔走在廟。」朱熹集注：「言於穆哉此清静之廟，其助祭之公侯皆敬且和，而其執事之人又無不執行文王之德，既對越其在天之神，而又駿奔走其在廟之主。」王引之《經義述聞·毛詩下》：「『對越在天』與『駿奔走在廟』相對爲文。對越猶『對揚』，言對揚文、武在天之神也。」《文選》卷四十八班固《典引》：「亦猶於穆猗那，翕純皦繹，以崇嚴祖考，殷薦宗配帝，發祥流慶，對越天地者。」

〔一五〕抗禮天極：抗禮，行對等之禮；以平等的禮節相待。《史記》卷一百二十九《貨殖列傳》：「子貢結駟連騎，束帛之幣，以聘享諸侯。所至，國君無不分庭與之抗禮。」按以上二句《校注》云：「神體、天極：指帝王。謂履劍上殿，不行贊唱之禮，幾乎與天子對等，是超越禮儀的。」

〔一六〕英袞簉朝：袞，古代三公八命，出封時加一命可服袞，後因以借指三公。《文選》卷十五張衡《思玄賦》：「董弱冠而司袞兮，設王隧而弗處。」李善注：「《漢書》曰：董賢年二十二爲三公。」《校注》：「袞：指三公。簉：薈萃。」

〔一七〕曠古時降：《太平御覽》卷五百七十四引王嘉《拾遺記》：「燕昭王即位二年，廣延國來獻善舞者二人，一名旋娟，一名提嫫。并玉質凝膚，體輕氣馥，綽婉妙絶，曠古無倫。」《校注》：「曠古時降：謂自古未有，應時而降的傑出人物。」

〔一八〕名高器深：《校注》：「器：才器。」

〔一九〕金蟬緑綬：金蟬，漢侍中、常侍冠飾，冠前附以金蟬。金取堅剛，蟬取居高飲潔。《藝文類聚》卷四十八引應劭《漢官》：「侍中，周官也，金蟬有貂。金取堅剛，百鍊不耗；蟬居高食潔，目在掖下；貂内勁悍而外温潤。侍中便繁左右，與帝升降，卒思近對，拾遺補闕，百僚之中，莫密於兹。秦始皇破趙，得其冠，以賜侍中。」《校注》：「金蟬：冠飾。漢侍中、常侍金蟬珥貂。緑綬：緑色綬帶。《太平御覽》二〇六引《晉官品令》：『三公緑綬也。』」

〔二〇〕藹其采：《校注》：「藹：盛。」

〔二一〕瓊珮朱紱：瓊珮，玉佩。《楚辭》屈原《離騷》：「何瓊佩之偃蹇兮，衆薆然而蔽之。」王逸章句：「偃蹇，衆盛貌。言我佩瓊玉，懷美德，偃蹇而盛，衆人薆然而蔽之。傷不得施用也。」《藝文類聚》卷四引晉蘇彦《七月七日詠織女詩》：「時來嘉慶集，整駕巾玉箱。瓊珮垂藻蕤，霧裾結雲裳。」《周易·困卦》：「九二，困于酒食，朱紱方來，利用享祀，征凶，無咎。」唐李鼎祚集解：「朱紱，宗廟之服。乾爲大赤，朱紱之象也。」

〔二二〕優以勿趨：《校注》：「趨：小步急走。臣趨而見君，以示尊敬。劍履上殿，入朝不趨，皆給予功臣的殊禮。」

〔二三〕上公：周制，三公（太師、太傅、太保）稱爲上公。《周禮·春官·典命》：「上公九命爲伯，其國家、宫室、車旗、衣服、禮儀，皆以九爲節。」鄭玄注：「上公，謂王之三公，有德者加命爲二伯。二王之後亦爲上公。」賈公彦疏：「案下文，三公八命，出封皆加一等。」後世稱上公各異。漢制僅以太傅爲上公。《續漢書·百官志一》：「太傅，上公一人。」

〔二四〕貴爲皇王：《詩·大雅·文王有聲》：「豐水東注，維禹之績。四方攸同，皇王維辟。」毛傳：「皇，大也。」《校注》：「皇王：大王。此指諸侯王。」

〔二五〕佇望：《魏書》卷七十八《張普惠傳》：「伏惟陛下重暉纂統，欽明文思，天地屬心，百神佇望，故宜敦崇祀禮，咸秩無文。」陸雲《九愍·涉江》：「詔河馮以清川，命湘娥而安流。濟南詔以佇望，野蕭條而振疇。」

〔二六〕邈如：《校注》：「邈如：遠貌。謂即使上公王侯面對此殊禮也會感到遠不可及。」

〔二七〕「臣何」二句：《校注》：「燀業：輝煌的事業。兼：倍於，勝過之意。」

〔二八〕懼覆：《校注》：「覆：敗亡。」

〔二九〕增其憂迮：憂迮，猶憂慚。《三國志》卷六十四《吴志・諸葛恪傳》：「竊自揆度，才非博陸而受姬公負圖之託，懼忝丞相輔漢之效，恐損先帝委付之明，是以憂慚惶惶，所慮萬端。」按迮通「怍」，慚愧。劉向《説苑・臣術》：「翟黄迮然而慚曰：『觸失對於先生，請自修然後學。』」向宗魯校證：「迮讀爲怍。」

〔三〇〕愚欵：即愚款，謙指己之誠意。欵同「款」。《晉書》卷七十三《庾亮傳》：「雖陛下二相明其愚款，朝士百僚頗識其情，天下之人安可門到户説使皆坦然邪！」

〔三一〕以殯爲請：《校注》：「殯：殯葬。此句謂以死相請。」

〔三二〕九幽：極深暗之處，指地下。《宋書》卷八十四《袁顗傳》：「既天道輔順，謳歌有奉，高祖之孫，文皇之子，德洞九幽，功貫二曜，匡拯家國，提毓黔首。」

〔三三〕傳榮萬葉：《校注》：「萬葉：萬世。」

蕭拜太尉揚州牧表

【題解】

此篇張本無，梁本題作《爲蕭拜太尉揚州牧表》。

此表云：「雖寢寐矜戰，曲垂哀亮；而璽册沖正，愈賜砥礪。今便肅順天誥，恭聞睿典。」乃三讓太尉揚州牧後之受表，時間亦在昇明二年九月。

玄文既降，雕牒增輝〔一〕。禮藹前英〔二〕，寵華昔典〔三〕。仰震威容①〔四〕，俯慚陋識。心魂戰慄〔五〕，若殞若殯。中謝。

臣景能驗才，無假外鏡〔六〕；撰己練志，久測内涯〔七〕。故讓不飾迹②，辭非謙距〔八〕。寸亮尺素〔九〕，頻觸瑶纊；丹情實理〔一〇〕，備塵珠冕〔一一〕。而神居寂阻③〔一二〕，九重嚴絶〔一三〕。徒懷漢臣伏闕之誠〔一四〕，競無魯人迴日之感〔一五〕。所以迴懼鴻威，後奔殊令者也。既而永鑒隆魏，緬思宏晉。國之大政，在功與位④〔一六〕。故治民紐亂⑤〔一七〕，不處輿臺之下〔一八〕；去勳捨德，寧班衮司之上〔一九〕。咸以休對性業〔二〇〕，裁成器靈〔二一〕。詎有移風變範〔二二〕，刓耀倫序者乎〔二三〕？臣績不炤朝⑥〔二四〕，忠豈宜國⑦？名爵赫曦〔二五〕，僶俛優忝⑧〔二六〕。陛下久超以異禮之榮，越次殊常之秩〔二七〕。雖寢寐矜戰〔二八〕，曲垂哀亮〔二九〕；而璽册沖正〔三〇〕，愈賜砥礪〔三一〕⑨。今便肅順天誥，恭聞睿典〔三二〕。審躬酌私，必跋危撓〔三三〕。將恐泯俗由此方擾〔三四〕，軌訓以之交蕪〔三五〕，臣豈不勉智罄忠也〔三六〕？未知所以報奉淵聖〔三七〕，輸感霄極〔三八〕。取諸微躬〔三九〕，長爲慚荷〔四〇〕。

【校記】

①「威」《彙注》本作「盛」。

②「迹」《彙注》本作「迎」。

③「神居」《彙注》本作「宸居」，梁本作「神君」。

④「功」《彙注》本作「公」。

⑤「治」原作一字空格，梁本注「闕」字，今據《彙注》本補。

⑥「朝」字原闕，元鈔本作一字空格，今據梁本補。

⑦「忠豈宜國」《彙注》本作「忠豈宜叨國」，「忠」字屬上句。

⑧「忝」《彙注》本作「泰」。

⑨「賜」《彙注》本作「次」。

【箋注】

〔一〕「玄文」二句：《校注》：「玄文、雕牒：皆指詔書。」

〔二〕禮藹前英：《校注》：「前英：前代英才。」

〔三〕寵華昔典：《宋書》卷六十一《武三王·江夏文獻王義恭傳》：「今皇家中造，事遵前文，宜憲章先代，證文古則，停省條録，以依昔典。」《校注》：「昔典：舊規。典，法，規。」

〔四〕仰震威容：威容，謂儀容莊重。《東觀漢記・承宮傳》：「臣狀醜不可以示遠，宜選長大威容者。」

〔五〕心魂戰慄：《戰國策・楚策四》：「襄王聞之，顏色變作，身體戰慄。」《文選》卷三十七羊祜《讓開府表》：「夙夜戰慄，以榮爲憂。」

〔六〕「景能」二句：《校注》：「景：明。驗：測驗。能：才能。鏡：照。」

〔七〕「撰己」二句：《校注》：「撰、練：詳熟。内涯：謂自身底細。」按以上四句《校注》云：「以上四句謂自己對自己的才能、志向有自知之明。」

〔八〕「故讓」二句：《校注》：「距：雞爪。此謂足跡、蹤跡。以上二句意謂，所以辭讓并非爲了裝扮謙虚的樣子。」

〔九〕寸亮尺素：《文選》卷二十七樂府古辭《飲馬長城窟行》：「客從遠方來，遺我雙鯉魚。呼兒烹鯉魚，中有尺素書。長跪讀素書，書中竟何如？上有加餐食，下有長相憶。」吕向注：「尺素，絹也。古人爲書，多書於絹。」陸機《文賦》：「函綿邈於尺素，吐滂沛乎寸心。」《校注》：「寸：寸心。亮：顯明於。尺素：古代書寫用絹帛，長一尺，故稱寫文章用的絹帛爲尺素，此指章表的文字。」

〔一〇〕丹情實理：丹情，猶衷情。蔡邕《王子喬碑》：「歲終闕，發丹情。存墓冢，舒哀聲。」《文選》

卷三十七曹植《求通親親表》：「乃臣丹情之至願，不離於夢想者也。」趙幼文注：「丹情，《銓評》：『《魏志》作誠。』案《淮南・繆稱訓》高注：『情，誠也。』丹情猶今語衷心之意。」

〔一一〕備塵珠冕：珠冕，蔡邕《獨斷》卷下：「珠冕……古者天子冠所加者。」崔豹《古今注・問答釋義》：「牛亨問曰：『冕旒以繁露，何也？』答曰：『綴珠垂下，重如繁露也。』」按以上三句《校注》云：「瑶纊、珠冕：爲帝王所冠，因代指帝王。纊：絲綿絮，古人用來塞耳，冕上有之。冕，大夫以上冠，後專指皇冠。塵，即塵觸，謂以微小之事相冒犯。」

〔一二〕神居寂阻：神居，神仙居处，此借指帝王居处。《藝文類聚》卷十八引司馬相如《美人賦》：「上宫閒館，寂寞雲虚，門閤晝掩，曖若神居。芳香芬烈，黼帳高張。」《晉書》卷九十七《龜兹國》：「人以田種畜牧爲業，男女皆翦髮垂項。王宫壯麗，焕若神居。」

〔一三〕九重嚴絶：《金樓子・著書》：「而九重懸遠，百雉嚴絶。丹心莫亮，白刃先指。」按《楚辭・九辯》：「豈不鬱陶而思君兮，君之門以九重。」洪興祖補注：「天子有九門：謂關門，遠郊門，近郊門，城門，臯門，庫門，雉門，應門，路門也。」《後漢書》卷七十下《文苑・趙壹傳》載趙壹《刺世疾邪賦》：「雖欲竭誠而盡忠，路絶險而靡緣。九重既不可啓，又羣吠之狺狺。」《校注》：「九重：指宫禁。」

〔一四〕漢臣伏闕之誠：《史記》卷一百十八《淮南衡山列傳》：「臣謹爲天下誅賊臣辟陽侯，報母之仇，謹伏闕下請罪。」《南齊書》卷四十八《劉繪傳》：「隆昌中，悛坐罪將見誅，繪伏闕，請代兄死。」《校注》：「漢臣：典未詳。伏闕：拜伏於宫殿之下，以向皇帝陳請。」

〔一五〕「競無」句：《校注》：「競：疑當作『竟』。魯人：指春秋時楚國縣公魯陽文子。《淮南子・覽冥》：『魯陽公與韓構難，戰酣，日暮，援戈而撝（通「揮」）之，日爲之反三舍。』此謂自己無回天之力，不能達到辭讓的目的。」

〔一六〕在功與位：《校注》：「謂據其功績授予官位。與，予。」

〔一七〕紐亂：《校注》：「紐：紐結，控制。」

〔一八〕輿臺：《文選》卷三張衡《東京賦》：「發京倉，散禁財，賚皇僚，逮輿臺。」張銑注：「輿臺，賤稱。」《文選》卷三十五張協《七命》：「樵夫耻危冠之飾，輿臺笑短後之服。」李周翰注：「輿臺，賤人也。」《校注》：「輿臺：指地位低賤的人。古代分人爲十等，輿爲第六等，臺爲第十等。」

〔一九〕班衮司之上：《文選》卷五十八王儉《褚淵碑文》：「今之尚書令，古之冢宰，雖秩輕於衮司，而任隆於百辟。」李善注：「衮司，三公也。」《校注》：「班：班次。」

〔二〇〕休對性業：《三國志》卷三十五《蜀志・諸葛亮傳附諸葛喬傳》：「喬字伯松，亮兄瑾之第二子也，本字仲慎。與兄元遜俱有名於時，論者以爲喬才不及兄，而性業過之。」《册府元龜》卷四百六十八：「晉李重爲吏部尚書。武帝受禪，曹嘉爲東莞太守。重啓：『魏氏宗室屈滯，每聖恩所存。東莞太守曹嘉，才幹學義不及志、翕，而良素修潔，性業踰之。』」《校注》：

「休：善，妥善。對：匹，配合。」

〔二一〕裁成器靈：《校注》：「裁：度，衡量。器靈：即器業和性靈。謂度其器靈，使與官位妥然相配。」

〔二二〕移風變範：移風，轉變風氣。《文選》卷三十九李斯《上書秦始皇》：「孝公用商鞅之法，移風易俗，民以殷盛，國以富彊，百姓樂用，諸侯親服。」同上書卷十八潘岳《笙賦》：「樂所以移風於善，亦所以易俗於惡。」《校注》：「範：法度。」

〔二三〕剋耀倫序：《後漢書》卷八十二《方術上·謝夷吾傳》：「不殉名以求譽，不馳騖以要寵，念存遜遁，演志箕山。方之古賢，實有倫序。」《南齊書》卷十《禮志下》：「禮有倫序，義無徒設。」《校注》：「剋：能。耀：照耀，顯示。倫序：次序，指官員的等級差別。」

〔二四〕績不炤朝：《校注》：「炤：通『昭』，彰明。」

〔二五〕名爵赫曦：《太平御覽》卷五十九引王粲《初征賦》：「行中國之舊壤，實吾願之所依，當短景之炎陽，犯隆暑之赫曦。」《文選》五臣本卷二十六潘岳《在懷縣作二首》之一：「初伏啓新節，隆暑方赫曦。」張銑注：「初伏謂三伏之初也，此時暑盛，故稱赫曦。赫曦，炎盛貌。」

〔二六〕僶俛優忝：《文選》卷二十三劉楨《贈五官中郎將四首》之四：「小臣信頑魯，僶俛安能追。」吕向注：「僶俛，俯仰也。」同上書卷二十一顔延之《秋胡詩》：「孰知寒暑積，僶俛見榮枯。」吕向注：「僶俛，猶須臾也。」《校注》：「僶俛：須臾，在短時間内。優忝：忝居於優厚之位。」

〔二七〕殊常之秩：殊常，異常，不同尋常。《晉書》卷五十五《張載傳》：「處守平之世，而欲建殊常之勳。」《宋書》卷一百《自序傳》：「一門蒙殊常之恩，而逢若斯之運，悠悠上天，此何人哉！」

〔二八〕寢寐矜戰：《校注》：「矜戰：危懼戰慄。」

〔二九〕曲垂哀亮：《校注》：「哀亮：哀憐諒解。」按亮通「諒」，體諒，諒解。葛洪《抱朴子·自敘》：「意苟無餘，而病使心違，顧不媿己而已，亦何理於人之不見亮乎？」

〔三〇〕璽册沖正：《校注》：「璽册：指詔書。沖正：中和而合於正道。」

〔三一〕愈賜砥礪：砥礪，亦作「砥厲」。《墨子·節葬下》：「此皆砥礪其卒伍，以攻伐併兼爲政於天下。」《後漢書》卷五十三《竇融傳》：「融乃與五郡太守共砥厲兵馬，上疏請師期。」《校注》：「砥礪：磨礪。謂以沖正之道相勉勵。」

〔三二〕「今便」二句：《校注》：「肅：恭敬。天誥、睿典：指皇帝册封的詔命。睿：聖。」

〔三三〕必跛危撓：《校注》：「跛：蹈。危撓：謂危險而敗亂之地。」

〔三四〕氓俗：民俗。陸雲《泰伯碑》：「夫至仁至德，垂風垂化，内修訓範，外陶氓俗，百年之教，淳道載凝。」《文選》卷三十六王融《永明九年策秀才文》：「自氓俗澆弛，法令滋彰。」張銑注：「氓，民也。弛，廢也。言民俗澆薄，廢本逐末也。」

〔三五〕軌訓：《校注》：「軌訓：法規，教化。」

〔三六〕罄忠：《校注》：「罄：盡。」

〔三七〕淵聖：美稱帝王。《後漢書》卷三十六《陳元傳》：「採孔子下拜之義，卒淵聖獨見之旨，分明白黑，建立《左氏》，解釋先聖之積結，洮汰學者之累惑。」

〔三八〕霄極：美稱帝王。《梁書》卷五《元帝紀》：「日者，公卿失馭，禍纏霄極，侯景憑陵，姦臣互起。」《藝文類聚》卷五十一引梁簡文帝《爲长子大器讓宣城王表》：「徒以結慶璿源，乘蔭霄極。一日千里，困騏驥之馳；高陰百尺，藉雲崖之遠。」

〔三九〕微躬：《宋書》卷四十二《王弘傳》：「微躬所惜，一朝亦盡，非唯仰塵國紀，實亦俯畏友朋。」《文選》卷二十二沈約《遊沈道士館》：「遇可淹留處，便欲息微躬。」《校注》：「微躬：猶賤軀。」

〔四〇〕慚荷：羞慚感荷。向對方表示感謝之詞。

【集説】

清許槤《六朝文絜箋注》卷五：琢采秀削，别開奥窔。昔人譏其句句生澀，余謂醴陵佳處，即在生澀上。

又云：（「雖寢寐矜戰，曲垂哀亮；而璽册沖王，愈賜砥礪」數句）奥思奇兀，獨具爐錘。

又云：（「未知所以報奉淵聖，輸感霄極」二句）造句精絶。

孫德謙《六朝麗旨》：江文通爲《爲蕭拜太尉揚州牧表》「若殞若殯」，《説文》：「殯，死在棺，將遷葬柩，賓遇之。」今文果從本義，則殯爲死矣。章表之體，理宜謹重，何必須此「殯」字？蓋亦惟務新奇，訛謬若此也。

蕭太尉子姪爲領軍江州兗州豫州淮南黄門謝啓

【題解】

此文張本、梁本題作「爲蕭太尉子姪爲領軍江州兗州豫州淮南黄門謝啓」。

此啓有云：「弱息臣諱、嶷、映、晃等，文不昭典，武不定功。出内帷闈，升降貂綬。」又云：「兄子臣鸞，忝守近畿。嫡孫臣某，載華省闥。皆倏忽晷景，頻煩升荷。」即此啓乃爲蕭道成子侄之遷職而作。「息臣諱」，指道成長子賾，即日後之齊武帝，表文諱其名者，蓋後人所改，或江淹日後自編其集時所改也。考《宋書》卷十《順帝紀》載昇明二年八月乙未，以蕭賾爲領軍將軍、撫軍將軍；是月丙申，道成次子嶷爲江州刺史；九月戊申，道成第三子映爲南兗州刺史；十月丁丑，道成四子晃爲豫州刺史。啓題之「領軍江州兗州豫州」，即指此四子事。又據《南齊書》卷六《明帝紀》，昇明二年，明帝（即蕭道成兄子鸞）遷寧朔將軍、淮南宣城二郡太守，啓題之「淮南」，即指蕭鸞事。今據《宋書·順帝紀》所載昇明二年「冬十月丁丑，寧朔將軍、淮南宣城二郡太守蕭晃爲豫州刺史」事，是蕭鸞所任之淮南宣城二郡太守乃繼蕭道成第四子蕭晃所任，即蕭鸞之任淮南宣城二郡之時間亦在是年十月。又啓文所謂之「嫡孫臣某」，指道成長子蕭賾之子長懋，據《南齊書》卷二十一《文惠太子傳》，長懋於宋末遷黄門侍郎，啓題之「黄門」指此，即啓文之「載華省闥」者，時間乃在昇明三年之前。由此可見此啓之作，時應在昇明二年十月至十二月之間。《年代考》以爲此啓作於昇明二年，《校注》以爲作於昇明二年十月之後，差爲得之。然道成於昇明二年正月平定沈攸之之亂後已操縱朝政，令由己出，其以嫡長孫爲黄門侍郎或與以上數人之任職時間相近，故蕭道成乃令江淹爲啓一併以謝也。以此推之，此啓乃昇明二年十月所作。

臣公言：臣頻結崇寵〔一〕，亟延上爵〔二〕，休恩動俗，烈榮振古〔三〕。鴻品清飾〔四〕，已藹金圖〔五〕；秀鼎號銘〔六〕，共茂瑶篆〔七〕。永言戚慮〔八〕，鑒寐殷心〔九〕。況乃秩洽朝門〔一〇〕，慶霑國珮〔一一〕。弱息臣諱、嶷、映、晃等〔一二〕，文不昭典〔一三〕，武不定功〔一四〕。出内帷闥〔一五〕，升降貂綬〔一六〕。或振迹領侯①〔一七〕，職贊禁錡〔一八〕；或騰光江甸〔一九〕，任鈞屏翼〔二〇〕。河兖衝要〔二一〕，既濫北門之管〔二二〕；淮豫險捍〔二三〕，又謬西偏之寄〔二四〕。兄子臣鸞，忝守近畿〔二五〕。嫡孫臣某〔二六〕，載華省闥②〔二七〕。皆倏忽晷景〔二八〕，頻煩升荷。雖咸罄愚識③，恪居匪替④〔二九〕。豈足以少塞神渥，裁酬皇眷〔三〇〕？囂黷一盈，慚厲彌積〔三一〕。談天之辨，不能爲臣陳辭；雕龍之文，無以爲臣飾愧〔三二〕。静然肅念〔三三〕，徘徊交集。不任憂感沐浴之情〔三四〕。

【校記】

①「侯」原作「候」，今據梁本改。

②「華」元鈔本作「榮」。

③「識」梁本注：「一作『職。』」

④「替」《彙注》本作「贊」。

【箋注】

〔一〕頻結崇寵：崇寵，尊崇寵信。《三國志》卷四《魏志・齊王芳傳》：「昔周成建保傅之官，近漢顯宗崇寵鄧禹，所以優隆雋乂，必有尊也。」

〔二〕亟延上爵：上爵，上等爵位。《商君書・錯法》：「爵易得也，則民不貴上爵。」《史記》卷四十《楚世家》：「〔陳軫〕即往見昭陽軍中，曰：『願聞楚國之法，破軍殺將者何以貴之？』昭陽曰：『其官爲上柱國，封上爵，執珪。』」《校注》：「亟：屢次。」

〔三〕「休恩」二句：《校注》：「休：美。烈：盛。」

〔四〕鴻品清飾：《校注》：「鴻：宏大，隆重。清：清貴。品飾：顯示品級的服飾。」

〔五〕已藹金圖：《校注》：「藹：茂盛，美好貌。圖：圖像。」

〔六〕秀鼎號銘：《校注》：「號銘：號上銘文。銘文稱述生平功德，使傳揚於後世。」

〔七〕共茂瑶篆：《校注》：「瑶：玉。與『金』皆言其珍貴。篆：篆書。指鼎銘的書體。」

〔八〕永言戚慮：謝靈運《登上戍石鼓山》：「旅人心長久，憂憂自相接。故鄉路遥遠，川陸不可涉。汩汩莫與娱，發春托登躡。歡願既無并，戚慮庶有協。」

〔九〕鑒寐殷心：《校注》：「鑒寐：猶寤寐。鑒，通『監』。《後漢書·劉陶傳》：『屏營傍徨，不能監寐。』注：『監寐，猶寤寐也。』殷：憂。」

〔一〇〕秩洽朝門：《漢書》卷二十七中之上《五行志中之上》：「君不正，臣欲篡，厥妖狗冠出朝門。」《晉書》卷一百十八《姚興載記下》：「興從朝門游於文武苑，及昏而還。」《校注》：「秩：俸禄。洽：沾潤於。朝門：朝廷的正門。指天子朝會之處。」

〔一一〕慶霑國珮：《校注》：「慶：福。珮：官服的佩飾。此指職位。」

〔一二〕「弱息臣」句：《校注》：「息：親生兒子稱息。諱：指蕭賾。齊高帝蕭道成死後，賾即帝位，爲武帝。底稿當作『賾』。賾即帝位後，江淹始自編其《前集》，故諱其名。」

〔一三〕文不昭典：《校注》：「昭：明。典：典章制度。」

〔一四〕武不定功：定功，建立功業。《左傳·宣公十二年》：「夫武，禁暴、戢兵、保大、定功、安民、和衆、豐財者也。」《文選》卷四十七陸機《漢高祖功臣頌》：「穎陰鋭敏，屢爲軍鋒，奮戈亰城，禽項定功。」《校注》：「定：奠定。」

〔一五〕出内帷闈：《校注》：「出内：出入。帷闈：宫門。」

〔一六〕升降貂綬：《校注》：「貂綬：指插貂佩綬的顯貴。」

〔一七〕振迹領侯：《校注》：「領侯：即領軍將軍。領軍將軍將内軍，衛京師，其職務相當於漢光武帝時的北軍中侯，晉朝時或置領軍，或置中侯，多有反復。」

〔一八〕職贊禁錡：《文選》卷二張衡《西京賦》：「木衣綈錦，土被朱紫。武庫禁兵，設在蘭錡。」李善注：「劉逵《魏都賦》注曰：『受他兵曰蘭，受弩曰錡。』」《校注》：「贊：助理。禁錡：皇宫中的武器庫。」

〔一九〕騰光江甸：《宋書》卷七十八《蕭思話傳》：「仗順沿流，席卷江甸，前驅風邁，已應在近。」甸，郊外。《周禮・天官・大宰》：「三曰邦甸之賦。」賈公彦疏：「郊外曰甸，百里之外，二百里之内。」《左傳・襄公二十一年》：「罪重於郊甸，無所伏竄，敢布其死。」杜預注：「郭外曰郊，郊外曰甸。」此指江州。

〔二〇〕任鈞屏翼：《校注》：「鈞：重。屏翼：屏障護衛。」

〔二一〕河兖衝要：河兖，指兖州。《尚書・禹貢》：「濟、河惟兖州。」此則指南兖州。本集《柳僕射爲南兖州詔》：「河兖衝要，維扞中畿，司牧之任，宜詳其授。」亦以「河兖」稱南兖州。

〔二二〕北門之管：《左傳・僖公三十二年》：「冬，晉文公卒。杞子自鄭使告於秦曰：『鄭人使我掌其北門之管，若潛師以來，國可得也。』」注：「管，籥也。」《校注》：「管：管鑰。」

〔二三〕淮豫險捍：《校注》：「淮豫：指豫州。《南齊書・州郡志上》：『豫州，晉元帝永昌元年……自譙還治壽春。壽春，淮南一都之會。』因稱淮豫。」

〔二四〕西偏之寄：《校注》：「西偏：猶言西部。《左傳・隱公十一年》：『乃使公孫獲處許西偏。』寄：托。」

〔二五〕忝守近畿：近畿，謂京都附近地區。《晉書》卷五十五《潘岳傳》：「今四海會同，九服納貢，八方翼翼，公私滿路，近畿輻湊，客舍亦稠。」《宋書》卷七十二《文九王・始安王休仁傳》：「泰始初，四方逆命，兵至近畿，休仁親當矢石，大勳克建，任總百揆，親寄甚隆，朝野四方，莫不輻湊。」此則指淮南、宣城二郡。按昇明二年，蕭鸞遷寧朔將軍、淮南宣城二郡太守。

〔二六〕嫡孫臣某：《校注》：「某：指蕭長懋。齊武帝時立爲太子，此諱其名。」

〔二七〕載華省闥：《文選》卷五十六曹植《王仲宣誄》：「君以顯舉，秉機省闥。戴蟬珥貂，朱衣皓帶。」吕向注：「省闥，宫門。謂粲爲侍中，執機微之事於此也。」同上書卷三十八庾亮《讓中書令表》：「頻繁省闥，出領六軍。」劉良注：「省闥，謂黄門郎、散騎侍郎。」

〔二八〕倏忽晷景：《戰國策・楚策四》：「晝遊乎茂樹，夕調乎酸鹹，倏忽之間，墜於公子之手。」《文選》卷二十七鮑照《還都道中作》：「倏忽坐還合，俄思甚兼秋。」李周翰注：「倏忽，俄頃之際。」晷景，晷表之投影，日影。《史記》卷二十七《天官書》：「冬至短極，縣土炭，炭動，鹿解角，蘭根出，泉水躍，略以知日至，要決晷景。」此指時間，光陰。《校注》：「倏忽晷景：謂片刻之間。晷景：光陰。」

〔二九〕恪居匪替：恪居，謂居官治事恭謹而行。《左傳·襄公二十三年》：「敬共朝夕，恪居官次。」《文選》卷五十五陸機《演連珠》：「是以百官恪居，以赴八音之離；明君執契，以要克諧之會。」劉孝標注：「臣敬治其職，膺金石之别響。」李善注：「百官各處其職，治其事以待主，主無不安矣。」《校注》：「匪替：不廢其職。《尚書·旅獒》：『無替厥服。』傳：『使無廢其職。』」

〔三〇〕「豈足」二句：《校注》：「神渥：皇帝的恩惠。眷：寵愛。」

〔三一〕「囂黷」二句：《校注》：「囂黷：謂衆多的謗言。黷，垢汙。厲：惡。」

〔三二〕「談天」四句：《史記》卷七十四《孟子荀卿列傳》：「騶奭者，齊諸騶子，亦頗采騶衍之術以紀文。……騶衍之術迂大而閎辯，奭也文具難施，淳于髡久與處，時有得善言。故齊人頌曰：『談天衍，雕龍奭，炙轂過髡。』」裴駰集解引劉向《别録》：「騶衍之所言五德終始，天地廣大，盡言天事，故曰『談天』。騶奭脩衍之文，飾若雕鏤龍文，故曰『雕龍』。」《校注》：「談天：謂能言善辯。雕龍：謂善於文辭。」

〔三三〕静然肅念：《管子·戒》：「邪行亡乎體，違言不存口，静然定生聖也。」房玄齡注：「欲静則生定，如此者聖也。」《三國志》卷四十二《蜀志·郤正傳》：「余實不能齊技於數子，故乃静然守己而自寧。」

〔三四〕沐浴：《史記》卷二十四《樂書》：「沐浴膏澤而歌詠勤苦，非大德誰能如斯！」《校注》：「沐浴：指受恩。」

蕭太傅謝追贈父祖表

【題解】

此文張本、梁本題作《爲蕭太傅謝追贈父祖表》。

據《南齊書·高帝紀上》，蕭道成祖樂子，仕宋至輔國將軍，昇明二年九月贈太常；父承之，字嗣伯，仕宋至右軍將軍（福林按：應是冠軍將軍之誤），封晉興縣五等男，元嘉二十四年卒，昇明二年贈散騎常侍、金紫光禄大夫，然則未載於何月所追贈。今考此表云：「即日兼謁者僕射姓名，奉宣詔書，追贈臣亡祖某太常卿，亡父某爲散騎常侍、特進、左光禄大夫。寵煇泉扃，恩凝松石。」則道成之父祖應是一時所追贈。據《高帝紀上》所載追贈蕭道成祖樂子之時間，此表乃昇明二年九月作。

臣公言：即日兼謁者僕射姓名〔一〕，奉宣詔書，追贈臣亡祖某太常卿〔二〕，亡父某爲散騎常侍、特進、左光禄大夫〔三〕。寵煇泉扃〔四〕，恩凝松石。奉渥銘心，祇光慟慮〔五〕。中謝①。臣行阻祇玄〔六〕，躬早荼棘〔七〕。如創之痛，昃日不追②〔八〕；終身之恤〔九〕，霜露彌慼③。雖慚曾輿喬木之敬〔一〇〕，實抱仲路華轂之哀〔一一〕。自謬藉珪金，空貽組紱〔一二〕，爵侈於公，祿盈於私〔一三〕。何嘗不静欷其結，默慕交深〔一四〕？不悟睿孝動天〔一五〕，昭性曠古〔一六〕；惠被遠紀，澤演慶世④〔一七〕。丹請靡諒⑤，峻册愈凝〔一八〕；大榮集身，尚驚異施〔一九〕。況寵洽山柏〔二〇〕，特振殊造〔二一〕；銷骨瀝命〔二二〕，猶不勝謝。不任鯁泗荷珮之誠〔二三〕。

【校記】

①「中謝」張本無此二字。

②「昃」元鈔本作「昰」。「追」梁本作「遑」。

③「慼」《彙注》本作「蹙」。

④「世」元鈔本作「丹」。

⑤「丹」元鈔本作「謙」。

【箋注】

〔一〕兼謁者僕射：《宋書》卷四十《百官志下》：「謁者僕射，一人。掌大拜授及百官班次。領謁者十人。謁者掌小拜授及報章。蓋秦官也。謁，請也。」按兼謁者僕射，即臨時代理之謁者僕射。因持詔書之使者官品較低，故乃以之臨時代理此職以示朝廷之重視耳。

〔二〕「追贈」句：亡祖某，指蕭道成祖父蕭樂子。《宋書》卷三十九《百官志上》：「太常，一人。舜攝帝位，命伯夷作秩宗，掌三禮，即其任也。周時曰宗伯，是爲春官，掌邦禮。秦改曰奉常，漢因之。景帝中六年，更名曰太常。應劭曰：『欲令國家盛大常存，故稱太常。』」按秦漢時太常爲九卿之一，故稱太常卿。

〔三〕「亡父」句：亡父某，指蕭道成之父蕭承之。《宋書》卷四十《百官志下》：「散騎常侍，四人。掌侍左右。秦置散騎，又置中常侍。散騎并乘輿車後，中常侍得入禁中。皆無員，并爲加官。漢東京初省散騎，而中常侍因用宦者。魏文帝黄初初，置散騎，合於中常侍，謂之散騎常侍，始以孟達補之。久次者爲祭酒散騎常侍，秩比二千石。」同上書卷三十九《百官志上》：「特進，前漢世所置，前後二漢及魏、晉以爲加官，從本官車服，無吏卒。晉惠帝元康中，定位令在諸公下，驃騎將軍上。」「左光禄大夫，右光禄大夫。二大夫，晉初置。光禄大夫，秦時爲中大夫，漢武太初元年，更名光禄大夫。晉初又置左右光禄大夫，而光禄大夫如故。光禄大夫銀章青綬，其重者加金章紫綬，則謂之金紫光禄大夫。」

〔四〕寵燀泉扃：《校注》：「泉扃：九泉之門，與下『松石』皆指墓地。扃，門户。」

〔五〕「奉渥」二句：銘心，銘記在心。《三國志》卷六十《吴志·周魴傳》：「銘心立報，永矣無貳。」《校注》：「渥、光：謂恩寵。祇：敬，敬奉。」

〔六〕行阻祇玄：《校注》：「祇玄：祇，地神。玄，上天。謂天地。」

〔七〕躬早荼棘：《校注》：「荼棘：荼，苦菜；棘，荆棘。喻遭遇困苦艱難，指其祖父、父親死喪事。」

〔八〕昃日不追：《校注》：「昃：日西斜。不追：謂創痛之深，不能排遣。追，送。《詩·周頌·有客》：『薄言追之。』」

〔九〕終身之恤：《校注》：「恤：憂傷。」

〔一〇〕曾興喬木之敬：《校注》：「曾興：孔子弟子曾參字子輿。喬木：喻父。《尚書大傳·梓材》：『商子曰：南山之陽有木焉，名喬。……喬者，父道也。』曾子鼓吹孝道，曾云：『身也者，父母之遺體也。行父母之遺體，敢不敬乎？』見《曾子家語》卷一。」

〔一一〕仲路華轂之哀：《校注》：「仲路：即仲由，字子路，孔子弟子。華轂：華美的車子。《孔子家語》卷二載，子路对孔子云：『昔者，由也事二親之時，常食藜藿之實，爲親負米百里之外。親殁之後，南遊於楚，從車百乘，積粟萬鍾，累茵而坐，列鼎而食，願欲食藜藿，爲親負米，不可復得也。』」

〔一二〕「自謬」二句：《校注》：「珪：玉珪。金：金印。組紱：繫印絲帶。皆代指顯位。」

〔一三〕「爵侈」二句：《校注》：「公：指國家，朝廷。私：私家。」

〔一四〕「何嘗」二句：《校注》：「欷、慕：歎息、思戀。謂感歎。結：謂結珪組。交：謂交爵禄。

深：深恩。」

〔一五〕睿孝動天：《南齊書》卷二十二《豫章文獻王嶷傳》：「陛下以叡孝纂業，萬寓惟新，諸弟有序，臣屢荷隆愛，叨授台首，不敢固辭，俛仰祇寵，心魂如失。」《樂府詩集》卷九謝超宗《齊太廟樂歌・休成樂》：「睿孝式鬯，饗敬爰偏。諦容輟序，佾文靜縣。」

〔一六〕昭性曠古：《太平御覽》卷五百七十四引王嘉《拾遺記》：「燕昭王即位二年，廣延國來獻善舞者二人，一名旋娟，一名提嫫。并玉質凝膚，體輕氣馥，綽婉妙絶，曠古無倫。」鮑照《和王丞》：「銜協曠古願，斟酌高代賢，遯迹俱浮海，採藥共還山。」《校注》：「昭性：謂皇帝孝心昭明。」

〔一七〕「惠被」二句：《校注》：「遠紀、慶世：謂恩澤遠布，讓世代受福。紀，世紀，世代。演，流布。慶，福。」

〔一八〕「丹請」二句：《校注》：「丹請：誠懇的請求。峻册：指詔書。凝，重。」

〔一九〕尚驚異施：《校注》：「施：恩施。」

〔二〇〕況寵洽山柏：《校注》：「洽：周遍。山柏：指墓地。古代墓地多種松柏。」

〔二一〕特振殊造：《校注》：「造：作爲。指追贈其父、祖事。」

〔二二〕銷骨瀝命：《文選》卷三十九鄒陽《獄中上書自明》：「夫以孔、墨之辯，不能自免於讒諛，而二國以危。何則？衆口鑠金，積毀銷骨。」《校注》：「銷骨瀝命：謂獻出生命。」

〔三三〕鯁泗：猶言哽咽流涕。鯁，通「哽」。　荷珮：猶「荷佩」，感荷，感激。鮑照《謝隨恩被原疏》：「不勝荷佩之誠。謹上疏以聞。」

蕭太傅東耕教

【題解】

此教文有「三府二州綱紀」之語，今考之《宋書》卷十《順帝紀》、《南齊書》卷一《高帝紀上》，蕭道成於昇明元年正月爲司空、録尚書事、南徐州刺史，二年二月加授太尉，二年九月詔進位太傅、驃騎大將軍、録尚書事、南徐州刺史，領揚州牧。教文之「二州」者，即指南徐、揚二州；「三府」，乃謂太傅、驃騎、録尚書府。由是知此文乃昇明二年九月後作。又據《宋書》、《南齊書》，蕭道成昇明三年三月由太傅進位相國，則教又作於此前。「東耕」，即籍田，春日帝王以之勸率天下而務農事者，《漢書》卷四《文帝紀》載文帝二年春正月《籍田詔》，即正月事也。考此教文云：「電爍有期，桐萌無遠。」《彙注》：「言春動雷電，有期以致也。《禮記・月令》曰：『季春之月，桐始華。』」是蕭道成行東耕必昇明三年（四七九）正月事，教亦是時所作。

東耕，即天子籍田。《太平御覽》卷五百三十七引漢應劭《漢官儀》：「凡稱籍田爲千畝，亦曰帝籍，亦曰耕籍，亦曰東耕，亦曰親耕，亦曰王籍。」《宋書》卷十四《禮志一》：「魏氏雖天子耕籍，其蕃鎮諸侯，并闕百畝之禮。晉武帝末，有司奏：『古諸侯耕籍百畝，躬秉耒耜，以奉社稷宗廟，以勸率農功。今諸王治國，宜修耕籍之義。』然未施行。宋太祖東耕後，乃班下州郡縣，悉備其禮焉。」《校注》：「東耕：即古代籍田之禮。相傳天子籍田千畝，諸侯百畝，每逢春耕前，由天子、諸侯執耒耜在籍田上三推或一撥，以示重農。」

三府二州綱紀〔一〕：夫寶農賤貨〔二〕，綵炤周滕〔三〕；巡耕去販〔四〕，光炎漢籙〔五〕。故能業滋都野〔六〕，產殷紘縣〔七〕。吾任屬弘寄〔八〕，思闡治源〔九〕。慮以晨感①，情以宵歎。今玄司調氣〔一〇〕，青祇佇節〔一一〕，陳□既柔②，服□方秀。電爍有期，桐萌無遠〔一二〕。便當躬速紺耦〔一三〕，道先列辟〔一四〕。事均暫勞，迹在永豫〔一五〕。可剋日備辦③〔一六〕，詳典施行〔一七〕。

【校記】

①「晨」原作一字空格，今據《彙注》本、張本、梁本補。

②「既」《彙注》本作「即」。

③「辦」《彙注》本作「辨」。

【箋注】

〔一〕三府二州綱紀：《後漢書》卷八十下《文苑下·張升傳》：「仕郡爲綱紀，以能出守外黃令。」

《通鑒》卷九十三晉明帝太寧二年：「有詔：『王敦綱紀除名，參佐禁錮。』」胡三省注：「綱紀，綜理府事者也。」此指蕭道成太傅、驃騎大將軍、録尚書事、揚州及南徐州府之掾屬。

〔一一〕寶農賤貨：《禮記・中庸》：「齊明盛服，非禮不動，所以脩身也。去讒遠色，賤貨而貴德，所以勸賢也。」《校注》：「貨：金玉幣帛的總稱，即財貨。」

〔三〕綵炤周縢：《校注》：「縢：金縢，有金線包紮内藏文書的匣子。《尚書・金縢》：『以啓金縢之書。』此指典籍。」

〔四〕巡耕去販：巡耕，巡視農耕。《宋書》卷十四《禮志一》：「（漢）明帝永平十五年二月東巡，耕於下邳。章帝元和三年正月北巡，耕於懷縣。」按《校注》：「巡：循，含有依靠之義。」亦通。

〔五〕光炎漢籙：《校注》：「籙：圖籙，亦指典籍。」

〔六〕業滋都野：《文選》卷二十二顔延之《車駕幸京口三月三日侍遊曲阿後湖作》：「民靈騫都野，鱗翰聳淵丘。」李善注：「都野，民靈所居。」《校注》：「業：産業。滋：增。都野：都邑和郊野。」

〔七〕産殷紘縣：《校注》：「紘縣：謂全國各地。紘通『宏』，廣大。」

〔八〕任屬弘寄：《校注》：「弘寄：重托，要職。」

〔九〕思闡治源：《校注》：「思：志向。闡：闡發。治源：致治的本源，意謂施政的方針。」

〔一〇〕玄司調氣：《校注》：「玄司：司冬之神。古代分别以青、赤、白、黑四帝爲主春夏秋冬四季之神。司，主。調：更换。」

〔一一〕青祇佇節：《校注》：「青祇：即春神。佇：等候。此句謂春季將至。」

〔一二〕「電爍」二句：《彙注》：「言春動雷電，有期以致也。《禮記·月令》曰：『季春之月，桐始華。』」《校注》：「電爍：閃電。桐萌：謂桐樹萌發。《禮記·月令》：仲春之月『雷乃發聲，始電』。」

〔一三〕躬速紺耦：《校注》：「紺：天青色。耦：二耜爲一耦。耕具。」

〔一四〕道先列辟：《文選》卷二十應楨《晉武帝華林園集詩》：「峩峩列辟，赫赫虎臣。」吕延濟注：「列辟，諸侯也。」《校注》：「道：宣導，同『導』。先：先於。」

〔一五〕「事均」二句：《校注》：「均：同。豫：歡樂。」

〔一六〕剋日：剋期，按期。《晉書》卷三十四《羊祜傳》：「每與吴人交兵，剋日方戰，不爲掩襲之計。」《南齊書》卷五十九《芮芮虜傳》：「方欲剋期中原，龔行天罰。治兵繕甲，俟時大舉。」

〔一七〕詳典：《校注》：「詳典：謂慎重主持其事。」

蕭太傅辭輿駕親幸表

【題解】

此文張本、梁本題作《爲蕭太傅謝輿駕親幸表》。

此表云：「近以神輿將降，昌啓丹辭。重被還旨，未垂闓允。」當是蕭道成加九錫被敦勸後順帝欲親赴敦勸時所作。其《被百僚敦勸受表》之「鑾輿玉駕，復許敦幸。重臣愆悔，無地自安」可爲明證。《年代考》以爲此表與《被百僚敦勸受表》同時所作，乃「辭皇帝敦勸而受九錫」，説頗可信。《南齊書·高帝紀上》，蕭道成加九錫在昇明三年三月甲辰，爲月之初二日。是此表亦昇明三年三月作。

輿駕：帝后乘坐的車駕。《漢書》卷九十七下《外戚傳下·孝成許皇后傳》：「椒房儀法，御服輿駕，所發諸官署，及所造作，遺賜外家羣臣妾，皆如竟寧以前故事。」《晉書》卷一百一十《慕容儁載記附李績傳》：「聞輿駕親戎，將除殘賊，雖嬰兒白首，咸思效命，非唯爲國，亦自求寧。」《校注》：「輿駕：指皇帝車駕。親幸：皇帝親自臨幸。」

臣公言：近以神輿將降，昌啓丹辭〔一〕。重被還旨，未垂闓允〔二〕。謙尊彌光〔三〕，褒優愈臨〔四〕。慚疚既積〔五〕，敢忘謙請。臣乘幸藉私〔六〕，豈曰無僭〔七〕？攀霞鏡月〔八〕，非復常所。此必讓德，信在於兹〔九〕。但恩嚴交泊〔一〇〕，固守莫從。免默恭典〔一一〕，伊榮加戚〔一二〕。寧容爰枉鑾駕〔一三〕，式驚臣府？訪心驗己，諒以不夷〔一四〕；求物校迹〔一五〕，誓無此義。且古今異飾①，紫青變禮。取諸臣躬②，未覿其安。伏願陛下賜止冕輅〔一六〕，時停雲駕〔一七〕，則俗踐知方〔一八〕，臣蹈厚泰〔一九〕。

【校記】

①「飾」梁本作「節」。

②「躬」梁本注：「一作『功』。」

【箋注】

〔一〕昌啓丹辭：《校注》：「昌啓：謂直言啓奏。丹辭：誠懇的言辭。指辭讓輿駕親幸。」

〔二〕「重祓」二句：《校注》：「祓：受。闓允：愉快地答允。闓，樂，通『愷』。」

〔三〕謙尊彌光：謂尊者謙虚而更加顯示其光明美德。《易・謙》：「謙，尊而光，卑而不可踰。」孔穎達疏：「尊者有謙而更光明盛大，卑謙而不可踰越。」

〔四〕褒優愈臨：《漢書》卷八十一《匡衡傳》：「上以新即位，褒優大臣，然羣下多是王尊者，衡嘿嘿不自安。」

〔五〕慚疚：羞愧負疚。《後漢書》卷二《明帝紀》：「《易》陳負乘，《詩》刺彼己，永念慙疚，無忘厥心。」

〔六〕藉私：《校注》：「私：指皇帝的私情寵幸。」

〔七〕僭：僭越，超越本分行事。《魏書》卷二十二《孝文五王・清河王懌傳》：「諒以天尊地卑，君臣道别，宜杜漸防萌，無相僭越。」

〔八〕攀霞鏡月：《校注》：「霞、月：喻皇帝的美意。」

〔九〕「此必」二句：《魏書》卷六十六《崔亮傳附崔光韶傳》：「臣誠微賤，未登讓品，屬逢唐朝，耻無讓德。」《校注》：「此：指輿駕親幸之事。讓德：謙讓之德。兹：此時。」

〔一〇〕恩嚴交泊：《校注》：「交泊：會集。」

〔一一〕免默恭典：《校注》：「免默：努力，即『黽没』。《爾雅・釋詁》：『黽没，勉也。』注：『黽没，猶黽勉。』恭典：恭奉典禮。指皇帝親幸之禮。」

〔一二〕伊榮加慼：《校注》：「伊：此。慼：憂。」

〔一三〕鑾駕：天子的車駕。《文選》卷四十四陳琳《爲袁紹檄豫州》：「後會鑾駕反旆，羣虜寇攻。」劉良注：「鑾駕，天子車也。」《晉書》卷二十六《食貨志》：「及董卓尋戈，火焚宫室，乃劫鑾駕，西幸長安。」

〔一四〕諒以不夷：《文選》卷二十二陸機《招隱詩》：「明發心不夷，振衣聊躑躅。」李周翰注：「夷，平也。」《校注》：「諒：確實。不夷：不平静。」

〔一五〕校迹：考察故實。《宋書》卷六十二《王微傳》：「又前年優旨，自弟所宣，雖夏后撫辜人，周宣及鰥寡，不足過也。語皆循檢校迹，不爲虚飾也。」

〔一六〕冕輅：《校注》：「冕輅：指天子之車駕。」

〔一七〕雲駕：傳説中仙人的車駕。因以雲爲車，故稱。《陶淵明集》載陶淵明、王愔之等《聯句》：「雖欲騰九萬，扶摇竟何力。遠招王子喬，雲駕庶可飭。」《藝文類聚》卷九十引晉桓玄《鶴賦》：「練妙氣以遒化，孰百年之易促。税雲駕於三山，升鸞皇於崑嶽。」此借指天子車駕。

〔一八〕俗踐知方：《論語・先進》：「子路率爾而對曰：『千乘之國，攝乎大國之間，加之以師旅，因之以饑饉，由也爲之，比及三年，可使有勇，且知方也。』」劉寶楠正義引鄭玄曰：「方，禮法也。」《後漢書》卷二十八上《桓譚傳》：「天下知方，而獄無怨濫矣。」《校注》：「知方：謂懂得禮義。」

〔一九〕厚泰：《校注》：「泰：吉祥之運。」

蕭讓前部羽葆鼓吹表

【題解】

此文張本、梁本題作《爲蕭太傅讓前部羽葆鼓吹表》，《藝文類聚》卷六十八題作《爲齊高帝讓前部羽葆鼓吹表》。

蕭道成加前部羽葆鼓吹事在昇明三年正月丙辰，爲月之十四日，見《宋書・順帝紀》、《南齊書・高帝紀》。江淹代作讓表在是時。

羽葆：儀仗名。《禮記・雜記下》：「匠人執羽葆御柩。」孔穎達疏：「羽葆者，以鳥羽注於柄頭，如蓋，謂之羽葆。葆，謂蓋也。」此指帝王儀仗中以鳥羽聯綴爲飾的華蓋。《漢書》卷七十六《韓延壽傳》：「建幢棨，植羽葆。」顔師古注：「羽葆，聚翟尾爲之，亦今纛之類也。」《晉書》卷一百七《石季龍載記下》：「因而遊獵，乘大輅，羽葆，華蓋，建天子旌旗。」鼓吹：指演奏鼓吹樂曲的樂隊。《後漢書》卷五十四《楊震傳》：「及葬，又使侍御史持節送喪，蘭臺令史十人，發羽林騎輕車介士，前後部鼓吹，又勑驃騎將軍官屬司空法駕，送至舊塋。」《校注》：「南朝時，諸王大臣有功者，加羽葆、鼓吹。鼓吹樂樂器主要有鼓鉦簫笳，本爲軍中所用，後常以賜有功之臣。」

臣聞國容軍禮〔一〕，旌羽昭其華〔二〕；品騎第乘①〔三〕，鸞蕤藹其飾〔四〕。所以炎燿仙都〔五〕，崇麗神境。世教以之垂彩〔六〕，民聽以之流文〔七〕。故勒岫銘海之功〔八〕，鞞革寫其詠〔九〕；龕難夷邦之業②〔一〇〕，簫管凝其聲③。《朱鷺》《玄雲》，既錫上德〔一一〕；《巫山》《芳樹》④，以頒奇勳⑤〔一二〕。爰及台賢，位高藩戚〔一三〕，名沿恩炤⑥，寵垂私賞。皆爲發吹後陣〔一四〕，豈曰兼奏前軒〔一五〕？兹典罕行，此禮實曠。臣竊服已弘，叨光無限；才局秩遠〔一六〕，常銜炯燿⑦。安可二葆同整，雙弄頓驚〔一七〕？覽躬惕然，特貽厚謬⑧〔一八〕。伏願明爍日月，靡忘情鑒。將停盛飾，遂臣慊心〔一九〕。則涵惠既饒，恭錫多矣〔二〇〕。

【校記】

①「品騎第乘」《藝文類聚》作「車騎品第」。

②「龕」《藝文類聚》作「戡」。

③「簫管」《藝文類聚》作「管竹」。

④「巫山」原作「華山」，今據《藝文類聚》改。按《樂府詩集》卷四十六有《華山畿》，屬《清商曲辭·吴聲歌曲》，與此處文意不合。《校注》改作「巫山」，是也。

⑤「頒」《藝文類聚》作「被」。

⑥「沿」《彙注》本作「法」。

⑦「銜」《彙注》本作「御」。

⑧「厚」《彙注》本作「原」。

【箋注】

〔一〕國容：《司馬法·天子之義》：「古者國容不入軍，軍容不入國。故德義不相踰。」《文選》卷四十六顔延之《三月三日曲水詩序》：「國容眡令而動，軍政象物而具。」李周翰注：「國容，百官上下之義也。」　軍禮：古代五禮之一。《周禮·春官·大宗伯》：「以軍禮同邦國。」後指軍中的禮節。《史記》卷五十七《絳侯周勃世家》：「亞夫持兵揖曰：『介冑之士不拜，請以軍禮見。』」

〔二〕旌羽昭其華：旌羽，旌旗。因有羽飾，故稱。《樂府詩集》卷十三《燕射歌辭·晉四廂樂歌》成公綏《正旦大會行禮歌》：「鏗金石，揚旌羽；縱八佾，巴渝舞。」《校注》：「旌羽：以羽毛裝飾的旌旗。泛指九旗。詳見《周禮·春官·司常》。」

〔三〕品騎第乘：《校注》：「品騎第乘：等級不同的車乘。天子之車有五路，玉路用以祭祀，金路用以封同姓，象路用以封異姓，革路用以封四衛，木路用以封藩國。見《周禮·春官·巾車》。」

〔四〕鸞蕤藹其飾：《校注》：「鸞蕤：裝有飾物的鸞旗。漢時鸞旗車爲天子出行時的前導車。藹：盛貌。」

〔五〕仙都：神話傳説中仙人居住處。《海内十洲記·聚窟洲》：「滄海島在北海中……島中有紫石宫室，九老仙都所治。仙官數萬人居焉。」《藝文類聚》卷三十七引陶弘景《答謝中書書》：「實是欲界之仙都，自康樂以來，未復有能與其奇者。」

〔六〕「世教」句：世教，指當世的正統思想，禮教。《漢書》卷一百上《敘傳上》：「既繫攣於世教矣，何用大道爲自眩曜？」《文選》卷四十嵇康《與山巨源絶交書》：「又每非湯武而薄周孔，在人間不止，此事會顯，世教所不容。」李周翰注：「言非薄不止，則必會明於世，則爲禮教之人不容我也。」《藝文類聚》卷八十一引潘岳《秋菊賦》：「垂采煒於芙蓉，流芳越乎蘭林。」鮑照《代陳思王京洛篇》：「揚芬紫煙上，垂綵緑雲中。春吹回白日，霜歌落塞鴻。」

〔七〕民聽：民間傳聞。袁宏《後漢紀・桓帝紀下》：「處士豫章徐穉、彭城姜肱、汝南袁閎、京兆韋著、潁川李曇，德行純備，著于民聽。」《宋書》卷三《武帝紀下》：「其有獄訟虧濫，政刑乖愆，傷化擾治，未允民聽者，皆當具以事聞。」

〔八〕勒岫銘海：《校注》：「勒岫銘海：謂海邊刻石紀功。秦始皇、漢武帝皆曾東巡碣石，刻石觀海。」

〔九〕鞞革寫其詠：《校注》：「鞞革：指鼓類樂器。鞞，通『鼙』。」

〔一〇〕龕難夷邦：龕，通「戡」，平定。揚雄《法言・重黎》：「義帝初矯，劉龕南陽，項救河北。」李軌注：「龕，取也。」《文選》卷三十謝朓《和伏武昌登孫權故城》：「北拒溺驂鑣，西龕收組練。」李善注：「龕與戡音義同。」《校注》：「龕、夷：平定。」

〔一一〕「朱鷺」二句：上德，至德，盛德。《老子》：「上德不德，是以有德；下德不失德，是以無德。」河上公章句：「上德，謂太古無名號之君，德大無上，故言上德也。」《韓非子・解老》：「德盛之謂上德，故曰上德無爲而無不爲也。」按《樂府詩集》卷十九《鼓吹曲辭・靈之祥》解題：「古《朱鷺行》。《古今樂録》曰：『《靈之祥》，言宣皇帝之佐魏，猶虞舜之事堯也。既有石瑞之徵，又能用武以誅孟度之逆命也。』」同書同卷《玄雲》解題：「古《玄雲行》。《古今樂録》曰：『《玄雲》，言聖皇用人，各盡其材也。』」故此云「錫上德」。

〔一二〕「巫山」二句：《樂府詩集》卷十九《鼓吹曲辭・平玉衡》解題：「古《巫山高行》。《古今樂録》曰：『《平玉衡》，言景帝一萬國之殊風，齊四海之乖心，禮賢養士而纂洪業也。』」同書同卷《天序》解題：「《古芳樹行》。《古今樂録》曰：『《天序》，言聖皇應曆受禪，弘濟大化，用人各盡其才也。』」故此云「頒奇勳」。按以上四句《校注》云：「錫：賜與。上德、奇勳：指德行崇高，建有功勳的人。」

〔一三〕「爰及」二句：《校注》：「台賢：指三公。藩戚：指同姓諸侯。」

〔一四〕發吹後陣：發吹，出發而吹。《宋書》卷十九《樂志一》：「餖，杜摯《笳賦》云：『李伯陽入西戎所造。』漢舊注曰：『笳，號曰吹鞭。』《晉先蠶儀注》：『車駕住，吹小笳；發，吹大笳。』笳即餖也。」後陣，軍隊之後列。《六韜・動静》：「後陣欲走，前陣數顧。」《文選》卷三張衡《東京賦》：「總輕武於後陳，奏嚴鼓之嘈囐。」薛綜注：「後陳者，謂北軍五營兵在後陳列。」

〔一五〕兼奏前軒：兼奏，并奏，同奏。《樂府詩集》卷五十三《舞曲歌辭・雜舞》題解：「漢、魏已後，并以鞞、鐸、巾、拂四舞，用之宴饗。宋武帝大明中，亦以鞞拂雜舞合之。鐘石施於廟廷，朝會用樂，則兼奏之。」《校注》：「前軒：前車。」

〔一六〕才局秩遠：《校注》：「局：有限。遠：猶『高』。」

〔一七〕「安可」二句：《校注》：「葆：羽葆。弄：樂曲，指鼓吹。前車、後乘各配一部羽葆鼓吹，故云『二葆』、『雙弄』。」

〔一八〕「覽躬」二句：《校注》：「惕然：戒懼貌。貽：謂贈送羽葆鼓吹。」

〔一九〕慊心：誠心。慊，誠。任昉《爲齊明帝讓宣城郡公第一表》：「鉅平之懇誠必固，永昌之丹慊獲申。」

〔二〇〕恭錫：《校注》：「錫：賜與。」

謝開府辟召表

【題解】

《宋書·順帝紀》、《南齊書·高帝紀上》，蕭道成太傅府依舊辟召在宋昇明三年正月丁巳，爲月之十五日。據此表云：「近被詔旨，賜令臣府，自辟僚賢。」是江淹爲之代作謝表在被命辟召後之數日内。

開府：古代高級官員成立府署，選置僚屬。《後漢書》卷七十二《董卓傳》：「傕又遷車騎將軍，開府，領司隸校尉，假節。」《文選》卷四十阮籍《奏記詣蔣公》：「開府之日，人人自以爲掾屬。」

辟召：徵召。《後漢書》卷二十七《鄭均傳》：「均好義篤實，養寡嫂孤兒，恩禮敦至。常稱病家廷，不應州郡辟召。」《晉書》卷五十《郭象傳》：「州郡辟召，不就。常閑居，以文論自娱。」《校注》：「開府辟召：謂有權開建府署，征辟僚佐。」

臣公言：近被詔旨，賜令臣府，自辟僚賢。竊聞治以才爲寶，教以人爲貴〔一〕。

激風揚蕤〔二〕，實資山東之英①〔三〕；凝華重馥〔四〕，良在關西之彦〔五〕。近以闡耀世經〔六〕，發麗朝序〔七〕。今州策郡聘②〔八〕，玆禮尚堙〔九〕；台召鉉辟〔一〇〕，斯文亟曖〔一一〕。豈非盛美難嗣〔一二〕，故曠寂先芬者哉〔一三〕？臣謬贊國機〔一四〕，職宜冰鑒〔一五〕，未能澄刑炤藝③〔一六〕，鷹品任官，既乖覆業〔一七〕，彌慼深寄④〔一八〕。仰屬皇心遥覃〔一九〕，察政洞俗。弘此懿典〔二〇〕，崇臣遠寵。輒祇睿恩⑤〔二一〕，謹宣巖壑〔二二〕。庶幽居之士，蘿薜可卷〔二三〕。奇武異文，無絶於古〔二四〕。

【校記】

①「實」原作「賓」，今據《彙注》本、張本、梁本改。

②「今」張本、梁本作「而」。

③「刑」張本、梁本作「形」。

④「慼」《彙注》本作「蹙」。

⑤「祇」張本、梁本作「仰」。

【箋注】

〔一〕教以人爲貴：《後漢書》卷六十一《周舉傳》：「二儀交構，乃生萬物。萬物之中，以人爲貴。故聖人養之以君，成之以化。」

〔二〕激風揚蕤：《楚辭》劉向《九歎·惜賢》：「竢時風之清激兮，愈氛霧其如壓。」王逸章句：「壓，塵也。言己欲待明君之政，清潔之化，以感激風俗，而君愈貪濁，如氛霧之氣來塵壓人也。」《晉書》卷九十二《文苑傳》贊：「爻象垂法，宫徵流音。美哉羣彦，揚蕤翰林。俱諧振玉，各擅鏘金。」按《文選》卷十八嵇康《琴賦》：「鬱紛紜以獨茂兮，飛英蕤於昊蒼。」吕延濟注：「英蕤，花也。」同上書卷十七陸機《文賦》：「播芳蕤之馥馥，發青條之森森。」李善注：「《説文》曰：『蕤，草木華垂貌。』《纂要》曰：『草木華曰蕤。』」《校注》：「風：風教。蕤：花下垂貌。」

〔三〕山東：指華山以東地區。《戰國策·趙策二》：「六國從親以擯秦，秦必不敢出兵於函谷關以害山東矣。」鮑照《數詩》：「一身仕關西，家族滿山東。二年從車駕，齋祭甘泉宫。」

〔四〕凝華重馥：鮑照《代白紵舞歌詞四首》之三：「三星差池露霑濕，絃悲管清月將入，寒光蕭條候蟲急。荆王流歎楚妃泣，紅顔難長時易戢。凝華結綵久延立，非君之故豈安集。」《校注》：「華：光華。馥：芳香。」

〔五〕關西之彦：關西，指函谷關以西地區。《漢書》卷三十九《蕭何傳》：「當是時，相國守關中，關中摇足，則關西非陛下有也。」按以上數句《校注》云：「意謂要發揚教化，使其長久光彩、芬芳，就必須依靠全國各地的優秀人才。」

〔六〕闡耀世經：《校注》：「闡耀：闡發而使之顯耀。世經：治國之道。」

〔七〕發麗朝序： 朝序，猶朝列。《晉書》卷七十七《陸曄傳附陸玩傳》：「臣實凡短，風操不立，階緣嘉會，便蕃榮顯，遂總括憲臺，豫聞政道。竟不能敷融玄風，清一朝序，咎責之來，於臣已重。」《校注》：「朝序： 官員在朝廷中的位次，泛指朝官。」

〔八〕州策郡聘：《校注》：「策： 策書。謂下書。聘： 徵聘。」

〔九〕茲禮尚堙：《校注》：「堙： 埋没，廢棄。通『湮』。」

〔一〇〕台召鉉辟：《校注》：「台、鉉： 皆指三公。」

〔一一〕斯文亟曖：《校注》：「斯文： 指辟召之禮制。亟： 通『極』。曖，不明。義近『堙』。」

〔一二〕盛美難嗣：《史記》卷一百十九《循吏·孫叔敖列傳》：「世俗盛美，政緩禁止，吏無姦邪，盜賊不起。」《藝文類聚》卷五十一引謝靈運《封康樂侯表》：「觀史歎古，欽茲盛美。豈謂榮渥，近霑微躬。傾宗殞元，心識其會。」

〔一三〕曠寂先芬：《魏書》卷一百十四《釋老志》：「夫學迹沖妙，非浮識所辯； 玄門曠寂，豈短辭能究。」《藝文類聚》卷三十六引晉孫承《嘉遯賦》：「形猶與以徒靡，神曠寂而難尋。渾無名於域外，和丘中以草音。」

〔一四〕謬贊國機： 國機，指國家機務，國家軍政大事。《晉書》卷一百二十六《禿髮利鹿孤傳》：「内外多虞，國機務廣。」《校注》：「贊： 參掌。」

〔一五〕冰鑒： 亦作「冰鑑」，古代器物，置冰於其中，以冷藏食物。《周禮·天官·凌人》：「春始治鑑，凡外内饔之膳羞鑑焉，凡酒漿之酒醴亦如之。祭祀共冰鑑，賓客共冰。」鄭玄注：「鑑如甀，大口，以盛冰，置食物于中，以禦温氣。」此謂如冰之鑒，喻明察。

〔一六〕澄刑炤藝：《校注》：「刑：法式，典範。通『型』。藝：才能。」

〔一七〕既乖覆業：《校注》：「覆業：天翻地覆之業。猶言大業。」

〔一八〕彌慼深寄：慼，憂傷。《左傳·僖公二十四年》：「《詩》曰：『自詒伊慼。』其子臧之謂矣。」杜預注：「慼，憂也。」《文選》卷六十陸機《吊魏武帝文》：「矯慼容以赴節，掩零淚而薦觴。」李周翰注：「慼，憂也。」《校注》：「深寄：重托。」

〔一九〕仰屬皇心遥覃：《校注》：「屬：通『矚』，瞻仰。覃：深。遥覃：謂深思遠慮。」

〔二〇〕弘此懿典：《校注》：「弘：擴大。懿典：指開府辟召之制。懿，美，好。」

〔二一〕輒祇睿恩：《校注》：「祇：恭敬。睿恩：聖恩。」

〔二二〕謹宣巖壑：巖壑，山巒溪谷。《文選》卷二十五謝靈運《酬從弟惠連》：「寢瘵謝人徒，滅跡入雲峰。巖壑寓耳目，歡愛隔音容。」《校注》：「巖壑：隱士居於巖壑。」

〔二三〕「庶幽居」二句：《校注》：「庶：庶幾，差不多。蘿薜：即女蘿、薜荔。皆蔓生植物。《楚辭》屈原《九歌·山鬼》：『若有人兮山之阿，被薜荔兮帶女蘿。』注：『山鬼亦奄忽無形，故衣之以爲飾也。』因稱隱者之服爲薜蘿。卷：收藏。」

〔二四〕無絶於古：《楚辭》屈原《九歌·禮魂》：「春蘭兮秋菊，長無絶兮終古。」王逸章句：「言春祠以蘭，秋祠以菊，爲芬芳長相繼承，無絶於終古之道也。」

蕭上銅鐘芝草衆瑞表

【題解】

此文張本、梁本題作《爲蕭上銅鐘芝草衆瑞表》。

《宋書》卷二十八《符瑞志中》：「昇明二年十一月，甘露降南東海武進彭山，太守謝朏以聞。」「昇明二年十一月，甘露降吴興長城卞山，太守王奂以聞。」同上書卷二十九《符瑞志下》：「昇明二年，木連理生豫州界内，刺史劉懷珍以聞。」「順帝昇明二年，宣城山中生紫芝一株，在所獲以獻。」「昇明二年九月，建寧萬歲山澗中得銅鐘，長二尺一寸，豫州刺史劉懷珍以獻。」《南齊書》卷十八《祥瑞志》：「昇明二年九月，建寧縣建昌村民采藥於萬歲山，忽聞澗中有異響，得銅鐘一枚，長二尺一寸，邊有古字。」與此表所云之諸瑞物正相一致，即表當爲以上諸祥瑞而上者。

考表文云：「又南東海太守臣朏解所統武進令臣紀法宗云：十二月十日解稱……」則此表乃昇明二年十二月所作。

又按吴譜據《宋書·符瑞志》所云之「十一月」，而繫此文於昇明二年十一月，非是。《校注》以爲作於昇明二年十二月，是也。

臣公言：臣聞象際懸通①〔一〕，豈以明昧岨運〔二〕？幽崖遥鏡，不以人靈異謀〔三〕。威書璧誥②〔四〕，既信其綵；緑鱗丹字，彌驗其文〔五〕。是以業藹鴻經〔六〕，則煙露呈炤〔七〕；精昭景緯〔八〕，則川岳發華〔九〕。故寶鼎白雲，瑞集軒世〔一〇〕；芝房赤鴈，祥委漢年〔一一〕。玄石鴻鐘，遠炳晉室〔一二〕；玉璧彝器，近耀皇宗〔一三〕。自大明乘規，泰始疊矩〔一四〕。朱鬐素毛之至，史不絶書③〔一五〕；奇葉珍柯之獻，府無虚月〔一六〕。

今懋曆啓圖，靈基再固〔一七〕；頃歲以來，禎應四塞〔一八〕。近獲豫州刺史劉懷珍解稱④〔一九〕：所統建寧郡建寧縣建昌村民⑤，於萬歲山中採藥⑥，忽聞異響，從石上得銅鐘一枚，長二尺一寸。遠像古鑄，近乖今製〔二〇〕。又州界之内，樹生連理〔二一〕，二木隔澗，縢枝相通〔二二〕，越壑跨水，合爲一幹。方之舊説，彌復爲貴。宣城所統臨城縣山中，獲草一株，交柯攢莖，紫蓋黄裹⑦，貞潤暐曄〔二三〕，自然天華。採掇歷時，質色不變；□□□□⑧，柄據有徵⑨〔二四〕。

近獲吴興太守臣王奂云〔二五〕：十一月二十九日解所統長城縣令臣張搗解稱：其月二十五日，甘露降縣東界下山之陰。又南東海太守臣朏解所統武進令臣紀法宗云⑩〔二六〕：十二月十日解稱⑪：其月二十四日⑫，甘露降於彭山松樹。至九日，又降如初。

臣以祥緯雜沓〔二七〕，星燭波連⑬〔二八〕。斯乃靈迹深覃，睿衷夐感〔二九〕。理應寫順，祇無涵祕〔三〇〕。稽往徵古，僉欣升泰〔三一〕。瑶光日闡，玉繩永休〔三二〕。謹拜表遣兼長史參軍臣姓名，奉銅鍾芝草以聞。

【校記】

①「懸」張本、梁本作「玄」。

②「璧」原作「壁」，今據《彙注》本、張本、梁本改。

③「絶」《彙注》本作「紀」。

④「劉懷珍」原作「劉懷玲」，今據張本、梁本及《宋書》卷二十九《符瑞志下》改。按據《宋書》卷十《順帝紀》，時豫州刺史爲劉懷珍。

⑤「建昌村」原作「昌村」，今據《南齊書》卷十八《祥瑞志》補。

⑥「萬歲山」原作「万山」，《彙注》本、張本、梁本作「萬山」，今據《南齊書・祥瑞志》補正。

⑦「裏」《彙注》本作「衷」。

⑧「□□□□」原作三字空白，今據《彙注》本、梁本補正。

⑨「柄」元鈔本、張本作「炳」。

⑩「南東海太守臣朏」原作「東太守臣腦」，元鈔本作「□東太守臣朏」，今據《宋書》卷二十八《符瑞

志中》補正。按據《梁書》卷十五《謝朏傳》，謝朏是時爲蕭道成太尉長史，帶南東海太守。武進爲南東海屬縣，故武進令得符瑞而報之謝朏，朏又報之道成。足見「腦」乃「朏」之誤，元鈔本是也。而「東」前又佚「南」字，「東」後佚「海」字。元鈔本「東」後亦佚「海」一字，「東」前之闕字則爲「南」字也。

⑪「十二月」原作「十一月」，今改正。按十一月十日解稱而云其月二十四日之事，實屬可疑，且此下云「至九日」，則又不知何月之九日矣。據《南齊書》卷十八《祥瑞志》載，昇明二年「十二月，甘露降彭山松樹，至九日止」。合之江淹此表觀之，甘露之始降，乃在其年十一月之二十四日，再降乃在十二月之九日，《南齊書》所謂「至九日止」者，傳聞不實之辭耳。既云王奂十一月二十九日始得長城令張撝之報，則王奂之報執政又在此後，而後蕭道成又命江淹代作此表以上聞朝廷，必不得在十一月之前。是「十一月十日」必「十二月十日」之訛。十二月十日解稱十一月九日事，時間正相合。與上文之「十一月二十九日解所統長城縣令臣張撝解稱」「其月二十五日事」，亦頗爲一致。

⑫「其月」疑爲「去月」之訛。按「去月」，蓋指十一月也。「去月」，當時語，《南齊書・祥瑞志》云「建元元年十月……去四月二十七日，巖數里夜忽有雙光」，「永明四年四月……去二月十五日，有一巖褫落」，是其例。

⑬「連」《彙注》本作「運」。

【箋注】

〔一〕象際懸通：《校注》：「象際：天界。《易·繫辭》：『在天成象。』天有日月星辰等象。懸通：謂與人世遥相溝通。懸，遥遠。」

〔二〕明昧岨運：《校注》：「昧：暗。岨：通『阻』。」

〔三〕「幽崖」二句：《校注》：「幽崖：幽界。即地府爲鬼神所處。靈：鬼神。」。

〔四〕威書璧誥：《校注》：「威書：威神所賜之書。指『洛書』。《宋書·符瑞志》：『（禹）受舜禪，即天子之位。洛出《龜書》六十五字，是爲《洪範》。』璧誥：璧，珪璧。《宋書·符瑞志》：『禹治水既畢，天錫玄珪，以告成功。』」按威神，尊嚴的神靈。《漢書》卷八十七上《揚雄傳上》：「配帝居之縣圃兮，象泰壹之威神。」

〔五〕「緑鱗」二句：《校注》：「緑鱗丹字：指《河圖》。《宋書·符瑞志》：『（堯）歸功於舜，將以天下禪之，乃潔齋修壇場於河、雒。……二月辛丑昧明，禮備，至於日昃，榮光出河，休氣四塞，白雲起，回風摇，乃有龍馬銜甲，赤文緑色，臨壇而止，吐《甲圖》而去。』以上謂帝王受命之瑞皆信而有驗。」

〔六〕業藹鴻經：鴻經，偉大的經典。《魏書》卷六十七《崔光傳》：「矧迺聖典鴻經，炳勒金石，理爲國楷，義成家範。」《校注》：「業：德業。」

〔七〕煙露呈熖：《校注》：「煙露：謂祥雲、甘露。」

〔八〕精昭景緯：景緯，日與星。《文選》卷四十六王融《三月三日曲水詩序》：「求中和而經處，揆景緯以裁基。」李善注：「景，日；緯，星也。」《南齊書》卷十三《天文志下》：「天文設象，宜備內外兩宮，但災之所躔，不必遍行景緯，五星精晷與二曜而爲七，妖祥是主，歷數攸司，蓋有殊於列宿也。」《校注》：「精：明。昭：光照。景：大。」

〔九〕川岳發華：《校注》：「發華：謂山川所生之祥瑞。」

〔一〇〕「故寶鼎」二句：《校注》：「軒：軒轅，即黃帝。《初學紀》卷九引《帝王世紀》：黃帝有熊氏『居軒轉之丘，故因以爲名。得寶鼎，興封禪，有景雲之瑞』。」

〔一一〕「芝房」二句：《校注》：「《漢書·武帝紀》：『武帝元封二年六月，甘泉宮後庭産芝，九莖連葉，因作《芝房之歌》。』又太始三年，『行幸東海，獲赤鴈，作《朱鴈之歌》』。委：積聚。漢年：漢代。」

〔一二〕「玄石」二句：《校注》：「玄石：蒼石。相傳魏明帝時，張掖之柳谷有蒼石出水中，上有五馬、麟、鹿、鳳凰、仙人之像。又書有『大討曹』等字。後以爲司馬氏受禪之符。詳見《宋書·符瑞志》、《三國志·魏志·明帝紀》。鴻鐘：《宋書·符瑞志》：『晉成帝咸康五年，豫章南昌民掘地得銅鍾四枚，太守褚裒以獻。』炳：耀。」

〔一三〕「玉璧」二句：《校注》：「玉璧：《南齊書·祥瑞志》：『晉末嵩高山出玉璧三十二，宋氏以爲受命之祥。』彝器：鐘鼎之類的青銅祭器。《宋書·符瑞志》：『泰始五年五月壬戌，豫章南昌出古銅鼎，容斛七斗。』皇宗：皇族。指宗室。」

〔一四〕「自大明」二句：《校注》：「大明：宋孝武帝劉駿年號。泰始：宋明帝劉彧年號。乘規、疊矩：謂祥瑞之物自大明至泰始間不斷出現，有規矩可循。」

〔一五〕「朱鬐」二句：《山海經·海内北經》：「有文馬，縞身朱鬣，目若黄金，名曰吉量，乘之壽千歲。」郭璞注：「《周書》曰：犬戎文馬，赤鬣白身，目若黄金，名吉良之乘。」《校注》：「朱鬐、素毳：指禽獸之瑞。鬐，馬鬣。毳，鳥獸的細毛。」

〔一六〕「奇葉」二句：《校注》：「奇葉珍柯：指嘉禾連理之瑞。柯，樹枝。」按《左傳·襄公二十九年》：「魯之於晉也，職貢不乏，玩好時至，公卿大夫相繼於朝，史不絶書，府無虚月。」爲以上四句之所本。

〔一七〕「懋曆」二句：《校注》：「懋：盛大。曆：曆數。圖：圖讖符命。靈基：王業。」

〔一八〕「頃歲」二句：《校注》：「頃歲：近年。禎應：吉兆。」

〔一九〕「近獲」句：劉懷珍，宋末齊初名將，《南齊書》卷二十七有傳。《校注》：「解：牒解，上報公文。」

〔二〇〕近乖今製：《校注》：「乖：不合。」

〔二一〕連理：異根草木枝幹連生。古以爲吉祥之兆。班固《白虎通·封禪》：「德至草木，朱草生，木連理。」

〔二二〕縢枝相通：謂枝條纏繞連接。縢，纏繞。《詩·秦風·小戎》：「交韔二弓，竹閉緄縢。」毛傳：「縢，約也。」孔穎達疏：「謂以繩約弓，然後内之韔中也。」《校注》：「縢枝：枝條連結。」

〔二三〕貞潤韡曄：《藝文類聚》卷七十三引魏陳王曹植《車渠椀賦》：「采金光之定色，擬朝陽而發煇。豐玄素之韡曄，帶朱榮之葳蕤。」陸雲《寒蟬賦》：「既乃彫以金采，圖我嘉容。珍景曜爛，韡曄華豐，奇侔黼黻，艶比袞龍。」《校注》：「韡曄：光盛貌。」

〔二四〕柄據有徵：《漢書》卷五十六《董仲舒傳》：「蓋聞『善言天者，必有徵於人；善言古者，必有驗於今』。故朕垂問乎天人之應，上嘉唐虞，下悼桀紂。」顔師古注：「徵，證也。」《晉書》卷九十二《文苑·成公綏傳》：「斷鼇足而續毀，鍊玉石而補缺。豈斯事之有徵，將言者之虚設。」

〔二五〕吴興太守臣王奂：王奂，字彦孫，琅邪臨沂人，入齊後仕至雍州刺史，永明中被殺，《南齊書》卷四十九有傳。

〔二六〕南東海太守臣朏：朏，即謝朏。謝朏字敬冲，陳郡陽夏人，謝莊之子，爲齊梁名臣，《梁書》卷十五有傳。

〔二七〕祥緯雜沓：雜沓，即雜遝。《漢書》卷三十六《楚元王交傳附劉向傳》：「及至周文，開基西郊，雜遝衆賢，罔不肅和。」顔師古注：「雜遝，聚積之貌。」《文選》卷四左思《蜀都賦》：「輿輂雜遝，冠帶混并。」李周翰注：「雜遝，衆多貌。混并，雜亂也。」《校注》：「祥緯：謂祥瑞之事。」

〔二八〕星燭波連：波連，如波之相接，連續不斷。《校注》：「燭：照。」

〔二九〕「斯乃」二句：《拾遺記》卷六：「劉向於成帝之末校書天禄閣，專精覃思。」劉勰《文心雕龍·雜文》：「揚雄覃思文閣，業深綜述，碎文瑣語，肇爲《連珠》，其辭雖小而明潤矣。」《校注》：「覃：深。睿衷：聖心。敻：遠。」

〔三〇〕祇無涵祕：《校注》：「祇：神。」

〔三一〕僉欣升泰：《校注》：「僉：皆，都。升泰：升平。」

〔三二〕「瑶光」二句：《淮南子·本經訓》：「瑶光者，資糧萬物者也。」高誘注：「瑶光，謂北斗杓第七星也。居中而運歷，指十二辰，擿起陰陽以殺生萬物也。一説，瑶光，和氣之見者也。」《文選》卷六張衡《西京賦》：「上飛闥而遠眺，正睹瑶光與玉繩。」李善注：「《春秋運斗樞》曰：『北斗七星，第七曰瑶光。』」《文選》卷三十五張協《七命》：「望玉繩而結極，承倒景而開軒。」李善注：「《春秋元命苞》曰：『玉衡北兩星爲玉繩。』」《校注》：「瑶光、玉繩：皆星名。瑶光爲北斗七星的第七星，玉繩爲北斗第五星玉衡北的兩星。此借指朝廷。闡：顯明。休：盛美。」

〔南朝梁〕江淹 著
丁福林 楊勝朋 校注

江文通集校注

四

上海古籍出版社

江文通集校注卷九

蕭讓太傅相國齊公十郡九錫表

【題解】

此文張本、梁本題作《爲蕭讓太傅相國齊公十郡九錫表》，《藝文類聚》卷五十三題作《爲齊高帝讓相國齊公九錫表》。

九錫：古代天子賜給諸侯及大臣的九種器物，是一種最高禮遇。《公羊傳·莊公元年》：「錫者何？賜也。命者何？加我服也。」何休注：「禮有九錫：一曰車馬，二曰衣服，三曰樂則，四曰朱户，五曰納陛，六曰虎賁，七曰弓矢，八曰鈇鉞，九曰秬鬯。」《漢書》卷六《武帝紀》：「有司奏議曰：『古者，諸侯貢士，壹適謂之好德，再適謂之賢賢，三適謂之有功，乃加九錫。』」顔師古注：「應劭曰：『一曰車馬，二曰衣服，三曰樂器，四曰朱户，五曰納陛，六曰虎賁百人，七曰鈇鉞，八曰弓矢，九曰秬鬯。』」魏晉六朝執政大臣爲奪取政權皆襲王莽篡漢先邀九錫故事，成爲權臣篡位的先聲。

《宋書》卷十《順帝紀》載昇明三年三月：「甲辰，崇太傅爲相國，總百揆，封十郡爲齊公，備九錫之禮，加璽紱遠遊冠，位在諸王上，加相國緑綟綬，其驃騎大將軍、揚州牧、南徐州刺史如故。」此表文云：「備九錫之禮，非常之册，分天而降；冠古之典，開河而出。」乃是時所作。

備九錫之禮，非常之册①，分天而降；冠古之典〔一〕，開河而出。遥然以慚，魂交象魏〔二〕。中謝②。

臣聞日月權輿〔三〕，二儀所以剋靈〔四〕；君臣設極〔五〕，三統所以式固〔六〕。惟生與位，謂之大寶〔七〕。辨諸文而尊卑既炳〔八〕，觀羣龍而貴賤可正〔九〕。雖復殷因於夏，王資於帝〔一〇〕；至乎建侯分職，體國經野〔一一〕，其揆一焉〔一二〕。是以二周之始，山河愈廣③〔一三〕；兩漢之初，封賞彌盛。然表東海者〔一四〕，實牧野之日〔一五〕；瞻魯邦者④，乃負圖之辰〔一六〕。西都英相，信命世之功〔一七〕；關中上宰，亦龕亂之力〔一八〕。秬鬯彤弓〔一九〕，本西伯之賞〔二〇〕；虎賁戎路〔二一〕，又晉公之典〔二二〕。若乃衣裳盟會⑤〔二三〕，九合一匡〔二四〕，猶慚德⑥，斯禮也。臣實鄙才，靡識大體〔二五〕。徒以忠貞爲概，而勞不足銘〔二六〕；雖以丹素爲誠〔二七〕，而功無可勒〔二八〕。豈有經天緯地之略〔二九〕，探隱炤寂之智哉？抑亦何術，以堪盛休〔三〇〕！是以覽雲際而懷古〔三一〕，憑軒梲而未寧也〔三二〕。伏惟陛下，神華馭世〔三〕，理無不鏡，賜臣待謗今職，守其私滿，則天下有道，庶人不疑矣⑦〔四〕。

【校記】

①「備九錫之禮」張本無此一句，梁本於「非常之册」句下注：「此句上疑有闕文。」

②「中謝」張本無此二字。

③「山河愈廣」《藝文類聚》作「珪河逾廣」。

④「贍」《彙注》本、張本、梁本、《藝文類聚》作「瞻」。贍、瞻字通。「邦」《彙注》本作「郊」。

⑤「盟」《藝文類聚》作「之」。

⑥「猶慚德」《彙注》本作「猶慚其德」，《藝文類聚》作「猶慚於」，屬下句。

⑦「疑」梁本作「議」，注：「一作『疑』。」

【箋注】

〔一〕冠古之典：冠古，蓋過前人或前代。《宋書》卷二《武帝紀中》：「公有康宇内之勳，重之以明德。爰初發跡，則奇謨冠古。」

〔二〕「遥然」二句：《周禮·天官·太宰》：「正月之吉，始和，布治於邦國都鄙，乃縣治象之灋於象魏，使萬民觀治象，挾日而斂之。」鄭玄注引鄭司農曰：「象魏，闕也。」賈公彦疏：「鄭司農云『象魏，闕也』者，周公謂之象魏，雉門之外，兩觀闕高魏魏然，孔子謂之觀。」《校注》：「象魏：宮廷外的闕門，此指朝廷。以上二句謂遥對朝廷，慚愧交心。」

〔三〕日月權輿：權輿，起始。《詩·秦風·權輿》：「今也每食無餘，於嗟乎！不承權輿。」朱熹集傳：「權輿，始也。」曹丕《登城賦》：「孟春之月，惟歲權輿，和風初暢。」《校注》：「權輿：始。謂日月始生。日爲陽之精，月爲陰之精。」

〔四〕二儀所以剋靈：二儀，指天地。《後漢書》卷六十一《周舉傳》：「二儀交構，乃生萬物。萬物之中，以人爲貴。故聖人養之以君，成之以化。」曹植《惟漢行》：「太極定二儀，清濁始以形。」《文選》卷三十五張協《七命》：「功與造化争流，德與二儀比大。」劉良注：「二儀，天地。」《校注》：「二儀：指天地或陰陽。剋：能。靈：神。《易·繫辭上》：『易有大極，是生兩儀。』又：『陰陽不測之謂神。』陰陽生成萬物，而其道微妙難測，故謂之神。」

〔五〕君臣設極：《校注》：「極：指君尊臣卑的準則。」

〔六〕三統所以式固：《漢書》卷三十六《楚元王傳附劉向傳》：「王者必通三統，明天命所授者博，非獨一姓也。」顔師古注引張晏曰：「一曰天統，謂周十一月建子爲正，天始施之端也。二曰地統，謂殷以十二月建丑爲正，地始化之端也。三曰人統，謂夏以十三月建寅爲正，人始成之端也。」《校注》：「三統：指夏、商、周三代的正朔。夏正建寅，以正月爲歲首，稱爲人統；商正建丑，以十二月爲歲首，稱爲地統；周正建子，以十一月爲歲首，稱爲天統。古時改朝换代，新王朝須先定正朔，以表示『應天承運』，此『三統』指國運。式：用。固：穩固。」

〔七〕大寶：《易·繫辭下》：「天地之大德曰生，聖人之大寶曰位。」韓康伯注：「施生而不爲，故能常生，故曰大德也。夫無用則無所寶，有用則有所寶也。無用而常足者，莫妙乎道。有用而弘道者，莫大乎位，故曰聖人之大寶曰位。」《校注》：「大寶：最寶貴的事物。」

〔八〕「辨諸文」句：《校注》：「諸文：指天地萬物之象。《易·繫辭上》：『天尊地卑，乾坤定矣。卑高以陳，貴賤位矣。』炳：顯明。」

〔九〕「觀羣龍」句：《易·乾》：「用九，見羣龍無首，吉。」同上書《象》：「用九，天德不可爲首也。」《校注》：「羣龍：喻天德，天的法則。」

〔一〇〕「雖復」二句：《校注》：「因：繼承。《論語·爲政》：『子曰：殷因於夏禮，所損益可知也；周因於殷禮，所損益可知也。其或繼周者，雖百世可知也。』王：指後世君主。帝：指古代帝王。《左傳·僖公二十五年》：『今之王，古之帝也。』」

〔一一〕「至乎」二句：《校注》：「建侯：建立諸侯。體國經野：營建都城，管理郊野。指治理國家。《周禮·天官》：『惟王建國，辨方正位，體國經野，設官分職，以爲民極。』」

〔一二〕揆一：《孟子·公孫丑上》：「夫聖人之道，同符合契，前聖後聖，其揆一也，不得相踰。」干寶《晉紀總論》：「爰及上代，雖文質異時，功業不同，及其安民立政者，其揆一也。」《校注》：「揆：尺度，標準。」

〔一三〕「是以」二句：《校注》：「二周：指東周和西周。山河：謂諸侯的封地。」

〔一四〕表東海者：《校注》：「表東海：《左傳·襄公二十九年》：『表東海者，其大公乎！』表，表率，榜樣。大（太）公即太公望吕尚，周武王時封於齊，齊爲東方大國，故表率東海諸國。」

〔一五〕牧野之日：《彙注》引《史記》卷三十二《齊太公世家》：「文王崩，武王即位，尚父左杖黄鉞，右把白旄以誓曰：『蒼兕蒼兕，總爾衆庶。與爾舟楫，後至者斬。』遂至盟津，誓於牧野，伐紂。」《校注》：「牧野：古地名，在今河南淇縣南。吕望曾輔佐武王出兵伐紂，誓於牧野，終於消滅殷紂，統一天下。」

〔一六〕「瞻魯邦」二句：《史記》卷三十三《魯周公世家》：「於是成王乃命魯得郊祭文王。魯有天子禮樂者，以褒周公之德也。」負圖，《後漢書》卷三十三《朱浮周章等傳論》：「周章身非負圖之託，德乏萬夫之望，主無絶天之釁，地有既安之埶，而創慮於難圖，希功於理絶，不已悖乎！」李賢注：「武帝欲立昭帝爲太子，乃畫周公負成王圖賜霍光。」《文選》卷六十任昉《齊竟陵文宣王行狀》：「武皇晏駕，寄深負圖。」吕向注：「寄深負圖，謂授命輔少帝也。負圖者，負託帝圖以朝百辟也。」

〔一七〕命世之功：命世，著名於當世。《漢書》卷三十六《楚元王傳贊》：「聖人不出，其間必有命世者焉。」《宋書》卷二《武帝紀中》：「相國宋公，天縱睿聖，命世應期，誠貫三靈，大節宏發。」

〔一八〕龕亂之力：《文選》卷五十八王儉《褚淵碑文》：「廢昏繼統之功，龕亂寧民之德，公實仰贊宏規，參聞神筭。」按龕通「戡」。揚雄《法言・重黎》：「義帝初矯，劉龕南陽，項救河北。」李軌注：「龕，取也。」《文選》卷三十謝朓《和伏武昌登孫權故城》：「北拒溺驂鑣，西龕收組練。」李善注：「龕與戡音義同。」

〔一九〕秬鬯彤弓：秬鬯，古代以黑黍和鬱金香草釀造的酒，用於祭祀降神及賞賜有功的諸侯。《書・洛誥》：「伻來毖殷，乃命寧予以秬鬯二卣。」《史記》卷三十九《晉世家》：「天子使王子虎命晉侯爲伯，賜大輅，彤弓矢百，玈弓矢千，秬鬯一卣，珪瓚，虎賁三百人。」裴駰集解：「賈逵曰：『秬，黑黍；鬯，香酒也。所以降神。卣，器名。諸侯賜珪瓚，然後爲鬯。』」《尚書・文侯之命》：「彤弓一，彤矢百，盧弓一，盧矢百。」孔傳：「彤，赤；盧，黑也。諸侯有大功，賜弓矢，然後專征伐。」

〔二〇〕西伯之賞：《校注》：「西伯：即周文王。《史記・殷本紀》：『西伯出而獻洛西之地，以請除炮烙之刑。紂乃許之，賜弓矢斧鉞，使得征伐，爲西伯。』」

〔二一〕虎賁戎路：《書・牧誓》：「武王戎車三百兩，虎賁三百人。」孔傳：「勇士稱也，若虎賁獸，言其猛也。」《文選》卷六十任昉《南徐州南蘭陵郡縣都鄉中都里蕭公年三十五行狀》：「前後部羽葆鼓吹，挽歌二部，虎賁班劍百人。」吕向注：「虎賁，勇士名也。班，列也。言使勇士行列，持劍以爲儀仗也。」《校注》：「戎路：兵車。路，通『輅』。」

〔二二〕晉公之典：《校注》：「晉公：指晉文公重耳。《左傳·僖公二十八年》：『（王）策命晉侯爲侯伯，賜之大輅之服，戎輅之服，彤弓一，彤矢百，玈弓矢千，秬鬯一卣，虎賁三百人。』」

〔二三〕衣裳盟會：《校注》：「衣裳盟會：指諸侯國之間以禮相交的盟會，與兵車之會相對而言。《穀梁傳·莊公二十七年》：『（齊桓公）衣裳之會十有一，未嘗有歃血之盟也，信厚也。』」

〔二四〕九合一匡：《校注》：「九合一匡：即『九合諸侯，一匡天下』。九，虚數，言其多。匡，匡正。《論語·憲問》：『子曰：桓公九合諸侯，不以兵車，管仲之力也。』又：『子曰：管仲相桓公，霸諸侯，一匡天下，民到於今受其賜。』」

〔二五〕靡識大體：袁宏《後漢紀·孝明帝紀》：「臣愚淺，不識大體，以爲宜選名儒高行，以充師傅。」《宋書》卷六十八《武二王·彭城王義康傳》：「嘗獻世祖酒，先自酌飲，封送所餘，其不識大體如此。」

〔二六〕勞不足銘：《校注》：「勞：功勞。」

〔二七〕丹素爲誠：《校注》：「丹素：赤誠，坦率。」

〔二八〕功無可勒：《校注》：「勒：銘勒。謂刻文於金石以紀其功。」

〔二九〕經天緯地：《國語·周語下》：「經之以天，緯之以地，經緯不爽，文之象也。」本指以天地爲法度。後以之謂經營天下，治理國政。《荀子·解蔽》：「經緯天地而材官萬物，制割大理，而宇宙裏矣。」是其例。

〔三〇〕「抑亦」二句：《校注》：「術：學術道義。堪：能擔當。休：美。」

〔三一〕雲際：《藝文類聚》卷三十六引晉戴逵《尚長贊》：「超超增翥，眇眇偕逝，跡絶青崖，影滅雲際。」本集《效阮公詩》：「性命有定理，禍福不可禁。唯見雲際鵠，江海自追尋。」

〔三二〕軒梘：《校注》：「軒梘：窗欄。」

〔三三〕神華：《校注》：「神華：猶言聖明。華，光。」

〔三四〕「則天下」二句：《論語·季氏》：「天下有道，則政不在大夫。天下有道，則庶人不議。」何晏集解：「孔曰：『無所非議。』」

第二表

【題解】

此文張本、梁本題作《爲蕭讓九錫第二表》。

據此表云：「竊謂祿爲十郡，必俟禹迹之勤；錫以九命，乃須周公之美。」是表乃前表之後之又讓表，亦昇明三年三月所作。

臣公言：臣近厲心罄辭〔一〕，寫情畢議〔二〕，眇望神藻，鑒見丹襟〔三〕。而帝閽以祕〔四〕，綸誥方明①〔五〕，中庶卷容②〔六〕，左右軫慮〔七〕。中謝③。

臣以爲麗天秉經〔八〕，君上之彝憲〔九〕；儀地執緯〔一〇〕，臣下之恒軌〔一一〕。故皇極載凝〔一二〕，庶士交慎〔一三〕。昔者重黎勤官④〔一四〕，裁居炎冥之職〔一五〕；羲叔能任，方掌日月之序〔一六〕。至乎御龍勤夏〔一七〕，未聞冠俗之爵；大彭翼商〔一八〕，豈見超世之典〔一九〕？以古先哲后〔二〇〕，如兹之慎賞也。臣乃謬貽國寄〔二一〕，志在静難⑤〔二二〕。若夫野戰虹蜺，伏順者易爲威〔二三〕；城攻鯨𩷑，奉國者理必全〔二四〕。雲氣薄蝕〔二五〕，下民咸貴其明；恃險輿馬⑥〔二六〕，舟中皆可異議〔二七〕。故昌邑有歸邸〔二八〕，吴楚無旋師〔二九〕。斯激芬揚蕤〔三〇〕，物同其幸，焚惡去醜，世共其庇〔三一〕。實爲仰憑俯順之效〔三二〕，臣亦何力之有焉？竊謂禄爲十郡，必俟禹迹之勤〔三三〕；錫以九命，乃須周公之美〔三四〕。况吕梁不鑿〔三五〕，而器重玄珪〔三六〕；越裳未獻〔三七〕，而賦擬千乘〔三八〕。京闕識其崇貴，畿服知其忝冒〔三九〕。鏡前修而慚形，覿往德而聳慮〔四〇〕。畏崖之請⑦，取誓深水⑧〔四一〕；審量之祈，呈炤皦景〔四二〕。伏願陛下遠牽雄範，近覽英規〔四三〕，憑霞停詔，臨風輟恩。豈伊愚臣，方獨昌化⑨〔四四〕？具日遺氓⑩〔四五〕，咸蒙其賴矣。

【校記】

①「綸」原作「論」，今據張本、梁本改。

②「庶」張本、梁本作「外」。

③「中謝」張本無此二字。

④「勤」張本、梁本作「效」。

⑤「静」張本、梁本作「靖」。

⑥「輿」《彙注》本作「與」。

⑦「請」元鈔本作「識」。

⑧「誓」張本、梁本作「譬」。

⑨「獨」張本、梁本作「被」。

⑩「日」元鈔本作「曰」。

【箋注】

〔一〕厲心罄辭：厲心，專心，用心。王充《論衡·實知》：「夫可知之事，惟精思之，雖大無難；不可知之事，厲心學問，雖小無易。故智能之士，不學不成，不問不知。」《校注》：「罄：盡。」

〔二〕寫情畢議：《史記》卷八十三《鄒陽列傳》：「今臣盡忠竭誠，畢議願知，左右不明，卒從吏訊，爲世所疑。」裴駰集解：「張晏曰：『盡其計議，願王知之也。』」《校注》：「寫情：傾情。寫，通『瀉』。」

〔三〕「眇望」二句：《校注》：「眇望：猶凝望。眇，諦視。神藻：藻，藻鑒。言其品藻鑒別英明如神。指皇帝。丹襟：誠心。」

〔四〕帝閽：天帝的守門人。屈原《離騷》：「吾令帝閽開關兮，倚閶闔而望予。時曖曖其將罷兮，結幽蘭而延佇。」王逸章句：「帝，謂天帝也。閽，主門者也。」此指宫門，《宋書》卷二十《樂志二》顔延之《天地饗神歌》：「望帝閽，聳神蹕。靈之來，辰光溢。」是其例。

〔五〕綸誥方明：《校注》：「綸誥：詔書。古稱皇帝詔誥爲綸綍。《禮記・緇衣》：『王言如綸，其出如綍。』」

〔六〕中庶卷容：《校注》：「中庶：即中庶子，或作庶子，古代諸侯的家臣。卷容：斂容，表情變得嚴肅。」

〔七〕左右軫慮：《魏書》卷三十六《李順傳》：「感代序以長懷，觀爽氣而軫慮。」《校注》：「軫慮：深切憂慮。」

〔八〕麗天秉經：麗天，謂附著於天。《易・離》：「日月麗乎天，百穀草木麗乎土。」孔穎達疏：「日月麗乎天，百穀草木麗乎土者，此廣明附著之義。」《晉書》卷十四《地理志上》：「星象麗天，山河紀地。」

〔九〕彝憲：常法。《書·冏命》：「嗚呼，欽哉！永弼乃后於彝憲。」孔傳：「當長輔汝君於常法。」

〔一〇〕儀地執緯：儀地，取法於地。《易·繫辭下》：「古者包犧氏之王天下也，仰則觀象於天，俯則觀法於地，觀鳥獸之文與地之宜。」韓康伯注：「大則取象天地，細則觀鳥獸之文與地之宜也。」《國語·周語下》：「上不象天，而下不儀地，中不龢民，而方不順時。不共神祇，而蔑棄五則。」韋昭注：「謂象天，儀地，和民，順時，共神也。」

〔一一〕臣下之恒軌：《文選》卷四十六任昉《王文憲集序》：「宋末艱虞，百王澆季，禮紊舊宗，樂傾恒軌。」李周翰注：「軌，跡也。」按以上四句《校注》云：「麗天、儀地：謂觀察和取法於天地之象。秉經、執緯：謂治理國家。彝憲、恒軌：常法。」

〔一二〕皇極載凝：《文選》卷四十九干寶《晉紀總論》：「至於世祖，遂享皇極。」吕延濟注：「皇極，天子位也。」《藝文類聚》卷四十五引宋謝靈運《廬陵王誄》：「託體皇極，銜怨至盡，豈惟有識傷慨，故亦率土悽心，蓋出罔己之悲，以陳酸切之事云爾。」《校注》：「皇極：指帝王。凝：嚴整貌，謂教令嚴肅。《易·鼎》：『君子以正位凝命。』注：『凝者，嚴整之貌也。正位者，明尊卑之序也。凝命者，以成教命之嚴也。』」

〔一三〕庶士交慎：《校注》：「庶士：衆士，百官。慎：謂慎於所取，不貪名位。《易·鼎》：『鼎有實，慎所之也。』」

〔一四〕重黎：《校注》：「重黎：傳説中顓頊時司天地之官。《國語・楚語下》：『顓頊受之，乃命南正重司天以屬神，命火正黎司地以屬民。』」

〔一五〕炎冥之職：《校注》：「炎冥：炎爲陽，冥爲陰，指天地。」

〔一六〕「羲叔」二句：《校注》：「羲叔：羲、和之子，此泛指羲、和氏。羲、和氏爲重黎氏之後，堯時命羲氏掌天官，和氏掌地官，羲、和氏四子掌四時。見《尚書・堯典》。按羲、和氏四子：羲仲、羲叔、和仲、和叔。日月：日月運行，指四時。」

〔一七〕御龍勤夏：《校注》：「御龍：複姓，以官爲氏。相傳夏時劉累學養龍，以事夏帝孔甲，孔甲賜之姓曰御龍氏。見《左傳・昭公二十九年》。」

〔一八〕大彭翼商：《校注》：「大彭：即彭祖，相傳顓頊帝玄孫陸終氏的第三子，姓籛名鏗，堯封之於大彭（即彭城，今江蘇銅山縣地），殷商時曾爲侯伯。《國語・鄭語》：『大彭、豕韋爲商伯矣。』翼：輔佐。」

〔一九〕超世之典：超世，謂傑出不凡，異乎尋常。《後漢書》卷二十八上《馮衍傳上》：「顯忠貞之節，立超世之功。」嵇康《卜疑》：「有宏達先生者，恢廓其度，寂寥疏濶；方而不制，廉而不割；超世獨步，懷玉被褐。」

〔二〇〕古先哲后：哲后，賢明的君主。《文選》卷四十七袁宏《三國名臣序贊》：「綢繆哲后，無妄惟時。」劉良注：「哲后，謂先主也。」《宋書》卷二十九《符瑞志下》：「臣聞貞裕之美，介於盛王；休瑞之臻，罔違哲后。」

〔二一〕謬貽國寄：《校注》：「國寄：國家的重托。」

〔二二〕志在静難：静難，平定變亂。《後漢書》卷五十八《蓋勳傳》：「今不急静難之術，遽爲非常之事，既足結怨一州，又當取笑朝廷，勳不知其可也。」葛洪《抱朴子·行品》：「奮果毅之壯烈，騁干戈以静難者，武人也。」張本、梁本改作「靖難」，失其本貌。

〔二三〕「若夫」二句：東漢楊賜《蜺妖對奏》：「今殿前之氣，應爲虹蜺，皆妖邪所生，不正之象，詩人所謂蝃蝀者也。」《晉書》卷九十二《文苑·成公綏傳》：「河漢委蛇而帶天，虹蜺偃蹇於昊蒼，望舒彌節於九道，羲和正轡於中黄。」《校注》：「伏順：服從君命。《荀子·臣道》：『從命而利君謂之順。』」

〔二四〕「城攻鯨䱐」二句：鯨䱐，意同虹蜺，皆喻妖邪逆亂之人。奉國，獻身爲國。《北史》卷三十八《裴佗傳附裴矩傳》：「帝稱矩至誠，謂宇文述、牛弘曰：『裴矩凡所陳奏，皆朕之成算，朕未發，矩輒以聞。自非奉國，孰能若是。』」

〔二五〕雲氣薄蝕：《吕氏春秋·明理》：「其日有薄蝕。」高誘注：「薄，迫也。日月激會相掩，名爲薄蝕。」《史記》卷二十七《天官書論》：「逆行所守，及他星逆行，日月薄蝕，皆以爲占。」《文選》卷二十一謝瞻《張子房詩》：「鴻門消薄蝕，垓下殞攙搶。」按薄蝕，即薄食，指日月相掩食。《漢書》卷二十六《天文志》：「彗孛飛流，日月薄食。」顔師古注：「孟康曰：『日月無光曰薄。』京房《易》傳曰：『日月赤黄爲薄。』或曰：『不交而食曰薄。』韋昭曰：『氣往迫之爲薄，虧毀曰食也。』」《校注》：「雲氣薄蝕：雲氣密佈，日月相蝕。謂天光黯淡。薄，迫。」

〔二六〕恃險輿馬：《左傳·昭公四年》：「恃險與馬，不可以爲固也。從古以然。是以先王務脩德音，以亨神人，不聞其務險與馬也。」按輿馬，車馬。江淹好出奇意，或變與馬爲輿馬。

〔二七〕舟中皆可異議：《校注》：「舟中異議：《史記·孫子吴起列傳》：『（魏）武侯浮西河而下，中流，顧而謂吴起曰：美哉乎山河之固，此魏國之寶也。起對曰：在德不在險。……若君不脩德，舟中之人盡爲敵國也。』本此。以上謂要贏得人心要依靠德政，而不是武力。」

〔二八〕昌邑有歸邸：《校注》：「昌邑：指漢武帝孫昌邑王劉賀。漢昭帝死，昌邑王嗣位，行淫亂，爲霍光所廢，送歸昌邑邸。見《漢書·霍光傳》。邸，諸侯在京的宿舍。」

〔二九〕吴楚無旋師：《校注》：「吴楚：指漢景帝時參與叛亂的吴、楚七國諸侯。見《漢書·吴王劉濞傳》。無旋師：謂軍隊被徹底消滅，無一返回。旋，回。」

〔三〇〕激芬揚蕤：《晉書》卷九十二《文苑傳贊》：「爻象垂法，宫徵流音。美哉羣彦，揚蕤翰林。俱諧振玉，各擅鏘金。」按《文選》卷十八嵇康《琴賦》：「鬱紛紜以獨茂兮，飛英蕤於昊蒼。」李善注：「英蕤，花也。」同上書卷十七陸機《文賦》：「播芳蕤之馥馥，發青條之森森。」李善注：「《説文》曰：『蕤，草木華垂貌。』《纂要》曰：『草木華曰蕤。』」《校注》：「芬：芳香。蕤：草木之花。皆喻美好事物。」

〔三一〕世共其庇：《校注》：「庇：保護。謂世人免受危害。」

〔三二〕仰憑俯順之效：《校注》：「仰憑俯順：謂仰賴俯順於皇帝。效：功效。」

〔三三〕禹迹之勤：《校注》：「禹迹：傳大禹治水，足迹遍於九州。」

〔三四〕「錫以」二句：《周禮·春官·典命》：「上公九命爲伯，其國家、宫室、車旗、衣服、禮儀，皆以九爲節。侯伯七命，其國家、宫室、車旗、衣服、禮儀，皆以七爲節。子男五命，其國家、宫室、車旗、衣服、禮儀，皆以五爲節。」《校注》：「九命：指上公之位。周制，官爵分爲九等，稱九命，上公九命爲伯。美：美妙的才能。《論語·泰伯》：『如有周公之才之美。』即此。」

〔三五〕吕梁不鑿：《校注》：「吕梁：山名，在今山西省境内。相傳夏禹治水鑿吕梁山以通黄河，告厥成功。『傳：『禹功盡加於四海，故堯賜玄圭以彰顯之，言天功成。』」

〔三六〕器重玄珪：《校注》：「玄珪：黑玉，古禮器。也作『玄圭』。《尚書·禹貢》：『禹錫玄圭，告厥成功。』傳：『禹功盡加於四海，故堯賜玄圭以彰顯之，言天功成。』」

〔三七〕越裳未獻：《校注》：「越裳：古南海國名。《後漢書·南蠻傳》：『交阯之南有越裳國，周公居攝六年，制禮作樂，天下和平，越裳以三象重譯而獻白雉。』」

〔三八〕賦擬千乘：《校注》：「賦：兵賦。古代兵役制度按田賦多少出兵。千乘：擁有一千輛戰車的諸侯國。《論語·公冶長》：『千乘之國，可使治其賦也。』」

〔三九〕「京關」二句：畿服，指京都附近地區。《晉書》卷五十六《江統傳》：「非我族類，其心必異，戎狄志態，不與華同。而因其衰弊，遷之畿服，士庶翫習，侮其輕弱，使其怨恨之氣毒於骨髓。」《通鑒》卷八十三晉惠帝元康九年引此文，胡三省注：「畿服，謂邦畿千里之内。」《校注》：「京闕、畿服：謂京城内外。畿服，京郊地區。忝冒：謂濫居高位，很不稱職。」

〔四〇〕「鏡前修」二句：前修，同「前脩」，猶前賢。《楚辭・離騷》：「謇吾法夫前脩兮，非世俗之所服。」王逸章句：「言我忠信謇謇者，乃上法前世遠賢，固非今時俗人之所服行也。」朱熹集注：「前脩，謂前代脩德之人。」《後漢書》卷三十九《劉愷傳》：「今愷景仰前修，有伯夷之節，宜蒙矜宥，全其先功，以增聖朝尚德之美。」李賢注：「前修，前賢也。」《校注》：「前修、往德：指以往賢德之人夏禹、周公。聳：震驚。」

〔四一〕取晢深水：《校注》：「《尚書・大誥》：『予惟小子，若涉淵水。』以涉深水作比，言恐懼之甚。」

〔四二〕呈炤皦景：《校注》：「皦景：白日。《詩・王風・大車》：『謂予不信，有如皦日。』」

〔四三〕近覽英規：英規，優良的法則。《魏書》卷四十一《源賀傳》：「興一代之茂矩，標千載之英規。」

〔四四〕方獨昌化：謝朓《忝役湘州與宣城吏民别》：「幸遇昌化穆，惇俗罕驚暴。四時從偃息，三省無侵冒。」曹融南注：「昌化：昌盛之化。」

〔四五〕遺氓：指劫後餘留的人民。《左傳・閔公二年》：「衛之遺民男女七百有三十人。」《三國志》

卷二十一《魏志·衛覬傳》：「當今千里無煙，遺民困苦，陛下不善留意，將遂凋弊不可復振。」

被百僚敦勸受表

【題解】

此文張本、梁本題作《爲蕭謝百僚敦勸表》。

表文云：「即日尚書臣某等至，重宣詔旨，猥辱百僚。」又云：「臣寧望伊摯、叔旦之爵，吕牙、申伯之賞哉？」是爲受九錫殊禮時作。《南齊書·高帝紀》載蕭道成加九錫之禮時，「太祖三讓，公卿敦勸固請，乃受」。考《宋書·順帝紀》、《南齊書·高帝紀上》皆記蕭道成進位相國、加九錫在宋順帝昇明三年（四七九）三月甲辰，爲月之初二日。道成三讓而後始受之，亦應在三月，即表亦是月所作。

臣公言：臣款誠素履〔一〕，頻載縑翰〔二〕；天飾高奬，累降史筆〔三〕。即日尚書臣某等至，重宣詔旨，猥辱百僚〔四〕。省睇未交，心靈已悸〔五〕。中謝①。

臣聞良宰謀朝，不必借威②；貞臣衛主，修己則足〔六〕。故驕滿之失，取鏡函關〔七〕；謙測之美③，見炤伊闕〔八〕。臣本庸人，識無遠度〔九〕。籍開闢之辰④〔一〇〕，遭攙搶之運〔一一〕。姦回内㝠〔一二〕，則戮力瓊都〔一三〕；諸侯放命〔一四〕，則抗節瑶祀〔一五〕。秉號仗義⑤，幸不辱威〔一六〕。皆爲冕旒遥鑒之明，羣士畫圖之助〔一七〕。臣寧望伊摯、叔旦之爵⑥〔一八〕，吕牙、申伯之賞哉⑦〔一九〕？方欲謝簪東都〔二〇〕，濯冠汾陽〔二一〕。不悟盛禮華典，復臻於兹。静默迴環〔二二〕，祇畏躑躅〔二三〕。猶謂遇聰明之朝，當時雍之世〔二四〕。陛下詠堯風之化〔二五〕，歌《卿雲》之詩〔二六〕。日月華采〔二七〕，萬方獲性〔二八〕。疊慮仰祈，必蒙題品〔二九〕。而威嚴窈絶，斯冀遂阻。鑾輿玉駕〔三〇〕，復許敦幸〔三一〕。重臣愆悔〔三二〕，無地自安。便當謹恭鴻命，竭身爲限〔三三〕。

【校記】

①「中謝」張本無此二字。

②「借」張本作「惜」，梁本注：「一作『惜』。」

③「測」，《彙注》、張本、梁本作「側」，測、側字通。

④「籍」，張本、梁本作「值」，《彙注》本作「藉」，按籍、藉字通。

⑤「仗」《彙注》本作「伏」。

⑥「旦」原作「且」，今據《彙注》本、張本、梁本改。

⑦「申伯」原作「申明」，張本、梁本作「申甫」，今據《彙注》本改。

【箋注】

〔一〕款誠素履：款誠，真誠。《漢書》卷九十四下《匈奴傳下》：「今單于歸義，懷款誠之心。」《晉書》卷一百二十六《禿髮利鹿孤載記》：「乾歸本我之屬國，妄自尊立，理窮歸命，非有款誠。」《易·履》：「初九，素履往，无咎。《象》曰：素履之往，獨行願也。」王弼注：「履道惡華，故素乃无咎。」高亨注：「素，白色無文彩。履，鞋也。『素履往』比喻人以樸素坦白之態度行事，此自無咎。」後用以比喻質樸無華、清白自守的處世態度。《三國志》卷十一《魏志·管寧傳》：「雖有素履幽人之貞，而失考父茲恭之義，使朕虛心引領歷年，其何謂邪？」

〔二〕頻載縑翰：《校注》：「縑翰：指所上讓表。縑，供書寫用的細絹。翰，毛筆。」

〔三〕累降史筆：《校注》：「史筆：史官記事之書，此指朝廷策命之書。曹植《求自試表》：『使名掛史筆，事列朝策。』」

〔四〕猥辱百僚：《晉書》卷三十七《宗室·譙剛王遜傳》：「猥辱來使，深同大趣，嘉謀英算，發自深衷。」《文選》卷三十七陸機《謝平原内史表》：「臣之始望尚未至是，猥辱大命，顯授符虎。」吕向注：「猥，頓也。」

〔五〕：「省睇」二句：《校注》：「省睇：省視。悸：驚動。」

〔六〕「臣聞」四句：《文選》卷五十五陸機《演連珠》：「臣聞良宰謀朝，不必信威；貞臣衛主，修身則足。」劉良注：「此章明忠良在朝，不假威力而服敵國也。」

〔七〕「故驕滿」二句：《校注》：「函關：即函谷關，戰國時秦置，在今河南靈寶縣西南。《漢書·高祖本紀》：『(項羽)聞沛公已定關中，大怒，使黥布等攻破函谷關。……羽怨懷王不肯令與沛公俱西入關，而北救趙，後天下約(指懷王初約先入咸陽者王之，而令羽先救趙，故失約於後)，乃曰：懷王者，吾家所立耳，非有功伐，何以得專主約。本定天下，諸將與籍也。……項羽自立爲西楚霸王。』以上二句本此，謂要以項羽爲戒，避免驕滿。」

〔八〕「謙測」二句：《校注》：「謙側：謙遜。側，謂側身以表示謙遜。伊闕：在今河南洛陽市南。《水經注·洛水》：『伊水又北入伊闕。昔大禹疏以通水，兩山相對，望之若闕，伊水歷其間北流，故謂之伊闕矣。』出典未詳。」按「謙測」，同「謙側」。

〔九〕識無遠度：遠度，高遠的器度。《文選》卷二十六謝靈運《永初三年七月十六日之郡初發都》：「如何懷土心，持此謝遠度。」

〔一〇〕開闢之辰：《校注》：「開闢：開創。指宋順帝即位之初。」

〔一一〕欃搶之運：《淮南子·俶真訓》：「欃槍衡杓之氣，莫不彌靡，而不能爲害。」高誘注：「欃搶，彗孛也。」《文選》卷二十一謝瞻《張子房詩》：「鴻門消薄蝕，垓下殞欃搶。」李善注：「薄蝕，欃搶，皆喻羽也。」《校注》：「欃搶：即彗星。《爾雅·釋天》：『彗星爲欃搶。』彗爲掃帚，含除舊佈新之義，見《左傳·昭公十七年》。」

〔一二〕姦回：奸惡邪僻。《左傳·宣公三年》：「商紂暴虐，鼎遷於周。德之休明，雖小，重也；其姦回昏亂，雖大，輕也。」《宋書》卷七十四《沈攸之傳》：「攸之以豁壑之性，含梟鴆之腸，直置天壤，已稱醜穢，況乃舉兵内侮，逞肆姦回。」　内奰：《詩·大雅·蕩》：「内奰於中國，覃及鬼方。」毛傳：「奰，怒也。」言商紂惡行激起國内百姓之怨怒。後引申指内亂。《宋書》卷七十四《沈攸之傳》：「去昔桂陽奇兵猋起，京師内奰，宗廟阽危。」

〔一三〕戮力瓊都：《書·湯誥》：「聿求元聖，與之戮力，以與爾有衆請命。」孔穎達疏：「戮力，猶勉力也。」陶淵明《丙辰歲八月中於下潠田舍穫》：「貧居依稼穡，戮力東林隈。」　《校注》：「瓊都：對京都的美稱。」

〔一四〕放命：逆命，違命。《漢書》卷八十二《傅喜傳》：「高武侯喜無功而封，内懷不忠，附下罔上，與故大司空丹同心背畔，放命圮族，虧損德化。」顔師古注：「應劭曰：『放棄教令，毀其族類。』」《後漢書》卷七十一《皇甫嵩朱儁傳論》：「值弱主蒙塵，獷賊放命，斯誠葉公投袂之幾，翟義鞠旅之日。」

〔一五〕抗節瑶祀：抗節，堅守节操。《漢書》卷四十八《賈誼傳》載賈誼《治安策》：「已而抗節致忠，行出乎列士，人主使然也。」《校注》：「瑶祀：美稱宗廟社稷。」

〔一六〕「秉號」二句：《校注》：「秉號：猶奉命。威：謂帝王的威嚴。」

〔一七〕「皆爲」二句：《校注》：「冕旒：指皇帝。冕爲皇帝之冠，冠冕前後懸垂的玉串爲旒。遥鑒：遠見卓識。畫圖：謀畫。」

〔一八〕伊摯叔旦之爵：《校注》：「伊摯：商湯臣伊尹名摯，因佐湯伐桀滅夏，被尊爲阿衡（宰相）。叔旦：周公姓姬名旦，周武王之弟，成王之叔，故稱。周公佐武王伐紂，滅殷建周，封爲魯公。武王死，成王年幼，周公攝政。」

〔一九〕吕牙申伯之賞：《校注》：「吕牙：太公望吕尚，本姓姜，名牙。周武王滅殷而有天下，首封吕尚於齊營丘。成王少時，管、蔡作亂，淮夷叛周，乃使召康公命太公曰：『五侯九伯，實得征之。』申伯：周宣王母舅。宣王復興周室，以申伯佐王有功，褒賞申伯車馬衣服等物。《詩·大雅·崧高》記其事。」

〔二〇〕謝簪東都：《文選》卷二十一張協《詠史》云：「昔在西京時，朝野多歡娱。藹藹東都門，羣公祖二疏。」李善注引《漢書》云：「疏廣字仲翁，東海人也。明《春秋》，爲太子太傅。兄子受，字公子，亦以賢良爲太子家令。廣謂受曰：『吾聞知足不辱，知止不殆。今仕至二千石，功成名立，如此不去，懼有後悔。豈如父子相隨出關，歸老故鄉，以壽命終，不亦善乎？』遂上疏乞骸骨。上以其年篤老，皆許之，加賜黄金二十斤，皇太子賜五十斤。公卿大夫，故人邑子，爲設祖道供帳東都門外，送車數百兩。辭訣而去。道路觀者曰：『賢哉二大夫！』或歎息爲之下泣。」吕延濟注：「藹藹，盛貌。東都門，長安東門也。」李善注所引，見《漢書》卷七十一《疏廣傳》而略有删減。《校注》：「謝簪：謂辭官。簪，插定冠的長針。東都：東都門，長安城門名。漢疏廣爲太子太傅，年老辭歸，於東都門與送者辭決而去。」

〔二一〕濯冠汾陽：《校注》：「濯冠：洗濯冠纓。謂隱居不仕。汾陽：汾水之陽，傳爲被衣、王倪、齧缺、許由四隱士所居之處。見《莊子·逍遥遊》。」

〔二二〕静默迴環：迴環，循環往復。《關尹子·四符》：「五行之運，因精有魂，因魂有神，因神有意，因意有魄，因魄有精，五者回環不已。」《文選》卷二十二顔延之《應詔觀北湖田收》：「飛奔互流綴，緹彀代迴環。」吕延濟注：「迴環，周行也。」

〔二三〕祇畏躑躅：《文選》卷二十九《古詩十九首·東城高且長》：「馳情整中帶，沈吟聊躑躅。」李周翰注：「躑躅，行不進貌。」同上書卷二十二陸機《招隱詩》：「明發心不夷，振衣聊躑躅。」《校注》：「祇畏：敬畏。」

〔二四〕時雍之世：《文選》卷五十五陸機《演連珠》：「是以蒲密之黎，遺時雍之世；豐沛之士，忘桓撥之君。」張銑注：「時雍，太平化也。」按時雍，猶和熙。《書·堯典》：「百姓昭明，協和萬邦，黎民於變時雍。」孔傳：「時，是。雍，和也。」《文選》卷三十七曹植《求通親親表》：「至於欲使陛下崇光被時雍之美，宣緝熙章明之德者，是臣慺慺之誠，竊所獨守。」張銑注：「雍，和也。」

〔二五〕詠堯風之化：《校注》引《列子·仲尼》：「堯治天下五十年，不知天下治歟？不治歟？不知億兆之願戴己歟？不願戴己歟？……堯乃微服游於康衢，聞兒童謡曰：『立我蒸民，莫匪爾極，不識不知，順帝之則。』堯喜問曰：『誰教爾爲此言？』兒童曰：『我聞之大夫。』問大夫，大夫曰：『古詩也。』堯還宫，召舜，因禪以天下。」

〔二六〕歌卿雲之詩：《校注》引《尚書大傳》卷一：「舜將禪禹，於時俊乂百工，相和而歌《卿雲》。帝乃唱之曰：『卿雲爛兮，糺縵縵兮。日月光華，旦復旦兮。』」

〔二七〕日月華采：《楚辭·九歌·雲中君》：「浴蘭湯兮沐芳，華采衣兮若英。」王逸注：「華采，五色采也。」

〔二八〕萬方獲性：《校注》：「獲性：謂獲得生機。」

〔二九〕必蒙題品：題品，品評。《通鑒》卷八十二晉惠帝元康七年：「衍與弟澄好題品人物，舉世以爲儀準。」劉義慶《世説新語·政事》：「若得門庭長如郭林宗者，當如所白。」劉孝標注引《郭泰别傳》：「泰字林宗，有人倫鑒識。題品海内之士，或在幼童，或在里肆，後皆成英彦六十餘人。」

〔三〇〕鑾輿玉駕：《校注》：「鑾輿玉駕：帝王的車駕。代指皇帝。」

〔三一〕復許敦幸：《校注》：「敦：厚，厚意。幸：皇帝親臨爲幸。」

〔三二〕重臣愆悔：《宋書》卷六十三《沈演之傳》：「可徙勃西垂，令一思愆悔。」

〔三三〕竭身爲限：《晉書》卷六十七《温嶠傳》：「昔帝舜服事唐堯，伯禹竭身虞廷。文王雖盛，臣節不僭。」《宋書》卷七十《袁淑傳》：「斌懼，乃曰：『臣昔忝伏事，常思效節，況憂迫如此，輒當竭身奉令。』」《校注》：「竭身：謂盡己之力。」

蕭拜相國齊公十郡九錫章

【題解】

此文張本、梁本題作《爲蕭拜相國齊公十郡九錫章》。《南齊書·高帝紀上》記蕭道成三讓相國、九錫，被公卿敦勸乃受之後，又記有昇明三年三月「甲寅，策相國齊公」事，并云「太祖三讓，公卿敦勸固請，乃受之」。策文中所述，即是年三月甲寅進蕭道成爲相國等詔之内容。是此文乃受策命後拜相國之奏章，時約在三月甲寅後數日之内。考《南齊書·高帝紀》於此後又續載此月丁巳事，則此拜章又作於丁巳日之前。昇明三年三月癸卯朔，甲寅爲月之十二日，丁巳爲月之十五日，此文其間所作。

殊命寶典，鬱降雲天〔一〕；采詔軒騎①〔二〕，光流城禦〔三〕。震驚華禮，神氣交越〔四〕。中謝②。

臣才謝深英，器慚遠度③〔五〕。進寡兵車召陵之盟〔六〕，退靡朝歌河内之會〔七〕；無東馬山戎之績，懸車流沙之功〔八〕。故望寵未安，踐榮加懼。況納陛朱户〔九〕，事絶羣班〔一〇〕；金璽緑綬④〔一一〕，儀參鴻典〔一二〕。聞命屏營〔一三〕，以憂以墜。近申微款〔一四〕，日月之鑒既阻〔一五〕；方懼難慊，蘭芳之旨愈峻〔一六〕。遂致百辟卿后〔一七〕，踟躕於魏闕⑤〔一八〕；鑾輅旗旂，方幸於臣府〔一九〕。悵然遥慮，將貽厚戾⑥〔二〇〕，文章徒單〔二一〕，迄無蠲省〔二二〕。而天威咫尺〔二三〕，丹懷罔固〔二四〕。輒肅恭文物，翹拜榮禮〔二五〕。違距以深〔二六〕，追增怵迫⑦〔二七〕。德輶寵盛〔二八〕，於斯爲微⑧。非臣鄙虚，所能酬對〔二九〕。

【校記】

①「詔」《彙注》本作「昭」。「軒騎」張本、梁本作「綺軒」。

②「中謝」張本無此二字。

③「器」張本、梁本作「氣」。

④「緑」《彙注》本作「朱」。

⑤「魏」原作「衛」，今據《彙注》本改。

⑥「將」梁本注：「一作『知』。」

⑦「增」張本作「憎」，梁本注：「一作『憎』。」

⑧「微」《彙注》本作「徵」。

【箋注】

〔一〕「殊命」二句：殊命，特殊恩寵的詔命。《宋書》卷一《武帝紀上》：「故伊、望膺殊命之錫，桓、文饗備物之禮。」同上書卷八十《孝武十四王·始平孝敬王子鸞傳》：「宣貴妃既加殊命，禮絶五宮。考之古典，顯有成據。」《校注》：「命：指帝王以儀物爵位賞賜給臣下的詔書。典：典册，亦指詔書。雲天：喻朝廷。」

〔二〕采詔軒騎：《韓非子·外儲説左下》：「田子方從齊之魏，望翟黄乘軒騎駕出。」何犿註：「既乘軒車，又有輕騎。」《校注》：「軒騎：車駕。」

〔三〕光流城禦：《校注》：「城禦：京城的守備之地。按其時蕭道成以太尉、揚州牧都督中外軍事。」

〔四〕「震驚」二句：《藝文類聚》卷十五引魏韋誕《皇后親蠶頌》：「昭孝敬於蒸嘗，盛華禮於中宇，神化馳於八方。」《校注》：「華禮：榮禮。指拜相國、齊公之禮。越：墜，失落。」

〔五〕器慚遠度：遠度，高遠的器度。《文選》卷二十六謝靈運《永初三年七月十六日之郡初發都》：「如何懷土心，持此謝遠度。」

〔六〕兵車召陵之盟：《校注》：「《左傳·僖公四年》：齊桓公命諸侯伐楚，『楚子使屈完如師。師退，次于召陵。齊侯陳諸侯之師，與屈完乘而觀之。……齊侯曰：以此衆戰，誰能禦之？以此攻城，何城不克？對曰：君若以德綏諸侯，誰敢不服？君若以力，楚國方城以爲城，漢水以爲池，雖衆，無所用之。屈完及諸侯盟。』兵車：戰車。指武力。依靠軍事力量而結成同盟爲兵車之盟。召陵：古楚地名，舊城在今河南郾城縣東。」

〔七〕朝歌河内之會：《校注》：「《史記·周本紀》：周武王伐紂，東觀兵至於盟津，諸侯不期而會者八百；後至於牧野，諸侯兵車四千乘會師而滅殷。朝歌：殷地名，故址在今河南淇縣。自朝歌南至清水，悉稱牧野（據酈道元《水經注》説）。盟津：即孟津，漢屬河内郡。」

〔八〕「無束馬」二句：《校注》：「束馬山戎、懸車流沙：《史記·齊太公世家》：『桓公稱曰：寡人南伐至召陵，望熊山；北伐山戎、離枝、孤竹；西伐大夏，涉流沙；束馬懸車登太行，至卑耳山而還。諸侯莫違寡人，寡人兵車之會三，乘車之會六，九合諸侯，一匡天下。』束馬懸車，包裹馬脚，懸鉤車子以防跌滑。謂跋涉艱險。山戎，我國古代北方部族名。流沙，西北沙漠地區。」

〔九〕納陛朱户：《校注》：「納陛、朱户：皆『九錫』之一。此指九錫之禮。《漢書·王莽傳》：『今加九命之錫……朱户納陛。』注：『孟康曰：納，内也。謂鑿殿基際爲陛，不使露也。』朱户，朱門。」

〔一〇〕事絶羣班：《校注》：「絶羣班：超越百官。」

〔一一〕金璽緑綬：綬，絲帶。古代用以繫佩玉、官印等。綬帶的顔色常用以標誌不同的身份與等級。《漢書》卷十九上《百官公卿表上》：「高帝即位，置一丞相。十一年更名相國。緑綬。」《續漢書·輿服志下》：「諸國貴人、相國，皆緑綬。」蕭道成是時爲相國，故佩緑綬。《南齊書》卷一《高帝紀上》：「（昇明三年）三月甲辰，詔進位相國，總百揆，封十郡爲齊公，備九錫之禮，加璽紱遠遊冠，位在諸侯王上，加相國緑綟綬。」

〔一二〕儀參鴻典：鴻典，盛大的典禮。《宋書》卷四十一《后妃·明帝陳貴妃傳》：「伏惟貴妃，含和日晷，表淑星樞，徽音峻古，柔光照世，聲華帝掖，軌秀天嬪，景發皇明，祚昌睿命。而備物之章，未焕彝策。遠酌前王，允陟鴻典。」《校注》：「參：參同。」

〔一三〕聞命屏營：屏營，惶恐。《國語·吴語》：「王親獨行，屏營仿偟於山林之中，三日乃見其涓人疇。」《藝文類聚》卷四十引曹植《感婚賦》：「顧有懷兮妖人，用搔首兮屏營。」鮑照《拜侍郎上疏》：「祇奉恩命，憂愧增灼，不勝感荷屏營之情。」

〔一四〕近申微款：《校注》：「申：申述。款：誠意。按前此蕭道成有《讓太傅相國齊公十郡九錫表》，即所謂『近申微款』。」

〔一五〕日月之鑒：《晉書》卷一百十四《苻堅載記下附王猛傳》：「雖陛下私臣，其如天下何！願迴日月之鑒，矜臣後悔，使上無過授之謗，臣蒙覆燾之恩。」《校注》：「日月之鑒：猶言明鑒。」

〔一六〕蘭芳之旨愈峻：《校注》：「蘭芳之旨：美稱皇帝的意旨。峻：峻切，嚴厲。」

〔一七〕百辟卿后：《校注》：「百辟卿后：諸侯百官。」

〔一八〕踟躕於魏闕：《詩·邶風·静女》：「愛而不見，搔首踟躕。」朱熹集注：「踟躕，猶躑躅也。」《文選》卷二十三潘岳《悼亡詩三首》之三：「徘徊不忍去，徙倚步踟躕。」張銑注：「踟躕，不進貌。」魏闕，古代宫門外兩邊高聳的樓觀。樓觀下常爲懸布法令之所，因借指朝廷。《莊子·讓王》：「身在江海之上，心居乎魏闕之下。」郭象注：「闕，人君門也。」《文選》卷六十陸機《吊魏武帝文》：「濟世夷難之智，而受困魏闕之下。」張銑注：「魏闕，天子闕也。」

〔一九〕「鑾輅」二句：《校注》：「鑾輅旗旂：備有鑾鈴的車和各色旗章，旗上畫有交龍的稱旂。幸：皇帝蒞臨謂幸。」

〔二〇〕「悵然」二句：《文選》卷十九宋玉《神女賦序》：「罔兮不樂，悵然失志。」《史記》卷一百二十七《日者列傳》：「宋忠、賈誼忽而自失，芒乎無色，悵然噤口不能言。」《校注》：「戾：罪过。」

〔二一〕文章徒單：文章，指車服旌旗等，古代於其上加彩飾以區別尊卑貴賤。《左傳・隱公五年》：「昭文章，明貴賤。」杜預注：「車服旌旗。」《孔子家語・問禮》：「既有成事，而後治其雕鏤、文章、黼黻，以別尊卑上下之等。」《校注》：「徒單：士兵。單，單門，指出身微賤。」

〔二二〕迄無蠲省：蠲省，免除。《晉書》卷一百二十九《沮渠蒙遜載記》：「可蠲省百徭，專功南畝，明設科條，務盡地利。」《宋書》卷八《明帝紀》：「無益之物一皆蠲省，務存簡約，以稱朕心。」

〔二三〕而天威咫尺：《左傳》僖公九年：「天威不違顏咫尺。」杜預注：「天鑒察不遠，威嚴常在顏面之前八寸曰咫。」《尚書・顧命》：「王再拜，興，答曰：『眇眇予末小子，其能而亂四方，以敬忌天威。』」《晉書》卷四十二《王渾傳》：「私慕魯女存國之志，敢陳愚見，觸犯天威。」《校注》：「此以天指皇帝。」

〔二四〕丹懷罔固：《校注》：「丹懷：赤誠之心。罔固：不能固守。」

〔二五〕「輒肅恭」二句：《校注》：「文物、榮禮：謂美盛之禮物。指『九錫』之物。」

〔二六〕違距以深：違距，亦作「違拒」，違背，不從。《晉書》卷七十三《庾亮傳》：「況君臣之義，道貫自然，哀悲眷戀，不敢違距。」《宋書》卷八十三《吴喜傳》：「淵以喜最前獻捷，名位已通，又爲統副，難相違拒。」

〔二七〕迫增怵迫：《管子・心術上》：「不怵乎好，不迫乎惡。」《文選》卷十三賈誼《鵩鳥賦》：「怵迫之徒兮，或趨西東；大人不曲兮，億變齊同。」李善注：「孟康曰：『怵，爲利所誘怵也；迫，迫貧賤，東西趨利也。』」《宋書》卷四十二《王弘傳》：「今多僮者傲然於王憲，無僕者怵迫於時網。」

〔二八〕德輶寵盛：《校注》：「輶：輕，薄。《詩・大雅・烝民》：『德輶如毛。』箋：『輶，輕。』」

〔二九〕「非臣」二句：酬對，應對，應答。《後漢書》卷四十一《第五倫傳》：「帝問以政事，倫因此酬對政道，帝大悦。」《校注》：「鄙虚：卑陋淺薄。」

蕭相國讓進爵爲王第二表

【題解】

此文張本、梁本題作《蕭相國讓進爵爲王表》，《藝文類聚》卷五十一題作《爲齊高帝讓進爵爲王表》。

《南齊書・高帝紀上》載昇明三年：「四月癸酉，詔進齊公爵爲王，以豫州之南梁、陳郡、潁川、陳留，南兗州之盱眙、山陽、秦郡、廣陵、海陵、南沛十郡增封。使持節、司空、衛將軍褚淵奉策授璽紱，金虎符第一至第五左，竹使符第一至第十左，錫兹玄土，苴白茅，改立王社。相國、揚州牧、驃騎大將軍、南徐州刺史如故。」此表云：「今復乃踰九命，爰超五等。」是爲讓王爵而作，時在昇明三年四月。

臣結慮歸請，三辰未鏡〔一〕；傾魂仰視〔二〕，九天弥阻〔三〕。重炳徽策，再晰光誥〔四〕，理晦情震，若涉嚴淵〔五〕。中謝①。

臣業不出世，績未逮古〔六〕。謬藉明政，陳力就列〔七〕。艱多智寡，翊贊罔樹〔八〕。若乃洪範不修〔九〕，鍾綴旒之日〔一〇〕；九黎亂政〔一一〕，當摧軸之辰〔一二〕。雖瀝命奉時〔一三〕，蘭禍提下亟②〔一四〕。防明之陋〔一五〕，貽慚昔人；杜險之蔽，取愧前英〔一六〕。故十萬之師，無集稾街之邸③〔一七〕；千金之貴，恒單白藏之府〔一八〕。戈船發於江湖〔一九〕，戎車出於石城〔二〇〕。然後雲徹席卷〔二一〕，虔劉巨禍〔二二〕，臣實恧焉〔二三〕。不悟上賞亟降，華爵必集④〔二四〕。雖延首紫扃，翹意宸居〔二五〕。執爲守約之志，既謝簡鑒〔二六〕；避賢辭智之請，終無開允〔二七〕。故受任專征〔二八〕，遠邇知寵〔二九〕；肇封四履〔三〇〕，侯甸推禮〔三一〕。昔虞思勤夏〔三二〕，不列殊物之錫；晉叔匡周⑤〔三三〕，豈頒上公之典〔三四〕？燕藩懿親⑥〔三五〕，裁蒙衮舄之榮〔三六〕；梁國戚屬，方忝旌旗之貴〔三七〕。而臣包括庶揆〔三八〕，總納儀形⑦〔三九〕，蓋出近古，非三代之遠體也〔四〇〕。今復乃踰九命⑧，爰超五等〔四一〕。域中之稱〔四二〕，麗天作則〔四三〕，探情顧抱，豈所允安者哉？伏願陛下，一檢丹崖〔四四〕，遂臣慊心〔四五〕，無使怵迫〔四六〕，深貽庇矣⑨。

【校記】

①「中謝」張本無此二字。

②「蘭禍」張本、梁本作「禍」。李長路、趙威校：「此句似有舛誤。」

③「稾街」原作「稾行」，今據《彙注》本、張本、梁本改。

④「必」元鈔本作「畢」。

⑤「匡」《藝文類聚》作「臣」。

⑥「燕」《藝文類聚》作「魯」。

⑦「形」《彙注》本、張本、梁本作「刑」。

⑧「今復」張本、梁本無此二字。

⑨「庇矣」《彙注》本、張本作「疪戾」，梁本作「疵戾」。按「庇」，疑梁本作「疵」是。

【箋注】

〔一〕三辰未鏡：三辰，指日、月、星。《左傳·桓公二年》：「三辰旂旗，昭其明也。」杜預注：「三辰，日、月、星也。」《校注》：「三辰：日、月、星辰。亦稱『三光』。《史記·天官書》：『衡，太微，三光之廷。』《索隱》：『太微，天帝南宫也。三光，日、月、五星也。』此指天子之宫庭。」

〔二〕傾魂仰視：按此句及前「結慮歸請」句，《校注》云：「歸請、仰視：當作『仰請』、『歸視』。歸視，謂願皇帝回顧垂意於己。」按本集《蕭相國拜齊王表》：「故駐魂仰請，瀝意歸聞。」

〔三〕九天弥阻：《楚辭·離騷》：「指九天以爲正兮，夫唯靈脩之故也。」《三國志》卷六十五《吴志·賀邵傳》：「陛下處九天之上，隱百重之室。」《校注》：「九天：言其高遠，亦喻宫庭。」

〔四〕「重炳徽策」二句：徽策，策書的美稱。《宋書》卷二《武帝紀中》：「爰暨木居海處之酋，被髮彫題之長，莫不忘其陋險，九譯來庭，此蓋播諸徽策，靡究其詳者也。」《校注》：「徽策：封策。徽，美。誥：帝王封贈的文書。」

〔五〕若涉嚴淵：《漢書》卷八十七上《揚雄傳上》載揚雄《羽獵賦》：「淩堅冰，犯嚴淵，探巖排碕，薄索蛟螭。」顔師古注：「嚴，言不可犯也。」《校注》：「嚴淵：深淵。《詩·小雅·小旻》：『戰戰兢兢，如臨深淵，如履薄冰。』」

〔六〕「臣業」二句：《校注》：「出世：超出當世。逮：及。」

〔七〕陳力就列：《校注》：「陳力：貢獻力量。就列：就位，任職。《論語·季氏》：『孔子曰：

求，周任有言曰：陳力就列，不能者止。』」

〔八〕翊贊罔樹：翊贊，輔助，輔佐。《三國志》卷四十三《蜀志·吕凱傳》：「今諸葛丞相英才挺出，深睹未萌，受遺託孤，翊贊季興，與衆無忌，録功忘瑕。」《校注》：「罔樹：無所建樹。」

〔九〕洪範不修：《漢書》卷九十九上《王莽傳上》：「陛下奉天洪範，心合寶龜，膺受元命，豫知成敗。」《晉書》卷五十一《皇甫謐傳》：「子其鑒先哲之洪範，副聖朝之虚心，沖靈翼於雲路，浴天池以濯鱗。」《校注》：「洪範：洪，大；範，法。大法即治國安民的政綱。《尚書》有《洪範》篇，相傳周武王克殷，訪問箕子，箕子以《洪範》陳之。見《尚書·洪範》疏及《史記·宋微子世家》。」

〔一〇〕鍾綴旒之日：《校注》：「鍾：當，適逢。《文選》劉琨《勸進表》：『方今鍾百王之秀。』綴旒：綴於冠冕上的垂珠，隨人左右擺動。比喻王室處於危險之境。《文選》潘岳《册魏公九錫文》：『當此之時，若綴旒焉。』吕銑注：『旒，冠上垂珠，而綴於冠者，言帝室人危如旒之懸。』」

〔一一〕九黎亂政：《校注》：「九黎：相傳少昊時諸侯。《國語·楚語下》：『及少皞之衰也，九黎亂德。』注：『九黎，黎氏九人，蚩尤之徒也。』此指作亂的諸侯。」

〔一二〕摧軸之辰：《校注》：「摧軸：軸，地軸。張華《博物志》卷一：『地有三千六百軸。』比喻國運。國家遭受挫折，故謂『摧軸』。」

〔一三〕瀝命奉時：《校注》：「瀝命：謂竭盡忠誠，不惜生命。」

〔一四〕蘭禍提下亟：《校注》：「此句似有訛誤。」

〔一五〕防明之陋：《校注》：「明：疑作『禍』。可能是涉上句而誤。」今録以備考。

〔一六〕「杜險」二句：《通鑑》卷一百八晉孝武帝太元二十一年：「苻謨曰：『今魏軍衆彊，千里遠鬥，乘勝氣鋭，若縱之使入平土，不可敵也。宜杜險以拒之。』中書令眭邃曰：『魏多騎兵，往來剽速，馬上齎糧，不過旬日。宜令郡縣聚民千家爲一堡，深溝高壘，清野以待之。彼至無所掠，不過六旬，食盡自退。』尚書封懿曰：『今魏兵數十萬，天下之勍敵也，民雖築堡，不足以自固，是聚兵及粮以資之也。且動摇民心，示之以弱。不如阻關拒戰，計之上也。』」疑爲此二句之所出。

〔一七〕稾街之邸：稾街，漢長安街名，時屬國使節館舍均集中於此街。《漢書·王莽傳下》：「於今迎當置長安稾街，一胡人耳，不如在匈奴有益。」顔師古注：「稾街，蠻夷館所在也。」陸機《飲馬長城窟行》：「振旅勞歸士，受爵稾街傳。」《校注》：「此以『稾街之邸』指叛逆諸侯。」

〔一八〕恒單白藏之府：《校注》：「單：盡。通『殫』。白藏：倉庫名。《文選》左思《魏都賦》：『白藏之藏。』注：『白藏庫在西城下，有屋一百七十四間。《爾雅》曰：秋爲白藏。因以爲名也。』」

〔一九〕戈船發於江湖：《校注》：「戈船：古代戰船的一種。《西京雜記》卷六：『戈船：上建戈矛，四角悉垂幡旄旍葆麾蓋。』」

〔二〇〕戎車出於石城：《校注》：「戎車：戰車。石城：即石頭城，指建康。以上二句當指劉休範、沈攸之叛亂事。」

〔二一〕雲徹席卷：《文選》卷六左思《魏都賦》：「剋翦方命，吞滅咆烋。雲撤叛换，席卷虔劉。」《宋書》卷六十七《謝靈運傳》載謝靈運《撰征賦》：「惟授首之在晨，當盛暑而還徒。肅嚴威以振響，漸温澤而沾脥。既雲撤於朐城，遂席卷於齊都。」《校注》：「徹：通『撤』，消散。雲徹席卷：言大片土地被叛軍迅速佔領。」

〔二二〕虔劉巨禍：虔劉，劫掠，殺戮。《左傳·成公十三年》：「入我河縣，焚我箕部，芟夷我農功，虔劉我邊陲。」杜預注：「虔、劉，皆殺也。」《後漢書》卷一下《光武帝紀下》：「英威既振，新都自焚。虔劉庸、代，紛紜梁、趙。」李賢注：「虔、劉，皆殺也。」

〔二三〕臣實恧焉：《方言》第六：「恧，慙也。荆揚青徐之間曰㥏，若梁益秦晉之間，言心内慙矣，山之東西，自愧曰恧。」郭璞注：「《小爾雅》曰：『心愧爲恧。』」

〔二四〕「不悟」二句：《校注》：「亟：屢次。必集：不止。《墨子·經上》：『必，不已也。』言其連續受賞進爵。」

〔二五〕「雖延首」二句：宸居，帝王居處。《樂府詩集》卷二《郊廟歌辭·宋明堂歌》謝莊《歌太祖文皇帝》：「維天爲大，維聖祖是則，辰居萬宇，綴旒下國。」《文選》卷四十六任昉《王文憲集序》：「是以宸居膺列宿之表，圖緯著王佐之符。」劉良注：「宸居，天子宫也。」

〔二六〕「執爲」二句：《校注》：「爲：孫隘堪校云：『爲當作撝（揮）。』撝約，猶撝抑，謙退之意。簡鑒：謂經考察而加以諒解。」

〔二七〕終無開允：《校注》：「開允：通過，許可。」

〔二八〕受任專征：專征，受命自主征伐。班固《白虎通義·考黜》：「好惡無私，執義不傾，賜以弓矢，使得專征。」《宋書》卷九十三《隱逸·陶潛傳》：「桓桓長沙，伊勳伊德，天子疇我，專征南國。」

〔二九〕遠邇知寵：遠邇，遠近。《書·盤庚上》：「汝有積德之臣，乃不畏戎毒於遠邇。」孔傳：「不畏大毒於遠近。」《荀子·議兵》：「兵不血刃，遠邇來服。」

〔三〇〕肇封四履：四履，謂四境的界限。《左傳·僖公四年》：「五侯九伯，女實征之，以夾輔周室。賜我先君履：東至於海，西至於河，南至於穆陵，北至於無棣。」杜預注：「履，所踐履之界。」《文選》卷三十六任昉《宣德皇后令》：「而地狹乎四履，勢卑乎九伯。」謝朓《爲王敬則謝會稽太守啓》：「而鴻恩妄假，覆授龜符。玉節邁於雙璜，表東侔於四履。」《校注》：「履：指諸侯所統轄的國土。」

〔三一〕侯甸推禮：侯甸，侯服和甸服。《書·伊訓》：「伊尹祠於先王，奉嗣王祗見厥祖，侯甸羣后咸在。」《周禮·夏官·職方氏》：「乃辨九服之邦國，方千里曰王畿，其外方五百里曰侯服，又其外方五百里曰甸服，又其外方五百里曰男服，又其外方五百里曰采服，又其外方五百里曰衛服，又其外方五百里曰蠻服，又其外方五百里曰夷服，又其外方五百里曰鎮服，又其外方五百里曰藩服。」《校注》：「侯甸：侯服和甸服，皆古代五服之一。此泛指京畿以外地區。推禮：謂推崇禮敬。」

〔三二〕虞思勤夏：《校注》：「虞思：虞舜的後代。勤夏：謂任職夏朝。《史記·陳杞世家》：『陳胡公滿者，虞帝舜之後也。……舜已崩，傳禹天下，而舜子商均爲封國。夏后之時，或失或續。』《索隱》：『按：夏代猶封虞思、虞遂是也。』」

〔三三〕晉叔匡周：《校注》：「晉叔：即晉文公，名重耳，獻公次子。獻公寵驪姬而殺太子申生，重耳出逃。後回國即位，爲晉侯。文公任用狐偃、趙衰等，尊周室，平王子帶之亂，納周襄王，因輔周有功而命爲伯。見《史記·晉世家》。匡：救。」

〔三四〕上公之典：周制，三公（太師、太傅、太保）稱爲上公。《周禮·春官·典命》：「上公九命爲伯，其國家、宫室、車旗、衣服、禮儀，皆以九爲節。」鄭玄注：「上公，謂王之三公，有德者加命爲二伯。二王之後亦爲上公。」賈公彦疏：「案下文，三公八命，出封皆加一等。」後世稱上公各異。漢制僅以太傅爲上公。《續漢書·百官志一》：「太傅，上公一人。」

〔三五〕燕藩懿親：燕藩，封於燕國的諸侯，指召公。《史記》卷三十四《燕召公世家》：「召公奭，與周同姓，姓姬氏。周武王之滅紂，封召公於北燕。其在成王時，召公爲三公。自陝以西，召公主之，自陝以東，周公主之。」《校注》：「懿親：兄弟至親。《左傳·僖公二十四年》：『如是則兄弟雖有小忿，不廢懿親。』」

〔三六〕衮舄之榮：《彙注》：「衮舄：諸侯王之服也。」《校注》：「衮舄：古代上公的禮服和鞋。」

〔三七〕「梁國」二句：《校注》：「梁國：指漢梁孝王劉武。梁孝王爲孝文帝子，孝景帝同母弟，徙封梁王。《史記·梁孝王世家》：『孝王，竇太后少子也，愛之，賞賜不可勝道。……得賜天子旌旗，出從千乘萬騎。』」

〔三八〕包括庶揆：《校注》：「包括：總攬。庶揆：猶百官。」

〔三九〕總納儀形：儀形，典範楷模。《文選》卷二十四陸機《答賈長淵》：「民之胥好，狂狷厲聖。儀形在昔，予聞子命。」《太平御覽》卷二百十引《晉中興書》：「朕承洪緒，仍聞善誘，慎徽五教，儀形具瞻，登賢顯親，國之典也。」

〔四〇〕三代之遠體：《校注》：「三代：夏、商、周三代。」

〔四一〕「今復」二句：《校注》：「九命：指上公。五等：《禮記·王制》：『王者之制禄爵，公、侯、伯、子、男，凡五等。』」

〔四二〕域中之稱：域中，寰宇間，國中。《老子》第二十五章：「域中有四大，而王居其一焉。」《文選》卷十一孫綽《遊天台山賦》：「釋域中之常戀，暢超然之高情。」

〔四三〕麗天作則：《易·離》：「日月麗乎天，百穀草木麗乎土。」孔穎達疏：「日月麗乎天，百穀草木麗乎土者，此廣明附著之義。」《晉書》卷十四《地理志上》：「星象麗天，山河紀地。」《校注》：「麗天：附著於天。謂依靠皇帝。」

〔四四〕一檢丹崖：《校注》：「丹崖：謂誠懇而有限的心願。崖，邊際。引申爲有限的範圍。」

〔四五〕遂臣慊心：慊心，誠心。慊，誠。任昉《爲齊明帝讓宣城郡公第一表》：「鉅平之懇誠必固，永昌之丹慊獲申。」

〔四六〕無使怵迫：《管子・心術上》：「不怵乎好，不迫乎惡。」《文選》卷十三賈誼《鵩鳥賦》：「怵迫之徒兮，或趨西東；大人不曲兮，億變齊同。」李善注：「孟康曰：『怵，爲利所誘怵也；迫，迫貧賤，東西趨利也。』」《宋書》卷四十二《王弘傳》：「今多僮者傲然於王憲，無僕者怵迫於時網。」

蕭相國拜齊王表

【題解】

此文張本、梁本題作《爲蕭相國拜齊王表》。

此表云：「大夫有命，古或無違；三假有膺，今臣爲叨。」乃受命爲齊王時作。蕭道成被朝命進爵爲王在昇明三年四月癸酉，乃月之初二日，三讓而受之，亦四月所作。

臣無佐夏匡殷之功，威晉服楚之績。業不題於宗器〔一〕，聲靡記於彝典〔二〕。而超居上禮〔三〕，邈乘峻爵。静念隆替①〔四〕，焦原非譬〔五〕。中謝②。

臣以爲衆官咸事，帝謨所以式序〔六〕；羣后剋讓〔七〕，王猷所以載穆〔八〕。況臣訪德語勤，未洎伊稷之能〔九〕；藉靈懷寵，以濫周邵之秩③〔一〇〕。故駐魂仰請，瀝意歸聞〔一一〕。理竭素牒，事罄丹史〔一二〕。具徽太微〔一三〕，備簡玉繩〔一四〕。而才輶志淺，隔景絶炤④〔一五〕。朱輪之使〔一六〕，日月亟紆〔一七〕；金鑾之尊，旦夕將拂〔一八〕。巡情覽識，豈伊寧處〔一九〕？今便肅典内軒〔二〇〕，恭服外屏〔二一〕。大夫有命〔二二〕，古或無違；王假有廟，今臣爲叨〔二三〕。三省空懦〔二四〕，震據于心〔二五〕。

【校記】

①「隆」《彙注》本作「降」。

②「中謝」張本無此二字。

③「以濫周邵」張本作「仍濫周邵」，梁本作「仍濫周召」。

④「炤」張本作「照」。

【箋注】

〔一〕題於宗器：　宗器，宗廟祭器。《左傳・襄公二十五年》：「慶封如師，男女以班，賂晉侯以宗器、樂器。」杜預注：「宗器，祭祀之器。」《國語·晉語八》：「昔欒武子無一卒之田，其宫不備其宗器，宣其德行，順其憲則，使越於諸侯，諸侯親之，戎狄懷之。」韋昭注：「宗器，祭器。」

〔二〕記於彝典：《晉書》卷三十四《羊祜傳》：「夫賞不失勞，國有彝典，宜增啓土宇，以崇前命。」《宋書》卷五十七《蔡廓傳附蔡興宗傳》：「雖彝典宜全，而哀款難奪。」《校注》：「彝典：常法。」

〔三〕超居上禮：《晉書》卷七十三《庾亮傳附庾翼傳》：「翼以帝舅，年少超居大任，遐邇屬目，慮其不稱。」《宋書》卷七十九《文五王·廬江王禕》：「自朕撥亂定宇，受命應天，實尚敦睦，克敷友于，故崇殊爵，超居上台。」

〔四〕静念隆替：《文選》卷十潘岳《西征賦》：「人之升降，與政隆替，杖信則莫不用情，無欲則賞之不竊。」《宋書》卷二《武帝紀中》：「故大道之行，選賢與能。隆替無常期，禪代非一族。」《校注》：「隆替：即『隆降興替』之省文。偏指隆，即升遷之意。」

〔五〕焦原非譬：《校注》：「焦原非譬：《文選》張衡《思玄賦》：『願竭力以守誼兮，雖貧窮而不改。執彫虎而試象兮，阽焦原而跟趾。』李善注引《尸子》：『莒國有石焦原者，廣五十步，臨百仞之谿，莒國莫敢近也。有以勇見莒子者，獨却行齊踵焉，所以稱於世。』李善注：『彫虎以喻貧，試象以喻竭力，焦原以喻義。言己以執彫虎之貧窮，願竭試象之力，而守焦原之義。』焦原：山名，在今山東莒縣南。此用張衡賦意，謂接受齊王之位是出於守義，但位高勢險，不免有危苦之感，故云『焦原非譬』。」

〔六〕「臣以爲」三句：式序，按順序。《詩·周頌·時邁》：「明昭有周，式序在位。」鄭玄箋：「用次第處位。」《後漢書》卷四十三《朱暉傳附朱穆傳》：「議郎、大夫之位，本以式序儒術高行之士，今多非其人。」《校注》：「事：執其事。帝謨：帝王的謀畫。指政治。序：次序。謂政治有條不紊。」

〔七〕羣后剋讓：《尚書·虞書·堯典》：「放勳欽明，文思安安，允恭克讓，光被四表，格於上下。」孔傳：「克，能。」孔穎達疏：「善能謙讓。」《藝文類聚》卷五十引晉孫綽《孔松楊象贊》：「荆玉不及喻其温，南金未能方其勵。夫其温恭篤誠，善誘勤勸，外身崇物，菲躬厚人，指撝必謙，動静克讓，允有古賢之流風，乃祖之遺令矣。」《校注》：「羣后：諸侯。后，君。」

〔八〕王猷所以載穆：王猷，亦作王猶，猶王道。《詩·大雅·常武》：「王猶允塞，徐方既來。」朱熹集傳：「猶，道。言王道甚大，而遠方懷之，非獨兵威也。」《文選》卷十九束晳《補亡詩六首》之五：「周風既洽，王猷允泰。」吕延濟注：「言周室風化既洽，王道信通上下。」《校注》：「穆：和睦。」

〔九〕未洎伊稷之能：《校注》：「洎：及。伊：伊尹。《史記·殷本紀》：『伊尹處士，湯使人聘迎之，五反然後肯往從湯，言素王及九主之事，湯舉任以國政。』《索隱》：『按：素王者太素陵王《謝令賚馬啓》：「無任城之氣勇，降東平之嘉錫，何以揚名沙漠，仰稱隆慈。戀德銘心，矚恩雨淚。」以上二啓雖爲後出，或當時已有此語。

〔二四〕奉國：獻身爲國。《三國志》卷四十七《吴志·吴主權傳》：「君生於擾攘之際，本有從横之志，降身奉國，以享兹祚。」

〔二五〕秉軸之鈞：秉軸，猶當軸，喻官居要職，執掌大權。軸，機械中傳遞動力的主要零件。《漢書》卷六十六《公孫賀等傳贊》：「車丞相履伊吕之列，當軸處中，括囊不言，容身而去，彼哉！彼哉！」《文選》卷四十九干寶《晉紀總論》：「選者爲人擇官，官者爲身擇利，而秉鈞當軸之士，身兼官以十數。」劉良注：「秉，執。鈞，平軸重也。言執權平國家重事，則更兼領十餘職。」《校注》：「秉軸之鈞：喻要職。指太尉之職。鈞，製陶器的轉輪。」

〔二六〕懇懇：誠摯殷切貌。《漢書》卷六十二《司馬遷傳》：「曩者辱賜書，教以慎於接物，推賢進士爲務，意氣勤勤懇懇。」顔師古注：「懇懇，至誠也。」《文選》卷四十八揚雄《劇秦美新》：「夫不勤勤，則前人不當；不懇懇，則覺德不愷。」

蕭驃騎讓油幢表

【題解】

此文張本、梁本題作《爲蕭驃騎讓油幢表》。

《晉書》卷二十五《輿服志》：「油幢車，駕牛，形制如皂輪，但不漆轂耳。王公大臣有勳德者特給之。」《南齊書》卷十七《輿服志》：「油幢絡車，王公加禮者之常乘，次三望。」注：「制似三望而減。」《校注》：「油幢：即油幢車。一種車帷上塗油的車子。」

按表文云：「奉詔賜車一乘。」「車」，即指油幢絡車，省作油幢。考《南齊書·高帝紀上》，蕭道成於昇明元年七月「丙申，進位侍中、司空、録尚書事、驃騎大將軍，持節、都督、刺史如故。封竟陵郡公，邑五千户。給油幢絡車，班劍三十人」，按是年七月丙申爲月之十五日，此表是時所作。

臣某言：奉詔賜車一乘。竊以國容方穆〔一〕，旗章式序〔二〕；朝禮永清①，儀服咸貫〔三〕。故象革建鑣②〔四〕，尚炯明圖③；朱箱玄蓋，猶炤漢篆〔五〕。皆旌羽勿差，功庸匪濫〔六〕。臣忝爵山重，蒙榮海深〔七〕。襲恩祇册，已慚初筮〔八〕。浮禄素位，方疚心路〔九〕。鑒古以惕，巡世罔然〔一〇〕。不宜假文丹幰，空飾皁轓④〔一一〕。仰思至道，俯恤物僭〔一二〕，伏願聖遠，特停華渥〔一三〕。書愚上請，追深累懼，不任下情。

【校記】

①「永」原作「求」，今據《彙注》本、張本、梁本改。

②「建」《彙注》本作「鞬」。

③「明」張本、梁本作「周」。

④「轌」張本、梁本作「轓」。

【箋注】

〔一〕國容方穆：國容，《司馬法・天子之義》：「古者國容不入軍，軍容不入國。故德義不相踰。」《文選》卷四十六顔延之《三月三日曲水詩序》：「國容眡令而動，軍政象物而具。」李周翰注：「國容，百官上下之義也。」

〔二〕旗章式序：旗章，具有區别名分標誌的旗幟。《禮記・月令・季夏之月》：「是月也，命婦官染采，黼黻文章必以法，故無或差貸。黑黄蒼赤，莫不質良，毋敢詐僞，以給郊廟祭祀之服，以爲旗章，以别貴賤等給之度。」鄭玄注：「旗章，旌旗及章識也。」劉向《説苑・指武》：「《太公兵法》曰：『致慈愛之心，立威武之戰，以卑其衆，練其精鋭，砥礪其節，以高其氣。分爲五選，異其旗章，勿使冒亂。』」式序，按順序。《詩・周頌・時邁》：「明昭有周，式序在位。」鄭玄箋：「用次第處位。」《後漢書》卷四十三《朱暉傳附朱穆傳》：「議郎、大夫之位，本以式序儒術高行之士，今多非其人。」

〔三〕「朝禮」二句：儀服，禮服。《後漢書》卷十下《皇后紀下附皇女傳序》：「漢制，皇女皆封縣公主，儀服同列侯。」《太平御覽》卷八百八十七引《幽明録》：「吏朱衣紫帶，玄冠介幘，或所被着，悉珠玉相連結，非世中儀服。」按以上四句《校注》云：「穆：肅穆莊重。指朝禮。清：清静和平。指國容。此錯舉成文。序：謂百官所用旗章服飾區别貴賤等級。貫：謂有條不紊。」

〔四〕故象革建鑣：象革，指五路中的象路和革路。五路，亦作「五輅」，古代帝王所乘的五種大車，即玉路、金路、象路、革路、木路。各路飾物和馬具皆有區别。《周禮・春官・巾車》：「王之五路，一曰玉路，鍚，樊纓十有再就，建大常十有二斿，以祀；金路，鉤，樊纓九就，建大旂，以賓，同姓以封；象路，朱，樊纓七就，建大赤，以朝，異姓以封；革路，龍勒，條纓五就，建大白，以即戎，以封四衛；木路，前樊鵠纓，建大麾，以田，以封蕃國。」《宋書》卷十八《禮志五》：「周之五路，則有玉、金、象、革、木。五者之飾，備於《考工記》。」建鑣，即鞬鑣。鑣，馬嚼子。《詩・秦風・駟驖》：「輶車鸞鑣，載獫歇驕。」朱熹集傳：「鑣，馬銜也。」按鞬鑣，《彙注》云：「《釋名》曰：『鞬，建也。鑣，馬銜也。』猶言弓矢并建於馬首也。」《校注》云：「鞬：疑作『韁』。韁，即纓，套在馬頸用以負軛的皮帶。」二説有别，今并録之，以備考焉。

〔五〕「朱箱」二句：《彙注》：「朱箱玄蓋，猶漢兩千石以上皆朱轓皂蓋也。」《校注》：「朱箱玄蓋：郡守以上官員所乘之車。《續漢書・輿服志中》：『中二千石、二千石皆皂蓋，朱兩轓。』車廂四面的障蔽稱轓。漢篆：指漢代典籍。篆，書體名。」

〔六〕「皆旍羽」二句：旍羽，旍旗。因有羽飾，故稱。《樂府詩集》卷十三《燕射歌辭・晉四廂樂歌》成公綏《正旦大會行禮歌》：「鏗金石，揚旍羽；縱八佾，巴渝舞。」《校注》：「旍羽：泛指九旗。九旗，用不同圖像表示不同等級的九種旗幟。見《周禮・春官・司常》。旍是用彩色羽毛作裝飾的旗。功庸匪濫：謂各種旗章功用不同，不可濫用。庸，即用。」

〔七〕蒙榮海深：蒙榮，《後漢書》卷三十四《梁統傳附梁竦傳》：「妾聞太宗即位，薄氏蒙榮；宣帝繼統，史族復興。」《宋書》卷七十四《臧質傳》：「僕以不肖，過蒙榮私，荷佩升越，光絶倫伍。」

〔八〕「襲恩」二句：《校注》：「祇：奉，恭奉。册：指詔書。初筮：古拜官之初，先占卜吉凶。《左傳・閔公元年》：『初，畢萬筮仕於晉。』此指自入仕以來所得的恩賞。」

〔九〕「浮禄」二句：浮禄素位，謂自己目前乃虚受其位。素位，謂現在所處之地位。《禮記・中庸》：「君子素其位而行，不願乎其外。」孔穎達疏：「素，鄉也。鄉其所居之位而行其所行之事，不願行在位外之事。」朱熹章句：「素，猶見在也。言君子但因見在所居之位而爲。」心路，猶心意，心情。《校注》：「浮禄：虚受其禄。」

〔一〇〕「鑒古」二句：罔然，同「惘然」，心中若有所失貌。《後漢書》卷五十三《黄憲傳》：「同郡戴良，才高倨傲，而見憲未嘗不正容；及歸，罔然若有失也。」《文選》卷三張衡《東京賦》：「勸德畏戒，喜懼交争，罔然若酲，朝疲夕倦，奪氣褫魄之爲者也。」薛綜注：「罔然，猶惘惘然也。」《校注》：「惕：戒懼。巡世：謂遍覽當世。」

〔一一〕「不宜」二句：《彙注》：「幰，車衣也。轓，車旁也。」《校注》：「幰、轓：皆指油幢車。轓，車廂外部的障蔽。」

〔一二〕「仰思」二句：至道，最完善的準則。《荀子·儒效》：「以從俗爲善，以貨財爲寶，以養生爲己至道，是民德也。」《淮南子·俶真訓》：「是故至道無爲，一龍一蛇，盈縮卷舒，與時變化，外從其風，内守其性。」僣，同「僭」，超越，冒用。《校注》：「恤：擔憂。物僣：超越規定，不應得之物。」

〔一三〕華渥：《校注》：「華渥：謂盛美的恩澤。」

江文通集校注卷八

蕭太尉上便宜表

【題解】

此文張本、梁本題作《爲蕭太尉上便宜表》。

便宜：指有利國家，合乎時宜之事。《漢書》卷四十三《劉敬傳》：「敬脱輓輅，見齊人虞將軍曰：『臣願見上言便宜。』」《南齊書》卷四十六《顧憲之傳》：「愚又以便宜者，蓋謂便於公宜於人也。」

《南齊書》卷一《高帝紀上》載宋順帝昇明二年事云：「大明泰始以來，相承奢侈，百姓成俗。太祖輔政，罷御府，省二尚方諸飾玩。至是又上表禁民間華僞雜物：不得以金銀爲箔，馬乘具不得金銀度，不得織成繡裙，道路不得著錦履，不得用紅色爲幡蓋衣服，不得翦綵帛爲雜花，不得以綾作雜服飾，不得作鹿行錦及局脚檉柏牀、牙箱籠雜物、綵帛作屏鄣、錦緣薦席，不得私作器仗，不得以七寶飾樂器又諸雜漆物，不得以金銀爲花獸，不得輒鑄金銅爲像。皆須墨敕，凡十七條。」

與江淹此表表文相合，則表乃是時蕭道成爲禁奢侈之風而使江淹代作者。

曹道衡《年代考》論此表云：「此文主要講取消一些奢侈之物，考《南齊書·高帝紀》，是昇明二年三月的事。」尋曹先生以爲此表作於三月之依據，乃因《南齊書·高帝紀》記蕭道成表禁奢侈在黄回被殺後，且又於昇明二年三月蕭道成加羽葆鼓吹事後云：「辛卯，太祖誅鎮北將軍黄回。」然而昇明二年三月戊申朔，無辛卯日，則《南齊書》所記當有誤。考黄回之被殺，《宋書》、《南史》之《順帝紀》，《通鑒》卷一百三十四，皆記在四月辛卯。四月戊寅朔，辛卯爲月之十四日，即《南齊書·高帝紀》於「辛卯」前佚「四月」二字也（説詳拙著《南齊書校議》）。由是，此表必爲是年四月之後所作。又考《通鑒》卷一百三十四載是年事云：「蕭道成以大明以來，公私奢侈。秋八月，奏罷御府，省二尚方雕飾器玩。辛卯，又奏禁民間華僞雜物，凡十七條。」《宋書·順帝紀》亦云是年「八月辛卯，太尉齊王表斷奇飾麗服，凡十有四條」。則此表乃昇明二年八月所作。曹先生誤會《南齊書》文意，又未見《宋書》及《通鑒》所載，非是。

臣公言〔一〕：臣聞經邦緯治〔二〕，去華爲急；體國字民〔三〕，循素乃安〔四〕。聖誥遺風，具騰丹册〔五〕；賢言流沫①，備宣青史〔六〕。何嘗不翦削浮奢，銷遺文繪②〔七〕，然後頌音載興，澤洽式廣〔八〕！楚駕百馬，民雜國彫；秦修萬騎，教亡業墜〔九〕。刻桷丹楹〔一〇〕，禮有常序〔一一〕；朱幡皂蓋〔一二〕，古無濫秩〔一三〕。縹衣綸綬〔一四〕，漢置前制③；

奇服怪物④，周設常刑〔一五〕。皆節俗約訓〔一六〕，反樸還風〔一七〕；肅政黎心⑤〔一八〕，釐一民志〔一九〕，故禮奢寧儉。宣尼之高風〔二〇〕；以義止利，孟軻之宏規〔二一〕。若乃文彩利劍，道鑒其元〔二二〕；彫蟲篆刻〔二三〕，世炤其淺〔二四〕。雖儒墨異學，名法各治〔二五〕；至於遵本捨末，其概一也。故荀、韓之立典⑥〔二六〕，管、晏之制書⑦〔二七〕，賈、陸之鴻筆〔二八〕，嚴、徐之博辭〔二九〕，食貨興志，鹽鐵生論〔三〇〕，莫不異説而同儉，乖議而共治〔三一〕。

然世淪物起〔三二〕，道缺事遷。蓋源起西秦〔三三〕，波被東漢，一魏不變，二晉未革〔三四〕，所從來者遠矣。洎高祖武皇帝〔三五〕，業高縣寓，化格區宙〔三六〕。菲躬謙度〔三七〕，方追重華納麓之勤〔三八〕；約情撝操⑧〔三九〕，乃取文命卑宮之義⑨〔四〇〕。去金錦之巧，無帷帳之飾。唯修遠圖綏國之術，祈勸力耕濟世之規〔四一〕。是以政平刑偃，紫階斯廓〔四二〕。太祖文皇帝〔四三〕，恭己明臺之上，聽政衢室之下〔四四〕。九官咸静〔四五〕，萬績惟凝〔四六〕。亦復務抑華詡，思裁奓太⑩〔四七〕。輿馬翠翟之麗〔四八〕，尠登乎外禁〔四九〕；瑶碧綺組之玩〔五〇〕，罕設於内宫〔五一〕。故大德立而五路謐〔五二〕，鴻名建而四民寧者也〔五三〕。

自頃政教日替〔五四〕，敦教月虧〔五五〕。誰惟歷稔〔五六〕，亦曰淹紀〔五七〕。至乃帝臺傾海外之寶〔五八〕，王城盡天下之祕〔五九〕。象席珠履〔六〇〕，一躡而即收；鏤琴綵瑟，再撫而已損。褧衣隨塵而罷〔六一〕，羅袂從風而棄〔六二〕。百民染其聲奢〔六三〕，萬姓被其馳蕩〔六四〕。故闤闠之里〔六五〕，富者竊梁楚之乘〔六六〕；伎巧之家〔六七〕，豪者襲王公之服。於是有文靡虛麗、驕邪不典之器，精纖空飾、妙蠱非常之玩〔六八〕。農夫勤耨，不充浮伎之資；蠶女務織，無給點刻之費〔六九〕。將恐去實就華，未知所屆〔七〇〕；背源從流〔七一〕，不識其止。求國富兵强〔七二〕，寧可得乎？

今江南所宅，正漢魏兩州之地〔七三〕；户口所檢，裁文景三郡之民〔七四〕。舊齊故魯，鞠爲茂草〔七五〕；全趙盛魏，豺狼所嘷〔七六〕。陛下方欲鳴鑾中土〔七七〕，朝服濟河〔七八〕，不改斯術，則未見其可也〔七九〕。臣謬屬大任，竊同憂泰〔八〇〕；日晏宵分〔八一〕，實忘饑寢。草治其莠⑪，職此爲先〔八二〕。輒具條便宜〔八三〕，可以安邦利民者，事事如右。率以聞見，謹簡聖聽〔八四〕。若其咸允，謹請敕付外施行。

【校記】

①「流沫」原作「末流」，《彙注》本作「流沫」，今據張本、梁本改。

②「遺」原作「遺」，今據《彙注》本、張本、梁本改。

③「制」原作「寄」，今據《彙注》本、張本、梁本改。

④「奇」原作「制」，今據《彙注》本、張本、梁本改。

⑤「政」《彙注》本作「正」。

⑥「荀」《彙注》本作「申」。

⑦「管」原作「君」，今據元鈔本、《彙注》本、張本、梁本改。

⑧「撝」原作「僞」，今據《彙注》本、張本、梁本改。

⑨「卑宮」原作「卑官」，今據元鈔本、《彙注》本、張本、梁本改。

⑩「奓太」元鈔本作「奢汰」。

⑪「草」《彙注》本作「苗」。

【箋注】

〔一〕臣公言：《校注》：「公：蕭道成其時爲司空，因是底稿，避其名諱，故但云公。」

〔二〕經邦緯治：《校注》：「經邦緯治：經營國家大事。」

〔三〕體國字民：體國，治理國家。《文選》卷四十七陸機《漢高祖功臣頌》：「體國垂制，上穆下親。」李周翰注：「能體國家輕重，以約法三章，使君臣上下和穆而相親也。」劉勰《文心雕龍·奏啓》：「劉頌殷勤於時務，温嶠懇惻於費役，并體國之忠規矣。」字民，撫治百姓。《逸周書·本典》：「字民之道，禮樂所生。」《文選》卷六左思《魏都賦》：「長世字甿者，以道德爲藩，不以襲險爲屏也。」李善注引《周書》曰：「成王曰：『朕不知字民之道，敂問伯父。』」《校注》：「體國字民：治國養民。」

〔四〕循素乃安：《校注》：「素：樸素。」

〔五〕「聖詔」二句：遺風，前代或前人遺留下來的風教。《楚辭》屈原《九章·哀郢》：「哀州土之平樂兮，悲江介之遺風。」《史記》卷一百二十九《貨殖列傳》：「而鄒、魯濱洙、泗，猶有周公遺風，俗好儒，備於禮。」丹册，即丹書。《漢書》卷十六《高惠高后文功臣表》：「於是申以丹書之信，重以白馬之盟。」《文選》卷四十一司馬遷《報任少卿書》：「僕之先，非有剖符丹書之功。」吕向注：「剖符丹書，皆漢之符契，有功者執之。遷言其父無此功也。」

〔六〕「賢言」二句：流沫，謂口中流涎沫。《文選》卷四十五揚雄《解嘲》：「蔡澤山東之匹夫也，顩頤折頞，涕唾流沫。」青史，古以竹簡記事，故稱史書爲青史。按以上二句《校注》云：「聖詔遺風，賢言流沫：指古代聖賢的遺教。沫，水泡。丹册、青史：皆指史書。」

〔七〕「何嘗」二句：《校注》：「翦削：除去。翦，同『剪』。銷遺：毁棄。文繪：與『浮奢』皆指浮華奢侈之風。」

〔八〕「然後」二句：《校注》：「頌音：頌聲。澤洽：恩澤。」

〔九〕「楚駕」四句：《校注》：「楚、秦：泛指諸侯國。雜：混亂。教：教化。業：事業。」

〔一〇〕刻桷丹楹：《校注》：「刻桷：刻上花紋的椽子。桷，方形屋椽。丹楹：塗上紅漆的柱子。《左傳·莊公二十三年》：『秋，丹桓公之楹。』又《莊公二十四年》：『春，刻其桷，皆非禮也。』據古禮制，天子之椽，將樹木砍削粗磨後，再用沙石細磨，諸侯止於粗磨而已。又天子、諸侯之楹用黑色，見《穀梁傳·莊公二十三年》。桓公刻桷丹楹，故被認爲是奢侈非禮之舉。」

〔一一〕常序：一定之次序。王弼《周易略例上》：「尊卑有常序，終始無常主。」《南齊書》卷一《高帝紀上》：「春秋遞運，時歲之常序。」

〔一二〕朱幡皂蓋：《彙注》：「《漢官儀》曰：『漢列侯皆乘朱幡皂蓋，二千石朱兩幡，千石至六百石朱左幡。』」《校注》：「朱幡皂蓋：即朱箱玄蓋。」

〔一三〕古無濫秩：《校注》：「濫秩：超越規定的爵秩。」

〔一四〕縹衣綸綬：縹，青白色的絲織品。《楚辭》王褒《九懷·通路》：「紅采兮騂衣，翠縹兮爲裳。」洪興祖補注：「縹，疋沼切，帛青白色。」《校注》：「縹衣：漢時爲后夫人所服。縹，淡青色。綸綬：青絲綬，爲九卿、中二千石、二千石所服。皆見《續漢書·輿服志》。」

〔一五〕「奇服」二句：《校注》：「奇服怪物：穿奇裝怪服之人。刑：法。《周禮·天官·閽人》：『奇服怪民不入宫。』」

〔一六〕節俗約訓：《校注》：「節俗約訓：節制和約束世俗的法規。訓，法。」

〔一七〕反樸還風：反樸，同「反璞」。謂還其原始的淳樸狀態。《戰國策·齊策四》：「斶知足矣，歸真反璞，則終身不辱。」《南齊書》卷五十三《良政傳》序：「爲政未朞，擢山陰令傅琰爲益州刺史。乃捐華反樸，恭己南面，導民以躬，意存勿擾。」還風，恢復好風氣。《宋書》卷八《明帝紀》：「豈所以還風尚本，捐華務實。宜修道布仁，以革斯蠹。」《南齊書》卷二十八《劉善明傳》：「遣遊辯之士，爲鄉導之使，輕裝啓行，經營舊壤，令泗上歸業，稷下還風，君欲誰讓邪？」《校注》：「反樸還風：謂使社會回到樸實無華的作風上來。」

〔一八〕肅政黎心：肅政，猶肅正，端正。《宋書》卷四十二《王弘傳》：「世子左衛率康樂縣公謝靈運，力人桂興，淫其嬖妾，殺興江涘，棄屍洪流。事發京畿，播聞遐邇，宜加重劾，肅正朝風。」顔之推《顔氏家訓·省事》：「微染風塵，便乖肅正；坑穽殊深，瘡痏未復。」《校注》：「黎心：民心。」

〔一九〕釐一民志：《校注》：「釐一：加以改正而使其統一。」

〔二〇〕「故禮奢」二句：《校注》：「禮奢寧儉：語出《論語·八佾》：『林放問禮之本。子曰：大哉問！禮，與其奢也，寧儉。』宣尼：即孔子。漢平帝時追謚孔子曰襃成宣尼公。後因稱其爲宣尼。」

〔二一〕「以義」二句：鮑照《河清頌》序：「然而聖上猶夙興昧旦，若有望而未至；宏規遠圖，如有追而莫及。」《校注》：「義止利：語本《孟子·梁惠王上》：『孟子見梁惠王。王曰：叟不遠千里而來，亦將有以利吾國乎？孟子對曰：王何必曰利，亦有仁義而已矣。』」

〔二二〕「若乃」二句：《校注》：「文彩利劍：《老子》：『服文彩，帶利劍，厭飲食，財貨有餘，是爲盜竽，非道也哉！』元：即『玄』。玄道，老子之道。」

〔二三〕彫蟲篆刻：《揚子法言·吾子》：「或問吾子少而好賦。曰：『然。童子彫蟲篆刻。』俄而曰：『壯夫不爲也。』」《校注》「彫蟲篆刻：蟲，蟲書。刻，刻符。蟲書、刻符皆爲西漢學童所習篆書八體之一，後借指辭賦之雕繪辭采。」

〔二四〕世炤其淺：《詩經·小雅·正月》：「魚在於沼，亦匪克樂，潛雖伏矣，亦孔之炤。」朱熹集傳：「炤，明易見也。」淺，淺薄。

〔二五〕「雖儒墨」二句：梁武帝蕭衍《斷酒肉文》：「又外道行其異學，雖不當理，各習師法，無有覆藏。」

〔二六〕荀韓：荀子及韓非子。立典：《後漢書》卷六十二《荀淑傳附荀悦傳》：「夫立典有五志焉：一曰達道義，二曰章法式，三曰通古今，四曰著功勳，五曰表賢能。於是天人之際，事物之宜，粲然顯著，罔不備矣。」

〔二七〕管晏之制書：《校注》：「管晏：管仲、晏嬰。皆春秋時人。」

〔二八〕賈陸之鴻筆：鴻筆，大手筆。王充《論衡·須頌》：「古之帝王建鴻德者，須鴻筆之臣褒頌紀載，鴻德乃彰，萬世乃聞。」《晉書》卷八十二《陳壽等傳論》：「丘明既没，班馬迭興，奮鴻筆於西京，騁直詞於東觀。」《校注》：「賈陸：賈誼、陸賈。皆西漢時人。」

〔二九〕嚴徐之博辭：《校注》：「嚴徐：據《史記·主父偃傳》，漢武帝時徐樂、嚴安俱上書言世務，各一事。書奏，天子召見，拜爲郎中。」

〔三〇〕「食貨」二句：《校注》：「食貨：班固《漢書》有《食貨志》，分上下兩卷，上卷言食，下卷言貨。鹽鐵：漢桓寬著《鹽鐵論》。」

〔三一〕乖議而共治：《校注》：「乖議：内容不同。共治：謂皆提倡以儉治國。」

〔三二〕世淪物起：《宋書》卷十《順帝紀》：「故三代之末，德刑相擾，世淪物競，道陂人諛。」

〔三三〕西秦：《校注》：「西秦：指秦朝。秦在六國之西，故稱。」

〔三四〕「一魏」二句：《校注》：「一魏：指三國曹魏，與南北朝時東西二魏相别而言。二晉：西晉、東晉。」

〔三五〕洎高祖武皇帝：《校注》：「洎：到。高祖武皇帝：即宋武帝劉裕。」

〔三六〕「業高」二句：《校注》：「業、化：功業、教化。格：至。縣寓、區宙：即『宇宙區縣』，謂天下。」

〔三七〕菲躬謙度：《藝文類聚》卷五十引晉孫綽《孔松楊象贊》：「荆玉不及喻其温，南金未能方其勵。夫其温恭篤誠，善誘勤勸，外身崇物，菲躬厚人，指撝必謙，動静克讓，允有古賢之流風，乃祖之遺令矣。」《校注》：「謙度：氣度謙遜。」

〔三八〕重華納麓之勤：《校注》：「重華：舜名。納麓：指總攬大政。《尚書·舜典》：『納於大麓，烈風雷雨弗迷。』傳：『麓，録也。納舜使大録萬機之政。』」

〔三九〕約情撝操：撝，謙。《易·謙》：「无不利，撝謙。」王弼注：「指撝皆謙，不違則也。」《南齊書》卷四十七《謝朓傳》：「撝讓之美，本出人情。」

〔四〇〕文命卑宫：《彙注》：「《帝王世紀》曰：伯禹夏后氏，姒姓也，名文命，字高密，身長九尺二寸，長於西羌。又曰：禹卑宫室，垂意於溝洫，百穀用成。」《校注》：「卑宫：卑小其宫室。《史記·夏本紀》：『禹傷先人父鯀功之不成受誅，乃勞身焦思，居外十三年，過家門不敢入。……卑宫室，致費於溝洫。』此言其節儉。」

〔四一〕力耕：努力耕作。《楚辭·卜居》：「寧誅鋤草茅，以力耕乎？將遊大人，以成名乎？」《漢書》卷六十六《楊敞傳附楊惲傳》：「是故身率妻子，勠力耕桑，灌園治産，以給公上。」濟世：救世，濟助世人。《莊子·庚桑楚》：「簡髮而櫛，數米而炊，竊竊乎又何足以濟世哉？」成玄英疏：「此蓋小道，何足救世。」《晉書》卷四十九《阮籍傳》：「籍本有濟世志，屬魏晉之際，天下多故，名士少有全者。籍由是不與世事，遂酣飲爲常。」

〔四二〕紫階斯廓：謝莊《烝齋應詔》：「霜露凝宸感，肅僾動天引。西郊滅湮撩，東溟起昭晉。舞風泛龍常，輪霞浮玉軔。紫階協笙鏞，金途展應輴。」《校注》：「紫階：皇宫臺階。泛指皇宫。廓：空寂，清静。」

〔四三〕太祖文皇帝：《校注》：「太祖文皇帝：即宋文帝劉義隆。」

〔四四〕「恭己」二句：明臺、衢室，相傳爲黄帝及唐堯征詢民意之處所。《管子·桓公問》：「黄帝立明臺之議者，上觀於賢也；堯有衢室之問者，下聽於人也。」後泛指帝王聽政之處。《文選》卷三十六王融《永明十一年策秀才文》：「至於思政明臺，訪道宣室。」張銑注：「明臺，明堂也。天子布政之宫。」《宋書》卷五十一《臨川烈武王道規傳附義慶傳》：「伏惟陛下惠哲光宣，經緯明遠，皇階藻曜，風猷日昇，而猶詢衢室之令典，遵明臺之叡訓，降淵慮於管庫，紆聖思乎版築，故以道邈往載，德高前王。」

〔四五〕九官咸静：九官，相傳舜設置的九個官職。《漢書》卷三十六《楚元王傳附劉向傳》：「臣聞舜命九官，濟濟相讓，和之至也。」顔師古注：「《尚書》：禹作司空，棄后稷，契司徒，咎繇作士，垂共工，益朕虞，伯夷秩宗，夔典樂，龍納言，凡九官也。」後泛指九卿六部的中央官員。《文選》卷二十七顔延之《宋郊祀歌二首》之一：「六典聯事，九官列序。」

〔四六〕萬績惟凝：《晉書》卷八十三《江逌傳》：「疇咨以時，顧問不倦，獻替諷諫，日月而聞，則庶績惟凝，六合咸熙。」《藝文類聚》卷四十八引齊謝朓《爲明帝拜録尚書表》：「尚書百僚之本，弘之即庶績惟凝，替之則彝倫斯斁。」《校注》：「萬績：猶萬業。凝：成，謂取得成就。」

〔四七〕「亦復」二句：《荀子・仲尼》：「閨門之内，般樂奢汰，以齊之分奉之而不足。」楊倞注：「汰，侈也。」《校注》：「華詡：猶浮誇。奓太：即『奢汰』，揮霍無度之意。奓，爲『奢』之籀文。」

〔四八〕輿馬翠翟之麗：《漢書》卷九十七上《外戚列傳上》：「慘鬱鬱其蕪穢兮，隱處幽而懷傷。釋輿馬於山椒兮，奄脩夜之不陽。」鮑照《擬古八首》之一：「魯客事楚王，懷金襲丹素。既荷主人恩，又蒙令尹顧。日宴罷朝歸，輿馬塞衢路。」《洪武正韻》卷十六：「翟，江淮之間謂雉，青質，五色皆備曰翟。」《校注》：「翠：翡翠。翟：雉羽。翠翟皆可作器服裝飾品。」

〔四九〕外禁：帝王之外宫。禁，宫禁。

〔五〇〕瑶碧綺組：《山海經・西山經》：「又西二百八十里，曰章莪之山，無草木，多瑶碧。」郭璞注：「碧亦玉屬。」《文選》卷十九曹植《洛神賦》：「披羅衣之璀粲兮，珥瑶碧之華琚。」張銑注：「瑶、碧，皆玉也。」《文選》卷一班固《西都賦》：「紅羅颯纚，綺組繽紛。」李善注：「《説文》曰：『綺，文繒也。』孔安國《尚書傳》曰：『組，綬也。』」吕向注：「言宫中美人也。」

〔五一〕内宫：指後宫。《左傳・襄公二十八年》：「陳須無以公歸，稅服而如内宫。」

〔五二〕五路：亦作「五輅」。《周禮・春官・巾車》：「王之五路，一曰玉路，鍚，樊纓十有再就，建大常十有二斿，以祀；金路，鉤，樊纓九就，建大旂，以賓，同姓以封；象路，朱，樊纓七就，建大赤，以朝，異姓以封；革路，龍勒，條纓五就，建大白，以即戎，以封四衛；木路，前樊鵠纓，建大麾，以田，以封蕃國。」《文選》卷七潘岳《藉田賦》：「五輅鳴鑾，九旗揚旆。」李善注：「《周禮》曰：王之五路，一曰玉路，二曰金路，三曰象路，四曰革路，五曰木路。」《校注》：「五路：古代統治者所乘的五種車子。路，通『輅』，即車。此代指各統治階層。」

〔五三〕鴻名：大名，盛名。《史記》卷一百十七《司馬相如列傳》：「前聖之所以永保鴻名而常爲稱首者用此，宜命掌故悉奏其義而覽焉。」　四民：《尚書·周官》：「司空掌邦土，居四民，時地利。」蔡沈集傳：「冬官，卿，主國邦土，以居士、農、工、商四民。」《孔叢子》卷中：「臣有犬馬之疾，不任國事。苟得從四民之列，子弟供魏國之征，乃君惠也。」

〔五四〕政教日替：《史記》卷四十《楚世家》：「平王以詐弒兩王而自立，恐國人及諸侯叛之，乃施惠百姓。復陳、蔡之地而立其後如故，歸鄭之侵地。存恤國中，修政教。」《漢書》卷二十二《禮樂志》：「世祖受命中興，撥亂反正，改定京師于土中。即位三十年，四夷賓服，百姓家給，政教清明。」《國語·楚語下》：「吾聞君子唯獨居思念前世之崇替者，與哀殯喪，於是有歎，其餘則否。」韋昭注：「崇，終也；替，廢也。」

〔五五〕敦教月虧：《校注》：「敦教：樸厚的教化。虧：損。」

〔五六〕歷稔：《通鑑》卷一百五十梁武帝普通六年：「陛下雖降明詔，賞不移時，然將士之勳，歷稔不決。」胡三省注：「歷稔，猶言歷年。一年五穀一稔，故以年爲稔。」

〔五七〕淹紀：《宋書》卷六《孝武帝紀》：「昔人稱人道何先，於兵爲首，雖淹紀勿用，忘之必危。」《校注》：「淹紀：謂經歷一紀。一紀爲十二年，或以一代爲一紀。」

〔五八〕帝臺：《文選》卷十三謝莊《月賦》：「引玄兔於帝臺，集素娥於后庭。」李周翰注：「言照曜帝王之臺，后妃之庭。」謝朓《謝隨王賜紫梨啓》：「將恐帝臺妙棠，安期靈棗，不得孤擅玉盤，獨甘仙席。」此指都城。

〔五九〕王城：《後漢書》卷二十七《趙温傳》：「公前託爲董公報讎，然實屠陷王城，殺戮大臣，天下不可家見而户説也。」

〔六〇〕象席珠履：《史記》卷七十八《春申君列傳》：「春申君客三千餘人，其上客皆躡珠履。」鮑照《代白紵舞歌詞四首》之一：「吴刀楚製爲佩褘，纖羅霧縠垂羽衣。含商咀徵歌露晞，珠履颯遝紈袖飛。」《校注》：「象席：用象牙製的席。《西京雜記》卷五：『（漢）武帝以象牙爲簟賜李夫人。』簟，亦席。」

〔六一〕褧衣：《詩・衛風・碩人》：「碩人其頎，衣錦褧衣。」毛傳：「夫人德盛而尊，嫁則錦衣加褧襜。」鄭玄箋：「國君夫人翟衣而嫁。今衣錦者，在塗之所服也。」《校注》：「褧衣：絹質罩衫。」

〔六二〕羅袂：絲羅的衣袖，指華麗之衣著。漢武帝《落葉哀蟬曲》：「羅袂兮無聲，玉墀兮塵生。」《文選》卷三十四曹植《七啓》：「動朱脣，發清商，揚羅袂，振華裳。」從風：隨風。《文選》卷十七傅毅《舞賦》：「羅衣從風，長袖交横。」同上書卷四張衡《南都賦》：「芙蓉含華，從風發榮。」吕向注：「言芙蓉順風開華，菲披然有芳香也。」

〔六三〕百民：《論衡・明雩篇》：「無妄之災，百民不知，必歸於主。爲政治者，慰民之望，故亦必雩。」《南齊書》卷四《鬱林王紀》：「且風土異宜，百民殊務，刑章治緒，未必同源，妨本害政，事非一揆，冕旒屬念，無忘夙興。」

〔六四〕萬姓：萬民。《尚書·立政》：「式商受命，奄甸萬姓。」《漢書》卷九《元帝紀》：「相守二千石誠能正躬勞力，宣明教化，以親萬姓，則六合之内和親，庶幾虖無憂矣。」馳蕩：《文選》卷三十五張協《七命》：「田遊馳蕩，利刃駿足，既老氏之攸戒，非吾人之所欲。」

〔六五〕闤闠之里：《文選》卷四左思《蜀都賦》：「闤闠之里，伎巧之家，百室離房，機杼相和。」劉逵注：「闤，市巷也。闠，市外内門也。」同上書卷六左思《魏都賦》：「班列肆以兼羅，設闤闠以襟帶。」吕向注：「闤闠，市中巷繞市，如衣之襟帶然。」《宋書》卷九《後廢帝紀》：「趨步闤闠，酣歌壚肆。」闤闠，街市，街道。

〔六六〕梁楚：《校注》：「梁楚：皆爲戰國時諸侯國。此泛指諸侯。」

〔六七〕伎巧之家：《史記》卷三十《平準書》：「卜式相齊，而楊可告緡徧天下。」裴駰集解：「瓚曰：『商賈居積及伎巧之家，非桑農所生出，謂之緡。』」按伎巧，技藝。《鬼谷子·捭闔》：「度權量能，校其伎巧短長。」陶宏景注：「伎巧，謂百工之役。」

〔六八〕「於是」四句：《校注》：「文靡虛麗、精纖空飾：意謂精雕細琢，華美艷麗，毫無實用價值。驕邪不典、妙蠱非常：意謂驕奢淫邪，惑亂人心，不符合禮制。」

〔六九〕點刻之費：《校注》：「點刻：點畫雕刻，指製作器玩。」

〔七〇〕未知所届：《詩·小雅·小弁》：「譬彼舟流，不知所届，心之憂矣，不遑假寐。」鄭玄箋：「届，至也。言今太子不爲王及后所容而見放逐，狀如舟之流行，無制之者，不知終所至也。」

《尚書・大禹謨》：「惟德動天，無遠弗届。」孔傳：「届，至也。」

〔七一〕背源從流：從流，隨着水流。《楚辭・九章・哀郢》：「順風波以從流兮，焉洋洋而爲客。」此引申爲隨順俗流。《楚辭・離騷》：「固時俗之從流兮，又孰能無變化？」王逸章句：「言時世俗人隨從上化，若水之流。」《楚辭》劉向《九歎・怨思》：「顧屈節以從流兮，心鞏鞏而不夷。」

〔七二〕國富兵强：《管子・禁藏》：「故風雨時，五穀實，草木美多，六畜蕃息，國富兵彊，民材而令行。」《晉書》卷三十四《杜預傳》：「陛下聖明神武，朝野清宴，國富兵彊，號令如一。」《宋書》卷六十七《謝靈運傳》：「凡造大事待國富兵彊，不必乘會，於我爲易。」

〔七三〕正漢魏兩州：《校注》：「正：僅。漢魏兩州：指荆州和揚州。劉宋偏居江左，其統轄地區實際上只是漢魏時的荆揚二州之境。」

〔七四〕裁文景三郡：《校注》：「裁：才。文景：即西漢文帝和景帝。」

〔七五〕鞠爲茂草：《詩・小雅・小弁》：「踧踧周道，鞠爲茂草。」陳奂《詩毛氏傳疏》：「鞫，窮。窮猶塞也。周室通達之大道，其平易踧踧然，今爲茂草所塞。」鞠，通「鞫」。

〔七六〕豺狼所嘷：嘷，豺狼吼叫聲。《楚辭》淮南小山《招隱士》：「蝯狖羣嘯兮虎豹嘷。」按以上四句《校注》云：「齊魯、趙魏：皆戰國時國名。此指北魏所統治的地區。豺狼：喻北魏統治者。」

〔七七〕鳴鑾中土：《文選》卷一班固《兩都賦》：「大輅鳴鑾，容與徘徊。」吕延濟注：「大輅，天子車。鑾，車上鈴也。」同上書卷七潘岳《藉田賦》：「五輅鳴鑾，九旗揚旆。」吕向注：「鑾，鈴也。」《校注》：「鳴鑾中土：謂出兵北伐。鳴鑾，皇帝車駕，上有鑾鈴，車行則摇動作響。中土，中原地區。」

〔七八〕朝服濟河：《國語・齊語》：「教大成，定三革，隱五刃，朝服以濟河而無怵惕焉，文事勝矣。」《文選》卷四十阮籍《爲鄭沖勸晉王牋》：「由斯征伐，則可朝服濟江，掃除吴會，西塞江源。」朝服，羣臣朝會時所穿的禮服。《論語・鄉黨》：「吉月，必朝服而朝。」朝服濟河，喻不戰而勝。

〔七九〕未見其可：《藝文類聚》卷十八引漢司馬相如《美人賦》：「譬於防火水中，避溺山隅，此乃未見其可，欲何以明不好色乎？」陸雲《諫吴王起觀疏》：「今空設過制之物，而終爲直士之資，臣又未見其可也。」

〔八〇〕竊同憂泰：《晉書》卷一百一《劉元海傳》：「昔我先人，與漢約爲兄弟，憂泰同之。」《校注》：「憂泰：憂樂。」

〔八一〕宵分：夜半。《宋書》卷二《武帝紀中》：「每永懷民瘼，宵分忘寢，誠宜蠲除苛政，弘兹簡惠。」《魏書》卷五十六《崔辯傳附崔楷傳》：「亮由君之勤恤，臣用劬勞，日昃忘餐，宵分廢寢。」

至歡〔五二〕。

【校記】

①「驗」元鈔本作「險」。

②「中謝」張本無此二字。

③「右」《彙注》本作「古」。

④「績」《彙注》本作「緯」。

⑤「馮」原作「曹」，今據《彙注》本改。

⑥「凝」字上，元鈔本有一字空格。

⑦「裦」《彙注》本作「裦」，張本作「褒」。按裦通褒。

【箋注】

〔一〕崇絶之寵：《文選》卷十四鮑照《舞鶴賦》：「仰天居之崇絶，更惆惕而驚思」。李善注：「高而懸絶。」張銑注：「崇絶，高遠。」此借指帝之恩寵冠絶前代。

〔二〕殊甚之禮：謂禮遇超常，非同一般。殊甚，非常。《史記》卷六十六《伍子胥列傳》：「太宰嚭既數受越賂，其愛信越殊甚，日夜爲言於吴王。」

〔三〕祇畏驗盛：祇畏，敬畏。《書·金縢》：「用能定爾子孫於下地，四方之民，罔不祇畏。」孔傳：「言武王用受命帝庭之故，能定先人子孫於天下，四方之民，無不敬畏。」《漢書》卷八十一《匡衡傳》：「陛下祗畏天戒，哀閔元元，大自減損。」《校注》：「驗盛：謂責己之實以驗所受之寵。驗，檢驗。盛，指盛大的禮遇恩寵。」

〔四〕若奪魂鑒：《校注》：「魂鑒：內心的清明。鑒，鏡，明。」

〔五〕巡席無容：《通鑒》卷四十三光武帝建武十三年：「因復請間求見，帝不許。後朝罷，逡巡席後。」胡三省注：「逡巡，却退貌。」《校注》：「席：坐席。」

〔六〕當軒改色：《藝文類聚》卷三十二引晉陸機《擬青青河畔草詩》：「靡靡江蘺草，熠熠生河側。皎皎彼姝女，婀娜當軒織。粲粲嬌容姿，灼灼美顏色。」《玉臺新詠》卷四王融《古意二首》之二：「霜氣下盟津，秋風度函谷。念君淒以寒，當軒卷羅縠。」《校注》：「軒：廊軒。」

〔七〕「臣聞」三句：《易·繫辭下》：「天地之大德曰生，聖人之大寶曰位。」韓康伯注：「施生而不爲，故能常生，故曰大德也。夫無用則無所寶，有用則有所寶也。無用而常足者，莫妙乎道。有用而弘道者，莫大乎位，故曰聖人之大寶曰位。」《校注》：「大寶：最寶貴的事物，指帝位。」

〔八〕「將以」三句：崇樹，尊奉封立。《文選》卷二十三顏延之《拜陵廟作》：「周德恭明祀，漢道尊光靈。哀敬隆祖廟，崇樹加園塋。」張銑注：「樹，立也。」《南齊書》卷三十一《江謐傳》：

「皆云詰誓乖禮，崇樹失宜，仰指天，俯畫地，希幸災故，以申積憤。」神紀，蔡邕《爲陳留太守上孝子》：「陛下體因心之德，當中興之運，躬秉萬幾，建用皇極。神紀騁於無方，淑暢洽於羣生。」《校注》：「啓廓：開拓。緯、紀：指治道綱紀。」

〔九〕百司：即百官。《書・立政》：「左右攜僕，百司庶府，大都小伯，藝人表臣百司。」孔傳：「小臣猶皆慎擇其人，況大都小邑之長，以道藝爲表幹之臣，及百官有司之職，可以非其任乎？」《文選》卷三十七曹植《求通親親表》：「妃妾之家，膏沐之遺，歲得再通，齊義於貴宗，等惠於百司。」吕延濟注：「惠，恩也。恩向百司之官。」

〔一〇〕九官咸贊：九官，見上篇《蕭太尉上便宜表》注四十五。《校注》：「贊：輔佐。」

〔一一〕升降之際：《校注》：「升降：指官職的高低升降。」

〔一二〕皇極不爽：皇極，帝王統治天下的準則。即所謂大中至正之道。《書・洪範》：「五，皇極，皇建其有極。」孔穎達疏：「皇，大也；極，中也。施政教，治下民，當使大得其中，無有邪僻。」荀悦《漢紀・高祖紀一》：「昔在上聖，唯建皇極，經緯天地。」不爽，不差，没有差錯。《詩・小雅・蓼蕭》：「其德不爽，壽考不忘。」毛傳：「爽，差也。」《國語・周語下》：「經之以天，緯之以地，經緯不爽，文之象也。」韋昭注：「爽，差也。」

〔一三〕國步斯泰：國步，國家的命運。步，時運。《詩・大雅・桑柔》：「民靡有黎，具禍以燼。於乎有哀，國步斯頻。」毛傳：「步，行。頻，急也。」朱熹集注：「步，猶運也。頻，急蹙也。」高亨注：「國步，猶國運。」謝莊《宋孝武帝哀策文》：「王室多故，國步方蹇。」

〔一四〕「雖金嬀」二句：《校注》：「金：指夏朝。夏以金德王。嬀：指虞舜。姬：指周朝。周，姬姓。華：指殷朝。殷（商）國在太華之陽。見《史記·殷本紀》引鄭玄説。太華簡稱華。」

〔一五〕「未有」二句：《校注》：「序、倫：等級倫常。流英發耀：謂在政治上光輝顯赫，流芳後世。指禮制。《論語·爲政》：『子曰：殷因於夏禮，所損益可知也；周因於殷禮，所損益可知也。其或繼周者，雖百世可知也。』『革序變倫』二句之意本此。」

〔一六〕上烈：指前代建有勳業者。《後漢書》卷十八《臧宫傳論》：「雖懷璽紆紱，跨陵州縣，殊名詭號，千隊爲羣，尚未足以爲比功上烈也。」《宋書》卷十六《禮志三》：「是以重代列聖，咸由厥道。玄勳上烈，融章未分。嗚光委緒，歇而罔臧。」

〔一七〕平趙夷魏：《校注》：「《史記·王翦列傳》：『始皇十一年，翦將攻趙閼與，破之，拔九城。十八年，翦將攻趙，歲餘，遂拔趙，趙王降，盡定趙地爲郡。……秦使翦子王賁擊荆，荆兵敗，還擊魏，魏王降，遂定魏地。』夷：平定。」

〔一八〕國書：國史。《魏書》卷五十七《高祐傳》：「請取有才用者，參造國書。」同上書卷六十七《崔光傳》：「太和六年，拜中書博士，轉著作郎。與祕書丞李彪參撰國書。」

〔一九〕濟河登山：《校注》：「濟河：指秦用孟明之計破晉事。《左傳·文公三年》：『秦伯伐晉，濟河焚舟，取王官及郊，晉人不出。遂自茅津濟，封殽尸而還，遂霸西戎。用孟明也。』登山：指東漢竇憲破匈奴，登燕然山，刻石紀功事。見《後漢書·竇憲傳》。」

〔二〇〕左史：《校注》：「古代左史記言，右史記事，此泛指史官。」

〔二一〕龍韜金匱：《校注》：「龍韜：古兵書《六韜》篇名。泛指兵略。金匱：金屬製成以藏密件的書櫃。《尚書·金縢》載：周武王病重，周公祈求三王在天之靈，願以身代。史官納其祝策於金縢匱中。後成王疑周公，上帝以『大雷電以風』示警，成王開匱得周公祝文，乃知其忠勤，大受感動。」

〔二二〕楹間帷中：《校注》：「楹間：指殿堂兩楹之間，古爲人君聽政之所。帷中：軍府帷帳之中，爲出謀劃策之所。《史記·留侯世家》：『高帝曰：運籌策帷帳中，決勝千里外，子房功也。』」

〔二三〕横流：《孟子·滕文公上》：「當堯之時，天下猶未平，洪水横流，氾濫於天下。」《後漢書》卷八十下《孔融傳》載孔融《薦禰衡表》：「洪水横流，帝思俾乂。」《校注》：「横流：洪水氾濫。以喻局勢動盪。」

〔二四〕「匡危」句：匡危，拯救危難。《左傳·襄公二十五年》：「君昏不能匡危，不能救死，不能死而知匿其暱。」葛洪《抱朴子·擢才》：「賈誼慷慨懷經國之術，而武夫排之；子政忠良有匡危之具，而恭、顯陷之。」細民，平民。《晏子春秋·諫下二十》：「遂欲滿求，不顧細民，非存之道。」《校注》：「生細民：謂拯救平民，使其生存。」

〔二五〕廊廟：殿下屋和太廟，指朝廷。《國語·越語下》：「謀之廊廟，失之中原，其可乎？王姑勿許也。」《後漢書》卷二十九《申屠剛傳》：「廊廟之計，既不豫定；動軍發衆，又不深料。」李賢注：「廊，殿下屋也。廟，太廟也。國事必先謀於廊廟之所也。」

〔二六〕乘軺服冕：軺，一馬駕之輕便車。《墨子·雜守》：「爲解車以枱，城矣。以軺車，輪軲，廣十尺，轅長丈，爲三輻，廣六尺。」《史記》卷一百《季布欒布列傳》：「朱家迺乘軺車之洛陽，見汝陰侯滕公。」司馬貞索隱：「謂輕車，一馬車也。」《校注》：「冕：冠冕，古代朝官的禮服。」

〔二七〕蕭張之賞：《校注》：「蕭：即蕭何，佐劉邦建漢王朝，爲相國，論功第一，封酇侯。張：即張良，劉邦謀士，以功封留侯。」

〔二八〕開城裂域：《三國志》卷二十五《魏志·高堂隆傳》：「故方制四海，匪爲天子；裂土分疆，匪爲諸侯也。」《校注》：「開城裂域：謂分土開國，受封諸侯。」

〔二九〕馮鄧之爵：《彙注》：「《後漢書》曰：馮異好讀書，通《左氏》，事光武。諸將論功，獨坐大樹下，軍中號爲『大樹將軍』。光武定天下，封陽夏侯。又曰：鄧禹，南陽人，幼遊學，與光武相親。光武定計議，任使諸將，多訪於禹，名震關西，拜大司徒，封高密侯。」

〔三〇〕翊教緝政：翊教，同翼教，維護教化。阮籍《通易論》：「君子者何也？佐聖扶命，翼教明法，觀時而行，有道而臣人者也。」緝政，《晉書》卷五十二《郤詵等傳論》：「夫緝政釐俗，拔羣才以成務；振景觀光，俟明主而宣績。」《校注》：「翊：輔佐，幫助。緝：緝理，整治。」

〔三一〕釐濟泯隱：《校注》：「釐濟：改變和拯救。泯隱：百姓痛苦。」

〔三二〕贊邦弘化：弘化，弘揚德化。《書·周官》：「貳公弘化，寅亮天地，弼予一人。」孔傳：「副貳三公，弘大道，化敬信天地之教，以輔我一人之治。」《文選》卷五十八王儉《褚淵碑文》：「爰降詔書，敦還攝任，固請移歲，表奏相望，事不我與，屈己弘化。」吕延濟注：「弘化，謂弘天子之化也。」《校注》：「贊邦：輔佐國家。」

〔三三〕飾整朝輝：《校注》：「飾整：整治。飾，通『飭』。」

〔三四〕輿人立規：輿人，衆人。《國語·晉語三》：「惠公入，而背外内之賂。輿人誦之。」韋昭注：「輿，衆也。不歌曰誦。」《左傳·公二十八年》：「晉侯患之，聽輿人之謀曰：『稱舍於墓。』」杜預注：「輿，衆也。」

〔三五〕處士興議：《孟子·滕文公下》：「聖王不作，諸侯放恣，處士横議，楊朱、墨翟之言盈天下。」《後漢書》卷八十二下《方術傳論》：「李固、朱穆等以爲處士純盜虚名，無益於用，故其所以然也。」《後漢書》卷三十下《郎顗傳》：「久無虚己進賢之策，天下興議，異人同咨。」《校注》：「處士：在野之士。」

〔三六〕玉燭：謂四時之氣和暢，形容太平盛世。《尸子》卷上：「四氣和，正光照，此之謂玉燭。」

《爾雅·釋天》：「四氣和謂之玉燭。」郭璞注：「道光照。」邢昺疏：「道光照者，道，言也；言四時和氣，温潤明照，故曰玉燭。」《校注》：「玉燭：指四季氣候調和。喻政治的清明。」

〔三七〕道治猶鬱：道治，以道家之教義治理國家。葛洪《抱朴子·塞難》：「道者，萬殊之源也；儒者，大淳之流也。三皇以往道治也，帝王以來儒教也。」《校注》：「道治：即德治。鬱：阻滯不通。」

〔三八〕煙露：煙霧露水。喻恩澤。《太平御覽》卷七百二引《古詩》：「綾扇如團月，出自機中素。畫作秦女形，乘鸞入煙露。」

〔三九〕「前恩」二句：《校注》：「曠：久。襲：及，加。」

〔四〇〕上公祕鉞：周制，三公(太師、太傅、太保)稱爲上公。《周禮·春官·典命》：「上公九命爲伯，其國家、宫室、車旗、衣服、禮儀，皆以九爲節。」鄭玄注：「上公，謂王之三公，有德者加命爲二伯。二王之後亦爲上公。」賈公彦疏：「案下文，三公八命，出封皆加一等。」後世稱上公各異。漢制僅以太傅爲上公。《續漢書·百官志一》：「太傅，上公一人。」《校注》：「鉞：即黄鉞。」

〔四一〕聲振都鄙：都鄙，京城和邊邑。《左傳·襄公三十年》：「子産使都鄙有章。」杜預注：「國都及邊鄙。」《國語·吴語》：「天奪吾食，都鄙薦饑。」韋昭注：「都，國也；鄙，邊邑也。」亦借指全國。《後漢書》卷七十八《宦者傳》論：「府署第館，棊列於都鄙。子弟支附，過半於州國。」

〔四二〕文劒彫舄：《校注》：「舄：鞋。佩劍著履上朝，是封建帝王給予權臣的特殊禮遇。」

〔四三〕禮殊軒殿：軒殿，指朝廷的殿堂。《宋書》卷九《後廢帝紀》：「棄冠毀冕，長襲戎衣，犬馬是狎，鷹隼是愛，皂櫪軒殿之中，韝緤宸扆之側。」

〔四四〕深褎：褎，通「褒」。《校注》：「深褎：厚獎。逮：及。」

〔四五〕賚：賞賜，賜予。《詩·商頌·烈祖》：「既載清酤，賚我思成。」毛傳：「賚，賜也。」《文選》卷三張衡《東京賦》：「發京倉，散禁財，賚皇寮，逮輿臺。」薛綜注：「賚，賜也。」

〔四六〕當處斯忝：《校注》：「忝：忝位。此謂不當忝處其位。」

〔四七〕「伏願」二句：《晉書》卷三十《刑法志》：「今英輔翼贊，道邈伊周。」《宋書》卷五十一《臨川烈武王道規傳附義慶傳》：「伏惟陛下惠哲光宣，經緯明遠，皇階藻曜，風猷日昇，而猶詢衢室之令典，遵明臺之叡訓，降淵慮於管庫，紆聖思乎版築，故以道邈往載，德高前王。」《校注》：「先帝、衆寂：指自宋武帝以來亡故的諸帝。」

〔四八〕被氣順方：《漢書·律曆志上》：「四方四時之體，五常五行之象。厥法有品，各順其方而應其行。」後因以「順方」謂順應規律。

〔四九〕涵生獲慶：《校注》：「涵生：指衆生，衆民。」

〔五〇〕策書：古代書寫帝王任免官員等命令的簡策。《漢書》卷七十二《龔勝傳》：「自昭帝時，涿郡韓福以德行徵至京師，賜策書束帛遣歸。」蔡邕《獨斷》卷上：「其命令一曰策書，二曰制書，三曰詔書，四曰戒書。」《校注》：「策書、鴻册：指進位蕭道成爲太傅揚州牧的詔命。」

〔五一〕物抱至歡：《校注》：「物：衆物。」

蕭重讓揚州表

【題解】

此文張本、梁本題作《爲蕭重讓太傅揚州表》。

此表云：「故寫魂誓膽，庶留天矚。」又云：「復降綸册，徽采兼明。」時間乃在前表略後，蓋此前讓而不許，故又重讓之也。

臣某言①：臣以功狹賞峻，世誥所讟〔一〕；才弱寵隆，道經所講②〔二〕。故寫魂誓膽〔三〕，庶留天矚〔四〕；圖驕慮滿〔五〕，獲守私吝〔六〕。不能青蘋引風，陽燧要景〔七〕；復降綸册〔八〕，徽采兼明〔九〕。影迹交戰〔一〇〕，冰煙相薄〔一一〕。中謝③。

竊聞周夏異章，玄素各禮〔一二〕。儒、道二宗，名、墨兩教，咸以馭俗爲急〔一三〕，僉以得人爲寶〔一四〕。於是尊官上品〔一五〕，乃貽玉振之賢〔一六〕；鴻等懋列〔一七〕，爲取金聲之彦〔一八〕。或有濟世夷難之略〔一九〕，煇燿内氓④〔二〇〕；導江疏山之勤〔二一〕，纏結中寓〔二二〕。深德衍溢〔二三〕，大功振驚。然後超居國右，鬱處朝端〔二四〕。故九職惟宣〔二五〕，六典式序〔二六〕。丹青所以傳其藹〔二七〕，磬琯所以揚其音也〔二八〕。

臣才蔽識淺，非集譽於鄉曲〔二九〕；榮降寵臻，乃假翼於皇極〔三〇〕。遂事等話言之寄〔三一〕，任鈞符負圖之重⑤〔三二〕。職總表裏〔三三〕，地聯機務⑥〔三四〕；位班昔良，知闕前修〔三五〕。居官不聞其風，處秩焉見其政〔三六〕？寰域之治未緝〔三七〕，街縣之訟方興；縉販之士無薦〔三八〕，管庫之家寂寞⑦〔三九〕。四維不闡〔四〇〕，五教罕聞⑧〔四一〕。安可以底慎財賦，交正庶士者也⑨〔四二〕？今輟和毗道，仄身贊業〔四三〕；尚據晦橈⑩〔四四〕，獲蔽璇圖⑪〔四五〕。況異禮更飾，褒命復崇〔四六〕，名超列辟〔四七〕，爵擬羣后〔四八〕。上仁居之〔四九〕，猶涵慚德；臣實空儒⑫〔五〇〕，伊何以勝？既誣人文，將黷玄緯〔五一〕。凌歷飛流之眚⑬〔五二〕，懼失正和〔五三〕；晦裂蜆霧之災〔五四〕，且濫庶物⑭〔五五〕。臣是以寤寐永歎⑮〔五六〕，憂國慮私者也。

伏聞陛下裁天賦品，制地平施〔五七〕。使曠世之典⑯〔五八〕，不遂臻於末躬〔五九〕；迴代之軌，無頓被於兹日〔六〇〕。素心丹魄〔六一〕，皦然靡疚矣〔六二〕。不任憂迫之情〔六三〕。

【校記】

①「某」《彙注》本作「公」。

②「講」張本、梁本作「諱」。

③「中謝」張本、梁本無此二字。

④「泯」張本、梁本作「區」。

⑤「鈞」《彙注》本作「均」。

⑥「聯」《彙注》本作「識」。

⑦「家」元鈔本作「寮」。

⑧「聞」張本、梁本作「敷」，梁本注：「一作『聞』。」

⑨「庶士」張本作「庶土」，疑是。

⑩「橈」張本、梁本作「曉」。

⑪「蔽」張本、梁本作「毗」。

⑫「儒」元鈔本作「懦」。

⑬「旹」原作「青」，今據《彙注》本、張本、梁本改。

⑭「庶」張本作「世」，梁本注：「一作『世』。」

⑮「歎」《彙注》本作「難」。

⑯「使」元鈔本作「寝」

【箋注】

〔一〕世誥所讟：《校注》：「世誥：世代相傳的誥文。誥是古代一種訓誡勉勵的文告。此疑指僞《尚書·仲虺之誥》。誥云：『成湯放桀於南巢，惟有慙德，曰：予恐來世以台（我）爲口實。仲虺乃作誥。』誥中有『德懋懋功，功懋懋賞』之言，即根據功德給予官爵賞賜。而今『功狹賞峻』，故不合『世誥』。讟：怨言，非議。」

〔二〕道經所講：《校注》：「道經：疑指老子《道德經》。《道德經》第四十八章云：『禍莫大於不知足，咎莫大於欲得。』而今『才弱寵隆』，則與老子所講之道不合。」

〔三〕寫魂誓膽：疑即披肝瀝膽之意。

〔四〕庶留天矚：《校注》：「留天矚：謂引起皇帝的注目。」按矚同燭，亦作燭。

〔五〕圖驕慮滿：《校注》：「圖驕慮滿：指前所上《讓太傅揚州牧表》，謂在表中已流露對驕滿的憂慮。圖，亦慮之意。」

〔六〕獲守私吝：《晉書》卷一百一十《慕容儁載記附李績傳》：「聞輿駕親戎，將除殘賊，雖嬰兒白首，咸思效命，非唯爲國，亦自求寧，雖身膏草野，猶甘爲之，敢有私吝而闕軍實！」吝，貪婪。《後漢書》卷五十三《黄憲傳》：「時月之閒，不見黄生，則鄙吝之萌復存乎心。」李賢注：「吝，貪也。」按《校注》云：「守私吝：保持自己的耻辱之心。吝，耻辱。張衡《應間》：

『得之不休，不獲不吝。』」今録以備考。

〔七〕「不能」二句：《校注》：「青蘋引風：宋玉《風賦》：『夫風生於地，起於青蘋之末。』青蘋，水萍。陽燧要景：《淮南子・覽冥》：『夫陽燧取火於日。』陽燧，古代以日光取火的凹面銅鏡。要，同『邀』。景，日光。此二句意謂自己的要求未能引起皇帝的反應和重視。」

〔八〕復降綸册：《校注》：「綸册：指詔命。」

〔九〕徽采兼明：《校注》：「徽采：指旗章服飾。兼明：加倍鮮明。」

〔一〇〕影迹交戰：影迹，蹤迹。《藝文類聚》卷二十一引晉夏侯湛《鮑叔贊》：「鮑叔愔愔，式昭德音。綢繆敬叔，二人同心。厥芳猶蘭，其堅如金。遥遥景迹，君子攸欽。」《宋書》卷六十七《謝靈運傳》：「誠鉅平之先覺，實中興之後祥。據左史之攸徵，胡影迹之可量。」《校注》：「影迹：形迹。交戰：與戰慄相交。表示不安。」

〔一一〕冰煙相薄：《易・説卦》：「天地定位，山澤通氣，雷風相薄。」《楚辭》劉向《九歎・逢紛》：「揄揚滌盪漂流隕往，觸崟石兮；龍邛脟圈繚戾宛轉，阻相薄兮。」王逸注：「言水得風則龍邛繚戾，與險阻相薄，不得順其流性也。」《校注》：「冰煙：猶冰炭。薄：迫。」

〔一二〕「竊聞」二句：《校注》：「章：服色。玄素：黑與白。古代各王朝規定車馬祭牲用一定的顔色，如夏尚黑，商尚白，周尚赤等。」

〔一三〕馭俗爲急：馭俗，整治習俗。《宋書》卷八《明帝紀》：「況朕尚德戢亂，依仁馭俗，宜每就弘簡，以隆至治。」《校注》：「急：謂最緊要之事。」

〔一四〕「僉以」句：僉，皆。《尚書·虞書·大禹謨》：「朕志先定，詢謀僉同，鬼神其依，龜筮協從。」孔穎達疏：「謀及卿士庶人，謀皆同。」《後漢書》卷三《章帝紀》：「昔仲弓季氏之家臣，子游武城之小宰，孔子猶誨以賢才，問以得人。明政無大小，以得人爲本。」

〔一五〕尊官上品：尊官，高官。《韓非子·奸劫弑臣》：「皆欲行貨財，事富貴，爲私善，立名譽，以取尊官厚俸。」《史記》卷一百二十七《日者·司馬季主列傳》：「尊官厚禄，世之所高也，賢才處之。今所處非其地，故謂之卑。」《晉書》卷四十五《劉毅傳》：「是以上品無寒門，下品無勢族，暨時有之，皆曲有故。慢主罔時，實爲亂源。」

〔一六〕玉振之賢：《孟子·萬章下》：「孟子曰：『伯夷，聖之清者也；伊尹，聖之任者也；柳下惠，聖之和者也；孔子，聖之時者也。孔子之謂集大成也者，金聲而玉振之也。』」趙岐注：「振，揚也。」

〔一七〕鴻等懋列：鴻等，上等，超等。懋列，茂材之列。

〔一八〕金聲之彦：《文選》卷三十七劉琨《勸進表》：「玉質幼彰，金聲夙振。」同上書卷五十八顔延之《宋文皇帝元皇后哀策文》：「爰自待年，金聲夙振。」張銑注：「金聲，美音也。夙，早也。」按以上四句《校注》云：「尊官上品、鴻等懋列：皆指品位高的官員。懋，大。玉振、金聲：謂成就突出，名聲遠揚。」

〔一九〕濟世夷難：濟世，救世。《莊子・庚桑楚》：「簡髮而櫛，數米而炊，竊竊乎又何足以濟世哉？」成玄英疏：「此蓋小道，何足救世。」《晉書》卷四十九《阮籍傳》：「籍本有濟世志，屬魏晉之際，天下多故，名士少有全者。籍由是不與世事，遂酣飲爲常。」夷難，平定禍亂。《文選》卷六十陸機《吊魏武帝文》：「濟世夷難之智，而受困魏闕之下。」張銑注：「夷，平也。」

〔二〇〕煇燿内诋：《藝文類聚》卷八引曹丕《濟川賦》：「美玉昭晰以曜煇，明珠灼灼而流光。」煇，光，光輝。《詩・小雅・庭燎》：「夜如何其？夜鄉晨，庭燎有煇。」毛傳：「煇，光也。」

〔二一〕導江疏山：《文選》卷十二木華《海賦》：「江河既導，萬穴俱流。」吕延濟注：「道，理也。萬穴，水道也。掎，亦拔也。言江河既理，水道俱流。」疏山，開山。《國語・周語下》：「夫天地成而聚於高，歸物於下。疏爲川谷，以導其氣。」韋昭注：「疏，通也。」

〔二二〕中寓：同中宇，中原。《文選》卷四十六顏延之《三月三日曲水詩序》：「將徙縣中宇，張樂岱郊。」吕延濟注：「縣，都也。中宇，中國也。」

〔二三〕深德衍溢：《文選》卷四十四司馬相如《難蜀父老》：「是以六合之内，八方之外，浸淫衍溢。」李周翰注：「浸淫衍溢，言理化遠也。」同上書卷八前人《上林賦》：「東注太湖，衍溢陂池。」張銑注：「海廣大運轉，滈滈然揚光，注於震澤，溢於陂池。衍，亦溢也。」《校注》：「衍溢：滿布。」

〔二四〕「然後」二句：朝端，位居首席的朝臣。《宋書》卷四十二《王弘傳》：「正位槐鼎，統理神州，珥貂衣衮，總録朝端，内外要重，頓萃微躬，窮極寵貴，人臣莫比。」《文選》卷五十八王儉《褚淵碑文》：「暫遂沖旨，改授朝端。」李周翰注：「言受尚書令，暫遂天子深意，旋改授司徒，以爲朝臣之首也。端，首也。」《校注》：「國右、朝端：指首席朝臣。古以右爲尊。」

〔二五〕九職惟宣：九職，即九官，堯設置的九種官職。

〔二六〕六典式序：六典，謂古代六方面的治國之法。《周禮·天官·大宰》：「大宰之職，掌建邦之六典，以佐王治邦國：一曰治典，以經邦國，以治官府，以紀萬民；二曰教典，以安邦國，以教官府，以擾萬民；三曰禮典，以和邦國，以統百官，以諧萬民；四曰政典，以平邦國，以正百官，以均萬民；五曰刑典，以詰邦國，以刑百官，以糾萬民；六曰事典，以富邦國，以任百官，以生萬民。」《文選》卷三張衡《東京賦》：「建象魏之兩觀，旌六典之舊章。」薛綜注：「言所以立兩觀者，欲表明六典舊章之法。」式序，按順序。《詩·周頌·時邁》：「明昭有周，式序在位。」鄭玄箋：「用次第處位。」《後漢書》卷四十三《朱暉傳附朱穆傳》：「議郎、大夫之位，本以式序儒術高行之士，今多非其人。」

〔二七〕「丹青」句：《文選》卷十一王文考《魯靈光殿賦》：「圖畫天地，品類羣生，雜物奇怪，山神海靈，寫載其狀，託之丹青，千變萬化。」《校注》：「藹：和氣。謂容貌。」

〔二八〕磬琯：琯，即玉管，形如笛。《漢書》卷二十一上《律曆志上》「竹曰管」顏師古注：「孟康曰：『《禮樂器記》，管，漆竹，長一尺，六孔。《尚書大傳》，西王母來獻白玉琯。漢章帝時零陵文學奚景於泠道舜祠下得白玉琯。古以玉作，不但竹也。』」《校注》：「磬、琯：皆樂器名。」

〔二九〕集譽於鄉曲：《抱朴子·應嘲》：「立言者貴於助教，而不以偶俗，集譽爲高。若徒阿順諂諛，虚美隱惡，豈所匡失弼違、醒迷補過者乎！」《戰國策·秦策一》：「賣僕妾售乎閭巷者，良僕妾也；出婦嫁鄉曲者，良婦也。」《漢書》卷六十二《司馬遷傳》：「僕少負不羈之才，長無鄉曲之譽。」

〔三〇〕假翼於皇極：《文選》卷五十六曹植《王仲宣誄》：「我將假翼，飄颻高舉，超登景雲，要子天路。」吕延濟注：「言子之魂，神遊於天，我將假借羽翼，超於景雲之上，要子於天路也。」同上書卷二十六陸機《吴王郎中時從梁陳作》：「假翼鳴鳳條，濯足升龍淵。」吕向注：「假翼、濯足，機之謙詞。」《文選》卷四十九干寶《晉紀總論》：「至於世祖，遂享皇極。」吕延濟注：「皇極，天子位也。」《藝文類聚》卷四十五引宋謝靈運《廬陵王誄》：「託體皇極，銜怨至盡，豈惟有識傷慨，故亦率土悽心，蓋出罔己之悲，以陳酸切之事云爾。」《校注》：「皇極：指朝廷。」

〔三一〕話言之寄：《文選》卷五十九沈約《齊故安陸昭王碑文》：「公臨危審正，載貽話言。」李善注：「《説文》曰：『話，會合善言也。』」張銑注：「謂臨終之時，審正其意，不至迷亂，則遺於話言也。」同上書卷六十任昉《齊竟陵文宣王行狀》：「大漸彌留，話言盈耳，黜殯之請，至誠懇惻。」《校注》：「話言之寄：　謂受帝王臨終囑託。按：　宋明帝崩，蕭道成受遺詔與袁粲、褚淵、劉秉共掌機事。」

〔三二〕負圖：　《後漢書》卷三十三《朱浮周章等傳論》：「周章身非負圖之託，德乏萬夫之望，主無絶天之釁，地有既安之埶，而創慮於難圖，希功於理絶，不已悖乎！」李賢注：「武帝欲立昭帝爲太子，乃畫周公負成王圖賜霍光。」《文選》任昉《齊竟陵文宣王行狀》：「武皇晏駕，寄深負圖。」吕向注：「寄深負圖，謂授命輔少帝也。負圖者，負託帝圖以朝百辟也。」《校注》：「負圖：　謂輔佐幼主。」

〔三三〕職總表裏：　《校注》：「表裏：　指朝廷内外。」

〔三四〕地聯機務：　機務，機要事務。多指機密的軍國大事。《文選》卷四十三嵇康《與山巨源絶交書》：「心不耐煩，而官事鞅掌，機務纏其心，世故繁其慮，七不堪也。」《南齊書》卷五十六《倖臣傳序》：「中書之職，舊掌機務。漢元以令僕用事，魏明以監令專權，及在中朝，猶爲重寄。」《校注》：「地：　地位。」

〔三五〕知闕前修：　前修，同「前脩」，猶前賢。《楚辭・離騷》：「謇吾法夫前脩兮，非世俗之所服。」王逸章句：「言我忠信謇謇者，乃上法前世遠賢，固非今時俗人之所服行也。」朱熹集注：「前脩，謂前代脩德之人。」《後漢書》卷三十九《劉愷傳》：「今愷景仰前修，有伯夷之節，宜蒙矜宥，全其先功，以增聖朝尚德之美。」李賢注：「前修，前賢也。」

〔三六〕「居官」二句：《校注》：「風：風聲，名譽。秩：職位。政：政績。」

〔三七〕「寰域」句：寰域，天下。《魏書》卷四十三《房法壽傳附房伯玉傳》：「朕承天馭宇，方欲清一寰域，卿蕞爾小戎，敢拒六師，卿之愆罪，理在不赦。」《校注》：「緝：和協。」

〔三八〕繒販之士：繒販，販繒之人。《史記》卷九十五《灌嬰列傳》：「潁陰侯灌嬰者，睢陽販繒者也。」《後漢書》卷七十一《朱儁傳》：「朱儁字公偉，會稽上虞人也。少孤，母常販繒爲業。」《校注》：「繒販之士：指地位卑賤而有才能之士。據《漢書・灌嬰傳》載，灌嬰少以販繒爲業，後隨劉邦，屢建功勳，封潁陰侯，位至丞相。」

〔三九〕管庫之家：管庫，管理倉庫。《禮記・檀弓下》：「所舉於晉國管庫之士，七十有餘家。」鄭玄注：「管庫之士，府史以下官長所置也，舉之於君，以爲大夫士也。」《宋書》卷五十一《臨川烈武王道規傳附義慶傳》：「伏惟陛下惠哲光宣，經緯明遠，皇階藻曜，風猷日昇，而猶詢衢室之令典，遵明臺之叡訓，降淵慮於管庫，紆聖思乎版築，故以道邈往載，德高前王。」

〔四〇〕四維不闡：古代以禮、義、廉、耻爲治國之四綱，稱爲四維。《管子・牧民》：「國有四維，一維絶則傾，二維絶則危，三維絶則覆，四維絶則滅。傾可正也，危可安也，覆可起也，滅不可復錯也。何謂四維？一曰禮，二曰義，三曰廉，四曰耻。」《校注》：「闡：闡明。」

〔四一〕五教罕聞：五教，五常之教。指父義、母慈、兄友、弟恭、子孝五種倫理道德的教育。《書・

舜典》：「汝作司徒，敬敷五教，在寬。」孔傳：「布五常之教。」《左傳·文公十八年》：「舉八元，使布五教於四方，父義、母慈、兄友、弟恭、子孝。」

〔四二〕「安可以」二句：《校注》：「底慎財賦：底，致。謂收斂財賦時做到謹慎而有節度。交正庶士：交，俱。庶士，疑作『庶土』。正庶土，謂使遭破壞之衆土得以恢復。以上二句之意本《尚書·禹貢》：『四海會同，六府孔修，庶土交正，底慎財賦。』言政化和美。」

〔四三〕「今輟和」二句：《校注》：「輟和：中止其和美之政。仄身：即『側身』，恐懼不安之狀。毗、贊：皆輔佐之意。」

〔四四〕晦橈：《校注》釋爲「闇昧無能」。按橈，弱。《漢書》卷一上《高帝紀上》：「漢軍乏食，與酈食其謀橈楚權。」顏師古注：「服虔曰：『橈，弱也。』」《説文解字》卷九上：「弱，橈也。」《校注》是也。

〔四五〕獲蔽璇圖：《校注》：「璇圖：美稱帝王的謀略。」

〔四六〕「况異禮」二句：《校注》：「異禮：殊禮。褒命：褒獎之命。」

〔四七〕名超列辟：列辟，指諸侯。《文選》卷二十應楨《晉武帝華林園集詩》：「峩峩列辟，赫赫虎臣。」吕延濟注：「列辟，諸侯也。」

〔四八〕爵擬羣后：羣后，四方諸侯及九州牧伯。《書·舜典》：「乃日覲四岳羣牧，班瑞於羣后。」蔡沈集傳：「羣后，即侯牧也。」《漢書》卷七十三《韋賢傳》：「庶尹羣后，靡扶靡衛。」顏師古

注：「庶尹，衆官之長也；羣后，諸侯也。」亦泛指公卿。《文選》卷三張衡《東京賦》：「於是孟春元日，羣后旁戾。」李善注：「羣后，公卿之徒也。」

〔四九〕上仁：至仁。《老子》第三十八章：「上仁爲之，而無以爲。」河上公章句：「上仁，謂行仁之君，其仁爲上，故言上仁也。」《漢書》卷八十七下《揚雄傳下》載揚雄《長楊賦》：「是以遐方疏俗，殊鄰絶黨之域，自上仁所不化，茂德所不綏，莫不蹻足抗首，請獻厥珍。」

〔五〇〕臣實空儒：《校注》：「空儒：空虛懦弱。」按儒，懦弱。《荀子·修身》：「勞苦之事，則偷儒轉脱。」楊倞注：「偷謂苟避於事，儒亦謂懦弱畏事。」

〔五一〕「既誣」二句：人文，人事。指人世間事。《後漢書》卷七十三《公孫瓚傳論》：「舍諸天運，徵乎人文，則古之休烈，何遠之有！」李賢注：「人文，猶人事也。」《校注》：「黷：汙。玄緯：天道。玄，天。」

〔五二〕凌歷飛流之眚：《校注》：「凌歷：指風雨冰雹等自然災害。飛流：流星。古時迷信認爲流星出現是災難的預兆。眚：災禍。」

〔五三〕正和：中正和平。《孟子·離婁》：「孟子曰：『中也養不中，才也養不才，故人樂有賢父兄也。』」注：「中者，履中和之氣所生謂之賢。」《廣博物志》卷三十四引《琴譜》：「南宋文帝元嘉年間之琴，言與天地正和之氣合也。」

〔五四〕晦裂蜺霧：《校注》：「晦：指日、月食。裂：指地震山崩。蜺霧：妖蜺毒霧。」

〔五五〕且濫庶物：《校注》：「濫庶物：謂災害遍及衆物。」

〔五六〕寤寐永歎：《後漢書》卷四《和帝紀》：「陰陽不和，水旱違度，濟河之域，凶饉流亡，而未獲忠言至謀所以匡救之策，寤寐永歎，用思孔疚。」《晉書》卷八十《王羲之傳》：「每仰詠老氏、周任之誡，常恐死亡無日，憂及宗祀，豈在微身而已。是用寤寐永歎，若墜深谷。」

〔五七〕「伏聞」二句：《漢書》卷二十一上《律曆志上》：「『立人之道，曰仁與義。』『在天成象，在地成形。』『后以裁成天地之道，輔相天地之宜，以左右民。』此三律之謂矣，是爲三統。」《校注》：「裁天、制地：謂據天地之道以裁定衆人。賦品：給予官位爵秩。平施：公平地賜予。」

〔五八〕曠世：《文選》卷三張衡《東京賦》：「蓂莢爲難蒔也，故曠世而不覿。」《校注》：「曠世：猶絶世，當世無比之意。」

〔五九〕末躬：《校注》：「末躬：謙詞，自身。」

〔六〇〕「迥代」二句：《校注》：「迥代：猶絶代。軌：法。頓：即刻。」

〔六一〕素心丹魄：《文選》卷五十七顏延之《陶徵士誄》：「有晉徵士尋陽陶淵明，南岳之幽居者也。弱不好弄，長實素心，學非稱師，文取指達。在衆不失其寡，處言愈見其默。」李善注：「《禮記》曰：『有哀素之心。』鄭玄曰：『萬物無飾曰素。』」吕延濟注：「素，無飾也。」陶淵明《移居二首》之一：「昔欲居南村，非爲卜其宅。聞多素心人，樂與數晨夕。」《校注》：「素心丹魄：謂坦率赤誠之心。」

〔六二〕皦然靡疚：皦然，清楚明白貌。董仲舒《春秋繁露·同類相動》：「百物其去所與異，而從其所與同，故氣同則會，聲比則應，其驗皦然也。」《文選》卷五十五劉孝標《廣絶交論》：「獨立高山之頂，歡與麋鹿同羣，皦皦然絶其雰濁，誠耻之也，誠畏之也。」李周翰注：「皦皦，潔白貌。」《校注》：「靡疚：無内疚之心。」

〔六三〕憂迫：憂愁焦急。《後漢書》卷一上《光武帝紀上》：「諸將憂迫，皆曰諾。」《宋書》卷七十《袁淑傳》：「臣昔忝伏事，常思效節，況憂迫如此，輒當竭身奉令。」

後讓太傅揚州牧表

【題解】

此文張本、梁本題作《爲蕭三讓揚州表》。

此表云：「臣再辭非謙，重讓靡飾。」乃前表重讓後之三讓也，蓋是時拜大臣有三讓之禮，故乃使淹爲此表以讓也。蕭道成拜太傅、揚州牧在昇明二年九月丙午，爲初二日。以理推之，此表亦是月所作。

臣公言：臣再辭非謙，重讓靡飾〔一〕。實以爵高中世〔二〕，歷古所難；寵冠上台①〔三〕，繇代誰易〔四〕？詳圖辨箴〔五〕，如鏡如水；檢崖覽志〔六〕，匪彫匪文〔七〕。魂祈夢請，駐心挂氣〔八〕。陛下猶降以璽書之榮，被以丹碧之采，頓然變容，一慮九逝〔九〕。中謝②。

臣以爲寒暑繇乎平分〔一〇〕，晦明驗乎天道〔一一〕；咎譽起於微薄〔一二〕，得吝生於小疵③〔一三〕。故金衡既陳④〔一四〕，錯髮之異必縣〔一五〕；銅墨咸設〔一六〕，分撮之殊已傾〔一七〕。聖哲不能爽〔一八〕，鬼神莫由避。況臣鄙概早盈〔一九〕，陋才久溢〔二〇〕；第超庶后，禮絶羣班〔二一〕。仰贊東序之賓〔二二〕，平參北宮之政⑤〔二三〕。窮盈極滿，於斯爲甚。鑒茲降替⑥〔二四〕，淵水非譬⑦〔二五〕。所以坐洞房而不悟〔二六〕，下輕帷而歎息也。

古之馭教，當有道焉。量能而受賞〔二七〕，撰智而錫位〔二八〕。深乃裂組，遠故分珪〔二九〕。前人以爲稱首〔三〇〕，昔人以爲美詠⑧〔三一〕。自非上德横乎天地〔三二〕，高績格于區宇〔三三〕，烈譽馥於一時，茂名鬱乎當世者〔三四〕，豈有降今日而莫先哉？臣爰蒙殊寄，六稔遂交〔三五〕；及荷總任，二燿忽周〔三六〕。未能塞謗生民〔三七〕，獲免僮訟〔三八〕。何盛勳之足題〔三九〕，詎深烈之可銘乎〔四〇〕？而因委忝濫〔四一〕，踰溢倫等〔四二〕；朱軒躍馬〔四三〕，光出電入〔四四〕；貂冠紫綬〔四五〕，寵藹霞炤〔四六〕。

臣聞閫宗奉國〔四七〕，猶非報殉〔四八〕。方將身侍鑾華⑨〔四九〕，雪齊魯之侵地；手執羈勒，驁燕趙之遠郊〔五〇〕。然後追迹范、張〔五一〕，濯纓汾射〔五二〕，臣之志也。華爵盛典，非所敢寧〔五三〕。伏炤右巡⑩，將流聖察〔五四〕。無使匹概血誠〔五五〕，不諒於璿扆〔五六〕；宏芬英猷⑪〔五七〕，遂蕪於里聽〔五八〕。豈伊庸臣獨去其庇⑫〔五九〕？亦曰海隅咸被其利焉〔六〇〕。

【校記】

①「台」原作「俗」，今據張本、梁本改。
②「中謝」張本無此二字。
③「疵」原作「庇」，《彙注》本作「疵」，今據張本、梁本改。
④「金」《彙注》本作「銓」。
⑤「北宫」《彙注》本作「南宫」。
⑥「降」張本、梁本作「隆」。
⑦「水」張本、梁本作「冰」。
⑧「昔人」張本、梁本作「昔賢」。
⑨「身侍鑾華」元鈔本作「身請鑾華」，《彙注》本作「身侍鑾蓋」。

鑒〔四〕；巡席無容〔五〕，當軒改色〔六〕。中謝②。

臣聞天地之大德曰生，聖人之大寶曰位〔七〕。將以啓廓靈緯，崇樹神紀〔八〕。百司備列〔九〕，貴賤之分既炳；九官咸贊〔一〇〕，升降之際可明。〔一一〕故皇極不爽〔一二〕，國步斯泰〔一三〕。雖金嬀各政，姬華異治〔一四〕；未有革序變倫，而能流英發耀者也〔一五〕。

臣才慚右賢③，功愧上烈〔一六〕。平趙夷魏之氣〔一七〕，無宣於國書〔一八〕；濟河登山之威〔一九〕，未亮於左史〔二〇〕。既罕龍韜金匱之效〔二一〕，又乏楹間帷中之績④〔二二〕。衛主寧謂提横流〔二三〕，匡危不足生細民〔二四〕。故小節時顯於艱難，大勳無紀乎廊廟〔二五〕。而乘軺服冕〔二六〕，荷蕭、張之賞〔二七〕；開城裂域〔二八〕，受馮、鄧之爵⑤〔二九〕。不能翊教緝政〔三〇〕，釐濟氓隱〔三一〕；贊邦弘化〔三二〕，飾整朝輝〔三三〕。是以德少寵多，輿人立規〔三四〕；才薄位厚，處士興議〔三五〕。故玉燭未調〔三六〕，道治猶鬱者〔三七〕，臣之爲媿也。不悟陛下復停日月之華，凝煙露之潤⑥〔三八〕，擢臣瑣姿，鑒臣陋誠。前恩未曠，後寵已襲〔三九〕。上公祕鉞〔四〇〕，聲振都鄙〔四一〕；文劍彫舄〔四二〕，禮殊軒殿〔四三〕。深褒之逮⑦〔四四〕，方今爲絶；大賚之降〔四五〕，比古爲超。臣亦何功，當處斯忝〔四六〕？伏願道邈先帝，理鏡衆寂〔四七〕，被氣順方〔四八〕，涵生獲慶〔四九〕。特輟策書，時停鴻册〔五〇〕，則人歌僉平，物抱

〔八二〕「草治」二句：《校注》：「莠：稗草。先：先職，頭等重要的使命。」

〔八三〕具條便宜：《校注》：「具條：一一條列。」

〔八四〕謹簡聖聽：《漢書》卷八十五《谷永傳》：「臣前幸得條對災異之效，禍亂所極，言關於聖聽。」同上書卷八十八《儒林・張山拊傳》：「入則鄉唐虞之閎道，王法納乎聖聽。」顔師古注：「言陳聖王之法，聞於天子。」《校注》：「簡：達。」

讓太傅揚州牧表

【題解】

此文張本、梁本題作《爲蕭讓太傅揚州牧表》。《南齊書》卷一《高帝紀上》載宋順帝昇明二年九月丙午，蕭道成「進位假黄鉞、都督中外諸軍事、太傅、領揚州牧，劍履上殿，入朝不趨，贊拜不名」，江淹此表云：「上公袐鉞，聲振都鄙；文劍彤舄，禮殊軒殿。深褒之逮，方今爲絶；大賚之降，比古爲超。」乃是時代蕭道成而作。考昇明二年九月乙巳朔，丙午爲月之初二日。

崇絶之寵〔一〕，降自白日；殊甚之禮〔二〕，墜於青雲。祗畏驗盛①〔三〕，若奪魂自折。」

〔一八〕「幸郊甸」二句：《左傳》襄公二十一年：「罪重於郊甸，無所伏竄，敢布其死。」杜預注：「郭外曰郊，郊外曰甸。」《校注》：「閟：關閉，寧静之意。」

〔一九〕「文軒」二句：文軒，華美之車。《戰國策·宋策》：「墨子見楚王曰：『今有人於此，舍其文軒，鄰有弊輿而欲竊之。』」高誘注：「文軒，文錯之車也。」鮑彪注：「車有雕飾者。」潘尼《安身論》：「雖坐華殿，載文軒，服黼繡，御方丈，重門而處，成列而行，不得與之齊榮。」《校注》：「文軒華劍：刻鏤有文采的車和劍。此指顯貴的服飾。峻：崇高。」

〔二〇〕侯封桂食：侯封，即封侯。《校注》：「桂食：指優厚的生活待遇。《戰國策·楚策》：『楚國之食貴於玉，薪貴於桂。』」

〔二一〕任重責深：《後漢書》卷四十三《何敞傳》：「今明公位尊任重，責深負大，上當匡正綱紀，下當濟安元元，豈但空空無違而已哉！」

〔二二〕「弱節」二句：《管子·勢》：「故賢者安徐正静，柔節先定。行於不敢，而立於不能，守弱節而堅處之。」房玄齡注：「守柔弱之節而堅明以自處也。」《校注》：「弱節：自謙缺乏節操。兼誠：加倍的誠懇。謂非常誠懇。思：指讓太尉的決心。」

〔二三〕伏願隆慈：隆慈，《藝文類聚》卷六十六引梁劉孝威《婚謝晉安王賜錢啓》：「良以自羞，曲降隆慈，俯垂珍錫，便使禽贄獲舉，纁幣有資，佩服寵靈，隕越非報。」同上書卷九十三引梁邵使，輕裝啓行，經營舊壤，令泗上歸業，稷下還風，君欲誰讓邪？」本集《蕭太尉上便宜表》：「昔在中葉，有震且業。」毛傳：「葉，世也。」《文選》卷四左思《蜀都賦》：「考四海而爲儁，當中葉而擅名。」吕向注：「漢之中代，此得擅名。」

〔一五〕逖聽遐代：逖聽，《史記》卷一百十七《司馬相如列傳》：「率邇者踵武，逖聽者風聲。」裴駰集解：「徐廣曰：『逖，遠也。聽察遠古之風聲。』」司馬貞索隱：「風聲，《風》《雅》之聲。以言聽遠古之事，則著在《風》《雅》之聲也。」謝朓《侍宴華光殿曲水奉勑爲皇太子作》：「旁求遂古，逖聽鴻名。大寶曰位，得一爲貞。」按以上二句《校注》云：「風：教，美好的德政。逖：遠。聽：聽信，依從。遐代：遠代。與『中葉』皆指古代。」

〔一六〕績謝古烈：古烈，古代義烈之士。王符《潛夫論·交際》：「惟有古烈之風，志義之士，爲不然爾。」《晉書》卷五十八《周處傳》：「虓厲志貞亮，無愧古烈，未及拔身，奄隕厥命。甄表義節，國之典也。」《校注》：「謝：遜。」

〔一七〕「妖風」句：《太平御覽》卷十三引《漢書》：「迅雷妖風，怪雲變氣，此皆陰陽之精，本在地而上發於天。」《後漢書》卷三十下《郎顗傳》：「占曰：『日乘則有妖風，日蒙則有地裂。』如是三年，則致日食，陰侵其陽，漸積所致。」孽火，《漢書》卷三十六《楚元王傳》「孽火燒宮」顔師古注：「孽，災也。」《宋書》卷三十《五行志一》：「孫盛曰：於時後宫殿有孽火，又廟梁無故權衡。酌：斟酌。璧緯、瑶陛：皆美稱皇帝。以上四句意謂，職位的設立和授予，應由皇帝反復考慮而定。」

〔一〇〕「迹聯」二句：盈缺，盈虧變化。《禮記·禮運》：「故天秉陽，垂日星。地秉陰，竅於山川。播五行於四時，和而後月生也，是以三五而盈，三五而闕。」《玉臺新詠》卷九沈約《解珮去朝市》：「天道有盈缺，寒暑遞炎涼。」《校注》：「盈缺、興降：謂國家的盛衰興亡。」

〔一一〕「上睿」二句：《校注》：「上睿、前英：指古代明君。僉舉、詳能：謂都能經過全面慎重考慮，推舉賢才任職。」

〔一二〕弟：《晉書》卷三十四《杜預傳》：「在官一年以後，每歲言優者一人爲上第，劣者一人爲下第。」《通典》卷十三《選舉一》：「漢桓帝建和初，詔諸學生年十六以上，比郡國明經試，次第上名。高第十五人，上第十六人，爲中郎；中第十七人，爲太子舍人；下第十七人，爲王家郎。」按弟，次第，等級。《説文·弟部》：「弟，韋束之次弟也。」段玉裁注：「束之不一，則有次弟也。引伸之爲凡次弟之弟，爲兄弟之弟。」《吕氏春秋·原亂》：「亂必有弟。大亂五，小亂三。」高誘注：「弟，次也。」《後漢書》卷二十二《朱祐景丹等傳論》：「故依其本弟係之篇末，以志功臣之次云爾。」是底本作弟不誤，《彙注》本等改爲「第」，失其本貌。

〔一三〕「紊蕩」二句：《校注》：「經邦、民紀：指治國治民的綱紀。」

〔一四〕還風中葉：還風，恢復好風氣。《南齊書》卷二十八《劉善明傳》：「遣遊辯之士，爲鄉導之席也。

〔五〕「臣局」二句：《校注》：「局：狹小。戰：通『顫』，恐懼。概：氣量。領：衣服上端爲領，引申爲滿之意。」

〔六〕「具煩」二句：《校注》：「寸管：指筆。黷：玷污。書寫的謙詞。尺史：記言之書，指奏書。」按宋曾慥《類説》卷五十八《墨藪·筆硯紙墨》：「筆取崇山絶仞中兔毛，八九月收之。筆頭長一寸，管長五寸，鋒齊腰長者。」寸管之借指爲筆者，蓋由筆頭筆管之長也。

〔七〕「曠旬」二句：曠旬，《後漢書》卷四十九《王符傳》：「既不肯理，故乃遠詣公府，公府復不能察，而當延以日月。貧弱者無以曠旬，彊富者可盈千日。」《文選》卷二十三劉楨《贈五官中郎將》：「自夏涉玄冬，彌曠十餘旬。」李周翰注：「言卧疾從夏至冬，相與遠疏，已十餘旬也。」《校注》：「曠旬：謂經歷十天。旬，十日爲旬。浹景：猶浹日。《國語·楚語下》：『近不過浹日。』注：『浹日，十日也。』指：指望。遂宜：指實現讓太尉之事。」

〔八〕設品分職：《周禮·天官一》：「惟王建國，辨方正位，體國經野，設官分職，以爲民極。」鄭玄注：「鄭司農云：『置冢宰、司徒、宗伯、司馬、司寇、司空，各有所職，而百事舉。』」《晉書》卷三十九《荀勖傳》：「設官分職，委事責成。君子心競而不力争，量能受任，思不出位，則官無異業，政典不奸矣。」

〔九〕「列寵」二句：瑤陛，玉陛，宫殿臺階的美稱。按以上四句《校注》云：「縣：同『懸』。銓：

【箋注】

〔一〕「撰心」二句：《校注》：「撰心：持心。表示懇切之意。精衷：真誠。亮：明亮，明察。」

〔二〕「詔飾」二句：《校注》：「詔飾：指詔書和車馬服飾。辭表是絶：謂拒絶受辭讓之表。」

〔三〕「朱紱」二句：朱紱，《易・困》：「九二，困于酒食，朱紱方來，利用亨祀，征凶，無咎。」唐李鼎祚集解：「朱紱，宗廟之服。乾爲大赤，朱紱之象也。」金鉉，《易・鼎》：「鼎黄耳金鉉。」《六書故》卷四：「鉉，胡犬切，鼎扃也。貫之鼎耳以舉鼎。」按鉉即鼎鉉，借指三公。蔡邕《司空臨晉侯楊公碑》：「頻歷鄉校，五登鼎鉉，建名著忠，確越前賢。」《校注》：「朱紱、金鉉：皆指三公之位。臻：至。未宥：謂未允辭讓。」

〔四〕詵然改席：改席，改换座席。《晉書》卷七十三《庾亮傳》：「時王敦在蕪湖，帝使亮詣敦籌事，敦與亮談論，不覺改席而前。」《宋書》卷六十二《羊欣傳》：「欣嘗詣領軍將軍謝混，混拂席改服，然後見之。時混族子靈運在坐，退告族兄瞻曰：『望蔡見羊欣，遂易衣改席。』欣由此益知名。」《校注》：「詵然：沉痛貌。《釋名・釋疾痛》：『心痛曰疝。疝，詵也。』改席：謂多次改變坐席，表示不安之狀。」按此二句意謂因宋順帝未能接受其辭讓之表，故心情緊張乃至改席。是詵然似不應作沉痛解。《詩・周南・螽斯》：「螽斯羽，詵詵兮；宜爾子孫，振振兮。」毛傳：「詵詵，衆多也。」鄭玄箋：「凡物有陰陽情慾者，無不妬忌。維蚣蝑不耳，各得受氣而生子，故能詵詵然衆多。」是詵然可釋爲衆多，詵然改席者，因不安而多次改領〔五〕。具煩寸管，備黷尺史〔六〕。曠旬浹景，祈指遂宜〔七〕。猶謂設品分職〔八〕，實以仰銓璧緯①；列寵縣榮，故乃俯酌瑤陛〔九〕。迹聯盈缺，道協興降〔一〇〕。上睿所以僉舉，前英所以詳能〔一一〕。今若弟隨私貴②〔一二〕，爵與私富，紊蕩經邦，斷折民紀〔一三〕。豈可還風中葉〔一四〕，逖聽遐代者也〔一五〕。臣才乏往賢，績謝古烈③〔一六〕。妖風孽火④〔一七〕，將炎天地。幸郊甸或静，江山以閟〔一八〕。文軒華劍，既榮既峻〔一九〕；侯封桂食⑤〔二〇〕，又盈又滿。禄高誚厚，任重責深〔二一〕，弱節兼誠，誓思不淺〔二二〕。伏願隆慈〔二三〕，特垂明愍。臣奉國猶家〔二四〕，慮公若私。秉軸之鈞〔二五〕，心希在治。不任懇懇之情〔二六〕。

【校記】

①「璧緯」原作「壁緯」，今據《彙注》本、張本、梁本改。

②「弟」《彙注》本、張本、梁本作「第」。

③「烈」原作「列」，今據《彙注》本、張本、梁本改。

④「妖風」原作「妖鋒」，今據元鈔本改。

⑤「封」原作一字空格，今據《彙注》本、張本、梁本補。

〔三八〕「血祈」二句：慊志，《史記》卷十《孝文本紀》：「朕既不德，上帝神明未歆享，天下人民未有嗛志。」司馬貞索隱：「嗛者，滿之意也。未有嗛志，言天下皆志不滿也。」《藝文類聚》卷三十五引《妬記》：「王爲信，自敍謙志。」按慊，嗛、謙字通。《校注》：「血祈：謂誠摯的請求。亮：明，見察之意。慊志：不足之志。《禮記・坊記》：『貴不慊於上。』注：『慊恨不滿之貌。』」

〔三九〕「雖蹈」二句：抃躍，猶言手舞足蹈。表示歡欣鼓舞。《校注》：「疵戾：猶罪過。」

蕭驃騎讓太尉增封第三表

【題解】

此文原題作《蕭驃騎讓太尉增封表》，張本、梁本題作《爲蕭驃騎讓太尉增封第三表》，梁本題下注：「一無『第三』二字，敍次在前表之上。」今據張本、梁本補「第三」二字。

此表爲前表之續表，時間亦當在昇明二年（四七八）二月。

臣某言：撰心求私，精衷請亮〔一〕。情不感神，理無動天。詔飾既降，辭表是絶〔二〕；朱紱方臻，金鉉未宥〔三〕；魄慮再馳，詵然改席〔四〕。臣局志久戰，淺概已猷。」《校注》：「盛猷：猶言宏謀。厲：奮，揚。聲頌：即頌聲。」

〔三三〕「將陪」二句：朝服以濟師，《國語·齊語》：「教大成，定三革，隱五刃，朝服以濟河而無怵惕焉，文事勝矣。」《文選》卷四十阮籍《爲鄭沖勸晉王牋》：「由斯征伐，則可朝服濟江，掃除吳會，西塞江源。」朝服，《論語·鄉黨》：「吉月，必朝服而朝。」《校注》：「雲驂：形容衆多的馬匹。扈：披，穿。朝服：羣臣朝會時所穿的禮服。朝服濟師，喻不戰而勝。」

〔三四〕天眷：上天的眷顧。《書·微子之命》：「皇天眷佑，誕受厥命。」《漢書》卷九十九中《王莽傳中》：「皇天眷然，去漢與新。」亦用以指帝王對臣下的恩寵。《晉書》卷七十三《庾冰傳》：「非天眷之隆，將何以至此。」《校注》：「天眷：皇帝的眷顧。」

〔三五〕鴻名：大名，盛名。《史記》卷一百十七《司馬相如列傳》：「前聖之所以永保鴻名而常爲稱首者用此，宜命掌故悉奏其義而覽焉。」

〔三六〕「伏願」二句：矜宥，矜憐寬宥。《後漢書》卷三十九《劉愷傳》：「宜蒙矜宥，全其先功，以增聖朝尚德之美。」《晉書》卷七十四《桓彝傳附桓沖傳》：「念沖遺勤，用悽於懷。其孫胤宜見矜宥，以獎爲善。」《校注》：「聖渥：聖恩。遐覃：廣遠。矜宥：憐憫寬恕。」

〔三七〕「霈焉」二句：垂仁，施仁愛。《文選》卷六十謝惠連《祭古塚文》：「射聲垂仁，廣漢流渥。」穆然，和敬貌。《通鑑》卷九十二晉元帝永昌元年：「宫省穆然，必無虞也。」胡三省注：「穆然，和敬之意。」

〔二八〕愧痞終朝：終朝，一整天。《藝文類聚》卷八引曹植《芙蓉賦》：「芙蓉蹇産，菡萏星屬，絲條垂珠，丹榮如緑，焜焜韡韡，爛若龍燭，觀者終朝，情猶未足。」《文選》卷二十四陸機《答張士然》：「終朝理文案，薄暮不遑瞑。」

〔二九〕「咨此」二句：庸弱，平庸懦弱。《晉書》卷一百十一《慕容暐載記》：「暐既庸弱，國事皆委之於恪。」《宋書》卷六十七《謝靈運傳》：「視一人於三傑，豈在己之庸弱。」任忝，《南齊書》卷三十一《江謐傳》：「以往者微勤，刀筆小用，賞厠河山，任忝出入。」《校注》：「咨：嗟，歎。任忝：猶忝任。忝，謙詞。」

〔三〇〕「伏惟」二句：《校注》：「淮泗、趙魏：指北魏統治地區。淮泗，淮河和泗水，相當於今安徽、山東二省的部分地區。趙魏，戰國時趙魏相當於今河北西部、南部和河南北部地區。賓：賓服。」

〔三一〕「中原」二句：中原，指黄河流域，《國語・越語下》：「謀之廊廟，失之中原，其可乎？王姑勿許也。」諸葛亮《出師表》：「當獎帥三軍，北定中原。」神州，《史記》卷七十四《孟子列傳》：「以爲儒者所謂中國者，於天下乃八十一分居其一分耳。中國名曰赤縣神州。」《校注》：「翳：遮蔽。謂失去光彩，陷於黑暗。」

〔三二〕「思樂」二句：《宋書》卷四十二《劉穆之傳》：「方宣讚盛猷，緝隆聖世，志績未究，遠邇悼心。」同上書卷五十七《蔡廓傳附蔡興宗傳》：「然此源不塞，此風弗變，將虧正道，臺穢盛

〔一七〕若溘死於汀潭：《楚辭・離騷》：「寧溘死而流亡兮，余不忍爲此態也。」王逸章句：「溘，奄也。」汀潭，猶汀洲，水中小洲。《楚辭》屈原《九歌・湘夫人》：「搴汀洲兮杜若，將以遺兮遠者。」王逸章句：「汀，平也。」洪興祖補注：「汀，它丁切，水際平地。」《校注》：「溘死：忽然而死。」

〔一八〕哀時命而自愜：《楚辭》嚴忌《哀時命》：「哀時命之不及古人兮，夫何予生之不遘時。」王逸章句：「言己自哀生時年命，不及古賢聖之出遇清明之時，而當貪亂之世也。」陸雲《感逝》：「哀時命之險薄，懷斯類以結憂。手拊膺而永歎，形顧景而長愁。」《校注》：「自愜：謂自我安慰以求滿足。」

【集説】

《校注》：篇中每題均用三言，連貫起來恰好反映了作者貶居時的生活情趣，同時也在文中表現了强烈的鬱悶孤憤之感。

應謝主簿騷體

【題解】

騷體，文學體裁之一，源於戰國時楚國，以屈原《離騷》爲代表，并因此而得名。梁劉勰《文心雕龍・樂府》：「延年以曼聲協律，朱馬以騷體製歌。」朱熹《楚辭辯證》卷上：「《七諫》、《九懷》、

〔一〇〕猨狖之所羣：《校注》：「猨狖：猿猴。屈原《九章·涉江》：『深林杳以冥冥兮，乃猨狖之所居。』」

〔一一〕聒山：《校注》：「聒：喧擾。」

〔一二〕楓岫兮筠嶺：《校注》：「楓岫、筠嶺：生長有楓樹和竹林的山巒。」

〔一三〕蘭畹兮芝田：沈約《梁武帝集序》：「興絶節於高唱，振清辭於蘭畹。」按蘭畹，同「蘭苑」。隱生寘翳林，倥傯自迫速。得託芳蘭苑，列植高山足。」《藝文類聚》卷七十八引《十洲記》：《藝文類聚》卷八十八引劉楨詩：「昔君錯畦畤，東土有素木。條柯不盈尋，一尺再三曲。「鍾山在北海之中，地仙家數十萬，耕田種芝草，課計頃畝。」《文選》卷十九曹植《洛神賦》：「爾迺税駕乎蘅皋，秣駟乎芝田。」

〔一四〕「紫蒲」二句：《校注》：「蒲：草名。即香蒲，叢生水邊。光水、艷泉：謂在蒲荷掩映下泉流更增光色。」

〔一五〕「非郢路」二句：《校注》：「郢路：指回故國之路。郢，春秋楚都，故址在今湖北江陵西北。屈原《九章·哀郢》：『心不怡之長久兮，憂與愁其相接。惟郢路之遼遠兮，江與夏之不可涉。』」

〔一六〕「欷美人」二句：《校注》：「美人：喻國君。此當指建平王。以上四句本上引《哀郢》而反其意。」

〔三〕「立聖風」句：《校注》：「茲教：此教。指佛教。」

〔四〕「寫經記」句：《校注》：「經紀：指佛教典籍，包括經、律、論、記等各種著述。圖刹：佛寺。」

〔五〕「畫影象」句：《文選》卷十一王延壽《魯靈光殿賦》：「圖畫天地，品類羣生，雜物奇怪，山神海靈，寫載其狀，託之丹青，千變萬化。」《校注》：「影象：形象。指佛像。丹青：圖畫。」

〔六〕「起浄法」句：《校注》：「浄法：清浄除欲爲佛家的教義，故稱浄法或佛法。西海：指佛教發源地天竺（印度）。」

〔七〕「流梵音」句：東溟，東海。《文選》卷二十二顔延之《車駕幸京口侍遊蒜山作》：「元天高北列，日觀臨東溟。」吕向注：「東溟，謂東海。」此指中國。《校注》：「流梵音：傳播佛經。佛經用梵語寫成。」

〔八〕「網紫宙」二句：萬品，猶萬物，萬類。《尹文子・大道下》：「過此而往，雖彌綸天地，籠絡萬品，治道之外，非羣生所餐挹，聖人錯而不言也。」《宋書》卷九《後廢帝紀》：「今開元肆宥，萬品惟新，凡兹流斥，宜均弘洗。」《校注》：「網：羅網。冠：覆蓋。紫宙、璇寓：謂天地。洽：協和。萬品：萬物。意謂協和萬物，普濟衆生。」

〔九〕「余汩阻」二句：《校注》：「汩阻：當作『汩徂』。下句『跡已徂』之『徂』當作『阻』。此作者有意錯互其文。汩徂，急行貌。屈原《九章・懷沙》：『傷懷永哀兮，汩徂南土。』迹已阻，謂

戴雪兮抱霜②。栽異木而同秀，鍾雜草而一香③。苔蘚生兮繞石户④〔一五〕，蓮花舒兮繡池梁〔一六〕。伊日月之寂寂〔一七〕，無人音與馬跡。躭禪情於雲逕⑤，守息心於端石〔一八〕。永結意於鷲山〔一九〕，長憔悴而不惜。

【校記】

①「東」原作「索」，元鈔本作「南」，《彙注》本作「素」，今據張本、梁本改。

②「戴」，《彙注》本作「載」。

③「鍾」張本、梁本作「種」。

④「繞」原作一字空格，今據《彙注》本補。

⑤「躭」原作一字空格，今據《彙注》本、張本、梁本補。

【箋注】

〔一〕「曰上妙」句：王僧孺《懺悔禮佛文》：「上妙居身，至仁在己。」《校注》：「上妙：謂臻妙之極。精：精義，真諦。」

〔二〕「名可宗」句：《文選》卷九揚雄《長楊賦》：「今朝廷純仁，遵道顯義，并包書林，聖風雲靡。」吕向注：「聖人之風，如雲靡靡而進。」《校注》：「宗：尊奉。聖風：聖人的教化。《易·恒》：『聖人久於其道而天下化成。』」

入以離尤兮，退將復脩吾初服。」朱熹集注：「澤曲曰臯，其中有蘭，故曰蘭臯。丘上有椒，故曰椒丘。」洪興祖補注引如淳曰：「丘多椒也。」《藝文類聚》卷七引宋孝武帝《登魯山詩》：「解帆憩通渚，息徒憑椒丘。粤值風景和，升高從遠眸。」《校注》：「緤：繫。」

〔五〕「漾余舟」句：謝朓《遊山》詩：「㗽狖叫層嵁，鷗鳧戲沙衍。」按以上二句《校注》云：「沙衍：沙洲旁水淺處。屈原《離騷》：『朝吾將濟於白水兮，登閬風而緤馬。』即此二句之所據。」

〔六〕星朏兮樹闇：《校注》：「星朏：星光暗淡。朏，光未盛貌。」

〔七〕淺霞兮駮雲：《文選》卷十一王延壽《魯靈光殿賦》：「霞駮雲蔚，若陰若陽。」呂延濟注：「霞駮雲蔚，言有光明如霞之斑駮，深邃則如雲之繁蔚。故若陰陽也。」《校注》：「駮雲：雲彩斑駁。」

〔八〕「碧色」二句：　葐蒀，煙靄氤氳或香氣鬱盛。《文選》卷四左思《蜀都賦》：「鬱葐蒀以翠微，崛巍巍以峩峩。」張銑注：「葐蒀，氣貌。」《藝文類聚》卷二引宋謝莊《雜言詠雪》：「火洲滅，日壑清。龍闕沙蒸，河徼雲驚。晷未沈而井閟，寓方霾而海溟。始葐蒀以蕤轉，終徘徊而煙曳。狀素鏡之晨光，寫金波之夜晰。」《校注》：「碧色、丹秀：指碧水丹山的秀色。」

〔九〕深林寂以窈窈：《文選》卷十六司馬相如《長門賦》：「浮雲鬱而四塞兮，天窈窈而晝陰。」劉良注：「窈窈，暗也。」

一合兮一分，映壑兮爲飾，綴澗兮成文。碧色兮婉轉，丹秀兮葐蒀〔八〕。深林寂以窈窈〔九〕，上猨狖之所羣〔一〇〕。羣猨兮聒山〔一一〕，大林兮蔽天。楓岫兮筠嶺〔一二〕，蘭畹兮芝田〔一三〕。紫蒲兮光水，紅荷兮艷泉〔一四〕。香枝兮嫩葉，翡累兮翠疊。非郢路之遼遠，寔寸憂之相接〔一五〕。欷美人於心底，願山與川之可涉〔一六〕。若溘死於汀潭〔一七〕，哀時命而自愜〔一八〕。

【箋注】

〔一〕「伯鸞」二句：《校注》：「伯鸞：東漢梁鴻字伯鸞。梁鴻家貧好學，不求仕進，與妻孟光避亂隱居霸陵山中，以耕織爲業，詠《詩》、《書》，彈琴以自娱。見《後漢書·逸民列傳》。此以梁鴻自喻，謂欲遠離世俗，隱居不返。江淹《自序》：『常慕司馬長卿、梁伯鸞之徒，然未能悉行也。』」

〔二〕「逮紺草」句：《校注》：「逮：及。紺草：青草。紺，天青色。結：草木成實謂結。」

〔三〕「及朱華」句：《文選》卷二十曹植《公讌詩》：「秋蘭被長阪，朱華冒緑池。」李善注：「朱華，芙蓉也。」《文選》卷二十三阮籍《詠懷·湛湛長江水》：「朱華振芬芳，高蔡相追尋。」《校注》：「未晚：猶言未凋。」

〔四〕「緤余馬」句：椒阿，猶椒丘。《楚辭·離騷》：「步余馬於蘭皋兮，馳椒丘且焉止息。進不

〔一五〕「客子」句：《文選》卷二十七王粲《從軍詩五首》之五：「客子多悲傷，淚下不可收。朝入譙郡界，曠然消人憂。」同上書卷二十九曹植《雜詩·轉蓬離本根》：「類此遊客子，捐軀遠從戎。」《太平御覽》卷五十六引《三秦記》：「俗歌曰：『隴頭流水，鳴聲幽咽。遥望秦川，心肝斷絶。』」鮑照《代東門行》：「傷禽惡弦驚，倦客惡離聲。離聲斷客情，賓御皆涕零。涕零心斷絶，將去復還訣。一息不相知，何況異鄉别。」《校注》：「思：悲愁。指思鄉之情。」

〔一六〕「心斷絶」句：《校注》：「無閑：不止。」

〔一七〕「步東池」句：夜未艾，夜未盡。《詩·小雅·庭燎》：「夜如其何？夜未艾。」毛傳：「艾，久也。」

〔一八〕「引一息」句：《校注》：「一息：一念。《關尹子·一字》：『一息不存，道將來契。』」

〔一九〕「擾百緒」句：《校注》：「百緒：百事，紛繁之事。」

〔二〇〕「意春蘭」二句：《校注》：「若：杜若，香草名。屈原《九歌·禮魂》：『春蘭兮秋菊，長無絶兮終古。』」

愛遠山

伯鸞兮已遠，名山兮不返〔一〕。逮紺草之可結〔二〕，及朱華之未晚〔三〕。緤余馬於椒阿〔四〕，漾余舟於沙衍〔五〕。臨星胐兮樹闇〔六〕，看日爍兮霞淺。淺霞兮駮雲〔七〕，

〔八〕「竟長洲」句：長洲，水中長形陸地。《楚辭·九章·思美人》：「擥大薄之芳茝兮，搴長洲之宿莽。」《文選》卷十一王粲《登樓賦》：「挾清漳之通浦兮，倚曲沮之長洲。」

〔九〕「山巒岏」句：《集韻》卷二：「岏，吾官切。巑岏，山鋭皃。」《校注》：「巒岏：峻峭貌。」

〔一〇〕「水環合」句：賈誼《旱雲賦》：「運清濁之澒洞兮，正重沓而并起。」《校注》：「重沓：重疊。」

〔一一〕「林中」句：《藝文類聚》卷三十四引阮瑀《七哀詩》：「冥冥九泉室，漫漫長夜臺。」同上書卷四十一引晉陸機《太山吟》：「太山一何高，迢迢造天庭。峻極周已遠，曾雲鬱冥冥。」《校注》：「冥冥：昏暗貌。」

〔一二〕「江上」句：《楚辭·九歌·山鬼》：「風颯颯兮木蕭蕭，思公子兮徒離憂。」《樂府詩集》卷七十四王融《思公子》：「春盡風颯颯，蘭凋木脩脩。王孫久爲客，思君徒自憂。」《集韻》卷九：「颯颯，風聲。」

〔一三〕「盟清泠」句：《楚辭·九歌·湘夫人》：「慌惚兮遠望，觀流水兮潺湲。」朱熹集注：「至於荒忽而起望，則又但見流水之潺湲而已。」《文選》卷二十六謝靈運《七里瀨》：「孤客傷逝湍，徒旅苦奔峭。石淺水潺湲，日落山照曜。」李善注：「潺湲，水流貌也。」《校注》：「盟：結盟，謂曲池與清泠之水相貫通。潺湲：水流貌。」

〔一四〕「白雲」句：《校注》：「石蓮：生於石池中的荷花。」

【校記】

①「木」《彙注》本作「水」。

【箋注】

〔一〕黛柏：《校注》：「黛柏：翠柏。」

〔二〕頩石：頩，同「赬」。《廣韻》卷二：「赬，赤色。」《校注》：「頩石：赤石。」

〔三〕緜緜：《詩·王風·葛藟》：「緜緜葛藟，在河之滸。」毛傳：「緜緜，長不絶之貌。」《文選》卷二十七樂府古辭《飲馬長城窟行》：「青青河畔草，緜緜思遠道。」《校注》：「緜緜：綿延不絶。」

〔四〕往旋：《校注》：「往旋：來回盤旋。」

〔五〕蔽日：《楚辭》屈原《九歌·東君》：「展詩兮會舞，應律兮合節，靈之來兮蔽日。」

〔六〕「桂之枝」句：刺天，直入雲天，謂極高。《文選》卷四張衡《南都賦》：「杳藹蓊鬱於谷底，森蓴蓴而刺天。」張銑注：「皆茂盛上指於天。」同上書卷十二木華《海賦》：「巨鱗插雲，鬐鬣刺天。」

〔七〕「百谷」句：《文選》卷十九宋玉《高唐賦》：「遇天雨之新霽兮，觀百谷之俱集。」李善注：「百谷者，衆谷雜水至山之下。」謝靈運《撰征賦》：「夐千里而無山，緬百谷而有居。被宿莽以迷徑，睹生煙而知墟。」

悅曲池

【題解】

《藝文類聚》卷九題作《悅曲池賦》。

曲池：曲折回繞的池塘。《楚辭·招魂》：「坐堂伏檻，臨曲池些。芙蓉始發，雜芰荷些。」王逸注：「言坐於堂上，前伏檻楯，下臨曲水清池，可漁釣也。」《文選》卷二十九王粲《雜詩》「日暮遊西園，冀寫憂思情。曲池揚素波，列樹敷丹榮。」

北山兮黛柏〔一〕，南江兮赬石〔二〕。赬峰兮若虹，黛樹兮如畫。暮雲兮十里，朝霞兮千尺。千尺兮繇繇〔三〕，青氣兮往旋〔四〕。桐之葉兮蔽日〔五〕，桂之枝兮刺天〔六〕。百谷多兮瀉亂波〔七〕，雜礀饒兮鶩叢泉。竟長洲兮匝東島〔八〕，縈曲嶼兮繞西山。山巒岏兮水環合〔九〕，水環合兮石重沓〔一〇〕。林中電兮雨冥冥〔一一〕，江上風兮木颯颯①〔一二〕。盟清泠兮適潺湲〔一三〕，白雲起兮弔石蓮〔一四〕。客子思兮心斷絶〔一五〕，心斷絶兮愁無閑〔一六〕。步東池兮夜未艾〔一七〕，卧西牕兮月向山。引一息於魂内〔一八〕，擾百緒於眼前〔一九〕。意春蘭與秋若，願不絶於江邊〔二〇〕。

曰：賢哉，回也！一簞食，一瓢飲，在陋巷，人不堪其憂，回也不改其樂。賢哉，回也！』心抱：心胸。」

〔二六〕籌出處之叔仲：《校注》：「叔仲：伯仲叔季爲兄弟排行的次序，此以叔仲表示高低、優劣。」

〔二七〕酌言默之多少：言默，即語默，説話或沉默。語本《易・繫辭上》：「君子之道，或出或處，或默或語。」喻指出仕或隱居。陶淵明《命子》詩：「時有語默，運因隆窊。」逯欽立注：「語默，出處。」按以上二句《校注》云：「籌、酌：考慮、斟酌。出處、言默：指或出仕或歸隱的人生道路。言默，即『語默』。多少：亦優劣之意。」

〔二八〕若妙行與上靈：《校注》：「妙行、上靈：謂出衆的品行、性靈。」

〔二九〕非積學之所紹：積學，積累學問。《韓詩外傳》卷五：「雖庶民之子孫也，積學而正身，行能禮儀，則歸之士大夫。」《三國志》卷三十一《蜀志・劉焉傳》：「居陽城山，積學教授，舉賢良方正。」《校注》：「紹：繼，繼承。」

〔三〇〕至游夏以升降：《校注》：「游夏：指孔子弟子言子游、卜子夏，二人以文章學問著稱。《論語・先進》：『文學子游、子夏。』升降：謂出入於子游、子夏之間。」

〔三一〕幸砥心而勿夭：《藝文類聚》卷四十七引魏楊修《司空荀爽述贊》：「砥心六經，探索道奧，瞻乾坤而知陰陽之極。」《校注》：「勿夭：不半途而廢。」

諸山屬武夷山系，武夷山由紅紫色砂巖構成，故江淹在詩文中多稱之爲銅山、丹山、金峰等。」

〔二一〕味哲人之遺珍：《校注》：「哲人：指孔子。《禮記・檀弓》：『哲人其萎乎。』遺珍：珍貴的遺言。」

〔二二〕嘉石門之埋名：埋名，姓名埋没，不爲人知。《漢書》卷八十四《翟方進傳》：「設令時命不成，死國埋名，猶可以不慙於先帝。」《校注》：「石門：指石門的守門人。《論語・憲問》：『子路宿於石門，晨門曰：奚自？子路曰：自孔氏。曰：是知其不可而爲之者與？』《後漢書・張晧王龔傳論》注引鄭玄《論語》注：『石門，魯城外門也。晨，主守門，晨夜開閉也。』埋名：謂石門守門人隱姓埋名，不求名。」

〔二三〕憐柳子之沈道：《校注》：「柳子：即柳下惠，春秋時賢人，名獲，字禽，食邑於柳下，謚曰惠。《論語・微子》：『柳下惠爲士師，三黜，人曰：子未可以去乎？曰：直道而事人，焉往而不三黜。』沈道：正直之道沉淪不顯。指柳下惠三黜事。」

〔二四〕書吴伯於衣袖：《校注》：「吴伯：即吴泰伯，周祖先古公亶父長子，虞仲、季歷之兄。據傳古公欲傳位於季歷及其子昌（即周文王），泰伯遂與虞仲逃至勾吴。《論語・泰伯》：『子曰：泰伯，其可謂至德也已矣。三以天下讓，民無得而稱焉。』」

〔二五〕鏤顔子於心抱：《校注》：「顔子：即顔回，孔子弟子，以德行著稱。《論語・雍也》：『子

〔一四〕襲仁誼而求安：《校注》：「襲：繼。誼：通『義』。」

〔一五〕不嬿婉於戚施：《校注》：「嬿婉：温順貌。嬿，亦作『燕』。戚施：駝背之疾曰戚施，以喻諂媚取容者。《詩·邶風·新臺》：『燕婉之求，得此戚施。』傳：『戚施，不能仰者。』箋：『戚施面柔，下人事色，故不能仰也。』」

〔一六〕寧踸踔於馬蘭：《校注》：「踸踔：暴長貌。馬蘭：草名。其葉似蘭而大，古人以爲惡草。喻得志猖狂的小人。《楚辭》東方朔《七諫·怨世》：『馬蘭踸踔而日加。』注：『馬蘭，惡草也。踸踔，暴長貌也。』」

〔一七〕俾後生之庶士：庶士，衆士。《書·畢命》：「兹殷庶士，席寵惟舊。」孔傳：「此殷衆士，居寵日久。」《詩·召南·摽有梅》：「求我庶士，迨其吉兮。」鄭玄箋：「庶，衆。迨，及。」《文選》卷五左思《吴都賦》：「剖判庶士，商搉萬俗。」《校注》：「俾：使。」

〔一八〕鑒明德之音翰：《校注》：「明德：美德。《禮記·大學》：『大學之道，在明明德。』此指孔子而言。音翰：指用文字記載的述作。《文選》陸機《答賈長淵》詩：『貽此音翰。』李善注：『翰，筆。』」

〔一九〕石紅青兮百疊：百疊，百重。陳琳《武軍賦》：「衝鉤競進，熊虎争先，墮垣百疊，敝樓數千。」《文選》卷五左思《吴都賦》：「雖累葉百疊，而富彊相繼。」李周翰注：「疊，重也。」

〔二〇〕月出兮銅峰：銅峰，謂山色如銅。按本集《遷陽亭》詩「銅山鬱縱横」句，《校注》云：「吴興

〔九〕黄何之壯思：壯思，豪壯的情思。《文選》卷二十三劉楨《贈五官中郎將四首》之四：「君侯多壯思，文雅縱横飛。」謝朓《七夕賦》：「君王壯思風飛，沖情雲上。」曹融南注：「壯思，壯盛之思。」《校注》：「黄：疑指東漢黄香。黄香博學經典，少能文章，京師號曰：『天下無雙，江夏黄童。』見《後漢書·文苑傳》。何：何休。爲東漢著名經學家。見《後漢書·儒林傳》。」

〔一〇〕瞰青雲而靖意：《校注》：「青雲：謂青雲之志，志向高尚。靖：通『旌』，表彰。《左傳·昭公元年》：『魯叔孫豹可謂能矣，請免之以旌能者。』」福林按：疑靖意猶「靖志」，《文選》卷十五張衡《思玄賦》：「既防溢而靖志兮，迨我暇以翺翔。」舊注：「靖，静也。」吕向注：「既將防其逸樂，以安其志。及我閒暇，以翺翔也。」與下「意恬悵」句相應。然則不敢自是，故并録《校注》，以待後考焉。

〔一一〕意恬悵兮有端：《校注》：「恬：得意。悵：失意。端：正直。此謂無論處於何種境遇，都保持端正不邪的態度。」

〔一二〕才嶒峻兮可觀：《藝文類聚》卷六十二引後漢李尤《雲臺銘》：「周氏舊居，惟漢襲因，崇臺嶒峻，上擬蒼雲。」《校注》：「嶒峻：山高峻貌。喻才能超羣。」

〔一三〕憲嬀禹而折法：《校注》：「憲：效法。嬀禹：即舜和禹。據《史記·陳杞世家》，虞舜曾居嬀汭，其後以嬀爲姓。折法：謂折衷其法，使之無所偏頗。」

《酒誥》等。朱管：赤筆管。《藝文類聚》卷五八引《漢官儀》：『尚書令僕丞郎，月給赤管大筆雙。』用以記言。」按古以竹簡記事，故稱史籍爲青史。

〔二〕魯濱之一叟：《校注》：「魯濱之一叟：指孔子。孔子魯國曲阜人，曲阜在泗水之濱。」

〔三〕銜道而探寂：《校注》：「探寂：探討幽深的道義。」

〔四〕英明而不革：不革，不改變。《晏子春秋・内篇諫下八》：「今君不革，將危社稷，而爲諸侯笑。」《商君書・靳令》：「故法立而不革。」《校注》：「不革：謂不能改變此亂世。」

〔五〕講業兮齊衛：《校注》：「講業：講學。齊衛：春秋時有齊國、衛國。此泛指列國。孔子曾周遊列國，宣傳其學説主張。」

〔六〕論精兮洙泗：論精，即論精微。《孔子家語・七十二弟子解》：「卜商，衛人，字子夏，少孔子四十四歲。習於《詩》，能通其義，以文學著名。爲人性不弘，好論精微，時人無以尚之。」《文選》卷十七陸機《文賦》：「頌優游以彬蔚，論精微而朗暢。」吕向注：「論事得失，必須精審微密，明朗而通暢於情。」《校注》：「論精：闡述學説精義。洙泗：洙水和泗水。皆在魯國境内。孔子晚年居於洙泗之間，教授子弟。」

〔七〕「子之」句：《校注》：「義：指微言大義。祕：閉，絶。此上疑脱去一句。《漢書・藝文志》：『昔仲尼没而微言絶，七十子喪而大義乖。』即此意。」

〔八〕賈鄭之雄理：《校注》：「賈鄭：指賈逵、鄭玄，皆東漢大儒。詳見《後漢書》本傳。」

翰〔一八〕。惟山中兮寂寞，沉憂思兮無從⑥。石紅青兮百疊〔一九〕，山濃淡兮萬重。日下兮□□，月出兮銅峰〔二〇〕。竹色兮拂户，水氣兮繞窗。味哲人之遺珍〔二一〕，折片句兮忘老。嘉石門之埋名⑦〔二二〕，憐柳子之沈道⑧〔二三〕。書吴伯於衣袖〔二四〕，鏤顏子於心抱〔二五〕。籌出處之叔仲〔二六〕，酌言默之多少〔二七〕。若妙行與上靈〔二八〕，非積學之所紹〔二九〕。至游夏以升降〔三〇〕，幸砥心而勿夭〔三一〕。

【校記】

①「洙」原作「汴」，今據《彙注》本、張本、梁本改。

②「可」張本、梁本作「考」。

③「恬」張本、梁本作「惆」。

④「峻」張本、梁本作「崚」。

⑤「折」張本、梁本作「析」。

⑥「沉」原作一字空格，今據《彙注》本、張本、梁本補。

⑦「埋」《彙注》本作「理」。

⑧「沈」張本、梁本作「躭」。

【箋注】

〔一〕「巡青史」二句：《校注》：「巡、覽：謂遍覽。」「誥：指古代典誥之文。《尚書》有《康誥》、

〔一七〕德經兮道袠：《校注》：「德經、道袠：即老子《道德經》。袠，書套，代指書。」

〔一八〕盪魂兮刷氣：《文選》卷四張衡《南都賦》：「寡婦悲吟，鵾鷄哀鳴。坐者悽欷，蕩魂傷精。」李周翰注：「使人魂神蕩越，情意感傷。」

〔一九〕「信若人」句：《校注》：「若人：此人。指老子。」

鏡論語

【題解】

《校注》：「鏡：照，觀。《論語》：孔子弟子所記録的有關孔子和門人言行的一部書，儒家的經典著作。」

巡青史之殘誥，覽朱管之遺册〔一〕。惟魯濱之一叟〔二〕，信銜道而探寂〔三〕。世艱險而多阻，君英明而不革〔四〕。講業兮齊衛〔五〕，論精兮洙泗①〔六〕，子之説兮義已祕〔七〕。成賈、鄭之雄理〔八〕，可黄、何之壯思②〔九〕。惜古人之取才，瞰青雲而靖意〔一〇〕。意恬悵兮有端③〔一一〕，才嶒峻兮可觀④〔一二〕。憲嫣禹而折法⑤〔一三〕，襲仁誼而求安〔一四〕。不嫵婉於戚施〔一五〕，寧踸踔於馬蘭〔一六〕？俾後生之庶士〔一七〕，鑒明德之音

何時復還。」《校注》：「空山：空曠寂寞之山。」

〔一〇〕「空山」句：《文選》卷二張衡《西京賦》：「於前則終南太一，隆崛崔崒，隱轔鬱律，連岡乎嶓冢。」呂延濟注：「崔崒、隱轔、鬱律，皆險曲貌。」《校注》：「翠崿：青翠色的山崖。」

〔一一〕「水散漫」句：《文選》卷十三謝惠連《雪賦》：「霰淅瀝而先集，雪紛糅而遂多，其爲狀也，散漫交錯，氛氳蕭索。」呂延濟注：「皆飄流往來，繁密之貌。」鮑照《和王護軍秋夕》：「散漫秋雲遠，蕭蕭霜月寒，驚飈西北起，孤鴈夜往還。」《校注》：「素壑：指蓄水的沟壑。」

〔一二〕氣曇曇：陳琳《柳賦》：「偉姿逸態，英艷妙奇。綠條縹葉，雜遝纖麗。龍鱗鳳翼，綺錯交施。蔚曇曇其杳藹，象翠蓋之葳蕤。」陸雲《愁霖賦》：「雲曇曇而疊結兮，雨淫淫而未散。」《校注》：「曇曇：雲氣密佈貌。」

〔一三〕光灼灼：灼灼，明亮貌。《藝文類聚》卷八引曹丕《濟川賦》：「美玉昭晰以曜煇，明珠灼灼而流光。」《玉臺新詠》卷二傅玄《明月篇》：「皎皎明月光，灼灼朝日暉。」

〔一四〕「西北」句：《樂府詩集》卷二十九《艷歌何嘗行》「飛來雙白鵠，乃從西北來。十十五五，羅列成行。妻卒被病，行不能相隨，五里一反顧，六里一徘徊。」

〔一五〕「池中」二句：《校注》：「十、萬：皆虛數，言紅蓮、落葉之多。」

〔一六〕「四壁」句：泬寥，同泬寥。《楚辭》宋玉《九辯》：「泬寥兮天高而氣清，寂寥兮收潦而水清。」王逸章句：「泬寥，曠蕩而虛静也。」

義而富且貴，於我如浮雲。』」按以上二句《校注》云：「澹：澹泊，遼遠。《老子》第二十章：『澹兮其若海。』賈誼《鵩鳥賦》：『澹乎若深淵之静。』儼：昂首貌。言其高拔。澹於白水，承上文『曒無際』，儼於浮雲，承上文『迥不羣』。深韻、高意：高深的内容、情味。」

〔五〕軌賢豪於後學：賢豪，賢明豪邁。漢劉向《説苑·政理》：「文侯曰：『子往矣，是無邑不有賢豪辯博者也。』」後學，後進的學者。《漢書》卷五十六《董仲舒傳贊》：「仲舒遭漢承秦滅學之後，六經離析，下帷發憤，潛心大業，令後學者有所統壹，爲羣儒首。」《校注》：「軌：樹立法則。」

〔六〕軼望識於前文：《校注》：「軼：超越。望識，指有聲望、有學識的人。前文：猶言前輩學者。與『後學』對舉成文。」

〔七〕可傳兮皓然：《大戴禮記·文王官人》：「質色皓然固以安，僞色縵然亂以煩。」《世説新語·言語》：「壹公曰：『風霜固所不論，乃先集其慘澹；郊邑正自飄瞥，林岫便已皓然。』」《校注》：「皓然：明亮貌。謂得此道可使心神明淨。」

〔八〕赴絶國：《史記》卷一百十一《衛將軍驃騎列傳》：「因前使絶國功，封騫博望侯。」《校注》：「絶國：極遠的邦國。此指建安吴興。」

〔九〕坐空山：《藝文類聚》卷八十三引《琴操》：「紫之亂朱粉墨同，空山歔欷涕龍鍾，天鑒孔明竟以彰，沂水滂沛流於汶。」謝靈運《廬山慧遠法師誄》：「晨掃虚房，夕泣空山，嗚呼法師，

可傳，可傳兮皓然〔七〕。挾兹心兮赴絶國〔八〕，懷此書兮坐空山〔九〕。空山隱轔兮窮翠崿①〔一〇〕，水散漫兮涵素壑〔一一〕。海外陰兮氣𧏙𧏙〔一二〕，江上月兮光灼灼〔一三〕。東南出兮是一山②，西北來兮乃雙鶴〔一四〕。池中蓮兮十色紅，窗前樹兮萬葉落〔一五〕。四壁深兮乃泬漻〔一六〕，左右虚兮如寂寞。寂寞兮山室，德經兮道衺〔一七〕。盪魂兮刷氣〔一八〕，掩憂兮静疾。信若人兮先覺〔一九〕，聊與子兮如一。

【校記】

①「轔」《彙注》本作「嶙」。

②「是」梁本作「不」。

【箋注】

〔一〕「百學」二句：《校注》：「派：流派。分：分支。此言不同流派的學説呈現五彩繽紛之狀。」

〔二〕「珍君」二句：《校注》：「君、子：皆指老子。迥：高遠。迥不羣，卓異特出，與衆不同。」

〔三〕澹深韻於白水：白水，泛指清水。《文選》卷二十六潘岳《在懷縣作二首》之二：「白水過庭激，緑槐夾門植。」

〔四〕儼高意於浮雲：《論語·述而》：「子曰：『飯疏食，歓水，曲肱而枕之，樂亦在其中矣。不

雲山讚四首 并序

【題解】

雲山：雲和山。吴均《同柳吴興烏亭集送柳舍人》：「河陽一悵望，南浦送將歸。雲山離晻曖，花霧共依霏。」

壁上有雜畫，皆作山水好勢，仙者五六，雲氣生焉。悵然會意，題爲小讚云。

王太子

【題解】

此篇《藝文類聚》卷七十八題作《王子喬》。

《校注》：「王太子：即王子喬。劉向《列仙傳》：『王子喬者，周靈王太子晉。幼好道，善吹簫作鳳鳴，遊伊洛之間，道士浮丘公接以上嵩山。三十餘年後，家人見其乘白鶴至緱氏山頭，數日而去。』」

④「詎」《藝文類聚》作「誰」。「藿香」《藝文類聚》作「藿草」。

⑤「雰」《藝文類聚》作「雲」。

【箋注】

〔一〕桂以過烈：桂，即肉桂，其性大熱，味甘辛，故謂過烈。

〔二〕麝以太芬：《校注》：「麝：麝香草，一名鬱金香。」

〔三〕摧阻天壽：摧阻，摧折阻礙。天壽，猶言天年。《史記》卷四十《楚世家》：「今乃得以天壽終，孤之幸也。」

〔四〕夭折人文：夭折，短命早死。《荀子·荣辱》：「樂易者常壽長，憂險者常夭折。」《續漢書·輿服志上》：「後世聖人，知恤民之憂，思深大者，必饗其樂；勤仁毓物，使不夭折者，必受其福。」此謂摧折。《後漢書》卷七十三《公孫瓚傳論》：「舍諸天運，徵乎人文，則古之休烈，何遠之有！」李賢注：「人文，猶人事也。」

〔五〕攝靈百仞：《校注》：「攝靈：猶養性。百仞：指高山。」

〔六〕養氣青雰：養氣，保養元氣；涵養本有的正氣。《孟子·公孫丑上》：「曰：『我知言，我善養吾浩然之氣。』」王充《論衡·自紀》：「養氣自守。」陶淵明《扇上畫贊》：「至於於陵，養氣浩然。」《校注》：「青雰：指天空。」

帝紀上》：「沙門者，漢言息心，蓋息意去欲，而歸於無爲也。」《文選》卷二十二沈約《鍾山詩應西陽王教》：「多值息心侶，結架山之足。」李善注：「《大灌頂經》曰『息心達本源』，故號爲沙門。」《校注》：「禪情：静心專一之情。雲逕、端石：即雲端、石逕。」

〔一九〕結意於鷲山：《校注》：「鷲山：即靈鷲山。在中印度，爲佛説法之地。」

【集説】

錢鍾書《管錐編・全梁文》卷三十三：《泣賦》：「魂十逝而九傷。」按《倡婦自悲賦》：「度九冬而廓處，經十秋以分居。」卷三四《雜三言・構象臺》：「山十影兮九形。」自語相違，皆虚數也，正如「四角六張，八凹九凸」（《五燈會元》卷一二大愚守芝章次）之類。

訪道經

【題解】

《校注》：「道經：道教的經典，指老子《道德經》。」

百學兮異文，錦派兮綺分〔一〕。珍君之言兮皦無際，悦子之道兮迴不羣〔二〕。澹深韻於白水〔三〕，儼高意於浮雲〔四〕。軌賢豪於後學〔五〕，軼望識於前文〔六〕。兹道兮

身受困阻。心未扃：猶言心未死，還抱有希望。扃，鎖閉。」

〔一〇〕「立孤臺」二句：《校注》：「孤臺：高臺。指象臺。岫：山穴。江汀：江邊平地。」

〔一一〕「累青杉」二句：《校注》：「澗構、林櫺：建造在澗邊林中的屋宇。構，房屋。櫺，窗户。」

〔一二〕金燈兮江蘺：《楚辭》屈原《離騷》：「扈江蘺與辟芷兮，紉秋蘭以爲佩。」王逸章句：「江蘺、芷，皆香草也。」同上書劉向《九歎・惜賢》：「懷芬香而挾蕙兮，佩江蘺之菲菲。握申椒與杜若兮，冠浮雲之峨峨。」王逸章句：「言己獨懷持香草，執忠貞之行，志意高厲。」《校注》：「金燈：即金燈草。本集有《金燈草賦》。」

〔一三〕環軒兮匝池：《廣韻》卷五：「匝，周也。」《校注》：「匝：環繞。」

〔一四〕相思兮豫章：相思，喬木名，又稱紅豆樹。豫章，亦喬木名，即香樟樹。詳見本集《草木頌》。

〔一五〕「苔辭」句：石户，石門。謝靈運《過瞿溪山飯僧》詩：「迎旭淩絶嶝，映泫歸溆浦。鑽燧斷山木，掩岸墐石户。」

〔一六〕「蓮花」句：謂盛開的荷花使池塘的堤岸如同錦繡。池梁，池堤。

〔一七〕日月之寂寂：陸機《晉平西將軍孝侯周處碑》：「玄堂寂寂，黄泉悠悠，書方易折，家揭難留，鐫兹幽石，萬代千秋。」《文選》卷二十一左思《詠史・濟濟京城内》：「朝集金張館，暮宿許史廬。南鄰擊鐘磬，北里吹笙竽。寂寂揚子宅，門無卿相輿。」

〔一八〕「躭禪情」二句：息心，梵語「沙門」的意譯。謂勤修善法，息滅惡行。晉袁宏《後漢紀・明

人」世而識苦，念親愛而知樂。」《藝文類聚》卷三十九引梁劉孝綽《侍宴集賢堂應令詩》：「壺人告漏晚，煙霞起將夕。反景入池林，餘光映泉石。」《校注》：「究識：深知。」

〔四〕既對道書：《校注》：「道書：道家書籍。」

〔五〕筆墨之勢：《校注》：「筆墨之勢：謂筆墨所至，順筆寫來之意。」

搆象臺

【題解】

《校注》：「象：佛，佛象。釋迦牟尼離世後其弟子刻木爲佛，以形象教人，故後來佛教又稱象教。」按梁元帝《内典碑銘集林序》：「象教東流，化行南國。」

曰上妙兮道之精〔一〕，道之精兮俗爲名。名可宗兮聖風立〔二〕，立聖風兮兹教生〔三〕。寫經記兮寄圖刹〔四〕，畫影象兮在丹青〔五〕。起浄法兮出西海〔六〕，流梵音兮至東溟①〔七〕。網紫宙兮洽萬品，冠璇寓兮濟羣生〔八〕。余汩阻兮至南國，迹已徂兮心未扃〔九〕。立孤臺兮山岫，架半空兮江汀〔一〇〕。累青杉於澗構，積紅石於林櫺〔一一〕。雲八重兮七色，山十影兮九形。金燈兮江蘺〔一二〕，環軒兮匝池〔一三〕。相思兮豫章〔一四〕，

譜之説是也。

予上國不才〔一〕，黜爲中山長史①〔二〕，待罪三載②，究識煙霞之狀〔三〕。既對道書〔四〕，官又無職，筆墨之勢〔五〕，聊爲後文。

【校記】

①「中山長史」張本、梁本作「閩山長史」。

②「三」字原闕，今據《彙注》本、張本、梁本補。

【箋注】

〔一〕上國不才：不才，没有才能。《左傳·文公十八年》：「顓頊有不才子，不可教訓，不知話言，告之則頑，舍之則嚚，傲狠明德，以亂天常，天下之民謂之檮杌。」枚乘《梁王兔園賦》：「已而歌曰：『春陽生兮萋萋，不才子兮心哀，見佳容兮不能歸。桑萎蠶飢，悵望奈何！』」《校注》：「上國：京師附近的諸侯國稱上國。此指南徐州。」

〔二〕黜爲中山長史：《校注》：「中山長史：是虚擬的官名。指任吴興縣令。逯欽立《先秦漢魏南北朝詩》校云：『按江淹《自序》，中山當作山中。』」

〔三〕究識煙霞之狀：煙霞，煙霧，雲霞。鮑照《遊思賦》：「指煙霞而問鄉，窺林嶼而訪泊。撫身

盛怒曰：『臣口不能言，然臣期期知其不可。陛下欲廢太子，臣期期不奉詔。』」

〔一三〕事絶不行：《校注》：「事絶不行：意謂事情發展到危險的地步，也不採取措施及時挽救。」

〔一四〕「五則」二句：《文選》嵇康《與山巨源絶交書》：「剛腸疾惡，輕肆直言，遇事便發，此甚不可二也。」《漢書》卷六十六《楊敞傳附楊惲傳》：「長樂疑惲教人告之，亦上書告惲罪……上不忍加誅，有詔皆免惲、長樂爲庶人。……惲宰相子，少顯朝廷，一朝以晻昧語言見廢，内懷不服，報會宗書曰：『……懷禄貪勢，不能自退，遭遇變故，横被口語。』」《文選》卷四十一楊惲《報孫會宗書》李善注：「口語，即戴長樂所告也。」《校注》：「婞：婞直，剛愎。此二句意謂，生性愚魯剛愎，遇事就胡亂發表意見。」

〔一五〕豈可處人間：《文選》嵇康《與山巨源絶交書》：「不有外難，當有内病，寧可久處人間邪？」

〔一六〕「所謂」句：《校注》：「輪椎：有幅爲輪，無輻爲椎。此以『輪椎』喻巧拙。分：本性。」

〔一七〕雞鶩：《楚辭·九章·懷沙》：「鳳皇在笯兮，雞鶩翔舞。」王逸章句：「言賢人困厄，小人得志也。」《宋書》卷六十二《王微傳》：「巖穴人情所高，吾得當此，則雞鶩變作鳳皇，何爲干飾廉隅，秩秩見於面目，所惜者大耳。」按鶩，鴨。《後漢書》卷二十四《馬援傳》：「效伯高不得，猶爲謹敕之士，所謂刻鵠不成尚類鶩者也。」李賢注：「鶩，鴨也。」

〔一八〕輾轉：《詩·周南·關雎》：「窈窕淑女，寤寐求之。求之不得，寤寐思服。悠哉悠哉，輾轉反側。」孔穎達疏：「其思之時，則輾轉而復反側，思念之極深也。」朱熹集傳：「皆卧不安席

之意。」

〔一九〕溘至：《文選》卷十六江淹《恨賦》：「朝露溘至，握手何言？」吕向注：「溘，奄也。人如朝露，豈可久也。奄然至此，握手何言？」此藉以指死期之將臨。《校注》：「溘至：忽然而至。言短暫。」

〔二〇〕「如星」二句：殞天，《周易・姤卦》：「有殞自天。」鮑照《傷逝賦》：「如影滅地，猶星殞天。」促光，猶促景。《藝文類聚》卷二十七引陸機《思歸賦》：「候涼風而警策，指孟冬而爲期。願靈暉之促景，恒立表以望之。」《校注》：「促光半路：喻短暫的生命已渡過一半。」

〔二一〕「不攀」二句：《白虎通義・蓍龜》：「龜之爲言久也，蓍之爲言耆也，久長意也。」鮑照《和王丞》：「限生歸有窮，長意無已年，秋心日迴絶，春思坐連綿。」《校注》：「不攀長意：不求長命。徒自欺取：意謂打發剩餘的日子，聊以自欺而已。」

〔二二〕「筋駑」二句：《文選》卷四十三嵇康《與山巨源絶交書》：「不涉經學，性復疏懶，筋駑肉緩，頭面常一月十五日不洗。」張銑注：「筋駑，謂寬緩若駑馬也。」《校注》：「駑：遲鈍。恙：疾病。」

〔二三〕冥默：《文選》卷十四班固《幽通賦》：「道修長而世短兮，夐冥默而不周。」李善注：「劉德曰：『冥默，玄深，不可通至。』」按《校注》云：「冥默：指《神農經》，是道家專談服食長生的著作。」亦録以備考。

〔二四〕「既信」句：《易·繫辭下》：「包犧氏没，神農氏作，斲木爲耜，揉木爲耒；耒耨之利，以教天下。」《淮南子·主術訓》：「昔者，神農之治天下也，神不馳於胸中，智不出於四域，懷其仁誠之心，甘雨時降，五穀蕃植。」《文選》卷二十九《古詩十九首·驅車上東門》：「服食求神仙，多爲藥所誤。不如飲美酒，被服紈與素。」吕向注：「服藥失性，反害生也。」《文選》卷五十三嵇康《養生論》：「又呼吸吐納，服食養身，使形神相親，表裏俱濟也。」

〔二五〕「久固」句：《國語·周語下》：「龢平則久，久固則純。」韋昭注：「固，安也。可久則安，安則純也。」天竺，印度之古稱，古伊朗語之音譯。《後漢書》卷八十八《西域·天竺傳》：「天竺國一名身毒，在月氏之東南數千里。」南朝梁慧皎《高僧傳·義解一·竺道潛傳》：「恢嘲之曰：『道士何以遊朱門？』潛曰：『君自睹其朱門，貧道見爲蓬户。』」《校注》：「天竺：古國名。即今印度，是佛教的發源地。道士：佛教初傳中國稱佛徒爲道士。」

〔二六〕煉神丹：《抱朴子·内篇·金丹》：「若取九轉之丹，内神鼎中，夏至之後，爆之鼎熱，翕然煇煌，俱起神光五色，即化爲還丹。」「余問諸道士以神丹金液之事，及《三皇内文》召天神地祇之法，了無一人知之者。」「第二之丹名曰神丹，亦曰神符。服之百日仙也。」鮑照《代淮南王》：「琉璃藥椀牙作盤，金鼎玉匕合神丹。」《校注》：「神丹：即道家所説的服之可以長生的靈丹。」

〔二七〕「行善業」二句：《校注》：「行善業：做好事。爲佛教所宣導。度：超度，解脱。一世：

一生。佛教認爲，信佛可以解脱人世的苦難，達到極樂境界。」

〔二八〕拾薇藿：《文選》卷二十四曹植《贈徐幹》：「顧念蓬室士，貧賤誠足憐。薇藿弗充虚，皮褐猶不全。」吕向注：「薇、藿，草菜名。褐，短衣。言草菜之食不充飢。」同上書卷二十九曹植《雜詩六首》之二：「毛褐不掩形，薇藿常不充。」《校注》：「薇：野菜。藿：豆葉。拾薇藿以爲食，是自甘貧賤之意。」

〔二九〕「樂天」二句：樂天，謂樂於順應天命。《禮記·哀公問》：「不能安土，不能樂天；不能樂天，不能成其身。」鄭玄注：「不能樂天，不知己過而怨天也。」《孟子·梁惠王下》：「惟仁者爲能以大事小，是故湯事葛，文王事昆夷……以大事小者，樂天者也。」趙岐注：「聖人樂行天道，如天無不覆也。」陶淵明《自祭文》：「勤靡餘勞，心有常閑。樂天委分，以至百年。」理性，涵養性情。徐幹《中論·治學》：「學也者，所以疏神達思，怡情理性，聖人之上務也。」諸葛亮《誡子書》：「慆慢則不能研精，險躁則不能理性。」《校注》：「樂天理性：安於天命，修養本性。斂骨折步：即『折骨斂步』，形容小心謹慎，屈己下人之狀。」

〔三〇〕過失之地：《校注》：「過失之地：謂招惹是非之地。」

〔三一〕「猶以」二句：《國語·越語上》：「若以越國之罪爲不可赦也，將焚宗廟，繫妻孥。」按妻孥即妻帑。《詩·小雅·常棣》：「宜爾家室，樂爾妻帑。」毛傳：「帑，子也。」

〔三二〕「望在」二句：《孟子·梁惠王上》：「五畝之宅，樹之以桑，五十者可以衣帛矣。雞豚狗彘

之畜，無失其時，七十者可以食肉矣。百畝之田，勿奪其時，數口之家可以無饑矣。謹庠序之教，申之以孝悌之義，頒白者不負戴於道路矣。」

〔三三〕長謝：長辭，永遠離開。《藝文類聚》卷二十四引晉陸機《豪士賦》：「若知險而退止，趍歸蕃而自戢，推琁璣以長謝，顧萬邦而高揖。」《校注》：「謝：辭別。」

〔三四〕「若乃」二句：《太平御覽》卷四百六十二引《魏氏春秋》：「何不法陶朱公泛舟絶迹，全功保身，登峨嵋之嶺而從赤松遊乎？」《尚書·夏書·禹貢》：「東漸於海，西被於流沙，朔南暨聲教，訖於四海。」《史記》卷一百十七《司馬相如列傳》載司馬相如《大人賦》：「杭絶浮渚，而涉流沙，奄息總極，泛濫水嬉兮。」《漢書》卷二十二《禮樂志》：「天馬徠，從西極，涉流沙，九夷服。」《校注》：「峨嵋、流沙：指仙人所到之處。《列仙傳》：『陸通，楚狂接輿也。好養性，在蜀峨眉山，世世見之數百年。』又：『彭祖名鏗，年七百餘歲，莫知所如。其後門人乃於流沙西見之。』流沙：西北沙漠地區。」

〔三五〕「殞金石」二句：鮑照《代淮南王》：「淮南王，好長生，服食練氣讀仙經。琉璃藥椀牙作盤，金鼎玉匕合神丹。」晉葛洪《抱朴子·辨問》：「仙經以爲，諸得仙者，皆其受命偶值神仙之氣，自然所禀。」《校注》：「金石：即道家所謂金丹玉屑一類的仙藥。」

〔三六〕「甞聞」二句：《校注》：「驗：效驗。非今日之所言：意謂神仙之道有靈驗需要親身實踐，不是今天所能預言的。」

〔三七〕「誰謂」二句：《文選》卷三十一江淹《雜體三十首》之《阮步兵詠懷》：「青鳥海上遊，鸒斯蒿下飛。」李善注引《吕氏春秋》曰：「海上有人好青者，朝至海上而從青遊，青至者前後數百。其父曰：『聞汝從青遊，盍取來，吾欲觀之。』其子明旦至海上，羣青翔而不下。」《校注》：「青鳥：即海鳥，海鷗。相傳青鳥知人心之有無誠意。以上二句本阮籍《詠懷詩》其二十二：『誰言不可見，青鳥明我心。』意謂學神仙之道是否真誠，瞭解我心的朋友是不難知道的。」

〔三八〕「貴布筆墨」二句：《晉書》卷五十五《張載傳》：「苟不能匡化輔政，佐時益世，而徒俯仰取容，要榮求利，厚自封之資，豐私家之積，此沐猴而冠耳，尚焉足道哉！」《南史》卷七十二《文學・檀超傳》：「超聞而笑曰：『昔劉季緒才不逮於作者，而好抵訶人文章。季緒瑣瑣，焉足道哉！至於邁遠，何爲者乎？』」《校注》：「貴布筆墨：值得用文字來加以陳述。」

【集説】

錢鍾書《管錐編・全梁文》卷三十八：此書乃「嵇康與山巨源之遺」，與《報袁叔明書》同爲「氣骨權奇，絶類離倫」之作。

俞紹初、張亞新《江淹集校注》：本篇反映作者進退出處的矛盾痛苦心情，可與《報袁叔明書》合讀。

奏記詣南徐州新安王

【題解】

奏題之「新安王」，指孝武帝第八子子鸞。《宋書》卷八十《孝武十四王·始平孝敬王子鸞傳》：子鸞字孝羽，大明四年封襄陽王，同年改封新安王，五年遷北中郎將、南徐刺史。前廢帝即位，解中書令、領司徒，加持節之鎮。大明八年，爲前廢帝所殺。宋明帝即位，改封始平王。

奏記，向公府等長官陳述意見的文書。《漢書》卷八十三《朱博傳》：「文學儒吏，時有奏記稱説云云。」南朝梁劉勰《文心雕龍·書記》：「迄至後漢，稍有名品，公府奏記，而郡將奏牋記之言志，進己志也。」

《校注》：「江淹《自序》：『弱冠……爲南徐州新安王從事。』本篇作於宋孝武帝大明七年（四六三），淹始登仕途之時。」按文中有云：「至如淹者，東國之徒步耳。方歛影逃形，匡坐編蓬之下。遂遭煙露餘彩，日月末光。惟恩知泰，變色薰心。」乃始仕時語，俞説是也。

伏惟明公殿下〔一〕，列轡椒壁，飛聲沖漢〔二〕。爰求儒雅，傍招異人〔三〕。削赤野之玉，翦燕山之金〔四〕。至如淹者，東國之徒步耳〔五〕。方歛影逃形〔六〕，匡坐編蓬之

下〔七〕。遂遭煙露餘彩，日月末光〔八〕。惟恩知泰〔九〕，變色薰心〔一〇〕。淹聞齊右既撫①〔一一〕，無待《巴人》之唱〔一二〕；檀臺已搆②〔一三〕，寧俟不才之木〔一四〕？淹幼乏鄉曲之譽〔一五〕，長匱芹藻之德③〔一六〕。豈宜炫璞鄭氏〔一七〕，獻鳳楚門哉〔一八〕！願避職吏，緩其召書。

【校記】

①「齊右」原作「齊石」，今據《彙注》本改。

②「檀臺」《彙注》本、張本、梁本作「柏臺」。「搆」《彙注》本、張本、梁本作「構」。

③「芹藻」原作「巾藻」，今據元鈔本、《彙注》本、張本、梁本改。

【箋注】

〔一〕伏惟明公殿下：明公，舊時對有名位者的尊稱。《東觀漢記》卷八《鄧禹傳》：「明公雖建蕃輔之功，猶恐無所成立。」福林按：新安王時以南徐州刺史兼司徒者，乃代理司徒也。

〔二〕「列譽」二句：椒壁，以椒和泥所塗之墻壁，指后妃居室。《三輔黃圖》卷三：「椒房殿在未央宫，以椒和泥塗，取其温而芬芳也。」飛聲，猶揚名。《後漢書》卷五十九《張衡傳》：「有無言而不酬兮，又何往而不復；盍遠迹以飛聲兮，孰謂時之可蓄。」李賢注：「言何不遠遊以飛聲譽，誰謂時之可待？言易逝也。」《晉書》卷三十一《后妃上·左貴嬪傳》：「越在幼沖，休

有令名。飛聲八極，翕習紫庭。」《校注》：「椒壁：指後宫，后妃所居宫室以椒泥塗壁，故稱。聲：聲譽。沖：虚，天空。漢：河漢，銀河。此代指朝廷。」

〔三〕「爰求」二句：儒雅，指博學之儒士或文人雅士。《尚書》序：「漢室龍興，開設學校，旁求儒雅，以闡大猷。」《漢書》卷五十八《公孫弘卜式兒寬傳論》：「儒雅則公孫弘、董仲舒、兒寬，篤行則石建、石慶，質直則汲黯、卜式。」《史記》卷一百十二《平津侯主父列傳》：「上方欲用文武，求之如弗及。始以蒲輪迎枚生，見主父而歎息。羣臣慕向，異人并出。」《文選》卷五十三陸機《辨亡論》上：「異人輻湊，猛士如林。」張銑注：「天下豪彥，志士賢人，聞吴用賢之聲，皆尋響而至，如應於聲也；望其光輝，如影馳於形也。故奇異之人，如車輻攢湊於轂也。」《校注》：「爰：乃。傍：廣。多方、異人：才能出衆之人。按《南齊書·高帝紀》云：大明間『新安王子鸞有盛寵，簡選僚佐』。即此。」

〔四〕「削赤野」二句：《校注》：「赤野之玉：《管子·國蓄》：『玉起於禺氏，金起於汝漢，珠起於赤野。』古時以珠玉爲上幣，故此混而言之，實指珠玉。燕山之金：相傳燕昭王築有黄金臺，上置千金以招攬人才。據《水經·易水注》：黄金臺在安縣（今河北易縣）金臺山坡之北，其地古屬燕國。故此云『燕山』。翦：同『剪』。削玉、翦金：言其不惜以厚幣招攬人才。」

〔五〕「東國」句：東國，東方之國。《國語·吴語》：「踰諸夏而圖東國。」韋昭注：「諸夏，陳蔡

也。東國，徐夷吴越。」《漢書》卷五十八《公孫弘傳》：「弘自見爲舉首，起徒步，數年至宰相封侯。」《後漢書》卷五十三《徐穉傳》：「穉嘗爲太尉黄瓊所辟，不就。及瓊卒歸葬，穉乃負糧徒步到江夏赴之，設雞酒薄祭，哭畢而去，不告姓名。」《校注》：「東國：江淹南徐州人，南徐州在建康之東，故稱東國。徒步：古時平民出行無車，因以徒步爲平民的代稱。」

〔六〕斂影逃形：《校注》：「斂影逃形：藏身匿跡。」

〔七〕「匡坐」句：《莊子・讓王》：「原憲居魯，環堵之室，茨以生草；蓬户不完，桑以爲樞；而甕牖二室，褐以爲塞；上漏下溼，匡坐而弦。」林希逸口義：「匡坐，正坐也。」《漢書》卷六十五《東方朔傳》：「故養壽命之士莫肯進也，遂居深山之間，積土爲室，編蓬爲户，彈琴其中，以詠先王之風，亦可以樂而忘死矣。」《宋書》卷七十三《顔延之傳》：「欲蠲憂患，莫若懷古。懷古之志，當自同古人，見通則憂淺，意遠則怨浮，昔有琴歌於編蓬之中者，用此道也。」《校注》：「匡坐：端坐，静坐。」

〔八〕「遂遭」二句：煙露，煙霧露水。《太平御覽》卷七百二引《古詩》：「綾扇如團月，出自機中素。畫作秦女形，乘鸞入煙露。」《校注》：「煙露餘彩、日月末光：皆喻恩澤惠愛。」

〔九〕惟恩知泰：《校注》：「泰：上下相通謂泰。謂恩惠達於己身。」

〔一〇〕變色薰心：《易・艮》：「厲，薰心。」王弼注：「危亡之憂，乃薰灼其心也。」《漢書》卷五十一《路温舒傳》：「虚美薰心，實禍蔽塞。」顔師古注：「薰，氣烝也。」《校注》：「變色薰心：表

示震驚憂慮之意。」

〔一一〕齊右既撫：《孟子·告子下》：「昔者王豹處於淇，而河西善謳；綿駒處於高唐，而齊右善歌。」朱熹集注：「王豹，衛人，善謳。淇，水名。緜駒，齊人，善歌。高唐，齊西邑。」《校注》：「齊右：齊國之西。撫：謂撫琴而歌。撫，彈。」

〔一二〕巴人之唱：《文選》卷四十五宋玉《對楚王問》：「客有歌於郢中者，其始曰《下里》《巴人》，國中屬而和者數千人；其爲《陽阿》《薤露》，國中屬而和者數百人；其爲《陽春》《白雪》，國中屬而和者不過數十人。」同上書卷二十九張協《雜詩·昔我資章甫》：「陽春無和者，巴人皆下節。」李周翰注：「郢中之歌有《陽春》、《巴人》二曲，《陽春》，高曲，和者甚少；《巴人》，下曲，和者數千人。故知能否斯別，亦猶章甫與斷髮之異，而賢者與小人不同。」《校注》：「巴人：即『下里巴人』，一種民間的通俗歌曲。與『陽春白雪』相對而言。」

〔一三〕檀臺已搆：《左傳·哀公十四年》：「公與婦人飲酒於檀臺，成子遷諸寢。」《史記》卷四十三《趙世家》：「二十年，魏獻榮椽，因以爲檀臺。」裴駰集解：「徐廣曰：『襄國縣有檀臺。』」司馬貞索隱：「劉氏云『榮椽，蓋地名，其中有一高處，可以爲臺』，非也。按：榮椽是良材，可爲椽，斲飾有光榮，所以魏獻之，故趙因用之以爲檀臺。」張守節正義：「《括地志》云：『檀臺在洺州臨洺縣北二里。』」同上書卷四十六《田敬仲完世家》：「簡公與婦人飲檀臺，將欲擊田常。」張守節正義：「在青州臨淄縣東北一里。」《續漢書·郡國志二·趙國》：「襄國，本

邢國，秦爲信都，項羽更名，有檀臺。」李賢注：「《史記》曰趙成侯，魏獻榮掾，因以爲檀臺。」按《彙注》本、張本、梁本改檀臺爲「柏臺」者，或未詳檀臺也。《校注》從《彙注》本等，云：「柏臺：即柏梁臺。」非是。搆，架屋，營造。《韓非子·外儲説左上》：「故人主之於國事也，皆不達乎工匠之搆屋張弓也。」

〔一四〕不才之木：《莊子·人世間》：「散木也，以爲舟則沈，以爲棺槨則速腐，以爲器則速毁，以爲門户則液樠，以爲柱則蠹，是不材之木也。無所可用，故能若是之壽。」郭象注：「不在可用之數，故曰散木。」《校注》：「不才之木：才通『材』。」

〔一五〕鄉曲：《戰國策·秦策一》：「賣僕妾售乎閭巷者，良僕妾也；出婦嫁鄉曲者，良婦也。」《漢書》卷六十二《司馬遷傳》：「僕少負不羈之才，長無鄉曲之譽。」《校注》：「鄉曲：鄉里。」

〔一六〕芹藻：《詩·魯頌·泮水》：「思樂泮水，薄采其芹。」「思樂泮水，薄采其藻。」朱熹集傳：「泮水，泮宫之水也。諸侯之學，鄉射之宫，謂之泮宫。其東西南方有水，形如半璧，以其半於辟雍，故曰泮水，而宫亦以名也。芹，水菜也。」序：「泮水，頌僖公能修泮宫也。」《校注》：「芹藻：水草名。喻有才學之士。」

〔一七〕炫璞鄭氏：《校注》：「炫：炫耀。《藝文類聚》卷八十三引《尹文子》曰：『鄭人謂玉未理者爲璞，周人謂鼠未臘者爲璞。周人懷璞問鄭賈曰：「欲買璞乎？」鄭曰：「欲之。」出其璞，視之，乃鼠也。因謝不取。』」

〔一八〕獻鳳楚門：《藝文類聚》卷九十引《尹文子》曰：「楚人握山雉者，路人問：『何鳥也？』欺之曰：『鳳皇也。』路人曰：『我聞鳳皇，今始見矣。汝販之乎？請買千金。』弗與，請加倍，乃與之。方欲獻楚王，經宿死，路人不遑惜其金，惟恨不得獻王。王聞之，感其欲獻己，召厚賜之，過買鳥之金十倍。」按《校注》云：「以上二句自謂不敢冒充賢才，欺騙他人。」

到主簿日事詣右軍建平王

【題解】

此文張本、梁本題作《到主簿日詣建平王牋》。

主簿，官名。漢及魏晉南北朝時期中央及郡縣官署多置之，其職責爲主管文書簿籍，辦理事務。是時將帥重臣亦置主簿，參與機要，爲主要僚屬之一。右軍，指右將軍，《宋書》卷三十九：「左將軍。右將軍。前將軍。後將軍。左將軍以下，周末官，秦漢并因之，光武建武七年省，魏以來復置。」《宋書》卷四十《百官志下》：右將軍，官第三品。

此文乃詩人爲景素右將軍府主簿時作。《宋書》卷七十二《文九王傳》：「太宗初……冠軍將軍、南兖州刺史，丹陽尹，吴興太守，使持節、監湘州諸軍事、湘州刺史，將軍并如故。進號左將軍（按「左將軍」乃「右將軍」之誤，説見拙著《宋書校議》）。泰始六年，都督荆湘雍益梁寧南北秦八州諸軍事、左將軍、荆州刺史，持節如故。」是景素進號右將軍在爲湘州刺史後，轉任荆州刺史前。

此文有「負金羈於淮吴，從後車於河楚」二句，「淮吴」，指南兖州，「河楚」，則指荆州。景素泰始二年刺南兖州及泰始七年刺荆州，一先一後，江淹皆隨之，故文有「負金羈」、「從後車」之説。是江淹之任景素主簿在荆州，亦即此文乃作於荆州者，時間在泰始七年（四七一）。《校注》云：「據《宋書·明帝紀》，『景素爲荆州』在泰始七年二月戊午（三十日），則本篇當作於是年三月。」所説是也。

吴譜以此文乃泰始二年作，曹道衡《年代考》則以爲泰始三年作，《年代考》云：「《被黜爲吴興令辭牋詣建平王》中説道：『竊思伏皁九載，齒録八年。』他在泰始二年曾入景素幕，旋即『舉南徐州桂陽王秀才，對策上第，轉巴陵王右常侍，右軍建平王主簿』（見《自序傳》）。以《辭牋》考之，疑泰始三年他就回到建平王幕下。……前引『齒録八年』一語，當從任主簿時算起，到元徽二年剛好八個年頭。」然而，由於泰始三年時建平王景素之軍號乃冠軍將軍，與文題之「右軍」不相合，故《年代考》乃辯之云：「《自序傳》和本文稱建平王爲『右軍』，恐誤。《宋書·文九王·建平王景素傳》，景素在任湘州刺史期間（泰始五年至七年）進號『左將軍』，在此以前號『冠軍將軍』。《明帝紀》載，泰始五年十二月，『吴興太守建平王景素爲湘州刺史』，七年二月，『湘州刺史建平王景素爲荆州刺史』（《景素傳》作六年）。江淹重返景素幕下時間，不得遲於泰始三年，否則不合『八年』之數。景素去湘州前，江淹已回到他幕下，有《從冠軍建平王景素登廬山香爐峰》一詩爲證。因爲『冠軍』正是景素初任湘州刺史時稱號，而廬山又是從吴興或建康去湘州所必經之地。可見

《自序傳》是用後來稱號追記前事，至於本文題目，疑後人在傳抄中誤據《自序傳》所改，本當作『冠軍』。」關於《年代考》所說，首先需要説明的有二點。一是建平王景素在湘州期間所進之軍號當是「右將軍」。二是《宋書》景素本傳記景素於泰始六年爲荆州刺史之「六年」，乃「七年」之誤。這是因爲《宋書・明帝紀》載泰始七年二月，「戊午，以征西大將軍、荆州刺史巴陵王休若爲征北大將軍、南徐州刺史，湘州刺史建平王景素爲荆州刺史」，記景素刺荆州之同時，又記原刺史巴陵王休若之改任，自較本傳所記爲可信（説詳拙作《宋書校議》）。即《年代考》以爲《自序》及本文之「右軍」誤者，乃非是。此外，曹先生所説又有未愜人意之處，因爲若據曹説，文爲泰始三年時作，則文中「負金羈於淮吴，從後車於河楚」二句自於理難安。且江淹爲景素主簿在泰始二年或三年亦與俞紹初先生《拾瑣》所論「江淹當時在建平王門下，不過是一名以文墨術數侍主的食客而已」，明顯不相合。又且，據《宋書》之《後廢帝紀》及景素本傳，景素於任右將軍後又嘗有鎮軍將軍、鎮北將軍、征北將軍（按本傳載景素於桂陽王休範亂平後進號「鎮北將軍」，非是，當是「征北將軍」之誤，説詳拙著《宋書校議》）之任，品位皆高於右將軍。若江淹此文「用後來稱號追憶前事」，那麽大可以題作「詣鎮北建平王」、「詣征北建平王」，而不必題作「詣右軍建平王」也。由是觀之，可見吴、曹二説皆非是。

淹乃庸人，素非奇士〔一〕。既慚鄒魯儒生之德〔二〕，又謝燕趙俠客之節〔三〕。徒以

結髮衛次〔四〕，暫聞仁義。常欲永辭冠劍，弋釣畎壑〔五〕。而身輕恩重，猥奉末光〔六〕。枉白璧之惠，降黑貂之私〔七〕。因茲感激，未能自反〔八〕。負金羈於淮吳，從後車於河楚①〔九〕。竟不能曜丹臒，騰英聲〔一〇〕，絶白雲，負蒼梧，至可知矣〔一一〕。不謂咸池再暉，瑤光重照〔一二〕。開高天之慈，布厚地之施〔一三〕。承命以驚，巡走且失〔一四〕。淹聞古人爲報，常有意焉。至迺一説之效，齊王動色〔一五〕；一劍之感，趙王解衣〔一六〕。孤心迴概②，有殞自天〔一七〕。

【校記】

①「後車」原作「後軍」，今據《彙注》本、張本、梁本改。

②「迴」《彙注》本作「迴」。

【箋注】

〔一〕奇士：非常之士，指德行或才智出衆之人。《史記》卷一百二十九《貨殖列傳》：「無巖處奇士之行，而長貧賤，好語仁義，亦足羞也。」《文選》卷四十一司馬遷《報任少卿書》：「然僕觀其爲人，自守奇士。」張銑注「自守奇節之士。」

〔二〕鄒魯儒生：《校注》：「鄒魯：孔子故鄉在魯，孟子故鄉在鄒。《莊子·天下》：『其在於《詩》、《書》、《禮》、《樂》者，鄒魯之士、縉紳先生多能明之。』」

〔三〕「又謝」句：《校注》：「謝：遜。燕趙：二地古以出俠義之士聞名。」

〔四〕結髮：即束髮，古代男孩成童時束髮爲髻，因以代指成童之年。賈誼《新書·容經》：「古者年九歲入就小學，蹍小節焉，業小道焉；束髮就大學，蹍大節焉，業大道焉。」《初學記》卷二十七：「束髮……《禮記》曰：『童子之飾也。』」《文選》卷二十六謝靈運《過始寧墅》：「束髮懷耿介，逐物遂推遷。」李善注：「《韓詩外傳》曰：『夫人爲父者，必全其身體，及其束髮，屬授明師以成其材。』」

〔五〕「常欲」二句：《史記》卷一百二十九《貨殖列傳》：「公子飾冠劍，連車騎，亦爲富貴容也。」《太平御覽》卷四百三十引《東觀漢記》：「樊楚字文高，爲尚書郎，每當直事，常晨駐馬待漏，雖在閒署，冠劍不解於身。」《文選》卷四十三嵇康《與山巨源絶交書》：「抱琴行吟，弋釣草野，而吏卒守之，不得妄動，二不堪也。」《書·禹貢》：「岱畎，絲、枲、鉛、松、怪石。」孔傳：「畎，谷也……岱山之谷出此五物，皆貢之。」孔穎達疏：「谷是兩山之間流水之道。畎言畎去水，故言谷也。」《校注》：「古代自天子至士皆戴冠佩劍，此指做官。弋釣：射獵釣魚。畎：山谷。此二句謂辭官隱居。」

〔六〕「猥奉」句：《史記》卷五十三《蕭相國世家論》：「及漢興，依日月之末光，何謹守管籥，因民之疾，奉法順流，與之更始。」《文選》卷二十八陸機《塘上行》：「願君廣末光，照妾薄暮年。」《校注》：「猥：謙詞，有辱於。末光：猶言餘恩。」

〔七〕「枉白璧」二句：《史記》卷七十六《虞卿列傳》：「虞卿者，遊説之士也。躡蹻擔簦説趙孝成王。一見，賜黄金百鎰，白璧一雙；再見，爲趙上卿，故號爲虞卿。」《戰國策·趙策一》：「李兑送蘇秦明月之珠，和氏之璧，黑貂之裘，黄金百鎰。蘇秦得以爲用，西入於秦。」私，偏愛，寵愛。《儀禮·燕禮》：「對曰：『寡君，君之私也。』」鄭玄注：「私，謂獨有恩厚也。」《楚辭·離騷》：「皇天無私阿兮。」王逸章句：「竊愛爲私，所私爲阿。」《校注》：「白璧、黑貂：指賞賜之物。」

〔八〕自反：猶自止。《南史·后妃上·殷淑儀傳》：「每寢，先於靈牀酌奠酒飲之，既而慟哭不能自反。」《校注》：「反：通『返』。」

〔九〕「負金羈」二句：《詩·小雅·綿蠻》：「命彼後車，謂之載之。」鄭玄箋：「後車，倅車也。」陸德明釋文：「倅，七對反，副車。」《文選》卷四十二曹丕《與朝歌令吴質書》：「從者鳴笳以啓路，文學託乘於後車。」劉良注：「時帝爲太子，故文學附乘後車。」按淮吴，指南兖州。河楚，指荆州。説詳見本文解題。《校注》：「金羈：金色的馬籠頭。後車：古代顯貴出行時侍從所乘之車。」

〔一〇〕「竟不能」二句：《校注》：「曜丹雘：猶言發光彩。曜，『同耀』。丹雘：紅色的染料。騰英聲：猶言揚美名。」

〔一一〕「絶白雲」三句：《校注》：「絶白雲、負蒼梧：《易歸藏》：『蒼帝起，青雲扶日；赤帝起，黄

雲扶日。有白雲出自蒼梧，入於大梁。』蒼梧，相傳舜葬於蒼梧之野，指帝鄉。《莊子·逍遥遊》：『有鳥焉，其名爲鵬。……摶扶摇羊角而上者九萬里，絶雲氣，負青天。』絶，超越。此二句表示輔佐王室的遠大志向。至：極點，完全。」

〔一二〕「不謂」二句：《校注》：「咸池：星名。《史記·天官書》正義：『咸池三星，在五車中，天潢南，魚鳥之所託也。』瑶光：星名。《淮南子·本經》：『瑶光者，資糧萬物者也。』與『咸池』皆喻君主恩惠。」

〔一三〕「開高天」二句：高天，上天。《韓非子·説疑》：「殺身以安主，以其主爲高天泰山之尊，而以其身爲壑谷鬴洧之卑。」《三國志》卷十九《魏志·陳思王植傳》載曹植《陳審舉表》：「然天高聽遠，情不上通，徒獨望青雲而拊心，仰高天而歎息耳。」厚地，大地。《後漢書》卷四十九《仲長統傳》：「當君子困賤之時，跼高天，蹐厚地，猶恐有鎮厭之禍也。」《宋書》卷九十五《索虜傳論》：「喋喋黔首，跼高天，蹐厚地，而無所控告。」

〔一四〕巡走且失：《校注》：「巡：行。失：謂因驚異而失去常態。」

〔一五〕「至迺」二句：《校注》：「『一説』二句，用王斗見齊宣王事。《戰國策·齊策四》：『先生王斗造門而欲見齊宣王……宣王因趨而迎之於門，與入，曰：寡人奉先君之宗廟，守社稷，聞先生直言正諫不諱。王斗對曰：王聞之過。斗生於亂世，事亂君，焉敢直言正諫。宣王忿然作色，不説。』動色：即作色變容。」

〔一六〕「一劍」二句：《校注》：「『一劍』二句：用豫讓報知伯之仇，行刺趙襄子事。《戰國策·趙策一》：襄子感豫讓報仇之深，『喟然歎泣曰：嗟乎！豫子之爲知伯，名既成矣，寡人舍子，亦以足矣。子自爲計，寡人不舍子。使兵環之。豫讓曰：臣聞明主不掩人之義，忠臣不愛死以成名。……臣固伏誅，然願請君之衣而擊之，雖死不恨。……於是襄子義之，乃使使者持衣與豫讓，豫讓拔劍呼天而擊之曰：而可以報知伯矣。遂伏劍而死。』《水經注·汾水》：『汾水上舊有梁……豫讓死於津側，亦襄子解衣之所在也。』以上四句謂，自己敢於直言，重於恩義，對於放誕的言行，請不以爲意，加以寬容。」

〔一七〕「孤心迴概」二句：孤心迴概，《校注》從《彙注》本作「孤心迴概」，云：「孤心迴概：即『心概孤迴』。心概，心志節操。孤迴，孤高。有殞自天：語出《易·姤》，疏云：『雖復當位，命未流行，而能不改其操，無能傾隕之者，惟天能隕之耳。』隕，言物殞落而爲人所用。隕，同『殞』。天，此指建平王。以上二句自謂心志孤高，不適宜於仕宦，由於被建平王所招，不得不從命。」

被黜爲吴興令辭牋詣建平王

【題解】

此文張本、梁本題作《被黜爲吴興令辭建平王牋》。

牋，文體名，書札、奏記一類。奏箋多用以上皇后、太子、諸王。《北堂書鈔》卷七十九引漢應

劭《漢官儀》：「孝廉年未五十，先試箋奏。」按箋同牋。

《梁書》卷十四《江淹傳》云：「及鎮京口，淹又爲鎮軍參軍事，領南東海郡丞。景素與腹心日夜謀議，淹知禍機將發，乃贈詩十五首以諷焉。會南東海太守陸澄丁艱，淹自謂郡丞應行郡事，景素用司馬柳世隆。淹固求之，景素大怒，言於選部，黜爲建安吴興令。」吴興，江州建安郡之屬縣。《宋書》卷三十六《州郡志二・江州》：「建安太守，本閩越，秦立爲閩中郡。漢武帝世，閩越反，滅之，徙其民於江、淮間，虚其地。後有遁逃山谷者頗出，立爲治縣，屬會稽……後分治地爲會稽東、南二部都尉。東部，臨海是也；南部，建安是也。吴孫休永安三年，分南部立爲建安郡。領縣七。户三千四十二，口一萬七千六百八十六。去州水二千三百八十。去京都水三千四十。」「吴興子相，漢末立曰漢興，吴更名。」并無陸。

曹道衡《年代考》云：「此文根據《自序傳》及《梁書》本傳，可以確證爲元徽二年被貶時作。」俞譜則以爲作於元徽三年，其云：「案《辭牋》云：『竊思伏皁九載，齒録八年。』淹自泰始二年入建平王府，至本年正得九年，而除泰始六年爲巴陵王右常侍，實則八年，故有此言。《赤亭渚詩》有『路長寒光盡，鳥鳴秋草窮』云云，知途中已是秋末，到吴興則入冬矣。《辭牋》又云：『方蒙被霜露，裹糧洲島，鑿山楹爲室，永與黿鼉爲羣。』又《青苔賦序》云：『余鑿山楹爲室，有青苔焉，意之所之，故爲是作云。』是作於吴興初。」以上《年代考》以爲此文作於被貶時，非是。蓋作此文時已在冬日，必爲至吴興之後所作也。然俞説亦未審，蓋因其誤以爲江淹之被貶建安吴興在元徽

三年也。《通鑒》卷一百三十三於元徽三年末云：「南徐州刺史建平王景素孝友清令，又好文學，禮接士大夫，由是有美譽，太宗特愛之，異其禮秩。時太祖諸子俱盡，諸孫唯景素爲長。帝凶狂失德，朝野皆屬意於景素。帝外家陳氏深惡之，楊運長、阮佃夫等欲專權勢，不利立長君，亦欲除之。其腹心將佐多勸景素舉兵，鎮軍參軍濟陽江淹獨諫之。景素不悦。」今考《通鑒》所載，乃綜合《宋書·文九王傳》及《梁書·江淹傳》而書之。其實，江淹之諫景素已久，《通鑒》載事於元徽三年末者，乃因元徽四年景素即反，便於行文之故，而并非江淹之始諫在是時也，此觀《宋書·文九王傳》載景素將佐勸其舉兵事在元徽三年時自明。若以爲《通鑒》所載，乃謂江淹於元徽三年末始諫，則其被黜爲建安吴興令又當在元徽四年或其後，如此又明顯與事實不相合。又且江淹久已由鎮軍參軍而隨府轉鎮北參軍，又轉征北參軍，而《通鑒》乃云「鎮軍參軍濟陽江淹」，尤益見其始諫景素必不在元徽三年矣。考江淹自泰始二年入建平王幕，泰始三年入南兗州獄，出獄後於泰始五年有短時間在湘州刺史巴陵王休若幕，至元徽二年被黜之建安吴興，與「伏皁九載，齒録八年」適相合，則江淹之被黜出，必在元徽二年。考此牋所述景物與其至建安吴興諸作頗爲相合；文又云：「淹迺梁昌，自投東極，晨鳥不飛，遷骨何日？一辭城濠，旦夕就遠。」表現出對回歸之希冀；末則云：「白雲在天，山川間之。眷然西顧，涕下若屑。」明指方位，由是觀之，此文乃作者元徽二年（四七四）冬至建安吴興之初所作無疑。

淹本遷徙之徒，非有儒墨之能〔一〕。亦以轉命溝間，待殯巖下〔二〕。誤得步脩梲，循高軒〔三〕，伏層檻，坐曲池〔四〕。承翠河之潤，降璇日之光〔五〕。載筆奉后，盛飾立朝〔六〕。於山東百姓，亦已殊甚〔七〕。雖蓐螻蟻，拭黄塵①，不足以塞惠〔八〕。而小人狼狽，爲鬼爲蜮〔九〕，山淵所容，衣劍不貸〔一〇〕。黥赭幽圄②，皆非報責〔一一〕。仰遭大道之行，草木勿踐〔一二〕。輟鑊歛火，吹魂拾骨〔一三〕。濯以河漢之流③，曝以秋陽之景〔一四〕。叢然黔首，豈不戴天〔一五〕？

竊思伏阜九載，齒録八年〔一六〕。以春以秋，且思且顧〔一七〕。竟不能抑黑質，揚赤文④〔一八〕，抽精膽，報慈光〔一九〕。而自爲擁腫之異木，卒成踴躍之妖金〔二〇〕。所謂孽由己作，匪降自天。猶沐造化餘靈，宥以遐邑〔二一〕。方蒙被霜露，裹糧洲島〔二二〕。鑿山楹爲室⑤，永與黿鼉爲羣〔二三〕。猶蹶者不妄起，盲者不妄視〔二四〕。況罪溢朔方，尚駐一等之刑〔二五〕；咎過朱崖〔二六〕，猶緩再重之施。金石無知，何以識答〔二七〕？昔河濟荆吴，必獲陪從〔二八〕；京輔關轂，長奉帷席〔二九〕。德音在耳〔三〇〕，話言如昨。淹乃梁昌，自投東極〔三一〕，晨鳥不飛⑥，遷骨何日〔三二〕？一辭城濠〔三三〕，旦夕就遠。白雲在天，山川間之〔三四〕。眷然西顧，涕下若屑〔三五〕。

【校記】

①「拭黄塵」《彙注》本作「抵黄泉」。

②「幽圄」原作「幽團」，張本、梁本作「幽圉」，今據《彙注》本改。

③「河」梁本作「江」，注：「一作『河』。」

④「揚」原作「楊」，今據《彙注》本、張本、梁本改。

⑤「鑿山楹」張本、梁本作「缺鑿山楹」。

⑥「飛」張本、梁本作「蜚」。

【箋注】

〔一〕「淹本」二句：《校注》：「遷徙之徒：外出行役之人。賈誼《過秦論》：『而遷徙之徒也，材能不及中庸，非有仲尼、墨翟之賢。』即此二句之所本。」

〔二〕「亦以」二句：《校注》：「轉命溝間：謂轉輾亡命於溝壑之間。侍殯：猶待葬。《晉書·皇甫謐傳》：『年邁齒變，饑寒不贍，轉死溝壑，其誰知乎？』」

〔三〕「誤得」二句：《校注》：「脩梘：長廊。梘：同『櫎』，廊廡。」高軒，堂左右有窗的高敞長廊。《西京雜記》卷三：「文帝爲太子，立思賢苑以招賓客，中有堂隍六所，客館皆廣廡高軒，屏風幃褥甚麗。」《文選》卷四左思《蜀都賦》：「開高軒以臨山，列綺窗而瞰江。」李善注：「高軒，堂左右長廊之有牕者。」

〔四〕「伏層檻」二句：層檻，猶高檻。《楚辭・九歌・東君》：「暾將出兮東方，照吾檻兮扶桑。」洪興祖補注：「檻，闌也。」曲池，曲折回繞之池塘。《楚辭・招魂》：「坐堂伏檻，臨曲池些。芙蓉始發，雜芰荷些。」王逸章句：「言坐於堂上，前伏檻楯，下臨曲水清池，可漁釣也。」《文選》卷二十九王粲《雜詩》：「日暮遊西園，冀寫憂思情。曲池揚素波，列樹敷丹榮。」按以上四句《校注》云：「脩梘、高軒、層檻、曲池：指宫殿池苑。」

〔五〕「承翠河」二句：《校注》：「翠河、璿日：喻朝廷。翠、璿，皆美玉名，用以稱美。河：河漢。潤、光：指恩寵。」

〔六〕「載筆」二句：《史記》卷八十三《鄒陽列傳》：「臣聞盛飾入朝者，不以利汙義。」《後漢書》卷八十下《文苑下・趙壹傳》：「時諸計吏多盛飾車馬帷幕，而壹獨柴車草屏，露宿其傍。」《校注》：「載筆：古代國史隨身攜帶文具以記録王事。《禮記・曲禮上》：『史載筆，士載言。』注：『筆，謂書具之屬。』此謂以文墨之事侍奉國君。盛飾：盛服，謂衣冠整齊。按江淹曾先後任諸侯王從事、常侍、主簿等職，故有此云。」

〔七〕「於山東百姓」二句：《校注》：「山東：戰國、秦漢時稱崤山或華山以東爲山東，一般指黄河中下游地區。江淹爲濟陽考城人，故自稱『山東百姓』。殊甚：謂禮遇超常，非同一般。」

〔八〕「雖蓐」三句：《戰國策・楚策一》：「安陵君泣數行而進曰：『臣入則編席，出則陪乘，大王萬歲千秋之後，願得以身試黄泉，蓐螻蟻，又何如得此樂而樂之。』」鮑彪注：「願爲蓐以辟二

物。蓐，陳草也。」拭黄塵，意同試黄泉。《校注》：「蓐：草墊，今通作『褥』。蓐螻蟻，謂用草墊隔開螻蟻，含有驅趕螻蟻之意。以上三句意謂，雖死後圖報，也不足以抵償所受之恩。」

〔九〕「而小人」二句：《詩・小雅・何人斯》：「爲鬼爲蜮，則不可得。」朱熹集傳：「蜮，短狐也，江淮水皆有之，能含沙以射水中人影，其人輒病，而不見其形也。」孔穎達疏：「一名射影，江淮水皆有之。人在岸上，影見水中，投人影則殺之，故曰射影。南人將入水，先以瓦石投水中，令水濁然後入。或曰含沙射人皮肌，其瘡如疥是也。」陸德明釋文：「蜮，狀如鼈，三足。一名射工，俗呼之水弩。在水中含沙射人。一云射人影。」《晉書》卷一百《王彌等傳贊》：「中朝隳政，王彌肇亂。神器流離，生靈塗炭。羣妖伺隙，構兹多難。薦食荆衡，陵虐江漢。孫盧姦慝，約峻殘賊。窮凶極暴，爲鬼爲蜮。縱竊岷峨，旋至顛踣。」《校注》：「小人：指毁謗誣陷之人，即《詣建平王上書中》中所説『不圖小人固陋，坐貽謗缺』的小人。」

〔一〇〕「山淵」二句：《校注》：「山淵：喻建平王，謂其氣度寬宏。衣劍：指刑罰。古代『凡斬人之支體，鑿其形膚曰刑，畫衣冠、異章服曰戮』，見《慎子》。貸：寬恕。」

〔一一〕「黥赭」二句：《校注》：「黥：墨刑。古代五刑之一，在被刑者額上刺字，染上黑色以作標誌。赭：即穿上赭衣。赭衣，赤赭色衣，古代囚徒所穿。幽圄：囚禁。報：判決。責：懲罰。此指在南兖州被誣入獄事，認爲這些懲罰不能抵償罪責。」

〔一二〕「仰遭」二句：《禮記・禮運》：「大道之行也，與三代之英，丘未之逮也，而有志焉。」鄭玄

注：「大道，謂五帝時也。」《校注》：「草木勿踐：連草木都不加踐踏傷害，謂恩及微賤。」

〔一三〕「輟鑊」二句：《校注》：「輟鑊歛火：謂停止用刑。戰國時商鞅用刑有鑊烹之法。吹魂拾骨：吹魂使其得氣，拾骨使其成形。給予再生之謂。此指上書建平王自明其意而獲免罪出獄事。」

〔一四〕「濯以」三句：河漢，黄河與漢水之合稱。《莊子・齊物論》：「王倪曰：『至人神矣！大澤焚而不能熱，河漢沍而不能寒。』」秋陽，盛夏之烈日。《孟子・滕文公上》：「江漢以濯之，秋陽以暴之，皜皜乎不可尚已。」趙岐注：「秋陽，周之秋，夏之五、六月，盛陽也。」《校注》：「曝：曬。同『暴』。」

〔一五〕「叢然」二句：《禮記・祭義》：「明命鬼神，以爲黔首則。」鄭玄注：「黔首，謂民也。」孔穎達疏：「黔首，謂萬民也。黔，謂黑也。凡人以黑巾覆頭，故謂之黔首。」《宋書》卷九十五《索虜傳論》：「喋喋黔首，跼高天，蹐厚地，而無所控告。」《校注》：「叢然：細小貌。黔首：黎民百姓，江淹自稱。戴天：感戴天恩。」

〔一六〕「竊思」二句：《藝文類聚》卷五十七引漢班固《擬連珠》：「臣聞馬伏皁而不用，則駑與良而爲羣；士齊僚而不職，則賢與愚而不分。」《晉書》卷四十二《王濬傳》：「濬有二孫，過江不見齒録。」按江淹自泰始二年（四六六）入建平王幕，至元徽二年（四七四）被黜之建安吴興，前後凡九年，其中除去泰始五年短時間在湘州刺史巴陵王休若幕而外，在建平王景素幕前

後凡八年，故此云「伏皁九載，齒録八年」。《校注》：「皁：同『槽』。牛馬伏槽而食，謂被豢養。齒録：被録用。」

〔一七〕且思且顧：《校注》：「顧：回顧。」

〔一八〕「竟不能」二句：《校注》：「抑黑質，揚赤文：語出《淮南子・修務》：『梱纂組，雜奇彩，抑黑質，揚赤文。』原意爲刺繡時把織物的黑色覆蓋起來，讓紅色的紋路顯現出來，以此喻抑惡揚善。」

〔一九〕「抽精膽」二句：《晉書》卷十八《吴漢臧宫等傳論》：「戎羯喪其精膽，羣帥賈其餘壯。」《校注》：「慈光：謂恩惠。」

〔二〇〕「而自爲」二句：擁腫，《莊子・逍遥遊》：「惠子謂莊子曰：『吾有大樹，人謂之樗，其大本擁腫而不中繩墨，其小枝捲曲而不中規矩，立之塗，匠者不顧。今子之言，大而無用，衆所同去也。』」林希逸口義：「擁腫，盤結而瘰瘣也。」踴躍之妖金，《莊子・大宗師》：「今大冶鑄金，金踴躍曰：『我且必爲鏌鋣。』大冶必以爲不祥之金。今一犯人之形，而曰：『人耳！人耳！』夫造化者必以爲不祥之人。」郭象注：「人耳！人耳！唯願爲人也，亦猶金之踴躍也。皆知金之不祥，而不能任其自化。夫變化之道，靡所不遇，今一遇人形，豈故爲哉？生非故爲，時自生耳。然而有之，不亦妄乎！」《校注》：「擁腫之異木：枝幹上長瘤的病樹。以上二句自謂本是無用之材，且出言不遜，因而被人視爲妖異禍孽。」

〔二一〕「猶沭」二句：造化，自然界之創造者。《莊子・大宗師》：「今一以天地爲大鑪，以造化爲大冶，惡乎往而不可哉？」《文選》卷三十五張協《七命》：「功與造化争流，德與二儀比大。」《校注》：「靈：寵靈，福澤。宥：寬恕。遐邑：僻遠之地，指吴興縣。」

〔二二〕「方蒙」二句：《校注》：「被霜露：謂一路上披霜帶露。裹糧：攜帶乾糧而行。洲島：吴興多水，故稱。」

〔二三〕「鑿山楹」二句：《楚辭・哀時命》：「鑿山楹而爲室兮，下被衣於水渚。」王逸章句：「言已雖窮，猶鑿山石以爲室柱。」鮑照《登廬山二首》之一：「懸裝亂水區，薄旅次山楹。」《鮑參軍集注》錢振倫注引《卓氏藻林》：「山楹，山房也。」黿鼉，大鱉和豬婆龍。《國語・晉語九》：「黿鼉魚鼈，莫不能化。」《文選》卷二張衡《西京賦》：「其中則有黿鼉巨鼈，鱣鯉鱮鮦，鮪鯢鱨鯊，修額短項，大口折鼻，詭類殊種。」李善注：「郭璞《山海經》曰：『鼉似蜥蜴。』」《楚辭・九歌・河伯》：「乘白黿兮逐文魚。」王逸章句：「大鼈爲黿，魚屬也。」按鼉即揚子鱷。

〔二四〕「猶蹶者」二句：《校注》：「蹶者：跛足之人。《史記・韓王信傳》：『僕之思歸，如痿人不忘起，盲者不忘視也。』痿，足有痿疾。」

〔二五〕「況罪溢」二句：《校注》：「溢：超過。朔方：漢郡名。其地在今内蒙古自治區境内。東漢議郎蔡邕曾因罪流放朔方。《後漢書・蔡邕傳》，靈帝中召蔡邕問以災異，邕答災異之發，『近在寺署』，因而觸犯内寵，下邕於洛陽獄，『減死一等，與家屬髡鉗徒朔方』。駐：停止，

猶言免除。一等之刑：指古代刑法『減死一等』，即由原來的死刑減輕一級。」

〔二六〕朱崖：《校注》：「朱崖：亦作『珠厓』，漢郡名，在今海南島地區。其事未詳。」

〔二七〕「金石」二句：《校注》：「此二句意謂，人非金石，豈能不知恩圖報。」

〔二八〕「昔河濟」二句：《校注》：「河濟：指南兖州。《爾雅・釋九州》：『濟、河間曰兖州。』荆吴：指荆州和揚州。揚州古屬吴國。」陪從，隨從。

〔二九〕「京輔」二句：《漢書》卷九十七下《外戚下・孝成許皇后傳》：「大風自西，摇祖宗寢廟，揚裂帷席，折拔樹木。」謝惠連《雪賦》：「初便娟於墀廡，末縈盈於帷席。」張銑注：「帷，幔也。」《校注》：「京輔：京畿，京都附近地區。關轂：指京城。古代稱帝王所乘之車爲輦轂，輦轂之下爲京城。按建平王景素曾先後任南兖州刺史、丹陽尹、吴興太守、荆州刺史及太常，江淹皆隨侍其側，故有此説。」帷席，帷帳和牀席。

〔三〇〕德音：善言。《詩・邶風・谷風》：「德音莫違，及爾同死。」鄭玄箋：「夫婦之言無相違者，則可與女長相與處至死。」《文選》卷四十一李陵《答蘇武書》：「時因北風，復惠德音。」劉良注：「上云人絶路殊，故云北風以惠德音，謂使我聞道德之聲。」

〔三一〕「淹迴」二句：梁昌，謂處境狼狽，進退失據。《楚辭》王逸《九思・疾世》：「居嵺廓兮尠疇，遠梁昌兮幾迷。」自注：「梁昌，陷據失所也，迷惑欲還也。」《三國志》卷二十八《魏志・毌丘儉傳》：「將士諸爲儉、欽所迫脅者，悉歸降。」裴松之注引三國魏文欽《與郭淮書》：「孤軍

梁昌，進退失所。」《校注》：「東極：指吴興。」

〔三二〕「晨烏」二句：《校注》：「晨烏：即晨風，烏名。《詩·秦風》有《晨風》篇，《詩序》謂此篇爲諷刺春秋秦康公忘穆公舊業，棄其賢臣而作。後放逐之臣常以晨風指遭時不遇。遷骨：遷返屍骨。」

〔三三〕城濠：謝朓《答張齊興》：「誰知京洛念，彷佛昆山側。向夕登城濠，潛池隱復直。」按城濠，護城河。《集韻》卷三：「壕，城下池。通作濠。」

〔三四〕「白雲」二句：《穆天子傳·古文》：「乙丑，天子觴西王母於瑶池之上，西王母爲天子謡曰：『白雲在天，山陵自出。道里悠遠，山川間之。將子無死，尚能復來。』」

〔三五〕「眷然」二句：眷然，顧念貌，依戀貌。《孔叢子·記問》：「眷然顧之，慘然心悲。」《藝文類聚》卷二十一引曹植《離友詩》：「王歸振旅，送余於魏邦，心有眷然，爲之隕涕。」《楚辭》劉向《九歎·遠逝》：「腸紛紜以繚轉兮，涕漸漸其若屑。」王逸章句：「涕泣交流，若磨屑之下，無絶時也。」《文選》卷六十王僧達《祭顔光禄文》：「擥悲蘭宇，屑涕松嶠。」

【集説】

錢鍾書《管錐編·全梁文》卷三十八：江淹《被黜爲吴興令辭牋詣建平王》：「白雲在天，山川間之。」按《全齊文》卷二三謝朓《拜中軍記室辭隨王牋》：「白雲在天，龍門不見。」《文選》李善註引《穆天子傳》西王母謡：「白雲在天，山陵自出，道路悠遠，山川間之。」《全梁文》卷四三任昉

《爲庾杲之與劉居士虯書》：「雖心路咫尺，而事隔山河，悠悠白雲。」亦用此語。

詣建平王上書

【題解】

此文張本、梁本、庫本題作《獄中上建平王書》。

上書，文體名。《戰國策・齊策一》：「〔齊威王〕乃下令：『羣臣吏民，能面刺寡人之過者，受上賞；上書諫寡人者，受中賞；能謗議於市朝，聞寡人之耳者，受下賞。』」《史記》卷一百一《袁盎晁錯列傳》：「及絳侯免相之國，國人上書告以爲反，徵繫清室。」《文心雕龍・章表》：「降及七國，未變古式，言事於主，皆稱上書。秦初定制，改書曰奏。」

書題之「建平王」，亦指建平王景素。《南史》卷五十九《江淹傳》：「淹隨景素在南兖州。廣陵令郭彦文得罪，辭連淹，言受金，淹被繫獄，自獄中上書。……景素覽書，即日出之。」江淹《自序》亦云：「始安之薨也，建平王劉景素聞風而悦，待以布衣之禮。然少年嘗倜儻不俗，或爲世士所嫉，遂誣淹以受金者，將及抵罪，乃上書見意而免焉。」今考之《宋書》卷七十二《文九王傳》，景素於任南兖州刺史後又嘗歷丹陽尹，吴興太守，湘州刺史等職，而何時離南兖州任，史雖缺載，然却可考得。據《宋書》卷八《明帝紀》云泰始三年八月「壬寅，以中領軍沈攸之行南兖州刺史，率衆北討」，同書卷七十四《沈攸之傳》亦云是年「八月十八日也，攸之棄衆南奔。……還淮陰，以爲持

節、假冠軍將軍、行南兗州刺史。」是其年八月時沈攸之有行南兗州刺史事。則沈攸之爲行南兗州刺史時景素當已離南兗州任，亦即景素任南兗州刺史之時間在泰始二年十月至三年八月之間。由是知江淹之被繫州獄并於獄中上書而免，乃在泰始二年十月至三年八月之間。考江淹獄中所上書，即《詣建平王上書》。吴譜云：「先生《上建平王書》云『大王惠以恩光，顧以顔色，實佩荆卿黄金之賜，竊感豫讓國士之分矣。常欲結纓伏劍，少謝萬一』云云，則其事決非起於先生初入幕之時。」由文意觀之，吴説是也。即江淹之被繫南兗州獄并於獄中上書而免乃在泰始三年。俞紹初《拾瑣》云：「《上書》有云：『不圖小人固陋，坐貽謗缺。迹墜昭憲，身陷幽圄，履影吊心，酸鼻痛骨。……加以涉旬月，迫季秋，天光沈陰，左右無色。身非木石，與獄吏爲伍。』此節文字敘述他入獄的原因及在獄中的心情和境況。其中『涉旬月』表明作此書時已在獄中經歷了一整月，『迫季秋』則明確指出其時已接近秋末九月。因此，可以判定，此書之作必在泰始三年（四六七）八月下旬無疑，距初入建平王幕將近一年，與吴氏『其事決非起於先生初入幕之時』一説正相契合。又據《明帝紀》，其年八月癸卯（二十四日），朝廷大赦天下。如此看來，江淹之出獄既與南兗州刺史换任，又復遇大赦有關，不僅如《自序》所説『上書見意而免焉』。」所説是也。據此，江淹被繫南兗州獄乃在泰始三年七月中下旬，獄中作此書并被免出獄則在其年八月下旬。

吴譜云：「今廣陵肇禍之跡，無可稽考，惟必在建平王之爲南兗州刺史時耳。建平王爲南兗州刺史，始於今歲（指泰始二年）九月，而終於七年二月，先生之被繫州獄，當在此數年中。」曹道

衡《年代考》論江淹《詣建平王上書》云：「至於被誣受金事則應是泰始二年底至三年初的事，故知此文作於這兩年之間。」皆有失之。

昔者，賤臣叩心，飛霜擊於燕地①〔一〕；庶女告天，振風襲於齊臺〔二〕。下官每讀其書，未嘗不廢卷流涕〔三〕。何者？士有一定之論，女有不易之行〔四〕。信而見疑，貞而爲戮〔五〕。是以壯夫義士，伏死而不顧者〔六〕，以此也②。下官聞仁不可恃，善不可依〔七〕。謂徒虚語③，乃今知之〔八〕。伏願大王暫停左右，少加矜察④〔九〕。

下官本蓬户桑樞之人⑤，布衣韋帶之士⑥〔一〇〕，退不飾《詩》《書》以驚愚，進不買聲名於天下⑦〔一一〕。日者，謬得升降承明之闕，出入金華之殿〔一二〕。何嘗不局影凝嚴，側身扃禁者乎〔一三〕？竊慕大王之義，復爲門下之賓⑧，備鳴盜淺術之餘，豫三五賤伎之末〔一四〕。大王惠以恩光，顧以顔色⑨〔一五〕。實佩荆卿黄金之賜，竊感豫讓國士之分矣〔一六〕。嘗欲結纓伏劍⑩〔一七〕，少謝萬一；剖心摩踵，以報所天〔一八〕。不圖小人固陋，坐貽謗缺〔一九〕。迹墜昭憲，身限幽圄〔二〇〕。履影弔心，酸鼻痛骨〔二一〕。下官聞虧名爲辱，虧形次之〔二二〕。是以每一念來⑪，忽若有遺〔二三〕。加以涉旬月，迫季秋〔二四〕，天光沉陰〔二五〕，左右無色。身非木石，與獄吏爲伍〔二六〕。此少卿所以仰天搥心，泣盡而繼之以

血者也⑫〔二七〕。下官雖乏鄉曲之譽〔二八〕，然嘗聞君子之行矣⑬。其上則隱於簾肆之間⑭，臥於巖石之下〔二九〕；次則結綬金馬之庭，高議雲臺之上〔三〇〕；退則虜南越之君⑮，係單于之頸〔三一〕。俱啓丹册，并圖青史〔三二〕。寧争分寸之末⑯，競錐刀之利哉⑰〔三三〕！下官聞積毁銷金⑱，積讒磨骨⑲〔三四〕。遠則直生取疑於盜金⑳〔三五〕，近則伯魚被名於不義〔三六〕。彼之二才㉑，猶或如是㉒，況在下官，焉能自免。昔上將之耻，絳侯幽獄㉓〔三七〕；名臣之羞，史遷下室〔三八〕。至如下官，當何言哉㉔〔三九〕！夫以魯連之智㉕，辭禄而不反〔四〇〕；接輿之賢，行歌而忘歸〔四一〕。子陵閉關於東越〔四二〕，仲蔚杜門於西秦〔四三〕，亦良可知也。若使下官事非其虚，罪得其實，亦當鉗口吞舌，伏匕首以殞身〔四四〕。何以見齊魯奇節之人，燕趙悲歌之士乎〔四五〕？

方今聖歷欽明㉖，天下樂業〔四六〕。青雲浮洛，榮光塞河〔四七〕。西洎臨洮、狄道，北距飛狐、陽原〔四八〕，莫不浸仁沐義，昭景飲醴㉗〔四九〕。而下官抱痛圓門㉘，含憤獄户〔五〇〕，一物之微，有足悲者〔五一〕。仰惟大王少垂明白〔五二〕，則梧丘之魂，不愧於沉首〔五三〕；鵠亭之鬼，無恨於灰骨〔五四〕。不任肝膽之切，敬因執事以聞〔五五〕。此心既照，死且不朽㉙〔五六〕。

【校記】

①「地」梁本注：「一作『市』。」

②「不顧者以此也」《彙注》本、梁本、《梁書》卷十四《江淹傳》、《文選》卷三十九作「不顧者此也」，張本、《册府元龜》卷八百七十五作「不顧者也」。

③「謂徒虚語」《梁書》江淹本傳作「始謂徒語」。

④「少加矜察」《梁書》江淹本傳、《册府元龜》作「少加憐鑒」，張本作「小加憐察」，梁本、《文選》作「少加憐察」。

⑤「人」張本、《藝文類聚》卷五十八作「民」。

⑥「韋帶」《藝文類聚》作「麻帶」。

⑦「買聲名」原作「賣聲名」，今據《梁書》江淹本傳、張本、梁本、《文選》改。

⑧「復爲」《梁書》江淹本傳作「爲」。

⑨「顧」《梁書》江淹本傳作「眄」。

⑩「嘗」《梁書》江淹本傳、張本、梁本、《文選》作「常」。

⑪「是以每一念來」張本、梁本作「每一念來」，梁本注：「一作『是以每一念來』，一作『每以一念來』。」

⑫「繼之以血者也」《文選》無「者」字。

⑬「君子」張本、梁本作「士君子」。

⑭「簾肆」原作「篇肆」，今據《梁書》、《南史》江淹本傳、《建康實録》卷十八、元鈔本、張本、梁本、《文選》改。

⑮「退」《梁書》本傳、張本、梁本作「次」。

⑯「寧争」《梁書》江淹本傳、張本、梁本、《文選》、《藝文類聚》作「寧當争」。

⑰「錐刀」《梁書》江淹本傳作「刀錐」。

⑱「下官」上《梁書》江淹本傳有「然」字。「銷金」《藝文類聚》作「消金」。

⑲「磨骨」《梁書》江淹本傳、張本作「糜骨」，《藝文類聚》作「摩骨」。

⑳「遠」《梁書》江淹本傳作「古」。

㉑「二才」張本、梁本、《文選》作「二子」。

㉒「如是」《梁書》江淹本傳作「如此」。

㉓「絳侯」原作「降侯」，今據《梁書》江淹本傳、元鈔本、《彙注》本、張本、梁本、《文選》改。

㉔「至如下官當何言哉」《梁書》江淹本傳作「如下官尚何言哉」。

㉕「夫以魯連」《梁書》江淹本傳、《文選》李善本作「夫魯連」。

㉖「歷」《梁書》江淹本傳、張本、《文選》六臣本作「曆」。

㉗「昭景飲醴」《梁書》江淹本傳作「照景飲醴」，《文選》李善本作「照景飲醴而已」。

㉘「圓門」《梁書》江淹本傳、《彙注》本、張本作「圜門」。

㉙「此心既照死且不朽」此八字原缺，今據《梁書》江淹本傳、張本、梁本補。

【箋注】

〔一〕「賤臣」二句：《文選》李善注：「《淮南子》曰：『鄒衍盡忠於燕惠王，惠王信譖而繫之。鄒子仰天而哭，正夏，而天爲之降霜。』」《文選》李周翰注：「賤臣，鄒衍也。叩心，言恨也。」叩心，捶胸。《史記》卷一百十八《淮南衡山列傳》：「民皆引領而望，傾耳而聽，悲號仰天，叩心而怨上。」《文選》卷三十七劉琨《勸進表》：「苟在食土之毛，含氣之類，莫不叩心絶氣，行號巷哭。」

〔二〕「庶女」二句：《淮南子·覽冥訓》：「庶女叫天，雷電下擊，景公臺隕，支體傷折，海水大出。」高誘注：「庶賤之女，齊之寡婦，無子，不嫁，事姑謹敬。姑無男有女，女利母財，令母嫁婦，婦益不肯。女殺母以誣寡婦，婦不能自明，冤結叫天。天爲作雷電，下擊景公之臺。」《校注》：「庶女：民女。告天：喊天呼冤。振風：大風。」

〔三〕「下官」二句：《宋書》卷四十二《劉穆之傳》：「先是郡縣爲封國者，内史、相并於國主稱臣，去任便止。至世祖孝建中，始革此制，爲下官致敬。」《校注》：「下官：臣僚對郡縣國君自稱。」《史記》卷八十《樂毅列傳》：「太史公曰：始齊之蒯通及主父偃讀樂毅之報燕王書，未嘗不廢書而泣也。」《漢書》卷八十七上《揚雄傳上》：「又怪屈原文過相如，至不容，作《離

騷》，自投江而死，悲其文，讀之未嘗不流涕也。」

〔四〕「士有」二句：《淮南子·原道訓》：「故士有一定之論，女有不易之行。」高誘注：「士與同志交接，有一會而交定，故曰有一定之論也。貞女專一，亦無二心，故曰有不易之行也。」《校注》：「論：通『倫』，倫理道德。指信義，情分。行：操守。以上二句出自《淮南子·原道》，意謂：士看重同心同德，哪怕是一面之交，也始終不變其情義；女子講究堅貞專一，即使丈夫去世，也不考慮改嫁。」

〔五〕「信而見疑」二句：《史記》卷八十四《屈原賈生列傳》：「屈平正道直行，竭忠盡智以事其君，讒人間之，可謂窮矣。信而見疑，忠而被謗，能無怨乎？」

〔六〕「是以」二句：《文選》卷三十九枚乘《上書重諫吴王》：「信而見疑，貞而見戮，是以壯夫義士，伏死而不顧者此也。」《揚子法言·吾子》：「或問吾子少而好賦。曰：『然。童子彫蟲篆刻。』俄而曰：『壯夫不爲也。』」《左傳·成公二年》：「臣，治煩去惑者也，是以伏死而争。」按壯夫，豪壯之士，豪傑。此二句《文選》劉良注：「伏死不顧，寃之深也。」《校注》：「伏死而不顧：冒死而在所不惜。謂以死對寃枉之事表示抗争。」

〔七〕「下官」二句：《文選》李善注：「馬遷《悲士不遇賦》曰：『理不可據，智不可恃。』」

〔八〕「謂徒虛語」二句：《文選》卷三十九鄒陽《獄中上書自明》：「臣聞忠無不報，信不見疑，臣常以爲然，徒虛語耳。……臣聞比干剖心，子胥鴟夷，臣始不信，乃今知之。」

〔九〕「伏願」二句：《文選》張銑注：「停左右，欲其静察。」《校注》：「左右：指近侍之臣。此不敢直斥建平王，故以『左右』代之。矜察：憐憫體察。鄒陽《獄中上書自明》：『左右不明，卒從吏訊。……願大王孰察，少加憐焉。』」

〔一〇〕「下官」二句：《莊子·讓王》：「原憲居魯，環堵之室，茨以生草；蓬户不完，桑以爲樞；而甕牖二室，褐以爲塞；上漏下濕，匡坐而弦。」郭象注：「蓬户，織蓬爲户。桑以爲樞，屈桑條爲户樞也。」《淮南子·原道訓》：「處窮僻之鄉，側谿谷之間，隱於榛薄之中。環堵之室，茨之以生茅，蓬户甕牖，揉桑爲樞。」高誘注：「編蓬爲户，以破甕蔽牖，揉桑條以爲户樞。」《漢書》卷五十一《賈山傳》：「夫布衣韋帶之士，修身於内，成名於外，而使後世不絶息。」顔師古注：「言貧賤之人也。韋帶，以單韋爲帶，無飾也。」《藝文類聚》卷六十引《説苑》：「唐且曰：『大王嘗聞布衣韋帶之士怒乎？一怒，伏尸二人，流血五步。』」《校注》：「布衣：麻布衣。韋帶：粗皮帶。以上自謂出身微賤。」

〔一一〕「退不飾」二句：《淮南子·俶真訓》：「於是博學以疑聖，華誣以脅衆，弦歌鼓舞，緣飾《詩》《書》，以買名譽於天下。」同上書《本經訓》：「及僞之生也，飾智以驚愚，設詐以巧上。」《校注》：「飾《詩》《書》：謂以《詩經》、《尚書》這類古代典籍來裝點門面，顯示博學。驚愚：使愚昧不學的人感到驚奇。買聲名：求聲名。」

〔一二〕「日者」三句：《文選》李周翰注：「日者，猶頃者。謬得，謙詞也。升降、出入於承明闕、金

華殿，謂嘗官於朝廷也。」《校注》：「日者：謂近日。承明、金華：皆漢宫殿名。此指宫廷。」

〔一三〕「何嘗」二句：側身，傾側其身，表示戒懼不安。《詩·大雅·雲漢序》：「遇烖而懼，側身修行。」孔穎達疏：「側者，不正之言，謂反側也。憂不自安，故處身反側。」桓寬《鹽鐵論·救匱》：「故公孫丞相、倪大夫側身行道，分禄以養賢，卑己以下士。」扃禁，《南齊書》卷四十六《王慈傳》：「今扃禁嶔邃，動延車蓋，若使鑾駕紆覽，四時臨閱，豈不重增聖慮，用感宸衷？」按以上二句《文選》吕延濟注：「局影、側身，皆戒懼也。凝，堅；嚴，敬也。」《校注》：「局影、側身：形容戒懼謹慎之狀。局，拘束。凝嚴：端莊恭敬貌。扃禁：宫禁。扃，門。王宫門户設禁，常人不得隨意出入，故稱。」

〔一四〕「備鳴盜」二句：《校注》：「鳴盜：即『雞鳴狗盜』之省略。《史記·孟嘗君列傳》載：孟嘗君入秦，秦昭王囚孟嘗君，謀欲殺之，孟嘗君遣人求昭王幸姬，幸姬曰：『妾願得君狐白裘。』時孟嘗君有一狐白裘獻之昭王，無他裘，孟嘗君患之，遍問賓客，莫能對。最下座有能爲狗盜者，曰：『臣能得狐白裘。』乃夜爲狗，以入秦宫藏中，取所獻狐白裘至，以獻幸姬，幸姬爲言昭王，孟嘗君得出。馳去，至函谷關。關法，雞鳴而出客，孟嘗君恐追至，客之居下者有能爲雞鳴，遂得出之。三五：《文選》李善注引《抱朴子·軍術》曰：『大將軍當明案九宫，視年在宫，常就三居五；五爲死，三爲生，能知三五，横行天下。』其事未詳。按《易·繫辭

上》：『知變化之道者，其知神之所爲乎？……參伍以變，錯綜其數。』疏：『參，三也；伍，五也。或三或五，以相參合，以相改變。』《易玩辭》：『凡古之法有變有數。每爻三揲爲三變，每揲有象，兩象、三象，時象，閏象，再閏爲五小變。此參伍之變也。』（《小學紺珠》卷一引）則『三五』指占卜之術。司馬遷《報任少卿書》：『文史星曆，近乎卜祝之間，固主上所戲弄，倡優所畜，流俗之所輕也。』則『三五賤伎』，『鳴盜淺術』，皆指卑賤之職。」

〔一五〕「大王」二句：恩光，猶寵光，恩澤光耀。《詩·小雅·蓼蕭》：「既見君子，爲龍爲光。」毛傳：「龍，寵也。」鄭玄箋：「爲寵爲光，言天子恩澤光耀被及己也。」本集《雜體三十首·鮑參軍戎行》：「豪士枉尺璧，宵人重恩光。」《校注》云：「恩光：恩寵。」顧以顏色，《文選》李善注：「曹植《艷歌》曰：『長者賜顏色，泰山可動移。』」《校注》：「顧：賜，猶言賞臉。」

〔一六〕「實佩」二句：《藝文類聚》卷八十三引《燕丹子》：「太子自喜得荆軻，永無憂秦。後日與軻之東宫，臨池而觀，軻拾瓦投蛙，太子令人奉盤金，軻用抵。賜金復進，軻曰：『非爲太子愛金也，但臂痛耳。』」《校注》：「佩：感荷，感激。豫讓：春秋末年人，曾事范氏及中行氏，後又事智伯，趙襄子滅智伯，豫讓漆身爲癩，吞炭爲啞，謀刺襄子，爲智伯報仇。曾説：『臣事范、中行氏，范、中行氏皆衆人遇我，我故衆人報之。至於智伯，國士遇我，我故國士報之。』見《史記·刺客列傳》。國士：一國的優秀人才。分：情分。」

〔一七〕「嘗欲」句：《左傳·襄公三年》：「魏絳至，授僕人書，將伏劍。」孔穎達疏：「正義曰：『謂

仰劍刃身伏其上而取死也。』」《左傳·僖公十年》：「（里克）對曰：『不有廢也，君何以興。欲加之罪，其無辭乎？臣聞命矣。』伏劍而死。」按此二句《文選》吕向注：「淹言願殺身如此，萬中有一，以補於王也。」《校注》：「結纓：結好帽帶。表示從容就死。《左傳·哀公十五年》：衛太子蕢作亂，子路不從。蕢因使武士以戈擊之，斷纓。子路曰：『君子死，冠不免。』結纓而死。伏劍：用劍自刎。」

〔一八〕「剖心」二句：剖心，破胸取心，古代的一種酷刑。《莊子·盜蹠》：「子胥沉江，比干剖心。」《文選》卷三十九鄒陽《獄中上書自明》：「兩主二臣，剖心析肝相信，豈移於浮辭哉！」摩踵，摩頂放踵之省，謂自頭頂到脚跟都磨傷。形容不辭辛苦，損傷身體亦在所不惜。《孟子·盡心上》：「墨子兼愛，摩頂放踵利天下，爲之。」趙岐注：「摩突其頂，下至於踵。」《後漢書》卷三十四《梁統傳附梁竦傳》：「乃敢昧死，自陳所天。」李賢注：「臣以君爲天，故云『所天』。」《文選》卷三十七陸機《謝平原内史表》：「鉗口結舌，不敢上訴所天。」李善注：「何休《墨守》曰：『君者，臣之天也。』」按以上二句《文選》李周翰注：「踵，足也。所天，謂建平王。」

〔一九〕「不圖」二句：固陋，閉塞，淺陋。《尉繚子·十二陵》：「不實在於輕發，固陋在於離賢。」按以上二句《文選》吕延濟注：「小人固陋，淹自謙也。貽，取也。缺，毁也。」《校注》：「坐貽：無故而貽謂『坐貽』。貽，送，致。謗缺：毁謗。」

〔二〇〕「迹墜」二句：《宋書》卷十《順帝紀》：「凡工麗彫鐫，傷風毀治，一皆禁斷。庶永昭憲則，弘茲始政。」此二句《文選》劉良注：「墜，陷也。昭憲，明法也。限，隔。幽圄，謂獄也。」

〔二一〕「履影」二句：《太平御覽》卷三百七十二引《家語》：「南宫縚見孔子，未嘗越履，往來過之，足不履影。」弔心，猶傷心。《詩・檜風・匪風》：「顧瞻周道，中心弔兮。」毛傳：「弔，傷也。」酸鼻，即鼻酸，謂悲痛欲泣。《文選》卷十九宋玉《高唐賦》：「孤子寡婦，寒心酸鼻。」李善注：「酸鼻，鼻辛酸，淚欲出也。」《樂府詩集》卷五十三曹植《鞞舞歌・聖皇篇》：「路人尚酸鼻，何況骨肉情？」痛骨，痛入骨髓，形容悲痛到極點。此二句《校注》云：「履影弔心：謂孤獨悲傷。弔，傷。痛骨：悲痛入骨。」

〔二二〕「下官聞」二句：虧名，損害名譽。《文選》卷三十八任昉《爲范尚書讓吏部封侯第一表》：「臣雖無識，惟利是視。至於虧名損實，爲國爲身，知其不可，不敢妄冒。」張銑注：「言雖無識好利，至於名實，不當損國棄身，亦知不可，故不敢欺冒而進達也。」虧形，形體虧損，謂損傷身體。《文選》卷四十一司馬遷《報任少卿書》：「今以虧形爲掃除之隸，在闒茸之中，乃欲仰首伸眉，論列是非，不亦輕朝廷、羞當世之士邪？」按以上二句《文選》李善注引《尸子》：「衆以虧形爲辱，君子以虧義爲辱。」

〔二三〕「是以」二句：《文選》司馬遷《報任少卿書》：「每一念至，忽然忘生。」同上書卷四十二曹丕《與朝歌令吴質書》：「今果分别，各在一方，元瑜長逝，化爲異物。每一念至，何時可言。」

忽若有遺，《藝文類聚》卷三十五引曹植《愁思賦》：「四節更王兮秋氣悲，遥思惝怳兮若有遺。原野蕭條兮煙無依，雲高氣静兮露凝衣。」《文選》張銑注：「遺，失也，言如有所失。」

〔二四〕「加以」二句：《文選》司馬遷《報任少卿書》：「今少卿抱不測之罪，涉旬月，迫季冬。僕又薄從上雍，恐卒然不可爲諱。」《校注》：「旬月：滿一月。迫：近。」

〔二五〕天光沉陰：《禮記・月令・季春之月》：「行秋令，則天多沈陰，淫雨蚤降，兵革并起。」鄭玄注：「九月多陰。」蔡邕《月令章句》：「陰者，密雲也；沈者，雲之重也。」

〔二六〕「身非木石」二句：《文選》卷四十一司馬遷《報任少卿書》：「交遊莫救，左右親近，不爲一言。身非木石，獨與法吏爲伍，深幽囹圄之中，誰可告愬者。」《文選》卷五十三嵇康《養生論》：「易竭之身而内外受敵，身非木石，其能久乎？」吕向注：「以百年易盡之身，而喜怒形於外，思慮攻於内，所謂受敵也。且非木石之堅，必不可久，言將死也。」

〔二七〕「此少卿」二句：少卿，李陵之字。《文選》卷四十一李陵《答蘇武書》：「何圖志未立而怨已成，計未從而骨肉受刑，此陵所以仰天椎心而泣血也。」《藝文類聚》卷七引《韓子》：「卞和得玉於楚山中，獻厲王，王使玉人相之，曰：『石也。』刖其左足。和抱其璞，哭於荆山之下，三日泣盡，繼之以血。」按此二句《文選》吕注：「言己之恨，同於李陵。」

〔二八〕鄉曲之譽：《史記》卷一百十二《主父偃列傳》：「陳涉無千乘之尊，尺土之地，身非王公大人名族之後，無鄉曲之譽，非有孔、墨、曾子之賢，陶朱、猗頓之富也。」《文選》卷四十一司馬

遷《報任少卿書》：「僕少負不羈之才，長無鄉曲之譽，主上幸以先人之故，使得奏薄伎，出入周衛之中。」

〔二九〕「其上則」二句：《漢書》卷七十二《王貢兩龔鮑傳序》：「其後谷口有鄭子真，蜀有嚴君平，皆修身自保，非其服弗服，非其食弗食。成帝時，元舅大將軍王鳳以禮聘子真，子真遂不詘而終。君平卜筮於成都市，以爲『卜筮者賤業，而可以惠衆人。有邪惡非正之問，則依蓍龜爲言利害。與人子言依於孝，與人弟言依於順，與人臣言依於忠，各因勢導之以善，從吾言者，已過半矣。』裁日閲數人，得百錢足自養，則閉肆下簾而授《老子》。」《太平御覽》卷五十四引《雲陽記》：「漢時鄭樸字子真，隱於谷口，不屈其志。耕於巖石下，名震京師。時人亦因子真所居，以爲名也。」《校注》：「簾肆：店鋪。」

〔三〇〕「次則」二句：《漢書》卷七十八《蕭望之傳附蕭育傳》：「育爲人嚴猛尚威，居官數免稀遷。少與陳咸、朱博爲友，著聞當世。往者有王陽、貢公。故長安語曰：『蕭、朱結綬，王、貢彈冠。』言其相薦達也。」《文選》卷四十五揚雄《解嘲》：「公孫創業於金馬，驃騎發跡於祁連。」李善注：「孟康曰：『公孫弘對策於金馬門。』」《後漢書》卷四十上《班彪傳附班固傳》：「又有承明金馬，著作之庭。」《後漢書》卷二十二《朱景王杜馬等傳論》：「永平中，顯宗追感前世功臣，乃圖畫二十八將於南宫雲臺。」同上書卷八十一《索盧放傳》：「建武末，復徵不起。光武使人輿之，見於南宫雲臺，賜穀二千斛，遣歸。」《校注》：「結綬：謂繫印綬爲官。金

馬：漢代宫門名。」

〔三一〕「退則」二句：《漢書》卷六十四下《終軍傳》：「南越與漢和親，迺遣軍使南越，説其王欲令入朝，比内諸侯。軍自請：『願受長纓，必羈南越王而致之闕下。』軍遂往説越王，越王聽許，請舉國内屬。天子大説。」《漢書》卷四十八《賈誼傳》：「陛下何不試以臣爲屬國之官以主匈奴，行臣之計，請必係單于之頸而制其命。」《校注》：「南越：秦漢時國名，其地在今廣東、廣西一帶。單于：漢代匈奴族君長稱單于。」

〔三二〕「俱啓」二句：丹册，即丹書。《漢書》卷十六《高惠高后文功臣表》：「於是申以丹書之信，重以白馬之盟。」《文選》卷四十一司馬遷《報任少卿書》：「僕之先，非有剖符丹書之功。」吕向注：「剖符丹書，皆漢之符契，有功者執之。遷言其父無此功也。」青史，古以竹簡記事，故稱史書爲青史。以上二句《校注》云：「啓：陳述，記載。丹册：丹書，古代帝王授於功臣的證書，因用朱筆書寫，故稱。圖：寫。青史：史書。」

〔三三〕「寧争」二句：《左傳·昭公六年》：「錐刀之末，將盡争之。」杜預注：「錐刀末，喻小事。」《續漢書·輿服志上》：「降及戰國，奢僭益熾，削滅禮籍，蓋惡有害己之語。競修奇麗之服，飾以輿馬，文罽玉纓，象鑣金鞍，以相誇上。争錐刀之利，殺人若刈草然，而宗祀亦旋夷滅。」《校注》：「分寸、錐刀：皆言其微小。」

〔三四〕「下官」二句：《楚辭·九章·惜頌》：「故衆口其鑠金兮，初若是而逢殆。」王逸章句：「鑠，

銷也。言衆口所論，萬人所言，金性堅剛，尚爲銷鑠，以喻讒言多，使君亂惑也。」《文選》卷三十九鄒陽《獄中上書自明》：「夫以孔、墨之辯，不能自免於讒諛，而二國以危。何則？衆口鑠金，積毁銷骨。」李善注：「讒毁之言，骨肉之親爲之銷滅。」《校注》：「積毁銷金，積讒磨骨：謂毁謗之多，足以置人於死地。」

〔三五〕直生取疑於盜金：《漢書》卷四十六《直不疑傳》：「直不疑，南陽人也。爲郎，事文帝。其同舍有告歸，誤持其同舍郎金去。已而同舍郎覺，亡意不疑，不疑謝有之，買金償。後告歸者至而歸金，亡金郎大慙。以此稱爲長者。」

〔三六〕伯魚被名於不義：《後漢書》卷四十一《第五倫傳》：「第五倫字伯魚，京兆長陵人也。……帝問以政事，倫因此酬對政道，帝大悦。明日，復特召入，與語至夕。帝戲謂倫曰：『聞卿爲吏篣婦公，不過從兄飯，寧有之邪？』倫對曰：『臣三娶妻皆無父。少遭飢亂，實不敢妄過人食。』帝大笑。」按此句《文選》李周翰注：「不義，謂篣婦公，不過兄也。」

〔三七〕「上將」二句：《校注》：「絳侯：即周勃。周勃從漢高祖劉邦起義，以軍功爲將軍，封絳侯。漢文帝即位後，有人誣告周勃謀反，下獄治罪。見《史記·絳侯周勃世家》。」

〔三八〕「名臣」二句：史遷，即司馬遷。《文選》劉良注：「太史司馬遷爲白李陵而下之蠶室，故云名臣之羞。」按《文選》卷四十一司馬遷《報任少卿書》：「李陵既生降，隤其家聲。而僕又佴之蠶室，重爲天下觀笑。」張銑注：「蠶室，漢行割刑之室，使其避風養創者。」

〔三九〕當何言哉：《文選》卷四十一司馬遷《報任少卿書》：「嗟乎！嗟乎！如僕，尚何言哉！尚何言哉！」

〔四〇〕「魯連」二句：《校注》：「魯連：即魯仲連，戰國時齊人，曾以計謀協助趙國退秦軍之圍。平原君贈以千金，魯仲連不受而去。後逃至海上隱居。見《史記·魯仲連列傳》。反：返回。」

〔四一〕「接輿」二句：《論語·微子》：「楚狂接輿歌而過孔子，曰：『鳳兮鳳兮，何德之衰？往者不可諫，來者猶可追。已而已而，今之從政者殆而。』孔子下欲與之言，趨而辟之，不得與之言。」

〔四二〕子陵閉關於東越：《後漢書》卷八十三《嚴光傳》：「嚴光字子陵，一名遵，會稽餘姚人也。少有高名，與光武同遊學。及光武即位，光乃變名姓，隱身不見。……除爲諫議大夫，不屈。乃耕於富春山。後人名其釣處爲嚴陵瀨。」閉關，指閉門謝客，不爲塵事所擾。《文選》卷二十一顏延之《五君詠·劉參軍》：「劉伶善閉關，懷情滅聞見。」李周翰注：「言伶懷情不發，以滅聞見，猶閉關却掃而無事也。」按此句《文選》吕向注：「閉關，謂不出也。」《校注》：「會稽餘姚，即今浙江餘姚市，古屬東越地區。」

〔四三〕仲蔚杜門於西秦：仲蔚，即張仲蔚。《藝文類聚》卷八十二引《三輔決録》：「張仲蔚，平陵人也。與同郡魏景卿俱隱身不仕，所居蓬蒿没人。」晉皇甫謐《高士傳》卷中：「張仲蔚者，平

陵人也。與同郡魏景卿俱修道德，隱身不仕。明天官博物，善屬文，好詩賦，常居窮素，所處蓬蒿没人。閉門養性，不治榮名。時人莫識，唯劉龔知之。」《文選》吕向注：「杜門，與閉關義同。扶風，秦地也。」

〔四四〕「亦當」二句：鉗口，閉口。《淮南子·精神訓》：「静耳而不以聽，鉗口而不以言。」《後漢書》卷七十四上《袁紹傳》：「道路以目，百辟鉗口。」李賢注：「何休注《公羊傳》曰：『鉗，以木銜其口也。』鉗，或作拑。」《文選》李周翰注：「鉗口吞舌，不言也。」殞身，喪身。《史記》卷十七《漢興以來諸侯王年表》：「大者叛逆，小者不軌於法，以危其命，殞身亡國。」

〔四五〕「何以」二句：《校注》：「齊魯、燕趙：古代齊魯一帶多儒生，燕趙一帶多俠客。本集《到主簿日事詣右軍建平王》：『既慚鄒魯儒生之德，又謝燕趙俠客之節。』以上二句即此意。」

〔四六〕「聖歷」二句：聖歷，亦作聖曆，謂帝王的歷數，國運。此借稱帝王。《書·堯典》：「曰若稽古，帝堯曰放勳，欽明文思安安，允恭克讓，光被四表，格於上下。」陸德明釋文引馬融曰：「威儀表備謂之欽，照臨四方謂之明。」後以欽明爲對君主之頌詞。揚雄《劇秦美新》：「伏惟陛下以至聖之德，龍興登庸，欽明尚古，作民父母，爲天下主。」《史記》卷二十五《律書》：「太史公曰：文帝時，會天下新去湯火，人民樂業。」按此二句《文選》李善注：「管子曰：『天下有道，人樂其業。』」劉良注：「聖曆，謂天子也。曆，曆數也。欽，敬也。」

〔四七〕「青雲」二句：《太平御覽》卷六十二引《尚書中候》：「武王沉璧於河，禮畢退。至日旰，榮

光幕河，青雲浮洛。」《宋書》卷二十七《符瑞志上》：「周公旦攝政七年，制禮作樂，神鳥鳳凰見，蓂莢生。乃與成王觀於河、洛，沈璧。禮畢，王退俟，至於日昧，榮光并出幕河，青雲浮至，青龍臨壇，銜玄甲之圖，坐之而去。禮於洛，亦如之。」此二句《文選》張銑注：「青雲、榮光，皆河洛之瑞也。」《校注》：「青雲、榮光：古代迷信認爲是吉祥之兆。榮光，五彩祥雲。洛：洛水。河：黄河。」

〔四八〕「西洎」二句：《校注》：「洎、距：皆至之義。臨洮、狄道：皆古縣名，漢屬隴西郡，在今甘肅境内。飛狐、陽原：皆古縣名，漢屬代郡，在今山西、河北境内。皆指邊遠之地。」

〔四九〕「莫不」二句：《文選》李善注：「揚雄《覈靈賦》曰：『文王之始起，浸仁漸義，會賢儹智。』」《玉海》卷一百九十五《天瑞・黄帝景星》：「《摘輔象》：『照景飲醴，蓂莢爲歷。』」按以上四句《文選》李周翰注：「言旁及四夷，皆浸沐天子之仁義。景，景星。醴，醴泉。皆瑞也。謂昭景星之明，飲醴泉之味。昭，明也。」

〔五〇〕「而下官」二句：抱痛圓門，《文選》吕延濟注：「圓門，亦獄門。抱痛，含憤恨之深。」《周禮・秋官・大司寇》：「以圜土聚教罷民。」鄭玄注：「鄭司農云：『圜，謂圜土也。圜土，謂獄城也。』」賈公彦疏：「但獄城圜者，東方主規，規主仁恩，凡斷獄以仁恩求出之，故圜也。」按圓門即圜門。獄户，牢門，監獄。

〔五一〕「一物」二句：《孔子家語・儀解》：「一物失理，亂亡之端，君以此思憂，則憂可知矣。」《史

記》卷八十三《魯仲連鄒陽列傳論》：「鄒陽辭雖不遜，然其比物連類，有足悲者，亦可謂抗直不撓矣。」以上二句《文選》劉良注：「凡一微物失其所，足可以悲，而況人乎！」《校注》：「意指自己無罪而入獄，心情如何更可想而知。」

〔五二〕「仰惟」句：《文選》卷三十七曹植《求自試表》：「伏惟陛下少垂神聽，臣則幸矣。」

〔五三〕「則梧丘」二句：《晏子春秋・内篇雜下》：「景公畋於梧丘，夜猶早，公姑坐睡，而夢有五丈夫北面韋廬，稱無罪焉。公覺，召晏子而告其所夢。公曰：『我其嘗殺不辜，誅無罪耶？』晏子對曰：『昔者先君靈公畋，五丈夫罟而駭獸，故殺之，斷其頭而葬之，命曰五丈夫之丘，此其地耶？』公令人掘而求之，則五頭同穴而存焉。公曰：『嘻！』令吏葬之。國人不知其夢也，曰：『君憫白骨，而況於生者乎，不遺餘力矣，不釋餘知矣。』故曰君子之爲善易矣。」後因以「梧丘之魂」指無辜之冤魂。《校注》云：「愧：恨。沉首：埋於地下的頭骨。」

〔五四〕「鵠亭」二句：《太平御覽》卷一百九十四引謝承《後漢書》：「蒼梧廣信女子蘇娥行宿鵠巢亭，爲亭長龔壽所殺，及婢致富。取財物埋置樓下。交阯刺史周敞行部宿亭，覺壽奸罪，奏之。殺壽。」注：「鵠巢亭，《列異傳》云『鵠奔亭』。」按鵠巢亭，《太平御覽》卷八百八十四引《搜神記》、《水經注・泿水》、《元和郡縣志・嶺南道・潮州》等亦皆作「鵠奔亭」。灰骨，謂枯骨成灰。《文選》張銑注：「言冤得明，假使灰粉亦不恨也。」

〔五五〕「不任」二句：《校注》：「肝膽之切：言内心焦急。執事：指侍從之官。古代書信中常用

作對方的敬稱，表示不敢直稱。」

〔五六〕死且不朽：《左傳·僖公三十三年》：「孟明稽首曰：『君之惠，不以纍臣釁鼓，使歸就戮於秦，寡君之以爲戮，死且不朽。』」

【集説】

宋樓昉《崇古文訣》卷七：文通托此自雪，若悲惋悽愴之態，當於《恨賦》見之。

錢鍾書《管錐編·全梁文》卷三十八：江淹《詣建平王上書》。按齊梁文士，取青妃白，駢四儷六，淹獨見漢魏人風格而悦之，時時心摹手追。此書出入鄒陽上梁孝王、馬遷報任少卿兩篇間，《與交友論隱書》則嵇康與山巨源之遺，《報袁叔明書》又楊惲與孫會宗之亞；雖於時習刮磨未淨，要皆氣骨權奇，絶類離倫。卷五一（按指嚴可均輯《全梁文》卷五十一）王僧孺《與何炯書》一篇差堪把臂共語，而頗傷冗縟也。梁作手如簡文帝、任昉輩一篇中著單散語時，每失故步，舉止生澀，右梲左杌，躓後跋前；淹未嘗有是，觀其《銅劍讚·序》、《自序傳》亦可知焉。

到功曹參軍牋詣驃騎竟陵公

【題解】

此篇原題作《到功曹參軍牋詣驃騎竟陵王》，汪本、張本、梁本題作《到功曹參軍詣竟陵公子良牋》，吴譜云：「明清二季汪、張、梁三家所刊《醴陵集》，於《到功曹參軍牋詣驃騎竟陵王》題下

增『子良』二字。考《自序傳》及《南史》、《梁書》載，先生爲尚書駕部郎、驃騎竟陵參軍事，在攸之作亂前；子良之爲竟陵王，在齊武帝即位後，相去六年，則此竟陵王爲指蕭驃騎無疑。『子良』二字，必爲明人臆加，可斷言也。梁刻據此二本，故亦有是誤。」今考《南齊書·武十七王傳》，齊武帝蕭賾子竟陵王子良一生未嘗有驃騎將軍之任，其封竟陵王乃在齊建元四年。江淹此牋爲宋末所作，則必非上子良可知。吴譜所説是也。據《南齊書》卷一《高帝紀上》，蕭道成是時所封乃竟陵郡公，非竟陵郡王。此牋原題作「驃騎竟陵王」，非是。「王」應爲「公」字之誤。江淹《自序》云是時「爲尚書駕部郎、驃騎竟陵公參軍事」，亦可爲證。此誤要當爲後人所臆改者，觀張本、梁本原作「公」字可知。今據以改正。

功曹參軍，軍府之重要僚屬，掌管人事，參與軍府事務。《宋書》卷三十九《百官志上》云：「自車騎以下爲刺史又都督及儀同三司者，置官如領兵，但云都督不儀同三司者，不置從事中郎，置功曹一人，主吏，在主簿上，漢末官也。漢東京司隸有功曹從事史，如諸州治中，因其名也。功曹參軍一人，主佐□□記室下，户曹上。」福林按：「□□」疑當作「吏在」，句謂功曹參軍職主軍府之佐吏，其位乃在記室參軍之下，户曹參軍之上也。説詳拙著《宋書校議》）。同書同卷又云：「驃騎將軍一人，漢武帝元狩二年，始用霍去病爲驃騎將軍。漢西京制，大將軍、驃騎將軍位次丞相。」同書卷四十《百官志下》：驃騎將軍，官第二品；諸府參軍，官第七品。《南史》卷五十九《江淹傳》：「及齊高帝輔政，聞其才，召爲尚書駕部郎、驃騎參軍事。」江淹

《自序》：「俄皇帝始有大功於四海，聞而召訪之，爲尚書駕部郎、驃騎竟陵公參軍事。」「皇帝」，即指蕭道成：「有大功於四海」，乃指蕭道成昇明元年七月弑廢帝事。則江淹之入道成幕乃在昇明元年七月戊子日道成弑廢帝後。又考《南齊書·高帝紀上》載昇明元年（四七七）七月甲午（十三日），蕭道成即被賜有甲仗五十人入殿之特權；丙申（十五日）又有任驃騎大將軍，封竟陵郡公，給油幢絡車之事，而江淹集中《蕭驃騎謝甲仗入殿表》、《蕭驃騎讓油幢表》等即爲是時代蕭道成所作，見江淹是年七月甲午之前已在蕭道成幕府。蓋道成欣賞江淹已久，前此桂陽王休範反時，道成即「引淹入中書省，先賜酒食」，而後使作《敕爲朝賢答劉休範書》。故昇明元年七月七日弑宋廢帝後，道成旋即招江淹入己府，以爲其掌章表書記之任矣。即江淹之入道成幕，乃在昇明元年七月甲午之前。此牋之作，要當在是月上旬至甲午日（十三日）之間。

竊惟明使君鉞下〔一〕：道耀神源，德鑄靈極〔二〕；誕涵天聽，資河炤聖〔三〕。譽拂紘外①，芳激震中〔四〕。故衡梁孕秀，璿機流品〔五〕。變瑶光之暉，贊玉燭之色〔六〕。功邁翊殷，績起匡漢〔七〕。是以赤瑕瓊寶之文，睇影而㚼集〔八〕；青龍遺風之乘②，晞光而遠至③〔九〕。如民者，蓋不足算〔一〇〕。所志不出繒販，所學不遺祝筮〔一一〕。業異儒墨，行乖曾史〔一二〕。既乏脩短之術，又慚啓塞之辨〔一三〕。不能伏軾蹲衡，驚燕趙之

郊〔一四〕；黄金横帶，馳淄澠之幣④〔一五〕。語默罕緒，圓方靡樹〔一六〕。謬以一氣之微，遨百載之會〔一七〕。躬奉英睿，身蒙青臒〔一八〕。故以潤厚累璧，恩重兼金〔一九〕。不悟懸黎降景，靈河瀉潤〔二〇〕。復獲執羈蘭陳，迎笏桂序〔二一〕。漏越之琴，竊莊文之價；缺罶之劍，盜頃襄之名⑤〔二二〕。心羞秦媵，志慮楚櫝〔二三〕。抱魄踊躍⑥，憂集如熛〔二四〕。鐫感何日，銘報焉期〔二五〕？

【校記】

①「紘外」原作「宏外」，今據《彙注》本、張本、梁本改。

②「青龍」原作「青亂」，今據《彙注》本、張本、梁本改。

③「晞光」《彙注》本作「希光」。

④「淄澠」原作「淄繩」，張本作「澠淄」，今據《彙注》本、梁本改。

⑤「頃襄」原作「須哀」，今據《彙注》本、張本、梁本改。

⑥「魄」梁本作「魂」。

【箋注】

〔一〕「竊惟」句：《校注》：「明：英明。敬詞。使君：古稱州刺史爲使君。鉞下：對將帥的尊稱。鉞，斧鉞。」

〔二〕「道耀」二句：劉勰《文心雕龍·論説》：「動極神源，其般若之絶境乎？」《校注》：「耀：照耀。鑄：陶冶，培育之意。神源、靈極：神靈之極處。即天，比喻朝廷。」

〔三〕「誕涵」二句：《三國志》卷二十四《魏志·高柔傳》：「三公朝朔望之日，又可特延入，講論得失，博盡事情，庶有裨起天聽，弘益大化。」炤聖，即昭聖。炤，同「昭」，明，顯。按此二句《校注》云：「誕涵：化育滋養。資：助，依靠。河：河水。喻蕭道成之德行。《淮南子·主術》：『夫七尺之橈，而制船之左右者，以水爲資。』天聽：古代稱帝王的視聽爲天聽。昭聖：即『昭哲』，猶言英明。此二句意謂，蕭道成的德行如同大河一樣滋潤感化着皇帝，幫助他在處理政事時英明有爲。」

〔四〕「譽拂」二句：《藝文類聚》卷七十八引曹植《五遊詠》：「九州不足步，願得淩雲翔。逍遥八紘外，遊目歷遐荒。」此二句《校注》云：「拂：掠過，傳播。紘外：四方極遠之地，《淮南子·地形》：『九州之外，乃有八紘。……八紘之外，而有八殥。』芳：指美譽。震中：《易·説卦》：『震，東方也。』據《南史·齊高帝本紀》，時蕭道成移鎮東府中。」

〔五〕「故衡粱」二句：《書·舜典》：「在璿璣玉衡，以齊七政。」孔傳：「璿，美玉。璣衡，王者正天文之器，可運轉者。」孔穎達疏：「璣衡者，璣爲轉運，衡爲横簫，運璣使動於下，以衡望之。是王者正天文之器。漢世以來謂之渾天儀者是也。」《宋書》卷七十一《王僧綽傳》：「元嘉二十六年，徙尚書吏部郎，參掌大選。究識流品，諳悉人物，拔才舉能，咸得其分。」《校注》：

「衡梁、璿機」： 即『璿璣玉衡』，指北斗星。玉衡，是北斗杓的第五星，處於斗柄之中，故稱之爲『衡梁』。璿璣，是北斗魁的第四星。璣，或作『機』。《史記・天官書》：『北斗七星，所謂璿璣玉衡，以齊七政。』比喻朝廷。品： 指百官。」

〔六〕「變瑤光」二句：《校注》：「瑤光、玉燭： 指因君子德美而導致的四季調和之氣。瑤光，《淮南子・本經》：『瑤光者，資糧萬物者也。』注：『瑤光，北斗杓第七星也。一說，和氣之見也。』此用『一說』之義。瑤，美玉。玉燭，《爾雅・釋天》：『四時和謂之玉燭。』言人君德美如玉而明若燭，則可致四時和氣之祥。」

〔七〕「功邁」二句：《校注》：「翊： 輔佐。翊殷： 指伊尹相湯事。商湯時，伊尹佐湯伐桀，遂王天下。湯死後，其孫太甲無道，伊尹放之於桐宮，三年後迎之復位。見《史記・殷本紀》。匡漢： 指霍光匡扶漢室事。西漢昭帝八歲即位，光受遺詔輔政。昭帝崩，迎立昌邑王劉賀，以其淫亂廢之，迎立宣帝。光秉政二十年，權傾內外，威震人主。見《漢書・霍光傳》。」

〔八〕「是以」二句： 赤瑕，赤色的玉。《文選》卷八司馬相如《上林賦》：「赤瑕駁犖，雜臿其間。」郭璞注：「張揖曰：『赤瑕，赤玉也。』」《藝文類聚》卷五十七引張衡《七辯》：「收明月之照曜，玩赤瑕之璘豳。」瓊，美玉。《詩・衛風・木瓜》：「投我以木瓜，報之以瓊琚。」毛傳：「瓊，玉之美者。」《文選》卷二十九張協《雜詩》之十：「尺燼重尋桂，紅粒貴瑤瓊。」劉良注：「謂有水災生者失業，故一尺之薪，價重於一尋之桂，而米亦貴於玉也。」《校注》：「敻集：

自遠方而至。」

〔九〕「青龍遺風」二句：《吕氏春秋·本味》：「馬之美者，青龍之匹，遺風之乘。」高誘注：「匹、乘，皆馬名。《周禮》，七尺以上爲龍，行迅謂之遺風。」《漢書》卷五十七上《司馬相如傳上》：「乘遺風，射遊騏。」顔師古注：「張揖曰：『遺風，千里馬也。』」晞光，沐浴於陽光，喻沐受恩惠。陸雲《贈顧彦先》詩之四：「時過年邁，晻冉桑榆；晞光賴潤，亦在斯須。」按以上四句《校注》云：「『赤瑕瓊寶』、『青龍遺風』，皆喻賢才。」

〔一〇〕「如民者」二句：《抱朴子》内篇《明本》：「聞有居山林之間，宗伯陽之業者，則毁而笑之曰：『彼小道耳，不足算也。』」《校注》：「民：作者自稱。算：數，指賢才之數。」

〔一一〕「所志」二句：《史記》卷九十五《灌嬰列傳》：「潁陰侯灌嬰者，睢陽販繒者也。」《後漢書》卷七十一《朱儁傳》：「朱儁字公偉，會稽上虞人也。少孤，母常販繒爲業。」繒販，販繒之人，此指小商人。《文選》卷四十一司馬遷《報任少卿書》：「僕之先非有剖符丹書之功，文史星曆，近乎卜祝之間，固主上所戲弄，倡優所畜，流俗之所輕也。」張銑注：「遷父爲太史，掌知天文律曆卜筮祠祝之事。」《校注》：「繒：絲織品。祝筮：卜祝巫史，古代被認爲是一種低賤的職業。此二句爲自謙之詞。」

〔一二〕「行乖曾史：《史記》卷六十七《仲尼弟子列傳》：「曾參，南武城人，字子輿，少孔子四十六歲。孔子以爲能通孝道，故授之業。作《孝經》，死於魯。」《孔子家語·困誓》：「衛蘧伯玉賢

而靈公不用，彌子瑕不肖，反任之。史魚驟諫而不從。史魚病，將卒，命其子曰：『吾在衛朝，不能進蘧伯玉退彌子瑕，是吾爲臣，不能正君也。生而不能正君，則死無以成禮。我死，汝置屍牖下，於我畢矣。』其子從之。靈公弔焉，怪而問焉。其子以其父言告公，公愕然失容，曰：『是寡人之過也。』於是命之殯於客位，進蘧伯玉而用之，退彌子瑕而遠之。」《論語·衛靈公》：「子曰：『直哉！史魚。邦有道，如矢。邦無道，如矢。』」朱熹集注：「史，官名。魚，衛大夫，名鰌。如矢，言直也。史魚自以不能進賢退不肖，既死猶以屍諫。故夫子稱其直。」《校注》：「曾史：指曾參、史魚。曾參以孝稱，史魚以忠稱。」

〔一三〕「既乏」二句：《校注》：「脩短之術：指戰國時縱横家遊説之術。脩短，即『長短』。據劉向《戰國策書録》，《戰國策》原名《短長》，其書以記載遊説之士幫助諸侯建立霸業的言論活動爲主要内容。啓塞之辨：指法家的言論。啓塞，即『開塞』，《商君書》有《開塞篇》，其内容是主張嚴刑重罰，實行法治。」

〔一四〕「不能」二句：《史記》卷九十二《淮陰侯列傳》：「且酈生一士伏軾，掉三寸之舌，下齊七十餘城。」注：「韋昭曰：『軾，今小車中隆起者。』」《漢書》卷四十三《酈食其傳》：「韓信聞食其馮軾下齊七十餘城。」顔師古注：「馮，讀曰憑。憑，據也。軾，車前横板隆起者也。云憑軾者，言任安坐乘車而遊説，不用兵衆。」《漢書》卷四十五《蒯通傳》：「爲君計者，莫若以黄屋朱輪迎范陽令，使馳騖於燕趙之郊，則邊城皆將相告曰『范陽令先下而身富貴』，必相率而

降，猶如阪上走丸也。」

〔一五〕「黄金」二句：《史記》卷六十九《蘇秦列傳》：「（趙王）乃飾車百乘、黄金千鎰、白璧百雙、錦繡千純以約諸侯。……於是六國從合而并力焉，蘇秦爲從約長，并相六國。北報趙王，乃行過雒陽，車騎輜重，諸侯各發使送之甚衆，疑於王者。」《校注》：「黄金横帶：指帶子上掛滿相印。黄金，即國相金印。淄、澠：二水名，在齊國，即今山東省。相傳淄、澠二水味異，合則難以辨别。見《吕氏春秋・重言》。此句謂六國諸侯競相聘用，所送之幣集於一身，很難分辨來自何國。」

〔一六〕「語默」二句：語默，説話或沉默。語本《易・繫辭上》：「君子之道，或出或處，或默或語。」喻指出仕或隱居。陶淵明《命子》詩：「時有語默，運因隆窊。」逯欽立注：「語默，出處。」《校注》：「圓方：即規矩。亦指處世方法。靡：無。」

〔一七〕「謬以」二句：《校注》：「一氣之微：自謙之詞，謂爲微不足道之人。百載之會：謂百年難得的機會。」

〔一八〕「躬奉」二句：《晉書》卷一百十二《苻生傳》：「凉王雖天縱英睿，然尚幼沖，君公居伊、霍之任，安危所繫，見機之義，實在君公。」《宋書》卷八十四《孔覬傳》：「皇上仁雄集瑞，英睿應歷。」《文選》卷四張衡《南都賦》：「緑碧紫英，青雘丹粟。」按雘，臒字通。《校注》：「英睿：英明。稱蕭道成。青臒：青色的塗料。此謂身受光彩。」

〔一九〕「故以」二句：《漢書》卷二十一上《律曆志上》：「太初曆晦朔弦望皆最密，日月如合璧，五星如連珠。」鮑照《河清頌》：「如彼七緯，累璧重珠。」兼金，價值倍於常金的上等金。《孟子·公孫丑下》：「前日於齊，王餽兼金一百而不受。」趙岐注：「兼金，好金也，其價兼倍於常者。」《文選》卷二十四陸機《贈馮文羆》：「愧無雜佩贈，良訊代兼金。」張銑注：「兼金，好金也。」《校注》：「潤：指恩澤。累璧：疊璧。」

〔二〇〕「不悟」二句：《戰國策·秦策三》：「臣聞周有砥厄，宋有結緑，梁有懸黎，楚有和璞。此四寶者，工之所失也，而爲天下名器。」鮑彪注：「皆美玉名。失謂不能别之，故卞和三刖也。」葛洪《抱朴子·博喻》：「懸黎結緑，不假觀於瓊瑨。」《校注》：「懸黎：美玉名。靈河：天河。皆喻朝廷。景、潤：指恩澤榮寵。」

〔二一〕「復獲」二句：《禮記·檀弓下》：「如皆守社稷，則孰執羈靮而從？」陳澔集解：「羈，所以絡馬；靮，所以鞚馬。」鮑照《謝秣陵令表》：「臣負插下農，執羈末皂，情有局塗，志無遠立。」《校注》：「執羈、迎笏：謂任驃騎功曹參軍。執羈，即執轡。蘭陳、桂序：對官府的美稱。堂下至門的通道叫陳。堂室東西兩廂叫序。」

〔二二〕「漏越之琴」四句：《淮南子·修務訓》：「今劍或絶側羸文，齧缺卷鉅，而稱以頃襄之劍，則貴人争帶之。琴或撥刺枉橈，闊解漏越，而稱以楚莊之琴，側室争鼓之。」高誘注：「託之爲楚莊王琴，則側室之寵，人争鼓之也。」《校注》：「漏越：聲音浮散。莊文：楚莊王和楚文

王，此偏指莊王。缺齧：殘缺破損。頃襄：楚頃襄王。此用以説明假託他人名聲來抬高自己身份之意。」

〔二三〕「心羞」二句：《左傳・僖公五年》：「執虞公及其大夫井伯，以媵秦穆姬。」杜預注：「秦穆姬，晉獻公女。送女曰媵，以屈辱之。」楊伯峻注：「以男女陪嫁曰媵。」此二句《校注》云：「秦媵：春秋時百里奚原爲虞大夫，晉獻公滅虞，虜奚，以爲秦穆公夫人媵於秦。奚以爲恥，從秦逃至宛。見《史記・秦本紀》。楚犢：戰國時楚威王聞莊周賢，遣使以厚幣迎之，許以爲相。莊周對楚使者説：『子獨不見郊祭之犧牛乎？養食之數歲，衣以文繡，以入太廟。當是之時，雖欲爲孤豚，豈可得乎？』見《史記・老子韓非列傳》。此二句自謂爲做官而憂。」

〔二四〕「抱魄」二句：陸雲《逸民賦》：「杖短策而遂往兮，乃枕石而漱流。載營抱魄，懷元服一。傲物思寧，妙世自逸。」本集《丹砂可學賦》：「故抱魄寂處，凝神空居。」按抱魄，謂安心定志。《文選》卷四十二吴季重《答東阿王書》：「耳嘈嘈於無聞，情踴躍於鞍馬。」鮑照《還都道中三首》之一：「悦懌遂還心，踊躍貪至勤。」《校注》：「踊躍：奮激而起，樂於用事之意。」憂集如燻，《詩・大雅・雲漢》：「我心憚暑，憂心如熏。」毛傳：「熏，灼也。」

〔二五〕「鐫感」二句：校注：「鐫感、銘報：牢記恩德而欲圖報之意。」按鐫感、銘報，皆江淹自造詞。

拜正員外郎表

【題解】

《宋書》卷四十《百官志下》：「散騎侍郎，四人。魏初與散騎常侍同置。魏、晉散騎常侍、侍郎，與侍中、黄門侍郎共平尚書奏事，江左乃罷。」「員外散騎侍郎，晉武帝置，無員。」稱員外散騎侍郎者，乃謂其在正式散騎侍郎之外也，此職與正員郎有明顯之區别，《通典》卷二十二《職官四》云：「前代史傳及職官要録或有言員外郎者，蓋謂員外散騎侍郎耳。謂非員外、通直者，故謂之正員郎。」由此，此表題作「正員外郎」者，當有誤，蓋是時無正員外郎一職耳。據江淹《自序》，淹時所任乃正員散騎侍郎，頗疑表題衍一「外」字。

表，文體名，奏章之一種，多用於陳請謝賀。《釋名・釋書契》：「下言上曰表，思之於内，表施於外也。」蔡邕《獨斷》卷上：「凡羣臣上書於天子者有四名，一曰章，二曰奏，三曰表，四曰駮議……表者不需頭，上言『臣某言』，下言『臣某誠惶誠恐，頓首頓首，死罪死罪』，左方下附曰『某官臣甲上』。文多用編兩行，文少以五行。」《文心雕龍・章表》：「陳思之表，獨冠羣才。」

江淹《自序》於典國史之後云：「尋遷正員散騎侍郎，中書侍郎。」《梁書》、《南史》之江淹本傳則略去任正員散騎侍郎事。《梁書・江淹傳》云：「建元初，又爲驃騎豫章王記室，帶東吴令，參掌詔策，并典國史。尋遷中書侍郎。」《南史・江淹傳》云：「又領東武令，參掌詔策。後拜中書侍

郎。」考齊建元二年（四八〇）始置史官并以江淹與檀超共掌史職，則江淹之任正員散騎侍郎、中書侍郎乃在建元二年始置史官之後。又考之《梁書》本傳於江淹任中書侍郎後續云：「永明初，遷驍騎將軍，掌國史。出爲建武將軍、廬陵内史。視事三年，還爲驍騎將軍，兼尚書左丞。」則其遷正員散騎侍郎又在永明初遷爲驍騎將軍、掌國史之前。復考《南史·江淹傳》又記江淹「永明三年，兼尚書左丞」，由此，江淹由廬陵内史還爲驍騎將軍、兼尚書左丞時乃在永明三年（四八五）。今由永明三年逆溯三載，則其出爲建武將軍、廬陵内史乃在永明元年（四八三）。《梁書》本傳既記江淹由中書侍郎遷驍騎將軍、掌國史在任廬陵内史前，且又在永明初，則其由中書侍郎遷驍騎將軍亦必在永明元年。即永明元年時江淹先由中書侍郎而遷驍騎將軍，掌國史，而後又出爲建武將軍、廬陵内史。由此，江淹爲正員郎、中書侍郎之時間乃在建元二年至永明元年之間。又《南齊書》卷四十八《孔稚珪傳》載稚珪「遷正員郎，中書郎，尚書左丞」，同書卷五十二《文學·丘靈鞠傳》亦載靈鞠「昇明中，遷正員郎，領本郡中正，兼中書郎如故」。考《宋書·百官志》，是時正員郎與中書侍郎雖皆官五品，然中書侍郎之位任又高於正員郎。是故孔稚珪乃由正員郎而轉任中書郎，丘靈鞠得以正員郎而兼（代理）中書郎也。江淹《自序》既云「尋遷正員散騎侍郎，中書侍郎」，敘正員郎於中書侍郎前，可見二職必非一時所任，否則，當敘主官中書侍郎於正員郎之前。由此，江淹當是先爲正員郎，而後又遷中書侍郎也。即《自序》乃詳述其於齊初所任職，而《梁書》、《南史》本傳則簡敘其事耳。此表爲江淹任散騎侍郎時之拜表，亦建元二年時作。

散騎侍郎乃内臣，江淹《拜正員外郎表》云：「猶蒙供事紫楹，奉役丹殿。巡魄擎概，榮渥不悟。震離徹邃，阿景洞幽。復昇官清閨，列版嚴闥。」必任正員散騎侍郎時作。表又云：「皇緯如紐，慚飛塵之效；璿基方峻，謝寒露之勤。」乃齊初立國時口氣，亦可爲江淹之任正員郎在建元二年之佐證。

臣邁鄉遠迹①，由學末徒②〔一〕，不瑩雕龍之采〔二〕，寧照玄豹之飾〔三〕？自過被光私〔四〕，濫蒙恩幸。屢度經冬，亟移春序〔五〕。皇緯如紐，慚飛塵之效〔六〕；璿基方峻，謝寒露之勤〔七〕。故宜伏影軒間，卷氣衡下〔八〕。猶蒙供事紫楹，奉役丹殿③〔九〕。巡魄擎概，榮渥不悟④〔一〇〕。震離徹邃，阿景洞幽〔一一〕。復昇官清閨，列版嚴闥〔一二〕。蕞識何算，爰忝叔則之仕〔一三〕；菲質焉樹，迺謬仲容之職〔一四〕。猥枉青蒦，增光空質〔一五〕。心懔末塵，情慚洞户〔一六〕。佇首矯迹〔一七〕，以銘以奏。

【校記】

①「邁鄉」原作「遇鄉」，今據《彙注》本、張本、梁本改。按邁鄉，猶遠離家鄉。作「遇鄉」與文意不相合。

②「末徒」原作「未徒」，今據元鈔本、《彙注》本、張本、梁本改。

③「奉」原作「春」，今據元鈔本、《彙注》本、張本、梁本改。

④「悟」張本、梁本作「晤」。

【箋注】

〔一〕「臣邁鄉」二句：邁鄉，猶遠鄉，遠離家鄉。《後漢書》卷五十九《張衡傳》：「有無言而不酬兮，又何往而不復；盍遠迹以飛聲兮，孰謂時之可蓄。」《後漢書》卷六十下《蔡邕傳》：「邕慮卒不免，乃亡命江海，遠迹吴會。」《藝文類聚》卷三十七引魏劉楨《處士國文甫碑》：「喪過乎哀，遘疾不悟。早世永頽，違此榮祚。咨爾末徒，聿修歡故。」《校注》：「邁鄉遠迹：離鄉遠行。由：孫隘堪云疑作『曲』。按《戰國策・趙策二》：『窮鄉多異，曲學多辯。』曲學，非正規之學。作『曲』是。『曲學末徒』，自謂孤陋寡聞，學識淺薄之人。」

〔二〕雕龍之采：雕龍，雕鏤龍紋。《史記》卷七十四《孟子荀卿列傳》：「騶衍之術迂大而閎辯，奭也文具難施；淳于髡久與處，時有得善言。故齊人頌曰：『談天衍，雕龍奭，炙轂過髡。』」裴駰集解：「劉向《别録》曰：『奭修衍之文，飾若雕鏤龍文，故曰「雕龍」』。」

〔三〕玄豹之飾：玄豹，黑豹，其皮毛貴重。《韓非子・喻老》：「翟人有獻豐狐、玄豹之皮於晉文公，文公受客皮而歎曰：『此以皮之美自爲罪。』」《列女傳》卷二：「妾聞南山有玄豹，霧雨七日而不下食，何也？欲以澤其毛而成文章也。故藏而遠害。」

〔四〕光私：《校注》：「光私：謂榮寵。」

〔五〕「屢度」二句：《藝文類聚》卷二十九引梁張纘《侍宴餞東陽太守蕭子雲詩》：「仲月發初陽，輕寒帶春序。」《校注》：「亟：屢次。序：季節。冬、春：概言四季，猶『春秋』。」

〔六〕「皇緯」二句：《文選》卷二十八陸機《長安有狹邪行》：「輕蓋承華景，騰步躡飛塵。」鮑照《行藥至城東橋》：「迅風首旦發，平路塞飛塵。」《校注》：「皇緯：猶皇綱，帝王統治天下的紀綱。紐：紐帶。言皇綱如紐帶，維繫天下。飛塵之效：謂奔走之勞。『飛塵』又寓有微小之意。」

〔七〕「璿基」二句：《校注》：「璿基：帝王的基業。峻：高大。謝：猶慚。寒露之勤：謂披霜冒露之苦。露見日即乾，『寒露』又含有片刻之意。」

〔八〕「故宜」二句：《山堂肆考》卷二百二十五：「舊説鼉亦思化，其脂得火可以燃鐵。一曰鼉亦卵生而伏影。」《詩經·陳風·衡門》：「衡門之下，可以棲遲。泌之洋洋，可以樂饑。」毛傳：「衡門，橫木爲門，言淺陋也。」《校注》：「伏影：藏身。卷氣：屏息。皆形容謹慎自守。軒間：内室。軒，小室。衡下：衡門之下，即陋室之中。」

〔九〕「猶蒙」二句：《漢書》卷七十三《韋賢傳附韋玄成傳》：「我既茲恤，惟夙惟夜；畏忌是申，供事靡惰。」顔師古注：「惰，古惰字。」《文選》卷三十八桓温《薦譙元彦表》：「臣昔奉役，有事西土，鯨鯢既懸，思宣大化。」鮑照《從臨海王上荆初發新渚》：「奉役塗未啓，思歸思已盈。」《校注》：「紫盈、丹殿：指帝王聽政的宫殿。」

〔一〇〕「巡魄」二句：《宋書》卷七十八《蕭思話傳》：「況下官蒙荷榮渥，義兼常志。」《藝文類聚》卷五十一引謝靈運《封康樂侯表》：「觀史歎古，欽兹盛美。豈謂榮渥，近霑微躬。傾宗殞元，心識其會。」《校注》：「孫隘堪校云：『巡魄至榮渥中，當有脱文。』」

〔一一〕「震離」二句：《藝文類聚》卷七十四引魏文帝《彈棊賦》：「惟彈棊之嘉巧，邈超絶其無儔。苞上智之弘略，允貫微而洞幽。」阮籍《清虚賦》：「夫清虚寥廓，則神物來集。飄颻恍忽，則洞幽貫冥。」《校注》：「震離：二卦名。《易·説卦》：『帝出乎震……萬物出乎震。震，東方也。』又：『離也者，明也。萬物皆相見，南方之卦也。聖人南面而聽天下，向明而治，蓋指此也。』因以震離象徵帝王。阿景：曲阿之景，天明時的日光。《淮南子·天文》：『（日）至於曲阿，是謂旦明。』此亦喻帝王。徹邃、洞幽：言其能洞察幽微，光照萬物。」

〔一二〕「復昇官」二句：《校注》：「清閨、嚴闈：皆指皇宫禁門。列版：謂名列於版籍。版籍，猶今之名册。」按閨，宫中小門。《公羊傳·宣公六年》：「有人荷畚，自閨而出者。」何休注：「宫中之門謂之闈，其小者謂之閨。」清閨一詞原出謝惠連《秋懷》詩：「寒商動清閨，孤燈曖幽幔。」意謂清浄之居室。江淹此乃變其意而用之。闥，亦小門，泛指門。《詩·齊風·東方之日》：「彼姝者子，在我闥兮。」毛傳：「闥，門内也。」馬瑞辰通釋：「《傳》『門内』當爲『内門』之譌。」嚴闥，亦江淹自造詞。

〔一三〕「蕞識」二句：《列子·力命》：「自長非所增，自短非所損，算之所亡若何。」張湛注：「算，

猶智也。」《校注》：「蕞：小。算：智慧，計謀。叔則：即裴楷。據《晉書·裴秀附楷傳》，裴楷字叔則，弱冠知名，容儀俊爽，博涉羣書，特精理義。晉武帝初登祚，拜散騎侍郎。』」字仲容，放達不羈，與叔父籍與竹林之遊，歷仕散騎侍郎。』」

〔一四〕「菲質」二句：《校注》：「菲：薄。仲容：即阮咸。按《晉書·阮籍傳附阮咸傳》：『阮咸

〔一五〕「猥枉」二句：《宋書》卷七十《袁淑傳》：「日者猥枉泉賦，降委弊邑。弊邑敬事是遑，無或違貳。」《文選》卷四張衡《南都賦》：「緑碧紫英，青雘丹粟。」空質，語出《戰國策·秦策五》：「使秦而欲屠趙，不顧一子以留計，是抱空質也。」鮑彪注：「出質本以交好，今不能然，故曰空。」意爲無作用之人質。此江淹變其意而用之，謂己之無用。《校注》：「猥枉：屈辱。謙詞。青雘：青色涂料，泛指色彩。猶言『丹青』。此指皇帝的詔命。揚雄《法言·君子》：『或同聖人之言，炳若丹青。』空質：自謙空虚無用。」

〔一六〕「心�」二句：《後漢書》卷二十《王霸傳》：「光武令霸至市中募人，將以擊郎。市人皆大笑，舉手邪揄之，霸慚懅而還。」李賢注：「懅，亦慚也。」《古今韻會舉要》卷十八：「懅，懼也，慙也。」末塵，猶後塵。比喻在他人之後。《文選》卷三十五張協《七命》：「余雖不敏，請尋後塵。」《校注》：「心懅：惶恐。洞户：洞門，指深邃的宫殿。」

〔一七〕佇首矯迹：《校注》：「佇首矯迹：即『矯首佇跡』，謂舉首久望，站立而有所等待。」

拜中書郎表

【題解】

此文張本、梁本題作《拜中書郎謝表》。

《宋書》卷四十《百官志下》：「中書令，一人。中書監，一人。中書侍郎，四人。中書通事舍人，四人。漢武帝遊宴後廷，始使宦者典尚書事，謂之中書謁者，置令、僕射。元帝時，令弘恭，僕射石顯，秉勢用事，權傾内外。成帝改中書謁者令曰中謁者令，罷僕射。漢東京省中謁者令，而有中官謁者令，非其職也。魏武帝爲王，置祕書令，典尚書奏事，又其任也。文帝黄初初，改爲中書令，又置監，及通事郎，次黄門郎。黄門郎已署事過，通事乃奉以入，爲帝省讀書可。晉改曰中書侍郎，員四人。晉江左初，改中書侍郎曰通事郎，尋復爲中書侍郎。」

江淹於建元二年又由正員散騎侍郎遷爲中書郎，前《拜正員外郎表》題注已辨明，此表爲其任中書郎時之拜表，亦建元二年（四八〇）時作。又此表有云：「不悟遭社鳴之世，屬河清之會。」乃齊初立國時口氣，亦可爲江淹任中書郎在是年之佐證。

曹道衡先生《年代考》據《南齊書・樂志》所載之《鳳凰銜書伎歌辭》，爲「齊初詔中書郎江淹改」之語，乃云此表「作於建元時代」，然却未予詳考，不無遺憾。俞譜則據此表之「榮鬱兩臨，恩俊交鏡」句，以爲「淹同時受正員散騎侍郎、中書侍郎二職」，并進而繫之於齊高帝建元四年（四八

二〕。其云：「《南史》本傳所載王儉語，謂在年『三十五』。據上譜可知，淹三十五歲時猶在蕭道成驃騎府掌筆翰，無任中書侍郎之事。又據《梁書》本傳，其爲中書侍郎在永明元年遷驍騎將軍之前，約估之，當淹三十八歲至三十九歲兩年間事。故知《南史》稱『三十五』必誤無疑，蓋『五』字草書與『九』字易混所致。淹年三十九當建元四年，其時王儉爲尚書左僕射，見《南齊書》卷二《高帝紀下》。」福林按：正員郎及中書郎二職乃江淹先後所任，前已辨明，《拜中書郎表》所謂「榮鬱兩臨」者，蓋謂被任爲中書郎而憂喜交集耳。江淹生於宋文帝元嘉二十一年，建元二年年三十七，建元三年年三十八，建元四年年三十九，永明元年年四十。由是知王儉於江淹拜中書侍郎時所謂之「卿年三十五」，乃約稱而非實指，蓋以誇江之年青有爲而居高位也。考建元三年至永明元年，江淹年在三十八至四十歲之間，一般而言，當不應以「年三十五」稱之，而建元二年時年三十七，正可約指爲三十五。

榮鬱兩臨，恩俊交鏡①〔一〕。悄然攬魂〔二〕，迺懼迺逝。臣聞汝潁之金，或揚采於四豪〔三〕；江淮之珠，已馳光於七貴〔四〕。皆聲不妄美，第豈庇立②〔五〕？未有仗慚湘輿③，蒙送目之賞〔六〕；工謝綵輪，竊歸風之價〔七〕。臣幼乏篆刻，長睽圖史〔八〕，智罕效官，志闕從政〔九〕。方遽永振風④，長憂淩雨⑤〔一〇〕。不悟遭社鳴之世⑥，屬河清之

會⑦〔一一〕。玄雲素霞，必駕蓬萊〔一二〕；白毳騂鱗⑧，咸蒙解遂⑨〔一三〕。仕通物任，官登郎椽〔一四〕。此實耀靈之私照〔一五〕，而微臣之厚幸也。仰惟皇衢大融，氣品呈觀〔一六〕。西傾棧山，東鯷航海〔一七〕。故奇士端威，異人磬折〔一八〕。皆相望北闕，待詔南宮〔一九〕。而臣忝無利博⑩，文有忮害〔二〇〕。迺影裾頓屣，伏黄扉之右〔二一〕；曳纓轉笏，居青瑣之前〔二二〕。訪德於姑射，聞道於崆峒〔二三〕。伊臣之願，過爲信矣〔二四〕。昔望都才麗，爵乏上班〔二五〕；長岑聞靡，身終下秩〔二六〕。愚臣方古，悠然已泰〔二七〕。内燭徘徊，眇不識届〔二八〕。

【校記】

①「俊」張本、梁本作「儆」。

②「庇」張本、梁本作「虚」。

③「湘輿」《彙注》本作「美輿」。

④「永」張本、梁本作「求」。

⑤「憂」字原作一字空格，今據《彙注》本、張本、梁本補。

⑥「世」字原缺，張本、梁本作「屬」，今據《彙注》本補。

⑦「屬」張本、梁本作「際」。

⑧「鱗」《彙注》本作「驎」。

⑨「咸」《彙注》本作「或」。

⑩「斈」《彙注》本、張本、梁本作「學」。按斈、學字通。

【箋注】

〔一〕「榮鬱」二句：榮鬱，謂喜憂。《楚辭》劉向《九歎·憂苦》：「願假簧以舒憂兮，志紆鬱其難釋。」王逸章句：「鬱，愁也。」句謂被任爲中書郎而憂喜交集，與下文「迺懼迺逝」相協。恩俊，張本等作「恩儆」。按《書·伊訓》：「制官刑，儆於有位。」孔傳：「言湯制治官刑法，以儆戒百官。」《國語·魯語下》：「夜儆百工，使無慆淫。」韋昭注：「儆，戒也。」恩儆，謂恩德與儆戒，與上下文正相合。疑張本等作「恩儆」是。《校注》：「俊：大。」亦録以備考。

〔二〕悄然攬魂：《校注》：「悄然：憂愁貌。攬：持。」

〔三〕「臣聞」二句：《楚辭》劉向《九歎·逢紛》：「垂文揚采，遺將來兮。」王逸章句：「言己雖不得施行道德，將垂典雅之文，揚美藻之采，以遺將來賢君，使知己志也。」《文選》卷十三謝莊《月賦》：「增華臺室，揚采軒宮。」張銑注：「言增華彩於此。」《後漢書》卷六十七《黨錮傳論》：「及漢祖杖劍，武夫勃興，憲令寬賒，文禮簡闊，緒餘四豪之烈，人懷陵上之心。」李賢注：「四豪，謂信陵君魏公子無忌，平原君趙勝，春申君黃歇，孟嘗君田文。」《宋書》卷七十九《文五王·桂陽王休範傳》：「在昔四豪，列國公子，猶博引廣納，門客三千。」《校注》：

「汝潁：汝水和潁水，在今河南境内，古屬荆州。《管子·國畜》：『玉起於禺氏，金起於汝漢。』四豪：指戰國時孟嘗君、信陵君、平原君和春申君。」

〔四〕「江淮」二句：《文選》卷十潘岳《西征賦》：「窺七貴於漢庭，譸一姓之或在。」李周翰注：「漢庭七貴，吕、霍、上官、丁、趙、傅、王，并后族也。」《校注》：「江淮：指古徐州。《尚書·禹貢》：『厥貢……淮夷蠙珠。』七貴：指西漢時權傾朝廷的七姓外戚。四豪、七貴，泛指權貴。金、珠，比喻賢才。」

〔五〕「皆聲不妄美」二句：《校注》：「聲：聲譽。第：等級，地位。庇立：謂其無真才實學，受他人庇護而立。」

〔六〕「未有」二句：《校注》：「伎，通『技』，技能。」湘輿，《校注》從《彙注》本作「美輿」，引《説苑·反質》云：「晉平公爲馳逐之車，龍旌衆色，掛之以犀象，錯之以羽芝。車成，題金千鎰，立之於殿下，令羣臣得觀焉。」送目，注視。《藝文類聚》卷七引張協《登北邙賦》：「迴余車於峻嶺，聊送目於四遠。」《樂府詩集》卷三十六王融《秋胡妻行》七首之五：「送目亂前華，馳心迷舊婉。」

〔七〕竊歸風之價：《彙注》引《括地圖》：「奇肱民，能爲飛車，從風遠行。湯時西風吹車至豫州，湯破其車，不以示民。十年，西風至，乃復使作車遣歸，去玉門關四萬里。」按《藝文類聚》卷一及《太平御覽》卷七百七十三引《括地圖》與《彙注》所引小有不同，《彙注》所引乃有簡省。

《校注》：「歸風：謂車子乘風而歸，言其神妙。」按歸風，指如風而馳之飛車。《文選》卷二十八陸機《悲哉行》：「願託歸風響，寄言遺所欽。」

〔八〕「臣幼」二句：揚雄《法言·吾子》：「或問：『吾子少而好賦？』曰：『然，童子雕蟲篆刻。』俄而曰：『壯夫不爲也。』」《文選》卷三十八任昉《爲范尚書讓吏部封侯第一表》：「固嘗鑽厲求學，而一經不治；篆刻爲文，而三冬靡就。」吕延濟注：「篆謂篆書，刻謂雕刻文章也。」顔延之《宋文皇帝元皇后哀策文》：「進思才淑，傍綜圖史。」《校注》：「篆刻：謂寫字作文。睽：目不相視謂睽，猶言不接觸。圖史：圖書典籍。」

〔九〕「智罕」二句：《左傳·昭公二十六年》：「宣王有志，而後效官。」杜預注：「效，授也。」《晉書》卷四十九《阮籍嵇康等傳論》：「通其旁徑，必彫風俗；召以效官，居然尸素。」《左傳·定公元年》：「子家氏未有後，季孫願與子從政。」《漢書》卷一百上《敘傳上》：「周之廢興與漢異，昔周立爵五等，諸侯從政，本根既微，枝葉强大。」顔師古注：「言諸侯之國各别爲政。」《校注》：「志闕：謂缺乏志向。」

〔一〇〕「方遽」二句：《楚辭·九章·惜誦》：「衆駭遽以離心兮，又何以爲此伴也？」朱熹集傳：「言衆人見己所爲，皆驚駭遑遽以離心，則不與己爲侶者也。」《世説新語·雅量》：「謝太傅盤桓東山時，與孫興公諸人泛海戲，風起浪湧，孫王諸人色遽，便唱使還。」龔斌注：「遽，畏懼也。」《文選》卷二十四陸機《贈尚書郎顧彦先二首》之二：「玄雲拖朱閣，振風薄綺疏。」李

善注：「振，動也。風以動物，故謂之振。」《文選》卷五十五陸機《演連珠》：「臣聞足於性者，天損不能入；貞於期者，時累不能淫。是以迅風陵雨，不謬晨禽之察；勁陰殺節，不凋寒木之心。」《校注》：「振風：暴風。振，亦作『震』。淩雨：暴雨。淩，通『陵』。揚雄《法言·吾子》：『震風淩雨，然後知厦屋之爲帡幪也。』此以振風、淩雨喻禍患。」

〔二一〕「不悟」二句：《文選》卷五十三李康《運命論》：「夫黄河清而聖人生，里社鳴而聖人出。」李周翰注：「黄良曰：『里社，神祠也。』」《太平御覽》卷五百三十二引《春秋潛潭巴》：「里社鳴，此里有聖人生。其呴，百姓歸之。」注：「宋均注曰：『鳴則教令行，若湯放桀也。呴，鳴之怒者。』」《後漢書》卷三十下《襄楷傳》：「案春秋以來及古帝王，未有河清及學門自壞者也。」《太平御覽》卷六十一引《拾遺記》：「黄河千年一清，聖人之大瑞也。」

〔二二〕「玄雲」二句：《楚辭·九歌·大司命》：「廣開兮天門，紛吾乘兮玄雲。」朱熹集注：「乘玄雲者，知神將降而往迎之也。」阮籍《東平賦》：「玄雲興而四周兮，寒雨淪而下降。」《校注》：「蓬萊：傳説中神仙所居之山，在渤海中，此泛指仙山。」

〔二三〕「白鶴」二句：《晉書》卷五十八《孝友傳序》：「烏馴丹羽，巢叔和之室；鹿呈白毳，擾功文之廬。」按以上四句《校注》云：「白毳：鳥獸身上白色的細毛。此指白鶴。騂鱗：即赤鯉。騂，赤色。白鶴、赤鯉皆爲仙人坐騎。《列仙傳》載有王子喬駕白鶴、琴高乘赤鯉事。解遂：謂解脱仙去。以上四句指隱逸之士而言，謂朝廷寬宏大量，能使他們都實現隱居的

願望。」

〔一四〕「仕通」二句：三國魏劉劭《人物志·七繆》：「志大所以戡物任也，心小所以慎咎悔也。」《文選》卷二十顏延之《皇太子釋典會作》：「清暉在天，容光必照。物任其情，理宣其奧。」《校注》：「物任：謂任人以職。郎掾：屬官稱掾，中書郎屬中書令，故稱郎掾。以上二句就自身而言。」

〔一五〕「此實」句：《楚辭》屈原《天問》：「角宿未旦，曜靈安藏？」王逸章句：「曜靈，日也。言東方未明旦之時，日安所藏其精光乎？」《文選》卷四十吴質《在元城與魏太子牋》：「臣質言：前蒙延納，侍宴終日，曜靈匿景，繼以華燈。」李善注：「《廣雅》曰：『耀靈，日也。』」《禮記·孔子閒居》：「孔子曰：『天無私覆，地無私載，日月無私照。』」《校注》：「耀靈：喻帝王。」

〔一六〕「仰惟」二句：皇衢，專供皇帝車馬所行的大道。《文選》卷一班固《東都賦》：「動大輅，遵皇衢，省方巡狩。」李周翰注：「言動法駕，遵天子之衢。衢，道也。」《藝文類聚》卷五十九引魏文帝《述征賦》：「伊皇衢之遐通兮，維天綱之畢舉。」《校注》：「融：通。氣品：有生之物。指各式人等。呈觀：呈現而不被埋没。」

〔一七〕「西傾」二句：《文選》卷六左思《魏都賦》：「於是東鯷即序，西傾順軌。荆南懷憓，朔北思韙。」李善注：「《地理志》曰：『會稽海外有東鯷人，分爲二十餘國，以歲時獻。』」吕向注：「東鯷、西傾，國名。」《宋書》卷六《孝武帝紀》：「今息警夷嶂，恬波河渚，棧山航海，鄉風慕

義，化民成俗，兹焉時矣。」《文選》卷四十六顔延之《三月三日曲水詩序》：「棧山航海，踰沙軼漠之貢，府無虚月。」吕延濟注：「言遠方之國，山作棧道，海濟舟航，踰度沙漠，來貢土物，府庫之内，每月無絶也。」按此二句《校注》云：「西傾、東鯷：指邊遠之國。棧山：謂沿棧道翻山而來。」

〔一八〕「故奇士」二句：《史記》卷一百二十九《貨殖列傳》：「無巖處奇士之行，而長貧賤，好語仁義，亦足羞也。」《文選》卷四十一司馬遷《報任少卿書》：「然僕觀其爲人，自守奇士。」張銑注：「自守奇節之士。」《文選》卷十二郭璞《江賦》：「納隱淪之列真，挺異人乎精魄。」李周翰注：「異人乎精魄者，言異人生於時，皆得江漢之英靈也。」磬折，彎腰，表示謙恭。《禮記・曲禮下》：「立則磬折垂佩。」《後漢書》卷二十四《馬援傳》：「述鸞旗旄騎，警蹕就車，磬折而入。」李賢注：「磬折者，屈身如磬之曲折，敬也。」《校注》：「端威：謂修飾威儀，使其莊重。」

〔一九〕「皆相望」二句：北闕，古代宫殿北面的門樓，爲臣子等候朝見或上書奏事之處。《漢書》卷一下《高帝紀下》：「蕭何治未央宫，立東闕、北闕、前殿、武庫、太倉。」顔師古注：「未央殿雖南嚮，而上書奏事謁見之徒皆詣北闕，公車司馬亦在北焉。是則以北闕爲正門，而又有東門、東闕。至於西南兩面，無門闕矣。蓋蕭何初立未央宫，以厭勝之術，理宜然乎？」後借指宫禁或朝廷。南宫，秦漢時宫殿名。《史記》卷八《高祖本紀》：「高祖置酒雒陽南宫。」張守

節正義：「《括地志》云：『南宮在雒州雒陽縣東北二十六里洛陽故城中。』《輿地志》云：『秦時已有南北宮。』」《後漢書》卷三十三《馮魴傳》：「明年，東巡郡國，留魴宿衛南宮。」《校注》：「北闕、南宮：皆指朝廷。」

〔二〇〕「而臣」二句：《左傳·昭公三年》：「君子曰：『仁人之言，其利博哉。』」《文選》卷五十四陸機《五等論》：「利博則恩篤，樂遠則憂深。」李周翰注：「博，廣。篤，厚。」《詩·邶風·雄雉》：「不忮不求，何用不臧。」毛傳：「忮，害。臧，善也。」《漢書》卷八十一《匡衡傳》：「今俗吏之治，皆不本禮讓，而上克暴，或忮害，好陷人於罪。」《校注》：「利博：精深淵博。忮害：危害。」

〔二一〕「迺彯裾」二句：王褒《移金馬碧雞文》：「持節使者敬移南崖金精神馬、縹縹碧雞，處南之荒，深溪回谷，非土之鄉，歸來歸來，漢德無疆。」按「縹」，一作「縹」，縹，彯字通。《廣韻》卷二：「彯彯，長組之皃。」鮑照《詠史》：「仕子彯華纓，遊客竦輕轡。明星晨未稀，軒蓋已雲至。」黄扉，古代丞相、三公等官辨事之處，以黄色塗門上，故稱。此指相府。《南史》卷五十三《梁武帝諸子·武陵王紀傳》：「武帝諸子罕登公位，唯紀以功業顯著，先啓黄扉。」《山堂肆考》卷四十三《臣職·丞相》：「《百官志》，漢丞相金印紫綬，黄扉黑幡，所以異車服於百辟也。」按伏黄扉之右，謂中書省處於相府之傍。《校注》：「彯裾頓屣：即『彯纓轉屣』，言來回奔忙。彯，通『飄』。纓：冠帶。屣：鞋子。」

〔二二〕「曳纓轉笏」二句：《校注》：「曳纓轉笏：即『曳裾頓笏』，謂行敬拜之禮。曳裾，提起衣服的前襟，爲行敬拜禮前的動作。笏，手板。頓笏，猶插笏。漢魏以來臣下朝見君王時皆執手板，入朝前和退朝後往往插在紳帶間。」青瑣，《後漢書》卷六十六《王允傳》：「卓部曲將李傕、郭汜等先將兵在關東，因不自安，遂合謀爲亂，攻圍長安。城陷，吕布奔走。布駐馬青瑣門外。」李賢注：「《前書音義》曰：『以青畫户邊鏤中，天子制也。』」《三輔黄圖》卷二：「《漢宫殿疏》曰：『未央宫有麒麟閣、天禄閣，有金馬門、青瑣門，玄武、蒼龍二闕。』」《校注》：「青瑣：即青瑣門，門户上刻有連環形青色圖案的宫門，爲漢宫門名。此指皇帝近署之門。」

〔二三〕「訪德」二句：《莊子·逍遥遊》：「藐姑射之山，有神人居焉，肌膚若冰雪，綽約若處子，不食五穀，吸風飲露，乘雲氣，御飛龍，而遊乎四海之外。」郭象注：「姑射，山名，在北海中。」《莊子·在宥》：「黄帝立爲天子十九年，令行天下，聞廣成子在於空同之上，故往見之。」郭象注：「空同，當北斗下山也。《爾雅》云：『北戴斗極爲空同。』」按空同，一作空桐，即崆峒，《爾雅·釋地》作「空桐」，鄭樵注：「戴，當也。斗極，極星也。謂之天樞。空桐，北極山名。」《史記》卷一《五帝本紀》：「西至於空桐，登鷄頭。」裴駰集解：「應劭曰：『山名。』韋昭曰：『在隴右。』」

〔二四〕「伊臣」二句：《校注》：「伊：此。指隱居求仙之願。過爲信矣：謂就任郎官，確實是超

過本願了。」

〔二五〕「昔望都」二句：《校注》：「望都：漢縣名。屬中山國，在今河北省。此指望都長班彪。《後漢書·班彪傳》：『彪既才高而好述作，遂專心史籍之間。……後察司徒廉爲望都長。』上班：上位。」

〔二六〕「長岑」二句：《校注》：「長岑：漢縣名。屬樂浪郡，今朝鮮長淵縣。此指長岑長崔駰。《後漢書·崔駰傳》：『駰博學有偉才……爲（竇憲）主簿，前後奏記數十，指切長短，憲不能容，稍疏之，因察駰高第，出爲長岑長。駰自以遠去，不得意，遂不之官而歸。』聞靡：才名美好。靡，麗。下袟：下位。」

〔二七〕「愚臣」二句：《後漢書》卷一下《光武帝紀下》：「退功臣而進文史，戢弓矢而散馬牛，雖道未方古，斯亦止戈之武焉。」《晉書》卷五十六《江統傳》：「臣等以爲今四海之廣，萬物之富，以今方古，不足爲侈也。」《世説新語·雅量》：「戴公從東出，謝太傅往看之。謝本輕戴，見但與論琴書。戴既無吝色，而談琴書愈妙。謝悠然知其量。」《校注》：「方古：比於古人。悠：遠。泰：甚，過分。」

〔二八〕「内燭」二句：《藝文類聚》卷六十引晉張協《把刀銘》：「奕奕名金，昆吾遺璞。裁爲把刀，利亞切玉。時文斯偃，含精内燭。威助雖化，武不可黷。」《校注》：「内燭：猶内省。燭，照。眇：渺茫。不識届：不知所至。自謂無以自處。」

江文通集校注卷六

始安王拜征虜將軍丹陽尹章

【題解】

此文張本、梁本題作《爲始安王拜征虜將軍丹陽尹章》。章，臣下給君主之奏本。《後漢書》卷四十一《寒朗傳》：「帝問曰：『誰與共爲章？』」《文心雕龍・章表》：「夫設官分職，高卑聯事。天子垂珠以聽，諸侯鳴玉以朝。敷奏以言，明試以功。故堯咨四岳，舜命八元，固辭再讓之請，俞往欽哉之授。并陳辭帝庭，匪假書翰。然則敷奏以言，則章表之義也；明試以功，即授爵之典也。」

文題之「始安王」，亦宋孝武帝之子始安王子真，見本集《侍始安王石頭》詩題注。丹陽，揚州州治所在。《宋書》卷三十五《州郡志一》：「丹陽尹，秦鄣郡，治今吴興之故鄣縣。漢初屬吴國，吴王濞反敗，屬江都國。武帝元封二年，爲丹陽郡，治今宣城之宛陵縣。晉武帝太康二年，分丹陽爲宣城郡，治宛陵，而丹陽移治建業。元帝太興元年，改爲尹。領縣八。户四萬一千一十，口

二十三萬七千三百四十一。」《宋書·百官志下》：征虜將軍及丹陽尹皆官第三品。俞譜：「《宋書·始安王子真傳》：『景和元年，爲丹陽尹。』據《宋書·前廢帝紀》，永光元年（四六五）八月改元景和，九月，始安王由丹陽尹轉爲南兖州刺史，則本題當作於是年八、九兩月之間。」按宋前廢帝景和元年即宋明帝泰始元年，據《前廢帝紀》，是年八月癸酉改永光爲景和，九月庚子子真改任南兖州刺史。是年九月辛卯朔，庚子爲月之初十日，則子真爲丹陽尹乃在今歲八、九月間。江淹代作拜章，亦在其時。俞説是也。

既耀軒禮，涵蕤襲恩①〔一〕，爽泗靦默〔二〕。中謝②〔三〕。臣少識猶晦，哀辛方襲〔四〕。藉以毓采上霄，摶華中漢③〔五〕。歆惠延光，佪爵假息〔六〕。不悟瑶離降映，繩河低文〔七〕。遂翊言關禁，徙第京部④〔八〕。進憲蒙淺，塵紊徒盈〔九〕。還迷懅悚，風製罔樹〔一〇〕。循伏憂欷，減慮燋衷⑤〔一一〕，不勝荷佩之情〔一二〕。

【校記】

①「襲」梁本作「襲」。

②「中謝」張溥本無此二字。

③「摶」原作「搏」，梁本作「榑」，今據《彙注》本、張本改。

④「徙第」原作「徒弟」，《彙注》本作「徒第」，今據張本、梁本改。

⑤「慮」原作「虜」，今據《彙注》本、張本、梁本改。

【箋注】

〔一〕「既耀」二句：《彙注》：「涵，濡也。蕤，盛也。龔，恭也。」《校注》：「軒禮：古代帝王賞賜臣下時有臨軒之禮。軒，殿前平臺。蕤：草木之花爲蕤。此喻宗室子孫。龔：同『恭』，恭受。」

〔二〕爽泗靦默：《校注》：「爽泗：失涕，流淚。靦默：羞愧無言。靦，羞愧貌。孫隘堪校云：『爽泗句疑有脱誤。』」

〔三〕中謝：《文選》卷三十七羊祜《讓開府表》：「夙夜戰慄，以榮爲憂。中謝。」李善注：「中謝，言臣誠惶誠恐，頓首死罪。」宋周密《齊東野語》卷十三「中謝中賀」：「今臣僚上表，所稱誠惶誠恐及誠歡誠喜、頓首、稽首者，謂之中謝、中賀。自唐以來，其體如此。蓋臣某以下，亦略敘數語，便入此句，然後敷陳其詳。」《校注》：「中謝：臣下上奏章，在行文中某些地方須寫『臣頓首頓首死罪死罪』等謝恩的套語，此因是底稿，故只以『中謝』二字注明。」

〔四〕「臣少識」二句：《後漢書》卷十五《王常傳》：「下江諸將雖屈强少識，然素敬常。」此二句《彙注》云：「龔，繼也。按《宋書》，王以大明五年年五歲受封，是時宋室多難，故曰『哀辛方襲』。」《校注》云：「晦：暗，猶言無知。襲：加。按上此章時宋孝武帝死去不久，故云『哀

辛方襲』。」以上釋「襲」有異，然皆可通，故并録之。

〔五〕「藉以」二句：《校注》：「毓：養育。摶：捏，教導栽培之意。采：華。皆喻美好的行爲品行。上霄、中漢：指天的極高處，此喻朝廷。漢，雲漢。」

〔六〕「飲惠」二句：《後漢書》卷十五《來歙傳》：「孫述以隴西、天水爲藩蔽，故得延命假息。」《校注》：「延：引。光：指恩寵。偭：面對。爵：爵位。」

〔七〕「不悟」二句：《校注》：「瑶離：瑶，美玉。稱美之詞。離，即離珠。星名。《星經》：『離珠五星在須女北，須女之藏府，女子之星也。』此似喻皇太后。繩河：天河直如繩之意。緯書：『天子神聖則天河直如繩。』見楊慎《藝林伐山》。此喻皇帝。降映、低文：謂下達詔命，賜予榮寵。指授丹陽尹事。」

〔八〕「遂翊言闕禁」二句：京部，京都所在地。《通鑒》卷四十《後漢紀》光武帝建武元年：「初，宛人卓茂，寬仁恭愛，恬蕩樂道。……遷京部丞。」胡三省注：「京部丞，主司隸所部。」《校注》：「翊：守衛。言：語助詞。第：第宅。京部：指丹陽郡。丹陽郡在京畿。」

〔九〕「進憲」二句：《校注》：「憲：法令。蒙淺：蒙昧淺陋。塵紊：塵雜混亂之事。指政務。」

〔一〇〕「還迷」二句：《校注》：「還：與『進』對言，即『退』。迷：謂迷於法令。懔悚：惶恐不安。風製：風紀。罔樹：無建樹。以上四句意謂，由於淺陋無知，進退出入不懂法令，致

使繁雜的政務得不到妥善處理，不能樹立德風政績，爲此而惶愧不安。」

〔二〕「循伏」二句：《校注》：「循伏：謂俯伏在地。欷：歎。滅慮燋衷：極言憂慮之深。焦，焦灼。衷，内心。」

〔三〕荷佩：感荷，感激。鮑照《謝隨恩被原疏》：「不勝荷佩之誠。謹上疏以聞。」

始安王拜征虜將軍南兗州刺史章

【題解】

此文張本、梁本題作《爲始安王拜征虜將軍南兗州刺史章》。《宋書》卷三十五《州郡志一》：「南兗州刺史，中原亂，北州流民多南渡，晉成帝立南兗州，寄治京口。時又立南青州及并州，武帝永初元年，省并併南兗。文帝元嘉八年，始割江淮間爲境，治廣陵。……元嘉二十八年，南兗州徙治盱眙。三十年，省南兗州併南徐，其後復立，還治廣陵。徐志領郡九，縣三十九。户三萬一千一百一十五，口十五萬九千三百六十二。宋末領郡十一，縣四十四。去京都水二百五十，陸一百八十。」

文題之「始安王」，亦宋孝武帝之子始安王子真。子真於泰始元年九月庚子改任南兗州刺史，見前《始安王拜征虜將軍丹陽尹章》題解，此文是時所作。

絢服騰炤，懋册凝芬〔一〕。夤對迷墜〔二〕，慚泣交集。中謝①。臣職右南陽②，謝蒲鞭之政〔三〕；任重臨淄，無遺獄之化〔四〕。自分金帝闕③，參風尹訟〔五〕，璧緯裁復，圭露詎淹〔六〕。不悟旻靈拂采，霄景汰色〔七〕。復交書河楚，置傳江吴〔八〕。環章清潤，旍文肅路〔九〕。寵艷内維，榮炫外園〔一〇〕。方梗名虚，有陋莩識〔一一〕。沖生覗氣，安以輸謝〔一二〕。不勝荒震屏營之情〔一三〕。

【校記】

①「中謝」二字張溥本無。

②「陽」字原闕，元鈔本作一字空格，今據《彙注》本、張本、梁本補。

③「闕」張本、梁本作「闕」。

【箋注】

〔一〕「絢服」二句：《校注》：「絢服：華美的服飾。炤：同『昭』，鮮明貌。懋册：指策書。懋，美好貌。芬：芳香。」

〔二〕夤對迷墜：《彙注》：「夤，敬也。迷墜，猶《左傳》所謂隕越於下也。」《校注》：「夤：敬。迷墜：謂心情迷惘沉重。」

〔三〕「臣職」二句：《彙注》：「《漢書》曰：『劉寬拜南陽太守，温仁多恕。吏人有過，但用蒲鞭示

辱而已。』」《校注》：「右：高於。古時以右爲尊。南陽：指東漢南陽太守劉寬。《後漢書·劉寬傳》，寬爲南陽太守，温仁多恕，吏人有過，但用蒲鞭罰之，示辱而已，終不加苦。蒲鞭，以蒲草爲鞭，謂刑罰寬厚。」《南史》卷四十七《崔祖思傳》：「祖思叔父景真，位平昌太守，有惠政，常懸一蒲鞭而未嘗用。去任之日，土人思之，爲立祠。」按《通鑑》卷五十五漢桓帝延熹八年「但用蒲鞭罰之」胡三省注：「古者鞭用生皮爲之。」而蒲草輕柔，即鞭之，人亦不爲苦，故後人乃以蒲鞭之政喻惠政。

〔四〕「任重」二句：《彙注》：「曹攄爲臨淄令，嘗辨寡婦寃獄，時稱其明。又嘗於歲夕縱囚歸家，克日令還，至日，果無違者，一縣歎服。」《校注》：「臨淄：指晉臨淄令曹攄。《晉書·曹攄傳》，攄補臨淄令，獄有死囚，歲夕，攄行獄，憫而開獄出之，刻日令還。至日，相率而還，并無違者，一縣歎服，號曰聖君。遣獄：謂遣返死囚探親。」

〔五〕「自分金」二句：《校注》：「分金：猶言剖符。符，帝王與諸侯的憑證，漢制，授郡國守相以銅虎符，省稱銅符，或金符。帝闕：指京都。尹：治理。風、訟：教化，訴訟。指政務。以上二句謂任丹陽尹。」

〔六〕「璧緯」二句：《校注》：「緯：經緯，謂政治。指朝廷授命丹陽尹事。裁：通『才』。復：回報。露：指朝廷的恩澤。詎淹：謂接受職位的時間不久。詎，豈。淹，久，久留。」

〔七〕「不悟」二句：《校注》：「旻、霄：天。靈、景：日。皆喻皇帝。拂采、汰色：謂經皇恩拂

拭洗滌使自己越發生出光彩。」

〔八〕「復交書」二句：《三國志》卷五十八《吴志·陸遜傳》：「太子太傅吾粲坐數與遜交書，下獄死。」《文選》卷四十四陳琳《爲袁紹檄豫州》：「操因其未破，陰交書命，外助王師，内相掩襲。」吕向注：「操因暗與（公孫）瓚書云，外稱助紹，内將掩襲而取之。」置傳，漢代駕以四匹良馬的驛車。《漢書》卷一下《高帝紀下》：「横懼，乘傳詣雒陽。」顔師古注：「如淳曰：『律，四馬高足爲置傳，四馬中足爲馳傳，四馬下足爲乘傳。』」《校注》：「河楚：指南兖州。置傳：驛傳，以車馬傳遞文書。江吴：丹陽地近長江，古屬吴，故稱。謂朝廷下達詔書，命其由丹陽尹改任南兖州刺史。」

〔九〕「環章」二句：清潤，清麗温潤。鍾嶸《詩品》：「祏詩猗猗清潤，弟祀明靡可懷。」旂，古代畫有兩龍并在竿頭懸鈴的旗。《詩·周頌·載見》：「龍旂陽陽，和鈴央央。」毛傳：「龍旂陽陽，言有文章也。」《周禮·春官·司常》：「交龍爲旂。」《太平御覽》卷三百四十引《釋名》：「交龍爲旂。旂，倚也，畫作兩龍相依倚也。」《彙注》：「章，采也。環章清潤，言環珮之色清潤也。肅，敬也。路，大也。旂文，言旂畫龍文也。」《校注》：「環：環珮。章：色彩。肅路：嚴肅莊重之意。路，大，正。」

〔一〇〕「寵艷」二句：《校注》：「維：隅。圉：邊。内維、外圉，指郡國内外。」

〔一一〕「方梗」二句：《彙注》：「《韻書》曰：莩，葭中白皮最薄者。莩識，言識如莩之淺薄也。」

《校注》：「梗：阻塞，受阻於。名慮：謂名實不副之慮。莩：蘆杆裏的白色膜。喻淺薄。謂因學識淺薄而有卑陋之感。」

〔二〕「沖生」二句：《校注》：「靦氣：愧色。輸謝：表達謝意。」

〔三〕「不勝」句：《國語·吴語》：「王親獨行，屏營仿偟於山林之中，三日乃見其涓人疇。」《藝文類聚》卷四十引曹植《感婚賦》：「顧有懷兮妖人，用搔首兮屏營。」《校注》：「荒震：驚慌。荒，通『慌』。屏營：惶恐之意。」

建平王讓右將軍荆州刺史表

【題解】

表題之「建平王」，亦指建平王景素。《宋書》卷三十七《州郡志三》：「荆州刺史，漢治武陵漢壽，魏、晉治江陵，王敦治武昌，陶侃前治沔陽，後治武昌，王廙治江陵，庾亮治武昌，庾翼進襄陽，復還夏口，桓温治江陵，桓沖治上明，王忱還江陵，此後遂治江陵。宋初領郡三十一，後分南陽、順陽、襄陽、新野、竟陵爲雍州，湘川十郡爲湘州，江夏、武陵屬郢州，隨郡、義陽屬司州，北義陽省，凡餘十一郡。文帝世，又立宋安左郡，領拓邊、綏慕、樂寧、慕化、仰澤、革音、歸德七縣，後省改。汶陽郡又度屬。今領郡十二，縣四十八。户六萬五千六百四。去京都水三千三百八十。」《梁書》、《南史》江淹本傳皆云：「景素爲荆州，淹從之鎮。」《宋書·明帝紀》：泰始七年二月

戊午，「湘州刺史建平王景素爲荆州刺史」。按是月己丑朔，戊午爲月之三十日。詔命至湘州，又需時日，則江淹代景素作此表以讓時，應在泰始七年（四七一）三月。此表爲代景素所作之讓表，又當作於景素之荆州前。《年代考》以爲「此表當爲泰始七年初作於湘州」者，是也。

茂寵迺臨，炫奪彝典〔一〕。巡恩鏡飾，攬情震慮〔二〕。中謝①。臣聞該秩詔序，匪賢莫能孚其職〔三〕；端維裂陝，非功無或濫其選〔四〕。所以輪鞅國典，締結民紐〔五〕，五威咸平，四精或訓者也〔六〕。臣踐行迷方，試業敝緒〔七〕。徒以綴采宗莩，承渥帝席〔八〕。執圭戴筆，亟荷出内②〔九〕。至乃曳組河縣，蔑馴羽之化〔一〇〕；鳴環京轂，謝擇鱗之政③〔一一〕。聲績兩無，風化雙缺〔一二〕。而黿紐未剔，璽書頻降〔一三〕。復改册湘區，分瑞衡服〔一四〕。競無賈琮交部之廉〔一五〕，終乏郭伋并壤之信〔一六〕。固以雜還民明④，湫隘身諷〔一七〕。不悟皇靈再煇，河海重渥〔一八〕。遂踰恒采，妄賁異等〔一九〕。荆門務要，方城任積〔二〇〕。水交沅、澧⑤，山通岷、峨〔二一〕。襟帶百縣，縈抱七州〔二二〕。上德懋勳，尠居斯地⑥〔二三〕。寧臣膠固⑦，所宜膺荷〔二四〕。是以燋薄魂色，驚迫心影〔二五〕。謹刷睿情，置露弱志〔二六〕。伏願陛下，停旒弛琪，暫炤瑣曲〔二七〕；則鑄才式弘，練物惟遠〔二八〕，王度既清，蒙識以泰〔二九〕。不勝慚懅屏營之情〔三〇〕。

【校記】

①「中謝」二字張溥本無。

②「亟」《彙注》本作「函」。

③「擇」《彙注》本作「批」。

④「雜」原作「誼」，今據張本、梁本改。

⑤「灃」原作「澧」，今據《彙注》本、梁本改。按灃，古水名。源出陝西省長安縣西南秦嶺山中，北流至西安市西北入渭水。《書·禹貢》：「漆沮既從，灃水攸同。」《史記》卷二十八《封禪書》：「霸、産、長水、灃、澇、涇、渭皆非大川，以近咸陽，盡得比山川祠，而無諸加。」司馬貞索隱引《十三州記》：「灃水出鄠縣南。」《文選》卷二張衡《西京賦》：「抱杜含鄠，欱灃吐鎬。」李善注：「灃鎬，二水名也。」建平王景素任荆州刺史，與灃水無涉，作「灃」非是。

⑥「尠」《彙注》本作「堪」，張本作「尠」。

⑦「固」字原缺，今據《彙注》本、張本、梁本補。

【箋注】

〔一〕「茂寵」二句：《晉書》卷三十四《羊祜傳》：「夫賞不失勞，國有彝典，宜增啓土宇，以崇前命。」《宋書》卷五十七《蔡廓傳附蔡興宗傳》：「雖彝典宜全，而哀款難奪。」《校注》：「茂：盛。彝典：常法。」

〔二〕「巡恩」二句：《文選》卷二十三嵇康《幽憤詩》：「世務紛紜，祇攪予情。」李善注：「《毛詩》曰：『祇攪我心。』攪，亂也。」吕延濟注：「攪，動也。」震慮，意同攪情。《校注》：「巡：遍。鏡：照，察看。飾：奬飾。」

〔三〕「臣聞」二句：《校注》：「該：備，總。詔：告，教訓。秩、序：指各職之官。此句謂統掌百官的三公之職。」

〔四〕「端維」二句：裂陝，即分陝。《史記》卷三十四《燕召公世家》：「周武王之滅紂，封召公於北燕。其在成王時，召公爲三公。自陝以西，召公主之，自陝以東，周公主之。」《校注》：「端維：四隅爲維，四隅之首即地方長官。裂陝：周成王時周公和召公分陝而治，周公治陝以東，召公治陝以西，後因稱王室子孫出任地方長官爲分陝，或裂陝。濫：無才而冒用爲濫。選：人選。」

〔五〕「所以」二句：陶淵明《歸園田居五首》之二：「野外罕人事，窮巷寡輪鞅。白日掩荆扉，虚室絶塵想。」袁行霈注：「鞅：以馬駕車時安在馬頸上之皮套。輪鞅：代指車。」國典，國家的典章制度。《國語・魯語上》：「夫祀，國之大節也；而節，政之所成也，故慎制祀，以爲國典。」締結，猶纏結。《易林・比之大有》：「捌絜累累，締結難解。」《三國志》卷二十一《魏志・王粲傳》「自潁川邯鄲淳、繁欽、陳留路粹」裴松之注：「魚豢曰：『尋省往者，魯連、鄒陽之徒，援譬引類，以解締結，誠彼時文辯之隽也。』」《校注》：「輪鞅：指車馬。這裏爲執

行之意。紐：樞紐。」

〔六〕「五威」二句：《校注》：「五威：即五刑。四精：士、農、工、商四民。人爲物之精。《尚書·周官》：『司空掌邦土，居四民，時地利。』訓：順服。」

〔七〕「臣踐行」二句：《後漢書》卷六十三《李固杜喬傳論》：「夫稱仁者，其道弘矣。立言踐行，豈徒徇名安己而已哉！」李賢注：「立其言，必踐而行之。」鮑照《擬古八首》之一：「南國有儒生，迷方獨淪誤。」黄節注：「胡枕泉曰：『方，猶道也。《禮記》：「樂行而民鄉方。」《經解》：「謂之有方之士。」鄭注并云：「方，猶道也。」此言迷道獨沉淪謬誤也，似不作方向解。』」錢仲聯注：「方，解爲道，是也。承上句儒生來，迷方蓋用《易·坤》卦『先迷失道』義。《周易集解》引何妥曰：『陰道惡先，故先致迷失。』」《校注》：「試業：猶言做事。敝緒：敗事。」

〔八〕「徒以」二句：《金樓子·著書》：「今綴采英賢，爲《丹陽尹傳》。」承渥，猶承恩。帝席，張衡《週天大象賦》：「泛舟亢池，飛觴帝席。」《晉書》卷九《簡文帝紀》：「倡臨帝席，酒勸天妖。金風不競，人事先彫。」《彙注》：「莩，葭中白皮也。言綴采宗末如葭莩之親也。」《校注》：「宗莩：宗室近親。莩，蘆葦中的薄膜，比喻關係極近。渥：恩澤。」

〔九〕「執圭」二句：執圭，以手持圭。古代大夫始得執圭，因以稱仕宦。《論語·鄉黨》：「執圭，鞠躬如也，如不勝。」何晏注：「包曰：『爲君使聘問鄰國，執持君之圭。鞠躬者，敬慎之

至。』」朱熹集傳：「諸侯命圭，聘問鄰國，則使大夫執以通信。」《戰國策·韓策三》：「申不害與昭釐侯執珪而見梁君。」戴筆，同載筆，珥筆，插筆。《文選》卷三十七曹植《求通親親表》：「安宅京室，執鞭珥筆。出從華蓋，入侍輦轂。」李善注：「珥筆，戴筆也。」劉良注：「珥，插也。」《文選》卷三十謝朓《始出尚書省》：「趨事辭宮闕，載筆陪旌棨。」吕延濟注：「筆，謂朓以文吏，職用筆爲務也。」《校注》：「圭：同『珪』，古代諸侯執圭朝見天子。戴筆：官員朝見時插筆於冠以備記事，也稱『簪筆』。出内：謂出入於宮廷。」

〔一〇〕「至乃」二句：用東漢魯恭事，《後漢書》卷二十五《魯恭傳》：「魯恭字仲康，扶風平陵人。……太傅趙熹聞而辟之。肅宗集諸儒於白虎觀，恭特以經明得召，與其議。熹復舉恭直言，待詔公車，拜中牟令。恭專以德化爲理，不任刑罰。訟人許伯等爭田，累守令不能決，恭爲平理曲直，皆退而自責，輟耕相讓。亭長從人借牛而不肯還之，牛主訟於恭。恭召亭長，勑令歸牛者再三，猶不從。恭歎曰：『是教化不行也。』欲解印綬去。掾史泣涕共留之，亭長乃慚悔，還牛，詣獄受罪，恭貰不問。於是吏人信服。建初七年，郡國螟傷稼，犬牙緣界，不入中牟。河南尹袁安聞之，疑其不實，使仁恕掾肥親往廉之，恭隨行阡陌，俱坐桑下。有雉過，止其傍。傍有童兒，親曰：『兒何不捕之？』兒言：『雉方將雛。』親瞿然而起，與恭訣曰：『所以來者，欲察君之政迹耳。今蟲不犯境，此一異也；化及鳥獸，此二異也；豎子有仁心，此三異也。』」《校注》：「曳組河縣：謂佩帶印綬出任地方長官。前此，建平王曾任

南兖州刺史，南兖州故地近黄河，故云河縣。蔑：無。馴羽之化：羽，泛指鳥類。」

〔一一〕「鳴環」二句：《藝文類聚》卷三十五引魏繁欽《弭愁賦》：「顧見予之獨立，知我情之思歸。鳴環瑱以回眄，若欲進而行遲。」擇鱗，《校注》從《彙注》本作「批鱗」。《校注》：「鳴環：古人佩帶在腰間的環，行走時相擊發聲。京轂：京城。轂，皇帝所乘之車，轂輦之下是謂京轂。建平王曾任丹陽尹，丹陽尹治建康，故云。謝：慚於。批鱗：《韓非子·説難》：『驪龍頷下，有逆鱗徑尺，嬰之則死，人主亦然。』此喻敢於直諫，不怕觸怒君主。」按《韓非子·説難》「嬰之則死」元何犿註云：「嬰，觸。」擇鱗，猶批鱗，即觸鱗。

〔一二〕「聲績」二句：聲績，聲譽功績。《晉書》卷五十七《胡奮傳》：「奮家世將門，晚乃好學，有刀筆之用，所在有聲績，居邊特有威惠。」風化，猶風教，諷諫與教化。《詩大序》：「故詩有六義焉：一曰風，二曰賦，三曰比，四曰興，五曰雅，六曰頌。上以風化下，下以風刺上，主文而譎諫。言之者無罪，聞之者足以戒。故曰風。」《後漢書》卷七十一《第五倫傳》：「光武承王莽之餘，頗以嚴猛爲政，後代因之，遂成風化。」

〔一三〕「而龜紐未剔」二句：璽書，加印的文書。《國語·魯語下》：「襄公在楚，季武子取卞，使季冶逆，追而予之璽書。」韋昭注：「璽，印也。古者大夫之印亦稱璽。璽書，印封書也。」秦以後專指皇帝詔書。《史記》卷六《秦始皇本紀》：「上病益甚，乃爲璽書賜公子扶蘇曰：『與喪會咸陽而葬。』」《校注》：「龜紐：刻成龜形的印紐。剔：除。」

〔一四〕「復改册」二句：《南齊書》卷四十《武十七王·竟陵子良傳》：「湘區奥密，蠻寇熾彊。」《書·舜典》：「輯五瑞，既月乃日，覲四岳羣牧，班瑞於羣后。」陸德明釋文：「瑞，信也。」《左傳·哀公十四年》：「司馬請瑞焉，以命其徒攻桓氏。」杜預注：「瑞，符節，以發兵。」孔穎達疏：「天子之法，諸侯於其封内，亦自以瑞發兵。」《校注》：「册：册封。湘區：湘州。分瑞：即分符。瑞，玉制的信符。衡服：指湘州地區。衡，衡山。服，古代王畿以外的地方稱服。」

〔一五〕「競無」句：《後漢書》卷三十一《賈琮傳》：「賈琮字孟堅，東郡聊城人也。……中平元年，交阯屯兵反，執刺史及合浦太守，自稱『柱天將軍』。靈帝特敕三府精選能吏，有司舉琮爲交阯刺史。琮到部，訊其反狀，咸言賦斂過重，百姓莫不空單，京師遥遠，告寃無所，民不聊生，故聚爲盗賊。琮即移書告示，各使安其資業，招撫荒散，蠲復傜役，誅斬渠帥爲大害者，簡選良吏試守諸縣，歲間蕩定，百姓以安。巷路爲之歌曰：『賈父來晚，使我先反，今見清平，吏不敢飯。』在事三年，爲十三州最，徵拜議郎。」交部，交州。《晉書》卷十五《地理志下·交州》：「元帝初元三年，又罷珠崖郡。後漢馬援平定交部，始調立城郭，置井邑。順帝永和九年，交阯太守周敞求立爲州，朝議不許，即拜敞爲交阯刺史。」《宋書》卷九十七《夷蠻傳論》：「而商貨所資，或出交部，泛海陵波，因風遠至。」

〔一六〕「終乏」句：《後漢書》卷三十一《郭伋傳》：「郭伋字細侯，扶風茂陵人也。……十一年，省

朔方刺史屬并州。帝以盧芳據北土，乃調伋爲并州牧。……始至行部，到西河美稷，有童兒數百，各騎竹馬，道次迎拜。伋問『兒曹何自遠來』，對曰：『聞使君到，喜，故來奉迎。』伋辭謝之。及事訖，諸兒復送至郭外，問『使君何日當還』。伋謂别駕從事，計日告之。行部既還，先期一日，伋爲違信於諸兒，遂止於野亭，須期乃入。」并壤，并州。

〔一七〕「固以」二句：《文選》卷四左思《蜀都賦》：「輿輦雜遝，冠帶混并。」李周翰注：「雜遝，衆多貌。混并，雜亂也。」《書·大禹謨》：「天聰明，自我民聰明。天明畏，自我民明威。」孔傳：「天明可畏，亦用民成其威。民所叛者，天討之。是天明可畏之。」湫隘，低下狹小。《左傳·昭公三年》：「初，景公欲更晏子之宅，曰：『子之宅近市，湫隘囂塵，不可以居，請更諸爽塏者。』」杜預注：「湫，下；隘，小。」《藝文類聚》卷九十二引晉辛蕭《燕頌》：「銜泥啄草，造作室房；避彼湫隘，處此高涼。」《校注》：「雜遝：紛亂混雜貌。民明：民間視聽。湫隘：狹小，不廣貌。身諷：身教。諷，通『風』。」

〔一八〕「不悟」二句：皇靈，指皇帝。《文選》卷三十謝靈運《擬魏太子鄴中集·王粲》：「上宰奉皇靈，侯伯咸宗長。」劉良注：「上宰，謂曹操。皇靈，謂獻帝。」煇，光，光輝。《詩·小雅·庭燎》：「夜如何其？夜鄉晨，庭燎有煇。」毛傳：「煇，光也。」按此二句《彙注》云：「言皇之靈寵，渥如河海也。」《校注》：「皇靈：皇帝的恩寵。河海重渥：謂沾恩之深如同河海。」今録以備考。

〔一九〕「遂踰」二句：《漢書》卷八十九《循吏・王成傳》：「流民自占八萬餘口，治有異等之效。」顏師古注：「異於常等。」《校注》：「桓：平常。采：賞賜之物。賁：宏大。」

〔二〇〕「荆門務要」二句：《文選》卷十二郭璞《江賦》：「虎牙嵥豎以屹崒，荆門闕竦而磐礴。」李善注：「盛弘之《荆州記》曰：『郡西泝江六十里，南岸有山名曰荆門，北岸有山名曰虎牙，二山相對，楚之西塞也。虎牙石壁紅色，間有白文，如牙齒狀。荆門上合下開，開達山南，有門形。故因以爲名。』」《淮南子・墬形訓》：「何謂九塞，曰：太汾、澠阨、荆阮、方城、殽阪、井陘、令疵、句注、居庸。」高誘注：「太汾在晉。澠阨，今弘農澠池是也。荆阮、方城，皆在楚。」《史記》卷四十五《韓世家》：「蘇代謂韓咎曰：『蟣虱亡在楚，楚王欲内之甚。今楚兵十餘萬在方城之外，公何不令楚王築萬室之都雍氏之旁，韓必起兵以救之，公必將矣。』」《校注》：「荆門：山名，在今湖北宜都西北五十里，與虎門相對，地勢險要。方城：春秋時楚國所築的長城，爲古代九塞之一。城址在今河南方城縣北至鄧縣一帶。」

〔二一〕「水交」二句：沅，水名。指湖南省西部沅江。古稱沅水。源出貴州省雲霧山，東北流經黔陽、常德至漢壽入洞庭湖。《楚辭・九章・涉江》：「乘舲船余上沅兮，齊吴榜以擊汰。」澧，水名。源出湖南省西北與湖北省鶴峰縣交界處，向東南流經桑植，再向南向東經大庸、慈利、石門、澧縣、津市，再向南流入七里湖。《書・禹貢》：「岷山導江，東别爲沱，又東至於澧。」《楚辭・九歌・湘君》：「捐余玦兮江中，遺余佩兮澧浦。」《文選》卷十二郭璞《江賦》：

「揔括漢泗，兼包淮湘，併吞沅澧，汲引沮漳。」李善注：「《山海經》曰：『沅水出象郡，而東注江，合洞庭中。』應劭《漢書・地理志》曰：『武陵郡充縣歷山，澧水所出，入沅。』」李周翰注：「漢、泗、淮、湘、沅、澧、沮、漳，并水名，揔括、兼包、併吞，皆相合爲流也。沮、漳二水，横流入江，故云汲引。」《校注》：「岷：岷山。峨：峨嵋山。皆在今四川省境内。」

〔二二〕「襟帶」二句：《文選》卷三張衡《東京賦》：「苟民志之不諒，何云巖險與襟帶。」《文選》卷十八嵇康《琴賦》：「安回徐邁，寂爾長浮。澹乎洋洋，縈抱山丘。」李周翰注：「縈抱山丘，謂水繞山丘也。徐，緩；邁，進；縈，繞也。」按此二句《校注》云：「七州：其時封建平王爲荆州刺史，又都督荆、湘、雍、益、梁、寧、南北秦八州諸軍事，除去本部荆州，故云七州。」

〔二三〕「上德」二句：上德，至德，盛德。《老子》：「上德不德，是以有德；下德不失德，是以無德。」河上公章句：「上德，謂太古無名號之君，德大無上，故言上德也。」《韓非子・解老》：「德盛之謂上德，故曰上德無爲而無不爲也。」《文選》卷三十七劉琨《勸進表》：「況茂勳格於皇天，清輝光於四海。」茂勳，意同懋勳。尠居，即鮮居。尠，同「鮮」，少也。《校注》：「懋：盛，大。」

〔二四〕「寧臣」二句：膺荷，猶承受，有感恩之意。《藝文類聚》卷五十引曹操《領兖州牧表》：「入司兵校，出總符任，臣以累葉受恩，膺荷洪施，不敢顧命。」《校注》：「膠固：拘泥閉塞。」

〔二五〕「是以」二句：燋薄，猶焦迫，謂甚爲憂懼。燋，通「焦」，憂煩。《列子・楊朱》：「名乃苦其

身，燋其心。」魂色，猶神色。《彙注》：「驚迫心影，言心影魂色不安之貌。」《校注》：「薄：迫。」

〔二六〕「謹刷」二句：本集《雜體三十首・顏特進侍宴》：「禮登佇睿情，樂闋延皇眄。」《校注》：「睿情：對皇帝情意的敬稱。弱志：微薄的志，自謙之詞。」

〔二七〕「停旒弛琪」二句：炤，同「昭」，明。《詩經・小雅・正月》：「魚在於沼，亦匪克樂，潛雖伏矣，亦孔之炤。」朱熹集傳：「炤，明易見也。」《彙注》：「言停其冕旒，釋其琪玉，炤察其瑣曲之行也。」《校注》：「旒：旌旗的垂飾物，代指旗幟。琪：玉名，指信符。瑣曲：微不足道的心意。曲，心曲。」

〔二八〕「則鑄才」二句：《詩・大雅・民勞》：「戎雖小子，而式弘大。」鄭玄箋：「式，用也。弘，猶廣也。」朱熹集傳：「言汝雖小子，而其所爲甚廣大，不可不謹也。」《校注》：「式：用。弘：大。指賢才。練物：選擇人才。」

〔二九〕「王度」二句：《左傳》昭公十二年：「思我王度，式如玉，式如金。」孔穎達疏：「思使我王之德度，用如玉然，用如金然，使之堅而且重，可寶愛也。」班固《竇車騎北征頌》：「行無偏勤，止無兼役，恮蒙識而愎戾順，貳者異而懦夫奮。」《校注》：「蒙識：自謙蒙昧無知。泰：安。」

〔三〇〕慚懅：《攷注》：「慚懅：惶愧。」

建平王拜右將軍荆州刺史章

【題解】

此文原題作《建平王拜右衛將軍荆州刺史章》，張本、梁本題作《爲建平王拜右衛將軍荆州刺史章》。據《宋書》、《南史》，建平王景素一生未嘗有右衛將軍之任，且除泰始七年（四七一）及泰豫元年（四七二）而外，亦未再有刺荆州事。又考之《宋書》卷四十《百官志下》云：「左衛將軍，一人。右衛將軍，一人。二衛將軍掌宿衛營兵。」見左右衛將軍乃護衛皇宫之近職，而非外任之武職，六朝史書所載亦未有爲外州刺史而軍號爲左右衛將軍者。前有《建平王讓右將軍荆州刺史表》，此文當爲前表之續表，即受職之謝章也。即此文題之「衛」字乃衍文必矣。《校注》云「『衛』字當衍」，所説是也。今據以删正。

此文爲泰始七年三月讓荆州刺史之後受荆州刺史任之謝章，時亦約在三月。

珪册停徽，車旗寫曜〔一〕。襲禮炫衷，迎恩震色〔二〕。中謝①。臣聞爵以能委，命以績降〔三〕。亦有《玄雲》結吹，褒成爣之厚〔四〕；朱箱累轍，崇試宰之高〔五〕。而臣紐組頒守，要玉備政〔六〕，績廢江區，聲隘河部〔七〕。浮榮曠年，叨光賒日〔八〕。諒以

具察輿歌，取鏡民誚〔九〕。不悟皇德至凝，亭物帷幄〔一〇〕。復使承官楚封，祇秩漳土②〔一一〕；任班河冀，事亞崤陝〔一二〕。横術輻湊③，殷氓訟積④〔一三〕。寧曰明哲，疇剋勝寄⑤〔一四〕！雖瀝丹局，終懼蒙咎〔一五〕。不任銘戴匪處之情〔一六〕。

【校記】

①「中謝」二字張本無。

②「秩」原作「袟」，今據《彙注》本、張本、梁本改。「漳土」原作「漳士」，今據元鈔本、《彙注》本、張本、梁本改。

③「輻湊」《彙注》本作「輻輳」。

④「氓」張本、梁本作「民」。

⑤「剋」《彙注》本、張本、梁本作「克」。

【箋注】

〔一〕「珪册」二句：《後漢書》卷五十二《崔駰傳》載崔駰《達旨》：「乃將鏤玄，珪册顯功。」李賢注：「珪，玉也。《詩含神霧》曰：『刻之玉版，臧之金匱。』」按珪册，猶玉册，玉策。《文選》卷六左思《魏都賦》：「闕玉策於金縢，案圖籙於石室。」吕向注：「玉策，所以記帝王之迹。」車旗，車和旗。古時的車乘和旌旗有等級規定。《周禮·春官·小宗伯》：「辨廟祧之昭穆，

辨吉凶之五服，車旗宮室之禁。」《史記》卷一百八《韓長孺列傳》：「故出稱蹕，入言警，車旗皆帝所賜也。」《彙注》：「珪：信珪也。上圓下方，以玉爲之，諸侯所執册符命也。」《校注》：「册：簡册，詔書。徽：美。車旗：車服旗章。」

〔二〕「襲禮」二句：《禮記·樂記》：「五帝殊時，不相沿樂；三王異世，不相襲禮。」鄭氏注：「言其有損益也。」《漢書》卷五十二《韓安國傳》：「臣聞五帝不相襲禮，三王不相復樂。」顏師古注：「襲，因也。」《校注》：「襲：加，受。炫：輝映。衷：内心。震色：猶言動容。」

〔三〕「臣聞」二句：《校注》：「能：才能。績：功績。」

〔四〕「亦有」二句：《校注》：「玄雲，漢樂府曲名。《古今樂録》：『《玄雲》，言聖皇用人，各盡其材也。』吹：鼓吹。皇賜予臣僚的樂隊。褒：生長，增加。燻：通『勳』，功業。」

〔五〕「朱箱」二句：《文選》卷五左思《吴都賦》：「躍馬疊跡，朱輪累轍。」李周翰注：「朱輪，以朱飾車也。疊跡、累轍，言其衆多也。」《彙注》：「箱，車内容物處。朱箱，猶漢之朱幡也。累，重也。轍，車跡也。崇，尊也。試宰，試爲守宰也。」《校注》：「朱箱：朱紅色的車廂，指古代高官所乘之車。宰：泛指執政大臣。」

〔六〕「而臣」二句：《校注》：「紐組：謂佩印。要玉：腰上佩玉。要，通『腰』。頒守、備政：謂分任地方長官之職。頒，分。備，備位充數之意。」

〔七〕「績廢」二句。《校注》：「江區：此前建平王曾出任丹陽尹、吴興太守、湘州刺史等職，其地

皆在長江中下游，故云。隘：堵塞，不通。河部：又建平王曾任南濟陰太守，南兗州刺史，其故地皆在黃河中下游，故云。」

〔八〕「浮榮」二句：浮榮，虛榮。《文選》卷二十二殷仲文《南州桓公九井作》：「歲寒無早秀，浮榮甘夙殞。」《晉書》卷七十二《郭璞傳論》：「謝浮榮而捐雜藝，賤尺寶而貴分陰。」曠年，多年。《左傳·文公元年》：「先君未葬而公即位，不可曠年無君。」《後漢書》卷七十一《朱儁傳》：「昔秦用白起，燕任樂毅，皆曠年歷載，乃能克敵。」《漢書》卷五十一《賈山傳》：「死葬乎驪山，使徒數十萬人，曠日十年。」顔師古注：「曠，空也，廢也。言爲重役，空廢時日，積年歲也。」《校注》：「浮：虛。叨：謙詞，承受之意。曠年、賒日：言歷經多年，時間不短。」

〔九〕「諒以」二句：《校注》：「輿歌：即『輿誦』。《國語·晉語》：『惠公入而背外内之賄，輿人誦之。』注：『輿，衆也。不歌曰誦。』謂衆人的議論。鏡：照，察。民誚：民間議論。誚，責備。」

〔一〇〕「不悟」二句：皇德，皇帝的恩德。《文選》卷一班固《東都賦》：「彰皇德兮侔周成，求延長兮膺天慶。」呂向注：「皇德，漢皇之德。」《後漢書》卷十上《皇后上·和熹鄧皇后紀》：「臣聞《易》載羲農而皇德著，《書》述唐虞而帝道崇。」《校注》：「凝：厚重之意。亭物：指賞賜之物。亭，化育。《老子》五十一章：『長之育之，亭之毒之。』帷幄：孫隘堪校云：『當是

惟渥之誤。』渥，謂恩澤深厚。」

〔一一〕「復使」二句：《校注》：「楚封、漳土：指荆州。荆州爲古代楚國封域，漳水流經其間。」

〔一二〕「任班」二句：《文選》卷六左思《魏都賦》：「況河冀之爽塏，與江介之湫湄。」呂向注：「而況魏都居於河冀，高明之地，而與江左之小水爲齊也。」《宋書》卷六十四《何承天傳》：「然後簡將授奇，揚旌雲朔，風卷河冀，電掃嵩恒。」《晉書》卷一百三十《赫連勃勃載記》：「然後杜潼關，塞崤陜，絶其水陸之道。」《宋書》卷七十七《柳元景傳》：「誕以崤陜既定，其地宜撫，以弘農劉寬虯行東弘農太守。」《校注》：「班：等同。河冀：冀州近黄河，故稱。相傳帝堯建都於冀州，古以爲九州之中央，此代指揚州刺史。崤陜：陜有崤山，故稱。此指周公、召公分陜而治之事。《太平御覽》卷一六七引盛弘之《荆州記》：『元嘉中，以京師根本之所寄，荆楚爲重鎮，上流之所總，擬周之分陜。』」

〔一三〕「横術」二句：《漢書》卷六十三《武五子·燕刺王旦傳》：「歸空城兮，狗不吠，雞不鳴，横術何廣廣兮，固知國中之無人！」顔師古注：「臣瓚曰：『術，道路也。』」阮籍《詠懷·河上有丈人》：「豈效繽紛子，良馬騁輕輿。朝生衢路旁，夕瘞横術隅。歡笑不終晏，俛仰復欷歔。」《管子·任法》：「羣臣修通輻湊以事其主，百姓輯睦聽令道法以從其事。」《文選》卷一班固《東都賦》：「平夷洞達，萬方輻湊。」《文選》卷五十沈約《恩倖傳論》：「於是方塗結軌，輻湊同奔。」張銑注：「言如車輻之湊車轂矣。」按輻湊，同輻輳。《校注》：「横術：大路。輻

轃：車輻集中於軸心，喻要衝之地。殷：衆多。訟積：訴訟堆積，謂民多糾紛。」

〔一四〕「寧曰」二句：明哲，明智，洞察事理。《書·説命上》：「知之曰明哲，明哲實作則。」孔傳：「知事則爲明智，明智則能製作法則。」王逸《楚辭章句序》：「昔者孔子叡聖明喆，天生不羣。」按明喆，即明哲。《校注》：「疇：誰。克：能。勝寄：勝任委託。」

〔一五〕「雖瀝」二句：《彙注》：「局，體局也。咎，過也。以上皆自陳謙遜之辭，言雖披瀝丹局，終懼蒙咎過也。」《校注》：「瀝丹局：猶言披肝瀝膽，竭盡忠誠。丹局，丹心。咎：過失。」

〔一六〕銘戴：銘感。

建平王散五刑教

【題解】

此文張本、梁本題作《建平王赦五刑教》。

五刑，五種輕重不等的刑法。《書·舜典》：「五刑有服。」孔傳：「五刑：墨、劓、剕、宫、大辟。」《周禮·秋官·司刑》：「掌五刑之法，以麗萬民之罪，墨罪五百，劓罪五百，宫罪五百，刖罪五百，殺罪五百。」此爲秦以前之五刑。《史記》卷六《秦始皇本紀》：「斯卒囚，就五刑。」《漢書·刑法志》：「漢興之初，雖有約法三章，網漏吞舟之魚。然其大辟，尚有夷三族之令。令曰：『當三族者，皆先黥，劓，斬左右趾，笞殺之，梟其首，菹其骨肉於市。其誹謗詈詛者，又先斷舌。』故謂

之具五刑。」以上爲秦、漢時之五刑。南北朝時之五刑，沿襲漢制而稍有變化。

教，文體之一種，爲官府之告諭。曹操《與王修書》：「昔孤初立司金之官，念非屈君，餘無可者，故與君教。」南朝梁任昉《文章緣起・教》：「漢京兆尹王尊出教告屬縣。」《梁書》卷五十《文學・劉杳傳下》：「在縣清潔，人有饋遺，一無所受，湘東王發教褒稱之。」

散五刑，即放寬五刑之法。《校注》：「散：放寬。」

教題之「建平王」，亦指宋建平王景素。按此教有云：「況舊楚地曠，前郢氓殷；水帶枉渚，山匝魯陽。自頃田邑榛故，封井萊蕪；財賦方屈，犴獄實繁。」《宋書》卷八《明帝紀》，泰始七年二月「湘州刺史建平王景素爲荆州刺史」。教應爲泰始七年隨建平王至荆州後不久所作。

府州國紀綱①〔一〕：吾謬紲朝組，迺班恩命〔二〕，重渥華蕃②，踐寵懋甸〔三〕。永言政惠，良攬情寐③〔四〕。況舊楚地曠，前郢氓殷〔五〕；水帶枉渚，山匝魯陽〔六〕。自頃田邑榛故，封井萊蕪〔七〕。財賦方屈，犴獄實繁〔八〕。思所以厚風釐俗，變瑟改調〔九〕。自五歲刑已下④〔一〇〕，未連臺者⑤，一皆原遣〔一一〕。文武彈坐〔一二〕，亦悉復職。主局依舊施散，薄紓此懷〔一三〕。

【校記】

①「紀綱」張本、梁本作「綱紀」。

②「蕃」《彙注》本作「藩」。按蕃，藩字通。
③「情」張本、梁本作「清」。
④「已」梁本作「以」。
⑤「連臺」張本、梁本作「送臺」。

【箋注】

〔一〕府州國紀綱：府，此指建平王右將軍軍府。按時景素爲右將軍。紀綱，干寶《搜神記》卷四：「時有一物，大如水牛，灰色，卑脚，脚類象，胸前尾上皆白，大力而遲鈍。……郡紀綱上祠，請殺之。」此指景素右將軍府及荆州府與建平國之掾屬。《彙注》：「《晉書》曰：『東平王主簿王豹白事齊王曰：「況豹雖陋，故大州之綱紀。」』按《文選》傅亮兩教，皆曰綱紀。此曰紀綱，義同。」《校注》：「府：右將軍軍府。州：荆州。國：建平王國。」

〔二〕「吾謬」二句：恩命，謂帝王頒發的還職、赦罪之類詔命。鮑照《拜侍郎上疏》：「祇奉恩命，憂愧增灼，不勝感荷屏營之情。」《校注》：「紲：栓掛。組：印帶。班：頒賜。」

〔三〕「重渥」二句：《校注》：「渥：恩澤。寵：榮寵。華藩、懋甸：謂荆州。藩，藩國。甸，甸服。古代在王畿外圍，每五百里爲一區域，按距離遠近分爲侯服、甸服等五服。」

〔四〕「永言」二句：《校注》：「政惠：政教恩德。攬情寐：言其憂愁攬心，寢卧不安。」

〔五〕「況舊楚」二句：《晉書》卷七十《應詹傳》：「足下建功嶠南，旋鎮舊楚，吾承乏幸會，來忝此

州。」鮑照《見賣玉器者》：「子實舊楚客，蒙俗謬前聞。」《校注》：「舊楚、前郢：皆指荆州。荆州春秋戰國時屬楚國，又楚國曾建都於郢，故云。氓：通『民』。殷：衆多。」

〔六〕「水帶」二句：《楚辭·九章·涉江》：「朝發枉陼兮，夕宿辰陽。」朱熹集注：「枉陼、辰陽，皆地名。《水經》云：『沅水東逕辰陽縣東南，合辰水、沅水。又東歷小灣，謂之枉陼。』」《彙注》：「《楚志》曰：『枉渚，在武陵郡城南，源出枉山。《楚辭》曰「朝發枉渚兮」，即此。』」《校注》：「枉渚：水灣名，其源出枉山，在古楚南境，今湖南常德縣。匝：環繞。魯陽：山名，屬古楚北境，今河南魯山縣西南。」

〔七〕「自頃」二句：《彙注》：「榛故，蕪萊，猶言荒廢蕪蔓也。」《校注》：「頃：近來。田邑、封井：封邑井田。井，原爲古代一種土地制度，此指田地。榛故、萊蕪：謂廢棄荒蕪。」

〔八〕「財賦」二句：《爾雅翼·釋獸二·豻》：「星禽家言，豻是猛獸，能食獅子、虎、豹，今獄中所畫獸首是其象，故曰豻獄云。」《六書故·動物一·牢》：「牛閑也。象閑圈之形。牛、羊、豕曰太牢，羊、豕曰少牢。引之則犴獄亦謂之牢，言其固也。」《校注》：「屈：通『絀』，不足。犴獄：牢獄。」

〔九〕「思所以」二句：《晉書》卷五十二《郤詵等傳論》：「夫緝政釐俗，拔羣才以成務；振景觀光，俟明主而宣績。」《淮南子·氾論訓》：「故聖人所由曰道，所爲曰事。道猶金石，一調不更；事猶琴瑟，每絃改調。」《校注》：「厚風釐俗：整頓風俗，以使其淳樸。變瑟改調：喻

改變措施。《漢書・董仲舒傳》：『竊譬之琴瑟不調，甚者必解而更張之，迺可鼓也；爲政而不行，甚者必變而更化之，迺可理也。』」

〔一〇〕五歲刑已下：五年勞役以下。《校注》：「已，通『以』。」

〔一一〕「未連臺」二句：《南齊書》卷二十二《豫章文獻王嶷傳》：「初，沈攸之欲聚衆，開民相告，士庶坐執役者甚衆。嶷至鎮，一日遣三千餘人。見囚五歲刑以下不連臺者，皆原遣。」《校注》：「未連臺者：臺，省。謂未向朝廷申報的案犯。原遣：恕免而遣返之。」

〔一二〕文武彈坐：《晉書》一百六《石季龍載記上》：「其著此詔書於令。銓衡不奉行者，御史彈坐以聞。」《校注》：「文武：指文武官吏。彈坐：被彈劾而獲罪者。」

〔一三〕「主局」二句：主局，部門的主管官吏。《宋書》卷八十三《黄回傳》：「近軍次郢鎮，劫逼府主，兼挾私計，多所徵索。主局咨疑，便加捶楚，專肆暴慢，罔顧彝則。」《孔子家語・曲禮子貢問》：「孔子曰：『富而不好禮，殃也。敬叔以富喪矣而又弗改，吾懼其將有後患也。』敬叔聞之，驟如孔氏，而後循禮施散焉。」《淮南子・時則訓》：「是月也，生氣方盛，陽氣發泄，句者畢出，萌者盡達，不可以内。」高誘注：「言當施散恩惠以順生道之宣泄，不宜吝嗇閉藏也。」《後漢書》卷七十九《仲長統傳》：「衣食有餘，損靡麗以散施，不亦義乎？」《校注》：「舊：舊例。紓：寬。」

建平王謝賜石硯等啓

【題解】

此文張本、梁本題作《爲建平王謝賜石硯等啓》。硯，磨墨之文具，通稱硯臺。陸雲《與兄平原書》：「筆亦如吴筆，硯亦爾。」米芾《硯史·用品》：「石理發墨爲上，色次之，形製工拙又其次；文藻緣飾，雖天然，失硯之用。」啓，文體之一種，奏疏、公文、書函之類的泛稱。《太平御覽》卷五百九十五引漢服虔《通俗文》：「官信曰啓。」《文心雕龍·奏啓》：「啓者開也。高宗云『啓乃心，沃朕心』，取其義也。孝景諱啓，故兩漢無稱。至魏國箋記，始云啓聞。奏事之末，或云謹啓。自晉來盛啓，用兼表奏。陳政言事，既奏之異條；讓爵謝恩，亦表之别幹。必斂飭入規，促其音節，辨要輕清，文而不侈，亦啓之大略也。」

啓題之「建平王」，亦指建平王景素。啓當代建平王謝御賜之石硯等而作。曹道衡《年代考》云：「景素在後廢帝時已遭猜忌，而明帝即位以前江淹又不在他（福林按：指建平王景素）幕中，所以此文作於泰始時，似無可疑。」《校注》云：「此與下啓（福林按：指《建平王謝玉環刀等啓》）皆對御賜諸物表達謝忱，似作於建平王出鎮荆州之初。」所説是也。然而泰始凡七年，故《年代考》繫啓於泰始年間似亦失之寬泛；而俞説以爲在建平王出鎮荆州之初，似亦無確鑿

之依據。考自泰始七年春之後建平王景素之諸表章即由江淹代作，蓋因是時江淹已爲景素軍府主簿之故也。此啓作於明帝在位時，則應在泰始七年（四七一）春至泰豫元年（四七二）四月明帝卒之前。

臣言：奉勑賜石硯及法書五卷〔一〕。天旨又以臣書小進〔二〕，更使勤習。敬閲籀篆，側觀硯功〔三〕。張、衛慚奇，金瓊羞麗〔四〕。臣夙乏翰能，素謝篇伎〔五〕。空賁恩輝，徒隆慈飾〔六〕。方停煙墨，永砥學玩〔七〕。仰結聖造①，伏銘私荷〔八〕，不任下情〔九〕。

【校記】

①「聖造」汪本無「造」字。

【箋注】

〔一〕法書：名家的書法範本。《晉書》卷九十九《桓玄傳》：「性貪鄙，好奇異，尤愛寶物，珠玉不離于手。人士有法書好畫及佳園宅者，悉欲歸己，猶難逼奪之，皆蒱博而取。」顔之推《顔氏家訓・雜藝》：「吾幼承門業，加性愛重，所見法書亦多，而翫習功夫頗至，遂不能佳者，良由無分故也。」

〔二〕天旨：《宋書》卷七十五《顔竣傳》：「末慮上聞，内懷猜懼，僞請東牧，以卜天旨。」同上書卷九十八《氐胡傳》：「謹遣兼長史齊亮聽命有司，并奉送所授第十一符策，伏待天旨。」《校注》：「天旨：聖旨。」

〔三〕「敬閲」二句：《法書要録》卷七唐張懷瓘《書斷上・籀文》：「案籀文者，周太史史籀之所作也。與古文大篆小異，後人以名稱書，謂之籀文。」王國維《戰國時秦用籀文六國用古文説》：「是秦之小篆本出大篆，而《蒼頡》三篇未出，大篆未省改以前，所謂秦文，即籀文也。」《説文・竹部》：「篆，引書也。」段玉裁注：「引書者，引筆而著於竹帛也，因之李斯所作曰篆書，而謂史籀所作曰大篆，既又謂篆書曰小篆。」《藝文類聚》卷四十七引宋謝莊《東海王讓司空表》：「臣側觀前載，與窺洪典，三事之授，惟帝其難。」鮑照《擬古八首》之二：「十五諷詩書，篇翰靡不通。弱冠參多士，飛步遊秦宫。側觀君子論，預見古人風。」《校注》：「籀篆：皆書體名。籀，即大篆。篆，即小篆。硯功：謂書法的功力。」

〔四〕「張衛」二句：《校注》：「張：即張芝，東漢著名書法家。衛：即衛瓘，西晉著名書法家。瓊：美玉。慚奇、羞麗：謂其書法之奇麗，使張、衛覺慚，金玉生羞。」

〔五〕「臣夙」二句：《校注》：「翰能、篇伎：謂書法技藝。翰，筆。」

〔六〕「空賁」二句：《校注》：「賁：宏大。飾：獎飾，稱譽。」

〔七〕「方停」二句：《校注》：「停：留。煙墨：墨以松煙灰製成，故稱。此代指書法作品。」

砥：砥礪，研究。學玩：猶學習欣賞。」

〔八〕伏銘私荷：《校注》：「銘荷：猶感戴不忘。」

〔九〕下情：《管子・明法》：「臣有擅主者，則主令不得行，而下情不上通。」《晉書》卷七十七《陸納傳》：「外有微禮，方守遠郡，欲與公一醉，以展下情。」

建平王謝玉環刀等啓

【題解】

此文張本、梁本題作《爲建平王謝玉環刀等啓》。

玉環刀，刀柄上帶有玉環之刀。《宋書》卷七十七《沈慶之傳》：「（大明）三年，司空竟陵王誕據廣陵反。……誕遣客慶之宗人沈道愍齎書説慶之，餉以玉環刀。」《南齊書》卷五十三《良政・劉懷慰傳》：「（上）又手敕曰：『有文事者，必有武備。今賜卿玉環刀一口。』」

此啓亦詩人代建平王景素謝御賜之物而作。曹道衡《年代考》云：「『玉環刀』是很貴重的賞賜，泰豫元年明帝死後，景素已遭朝廷猜忌，不可能有這種賞賜。據《南齊書・何昌寓傳》載何昌寓在景素死後給蕭道成寫信要求爲景素昭雪時，提到『世祖（孝武帝）綢繆，太宗（明帝）眷異』。孝武帝時，江淹尚不在景素幕下，所以賜刀之事，當在明帝時代，但究屬哪一年，不可確考。」所説是也。此啓作於明帝在位時，亦應在泰始七年（四七一）春至泰豫元年（四七二）四月明帝卒

之前。

奉勑賜玉環刀等五種珍器賮①〔一〕。伏蒙猥降，飾軼采朱〔二〕，跨影懸魄②〔三〕。崑岡歸琛，闕山慚寶③〔四〕。謹襲緹素，以充握睇〔五〕。垂光既深〔六〕，銘佩更積〔七〕，不任下情。

【校記】

①「賮」字下張本、梁本有一字空格，注「闕」字。

②「魄」梁本作「魂」。

③「闕」《彙注》本、張本、梁本作「關」。

【箋注】

〔一〕「奉勑」句：珍器，珍貴的器物。《戰國策·燕策二》：「齊王逃遁走莒，僅以身免。珍玉財寶，車甲珍器，盡收入燕。」《史記》卷四十八《陳涉世家》：「諸侯恐懼，會盟而謀弱秦，不愛珍器重寶肥饒之地，以致天下之士。」賮，送行時贈送的財物。《孟子·公孫丑下》：「予將有遠行，行者必以賮。」趙岐注：「賮，送行者贈賄之禮也，時人謂之賮。」

〔二〕「伏蒙」二句：《晉書》卷三十四《羊祜傳》：「今臣身託外戚，事連運會，誡在過寵，不患見

遺。而猥降發中之詔，加非次之榮。臣有何功可以堪之，何心可以安之。」《藝文類聚》卷三十七引晉皇甫謐《答辛曠書》：「泛愛不遺，猥降德音。」《校注》：「猥：辱。謙詞。按此句上下疑有脱文。軼：超越。」

〔三〕跨影懸魄：《校注》：「跨影懸魄：謂使人傾倒，激動。」

〔四〕「崑岡」二句：崑岡，崑崙山。《史記》卷八十七《李斯列傳》：「今陛下致昆山之玉，有隨和之寶。」張守節正義：「昆岡在于闐國東北四百里，其岡出玉。」闕山，疑指伊闕山。《元和郡縣志》卷六《河南府·伊闕縣》：「伊闕山在縣北四十五里，兩山相對，望之若闕，伊水流其間，故名。」《藝文類聚》卷二十七引晉成公綏《詩》：「洋洋熊耳流，巍巍伊闕山。高岡碣崔嵬，雙阜夾長川。」《校注》：「昆岡：即昆侖山。傳説昆侖山多産美玉。琛：珍寶。」

〔五〕「謹襲」二句：《校注》：「襲：遮蓋，包裹。緹素：染成橘紅的絹。握睇：猶言把玩。睇，視，觀賞。」

〔六〕垂光：謂光芒俯射，比喻普施恩澤。《尉繚子·治本》：「所謂天子者四焉：一曰神明，二曰垂光，三曰洪敘，四曰無敵。此天子之事也。」《藝文類聚》卷三十一引傅玄《答程曉詩》：「奕奕兩儀，昭昭太陽，四氣代升，三朝受祥。濟濟羣后，峩峩聖皇，元服肇御，配天垂光。」

〔七〕銘佩：謂感念欽佩，牢記不忘。

建平王慶明帝疾和禮上表

【題解】

此文張本、梁本題作《爲建平王慶明帝疾和禮上表》。表題之「疾和」，謂疾愈。指身體健康舒適。《廣韻》卷二：「和，和順也，諧也，不堅不柔也。」曹道衡《年代考》：「《宋書·明帝紀》：泰始七年八月，以疾愈大赦天下。景素的賀表當作於八月或九月。」所説是也。按泰始七年（四七一）八月丁亥朔，庚寅月之初四日。江淹此表代建平王慶明帝疾愈而作，應作於是年八月。

臣聞慶動至玄，則昌衢敦序〔一〕；教孚上雲，則紫寓交泰〔二〕。故祁寒辱暑①，無以變其和〔三〕；沴火凝陰，不能徙其氣〔四〕。伏惟陛下至德遠稜②〔五〕，實天縱聖〔六〕；仁鑄蒼岳，道括寰海〔七〕。故丹陵之君，款金泥而謝賢③〔八〕；嬀墟之後，眷龍圖而慚德〔九〕。頌聲蔽逵，歌思匝道〔一〇〕。而望景暫虧，輪光少曖〔一一〕。玉櫺違和④，金幌輟念〔一二〕。百祠未遑，四嶽匪處〔一三〕。吉蠲爲慶，神御方休〔一四〕。瑞廣文齡，祥深武日〔一五〕。具惟涵教，倡愉兼薦⑤〔一六〕。臣班戚奉慈，實自慶舞〔一七〕。不勝悦豫

之情〔一八〕。

【校記】

①「祁」張本、梁本作「祈」。「辱暑」《彙注》本、張本、梁本作「溽暑」。按辱，溽字通。

②「遠稜」張本、梁本作「遐穆」。

③「款」原作「疑」，今據《彙注》本、張本、梁本改。

④「違和」原作「達和」，今據《彙注》本、張本、梁本改。

⑤「倡」張本、梁本作「欣」。

【箋注】

〔一〕「臣聞」二句：《校注》：「慶：慶賞，指德政。《韓非子·二柄》：『慶賞之謂德。』動：感動。至玄：謂天。昌衢：昌盛興隆的街道，指居民聚集區。敦序：《史記·夏本紀》：『敦序九族。』《集解》：『鄭玄曰：次序九族而親之。』此謂各式人等貴賤有序，和睦相處。」福林按：《文選》卷四十六王融《三月三日曲水詩序》：「禊飲之日在兹，風舞之情咸蕩。去肅表乎時訓，行慶動於天矚。」張銑注：「言天子春行仁惠之令，助時養物，故懸其威嚴之法也。行時訓，謂先王之教也。行慶於人，動於天子之眷矚也。」疑慶動指此。

〔二〕「教孚」二句：《彙注》：「紫寓，紫天也。」《校注》：「教：教化。孚：取信於。上雲：即

天。紫寓：帝王宫廷。交泰：《易・泰》：『天地交泰。』注：『泰者，物之大通之時也。』此謂時運亨通。」

〔三〕「故祁寒」二句：《書・君牙》：「冬祁寒，小民亦惟曰怨咨。」孔傳：「冬大寒，亦天之常道，民猶怨咨。」蔡沈集傳：「祁，大也。」《禮記・月令・季夏之月》：「是月也，土潤辱暑，大雨時行。」陸德明釋文：「辱暑，如字。本或作溽，音同，濕也。」《文選》卷二十三潘岳《悼亡詩三首》之二：「皎皎窗中月，照我室南端。清商應秋至，溽暑隨節闌。」李善注：「《説文》曰：『溽暑，濕暑也。』」吕向注：「溽，濕也。言濕暑之氣，逐節而微也。」和，和順，平和。《書・康誥》：「惟民其勑懋和。」蔡沈集傳：「民其戒勑，而勉於和順也。」《老子》：「萬物負陰而抱陽，沖氣以爲和。」河上公章句：「萬物中皆有元氣，得以和柔。」《校注》：「祁寒：嚴寒。溽暑：酷暑。」

〔四〕「沴火」二句：沴，謂因天地四時之氣不和而生的災害。《莊子・大宗師》：「陰陽之氣有沴。」郭象注：「沴，陵亂也。」林希逸口義：「在身，陰陽之氣不和而後成病，故曰有沴。」《漢書》卷二十七中之上《五行志中之上》：「氣相傷，謂之沴。沴猶臨莅，不和意也。」按此二句《彙注》云：「沴火，陵亂陰陽之氣也。凝陰，凝結之陰也。言天道交泰，雖祁寒溽暑，沴火凝陰，不能變其天和，從其真氣也。」《校注》：「沴火：災火。指酷熱造成的災害。凝陰：《易・坤》：『履霜堅冰，陰始凝也。』此指冰霜之災。氣：和順之氣。」

〔五〕至德：盛德。《論語·泰伯》：「泰伯，其可謂至德也已矣。」《莊子·胠篋》：「子獨不知至德之世乎？昔者容成氏，大庭氏，伯皇氏，中央氏，栗陸氏，驪畜氏，軒轅氏，赫胥氏，尊盧氏，祝融氏，伏羲氏，神農氏。」遠稜：《漢書》卷五十四《李廣傳》：「是以名聲暴於夷貉，威稜憺乎鄰國。」顔師古注：「李奇曰：『神靈之威曰稜。』」《校注》：「稜：威，威嚴。」

〔六〕實天縱聖：《晉書》卷一百四《石勒載記》：「伏惟殿下天縱聖哲，誕應符運，鞭撻宇宙，弼成皇業。」《宋書》卷二《武帝紀中》：「相國宋王，天縱聖德，靈武秀世，一匡頹運，再造區夏，固以興滅繼絶，舟航淪溺矣。」縱聖，或天縱聖哲、天縱聖德之簡。《校注》：「實天：充塞於天。縱聖：直追聖人。」

〔七〕「仁鑄」二句：蒼岳，猶青山。寰海，海内，全國。《校注》：「鑄：熔鑄。括：包括。」

〔八〕「故丹陵」二句：《校注》：「丹陵之君：指唐堯。《初學記》卷九引《帝王世紀》：『堯，伊祁姓也。母曰慶都，孕十四月而生堯於丹陵，名曰放勛。』金泥：金繩和封泥。此指符命。傳説上古帝王的符命用金繩、芝泥封裹。」

〔九〕「嬀墟」二句：《太平寰宇記》卷一百四十一《山南西道九·金州》：「金州安康郡……昔虞舜嘗居之，謂之嬀墟。《帝王世紀》謂之姚墟，即此也。」《書·顧命》：「河圖在東序。」孔傳：「伏犧王天下，龍馬出河，遂則其文以畫八卦，謂之河圖。」《校注》：「嬀墟之後：指虞舜。相傳舜曾居於嬀，謂之嬀墟。見《史記·五帝本紀》。眷：戀。龍圖：指河圖。傳説

由龍馬從黄河中負出，被認爲是帝王受命之符。如：《春秋合誠圖》曰：『有赤龍負圖出，慶都讀之，赤受天運。……以圖予堯。』《春秋運斗樞》曰：『黄龍五彩負圖出，置舜前，圖以黄玉爲匣……白玉檢，黄金繩，芝爲泥，兩端章曰天黄帝符璽五字。』」

〔一〇〕「頌聲」二句：《爾雅·釋宫》：「一達謂之道路，二達謂之歧旁，三達謂之劇旁，四達謂之衢，五達謂之康，六達謂之莊，七達謂之劇驂，八達謂之崇期，九達謂之逵。」歌思，歌頌思慕。鮑照《從過舊宫》詩：「宫陛留前制，歌思溢今衢。」《廣韻》卷五：「匝，周也。」《校注》：「逵：大路。匝：遍于。」

〔一一〕「而望景」二句：《彙注》：「望景，如月之景，至望少虧也。輪光，日輪之光。曖，不明也。」《校注》：「望景：月光。月稱望舒。輪光：日光。日圓如輪。故云。喻君。曖：昏暗貌。」

〔一二〕「玉櫺」二句：《魏書》卷二十一下《獻文六王下·彭城王勰傳》：「豈謂上靈無鑒，復使聖躬違和。」《彙注》：「櫺，窗櫺也。幌，帷幄也。不敢直言聖躬，而託之以玉櫺、金幌也。」《校注》：「櫺：窗。幌：帷。因不敢直言皇帝軀體，故借托以『玉櫺』、『金幌』。違和、輟念：皆言人患疾的委婉之詞。」

〔一三〕「百祠」二句：《禮記·曾子問》：「天子崩，未殯，五祀之祭不行。」孔穎達疏：「初崩哀戚，未遑祭祀，雖當五祀，祭時不得行。」四嶽，亦作「四岳」，禹時諸侯之長，佐禹治水有功。《國

語·周語下》：「共之從孫四岳佐之。」韋昭注：「四岳，官名，主四岳之祭，爲諸侯伯。佐，助也。言共工從孫爲四岳之官，掌帥諸侯，助禹治水也。」《史記》卷三十二《齊太公世家》：「太公望呂尚者，東海上人。其先祖嘗爲四岳，佐禹平水土，甚有功。虞夏之際封於呂，或封於申，姓姜氏。」司馬貞索隱：「譙周曰：『炎帝之裔，伯夷之後，掌四岳有功，封之於呂，子孫從其封姓，尚其後也。』」一說，四岳爲堯臣羲、和四子，分掌四方之諸侯。《書·堯典》：「帝曰：『咨，四岳。』」孔傳：「四岳，即上羲、和之四子，分掌四岳之諸侯，故稱焉。」此當指後者。《校注》：「百祠：各種祭祀，實指政事。未遑：謂無暇顧及。四嶽：傳説爲堯時四方部族首領，此指輔政大臣。匪處：無以自處，言其不安。」

〔一四〕「吉蠲」二句：吉蠲，謂祭祀前選擇吉日，齋戒沐浴。《詩·小雅·天保》：「吉蠲爲饎，是用孝享。」毛傳：「吉，善。蠲，絜也。」鄭玄箋：「謂將祭祀也。」朱熹集傳：「吉，言諏日擇士之善；蠲，言齋戒滌濯之潔。」《校注》：「吉蠲：美好而清潔。指祭品。《詩·小雅·天保》：『吉蠲爲饎，是用孝享。』傳：『吉，善。蠲，絜也。』神御：供神的祭品。休：美。」

〔一五〕「瑞廣」二句：《校注》：「文、武：指周文王和周武王。齡、日：指年歲。」

〔一六〕「具惟」二句：兼薦，《樂府詩集》卷二《齊明堂樂歌·嘉薦樂》：「加籩再御，兼俎兼薦。節動軒越，聲流金縣。」《校注》：「涵教：謂沐浴皇帝教化之恩。倡愉：歡快之情。兼薦：并享。薦，享受。」

〔一七〕「臣班戚」二句：《校注》：「班戚：謂在宗親之班列。慈：恩愛。慶舞：歡慶鼓舞。」

〔一八〕悦豫：《文選》卷一班固《兩都賦序》：「是以衆庶悦豫，福應尤盛，《白麟》、《赤雁》、《芝房》、《寶鼎》之歌，薦於郊廟。」

建平王慶安城王拜封表

【題解】

表題之「安城王」，即宋明帝第三子宋順帝劉準。《宋書》卷十《順帝紀》：「順皇帝諱準，字仲謀，小字智觀，明帝第三子也。泰始五年七月癸丑生。七年，封安成王，食邑三千户。仍拜撫軍將軍，置佐史。廢帝即位，爲揚州刺史。元徽二年，進號車騎將軍、都督揚南豫二州諸軍事，給鼓吹一部，刺史如故。四年，又進號驃騎大將軍、開府儀同三司，班劍三十人，都督、刺史如故。元徽五年七月戊子夜，廢帝殞，奉迎王入居朝堂。壬辰，即皇帝位。」《南史》卷三《宋本紀下》亦謂宋明帝泰始七年，劉準封安成王。據《宋書》卷三十六《州郡志二》，江州有安成郡，云：「安成太守，孫晧寶鼎二年，分豫章、廬陵、長沙立。《晉太康地志》屬荆州。領縣七。户六千一百一十六，口五萬三百二十三。去州水三千三百，陸三千六百。去京都水三千七百，無陸。」疑表題之「安城」，或「安成」之訛，抑或是時「安成」又作「安城」耶？

《校注》：「《宋書·明帝紀》：『泰始七年（四七一）八月，戊戌（十四日），立第三皇子準爲安

成王。』本表當作於此時。」所説是也。

麗采繩河，映蕚璿圃〔一〕。淑問夙孚，令儀早晣〔二〕。撰告候辰，昭膺輝序①〔三〕。國維富禮，皇塗凝衛〔四〕。具生屬慶，懷識戴躍〔五〕。臣涵悦楚邊，魂馳闕闕〔六〕，不任下情。

【校記】

①「輝」《彙注》本作「耀」。

【箋注】

〔一〕「麗采」二句：《藝文類聚》卷六十五引《晉宫闕名》：「洛陽宫有瓊圃園、靈芝園、石祠園。鄴有鳴鵠園、蒲萄園、華林園。」《彙注》：「楊慎《藝林伐山》曰：『江淹宗室表：「麗采繩河，映蕚璿圃。」見緯書：「天子神聖，則天河直如繩。」』」《校注》：「繩河、璿圃：皆喻王室。璿，美玉。」

〔二〕「淑問」二句：淑問，《漢書》卷八十一《匡衡傳》：「道德弘於京師，淑問揚乎疆外。」顔師古注：「淑，善也；問，名也。」《文選》卷二十四陸機《答賈長淵》：「東朝既建，淑問峩峩。」劉良注：「淑，美；問，聞也。」令儀，蔡邕《童幼胡根碑》：「於惟仲原，應氣淑靈。實有令儀，

而氣如瑩。明之之性，與體俱生。聞言斯識，睹物知名。」《玉臺新詠》卷二傅玄《艷歌行有女篇》：「有女懷芬芳，提提步東箱。蛾眉分翠羽，明目發清揚。丹脣翳皓齒，秀色若珪璋。巧笑露權靨，衆媚不可詳。令儀希世出，無乃古毛嬙。」晣，光亮。《文選》卷十九宋玉《高唐賦》：「其少進也，晣兮若姣姬揚袂，障日而望所思。」李善注：「晣，昭晣，謂有光明美色。」《校注》：「淑問：美譽。夙：早。孚：爲人所信服。令儀：美儀。儀，儀表。晣：明。意即爲人所知。」

〔三〕「撰告」二句：《樂府詩集》卷八《郊廟歌辭·宋章廟樂舞歌》殷淡《肅咸樂》：「先期選禮，肅若有承。祇對靈祉，皇慶昭膺。」《校注》：「撰：通『選』，選擇。告：即告類，祭名。此指皇子封王，立宗廟社稷而舉行的祭天儀式。膺：受，謂受封。序：位，爵位。」

〔四〕「國維」二句：《晉書》卷五十一《皇甫謐傳》：「方今同命并臻，饑不待餐，振藻皇塗，咸秩天官。」《宋書》卷六十三《殷景仁傳》：「臣志幹短弱，歷著出處。值皇塗隆泰，身荷恩榮。」《校注》：「維：綱維，制度。凝：鞏固。衛：拱衛。謂皇道有了保障。」

〔五〕「具生」二句：《彙注》：「言具血氣之生者，有懷知識者，皆屬喜慶歡躍也。」《校注》：「具生：衆士。懷識：有識之士。」

〔六〕「臣涵」二句：楚邊，原指春秋戰國時楚國之邊邑。《史記》卷四十《楚世家》：「初，吴之邊邑卑梁與楚邊邑鍾離小童爭桑，兩家交怒相攻，滅卑梁人。」此指荆州邊境，時建平王景素爲

荆州刺史，稱楚邊者，自謙之詞。《校注》：「涵悦：沉浸於喜悦。楚邊：指荆州。闗闕：指京城。」

建平王聘隱逸教

【題解】

此文張本、梁本、《藝文類聚》卷三十七題作《爲建平王聘隱逸教》。隱逸，猶隱居，隱遁，此指隱居避世之高士。《漢書》卷八十六《何武傳》：「吏治行有茂異，民有隱逸，乃當召見，不可有所私問。」葛洪《抱朴子・貴賢》：「世有隱逸之民，而無獨立之主者，士可以嘉遁而無憂，君不可以無臣而致治。」

此教云：「吾税駕舊楚，憩乘汀潭。挹於陵之操，想漢陰之高。」亦爲建平王景素至荆州刺史任後不久所作，時間當在泰始七年（四七一）春末夏初。

府州國紀綱①〔一〕：夫嬀夏已没，大道不行〔二〕。雖周惠之富②，猶有魚潭之士③〔三〕；漢教之隆，亦見棲山之夫④〔四〕。迹絶雲氣，意負青天〔五〕。皆待絳螭驤首，翠虬來儀〔六〕。是以遺風獨扇百代⑤，餘烈激厲後生⑤〔七〕。斯乃王教之助，古人

之意焉〔八〕。吾稅駕舊楚，憩乘汀潭〔九〕。挹於陵之操〔一〇〕，想漢陰之高〔一一〕。而山川遐久，流風無沫⑦〔一二〕。養志數人，并未徵采〔一三〕。善操將棄，良用慨然〔一四〕。宜速詳舊禮，各遺纁招〔一五〕。庶暢此幽襟，以旌蓬蓽〔一六〕。

【校記】

①「紀綱」張本、梁本、《藝文類聚》作「綱紀」。

②「惠」《藝文類聚》作「德」。

③「魚潭」張本、梁本、《藝文類聚》作「漁潭」。

④「棲山」《藝文類聚》作「西山」。

⑤「遺風獨扇百代」《彙注》本作「遺風扇百代」，《藝文類聚》作「清風扇百代」。

⑥「激厲後生」《彙注》本、《藝文類聚》作「激後生」。

⑦「沫」《彙注》本、張本、梁本作「沫」。

【箋注】

〔一〕府州國紀綱：見《建平王散五刑教》注〔一〕。

〔二〕「夫嬀夏」二句：《太平寰宇記》卷一百四十一《山南西道九・金州》：「安康郡……昔虞舜嘗居之，謂之嬀墟。《帝王世紀》謂之姚墟，即此也。」《史記》卷二《夏本紀》：「天下諸侯皆

去商均而朝禹，禹於是遂即天子位，南面朝天下，國號曰夏后，姓姒氏。」《禮記·禮運》：「孔子曰：『大道之行也，與三代之英，丘未之逮也，而有志焉。』」鄭玄注：「大道，謂五帝時也。」《晉書》卷四十九《嵇康傳》：「矜尚不存乎心，故能越名教而任自然；情不繫於所欲，故能審貴賤而通物情。物情順通，故大道無違；越名任心，故是非無措也。」《校注》：「嬀：指虞舜，舜曾居於嬀水流域，後因以爲氏。夏：指夏禹。大道不行：此謂虞夏以後賢才被埋没，得不到任用。」

〔三〕「雖周惠」二句：周惠，周王朝之恩惠。魚潭之士，指姜子牙。《史記》卷三十二《齊太公世家》：「太公望吕尚者，東海上人。……吕尚蓋嘗窮困，年老矣，以魚釣奸周西伯。西伯將出獵，卜之，曰：『所獲非龍非彲，非虎非羆，所獲霸王之輔。』於是周西伯獵，果遇太公於渭之陽，與語大説，曰：『自吾先君太公曰「當有聖人適周，周以興」。子真是邪？吾太公望子久矣。』故號之曰『太公望』，載與俱歸，立爲師。」《校注》：「惠：德惠。魚潭之士：指垂釣於江潭的隱士。相傳周初太公望吕尚年八十隱居，垂釣於渭濱。後遇文王，方被重用。」

〔四〕「漢教」二句：漢教，漢代的教化。棲山，棲息於山。指隱遁。嵇喜《答嵇康四首》之四：「達人與物化，世俗安可論。都邑可優游，何必棲山原。」陸雲《答吴王上將顧處微》：「敢謝不佞，栖山自戢。臨篇焉愧，德輶辭輯。」棲山之六，指漢初商山四皓。《漢書》卷七十二《王

貢兩龔鮑傳序》：「漢興有園公、綺里季、夏黃公、甪里先生，此四人者，當秦之世，避而入商雒深山，以待天下之定也。自高祖聞而召之，不至。其後呂后用留侯計，使皇太子卑辭束帛致禮，安車迎而致之。四人既至，從太子見，高祖客而敬焉，太子得以爲重，遂用自安。」顏師古注：「四皓稱號，本起於此，更無姓名可稱知。此蓋隱居之人，匿跡遠害，不自標顯，祕其氏族，故史傳無得而詳。」

〔五〕「迹絶」二句：《莊子・逍遥遊》：「有鳥焉，其名爲鵬。背若泰山，翼若垂天之雲，摶扶摇羊角而上者九萬里。絶雲氣，負青天，然後圖南，且適南冥也。」《校注》：「絶雲氣，負青天：指志向高遠，才能非凡之人。」

〔六〕「皆待」二句：《淮南子・覽冥訓》：「今夫赤螭青虬之遊冀州也。」高誘注：「赤螭、青虬，皆龍屬。」《抱朴子・博喻》：「翠虬無翅而天飛，螣蛇無足而電鶩。」《漢書》卷八十七下《揚雄傳下》：「獨不見夫翠虬絳螭之將登虖天，必聳身於蒼梧之淵。」《文選》卷三十九鄒陽《上書吴王》：「臣聞蛟龍驤首奮翼，則浮雲出流，霧雨咸集。聖王底節修德，則游談之士歸義思名。」吕延濟注：「驤，舉也。」來儀，謂鳳凰來舞而有容儀，古人以爲瑞應。《書・益稷》：「簫韶九成，鳳皇來儀。」孔穎達疏：「簫韶之樂作之九成，以致鳳皇來而有容儀也。」《文選》卷二十三劉楨《贈從弟三首》之三：「何時當來儀，將須聖明君。」李周翰注：「言鳳皇一去，何時當見光儀，將待聖明君也。」《校注》：「絳螭：赤龍。翠虬：青龍。驤首：昂首。來

儀：猶言降臨。」

〔七〕「是以」二句：《史記》卷一百二十九《貨殖列傳》：「而鄒、魯濱洙、泗，猶有周公遺風，俗好儒，備于禮。」《文選》卷四十七王褒《聖主得賢臣頌》：「追奔電，逐遺風，周流八極，萬里一息。何其遼哉，人馬相得也。」《文選》卷四十八班固《典引》：「扇遺風，播芳烈，久而愈新，用而不竭。」劉良注：「扇動播布烈業也。」《校注》：「扇：扇揚，傳佈。餘烈：遺業。」

〔八〕王教：王者的教化。劉向《列女傳・楚平伯嬴》：「夫婦之道，固人倫之始，王教之端。」《文選》卷四十五皇甫謐《三都賦》序：「昔之爲文者，非苟尚辭而已，將以紐之王教，本乎勸戒也。」

〔九〕「吾税駕」二句：税駕，《史記》卷八十七《李斯列傳》：「當今人臣之位無居臣上者，可謂富貴極矣。物極則衰，吾未知所税駕也。」司馬貞索隱：「税駕，猶解駕，言休息也。」《文選》卷十九曹植《洛神賦》：「日既西傾，車殆馬煩，爾迺税駕乎蘅臯，秣駟乎芝田。」劉良注：「殆，危。煩，疲也。馬疲故車殆也。税，舍也。」舊楚，《晉書》卷七十《應詹傳》：「足下建功嶠南，旋鎮舊楚，吾承乏幸會，來忝此州。」鮑照《見賣玉器者》：「子實舊楚客，蒙俗謬前聞。」汀潭，猶汀洲，水中小洲。《楚辭》屈原《九歌・湘夫人》：「搴汀洲兮杜若，將以遺兮遠者。」王逸注：「汀，平也。」洪興祖補注：「汀，它丁切，水際平地。」荆州地處長江邊，故稱之爲汀潭。《校注》：「税駕、憇乘：謂停車止息。」

〔一〇〕挹於陵之操：於陵，地名，借指陳仲子。陳仲子居於陵，故稱。《孟子·滕文公下》：「匡章曰：『陳仲子豈不誠廉士哉？居於陵，三日不食，耳無聞，目無見也。』」《文選》卷三十九鄒陽《獄中上書自明》：「於陵子仲辭三公，爲人灌園。」李善注：「《列女傳》曰：『於陵子終賢，楚王欲以爲相，使使者往聘迎之。子終出使者，與其妻逃，乃爲人灌園。』」

〔一一〕想漢陰之高：漢陰，地名，此指漢陰丈人。《莊子·天地》：「子貢南遊於楚，反於晉，過漢陰，見一丈人方將爲圃畦，鑿隧而入井，抱甕而出灌，搰搰然用力甚多而見功寡。子貢曰：『有械於此，一日浸百畦，用力甚寡而見功多，夫子不欲乎？』爲圃者仰而視之曰：『奈何？』曰：『鑿木爲機，後重前輕，挈水若抽，數如泆湯，其名爲槔。』爲圃者忿然作色而笑曰：『吾聞之吾師，有機械者必有機事，有機事者必有機心；機心存於胸中，則純白不備；純白不備，則神生不定；神生不定者，道之所不載也。吾非不知，羞而不爲也。』子貢瞞然慚，俯而不對。」按以上二句《校注》云：「挹：取。於陵：指戰國時隱士陳仲。漢陰：指漢陰丈人。」

〔一二〕「而山川」二句：遐久，長久。劉向《列仙傳·介子推》：「王光沈默，享年遐久。」流風，前代流傳下來的淳樸風氣。《孟子·公孫丑上》：「紂之去武丁未久也，其故家遺俗，流風善政，猶有存者。」《文選》卷四十四司馬相如《難蜀父老》：「而夷狄殊俗之國，遼絶異黨之域，舟車不通，人迹罕至，政教未加，流風猶微。」呂向注：「言遠國政教未被，而王之流風尚自微薄

也。流風，謂流化人之風也。」無沫，無已，不盡。《文選》卷三十一江淹《雜體三十首·袁太尉從駕》：「服義方無沫，展歌殊未宣。」李善注：「《廣雅》曰：『沫，已也。』」張銑注：「言我服天子道義無已，雖舒展歌詩，未能宣其美化。」《校注》：「遐久：久遠。」

〔一三〕「養志」二句：《莊子·讓王》：「故養志者忘形，養形者忘利。」《後漢書》卷八十三《逸民·逢萌傳》：「及光武即位，乃之琅邪勞山，養志脩道，人皆化其德。」《後漢書》卷三十九《淳于恭傳》：「後州郡連召不應，遂幽居養志，潛於山澤。舉動周旋，必由禮度。建武中，郡舉孝廉，司空辟，皆不應。……病篤，使者數存問，卒於官。詔書褒歎，賜穀千斛，刻石表閭。」《校注》：「養志：指隱士。徵采：徵召録用。」

〔一四〕「善操」二句：蔡邕《處士圈叔則銘》：「術有玄妙，於時游情。聞道睹異。愓然若驚。守死善操。與世無營。」《荀子·宥坐》：「孔子慨然歎曰：『嗚呼！上失之，下殺之，其可乎？』」《晉書》卷五十五《潘岳傳》：「岳讀《汲黯傳》，至司馬安四至九卿，而良史書之，題以巧宦之目，未嘗不慨然廢書而歎也。」

〔一五〕纁招：以玄纁徵召。《後漢書》卷八十三《逸民·嚴光傳》：「後齊國上言，有一男子披羊裘釣澤中。帝疑其光，乃備安車玄纁，遣使聘之。」上書同卷《韓康傳》：「韓康字伯休，一名恬休，京兆霸陵人。家世著姓。常采藥名山，賣於長安市……乃遁入霸陵山中。博士公車連徵不至。桓帝乃備玄纁之禮，以安車聘之。」《校注》：「纁：玄纁，爲幣帛的代詞。後世君

主常用作聘請賢士的贄禮。」

〔一六〕「庶暢」二句：幽襟，猶幽懷，深藏内心的情感。《水經注·廬江水》引晉吴猛詩：「仰矚列仙館，俯察王神宅。曠載暢幽懷，傾蓋付三益。」《文選》卷二十五傅咸《贈何劭王濟》：「歸身蓬蓽廬，樂道以忘饑。」吕向注：「蓬蓽廬，草庵也。」葛洪《抱朴子内篇·自序》：「藜藿有八珍之甘，而蓬蓽有藻棁之樂也。」《校注》：「旌：表彰。蓬蓽：蓬門蓽户，指隱士所居之處。」

【集説】

清許槤《六朝文絜箋注》卷三：處處矜煉窅邈，絶非肥艷濃香，故妙。

建平王慶改號啓

【題解】

此文張本、梁本題作《爲建平王慶改號啓》。

啓題之「改號」，即改元。《校注》：「《宋書·明帝紀》：『泰豫元年（四七二）春正月甲寅朔，上有疾不朝會，以疾患未痊，故改元。』本啓當作於此時。」考景素封建平王之後宋室之改號有前廢帝時大明改永光，永光改景和；明帝時景和改泰始，泰始改泰豫；後廢帝之泰豫改元徽。而景和改泰始之前江淹尚未爲景素主簿，不可能代作此啓。可能代建平王作啓之時間，乃明帝之

泰始改泰豫及後廢帝之泰豫改元徽。據此啓云：「竊以皇衢永謐，則玉曆惟禎；國慶方夷，則繩澤式茂。故五鳳協年，甘露應號。」與泰豫元年明帝因疾改元正相合。此啓又云：「既覿昭晨，方鑄昌化，延守一隅，無以自届。」見建平王景素時在藩任，是啓必泰豫元年作。《年代考》所說是也。觀改號在是年正月朔日，則啓即泰豫元年正月時所作。

竊以皇衢永謐，則玉曆惟禎〔一〕；國慶方夷，則繩澤式茂〔二〕。故五鳳協年，甘露應號〔三〕。況今道潤衍溢，頌祉載繁〔四〕。嘉生躅慶，風雲瑞節〔五〕。既覿昭晨①，方鑄昌化〔六〕。延守一隅，無以自届②〔七〕。不勝荒情〔八〕。

【校記】

①「昭」原作「招」，今據元鈔本、《彙注》本、張本改。

②「届」梁本作「局」。

【箋注】

〔一〕「竊以」二句：皇衢，專供皇帝車馬所行的大道。《文選》卷一班固《東都賦》：「動大輅，遵皇衢，省方巡狩。」李周翰注：「言動法駕，遵天子之衢。衢，道也。」《藝文類聚》卷五十九引魏文帝《述征賦》：「伊皇衢之遐通兮，維天納之畢舉。」玉曆，亦作玉歷。《搜神記》卷八：

「虞舜耕於歷山，得玉歷於河際之巖，舜知天命在己，體道不倦。」《校注》：「謐：安寧。玉曆：指簡牒所記的符讖之類。禎：吉祥。」

〔二〕「國慶」二句：國家喜慶之事。《國語·周語下》：「晉國有憂，未嘗不戚，有慶，未嘗不怡。」韋昭注：「慶，福也。怡，説也。」《周禮·秋官·小行人》：「若國有福事，則令慶賀之。若國有禍災，則令哀弔之。」《文選》卷五十四陸機《五等諸侯論》：「國慶獨饗其利，主憂莫與其害。」《晉書》卷三《武帝紀》：「皓遣使之始，未知國慶，但以書答之。」《詩·鄭風·風雨》：「既見君子，云胡不夷？」毛傳：「夷，説也。」孔穎達疏：「言其必大悦也。」楊慎《藝林伐山》：「天子神聖，則天河直如繩。」《校注》：「繩澤：猶繩河，喻朝廷。」

〔三〕「故五鳳」二句：《校注》：「五鳳、甘露：皆漢宣帝年號。《漢書·宣帝紀》『五鳳元年』注引應劭曰：『先者鳳凰五至，因以改元云。』《藝文類聚》卷九十八引《漢書》曰：『元康元年，甘露降未央宫，大赦；以甘露連降，改元爲甘露。』按今本《漢書》不見此文。協、應：皆合之意。」

〔四〕「況今」二句：《藝文類聚》卷十九引晉孫楚《反金人銘》：「舜立謗木，聽采風謡，惟日不足。道潤羣生，化隆比屋。」《文選》卷四十四司馬相如《難蜀父老》：「是以六合之内，八方之外，浸淫衍溢。」李周翰注：「浸淫衍溢，言理化遠也。」同上書卷八前人《上林賦》：「東注太湖，衍溢陂池。」張銑注：「海廣大運轉，滈滈然揚光，注於震澤，溢於陂池。衍，亦溢也。」《藝文

類聚》卷八十九引晉成公綏《椒華銘》：「嘉哉芳椒，載繁其實。厥味惟珍，蠲除百疾。」《校注》：「道潤：即德澤。衍溢：流布。《春秋繁露・十指》：『德澤廣大，衍溢於四海。』祉：福祉。載繁：充滿之意。」

〔五〕「嘉生」二句：《校注》：「嘉生：指嘉禾、嘉柰、嘉蓮之類的祥瑞。見《宋書・符瑞志》。蠲慶：謂用各種祥物作祭品，表示慶賀。風雲：《易・乾》：『雲從龍，風從虎，聖人作而萬物睹。』此以風雲喻文武羣臣從四方會集。瑞節：吉慶時節，指元正日，即正月初一。」福林按：嘉生，當爲嘉禾生或嘉蓮生等之簡稱。

〔六〕「既覯」二句：《校注》：「遘：遇。昭：顯現。晨：星名，即房星。《國語・周語上》：『農祥晨正。』注：『農祥，房星也。晨正，謂立春之日，晨中於午也。』昭晨，房星晨見南方，指正月初。鑄：謂陶熔萬物。昌化：使之化育生長。」

〔七〕「延守」二句：一隅，指一狹小的地區。《漢書》卷六十九《趙充國傳》：「今久轉運煩費，傾我不虞之用，以澹一隅，臣愚以爲不便。」桓寬《鹽鐵論・論鄒》：「守一隅而欲知萬方，猶無準平而欲知高下，無規矩而欲知方圓也。」《校注》：「延守：遠守。届：至。」

〔八〕荒情：《宋書》卷六十九《范曄傳》：「由臣闇於交士，聞此逆謀，臨啓震惶，荒情無措。」《校注》：「荒情：惶恐之情。荒，同『慌』。」

建平王慶少帝登祚章

【題解】

此文張本、梁本題作《爲建平王慶少帝登祚章》。章題之「登祚」，即即位，登上皇位。《晉書》卷三十一《后妃上·景懷夏侯皇后傳》：「武帝登阼，初未追崇，弘訓太后每以爲言。」《宋書》卷七十三《顔延之傳》：「世祖登阼，以爲金紫光禄大夫，領湘東王師。」登祚，同「登阼」。

《校注》：「《宋書·後廢帝紀》：『泰豫元年（四七二）四月己亥（十三日），太宗（明帝）崩，庚子（十八日），太子即皇帝位。』本章當作於此時。」考景素在建平王位時之少帝登祚，前有前廢帝子業，大明八年閏五月即位；後有後廢帝昱，泰豫元年四月即位。大明八年時，江淹尚未入建平王幕，故此賀章必泰豫元年四月作。俞説是也。是時建平王在荆州，故文又有「禮升之日，守官楚甸。不獲勉躬儲外，奉顒行間。魂泣江郊，心泫京國」之語。

上書皇帝陛下：伏承肇嗣天震，雲飛璿極〔一〕。戎夏歸服，民靈以戴〔二〕。中謝。①。臣聞黄旗紆藻，瑞益於姬帝〔三〕；紫雲垂蓋，效異於劉后〔四〕。實乃深賜天

衷，廣映祇迹〔五〕。伏惟陛下騫英駕聖②，涵靈縱睿〔六〕；矩心明裁，繩道詰時〔七〕；遥裔雒符，雜沓河紀〔八〕。是以膺符寶宫，輯命珍殿〔九〕；誼洗雲密，德徽嬀夏〔一〇〕；濬發鴻原，長禘偉業③〔一一〕。方絢聲金圖，騰華玉曆〔一二〕；波撩下氓④，炎躔上漢〔一三〕。臣沿莩締寵，誠兼親屏〔一四〕。禮升之日，守官楚甸〔一五〕。不獲勉躬儲外，奉顓行間⑤〔一六〕。魂泣江郊，心泫京國〔一七〕。不任悲仰哽慰之情〔一八〕。

【校記】

①「中謝」原作「中射」，今據汪本、《彙注》本、梁本改。按張本無此二字。

②「駕」《彙注》本作「篤」。

③「長禘偉業」原作「長棉鄴緯」，今據《彙注》本、張本、梁本改。

④「撩」張本、梁本作「潦」。

⑤「顓」原作「敨」，今據張本、梁本改。

【箋注】

〔一〕「伏承」二句：《後漢書》卷七十七《酷吏・陽球傳》：「伏承有詔，敕中尚方爲鴻都文學樂松、江覽等三十二人圖象立贊，以勸學者。」鮑照《征北世子誕育上表》：「伏承王子以中氣正月，鍾靈納和，誕躬紫閣。」《宋書》卷八十《孝武十四王・東平王子嗣傳》：「故東平沖王休

倩託荄璿極，岐嶷夙表，降年弗永，遺胤莫傳。」《校注》：「伏承：俯伏恭奉，以示敬意。常用於章表開頭的套語。肇：始。嗣：繼承。天震：指太子所處的東宮。《易·説卦》：『震，東方也。』『帝出乎震。』璿：美玉。」

〔二〕「戎夏」二句：《晉書》卷三十六《張華傳》：「安北將軍撫納新舊，戎夏懷之。」同書卷一百十二《苻健載記》：「時京兆杜洪竊據長安，自稱晉征北將軍、雍州刺史，戎夏多歸之。」《文選》卷二十二顔延之《車駕幸京口三月三日侍遊曲阿後湖作詩》：「民靈翕都野，鱗翰聳淵丘。」李周翰注：「民靈，人神也。」此單指人而言。《校注》：「戎：古代對少數民族的稱呼。夏：華夏民族。歸服：歸附服從。民靈：人民。人爲物之靈，故稱。載：擁戴。」

〔三〕「臣聞」二句：《校注》：「黄旗：黄鳥之旗，爲所謂天賜的祥瑞。《墨子·非攻下》：『（武王）乃攻狂夫（指殷紂），反商之周，天賜武王黄鳥之旗。』紆藻：垂藻。藻，旗邊緣的飾物。姬帝：即周武王，周姓姬。」

〔四〕「紫雲」二句：紫雲，紫色雲，古以爲祥瑞之兆。焦贛《易林·履之漸》：「黄帝紫雲，聖且神明，光見福祥，告我無殃。」《宋書》卷二十七《符瑞志上》：「吴亡後，蔣山上常有紫雲，數術者亦云，江東猶有帝王氣。」同上書卷二十九《符瑞志下》：「明帝泰始二年三月丙午，黄紫雲從景陽樓出，隨風回，久乃消。華林園令臧延之以聞。」《校注》：「紫雲：祥雲。垂蓋：謂雲氣下垂如車蓋。《漢書·高帝紀》：『高祖隱於芒、碭山澤間，吕后與人俱求，常得之。高

即漢高祖劉祖怪問之，吕后曰：「季（劉邦字）所居上常有雲氣，故從往常得季。」』劉后：即漢高祖劉邦。后，君主。」

〔五〕「實乃」二句：《左傳・僖公二十八年》：「不協之故，用昭乞盟於爾大神以誘天衷。」蔡邕《郭有道碑》：「先生誕膺天衷，聰睿明哲。」《文選》卷三十五潘勖《册魏公九錫文》：「乃誘天衷，誕育丞相。」《彙注》：「天衷，猶天意也。祇，地神也。」《校注》：「祇：地神。迹：心迹。」

〔六〕「伏惟」二句：騫，《楚辭・大招》：「鰅鳙短狐，王虺騫只。」王逸章句：「騫，舉頭貌也。」引申爲高於。駕，陵駕，超越。《左傳・昭公元年》：「子木之信，稱於諸侯，猶許晉而駕焉，況不信之尤者乎？」杜預注：「駕，猶陵也。」《南齊書》卷三十六《劉祥傳》：「盖聞鼓鼙懷音，待揚桴以振響；天地涵靈，資昏明以垂位。是以俊乂之臣，借湯、武而隆；英達之君，假伊、周而治。」《宋書》卷二《武帝紀中》：「相國宋公，天縱睿聖，命世應期，誠貫三靈，大節宏發。」

〔七〕「矩心」二句：喆，同「哲」，明智。《書・臯陶謨》：「知人則哲。」孔傳：「哲，智也。」《文選》卷十九謝靈運《述祖德二首》之一：「苕苕歷千載，遥遥播清塵。清塵竟誰嗣，明哲時經綸。」劉良注：「言我祖有明智經綸之材，能繼魯仲連。」《校注》：「矩心：其心如矩，謂合於法度。繩道：其道如繩，謂正直不曲。喆：同『哲』，亦明之意。」

〔八〕「遥裔雜符」二句：《文選》卷三十謝靈運《擬魏太子鄴中集詩·魏太子》：「照灼爛霄漢，遥裔起長津。天地中横潰，家王拯生民。」張銑注：「遥裔，遠也。」《樂府詩集》卷九《郊廟歌辭·齊太廟樂歌》謝超宗《永祚樂》：「升薦惟誠，昭禮惟芬。降祉遥裔，集慶氤氲。」《漢書》卷三十六《楚元王傳附劉向傳》：「及至周文，開基西郊，雜遝衆賢，罔不肅和。」顔師古注：「雜遝，聚積之貌。」按遝，沓字通。《文選》卷四左思《蜀都賦》：「輿輦雜沓，冠帶混并，累轂疊迹，叛衍相傾。」李周翰注：「雜沓，衆多貌。混并，雜亂貌也。」按此二句《彙注》云：「雜符、河紀，即洛書、河圖。《洛書》曰：『河圖命紀。』」《校注》：「遥裔：邊遠地區。雜符、河紀：即洛書、河圖。古人認爲是帝王受命的祥瑞。雜沓：衆多貌。謂祥瑞符讖從遠方紛至遝來。」

〔九〕「是以」二句：《晉書》卷一百十四《苻堅載記下》：「萇求傳國璽於堅曰：『萇次膺符歷，可以爲惠。』」《宋書》卷八十四《鄧琬傳》：「聖上明睿在躬，膺符握曜，眷懷家國，夙夜劬勞，懼社稷湮蕪，彝倫左衽。」《太平御覽》卷七百六引《西京雜記》：「武帝爲七寶牀、雜寶屏風、八寶帳，設於宫中，時人謂爲寶宫。」《校注》：「膺、輯：皆收受之意。符、命：即牒記圖讖。古時以爲符命反映天意，用以教告王者，故王者有天下稱膺符受命。」

〔一〇〕「誼洗雲密」二句：《藝文類聚》卷十三引陸機《吴大帝誄》：「巍巍聖姿，文武既俊。有覺德徽，兆民欣順。將熙景命，經營九圍。」《宋書》卷六十七《謝靈運傳》：「歷尚代而平顯，降中

葉以繁昌。業服道而德徽，風行世而化揚。」《校注》：「誼：通『義』。洗雲密：洗盡密雲。猶言雲開日出。徽：美於。嬀夏：虞舜和夏禹。」

〔一一〕「濬發」二句：《晉書》卷九十二《文苑傳論》：「季鷹縱誕一時，不邀名爵，《黃花》之什，濬發神府。」《文選》卷十七陸機《文賦》：「雖濬發於巧心，或受嗤於拙目。」吕向注：「濬，深。嗤，笑也。謂作文者雖深發巧思，或與拙者見而笑之。」鴻原，廣大的原野。《藝文類聚》卷六引漢揚雄《冀州箴》：「洋洋冀州，鴻原大陸。」《爾雅·釋天》：「禘，大祭也。」按此二句《彙注》云：「偉，大也。業，世業也。」《校注》：「濬：深。發：開發。禘：祭祀名。此言享受。鴻原、偉業：謂王業。」

〔一二〕「方絢」二句：徐陵《在北齊與楊僕射書》：「我大梁應金圖而有亢。」許逸民注：「金圖，謂帝王之符瑞。《太平御覽》卷八十一引《春秋運斗樞》：『舜以太尉受號，即位爲天子，五年二月，東巡狩，至于中月，與三公諸侯臨觀。黄龍五彩，負圖出，置舜前。圖以黄玉爲匣，如櫃，長三尺，廣八寸，厚一寸，四合而連，有户。白玉檢，黄金繩，芝爲泥，封兩端。章曰天黄帝符璽五字，廣袤各三寸，深四分，鳥文。舜與大司空禹、臨侯望博等三十人集發，圖玄色而綈狀，可舒卷，長三十二尺，廣九寸，中有七十二帝地行之制，天文官位度之差。』」玉曆，亦作玉歷。《搜神記》卷八：「虞舜耕於歷山，得玉歷於河際之巖，舜知天命在己，體道不倦。」《校注》：「絢聲、騰華：即『騰聲』、『絢華』。絢華，光彩輝映之意。騰聲，聲譽遠揚。金圖、

玉曆：皆符命圖讖之類。」

〔一三〕「波揜」二句：《詩・小雅・十月之交》：「下民之孽，匪降自天。」揜，同「掩」。《荀子・富國》：「使民必勝事，事必出利，利足以生民，皆使衣食百用出入相揜。」王先謙集解引王念孫曰：「弇、奄、掩、揜并通。」下氓，猶下民。《校注》：「波：謂恩澤。掩：覆蓋。下氓：百姓。炎：光芒。躔：經行。上漢：天漢，天河。」

〔一四〕「臣沿」二句：莩，葭莩。《漢書》卷五十三《景十三王・中山靖王勝傳》：「今羣臣非有葭莩之親，鴻毛之重，羣居黨議，朋友相爲，使夫宗室擯卻，骨肉冰釋。」顏師古注：「葭，蘆也。莩者，其筩中白皮至薄者也。葭莩喻著鴻毛，喻輕薄甚也。」比喻親戚關係疏遠淡薄。《校注》：「莩：莩親。指宗室。締：結。親屏：謂同姓諸侯。《左傳・僖公二十四年》：『封建親戚，以屏藩周。』」

〔一五〕「禮升」二句：《文選》卷二十一謝瞻《王撫軍庾西陽集別時爲豫章太守庾被徵還東》：「祇召旋北京，守官反南服。」李周翰注：「守官，謂宣遠南赴職也。服，諸侯之國也。」楚甸，猶楚地。甸，郊外之地。《文選》卷三十謝朓《和伏武昌登孫權故城》：「鵲起登吳山，鳳翔陵楚甸。」李善注：「孫氏初基武昌，後都建鄴，故云吳山、楚甸也。」《校注》：「禮升：指行登祚之禮。楚甸：即荆州。」

〔一六〕「不獲」二句：儲，儲宮，太子所居宮室。《後漢書》卷三十下《郎襄傳附郎顗傳》：「臣竊見

皇子未立，儲宫無主。」《文選》卷二十四潘尼《陸機出爲吴王郎中令》：「乃漸上京，羽儀儲宫。」吕向注：「羽儀儲宫，謂機爲東宫洗馬，爲太子羽儀也。」《藝文類聚》卷三十一引潘尼《答楊士安詩》：「逝將辭儲宫，棲遲集南畿，不悮百里賤，徒惜年志衰。」《校注》：「儲外：儲宫之外。　顒：　恭敬貌。　行間：　指登祚儀式的行列之間。」

〔一七〕「魂泣」二句：　江郊，臨江的郊野。鮑照《送别王宣城》：「廣望周千里，江郊藹微明。舉爵自惆悵，歌管爲誰清。」《廣韻》卷三：「泫然，流涕皃。」《吕氏春秋・知士》：「静郭君泫而曰：『不可，吾弗忍爲也。』」京國，京城，國都。《文選》卷五十六曹植《王仲宣誄》：「我公寔嘉，表揚京國，金龜紫綬，以彰勳則。」鮑照《還都口號》：「君王遲京國，遊子思鄉邦。恩世共渝洽，身願兩扳逢。」

〔一八〕悲仰哽慰：　《校注》：「悲仰哽慰：　即『悲哽仰慰』，悲哽，因悲傷而哽咽。」

建平王慶王太后正位章

【題解】

此文原題作《建平王答王太后正位章》，張本、梁本題作《爲建平王慶王太后正位章》，今據《彙注》本、張本、梁本改「答」爲「慶」。

正位：　皇太后、皇后居於皇宫正中之位，故稱皇太后及皇后就位爲正位。《後漢書》卷十上

《皇后紀上》序：「后正位宫闈，同體天王。」

章題之「王太后」，指宋明帝王皇后。《宋書》卷四十一《后妃傳》：「明恭王皇后諱貞風，琅邪臨沂人也。元嘉二十五年，拜淮陽王妃。太宗改封，又爲湘東王妃。生晉陵長公主伯姒，建安長公主伯媛。太宗即位，立爲皇后。……廢帝即位，尊爲皇太后，宫曰弘訓。」

曹道衡《年代考》：「《宋書·後廢帝紀》，泰豫元年六月，『尊皇后曰皇太后』。文章即作於此時。」所説是也。

上書王太后殿下：伏承以令日淑辰，曾光樞景〔一〕；慶芬祇外，禮蔚寰中〔二〕。中謝①。臣聞道懋弟昌②，鄰廣祉盛〔三〕；藻秩攸臻，憲章斯飾〔四〕。伏惟殿下柔明固天，夙資龔懿〔五〕；芬蕙翔聲，端簡散譽〔六〕；冠采摯姙，騰燿徽姒③〔七〕；丹陵蕴德，玄丘棲聖〔八〕；煙煴國牒，衍溢民聽〔九〕；涵道席教，且詠且洽〔一〇〕。臣忝任蕃圉，無由隨例闕廷〔一一〕，不勝荒情〔一二〕。

【校記】

①「中謝」原作「中射」，今據汪本、《彙注》本、梁本改。按張本無此二字。

②「弟」，汪本、《彙注》本、張本、梁本作「第」。按第、弟字通。

③「徽」梁本作「太」。

【箋注】

〔一〕「伏承」二句：　令日，吉日。《戰國策・趙策二》：「趙燕再拜稽首曰：『前吏命胡服，施及賤臣，臣以失令過期，更不用侵辱教，王之惠也。臣敬循衣服，以待令日。』」鮑彪注：「令，善也。」《漢書》卷七十三《韋玄傳附韋玄成傳》：「即以令日遷太上、孝惠廟，孝文太后、孝昭太后寢，將以昭祖宗之德，順天人之序，定亡窮之業。」顔師古注：「令，善也。謂吉日也。」曾光，曾泉之光。《淮南子・天文訓》：「日出於暘谷，浴於咸池。……至於曾泉，是謂蚤食；至於桑野，是謂宴食。」《初學記》卷一引《淮南子》注：「曾，重也。早食時在東方多水之地，故曰曾泉。」《彙注》：「曾光，曾泉之光也。《淮南子》曰：『臨於曾泉，是謂早食。』樞景，樞星之景也。」《校注》：「令日淑辰：　吉日良辰。　樞：　星名，北斗第一星。　景：　光。《初學記》卷九引《尚書帝命驗》曰：『姚氏繼華改樞。』注：『舜母感樞星之精，而生舜重華。』此句喻母后光輝照耀。」

〔二〕「慶芬」二句：　《左傳・昭公十二年》：「昔穆王欲肆其心，周行天下，將皆必有車轍馬跡焉。祭公謀父作《祈招》之詩以止王心，王是以獲没於祇宫。」孔穎達疏：「馬融曰：『圻内遊觀之宫也。』杜不解，蓋以爲王離宫之名也。」《穆天子傳》卷四：「吉日，丁酉，天子入于南鄭。」郭璞注：「今京兆鄭縣也。《紀年》：『穆王元年，築祇宫于南鄭。』《傳》所謂『王是以獲没于祇

宫』者。」禮蔚，猶禮富，禮盛。《集韻》卷七：「蔚，《説文》：『牡蒿也。』一曰：艸木盛皃。」寰中，宇内，天下。《藝文類聚》卷九十一引宋謝莊《赤鸚鵡賦》：「徒觀其柔儀所踐，頳藻所挺，華景夕映，容光晦鮮，慧性生昭，和機自曉，審國音於寰中，達方聲於裔表。」孫綽《喻道論》：「焉復睹夫方外之妙趣、寰中之玄照乎？」《校注》：「慶：慶禮，慶典。祇：祇宫，周代宫殿名，此泛指宫殿。寰中：寰區之中，即國中。」

〔三〕「臣聞」二句：《樂府詩集・郊廟歌辭・齊太廟樂歌》謝超宗《宣德凱容樂》：「道閟期運，義開藏用。皇矣睿祖，至哉攸縱。循規烈炤，襲矩重芬。德溢軒義，道懋炎雲。」祉，福。《易・泰》：「帝乙歸妹，以祉元吉。」祉，李鼎祚集解引虞翻曰：「福也。」《詩・小雅・巧言》：「君子如祉，亂庶遄已。」毛傳：「祉，福也。」《校注》：「懋：盛美。第：第宅。業：功業。」

〔四〕「藻秩」二句：《南齊書》卷一《高帝紀上》：「亮符命之攸臻，坦至公以成務，懷生載懌，靈祇效祉，遺風餘烈，光被無垠。」《禮記・中庸》：「仲尼祖述堯舜，憲章文武。」朱熹集注：「祖述者，遠宗其道；憲章者，近守其法。」《校注》：「藻：玉藻，古代王冠垂掛的玉飾。《禮記・玉藻》：『天子玉藻。』憲章：效法。斯飾：指玉藻。按古禮制，皇太后、皇后所佩藻旒與天子等同。」

〔五〕「伏惟」二句：《文選》卷五十八顔延之《宋文皇帝元皇后哀策文》：「昌暉在陰，柔明將進。」吕延濟注：「昌盛，暉光也。陰，妻位也。妻者法地，柔道也。將進，謂皇后行此德行，進於

天下也。」《校注》：「柔明：柔順明達。固天：本於天性。夙資：素質。龔懿：恭敬而善良。龔，同『恭』。」

〔六〕「芬蕙」二句：端簡，端莊持重。《南齊書》卷四十四《徐孝嗣傳》：「幼而挺立，風儀端簡。」《校注》：「芬蕙、端簡：指端莊簡樸的美好品行。翔聲、散譽：謂聲名遠揚。」

〔七〕「冠采」二句：《藝文類聚》卷十五引《列女傳》：「太任者，王季之妃，摯任之女也。端一誠莊，唯德之行。及其有娠也，目不視惡色，耳不聽惡聲，口不出傲言，溲於豕牢而生文王。」《詩·大雅·大明》：「摯仲氏任，自彼殷商，來嫁於周，曰嬪於京。乃及王季，維德之行。」毛傳：「摯國任姓之中女也。」鄭玄箋：「摯國中女曰大任，從殷商之畿内，嫁爲婦於周之京，配王季，而與之共行仁義之德。」《詩·大雅·思齊》：「大姒嗣徽音，則百斯男。」毛傳：「大姒，文王之妃也。大姒十子，衆妾則宜百子也。」鄭玄箋：「徽，美也。嗣大任之美音，謂續行其善教令。」劉向《列女傳》：「太姒者，武王之母，禹後有莘姒氏之女。仁而明道，文王嘉之，親迎於渭，造舟爲梁。及入，太姒思媚太姜、太任，旦夕勤勞，以進婦道。太姒號曰文母。文王治外，文母治内。」《校注》：「冠、騰：皆高於之意。摯妊：王季之妃，周文王之母，相傳以德行著稱。徽姒：指周文王之妃。此二句意謂皇太后的德行比摯妊、太姒更高，更光彩照人。」

〔八〕「丹陵」二句：《初學記》卷九引《帝王世紀》：「堯，伊祁姓也。母曰慶都，孕十四月而生堯

於丹陵，名曰放勛。」劉向《列女傳》卷一：「契母簡狄者，有娀氏之長女也。當堯之時，與其妹娣浴於玄丘之水，有玄鳥銜卵過而墜之，五色，甚好。簡狄與其妹娣競往取之。簡狄得而含之，誤而吞之，遂生契焉。簡狄性好人事之治，上知天文，樂於施惠。及契長，而教之理順之序。」《校注》：「丹陵：地名。相傳堯母慶都生堯於丹陵。玄丘：水名。」

〔九〕「煙熅」二句：《文選》卷四十四司馬相如《難蜀父老》：「是以六合之内，八方之外，浸淫衍溢。」李周翰注：「浸淫衍溢，言理化遠也。」同上書卷八前人《上林賦》：「東注太湖，衍溢陂池。」張銑注：「海廣大運轉，滈滈然揚光，注於震澤，溢於陂池。衍，亦溢也。」袁宏《後漢紀・桓帝紀下》：「處士豫章徐穉、彭城姜肱、汝南袁閎、京兆韋著、潁川李曇，德行純備，著于民聽。」《宋書》卷三《武帝紀下》：「其有獄訟虧濫，政刑乖愆，傷化擾治，未允民聽者，皆當具以事聞。」《校注》：「煙熅：彌漫貌。國牒：國家典籍。衍溢：流布。民聽：民間傳聞。」

〔一〇〕「涵道」二句：《宋書》卷七十五《王僧達顔竣傳論》：「世祖弱歲臨蕃，涵道未廣，披胸解帶，義止宾僚。」《校注》：「涵：沉浸其中。席：鋪陳之意。《禮記・儒行》：『儒有席上之珍以待聘。』注：『席，猶鋪陳也。』鋪陳堯舜之善道以待見聞也。洽：和合於心。」

〔一一〕「臣忝任」二句：《史記》卷六《秦始皇本紀》：「將閭曰：『闕廷之禮，吾未嘗敢不從賓贊也。』」《後漢書》卷二十六《伏隆傳》：「臣隆得生到闕廷，受誅有司，此其大願。」《校注》：

「蕃圉：藩國之圉，謂諸侯。圉：牧馬人。闕廷：宮廷。按宋制，外藩諸侯非有特請，不得入内廷。故有此云。」

〔三〕荒情：見《建平王慶改號啓》注〔八〕。

建平王慶江皇后正位章

【題解】

此文張本、梁本題作《爲建平王慶江皇后正位章》。章題之「江皇后」，指宋後廢帝江皇后。《宋書》卷四十一《后妃傳》：「後廢帝江皇后諱簡珪，濟陽考城人，北中郎長史智淵孫女。泰始五年，太宗訪求太子妃，而雅信小數，名家女多不合。后弱小，門無彊廕，以卜筮最吉，故爲太子納之。……太子即帝位，立爲皇后。帝既廢，降爲蒼梧王妃。」

曹道衡《年代考》：「《宋書·後廢帝紀》，泰豫元年六月，『立皇后江氏』。此文當與前文同時作。」所説是也。

上書皇后殿下：伏承以嘉月蕙時①，膺曜宸正〔一〕；翠珩炤品②〔二〕，褕組在

飾③〔三〕；休遍函夏，譽殷靈昧〔四〕。中謝④。伏惟殿下岳曜静德⑤，式懷謙順⑥〔五〕；升降圖傳，左右詩史⑦〔六〕；夙鏡茂資⑧，早摛芳訓〔七〕。故以騰馥秘閨，寫問中帷〔八〕。今靈緯載升〔九〕，崇正輝典〔一〇〕。衛教紫庭⑨〔一一〕，麗軌華屋〔一二〕。聲激綺組，風偃家邦〔一三〕，黎玄湊仁⑩，雲祇宅慶〔一四〕。遠邇有聞，莫不傾渥〔一五〕。臣限外任，無由恭列軒屏〔一六〕，不勝荒情。

【校記】

①「蕙」《藝文類聚》卷十五作「惠」。
②「翠」元鈔本、《彙注》本、《藝文類聚》作「翬」。「炤品」《藝文類聚》作「昭品」。
③「褕」原作「榆」，今據《彙注》本、張本、梁本、《藝文類聚》、《初學記》卷十改。
④「中謝」張本無此二字。
⑤「殿下」《藝文類聚》無此二字。
⑥「謙順」《彙注》本作「讓順」。
⑦「詩史」梁本作「書史」。
⑧「鏡」《彙注》本作「鍾」。
⑨「衛」《彙注》本、張本、梁本、《藝文類聚》、《初學記》作「衍」。

⑩「湊」元鈔本作「滲」。

【箋注】

〔一〕「伏承」二句：《楚辭》王褒《九懷·危俊》：「林不容兮鳴蜩，余何留兮中州。陶嘉月兮總駕，搴玉英兮自修。」《文選》卷二十五謝惠連《西陵遇風獻康樂》：「成裝候良辰，漾舟陶嘉月。」《校注》：「蕙：美好。宸正：北極星所在爲宸。古以北極星喻朝廷，宸之正中即皇宮正殿，也就是王后所處之位。」

〔二〕翠珩炤品：翠，翠鳥。《楚辭·九歌·東君》：「翾飛兮翠曾。」王逸章句：「曾，舉也。言巫舞工巧，身體翾然若飛，似翠鳥之舉也。」《文選》卷四左思《蜀都賦》：「孔翠羣翔，犀象競馳。白雉朝雊，猩猩夜啼。」劉逵注：「孔，孔雀也。翠，鳥也。」按翠，《校注》從《彙注》本作「翬」，注云：「翬，身上有五色羽毛的山雉。《釋名·釋衣服》：『王后之上服曰翬衣，畫翬雉之文於衣也。』珩：佩玉的構件。炤品：顯示品級。炤，同『昭』。」合下句「褕組在飾」視之，疑作翬是。

〔三〕褕組在飾：《説文·衣部》：「褕，褕翟，羽飾衣。」《文選》卷五十八顏延之《宋文皇帝元皇后哀策文》：「悲黼筵之移御，痛翬褕之重晦。」李善注：「鄭玄曰：『褘，衣畫翬者也。褕，畫鷂者也。』」《校注》：「褕：褕翟。《北堂書鈔》卷十二八引《三禮圖》曰：『褕翟，王后從王祭先公服衣也。刻青翟形畫雉，綴於衣是也。』」

〔四〕「休遍」二句：《漢書》卷八十七上《揚雄傳上》：「以函夏之大漢兮，彼曾何足與比功？」顔師古注：「服虔曰：『函夏，函諸夏也。』師古曰：函，包容也。」後乃以函夏指全國。楊衒之《洛陽伽藍記·城南龍華寺》：「寒暑攸葉，日月載融，帝世光宅，函夏同風。」靈昧，猶言賢與不肖，借指全體人民。《校注》：「休：美，美譽。函夏：諸夏。指全國。殷：盛。靈昧：指衆生。」

〔五〕「伏惟」二句：《詩·邶風·静女》：「静女其孌，貽我彤管。」毛傳：「既有静德，又有美色，又能遺我以古人之瀍，可以配人君也。」謝朓《登山望雷居士精舍同沈右衛過劉先生墓下作》序：「潛舟迅景，滅賞淪輝。言念芳猷，式懷嗟述。」曹融南注：「式，語首助詞。」《後漢書》卷八十四《列女·曹世叔妻傳》：「然則求叔妹之心，固莫尚於謙順矣。謙則德之柄，順則婦之行。凡斯二者，足以和矣。」《校注》：「岳：大山。此形容高大。」

〔六〕「升降」二句：《禮記·曲禮上》：「居喪之禮，毁瘠不形，視聽不衰，升降不由阼階，出入不當門隧。」《宋書》卷六十七《謝靈運傳論》：「至於先士茂製，諷高歷賞，子建函京之作，仲宣霸岸之篇，子荆零雨之章，正長朔風之句，并直舉胸情，非傍詩史，正以音律調韻，取高前式。」《校注》：「圖傳、詩史：泛指書籍。」按此二句謂遍覽書籍。

〔七〕「夙鏡」二句：《校注》：「夙：早。摛：傳，發揮。」

〔八〕「故以」二句：中帷，屋中帷幔。《文選》卷五十七謝莊《宋孝武宣貴妃誄》：「庭樹驚兮中帷

響，金釭曖兮玉座寒。」《樂府詩集》卷四十六《清商曲辭・吴聲歌曲・懊儂歌十四首》之二：「江中白布帆，烏布禮中帷。撢如陌上鼓，許是儂歡歸。」《校注》：「馥：芳香，指美好的名聲。寫：通『瀉』，流布。問：通『聞』，名聲。秘闈、中帷：指婦女居住的内室。」

〔九〕靈緯載升：《校注》：「靈緯：指皇帝。載：始。升：謂登祚。」

〔一〇〕崇正輝典：《文選》卷二十四潘岳《爲賈謐作贈陸機》：「曜藻崇正，玄冕丹裳。」李善注：「謂爲洗馬也。崇正，太子之宫也。臧榮緒《晉書》曰：『世祖以皇太子富於春秋，初命講《孝經》於崇正殿。』」吕向注：「崇正，殿名，太子講藝之所。」《校注》：「崇正：太子之宫。典：典禮。」

〔一一〕衛教紫庭：紫庭，帝王宫廷。《後漢書》卷六十五《皇甫規傳》：「臣生長邊遠，希涉紫庭，怖慴失守，言不盡心。」曹丕《讓禪第三表》：「臣以蒙蔽，德非二聖，猥當天統，不敢聞命。敢屢抗疏，略陳私願。庶章通紫庭，得全微節，情達宸極，永守本志。」按衛教，《校注》據《彙注》本等作「衍教」，注云：「衍：猶言擴大。」亦録以備考。

〔一二〕麗軌華屋：《史記》卷七十六《平原君列傳》：「使文能取勝，則善矣。文不能取勝，則歃血於華屋之下，必得定從而還。」《藝文類聚》卷八引曹丕《濟川賦》：「思魏都以偃息，託華屋而遨遊。酌玄清於金罍，騰羽觴以獻酬。」按以上二句《校注》云：「軌：教規。紫庭、華屋：皆指宫廷。」

〔一三〕「聲激」二句：《文選》卷一班固《西都賦》：「紅羅颯纚，綺組繽紛。」李善注：「《説文》曰：『綺，文繒也。』孔安國《尚書傳》曰：『組，綬也。』」吕向注：「言宫中美人也。颯纚，長袖貌。繽紛，盛貌。言精光可燭曜，俯仰之態，其猶神人。」《文選》卷四十八揚雄《劇秦美新》：「雲動風偃，霧集雨散。」吕延濟注：「言雲行雨施，萬國從化，如風偃草，霧露潤集，布散天下，大廣於八方之境，德聲上陳於天庭。」家邦，家與國，泛指國家。《詩·大雅·思齊》：「刑於寡妻，至於兄弟，以御於家邦。」《晉書》卷三十二《后妃傳下》：「贊曰：二妃光舜，三母翼周。末升夷癸，褒進亡幽。家邦興滅，職此之由。穆后沈斷，忘情執爨。」《校注》：「聲、風：聲教，美好的風尚。激：發揚。偃：停止，謂保持。綺組：古代女子以織綺纂組爲工，因以綺組代指女子。家邦：家國。」

〔一四〕「黎玄」二句：黎玄，即黎元，黎民。董仲舒《春秋繁露·五行變救》：「救之者，省宫室，去雕文，舉孝弟，恤黎元。」《文選》卷二十潘岳《關中詩》：「哀此黎元，無罪無辜。肝腦塗地，白骨交衢。」吕延濟注：「哀憐此衆人無罪，爲氏賊所殺，白骨交於衢路。」《校注》：「黎玄：百姓。雲祇：天地。湊：集。宅：居。」

〔一五〕「遠邇」二句：遠邇，遠近。《書·盤庚上》：「汝有積德之臣，乃不畏戎毒於遠邇。」孔傳：「不畏大毒於遠近。」《荀子·議兵》：「兵不血刃，遠邇來服。」《校注》：「傾：欽服。渥：德澤。」

〔一六〕軒屏：堂階旁墻壁。《文選》卷十三潘岳《秋興賦》：「月朣朧以含光兮，露淒清以凝冷。熠燿粲於階闥兮，蟋蟀鳴乎軒屏。」劉良注：「蟋蟀，秋蟲，至秋寒故就軒屏。言鳴軒階壁也。」

建平王太妃周氏行狀

【題解】

行狀，文體名。專指記述死者世系、籍貫、生卒年月和生平概略的文章，也稱狀。《文心雕龍·書記》：「狀者，貌也。體貌本原，取其事實，先賢表謚，并有行狀，狀之大者也。」唐李翶《百官行狀奏》：「凡人之事蹟，非大善大惡，則衆人無由知之，故舊例皆訪問於人，又取行狀謚議，以爲一據。」元陶宗儀《説郛》卷十七上「行狀」：自唐以來，未爲墓誌銘，必先有行狀，蓋南朝以來已有之。按梁江淹爲《宋建平王太妃周氏行狀》，任昉、裴野，皆有行狀。」

文題之「建平王太妃周氏」，指景素母周太妃，亦即《宋書》景素本傳所謂之「獻太妃」。曹道衡先生《年代考》云：「『太妃』是景素之母，卒於泰豫元年二月。景素這一年閏七月方有改任南徐州刺史之命。文中説：『今祖行有期，泉穸無遠。』但當時似未成行，可能因爲那年四月明帝死了，因『國喪』延誤。由此推測本文大約作於那年的二月至四月。」《校注》云：「文中稱太妃『以太豫元年二月三日薨於荆州之内寢』，又云：『今祖行有期，泉穸無遠。素旍望路，綵旌思歸。』當指建平王扶柩歸葬事，則本篇應作於泰豫元年二月後，建平王被征入京之前。」今按：以上二説乃

有可疑之處。首先，景素在爲南徐州刺史前已被任爲太常，征還京都，而并非由荆州刺史改任南徐州刺史。再次，外藩回京須待帝命，景素之未能於母死後即時回京安葬，并非因明帝之喪而延誤。相反，明帝卒後，景素即轉任太常而被征還都。即《年代考》所説非是。考《宋書》景素本傳載建平王景素卒後，其故秀才劉璡上書爲之辨誣，今由劉璡上書觀之，其母於景素爲湘州刺史時已隨景素之湘，景素改刺荆州，又隨之之荆。劉璡上書有云：「臣聞王之事獻太妃也，朝夕不違養，甘苦不見色。帳下進珍饌，太妃未食，王投箸輟飯。太妃起居有不安，王傍行蓬髮。臣聞求忠臣者於孝子之門，安有孝如王而不忠者乎？」見景素事母甚孝，故文通作行狀以贊應在太妃卒後數日之内。江淹此文云：「謂天蓋高，降年不永。以太豫元年二月三日，薨於荆州之内寢。」則此文之作必在泰豫元年（四七二）二月。

竊聞侯服之譽①〔一〕，非黄冠能敷②〔二〕；玉食之問③〔三〕，寧皂衣所述〔四〕？諒畏褒虚美於君后④，被空名於鼎貴⑤〔五〕。然有漢臣誄行⑥，晉史書德者〔六〕，亦云實而已焉〔七〕。

伏見國太妃禀靈惟岳〔八〕，集慶自遠〔九〕。世擅淮汝，族冠疇代〔一〇〕。故以載曜聲書，式炳縢牒矣〔一一〕。太妃誕離明之正和⑦〔一二〕，涵雲露之中氣⑧〔一三〕。凝采韶歲，賁

章笄年〔一四〕。若迺彤管女圖之學〔一五〕，纂組綺縞之工〔一六〕，升降虔謙之儀⑨〔一七〕，柔靜居順之節⑩〔一八〕，莫不中道若性，不嚴而成〔一九〕。故譽滿闈閣⑪〔二〇〕，聲聞軒殿〔二一〕。以元嘉某年，歸於故司徒宣簡王〔二二〕。既而第高恒倫⑫〔二三〕，祑踰外品⑬〔二四〕。青軒華轂〔二五〕，用光國煇〔二六〕。素壁丹墀〔二七〕，實隆家貴。具惟姻娣，靡不式贍⑭〔二八〕。而居尊以簡，訓卑以弘〔二九〕。躬謹蘭閨，身攜椒第〔三〇〕。若衛娥之炯行〔三一〕，樊嬴之映操⑮〔三二〕。方之蔑如也〔三三〕。

大明二年〔三四〕，宣簡王薨，太妃藉悲用禮，撫孤用慈〔三五〕。柔懿之德愈彰，肅敬之問日被〔三六〕。雖文伯之母言不踰閾，莒相之主行存乎勤，無以過也〔三七〕。大明某年，拜建平王太妃。是時今王春秋方富，德業未隆〔三八〕。藉兹金響，終能玉播〔三九〕。故綺襦出宰〔四〇〕，弱冠升朝者〔四一〕，亦太妃劬勞之訓也〔四二〕。

謂天蓋高〔四三〕，降年不永〔四四〕。以太豫元年二月三日，薨於荆州之内寢〔四五〕。凡厥遠邇〔四六〕，以哀以歎。今祖行有期，泉穸無遠〔四七〕。素旂望路，綵旌思歸〔四八〕。所以垂宣徽容，髣髴金石者〔四九〕，謹詳牒行狀，具以申言〔五〇〕。

【校記】

①「侯服」原作「候服」，今據《彙注》本、張本、梁本、《藝文類聚》卷十五改。

②「能」《藝文類聚》作「所」。

③「玉食」原作「王食」，今據張本、梁本、《藝文類聚》改。「問」張本、梁本、《藝文類聚》作「門」。

④「虚」字原闕，今據張本、梁本、《藝文類聚》補。「褒」《藝文類聚》作「裒」。

⑤「被」《藝文類聚》作「披」。

⑥「然有」《藝文類聚》作「然昔有」。

⑦「離明」張本、梁本、《藝文類聚》作「巽離」。

⑧「涵」張本、梁本、《藝文類聚》作「函」。

⑨「虔謙」《彙注》本、張本、梁本作「處謙」。

⑩「居」《藝文類聚》作「嘉」。

⑪「闈閤」《彙注》本、張本、梁本作「闈閾」，《藝文類聚》作「帷闥」。

⑫「第」原作「弟」，「恒倫」原作「坦倫」，今據《彙注》本、張本、梁本改。

⑬「袟」《彙注》本、張本、梁本作「秩」。

⑭「式贍」張本、梁本、庫本作「式瞻」。

⑮「映操」《彙注》本、張本、梁本作「英操」。

【箋注】

〔一〕侯服之譽：侯服，《書·禹貢》「五百里甸服」孔傳：「規方千里之内謂之甸服，爲天子服，治

田去王城面五百里。」又「五百里侯服」孔傳：「甸服外之五百里。侯，候也，斥候而服事。」《周禮·夏官·職方氏》：「乃辨九服之邦國，方千里曰王畿，其外方五百里曰侯服，又其外方五百里曰甸服，又其外方五百里曰男服，又其外方五百里曰采服，又其外方五百里曰衛服，又其外方五百里曰蠻服，又其外方五百里曰夷服，又其外方五百里曰鎮服，又其外方五百里曰藩服。」鄭玄注：「服，服事天子也。」據此，古稱侯服有夏制與周制之異，夏以距王城五百里之外千里之内爲侯服，周則以王城周圍方千里以外方五百里之地區爲侯服。《校注》：「侯服：此指諸侯。譽：名譽。」

〔二〕黄冠能敷：黄冠，《禮記·郊特牲》：「黄衣黄冠而祭，息田夫也。野夫黄冠。黄冠，草服也。」鄭玄注：「言祭以息民，服象其時物之色，季秋而草木黄落。」孔穎達疏：「黄冠是季秋之後草色之服。」後借指農夫野老之服。《校注》：「黄冠：指農夫。敷：陳述。」

〔三〕玉食之問：玉食，美食。《書·洪範》：「惟辟作福，惟辟作威，惟辟玉食。」孔傳：「言惟君得專威福，爲美食。」孫星衍疏：「玉食，猶言好食。」《校注》：「《尚書·洪範》：『惟辟玉食。』辟，國君。惟國君能享用玉食，故玉食指國君。問：通『聞』，亦名譽。」

〔四〕皂衣：《漢書》卷七十八《蕭望之傳》：「敞備皂衣二十餘年，嘗聞罪人贖矣，未聞盜賊起也。」顔師古注：「如淳曰：『雖有五時服，至朝皆著皂衣。』」同上書卷八十八《儒林·梁丘賀傳》：「宣子章爲公車丞，亡在渭城界中，夜玄服入廟，居郎間。」顔師古注：「郎皆皂衣，

故章玄服以厠也。」《校注》：「皂衣：指地位卑微的差吏。古代差吏身著皂衣。皂，黑色。」

〔五〕「諒畏」二句：《漢書》卷五十一《路温舒傳》：「忠良切言皆鬱於胸，譽諛之聲日滿於耳，虚美熏心，實禍蔽塞。」《續漢書·郊祀志上》：「若郡縣遠遣吏上壽，盛稱虚美，必髡。」《文選》卷二十三謝靈運《經廬陵王墓下作》：「一隨往化滅，安用空名揚。」李周翰注：「言甚於常者，爲枉見殺戮也。今已化滅無形，何用追崇爵位，空揚虚名也。」《漢書》卷六十四下《賈捐之傳》：「捐之復短石顯。興曰：『顯鼎貴，上信用之。今欲進，弟從我計，且與合意，即得入矣。』」《文選》卷五左思《吴都賦》：「其居則高門鼎貴，魁岸豪傑。」張銑注：「鼎貴，鼎食者。」《校注》：「褒：《藝文類聚》卷十五作『哀』，近是。哀：聚集。虚美、空名：空虚不實的美名。君后：君王。鼎貴：顯貴。」

〔六〕「然有」二句：《校注》：「西漢揚雄有《皇后誄》、東漢崔瑗有《竇貴人誄》、晉張華有《章懷皇后誄》、左九嬪有《元皇后楊氏誄》等，皆累述后妃生時德行，以示哀悼。」按晉史書德，當指王隱、干寶、謝靈運等人所撰晉代史書中所記載的后妃事蹟。

〔七〕實而已焉：《校注》：「實：謂如實記載事蹟。」

〔八〕稟靈惟岳：稟靈，秉受靈秀之氣。《藝文類聚》卷十八引晉湛方生《上貞女解》：「師心率已，蹈兹四德，抑可謂稟靈山岳，自然天知者矣。」《文選》卷十四顏延之《赭白馬賦》：「稟靈月駟，祖雲螭兮。」按稟靈惟岳，謂秉受山岳靈秀之氣而生。《校注》云：「靈：神靈。《詩·

大雅・崧高》：『維岳降神，生甫及申。』此謂其生爲山岳神靈所授。」亦録以備考。

〔九〕集慶自遠：《樂府詩集》卷九《郊廟歌辭・齊太廟樂歌》謝超宗《永祚樂》：「升薦惟誠，昭禮惟芬。降祉遥裔，集慶氤氲。」《校注》：「慶：福。遠：悠遠。」

〔一〇〕「世擅淮汝」二句：《校注》：「擅：佔有。淮汝：淮河和汝水地區。疇代：同族，同代。以上二句謂，其家世代居於淮汝地區，爲一族之首。」

〔一一〕「故以」二句：縢，緘封。《書・金縢序》：「武王有疾，周公作《金縢》。」孔傳：「爲請命之書，藏之於匱，緘之以金，不欲人開之。」《文選》卷六左思《魏都賦》：「闞玉策於金縢，案圖籙於石室。」劉逵注：「《尚書》曰：『納策於金縢。』縢，緘也。」吕向注：「金縢，金匱也。所謂玉版金匱石室，藏秘書之所，帝王圖籍於此藏也。」《校注》：「載、式：皆語首助詞，無義。聲書：指宣揚美名的文書。縢牒：指保存於朝廷的典册。縢，即金縢，猶金櫃。牒，玉牒。」

〔一二〕誕離明之正和：離明，日光。《易・離》：「離爲火，爲日。」孔穎達疏：「離爲火，取南方之行也；爲日，取其日是火精也。」按離明，《校注》從張本及《藝文類聚》作「巽離」，注云：「誕：孕育。巽離：二卦名。巽卦以卑順爲體，離卦以陰柔得名。卑順、陰柔都是古代統治者約束婦女的道德規範。正和：指中正柔順的品德。《易・離》：『離，麗也。……柔麗乎中正，故亨。』又《巽》：『重巽以申命，剛順乎中正而志行。』」今録之以備考。

〔一三〕中氣：中和之氣。《孟子·離婁》：「中也養不中，才也養不才，故人樂有賢父兄也。」趙岐注：「中者，履中和之氣所生，謂之賢。」《太平御覽》卷一百五十八引《太康地記》：「豫州之分，其人得中和之氣，性安舒。其俗阜，其人和。今俗多寬慢。」

〔一四〕「凝采」二句：齠歲，猶齠年，童年。蔡邕《議郎胡公夫人哀贊》：「愍予小子，夙罹孔艱。嚴考殞没，我在齠年。母氏鞠育，載矜載憐。」齠，兒童换齒，即脱去乳齒，長出恒齒。《韓詩外傳》卷一：「男八月生齒，八歲而齠齒。」笄年，及笄之年，謂女子成年。《禮記·内則》：「女子……十有五年而笄。」鄭玄注：「謂應年許嫁者。女子許嫁，笄而字之，其未許嫁，二十則笄。」笄，髮簪。後因稱女子年滿十五爲及笄。《校注》：「賁：裝飾。章：文采。凝采、賁章：謂打扮得整齊美麗。」

〔一五〕彤管女圖之學：《詩·邶風·静女》：「静女其孌，貽我彤管。」毛傳：「古者后夫人必有女史彤管之法，史不記過，其罪殺之。」鄭玄箋：「彤管，筆赤管也。」《藝文類聚》卷十五引《五經要義》：「古者后夫人，必有女史彤管之法。后妃羣妾，以禮御於君所，女史書其環以進退之。生子月辰，則以金環退之。當御者著於左手，既御著於右手。左手陽也，以當就男，故著左手。右手陰也，御而復故。」《漢書》卷九十七下《外戚下·孝成班倢伃傳》：「陳女圖以鏡監兮，顧女史而問詩。」《文選》卷五十八顔延之《宋文皇帝元皇后哀策文》：「進思才淑，傍綜圖史。」吕向注：「綜，理也。圖，圖書。史，史籍也。」彤管女圖之學，指古代后妃的女

史彤管之法。

〔一六〕纂組綺縞之工：《楚辭·招魂》「纂組綺縞」句，王逸章句：「纂組，綬類也。」朱熹集注：「纂似組而赤。綺，文繒也。縞，細繒也。」《文選》卷二十九曹植《雜詩六首》之三：「西北有織婦，綺縞何繽紛。明晨秉機杼，日昃不成文。」張銑注：「綺縞，素帛之類。」《校注》：「纂組：彩色絲帶。綺縞：泛指絲織品。」

〔一七〕升降虔謙之儀：虔謙，恭敬謙讓。虔，恭敬。《左傳·莊公二十四年》：「女贄，不過榛栗棗脩，以告虔也。」杜預注：「虔，敬也。」《文選》卷二張衡《西京賦》「豈伊不虔思於天衢」薛綜注：「虔，敬也。」《校注》：「升降：指上下進退之禮。」

〔一八〕柔静居順之節：柔静，柔而静，温柔嫻静。《漢書》卷七十五《李尋傳》：「臣聞地道柔静，陰之常義也。」《易·泰卦》：「六五，帝乙歸妹，以祉元吉。」王弼注：「女處尊位，履中居順，降身應二，感以相與，用中行願，不失其禮。」《晉書》卷三十一《后妃上·文明王皇后傳》：「内敘嬪御，外協時望，履信居順，德行洽暢。」

〔一九〕「莫不」二句：中道，中正之道。《孟子·盡心下》：「孔子豈不欲中道哉？不可必得，故思其次也。」趙岐注：「中道，中正之大道也。」《校注》：「中道：猶得體。性：本性。不嚴而成：即不教而成。」

〔二〇〕闈閤：指后妃居住之内室。《周禮·地官·保氏》：「使其屬守王闈。」鄭玄注：「闈，宫中

之巷門。」孫詒讓正義：「此保氏守王闈，亦即王宮之側門……而凡側門之内，必别有巷以達於内宫，故側門亦得稱巷門也。」《文選》卷一班固《西都賦》：「内則街衢洞達，閭閻且千。」李善注：「《字林》曰：『閭，里門也。閻，里中門也。』」

〔二一〕軒殿：《宋書》卷九《後廢帝紀》：「棄冠毁冕，長襲戎衣，犬馬是狎，鷹隼是愛，皂櫪軒殿之中，韝緤宸扆之側。」《校注》：「軒殿：指朝廷的殿堂。」

〔二二〕「以元嘉」二句：《校注》：「元嘉：宋文帝年號（四二四—四五三）。歸：女子出嫁稱歸。司徒宣簡王：即劉宏，文帝第七子，封建平王，死後追贈司徒，謚號宣簡。」按建平王景素即劉宏之子。

〔二三〕恒倫：《校注》：「恒倫：指按常規授於的爵序。」

〔二四〕袟踰外品：袟，原指祭祀的順序，後泛稱次第、順序。《楚辭》劉向《九歎·愍命》：「逐下袟於後堂兮，迎宓妃於伊雒。」王逸章句：「下袟，謂妾御也。」洪興祖補注：「《集韻》：『袟音秩，祭有次也。』」《校注》：「外品：外朝官員的品級。」

〔二五〕青軒華轂：青軒，《莊子·讓王》：「子貢乘大馬，中紺而表素，軒車不容巷。」成玄英疏：「子貢，孔子弟子，名賜，好榮華。其軒蓋是白素，裹爲紺色，車馬高大，故巷道不容也。」紺，深青赤色。後因以「青軒」指豪華之車。《玉臺新詠》卷四鮑令暉《擬青青河畔草》：「裊裊臨窗竹，藹藹垂門桐。灼灼青軒女，泠泠高臺中。明志逸秋霜，玉顔艷春紅。」華轂，飾有文采

的車轂。用以指華美之車。《史記》卷八十九《陳餘列傳》：「令范陽令乘朱輪華轂，使驅馳燕、趙郊。」《文選》卷五十六曹植《王仲宣誄》：「光光戎路，霆駭風徂，君侍華轂，輝輝王塗。」《文選》卷四十三丘遲《與陳伯之書》：「朱輪華轂，擁旄萬里，何其壯也！」吕向注：「朱輪華轂，謂以丹漆飾之也。」

〔二六〕國煇：煇，光，光輝。《詩·小雅·庭燎》：「夜如何其？夜鄉晨，庭燎有煇。」毛傳：「煇，光也。」《文選》卷三十四曹植《七啓》：「佩則結緑懸黎，寶之妙微，符采照爛，流景揚煇。」國煇，猶國輝。陸雲《晉故散騎常侍陸府君誄》：「朝隕棠幹，邦喪國輝。帝欽遺烈，士詠清機。思經皇心，痛浹民懷。」

〔二七〕素壁丹墀：酈道元《水經注·澧水》：「嵩梁山高峰孤竦，素壁千尋，望之苕亭，有似香爐。」《文選》卷二張衡《西京賦》：「右平左墄，青瑣丹墀。」李善注：「《漢官典職》曰：『丹漆地，故稱丹墀。』」《文選》卷十四鮑照《舞鶴賦》：「唳清響於丹墀，舞飛容於金閣。」吕向注：「丹墀，天子階庭也。」

〔二八〕「具惟」二句：《彙注》：「贍，賙，給也。」《校注》：「姻娣：姻親和夫妻。靡：無。贍：富足。」

〔二九〕「而居尊」二句：《校注》：「簡：簡樸。《論語·雍也》：『居敬而行簡，以臨其民。』弘：寬大。」

〔三〇〕「躬謹」二句：《後漢書》卷十下《皇后紀下贊》：「媚兹良哲，承我天禄。班政蘭閨，宣禮椒屋。」李賢注：「班固《西都賦》曰：『後宫則掖庭椒房，后妃之室，蘭林蕙草，披香發越。』蘭林，殿名，故言蘭閨。椒屋，即椒房也。」《晉書》卷七十三《庾亮傳論》：「外戚之家，連輝椒掖；舅氏之族，同氣蘭閨。靡不憑藉寵私，階緣險謁。」撝，謙。《易·謙》：「无不利，撝謙。」王弼注：「指撝皆謙，不違則也。」《南齊書》卷四十七《謝朓傳》：「撝讓之美，本出人情。」　椒第，犹椒房，椒屋。《校注》：「撝：謙遜。椒第：以椒泥塗壁的第宅。蘭閨、椒第：皆指高雅的宫室。」

〔三一〕衛娥之炯行：《校注》：「衛娥：即衛姬。據劉向《列女傳》卷二：衛姬爲齊桓公夫人，『桓公好淫樂，衛姬爲之不聽鄭衛之音』。後桓公欲伐衛，衛姬爲之請情，得到桓公賞識，被列爲夫人。時人稱讚衛姬『信而有行』。炯行：光明正直的品行。」

〔三二〕樊嬴之映操：《校注》：「樊嬴：即樊姬。據《列女傳》，樊姬爲楚莊王夫人，『莊王即位，好狩獵。樊姬諫，不止，乃不食禽獸之肉。王改過，勤於政事』。又嘗諷諫莊王開『蔽賢之路』，使孫叔敖得爲令尹，莊王因而稱霸諸侯。」映，《廣韻》卷四：「映，於敬切，明也。」《文選》卷十二郭璞《江賦》：「青綸競糾，縟組争映。」劉良注：「言多而交亂爲暉映也。」

〔三三〕方之蔑如：《漢書》卷六十五《東方朔傳贊》：「而揚雄亦以爲朔言不純師，行不純德，其流風遺書蔑如也。」顔師古注：「言辭義淺薄，不足稱也。」《晉書》卷八十三《江逌傳附江灌

傳》：「灌性方正，視權貴蔑如也，爲大司馬桓温所惡。」《校注》：「方：比。蔑如：猶言淺薄而不足稱道。蔑，小。」

〔三四〕大明：宋孝武帝年號（四五七—四六四）。

〔三五〕「太妃」二句：《孟子·梁惠王下》：「幼而無父曰孤。」《校注》：「藉：慰藉。孤：幼而喪父曰孤。指兒子。用：以。」

〔三六〕「柔懿」二句：柔懿，柔美。《易·小畜》：「君子以懿文德。」孔穎達疏：「懿，美也。」《文選》卷十八嵇康《琴賦》：「嘉斯器之懿茂，詠兹文以自慰。」李善注：「懿，美也。」肅敬，猶恭敬。《禮記·樂記》：「廉直勁正莊誠之音作，而民肅敬。」《史記》卷九十九《叔孫通列傳》：「自諸侯王以下莫不振恐肅敬。」《校注》：「彰、被：皆顯明之意。」

〔三七〕「雖文伯」三句：《校注》：「文伯之母、莒相之主：指春秋時魯國敬姜。莒，西周諸侯國名，在今山東。《列女傳》卷一載：魯季敬姜，爲文伯之母，季康子之從祖母。『康子嘗至敬姜闒門，而與之言，皆不踰閾』。闒，開。閾，門檻。又云：文伯相魯，『退朝，朝敬姜，敬姜方績。文伯曰：以歜之家，而主猶績，懼於季孫以歜不能事主乎？敬姜歎曰：……若聖王之處民也，擇瘠土而處之，勞其民而用主，故長王天下。夫民勞則思，思則善心生；逸則淫，淫則忘善，忘善則惡心生。……自上而下，誰敢淫心舍力？』以上三句意謂，敬姜雖能别男女之禮，又勤勞而不圖享樂，但其德行還是趕不上周太妃。」

〔三八〕「今王」二句：《晉書》卷五十六《孫楚傳附孫綽傳》：「陛下春秋方富，温克壯其猷，君臣相與，弘揚德業，括囊元吉，豈不快乎！」《宋書》卷四十四《謝晦傳》：「陛下春秋方富，始覽萬機，民之情僞，未能鑒悉。」《後漢書》卷五十四《楊震傳》：「自震至彪，四世太尉，德業相繼。」《宋書》卷四《少帝紀》：「鎮西將軍宜都王，仁明孝弟，著自幼辰，德業沖粹，識心明允。」《校注》：「今王：指建平王景素。春秋方富：猶言正當少壯之年。德業：德行和事業。」

〔三九〕「藉兹」二句：《校注》：「金響、玉播：猶『金聲玉震』，喻聲名遠揚。」

〔四〇〕綺襦出宰：《漢書》卷一百上《敘傳上》：「出與王許子弟爲羣，在於綺襦紈綺之間，非其好也。」顔師古注：「紈，素也。綺，今細綾也。并貴戚子弟之服。」《晉書》卷九十二《文苑・王沉傳》：「四門穆穆，綺襦是盈。」《校注》：「綺襦：華美的衣服，爲富貴子弟所服用。此指貴戚。襦，短衣。出宰：出任地方長官。」

〔四一〕弱冠升朝：《禮記・曲禮上》：「二十曰弱，冠。」孔穎達疏：「二十成人，初加冠，體猶未壯，故曰弱也。」《文選》卷二十一左思《詠史詩八首》之一：「弱冠弄柔翰，卓犖觀羣書。」劉良注：「弱冠，年二十也。」升朝，上朝，到朝廷議事。《樂府詩集》卷十三《燕射歌辭・晉四廂樂歌》張華《晉冬至初歲小會歌》：「庶尹羣后，奉壽升朝。我有嘉禮，式宴百僚。」

〔四二〕劬勞：《詩・小雅・鴻鴈》：「鴻鴈于飛，肅肅其羽。之子于征，劬勞于野。」朱熹集傳：「劬

勞，病苦也。」《後漢書》卷四十四《胡廣傳》：「臣等竊以爲廣在尚書，劬勞日久。」《校注》：「劬勞：辛勞。」

〔四三〕謂天蓋高：《詩・小雅・正月》：「謂天蓋高，不敢不局；謂地蓋厚，不敢不蹐。」《藝文類聚》卷十六引晉陸機《愍懷太子誄》：「痛矣太子，乃離斯酷。謂天盖高，訴哀靡告。」

〔四四〕降年不永：《書・高宗肜日》：「降年有永有不永，非天夭民，民中絶命。」孔傳：「言天之下年與民，有義者長，無義者不長。」《文選》卷五十八蔡邕《郭有道碑文》：「降年不永，民斯悲悼。」《校注》：「永：長久。此謂天所賜與的壽命不長。」

〔四五〕「以太豫」二句：内寢，内室。《禮記・内則》：「子生三月之末，漱澣夙齊，見於内寢，禮之如始入室。」鄭玄注：「内寢，適妻寢也。」《校注》：「太豫：亦作『泰豫』，宋明帝年號。太豫元年，即公元四七二年。」

〔四六〕凡厥遠邇：遠邇，遠近。《書・盤庚上》：「汝有積德之臣，乃不畏戎毒於遠邇。」孔傳：「不畏大毒於遠近。」《荀子・議兵》：「兵不血刃，遠邇來服。」

〔四七〕「今祖行」二句：陶淵明《祭從弟敬遠文》：「蓍龜有吉，制我祖行。望旐翩翩，執筆涕盈。神其有知，昭余中誠。」《校注》：「祖行：謂行祖奠之禮。古代出殯前設奠祭祀亡靈於道路。泉穸：泉，黄泉。穸，夜。指墓穴。」

〔四八〕「素旂」二句：《校注》：「素旂、綵旌：指喪禮所用的旗幡。」

〔四九〕「所以」二句：徽容，謝惠連《豫章行》：「願子保淑慎，良訊代徽容。」《文選》卷三十鮑照《數詩》：「九族共瞻遲，賓友仰徽容。」吕延濟注：「徽，美也。」《校注》：「徽：美。容：音容儀範。金石：指墓碑銘。按，據《宋書·禮志》，自晉義熙以來禁止立碑，往往以行狀代替碑銘，故此云『髣髴金石』。」

〔五〇〕「謹詳牒」二句：《校注》：「牒：記。申言：陳述。」

建平王讓鎮南徐州刺史啓

【題解】

此文張本、梁本題作《爲建平王讓鎮南徐州刺史啓》。按此啓爲建平王景素被任爲南徐州刺史時之讓啓。《宋書·後廢帝紀》載泰豫元年閏七月甲辰，「新除太常建平王景素爲鎮軍將軍、南徐州刺史」。此啓有云：「臣荒昧神氣，爰自幼稟；分踰鼎貴，秩高外州。」即啓當爲景素於是時之讓啓。時景素因母周太妃卒而服喪未竟，故啓文又有「臣乏素能，或所不任。況在憂年，必取黜辱」，「猶疑大道之行，墨縗不興。孝治天下，通喪獲遂」等語，亦可爲此啓乃是時讓啓之明證。考南徐州時號稱北府，凡鎮京口者，向無爲「鎮南將軍」之例，則啓題之「鎮南」，必非指鎮南將軍可知。景素所任之軍號，據《宋書·後廢帝紀》云泰豫元年八月「鎮軍將軍、南徐州刺史建平王景素進號鎮北將軍」，《宋書》景素本傳亦云景素於荆州刺史任後，「徵爲散騎常侍、後將軍、太常，未

拜。授使持節、都督南徐南兗兗徐青冀六州諸軍事、鎮軍將軍、南徐州刺史」，二者正相合，即景素爲南徐州刺史時之軍號乃鎮軍將軍。又考之《梁書》、《南史》之江淹本傳及江淹《自序》亦皆云景素鎮京口時，江淹爲景素鎮軍參軍，可見此啓題作「讓鎮南徐州刺史」者必誤，疑於「鎮」後佚「軍」一字。啓題或當爲「建平王讓鎮軍南徐州刺史」也。

《宋書》卷三十五《州郡志一》：「南徐州刺史，晉永嘉大亂，幽、冀、青、并、兗州及徐州之淮北流民，相率過淮，亦有過江在晉陵郡界者。晉成帝咸和四年，司空郗鑒又徙流民之在淮南者於晉陵諸縣，其徙過江南及留在江北者，并立僑郡縣以司牧之。徐、兗二州或治江北，江北又僑立幽、冀、青、并四州。安帝義熙七年，始分淮北爲北徐，淮南猶爲徐州。後又以幽、冀合徐，青、并合兗。武帝永初二年，加徐州曰南徐，而淮北但曰徐。文帝元嘉八年，更以江北爲南兗州，江南爲南徐州，治京口，割揚州之晉陵、兗州之九郡僑在江南者屬焉，故南徐州備有徐、兗、幽、冀、青、并、揚七州郡邑。《永初二年郡國志》又有南沛、南下邳、廣平、廣陵、盱眙、鍾離、海陵、山陽八郡。……今領郡十七，縣六十三。户七萬二千四百七十二，口四十二萬六百四十。去京都水二百四十，陸二百。」

由《宋書·後廢帝紀》，泰豫元年閏七月甲辰景素被任爲鎮軍將軍、南徐州刺史，此啓要當是月所作。

臣言：臣誓惟殃釁〔一〕，頻瀉四折①〔二〕。慊慊狂愚〔三〕，冀蒙哀弔〔四〕。而聖旨懸嚴，便賜斷表〔五〕。神乖意失，音影何地〔六〕！吞悲茹號②，情膽載絶〔七〕。臣荒昧神氣，爰自幼稟〔八〕；分踰鼎貴，秩高外州〔九〕。臣乏素能〔一〇〕，或所不任。況在憂年，必取黜辱〔一一〕。特爲開非常之恩〔一二〕，借權制之義〔一三〕。紊禮滅經，實翦治本〔一四〕。臣又能身祈命請，一感天地。躑躅表啓，心容已靦〔一五〕。猶疑大道之行〔一六〕，墨縗不興〔一七〕。孝治天下，通喪獲遂〔一八〕。陛下覆被仁明，品物無漏〔一九〕。豈於微臣，獨不蠲鑒〔二〇〕！燋鯁在躬〔二一〕，輒復塵觸〔二二〕。伏願暫輟聽覽，少憐苫草〔二三〕。則臣死之日，猶生之年〔二四〕。臨啓恍惚〔二五〕，魂識無主〔二六〕，不勝殞越怵息之心〔二七〕。

【校記】

①「頻瀉四折」原作「頻瀉四析」，張本、梁本作「頻寫曲折」，今據《彙注》本改。

②「吞悲」梁本作「吞聲」。

【箋注】

〔一〕殃釁：《宋書》卷四十四《謝晦傳》：「痛同懷之弱子，横遭罹之殃釁。智未窮而事傾，力未極而莫振。」《校注》：「殃釁：謂遭受禍殃。當指其喪母事。」

〔二〕頻瀉四折：《彙注》：「瀉，傾注也。折，短折也。年未三十曰折。」《校注》：「頻、四：皆言

其多，屢次之意。瀉、折：傾折。謂因悲傷而不堪支持。」按以上二説以《校注》説爲優。

〔三〕慊慊狂愚：《續漢書・五行志一》：「石上慊慊舂黄粱者，言永樂雖積金錢，慊慊常苦不足，使人舂黄粱而食之也。」《文選》卷二十七魏文帝《燕歌行》：「慊慊思歸戀故鄉，何爲淹留寄他方？」張銑注：「慊慊，心不足貌。」狂愚，狂妄愚昧。王充《論衡・率性》：「堯舜爲政，民無狂愚。」《三國志》卷六十四《吴志・諸葛恪傳》：「臣以狂愚，不知忌諱。敢冒破滅之罪，以邀風雨之會。」《校注》：「慊慊：悵恨貌。」

〔四〕哀弔：《周禮・秋官・小行人》：「若國有福事，則令慶賀之。若國有禍災，則令哀弔之。」《校注》：「哀弔：哀傷同情之意。」

〔五〕「而聖旨」二句：《晉書》卷八十一《朱序傳》：「序以老病，累表解職，不許。詔斷表，遂輒去任。數旬，歸罪廷尉，詔原不問。」《校注》：「懸：垂，下達。斷表：謂拒不接受辭讓之表。」

〔六〕「神乖」二句：《抱朴子・交際》：「不形同而神乖，不匿情而口合，不面從而背憎，不疾人之勝己。」《太平御覽》卷四百引《異苑》：「陳郡殷靈均，義熙中爲桂陽太守，夢人縛將去，形神乖散。」《抱朴子・博喻》：「志得則顔怡，意失則容戚，本朽則末枯，源淺則流竭。」《校注》：「乖：離。音影何地：猶言無處訴説，無地自容。」

〔七〕「呑悲」二句：《宋書》卷四十一《后妃・孝武文穆王皇后傳》：「彼數人者，非無才意，而勢

屈於崇貴，事隔於聞覽，吞悲茹氣，無所逃訴。」《校注》：「茹：含。載絶：置於絶處。謂因悲痛而肝膽欲絶。」

〔八〕「臣荒昧」二句：幼稟，從小就具有。稟，受。《晉書》卷五十三《愍懷太子傳》：「幼稟英挺，芬馨誕茂，既表髫齓，高明逸秀。」《廣弘明集》卷二十三釋惠琳《新安寺釋玄運法師誄》：「幼稟端明仁和之性，長樹弘懿沖閒之德。」《校注》：「荒昧：荒疏愚昧。爰：乃。」

〔九〕「分踰」二句：鼎貴，顯貴。《漢書》卷六十四下《賈捐之傳》：「捐之復短石顯。興曰：『顯鼎貴，上信用之。今欲進，弟從我計，且與合意，即得入矣。』」《文選》卷五左思《吴都賦》：「其居則高門鼎貴，魁岸豪傑。」張銑注：「鼎貴，鼎食者。」外州，京都以外各州的統稱。《晉書》卷六十八《賀循傳》：「臣等伏思臺郎所以使州州有人，非徒以均分顯路，惠及外州而已。」《宋書》卷九十二《良吏・陸徽傳》：「敢緣天澤雲行，時德雨施，每甄外州，榮加遠國。」《校注》：「分：名分地位。鼎：指三公重臣。三公之位似鼎足三立。外州：指地方刺史。」

〔一〇〕素能：《校注》：「素能：謂通常的才能。」

〔一一〕「況在憂年」二句：憂年，丁憂之年之簡，即爲父母守喪之年。黜辱，貶斥受辱。《漢書》卷七十八《蕭望之傳》：「弘恭、石顯等知望之素高節，不詘辱。」《後漢書》卷八十四《列女・曹世叔妻傳》：「戰戰兢兢，常懼黜辱，以增父母之羞，以益中外之累。」《晉書》卷四十九《謝鯤

傳》：「於時名士王玄、阮脩之徒，并以鯤初登宰府，便至黜辱，爲之歎恨。」《校注》：「憂年：守喪之年。黜辱：貶斥受辱。」

〔一二〕非常之恩：指超出常規的恩惠。《三國志》卷四十二《蜀志・孟光傳》：「今主上仁賢，百僚稱職，有何旦夕之危，倒懸之急，而數施非常之恩，以惠姦宄之惡乎？」

〔一三〕「借權制」句：權宜之制，臨時制訂的適合時宜之措施。《文選》卷四十五揚雄《解嘲》：「吕刑靡敝，秦法酷烈，聖漢權制，而蕭何造律宜也。」張銑注：「言刑法壞敝，秦爲酷暴，漢興而蕭何製造律法，合其時宜也。」《後漢書》卷五十二《崔駰傳》：「俗人拘文牽古，不達權制，奇偉所聞，簡忽所見，烏可與論國家大事哉？」《校注》：「權制：臨時制定的非常措施。封建禮制規定，兒子爲父母守喪三年，在此期間不視職事。今其母周太妃死去不足半年，而命其赴任就職，故云『非常之恩』，『權制之義』。」

〔一四〕「紊禮」二句：紊禮滅經，謂紊亂禮法，毁壞經術。《校注》：「紊：亂。治本：封建統治者以孝道爲治國之本。」

〔一五〕「躑躅」二句：躑躅，徘徊不進貌。《文選》卷二十九《古詩十九首・東城高且長》：「馳情整中帶，沈吟聊躑躅。」李周翰注：「躑躅，行不進貌。」同上書卷二十二陸機《招隱詩》：「明發心不夷，振衣聊躑躅。」李善注：「《説文》曰：『躑躅，住足也。』」《晉書》卷四十七《郗鑒傳》：「丈夫既潔身北面，義同在三，豈可偷生屈節，靦顔天壤邪！」《廣韻》卷三「靦，面慙。」

《校注》：「靦：慚愧貌。」

〔一六〕大道之行：《禮記・禮運》：「孔子曰：『大道之行也，與三代之英，丘未之逮也，而有志焉。』」《宋書》卷二《武帝紀中》：「故大道之行，選賢與能。隆替無常期，禪代非一族。」

〔一七〕墨縗不興：墨縗，黑色喪服。《左傳・襄公二十三年》：「公有姻喪，王鮒使，宣子墨縗冒經。」杜預注：「晉自殽戰還，遂常墨縗。」《文選》卷十潘岳《西征賦》：「蹇哭孟以審敗，襄墨縗以授戈。」不興，不興起。《論語・子路》：「言不順則事不成，事不成則禮樂不興，禮樂不興則刑罰不中。」《文選》卷五十五陸機《演連珠》：「是以商飈漂山，不興盈尺之雲；谷風乘條，必降彌天之潤。」《校注》：「墨縗：黑色喪服。縗，麻衣。古代禮制，居家守制，服白色，若受命赴戎，則服黑。」

〔一八〕通喪：上下通行的三年喪禮。《論語・陽貨》：「子生三年，然後免於父母之懷。夫三年之喪，天下之通喪也。」《後漢書》卷六十二《荀淑傳附荀爽傳》：「古者大喪三年不呼其門，所以崇國厚俗篤化之道也。事失宜正，過勿憚改。天下通喪，可如舊禮。」

〔一九〕「陛下」二句：仁明，仁愛明察。劉向《列女傳・周室三母》：「君子謂太姒仁明而有德。」《晉書》卷九《簡文帝紀》：「子昱，仁明有智度，可以虔奉宗廟。」品物，萬物。《易・乾卦》：「雲行雨施，品物流行，大明終始，六位時成。」《文選》卷四十八班固《典引》：「品物咸亨，其已久矣。」張銑注：「品物，謂萬物也。」《校注》：「覆被：覆蓋。品物：衆物。」

〔二〇〕蠲鑒：《校注》：「蠲鑒：猶明察。」

〔二一〕燋鯁在躬：《彙注》：「燋，火傷也。鯁，骨在咽也。躬，身也。」按燋通「焦」，燋灼。

〔二二〕塵觸：《宋書》卷六十八《武二王·彭城王義康傳》：「臣特憑國私，冒以誠表，塵觸靈威，伏紙悲悸。」《校注》：「塵：喻微小之事。觸：相冒犯。」

〔二三〕「伏願」二句：聽覽，聽事覽文，謂處理政務。《漢書》卷五十七上《司馬相如傳上》：「朕以覽聽餘閒，無事棄日。」顏師古注：「言聽政餘暇，不能棄日也。」《文選》卷十潘岳《西征賦》：「於是孟秋爰謝，聽覽餘日，巡省農功，周行廬室。」《儀禮·既夕禮》：「居倚廬，寢苫枕塊。」鄭玄注：「苫，編藁；塊，塩也。」《校注》：「輟：中止。聽覽：指處理政務。苫草：古人居喪時的草墊。此代守喪之人。」

〔二四〕「臣死」二句：《三國志》卷二十五《楊阜傳》：「使臣身死有補萬一，則死之日，猶生之年也。」《晉書》卷七十三《庾亮傳》：「願陛下垂天地之鑒，察臣之愚，則臣雖死之日，猶生之年矣。」

〔二五〕恍惚：迷茫，心神不寧。《後漢書》卷八十四《列女·董祀妻傳》：「見此崩五内，恍惚生狂癡，號泣手撫摩，當發復回疑。」鮑照《夢歸鄉》：「寐中長路近，覺後大江違，驚起空歎息，恍惚神魂飛。」

〔二六〕魂識：謂魂靈。劉勰《文心雕龍·雜文》：「甘意摇骨體，艷詞動魂識。」

〔二七〕殞越怵息：殞越，墜落。《國語·周語中》：「昔先王之教，懋帥其德也，猶恐殞越。」韋昭注：「言勉帥其德，猶恐落墜。」《藝文類聚》卷二十六引晉傅咸《申懷賦》：「豈伊不媿，顧影慙形，雖自百於殞越，懼恩隆而命輕。」《校注》：「殞越：墜落。怵息：恐懼貌。」

建平王之南徐州刺史辭闕表

【題解】

辭闕：京官外放，赴任前朝見皇帝以辭行稱辭闕。《校注》：「本表與上《讓鎮南徐州刺史啓》作於同時稍後。」所説是也。按景素被任爲南徐州刺史在閏七月甲辰，考是月辛巳朔，甲辰爲月之二十四日。被任命後辭以母憂并作啓以讓，則之任前辭闕又應在八月，即此表乃泰豫元年八月所作。

臣過承寵靈〔一〕，閔黠假日①〔二〕。徒抱皇慈，無充横草〔三〕。而品第迺崇，軒服逾峻〔四〕。顧兹靦躬②，彌覩荒昧〔五〕。今便奉官外甸，卷迹徐山〔六〕；託慕宸嚴，載惟感戀〔七〕。哀疾不獲詣闕，不任窮鯁之情〔八〕。

【校記】

①「假日」張本、梁本作「暇日」。

②「躬」原作「窮」，今據《彙注》本、張本、梁本改。

【箋注】

〔一〕過承寵靈：《左傳·昭公七年》：「今君若步玉趾，辱見寡君，寵靈楚國，以信蜀之役，致君之嘉惠，是寡君既受貺矣，何蜀之敢望！」孔穎達疏：「言開其恩寵，賜以威靈，以及楚國。」《校注》：「過：過分。」

〔二〕閔點假日：閔點，各本并同，中華書局點校本《江文通集彙注》誤作「閔默」，《校注》從之，亦誤。按閔，憂慮，擔心。《孟子·公孫丑上》：「宋人有閔其苗之不長而揠之者，芒芒然歸，謂其人曰：『今日病矣，予助苗長矣。』」點，辱，汙。《文選》卷四十一司馬遷《報任少卿書》：「雖才懷隨和，行若由夷，終不可以爲榮，適足以見笑而自點耳。」李善注：「點，辱也。」假日，謂經過批准或根據規定暫時休息之時間。《三國志》卷十五《魏志·梁習傳》：「思亦能吏，然苛碎無大體，官至九卿，封列侯。」裴松之注引晉魚豢《魏略·苛吏傳》：「時有吏，父病篤，近在外舍，自白求假，思疑其不實。」頗疑此閔點假日者，乃謂其擔心虚度了這一短暫的休息時間。是時建平王景素已離荆州刺史任然尚未之南徐州就職，故表有此語。

〔三〕横草：比喻功勞極爲輕微。《漢書》卷六十四下《終軍傳》：「軍無横草之功，得列宿衛，食

禄五年。」顔師古注：「言行草中，使草偃卧，故云横草也。」

〔四〕軒服逾峻：軒服，乘軒服冕之簡，指高位。潘尼《安身論》：「雖坐華殿，載文軒，服黼繡，御方丈，重門而處，成列而行，不得與之齊榮。」《彙注》：「《左傳》：『衛太子謂渾良夫曰：「服冕乘軒，三死無與。」』峻，危也。」《校注》：「軒服：古代按等級配備的車乘服飾。峻：高。」

〔五〕「靦兹」二句：《校注》：「靦躬：謂自感羞慚。覯：構成。通『構』。荒昧：愚昧無知。」

〔六〕「今便」二句：《南齊書》卷四十八《孔稚珪傳》：「封豕殘魂，未屠劍首；長蛇餘喘，偷窺外甸。」甸，甸服。《書・禹貢》：「五百里甸服。」孔傳：「規方千里之内謂之甸服，爲天子服，治田去王城面五百里。」《校注》：「外甸：京城以外的地區。卷迹：猶藏身。徐山：指南徐州。」按徐山，南徐州之山。南徐州州治京口（今江蘇鎮江）多山，故以徐山指南徐州。

〔七〕「託慕」二句：感戀，感念眷戀。《晉書》卷八十八《孝友・李密傳》：「父早亡，母何氏改醮。密時年數歲，感戀彌至，烝烝之性，遂以成疾。」鮑照《侍郎報滿辭閣疏》：「更冀營魂，遠能結草，不勝感戀之情。」《校注》：「宸嚴：帝王的威嚴。宸爲北極星所在，代稱帝王。惟：思念。」

〔八〕「哀疾」二句：《宋書》卷七十九《文五王・桂陽王休範傳》：「孤子哀疾厄毁，窮盡無日，庶規史鰌，死不忘本。」窮鯁，極其悲痛。鯁，通「哽」，哽咽。《校注》：「哀疾：其時建平王居母喪，哀傷成疾，表示盡孝道之意。」

江文通集校注卷七

勑爲朝賢答劉休範書

【題解】

朝賢：朝中賢臣。《晉書》卷六十五《王導傳》：「時帑藏空竭，庫中惟有練數千端，鬻之不售，而國用不給。導患之，乃與朝賢俱制練布單衣，於是士人翕然競服之，練遂踊貴。」是其例。此指蕭道成及袁粲、褚淵、劉秉等執政大臣。書題之「劉休範」，宋文帝子。《宋書》卷七十九《文五王傳》：「桂陽王休範，文帝第十八子也。孝建三年，年九歲，封順陽王，食邑二千户。大明元年，改封桂陽王。爲冠軍將軍、南彭城下邳太守。三年，出爲江州刺史，尋加征虜將軍，邑千户。……明年五月，遂舉兵反。虜發百姓船乘，使軍隊稱力請受，付以榜解板，合手裝治，二三日間，便悉整辦。率衆二萬，鐵騎數百匹，發自尋陽，晝夜取道。……休範於新林步上，及新亭壘，自臨城南，於臨滄觀上，以數十人自衛。屯騎校尉黄回見其可乘，乃僞往請降，并宣齊王意旨。休範大悦，以二子德宣、德嗣付回與爲質，至即斬之。回與越騎校尉張敬兒直前斬休範首，持還，

左右并奔散。」

據《宋書》休範本傳，休範反時有書寄於尚書令袁粲、護軍將軍褚淵、尚書左僕射劉秉及蕭道成等，此書即爲蕭道成及袁粲等所作之答書。休範書中有「諸賢胄籍冠冕」之語，故此書題作「爲朝賢答」，書末又有「袁、褚、劉、蕭等疏」之語也。休範反在元徽二年五月壬午，當月即兵敗被殺。是此書之作亦在元徽二年（四七四）五月。

昔嬀道鼎昌，干羽未能戢〔一〕；姬德昭宣，長旍猶卷舒〔二〕。焚衣毁冕，有自來矣〔三〕。皇宋靈武誕命〔四〕，聖道鬱宏①〔五〕。三后連光〔六〕，四聖沓軌〔七〕。或經天緯地，搆紫靈之符〔八〕；調風偃海，隆黄旗之祚〔九〕。莫不頌滿金石，聲彰宇宙者也〔一〇〕。

暨我太宗明皇帝〔一一〕，惟岳降聖，重耀函夏〔一二〕。延禮璧臺②〔一三〕，訪道衢室③〔一四〕。平陽之后，卷迹㦧靈〔一五〕；空同之君④，斂功謝德〔一六〕。是以綵雲祥風之瑞，布濩區中〔一七〕；梯山棧火之俗，欵徼請吏〔一八〕。跨商軼夏，洗周滌漢〔一九〕。道澤優衍，猶不道封禪⑤〔二〇〕。遐靈在天，餘惠無泯⑥〔二一〕。主上文明金相，穆然玉色〔二二〕。履璧之禎，獲珪之應〔二三〕，著在紀歲〔二四〕。仁浸污河，惠愛秋草〔二五〕，想亦君之所聞也。

重以先帝靈略潛通，英轡遠馭⑦〔二六〕。受話言必忠貞方肅之臣，奉風聲必虔恭匪懈之士⑧〔二七〕。明時琴瑟鼎鉉之盛，且被於寧世〔二八〕。而忽覿來書，以惋以慨〔二九〕。

君爲齊梁楚越之主，鼎貴一時〔三〇〕。金玉滿堂〔三一〕，文馬千駟〔三二〕。爵授湯沐，冠蓋於道〔三三〕。惟名尊崇，誰與爲雄。而出言效尤，吐音入戾〔三四〕。舉旗類社，志竊神禁〔三五〕。稱兵斂衆，遂窺外關。今朝無闕政，頓構淩上之節〔三六〕；室無孽豎，坐生莫大之舋〔三七〕。鴟梟赭衣〔三八〕，號興徒黨〔三九〕。主萃淵藪，寧滋之甚〔四〇〕。不臧不軌，不忠不義〔四一〕，未有若斯者也。宗枝之舋，遠則吴楚見禽於一壁〔四二〕；盤石之孽〔四三〕，近則江荆面縛於小將〔四四〕。此成敗蘭艾之鑒〔四五〕，又亦君之所知也。聞彼蟲飲鼠舞之異⑨，早見物徵〔四六〕；河北隴上之謡，已露童詠〔四七〕。所謂妖由人作，孽不可逃〔四八〕。然桓侯之患，良助寒心〔四九〕。

今羽林黄頭〔五〇〕，駱驛争引〔五一〕；熊渠佽飛〔五二〕，首尾電發〔五三〕。伏波樓船，掩江蔽汜〔五四〕；渡遼甲卒，充野布隰〔五五〕。加以先天蓋世之略，蕩海拔山之威〔五六〕；任輔沛陳〔五七〕，羽林鷁艗露動⑩，龍驤精騎風驅〔五八〕。然後六師雲起〔五九〕，九軍星連〔六〇〕。蜺旌外江〔六一〕，虹艦中水〔六二〕。金甲映平陸，鐵馬炤長原〔六三〕。躄南嶽而永慨，瞰九孤而

懷恐⑪〔六四〕。伐罪弔民〔六五〕，復驗於兹。甫刑三千〔六六〕，唯此爲大〔六七〕。僕才等不羈，志瀝丹欵〔六八〕，故奏禍福，行矣悵然〔六九〕。袁、褚、劉、蕭等疏⑫〔七〇〕。

【校記】

①「聖」字原缺，今據《彙注》本、張本、梁本補。「鬱宏」原作「鬱終」，今據《彙注》本、張本、梁本改。「聖道鬱宏」元鈔本作「道鬱□終」。

②「璧臺」原作「壁臺」，今據《彙注》本改。

③「室」原作「宰」，今據《彙注》本、張本、梁本改。

④「空同」《彙注》本作「崆峒」。

⑤「猶不道封禪」《彙注》本作「猶不封禪」。

⑥「泯」原作「氓」，今據《彙注》本、張本、梁本改。

⑦「馭」原作「取」，今據《彙注》本、張本、梁本改。

⑧「恭」元鈔本作「躬」。

⑨「聞彼蟲飲鼠舞之異」原作「聞彼此飲鼠舞之異」，張本、梁本作「聞彼虹飲鼠舞之異」，今據《彙注》本改。

⑩「鵜鶘」《彙注》本作「鵜舟」。

⑪「九孤」張本、梁本作「九派」。

⑫「袁褚劉蕭等疏」原作「袁褚劉肅等疏」，《彙注》本作「袁褚劉等肅疏」。按《校注》云：「袁、褚、劉：即尚書令劉粲、中書令褚淵、尚書左僕射劉秉。等肅疏：叢刊本、梁本作『肅等疏』，近是。『肅』疑『蕭』之誤。蕭，即侍中蕭道成。」俞説是，今據庫本改。

【箋注】

〔一〕「昔嬀道」二句：《書・堯典》：「釐降二女於嬀汭，嬪於虞。」孔傳：「舜爲匹夫，能以義理下帝女之心於所居嬀水之汭，使行婦道於虞氏。」《太平寰宇記》卷一百四十一《山南西道九・金州》：「金州安康郡……昔虞舜嘗居之，謂之嬀墟。《帝王世紀》謂之姚墟，即此也。」舜居嬀水流域而得以興盛，故後人以嬀指舜。《書・大禹謨》：「帝乃誕敷文德，舞干羽於兩階。」孔傳：「干，楯。羽，翳也。皆舞者所執。」《彙注》：「嬀道，舜道也。鼎昌，盛也。」《校注》：「嬀：指虞舜。鼎昌：昌盛。干羽：干楯和羽扇，皆舞具。戢：藏。收藏武器。相傳虞舜時三苗違命作亂，舜派禹前往征討，三苗不服，舜『乃誕敷文德，舞干羽於兩階』，表示停止使用武力以擴大教化，三苗才自行歸服。見《尚書・大禹謨》。」

〔二〕「姬德」二句：昭宣，《文選》卷四張衡《南都賦》：「是以朝無闕政，風烈昭宣也。」李周翰注：「昭，明也。宣，通也。」長旍猶卷舒，《三國志》卷二十一《魏志・傅嘏傳》：「自建安以來，至於青龍，神武撥亂，肇基皇祚，掃除凶逆，芟夷遺寇，旍旗卷舒，日不暇給。」《宋書》卷

三《武帝紀下》：「自昔多故，戎馬在郊，旍旗卷舒，日不暇給。」《彙注》：「《帝王世紀》曰：黄帝，少典之子，姬姓也。昭宣，明也。按《列子》曰：黄帝與炎帝戰，以鵰、鶡、鷹、鳶爲旗幟，蓋旌旗之始也。」《校注》：「姬：指周武王。周朝姬姓。昭宣：光明。卷舒：謂旗幟飄蕩。武王伐紂時，曾持大白旗以指揮諸侯。見《史記·周本紀》。」

〔三〕「焚衣」二句：《左傳·昭公九年》：「我在伯父，猶衣服之有冠冕，木水之有本原，民人之有謀主也。伯父若裂冠毁冕，拔本塞原，專棄謀主，雖戎狄其何有余一人？」《文選》卷五十范曄《逸民傳論》：「是時裂冠毁冕，相攜持而去之者，蓋不可勝數。」吕延濟注：「言漢朝高潔之士，怨莽之篡，皆毁裂冠冕，相攜隱遁。」《文選》卷四左思《三都賦序》：「積習生常，有自來矣。」同上書卷四十阮籍《爲鄭沖勸晉王牋》：「褒德賞功，有自來矣。」《校注》：「焚衣毁冕：冕，冠冕，衣冕，指有身份地位的人。有自來：自有其原因。」

〔四〕靈武誕命：《後漢書》卷十五《王常傳》：「幸賴靈武，輒成斷金。」《宋書》卷二《武帝紀中》：「相國宋王，天縱聖德，靈武秀世，一匡頽運，再造區夏，固以興滅繼絶，舟航淪溺矣。」誕命，接受天命。《書·微子之命》：「皇天眷佑，誕受厥命。」《文選》卷四十六王融《三月三日曲水詩序》：「我大齊之握機創歷，誕命建家。」吕延濟注：「誕，大；建，立也。」《校注》：「靈武：神武。誕：大。」

〔五〕聖道鬱宏：聖道，聖人之道。《莊子·天道》：「天道運而無所積，故萬物成；帝道運而無

所積，故天下歸；聖道運而無所積，故海内服。」林希逸口義：「帝道，聖道，本難分别，莊子之意，蓋以帝爲三皇，聖爲五帝也。」揚雄《法言・問明》：「甚矣，聖道無益於庸也！」司馬光注：「言俗儒雖讀聖人之書，而所行無以異於庸人，盍去此俗儒乎！」《校注》：「鬱宏：茂盛深廣。」

〔六〕三后連光：《彙注》：「三后，伏羲、神農、黄帝也。」《校注》：「三后：即三皇，指伏羲、神農、黄帝。連光：謂朝廷的光輝與三皇連接。」

〔七〕四聖沓軌：《彙注》：「四聖，堯、舜、禹、湯也。」《校注》：「沓：會合。」

〔八〕「或經天」二句：經天緯地，《國語・周語下》：「經之以天，緯之以地，經緯不爽，文之象也。」本指以天地爲法度。後以之謂經營天下，治理國政，《荀子・解蔽》：「經緯天地而材官萬物，制割大理，而宇宙裏矣。」是其例。紫靈之符，上天的符命。《樂府詩集》卷五十三曹植《鞞舞歌・大魏篇》：「大魏應靈符，天禄方甫始。」《文選》卷四十三孫楚《爲石仲容與孫皓書》：「協建靈符，天命既集。」吕向注：「協，同也。靈符，謂神靈之瑞符也。」

〔九〕「調風」二句：《校注》：「紫靈、黄旗：皆帝王受命的符讖祥瑞，即所謂天子之氣。如《宋書・符瑞志上》：『漢世術士言，黄旗紫蓋見於斗牛之間，江東有天子氣。』偃：安。祚：福。」

〔一〇〕「莫不」二句：金石，指古代鐫刻文字、頌功紀事的鐘鼎碑碣之屬。《墨子・兼愛下》：「以

其所書於竹帛，鏤於金石，琢於槃盂，傳遺後世子孫者知之。」《吕氏春秋·求人》：「五人佐禹，故功績銘乎金石，著於盤盂。」高誘注：「金，鐘鼎也。石，豐碑也。」《校注》：「彯：通『飄』，飄揚。」

〔一一〕暨我太宗明皇帝：《校注》：「暨：及。太宗明皇帝：宋明帝廟號太宗。」

〔一二〕「惟岳」二句：《漢書》卷八十七上《揚雄傳上》：「以函夏之大漢兮，彼曾何足與比功？」顔師古注：「服虔曰：『函夏，函諸夏也。』師古曰：函，包容也。」此指全國。《校注》：「惟岳降聖：《詩·大雅·崧高》：『惟岳降神，生甫及申。』此用其意。謂明帝爲神靈所生。函夏：全國。」

〔一三〕延禮璧臺：璧臺，華美的高臺。《穆天子傳》卷六：「天子乃爲之臺，是曰重璧之臺。」郭璞注：「言臺狀如壘璧。」王嘉《拾遺記·魏》：「瓊室之侈，璧臺之富，窮神工之奇妙，人力勤苦。」《藝文類聚》卷三十四引宋孝武帝《擬漢武帝李夫人賦》：「觀周氏之逸篇，覽漢室之遺篆。弔新宫之掩映，嗟璧臺之蕪踐。雖媛德之有載，竟滯悲其何遣。」《校注》：「延禮：謂以禮接待臣僚。」

〔一四〕衢室：相傳唐堯征詢民意之處所。《管子·桓公問》：「黄帝立明臺之議者，上觀於賢也；堯有衢室之問者，下聽於人也。」後泛指帝王聽政之處。《宋書》卷五十一《臨川烈武王道規傳附義慶傳》：「伏惟陛下惠哲光宣，經緯明遠，皇階藻曜，風猷日昇，而猶詢衢室之令典，遵

明臺之叡訓，降淵慮於管庫，紆聖思乎版築，故以道邈往載，德高前王。」

〔一五〕「平陽」二句：卷迹，斂迹。《太平御覽》卷二百九十三引《衛公兵法》：「若此則當卷迹藏聲，蓄盈待竭，避其鋒勢，與其持久，安可犯之哉？」本集《建平王之南徐州刺史辭闕表》：「今便奉官外甸，卷迹徐山。」《彙注》：「《帝王世紀》曰：『堯年十五，佐帝摯，受封於唐，二十而登帝位，以火承木，都於平陽。』」《校注》：「平陽之后：指唐堯。相傳堯登帝位，建都於平陽（今山西臨汾縣）。后，君。卷迹：斂迹。靈：美。」

〔一六〕空同：亦作「空桐」、「空峒」，山名，即崆峒山，在今甘肅省平涼市西。《莊子・在宥》：「黄帝立爲天子十九年，令行天下，聞廣成子在於空同之上，故往見之。」郭象注：「空同，當北斗下山也。《爾雅》云：『北戴斗極爲空同。』」《漢書》卷二十五上《郊祀志上》：「上遂郊雍，至隴西，登空桐，幸甘泉。」《校注》：「崆峒之君：指黄帝。崆峒，山名，在今河南臨汝西南，黄帝曾登此山，從廣成子學道。謝：辭謝。」按黄帝從廣成子學道之空同，當指今甘肅平涼之山，《校注》以河南之山當之，恐非是。

〔一七〕布濩區中：《史記》卷一百十七《司馬相如列傳》：「鮮枝黄礫，蔣芧青薠，布濩閎澤，延曼太原。」《文選》卷三張衡《東京賦》：「聲教布濩，盈溢天區。」薛綜注：「布濩，猶散被也。」李周翰注：「濩，散也。言布散溢出區宇。」《校注》：「布濩：流布。區中：國中。」

〔一八〕「梯山」二句：《校注》：「梯山棧火：指險阻而僻遠之地。《後漢書・西域傳論》：『梯山

棧谷繩行沙度之道，身熱首痛風災鬼難之域。』火，疑『谷』字之殘體。欵徼請吏：謂懇切請求朝廷派來官吏任職。欵，誠。徼，通『邀』。」

〔一九〕「跨商」二句：《校注》：「跨、軼：皆超越之意。洗周滌漢：謂周、漢兩代的治道可以抹去而不值得一提。」

〔二〇〕「道澤」二句：封禪，古代帝王祭天地之大典，在泰山上築土爲壇，報天之功，稱封；在泰山下之梁父山辟場祭地，報地之德，稱禪。《史記》卷二十八《封禪書》：「自古受命帝王，曷嘗不封禪。」又「古者封泰山禪梁父者七十二家」張守節正義：「《括地志》云：『梁父山在兖州泗水縣北八十里也。』」《校注》：「道澤：德澤。優衍：廣泛流布，遍及各地。封禪：古代帝王祭祀天地的典禮，用以誇耀自己的功業。」

〔二一〕「遐靈」二句：《藝文類聚》卷六十引後漢滕輔《祭牙文》：「恭光太守，綮薦遐靈，推轂之任，實討不庭，天道助順，正直聰明。」《校注》：「遐靈：遠去的亡靈，指死去未久的宋明帝。餘惠：遺恩。泯：滅。」

〔二二〕「主上」二句：文明，謂文德輝耀。《書·舜典》：「濬哲文明，温恭允塞。」孔傳：「舜有深智文明温恭之德。」孔穎達疏：「經天緯地曰文，照臨四方曰明。」《禮記·樂記》：「詩言其志也，歌詠其聲也，舞動其容也，三者本於心，然後樂器從之。是故情深而文明，氣盛而化神。」《校注》：「主上：指後廢帝劉昱。金相、玉色：形容氣質美好，如同精雕細琢的金玉。

《詩·大雅·棫樸》：『追琢其章，金玉其相。』傳：『相，質。』穆然：莊重嚴肅貌。」

〔二三〕「履璧」二句：《彙注》：「禹治水，功既成，天出玄珪以賜之。」《校注》：「禎：祥兆。據《左傳·昭公十三年》及《史記·楚世家》載，春秋時，楚共王有寵子五人，未曾立嫡，祈請神擇而使主社稷。乃爲璧示衆神曰：『當璧而拜者，神所立也。』密埋璧於祖廟，令五子相繼入拜。『康王跨之，靈王肘加焉，子干、子皙皆遠之，平王（棄疾）幼，抱其上而拜，壓璧紐。』後獨棄疾得立，繼楚社稷。獲珪之應：《墨子·非攻下》：『赤鳥銜珪，降周之岐社。』曰：『天命文王伐殷有國。』應：瑞應。」

〔二四〕紀歲：《校注》：「紀歲：指紀年之史書。」

〔二五〕惠愛秋草：《校注》：「秋草：枯萎之草。」

〔二六〕「重以」二句：《太平御覽》卷七十六引《春秋運斗樞》：「伏犧、女媧、神農，是謂三皇也。皇者合元履中，開陰布綱，指天畫地，神化潛通。」《文選》卷四十三孫楚《爲石仲容與孫皓書》：「長轡遠御，妙略潛授，偏師同心，上下用力。」劉良注：「長轡遠御，謂有長遠之策也。」《校注》：「先帝：指宋明帝。靈略：神妙的謀略。潛通：猶精通。英轡遠馭：言其才能出衆。轡，馬勒。古代常以駕馭馬匹喻處理政事。」

〔二七〕「受話」二句：風聲，教化。《書·畢命》：「彰善癉惡，樹之風聲。」孔傳：「言當識别頑民之善惡，表異其居里，明其爲善，病其爲惡；立其善風，揚其善聲。」虔恭，誠敬。《漢書》卷一

百下《敘傳下》：「秺侯狄孥，虔恭忠信。」《晉書》卷八十三《袁瓌傳》：「陛下以聖明臨朝，百官以虔恭莅事。」《校注》：「受話言：謂接受遺命。方肅：端正嚴肅，指行爲。風聲：德政。以上二句指宋明帝的顧命大臣。」

〔二八〕「明時」二句：鼎鉉，指三公。蔡邕《司空臨晉侯楊公碑》：「頻歷鄉校，五登鼎鉉，建名著忠，確越前賢。」《校注》：「琴瑟：琴瑟同時彈奏，其聲和諧，比喻關係協調和睦。鼎鉉：鉉爲横貫鼎上方的把手，用以提舉，因稱宰輔之職爲鼎鉉。寧世：太平盛世。」

〔二九〕「而忽覯」二句：來書，指劉休範此前與袁粲、褚淵、劉秉書事，事見《宋書》卷七十九《文五王・桂陽王休範傳》。《校注》：「覯：見。惋：惋惜。慨：慨歎。」

〔三〇〕「君爲」二句：鼎貴，顯貴。《漢書》卷六十四下《賈捐之傳》：「捐之復短石顯。興曰：『顯鼎貴，上信用之。今欲進，弟從我計，且與合意，即得入矣。』」《文選》卷五左思《吴都賦》：「其居則高門鼎貴，魁岸豪傑。」張銑注：「鼎貴，鼎食者。」《校注》：「齊梁楚越之主：其時劉休範都督南徐、徐、南兗、兗、青、冀、越七州諸軍事，所統率的地區相當於古代齊、梁、楚、越諸國，故云。」

〔三一〕金玉滿堂：嵇康《生生厚招咎》：「金玉滿堂莫守，古人安此麄醜。獨以道德爲友，故能延期不朽。」《世説新語・賞譽》：「王長史謂林公：『真長可謂金玉滿堂。』林公曰：『金玉滿堂，復何爲簡選？』王曰：『非爲簡選，直致言處自寡耳。』」

〔三二〕文馬千駟：　文馬，毛色有文采的馬。《左傳·宣公二年》：「宋人以兵車百乘、文馬百駟以贖華元於鄭。」杜預注：「畫馬爲文四百匹。」《史記》卷四《周本紀》：「閎夭之徒患之，乃求有莘氏美女，驪戎之文馬，有熊九駟，他奇怪物，因殷嬖臣費仲而獻之紂。」《校注》：「文馬：馬皮有文采的馬，言其名貴。駟：四匹馬爲一駟。」

〔三三〕「爵授」二句：　湯沐，指湯沐邑。古代供諸侯朝見天子時住宿并沐浴齋戒的封地。《禮記·王制》：「方伯爲朝天子，皆有湯沐之邑於天子之縣内。」鄭玄注：「給齊戒自絜清之用。浴用湯，沐用潘。」《史記》卷三十《平準書》：「自天子以至於封君湯沐邑，皆各爲私奉養焉。」《後漢書》卷四十上《班彪傳》：「又舊制，太子食湯沐十縣。」《史記》卷五十八《梁孝王世家》：「於是天子意梁王，逐賊，果梁使之。乃遣使冠蓋相望於道，覆按梁，捕公孫詭、羊勝。」《後漢書》卷五十二《崔駰傳》：「方斯之際，處士山積，學者川流，衣裳被宇，冠蓋雲浮。」《校注》：「湯沐：　即湯沐邑，天子賜給諸侯的封邑。冠蓋於道：　謂官吏不絶於路。」

〔三四〕「而出言」二句：　效尤，仿效壞的行爲。《左傳·莊公二十一年》：「鄭伯效尤，其亦將有咎！」《南史》卷七十三《孝義上·樂頤之傳附樂預傳》：「人笑褚公，至今齒冷，無爲效尤。」吐音，發音。《藝文類聚》卷五十五引晉袁宏《詩》：「趙瑟奏哀音，秦聲歌新詩。吐音非凡唱，負此欲何之。」《文選》卷五十五陸機《演連珠》：「賁鼓密而含響，朗笛疏而吐音。」《校注》：「效尤：　猶言學壞樣。戾：　乖張，背逆。」

〔三五〕「舉旗」二句：《周禮・春官・小宗伯》：「凡天地之大烖，類社稷宗廟，則爲位。」《後漢書》卷七十四《袁紹劉表傳論》：「闕圖訊鼎，禋天類社。」李賢注：「《爾雅》曰：『是類是禡，師祭也。社者陰類，將興師，故祭之。』」《校注》：「舉旗：謂出兵。類社：類，祭名。祭天爲類。社，即社廟。帝王和諸侯祭祀的場所。古代只遇非常事件如出兵征伐才舉行類社。神禁：帝王所在的宫禁。」

〔三六〕「今朝」二句：闕政，有缺陷或弊病的政治措施。《漢書》卷六十四上《嚴助傳》：「朝有闕政，遺王之憂。」顔師古注：「言朝政有闕，乃使王有憂也。」《文選》卷四張衡《南都賦》：「是以朝無闕政，風烈昭宣也。」淩上，侮犯尊長。《管子・治國》：「民貧則危鄉輕家，危鄉輕家則敢陵上犯禁，淩上犯禁則難治也。」《宋書》卷二《武帝紀中》：「劉毅叛涣，負釁西夏，淩上罔主，志肆奸暴。」《宋書》卷六十七《謝靈運傳》：「末聞俎豆之學，欲爲逆節之罪；山棲之士，而構陵上之釁。」按陵上，義同淩上。

〔三七〕「室無」二句：《晉書》卷八十九《忠義・王豹傳》：「訕上謗下，讒内間外，遘惡導奸，坐生猜嫌。」《宋書》卷四十八《毛脩之傳》：「要當躬先士卒，身馳賊庭，手斬凶醜，以攄莫大之釁。然後就死之日，即化如歸，闔門靈爽，豈不謝先帝於玄宫。」按以上四句《校注》云：「闕：同『缺』，缺失。孽豎：奸邪小人。節、釁：皆事端之意。」

〔三八〕鴟梟赭衣：鴟梟，鴟即鴞，貓頭鷹。《詩・豳風・鴟鴞》：「鴟鴞鴟鴞，既取我子，無毁我

室。」《文選》卷二十四曹植《贈白馬王彪》：「鴟梟鳴衡扼，豺狼當路衢。」李善注：「鴟梟、豺狼，以喻小人也。」赭衣，古代囚衣，因以赤土染成赭色，故稱。《荀子・正論》：「殺，赭衣而不純。」楊倞注：「以赤土染衣，故曰赭衣。純，緣也。殺之，所以異於常人之服也。」《史記》卷一百四《田叔列傳》：「唯孟舒、田叔等十餘人赭衣自髡鉗，稱王家奴，隨趙王敖至長安。」

〔三九〕號興徒黨：號興，號召發動。徒黨，門徒黨羽。徐幹《中論・審大臣》：「至於遊説之士，謂其邪術，率其徒黨，而名震乎諸侯。」按以上二句《校注》云：「鴟梟：惡鳥。喻邪惡之人。赭衣：指罪人。古代囚徒穿紅衣，因稱。」

〔四〇〕「主萃」二句：《書・武成》：「今商王受無道，暴殄天物，害虐烝民，爲天下逋逃主，萃淵藪。」孔傳：「逋，亡也。天下罪人逃亡者而紂爲魁主，窟聚淵府藪澤。」《後漢書》卷七十《孔融傳》：「案表跋扈，擅誅列侯，遏絶詔命，斷盜貢篚，招呼元惡，以自營衛。專爲羣逆，主萃淵藪」《校注》：「主萃淵藪：主，魁主。萃，聚集。淵，魚所處。藪，鳥所處。皆喻罪人會集之處。滋之甚：猶言太過分。」

〔四一〕「不臧」二句：不忠不義，《三國志》卷四十《彭羕傳》：「羕一朝狂悖，自求葅醢，爲不忠不義之鬼乎！」《晉書》卷八十四《王恭傳》：「與其從弟緒同黨凶狡，共相扇動，此不忠不義之明白也。」《校注》：「臧：善。軌：通『規』。」

〔四二〕「宗枝」二句：《校注》：「宗枝：宗室子孫。吴楚見禽於一壁：西漢景帝時，宗室吴王濞

聯合吴楚七國諸侯興兵反叛，朝廷遣太尉周亞夫往擊，亞夫採用深溝堅壁之計，終於粉碎叛亂。事見《史記·吴王濞傳》。禽，同『擒』。壁，軍壘。」

〔四三〕盤石之孽：盤石，大石，此指封藩宗室。《史記》卷十《孝文本紀》：「高帝封王子弟，地犬牙相制，此所謂磐石之宗也。」司馬貞索隱：「言其固如磐石。」《文選》卷五十二曹冏《六代論》：「漢鑒秦之失，封植子弟，及諸吕擅權，圖危劉氏，而天下所以不能傾動，百姓所以不易心者，徒以諸侯强大，盤石膠固。」張銑注：「磐石，大石。」《校注》：「磐石：亦喻宗室。孽：禍孽。」

〔四四〕江荆面縛於小將：《校注》：「宋孝武帝時，南郡王劉義宣自江陵率衆十萬反，未久，兵敗衆散，逃回江陵，爲部將竺超民所執，在獄中被殺。事見《宋書·南郡王義宣傳》。江荆：即荆州，治江陵。面縛：兩手反綁。」

〔四五〕蘭艾之鑒：蘭艾，蘭草與艾草。蘭香艾臭，常比喻君子小人或貴賤美惡。《晉書》卷七十八《孔愉傳附孔坦傳》：「豈非人怨神怒，天降其災，蘭艾同焚，賢愚所歎。」《宋書》卷二《武帝紀中》：「若大軍登道，交鋒接刃，蘭艾吾誠不分。」

〔四六〕「聞彼」二句：《校注》：「蟲飲：《藝文類聚》卷一〇引京房《易傳》：『嬖惡生孽，蟲食苗心。』鼠舞：《藝文類聚》卷九五引同書：『飛侯曰：鼠舞國門，厥咎亡，鼠舞於庭，厥咎誅死。』異：災異。物徵：古代五行家把災異的出現附會成某種社會人事變化的預兆或結

果，即所謂『物徵』。如《漢書·五行志》載：『昭帝元鳳元年九月，燕有黄鼠銜其尾舞王宫端門中……時燕刺王旦謀反，將死之象也。其月，發覺伏辜。』」

〔四七〕「河北」二句：《宋書》卷三十一《五行志二》：「晉成帝咸康二年十二月，河北謡語曰：『麥入土，殺石虎。』後如謡言。」《晉書》卷一百三《劉曜載記》：「（陳）安善於撫接，吉凶夷險與衆同之，及其死，隴上歌之曰：『隴上壯士有陳安，軀幹雖小腹中寬，愛養將士同心肝。……』曜聞而嘉傷，命樂府歌之。」《校注》：「童詠：童謡。古代五行家把童謡歌詠看作『詩妖』，認爲它是人事成敗的徵象。」

〔四八〕孽不可逃：《書·太甲中》：「天作孽，猶可違。自作孽，不可逭。」孔傳：「孽，災。逭，逃也。言天災可避，自作災不可逃。」

〔四九〕「然桓侯」二句：《史記》卷一百五《扁鵲倉公列傳》：「扁鵲過齊，齊桓侯客之。入朝見，曰：『君有疾在腠理，不治將深。』桓侯曰：『寡人無疾。』扁鵲出。桓侯謂左右曰：『醫之好利也。欲以不疾者爲功。』後五日，扁鵲復見，曰：『君有疾在血脈，不治恐深。』桓侯曰：『寡人無疾。』扁鵲出。桓侯不悦。後五日，扁鵲復見，曰：『君有疾在腸胃間，不治將深。』桓侯不應，扁鵲出。桓侯不悦。後五日，扁鵲復見，望見桓侯而退走。桓侯使人問其故。扁鵲曰：『疾之居腠理也，湯熨之所及也；在血脈，鍼石之所及也；其在腸胃，酒醪之所及也；其在骨髓，雖司命無奈之何。今在骨髓，臣是以無請也。』後五日，桓侯體病。使人召扁

鵲，扁鵲已逃去。桓侯遂死。」《校注》：「桓侯：指春秋時齊桓侯。桓侯之患，指諱疾忌醫。良：確實。助：增加。」

〔五〇〕羽林黄頭：《漢書》卷五十一《枚乘傳》：「漢知吴之有吞天下之心也，赫然加怒，遣羽林黄頭循江而下。」顔師古注：「蘇林曰：『羽林黄頭郎，習水戰者也。』張晏曰：『天子舟立黄旄於其端也。』師古曰：鄧通以擢船爲黄頭郎。蘇説是也。」《校注》：「羽林黄頭：指皇家水軍。」

〔五一〕駱驛争引：《文選》卷五十五劉孝標《廣絶交論》：「駱驛縱横，煙霏雨散。巧歷所不知，心計莫能測。」李善注：「駱驛，縱横不絶也。」《校注》：「争引：謂争相開路。」

〔五二〕熊渠佽飛：春秋時兩個著名勇士，後以爲宫廷衛隊名。《藝文類聚》卷六引《韓詩外傳》：「楚熊渠子夜行，見寢石，以爲伏虎，彎弓而射之，没金飲羽，下視，知其石也。因復射之，矢摧無迹。」《藝文類聚》卷九十六引《吕氏春秋》：「荆有佽飛者，得寶劍還。涉江，有兩蛟夾繞其船，佽飛拔劍赴江，刺蛟殺之。荆王聞之，仕以執珪。」按佽飛，《藝文類聚》卷七十一引《吕氏春秋》作「次飛」。《晉書》卷二十四《職官志》：「初啓晉臺，始置二衛，有前驅、養由之弩；及設三部，有熊渠、佽飛之衆。」「左衛，熊渠武賁；右衛，佽飛武賁。」

〔五三〕電發：雷電發作，比喻行動迅速或聲勢猛烈。《楚辭》劉向《九歎・遠遊》：「雷動電發，馺高舉兮。」《宋書》卷四十三《徐羨之傳》：「可遣中領軍到彦之即日電發。」《校注》：「電發：

迅速出發。」

〔五四〕「伏波」二句：《後漢書》卷一下《光武帝紀下》，建武十八年夏四月：「遣伏波將軍馬援率樓船將軍段志等擊交阯賊徵側等。」《後漢書》卷二十四《馬援傳》：「馬援字文淵，扶風茂陵人也。……於是璽書拜援伏波將軍，以扶樂侯劉隆爲副，督樓船將軍段志等南擊交阯。軍至合浦，而志病卒。詔援并將其兵。遂緣海而進，隨山刊道千餘里。……十八年春，軍至浪泊上，與賊戰，破之。斬首數千級，降者萬餘人。援追徵側等至禁谿，數敗之，賊遂散走。明年正月，斬徵側、徵貳，傳首洛陽。」《校注》：「樓船：有樓層的戰船。汜：水邊。」

〔五五〕「渡遼」二句：渡遼，即度遼，指西漢度遼將軍范明友。《漢書》卷七《昭帝紀》：「(元鳳三年)冬，遼東烏桓反，以中郎將范明友爲度遼將軍。」顔師古注：「應劭曰：『當度遼水往擊之，故以度遼爲官號。』」同上書卷九十四上《匈奴傳上》：「於是拜明友爲度遼將軍，將二萬騎出遼東。匈奴聞漢兵至，引去。初，光誡明友：『兵不空出，即後匈奴，遂擊烏桓。』烏桓時新中匈奴兵，明友既後匈奴，因乘烏桓敝，擊之，斬首六千餘級，獲三王首，還，封爲平陵侯。」《校注》：「甲卒：披盔甲的士兵。隰：低濕之地。」

〔五六〕「加以」二句：《文選》卷六十陸機《吊魏武帝文》：「威先天而蓋世，力盪海而拔山。」李善注：「《漢書》，項羽歌曰：『力拔山兮氣蓋世，時不利兮騅不逝。』田巴《與馮衍書》曰：『欲摇太山而盪北海。』」張銑注：「先天，謂威勢爲天下所先，而才德蓋偏於當世。盪，動也，言

勇氣一鼓，動海拔山也。」《校注》：「先天蓋世：　謂其謀略深遠，爲天下之先，超過當世。　蕩海拔山：　形容其威勢之盛。」

〔五七〕任輔沛陳：《校注》：「孫隘堪校云：『任輔下必有脱文。』」

〔五八〕「羽林」二句：　鷁，古代在船首以彩色畫鷁鳥之形。　後借指船。《漢書》卷五十七上《司馬相如傳上》：「西馳宣曲，濯鷁牛首。」顔師古注：「濯者，所以刺船也。　鷁即鷁首之舟也。」䑽，一種長形便捷的船。《集韻》卷六：「䑽，船長貌。」《校注》：「龍驤：　古代將軍稱號，晉有龍驤將軍王濬，受命伐吴立功。　露動、風驅：　謂冒風披露馳驅前進。」

〔五九〕六師雲起：　六師，周天子所統六軍之師。《書・康王之誥》：「張皇六師，無壞我高祖寡命。」孔傳：「言當張大六師之衆，無壞我高德之祖。」曾運乾正讀：「六師，天子六軍。　周制，一萬二千五百人爲師。」《孟子・告子下》：「一不朝，則貶其爵；再不朝，則削其地；三不朝，則六師移之。」後以爲天子軍隊之稱。《三國志》卷三十二《蜀志・先主傳》：「盡力輸誠，奬厲六師。」

〔六〇〕九軍星連：　九軍，天子六軍，諸侯三軍，統稱爲九軍。　後借指軍隊衆多，猶大軍。《莊子・德充符》：「勇士一人，雄入於九軍。」郭象注：「九軍，天子六軍，諸侯三軍，通爲九軍也。」《商君書・賞刑》：「武王與紂戰於牧野之中，大破九軍。」朱師轍解詁：「大破九軍，謂破紂與諸侯之軍也。」按以上二句《校注》云：「六師、九軍：　指皇家軍隊。　雲起，星連：　形容軍

隊衆多，連成一片。」

〔六一〕蜺旌外江：蜺旌，彩飾之旗。《文選》卷八司馬相如《上林賦》：「拖蜺旌，靡雲旗。」李善注：「張揖曰：『析羽毛，染以五采，綴以縷爲旌，有似虹蜺之氣也。』」吕延濟注：「畫雲蜺以飾旌旗。」同上書卷十五張衡《思玄賦》：「氛旄溶以天旋兮，蜺旌飄而飛颺。」劉良注：「以蜺爲旌而飛揚也。」外江，江名，長江至湖北枝江縣東分爲二支，流經百里洲以南的爲外江，至江陵西南與内江合。《晉書》卷八十一《毛寶傳附毛璩傳》：「初，璩聞振陷江陵，率衆赴難。使瑾、瑗順外江而下。」

〔六二〕虹艦中水：中水，水中。《國語・吴語》：「夜中，乃命左軍、右軍涉江，鳴鼓中水以須。」韋昭注：「中水，水中央也。」按以上二句《校注》云：「蜺旌、虹艦：謂各式旗旌和戰船，繽紛多彩如同虹蜺。」

〔六三〕「金甲」二句：金甲，金飾的鎧甲。《後漢書》卷八十四《列女・董祀妻傳》載蔡琰《悲憤詩》：「卓衆來東下，金甲耀日光。」《宋書》卷八十四《孔覬傳》：「或振霜江、蠡，或騰焱荆、河，金甲燭天庭，囂聲震海浦。」《文選》卷二十五盧諶《贈崔温》：「平陸引長流，岡巒挺茂樹。」吕向注：「陸，平地。岡巒，山也。」同上書卷三十一鮑照《擬古・幽并重騎射》：「獸肥春草短，飛鞚越平陸。」李周翰注：「平陸，平道。」《詩・小雅・正月》：「魚在於沼，亦匪克樂，潛雖伏矣，亦孔之炤。」朱熹集傳：「炤，明易見也。」《校注》：「鐵馬：裹着鐵甲的

戰馬。」

〔六四〕「蹔南嶽」二句：《校注》：「蹔：踐踏。南嶽：即霍山。《爾雅·釋山》：『霍山爲南嶽。』注：『即天柱山。』在今安徽霍山縣南。九孤：即九華山，在今安徽青陽縣西南。九華山有九峰，原名九子山，到唐代才改名九華山。霍山與九華山皆近江州。」

〔六五〕伐罪弔民：《宋書》卷五十二《謝景仁傳》：「鮮卑密邇疆甸，屢犯邊垂，伐罪弔民，於是乎在。」《文選》卷五十六陸倕《石闕銘》：「周武安老懷少，伐罪弔民，農不遷業，市無易賈。」劉良注：「弔，問也。言安撫老少，伐其罪惡，問人勞苦，使農市之人各復其業也。」《校注》：「伐罪弔民：討伐有罪，拯救百姓。」

〔六六〕「甫刑」句：甫刑，即《尚書·吕刑》。周穆王時有關刑罰的文告，由吕侯請命而頒，吕侯後代改封甫侯，故《吕刑》又稱《甫刑》。《禮記·緇衣》：「《甫刑》曰：『苗民匪用命，制以刑。』」孔穎達疏：「甫侯爲穆王説刑，故稱《甫刑》。」三千，《書·吕刑》：「墨罰之屬千，劓罰之屬千，剕罰之屬五百，宮罰之屬三百，大辟之罰，其屬二百。五刑之屬三千。」後因以「三千」指古代所有刑罰。《三國志》卷二十二《魏志·陳羣傳》：「夫三千之屬，雖未可悉復，若斯數者，時之所患，宜先施用。」

〔六七〕唯此爲大：《校注》：「五刑以大辟（死刑）爲最重，劉休範叛逆，屬大辟罪，故云。」

〔六八〕「僕才」二句：不羈，行爲放縱。《晉書》卷四十九《阮籍傳》：「籍容貌瓌傑，志氣宏放，傲然

獨得，任性不羈，而喜怒不形於色。」同卷又云：「阮咸字仲容，放達不羈，與叔父籍與竹林之遊，歷仕散騎侍郎。」丹款，赤誠之心。《晉書》卷七十三《庾亮傳》：「身不足惜，爲國取悔，是以悾悾，屢陳丹款。」《校注》：「不羈：猶言放肆。瀝：傾注。丹款：赤誠。」

〔六九〕悵然：《文選》卷十九宋玉《神女賦序》：「罔兮不樂，悵然失志。」《史記》卷一百二十七《日者列傳》：「宋忠、賈誼忽而自失，芒乎無色，悵然噤口不能言。」

〔七〇〕袁、褚、劉、蕭等疏：袁、褚、劉、蕭，指尚書令袁粲、中書令褚淵、尚書左僕射劉秉、右衛將軍蕭道成。

尚書符 起都官軍局符蘭臺

【題解】

尚書符：尚書省下發的軍用文書。《晉書》卷十九《禮志上》：「江左元帝將修耕藉，尚書符問『藉田至尊應躬祠先農不』。」《宋書》卷四十四《謝晦傳》：「尚書符荆州曰：『禍福無門，逆順有數，天道徵於影響，人事鑒於前圖。』」符，蓋有官府印信的下行公文之一種。《文心雕龍・書記》：「符者，孚也。徵召防僞，事資中孚，三代玉瑞，漢世金竹，末代從省，易以書翰矣。」都官軍局：都官尚書府下所屬帶有軍事性質之機構。都官，指都官尚書。軍局：當是都官尚書的下屬機構。蘭臺：即符節御史，屬御史臺。《宋書》卷三十九《百官志上》：「尚書令，任總機

衡；僕射、尚書，分領諸曹。左僕射領殿中、主客二曹；吏部尚書領吏部、删定、三公、比部四曹；祠部尚書領祠部、儀曹二曹；度支尚書領度支、金部、倉部、起部四曹；左民尚書領左民、駕部二曹；都官尚書領都官、水部、庫部、功部四曹；五兵尚書領中兵、外兵二曹。」

《校注》：「《宋書·沈攸之傳》：昇明元年（四七七）十一月，荆州刺史沈攸之發兵反叛，閏十二月攻郢城。『時齊王（蕭道成）輔政，遣衆軍西討，尚書符征西府曰……』下引此全文，文字略有異同，大約是經過蘭臺官吏增删潤色後轉發征西府的正式文件。」

此符云：「沈攸之寂寥無文，起自甲卒。邀我百戰之軍，乘彼一捷之幸。」乃爲沈攸之叛亂而作。考《宋書》卷七十四《沈攸之傳》云：「（攸之）攻郢城，時齊王輔政，遣衆軍西討。尚書符征西府曰……齊王出屯新亭，馳檄數攸之罪惡。」按《宋書》、《南史》之《順帝紀》皆記昇明元年閏十二月乙巳，蕭道成出頓新亭，是此符乃蕭道成出屯新亭前所作，時間當在是年閏十二月。

侍御史大夫，尊冠賤履〔一〕，君臣斯位〔二〕，愛順惡逆，成敗可曉①〔三〕。未有憑淩我江郊〔四〕，侵軼我河縣〔五〕，而不流魂漂骨、丹宗血祀者也〔六〕。沈攸之寂寥無文②〔七〕，起自甲卒〔八〕。邀我百戰之軍③，乘彼一捷之幸〔九〕。鐫山裂地，紐紫要金〔一〇〕。擁旗蕃伯，便無北面之禮〔一一〕；受符方屏，即有專征之釁④〔一二〕。箕賦深

歛〔一三〕，毒被南郢⑤；枉法矯刑⑥，害著西荆⑦〔一四〕。鬼怪其性〔一五〕，故從始而遂終；狼戾其志〔一六〕，乃沿少而得老。山陵不奔⑧，移殃爲慶⑨〔一七〕；踐祚無賀，按劍稱予〔一八〕。遂乃關馳送書⑩，亭炤妖火〔一九〕。此而可賒，孰不可宥〔二〇〕！

今遣陳承叔、彭文之等〔二一〕，敢勁三萬，前驅電耀〔二二〕；吕安國、任侯伯、垣崇祖⑪、曹虎頭等〔二三〕，樓艦五萬⑫，射蛟中流〔二四〕；苟元賓、郭文孝、程隱儁等〔二五〕，輕舸二萬⑬〔二六〕，高旌蔽日；周盤龍、張文憘⑭、薛道淵等〔二七〕，鐵馬五千，龍驤後陣〔二八〕。凡此諸帥，莫不氣薄日月，精變虹蜺〔二九〕。或飲羽石梁〔三〇〕，或超踰門樓⑮〔三一〕，索鐵拔距〔三二〕，孤視萬旅⑯。顧眄則前後生風〔三三〕，喑嗚則左右激電⑰〔三四〕。然後鑾戎薄臨⑱，驍虎百萬〔三五〕。六軍徐軌〔三六〕，五輅遲旆〔三七〕。丹艦發炤⑲，素甲生波〔三八〕。樓煩白羽〔三九〕，投鞍成岳；漁陽黑騎，浴鐵爲羣⑳〔四〇〕。於是高山與深谷共湮，紫芝與白艾同滅〔四一〕。不亦惜乎？惜乎！㉑

符至之日，幸加三省〔四二〕。其驅逼寢手之人㉒〔四三〕，鋒陣塢壁之主〔四四〕，若有投命軍門㉓〔四五〕，一無所問。或能因罪立績〔四六〕，賞不示私。斬祛射玦㉔，唯功是與〔四七〕。購募之科，具列如上㉕〔四八〕。信如白水〔四九〕，皦然無二㉖〔五〇〕。臺明詳旨，飛火普

加〔五一〕。宣下文書㉗，千里馳驛〔五二〕。

【校記】

①「曉」原作「憢」，今據《彙注》本、張本、梁本改。按「愛順惡逆，成敗可曉」，《宋書》卷七十四《沈攸之傳》作「奉順忌逆，成敗斯兆」。

②「無文」《彙注》本、張本作「無聞」。

③「軍」《宋書》作「運」。

④「釁」原作「興」，今據《宋書》、《彙注》本、張本、梁本改。

⑤「南郢」原作「郢南」，今據《宋書》、《彙注》本、張本、梁本改。

⑥「枉法矯刑」《宋書》作「枉繩矯墨」，《彙注》本、張本、梁本作「枉墨矯繩」。

⑦「害著西荆」原作「毒聞荆西」，今據《宋書》、《彙注》本、張本、梁本改。

⑧「奔」《彙注》本、張本作「崩」。

⑨「殃」原作「袂」，今據《彙注》本、張本、梁本改。

⑩「送」張本、梁本作「逆」。

⑪「垣崇祖」原作「桓崇祖」，今據《宋書》、張本、梁本改。

⑫「樓艦五萬」後原衍「騎」字，今據張本、梁本删。按《宋書》作「舳艫二萬」，《彙注》本作「樓艦二萬」。

⑬「輕舸」《宋書》、《彙注》本作「輕艓」。
⑭「張文憘」原作「張文嘉」，今據《宋書》、《彙注》本改。
⑮「門樓」《彙注》本、張本作「亭樓」。
⑯「孤視萬旅」《彙注》本作「鷹瞵鶚視」。
⑰「則」原作「别」，今據《宋書》、元鈔本、《彙注》本、張本、梁本改。
⑱「後」字原缺，張本作 一字空格，今據《宋書》補。
⑲「丹艦」《彙注》本作「舟艦」。 按《宋書》亦作「丹艦」，作「丹艦」不誤。「發炤」《宋書》作「發照」。
⑳「羣」《彙注》本、張本、梁本作「雲」。 按《宋書》亦作「羣」，作「羣」不誤。
㉑「惜乎惜乎」張本、梁本不疊「惜乎」二字。
㉒「寢」《宋書》作「寇」。
㉓「投命」原作「救命」，今據《宋書》、元鈔本、《彙注》本、張本、梁本改。
㉔「斬祛射玦」原作「斬祛射袂」，《宋書》作「斬裾射玦」，《彙注》本作「斬祛射玦」，梁本、庫本作「斬袪射袂」，今據梁本、庫本改「袪」爲「祛」，據《宋書》及《彙注》本改「袂」爲「玦」。
㉕「如上」《彙注》本作「於上」。
㉖「曒然」原作「激然」，今據元鈔本、《彙注》本、張本、梁本改。
㉗「下」原作「才」，今據張本、梁本改。

【箋注】

〔一〕尊冠賤履：《史記》卷一百二十一《儒林・轅固生傳》：「黄生曰：『冠雖敝，必加於首；履雖新，必關於足。何者？上下之分也。』」《説苑》卷十二《奉使》：「使者曰：『冠雖敝，宜加其上；履雖新，宜居其下。周室雖微，諸侯未之能易也。』」

〔二〕君臣斯位：《校注》：「斯位：指貴賤之位。謂君尊臣賤，其位與冠履相同。」

〔三〕「愛順」二句：《校注》：「順、逆：維護君臣之位爲順，反之爲逆。《左傳・隱公三年》：『去順效逆，所以速禍也。』」

〔四〕憑淩我江郊：憑淩，侵犯，欺侮。《左傳・襄公二十五年》：「今陳忘周之大德，蔑我大惠，棄我姻親，介恃楚衆，以憑陵我敝邑。」江郊，臨江的郊野。鮑照《送别王宣城》：「廣望周千里，江郊藹微明。舉爵自惆悵，歌管爲誰清。」

〔五〕侵軼我河縣：侵軼，侵犯襲擊。《左傳・隱公九年》：「北戎侵鄭。鄭伯禦之，患戎師，曰：『彼徒我車，懼其侵軼我也。』」杜預注：「軼，突也。」《後漢書》卷八十九《南匈奴傳論》：「自是匈奴得志，狼心復生，乘閒侵佚，害流傍境。」按以上二句《校注》云：「憑陵、侵軼：皆侵犯襲擊之意。江郊、河縣：泛指州府郡縣。」

〔六〕「而不」二句：《三國志》卷二十九《魏志・管輅傳》：「此二人天庭及口耳之間同有凶氣，異變俱起，雙魂無宅，流魂於海，骨歸於家，少許時當并死也。」《校注》：「流魂漂骨：謂魂體

不存，被徹底消滅。丹宗血祀：謂血染宗廟祭壇，罪及祖先。」

〔七〕寂寥，沉寂。《古文苑》枚乘《忘憂館柳賦》：「鎗鍠啾唧，蕭條寂寥。」章樵注：「鎗鍠，大音；啾唧，小音。并寂然無聲。」《樂府詩集》卷六十一謝靈運《君子有所思行》：「餘生不歡娱，何以竟暮歸。寂寥曲肱子，瓢飲療朝饑。所秉自天性，貧富豈相譏。」

〔八〕起自甲卒：《校注》：「起自甲卒：行伍出身。甲卒，戴甲的士卒。《宋書·沈攸之傳》：『攸之少孤貧，元嘉二十七年，索虜南寇，發三吴民丁，攸之亦被發。』」

〔九〕「邀我」二句：一捷之幸，《後漢書》卷八十《荀彧傳》：「有必敗之形，無一捷之執。」李賢注：「捷，勝也。」《校注》：「邀：求。幸：儌幸。」

〔一〇〕「鐫山」二句：《校注》：「鐫山：刻石於山，以記其功。《後漢書·竇憲傳》：憲降匈奴單于兵二十餘萬，『遂登燕然山，刻石勒功，紀漢威德。』裂地：指分土封侯。《墨子·尚賢中》：『殷爵以貴之，裂地以封之。』紐：佩帶。紫：紫綬。要：通『腰』，謂繫於腰間。金：金印。漢制，丞相、將軍等二品以上官員皆金印紫綬，沈攸之曾封貞陽縣公，食邑二千户，爲鎮西將軍。」

〔一一〕「擁旗」二句：蕃伯，一方諸侯，指地方軍政長官。《北堂書鈔》卷六十五引《晉中興書》：「郄恢領右衛率。恢風神魁梧，烈宗器之，以爲有蕃伯之望，擢爲雍州刺史。」北面，謂臣服於人。《史記》卷八十二《田單列傳論》：「王蠋，布衣也，義不北面於燕，況在位食禄者乎！」

〔一二〕「受符」二句：受符，接受符印。《後漢書》卷五十二《崔駰傳》：「遂翕翼以委命兮，受符守乎艮維。」李賢注：「艮，東北之位。謂篆爲千乘太守也。」專征，受命自主征伐。班固《白虎通義·考黜》：「好惡無私，執義不傾，賜以弓矢，使得專征。」《宋書》卷九十三《隱逸·陶潛傳》：「桓桓長沙，伊勳伊德，天子疇我，專征南國。」按以上四句《校注》云：「蕃伯、方屏：皆謂受命於一方的軍政長官，指沈攸之爲荆州刺史。北面之禮：即人臣之禮。古時朝會，君南面而坐，臣北面而立，故以北面指向人稱臣。專征：不受王命而自行出兵征伐爲專征。釁：事端，罪行。」

〔一三〕箕賦深斂：《史記》卷八十九《陳餘列傳》：「秦爲亂政虐刑以殘賊天下，數十年矣。北有長城之役，南有五嶺之戍，外内騷動，百姓罷敝，頭會箕斂，以供軍費，財匱力盡，民不聊生。」裴駰集解：「《漢書音義》曰：『家家人頭數出穀，以箕斂之。』」《校注》：「箕賦深斂：猶言横征暴斂。」

〔一四〕「枉法」二句：枉法，謂歪曲和破壞法律。《商君書·定分》：「天下之吏雖有賢良辨慧，不能開一言以枉法。」《史記》卷一百二十六《滑稽·優孟列傳》：「身死家室富，又恐受賕枉法，爲姦觸大罪，身死而家滅。」矯刑，謂違背刑法。《管子·君臣上》：「是以上及下之事謂之矯，下及上之事謂之勝。爲上而矯，悖也；爲下而勝，逆也。」房玄齡注：「及，猶預也。矯，僞也。上預下事，則僞有餘而實不足也。」按以上四句《校注》云：「南郢：郢州。西

荆：荆州。二州皆在京都建康西南。沈攸之任荆州刺史前爲郢州刺史。《宋書》本傳説他『爲政刻暴……賦斂嚴苦，征發無度』。」

〔一五〕鬼怪其性：《校注》：「鬼怪：狡詐詭譎。」

〔一六〕狼戾其志：《戰國策·燕策一》：「夫趙王之狼戾無親，大王之所明見知也。」《漢書》卷六十四上《嚴助傳》：「今閩越王狼戾不仁，殺其骨肉，離其親戚，所爲甚多不義。」顔師古注：「狼性貪戾，凡言狼戾者，謂貪而戾。」《文選》卷十七王褒《洞簫賦》：「故貪饕者聽之而廉隅兮，狼戾者聞之而不懟。」吕向注：「狼戾，惡性也。」《校注》：「狼戾：狠毒暴戾。」

〔一七〕「山陵」二句：山陵，原指帝王或皇后的墳墓，《孔子家語·辯政》：「大王萬歲之後，起山陵於荆臺之上，則子孫必不忍遊於父祖之墓以爲歡樂也。」後因借指本朝先帝。《後漢書》卷四十三《樂恢傳》：「今陛下思慕山陵，未遑政事。」《校注》：「山陵：帝王的墳墓稱山陵。此指宋明帝去世。不奔：謂不爲明帝奔喪。移殃爲慶：猶言幸災樂禍。《宋書·沈攸之傳》載蕭道成數攸之罪檄曰：『攸之始奉國諱，喜見於容，普天同哀，已以爲慶。』即此意。」

〔一八〕「踐祚」二句：按劍稱予，古代天子自稱予一人。《漢書》卷二十七中之上《五行志中之上》：「稱予一人，非名也。」顔師古注：「天子自稱曰『予一人』。非諸侯之號，故云非名。」《校注》：「踐祚：指宋順帝即位登基。按劍稱予：言其有作亂稱王的野心。稱予，即『稱予一人』之省。」

〔一九〕「遂乃」二句：炤，同「照」，照耀。《荀子·天論》：「列星隨旋，日月遞炤。」楊倞注：「炤，與照同。」《校注》：「關：關防。亭：亭障。古代遇有戰事，亭障舉烽火以報警。」

〔二〇〕「此而」二句：《校注》：「賒：寬恕。宥：亦寬恕之義。」

〔二一〕「今遣」句：陳承叔，《南齊書》卷三十《戴僧静傳附陳胤叔傳》：「僧静同郡餘姚人陳胤叔，本名承叔，避宣帝諱改。彊辯果捷，便刀楯。初爲左夾轂隊將。泰始初，隨太祖東討，遂歸身隨從征伐，小心慎事，以功見賞。封當陽縣子。官至太子左率。……永明三年，卒。」彭文之，《宋書》卷八十三《黄回傳附彭文之傳》：「彭文之，太山人也。以軍功稍至龍驤將軍。討建平王景素功，封葛陽縣男，食邑三百户。順帝初，爲輔國將軍、左軍將軍、南濮陽太守、直閣，領右細杖盪主。沈攸之平後，齊王收之下獄，賜死。」

〔二二〕「敢勁」二句：電躍，飛馳騰躍。《宋書》卷四十七《孟懷玉傳附孟龍符傳》：「龍符匹馬電躍，所向摧靡，奮戈深入，知死弗吝。」《校注》：「敢勁：指勇敢强勁的兵士。電耀：謂行動迅速如電光閃耀。」

〔二三〕「吕安國」句：吕安國，《南齊書》卷二十九《吕安國傳》：「吕安國，廣陵廣陵人也，宋大明末，安國以將領見任，隱重有幹局，爲劉勔所稱。……沈攸之事起，太祖以安國爲湘州刺史，征虜將軍如故。……永明二年，徙都督南兖兖徐青冀五州諸軍事、平北將軍、南兖州刺史，仍爲都督、湘州刺史。……八年卒，年六十四。贈使持節、鎮北將軍、南兖州刺史，常侍如

故。給鼓吹一部。謚肅侯。」任侯伯，沈攸之役時爲輔國將軍，行湘州事，以輒殺長沙内史庾佩玉，爲蕭道成使吕安國所殺。事見《宋書·黄回傳》。垣崇祖，《南齊書》卷二十五《垣崇祖傳》：「垣崇祖字敬遠，下邳人也。……崇祖年十四，有幹略。伯父豫州刺史護之謂門宗曰：『此兒必大成吾門，汝等不及也。』刺史劉道隆辟爲主簿，厚遇之。……沈攸之事平，以崇祖爲持節、督兖青冀三州諸軍事，累遷冠軍將軍、兖州刺史。」入齊後徙爲使持節、監豫司二州諸軍事、豫州刺史，封望蔡縣侯，邑七百户。屢破北魏軍，進號爲平西將軍，增封爲千五百户。永明元年，爲齊武帝所殺。死時年四十四。曹虎頭，《南齊書》卷三十《曹虎傳》：「曹虎字士威，下邳下邳人也。本名虎頭。宋明帝末，爲直厢。」入齊後屢立軍功，歷任太子左衛率，冠軍將軍、雍州刺史，右衛將軍等職。後爲東昏侯所殺，時年六十餘。

〔二四〕「樓艦」二句：《宋書》卷八十四《孔覬傳》：「右軍將軍齊王、射聲校尉姚道和，樓艦千艘，覆川蓋汜。」《校注》：「樓艦：有層樓的戰船。射蛟中流：《漢書·武帝紀》：『(元封)五年冬，行南巡狩……自潯陽渡江，親射蛟江中，獲之。』此用以頌揚水軍的勇武。」

〔二五〕「苟元賓」句：苟元賓，宋時爲將，參與平定沈攸之役。齊初曾平定南襄城蠻之亂。事見《宋書》卷七十四《沈攸之傳》、《南齊書》卷二十四《柳世隆傳》、卷五十八《蠻傳》。郭文孝，宋時爲將，參與平定沈攸之役，見《宋書·沈攸之傳》、《南齊書·柳世隆傳》。程隱儁，宋時爲將，參與平定沈攸之役，見《宋書·沈攸之傳》、《南齊書·柳世隆傳》。

〔二六〕輕舸：輕便的快船。《晉書》卷六十六《陶侃傳附陶輿傳》：「輿率輕舸出其上流以擊之，所向輒克。」

〔二七〕「周盤龍」句：周盤龍，《南齊書》卷二十九《周盤龍傳》：「周盤龍，北蘭陵蘭陵人也。宋世土斷，屬東平郡。盤龍膽氣過人，尤便弓馬。泰始初，隨軍討赭圻賊，躬自鬥戰，陷陣先登。累至龍驤將軍、積射將軍，封晉安縣子，邑四百户。」入齊後盤龍任至持節、都督兗州緣淮諸軍事、平北將軍、兗州刺史，屢次大破北魏軍，爲守邊名將。永明十一年，病卒，年七十九。贈安北將軍、兗州刺史。張文憘，宋時爲將，參與平定沈攸之役，事見《宋書・沈攸之傳》。薛道淵，《南齊書》卷三十《薛淵傳》：「薛淵，河東汾陰人也。宋徐州刺史安都從子。本名道淵，避太祖偏諱改。安都以彭城降虜，親族皆入北。太祖鎮淮陰，淵遁來南，委身自結。果幹有氣力。太祖使領部曲，備衛帳内，從征伐。元徽末，以勳官至輔國將軍，右軍將軍，驍騎將軍、軍主，封竟陵侯。」入齊後薛淵累任太子左衛率，左衛將軍，徐州刺史等職，「隆昌元年，出爲持節、督司州軍事、司州刺史，右將軍如故。延興元年，進號平北將軍，未拜，卒。明帝即位，方有詔賻錢五萬，布五百匹，尅日舉哀。」

〔二八〕「鐵馬」二句：《晉書》卷一百二十八《慕容超傳》：「今據五州之彊，帶山河之固，戰車萬乘，鐵馬萬羣。」《校注》：「鐵馬：披鐵甲的戰馬。龍驤：形容馬壯健善奔，如龍騰舉。」

〔二九〕「莫不」二句：《校注》：「薄：逼迫。精：精氣，鋭氣。變虹蜺：使虹蜺變色。」

〔三〇〕飲羽石梁：《藝文類聚》卷六十引《闞子》：「宋景公使弓工爲弓，九年來見。公曰：『爲弓亦遲。』對曰：『臣不得見公矣。』曰：『臣之精盡於弓矣。』獻弓而歸，三日而死。公張弓登臺，東西而射，矢踰孟霜之山，集彭城之東，其餘力逸勁，飲羽於石梁。」

〔三一〕超踰門樓：《漢書》卷七十《甘延壽傳》：「嘗超踰羽林亭樓，由是遷爲郎。」按以上二句《校注》云：「飲羽：箭深入，没過箭尾的羽毛。超逾：跳越。以上二句皆喻武藝高强。」

〔三二〕索鐵拔距：索鐵，絞鐵成索。極言力大。《淮南子·主術訓》：「桀之力，制觡伸鉤，索鐵歙金。」高誘注：「索，絞也。」拔距，比腕力。古代的一種練武活動。《漢書》卷七十《甘延壽傳》：「少以良家子善騎射爲羽林，投石拔距，絶於等倫。」顔師古注：「應劭曰：『投石，以石投人也。拔距，即下超踰羽林亭樓是也。』張晏曰：『《范蠡兵法》飛石重十二斤，爲機發，行二百步。延壽有力，能以手投之。拔距，超距也。』師古曰：投石，應説是也。拔距者，有人連坐相把據地，距以爲堅而能拔取之，皆言其有手掣之力。超踰亭樓，又言其趫捷耳，非拔距也。今人猶有拔爪之戲，蓋拔距之遺法。」《文選》卷五左思《吴都賦》：「袒裼徒搏，拔距投石之部。」劉逵注：「拔距，謂兩人以手相按，能拔引之也。」《校注》：「索鐵拔距：表示臂力過人。」

〔三三〕顧眄：左顧右眄。《後漢書》卷二十四《馬援傳》：「援據鞍顧眄，以示可用。帝笑曰：『矍鑠哉是翁也！』」《藝文類聚》卷三十三引晉張翰《周小史詩》：「爾形既淑，爾服亦鮮，輕車

隨風，飛霧流煙。轉側綺靡，顧眄便妍，和顔善笑，美口善言。」

〔三四〕「暗鳴」句：暗鳴，荀悦《前漢紀》卷二：「項王暗鳴叱咤，千人皆靡，然不能屬任賢將，此特匹夫之勇耳。」《文選》卷五《吴都賦》：「士有陷堅之鋭，俗有節概之風。睚眦則挺劍，暗鳴則彎弓。」李周翰注：「暗鳴，含怒未發。」《通鑑》卷五十一漢順帝永建元年：「寧伏歐刀以示遠近！暗鳴自殺，是非孰辨邪？」胡三省注：「《類篇》曰：『啼泣無聲謂之暗，歎傷謂之鳴。』」激電，閃電。《文選》卷九潘岳《射雉賦》：「來若處子，去如激電。」徐爰注：「來若處女之畏人，去若激電之迅疾也。」《校注》：「顧眄：目光來回巡視。暗鳴：發怒聲。」

〔三五〕「然後」二句：《校注》：「鑾戎：天子的戰車、軍隊。薄臨：來臨。薄，迫近。驍虎：驍勇如虎，指士卒。」

〔三六〕六軍：天子所統領的軍隊。《周禮・夏官・序官》：「凡制軍，萬有二千五百人爲軍。王六軍，大國三軍，次國二軍，小國一軍。」《左傳・襄公十四年》：「周爲六軍，諸侯之大者，三軍可也。」後因以爲國家軍隊的統稱。

〔三七〕五輅遲旆：輅，亦作「路」，車。《周禮・春官・巾車》：「王之五路，一曰玉路，錫，樊纓十有再就，建大常十有二斿，以祀；金路，鉤，樊纓九就，建大旂，以賓，同姓以封；象路，朱，樊纓七就，建大赤，以朝，異姓以封；革路，龍勒，條纓五就，建大白，以即戎，以封四衛；木路，前樊鵠纓，建大麾，以田，以封蕃國。」《文選》卷七潘岳《藉田賦》：「五輅鳴鑾，九旗揚

旆。」李善注：「《周禮》曰：王之五路，一曰玉路，二曰金路，三曰象路，四曰革路，五曰木路。」

〔三八〕「丹艦」二句：丹艦，丹漆之艦船。炤，明。《詩經·小雅·正月》：「魚在於沼，亦匪克樂，潛雖伏矣，亦孔之炤。」朱熹集傳：「炤，明易見也。」素甲，白色鎧甲。《國語·吴語》：「皆白裳、白旗、素甲、白羽之矰，望之如荼。」韋昭注：「素甲，白甲也。」《文選》卷二十潘岳《關中詩》：「素甲日曜，玄幕雲起。」

〔三九〕樓煩白羽：白羽，白羽箭。《史記》卷一百十七《司馬相如列傳》載司馬相如《上林賦》：「彎蕃弱，滿白羽，射游梟，櫟蜚遽。」裴駰集解：「郭璞注：『以白羽爲箭，故言白羽也。』」《校注》：「樓煩：春秋戰國時國名，其地在今山西省境内，其民精於騎射。白羽：箭名。」

〔四〇〕「漁陽」二句：浴鐵，《太平御覽》卷三百五十六引《晉建武故事》：「王敦死，秘不發喪。賊於水南北渡，攻宫壘栅，皆重鎧浴鐵，都督應詹等出精鋭距之。」《通鑑》卷一百六十三梁簡文帝大寶元年：「丙午，侯景請上幸西州，上御素輦，侍衛四百餘人。景浴鐵數千，翼衛左右。」胡三省注：「浴鐵者，言鐵甲堅滑，若以水浴之也。」《校注》：「漁陽：地名。秦立漁陽郡，轄境相當於今北京及其東南各縣。古代漁陽郡人以善騎著稱。黑騎：指披鐵甲的戰馬。」

〔四一〕「紫芝」句：《校注》：「紫芝：香草名，即芝蘭，以喻賢者。白艾：野草名，即蕭艾，喻不肖。《淮南子·俶真》：『巫山之上，順風縱火，膏夏、芝蘭與蕭艾俱死。』」

〔四二〕三省：省察三事。《論語·學而》：「曾子曰：『吾日三省吾身：爲人謀而不忠乎？與朋友交而不信乎？傳不習乎？』」後泛指認真反省自己的過失。《後漢書》卷三十下《郎顗傳》：「伏惟陛下躬日昃之聽，温三省之勤，思過念咎，務消祇悔。」

〔四三〕驅逼寢手：《校注》：「寢：《宋書》作『寇』，疑是。『驅逼寇手』，謂被驅逼而落入敵手。」

〔四四〕鋒陣塢壁之主：《後漢書》卷八十七《西羌·東號子麻奴傳》：「又於扶風、漢陽、隴道作塢壁三百所，置屯兵，以保聚百姓。」《校注》：「鋒陣：猶軍陣、軍營。塢壁：築土而成的壁障。」

〔四五〕投命軍門：投命，猶投身。《後漢書》卷二十八上《馮衍傳》：「如以尊親係累之故，能捐位投命，歸之尚書，大義既全，敵人紓怨，上不損剖符之責，下足救老幼之命，申眉高談，無愧天下。」同上書卷五十八《臧洪傳》：「行矣孔璋！足下徼利於境外，臧洪投命於君親；吾子託身於盟主，臧洪策名於長安。」軍門，軍營之門。《國語·齊語》：「執枹鼓立於軍門，使百姓皆加勇焉，弗若也。」韋昭注：「軍門，立旍爲軍門，若今牙門矣。」《史記》卷七《項羽本紀》：「噲即帶劍擁盾入軍門。」

〔四六〕立績：立功。《文選》卷五十七顔延之《陽給事誄》：「之子之生，立績宋皇。」吕延濟注：「績，功也。」

〔四七〕「斬袪射玦」二句：斬袪，斬斷其袖，借指舊怨。《左傳·僖公五年》：「及難，公使寺人披伐

蒲。重耳曰：『君父之命，不校。』乃徇曰：『校者，吾讎也。』踰垣而走，披斬其袪。遂出奔翟。」杜預注：「袪，袂也。」孔穎達疏：「總名爲袂，其袂近口，又別名爲袪。此斬其袪，斬其袖之末也。」射玦，即射鉤。《左傳・僖公二十四年》：「齊桓公置射鉤而使管仲相。」杜預注：「乾時之役，管仲射桓公中帶鉤。」《校注》：「斬袪：斬斷衣袖。春秋時，晉獻公寵幸驪姬，其子重耳以驪姬故，出守蒲城，獻公命宦者勃鞮追殺重耳，『重耳逾垣，宦者追斬其衣袪』。後重耳返國，即位，是爲文公。文公不記前怨，宦者遂告以吕省、郤芮欲殺文公事。事見《史記・晉世家》。射玦：即『射鉤』。鉤用以繫衣帶。春秋時，齊襄公昏亂，其弟糾、小白争爲齊君，管仲爲糾之傅，於路上射中小白帶鉤。後小白立爲齊君，是爲齊桓公，俘管仲，欲救之，亦無及已。桓公不念舊惡，任管仲爲相，終成霸業。事見《史記・齊世家》。與：給予獎賞之意。」

〔四八〕「購募」二句：購募之科，《文選》卷四十四陳琳《檄吴將校部曲》：「大兵一放，玉石俱碎，雖欲救之，亦無及已。故令往購募爵賞，科條如左。」劉良注：「購募，謂以財求物也。科條，謂賞罰等級也。」具列，備述，一一列舉。《晉書》卷二十《禮志中》：「其傳記有與今議同者，亦具列之。」《校注》：「購募：懸賞招募。科：條例。」

〔四九〕信如白水：《左傳・僖公二十四年》：「及河，子犯以璧授公子曰：『臣負羈絏，從君巡於天下，臣之罪甚多矣。臣猶知之，而況君乎？請由此亡。』公子曰：『所不與舅氏同心者，有如白水！』投其璧於河。」楊伯峻注：「『有如白水』即『有如河』，意謂河神鑒之，《晉世家》譯作

『河伯視之』，是也。」後遂用作誓詞，表示信守不移。《文選》卷五十五劉孝標《廣絶交論》：「援青松以示心，指白水而旌信。」《校注》：「信如白水：謂信守不疑。」

〔五〇〕皦然：清楚明白貌。董仲舒《春秋繁露·同類相動》：「百物其去所與異，而從其所與同，故氣同則會，聲比則應，其驗皦然也。」《文選》卷五十五劉孝標《廣絶交論》：「獨立高山之頂，歡與麋鹿同羣，皦皦然絶其雰濁，誠耻之也，誠畏之也。」李周翰注：「皦皦，潔白貌。」

〔五一〕「臺明」二句：《校注》：「臺：指御史臺。詳旨：指此符所説的詳細内容。」飛火普加，《彙注》：「李令伯《陳情表》曰：『急如星火。』」

〔五二〕千里馳驛：馳驛，駕乘驛馬疾行。《晉書》卷九十五《藝術·鳩摩羅什傳》：「乃遣驍騎將軍吕光等率兵七萬西伐龜兹，謂光曰：『若獲羅什，即馳驛送之。』」《宋書》卷八十八《沈文秀傳》：「慶之死後，帝遣直閣江方興領兵誅文秀。方興未至，太宗已定亂，馳驛駐之。」《校注》：「馳驛：古時官員因急事奉召入京或外出，由沿途驛站供給夫馬糧食，兼程而進，稱馳驛。」

慰勞雍州文

【題解】

此文張本、梁本題作《慰勞雍州詔》。

《宋書》卷三十七《州郡志三》：「雍州刺史，晉江左立。胡亡氐亂，雍、秦流民多南出樊、沔，

晉孝武始於襄陽僑立雍州，并立僑郡縣。宋文帝元嘉二十六年，割荆州之襄陽、南陽、新野、順陽、隨五郡爲雍州，而僑郡縣猶寄寓在諸郡界。孝武大明中，又分實土郡縣以爲僑郡縣境。……今領郡十七，縣六十。户三萬八千九百七十五，口十六萬七千四百六十七。去京都水四千四百，陸二千一百。」

曹道衡《年代考》云：「雍州刺史張敬兒在平沈攸之之役立了大功，此文即蕭道成借宋順帝名義慰勞張敬兒及其部下，當作於昇明二年初。」《校注》云：「宋後廢帝元徽三年（四七五），蕭道成任命張敬兒爲雍州刺史，密防沈攸之。順帝昇明元年（四七七）十二月，沈攸之舉兵江陵，進入郢城，張敬兒乘機襲擊江陵。次年正月，沈攸之兵敗被殺。此文當作於昇明元年閏十二月。」福林按：此文云：「皇帝謝鎮軍寧蠻二府、雍州文武士庶等……而沈攸之小竪反覆，稱逆西藩；袁粲、劉秉，潛使相扇，遂擁據石頭，并圖廟社。粲、秉既從王憲，蒼黎同慶。攸之孤州蟻聚，勢必燼滅。」乃爲沈攸之、袁粲等反事而作。文又云：「刺史張敬，義氣雲騰，秣馬星驅，全羽十萬，殄兹氛鯨，曾不旋踵。」「張敬」，即張敬兒，時爲鎮軍將軍、雍州刺史。《南齊書》卷二十五《張敬兒傳》：「進號鎮軍將軍，加散騎常侍，改爲都督，給鼓吹一部。攸之於郢城敗走，其子元琰與兼長史江乂、别駕傅宣等守江陵城。敬兒軍至白水，元琰聞城外鶴唳，謂是叫聲，心懼欲走。其夜，乂、宣開門出奔，城潰，元琰奔寵洲，見殺。」見作此文時荆州之江陵已爲張敬兒所破，與此文所云「殄兹氛鯨」云云相合。則此文之作，時應在昇明二年正月沈攸之亂平之後。《年代考》所説是

也。又考之《宋書·順帝紀》載昇明二年正月辛未（二十三日），「鎮軍將軍、雍州刺史張敬兒克江陵，斬攸之子光琰，荆州平。」丁丑（二十九日），「鎮軍將軍、雍州刺史張敬兒進號征西將軍。」則文又作於昇明二年正月辛未至丁丑之間。

皇帝謝鎮軍寧蠻二府、雍州文武士庶等〔一〕：夫忠爲令德，或感概殺軀〔二〕；信實美行，或殉義蹈節〔三〕。而沈攸之小竪反覆〔四〕，稱逆西藩〔五〕；袁粲、劉秉①，潛使相扇〔六〕，遂擁據石頭〔七〕，并圖廟社〔八〕。粲、秉既從王憲，蒼黎同慶〔九〕。攸之孤州蟻聚，勢必燼滅〔一〇〕。刺史張敬〔一一〕，義氣雲騰，秣馬星驅〔一二〕，全羽十萬，殄兹氛鯨〔一三〕，曾不旋踵〔一四〕。彼州南陽白水，將相遺風〔一五〕，忠義之士②，霜戈電發〔一六〕。但戎車暫動〔一七〕，念原未寧，冬寒，卿皆無恙〔一八〕。

【校記】

①「劉秉」原作「劉康」，今據《彙注》本、張本、梁本改。下「康」字并改。

②「忠義」張本、梁本作「忠烈」。

【箋注】

〔一〕「皇帝」句：鎮軍寧蠻二府，指鎮軍將軍及寧蠻校尉之軍府。士庶，士人和庶民。《管子·

大匡》：「君有過，大夫不諫；士庶人有善，而大夫不進，可罰也。」《宋書》卷二《武帝紀中》：「承親率戎馬，遠履西畿，闔境士庶，莫不恇駭。」《校注》：「鎮軍寧蠻二府：當時張敬兒爲寧蠻校尉，又新任鎮軍將軍。見《南齊書·柳世隆傳》。」

〔二〕「夫忠」二句：令德，美德。《國語·魯語上》：「今先君儉而君侈，令德替矣。」陶淵明《勸農》詩：「熙熙令德，猗猗原陸。卉木繁榮，和風清穆。紛紛士女，趨時競逐。桑婦宵興，農夫野宿。」殺軀，猶殺身。《論語·衛靈公》：「志士仁人，無求生以害仁，有殺身以成仁。」邢昺疏：「若身死而後成仁，則志士仁人不愛其身，有殺其身以成其仁者也。若伯夷、叔齊及比干是也。」《墨子·兼愛中》：「乃若夫少食、惡衣、殺身而爲名，此天下百姓之所皆難也。」《校注》：「感概：猶『感慨』。」

〔三〕殉義蹈節：殉義，爲道義而死。《晉書》卷八十六《張軌傳》：「高才碩學，著述經史；臨危殉義，殺身爲君。」蹈節，信守節操。《晉書》卷六《元帝紀》：「惟有蹈節死義，以雪天下之恥。」《校注》：「殉義蹈節：爲節義而赴難捐軀。」

〔四〕小豎反覆：小豎，同「小豎」，猶言小子。《晉書》卷六十七《温嶠傳》：「峻、約小豎，爲海内所患，今日之舉，決在一戰。」《宋書》卷八《明帝紀》：「鴟梟小豎，莫不寵暱，朝廷忠誠，必加戮挫。」反覆，變化無常。《詩·小雅·小明》：「豈不懷歸，畏此反覆。」朱熹集傳：「反覆，傾側無常之意也。」桓寬《鹽鐵論·和親》：「反復無信，百約百叛。」

〔五〕西藩：西方藩國，東晉南朝指地處京都建康以西的重鎮江州或荆州等。《晉書》卷八十一《桓宣傳附桓伊傳》：「臣過蒙殊寵，受任西藩。」指江州。同上書卷六十四《簡文三子・會稽文孝王道子傳》：「然桓氏世在西藩，人或爲用，而第下之所控引，止三吴耳。」則指荆州。文中乃指荆州。

〔六〕「袁粲」二句：袁粲，《宋書》卷八十九《袁粲傳》：「袁粲字景倩，陳郡陽夏人，太尉淑兄子也。父濯，揚州秀才，蚤卒。祖母哀其幼孤，名之曰愍孫。」粲少好學，有清才，蚤以操立志行見知，初爲揚州從事。宋明帝時歷任吏部尚書，尚書令等職。明帝臨崩，粲與褚淵、劉勔并受顧命。順帝昇明元年（四七七），與劉秉等密謀欲據石頭城起事，以響應沈攸之，誅殺蕭道成，爲蕭道成部將戴僧静所殺。劉秉，《宋書》卷五十一《宗室・長沙景王道憐傳附劉秉傳》：秉字彦節，初爲著作郎。明帝泰始初，爲侍中，「時宗室雖多，材能甚寡，秉少自砥束，甚得朝野之譽，故爲太宗所委。」歷任南徐州刺史，尚書左僕射，領吏部尚書，尚書令等職。順帝昇明元年因密謀誅殺蕭道成，爲蕭道成遺部將所殺。相扇，相互煽動。

〔七〕遂擁據石頭：擁據，擁兵割據。《三國志》卷八《公孫瓚陶謙等傳論》：「陶謙昏亂而憂死，張楊授首於臣下，皆擁據州郡，曾匹夫之不若，固無可論者也。」《宋書》卷八十六《劉勔傳》：「且賊擁據數城，水陸通便，而今使官以二千斷其資運，於事爲難。」石頭，石頭城。《元和郡縣志》卷二十六《江南道・上元縣》：「石頭城在縣西四里，即楚之金陵城也，吴改爲

石頭城。建安十六年，吴大帝修築以貯財寶軍器，有戍。《吴都賦》云『戎車盈於石城』是也。諸葛亮云：『鍾山龍盤，石城虎踞。』言其形之險固也。」《景定建康志》卷十七：「《江乘地記》云：『石城山，嶺嶂千里，相重若一，游歷者以爲吴之石城，猶楚之九疑也。山上有城，因以爲名。後漢建安十六年，吴孫權乃加修理，改名石頭城，用貯軍糧器械，今清涼寺西是也。諸葛亮云：「石頭虎踞，真帝王之宅。」』《丹陽記》：『石頭城，吴時悉土塢，義熙初始加磚累甓，因山以爲城，因江以爲池。地形險固，尤有奇勢，亦謂之石首城。范曄有《初發石首城詩》。』《六朝記》云：『吴孫權沿淮立柵，又於江岸必争之地築城，名曰石頭。常以腹心大臣鎮守之。今石城故基，乃楊行密稍遷近南，夾淮帶江以盡地利，其形勢與長干山連接。晉伐吴，王濬以舟師沿江而下，自三山抵石城。劉夢得有「王濬樓船下益州，一片降幡出石頭」之句。晉室中興，常爲險要必争之地。』」

〔八〕廟社：《校注》：「廟社：宗廟社稷。指國家。」

〔九〕「粲秉」二句：王憲，猶王法，國法。《宋書》卷四十二《王弘傳》：「今多僮者傲然於王憲，無僕者怵迫於時綱。」同上書卷五十七《蔡廓傳附蔡興宗傳》：「會稽多諸豪右，不遵王憲。又幸臣近習，參半宫省，封略山湖，妨民害治。」《校注》：「從王憲：謂伏王法。憲，法。蒼黎：蒼生黎民，即百姓。」

〔一〇〕「攸之」二句：孤州，《晉書》卷八十六《張軌傳附張寔傳》：「王室有事，不忘投軀，孤州遠

域，首尾多難。」蟻聚，如螞蟻般聚集。比喻結集者之多。《三國志》卷六十《吴志·周魴傳》：「錢唐大帥彭式等蟻聚爲寇，以魴爲錢唐侯相。」袁宏《後漢紀·獻帝紀一》：「百姓驚愕不解此意，必糜沸蛩聚，以致擾亂。」燼滅，指燈火熄滅。鮑照《蕪城賦》：「吴蔡齊秦之聲，魚龍爵馬之玩，皆薰歇燼滅，光沉響絶。」《詩·大雅·桑柔》：「民靡有黎，具禍以燼。」朱熹集傳：「燼，灰燼也。」《校注》：「孤州：指荆州。當時荆州被諸路大軍包圍，處於孤立無援的境地，故云。燼：燃燒後的殘餘物爲燼。」

〔一一〕刺史張敬：張敬，即張敬兒。《南齊書》卷二十五《張敬兒傳》：「張敬兒，南陽冠軍人也。本名苟兒，宋明帝以其名鄙，改焉。父醜，爲郡將軍，官至節府參軍。敬兒年少便弓馬，有膽氣，好射虎，發無不中。」張敬兒以斬桂陽王劉休範功，爲雍州刺史，封襄陽縣侯。又以平沈攸之功，進爵爲公，增邑爲四千户。永明元年，爲齊明帝蕭賾所殺。

〔一二〕「義氣」二句：雲騰，如雲翻騰。《宋書》卷九十五《索虜傳》：「聖皇踐阼，重光開朗，明哲柔遠，以隆中興，遐夷慕義，雲騰波湧。」秣馬，喂馬。《左傳·襄公二十六年》：「簡兵蒐乘，秣馬蓐食。」《藝文類聚》卷三十五引曹植《敘愁賦》：「亮無遠君之心，刈桂蘭而秣馬。舍予車於西林，願接翼於歸鴻。」星驅，猶星馳，如流星飛馳。《藝文類聚》卷十三引晉潘岳《世祖武皇帝誄》：「羽檄星馳，鉦鼓日戒。」《宋書》卷八十一《顧琛傳》：「臣即日便應星馳，歸骨輦轂。」

〔一三〕「全羽」二句：《校注》：「全羽：謂全軍。羽，羽箭，指負箭士兵。殄：消滅。氛鯨：喻凶惡的敵人。鯨，鯨魚。《左傳·宣公十二年》：『古者明王伐不敬，取其鯨而封之，以爲大戮。』注：『鯨鯢，大魚名。以喻不義之人吞食小國。』」

〔一四〕曾不旋踵：旋踵，掉轉脚跟，形容時間短促。《韓詩外傳》卷十：「夫天怨不全日，人怨不旋踵。」後借指返身，謂畏避退縮。《商君書·畫策》：「是以三軍之衆，從令如流，死而不旋踵。」《漢書》卷四十九《鼂錯傳》：「如此而勸以厚賞，威以重罰，則前死不還踵矣。」顔師古注：「還讀曰旋。旋踵，回旋其足也。」《校注》：「曾：乃。」

〔一五〕「彼州」二句：南陽白水，《校注》：「南陽白水：即漢南陽郡蔡陽縣白水鄉，其地在今湖北棗陽縣境内。漢光武帝劉秀生於白水鄉，即帝位後，其所任將相多係南陽人。」遺風，前代或前人遺留下來的風教。《左傳·襄公二十九年》：「爲之歌唐，曰：『思深哉！其有陶唐氏之遺風乎？不然，何憂之遠。』」杜預注：「晉本唐國，故有堯之遺風。」《楚辭·九章·哀郢》：「哀州土之平樂兮，悲江介之遺風。」《史記》卷一百二十九《貨殖列傳》：「其俗寬緩潤達，而足智，好議論，地重，難動摇，怯于衆鬬，勇于持刺，故多劫人者，大國之風也。其中具五民。而鄒、魯濱洙、泗，猶有周公遺風，俗好儒，備于禮。」

〔一六〕霜戈電發：霜戈，明亮鋒利的戈戟。《晉書》卷十《安帝紀》：「運謀機始，貞賢協其契；抆淚誓衆，義士感其心。故霜戈一揮，巨猾奔迸；三率稜威，大憝授首。」《南齊書》卷五十九《芮芮

虜傳》：「方欲剋期中原，龔行天罰。治兵繕甲，俟時大舉。振霜戈於并、代，鳴和鈴於秦、趙。掃殄凶醜，梟剪元惡。」《校注》：「霜戈：形容戈矛鋒利，光白如霜。電發：形容迅疾。」

〔一七〕戎車暫動：戎車，兵車。《書·牧誓》：「武王戎車三百兩，虎賁三百人。」孔傳：「兵車，百夫長所載。車稱兩。一車步卒七十二人，凡二萬一千人。舉全數。」《詩·小雅·采薇》：「戎車既駕，四牡業業。豈敢定居，一月三捷。」《校注》：「戎車：戰車。暫動：謂出動未久。」

〔一八〕無恙：没有疾病，没有憂患。多作問候語。《楚辭》宋玉《九辯》：「賴皇天之厚德兮，還及君之無恙。」王逸章句：「願楚無憂，君康寧也。」洪興祖補注：「《説文》：『恙，憂也。』一曰：蟲入腹，食人心。古者草居多被此毒。故相問：『無恙乎？』」《藝文類聚》卷七十五引漢應劭《風俗通》：「無恙，俗説疾也。凡人相見及書問者，曰：『無恙耶？』按上古之時，草居路宿。恙，噬蟲也，食人心。凡相勞問者曰：『無恙乎？』非爲疾也。」

蕭驃騎讓封第二表

【題解】

此文張本、梁本題作《爲蕭驃騎讓封第二表》，《藝文類聚》卷四十七題作《爲齊高帝讓司空表》。

表題之「蕭驃騎」，指蕭道成，時爲驃騎將軍。《宋書》卷三十九《百官志上》：「驃騎將軍，一

人。漢武帝元狩二年，始用霍去病爲驃騎將軍。漢西京制，大將軍、驃騎將軍位次丞相。」卷四十《百官志下》：驃騎將軍，官第二品。

《年代考》云：「此表亦見《藝文類聚》卷四十七，題爲《爲齊高帝讓司空表》。考《南齊書·高帝紀》，昇明元年七月，蕭道成『進位侍中司空録尚書事驃騎大將軍持節都督刺史如故，封竟陵郡公』。此文所説『祚開山河』即指封竟陵郡公而言；『矧乃三司業貴』指司空，『上將地崇』指驃騎大將軍。可見既是讓封，也是讓司空之官。由此可以證明此文作於昇明元年七月之後不久。」福林按：《藝文類聚》卷四十七引此表題作《爲齊高帝讓司空表》者，誤。考表文中并未涉及讓司空之語，且司空又非封爵。此表稱「祚開山河」，即指竟陵公國之始建，而讓封《第三表》云：「伏願陛下暫停冕纓」，「冕纓」者，竟陵郡公之冠冕服飾也，可爲此表及《第三表》乃讓竟陵郡公封爵之明證。即《藝文類聚》録此表時題作「讓司空」，必誤。本集有《蕭領軍讓司空并敦勸啓》，是其證。表題之「讓封」，當爲專讓竟陵郡公爵位而言。《校注》云：「《藝文類聚》卷四十七引題作『蕭驃騎讓司空表』。據《宋書·順帝紀》，昇明元年（四七七）七月甲午，以尚書左僕射、中領軍、鎮軍將軍、南兖州刺史蕭道成爲司空、録尚書事、驃騎大將軍、開府儀同三司。八月庚午，蕭道成『固讓司空』。本表即作於此時。」亦未審。

考蕭道成封竟陵公在昇明元年七月丙申，此表云「寫瀝愚丹，已續謝表」，見前此已有讓封竟陵公事，故此表題作「讓封第二表」也。表稱：「矧乃三司業貴，上將地崇；惣録務廣，河汾寄深。

珪寓方啓，劍衛增肅。」乃指其是時之所任職。《彙注》以爲「三司」指開府儀同三司，是也。而「上將」則指驃騎大將軍，「惣録」謂録尚書事，「劍衛」指所賜班劍、甲仗等。據《宋書·順帝紀》，蕭道成爲開府儀同三司在昇明元年八月庚辰，爲月之二十九日。則此表之作又在昇明元年八月末或九月初。

臣某言：寫瀝愚丹，已續前表〔一〕。猥降前詔，未垂鏡恕〔二〕。一省驚惭，再悸魂府〔三〕。静躬自察，啓居匪地〔四〕。中謝①。

臣聞日薄星迴②〔五〕，昊天無以爽其節〔六〕；山盈川沖，厚地不能虧其度〔七〕。豈不靈鑄言限，神極無失③〔八〕？况世道恒淪，人彝剽奪〔九〕，數滿必沿虚，飾小故辭大④〔一〇〕。臣才非古賢⑤，任鈞左戚⑥〔一一〕。祚開山河，兼金疊組〔一二〕。爵侈常班⑦，寵溢前達〔一三〕。以榮以渥，且惭且靦〔一四〕。雖嘉銘鼎之恭，更懼循墟之速〔一五〕⑧。矧乃三司業貴，上將地崇〔一六〕；惣録務廣，河汾寄深〔一七〕。珪寓方啓，劍衛增肅〔一八〕。既驚朝野〔一九〕，足震城邑。殷周富士，猶難其人〔二〇〕；漢魏多才，亦罕兼職〔二一〕。且麟閣之臣，尚有位不及鉉〔二二〕；全器之侯，猶或任不并台〔二三〕。名爵無假，前世之雄規〔二四〕；車旗勿濫，中葉之英軌〔二五〕。况鴻詰鬱集，楙册頓萃〔二六〕。諒非虚薄，輕所膺符〔二七〕。

今殷夏既聲，封國式固〔二八〕。故天地燀燿，日月更煇⑨〔二九〕。陛下停若鏡之明，流如雲之愛⑩〔三〇〕。方求士於板巖，宜思賢於屠肆⑪〔三一〕。而私臣以闈廟，寵臣以帷鼎〔三二〕，位兼文武，職惣内外。非所以發夢渭濱，儲精河藪⑫〔三三〕。鐫金刻石，既不可詮〔三四〕；輿歌里頌，其謂臣何〔三五〕？仰緣大道方行，蒼祇宅氣〔三六〕。威靈所燭，九功咸詠〔三七〕。寧於庸臣，獨隔恩耀？誓守愚衷，重扣雲日〔三八〕。如蒙恩宥〔三九〕，實生之幸，不任慊欵之風⑬〔四〇〕。

【校記】

①「中謝」二字張本無。

②「薄」《藝文類聚》作「發」。

③「失」張本、梁本作「爽」。

④「辭」《彙注》本、張本作「亂」。

⑤「古」《彙注》本作「右」。

⑥「鈞」《彙注》本作「均」。

⑦「侈」梁本注：「一作『夸』。」

⑧「墟」《彙注》本作「墻」。

⑨「熚」《彙注》本作「燁」，張本、梁本作「輝」。
⑩「愛」《藝文類聚》作「曖」。
⑪「屠肆」《藝文類聚》作「蜀肆」。
⑫「藪」《彙注》本作「上」，梁本注：「一作『嶽』。」
⑬「風」《彙注》本作「至」，張本、梁本作「誠」。

【箋注】

〔一〕「寫瀝」二句：《校注》：「寫瀝：猶言傾吐。寫：通『瀉』。愚丹：猶愚忠。丹，丹心，赤誠之心。前表：指第一表。第一表今亡。」

〔二〕「猥降」二句：《晉書》卷三十四《羊祜傳》：「今臣身託外戚，事連運會，誠在過寵，不患見遺。而猥降發中之詔，加非次之榮。臣有何功可以堪之，何心可以安之。」《藝文類聚》卷三十七引晉皇甫謐《答辛曠書》：「泛愛不遺，猥降德音。」《校注》：「猥：謙詞，辱。鏡恕：監察和諒解。」

〔三〕「一省」二句：《彙注》：「省，内察也。悸，心動也。」

〔四〕「静躬」二句：静躬，反躬静思。蔡邕《王子喬碑》：「其疾病尫瘵者，静躬祈福，即獲祚。」自察，自我省察。《史記》卷五十四《曹相國世家》：「參免冠謝曰：『陛下自察，聖武孰與高帝？』」《楚辭》屈原《九章·抽思》：「願承閒而自察兮，心震悼而不敢悲。」　啓居，跪和

坐。均爲古人家居生活行爲，因泛指安居。《詩·小雅·采薇》：「靡室靡家，玁狁之故。不遑啓居，玁狁之故。」鄭玄箋：「啓，跪也。」《淮南子·泰族訓》：「張儀、蘇秦，家無常居，身無定君，約從衡之事，爲傾覆之謀，濁亂天下，撓滑諸侯，使百姓不遑啓居。」《校注》：「啓居匪地：謂起坐不安，無地自容。」

〔五〕日薄星迴：《文選》卷五十五陸機《演連珠》：「日薄星迴，穹天所以紀物。」劉孝標注：「天地所以施生，日薄於天，星迴於漢，穹蒼所以紀陰陽之節。在山則實，在地則化，所以散剛柔之氣也。」李善注：「《禮記》曰：『季冬之月，日窮于次，月窮於紀，星迴於天，數將幾終，歲且更始。』《國語》，太子晉曰：『山，土之聚也。川，氣之通也。天地成而聚於高，歸物於下，疏爲川谷，以通其氣也。』」《禮記·月令·季冬之月》：「是月也，日窮于次，月窮于紀，星回于天，數將幾終，歲且更始。」孔穎達疏：『謂二十八宿隨天而行，每日雖周天一匝，早晚不同，至於此月，復其故處。』

〔六〕「昊天」句：昊天，蒼天。《詩經·小雅·蓼莪》：「欲報之德，昊天罔極。」朱熹集傳：「言父母之恩如此，欲報之以德，而其恩之大，如天無窮，不知所以爲報也。」《校注》：「昊天：即天。昊，元氣博大貌。爽：差失。節：節氣。一年分二十四節氣，各按次運轉。」

〔七〕「山盈川沖」二句：《文選》陸機《演連珠》：「山盈川沖，后土所以播氣。」呂向注：「此章喻君，象天地運動之節，而任賢能也。薄，迫。沖，虚也。日，君德。星，臣德。日星迴迫于天，

以紀寒暑之節，亦猶君臣相助，以成太平之功。山盈滿，君象也，以含養萬物。川沖虛，臣體也，以達不通。」《校注》：「沖：虛。度：尺寸。」

〔八〕「豈不」二句：神極，《宋書》卷七十九《竟陵王誕傳》：「臣聞神極尊明，大儀所以貞觀；皇天峻邈，玄化所以幽宣。故能經緯甿俗，大庇黔首。」《藝文類聚》卷三十引晉傅咸《感別賦》：「贊唐虞之嘉運，超飛躍乎太清。佩銀璜於帝側，拖紫艾於天庭。瞻神極之眇眇，喜吾子之寵榮。」《校注》：「靈鑄：神靈所鑄的萬物。限：限度，指萬物變化的分寸。神極：謂天道。」

〔九〕「況世道」二句：世道，人世間的道路，指紛紜萬變的社會狀態。《列子・楊朱》：「方其荒於酒也，不知世道之安危，人理之悔吝。」剽奪，《後漢書》卷十一《劉盆子傳》：「三輔郡縣營長遣使貢獻，兵士輒剽奪之。」李賢注：「剽，劫也。」《校注》：「恒：常。淪：淪喪。人彝：即人道。彝，常道。剽奪：遭劫略而消亡之意。」

〔一〇〕「數滿」二句：《校注》：「數：氣數。虛：招損爲虛。《尚書・大禹謨》：『滿招損，謙受益，時乃天道。』小：指小事。大：指大謀。《論語・衛靈公》：『子曰：巧言亂德，小不忍則亂大謀。』」

〔一一〕「臣才」二句：古賢，《後漢書》卷八十二《方術上・謝夷吾傳》：「不殉名以求譽，不馳騖以要寵，念存遜遁，演志箕山。方之古賢，實有倫序。」《藝文類聚》卷五十引晉孫綽《孔松楊象

贊》：「荆玉不及喻其温，南金未能方其勵。夫其温恭篤誠，善誘勤勸，外身崇物，菲躬厚人，指撝必謙，動静克讓，允有古賢之流風，乃祖之遺令矣。」鈞，同「均」，同，等。《書·泰誓上》：「商罪貫盈，天命誅之。予弗順天，厥罪惟鈞。」孔傳：「紂之爲惡，一以貫之，惡貫已滿，天畢其命，今不誅紂，則爲逆天，與紂同罪。」左戚，《史記》卷十《孝文本紀》：「昔先王遠施不求其報，望祀不祈其福，右賢左戚，先民後己，至明之極也。」裴駰集解：「韋昭曰：『右，猶高。左，猶下也。』」司馬貞索隱「劉德云：『先賢後親也。』」《漢書》卷四《文帝紀》此句顔師古注：「以賢爲上，然後及親也。」《校注》：「左戚：指宗室親戚。按：晉宋時刺史一職多由宗室充任，前此蕭道成任南兖州刺史，故云『任均左戚』。」

〔一二〕「祚開」二句：《校注》：「祚：福。開山河：謂諸侯建國。指蕭道成封竟陵郡公事。金：金印。組：印綬。蕭道成爲郡公、驃騎大將軍，據《宋書·禮志》，驃騎大將軍，金章紫綬；郡公，金章玄朱綬。故有『兼金疊組』之語。」

〔一三〕「爵侈」二句：前達，前代賢達。《宋書》卷七十五《王僧達傳》：「臣又聞前達有言，天下，重器也。一安不可卒危，一危亦不可卒安。」《校注》：「侈：大於。常班：指一般官員。溢：多於。前達：猶前賢。」

〔一四〕「以榮」二句：榮渥，謂厚恩。謝靈運《謝封康樂侯表》：「豈謂榮渥，近霑微躬，傾宗殞元，心識其會。」《宋書》卷七十八《蕭思話傳》：「況下官蒙荷榮渥，義兼常志。」靦，慚愧。《晉

書》卷四十七《郗鑒傳》：「丈夫既潔身北面，義同在三，豈可偷生屈節，靦顔天壤邪！」《廣韻》卷三：「靦，面慙。」《校注》：「靦：慚愧貌。」

〔一五〕「雖嘉」二句：《彙注》：「《左傳》曰：『宋考夫三命益恭，故其鼎銘云：「一命而僂，再命而傴，三命而俯，循墻而走，亦莫敢予侮。」』」按《左傳·昭公七年》「循墻而走」杜預注：「言不敢安行。」循墟，猶循墻。《校注》：「銘鼎：刻銘於鼎。此二句蕭道成自謂對於任命爲司空一事，雖一再表示辭讓，但仍擔心會很快變成事實。」

〔一六〕「矧乃」二句：《校注》：「矧：況且。三司：即三公。東漢以來太尉、司徒、司空爲三公。上將：指驃騎大將軍。」

〔一七〕「惣録」二句：惣，亦作「揔」，同「總」。總録，猶統領。《後漢書》卷二十六《馮勤傳》：「帝益以爲能，尚書衆事，皆令總録之。」《通鑒》卷一百八晉孝武帝太元二十一年：「垂命會攝東宫事、總録，禮遇一如太子。」胡三省注：「總録，謂總録朝政也。」此指録尚書事。務廣，事務衆多。《彙注》：「《齊職儀》曰：『開府儀同三司，秦漢無聞，始建初三年馬防爲車騎將軍，儀同三司』。」總録，言總録文武之事也。」《校注》：「總録：指蕭道成同時所受的録尚書事之職。魏晉以後，録尚書事以權臣兼任，總領政要，其權力相當於宰相。河汾：黄河、汾水。河汾屬古冀州，傳説是唐堯所統治的地區，此喻京畿。其時蕭道成出鎮東府，東府爲防守京城建康的重鎮，故云。寄深：指皇帝托之以重任。」

〔一八〕「珪寓」二句：　劍衛，《南史》卷二十二《王曇首傳附王儉傳》：「儉應接銓序，傍無留滯。十日一還，監試諸生，巾卷在庭，劍衛令史，儀容甚盛。」珪寓，即珪宇。《校注》：「珪宇：　指諸侯府。古代諸侯執珪。　劍衛：　佩劍的侍衛。」

〔一九〕朝野：　朝廷與民間。《後漢書》卷六十三《杜喬傳》：「由是海内歎息，朝野瞻望焉。」《藝文類聚》卷五十五引晉張協《詠史詩》：「昔在西京時，朝野多歡娱。藹藹東都門，羣公祖二疏。朱軒曜金城，供帳臨長衢。」

〔二〇〕「殷周」二句：　《校注》：「富：　多。　難其人：　難以找到合適的人選，謂人才不易得。《論語・泰伯》：『孔子曰：　才難，不其然乎？』」

〔二一〕兼職：　本職之外兼任其他職務。《續漢書・百官志》：「宦者誅後，尚書選兼職吏一人奉引云。」

〔二二〕「且麟閣」二句：　麟閣之臣，《漢書》卷五十四《蘇建傳附蘇武傳》：「甘露三年，單于始入朝。上思股肱之美，乃圖畫其人於麒麟閣，法其形貌，署其官爵姓名。　唯霍光不名，曰大司馬大將軍博陸侯姓霍氏，次曰衛將軍富平侯張安世，次曰車騎將軍龍頟侯韓增，次曰後將軍營平侯趙充國，次曰丞相高平侯魏相，次曰丞相博陽侯丙吉，次曰御史大夫建平侯杜延年，次曰宗正陽城侯劉德，次曰少府梁丘賀，次曰太子太傅蕭望之，次曰典屬國蘇武。　皆有功德，知名當世，是以表而揚之，明著中興輔佐，列於方叔、召虎、仲山甫焉。　凡十一人，皆有傳。」

鉉，即鼎鉉，指三公。蔡邕《司空臨晉侯楊公碑》：「頻歷鄉校，五登鼎鉉，建名著忠，確越前賢。」《校注》：「鉉：舉鼎的器具，用它來提鼎的兩耳。因鼎爲三公之象，鼎以鉉舉，故以鉉喻三公要位。」

〔二三〕「全器」二句：全器，全才。《校注》：「台：臺省。漢制，尚書爲中臺，御史爲憲臺，謁者爲外臺，全稱『三臺』。」

〔二四〕「名爵」二句：《左傳·成公二年》：「唯器與名，不可以假人。」孔穎達疏：「唯車服之器與爵號之名不可以借人也。」名爵，名號與爵位。葛洪《抱朴子·漢過》：「輸貨勢門，以市名爵者，謂之輕財貴義。」劉義慶《世説新語·識鑒》：「人生貴得適意爾，何能羈宦數千里以要名爵？」假，借。雄規，猶大法。

〔二五〕「車旗」二句：車旗勿濫，《周禮·春官·典命》：「上公九命爲伯，其國家、宫室、車旗、衣服，禮儀，皆以九爲節。侯伯七命，其國家、宫室、車旗、衣服、禮儀，皆以七爲節。子男五命，其國家、宫室、車旗、衣服、禮儀，皆以五爲節。」中葉，中世。《詩·商頌·長發》：「昔在中葉，有震且業。」毛傳：「葉，世也。」《文選》卷四左思《蜀都賦》：「考四海而爲雋，當中葉而擅名。」吕向注：「漢之中代，此得擅名。」英軌，優良的法則。謝朓《遊後園賦》：「仰微塵兮美無度，奉英軌兮式如璋。」按以上四句《校注》云：「雄規、英軌：指英明而有效的制度。」

〔二六〕「況鴻誥」二句：頓萃，《荀子·富國》：「故墨術誠行，則天下尚儉而彌貧，非鬥而日争，勞苦頓萃而愈無功，愀然憂戚，非樂而日不和。」《宋書》卷四十二《王弘傳》：「正位槐鼎，統理神州，珥貂衣衮，總録朝端，内外要重，頓萃微躬，窮極寵貴，人臣莫比。」《校注》：「鴻誥、懋册：指詔書，言其盛美隆重。鬱集：集聚。萃：會集。」

〔二七〕「諒非」二句：《後漢書》卷二《明帝紀》：「天生神物，以應王者；遠人慕化，實由有德。朕以虛薄，何以享斯？」《晉書》卷八十一《陽鶩傳》：「昔常林、徐邈先代名臣，猶以鼎足任重而終辭三事。以吾虛薄，何德以堪之！」《晉書》卷一百一十四《苻堅載記下》：「萇求傳國璽於堅曰：『萇次膺符歷，可以爲惠。』」《宋書》卷八十四《鄧琬傳》：「聖上明睿在躬，膺符握曜，眷懷家國，夙夜劬勞，懼社稷湮蕪，彝倫左衽。」《校注》：「虛薄：自謙空虛淺薄。膺符：猶受命。」

〔二八〕「今殷夏」二句：《校注》：「殷夏：大夏。夏，華夏，即中國。聲：指聲譽。固：牢固，穩定。」

〔二九〕「故天地」二句：煇，光，光輝。《詩·小雅·庭燎》：「夜如何其？夜鄉晨，庭燎有煇。」毛傳：「煇，光也。」《抱朴子·内篇·金丹》：「若取九轉之丹内神鼎中，夏至之後，爆之鼎熱，……候日精照之。須臾翕然俱起，煌煌煇煇，神光五色，即化爲還丹。」按煇，《校注》從《彙注》本作「燀」，云：「燀燿：光芒照耀。『天地』二句，當作『日月燀燿，天地更輝』，此有

意交互其文。」

〔三〇〕流如雲之愛：愛，通「薆」，障蔽。《後漢書》卷五十九《張衡傳》：「通人闇於好惡兮，豈愛惑之能剖！」愛惑，《文選》卷十五張衡《思玄賦》作「昏惑」。

〔三一〕「方求士」二句：《校注》：「板巖：相傳商時傅説板築於傅岩，武丁得之，舉以爲相，使商中興。見《史記·殷本紀》。板，築墻的工具。屠肆：肉鋪。相傳吕尚未顯時曾屠牛於朝歌之肆，後佐周文王，伐紂滅殷，遂有天下。見《世紀·齊世家。》」

〔三二〕「而私臣」二句：帷鼎，謂參與帷幄之謀，居於台鼎之位。《校注》：「私：偏愛。闈廟：指朝廷。闈，宫室後寢的側門。廟，宗廟。帷：帷幄，軍中帳幕。鼎：台鼎，指三公之位。」

〔三三〕「非所以」二句：發夢，顯現夢境。《後漢書》卷五十二《崔駰傳》：「或以役夫發夢於王公，或以漁父見兆於元龜。」《三國志》卷八《魏志·公孫度傳》：「淵遣使南通孫權，往來賂遺。」裴松之注引韋昭《吴書》：「臣晝則謳吟，宵則發夢，終身誦之，志不知足。」河藪，《校注》從《彙注》本作「河上」，云：「『發夢』二句：當作『發夢河上，儲精渭濱』，作者有意交互其文。發夢河上：《史記·殷本紀》：『武丁夜夢得聖人，名曰説。以夢所見視羣臣百吏，皆非也。於是迺使百工營求之野，得説於傅險中。』『傅險』，即『傅巖』。《集解》：『孔安國曰：傅氏之巖在虞、虢之界。』即在今山西平陸縣東黄河岸上。故此稱『河上』。儲精渭濱：《史記·齊世家》：『吕尚蓋嘗窮困，年老矣，以漁釣奸周西伯。西伯將出獵，卜之，曰：「所獲非龍非

謂神之精意藏於彲，非虎非羆，所獲霸王之輔。』於是周伯獵，果遇太公於渭之陽。」儲精：卜辭之中。此二句分别承接上文『求士』二句。」

〔三四〕「鐫金」二句：鐫金，王嘉《拾遺記》卷五：「余此物名爲匕首，其利難儔，水斷虬龍，陸斬虎兕，魑魅罔兩，莫能逢之。斫玉鐫金，其刃不卷。」刻石，《太平御覽》卷六百六十一引《尚書帝驗期》：「洎周穆王駕黿鼉魚鱉爲梁，以濟弱水，而升昆侖玄圃閬苑之野，而會於西王母，歌《白雲》之謡，刻石紀迹於弇山之上而還。」《後漢書》卷三十九《淳于恭傳》：「病篤，使者數存問，卒於官。詔書褒歎，賜穀千斛，刻石表閭。」《校注》：「詮：説明。」

〔三五〕「輿歌」二句：輿歌里頌，謂民衆歌謡。《彙注》：「輿歌，輿人之歌也。里頌，里巷之頌也。」《漢書》卷十七《岑彭傳》：「視事二年，輿人歌之曰：『我有枳棘，岑君伐之。我有蟊賊，岑君遏之。』」《宋書》卷八十五《謝莊傳》：「朝野同欣，里頌塗歌，室家相慶，莫不望景聳魂，瞻雲佇足。」其謂臣何，謂社會輿論會説我什麽呢？《藝文類聚》卷五十三引魏武帝《讓九錫表》：「加臣待罪上相，民所具瞻，而自過謬，其謂臣何？」

〔三六〕蒼祇宅氣：《校注》：「蒼祇：天地。」

〔三七〕「威靈」二句：威靈，神靈，此指皇帝。《楚辭·九歌·國殤》：「天時墜兮威靈怒，嚴殺盡兮棄原野。」朱熹集傳：「言己適值天之怨怒，故衆皆見殺，不得葬也。」九功，《周禮·天官·大府》：「大府掌九貢、九賦、九功之貳，以受其貨賄之入。」鄭玄注：「九功，謂九職也。」賈

公彦疏：「謂九職之功，大宰以九職任之，成孰斂其税，則是九功也。」《校注》：「威靈：指皇帝。燭：照。九功：即『九職』，指萬民。」

〔三八〕「誓守」三句：愚衷，謙稱自己的意願。《魏書》卷十九中《景穆十二王・任城王雲傳》：「社稷誠知陛下之社稷，然臣是社稷之臣子，豫参顧問，敢盡愚衷！」《校注》：「扣：叩，叩請。雲日：喻帝王。」

〔三九〕恩宥：降恩寬宥。陸雲《請防不法啓》：「切見國法日侈，而恩宥無已。誠懼威禁遂頽，醜聲滋聞。」《宋書》卷六十四《鄭鮮之傳》：「夫恩宥十世，非不隆也；功高賞厚，非不報也。」

〔四〇〕慊欵：慊欵，即慊款，猶誠款。欵，同「款」。《三國志》卷四十五《蜀志・鄧芝傳》：「權大笑曰：『君之誠款，乃當爾邪！』」《孟子・公孫丑上》：「行有不慊於心，則餒矣。」趙岐注：「慊，快也。」《廣韻》卷三：「款，苦管切。誠也。」鮑照《夢還鄉》：「慊款論久別，相將還綺闈。」《校注》：「慊欵：謂滿懷誠摯之意。慊，足，滿。」

第三表

【題解】

此文張本、梁本、庫本題作《爲蕭驃騎讓封第三表》。

此表所作時間應在前表稍後，約在昇明元年（四七七）九月。

臣某言：　臣再抽慊請〔一〕，辭爲理屈①，側守圭瀾，伏望衷鑑〔二〕。而震緯嚴秘②〔三〕，襟悰徒懸③〔四〕。優獎之降，非復常旨。肅奉驚懅，曛曉如失〔五〕。中謝④。

臣炤册訪古〔六〕，訟史稽昔⑤〔七〕。以爲敷道之寄〔八〕，管物成務；總録之重，匡績毗風〔九〕。莫不下協河岳，上踵光緯〔一〇〕。先王所以長世〔一一〕，後睿所以字氓⑥〔一二〕，讚金圖之要⑦，輔樞曆之機者也〔一三〕。臣本瑣姿，不慕聞達〔一四〕。昔值英世，頻遘時來〔一五〕。感激光私〔一六〕，未能自返。烏可超乘厚任，妄據高圖〔一七〕。天道既平，鬼神好謙〔一八〕。臣亦何人，而獨斯處〔一九〕。所以不恤色怍，頻犯鴻威者〔二〇〕，正以方圓之景已滿，丹彩之色難加〔二一〕。政能緯俗，匪務傍職〔二二〕。坐而燮道，必在其人〔二三〕。若臣武未燭韃櫜之分⑧〔二四〕，文不藹樽俎之間〔二五〕。德非時秀，道乖物宗〔二六〕，虚飾疲伍，空貽上位〔二七〕。則天變彰於飛流〔二八〕，地眚見於震壓〔二九〕。驚蕩民聽，蕪沮物議〔三〇〕。綸言之出不追〔三一〕，金石之謬已遠〔三二〕。豈唯敗錦傷經，毁鼎覆餗而已哉〔三三〕？自非西京上績，東都名勳〔三四〕，河右羣賢，江左諸彦〔三五〕，寧有誣叨天爵，以爲己功者也〔三六〕。

昔南楚偏君，鄢郢小政〔三七〕，執珪柱國，尚不輕授〔三八〕，況車軌共文，四溟同宅〔三九〕，而以鄙蔽，超居金鉉〔四〇〕。殊任鬱起。臣心憂愧悚，視丹如緑〔四一〕。伏願陛下

暫停冕纊，少察愚實〔四二〕，鑒臣覥情，愍臣孤志〔四三〕。廣天下之惠，可疋夫之諒⑨〔四四〕，則國步永清⑩〔四五〕，門下永無謬誤⑪〔四六〕。不任憂駭之情〔四七〕。

【校記】

①「爲」《彙注》本作「僞」。

②「震」《彙注》本、張本、梁本作「宸」。

③「襟」《彙注》本作「愫」。

④「中謝」二字張本無。

⑤「訟史」《彙注》本、梁本作「誦史」。

⑥「氓」張本作「民」，梁本注：「一作『民』。」

⑦「讚」《彙注》本、張本、梁本作「纘」。

⑧「未燭韃橐」《彙注》本、張本、梁本作「未屬橐韃」。

⑨「疋夫」《彙注》本、梁本作「匹夫」。

⑩「則國步」原作「中則國步」，今據《彙注》本、張本、梁本刪正。

⑪「門下」《彙注》本作「陛下」。

【箋注】

〔一〕再抽慊請：慊，不滿足，遺憾。《孟子·公孫丑下》：「彼以其富，我以吾仁；彼以其爵，我

以吾義。吾何慊乎哉？」趙岐注：「慊，少也。」《禮記・坊記》：「使民富不足以驕，貧不至於約，貴不慊於上，故亂益亡。」鄭玄注：「慊，恨不滿之貌也。」《校注》：「抽：提出。慊請：歉誠之請。」

〔二〕「側守」二句：《校注》：「側守圭漏：言其守時待刻，期望極深。圭漏，土圭和刻漏，古代皆用以計時。衷鑑：見察其内心。」

〔三〕震緯嚴秘：《校注》：「震緯：指帝王治政之道。緯，經緯，治理。」

〔四〕襟悰徒懸：襟悰，猶憂心，憂情。襟，指胸襟，心懷。《廣韻》卷一：「悰，慮也。」徒懸，《文選》卷十一王粲《登樓賦》：「懼匏瓜之徒懸兮，畏井渫之莫食。」

〔五〕「肅奉」二句：驚懅，即驚遽，驚慌焦急。《後漢書》卷四十九《王符傳》：「有頃，又白王符在門。規素聞符名，乃驚遽而起，衣不及帶，屣履出迎。」同上書卷八十二《方術下・徐登傳》：「炳乃故升茅屋，梧鼎而爨，主人見之驚懅。」李賢注：「梧，支也。懅，忙也。」《校注》：「曛曉：猶言日夜。曛，黄昏。」

〔六〕炤册訪古：炤，同「昭」，明。《詩經・小雅・正月》：「魚在於沼，亦匪克樂，潛雖伏矣，亦孔之炤。」朱熹集傳：「炤，明易見也。」册，指古代文獻。

〔七〕訟史稽昔：謂争辯史書記載之事，考察古代之史實。訟，争論。《書・盤庚上》：「今汝聒聒，起信險膚，予弗知乃所訟。」孔傳：「我不知汝所訟言何謂？」稽昔，稽考昔日之事。《南

齊書》卷五十二《文學・祖沖之傳》：「臣博訪前墳，遠稽昔典，五帝躔次，三王交分，春秋朔氣，紀年薄蝕。」

〔八〕敷道：即敷道德。敷，布。《文選》卷三十四曹植《七啓》：「論變化之至妙，敷道德之弘麗。」張銑注：「敷，布。弘，大也。」《晉書》卷三十七《宗室・彭城穆王權傳》：「成帝詔曰：『王以明德茂親，居宗師之重，宜敷道養德，静一其操。』」《宋書》卷十四《禮志一》：「運仁義以征伐，敷道德以服遠，何招而不懷，何柔而不從。」

〔九〕「總録」二句：《校注》：「總録之重：指委以録尚書事的重任。匡績毗風：匡輔政業。毗，輔佐。風，即教化。『匡績』句承接『敷道』句，『管物』句承接『總録』句，此錯互爲文。」

〔一〇〕「莫不」二句：《校注》：「河岳：指五岳、四瀆，謂地。光緯：指日月星辰，謂天。」

〔一一〕「先王」句：長世，歷世久遠。《左傳・僖公十一年》：「不敬則禮不行，禮不行則上下昏，何以長世？」葛洪《抱朴子・尚博》：「近弭禍亂之階，遠垂長世之祉。」

〔一二〕「後睿」句：《校注》：「後睿：後世明君。字氓：養育百姓。字，乳，養。」

〔一三〕「讚金圖」二句：圖，輿地圖，即輿圖，地圖。《周禮・夏官・職方氏》：「職方氏掌天下之圖，以掌天下之地。」鄭玄注：「天下之圖，如今司空輿地圖也。」《校注》：「纘：繼承。指先王而言。金圖之要、樞曆之機：指機密的要政。圖，地圖。曆，曆紀。金、樞，形容其貴重。」

〔一四〕「臣本」二句：不慕聞達，《詩・大雅・思齊》：「不聞亦式，不諫亦入。」鄭玄箋：「文王之祀於宗廟，有仁義之行而不聞達者，亦用之助祭。」《文選》卷三十七諸葛亮《出師表》：「苟全性命於亂世，不求聞達於諸侯。」《校注》：「瑣姿：資質猥瑣。」

〔一五〕「昔值」二句：《校注》：「英世：英明盛世。遘：遇。時來：時運到來。」

〔一六〕感激光私：《校注》：「光私：謂得榮寵。」

〔一七〕「烏可」二句：超乘，跳躍上車。此謂超越，超過規定的標準。《國語・周語・襄王二十四年》：「秦師將襲鄭，過周北門，左右皆免胄而下拜，超乘者三百乘。」韋昭注：「超乘，跳躍上車，無威儀，所以敗也。」《校注》：「烏：何。超乘：跳躍上車曰『超乘』。厚任、高圖：指高位。」

〔一八〕「天道」二句：天道，猶天理，天意。《易・謙》：「謙亨，天道下濟而光明。」袁宏《後漢紀》卷二十四：「朝廷既自約厲，左右亦宜從化。天道惡滿，鬼神好謙，但臣愚戇，感激忘身，觸冒忌諱，手書具對。」

〔一九〕「臣亦」二句：斯處，即處斯，謂處此高位。按以上四句《校注》云：「斯處：指處於高位。《易・謙》：『天道虧盈而益謙，地道變盈而流謙，鬼神害盈而福謙，人道惡盈而好謙。』以上四句本此，意謂驕盈受害而謙虛得福，天道鬼神尚且以此相守，何況於我，豈敢獨居高位？」

〔二〇〕「所以」二句：《校注》：「不恤：不顧。色忤：因言辭違逆而使人不悦。鴻威：指帝王

的威勢尊嚴。」

〔二一〕「正以」二句：《校注》：「方圓之景、丹彩之色：指所受的輿服。《續漢書·輿服志上》：『輿(車廂)方法地，蓋(車蓋)圓象天。』景、色：光彩，謂所受的榮寵。」

〔二二〕「政能」二句：傍職，它職。指兼職。《校注》：「緯俗：猶治世。匪務：不求。」

〔二三〕「坐而」二句：《校注》：「爕道：調和陰陽，論道經邦之謂。《尚書·周官》：『立太師、太傅、太保。兹惟三公，論道經邦，爕理陰陽。官不必備，惟其人。』其人：指有德之人。」按《尚書》孔傳：「三公之官不必備員，惟其人有德，乃處之。」

〔二四〕未燭鞬櫜之分：未燭，未明，猶不清楚，不懂。《漢書》卷八《宣帝紀》：「朕承宗廟，戰戰栗栗，惟萬事統，未燭厥理。」顏師古注：「燭，照也。」《校注》：「櫜鞬：盛箭和弓的器具。《左傳·僖公二十三年》：『若不獲命，其左執鞭弭，右屬櫜鞬，以與君周旋。』注：『櫜以受箭，鞬以受弓。』此以『櫜鞬』代指武事。」

〔二五〕不藹樽俎之間：《校注》：「藹：盡力。《爾雅·釋訓》：『藹藹，臣盡力也。』樽俎：盛酒食的器具。樽以盛酒，俎以盛肉。《晏子春秋·雜上》：『夫不出於樽俎之間，而知千里之外，其晏子之謂也。』樽俎之間，即宴會之間。此指文事。」

〔二六〕「德非」二句：時秀，一時之俊秀。《晉書》卷四十二《王渾傳附王濟傳》：「累遷侍中，與侍中孔恂、王恂、楊濟同列，爲一時秀彦。」同上書卷九十二《文苑傳序》：「曹毗、庾闡，中興之

時秀。」物宗，指衆人所景仰之人。《老子・道沖》：「道沖而用之或不盈，淵兮似萬物之宗。」孫綽《道賢論・竺法護匹山巨源》：「護公德居物宗，巨源位登論道，二公風德高遠，足爲流輩矣。」

〔二七〕「虚飾」二句：《校注》：「疲伍：猶言無德行之輩。疲，通『罷』。《管子・小匡》：『罷士無伍。』注：『罷，謂乏於德義者。』貽：贈送。」

〔二八〕天變彰於飛流：天變，指天象的變異，如日蝕、星隕等。《史記》卷二十七《天官書》：「所見天變，皆國殊窟穴，家占物怪，以合時應，其文圖籍禨祥不法。」張守節正義：「按自古以來所見天變，國皆異具，所説不同，及家占物怪，用合時應者書，其文并圖籍，凶吉并不可法則。」

彰，明。飛流，流星。《漢書》卷二十六《天文志》：「彗孛飛流，日月薄食。」顔師古注引張晏曰：「飛流，謂飛星，流星也。」

〔二九〕地眚見於震壓：地眚，指地震等發生於地上之災異。《晉書》卷十二《天文志中》：「其令百官，各虔厥職。後有天地眚，勿復劾三公。」《校注》：「眚：災異。震壓：指地震和山崩。」

〔三〇〕「驚蕩」二句：民聽，指民衆的輿論。袁宏《後漢紀・桓帝紀下》：「處士豫章徐穉、彭城姜肱、汝南袁閎、京兆韋著、潁川李曇，德行純備，著于民聽。」《宋書》卷三《武帝紀下》：「其有獄訟虧濫，政刑乖愆，傷化擾治，未允民聽者，皆當具以事聞。」物議，衆人的議論。《宋書》卷七十九《文五王・竟陵王誕傳》：「悖禮忘情，不顧物議，彎弧躍馬，務是畋遊。」《校注》：

「驚蕩：驚動、震盪。蕪沮：敗壞擾亂。」

〔三一〕綸言之出不追：綸言，《禮記·緇衣》：「王言如絲，其出如綸；王言如綸，其出如綍。」鄭玄注：「言言出彌大也。」綸，青絲絞合而成的絲帶，古代低級官吏用以繫印。揚雄《法言·孝至》：「由其德，舜禹受天下不爲泰；不由其德，五兩之綸、半通之銅亦泰矣。」李軌注：「綸，如青絲繩也。五兩之綸、半通之銅，皆有秩嗇夫之印綬，印綬之微者也。」《校注》：「綸言：指帝王的詔書。《禮記·緇衣》：『王言如綸。』不追：謂言既出口，就無法追回。《鄧析子·轉辭》：『一聲而出，駟馬勿追。』」

〔三二〕金石之謬已遠：金石，《國語·楚語上》：「而以金石匏竹之昌大、囂庶爲樂。」韋昭注：「金，鐘也。石，磬也。」此以鐘磬發出之樂聲借指詔書。

〔三三〕「豈唯」二句：毁鼎覆餗，《易·鼎》：「鼎折足，覆公餗。」餗，鼎中的食物。覆餗，謂傾覆鼎中的珍饌。因以「覆餗」喻力不勝任而敗事。葛洪《抱朴子·臣節》：「君必度能而授者，備乎覆餗之敗；臣必量才而受者，故無流放之禍。」《校注》：「經：絲織物的經線。此二句意謂，若遵奉詔書之旨，就有可能損害皇綱，敗壞三台。」

〔三四〕「自非」二句：《校注》：「西京上績：指西漢高祖時的功臣，如蕭何、張良、陳平等。東都名動：指東漢光武帝時的功臣，如鄧禹、吴漢等。」

〔三五〕「河右」二句：《校注》：「河右羣賢：疑指魏晉時的賈詡、傅嘏、傅玄等名臣，皆河右人。

河右，即河西，當今甘肅一帶。江左諸彦：指東晉時名臣王導、謝安等。」

〔三六〕「寧有」二句：天爵，天子所封的爵位，朝廷官爵。《後漢書》卷七十八《宦者·吕强傳》：「高祖重約非功臣不侯，所以重天爵明勸戒也。」《文選》卷十潘岳《西征賦》：「刺哀主於義域，僭天爵於高安。」《校注》：「叨：貪。天爵：皇帝所授的爵位。《左傳·僖公二十四年》：『竊人之財，猶謂之盜，況貪天之功以爲己力乎？』」

〔三七〕「昔南楚」二句：《校注》：「偏君：統治部分地區的君主。鄢郢：楚地名，鄢在今湖北宜城縣境，郢在今湖北江陵北。」

〔三八〕「執珪」二句：《校注》：「執珪：春秋時諸侯國爵位名。柱國：楚國官名。」按以上四句《校注》云：「以上四句出《史記·楚世家》：楚懷王六年，使柱國昭陽移兵而攻齊，陳軫往見昭陽，曰：『願聞楚國之法，破軍殺將者何以貴之？』昭陽曰：『其官爲上柱國，封上爵執珪。』」

〔三九〕「況車軌」二句：《禮記·中庸》：「今天下車同軌，書同文，行同倫。」朱熹注：「軌，轍迹之度；倫，次序之體。三者皆同，言天下一統也。」《校注》：「車軌共文：即『書同文，車同軌』。四溟同宅：猶言四海一國。」

〔四〇〕「而以」二句：《藝文類聚》卷十三引魏文帝《讓授禪表》：「且許由疋夫，猶拒帝位；善卷布衣，而逆虞詔。臣雖鄙蔽，敢忘守節？」金鉉，《易·鼎》：「鼎黄耳金鉉。」《六書故》卷四：

「鉉，胡犬切，鼎扃也。貫之鼎耳以舉鼎。」按鉉即鼎鉉，借指三公。蔡邕《司空臨晉侯楊公碑》：「頻歷鄉校，五登鼎鉉，建名著忠，確越前賢。」《校注》：「鄙蔽：自謙鄙陋愚昧。金鉉：指臺鼎之位。」

〔四一〕視丹如緑：郭遐叔《贈嵇康》：「言駕有日，巾車命僕。思念君子，温其如玉。心之憂矣，視丹如緑。」《校注》：「孫隘堪校云：『殊任至如緑二句中，疑脱一句。』」

〔四二〕「伏願」二句：愚實，愚昧誠實。《宋書》卷四十一《后妃・孝武文穆王皇后傳》：「雖門泰宗榮，於臣非幸，仰緣聖貸，冒陳愚實。」《校注》：「冕纊：即『冕服』。古代統治者舉行吉禮時用的禮服。纊，絲綿絮，用以懸掛冠上的飾玉。愚實：猶愚誠。」

〔四三〕「鑒臣」二句：《晉書》卷四十七《郤鑒傳》：「丈夫既潔身北面，義同在三，豈可偷生屈節，靦顔天壤邪！」《廣韻》卷三「靦，面慙。」鮑照《與荀中書别》：「勞舟厭長浪，疲旆倦行風。連翩感孤志，契濶傷賤躬。」

〔四四〕疋夫之諒：疋夫，猶匹夫，古代指男性平民，亦泛指平民。《左傳・桓公十年》：「匹夫無罪，懷璧其罪。」孔穎達疏：「士大夫以上則有妾媵，庶人惟夫妻相匹，其名既定，雖單亦通。故韋昭通謂之匹夫匹婦也。」《校注》：「諒：信任。」

〔四五〕國步永清：國步，國家的命運。步，時運。《詩・大雅・桑柔》：「民靡有黎，具禍以燼。於乎有哀，國步斯頻。」毛傳：「步，行。頻，急也。」朱熹集注：「步，猶運也。頻，急蹙也。」高

亨注：「國步，猶國運。」謝莊《宋孝武帝哀策文》：「王室多故，國步方蹇。」

〔四六〕門下永無謬誤： 意謂皇上的左右親近永遠不會再有類似的錯誤。門下，在某人的門庭之下。《戰國策·齊策四》：「齊人有馮諼者，貧乏不能自存，使人屬孟嘗君，願寄食門下。」《史記》卷八十四《賈生列傳》：「賈生名誼，雒陽人也。年十八，以能誦詩屬書聞於郡中。吴廷尉爲河南守，聞其秀才，召置門下，甚幸愛。」謬誤，王充《論衡·答佞》：「聰明有蔽塞，推行有謬誤，今以是者爲賢，非者爲佞，殆不得之之實乎？」

〔四七〕憂駭之情：《宋書》卷八十五《王景文傳》：「臣遣李武之問儼元由，答云『使人謬誤』。誤之與實，雖所不知，聞此之日，唯有憂駭。」

蕭領軍讓司空并敦勸啓

【題解】

此文張本、梁本題作《爲蕭領軍讓司空并敦勸啓》。啓題之「蕭領軍」，亦指蕭道成，時爲領軍將軍。《宋書》卷三十九《百官志上》：「司空，一人。掌水土事，郊祀掌掃除陳樂器，大喪掌將校復土。舜攝帝位，以禹爲司空。契之子曰冥，亦爲夏司空。殷湯以咎單爲司空。周時司空爲冬官，掌邦事。漢西京初不置。成帝綏和元年，更名御史大夫爲大司空；哀帝建平二年，復爲御史大夫；元壽二年，復爲大司空；光武建武二十七年

去大字。獻帝建安十三年，又罷司空，置御史大夫。御史大夫郗慮免，不復補。魏初又置司空。」《宋書》卷四十《百官志下》：「領軍將軍，一人。掌内軍。漢有南北軍，衛京師。武帝置中壘校尉，掌北軍營。光武省中壘校尉，置北軍中候，監五校營。魏武爲丞相，相府自置領軍，非漢官也。文帝即魏王位，魏始置領軍，主五校、中壘、武衛三營。晉武帝初省，使中軍將軍羊祜統二衛前後左右驍騎七軍營兵，即領軍之任也。祜遷罷，復置北軍中候。北軍中候置丞一人。懷帝永嘉中，改曰中領軍。元帝永昌元年，復改曰北軍中候。尋復爲領軍。成帝世，復以爲中候，而陶回居之。尋復爲領軍，領軍今猶有南軍都督。」《宋書·百官志下》：司空第一品，領軍將軍第三品。

吴丕績《江淹年譜》：「《順帝本紀》，（昇明）元年八月庚午，齊王固讓司空。則《讓司空并敦勸啓》一篇，應在八月。」按《南齊書·高帝紀上》載昇明元年七月：「丙申，進位侍中、司空、録尚書事、驃騎大將軍，持節、都督、刺史如故，封竟陵郡公，邑五千户，給油幢絡車，班劍三十人。太祖固辭上台，即驃騎大將軍、開府儀同三司。」《宋書·順帝紀》則記昇明元年八月，蕭道成「固讓司空」。「固讓司空」者，即《南齊書·高帝紀》之「固辭上台」也。蓋宋、齊以太尉、司徒、司空爲三公，稱上台，時道成固辭司空，故以爲言。今考此啓題作「讓司空并敦勸」，啓又云：「伏願皇靈，特垂開愍。賜停正台之職，并免敦勸之使。」則道成是年七月被任爲司空後曾辭之，而朝廷復遣使敦勸使受，而後道成乃命江淹作此啓以固辭。以時間推之，固辭事應在八月，與《宋書·順帝

紀》所載「固讓」之時間正相合。吴譜所説是也。

臣某言：臣沿心之請，丹識以傾〔一〕。詔旨沖絶①，便賜斷表〔二〕。伏聞當遺王人，猥垂獎勸〔三〕。仰天光休，俯增驚厲〔四〕。中謝②。

臣以爲槐鉉之任，百王攸先〔五〕；具司是屬，冠冕式瞻③〔六〕。化曜昌煇〔七〕，連基政務，事深崇替，迹豫興衰〔八〕。故道富一時，則風行明令〔九〕；才乏適權④，則山摧河泣〔一〇〕。既撓汩蒼祇⑤，將紊毁身國〔一一〕。臣進退惟疑，再三自顧〔一二〕，實以陋情，悲忘寵極⑥〔一三〕，但畏軼超疲五⑦，迺參鼎軸〔一四〕。無德而貴，豈敢偷存〔一五〕；才怯任重，物所不恕。故弱識褊概，頻布前辭〔一六〕；枯木朽株，永隔蠲恕〔一七〕。豈特《大車》方塵〔一八〕，《小雅》有廢而已哉〔一九〕！將據致寇之悔，取鑒於兹矣〔二〇〕。且皇華之命，居上之鴻私〔二一〕；鳳舉之招，爲下之殊榮〔二二〕。國勳必書，史不謬牘〔二三〕。况臣連牧圉岳，董率職方〔二四〕。既鑠近古，垂耀中葉〔二五〕。揆望揣實，爲泰已甚〔二六〕。而迺復降朱輪之使〔二七〕，方枉青册之勸〔二八〕。寤寐悁灼〔二九〕，諒無以任。輒重素誠，冒覬神炤〔三〇〕。伏願皇靈，特垂開愍〔三一〕。賜停正台之職〔三二〕，并免敦勸之使⑧。餘所榮忝〔三三〕，誓不敢辭。肅恭外屏〔三四〕，祈迴恩授。則於臣慊欸，復爲惠造，不任憂戴匪惶之情。

【校記】

①「絶」張本、梁本作「抱」。

②「中謝」二字張本無。

③「式贍」原作「式贍」，今據《彙注》本、張本、梁本改。

④「適」張本、梁本作「通」。

⑤「撓汨」原作「撓汨」，張本作「澆汨」，梁本作「澆汨」，今據《彙注》本改。

⑥「悲」《彙注》本作「非」。

⑦「五」《彙注》本、張本、梁本作「伍」。

⑧「并免敦勸」原作「并光勸」，今據《彙注》本、張本、梁本補正。

【箋注】

〔一〕「臣沿心」二句：《校注》：「沿心：謂發自内心。沿，順著。丹識：誠意。」

〔二〕「詔旨」二句：《校注》：「沖絶：極堅決，不留餘地之意。」斷表，謂不接受所上章表。《晉書》卷八十一《朱序傳》：「序以老病，累表解職，不許。詔斷表，遂輒去任。數旬，歸罪廷尉，詔原不問。」

〔三〕「伏聞」二句：王人，周王室之小官。《左傳·莊公六年》：「春正月，王人子突救衛。」杜預注：「王人，王之微官也。雖官卑，而見授以大事，故稱人而又稱字。」王人銜王命，後因以指

天子使臣。《後漢書》卷七十五《袁術傳》：「元惡既斃，幼主東顧，乃使王人奉命，宣明朝恩。」獎勸，褒獎鼓勵。《三國志》卷四《魏志・三少帝・齊王芳紀》：「夫追加褒寵，所以表揚忠義；祚及後胤，所以獎勸將來。」《晉書》卷五十七《張光傳》：「彤表光處絶圍之地，有耿恭之忠，宜加甄賞，以明獎勸。」

〔四〕「仰天」二句：《校注》：「光休：指恩寵榮耀。休，美。孫隘堪校云：『天字疑忝字。』按『仰忝』與『俯增』對舉成文，其説是。驚厲：驚恐害怕。」

〔五〕「臣以爲」二句：槐鉉，猶槐鼎，指三公。《宋書》卷二十九《符瑞志下》：「臣以寡立，承之槐鉉，沐浴芳津，預睹冥慶，不勝抃舞之情。」百王，歷代帝王。《漢書》卷六《孝武帝紀》：「漢承百王之弊，高祖撥亂反正，文、景務在養民，至于稽古禮文之事，猶多闕焉。」攸先，《宋書》卷一《武帝紀上》：「雖則功高靡尚，理至難文，而崇庸命德，哲王攸先者，將以弘道制治，深關盛衰。」《校注》：「槐鉉：指三公。槐，即『三槐』，周代外朝所植的三棵槐樹。《周禮・秋官・朝士》：『面三槐，三公位焉。』鉉，即『鼎鉉』。百王：指歷代帝王。攸先：所首先考慮的。」

〔六〕「具司」二句：式瞻，敬仰，景慕。《晉書》卷四十五《劉毅傳》：「毅夙夜在公，坐而待旦，言議切直，無所曲撓，爲朝野之所式瞻。」《藝文類聚》卷四十五引晉孫綽《太宰郗鑒碑文》：「彼蒼者天，曾不遐祚，哲人其萎，民斯攸慕，嗟爾後，昆式瞻宏度。」《校注》：「具司：猶言

百官。屬：通『矚』，注目。冠冕：指朝中貴官。瞻：瞻仰。」

〔七〕化曜昌焯：昌焯，同「昌暉」，猶光明。《文選》卷五十八顔延之《宋文皇帝元皇后哀策文》：「昌暉在陰，柔明將進。」吕延濟注：「昌，盛。暉，光也。」按焯，光，光輝。《詩·小雅·庭燎》：「夜如何其？夜鄉晨，庭燎有煇。」毛傳：「煇，光也。」

〔八〕「事深」二句：崇替，興廢，盛衰。《國語·楚語下》：「吾聞君子唯獨居思念前世之崇替者，與哀殯喪，於是有歎，其餘則否。」韋昭注：「崇，終也；替，廢也。」《文選》卷五十八王儉《褚淵碑文》：「自非坦懷至公，永鑒崇替，孰能光輔五君，寅亮二代者哉。」張銑注：「崇，興。替，廢也。」《校注》：「豫：與，有關於。」

〔九〕「故道富」二句：《校注》：「道富一時：道德高尚，超過當世者。一時，一世。風行：德教推行。」

〔一〇〕「才乏」二句：才乏適權，謂不善權變。適權，適權變之簡。《梁書》卷五十三《丘仲孚傳》：「仲孚長於撥煩，善適權變，吏民敬服，號稱神明，政爲天下第一。」《校注》：「山摧河泣：指發生山崩水竭等災象。《史記·周本紀》：『山崩川竭，亡國之徵也。』泣，通『澀』，謂水枯竭不通。」

〔一一〕「既撓汨」二句：撓汨，撓亂。《尚書·洪範》：「我聞在昔，鯀陻洪水，汨陳其五行。」孔傳：「汨，亂也。」《彙注》：「撓汨，亂也。蒼，天也。祇，地也。」《校注》：「蒼祇：天地。紊毀：

毁亂。身國：自身和國家。」

〔一二〕「臣進退」二句：《晉書》卷七十一《高崧傳》：「運轉之艱，古人之所難，不可易之於始而不熟慮。須所以深用惟疑，在乎此耳。」《文選》卷二十四曹植《贈白馬王彪》：「人生處一世，去若朝露晞，年在桑榆間，影響不能追。自顧非金石，咄唶令心悲。」

〔一三〕悲忘寵極：袁宏《後漢紀》卷十三《孝和皇帝紀》：「寵極則驕，驗見於天，雖欲隱諱，神明垂象。」

〔一四〕「但畏」二句：《管子・小匡》：「朝不越爵，罷士無伍。」房玄齡注：「罷，謂乏於德義者。《周禮》所謂罷人不義之衆，耻以爲伍也。」疲五，即「疲伍」。五，「伍」之古字。《吕氏春秋・必己》：「孟賁過於河，先其五。」高誘注：「先其伍，超過次第也。」陳奇猷校釋引畢沅曰：「古『伍』字作『五』。」《校注》：「軼超：超越。鼎軸：猶鼎鉉。」

〔一五〕豈敢偷存：偷存，偷生，苟活。《晉書》卷七十三《庾亮傳》：「自古及今，豈有不忠不孝如臣之甚，不能伏劍北闕，偷存視息，雖生之日，亦猶死之年。」《宋書》卷九十四《恩倖・徐爰傳》：「景和悖險，深相贊協，苟取偷存，罔顧節義，任算設數，取合人主。」

〔一六〕「故弱識」二句：褊概，氣量狹小。褊，謂心胸狹隘。《楚辭》東方朔《七諫・初放》：「淺智褊能兮聞見又寡。」王逸章句：「褊，狹也。寡，少也。」陸機《失題》詩：「道遐覺日短，憂深使心褊。」概，氣量，氣度。《文選》卷二十五謝瞻《答靈運》：「肇允雖同規，翻飛各異概。」李

善注：「異概，謂異量也。」《校注》：「弱識：見識淺薄。編概：氣量狹小。前辭：指前所上辭讓之表。」

〔一七〕「枯木」二句：枯木朽株，比喻老朽無能之人。《史記》卷八十三：「故無因至前，雖出隨侯之珠，夜光之璧，猶結怨而不見德，故有人先談，則以枯木朽株，樹功而不忘。」《世説新語·棲逸》「南陽翟道淵」劉孝標注引《尋陽記》：「初，庾亮臨江州，聞翟湯之風，束帶躡屐而詣焉。亮禮甚恭，湯曰：『使君直敬其枯木朽株耳。』亮稱其能言，表薦之。」《校注》：「隔：拒絶之意。蠲恕：謂得到寬恕而免任其職。」

〔一八〕大車方塵：《詩·小雅·無將大車》：「無將大車，祇自塵兮。無思百憂，祇自疧兮。無將大車，維塵冥冥。」鄭玄箋：「冥冥者，蔽人目明，令無所見也。猶進舉小人，蔽傷己之功德也。」朱熹集傳：「言將大車，則塵污之；思百憂，則病及之也。」

〔一九〕小雅有廢：《校注》：「小雅有廢：《小雅》爲《詩》二雅之一，《詩序》謂：『雅者正也，言王政之所由廢興也。』」

〔二〇〕「將據」二句：《易·解》：「負且乘，致寇至，貞吝。」注：「處非其位，履非其正，以附於四，用夫柔邪以自媚者也。乘二負四，以容其身，寇之來也。自己所致，雖幸而免，正之所賤也。」《後漢書》卷五十七《謝弼傳》：「今之四公，唯司空劉寵斷斷守善，餘皆素餐致寇之人。」《漢書》卷六十下《郎顗等傳論》：「此盖道術所以有補，於時後人所當取鑒者也。」《校

注》：「致寇：本《易・解》：『負且乘，致寇至。』意謂無德而居高位，寇盜將起而奪之。」

〔二一〕「且皇華」二句：《詩・小雅・皇皇者華》序：「皇皇者華，君遣使臣也。送之以禮樂，言遠而有光華也。」鄭玄箋：「言臣出使能揚君之美，延其譽於四方，則爲不辱命也。」

〔二二〕「鳳舉」二句：鳳舉，《藝文類聚》卷十六引魏卞蘭《贊述太子表》：「譬若麟龍發足，羣獸追蹤；鸞鳳舉翼，衆鳥隨風。」《文選》卷五十五陸機《演連珠》：「是以俊乂之藪，希蒙翹車之招；金碧之巖，必辱鳳舉之使。」呂延濟注：「鳳舉，使者如鳳鳥之舉也。」鮑照《河清頌》：「故不勞仗斧之使，號令不肅而自嚴；無辱鳳舉之使，靈怪不召而自彰。」按以上四句《校注》云：「《詩・小雅》有《皇皇者華》篇，《詩序》謂爲君遣使臣之作，後以皇華代指使臣。鳳舉：亦指使臣。《文選》陸機《演連珠》其四李善注引班固《功德論》：『朱軒之使，鳳舉於龍堆之表。』與『皇華』互文。居上：指皇帝。爲下：蕭道成自指。鴻私、殊榮：謂盛大而特殊的恩寵。」

〔二三〕「國勳」二句：國勳，爲國家建立的功勳。曹操《請封荀彧爲百歲亭侯表》：「臣聞慮爲功首，謀爲賞本。野績不越廟堂，戰多不踰國勳。」《校注》：「牘：簡牘，義同『書』。」

〔二四〕「況臣」二句：連牧，《宋書》卷五十一《宗室・臨川烈武王道規傳附義慶傳》：「詔書疇咨羣司，延及連牧，旌賢仄陋，拔善幽遐。」董率，統率。《三國志》卷六十一《吴志・陸凱傳》：「禕體質方剛，器幹彊固，董率之才，魯肅不過。」《藝文類聚》卷五十九引陸機《至洛與成都

王箋》：「委任外梱，輒承嚴教，董率諸軍，惟力是視。」《校注》：「連牧圉岳：謂連任地方長官。圉，邊境。岳，即四方之岳，此指地方。董率：督領。職方：官名。《周禮・夏官禮》有職方氏，掌天下地圖，主四方職貢，此謂司空之職。」

〔二五〕「既鑠」二句：鑠，同「爍」，閃耀。近古，指距今不遠的古代。與遠古相對而言。《韓非子・五蠹》：「近古之世，桀紂暴亂，而湯武征伐。」《文選》卷二十陸機《皇太子宴玄圃宣猷堂有令賦詩》：「自昔哲王，先天而順，羣辟崇替。降及近古，黄暉既渝，素靈承祜。」張銑注：「言前代衆君，有終替廢，下及近古亦如之。」中葉，中世。《詩・商頌・長發》：「昔在中葉，有震且業。」毛傳：「葉，世也。」《文選》卷四左思《蜀都賦》：「考四海而爲儁，當中葉而擅名。」吕向注：「漢之中代，此得擅名。」

〔二六〕「揆望」二句：《校注》：「揆、揣：皆估量之意。望：名望。泰：過分。」

〔二七〕朱輪之使：謂使者的地位等級很高。朱輪，古代王侯顯貴所乘之車，因用朱紅漆輪，故稱。《文選》卷四十一楊惲《報孫會宗書》：「惲家方隆盛時，乘朱輪者十人，位在列卿，爵爲通侯。」李善注：「二千石皆得乘朱輪。」張銑注：「朱輪，以丹漆塗車轂。」

〔二八〕青册之勸：《彙注》：「册，符命也。」《校注》：「青册：指詔書。」

〔二九〕寤寐悁灼：《詩・周南・關雎》：「窈窕淑女，寤寐求之。求之不得，寤寐思服。」毛傳：「寤，覺；寐，寢也。」《文選》卷二十八陸機《悲哉行》：「寤寐多遠念，緬然若飛沉。」《校

注》：「悁灼：憂慮焦灼。」

〔三〇〕「輒重」二句：素誠，鮑照《擬古八首》之八：「臨堂設樽酒，留酌思平生。石以堅爲性，君勿慚素誠。」按素誠，猶誠素。《文選》卷十九曹植《洛神賦》：「無良媒以接歡兮，托微波而通辭；願誠素之先達兮，解玉佩以要之。」神炤，猶「神照」。《後漢書》卷三十七《丁鴻傳》：「人道悖於下，效驗見於天，雖有隱謀，神照其情，垂象見戒，以告人君。」《弘明集》卷三宗炳《答何衡陽書》：「若誠信之賢，獨朗神照，足下復何由知之，而言者會復謂是妄説耳。」按炤，同「照」，照耀。《荀子・天論》：「列星隨旋，日月遞炤。」楊倞注：「炤，與照同。」《校注》：「重素誠：再次表白誠意。覬：希冀。」

〔三一〕「伏願」二句：皇靈，指皇帝。《文選》卷三十謝靈運《擬魏太子鄴中集・王粲》：「上宰奉皇靈，侯伯咸宗長。」劉良注：「上宰，謂曹操。皇靈，謂獻帝。」《校注》：「愍：憐憫之情。」

〔三二〕正台之職：正台，孔稚珪《爲王敬則讓司空表》：「鄧禹若不遭漢光，則南陽之掾吏；微臣若不逢明聖，則孤城之戍客。豈可加以正台之席，登以論道之寄，啓黄扉而爕五緯，躡青帷而調四序。」《校注》：「正台：即上台，魏晉以來稱三公爲上台。」

〔三三〕餘所榮忝：《校注》：「餘所榮忝：指除司空以外的其他職務。忝，忝任，謙詞。」

〔三四〕肅恭外屏：肅恭，端嚴恭敬。《書・微子之命》：「恪慎克孝，肅恭神人。」《史記》卷三十三《魯周公世家》：「肅恭明神，敬事耆老。」《文選》卷四十四陳琳《爲袁紹檄豫州》：「又梁孝

王先帝母昆，墳陵尊顯，桑梓松柏，猶宜肅恭。」劉良注：「言帝弟塋樹，猶合恭敬。」外屏，天子的門屏。屏，對着門的小墻，後稱照壁。與内屏相對。《荀子·大略》：「天子外屏，諸侯内屏，禮也。」《淮南子·主術訓》：「天子外屏，所以自障。」高誘注：「屏，樹垣也，門内之垣謂之樹。諸侯在内，天子在外，故曰所以自障也。」

蕭領軍拜侍中刺史章

【題解】

此文張本、梁本題作《爲蕭領軍拜侍中刺史章》。

吴丕績《江淹年譜》、曹道衡《年代考》皆以爲此拜章乃昇明元年（四七七）七月作。《年代考》云：「此文稱『即日詔書以臣爲侍中驃騎大將軍，開府儀同三司，班劍三十人等，持節都督如故』，考《南齊書·高帝紀》，昇明元年七月，順帝即位，以蕭道成爲『侍中司空録尚書事驃騎大將軍持節都督刺史如故』，蕭道成『固辭上台，即驃騎大將軍開府儀同三司』。此表即任驃騎大將軍等職時，由江淹代作。」福林按：《南齊書》載是年七月朝命任蕭道成爲驃騎大將軍、開府儀同三司等數職之後，道成并未即時受命，其間經有一「固辭上台」之過程，而後始「即驃騎大將軍、開府儀同三司」，故此拜章稱「即日詔書以臣爲侍中、驃騎大將軍、開府儀同三司，班劍三十人等」，而不云「爲侍中、司空、録尚書事、驃騎大將軍」也。此拜章稱：「即日詔書以臣爲侍中、驃騎大將軍、開

府儀同三司，班劍三十人等，持節、都督如故。」則必蕭道成受命爲以上數職時之謝章。考《宋書·順帝紀》載昇明元年七月丙午，「司空、南兖州刺史齊王改領南徐州刺史」，此章題之「刺史」，即南徐州刺史；本紀又載是年八月庚辰，以道成「爲驃騎大將軍、開府儀同三司」，與拜章所言正相合。《通鑑》卷一百三十四所載同，《建康實録》卷十四亦云道成是年八月「庚辰，以爲驃騎大將軍、開府儀同三司，録尚書如故」，見此拜章乃是年八月作。昇明元年八月庚辰，爲月之二十九日。《校注》云：「蕭道成『固讓司空』，於八月庚辰即驃騎大將軍、開府儀同三司，本謝章當爲此時所作。」所説是也。《彙注》以爲此拜章在平劉休範亂後所作。今考桂陽王休範亂平在元徽二年（四七四）五月，是時蕭道成所任之職與此文所載全無相關之處，即《彙注》非是。

上書皇帝陛下：即日詔書以臣爲侍中、驃騎大將軍、開府儀同三司〔一〕，班劍三十人等〔二〕，持節、都督如故〔三〕。峻命在庭，光册充軒〔四〕。虹驂聳服，朱轙佇蓋①〔五〕。夤對以懐，心影若傾〔六〕。中謝②。臣功乏至道〔七〕，不足以題象魏〔八〕；績非振民〔九〕，無可以書廟閣〔一〇〕。半漏未晏，中鍾而驚〔一一〕。實忌微庸③，起乘盛服④〔一二〕。竊疑國寵，頓萃末躬〔一三〕。今寰海順典，瓊都咸光〔一四〕；調御惟新，鎔製就始〔一五〕。良宜整變憲經⑤，詮明典緯〔一六〕。九河式耀，三辰載晰〔一七〕。不悟陛下皇靈曲

溢，大賚斯降〔一八〕。而鴻賞之行，迺於臣始。非所以騰振遥風，激昂品流〔一九〕。輿人之誦，具聞其黷〔二〇〕。頻露慊祈，未阻鑒順⑥〔二一〕。今使虔禮青軒⑦〔二二〕，謹躬丹墀〔二三〕。憂符怵惕⑧，慚屬兼軫〔二四〕，不任屏營之情〔二五〕。

【校記】

①「轙」張本、梁本作「轓」。

②「中謝」二字張本無。

③「微」《彙注》本作「徵」。

④「起」《彙注》本作「超」。

⑤「憲」汪本、張本、梁本作「獻」。

⑥「阻」張本、梁本作「叨」。

⑦「使」張本作「便」。

⑧「怵惕」原作「怵怡」，今據張本、梁本改。

【箋注】

〔一〕「即日」句：《校注》：「開府儀同三司：開府，指開設府署，辟置僚屬，漢代只有三公可以開府，魏晉以後開府者漸增，因此別置『開府儀同三司』的名號。三司，即三公。」

〔二〕班劍三十人：指持班劍爲儀仗的武士三十人。《文選》卷五十八《褚淵碑文》「給班劍二十人」劉良注：「班劍，謂執劍而從行者也。」又「班劍爲六十人」李周翰注：「班劍，木劍無刃，假作劍形，畫之以文，故曰班也。」同上書卷六十任昉《南徐州南蘭陵郡縣都鄉中都里蕭公年三十五行狀》：「前後部羽葆鼓吹，挽歌二部，虎賁班劍百人。」吕向注：「虎賁，勇士名也。班，列也。言使勇士行列，持劍以爲儀仗也。」《校注》：「班劍：飾有花紋的木劍，用作儀仗。」

〔三〕持節都督如故：《校注》：「持節都督：由皇帝直接委任統率諸州軍事的官員。節，符節。據《南齊書·高帝紀》，此前蕭道成都督南兖、徐、兖、青、冀五州軍事。」

〔四〕「峻命」二句：峻命，大命。指天帝或帝王的命令。《禮記·大學》：「《詩》云：『殷之未喪師，克配上帝；儀監於殷，峻命不易。』」鄭玄注：「天之大命，得之誠不易也。」《校注》：「峻命：皇帝的重命。峻，大。光冊：指詔書。庭、軒：即庭宇。」

〔五〕「虹驂」二句：《校注》：「虹：形容色彩鮮明。驂、服：駕車的馬。古代車四馬駕一轅，中央兩匹夾轅名服馬，兩邊名騑馬，亦稱驂馬。朱轙：即朱車，爲高官所乘。轙，車衡上繫轡繩的環。轙與蓋皆代指車。聳、佇：停立。」

〔六〕「賁對」二句：�，慚愧。《後漢書》卷二十《王霸傳》：「光武令霸至市中募人，將以擊郎。市人皆大笑，舉手邪揄之，霸慚慺而還。」李賢注：「慺，亦慚也。」《古今韻會舉要》卷十八：

「慷，懼也，慙也。」《校注》：「夤：恭敬貌。心影：猶身心。」

〔七〕功乏至道：《荀子·儒效》：「以從俗爲善，以貨財爲寶，以養生爲己至道，是民德也。」《太平御覽》卷六百六十三引劉向《列仙傳》：「廣成子，古仙也，居崆峒山石室中。黄帝聞而造焉，問其道要。廣成子曰：『帝治天下，雲不待族而飛，草木不待黄而落，何足語至道！』黄帝退居三日，順風再拜。廣成子曰：『至道之精，杳杳冥冥，無視無聽，抱神以静，形將自正，必靖必清，吾將去無窮之門，遊無極之野。』」《校注》：「至道：最完善的道德。」

〔八〕題象魏：《周禮·天官·太宰》：「正月之吉，始和，布治于邦國都鄙，乃縣治象之灋于象魏，使萬民觀治象，挾日而斂之。」鄭玄注引鄭司農曰「象魏，闕也。」賈公彦疏：「鄭司農云：『象魏，闕也』者，周公謂之象魏，雉門之外，兩觀闕高魏魏然，孔子謂之觀。」《校注》：「象魏：宫廷外闕門，爲古代懸示法令之所。」

〔九〕績非振民：《易·蠱》：「象曰：山下有風，蠱。君子以振民育德。」王弼注：「蠱者，有事而待能之時也。故君子以濟民養德也。」陸德明釋文：「振，濟也。」

〔一〇〕書廟閣：《校注》：「書廟閣：謂記其功於廊廟。」

〔一一〕「半漏」二句：《校注》：「漏：即銅壺滴漏，古代計時的器具。鍾：古代鳴鐘以報昏曉。蔡邕《獨斷》：『夜漏盡，鼓鳴則起；晝漏盡，鐘鳴則息。』晏：安。以上二句，自謂日夜驚惶不安。」按鍾，鐘字通。

〔一二〕「實忌」二句：微庸，謂自己才能平凡。庸，通「用」。《校注》：「盛服：隆重的禮服。此指高位。」

〔一三〕「竊疑」二句：國寵，指皇帝的寵幸。《漢書》卷八十五《杜鄴傳》：「周召則不然，忠以相輔，義以相匡，同己之親，等己之尊，不以聖德獨兼國寵，又不爲長專受榮任，分職於陝，并爲弼疑。」《三國志》卷十九《魏志・陳思王植傳》：「豈可虚荷國寵而不稱其任哉！」頓萃，《荀子・富國》：「故墨術誠行，則天下尚儉而彌貧，非鬥而日争，勞苦頓萃而愈無功，愀然憂戚，非樂而日不和。」《宋書》卷四十二《王弘傳》：「正位槐鼎，統理神州，珥貂衣衮，總録朝端，内外要重，頓萃微躬，窮極寵貴，人臣莫比。」《校注》：「萃：集。末躬：謙詞，謂自身。」

〔一四〕「今寰海」二句：寰海，海内，全國。本集《建平王慶明帝疾和禮上表》：「仁鑄蒼岳，道括寰海。」又《還故國》：「竊值寰海辟，仄見圭緯昌。浮雲抱山川，遊子銜故鄉。」順典，順典常之簡，謂順從國家法令。《書・梓材》：「我有典常之師可師法。」孔傳：「言國之三卿、正官衆大夫皆順典常。」《宋書》卷六《孝武帝紀》：「庶裘絺順典，有偃民華。」《校注》：「順典：遵守法度之意。瓊都：華美的京都。瓊，美玉。咸光：謂光芒普照。」

〔一五〕「調御」二句：惟新，更新。《詩・大雅・文王》：「周雖舊邦，其命維新。」毛傳：「乃新在文王也。」陳奂傳疏：「維，猶乃也；維新，乃新也……言周至文王而始新之。」按維新，即惟新。《後漢書》卷五十四《楊震傳附楊彪傳》：「彪備漢三公，遭世傾亂，不能有所補益。耄年被病，豈可

贊惟新之朝？」《校注》：「調御：調節駕御，指治理國家。鎔製：熔化製作，指革新政治。」

〔一六〕「良宜」二句：《校注》：「憲經、典緯：指法令制度。」

〔一七〕「九河」二句：九河，銀河。《文選》卷三十三《楚辭·九歌·少司命》：「與汝遊兮九河，衝飆起兮水揚波。」吕延濟注：「九河，天河也。」三辰，指日、月、星。《左傳·桓公二年》：「三辰旂旗，昭其明也。」杜預注：「三辰，日、月、星也。」《校注》：「晰：明亮。古代統治者以日月星辰的變動來預測天下吉凶禍福，星象明亮則爲吉祥之兆。」

〔一八〕「不悟」二句：皇靈，《文選》卷三十謝靈運《擬魏太子鄴中集·王粲》：「上宰奉皇靈，侯伯咸宗長。」劉良注：「上宰，謂曹操。皇靈，謂獻帝。」此指皇恩。《校注》：「曲溢：向四周流溢。賚：以物贈人謂賚。」

〔一九〕「非所以」二句：《校注》：「遥風：遠方的風俗教化。品流：即流品。指各級官員。」

〔二〇〕「輿人」二句：輿人之誦，謂大衆的議論。《左傳·僖公二十八年》：「楚師背酅而舍，晉侯患之，聽輿人之誦曰：『原田每每，舍其舊而新是謀。』公疑焉。」輿人，造車之工匠。《周禮·考工記·輿人》：「輿人爲車。」《校注》：「黷：污濁。指批評過失。」

〔二一〕「頻露」二句：《校注》：「慊祈：即『慊請』，誠懇的請求。鑒順：經鑒別而依允。」

〔二二〕虔禮青軒：《宋書》卷九十七《夷蠻·天竺迦毗黎國傳》：「臣等參議，以爲沙門接見，比當盡虔禮敬之容，依其本俗，則朝徽有序，乘方兼遂矣。」青軒，豪華的居室。此指宫門。《玉臺

新詠》卷四鮑令暉《擬青青河畔草》：「裊裊臨窗竹，藹藹垂門桐。灼灼青軒女，泠泠高臺中。」《校注》：「青軒：刻有青色連環花紋的宮門，亦稱青瑣。」

〔二三〕謹躬丹墀：《文選》卷十四鮑照《舞鶴賦》：「唳清響於丹墀，舞飛容於金閣。」吕向注：「丹墀，天子階庭也。」《文選》卷二張衡《西京賦》：「右平左墄，青瑣丹墀。」李善注：「《漢官典職》曰：『丹漆地，故稱丹墀。』」《校注》：「丹墀：塗成紅色的宮殿陛階。《漢書·元后傳》：『曲陽侯根，驕奢僭上，赤墀青瑣。』」

〔二四〕「憂符」二句：怵惕，驚懼。《尚書·冏命》：「怵惕惟厲，中夜以興，思免厥愆。」孔傳：「言常悚懼惟危，夜半以起。」《漢書》卷四十四《淮南厲王長傳》：「大王不思先帝之艱苦，日夜怵惕，修身正行。」《校注》：「符：合，加上之意。怵惕：恐懼貌。屬：連接。兼軫：加倍沉痛。軫，痛。」

〔二五〕屏營：惶恐。《國語·吴語》：「王親獨行，屏營仿偟於山林之中，三日乃見其涓人疇。」《藝文類聚》卷四十引曹植《感婚賦》：「顧有懷兮妖人，用搔首兮屏營。」

蕭驃騎録尚書事到省表

【題解】

此文張本、梁本題作《爲蕭驃騎録尚書事到省表》。

《宋書》卷三十九《百官志上》：「漢武帝世，使左右曹諸吏分平尚書奏事。昭帝即位，霍光領尚書事；成帝初，王鳳録尚書事。漢東京每帝即位，輒置太傅，録尚書事，薨輒省。晉康帝世，何充讓録表曰：『咸康中，分置三録，王導録其一，荀崧、陸曄各録六條事。』然則似有二十四條，若止有十二條，則荀、陸各録六條，導又何所司乎？若導總録，荀、陸分掌，則不得復云導録其一也。其後每置二録，輒云各掌六條事，又是止有十二條也。十二條者，不知悉何條。晉江右有四録，則四人參録也。江右張華，江左庾亮并經關尚書七條，則亦不知皆何事也。後何充解録，又參關尚書。録尚書職無不總，王肅注《尚書》『納於大麓』曰：『堯納舜於尊顯之官。使大録萬機之政也。』凡重號將軍刺史，皆得命曹授用，唯不得施除及加節。宋世祖孝建中，不欲威權外假，省録。大明末復置。此後或置或省。」

《南齊書·高帝紀上》載昇明元年七月：「丙申，進位侍中、司空、録尚書事、驃騎大將軍，持節、都督、刺史如故，封竟陵郡公，邑五千户，給油幢絡車，班劍三十人。太祖固辭上台，即驃騎大將軍、開府儀同三司。」《建康實録》卷十四云道成是年八月：「庚辰，以爲驃騎大將軍、開府儀同三司，録尚書如故。」是蕭道成七月丙申被任爲録尚書事等職後，固辭司空及驃騎大將軍、開府儀同三司而受録尚書事也，其到省并命江淹作此表應爲受命後數日事，時當在昇明元年七月。

臣某言：臣自妄蒙異寵，輕荷殊爵〔一〕，晝昃猶聳，夜艾方驚〔二〕。誠以設器瑶

陛，取監沖滿〔三〕；懸魄金波，徵驗虧闕〔四〕。兹乃天數去盈，人經好退〔五〕。后所以裁成萬品〔六〕，下所以各慎百司〔七〕，未有達才易貫①，尅負永業者也〔八〕。且量力之誥，實炯前書〔九〕；辭科之誨，且昭昔牒〔一〇〕。况臣徒竭弱質，忠貞未懟②〔一一〕；猶叨令恩③，山岳非重〔一二〕。故慚屬交喪〔一三〕，頻煩表疏。必謂巡崖之慊不忽，氣亮之清可期④〔一四〕。不悟皇明神邈〔一五〕，鴻奬彌深。雖守丹愚，競絶躅恕〔一六〕。今輒燿纓上序，鏘珮中軒〔一七〕。德輕施重，左右生華⑤。志盡輸謝〔一八〕，終愧報效，不任下情。

【校記】

①「達」張本、梁本作「違」。

②「懟」《彙注》本、張本作「對」。

③「令」張本、梁本作「今」。

④「氣亮之清」《彙注》本作「氣亮之請」，張本、梁本作「俟河之清」。

⑤「華」《彙注》本作「譁」。

【箋注】

〔一〕「臣自」二句：袁宏《後漢紀》卷二十九《孝獻皇帝紀》：「而臣前後獨荷異寵，心所不安。」《宋書》卷七十四《臧質傳》：「臣本凡瑣，少無遠概，因緣際會，遂班槐鼎，素望既盈，愜心實

足，豈應徼功非冀，更希異寵。」《宋書》卷七十九《文五王·廬江王禕》：「自朕撥亂定宇，受命應天，實尚敦睦，克敷友于，故崇殊爵，超居上台。」

〔二〕「晝昃」二句：謝朓《奉和隨王殿下》之十五：「年華豫已滌，夜艾賞方融。新萍時合水，弱草未勝風。」曹融南注：「夜艾，夜盡將旦。」《校注》：「昃：日偏西。聳：驚懼貌。夜艾：夜盡。《詩·小雅·庭燎》：『夜如其何？夜未艾。』傳：『久也。』」

〔三〕「誠以」二句：《孔子家語》卷二：「孔子觀於魯桓公之廟，有欹器焉。夫子問於守廟者曰：『此謂何器？』對曰：『此蓋爲宥坐之器。』孔子曰：『吾聞宥坐之器者，虚則欹，中則正，滿則覆。明君以爲至誡，故常置之於坐側。』顧謂弟子曰：『試注水焉。』乃注之水，中則正，滿則覆。夫子喟然歎曰：『嗚呼！夫物惡有滿而不覆哉！』子路進曰：『敢問持滿有道乎？』子曰：『聰明睿知，守之以愚；功被天下，守之以讓；勇力振世，守之以法；富有四海，守之以謙。此所謂損之又損之之道也。』」爲此二句所本。《校注》：「瑶陛：殿階的美稱。沖：虚。」

〔四〕「懸魄」二句：金波，謂月光。《漢書》卷二十二《禮樂志》：「月穆穆以金波，日華燿以宣明。」顔師古注：「言月光穆穆，若金之波流也。」《藝文類聚》卷二引宋謝莊《雜言詠雪》：「始葐蒀以蕤轉，終徘徊而煙曳。狀素鏡之晨光，寫金波之夜晰。」《校注》：「魄：初生之月。」

〔五〕「茲乃」二句：《周易・謙卦》：「天道虧盈而益謙，地道變盈而流謙，鬼神害盈而福謙，人道惡盈而好謙。」《後漢書》卷三十七《丁鴻傳》：「人道悖於下，效驗見於天，雖有隱謀，神照其情。」袁宏《後漢紀》卷二十四：「朝廷既自約厲，左右亦宜從化。天道惡滿，鬼神好謙，但臣愚戇，感激忘身，觸冒忌諱，手書具對。」《校注》：「天數：天道。人經：人道。退：謙讓。」

〔六〕「后所以」句：萬品，猶萬物，萬類。《尹文子・大道下》：「過此而往，雖彌綸天地，籠絡萬品，治道之外，非羣生所餐挹，聖人錯而不言也。」《宋書》卷九《後廢帝紀》：「今開元肆宥，萬品惟新，凡茲流斥，宜均弘洗。」

〔七〕「下所以」句：百司，即百官。《書・立政》：「大都小伯，藝人，表臣百司，太史尹伯，庶常吉士。」孔傳：「小臣猶皆慎擇其人，況大都小邑之長，以道藝爲表幹之臣，及百官有司之職，可以非其任乎？」《文選》卷三十七曹植《求通親親表》：「妃妾之家，膏沐之遺，歲得再通，齊義於貴宗，等惠於百司。」呂延濟注：「惠，恩也。恩向百司之官。」按以上二句《校注》云：「后：指君主。下：指人臣。各慎百司：各自慎於百官的職守。」

〔八〕「未有」：達才，通達事理之人。《史記》卷四十六《田敬仲完世家論》：「《易》之爲術，幽明遠矣，非通人達才孰能注意焉！」 尅負，克負荷之簡。尅，同「克」。《左傳・昭公七年》：「古人有言曰：其父析薪，其子弗克負荷。」《三國志》卷十五《劉馥傳》：「卿父昔爲彼

州，今卿復據此郡，可謂克負荷者也。」《校注》：「克：能。永業：長治久安之大業。」

〔九〕「且量力」二句：《左傳・隱公十一年》：「度德而處之，量力而行之，相時而動，無累後人。」「不度德，不量力，不親親，不徵辭，不察有罪，犯五不韙而以伐人，其喪師也，不亦宜乎？」《校注》：「誥：告誡。烱：明。」

〔一〇〕「辭科」二句：《校注》：「辭科之誨：科，科綱。謂避免犯法。《後漢書・樊宏傳》：『宏爲人謙柔畏慎，不求苟進。常戒其子曰：富貴盈溢，未有能終者。吾非不喜榮勢也。天道惡滿而好謙，前世貴戚皆明戒也。保身全己，豈不樂哉。……衆族染其化，未嘗犯法。』疑用此事。牒：書札。」

〔一一〕「況臣」二句：陶淵明《雜詩》十二首之七：「日月不肯遲，四時相催迫。寒風拂枯條，落葉掩長陌。弱質與運頹，玄鬢早已白。」袁行霈注：「意謂柔弱之體質隨時運而衰頹也。」《宋書》卷六十七《謝靈運傳》：「弱質難恒，頹齡易喪，撫鬢生悲，視顔自傷。」未懟，不怨。懟，怨恨。《左傳・僖公二十四年》：「其母曰：『盍亦求之？以死，誰懟？』」楊伯峻注：「懟音墜，怨也。」《孟子・萬章上》：「如告，則廢人之大倫，以懟父母，是以不告也。」按懟，《校注》從《彙注》本、張本作「對」，云：「忠貞未對：意謂雖盡心力，但夠不上『忠貞』二字。對，配。」録以備考。

〔一二〕山岳非亶：《校注》：「謂所受之恩重於山岳。」

〔一三〕慚屬交喪：《校注》：「交喪：并喪。意謂於公於私都將帶來損害。」

〔一四〕「必謂」二句：《校注》：「巡崖：沿岸。有限度之意。氣亮：謂心胸坦白、慊請之誠。」

〔一五〕皇明神邈：皇明，大明，謂皇帝聖明。臣下對皇帝敬辭。《文選》卷一班固《東都賦》：「窮覽萬國之有無，考聲教之所被，散皇明以燭幽。」李周翰注：「燭，照也。考聲教所及幽遠之處，則以皇明照之。」同上書同卷班固《西都賦》：「天人合應，以發皇明。」吕良注：「皇，大也。此則天意人事合應，以發我皇大明之德。」

〔一六〕「雖守」二句：丹愚，謂赤心。謙詞。《晉書》卷七十三《庾亮傳附庾羲傳》：「敢緣弘政，獻其丹愚。伏願聽斷之暇，少垂察覽。」《宋書》卷六十一《武三王・廬陵孝獻王義真傳》：「用敢干禁忘戮，披敘丹愚。」蠲恕，本集《蕭領軍讓司空并敦勸啓》：「枯木朽株，永隔蠲恕。」《校注》：「蠲恕：謂得到寬恕而免任其職。」

〔一七〕「今輒」二句：中軒，軒中。軒，有窗檻的長廊。《樂府詩集》卷三十六《相和歌辭・清調曲》王融《秋胡行七首》之二：「景落中軒坐，悠悠望城闕。」《校注》：「序：殿堂的東西兩廂謂序。軒：殿軒，殿廊。」

〔一八〕志盡輸謝：本集《始安王拜征虜將軍南兖州刺史章》：「沖生靦氣，安以輸謝。」《校注》：「輸謝：表達謝意。」

蕭驃騎謝甲仗入殿表

【題解】

此文張本、梁本題作《爲蕭驃騎謝甲仗入殿表》。

甲仗入殿：魏晉時期對功臣的特殊禮遇。甲仗又作甲杖，披甲執兵器之衛士。《晉書》卷七十四《桓沖傳》：「於是改授都督徐兖豫青揚五州之六郡軍事、車騎將軍、徐州刺史，以北中郎府并中軍，鎮京口，假節。又詔沖及謝安并加侍中，以甲杖五十人入殿。」《宋書》卷一《武帝紀上》：「（元興三年）十月，高祖領青州刺史。甲仗百人入殿。」

《彙注》云：「本紀曰：二年三月己酉，增班劍爲四十人、甲仗百人入殿。」以爲此表乃昇明二年所作。曹道衡《年代考》所説與之同，云：「按《南齊書・高帝紀》，昇明二年三月，『增班劍爲四十人，甲仗百人入殿。』又按：表中稱『賜給甲仗五十人，入禁儀武殿』，與史文有出入。但從時間及官職考之，當是一事。江淹集各本中如『左將軍』、『左常侍』等，『左』往往作『右』，與史傳不同，可能是傳寫中致誤。這裏的『四』與『五』亦屬此類。此文應是昇明二年作。」福林按：昇明二年時，蕭道成有班劍四十人的儀仗之贈，且甲仗入殿亦增至百人，其特權又要遠高於五十人之甲仗入殿。而此表則單云甲仗五十人，二者顯然不合。且即使如《年代考》所云，「五」乃「四」之誤，則又爲「甲仗四十人」，與昇明二年所賜班劍四十人者亦不相合，蓋班劍與甲

仗非一事也。《彙注》及《年代考》棄與此表文相合之昇明元年事，而取不相合之昇明二年事，并無端臆測「五」爲「四」之誤，非是。《校注》云：「昇明元年（四七七）七月甲午，蕭道成與袁粲、褚淵、劉秉各甲仗五十人入殿，本謝表當爲此而作。」吳譜亦繫此表於昇明元年。考《南齊書・高帝紀上》載昇明元年七月：「甲午，太祖移鎮東府，與袁粲、褚淵、劉秉各甲仗五十人入殿。」江淹此表云：「臣即日被勅，賜給甲仗五十人，入禁儀武殿，飾冠疇典。」二者相合，表乃是時作。即吳譜、俞説是也。

臣某言：臣即日被勅，賜給甲仗五十人，入禁儀武殿，飾冠疇典〔一〕。局此盛恩①，五情銘載〔二〕。臣聞國之利器，在祀與戎〔三〕；蘭錡之設〔四〕，實允儲方〔五〕。故官騎辰居②〔六〕，羽林天部〔七〕；瞰城龍塞〔八〕，言伏鬼方〔九〕。臣股肱之力〔一〇〕，不足以染丹青〔一一〕；横草之勤〔一二〕，寧可以鏤金石〔一三〕？而魚服象弭，一旦虚授〔一四〕；誕錫金珪，方兹爲苟③〔一五〕。黄河如帶，比今非賞④〔一六〕。故異寵之襲，心魄共驚〔一七〕；不世之服，蒼祇同煇⑤〔一八〕。雖攀靈河漢，駿奔明哲〔一九〕，慚迹駭衷，無情以處〔二〇〕。

【校記】

①「局」字下張本、梁本有「荷」字。

②「辰」《彙注》本作「宸」。

③「苟」《彙注》本、張本、梁本作「絢」。

④「比今」原作「比金」，《彙注》本作「北金」，今據張本、梁本改。

⑤「蒼」字原缺，今據《彙注》本、張本、梁本補。「煇」張本、梁本作「灼」。

【箋注】

〔一〕「入禁」二句：疇典，即昔典。《宋書》卷六十一《武三王·江夏文獻王義恭傳》：「今皇家中造，事遵前文，宜憲章先代，證文古則，停省條録，以依昔典。」《校注》：「禁：宮禁，王宮。儀武殿：宮殿名。飾：獎飾。冠：冠於，超過。疇典：以往規定的制度。」

〔二〕「局此」二句：五情，猶言五內。《文選》卷三十七劉琨《勸進表》：「且悲且惋，五情無主。舉哀朔垂，上下泣血。」銘載，銘記。蔡邕《朱公叔鼎銘》：「肆其孤用，作兹寶鼎，銘載休功，俾後裔永用享祀，以知其先之德。」《校注》：「局：靠近。《廣雅·釋詁》：『局，近也。』銘載：謂感恩不忘。」

〔三〕「臣聞」二句：利器，鋒利的武器。比喻國家大事。《書·説命上》：「若金，用汝作礪。」孔傳：「鐵須礪以成利器。」《老子·微明》：「魚不可脱於淵，國之利器不可以示人。」《校注》：「《左傳·成公十三年》：『國之大事，在祀與戎。』戎，軍事。」

〔四〕蘭錡之設：蘭錡，兵器架。《文選》卷二張衡《西京賦》：「木衣綈錦，土被朱紫。武庫禁兵，

設在蘭錡。」李善注：「劉逵《魏都賦》注曰：『受他兵曰蘭，受弩曰錡。』」同上書卷五左思《吴都賦》：「躍馬疊跡，朱輪累轍。陳兵而歸，蘭錡内設。」張銑注：「蘭錡，兵戈之格而設之於内。」

〔五〕實允儲方：《校注》：「允：當。儲方：猶儲邸，皆宫内藏物之所。《文選》王融《三月三日曲水詩序》：『盈衍儲邸。』李善注：『儲邸，猶府藏也。』」

〔六〕「故官騎」句：官騎，王室的騎兵。《史記》卷六《秦始皇本紀》：「長信侯毐作亂而覺，矯王御璽及太后璽以發縣卒及衛卒、官騎、戎翟君公、舍人，將欲攻蘄年宫爲亂。」《後漢書》卷四十二《中山簡王焉傳》：「永平二年冬，諸王來會辟雍，事畢歸蕃。詔焉與俱就國，從以虎賁官騎。」李賢注：「《漢官儀》：『騶騎，王家名官騎。』」辰居，即宸居，帝王居處。《樂府詩集》卷二《郊廟歌辭·宋明堂歌》謝莊《歌太祖文皇帝》：「維天爲大，維聖祖是則，辰居萬宇，綴旒下國。」《文選》卷四十六任昉《王文憲集序》：「是以宸居膺列宿之表，圖緯著王佐之符。」劉良注：「宸居，天子宫也。」

〔七〕羽林：禁衛軍名。《漢書》卷十九上《百官公卿表上》：「羽林掌送從，次期門，武帝太初元年初置，名曰建章營騎，後更名羽林騎。又取從軍死事之子孫養羽林，官教以五兵，號曰羽林孤兒。」同上書卷七十《甘延壽傳》：「甘延壽字君況，北地鬱郅人也。少以良家子善騎射爲羽林，投石拔距，絶於等倫，嘗超踰羽林亭樓，由是遷爲郎。」天部：二十八宿在天之部

位。《史記》卷二十六《曆書》：「至今上即位，招致方士唐都，分其天部。」裴駰集解：「《漢書音義》曰：『謂分部二十八宿爲距度。』」後以指喻朝廷設官列位如二十八宿。

〔八〕瞰城龍塞：《校注》：「瞰：俯臨。《後漢書・光武紀上》：『遂圍之數十重，列營百數，雲車十餘丈，瞰臨城中。』龍塞：即龍城，漢時匈奴地名。漢武帝元光六年，衛青曾至龍城，獲首虜七百級。見《漢書・武帝紀》。」

〔九〕鬼方：上古種族名。爲殷周西北境强敵。《易・既濟》：「高宗伐鬼方，三年克之。」《詩・大雅・蕩》：「内奰於中國，覃及鬼方。」毛傳：「鬼方，遠方也。」朱熹集傳：「鬼方，遠夷之國也。」亦以泛指邊遠之地的少數民族。《文選》卷四十七揚雄《趙充國頌》：「遂克西戎，還師於京；鬼方賓服，罔有不庭。」李善注：「《世本》注曰：『鬼方，於漢則先零戎是也。』」

〔一〇〕股肱：《書・説命下》：「股肱惟人，良臣惟聖。」孔傳：「手足具乃成人，有良臣乃成聖。」以喻帝王之輔佐。《左傳・僖公二十六年》：「昔周公、大公股肱周室，夾輔成王。」《漢書》卷五十一《路温舒傳》：「故大將軍受命武帝，股肱漢國。」

〔一一〕以染丹青：《文選》卷十一王文考《魯靈光殿賦》：「圖畫天地，品類羣生，雜物奇怪，山神海靈，寫載其狀，託之丹青，千變萬化。」《校注》：「染丹青：用丹青畫像表功。如漢宣帝詩功臣於麒麟閣。」

〔一二〕横草：謂軍隊行於草野之中，使草倒伏。比喻功勞極爲輕微。《漢書》卷六十四下《終軍

傳》：「軍無橫草之功，得列宿衛，食禄五年。」顔師古注：「言行草中，使草偃卧，故云橫草也。」

〔一三〕鏤金石：《淮南子·俶真訓》：「其爲化也，雖鏤金石，書竹帛，何足以舉其數！」《校注》：「鏤金石：謂刻銘於鐘鼎碑石以記其功。」

〔一四〕「而魚服」二句：魚服，魚皮製的箭袋。服，通「箙」。象弭，以象牙裝飾末稍的弓。《詩·小雅·采薇》：「四牡翼翼，象弭魚服。」毛傳：「魚服，魚皮也。」鄭玄箋：「弭，弓之末彆者，以象骨爲之。……服，矢服也。」孔穎達疏：「以魚皮爲矢服，故云魚服。」朱熹集傳：「象弭，以象骨飾弓弰也。」《文選》卷五張衡《吴都賦》：「貝胄象弭，織文鳥章。」虚授，謂授職給德才不相稱的人。《文選》卷三十七曹植《求自試表》：「夫論德而授官者，成功之君也；量能而授爵者，畢命之臣也。故君無虚授，臣無虚受，虚授謂之謬舉，虚受謂之尸禄。」《校注》：「一旦：忽然。」

〔一五〕「誕錫」二句：《校注》：「誕：大。錫：賜。金珪：貴重之珪，即介珪。珪，亦作『圭』。《詩·大雅·崧高》：『錫爾介圭，以作爾寶。』苟：苟且。」

〔一六〕「黄河」二句：《漢書》卷十六《高惠高后文功臣表》：「封爵之誓曰：『使黄河如帶，泰山若厲，國以永存，爰及苗裔。』於是申以丹書之信，重以白馬之盟，又作十八侯之位次。」顔師古注：「應劭曰：『封爵之誓，國家欲使功臣傳祚無窮也。帶，衣帶也。厲，砥厲石也。河當何

時如衣帶，山當何時如厲石，言如帶厲，國猶永存，以及後世之子孫也。』」

〔一七〕「故異寵」二句：異寵，袁宏《後漢紀》卷二十九《孝獻皇帝紀》：「而臣前後獨荷異寵，心所不安。」《宋書》卷七十四《臧質傳》：「臣本凡瑣，少無遠概，因緣際會，遂班槐鼎，素望既盈，愜心實足，豈應徼功非冀，更希異寵。」《校注》：「襲：加。」

〔一八〕「不世」二句：不世，非一世所能有，罕有。《後漢書》卷十三《隗囂傳》：「足下將建伊、呂之業，弘不世之功。」李賢注：「不世者，言非代之所常有也。」煇，光，光輝。《詩·小雅·庭燎》：「夜如何其？夜鄉晨，庭燎有煇。」毛傳：「煇，光也。」《淮南子·本經訓》：「焜昱錯眩，照耀煇煌。」高誘注：「錯雜眩惑也。照耀、煇煌、焜，光澤色貌。」《校注》：「服：服飾。蒼祇：天地，謂天地之心。」

〔一九〕「雖攀靈」二句：河漢，銀河。《文選》卷二十九《古詩十九首·迢迢牽牛星》：「迢迢牽牛星，皎皎河漢女。纖纖擢素手，札札弄機杼，終日不成章，泣涕零如雨。」李善注：「毛萇曰：『河漢，天河也。』」駿奔，急速奔走。《後漢書》卷三《章帝紀》：「駿奔郊畤，咸來助祭。」《文選》卷三十五張協《七命》：「莫不駿奔稽顙，委質重譯。」李周翰注：「駿，疾也。」《校注》：「靈：恩寵。河漢：天河，指朝廷。明哲：指皇帝。」

〔二〇〕「慚迹」二句：《校注》：「迹：形迹。衷：内心。無情以處：情無以處，謂不安。」

蕭驃騎讓豫司二州表

【題解】

此文張本、梁本題作《爲蕭驃騎讓豫司二州表》。《宋書》卷三十六《州郡志二》：「豫州刺史，後漢治譙，魏治汝南安成，晉平吴後治陳國，晉江左所治，已列於前。《永初郡國》、何、徐寄治睢陽，而郡縣在淮西。……領郡十，縣四十三。户二萬二千九百一十九，口一十五萬八百三十九。」「司州刺史，漢之司隸校尉也。晉江左以來，淪没戎寇，雖永和、太元王化暫及，太和、隆安還復湮陷。牧司之任，示舉大綱而已。縣邑户口，不可具知。武帝北平關、洛，河南底定，置司州刺史，治虎牢。領河南、滎陽、弘農實土三郡。……三郡合二十七縣，一萬六千三百六户。又有河内、東京兆二僑郡。……合十六縣，一千九百九十二户。少帝景平初，司州復没北虜。文帝元嘉末，僑立於汝南，尋亦省廢。明帝復於南豫州之義陽郡立司州，漸成實土焉。領郡四，縣二十。去京都水二千七百，陸一千七百。」

《校注》云：「《南齊書·高帝紀》：昇明元年（四四七）十月戊辰，蕭道成又進督豫、司二州，本讓表即作於此時。」今考此表文有「且董督條興，蓋非盛古」云云，與之正相合，則俞説是也。按是月辛亥朔，戊辰爲月之十八日。

臣某言：　臣傾心駐氣，不蒙睿感〔一〕。憂讋交鏡①，中寐再驚〔二〕。中謝②。臣聞國曆惟燿，則藩伯緝其才〔三〕；朝緯伊序，則方率司其度③〔四〕。用能瑨紐弗虧，民教可變者也〔五〕。臣自少器業，無聞弘大〔六〕。誤變燕鼎，超憑吴舟〔七〕。託翰負組，假翼要瓊〔八〕。質圖玄素，文寫青艧〔九〕。爵富諸公，任高羣彦〔一〇〕。銓梁既失，輻誚所湊④〔一一〕。雖仄影毗道，苟身贊德⑤〔一二〕。朝徽不昭，民聽具溢〔一三〕。豈非性力知限，鑒度有崖〔一四〕？乘兹而處，猶懼紊辱之耻〔一五〕；況此以任，何堪湧溢之賜〔一六〕。且董督條興，蓋非盛古⑥〔一七〕。至乃河襄初授，或體兼上才〔一八〕；江表廣任，或功爲物首〔一九〕。臣績陋於國，不勤睿朝⑦〔二〇〕，寵集若是，非所尅敢⑧。終抱寸襟，重露愚見〔二一〕。伏願天鑄廣裁，地靈厚載〔二二〕。特垂蠲渥，使不矜盈〔二三〕。則藿質蓬性，庶無矯奪〔二四〕，不任匪晏之情⑨〔二五〕。

【校記】

①「讋」《彙注》本作「寵」。

②「中謝」張本無此二字。

③「率」《彙注》本作「牧」。

④「輻」元鈔本作「輳」。

⑤「苟」張本作「狗」，梁本作「徇」。
⑥「蓋」汪本、張本、梁本作「皆」。
⑦「勤」《彙注》本作「勒」。
⑧「剋敢」，張本、梁本作「克取」，《彙注》本作「克敢」。
⑨「情」《彙注》本作「至」。

【箋注】

〔一〕「臣傾心」二句：傾心，盡心，誠心誠意。《後漢書》卷十上《皇后上·章德竇皇后紀》：「后性敏給，傾心承接，稱譽日聞。」駐氣，猶停止呼吸，屏息。睿感，指皇帝聖明的感應。《校注》：「傾心：竭盡誠心。睿：即睿聖，對皇帝的敬稱。」

〔二〕「憂讋」二句：憂讋，猶憂懼。讋，懼。《文選》卷一班固《東都賦》：「自孝武之所不征，孝宣之所未臣，莫不陸讋水慄，奔走而來賓。」吕延濟注：「自孝武、孝宣帝以來，不能征討臣服者，皆恐懼而來賓服。」《洪武正韻》卷十六：「讋，質涉切。失氣而言。又，懼也。」《校注》：「交鏡：猶言并存。鏡，照。中寐：寐中，睡夢中。」

〔三〕「臣聞」二句：燿，照耀，炫耀。《楚辭·遠遊》：「建雄虹之采旄兮，五色雜而炫燿。」藩伯，古代諸侯中的領袖。此指州刺史。《晉書》卷六十七《郗恢傳》：「恢身長八尺，美鬚髯，孝武帝深器之，以爲有藩伯之望。」《校注》：「國曆：國家的曆數。《易·革》：『君子以治曆明

時。』此指國運。」

〔四〕「朝緯」二句：朝緯，猶朝政。方率，一方統帥。率，通「帥」。按以上四句《校注》云：「以上四句意謂，要使國運昌明，朝政有條不紊，必須依靠地方長官去招攬人才，執行法度。」

〔五〕「用能」二句：《校注》：「璿紐：猶言皇綱。紐，樞紐。教：教化。」

〔六〕「臣自少」二句：器業，才能學識。葛洪《抱朴子・窮達》：「夫器業不異而有抑有揚者，無知己也。」弘大，廣大。《詩・大雅・民勞》：「戎雖小子，而式弘大。」鄭玄箋：「式，用也。弘，猶廣也。」朱熹集傳：「言汝雖小子，而其所爲甚廣大，不可不謹也。」《韓非子・揚權》：「夫道者，弘大而無形。德者，覈理而普至。」《校注》：「少器業：謂缺乏才幹。弘大：指宏大的抱負。」

〔七〕「誤變」二句：《校注》：「『誤變』二句：即『誤變鼎舟，超憑吴燕』之變文。舟，彝鼎的托盤。《周禮・春官・司尊彝》注：『鄭司農（衆）云：舟，尊下臺，若今時承盤。』鼎、舟，喻三公之位。憑，滿於。屈原《離騷》：『憑不厭乎求索。』王逸注：『憑，滿也。』吴、燕，古諸侯國名，此泛指諸侯。」

〔八〕「託翰」二句：託翰，借託羽翼。謝朓《直中書省》：「安得凌風翰，聊恣山泉賞。」假翼，假借羽翼。《文選》卷五十六曹植《王仲宣誄》：「我將假翼，飄飄高舉。超登景雲，要子天路。」李周翰注：「我將假借羽翼，超於景雲之上，要子於天路也。」同上書卷二十六陸機《吴王郎

中時從梁陳作》：「在昔蒙嘉運，矯跡入崇賢。假翼鳴鳳條，濯足升龍淵。」《校注》：「託翰、假翼：借托羽翼，使之飛黄騰達之意。翰，鳥羽。組：組綬。要：通『腰』，此用作動詞，謂繫於腰間。瓊：指佩玉。」

〔九〕「質圖」二句：《文選》卷四張衡《南都賦》：「緑碧紫英，青雘丹粟。」李善注：「《山海經》曰：『景山之西曰驕山，其下多青雘。』」《校注》：「質：謂身體。玄素：寫有墨字的素絹。文：謂功業。青雘：畫圖的顔料。『玄素』當屬下句，『青雘』當屬上句，此交互其文。」

〔一〇〕任高羣彦：羣彦，衆英才。《藝文類聚》卷三十一引蔡邕《答對元式詩》：「濟濟羣彦，如雲如龍。君子博文，貽我德音。」陸雲《晉故散騎常侍陸府君誄》：「於惟君德，齊聖廣淵。羣彦景附，漸化濯真。」

〔一一〕「銓梁」二句：《校注》：「銓梁：謂選授要職。輻詣所湊：謂譏誚如車輻聚集於一身。」

〔一二〕「雖仄影」二句：《校注》：「仄影：側身，形容小心謹慎之狀。苟身：自身表現誠實。《廣雅・釋詁》：『苟，誠也。』毗：輔佐。贊：協助。」

〔一三〕「朝徽」二句：《宋書》卷九十七《夷蠻・天竺迦毗黎國傳》：「臣等參議，以爲沙門接見，比當盡虔禮敬之容，依其本俗，則朝徽有序，乘方兼遂矣。」民聽，民衆的輿論。袁宏《後漢紀・桓帝紀下》：「處士豫章徐穉、彭城姜肱、汝南袁閎、京兆韋著、潁川李曇，德行純備，著于民聽。」《宋書》卷三《武帝紀下》：「其有獄訟虧濫，政刑乖愆，傷化擾治，未允民聽者，皆當具

以事聞。」《校注》：「朝徽：朝廷的美好事物。」

〔一四〕「豈非」二句：《莊子・徐無鬼》：「其問之也，不可以有崖，而不可以無崖。」《文選》卷二十七曹丕《善哉行》：「高山有崖，林木有枝，憂來無方，人莫之知。」《校注》：「性力：資質和能力。鑒度：見識和氣度。有崖：有限。」

〔一五〕「乘兹」二句：《校注》：「兹：此，指有限的才識。處：指處督豫、司州之任。紊辱：謂亂國辱身。」

〔一六〕湧溢：同「涌溢」，《漢書》卷七十五《李尋傳》：「間者重以水泉涌溢，旁宫闕仍出。」《後漢書》卷四十六《陳忠傳》：「又霖雨積時，河水涌溢，百姓騷動。」《校注》：「湧溢：言恩賞之多。」

〔一七〕「且董督」二句：董督，統率。《尚書・虞書・大禹謨》：「九功惟敘，九敘惟歌。戒之用休，董之用威，勸之以九歌，俾勿壞。」孔傳：「休，美。董，督也。」《三國志》卷三十二《蜀志・先主傳》：「臣以具臣之才，荷上將之任，董督三軍，奉辭於外，不得掃除寇難，靖匡王室。」《晉書》卷五十九《長沙王乂傳》：「前遣陸機董督節鉞，雖黄橋之退，而温南收勝。一彼一此，未足增慶也。」　條：條例。　盛古：指遠古興盛時代。

〔一八〕「至乃」二句：上才，亦作「上材」，上等才能。《後漢書》卷八十四《列女・皇甫規妻傳》：「皇甫氏文武上才，爲漢忠臣。」三國魏劉劭《人物志・七謬》：「上材之人，能行人所不能

行。」《校注》：「河襄：即河上。指東漢政權。東漢建都於洛陽，在黄河流域。」

〔一九〕「江表」二句：江表，江外，指長江以南地區。亦用以指東晉南朝政權。《文選》卷四十二阮瑀《爲曹公作書與孫權》：「若能内取子布，外擊劉備，以效赤心，用復前好，則江表之任，長以相付。」同上書卷四十三孫楚《爲石仲容與孫晧書》：「吴之先主，起自荆州，遭時擾攘，播潛江表。」吕向注：「言吴先主權遭時亂，播遷於江外也。表，外也。」《宋書》卷六十七《謝靈運傳》：「中華免夫左衽，江表此焉緩帶。」《校注》：「江表：即江外。指東晉政權。東晉建都於建康，在長江之南。物首：衆人之首，即上才。」

〔二〇〕不勤睿朝：睿朝，猶明朝，盛明之朝。《晉書》卷六十三《邵續傳》：「且受彼厚榮，而復二三其趣者，恐亦不容於明朝矣。」

〔二一〕「終抱」二句：寸襟，猶寸心。襟，胸懷，心懷。《文選》卷十潘岳《西征賦》：「開襟乎清暑之館，遊目乎五柞之宫。」愚見，謙指自己的意見。《晉書》卷四十二《王渾傳》：「私慕魯女存國之志，敢陳愚見，觸犯天威。」

〔二二〕「伏願」二句：地靈厚載，地厚而容載萬物。《易·坤》：「坤厚載物，德合無疆。」又：「君子以厚德載物。」孔穎達疏：「地之厚德，容載萬物。言君子者亦包公卿諸侯之等，但厚德載物，隨分多少，非如至聖載物之極也。」厚載，厚德載物之簡。《後漢書》卷十下《皇后紀贊》：「坤惟厚載，陰正乎内。」《校注》：「天鑄、地靈：天地神靈所陶鑄的人。此稱皇帝。

廣裁：全面地考慮、裁決。」

〔二三〕「特垂」二句：《校注》：「齺渥：指免於任職之恩。矜盈：驕傲自滿。」

〔二四〕「則藿質」二句：矯奪，强行奪取。《漢書》卷六十四下《嚴安傳》：「故搢紳者不憚爲詐，帶劍者誇殺人以矯奪，而世不知媿，故姦軌浸長。」《校注》：「藿：豆葉。蓬：蓬草。『藿質蓬性』，謂草芥之人，微不足道。矯奪：强令改變之意。」

〔二五〕匪晏之情：《校注》：「匪晏：不平静。」

蕭驃騎發徐州三五教

【題解】

此文張本、梁本題作《爲蕭驃騎發徐州三五教》。《宋書》卷三十五《州郡志一》：「徐州刺史，後漢治東海郯縣，魏、晉、宋治彭城。明帝世，淮北没寇，僑立徐州，治鍾離。泰豫元年，移治東海朐。後廢帝元徽元年，分南兖州之鍾離、豫州之馬頭，又分秦郡之頓丘、梁郡之穀熟、歷陽之酇，立新昌郡，置徐州，還治鍾離。……舊領郡十二，縣三十四。户二萬三千四百八十五，口十七萬五千九百六十七。今領郡三，縣九。彭城去京都水一千三百六十，陸一千。」《校注》：「『徐州』上疑脱一『南』字，時蕭道成爲南徐州刺史。」今録之以備考。

教題之「三五」，《彙注》云：「三五，猶《孫子兵法》所謂三令五申之教也。」今考《通鑑》卷一百二十五載元嘉二十七年「又以兵力不足，悉發青、冀、徐、豫、二兗州三五民丁，倩使暫行」，胡三省注：「三五者，三丁發其一，五丁發其二。」是時服兵役間或於有關地區實行五丁抽二、三丁抽一之制，因稱「三五」。《晉書》卷一百六《石季龍載記上》：「又敕河南四州具南師之備，并、朔、秦、雍嚴西討之資，青、冀、幽州三五發卒。」《宋書》卷九十一《孝義・孫棘傳》：「世祖大明五年，發三五丁，弟薩應充行。」《南史》卷七十《循吏・郭祖深傳》：「又梁興以來，發人征役，號爲三五。」是其例。此教爲發民丁赴敵而作，故又有「方當水斬龍蛟，陸斷犀兕。雖烈士銜志，壯夫投概，然雲羅既舒，宜廣威防」之語。見教題之「發徐州三五」，乃謂於徐州境内三丁發一、五丁發二以征民丁，故教文又有「咸依舊格」之語也。其事則與元嘉二十七年發三五民丁事同。《彙注》以三令五申釋之，非是。《校注》云：「晉宋時部分地區實行五丁抽三的兵役制度，因稱發人征役爲『三五』。」亦未審。

曹道衡《年代考》云：「此文稱『沈攸之背慢靈極，稽誅之日久矣，況稱兵江漢之上，圖釁廟闕之下』，又稱『宜廣威防禦，所統郡縣，便普三五，咸依舊格，以赴戎麾』，顯然是昇明元年底或二年初作。」今考此月後又有閏十二月，而教文既稱「尅辰纂嚴」，發兵事急，即教文所謂「飛火施行」者，必不能遷延至昇明元年底或二年初，應爲昇明元年十二月所作。《年代考》非是。觀教文云：「朝廷以尅辰纂嚴，令輿夙駕。」「所統郡縣，便普三五，咸依舊格，以赴戎麾。主者飛火施

行。」則文乃沈攸之反問初至，朝廷纂嚴時爲發民丁赴敵而作，纂嚴之時約在昇明元年十二月戊辰，爲月之十八日。《校注》云：「本篇當作於昇明元年（四七七）十二月，沈攸之舉兵反叛時。」所説是也。

州府紀綱①〔一〕：沈攸之背慢靈極②〔二〕，稽誅之日久矣〔三〕，況稱兵江漢之上③〔四〕，圖釁廟闕之下〔五〕，惡熾罪盈，民靈所絶〔六〕。朝廷以尅辰纂嚴，令輿夙駕④〔七〕。吾任先責遠⑤，義兼常慨〔八〕；挺刃投袂，信見其時〔九〕。方當水斬龍蛟⑥，陸斷犀兕〔一〇〕。雖烈士銜志，壯夫投概〔一一〕，然雲羅既舒，宜廣威防⑦〔一二〕。所統郡縣，便普三五〔一三〕，咸依舊格，以赴戎麾〔一四〕。主者飛火施行⑧〔一五〕。

【校記】

①「紀綱」張本、梁本作「綱紀」。

②「靈」《文館詞林》卷六百九十九作「雲」。

③「況」《文館詞林》作「況今」。

④「令」《文館詞林》作「金」。

⑤「責遠」張本、梁本作「貴近」。

⑥「龍蛟」《彙注》本作「蛟龍」。

⑦「廣威防」《彙注》本作「廣威防禦」。

⑧「主者」《文館詞林》作「主局」。

【箋注】

〔一〕州府紀綱：紀綱，干寶《搜神記》卷四：「時有一物，大如水牛，灰色，卑脚，脚類象，胸前尾上皆白，大力而遲鈍。……郡紀綱上祠，請殺之。」此指蕭道成驃騎將軍府及南徐州刺史府之掾屬。

〔二〕背慢靈極：《校注》：「背慢：違逆傲慢。靈極：皇帝。」

〔三〕稽誅：稽延誅伐。《韓非子・難四》：「稽罪而不誅，使渠彌含憎懼死以徼幸。」《晉書》卷七十七《殷浩傳》：「浩受專征之重，無雪耻之志，坐自封植，妄生風塵，遂使寇讎稽誅，姦逆并起，華夏鼎沸，黎元殄悴。」《校注》：「稽：停留，拖延。此句意謂沈攸之早就該殺。」

〔四〕江漢：指長江與漢水之間及其附近地區，爲古荆楚之地。《文選》卷五十五陸機《演連珠五十首》之四十：「是以江漢之君，悲其墜屨；少原之婦，哭其亡簪。」《後漢書》卷七十《荀彧傳》：「紹既新敗，衆懼人擾，今不因而定之，而欲遠兵江漢，若紹收離糾散，乘虚以出，則公之事去矣。」《文選》卷二十七江淹《望荆山》：「奉謁至江漢，始知楚塞長。」李善注：「江漢，荆楚之境也。」《校注》：「江漢：指荆州。」

〔五〕圖釁廟闕：廟闕，宗廟前的闕門。《漢書》卷三十六《楚元王交傳》：「後三歲餘，孝宣廟闕災。」《晉書》卷三十《刑法志》：「元康四年大風之後，廟闕屋瓦有數枚傾落。」此借指京城。《校注》：「釁：挑釁。」

〔六〕民靈所絶：謂人神所共棄。民靈，人與神。《文選》卷二十二顔延之《車駕幸京口三月三日侍遊曲阿後湖作》：「民靈翥都野，鱗翰聳淵丘。」李周翰注：「民靈，人神也。」《校注》：「絶：棄絶。」

〔七〕「朝廷」二句：尅辰，猶克期，克日，約定或限定日期。《晉書》卷三十四《羊祜傳》：「每與吴人交兵，剋日方戰，不爲掩襲之計。」纂嚴，謂軍隊嚴裝戒備。《宋書》卷九《後廢帝紀》載元徽四年：「秋七月戊子，征北將軍、南徐州刺史建平王景素據京城反。己丑，内外纂嚴。」同上書卷七十九《文五王・竟陵王誕傳》：「車駕出頓宣武堂，内外纂嚴。」《校注》：「令輿夙駕：命令車駕及早起程。」

〔八〕「吾任先」二句：《校注》：「任先責遠：謂平定沈攸之叛亂是自己首要而又重大的責任。兼：倍於。」

〔九〕「挺刃」二句：《太平御覽》卷三百八引《孔子家語》：「子貢言志曰：『願得齊楚合戰於漭蕩之野，埃塵連接，挺刃交兵。』」《左傳・宣公十四年》：「楚子聞之，投袂而起。」《後漢書》卷七十一《皇甫嵩朱儁傳論》：「值弱主蒙塵，獷賊放命，斯誠葉公投袂之幾，翟義鞠旅之日。」

李賢注：「投袂，奮袂也，言其怒也。」《宋書》卷九十五《索虜傳》載宋文帝詩：「忠臣表年暮，貞柯見嚴秋。楚莊投袂起，終然報强讎。去病辭高館，卒獲舒國憂。」《校注》：「投袂：揮袖。信：誠然。」

〔一〇〕「方當」二句：犀兕，犀牛和兕。《左傳・宣公二年》：「牛則有皮，犀兕尚多，棄甲則那？」孔穎達疏：「《釋獸》云：『犀似豕。』郭璞曰：『形似水牛，豬頭，大腹，痺脚。脚有三蹄，黑色。三角，一在頂上，一在額上，一在鼻上；鼻上者，食角也，小而不橢。好食棘。亦有一角者。』劉欣期《交州記》曰：『犀出九德，毛如豕，蹄有甲，頭似馬。』……《釋獸》云：『兕似牛。』郭璞云：『一角，青色，重千斤。』《説文》云：『兕如野牛，青毛，其皮堅厚，可製鎧。』」《文選》卷五左思《吴都賦》：「烏菟之族，犀兕之黨。」《校注》：「蛟龍、犀兕：喻叛軍。語本王褒《聖主得賢臣頌》：『水斷蛟龍，陸剸犀革。』」

〔一一〕「雖烈士」二句：烈士，有節氣有壯志之人。《韓非子・詭使》：「而好名義不仕進者，世謂之烈士。」曹操《步出夏門行》：「老驥伏櫪，志在千里；烈士暮年，壯心不已。」壯夫，豪壯之士，豪傑。《文選》卷三十九枚乘《上書重諫吴王》：「信而見疑，貞而見戮，是以壯夫義士，伏死而不顧者此也。」《揚子法言・吾子》：「或問吾子少而好賦。曰：『然。童子彫蟲篆刻。』俄而曰：『壯夫不爲也。』」《校注》：「銜志：抱志。概：通『慨』。」

〔一二〕「然雲羅」二句：雲羅，《文選》卷十三禰衡《鸚鵡賦》：「跨崑崙而播弋，冠雲霓而張羅。」同

上書卷十四鮑照《舞鶴賦》：「厭江海而遊澤，掩雲羅而見羈。」吕延濟注：「雲羅，言羅高及雲。」威防，張衡《週天大象賦》：「置平星以決獄，列騎官而衛閽。陽門守於邊險，折威防於將奔。」《後漢書》卷八十七《西羌傳》：「又數遣使譯通動靜，使塞外羌夷爲吏耳目，州郡因此可得儆備。今宜復如舊，以明威防。」

〔三〕便普三五：《校注》：「普：普遍施行。」

〔四〕「咸依」二句：《校注》：「舊格：舊規。戎麾：指軍營。戎，軍隊。麾，用作指揮的旗幟。」

〔五〕主者飛火施行：主者，主管人。《史記》卷五十六《陳丞相世家》：「上曰：『主者謂誰？』平曰：『陛下即問決獄，責廷尉；問錢穀，責治粟内史。』」《後漢書》卷五十七《劉陶傳》：「事付主者，留連至今，莫肯求問。」《校注》：「飛火：火速。」

蕭驃騎上頓表

【題解】

此文張本、梁本題作《爲蕭驃騎上頓表》。

上頓：指往軍隊頓駐之處。《南齊書》卷五十七《魏虜傳》：「世祖初治白下，謂人曰：『我欲以此城爲上頓處。』後於石頭造靈車三千乘，欲步道取彭城。」《梁書》卷四十五《王僧辯傳》：「時僧辯以竟陵部下猶未盡來，意欲待集，然後上頓。」頓，通「屯」。《後漢書》卷四十六《郭躬傳》：

「彭在別屯而輒以法斬人，固奏彭專擅，請誅之。」《校注》：「頓：駐守。通『屯』。」

《宋書》卷十《順帝紀》記昇明元年閏十二月：「己亥，内外戒嚴，假録公齊王黄鉞。辛丑，寧朔將軍、北秦州刺史武都王楊文度進號征西將軍。乙巳，録公齊王出頓新亭。」此表當爲蕭道成出頓新亭而作。曹道衡《年代考》云：「此表有『此月二十六日出次戎郊，故已望江源以軫歎，想荆山而增厲矣』等語，顯係蕭道成到新亭後作，『此月』，當是昇明元年閏十二月。」今考此表所謂「尅此月二十六日」者，約定於此月二十六日也。此觀《晉書》卷三十四《羊祜傳》云：「每與吴人交兵，剋日方戰，不爲掩襲之計。」則文義自明。《年代考》所説非是。據此表稱：「況乃逆徒阻兵，器掩西服。」又云：「今便嚴率所統，尅此月二十六日，出次戎郊。」乃昇明元年（四七七）閏十二月二十六日出頓新亭行前所上於順帝者。

臣某言：伏見明詔，鑾輿便御親六師①〔一〕，臣又謬惣羣帥②。竊聞金火告燿，昏明代卷〔二〕；雲電溉湊，經綸相襲〔三〕。所以草昧縣寓，昭晰區宙〔四〕。況乃逆徒阻兵，器掩西服〔五〕。雖蟻衆鼠竊，勢必褫散③〔六〕。然尋仞難貸，原煙易滅〔七〕。臣受筭内楹，稜威外閫〔八〕，按甲視夕，沾襟待旦〔九〕，翦此凶渠，庶匪曠旬〔一〇〕。但遂玉輅躬臨，雲蹕親駕〔一一〕，悚慨交心④，實百常憤⑤〔一二〕。今便嚴率所統，尅此月二十六

日，出次戎郊〔一三〕。故已望江源以軫歎，想荊山而增厲矣〔一四〕。進止之宜〔一五〕，更聽勅旨，不任悚企匪寧之心〔一六〕。

【校記】

①「御親」《彙注》本作「親御」。

②「帥」原作「師」，今據《彙注》本、張本、梁本改。

③「褫」原作「褫」，今據梁本、庫本改。

④「悚」字原疊，今據《彙注》本、張本、梁本删正。

⑤「實」《彙注》本作「十」。

【箋注】

〔一〕御親六師：御親，猶「親御」，江淹喜新奇，故顛倒用之。六師，周天子所統六軍之師。《書・康王之誥》：「張皇六師，無壞我高祖寡命。」孔傳：「言當張大六師之衆，無壞我高德之祖。」曾運乾正讀：「六師，天子六軍。周制，一萬二千五百人爲師。」《孟子・告子下》：「一不朝，則貶其爵；再不朝，則削其地；三不朝，則六師移之。」後以爲天子軍隊之稱。《三國志》卷三十二《蜀志・先主傳》：「盡力輸誠，獎厲六師。」

〔二〕「竊聞」二句：金火，金星和火星。《漢書》卷二十六《天文志》：「中三年十一月庚午夕，金、

火合於虚，相去一寸。占曰：『爲鑠，爲喪。』」《淮南子·原道訓》：「兩木相摩而然，金火相守而流。」燿，照耀，炫耀。《楚辭·遠遊》：「建雄虹之采旄兮，五色雜而炫燿。」《校注》：「告燿：發光。古星占家認爲金星和火星同時出現是國君將亡的徵象。《續漢書·天文志中》：『金、火合爲爍，爲大人憂。』爍，亦發光之意。昏：謂後廢帝。明：謂順帝。代卷：謂後廢帝死去而順帝代其位。卷，藏，没。」

〔三〕「雲雷」二句：經綸，整理絲縷、理出絲緒和編絲成繩，統稱經綸。引申爲籌畫治理國家大事。《易·屯》：「雲雷屯，君子以經綸。」孔穎達疏：「經謂經緯，綸謂綱綸，言君子法此屯象有爲之時，以經綸天下，約束於物。故云君子以經綸也。」《禮記·中庸》：「唯天下至誠，爲能經綸天下之大經，立天下之大本，知天地之化育。」《校注》：「溉湊：交會，聚集。經綸：治理天下。《易·屯》：『雲雷屯，君子以經綸。』剛（雷電）柔（雲雨）相交是謂屯，屯又含有災難的意思。相襲：相繼。此二句意謂，災難發生之後，接着將會是天下大治。」

〔四〕「所以」二句：昭晰，光亮，光耀。《藝文類聚》卷八引曹丕《濟川賦》：「美玉昭晰以曜煇，明珠灼灼而流光。」《校注》：「草昧：天地初創時的混沌黑暗狀態。《易·屯》：『天造草昧。』疏：『草謂草創，昧謂冥昧。言天造萬物於草創之始，如在冥昧之時也。』此指處於戰亂災難的黑暗之時。縣寓、區宙：指天地、國家。昭晰：明亮。謂國家由黑暗而走向光明。」

〔五〕「況乃」二句：逆徒，叛逆之人。《宋書》卷九十一《孝義·卜天與傳》：「逆徒擊之，臂斷倒

地，乃見殺。」《樂府詩集》卷十九何承天《宋鼓吹鐃歌·雍離篇》：「逆徒既不濟，愚智亦相傾。」西服，古稱西方臣服之國或屬地。《宋書》卷九十五《索虜傳》：「楊氏先世以來，受晉爵號，修職守藩，爲我西服。十載之中，再造逆亂，號年建義，倡狂妄作，爲臣不忠，宜加誅討。」《校注》：「逆徒：指沈攸之。阻兵：阻攔國家的軍隊。器：武器。《易·繫辭下》：『弓矢者，器也。』引申爲用武力。掩：偷襲。西服：指荆州。古代京畿以外之地叫服，荆州在建康之西，故稱。其時沈攸之爲荆州刺史。」

〔六〕「雖蟻衆」二句：蟻衆，孫隘堪校以爲當作「蟻聚」。按蟻衆一詞，江淹作此文之前已有出現，如《晉書》卷八十六《張軌傳附張寔傳》云：「劉曜自去年九月率其蟻衆，乘虛深寇，劫質羌胡，攻没北地。」此後亦時有見者，如《南齊書》卷二十五《垣崇祖傳》云：「我新有天下，夷虜不識運命，必當動其蟻衆，以送劉昶爲辭。」孫説無據，恐非是。《校注》：「勢必褫散：褫散，必剥奪其勢而使之潰散。褫，奪。」

〔七〕「然尋仞」二句：尋仞，《抱朴子·勤求》：「夫搜尋仞之壟，求干天之木；漉牛迹之中，索吞舟之鱗。用日雖久，安能得乎？」《校注》：「尋仞：八尺爲尋，七尺或八尺爲仞。此言佔領尺寸之地。貸：借貸。原煙：指戰火。」福林按：《詩·魯頌·閟宫》：「是斷是度，是尋是尺。」毛傳：「八尺曰尋。」《史記》卷七十《張儀列傳》：「秦馬之良，戎兵之衆，探前趹後蹄間三尋騰者，不可勝數。」司馬貞索隱：「七尺曰尋。」《通鑒》卷一百七十二陳太建八年：

「齊師遂圍平陽，晝夜攻之。城中危急，樓堞皆盡，所存之城，尋仞而已。」胡三省注：「六尺爲尋，七尺爲仞。」是尋之長短，所説又各有異。

〔八〕「臣受算」二句：稜威，耀威。《三國志》卷一《魏志·武帝紀》：「蘄陽之役，橋蕤授首，稜威南邁，術以隕潰。」《晉書》卷十《安帝紀》：「運謀機始，貞賢協其契；抆淚誓衆，義士感其心。故霜戈一揮，巨猾奔迸；三率稜威，大憝授首。」外閫，郭門之外，借指京城以外。陸機《至洛與成都王穎箋》：「機以駑闇，文武寡施，猥蒙横授，委任外閫，輒承嚴教，董率諸軍，惟力是視。」閫，指郭門。《尉繚子·兵教下》：「人衆能治之，地大能守之。國車不出於閫，組甲不出於橐，而威服天下矣。」《史記·張釋之馮唐列傳》：「臣聞上古王者之遣將也，跪而推轂，曰閫以内者，寡人制之；閫以外者，將軍制之。」裴駰集解：「韋昭曰：『此郭門之閫也。』」《校注》：「算：謀略。内楹：指朝廷。楹，柱子。兩楹之間是帝王聽政之處。稜威：顯示威勢。外閫：國門之外。指將軍領兵之地。」

〔九〕「按甲」二句：按甲，《三國志》卷二十八《魏志·諸葛誕傳》：「六軍按甲，深溝高壘，而誕自困，竟不煩攻而克。」沾襟，浸濕衣襟。《莊子·應帝王》：「列子入，泣涕沾襟以告壺子。」《文選》卷二十九張衡《四愁詩》：「我所思兮在桂林，欲往從之湘水深，側身南望涕沾襟。」此指汗濕衣襟。二句謂十分警惕，高度戒備。

〔一〇〕「翦此」二句：凶渠，凶徒的首領，元凶。《通鑑》卷一百三十四宋順帝昇明元年：「凶渠逆

黨，盡已梟夷。」胡三省注：「凶渠，謂渠魁也。孔安國曰：『渠，大也。』」《後漢書》卷四十九《王符傳》：「既不肯理，故乃遠詣公府，公府復不能察，而當延以日月。貧弱者無以曠旬，彊富者可盈千日。」《校注》：「凶渠：元凶。匪曠旬：不隔十天。曠，間隔。劉楨《贈五官中郎將》詩：『自夏涉玄冬，彌曠十餘旬。』」

〔一一〕「但遂」二句：玉輅，即玉路。帝王所乘玉飾之車。《周禮·春官·巾車》：「王之五路，一曰玉路。」鄭玄箋：「玉路，以玉飾諸末。」賈公彦疏：「言諸末者，凡車上之材於末頭皆飾之，故云。」《文選》卷三十四曹植《七啓》：「僕將爲吾子駕雲龍之飛駟，飾玉路之繁纓。」《彙注》：「蹕，天子之駕也。」《校注》：「輅、蹕：皆指皇帝車駕。蹕，帝王出行時禁止行人通行稱蹕。」

〔一二〕「悚慨」二句：悚慨交心，陶淵明《時運詩》序：「春服既成，景物斯和，偶影獨遊，欣慨交心。」悚慨，惶恐感慨。交心，交集於心。實百常憤，《宋書》卷七十四《沈攸之傳》：「幕府過荷朝寄，義百常憤，董司元戎，龔行天罰。」同上書卷八十一《顧琛傳》：「劉誕倡狂，遂構釁逆，凡在含齒，莫不駭惋，臣等預荷國恩，特百常憤。」所謂實百常憤者，用如「特百常憤」，意謂實爲百倍於常時之憤也。《彙注》改爲「十百常憤」，失其本貌。

〔一三〕出次戎郊：《校注》：「次：停留，駐紮。戎郊：指郊外軍營。」

〔一四〕「故已」三句：軫歎，同軫慨，痛惜而慨歎。《藝文類聚》卷三十七引梁劉孝標《與宋玉山元

思書》：「然静思夫君，愀焉軫歎。」又引陶弘景《答虞中書書》：「每對月流歎，臨風軫慨。」或皆爲借鑒江淹之用法。《校注》：「江源、荆山：皆指荆州。」

〔一五〕進止：進退。《吴子·治兵》：「習其馳逐，閑其進止。」《文選》卷十九曹植《洛神賦》：「動無常則，若危若安。進止難期，若往若還。」

〔一六〕悚企：引頸舉踵而望，形容殷切盼望。企，竦立。謝靈運《從斤竹澗越嶺溪行》：「企石挹飛泉，攀林摘葉卷。」李善注：「《説文》曰：『企，舉踵也。』」

蕭驃騎築新亭壘埋枯骸教

【題解】

此文《彙注》本題作《蕭驃騎築新亭壘埋枯骨教》，張本、梁本題作《爲蕭驃騎築新亭壘埋枯骸教》。

新亭壘，見《從蕭驃騎新亭壘》詩題注。

《南齊書·高帝紀上》亦載有是時改葬枯骨并設薄祀之教文，文字與江淹本集略有不同，當即江淹原作之省文。考《南齊書》載此教於昇明元年蕭道成至新亭之後，昇明二年正月之前。是此教當作於昇明元年閏十二月至昇明二年正月之間。《年代考》以爲此文作於昇明二年末，恐是排版時誤以元年爲二年。

又，新亭時爲京都建康之門户，乃兵家必争之地。元徽二年，桂陽王劉休範自江州進攻建康，即於此與朝廷軍有激戰，時隔未久，宜其有露骸枯骨。故是時蕭道成屯兵於此，有是舉以撫慰軍心，激勵將士也。

府州綱紀：夫汝南稱慈①，諒由掩胔〔一〕；廣漢流仁，實存殯朽〔二〕。近衮製茲營②，崇堞浚壍③〔三〕。古墟曩隧〔四〕，時有湮移。深松茂草，或致刊薙④〔五〕。憑壙動懷⑤，巡隍增愴〔六〕。宜并爲收，改葬奠祀⑥〔七〕。主局詳辨施行〔八〕。

【校記】

①「汝南」《南齊書》卷一《高帝紀上》、《彙注》本作「河南」。

②「衮製茲營」原作「柔製茲營」，《彙注》本作「衮製茲塋」，張本、梁本作「築製茲營」，今據《南齊書・高帝紀上》改。

③「崇堞浚壍」《南齊書・高帝紀上》作「崇溝浚壍」，《彙注》本作「崇溝峻壍」，張本、梁本作「崇壘浚壍」。按塹，壍字通。

④「致」原作「到」，今據《南齊書・高帝紀上》、《彙注》本、張本、梁本改。

⑤「壙」《南齊書・高帝紀上》、《彙注》本、張本、梁本作「軒」。

⑥「宜并爲收改葬奠祀」原作「宜并爲收改毁奠祀」，《南齊書·高帝紀上》作「宜并爲收改葬并設薄祀」，張本、梁本作「宜并爲收改勿毁奠祀」，今據《彙注》本改。按「收改」，元鈔本作二字空格。

【箋注】

〔一〕「夫汝南」二句：掩胔，掩埋屍體。胔，肉還没有爛盡的骨殖，泛指人的屍體。《禮記·月令·孟春之月》「掩骼埋胔」鄭玄箋：「骨枯曰骼，肉腐曰胔。」陸德明音義：「蔡云：『露骨曰骼，有肉曰胔。』」《後漢書》卷十六《寇恂傳附寇榮傳》：「罰及死没，髡剔墳墓，但未掘壙出尸，剖棺露胔耳。」李賢注：「胔，謂骨之尚有肉者也。」按汝南掩胔之事不詳，汝南，《校注》從《南齊書·高帝紀上》及《彙注》本作「河南」，云：「河南：東漢京畿置河南尹，治洛陽。『河南掩胔』事出《後漢書·獨行·周嘉附暢傳》：『暢字伯持，性仁慈，爲河南尹。永初二年，夏旱，久禱無應。暢因收葬洛城旁客死骸骨凡萬餘人。應時澍雨，歲乃豐稔。』」

〔二〕「廣漢」二句：《校注》：「廣漢：東漢郡名，屬益州。『廣漢殯朽』事出《後漢書·陳寵傳》：寵爲廣漢太守，『先是雒縣城南，每陰雨，常有哭聲聞於府中，積數十年。寵聞而疑其故，使吏案行，還言：世衰亂時，此下多死亡者，而骸骨不得葬，儻在於是？寵愴然矜歎，即勑縣盡收斂葬之。自是哭聲遂絶。』」

〔三〕「近衮製」二句：浚壍，深塹。浚，深。《詩·小雅·小弁》：「莫高匪山，莫浚匪泉。」毛傳：「浚，深也。」《校注》：「衮製：廣築。兹營：即新亭壘。壍：壕溝。」

〔四〕古墟曩隧：《廣韻》卷四：「隧，埏隧，墓道也。」《校注》：「墟、隧：指坟墓。墟，大丘。隧，地道。」

〔五〕「深松」句：深松茂草，《南齊書》卷三十三《王僧虔傳》：「鬼唯知愛深松茂柏，寧知子弟毁譽事？因汝有感，故略敘胸懷矣。」《校注》：「刊薙：割除。」

〔六〕「憑壙」二句：《廣韻》卷四：「壙，墓穴。」鮑照《松柏篇》：「祖葬既云及，壙隧亦已開。室族内外哭，親疏同共哀。」隍，護城壕。《楚辭》王逸《七諫·謬諫》：「悲太山之爲隍兮，孰江河之可涸。」自注：「隍，城下池也。」《校注》：「隍：城廓外的壕塹。《管子·度地》：『城外爲之郭，郭外爲之地閬。』注：『土閬爲隍。』」

〔七〕改葬奠祀：《太平御覽》卷四十一引《神異經》：「餘姚人虞洪入山採茗，遇一道士，牽三青羊，引洪至天台瀑泉，曰：『吾丹丘子也，聞子善具飲，常思見惠。山中有大茗，可以相給。祈子他日有甌犧之餘，不相遺也。』因立奠祀，後常與家人往山，獲大茗焉。」

〔八〕主局：部門的主管官吏。《宋書》卷八十三《黄回傳》：「近軍次郢鎮，劫逼府主，兼挾私計，多所徵索。主局咨疑，便加捶楚，專肆暴慢，罔顧彝則。」

蕭驃騎謝被侍中慰勞表

【題解】

此文張本、梁本題作《爲蕭驃騎謝慰勞表》。

此表吴譜、曹道衡《年代考》、俞譜皆以爲作於昇明元年末，《年代考》云：「此表言：『即日侍中秘書監臣戢至，奉宣詔旨慰勞。』考《南齊書》卷三十二《何戢傳》，宋末時何戢任侍中秘書監，而此表又説：『晦魂已掩，氛豎未懸。』當是蕭道成在新亭軍中，沈攸之未平時事，所以應作於昇明元年末。」福林按：此表云：「即日侍中秘書監臣戢至，奉宣詔旨慰勞，便受國中帷，練甲外壘。」「戢」，指何戢，時爲侍中、秘書監，見《南齊書》何戢本傳。何戢爲蕭道成所親任，故此次道成頓兵郊外，朝廷乃使其勞軍。「練甲外壘」，即指蕭道成頓兵新亭築壘事。是此文應作於蕭道成出頓新亭後。文又云：「旍麾蔽景，輿徒競氣。人懷秋嚴，士蓄霜斷。晦魂已掩，氛豎未懸。稽鉞竚威，寢興震慨。」則其時沈攸之尚未平定。考蕭道成昇明元年閏十二月二十三日始離京都出頓新亭，則何戢奉旨勞軍約在昇明二年正月初，即此表乃昇明二年正月（四七八）所作。

臣某言：即日侍中秘書監臣戢至〔一〕，奉宣詔旨慰勞，便受國中帷①，練甲外壘〔二〕，旍麾蔽景②，輿徒競氣〔三〕。人懷秋嚴，士蓄霜斷〔四〕。晦魂已掩，氛豎未懸③〔五〕。稽鉞竚威，寢興震慨〔六〕。今王人臨郊，皇華降庭〔七〕。煇燿望實〔八〕，將激威武。戴鷃之夫，迎光蹀恩〔九〕；投石之師，攀炤竦惠〔一〇〕。楚纊越醪，方兹慚潤〔一一〕。臣忝屬閫私，彌抱渥洽〔一二〕，不任下情。

【校記】

①「國」張本、梁本作「轂」。

②「麾」張本、梁本作「旄」。

③「氛」元鈔本作「氣」。

【箋注】

〔一〕秘書監臣戢：《宋書》卷四十《百官志下》：「秘書監，一人。秘書丞，一人。秘書郎，四人。漢桓帝延熹二年，置秘書監。皇甫規與張奂書云『從兄秘書它何動静』是也。應劭《漢官》曰：『秘書監一人，六百石。』後省。魏武帝爲魏王，置秘書令、秘書丞。秘書典尚書奏事。文帝黄初初，置中書令，典尚書奏事，而秘書改令爲監。後欲以何楨爲秘書丞，而秘書先自有丞，乃以禎爲秘書右丞。後省。掌藝文圖籍。《周官》外史掌四方之志、三皇五帝之書，即其任也。」秘書監，官第三品。戢，即何戢，時爲秘書監，其事見《南齊書》卷三十二《何戢傳》。

〔二〕「便受」二句：《校注》：「受國中帷：接受國禮於軍營之中。練甲：操練士兵。此指檢閲軍隊。壘：軍壘。」

〔三〕「旍麾」二句：旍麾，即「旌麾」，帥旗。《漢書》卷一上《高帝紀上》：「夏四月，諸侯罷戲下，各就國。」顔師古注：「戲謂軍之旌麾也，音許宜反，亦讀曰麾。先是，諸侯從項羽入關者，各

帥其軍，聽命於羽，今既受封爵，各使就國，故總言罷戲下也。一説云時從項羽在戲水之上，故言罷戲下，此説非也。項羽見高祖於鴻門，已過戲矣。又入秦燒秦宫室，不復在戲也。」《三國志》卷九《魏志·夏侯淵傳》：「大破遂軍，得其旌麾。」輿徒，車馬徒衆。《文選》卷三張衡《東京賦》：「馬足未極，輿徒不勞。」李善注：「韋昭《漢書》注曰：『輿，車士也。』」《晉書》卷五十一《摯虞傳》：「陶化以正，取亂以奇，耀武六旬，輿徒不疲。」《校注》：「旍：同『旌』，旗的一種。蔽景：遮日。輿徒：士卒。競氣：以氣争勝。謂士氣高漲。」

〔四〕「人懷」二句：霜斷，《宋書》卷七十八《蕭思話傳》：「伏承司徒英圖電發，殿下神武霜斷，臧質忠義并到，不謀同時，仗順沿流，席卷江甸，前驅風邁，已應在近。」《校注》：「秋嚴、霜斷：形容嚴懲敵人的决心。秋氣肅殺嚴厲，故稱『秋嚴』。嚴懲不貸，如霜摧百草，故謂『霜斷』。」

〔五〕「晦魂」二句：《校注》：「晦魂、氛豎：喻陰險凶惡的小人，指沈攸之。已掩：已經藏匿。《左傳·文公十八年》：『掩賊爲藏。』注：『掩，匿也。』未懸：謂未被擒獲斬首。懸，懸首。」

〔六〕「稽鉞」二句：寢興，睡和起。《文選》卷二十三潘岳《悼亡詩三首》之二：「寢興目存形，遺音猶在耳。」劉良注：「寢，卧。興，起也。言卧起之間，自想亡者如存也。」《文選》卷二十六顔延之《直東宫答鄭尚書》：「跂予旅東館，徒歌屬南墉。寢興鬱無已，起觀辰漢中。」《校注》：「稽鉞：古代兵器，常用作官員出行時的儀仗。稽，通『棨』，有繒衣的戟。鉞，形制如

斧的兵器。竚：通『貯』，積儲。寢興：猶言起卧之間。震慨：充滿憤慨。」

〔七〕「今王人」二句：王人，周王室之小官。《左傳·莊公六年》：「春正月，王人子突救衛。」杜預注：「王人，王之微官也。雖官卑，而見授以大事，故稱人而又稱字。」王人銜王命，後因以指天子使臣。《後漢書》卷七十五《袁術傳》：「元惡既斃，幼主東顧，乃使王人奉命，宣明朝恩。」《詩·小雅·皇皇者華》序：「皇皇者華，君遣使臣也。送之以禮樂，言遠而有光華也。」鄭玄箋：「言臣出使能揚君之美，延其譽於四方，則爲不辱命也。」後以皇華代指使臣。

〔八〕煇燿望實：《藝文類聚》卷八引曹丕《濟川賦》：「美玉昭晰以曜煇，明珠灼灼而流光。」煇，光，光輝。《詩·小雅·庭燎》：「夜如何其？夜鄉晨，庭燎有煇。」毛傳：「煇，光也。」望實，陶淵明《晉故征西大將軍長史孟府君傳》：「時亮崇修學校，高選儒官，以君望實，故應尚德之舉。」《文選》卷四十六任昉《王文憲集序》：「國學初興，華夷慕義，經師人表，允兹望實。」劉良注：「華夷，謂華夏、四夷，慕國家道義，經典之師，爲人表法，允兹其才望美實也。」

〔九〕「戴鶡」二句：《文選》卷三張衡《東京賦》：「髶髦被繡，虎夫戴鶡。」李善注：「鶡，鷙鳥也，鬥至死乃止。今武士戴之，取猛也。司馬彪《續漢書》曰：『虎賁、武騎皆鶡冠。』」《校注》：「戴鶡之夫：即武士。漢代武士戴鶡羽爲飾之冠，稱鶡冠。迎光蹀恩：即『蹀迎恩光』。蹀，小步走路，用以示恭敬。」

〔一〇〕「投石」二句：《校注》：「投石之師：指軍隊。投石，古代練武項目之一。《漢書·甘延壽

傳》：『投石拔距，絶於等倫。』注：『應劭曰：投石，以石投人也。』攀焒竦惠：即『竦攀惠焒』。竦，蹺足仰首。惠昭，即『恩光』。」

〔二〕「楚纊」二句：楚纊，楚地的絲綿。《左傳·宣公十二年》：「申公巫臣曰：『師人多寒。』王巡三軍，拊而勉之，三軍之士皆如挾纊。」後因以「楚纊」指帝王的賜與，有被德感恩之意。謝莊《謝賜貂裘表》：「臣聞嚬笑不妄，韓裳勿假；續有昭庸，楚纊爰逮。」越醪，《藝文類聚》卷五十九引《列女傳》：「子不聞越王句踐之伐吴耶？客有獻醇酒一器者，王使人注上流，使士卒飲下流，味不加喙，而卒戰自五也。」《校注》：「方：比。兹：指皇帝遣使慰勞。潤：指恩惠。」

〔三〕「臣忝」二句：渥洽，深厚的恩澤。《文選》卷三十三宋玉《九辯》：「願銜枚而無言兮，常被君之渥洽。」張銑注：「我亦欲不言而自棄，爲昔者嘗受君之厚澤，故復不能已。銜枚，所以止言者也。渥，厚也。洽，澤也。」《校注》：「閫私：閫外之身。指領兵將帥。彌抱：滿懷。」

【集説】

清許槤《六朝文絜箋注》卷五：用筆深刻，布采陸離。或謂其琢削過甚，少灝達之風。然此乃作者結構苦心，非好爲艱深也。

蕭驃騎慶平賊表

【題解】

此文張本、梁本題作《爲蕭驃騎慶平賊表》。

曹道衡《年代考》：「《宋書·順帝紀》、《沈攸之傳》及《南齊書·高帝紀》，沈攸之兵敗被殺在昇明二年正月，此表即作於當時。」所説是也。按《宋書·順帝紀》載昇明二年正月「丁卯，沈攸之自郢城奔散。己巳，華容縣民斬送之」。是月己酉朔，丁卯爲月之十九日，己巳月之二十一日。此表云：「狂賊沈攸之，棄天犯紀，毁禮滅緯。外陵南畿，内奰西夏。讋讋涵氣，咸百讎憤。」又云：「仰綴宗稷之靈，俯輯士民之效。故嚴敕裁交，妖鋒折首；凱期既届，樂飲在晨。」乃沈攸之亂平後作。又《宋書·順帝紀》載昇明二年正月丙子，「解嚴。……是日，録公齊王旋鎮東府」，蓋因朝廷得沈攸之死訊而解嚴，蕭道成亦得以離新亭而還鎮東府，掌握朝政。即此文之作乃在昇明二年（四七八）正月丙子，爲月之二十八日。故表文又有「凱期既届，樂飲在晨」之語也。

臣某言：狂賊沈攸之，棄天犯紀，毁禮滅緯〔一〕，外陵南畿，内奰西夏①〔二〕。讋讋涵氣②，咸百讎憤〔三〕。賴皇威遐制，璿圖廣馭〔四〕；四海競順，其會如林〔五〕。仰

綴宗稷之靈，俯輯士民之效〔六〕。故嚴敕裁交③，妖鋒折首〔七〕；凱期既届④，樂飲在晨⑤〔八〕。斯乃紫曆方永，蒼氓同慶〔九〕。臣備符寵私，時深抃舞〔一〇〕，不任踴躍之情〔一一〕。

【校記】

①「㚇」原作「壘」，今據《彙注》本、張本、梁本改。

②「讋讋」《彙注》本、張本、梁本作「稟血」。

③「敕」原作「效」，今據《彙注》本、張本、梁本改。

④「届」原作「孱」，今據張本、梁本改。

⑤「樂飲」《彙注》本作「飲至」。

【箋注】

〔一〕「棄天」二句：《校注》：「天、紀：朝廷的綱紀。禮、緯：謂禮法。」

〔二〕「外陵」二句：《校注》：「陵：侵犯，此指作亂。㚇：充滿怒氣。《詩·大雅·蕩》：『内於中國。』傳：『㚇，怒也。』南畿、西夏：皆指荆州。」

〔三〕「讋讋」二句：讋讋涵氣，形容驚懼之狀。讋，懼。《文選》卷一班固《東都賦》：「自孝武之所不征，孝宣之所未臣，莫不陸讋水慄，奔走而來賓。」吕延濟注：「自孝武、孝宣帝以來，不

能征討臣服者，皆恐懼而來賓服。」《洪武正韻》卷十六：「讋，質涉切。失氣而言。又，懼也。」按讋讋，《彙注》本作「稟血」，云：「言稟血氣者，咸皆百倍雠憤也。」《校注》云：「稟血涵氣：謂凡有血氣之人。雠：同『仇』。」亦録以備考。

〔四〕「賴皇威」二句：《校注》：「皇威、璿圖：皆指帝王的威勢和謀略。」

〔五〕「四海」二句：《校注》：「順：謂服從王命。其會如林：《詩·大雅·大明》：『殷商之旅，其會如林。』此謂四方兵衆會合討伐沈攸之。」

〔六〕「仰綴」二句：宗稷，宗廟社稷。《宋書》卷八十四《袁顗傳》：「王室不造，昏凶肆虐，神鼎將淪，宗稷幾泯，幸天未亡宋，乾曆有歸。」《文選》卷五十八《褚淵碑文》：「鳴控弦於宗稷，流鋒鏃於象魏。」吕延濟注：「宗稷，謂宗廟社稷也。」《校注》：「綴：連接。輯：聚集。」

〔七〕「故嚴敕」二句：《校注》：「嚴敕：皇帝的嚴命。裁：通『才』。妖鋒：猶賊首。指沈攸之。」

〔八〕「凱期」二句：樂飲，《詩·小雅·魚藻》：「魚在在藻，有頒其首。王在在鎬，豈樂飲酒。」朱熹集傳：「此天子燕諸侯而諸侯美天子之詩也。言魚何在乎？在乎藻也，則有頒其首矣。王何在乎？在乎鎬京也，則豈樂飲酒矣。」《通鑑》卷十三漢高祖十二年：「陳平用其計，乃以五百金爲絳侯壽，厚具樂飲。」胡三省注：「師古曰：『厚爲其具而與太尉樂飲。樂，音洛。』」在晨，《宋書》卷六十七《謝靈運傳》：「惟授首之在晨，當盛暑而選徒。肅嚴威以振

饗，漸温澤而沾腴。」《校注》：「凱期：凱旋之時。屆：至。」按二句謂既至凱旋之時，故天子乃宴諸大臣而與之樂飲也。

〔九〕「斯乃」二句：《校注》：「紫曆：朝廷的歷數、命運。蒼氓：百姓。」

〔一〇〕「臣備符」二句：寵私，《晉書》卷七十三《庾亮傳論》：「外戚之家，連輝椒掖；舅氏之族，同氣蘭闈。靡不憑藉寵私，階緣險謁。」抃舞，拍手而舞。極言歡樂。《列子·湯問》：「娥還，復爲曼聲長歌，一里老幼，喜躍抃舞，弗能自禁。」《宋書》卷二十九《符瑞志下》：「臣以寡立，承之槐鉉，沐浴芳津，預睹冥慶，不勝抃舞之情。」《校注》：「符：指授予將軍的符信。沈攸之敗死未久，詔命蕭道成都督南徐等十六州諸軍事，備符即謂此。寵私：謂受恩寵。抃舞：歡欣鼓舞。抃，鼓掌，是一種表示歡欣的動作。」

〔一一〕不任踴躍之情：《文選》卷四十二吴季重《答東阿王書》：「耳嘈嘈於無聞，情踴躍於鞍馬。」鮑照《還都道中三首》之一：「悦懌遂還心，踊躍貪至勤。」

蕭驃騎解嚴輸黄鉞表

【題解】

此文張本、梁本題作《爲蕭驃騎解嚴輸黄鉞表》。

解嚴，解除非常的戒備措施。《三國志》卷二十三《魏志·趙儼傳》：「儼曰：『……今羽已孤

迸，更宜存之以爲權害。若深入追北，權則改虞於彼，將生患於我矣。王必以此爲深慮。』仁乃解嚴。」黄鉞，天子所用的以黄金爲飾之鉞，後世爲帝王之儀仗，有時遣大臣出征，亦假以黄鉞以示威重。《尚書・牧誓》：「王左杖黄鉞，右秉白旄以麾。」傳：「以黄金飾斧。左手杖鉞，示無事於誅；右手把旄，示有事於教。」《三國志》卷九《魏志・曹休傳》：「帝征孫權，以休爲征東大將軍，假黄鉞，督張遼等及諸州郡二十餘軍，擊權大將吕範等於洞浦，破之。」鉞，青銅所製之古兵器，形似斧而較大。盛行於殷周時。《尚書・顧命》：「一人冕，執鉞，立於西堂。」《校注》：「輸：送還。」

吴譜以爲此表乃昇明二年正月所作，其云：「《解嚴輸黄鉞表》云『郢氛已廓，樂瑁登肆，禮衣曳朝，不宜復加殊服』云云，蓋亦指攸之事也。驃騎公以元年閏十二月詔假黄鉞，出頓新亭，以拒攸之，至今歲正月而事平，故上表解嚴輸黄鉞。」今考因沈攸之事平而解嚴雖在昇明二年正月丙子，爲月之二十八日，見《宋書・順帝紀》；而表送黄鉞事，《南齊書・高帝紀》則明記在二月，吴譜未見《南齊書》所載，非是。曹道衡《年代考》云：「《南齊書・高帝紀》，昇明二年二月，蕭道成曾『表送黄鉞』，此文即『送黄鉞』之辭。」所説是也。即此表之作乃在昇明二年（四七八）二月。

臣某言：逆沴雹熾，凶妖霧舒〔一〕。志夫禋天①，情已類社〔二〕。故乃馳羽江郊，驚燧山甸〔三〕。雖藏智審其黥戮②，涵識判其奔沮〔四〕，然兵扈難輕〔五〕，義險宜

備。故膺寵無辭〔六〕，奉鉞不謙③。今元凶既殪〔七〕，醜徒自紊。祲霾方卷④，郢氛已廓〔八〕。樂瑄登肆〔九〕，禮衣曳朝。不宜復假殊服，取缺彝則〔一〇〕。輒上還王府，永戢秘館〔一一〕。

【校記】

①「夫」張本、梁本作「大」。

②「黥戮」原作「點戮」，今據《彙注》本、張本、梁本改。

③「謙」汪本、張本、梁本作「讓」。

④「祲霾」張本、梁本作「朝霾」。

【箋注】

〔一〕「逆沴」二句：《校注》：「逆沴、凶妖：即『凶逆妖沴』，指沈攸之。妖沴，猶言妖孽。電熾：熾烈如電。言其來勢迅疾凶猛。舒：布，擴張。」

〔二〕「志夫」二句：禋，祭名。升煙祭天以求福。《詩·大雅·生民》：「厥初生民，時維姜嫄。生民如何？克禋克祀，以弗無子。」鄭玄箋：「乃禋祀上帝於郊禖，以祓除其無子之疾而得其福也。」孔穎達疏：「經傳之中，亦非祭天而稱禋祀者，諸儒遂以禋爲祭之通名。」類社，祭祀社稷宗廟。《周禮·春官·小宗伯》：「凡天地之大烖，類社稷宗廟，則爲位。」《後漢書》卷

七十四《袁紹劉表傳論》：「闚圖訊鼎，禋天類社。」李賢注：「《爾雅》曰：『是類是禡，師祭也。社者陰類，將興師，故祭之。』」

〔三〕「故乃」二句：江郊，臨江的郊野。鮑照《送别王宣城》：「廣望周千里，江郊藹微明。舉爵自惆悵，歌管爲誰清。」山甸，猶山田，山野。《校注》：「羽：羽檄。鶩：馳。燧：報警烽火。」

〔四〕「雖藏」二句：《校注》：「藏智、涵識：謂有識之士。黥戮：刑戮。黥，五刑之一。奔沮：逃亡潰散。」

〔五〕兵扈難輕：《校注》：「兵扈：隨從之兵衆。」

〔六〕膺寵無辭：《校注》：「辭：辭讓。」

〔七〕元凶既殪：《彙注》：「元凶，凶首也，指沈攸之。殪，殺也。」

〔八〕「祲霾」二句：《校注》：「祲霾、郢氛：皆喻沈攸之作亂於郢城事。祲霾，不祥之氣。卷：收斂。廓：廓清。」

〔九〕樂瑄登肆：《校注》：「瑄：樂器名，即玉管，形如笛，六孔。肆：樂隊行列。」

〔一〇〕「不宜」二句：彝則，經常的制度，準則。《宋書》卷十七《禮志四》：「今昭皇太后正位母儀，尊號允著，祔廟之禮，宜備彝則。」《校注》：「殊服：指黃鉞。服，服用的器物。彝則：常法。假黃鉞得專殺，非人臣常器，故云。」

〔一二〕永戢秘館：《校注》：「戢：收藏。秘館：指皇帝宫中藏物之所。」

蕭驃騎讓太尉增封第二表

【題解】

此文原題作《蕭驃騎讓太尉增封第三表》，今據張本、梁本改。按張本、梁本題作《爲蕭驃騎讓太尉增封第二表》。張本、梁本題下注：「一作『第三表』，此與下篇敘次照西銘定本。」按下篇即張本、梁本所題之《爲蕭驃騎讓太尉增封第三表》。

《宋書》卷三十九《百官志上》：「太尉，一人。自上安下曰尉。掌兵事，郊祀掌亞獻，大喪則告謚南郊。堯時舜爲太尉官，漢因之。武帝建元二年省。光武建武二十七年，罷大司馬，置太尉以代之。靈帝末，以劉虞爲大司馬，而太尉如故。」《宋書》卷四十《百官志下》：太尉，官第一品。《南齊書》卷一《高帝紀上》載昇明二年「二月癸未，進太祖太尉，增封三千户。都督南徐南兗徐兗青冀司豫荆雍湘郢梁益廣越十六州諸軍事」，表題所謂「增封」者，乃因蕭道成於昇明元年八月封竟陵郡公時原封五千户，時因平沈攸之之亂而新立功勳，故又增封三千户也。是此表乃代蕭道成讓太尉及增封三千户而作。《校注》云：「《南齊書·高帝紀》，昇明二年（四七八）二月癸未，進蕭道成太尉、都督南徐等十六州諸軍事，蕭道成解驃騎，辭都督，不許，乃表送黄鉞。本表及下《第三表》、《解嚴輸黄鉞表》當都作於此時。」所說是也。考之《宋書》卷十《順帝紀》，亦云昇

明二年二月「癸未，録公齊王加授太尉」。是年二月己卯朔，癸未爲月之初五日。

臣某言：以鉉司崇貴，衮位淵嚴〔一〕。非德非功，無忝無濫①〔二〕。故誓魂肆請，舒衷仰謁〔三〕。不能曲流兹炤②〔四〕，遂乃徒洽恩獎〔五〕。周覽未交，靈爽以懼〔六〕。中謝③。

臣歷古沿圖，循遠訪繪〔七〕，未嘗不麗選台衡④，妙簡槐采者也〔八〕。魯、鄭之賢戚〔九〕，曹、蕭之勳彦〔一〇〕，吴、鄧之盛功⑤〔一一〕，王、鍾之素業〔一二〕，孔明之居蜀，茂弘之在晉〔一三〕，皆僉曰伊人⑥，是以處無懦色〔一四〕。臣官逢昌世，運漸時明〔一五〕。頻煩紫渥，綢繆璿命〔一六〕。身薄施厚，感厲愈深〔一七〕。遂負機繩之託⑦，猥集衡梁之任〔一八〕。風軌不樹，徽猷罕宣〔一九〕。無以式翦寇兆，載弭姦義⑧〔二〇〕。致虹沴阻於上京〔二一〕，蜺妖扇於下國〔二二〕。實賴藩伯鞠旅〔二三〕，侯甸入守〔二四〕，攙槍旬始〔二五〕，煙祛霧卷。故皇道威稜之由〔二六〕，神緯昭昌之效，臣豈有探夐察幽之智，攻城野戰之力哉〔二七〕？今迹無小功，事貽大賞。愧寤終朝〔二八〕，慚夢流夜。咨此庸弱，何以任忝〔二九〕？

伏惟淮泗猶梗，趙魏未賓〔三〇〕；中原久蕪⑨，神州方翳〔三一〕。思樂盛猷，顧厲聲頌〔三二〕。將陪雲驂以北守⑩，扈朝服以濟師〔三三〕。乃爲少雪庸誠，微謝天眷耳〔三四〕。寧

容遽竊茂爵，輕頒鴻名者乎〔三五〕！伏願聖渥遐覃，賜以矜宥〔三六〕。霈焉垂仁，穆然惠德〔三七〕。血祈旦亮，慊志夕滿〔三八〕。雖蹈疵戾⑪，猶深抃躍⑫〔三九〕。

【校記】

①「濫」張本、梁本作「溢」。

②「茲」張本、梁本作「慈」。

③「中謝」張本無此二字。

④「衡」字原缺，今據《彙注》本補。按「台衡」元鈔本作「□台」，張本、梁本作「衮台」。

⑤「功」元鈔本作一字空格。

⑥「皆僉曰」《彙注》本、張本、梁本無「皆」字。

⑦「負」原作「員」，今據《彙注》本、張本、梁本改。

⑧「義」張本、梁本作「萌」。

⑨「中原」原作「中源」，今據元鈔本、《彙注》本、張本、梁本改。

⑩「守」張本、梁本作「狩」。

⑪「疵戾」原作「庇戾」，今據《彙注》本、張本、梁本改。

⑫「抃」《彙注》本作「忭」。

【箋注】

〔一〕「以鉉司」二句：袞位淵嚴，謂三公的選授任命極爲嚴格。淵嚴，猶深嚴。《校注》：「鉉司：指三公之位。鉉，鼎耳。袞位：亦指三公。袞是古代三公穿的禮服，後也因稱三公爲袞。」

〔二〕無忝無濫：無忝，不玷辱，不羞愧。《書·君牙》：「今命爾予翼，作股肱心膂。纘乃舊服，無忝祖考。弘敷五典，式和民則。」孔傳：「繼汝先祖，故所服忠勤，無辱累祖考之道。」《漢書》卷七十三《韋玄成傳》：「於戲後人，惟肅惟栗。無忝顯祖，以蕃漢室。」

〔三〕「故誓魂」二句：《校注》：「肆請：大膽請求。謁：稟告。」

〔四〕曲流兹炤：兹炤，即「慈炤」，同慈照。兹，通「慈」。雲夢秦簡《爲吏之道》：「兹下勿陵，敬上勿犯。」「爲人父則兹，爲人子則孝；能審行此，無官不治，無志不徹，爲人上則明，爲人下則聖。」張本、梁本改兹爲「慈」，失其本貌。慈照，天慈照察之省。《宋書》卷四十一《后妃·孝武文穆王皇后傳》：「伏願天慈照察，特賜蠲停，使燕雀微羣，得保叢蔚，蠢物含生，自己彌篤。」

〔五〕徒洽恩獎：《宋書》卷四十二《王弘傳》：「案世子左衛率康樂縣公謝靈運過蒙恩獎，頻叨榮授。」按以上二句《校注》云：「曲流：曲折流布。意謂全部接受。慈炤：慈愛和恩光。洽：沾潤。恩獎：恩惠和獎飾。與『慈炤』皆指受封事。」

〔六〕「周覽」二句：周覽，遍覽。《文選》卷十九宋玉《登徒子好色賦》：「臣少曾遠遊，周覽九土，足歷五都。」《史記》卷一百一十七《司馬相如列傳》：「於是乎周覽泛觀，瞋盼軋沕，芒芒怳忽，視之無端，察之無崖。」未交，未遍。靈爽，指魂魄。《宋書》卷四十八《毛脩之傳》：「然後就死之日，即化如歸，闔門靈爽，豈不謝先帝於玄宮。」《校注》：「二句謂未讀畢詔書，即産生驚懼之心。」

〔七〕循遠訪繪：《校注》：「繪：即圖。周初統治者把歷史上的治亂事蹟繪圖張掛於明堂之上，以觀成敗得失。此指古代政事。」

〔八〕「未嘗」二句：麗選，意同下句之妙簡，謂精選。《後漢書》卷七十九《儒林傳序》：「時樊準、徐防并陳敦學之宜，又言儒職多非其人，於是制詔公卿，妙簡其選。」《文選》卷五十七潘岳《夏侯常侍誄》：「設官建輔，妙簡邦良。用取喉舌，相爾南陽。」李周翰注：「簡選良善也。」台衡，喻宰輔大臣。台，三台星。衡，玉衡，北斗杓三星。皆位於紫微宫帝座前。陸機《贈弟士龍》詩之一：「奕世台衡，扶帝紫極。」《校注》：「台衡：宰輔之臣。台，三台。衡，宰衡。簡：選擇。槐采：即三公之官。周代三公朝見天子時，面向宫廷外的三棵槐樹前站立。《周禮・秋官・朝士》：『面三槐，三公位焉。』後因以三槐稱三公。」

〔九〕魯鄭之賢戚：賢戚，《南齊書》卷七《東昏侯紀》：「高宗留心正嫡，立嫡惟長，輔以羣才，間以賢戚，内外維持，冀免多難，未及期稔，便逞屠戮。」《校注》：「魯、鄭：指周公、鄭桓公。

周公爲周武王弟，伐紂有功，封爲魯公，後留京輔佐成王，功業顯著。鄭桓公爲周厲王少子，封於鄭，幽王時封司徒，有善政。」

〔一〇〕曹蕭之勳彦：《校注》：「曹、蕭：即曹參、蕭何。蕭、曹二人皆漢高祖功臣，曾先後爲相國。」

〔一一〕吴鄧之盛功：《校注》：「吴、鄧：即吴漢、鄧禹。二人皆漢光武帝功臣，吴漢封大司馬，鄧禹封大司徒。」

〔一二〕王鍾之素業：素業，清白的操守。《三國志》卷二十七《魏志·徐邈胡質等傳論》：「徐邈清尚弘通，胡質素業貞粹，王昶開濟識度，王基學行堅白，皆掌統方任，垂稱著績。可謂國之良臣，時之彦士矣。」《晉書》卷七十七《陸曄傳附陸納傳》：「汝不能光益父叔，乃復穢我素業耶！」《校注》：「王、鍾：即王朗、鍾繇。三國曹魏時名臣，王朗曾任司徒，鍾繇爲太尉。」

〔一三〕「孔明」二句：《校注》：「孔明：諸葛亮字孔明，爲蜀丞相。茂弘：王導字茂弘，爲東晉名相。」

〔一四〕「皆僉曰」二句：《詩·秦風·蒹葭》：「蒹葭淒淒，白露未晞。所謂伊人，在水之湄。」陶淵明《桃花源詩》：「黄綺之商山，伊人亦云逝。」《校注》：「僉曰：衆人都説。《尚書·舜典》：『僉曰：伯禹作司空。』伊人：此人。即有條件做三公之人。處：處其位。」

〔一五〕「臣官逢」二句：昌世，太平盛世。《校注》：「漸：浸潤。」

〔一六〕「頻煩」二句：《詩·唐風·綢繆》：「綢繆束薪，三星在天。今夕何夕，見此良人。」毛傳：「綢繆，猶纏綿也。」《文選》卷二十九李陵《與蘇武詩三首》之二：「獨有盈觴酒，與子結綢繆。」李周翰注：「言行人志急於往路，何以相慰，乃樽酒相與結綢繆之密情也。」《校注》：「紫渥：謂皇恩。璿命：皇命。綢繆：纏綿，謂情意殷勤。」

〔一七〕感厲：同「感勵」，猶言感奮激勵。《晉書》卷一百十三《苻堅載記上》：「堅揮劍捶馬，志氣感厲，士卒莫不憚服焉。」

〔一八〕「遂負」二句：機繩之託，《彙注》：「言機軸繩墨之托也。」按此二句《校注》云：「機繩、衡梁：皆喻三公要職。機繩，機軸和繩墨。」

〔一九〕風軌：風度規範。《後漢書》卷八十一《獨行傳序》：「雖事非通圓，良其風軌，有足懷者。」《宋書》卷六十二《張敷傳》：「司徒故左長史張敷，貞心簡立，幼樹風規，居哀毀滅，孝道淳至。」徽猷，美善之道。猷，道，指修養等。《詩·小雅·角弓》：「君子有徽猷，小人與屬。」毛傳：「徽，美也。」鄭玄箋：「猷，道也。君子有美道以得聲譽，則小人亦樂與之而自連屬焉。」

〔二〇〕「無以」二句：《校注》：「寇兆、姦義：謂奸賊發難前的跡象和意圖。弭：消滅。」

〔二一〕虹沴阻於上京：上京，京都。《文選》卷十四班固《幽通賦》：「皇十紀而鴻漸兮，有羽儀於上京。」李善注：「有羽翼於京師也。」《文選》卷四十二曹植《與楊德祖書》：「德璉發跡於此

魏，足下高視於上京。」吕延濟注：「高視上京，謂帝都也。」

〔二二〕蜺妖扇於下國：　蜺妖，東漢楊賜《蜺妖對奏》：「今殿前之氣，應爲虹蜺，皆妖邪所生，不正之象，詩人所謂蝃蝀者也。」按蜺妖，同霓妖。　下國，《詩·魯頌·閟宮》：「是生后稷，降之百福。黍稷重穋，稙稺菽麥。奄有下國，俾民稼穡。」《文選》卷十一王文考《魯靈光殿賦》：「初恭王始都下國，好治宫室。」張載注：「然以天子爲上國，故諸侯爲下國。」按以上二句《校注》云：「虹沴、蜺妖：　謂妖孽小人。古代占候家認爲陰陽不和而生虹霓，象徵小人得志。沴妖，猶言妖孽。　上京：　指京都建康。　下國：　指荆州。昇明元年袁粲、劉秉據石頭反，沈攸之稱兵江陵，故有此説。」

〔二三〕藩伯鞠旅：　鞠旅，猶誓師。《詩·小雅·采芑》：「鉦人伐鼓，陳師鞠旅。」毛傳：「鞠，告也。」鄭玄箋：「二千五百人爲師，五百人爲旅。此言將戰之日，陳列其師旅，誓告之也。」《後漢書》卷七十一《皇甫嵩朱儁傳論》：「值弱主蒙塵，獷賊放命，斯誠葉公投袂之幾，翟義鞠旅之日。」

〔二四〕侯甸入守：　侯甸，侯服和甸服。《書·伊訓》：「伊尹祠於先王，奉嗣王祗見厥祖，侯甸羣后咸在。」《周禮·夏官·職方氏》：「乃辨九服之邦國，方千里曰王畿，其外方五百里曰侯服，又其外方五百里曰甸服，又其外方五百里曰男服，又其外方五百里曰采服，又其外方五百里曰衛服，又其外方五百里曰蠻服，又其外方五百里曰夷服，又其外方五百里曰鎮服，又其外

方五百里曰藩服。」按以上二句《校注》云：「藩伯：謂州伯諸侯。鞠旅：謂立誓出兵。侯甸：侯服甸服，泛指京畿以外地方。」

〔二五〕欃槍旬始：《文選》卷三《東京賦》：「欃槍旬始，羣凶靡餘。」薛綜注：「欃槍，星名也。謂王莽在位，如妖氣之在天，世祖除之，凶惡無餘。《爾雅》曰『彗星爲欃槍』也。旬始，妖氣也。《史記》曰：『旬始，狀如雄雞也。』靡，無也。今言世祖除凶賊無有遺餘也。」《楚辭·遠遊》：「集重陽入帝宮兮，造旬始而觀清都。」王逸章句：「一云：旬始，星名。《春秋考異郵》曰：『太白，名旬始，如雄雞也。』」洪興祖補注：「李奇曰：『旬始，氣如雄雞，見北斗旁。』」《校注》：「欃槍：彗星爲欃槍，含除舊更新之義。旬始：星名，出於北斗星旁。古皆以爲妖孽的象徵。」

〔二六〕威稜，威力，威勢。《漢書》卷五十四《李廣傳》：「是以名聲暴於夷貉，威稜憺乎鄰國。」顏師古注：「李奇曰：『神靈之威曰稜。』」《後漢書》卷八十下《文苑下·邊讓傳》：「惠風春施，神武電斷，華夏肅清，五服攸亂。」李賢注：「謂靈王承先世仁惠之風，如春普施。神武威稜，如電雷之斷決也。」

〔二七〕「臣豈有」二句：察幽，謂洞察幽情。攻城野戰，《史記》卷八十一《廉頗藺相如列傳》：「廉頗曰：『我爲趙將，有攻城野戰之大功，而藺相如徒以口舌爲勞，而位居我上。』」《校注》：「复：遠。」

《九歎》、《九思》，雖爲騷體，然其詞氣平緩，意不深切，如無所疾痛而强爲呻吟者。」

此篇《彙注》云：「此篇淹黜爲吴興時所賦，以杜蘅喻賢人，以芬芳喻忠義也。」今考此詩云：「沐予冠於極浦，馳予珮兮江陽。弔秋冬之已暮，憂與憂兮不忘。使杜蘅可翦而棄，夫何貴于芬芳。」用屈子賦意，亦與其黜爲建安吴興時所作諸作如《去故鄉賦》：「出汀州而解冠，入潊浦而捐袂。」「江南之杜蘅兮色以陳，願使黄鵠兮報佳人。」《待罪江南思北歸賦》：「至江蘺兮始秀，或杜蘅兮初滋。」《還故國》詩：「漢臣泣長沙，楚客悲辰陽。」《山中楚辭》：「吾將弭節於江夏，見杜若之始大。」以屈子之放逐自比頗相吻合，且詩中所表現出之憂愁壓抑心情亦與其在吴興令任相一致。又考之此詩云：「山欙静兮悲凝涼，澗軒掩兮酒涵霜。曾風激兮緑蘋斷，積石閉兮紫苔傷。」寫山欙、青苔，與其在建安吴興令時所作諸作如《待罪江南思北歸賦》、《青苔賦》、《赤虹賦》、《四時賦》、《雜三言五首》、《山中楚辭》等所寫相一致。以上皆可證《彙注》之説，是此篇乃作於建安吴興。又此詩云「弔秋冬之已暮」，則作於冬日。江淹元徽二年秋末冬初始至吴興，四年七月景素即被殺，則此詩又爲元徽三年（四七五）冬所作。

曹道衡《年代考》以爲此乃泰始三四年間所作，與江淹《就謝主簿宿》爲一時之作。其論《就謝主簿宿》詩作年時云：「『謝主簿』當爲謝超宗。《南齊書·謝超宗傳》載，超宗於泰始三年『遷司徒主簿，丹陽丞』。又云：『建安王休仁引爲司徒記室，正員郎兼御史左丞中郎。』（福林按：「御史」，《南齊書》原文作「尚書」，《年代考》引文有筆誤。）我懷疑謝超宗任主簿的時間不會太久。

因爲『司徒』指建安王休仁，他卒於泰始六年。而謝超宗任司徒主簿以後，又得到休仁提拔，升了一次官。這肯定在泰始六年以前。同時，江淹到建康的時間，只能是泰始三年回到景素幕下以後至泰始五年隨景素去湘州前這一期間。此時景素歷任南兖州刺史、丹陽尹、吴興太守諸職。其中以景素任丹陽尹，謝超宗任丹陽丞時可能性最大。（當然，廣陵、吴興去建康不遠，江淹有時到建康，寓謝超宗家，亦屬可能。）所以本詩當作於泰始三至四年。江淹和謝超宗曾在新安王子鸞幕下共過事，所以『謝主簿』爲謝超宗似無疑問。」今考時陳郡謝氏與會稽謝氏曾任主簿者甚衆，《就謝主簿宿》詩中之「謝主簿」未必即謝超宗。退一步而言，即使《就謝主簿宿》詩之謝主簿爲超宗，而此詩題之「謝主簿」亦必非謝超宗。又且《年代考》以爲此詩之作以「謝超宗任丹陽丞時可能性最大」，即《年代考》以爲江淹作此詩時，謝超宗已由司徒主簿而遷爲丹陽丞。然而，若此詩爲謝超宗任丹陽丞時所作，則詩又不得題爲「謝主簿」，而應題作「謝丞」矣，此又足見《年代考》之誤。謝超宗元徽三年在建康，江淹則在吴興，二人不得有此唱和之作。此謝主簿者，應是另一謝姓主簿也。

山櫺静兮悲凝涼，澗軒掩兮酒涵霜〔一〕。曾風激兮緑蘋斷①〔二〕，積石閉兮紫苔傷〔三〕。芝原寂少色〔四〕，筠庭黯無光〔五〕。沭予冠於極浦〔六〕，馳予珮兮江陽〔七〕。弔秋冬之已暮〔八〕，憂與憂兮不忘。使杜蘅可翦而棄，夫何貴于芬芳〔九〕。

【校記】

①「曾」張本、梁本作「層」。

【箋注】

〔一〕「山櫺」二句：《校注》：「山櫺、澗軒：指澗邊山房。酒涵霜：謂酒涼如涵寒霜。」

〔二〕「曾風」句：曾風，即高風，强勁之風。《楚辭·九歎·遠遊》：「遡高風以低佪兮，覽周流於朔方。」曹植《仙人篇》：「萬里不足步，輕舉淩大虚。飛騰踰景雲，高風吹我軀。」緑蘋，謝靈運《登上戍石鼓山》：「白芷競新苔，緑蘋齊初葉。摘芳芳靡諼，愉樂樂不變。」謝莊《懷園引》：「想緑蘋兮既冒沼，念幽蘭兮已盈園。」《校注》：「蘋：水草，葉有長柄。」

〔三〕「積石」句：《校注》：「積石：重疊堆積的岩石。紫苔：青苔。」

〔四〕芝原寂少色：謝朓《遊後園賦》：「積芳兮選木，幽蘭兮翠竹。上蕪蕪兮陰景，下田田兮被谷。左蕙畹兮彌望，右芝原兮寫目。」《校注》：「芝原：草原。芝，草名。」

〔五〕筠庭黯無光：《校注》：「筠庭：竹院。」

〔六〕沐予冠於極浦：《楚辭·九歌·湘君》：「望涔陽兮極浦，横大江兮揚靈。」王逸章句：「極，遠也；浦，水涯也。」《宋書》卷六十七《謝靈運傳》：「入極浦而邅回，迷不知其所適。」

〔七〕馳予珮兮江陽：《樂府詩集》卷五十《採菱曲》：「《古今樂録》曰：『《採菱曲》和云：「菱歌女，解佩戲江陽。」』」按以上二句《校注》云：「沐：洗滌。引申爲除去。馳：放，解。佩：

佩玉。江陽：江北岸。《楚辭》屈原《九歌·湘君》：『捐余玦兮江中，遺余佩兮澧浦。』注：『言己雖見放逐，常思念君，設欲遠去，猶捐玦佩置於水涯，冀君求己，示有還意。』以上二句用其意。」

〔八〕弔秋冬之已暮：《校注》：「弔：傷痛。秋冬之已暮：謂時已歲暮。」

〔九〕「使杜蘅」二句：《楚辭·離騷》：「余既滋蘭之九畹兮，又樹蕙之百畝，畦留夷與揭車兮，雜杜衡與芳芷。」王逸章句：「杜蘅、芳芷，皆香草名也。」《校注》：「杜蘅：香草名，又名杜若。屈原《九歌·湘君》：『采芳洲兮杜若，將以遺兮下女。』翦：同『剪』。此以杜蘅喻己，謂既已遭棄，雖有忠貞美質也無濟於事。」

劉僕射東山集學騷

【題解】

詩題之「劉僕射」，指劉勔，詩云：「含秋一顧，眇然山中。檀欒循石，便娟來風。木瑟瑟兮氣芬薀，石戔戔兮水成文。」與《劉僕射東山集》所表現之節候同，二詩當爲一時所作，時間乃在泰豫元年（四七二）七月至閏七月之間。《宋書》卷八十六《劉勔傳》云：「勔以世路糾紛，有懷止足。」故《東山集》有「誦飾江皋駕，終從海濱詩」，此詩有「願芙蓉兮未晦，遵江波兮待君」之語也。

吴譜於「泰始五年」云：「先生集中有《劉僕射東山集》與《劉僕射東山集學騷》二首，劉，蓋指劉勔也。……但勔於泰豫元年太宗崩始加尚書右僕射，中領軍如故，至元徽二年，桂陽之役戰歿。而先生於泰始七年隨建平王至荆州；明年隨王在南徐州，爲鎮軍參軍，領東海郡丞，似與緬無遊會之雅。若謂此詩爲今歲所作，則劉其時未官僕射，豈先生後冠之歟？抑是詩泰豫後數年作耶？」殆未細考而致也。又曹道衡《年代考》以爲《劉僕射東山集》及此詩詩題之「劉僕射」指劉秉，云：「《後廢帝紀》則明確記載劉秉爲尚書右僕射是泰豫元年十一月的事。詩稱『蕭蕭雲色滋，惟愛起長思。喬木嘯山曲，征鳥怨水湄』，是初秋景色。應作於元徽元年或二年。」亦非是。

含秋一顧〔一〕，眇然山中〔二〕。檀欒循石①〔三〕，便娟來風〔四〕。木瑟瑟兮氣芬蒀〔五〕，石戔戔兮水成文〔六〕。擿江崖之素草〔七〕，窺海岫之青雲〔八〕。願芙蓉兮未晦〔九〕，遵江波兮待君〔一〇〕。

【校記】

①「石」原作一字空格，今據《彙注》本、張本、梁本補。

【箋注】

〔一〕含秋一顧：一顧，一看。《楚辭》東方朔《七諫・怨思》：「過故鄉而一顧兮，泣歔欷而霑衿。」《後漢書》卷十三《隗囂傳》：「但駑馬鉛刀，不可强扶。數蒙伯樂一顧之價，而蒼蠅之飛，不過數步，即托驥尾，得以絶羣。」

〔二〕眇然山中：《漢書》卷六十四下《王褒傳》：「何必偃卬詘信若彭祖，呴噓呼吸如僑松，眇然絶俗離世哉！」顏師古注：「眇然，高遠之意也。」《後漢書》卷二十八下《馮衍傳下》：「疆理九野，經營五山，眇然有思陵雲之意。」

〔三〕檀欒循石：《藝文類聚》卷六十五引漢枚乘《梁王菟園賦》：「脩竹檀欒，夾池水，旋菟園，并馳道。」《文選》卷三十謝朓《和王著作八公山詩》：「阡眠起雜樹，檀欒蔭修竹。」吕延濟注：「檀欒，竹美貌。」

〔四〕便娟來風：《楚辭·大招》：「豐肉微骨，體便娟只。」王逸章句：「便娟，好貌也。」《楚辭》東方朔《七諫·初放》：「便娟之修竹兮，寄生乎江潭。上葳蕤而防露兮，下泠泠而來風。」

〔五〕「木瑟瑟」句：《文選》卷二十三劉楨《贈從弟三首》之二：「亭亭山上松，瑟瑟谷中風。風聲一何盛，松枝一何勁。」吕向注：「瑟瑟，風聲。」芬蒀，同「蓊蒀」，煙靄氤氲或香氣鬱盛。《文選》卷四左思《蜀都賦》：「鬱蓊蒀以翠微，崛巍巍以峩峩。」張銑注：「蓊蒀，氣貌。」

〔六〕「石戔戔」句：《楚辭·九歌·湘君》：「石瀨兮淺淺，飛龍兮翩翩。」王逸章句：「瀨，湍也。淺淺，流疾貌。」《校注》：「戔戔：亦作『淺淺』，形容水急速流過石上的聲音。」

〔七〕摘江崖之素草：《校注》：「摘：撥開。素草：秋草。」

〔八〕海岫：王融《爲竟陵王與隱士劉虯書》：「葛洪考槃於海岫，穉遠肥遁於鍾幽。」《校注》：

「岫：峰巒。」

〔九〕未晦：《校注》：「晦：暗。謂花枯萎凋殘。」

〔一〇〕遵江波：《校注》：「遵：循着。」

山中楚辭五首

【題解】

此篇原題作《山中楚辭六首》，今據《彙注》本、張本、梁本改。

此五首之五云：「魂兮歸來，異方不可以親。蝮蛇九首，雄虺戴鱗。」又云：「玄狐曳尾，赤象爲梁。至日歸來，無往此異方。」乃用屈子《招魂》「魂兮歸來，南方不可以止些。雕題黑齒，得人肉以祀，以其骨爲醢些。蝮蛇蓁蓁，封狐千里些。雄虺九首，往來倏忽，吞人以益其心些」之意，言江南可畏，不可以久留也。又云：「炎穴一光，骨爛魂傷。」《彙注》：「炎穴，南方也。言南方之炎，能使骨爛魂傷也。」與《待罪江南思北歸賦》之「況北州之賤士，爲炎土之流人」，「願歸靈於上國，雖坎軻而不惜身」，《渡泉嶠出諸山之頂》詩之「南方天炎火，魂兮可歸來」等語用意實同。見此詩亦其在吳興令任時所作，至於究竟爲何年所作，則難以確知。

江淹之黜任吳興，自以爲情同屈子之忠言直諫而被放逐，因屢以屈子自比，故此詩乃以「楚辭」爲題。而吳興多山，其《自序》云：「爰有碧水丹山。」於吳興令時所作諸作如《青苔賦》云：

「余鑿山楹爲室。」《泣賦》云：「默而登高谷，坐景山；倚桐柏，對石泉。」《待罪江南思北歸賦》云：「於是臨虹蜺以築室，鑿山楹以爲柱。」《赤虹賦》序云：「東南嶠外，爰有九石之山。乃紅壁十里，青嶂百仞。」《渡泉嶠出諸山之頂》詩云：「岑崟蔽日月，左右信艱哉。萬壑共馳騖，百谷爭往來。」《遷陽亭》詩云：「瑶澗敻嶄崒，銅山鬱縱横。」《應謝主簿騷體》云：「山櫺静兮悲凝涼，澗軒掩兮酒涵霜。」《雜三言五首》之二《訪道經》云：「空山隱嶙兮窮翠崿，水散漫兮涵素壑。」之三《鏡論語》云：「惟山中兮寂寞，沉憂思兮無從。石紅青兮百疊，山濃淡兮萬重。」《草木頌十五首》序云：「今所鑿處，前峻山以蔽日，後幽晦以多阻。」頌之一《金荆》篇云：「江南之山，連障連天。既抱紫霞，亦漱絳煙。」皆描繪吴興衆山之種種情狀者，故此詩又以「山中」爲題也。可爲詩作於建安吴興之佐證。

青春素景兮〔一〕，白日出之藹藹〔二〕。吾將弭節於江夏〔三〕，見杜若之始大。結琱鱗以成車〔四〕，懸雜羽而爲蓋〔五〕。草色緑而馬聲悲，欹沿袖以流帶①〔六〕。

【校記】

①「袖」原作「油」，今據《彙注》本、張本、梁本改。

【箋注】

〔一〕青春素景：《楚辭·大招》：「青春受謝，白日昭只。」王逸章句：「青，東方春位，其色青也。」《文選》卷二十二謝靈運《遊南亭》：「澤蘭漸被徑，芙蓉始發池。未厭青春好，已觀朱明移。」《拾遺記》卷六：「（漢昭帝）使宮人爲歌，歌曰：『秋素景兮泛洪波，揮纖手兮折芰荷。涼風淒淒揚櫂歌，雲光開曙月低河。萬歲爲樂豈云多。』帝乃大悦。」陸雲《喜霽賦》：「朱光播於甃牖兮，素景衍乎中闈。」《校注》：「青春：春季。素景：草木未盛時的素淡之景。」

〔二〕白日出之藹藹：《文選》卷十六司馬相如《長門賦》：「望中庭之藹藹兮，若季秋之降霜。」李善注：「藹藹，月光微暗之貌。」

〔三〕弭節於江夏：《楚辭·離騷》：「吾令羲和弭節兮，望崦嵫而未迫。」王逸章句：「羲和，日御也。弭，按也，按節徐步也。」《楚辭·九歌·湘君》：「朝騁騖兮江皋，夕弭節兮北渚。」《校注》：「弭節：猶言停車。弭，止。節，策，馬鞭。江夏：長江與漢水的交會處，即今湖北漢口。漢水自沔陽以下兼稱夏水。屈原《九章·哀郢》：『去故鄉而就遠兮，遵江夏以流亡。』此借用其詞，指吴興。」

〔四〕結琱鱗以成車：《校注》：「琱鱗：指車上刻畫成魚鱗形的花紋。琱，同『雕』。」

〔五〕懸雜羽而爲蓋：《校注》：「蓋：車蓋。」

〔六〕欷沿袖以流帶：《校注》：「欷：歎息涕泣。屈原《遠游》：『僕夫懷余心悲兮，邊馬顧而不行。思舊故以想像兮，長太息而掩涕。』以上二句用其意。帶：佩帶。」

予將禮於太一〔一〕，乃雄劍兮玉鉤〔二〕。日華粲於芳閣〔三〕，月金披於翠樓〔四〕。舞燕趙之上色〔五〕，激河淇之名謳〔六〕。薦西海之異品〔七〕，傾東岳之庶羞〔八〕。乘文魚兮錦質①〔九〕，要靈人兮中州〔一〇〕。

【校記】

①「文魚」原作「魚文」，今據《彙注》本、張本、梁本改。

【箋注】

〔一〕禮於太一：《文選》卷十九宋玉《高唐賦》：「醮諸神，禮太一。」劉良注：「諸神，百神也。太一，天神也。天神尊敬，稱禮也。」《史記》卷二十八《封禪書》：「天神貴者太一。」司馬貞索隱引宋均云：「天一、太一，北極神之別名。」《校注》：「太一：天神之最尊貴者稱太一。屈原《九歌·東皇太一》洪興祖注：『《漢書·郊祀志》：天神貴者太一。』」

〔二〕雄劍兮玉鉤：雄劍，《太平御覽》卷三百四十三引《列士傳》：「干將莫耶爲晉君作劍，三年而成，劍有雌雄，天下名器也。乃以雌劍獻君，留其雄者，謂其妻曰：『吾藏劍在南山之陰，北山之陽，松生石上，劍在其中矣。君若覺殺我，爾生男以告之。』及至，君覺，殺干將。妻後生男，名赤鼻，具以告之。赤鼻斫南山之松，不得劍，思於屋柱中得之。晉君夢一人，眉廣三寸，辭欲報讎。購求甚急，乃逃朱興山中，遇客，欲爲之報。乃刎首，將以奉晉君。客令鑊煮之，頭三日三夕跳不爛。君往觀之，客以雄劍倚擬君，君頭墮鑊中，客又自刎。三頭悉爛，不可分別，分葬之，名曰三王家。」鮑照《觀漏賦》：「望天涯而佇念，擢雄劍而長歎。」《校注》：「玉鉤：即玉珥。玉制的環形劍把。」按《楚辭》屈原《九歌·東皇太一》：「撫長劍兮玉珥。」王逸章句：「玉珥，謂劍鐔也。」

〔三〕日華粲於芳閣：《漢書》卷二十二《禮樂志》：「月穆穆以金波，日華燿以宣明。」《文選》卷三十謝朓《直中書省》：「風動萬年枝，日華承露掌。」劉良注：「日華，謂日光照也。」

〔四〕月金披於翠樓：翠樓，塗飾緑漆的高樓。《藝文類聚》卷六十三引漢李尤《平樂觀賦》：「大厦累而鱗次，承岧嶤之翠樓。」

〔五〕燕趙之上色：《校注》：「上色：謂美女。《古詩十九首》其十二：『燕趙多佳人，美者顏如玉。』」

〔六〕激河淇之名謳：《校注》：「激：發。指唱歌。河淇：黄河、淇水。淇水在今河南北部，源出淇山，古爲黄河支流。古代河、淇一帶俗好歌舞。」

〔七〕薦西海之異品：《校注》：「薦：獻。」

〔八〕傾東岳之庶羞：《校注》：「庶羞：衆多佳餚。羞，同『饈』。」

〔九〕乘文魚兮錦質：文魚，鯉魚。《楚辭·九歌·河伯》：「乘白黿兮逐文魚，與女遊兮河之渚。」王逸章句：「言河伯遊戲，遠出乘龍，近出乘黿，又從鯉魚也。」洪興祖補注：「陶隱居云：『鯉魚形既可愛，又能神變，乃至飛越山湖，所以琴高乘之。』」《文選》卷十九曹植《洛神賦》：「騰文魚以警乘，鳴玉鸞以偕逝。」李善注：「文魚有翅，能飛，故使警乘，警戒也。」《文選》卷四左思《蜀都賦》：「差鱗次色，錦質報章，躍濤戲戲，中流相忘。」劉良注：「魚鱗參差，其色相次，若錦之容質，重報其文章濤波也。」《校注》：「錦質：身上花紋美如織錦。指文魚。」

〔一〇〕要靈人兮中州：靈人，神人。《漢武帝内傳》：「天姿掩藹，容顔絶世，真靈人也。」陶淵明《讀山海經十三首》之六：「靈人侍丹池，朝朝爲日浴。」逯欽立校注：「靈人，指羲和。」中洲，水中小洲。屈原《九歌·湘君》：「君不行兮夷猶，蹇誰留兮中洲？」王逸章句：「中洲，洲中也。水中可居者爲洲。言湘君蹇然難行，誰留待於水中之洲乎？」《校注》：「要：通『邀』。」

入橘浦兮容與〔一〕，心敞惘兮迷所識①〔二〕，視煙霞而一色〔三〕。深秋窈以虧天〔四〕，上列星之所極〔五〕。桂之生兮山之巒，紛可愛兮柯團團〔六〕。谿崎巇兮石架阻〔七〕，飈颸颸兮木道寒〔八〕。煙色閉兮喬木橈②，嵐氣闇兮幽篁難〔九〕。忌蟪蛄之蚤吟，惜王孫之晚還〔一〇〕。信於邑兮白露〔一一〕，方天病兮秋蘭③〔一二〕。

【校記】

①「敞」《彙注》本、張本、梁本作「惝」。

②「橈」《彙注》本作「撓」。

③「天」張本、梁本作「夭」。

【箋注】

〔一〕入橘浦兮容與：橘浦，種有橘樹的水邊。《詩經·大雅·常武》：「率彼淮浦，省此徐土。」孔穎達疏：「浦音普，涯也。」容與，徘徊猶豫，躊躇不前貌。《楚辭·離騷》：「忽吾行此流沙兮，遵赤水而容與。」蔣驥注：「容與，回翔貌。」游國恩纂義：「容與即猶豫，亦即夷猶，躊躇不前之意。」

〔二〕心敞惘兮迷所識：《校注》：「敞惘：失意貌。屈原《九章·涉江》：『入溆浦余儃佪兮，迷不知吾所如。』」

〔三〕視煙霞而一色：《校注》：「以上疑脱去一句。」

〔四〕深秋窈以虧天：虧天，蔽天。《宋書》卷八十五《謝莊傳》：「荆、鄢之師，岷、漢之衆，舳艫萬里，旌旆虧天。」《校注》：「窈：深遠。」

〔五〕上列星之所極：《校注》：「列星：衆星。」

〔六〕「桂之生」二句：《校注》：「柯團團：枝葉密集之狀。淮南小山《招隱士》：『桂樹叢生兮山之幽，偃蹇連蜷兮枝相繚。』」

〔七〕「谽崎巇」句：《文選》卷十一王延壽《魯靈光殿賦》：「下弗蔚以璀錯，上崎巇而重注。」李善注：「崎巇，危嶮貌。崎音綺，巇音巇。」《校注》：「谽：溪谷。崎巇：險峻貌。石架：石梁。」

〔八〕「颻飀」句：《校注》：「颻、飀、颼：皆風吹樹木摇動之聲。左思《吴都賦》：『與風摇颺，飂瀏颼飀。』瀏，同『飀』。木道：《易·益》：『利涉大川，木道乃行。』指水路。」

〔九〕「嵐氣」句：嵐氣，山中霧氣。《藝文類聚》卷七引晉夏侯湛《山路吟》：「冒晨朝兮入大谷，道逶迤兮嵐氣清。」《文選》卷二十二謝靈運《晚出西射堂》：「步出西掖門，遥望城西岑。連障疊巘崿，青翠杳深沉。曉霜楓葉丹，夕曛嵐氣陰。」李善注：「《埤蒼》曰：『嵐，山風也。』」《楚辭·九歌·山鬼》：「余處幽篁兮終不見天，路險難兮獨後來。」王逸注：「或曰幽篁，竹林也。」洪興祖補注：「《漢書》云：『篁竹之中。』注云：『竹田曰篁。』」朱熹集注：「幽，深也；篁，竹叢也。」鮑照《擬古八首》之六：「束薪幽篁裏，刈黍寒澗陰。」

〔一〇〕「忌蟪蛄」二句：《莊子·逍遥遊》：「朝菌不知晦朔，蟪蛄不知春秋，此小年也。」《文選》卷三十三劉安《招隱士》：「王孫遊兮不歸，春草生兮萋萋。歲暮兮不自聊，蟪蛄鳴兮啾啾。」王逸注：「中心煩亂，常含憂也。」劉良注：「蟪蛄，夏蟬也。」《校注》：「蚤：通『早』。」

〔一一〕信於邑兮白露：《校注》：「於邑：抑鬱。白露：《禮記·月令》：『孟秋之月……涼風至，白露降，寒蟬鳴。』」

〔三〕方天病兮秋蘭：《校注》：「天病：爲天所病。指天降寒。」

石箍箍兮蔽白①〔一〕，雪疊疊兮薄樹〔二〕。車蕭條兮山逼〔三〕，舟容與兮水路②〔四〕。愍晨夜之摧坐③〔五〕，感春秋之欲暮。征夫輟而在位④〔六〕，御者跼而載顧〔七〕。

【校記】

①「白」《彙注》本作「日」，張本、梁本作「泉」。

②「容與」原作二字空格，今據《彙注》本、張本、梁本補。

③「坐」《彙注》本、張本、梁本作「挫」。

④「位」張本、梁本作「傍」。

【箋注】

〔一〕石箍箍兮蔽白：箍箍，《樂府詩集》卷四十一古辭《白頭吟》：「竹竿何嫋嫋，魚尾何箍箍。」此借指紛紛揚揚降雪之貌。

〔二〕雪疊疊兮薄樹：疊疊，層層重疊貌。《校注》：「薄：依附。」

〔三〕車蕭條兮山逼：《楚辭·遠遊》：「山蕭條而無獸兮，野寂漠其無人。載營魂而登霞兮，掩浮雲而上征。」王逸章句：「溪谷寂寥而少禽也。」《文選》卷二十四曹植《贈白馬王彪》：「秋風發微涼，寒蟬鳴我側。原野何蕭條，白日忽西匿。」劉良注：「蕭條，草木衰落也。」《校注》：「山逼：謂山路狹窄。」

〔四〕舟容與兮水路：《楚辭·九歌·湘夫人》：「時不可兮驟得，聊逍遥兮容與。」朱熹集注：「逍遥、容與，皆遊戲閒暇之意也。」《後漢書》卷二十八下《馮衍傳下》：「意斟愖而不澹兮，俟回風而容與。」李賢注：「容與，猶從容也。」

〔五〕愍晨夜之摧坐：《校注》：「愍：憂傷。摧坐：挫折。《楚辭》劉向《九歎·憂苦》：『折鋭摧矜凝氾濫兮。』注：『摧，挫也。言己欲折我精鋭之志，挫我矜嚴忠直之心。』」

〔六〕征夫輟而在位：《詩·小雅·何草不黄》：「哀我征夫，獨爲匪民。」鄭玄箋：「征夫，從役者也。」《文選》卷十一王粲《登樓賦》：「原野闃其無人兮，征夫行而未息。」《論語·微子》：「長沮、桀溺……耰而不輟。」何晏集解引鄭玄曰：「輟，止也。」《校注》：「逯欽立《先秦漢魏晉南北朝詩》校云：『輟而在位，當作啜而在泣。』」

〔七〕御者跼而載顧：御者，駕車者。《儀禮·既夕禮》：「御者執策，立于馬後。」《淮南子·精神訓》：「故射者非矢不中，學射者不治矢也；御者非轡不行，學御者不爲轡也。」《校注》：「跼：曲身，表示不肯前進。同『局』。屈原《離騷》：『僕夫悲余馬懷兮，蜷局顧而不行。』」

魂兮歸來①，異方不可以親〔一〕。蝮蛇九首，雄虺戴鱗②〔二〕。炎穴一光，骨爛魂傷〔三〕。玄狐曳尾③〔四〕，赤象爲梁〔五〕。至日歸來〔六〕，無往此異方。

【校記】

①「魂」上元鈔本有二字空格。

②「戴」《彙注》本作「載」。

③「曳」《彙注》本作「洩」。

【箋注】

〔一〕「魂兮」二句：《楚辭》宋玉《招魂》：「魂兮歸來，南方不可以止些。」

〔二〕「蝮蛇」二句：《詩・小雅・斯干》：「維虺維蛇。」孔穎達疏：「《釋魚》云：『蝮，虺，博三寸，首大如擘。』舍人曰：『蝮，一名虺，江淮以南曰蝮，江淮以北曰虺。』孫炎曰：『江淮以南謂虺爲蝮，廣三寸，頭如拇指，有牙，最毒。』郭璞曰：『此自一種蛇，人自名爲蝮虺。今蛇細頸大頭，色如艾，綬文，文間有毛，似豬鬣，鼻上有針，大者長七八尺，一名反鼻，如虺類，足以明此自一種蛇。』如郭意，此蛇人自名蝮虺，非南北之異。蛇實是蟲，以有鱗，故在《釋魚》，且魚亦蟲之屬也。」按以上四句《校注》云：「《楚辭・招魂》：『蝮蛇蓁蓁，封狐千里些。雄虺九首，往來倏忽，吞人以益其心些。』爲以上四句之所本。」

〔三〕「炎穴」二句：《彙注》：「炎穴，南方也。言南方之炎，能使骨爛魂傷也。」《校注》：「炎穴：即火穴。」按《藝文類聚》卷八十引《括地圖》：「神丘有火穴，光照千里。」

〔四〕玄狐曳尾：《藝文類聚》卷九十九引《黄帝出軍決》：「帝伐蚩尤，乃睡。夢西王母遣道人披玄狐之裘，以符授之。」《校注》：「玄狐：黑狐。《説文》：『狐，妖獸，鬼所乘也。』」《莊子·秋水》：「莊子持竿不顧曰：『吾聞楚有神龜，死已三千歲矣，王巾笥而藏之廟堂之上。此龜者，寧其死爲留骨而貴乎？寧其生而曳尾於塗中乎？』二大夫曰：『寧生而曳尾塗中。』」《抱朴子·博喻》：「故靈龜寧曳尾於塗中，而不願巾笥之寶；澤雉樂十步之啄，以違雞鶩之禍。」

〔五〕赤象爲梁：《校注》：「赤象：赤鼻之象。《文選》張衡《西京賦》：『鼻赤象。』李善注：『象鼻赤者怒。』梁：强梁。任威使氣，强暴蠻横爲强梁。」

〔六〕至日歸來：《校注》：「至日：指冬至、夏至二日。古代習俗冬至、夏至二日閉關，禁止商旅通行。見《易·復》。」

【集説】

《彙注》：此篇首尾數語，寫盡宋玉《招魂》一賦。

《校注》：此五首模擬《楚辭》，曲折地表現了被迫離鄉去國，則又不忍猝然離開的痛苦心情。

自序

【題解】

此文張本、梁本、《藝文類聚》卷五十五題作《自序傳》。

《梁書》卷十四《江淹傳》云：「凡所著述百餘篇，自撰爲前後集，并《齊史》十志，并行於世。」江淹此文有云：「淹嘗云：人生當適性爲樂，安能精意苦力，求身後之名哉！故自少及長，未嘗著書，惟集十卷，謂如此足矣。」《隋書》卷三十五《經籍志四》著録有「梁金紫光禄大夫江淹集九卷」，又有「江淹後集十卷」。則《自序》所謂「惟集十卷」者，乃江淹之前集，其《自序》則爲其前集之序也。

俞譜繫江淹撰成前集十卷在其作《銅劍讚》之後，云：「《四庫全書總目》卷一百四十八云：『考《傳》（自序）中所序官階，止於中書侍郎，以校史傳，正當建元之初。』以爲前集編成於建元初年。然《自序》中已稱蕭道成謚號『高帝』，可證前集必撰成於建元四年四月之後，館臣謂『正當建元之初』，與史實不合。又據《梁書》本傳『尋遷中書侍郎，永明初遷驍騎將軍』，知淹由文官而改任武職是永明元年之事。然則，其前集當撰成於建元四年四月至永明元年之間。今已知本集所載之《褚侍中爲征北長史詔》作於永明元年正月，知其時猶在中書省掌詔册，故前集當成於是年未遷驍騎將軍之時。」今考此文有「高帝嘗顧而問之」之語，則文又作於齊高帝建元四年（四八二）

四月蕭道成被謚爲高皇帝之後。此文記事止於其爲正員散騎侍郎，中書侍郎時。而江淹自齊明帝永明元年（四八三）起即被任爲驍騎將軍，掌國史，同年又出爲建武將軍、廬陵内史。則此文之作乃在建元四年至永明元年之間。而江淹之《褚侍中爲征北長史詔》亦見載於本集，是其編所撰爲前集十卷并爲之序，又在此二文作後，俞譜所言是也。

淹字文通，濟陽考城人〔一〕。幼傳家業〔二〕，六歲能屬詩〔三〕，十三而孤，邈過庭之訓〔四〕。長遂博覽羣書〔五〕，不事章句之學〔六〕。頗留精於文章〔七〕，所誦詠者，蓋二十萬言。而愛奇尚異，深沉有遠識，常慕司馬長卿、梁伯鸞之徒，然未能悉行也〔八〕。所與神遊者〔九〕，唯陳留袁叔明而已〔一〇〕。

弱冠，以五經授宋始安王劉子真，略傳大義〔一一〕。爲南徐州新安王從事①，奉朝請〔一二〕。始安之薨也〔一三〕，建平王劉景素聞風而悦〔一四〕，待以布衣之禮〔一五〕。然少年嘗倜儻不俗〔一六〕，或爲世士所嫉，遂誣淹以受金者，將及抵罪，乃上書見意而免焉〔一七〕。尋舉南徐州桂陽王秀才，對策上第〔一八〕，轉巴陵王右常侍②〔一九〕，右軍建平王主簿〔二〇〕。賓待累年，雅以文章見遇〔二一〕；而宋末多阻，宗室有憂生之難〔二二〕。王初欲羽檄徵天下兵〔二三〕，以求一旦之幸〔二四〕。淹嘗從容曉諫〔二五〕，言人事之成敗。每曰：「殿下不求宗廟之安，如信左右之計，則復見麋鹿霜棲露宿於姑蘇之臺矣〔二六〕。」終不以納，而更疑焉。及王移鎮朱方也〔二七〕，又爲鎮軍參軍事③，領東海郡丞〔二八〕。於是王與不逞之徒〔二九〕，日夜構議〔三〇〕。淹知禍機之將發〔三一〕，又賦詩十五首〔三二〕，略明性命之理，因以爲諷。王遂不悟，乃憑怒而黜之〔三三〕，爲建安吴興令。地在東南嶠外，閩越之舊境也〔三四〕。爰有碧水丹山〔三五〕，珍木靈草〔三六〕，皆淹平生所至愛，不覺行路之遠矣。山中無事，與道書爲偶④，乃悠然獨往，或日夕忘歸〔三七〕。放浪之際〔三八〕，頗著文章自娱。在邑三載，朱方竟敗焉〔三九〕。復還京師，值世道已昏，守志閑居⑤，不交當軸之士〔四〇〕。俄皇帝始有大功於四海〔四一〕，聞而訪召之，爲尚書駕部郎、驃騎竟陵公參軍事〔四二〕。

當沈攸之起兵西楚也〔四三〕，人懷危懼，高帝嘗顧而問之曰〔四四〕：「天下紛紛若是，君謂如何？」淹對曰：「昔項强而劉弱，袁衆而曹寡。羽號令諸侯，竟受一劍之辱〔四五〕；紹跨躡四州，終爲奔北之虜〔四六〕。此所謂在德不在鼎〔四七〕，公何疑焉？」帝曰：「聞此言者多矣，其試爲我言之⑥。」淹曰：「公雄武有奇略〔四八〕，一勝也；寬容而仁恕〔四九〕，二勝也；賢能畢力〔五〇〕，三勝也；民望所歸〔五一〕，四勝也；奉天子而伐逆叛，五勝也。攸之志鋭而器小〔五二〕，一敗也；有威而無恩，二敗也；士卒解體，三敗也；搢紳不懷〔五三〕，四敗也；懸兵數千里〔五四〕，而無同惡相濟〔五五〕，五敗也。故豺狼十萬，而終爲我獲焉。」帝笑曰：「君談過矣。」是時軍書表記，皆爲草具〔五六〕。逮東霸城府，猶掌筆翰〔五七〕。相府始置〔五八〕，仍爲記室參軍事〔五九〕。及讓齊王九錫備物及諸文表⑦〔六〇〕，皆淹爲之。受禪之後，又爲驃騎豫章王記室參軍〔六一〕，鎮東武令〔六二〕，參掌詔册，并典國史〔六三〕。既非雅好，辭不獲命。尋遷正員散騎侍郎，中書侍郎〔六四〕。

淹嘗云：人生當適性爲樂〔六五〕，安能精意苦力〔六六〕，求身後之名哉！故自少及長，未嘗著書，惟集十卷，謂如此足矣。重以學不爲人，交不苟合〔六七〕，又深信天竺緣果之文〔六八〕，偏好老氏清淨之術〔六九〕，仕，所望不過諸卿二千石〔七〇〕，有耕織伏臘之資〔七一〕，則隱矣。常願幽居築宇⑧〔七二〕，絶棄人事，苑以丹林，池以緑水，左倚郊甸〔七三〕，右帶瀛澤⑨〔七四〕。青春受謝⑩〔七五〕，則接武平皐⑪〔七六〕；素秋澄景〔七七〕，則獨酌虚室。侍姬三四，趙女數人〔七八〕。不則逍遥經紀⑫〔七九〕，彈琴詠詩，朝露幾間〔八〇〕，忽忘老之將至⑬〔八一〕。淹之所學⑭，盡此而已矣。

【校記】

①「新安王從事」原作「王新安從事」，今據張本、梁本乙正。

②「右常侍」張本、梁本作「左常侍」。

③「參軍事」原闕「軍」字，今據張本、梁本補。按《梁書》卷十四、《南史》卷五十九江淹本傳皆云淹是時爲鎮軍參軍。

④「與」《藝文類聚》作「專與」。

⑤「志」原作「忠」，今據《彙注》本、張本、梁本改。

⑥「爲」《彙注》本作「謂」。

⑦「及」張本、梁本作「凡」。

⑧「幽」《藝文類聚》作「卜」。

⑨「瀛」《藝文類聚》作「灑」。

⑩「受謝」原作「爰謝」，今據《藝文類聚》改。

⑪「接武」《藝文類聚》作「梜弋」。

⑫「經」字原闕，今據《彙注》本、張本、梁本、《藝文類聚》補。

⑬「將至」下《藝文類聚》有「云爾」二字。

⑭「所學」《藝文類聚》無「所」字。

【箋注】

〔一〕濟陽考城：《校注》：「濟陽考城：晉惠帝時分陳留郡置濟陽國，領考城、鄄城二縣。考城其地相當於今河南蘭考縣和民權縣部分地區。民權縣有江家集，據云即江淹祖居所在。晉室南渡後，濟陽郡僑立於晉陵丹徒，屬南徐州。故江淹祖籍爲濟陽考城，而其出生地則在今江蘇丹徒縣一帶。」

〔二〕幼傳家業：《後漢書》卷三十六《鄭興傳附鄭衆傳》：「其後受詔作《春秋删》十九篇。八年，卒官。子安世，亦傳家業，爲長樂、未央廐令。」《南齊書》卷五十四《高逸・明僧紹傳》：「子元琳，字仲璋，亦傳家業。」《校注》：「家業：即家學，家傳之學。」

〔三〕屬詩：作詩。《楚辭》嚴忌《哀時命》：「志憾恨而不逞兮，抒中情而屬詩。」王逸章句：「屬，續也。言己上下無所遭遇，意中憾恨，憂而不解，則抒我中情，屬續詩文，以陳己志也。」

〔四〕「十三」二句：《校注》：「孤：幼而無父曰孤。邈：遠，缺。過庭之訓：指接受父親的教導。語本《論語・季氏》：『(孔子)嘗獨立，鯉趨而過庭。曰：「學詩乎？」對曰：「未也。」「不學詩，無以言。」鯉退而學詩。他日，又獨立，鯉趨而過庭。曰：「學禮乎？」對曰：「未也。」「不學禮，無以立。」鯉退而學禮。』」

〔五〕博覽羣書：《太平御覽》卷二百四十三引《晉中興書》：「賀循字士彦，會稽人也。節操尚厲，童齓不羣。言行舉動，必以禮讓。行有餘力，則精書學。由是博覽羣書，尤明三禮，爲江表儒宗。」《宋書》卷六十七《謝靈運傳》：「靈運少好學，博覽羣書。文章之美，江左莫逮。」

〔六〕不事章句之學：《後漢書》卷六十二《韓韶傳》：「子融，字元長，少能辨理，而不爲章句學，聲名甚盛。」《宋書》卷七十《袁淑傳》：「不爲章句之學，而博涉多通，好屬文，辭采遒艷，縱橫有才辯。」《校注》：「章句之學：漢代儒生以分章析句來解釋經書的一種治學方法。」

〔七〕留精於文章：留精，集中精力，專心。王充《論衡・薄葬》：「夫論不留精澄意，苟以外效立事是非，信聞見於外，不詮訂於内，是用耳目論，不以心意議也。」

〔八〕「常慕」二句：《校注》：「司馬長卿：西漢司馬相如，字長卿，工辭賦，武帝時因獻賦被任命爲郎，常稱疾閑居，不慕官爵。」梁伯鸞：東漢梁鴻字伯鸞。詳見本集《雜三言五首・愛遠山》詩注。悉行：一一做到。

〔九〕神遊：謂形體不動而心神嚮往，如親遊其境。《列子・黄帝》：「晝寢而夢，遊於華胥氏之國。華胥氏之國在弇州之西，台州之北，不知斯齊國幾千萬里，蓋非舟車足力之所及，神遊而已。」陸雲《失題》：「身滯情往，神遊影處。發夢宵寐，以慰延佇。」《校注》：「神遊：神交，指意氣相投的忘形之交。」

〔一〇〕陳留袁叔明：袁叔明，即袁炳。見本集《袁友人傳》。

〔一一〕「弱冠」三句：《禮記・曲禮上》：「二十曰弱，冠。」孔穎達疏：「二十成人，初加冠，體猶未壯，故曰弱也。」《文選》卷二十一左思《詠史詩八首》之一：「弱冠弄柔翰，卓犖觀羣書。」劉良注：「弱冠，年二十也。柔翰，筆也。」五經，儒家的五部經典著作，即《易》、《尚書》、《詩》、《禮》、《春秋》。始安王子真，見本集《侍始安王石頭》詩題解。《校注》：「其時，始安王七歲，江淹教以五經，僅啓蒙而已，故云『略傳大義』。」

〔一二〕「爲南徐州」二句：南徐州新安王，即劉子鸞，見本集《奏記詣南徐州新安王》題解，時子鸞爲南徐州刺史，故稱。《校注》：「從事：官名。州刺史的僚屬，主管文書，察舉非法。奉朝請：南朝時爲散官官號，無實職。」

〔一三〕始安之薨：《校注》：「始安：即始安王劉子真。據《宋書·明帝紀》，泰始二年十月，始安王子真賜死，是年江淹二十三歲。」

〔一四〕聞風而悦：謝靈運《佛影銘》：「法顯道人至自祇洹，具説佛影，偏爲靈奇。幽巖嵌壁，若有存形，容儀端莊，相好具足，莫知始終，常自湛然。廬山法師聞風而悦，於是隨喜幽室，即考空巖。」《校注》：「聞風而悦：謂得知江淹的消息而感到喜悦。」

〔一五〕布衣之禮：《三國志》卷五十九《吴志·孫登傳》：「登待接寮屬，略用布衣之禮，與恪、休、譚等或同輿而載，或共帳而寐。」《校注》：「布衣之禮：指不以地位驕人，平等相待的禮儀。《後漢書·隗囂傳》：『囂素謙恭愛士，傾身引接，爲布衣交。』」

〔一六〕倜儻不俗：《漢書》卷六十二《司馬遷傳》：「古者富貴而名摩滅，不可勝記，唯倜儻非常之人稱焉。」《文選》卷四十七夏侯湛《東方朔畫贊》：「若乃遠心曠度，贍智宏材，倜儻博物，觸類多能。」李周翰注：「倜儻，謂奇才也。」《校注》：「倜儻不俗：灑脱而不受世俗禮法的約束。」

〔一七〕「將及」二句：抵罪，因犯罪而受到相應的處罰。《史記》卷八《高祖本紀》：「殺人者死，傷人及盜抵罪。」司馬貞索隱：「抵，當也。謂使各當其罪。」《吕氏春秋·直諫》：「臣承先王之令不敢廢也。王不受笞，是廢先王之令也。臣寧抵罪於王，毋抵罪於先王也。」見意，表達意思。曹丕《典論·論文》：「是以古之作者，寄身於翰墨，見意於篇籍，不假良史之辭，不託飛馳之勢，而聲名自傳於後。」晉杜預《春秋經傳集解序》：「四曰：盡而不汙，直書其事，具文見意，丹楹刻桷，天王求車、齊侯獻捷之類是也。」按江淹被誣受金及上書見意事，見本集《詣建平王上書》。

〔一八〕「尋舉」二句：南徐州桂陽王，即劉休範，見本集《敕爲朝賢答劉休範書》題解。是時桂陽王休範爲南徐州刺史，故稱。《文獻通考》卷二十八《選舉一》：「齊尚書都令史駱宰議策秀才格五問，并得爲上，四、三爲中，二爲下，一，不合與第。」卷三十四《選舉七》：「宋制，丹陽、吴、會稽、吴興四郡歲舉二人，餘郡各一人。州舉秀才，郡孝廉，皆策試。」《校注》：「秀才：漢以後舉士科目之一。」

〔一九〕巴陵王右常侍：《宋書》卷四十《百官志下》：「大國置左右常侍各三人，省郎中，置侍郎二人。」《校注》：「巴陵王：即劉休若，宋文帝第十九子。《宋書》、《南史》皆有傳。常侍：官名。侍從諸侯王左右，掌管文書教令。」

〔二〇〕右軍建平王主簿：時劉景素爲右將軍、荆州刺史，江淹當爲其荆州府主簿。《宋書》卷四十

《百官志下》載是時刺史屬官有「主簿一人，録閤下衆事，省署文書」。

〔二一〕「賓待」二句：《校注》：「賓待：謂不任官職，以賓客之禮相待。雅：甚。」

〔二二〕憂生之難：《文選》卷三十謝靈運《擬魏太子鄴中集・平原侯植》序：「公子不及世事，但美遨遊，然頗有憂生之嗟。」

〔二三〕羽檄徵天下兵：《史記》卷十三《盧綰列傳》：「上曰：『非若所知。陳豨反，邯鄲以北皆豨有，吾以羽檄徵天下兵，未有至者，今唯獨邯鄲中兵耳。』」裴駰集解：「魏武帝《奏事》曰：『今邊有小警，輒露檄插羽，飛羽檄之意也。』駰案：推其言，則以鳥羽插檄書，謂之羽檄，取其急速若飛鳥也。」

〔二四〕一旦之幸：《校注》：「一旦之幸：一時之幸。謂求其僥倖。」

〔二五〕從容曉諫：《校注》：「曉諫：以理相諫，使其明白是非。」

〔二六〕「則復見」句：《校注》：「姑蘇臺：相傳爲吴王闔閭所築，在今江蘇姑蘇山。《史記・淮南王安傳》：『(伍)被悵然曰：……臣聞子胥諫吴王，吴王不用，乃曰臣今見麋鹿游姑蘇之臺也。』」

〔二七〕移鎮朱方：《校注》：「朱方：指京口。《宋書・後廢帝紀》：泰豫元年閏七月甲辰，『新除太常建平王景素爲鎮軍將軍、南徐州刺史』。南徐州治京口。」

〔二八〕領東海郡丞：東海，指南東海郡，時爲南徐州州治之所在，郡治京口。《宋書》卷四十《百官志下》：「郡守，秦官。秦滅諸侯，隨以其地爲郡，置守、丞、尉各一人。守治民，丞佐之。」

〔二九〕不逞之徒：《後漢書》卷六十四《史弼傳》：「竊聞渤海王悝，憑至親之屬，恃偏私之愛，失奉上之節，有僭慢之心。外聚剽輕不逞之徒，内荒酒樂，出入無常，所與羣居，皆有口無行，或家之棄子，或朝之斥臣，必有羊勝、伍被之變。」李賢注：「剽，悍也。逞，快也。謂彼侵枉不快之人也。」《晉書》卷一百十八《姚興載記》：「裕與不逞之徒，削弱王室，宗門能自修立者，莫不害之。」《校注》：「不逞之徒：稱爲非作歹者。」

〔三〇〕日夜搆議：《校注》：「搆議：猶言合謀。」

〔三一〕禍機之將發：《文選》卷二十八鮑照《代苦熱行》：「生軀蹈死地，昌志登禍機。」李善注：「莊子曰：『其發若機括，其司是非之謂也。』司馬彪曰：『言生以是非臧否交接，則禍敗之來，若機括之發。』班固《漢書述》曰：『禍如發機。』」劉良注：「言使生軀與昌盛之志蹈此死亡之地，翻爲禍之機兆也。」

〔三二〕又賦詩十五首：《校注》：「賦詩十五首：即本集所載《效阮公詩十五首》。」

〔三三〕憑怒而黜之：《漢書》卷四十下《班固傳下》：「於是聖皇乃握乾符，闡坤珍，披皇圖，稽帝文，赫爾發憤，應若興雲，霆發昆陽，憑怒雷震。」李賢注：「憑，盛也。言盛怒如雷之震。」《校注》：「憑怒：盛怒。」

〔三四〕「地在」二句：《校注》：「嶠外：嶺外。閩越舊境。《宋書·州郡二》『江州刺史』下：『建安太守，本閩越，秦立爲閩中郡。漢武帝世……立爲冶縣，屬會稽。』」

〔三五〕碧水丹山：《吕氏春秋·本味》：「流沙之西，丹山之南，有鳳之丸，沃民所食。」謝靈運《行田登海口盤嶼山》：「遨遊碧沙渚，遊衍丹山峰。」

〔三六〕珍木靈草：《文選》卷一班固《西都賦》：「於是靈草冬榮，神木叢生。」李善注：「神木、靈草，謂不死藥也。」《藝文類聚》卷八十二引後漢閔鴻《芙蓉賦》：「乃有芙蓉靈草，載育中川，竦脩幹以淩波，建緑葉之規圓。」

〔三七〕「乃悠然獨往」二句：《文選》卷三十陶淵明《雜詩二首》之一：「采菊東籬下，悠然望南山。山氣日夕佳，飛鳥相與還。」嵇康《贈秀才入軍十九首》之十三：「駕言出遊，日夕忘歸。思我良朋，如渴如飢。」

〔三八〕放浪之際：放浪，放縱不受拘束。《晉書》卷七十二《郭璞傳》載郭璞《客傲》：「不恢心而形遺，不外累而智喪，無巖穴而冥寂，無江湖而放浪。」王羲之《蘭亭集序》：「夫人之相與，俯仰一世，或取諸懷抱，悟言一室之内；或因寄所託，放浪形骸之外。」

〔三九〕朱方竟敗：《校注》：「朱方竟敗：指南徐州刺史建平王景素反叛，兵敗被殺。時在後廢帝元徽四年（四七六）七月。」

〔四〇〕當軸之士：《文選》卷四十九干寶《晉紀總論》：「而秉鈞當軸之士，身兼官以十數。」《漢書》卷六十六《車千秋傳贊》：「車丞相履伊吕之列，當軸處中，括囊不言，容身而去，彼哉！彼哉！」《校注》：「當軸之士：指官員。古代官員可乘車。軸，車軸，指車。」

〔四一〕「俄皇帝」句：《校注》：「皇帝：指齊高帝蕭道成。」

〔四二〕「爲尚書駕部郎」句：《校注》：「尚書駕部郎：爲尚書省諸曹之一。掌御輦、傳驛、廄牧之事。其時蕭道成爲驃騎大將軍、竟陵郡公。」按《宋書》卷三十九《百官志上》，時尚書省凡二十曹郎，「左民尚書領左民、駕部二曹」。《宋書》卷四十《百官志下》：尚書郎官第六品，公府參軍第七品。

〔四三〕「當沈攸之」句：沈攸之起兵事見本集《尚書符》題解。

〔四四〕嘗顧而問之：《後漢紀》卷二十五《孝靈皇帝紀》：「天子顧而問碩。碩不能對。」按顧問，詢問。《韓詩外傳》卷七：「誅賞制斷，無所顧問。」

〔四五〕「羽號令」二句：《校注》：「秦末項羽統率山東諸侯滅秦，自號『西楚霸王』，後被劉邦擊敗，自刎於烏江。」

〔四六〕「紹跨躡」二句：奔北，敗逃。《書・甘誓》「弗用命，戮於社。」孔傳：「不用命奔北者，則戮之於社主前。」孔穎達疏：「奔北，謂背陳走也。」《三國志》卷二十七《魏志・胡質傳》：「古人之交也，取多知其不貪，奔北知其不怯，聞流言而不信，故可終也。」《校注》：「漢末建安時，袁紹佔據冀、青、幽、并四州之地，稱雄天下，後在官渡被曹操擊敗，病死，其子袁尚等逃奔北郡烏桓（福庥按：「北郡烏桓」當是「三郡烏桓」之筆誤）。」

〔四七〕在德不在鼎：《史記》卷四十《楚世家》：「楚子問鼎之大小輕重焉，對曰：『在德不在鼎。』」《校注》：「鼎是古代祭祀用的重器，國家權力的象徵。」

〔四八〕雄武有奇略：雄武，雄健威武。《晉書》卷六《元帝紀》：「恭儉之德雖充，雄武之量不足。」同上書卷一百十六《姚襄載記》：「年十七，身長八尺五寸，臂垂過膝。雄武多才藝，明察善撫納，士衆愛敬之。」

〔四九〕寬容而仁恕：仁恕，仁愛寬容。《漢書》卷一百上《敘傳上》載班彪《王命論》：「蓋在高祖，其興也有五：一曰帝堯之苗裔，二曰體貌多奇異，三曰神武有徵應，四曰寬明而仁恕，五曰知人善任使。」《世説新語・政事》「山遐去東陽」條劉孝標注引《江惇傳》：「惇隱東陽，以仁恕懷物，遐感其德，微損威猛。」

〔五〇〕賢能畢力：畢力，盡力。《列子・湯問》：「吾與汝畢力平險，指通豫南，達於漢陰，可乎？」《三國志》卷二十一《魏志・王粲傳》：「使海内回心，望風而願治，文武并用，英雄畢力，此三王之舉也。」

〔五一〕民望所歸：《宋書》卷二《武帝紀中》：「裕吞噬之心，不避輕重，以法興聰敏明慧，必爲民望所歸，芳蘭既茂，内懷憎惡，乃妄扇異言，無罪即戮。」

〔五二〕志鋭而器小：志鋭，謂志向堅決，有如鋒刃般鋭利。

〔五三〕搢紳不懷：搢紳，插笏於紳。紳，古代仕宦者和儒者圍於腰際的大帶。《周禮・春官・典瑞》「王晉大圭」鄭玄注引漢鄭司農曰：「晉讀爲搢紳之搢，謂插於紳帶之間，若帶劍也。」《漢書》卷六十四下《嚴安傳》：「故搢紳者不憚爲詐，帶劍者誇殺人以矯奪，而世不知媿，故姦軌浸長。」《校注》：「不懷：不服。」

〔五四〕懸兵數千里：《晉書》卷九十八《桓温傳》：「而益、梁新平，寧州始服，懸兵漢川，戍禦彌廣。」《校注》：「懸兵：謂孤軍深入。」

〔五五〕同惡相濟：《三國志》卷一《武帝紀》：「馬超、成宜，同惡相濟，濱據河、潼，求逞所欲。」《晉書》卷三十一《后妃上・武悼楊皇后》：「皇太后陰漸姦謀，圖危社稷，飛箭繫書，要募將士，同惡相濟，自絶于天。」

〔五六〕草具：草創，草擬。《史記》卷八十四《屈原賈生列傳》：「賈生以爲漢興至孝文二十餘年，天下和洽，而固當改正朔，易服色，法制度，定官名，興禮樂，乃悉草具其事儀法。」《漢書》卷二十二《禮樂志》「迺草具其儀」顔師古注：「草謂創立其事也。」

〔五七〕「逮東霸城府」二句：《校注》：「逮：及，至。東霸城府：即東城霸府。南朝時揚州刺史府在東城（今江蘇南京市東），揚州爲京畿重地，多由藩王充任刺史，故其府邸稱霸府。據《南齊書・高帝紀》，元徽五年（四七七）七月，蕭道成移鎮東府。筆翰：文筆。」

〔五八〕相府始置：《校注》：「相府始置：據《南齊書・高帝紀》，昇明三年（四七九），蕭道成進位相國。」

〔五九〕記室參軍事：即記室參軍，軍府參謀官之一，掌章表書記等。《宋書》卷三十九《百官志上》：「參軍、掾、屬、令史主諸曹事。……今諸曹則有録事、記室、户曹、倉曹、中直兵、外兵、騎兵、長流賊曹、刑獄賊曹、城局賊曹、法曹、田曹、水曹、鎧曹、車曹、士曹、集、右户、墨曹，凡十八曹參軍。參軍不置曹者，無定員。」

〔六〇〕「及讓齊王九錫」句：見本集《蕭讓太傅相國齊公十郡九錫表》題解。

〔六一〕驃騎豫章王：《校注》：「驃騎豫章王：即驃騎大將軍豫章王蕭嶷，爲蕭道成次子。」

〔六二〕鎮東武令：《校注》：「東武：縣名。西晉時屬青州平昌郡，在今山東諸城縣。江左僑立，屬南徐州南平昌郡。」

〔六三〕「參掌」二句：詔册，皇帝的文告。《梁書》卷十五《謝朏傳》：「續拜侍中，并掌中書、散騎二省詔册。」《校注》：「典國史：主修國史。」

〔六四〕「尋遷」句：見本集《拜正員外郎表》及《拜中書郎表》題解。

〔六五〕適性爲樂：適性，稱心，合意。劉向《列仙傳・安期先生》：「寥寥安期，虚質高清，乘光適性，保氣延生。」《宋書》卷六十二《羊欣傳》：「游玩山水，甚得適性。」

〔六六〕精意苦力：精意，專心一意。《國語・周語上》：「精意以享，禋也；慈保庶民，親也。」《三國志》卷二十一《魏志・王粲傳》：「善屬文，舉筆便成，無所改定，時人常以爲宿構，然正復精意覃思，亦不能加也。」

〔六七〕交不苟合：苟合，迎合。《晏子春秋·問下》：「不苟合以隱忠，可謂不失忠；不持利以傷廉，可謂不失行。」《戰國策·秦策三》：「吴起事悼王，使私不害公，讒不蔽忠，言不取苟合，行不取苟容。」

〔六八〕天竺緣果之文：《校注》：「天竺緣果之文：指佛經。天竺，印度古稱天竺，爲佛教發源地。緣果，因果。佛教提倡因果報應之説。」

〔六九〕老氏清浄之術：《校注》：「老氏清浄之術：指道家學説。道家創始人老子，其學説以清浄無爲爲本。」

〔七〇〕諸卿二千石：《校注》：「諸卿二千石：指九卿及地方郡守。」

〔七一〕耕織伏臘之資：《校注》：「伏臘：古代兩個祭祀的節日。伏，夏天的伏日。臘，冬天的臘日。」

〔七二〕幽居築宇：《禮記·儒行》：「儒有博學而不窮，篤行而不倦，幽居而不淫，上通而不困。」孔穎達疏：「幽居，謂未仕獨處也。」《文選》卷五十七顔延之《陶徵士誄》：「有晉徵士尋陽陶淵明，南岳之幽居者也。」

〔七三〕左倚郊甸：《周禮·天官·大宰》：「三曰邦甸之賦。」賈公彦疏：「郊外曰甸，百里之外，二百里之内。」《左傳·襄公二十一年》：「罪重於郊甸，無所伏竄，敢布其死。」杜預注：「郭外曰郊，郊外曰甸。」

〔七四〕右帶瀛澤：《彙注》：「瀛，即澤也。楚人名澤中曰瀛。」《校注》：「瀛澤：池沼。」

〔七五〕青春受謝：《楚辭・大招》：「青春受謝，白日昭只。」朱熹集注：「青，東方春位，其色青也。謝，去也。言玄冬謝去，而青春受之也。」謝朓《高松賦》：「爾乃青春受謝，雲物含明，江皐緑草，曖然已平。」《校注》：「青春受謝：謂春天承接着謝去的冬天而來。」

〔七六〕接武平皐：《校注》：「接武平皐：謂到水邊漫步。武，足跡。平皋，水邊平地。」

〔七七〕素秋澄景：《藝文類聚》卷六十一引魏劉楨《魯都賦》：「及其素秋二七，天漢指隅，民胥祓禊，國于水遊。」《玉臺新詠》卷三陸機《爲周夫人贈車騎》：「日月一何速，素秋墜湛露。」《文選》卷二十曹植《公讌詩》：「公子敬愛客，終宴不知疲。清夜遊西園，飛蓋相追隨。明月澄清景，列宿正參差。」

〔七八〕趙女數人：《校注》：「趙女：指歌女，舞女。古代趙國以出歌女著稱。」

〔七九〕不則逍遥經紀：《校注》：「不則：即『否則』。經紀：天文進退的度數。《禮記・月令》：孟春之月，『乃命大史，守典奉法，司天日月星辰之行……毋失經紀。』此指史官之事。」

〔八〇〕朝露幾間：《校注》：「朝露幾間：幾間，幾度。謂人生短暫，幾經朝露，歲月匆匆而過。」

〔八一〕忽忘老之將至：《論語・述而》：「葉公問孔子於子路，子路不對。子曰：『女奚不曰：其爲人也，發憤忘食，樂以忘憂，不知老之將至云爾。』」《文選》卷四十一王褒《四子講德論》：「皇唐之世，何以加兹，是以每歌之，不知老之將至也。」李周翰注：「言歌樂之而忘其老也。」

補遺

傷愛子賦 有序

【題解】

此篇叢刊本、元鈔本、汪本無，今據張本補。

賦序云：「江艽，字胤卿，僕之第二子也。生而神俊，必爲美器，惜哉遘閔，涉歲而卒。悲至躑躅，乃爲此文。」是傷其次子夭逝而作。賦有云：「爾誕質於青春，攝提貞乎孟陬。謂比方於右列，望齊英於前修。」「前修」，指屈原。《離騷》自述生辰，云：「攝提貞于孟陬兮，惟庚寅吾以降。」故賦有此說。《離騷》之「攝提」句有二解，一爲王逸《楚辭章句》說，一爲朱熹《楚辭集注》說。而朱熹後於江淹數百年，故時人解「攝提」句，當從東漢王逸。由此，江艽之生乃在寅年。考江淹一生所當之寅年，宋文帝元嘉二十七年（四五〇）庚寅，年七歲，尚在孩提；大明六年（四六二）壬寅，年十九，尚未出仕。以上二寅年與賦所云之「我過幸於時私，爰守官於江潯」，及「姊目中而下泣，兄嗟季而飲淚」不相合，可不予考慮。其餘齊武帝永明四年（四八六）丙寅，年四十三；齊明帝建武五年（四九八）戊寅，年五十五。以上二寅年江淹皆在建康，與賦「守官於江潯」不合，又且其時江淹年事已高，似不至始有次子之生，故亦可不予考慮。由此則其子江艽惟一有可能出生之時間乃在元徽二年甲寅。是時江淹三十一歲，與此賦所謂「察葆鬢之朝侵」亦正相合，蓋其前此所作之《與交友論隱書》已有「白髮雜生」之語也。元徽二年秋江淹即被黜爲建安吴興令，時建安吴興屬江州，與賦之「守官於江潯」者正相一致。此賦云：「惜哉遘閔，涉歲而卒」，是江艽之卒乃在元徽三年。賦又云：「白露奄被此百草，爾同凋於梧楸。」則江艽之卒乃在秋日，賦當於此後不久作，亦在元徽三年（四七五）。

按江艽卒時江淹在建安吴興，家則在京口。其在吴興所作之《四時賦》有云：「眷庭中之梧桐，念機上之羅紈。」乃思念妻子之語，則其之吴興令任時其妻子未曾隨往，即江艽之卒乃在京口，由此，此賦之作又在其得家書之後。賦又云：「姊目中而下泣，兄嗟季而飲淚。感木石而變哀，激左右而隕欷！奪懷袖之深愛，爾母氏之麗人。」或又爲其想像之辭也。

曹道衡《年代考》云：「賦中提到自己『爰守官於江潯』，這『守官』二字一般指做地方官而言，與充任幕僚不同，如《草木頌序》稱『守職閩中』，即指任建安吴興令。《傷友人賦》中所謂『從官朱藩』，『從官』即指當幕僚。但他隨景素在南徐州時，却有個兼職，即東海郡丞，見於《自序傳》。當時東海郡在丹徒（今鎮江一帶），故稱『江潯』。《宋書・州郡志一》：『文帝元嘉八年，立南徐，以東海爲治下郡，以丹徒屬焉。』賦中又没有提到貶官之事，恐係在丹徒所作。」福林按：江淹在南徐州時以景素軍府佐而兼任東海郡丞，然時之郡丞乃太守之屬官，《宋書》卷四十《百官志下》，郡太守官第五品，而郡丞僅八品，而其所任之主官景素軍府參軍則官第七品。故其在南徐州時自稱「從官朱藩」，而不云「守官」或「守職」。由此可見此賦云「爰守官於江潯」者，并非指其隨景素在南徐州時。又且，江淹在建安吳興時所作諸詩文亦多未言及貶官之事，由此我們并不能僅因爲此賦未涉及貶官，從而否定此賦作於建安吳興時。此賦所云：「我過幸於時私，爰守官於江潯。」作於吳興時之《草木頌十五首》序亦云：「爰乃恭承嘉惠，守職閩中。」又甚相一致也。

江艽，字胤卿，僕之第二子也。生而神俊〔一〕，必爲美器〔二〕，惜哉遘閔〔三〕，涉歲而卒〔四〕。悲至躑躅〔五〕，乃爲此文。

惟秋色之顥顥〔六〕，心結縎兮悲起〔七〕。曾憫憐之慘悽，痛掌珠之愛子〔八〕。形惸惸而外施〔九〕，心切切而內圮〔一〇〕。日月可銷兮悼不滅，金石可爍兮念何已！緬吾祖之赫羲〔一一〕，帝高陽之玄胄〔一二〕。惜衰宗之淪没〔一三〕，恐余人之弗構〔一四〕。覬三靈之降福〔一五〕，竚弱子之擢秀〔一六〕。酷奈何兮胤卿，那逢天兮不佑〔一七〕。

爾誕質於青春〔一八〕，攝提貞乎孟陬〔一九〕。謂比方於右列〔二〇〕，望齊英於前修〔二一〕。遘高行之美迹，弘盛業之清猷〔二二〕。白露奄被此百草〔二三〕，爾同凋於梧楸〔二四〕。憶朱明之在節〔二五〕，顧岐嶷之可貴〔二六〕。睨鑪帳而多怊〔二七〕，瞻户牖而有慰〔二八〕。奚在今之寂寞，失音容之髣髴〔二九〕。姊目中而下泣，兄嗟季而飲淚〔三〇〕。感木石而變哀〔三一〕，激左右而隕欷〔三二〕！奪懷袖之深愛〔三三〕，爾母氏之麗人。屑丹泣於下壤〔三四〕，傃慇憂於上旻〔三五〕。視往端而擗慄〔三六〕，踐遺緒而苦辛。就深悼而誰弭，歸末命兮何陳〔三七〕！

我過幸於時私〔三八〕，爰守官於江潯〔三九〕。悲薄暮而增甚〔四〇〕，思纁黄而不禁〔四一〕。月接日而爲光，霞合雲而成陰。霧籠籠而帶樹〔四二〕，月蒼蒼而架林〔四三〕。嗟奈何兮弱子，我百艱兮是尋〔四四〕。驗纖帶之夜緩〔四五〕，察葆鬢之朝侵〔四六〕。惟人生之在世，恒歡寡而慼饒〔四七〕。雖十紀之空名，豈百齡之能要〔四八〕。迅朱光之映夜〔四九〕，湛白露之凝朝〔五〇〕。指兹譬而取免，排此理以自銷〔五一〕。

然則生之樂兮親與愛，内與外兮長與稚〔五二〕。傷弱子之冥冥〔五三〕，獨幽泉兮而永閟〔五四〕。余無愆於蒼祇〔五五〕，亦何怨於厚地！信釋氏之靈果〔五六〕，歸三世之遠致〔五七〕。願同升於净刹〔五八〕，與塵習兮永棄〔五九〕。

【箋注】

〔一〕生而神俊：神俊，亦作「神儁」，形容人才智卓越超羣。《晉書》卷九十五《藝術・鳩摩羅什傳》：「西域諸國咸伏羅什神儁，每至講説，諸王皆長跪坐側，令羅什踐而登焉。」劉義慶《世説新語・賞譽》：「王右軍道謝萬石『在林澤中爲自遒上』，歎林公『器朗神儁』。」《校注》：「神俊：謂聰穎出衆。」

〔二〕必爲美器：美器，比喻賢才。《宋書》卷六十二《羊欣傳》：「義熙中，弟徽被遇於高祖，高祖謂諮議參軍鄭鮮之曰：『羊徽一時美器，世論猶在兄後，恨不識之。』」《校注》：「美器：猶俗言好料子。」

〔三〕惜哉遘閔：遘閔，遭遇憂患。《詩・邶風・柏舟》：「憂心悄悄，愠于羣小。覯閔既多，受侮不少。」《集傳》：「覯，見。閔，病也。」《漢書》卷一百下《敘傳下》：「遘閔既多，是用廢黜。」顔師古注：「遘，遇也；閔，病也。謂見病害甚衆也。」《校注》：「遘閔：遭遇不幸。閔，閔凶，指死喪之事。」

〔四〕涉歲而卒：《晉書》卷一百二十九《沮渠蒙遜載記》：「而太后不豫，涉歲彌增，將刑獄枉濫，衆有怨乎？」《校注》：「涉歲：經歲。」

〔五〕悲至躑躅：《文選》卷二十九《古詩十九首・東城高且長》：「馳情整中帶，沈吟聊躑躅。」李周翰注：「躑躅，行不進貌。」《文選》卷二十二陸機《招隱詩》：「明發心不夷，振衣聊躑躅。」李善注：「《説文》曰：『躑躅，住足也。』」

〔六〕秋色之顥顥：《楚辭・大招》：「天白顥顥，寒凝凝只。」王逸章句：「言北方冬夏積雪，其光顥顥，天地皆白。」《校注》：「顥顥：白貌。」

〔七〕結縎：《校注》：「結縎：鬱結不解。王逸《九思・怨上》：『佇立兮忉怛，心結縎兮折摧。』」按《廣雅・釋訓》：「結縎，不解也。」

〔八〕掌珠之愛子：掌珠，掌中珠，即掌上明珠。比喻極受疼愛之人。《樂府詩集》卷三十傅玄《短歌行》：「昔君視我，如掌中珠。何意一朝，棄我溝渠。」

〔九〕形惸惸而外施：《校注》：「惸惸：形容孤單寂寞。施：通『弛』，鬆弛。謂因悲傷而不能支持。」

〔一〇〕心切切而内圮：《校注》：「切切：形容思念深切。圮：崩塌。」

〔一一〕緬吾祖之赫羲：《藝文類聚》卷八十引潘尼《火賦》：「及至焚野燎原，一火赫羲，林木摧拉，沙粒并麋，騰光絶覽，雲散電披。」《文選》卷二十六潘岳《在懷縣作二首》之一：「初伏啓新節，隆暑方赫羲。」張銑注：「赫曦，炎盛貌。」《校注》：「緬：緬懷，追想。赫羲：顯赫輝煌。」

〔一二〕帝高陽之玄胄：《楚辭》屈原《離騷》：「帝高陽之苗裔兮，朕皇考曰伯庸。」王逸章句：「德合天地稱帝。苗，胤也。裔，末也。高陽，顓頊有天下之號也。」《漢書》卷一百上《敘傳上》：「系高頊之玄胄兮，氏中葉之炳靈。」顏師古注：「應劭曰：『系，連也。胄，緒也。言已高陽顓頊之連緒也。』」《校注》：「帝高陽：即顓頊。傳説中古代五帝之一。玄胄：遠世子孫。玄，幽遠。」

〔一三〕惜衰宗之淪没：衰宗，衰敗的宗族。《三國志》卷四十一《蜀志·張裔傳》：「撫恤故舊，振贍衰宗，行義甚至。」淪没，沉没，湮没。《史記》卷十二《孝武本紀》：「周德衰，宋之社亡，鼎乃淪没，伏而不見。」

〔一四〕余人之弗構：《校注》：「弗構：《尚書·大誥》：『若考作室，既厎法，厥子乃弗肯堂，矧肯構。』傳：『以作室喻治政也。父已致法，子乃不肯爲堂基，況肯構立屋乎？』此以喻不能繼承祖先基業。」

〔一五〕覬三靈之降福：《漢書》卷八十七上《揚雄傳上》：「方將上獵三靈之流，下決醴泉之滋。」顔師古注：「如淳曰：『三靈，日、月、星，垂象之應也。』」《宋書》卷二《武帝紀中》：「相國宋公，天縱睿聖，命世應期，誠貫三靈，大節宏發。」《校注》：「覬：希望。」

〔一六〕竚弱子之擢秀：弱子，幼儿，小孩。《管子·形勢解》：「弱子下瓦，慈母操箠。」《宋書》卷四十四《謝晦傳》：「痛同懷之弱子，横遭罹之殃釁。智未窮而事傾，力未極而莫振。」《藝文類聚》卷三十引晉趙至《與嵇茂齊書》：「吾子植根芳苑，擢秀清流。」《校注》：「竚：期待。擢秀：謂人才出衆。」

〔一七〕那逢天兮不佑：《校注》：「那：如何。」

〔一八〕爾誕質於青春：青春，春天。《楚辭·大招》：「青春受謝，白日昭只。」王逸章句：「青，東方春位，其色青也。」《文選》卷二十二謝靈運《遊南亭》：「澤蘭漸被徑，芙蓉始發池。未厭青春好，已觀朱明移。」《校注》：「誕質：謂出生。質，體。」

〔一九〕攝提貞乎孟陬：《楚辭》屈原《離騷》：「攝提貞于孟陬兮，惟庚寅吾以降。」王逸注：「太歲在寅曰攝提格。孟，始也。貞，正也。于，於也。正月爲陬。」《校注》：「攝提：『攝提格』之省稱。古時太歲紀年，以寅年爲攝提格。貞：正。孟陬：夏曆正月，亦即寅月。孟，開始。《爾雅・釋天》：『正月爲陬。』正月是一年的開始，故稱『孟陬』。此謂江芃出生在寅年寅月。」

〔二〇〕比方於右列：比方，比擬，類似。《荀子・强國》：「今君人者，辟稱比方，則欲自竝乎湯武，若其所以統之，則無以異於桀紂。」班固《白虎通・聖人》：「《詩》曰：『文王受命。』非聖不能受命。《易》曰：『湯武革命，順乎天。』湯武與文王比方。」按《校注》云：「方：疑當作『芳』，與下句『英』對舉成文。右列：上位。古以右爲尊。」亦録之以備一説。

〔二一〕齊英於前修：前修，同「前脩」，猶前賢。《楚辭・離騷》：「謇吾法夫前脩兮，非世俗之所服。」王逸章句：「言我忠信謇謇者，乃上法前世遠賢，固非今時俗人之所服行也。」朱熹集注：「前脩，謂前代脩德之人。」《後漢書》卷三十九《劉愷傳》：「今愷景仰前修，有伯夷之節，宜蒙矜宥，全其先功，以增聖朝尚德之美。」李賢注：「前修，前賢也。」

〔二二〕「遭高行」二句：《校注》：「遭：往，嚮往。清猷：美好的典範。」

〔二三〕白露奄被此百草：本集《效阮公詩十五首》之十四：「零露被百草，秋風吹桃李。」《校注》：

「奄：忽忽。被：覆蓋。」

〔二四〕同凋於梧楸：《校注》：「梧楸：梧與楸皆落葉喬木名。」

〔二五〕朱明之在節：《校注》：「朱明：夏季。《爾雅・釋天》：『夏爲朱明。』」

〔二六〕岐嶷之可貴：岐嶷，形容幼年聰慧。《詩・大雅・生民》：「誕實匍匐，克岐克嶷。」毛傳：「岐，知意也。嶷，識也。」朱熹集傳：「岐嶷，峻茂之狀。」

〔二七〕睨鑪帳而多怊：《校注》：「睨：視。鑪帳：爐火和帳幔。怊：惆悵、失意貌。」

〔二八〕瞻户牖而有慰：《校注》：「户牖：窗户。《論語・雍也》：『伯牛有疾，(孔)子問之，自牖執其手。』」

〔二九〕失音容之髣髴：《文選》卷二十五謝靈運《酬從弟惠連》：「寢瘵謝人徒，滅跡入雲峰。巖壑寓耳目，歡愛隔音容。」

〔三〇〕兄嗟季而飲淚：《校注》：「兄：大約指江淹嗣子蔿。見《梁書》本傳。季：兄弟中最小者。指江艽。」

〔三一〕感木石而變哀：《校注》：「感木石而變哀：謂木石無情，也對此而感傷悲哀。」

〔三二〕激左右而隕欷：《校注》：「隕欷：落淚歎息。」

〔三三〕奪懷袖之深愛：《校注》：「懷袖：猶懷抱。」

〔三四〕屑丹泣於下壤：《校注》：「屑：紛紛下落貌。丹泣：謂血淚交流，極言悲痛。下壤：

下地。」

〔三五〕傃慇憂於上旻：慇憂，同殷憂。阮籍《詠懷詩八十二首》之二十四：「殷憂令志結，怵惕常若驚。逍遥未終晏，朱華忽西傾。」謝靈運《歲暮》：「殷憂不能寐，苦此夜難頽。」《校注》：「傃：向。慇憂：深憂。上旻：上天。以上二句謂母親也爲兒子死去而悲天哭地，心痛萬分。」

〔三六〕視往端而擗慄：擗慄，撫心戰慄貌。擗，《文選》卷三十五張協《七命》：「甇嫠爲之擗摽，孀老爲之嗚咽。」李善注：「《詩》曰：『寤擗有摽。』毛萇曰：『擗，拊心貌。』」呂向注：「擗摽，驚心也。嗚咽，悲也。」慄，戰慄。《素問・瘧論》：「瘧之始發也，先起於毫毛，伸欠，乃作寒慄鼓頷。」王冰注：「慄，謂戰慄。」

〔三七〕「就深悼」二句：《校注》：「弭：停止。末命：末運。」

〔三八〕過幸於時私：《宋書》卷四十四《謝晦傳》：「按車騎大將軍王弘、侍中王曇首，謬蒙時私，叨竊權要。」同上書卷六十二《王微傳》：「諸舍閨門皆蒙時私，此既未易陳道，故常因含聲不言。」《校注》：「私：私幸，私受寵幸。」

〔三九〕守官於江潯：《文選》卷三十四枚乘《七發》：「遊涉乎雲林，周馳乎蘭澤，弭節乎江潯。」李善注：「《字林》曰：『潯，水涯也。』」劉良注：「江潯，江畔者也。」

〔四〇〕悲薄暮而增甚：《楚辭・天問》：「薄暮雷電，歸何憂？厥嚴不奉，帝何求？」洪興祖補注：

「薄暮，日欲晚，喻年老也。」《文選》卷二十七魏文帝《善哉行》：「上山采薇，薄暮苦饑。」

〔四一〕思纁黄而不禁：《校注》：「纁黄：即黄昏。纁，一作『曛』，日入餘光。」

〔四二〕霧籠籠而帶樹：《藝文類聚》卷三引夏侯湛《秋可哀》：「月翳翳以隱雲，星籠籠以投光。」籠籠，猶朧朧，朦朧。

〔四三〕月蒼蒼而架林：蒼蒼，茫無邊際。《淮南子・俶真訓》：「渾渾蒼蒼，純樸未散。」高誘注：「渾渾蒼蒼，混沌大貌。」鮑照《野鵝賦》：「涉倏夜之長寂，信專思而知哀。風梢梢而過樹，月蒼蒼而照臺。」

〔四四〕百艱兮是尋：《校注》：「百艱：種種艱難。尋：頻繁。謂相繼而至。」

〔四五〕驗纖帶之夜緩：《文選》卷二十二謝靈運《晚出西射堂》：「含情尚勞愛，如何離賞心。撫鏡華緇鬢，攬帶緩促衿。」張銑注：「言老瘦帶緩，故促其衣衿也。」王秀之《卧疾敘意》：「景仄念徂齡，帶緩每危曙。」

〔四六〕察葆鬢之朝侵：葆，《漢書・武五子傳》：「頭如蓬葆。」注：「草叢生曰葆。」《校注》：「侵：蝕，脱落。」

〔四七〕恒歡寡而戚饒：陶淵明《閑情賦》：「悲晨曦之易夕，感人生之長勤。同一盡於百年，何歡寡而愁殷。」

〔四八〕「雖十紀」二句：《校注》：「紀：十二年爲紀。十紀、百齡：謂百年之壽。要：通

『邀』，求。」

〔四九〕迅朱光之映夜：《文選》卷二十三張載《七哀詩》：「朱光馳北陸，浮景忽西沉。」李周翰注：「朱光，日也。」陸雲《喜霽賦》：「朱光播於甕牖兮，素景衍乎中闈。」

〔五〇〕湛白露之凝朝：《詩·小雅·湛露》：「湛湛露斯，匪陽不晞。厭厭夜飲，不醉無歸。」毛傳：「湛湛，露茂盛貌。陽，日也。晞，乾也。露雖湛湛然，見陽則乾。」《楚辭·九章·悲回風》：「吸湛露之浮涼兮，漱凝霜之雰雰。」朱熹集注：「湛，厚也。」

〔五一〕「指兹譬」二句：《校注》：「兹譬：指上面所説的朱光易逝，白露易乾。此理：謂人生之理亦復如此。」

〔五二〕内與外：《校注》：「内親與外戚。」

〔五三〕傷弱子之冥冥：張衡《司徒吕公誄》：「玄室冥冥，脩夜彌長。」《藝文類聚》卷三十四引魏阮瑀《七哀詩》：「冥冥九泉室，漫漫長夜臺。」同卷又引晉潘岳《京陵女公子王氏哀辭》：「皎皎宵月，載盈載微。冥冥公子，一往不追。」

〔五四〕「獨幽泉」句：《文選》卷四左思《蜀都賦》：「火井沈熒於幽泉，高爓飛煽於天垂。」同上書卷三十八任昉《爲范始興作求立太宰碑表》：「而弊帷毁蓋，未蓐螻蟻；珠襦玉匣，遽飾幽泉。」李善注：「《西京雜記》曰：『漢帝及諸侯王送死，皆珠襦玉匣。』」張銑注：「言我常恐先死，不得報恩。誰知我未藉螻蟻，而太宰已在幽泉。」《校注》：「幽泉：黄泉。指墓穴。閟：

闗閉。」

〔五五〕無愆於蒼祇：《校注》：「無愆：無罪。蒼：蒼天。祇：天神曰靈，地神曰祇。此兼指天地之神。」

〔五六〕釋氏之靈果：《校注》：「釋氏：佛姓釋迦氏。靈果：佛教認爲因果報應循環往復，靈驗不爽，故稱因果爲靈果。」

〔五七〕三世之遠致：顔之推《顔氏家訓·歸心》：「三世之事，信而有徵。」王利器集解引趙曦明曰：「三世，過去、未來、現在也。」《校注》：「三世：佛教以過去、未來、現在爲三世。」

〔五八〕浄刹：佛教語，指佛所居住的無塵世污染的清浄世界。沈約《内典序》：「神光陸離，星繁於浄刹。」

〔五九〕塵習：《校注》：「塵習：指世俗。」

井賦

【題解】

此篇叢刊本、元鈔本、汪本無。梁本題下注：「汪本缺。」今據張本補。

《藝文類聚》卷九引晉江逌《井賦》：「穿重壤之十仞兮，構玉甃之百節。營之不日，既汲既渫。潛流炤炤，寒泉洌洌，挹之不損，滀之不充。納而不處其有，興而不匱其豐。先王借象以辨義，君子擬淡以自綏。神龍來蟠以育鱗，列仙一嗽而雲飛。」江淹此篇，與江逌賦之前四句全同。按此四句題爲江淹作者，首見於《太平御覽》卷一百八十九所引。余以爲江淹擬古之高手，如擬江逌，必不至有此雷同之作。且此篇叢刊本又無，頗疑此賦原爲江逌所作，後人誤以爲江淹，以訛傳訛，張溥乃收入江集耳。然今亦收入，以備後考焉。

穿重壤之千仞兮〔一〕，搆玉甃之百節①〔二〕。營之不日，既汲既渫〔三〕。

【校記】

①「搆」《太平御覽》作「構」。

【箋注】

〔一〕「穿重壤」句：重壤，地下。《文選》卷十八嵇康《琴賦》：「披重壤以誕載兮，參辰極而高驤。」李善注：「重壤，謂地也。泉壤稱九，故曰重也。」吕向注：「重壤，厚地也。」葛洪《抱朴子・任命》：「譬若埋尺璧於重壤之下，封文錦於沓匱之中，終無交易之富，孰賞堙翳之珍哉？」

〔二〕「搆玉甃」句：《莊子・秋水》：「吾樂與，吾跳梁乎井幹之上，入休乎缺甃之崖。」郭象注：「甃，如闌，以塼爲之，著井底闌也。」《校注》：「甃：井壁。」

〔三〕既汲既渫：渫，指排除井中的污水。《易·井》：「井渫不食，爲我心側。」王弼注：「渫，不停污之謂也。」《文選》卷十一王粲《登樓賦》：「懼匏瓜之徒懸兮，畏井渫之莫食。」李周翰注：「井渫者，井不停污。不爲人食，蓋喻修身全絜，畏時君之不用也。」

征怨

【題解】

此詩叢刊本、元鈔本、汪本無，今據《彙注》本補。

蕩子從征久〔一〕，鳳樓簫管閒〔二〕。獨枕彫雲鬢〔三〕，孤燈損玉顔〔四〕。何日邊塵淨〔五〕，庭前征馬還。

【箋注】

〔一〕蕩子從征久：蕩子，指辭家遠出、羈旅忘返的男子。《文選》卷二十九《古詩十九首·青青河畔草》：「昔爲倡家女，今爲蕩子婦。蕩子行不歸，空牀難獨守。」李善注：「《列子》曰：『有人去鄉土，遊於四方而不歸者，世謂之爲狂蕩之人也。』」《藝文類聚》卷四十一引梁簡文帝《妾薄命》：「名都多雅質，本自恃容姿。蕩子行不至，秋胡無定期。玉貌歇紅縷，長嚬串翠眉。」

〔二〕鳳樓簫管閒：《玉海》卷一百六十四：「《晉宫閣名》：『洛陽有鳳皇樓、總章觀，儀鳳樓在觀上。廣望觀之南又别有翔鳳樓，又有慶雲樓、伺星樓。』」《樂府詩集》卷三十九梁簡文帝《艷歌行有女篇》：「凌晨光景麗，倡女鳳樓中。」《校注》：「鳳樓：指女子所住之樓。閒：止。謂停止吹奏。」

〔三〕獨枕彫雲鬢：沈約《樂將殫恩未已應詔》：「凄鏘笙管遒，參差舞行亂。輕肩既屢舉，長巾亦徐换。雲鬢垂寶花，輕粧染微汗。」《校注》：「雲鬢：柔美的鬢髮。油黑蓬鬆爲雲。」

〔四〕孤燈損玉顔：《楚辭》卷十九宋玉《神女賦》：「貌豐盈以莊姝兮，包温潤之玉顔。」《文選》卷十三謝惠連《雪賦》：「皓鶴奪鮮，白鷴失素。紈袖慚冶，玉顔掩嫮。」吕延濟注：「玉顔，謂美人顔如玉也。」

〔五〕何日邊塵净：邊塵，邊境戰事。曹丕《又與孟達書》：「今者海内清定，萬里一統，三垂無邊塵之警，中夏無狗吠之虞。」

詠美人春遊

【題解】

此詩叢刊本、元鈔本、汪本無，今據《彙注》本補。

江南二月春，東風轉緑蘋〔一〕。不知誰家子，看花桃李津〔二〕。白雪凝瓊貌〔三〕，明珠點絳脣〔四〕。行人咸息駕〔五〕，争擬洛川神〔六〕。

【箋注】

〔一〕東風轉緑蘋：緑蘋，謝靈運《登上戍石鼓山》：「白芷競新苔，緑蘋齊初葉。摘芳芳靡諼，愉樂樂不燮。」謝莊《懷園引》：「想緑蘋兮既冒沼，念幽蘭兮已盈園。」《校注》：「蘋：蕨類植物，生淺水中，亦名田字草。」

〔二〕看花桃李津：《校注》：「津：渡口。」

〔三〕白雪凝瓊貌：《校注》：「瓊貌：玉貌。」

〔四〕明珠點絳脣：揚雄《蜀都賦》：「眺朱顔，離絳脣，眇眇之態，吡噉出焉。」鮑照《蕪城賦》：「東都妙姬，南國麗人，蕙心紈質，玉貌絳脣，莫不埋魂幽石，委骨窮塵。」《校注》：「明珠：即丹朱，丹砂。珠，通『朱』。」

〔五〕行人咸息駕：息駕，停車休息。《列子·説符》：「孔子自衛反魯，息駕乎河梁而觀焉。」曹植《美女篇》：「行徒用息駕，休者以忘餐。」趙幼文注：「息駕：謂駐馬。」

〔六〕争擬洛川神：《玉臺新詠》卷八劉緩《敬酬劉長史詠名士悦傾城》：「不信巫山女，不信洛川神，何關别有物，還是傾城人。」《校注》：「洛川神：即洛水神女宓妃。曹植《洛神賦》曾極寫其美貌。」

【集説】

明楊慎《升菴詩話》卷四《江淹〈詠美人春遊〉》：「江南二月春，東風轉緑蘋。不知誰家子，看花桃李津。白雪凝瓊貌，明珠點絳脣。行人咸歎息，争擬洛川神。」此詩見《文通外集》，點絳脣，後人以爲曲名，以此知是詩膾炙人口久矣。

佚詩

【題解】

此篇叢刊本等皆無，今據《玉燭寶典》卷一補。

《校注》：「逯欽立《先秦漢魏晉南北朝詩·江淹詩》中除此一則外，尚輯有《侍始安王石頭城》：『開局逶天邑，襟邑抱尊華。』（《六朝事蹟類編》上）《自樂昌郡泝流入郴詩》：『茲山界夷夏，天際横寥廓。』（《輿地紀勝》卷五七）『河州多沙塵，風吹黄雲起。』（《升庵詩話》）共三則。按：此三則，經查實分别爲鮑照《還都至三山望石頭城》、沈佺期《自樂昌郡泝流至白石嶺下行入郴州》、謝靈運《擬魏太子鄴中集·阮瑀》諸篇詩句，逯氏偶失檢，誤指爲江淹詩。」

通渠運春流〔一〕，幽谷涣□冰〔二〕。蕩穢出新泉，遊望登重陵〔三〕。

【箋注】

〔一〕通渠：暢通的河渠。《史記》卷二十九《河渠書》：「西方則通渠漢水、雲夢之野，東方則通溝江淮之間。於吴，則通渠三江、五湖。」《藝文類聚》卷九引張載《濛汜池賦》：「激通渠于千金，承瀍洛之長川。」

〔二〕幽谷：幽深的山谷。《詩·小雅·伐木》：「出自幽谷，遷于喬木。」毛傳：「幽，深。」《文選》卷二十八陸機《猛虎行》：「静言幽谷底，長嘯高山岑。急弦無懦響，亮節難爲音。」

〔三〕遊望：放眼遠望。《玉臺新詠》卷十蕭子顯《詠苑中遊人》：「二月春心動，遊望桃花初。迴身隱日扇，却步斂風裾。」

鳳皇銜書伎歌辭

【題解】

此篇叢刊本、元鈔本、汪本無。《樂府詩集》卷五十六《舞曲歌辭》題作《齊鳳皇銜書伎辭》。張本、梁本題作《齊鳳皇銜書伎歌辭》，題下注：「宋世有此辭，齊初詔中書郎江淹改。」今據《南齊書》卷十一《樂志》補。

《南齊書·樂志》云：「右《鳳皇銜書伎歌辭》，蓋魚龍之流也。元會日，侍中於殿前跪取其書。宋世辭云：『大宋興隆膺靈符，鳳鳥感和銜素書。嘉樂之美通玄虚，惟新濟濟邁唐虞。巍巍蕩蕩道有餘。』齊初詔中書郎江淹改。」既云「中書郎江淹改」，則應作於齊高帝建元二年江淹任中書郎之後；又云「元會日」侍中於殿前跪取其書，則歌辭又應作於正月元會之前。考齊之首次元會日乃在建元二年正月，是時江淹尚未有中書郎之任，則歌辭乃建元二年（四八〇）歲末所作，以爲明年正月元會所唱者也。與《樂志》所云「齊初」者，亦正相合。

吴譜據《南齊書·樂志》之「齊初」云云，乃以歌辭爲建元元年作。然江淹是時尚未有中書郎之任，且是年正月，蕭道成尚未代宋，正月元會之時必不能有此歌辭之奏，吴譜非是。建元元年四月，蕭道成禪宋稱帝，二年年末作此詩，自可云齊初也。《年代考》以爲歌辭「應是建元時代作品」。今考建元凡四年，《年代考》似亦失之寬泛。

又俞譜繫此歌辭於建元二年正月，以爲「而謂其時淹已爲中書郎，則與事實不合，蓋史家追書所致耳」。今亦録以備考。福林按：此歌辭既爲元會日所奏，則必作於元會之前者。元會，每年正月元旦羣臣朝見皇帝之會耳。由是，即便歌辭爲建元二年元會所奏，亦應作於建元元年歲末而非二年正月，俞譜於此，亦小有疏忽。

皇齊啓運從瑶璣〔一〕，靈鳳銜書集紫微〔二〕。和樂既洽神所依〔三〕，超商卷夏耀英輝〔四〕。永世壽昌聲華飛〔五〕。

【箋注】

〔一〕「皇齊」句：啓運，謂皇帝開啓世運。《文選》卷二十陸機《皇太子宴玄圃宣猷堂有令賦詩》：「三正迭紹，洪聖啓運。」李善注：「《春秋合誠圖》曰：『赤受天運。』宋均曰：『運，録運也。』」瑶璣，《書·舜典》：「在璿璣玉衡，以齊七政。」孔傳：「璿，美玉。璣衡，王者正天文之器，可運轉者。」孔穎達疏：「璣衡者，璣爲轉運，衡爲横簫，運璣使動於下，以衡望之。是王者正天文之器。漢世以來謂之渾天儀者是也。」古代通過璣衡觀察天象的運行，以預測王朝的興衰。《校注》：「皇齊：齊朝人對本朝的尊稱。啓運：開啓國運，即開國。從瑶璣：謂應天受命。瑶，美玉名。璣，璣衡。」

〔二〕「靈鳳」句：紫微，星座名。《列子·周穆王》：「清都、紫微、鈞天、廣樂，帝之所居。」張湛注：「清都、紫微，天帝之所居也。」陸機《列仙賦》：「觀百化於神區，覲天皇於紫微。」《校注》：「靈鳳銜書：指帝王受命出現了祥物。《藝文類聚》卷九九引《春秋元命苞》：『火離爲鳳皇，銜書遊文王之都，故武王受鳳書之紀。』紫微：紫微宫，星座名。三垣之一。古星占家以爲紫微垣爲皇極之地，因稱帝王宫殿爲紫微。」

〔三〕和樂既洽：《校注》：「洽：周遍。」

〔四〕「超商」句：《校注》：「超商卷夏：謂其德政超過夏商二代。卷，美好於。英輝：光輝。」

〔五〕「永世」句：壽昌，長壽昌盛。《宋書》卷十八《禮志五》：「初，高祖入關，得秦始皇藍田玉璽，螭虎紐，文曰：『受天之命，皇帝壽昌。』高祖佩之，後代名曰傳國璽。」《校注》：「聲華飛：謂芳名遠揚。」

藉田歌辭二章

【題解】

此篇叢刊本、元鈔本、汪本無。張本、梁本題作《齊籍田樂歌二首》，題下注：「永明四年籍田，詔江淹造歌。」《樂府詩集》卷三題作《齊藉田樂歌》。今據《南齊書》卷十一《樂志》補。

《漢書》卷四《文帝紀》：「夫農，天下之本也，其開藉田，朕親率耕，以給宗廟粢盛。」《校注》：「古時帝王於春耕前親耕農田，以奉祀宗廟，兼寓勸農之意，稱藉田。」

《南齊書·樂志》：「藉田歌辭，漢章帝元和元年，玄武司馬班固奏用《周頌·載芟》祠先農。晉傅玄作《祀先農先蠶夕牲歌詩》一篇八句，《迎送神》一篇，《饗社稷》、《先農》、《先聖》、《先蠶歌詩》三篇，前一篇十二句，中一篇十六句，後一篇十二句，辭皆敘田農事。胡道安《先農饗神詩》一篇，并八句。樂府相傳舊歌三章。永明四年藉田，詔驍騎將軍江淹造《藉田歌》。淹制二章，不依胡、傅，世祖口敕付太樂歌之。」按《南齊書》卷三《武帝紀》，永明四年閏正月「辛亥，車駕藉田」，「甲寅，以藉田禮畢，車駕幸閱武堂勞酒小會，詔賜王公以下在位者帛有差。」江淹《藉田歌辭》爲是年藉田祀先農而作，應在永明四年（四八六）閏正月。是月癸巳朔，辛亥月之十九日，甲寅月之二十二日。

祀先農迎送神升歌

【題解】

此首張本、梁本、《樂府詩集》題作《迎送神升歌》。

羽鑾從動①〔一〕，金駕時遊〔二〕。教騰義鏡〔三〕，樂綴禮脩〔四〕。率先丹耦②〔五〕，躬遵綠疇〔六〕。靈之聖之，歲殷澤柔〔七〕。

【校記】

①「從」《彙注》本作「既」。

②「耦」張本、梁本作「藕」。

【箋注】

〔一〕羽鑾從動：《校注》：「羽鑾：車駕上的羽飾和鑾鈴。」

〔二〕金駕時遊：《文選》卷二十二顏延之《應詔觀北湖田收》：「樓觀眺豐潁，金駕映松山。」呂向注：「金駕，金車也。」《校注》：「金駕：美稱帝王的車駕。時遊：應時出遊。指在春耕前藉田。」

〔三〕教騰義鏡：《校注》：「騰：猶言振興。鏡：照耀。」

〔四〕樂綴禮脩：《校注》：「綴：亦脩之義。」

〔五〕率先丹耦：《校注》：「丹耦：兩耜并耕爲耦。帝王藉田時所用的耜漆爲紅色，故云丹耦。」

〔六〕躬遵緑疇：《文選》卷二十二顏延之《車駕幸京口三月三日侍遊曲阿後湖作》：「藐盼覜青崖，衍漾觀緑疇。民靈騫都野，鱗翰聳淵丘。」《校注》：「疇：田地。」

〔七〕歲殷澤柔：《校注》：「歲殷：一年收成豐足。澤柔：謂德澤如水之柔，滋潤萬物。」

饗神歌辭

【題解】

此首張本、梁本、《樂府詩集》題作《饗神歌》。

瓊斝既飾〔一〕，繡簋以陳〔二〕。方燮嘉種〔三〕，永毓宵民〔四〕。

【箋注】

〔一〕瓊斝既飾：《詩·大雅·行葦》：「或獻或酢，洗爵奠斝。」毛傳：「斝，爵也。夏曰醆，殷曰斝，周曰爵。」《校注》：「瓊斝：玉製的酒器。飾：整治。」

〔二〕繡簠以陳：《校注》：「簠：古代祭祀時盛黍稷的器皿。」

〔三〕方燓嘉種：嘉種，優良的穀種。《詩·大雅·生民》：「誕降嘉種，維秬維秠。」孔穎達疏：「此后稷善能於稼穡，上天乃下善穀之種。」《藝文類聚》卷二引曹植《喜雨》詩：「時雨中夜降，長雷周我庭。嘉種獲膏壤，登秋畢有成。」《校注》：「燓：調和。」

〔四〕永毓宵民：《校注》：「毓：養育。宵民：百姓。宵，通『小』。」

牲出入歌

【題解】

此篇叢刊本、《彙注》本、汪本無，今據張本補。《初學記》卷十三題作《牲出入歌辭》。《南齊書》卷十一《樂志》：「建元二年，有司奏，郊廟雅樂歌辭舊使學士博士撰，搜簡採用，請敕外，凡義學者普令製立。參議：太廟登歌宜用司徒褚淵，餘悉用黄門郎謝超宗辭。」義學者，謂有辭義學術者。則建元二年朝廷嘗命凡有辭義學術者撰作《南郊樂歌》。江淹此篇當即爲是時所撰，然則未予採用而已。俞譜云是時江淹必同時又嘗作齊南郊樂歌辭之他篇，云：「齊南郊樂歌辭尚有『羣臣出入』、『迎神』、『皇帝入壇東門』、『皇帝升壇』、『皇帝初獻』、『皇帝飲福酒』、『送神』、『皇帝就燎位』、『皇帝還便殿』等歌辭，淹必同時有作，今亡。」所説是也。

《宋書》卷十四《禮志一》：「南郊……先郊日未晡五刻，夕牲。公卿京兆尹衆官悉壇東就位，太祝史牽牲入。到榜，稟犧令跪白：『請省牲。』舉手曰：『腯。』太祝令繞牲，舉手曰：『充。』太祝令牽牲詣庖。」

祝詳史具，禮備樂薦〔一〕。有牲在陳，有鼓在懸〔二〕。騰燭象星，奔水類電〔三〕。郊燎夙戒〔四〕，駜彼乘駽〔五〕。以伺質明〔六〕，以佇神晏〔七〕。

【箋注】

〔一〕「祝詳」二句：《校注》：「祝、史：皆郊祀時司祭禮的官員，薦：獻。」

〔二〕「有牲」二句：《校注》：「陳：《爾雅·釋宫》：『堂途謂之陳。』指堂前行禮處。懸：謂懸掛鐘鼓等樂器的架。」

〔三〕「騰燭」二句：《校注》：「騰燭：燃燒之燭。奔水：疑指計時的漏水。《初學記》卷二五引李蘭《漏刻法》曰：『以玉壺玉管流珠馬上奔馳行漏。』又引梁時陸倕《新漏刻銘》形容漏水文字云：『微若抽繭，逝若激電。』按謝超宗《齊南郊樂歌·引牲樂》：『奔精望夜，高燎佇晨。』與此二句意近。」

〔四〕郊燎夙戒：《校注》：「郊燎：焚柴祭天曰燎，爲古代郊祀儀式之一，故稱郊燎。夙戒：早已作好準備之意。」

〔五〕駜彼乘駽：《詩·魯頌·有駜》：「有駜有駜，駜彼乘黄。」毛傳：「駜，馬肥彊貌。馬肥彊則能升高進遠，臣彊力則能安國。」又：「有駜有駜，駜彼乘騆。」毛傳：「青驪曰騆。」《校注》：「駜：馬强壯貌。騆：青黑色的馬。」

〔六〕以伺質明：《儀禮·士冠禮》：「擯者請期，宰告曰：『質明行事。』」鄭玄箋：「質，正也。宰告曰：『旦日正明行冠事。』」謝惠連《夜集歎乖》：「誠哉曩日歡，展矣今夕切。吾生赴遥命，質明即行轍。在貧故宜言，贈子保温惠。」《校注》：「質明：天剛亮時。」

〔七〕以佇神晏：《校注》：「晏：宴饗。」

薦豆呈毛血歌辭

【題解】

此篇叢刊本、《彙注》本、汪本無，今據張本補。

毛血，動物的毛與血。指祭祀時所用犧牲。亦作「血毛」。《禮記·郊特牲》：「毛血，告幽全之物也。告幽全之物者，貴純之道也。」《孔子家語·問禮》：「玄酒以祭，薦其血毛。」《校注》：「豆：古祭祀用的盛器。……《宋書·禮志一》：『太祝令牽牲詣庖，以二陶豆酌毛血，其一奠皇天神座前，其一奠太祖神座前。』」

據《南齊書》卷十一《樂志》，此篇當爲齊建元二年（四八〇）與《牲出入歌》一時所作。

時恭時祀，有物有則〔一〕。伊我上聖〔二〕，實抱明德〔三〕。犧象交陳〔四〕，鬱尊四塞〔五〕。黍惟嘉穀，酒惟玄默〔六〕。薦通蒼祇，慶覃黎黑〔七〕。顧靈之降，祚家祐國〔八〕。

【箋注】

〔一〕有物有則：《詩·大雅·烝民》：「天生烝民，有物有則。民之秉彝，好是懿德。」

〔二〕伊我上聖：上聖，猶至聖，指德智超羣的人。《墨子·公孟》：「昔者，聖王之列也，上聖立爲天子，其次立爲卿大夫。」《文選》卷十四班固《幽通賦》：「紛屯亶與蹇連兮，何艱多而智寡；上聖迕而後拔兮，雖羣黎之所御。」

〔三〕實抱明德：《逸周書·本典》：「今朕不知明德所則，政教所行，字民之道，禮樂所生，非不念而知，故問伯父。」《晉書》卷三十七《宗室·彭城穆王權傳》：「成帝詔曰：『王以明德茂親，居宗師之重，宜敷道養德，静一其操。』」《校注》：「明德：完美的德行。」

〔四〕犧象交陳：犧象，古代飾有鳥形、鳥羽或象骨的酒器。《禮記·明堂位》：「季夏六月，以禘禮祀周公於大廟，牲用白牡，尊用犧象。」鄭玄注：「尊，酒器也。犧尊以沙羽爲畫飾，象骨飾之。」一説爲犧尊和象尊的合稱。《左傳·定公十年》：「且犧象不出門，嘉樂不野合。」杜預注：「犧象，酒器，犧尊、象尊也。」

〔五〕鬱尊四塞：鬱尊，盛鬱鬯酒的酒器。《禮記·明堂位》：「鬱尊用黄目。」鄭玄注：「鬱尊，鬱鬯之器也。黄目，黄彝也。」按鬱鬯，香酒。用鬯酒調和鬱金香之汁而成，古代用於祭祀或待賓。《周禮·春官·鬱人》：「鬱人掌祼器，凡祭祀、賓客之祼事，和鬱鬯以實彝而陳之。」鄭玄注：「築鬱金煮之以和鬯酒。」《校注》：「鬱：即鬱鬯，古代祭祀用的酒。煮鬱金香草取汁合黍釀成。尊：同『樽』。此句謂酒杯中的禮酒香氣四溢。」

〔六〕「黍惟」二句：《校注》：「嘉穀：古代以黍（小米）爲嘉穀。玄默：指祭祀用的淡酒。」

〔七〕「薦通蒼祇」二句：《校注》：「蒼祇：天地。覃：及。黎黑：指平民。」

〔八〕祚家祐國：《校注》：「祚：賜福。」

奏宣列之樂歌舞

【題解】

此篇叢刊本、《彙注》本、汪本無，元鈔本題作《奏宣列之樂歌辭》，今據張本補。據《南齊書》卷十一《樂志》，此篇爲齊建元二年（四八〇）與《牲出入歌》、《薦豆呈毛血歌辭》一時所作。

《校注》：「宣列：謂宣揚天子的功德業績。列，通『烈』。」

殷崇配天〔一〕，周尊明祀①〔二〕。瑞合汾陰，慶同泰畤②〔三〕。青幕雲舒，丹殿霞起。二曜惟新③，五精告始〔四〕。于以享之，景福是履〔五〕。

【校記】

①「周」元鈔本作「界」。

②「慶」《初學記》卷十三作「夢」。「泰畤」原作「泰時」，梁本作「泰峙」，今據元鈔本改。

③「惟」元鈔本作「維」。

【箋注】

〔一〕殷崇配天：《校注》：「殷崇配天：《尚書·君奭》：『故殷禮陟配天，多歷年所。』《正義》：『殷能以禮配天，故天降福。』此指祭天以祖先配享之禮。」

〔二〕周尊明祀：《校注》：「周尊明祀：尊，猶崇。《左傳·僖公二十一年》：『崇明祀，保小寡，周禮也。』明祀，天神之祀。《宋書·禮志一》：『南郊……跪奠皇天神座前，再拜，興。次詣太祖配天神座前，執爵跪奠，如皇天之禮。』」

〔三〕「瑞合」二句：《校注》：「汾陰：漢縣名。屬河東郡，即今山西萬榮縣。漢武帝祀后土，得寶鼎於此。泰畤：漢武帝居甘泉宫，於雲陽（今陝西淳化縣西北）立泰畤，以祭天神。皆見《史記·封禪書》」。

〔四〕「二曜」二句：二曜，指日月。《南齊書》卷十三《天文志下》：「天文設象，宜備内外兩宫，但災之所躔，不必遍行景緯，五星精晷與二曜而爲七，妖祥是主，歷數攸司，蓋有殊於列宿也。」同上書卷四十七《王融傳》：「伏惟陛下窮神盡聖，總極居中，偶化兩儀，均明二耀。」五精，五方之星。《文選》卷三張衡《東京賦》：「辨方位而正則，五精帥而來摧。」薛綜注：「五精，五方星也。」

〔五〕景福是履：景福，洪福，大福。《詩·小雅·楚茨》：「以妥以侑，以介景福。」鄭玄箋：「景，大也。」《文選》卷四左思《蜀都賦》：「天帝運期而會昌，景福肸蠁而興作。」吕延濟注：「言大福之興，有如此蟲羣飛而多也。」《校注》：「景：大。履：踐。」

遂古篇 并序

【題解】

此篇叢刊本無，今據《彙注》本補。

「并序」張本無此二字，梁本作「有序」。

曹道衡《年代考》云：「此文寫法全學屈原《天問》。文章的末段有這樣的話：『茫茫造化，理難循兮。聖者不測，況庸倫兮。筆墨之暇，爲此文兮。薄暮雷電，聊以忘憂，又示君兮。』這段話説明他的用意與《自序傳》所謂『賦詩十五首，略明性命之理，因以爲諷』的用意頗相似。」又云：「此文既説到『又示君兮』，『君』當指景素，似是被貶前作，以爲諷諫。屈原《天問》本屬政治上失意後抒憤之作，後來柳宗元的《天對》也是失意後所作。江淹自稱「聊以忘憂」，似亦非一般的憂，而是指諫景素不聽的憂憤。所以此文應是與《效阮公詩》差不多時候的作品。」今考此賦又云：「六合之内，心常渾兮。幽明詭性，令智昏兮。」顯然針對景素異謀而言。是《年代考》所説是也，即此篇應爲其在南徐州時所作，時間約在泰豫元年（四七二）至元徽二年（四七四）之間。

遂古：往古，遠古。《楚辭·天問》：「曰遂古之初，誰傳道之？」王逸章句：「遂，往也。」《文選》卷四十八班固《典引》：「伊考自遂古，乃降戾爰兹。」蔡邕注：「遂古，遠古也。」

僕嘗爲《造化篇》，以學古制〔一〕。今觸類而廣之〔二〕，復有此文，兼象《天問》〔三〕，以遊思云爾〔四〕。

聞之遂古，大火然兮〔五〕。水亦溟涬，無涯邊兮〔六〕。女媧煉石，補蒼天兮〔七〕。女岐九子，爲氏先兮〔一一〕。蚩尤鑄兵，幾千年兮〔一二〕。十日并出，堯之間兮〔一三〕。羿迺斃日①，事豈然兮〔一四〕。常娥奔月，誰所傳兮〔一五〕。豐隆騎雲，爲靈仙兮〔一六〕。夏開乘龍，何因緣兮〔一七〕。傅説託星，安得宣兮〔一八〕。夸父鄧林，義亦艱兮〔一九〕。建木千里②，烏易論兮〔二〇〕。穆王周流，往復旋兮〔二一〕。河宗王母，可與言兮〔二二〕。青鳥所解，路誠亶

共工所觸，不周山兮〔八〕。河洛交戰，寧深淵兮〔九〕。黄炎共鬥，涿鹿川兮〔一〇〕。

兮〔二三〕。五色玉石，出西偏兮〔二四〕。崑崙之墟，海此間兮〔二五〕。去彼宗周，萬二千兮〔二六〕。《山經》古書，亂編篇兮〔二七〕。郭釋有兩，未精堅兮〔二八〕。

上有剛氣，道家言兮〔二九〕。日月五星，皆虚懸兮〔三〇〕。倒景去地，出雲烟兮〔三一〕。九地之下，如有天兮〔三二〕。土伯九約，寧若先兮〔三三〕。西方蓐收，司金門兮〔三四〕。北極禺强，爲常存兮〔三五〕。帝之二女，遊湘沅兮〔三六〕。霄明燭光，向焜煌兮〔三七〕。太一司命，鬼之元兮〔三八〕。山鬼國殤，爲遊魂兮〔三九〕。迦維羅衛，道最尊兮〔四〇〕。黄金之身，誰能原兮〔四一〕。恒星不見，頗可論兮〔四二〕。其説彬炳，多聖言兮〔四三〕。六合之内，心常渾兮〔四四〕。幽明詭性，令智昏兮〔四五〕。

河圖洛書，爲信然兮〔四六〕。孔甲養龍③，古共傳兮④〔四七〕。禹時防風，處隅山兮〔四八〕。春秋長狄，生何邊兮〔四九〕。臨洮所見，又何緣兮〔五〇〕。蓬萊之水，淺於前兮〔五一〕。東海之波，爲桑田兮〔五二〕。山崩邑淪，寧幾千兮。石生土長，必積年兮。漢鑿昆明，灰炭全兮〔五三〕。魏開濟渠，螺蚌堅兮〔五四〕。白日再中，誰使然兮〔五五〕。北斗不見，藏何間兮〔五六〕。建章鳳闕，神光連兮〔五七〕。未央鐘簴，生花鮮兮〔五八〕。銅爲兵器，秦之前兮。丈夫衣綵，六國先兮〔五九〕。周時女子，出世間兮〔六〇〕。班君絲履，遊太山兮〔六一〕。人鬼之際，有隱淪兮〔六二〕。

四海之外，孰方圓兮〔六三〕。沃沮肅慎，東北邊兮〔六四〕。長臂兩面，亦乘船兮〔六五〕。東南倭國，皆文身兮〔六六〕。其外黑齒，次裸民兮〔六七〕。侏儒三尺，并爲鄰兮〔六八〕。西北丁零，又烏孫兮〔六九〕。車師月支，種類繁兮〔七〇〕。馬蹄之國，善騰奔兮〔七一〕。西南烏弋，及罽賓兮〔七二〕。天竺于闐，皆胡人兮〔七三〕。條支安息，西海濱兮〔七四〕。人迹所極，至大秦兮〔七五〕。珊瑚明珠，銅金銀兮。琉璃瑪瑙，來雜陳兮。硨磲水精，莫非真兮〔七六〕。雄黄雌石，出山垠兮〔七七〕。青白蓮花，被水濱兮。宫殿樓觀，并七珍兮〔七八〕。窮陸溟海，又有民兮〔七九〕。長股深目，豈君臣兮〔八〇〕。丈夫女子，及三身兮〔八一〕。穿胸反舌⑤，一臂人兮〔八二〕。跂踵交脛，與羽民兮〔八三〕。不死之國，皆何因兮〔八四〕。

茫茫造化，理難循兮〔八五〕。聖者不測，況庸倫兮〔八六〕。筆墨之暇，爲此文兮。薄暮雷電，聊以忘憂〔八七〕，又示君子⑥。

【校記】

①「甃」原作「弊」，今據張本、梁本、《廣弘明集》卷三改。

②「建」《廣弘明集》作「尋」。

③「養」張本、梁本作「豢」。

④「共」梁本注：「一作『所』。」

⑤「穿」張本、梁本、《廣弘明集》作「結」。

⑥「子」張本、梁本作「兮」。

【箋注】

〔一〕「僕嘗」二句：《校注》：「《造化篇》：今已亡佚。古制：古體。」

〔二〕觸類而廣之：觸類，接觸相類事物。《易・繫辭上》：「引而伸之，觸類而長之。」《文選》卷四十七夏侯湛《東方朔畫贊》：「若乃遠心曠度，贍智宏材，倜儻博物，觸類多能。」

〔三〕兼象天問：《校注》：「象：模仿。《天問》：屈原所作。全篇對天地的形成、結構及其他紛紜錯綜的自然、社會現象提出了一百七十多個問題，涉及了大量的神話傳説。」

〔四〕遊思云爾：《晉書》卷九十四《索襲傳》：「游思於陰陽之術，著天文地理十餘篇，多所啓發。」張協《雜詩十首》之九：「養真尚無爲，道勝貴陸沈。遊思竹素園，寄辭翰墨林。」

〔五〕大火然兮：《校注》：「然：『燃』的本字。」

〔六〕「水亦」二句：張衡《靈憲》：「太素之前，幽清玄浄，寂寞冥默，不可爲象。厥中惟靈，厥外惟無，如是者永久焉，斯謂溟涬。」《校注》：「溟涬：茫茫無際貌。」

〔七〕「女媧」二句：《淮南子・覽冥訓》：「往古之時，四極廢，九州裂，天不兼覆，地不周載，火爁炎而不滅，水浩洋而不息，猛獸食顓民，鷙鳥攫老弱。於是女媧鍊五色石以補蒼天，斷鼇足以立四極，殺黑龍以濟冀州，積蘆灰以止淫水。蒼天補，四極正，淫水涸，冀州平，狡蟲死，顓民生。」

〔八〕「共工」二句：《淮南子·天文訓》：「昔者共工與顓頊争爲帝，怒而觸不周之山，天柱折，地維絶。天傾西北，故日月星辰移焉；地不滿東南，故水潦塵埃歸焉。」《山海經·大荒西經》：「西北海之外，大荒之隅，有山而不合，名曰不周。」

〔九〕「河洛」二句：《竹書紀年》卷四：「帝芬……十六年，洛伯用與河伯馮夷鬥。」《校注》：「河：河伯，名馮夷。洛：洛伯，名用。二人皆爲夏朝的諸侯伯爵。寧：豈。」

〔一〇〕「黄炎」二句：賈誼《新書·益壤》：「黄帝者，炎帝之兄也。炎帝無道，黄帝伐之涿鹿之野，血流漂杵。誅炎帝而兼其地，天下乃治。」《校注》：「黄：黄帝。炎：炎帝。皆爲傳説中古帝。涿鹿：地名。在今河北省。」

〔一一〕「女岐」二句：《校注》：「女岐：神女名。《楚辭》屈原《天問》：『女岐無合，夫焉取九子？』注：『女岐，神女。無夫而生九子也。』爲氏先：爲最早的家族。」按「女岐」同「女歧」。

〔一二〕「蚩尤」二句：《山海經·大荒北經》：「蚩尤作兵，伐黄帝，黄帝乃令應龍攻之冀州之野。應龍畜水，蚩尤請風伯、雨師，縱大風雨。黄帝乃下天女曰魃，雨止，遂殺蚩尤。」《校注》：「鑄兵：製造兵器。《管子·地數》：『而葛盧之山發而出水，金從之，蚩尤受而制之，以爲劍、鎧、矛、戟。』又《太平御覽》卷七九引《龍魚河圖》：『蚩尤造立兵杖，刀、戟、大弩。』」

〔一三〕「十日」二句：《淮南子・本經訓》：「逮至堯之時，十日并出，焦禾稼，殺草木，而民無所食。猰貐、鑿齒、九嬰、大風、封豨、脩蛇皆爲民害。堯乃使羿誅鑿齒於疇華之野，殺九嬰於凶水之上，繳大風於青邱之澤，上射十日而下殺猰貐，斷脩蛇於洞庭，擒封豨於桑林，萬民皆喜，置堯以爲天子。」

〔一四〕「羿迺」二句：《藝文類聚》卷十引《淮南子》：「堯時十日竝出，草木燋枯。堯命羿仰射十日，中其九，烏皆死，墮羽翼。」

〔一五〕「常娥」二句：常娥，即『嫦娥』，亦作『恒娥』。《淮南子・覽冥訓》：「譬若羿請不死之藥於西王母，恒娥竊以奔月。」高誘注：「恒娥，羿妻。羿請不死之藥於西王母，未及服之，恒娥盜食之，得仙，奔入月中，爲月精。」

〔一六〕「豐隆」二句：《楚辭》屈原《離騷》：「吾令豐隆乘雲兮，求宓妃之所在。」王逸章句：「豐隆，雷師。」《淮南子・天文訓》：「春三月，豐隆乃出，以將其雨。」高誘注：「豐隆，雷也。」

〔一七〕「夏開」二句：《山海經・海外西經》：「大樂之野，夏后啓於此儛九代，乘兩龍。」《山海經・大荒西經》：「西南海之外，赤水之南，流沙之西，有人珥兩青蛇，乘兩龍，名曰夏后開。」《校注》：「夏開：即夏啓。漢人避景帝諱，改啓爲開。啓，禹之子，禹死後繼王位。」

〔一八〕「傅説」二句：《莊子・大宗師》：「傅説得之，以相武丁，奄有天下，乘東維，騎箕尾，而比於列星。」郭象注：「傅説，殷相也。武丁，殷王高宗也。」《校注》：「傅説：殷相，相傳死後化爲星，即傅説星，在箕星和尾星之間。」

〔一九〕「夸父」二句：《山海經·海外北經》：「夸父與日逐走，入日，渴欲得飲，飲於河渭，河渭不足，北飲大澤，未至，道渴而死。棄其杖，化爲鄧林。」《校注》：「艱：難。謂很難用常理説明。即郭璞《山海經圖贊》『神哉夸父，難以理尋』之意。」

〔二〇〕「建木」二句：《校注》：「建木：神話中木名。《山海經·海内經》：『南海之外，黑水青水之間……有木，青葉紫莖，玄華黄實，名曰建木，百仞無枝。』烏：何。按《列子·湯問》：『鄧林彌廣數千里焉。』未見有『建木千里』的記載。」

〔二一〕「穆王」二句：《校注》：「穆王：周穆王，名滿，周昭王子，曾西擊犬戎，東征徐戎，後人因演繹爲穆王馭八龍之駿巡於天下，見西王母的故事。詳見《穆天子傳》、《拾遺記》、《列子》等書。周流：周行各地。往復旋：去而復歸。」

〔二二〕「河宗」二句：《校注》：「河宗：河神。《穆天子傳》卷一載穆王西巡至陽遇之山，曾見到河伯的子孫河宗伯夭。王母：即西王母。《山海經·西山經》：『玉山，是西王母所居也。西王母其狀如人，豹尾虎齒而善嘯，蓬髮戴勝，是司天之厲及五殘。』《穆天子傳》卷三載穆王曾『觴西王母於瑶池之上』，并與之賦詩唱和。」

〔二三〕「青鳥」二句：《山海經·西山經》：「又西二百二十里，曰三危之山，三青鳥居之。」郭璞

注：「三青鳥主爲西王母取食者，別自棲息於此山也。《竹書》曰：『穆王西征，至于青鳥所解也。』」同上書《海内北經》：「蛇巫之山，上有人操柸而東向立，一曰龜山。西王母梯几而戴勝杖，其南有三青鳥，爲西王母取食。」《校注》：「所解：謂解脱羽毛之地。《竹書紀年》卷八：『（穆）王北征，行流沙千里，積羽千里；征犬戎，取其五王以東，征於青鳥所解。』按青鳥所解之處，即《山海經·西山經》所説的三危山。亶：困頓。」

〔二四〕「五色」二句：《校注》：「西偏：西方偏遠之地。指昆侖山。據王嘉《拾遺記》卷十，昆侖山有瑶臺，『皆五色玉爲臺基』，又『有五色石』，『有琅玕璆琳之玉』。」

〔二五〕「崑崙」二句：《校注》：「崑崙墟：昆侖山的基部。墟，一作『虚』。《山海經·海外南經》：『昆侖虚在其東，虚四方。』郭璞注：『虚，山下基也。』《拾遺記》卷十：『崑崙山者，西方曰須彌山，對七星之下，出碧海之中。』」

〔二六〕「去彼」二句：《校注》：「宗周：周爲諸侯所宗仰，故周之王都所在稱宗周。西周都鎬（今陝西西安市），東周都洛邑（今河南洛陽市）。」

〔二七〕「山經」二句：《校注》：「山經：即《山海經》，分《山經》和《海經》兩部分。是我國古代記載地理物産的一部著作，裏面保存了豐富的神話傳説。亂編篇：謂編簡錯雜混亂，很難讀通。」

〔二八〕「郭釋」二句：《校注》：「郭：即郭璞，字景純，晉代著名學者、詩人。郭璞既爲《山海經》

作注，又作有《山海經圖贊》一卷，故云『郭釋有兩』。未精：不夠精確。」

〔二九〕「上有」二句：《校注》：「上：指天。剛氣：陽剛之氣。《淮南子·天文》：『宇宙生氣，氣有涯垠，清陽者薄靡而爲天。』」

〔三〇〕「日月」二句：《校注》：「五星：金、木、水、火、土爲五星。虛懸：懸於虛空之中。」

〔三一〕「倒景」二句：《校注》：「倒景：古代稱天上最高處爲倒景。《漢書·郊祀志》：『登遐倒景。』注：『如淳曰：在日月之上，反從下照，故其景倒。』」

〔三二〕「九地」二句：《孫子·形》：「善守者藏於九地之下，善攻者動於九天之上。」梅堯臣注：「九地，言深不可知。」《晉書》卷五十七《胡奮傳》：「奮唯有一子，爲南陽王友，早亡。及聞女爲貴人，哭曰：『老奴不死，唯有二兒，男入九地之下，女上九天之上。』」《校注》：「九地：地下最深處。古代有九天、九地之說。」

〔三三〕「土伯」二句：《校注》：「土伯：地下鬼神名。九約：猶九屈。《楚辭》宋玉《招魂》：『土伯九約，其角觺觺些。』注：『土伯，后土之侯伯也。約，屈也。』」

〔三四〕「西方」二句：《禮記·月令》：「孟秋之月……其帝少皞，其神蓐收。」鄭玄注：「此白精之君，金官之臣，自古以來，著德立功者也。少皞，金天氏。蓐收，少皞氏之子。」按少皞即少昊。《禮記·祭法》：「秋曰：其帝少昊，其神蓐收。」《校注》：「司金門：即司秋。金門爲少皞氏之門，據古代五行説，西方和秋季皆與金對應。」

〔三五〕「北極」二句：《校注》：「禺强：水神名。《山海經·大荒北經》：『北海之渚中，有神，人面鳥身，珥兩青蛇，踐兩赤蛇，名曰禺强。』《莊子·大宗師》：『禺强得之，立于北極。』因五行中水位北方，故禺强立於『北極』。」

〔三六〕「帝之」二句：《校注》：「帝之二女：指帝堯之女娥皇、女英，皆舜妃。相傳二妃從舜南征三苗，不及，道死沅湘之間。」

〔三七〕「霄明」二句：《山海經·海内北經》：「舜妻登比氏生宵明、燭光，處河大澤，二女之靈能照此所方百里。」郭璞注：「即二女字也，以能光照，因名云。」《校注》：「焜煌：明亮輝煌。」

〔三八〕「太一」二句：《校注》：「太一：即東皇太一，天之尊神。司命：有大司命、少司命，主宰人類生命之神。元：首。」

〔三九〕「山鬼」二句：《校注》：「山鬼：山神。國觴：爲國捐軀的人。《東皇太一》、《大司命》、《少司命》、《山鬼》、《國觴》皆屈原《九歌》篇名。遊魂：遊蕩的鬼魂。」

〔四〇〕「迦維」二句：《校注》：「迦維羅衛：古天竺國名，省作『迦維』，爲佛祖釋迦牟尼出生地。此代指佛祖。」

〔四一〕「黄金」二句：《校注》：「黄金之身：指佛。《後漢書·西域傳》：『世傳明帝夢見金人，長大，頂有光明。以問羣臣。或曰：西方有神，名曰佛，其形長丈六尺而黄金色。』原：追本溯源。」

〔四二〕「恒星」二句：《公羊傳·莊公七年》：「恒星者何？列星也。」何休注：「恒，常也，常以時列見。」《校注》：「恒星：常見之星，如二十八宿。《春秋·莊公七年》：『夏四月辛卯，夜，恒星不見，夜明。』按古人認爲晝象徵中國，夜象徵夷狄。夜明，故常星不見，象徵着中國衰微（見《漢書·五行志下》）。而後世佛徒以爲常星不見表示西方有聖人出生，故據《春秋》的記載附會佛生於魯莊公七年四月八日。對此，沈約《答陶隱居難均聖論》曾辯其謬。文載《廣弘明集》卷五。據『頗可論』推測，江淹對此説法也是表示懷疑的。」

〔四三〕「其説」二句：《校注》：「其説：指佛教學説。彬炳：猶言精彩。」

〔四四〕「六合」二句：六合，天地四方。《莊子·齊物論》：「六合之外，聖人存而不論；六合之内，聖人論而不議。」成玄英疏：「六合者，謂天地四方也。」《漢書》卷五十七下《司馬相如傳下》：「是以六合之内，八方之外，浸淫衍溢。」顔師古注：「天地四方，謂之六合。四方四維，謂之八方也。」《校注》：「心常渾：謂世間衆生心中常混沌不清。」

〔四五〕「幽明」二句：幽明，指善惡，賢愚，此指衆生。《書·舜典》：「三載考績，三考黜陟幽明。」孔傳：「三年有成，故以考功；九歲，則能否、幽明有别，黜退其幽者，升進其明者。」《校注》：「詭性：詭詐其性。令智昏：言利令智昏。」

〔四六〕「河圖」二句：《易·繫辭上》：「河出圖，洛出書，聖人則之。」河圖，儒家關於《周易》卦形來源的傳説。《書·顧命》：「大玉、夷玉、天球、河圖，在東序。」孔傳：「伏犧王天下，龍馬出河，遂則其文以畫八卦，謂之『河圖』。」洛書，儒家關於《尚書·洪範》「九疇」創作過程的傳說。《書·洪範》：「天乃錫禹洪範九疇，彝倫攸敘。」孔傳：「天與禹，洛出書。神龜負文而出，列於背，有數至於九。禹遂因而第之，以成九類常道。」《文選》卷三張衡《東京賦》：「龍圖授羲，龜書畀姒。」薛綜注：「《尚書》傳曰：『伏羲氏王天下，龍馬出河，遂則其文以畫八卦，謂之河圖。』又曰：『天與禹，洛出書，謂神龜負文而出，列於背。』」宋熊朋來《經説》卷一《易·河圖洛書》：「上官氏嘗以『河圖』衍爲十圖，其第五圖即『洛書』。」

〔四七〕「孔甲」二句：《左傳·昭公二十九年》：「及有夏孔甲，擾于有帝。帝賜之乘龍，河、漢各二，各有雌雄。孔甲不能食，而未獲豢龍氏。有陶唐氏既衰，其後有劉累，學擾龍于豢龍氏，以事孔甲，能飲食之。夏后嘉之，賜氏曰御龍。」杜預注：「孔甲，少康之後，九世君也，其德能順於天。帝賜之乘龍，河、漢各二。」

〔四八〕「禹時」二句：防風，古部落酋長名。《國語·魯語下》：「昔禹致羣神於會稽之山，防風氏後至，禹殺而戮之。」韋昭注：「羣神，謂主山川之君，爲羣神之主，故謂之神。防風，汪芒氏君之名也。違命後至，故禹殺之，陳尸爲戮。」《校注》：「隅山：亦作『嵎山』。《國語·魯下》：『客曰：防風氏何守也？仲尼曰：汪芒氏之君也，守封、嵎之山者也。』韋昭注：『封，封山。嵎，嵎山。在今吴郡永安縣。』段玉裁《説文解字注》：『今封、嵎二山在浙江省湖州府武康縣（今德清縣）東，實一山也。』」

〔四九〕「春秋」二句：《公羊傳·文公十一年》：「叔孫得臣敗狄于鹹。狄者何？長狄也。」何休注：「蓋長百尺。」《校注》：「長狄，春秋時狄族的一支，以其體型高大，故稱。傳爲防風氏之後。侵魯衛諸國，敗亡滅種。」

〔五〇〕「臨洮」二句：《漢書》卷二十七下之上《五行志下之上》：「秦始皇帝二十六年，有大人長五丈，足履六尺，皆夷狄服，凡十二人，見于臨洮。」《校注》：「臨洮：縣名。秦置，即今甘肅岷縣。」

〔五一〕「蓬萊」二句：《校注》：「蓬萊：神話中渤海有三神山：方丈、蓬萊、瀛洲。」

〔五二〕「東海」二句：桑田，種植桑樹與農作物的田地。《詩·鄘風·定之方中》：「靈雨既零，命彼倌人，星言夙駕，説于桑田。」《校注》：「東海：古亦稱渤海。葛洪《神仙傳·王遠》：『麻姑自説云：「接侍以來，已見東海三爲桑田，向到蓬萊，水又淺于往者，會時略半也，豈將復還爲陵陸乎？」』」

〔五三〕「漢鑿」二句：《校注》：「昆明：池名。漢武帝時開鑿，在長安西南。慧皎《高僧傳》卷一《竺法蘭》：『昔漢武帝穿昆明池底，得黑灰，以問東方朔。朔云：不委，可問西域人。後（按指東漢時）法蘭既至，衆人追以問之。蘭云：世界終盡，劫火洞燒，此灰是也。』劫火，佛教以爲是毁滅世界的大火。全：保全。」

〔五四〕「魏開」二句：《校注》：「魏：指魏武帝曹操。《三國志·魏書·武帝紀》：建安十八年秋九月，『鑿渠引漳水入白溝以通河』。白溝，濟水的支流。《水經·淇水注》：『魏武開白溝，因宿胥故瀆而加其功也。』」

〔五五〕「白日」二句：《校注》：「白日再中：西下太陽退回天空正中，謂時光倒轉。《初學記》卷二引《風俗通》：『（漢）成帝問劉向，俗説文帝被徵，後期（延誤了時間）不得立，日爲再中。』」

〔五六〕「北斗」二句：《史記》卷二十七《天官書》：「杓攜龍角，衡殷南斗，魁枕參首。」張守節正義：「按角星爲天闕，其間天門，其内天庭，黄道所經，七耀所行。左角爲理，主刑，其南爲太陽道；右角爲將，主兵，其北爲太陰道也。盖天之三門，故其星明大則天下太平，賢人在位；不然，反是也。」《校注》：「北斗不見：古代占候家認爲北斗星明則天下太平，賢者在位；不然，反之。」

〔五七〕「建章」二句：《校注》：「建章：漢宫名，在長安未央宫西。鳳闕：在建章宫東側，上有銅鳳凰，故名。神光：指神明臺。言臺高可居神明。在建章宫西側。」

〔五八〕「未央」二句：鐘簴，懸掛鐘磬的立柱。《楚辭·九歌·東君》：「緪瑟兮交鼓，簫鍾兮瑶簴。」朱熹集注：「簴，懸鍾磬之木也。」《文選》卷三十八傅亮《爲宋公至洛陽謁五陵表》：「城闕爲墟，宫廟隳頓，鍾簴空列。」李周翰注：「言都邑荒蕪，唯有鍾格虚設，宫觀之餘，盡爲田疇，而生禾黎也。」《校注》：「未央：漢宫名。未央宫中置有鐘簴。鐘簴：懸掛鐘磬的木架。」

〔五九〕「丈夫」二句：《校注》：「六國：指戰國時關東六國。按『丈夫衣綵』似指老萊子事。《藝文類聚》卷二十引《列女傳》：『老萊子孝養二親，行年七十，嬰兒自娛，著五色采衣。』老萊子爲春秋楚人，故云『六國先兮』。」

〔六〇〕「周時」二句：《校注》：「此二句未詳。」

〔六一〕「班君」二句：《校注》：「班君：指胡母班，後漢泰山人，曾遊泰山，受泰山府君之托，傳書於河伯，河伯贈以青絲履。詳見《搜神記》卷四。」

〔六二〕「人鬼」二句：《校注》：「隱淪：神人。桓譚《新論》：『天下神人五：一曰神仙，二曰隱淪，三曰使反物，四曰先知，五曰鑄疑。』」

〔六三〕「四海」二句：《莊子・逍遥遊》：「藐姑射之山，有神人居焉，肌膚若冰雪，綽約若處子，不食五穀，吸風飲露，乘雲氣，御飛龍，而遊乎四海之外。」

〔六四〕「沃沮」二句：《校注》：「沃沮、肅慎：皆古國名。沃沮有南、北二國，南沃沮又名東沃沮，其地在今朝鮮和我國吉林省一帶。肅慎，《山海經・大荒北經》：『大荒之中，有山，名曰不咸，有肅慎氏之國。』即漢晉時的挹婁，在今黑龍江、松花江流域。詳見《三國志・魏書・東夷傳》。」

〔六五〕「長臂」二句：《校注》：「長臂、兩面：皆傳説中的異人。《山海經・海外南經》載有『長臂國』，郭璞注云：『舊説云：其人手下垂至地。魏黄初中，玄菟太守王頎討高句麗王宫，窮追之，過沃沮國，其東界臨大海，近日之所出，問其耆老，海東復有人否？云：嘗在海中得一布褐，身如中人，衣兩袖長三丈，即此長臂人衣也。』郭注出自《三國志·魏書·東夷傳》。《東夷傳》緊接上文又云：『又得一破船，隨波出在海岸邊，有一人項中復有面，生得之，與語不相通，不食而死。』即本文所稱之『兩面』人。」

〔六六〕「東南」二句：《校注》：「倭國：即今日本國。《山海經·海内北經》：『倭屬燕。』郭璞注：『倭國在帶方東大海内，以女爲主，其俗露紒，衣服無針功，以丹朱塗身，不妬忌，一男子數十婦也。』文身：在身上刻畫花紋。《魏書·東夷傳》謂倭人『男子無大小皆黥面文身』。」

〔六七〕「其外」二句：《校注》：「黑齒、裸民：皆傳説中國名。《山海經·海外東經》：『黑齒國在其北。』郭璞注：『《東夷傳》曰：倭國東四十餘里，有裸國。裸國東南有黑齒國，船行一年可至也。』」

〔六八〕「侏儒」二句：《校注》：「侏儒：亦傳説中國名。《三國志·魏書·東夷傳》：『女王國東渡海千餘里，復有國，皆倭種。又有侏儒國在其南，人長三四尺，去女王四千餘里。』」

〔六九〕「西北」二句：《校注》：「丁零、烏孫：皆漢代西域國名。見《史記·大宛列傳》。其地在今新疆維吾爾自治區。」

〔七〇〕「車師」二句：《校注》：「車師、月支：亦西域國名。」

〔七一〕「馬蹄」二句：《三國志》卷三十《魏志·烏丸鮮卑東夷傳論》注引《魏略·西戎傳》：「烏孫長老言北丁令有馬脛國，其人音聲似雁鶩，從膝以上身頭，人也，膝以下生毛，馬脛馬蹄，不騎馬而走疾馬，其爲人勇健敢戰也。」《山海經·海内經》：「有釘靈之國，其民從膝已下有毛，馬蹄，善走。」郭璞注：「《詩含神霧》曰：『馬蹄，自鞭其蹄，日行三百里。』」

〔七二〕「西南」二句：《校注》：「烏弋、罽賓：皆漢西域國名，在今喀布爾河下游喀什米爾一帶。《漢書·西域傳》：『烏弋山離國，王去長安萬二千二百里。』又云：『罽賓國，王治循鮮城，去長安萬二千二百里。……西北與大月氏、西南與烏弋山離接。』烏弋山離，省稱烏弋。」

〔七三〕「天竺」二句：《校注》：「天竺：印度的古稱。于闐：漢西域國名，在今新疆和田縣一帶。」

〔七四〕「條支」二句：《校注》：「條支：漢西域國名。《史記·大宛列傳》：『條支在安息西數千里，臨西海。』安息：古國名，即今伊朗。漘：水邊。」

〔七五〕「人迹」二句：《校注》：「大秦：國名，即古羅馬帝國。《後漢書·西域傳》：『安息西界極矣。自此南乘海，乃通大秦。……土多金銀奇寶，有夜光璧、明月珠、駭雞犀、珊瑚、琥珀、琉璃、琅玕、朱丹、青碧。……凡外國諸珍異皆出焉。』」

〔七六〕「碑磔」二句：《廣雅·釋地》：「蜀石、碝、玫、碑磔……石之次玉。」《校注》：「碑磔：次於玉的美石。水精：即水晶。」

〔七七〕「雄黄」二句：《校注》：「雄黄雌石：即雄黄和雌黄。礦物名，可製顔料。垠：邊。」

〔七八〕「宫殿」二句：七珍，猶「七寶」。沈約《彌陀佛銘》：「願遊彼國，晨翹暮想，七珍非羨，三達斯仰。」《校注》：「七珍：泛指用作裝飾的多種寶物。《後漢書·西域傳》：『(大秦)宫室皆以水精爲柱，食器亦然。』」

〔七九〕「窮陸」二句：《校注》：「窮陸溟海：謂極遥遠的陸地海上。」

〔八〇〕「長股」二句：長股、深目，皆傳説中國名。《山海經·海外西經》：「長股之國，在雄常北，被髮，一曰長脚。」郭璞注：「國在赤水東也。長臂人身如中人而臂長二丈，以類推之，則此人脚過三丈矣。黄帝時至。」同上書《海外北經》：「深目國在其(昆侖山)東，爲人舉一手一目，在共工臺東。」《校注》：「豈君臣：《路史·后妃五》注引《尸子》：『四夷之民有貫胸者，深目者，長股者，黄帝之德皆致之。』此謂上述之民豈能與黄帝建立君臣關係。」

〔八一〕「丈夫」二句：《校注》：「丈夫、女子、三身：皆傳説中國名。《山海經·海外西經》：『丈夫國在維鳥北，其爲人衣冠帶劍。』又云：『女子國在巫咸北，兩女子居，水周之。一曰居一門中。』又云：『三身國在夏后啓北，一首而三身。』」

〔八二〕「穿胸」二句：《校注》：「穿胸、反舌、一臂：皆傳説中國名。穿胸即『貫胸』。《山海經·海外南經》：『貫匈國在其東，其爲人匈有竅。』《藝文類聚》卷一七引《山海經》：『反舌國在其東，其爲人反舌。』(今本《山海經·海外南經》作『岐舌國』)《吕氏春秋·功名》高誘注：

『舌本在前，末倒向喉，故曰反舌。』《山海經·海外西經》：『一臂國在其北，一臂一目一鼻孔。有黄馬虎文，一目而一手。』」

〔八三〕「跂踵」二句：《校注》：「跂踵、交脛、羽民：亦傳説中國名。《山海經·海外北經》：『跂踵國在拘纓東，其爲人大，兩足亦大，一曰大踵。』又《海外南經》：『交脛國在其東，其爲人交脛。』郭璞注：『言脚脛曲戾相交，所謂雕題，交趾者也。或作「頸」，其爲人交頸而行也。』又《大荒南經》：『有羽民之國，其民皆生毛羽。』」

〔八四〕「不死」二句：《校注》：「不死之國：《山海經·大荒南經》：『有不死之國，阿姓，甘木是食。』郭璞注：『甘木即不死樹，食之不老。』」

〔八五〕「茫茫」二句：《文選》卷五十六張華《女史箴》：「茫茫造化，二儀始分。散氣流形，既陶既甄。」李善注：「《淮南子》曰：『大丈夫恬然無爲，與造化逍遥。』高誘曰：『造化，天地。』」李周翰注：「茫茫，廣大貌。」《藝文類聚》卷三十四引晉潘岳爲任子咸妻作《孤女澤蘭哀辭》：「茫茫造化，爰啓英淑。猗猗澤蘭，應靈誕育。」《校注》：「理難循：謂很難以理推導。」

〔八六〕庸倫：《校注》：「庸倫：平庸之輩。」

〔八七〕「薄暮」二句：《楚辭》屈原《天問》：「薄暮雷電，歸何憂？厥嚴不奉，帝何求？」洪興祖補注：「薄暮，日欲晚，喻年將老也。雷電，喻君暴怒也。歸何憂者，自寬之詞。」《文選》卷二十七魏文帝《善哉行》：「策我良馬，被我輕裘。載馳載驅，聊以忘憂。」嵇康《贈秀才入軍十九首》之十六：「朝發太華，夕宿神州。彈琴詠詩，聊以忘憂。」

【集説】

《校注》：本篇出入於釋、道、儒三家，大體以《山海經》的内容爲線索，羅列了許多古代天文地理、神話傳説和風俗物産，似乎是對《山海經》作補充和質疑。據《南史》本傳載：『淹嘗欲爲《赤縣經》，以補《山海》之闕，竟不成。』通過本篇或許可以窺見江淹未竟之作《赤縣經》的大略。文中『六合之内，心常渾兮。幽明詭性，令智昏兮』，『人鬼之際，有隱淪兮』以及『薄暮雷電，聊以忘憂』等句，不能看作是一般的閑筆，當是針對建平王和自己的境遇而發。

銅劍讚 有序

【題解】

此篇叢刊本、《彙注》本、汪本無，今據張本補。

此文序云：「永明初，始造舊宫。鑿東北之地，皆平岡迤隴，尤多古冢墓。」考《南齊書》卷三《武帝紀》云永明元年正月，「甲子，爲築青溪舊宫，詔槼仗瞻履」。「青溪舊宫」，即此文序之「舊宫」。據此，銅劍乃造舊宫時所得。序又云：「余既借看，歎其古異。」是此文之作，當在始得觀銅劍後不久，時應在永明元年（四八三）正、二月之間。

永明初，始造舊宮。鑿東北之地，皆平岡迤隴〔一〕，尤多古冢墓。有人得銅劍，長尺五寸，余既借看，歎其古異。客有謂余曰：「古時乃以銅爲兵乎〔二〕？其可得而聞不？」余笑而應曰：此證據甚多，殆不俟言〔三〕。卿既欲知，輒具言之。余按《山海經》曰：「昆吾之山，其上多赤銅〔四〕。」郭璞注曰：「此山出金如火，以之切玉，如割泥也〔五〕。周穆王時，西戎獻之〔六〕，《尸子》所謂昆吾之劍也〔七〕。《越絶書》曰〔八〕：『赤堇之山〔九〕，破而出錫。若邪之谿〔一〇〕，涸而出銅。歐冶鑄以爲純鈎之劍〔一一〕。』又汲冢中得一銅劍〔一二〕，長三尺五。乃今所記干將者①〔一三〕，亦皆非鐵，明古者以銅錫爲兵器也〔一四〕。」《周書》稱穆王時，征犬戎〔一五〕，得昆吾之劍、火浣布長尺有咫〔一六〕，又有錬銅赤刀，割玉如泥焉。又《左傳·僖公十八年》：「鄭伯始朝於楚〔一七〕，楚賜之金，既而悔之。盟曰：『無以鑄兵。』故以鑄三鐘。」杜預注云：「楚金利，故也。」古者以銅爲兵，故《禹貢》云：荆揚貢金三品〔一八〕。余以爲古者語質而難解，今者語文而易了〔一九〕。獨《詩》云「元龜象齒」，其實象牙也〔二〇〕；《書》曰「厥包橘柚」，乃黃柑也〔二一〕。金品上則黃，中則赤，下則黑。黑金是鐵，赤金是銅，黃金是金。黃金可爲寶，赤金可爲兵，黑金可爲器。

《韓子》稱〔二二〕：昔智伯瑶之伐趙襄子②〔二三〕，初晉陽襄子金將盡，問於張孟談〔二四〕，孟談對曰：「吾聞董安于治晉陽也，公室悉以銅爲柱質〔二五〕，君可發而用之。」於是發之，有餘金矣〔二六〕。謂此據蓋可知焉。又昔夏后氏使九牧貢金，鑄九鼎於荆山之下〔二七〕，于昆吾氏之墟，白若甘欃之地〔二八〕，圖其山川奇怪以形于鼎，使民知神姦，不逢其害，以定其祥〔二九〕。鼎成三足而方，不炊而自沸，不舁而自藏，不遷而自行〔三〇〕。九鼎既成，定之國都。桀有昏德，鼎遷於商；殷紂暴虐，鼎遷於周。每人主休明，鼎雖小而重；其姦回昏亂，雖大而輕〔三一〕。及周顯王三十二年，姬德大衰，乃淪入泗水〔三二〕。秦始皇之初，見於彭城。二十七年，始皇東遊，大發徒出之，而不能得焉〔三三〕。後漢武帝賓禮百神於汾陰，得大鼎〔三四〕，時人以爲九鼎，其詳不可得而審也〔三五〕。且荆軻刺秦王之日，匕首擊銅柱，銅柱火出〔三六〕，則古者非直以銅爲匕首〔三七〕，亦以爲殿柱也。且始皇之世，長狄十二，見於臨洮，身長三丈，足跡六尺〔三八〕。於是始皇歛天下之兵，鑄而象之〔三九〕。故《西京賦》云：「高門有閌，列坐金狄。」是也〔四〇〕。又造阿房之宫〔四一〕，其門悉用磁石。磁石噏鐵，以防外兵之入焉〔四二〕。以此推之，明知春秋迄於戰國，戰國至於秦時，攻争紛亂，兵革互興〔四三〕，銅既不充給，故以鐵足之。鑄銅既難，求鐵甚易，是故銅兵轉少，鐵兵轉多。年甚一年，歲甚一歲，漸染流遷，遂成風俗。所以鐵工比肩〔四四〕，而銅工稍絶。二漢之世，逾見其微。及漢建安二十四年，魏文帝爲太子時，鑄三寶刀、二匕首〔四五〕。天下百鍊之精利〔四六〕，而悉是鑄鐵，不能復鑄銅矣。按張華《博物志》亦稱，鑄銅之工不復可得，惟蜀地羌中，時有解者〔四七〕。由此言之，斯妙久絶。

余謂不復能鑄銅者，正當不能使利如霜雪，光如雲霞，陸斬犀兕〔四八〕，水斷蛟龍，豈復不能鑄銅鑪鋺燈耶？然今太極殿前兩大銅鏡，即周景王鑄也〔四九〕。製作精巧，獨絶晚世〔五〇〕。今之作，必不及古，猶今鏡不及古鏡，今鐘不及古鐘矣。

昔余爲吴興令，鑿池又獲銅箭鏑數十枚〔五一〕。時有人復於彼山中伐木，得銅斧一口。古銅鑄爲兵，豈爲一據？故備言其詳，以發子之蒙矣。古貴銅賤鐵，非獨此事。按《皇覽·帝王冢墓記》稱〔五二〕，吴王闔閭冢〔五三〕，銅槨三重，汞池六尺，玉鳧之流〔五四〕，扁諸之劍三〔五五〕，盤郢魚腸之劍在焉〔五六〕。秦始皇冢，亦以銅槨，水銀爲江河，關東賊發之，至銅槨而取銅，深大，不可多得，因此穴塞〔五七〕。漢思王冢③〔五八〕，時奢侈，皆生葬，取愛幸奴婢，蓄穀，爲銅牕，以通殉葬者氣息，兼以水火。守冢給呼召，數十年乃不復聞聲矣。晚世之葬，無復此例。然猶自大奢、大富、大盛，或傾一國之財，或竭一家之寶，或争爲宏麗，或競相高尚。前漢奢於後漢，魏時富於晉世。

中原既夷，至於江左〔五九〕。時天下凋喪〔六〇〕，制度日衰，富貴之家，猶或厚葬。然論古論囊〔六一〕，亦減損千萬倍矣。世愈貧狹，哀禮愈薄〔六二〕。又往古之事，棺皆不用釘，悉用細腰〔六三〕。其細腰之法，長七寸，廣三寸，厚二寸五分。狀如木秤，兩頭大，而中央小，仍鑿棺際而安之。因普漆其外。一棺凡用細腰五十四枚，大略如此。亦可謂至巧矣。其法既絶，亦有銅釘。銅釘之體，皆如今柘釘形也〔六四〕。銅釘既滑，多被發掘。自義熙以來〔六五〕，乃以柘代銅。爰及明器之屬〔六六〕，亦多減省，必不得已，乃用烏牙焉〔六七〕。相與皆用素棺，不得施漆。及自棺之外，一無所設，既由貧富之懸，兼以避患之及耳。故爲此讚，以明古今銅鐵之兵刃，葬送之事焉。乃成讚曰：

悠悠開闢〔六八〕，或聖或賢。蚩尤鑄銅，爲兵幾年〔六九〕。天生五才，實此爲先〔七〇〕。既古既囊，誰測誰傳。紛綸百代〔七一〕，事無不異。况迺金鐵，國之利器。風胡專精，歐冶妙思〔七二〕。於昔則出，於今則秘。聞之釋經，萬物澹薄〔七三〕。在古必厚，在今必惡。徒侈徒異，徒鏟徒削。聊舉一概〔七四〕，以明鴻略〔七五〕。

【校記】

①「乃」原作「及」，今據今本《山海經·中山經》郭璞注改。

②「智伯瑶」原作「智伯繇」，今據《韓非子·十過》改。按《史記》卷七十八《春申君列傳》亦作「智伯瑶」。

③「漢」下原衍一字空格，梁本、庫本小字注「闕」字，今據叢刊本所附録之馮已蒼藏從元鈔本所校《銅劍讚》删。

【箋注】

〔一〕平岡迤隴：《校注》：「平岡迤隴：謂地勢平坦而又逐漸傾斜的山岡。」

〔二〕以銅爲兵：《校注》：「兵：兵器。」

〔三〕殆不俟言：《宋書》卷十二《禮志二》：「此之僻謬，不俟言而顯。」《校注》：「不俟言：不待言，不言自明。」

〔四〕「昆吾」二句：昆吾，山名。《山海經·中山經》：「又西二百里曰昆吾之山，其上多赤銅。」

〔五〕「此山」數句：按此數句今本郭注作：「此山出名銅，色赤如火，以之作刃，切玉如割泥也。」

〔六〕「周穆王」二句：《校注》：「周穆王：西周國君，周昭王子，名滿。西戎：古代西北地區的少數民族。」

〔七〕「尸子」句：《校注》：「《尸子》：戰國魯人尸佼撰，共二十卷。《漢書·藝文志》列入雜家類，今有輯本。」

〔八〕越絶書：《校注》：「《越絶書》：原書二十卷，今存十五卷，或説是東漢人袁康所撰。」

〔九〕赤墐之山：《大清一統志》卷二百二十六《紹興府》：「赤堇山，在會稽縣東南三十里，歐冶子爲越王鑄劍處，一名鑄浦山。《越絶書》『赤堇之山，破而出錫』是也。旁有井，亦以歐冶名。」《校注》：「赤墐山：在今浙江奉化東。」

〔一〇〕若邪之谿：《會稽志》卷十《會稽縣》：「若邪溪在縣南二十五里，溪北流與鏡湖合。《越絶》云：『若邪之溪涸而出銅。』《吴越春秋》云：『赤堇之山已合無雲，若邪之溪深而莫測。』《戰國策》云：『涸若邪而取銅，破堇山而取錫。』溪旁即赤堇山也。」《校注》：「若邪谿：在今浙江紹興縣東南若邪山下。」

〔一一〕「歐冶」句：《越絶書·外傳·記寶劍》：「楚王召風胡子而問之曰：『寡人聞吴有干將，越有歐冶子，此二子甲世而生，天下未嘗有，精誠上通，天下爲烈士。寡人願齎邦之重寶，皆以奉子，因吴王請此二人作鐵劍，可乎？』風胡子曰：『善。』於是乃令風胡子之吴，見歐冶子、干將，使人作鐵劍。歐冶子、干將鑿茨山，洩其溪，取鐵英作爲鐵劍三枚，一曰龍淵，二曰泰阿，三曰工布。畢成，風胡子奏之楚王，楚王見此三劍之精神，大悦風胡子。」《校注》：「歐冶：即歐冶子，相傳爲春秋末年著名鑄劍師，其所鑄湛盧、純鉤、勝邪、魚腸、巨闕爲我國古代五大名劍。純鉤，亦作『純鈞』。」

〔一二〕汲冢：《校注》：「汲冢：指晉太康二年汲郡人不準所盜發的魏襄王冢。汲郡，今河南汲縣。」

〔一三〕所記干將者：今本郭注作「所名爲干將劍」。

〔一四〕以銅錫爲兵器：今本郭注作「通以錫雜銅爲兵器」。

〔一五〕「周書」二句：《校注》：「周書：即《逸周書》，又稱《汲冢周書》，爲晉太康二年汲郡人在魏襄王冢中發掘所得，今本作十卷。犬戎：即西戎。」

〔一六〕火浣布：《列子・湯問》：「火浣之布，浣之必投於火，布則火色，垢則布色，出火而振之，皓然疑乎雪。」張湛注：「此《周書》所云。」《校注》：「火浣布：爲石棉織成的布。此所引《周書》之文不見於今本《汲冢周書》，蓋已亡佚，唯《列子・湯問》及《博物志》有相同記載。」

〔一七〕鄭伯始朝於楚：《校注》：「鄭伯：春秋時鄭簡公。」

〔一八〕「故禹貢」二句：《校注》：「《禹貢》：《尚書》篇名。其敘荆州和揚州皆作『厥貢惟金三品』。金三品：三種等級的金。據《尚書》僞孔傳爲金銀銅，與下文所説的金銅鐵三等説法不同。」

〔一九〕語文而易了：《校注》：「了：明白易懂之意。」

〔二〇〕「獨詩」二句：《詩・魯頌・泮水》：「憬彼淮夷，來獻其琛。元龜象齒，大賂南金。」

〔二一〕「書曰」二句：《尚書・禹貢》：「厥包橘柚錫貢。」孔傳：「小曰橘，大曰柚，其所包裹而致者。錫命乃貢，言不常。」

〔二二〕韓子：《校注》：「《韓子》：即《韓非子》，戰國人韓非著。」

〔二三〕「昔智伯瑶」句：《校注》：「智伯瑶：戰國時晉國的卿，晉哀公時曾控制國政。趙襄子：趙國君主，簡子之子。」

〔二四〕「初晉」二句：《校注》：「晉陽：地名，春秋時晉邑。後趙簡子據晉陽叛晉。張孟談：趙國的國相，後爲趙襄子所殺。」

〔二五〕「吾聞」二句：《校注》：「董安于：趙簡子臣屬。于，亦作『閼』。公室：指諸侯官府。柱質：柱子和柱礎。質，同『櫍』。」

〔二六〕有餘金矣：《校注》：「以上見《韓非子・十過》，文有節略。」

〔二七〕「又昔」二句：《漢書》卷二十五上《郊祀志上》：「禹收九牧之金，鑄九鼎，象九州。」顔師古注：「九牧，九州之牧也。」《校注》：「夏后氏：即夏禹。九牧：九州之牧守。荆山：在今陝西富平縣西南。《説文》：『昔禹收九牧之金，鑄鼎荆山之下……以協承天休。』段注引皇甫謐《帝王世紀》：『禹鑄鼎於荆山，在馮翊懷德縣之南，山下有荆渠。』」

〔二八〕「于昆吾氏」二句：《校注》：「昆吾氏之墟：即《山海經・中山經》所云之昆吾山。白、若、甘、攙：皆傳説中水名。《山海經・大荒南經》：『大荒之中……有白水山，白水出焉，而生白淵，昆吾之師所浴也。』又《海内經》：『流沙之東……黄帝妻雷祖生昌意，昌意降處若水。』又《大荒東經》：『東海之外大壑，少昊之國。……有甘山者，甘水出焉。攙，未詳。』」

〔二九〕「使民」三句：《校注》：「神姦：鬼神之姦情。《左傳・宣公三年》：『昔夏之方有德也，遠方圖物，貢金九牧，鑄鼎象物，百物而爲之備，使民知神姦。故民入川澤山林，不逢不若。魑魅罔兩，莫能逢之。』」

〔三〇〕「鼎成」數句：《墨子・耕柱》：「昔者夏后開使蜚廉折金於山川，而陶鑄之於昆吾。是使翁難雉乙卜於白若之龜，曰：鼎成三足而方，不炊而自烹，不舉而自臧，不遷而自行，以祭於昆吾之墟。」《校注》：「昪：抬。《藝文類聚》卷九九引《孫氏瑞應圖》：『神鼎者，質文精也，知吉凶存亡，能輕能重，能息能行，不灼而沸，不汲自盈。……王者興則出，衰則去。』」

〔三一〕「桀有」數句：《左傳・宣公三年》：「定王使王孫滿勞楚子，楚子問鼎之大小輕重焉。對曰：在德不在鼎。昔夏之方有德也，遠方圖物，貢金九牧，鑄鼎象物，百物而爲之備，使民知神姦。故民入川澤山林，不逢不若。魑魅罔兩，莫能逢之。用能協於上下，以承天休。桀有昏德，鼎遷於商，載祀六百。商紂暴虐，鼎遷於周。德之休明，雖小，重也。其姦回昏亂，雖大，輕也。』」杜預注：「民無災害，則上下和，而受天祐。」《校注》：「休明：猶英明。姦回：邪惡。」

〔三二〕「及周顯王」三句：《校注》：「周顯王：東周君主。公元前三六八—前三二一年在位。《漢書・郊祀志》：『或曰：周顯王之四十二年，宋大丘社亡，而鼎淪没於泗水彭城下。』此『三十二年』,『三』字當『四』之誤。姬德: 謂周朝政權,周天子姬姓。泗水: 古代泗水流經今山東東南江蘇北部入淮河。」

〔三三〕「二十七年」數句:《校注》:「《史記・秦始皇本紀》:『二十八年……始皇還,過彭城。齋戒禱祠,欲出周鼎泗水。使千人没水求之,弗得。』此『二十七年』當作『二十八年』。」

〔三四〕「後漢武帝」二句:《校注》:「賓禮百神: 以衆神爲賓而宴饗之。汾陰: 漢屬河東郡,即今山西萬榮縣地。漢武帝元鼎元年得寶鼎於此。詳見《漢書・郊祀志。》」

〔三五〕不可得而審:《校注》:「審: 確知。」

〔三六〕「且荆軻」三句:《史記》卷八十六《刺客列傳》:「荆軻廢,乃引其匕首以擿秦王,不中,中銅柱。」張守節正義:「《燕丹子》云:『荆軻拔匕首擲秦王,决耳入銅柱,火出。』」

〔三七〕非直以銅爲匕首:《校注》:「非直: 不但。」

〔三八〕「且始皇」數句:《漢書》卷二十七下之上《五行志下之上》:「史記秦始皇帝二十六年,有大人長五丈,足履六尺,皆夷狄服,凡十二人,見于臨洮。」《校注》:「長狄: 身材高大的北方少數民族。臨洮: 地名,今甘肅岷縣。」

〔三九〕「於是」二句:《漢書》卷二十七下之上《五行志下之上》:「史記秦始皇帝二十六年……是歲始皇初并六國,反喜以爲瑞,銷天下兵器,作金人十二以象之。」

〔四〇〕「故西京賦」數句:《文選》卷二張衡《西京賦》:「高門有閌,列坐金狄。」李善注:「《毛詩》

曰：『皋門有伉。』與『閌』同。鄭玄《禮記》注曰：『皋之言高也。』金狄，金人也。」《校注》：「閌，高貌。」

〔四一〕阿房之宫：《校注》：「阿房宫：故址在今陝西咸陽附近。秦始皇三十五年始建。」

〔四二〕「鎡石」二句：《校注》：「噏：同『吸』。外兵：外人攜帶兵器。」

〔四三〕兵革互興：《校注》：「兵革互興：言戰争迭起。」

〔四四〕鐵工比肩：《荀子・非相》：「棄其親家而欲奔之者，比肩并起。」王充《論衡・效力》：「殷周之世，亂迹相屬，亡禍比肩，豈其心不欲爲治乎？」《校注》：「比肩：喻接連而至，言其多。」

〔四五〕「魏文帝」三句：曹丕《建安諸序》：「維建安二十四年二月丙午，魏太子丕造刀三。其二曰含章，彩似丹霞。」《藝文類聚》卷六十引《典論》：「魏太子造百辟匕首二，其一理似堅冰，名曰清剛；其二曜似朝日，名曰揚文。」

〔四六〕百鍊之精利：《校注》：「精利：指堅硬鋒利的刀劍。」

〔四七〕「蜀地」二句：《校注》：「羌中：指四川、甘肅、青海一帶羌族所居的地區。解者：指能鑄銅技術的人。解，能。」

〔四八〕陸斬犀兕：犀兕，犀牛和兕。《左傳・宣公二年》：「牛則有皮，犀兕尚多，棄甲則那？」孔穎達疏：「《釋獸》云：『犀似豕。』郭璞曰：『形似水牛，豬頭，大腹，痺脚。脚有三蹄，黑色。

三角，一在頂上，一在額上，一在鼻上，鼻上者，食角也，小而不橢。好食棘，亦有一角者。』劉欣期《交州記》曰：『犀出九德，毛如豕，蹄有甲，頭似馬。』……《釋獸》云：『兕似牛。』郭璞云：『一角，青色，重千斤。』《説文》云：『兕如野牛，青毛，其皮堅厚，可製鎧。』」《文選》卷五左思《吴都賦》：「烏菟之族，犀兕之黨。」

〔四九〕周景王：《校注》：「周景王：東周君主，公元前五四四—前五二〇年在位。」

〔五〇〕獨絶晚世：晚世，近世。劉向《説苑·建本》：「晚世之人，莫能閒居心思，鼓琴讀書，追觀上古。」《後漢書》卷二十八下《馮衍傳下》：「逮至晚世，董仲舒言道德，見妒於公孫弘；李廣奮節於匈奴，見排於衛青，此忠臣之常所爲流涕也。」

〔五一〕「鑿池」句：箭鏑，箭頭。《史記》卷十六《秦楚之際月表》：「墮壞名城，銷鋒鏑，鉏豪傑，維萬世之安。」《文選》卷九潘岳《射雉賦》：「彳亍中輟，馥焉中鏑。」徐爰注：「鏑，矢鏃也。」

〔五二〕「按皇覽」句：《校注》：「《皇覽·帝王冢墓記》：《皇覽》是魏文帝命王象等臣下編纂的一部類書，已佚。《冢墓記》是其中一類，今有清人輯本。」

〔五三〕吴王闔閭冢：《校注》：「闔閭：亦作『闔廬』，春秋時吴國君主。」

〔五四〕玉梟之流：《校注》：「玉梟：以玉刻成梟形的排水口。」

〔五五〕扁諸之劍：《吴越春秋》卷五《夫差内傳》：「吴師皆文犀長盾，扁諸之劍。」趙煜注：「闔廬既鑄成干將、莫耶二劍，餘鑄得三千，并號扁諸之劍。」

〔五六〕盤郢魚腸之劍：《校注》：「盤郢、魚腸：皆吴國所産寶劍名。」

〔五七〕穴塞：墓穴堵塞。

〔五八〕漢思王：即西漢東平王劉宇，漢元帝第四子，死後謚思王。

〔五九〕「中原」二句：《校注》：「中原既夷：夷，對中原以外各族的蔑稱。這裏用作動詞。西晉末年五胡亂華，中原地區爲異族所占。江左：東晉遷都建業，偏居於長江東南地區，故稱『江左』。」

〔六〇〕天下凋喪：凋喪，喪亡。《晉書》卷四十八《段灼傳》：「哀二親早亡隕，兄弟並凋喪，孝敬無復施於家門，此臣之恨四也。」《文選》卷二十八陸機《門有車馬客行》：「親友多零落，舊齒皆凋喪。」

〔六一〕論古論曩：《校注》：「曩：昔。」

〔六二〕「世愈」二句：《校注》：「貧狹：貧困窘迫。哀禮：喪禮。」

〔六三〕悉用細腰：細腰，即細要，棺木合縫的木榫。王符《潛夫論·浮侈》：「釘細要，削除鏟靡，不見際會。」

〔六四〕柘釘：《校注》：「柘釘：用柘木所制的釘。」

〔六五〕自義熙以來：《校注》：「義熙：晉安帝年號（四〇五—四一八）。」

〔六六〕明器之屬：明器，即冥器。專爲隨葬而製作的器物，一般用竹、木或陶土製成。從宋代起，紙明器逐漸流行。《禮記・檀弓下》:「其曰明器,神明之也。塗車芻靈,自古有之,明器之道也。」鄭玄注:「芻靈束茅爲人馬,謂之靈者,神之類。」《校注》:「明器: 古稱隨葬品爲明器。」

〔六七〕「必不得已」二句: 《校注》:「烏牙: 疑即『烏啄』,烏之牙即啄。《釋名・釋車》:『槅,枙也,所以枙牛頸。馬曰烏啄,下向,叉馬頸,似烏開口向下啄物時也。』此謂用軛來緊束棺身,以代替銅釘。」又《校注》云:「按『必不得已』九字當緊接於『乃以柘代銅』一句之下,文義方連貫。此疑錯簡所致。」亦録以備考。

〔六八〕悠悠開闢: 《文選》卷十九宋玉《高唐賦》:「悠悠忽忽,怊悵自失。」李善注:「悠悠,遠貌。」同上書卷三十三前人《九辯》:「去白日之昭昭兮,襲長夜之悠悠。」張銑注:「悠悠,無窮也。」《校注》:「開闢: 謂開天闢地以來。」

〔六九〕「蚩尤」二句: 《管子・地數》:「而葛盧之山發而出水,金從之,蚩尤受而制之,以爲劍、鎧、矛、戟。」《太平御覽》卷七十九引《龍魚河圖》:「蚩尤造立兵杖,刀、戟、大弩。」

〔七〇〕「天生」二句: 五才,亦作「五材」,指金、木、水、火、土。《左傳・襄公二十七年》:「天生五材,民并用之,廢一不可。」杜預注:「五材,金、木、水、火、土也。」焦贛《易林・師之解》:「三德五才和合,四時陰陽順敘,國無咎災。」原注:「五才,金、木、水、火、土也。」

〔七一〕紛綸百代: 《文選》卷四十八司馬相如《封禪文》:「紛綸威蕤,堙滅而不稱者,不可勝數也。」李善注:「張揖曰:『紛綸,亂貌。』」

〔七二〕「風胡」二句：《越絶書·外傳·記寶劍》：「楚王召風胡子而問之曰：『寡人聞吴有干將，越有歐冶子，此二子甲世而生，天下未嘗有，精誠上通，天下爲烈士。寡人願齎邦之重寶，皆以奉子，因吴王請此二人作鐵劍，可乎？』風胡子曰：『善。』於是乃令風胡子之吴，見歐冶子、干將，使人作鐵劍。歐冶子、干將鑿茨山，洩其溪，取鐵英作爲鐵劍三枚，一曰龍淵，二曰泰阿，三曰工布。畢成，風胡子奏之楚王，楚王見此三劍之精神，大悦風胡子。」《校注》：「風胡：即風胡子，春秋時人，善識劍。」

〔七三〕「聞之」二句：澹薄，同淡薄。《文選》卷二十一顔延之《五君詠·向常侍》：「向秀甘淡薄，深心託豪素。探道好淵玄，觀書鄙章句。」李周翰注：「甘，好也。淡薄，清静也。」《校注》：「釋經：即佛經。澹薄：謂恬淡寡欲。」

〔七四〕聊舉一概：一概，一端，一方面。王充《論衡·問孔》：「今宰予雖無力行，有言語。用言，令行缺，有一概矣。」

〔七五〕以明鴻略：《校注》：「鴻略：大略。」

無爲論

【題解】

此篇叢刊本、元鈔本、《彙注》本、汪本無，今據張本補。

梁本題下有「并序」二字。

江淹《自序》云：「在邑三載，朱方竟敗焉。復還京師，值世道已昏，守志閒居，不交當軸之士。」則其由建安吴興回京後有一閒居不仕之階段。而云「世道已昏」者，蓋謂後廢帝是時尚在位而朝政混亂也。此篇《年代考》云：「此文稱『吾曾迴向正覺，歸依福田，友人勸吾仕，吾志不改』。這些話都説明江淹當時不在做官，而事實上他一生很少不做官的時候。此文當是回鄉不久，蕭道成尚未提拔他時所作。從文中也可以看出他并非絶意仕進，他説：『富之與貴，誰不欲哉，乃運而不通也。』後來蕭道成一賞識他，他就去做官了。」所説是也。即此文乃宋後廢帝元徽五年春，江淹自建安吴興北還，在京口守志閒居時所作。

《校注》：「無爲：指擺脱一切煩惱，進入空虚寂滅的境界，即佛家所説的『涅槃』。」

吾曾迴向正覺〔一〕，歸依福田〔二〕。友人勸吾仕，吾志不改，故著《無爲論》焉。

有奕葉公子者〔三〕，聯蟬七代，冠冕組望〔四〕，多素紈黼衣繡裳〔五〕，負長劍而耿耿〔六〕，佩鳴玉而鏘鏘〔七〕。時遊稷下，或客於梁〔八〕。聞英雄而豹變①〔九〕，聽利害以龍驤〔一〇〕。乃動朱履而馳寶馬〔一一〕，振玉勒而曜金羈〔一二〕，之無爲先生之門，問曰：「先生智德光融〔一三〕，嵩華無得以方其峻〔一四〕；道義清遠，溟海不足以喻其深〔一五〕。無學不窺，無事不達，容儀閒靜〔一六〕，言笑溫雅〔一七〕。至如釋迦三藏之典〔一八〕，李君道德之書〔一九〕，宣尼六藝之文〔二〇〕，百氏兼該之術〔二一〕，靡不詳其津要〔二二〕，而採摭沖玄〔二三〕，焕乎若睹於境中，炳乎若明於掌内。余聞天地之大德曰生，何以聚人曰財〔二四〕。是故老聃以爲柱史〔二五〕，莊周以爲園吏〔二六〕，東方持戟而不倦〔二七〕，尼父執鞭而不耻〔二八〕，實萬古之師範②〔二九〕，一時之高士。先生嘉遁卷迹〔三〇〕，養德不仕〔三一〕，乃列子之所待〔三二〕，非通天下之至理〔三三〕。雖江海以爲榮，實縉紳之所鄙〔三四〕。」

先生倏爾笑而應之曰〔三五〕：「富之與貴，誰不欲哉？乃運而不通也。夫忠孝者，國家之急務也。申生伍員，不得志也〔三六〕。懷道抱德〔三七〕，玄風之所尚〔三八〕。揚雄東方，其職未高也〔三九〕。其大學者，不過儒墨，亦栖栖遑遑〔四〇〕，多有不遂也。子所引之士者，情雖欲之，志不行也。憂喜不移其情，故可爲道者也。過此已往，焉足言哉！吾聞大人降迹，廣樹慈悲〔四一〕，破生死之樊籠〔四二〕，登涅槃之彼岸〔四三〕，闡三乘以誘物〔四四〕，去一相以歸真〔四五〕，有智者不見其去來，有心者莫知其終始。使得湛然常住〔四六〕，永絶殊塗〔四七〕，無變無遷，長袪百慮，恬然養神③〔四八〕，以安志爲業〔四九〕；欲使自天祐之，吉無不利〔五〇〕，舒卷隨取，進退自然，遁逸無悶〔五一〕，幽居永貞〔五二〕，亦何榮乎？亦何鄙乎？子其得之，吾何失之？塵内方外，於是乎著〔五三〕。」

公子憮然而有慚德〔五四〕，逡巡而退〔五五〕。

【校記】

①「聞」原作「間」，今據《廣弘明集》卷二十九改。

②「古」梁本作「世」，注：「一作『古』。」

③「恬然」《廣弘明集》作「静然」。

【箋注】

〔一〕迴向正覺：迴向，佛教語。謂迴轉自己的功德，趨向衆生和佛果。徐陵《東陽雙林寺傅大士碑》：「俱識還源，并知迴向。」徐逸民注：「迴向：將己所修功德回向某處。智顗《仁王經疏》謂『迴向』有兩種，一是『迴施衆生』（把所作善德施向衆生），二是『迴向佛果』（把所作功德作爲成就佛果之因）。《法苑珠林》卷二〇《致敬篇·名號部》：『迴向者，迴諸福德，向無上道。』」徐陵《長干寺衆食碑》：「自非道登正覺，安住於大般涅槃；行在真空，深入於無爲般若。」徐逸民注：「正覺：梵語音譯『三菩提』，意譯正解、等覺、等正覺等，謂正悟一切諸法的真正覺智，即如來之實智，故成佛曰成正覺。《法華經玄贊》卷二：『「三」云正，「菩提」云覺。』」《校注》：「正覺：佛家以爲洞明真諦，達到大悟大徹的境界爲正覺，故成佛也稱成正覺。」

〔二〕歸依福田：《校注》：「福田：佛家認爲積善行可得福報，猶如播種田地，得秋收之利。《無量壽經·浄影疏》：『生世福善，如田生物，故名福田。』此以正覺、福田指佛教。」

〔三〕奕葉公子：《校注》：「奕葉公子：是作者虚構的人物。下『無爲先生』同。」

〔四〕「聯蟬」二句：聯蟬，猶「蟬聯」，亦作「蟬連」，綿延不斷，連續相承。《藝文類聚》卷二十三引宋謝莊《宋孝武帝哀策文》：「樞電皇根，月瑶國緒，胤裔丹陵，蟬聯華渚。」《校注》：「冠冕組望：謂官宦人家。組，印帶。望，門望。」

〔五〕黼衣繡裳：《文選》卷十九韋孟《諷諫詩》：「黼衣朱黻，四牡龍旂。」李善注：「應劭曰：『黼衣，衣上畫爲斧形，而白與黑爲采。龍旂，旗上畫龍爲之。朱黻，上廣一尺，下廣二尺，長三尺，以皮爲之。古者，上公服之。』」《校注》：「黼衣：繡有白黑色斧形花紋的禮服。」

〔六〕負長劍而耿耿：《文選》卷二十六謝朓《暫使下都夜發新林至京邑贈西府同僚》：「秋河曙耿耿，寒渚夜蒼蒼。」李善注：「耿耿，光也。」《校注》：「耿耿：形容長劍發出的光芒。」

〔七〕佩鳴玉而鏘鏘：《詩·大雅·烝民》：「四牡彭彭，八鸞鏘鏘。」鄭玄箋：「鏘鏘，鳴聲。」《玉臺新詠》卷一秦嘉《贈婦詩三首》之二：「肅肅僕夫征，鏘鏘揚和鈴。」《校注》：「鏘鏘：形容佩玉撞擊的聲響。」

〔八〕「時遊」二句：《校注》：「稷下：古地名，即戰國齊都城臨淄稷門，在今山東淄博市。齊宣王在此立館，招攬文學遊説之士。見《史記·田敬仲完世家》。梁：漢郡名，治所在今河南開封東南，梁孝王劉武築梁苑，招延四方豪傑名士，如司馬相如、枚乘、鄒陽等皆爲上客。見《史記·梁孝王世家》。以上指遊學求仕。」

〔九〕聞英雄而豹變：豹變，謂如豹文那樣發生顯著的變化。幼豹長大退毛，然後疏朗焕散，其毛光澤有文采。《易·革》：「上六，君子豹變，其文蔚也。」孔穎達疏：「上六居『革』之終，變道已成，君子處之，雖不能同九五革命創制，如虎文之彪炳，然亦潤色鴻業，如豹文之蔚縟。」程頤傳：「君子從化遷善，成文彬蔚，章見於外也。」《文選》卷五十四劉孝標《辨命論》：「視彭、韓之豹變，謂鷙猛致人爵。」李周翰注：「彭，彭越。韓，韓信。豹變者，言其猛而有文也。」《校注》：「豹變：豹文變美。喻地位改變，由貧賤而富貴。」

〔一〇〕聽利害以龍驤：龍驤，《文選》卷三十九鄒陽《上書吴王》：「臣聞蛟龍驤首奮翼，則浮雲出流，霧雨咸集。聖王底節修德，則游談之士歸義思名。」吕延濟注：「驤，舉也。」亦作「龍襄」，《漢書》卷一百下《敘傳下》：「雲起龍襄，化爲侯王，割有齊楚，跨制淮梁。」顔師古注：「襄，舉也。」《校注》：「龍驤：龍昂舉飛升，喻飛黄騰達。」

〔一一〕朱履：《校注》：「朱履：疑當作『珠履』。」

〔一二〕金羈：《文選》卷二十七曹植《白馬篇》：「白馬飾金羈，連翩西北馳。借問誰家子，幽并遊俠兒。」李善注：「《説文》曰：『羈，絡頭也。』」張銑注：「羈，轡也。」同上書卷三十謝靈運

《擬魏太子鄴中集詩八首·阮瑀》：「河洲多沙塵，風悲黄雲起。金羈相馳逐，聯翩何窮已。」吕延濟注：「羈以金裝之。」

〔一三〕智德光融：光融，猶光大。《藝文類聚》卷三十一引晉潘尼《贈吴王郎中令陸士衡詩》：「玉以瑜潤，隨以光融。乃漸上京，乃儀儲宫。」《無量壽經》卷上：「光融佛法，宣流正化。」

〔一四〕「嵩華」句：《校注》：「嵩：嵩山。華：華山。皆五嶽之一。峻：高。」

〔一五〕「溟海」句：《列子·湯問》：「窮髪之北，有溟海者，天池也。」《晉書》卷七十二《郭璞傳》：「藹若鄧林之會逸翰，爛若溟海之納奔濤。」

〔一六〕容儀閒静：閒静，安閒寧静。《荀子·王霸》：「形體好佚，而安重閒静莫愉焉。」

〔一七〕言笑温雅：温雅，温和文雅。應劭《風俗通·十反》：「李統内省不疚，進對温雅。明主是察，終爲長者。」

〔一八〕「至如」句：三藏，梵文意譯，佛教經典的總稱，分經、律、論三部分。《廣弘明集》卷十九沈約《内典序》：「尚矣哉！羣生之始也。義隱三藏之外，事非二乘所窺。」《校注》：「釋迦：即釋迦牟尼。」

〔一九〕李君道德之書：《校注》：「李君：即老子，又稱老聃。老聃名李耳，被道教奉爲太上老君。道德之書：指《道德經》。」

〔二〇〕宣尼六藝之文：六藝，亦作「六蓺」，指儒家的「六經」，即《禮》、《樂》、《書》、《詩》、《易》、《春秋》。《史記》卷一百二十六《滑稽列傳》：「孔子曰：『六蓺於治一也。《禮》以節人，《樂》以發和，《書》以道事，《詩》以達意，《易》以神化，《春秋》以義。』」葛洪《抱朴子·安貧》：「六蓺備研，八索必該，斯則富矣。」《校注》：「宣尼：即孔子。漢元始元年追謚孔子爲褒成宣尼公。」

〔二一〕百氏兼該之術：百氏，猶言諸子百家。《漢書》卷一百下《敘傳下》：「緯六經，綴道綱，總百氏，贊篇章。」《後漢書》卷六十四《延篤傳》：「百家衆氏，投閒而作。」李賢注：「言誦經典之餘，投射閒隙，而翫百氏也。」兼該，兼備。《藝文類聚》卷六引漢揚雄《交州箴》：「大漢受命，中國兼該。南海之宇，聖武是恢。」《校注》：「兼該之術：指諸子百家多方面的學説。」

〔二二〕詳其津要：津要，水陸要道。《三國志》卷二十一《魏志·傅嘏傳》：「設令列船津要，堅城據險，横行之計，其殆難捷。」《宋書》卷九十二《良吏·杜慧度傳》：「初，九真太守李遜父子，勇壯有權力，威制交土，聞刺史縢遯之當至，分遣二子，斷遏水陸津要。」《校注》：「津要：水陸要衝之地，喻學説的精義。」

〔二三〕採摭沖玄：採摭，選取，掇拾。《書序》：「於是遂研精覃思，博考經籍，採摭羣言，以立訓傳。」《宋書》卷十六《禮志三》：「昔漢氏之初，承秦滅學之後，採摭殘缺，以備郊祀。」沖玄，淡泊沉静。《北史》卷八十八《隱逸·徐則傳》：「悦性沖玄，恬神虚白，飡松餌朮，棲息煙霞。」《校注》：「沖玄：指沖虚而幽微之理。」

〔二四〕「余聞」二句：《易·繫辭下》：「天地之大德曰生，聖人之大寶曰位，何以守位曰仁，何以聚人曰財，理財正辭、禁民爲非曰義。」韓康伯注：「施生而不爲，故能常生，故曰大德也。夫無用則無所寶，有用則有所寶也。無用而常足者，莫妙乎道，有用而弘道者，莫大乎位，故曰聖人之大寶曰位。」

〔二五〕老聃以爲柱史：《校注》：「柱史：即柱下史，官名。相傳老子曾爲周柱下史。」

〔二六〕莊周以爲園吏：《校注》：「園吏：即漆園吏。莊周曾爲漆園吏。漆園，地名，在今山東曹縣境内。」

〔二七〕「東方」句：《校注》：「東方：即東方朔。東方朔博學好經術，漢武帝時曾爲郎。郎是執戟侍衛皇帝左右的官員。」

〔二八〕「尼父」句：《校注》：「尼父：對孔子的尊稱。執鞭：指駕車。《論語·述而》：『子曰：「富而可求也，雖執鞭之士，吾亦爲之。」』」

〔二九〕實萬古之師範：師範，學習的模範。《後漢書》卷五十四《楊震傳附楊賜傳》：「故司空臨晉侯賜，華嶽所挺，九德純備，三葉宰相，輔國以忠。朕昔初載，授道帷幄，遂階成勳，以陟大猷。師範之功，昭於内外。」《魏書》卷五十八《楊播傳論》：「恭德慎行，爲世師範。」

〔三〇〕嘉遁卷迹：卷迹，斂迹。《太平御覽》卷二百九十三引《衛公兵法》：「若此則當卷迹藏聲，蓄盈待竭，避其鋒勢，與其持久，安可犯之哉？」《宋書》卷一百《自序傳》：「既獲遄至，胡馬嘉遁卷迹：謂隱居藏身，避世不仕。遁，同『遯』。《易·遯》：『嘉遯貞吉。』卷，斂。」《校注》：「卷迹。」

〔三一〕養德不仕：《莊子·天地》：「堯曰：『多男子則多懼，富則多事，壽則多辱，是三者，非所以養德也，故辭。』」成玄英疏：「三者未足養無爲之德，適可以益有爲之累，所以并辭。」干寶《搜神記》卷三：「願府君安身養德，從容光大，勿以神奸，污累天真。」

〔三二〕列子之所待：《校注》：「列子：指上文所説老子、莊子、東方朔、孔子等人。待：期待。」

〔三三〕通天下之至理：至理，最精深的道理。裴頠《崇有論》：「若斯，則是所寄之塗，一方之言也。若謂至理信以無爲宗，則偏而害當矣。」葛洪《抱朴子·喻蔽》：「言少則至理不備，辭寡即庶事不暢。是以必須篇累卷積，而綱領舉也。」《校注》：「通：達。」

〔三四〕「雖江海」二句：縉紳，插笏於紳帶間，爲舊時官員的裝束。借指士大夫。《史記》卷一百二十一《儒林列傳序》：「陳涉起匹夫，驅瓦合適戍，旬月以王楚，不滿半歲竟滅亡，其事至微淺，然而縉紳先生之徒負孔子禮器往委質爲臣者，何也？」《漢書》卷二十五上《郊祀志上》：「其語不經見，縉紳者弗道。」顔師古注：「李奇曰：『縉，插也，插笏於紳。紳，大帶也。』臣瓚曰：『縉，赤白色也。紳，大帶也。《左氏傳》有縉雲氏。』師古曰：李云縉，插，是也。字本作搢，插笏於大帶與革帶之間耳，非插於大帶也。」《校注》：「江海：謂隱逸於江海之人。縉紳：謂士大夫。」

〔三五〕倏爾：迅疾貌。蔡邕《胡太傅祠前銘》：「春秋既暮，倏爾乃喪。」《藝文類聚》卷四十四引魏杜摯《笳賦》「剛柔待用，五音迭進，倏爾卻轉，忽焉前引。」

〔三六〕「申生」二句：《校注》：「申生伍員：伍子胥名員，春秋時楚人，其父被楚平王殺害，奔吴，吴與之申地，故稱『申生』。後吴王信讒，逼子胥自殺。」

〔三七〕懷道抱德：《吴越春秋・勾踐伐吴外傳》：「大夫種曰：『我王賢仁，懷道抱德。滅讎破吴，不忘返國。』」

〔三八〕玄風之所尚：《晉書》卷四十二《王濬傳》：「今皇澤被於九州，玄風洽於區外。」《文選》卷七十沈約《宋書・謝靈運傳論》：「在晉中興，玄風獨扇。爲學窮於柱下，博物止乎七篇。」張銑注：「玄，道。」《校注》：「玄風：談論道家玄妙之言的風尚。」

〔三九〕「揚雄」二句：《校注》：「揚雄：西漢時人，漢成帝時亦爲執戟之郎。」東方，指東方朔。

〔四〇〕栖栖遑遑：《文選》卷四十五班固《答賓戲》：「是以聖哲之治，棲棲遑遑，孔席不暖，墨突不黔。」李善注：「棲遑，不安居之意也。」《校注》：「栖栖遑遑：到處奔波，忙碌不安。《後漢書・蘇竟傳》：『仲尼棲棲，墨子遑遑，憂人之甚也。』」

〔四一〕「吾聞」二句：大人，指德行高尚、志趣高遠的人。《易・乾》：「夫大人者，與天地合其德，與日月合其明，與四時合其序，與鬼神合其吉凶。」《孟子・告子上》：「從其大體爲大人，從其小體爲小人。」

〔四二〕樊籠：關鳥獸的籠子，比喻受束縛不自由的境地。陶淵明《歸園田居五首》之一：「久在樊籠裏，復得返自然。」《南齊書》卷二十八《蘇侃傳》：「悟樊籠之或累，悵遐心以棲玄。」

〔四三〕登涅槃之彼岸：徐陵《長干寺衆食碑》：「自非道登正覺，安住於大般涅槃。」徐逸民注：「《天台四教儀集解》卷上：『涅槃，具云摩訶般涅槃那，此翻大滅度。大即法身，滅即解脱，度即般若，有合有離，融妙不二。』」前人《東陽雙林寺傅大士碑》：「況我有慧日明炬，如風寶車，濟是沉舟，能升彼岸。」徐逸民注：「彼岸：梵語音譯『波羅蜜多』，意譯曰彼岸，即迷界（生死境界）爲此岸，業煩惱爲中流，悟界（涅槃境界）爲彼岸。《大般涅槃經》卷五《如來性品》：『又解脱者名到彼岸。譬如大河有此彼岸，解脱不爾雖無此岸而有彼岸。有彼岸者，即真解脱，真解脱即是如來。』」《校注》：「涅槃：釋慧皎《高僧傳》卷六《釋慧肇傳》載《涅槃無名論》：『涅槃，秦言無爲，亦名滅度。』謂擺脱一切煩惱，進入自由無礙的境界。」

〔四四〕闡三乘以誘物：徐陵《孝義寺碑》：「願此良因，宜資貴親。三乘竝策，四梵爲賓。」徐逸民注：「三乘：教化衆生解脱的三種方法或途徑，各宗派對此有種種不同的發揮。」《校注》：「三乘：佛教根據人的能力分爲三種不同的修行途徑，并把這三種途徑比作所乘的車，故稱『三乘』，即聲聞乘，緣覺乘，菩薩乘。」

〔四五〕去一相以歸真：《校注》：「一相：佛家指世間一切事物的形象。」

〔四六〕湛然常住：　謝靈運《佛影銘》：「法顯道人至自祇洹，具説佛影，偏爲靈奇。幽巖嵌壁，若有存形，容儀端莊，相好具足，莫知始終，常自湛然。廬山法師聞風而悦，於是隨喜幽室，即考空巖。」梁簡文帝《大法頌》：「皇帝以湛然法身，不捨本誓，神力示現，降應茲土。」

〔四七〕永絶殊塗：　殊塗，異塗，不同塗徑。《周易・繫辭下》：「子曰：『天下何思何慮，天下同歸而殊塗，一致而百慮，天下何思何慮。』」《藝文類聚》卷二十六引晉潘尼《懷退賦》：「理殊塗而同歸，雖百慮其何思。」

〔四八〕恬然養神：　恬然，安然。《荀子・强國》：「觀其朝廷，其朝閑，聽決百事不留，恬然如無治者，古之朝也。」楊倞注：「恬然，安閑貌。」《淮南子・原道訓》：「恬然無思，澹然無慮。」《莊子・刻意》：「動而以天行，此養神之道也。」嵇康《答難養生論》：「竇公無所服御而致百八十，豈非鼓琴和其心哉？此亦養神之一徵也。」

〔四九〕以安志爲業：　安志，猶安心。《禮記・深衣》：「下齊如權衡者，以安志而平心也。」鄭玄注：「心平志安，行乃正。」《藝文類聚》卷二十六引晉潘尼《懷退賦》：「聃安志于柱史，由抗迹于嵩箕。」

〔五〇〕「欲使」二句：　《易・大有》：「上九：　自天佑之，吉无不利。」王弼注：「大有，豐富之世也。處大有之上，而不累於位，志尚乎賢者也。」

〔五一〕遁逸無悶：　無悶，没有苦惱。《易・乾》：「遯世無悶，不見是而無悶。樂則行之，憂則違之。」《文選》卷四十三嵇康《與山巨源絶交書》：「達能兼善而不渝，窮則自得而無悶。」吕延濟注：「古人窮故獨善其身，達則兼善天下，而不變其本志也。窮塞不遇，亦澹然自得，而不以爲憂悶矣。」《校注》：「遁逸：隱逸。」

〔五二〕幽居永貞：幽居，隱居，不出仕。《禮記·儒行》：「儒有博學而不窮，篤行而不倦，幽居而不淫，上通而不困。」孔穎達疏：「幽居，謂未仕獨處也。」《後漢書》卷八十三《逸民·法真傳》：「幽居恬泊，樂以忘憂。」貞，吉。《易·履》：「履道坦坦，幽人貞吉。」王弼注：「履道坦坦，无險厄也。在幽而貞，宜其吉也。」

〔五三〕「塵内」二句：《楚辭·遠遊》：「覽方外之荒忽兮，沛罔象而自浮。」孫綽《喻道論》：「焉復睹夫方外之妙趣、寰中之玄照乎？」《校注》：「塵内：指人間。方外：世俗之外。著：謂得以鮮明地區别。」

〔五四〕恧然而有慙德：恧然，慚愧貌。桓寬《鹽鐵論·雜論》：「桑大夫據當世，合時變，推道術，尚權利，辟略小辯，雖非正法，然巨儒宿學，恧然不能自解，可謂博物通士矣。」《三國志》卷五十四《吴志·周瑜傳》：「今二君勤勤援引漢高河山之誓，孤用恧然。」慙德，因言行有缺失而内愧於心。《書·仲虺之誥》：「成湯放桀于南巢，惟有慙德，曰：『予恐來世以台爲口實。』」《後漢書》卷六十八《郭太傳》：「蔡邕……謂涿郡盧植曰：『吾爲碑銘多矣，皆有慙德，唯郭有道無愧色耳。』」

〔五五〕逡巡而退：《莊子·秋水》：「東海之鼈，左足未入，而右膝已縶矣，於是逡巡而却。」成玄英疏：「逡巡，從容也。」《通鑑》卷四十三光武帝建武十三年：「因復請間求見，帝不許。後朝罷，逡巡席後。」胡三省注：「逡巡，却退貌。」

附録一 梁書·江淹傳

江淹字文通，濟陽考城人也。少孤貧好學，沉靖少交遊。起家南徐州從事，轉奉朝請。宋建平王景素好士，淹隨景素在南兗州。廣陵令郭彦文得罪，辭連淹，繫州獄。淹獄中上書曰：（略）

景素覽書，即日出之。尋舉南徐州秀才，對策上第，轉巴陵王國左常侍。

景素爲荆州，淹從之鎮。少帝即位，多失德。景素專據上流，咸勸因此舉事。淹每從容諫曰：「流言納禍，二叔所以同亡；抵局銜怨，七國於焉俱斃。殿下不求宗廟之安，而信左右之計，則復見麋鹿霜露棲於姑蘇之臺矣。」景素不納。及鎮京口，淹又爲鎮軍參軍事，領南東海郡丞。景素與腹心日夜謀議，淹知禍機將發，乃贈詩十五首以諷焉。

會南東海太守陸澄丁艱，淹自謂郡丞應行郡事，景素用司馬柳世隆。淹固求之，景素大怒，言於選部，黜爲建安吴興令。淹在縣三年。昇明初，齊帝輔政，聞其才，召爲尚書駕部郎、驃騎

明帝即位，爲車騎臨海王長史。俄除廷尉卿，加給事中，遷冠軍長史，加輔國將軍。出爲宣
日可謂近世獨步。」
郡二千石并大縣官長，多被劾治，内外肅然。明帝謂淹曰：「宋世以來，不復有嚴明中丞，君今
俊、梁州刺史陰智伯，并贓貨巨萬，輒收付廷尉治罪。臨海太守沈昭略、永嘉太守庾曇隆，及諸
中書令謝朏、司徒左長史王繢、護軍長史庾弘遠，并以久疾不預山陵公事。又奏前益州刺史劉
以震肅百僚。」淹答曰：「今日之事，可謂當官而行，更恐才劣志薄，不足以仰稱明旨耳。」於是彈
時明帝作相，因謂淹曰：「君昔在尚書中，非公事不妄行，在官寬猛能折衷。今爲南司，足
年，還爲驍騎將軍，兼尚書左丞。尋復以本官領國子博士。少帝初，以本官兼御史中丞。
并典國史。尋遷中書侍郎。永明初，遷驍騎將軍，掌國史。出爲建武將軍、廬陵内史。視事三
記，皆使淹具草。相國建，補記室參軍事。建元初，又爲驃騎豫章王記室，帶東武令，參掌詔册，
里，而無同惡相濟，五敗也。故雖豺狼十萬，而終爲我獲焉。」帝笑曰：「君談過矣。」是時軍書表
鋭而器小，一敗也；有威而無恩，二敗也；士卒解體，三敗也；搢紳不懷，四敗也；懸兵數千
寬容而仁恕，二勝也；賢能畢力，三勝也；民望所歸，四勝也；奉天子而伐叛逆，五勝也。彼志
德不在鼎。』公何疑哉？」帝曰：「聞此言者多矣，試爲慮之。」淹曰：「公雄武有奇略，一勝也；
項强而劉弱，袁衆而曹寡。羽號令諸侯，卒受一劍自辱；紹跨躡四州，終爲奔北之虜。此謂『在
參軍事。俄而荆州刺史沈攸之作亂，高帝謂淹曰：「天下紛紛若是，君謂何如？」淹對曰：「昔

城太守，將軍如故。在郡四年，還爲黄門侍郎，領步兵校尉，尋爲秘書監。永元中，崔慧景舉兵圍京城，衣冠悉投名刺，淹稱疾不往。及事平，世服其先見。

東昏末，淹以秘書監兼衛尉，固辭不獲免，遂親職。謂人曰：「此非吾任，路人所知，正取吾空名耳。且天時人事，尋當翻覆。孔子曰：『有文事者必有武備。』臨事圖之，何憂之有？」頃之，又副領軍王瑩。及義師至新林，淹微服來奔，高祖板爲冠軍將軍，秘書監如故。尋兼司徒左長史。中興元年，遷吏部尚書。二年，轉相國右長史，冠軍將軍如故。天監元年，爲散騎常侍、左衛將軍，封臨沮縣開國伯，食邑四百户。淹乃謂子弟曰：「吾本素宦，不求富貴，今之忝竊，遂至於此。平生言止足之事，亦以備矣。人生行樂耳，須富貴何時。吾功名既立，正欲歸身草萊耳。」其年，以疾遷金紫光禄大夫，改封醴陵侯。四年，卒，時年六十二。高祖爲素服舉哀，賻錢三萬，布五十匹。謚曰憲伯。

淹少以文章顯，晚節才思微退，時人皆謂之才盡。凡所著述百餘篇，自撰爲前後集，并《齊史》十志，并行於世。

子蒍襲封嗣，自丹陽尹丞爲長城令。有罪削爵。普通四年，高祖追念淹功，復封蒍吴昌伯，邑如先。

（中華書局點校本，一九七四年版）

附録二　南史・江淹傳

江淹字文通，濟陽考城人也。父康之，南沙令，雅有才思。淹少孤貧，常慕司馬長卿、梁伯鸞之爲人，不事章句之學，留情於文章。早爲高平檀超所知，常升以上席，甚加禮焉。

起家南徐州從事，轉奉朝請。宋建平王景素好士，淹隨景素在南兗州。廣陵令郭彦文得罪，辭連淹，言受金，淹被繫獄。自獄中上書曰：（略）

景素覽書，即日出之。尋舉南徐州秀才，對策上第，再遷府主簿。

景素爲荆州，淹從之鎮。少帝即位，多失德，景素專據上流，咸勸因此舉事。淹每從容進諫，景素不納。及鎮京口，淹爲鎮軍參軍，領南東海郡丞。景素與腹心日夜謀議，淹知禍機將發，乃贈詩十五首以諷焉。會東海太守陸澄丁艱，淹自謂郡丞應行郡事，景素用司馬柳世隆。淹固求之，景素大怒，言於選部，黜爲建安吴興令。

及齊高帝輔政，聞其才，召爲尚書駕部郎、驃騎參軍事。俄而荆州刺史沈攸之作亂，高帝謂淹曰：「天下紛紛若是，君謂何如？」淹曰：「昔項强而劉弱，袁衆而曹寡，羽卒受一劍之辱，紹終爲奔北之虜，此所謂『在德不在鼎』，公何疑哉？」帝曰：「試爲我言之。」淹曰：「公雄武有奇略，一勝也；寬容而仁恕，二勝也；賢能畢力，三勝也；人望所歸，四勝也；奉天子而伐叛逆，五勝也。彼志鋭而器小，一敗也；有威無恩，二敗也；士卒解體，三敗也；搢紳不懷，四敗也；懸兵數千里，而無同惡相濟，五敗也。雖豺狼十萬，而終爲我獲焉。」帝笑曰：「君談過矣。」

桂陽之役，朝廷周章，詔檄久之未就。齊高帝引淹入中書省，先賜酒食，淹素能飲啖，食鵝炙垂盡，進酒數升訖，文誥亦辦。相府建，補記室參軍。高帝讓九錫及諸章表，皆淹製也。齊受禪，復爲驃騎豫章王嶷記室參軍。

建元二年，始置史官，淹與司徒左長史檀超共掌其任，所爲條例，并爲王儉所駁，其言不行。淹任性文雅，不以著述在懷，所撰十三篇竟無次序。又領東武令，參掌詔策。後拜中書侍郎，王儉嘗謂曰：「卿年三十五，已爲中書侍郎，才學如此，何憂不至尚書金紫。所謂富貴卿自取之，但問年壽何如爾。」淹曰：「不悟明公見眷之重。」

永明三年，兼尚書左丞。時襄陽人開古冢，得玉鏡及竹簡古書，字不可識。王僧虔善識字體，亦不能諳，直云似是科斗書。淹以科斗字推之，則周宣王之前也。簡殆如新。

少帝初，兼御史中丞。明帝作相，謂淹曰：「君昔在尚書中，非公事不妄行，在官寬猛能折衷。今爲南司，足以振肅百僚也。」淹曰：「今日之事，可謂當官而行，更恐不足仰稱明旨爾。」於是彈中書令謝胐、司徒左長史王績、護軍長史庾弘遠，并以託疾不預山陵公事。又奏收前益州刺史劉悛、梁州刺史陰智伯，并贓貨巨萬，輒收付廷尉。臨海太守沈昭略、永嘉太守庾曇隆及諸郡二千石并大縣官長，多被劾，内外肅然。明帝謂曰：「自宋以來，不復有嚴明中丞，君今日可謂近世獨步。」

累遷秘書監，侍中，衛尉卿。初，淹年十三時，孤貧，常采薪以養母，曾於樵所得貂蟬一具，將鬻以供養。其母曰：「此故汝之休徵也，汝才行若此，豈長貧賤也，可留待得侍中著之。」至是果如母言。

永元中，崔慧景舉兵圍都，衣冠悉投名刺，淹稱疾不往。及事平，時人服其先見。東昏末，淹以秘書監兼衛尉，又副領軍王瑩。及梁武至新林，淹微服來奔，位相國右長史。天監元年，爲散騎常侍、左衛將軍，封臨沮縣伯。淹乃謂子弟曰：「吾本素宦，不求富貴，今之忝竊，遂至於此。平生言止足之事，亦以備矣。人生行樂，須富貴何時。吾功名既立，正欲歸身草萊耳。」以疾遷金紫光禄大夫，改封醴陵伯，卒。武帝爲素服舉哀，謚曰憲。

淹少以文章顯，晚節才思微退，云爲宣城太守時罷歸，始泊禪靈寺渚，夜夢一人自稱張景陽，謂曰：「前以一匹錦相寄，今可見還。」淹探懷中得數尺與之，此人大恚曰：「那得割截都盡。」顧見丘遲謂曰：「餘此數尺既無所用，以遺君。」自爾淹文章躓矣。又嘗宿於冶亭，夢一丈夫自稱郭璞，謂淹曰：「吾有筆在卿處多年，可以見還。」淹乃探懷中得五色筆一以授之，爾後爲詩絶無美句，時人謂之才盡。凡所著述，自撰爲前後集，并《齊史》十志，并行於世。嘗欲爲《赤縣經》以補《山海》之闕，竟不成。子蒍嗣。

（中華書局點校本，一九七五年版）

附録三　主要參考書目

《十三經注疏》，（清）阮元刻本，世界書局中華民國二十四年影印清阮元刻本

《周易》，（魏）王弼（晉）韓康伯注，（唐）孔穎達疏

《尚書》，（漢）孔安國傳，（唐）陸德明音義，（唐）孔穎達疏

《毛詩正義》，（漢）毛亨傳，（漢）鄭玄箋，（唐）陸德明音義，（唐）孔穎達疏

《周禮注疏》，（漢）鄭玄注，（唐）陸德明音義，（唐）賈公彦疏

《儀禮注疏》，（漢）鄭玄注，（唐）賈公彦疏

《禮記正義》，（漢）鄭玄注，（唐）陸德明音義，（唐）孔穎達疏

《春秋左傳正義》，（晉）杜預注，（唐）陸德明音義，（唐）孔穎達疏

《春秋公羊傳注疏》，（漢）何休注，（唐）陸德明音義，（唐）徐彦疏

《春秋穀梁傳注疏》，（晉）范寧集解，（唐）陸德明音義，（唐）楊士勛疏

《論語注疏》，（魏）何晏集解，（宋）刑昺疏
《孝經注疏》，唐玄宗注，（宋）刑昺疏
《爾雅注疏》，（晉）郭璞注，（宋）刑昺疏
《孟子注疏》，（漢）趙岐注，（宋）孫奭疏
《周易古經今注》，高亨注，中華書局一九八四年版
《韓詩外傳》，（漢）韓嬰撰，文淵閣《四庫全書》本
《詩集傳》，（宋）朱熹集注，上海古籍出版社一九八〇年版
《春秋左傳注》，楊伯峻注，中華書局一九八一年版
《論語譯注》，楊伯峻譯注，中華書局一九八〇版
《孟子譯注》，楊伯峻譯注，中華書局一九六〇年版
《太玄經》，（漢）楊雄撰，（晉）范汪注，明嘉靖刻本。
《説文解字》，（漢）許慎撰，中華書局一九六三年版
《廣雅疏正》，（清）王念孫撰，江蘇古籍出版社一九八四年版
《史記》，（漢）司馬遷撰，（南朝宋）裴駰集解，（唐）司馬貞索隱，張守節正義，中華書局一九五九年標點本
《漢書》，（漢）班固撰，（唐）顔師古注，中華書局一九六二年標點本

《後漢書》，（南朝宋）范曄撰，（唐）李賢等注，中華書局一九六五年標點本

《三國志》，（晉）陳壽撰，（南朝宋）裴松之注，中華書局一九八二年標點本

《晉書》，（唐）房玄齡等撰，中華書局一九七四年點校本

《宋書》，（南朝梁）沈約撰，中華書局一九七四年點校本

《南齊書》，（南朝梁）蕭子顯撰，中華書局一九七二年點校本

《梁書》，（唐）姚思廉撰，中華書局一九七三年點校本

《陳書》，（唐）姚思廉撰，中華書局一九七二年點校本

《魏書》，（北朝齊）魏收撰，中華書局一九七四年點校本

《南史》，（唐）李延壽撰，中華書局一九七五年點校本

《北史》，（唐）李延壽撰，中華書局一九七四年點校本

《隋書》，（唐）魏征等撰，中華書局一九七三年點校本

《資治通鑒》，（宋）司馬光撰，（元）胡三省音注，中華書局一九六二年標點本

《資治通鑒》，（宋）司馬光撰，（元）胡三省音注，上海古籍出版社一九八七年影印本

《國語》，（三國吴）韋昭注，文淵閣《四庫全書》本

《戰國策》，（漢）高誘注，（宋）姚宏續注，文淵閣《四庫全書》本

《八家後漢書輯注》，周天遊輯注，上海古籍出版社一九八六年版

《史通通釋》，（唐）劉知幾撰，（清）浦起龍釋，上海古籍出版社一九七八年版
《南朝宋會要》，朱銘盤撰，上海古籍出版社一九七四年版
《十七史商榷》，（清）王鳴盛撰，中國書店一九八七年版
《廿二史劄記校證》，（清）趙翼撰，王樹民校證，中華書局一九八四年版
《廿二史考異》，（清）錢大昕撰，方詩銘點校，上海古籍出版社二〇〇四年版
《通典》，（唐）杜佑撰，王文錦點校，中華書局一九八八年版
《通志》，（宋）鄭樵撰，文淵閣《四庫全書》本
《文獻通考》，（元）馬端臨撰，文淵閣《四庫全書》本
《華陽國志》（晉）常璩撰，文淵閣《四庫全書》本
《水經注》，（北魏）酈道元撰，王國維校，上海人民出版社一九八四年版
《元和郡縣圖志》，（唐）李吉甫撰，賀次君點校，中華書局一九八三年版
《景定建康志》，（宋）馬元祖修，周應合纂，文淵閣《四庫全書》本
《讀史方輿紀要》，（明）顧祖禹撰，賀次君、施和金點校，中華書局二〇〇五年版
《兩晉南北朝史》，吕思勉撰，上海古籍出版社一九八三年版
《魏晉南北朝史》，王仲犖撰，上海人民出版社一九七九年版
《魏晉南北朝史札記》，周一良撰，中華書局一九八五年版

《吕思勉讀史札記》，吕思勉撰，上海古籍出版社一九八二年版
《老子注》，（晉）王弼注，中華書局一九八六年《諸子集成》本
《莊子集釋》，郭慶藩集釋，王孝魚整理，中華書局一九六一年版
《墨子校注》，吴毓江校注，孫啓治點校，中華書局一九九三年版
《荀子集解》，（清）王先謙撰，中華書局一九八六年《諸子集成》本
《管子校正》，（清）戴望撰，中華書局一九八六年《諸子集成》本
《孔叢子》，（漢）孔鮒撰，文淵閣《四庫全書》本
《穆天子傳》，（晉）郭璞注，文淵閣《四庫全書》本
《淮南子》，（漢）高誘注，中華書局一九八六年《諸子集成》本
《淮南鴻烈集解》，劉文典撰，馮逸、喬華點校，中華書局一九八九年版
《列子集釋》，楊伯峻集釋，中華書局一九七九年版
《新語校注》，（漢）陸賈撰，王利器校注，中華書局一九八六年版
《論衡》，（漢）王充撰，中華書局一九八六年《諸子集成》本
《吕氏春秋注疏》，（漢）高誘注，王利器疏，巴蜀書社二〇〇二年版
《春秋繁露》，（漢）董仲舒撰，（清）凌曙注，中華書局一九七五年版
《顏氏家訓集解》，（北齊）顏之推撰，王利器集解，中華書局一九九三年版

《北堂書鈔》，（隋）虞世南撰，清華大學出版社二〇〇三年影印《唐四大類書》本
《藝文類聚》，（唐）歐陽詢撰，汪紹楹校，上海古籍出版社一九八二年版
《初學記》，（唐）徐堅等撰，中華書局一九八〇年版
《太平御覽》，（宋）李昉等撰，中華書局一九六〇年版
《册府元龜》，（宋）王欽若、楊億等編，中華書局一九六〇年影印本
《郡齋讀書志》，（宋）晁公武撰，文淵閣《四庫全書》本
《直齋書録解題》，（宋）陳振孫撰，文淵閣《四庫全書》本
《四庫全書總目》，（清）永瑢等撰，中華書局一九六五年版
《四庫提要辯證》，余嘉錫著，中華書局一九八〇年版
《抱朴子》，（晉）葛洪撰，文淵閣《四庫全書》本
《大般涅槃經》，（晉）釋法顯繹，《大正新修大藏經》本
《大智度論》，（姚秦）鳩摩羅什繹，《大正新修大藏經》本
《法苑珠林校注》，（唐）釋道世撰，周叔迦、蘇晉仁校注，中華書局二〇〇三年版
《弘明集》，（梁）釋僧祐編，文淵閣《四庫全書》本
《廣弘明集》，（唐）釋道宣撰，上海商務印書館《四部叢刊》本
《高僧傳》，（南朝梁）釋惠皎撰，湯用彤校注，中華書局一九九二年版

《楚辭補注》，（宋）洪興祖撰，文淵閣《四庫全書》本
《楚辭集注》，（宋）朱熹撰，上海古籍出版社一九七九年版
《文選》，（南朝梁）蕭統編，（唐）李善注，中華書局一九七七年影印本
《六臣注文選》，（南朝梁）蕭統編，（唐）李善、吕延濟、劉良、張銑、吕向、李周翰注，中華書局一九八七年影印本
《文選旁證》，（清）梁章鉅撰，穆克宏點校，福建人民出版社二〇〇〇年版
《選詩補注》，（元）劉履撰，明嘉靖養吾堂刻本
《六朝選詩定論》，（清）吴淇撰，汪俊、黄進德點校，廣陵書社二〇〇九年版
《重訂文選集評》，（清）于光華編，清同治壬申江蘇書局刊本
《玉臺新詠箋注》，（南朝陳）徐陵編，（清）吴兆宜注，穆克宏點校，中華書局一九八五年版
《文苑英華》，（宋）李昉等撰，中華書局一九八二年版
《樂府詩集》，（宋）郭茂倩編，中華書局一九七九年版
《樂府廣序》，（明）朱嘉徵撰，清康熙清遠堂刻本
《樂府正義》，（清）朱乾撰，清乾隆五十四年鉅香堂刻本
《古文苑》，（宋）章樵注，文淵閣《四庫全書》本
《古詩紀》，（明）馮惟訥編，文淵閣《四庫全書》本

《古樂苑》,(明)梅鼎祚編,文淵閣《四庫全書》本
《先秦漢魏晉南北朝詩》,逯欽立輯校,中華書局一九八三年版
《漢魏六朝百三名家集》,(明)張溥輯,文淵閣《四庫全書》本
《漢魏六朝百三家集題辭注》,(清)張溥撰,殷孟倫注,人民文學出版社一九六〇年版
《全上古三代秦漢三國六朝文》,(清)嚴可均校輯,中華書局一九五八年影印本
《駢體文鈔》,(清)李兆洛編,上海古籍出版社二〇〇一年版
《詩品注》,(南朝梁)鍾嶸撰,陳延傑注,人民文學出版社一九五八年版
《鍾嶸詩品講疏》,(南朝宋)鍾嶸撰,許文雨講疏,成都古籍書店一九八三年版
《詩品集注》,曹旭集注,上海古籍出版社二〇一一年版
《文鏡秘府論》,(日)遍照金剛撰,周維德校點,人民文學出版社一九七五年版
《困學紀聞》,(宋)王應麟撰,文淵閣《四庫全書》本
《列仙傳》,(漢)劉向撰,王叔岷校箋,中華書局二〇〇七年版
《西京雜記》,(晉)葛洪撰,程毅中點校,中華書局一九八〇年版
《拾遺記》,(晉)王嘉撰,齊治平校注,中華書局一九八一年版
《世説新語箋疏》,(南朝宋)劉義慶撰,(南朝梁)劉孝標注,余嘉錫箋疏,中華書局一九八三版

《世説新語校箋》，（南朝宋）劉義慶撰，（南朝梁）劉孝標注，徐震堮校箋，中華書局一九八四年版

《述異記》，（南朝梁）任昉撰，文淵閣《四庫全書》本

《王粲集》，（三國魏）王粲撰，俞紹初校點，中華書局一九八〇年版

《曹植集校注》，（三國魏）曹植撰，趙幼文校注，人民文學出版社一九八四年版

《嵇中散集》，（三國魏）嵇康撰，上海商務印書館《四部叢刊》本

《陸機集》，（晉）陸機撰，金濤聲點校，中華書局一九八二年版

《陸雲集》，（晉）陸雲撰，黄葵點校，中華書局一九八八年版

《陶淵明集校箋》，（晉）陶淵明撰，龔斌校箋，上海古籍出版社一九九六年版

《陶淵明集箋注》，（晉）陶淵明撰，袁行霈箋注，中華書局二〇〇三年版

《謝靈運集校注》，（南朝宋）謝靈運撰，顧紹伯校注，中州古籍出版社一九八七年版

《鮑參軍集注》，（南朝宋）鮑照撰，（清）錢振倫注，黄節補注，錢仲聯增補注，上海古籍出版社一九八〇年版

《謝宣城集校注》（南朝齊）謝朓撰，曹融南校注集説，上海古籍出版社一九九一年版

《沈約集校箋》（南朝梁）沈約撰，陳慶元校箋，浙江古籍出版社一九九五年版

《江文通集彙注》，（明）胡之驥注，中華書局一九八四年版

《江淹集校注》,俞紹初、張亞新校注 中州古籍出版社一九九四年版
《徐陵集校箋》,(南朝陳)徐陵撰,徐勉民校箋,中華書局二〇〇八年版
《古詩鏡》,(明)陸時雍撰,文淵閣《四庫全書》本
《古詩歸》,(明)鍾惺、譚元春撰,明萬曆四十五年閔氏三色套印本
《古詩源》,(清)沈德潛編選,文學古籍刊行社一九五七年版
《古詩箋》,(清)王士禛編選,(清)聞人倓箋注,上海古籍出版社一九八〇年版
《六朝文絜箋注》,(清)許槤評選,黎經浩箋注,上海古籍出版社一九六二年版
《古詩評選》,(清)王夫之編選,《船山遺書》本
《古詩評選》,(清)王夫之編選,張國星點校,河北大學出版社二〇〇八年版
《采菽堂古詩選》,(清)陳祚明編選,清康熙丙戌刊本
《榕村詩選》,(清)李光地編選,清雍正己酉石川方氏刊本
《古詩鈔》,(清)吴汝綸編選,清武强賀氏刊本
《多歲堂古詩存》,(清)成書編選,道光十一年刊本
《湘綺樓説詩》,(清)王闓運撰,臺北文海出版社一九七四年版
《古詩賞析》,(清)張玉穀撰,許逸民評點,上海古籍出版社二〇〇〇年版
《古唐詩合解》,(清)王堯衢撰,岳麓書社一九八九年版

《古文辭類纂》，（清）姚鼐編，世界書局一九三六年版
《選評古文辭類纂》，林紓選評，浙江古籍出版社一九八六年版
《六朝麗旨》，孫德謙撰，孫隘堪所著書本
《古詩別解》，徐仁甫撰，上海古籍出版社一九八四年版
《李審言文集》，李詳撰，江蘇古籍出版社一九八九年版
《詩經選譯》，余冠英選譯，人民文學出版社一九六三年版
《漢魏六朝詩選》余冠英選注，人民文學出版社一九八五年版
《歷代詩話》，（清）何文焕輯，中華書局一九八〇年版
《歷代詩話續編》，丁福保輯，中華書局一九八一年版
《清詩話》，丁福保輯，上海古籍出版社一九七八年版
《清詩話續編》，郭紹虞編選，富壽蓀校點，上海古籍出版社一九八三年版
《滄浪詩話校釋》，（宋）嚴羽撰，郭紹虞校釋，人民文學出版社一九八七年版
《苕溪漁隱叢話》，（宋）胡仔撰，叢書集成初編本
《詩源辨體》，（明）許學夷撰，杜維沫校點，人民文學出版社一九八七年版
《義門讀書記》，（清）何焯撰，文淵閣《四庫全書》本
《詩比興箋》，（清）陳沆撰，上海古籍出版社一九八一年版

《昭昧詹言》，（清）方東樹撰，汪紹楹校點，人民文學出版社一九八四年版
《藝概》，（清）劉熙載撰，上海古籍出版社一九七八年版
《國故論衡》，章炳麟撰，浙江圖書館校刊《章氏叢書》本
《中國中古文學史》，劉師培撰，舒蕪校點，人民文學出版社一九五九年版
《插圖本中國文學史》，鄭振鐸撰，人民文學出版社一九五七年版
《管錐編》，錢鍾書撰，中華書局一九七九年版
《鮑照評傳》，曹道衡撰，載《中國歷代著名文學家評傳》，山東教育出版社一九八三年版
《江淹評傳》，曹道衡撰，載《中國歷代著名文學家評傳》，山東教育出版社一九八三年版
《江淹年譜》，俞紹初撰，載劉躍進、范子燁編《六朝作家年譜輯要》，黑龍江教育出版社一九九九年版
《江淹年譜》，丁福林撰，鳳凰出版社二〇〇七年版
《江淹作品寫作年代考》，曹道衡撰，載《藝文志》第三輯，山西人民出版社一九八五年版
《中古文學史論文集》，曹道衡撰，中華書局一九八六年版
《讀文選江淹詩文拾瑣》，俞紹初撰，《鄭州大學學報》一九九三年三期
《魏晉南北朝賦史》，程章燦撰，江蘇古籍出版社一九九二年版

附録四　歷代諸家評論

南朝梁鍾嶸《詩品》卷中

齊光禄江淹詩：文通詩體總雜，善於摹擬。筋力於王微，成就於謝朓。初，淹罷宣城郡，遂宿冶亭，夢一美丈夫，自稱郭璞，謂淹曰：「吾有筆在卿處多年矣，可以見還。」淹探懷中，得五色筆以授之。爾後爲詩，不復成語，故世傳江淹才盡。

又云：梁衛將軍范雲詩、梁中書郎丘遲詩：范詩清便宛轉，如流風迴雪；丘詩點綴映媚，似落花依草。故當淺於江淹，而秀於任昉。

又云：梁左光禄沈約詩：觀休文衆製，五言最優。詳其文體，察其餘論，固知憲章鮑明遠也。所以不閑於經綸，而長於清怨。永明相王愛文，王元長等皆宗附之。約于時，謝朓未遒，江淹才盡，范雲名級故微，故約稱獨步。雖文不至其工麗，亦一時之選也。見重閭里，誦詠成音。嶸謂約所著既多，今翦除淫雜，收其精要，允爲中品之第矣。故當詞密於范，意淺於江矣。

隋王通《中説·事君》

鮑昭、江淹，古之狷者也，其文急以怨。

唐魏徵等《隋書》卷七十六《文學傳論》

自漢、魏以來，迄乎晉、宋，其體屢變，前哲論之詳矣。暨永明、天監之際，太和、天保之間，洛陽、江左，文雅尤盛。于時作者，濟陽江淹、吴郡沈約、樂安任昉、濟陰温子昇、河間邢子才、鉅鹿魏伯起等，并學窮書圃，思極人文，縟綵鬱於雲霞，逸響振於金石，英華秀發，波瀾浩蕩，筆有餘力，詞無竭源。方諸張、蔡、曹、王，亦各一時之選也。聞其風者，聲馳景慕。

唐楊炯《王勃集序》

洎乎潘、陸奮發，孫、許相因，繼之以顔、謝，申之以江、鮑。梁、魏羣材，周、隋衆制，或苟求蟲篆，未盡力於丘墳；或獨徇波瀾，不尋源於禮樂。會時沿革，循名抑揚，多守律以自全，罕非常而制物。

唐李白《李太白文集》卷九《經亂離後天恩流夜郎憶舊遊書懷贈江夏韋太守良宰》

覽君荆山作，江鮑堪動色。清水出芙蓉，天然去雕飾。

唐杜甫《贈畢四曜》（《杜詩詳註》卷六）

才大今詩伯，家貧苦宦卑。饑寒奴僕賤，顔狀老翁爲。同調嗟誰惜，論文笑自知。流傳江鮑體，相顧免無兒。

唐白居易《白氏長慶集》卷四十五《與元九書》

晉宋已還，得者蓋寡。以康樂之奥博，多溺於山水；以淵明之高古，偏放於田園。江、鮑之流，又狹於此。如梁鴻《五噫》之例者，百無一二焉。于時六義寖微矣，陵夷矣。

日本遍照金剛《文鏡秘府論》南卷《集論》

屈、宋爲涯島，班、馬爲隄防，粲、植爲陸落，潘、陸爲郊境；搴琅玕于江、鮑之樹，采花蕊于顔、謝之園；何、劉准其衡軸，任、沈程其粉黛，然後爲得也。

宋晁説之《景迂生集》卷九《杜詩》

古人愁在吾愁裹，庾信江淹可共論。孰似少陵能歎息，一身牢落識乾坤。

宋梅堯臣《宛陵集》卷四十五《新韻曾子進早春》

新雷歲旦發聲嚴，冰管寒銷細滴簷。花甲將看枝迂斥，蛇鱗不復地中潛。黄河分派來應早，白首歸朝意自恬。彊欲擬君爲秀句，便無才思似江淹。

宋葉夢得《石林詩話》卷下

魏晉間人詩，大抵專工一體，如侍宴、從軍之類，故後來相與祖習者，亦但因其所長取之耳。謝靈運《擬鄴中七子》與江淹《雜擬》是也。

宋劉克莊《後村集》卷二十三《劉圻父詩序》

文以氣爲主，少鋭老惰，人莫不然。世謂鮑昭、江淹晚節才盡，余獨以爲氣有惰而才無盡。子美《夔州》、介甫《鍾山》以後所作，豈以老而惰哉？

宋文天祥《文山集》卷十三《蕭燾夫采若集序》

選詩以《十九首》爲正體，晉、宋間詩雖通曰選，而藻麗之習蓋日以新。《陸士衡集》有《擬十九首》，是晉人已以《十九首》爲不可及。《十九首》竟不知何人作也。後江文通作三十詩，擬晉、宋諸公，則《十九首》邈乎其愈遠矣。

金趙秉文《滏水集》卷十九《答李天英書》

嘗謂古人之詩，各得其一偏，又多其性之似者。若陶淵明、謝靈運、韋蘇州、王維、柳子厚、白樂天得其沖澹；江淹、鮑明遠、李白、李賀得其峭峻；孟東野、賈閬仙又得其幽憂不平之氣。若老杜，可謂兼之矣。

元陶宗儀《説郛》卷八十引《竹林詩評》（闕名）

江淹清婉秀麗，才思有餘，雜擬之作，如季札聘魯，四代之樂，并歌于庭，非天下之至聰，其孰能喻。

元馬祖常《石田文集》卷四《御溝春日偶成》

拍拍春波滿玉溝，酒濃花艷柳枝柔。江淹空有文如錦，不得千金買莫愁。

明陳繹曾《詩譜・江淹》

善觀古作，曲盡心手之妙，其自作乃不能爾。故君子貴自立，不可隨流俗也。

明王世貞《藝苑卮言》卷三

自古博學之士，兼長文筆者，如子産之别臺駘，卜氏之辨三豕，子政之記貳負，終軍之識鼮鼠，方朔之名藻廉，文通之識科斗，茂先、景純種種該浹，固無待言。

前人《藝苑卮言》卷四

韋左司平淡和雅，爲元和之冠。至於擬古，如「無事此離别，不知今生死」語，使枚、李諸公見之，不作嘔耶？此不敢與文通同日，宋人乃欲令之配陶陵謝，豈知詩者。

又云：文通裂錦還筆入夢以來，便無佳句，人謂才盡，鮑照亦謂才盡，殆非也。昔人夜聞歌《渭城》甚佳，質明跡之，乃一小民傭酒館者。捐百緡予使鬻酒，久之不復能歌《渭城》矣。近一江右貴人，彊仕之始，詩頗清淡，既涉貴顯，雖篇什日繁，而惡道坌出。人怪其故，予曰：「此不能歌《渭城》也。」或曰：「鮑是避禍令拙耳。」

明胡應麟《詩藪》外編卷二

六朝二江、二庾：子山氣骨欲過肩吾，而神秀弗如，總持才情差亞文通，而淵博殊遠。

又云：文通以張景陽索錦而文躓，郭景純取筆而詩下。世以才盡，似也；以夢故，非也。

人之才固有盡時，精力疲，志意殆，而夢徵焉。其夢，衰也；其衰，非夢也。彦升與沈競名，亦曰才盡，豈張、郭爲祟耶？

明陸時雍《詩鏡總論》

沈約有聲無韻，有色無華。江淹材具不深，凋零自易，其所擬古，亦壽陵餘子之學步於邯鄲者耳。

明岳正《類博稿》卷四《都門别意詩序》

夫功德如吉甫，豪傑如李陵，文采如江淹、王維，豈區區爲兒女子態者，何不安其常如此哉！

明張溥《漢魏六朝百三家集題辭・鮑參軍集題辭》

江文通遭逢梁武，年華望暮，不敢以文陵主，意同明遠，而蒙譏才盡，史臣無表而出之者，沈休文竊笑後人矣。

前人《漢魏六朝百三家集題辭・江醴陵集題辭》

《南史》江文通、任彦升、王僧孺同傳，三人俱有長者行，詩文新麗頓挫，并一時之傑也。文通《雜體三十首》，體貌前哲，欲兼關西、鄴下、河外、江南，總製羣善，興會高遠，而深厚不如，非其才絀，世限之也。謝客兒《擬魏太子鄴中集詩八首》，評者謂其氣象不類，下遜文通，亦意爲輕重，非謝所服。江詩擬臨川遊山，又似深知謝者。蓋文通之學，華少於宋，壯盛於齊，及梁，則爲老成人矣。身歷三朝，辭該衆體，《恨》、《别》二賦，音制一變，長短篇章，能寫胸臆，即爲文字，亦《詩》、《騷》之意居多。

清吴淇《六朝選詩定論》卷十七

鍾嶸謂淹「筋力于王微，成就于謝朓」，洵爲知言。至云「詩體總雜，善於擬摹」，又引夢郭索筆，遂至才盡，此殊未諳淹之心事。蓋没世不稱，詎爲君子？明哲保身，斯云大雅。不知善於摹擬，此淹所以成名；而自託才盡，此淹所以名成而不敗也。何也？淹生齊梁之際，雖漢道之興，已千有餘年，作者林立，思於五言場中拔幟豎壇，苟非盡平生之力決一死戰，斷不可得也。所以淹遍擬三十餘家，猶如陰陵道上，項王只一人一騎，既取此一漢將，復又取彼一漢將，雖不能勝，亦不至敗，而英雄之名固已成矣。淹之成名，正用此術。然名既成矣，名成必敗，物之理也。況甫當忌文之齊文，旋值護前之梁武，苟非自託索筆之詭詞，幾何而不懼「空梁落燕」、「窗草無人」之禍耶？此淹之苦心妙用，非好學者，烏得而淵諸！

清陳維崧《陳檢討四六》卷九《曹實菴詠物詞序》

江淹工愀愴之辭，鮑照擅蒼涼之賦。

清賀貽孫《詩筏》：

若李陵《與子卿書》，必出沈約、江淹輩齊、梁間高手，亦非小兒輩擬作所及。

又云：自玄暉後，如沈約、江淹、王筠、任昉諸君，皆慕玄暉之風，而皆不能及。

清王士禛《帶經堂詩話》卷一

盛唐諸公五言之妙，多本阮籍、郭璞、陶潛、謝靈運、謝脁、江淹、何遜；邊塞之作，則出鮑照、吴均也。

又云：前人擬古，莫妙於陸機、江淹。

前人《帶經堂詩話》卷四

齊有玄暉，獨步一代，元長輔之。自兹之外，未見其人。梁代右文，作者尤衆，繩以風雅，略其名位，則江淹、何遜，足爲兩雄；沈約、范雲、吴均、柳惲，差堪羽翼。

前人《漁洋詩話》卷下

鍾嶸《詩品》，余少時深喜之，今始知其踳謬不少。嶸以三品詮敘作者，自譬諸九品論人，七略裁士。乃以劉楨與陳思并稱，以爲文章之聖。夫楨之視植，豈但斥鷃之與鯤鵬耶？又置曹孟德下品，而植與王粲反居上品。他如上品之陸機、潘岳，宜在中品；中品之劉琨、郭璞、陶潛、鮑照、謝朓、江淹，下品之魏武，宜在上品；下品之徐幹、謝莊、王融、帛道猷、湯惠休，宜在中品。而位置顛錯，黑白淆譌。千秋定論，謂之何哉？

清張實居（見清郎廷槐編《師友詩傳録》）

至於「蘇李河梁詩」，可與《十九首》相頡頏。東坡先生謂爲僞作，亦必有見。然氣味高古，縱不出蘇、李，定漢之高手所擬。江文通善於擬古，似不能及也。

清馮班《鈍吟雜録》卷五

齊時江文通不用聲病，梁武帝不知四聲，其詩仍是太康、元康舊體。

清葉燮《原詩》卷一《内篇上》

《三百篇》一變而爲蘇、李，再變而爲建安、黄初。建安、黄初之詩，大約敦厚而渾樸，中正而達情；一變而爲晉，如陸機之纏綿鋪麗，左思之卓犖磅礴，各不同也。其間屢變而爲鮑照之俊逸，謝靈運之警秀，陶潛之澹遠；又如顔延之之藻續，謝脁之高華，江淹之韶嫵，庾信之清新。此數子者，各不相師，咸矯然自成一家，不肯沿襲前人以爲依傍，蓋自六朝而已然矣。

清田雯《古歡堂雜著》

蕭郎右文，作者林立，當以何遜爲首，江淹輔之，沈約、范雲、吴均、柳惲、庾肩吾、劉孝綽次之，下至陶弘景、周捨諸家，亦有片語足録。大約水部之作，不費雕飾，如庖丁解牛，風成於駐然。「幽蝶弄晚花，清池映疏竹」，「水底見行雲，天邊看遠樹」，是其詩之真境也。文通罷宣城郡後，夢景純索筆，景陽索錦，忽忽才盡。「文章雖小技，於道未爲尊」，豈亦有數然歟？

又云：右五言古詩正派，未有不權輿於《十九首》與蘇、李者。建安之盛，思王爲宗；鄴下之末，阮籍爲最。至於典午之朝，左思、郭璞、劉琨稱鼎立焉。淵明一出，空前絶後，學者誰敢輕加位置？由其詩高，其人異也。自是而後，宋有謝靈運、鮑照，齊有謝脁，梁有何遜、江淹，陳有徐陵、江總，以暨北魏劉昶，北齊顔之推，北周王褒、庾信，無不摩壘堂堂，雄壓當代。譬如列國然，諸公晉、楚也，他家邾、莒、曹、鄶也。又如畫然，淵明秋山平遠，煙樹寒林，野水斜陽，天光雲影，翛然於篇幅之外。

清何焯《義門讀書記》卷四十五《文選》一

文通之賦，自爲傑作絶思，若必拘限聲調，以爲異于屈、宋，則屈、宋何以異于《三百篇》也。

又云：　賦家至齊、梁，變態已盡，至文通已幾幾乎唐人之律賦矣，特其秀色非後人之所及也。

清陳祚明《采菽堂古詩選》卷二十四

文通於詩頗加刻畫，天分不優，而人工偏至。規古力篤，尤愛嗣宗。偶得蒼秀之句，頗亦邃詣。但意乏圓融，調非宏亮。衡其體氣，方沈直是小巫。而《詩品》謂休文意淺于江，何其妄論也！

又云：　休文詩若虞永興書，不擇筆墨，此何可及！文通詩則褚河南書，當其意得，亦復遒媚，然不脱臨摹之跡。

又云：　文通擬古諸篇，刻意描摹，分途異軌，六季文家，似斯兼擅者，誠不易得。但規倣百氏，僅得皮膚。至其神旨攸歸，曾未細心體味。譬之芻靈象人，略得其貌而已，不足與言優孟衣冠也。

又云：　學者須先辨古人之體，一一參其性情聲調，擬古成篇，亦自煉風格之一法也。比諸臨摹古帖，首重得神。自康樂公謙，已乖勝解。緣而降，奉一家爲模範，心摹手追者，或亦有之。若統會殊流，妙極旨趣，自非胸羅百代，悟風雅之源者，豈易言哉！至如于鱗擬古樂府，塗竄本詞，尤其拙劣，不足觀矣。

清沈德潛《古詩源》卷十三

文通頗能修飭，而風骨未高。

前人《説詩晬語》

蕭梁之代，君臣贈答，亦工艷情，風格日卑矣。隱侯短章，略存古體；文通、仲言，辭藻斐然。雖非出羣之雄，亦稱一時能手。

清張玉穀《論古詩四十首》（《古詩賞析》附）

夢還錦筆事荒唐，即證江郎擬古章。神似豈無佳妙作，偏生非郭亦非張。

清魯九皋《詩學源流考》

（鮑）參軍之擬古諸作，實足與謝相伯仲，故後世并稱鮑、謝。及玄暉繼起於齊，又有大小謝之稱。梁繼齊統，何遜、沈約、范雲、任昉、江淹、柳惲、吴均，一時并起。諸子之才，水部爲冠。休文審定音韻，特標五聲八病，遂爲律詩濫觴。

清牟願相《小瀨草堂雜論詩》

江文通詩如客主獻酬，笙簫間作。

又云：六代詩自數公外，江淹、何遜差有氣，庾子山小詩亦有思致。杜子美亟稱子山，蓋子美之待人以恕。

清黄子雲《野鴻詩的》

休文《八詠》，文通《雜體》，各創新奇，後先争勝。二公歷事三朝，自計行無可採，復恐修名不立，故作此以掩飾後世耳。夫馬融之《西第頌》，陸遊之《古泉記》，尚不免取譏於後；而况大節虧損，猶欲藉文辭以盜名，不亦難乎？餘詩亦未見挺拔。

清李重華《貞一齋説詩》

宋以後只當以老謝作主，其餘若江、鮑，若何、范，若小謝，皆其羽翼，觀昭明選録體裁，便自如此。

清鄭燮《鄭板橋集》詩詞卷《與江賓谷江禹九書》

文章有大乘法，小乘法。大乘法易而有功，小乘法勞而無謂。……六朝靡麗，徐、庾、江、鮑、任、沈，小乘法也。取青配紫，用七諧三，一字不合，一句不酬，拈斷黄須，繙空二酉，究何與于聖賢天地之心，萬物生民之命？凡所謂錦繡才子者，皆天下之廢物也。

清袁枚《隨園詩話》卷七

漢文集之名，始東京。《隋·經籍志》曰：「集之名，東京所創。」蓋指班史某人文幾篇，某人詩幾篇而言。後人集之，非自爲集也。齊、梁間始有自爲集者，王筠以一官爲一集，江淹自名前後集是也。

清張惠言《七十家賦鈔序》

以情爲裏，以物爲襮，鑱彫風雲，琢削支鄂，其懷永不可忘也。坌乎其氣，煊乎其華，則謝莊、鮑照之爲也。江淹爲最賢，其源出於屈平《九歌》，其掩抑沈怨，泠泠輕輕，其縱脱浮宕而歸於大常。鮑照、江淹，其體則非也，其意則是也。

清許槤《六朝文絜箋注》卷七

明遠駢體，高視六代。文通稍後出，差足頡頏，而奇峭幽潔不逮也。

清姚鼐《惜抱軒筆記》卷八

江詩之佳，實在宋、齊之間，仕宦未盛之時，故名位益登，塵務經心，清思旋乏，豈才盡之過哉！

清翁方綱《格調論》下

《鄴中集》之有擬作，江文通之有擬作，丹素甘辛之喻，亦特就其體制而申析之，以爲此某家之格制如此。

清李調元《雨村詩話》卷上

詩之綺麗，盛於六朝，而就各代分之，亦有首屈一指之人。……梁則以江淹文通爲第一，悲壯激昂，何遜猶足比肩，任昉輩瞠乎後矣。

清闕名《静居緒言》

玄暉、明遠，淩厲顧盼，并駕一時，工單詞隻句者不能望見顔色。然謝詩腴，鮑詩雋。謝詩尚有入時處，鮑詩如樂府諸篇，鏗金戛玉，騣騣古音，其後作者，漸有氣弱格降之歎。隱侯具體斐然，文通亦復楚楚，水部洗拭而善標韻，開府縟麗而存氣骨，惟格調有非古非律之嫌，難以按節吟誦。

清魏源《詩比興箋序》

由漢以降，變爲五言，《古詩十九首》多枚叔之詞，《樂府鼓吹曲》十餘章皆《騷》《雅》之旨，張衡《四愁》，陳思《七哀》，曹公蒼茫對酒當歌，有風雲之氣。嗣後阮籍、傅休奕、陶淵明、鮑明遠、江文通、陳子昂、李太白、韓昌黎，皆以比興爲樂府琴操，上規正始，視中唐以下純爲賦體者，固古今升降之殊哉！

清喬億《劍溪説詩》卷上

江淹才力實勝何、劉、沈、謝，故與明遠并稱爲江鮑體，然小謝之清音獨絶矣。

又云：　蕭梁一代，新城公謂江淹、何遜足爲兩雄。以余觀之，文通格調尚古，仲言音韻似律，未宜并論也。

清潘德輿《養一齋詩話》卷九

即如《文選》《雜擬》上、《雜擬》下，凡六十首，惟陶公「日暮天無雲」一首，得自然之趣，然亦渾言擬古，故能自盡所懷。若陸士衡專取一題而擬之，共十二首，謝康樂、江文通專取一人而擬之，謝共八首，江共三十首，舍自己之性情，肖他人之笑貌，連篇累牘，夫何取哉！然則渾言擬古、傚古，猶之太白之《古風》，誠作者所不廢。若專傚一題一人之作，惟全集中偶見一二，可爲排悶遣日具，多至數十首，斷非通達詩本者也。嚴滄浪謂：「擬古惟江文通最長，擬淵明似淵明，擬康樂似康樂，擬左思似左思，擬郭璞似郭璞，獨擬李都尉一首，不似西漢。」吾取江詩，反覆細讀，如擬左記室詩，只是數史中典故，擬郭弘農詩，只是砌道書景物，擬謝臨川詩，只是狀山水奇奥，此爲神似，吾亦能之，何必五色筆也。若擬陶徵君詩，氣味去之亦遠，惟刺取陶集「東皋舒嘯」、「稚子候門」、「或巾柴車」、「種豆南山下」、「帶月荷鋤歸」、「濁酒聊自持」、「但道桑麻長」、「聞多素心人」諸字句，能爲貌似而已，豈獨不似李都尉哉！文通一世雋才，何不自抒懷抱，乃爲贋古之作，以供後人嗤點。滄浪回護，乃是爲古人大名所壓。

清王壽昌《小清華園詩談》卷上

間有賢者崛起其間，各樹騷壇之幟，而往往不能無偏倚駁雜之弊。略而言之，如李少卿之偏於忿憾，曹孟德之偏於深險，阮嗣宗之偏於幽憤，張茂先之偏於浮華，郭景純之偏於隱怪，陶元亮之偏於高尚，鮑參軍之偏於感時疾俗，謝康樂之偏於矯情肆志，江文通之偏於繁艷，沈休文之偏於瑣屑，徐、庾之偏於綺靡。……要之古來作者，各有短長。學者貴取其所長，棄其所短，馴而至於温柔敦厚之歸，則《雅》、《頌》之音，庶可復睹耳。

清陳沆《詩比興箋》卷二江淹《效古十五首》

案集中題《效古十五首》，自《詩紀》改爲《效阮公》，已非其舊。陳氏祚明乃以尋聲之見，施鍥舟之譚，逐章吹求，謂都不類阮，無論本事本題，曹不窺尋，强作解事。且主文譎諫，不徒音調爲工，論世逆志，尚以泥辭爲固，靈均戀楚，枚叔哀吴，取重前修，兹實嗣響，以江紹阮，貌異心同。何況婉轉附物，怊悵切情者乎。

清施補華《峴傭説詩》

謝玄暉名句絡繹，清麗居宗，雖不如魏、晉諸賢之厚，然較之陰鏗、何遜、徐陵、庾信，骨幹堅强多矣。其秀氣成采，江郎五色筆尚不能逮，唐人往往效之，不獨太白也。

又云：齊、梁、陳、隋間，自謝玄暉、江文通外，古詩皆帶律體，氣弱骨靡，思淫聲哀，亡國之音也。

清李詳《與孫益庵書》

太沖《三都》之後，士衡、安仁漸趨今軌，明遠、文通起而振之，藻耀高翔，足稱勁敵。

清劉熙載《藝概·詩概》

江文通詩，有淒涼日暮，不可如何之意，此詩之多情而人之不濟也。雖長於雜擬，於古人蒼壯之作亦能肖吻，究非其本色耳。

章炳麟《國故論衡·辨詩》

往者《大風》之歌，《拔山》之曲，高祖、項王，未嘗習藝文也，然其言爲文儒所不能舉。蘇、李之徒，結髮爲諸吏騎士，未更諷誦，詩亦爲天下宗。及陸機、鮑照、江淹之倫，擬以爲式，終莫能至。以是言之，情性之用長，而問學之助薄也。

又云：自屈、宋以至鮑、謝，賦道既極；至於江淹、沈約，稍近凡俗；庾信之作，去古踰遠。世多慕《小園》、《哀江南》輩，若以上擬《登樓》、《閒居》、《秋興》、《蕪城》之儕，其靡已甚。

劉師培《文說·耀采篇第四》

六朝以來，風格相承。刻鏤之精，昔疏而今密；聲韻之叶，舊澀而新諧。凡江、范之弘裁，沈、任之巨製，莫不短長合節，追琢成章。故《文選》勒於昭明，屏除奇體；《文心》論于劉氏，備列偶詞。體制謹嚴，斯其證矣。

錢鍾書《管錐編·全梁文》卷三十三

梁文之有江淹、劉峻，猶宋文之有鮑照，皆俯視一代。顧當時物論所推，乃在沈約、任昉。

觀《顏氏家訓·文章》篇記邢卲服沈而魏收慕任，「鄴下紛紜，各有朋黨」，則盛名遠布，敵國景崇。及夫世遷論定，沈、任遺文中求如《恨》《别》兩賦、《絶交》廣論之傳誦勿衰者，一篇不可得。

曹道衡《中古文學史論文集·論江淹詩歌的幾個問題》

關於江淹的詩作，鍾嶸在《詩品》中對他的評論雖然不算很詳細，但有一點却很值得注意，即鍾嶸在評論别的詩人時，往往把他們和江淹相比，認爲他們不如江淹。如論到范雲、丘遲時，説他們「故當淺於江淹，而秀於任昉」；論到沈約時又説他「故當詞密於范，意淺於江也」。這裏連着兩次用「淺」於江淹來作評語。「淺」的反義語當然是「深」。這個「深」和「淺」的比較，實際上包含了内容和風格的問題。這裏所謂「深」，一方面指詩中感情的强弱程度，這種感情決定于詩人對他所寫事物所受的感動的程度；另一方面，也指表現手法。江淹的詩風，主要得力于《楚辭》和阮籍的詩，善用比興，往往用比興來表現内心的怨憤，從字面上看，似乎是比較平和的，而實際上卻蘊藏着强烈的感情，這種深藏不露，也是「深」的一種表現。歸根結底，這是詩人們的生活遭遇不同而産生的。

後記

上世紀七十年代末，我有幸考入南京師範大學中文系，師從國内著名學者段熙仲先生攻讀碩士學位，自此即與六朝文學及史學結下了不解之緣。江淹是六朝時期的傑出詩人和辭賦家，宋齊文學的代表作家之一，在中國文學史上占有非常重要的地位，我對江淹及其著作的研究始于畢業以後，經過大量有關資料的搜集整理以及長期的思考與探索，我對這位六朝時期著名文人的生平事迹及詩文創作的内容有了頗爲深入的瞭解，形成了自己與其他江淹的研究者不同的見解與心得，先後在《文史》、《文學遺産》、《南京師範大學文學院學報》、《河南師範大學學報》、《揚州大學學報》等刊物上發表了多篇有關論文，并于二〇〇七年由鳳凰出版社（原江蘇古籍出版社）出版了專著《江淹年譜》。《江淹年譜》出版後曾引起學界的注意與好評，中國社會科學院二〇〇八年出版的《中國文學年鑒》在「研究綜述」一欄中的《魏晉南北朝文學研究綜述》一文中對此年譜作了重點介紹，又在「論著評介」一欄中由陳君研究員撰文對此作了專題評介，其中說：「丁福林《江淹年譜》在前輩學者如曹道衡《江淹評傳》、《江淹作品寫作年代考》以及俞紹初《江淹年譜》等研究成果的基礎上，對江淹的生平、創作情況作了更爲細致、深入的考證和辨析。」評介最後總結説：「總之，《江淹年譜》是一部慎思明辨、清通簡要之作，將南朝作家江淹的研究推進到一個新的高度。」這樣高的評價無疑是對我的重大激勵與鞭策，因此，當上海古籍出版社奚彤雲副總編邀約我爲《江淹集》作校注時，雖然明知這是一項頗爲艱難的任務，但在經過短暫的猶豫之後，也就欣然應允了。

本書得以列入國家古籍整理項目并得到了專項經費的資助，備感榮幸。在拙著的撰寫過程中，我參考了前代和現代的大量有關學術研究成果，其中受益和引用最多的是俞紹初和張亞新二位先生的《江淹集校注》，俞、張二位先生學識淵博，治學嚴謹，且爲人謙和，拙著中的許多觀點都與二位先生有過探討，得到他們的幫助與啓發，謹在此向俞、張二先生致以誠摯的謝意。

上海古籍出版社的丁如明先生、章行先生、奚彤雲女士和黄亞卓女士及出版社的其他多位先生爲本書的審定做了大量細致的工作，提出了許多中肯寶貴的意見，并改正了書稿中相當多的錯誤，使本書更加完善。在此謹向諸位先生致以衷心的感謝。

在本書行將面世之際，我又不由自主地想起了恩師段熙仲先生和張瑗先生，想到他們對我的種種關愛和殷切期望。二位恩師雖然離世已經數十年，我也由鹽城師範學院退休數年，由一個不諳世事的農村青年變成了一個白髮蒼蒼的老者，但二位恩師的音容笑貌卻依然時時浮現在我的眼前。願二位先師的在天之靈安息！

丁福林

二〇一七年十月十三日

於江蘇鹽城師範學院

龔自珍詩集編年校注	[清]龔自珍著	劉逸生、周錫䪖校注
水雲樓詩詞箋注	[清]蔣春霖著	劉勇剛箋注
人境廬詩草箋注	[清]黄遵憲著	錢仲聯箋注
嶺雲海日樓詩鈔	[清]丘逢甲著	丘鑄昌標點

龔鼎孳詞校注	[清]龔鼎孳著　孫克强、鄧妙慈校注
吴嘉紀詩箋校	[清]吴嘉紀著　楊積慶箋校
陳維崧集	[清]陳維崧著　陳振鵬標點 李學穎校補
屈大均詩詞編年校箋	[清]屈大均著　陳永正等校箋
秋笳集	[清]吴兆騫撰　麻守中校點
漁洋精華録集釋	[清]王士禛著 李毓芙、牟通、李茂肅整理
聊齋志異會校會注會評本	[清]蒲松齡著　張友鶴輯校
敬業堂詩集	[清]查慎行著　周劭標點
納蘭詞箋注	[清]納蘭性德著　張草紉箋注
方苞集	[清]方苞著　劉季高校點
樊榭山房集	[清]厲鶚著　[清]董兆熊注 陳九思標校
劉大櫆集	[清]劉大櫆著　吴孟復標點
儒林外史彙校彙評(增訂版)	[清]吴敬梓著　李漢秋輯校
小倉山房詩文集	[清]袁枚著　周本淳標校
忠雅堂集校箋	[清]蔣士銓著　邵海清校 李夢生箋
甌北集	[清]趙翼著　李學穎、曹光甫校點
惜抱軒詩文集	[清]姚鼐著　劉季高標校
兩當軒集	[清]黄景仁著　李國章校點
惲敬集	[清]惲敬著　萬陸、謝珊珊、林振岳標校　林振岳集評
茗柯文編	[清]張惠言著　黄立新校點
瓶水齋詩集	[清]舒位著　曹光甫點校
龔自珍全集	[清]龔自珍著　王佩諍校點

白蘇齋類集	[明]袁宗道著　錢伯城校點
袁宏道集箋校	[明]袁宏道著　錢伯城箋校
珂雪齋集	[明]袁中道著　錢伯城點校
喻世明言會校本	[明]馮夢龍編著　李金泉點校
警世通言會校本	[明]馮夢龍編著　李金泉點校
醒世恒言會校本	[明]馮夢龍編著　李金泉點校
隱秀軒集	[明]鍾惺著　李先耕、崔重慶標校
譚元春集	[明]譚元春著　陳杏珍標校
張岱詩文集(增訂本)	[明]張岱著　夏咸淳輯校
陳子龍詩集	[明]陳子龍著　施蟄存、馬祖熙標校
夏完淳集箋校(修訂本)	[明]夏完淳著　白堅箋校
牧齋初學集	[清]錢謙益著　[清]錢曾箋注　錢仲聯標校
牧齋有學集	[清]錢謙益著　[清]錢曾箋注　錢仲聯標校
牧齋雜著	[清]錢謙益著　[清]錢曾箋注　錢仲聯標校
牧齋初學集詩注彙校	[清]錢謙益著　[清]錢曾箋注　卿朝暉輯校
李玉戲曲集	[清]李玉著　陳古虞、陳多、馬聖貴點校
吴梅村全集	[清]吴偉業著　李學穎集評標校
歸莊集	[清]歸莊著
顧亭林詩集彙注	[清]顧炎武著　王蘧常輯注　吴丕績標校
安雅堂全集	[清]宋琬著　馬祖熙標校

放翁詞編年箋注(增訂本)	[宋]陸游著　夏承燾、吴熊和箋注 陶然訂補
渭南文集箋校	[宋]陸游著　朱迎平箋校
范石湖集	[宋]范成大撰　富壽蓀標校
范成大集校箋	[宋]范成大撰　吴企明校箋
于湖居士文集	[宋]張孝祥著　徐鵬校點
稼軒詞編年箋注(定本)	[宋]辛棄疾撰　鄧廣銘箋注
辛棄疾詞校箋	[宋]辛棄疾著　吴企明校箋
姜白石詞編年箋校	[宋]姜夔著　夏承燾箋校
後村詞箋注	[宋]劉克莊著　錢仲聯箋注
劉辰翁詞校注	[宋]劉辰翁著　吴企明校注
瀛奎律髓彙評	[元]方回選評　李慶甲集評校點
雁門集	[元]薩都拉著 殷孟倫、朱廣祁校點
揭傒斯全集	[元]揭傒斯著　李夢生標校
高青丘集	[明]高啓著　[清]金檀注 徐澄宇、沈北宗校點
唐寅集	[明]唐寅著　周道振、張月尊輯校
文徵明集(增訂本)	[明]文徵明著　周道振輯校
震川先生集	[明]歸有光著　周本淳校點
海浮山堂詞稿	[明]馮惟敏著 凌景埏、謝伯陽標校
滄溟先生集	[明]李攀龍著　包敬第標校
梁辰魚集	[明]梁辰魚著　吴書蔭編集校點
沈璟集	[明]沈璟著　徐朔方輯校
湯顯祖詩文集	[明]湯顯祖著　徐朔方箋校
湯顯祖戲曲集	[明]湯顯祖著　錢南揚校點

歐陽修詞校注	[宋]歐陽修著　胡可先、徐邁校注
蘇舜欽集	[宋]蘇舜欽著　沈文倬校點
嘉祐集箋注	[宋]蘇洵著　曾棗莊、金成禮箋注
王荆文公詩箋注(修訂版)	[宋]王安石著　[宋]李壁箋注 高克勤點校
王令集	[宋]王令著　沈文倬校點
蘇軾詩集合注	[宋]蘇軾著　[清]馮應榴注 黄任軻、朱懷春校點
東坡樂府箋	[宋]蘇軾著　[清]朱孝臧編年 龍榆生校箋
東坡詞傅幹注校證	[宋]蘇軾著　[宋]傅幹注 劉尚榮校證
欒城集	[宋]蘇轍著　曾棗莊、馬德富校點
山谷詩集注	[宋]黄庭堅著　[宋]任淵、史容、 史季温注　黄寶華點校
山谷詩注續補	[宋]黄庭堅著　陳永正、何澤棠注
山谷詞校注	[宋]黄庭堅著　馬興榮、祝振玉校注
淮海集箋注(修訂本)	[宋]秦觀撰　徐培均箋注
淮海居士長短句箋注	[宋]秦觀著　徐培均箋注
清真集箋注	[宋]周邦彦著　羅忼烈箋注
石門文字禪校注	[宋]釋惠洪撰　周裕鍇校注
石林詞箋注	[宋]葉夢得著　蔣哲倫箋注
樵歌校注	[宋]朱敦儒著　鄧子勉校注
李清照集箋注(修訂本)	[宋]李清照著　徐培均箋注
吕本中詩集箋注	[宋]吕本中著　祝尚書箋注
陳與義集校箋	[宋]陳與義著　白敦仁校箋
蘆川詞箋注	[宋]張元幹著　曹濟平箋注
劍南詩稿校注	[宋]陸游著　錢仲聯校注

韓昌黎文集校注	[唐]韓愈著　馬其昶校注 馬茂元整理
劉禹錫集箋證	[唐]劉禹錫著　瞿蜕園箋證
白居易集箋校	[唐]白居易著　朱金城箋校
柳宗元詩箋釋	[唐]柳宗元著　王國安箋釋
柳河東集	[唐]柳宗元著　[宋]廖瑩中輯注
元稹集校注	[唐]元稹著　周相録校注
長江集新校	[唐]賈島著　李嘉言新校
張祜詩集校注	[唐]張祜著　尹占華校注
三家評注李長吉歌詩	[唐]李賀著　[清]王琦等評注 蔣凡校點
樊川文集	[唐]杜牧著　陳允吉校點
樊川詩集注	[唐]杜牧著　[清]馮集梧注
温飛卿詩集箋注	[唐]温庭筠著　[清]曾益等箋注
玉谿生詩集箋注	[唐]李商隱著　[清]馮浩箋注 蔣凡校點
樊南文集	[唐]李商隱著　[清]馮浩詳注 錢振倫、錢振常箋注
皮子文藪	[唐]皮日休著　蕭滌非、鄭慶篤整理
鄭谷詩集箋注	[唐]鄭谷著 嚴壽澂、黄明、趙昌平箋注
韋莊集箋注	[五代]韋莊著　聶安福箋注
李璟李煜詞校注	[南唐]李璟、李煜著　詹安泰校注
張先集編年校注	[宋]張先著　吴熊和、沈松勤校注
二晏詞箋注	[宋]晏殊、晏幾道著　張草紉箋注
樂章集校箋	[宋]柳永著　陶然、姚逸超校箋
梅堯臣集編年校注	[宋]梅堯臣著　朱東潤編年校注
歐陽修詩文集校箋	[宋]歐陽修著　洪本健校箋

蕭繹集校注	[南朝梁] 蕭繹著　陳志平、熊清元校注
玉臺新咏彙校	吴冠文、談蓓芳、章培恒彙校
王績集會校	[唐]王績著　韓理洲校點
王梵志詩校注(增訂本)	[唐]王梵志著　項楚校注
盧照鄰集箋注	[唐]盧照鄰著　祝尚書箋注
駱臨海集箋注	[唐]駱賓王著　[清]陳熙晉箋注
王子安集注	[唐]王勃著　[清]蔣清翊注
陳子昂集(修訂本)	[唐]陳子昂撰　徐鵬校點
孟浩然詩集箋注(增訂本)	[唐]孟浩然著　佟培基箋注
王右丞集箋注	[唐]王維著　[清]趙殿成箋注
李白集校注	[唐]李白著　瞿蜕園、朱金城校注
高適集校注(修訂本)	[唐]高適著　孫欽善校注
杜詩趙次公先後解輯校	[唐]杜甫著　[宋]趙次公注　林繼中輯校
新刊校定集注杜詩	[唐]杜甫著　[宋]郭知達輯注　聶巧平點校
新定杜工部草堂詩箋斠證	[唐]杜甫著　[宋]魯訔編　[宋]蔡夢弼會箋　曾祥波新定斠證
杜詩鏡銓	[唐]杜甫著　[清]楊倫箋注
錢注杜詩	[唐]杜甫著　[清]錢謙益箋注
杜甫集校注	[唐]杜甫著　謝思煒校注
岑參集校注	[唐]岑參著　陳鐵民、侯忠義校注
戴叔倫詩集校注	[唐]戴叔倫著　蔣寅校注
韋應物集校注(增訂本)	[唐]韋應物著　陶敏、王友勝校注
權德輿詩文集	[唐]權德輿撰　郭廣偉校點
王建詩集校注	[唐]王建著　尹占華校注
韓昌黎詩繫年集釋	[唐]韓愈著　錢仲聯集釋

《中國古典文學叢書》已出書目

詩經今注	高亨注
楚辭集注	[宋]朱熹撰　黄靈庚點校
楚辭今注	湯炳正、李大明、李誠、熊良智注
司馬相如集校注	[漢]司馬相如著　金國永校注
揚雄集校注	[漢]揚雄著　張震澤校注
張衡詩文集校注	[漢]張衡著　張震澤校注
阮籍集	[魏]阮籍著　李志鈞等校點
陸機集校箋	[晉]陸機著　楊明校箋
陶淵明集校箋(修訂本)	[晉]陶潛著　龔斌校箋
世説新語箋疏(修訂本)	[南朝宋]劉義慶撰　余嘉錫箋疏　周祖謨等整理
世説新語校釋(增訂本)	[南朝宋]劉義慶撰　[南朝梁]劉孝標注　龔斌校釋
鮑參軍集注	[南朝宋]鮑照著　錢仲聯增補集説校
謝宣城集校注	[南朝齊]謝朓著　曹融南校注集説
江文通集校注	[南朝梁]江淹著　丁福林、楊勝朋校注
文心雕龍義證	[南朝梁]劉勰著　詹鍈義證
詩品集注(增訂本)	[梁]鍾嶸著　曹旭集注
文選	[梁]蕭統編　[唐]李善注